现代中国文学通鉴

1900—2010

朱德发 魏建 主编

上卷

1900—1929

人民出版社

本书得到山东师范大学中国现当代文学特色国家重点学科项目经费资助

上 卷

多元一体文学结构的形成

（1900-1929）

主编　朱德发　魏建

本卷作者（以撰写章节数多少为序）

朱德发	李　钧	周波海
季桂起	韩　琛	李宗刚
魏　建	温奉桥	刘　聪
张　梅	陈夫龙	闫晓昀
	赵佃强	

中卷　多元一体文学结构的演化（1930—1976）

下卷　多元一体文学结构的拓展（1977—2010）

现代中国文学通鉴总目

绪论　世界化与中国文学

一、古代中国文学向现代中国文学转换

从目前中国各界对文化的理解与使用考之，极其混乱亦极其泛化，似乎与人的生存与发展有关或无关的物体和意识，都可以冠上名目别致、花样新颖的"文化"。尽管"文化"之名随处可睹，无孔不入，然而，笔者仍认同文化的考察只能关注与人的生存发展相联的精神层面与物质层面，即文化或是精神文化，或是物质文化，或是两者合二为一。而文学则是属于精神文化范畴，古代中国文学并没有现代意义上的文学概念，它与文化混融在一起，尤其先秦以来的散文既是古代灿烂的文学又是文化的载体，古代中国的文化精神或精神文化几乎都蕴涵于古代文学系统中，因此从这个意义上说，研究古代中国文学就是在研究古代中国文化，探索古代中国文学向现代转换也是探索古代中国文化向现代转换。所谓古代文学形态的转换，即要探索古代文学作为一个结构整体是何时在何背景下开始解体的，有哪些重要的结构因素因时势而被淘汰，有哪些结构因素经过调整或更新而与现代文学结构发生了对接并发生转变，还有哪些古代文学结构因素仍具有生命力而

直接被现代中国文学结构所吸纳，成为现代中国文学总系统中不可或缺的子系统；在古代中国文学形态向现代中国文学形态的转换过程中，是哪些内外机制发挥了决定性的作用，呈现出何种特殊规律；到了关节点或转捩点，是古代文学形态发生了全方位的转换即现代中国文学完全置换了古代中国文学，还是古代中国文学形成的优秀传统仍在现代中国文学建构中弘扬光大，成了现代中国文学创作取之不尽的"源"和牢不可刨的"根"，它是否内在地而又积极地参与了现代中国文学的奠基与前行的系统工程？上述问题是笔者力图探讨与解决的，由于篇幅所限只能择其要者而述之。

（一）

对于古代文学向现代文学的转换并非热门话题，已有不少的学术著作和优秀论文问世，把这一课题的研究推上了相当高的学术层次；笔者只能在汲取他人可用成果的基础上根据自己的理解和认知进行探索，但愿能有所发现有所拓展。不过对有些研究者所持的"断裂论"或"取代论"，即古代文学向现代文学的转换在五四发生了"断裂"；或曰五四文学革命生成的现代文学完全取代了古代文学，我是不能完全认同的。实质上这两论的主旨在于断定，通过五四新文学运动所产生的现代文学是与古代文学毫无瓜葛的，是两种完全异质相对的文学形态。记得笔者曾持过这种观点，但在后来的论著中不止一次纠正过这一见解，现在有些学者依然坚持这一看法。这里不想展开论述，只补充两点：一是文学是一种审美的偏于感性的精神文化，它永远不会发生"断裂"，即使采取暴力手段从表层把它斩断，也如同"抽刀断水水更流"；即使通过大批判把它批倒批臭也会在气候适宜时重新立起来焕发芳香；即使利用改良或变革的手段把古代文学的糟粕清除，也会留下它的精华重放光彩，甚至它被清除的糟粕在相宜的气候下也会沉渣泛起，死灰复燃，这样的怪现状只要到现下的书摊走一遭就屡见不鲜了。这不仅因为作为精神文化的文学形态不同于物质文化结构在强烈地打击或爆破或燃烧下可以摧毁、散架甚至销蚀，精神文化的文学或用纸媒或用电媒作为介质所装载的是见不到摸不着的历代作家诗人对社会的感悟、人生的体验和自我的感受，甚至是民族的集体无意识或潜意识，并且是以独特的灵感思维或形象思维方式所构想的千姿百态的文体形式和语言符号而组合成的文本；若是说古代文学的外部形体结构有可能在外力的冲击下发生一定程度的"断裂"，那么与外形结构相联系的文化意蕴或情感内涵是怎么斩也斩不断的，"藕断"尚能"丝连"，况文学乎？所以文学的变革不能采取政治革命的暴力手段，只能把"因势利导"或"推陈出新"或"承传创新"作为上策。更因为作为精神文化的文学是主体思维开出的花朵，是创作主体文化人格作用的结果，而古代作家诗人的主导思维既有重"顿悟"的整体思维，又有以"取象"为特质的形象思维，虽然儒学传统看重理性，但是它与佛、道结为三位一体而作用于作家诗人主体却形成了以"顿悟"、"取象"为特征的非理性思维，导致古代中国文学创作几度灿烂辉煌的局面，试想这种适宜于文学营造的古代作家的主体思维模式逮及晚清至五四的文学变革能够完全"断裂"吗？只能经过调整或充实与现代文学作家主体思维对接和契合而运作于现代中国文学的创构中。至于现代文学是否完全取代了古代文学，两者之间形成一条不可逾越的鸿沟，已有不少的著述对这个问题做了雄辩的阐释。既然古今文学在转换中并未出现"断裂"或"断层"，那"取代说"就站不住脚，不攻自破了。二是笔者想特别指出的，本书探索的不是中国的古代文学向中国的现代文学转换，而是古代中国的文学向现代中国的文学转换，也就是古代中国的所有形态的文学（既包括汉民族的汉语文学也包括少数民族的族语文学）是否都转换为现代中国的所有形态的文学？这是从古代国家与现代国家相对应的宏阔视野来洞察古今文学的转换，不只是从现代性的立场上来考析古代汉语文学向现代汉语文学的转换；由于考察视野放大了，文学形态复杂了，因此更不能也不该武断地说古代中国文学在晚清至五四的文学变革中与现代中国文学发生了"断裂"或"断层"，一切结论只有经过考察与分析方可获得或验证。

古代中国文学向现代中国文学转换是个漫长的过程，而这个转换以胡适之见乃是常常采取两种方式："一种是完全自然的演化，一种是顺着自己的趋势，加上人力的督促。前者可叫做演进，后者可叫做革命。演化是无意识的，很迟缓的，是不经济的，难保退化的。有时候，自然地演化到了一个时期，有少数人出来，认清了这种自然趋势，再加上一种有意的鼓吹，加上人工的促进，使这个自然进化的趋势赶快实现"。① 这揭示了中国文学求新求变的两种互动互促的方式，也是中国文学随时而变的转换规律，不过古代中国文学的转换往往是在"自然的演化"的轨道上运行，而这种转换又大多体现于文学体式上。正如胡适在《〈尝试集〉自序》中所指出的："三百篇变而为骚"，"又变为五言七言"，"赋变而无韵之骈文，古诗变而为律诗"，"诗之变而为词"，"词之变而为曲，为剧本"。这些文体之变也可名之为"转型"，都是无意识地自然演化的。虽然古代中国文学体式的转换主要体现于汉语文学的创构，但是自古中国是个多民族国家，不论魏晋南北朝的多民族大融合或者蒙古族主宰中国的元代、满族主政中国的清朝，少数民族文学渗透进汉语文学，汉语文学则同化着少数民族文学，这为现代中国多民族文学的共存共荣、互促互补扎下了根基；特别是古代汉语文学的自然进化，为其在基本格局上向现代中国文学转换做好了较充足的量的积累。这主要体现于：

其一，纵贯古代中国文学内涵并推动其运演的人文精神，及至明末已掀起了波澜。早在春秋战国时期于我国文化、文学史上就出现"一次早熟的东方'文化复兴'"②，既推动了先秦文学特别是散文的空前繁荣，又在散文文本中注入了丰富的人文精神，而这次"文化复兴"是诸子百家挑起的关于人性问题的论争，从根本上说就是人类怎样认识自己，人究竟应该有什么样的价值。这从先秦散文中便可窥见其观点，道家由于特别强调人的自然性，所以他们视人的价值在于自然性的恢复；孔孟从强调人的社会性出发，认为人的价值在于讲仁义；墨子虽也强调人的社会性，但他却认为人的价值在于兼相爱，交相利；法家从人性为利论出发，认为人的价值就是表现为以力气去争夺利。尤为可贵的是，孔子在《论语》中正面倡导"仁者，爱人"、"泛爱众"这种具有超越价值的博爱平等的人道主义。不论人性论或以爱为核心的人道意识，都是源于古代中国文化的一种以人为本的人文思想，它流贯于古代优秀文学的思想内涵，并形成一种具有永恒意义的文学精神传统而被现代文学所承续，逮及明末之际兴起一股人文主义思潮，将古代中国文学推向了新的审美层次。如果说西方十五六世纪出现的文艺复兴是其中世纪古

---

① 胡适：《胡适全集》第 11 卷，合肥：安徽教育出版社 2003 年版，第 201 页。

② 王树人、喻柏林：《传统智慧再发现》（下），北京：作家出版社 1996 年版，第 12 页。

代文学向现代文学转换的巨大思想动力，而它在人文主义思潮中所宣扬的人性和人的本质，主要是人的一些自然属性及人对现实享乐的渴望，所朦胧意识到的人权、人的价值和尊严也主要是人在封建专制统治下力争的生存权和政治权；那么明中叶以后人文主义思潮对人的发现虽然未达到文艺复兴时期的深广度，但在向封建理学挑战中对人的确认却达到了发人深省的程度。既提出了"真人"的命题，而这种"真人"则是"率性而行"的具有七情六欲的活生生的人；又强调指出"真人"莫不有情莫不有性，而这种有差异的"性"，则是"性而味，性而色，性而声，性而安息，性也"；既指明每个生活于世间的人都有自己的独立思索和独立价值，不必"以孔子之是非为是非"，又阐明"穿衣吃饭"是人的最基础的欲望与需要，这是最基本的自然法则和社会法则。这种带有现代色彩的人文思潮尽管不足以冲决古代中国文化意识的整体结构，然而它却唤醒了一些人的觉悟，促进了思想解放，把先秦以来对人的认识提升到新的高度，为古代文学结构在晚清的大调整和向现代转换埋下了伏线，并奠定了一定的思想基础。

其二，营造古代中国文学的文人们的主体意识与文的自觉到了明末有所增强，文学观念注入了人学因素而有所更新。由于在以人为本的人文思潮的渗染和洗礼下，不少古代文人或诗人具有独立自由的主体意识和文的自觉性；否则的话，先秦文学的自觉时代、魏晋南北朝"文的自觉"就不会出现，屈原、陶渊明、杜甫、李白、苏轼、李清照等这些世界级的大诗人大词人就不会彪炳于古代中国文学史乃至人类文学史。而到了明末，以李贽、三袁为代表的文人诗人的主体意识与独立人格则有了进一步的增强，"启蒙思想先驱者李贽可以说是个傲骨铮然的独立特行之士，尽管他没有公然背叛最高统治者，尚以'真儒''真道学'自居，但实质上他对皇权专制所以存在的思想基础和精神支柱程朱理学乃至圣人孔子提出了大胆的怀疑和尖锐的批判"，特别是"当最高统治者以'敢倡乱道'的罪名将他投入狱中而面临着生命威胁的时候，他以自刎狱中来对抗残虐的暴力，维护灵魂的永恒价值和自己学说的真理性"，正如他自白"我头可断而身不可辱"。直接受到李贽独立性格感染和熏陶的还有公安派三袁兄弟，"尽管三袁有不同的个性特点，但他们的独立性格却以'狂态'为共同特征。'狂'在他们眼里不仅是自己的高风亮节，也是他们神往的理想人格范型。即使竟陵派的钟惺、杰出戏剧家汤显祖、《南词叙录》的著者徐渭也是在浊流中保持独立性格的文人。虽然他们的嶙峋风骨与独立人格为儒佛道文化所铸，但其性格内涵的人文因素与晚清以后的现代人文精神是可以相通的。"既然文人具有了独立的主体意识，则对传统的"文以载道"便进行挑战，李贽创立了"童心说"，公安派、竟陵派则主张"性灵说"。不论"童心说"或"性灵说"，皆以人为思考中心，强调以"真人"为本、以"真心"为根来建构文学观，这既是对人性认识的深化又是对文学个性意识的强化。① 文学艺术是作家诗人创造的，文学的演化或转换也是由他们驱动的；然而并非所有的文人作家都能成为文学转换的推动者，唯有那些"不拘格套"敢于创新的文化先驱者才有可能推动古代文学向现代文学转换。虽然由于历史条件的限制，李贽等人文主义先驱者难能完成古代汉语文学向现代文学的转换，但是他们却以令人敬畏的魄力和胆识开拓了中国文学的新格局。

其三，以散文与诗歌两大文体为正宗的先秦时期形成的文学格局，演变到明末则初步出现了近似于现代文学的诗歌、散文、小说、戏剧四大文体相互辉映的文学格局，并呈示出雅俗并举的美学景观。在具有个性意识的人文思潮的渗透下和真人真心真情文学观的引导下，以及文化先驱者主体意识的驱动下，晚明公安派的诗歌创作在艺术造诣上虽然没有达到足以引导新的诗歌方向的成就，但是他们提出的"独抒性灵，不拘格套，非从自己胸臆中流出，不肯下笔"（《序小修诗》）的诗歌主张所显示的方向却是正确的，且写出了一些冲破古典审美规范的优秀诗篇，为源远流长的古代诗歌这条艺术风景线增添了新色彩。与诗歌在古代文学格局中具有同样重要地位的散文，到了明末出现同"道统"悖反的以"性灵"为核心的小品散文，体式并无定制，通常篇幅短小，结构松散随意，文笔轻灵有趣，这是散文所获得的一次解放，难怪周作人视其为现代散文小品之源。小说和戏剧这两大文体虽然到了明末仍未进入"大雅之堂"，处于文学格局的边缘位置，但是在资本主义经济萌动所产生的新思潮的激荡下却有了大的发展，形成了古代文学结构中两大耀目的艺术景观。不论长篇小说《金瓶梅》、短篇小说"三言"和"二拍"还是戏剧《牡丹亭》等，在审美内容上都程度不同地表现了人文情怀和人道

---

① 朱德发：《中国古代文学向现代文学转换的第一部曲》，《齐鲁学刊》，1991 年，第 3 期。

主题，特别是那些以情爱为叙事的小说和戏剧，所表现的情爱意识总是同批判意识交织在一起，对情爱的肯定总是伴随着对灭绝"人欲"的"天理"的否定，对人性的赞美总是伴随着对神性的揭露，这是个具有超越意义的可以与现代情爱意识接轨的母题；为适应人文主义思想在文本中的审美意识的完美表达，小说和戏剧的体式做了较大的调整或变革。如特别发达的长篇小说出现了讲史型小说叙事模式、神魔型小说叙事模式、世情型小说叙事模式、公安型小说叙事模式。而戏剧体裁在杂剧的基础上则有了较大革新，不仅创制了现实时事剧、讽刺剧和丰富多彩的爱情剧，而且戏剧形式趋向多样化、灵活化。晚明形成的诗歌、散文、小说、戏剧并生互映的文学格局为古代文学向现代文学转换展示了美好的前景；尤其值得提及的是，"雅"与"俗"文学传统相互混融的现象极为突出，"不仅大多数从事戏剧小说的文人同时也从事诗文创作，不仅出现了冯梦龙这样的以整理、编著通俗文学为毕生事业的缙绅人物，而且这一时代人们对于文学的基本观念、基本主张，是贯通于'雅'文学与'俗'文学两个方面的"。① 这种"雅"与"俗"并举互促的文学传统对晚清文学的影响深远。

其四，明末人文新潮作用于创作主体的文化人格，决定其对不同文体特别是具有俗化倾向小说、戏剧的营造大多选择了白话语言，借以表现其初获解放的思想情感与内心真声，促进古代文学的语言向白话蜕变，这就成了晚清文学整体结构变革出现的白话趋向的前奏。其实，以白话语言构建文学文本古已有之，并非始于明末，依照胡适的说法"中国的文学便分出了两条路子：一条是那模仿的，沿袭的，没有生气的古文文学；一条是那自然的，活泼的表现人生的白话文学。"② 而且"有了一千多年的白话文学作品：禅门语录，理学语录，白话诗调曲子，白话小说；特别是明中叶后"有无数的天才正在那儿用生动美丽的白话来创作《水浒传》、《金瓶梅》、《西游记》和'三言'、'二拍'的短篇小说，《擘破玉》、《打枣竿》、《桂枝儿》的小曲子"③。如果胡适的论述符合史实，能经得住历史的检验，那

---

① 章培恒、骆玉明主编：《中国文学史》（下），上海：复旦大学出版社 2005 年版，第 212 页。

② 胡适：《胡适全集》第 11 卷，合肥：安徽教育出版社 2003 年版，第 232 页。

③ 赵家璧主编：《中国新文学大系·建设理论集·导言》，上海：良友图书印刷公司 1935 年版，第 21 页。

么明末文学创作的白话化的确为晚清文学结构的调整或新变提供了参照，正如胡适所说的："那些小说是我们的白话老师，是我们国语的模范文，是我们的国语'无师自通'的速成学校。"①

既然明末已从古代中国文学母体结构中通过"内发式"的方式孳生出新文学的胚胎，这与西方文艺复兴15或16世纪的情状有所相似，那么东方的中国文学却为什么失去了此次向现代转换的机遇？考其原因极其复杂，笔者认为主要原因不外是：明末所出现的资本主义萌芽处于一种无组织状态，难能形成历史合力推动文化或文学大转换，而中国封建宗法社会的强控制中心又不可能成为新因素发育的母体，也更不可能使新因素形成一种相互调节的潜在结构；况且新因素的结合必须有坚强的"中介"，也就是新经济因素在明王朝的政治结构内部找不到得力的代理人，即使一度逸出传统的李贽等接受了市民人文意识的知识者，也遭到封建专政的残酷镇压或毁灭或沉沦。而通过科举制度选拔出的人才只输送进封建专制的官僚网络，不可能成为新因素结合的"中介"，反倒成了摧毁新因素的力量。特别是明末清兵入关，不仅给东南沿海发达城镇的经济、文化或文学的新因素以毁灭性的摧残，导致新文学因素积累过程的中断，而所带来的满族文化意识是源于落后的生产关系和社会形态。即使清王朝所汲取认同的中原文化也不是中华民族文化系统中能够孕育新结构的因素，乃是与其本民族文化相契合的能够强化其专制统治的部分。它几乎全盘接受了明朝的政治体制，推行比明朝还要残暴的文字狱，到了雍正时期形成了极端专政，造成人人自危、万马齐喑的恐怖气氛。所以这就使文化思想、文学艺术只能走上复古主义道路。明末在精神生产或文艺生产领域出现的新思想新文学因素不可能成为大气候，只能在曲折中萌动。尽管传统文学的转折如此之多艰，然而历史的曲折必然潜伏着发展的种子，即"在明末已经受到一定挫折的文学中的个性解放精神，在清前期文学中继续呈现退化状态，但这种退化并不是消失，而是艰难曲折地延续着。到了清代中期，虽然没有出现声势壮大的文学高潮，但由于明清更迭的历史动荡完全消失，民族矛盾亦已淡化，

---

① 赵家璧主编：《中国新文学大系·建筑理论集·导言》，上海：良友图书印刷公司1935年版，第23—24页。

个性发展与社会压抑的冲突重新成为首要的矛盾，个性解放的要求又有了顽强抬头的表现"①。这时所创作的长篇小说《红楼梦》、《儒林外史》等体现出的文化意蕴、审美意识与审美取向较之明末的《金瓶梅》、"三言"、"二拍"在现代因素的积累上又进了一个层次；然而可悲的是，这些文学作品所蕴含的新因素并不能通过"内发力"而组合成新质的文学结构以推动古代文学的大转换，只能等待新的历史机遇的到来。

（二）

传统宗法社会结构不解体而其内生成的文学系统也难以大调整大转换，但宗法社会结构的解体仅靠其"内发力"或农民暴动则不能从根本上动摇，或者凭借"历史合力"或者借助异质国家力量的强烈冲击，才有可能使宗法社会解体。正是从这样的意义来解读 1840 年爆发的"鸦片战争"，方可将其视为以武力方式摧毁了中国宗法社会结构并改变其运行方向的"现代性事件"。站在民族立场上怀着爱国胸怀来看待"鸦片战争"，无疑这是英帝国对我国的明目张胆地野蛮侵略，既毁坏了我国的生命财产，又伤害了"大清国"的民族尊严，使中国人蒙受了巨大屈辱，并激起无比愤慨；但如果换一角度来看，"鸦片战争"的爆发，又是否反映了人类发展史上的现代文明与古老文明的强烈冲突？这不仅是发达国家与落后国家之间武力与武力的对抗，也是战争背后的两种不同政治制度、两种不同经济形态乃至文化体系的对抗，而对抗的结果则是前者胜后者败。尽管胜者与败者的心理感受有别样的差异，但它打开了清朝封闭的大门、中西文明冲撞交汇的大门以及宗法社会的僵化结构，却是铁的事实。随后连续不断地发生域外列强的武力入侵，加剧了宗法社会结构的解体和清王朝的崩溃；从清王朝的节节失败和列强的屡屡战胜中，越发显现出现代文明的物质层面或精神层面较之清王朝所固守的传统文明要优越得多先进得多。正是在列强现代化武器的打击下和清王朝内部腐败的反作用下，中国整个社会结构的政治维度、经济维度和文化维度涌现出有利于古代

---

① 章培恒、骆玉明主编：《中国文学史》（下），上海：复旦大学出版社 2005 年版，第 391 页。

中国文学向现代中国文学转换的新物质和新精神条件；而这诸多物质的精神的条件大都具有现代性，它们是在现代与古代、先进与守成、东与西、洋与中、新与旧的悖论冲突的错综纠葛中产生的。所以这就给有助于文学变革或转换的具有现代性的物质和精神条件带来复杂面目，它既有别于西方话语的现代性又不同于中国修辞的民族性，而是烙上了中国印记的现代性。由于这些条件所产生的综合效用与强力功能，致使古代中国文学的主流在晚清文学变革中向现代中国文学开始了结构性的转换。

从政治维度考之，在中西政治文明的反复较量中，面对着救亡图存的民族危亡，一些仁人志士选择了比清王朝专制政体更先进的政治体制。前有洋务派的张之洞在《劝学篇》中主张"西政之可以起吾疾者取之"，后有梁启超在《国家思想变迁异同论》（1901）中提出的"国家者，本于人性，成于人为"、"乃生民以宪法而构造之"的现代民族国家想象；而在实践上则前有洋务运动后有维新变法。"洋务运动可以说是一种稳健的变法改良运动，而面临日益危急的形势，甲午战争以后一种更为激进的变法改良运动迅疾兴起，这就是以康有为、梁启超为代表，受到光绪皇帝支持的戊戌变法"①。洋务运动和戊戌变法实质上都是对清王朝政治体制的变革，以实行如同日本明治维新所推行的现代民主性的君主立宪，虽然这两次政治改良都没有获得成功，但是"西政"及其民主意识却深入人心；特别是通过对维新变法的反思，以白话文学作为"新民"利器的启蒙思潮则勃然而起。

不仅政治改良为古代文学向现代转换提供了一定的制度保障，难以再出现雍正、乾隆时期的"文字狱"，即使出现了也可以到国门之外的异国提倡新文学，国门一旦打开就难以关上了；而且从经济维度来考察，资本主义经济有了快速的发展，特别是在屡次战争中被列强瓜分去的沿海地区的各个城市，既有外资企业于租界的疯狂兴办，又有民族工商业如雨后春笋般的苗长，这就使现代市民阶层迅速扩大及其市民意识快速增强。为满足其精神文化的消费和审美的急切需要，以现代技术印制的平版书籍、期刊杂志、各类报纸等构成了繁盛的文化市场，借助现代媒介的迅速广泛地传播，如同给文学的发展和转型插上翅膀。因此，现代经

---

① 章培恒、骆玉明主编：《中国文学史》（下），上海：复旦大学出版社2005年版，第398页。

济的繁荣、文化市场的出现、传播媒介的昌兴以及市民阶层的崛起，这不能不使沿海城市尤其是沪、京、津这样的大城市成为古代文学向现代文学转换的策源地与发祥地。如果说作为北方的在西方物质文明与精神文明强势迫使下步入现代化轨道的北京，仍笼罩着权利角逐、官场腐败的保守气势，现代文明与传统文明处于相互混杂纠缠的状态，尽管1905年废除科举而新式教育兴起为古代文学向现代文学转换培养了人才也制造了舆论，然而这些人才和舆论往往是中洋杂糅新旧兼备，难免给中国文学的现代化一开始就涂抹上杂色；那么偏于南方的上海在列强的军事政治经济文化全面入侵而划定的租界殖民区的合力推动与渗透下，则成为中国第一座全方位走上现代化轨道的大都会，华洋杂居，中外通商，相互影响，相互促进，实业昌兴，经贸繁荣。尤其引入西方精神与物质文明的加快进一步驱动了上海现代化的步伐，这越来越拉开了上海这座现代化城市方方面面与内地城乡的巨大差距，致使上海成为中国传统文化文学向现代化转变的重镇和策源地。仅就文化工业来说，"现代印刷业推动了书报业，使其成本低廉，传播速度快捷，读者广大，维新变法人士总是把办报纸、开学堂、倡新学互相联在一起"①。严复、夏曾佑、王韬、黄遵宪、梁启超等，是推动古代中国文学向现代中国文学转换的先驱者，大都是借助兴办报刊来完成的。例如：为古代文学转换提供进化论与人本论思想武器的严复，在天津参与创办的《国闻报》（1897）发表了他把英国生物学家赫胥黎的著作《进化论与伦理学》翻译成的《天演论》，以及他与夏曾佑合写的《国闻报馆附印说部缘起》，这两个文献所宣传的进化论与人性论可以毫无夸张地说，对中国古代文学思想和文学形态向现代转换所产生的影响与意义是划时代的；上海创办的《时务报》（1896）由梁启超主笔，倡变法革文学；1904年上海创办的《时报》，梁启超对其新闻报道进行革新，并开设"小说"、"余兴"诸栏目，这为中国报界开辟了文学阵地，又为晚清古代文学向现代转换提供了媒体；至于稍晚（1907）在上海出版的《时事报》（后更名《时事新报》）对于助推文学转型，刊载新文学发挥了不可低估的作用。此外，与大陆不可分割的港澳台诸海岛，鸦片战争前后变成殖民地，特别甲午战争后台湾落入日本之手。它们先后在殖民化

---

① 吴福辉：插图本《中国现代文学发展史》，北京：北京大学出版社2010年版，第8页。

过程中，不论政治、经济乃至文化既与古代中国传统融合又与其决裂，并逐步变成现代化的城市或区域；而中国文人所创作的文学也是古代文学向现代文学转变的有机组成部分。应看到，"香港大约在 1928 年开始有新文学"之前即晚清以降时期，"香港经济建设虽已有一定程度的发展，城市的规模日趋现代化，但人们的思想仍很守旧，文化仍很落后"；就是到了"20 年代初，香港小学校的课本只限于《论语》、《孟子》、《诗经》、《故事琼林》等等"①，乃至 1924 年才创办类似晚清半文半白的刊物《小说星期刊》，这说明香港文学步入现代化历程较晚，也表明经济的现代化与文学文化的现代化并不完全是同步的；然而，台湾地区却与香港有所不同，仅活跃于日据时期的台湾三大诗人连横、胡殿鹏、林资修所创作的诗歌就为现代中国文学增添了奇葩。

　　文化与政治、经济之间的关系，并非完全是后者决定前者的，有什么样的政治、经济就有什么样的文化的直线因果关系，实质上它们之间的关系极为复杂，其对于文学的影响和作用并不都是等值的或直接的。从晚清的古代文学向现代转换来看，起作用最大的最直接的、影响最深最远的则是文化思想。文化思想不仅给古代中国文学向现代中国文学转换的趋向以制导或以调整，给文学文本建构以意蕴或以灵魂；并且给驱动文学转换或营造新文本的仁人志士的主体意识或人格塑造注入了现代思想或美学意识。对于前者来说，晚清文化先驱者处于一个经历鸦片战争、甲午战争等外国列强瓜分我国的救亡图存的危机环境，而且中外文化思潮的碰撞与交汇也进入一个新的历史阶段，特别是社会重大问题的焦点已聚集在政治制度和上层建筑的全面改革上，否则中国就难能得救和振兴。"于是在这种情势与背景下，便在摇摇欲坠的清朝王国里兴起一场以探讨中国人的价值、历史命运、生存状态、国民根性为人学中心内容的现代思想启蒙运动。如果说晚明的以人文主义为核心的人学思想，是从儒家的本源文化中分化出来的，那么晚清的人学思想，则主要源于西方现代文化意识。虽然晚清人文思想对晚明以自然论为基石的人学思想也有不自觉的承续或不谋而合之处，然而自觉地有意识地汲取的文化思想却是西方的现代人文主义思想及其他文化意识，这就决定了晚清人学思想及其

---

① 　王剑丛：《二十世纪香港文学》，济南：山东教育出版社 1996 年版，第 24 页。

派生出的文学观念不同于晚明人学思想的特点和文学意识的现代化的特征。"[①]

任何一种新文化思想的倡导或传播并非所有的人都能接受和认同，亦不是瞬间即可形成思想潮流，必须借助少数文化先驱者如严复、梁启超等积极地汲取新思想并创办现代媒体大力传播新思想，这样方能形成强劲的新思潮；它既可以塑造一个时代的社会文化心理，又可以聚集巨大的思想能量驱动古代文化文学在接纳与承传中向现代化方向转变。晚清先驱者在中外文化思想比较中所力图建构的现代人学则是以"国民"为本位，以"自由"为核心，以"新民"为旨归；而这种人学思想既有对先秦以来民本主义思想的承传，又有对西方现代人本主义思想的吸纳，前者也许是"自然的非自觉"的承续，而后者则是自觉地有意识地"拿来"。严复认为中国之所以不能像西方国家那样实行"崇真"的科学思想和"为公"的民主思想，这"与中国理道初无异"，关键在于"自由不自由异耳"(《论世变之亟》)；也就是说中国不能推行科学和民主就是因为只重专制不讲自由，导致国家日趋落后腐败。而西方国家正是因为有了自由的社会环境，故畅行无阻地实现科学与民主并日益强盛起来，因此他提倡改革的根本必须以自由精神"鼓民力"、"开民智"、"新民德"(《原强》)，借助思想启蒙来提高国民素质与人性觉悟。这与他在《天演论》中主张的进化论新思维一样，向变革者指出了"治华"的当务之急是研究中国人的国民性，并以现代意识来唤醒他们。虽然以"自由"为核心的人学思想家严复提倡在先，但是真正下大力气阐释并播扬这一现代人文思想的却是梁启超；特别是他于1902年亡命日本后尽力地汲取卢梭、孟德斯鸠等人的启蒙思想，连续在《新民丛报》上发表了20篇鼓吹思想启蒙的论文，后汇编成的《新民说》似可视为其人学思想的集大成。《新民说》的宗旨是塑造有别于古代社会文化人格的现代社会的理想人格，而这种理想人格能适应社会变革的需要。他有强烈的求新求变的进取心，体魄心态强健，遵纪守法，爱己尊人，以自由民主为思想之魂，这似应看做现代文化先驱者的共同人学观念。梁启超为塑造中国人的理想人格，便在《中国积弱溯源论》中深刻剖析了中国人性积弱的多维根源：其中之一就是处于一个"竞争者，进化之母"的时代，但其体制却是"大一统"，致

---

① 朱德发：《世界化视野中的现代中国文学》，济南：山东教育出版社2003年版，第40页。

使"竞争力消乏"和"竞争绝",每个人没有竞争意识只有被时代所淘汰;其中之二就是中国长期"言文分而人智局",造成"性灵之竣发"不锐、"思想之传播独迟"的后果,人性不能及时受到新思潮的洗礼难免被时代所抛弃;其中之三就是中国"学说隘而思想窒",久而久之致使全国思想界"消沉极"矣;而国民性积弱的心理根源则是"奴隶性",这是数千年的封建宗法制及其思想的专制性造成的必然结果。因为只有君主一人有自由而其他人毫无自由、君主一人大权在握而人民毫无权力,这势必扭曲了国民的健全人性,养成依附心理和残缺人格,人人但求自保,对民族国家命运漠不关心,四万万人犹如一盘散沙,面对如狼似虎的列强,岂有不败之理。故而梁启超站在救亡图存的忧国忧民的立场上痛切地号召改造国民性,呼唤新民出世:"中国数千年之腐败,其祸报于今日,推其大原,皆必自奴隶性来。不除此性,中国万不能立于世界万国之列。而自由云云,正使人自知其本性,而不受箝制于他人。今日非施此药,万不能治此病。"① 并进一步分析说:"吾中国四万万人,无一可称完人者,以其仅有形质界之生命,而无精神界之生命也。故今日欲救精神界之中国,舍自由美德外,其道无由。""自由"之所以能救精神界之中国、能医治国民的奴性心理,从道理上说,"自由者,权利之表征也。凡人所以为人者,有二大要件:一曰生命,二曰权利,二者缺一,时乃非人,故自由者亦精神界之生命也。"② 从国外经验看,"'不自由毋宁死'!斯语也,实18、19两世纪中,欧美诸国所以立国之本原也。自由之义,适用于今日这中国乎?曰:自由者,天下之公理,人生之要具,无往而不适用者也。"③ 既然"自由"具有普世价值与巨大思想威力,那么对于每个中国人来说只有获得真正的自由意识和做人的权利,方可使自己逐步确立现代化的理想人格。梁氏所认同的"自由"与传统文化强调的"仁者爱人"、"泛爱众"的人文主义所达到的境界虽然有所相通,但它充分尊重"自我"和"个人",而所突出的是自我人格的自由与个人才能的展示,

---

① 梁启超:《致康有为书》,《梁启超选集》,上海:上海人民出版社1984年版。
② 梁启超:《十种德性相反相成义》,《辛亥革命前十年间时论选集》第1卷(上),北京:三联书店1978年版。
③ 梁启超:《新民说·论自由》,《辛亥革命前十年间时论选集》第1卷(上),北京:三联书店1978年版。

其价值取向是西方的"个人至上"的伦理意识,这与晚明的尊己重我的人文主义颇有更多的相似之处。究竟在中国怎样才能获得理想人格,梁氏也做了多方面的探索,他认为取得自由人格必须经过"利己·利他·利国"三个逻辑层次,也就是说作为中国人只有把"利己"与"利他"结合起来方是"真能爱己者",并能"推此心以爱家、爱国"或"爱人、爱国人"①。梁启超这种以自由为核心、把"利己"与"爱他"、"爱人"、"爱国"结合起来的人学思想是具有中国特色的现代文化意识,既标示出中国传统文化思想向现代文化的转变,又制导着古代文学向现代文学转换;晚清文化先驱者以上述这种启蒙思想借助文学之力来"新民",而五四新文化先驱者鲁迅亦是用"立人"与"立国"相结合的启蒙意识来改造国民性以塑造国民新魂。可以说没有晚清兴起的以人为本的启蒙思想就没有现代文化建构,亦没有现代文学的营造。而晚清与五四的文化启蒙与启蒙文学则是互通的,正如陈独秀所指出的:"吾辈今日得稍有世界知识,其源泉乃康、梁二先生之赐。是二先生维新觉世之功,吾国近代文明史所应大书特书者矣。"②晚清文化先驱者如严复、夏曾佑、黄遵宪、康有为、梁启超等在传播弘扬现代文化意识的过程中,实际上也在塑造自己的文化人格,从传统文化与西方文化的冲突或对接里吸纳为己所需的因素,而排拒那些不适用或过时的东西,积极参与维新变法或文学改良实践,在推动社会结构转型的同时亦成为驱动文学向现代文学转换的引导者和变革者,使其现代文化人格对于社会结构或文学结构的更新都能发挥出内在威力。

当古代中国文学结构形态,在外部的政治、经济生态环境的新因素的作用下和文化形态新因素的激荡下,面临着向现代中国文学结构形态转换时,仅靠"自然的演化"方式是不够的,必须采取"人力在那自然演进的缓步徐行的历程上,有意的加一鞭"的革命方式,也就是"加上一种有意的鼓吹,加上人工的促进"③。19世纪与20世纪之交所掀起的文学改良运动并没采取彻底批判、彻底否定旧文学的激进革命方式,而是"一种有意的鼓吹"和"人工的促进"的变革方式;积

---

① 梁启超:《十种德性相反相成义》,《辛亥革命前十年间时论选集》第 1 卷(上),北京:三联书店 1978 年版。

② 陈独秀:《驳康有为致总统总理书》,《新青年》,第 2 卷,1916 年 10 月,第 2 号。

③ 胡适:《胡适全集》第 11 卷,合肥:安徽教育出版社 2003 年版,第 201 页。

极参与并率领这场文学改良运动的先驱者梁启超曾在《释革》中指出："以日人之译名言之，则宗教有宗教之革命，道德有道德之革命，学术有学术之革命，文学有文学之革命，风俗有风俗之革命，产业有产业之革命，即今日中国新学小生之恒言，固有所谓经学革命、史学革命、文界革命、诗界革命、曲界革命、小说界革命、音乐界革命、文字革命等等种种名词矣"，而"其本义实变革而已"。实际上这诸多"革命"发生于世纪之交是互相联系互相影响互相作用的，而其中的"诗界革命"、"小说界革命"、"文界革命"、"曲界（戏剧）革命"和"文字革命"因受其他革命的综合驱动则越发能增进其变革的速度与力度；并由此可以窥见晚清的文学改良运动与明末的人文启蒙运动相比更富有现代性的功效。因为它不仅与其他领域的革命捆绑在一起，有利于借助外力的推动，而且有先驱者的有口号有主张的自觉倡导和有意鼓吹，又有不少维新志士的积极响应，形成一支变革文学的群体力量；不仅文学改良造成了巨大声势和宏大规模，亦与维新变法的政治运动和改造国民性的思想启蒙运动得以结合，而且"小说界革命"、"诗界革命"、"文界革命"等理论主张密切联系创作实践，致使文学运动形态与文学创作形态的互动互证产生了可观的实绩。这一切所生发的效能与威力，推动古代中国文学向现代中国文学合乎规律地转换。

（三）

上述仅仅从政治、经济、文化、文学变革等维度，考察了古代文学演进到晚清王朝出现了向现代文学转换的新的物质与精神条件，而这诸多条件所形成的"合力"促进了古代文学向现代文学转换。既然维新变法运动兴起的世纪之交，导致古代文学开始全方位地向现代文学转换，那么其转换的基本特征应如何把握？对此学术界见解不一：有的认为中国现代文学的源头始于世纪之交的戊戌变法；有的认为中国现代文学的发端标志应"从19世纪80年代末、90年代初算起"，主要根据一是黄遵宪1887年定稿的《日本国志》就提出了"言文合一"说，二是陈季同于 1890 年出版了"中国作家写的第一部现代意义"的长篇小说《黄衫客传奇》①；有的认为韩邦庆于 1892 年开始在上海《申报》附出的刊物《海上奇书》上连载的《海上花列传》，是中国"现代通俗小说开山之作"，"它在文学创作上具有开创的意义"②，等等。笔者大致持有前者的观点，对于后两者提出的古代文学转换为现代文学的个案根据亦表同意；不过对于古代中国文学转换成现代中国文学的标志或特征的认识应置于两个前提下：一是"世界的文学"背景。因为早在 1827 年歌德读了明代言情小说《风月好逑传》，并与他写的《赫尔曼与窦绿台》以及英国查理生写的小说相对照，发现了"很多类似的地方"，认识到"民族文学在现代算不了很大的一回事，世界文学的时代已快来临了"③，也许这是歌德站在全人类的立场上首先发出的建构"世界文学"的呼唤；到了 19 世纪 40 年代马克思、恩格斯深刻洞察了全球各民族之间的关系在资本主义市场经济的推动下所发生的巨变而带来的世界文化文学的新趋向，遂在《共产党宣言》中提出"世界的文学"的命题。虽然中国文学在明代就与世界文学发生关联，但真正进入"世界的文学"格局则是随着西方列强的大炮轰开清朝封闭的国门而逐步开放的，到了晚清，中国文学的变革或转型越来越离不开世界其他民族文学作为资源与参照了。二是"现代民族国家"语境。清王朝建立的大一统的专制帝国在内忧外患聚集起的强力摧毁下，及至世纪之交已发生分崩离析的解构，而仁人志士如康梁提出的"现代民族国家想象"与维新运动倡导的君主立宪已把我国纳入现代化国家的轨道，虽然这只是"现代民族国家"的肇始，但却为考察古代文学向现代文学转换提供了"现代中国"的生态环境。只有在"世界文学"格局和"现代中国"语境下洞察古今文学的现代转换，方可以从多方面看清现代文学特征并非那么单纯而明晰，往往以复杂而模糊的面貌显示出来，仿佛是一种悖论式的文学形态，实质上这才是从"中体西用"模型里铸造的"现代性中国文学"。

考量晚清文学的现代性特征，首先应考析文学转换的推动或创造主体的文化

---

① 严家炎主编：《二十世纪中国文学史》（上），北京：高等教育出版社 2010 年版，第 7—10 页。

② 范伯群：《中国现代通俗文学史》，北京：北京大学出版社 2007 年版，第 14 页。

③ 【德】爱克曼著，朱光潜译：《歌德谈话录》，北京：人民文学出版社 1978 年版，第 112 页。

视野、知识结构、思维方式及其所掌控的现代媒体，这是决定古代文学向现代文学转换并使其所营构的文学殿堂是否属于现代型的关键所在。道理很简单，因为文学转换及其证实文学转型的文本皆是新文学先驱者所为。而这些先驱者大都具有宏阔的世界文化视野、中外古今贯通的知识结构、或进化思维或人本思维或求变趋新思维，主办或依附现代报刊来提倡新文学或创造新文学，并且他们身兼多重身份，作家或诗人并非其专职，只是随着文学变革的深入方出现以稿酬为生的职业作家。有的研究者把古代文学作家群体的在朝或在野的"士"与现代（或曰近代）作家队伍构成做了对比，认为1898年前后的作家群是由中国近代（或现代）第一批知识分子组成，"它包括三部分人：一是使外人员（包括在国外从事近代文化事业者，以及旅外文化精英）；二是新式学堂和教会学校的学生；三是留学生。19世纪末这三种人占当时主流作家的三分之一左右。著名者有王韬、郭嵩焘、黎庶昌、薛福成、马建忠、黄遵宪、曾广金、严复、陈季同、陈寿彭、辜鸿铭、康有为、梁启超、狄葆贤、蒋观云、陈荣衮、罗普、王国维、熊垓、周宏业、陈家麟等人。"①就以其中陈季同为例具体说明之。陈季同（1852—1907）生于开放的沿海地区福建，青少年时代既在传统教育模式中获得古代文化文学的学养，又从新式学堂通过法籍教师授课在打好法文基础的同时晓知了法国文学；后因赴英法各国参观学习和担任外交使节，前后在国外生活近二十年，精通了法文等，通晓了西欧文学，并在中西古今文化的长期交流对话中，使他具有学贯中西的知识结构和全球化的文化视野，以及进化的人本的思维模式与自觉参与世界文学建构的雄心和壮举。这从"直到戊戌变法的那年"便与陈季同结成师生关系的曾朴的亲身感受与认知中，可以深切地理解陈氏何以能作为现代文学先驱者和现代小说开创者所具备的主观优越条件："陈季同将军在法国最久，他的夫人便是法国人。他的中国旧文学也是很好，但尤其精通法国文学"；"他指示我文艺复兴的关系，古典和浪漫的区别，自然派、象征派，和近代各派自由进展的趋势；古典派中，他教我读拉勃来的《巨人传》，龙沙尔的诗，拉星和莫里哀的悲喜剧，白罗瓦的《诗法》，巴斯卡的《思想》，孟丹尼的小论；浪漫派中，他教我读服尔德的历史，卢梭的论文，嚣俄的小

---

① 郭延礼：《中国前现代文学的转型》，济南：山东大学出版社2005年版，第4页。

说，威尼的诗，大仲马的戏剧，米显雷的历史；自然派里，他教我读弗劳贝、佐拉、莫泊三的小说，李尔的诗，小仲马的戏剧，泰恩的批评；一直到近代的白伦内甸的《文学史》，和杜丹、蒲尔善、佛朗士、陆悌的作品；又指点我法译本的意、西、英、德各国的作家名著"。"他常和我说：我们在这个时代，不但科学，非奋力前进，不能竞存，就是文学，也不可妄自尊大，自命为独一无二的文学之邦；殊不知人家（指法国）的进步，和别的学问一样的一日千里，论到文学的统系来，就没有拿我们算在数内，比日本都不如哩"。"我们现在要勉力的，第一不要局于一国的文学，嚣然自足，该推广而参加世界的文学；既要参加世界的文学，入手方法，先要去隔膜，免误会。要去隔膜，非提倡大规模的翻译不可，不但他们的名作要多译进来，我们的重要作品，也要全译出去。要免误会，非把我们在文学上相传的习惯改革不可，不但成见要破除，连方式都要变换，以求一致。"① 从这种教与学的对话关系中足以见出这是地道的现代话语，至少可以映显出：不仅作为现代文化文学先贤的陈季同既具有西欧自文艺复兴以来的现代文学知识系统和现代文化文学观念，又具有现代进化思维和"参加世界的文学"构想以及变革中国文学旧习惯旧成见的主张；而且作为现代白话小说《孽海花》作者的曾朴也在老师的教导下，系统地阅读了西方文学，开拓了知识视野，更新了文学观念，深化了文学修养，并"发了文学狂"，既搞创作又搞翻译，也办《小说林》社，尽力参与同世界文学的现代化接轨。如果说陈季同用法文创作的"Leromandel'homme jaune"（《黄衫客传奇》），是"精心设计了新的结构和细节，是一部现代意义上的欧式小说"，② 为古代文学向现代文学转型树立了第一个标杆；那么他从实践上采取双向互动的方式，既把西方文学翻译成中文输入进来，又把中国文学翻译成外文送出去，也是为参与世界文学建构并做出独特贡献的第一人。

　　文学观念调整或更新的先行或与创作实践并行，是古代中国文学在世纪之交向现代中国文学转换所显现出的规律性，而新文学观念的形成也是文学现代化的重要表征之一。虽然不能说文学观念的现代化与文学创作的现代化完全是同质同

---

① 胡适：《胡适全集》第 3 卷，合肥：安徽教育出版社 2003 年版，第 806—809 页。

② 参见郭延礼著：《中国前现代文学的转型》，济南：山东大学出版社 2005 年版，第 194 页。

构的，但文学观念的调整或更新却适应了文学创作的新诉求，并能引导文学创作的新趋向。由于文学先驱们在中西文化的交汇中获得了新视野、新知识和新思维，致使其对中国文学改良在理论层面进行探索和择取而形成了诸多纯粹新颖或新旧杂糅的文学观念，其中除了裘廷梁提出的"崇白话而废文言"①的白话文学观与此后胡适提出的白话文学主张互为相通外，最具有理论形态的也具有统领性的是"人性"文学观与"新民"文学观。它们是属于人学范畴的，虽与晚明李贽等的人学文学观有相通之点，但晚清的文学观主要源于西方的现代人文主义理论，因而也是更具有现代色彩的文学观。所谓"人性"文学观就是把表现人性作为文学创作的旨归，这是尊重人的自由、强调人的主体意识的现代人学思想在文学观念上的体现。1898 年严复和夏曾佑在天津《国闻报》上发表的《国闻报馆附印说部缘起》便指出文学必须表现英雄、男女的"公性情"，即普遍的人性。这不仅因为公性情"一曰英雄，一曰男女"，而"此公性情者，原出于天，流为种智"，所以"非有英雄之性不能竞争，非有男女之性不能传种也"，如果文学不表现这"公性情"，那它就不能"流传于后世"，而文学本身也不能播扬。正因如此，文学应该倡人欲讲人性而不是"存天理，灭人欲"；而且还因为英雄之性、男女之情"此其所以斯世之物之无不具其此性"，对于这种普遍存在的人性，这就要求文学既要表现状元宰相才子佳人的"公性情"，也要表现"小人"即普通老百姓的喜怒哀乐。凡是人性都是"性善"，"人人既是天生，则直录于天，人人皆独立而平等"，② 故而文学表现"公性情"就不能有贵贱之分，应该平等对待。这种"人性"文学观显然受到西方"天赋人权"的人性博爱、人性皆善的启蒙人学思想的影响。强调文学表现、播扬人性，这无疑是人的文学观，与此后周作人在五四文学革命倡导的"人的文学"有一脉相承之妙，都和传统的"文以载道"文学观区别开来；但是也必须指出，晚清文学先驱者的文学观如同其人学思想一样依然充满了矛盾。既然强调文学表现人性皆善、人人平等的思想主题，那就应该产生人性大解放、民主意识大张扬

---

① 裘廷梁：《论白话为维新之本》，《辛亥革命前十年间时论选集》第 1 卷（上），北京：三联书店 1978 年版。

② 严复、夏曾佑：《国闻报馆附印说部缘起》，《中国近代文论选》（上），北京：人民文学出版社 1959 年版。

的社会效应，但为什么却说"儒、墨、佛、耶、回之教，凭此而出兴；君主、民主、君主并之政由此而建立"①？从这看似矛盾的文学观的人文思想基础所产生的张力中，可以感悟到先驱者并没有完全把西方以平等、博爱、人权为核心内涵的现代人学思想同儒、墨、佛、耶、回等宗教所蕴含的人学思想对立起来，而看到了它们之间有互通的人学意识，若是以文学为载体鼓吹西方的性善说、博爱说、平等说、人权说可以点燃或充实诸宗教固有的人学内涵，那有可能使之昌兴起来；同时也看到了文学内含的现代人学意识有助于"君主、民主、君民并立之政"这种宪政制度的建立。然而，他们却没有认清西方现代人学思想与各宗教意识和君主立宪思想，还有矛盾的一面。而这矛盾的一面就是把人性与压抑人性的宗教思想、把个性与摧残个性的君主撮合在一起，使建立在现代人学思想上的文学观于引导创作实践中出现人性意识与宗教观念并存、君权与民权杂糅的主题，也许这就是中国文学现代性的复杂面孔吧？

与"人性"文学观相联的是"新民"文学观，虽然它们都是现代性的启蒙文学观，但对文学创作的规范与要求却有所不同。前者强调表现人性，这是文学之所以为人学的特质所在，后者则强调文学的"新民"启蒙功能，即文学既要"鼓民力"、"开民智"、"新民德"以塑造国民的灵魂，又要发掘并弘扬真善美的人性；而这一点则与"人性"文学观相通，即使"民力"、"民智"、"民德"也含有人性的内容。所谓"新民"文学观与梁启超的《新民说》联系在一起，旨在借文学之言"以发起国民政治思想，激励其爱国精神"。②因为甲午战争、戊戌变法的失败使文化先驱们从国耻与血泊中沉痛总结教训并从而形成一种共识，即中国社会变革已进入"人心之营构"的新阶段，每一种文学观念的调整都要以"新民"为最高价值目标，都要以改造文化心理素质、塑造国民灵魂、启发国民觉悟、优化国民性格为己任。彼时在日本留学的鲁迅也为中国文学现代化的热潮所感染所推动，投入了"营构人心"的改造国民性的启蒙工程，并与梁启超等取得了相同的认识："我们的第一要著，是在改造他们（指国民）的精神，而善于改变精神的是，我

---

① 汤哲声：《中国文学现代化的转型》，南京：南京大学出版社 1995 年版，第 58 页。
② 梁启超：《中国唯一之文学报刊小说》，《新民丛报》，1902 年 7 月 15 日，第 14 号。

那时以为当然要推文艺，于是想提倡文艺运动了。"①虽然在文学观念更新上，严复、夏曾佑、黄遵宪、徐念慈、王国维等都有自己的建树，但是影响最大、建树最多的当属梁启超。郭沫若说过："文学革命是资产阶级革命的一种表征，所以这个革命的滥觞应该要追溯到满清末年资产阶级意识觉醒的时候。这个滥觞时期的代表，我们当推数梁任公。"②梁启超提出的"新民"文学观就其对政治意识的关注来说，诚然不能不受到传统文学总是与政治结缘的影响，即不论《诗经》、《楚辞》或者唐诗宋词，都隐含着古代文人的济民匡国乃至平天下的政治抱负，到了元明清时的叙事文学作品如小说戏剧越发增强了政治意识；但是从价值指向、服务对象和作家使命感上来看，"新民"文学观却与传统的"臣民"文学观划清界限。倘若说"臣民"文学观使文学创作陷入封建"政统"与"道统"的奴仆境遇，那么"新民"文学观则是着重吸纳了欧美、日本的"国民"意识及文艺复兴以来人本主义文学理性精神所形成的以"民"为本位的现代文学意识。在此"新民"文学观导引下的诗文、小说和戏剧创作，不再是外于自我的神圣教条的信奉与颂赞，而是充满着只有自由主体思维下才有的"问题意识"以及针对现实问题所开的"药方"，洋溢着化为激情的理性和理性的激情，特别是小说、戏剧文本显示出写实主义美学取向。借助外来文化观念激发下所形成的晚清人学思想赋予"新民"文学观的，不只是重视启示人性解放和个性意识，而且从救亡图存出发尤其强调国民性的改造，把国民思想启蒙视为中国政治变革的中心环节，那国民思想启蒙最有效的工具当属文学。所以，"诗界革命"、"小说界革命"或"文界革命"、"戏剧界革命"，无不把文学当成"新民"的利器；特别是首倡"小说界革命"的梁启超一再强调小说对于"新民"有一种无可估量的神秘力量。不过梁氏的"新民"文学观在将文学的社会功利提到吓人高度的同时，也注意到文学的艺术特点与美感作用，如提及小说有熏、浸、刺、提四种心理感染力，就触摸到了文学的艺术功能，这在一定程度上弥补了"新民"文学观在价值取向上的思想化政治化的偏颇。即使晚清的王国维较早地接纳了西方叔本华的生命哲学而认识到文学是作家内心痛

---

① 鲁迅：《〈呐喊〉自序》，《鲁迅全集》第 1 卷，北京：人民文学出版社 1981 年版。
② 郭沫若：《文学革命之回顾》，《文艺讲座》，1930 年 4 月 10 日，第 1 册。

苦情感排遣或释放的载体，使其在"美术之慰藉中尤以文学为大，勿须将文学与政治纠结起来"，它只是自我情感的表现；却也最终没逃出政治的魔咒，不得不把文学的价值取向汇归入"启蒙"的"工具"的大流之中去①。"概言之，不论是'人性'文学观还是'新民'文学观，都是以晚清人文精神或启蒙思想作为理论基石的，'人性'文学观是着眼于文学的本体，'新民'文学观则是文学的社会功能，一个向内一个向外，目的皆是为了建构一种以国民为本位、以自由为灵魂、以启蒙为功能的新型文学。"②此种启蒙文学观及其所创作的启蒙文学文本，都是现代化的典型特征。

维新变法前后的文学创作形态最能显示文学改良的实绩，这也是考察古代中国文学转换为现代性文学的最复杂载体；而文学创作显示的复杂面貌又与启蒙文学观念的矛盾性相关联，更同创作主体的积极探索和多方实验密切相关。实质上探索与实验的过程，就是对文学现代化的追求或现代性的表现。"诗界革命"、"文界革命"、"小说界革命"、"戏剧界革命"，作为一场文学变革运动是在救亡图存危机感和思想启蒙紧迫感的驱动下进行的，而对各种文体和语体的改良或实验则首先改变了中国文学的整体格局。这主要体现在：一是各文体有了现代的科学命名，使文学从杂文学或含浑说中分离出来，每种文体有了与西方文体一致的具有规定内涵与明晰界线的命名，这是现代科学思维用于文体分析的结果。古代文学演化到明末虽文学体式有了明显的分殊，但对其命名仍不规范，如小说或曰话本或曰传奇或曰说部，只是到了维新变法前后方有了诗歌、小说、散文、戏剧等现代名称；不必考证这四大文体概念是由陈季同从法国引进的还是梁启超从日本译过来的，但有一点必须肯定，文体的重新命名却是中国文学现代化的表征。二是小说这种边缘文体到了晚清受到特别推崇，一种合力把小说抬进了文学格局的正宗地位，大有取代数千年来诗歌与散文而独占文学大雅之堂宝座之势。之所以说这是一种合力推动的结果，不仅因为维新变法前康有为就发现了"泰西尤隆小说学"，③并设想以小说来"教化"国民，充分发挥小说的教育启蒙功能；不仅因为严复、夏曾

---

① 汤哲声：《中国文学现代化的转型》，南京：南京大学出版社 1995 年版，第 71 页。
② 朱德发：《世界化视野中的现代中国文学》，济南：山东教育出版社 2003 年版，第 47 页。
③ 康有为：《日本书目志》卷十四"识语"，上海：上海大同书局 1897 年版。

佑于 1897 年发表的《国闻报馆附印说部缘起》，强调小说是"人心所构之史"、"为正史之根"；而且更因为梁启超亡命日本为适应思想启蒙运动之需，于 1902 年发表了《论小说与群治之关系》这篇掀动"小说界革命"的纲领性论文，群起响应之，以集群之力把小说推上文学的顶峰，从而彻底改变了它在中国文学格局中的位置。若说小说文体地位的改变为文人所公认，那么戏剧在晚清的文体格局中是否亦占一席之地？在古代中国文学史上，戏剧从来不算文学，尽管元杂剧产生不少古典名剧而它的地位却如同杂耍一样，只能在勾栏酒馆茶楼中演出，属于供人消遣娱乐的民间艺术，这完全不同于西方古希腊戏剧一开始就具有重要的正宗文学之地位。这种巨大的差异，在晚清"戏剧革命"之初便发现了，即"我中国以演戏为贱业，不许与常人平等，泰西各国则反是，以优伶与众学士同等，盖以为演戏事，与一国之风俗教化极有关系"[1]；于是便对戏剧所处的独特地位形成了"风气之广开，教育之普及，非改良戏本不可"[2]的共识。1904 年由陈佩忍、柳亚子等创办的戏剧杂志《二十世纪大舞台》，更强调戏剧"以改革亚俗，开通民智，提高民族主义，唤起国家思想为唯一目的"的思想启蒙功能。由此可见，戏剧文体在晚清文学格局的地位得到了肯定。这样就自觉地在文学改良运动中确立了小说、诗歌、散文、戏剧这四大文体组成的现代文学格局，直至 21 世纪这一文学格局也没有发生结构性的变化。

既然小说、诗歌、散文、戏剧都以正宗姿态进入现代化美学规范，那么这里不想对四大文体变革所显示出的现代性做出详细的考察与描述，只能有详有略地考之论之。诗歌、散文向来是古代文学的难以撼动的正宗，其文体与语体经过历代文人的营造和打磨已相当健全与成熟，故而变革的难度亦相当大，既有阻力又有曲折，既有矛盾又有悖反，这正是其步入现代化归程的复杂呈现。就诗歌文体来说，"诗界革命"的口号是梁启超 1899 年 12 月在《夏威夷游记》中提出的，但真正体现"诗界革命"实绩的却是黄遵宪（1848—1905），其写的《人境庐诗草自序》应视为创造"新派诗"的宣言和标准。他说："一曰复古人比兴之体；二曰以

---

①　陈独秀（三爱）：《论戏曲》，《新小说》，1905 年，第 2 卷第 2 期。

②　箸夫：《论开智普及之法首以改良戏本为先》，《芝罘报》，1905 年，第 7 期。

单行之神，去排偶之体；一曰取《离骚》乐府之神理而不袭其貌；一曰用古文家伸缩离合之法以入诗。"① 由此可见，黄氏主张的"新派诗"并不是以否定传统诗歌体式或诗美规范为前提，而是根据对古代诗歌优秀传统的感悟与体认予以创新性的继承和运用，达到"古为今用"之设想：他不仅要求"新派诗"能像传统"比兴之体"那样具有寄托、含蓄、蕴藉的美学特征，也要求在消除"排偶之体"的禁锢中而不使诗歌失去整体之美；不仅要求"新派诗"承传《离骚》乐府的或忧国忧民的浪漫精神或面对人生反映现实的平民精神，也要求把"伸缩离合"的散文之法运用于诗歌创作；更要求将"今日之官书、会典、方言、俗语"整合为雅俗并用的语言，以表达新诗情新诗意。尽管这种诗歌的新境界没有完全挣脱古人和古籍的羁绊，但是遵循这种诗学规范却能创作出"不名一格，不专一体"的表现新思想新意绪的诗歌，如《以莲菊桃杂供一瓶作诗》、《聂将军歌》等就是"新派诗"的代表作。总之，"黄遵宪是一位具有巨大热情把对外部世界和现代文明的感受，熔铸到传统诗歌框架之中的诗人，这种以新理想入旧格式的努力，相应要求诗体的自由表达程度和语言的丰富性通俗性随之加大。"② 也就是说，黄氏倡导的"新派诗"产生于"诗界革命"又彰显了"诗界革命"的实绩，是中国诗歌现代化的积极尝试与实验，其现代性特征是不容置疑的。如果说诗体的变革已跨入了现代历程，那么散文体的改良亦显示出现代性的特征。梁启超在《戊戌政变记》中说，西学东渐，形式主义的学风为之扫地，"文体上出现了两大变化，一是八股文的废除"，二是桐城古文走向没落；代之而起的则是能够唤民众开民智的"新文体"，而"新文体"又是梁启超首创的。关于新文体特征正如其自述："启超夙不喜桐城派古文，幼年为文，学晚汉魏晋，颇尚矜炼，至是自解放，务为平易畅达，时杂以俚语韵语及外国语法，纵笔所至不检束，学者竞效之，号新文体"。"然其文条理明晰，笔锋常带感情，对于读者，别有一种魔力焉。"早在主办《时务报》时，梁启超创构的新文体被称为"时务文章"，1898 年维新变法失败，他亡命日本"专以宣传为业"，则以"新文体"创办《新民丛报》、《新小说》等诸杂志，"畅其旨义，

① 黄遵宪：《〈人境庐诗草〉自序》，《中国近代文论选》（上），北京：人民文学出版社 1959 年版。
② 严家炎主编：《二十世纪中国文学史》，北京：高等教育出版社 2010 年版，第 34—35 页。

国人竞喜读之，清廷虽严禁，不能遏，每一册出，内地翻刻本辄十数，二十年来学子之思想，颇蒙其影响。"①这是晚清"文艺复兴时代"②产生的"新文体"，其影响之大，黄遵宪的评述更为可信："乃至新译之名词，杜撰之语言，大吏之奏折，试官之题目，亦剿袭而用之。精神吾不知，形式既大变矣，实事吾不知，议论极大变矣。"③《少年中国说》应视为"新文体"的范文，语句之流畅、条理之清晰、感情之浓烈、气势之磅礴所构成的魅力，的确能启迪和感动人。虽然"新文体"仍是在古体散文内部所进行的重大改革，但这正说明任何文体的改革都不能彻底地与已有传统文体决裂，只有汲取古文体的尚有活力和再生机制的传统，并适度地借鉴域外散文的优长，才能创造一种有巨大"魔力"的新文体。梁氏的"新文体"作为散文创作的一种体式，"它突破了各种清规戒律，却自成一体。新文体既吸收了日本文体的句式，也吸收了中国文体的传统，行文纵横舒展，摆脱了明清以来前后'七子'、桐城古文、八股文的僵死文体的束缚，可以灵活地表达自己的思想。"④新文体开了一代文学的风气，连陈独秀、胡适、鲁迅、郭沫若等文学变革大家和巨匠也都推崇梁启超，极力赞其"新文体"，说"梁先生的文章，明白晓畅之中，带有浓挚的感情，使读的人不能不跟着他走，不能不跟他想"；特别是他的《新民说》"抱着满腔的血诚，怀着无限的信心，用他那枝'笔锋常带情感'的健笔，指挥那无数的历史证据，组织成那些驱使人鼓舞，使人掉泪，使人感激奋发的文章。"⑤可以说"新文体"是维新变法前后"文界革命"的辉煌成绩，也是古代散文向现代散文转换的重要探索及现代性不可少视的表征。

如果说"诗界革命"出现的"新派诗"和"文界革命"形成的"新文体"，其现代性的面孔尚可辨认；那么1902年正式开始的"小说界革命"热潮以前，就产生了《黄衫客传奇》这样用法文写成的和《海上花列传》这样用吴语写作的现代色彩的小说，此后的"小说界革命"便进行了多方面的探索和多种实验，其探索和实验的力度乃是空前的，这正是把小说文体的革新纳入了现代化轨道。若从语

---

①② 梁启超：《梁启超史学论著四种》，长沙：岳麓书社1998年版，第83、17页。

③ 黄遵宪：《水苍雁红馆主人来简》，《新民丛刊》，1902年，第24号。

④ 汤哲声：《中国文学现代化的转型》，南京：南京大学出版社1995年版，第94页。

⑤ 胡适：《胡适全集》第18卷，合肥：安徽教育出版社2003年版，第58—61页。

体的角度考察，胡适认定明代的《三国演义》、《水浒传》、《金瓶梅》及清代的《红楼梦》、《儒林外史》早就是白话小说的范本，那么晚清"小说界革命"对于古代小说向现代化转换究竟有哪些独特表现？以笔者之见大致有：一是晚清白话语体小说的大量生成是有意识地把理论指引与多方实验结合起来。梁启超在《小说丛话》中说："文学之进化有一大关键，即由古语之文学变为俗语之文学也。各国文学史之开展，靡不循此轨道。"正是在这种进化文学观的导引下，晚清的文人掀起了有意识地大规模地创作白话体小说的热潮，虽然大量的白话语体小说仍像古典白话小说是文白间杂，并不是纯白话体小说，即使鲁迅五四时期创作的《狂人日记》等小说也不是严格意义的白话；但是晚清白话体小说的实验性创作却体现了对中国文学俗语化或白话化方向的自觉追求。二是小说体式有了新的变化，不只梁启超以域外政治小说为鉴创制了中国化的政治型小说《新中国未来记》（1902），为现代中国政治化小说开了先河；而且短简体白话小说和长篇体章回小说通过探索与尝试，在体式上力图师法西方和日本小说的叙事模式和技艺手法，争取中西方的小说体式融合起来。中国古代小说与西方小说在叙事模式上的区别，前者多是"他叙式"，而后者多是"自叙式"①；吴趼人创作的长篇小说《二十年目睹之怪现状》（1903）则尝试运用第一人称"我"为叙事视角，改变了传统的全知全觉的"他叙式"，这种尝试所产生的现代性审美效果得到时人的好评："全书布局以'我'字为线索，是其聪明处，省力处，亦是其特别处。"②他的以批判国民劣性为主旨的短篇小说《大改革》是把"自叙式"与"他叙式"结合起来写成的，这是现代性的艺术探索。三是创作主体对小说的实验几乎都与创办现代期刊相结合，把编者身份与作家身份融为一体，这是古代小说创作所没有的现代性追求。且不说"小说界革命"的旗手梁启超首创《新小说》（1902）杂志又创作新小说，作为媒介的《新小说》，既是新小说实验的载体又使它的功能特性在很大程度上规范了新小说的文体；紧接着新小说杂志纷纷登场，其中影响较大的是李伯元主编的《绣像小说》（1903）、吴趼人主编的《月月小说》（1906）、徐念慈和黄人主编的《小

---

① 吕思勉：《小说丛话》，《中华小说界》，1914年，第4期。
② 魏绍昌编：《吴趼人研究资料》，上海：上海古籍出版社1980年版，第78页。

说林》（1907）。尤其是李伯元和吴趼人在维新变法前后的古今小说转换的关键时刻，以作家与编辑集于一身的姿态，充分发挥现代媒体的作用，为小说体式向现代转变进行了积极探索并作出了独特贡献。如运用刊物媒介的特有功能"连载小说"，形成了一种新型小说文体，不论"雅"小说或"俗"小说或亦雅亦俗的小说在期刊或报纸上连载，都成了现代小说生成的园地、播扬的媒体或市场化运作的方式，并制约着规范着小说文体的美学特征。四是小说体式的变革不仅仅是结构形态，也包括相应的新思想新情感以及体现新主题的人物形象。从题材类型来说，晚清小说既有批判讽刺社会的所谓"谴责小说"，又有描写妓院生活的所谓"狎邪小说"，也有社会言情小说、公安侦探小说、江湖武侠小说等等。这诸多丰实复杂的题材必然要求作家们在体式上、技艺上从中外已有小说模式中吸纳和整合，采取新叙事方式或新技法来表现或再现丰富的思想情感内容。如"谴责小说"借助批判现实主义手段彻底打破古代官场小说常用的"忠"和"奸"相对应的叙述模式，而把封建官场系统作为一个整体来看待，不论"贪官"或"清官"乃至"好皇帝"都统统成了被讽刺被谴责被批判的对象，全面地否定封建政治结构，这应似现代小说文体所表现的现代性思想主题，也是新小说所达到的时代思想高度。上述仅从诗歌、散文、小说的文体变革及其内容相应的转变做了粗略考察，足见戊戌维新前后古代中国文学已开始走上现代化道路并呈示出复杂的现代性特征，而这种现代性特征不只是体现于个案作品，乃至文学创作总体都带有这样的驳杂现代性面孔。

探讨古代中国文学向现代中国文学转换所呈示出的现代性特征，我们常常忽略翻译文学这个维度，主要因为没有将翻译文学视为现代中国文学的有机组成部分，总认为它是域外文学。其实，翻译文学在维新变法前后出现了热潮，固然这是思想启蒙运动所需，但它所产生的实际效应却大大地推动了中国文学的改良，并为古代文学转向现代化而营造现代性的文本提供了重要的资源和参照，特别是那些带有"创造性"的翻译文学就应视为现代中国文学的样本；因此说没有翻译文学就没有中国文学的现代化，翻译文学本身就具有现代性的特征。仅就戊戌变法前后的翻译小说来说，有柯南道尔著、张坤德译的《歇洛克呵尔唔斯笔记》四篇（刊于《时务报》1896—1897），英国哈葛德著、曾广铨译的《长生术》（《时务报》

1898)，俄国屠格涅夫著、蓝文海译的《父与子》（启明书局1896），日本柴四郎著、梁启超译的《佳人奇遇》（《清议报》1898），梅侣女士译的《海国妙喻》（天津时报馆1898），英国狄福著、沈祖芬译的《绝岛漂流记》即《鲁滨逊漂流记》（1898），法国小仲马著、林纾译的《巴黎茶花女遗事》（福州畏庐本1899），法国儒勒·凡尔纳著、薛绍徽译的《八十日环游记》（经世文社本1900），法国嚣俄著、苏曼殊译的《惨社会》即《悲惨世界》（1903年10月上海《国民日报》连载）等；其中有社会小说、政治小说、爱情小说，也有游记小说、科学小说。不管翻译小说最初的动机是为了启蒙宣传还是为了"爱国保种"，然而从其实际效果来看，至少在三点上推动并显现了古代中国文学转换为现代中国文学所具有的现代性特征：一是通过翻译改变原著本意或本貌使其成为译者自己的创作。最为明显的是苏曼殊将嚣俄的长篇巨制《悲惨世界》只改成数十回的故事，凭借人物之口咒骂孔夫子，说什么"那支那国孔子的奴隶教训，只有那班支那贱种奉作金科玉律；难道我们法兰西贵重的国民，也得听他那些狗屁吗？"这分明是把译著变成作者自己反封建思想的传声筒。二是忠实原著的翻译文学虽然不多见，但它给中国小说叙事模式向现代转换提供了范式。周桂笙曾为其译作《毒蛇圈》（原载《新小说》1903年第8号）写了《译者叙言》，他认为"我国小说体裁，往往先将书中主人翁之姓氏来历叙述一番，然后详其事迹于后；或亦有用楔子、引子、词章、言论之属，以为之冠者，盖非如是则无下手处矣。陈陈相因，几于千篇一律，当为读者所共知。此篇为法国小说巨子鲍福所著，其起笔处即就父女问答之词，凭空落墨，恍如奇峰突兀，从天外飞来，又如燃放花炮，火星乱飞。然细察之，皆有条理，自非能手，不能出此。虽然，此亦欧西小说家之常态耳。爱照译之，以介绍于吾国小说界中，幸弗以不健全讥之"。从中西小说叙事模式的比较中，他觉得外国小说的倒叙写法引人入胜值得"爱照译之"，期望我国小说变革借鉴之。随后吴趼人写的白话小说《九命奇冤》（原载《新小说》1903年第12号）就受到《毒蛇圈》叙事结构的启发，也采取小说开端叙写一帮强盗的对话然后追述原委的倒叙写法，这种大胆的借鉴、勇敢的实验正是为中国文学现代化所做的努力。可贵的是，当时借鉴西方的翻译原著并没有陷入盲目崇洋的"西化"倾向，反倒在艺术形式上力图把域外小说变成中国故事，甚至有的翻译诗歌将原作纳入中国传统体式中，这也许是把域外文学体式与中国固有体式结合而创造一种新体式所进行的探索吧？三是翻译外国文学的过程实际上是译者主体思维、审美意识、价值取向以及思想结构、文化人格的调整充实的过程，尽管个别译者如林纾想"同化"外国文学，但实际上大多数译者却被外国原作"同化"。即认同了外国文学固有的现代人文主义或者科学主义思想以及现代美学意识和艺术规则，与自己主体意识原有的现代文化意识和审美意识相对接而形成营造中国特色现代文学的小说家或诗人，晚清文学转型期涌现出不少这样的既是翻译家又是新小说或新派诗或新文体的作家或诗人，这也许都是得益于翻译文学之惠。

对于古代中国文学在"戊戌变法"前后开始向现代中国文学转换并呈示出多方面的现代性表征，这里只选取了创作主体、文学观念、文体变革、翻译文学四个角度做了简略的考析，还有其他角度没有纳入勘察范围，但也足以证明中国文学现代化的起始几乎是与民族国家现代化同步的，而文学的现代性表征与此后现代中国的主导性文学是相通的、相似的。

（四）

古代中国文学不论遵循无意的"自然演化"路径或者按照有意的"人力促进"的革命方式向现代中国文学转换，都能或隐或显地从转换过程中呈现出一些规律性或规律性现象来，这是文学史研究者或书写者应该格外关注的。仅从维新变法前后不足十年的历史区间，对古代文学向现代文学转换及现代性特征的粗略洞察和透析中，便可发现不少中国文学走向现代化的规律或疑似规律。例如，文学的现代化始于沿海地区或城市特别是东南沿海地区或城市，且不说上海、天津等大城市是文学现代化的策源地和发祥地，就以处于东南沿海的福建地区来说，在现代中国文学开创期出了几个第一：福建人严复是翻译西方哲学社会科学并提倡"人性"文学的第一人；福建人林纾是翻译西方文学取得重要成就的第一人；福建人黄嘉略是第一位向法国介绍中国文化的使者，第一个将明代言情小说《玉娇梨》译成法文（译了三回）；辜鸿铭是用西文第一个翻译《论语》、《中庸》、《大学》等儒家经典的人，还以中文翻译过英国诗歌；特别是中国第一个女翻译家薛绍徽与其丈夫陈寿彭于 1900 年合译法国科幻小说《八十日环游记》，她也是福建人①。文学改良主将梁启超、新派诗人黄遵宪和康有为，都是与福建比邻的广东人。由此可以窥测出，中国文学现代化不是"农村包围城市"而是城市和沿海地区带动农村，这一规律现象在近百年我国文学现代化演变过程中时显时隐。再如倡导或创作中国现代文学常常"由外而内"，至少从晚清到五四这两次文学的大变革显示出这条规律现象。如果把陈季同视为中国现代小说和现代话剧的开创者，其作品都是陈氏出使法国后以法文写成的；黄遵宪的新派诗有不少也是写于国外；尤其晚清文学改良运动是梁启超在日本发动的，为此他在域外出版新杂志创作新小说撰写"小说界革命"的指导纲领，然后发行于国内以点燃文学革新之火；五四文学革命也有类似情况，胡适在美留学期间便在同学之间酝酿文学改良，1916 年以通信方式将文学改良的"八不主张"寄给国内的陈独秀，发表于《新青年》，次年整理成《文学改良刍议》作为文学革命宣言刊载《新青年》，于是引起一场文学革命的大讨论；郭沫若为首成立的创造社及其写出《女神》的大部分诗歌都是其在日本的文学活动，还有郁达夫、张资平等都是先在日本开始创作现代小说的。这表明国外的文化生态环境有利于现代文学生成，可以避开不必要的阻力，选准时机向国内渗透和扩展，也就是说只有由外而内地将中外生态环境联结起来才能促进中国文学现代化的前行。但是在笔者看来，中国文学现代化不同于西方国家文学现代化的最重要的特殊规律则是"中体西用"，这是洋务派曾国藩、张之洞所主张的"中学为体，西学为用"在文学变革运动以推进中国文学现代化过程中的运用。所谓"中体西用"与后来提出的"古为今用"、"洋为中用"的口号一样，都在"用"字上下工夫，不管是继承古代文学优秀传统也不管是汲取西方文学先进意识和现代技艺，都不能摆脱或游离"本体"；而这个"本体"是根源于中国丰厚文化或文学资源所固有的生命力健在甚至超越性的东西，绝对不是以全盘从外国移植过来的东西作为中国文学的"本体"。对于创造现代性文学来说，务必保持或发掘或光大古代文化或文学中仍有活力与生力的基础，并在此基础上大胆而慎审地吸收"洋"文化或文学；通过创作主体的消化或选择，使中西文化或文学在恰切的结合点上

---

① 郭延礼：《中国前现代文学的转型》，济南：山东大学出版社 2005 年版，第 199 页。

进行对接或融合，铸造出具有中国特色的现代文学。而这样的现代文学营造过程既排斥"全盘西化"又拒绝走老路，乃是在"中体西用"规律的制控下走中国文学现代化的独有之路。实践证明，这条道路不仅避免了激进主义为文学现代化带来的偏颇，又摆脱了极端复古主义硬拉中国文学离开现代化之路的危机；如果"中体西用"这条规律把握得准运用得好就能使中国文学现代化得到健全的发展，就能创作出现代性与民族性融为一体的优秀文学之作。虽然这条规律形成于世纪之交的文化文学变革，尚未营造出高于《红楼梦》这样的具有里程碑意义的古典文学名著，但是随着中国文学的演进而创作主体越来越自觉地遵循"中体西用"规律进行创造，现代中国文学必定会出现新的高峰。

通过文学变革而产生的现代性文学仅是现代中国文学的主导形态，它并不是可以取代或遮蔽一切文学的。若把维新变法前后的文学置于现代中国这样宏大的视野来窥探，除了现代性文学形态是众多研究者所关注的重点对象外，那至少还有这样一些文学形态与主导文学形态有着千丝万缕的联系，这是不可少视的：旧体文学仍有相当的势力，它与新文学既有趋同性更有其质的差异性，不论诗歌领域的"同光体"、散文苑地上的"桐城派中兴"或者属于旧小说范畴的《三侠五义》、《儿女英雄传》等，都构成传统文学形态，它们并没有完全失去存在的价值和在文学史上的意义；民间文学在中国文学漫长的演变中始终与庙堂文学或贵族文学并立而行，且给正宗文学以补充以丰富，虽然到了晚清文学变革没有受到触动，但是它作为一种有生命力的驳杂文学形态依然存在，特别是大多数的少数民族文学几乎都隶属于民间文学；当然也有的少数民族作家如满族诗人爱新觉罗·宝廷、蒙古族诗人延清、壮族诗人黄焕中、白族诗人赵藩、藏族诗人米庞嘉错等的诗作，及至晚清有了新变，不论变或未变的民间文学或少数民族文学都是现代中国肇始阶段应该重视的文学形态。至于从唐宋元明已形成的通俗文学样态逮及晚清有了明显发展，与所谓严肃的"雅"文学构成时合时分的两条艺术风景线贯穿于现代中国文学全过程，故通俗文学形态更要纳入现代中国的多维文学格局。至于港台地区的文学，香港虽早已进入现代文化语境，但是文学现代化的步伐却相当迟缓，世纪之交几乎没有什么可以提及的文学作品，直至1924年由香港黄天石任主编的新旧兼容的刊物《小说星期刊》才创办；而台湾文学在甲午战争前后却很活跃，出现了丘逢甲、许南英、施士洁、蔡国琳等一批诗人。其中丘逢甲才思敏捷，自创一家，其诗作熔抒情、议论、叙事于一炉，洋溢着爱国情感和英雄豪气，艺术性也相当高，得到梁启超的赞誉："若以诗人之诗论，则丘仓海（逢甲）其亦天下健者矣。"[①] 这是地区性文学不可略之的。

现代中国文学一起步之所以就出现了多元交叉的错综态势，其原因在于，我国社会跨进现代化轨道并实现各方面的现代化是个漫长而艰巨的过程，文学的现代化总是在各种形态文化悖论语境中穿行，不只是社会发展不平衡曲折多、文化思想冲突强纠葛多；而且包括汉族在内的各个民族对文学的阅读期待是有层次的也是不断变化的，况且值得承传的古代中国的文化遗产或文学资源也是极为杂多丰富的，现代工商业的发展更难冲出农业经济的汪洋大海，占人口百分之八十的农民缺乏阅读现代文学的能力和机遇，这就导致现代中国土壤之所生成文学的多彩性、多样性和复杂性。尤其从审美价值层面来评述，现代型文学的价值亦不一定高，而传统型、民间型、通俗型等文学的价值不一定低，所以对上述所有形态的文学都要以历史的、审美的眼光平等看待。

二、建构现代中国文学史学科的设想

新中国成立之初，在教育部主持下由学者、教授和作家参与，建构了体制内的中国新文学（即现代文学）史学科，且以《新民主主义论》作为理论框架；虽然这个以三十二年为历史时空的学科仍在沿用着，但是它的理论支柱和时空维度或发生根本变化或做了适度的调整，当下并没有完全失去其存在的和应用的价值。20世纪80年代中期以后，中国新文学史学科受到民间学术力量的质疑和挑战，相继提出了"20世纪中国文学史"、"百年中国文学史"、"六十年中国文学史"等学科观念，并在书写实践上进行了积极尝试；其中"20世纪中国文学史"学科认同者多、实验者也多，这不仅因为它从理论基础上和时空界限上完全突破了"中国新文学史"学科的局限，把近代、现代、当代文学的人为分割全部打通而作为

---

① 梁启超：《饮冰室诗话》，北京：人民文学出版社1985年版，第30页。

一个整体学科来把握，而且因为它以改造民族灵魂的启蒙思想取代了新民主主义政治理论的主宰地位，彻底解放了中国新文学史被压抑被遮蔽的现代性，亦解放了文学史研究者和书写者的主体思维。尽管这个学科目前尚未被主管部门公开认定作为体制内的文学史学科，然而教育部责成编写的全国通用文学史教材却默认了"20世纪中国文学史"学科存在与使用的合理性，表明民间的学术力量一旦形成声势足能改变文学史书写的成规戒律。不过"20世纪中国文学史"学科也存有自身难能克服的局限，它只是框定百年中国文学而且着重以新文学作为研究和书写的对象，那21世纪正在运行的中国文学就不能纳入20世纪文学史时空；特别是以启蒙思想作为20世纪中国文学史学科的理论支柱，既可能带来对"非启蒙文学"对待上和评价上的不公平，也可能成为主宰文学史书写的新的霸权话语。究竟构建一个什么样的文学史学科才能克服或减少已有文学史学科的局限，使它既能适应现代中国正以腾飞的姿态进入全球化语境对文学史书写的要求，又能适应21世纪人文科学研究和文学史书写的诉求，为文学史的研究或书写拓展新领地呢？21世纪初，结合学术研究实践和博士生授课需求，笔者开始从理论上思考并探索建构"现代中国文学史"学科。虽然早在20世纪30年代钱基博写出了《现代中国文学史》，提出"现代中国"这个用语，到了新时期也有些学者在著述中用过"现代中国"这一概念，仍用它来规范"新文学"，但是把"现代中国"用来建构文学史学科并对"现代中国文学史"学科从理论上做了明确界定及对其功能特点做了系统阐释，却是笔者从2002年始在全国刊物上发表的一系列文章①。为了编著《现代中国文学通鉴》的急需，对于运用"现代中国文学史学科"来书写或重构文学史，在理论层面或操作层面都有些问题，必须再思考、再探讨。

（一）

任何一个文学史研究或书写的新学科从提出到确立，大都要在理论上受到质疑甚至斥责，而在实践上则要经过长期检验，只有这样，新的学科才有可能立起

---

① 参见朱德发著：《现代文学史书写的理论探索》"学科篇"，济南：山东人民出版社2010年版。

来，被学界所认同所使用。"现代中国文学史学科"首先受到质疑的也许是："中国现代文学史学科"既是体制内认可的又是经过几代学人运用的并且现已"经典化"了，何必建构"现代中国文学史学科"，它们两者之间到底有什么区别？笔者并不否认"中国现代文学史学科"及其他存在的合理性与合法性；特别是这个学科的政治化倾向经过新时期的深刻反思，已用"现代性"作为核心理念置换了政治理念，重新焕发了学术生机，仍在学术界、教育界乃至文学界被广泛运用，因此笔者并不想以"现代中国文学史学科"取代它而且也取代不了它。但是"中国现代文学史学科"的局限性众所周知，谁也否认不了：它研究的是中国的新文学或现代文学，而其他形态的文学即非新文学或非现代文学是容纳不进的；如果硬把后者塞进去那就不是"中国现代文学史学科"的规定范围了，即使有些学者把鸳蝴派的通俗文学解释成现代性文学装进了"中国现代文学史学科"框架，也有勉强之嫌。总之，这个学科无论如何扩张都不可能合乎规范地将现代中国的所有形态或类型的文学容纳进去。况且，"中国现代文学史学科"原本只限于1917年到1949年的三十二年时空，从长度上容纳不了中国的新文学，即使把它的时空维度上溯到晚清仍是研究的新文学，其他形态的文学也装不进。特别是1949年以后的文学，哪怕专写的"工农兵"文学形态仍属于新文学，若是把它装进"中国现代文学史学科"，一是彻底打破了既定的界限，二是所关注的对象还是新文学；因为它原本是以《新民主主义论》为理论基础所建立的为政治服务的"中国新文学史学科"，故而任你左冲右突也难以从根本上突破它的局限。即使"20世纪中国文学史学科"或"百年中国文学史学科"地提出，也不想取代并且取代不了"中国现代文学史学科"，只要现行体制承认它并继续在教育界文学界运用它，那它作为中国新文学史研究或书写的模式或设计就可以存在下去，这不也是增加了文学史编撰的多种追求和多样景观吗？"20世纪中国文学史学科"之于"中国现代文学史学科"来说，不只是增加了长度，由三十二年扩至一百年，把习见的近代文学、现代文学、当代文学全部收编了，而且将政治化规范的文学史书写导入启蒙文化规范的文学史书写；然而在以新文学或现代文学作为主要研究或书写对象这一点上，两个学科却是相同的，瞄准的都是现代性的文学，似乎其他形态的文学不必太关注。虽然在书写实践中，"20世纪中国文学史学科"不再专注于新文学或现代文学，也逐步把其他样态的文学吸纳进来，但是能否以平等公正的价值尺度来衡估所有形态的文学，能否合理地安排一切文学形态而不是只突现新文学且把其他文学边缘化，却都是值得思考探究的问题。

但是"现代中国文学史学科"既能克服"中国现代文学史学科"的局限，又能在汲取"20世纪中国文学史学科"优点的同时解决其局限，充分显示出"现代中国文学史学科"的特点与优长：学科的时空长度与宽度，符合现代中国文学多维共同体的研究或书写的客观要求，此其一。现代中国与古代中国既有联系又有区别，从联系上说两者都是中华民族经过代代先人的智慧与奋斗所建立起的位于东亚地区的"祖国"，无论怎样的改朝换代，而作为中华民族生于斯长于斯的家园总是每个炎黄子孙的"根"；就其区别来看主要是社会制度的不同，古代中国从先秦始推行的是封建皇权主义，而现代中国力图通过反复实验而实行民主性的"现代民族国家想象"，即建立同世界其他各民族平等相待友好相处的"现代化"国家。"现代中国文学史学科"就是建立在这样的"现代民族国家观念"之上，它所研究或书写的文学对象不是古代中国文人或民间流传的文本，而是现代中国的所有人创造的一切文学样态。因为这一切的文学样态既不属于哪一个民族也不属于哪一个阶级，既不属于哪一个党派也不属于哪一个社团；既没有新旧文学之别也没有雅俗文学之分，既没有贵族文学与平民文学的划界也没有汉族文学与少数民族文学的高低之别，总之所有的文学都隶属于现代中国这个多民族大家庭的或者多地区大版图的文学。这就从文学史研究或书写对象的宽广度上与其他文学史学科有了区分度。因为"中国现代文学史学科"研究或书写的文学对象主要是中国的新文学或现代文学，也可以说是现代中国文学多维共同体中的"新文学"的一维。尽管这一维新文学或现代文学在"共同体"里，占的比例大，容量重，并与现代中国步入现代化轨道取同一步调，甚至成为映显国家现代化速度和程度的镜象。然而它毕竟只是一维，不应以此取代或掩盖或抹煞"共同体"的其他维度文学的客体存在和价值意义。所以"中国现代文学史学科"与"现代中国文学史学科"的"中国现代文学"与"现代中国文学"绝对不是"现代中国"和"中国现代"两个词语顺序上的颠倒，更不是玩什么概念游戏，而是两个有联系更有区分的文学史学科。前者的"中国现代"不是一个概念而是偏正关系的两个词，也就是"中国的现代文学"，现代与文学组成一个概念则是表示"现代文学"区别于"古代文学"，实际上"中国现代文学史学科"所研究或书写的是"中国的现代文学史或新文学史"；后者的"现代中国"是一个国家范畴，与"古代中国"相对应，以"现代中国"为范畴构成的"现代中国文学史学科"，实际上研究或书写的是"现代中国的文学史"，是整个现代中国的全景观文学史而不是现代中国的新文学史或汉民族文学史或某个少数民族文学史，也不是区域性的或大陆或台港澳的文学史。如果说"现代中国文学史学科"与"中国现代文学史学科"有一定的联系，那就是前者涵纳了后者研究或书写的所有文学对象，并且把新文学或现代文学作为"现代中国文学史学科"研究或书写的重点或主干对象。不仅如此，"现代中国文学史学科"还解决了"20世纪中国文学史学科"的只能涵纳"百年中国文学"而21世纪中国文学就顾及不到的问题。由于该学科不是以纪元为依据确定文学史学科，而是以"现代中国"作为国家观念来建立的文学史学科，尽管它的上端与古代中国的文学进行交接，可以封顶，但是它的下端却难以与什么对接，是封不住的。因为中国的现代化正在进行，究竟何时才能完成国家现代化的系统工程，只能作出预测，难以给出肯定性的结论；所以随着国家现代化的延展而"现代中国文学史学科"的下限就不能收住口。不过，建构"现代中国文学史"文本，它应该有个终止的下限，借以保持文学史构想与书写的相对完整性。或以年代或以作品或以事件作为下限的标志均可，而《通鉴》则是以2010年为下限。不论从宽度上或长度上考察，"现代中国文学史学科"提供的时空，都可以满足现代中国文学多元共同体研究或书写文学史的客观要求。

以"现代中国"作为整体观念来构建现代中国文学通史，才能够消解不必要的隔阂或偏见，使不同民族、阶级、党派、地区的不同文学形态得到相对公正公平地对待，这是"中国现代文学史学科"或"20世纪中国文学史学科"都不可能做到的，此其二。从现存的《中国现代文学史》或《中国当代文学史》或《20世中国文学史》等大量文本里，所见到的以"新"字为标记的文学如新小说、新诗歌、新散文、新戏剧等，都是以进化论形成的新优于旧、新胜于旧的文学观，进行考察而命名的。其实新与旧并不是价值范畴，命名为新文学的，其价值不一定高于旧文学；而命名为旧文学的，其价值亦不一定低于新文学。不过，不论是新文学或者是旧文学，都是属于现代中国生成的文学样态，都是国家的精神财产，都是中国人可以享用或消费的或优或劣或高或低的审美文本和文化资源，这是谁也不能否定的。有些文学史以阶级论作为政治尺度，给一些作品戴上资产阶级、小资产阶级、农民阶级、工人阶级甚至革命、反革命或"封、资、修"的帽子。然而就是这些文学作品一旦从机械的、主观的、武断的、直至无中生有的阶级定性和命名中挣脱和解放出来，则让我们清楚地看到：它们都是现代中国的文化文学产品，甚至有相当一部分是文学精品，特别是那些被所谓的"阶级分析"扫进历史垃圾堆里的文学恰恰是体现了现代中国文学较高艺术水平的佳作。如果不消除已被实践雄辩证明是错误的阶级偏见或党派偏见，那文学史的书写就不可能获得真正的解放，各种形态文学的评价也不可能获得真正的公平公正。此外，现存的不少文学史已把少数民族文学和台港澳地区文学纳入书写框架，这是新的突破和拓展；然而如何处理汉族文学与各少数民族文学以及大陆与台港澳文学的关系，不仅牵扯到各民族各地区文学在一部现代中国文学史的排位问题，也涉及它们各自能否得到公正评价的问题。

近百年中国的两大核心课题：一是救国一是强国，现代中国文学也同样从不同的侧面、不同的程度和不同的角度于社会制度层面触及到"救国"或"强国"两大主题，也都要求在对这两大主题的表现深度上、正确与否上和美感与否上能够得到相对公平的对待。从祖国母体（即祖国对于每个人来说都是生他孕他的母亲，从根本上察之都有一种解不开的血缘关系，故称祖国是母体）层面考察，管理或统治祖国的社会制度可以不断变革或更换，而祖国母体则是由她孕育生长起来的一代代祖先及其子孙在特定的地理生态环境依靠勤劳的双手和智慧的头脑建立起来，既是一个人生于斯长于斯的血缘圣地，又是其承续祖辈业绩与传统的精神家园；既是一个人的生命之根又是一个人起飞的摇篮。不管山山水水、花花草草、江海湖泊、森林草原、蓝天白云、长河落日，或者一望无际的平原、广袤无垠的良田、取之不尽的矿藏、无价之宝的名胜古迹、丰富无比的文化遗产，以及古老久远、千姿百态的村庄乡镇城市，等等，都是祖国神圣不可侵犯的家业。她不仅养育了汉族也养育了其他民族，形成了一个"56个民族是一家"的大家庭，为每个民族每个人的生存与发展以及性格的熏陶、心灵的净化、个性的张扬和才情的勃发提供了良性的原生态。祖国对她的每个生民、每个种族都是大公无私、广施博爱的，而且每个人的生命、运气也与祖国命运攸攸相关，可见祖国不是抽象的而是具体的，不是变动不居的而是相对稳定的，即使她孕育的不少子女走向世界的其他国家求学创业也总是心怀"祖国母亲"的；甚至旧时那些被殖民化的地域，如港台的子孙们内心也总是有个解不开的"爱我中华"的情结。正因如此，所以现代中国不论哪个民族、哪个阶级亦或哪个社团、哪个地区的作家，都是祖国母亲养育的作家，哪怕你拿到异国的绿卡，也是身上流着中华民族血液的祖国作家；而祖国大家庭里作家们所创造的文学作品，不管表现爱国主题、情爱主题、生命主题、人生主题、个性主题或者女性主题、革命主题、改革主题、反抗主题、团结主题、友谊主题、侠义主题、生态主题等等，只要在艺术上有所创新和体式上较为完美，都会得到公正的评价，都属于祖国的艺术瑰宝。

以"现代国家"观念为思想基石建构的"现代中国文学史学科"对于纳入文学史书写的各种形态文学的评述态度，要做到真正公正公平则应当承认其差异性。忽视不同形态文学的差异性，就不是科学意义上的公正公平。这不仅因为"现代国家"构成的两大层面，其差异性在近百年中国历史演化中往往是大于和谐统一性；即社会制度对祖国母体的治理与护佑常常出现悖反的效果，或祖国母体沦入敌寇之手或者祖国母体被损害得千疮百孔。例如方志敏烈士《可爱的中国》所描写的，他深深挚爱的是祖国母亲，愤怒批判的则是制度层面的中国的腐败，所憧憬的是美好理想中的祖国，要舍弃的则是丧权辱国的社会制度；冰心的小说《去国》所刻画的留美生英士深深地爱着自己的祖国，"学习土木工程七年"毅然回来报效祖国，然而回国后到处碰壁，连个施展"真才实学"的工作也找不到，于是决定暂时"去国"，这里的"去国"不是抛弃心中所钟爱的祖国而是从社会制度层面对北洋军阀统治的中国的不满与厌倦。不仅表现爱国主题的现代中国文学存有这种矛盾，而且描写其他题材表现其他主题的文学作品只要将其置于特定历史阶段的"现代中国"的背景和语境中进行考析，也会发现这种悖反的或错位的现象。当然，并不是说近百年所有的历史区间"现代中国"范畴的两个层面都是差异互见的，而有些历史区间社会制度层面与祖国母体层面的"现代中国"还是和谐统一的或者相辅相成的，对于这些历史时期生成的文学作品价值和审美意识的评析，也不能简单地认为"国家整体"现代化必然带来"文学整体"的现代化，对于具体形态的文学作品尚须具体分析，毕竟不同民族、阶级、社团和地区的个体作家营造的文学作品与国家并不是一种决定被决定的因果直线关系；况且有鲜明个性意识的作家对国家背景和语境下的人、事、物、景的感受与体悟也是有差异的。因此，纳入现代中国文学史框架书写的各种形态的文学作品，可以消取民族的、阶级的、党派的和地区的不必要的偏见，都视为现代国家的文学作品或文化载体给以公平公正对待，但是这不等于抹掉了各种各类文学作品在思想和艺术上的巨大差异和突出的审美个性。

（二）

"现代中国文学史学科"，笔者对其优长的理解尽管缺乏实践经验的证明，不过对于它的体认并不是从理论上演绎出来的和头脑中空想出来的。它的经验依据是从研究或书写中国现代文学史和 20 世纪中国文学史总结出来的，它的史实根据则是现代中国的各民族各阶级各社团乃至各地区的文学资料。既然本学科的设计有充分的根据又有明显的优长，那么与这个学科关系最大的"现代中国"即中国跨进现代化轨道究竟从何时算起，是戊戌变法还是辛亥革命还是五四爱国运动？国家开始步入现代化的标志又是什么？对于这些问题做出有雄辩力的回答，直接关系到古代中国何时终结而现代中国何时开端，亦关系到古代中国文学史学科何时终结而现代中国文学史学科何时开端。虽然笔者在有关著述和上文已作了阐述，但是还有点根据不足分析不力之嫌，因此有进一步论证的必要。

在我们看来，要确认中国现代化的开端首先应弄清两点：一是现代化有个过渡时期，即从开端到完成有个探索和实验的漫长而曲折的过程，并非一起步中国就全方位地实现了现代化或达到现代化相当高的程度。笔者认为中国现代化的肇始应在戊戌变法前后，这也是我国进入现代化"过渡时代"的开端。彼时梁启超于世纪之交放眼全球，通过观察和分析而认定："今世界最可以有为之国，而现时在过渡中者有二"："其一为俄罗斯"，因为"俄国自大彼得及亚历山大第二以来，几度厉行改革，输入西欧文明，其国民脑中渐有所谓世界公理者，日浸月润，愈播愈广，不可遏抑，而其重心力实在于各学校之学生"，故"谓俄罗斯将达于彼岸之时不远矣"；"其二则为我中国"，虽然"中国自数千年来，常立于一定不易之域，寸地不进，跬步不移，未尝知过渡之为何状也"，但是"为五大洋惊涛骇浪之所冲击，为十九世纪狂飙飞沙之所驱突，于是穷古以来，祖宗遗传深顽厚锢之根据地遂渐渐摧落失陷，而全国民族亦遂不得不经营惨淡跋涉苦辛相率而就于过渡之道。""故今日中国之现状，实如驾一扁舟，初离海岸线，而放于中流，即俗语所谓两头不到岸之时也。"根据"今日中国之现状"而在过渡时代要完成的现代化使命，梁氏认为从大的方面看，即"语其大者，则：人民既愤独夫民贼愚民专制之政，而未能组织新政体以代之，是政治上之过渡时代也；士子既鄙考据词章庸恶陋劣之学，而未能开辟新学界以代之，是学问上之过渡时代也；社会既厌三纲压抑虚文缛节之俗，而未能研究新道德以代之，是理想风俗上之过渡时代也。"虽然这只是从政治上、文化上、道德上提出了"过渡时代"的三个任务，但是每项任务都关系到中国实行现代化所必须完成的，不论组建民主化的"新政体"以取代独裁"愚民专制之政"，或者创立"新道德"以取代三纲五常"虚文缛节之俗"，都是极为艰难的，直至今天有些关注政治改革之士仍在发出忧虑的呼唤。梁启超不愧为政治革新、文化文学改良的思想先驱，不仅"过渡时代中国"的提法令人诚服，而且在中国现代化"过渡时代"必须完成的三大使命也使人得到启示；历史一再证明中国现代化以世界"各国过渡时代之经验"，即"船头坎坎者，自由之鼓耶？船尾舒舒者，独立之旗耶？"为参照，"相衔相逐相提携，乘长风冲怒涛，以过渡于新世界"，中国人民"必有大刀阔斧之力，乃能收筚路蓝缕之功；必有雷霆万钧之能，乃能造鸿鹄千里之势"①，否则中国的现代化就会出现反复和曲折甚至倒退。

二是中国虽然从"鸦片战争"打开国门睁开眼睛看世界就逐步有了向现代化目标运行的趋向，洋务运动不仅在科技方面主动地向发达国家学习而且也意识到在政治上也应该效法"西政"，但是这时并没有"现代民族国家想象"的理论自觉，只有把理论自觉与实践行为结合起来，方可算是中国现代化的真正开端。及至世

---

① 梁启超：《过渡时代论》，《辛亥革命前十年间时论选集》第 1 卷（上），北京：三联书店 1960 年版。

纪之交，维新变法的政治改良运动兴起便伴随着"现代民族国家"的理论构想正式提出，这主要系统地体现于发表在 1901 年《清议报》第 94、95 两期上的《国家思想变迁异同论》一文中。该文首先将西方的中世纪与近世的国家观念作了比较，大致的意思是，中世纪"国家者，其生命与权利受于上帝，国家之组织皆由天意，受天命"，"国家二字之理想，全自教门之学说而来，王者代上帝君临国家，王国即神国也"，"国家由教徒之团体而立，故以教徒之统一为最要"，而"凡异教、无教之徒，不许有政权，且虐待之"；但是近世"国家者，本于人性，成于人为"，"其所组织，乃共同生活之体，生民自构成之，生民自处理之"，"近世之国家，乃生民以宪法而构造之，其统治之权，以公法节制之"，"选举之权，达于人民全体"，"全体之人民各伸其共有之自由，又各服其集体之权力"，等等。一言以蔽之，中世纪之国家是以上帝为本，而近世的现代国家则是以人民为本。然后文章又把"中国旧思想"与"欧洲新思想"的国家观念做了比较，以突出现代国家思想的优越：中国旧思想的"国家及人民皆为君主而立者也，故君主为国家之主体"，"国家与人民全然分离"，"故人民之盛衰，与国家之盛衰无关"，"帝国非天之代理者，而天之所委任者，故帝王对于天而负责任"，"立法权在一人（君主）"，故"惟君主一人立于法律之外，其余皆受制于法律"，"国家对于人民有权利而无义务，人民对于国家有义务而无权利"等；而欧洲新思想则主张"国家为人民而立者也"，"故人民为国家之主体"，"全国民皆为治人者，亦皆为治于人者，一人之身，同时为治人者，亦同时即为治于人者"，"全国人皆治于法律，一切平等，虽君主亦不能违公定之国宪"，"政府为人民所自造，人民各尊其自由，又委托其公自由于政府，故政府统治权甚大，而人民得有限之自由"，等等。从中国传统国家观念与欧洲新国家观念的比照中，显见后者是以人民为主体的重法律尊自由讲平等的现代国家观念。对于"现今学界"的"平权派"和"强权派"的国家思想，论者尤其推崇卢梭为代表的"平权派"的国家观，这不仅因为"平权派"提倡"人权者出于天授者也，故人人皆有自主之权，人人皆平等；国家者，由人民之合意结契约而成立者也，故人民当有无限之权，而政府不顺从民意"；而且还因为"法国大革命，开前古以来未有之伟业，其'人权宣言书'曰：'凡以己意欲栖息于同一法律之下之国民，不得由外国人管辖之，又其国之全体乃至一部分，不可被分割于外国，盖国民者独立而不解者也。"正是这种现代民族国家主义"以万丈气焰，磅礴冲激于全世界人人之脑中，顺之者兴，逆之者亡"。文章所以将中西古今国家思想给以比较，旨在以现代民族国家观念使"吾国民"自省而"苟思想之普及，则吾国家之成立，殆将不远矣"。①虽然这种社会制度层面的现代民族国家设想并未在维新变法中变成现实，但是它作为一种现代国家的启蒙思想却深入人心。上述之所以引证不少原文，一是说明早在百年前革新先驱者就提出了较为完整的现代民族国家制度的设计方案；二是进一步证明中国现代化的开端确定在戊戌维新前后是有充分理论根据的，是毋庸置疑的，而现代民族国家观念做现代中国文学史学科的思想支撑也是牢固的。

但是应该指出的是，把文学史研究或书写纳入现代中国文学史学科范畴，务必注意到现代民族国家框架内运演的主流文学即新文学或现代性文学，则受控于世界化与民族化相互变奏的机制或规律。这里所谓的世界化，主要指现代中国文学的营造，已不像古代中国文学创作处于相对的闭锁状态，它进入了"世界的文学"全球格局。因此作为创造主体在现代中国文学整个创作过程中，不论对审美取向的选择、创作题材的把握、艺术构思的运作、典范文本的借鉴、质量优劣的比照等，都要面向世界其他民族国家的文学；而世界其他各国的文学并不皆是现代化的文学，除了西方发达国家的文学自文艺复兴始已进入现代化轨道，而亚、非、拉美不少民族国家的文学并没有经受现代化洗礼，即使西方发达国家文艺复兴前的文学，如希腊的戏剧史诗或新旧约书的传说故事等都有不朽的文学价值，而它们早已传到中国，故世界化的范畴远远大于现代化。如果按照吉登斯的说法，现代化是"工业文明的缩略语"②，即文学现代化是工业社会的精神文明产物；那么世界各国文学能达到现代化标准的则是有限度的，所以作家面对的世界文学应似包括现代性文学在内的所有文学。故而所有的世界文学，对于一个有雄略胆识的作家来说，必须在"化"字上下工夫，既要化进又要化出，通过对世界文学的化

---

① 梁启超：《国家思想变迁异同论》，《辛亥革命前十年间时论选集》第1卷（上），北京：三联书店1960年版。

② 【英】安东尼·吉登斯、克里斯多弗·皮尔森著，尹宏毅译：《现代性——吉登斯访谈录》，北京：新华出版社2001年版，第69页。

进和化出，可以开扩知识视野、深化文学修养，也能根据需要对域外文学进行选择取舍，使自己真正"化"出"洋为中用"的审美意识、审美形式和审美格调。所谓民族化，主要指中国作家进入全球化语境营造文学应该牢牢把根基扎进民族的或本土的文学土壤，不离不弃，咬住不放，惟有民族的才能成为独放异彩的世界文学。当然民族的或本土的文学不能只限于汉民族的而是要涵盖中国多民族多地域的文学，也不只是限于古代中国的民族文学，眼下流传下来的各民族文学也应包括在内。我国的民族或本土的文学遗产极为丰富驳杂，而对于创作主体来说见了民族文学要热爱它更要熟悉它，特别是要反复地"化进去"和"化出来"。通过消化吸收、鉴别选择，把民族的或本土的文学精华转化为主体的创作意识、审美追求和艺术养分，以备进入创作过程与世界其他民族的文学进行"以我为主"的交汇和对接。以上论及的现代中国文学营构的世界化与民族化的创作机制，并不是各显其能的而是辩证地统一在一起，这样方可发挥最大的能量；而这种能量的发挥必须建立在创作主体对现实或历史的各种各样题材的独特感受、独特体悟和独特发现的基础之上。也就是说，作家对于创作视野中的个体或群体的千姿百态的社会人生、心理世界乃至各种自然生态是如何体验和把握的，形成了何种独有的主题、何种富有个性的形象以及拟抒发何种特有的诗情诗意；正是在这诸多独特的结合部或契合点上，世界化与民族化的创造机制进行互动互促互接互补，才能使世界文学和民族文学"化"出来的可用的东西与作家对历史、现实乃至自身的独特感受和独特发现熔铸起来，以营造出有民族特色的现代中国文学即中国的新文学或现代性文学。对于这种世界化与民族化互动的创作机制，有些作家如鲁迅、郭沫若、茅盾等早就有了理性自觉，在创作经验总结的文章中体现出来；而大多数作家只是在创作实践中有意或无意地坚持着，没有从理性的高度予以认识。若从历时的纵向上来看，世界化与民族化互动的创造机制已成为贯穿现代中国文学始终的规律，由于不同历史阶段的主客观条件的干扰或影响，这条相互变奏的规律不仅时隐时现，也曾出现过严重倾斜，使其辩证威力在现代中国文学创造中没有得到充分发挥，直接导致现代中国文学不能健全顺畅地发展。如"十七年"，尤其"文革十年"文学世界化的机制萎缩而文学民族化的机制也被扭曲，以致两者相互变奏的能量则被窒息。文学创作实践和文学演变历史充分证明，哪位作家在创作中对于"两化互动"机制运用得好，就能营构出优秀的现代文学作品，不然就出现相反的或不良的创作效果；对文学演变来说哪个历史阶段"两化互动"规律能够得到自由的坚持，而文学的发展就会健康和兴盛，否则就出现不景气或病态的效果。作为文学史研究者或书写者对世界化与民族化相互变奏机制或规律应该有深刻认识和一定程度的发掘与展示。但是现代中国文学史学科中并不是所有形态的文学创作或演化都受控于或得力于"两化互动"规律，笔者所强调的主要是新文学或现代文学，而那些从历史上流传下来的民间型文学（或源于汉族或源于少数民族或来自台港澳地区的）以及传统体式的通俗文学、格律诗词乃至翻译文学等，只能说它们在不同程度上受到"两化互动"机制的影响，既没有遵循它也不受控它，可以坚守自身的相对独立的文学样态和运行轨道。

（三）

"现代中国文学是个大文学史观念，是在对世纪之始的继往开来的欲望驱使下所进行的体系性建构的设计，从横向上它吞纳现代中国不同民族不同地域的多种系统多种样态的文学，在纵向肇始于晚清文学变革而下限却是无止境的。这样一个巨大的纵横交错的文学历史时空，并不是一个和谐共处的文学世界，不同文学系统不同样态文学之间充满了矛盾，文学系统和文学形态本身也充满了冲突，正是这诸多矛盾成为各种各样文学嬗变发展、融会整合、变异创新的内在动力，正是这诸多冲突才是各种文学系统不断革故鼎新的生命力所在"。然而欲在"现代中国文学史学科"书写"现代中国文学通鉴"这样全景观的文学史，最重要的任务之一就是通过研究或书写主体对于多形态多系统文学矛盾客体的"感受、体认、探索，并从中把握其内在的和外在的统一性、联系性"，方有可能"书写成主客体相融合、多样性与和谐性相结合的现代中国文学通史"；不然的话，把多系统多形态的文学客体"散乱无序地非逻辑地堆放在一起或者排列在一起，那就成了一锅大杂烩或一部杂乱无章的资料汇编"。因此，"从不同文学系统之间的矛盾中寻找其统一性；从不同文学样态文本的内外冲突中窥探其契合点，从宏观上把握现代中国文学的相似点和趋同性，则成了能否成功地建构多样统一的现代中国文学通史的关键所在。"① 这的确是个难点，能纳入"现代中国文学通鉴"进行考察和书写的究竟有哪些文学系统或文学形态，它们之间的联系性或相通性应该如何去洞察和探索，也就是说至少要寻找和把握哪些线索才能把各个系统各种形态的文学整合起来？对这个难题的破解可能有不同的角度和思路，但是在我们看来最好是充分调动研究或书写主体的联系思维或关系思维功能，从不同的维度切入多元复杂的文学世界，感悟并发掘出它们之间的"普遍联系性"；而这种"普遍联系性"就能成为把现代中国不同形态、不同系统文学联缀贯穿起来的线索，使"现代中国文学通鉴"的网状结构更严密、更富有整体感。

对于现代中国文学的形态或系统的归纳和梳理，考察与洞悉的角度不同也许有不同的归纳和梳理，不过从已经习见的归纳和梳理来看大致有这样一些形态或系统：现代中国的新文学（或现代文学或当代文学）形态或系统，这是构成文学史的主干或重点；现代中国的通俗文学形态或系统，主要指市民型的通俗文学，也包括一定量的大众化通俗文学；现代中国的传统体式文学形态或系统，既包括"旧瓶装新酒"式的文学，也含有从古代沿袭下来的传统文学；现代中国的各少数民族文学形态或系统，从质与量两个维面来看虽然能纳进文学史框架的并不多，但其形态或系统却是多姿多彩的；现代中国的民间文学形态或系统，除汉族外也包含少数民族的民间文学；现代中国的翻译文学形态或系统，主要指那些由中国翻译家改写或重造的所谓翻译文学，它有理由成为现代中国文学的构成部件；现代中国的台港澳地区文学以及华人在异国创作的与"现代中国"密切相关的文学，而这种地域性的文学形态或系统较为复杂。虽然这诸多文学形态或系统都是属于现代中国文学的多元共同体构成的有机组成部分，但是真正能纳入现代中国文学史学科按照特定的文学史观或价值规范进行研究或书写的，应该尊重文学史研究或书写主体的选择和构想。对于进入"现代中国文学通鉴"框架的各种文学形态或系统之间的"联系性"或"互通性"的发掘与把握，可以将宏观的审视与微观的透析有机地结合起来。

如果我们对"人的文学"理念的阐释不局限于周作人的以个人主义为世间本

---

① 朱德发：《现代文学史书写的理论探索》，济南：山东人民出版社 2010 年版，第 85—86 页。

位的说法上，而是由此扩而大之，推而广之，把它视为对所有文学特质的规定；那么从宏观察之，现代中国的各种文学形态或系统都属于广义的"人的文学"范畴。文学之所以称得上是文学就在于它具有人学本质，要是缺少或缺乏人的文学特质就是"兽道"或"神道"文学，而"兽道"或"神道"文学就不是人本文学，严格来说它不是文学而是非文学了。因此，凡是获得文学称号取得文学资格的各种形态或系统的文学都是人本文学或曰人的文学；即使有些文学以描写自然界的动物或植物或生态为主体，也是拟人化或人格化的，哪怕有的文学写了鬼或神也是人格化的鬼或神，因为这都是作为主体的不同作家根据自己的生命体验、审美选择以及不同读者的审美期待而想象出来的和构成文本的。由此可见，"人的文学"属性就是各种形态或系统文学之间的"本质联系"。这种解释绝不是主观臆断地生硬套用人的文学理念，而源于各种形态或系统文学的内在特质。就拿现代中国的新文学（或现当代文学）形态或系统来说，它虽在现代中国文学母系统中是个子系统，但是这个子系统却又是多个小的子系统构成的，它们不仅在相当程度上决定着现代中国文学的总体价值，体现着现代中国文学的艺术风貌，也左右着现代中国文学的运演方向。尽管新文学的形态多、系统杂，然而在本质上它们都是"人的文学"，不论晚清生成的"新民文学"、"人性文学"或者五四至 1920 年代生成的启蒙文学、人生文学、艺术文学或者 1930、1940 年代乃至 1980 年代及其以后生成的自由主义文学或者新启蒙文学、女性主义文学，以及台港澳地区 1950 年代后出现的自由主义文学等，大都是以个性主义或群己一体为本位的人的文学，这是与周作人倡导的"人的文学"观相契合的文学创作，并为大多数学者所认同的；而且从 1920 年代开始出现的革命文学、1930 年代生成的左翼文学和苏区文学、1940 年代到 1970 年代兴起的工农兵文学直至新时期出现的主旋律文学等，这些具有强烈政治色彩的新文学或现代文学，是否都属于人的文学范畴，对此的见解并不一致。

但是在笔者的宏观视野里都应算作人的文学，其理由是：总的来看，这些文学形态大都表现了政治人生、阶级解放、改革开放、国家振兴等主题，所叙之事是宏大叙事，所抒之情是大我之情，所写之人不是阶级之人就是革命之人或民族之人、国家之人、改革之人等，在现实上都是社会关系总和；虽然这些文学所关注的是国家的、民族的、阶级的、政党的集体利益和群体命运，所表现的理想是宏远的政治理想，所表现的感情是共有的感情，所塑造的人物也大多是民族的、国家的、阶级的、政党的仁人志士或英模人物，但是归根到底它们都与这个国家、民族、阶级、政党的或集体或个体的利益、命运、理想、情感联系在一起，并且是通过一个个的人物描写和刻画而体现出来的，甚至有的文学作品把个体与集体、个性与群性糅合为一体而将个体寓于群体之中，取得了良好的审美效果，难道能说它们不是人的文学吗？此其一。特别是这些与政治结缘的文学形态或系统具有独特的价值和地位，因为自古以来的主流文学史即庙堂文学或贵族文学从未自觉地有意识地为广大的下层民众营造他们是主人公和创作出给他们看的文学作品，在政治上经济上剥夺了他们的自主权，也在文化文学上削弱了他们的话语权或阅读权，即使有的文学为下层民众塑像或立言也是不能登大雅之堂的，如《水浒传》这样的通俗小说或民间文学；而现代中国产生的革命文学、左翼文学、工农兵文学等却是专为下层劳苦大众创作的以"人民"为本的文学，为他们写，写给他们看，甚至他们自己写自己。表现他们在政治上求解放、在经济上闹翻身的热切愿望和坚定意志，这在文化文学上反映他们的创作潜能和审美期待，使他们不仅成为文学世界的主人，有了话语权，而且也成为世间阅读鉴赏文学的主体，即使新时期 1990 年后出现了大量为历代帝王将相"树碑立传"的新历史政治小说、电影电视，也不敢再丑化下层民众或把他们赶下文学舞台。如果说现代中国的启蒙文学或自由主义文学是新文学或现当代文学形态或系统中以国民或平民知识分子与广大民众为主体的人的文学，那么政治色彩浓重的革命文学、左翼文学、工农兵文学、主旋律文学等则是新文学或现当代文学形态或系统中的地道的以下层民众为本的人的文学，前者没有明显的阶级分野而后者则有鲜明的阶级印记；尤其后者作为新生的文学形态或系统尽管并不完美甚至存有缺陷，然而它在古今中国文学史上却独放异彩，它存在的合法性合理性是毋庸置疑的。此其二。

尽管如此，但是这种革命的左翼的工农兵的所谓"红色文学"若是以人的文学衡之，的确存有难以弥补的缺陷，且不说它的政治概念化或理念化的说教传道倾向始终没有根本解决，具体而言：一是没有处理好下层劳苦大众的解放与其他中国人解放的关系。在那些通过描写土地改革或阶级斗争来表现劳苦工农大众翻身解放和斗争精神的左翼文学中，有的文学作品只关注下层劳苦大众的生存命运和翻身解放，而对剥削阶级的成员不加分析地统统作为被打倒的甚至从肉体上消灭的敌人来对待。20世纪30年代普罗小说的代表作《田野的风》是写土地革命的，地主出身的革命者李杰作为土改的领导者，为了证明自己与剥削家庭划清了界限，竟答应了那些愤怒的劳苦农民焚烧李家老楼的非理性要求，将老楼里李杰病弱的母亲及妹妹活活烧死，小说把这种举动美化为"革命行动"。将阶级斗争扩大化、残酷化，没有体现出无产阶级博大的人道主义胸怀，也没有给一些不该杀的或者不该专政的"阶级敌人"一个出路。二是没有处理好人性的单纯性和复杂性的关系。在"十七年"或"文革"问世的以抗日战争、国内革命战争和抗美援朝为题材的文学作品中塑造了大量动人的英雄形象，其中有些英雄形象达到了至善至美的人性境界，"毫无自私自利之心"，胸中装的完全是革命的、民族的、国家的集体利益，没有一丁点儿私心杂念，面对死亡毫无畏惧，轻伤不下火线，重伤不叫苦，敌人见了闻风丧胆，无论什么战争总能以无坚不摧攻无不克的大智大勇精神取得胜利，这种极端纯粹完美的人性固然感人，但是当人们看完了这样的战争文学所塑造的英雄人物不能不提出"人性就这么单纯吗"的疑惑？若将英雄人物的复杂人性都揭示出来，而这样的"人的文学"岂不是更有深度、更具有可信性？三是没有处理好人性与阶级性的关系。有些革命文学或左翼文学特别是工农兵文学所描写的人物只能见到阶级性，将阶级性与人性完全对立起来，误认为惟阶级性才是无产阶级文学所独有的，而人性则是资产阶级文学的专有品，其实阶级性只是人处于阶级社会在人性上烙上的印痕，没有阶级的社会，人性中的阶级性也就消失了；况且阶级性是包涵于复杂的人性中的一维，阶级性既不能取代人性更不能包容人性。然而不少"红色文学"却把两者对立于描述之中，明明是人身上的丰富人性硬以阶级论批之，明明阶级性是多维人性中之一维却说它不是人性，这不能不影响属于人学范畴的"红色文学"对于人性的深度性和复杂性的开掘。然而可喜的是，这种政治型的新文学或现当代文学所存在的缺陷，经过"拨乱反正"、"正本清源"而到了新时期的主旋律文学中，大都纠正或补正了，使其步入较为健全的"人的文学"轨道，展示出新的美学风采。

与新文学或现代文学形态或系统并立互补而又若即若离的通俗文学形态或系

统，在现代中国文学总系统中是颇有声势的子系统。除了在有的研究者眼里认定像《铁道游击队》这样的"红色文学"也算通俗文学外，真正地道的通俗文学是指那些没有受到党派政治的干扰也没有强烈的政治功利目的，而是随着市民阶层的出现和文化消费市场的形成才产生的以市民为本位的偏重消遣娱乐功能的文学作品。不论晚清民初崛起的以《礼拜六》杂志为主阵地的通俗文学直至出现通俗章回体小说大家张恨水，或者兴起于五六十年代的香港金庸和梁羽生的通俗武侠小说以及出现于台湾古龙的通俗武侠小说和琼瑶的通俗言情小说，或者大陆 1980 年代后掀起的通俗文学热；若从创作主体、对象主体、阅读主体这互为影响的三维度考察，大都是自由职业作家所创作的以市民为本位的人的文学，即使它描绘的绿林世界和武侠英雄以及言情小说的青年男女与侦探小说的探长等，也是活跃于一个相对自由的天地展示其个性抒发其情感的，哪怕琼瑶言情小说所描述的古典浪漫爱情也充溢着浓郁的人文精神。通俗文学作为现代中国文学总系统中的一个子系统，尽管与新文学或现代文学系统有明显差异，然而它们不仅都属于人的文学范畴，而且在"现代性"上是互通的。早在 20 世纪 20 年代茅盾就曾撰长文批评民初鸳蝴派通俗小说，但他也承认通俗小说是包括在"中国现代小说"中，只是现代的"旧派"[1]而已；近几年国内对通俗文学的研究有了重大的突破，范伯群著的《中国现代通俗文学史》将戊戌变法前问世的《海上花列传》视为现代通俗小说的开山之作，不仅晚清的谴责小说（即社会小说）算作现代通俗小说，而且 20 世纪 40 年代的张爱玲、徐訏、无名氏的现代自由派小说也是通俗小说[2]，可见通俗小说形态不只是与新文学形态构成两翼，简直成为一体了。

现代中国传统体式文学形态或系统，其中的"旧瓶装新酒"式除了相似于晚清的新派诗、章回体小说外，还是指那些章回体创作的革命战争小说如《吕梁英雄传》、《新儿女英雄传》、《烈火金钢》等政治型文学，和以格律体营造以抒发自我情思和政治情感的诗词如郁达夫、郭沫若的旧体诗和毛泽东的诗词等，实质上它们都是现代性的新文学，大多属于政治色彩浓烈的人的文学，除了体式上与新

---

① 茅盾：《自然主义与中国现代小说》，《小说月报》，1922 年 7 月，第 13 卷第 7 期。
② 范伯群：《中国现代通俗文学史·目录》，北京：北京大学出版社 2007 年版，第 5 页。

文学有所差异而在思想情感上则是相同的；至于从古代沿袭下来的传统文学只有从国粹派、学衡派或保守派等作家手下方可找到，虽然从表现的道德内涵、情感倾向上来看，与现代人的文学特质差异较大，但是它都表现了传统的人文情怀和古典美，也是能满足特定层次人群阅读赏鉴的"人的文学"。现代中国的各少数民族文学形态或系统比较复杂，除一部分属于民间文学系统外，能够进入新文学或现代文学系统的可以从两个层级来察之：第一层级从晚清到五四形成的启蒙文学传统在少数民族文学中得到弘扬与承传的主要作家，有满族的老舍和苗族的沈从文等；第二层级从新中国成立至今坚定不移地执行各民族平等相待的大团结政策，强调"56 个民族是一家"的兄弟情，又在政治领导上实行一元化而在意识形态上强调一体化，因而导致各民族文学创作的同质同构性，特别是政治形态的新文学所表现的歌德或颂歌主题非常突出。到了新时期，文学创作则趋向多元化，少数民族文学也大大放开了。不管哪个层级或哪个地区的少数民族文学，都是随着国家现代化的曲折步伐而创作的以人为本的或思想启蒙型或政治歌颂型的现代人的文学。现代中国的民间文学形态或系统，既含有了大陆的各民族流传或新生的民间文学又含有港台地区的民间文学，在古代的民间文学是与庙堂文学或贵族文学相对应的，大多是通过在民间的口头流传而后由文人整理出来。现代中国的民间文学除了从古代流传下来的传说、故事、小说、民歌、歌谣、长篇叙事诗外，还有在特殊历史区段由知识分子避开主流意识形态的干预而创造或整理或发掘出的民间文学，甚至有的民间文学通过主流话语的改写而变成启蒙型或政治型的新文学，所以那种纯粹的民间文学是比较少见的；尽管如此，民间文学总是相对自由的一种文学形态，即使思想内涵驳杂，也总寄寓着人们向往自由自在生存、美满幸福生活的良好愿望和向善向美的人性追求，它应似以普通老百姓为本位的"人的文学"。现代中国的翻译文学形态或系统，不管是大陆或台港澳的翻译文学，只要是改写式的或再造式的翻译文学，都是可以视为新文学或现代文学的极紧密的组成部分，就是那些直译式的完全忠于原著的翻译文学，也是中国新文学或现代文学营造的参照系，它们在以人为本的文学的现代性上具有同质性，所以我们把翻译文学纳入了现代中国文学史的书写框架，它是与新文学或现代文学系统贴得最近的子系统。一言以蔽之，现代中国文学的各种形态或子系统，尽管差异互见，但都能够纳入"人的文学"范畴，以此特质上的"普遍联系性"足以在现代中国文学史的研究或书写中把它们整合起来。

从微观上考析，与宏观上以人的文学范畴作为各种文学形态或系统的"普遍联系性"进行整合而紧密相关的，则是"爱"的视角，这不仅因为"爱"是各种样态人的文学之魂，没有"爱"就没有人的文学（不过这种人类之爱并非动物的所谓"爱"）；而且因为"创作总根于爱"①，即"爱"既是一切文学艺术创作的内心情感之源又是文学创作的命根子，鲁迅揭示出的这条创作规律是从各种样态的文学中抽绎出来的，无疑具有普遍的价值和意义。鲁迅也说过，"我现在心以为然的便只是爱"，"独有'爱'是真的"，所以觉醒的人，此后应将这天性的爱，更加扩张，更加醇化；用无我的爱，自己牺牲于后起新人"②；也就是说爱是天性的，是人之所以为人的生而有之的，应该把这种人皆有之的爱心由"小我"之爱扩大到"大我"之爱，由天性之私爱扩展为"无我"的无边大爱。马克思主义从来没有否定人类之爱，不只是把崇高理想共产主义视为博爱的人道主义，同时也明确指出："我们现在假定人就是人，而人同世界的关系，那么你就只能用爱来交换爱，只能用信任来交换信任"。③现代中国的不同地区或不同民族的作家和人民一起几乎都自觉不自觉地接受了古今中外爱的哲学洗礼和熏陶，与自身天性的爱相融合，形成丰富而强烈的爱的意识和爱的感情。且不说儒学的"仁者爱人"、"泛爱众"的博爱哲学对中国人心灵塑造所起的深远的潜移默化的作用，就是以基督教和佛教的爱的哲学来看，毫不夸张地说它们从传入中国以来并未因为"现代化"的开始便杜绝其传播渠道，恰恰相反，随着现代人文精神的弘扬而日益深入人心，对文学创作的影响越来越深广。正如有的研究者所认识的："近代以来，基督教的传播在中国迅速发展，并且引起了中国先进知识分子尤其是文化界的先进知识分子的关注。知识分子的关注无疑使基督教在中国的传播迈入了一个新阶段，因为先进知识分子所关注的不仅仅是基督教带来的科学技术，也不仅仅是赞赏基督教会在

---

① 鲁迅：《鲁迅全集》第4卷，北京：人民文学出版社1981年版，第532页。

② 鲁迅：《我们现在怎样做父亲》，《鲁迅全集》第1卷，北京：人民文学出版社1981年版。

③ 马克思：《1844年经济哲学手稿》，《马克思恩格斯全集》第42卷，北京：人民出版社1960年版。

中国各地从事的慈善事业，而且更关注的乃是基督教的根本宗旨即泯灭一切阶级、种族区别的博爱精神。"①基督的威力巨大的律令就是"全心全意地爱上帝，爱你的邻人，犹如爱你自己"，这样便将"爱上帝、爱邻人、爱自己"置于一个逻辑链条上，形成三位一体的普世的爱与超越一切的广博的爱。至于佛教的大慈大悲、普度众生、悲天悯人、博施众济、拯救人生脱离苦海的博爱的思想，以及教人"放下屠刀，立地成佛"的向善的爱的关怀，不只在知识分子特别是在广大的老百姓当中其影响之深之广是难以蠡测的。尤其是藏佛教、伊斯兰教的爱的意识对于少数民族的作家和民众的渗染简直深入骨髓，甚至成为其根深蒂固的人生信仰。因此，对于现代中国的所有作家的主体文化心理来说，不是经受了现代人类爱的洗礼就是深受儒教、佛教、基督教爱的哲学启迪；不是接受了阶级的民族的国家的爱的观念就是汲取了所有爱的思想的综合因素。若说这诸多爱是中外爱的哲学资源赋予的，那么只有将现代中国作家"天性"的爱的基因如自怜自爱、父子之爱、母子之爱、兄弟姐妹之爱、异性之爱以及亲朋好友之爱和爱的勃发机制，真正地激活并调动起来，方有可能使外赋之爱与内生之爱发生交融与契合，而内化为创作主体心理的爱的意识和爱的情感。作家们具有了爱的心理和爱的自觉，就能以主动的有意的创作追求去发现整个社会的不同阶层、不同族类、不同人群的爱的心理，去体验包括自己在内的形形色色社会人生的爱与恨、爱与怨的冲突，以及在不同关系中乃至对政党、民族、国家、世界等发生的重大事件所表现的或爱或恨或怨的态度和情绪，通过艺术构思而物化为洋溢着不同爱的倾向的文学文本。诚然，产生于现代中国的文学作品有些是表现纯粹爱的主题，如抒情短诗或抒情散文，但大部分文学作品特别是叙事文本所描画的审美世界，亦无不将爱憎、爱恨、爱怒、爱怨的情感交织在一起，无爱无恨无怨的文本是不存在的；即使五四时期有人提倡自然主义的"客观"小说或者1990年代兴起的"零度感情"的新写实小说也是有"爱"之情或"爱"之意的。并非所有文学作品表现的爱的哲意或流露出的爱的情感都有肯定价值和积极意义，还需要以真、善、美和谐统一的具体价值标准给出分析与评判。从以上简略分析中可以发现，以"爱"为线索既能把现代中

---

① 谭桂林：《百年文学与宗教》，长沙：湖南教育出版社2002年版，第31页。

国一切作家的心态联系起来，也能将各种形态或系统的文学作品内在地整合起来；若能真正将宏观审视与微观透析所发现的"普遍联系性"的线索糅合在一起，那整合成的现代中国文学史的逻辑结构才有可能是无懈可击的。

（四）

研究或书写现代中国文学史，对于各地区各民族各阶段生产出的不同形态的文学或形成的不同文学系统，可以选择不同的角度思路或框架结构进行归纳和梳理，整理出一个多元共生而又齐头并进的文学史轨迹，以便供治史者来发掘和书写。但是在笔者看来，以文化与文学互动关系构成的认知结构，来归并或梳理现代中国文学史的复杂系统应似最佳选择。其理由之一是文学与文化的关系极为亲近又极为纠结。文化是文学生成与发展的取之不尽的思想或美学资源，而文学不只是文化的载体和重要一翼，并且它本身就是一种审美文化；虽然不能说现代中国有多少种文化形态就能生成多少种文学形态，不过这种决定与被决定的直线因果关系，也导致一些文化形态与文学形态具有相当大的同质同构性，如政治文化与政治型文学的关系便可作如是解。理由之二是现代中国的新文学涌现往往是新文化思想出现在前或者并行出现。这种疑似规律的现象恰恰说明文化思潮是为新文学的生成扫清道路或者适应新文化的诉求而应运生成了新文学，由此可见选取文化与文学互动的认识框架，不仅有利于梳理现代中国多种杂陈的文学形态或系统，构成一部清晰有序各得其位的文学通史，也有利于揭示各种文学形态或系统的丰富多彩而又异同互见的文化意蕴以及不同文化，通过创作主体转化为异彩纷呈的审美意识。

既然选取文化与文学互动关系的认知结构来梳理现代中国文学多元共生并进的文学演化史，那么现代中国究竟有哪些文化思潮主宰了现代中国文学的运行或者渗染了各种形态的文学创作？而这些文化思潮本身的内涵及其相互之间的复杂关系又如何理解和把握？讨论并回答这些问题，先要交代三点：一是现代中国涌现出的各种文化思潮的本身就比较复杂，至于它们之间的关系则更为复杂，而且各种文化思潮在演化中或于相互冲撞交汇中尚在不断变化，故而学术界的理解与认识也是见仁见智的，笔者只能坚持一己之见；二是现代中国的大多数作家或文学群体或具体作品，不一定受到一种文化思潮的影响，往往是多种文化思潮的综合渗染，致使作家文化人格或文学作品呈现出并非单值的文化思潮而带有杂多的文化面貌，《通鉴》提纲里把这些创作个体、文学群体和文学作品或置于这种文化思潮或放在那种文化思潮下，并不是绝对准确地排位，仅仅依据其受哪种文化思潮影响大一点或渗染多一点而定的，因此书写文学史既要突出哪种文化思潮的主导影响的价位又要辩证地透析其他文化思潮的渗染；三是何以选用"渗染"一词表述文化思潮对文学的影响，这不仅是要防止把文学史写成了文化史，将文学与文化等同起来，视文学文本就是文化文本，消除了它们之间的差异，而且以"渗染"来表述文化思潮与文学生成的关系比较准确，强调文化之于创作仅仅起到"渗染"作用，即使"渗染"也要经过创作主体这个"中介"的转化才有可能成为感人的审美意识，这就避免了将文学视为文化直接传声筒的误解。

笔者认为，在现代中国进程中存有的文化形态五彩缤纷，然而对文学生成与发展影响和渗染较大较深的不外是"政治文化"、"新潮文化"、"传统文化"、"消费文化"，而对这四大文化形态可以从物质层面去理解也可以从精神层面去阐释，若考虑其与文学关系的密切程度则从精神层面去探讨，即形成何种文化思想或文化意识，将其理解为一种观念形态更宜于与文学这种审美意识进行衔接和焊合。若共时性考察，现代中国涌现出的"政治文化"既有君主立宪政治文化、三民主义政治文化，又有新民主主义政治文化、"苏式"社会主义政治文化和中国特色社会主义政治文化。虽然诸种政治文化形态之间及其本身存在着明显的差异和冲突，但是它们的涌现大都以"救国、建国、强国"三大政治主题及把中国人从政治压迫、经济剥夺和社会贫穷中解放出来为旨归的，因此它们在现代民族国家观念、爱国主义意识，以及独立、平等、民主、法制等思想上具有趋同性和互通性；而这些政治文化形态是通过"民族、国家、阶级或集团等政治实体所建构的政治规范和权力机构，是通过营造成某种流行的政治心理、政治态度、政治信仰和政治感情来影响于文学创作的。"[1] 所谓"新潮文化"，主要指启蒙理性主义（个性主义、自

---

[1] 朱晓进：《政治文化与中国二十世纪三十年代文学》，北京：人民出版社 2006 年版，第 9 页。

由主义、个道主义等）文化、现代主义文化和后现代主义文化，所以冠以"新潮"，是因为它们源于西方先锋文化思潮。实际上也应该把"政治文化"纳入"新潮文化"，因为它们也是从西方政治思潮中汲取的；不过这里所说的"新潮文化"是着重从伦理道德或人本哲学的层面来理解的。如启蒙理性主义不论其包涵的自由精神、民主精神、科学精神或平等观念、博爱意识，都能在思想层面或情感层面启示或唤醒人们摆脱蒙昧神权主义、禁欲主义和专制主义，朝着解放自我关爱众生的人道之路迅跑，处理好人与人之间互尊互爱而不是互仇互怨的关系，使人真正消除奴性而变成一个理性自觉者。而现代主义文化和后现代主义文化始终没有在中国扎深扎牢根基，虽然两者都属于非理性主义文化，前者关注人的意志力或生命强力以及弗洛伊德所追求的所谓潜意识，使人冲破理性万能的桎梏获得像尼采、萨特等人所说的绝对自由，从更深更广的神秘无意识层次认识人自己；后现代主义文化并不完全否定现代理性，它所解构的是主体论或理性决定论或权力中心话语，承认人的意识的无序性、非逻辑性以及各种欲望的合理性，而在追求人的绝对平等绝对自由绝对解放上与现代主义文化又是相通的。即使社会主义伦理文化也强调解放全人类、强调"全心全意为人民服务"、强调"公仆意识"、强调自己解放自己，这都体现出一种高尚的人道主义精神。尽管"新潮文化"的不同形态之间有差别甚至有异质性，然而它们在关注人的命运、关注人的解放和关注人的生命上却有相通性，即体现出一种从人的不同层次予以关爱的人文主义情怀；它们与"政治文化"的不同形态也有相互联系、相互依存、相互支撑、相互作用的关系，但就对现代中国文学的影响和渗染来看，"新潮文化"比"政治文化"更直接更深透，尤其对新文学或现代文学的创构所产生的功效更大。所谓"传统文化"，主要指仍活在现代中国的古代文化传统，既有儒佛道文化又有民间文化，既有少数民族所信奉的宗教文化（如藏佛文化、伊斯兰文化等），又有地域文化（如齐鲁文化、楚文化、吴越文化、中原文化等）；而"传统文化"的内涵驳杂，层次也多，异同关系极其深微，论述清晰并非易事，这里只能粗略述之：古代文化传统的儒佛道三位一体文化曾是正宗文化，其影响既深且广，虽然儒家文化在五四文化运动遭到重创，但它今日正在复兴光大；从政治伦理层面来看儒学的"君君、臣臣、父父、子子"的等级观念及其形成的皇权主义并没有被完全否定，现代的政治伦理中仍有它的影子，而从道德伦理层面所认知的"仁者爱人"、"泛爱众"的博爱人道主义似乎具有了普世价值，可以与"新潮文化"的博爱观念和基督教文化的博爱意识相联通。道家文化的自由潇洒、逍遥浪漫的个性张扬精神以及佛教文化的普度众生的大慈大悲大爱精神，既与现代文化意识可以沟通又活在现在中国人的心中。至于"民间文化"自古就包涵着各民族的民间文化，特别是少数民族文化在古代几乎都是民间文化，尽管有的研究者认为它"藏污纳垢"，然而它还蕴含着自由自在的个性意识、行侠仗义的英雄精神、以平民为本位的人道意识、敢于把皇帝拉下马而主张"皇帝轮流坐，明年到我家"的叛逆精神，以及对坚贞不渝的爱情的美好向往等，这是民间文化的精华，也是传统文化在现代中国值得光大弘扬的；藏佛文化、伊斯兰文化和各地域的文化，既与古代正宗传统文化有密切联系又有自身的精华，一直延续到 21 世纪仍有不朽的生命力，而这种不朽的生命力正是可以贯通各种形态传统文化的人文精神，今天对古代传统文化的再挖掘再发现就是要以其丰赡的人文精神来补救现代人文精神的匮乏。古代传统文化对现代中国各民族各地区的各种文学形态或系统的影响和渗染，有的是有意识的，而大多则是无意识的，如同春雨"随风潜入夜，润物细无声"一般。所谓"消费文化"，主要指传统商业市民文化与现代都市的消费文化，但这种消费文化在现代中国的产生是伴随着清末民初上海、天津这两个现代化大都市的出现而兴起的，由于现代工商业的迅猛发展和庞大文化市场的崛起以及市民阶层的文化欲望膨胀，故而以商品化、娱乐化、享乐化为特征的消费文化就形成了，台港澳地区的消费文化也早就出现了；而大陆真正具有现代色彩的消费文化的喷涌则出现于 20 世纪 90 年代，虽然它与政治文化可以共谋又拒斥启蒙理性主义文化而属于非意识形态文化，但是它对社会文化心理的渗透及对现代中国各民族各地区文学的影响却是难以估量的，这主要因为现代消费文化具有的公民性、世俗性、受控性、普泛性、包容性、雅俗性六大功能特征所致 [1]。

若从历时性考察，可以发现"政治文化"、"新潮文化"、"传统文化"、"消费文化"对现代中国各种形态或系统的文学渗染，在 1900—1929 年、1930—1976 年、

---

[1] 朱德发：《世界化视野中的现代中国文学》，济南：山东教育出版社 2003 年版，第 240—242 页。

1977—2010 年这三大历史阶段所产生的功能特征是不同的。先说第一个历史阶段的"政治文化"、"新潮文化"、"传统文化"和"消费文化",随着历史的嬗变在互动互促中是如何影响和渗染现代中国文学的。所谓"政治文化",从广义上说,是指"在一定文化环境下形成的民族、国家、阶级和集团所建构的政治规范、政治制度和体系,以及人们关于政治现象的态度、感情、心理、习惯、价值信念和学说理念的复合体"[①]。笔者拟从政治权力和政治观念这两个维度来探析政治文化。现代中国文学开端的维新变法以前,马建忠、王韬、陈炽、郑观应等人就公开提出效法西方"君民共主"的政治制度的设想,主张在中国设立议院[②];而维新变法的政治改良纲领的最核心内容则是"开制度局而变法律",即效法西方君主立宪制度,改革中国几千年的封建制度[③]。虽然这场政治变革流产了,维新派的"权力客体"地位并未取代清王朝的"权力主体"地位,而后者仍然掌握着政治权力控制中心,可以调动兵力把维新运动暂时镇压下来,但此时清王朝的权力主体地位却摇摇欲坠,政治权力控制中心已不可能再搞什么"文字狱"了。因此,维新派所鼓吹的西方民主政治思潮以及进化论、天赋人权说则成了社会舆论中心,营造着社会政治心理,改变着人们的政治态度和政治信仰,使人们认识到"要救国,只有维新,只有学外国",而"那时的外国只有西方资本主义国家是进步的,它们成功地建设了资产阶级的现代国家。日本向西方学习有成效,中国人也想向日本学习"[④]。维新派尽管处于权力客体之位,然而却操控着宣传和学习西方发达国家民主政治学说的舆论权和话语权,因此所造成的政治文化生态和政治氛围,不仅有利于梁启超倡导的政治小说、时政散文的生成以及晚清的爱国政治诗篇的繁荣,而且更有利于新潮启蒙文化的弘扬及其"新民"启蒙文学的昌盛。虽然民主政治文化对"传统文化"有点抑制或抵触,但由于它的兼容性仍使各种传统文化得以存在,在它的渗染下古代正宗文学和各民族的民间文学都有所变化。特别是晚清的"消费文化"在"政治文化"思潮的激荡下,配合上海、天津等现代城市的崛起,

---

① 朱晓进:《政治文化与中国二十世纪三十年代文学》,北京:人民出版社 2006 年版,第 7 页。

② 葛洪泽:《近代化理想的探索》,济南:山东教育出版社 1999 年版,第 72—73 页。

③ 葛洪泽:《近代化理想的探索》,济南:山东教育出版社 1999 年版,第 87 页。

④ 《毛泽东选集》第 4 卷,北京:人民出版社 1991 年版,第 1470 页。

也欣欣向荣发展，直接导致通俗市民文学的兴起。在反思维新变法失败教训而掀动起来的辛亥革命，推翻清王朝权力主体而成立中华民国建立了新的权力主体，孙中山于 1905 年 10 月在《民报》发刊词中提出的"民族、民权、民生"的三民主义则是共和国的政治纲领，其中"民权主义"是"政治革命的根本"；此次国民革命与"前代殊"的，"虽纬经万端，要其一贯之精神则为自由、平等、博爱"①。这就进一步通过辛亥革命实践强化了民主主义政治文化观念的宣传，越发深入人心了。虽然辛亥革命获得了权力主体地位，但是民权主义没有真正实现，政治权力控制中心也没有牢固建立起来，而革命果实则被北洋军阀政府吃掉了。尽管如此，从民初到五四前的民主政治文化曾与以孔学为代表的传统政治文化激烈交锋，不过正是在这种文化背景下，以南社为代表的革命政治文学有了发展，古代文学也出现回光返照，消费文化渗染下的以礼拜六派为代表的通俗文学的生长势头很猛，而新潮文化影响下的启蒙文学大有被政治文学和通俗文学遮蔽之概。鉴于辛亥革命只有民国之名而乏民国之实的历史教训和第一次世界大战全球出现的新思潮以及救亡图存的急迫要求，继维新变法以"新民"为宗旨的思想启蒙运动之后而在五四及 1920 年代便掀起一场更广泛的以"人"为本位的思想启蒙运动，"政治文化"和"新潮文化"捆绑在一起形成多层次多元化的巨大思潮汹涌而至；虽然以"科学"与"民主"为旗帜的科学主义和民主主义占据思潮的中心位置，但是各种牌号的社会主义思潮如俄式社会主义、基尔特社会主义、"新村"社会主义、无政府社会主义等也杂陈于思想界。从政治层面看，其中的民主主义政治文化和俄式社会主义政治文化为众多先进知识分子所认同；而从道德伦理层面来看，大多数新文学先驱者或青年作家则选择了这多元新潮中所蕴含的自由主义、个性主义、人道主义甚至现代主义（即新浪漫主义）等文化意识。前者政治文化思潮，与孙中山在 1924 年 1 月召开的中国国民党第一次国大会上通过的《中国国民党第一次全国代表大会宣言》所确立的"联俄、联共、扶助农工"三大政策的新三民主义，有相通点；也与 1922 年 7 月中国共产党举行的第二次代表大会通过的《中国共产党第二次全国代表大会宣言》所指出的，"加给中国人民（无论是资产阶级

---

① 《孙中山全集》第 1 卷，北京：中华书局 1981 年版，第 296 页。

工人或农人）最大的痛苦是资本帝国主义和军阀官僚的封建势力，因此反对那两种势力的民主主义革命运动是极有意义的：即因民主主义革命的成功，便可得到独立和比较的自由"①的民主主义政治纲领的精神相吻合。这应是国共两党第一次合作的政治基础，此时国民党在其他党派的支持协助下，在 1925 年发动的北伐战争中取得节节胜利。正是在这种民主主义政治文化思潮的驱动和渗透下，五四文学革命与五四反帝爱国运动轰轰烈烈地掀动起来，文学创作中出现了反帝反封建的两大政治主题。后者新潮文化的渗染，在理论形态上提出了白话文学观、人的文学观、平民文学观、为人生文学观、生命文学观等；而在创作实践上则出现了启蒙文学、写实文学、浪漫文学、象征文学等，使新文学或现代文学真正在现代中国多元共生的文学总系统中大放异彩。五四及 1920 年代的"传统文化"虽然在新文化运动中遭到激进主义的猛烈批判，但它所批判的矛头主要指向封建专制主义及其"吃人"的伦理道德，并不是否定所有的传统文化，正宗传统文化中的民主性精华与具有超越价值的"泛爱"精神以及民间文化和少数民族文化则得到了发掘和承传，即使批判过的传统文化在民主政治文化所营造的文化生态中仍可存活下来。所以在传统文化渗染下的古代文学样态、"旧瓶装新酒"式的文学、文言文学等仍可以营造，与新文学或现代文学形成并举互补的格局。至于"消费文化"渗染的通俗文学并未因为新青年派、为人生派的批评而消匿，相反它在与新文学的竞争中而获得大发展，涌现出像张恨水这样的通俗文学巨匠。此时期的港台地区的文学受到新潮文化的影响，现实主义和现代主义文学皆有发展，与大陆新文学构成相互辉映的态势。

　　第二历史阶段（1930—1977）的"政治文化"、"新潮文化"、"传统文化"和"消费文化"，随着现代中国文学演变出现复杂的情势，它们相互关系的变奏更难以把握。就"政治文化"而论，由于国共两党政治上合作而取得北伐战争的胜利，并且所造成的民主自由的文化生态也助推了 1920 年代新文学建设的欣欣向荣以及传统文学和通俗文学的有所成长；但是国民党蒋介石为了实行"一个党"、"一个主义"的专制，经过"四一二"政变，在南京建立国民党政权，从此国共两党由合

---

① 《中国共产党历史》第 1 卷（上），北京：中共党史出版社 2002 年版，第 100 页。

作走向破裂。当时国民党所建立的政治文化是除掉"联俄、联共、扶助农工"三大政策的旧三民主义，借以推行一党专政，于是在文艺战线提倡"三民主义文艺"，掀动"民族主义文艺运动"，在军事战线上则对共产党发起一次次围剿及其特务活动。对此，共产党义无反顾地针锋相对地进行反击，其所推行的政治文化则是深受日本福本左倾路线和苏俄"拉普"影响的左翼无产阶级文化，在文艺战线提倡无产阶级文学，发起以"左联"为核心的左翼文艺运动，其声势之大成绩之丰远远超过"三民主义文艺"运动；在军事战线进行"反围剿"及特工暗战，并在苏区建立苏维埃政权，举行两万五千里长征。直至 1937 年抗战全面爆发前，国共两党操控的政治文学虽然都发展了，但左翼政治文学却占了上峰，而以抗击帝国主义为主题的爱国政治文学则生存于国共两党政治文学的夹缝中。1930 年代"新潮文化"除了自由主义受到国民党的抵制外，其他的民主主义、人道主义、现代主义等并没有受到冲击。新月派所代表的自由主义文化之所以遭到国民党的严厉批判，不仅因为胡适早在 1929 年发表《人权与法约》一文抨击国民党查禁书报"侵害自由"的行径①，还因为罗隆基、梁实秋、沈从文等都发表了谴责文章，甚至指责国民党乱用权力摧残民族文化，近似秦始皇的"焚书坑儒"②。当时的国民党权力对新潮文化的其他形态，对传统文化和消费文化，还都采取了一定的宽容态度，特别是倡导"新生活运动"来鼓吹传统伦理文化；这样就使四大文化思潮渗染的各种形态或系统的文学在 1930 年代都得到了各自为政又相互牵连的发展，现代中国的新文学更呈现出比五四及 1920 年代更繁荣的景观。

1937 年全面抗战爆发，四大文化形态的内涵及对文学渗染的格局有了新的变化。国共两党为了抗战大局而重新合作，虽然抗战八年也有过冲突但基本上是合作的，并结成了广泛的抗日民族统一战线，致使救亡图存的民族主义的爱国政治与全世界反法西斯主义政治相结合而构成最高的政治原则。在国民党三民主义的"民族主义"文化与抗日救亡和反法西斯主义战争的实践相结合的强力渗透下，产生了大量与抗战紧密相关的政治型文学；这与抗日根据地或解放区出现的抗战文

---

① 胡适：《人权与约法》，《新月》，第 2 卷第 2 期，新月书店 1929 年版。
② 沈从文：《禁书问题》，《国闻周刊》，1934 年，第 11 卷第 9 期。

学或在东北、华北、台湾等沦陷区出现的反抗日伪政权的政治文学有互通性。由于"新潮文化"、"传统文化"和"消费文化"都可以在争取民族解放的抗战大旗下与思想意识结成同盟，所以不论哪个地区的新文学、传统体式文学、民间文学、通俗文学和翻译文学等，都能得到不同程度的发展，即使与抗战无关的文学也出现了沈从文、张爱玲这样的文学大家。值得注意的是，1942年以前的抗日根据地的文学是容许不同形态文学哪怕表现人性复杂的文学也可以存在的，共产党并不干预；但是1942年后发表了《在延安文艺座谈会上的讲话》、开展了文艺整风运动，推动了工农兵文学的建设与发展，却对与人性论、人道主义等相关的"新潮文化"和"消费文化"及其文学甚至作家进行了政治批判，直至1948年东北局发起的对萧军的全面大批判和香港左倾刊物《大众文艺丛刊》对胡风、朱光潜、沈从文等的政治批判。1945年4月24日毛泽东在《论联合政府》一文中明确指出："中国急需把各党各派和无党无派代表的人物团结在一起"，"在广泛的民主基础之上，召开国民代表大会，成立包括更广大范围的各党各派和无党无派代表人物在内的同样是联合性质的民主的正式的政府，领导解放后的全国人民，将中国建设成为一个独立、自由、民主、统一和富强的新国家"。① 然而重庆谈判后国民党撕毁协定使得国共两党再次分裂了，经过第三次国内革命战争的腥风血雨，得道多助的共产党取得了胜利，而失道寡助的国民党蒋家王朝则败退到台湾。虽然解放战争三年国共两党忙于内战，但是其政治文化对文学的影响，共产党做得更自觉更有成效，而国民党则相对差一些。这就导致包括台湾在内的国统区的新潮文化渗染的自由主义文学、现代主义文学以及消费文化渗染的通俗文学有了显著发展；而解放区的文学则被纳入"革命机器"的政治轨道，那种"新潮文化"和"消费文化"渗染的文学几乎销声匿迹，即使"传统文化"渗染的民间文学，也装进了政治革命的内容。

　　1949年10月1日中华人民共和国宣告成立，大陆上各个民族各个党派各个团体联合成人民民主共和的现代国家共同体，共产党在政治制度层面建立了体现"人民共和国"体制的"人民代表大会"制、"政治协商"制和人民当家做主的"宪

---

① 《毛泽东选集》（一卷本），北京：人民出版社1964年版，第930—931页。

法"，较辩证地处理了执政党与参政党、领袖与人民、党权与法权、人治与法治、集中与民主等重大政治关系，这不仅有利于完成"将中国建设成为一个独立、自由、民主、统一和富强的新国家"的历史使命，而且一度也形成了有利于现代中国文学繁荣发展的政治生态。但是必须看到，政治文化与文学之间的关系也呈现出复杂性：一是政治文化渗染的政治化文学只限于大陆的各地区各民族，而同台港澳的文学却处于异质状态；不过对大陆的政治化文学其思想艺术价值需要具体分析，如果政治文化观念或意识形态是正确的富有真理性的，那么它渗染的政治文学，至少在思想价值上应有所肯定，若是创作方法选择得当艺术构思有创新，这样的政治化文学更应该重视。如描写抗日战争、解放战争和抗美援朝战争以及隐蔽战线谍战等题材的政治文学应该肯定必须肯定，即使有缺点也要从肯定中指出；如果政治化文学深受政治文化的错误观念或乌托邦幻想的渗染，例如歌颂"三面红旗"、肯定"文革"、赞扬错误"阶级斗争或路线斗争或思想斗争"的文学等，则无思想价值可言，即使艺术上再完美也不能全然肯定。因此对政治化文学必须采取实事求是的科学分析，绝对的肯定或绝对的否定，在文学史上都是站不住脚的。二是政治文化虽然对"新潮文化"采取反复打压的态度，政治控制中心从批判《武训传》直至"文革"始终没有放松对其清扫，其实这种无情无理的政治批判越厉害越能激起作家们的反其道而创造的激情，所以深受人道、人性、人情的现代人道主义或现代主义等新潮文化渗染的文学创作并没有间断，地上不许创作就转入地下进行潜在写作，为五四文学的人学传统保存了火种，即使非人文学风行的"文革"也有现代主义诗情在张扬；况且，并非所有的政治文化都与"新潮文化"或"传统文化"针锋相对，有的政治文化对其他文化形态仍采取宽容态度，哪怕给它扣上"修正主义"文化的帽子，也没有遏制其在文学创作中所起到的潜在作用。与大陆政治文化相对的则是台湾国民党蒋家政权的政治文化，1950年代仍延续专制独裁的政治文化，对大陆坚持反共的政治策略，对台湾人民采取专政手段，致使台湾生成一些政治型文学。蒋经国执政后推行民主改革，所造成的民主自由的政治气氛与政治生态导致台岛各种文化形态的文学都有了新的发展。港澳地区虽然尚未回归，仍然在殖民主义统治下走着英式资本主义道路，与之相适应的各种文化形态渗染的文学都有所振兴，特别是消费文化渗染的通俗文学获得大发展的机遇，出现了继大陆张恨水之后的又几个通俗文学大家。可以说台港澳地区的新潮文化和消费文化渗染下生成的新文学与通俗文学，弥补了大陆文学形态的缺失。

第三个历史阶段（1997—2010）的"政治文化"、"新潮文化"、"传统文化"和"消费文化"，随着我国改革开放和思想解放的总趋势日益深化，以及"面向未来、面向世界、面向现代化"的战略视野的逐步展开，四大文化形态的内涵及其互动关系也发生了深刻变化。就政治文化来说，虽然仍坚持"人大"制、"政协"制和人民"宪法"，但通过1970年代末1980年代初的"拨乱反正"、"正本清源"又返回1949年所确立的政体，匡正了执政党与参政党、领袖与人民、党权与法权、人治与法治、集中与民主等重要政治关系；特别是通过新时期三十多年的民主与法制建设，一部完整的法律体系已建成，人民当家做主的权力越来越得到法律的保证，这为公民的话语自由权和作家文艺创作的自由权提供了有法可依的根据。在意识形态层面的政治文化中清除了"以阶级斗争为纲"的政治主张，公开宣布没有阶级斗争也没有"左"与右的路线斗争，更不搞阶级斗争和政治运动，与时俱进地吸纳具有着普世价值的人类政治智慧，如以人为本的理念、科学发展的观念、天人合一的"和谐"哲学以及"和而不同"的传统思想等；特别是通过1980年初"人道主义"问题论争，使马克思主义的人道主义和异化思想也得到弘扬，并且经过所谓"清污"、"风波"等多次抵制极"左"思潮的借机反扑而越来越开明越来越松动，意识形态领域不再以文化专制的手段压制不同政见，或者靠"政治引导"或依法说话，即使异质文化受到指斥也不会危及人身安全。而意识形态主要借助现代的各种媒体来传播其发展的创新的政治意识，为各种文学形态的自由发展提供了越来越宽松的空间。总观新时期以来的在政治文化渗染下生成的主旋律文学形态，亦是越来越人性化人道化了。在这种政治文化生态里，"新潮文化"的新启蒙主义曾一度与政治文化联手批判了视人为草芥的扼杀人性禁锢人欲的极"左"政治文化；虽然在联手过程中新启蒙主义曾受到政治文化的抑制，但1990年代以来却进一步松绑了，即使有人提倡"新启蒙运动"也没有引起"意识形态领域"的格外关注，这样就使"新潮文化"渗染的新启蒙文学在发扬晚清至五四启蒙文学的基石上又有新的拓展，以个人主义为世间本位的人道主义与马克思主义人道主义交融为一体的启蒙意识得到广泛的播扬。"新潮文化"形态中的以存在主义为哲学基础的现代主义文化，虽然在 1980 年代初受到政治文化的抵制，但在 1980 年代中期后却获得了大张旗鼓传扬的机遇，在其渗染下形成了规模庞杂的现代主义文学流派，比二三十年代的现代主义文学有了更大发展，同时也影响到新启蒙文学，甚至像王朔这种新通俗文学也深受熏染。后现代主义文化 1990 年代混杂于现代主义文化而进入我国文坛，虽然尚未形成大气候，只对政治文化和新启蒙理性有一定的解构作用，但也没有引起主旋律政治文化的抵制，特别是它与消费文化结缘则与政治文化有了一定的共谋关系。即使笔者并不完全认同消费文化就是后现代文化这种等值见解，不过也觉得 1990 年代以来涌现出的消费文化的综合性特征中的确有后现代文化因素；因此可以说，在消费文化渗染下所形成的样态各异的大量通俗文学也有后现代文化的功效使然。

所谓"消费文化"前文已涉及，这里有必要予以补叙：它兴起于 1980 年代中期而达 1990 年代便形成高潮，直至 21 世纪初叶其发展势头不减；这种现代消费文化本来产生于发达的工业社会和相当成熟的商品市场经济，且以现代城市公民为主要消费对象，通过各种大众媒体传播无深度的、模式化的、易复制的、遵循市场规律批量生产的文化产品或文学作品。而这种消费文化又何以在中国"社会主义初级阶段"的 1990 年代及其以后能形成热潮呢？在笔者看来，主要因为"经济转轨后冲破计划经济的种种成规戒律，使计划经济结构中被压抑窒息的生产力获得空前的解放，尤其构成生产力的最活跃的人的因素挣脱了人为的枷锁而遵循着经济规律向前迅跑，其创造性的潜能和智慧在工业、农业、技术的现代化中得以充分发挥，这就大大加速了中国工业化、科技化的步伐。特别是市场经济与文化工商按照'商业化'的机制运作与旋转，把文化领域的不少机构和从业人员逐步纳入现代市场之中，根据经济市场和文化市场的双向选择使得那种能适应市场销售需要和大众精神文化消费要求的文化产品和文学作品获得了大发展的良机"，从而推动着现代消费文化或文学思潮一浪高过一浪①。再加之各种大众传媒的现代化步伐越来越快和大量现代知识分子进入文化市场竞争，既能引导消费文化又能

---

① 朱德发：《世界化视野中的现代中国文学》，济南：山东教育出版社 2003 年版，第 236 页。

塑造消费文化，以及全国各族公众对消费文化的娱乐享乐功能的迫切需求，这也是导致1990年代以来消费文化及其渗染下的通俗文学迅猛发展的原因。从消费文化自身的功能特点来考察，它不仅具有公民性，即消费文化所蕴含的文化信息、审美信息和思想信息，能够跨越阶层、阶级、民族乃至国家的界限为全人类公民所接受，而且它具有代表全体公民的世俗欲望、意愿、情感、思想和审美的世俗性；它不仅具有接受文化市场规律制约和控制的受控性，而且也具有颇受公民赏心悦目的能达到家喻户晓、妇孺皆知的普泛性；它不仅具有涵纳各种文化意识的包容性，而且也具有供不同层次人群阅读欣赏的雅俗性，这诸多功能致使消费文化可以对中外古今各种文化进行大汇融、大整合，在它的综合性的渗染下几乎所有的文学形态不约而同地进入市场运作的轨道。除了通俗文学外，即使主旋律文学、人文启蒙文学、传统体式文学也带有通俗性的色彩。所谓"传统文化"在"弘扬民族文化"的号召下和发展企业文化的鼓励下，几乎所有的"传统文化"即不管哪个民族或哪个地域的或正宗的或民间或宗教的传统文化，都得到倡导与引领而进行大规模地重新发掘重新认识，哪怕是在五四新文化运动中被批判的"吃人"文化、蒙昧迷信文化也要重新评述。它不仅是建设有中国特色社会主义文化的重要资源之一，也是与世界其他国家或民族进行广泛的文化对话与交流的最具中华民族特色的文化；因此在这种丰赡厚实、源远流长、博大深广而又泥沙混杂的"传统文化"渗染下的各民族、各区域和各形态、各系统的文学，无不富有民族文化意蕴或本土文化色彩。尤其那些以传统历史或少数民族或地域人文景观为题材创作出的新历史小说、民族宗教文学或乡土文学，其传统文化内涵更丰盈，即使主旋律文学、新潮文学和通俗文学也深受传统文化影响，这就增强了现代中国文学的民族化或中华性特征。不过必须指出的是，由于"消费文化"格外关注金钱主义、享乐主义，在其渗染下的通俗文学难免无节制地激荡着人的钱或性的欲望，使这些媚俗的因素化入人们的心灵，往往在行为上产生不可小视的负效应；由于对"传统文化"缺乏以时代的现代眼光进行审视，有可能把"腐朽当成神奇"、"糟粕视为精华"、"垃圾当成宝贝"，这就容易使"传统文化"渗染的文学"沉滓泛起"，造成对文学现代化的不堪想象的冲击或伤害。

总之，四大文化形态在第三历史阶段，逐步形成了各自独立又相互联系、互相渗透又自行运演的多元并存的格局，在其渗染下的大陆各民族各地域的不同文学形态比起前一历史阶段的单一的政治化文学来更加异彩纷呈、千姿百态，特别是由纸媒的图书报刊和电媒的影视网络发表或出版的文学作品得到了"疯长"，这预示着跨进 21 世纪的现代中国文学在全球化语境下将会与世界其他民族国家的文学一起为人类文学建设展开更丰富的想象和发挥更大的创作潜能。这不仅因为现代中国包括政治文化渗染的所有形态或系统的文学与政治文化的疏离而在边缘化中找准了自己的应有位置，越来越自觉地遵循文学自由开放的规律而运行；也因为政治文化越来越尊重文艺本身的规律，越来越重视激发作家的艺术创作能量和自由想象机制，越来越注意为文艺创作营造优越的文化生态。尽管本阶段的文学创造尚未发现出世界级的可以成为经典的作家和经典的作品，然而经过历史的大浪淘沙，那些真金是会大放光芒的。

台港澳文学在这个历史阶段虽然不像大陆文学由于"文革"的结束发生了结构性的重大转型，但是它们也出现了新的转折，即在继承四大文化形态渗染下的不同样态文学的优良传统的前提下又有了新的发展。港澳由于大陆改革开放的直接影响和相继回归祖国怀抱而实行一国两制，使其形成了多元文化的文学局面，"创作呈现出千姿百态"[①]；台湾地区因为历史的转折也发生了文学变革，1979 年元旦，美国与中华人民共和国建交遂之发生的"美丽岛事件"，导致政治文化渗染的台湾政治文学出现了新变，即："与 50 年代政治性的文学的'反共抗俄文学'不同的是，80 年代的政治文学，开始用象征、寓言、暗讽等文学手法来揭露国民党当局的恶政，也以讽刺手法描写从事'台独'政治运动的投机政客。"[②] 至于在"新潮文化"渗染下的现实主义、现代主义、后现代主义文学又有了新拓展，特别是在"传统文化"渗染下的台湾少数民族文学和"新潮文化"影响下的女性写作呈现出新的艺术景观。本历史阶段的华文文学和翻译文学在深广度上超越了前两个历史阶段，为现代中国文学多元结构形态增色添彩。随着两岸关系进入和平发展时期以及海外华人的爱国情结日益强烈，现代中国文学将以和谐统一的整体面貌

① 王剑丛：《二十世纪香港文学》，济南：山东教育出版社 1996 年版，第 151 页。
② 严家炎主编：《二十世纪中国文学史》（下），北京：高等教育出版社 2010 年版，第 314 页。

雄踞于世界文学之林。

若是书写现代中国文学史，能够对"政治文化"、"新潮文化"、"传统文化"和"消费文化"与现代中国文学的复杂关系，从纵与横相互交错的两大维度梳理清楚，那就有可能建构一部逻辑结构严整的全景观的现代中国文学史文本。

第一章　多元文化语境并存与文学观念转变

第一节　新潮文化影响下的文学观念变革

晚清特别是维新运动以来，中国文学从古典向现代转换，文学观念的变革无疑起到了先导的作用。而文学观念的变革，其主要促动因素则是文化环境和文化资源的变化。鸦片战争之后，在西方列强坚船利炮的冲击下，国门洞开，外侮侵凌。伴随西方资本主义军事侵略而来的，不仅是全球化市场经济的介入、半殖民地化的政治欺辱，还有以近代科技领先为支持的西方文化冲击。西方文化的大量输入，改变了中国文化的传统格局与资源环境，尤其是在中国促使产生了一股旨在学习、借鉴西方文化的新潮文化热潮。这一新潮文化热潮从改良主义文化运动开始，中经辛亥民主主义革命文化思潮、五四启蒙主义文化思潮，直至 20 世纪 20 年代的无产阶级革命文化思潮，风起云涌，成为推进中国近现代社会及文化变革的巨大动力。同时，这种新潮文化的兴起，也为文学观念的变革提供了知识、思想资源以及相应的思维方式。

鸦片战争之前的中国，基本上是由本土文化资源作为文学的支撑。这种本土文化资源的主体部分是以儒家思想文化为核心补缀了道、佛等思想文化的古典文化。它用严格的宗法关系和礼教伦理制约着人们的行为及精神欲求，又用出世思想和隐逸情调调和着人们的精神平衡，形成具有中国特色的行为模式、思维方式及思想规范。同时，也为文学提供了统一的精神资源、美学观念和审美情趣。发展到封建社会后期，虽然有明代中叶之后城市经济的发展和市民文化运动的高涨，但由于社会结构和文化结构无法得到根本的变革，整个社会及文化开始处于停滞的状态。生产力发展缓慢，政治统治严重腐败，社会危机日益加重，文化创造力逐渐弱化，古老的文明呈现出衰落的迹象。同经过了文艺复兴和工业革命后飞速发展的西方文明相比，中国文明的驿车还在中世纪古老的驿道上蹒跚行进。当西方已经出现了牛顿力学、刻卜勒天文学、道尔顿原子论、达尔文进化论、亚当·斯密经济学、孟德斯鸠分权说、卢梭民约论、康德和黑格尔哲学的时候，中国的知识界还踟蹰在汉学考据和理学诠释的狭小角落里，或满足于空泛而陈旧的"性"、"气"辨析，或陶醉于对古人的一得之见。那些发黄的故纸堆湮没了无数中国知识分子的聪明才智，也渐渐吞噬着一个民族的精神生命。

在这样一种僵固的文化环境中，由于文化资源的单一性，文学也渐趋沦入至一种停止没落的境地。尽管明代中叶之后曾有过市民文化运动及文学的高涨，在一定程度上带来过中国文化和文学的某些变革，但由于中国社会结构和文化结构的强稳定性，这些变革的萌芽在强大的传统文化和政治势力压迫下，很快便趋于枯萎。明末农民大起义带来的暴力性破坏、清王朝入主中原后所实行的文化强控制政策，基本扼杀了明代中叶之后从市民生活业已开始萌发的文化异己因素，如阳明心学、李贽和公安派的个性解放思潮、黄宗羲等人的民权思想、戴震的启蒙哲学等。同时，明代中叶之后发展起来的市民文学也受到了遏制，那些具有文化革新性质的文学作品（主要是小说、戏曲）统统被认为是"滥调淫词"、"悖逆之声"，遭到了统治者的"严查禁绝"、"毁书灭迹"。这样一种文化强控制，使得整个文化阶层及其知识分子，除少数忧世愤俗之士外，无不沉浸在夤缘附势、荒淫颓靡或皓首穷经、蜗居书斋的生活中。"避席畏闻文字狱，著书都为稻粱谋"，是对他们形象的生动写照。

在这种生活状态和文化环境下的文学，当然很难有革新的追求与气象。这时期代表了正统文学的诗文作品，"遭逢盛世，歌颂生平，故题材不外应制、游燕、祝贺、赠答、赋物、怀古、题图诸端，既无所用其深湛之思，遂少回荡之妙；极其所诣，但求对仗之工稳，声调之铿锵，辞条之鬔丽而已"。① 生活方式的僵固、文化环境的封闭、情感体验的单调、艺术模式的陈旧，造成了文学的精神追求和审美心态越来越大的惰性。当时以桐城派古文、格调派诗歌、宋诗运动等为代表的主流文学，不是把文学的价值取向指向于现实和未来，而是指向于过去，从古人那里续接生命的源流。考察文学史可以看到，清代后期的复古主义思潮极为盛行。这是因为一种文化、一种文学，越到其没落期，复古主义的情结就越浓厚。诚如英国历史学家汤因比所言：复古主义是"文明解体"的标志，它主要表现为"从对当代有创造力的人物的模仿退回到对种族的祖先的模仿"，这显示出"文明动力"的弱化或消失。② 当然，并非所有的复古主义思潮都带有反动的性质，唐代韩愈、柳宗元发动的古文运动在当时就具有一定的进步意义，但是如果一种文明已经走过了其鼎盛期而进入没落阶段，那么复古主义就不只是一种文化策略，而是成为了僵硬、顽固的守旧文化信念的避风港。清代后期的复古主义思潮正是这样一种文明衰落的标志。

鸦片战争带给中国的变化，除了在经济、政治结构上改变了中国的社会性质，使中国从一个封建专制的国家变为"半封建半殖民地"社会之外，更为重要的是改变了中国社会的文化结构，使得此后中国文化的发展走出了原来的封闭状态，而进入到一个与人类总体文化相碰撞、相交融的空间。在被迫开放的条件下，西方物质文明的成果和西方文化思想的输入，对中国人的文化心理形成了强大的冲击力，搅碎了中国一体化社会结构的平衡状态。在原有的自给自足的自然经济只是受到初步侵蚀，在严密的封建极权政治尚未从根本上被撼动的同时，传统的社会意识和文化心理首先被西方的"坚船利炮"、"奇技淫巧"、"富强之术"、"博爱之说"撕开了再也无法自我愈合的致命伤口。正如当时有人所惊呼的："呜呼！

---

① 汪辟疆：《近代诗人述评》，中国社会科学院近代文学研究室编：《近代文学论文集》（1949—1979）（诗文卷），北京：中国社会科学出版社 1984 年版，第 3 页。

② 【英】汤因比：《历史研究》（中），上海：上海人民出版社 1959 年版，第 240 页。

世变至此极矣，中国三千年以来所守之典章法度，至此而几将播荡澌灭，可不惧哉"。① 这种巨大的环境变化，改变了中国文化原有的资源状态，为中国文化观念的变革引进了新的思想动力和思维方式。可以说，"西学东渐"为中国提供了新的文化资源，特别是西方社会和文学思潮的影响，整个文学观念的思想体系发生了全面的变化，以至于有关文学的一些基本概念、范畴及理论形态都与传统有了实质性的改变。当然，在这一场变革中，传统的文化资源仍然在发挥着作用，一些以维护传统文化为宗旨的文学思潮也仍然存在，但文学观念的主导思想倾向已经在逐渐地向着西方文化的发展方向靠拢，并最终融合于这一全球化的文化体系。

鸦片战争之后整个文学观念的思想体系发生实质性变化，有一个渐进的过程。其中师法西方的新潮文化对中国文学观念的影响随着变革进程的推进在逐渐加大，最后占据了主导性的地位。大致在鸦片战争到戊戌维新这一阶段，是中国文学观念调整的准备阶段。在这一阶段，西方文化逐渐向中国流入渗透，中国封闭的文化环境开始解体，但西方文化还不足以形成全面撼动中国传统文化结构的冲击波，因此它对中国文学观念的变革还只是局部的，并没有形成主导性的因素。但从魏源开始，到冯桂芬、郑观应、王韬等人提出的变革要求，已经预示着一场文学观念大变革时代的到来。从戊戌变法到五四文学革命这一阶段，是中国文学观念调整的实行阶段。在这一阶段，随着西学东渐高潮的到来，外来的西方文化与本土的中国文化之间发生了激烈冲突，并引发了中国文化自身的调节机制，中国文化出现了企图通过融合西方文化的某些资源而建立一种新文化的倾向。这一倾向的主要代表就是改良主义的文化运动。改良主义思想家把文学看做变革社会和改良民族精神的利器，借助于西方文化的思想观念，提出了关于文学改革的主张。他们的主张尽管还没有完全颠覆传统文学观念的思想体系，但已经开始营造了新文学观念取代旧文学观念的文化语境和理论基础。五四新文化运动及文学革命是中国文学观念调整的完成阶段。在这一阶段，中国文学借助于西方文化和文学资源，实现了对中国文学的历史性变革，新文学取代了旧文学，文学观念也完成了自身的转变。新文学从观念上走出了传统文学的樊篱，形成了与新文学形态相适应的

---

① 王韬：《答强弱论》，《弢园文录外编》，上海：上海书店出版社 2002 年版，第 166 页。

文学思想理论体系。需要说明的是，晚清以来中国文学观念的变革过程，与中国文化的变革过程是相一致的，或者说文学观念的变革就是中国文化变革的一个不可缺少的组成部分。

概括来看，西学东渐后，促成中国文学观念调整的新潮文化语境，以及导致中国文学观念发生实质性变革的新潮文化资源，择其要者有以下几个方面：

一、晚清民族意识的崛起

晚清以来影响中国人思想和心灵世界的最大变化，无过于民族意识的变化。鸦片战争把中国投入到世界历史发展的大潮流中，在同西方民族的矛盾及抗衡中，中华民族的民族意识在急剧增长。在痛苦的比较中，一些先进的知识分子开始"睁开了眼看世界"，认识到西方民族的长处和自己的弱点，对民族的生存进行反思，从比较中探索民族更生的道路。所谓西洋"以其船坚炮利而称其强"，中国"人无弃材不如夷，地无遗利不如夷，君民不隔不如夷，名实必符不如夷"①，便是这种意识的表现。这种在反思中寻求民族自强的意识，使得中国人开始走出以往"自我中心"的封闭心态，具有了面向世界开放和竞争的要求。这种意识以及伴随这种意识的对民族命运的焦虑感、忧患感，对这一时期的文学观念产生了很大的影响。

晚清民族意识及其对民族命运的忧患情绪，强化了把文学作为拯救民族危难、改造民族精神"利器"的观念，推动文学走上了"救亡"的道路，承担起转变民族命运的历史任务。康有为曾称赞黄遵宪的《人境庐诗草》的精神主旨在于"上感国变，中伤种族，下哀生民"，为"感激豪宕，情深而意远"之作。②在他看来，黄遵宪的诗表达的是对国家兴亡、民族前途和人民命运的感慨，而不是与世无涉的一己私利，因而具有了新的时代意义。梁启超更认为："欲新一国之民，不可不先新一国之小说"，"今日欲改良群治，必自小说界革命始；欲新民，必自新小说始"③。

---

① 冯桂芬：《制洋器议》，《校邠庐抗议》，郑州：中州古籍出版社 1998 年版，第 198 页。

② 康有为：《〈人境庐诗草〉序》，郭绍虞主编《中国历代文论选》第 4 册，上海：上海古籍出版社 1980 年版，第 181 页。

③ 梁启超：《论小说与群治之关系》，陈平原、夏晓虹主编《二十世纪中国小说理论资料》第 1 卷，北京：北京大学出版社 1997 年版，第 50 页。

这就把文学同民族精神和民族命运的改造紧密揉合在一起，文学由此踏上了拯救国家危亡的战车。这一观念虽然赋予了文学过于沉重的历史责任，甚至使文学在后来的发展中不堪重负，影响了文学作为艺术的常态发展，但在当时民族危机的历史条件下，它却能够极大地鼓励文学参与民族改革的时代大潮，成为晚清以来文学发展的重要指导思想。固然，这一文学观念与以往把文学看做"经国之大业，不朽之盛事"的传统观念有着某些内在联系，但它的产生从根本上说还是在于时代精神的影响，在于这一时期民族危机所带来的民族忧患意识对文学的巨大作用。

以开放和竞争为特征的晚清民族意识，改变了"自我中心"的文化心态及文学对内复古、对外封闭的习惯思路，强化了文学对外开放的意识，为中国文学确立了一种能够横向比较与借鉴的世界性的文化视野。在中国传统的文学观念中，复古主义一直占据了主导性的地位，包括一些文学革新思想的产生，也在很大程度上遵循了复古的思路或打着复古的旗号，如唐代的韩愈、宋代的柳开、明代的李贽、清代的龚自珍等。明代中叶的文学革新，对这一思路虽有所冲击，但并没有打破。真正打破这种传统思路，是从鸦片战争之后。西方文化的强力输入，促使了近代民族意识的崛起和文化观念的转变，使得中国知识分子开始走出以往的文化中心主义的圈子，具有了面向世界开放的意识。严复、夏曾佑编纂《国闻报馆附印说部缘起》，把中国的经典小说与外国的经典小说合并成集，向社会推出。他们认为这些小说所表现的是人类共同的生活、性情、欲求、理想，其内容无不是人性的反映。"凡为人类，无论亚洲、欧洲、美洲、非洲之地，石刀、铜刀、铁刀之期，支那、蒙古、西米底、丢度尼之种，求其本原之地，莫不有一公性情焉。此公性情者，原出于天，流为种智。"[①]而文学便是人类这种"公性情"的表现，因而具有共通性、世界性。中国文学的发展既可以依靠本土文化资源，也可以借鉴他国文化资源。

晚清民族意识强调民族自强精神，提倡面对侵略及压迫的反抗性、斗争性，这就打破了追求"中和"之美的传统文学审美观念，促使了一种强调"美、伟、强、力"文学审美观念的产生，推动了中国文学的美学精神的改变。中国古典文学的

---

① 严复、夏曾佑：《国闻报馆附印说部缘起》，郭绍虞主编：《中国历代文论选》第4册，上海：上海古籍出版社1980年版，第197页。

美学传统产生于农耕社会和宗法家庭关系的生活基础，它强调的是人与自然、人与人的和谐相处，重视"中和"之美的生活风格和精神旨趣。这样一种美学传统，不赞同人与自然、人与人之间的冲突与斗争，不强调人之自然欲望及其情感表现的原始状态，不重视人之生命存在的个别性及差异性，因而它同晚清以后中国人所面临的社会变化、文化变化形成了难以调和的矛盾。晚清以来是中华民族的生存环境极为恶劣、严峻的时期，外族入侵和王朝衰落把中国人推入到一个生死存亡的危急关头。民族的危难、政权的腐败、社会的冲突、人民的困苦，这一切都很难再用"中和"的美学规范去传达与表现。和谐和中庸的价值取向与抗争和竞争的价值取向产生了严重的不协调、不适应。在这样的民族生存环境中，斗争与改革日益成为中国人社会生活的主旋律，一种追求"美、伟、强、力"的文学审美观念应运而生。诚如鲁迅在《摩罗诗力说》中所言：中国的文学需要倡导一种"摩罗"精神，以"美伟强力"，破"污浊之平和"。"平和之破，人道蒸也"。[①] 这一观念对中国此后文学的发展影响甚大。

二、进化论思想的输入

在中国人传统的自然与社会观念中，一直是"历史循环论"占据着绝对主导地位。自然界、人类社会的发展都被看做是一个周而复始的过程。"历史循环论"对文学的影响，就是滋生了浓厚的复古主义思想氛围。在这一氛围中，文学的发展不是被看做对以往传统的不断超越，而是被认为是对传统的不断回归。革新总是被笼罩在传统的巨大阴影之下。在清末民初中西文化大交流的过程中，进化论的输入成为促使中国人思想解放的重要动力。对进化论的介绍，得益于一批受到西方文化正式教育的中国知识分子，其中严复是最杰出的代表。严复被后人誉为中国"精通西方文化第一人"。他为现代中国输入了一系列西方文化观念，成为给当时和以后中国社会及文化的变革提供主要精神资源的"盗火者"。他翻译的《天演论》是当时向中国思想界介绍进化论的重要著作。可以说，进化论的输入，对这一时期中国文学观念的变革产生了革命性的作用。

---

① 鲁迅：《摩罗诗力说》，《鲁迅全集》第1卷，北京：人民文学出版社1973年版，第45页。

进化论思想对文学观念的变革，首先是对文学历史观的改变。与"历史循环论"不同，进化论强调历史的线性发展特征，认为无论是自然界还是人类社会都遵循不断由低级向高级发展的规律，每一个发展阶段相对于以往的发展阶段都是不可重复的。因此革新或变革是历史发展的动力之源。文学的发展也是如此。每一个文学发展阶段的产生，都是建立在对以往文学传统革新的基础之上，即所谓"一代有一代之文学"。黄遵宪曾说："今之世异于古，今之人亦何必与古人同。"文学是作家对自身所处时代生活和精神的表现，不可亦步亦趋摹仿古人，而应该强调革新，"不名一格，不专一体，要不失为我之诗"。梁启超从进化论思想出发阐述了文学变革对文学发展的重要性。他说："中国结习，薄今爱古，无论学问文章事业，皆以古人为不可及。余生平最恶闻此言。窃谓自今以往，其进步之远秩前代……过渡时代，必有革命。"① 只有通过变革，文学才能跟上时代的步伐，才能发展与进步。王国维认为，文学的价值在于表现人生，而人生是随着历史不断发展变化的，因此文学便不能固守传统之规范，也要随着生活的发展而发展。各个时代的文学有各个时代的具体内容和形式，没有什么万世不变的"义理"和千秋不易的体式格律。

　　进化论思想还在很大程度上改变了文学的审美观。在中国传统的审美观中，一直具有以"古"求雅、以雅为美的习惯。古朴和雅正成为古典文学极为重要的审美观念，而求新、求异则被视为艺术、审美的歧路。进化论思想影响到文学，促使了文学观念从重视古、雅到追求新、异的转变。随着文学在内容上强调要"吸彼欧美人之灵魂，淬我国民之志"，在艺术上要求革新、要求借鉴西方文学的呼声也渐趋高涨。诚如康有为在诗中所言："新世瑰奇异境生，更搜欧亚造新声。"② 他还称赞黄遵宪的诗"以其自有中国之学，采欧美人之长，荟萃熔铸，而自得之"。③

---

① 梁启超：《饮冰室诗话》，郭绍虞主编：《中国历代文论选》第4册，上海：上海古籍出版社1980年版，第134—135页。

② 康有为：《与菽园论诗兼寄任公孺博曼宣》，郭绍虞主编：《中国历代文论选》第4册，上海：上海古籍出版社1980年版，第188页。

③ 康有为：《〈人境庐诗草〉序》，郭绍虞主编：《中国历代文论选》第4册，上海：上海古籍出版社1980年版，第180页。

晚清以来的大多数作家，在推崇文学艺术革新、重视向西方文学学习方面，受进化论思想影响十分明显。梁启超大力倡导"诗界革命"，自称要做"诗界之哥仑布、玛赛郎"。他为"诗界革命"提出三大"任务"，其中重要的两条便是"第一要有新意境，第二要有新语句"。① 林纾极力提倡中国小说要向西方小说学习，他认为"西人小说，即使奇恣荒眇，其中非寓以哲理，即参以阅历，无苟然之作"，② 很值得中国小说借鉴。正是在这一观念指导下，晚清以来的中国文学在极力革新的同时，无不竭力学习西方文学的艺术经验和借鉴西方文学的艺术资源，形成了中国文学在艺术观念、审美观念上的大转变。

在进化论思想的语汇中，"进步"是一个非常重要的语词。"进步"意味着从小到大、从低到高、从劣到优的发展。当然，今天从辩证法的角度看，单纯讲"进步"而不谈其中对传统的积淀和借鉴，也是对历史的一种机械的、简单化的描述，在这种描述中历史发展的许多复杂的因素被过滤或忽视了。但是，对当时的中国来说，"进步"便是对"历史循环论"魔咒的破解，是对民族思维的一次重要的启迪。正是从"进步"的概念出发，革新或革命获得了社会文化心理的认同，从而获得了文化上的合法性。诚如黄遵宪所说："自物竞天择、优胜劣败之说行，种族之存亡，关系益大。"③ 而晚清以来文学观念的变革，也正是建立在这样的思想基础之上。改良主义文学运动对"诗界革命"、"小说界革命"、"文体革命"和"戏剧改良"的倡导，无不与"进步"这一进化论思想相关联。五四文学革命的出发点，其思想根源也在于以"进步"为核心观念的进化论学说。从晚清以来的维新思想家到五四时期的启蒙思想家，都无不相信"进步"是历史发展的必然规律，而革新或革命是促使"进步"的必然方式。"物竞天择，优胜劣败"的进化论思想不仅撼动了中国人的社会历史观，同时也撼动了中国人的文化观、文学观。"进步"乃世界演变之公理，变革乃社会、文化发展之规律。在中国人心目中恒定不变的"天"

---

① 梁启超：《汗漫录》（《夏威夷游记》），《饮冰室合集》第 7 册，专集之二十二，北京：中华书局 1989 年版，第 189 页。

② 林纾：《〈离恨天〉译余剩语》，《离恨天》，北京：商务印书馆 1913 年版。

③ 黄遵宪：《〈梅水诗传〉序》，郭绍虞主编《中国历代文论选》第 4 册，上海：上海古籍出版社 1980 年版，第 121 页。

发生了历史性的变化，由此而延及，在文学领域一直占据统治地位的"道统"、"文统"也被彻底颠覆，一种"进步"的、进化的文学观念开始成为新的文学思想的主流倾向。

三、民主主义精神的浸润

尽管自先秦时代起中国就有着"民本"思想的资源，如孟子的"民为贵，社稷次之，君为轻"，但由于中国社会的政治结构与文化结构的特殊性，这一思想资源并没有自然发育成真正的民主思想体系。从实质内容上考察，中国的民主思想无疑是"西学东渐"的产物。作为对中世纪封建专制统治和基督教神学意识形态的反对，自文艺复兴后经过 18 世纪启蒙运动，在西方形成了以"自由、平等、博爱"观念为核心的民主主义思想体系，其主要成分是民主主义的政治观、人道主义的伦理观、个性主义的人生观。这些思想观念构成了人们认识世界、认识社会、认识人生的新的价值系统。在清末民初中西文化交流过程中，这些思想观念被传播到中国，引起中国人政治、伦理、生活观念及其价值准则的重大变化，也引起了文学观念的变化，直接导致了启蒙主义文学观的出现。

这种以民主主义思想为基础的启蒙主义文学观认为，中国的落后在于中国人精神上的奴性，而造成国人精神奴性的原因是几千年的封建专制统治。专制导致奴性，奴性滋生愚昧。"中国数千年之腐败，其祸及于今日，推其大原，皆必自奴隶性而来，不除此性，中国万不能立于世界万国之间。"[1] 因此要用民主思想打破专制统治，破除国人精神的奴性及愚昧，即要进行一场"启蒙"的思想运动，"改造国民性"的思想由此而产生。在改造国民性的工作中，文学被认为是极为有力的武器，颇受启蒙主义思想家的青睐。梁启超对这一点最为推崇，他说："欲新一国之民，不可不先新一国之小说。……乃至欲新人心，欲新人格，必新小说。"[2] 小说，包括文学被启蒙主义文学观抬到了极为惊人的历史高度。客观来说，文学

---

[1] 梁启超：《与夫子大人书》，丁文江、赵丰田编：《梁启超年谱长编》，上海：上海文艺出版社 1983 年版。

[2] 梁启超：《论小说与群治之关系》，陈平原、夏晓虹主编：《二十世纪中国小说理论资料》第 1 卷，北京：北京大学出版社 1997 年版，第 50 页。

即使需要负担民主启蒙的历史责任，也并不具备如梁氏所说的这种神奇力量。把文学抬到了这样一个超出它自身实际功能的地位，为文学后来一系列的历史遭遇埋下了隐患。但启蒙主义文学观的产生，也为文学的革新创造了难得的历史机遇，促使文学从社会生活边缘走向了中心，获得了社会的广泛关注。文学因此成为了整个社会改革的先导，这就为五四文学革命的成功打下了基础。

清末民初以民主主义思想为导向的启蒙主义文学观，因所宗思想分支的不同，形成了三种具有不同追求的文学观，即新民文学观、人的文学观和革命文学观。这三种文学观分别从不同角度实施了对传统文学观念的变革，推动了文学观念从古典向现代的转型。启蒙主义文学观对中国文学的转型所起到的最主要作用是思想解放的作用。这既是它同中国传统的保守主义文学观的最大不同，也是其文学观念现代性的鲜明体现。启蒙主义文学同封建的"载道"文学的显著区别在于："启蒙"不是以一种统一的行为模式和理念信条去硬性地规范人们，用蒙昧主义的手段迫使人们接受其观念教义，排斥人们认识的自觉性、主体性，而是以唤醒人们的自我意识为起点，启迪人们独立的主体觉悟，由心灵的解放而达到精神的更新。因此，启蒙主义文学对新思想、新观念的宣传不是刻板生涩的说教、居高临下的点拨，而是通俗平易的启发、热情澎湃的泄导，是一种在平等地位上心灵对心灵的冲撞。所以，启蒙主义文学观非常强调文学的平等化、大众化、通俗化，主张对文学要适应社会大众的需要，在进行精神变革的同时，也要进行适当的形式变革。启蒙主义文学家们意识到形式是连接启蒙者与被启蒙者之间不可或缺的桥梁，要使文学能达到启蒙的目的，必须要对古典的文学形式进行改革，使之符合时代的要求和受众的接受能力。这就在很大程度上转变了传统文学观以向后看的复古保雅为追求的思想，而代之以不断变革求新的意识。

四、革命意识与斗争思想的广泛滋生

传统中国是一个以农耕生产方式与宗法家族制度为基础的社会，稳定与和谐无论是在政治上还是在文化上一直是这一社会的主导趋向。儒家文化始终能够成为中国传统社会的主流文化，是与这一文化特别强调稳定与和谐的社会、人生观念分不开的。尽管中国历史上不乏改朝换代的夺权、造反与起义的争斗现象，但作为影响

人们实际生活的基本观念，稳定与和谐毫无疑问一直占据着主导地位。然而，晚清以来，在外来的西方经济、政治、文化势力大规模入侵的态势下，中国传统的这种社会观念及文化观念受到了巨大冲击。面对西方世界在各个领域对中国古老文明咄咄逼人的挑战，传统中国无疑经历了历史上前所未有的失败，以至于人们普遍认为中国人已经到了"亡国灭种"的危险境地。在这种语境下，西方的一些文化资源进入中国，启发并引导了中国人思想观念的巨大变革，这其中革命意识与斗争思想的广泛滋生成为一个重要部分。

对中国人的革命意识与斗争思想影响最大的当属伴随西方文化而来的人本主义与进化论思想。人本主义打破了中国人传统的"天人合一"观念，确立了人的主体地位及其世界改造者的身份，由此形成了人与世界分为主体与客体的二元对立认知模式。这种认知模式认为通过人的努力，世界是可以改造与变化的，它把人从"神"权传统的束缚中解放出来，释放出了人改造客观世界的巨大能量，为人提供了不断求新变革的思想动力。进化论思想则打破了中国人传统的"历史循环"观念，确立了历史不断发展进步的意识。进化论把自然界和人类社会看做一个不断发展进步的过程，这个过程通过自然的或人为的变革或革命，把自然界和人类社会从一个阶段推向一个更高的阶段，而每一个阶段在应然性上都好于前一个阶段。同时，进化论把变革或革命的产生解释为竞争或斗争的结果，为革命意识与斗争思想提供了理论的依据。正是在人本主义与进化论思想影响下，中国清末以来的变革与革命思潮呈现出风起云涌的现象。变革与革命逐渐成为现代中国的主流话语。另外，对中国人的革命意识与斗争思想影响较大的还有西方一系列的革命运动如法国大革命、英国的宪章革命、俄国民粹主义革命、德国工人革命运动、俄国十月革命等。这些革命实践，让中国人看到了革命的现实力量与历史作用，刺激了中国人的革命欲求与革命精神，也支持了中国人的革命意识与斗争思想。

当然，中国人革命意识与斗争思想的产生，主要还是源于晚清以来中国人的生存处境。中国传统的以稳定和谐为主导的文化方向延续到清末民初，开始与中国人所面临的社会变化、文化变化形成了难以调和的矛盾。西方列强对中国的武力侵略所激起的尖锐的民族矛盾，专制制度以及清王朝的日益衰朽腐败所造成的激烈的政治矛盾，工商业发展及都市生活的西化倾向所带来的人与人之间的竞争关系，西方文化输入所引发的人对自然、对社会、对历史及对自身认识的变化等等，这一切都很难再用稳定和谐的价值观念与心理结构去适应。在这样的时代，人们寻求变革与渴望更新的要求不断滋长，为革命意识与斗争思想的产生提供了厚实的土壤与适宜的气候。

革命意识与斗争思想对文学观念变革所带来的影响是，它改变了中国传统的审美价值取向与艺术旨趣。在冲突与变革日益成为晚清以来中国社会及文化发展的主旋律后，人们更需要一种能够有效地面对民族冲突、阶级斗争、政治变革、文化冲撞等生活现象，能够推动社会进步，能够改造民族命运及人与人关系的意识形态，同时也需要能够有效反映这种意识形态的新的美学原则及其文学形态。这正如鲁迅在《摩罗诗力说》中所阐述的思想：中国的文学需要一种"摩罗"精神，以"美伟强力"，破"污浊之平和"。"平和之破，人道蒸也。"没有这种"美伟强力"的文学，就不能传达民族解放、个性解放、阶级解放的时代精神，也不能培养出现代中国的"精神界之战士"。事实上，中国晚清以来的文学变革思潮几乎大多围绕着一个追求"美伟强力"文学的方向，无论是改良主义文学、辛亥革命文学，还是五四启蒙文学、无产阶级革命文学，都朝向着这样一个共同的美学理想。

五、市场商业风气的熏染

随着鸦片战争后西方资本主义经济势力对中国的侵入，中国日益被卷入全球化的经济大潮中，尽管这种卷入是被迫的且带有被侵略、被掠夺的性质，但是客观上却为中国提供了促动社会的生产方式和生活方式转折的历史机遇。在西方资本主义的影响和刺激下，中国的沿海都市得到了畸形而快速的发展。商品经济和城市生活以前所未有的规模急遽膨胀，市民阶层也在迅速壮大，随之而来的是市场商业风气对文化的熏染和市民文化的再度高涨。市场商业风气的熏染和市民文化的高涨，极大地促进了文学世俗化、大众化、商品化的倾向，尤其是刺激了小说、戏剧等比较接近市民文化的文学形式的发展。以世俗化、大众化、商品化为特征的商业主义文学观与启蒙主义文学思潮相呼应，成为晚清以来中国文学变革的两翼，在很大程度上改变了中国人对文学的传统观念。

无论是启蒙主义文学观，还是商业主义文学观，都特别强调文学的功利作用。但与启蒙主义看重文学的社会功利不同，商业主义文学观看重的是文学的个人功利，即用文学来"牟利"。说白了，就是把文学当做赚钱的工具。商业主义文学观非常重视文学如何适应大众的欣赏习惯和阅读心理，把取悦受众作为引导文学走向的重要方式。因此，"娱乐"和"游戏"便成为商业主义文学的两大功能。启蒙主义文学观对文学社会功能的看重，与传统的"文以载道"文学观有着一定的相通之处，都是强调文学对社会、对民众的教育或"教化"作用，具有精英文学的性质。而商业主义文学观则在很大程度上挣脱了这种精英文学的桎梏，把文学从沉重的"教化"责任中解放出来，还原了文学曾经作为"娱乐"和"游戏"的本来面目。这是商业主义文学观所具有的文学解放意义的一面。但是另一面，商业主义文学观在消解精英文学的社会责任和严肃面孔的同时，也把文学拖入了金钱崇拜和道德虚无、精神颓废的泥淖，使这一部分文学渐趋走上了一条背离人性正常发展方向的歧路。

　　商业主义文学观在晚清时期催生出了一系列具有畸形特征的文学现象。举凡晚清的狭邪、艳情、魔幻、侦探、神怪、黑幕等小说，无不同商业主义文学观有着或多或少的联系，就连刚刚从西方引进的话剧（文明戏）也在商业主义文学观的引领下，一度走上了媚俗的道路。不能说由商业主义文学观所催生的这些文学现象都是消极的，这种看似纷乱无绪的"众声喧哗"毕竟在很大程度上解构了中国传统的文学格局，带给中国文学一种"乱花渐欲迷人眼"的新气象、新局面。商业主义文学观虽然并不把对文学的艺术追求作为自己的努力方向，在它影响下的作品大多具有粗制滥造的毛病，但却也不像传统文学观那样为文学刻意设置艺术的禁区。在"读者至上"的动机下，它能够鼓励文学进行多方面的艺术探索。晚清文学中一些新潮艺术倾向的出现无不与商业主义文学观的影响有关。商业主义文学观所带来的主要问题是，它在文学领域过分地迎合某些市民读者的低俗口味，助长了拜金主义的狂潮，使得本来以提升人性和人的精神境界为职责的文学沦落为金钱的工具，造成相当一部分作家及受众的人性扭曲、人生堕落现象。晚清时期整个社会精神低迷，趣味劣俗，人生观、价值观和审美观混乱，商业主义文学观在一定程度上当难辞其咎。

总之，晚清以来中国文学观念的变化，是在一个极为复杂的文化环境中进行的。中西文化的碰撞构成了这一文化环境的多维结构，而在这一多维结构中，以学习、借鉴西方文化为宗旨的新潮文化无疑占据了主导地位。在这其中，尽管中国固有的本土文化资源仍然在发生着一定的作用，但逐渐失去了对文学观念产生根本性影响的地位。随着西方文化的强力输入和西学知识谱系对传统知识谱系的侵凌，文学观念的思想基础、思维方式与话语方式都在进行历史的调整，最终促成了中国文学观念在理论模式上的重大变化。传统的文学观念逐渐让位于"现代"的文学观念。中国文学观念的这一历史转型，成为中国文学由古典向现代转换的思想特征，并在很大程度上推动了文化自身的转型。

第二节 政治文化影响与文学的泛政治化观念

清末民初是中国历史上政治动荡最为激烈、复杂的时代，也是政治文化甚为发达的时代。政治对文学的影响之大、之广、之直接、之惨烈，莫甚于这一时期。这一时期政治文化的发达，其主要原因在于鸦片战争之后中国民族危机的加深。尽管中国历来是一个非常重视政治文化的国度，政治也在人们特别是士大夫知识群体的日常生活中起着举足轻重的作用，但在鸦片战争之前，除了统治集团与士大夫知识阶层外，人们的政治意识普遍并不发达。即使在知识分子群体，多数人的政治意识也不过是统治集团政治意志的翻版，只有少数忧患之士开始具有独立的政治意识。龚自珍曾不无感伤地叹息当时的知识群体缺乏政治参与意识，他们的生活不过是夤缘附势的趋利之举或蜗居书斋的稻粱之谋。梁启超也曾经说过，中国是一个缺乏公德意识与国家思想的国度，而政治意识的自觉恰恰是以公德意识与国家思想为体现的。由于满清王朝奉行的政治高压政策，明代中叶之后在士大夫知识群体中保存的政治参与精神被无情摧残，政治生活因此成为一个令无数读书人噤若寒蝉的领域。鸦片战争所带来的中西文明的对决与冲撞，包括顾炎武曾经预言的"亡天下"的民族危难，既激起了中国人前所未有的民族意识，也唤醒了中国人特别是知识群体久已蛰伏的政治意识，于是在清末民初掀起了一场空前的政治文化高潮。

作为中国文化现代转型的重要现象，清末民初的这场政治文化高潮，其背后的主要推动力量是一批初步开始具有了现代性政治理念的知识群体。这批知识群体用从西方文化借来的新兴政治思想来重新阐释政治生活，体现了与古人不同的政治参与精神。一般来说，政治生活是任何一个时代的知识分子都无法回避的生活领域，在政治生活中往往寄托着知识分子比较强烈的人生价值追求。但古代的政治生活与现代的政治生活因参与主体、政治体制的差别，则表现出不同的性质。古代的政治生活具有专门化、贵族化的特点，其参与者必须经过特定的渠道进入相应的政治集团，如世袭制、拔举制、科考制等，一般的普通民众包括一大批下层知识分子很少能获得参与政治生活的机会。而现代的政治生活则具有普及化、公众化的特点，行使政治权利是公民的责任和义务，从原则上讲任何公民都可不必经过特定的渠道进入相应的政治集团就能获得参与政治生活的机会。也就是说古代的政治是贵族或官吏的权利，而现代的政治则是公民的责任。这种区别也就造成了古代和现代知识分子在参与政治生活中人生价值追求的不同。在"朕即国家"的政治体制下，对大多数古代知识分子来说，政治的主体是君主，而自己不过是一个外在的参与者。他们参与政治生活的价值追求，主要是为了实现一种个人化的人生目标，即最大化地获得个人功名与家族荣誉，包括由此而带来的实际利益。不能说中国古代的政治家都是这种具有强烈功利意识的政治生活的参与者，但起码绝大多数的官僚、官吏是抱着这样的态度进入政治生活领域的。

古代中国社会这种政治生活的性质也与以儒家思想为核心的文化传统有着极为密切的关系。儒家思想中历来有"三不朽"传统，即"立德、立功、立言"。行"内圣外王"之道，出将入相，为国家建功立业或者"为官一任，造福一方"，在为民众谋取福祉的同时博得良好的官声名望，曾经是相当多的儒家知识分子的人生追求。所谓"立功"的含义中便涂染着浓厚的功利色彩，对"功"的评价显然主要不是来自于社会而是来自于当政的皇权，这其中包含的便是一种非公众、公益化的价值追求。儒家的这种积极"入世"精神和强烈的功名意识，对中国知识分子的政治生活有着极为重要的影响，在此基础上形成了一种士大夫化的政治传统。这种政治传统就是把政治看做实现个人价值的途径，个人化的人生目标在其政治生活中占据了首要地位，而政治本身的公益价值则退居次要地位。政治成为谋取个人功名的手段，而不是实现社会公众利益的义务。可以这样说，传统士大夫政治参与意识的主导精神是皇权观念和"臣民"意识。在传统的士大夫那里，虽然有对"国家兴亡，匹夫有责"和"忠君报国"的政治人生的道德境界，但实际的政治参与活动却有着"身外之事"的间隔。"普天之下莫非王土"，国家是君主的国家，而自己不过是君主的臣子，一切政治活动都具有"帮工"的性质（"帮工"政治的最典型的代表是李斯以及他的《谏逐客书》），所以可以有"良禽择木而栖，良臣择主而事"的移身之术，有"达则兼济天下，穷则独善其身"的二元选择。再加上中国传统的道家、佛家思想的"出世"传统，也都不同程度地影响着他们的从政意识和人生价值追求，造成了他们在政治生活中很难做到把从政的公益价值作为第一选择。

尽管中国传统文化的思想资源对现代中国知识分子仍然不乏巨大的精神影响作用，但是由于人生价值观念的变化，晚清以来的知识分子在对政治生活的参与中却开始表现了与传统不同的价值取向，显示了他们企图超越传统的人生追求。这些知识分子开始成为一批与传统士大夫不同的政治参与者，他们的出现带来了中国人政治生活理念和政治生活行为的重要变革。对于这一代知识分子，虽然不能完全排除传统的影响，但由于民主思想逐渐在取代皇权观念，他们对政治的认识就不再局限于"忠"与"报"的观念，而转化为一种自觉的个体对整体的责任意识。既然政治是一种公益性质的社会事务，那么参与政治生活就不应再是为"他者"的行为，而是为"自我"的举措。因为社会是由无数个"自我"所组成，为我即是为社会，为社会即是为我。这种观念成为古代与现代政治参与意识的分水岭。在这一观念基础上，一种公众化的政治责任成为他们参与政治生活的引领精神，而政治也成为他们个体生命意义的一个组成部分。所以在他们这里，从政的公益价值成为了人生的第一选择，而"立功"意识、"穷达"意识、"帮工"意识则退居到次要地位或者完全退出他们的人生视域。应该说，这一变化是中国人政治生活的划时代的变化。

晚清知识分子这种政治理念的变化，对文学的现代转型产生了极为重要的影响，它使得政治与文学迅速联姻，在推动文学走向泛政治化的同时，也极大地抬高了文学的社会地位，把文学置于了包揽一切甚或凌驾一切的境地。晚清以来文学泛政治化观念的一个突出表现，就是把文学作为社会改革"利器"的夸大性使用。既然知识群体开始把参与政治生活当做他们责无旁贷的义务，那么作为知识群体赖以安身立命的文学就应当与他们一起进入政治生活领域，承担起为政治生活服务的职责。这一观念的形成，一方面无限制地强调了文学的社会功能，使文学堂而皇之地高居政治生活的殿堂；另一方面也在很大程度上遮蔽了文学的独立地位，使文学承担了超出其能力的巨大的社会责任与义务。这一现象造成了中国文学在转型期特有的一种历史文化景观。

把文学作为社会改革的利器，在中国文学史上似乎并无先例。尽管在传统文论中，有时也强调文学与社会之间的互动关系，文学对社会的作用有时也被夸大，如从孔子开始就曾强调文学的社会教化作用，提出"诗"的"兴"、"观"、"群"、"怨"功能。刘勰在《文心雕龙》中提出文学的"原道"作用，认为文学之道本源于上天之道，负担着为社会确立文明秩序、道德规范的重要责任。"文之为德也大矣"，"道沿圣以垂文，圣因文而明道"，"辞之所以能鼓天下者，乃道之文也"。①曹丕还曾把文学说成是"经国之大业，不朽之盛事"。韩愈、柳宗元发动"古文"运动，提出"文起百代之衰"的口号，意在通过文学改革来推动士林风气的改变。然而，在实际上，文学始终不过是少数人的专利和社会政治的附庸，从来没有取得过真正独立的地位，也不具备大众化的性质，更难以被看做改革社会的利器。在统治者和大多数知识分子眼里，文学不过是他们从事特定精神活动的一种方式或游戏，其功能除了宣扬教化之外，主要是陶冶性情、自我愉悦，而不会像晚清这样被真正看做具有直接改造社会的能力。这一现象，正是古典性的文学区别于现代性的文学的主要特征。从文学"现代性"的特征来看，文学社会功能的扩大是一个必然的趋势，现代性的文学必然是社会化、大众化的文学。"现代性"本身的启蒙意义就天然地包含着文学社会功能的扩大，也就是文学必须走向社会化、大众化，在促使整个社会或民众的精神更新方面发挥作用。从这个意义上说，晚清以来把文学作为社会改革的利器，不过是这一历史趋势的一个信号。

因此，晚清以来文学被看做社会改革的利器并加以夸大，一方面固然是知识

---

① 刘勰：《文心雕龙·原道》，《文心雕龙注译》，兰州：甘肃人民出版社1984年版，第3页。

分子为推动文化变革与社会变革而采取的一种策略，企图把文学作为对旧有文化进行变革的突破口，以此来带动整个社会的变革；另一方面也是由于晚清以来社会生活和文化环境的变化对文学提出了扩大其社会功能的要求，特别是现代科学技术的发展推进了文学传播方式的变化，使得文学走进大众传播的时代，从而促进了文学功能的多样化，使得文学具有了广泛参与社会变革的可能性。文学与社会变革的这种风云际会，使得文学在当时获得了前所未有的地位，从政治的附庸，一跃而为引导政治、伦理、风俗等社会变革的先导。梁启超在当时之所以竭力夸赞小说作用，认为"欲新一国之民，不可不先新一国之小说"①，陶祐曾更把小说称之为"学术进步之导火线"、"社会文明之发光线"、"个人卫生之新空气"、"国家发达之大基础"②，其原因盖在于此。从晚清中国社会意识形态的构成特征来看，文学在当时之所以能获得这样的社会地位，主要原因是哲学的缺席。

综观世界历史的发展，凡社会的巨大变革，无不是以一定时代的哲学作为思想的先导。中国从春秋、战国而进入秦、汉大一统，法家、儒家的思想起到了重要的引导作用；从魏晋南北朝而进入唐、宋盛期，很显然得益于儒家思想的复兴运动取代了玄学的地位；而明代中期的文化繁荣，则因陆王心学而引导的思想解放运动。西方的古希腊哲学开辟了一个文化大繁荣的时代，基督教的兴起造成了中世纪长达千年的神学统治，启蒙主义哲学带来了清末民初中国社会的民主化变革，马克思主义哲学引导了一个多世纪的社会主义潮流，如此等等，不一而足。中国的社会变革，本应以哲学的变革为先导，但由于这一变革是外来文化强力介入的结果，而不是中国本土文化自身演变的结果，所以缺乏本土文化的哲学准备。从意识形态的作用来看，引导中国社会变革的哲学思想基本上是外来思想，中国自身的传统哲学要么因其难以适应新的时代精神而处于被否定的地位；要么被作为西方哲学的补充而处于辅助的地位；要么需要用西方哲学来重新阐释试图脱胎换骨（如谭嗣同的《仁学》就是企图用传统哲学来诠释西方的知识谱系与哲学思

---

① 梁启超：《论小说与群治之关系》，陈平原、夏晓虹主编：《二十世纪中国小说理论资料》第 1 卷，北京：北京大学出版社 1997 年版，第 50 页。

② 陶祐曾：《论小说之势力及其影响》，陈平原、夏晓虹主编：《二十世纪中国小说理论资料》第 1 卷，北京：北京大学出版社 1997 年版，第 247 页。

想的一种努力)。中国本土哲学的缺席，为文学充当意识形态的领头羊留下了空间。梁启超等人在当时对文学的推崇其实正是代表了晚清以来中国这一特殊的文化动向。这也是文学泛政治化观念形成的文化基础。

文学的泛政治化观念使得当时人们把文学看做社会改革必不可少的手段，对文学的作用寄托了近乎神圣化的幻想，以为只要借助于文学的力量，社会改革就会有了成功的保证，包括对外来文学资源的引进，也被硬性地纳入了这一范畴。当时的诸多文学家在解释西方文学对中国文学的影响时，很大程度上看中的是其政治方面的影响力。如有人竭力推举西方小说对现实政治的影响作用，说："欧美小说，多系公卿硕儒，察天下之大势，洞人类之颐理，潜推往古，豫揣将来，然后抒一己之见，著而为书，用以醒齐民之耳目，励众庶之心志。或对人群之积弊而下砭，或为国家之危险而立鉴，然其立意，则莫不在益国立民，使勃勃欲腾之生气，常涵养于人间而已。"并转而批评中国传统小说，"至吾邦之小说，则大反是。其立意则在消闲，故含政治之思想者稀如麟角，甚至遍卷淫词罗列，视之刺目者。盖著者多系市井无赖辈，固无足怪焉耳。"① 在这里，政治意识的缺乏，竟然成为了否定中国传统小说的理由。改良主义者们在当时所发动的文学改革运动，很大程度上正是出于这种强烈的政治参与意识。对文学的这样一种高强度的幻想，虽然客观上来自于人们迫切希望社会改革的强烈愿望，但更多的也是在当时社会文化语境下形成的对文学的一种误读。

晚清以来文学被看做社会改革的利器并加以夸大，在当时造成了一种普遍的推崇文学的社会气氛，使得文学获得了与其实际的社会作用不相称的地位。当时人们关注文学的程度，几乎超过了任何其他一个意识形态领域。凡是积极参与社会变革的改革家，几乎没有不涉足文学领域的，初期如龚自珍、魏源、冯桂芬、郑观应、王韬等人，中期如曾国藩、郭嵩焘、薛福成、吴汝纶、张之洞等人，后期如康有为、梁启超、谭嗣同、章太炎、陈天华、秋瑾、陈去病、柳亚子等人。在改革者们看来，社会的改革必须以思想导向与舆论导向的改革为先导，而思想

---

① 衡南劫火仙：《小说之势力》，陈平原、夏晓虹主编：《二十世纪中国小说理论资料》第1卷，北京：北京大学出版社1997年版，第48—49页。

和舆论的改革又必须以文学的改革为条件，因此对文学的重视几乎成为了当时社会的共识。在晚清文论中，有一个十分特殊的现象，即凡谈文学改革者必谈社会改革，反之，凡谈社会改革者亦必涉及文学改革。文学改革与社会改革在这个特殊的历史时期，形成了一种特殊的联姻关系。二者之间的联姻，使得文学出现了高度政治化的倾向，尤其是小说从一种本来是处于边缘状态的"消闲"文学成为了高居文学中心地位的"严肃"文学，甚至曾经严肃到使人不能亲近，崇奉如神灵的程度。文学改革家把小说看做拯救社会、民族的"灵丹妙药"，赋予了其安邦定国的庙堂神威。

梁启超在谈到小说改造社会的作用时，往往援引西方的例证，说："在昔欧洲各国变革之始，其魁儒硕学，仁人志士，往往以其身之经历，及胸中所怀，政治之议论，一寄之于小说。于是彼中辍学之子，黉塾之暇，手之口之，下而兵丁、而市侩、而农氓、而工匠、而车夫马卒、而妇女、而童孺，靡不手之口之。往往每一书出，而全国之议论为之一变。彼美、英、德、法、奥、意、日本各国政界之日进，则政治小说为功最高焉。"① 这种看法显然有对西方文学与政治关系理解上的偏差，但作为一种推进社会改革的文化策略，通过强调文学的作用，无疑加强了文学的政治化倾向，使之更能够为政治所用。问题在于，一时的文化策略，却成为了后来文学发展难以摆脱的历史包袱。文学的这种政治化倾向的强化，一方面对文学的改革起到了推波助澜的作用，另一方面也对后世的文学产生了巨大影响，使得文学的命运发生了历史性的变化。于是，文学与政治之间始终有着一种纠缠不休的关系，在政治的风波中跌宕起伏，饱经磨难，难以回归到它的正常状态。

文学被看做社会改革的利器并加以夸大，还同文学所具有的特性有关。在当时人们看来，文学之所以具有改造社会的功能，在于文学的特殊性质，这就是用形象的、情感的、艺术的力量对"世道人心"或者说人性起到潜移默化的陶冶作用。严复、夏曾佑在《国闻报馆附印说部缘起》中特别强调了这种作用："夫说部之兴，其入人之深，行世之远，几几出于经史之上，而天下之人心风俗，遂不免

---

① 梁启超：《〈译印政治小说〉序》，郭绍虞主编：《中国历代文论选》第4册，上海：上海古籍出版社1980年版，第206页。

为说部之所持。""且闻欧、美、东瀛，其开化之时，往往得小说之助。是以不惮辛勤，广为采辑，附纸分送。或译诸大瀛之外，或扶其孤本之微。文章事实，万有不同，不能预拟；而本原之地，宗旨所存，在乎使民开化。自以为亦愚公之畚、精卫之石也。"[1]文学的这样一种特殊功能，适应了中国人当时的精神需要，即因民族危机与外来文化冲击而形成的民族自强的感性冲动，而不是因自身文化的内部变革而形成的理性觉醒。故对文学作用的夸大，带有很大程度上的理性盲目的特征。

正因为这种理性的盲目性，所以形成了当时人们对文学作用于社会改革的迷信，而意识不到这其实不过是一种幻想性的依赖。这导致了在一种不切实际的想象中，文学的感性作用及其对社会的影响力被推演到了极致。梁启超在论述文学的社会作用时曾以小说为主将其归纳为"熏""浸""刺""提"四种力量：

> 抑小说之支配人道也，复有四种力：一曰熏。熏也者，如入云烟中而为其所烘，如近墨朱处而为其所染，……人之读一小说也，不知不觉之间，而眼识为之迷漾，而脑筋为之摇飏，而神经为之营注，今日变一二焉，明日变一二焉，刹那刹那，相断相续，久之而此小说之境界，遂入其灵台而据之，成为一特别之原质之种子。有此种子，故他日又更有所触所受者，旦旦而熏之。种子愈盛，而又以之熏他人，故此种子遂可以遍世界。一切有器世间、有情世间之所以成，所以往，皆此为因缘也，而小说则巍巍焉具此威德以操纵众生者也。二曰浸。熏以空间言，故其力之大小，存其界之广狭；浸以时间言，故其力之大小，存其界之长短。浸也者，入而与之俱化者也。人之一读小说也，往往既终卷后数日或数旬而终不能释然。读《红楼》竟者，必有余恋有余悲；读《水浒》竟者，必有余快有余怒。何也？浸之力使然也。等是佳作也，而卷帙愈繁事实愈多者，则其浸人也亦愈甚。……三曰刺。刺也者，刺激之义也。熏、浸之力利用渐，刺之力利用顿；熏浸之力在使感受者不觉，刺之力在使

---

① 严复、夏曾佑：《国闻报馆附印说部缘起》，郭绍虞主编：《中国历代文论选》第 4 册，上海：上海古籍出版社 1980 年版，第 205 页。

感受者骤觉。刺也者，能入于一刹那顷，忽起异感而不能自制者也。我本蔼然和也，乃读林冲雪天三限、武松飞云浦厄，何以忽然发指？我本愉然乐也，乃读晴雯出大观园、黛玉死潇湘馆，何以忽然泪流？我本肃然庄也，乃读实甫之琴心酬笺，东塘之眠香访翠，何以忽然情动？若是者，皆所谓刺激也。……四曰提。前三者之力，自外而灌之使入，提之力自内而脱之使出，实佛法之最上乘也。凡读小说者，必常若自化其身，入于书中，而为其书之主人翁。……夫既化其身以入书中矣，则当其读此书时，此身已非我有，截然去此界以入于彼界，所谓华严楼阁，帝网重重，一毛孔中万亿莲花，一弹指顷百千浩劫。文字移人，至此而极！①

梁启超在这里所说的文学的感染力及其社会作用，虽然在一定程度上不无文艺学、社会学、心理学等理论依据，也大体符合人们一般的文学审美经验，但无疑其中颇具夸大、虚饰的成分。文学尽管有对人的思想、感情、心理、行为等潜移默化的影响作用，但绝非如梁启超所说，人人都达到一种如醉如痴的程度，也不可能都能够从根本上改变人的基本性格、品质与人格。除了极少数人之外，大多数人的性格、品质与人格的养成主要还是依赖于社会生活环境及其所受的正规教育，文学不过是对他们的精神施以影响的一个方面。梁启超如此夸大文学作用的用意，主要不是基于学术的需要，而是政治的需要。

当然，客观地说，晚清以来对文学之社会作用特别是政治作用的普遍重视，的确为文学改革营造了浓厚的舆论环境，也为文学改革提供了一种来自社会的动力。当时大多数知识分子之所以看重文学对社会改革的作用，很大程度上是由于对文学作为社会改革利器的这种夸大性提倡及宣传。确实，这种夸大性提倡及宣传为文学争取了来自许多社会阶层的支持者，也营造了以市民为主体的庞大的读者群体，并借助于报刊杂志等大众传播媒介，形成了一种铺天盖地的舆论氛围，为文学掀起了一场空前的造势运动。据不完全统计，清末民初的报刊杂志几乎很少有不涉及文学内容的。一种新的报刊杂志出笼，总要以文学栏目为吸引读者的

---

① 梁启超：《论小说与群治之关系》，陈平原、夏晓虹主编：《二十世纪中国小说理论资料》第1卷，北京：北京大学出版社1997年版，第51—52页。

重要手段。除了那些文学报刊外，有些以政论、新闻、科技等为办刊定位的报刊杂志，也都或多或少地涉及了文学的内容，有的还把文学栏目放在了比较重要的位置，例如梁启超等人主办的《时务报》、《新民丛报》、《国风报》旬刊，同盟会的机关报《民报》，秋瑾等人主办的《中国女报》，章士钊等人主办的《苏报》、《国民日报》、《甲寅》周刊，杜亚泉等人主办的《东方杂志》，罗振玉等人主办的《农学报》，陈独秀等人主办的《新青年》，杨杏佛等人主办的《科学》杂志等。这些报刊的读者虽然多为知识分子阶层，但作为大众化媒体，它们的影响却具有全社会的性质，这无疑加重了人们对文学的普遍重视程度。借助于大众化媒体的作用，文学的改革如虎添翼，呈现出如火如荼之势。很显然，有了这样一种社会力量的支持，反过来也增强了那些文学改革倡导者们的信心与勇气，使他们以一种更加决绝的态度致力于文学改革，终于酿成了一场全面改变中国文学形态的历史大变革。

政治文化影响与文学的泛政治化观念发展到极致，是 20 世纪 20 年代出现的借助于中国革命运动的蓬勃发展及政治转型而形成的"无产阶级革命文学"思潮。这一思潮一方面是晚清以来文学政治化倾向的延续，另一方面也是当时特定历史环境的结果。五四之后中国社会由启蒙向救亡转换的历史趋势，造成了文学对社会政治需求的进一步强调，文学的政治色彩更加浓厚。"无产阶级革命文学"思潮以更加激进的态度进一步强化了把文学看做是政治附庸的观念，强调文学为政治服务的功能，尤其是强调文学成为政治斗争与社会革命的工具，否定文学的独立地位与多元文化属性。这一文学观念在促使文学从启蒙向革命转型的同时，也为文学赋予了更加崇高而沉重的历史使命，使得晚清以来已经负重不堪的文学继续向着承担社会变革或革命任务的方向发展。

第三节　新民文学观·人的文学观·革命文学观相互并存

在晚清以来新潮文化所催生的文学观念中，新民文学观、人的文学观、革命文学观无疑是三个影响最大、最为活跃的文学观念。这三个文学观念都有一个共同的思想源头，即以民主主义为思想基础的启蒙主义思潮。

不可否认，由于晚清以来文化资源的复杂性以及传统文化的长期影响，出自启蒙主义思潮的这三种文学观不可避免有对中国传统文学思想继承的一面，如中国传统的文学观强调文学对社会和民众的教化作用，并把儒家学说作为这种教化的指导思想，给予文学以较高的社会地位，把文学视为"经国之大业，不朽之盛事"①，但启蒙主义的文学观从本质上与中国这种传统的文学观还是有很大区别的。区别的根本点在于两者有着不同的思想基础。启蒙主义的文学观不再把文学视作士大夫个人载道说教、立言事功或怡情养性的手段，而是看做实现社会变革的大众启蒙工具。这其中包含了文学主体意识变化的历史信息。启蒙主义文学家们意识到"启蒙"之区别于"弘道"、"新民"之区别于"教化"，在于它不单纯是一种对受众的思想或精神支配，而更多是一种相互之间的沟通、感悟，这就首先需要启蒙者自身的改变。启蒙者要能够自己先达到"启蒙"的境界，然后才能对他人实施启蒙的行为，如鲁迅所言，即自己先成为"明哲之士"，然后才可以"洞烛"世间之"幽隐"，导国人以光明之坦途。② 这就要求启蒙者不能人为地设置思想教条和精神禁区，而必须对"启蒙"取一种全面开放的态度。所以启蒙主义的文学观对文学具有思想和精神解放的作用，这是它同中国传统的保守主义文学观的最大区别。同时，启蒙主义文学的启蒙性同旧的"载道"文学的显著区别在于："启蒙"不是以一种统一的行为模式和理念信条去硬性地规范人们，用蒙昧主义的手段迫使人们接受其观念教义，排斥人们认识的自觉性、主体性，而是以唤醒人们的自我意识为起点，启迪人们独立的主体觉悟，由心灵的解放而达到精神的更新。启蒙的最终目的在于达到民众的自我教育、自我觉悟。这正如梁启超所言："新民者，非新者一人，而新之者又一人也，则在吾民之各自新而已"。③ 所以，与旧文学观相比，启蒙主义文学观并不是一种精英文学观，而是一种具有平等意识和大众化追求的文学观。这就在很大程度上消解了旧文学观的史官文化与士大夫传统，而具有了明显的现代性特征。

虽然说民主主义是启蒙主义文学观的思想基础，但民主主义是一个十分宽泛

① 曹丕：《典论·论文》，郭绍虞主编：《中国历代文论选》第 1 册，上海：上海古籍出版社 1980 年版，第 159 页。
② 鲁迅：《文化偏至论》，《鲁迅全集》第 1 卷，北京：人民文学出版社 1980 年版。
③ 梁启超：《新民说》，李华兴、吴嘉勋编：《梁启超选集》，上海：上海人民出版社 1984 年版，第 209 页。

的思想体系，它容纳的思想资源非常丰富而复杂。新民文学观、人的文学观、革命文学观便分别来源于其不同的思想资源。

一、新民文学观

新民文学观是伴随改良主义的政治、文化运动而出现的一种文学观念，它的思想基础是脱胎于西方民主主义的君主立宪的政治观、进化论的历史观与立足于民族国家想象的民族主义思想及其国民意识。新民文学观具有文化上的杂交性质，它既吸收西方文化的内容，又融合传统文化的精神，意在建构一种"新旧杂糅，会同中西"的思想文化体系，体现社会改革与文化改良的现实追求。所以，新民文学观在当时是兼有新潮与保守两种特性的文学观念。梁启超在解释"新民"之义时特别指出："新民云者，非欲吾民尽弃其旧而以从人也。新之义有二：一曰，淬厉其所本有而新之；二曰，采补其所本无而新之。二者缺一，时乃无功。""凡一国之能立于世界，必有其国民独具之特质，上自道德法律，下至风俗习惯、文学美术，皆有一种独立之精神，祖父传之，子孙继之，然后群乃结，国乃成，斯实民族主义之根柢源泉也。""故吾所谓新民者，必非如醉心西风者流，蔑弃吾数千年之道德、学术、风俗，以求伍于他人；亦非如墨守成规者流，谓仅抱数千年之道德、学术、风俗，遂足以立于大地也。"① 从"新民"的这样一种思想立足点出发，新民的文学观特别看重文学的宣教或启蒙作用，强调文学的功利性、社会性。梁启超在解释他出版《新小说》杂志的目的时撰言："盖今日提倡小说之目的，务必振国民精神，开国民智识，非前此诲盗诲淫诸作可比。必须具一副热肠，一副冷眼，然后其言有裨于用。"② 所以"有裨于用"是新民文学观在当时倡导文学改良的重要意图。

新民文学观的这一思想立足点决定了它在文学改革实践方面的特点，这就是重文学精神的改革而轻文学形式的改革。之所以出现这样一种现象，主要是因为

---

① 梁启超：《新民说》，李华兴、吴嘉勋编：《梁启超选集》，上海：上海人民出版社1984年版，第211—212页。
② 梁启超：《〈新小说〉第一号》，《新民丛报》，第二十号，1902年。

在新民文学观的提倡者们看来，中国固有的古诗文形式及古典小说体式本没有多大缺陷（事实是他们尚未感受到这些缺陷），他们所要做的主要工作是对文学内容的变革。梁启超虽然自称要做"诗界之哥仑布、玛赛郎"，竭力倡导"诗界革命"，但他为"诗界革命"规定的三项"任务"是"第一要新意境，第二要新语句"，第三要"以古人之风格入之"，根本没有提及诗体变革的必要性。① 这就限制了这一时期文学在艺术形式方面的改革思路，使其更多地是着眼于"吸彼欧美人之灵魂，淬我国民之志"。也就是说只要文学的精神内涵改变了，艺术形式还可以延续以前的老路。在谈到"诗界革命"时，梁启超对这一点说得更为清楚："过渡时代必有革命。然革命者，当革其精神，非革其形式。……能以旧风格含新意境，斯可以举革命之实矣。"② 这种思维方式上的特点，使得新民文学观所促动的文学改良在艺术形式的变革上难以有大的动作和成效。这一方面是由于当时这些文学改革者们认识上的问题，另一方面也是由于中国古典文学的艺术传统过于强大，使后来者往往很难突破它的限制。

在文学精神内涵的改革方面，新民文学观提出了一系列对中国文学的现代转型来说具有重要意义的意见：

其一，新民文学观提出了用文学进行"改造国民性"的历史任务，认为文学的主要职责之一就是要更新国民精神和重塑国民形象。"改造国民性"是新民文学观的一个重要命题。新民文学观的持有者认为中国的落后，主要原因在于政治专制和思想专制的文化传统导致国民精神的弱化："吾尝遍读二十四朝之政史，遍历现今之政界，于参伍错综之中，而考得其要领之所在。盖其治理之成绩有三：曰愚其民，柔其民，涣其民是也。而所以能收此之成绩者，其持术有四：曰驯之之术，曰饴之之术，曰役之之术，曰监之之术是也。"③ 在这种传统之下，中国人难得有人身自由和精神自由，无论是个人的生命力还是国家的生命力都趋于衰微。那么

---

① 梁启超：《汗漫录》（又名《夏威夷游记》），《饮冰室合集》第 7 册，专集之二十二，北京：中华书局 1989 年版，第 189 页。

② 梁启超：《饮冰室诗话》，郭绍虞主编：《中国历代文论选》第 4 册，上海：上海古籍出版社 1980 年版，第 136 页。

③ 梁启超：《中国积弱溯源论》，《梁启超选集》，上海：上海人民出版社 1984 年版，第 140—141 页。

要改变中国落后的现状，必须使国民精神得到改造，除去导致国民性弱化的心理根源即"奴隶性"，使之通过自由、民主教育以达到"自觉之国民"即"新民"。"中国数千年之腐败，其祸极于今日，推其大原，皆必自奴隶性来。不除此性，中国万不能立于世界万国之间。而自由云云，正使人自知其本性，而不受箝制于他人。今日非施此药，万不能愈此病。"① 既然改造国民性成为文学的重要任务，那么文学必须承担起文化改良的使命，为中国文化引进新的文化资源，即梁启超所言："竭力输入欧洲之精神思想，以供来者之诗料"，而这种所谓的"欧洲之精神思想"也就是民主主义的精神思想。

其二，新民文学观认为文学应成为弘扬爱国主义的精神载体，推动现实中"民族建国"的运动。梁启超曾说："夫爱国者，欲其国之强也。然国非能自强也，必民智开，然后能强焉，必民力萃，然后能强焉……一人之爱国心，其力甚微；合众人之爱国心，则其力甚大。"② 他把振兴国家或民族的希望，寄托于文学。在这一文学观念的鼓动下，一时间"爱国"与"强大"、与"独立"、与"自由"紧密联系在一起，成为了那个时代社会和文学的主流话语。新民文学观对爱国主义的弘扬在当时营造了强势的民族主义文学话语，促成了以现代民族国家想象为主要元素的文学潮流的出现。在这股潮流中，一批"政治小说"大展身手，成为对民族国家想象表述的主要阵地。梁启超说："政治小说者，著者欲借以吐露其所怀抱之政治思想也。"③ 而对于这些欲利用文学施展其政治抱负的文化人而言，在小说创作中表达他们对构建一个强大的"民族国家"的想象，不啻是最大的政治思想。新民文学观中所包含的爱国主义及对民族国家想象的思想，是中国文学从传统文化精神的土壤中挣脱出来，走向现代的重要现象之一，显示了中国文化伴随社会变革而转型的内在要求。尽管在这个过程中，由于救亡图存的现实需要，文化的话语始终被政治的话语所裹挟甚或遮蔽，也因此而造成了中国人在现代精神建构

① 梁启超：《致康有为书》（1900 年 4 月 29 日），《梁启超选集》，上海：上海人民出版社 1984 年版，第 136 页。

② 梁启超：《爱国论》，《饮冰室合集》第 1 册，文集之三，北京：中华书局 1989 年版，第 18 页。

③ 梁启超：《中国唯一之文学报〈新小说〉》，陈平原、夏晓虹主编：《二十世纪中国小说理论资料》第 1 卷，北京：北京大学出版社 1997 年版，第 61 页。

上的一些障碍及误区，但它所起到的对中国文学由古典向现代转换的推动作用却是不容否定的。

其三，新民文学观主张文学应面向现实生活与社会改革，应成为时代精神的代言人。新民文学观的主张者提出"新世瑰异奇境生，更搜欧亚造新声"的口号，认为文学的改革方向在于革除传统文学向后看的旧习，打破复古主义的禁锢，把文学的视线引向现实，体现时代风云的变幻，满足社会的实际需求。康有为曾竭力赞赏黄遵宪的诗能够"上感国变，中伤种族，下哀生民"，并"博以寰球之游历"，[①]所以具有时代价值，可成为那一时代诗歌创作的楷模。在梁启超主办的《新小说》上，一笔名为"楚卿"的批评家说：小说作为文学的主要形式，其价值即在于能够与现实结合，因为"人情每乐其所近"，因此必须"专取目前人人共解之理，人人习闻之事"[②]来表现，这样才可以深入民众，达到与社会沟通及启迪民心的作用。苏曼殊更进一步指出，文学就是"'今社会'"之"见本"，"其思想总不能出当时社会之范围"。[③]文学的作用即在于有助增进人们对现实社会的了解，达到改革社会的目的。这些观点在当时都从文学与现实的关系出发，针对晚清复古主义思潮仍然盛行的状况，阐述文学必作用于社会、必联系于时代的理念，起到了把文学从传统的复古主义泥淖中拯救出来的作用，为文学革新营造了必要的氛围。

当然，尽管新民文学观的主要改革方向是在于文学的精神方面，但并不等于说它在文学形式的改革上完全无所作为。从改造国民精神的目的出发，这一文学观把"新民"作为文学的第一要务，认为文学的责任在于开启"民智"、改良"民风"、鼓励"民气"。故黄遵宪说："诗虽小道，然欧洲诗人出其鼓吹文明之笔，竟有左右世界之力。"[④]梁启超说："故今日欲改良群治，必自小说界革命始；欲新民，

---

① 康有为：《〈人境庐诗草〉序》，郭绍虞主编：《中国历代文论选》第4册，上海：上海古籍出版社1980年版，第181页。
② 楚卿：《论文学上小说之位置》，陈平原、夏晓虹主编：《二十世纪中国小说理论资料》第1卷，北京：北京大学出版社1997年版，第79页。
③ 苏曼殊：《小说丛话》，陈平原、夏晓虹主编：《二十世纪中国小说理论资料》第1卷，北京：北京大学出版社1997年版，第95页。
④ 黄遵宪：《与丘菽园书》，郭绍虞主编：《中国历代文论选》第4册，上海：上海古籍出版社1980年版，第131页。

必自新小说始。"① 以这一文学观念为指导，持新民文学观的作家们做了许多有关文学形式革新的努力，如大力提倡诗歌的通俗化、民间化、大众化，尝试诗体的变革；强调言文合一，改革传统古文的文体规范和模式；推动"小说界革命"，吸收西方小说的写法和手段；倡导"戏剧改良"，从西方引进话剧等等。晚清时期各种新的诗体、文体的实验，以及政治小说、教育小说、科学小说、社会小说等等名目的出现，包括对旧戏的改良和对话剧的引进，都无不与"新民"的文学观念相联系。尽管这些改革并没有完成中国文学形式的现代化转型，但却带来了中国文学结构的大变革，促进了小说、戏剧等这些新兴文学形式由边缘向中心的位移，为后来的文学变革提供了经验教训，也为文学脱"雅"入"俗"开拓了道路。

二、人的文学观

人的文学观是在现代西方人文主义思潮影响下出现的一种文学观念，它的思想基础是源自于西方文化的人道主义与个性主义。人道主义和个性主义对中国文学观念的转型产生了最直接、最深入的影响，可以说正是它们支撑起了晚清以来中国文学变革的精神支柱。我们说文学作为"人学"，主要关注的就是人生现象和人性存在，自然很容易受到那些与人生现象和人性存在关系比较密切的思想学说的影响，而人道主义和个性主义正是这样的思想学说。人道主义和个性主义针对的是中国传统的人身专制与精神专制，它们以破除中国传统制度及文化对人性的压抑为目的，启动了现代中国"人的觉醒"的思潮。

中国封建社会的人际关系是以家族宗法制度而联结的，在此基础上形成传统的道德观念尤其是儒家伦理，要求人们严格遵循"三纲五常"的等级要求和礼制规范，即"非礼勿视，非礼勿听，非礼勿言，非礼勿动"②。其宗旨是压抑人的个性要求，消泯人的自然欲望，维护家族的和皇权的政治统治与精神统治。程朱理学的"存天理，灭人欲"是这一伦理要求的极端表述。这种社会专制制度及其附

① 梁启超：《论小说与群治之关系》，陈平原、夏晓虹主编：《二十世纪中国小说理论资料》第1卷，北京：北京大学出版社1997年版，第53—54页。

② 孔子：《论语·颜渊》，朱熹编：《四书集注》，长沙：岳麓书社1987年版，第191页。

属文化，造成了严重束缚人身自由和精神自由的人身依附关系和思想禁锢现象，压抑了中国人的生命力与创造性。西学东渐后，西方文化对中国的最大影响，就是在输入民主主义政治观的同时，把人道主义伦理观和个性主义人生观引入中国人的精神领域，使得中国人的精神世界特别是知识分子的思想发生了历史性的变化。这两个观念进入文学领域，便促使了文学上"人的觉醒"思潮的出现。早在改良主义运动那里，"人的觉醒"思潮已初露端倪。严复翻译了斯宾塞的著作《群己权界论》，把西方的"个人"权利观念介绍到中国，使个人的权利诉求获得了文化上的理论依据；康有为借鉴法国启蒙思想，强调"平等之人有自主之权"，否定宗法制度下的等级与人身依附关系；梁启超依据卢梭的天赋人权论，肯定欲望、"私德"在人性发展中的重要作用，并由肯定欲望、"私德"到提倡为争取个人权利而斗争。此后随着伏尔泰、孟德斯鸠、卢梭、康德、叔本华等人思想的传播，人道主义和个性主义思想逐渐蔓延，形成了中国思想界、文学界广泛的精神革命。

从人道主义出发，人的文学观把文学看做是推动人性解放的文学，反对受封建专制主义控制的"非人"文学，提倡用"自由、平等、博爱"的精神来关注人的生活、人的命运。对中国以往的封建专制制度，樊锥发出过这样强烈的谴责："其上以是愚之，其下复以是受之，二千年沦肌浸髓，梏梦桎魂，酣嬉怡悦于苦海地狱之中，纵横驰骤于醉生梦死之地，束之，缚之，践之，踏之，若牛马然，若莓苔然！"[①]他认为这种制度造就了中国人的奴性，同时也造就了奴性的文学，必须予以改革。侠人在称赞《红楼梦》所包含的"反礼教"思想时指出："中国数千年来家族之制，与宗教密切相附，而一种不完全之伦理，乃为鬼为蜮于青天白日之间，日受其苦毒而莫敢道"[②]，《红楼梦》则能冲破"生命之禁网"，将这一现象"毅然而道之"，使这一制度戕害人性的本质暴露无遗，体现了一种人性的力量。他还认为，文学应该是发扬人性之学，而不能像既往文学那样用"道德"来压制人性。"夫无人性，复何道德之与有？且道德者所以利民也。今乃至戕贼人性以为之，为

---

① 樊锥：《开诚篇之三》，方行编：《樊锥集》，北京：中华书局 1984 年版，第 10 页。

② 侠人：《小说丛话》，陈平原、夏晓虹主编：《二十世纪中国小说理论资料》第 1 卷，北京：北京大学出版社 1997 年版，第 90 页。

是乎？为非乎？"[①]人的文学倡导者们从自身的切身体会出发，深感专制制度对人性的戕害和对人身自由的践踏，强调文学要能够表达人之自由意愿的重要价值："不知奴隶之苦者，亦不能知自由之乐。"[②]显然，这一时期文学界对人道主义思想的引入和鼓吹，成为五四新文化运动中"人的文学"思潮兴起的先导。

然而，晚清虽有对人道主义文学思想的提倡，但并未形成完整的人道主义文学观。这主要是因为这一时期的文学家们对人道主义思想的认识还仅限于表面的感性体会，还没有从理性思考的角度领悟到人道主义对人性提升、社会改造更深入的思想内涵，以及人道主义与文学变革之间深刻的历史关系。如夏曾佑的《小说原理》，只是把小说定位于写"人之处事"："人生既具灵明，其心中常有意念，辗转相生，如画如话，自窈彻寐，未曾暂止"，故发而为小说。[③]成之的《小说丛话》，虽然肯定小说写人生的必要性，也应该表现"人生世上，总总痛苦"[④]之根源，但也只是仅此而已。它们都没有具体、深入探讨小说为什么必须写"人生"，人生与小说之间到底有一种什么样的关系，文学家应该站在什么样的立场上去表现人生。这些问题只有到了五四新文学家们那里才有了比较深入的回答。周作人把新文学定位为"人的文学"，提倡作家要站在人道主义的立场上去观察、研究、分析社会"人生诸问题"，尤其是底层人们的"非人的生活"，用自由、平等、博爱的观念来看待人，关注人应有的权利和价值，以此揭示人生痛苦和悲剧的根源。[⑤]瞿世英强调小说之所以要写人生，是因为小说与人生之间有一种不可分离的内在关系，人们受到"生之压迫"，感到"生之痛苦"，看到人生的苦难和命运的无常，需要把这种

---

① 侠人：《小说丛话》，陈平原、夏晓虹主编：《二十世纪中国小说理论资料》第1卷，北京：北京大学出版社1997年版，第91页。

② 自由花：《〈自由结婚〉弁言》，陈平原、夏晓虹主编：《二十世纪中国小说理论资料》第1卷，北京：北京大学出版社1997年版，第109页。

③ 别士：《小说原理》，陈平原、夏晓虹主编：《二十世纪中国小说理论资料》第1卷，北京：北京大学出版社1997年版，第74页。

④ 成之：《小说丛话》，陈平原、夏晓虹主编：《二十世纪中国小说理论资料》第1卷，北京：北京大学出版社1997年版，第458页。

⑤ 周作人：《人的文学》，严家炎编：《二十世纪中国小说理论资料》第2卷，北京：北京大学出版社1997年版，第60页。

感受和体验表达出来、发泄出来，小说于是成为表达人生的重要途径。因此，"小说的范围便是人生，小说家的题材是人们的经验和人们的感情"①，小说只有走"人的文学"道路才是正途。尽管如此，这一时期对人道主义的提倡，还是具有较大的引领意义。它促使人们从"人"的角度来定位文学和理解文学，在打破"载道"文学观念的束缚方面起到了积极的作用。

个性主义为人的文学观提供了有别于传统文学观的核心价值。在中国传统的文学观尤其是儒家文学观那里，人的个体地位与个性价值不被重视。刘勰在其《文心雕龙》里提出的"原道"、"征圣"、"宗经"三原则，历来为正统文学观奉为圭臬。这三原则都是对个性在文学创作中主体地位的否认与制约。文学只有在符合圣人之道、经典之说的前提下才被承认是好文学，否则便被看做是"谬理邪说"、"淫词滥调"而加以贬斥。明代中叶之后，个性主义在文学中虽有所抬头，但之后又被清代严酷的文化政策所扼杀。个性主义在文学中的崛起，当然是首先得力于西方文化的冲击和影响，但同时也表现为明代中叶个性主义思潮的回流。龚自珍不仅在自己的创作中融入了个性主义的精神，而且在文学观念中大力强调个性主义的作用。龚自珍在《书汤海秋诗集后》一文中提出"人外无诗，诗外无人"论，认为真正的好诗应是体现了诗人个性的诗，要能够做到"不肯挦撦他人之言以为己言"。②他所倡导的"尊情"说，其基础就是个性主义。

晚清时期，个性主义得到了改良主义文学运动的大力弘扬，一时成为相当多新派知识分子竞相标举的思想。由于大量吸收了西方文化的有关思想，这一时期的个性主义形成了一种既继承又区别于传统本土文化的个性精神，开始表现出一定的具有现代意识的个性解放要求。这一时期的个性主义把个体生命、权利和个人价值看做是人生合理的出发点，并以此为基础来看待与认识文学的价值。梁启超说："凡人所以为人者有两大要件，一曰生命，二曰权利。二者缺一，实乃非人。

---

① 瞿世英：《小说的研究》（上），严家炎编：《二十世纪中国小说理论资料》第 2 卷，北京：北京大学出版社 1997 年版，第 242 页。

② 龚自珍：《书汤海秋诗集后》，《龚自珍全集》，上海：上海人民出版社 1975 年版，第 241 页。

故自由者，亦精神界之生命也。"①"凡人皆立于所欲立之地，是故欲为豪杰，则豪杰矣；欲为奴隶，则奴隶矣。"②他一反中国传统思想，特别强调肯定"私"对于中国人个性解放的意义。"为我者，利己也，私也，中国古义以为恶德者也。是果恶德乎？曰：恶，是何言！天下之道德法律，未有不自利己而立者也。"③从这种个性主义出发，梁启超大力呼吁挑战传统，竭力倡导精神启蒙。他甚至不无偏激地说："居今日之中国，上之不可不冲破二千年顽谬之学理，内之不可不挑战四百兆群盲之习俗，外之不可不对抗五洲万国猛烈侵略、温柔笼络之方策，非有绝大之气魄，绝大之胆量，何能于此四面楚歌中，打开一条血路，以导我国民于新世界乎！"④梁启超的这番话可以说是对宗法和专制制度为基础的中国传统文化价值观念的有力宣战。与龚自珍相比，梁启超的个性主义包含了更为符合现代人精神要求的内容，即对个体生命意义和权利意识的自觉追求。它不再像龚自珍那样将个性追求焊接在士大夫的精神实体上，仅仅成为一种士大夫个人感性生命的实现方式，而是用来自西方文化的启蒙资源将其进行了适应时代要求的话语调整，化作了一种面向国民的理性诉说，成为了改造中国人精神世界的一面思想旗帜。

但是，梁启超们所提倡的这种个性主义，尽管其基本理念来自于西方文化，但精神内涵与西方的个性主义则有所不同。西方的个性主义强调以个人为本位，把人的自然欲望的解放置于个性发展的首要地位，由此而生发出对个体生命、个体人权、个体人格的重视与关怀。如英国思想家穆勒在谈到个人与社会之间的关系时说：个人的要求倾向于自由，而社会的要求倾向于限制，如果一个社会对个人限制过多，则会抹杀个性。个性就是"按照自己的道路去追求我们自己的好处

① 梁启超：《十种德性相反相成义》，李华兴、吴嘉勋编：《梁启超选集》，上海：上海人民出版社1984年版，第158页。

② 梁启超：《十种德性相反相成义》，李华兴、吴嘉勋编：《梁启超选集》，上海：上海人民出版社1984年版，第160页。

③ 梁启超：《十种德性相反相成义》，李华兴、吴嘉勋编：《梁启超选集》，上海：上海人民出版社1984年版，第161页。

④ 梁启超：《十种德性相反相成义》，李华兴、吴嘉勋编：《梁启超选集》，上海：上海人民出版社1984年版，第160页。

的自由"①。这形成了西方文化的一种历史传统。而改良主义文学运动的个性主义则把个性看做是社会性的延伸，认为个性是被包容在一种社会群体性价值中的价值显现。人首先应该成为觉醒的国民，才有可能成为获得个性的个人。也就是说人要先从社会身份的变革开始，才有可能上升到个体生命、权利和价值的实现。改良主义文学运动的这种个性主义，对此后中国的个性解放运动影响很大，它因此造成了中国的个性解放运动与自然欲望解放追求的剥离及分裂。这种个性主义影响到文学，就出现了仅仅把文学当成社会权利之启蒙载体而否认其作为自然欲望之启蒙载体的观念，从理论上将文学与启蒙的政治化、道德化做了逻辑上的捆绑。晚清以来，凡进入启蒙文学范围的作品无不尽量占据政治或道德的高地，而将那些涉及到自然欲望解放要求的作品悉数赶入到"狭邪"文学的小圈子，予以贬斥或谴责。晚清的狭邪小说、五四的鸳鸯蝴蝶派文学之所以屡屡被排斥在正统文学之外，在很大程度上是这一文学观念造成的。这就形成了中国的启蒙主义文学与西方启蒙主义文学的显著不同。

人的文学观除了强调文学对人性解放的意义之外，还特别重视对文学的解放，标榜文学的独立价值。它的持有者认为，文学作为人之精神表现的特殊领域，应该在人的生活中占有重要地位。在当时，一些文学改革者接受了西方文学观念的影响，有意识地运用西方的纯艺术理论来重新认识文学的功能，认为文学不能只是作为"经国之大业"的工具而存在，也不能仅仅是经学、史学的附庸，而应该具有自己独立的地位和价值。黄摩西在《小说林》发刊词中说："小说者，文学之倾于美的方面之一种也"，"文学之有高格可循者"，在于其"审美之情操"。他批评以往把小说看做其他学问之附庸的观念，认为若如此"则有哲学、科学专书在"，"则有法律、经训原文在"，何劳小说之力？② 王国维从康德哲学思想出发，阐释文学的地位与价值，认为文学之所以为社会、人生所不可少，乃是因为它是人性的根本需要之一。他说：

---

① 【英】穆勒：《论自由》，北京：商务印书馆 1982 年版，第 14 页。
② 黄摩西：《〈小说林〉发刊词》，陈平原、夏晓虹主编：《二十世纪中国小说理论资料》第 1 卷，北京：北京大学出版社 1997 年版，第 254 页。

文学者，游戏的事业也。人之势力，用于生存竞争而有余，于是发而为游戏。婉娈之儿，有父母以衣食之，以卵翼之，无所谓争存之也。其势力无所发泄，于是作种种之游戏。逮争存之事亟，而游戏之道息矣。唯精神上之势力独优，而又不必以生事为急者，然后终身保其游戏之性质。而成人以后，又不能以小儿之游戏为满足，于是对其自己之情感及所观察之事物而摹写之，咏叹之，以发泄所储蓄之势力。故民族文化之发达，非达一定之程度，则不能有文学；而个人之汲汲于争存者，决无文学家之资格也。[①]

他继而认为"一切学问皆能以利禄劝，独哲学与文学不然"。在他看来，文学的价值主要不在于它教化社会、改造社会的功利性，更不在于商业性、消费性，而在于它陶冶人之性情、丰富人之精神的非功利性。他将以实利为目的的文学称之为"餔餟的文学"，也就是混饭吃的文学，认为那是"非文学"。[②]而真正的文学则是能够"宣布人生最深之意义之艺术"的文学，"人之感情唯由是而满足而超脱，人之行为唯由是而纯洁而高尚"。他把这样的文学称之为"天下最神圣最尊贵而无与于当世之用者"。[③]

王国维的观点代表了中国文学独立意识的觉醒，标志着中国文学开始从理念上脱离传统的"混沌"文学观或杂文学观，向审美文学观或纯文学观的过渡。应该说，这是中国文学观念变革的一大跨越。他的主张与晚清占主流地位具有浓厚启蒙主义色彩的人的文学观虽然有一定区别，但内在思想资源却有共同之处。实际上，它们都源自于西方"人的觉醒"思想，都表现出对文学现代性的追求。文的觉醒应该被看做人的觉醒的一个组成部分，没有"人"的独立意识的自觉，也不会有"文"的独立意识的自觉，这是为世界文学发展历史所证明的一个不争的

---

① 王国维：《文学小言》，郭绍虞主编：《中国历代文论选》第4册，上海：上海古籍出版社1980年版，第378页。

② 王国维：《文学小言》，郭绍虞主编：《中国历代文论选》第4册，上海：上海古籍出版社1980年版，第379页。

③ 王国维：《文学小言》，郭绍虞主编：《中国历代文论选》第4册，上海：上海古籍出版社1980年版，第379页。

事实。从文学发展的情况看,"启蒙"的文学话语与"审美"的文学话语相互间尽管有一些冲突,但更多是在"人的文学"基础上的互为依存,它们共同构成了中国晚清以来文学观念变革的两个既有所区别又相互联系的方向。对文学来说,启蒙虽然带有较强的社会功利色彩,但它并未抹煞文学的独立地位。实际上,由于启蒙所具有的个性解放倾向,它对文学的推动最终必然要导向对美育的要求,而审美自由或艺术独立性的实现实际上又离不开人性启蒙、人道觉醒的基础。从这个意义上,把王国维的主张与晚清时期流行的启蒙主义文学观完全对立起来,是不符合当时文学观念变革实际的。

王国维之后,蔡元培、周树人(鲁迅)等人的主张便可以看做两种文学观点的合流。蔡、周二人都一方面主张文学的启蒙作用,另一方面又主张文学应有独立价值及美育的功能,他们在"人的文学"基础上将文学的启蒙、审美功能融为一体,开启了五四"人的文学"观的先河。鲁迅明确提出"立人"的文学观。他认为在当时列强纷争、民族积弱的形势下,中国如若能"生存两间,角逐列国",关键是民族精神的改变;而民族精神的改变,需要少数先觉者的启蒙与带动。这少数先觉者的第一任务是改变自己,其次是改变他人。这就是"立人"的使命。鲁迅说:"其首在立人,人立而后凡事举","人既发扬踔厉矣,则邦国亦以兴起",而要"立人",^①则必须引进新的文化资源以革除旧文化的弊端。在当时,他认为中国传统文化最大的弊端是对人之个性的束缚,因此"立人"应从引进和树立个性主义意识开始,即"必尊个性而张精神","张大个人之人格","掊物质而张灵明,任个人而排众数"^②。只有这样,才能让国家、民族"屹然独见于天下"。"国人之自觉至,个性张,沙聚之邦,由是转为人国。"^③在鲁迅看来,文学则是实现"立人"追求的重要方式,因为文学的作用即在于诉诸于人的精神。"盖诗人者,撄人心者也。凡人之心,无不有诗,如诗人作诗,诗不为诗人独有,凡一读其诗,心即会解者,即无不自有诗人之诗。"^④他同时认为,文学不仅有启蒙的作用,更有以自

① 鲁迅:《文化偏至论》,《鲁迅全集》第1卷,北京:人民文学出版社1973年版,第44、43页。
② 鲁迅:《文化偏至论》,《鲁迅全集》第1卷,北京:人民文学出版社1973年版,第44、41、32页。
③ 鲁迅:《文化偏至论》,《鲁迅全集》第1卷,北京:人民文学出版社1973年版,第43页。
④ 鲁迅:《摩罗诗力说》,《鲁迅全集》第1卷,北京:人民文学出版社1973年版,第51页。

身的审美功能改造人之精神的作用。"由纯文学上言之，则一切美术之本质，皆在使观听之人，为之兴感怡悦。文章为美术之一，质当亦然。""涵养人之神思，即文章之职与用也。"①这种审美功能作用于人，则能使人的精神得到提升，素质得到改造，最终实现民族精神的转变。鲁迅这一思想，实际上已经为五四人的文学确立了文学变革的方向，启发了更多后来者的思路。

　　五四时期"人的文学"观得到了启蒙主义时代精神的滋养，在理论建设上有了更为深入的发展。周作人发表《人的文学》一文，明确提出了"人的文学"口号。他同时提出"人的文学"的思想基础是人道主义，凡是符合这一思想基础的文学就是"人的文学"，反之则是"非人的文学"。关于何为人道主义，他有十分明确的阐发。他认为人道主义"并非世间所谓'悲天悯人'或'博施济众'的慈善主义，乃是一种个人主义的人间本位主义"，其特点是"利己而又利他"。"我所说的人道主义，是从个人做起。要讲人道，爱人类，便须先使自己有人的资格，占得人的位置"，然后推己及人，从尊重自己、爱自己到尊重他人、爱他人，从争取自己应有的权利、地位到允许他人也拥有同样的权力地位，从肯定自己的人生价值到认同他人的人生价值。他认为"用这人道主义为本，对于人生诸问题，加以记录研究的文学，便谓之人的文学"。他还认为"人的文学"应以严肃的态度对待人生以及人的命运，对人生的苦难和悲剧具有同情、悲悯、哀痛的情怀，对造成这些苦难和悲剧的社会因素要勇于揭露与批判。离开了这种严肃的人生态度，以游戏的方式表现人生，在他看来都是"非人的文学"。②周作人的这一主张，得到了大多数五四作家的赞同。胡适在为五四新文学运动作总结时，把这一运动的精神归结为两个要点：一个是白话文运动，另一个就是"人的文学"运动。"人的文学"观自五四时期确立后，一直成为中国文学走向现代性的主导观念。

---

① 鲁迅：《摩罗诗力说》，《鲁迅全集》第1卷，北京：人民文学出版社1973年版，第54—55页。
② 周作人：《人的文学》，《中国新文学大系·理论建设集》，上海：良友图书印刷公司1935年版，第195—196页。

三、革命文学观

革命文学观是由民主主义革命运动促发的一种文学观念，它的思想基础虽与新民文学观有近似之处，但政治上反对君主立宪、主张以革命的方式推翻满清王朝专制统治，文化上具有激进主义色彩。戊戌变法的流产，使得接受民主主义影响的知识分子相当多地抛弃了改良主义立场，而转向了革命阵营。孙中山等人在海外建立同盟会，提出"驱除鞑虏，恢复中华，创立民国，平均地权"的政治纲领，开始了以推翻满清王朝统治、建立共和政体民主国家为宗旨的革命运动。在革命的风云中，一批政治立场相同、文学观念相近的知识分子同时提出了关于文学变革的主张，强调文学为现实政治革命服务的作用，形成了这一时期的革命文学观。毫无疑问，革命文学观与新民文学观一样也是注重文学社会功能的文学观，所不同的是它更强调文学的政治属性，提倡文学直接为现实的革命政治运动服务，从而开启了文学直接为政治服务的先河。

与新民文学观相近，革命文学观也具有重文学的内容改革而轻形式改革的倾向。对文学内容的改革，革命文学观与新民文学观、人的文学观相比缺乏精神内涵的提升，而更注重对现实社会政治生活的贴近，也更主张文学的宣传性、功利性、鼓动性。由于注重文学的社会效用，因此革命文学观相对地轻视文学自身的独立价值及审美特质，而把文学的艺术效果与思想效果捆绑在一起，认为只有具有思想上的鼓动性、震撼力，文学才会有艺术性，否则不能够成为有价值的文学。章太炎在为邹容所作《革命军》一书的序中说："蜀邹容为《革命军》方二万言，示余曰：'欲以立懦夫，定民志，故辞多恣肆，无所回避。然得无恶其不文耶？'余曰：凡事之败，在有其唱者而莫与为和，其攻击者，且千百辈，故仇敌之空言，足以瀀吾实事。……今者，风俗臭味少变更矣。然其痛心疾首，恳恳必以逐满为职志者，虑不数人。数人者，文墨议论，又往往务为蕴藉，不欲以跳踉搏跃言之，虽余亦不免也。嗟夫！世皆嚚昧而不知话言。主文讽切，勿为动容。不震以雷霆之声，其能化者几何？……今容为是书，一以叫咷恣言，发其惭恚。虽嚚昧若罗、彭诸子，诵之犹当流汗祇悔，以是为义师先声，庶几民无异志，而材士亦知所返乎！若夫屠沽负贩之徒，利其径直易和，而能恢发智识，则其所化远矣。藉非不文，何以致是也？"①在章氏几近诘屈聱牙的这段文字中，包含着三层意思：其一，章太炎极力赞扬《革命军》在"立懦夫，定民志"上所起到的宣传作用、激励作用，认为其价值就在于这种为现实革命斗争服务的实用性；其二，章太炎认为《革命军》这样的作品也具有作为"文"的艺术价值，其艺术的价值是在于它能以"雷霆之声"震撼人心；其三，章太炎不同意中国传统文学含蓄、蕴藉的审美趣味，认为这种文学传统无助于现实的革命，缺乏对民众的号召力，因而是不足取的。

革命文学观这种重宣传、重实用的文学观念，使得它的持有者们把文学混同于一般性的文化活动，而不认为文学属于具有特殊精神表现与审美特质的一个领域，因此革命文学观秉持的是一种泛文学观念，这种观念与中国传统的"混沌"文学观或杂文学观分不开历史的界限。如章太炎论文学，就是站在朴学的立场上，将一切有文字的东西都看成"文学"，而文学的作用并非只是陶情怡兴，更主要的是有益于一切与人们社会活动有关的学术和事功。他说："文学者，以有文字著于竹帛，故谓之文；论其法式，谓之文学。""古之言文章者，不专在竹帛讽诵之间。……盖君臣、朝廷、尊卑、贵贱之序，车舆、衣服、宫室、饮食、嫁娶、丧祭之分，谓之文。八风从律，百度得数，谓之章。文章者，礼乐之殊称也。"②文学的功用主要在于"学说以启人思，文辞以增人感"，而不是鉴赏与审美。章太炎对文学的这种看法，不能仅看做是一种个人观点，而应看做当时革命文学观适应现实需要而产生的理论主张。除章太炎外，当时相当一部分革命文学家都持有与章氏相同或相近的观点，如刘师培、柳亚子、陈去病、高旭等人。而章士钊在其主编的《苏报》上推崇邹容的《革命军》，更是将其称赞为"今日国民教育之第一教科书"，认为其价值在于"以国民主义为干，以仇满为用，掎扯往事，根极公理，驱以犀利之笔，达以浅直之词，虽顽懦之夫，目睹其事，耳闻其语，则罔不面赤

---

① 章太炎：《序革命军》，郭绍虞主编：《中国历代文论选》第 4 册，上海：上海古籍出版社 1980 年版，第 293—294 页。

② 章太炎：《国故论衡·文学总略》，郭绍虞主编：《中国历代文论选》第 4 册，上海：上海古籍出版社 1980 年版，第 302 页。

40 | 现代中国文学通鉴

耳热，心跳肺张，作拔剑砍地、奋身入海之状"。①在革命与文学的关系上，革命文学观强调革命尤甚于文学，革命乃主导而文学为从属。这样一来，就使得文学难以有自己的独立地位，只是沦为革命的工具。这种文学观突出的是文学的宣传作用和实用功能，而相对忽视了文学的审美价值与艺术功能，因此导致了这一时期的辛亥革命文学艺术粗糙、形式创新不足、缺乏经典性作品的现象。

　　由于革命文学观主张文学的宣传作用和实用功能，所以它同时也主张文学的通俗化、大众化。章太炎所谓文学应当能使"屠沽负贩之徒，利其径直易知，而能恢发智识"，章士钊所谓文学须用"浅直之词"促使"顽懦之夫"有所感动的观点，都表现出对文学通俗化、大众化的推崇。为使文学能达到通俗化、大众化的要求，实现宣传革命、服务革命的目的，革命文学观在当时还大力推动了戏剧改革运动。柳亚子等人创办《二十世纪大舞台》刊物，积极号召戏剧改革。改革的方向一是竖起革命大旗，利用戏剧为革命摇旗呐喊；二是推进戏剧的通俗化、大众化，使戏剧能够与民众更紧密结合。陈去病在《论戏剧之有益》一文中说：革命文学观所主张的戏剧改革，应当能够做到"举凡士庶工商，下逮妇孺不识字之众，苟一窥睹乎其情状，接触乎其笑啼哀乐，离合悲欢，则莫不情为之动，心为之移，悠然油然，以发其感慨悲愤之思而不自知；以故口不读信史，而是非了然于心，目未睹传记，而贤奸判然自别；通古今之事变，明夷夏之大防，睹故国之冠裳，触种族之观念；则捷矣哉，同化之力之入之易而出之神也。"②南社在诗歌创作方面，也主张文学要服务于现实革命运动，提倡诗歌的通俗化、大众化。南社诗人对当时诗坛上盛行的宋诗派、同光体诗歌给予猛烈抨击，认为这些诗派政治上死抱满清王朝的粗腿，艺术上固守传统老套，已经成为文学进步的拦路虎。柳亚子提出诗要宗"唐音"，而为"布衣之诗"。他认为政治上，"唐音"是光复之声，"宋诗"是亡国之音；艺术上，"唐音"通脱自然，与社会联系密切，而"宋诗"卖弄学问，贵族化气息太重。马君武更主张诗歌创作要与时代相结合，要有独创

---

① 章士钊：《读〈革命军〉》，转引自黄霖：《近代文学批评史》，上海：上海古籍出版社1993年版，第442页。

② 陈去病：《论戏剧之有益》，郭绍虞主编：《中国历代文论选》第4册，上海：上海古籍出版社1980年版，第348—349页。

性。他在一首寄南社同人的诗中说："唐宋元明都不管，自成模范铸诗人。须从旧锦翻新样，勿以今魂脱古胎。辛苦挥戈挽落日，殷勤蓄电造惊雷。远闻南社多才俊，满饮葡萄祝酒杯。"高旭、秋瑾等更是亲自致力于诗歌创作的通俗化，他们创作了多首歌行体、歌词体作品，其中大量使用了白话，成为五四白话诗的先导。

需要说明的是，革命文学观对文学通俗化、大众化的倡导与实践，并非着眼于文学的艺术改革，而是出于宣传、实用的需要，这就使得它对文学形式的改革仅仅流于肤浅的语言层面，而难以深入到艺术体式、艺术方法、艺术手段、艺术品质等更深的层面。主要原因在于革命文学观对文学独立地位的轻视，因而缺乏艺术变革的自觉追求；或者说，对文学价值的"工具化"理解，遮蔽了其对文学的审美素质的认知。就这一点而言，革命文学观对中国文学变革的贡献不如新民文学观，更远逊于人的文学观。

革命文学观到 20 世纪 20 年代以"无产阶级革命文学"的提倡为标志有了更进一步的强化。这些强化主要表现在三个方面：第一，"无产阶级革命文学"观更加强化了"革命"作为社会功利力量对文学的主导作用，进一步取消了文学的独立地位，助长了对文学特有的审美属性和艺术规律的轻视倾向，造成了文学创作几乎等同于宣传工具的现象；第二，这一文学观更加强化了革命文学观的排他性倾向，以单一的意识形态作为文学的思想基础，切断了文学应以多元文化资源作为精神内涵的输送脉络，使得文学的精神滋养走向贫瘠，表现领域日益狭小；第三，这一文学观虽然也强调推进文学的大众化，但由于其改革的着眼点局限于增强文学的工具性而不是提高文学的艺术性，对文学固有的审美属性及艺术规律重视不够，其粗制滥造的现象更有甚于辛亥革命时期的文学。

第四节　传统文学延续与古典文学观念的调整

在晚清风起云涌的文化及文学变革浪潮中，传统文学观念受到了巨大冲击，百孔千疮，几近衰微；但是，由于中国古典文学传统的深厚历史积淀与长期形成的文化惯性，传统文学观念在文坛上仍然占据着不容小觑的地位。传统文学观念在清末民初的发展，有两个阶段：一是从鸦片战争前后到戊戌变法前后，面对社会危机的加深和传统文化的衰落，在传统文学中开始酝酿着变革的要求，出现了以龚自珍等人为代表的变革势力，同时传统文学中的保守主义势力也以更加固执的姿态坚守固有的古典文学阵地，面对革新派的挑战，进一步强化了其保守主义的立场；二是从戊戌变法前后到五四新文化运动前夕，在中西文化的交流、冲撞、融合的历史趋势下，以曾国藩所代表的桐城派中兴为标志，在传统文学内部进一步推动了对自身的变革，但面对以改良主义文学、辛亥革命文学、早期"人的文学"为代表的新兴文学力量的崛起，传统文学的保守主义、复古主义倾向也在进一步加剧，形成了新旧两种文学势力对峙、斗争的局面。

一、龚自珍等人对"道统"、"文统"及复古主义倾向的反拨

中国传统文学有着深厚的古典文化积淀与保守主义的文学传统。这种积淀与传统主要来自于由儒家文化所建构的大一统的思想文化体系。就文学而言，其标志是"道统"与"文统"两个核心观念。"道统"、"文统"观念的形成，是中国的文化传统尤其是儒家文化对中国文学长期影响与熏陶的结果。宋代柳开曾用一句话形象地解释这两个观念的含义："吾之道孔子、孟轲、扬雄、韩愈之道；吾之文孔子、孟轲、扬雄、韩愈之文。"① 很显然，"道统"、"文统"观念与儒家思想文化体系有密不可分的血脉联系。

"道统"观以孔子的儒家学说作为文学的思想基础，以儒家社会伦理观的价值体系作为认识人与衡量文学的最高审美尺度，强调文学对人的道德人格的塑造作用和社会教化作用，主张以统一的思想认识标准规范文学的精神内涵。它的突出特点便是"文以载道"。从历代文人的阐释看，这里的"道"，显然是指"圣人之道"，也就是以孔、孟为代表的儒家思想家们的思想和学说。唐代韩愈曾说："始者非三代两汉之书不敢观，非圣人之志不敢存，处若忘，行若遗，俨乎其若思，茫乎其若迷。当其取于心而注于手也，惟陈言之务去，戛戛乎其难哉。"② 明代宋濂更清

① 柳开：《应责》，《河东集》卷一，转引自郭绍虞：《中国文学批评史》，上海：上海古籍出版社1979年版，第140页。

② 韩愈：《答李翊书》，郭绍虞主编：《中国历代文论选》第2册，上海：上海古籍出版社1980年版，第115页。

楚地说道："明道之谓文，立教之谓文，可以辅俗化民之谓文。斯文也，果谁之文也？圣贤之文也。非圣贤之文，圣贤之道充乎中，著乎外，形乎言，不求其成文而文生焉者也。"[①] 韩愈、宋濂两人分别是自己朝代的一代文学宗师，他们的话很有代表性地体现了"道统"观的精神实质。

"文统"观是"道统"观的衍生观念。它在确立儒家思想为文学的精神权威的同时，强调那些表达和传载了"圣人之道"的古代文化典籍与文学作品对于文学在形式上的指导地位，主张用体现了"圣人"意志和审美情趣的诗体、文体规范进行文学创作，为文学创作确立统一的艺术表达模式。它的突出特点是"以古人之文为文"。文学作品只有在符合了古人诗文的体式、章法、修辞、风格等的情况下，才被认为是好的，是有艺术价值的。如韩愈所谓"为文"者，须以"古圣贤之文为法"，否则便难登堂入室。"文统"观越到后来越被抬高到一种近乎神化的地位。古人的"文"被视为天地之间的固有规律，强调为"法"。后人只可师从、规摹，不能逾越、创新。宋濂说："余之所谓文者，乃尧舜文王孔子之文，非流俗之文也，学之固宜"[②]，而不必别觅他径。明代前七子之一的何景明认为"诗文有不可易之法"。这"不可易之法"要能够"上考古圣之言，中征秦汉诸论，下采魏晋声诗"[③]。无论是宋濂的"非流俗之文"，还是何景明的"不可宜之法"，其实都是指的"文统"。

"道统"、"文统"观的产生，与中国古代思想中的历史循环论有着密切的内在关系。在古代人看来，无论是自然界还是人类社会，其历史都是循环式运动，呈现出一个周而复始的过程。事物之间所有的变化也都受着循环规律的制约。一切变化或变革都会由终点回到原来的起点。"一生二，二生三，三生万物"，然而"万物"终究还要归于"一"。从这样的历史观出发，文学的价值标准便被确定为以"古"为佳。"古典性"成为衡量文学优劣的重要依据，由此而延伸，"复古"也便

---

① 宋濂：《文说·赠王生黼》，郭绍虞主编：《中国历代文论选》第 3 册，上海：上海古籍出版社 1980 年版，第 9 页。

② 宋濂：《文原》，郭绍虞主编：《中国历代文论选》第 3 册，上海：上海古籍出版社 1980 年版，第 1 页。

③ 何景明：《与李空同论诗书》，郭绍虞主编：《中国历代文论选》第 3 册，上海：上海古籍出版社 1980 年版，第 38 页。

成为推动文学变革与发展的目标及追求。当然，"道统"、"文统"观对中国文学的影响在不同历史时期是不一样的。一般说来，这一影响同封建政治统治的程度成正比。封建政治统治越强，其影响就越大；反之，则越小。这说明，"道统"、"文统"思想是与封建的政治统治相适应的思想统治的产物，它有着维护封建社会和传统文化稳定的作用，而同社会的思想解放、文化解放是相对立的。因此，近代以来中国文学的变革意识最关键的一点便是对"道统"、"文统"观的冲击。

鸦片战争前后，在文学领域占据统治地位的，是桐城派古文和宋诗派所代表的仍然以尊奉"道统"、"文统"为标榜的复古主义思潮。桐城派奉《左传》、《史记》及唐、宋八大家为古文的正宗，主张从精研经学入手来经营文学，坚持"文以载道"的立场，提倡"义法"理论，认为文学只有以经学为根柢并遵从唐、宋古文的写作模式才可称得上是上乘的文学。如方苞曾说自己所追慕的文学境界是"学行继程、朱之后，文章介韩、欧之间"①。他极力推崇"义法"一说，认为"义法"即是义理与文法的结合，义理要本源于儒家经典尤其是程朱理学，而文法则须遵从于《左传》、《史记》及唐、宋八大家的文章范例。刘大櫆、姚鼐对方苞的理论虽有所修正，但仍然强调儒家正统思想对文学的指导作用。他们在对"义法"的解释上比方苞有所突破，从《左传》、《史记》及唐、宋八大家扩大到了先秦诸子、魏晋文章，但对唐、宋之后的散文仍基本上持否定态度。鸦片战争前后桐城派的代表人物是被称为"姚门四杰"的梅曾亮、管同、方东树、姚莹。他们对文学的见解，基本上未脱离方、刘、姚等人的窠臼。如梅增亮认为，文以"气"为原，而"气"须得之于古人。"欲得其气，必求之于古人，周秦汉及唐宋人文，其佳者皆成诵乃可。……诵之而成声，言之而成文。"②宋诗派是继承清初钱谦益、王士禛等人诗歌主张而形成的一个诗歌流派，在鸦片战争前后的代表人物有祁寯藻、程恩泽等人。宋诗派推崇黄庭坚所代表的理性主义诗歌倾向，强调以"理"驭"情"，主张诗歌创作要以宋诗包括对宋诗影响很大的杜甫、韩愈为学习的对象，

---

① 王符兆：《〈望溪文集〉序》，转引自青木正儿：《清代文学评论史》，北京：中国社会科学出版社1988年版，第157页。

② 梅增亮：《与孙芝芳书》，《柏枧山房诗文集》，上海：上海古籍出版社2005年版，第42页。

提倡宗尚"开元、天宝、元和、元佑诸大家",即以杜甫、韩愈、苏轼、黄庭坚为宗。在思想上,他们也推崇儒家经典的指导作用,其创作倾向受当时学术主潮汉学的影响,强调以学问入诗、以见识入诗,"合学人、诗人之诗二而一之",表现出一种浓厚的学究气、书卷气。如程恩泽提出"凡欲通义理者必自训诂始"的主张,认为文学必自学问入门,否则没有根基。这一时期复古主义倾向的产生,是同清朝统治者为加强思想专制而竭力推崇程朱理学的意识形态政策相一致的。无论是桐城派还是宋诗派,都从正统文学观念出发,强调"道统"与"文统",力图将文学纳入到儒家思想的统一规范中,保持文学作为维护旧有社会秩序和思想秩序的工具地位。

晚清以来在文化环境变动下产生的文学变革要求,正是从对桐城派、宋诗派所代表的复古主义思潮的突破开始的。龚自珍、魏源、冯桂芬等人把"经世致用"的思想转用于文学,提倡文学与现实结合,主张文学走出士大夫的书斋走进社会改革的时代大潮,把文学的感触神经从士大夫封闭的内心引向动荡的时代和苦难的现实。这样便在一定程度上改变了古典文学的文化心理基础,使文学具有了一定的面向社会的启蒙要求。在思路上,这批早期具有启蒙意识的文学家们突破了当时文坛上"道统"、"文统"、"义法"、"肌理"等陈旧的文学观念,要求文学理性精神、情感方式和审美原则都应从传统的束缚中解脱出来,而依据时代需要寻找新的思想资源。针对"非阐道翼教有关人伦风化不苟作"[1]的文学观,他们提出"夫事无大小,苟能明其始卒,究其义类,皆足以成至文,固不必悉本忠孝,攸关国家也。"[2]针对"有序则有法","有法不可背","古人音响之节,律法之严,学者有所望而取则焉,岂可随俗恒言任意驱役楮墨乎?"[3]的文学观,他们提出"文之佳者,随其平奇浓淡,短长高下,而无不佳。自然有节奏,有步骤,反正相得,

---

[1] 方宗成:《〈桐城文录〉序》,郭绍虞主编:《中国历代文论选》第3册,上海:上海古籍出版社1980年版,第408页。

[2] 包世臣:《与杨季子论文书》,郭绍虞主编:《中国历代文论选》第4册,上海:上海古籍出版社1980年版,第23页。

[3] 方东树:《切问斋文钞书后》,郭绍虞:《中国文学批评史》,上海:上海古籍出版社1979年版,第664页。

左右咸宜，不烦绳削而自合，称心而言，不必有义法也。"①这些观点都是对桐城派、宋诗派复古主义倾向的有力反拨，显示出文学要求与现实结合、与时代同步的进步趋势。

以龚自珍等人为代表的文学变革思潮，其理论主张有三个重要方面：一是提倡文学的个性化；二是重视情感的作用；三是强调"因时而变"。

在龚自珍等人看来，解脱了传统的"道统"、"文统"、"义法"、"肌理"等观念的束缚，诗文所要表现的不应再是古人的道德训教和统一的"义理"规范，而应是源于个人心灵的自然的思想感情。诗文的功能也不应再是什么"理性情，善伦物，感鬼神，设教邦国，应对诸侯"②，而应是通过个人的言志、感怀、抒情达到唤起群情、救治时弊的目的。因此，这些早期具有启蒙意识的文学家们开始强调个性在文学中的地位。魏源认为文学的出发点应该是"人"而不是"道"。"百物之生，惟人能言，最灵贵于天地"，而人的"灵贵"之处在于人的个性和创造性。因"道"而为文，不若因"时"而为文，充分吸收"当时"人们的生活及文化内容创造"文字之言"。他说"六经"被后人视为经典，但在当时不过是人们创造的"整齐文字之学"而已③。龚自珍更是把"人"归结为"自我"，他说"天地人所造，众人自造，非圣人所造。……众人之宰，非道非极，自名曰我"。"我光造日月，我力造山川"，"我理造文字语言"，"我分别造伦纪"④。"我"是一切的创造者，而文学不过是这个自我的一种表现。他据此提出"诗与人为一"说。在这一观念中，他为文学制定了一个"完"的价值标准，认为好的文学应该是"诗与人为一，人外无诗，诗外无人，其面目也完"，强调文学创作"要不肯摭撦他人之言为己言"，充分保留和发扬自己的个性。当然，在龚自珍、魏源这里，"人"与"自我"的观念还是颇为朦胧的、朴素的，还没有能与西方个性主义的文化资源相结合。其内涵更多的是一种来自现

---

① 冯桂芬：《复庄卫生书》，郭绍虞主编：《中国历代文论选》第 4 册，上海：上海古籍出版社 1980 年版，第 51 页。

② 沈德潜：《说诗晬语》，郭绍虞主编：《中国历代文论选》第 3 册，上海：上海古籍出版社 1980 年版，第 414 页。

③ 魏源：《国朝古文钞叙》，《魏源集》（上），北京：中华书局 1976 年版，第 228 页。

④ 龚自珍：《壬癸之际胎观第五》，《龚自珍全集》，上海：上海人民出版社 1975 年版，第 16 页。

实生活的个性解放要求，带有较多的感性认识的色彩，而缺乏深层次的哲学思索和具有完整逻辑意义的理性意识。但即使如此，这些观念的变化也足以形成了一种对传统的非个性文学观的冲击，起到了一种文学思想解放的作用。

龚自珍等人对古典文学观念的最大冲击是提出"尊情"的文学观，用以否定传统的"尊理"的文学观。在他们看来，文学的本质是"情"而不是"理"。"情"是文学内在的天然的，而"理"是外在的强加的。龚自珍曾从朴素的唯物思想出发对其"尊情"说作了这样的阐发："民饮食，则生情矣，情则生文矣。"而"情"则出于天然，"父母非能生之也，殆其天欤？"①"情之为物也，亦尝有意乎锄之矣。锄之不能，而反宥之；宥之不已，而反尊之。"②这说明"情"是人天然的本性，是不能够"有意"用其他东西来"锄之"的。同时，他提出"尊情"的前提是"自尊其心"，也就是尊重个人对生活和人生的独特感受及体验，而不是盲从他人或人云亦云。龚自珍批评那些泯灭个性、不尊真情的做法：

> 言也者，不得已而有者也。如其胸臆本无所欲言，其才武又未能达于言，强使之言，茫茫然不知将为何等言；不得已，则又使之姑效他人之言。效他人之种种言，实不知其所以言。于是剽掠脱误，摹拟颠倒，如醉如寐以言。言毕矣，不知我为何等。③

龚自珍的"尊情"说，与明代中叶李贽的"童心"说有着一脉相承之处。他曾作诗云："不似怀人不似禅，梦回清泪一潸然。瓶花帖妥炉香定，觅我童心廿六年。"（《午梦初觉，怅然诗成》）表达了对"童心"或真心的尊崇和呼唤。生在危机四伏的年代，龚自珍特别强调忧患之情对文学的作用，尤其重视那些反映对现实社会不满、忧虑、愤懑和抗争之情在文学创作中的地位，认为这样的"情"可以"受天下之瑰丽而泄天下之拗怒"，促使优秀之作的产生。与龚自珍一样，魏源也曾对传统文学观压抑感情的做法提出质疑和批评，他说"诗三百，一言以蔽之，曰：思无邪。曷可以能令思无邪？说之者曰：发乎情，止乎礼义"，"呜呼！情与

---

① 龚自珍：《五经大义终始论》，《龚自珍全集》，上海：上海人民出版社1975年版，第41页。
② 龚自珍：《〈长短言〉自序》，《龚自珍全集》，上海：上海人民出版社1975年版，第232页。
③ 龚自珍：《述思古子议》，《龚自珍全集》，上海：上海人民出版社1975年版，第123页。

礼义果一而二,二而一耶?何以能发能收自制其框耶?"在他看来,用所谓人为的"礼义"来压制天然的情感,这其实是十分荒谬的事情。龚自珍等人的"尊情"说虽然在理论上并没有多少超出前人的观点,但在当时复古主义倾向占据主导地位的形势下,无疑也具有巨大的冲击力,它有力地促进了古典文学观念的调整。

龚自珍等人从个性的文学观和"尊情"的文学观出发,强调文学的时代性,提出文学要"因时而变"的思想。龚自珍认为,有"一代之治",即有"一代之学";时代变化,则学术也要变化,这是自古以来的规律。那种"抱残守缺,纂一家之言,犹足以保一邦、善一国"的做法,虽然能够做到文化传承,但其实是文化衰落的表现。正常的现象应该是"必以诵本朝之法,读本朝之书为率"①,着眼于时代变化而推进文化发展。在《文体箴》一文中,他提出文学经久"大变"的观点,认为文体虽源自于古,但历经社会变迁、人心变化,则也不得不"变"。"大变忽开,请俟天矣。"②魏源与龚自珍都宗法今文经学,提倡用"经世致用"的思想来促进社会改革,在文学上主张适时变革。他在《定庵文录叙》中称赞龚自珍的创作是长期积累,"忽然得之"。"夫忽然得之者,地不能囿,天不能嬗,父兄师友不能佑",③是属于个人天赋的东西,而这种天赋是人追随时代变化个人创造力解放的结果。冯桂芬、王韬对文学的时代性更为强调。冯桂芬认为,文学没有亘古不变的"义法",文章贵在独创。他说:"蒙读书为文三四十年,所作不少……独不信义法之说。"一个人如果总是深陷在古人的窠臼中,那就会造成"周规折矩,尺步绳趋"的现象,丧失了自己的创造力。文学应追随时代的变化而变化,"为政者以例治天下,而天下乱","操觚者以义法为古文,而古文卑"④。王韬自称"余不能诗,而诗亦不尽与古合;正惟不与古合,而我之性情乃足以自见"。他继而批评当时奉行的拟古之风,"窃见今之所为诗人矣,撏撦以为富,刻画以为工,宗唐祧宋以为高,摹杜范韩以为能,而于己之性情无有也,是则虽多奚为?"他认为,"时

---

① 龚自珍:《乙丙之际箸议第六》,《龚自珍全集》,上海:上海人民出版社 1975 年版,第 4 页。
② 龚自珍:《文体箴》,《龚自珍全集》,北京:中华书局 1959 年版,第 410 页。
③ 魏源:《〈定庵文录〉序》,《魏源集》(上),北京:中华书局 1976 年版,第 238 页。
④ 冯桂芬:《复庄卫生书》,郭绍虞主编:《中国历代文论选》第 4 册,上海:上海古籍出版社 1980 年版,第 51 页。

代既殊，人才亦变"，则文学不能不变 ①。所以变革是文学发展的大动向、大趋势。

当然，在龚自珍等人所处的时代，中西文化交流的浪潮还处在酝酿之中，文化环境与资源的变化还没有形成整体性的"变局"，中国传统文化的势力还十分强大，所以对于文学的变革，他们只能是提出以上这些初步的感受与思考。至于对这场文学的变革，用什么样的理性原则代替旧的理性原则，用什么样的价值观念代替旧的价值观念，用什么样的情感模式代替旧的情感模式，用什么样的审美规范代替旧的审美规范，进而用什么样的文学形态代替旧的文学形态，整个社会与文化环境并没有做好充分的准备，因此反映在这些变革者的理论主张中，他们的见解也往往似是而非。一方面他们要破除旧的"道统"，另一方面又不免把"修身齐家治国平天下"作为他们入世和为文的根本，认为文学的作用乃是在于"诗文之指，有瞽献曲之义，本群史之支流" ②。一方面他们要摒弃旧的"文统"，另一方面又不免仍把师法古人看做自己诗文创作应遵循的通途，认为"万物一而立，再而反，三而如初" ③，文学"所逆愈甚，则所复欲大，大则复于古，古则复于本" ④，"仿古法以行之，正以救今日束缚之病" ⑤。这也难怪，在当时的历史条件下，没有更进步的理性思维和外来文化资源的补充，他们对文学变革方向的选择只能如此。

二、曾国藩所代表的桐城派中兴及其改革动向

桐城派在清初形成后，主要活跃于清朝中期，在乾隆、嘉庆、道光年间影响甚大，特别是姚鼐及其姚门四弟子——管同、梅增亮、方东树、姚莹，皆为当时文坛执牛耳的人物。他们占据了古文的重要地位，互相以文章相标榜，一时名重当世。从渊源来看，桐城派是伴随程朱理学在清初的兴盛而兴起的一个文学流派，

---

① 王韬：《〈蘅花馆诗录〉自序》，郭绍虞主编：《中国历代文论选》第 4 册，上海：上海古籍出版社 1980 年版，第 7 页。

② 龚自珍：《尊史二》，《龚自珍全集》，上海：上海人民出版社 1975 年版。

③ 龚自珍：《壬癸之际胎观第五》，《龚自珍全集》，上海：上海人民出版社 1975 年版，第 16 页。

④ 魏源：《〈定庵文录〉序》，《魏源集》（上），北京：中华书局 1976 年版，第 238 页。

⑤ 龚自珍：《明良论》，《龚自珍全集》，上海：上海人民出版社 1975 年版，第 16 页。

程朱理学是其在思想上、精神上的支柱。鸦片战争之后，由于列强侵凌造成民族危机的加深和清朝政府在军事、政治、民生上的一系列失败，加上整个社会普遍出现的衰老、腐败现象，程朱理学作为官方意识形态的地位受到很大冲击。程朱理学地位的下降，相应影响了桐城派的地位。作为顶梁支柱的方东树、姚莹、梅增亮又在这时相继去世，桐城派面临后继乏人、落叶凋零的局面，由兴盛走向了衰落。至咸丰年间，曾国藩以"中兴之臣"的身份号令文坛，聚揽人才，从学者"如蓬从风，如川赴壑"，挽救了桐城派继续下滑的趋势，文学史上被称为"桐城派中兴"。胡适曾经说过："曾国藩是桐城派古文的中兴第一大将"，他所主持的桐城派"中兴事业"，"是很光荣灿烂的"①。

然而，桐城派的"中兴"并不就是对以往桐城派传统的简单恢复，而是桐城派在新的历史条件下的重新定位与主动变通。

首先，曾国藩复兴桐城派并非完全出于文学的目的，他主要是从政治需要的考虑出发，企图借助于桐城派在文坛的影响，为其"卫道"、"弘教"的政治主张服务。因镇压太平天国而建立了赫赫武功的曾国藩，在文化上也想有所作为，以实现"立德、立功、立言"三不朽的宏愿。他看到桐城派以程朱理学为旨归，以卫圣道、绌邪说、兴教化为职责的思想特点，有可利用的一面，因此决意尊奉桐城派为文坛正宗。曾国藩认为桐城派后期衰落的主要原因在于思想上缺乏领军人物，文风上迷恋旧体古法，失去了内在"义理"的支撑，以致于造成"文弊道丧"、"浅弱不振"的现象。他提出文章应以道统为追求，以学问为内涵，以风骨为外观，应与现实的政治、经济等"经国大业"相结合。他把乾嘉学派的一些理念引入桐城派古文，以改造桐城派日益脱离实际的文风。他认为所谓"学问之途有三，曰义理，曰词章，曰考据"②，而这三者应成为治文学的基础条件。曾国藩1858年撰写《欧阳生文集序》，梳理了桐城派的发展历史及演变过程，肯定了它在清代文坛的领袖地位，并称自己为姚门的"私淑弟子"，打出了桐城派中兴的旗号。1859年他又写了《圣哲画像记》，把姚鼐提升到与孔孟并列的第32位圣哲，竭力推高

---

① 胡适：《五十年来中国之文学》，《胡适文集》第4册，北京：人民文学出版社1998年版，第327页。
② 曾国藩：《圣哲画像记》，《曾国藩全集》诗文卷第14册，长沙：岳麓书社1986年版，第250页。

桐城派在思想上的地位，企图把桐城派装扮为一个承续"道统"的思想派别，并认定其为儒学正宗。

其次，曾国藩在推崇桐城派的同时，也利用对桐城派的批评，力图超越桐城派几个领袖人物，树立自己在文坛的历史地位。如他批评方苞说："望溪规模极大，而未能妙远不测，风韵绝少，然文体自正。……修辞极雅洁，无一俚语、俚字，然其行文不敢用一华丽非常字。此其文体之正而才不及古人也。"①对姚鼐，他也有批评之语，说："姚氏则深造自得，词旨渊雅，……惜少雄直之气，驱迈之势。姚氏固有偏于阴柔之说。"②从这里一方面可以看出曾国藩自视甚高，另一方面也可以看出他对桐城派的不满。他不满桐城派谨守"文体之正"而少华美文采和偏于阴柔之风而缺阳刚之气的弊端，力求予以纠正，创立符合自己思想与审美要求的文章风格。事实上，曾国藩虽表面上尊奉桐城派，但实际上并未简单继承桐城派衣钵。他把桐城派恪守唐、宋八大家的"家法"，扩大到两汉、魏晋之文，认为由此可以补救方、姚缺少"雄奇瑰丽"之文的缺陷。他自称"平生好雄奇瑰玮之文"，认为文章须"柔和渊懿之中，必有坚劲之质、雄直之气运乎其中，乃有以自立"，并在指点后进时说，"足下气体近柔，望熟读扬、韩各文而参以两汉古赋以救其短"③。他还提倡为文者必须读《文选》，"《文选》纵不能全读，其中诗数本则须全卷熟读，不可删减一字，余文亦以多读为妙"④，目的是提高调动词章的能力，增添文章的华采之气。因此可以说，曾国藩在继承桐城派的同时，对其文学规范进行了重大改造和修正。在此基础上，他形成了一个具有新的时代与文化特点的散文流派，史称"湘乡派"。"湘乡曾国藩以雄直之气，宏通之识，发为文章，而又据高位，自称私淑于桐城，而欲少矫其懦缓之失……此又异军突起而自为一派，

---

①　曾国藩：《曾文正公论文上》，转引自青木正儿：《清代文学评论史》，北京：中国社会科学出版社 1988 年版，第 184 页。

②　曾国藩：《复吴南屏之二》，《曾国藩全集》第 10 册（书札卷下），沈阳：辽宁民族出版社 1996 年版，第 6184 页。

③　曾国藩：《与张廉卿》，《曾国藩全集》第 13 卷，北京：中国致公出版社 2001 年版，第 4940 页。

④　曾国藩：《复邓汪琼》，《曾国藩全集》（书信卷一），长沙：岳麓书社 1990 年版，第 2077 页。

可名为湘乡派。一时风流所被，桐城而后，罕有抗颜行者。"①

　　曾国藩之后，那些追随他的桐城——湘乡派弟子对桐城派古文进行了更为积极的改革，尤其是被称为"曾门弟子"的张裕钊、黎庶昌、薛福成、吴汝纶、郭嵩焘等人，着眼于时代变化、社会变革，注意引进新的文化资源与文学观念，营造了桐城派古文的一派新气象。这一气象一直延续到清末民初。

　　张裕钊、黎庶昌、薛福成、吴汝纶、郭嵩焘等人，或为驻外使节，或曾出国考察，亲眼目睹了世界格局的变化和西方社会的实际，比之同时代的人更多接受了西方文化的影响，主张向西方学习，实行社会变革以谋求国家强盛。这种思想状况影响到他们的文学主张，就使得这一时期的桐城派走出了以往"以古为雅，以雅保古"的传统，具有了革新的精神。从张裕钊、黎庶昌、薛福成、吴汝纶以及郭嵩焘等人的文学主张看，他们都不赞成文学的复古与保守，而强调文学应因时而动，主动适应社会生活的变化。张裕钊认为文章主要不是师法古人，而是师法自然。文章的节律应与自然应合，这才可以写出好文章。他说："自然者无意于是，而莫不备至；动皆中乎节，而莫或知其然。日星之布列，山川之流峙是也。宁惟日星山川，凡天地之间之物之生而成文者，皆未尝有见其营度而位置之者也，而莫不蔚然以炳，而秩然以从。夫文之至者，亦若是焉而已。"② 郭嵩焘认为文学的发展无有止境，其生命力在"变"："天地之生才无穷，而文章之变，日新月盛，有非古人所能限者，此亦见斯文之广大。"③ 吴汝纶在与严复讨论翻译西方著作时，主张用"变"的思路来作翻译工作，充分尊重西文的特点，不可拘泥于古人，要有个人的独创性。他说："欧洲文字，与吾国绝殊，译之似宜别创体制，如六朝之译佛书，其体全是特创。今不但不宜袭用中文，亦并不宜袭用佛书。窃谓以执事雄笔，必可自我作古。又妄意彼书固自有体制，或易其辞而仍其体，似亦可也。

① 钱基博：《现代中国文学史》，长沙：岳麓书社 1986 年版，第 33 页。
② 张裕钊：《答吴挚甫书》，转引自郭延礼：《中国近代文学发展史》第 1 册，济南：山东教育出版社 1999 年版，第 424 页。
③ 郭嵩焘：《〈古微堂诗集〉序》，《郭嵩焘诗文集》，长沙：岳麓书社 1984 年版，第 44 页。

不通西文，不敢意定，独中国诸书不可仿效耳。"① 从这些主张可以看出，"中兴"后的桐城派具有了变革的自觉意识，这也是他们的文章能够获得世人认可的重要原因。从"变"的思路出发，"中兴"后桐城派的散文既吸收了一些新的生活内容，也采用了一些新的艺术方法，文章在写法上力图摆脱传统古文的束缚，达到与社会现实相适应的程度，如薛福成、黎庶昌等人的散文。

到清末民初，以桐城派继承者自诩的林纾，虽然仍然不愿放弃桐城派这块金字招牌，继续坚守传统古文的阵地，但面对时代变化和新的文化浪潮的冲击，也不得不用"变"的思路寻求桐城派古文的出路，从而加大了古文改革的自觉性与力度。林纾对传统古文的改革有两个较为显著的特点：一是在坚持桐城派古文传统的基础上谋求变化与改革，改革的方向是更强调个人的创造性。林纾认为，桐城派的"义法"仍是指导古文创作的圭臬，所谓"取义于经，取材于史，多读先儒之书，留心天下之事，文字所出自有不可磨灭之光气"，左、马、班、韩之文为"天下文章之祖庭"②。但是，桐城派的弊端在于拘泥于"义法"而不知变化，这就形成了墨守成规的毛病，亦步亦趋跟在别人身后模仿。林纾说："盖姚文最严净。吾人喜其严净，（然）一沉溺其中，便成薄弱。"③ 如果为文者一味专从桐城派古文中揣摩笔法，而无个人的创意，"亦必无精气神味"。因此，林纾提倡文学创作应有独创性，"守法度，有高出法度外之眼光；循法度，有超出法度外之道力"④。二是提倡向外来文学学习，注意吸收外来文学的长处，扩大了古文改革的视野。林纾曾盛赞狄更斯等人的作品，认为这些外来文学可资中国文学借鉴，比之左、马、班、韩的文章毫不逊色。他说："迭更司他著，每到山穷水尽，辄发奇思，如孤峰突起，见者耸目。终不如此书伏脉至细，一语必寓微旨，一事必种远因。手写是

① 吴汝纶：《答严几道》，郭绍虞主编：《中国历代文论选》第 4 册，上海：上海古籍出版社 1980 年版，第 150 页。

② 林纾：《春觉斋论文·忌糅杂》，转引自刘锡庆主编：《中国写作理论辑评》（近代部分），呼和浩特：内蒙古教育出版社 1992 年版，第 258 页。

③ 林纾：《桐城派古文说》，《中国近代文学大系》（文学理论集）第 2 卷，上海：上海书店出版社 1995 年版，第 469 页。

④ 林纾：《春觉斋论文·忌牵拘》，转引自刘锡庆主编：《中国写作理论辑评》（近代部分），呼和浩特：内蒙古教育出版社 1992 年版，第 259 页。

间，而全局应有之人，逐处涌现，随地关合。虽偶尔一见，观者几复忘怀，而闲闲著笔间，已近拾即是，读之令人陡然记忆，循编逐节以索，又一一有是人之行踪，得是事之来源。综言之，如善弈之著子，偶然一下，不知后来咸得其用，此所以为国手也。"① 他还说："哈氏文章，亦恒有伏线处，用法颇同于《史记》。予颇自恨不知西文，恃朋友口述，而于西人文章妙处，尤不能曲绘其状。故于讲舍中敦喻诸生，极力策勉其恣肆于西学，以彼新理，助我行文，则异日学界中定更有光明之一日。或谓西学一昌，则古文之光焰熸矣，余殊谓不然。学堂中果能将洋汉两门，分道扬镳而指授，旧者既精，新者复熟，合中西二文镕为一片，彼严几道先生不如是耶？"② 林纾在这里虽然是用传统古文的理论分析狄更斯等人的小说，与西方文学的实际还有相当隔膜，但已经开始显示出一种开放的眼光与境界，他的意见对中国散文的改革颇具启发性。

因此，发展到清代中期后，即使像桐城派这样执着地固守古文传统的文学流派，也不得不顺应时代变化与文化革新的大潮，走上了变革之路。尽管它的文学变革与这一时期的启蒙主义、改良主义、民主主义文学思潮有着较大的差距，其观念更难以达到新民文学观、人的文学观、革命文学观那样的革新程度，但其影响也不容小觑。由于桐城派在清代文坛的地位、声望，它所提出的变革主张在相当一部分士大夫类知识分子群体中也产生了一定的带动作用。晚清时期有相当多的旧派文人或自觉非自觉地参与到古文改革的潮流之中，有些甚至是朝廷重臣或文坛领袖，如翁同龢、李鸿章、张之洞、姚永朴、马其昶等。他们的文学活动也在一定程度上构成中国文学从古典向现代转换的背景。

第五节　消费文化兴盛与消遣文学观的活跃

晚清以来，中国社会的变化，一方面从宏观上表现为政治、经济、文化的变

---

① 林纾：《〈块肉余生述〉序》，郭绍虞主编《中国历代文论选》第4册，上海：上海古籍出版社1980年版，第165页。
② 林纾：《〈洪罕女郎传〉跋语》，郭绍虞主编《中国历代文论选》第4册，上海：上海古籍出版社1980年版，第161—162页。

化，另一方面从微观上也表现为人们日常生活方式的变化。尤其是西方资本主义介入和民族资本主义的兴起，促使了中国都市的繁荣，产生了具有一定西化特征的都市化生活方式，这是晚清以来中国社会生活方式改变的重要现象。中国传统的城市生活，体现着典型的城乡一体化特征，高度依赖农业经济和专制政治体制，缺乏发达的产业性质的工商业基础和大众化的公共生活空间。中国城市的发展，其主要特征就是由传统农业生活方式向现代工商业为主导的生活方式演变，其主要标志就是市场化、社会化、大众化的"公共生活领域"逐步形成，"由此奠定了中国社会近代化变迁的生活基础，并成为通向我们今天现代生活的起点"。[①] 具有一定西化特征的都市化生活方式，促使了消费文化的兴盛，同时也带来了以消遣、娱乐为主要追求的消遣文学观的出现。

中国消费文化的兴盛，毫无疑问在很大程度上是西方的物质文明、商业文化、生活方式影响的结果。尽管在中国自身的文化传统中，也有商业文化、消费文化的元素，在个别时代与阶层也曾产生过以享乐为追求的奢靡之风，但是中国传统文化由于其农耕文明的根基，本质上不追求、鼓励以欲望释放为重的消费文化。儒家文化重视积极入世、社会担当、勤劳为本、节俭持家的生活方式和文化态度，道家、佛教强调出世思想，一般也不鼓励享乐、消遣的文化倾向。中国的文化传统更多表现出的是一种禁欲或节欲的文化导向，对于欲望采取的大多是压制或疏导的文化策略。在这一点上，它与西方现代文化有着重大差别。这一文化传统，随着晚清以来西方文化与生活方式的介入，受到了很大冲击。特别是在有外国租界及外国人居住区的一些大城市中，人们的生活方式、文化态度发生了很大变化，消费文化在西方文化影响下逐渐兴盛。

鸦片战争后，中国被迫开放上海、广州、厦门、福州、宁波为通商城市，外国商船和人员可以自由往来，经商贸易，居住活动，自此西方势力和西方经济开始以通商城市为基地大规模地进入中国。以后随着更多不平等条约的签订，有更多城市成为"通商城市"。"在这些通商城市中，中外商船穿梭往来，华洋商人汇合聚散，洋行商号并列街衢，中外商品运输集散。这些通商城市成为进出口贸易

---

① 李长莉：《中国人的生活方式：从传统到现代》，成都：四川人民出版社 2008 年版，第 5 页。

的基地和商业中心，伴随着商业贸易的持续发展而繁荣起来，发展成新兴的商业城市。"①华洋杂处的空间环境，不仅使上层社会，而且使一般的老百姓能够近距离接触洋人，并耳濡目染感受到他们异域风格的生活方式，促使他们的生活方式逐渐发生变化。通商城市的外国租界及外国人聚居区，往往有着浓厚的西洋色彩的街市景观。"这些外国人聚居区，以其高楼耸立的各式洋房，鳞次栉比的洋行商号，宽阔平坦的新式马路，以及街市华洋商人来往忙碌、车水马龙形成的既整洁又繁华的景象，形成了与旧城区景象迥然不同的新兴城区。这些新兴城区的西洋风格与繁华景象，往往使初见之人感到震撼。"②林纾在居住天津生活多时后，也曾发出"几觉身处异域"的感慨。

现代都市的崛起，改变了人们的居住、交通、商贸、服务、娱乐及日常家庭生活的方式，极大地促进了物质文明的发展，同时也带来了人们文化生活的转变。以现代印刷业为基础，以报纸、期刊为载体的大众传播媒体走入人们的日常生活，改善了人们的文化接受途径；专门剧院、书场、电影院以及戏剧团体、戏剧学校的建立，促进了社会性、市场化文化活动的广泛开展；许多城市建立的公园、图书馆、博物馆等公共文化设施，扩大了人们的文化空间；尤其是新式学堂、学校的开办，为人们接受新式的教育，提供了便利条件。这些都表现出现代性的都市生活方式的巨大变化。对于这些变化，当时人们具有十分真切地感受。仅以消费行为的变化为例，即可以看到消费的时尚化、西方化已成为这些大都市普遍流行的风气，当时《申报》曾对人们在消费上的风气变化有过这样的报道："风俗之靡不自今日始矣，服色之奢亦不自今日始矣。溯当立约互市之初，滨海大埠，富商巨贾与西商懋迁有无，动致奇赢。财力既裕，遂于起居服食诸事斗异矜奇，视黄金如粪土，见者以为观美，群起效之。……其始通商大埠有此风气，继而沿及内地各处。……近今风俗之侈靡日甚一日，较之三十年前已有霄壤之别。"③正如有的研究者所指出的：这种以奢靡为标志的消费时尚的兴起，"是生活日用品工业化

---

① 李长莉：《中国人的生活方式：从传统到现代》，成都：四川人民出版社 2008 年版，第 25 页。

② 李长莉：《中国人的生活方式：从传统到现代》，成都：四川人民出版社 2008 年版，第 33 页。

③ 《论服色宜正》，《申报》，1894 年 3 月 16 日，转引自李长莉：《中国人的生活方式：从传统到现代》，成都：四川人民出版社 2008 年版，第 156 页。

和市场化带来的时尚化消费主义时代的开始"，它既"给社会经济变动带来影响，也对人们的生活方式和社会文化带来了深远影响"。①

生活方式的变化和消费文化的兴盛，必然带来社会文化及人们文化心理的变化，反映到文学上则是精神需求与审美观念的变化。晚清以来随着生活方式的变化，文学之精神需求与审美观念的变化主要表现为下列几点：

其一，生活方式的西化倾向和现代城市化生活方式的崛起，使得人们在接受西方物质文明影响的同时，也在逐渐认同西方文化的精神。对于西方的生活方式，人们逐渐由原来的不习惯到习惯，再到后来的竞相追慕西方的文化时尚与风格，这标志着人们在精神上已有了对西方文化认同的趋向。对西方文化精神上的认同，首先是对其在刺激与改造人们欲望方面的能力的认同。与中国传统的生活方式及文化相比，西方现代生活方式及文化的特点，就在于对人之欲望的释放与扩大，尤其是伴随工业文明而产生的西方物质文化，在刺激与改造人们的欲望方面有着巨大的优势。在西方生活方式及其文化倾向的刺激下，晚清时期沿海一些大城市为人们提供了许多此前难以见到的生活内容，尤其是金钱投机、奢华消费和极力满足感官的享乐方式等，这使得人们欲望实现的空间急剧膨胀，欲望要求的强度不断增长，几乎形成了欲望横流的社会局面。这一方面造成了中国传统文化规范的解体，形成了价值观念的迷乱和社会道德的失范，带来了社会统治的失控和社会秩序的混乱；另一方面也助长了个体意识、私利要求、享乐心态等社会心理的滋生，带来了人们感性生命力的活跃，为西方的自由、民主、人权等社会观念进入中国开辟了道路。清末文学观念的变革，实际上是与由生活方式的变化而带来的社会欲望的滋长分不开的。

其二，生活方式的西化倾向和现代城市化生活方式的崛起，营造了公共性的大众生活空间，为大众化文学需求的产生创造了环境和条件。大众化的文学需求是推动中国文学变革的重要动力，而这一文学需求的产生则取决于公共性和大众化的生活方式的形成。中国传统的生活方式受到专制性的政治制度、道德约束、社会规范和自给自足式的农耕经济的制约，缺乏公共性和大众化的特点，也难以

---

① 李长莉：《中国人的生活方式：从传统到现代》，成都：四川人民出版社2008年版，第162页。

形成大众化文学需求的文化条件。满足大众化文学需求的社会条件有：市场经济占主导的物质生活方式、依靠工业技术的大众传播媒体及传播方式、相对宽松的政治制度及道德约束体系、一定程度的个体人身自由及生存方式、社会成员之间的自由交流程度及发展空间等。而这些条件只有在受到西方经济、文化影响的沿海大都市才可以形成。大众化文学需求的标志至少有以下几点：一是文学的普及化、通俗化需求，文学走出古典的精英文化的圈子，成为面向大众的文化领地；二是文学的创作与传播方式具有社会化的特点，具有专门职业身份且与大众传播媒介相结合的作家群体和借助于大众传播媒介而传播的方式；三是文学的欣赏群体不再局限于少数人而是具有涉及多个社会阶层的广泛性。这些标志也只有在现代城市生活中才能产生。

其三，生活方式的西化倾向和现代城市化生活方式的崛起，改变了人们传统的生活意识和生活情趣，同时也带来了人们审美情趣的变化。传统的"中和"、雅正等审美观念逐渐淡化，一种以追求新奇、怪异、冲突和力量的角逐为特征的审美心理渐趋形成，并开始占据主导地位。人们对西方文学艺术及其审美理念、审美趣味、审美方式由最初的排斥，向逐步认同、赏识和接纳转变。例如对于西方的雕塑、绘画尤其是人体雕塑、绘画，最初的中国人是很难接受的。他们在那些赤裸裸的男女人体形象面前，看到的不是"美"而是"淫"，不是艺术的展示，而是道德的堕落。"有伤风化"、"诲淫诲盗"大概是传统的中国人在初次面对这些西方艺术时脑中出现频率最多的词语。然而，随着西方生活方式逐渐进入一些中国人家庭，随着沿海一些地区外国租界的设立和城市化生活的发展，人们能够有机会较多地接触到这些西方艺术，从最初的见而生怪，到见而不怪，再到能够适应和欣赏。晚清时期在一些官僚、贵族、买办、资本家家庭里，已经开始出现以西方绘画、雕塑作为摆设的现象，尤其是这些家庭的年轻一代已经成为接受这些西方艺术的较早的群体。很多城市的娱乐、服务业场所，如夜总会、舞厅、剧院、宾馆、饭店、妓院、烟馆等等，也开始比较多地使用了西方绘画、雕塑作为装饰，有的则采用了西方化的广告形式。

以上精神需求与审美观念的变化，在很大程度上成为推动消遣文学观活跃的一种内在动力。这一时期的消遣文学观虽然不占据主流地位，但对文学的影响则十分巨大，它直接推动了晚清万象纷乱、"众声喧哗"文学现象的出现。

消遣文学观的核心思想是娱乐，即把文学看做是娱乐的工具，强调文学在刺激人的欲望、调节人的精神、满足人的感官需要方面的作用，而不主张文学过多承担社会责任尤其是政治、伦理责任。这种文学观在清末民初促使了一些以标榜"游戏"、"消闲"为追求的报刊杂志的出现，这些报刊杂志常被称为是"风月小报"，如《海上奇书》、《消闲报》、《指南报》、《游戏报》、《采风报》、《笑林报》、《世界繁华报》、《黄浦潮》、《晶报》、《神州日报》等。即使当时一些比较严谨的小说杂志如《新小说》、《绣像小说》、《月月小说》、《小说林》等，也都或多或少地受到这种消遣文学观的影响，登载了一些以娱乐为目的的作品。消遣文学观的立意在"消闲"，如《消闲报》在其发刊词中自述办报宗旨为："走马王孙，倦游既返；深闺才女，刺绣余闲，既无抵掌之良友，复乏知心之青衣，得此一纸，借破岑寂，或可暂作良友青衣观乎。此可为高雅诸君消闲者也"①；《礼拜六》倡导"得休暇而读小说"的旨趣，都是对消遣文学观的代表性表述。这种对文学的定位，有其积极意义，也有其消极意义。其积极意义在于，消遣文学观的兴起，打破了当时启蒙文学观以社会改革甚至政治改革为主导的文学格局，把文学关注的目光从"经国大业"、家国情怀引向生活琐事、个人欲望，以娱乐场所、街头里巷为主要信息源泉，从市民的日常生活和娱乐消遣入手，表现社会的人生百态，具有一定的文学革新作用。这种文学观强调"人则士农工贾、强弱老幼、远人逋客、匪徒奸宄、倡优下贱之侪，旁及神仙鬼怪之事，莫不描摹尽致，寓意劝惩。无义不搜，有体皆备"②，有着广泛的题材范围和社会适应性，在当时拥有相当大的市民支持群体。其消极意义在于，它过分地强调了文学的娱乐、消闲作用，把文学引向了躲避社会责任、回避时代精神、消解必要的政治和伦理义务的方向，尤其是对欲望的过度张扬，造成了文学创作领域人欲泛滥、欲海横流的现象，同时催生了颓废倾向的出现。

文学表现人之欲望本无可非议，但对欲望的表现应在合乎人性正常需要和提

---

① 《释〈消闲报〉之本意》，《消闲报》，1987 年 11 月 24 日。
② 《本馆告白》，《游戏报》重印本，第 2 册。

升人生境界的范围内进行。逸出了这一范围，把欲望表现绝对化甚至以纵欲为旨归，这就失去了人性的正常状态和提升人生的意义，成为文学的歧途。消遣文学观在这一点上有着明显的缺陷。消遣文学观在提倡娱乐、消闲的同时，把娱乐、消闲的方向过多定格在欲望的宣泄上，以情欲表现作为娱乐、消闲的主渠道，这就把人们娱乐、消闲的日常生活要求引向了一个极为狭窄的领域，极易与非理性、非道德的生活现象混合在一起，对人们的生活欲求、精神需要产生误导。之所以出现这一现象，是因为有三个主要因素：一是传统文化的解体，导致信仰观念、价值观念的混乱与失调，在整个社会营造了欲望泛滥的氛围；二是对西方文化的接受，侧重于其享乐奢靡、欲望释放、感官刺激等内容，迎合了市民阶层的需要；三是中国自己的传统市民文化影响，加剧了文学观念的低俗化倾向。清末民初时期，一度十分繁荣且泛滥成灾的狎邪小说、情色文学，与消遣文学观的活跃有着密不可分的关系。在这方面，"鸳鸯蝴蝶派"文学表现得最为典型。有人曾这样评论说："自鸳派出现于文坛之时起，消遣文学观便是镶嵌在此派门楣上的耀眼的标记，与这种文学观互为表里的商品化创作倾向，就成为此派最重要的一个特征。在这种思想指导下，鸳派有不少作者主要是作为社会消费心理的文学采办从事写作。什么题材吃香写什么，什么小说有销路，就连篇累牍地模仿制作。因此在这派作品的总量里内容杂沓、格调不高、思想庸俗的占了多数。其中放肆宣扬剥削阶级腐朽人生观，'或随意胡诌，专拣那秽渎的事情来描写'的，自然遭到读者唾弃"。① 应该说，对欲望表现的过分放纵，成为消遣文学观的致命伤。

颓废倾向的出现往往是欲望向极端方向发展的结果，是无节制的欲望遭受挫折后的一种精神自虐。欲望的极度膨胀但又得不到满足，则极易使人陷入颓废的情绪和心境。中国的颓废文学思潮，便是在相应的社会规范失调后，由于欲望的急剧增长而造成的文学现象。有的学者在谈到晚清文学的颓废倾向时说："它通常以繁华奢靡的都会为背景，长篇累牍地勾勒各种情色关系。它显现了一个社会沉

---

① 刘扬体：《"鸳鸯蝴蝶派"的主要特征》，《流变中的流派——"鸳鸯蝴蝶派"新论》，北京：中国文联出版公司1997年版，第44页。

迷于欲望与被欲望的双重游戏。"① 其实，颓废文学在实质意义上也是消遣文学观的一种表现。消遣文学观解构了文学的社会责任、时代精神、道德义务，使得文学沉溺在欲望表现的泥淖中不能自拔，失去了引导人性向善的力量和提升人生境界的作用，则文学的精神极易走向颓废。不过从对传统文化的反叛而言，颓废也不能说没有一点积极意义。中国文学的颓废倾向将当时人们对传统文化价值的失望与嫌弃毫无遮掩地表露出来，展现出一种社会精神的"荒原"状态，它同19世纪末的悲愤、焦虑、没落等情绪混合在一起，倾吐出这一时期在新旧文化转换的历史进程中，中国一部分落寞知识分子对人生的独特感受和体验。它用一种价值失落的悲观打破了价值尚存的自信，用一种对人生的无奈与感伤完成了对传统的乐观人生的颠覆，正如一些学者所言，这其中包含着一定的"现代性"意义。然而，无论如何高估，颓废倾向都不可能发展为中国文学走向"现代性"的主流，因为它所代表的是一种没落性的文化现象。颓废倾向发展到极致，是社会价值底线的彻底沦丧。清末民初"黑幕小说"、报章绯闻、隐私文学的盛行，同颓废倾向有着不可剥离的关系。在这类文学中，充斥着道德失控、败坏风气的内容，"里面所载的，都是'某某之风流案'、'某小姐某姨太之秘密史'、'某女拆白党之艳质'、'某处之私娼'、'某处盗案之巧'等等，不胜枚举。征求的人，杜撰的人，莫不借了'言之者无罪，闻之者足戒'的招牌，来实行他们骗取金钱教人为恶的主义"②。这类文学的出现，将消遣文学观推向了无法挽救的精神深渊。

当然，消遣文学观对清末民初文学的影响，不仅仅是欲望的放纵与颓废的揭橥，它还比较广泛地适应了当时市民阶层的其他精神需要，推动了诸如言情文学、侦探文学、科幻文学等文学现象的出现。这些文学现象主观上虽有着消闲与商业目的，但客观上为中国文学引入了大量新的生活内容，开拓了中国文学的表现领域，对中国文学摆脱传统束缚走向现代起到了一定的推动作用。以科幻文学的兴起为例，它实质上起到了科学知识谱系的输入、传播作用，这在很大程度上改变了中国人的自然观和知识结构。随着科幻文学的传播，以往的女娲补天、后羿射

---

① 王德威：《被压抑的现代性——晚清小说新论》，北京：北京大学出版社2005年版，第66页。
② 志希：《今日中国之小说界》，《新潮》，第1卷第1号，1919年1月1日。

日、嫦娥奔月、吴刚伐桂、玉皇临朝、雷公司职、龙王施雨等等神话，转变为种种天文、气象、物理、化学、生物、地质的自然演化。这使得中国人对自然、时空的认识发生了翻天覆地的变化。人与自然的关系不仅是一种共生关系，人不仅不是匍匐在自然脚下的追随者，而成为了认识自然、把握自然乃至能够改造自然的主体。人所生存的时空，也不再是"天圆地方"、循环往复的想象性建构，而是一个由现代物理学、数学以及天文学知识所提供的时空，构成这一时空的要素发生了实质性变化。从这一意义上而言，消遣文学观在促进中国文化由传统向现代转型方面也有着不可磨灭的贡献。

五四时期消遣文学观受到了启蒙话语的沉重打击。启蒙话语强调严肃的人生态度和创作态度，对消遣文学观所代表的游戏人生、放纵欲望与商业化的创作动机表示出强烈的不满和批判。以启蒙主义为主导方向的新文学观认为，消遣文学观所代表的是中国传统文学中的糟粕，它的主要倾向是"以秽亵之文笔，表示其肉麻之风流"，缺乏指导人生的"高尚思想"与"真挚情感"，应予彻底否定①。刘半农、钱玄同、鲁迅、周作人、沈雁冰等人都从新文学观的立场出发，对以"鸳鸯蝴蝶派"为代表的消闲文学进行了毫不留情的抨击。如周作人以"人的文学"作对比，把消闲文学定性为"非人的文学"。他认为，消闲文学是以游戏的态度对待人生，尤其是以赏玩的方式描写人生的苦难与悲哀。两种文学的不同，关键在于人生态度的区别，"一个严肃，一个游戏，一个希望人的生活，所以对于非人的生活，怀着悲哀和愤怒，一个安于非人的生活，所以对于非人的生活，感着满足，又多带着玩弄与挑拨的形迹。简明一点说，人的文学与非人的文学的区别，便在著作的态度，是以人的生活为是呢？非人的生活为是呢？"②当时代表严肃文学的文学研究会在宣言中宣告："将文艺当做高兴时的游戏或失意时的消遣的时候，现在已经过去了。我们相信文学是一种工作，而且又是于人生很切要的一种工作；

---

① 钱玄同：《寄陈独秀》，《中国新文学大系·理论建设集》，上海：良友图书印刷公司 1935 年版，第 51 页。

① 钱玄同：《寄陈独秀》，《中国新文学大系·理论建设集》，上海：良友图书印刷公司 1935 年版，第 51 页。

② 周作人：《人的文学》，《中国新文学大系·理论建设集》，上海：良友图书印刷公司 1935 年版，第 196 页。

治文学的人也当以这事为他终身的事业，正同劳农一样。"①文学研究会的宣言等于取消了消遣文学观与消闲文学的地位，这在当时既表现出文学适应时代精神需要的一种革新姿态，也反映了新文学观在争夺文学话语权时的暴力倾向。至此消遣文学观与消闲文学被逐出文学的正统领地，游离于建设中的现代性文学的边缘，成为现代中国文学的偏支。

第六节　翻译文学对文学观念转变的影响

晚清以来影响文学观念变化的一个重要因素，是西方文学的大量输入与翻译文学的兴盛。鸦片战争之后，随着西方文化的逐渐涌入与中西文化交流的不断深化，西方文学也大量进入中国，与之相伴随的是翻译文学热潮的兴起。据有关统计资料显示，这时期出现的翻译家（或译者）约 250 人左右，共翻译小说 2569 种，翻译诗歌约 100 余首，翻译散文 100 余篇，翻译戏剧 20 余部，其他还有故事、寓言、童话、杂文等等。这些门类中，翻译小说的成就最为突出，不仅数量庞大，而且类型众多，有政治小说、社会小说、历史小说、家庭小说、言情小说、教育小说、科幻小说、侦探小说、战争小说等。其中有些小说类型、诗歌体式、散文文体，是中国传统文学中所未有的，如科幻小说、日记体小说、史诗、十四行诗、essay、fulliton 等。这些翻译文学的出现，既为中国文学带来了知识、观念、生活等方面的新内容，也为中国文学展现了表现方法、表达技巧、语言运用等方面的新形式，为中国人打开了新的思想和艺术天地。

翻译（Translation）是不同民族、语种间进行思想文化交流的中介手段和转换形式，它"是把一种语言的言语产物（话语），在保持内容不变的情况下改变成为另一种语言的言语产物"②。而文学翻译则是将使用一种语言写作的文学作品，转换成为用另一种语言表达的作品。经过翻译转换的文学，即成为了后一种语言的"翻译文学"。翻译文学在中国有着悠久的历史，早在先秦、秦汉时期，就有北方

---

① 《小说月报》，第 12 卷第 1 号，1921 年 1 月 1 日。
② 【苏联】巴尔胡达罗夫著，蔡毅等译：《语言与翻译》，北京：中国对外翻译出版公司 1985 年版，第 1 页。

和西域等地少数民族的文学作品被翻译到中土，其中诗歌最为典型。魏晋南北朝、唐宋时代，随着佛教文化大量进入中国，也带来了一定的翻译文学，如佛教故事、佛学小品、讲经韵文等。明代到清代中叶，西方文学开始通过翻译渠道进入中国，但数量较少，影响甚微。翻译文学掀起热潮并形成气候，是在甲午战争之后。在这之前，尽管对西方文化的输入渐趋高涨，但文学翻译还没有受到较大重视。据郭延礼考证："甲午战争之前，外国文学作品的翻译仍然很少，据目前所知，由中国人翻译、独立成册的翻译文学，只有小说《昕夕闲谈》和长诗《天方诗经》两种。甲午战争之后，翻译文学才陆续出现。1896年张坤德翻译的柯南道尔的4篇侦探小说在《时务报》上陆续刊发；1899年，林纾与王寿昌翻译的《巴黎茶花女遗事》正式出版。后者的问世揭开了翻译文学的新纪元。20世纪初，翻译文学如雨后春笋，迅速形成繁荣局面，其数量之多，大约相当于自明末清初以来三百多年间所译西方科学著作的总和。"①

　　造成这一现象的原因，主要在于鸦片战争之初，人们对西方文化的接受基本着眼于实用层面，而相对忽视精神层面。魏源提出"师夷长技以制夷"，确定了当时学习西方文化的目的在于引进其"坚船利炮"、"奇技淫巧"，稍后是富强之术、治国之法，用这些东西来促进国家强盛、抵御外侮，而没有感到在精神上有改变国人的必要，故对西方的哲学、伦理、文学、艺术等这些精神领域的内容并不认可。郭嵩焘在出使英国之后，曾有过这样的观感："此间富强之基与政教精实严密，斐然可观；而文章礼乐不逮中华远矣。"②这种观点代表了相当多的知识分子对西方文化的看法。在当时大多数中国人看来，西方文化只局限在实用的层面可以接纳，而在精神层面仍是中国传统文化居于优越地位，"中国之杂艺不逮泰西，而道德、学问、制度、文章，则复然出于万国之上"③。甲午战争之后，接受西方文化的思路开始发生了巨大变化。一些先进知识分子认识到中国的落后不仅是科技、经济、政治的落后，更主要的是民族精神的落后，提出"改造国民性"的主张。这样一

---

① 郭延礼：《中国近代翻译文学概论》，武汉：湖北教育出版社1998年版，第10—11页。

② 郭嵩焘：《使西纪程》，《伦敦与巴黎日记》，长沙：岳麓书社1984年版，第119页。

③ 邵作舟：《危言·译书》，转引自李泽厚：《中国近代思想史论》，北京：人民出版社1979年版，第64页。

种思路的转变，推动了对西方文化接受方向的转变，也带来了翻译文学的变化。当时的改良维新派思想家提出"采彼欧美人之精神，以淬我国民之志"口号，掀起了翻译文学的热潮。

较早将翻译文学抬到重要地位的是严复、梁启超等人。严复在与夏曾佑合写的《国闻报馆附印说部缘起》中，极力称赞翻译文学的有益之处，认为"且闻欧、美、东瀛，其开化之时，往往得小说之力"，因此需要大力向国内介绍与翻译外国小说，"或译诸大瀛之外，或扶其孤本之微"，以此推动中国文学的发展，并促进社会的变革①。梁启超曾专论翻译介绍外国文化及文学的重要作用，他说："处今日之天下，则必以译书为强国第一义。"②"译书"除了要引进科学、技术、经济、政治、法律等这些实用层面的知识，还需要引进哲学、伦理、文学、艺术等这些精神层面的思想。尤其是文学，他认为对社会改革、民族进步的帮助最大。在介绍"政治小说"这一概念时，他说："政治小说之体，自泰西人始也。"中国将其引进可以有助于中国人心之改善、社会之改革。"在昔欧洲各国变革之始，仁人志士，往往以其身之所经历，及胸中之所怀，政治之议论，以寄之于小说。于是彼中辍学之子，黉塾之暇，手之口之，下而兵丁、而市侩、而农氓、而工匠、而车夫马卒、而妇女、而童孺，靡不手之口之。往往每一书出，而全国之议论为之一变。彼美、英、德、法、奥、意、日本各国政界之日进，则政治小说为功最高焉。"他十分推崇西方奉"小说为国民之魂"的主张，极力向国内引进西方小说，企图通过文学改革带动社会改革、人心改革。经过严复、梁启超等人的努力，翻译文学在当时获得了空前的社会地位，其声誉日渐隆盛。

随着翻译文学地位的高涨以及文学成就的扩大，其对文学观念的影响也在增大，在一定程度上成为文学观念变革的策动源之一。清末民初翻译文学对文学观念的变革作用主要在于以下几点：

其一，翻译文学开阔了人们的文学视野，使人们普遍认识到外来文学的价值

---

① 严复、夏曾佑：《国闻报馆附印说部缘起》，郭绍虞主编：《中国历代文论选》第4册，上海：上海古籍出版社1980年版，第205页。
② 梁启超：《变法通议》，《饮冰室合集》文集之二，北京：中华书局1989年版，第66页。

和引进外来文学资源对改变中国文学面貌的重要性，促使文学观念由封闭向开放转换。严复等人依据翻译文学作品，提出文学乃人类"公性情"的命题，认为文学虽有地域、民族之分，但归根结底是人类共同性的反映，是人性的具体表露，所以各不同文化之间的文学是可以相通的，也是可以互为借鉴、交流、融汇的。这一命题的提出，打破了中国固有的华夏文明"独尊"或中华文化中心论的传统观念，为翻译文学确立自身的价值地位打下了基础。吴汝纶在严复所译《天演论》序中认为：通过翻译文学这一途径，中西文化的精神可以互相沟通，中外学者的思想可以互为印照。他进而肯定了严复翻译工作的价值。"今议者谓西人之学，多吾所未闻，欲沦民智，莫善于译书。"[1] 只有利用大量翻译作品，中国人才能及时了解外来文化及其知识、思想、风俗、习惯，开拓自己的眼界，了解并适应世界的变化。王国维通过翻译文学，接触到来自异域的文学思想，改变了他对文学的一些传统认识，并使得他能够自觉、积极、主动地吸收外来文学的理论，提出许多具有革新意义的文学主张。林纾用他特有的方式，大量翻译外国文学作品，成为清末民初翻译文学的标志性人物。这种翻译活动极大地开阔了他的文学视野，促进了他对文学的认识。郭绍虞曾这样评价林纾的翻译工作："鸦片战争以后，我国有些人只以为物质文明坚船利炮方面要向西方学习，而中国的政治道德文章则是高于一切的。稍后又有人看出中国封建制度的腐朽而向往于欧美的立宪与共和，但还以为中国人的文学是世界上最完美的，五岳之外，不知道什么别的奇峰异堃。林纾把迭更司等的文章比拟司马迁的《史记》，而且指出他们在某些方面有超过司马迁之处，这就大开了我国人的眼界。"[2] 他还指出林纾的翻译文学在转变人们文学观念方面的作用，"中国历来正统文人大都是视小说为小道的。近代以来这种情况有所改变，林纾以古文名家的身份，公然翻译小说，而且认为所译各种流派的

---

① 吴汝纶：《〈天演论〉序》，郭绍虞主编：《中国历代文论选》第 4 册，上海：上海古籍出版社 1980 年版，第 145 页。

② 郭绍虞：《〈孝女耐儿传序〉说明》，《中国历代文论选》第 4 册，上海：上海古籍出版社 1980 年版，第 160 页。

小说都能起到陶冶性情、褒贬善恶的作用"①，这在很大程度上转变了人们对小说的传统认识，为小说地位的提高起到推波助澜的作用。

其二，翻译文学作为外来新知识、新思想、新观念的载体，对传统的中国文学精神产生了巨大冲击，促进了以"载道"为主旨的旧文学观念的解体，形成了文学思想的大解放。翻译文学是中外文化交流的产物，它把外来文化的内容通过语言的转换改变为可以为熟悉本国语言的读者所接受的信息，在这一过程中，外来文化的大量新知识、新思想、新观念随之涌入，形成了对本土的传统文化的冲击。在翻译文学的文本中，充斥着声光电化、洋房商场、坚船利炮、火车轮船等新知识，人权民主、个性解放、自由平等、社会进化等新思想，妇女平权、启迪民智、科学救国、改良革命等新观念，这些信息对当时的中国人来说不啻具有巨大的精神革新作用。受新知识、新思想、新观念影响，人们对文学的认识也发生了很大变化。在中国传统的文学观念中，"文以载道"的思想根深蒂固，按朱熹的说法便是"犹车所以载物，故为车者必饰其轮辕，为文者必善其词说"，"不载物之车，不载道之文，虽美其饰，亦何为乎？"②也就是说，文学离开了"圣人之道"，便没有了存在的价值。近代以来文学观念的重要变革之一，就是对"载道"思想的破除。如夏曾佑在其《小说原理》中提出文学"为人生"的观点，认为文学乃人性的正常流露，也是人生的必然需要。"人生既具灵明，其心中常有意念，辗转相生，未曾暂止。内材如此，而又常乐有外境焉，以譬对之。其譬对之法，粗者为游，精者为谈，较游与谈更精者为读。"③这种人性的流露，发而为文字即为文学。王国维提出"文学游戏说"，认为"文学者，游戏的事业也。人之势力，用于生存竞争而有余，于是发而为游戏。"④此游戏之举，以文字表达出来，即产生了文学。

---

① 郭绍虞：《〈孝女耐儿传序〉说明》，《中国历代文论选》第 4 册，上海：上海古籍出版社 1980 年版，第 160 页。

② 朱熹：《通书》，转引自郭绍虞《中国文学批评史》，上海：上海古籍出版社 1979 年版，第 231 页。

③ 别士：《小说原理》，陈平原、夏晓虹主编：《二十世纪中国小说理论资料》第 1 卷，北京：北京大学出版社 1997 年版，第 74 页。

④ 王国维：《文学小言》，郭绍虞主编：《中国历代文论选》第 4 册，上海：上海古籍出版社 1980 年版，第 378 页。

文学作为游戏，其本质是非功利的，这与"载道"的文学有着很大区别。文学作为游戏是人性的正常需要，而非外在之力强加的结果。金松岑提出文学是日常"人情"的体现，"人之生而具情根苗者，东西洋民族之所同；即情之出而占位置于文学者，亦东西洋之所一致也。"故文学因"情"而发，是古今中外文学的通理。这些文学观念的变化虽然不完全是由翻译文学引发，但与翻译文学在这一时期所带来的外来文化的信息有着密不可分的关系。这是由于翻译文学的发展，开阔了人们的文学眼界，促使文学观念发生了必然的变化。

其三，翻译文学引进了西方文化的美学思想、审美意识、艺术品位、艺术手段，为中国文学带来了具有异域特色的审美眼光及艺术旨趣，形成了审美观念、艺术观念的转变。翻译文学虽然因为语言文字的转换，与外来文学作品的母本相比，失去了一些母本固有的审美、艺术元素，但如果翻译水平高明的话，那些外来文学作品的基本审美、艺术方法和手段还是能够保留下来的，为中国文学提供了新鲜的审美、艺术样品及趣味。同时，在翻译过程中，外来文学作品原作者对文学的一些审美、艺术简介也会随之被介绍进来，这样就使得人们可以通过了解异域文学的审美观念、艺术旨趣，扩大自己在美学思想、艺术品位方面的视野，从而带来文学观念的转变。在这方面，林纾有很深的体会和感受。林虽然不懂外文，但凭借他人转译，用文言的形式翻译了多达 160 余种外国小说，为翻译文学做出了独特的贡献。通过这些翻译实践活动，林纾认识到外国文学自有其本民族的审美、艺术特性及魅力，丝毫不亚于中国传统文学。他曾称赞司各特的《撒克逊劫后英雄略》的描写艺术："述英雄语，肖英雄也；述盗贼语，肖盗贼也；述顽固语，肖顽固也。虽每人出话，恒至数百言，人亦无病其累复者，此又一妙也。""描写太姆不拉壮士，英姿飒爽，所向无敌，顾见色即靡，遇财而涎，攻剽椎埋，靡所不有；其雅有文采，又谲容诡笑，以媚妇人；穷其丑态，至于无可托足，此又一妙也。"[①] 他还认为，真正的好文学无论中外其实在艺术上都具有相通性，是可以互

---

① 林纾:《〈撒克逊劫后英雄略〉序》，陈平原、夏晓虹主编:《二十世纪中国小说理论资料》第 1 卷，北京：北京大学出版社 1997 年版，第 161 页。

为借鉴的。"试观东西文家之所记述，与夫古今诗人之所哀歌，其言抑何相似也。"①
他称赞西方小说的艺术成就"故西人小说，即奇恣荒眇，其中非寓以哲理，即参
以阅历，无苟然之作"②，认为可与中国的司马迁、韩愈等相比肩。他盛赞狄更斯
小说，认为历来小说"从未有刻画市井卑污龌龊之事，至于二三十万言之多，不
重复，不支厉，如张明镜于空际，收纳五虫万怪，物物皆涵涤清光而出，见者如
凭澜之观鱼鳖虾蟹焉；则迭更司者盖以至清之灵府，叙至浊之社会，令我增无数
阅历，生无穷感喟矣。"③他还通过翻译外国小说，总结出小说在结构上的一些艺
术规律，如"锁骨观音"法、"草灰蛇线"法等。在对文学的态度上，他认为也应
该向西方学习，"欧人志在维新，非新不学，即区区小说之微，亦必从新世界中
着想，斥去陈旧之言。若吾辈酸腐，嗜古如命，终身又安知有新理耶？"④除林纾
外，当时梁启超、周桂笙、王国维等人也都对翻译文学在引进外来文学审美理念、
艺术方法等方面的成就作出过论述。这些审美、艺术经验通过翻译文学进入中国，
对中国文学的现代转型产生了重要影响，以至于郁达夫把五四之后出现的新小说
称为是"中国小说的世界化"。

其四，翻译文学大量产生，为中外文学建立了互相参照、比较、融汇的平台，
由此产生了早期比较文学的观念。随着翻译文学的逐渐发展，外来文学作品开始
大量进入中国，在中国传统文学之外又出现了一个文学领地。翻译文学所展示的
外来文学的精神风貌、艺术品格以及语言特点等，与以往的中国文学相比产生了
巨大的差异。这些差异促使人们对文学重新审视与研究，既扩大了人们认识文学
的视野，也促进了人们对文学共同性及民族、文化、地域等差异性的理解。在这
一基础上，建立了中外文学互相参照、比较、融汇的平台，促使了比较文学观念

---

① 林纾：《〈孤儿记〉缘起》，陈平原、夏晓虹主编：《二十世纪中国小说理论资料》第 1 卷，北京：
北京大学出版社 1997 年版，第 178 页。

② 林纾：《〈红礁画桨录〉译余剩语》，陈平原、夏晓虹主编：《二十世纪中国小说理论资料》第 1 卷，
北京：北京大学出版社 1997 年版，第 184 页。

③ 林纾：《〈孝女耐儿传〉序》，陈平原、夏晓虹主编：《二十世纪中国小说理论资料》第 1 卷，北京：
北京大学出版社 1997 年版，第 293 页。

④ 林纾：《〈斐洲烟水愁城录〉序》，陈平原、夏晓虹主编：《二十世纪中国小说理论资料》第 1 卷，
北京：北京大学出版社 1997 年版，第 158 页。

的产生。当然，这一时期的比较文学观念并非自觉的，也是较为粗糙的，更没有形成如后来"比较文学"那样系统的学术理论体系。但比较文学观念的萌芽，却为中国文学观念的转型产生了一定的助力。较早具有这种比较文学观念的还是林纾。林纾将中国传统的叙事文学作品如《史记》、《汉书》、《水浒》、《红楼梦》等与西方的狄更斯、司各特、哈代、大仲马、小仲马等人的小说相比较，从中既发现了叙事文学在艺术上的共同性，也分析了不同民族叙事文学的独特性，在这种中西文学的比较中为建立中国文学的叙事学理论奠定了最初的基础。他曾在评论哈立德所作《斐洲烟水愁城录》时指出："西人文体，何乃甚类我史迁也！史迁传大宛，其中杂沓十余国，而归氏本乃联而为一贯而下。归氏为有明文章巨子，明于体例，何以不分别部落，以清眉目，乃合诸传为一传？不知文章之道，凡长篇巨制，苟得一贯串精意，即无虑委散。《大宛传》固极绵褫，然前半用博望侯为之引线，随处均着一张骞，则随处均联络。至半道张骞卒，则直接入汗血马。可见汉之通大宛诸国，一意专在马；而绵褫之局，又用马联络矣。哈氏此书，写白人一身胆勇，百险无惮，而与野蛮拼命之事，则乃委之黑人，白人则居中调度之，可谓自占胜著矣。然观其着眼，必描写洛巴革为全篇之枢纽，此即史迁联络法也。"①林纾的这一观点可能并不全然准确，但是用这种比较眼光来看待及分析中外文学在艺术上的相通之处，无疑为中国人认识外来文学的艺术价值开拓了视野。自此之后，西方文学得到了更为广泛的认同并迅速扩大影响，翻译文学所建立的这一比较平台应该说是功不可没。

翻译文学对中国人文学观念的改变，其意义并不仅仅在于文学本身，它对中国人精神的改变与塑造也起到了十分重要的作用。随着越来越多的中国人对西方文学的认同，西方文学所描绘的其他民族的生活内容、生活方式、思想意识、心理感受等，为当时的中国人提供了一种与自身文化很不相同的生活状态及精神状态，这在改变中国人的精神构成、文化品味、生活蕴涵、审美趣味等方面产生了很大影响。毕竟相对于物质的"奇技淫巧"和抽象的思想理念，文学更能够以具

---

① 林纾：《〈斐洲烟水愁城录〉序》，陈平原、夏晓虹主编：《二十世纪中国小说理论资料》第 1 卷，北京：北京大学出版社 1997 年版，第 158 页。

象和感性的方式使这些外来的生活与精神深入人心,这正如梁启超所言文学有"撄人心"之力。翻译文学为当时的中国人提供的这些来自异质文化的生活方式、精神面貌、自然风光、艺术手段,为人们打开了一个以往所不了解的他者的人生世界,这对中国人重新认识自己的生活方式与人生道路也起到了不可低估的作用。因此,它的价值不仅是文学的,也是生活的和文化的。可以说,在中国文化及文学转型方面,在对中国人的思想转变与人生重构方面,翻译文学的重要作用都是应该被充分肯定的。

第七节 文学由精英向大众转型及平民文学观的生成

中国的古典文学有着牢固的精英文学基础及情结。虽然同其他民族的文学一样,这一文学最初也是起源于民间,但是在以后的历史发展中,由于社会阶级、阶层分化的日益加剧以及文化的不断整合,特别是中央集权的专制国家建立后,儒家思想定于一尊,文学逐渐走上了士大夫化的道路。士大夫是一个体现了古代中国统治阶级思想和意志的文化阶层,它所代表的是以维护封建专制政体和家族制度为宗旨的以儒家思想为核心的正统文化。有的学者将这种文化称之为"史官文化"。它的突出特点就是用血缘关系所形成的"礼"化的道德原则,来规范人们的一切社会行为和精神活动,并用道德教化的方式将这些原则内化为人的道德自律感和自觉意识,形成中国人特定的文化心理结构。人们对一切事物的认识,都要受这一文化心理结构的制约,都应用"礼"所规定的价值观念作为厘定是非好恶的标准。"史官文化"的这一特点同时也形成了中国古典美学及文学、艺术的特定意识。

主要由士大夫控制的古典文学奉行的是"中和"之美的美学观念,追求"雅正"的艺术标准。"发乎情,止乎礼义"和"温柔敦厚"的诗教原则被看做是指导一切文学活动的美学圭臬。自唐代以后,历次复古主义运动提出的文学口号,都是在"原道、征圣、宗经"的前提下,追求"以古保雅"、"以雅存古"的美学目的。尤其是宋元以来,随着城市生活和市民文化的发展,文学的世俗化倾向愈益发展,逐渐形成对传统美学观念和艺术原则的冲击,复古主义运动也更加顽强地固守"雅正"的文学信条。明初七子倡导"文必秦汉,诗必盛唐"的实质,便是要保持文学的"雅正"之风。他们认为，诗文的最佳境界是要能够做到"柔澹"、"含蓄"、"典厚"、"高古"。以沉着、闲雅为才，以"中和"之气为最。此后，沈德潜的诗之格调说、翁方纲的诗之肌理说、桐城派的"义法"文论等等具有保守主义倾向的文论主张，莫不是出于同样的美学目的。毫无疑问，这一文学带有明显的精英文学特征。

晚清以来，随着中西文化交流的发展，面对汹涌而来的市民文化与新潮文化大潮，古典文学"雅"文化的基础被强烈撼动。雅文学与俗文学之间的互相渗透、融合的过程明显加快。大量市民文化、民间文化的元素进入到文学领域，尤其是受到民族主义、民主主义、启蒙主义、人道主义、个性主义等思潮的影响和市场商业化生活倾向的浸染，文学由精英型向大众型转换的趋势日益增强，文学开始走出了以往被少数知识阶层把握的小圈子，具有了面向社会、大众的追求。而晚清与五四的平民文学观正是在这一背景下兴起的。

平民文学观是一种打破以往严格的等级关系、解除少数人对文学的垄断、重视与社会底层密切联系、提倡符合社会大多数人生活及艺术口味的文学观念。它的作用是力图将特权阶层独占的文学权利还到了最广大的社会平民的手中。平民文学观所提倡的"平民文学"带有民间文学的基因，但并非民间文学的再版。它与民间文学的相同之处是都把社会底层生活作为文学的来源，注重文学的社会性、民间性及大众化，使文学的基础植根于生活底层生活，侧重于表现社会底层人们的生活状态及精神风貌。二者所不同的是，民间文学是受传统文化影响与制约的一种文学形态，在被社会主流文学接纳之前，始终处于"草根"状态，不能够成为社会意识形态的组成部分；而大众文学则不然，它是受现代文化滋润所产生的一种文学形态，具有现代文化的特征，尽管在清末民初它还没有成为社会主流文学，但已经开始形成与古典的精英文学分庭抗礼的局面，也在很大程度上影响到社会意识形态。从文化源流来看，平民文学观的形成，明显受到启蒙主义、民主主义、人道主义等思想的影响。平民文学观虽然明确提出于五四时期，但其滥觞可以追溯到梁启超等人。梁启超从启蒙主义立场出发，提出文学的通俗化与大众化，认为文学不能像古典时期那样，只是少数士大夫案头的玩物，而应该与时代、与社会、与民众相结合，发挥改造国民精神以及改良社会的作用。他在当时竭力提倡的小说革命、诗歌革命、文体改革、戏剧改良等文学运动，都带有促使文学由精英向大众化、由知识阶层向平民阶层转换的特征。梁启超认为，启蒙文学必须以平民文学为依托，必须成为多数人的文学，才可以实现其启蒙价值。为此，他极力促成两者之间的结合，用平民性质的通俗文学改造精英性质的古典文学，来达到启蒙的目的。他说："文学之进化有一大关键，即由古语之文学变为俗语之文学是也，各国文学史之开展，靡不循此轨道"，而且这种文学改革，不仅包括原本就具有通俗性的小说，也包括向来被视为士大夫文学专利的古文、诗歌，"苟欲思想之普及，则此体非徒小说家当采用而已，凡百文章，莫不有然"①。他还认为，自己从西方所引进的"政治小说"应该是一种平民文学，而不是精英文学，因为政治小说的作用是要唤起民众响应，使兵丁、市侩、农氓、工匠、车夫、马卒、妇女、童孺等各层次平民都能感受其精神力量，起到"小说为国民之魂"的效果。

除梁启超外，当时的谭嗣同、裘廷梁、陈去病、高旭、柳亚子、秋瑾等人的文学主张也都接近于平民文学观，对文学的大众化、普及化非常重视，强调文学需关注下层社会的需要和利益。谭嗣同认为，中国传统的文学距离一般百姓太远，不利于深入民众，为社会下层人们所接受，需要下大力气进行改革。改革的方向就是抛弃以往"经国之大业，不朽之盛事"的庙堂文学观，建立立足于社会生活实际需要的平民文学观。为此，他极力推崇"报章文体"，认为"报章文体"通俗易懂、契合实际，容易为一般社会民众所接受。他说："新闻报纸最足增人见识……今日切要之图，无过于此者。"②"居今之世，吾辈力量所能为者，要无过撰文发报之善矣。"③"报章文体"关乎唤起民众、促进维新的大事，大有发展空间，"斯事体大，未有如报章之备灿烂者也。"④裘廷梁在当时是以大力提倡白话文而著称的，而白话文正是平民文学所赖以支撑的文体形式。他认为白话文运动不应只是少数知识分子的运动，而应当动员大多数民众参与，形成一个全民的文化改革运动。他说："现在最适于社会的语体文，虽也是应运而生，但一半还靠少数人鼓吹"，

①　梁启超：《小说丛话》，陈平原、夏晓虹主编：《二十世纪中国小说理论资料》第1卷，北京：北京大学出版社1997年版，第82页。

②　谭嗣同：《报贝元征》，《谭嗣同全集》（增订本上），北京：中华书局1981年版，第221页。

③　谭嗣同：《致汪康年》，《谭嗣同全集》（增订本下），北京：中华书局1981年版，第493页。

④　谭嗣同：《报章总宇宙之文说》，《谭嗣同全集》（增订本下），北京：中华书局1981年版，第377页。

并没有真正赢得平民阶层的认同；如要使其深入开展，形成民众化的运动，需要在文体改革的同时进行文字改革，使普通民众皆能通文字之用，也就是所谓"便贫民，农书商书工艺书，用白话编辑，乡僻童子，各就其业，受读一二年，终身受用不尽"。陈去病、高旭、柳亚子皆为当时革命文学团体"南社"成员，他们在提倡革命文学观的同时，强调民众参与的意义，提出一系列有助于平民文学观的主张。陈去病等人发起戏剧改革运动，倡导建立《二十世纪大舞台》，这一舞台既是革命文学的舞台，也是平民文学的舞台。通过这样的戏剧运动，可以动员广大民众理解和参与推翻满清王朝专制统治的斗争，提高自身的爱国觉悟。秋瑾从动员民众的立场出发，提倡文学改革，方向也是要建立平民文学。她先后创办《白话》杂志、《中国女报》等报刊，"仿欧美新闻纸之例，以俚俗语为文，……以为妇人孺子之先导"，目的是唤起民众参与现实的革命斗志，即"欲图光复，非普及知识不可"①。秋瑾自己为实现平民文学做了大量工作，她在报刊上发表大量用白话文写的文章，针对争取民权、妇女解放、社会平等、抵御外侮等问题阐述自己的观点，所用语言通俗平易，已经是较为纯粹的白话文，成为在五四文学革命之前白话文学与平民文学的最早实践者之一。

平民文学观在五四时期被正式确立。陈独秀在《文学革命论》中提出要"推倒雕琢的阿谀的贵族文学，建设平易的抒情的国民文学"，"推倒陈腐的铺张的古典文学，建设新鲜的立诚的写实文学"，"推倒迂晦的艰涩的山林文学，建设明了的通俗的社会文学"，已基本揭示了"平民文学"的概念②。其后，周作人作《平民文学》一文则明确提出了要建立一种"平民文学"的主张。他认为"平民文学"是与"贵族文学"相对立的一种文学，在内容上并不拘泥于专写平民生活，也并非专做给"平民"看或"平民自己做的"，而是代表着一种新型的文学精神。这种精神的实质是在充分尊重平民社会权利和地位的基础上，着重于表现平民的生活状态及人生态度，并以平民可以接受的形式来表达。他具体指出了"平民文学"

---

① 转引自郭延礼：《秋瑾年谱》，济南：齐鲁书社 1983 年版，第 52 页。
② 陈独秀：《文学革命论》，《中国新文学大系·理论建设集》，上海：良友图书印刷公司 1935 年版，第 44 页。

应具备的几个特点：第一，"平民文学应以普通的文体，记普遍的思想与事实。我们不必记英雄豪杰的事业、才子佳人的幸福，只应记载世间普通男女的悲欢成败。因为英雄豪杰才子佳人，是世上不常见的人。普通男女是大多数，我们也便是其中的一人，所以其事更为普遍，也更为切己。"第二，"平民文学应以真挚的文体，记真挚的思想与事实。既不坐在上面，自命为才子佳人，又不立在下风，颂扬英雄豪杰。只自认是人类的一个单体，混在人类中间，人类的事，便也是我的事。"同时，他也指出"平民文学"与通俗文学的区别，认为平民文学的关键是"研究平民生活——人的生活——的文学"，也就是说平民文学与人的文学有着天然的思想血脉。"平民文学"目的是"想将平民的生活提高，得到一个适当的位置"①。"平民文学"不是单纯对平民表示"慈善主义"的同情，而是关注平民命运、改善平民地位、提升平民精神的文学。周作人对平民文学观的阐释，既继承了晚清以来关于文学从精英到大众转型的思想资源，又契合了五四时期"人的解放"的时代精神，为平民文学观的形成奠定了重要的理论基础。胡适也谈到中国文学如要实现从文言到白话的转变，建立一种"国语的文学"，重要的是要形成一种平民化的文学态度，即文学不是少数人的文学，而应成为社会的文学、民众的文学，这样才能真正使文学从古典的文言桎梏中得到解放。

以上所论是就平民文学观的主导倾向而言，其实平民文学观除了具有关注社会下层、强调大众化艺术口味的"平民性"之外，它又是一种适应都市市民生活需要的文学观，因此还与一定的文学商业化倾向有密切联系。

自晚清以来，中国文学出现了大规模的商业化倾向，尽管在这其中不乏古典与现代的相互交错以及在文学品格上鱼龙混杂的现象，但这一商业化倾向所带来的直接影响则是促进了以贵族文学为标志的古典文学的解体，推动了以平民文学为标志的现代文学的诞生。有的学者曾谈到：文学作品大量的量贩式、商业化的产生，并以广大的平民读者为接受群体，是中国文学开始具有"现代性"的重要

---

① 周作人：《平民文学》，《中国新文学大系·理论建设集》，上海：良友图书印刷公司1935年版，第211—212页。

标志。① 文学的商业化借助的是市民文化的崛起，而市民文化的崛起又是晚清以来在资本主义生活方式影响下都市生活扩大的结果。都市生活和市民文化，孕育了大量以追求娱乐与消闲为阅读目的的读者群体，这就为文学的商业化提供了广泛的社会基础；同时，都市生活和市民文化又培养了一批以文学活动为社会存在方式及谋生手段的自由职业性质的作家群体，他们成为了文学商业化的骨干力量。无论是以追求娱乐与消闲为阅读目的的读者群体，还是以文学活动为社会存在方式及谋生手段的自由职业性质的作家群体，他们都具有较为明显的平民身份与平民意识，而与统治集团及其贵族阶层自觉保持着距离，也与以社会变革为己任的精英知识分子群体有着一定的差别。他们从事文学的目的，就是力图为平民阶层搭建一个能够表达其精神追求与艺术品味的平台，为平民阶层提供一个发泄其精神欲求及情感疏通的渠道。在这一点上，平民文学观又与消遣文学观有着一定的相互纠缠之处。但是，文学的商业化并非全然趋向于娱乐和消遣，这其中也有以追求启蒙、批判、教育和知识传播为目的的文学活动，如晚清之后大量谴责小说、游记小说、科学小说、教育小说、侦探小说以及文明戏的出现，都在娱乐、消遣的包裹中不同程度的含有启蒙、批判、教育和知识传播的内容。这些文学创作，大都以着眼于市民读者为指向，在艺术追求上趋向于通俗化、大众化，强调普及的效果。

这种商业化的文学，主要表现为小说、戏剧等新兴文学，因此平民文学观在很大程度上又可以说是平民的小说观、戏剧观。如署名"楚卿"的作者在《论文学上小说之位置》一文中说："小说者，专取目前人人共解之理，人人习闻之事，而挑剔之、指点之者也。"② 署名"三爱"的作者在《论戏曲》一文中说："戏曲者，普天下人类所最乐睹、最乐闻者也，易入人之脑蒂，易触人感情"③，故为大众所喜爱。也就是说，像小说这样的新兴文学，无论在内容上还是在形式上都属于通俗化、大众化的文学，也就是说是属于平民的文学。因此，晚清以来平民文学观

① 王德威：《被压抑的现代性——晚清小说新论》，北京：北京大学出版社 2005 年版，第 2 页。
② 楚卿：《论文学上小说之位置》，陈平原、夏晓虹主编：《二十世纪中国小说理论资料》第 1 卷，北京：北京大学出版社 1997 年版，第 79 页。
③ 三爱：《论戏曲》，郭绍虞主编：《中国历代文论选》第 4 册，上海：上海古籍出版社 1980 年版，第 349 页。

的兴起及对贵族文学观的挑战，同时也代表了小说、戏剧等新兴文学力量对以诗文为正宗的古典文学的冲击，它在一定程度上促进了小说、戏剧等新兴文学形式从文学边缘地位向中心的位移，起到了对文学结构调整的作用。在中国传统文学观念中，小说、戏剧一向被认为是"街谈巷议"、"俳优嬉戏"之作，不登大雅之堂，被排斥在诗文为主的正统文学之外。这一文学观念，顽固维护贵族文学、精英文学的地位与特权，压抑普通平民对文学的正当需求，导致文学空间狭小、资源萎缩。虽然古典文学在发展过程中并没有真正割断与平民文学的联系，它的每一次改革都要借助于民间文学的支持与滋养，但观念上的这种固步自封在很大程度上仍然严重束缚了文学的进步。晚清以来平民文学观的崛起，特别是对小说、戏剧等新兴文学形式地位的抬高，打破了传统的古典文学观一统天下的局面，促进了文学的解放，也是文学的现代转型的重要特征。

综合考察平民文学观的兴起，可以说是多种文化力量作用的结果。其中，启蒙主义是促使它产生的直接动力。启蒙主义所秉持的民主、自由、平等、博爱等思想资源为平民文学观注入了最核心的精神内涵，成为平民文学观的价值基础。爱国主义、民族主义为之推波助澜，在平民文学观产生过程中起到了催化作用。通俗文化、民间文化为平民文学观注入了本土文化资源，尤其是小说、戏剧等新兴文学力量的壮大，对平民文学观的产生给予了重要的文学支持。商业文化大潮特别是近代都市文化的兴盛，为平民文学观提供了发育、成长的适宜环境。正是在这些因素的共同促成下，平民文学观成为一股重要的文学势力，其影响一直绵绵不断，并发展成为五四新文学观的重要组成部分。此后出现的革命文学观、工农兵文学观、人民文学观以及新时期的诸多文学观，都从不同的层面或维度对平民文学观有所承传或有所变异。

第二章　政治文化渗染的文学形态

文学态势总览

第一节　政治文化与现代中国文学结缘

现代中国文学从救亡图存和新民启蒙的源头上就与政治结下了不解之缘。这一方面是因为中国遭逢千古未有之大变局，文学作为审美意识形态，不可能无视中国政治体制的现代转型这一重大题材；另一方面是因为第三世界的知识分子都是"政治分子"，作家作为精英知识分子的组成部分，必然受到政治文化的浸染而有所思考有所行动，其创作也必然带上了浓郁的忧患意识。1895—1929 年间影响中国文学的政治文化主要指民主主义、民族主义、无政府主义和马克思主义等政治意识形态，它们与现代文学之间存在着密切联系。

一、民主主义政治文化与现代中国文学

现代民主思想，就是关于人民当家做主的思想。民主主义是现代中国最重要的政治思潮，因为这是一个关乎中国国体与政体的大问题。民主主义政治思潮将古代中国与现代中国区分开来，其思想也贯穿于维新改良运动、民族主义运动、

无政府主义运动与无产阶级革命运动之中。

民主主义的内涵在现代中国有一个发展变化的过程。在早期民主主义传播阶段，魏源的《海国图志》、郑观应的《易言》等将开设议院作为政治口号正式提了出来，同时输入并传播了天赋人权说、社会契约论以及自由、平等、博爱等民主观念，大胆攻击专制主义；严复的《辟韩》、郑观应的《原君》等文章剥去了覆盖在帝王身上的神圣釉彩，把皇帝从"天上"赶回了人间；梁启超在时务学堂的课艺批语，把"至仁至圣"的帝王斥为可憎可鄙的盗贼；谭嗣同的《仁学》融儒墨道佛耶于一炉，形成了"仁—通—平等"学说，是当时反对专制主义的最犀利的理论武器……无庸讳言的是，维新派对专制主义批判的深广度虽然前所未有，但他们的主张还是不彻底的，只能算是半截子民主思想：他们讲"民权"而反"民主"；他们主张"君主立宪"，认为可以给人民部分权力但决不可"由民做主"；他们认为中国国民资质太低，不足以实行民主；他们更没有提出推翻专制主义的系统理论……

"较为彻底的民主思想，其最主要的标志就是民主共和国方案的提出。最早提出这个方案的是孙中山，最早系统地宣传这一方案的是邹容。这个方案根本否定了君主专制，明确规定革命胜利后国家的民主性质，确立了人民的主权地位以及各种具体的民主权利，严正宣示'敢有帝制自为者天下共击之'，表现了孙中山为代表的革命派在中国这块土地上永远根除封建专制的坚强决心。"[1]孙中山"三民主义"学说中的"民权主义"就是"民主主义"的别称。而陈天华对"民权"和"民主"作出了区分：民权是"民之权"，即人民的权力；民主，指共和政体。陈天华公开宣告："欲救中国，唯有兴民权，改民主"。[2]但是，孙中山等资产阶级革命家没有处理好民族主义与民权主义的关系，反满的声浪淹没了对民权的宣传，又在很大程度上忽略了民主启蒙工作。这个任务就交到了五四新文化运动者手中。

五四新文化运动时期，陈独秀等公开倡导"德先生"，并将德先生与赛先生相

① 熊月之：《中国近代民主思想史》绪论，上海：上海社会科学院出版社 2002 年版，第 15 页。

② 陈天华：《论中国宜改创民主政体》，《陈天华集》，长沙：湖南人民出版社 1958 年版，第 209 页。

提并论，将其作为与中国传统专制主义进行决斗的利器。正如陈独秀所说："国人而欲脱蒙昧时代，羞为浅化之民也，则急起直追，当以科学与人权并重。"① 新文化运动者们对民主的认识不但在政治方面较过去有所发展，超出国体政体问题，认为"若期期以共和国体是争，犹非根本之计"②，而且深入到思想观念、伦理道德、人生价值、社会风尚等深层问题。具体而言，五四先驱者心中的民主主义就是"法律上之平等人权，伦理上之独立人格，学术上之破除迷信，思想自由"③，以及"经济上之财产独立"，其核心就是自由、平等、独立、自主。

中国共产党成立后，帮助孙中山改组了国民党并发展了"三民主义"。孙中山在 1924 年 1 月召开的国民党第一次全国代表大会上重新阐释了三民主义；关于民权主义，除了重申立法、司法、行政、考试、监察五权分立这些间接民权外，还规定了国民的选举权、创制权、复议权、罢官权等直接民权；孙中山强调指出："若国民党之民权主义，则为一般平民所共有，非少数者所得而私也。"④ 此时，他对欧美资本主义代议制度的虚伪本性已有一定程度的认识，对人民苏维埃制度表达了朦胧的向往。

俄国十月革命给中国带来了"社会主义民主思想"，但列宁主义进入中国后也引发了"民主主义"的转向。因为"列宁主义是在帝国主义时代，在同第二国际机会主义的激烈斗争中产生的，因而特别强调阶级斗争、暴力革命和无产阶级专政，并把无产阶级专政看做是马克思主义与机会主义的分水岭。"⑤ 列宁早年曾说过："一般说来，俄国共产主义者，马克思主义信徒，比其他任何人更把自己称为社会民主主义者，并在自己的运动中始终不忘民主主义的巨大优越性。"但在同第二国际的斗争中却激烈批判社会民主主义，否定民主主义。李大钊在介绍和赞扬俄国革命时也曾说是"人道的钟声响了，自由的曙光现了！"称十月革命"是人

① 陈独秀：《敬告青年》，《青年杂志》，第 1 卷 1 号，1915 年 9 月。
② 陈独秀：《今日之教育方针》，《青年杂志》，第 1 卷 2 号，1915 年 10 月。
③ 陈独秀：《袁世凯复活》，《新青年》，第 2 卷第 4 号，1916 年 12 月。
④ 孙中山：《中国国民党第一次全国代表大会宣言》，《孙中山选集》，北京：人民出版社 1981 年版，第 592 页。
⑤ 丁守和主编：《中国近代启蒙思潮》（上）绪论，北京：社会科学文献出版社 1999 年版，第 24 页。

道主义的胜利，是平和的思想的胜利，是公理的胜利，是自由的胜利，是民主主义的胜利，社会主义的胜利！"[①] 但当他在介绍马克思唯物史观、政治经济学和社会主义时则强调"阶级斗争恰似一条金线，把三大原理从根本上联络起来。"[②] 又在介绍列宁《国家和革命》等文时着重无产阶级民主与资产阶级民主的"区分"，强调"革命方法，就是无产阶级独揽政权"。陈独秀一向崇拜"德先生"，这时也试图对无产阶级民主与资产阶级民主加以区别，认为 18 世纪的德莫克拉西是工商资产阶级的旗帜，20 世纪的德莫克拉西是劳动无产阶级的旗帜，认为"主张实际的多数幸福，只有社会主义民主"，并批判第二国际的机会主义、无政府主义倾向等。在他们影响下，毛泽东、蔡和森等人也持相同观点，而在共产国际代表指导下，中共"一大"纲领就提出："采用无产阶级专政，以达到阶级斗争的目的——消灭阶级。"

如果说中共走向了无产阶级专政，那么国民党则走向了一党独裁。蒋介石1927 年用武力"统一"了中国以后，又开始拿三民主义统一全国思想，他以《大学》来重新解释三民主义，确立"三民主义为中国唯一的思想"，"再不得有第二个思想，来扰乱中国"，认为"个人自由平等，更是危险"。

民主主义思想既然是贯穿于现代中国政治文化中的金线，那么具有民主主义思想的文学作品就遍布于各个时期，既散存于维新时期的政治小说和政论散文中，也包含在民初文学的人性解放和争取婚姻爱情自由的小说、弹词和散文里；五四新文学发现了"人"并高张起自由、民主、人道、博爱的大旗，而无产阶级文学则强调"大多数人"的生存权与发展权……它们反映了民主主义思想的不同侧面。

二、民族主义政治文化与民族主义文学

现代中国民族主义政治文化出现于 1894 年甲午战争以后。日本以《马关条约》割占台湾这一事实让中国人深感耻辱；随之而来的德国强占胶东、俄国强占旅大、

---

① 李大钊：《Bolshevism 的胜利》，《新青年》，第 5 卷 5 号，1918 年 10 月。
② 李大钊：《我的马克思主义观》，《新青年》，第 6 卷第 5、6 号，1919 年 9 月、1919 年 11 月。

英国强占长江流域、法国强占珠江三角洲、美国提出"门户开放"政策等等，让中国人普遍有一种陆沉之感。梁启超说："甲午以前，吾国之士夫，忧国难，谈国事者，几绝焉。自中东一役，我师败绩，割地偿款，创钜痛深，于是慷慨爱国之士渐起，谋保国之策者，所在多有。非今优于昔也，昔者不自知其为国。今见败于他国，乃始自知其为国也。"① 现代知识分子由此产生了现代民族国家意识，萌生了改造旧中国、建立新中国的想象及其理论构想。正如梁启超所说："故今日欲救中国，无他术焉。亦先建设一民族主义之国家而已。"② "国家"由此成为有识之士"想象的共同体"。

康有为、梁启超领导的维新变法运动企图通过自上而下的改良运动使老大帝国重新焕发生机，但由于顽固势力过于强大，更由于缺乏民间大众的普遍支持，变法以"百日维新"宣告失败。梁启超远走日本后改变了维新策略，这就是不仅走上层路线而且要发动群众、改造人们的思想。他撰写了《新民说》、《新民议》等文章呼唤"中国少年"来建设一个"少年中国"；他又认为文学是"新民"的最佳工具，遂创办《清议报》、《新小说》等报刊，赓续和深化了黄遵宪提出的"诗界革命"和"文界革命"主张，更进一步提出了"小说界革命"和"戏剧改良"的口号，并开始译介政治小说、科学小说，其目的都是为了新民救亡，建立一个独立富强的现代国家。在梁启超、夏曾佑、严复等人倡导下，在新型经济引导下，一大批刊物应运而生，一批谴责小说、改良戏剧和政论散文诞生了，它们有力地推动了晚清爱国主义和民族主义运动。

在康、梁呼吁维新变法的同时，一批思想更激进的知识分子团结在孙中山周围，于1895年成立了第一个资产阶级革命团体"兴中会"。孙中山将五百年前朱元璋反元檄文中的"驱除鞑虏，恢复中华"引为口号，以图恢复"汉制"，并于1895年在广州发动了第一次武装暴动。此后各地革命团体发动的起义此起彼伏，使满清政府如风中之烛气息奄奄。虽然慈禧在1900年以后改施新政，如废科举、兴新学、练新兵、裁减机构、派遣留学生出洋学习，并承诺以九年为期实施立宪，

---

① 梁启超：《爱国论》，《饮冰室合集》文集三，北京：中华书局1989年版，第67页。
② 梁启超：《论民族竞争之大势》，《饮冰室合集》文集十，北京：中华书局1989年版，第35页。

但是革命形势已不允许这样缓慢平稳的改革。至 1905 年，经过革命派《民报》与维新派《新民丛报》的辩论，维新派已成为守旧势力的象征，全国范围内革命风气大张。孙中山也在发动革命的过程中认识到了自己的民族主义思想的局限性，从而把"中华民国"理念升华为"五族共和"，提出要"合全国人民，无分汉、满、蒙、回、藏，相与共享人类之自由。"[①] 孙中山的"三民主义"格外强调民族主义的重要性，因为"没有民族的精神，所以虽有四万万人结合成一个中国，实在是一片散沙，弄到今日，是世界上最贫弱的国家，处国际中最低下的地位。人为刀俎，我为鱼肉，我们的地位在此时最为危险。如果再不留心提倡民族主义，结合四万万人成一个坚固的民族，中国便有亡国灭种之忧。我们要挽救这种危机，便要提倡民族主义，用民族精神来救国。"[②] 孙中山的民族主义思想集中表述在民族主义六讲里。[③]

在辛亥革命以前，报刊、学堂与社团成为中国公共舆论的平台，对民族主义思潮的形成起了重要作用。从《时务报》、《新民丛报》到《苏报》、《民报》都充斥着国内外大事要闻与政论文章，表现出强烈的民族主义倾向；陈天华的《猛回头》、《警世钟》，章太炎的《訄书》和邹容的《革命军》成为宣扬革命精神和民族主义思想的经典，其中《革命军》"发行总数达一百万册"。[④] 这些著述代表了资产阶级民族主义文学的思想成果，也是后来的民族主义文学的武器库。资产阶级民族主义文学不仅有政论散文和南社诗歌，而且有黄世仲为代表的小说创作，这些创作为中国文学的现代化从一个方面奠定了思想与艺术基础。

辛亥革命成功后，北洋军阀窃取了胜利果实，这使一部分先觉的知识分子发现：如果没有真正意义上的文化变革与国民性改造，没有"人的现代化"与"文化的现代化"，就不可能建立真正的现代国家，于是他们发起了五四新文化运动，

---

① 孙中山：《致贡桑诺尔布等蒙古各王公电》，《孙中山全集》第 2 卷，北京：中华书局 1986 年版，第 48 页。

② 孙中山：《三民主义·民族主义》，《孙中山全集》第 9 卷，北京：中华书局 1986 年版，第 188—189 页。

③ 孙中山：《三民主义·民族主义》，《孙中山全集》第 9 卷，北京：中华书局 1986 年版，第 182—254 页。

④ 【美】费正清编，中国社会科学院历史研究所编译室译：《剑桥中国晚清史 1800—1911》（下），北京：中国社会科学出版社 1993 年版，第 416 页。

而这场启蒙运动最终也以五四"爱国"行动作为高潮。（详见本书第三章）

1925年五卅运动是一次伟大的群众性的反帝爱国运动，它大大提高了全国人民的民族觉悟程度并将国民革命推向高潮，也涌现出了一批民族主义文学。1927年4月18日，南京国民政府正式成立，随即着手文化管制和思想统一工作，因势利导地提出了"三民主义文学"与"民族主义文学"口号，用以消解无产阶级文学、自由主义文学和市民文学的影响，文学创作在现代中国历史上第一次成为国家行为。南京国民政府推出的"民族主义文学"运动，有组织、有刊物、有创作队伍、有较大规模的创作，产生了相当大的影响。虽然它一出现就遭到了左翼最重要的理论家瞿秋白、鲁迅、茅盾、冯雪峰等人的批判，但客观说来，民族主义文学运动强调国家统一、反对内战、关注民生，具有一定进步意义和现代思想。整个民族主义文学运动主要有三种趋向：一是颂扬政治民族主义，即强调国家至上；二是批判国民劣根性，因而带有强烈的"新民"启蒙意识；三是以书写民族历史英雄来激发人们的爱国主义情感，具有文化民族主义倾向。这三种趋向有一个共同目标，即国家统一和民族复兴。

三、无政府主义政治文化与"人"的发现

20世纪初的无政府主义政治文化思潮①不仅为资产阶级革命助势，而且是马克思主义和自由主义进入中国的桥梁，还引导了中国女性解放运动的兴起②。无政府主义在中国的全盛时期是1905—1930年间。它不仅促进了五四新文化运动，而且因为引进了马克思主义而最终改变了新文化运动的方向；它对传播中国革命中的社会激进思想起到了关键作用；它在1920年代"一度占据了革命思想的中心地

---

① 翻译中的"移步变形"无疑是人们对无政府主义产生误解的重要原因。Anarchism 词源 An（＝无）+Archi（＝支配、权力、暴力、抑压），所以这词的意味较广泛。但译作"无政府主义"以后，成为否定合法政府和一切组织的混乱和暴力的代名词。参见【韩】曹世铉：《清末民初无政府派的文化思想》，北京：社会科学文献出版社2003年，绪论第3页及脚注。

② 关于无政府主义在中国的历史，可参考【美】阿里夫·德里克著，孙宜学译：《中国革命中的无政府主义》，桂林：广西师范大学出版社2006年版；路哲：《中国无政府主义史》，福州：福建人民出版社1990年版；葛懋春、蒋俊、李兴芝编：《无政府主义思想资料选》，北京：北京大学出版社1984年版。

位"，不仅通过"布安合作"、"国安合作"影响了中国革命，使孙中山认为无政府主义是"三民主义"的最终目的，而且通过毛泽东直接影响到了中国社会革命的未来走向。无政府主义之所以有如此大的号召力，是因为"无政府主义为中国知识分子提供了第一种真正具有社会性的新的革命概念，……他们也是第一批明确提出妇女和家庭问题的中国知识分子；也是他们第一次提出要在阶级之间，特别是在知识分子和劳动者之间架设沟通的桥梁；最后，为了解决所有这些问题，他们呼吁实行一场使革命自身成为乌托邦的社会革命，这将对 20 世纪的中国革命产生引人注目的效果"。①

　　在无政府主义理论传播方面，1907 年成立的巴黎小组和东京小组及其创办的杂志发挥了重要作用。他们都宣告自己是真正的国际主义者，认为"民族仇恨掩盖了其他更深层的社会分裂。……（他们）反复地议论贫与富、官僚统治者与人民、受教育者与愚昧者、城市居民与乡下人、男人与女人之间的矛盾。"② 无政府主义的理想吸引了众多中国现代知识分子和作家，如李石曾、吴稚晖、张静江、蔡元培、刘师复、王星拱、沈玄庐、张东荪、巴金、赵太侔、王光祈、罗家伦、顾孟余、袁振英、黄凌霜、梁冰弦、高一涵、巴金、蒋光慈、许杰、丽尼、钱杏邨、王鲁彦、高长虹、丁玲、胡也频，以及五四时期的鲁迅、周作人、陈独秀、胡适、恽代英、郭沫若、郁达夫、王以仁、茅盾、瞿秋白、夏丏尊、徐懋庸等。这个名单可以说明无政府主义思想的强大吸引力。而这些人的创作都指向了"个人"、"反传统"、"反强权"等目标。

　　美国学者周策纵将"无政府主义"归于自由主义③，但更多研究者则将其定性为空想共产主义的一个支流。我们不妨说，无政府主义是马克思主义和自由主义思想进入中国的开路先锋。无政府主义思潮曾对五四启蒙文学和 20 世纪二三十年

---

① 【美】德里克著，孙宜学译：《中国革命中的无政府主义》，桂林：广西师范大学出版社 2006 年版，第 81 页。

② 【美】费正清主编，杨品泉等译：《剑桥中华民国史（1912—1949）》（上），北京：中国社会科学出版社 1993 年版，第 428 页。

③ 周策纵在论述五四个人主义、自由主义传统及科玄论战时，无政府主义与自由主义是无差别的。参见【美】周策纵著，陈永明等译：《五四运动史》，长沙：岳麓书社 1999 年版，第 318、469 页。

代民主主义文学产生过巨大影响，哺育了巴金等人的个性主义文学精神。但是，中国的无政府主义派是一个松散的群体，在民族危亡之际，在需要集体与纪律的时代，必然要走向式微与分化：或倒向南京政府，或走近共产党。

四、马克思主义与中国无产阶级文学

蔡元培就任北京大学校长后，采取"思想自由，兼容并包"的办学方针，积极支持新文化运动。陈独秀、胡适、李大钊等新派人物来北大任教，使新潮思想蔚成风气。1918 年以后，李大钊、陈独秀找到了信仰和归宿，这就是布尔什维主义、人民苏维埃和马克思主义。他们认为：对中国这样一个经济、政治、文化均处于落后地位的国家来说，苏俄道路可能是拯救中国危亡之途。为了宣传马克思主义，他们在《新青年》之外又创办了《每周评论》，于 1919 年下半年挑起了"问题与主义"之争，并着手创立无产阶级革命政党——中国共产党。中国共产党的革命主张直指中国最根本的政治经济问题，因而得到了广大民众的追随，孙中山也看到了这个新生政党的活力，在共产国际代表的斡旋下，两党走向第一次合作。

在第一次国共合作时期，共产党员以个人身份加入国民党，在政府内部则主要掌握着农工组织工作。这些在国民党看来是边缘化的、无关政治军事大局的工作，却被共产党做得风生水起。共产党准确地抓住了孙中山"民生主义"关于"平均地权"这一问题，在各地建立农协组织，开展"土地革命"，并号召农民武装起来保卫得到的土地，因而，中共及其领导的农民协会的壮大都在情理之中——据毛泽东估计，湖南农民协会成员 1927 年初达 200 万人，而武汉附近六省的农协会员在 1927 年 6 月多达 900 多万人。[①] 毛泽东在这个过程中发现了中国革命的核心问题：枪杆子里面出政权，农民是中国革命的同盟军和先锋，土地问题是中国革命的根本问题，中国革命应走农村包围城市之路。以毛泽东为首的先驱者使马克思主义中国化，走向了"农村包围城市"的中国特色的无产阶级革命道路。

与中国共产党的崛起相同步，无产阶级革命文学也发展起来。中国共产党自

---

① 【美】费正清主编，杨品泉等译：《剑桥中华民国史（1912—1949）》（上），北京：中国社会科学出版社 1993 年版，第 589 页。

成立起就十分重视对革命文学的倡导。1922 年 2 月，社会主义青年团机关刊物《先驱》就开辟了"革命文艺"专栏；1923 年《新青年》的《新宣言》强调"收集革命的文学作品"；随后，邓中夏、恽代英、肖楚女、李求实、沈泽民、沈雁冰、瞿秋白、蒋光慈等早期共产党人的文章则起到了推波助澜的作用。邓中夏认为文学是"警醒"人们革命自觉和"鼓吹"革命勇气的"最有效用的工具"，因此要"以文学为工具"来为民族独立与民主革命的运动服务①。若想唤醒民众的革命自觉，最直截的方法就是揭露社会的黑暗，号召坚决的斗争。因此蒋光赤说："谁个能够将现社会的缺点、罪恶、黑暗……痛痛快快地写将出来，谁个能够高喊着人们向这缺点、罪恶、黑暗……奋斗，则他就是革命的文学家，他的作品就是革命的文学。"②除了注重文学的社会政治功用以及文学所应表现的内容外，初期共产党人的探讨也涉及到革命文学对作家思想立场的要求："倘若你希望做一个革命文学家，你第一件事要投身于革命事业，培养你的革命的感情。"③至 1926 年，已接受社会主义思想的郭沫若明确地提出作家应是阶级的代言人：我们"时代所要求的文学是同情于无产阶级的社会主义的写实主义的文学"；作家"应该到兵间去，民间去，工厂间去，革命的漩涡中去"！④鲁迅在思想转变后提出"唯新兴的无产者才有将来"，并相信"无产阶级社会一定要出现"。1928 年，革命文学内部的论争达成了共识：马克思主义理论是无产阶级文学的指导思想，社会主义理想是无产阶级文学的方向。从而为无产阶级文学的真正诞生奠定了思想基础。

无产阶级革命文学在 1920 年代中后期获得了一个新的名字："普罗文学"。他们所说的"普罗列塔利亚写实主义"的特点是：第一，普罗作家应当首先获得明确的阶级观点，即用普罗"前卫"的眼光去观察世界，并描写他。第二，普罗写实主义的主题是阶级斗争。只要观点正确，与普罗有关的一切都可以写。普罗的世界观和写实主义的创作方法相结合，即可走向无产阶级写实主义之路。在 1928 年至 1930 年这几年，普罗写实主义成为领导左翼文坛的思想。

---

① 邓中夏：《贡献于新诗人之前》，《中国青年》，第 10 期，1923 年 12 月 22 日。
② 蒋光赤：《现代中国社会与革命文学》，《民国日报·觉悟》，1925 年 1 月 1 日。
③ 恽代英：《文学与革命》，《中国青年》周刊，第 31 期，1924 年 5 月 17 日。
④ 郭沫若：《革命与文学》，《郭沫若全集》文学编第 16 卷，北京：人民文学出版社 1989 年版，第 43 页。

在无产阶级革命文学内部论争的同时，革命文学创作也取得了一定的成绩，比如郭沫若的诗集《恢复》、蒋光慈的小说集《少年飘泊者》等均在社会上产生了较大影响。新兴的无产阶级文学一时间形成方兴未艾之势。

早期无产阶级革命文学的局限性是十分明显的。首先，倡导者大多处于由小资产阶级思想向无产阶级思想转化的过程中，尚未真正掌握科学社会主义理论，因而在处理问题时存在片面性和绝对化的现象。比如认为作家是一定阶级的代言人，所以"谁也不许站在中间。你到这边来，或者到那边去！"[1]甚至宣告"小资产阶级的根性太浓重了，所以一般的文学家大多数是反革命派"[2]。于是他们对许多新文学作家如鲁迅、叶绍钧、茅盾、郁达夫等加以批判，特别是对鲁迅进行了粗暴的攻击，称之为"封建余孽"、"法西斯蒂"、"二重性的反革命的人物"等[3]。其次，由于受到当时国内外"左倾幼稚病"的影响，对于中国革命的性质和任务的分析存在某些偏差；反映在革命文学的主张上，就是夸大文艺的社会功能，而忽视文学的审美特性，忽视作家世界观改造的艰巨性；他们全盘否定五四文学，认为五四新文化运动作为资产阶级的文化运动很快就与封建阶级妥协，所以必须全盘批判。第三，早期无产阶级革命文学存在一些模式化的缺陷。比如路线上的"革命浪漫谛克路线"，在对待现实的态度上的"理想主义"，在思想上则表现为个人英雄主义，在表现形式上则讲究机械地布置故事安排情节，把作品当做时代精神的传声筒等。

无产阶级革命文学一开始就受到文艺界各种对立派别的反对。比如新月派把革命文学归之为"功利派"、"偏激派"、"主义派"和"标语派"，"凌辱与侵袭了'人生的尊严与健康'。"[4]周作人把革命文学的提倡，比作"无异于无聊文士之应制"[5]。有人甚至把革命文学看做是"最近共产党的文艺暴动计划之一"……这些言论出现在革命文学论争的高潮中，引起了革命文学内部论争双方的注意和警惕，并做

① 成仿吾：《从文学革命到革命文学》，《创造月刊》，第 1 卷第 9 期，1928 年 2 月。

② 麦克昂：《桌子的跳舞》，《创造月刊》，第 1 卷第 11 期，1928 年 5 月。

③ 杜荃：《文艺战线上的封建余孽》，《创造月刊》，第 2 卷第 2 期，1928 年 8 月。

④ 徐志摩：《"新月"的态度》，《新月》创刊号，1928 年 3 月。

⑤ 周作人：《文学的贵族性·二》，《晨报副刊》，1928 年 1 月 6 日。

出了有力反击。到 1929 年上半年，这场论争基本结束。通过革命文学的倡导和论争，扩大了无产阶级革命文学的影响，传播了马克思主义文艺理论，也锻炼了革命文艺队伍，对 1930 年代左翼文艺运动的蓬勃开展起到了开辟道路的作用。

第二节 从政治小说到革命小说

现代政治文化把中国文学与救亡、建国、解放主题紧密联系在一起，从而使之染上了浓烈的与时代共进退的忧患底色。在 1895—1929 年间涌现出的改良派政治小说、资产阶级"革命小说"和三民主义小说、无产阶级"普罗小说"都体现出这一共性。

一、改良派的政治小说

梁启超的"小说界革命"主张及其实践，最早把小说与政治文化捆绑在了一起。文学史家认为："梁启超是最早的'小说救国'论者"[1]，"一场号为'小说界革命'的文学运动，揭开了中国小说史上崭新的一页。……更重要的是，'小说为文学之最上乘也'这一高论，成了 20 世纪最有前瞻性、也最具影响力的文学口号。"[2]

由于"小说界革命"的提倡、小说理论的译介、小说杂志和专业出版社的出现、报纸文艺副刊登载小说，乃至稿酬制度的确立，促成了晚清小说创作的繁荣局面。其中《新小说》、《绣像小说》、《新新小说》、《月月小说》、《小说林》等新型小说杂志影响尤大，它们既发表创作小说、翻译小说，也刊登小说评论和小说理论文章，对小说创作产生了积极而深远的影响。据专家统计，维新时期的创作小说和翻译小说约有千种以上[3]。在创作小说方面，最著名的有李伯元的《官场现形记》、《文明小史》，吴沃尧的《二十年目睹之怪现状》、《九命奇冤》、《痛史》、《恨海》，刘鹗的《老残游记》，蓬园的《负曝闲谈》，连梦青的《邻女语》，羽衣女士的《东

---

① 钱理群、黄子平、陈平原：《二十世纪中国文学三人谈·漫话文化》，北京：北京大学出版社 2004 年版，第 18 页。

② 陈平原：《当代中国人文观察》，北京：人民文学出版社 2004 年版，第 217 页。

③ 郭延礼：《中国近代文学发展史》第 2 卷，北京：高等教育出版社 2001 年版，第 9 页。

欧女豪杰》，无名氏的《苦社会》，韩邦庆的《海上花列传》，梁启超的《新中国未来记》等。其中《官场现形记》、《文明小史》、《二十年目睹之怪现状》、《新中国未来记》等，是当时著名的政治小说，这些小说以揭露官场黑暗与腐败内幕为主旨，也塑造了一些政治英雄人物以寄托作者的理想。当然，维新派作家没能跨越改良主义的门槛，都存在着这样那样的思想局限性。

中国古代民族英雄为激发民族主义情感以反抗列强侵略提供了精神支持。《痛史》是吴沃尧历史小说中最著名的一部，阿英称"在晚清讲史中，这是最好的一部"。① 它通过对南宋苟安导致亡国的历史勾勒，表达了"穷则变、变则通、通则久"的维新思想，也塑造了文天祥、谢枋得、张世杰等民族英雄形象。另外，在反映晚清重大历史事件的小说中，写鸦片战争的《罂粟花》（观我斋主人）、写中日甲午战争的《中东大战演义》（洪兴全）等，塑造了林则徐、邓世昌、丁汝昌等民族英雄。

《新中国未来记》是晚清政治小说的代表作。这是一部"专欲发表区区政见，以就正于爱国达识之君子"的政治寓言，也是梁启超政治理想与英雄情结的形象化表达。尽管《新中国未来记》艺术上有不少缺点：结构松散，人物性格不够鲜明，议论太多而描写甚少，但其思想却达到了时代的高峰。更重要的是，小说的倒叙结构充分突显了民族国家想象及其时空同一性的想象，小说采用寓言式的开头和讲述未来的叙事形式，不仅包含了他对"新中国"的梦想，而且用高度概括的方式构造和突出了"中国"这一现代时空体。在当时的政治小说创作中，除梁启超的《新中国未来记》外，陆士谔的《新中国》、刘鹗的《老残游记》、曾朴的《孽海花》等小说也经常采用这种倒叙手法。这种叙事手法在深层次上标志着中国文学的艺术转变，使小说获得了前此未有的现代时间观念和世界眼光。正因为如此，《新中国未来记》不仅被看做中国政治小说的开山之作，而且在中国近代政治思想史上也具有重要的地位。

---

① 阿英:《晚清小说史》，北京：人民文学出版社 1980 年版，第 153 页。

二、从资产阶级革命小说到民族主义小说

小说是资产阶级民主革命时代最重要的文学收获。研究者一般认为最早面世的革命小说是"热诚爱国人"的《贞德传》，这部小说1900年刊于留日学生创办的《开智录》上，它几乎包含了革命小说的许多重要元素和叙事模式：英雄主义、民族主义、民主主义、革命宣教等，因此它对"革命小说"来说差不多具有"元典"意义。

在20世纪初的资产阶级革命小说创作中，影响较大的作家作品有：黄世仲的（小配）《洪秀全演义》、许俊铨的（静观子）《六月霜》、陈天华的《狮子吼》、"怀仁"的《卢梭魂》、"汉国厌世者著、冷情女史述"的《洗耻录》以及历史小说《海上魂》（又名《文天祥传奇》，陈墨涛著）、《海外扶余》（又名《郑成功传奇》，陈墨峰著）等。

黄世仲一生共创作中长篇小说15部，以《洪秀全演义》（1908）为代表作。这部历史小说"出版后风行海内外，南洋美洲各地华侨几于家喻户晓，且有编作戏剧者，其发挥种族观念之影响，可谓至深且巨。"[1]章太炎极推崇黄世仲，曾为《洪秀全演义》作序。《洪秀全演义》[2]旨在重现太平天国轰轰烈烈的历史，歌颂洪秀全等农民起义领袖的可歌可泣的英雄业绩，更重要的是借太平天国起义壮举宣扬种族革命的思想，以配合现实斗争需要。作者没有单纯从政治观念出发凭空演绎不着边际的故事，而是在充分尊重历史真实的基础上进行创作。全书30万字54回，历时三年修改完善，因而在那个急功近利的革命时代，不失为一部文学精品，堪称革命小说的扛鼎之作。此外，黄世仲的《五日风声》是一篇描写黄花岗起义的报告文学，作者在广州起义失败后不到一个月的时间里就创作了这部三万余言的作品，向世人真实地报告了起义的全过程，较好地处理了时效性与文学性的关系，既从宏观上写出了起义的规模和影响，也写出了起义英雄的气概，可以说是中国报告文学的开山之作。

为了激发人民的反帝爱国情感，革命小说家也常常借古代英雄的故事来教育人民。如李亮丞的《热血痕》写战国时越国侠客陈音与女侠卫倩联合各路豪杰帮助越王勾践打败吴王夫差的故事；陈墨涛的《海上魂》歌颂文天祥的爱国精神；陈

---

① 冯自由：《革命逸史》（上），北京：新星出版社2009年版，第222页。

② 黄世仲：《洪秀全演义》，香港：中国日报社1908年版。

墨峰的《海外扶余》塑造了郑成功、张煌言、甘辉等英雄形象，叙述了他们抗击清军、收复台湾、抵抗外敌的故事……这些小说的主人公总是置国家和民族利益高于个人身家，被作者赋予了现代意义上的民族英雄气节。值得一提的是，陈墨涛与陈墨峰兄弟是一对具有反清思想的革命志士，尤其是陈墨峰（即陈伯平）因参加光复会并与徐锡麟、马宗汉等一起策划安庆起义而不幸遇难。章太炎所作《徐锡麟陈伯平马宗汉传》记载他的事迹："伯平尝语人曰：'革命之事万端，然能以一人任者，独有作刺客。'刻印，称实行委员，用自励。梦寐辄呼端方、铁良，其用心专壹如此！"如果进行知人论世的评判，那么陈墨峰真是文如其人。

有的革命小说借寓言故事宣传排满思想。陈天华的《狮子吼》仅成八回，但排满革命思想已有了初步表达。小说主人公狄必攘文武双全，广结会党并到汉口、四川进行组织起义工作，后来由于清政府缉拿会党，形势异常严峻。值得注意的是小说描写了一个乌托邦理想国"民权村"，这个类似无政府主义理想中的"新村"可说是作者心目中的理想社会的模型。"汉国厌世者著、冷情女史述"的《洗耻录》写汉国二百多年前被贱牧人（满族）打败，成了贱牧人的奴隶；汉国军民不甘压迫，在明易民的领导下揭竿起义，但最终被镇压下去，明易民也壮烈牺牲；明易民之子明仇牧立志为父报仇，结识了铁血大哥、狄梅、艾子柔、迟悲花等义士，共商再次起义大计……小说影射明朝亡国的历史，带有强烈的民族主义色彩，旨在鼓舞人们进行反清排满的资产阶级民主革命。

在众多革命小说家中，苏曼殊是一位奇才。他1903年担任《国民日日报》翻译，除了做日常翻译工作外还翻译小说。他译作的《惨社会》（出版单行本时改名《惨世界》）于1903年10月8日起在《国民日日报》连载。小说名义上是翻译雨果的《悲惨世界》，但至第七回就游离原作，开始写清末的社会现象。苏曼殊在小说中塑造了一个姓"明"名"白"字"男德"的人物，"男德"有着强烈的献身精神和无政府主义者的气质，其所作所为都是为了"复仇"、"革命"与"共和"事业；他以必死的信念去行刺专制暴君，在暴君前往戏院看戏的途中引爆了炸药；"男德"行刺未遂自杀身死，以青春和生命殉了他的革命理想。"男德在文学史上的价值在于，他是中国近代史上最早的较为丰满的革命者形象，也是晚清辛亥革命时期文学创作中最为成功的革命者形象之一。"①

在资产阶级革命小说塑造的英雄谱系中,不可忽视的是诸多巾帼英雄形象。张肇桐1903年的《自由婚姻》借一对少年男女抨击社会腐败,力图振刷学界精神,"以英雄之本领,建立国家之大业"。虽然小说只完成了二十回,使英雄大业处于"未完成"状态,但已初显了主人公"黄祸"与"关关"的英雄气质。他们感时忧国并走上革命道路,他们揭露封建专制并鼓吹民族主义,号召人民推翻君主专制政体。其革命策略正如关关的乳母所说:"第一步,我们不是人就罢,倘然是个人,一定要报洋人欺我的仇。第二步,洋人欺我,大半是异族政府做出来的,所以要报洋人的仇,一定要报那异族政府的仇。第三步,要报异族政府的仇,家奴是一定要斩的。……第四步,欲达以上所说之目的,我们同志的人,一定要结个大大的团结,把革命军兴起来。"(第九回)由此看来,提倡反帝、反清、反汉奸和全民族大团结是小说的主要意图,而女性解放还是一个次要问题。此后,《黄绣球》、《女子权》、《中国之女铜像》、《惨女界》、《闺中剑》等塑造了一批女性形象,掀起了中国女性题材文学创作的第一个高潮,开启了20世纪中国女性解放事业的大门。当然,资产阶级革命小说"从艺术上讲,都不够完美,有的正面人物形象缺乏个性色彩,有的小说叙述多于描写,说教成分很重,有的人物对话冗长,如长篇演说,呆板、沉闷,缺乏生活气息。这与此类小说的作者大多非专业作家和艺术修养不高有关。"②

辛亥革命之后,北洋军阀篡权,民族主义题材的文学创作一度陷入低迷。五卅运动后,全国掀起了新一轮反帝爱国文学热潮。1927年南京国民政府成立后,先后推出了"三民主义文学"和"民族主义文学"运动,也涌现了一些小说家,比如李赞华是"民族主义文学"运动中创作量较大、艺术技巧也较成熟的一位短篇小说家,《矛盾》、《变动》是他的代表作。他的小说叙事简洁流畅,注意刻画人物在特定环境中的动作和内心,尤其擅长气氛的渲染,在描写市民生活方面也显示出作者深厚的生活积累与文学素养。黄震遐在"民族主义文学"创作中影响最

---

① 程文超:《1903:前夜的涌动》,济南:山东教育出版社1998年版,第110页。
② 郭延礼:《中国近代文学发展史》第3卷,北京:高等教育出版社2001年版,第6页。

大，其诗剧《黄人之血》、纪实小说《陇海线上》及代表作《大上海的毁灭》都曾引起较大轰动，展示出不可多得的想象才能与语言华美，尤其在现代民族战争小说创作方面具有开拓意义，堪称民族主义文学运动中驰出的一匹黑马，令王平陵、范争波、万国安、易康、心因、苏灵等黯然失色。

三、无产阶级革命文学与普罗小说

与无产阶级革命在中国的兴起相同步，无产阶级革命小说创作也取得了一定的成绩，主要作家作品有郑伯奇的《抗争》、钱杏邨的《义塜》、洪灵菲的《流亡》、柔石的《为奴隶的母亲》、楼适夷的《烟》、孟超的《盐务局长》、华汉的《地泉三部曲》、胡也频的《北风里》和《到莫斯科去》、戴平万的《前夜》和《出路》等，而最著名的则是蒋光慈及其《短裤党》《少年飘泊者》等（详见本章第十三节）。至 1920 年代末，普罗小说成为一种国际性的流行潮流，甚至连穆时英等也创作了《南北极》这样极血腥的普罗小说①。穆时英最早的小说集《南北极》中的作品多以第一人称叙述视角状写流浪汉和流氓无产者的底层生活际遇与反抗。比如短篇小说《南北极》通过一个流浪到上海的青年农民的见闻揭示出那个时代的贫富分化。作者纯熟地运用城市下层人民泼辣粗犷的口语，但也揭露出流氓无产者的疯狂性，具有自然主义的特征。这种自然主义描写在《生活在海上的人们》中极为突出。小说一方面写出了阶级对立和"穷人要翻身"的思想，同时也在自然主义描写中暴露出渔民与盐工斗争的盲目性，他们一旦聚众起事就变成了嗜血的暴民，尤其是凌迟渔霸的血腥场景更从一个侧面显示出中国农民暴动的本质。在他的"普罗小说"中，如果说《黑旋风》、《咱们的世界》、《生活在海上的人们》、《南北极》等具有整体性和群体性，那么《偷面包的面包师》、《手指》、《油布》、《断了条胳膊的人》等则以小见大，写烤面包师买不起面包，抽丝女工手指被烫烂并因之死去，送货工的生命不如一块油布，冲床工因工伤失去胳膊被踢出工厂而妻离子亡等，所有这些都使他的作品具有强烈的震撼力。总之，由于俄国与日本文学界的影响，"普罗小说"在当时成为一种流行文体，无产阶级文学在此情形下大有取代

---

① 穆时英的小说大体分为三类：一是"普罗小说"，二是纪实抒情小说，三是新感觉小说。

自由主义文学之势；多数作家的阶级意识觉醒了起来，使无产阶级文学在 1920 年代末占了上风。

第三节　从爱国诗章到普罗诗歌

从晚清到 1920 年代，中国一直处于内外交困之中。诗人作为文学家中最敏感的一群，以饱蘸浓重情感的彩笔书写他们的爱国心、忧世情，歌颂在那个乱世里抛头颅洒热血的英雄。

一、晚清"诗界革命"与爱国诗词

黄遵宪、康有为、梁启超、蒋智由、丘逢甲、谭嗣同等人的诗，具有强烈的爱国主义精神和变法改良思想，反映了重大历史事件，表现出力图在变乱时代重新创造历史的英雄气质，正所谓"上感国变，中伤种族，下哀生民，博以环球之游历，浩渺肆恣，感激豪宕，情深而意远，益动于自然，而华严随现矣。"[1] 他们勇敢地举起了"诗界革命"的大旗，明确提出了创造"新派诗"的主张，要写出"古人未有之物，未辟之境"，要以"旧风格含新意境"。这不仅扩大了诗歌的审美范围，而且使诗歌能反映新的时代，为资产阶级维新变法服务。

黄遵宪具有高度的爱国热情，他于甲午海战前后创作的一组诗如《悲平壤》、《东沟行》、《哀旅顺》、《哭威海》、《马关纪事》、《台湾行》等表达了对国事民瘼的关注。比如长诗《台湾行》中有言："亡秦者谁三户楚，何况闽粤百万户。成败利钝非所睹，人人效死誓死拒，万众一心谁敢侮。"面对内忧外患，人们都会呼唤英雄、歌颂英雄，这也成为黄遵宪诗歌的主题；为了更好地给英雄塑像，黄遵宪继承汉乐府和鲍照的《行路难》等杂言体诗歌的艺术手法，同时吸收了韩愈、苏轼"以文为诗"的技法，使诗歌叙事成分增加，这使他的诗歌能更好地为英雄敷粉添彩，如《题黄佐廷赠尉遗像》赞扬抗法战斗中英勇牺牲的青年英雄黄季良；《乙未二月二十七日公祭沈文肃公祠》悼念沈葆桢在抗日战争中的功绩，也表彰了邓

---

[1]　吴振清等编校：《黄遵宪集》（上），天津：天津人民出版社 2003 年版，第 78 页。

世昌的英勇；《悲平壤》颂扬了在平壤战斗中屹立玄武门城头、指挥战士奋战并最终牺牲的总兵左宝贵；《冯将军歌》描写镇南关抗法老将冯子材英勇善战、军令威严，统率群众奋勇杀敌；《赤穗四十七义士歌》塑造了四十七义士形象，给人气贯长虹之感。康有为的诗继承了龚自珍文学干预时政的战斗传统，要求诗歌反映现实；其 15 卷本《南海先生诗集》收录诗作 1500 余首，记录他一生的行迹，也隐然有着晚清到民初的历史线索。康氏为人雄强自负，其诗亦气势不凡，如《登万里长城》之一："秦时楼堞汉家营，匹马高秋抚旧城。鞭石千峰上云汉，连天万里压幽并。东穷碧海群山立，西带黄河落日明。且勿却胡论功绩，英雄造事令人惊！"一方面表现出对祖国山河的赞美，更表现出具有时代性的爱国主题。在康氏看来，秦始皇修长城御匈奴的做法不足取，应当以开放的心态迎接挑战，这就传达出了一种"睁眼看世界"的英雄气质。康有为诗作表现出极高的政治热情，以宣传变法、挽救祖国危亡为己任，其《爱国短歌行》三首颇显其心志。《马关条约》签署后，康有为曾作《九月二十四夜至马关伤怀久之》一首："碧海沉沉岛屿环，万家灯火夹青山。有人遥指旌旗处，千古伤心过马关。"壮怀激烈，让人感受到其爱国之情深似海。谭嗣同不仅留下了《仁学》这样冲决一切网罗的宣言，而且留下了独具一格的诗作，其《有感》一首写于甲午战争失败之后："世间无物抵春愁，合向苍冥一哭休。四万万人齐下泪，天涯何处是神州！"表达了诗人难言的悲愤，也抒发了诗人对清政府卖国行径的愤慨。至于他在被捕后写的《狱中题壁》以及最终"我自横刀向天笑，去留肝胆两昆仑"的从容就义，可以说将追求自由的精神与英勇牺牲的行动结合起来，是真正的舍生取义的现代英雄。梁启超是有着世界视野的人物，其诗作的规格也气势宏大，比如《自励》诗第二首："献身甘作万矢的，著论求为百世师。誓起民权移旧俗，更研哲理牖新知。十年以后当思我，举国犹狂欲语谁？世界无穷愿无尽，海天寥廓立多时。"表达出愿为宣传维新变法和进行思想启蒙而献身的雄心壮志。梁启超的爱国诗境界宏阔，意气飞扬，处处闪现着乐观精神，比如《爱国歌四章》中的一首说："泱泱我中华！最大洲中最大国，廿二行省为一家。物产腴沃甲大地，天府雄国言非夸。君不见，英日区区三岛尚崛起，况乃堂裔我中华！结我团体，振我精神，二十世纪新世界，雄飞宇内畴与伦，可爱哉我国民！可爱哉我国民！"由此我们不仅可以看到梁启超的爱国之心，更可以看到他的诗歌通俗化的意向。蒋智由是清末鼓吹君主立宪制的重要人物，又与黄遵宪、夏曾佑一起被梁启超推为"近世诗家三杰"，他的《有感》写道："落落何人报大仇？沉沉往事泪长流。凄凉读尽支那史，几个男儿非马牛！"这是以现代自由意识看待封建社会历史的感受，不仅具有反帝爱国之情，隐然也有反满之意了。蒋智由最为人称赞的是《卢骚》一诗："世人皆欲杀，法国一卢骚。《民约》倡新义，君威扫旧骄。力填平等路，血灌自由苗。文字收功日，全球革命潮。"可以说是"新派诗"的代表作，表达的是别样的爱国情怀。台湾诗人丘逢甲留下1700余首诗，其中三分之二写爱国主义主题；怀念故土、收复台湾、统一祖国是其爱国诗的中心思想，如《春愁》："春愁难遣强看山，往事惊心泪欲潸。四百万人同一哭，去年今日割台湾。"另外，丘逢甲的诗作中歌颂文天祥、郑成功、俞大猷等民族英雄的诗篇也不在少数。在晚清爱国诗歌创作中，夏曾佑以及台湾诗人许南英、施士洁、连横、胡殿鹏、林资修等也都是代表性的人物。

此时期的诗歌以爱国、忧民、忠君为主题，虽然引入了西方新理念也创造了新境界，但是毕竟仍然局限于精英文人的范围之内，对资产阶级改良的影响力是很小的。这些诗歌的传播方式也象征性地体现着晚清维新改良运动的精英性，以及由此造成的与人民大众的隔膜。这是不是也意味着中国现代诗歌必须要进行从内容到形式的"革命"呢？！

二、资产阶级民主革命诗歌

1905年，随着资产阶级民主革命派的发展壮大，兴中会、华兴会、光复会等革命团体联合起来组建了同盟会。资产阶级革命派从文学的功利主义出发，十分重视文学的宣传启蒙作用，于是，排满的民族主义、平等的民权主义、博爱的民生主义成为资产阶级民主革命时期的文学主题。在诗歌方面，邹容、陈天华、秋瑾、林觉民、赵声等以身殉志，他们的革命诗歌也起到了超越文本的宣传鼓呼作用。

邹容以《革命军》著称而不以诗名，但其诗作《狱中答西狩》、《题谭嗣同遗像》等为人传诵，其中《题谭嗣同遗像》写道："赫赫谭君故，湖湘士气衰。惟冀后来者，继起志勿灰。"赞扬谭嗣同为坚持社会改革而流血牺牲的精神，实际上也是一种自励、自况。陈天华不多的诗歌见于《警世钟》，比如开篇诗是："长梦千年何日醒，睡乡谁遣警钟鸣？腥风血雨难为我，好个江山忍送人！万丈风潮大逼人，腥羶满地血如糜；一腔无限同舟痛，献与同胞侧耳听。"[1] 可以说，此诗是对《警世钟》主题的高度概括。相比较而言，"鉴湖女侠"秋瑾的诗传世颇多。她 1904 年留学日本并投身火热的革命斗争，倡导反清革命，发表了《敬告中国二万万女同胞》、《普告同胞檄》、《同胞告》、《宝刀歌》等诗文，向清朝腐朽势力宣战。1905 年创作的《黄海舟中日人索句并见日俄战争地图》一诗写道："万里乘风去复来，只身东海挟春雷。忍看图画移颜色，肯使江山付劫灰！浊酒不销忧国泪，救时应仗出群才。拼将十万头颅血，须把乾坤力挽回。"巾帼不让须眉的英雄形象跃然纸上。她作为一个"女侠"是爱刀的，但思想又是辩证的，比如她在《红毛刀歌》中写道："红毛红毛尔休骄，尔器诚利吾宁抛。自强在人不在器，区区一刀焉足豪？"更重要的是她的诗里有着强烈的女权主义色彩，仅以《日人石井君索和即用原韵》为例："漫云女子不英雄，万里乘风独向东。诗思一帆海空阔，梦魂三岛月玲珑。铜驼已陷悲回首，汗马终渐未有功。如许伤心家国恨，那堪客里度春风？"大气磅礴，慷慨明快，意气自雄。"有学问的革命家"章太炎的诗歌真实地反映了作者的内心情感，抒发了一个战斗者在黎明时代的苦闷、愤慨与呐喊。但是章太炎精通文字学，好用古字，因而其诗文都不易传，倒是那首《狱中赠邹容》写得极为明快，不拘格式却气度轩昂："邹容吾小弟，被发下瀛洲。快剪刀除辫，干牛肉作糇。英雄一入狱，天地亦悲秋。临命须掺手，乾坤只两头。"最后四句集中抒情，谓偌大乾坤只两颗好头颅，写出了一种豪杰气概。

　　南社是一个政治色彩十分浓厚的资产阶级革命文学团体，其中柳亚子、陈去病、高旭、马君武、宁调元、周实、宋教仁、范光启、黄兴等都是名重一时的诗人、宣传家兼革命家。"南社诗歌继承了近代以龚自珍为代表的诗歌干预时政、批判现实、宣传变革、呼唤未来的优秀传统，紧步前进的历史车轮，'鼓吹新学思潮，标榜爱国主义'（《马君武诗稿·自序》）；在艺术上则追求一种磅礴的气势、雄浑豪放的艺术风格和刚健遒劲的阳刚之美，带有浓郁的积极浪漫主义特色。南社诗歌

---

[1] 刘晴波、彭国兴编校：《陈天华集》，长沙：湖南人民出版社 1958 年版，第 60 页。

代表了资产阶级民主革命时期诗歌的最高成就，是本时期诗歌最主要的收获。"①南社诗人中柳亚子诗歌格调最高，他的诗揭露清朝的腐朽统治的封建专制，讴歌革命志士，呼唤民主革命，具有强烈的现实性和深刻的思想性。（详见本章第十节）。陈去病、高旭、马君武、苏曼殊号称"南社四大家"，各具风骨，趋舍不同。在为资产阶级民主革命牺牲的南社诗人中，周实与宁调元的创作最为突出。周实有着感时忧国的情怀，其《睹江北流民有感》写道："江南塞北路茫茫，一听嗷嗷一断肠。无限哀鸿蜇不尽，月明如水满天霜。"又"寂寞蓬门四壁立，凄凉芦絮褐衣单。那知华屋雕梁客，坐拥红炉竞说寒。"其白描或对比手法的运用使得情感得到了爽性抒发。宁调元的诗歌有着一种大无畏的英雄精神，比如《七律次韵和同狱某》云："故垒荒凉劫后灰，可曾报国有涓埃。善哉地狱能先入，耻以歧途误后来。意土正燃烧炭党，法皇卒上断头台。相看异日风云会，莫漫伤心赋大哀。"这种"我不入地狱谁入地狱"的担当精神，正是那一代资产阶级革命者勇于献身的精神的写照。

这些资产阶级民主革命志士们的诗歌虽然存留了下来，但是由于仍然是古体文言，受到各种形式上的束缚，因而在当时的革命思想宣传中已不居主流位置。那个时候真正起到重要的鼓呼作用的，当属于弹词、小说、政论文等新的艺术形式，古体诗的没落之势已经显露。

三、从"平民诗歌"到"革命诗歌"

五四新文化运动以启蒙立人为旨归，因而运用白话文以便于普及新文化新思想就成为一种策略。"人的文学"与"平民文学"的主张，指出了新文学的对象或者说明确了"为了谁"的问题。白话新诗为打破平民与文化（文学）之间的壁垒，进而普及新思想、新观念做出了自己的贡献。

在新诗创作方向，刘半农的《相隔一层纸》是最早同情底层人民生活并揭示人道主义主题的作品。与刘半农诗风相近的是刘大白，其诗集《旧梦》、《邮吻》中的大多数表现民间疾苦，而《红色的新年》、《劳动节歌》则表达了对新世界的憧憬。这些诗作一方面是对"平民文学"主张的实践，另一方面也与流行的民粹

---

① 郭延礼：《中国近代文学发展史》第3卷概说，北京：高等教育出版社2001年版，第5页。

主义思想有关。其中《红色的新年》借"一位拿着锤儿的"与"一位拿着锄儿的"人在 1919 年除夕的对话，表达了对社会"不公"的反抗和对"北极下来的新潮"的歌颂。沈玄庐也是一位思想激进的新诗人，他的《劳动世界歌》和《起劲》等提出了"切断工人颈子上的锁链，打破资本家所建筑的牢笼"的口号，"显示了中国第一代激进知识分子对俄国十月革命的回应"。[①]

无产阶级诗歌的先行者有蒋光慈、成仿吾、冯乃超、柯仲平等人。尤其是蒋光慈的诗集《新梦》所收 1921 年至 1924 年旅居苏联的作品，"开创了无产阶级革命诗歌。无产阶级诗歌把'五四'新诗'平民化'的趋向发展到极端，纳入无产阶级革命的轨道。"[②] 蒋光慈把浪漫主义激情具体化为对于无产阶级革命的歌唱。他的诗热情澎湃格调宏朗，但有时也流于浮泛。《新梦》之后的《哀中国》、《战鼓》，高亢之音减弱，流露出某种感伤情调，但"始终是在希望的路上走着"[③]。

在爱国主义诗歌创作方面，闻一多是一个将思想与新诗文体建设做了最佳结合的诗人。他的诗集《红烛》、《死水》表达了诗人对黑暗腐败的抗争，并以激烈的嘲讽来宣示那未曾绝望的激愤。闻一多如一只呕出一颗心来的杜鹃鸟，是一位怀着火一般激情、唱着悲愤诗句的爱国主义者，反封建反殖民的爱国主义思想是其诗歌的一条红线，也是多灾多难的国家与诗人之间的一条割不断的脐带。

郭沫若在第一本诗集《女神》中就以《凤凰涅槃》、《匪徒颂》、《炉中煤》等表达对祖国的热爱。在他找到了马克思主义理论之后，尤其是 1925 年五卅运动之后，逐步将马克思主义当做改造中国的思想武器。1927 年 3 月他以《请看今日之蒋介石》一文划清了革命与反革命的界限，此后参加南昌起义随军南下，并加入中国共产党。此时期，郭沫若的诗风随着思想改变而发生巨大变化，对自己的思想进行了"自我革命"和批判，他开始为无产阶级革命而写作——《诗的宣言》可以看出郭沫若的这种转向：

---

① 严家炎主编：《二十世纪中国文学史》（上），北京：高等教育出版社 2010 年版，第 208 页。

② 钱理群等：《中国现代文学三十年》，北京：北京大学出版社 1998 年版，第 140 页。

③ 蒋光慈：《〈哭诉〉序》，上海：新文艺书局 1933 年初版。

你看，我是这样的真率，

我是一点也没有什么修饰。

我爱的是那些工人和农人，

他们赤着脚，裸着身体。

我也赤着脚，裸着身体，

我仇视那富有的阶级：

他们美，他们爱美，

他们的一身：绫罗，香水，宝石。

我是诗，这便是我的宣言，

我的阶级是属于无产；

不过我觉得还软弱了一点，

我应该要经过爆裂一番。

这怕是我才恢复不久，

我的气魄总没有以前雄厚。

我希望我总有一天，

我要如暴风一样怒吼。[1]

　　五四时代的民粹主义思潮导致了"平民诗歌"的兴起，而马克思主义在中国扎根后，来自底层的平民知识分子和作家开始为无产阶级发声。他们早期的作品虽然还有小资产阶级的某些痕迹，但是中国无产阶级毕竟在中国历史上第一次成为诗歌书写和歌咏的对象，这本身就是无产阶级诗歌最重要的文学史价值。

---

[1]　郭沫若：《恢复·诗的宣言》，《郭沫若全集》文学编第 1 卷，北京：人民文学出版社 1982 年版，第 374—375 页。

第四节　从政论散文到战斗杂文

在晚清政论散文到 1920 年代战斗杂文的演变过程中，有这样一些重要的名字值得铭记：冯桂芬、马建忠、王韬、康有为、谭嗣同、梁启超、章太炎、章士钊、柳亚子、黄远庸、李大钊、高一涵、陈独秀、李剑农、邓中夏、毛泽东等，而标志着现代中国杂文艺术成熟的则是鲁迅的寸铁、匕首、投枪般的杂文。其实，在晚清政论散文和鲁迅杂文之间存在着某些共同点，这就是政治性、启蒙性、时代性与战斗性；它们将普适性的政治"常识"传播给人们；它们放言无惮，打破了古老中国因袭了数千年的道统和政统，实现了从精英干政到平民论政的转型。这个演化过程象征着民主意识在中国逐步形成，也标志着作为"第四种权力"的舆论力量的形成。

一、晚清经世致用的"政论散文"

晚清散文主要有两大流派：一是曾国藩领导的桐城派，二是梁启超提倡的"新文体"。前者在古文传统的基础上求变化，后者则以浅俗的文言写成恣肆飞扬的报章体式，带有向白话文靠拢的意味。但无论哪一派，都看重此文体的实用功能。

洋务派领袖曾国藩并不守旧，但在文化思想方面，仍力图通过发扬儒教义理来为清王朝重建稳定的秩序。曾国藩对桐城派作出三点修正与发展：一是在姚鼐所提出的义理、考证、文章三要素中，加入"经济"一项，以纠正桐城派古文的空疏迂阔。二是进一步调和汉学与宋学之争，扩大桐城派古文的影响范围。三是在强调儒家义理的同时，重视古文的艺术性。曾国藩造成了"桐城中兴"局面，"曾门四弟子"张裕钊、吴汝纶、薛福成、黎庶昌等名噪一时，吴汝纶更被视为桐城派最后一位宗师；而严复、林纾则是桐城派最后的绝响——从严复翻译《天演论》和林纾翻译西洋小说来看，他们已具有了新的时代眼光和世界视野，也更具有了启蒙与致用的目的。

在曾国藩重振桐城派古文的前后，反对派的意见并未消歇。冯桂芬继承龚自珍、魏源"经世致用"的传统，拜林则徐为师，要求打破桐城派"义法"程式，更主张为文要干预时政，反映社会现实。他的观点不仅在推进文体解放上有一定意义，而且以《校邠庐抗议》①40篇政论文实践了他的主张，其中对封建末世政治黑暗、吏治腐败的揭露可谓入木三分。马建忠因为有留学西欧的经历，其政论文常以西学为参照，对时人多有启示，因而梁启超称之"每发一论，动为数十年以前谈洋务者所不能言；每建一义，皆为数十年以后治中国者所不能易。嗟夫！使向者而用其言，宁有今日！使今日而用其言，宁有将来！"②郑观应的政论文多发表在《循环日报》，后结成《盛世危言》，宗旨在于"富强救国"；他与王韬的政论文对现代中国报章政论的发展起了重要推动作用。王韬曾漫游英、法、俄等国，深入接触西方文化和人物，后来在香港主办《循环日报》，发表大量政论文阐扬自己的变法图强主张，并广泛介绍西方科学文化知识，他的这些政论文是在"传统与现代性之间"、"为新中国开的药方"③；另外，王韬的文章为适应报刊需要，篇幅一般较短，以一两千字为宜，语言上则采用浅显易懂的文言文，不重用典，文笔清新活泼，因而后世研究者认为王韬是"近代报章政论体的开拓者"④；他的这一类报刊文字可视为从旧式散文到梁启超新式"报章体"的过渡。

在戊戌变法前夕和变法过程中，康有为、谭嗣同、梁启超的政论文发挥了极大的引领作用。康有为的政论文以《新学伪经考》、《孔子改制考》和《大同书》为最著名。《新学伪经考》"所生影响有二：第一，清学正统派之立脚点，根本摇动；第二，一切古书，皆须从新检查估价。此实思想界一大飓风也。"如果说《新学伪经考》是飓风，那么《孔子改制考》和《大同书》就是"火山大喷火也，其大地震也。"⑤虽然康有为晚年因为坚持"君主立宪"而被批为"保皇派"，但是他

---

① 《校邠庐抗议》完成于咸丰三十一年（1861），出版于光绪九年（1883），全书共40篇，主要论及公黜陟、汰冗员、许自陈、省则例、易胥吏、变捐例、兴水利、壹权量、折南漕、利淮鹾、罢关征、筹国用、崇节俭、复陈诗、变科举、广取士、减兵额、严盗课、制洋器、采西学等，涉及政治、军事文化的各个方面。参看郭延礼：《中国近代文学发展史》第2卷，北京：高等教育出版社2001年版，第263页。

② 梁启超：《〈适可斋纪言纪行〉序》，郑振铎编：《晚清文选》，上海：生活书店1937年版，第447页。

③ 【美】柯文著，雷颐、罗检秋译：《在传统与现代性之间——王韬与晚清改革》，南京：江苏人民出版社1994年版，第143页。

④ 郭延礼：《中国近代文学发展史》第3卷，北京：高等教育出版社2001年版，第266页。

⑤ 梁启超：《清代学术概论》，上海：上海古籍出版社1998年版，第78页。

的思想的确有着重要的过渡价值，而且其政论文"感情充沛、气势宏伟、纵横恣肆、笔锋犀利，文中多杂以典故、佛耶语和新名词，而无视桐城派的清规戒律。康有为的散文实是梁启超'新文体'的先导。"① 谭嗣同（1865—1898）是晚清著名的思想家、政治活动家，曾主办《湘报》等报刊，其政论文最高成就是《仁学》40 篇，集儒道墨佛耶诸说，提出了"仁—通—平等"的主张，对专制政体发出了挑战。谭嗣同另外还有"报章文体"20 余篇如《论学者不当骄人》、《湘报后序》、《论湘粤铁路之益》、《群萌学会序》等，语言质朴晓畅，逻辑性强，骈散间用，颇富感染力。梁启超的政论文在晚清最具影响力。他在主笔《时务报》时就发表了大量宣传变法的文章，变法失败后流亡日本期间继续在《清议报》和《新民丛报》上撰文议论政事、宣传西方学术文化，这种文章被人称为"报章体"或"新文体"，虽还属于文言范围，却与历代古文不同，与桐城派古文更相去不可以道里计。梁启超政论文代表作有《变法通议》、《瓜分危言》、《南学会序》、《爱国论》、《少年中国说》、《呵旁观者文》、《过渡时代论》、《论中国国民之品格》、《新民说》、《自由书》等，主要特点为：一是内容上，视野广阔，包容了世界范围的新事物、新思想，并大量运用新的名词概念；二是结构上，讲究逻辑的严密清晰，不故作摇曳跌宕之姿；三是语言上，力求通俗流畅，为说理透彻而不避繁复；四是风格上，感情外露，具有强大的冲击力。

这里不得不提的是，晚清古文派殿军兼维新派思想家严复及其政论散文。这不仅因为他翻译的《天演论》影响了从梁启超、胡适、鲁迅到毛泽东等几代人，而且他的《论世变之亟》、《原强》、《辟韩》和《救亡决论》等起到了振聋发聩的作用，他以西方政治学、社会学原理来批判中国的政治体制，因而多切中要害，虽梁启超等也难以匹敌。只不过他的古文过于深奥，除了受到吴汝纶等人的喜欢之外，很难为一般人所接受。至于严复后来反对白话文，则另有原因。②

---

① 郭延礼：《中国近代文学发展史》第 3 卷，北京：高等教育出版社 2001 年版，第 284 页。
② 参看李钧：《先驱者"复古"现象考》，《社会科学论坛》，2004 年，第 1 期；《严复与经验论科学主义及其历史命运》，《山东社会科学》，2005 年，第 1 期。

二、资产阶级民主革命时期的政论散文

在资产阶级民主革命到来之际，政论文有了进一步的发展。邹容、陈天华文如其人，具有坚定的排满思想、爱国主义精神和民主主义气质。革命家章太炎因为"苏报案"而声名远扬，他的政论文更在当时的民族主义革命中发挥了重要的鼓呼作用，其中著名的政论文有《驳康有为论革命书》、《中夏亡国二百四十二年纪念会书》、《定版籍》、《革命之道德》、《讨满洲檄》、《排满平议》、《正仇满论》、《代议然否论》、《五无论》等，旗帜鲜明，具有极强的战斗性。章太炎喜用排比、比喻等手法，文气浩荡，形象而活泼；他旁征博引，援古证今，增强了文章的论辩力度；他于小学、经学、子学、史学、佛学等均有极深造诣。至于西学，"在古代则谈及希腊的埃里亚学派、斯多噶学派，以及苏格拉底、柏拉图、亚里士多德、伊壁鸠鲁等；在近代则举凡康德、费希特、黑格尔、叔本华、尼采、培根、休谟、巴克莱、莱布尼兹、穆勒、达尔文、赫胥黎、斯宾塞尔、笛加尔，以及斯宾诺沙等人的著作，几于无不称引。关于印度哲学，则吠檀多、波罗门、胜论、数论各宗、华法、华严、涅槃、瑜珈诸经，均随文引入。"[1] 因而他的政论文能置对手于死地，对民主革命的舆论宣传工作起了重要的推动作用。

南社领袖柳亚子的政论文受到了梁启超的影响，其政论文内容丰富，宣传民族主义和爱国主义，提倡民权，批判封建专制，带有鲜明的民主主义色彩。其主题大体有三：一是宣传民族主义，二是悼念革命先烈，三是张扬女权之作。

"辛亥革命前后的十余年（1905—1915），在政论方面以章太炎和章士钊的政论文成绩最大。"[2] 章士钊1903年参加了拒俄运动并任《苏报》主笔，在报上刊登了章太炎介绍《革命军》的文章和《驳康有为论革命书》，引发了"苏报案"，不久又创办《国民日日报》，人称"苏报第二"，后因参与了万福华刺杀王之春案而亡命日本；1907年留学英国，学习法律；1912年回国后，被袁世凯政府委以北京大学校长职，章士钊固辞不就；宋教仁案发生后，章士钊南下会晤孙中山，投身反袁运动；失败后再次亡命日本，并于1914年5月创办《甲寅》杂志，影响甚大，

---

① 侯外庐：《近代中国思想学说史》（下），上海：生活书店1947年版，第861页。

② 郭延礼：《中国近代文学发展史》第3卷，北京：高等教育出版社2001年版，第235页。

陈独秀、高一涵、李大钊等均因在此杂志发表文章而与章士钊交往。章士钊在1907年就编有《中等国文典》，对中国文法颇熟稔，又因为在英国研究西方法律和逻辑学，回国后成为大律师，因而其政论文被称为"逻辑散文"。代表作《政本》、《国家与责任》、《政力向背论》、《政治与社会》、《帝政驳论》、《自觉》、《时局痛言》、《国民心理之反常》等多系长篇大论，但大多从宪政法治角度切入，又讲中和，因而不偏不倚、逻辑清晰。由此可以说，章士钊的政论散文是一种建设性的宪政文，为推动中国法治建设做出了重要贡献。罗家伦曾说，中国的政论文到了章士钊"趋于最完备的境界……而且文字的组织上又无形中受了西洋文法的影响，所以格外觉得精密……可谓集'逻辑文学'的大成了。"[①]

黄远庸的政论文在资产阶级革命时期影响巨大。黄远庸1904年考中甲辰科进士，清政府委以知县，但黄远庸辞官不就而东渡日本，入中央大学法律科学习；1909年回国后在邮传部供职，后任参议厅行走兼编译局纂修官，文字刊登于各大报纸。他的政论文内容可以说是民国初年政治斗争的实录，尤其是对于袁世凯的丑行给予了有力的抨击与揭露。代表作有《平民之贵族奴隶之平民》、《少年中国之自由》、《我意今尚非高谈建设之时》、《新年所感》、《官迷论》、《政局之险恶》、《国人之公毒》、《新旧思想之冲突》、《社会心理变迁中之袁总统》、《个人势力与国家权利之别》、《正告袁总统》等。黄远庸的政论文平实质朴，犀利深刻又风趣幽默，因而广受百姓欢迎，可以说是现代中国报刊市民化趋势的反映。遗憾的是，黄远庸1915年赴美考察时被人暗杀，时年30岁，是民国以来因文致祸的第一人。

三、新文化运动与战斗杂文的成熟

由以上论述可以发现，陈独秀、李大钊、高一涵等五四新文化运动主将在民初时期就已经走上了舞台，而鲁迅、周作人、钱玄同、刘半农等也因为师从章太炎，并受到严复、梁启超等人的影响，具有了创造新文体的可能，这种新文体就是在1920年代成熟起来的、议论时政的杂感短论，即杂文。

《新青年》从1918年4月第4卷第4号起设立"随感录"栏目，专门刊发杂

---

① 罗家伦：《近代中国文学思想之变迁》，《新潮》，第2卷第5期，1920年9月。

文。稍后，李大钊、陈独秀主持的《每周评论》，李辛白主持的《新生活》，瞿秋白、郑振铎主持的《新社会》，邵力子主持的《民国日报》副刊《觉悟》等也都开辟了"随感录"专栏，杂文蔚成风气。但最引人注目的是《新青年》随感录作家群，他们共同形成了一种"新青年"精神，奠定了杂文在中国现代文学史上的地位，而鲁迅的杂文无疑是其中最具代表性的。

所谓"新青年"精神就是对新的希望和理想的追求。李大钊的《青春》、《新的！旧的！》、《今》、《新纪元》等，是对陈独秀《敬告青年》的回应。陈独秀的政论文《吾人最后之觉悟》、《一九一六》、《我之爱国主义》、《宪法与孔教》、《复辟与尊孔》、《偶像破坏论》，以及他的随感录《倒军阀》、《亡国与卖国》、《苦了章宗祥的夫人》、《别得罪亲日派》、《研究室与监狱》、《下品的无政府党》、《青年底误会》、《反抗舆论的勇气》等，激烈畅达，痛快淋漓。钱玄同随感录文风恣肆，在批判儒家旧思想、提倡白话文方面起到了开路先锋的作用，其《随感录四十四》、《随感录四十五》等庄谐并出，令人拍案叫绝。刘半农的《奉答王敬轩》、《作揖主义》有着黑色幽默的质感，显示出《新青年》随感录作者群的机智。

鲁迅一生共出版 14 个杂文集，以批判性、战斗性、时代性与创造性奠定了杂文的文体特征和文学史地位。鲁迅杂文的首要主题就是启蒙立人，他批判中国传统文化、批判国民劣根性、批判腐朽的政治制度、批判男权中心，都是为了中国人争到"人的价格"，成为"真的人"；他为人们确立了"一要生存，二要温饱，三要发展"的人生原则；他呼唤"任个人而排众数"的"超人"、"摩罗诗人"与"旧轨道破坏者"；鲁迅的出发点离维新时代与辛亥革命时代的"集体主义"或"群"的传统远了，离西方自由主义的核心却较近，他要做旧传统的破坏者与勇于牺牲的"教士"，他因为"重新估定一切价值"的勇气而成为中国人"精神上的医生"。[①]他对中国文明有这样一个基本概括："所谓中国的文明者，其实不过是安排给阔人享用的人肉的筵宴。所谓中国者，其实不过是安排这人肉的筵宴的厨房。"[②]在之后的创作中，鲁迅不断重复着这一判断，从而撕下了旧礼教的一切伪装：

---

① 【美】夏志清著，刘绍铭等译：《中国现代小说史》，上海：复旦大学出版社 2005 年版，第 35 页。
② 鲁迅：《灯下漫笔》，《鲁迅全集》第 1 卷，北京：人民文学出版社 1981 年版，第 216 页。

任凭你爱排场的学者们怎样铺张，修史时候设些什么"汉族发祥时代"、"汉族发达时代"、"汉族中兴时代"的好题目，好意诚然是可感的，但措辞太绕弯子了。有更其直截了当的说法在这里——

一、想做奴隶而不得的时代；

二、暂时做稳了奴隶的时代。①

鲁迅和陈独秀、胡适、李大钊、周作人等，如同盗取天火、偷运武器的普罗米修斯，以"拿来主义"的态度"别求新声于异邦"，从而使五四新文化运动波涛汹涌。由他们引入的理论武器有克鲁泡特金的无政府主义、马克思主义、尼采主义、易卜生主义、拜伦主义、杜威的实验主义、卢梭的民约论、叔本华的自我意志说、柏格森的创造进化论、武者小路实笃的新村主义、托尔斯泰的泛劳动主义、罗素的新实在主义等等，"尽管这些'药方'大都不能从根本上解决中国的实际问题，但它们作为中国延续了两千年的封建思想、传统文化的对立物出现，至少给'五四'青年一代以新的思想启迪，成为他们继续寻觅解决社会问题的关键钥匙的必然中介。"②

与新文学运动几乎同时开始的就是对马克思主义思想的传播，而早期马克思主义者陈独秀、李大钊所写的文章与其说是学术论文，不如说是继承了晚清政论散文与五四杂文的风格，更不用说他们的"随感录"本身就是杂文的典范。邓中夏、恽代英、成仿吾、肖楚女、李求实、沈泽民、沈雁冰、瞿秋白、蒋光慈等早期共产党人的文章也大多如此，既具政论散文的特点又具杂文的笔法，其情感性、主观性、鼓动性与时代性，与梁启超的"新文体"何其相似。

在 1920 年代还有两个重要的杂文流派，这就是鲁迅为首的"语丝派"和陈西滢为代表的"现代评论派"。1920 年代，《语丝》杂志周围形成了以鲁迅、周作人、钱玄同、刘半农、林语堂、孙伏园等为核心的语丝派。语丝体杂文在艺术上首先延续了《新青年》随感录的文风，纵横笔墨酣畅泼辣，既富有批判锋芒又处处显示着理趣和智慧。语丝杂文不仅在思想上一再冲破当时沉闷枯燥的社会现实，而

---

① 鲁迅：《灯下漫笔》，《鲁迅全集》第 1 卷，北京：人民文学出版社 1981 年版，第 213 页。

② 许志英、邹恬主编：《中国现代文学主潮》（上），福州：福建教育出版社 2001 年版，第 30 页。

且在文章趣味上也始终引领着一股刚健饱满之风。鲁迅的《论雷峰塔的倒掉》、《记念刘和珍君》、《无花的蔷薇》等都将杂文无往而不利的尖锐锋芒发挥到极致；周作人的个人主义的人间本位主义、早年对传统文化与复古思潮的决绝态度以及强烈的民族意识都是通过《语丝》上那些有血有肉、富有锐气与厚度的杂文表达出来的；钱玄同的《告遗老》、《中山先生与“国民之敌”》等杂文也是《语丝》体的典型风格。其次，语丝体的表现对象不拘一格、灵活多变，充分体现了杂文文体的自由张弛、涵容万物的体式优长。无论是对社会生活与思想界的混浊停滞，还是对一切专断与卑劣之人事；无论是有待催生的新事物，还是亟需排击的有害的旧势力；无论是紧迫的时事，还是积重难返的僵化传统，这些大小不一、轻重不同、关联现实又跨越时空的种种对象都在语丝杂文中得到表现，任意而谈，无所顾忌，确实实现了语丝同人在时代、文学与文化思想之间自由驰骋的创作意愿。第三，语丝杂文的语言率性活泼，机智幽默，特别是其峭拔的讽刺风格历来为人称道。语丝杂文不尚鸿篇巨制，也不以高头讲章式的教训文章为意，其思想锋芒与批判意味大都通过凌厉的短篇、精悍的随感、成熟的讽刺传达出来。语言与趣味上的这种自觉意识和成功实践，使语丝杂文不再仅仅是应对一时的时局与特定时代社会文化情势的短效文章，而是获得了兼具强烈的现实感与悠长的思想感兴的持久的艺术生命力。可以说，语丝杂文是反抗的文学，是自由的呼求，也是富有艺术活力的语言创造。

现代评论派是 1920 年代中期出现的一个文学与思想文化派别。就其思想倾向而言，现代评论派大都依凭英美文化与文学的滋养，信奉自由主义的政治与文化理念，同时也对中国传统的儒家思想特别是中庸主义抱持同情甚至亲和的态度。就其文学观念而言，现代评论派主要试图确立和实践一种中正平和又带有某种贵族气质的散文文体，以一种精神优越的文化贵族与西化绅士的超然眼光观察社会人生、品评文坛人事。现代评论派的主要代表是陈西滢、徐志摩、胡适等。其中，徐志摩的散文创作以华美灵动的情思、自然流淌的笔韵体现着现代散文的一种审美境界。陈西滢的“闲话”体散文舒卷自如，富有智趣，其知识积累和文学修养以及绅士风度都可在行文中闪耀光彩，丰富和强化了这一中国现代自由主义作家群落的文学实绩。现代评论派以其较为精致的散文体式、追求中庸的文化企图在客观上为我们反省历史、考辨文学演进提供了某种参照，表现出与后期《新青年》和《语丝派》迥异的文学取向。

梳理晚清政论散文到新文化运动时期的杂文，乃至中国共产党领导的无产阶级文学理论创造时期的文章，可以看到，政治在其中起着重要的影响与推动作用。但是其文体与思想却发生了诸多变化，质而言之主要表现在以下几个方面：一是思想上，由维新改良思想、资产阶级民主革命思想到无产阶级革命思想，发生了重大变化；人们在写作政论文时的思想依据，也由对中国传统经义的考据与阐释，转向了西方现代政治思想、马克思主义理论等，甚至具有某种"唯新唯西"的倾向；但是爱国主义、民主主义主旨和忧患意识没有变化。二是作者队伍的变化，这就是由晚清开明士绅到具有西学背景或留学经历的学者，由学者而记者、自由撰稿人，作者身份的这种变化说明政论散文代表了新的政治、经济、文化力量的声音，这些声音是时代的声音、变革的声音，也成为推动社会变革的舆论力量。三是媒体的变化，由刻印出书在精英小范围内传播，到办刊物长篇大论面向知识阶层，再到出报纸刊发"短平快"的杂文以面向大众，媒体的变化也是中国从晚清到 1920 年代社会现代化的一种折射。四是读者队伍由政治文化精英，向学生、市民的位移，这一变化中似乎隐有"民主化"进程的脉络。

第五节　从"梨园革命军"到政治话剧

中国传统戏曲的改良与西方话剧艺术的传入是在晚清到 1929 年间完成的。在这个过程中，除了话剧艺术的逐步成熟之外，反帝反封建的民主主义和爱国主义主题一直伴随着中国戏剧前进的脚步。

一、晚清戏剧改良运动

1898 年，梁启超在戊戌变法失败后亡命日本，创办《清议报》继续鼓吹维新改良理论，他不仅提出了文界革命、诗界革命和小说界革命的口号，而且主张戏剧改良，以期通过戏剧等文学艺术在振奋普通大众之心的基础上振兴中国。在梁启超等人看来，中国普通百姓的历史感、是非观在很大程度上由戏曲养成，优秀戏曲往往通过塑造人物来生动地反映中华民族优秀的传统美德，赞美历史上的英雄豪杰、志士仁人身上的高风亮节、奇智大勇，这对于民族性格的养成具有重要意义。梁启超不仅提出了戏曲改良理论，而且创作了《劫灰梦传奇》、《新罗马传奇》和《侠情记传奇》等三种戏曲，鼓励中国的仁人志士为建立一个独立文明富强的国家而努力；此外还创编过粤剧《班定远平西域》和《黄萧养回头》，两剧同样具有强烈的反帝爱国精神。史学家称这些剧作"开近代传统剧本革新的先声，在中国近代'戏剧改良'运动史上是有积极意义的。"①

资产阶级革命派也同样意识到了戏剧在革命宣传中的重要作用。1904 年，南社柳亚子、陈去病、汪笑侬等人创办了中国第一个戏剧专门刊物《二十世纪大舞台》，简章中称其创刊宗旨为"以改革恶俗，开通民智，提倡民族主义，唤起国家思想为唯一之目的"，其发刊词说，戏曲因为有绘影写声的生动性，因而"南都乐部，独于黑暗世界灼然放一线之光明。翠羽明珰，唤醒钧天之梦；清歌妙舞，招还祖国之魂。美洲三色之旌旗，其飘飘出现于梨园革命军乎！"他们的理想就是"他日民智大开，河山还我，建独立之阁，撞自由之钟，以演光复旧物推倒虏朝之壮剧、快剧，则中国万岁，《二十世纪大舞台》万岁！"由此可见，无论是改良派还是革命派，都把戏曲看成是宣传政治、提振民心的武器，十分强调其"风化"作用。

在先驱者们的大力倡导下，《新小说》、《绣像小说》、《月月小说》和《二十世纪大舞台》等刊物刊登了大量传奇、杂剧和弹词本，密切配合政治斗争，积极宣扬资产阶级改良主义和革命民主主义思想，发出了扶危救亡的呼唤，在一定程度上揭露了帝国主义的侵略罪行及清廷的腐朽统治，歌颂了历史上的民族英雄，颂扬了当时资产阶级改良运动和资产阶级运动中的代表人物。在当时的戏剧改良方面，实践最力的当属汪笑侬。他编创了《哭祖庙》、《受禅台》、《张松献地图》、《六军怒》、《党人碑》、《桃花扇》等，虽然采用的是旧剧形式，也没有提出明确的政治主张或社会革命思想，但影射了当时的政治情势，对投靠帝国主义、迫害国内人民的封建统治者给以讽刺和打击。稍后，汪笑侬还与上海的潘月樵、夏月润兄

---

① 郭延礼：《中国近代文学发展史》第 2 卷，北京：高等教育出版社 2001 年版，第 216 页。

弟一起尝试编演抨击时政的"时装新戏"《潘烈士投海》、《黑籍冤魂》、《波兰亡国惨》等，其中《波兰亡国惨》[①]鼓吹"非团结，用铁血主义，不足以自存"的思想……真无愧"梨园革命军"的称号。

陈独秀和陈天华等人也把戏曲与中国的振兴联系起来。陈独秀《论戏曲》[②]以通俗生动的笔触，雄辩地说明了戏曲艺术的教育作用和社会功能。首先，他肯定了戏曲是人们最愿意看到的一种艺术形式，具有潜移默化的影响。其次，他反对那种认为看戏是"游荡无益的事"的说法，相反认为那些"唱得好的戏"有着中国优秀的传统美德。第三，他系统论述了改革中国传统艺术的意见。陈独秀还在此文中称戏园为"普天下人之大课堂"，优伶"实普天下人之大教师"，这就涉及到了封建社会秩序问题——在我国封建时代，"娼优吏卒"都属最下贱的职业，至清代时仍明文规定这些人"不许他过考为官"。社会上更是把"优"视作"忘八戏子吹鼓手"，压在社会最低层。因而陈独秀所谈已不仅是戏曲问题，而是社会问题了……

陈天华善于运用我国民间文艺和传统文学形式来宣传革命主张，所作的说唱弹词、章回小说和古曲杂剧作品，以旧形式表达新思想，在辛亥革命时期曾产生过巨大影响。杂剧《黄帝魂》是陈天华所作章回小说《狮子吼》的"楔子"，是一个单折杂剧，只有一个无名无姓的"新中国之少年"，以浪漫主义的幻想形式，说唱中华儿女反帝反封建的功绩，歌颂新中国之独立自由和建立共和国的理想，意欲唤醒黄帝子孙的革命意志：

　　（混江龙）笑处堂燕雀纷纷，颓厦闹寒暄，昨夜西山雨妒，今朝南海
　　春妍。放着他血海冤仇三百载，鬼混了汉家疆宇十余传。鱼游沸釜慢胡
　　缠，龙潜沧海终神变。看一旦风云起陆，波浪掀天。

---

① 《波兰亡国惨》又名《瓜种兰国》或《亡国惨史》，1904年8月首演于上海，是京剧舞台最早演出的外国戏。

② 《文物天地》1981年第4期刊登了王树棪的《陈独秀在清末创办安徽俗话报》一文，介绍陈独秀1904年创办《安徽俗话报》的情况，并谈到陈独秀署名"三爱"在该报撰文，1904年9月10日发表在《安徽俗话报》第11期上的《论戏曲》，便是陈独秀用白话文写的戏曲理论文章，次年发表在《新小说》上的同名文章又改为文言。

想当年俺一班同志对付那满洲政府的手段啊！（唱）

（油葫芦）十万横磨如电闪，一霎入幽燕。挟秋霜，挥落日，扫浮烟。烽火断神州，血浪黄河。毳幕走狐群，落叶西风卷。①

《狮子吼》对清朝统治者残酷镇压汉族人民表达了无比愤慨，对晚清的黑暗腐败做了无情的揭露；杂剧《黄帝魂》作为小说的楔子，也同样贯穿着强烈的反清光复、反抗欧亚列强侵略的激情。另外，《黄帝魂》表达了资产阶级民主共和的理想与愿望，充满着炽热的爱国热忱、充沛的革命激情和乐观的必胜信念，作者预言黄帝子孙将在舞台上演出革命风云的话剧，寄托着资产阶级民主革命的理想。这种以戏曲反映革命现实的戏剧观念，正是晚清戏曲创作的进步倾向，是时代的特点和形势的要求所决定的，对当时反帝爱国的革命斗争起着积极的推动作用。

但是不能不指出的是，旧戏改良并没有取得重大的成就，尤其是在满清政府的强力禁锢之下，是不可能有大规模的创造的。比如汪笑侬等1904年在上海编排的《波兰亡国惨》，刚刚上演就被清朝地方官员与上海租界下令禁演了，由此不难看出当时的旧戏改良举步维艰的局面。

二、"文明戏"的诞生

话剧作为一种西方戏剧形式，19世纪中期由西方侨民传入中国。1866年，上海西人业余剧团在中国建立了第一个正规剧院——上海兰心剧院，每年演出数次。中国人的话剧演出活动是从教会学校学生的业余演出开始的，比如上海圣约翰书院1899年上演了《官场丑史》，上海南洋公学1900年演出了《六君子》等。

1907年，中国留日学生李叔同、曾孝谷、陆镜若、欧阳予倩等在东京组织成立"春柳社"，这是中国人成立的第一个话剧团体。早期春柳社演出了《茶花女》、《黑奴吁天录》等翻译剧目，注重演出的布景、道具、服装、化装和表演的"写实性"，从而使这种主要以言语、动作为表现手段的"文明戏"，与以歌舞为主要形式、以写意性为特质的中国传统戏曲区别开来。

---

① 刘晴波、彭国兴编校：《陈天华集》，长沙：湖南人民出版社1958年版，第103页。

在众多"文明戏"剧团中，最有影响的是任天知创办的进化团。进化团 1910 年成立，辛亥革命爆发后又日益活跃起来。任天知等人于 1911 年 11 月编演了《黄金赤血》、《共和万岁》等直接反映革命斗争的剧目，鼓舞群众投身保卫新生共和政权的洪流，演出曾轰动了当时的上海。进化团宣传革命，攻击封建统治，突出戏剧的政治教化功能，创造了中国现代话剧的早期创作和"广场戏剧"演出模式，文明戏也形成了全国性的影响。但 1912 年以后，随着革命形势走向低潮，进化团的政治热情受到挫折，加上旧戏曲势力的排挤和剧团内部一些成员在艺术作风、生活作风上的腐化，进化团终于解散。但它的一些主要骨干成员仍活动于新剧界，其演剧风格也对后期文明新戏产生了直接影响。

"文明戏"兴盛时期的另一支重要力量是从日本归国的春柳派。他们的活动稍晚于进化团，活动时间则较后者更长。春柳派的国内演剧起初也曾以《黄花岗》、《运动力》等配合辛亥革命宣传，但主要剧目《家庭恩怨记》、《不如归》、《社会钟》等仍以家庭悲欢离合故事为主，至春柳派后期逐渐向进化团的演剧风格靠拢了。

民国初年"文明戏"剧团林立，剧目繁多。仅上海一地就先后成立过 30 多个剧团，拥有演员 1000 余人。但较有影响的有六大剧团，即郑正秋的新民社（1913），经营三、张蚀川的民鸣社（1913），孙玉声的启民社（1913），苏石痴的民兴社（1914），朱旭东的开明社（1912），以及陆镜若的春柳剧场（1914），他们联合组成"新剧公社"，联合公演，获得了很高的商业成功。其中郑正秋编导的《恶家庭》开创了文明新戏的最高票房价值。"新剧公社"淡化了话剧的教化功能，突出了戏剧的娱乐性和表现性，题材也倾向于世俗生活，自觉地突出市民阶层的审美情趣，却远离了文明戏的初衷。

三、从启蒙话剧到"无产阶级戏剧"兴起

五四新文化运动时期，周作人、胡适、钱玄同等对旧戏所包含的封建毒素进行了批判与清理，主张"把戏剧做传播思想、组织社会、改善人生的工具"[①]，提倡现实主义戏剧观，要求戏剧在现实社会里取材，表现人们日常的生活，描写平常

---

① 洪深：《中国新文学大系·戏剧集》导言，上海：良友图书印刷公司 1935 年版，第 20 页。

的普通人，如实地揭示现实本来的面目——更为成熟的话剧运动应运而起。在戏剧实践方面，南开新剧社在张彭春指导下排演的《新村正》于1918年在天津、北京两地上演，引起巨大轰动。《新村正》通过劣绅吴二爷将土地租给外国公司以谋取私利和新村正职位的故事，真实细致地反映了袁世凯当政后中国北方农村生活图景，揭示了帝国主义势力已深入到中国农村并与封建势力一起对中国农村经济进行掠夺的现实。此剧打破了大团圆主义，在手法上将写实性与写意性进行了有机融合，标志着中国话剧实践的一个新起点。

五四新文化运动对于旧戏的批判、对于话剧的提倡与理论引介，主要是从启蒙角度展开的，其现实主义的态度、其"平民文学"的立场导致了此后的话剧创作对于社会、人生现实的关注，走向民间、走向反帝爱国也就成为主要的取向。也就是说，五四话剧看似与政治无关，但在中国话剧的发展史上具有着承前启后的桥梁作用。不过新兴话剧真正通过舞台演出的实践立住脚跟，经过了一段曲折的历程。

1920年10月，上海新舞台在汪仲贤的积极推动下演出萧伯纳名剧《华伦夫人之职业》，虽不惜耗资，认真排练，但卖座率却不及《济公活佛》一类"魔术派新戏"的四分之一。这说明：第一，西方戏剧观念和外国剧本的新内容，很难一下子就被中国观众接受，戏剧观念的革新必须充分注意到中国传统的审美习惯，剧本内容应切合中国实际，表演艺术也要相应地加以革新；第二，旧剧和没落的"文明戏"虽然脱离时代，脱离现实，但它们在半殖民地半封建的中国还有着商业上的优势，新兴话剧必须打破营业性质的束缚，开辟一条发展艺术的道路。

汪仲贤经过反省后，于1921年3月联合沈雁冰、郑振铎、陈大悲、欧阳予倩、熊佛西、徐半梅等13人在上海创立中国第一个"爱美的"戏剧团体——民众戏剧社，并创办了新文学运动以来第一个专门戏剧杂志——《戏剧》[1]。民众戏剧社宣称："'当看戏是消闲'的时代，现在已经过去了，戏院在现代社会中，确是占着重要

---

[1] 《戏剧》在1921年10月出满1卷6期后，随着民众戏剧社的解体，由上海迁至北京，成为"新中华戏剧协社"的社刊。

的地位，是推动社会使前进的一个轮子，又是搜寻社会病根的 X 光镜……"① 它提倡"艺术上的功利主义"、"写实的社会剧"，反对"把外国最新的象征剧、神话剧输入到中国戏剧界来"。② 这些主张都体现着五四"为人生"的现实主义戏剧思想。泽民执笔的《民众戏院的意义与目的》还根据罗曼·罗兰的观点，提出要用戏剧使"劳工们"得到"娱乐"、"能力"、"知识"；"编剧者和演剧者"要把眼光转移到民众这方面来。③ 但是，民众戏剧社本身并没有演出活动，其主要功绩除了在于大力介绍欧洲现代写实的社会剧和戏剧理论外，还在于继承和发扬了《新青年》的革命精神，对旧剧和堕落了的文明戏展开批判，为扫除新兴话剧发展道路上的障碍、促进"爱美的"戏剧运动起了积极的作用。

在北京，由于受新文化运动的影响，北京实验剧社于 1921 年 11 月成立，发起人为何玉书、李健吾、封至模、陈大悲等 11 人，但它除应邀参加募捐活动或为游艺演出外，很少单独公演。1922 年 1 月，陈大悲、蒲伯英等有感于各地各校都有爱美的剧社出现，"但是各地学校的剧社还是不能互通生气，不能互通长短，不能互通助力"④，"觉得中国新戏剧的创造应当由全中国的爱美的戏剧家负责"⑤，于是组织成立了新中华戏剧社。该社"国内共有四十八个团体社员，两千多个人的社员"⑥，但此社仅对当时北京学生演剧活动起过一定的指导和推动作用，此外就是出了 4 期《戏剧》。

真正重视舞台实践而成为"爱美的"戏剧运动柱石的，是前后奋斗了十二年、举行过 16 次公演的上海戏剧协社。它是在黄炎培的支持下，在欧阳予倩的赞助下，由马振基发起，于 1921 年 12 月在上海戏剧社和少年化装宣讲团的基础上组织成立的。他们排演的《少奶奶的扇子》大获成功，这意味着新兴话剧经过艰难的探索，

---

① 《民众戏剧社宣言》，《戏剧》，第 1 卷第 1 期，1921 年 5 月。见《中国新文学大系·戏剧集》导言，上海：上海文艺出版社 2003 年版，第 23 页。

② 蒲伯英：《戏剧要如何适应国情》，《戏剧》，第 1 卷第 4 期，1921 年 8 月。

③ 泽民：《民众戏院的意义与目的》，《戏剧》，第 1 卷第 1 期，1921 年 5 月。

④ 《新中华戏剧运动的大同盟》，《晨报副刊》，1922 年 2 月 14 日。

⑤ 陈大悲：《关于〈戏剧月刊〉的报告》，《晨报副刊》，1922 年 1 月 24 日。

⑥ 转引自杨邨人：《近代中国艺术发展史·戏剧》，上海：良友图书印刷公司 1936 年版，第 13 页。

终于立足于中国舞台。

在上述各小资产阶级知识分子为骨干的"爱美的"戏剧社竞相演出的同时，各地的工农业余演剧活动也初露端倪。中国工人阶级在五四运动中开始作为独立的政治力量登上政治舞台，1920年以后，各地共产主义小组相继成立，早期共产主义者纷纷深入到工农群众中去从事宣传、组织工作，促进了工人运动的迅速发展。在这样的背景下，第一面工农业余演剧的旗帜树立起来了，这就是中国工农运动中最早牺牲的烈士黄爱、庞人铨领导的成立于1920年的湖南省劳工会女工新剧组。庞人铨不仅是工人运动领袖而且是中国第一位工人剧作家。他1921年创作的《人道之贼》、《金钱万恶》、《社会福音》等剧本，取材于工人生活，有着鲜明的反对封建军阀、反对资本家剥削的主题思想，通过女工新剧组的演出，发挥了积极的战斗作用。1921年5月1日，女工新剧组在湖南省劳工会营救黄爱出狱的万人示威大会上演出《金钱万恶》，助长了大会的声势。1923年1月，上海工人为纪念黄爱、庞人铨牺牲一周年，演出了峻岑创作的两幕哑剧《觉悟的民众》，极大地鼓舞了广大工人观念的斗志。这期间，在农民运动高涨的地区，农民演剧活动也开始兴起。例如拥有两万户会员的广东海丰农会就常以演戏的方式进行宣传，该会宣传部1923年春节演出的话剧《二斗租》有5000余人观看，"当演至贫农被田主侮辱时，状至哀，观众悲愤交集，会场为之鼓噪。"[①]1925年五卅运动前后，全国的革命群众运动风起云涌，与此相适应，各地的业余演剧活动愈发活跃。黄埔军校学生军也在顾仲起、向培良、白薇等发起下，组织了血花剧社。该社不但在军内演出，还到广州街头为群众演出……这些工农兵演剧组织的出现，虽然没有改变处于草创期的新兴话剧局限于知识分子圈子里的总体状况，却代表了一种新的方向。

从1924年就酝酿而终至1928年正式成立的南国社，为现代中国戏剧打开了一个崭新的局面。"南国社是20年代影响最大的戏剧团体，它在思想上的反帝反封建的斗争精神，它在艺术上的执著探求的精神，都在戏剧史上写下了光辉的一

---

① 邓中夏:《中国农民状况及我们运动的方针》,《中国青年》,第13期,1924年1月。

页。"① 该社以"团结能与时代共痛痒之有为青年作艺术上之革命运动"为宗旨②，极力倡导"在野"的艺术运动，主张"艺术运动是应该由民间硬干起来，万不能依草附木"③。而且"'话剧'这个名词，也在 1928 年 4 月经洪深提议并得到田汉、欧阳予倩的赞同而固定下来。这一切都表明，新兴话剧已经初步在中国立住了脚，并在时代潮流的推动下，向前跨出了可喜的一步。"④

在早期的话剧创作中，除了表现爱情上的新旧思想道德的斗争，还从许多方面触及到了当时中国的社会弊端。如陈大悲的《幽兰女士》、熊佛西的《青春的悲哀》、白薇的《打出幽灵塔》、李健吾的《另外一群》等，把爱情遭遇与官僚豪绅的家庭矛盾及伦理道德问题结合起来进行描写，暴露了半殖民地半封建社会的黑暗、腐朽及其虚伪的道德。汪仲贤的《好儿子》、谷剑尘的《冷饭》等剧则从小市民的家庭矛盾中，揭示出金钱势力的诱惑、殖民统治的压迫以及苟安自私的社会心理给小人物带来的苦难。胡也频的《鬼与人心》、马彦祥的《母亲的遗像》从夫妻、父女关系的悲剧性变故中，写出了那个吃人社会中人格的毁灭和人性的沦丧，而事件中的罪魁祸首则直指军阀政权中的官僚、买办和土豪劣绅，因而具有重要的批判现实意义。另外，洪深的《赵阎王》、陈大悲的《虎去狼来》和《江村小景》、田汉的《苏州夜话》、熊佛西的《蟋蟀》等，直接控诉了军阀战争的罪恶。蒲伯英的《阔人的孝道》对军阀政权中"当道的一位大官"贪婪虚伪的丑恶嘴脸进行了暴露和批判。而蒲伯英的另一个剧本《道义之交》则讥讽了那个社会土壤培育出的"道义"——尔虞我诈。叶绍钧的《恳亲会》也是一个有积极意义的剧本，从教育改良的角度反映了封建保守势力对民主科学精神的巨大威胁，而这正是中国现代历史上一个不可忽视的社会问题。

当时倾向革命的作家们，还对"三座大山"压迫下的人民的苦难及其觉醒进行了反映。陈绵的《人力车夫》、胡也频的《瓦匠之家》、欧阳予倩的《车夫之家》、朴园的《农家》、钱杏邨的《农民的悲哀》等描写了城乡劳动者的非人生活。熊佛

---

① 陈白尘、董健主编：《中国现代戏剧史稿》，北京：中国戏剧出版社 1989 年版，第 109 页。

② 《南国社简章》，见《中国新文学大系·史料·索引》，上海：良友图书印刷公司 1936 年版，第 204 页。

③ 田汉：《我们的自己批判》，《南国月刊》，第 2 卷第 1 期，1930 年。

④ 陈白尘、董健主编：《中国现代戏剧史稿》，北京：中国戏剧出版社 1989 年版，第 110—111 页。

西的《醉了》（又名《王三》）虽然写的是清朝末年的事，但剧中的王三被生活所迫，不得不干自己所厌恶的刽子手职业，他那心灵的战栗是对黑暗现实的反映与反抗。特别是随着工人阶级登上政治舞台、中国共产党的成立和工农革命运动的开展，出现了一批反映工人斗争的剧本，如庞人铨的《社会福音》、峻岑的《觉悟的民众》、田汉的《午饭之前》和《火之舞蹈》、李健吾的《工人》、熊佛西的《甲子第一天》等，尽管由于大多数作者当时尚未接受科学社会主义学说，对工人斗争的表现还谈不上深刻有力，但这类剧本的出现，在现代戏剧史上具有重要意义，它们是 1930 年代无产阶级戏剧的前驱。1927 年大革命失败后，一些剧作反映了进步青年的苦闷、彷徨和新的追求，如田汉的《南归》最有代表性。此外如柔石的《革命家之妻》、杨骚的《蚊市》等也从这个侧面表现大革命失败后的生活现实：前者写昔日为革命奔走的青年在新的压迫下的挣扎与苦斗，后者写死于反革命大屠杀的革命烈士的遗孀以及知识青年在吸血者包围中的悲惨遭遇。

在半殖民地社会里，新旧军阀的后台都是帝国主义列强，因而反帝爱国就成为现代戏剧的重要主题。五四前后，南开学校新剧团演出的《新村正》、郭沫若的《棠棣之花》、庞人铨的《人道之贼》、陈大悲的《爱国贼》等都带有强烈的反帝倾向。而五卅惨案后，郭沫若的《聂嫈》表达了战斗的决心；田汉的《黄花岗》则歌颂了资产阶级民主革命烈士；侯曜的《山河泪》描写朝鲜民族的亡国之痛；熊佛西的《一片爱国心》通过一个家庭的矛盾纠葛表现出爱国反帝的主题。尤其是郑伯奇的《抗争》，正面描写了热血青年与企图侮辱中国妇女的帝国主义士兵的英勇搏斗，此剧以其题材、主题的现实性和尖锐性而发生了重大影响。

1929 年，中国无产阶级文学已从大革命失败的阴影中走出来，戏剧界也被重新唤醒，其标志性事件是，上海艺术剧社于 1929 年 6 月 5 日成立，社长郑伯奇，主要负责人为夏衍，成员包括冯乃超、陶晶孙、钱杏邨、孟超、杨邨人、司徒慧敏、陈波儿、王莹、吴印咸等。上海艺术剧社在中国现代史上第一次提出了"无产阶级戏剧"的口号，标志着中国共产党对现代戏剧运动的直接领导，使中国"戏剧运动由反帝反封建的一般民主主义的战斗传统，走到无产阶级革命的轨道上来"①，

---

① 陈白尘、董建主编：《中国现代戏剧史》，北京：中国戏剧出版社 1989 年版，第 187—188 页。

也推动了中国话剧界的左转，为"左联"时期的无产阶级戏剧运动做了准备。

另外，南京国民政府发起了"三民主义文艺运动"。1928 年 10 月，南京政府发表《训政宣言》，宣布进入"以党治国"的"训政"时期。与政治极权相同步，南京政府也加强了对思想文化领域的统制。除推广党化教育外，还竭力以一个主义规范言论与出版。1929 年 1 月，国民党中执委决议通过的《宣传品审查条例》规定，凡与党政有关的各种宣传品必须呈送中央宣传部审查，凡"宣传共产主义及阶级斗争者"、"宣传国家主义、无政府主义及其他主义，而攻击本党主义、政纲、政策及决议案者"均为反动宣传品，应予"查禁、查封或究办之"。在此政策下，仅 1929 年就查禁了包括《创造月刊》、《幻洲》、《无轨列车》在内的 270 余种期刊。与此同时，国民党中宣部控制的报纸副刊自 1928 年下半年起率先倡导"三民主义文学"和"民族主义文学"运动。但就话剧而言，三民主义文艺运动仅留下几部独幕剧，可谓无大建树。

文学个案解读

第六节　梁启超其人其文

梁启超（1873—1929），字卓如，号任公，别号饮冰室主人、饮冰子、哀时客、中国之新民、自由斋主人等。广东新会人，自幼接受传统教育，12 岁中秀才，17 岁中举人，1890 年赴京会试，不中。回粤路经上海，看到介绍世界地理的《瀛环志略》和上海机器局所译西书，眼界大开。1891 年就读于万木草堂，接受康有为思想学说，走上维新改良道路。1895 年春再次赴京会试，与康有为发起"公车上书"。维新运动期间，梁启超主持北京《万国公报》和上海《时务报》笔政，又赴澳门筹办《知新报》，其政论文章在社会上有很大影响。1897 年出任长沙时务学堂总教习，在湖南宣传变法思想。1898 年在京参加变法运动，7 月受光绪帝召见，进呈《变法通议》，赏六品衔，负责办理京师大学堂译书局事务。同年 9 月变法失败，逃亡日本，一度与孙中山为首的革命派有过接触，并创办《清议报》和《新民丛报》，大量介绍西方社会政治学说，影响甚巨。

武昌起义爆发后，梁启超参与南北议和。民国初年支持袁世凯，并承袁意将民主党与共和党、统一党合并，改建进步党，与国民党争夺政治权力。1913 年，进步党"人才内阁"成立，梁启超出任司法总长。1915 年底，袁世凯称帝野心日益暴露，梁启超与蔡锷筹划武力反袁，在云南、两广地区发动护国战争。袁世凯死后，梁启超出任段祺瑞北洋政府财政总长兼盐务总署督办。1916 年 9 月，孙中山发动护法战争，11 月段内阁下台，梁启超也随之辞职，从此淡出政坛。

梁启超 1918 年底赴欧游历，了解到"一战"后西方社会的诸多问题和弊端，回国后写成《欧游心影录》等宣扬西方文明破产论，主张光大传统文化，用东方的"固有文明"来"拯救世界"，从此转向国学研究和学校教育。1922 年起在清华学校兼课，1925 年应聘为清华国学研究院导师。1927 年因病离开清华研究院教职；1929 年病逝于协和医院。

梁启超一生著述达 1400 万字。梁启超去世后由林宰平（志钧）于 1936 年编成《饮冰室合集》148 卷，由中华书局出版。

一、梁启超的文学革命主张

梁启超对文学革命感兴趣缘于对黄遵宪"我手写我口"的诗界革命的支持。1899 年，梁启超在《夏威夷游记》中系统阐释"诗界革命"主张，认为"诗之境界，被千余年来鹦鹉名士（余尝戏名词章家为鹦鹉名士，自觉过于尖刻）占尽矣，虽有佳章佳句，一读之，似在某集中曾相见者，是最可恨也。故今日不作诗则已，若作诗，必为诗界之哥仑布、玛赛郎然后可。……欲为诗界之哥仑布、玛赛郎，不可不备三长：第一要新意境，第二要新语句，而又须以古人之风格入之。"[①] 其主张被概括成"以旧风格含新境界"。应当说梁启超的这种见解符合文学渐进改良的规律。后来，梁启超还在《饮冰室诗话》中对"诗界革命"的历程有所回顾，并

---

① 梁启超：《饮冰室合集》专集第 22 册，北京：中华书局 1941 年版，第 189—190 页。

对"近世诗界三杰"夏曾佑、黄遵宪、蒋智由的诗作进行了热情洋溢的点评。他本人还在1922年就新诗创作问题与胡适书信往还，胡适也曾为他修改诗词。但在梁启超心中，"诗界革命"远不如"文界革命"和"小说界革命"那么重要，因为诗歌是"主内"的，主要用来表现诗人内在情感趣味，这种自我表现的艺术形式是很难起到救世济民的"觉世"作用的，因而只能算是雕虫小技。比较起来，小说具有熏、浸、刺、提的"群治"作用，当然就是"文学之最上乘者"了。

梁启超提出了"文界革命"并实践这一主张，创立了"时务文体"。他早在《湖南时务学堂学约》中，就将文章分为"觉世之文"与"传世之文"："传世之文，或务渊懿古茂，或务沉博绝丽，或务瑰奇奥诡，无之不可；觉世之文，则辞达而已矣，当以条理细备，词笔不必求工也。"他在1902年写成的《饮冰室文集·原序》中又说："吾辈之为文，岂其欲藏之名山，俟诸百世之后也，应于时势，发其胸中所欲言。然时势逝而不留者也，转瞬之间，悉为刍狗。……若鄙人者，无藏山传世之志，行吾心之所安，固靡所云悔。"因此他逐步形成了这样的文风："务为平易畅达，时杂以俚语韵语及外国语法，纵笔所至不检束，学者竞效之，号新文体。老辈则痛恨，诋为野狐。然其文条理明晰，笔锋常带情感，对于读者，别有一种魔力焉。"① 梁门弟子吴其昌说："就文体改革的功绩论，经梁氏等十六年来的洗涤与扫荡，新文体的体制、风格，乃完全确立。国民阅读的程度，一日千里，而收获了神州文字革命成功之果了。"② 时务文体不仅带来了"报纸改革"的成功，成就了梁启超这位"舆论之骄子，天纵之文豪"③，而且"就超越的意义言，同时收获了'文体改革'的效果，并且即文体改革为工具，为利器，连带收获了'政体改革'的成功，以至'国体改革'的成功。"④

梁启超也曾有意于"戏剧革命"，并始终关注着戏剧界。他不仅与弟弟梁启勋都创作过传奇剧本，而且至晚年时仍然对汪笑侬的戏剧改良大加称赞，还为谭鑫培绣像题诗……但是这方面的革新主张也远不如他在"小说界革命"方面用力大。

---

① 梁启超：《清代学术概论》，上海：上海古籍出版社1998年版，第85—86页。
② 吴其昌：《梁启超传》，天津：百花文艺出版社2004年版，第23—24页。
③ 吴其昌：《梁启超传》，天津：百花文艺出版社2004年版，第23页。
④ 吴其昌：《梁启超传》，天津：百花文艺出版社2004年版，第25页。

文学史家认为："梁启超是最早的'小说救国'论者"①，"一场号为'小说界革命'的文学运动，揭开了中国小说史上崭新的一页。……更重要的是，'小说为文学之最上乘也'这一高论，成了20世纪最有前瞻性、也最具影响力的文学口号。"②梁启超的《论小说与群治之关系》被看做是"近代文学史上最重要的文论之一，是'小说界革命'的宣言书"。③在这篇文章里，梁启超把小说提升到至高的位置。但他将小说提高到如此崇高的地位，绝非"为艺术而艺术"，而是别有怀抱。正如他在《译印政治小说序》中所说："在昔欧洲各国变革之始，其魁儒硕学仁人志士，往往以其身之所经历及胸中所怀政治之议论，一寄之于小说，于是彼中辍学之子……靡不手之口之，往往每一书出，而全国之议论为之一变，彼美英德法奥意日本各国政界之进，则政治小说为最高。"由此可见他的"新小说"思想、他的输入政治小说，目的均在变法革新，他将小说看做"经国之大业，不朽之盛事"，有着强烈的"载道"和"觉世"思想。也正是因为他看到小说有着通俗易懂的"工具性"，有利于新思想的通俗化、普及化，有利于刷振国民精神，有利于使国民形成现代民族国家观念以反抗列强侵略，才发出了如此煽动性的言论。联系到他在戊戌变法以前还与康有为对文人和诗人大加贬斥，以之为无行误国，研究者就不能否认梁启超"新小说"思想的"功利性"。但是在客观上，现代中国文学的繁荣又不能不感谢这位舆论家的鼓吹。比如他在《论小说与群治之关系》中将小说的社会价值提高到了前所未有的高度，进而指出小说具有熏、浸、刺、提的作用，在"群治"的养成方面具有重要意义。"熏"指的是小说创造的艺术生活环境的感染作用；写实的、理想的艺术生活因其表现的成功，像空气、菽粟一样成为生活中须臾不离的要素，久入此境，人必被同化。"浸"与"熏"的艺术作用类似，只是前者重在空间境地，后者却是注重时间的作用。"刺"就像禅宗的"当头棒喝"，是指艺术力量的强烈及其震撼人心的效果，这种效果不是严肃的宣教所能达到的。如果说前三者是从传播对象讨论，那么"提"则是从接受者一方讨论，是说经由

① 钱理群、黄子平、陈平原：《二十世纪中国文学三人谈·漫话文化》，北京：北京大学出版社2004年版，第18页。
② 陈平原：《当代中国人文观察》，北京：人民文学出版社2004年版，第217页。
③ 程文超：《1903：前夜的涌动》，济南：山东教育出版社1998年版，第5页。

长期艺术熏陶并产生移情作用之后，一些重要的品德开始在接受者的心中生根，接受者主动向艺术对象靠拢，进入那个境界，接近小说中的主人公的立身处世准则。这四种力量有类似于道德教化的作用，也接近宗教的度入到理想境界的原理。

正因为梁启超的文学革命主张和创作实绩，所以被尊为中国新文学的开创者。正如钱玄同所说："梁任公实为创造新文学之一人。虽其政论因时变迁，不能得国人全体之赞同，即其文章，亦未能尽脱帖括蹊径，然输入日本新体文学，以新名词及俗语入文，视戏曲小说与论记之文平等，此皆识力过人处。鄙意论现代文学之革新，必数梁君。"①

二、《新中国未来记》

《新中国未来记》是梁启超唯一的创作小说，是一部"专欲发表区区政见，以就正于爱国达识之君子"的政治小说，也是梁启超政治理想与英雄情结的形象化表达。尽管这部小说"似说部非说部，似稗史非稗史，似论著非论著，不知成何种文体，自顾良失笑"，但既然抱着期盼"将来无名之英雄"来"救此一方民"的思想，也就顾不得其他了。他还在序中说，他之所以创办《新小说》杂志，就是要连载这部小说。"为一部小说而创一个刊物，这恐怕在文化史上是一个突出的现象，可见他是很重视这部小说的。这部小说写了一个理想主义的梦。"②小说初刊于《新小说》杂志，前四回连载于 1902 年 11 月至次年 1 月的《新小说》第 1—3 号，第五回则刊于 1904 年 1 月 17 日出版的《新小说》第 7 号。小说虽是未完稿，却一向被视为体现晚清"小说界革命"宗旨的代表作。③

小说第一回"楔子"以"将来时"开篇，站在"立宪期结束"的 1962 年来"回顾""中国近六十年史"④。南京举行维新五十周年大庆典，由于中国自维新后一跃成为世界强国，所以各国全权大臣齐集南京，诸友邦也"特派兵舰来庆贺"。与此

---

① 钱玄同：《寄陈独秀》，《新青年》，第 3 卷第 1 号，1917 年 3 月。

② 杨义：《杨义文存》第 4 卷，北京：人民出版社 1998 年版，第 31 页。

③ 关于小说第五回是否梁启超手笔，学界仍有争论。夏晓虹认为第五回出自梁氏之手，见解颇深，推论有理。参见夏晓虹：《谁是〈新中国未来记〉第五回的作者》，《中华读书报》，2003 年 5 月 21 日。

④ 小说原文注为 2062 年，有误。

同时，上海"开设大博览会"，"不特陈设商务、工艺诸物品而已，乃至各种学问、宗教皆以此时开联合大会"。一时各国专家学者来集者不下数千人，开起了各种演说坛和讲论会。其间最引人瞩目的是全国教育学会会长、文学大博士"曲阜先生"孔觉民讲演"中国近六十年史讲义"。

第二回"孔觉民演说近代史　黄毅伯组织宪政党"，倒叙共和国维新成功的原因在于"宪政党"的努力。宪政党有着严格的党纲，党纲规定：立法、行政、司法三权分立；按"美国举大统领之法"设会长一个、副会长一人，评议员一百人；按"各立宪国组织内阁之法"，设干事长一人，干事若干，设办公厅及财政、监察、教育、外交、司法等各部。宪政党也有详细施政计划：教育国民、振兴工商、调查国情、练习政务、养成义勇、博备外交、编纂法典等，尤其重视"教育"与"义勇"："本党以立宪为宗旨，必须养成一国之人，使有可以为立宪国民之资格，故教育为本党第一大事业。"而"处今日帝国主义盛行之世，非取军国民主义，不足以自立。本会人人当体此意，各以国防为第一义务。"正是由于宪政党的努力，终于使共和国成立并一跃而为世界强国。这无疑是现代政府的构成框架，实际上也是梁启超为未来中国设计的施政纲领。

小说第三回"求新学三大洲环游　论时局两名士舌战"引出了主人公黄克强。黄克强与好友李去病一起到英国留学，继而李去病游历法国，黄克强则前往德国，之后相约经俄罗斯返国。黄、李二人在国内所见到的社会黑暗、官场腐败以及国土备受帝国主义蹂躏的惨状，与英、法、德等国的强盛形成了巨大反差，因此深感改变现状的必要。但在救国方略上却存在着的巨大分歧：是立宪改良？还是暴力革命？

李去病主张采取法国大革命式的社会革命，因为他对维新人士极度失望：

> 现在他们嘴里头，讲什么维新什么改革，你问他们知维新改革这两个字，是怎么一句话么？他们只要学那窑子相公奉承客人一般，把些外国人当做天帝菩萨祖宗父母一样供奉，在外国人跟前，够得上做个得意的兔子，时髦的倌人，就算是维新改革第一流人物了。……这样的政府这样的朝廷，还有什么指望呢？倘若叫他们多在一天，中国便多受一天

的累，不到十年，我们国民，便想做奴隶也够不上，还不知要打落几层地狱！要学那舆臣台、台臣皂的样子，替那做奴才的奴才做奴才了。

李去病还引用《因明集》里的那首古乐府《奴才好》，对国民劣根性进行强烈讽喻：

> 奴才好，奴才好，勿管内政与外交，大家鼓里且睡觉……什么流血与革命，什么自由与均财，狂悖都能害性命，倔强那肯就范围。我辈奴仆当戒之，福泽所关慎所归。大金、大元、大清朝，主人国号已屡改，何况大英、大法、大美国，换个国号任便戴。奴才好！奴才乐！世有强者我便服。三分刁黠七分媚，世事何者为龃龉？料理乾坤世有人，坐间风云多反覆。灭种覆族事遥遥，此事解人几难索。堪笑维新诸少年，甘赴汤火蹈鼎镬。达官震怒外人愁，身死名败相继仆。但识争回自主权，岂知已非求己学。奴才好！奴才好！奴才到处皆为家，何必保种与保国！

这首诗在反讽之中寓有强烈的警世意义。李去病在愤激之中甚至把那些不知亡国之耻的人比作"迎新送旧惯了的娼妓"——"什么人做不得他的情人？你看八国联军入京，家家插顺民旗处处送德政伞，岂不都是这奴性的本相吗？"

但黄克强却担心"革起命来，一定是玉石俱焚"，他主张以建设的、平和的方法达到渐进的改良。他认为，即便想革命也必须先进行国民教育，没有"别样速成的妙法"，如此才能成就"平和的自由，秩序的平等，亦叫做无血的破坏。"黄克强反对李去病的革命立场主要有两条："第一，用暴力推翻由各帝国主义列强给予极大关注的现存政治秩序，可能会导致帝国主义列强的军事干涉；第二，中国没有民治传统，中国人也还不具备自治的能力。通过革命的途径中国必然重蹈法国大革命的覆辙，即政治的不稳定。在黄看来，近代自由和平等的民主理想只有在统一和秩序的基础上才能在中国实现，而在保持政治统一和秩序中实现民主理想再没有比自上而下的逐渐改良更好的办法。"[1]

---

① 【美】张灏著，崔志海、葛夫平译：《梁启超与中国思想的过渡（1890—1907）》，南京：江苏人民出版社1997年版，第158页。

双方的论辩经过了四十多个回合，因为"彼此全为公事，不为私恩私怨"，所以"虽仅在革命论非革命论两大端，但所征引者，皆属政治上、生计上、历史上最新最确之学理。"不仅才大如海，而且据于时局，胸中有万千海岳，磅礴郁积奔赴笔下，的确让人叹为观止。

第四回"旅顺鸣琴名士合并　榆关题壁美人远游"，写黄克强与李去病"调查民情"。他们从榆关绕道俄国强占的旅顺考察，耳闻目睹了铁蹄下的人民水深火热的生活，并邂逅了慷慨悲歌的志士陈猛。陈猛认为"俄罗斯将来和中国是最有关系的，现在民间志士，都不懂得他的内情，将来和他交涉，如何使得？"因此他在旅顺学俄语、做考察，待机去俄罗斯游学。据梁启超后来交代，在这一回中所译的两段《端志安》（即拜伦的《唐璜》）是他的得意之笔。虽然看似"逸枝"，不是小说应有之笔，但是唐璜的英雄气概却为当时中国志士所心仪，表达了仁人豪杰同声相应同气相求的精神。等黄、李二人回到榆关旅馆时，又见到了已去东欧游学的一位奇女子题写的诗句，可惜失之交臂。从这些伏笔可以看出，如果梁启超能够把小说作完，那么《新中国未来记》将是一部大开大阖的长篇巨制。

第五回"奔丧阻船两睹怪象　对病论药独契微言"，将人物的活动范围置于"十里洋场"上海，这里有真正的志士，也有选举花国大总统、打算参加乡试的荒唐腐儒和口头革命派。这一回的创作距第四回相去近十个月，中间隔着梁启超到"新大陆"的游历。据夏晓虹考证，第五回大体于1902年11至12月写成，而此时他对"革命派"的态度已发生变化，因此在小说中对言必称"革命"的留日学生宗明等进行了讽刺。宗明曾到日本"留学"几个月，但不学无术，连日文也认识不了几个，平时讲话却"支那"不离口。他的"革命"更是浅薄得近乎无耻，实质上不过打着"革命"的幌子以逃避社会责任。比如宗明说："今日革命，便要从家庭革命做起。我们朋友里头，有一句通行的话，说道'尧舜禹汤文武周公孔子王八蛋'。为甚么这样恨他们呢？因为他们造出甚么三纲五伦，束缚我支那几千年。这四万万奴隶，都是他们造出来的。"黄克强得到家中"母死父病"的急电，要火速回家，宗明听后却哈哈大笑："你们两位也未免有点子奴隶气了。今日革命，便要从家庭革命做起。"他还有一位也是留学生的好友干脆"做了一部书，叫做《父母必读》"……这说明，此时的梁启超对革命派、无政府派的品德深表怀疑和反感，他借黄克强之口说："现在内地志士，一点儿事情没做出来，却已经分了许多党派……中国革命将来若靠这一群人，后事还堪设想吗？"

总起来看，《新中国未来记》还有不少缺点：结构松散，人物性格不鲜明，议论太多而描写甚少，但其思想却达到了维新时代的高峰。更重要的是，小说的倒叙结构充分突显了民族国家及其时空同一性的想象，小说采用寓言式的开头和讲述未来的叙事形式，不仅包含了他对"新中国"的梦想，而且用高度概括的方式构造和突出了"中国"这一现代时空体。在当时的政治小说创作中，除梁启超的《新中国未来记》外，陆士谔的《新中国》、刘鹗的《老残游记》、曾朴的《孽海花》和蔡元培的《新年梦》等也经常采用这种倒叙手法，而这种叙事手法在深层次上标志着现代中国文学思维方式的转变，使小说获得了前所未有的现代时间观念和世界眼光。正因为如此，《新中国未来记》是现代中国政治小说的开山之作，在中国政治思想史上也是一部重要的作品。

第七节　谭嗣同其人其文

谭嗣同是晚清维新改良思潮向民主革命过渡时期的重要人物。不仅康有为、梁启超在戊戌变法后将谭嗣同塑造为变法英雄，同盟会也将他的《仁学》奉为革命宝典；他在中国社会变革由"和平改良"到"流血变法"（武装改良）再到"武装革命"的历程中，处于承上启下的环节，他以舍生取义的牺牲让后来者明白：和平改良已走到了尽头，要改变封建制度，必须走向民族革命道路。梁启超称他为"晚清思想界一彗星"[1]，李泽厚则认为谭嗣同不只是一个"思想家"、启蒙者和体制的挑战者，而且是一个积极行动的"政治活动家和组织家"[2]。谭嗣同的一生似乎印证了进化论的伟力，他那"冲决网罗"的精神也正是五四新文化运动"重新估定一切价值"的思想源头。

---

[1] 梁启超：《晚清思想界一彗星——谭嗣同》，《清代学术概论》，上海：上海古籍出版社1998年版，第90页。

[2] 李泽厚：《谭嗣同论》，《中国思想史论》（中），合肥：安徽文艺出版社1999年版，第513页。

一、谭嗣同生平及思想历程

谭嗣同（1865—1898），字复生，号壮飞，又号华相众生、东海褰冥氏、寥天一阁主等，湖南长沙浏阳人，出身世家，与陈三立、谭延闿并称"湖湘三公子"；维新变法时，与林旭、杨锐、刘光第一同被授"军机章京"，号"维新四公子"；维新变法失败后，与林旭、杨深秀、刘光第、杨锐、康广仁一起被斩于菜市口，世称"戊戌六君子"。

谭嗣同出生于北京，其父谭继洵时为户部郎中。其母徐五缘勤俭持家、不苟言笑、仪态威严，给谭嗣同以人格上的重要影响。1876年北京城发生白喉瘟疫，其母亲徐五缘、大哥谭嗣贻、二姐谭嗣淑均被感染并因之病逝。谭嗣同则在昏死三天后奇迹般复活，因而谭继洵给他取了"复生"的字。不过，从此谭嗣同受到继母卢氏的歧视与虐待，后来自谓"自少及壮，遍遭网伦之厄，涵泳其苦，殆非生人所能任受，濒死累矣。"[1] 也许是为了强身健体，也许是为了发泄不快，也许是家族血脉里的武功基因，他在12岁结交了江湖人物通臂猿胡七和大刀王五，从此他一生好剑任侠，喜好墨家的"勇"和"任"的精神——墨子《经上》说，"勇"就是敢于作为的意志，"任"就是宁肯损伤自己也要有益于大义。可以说，谭嗣同早期生命里充满了个人英雄主义气质。[2] 至1884年，谭嗣同入幕新疆第一任巡抚刘锦棠府，刘见其英气勃发，连称其为"奇才"——这可以说是谭嗣同的青春任侠时期。

谭嗣同自1885年起踏上了6次科考、十年漫游之路，但6次科考均名落孙山。不过，他却借以游历了直隶、甘肃、新疆、陕西、河南、湖北、湖南、江西、江苏数省，察视风土，物色豪杰，产生了"风景不殊，山河顿异；城郭犹是，人民

---

[1] 谭嗣同：《〈仁学〉自序》，蔡尚思、方行编：《谭嗣同全集》（下），北京：中华书局1981年版，第1页。

[2] 黄斌：《抚剑起巡酒 悲歌概以慷——谭嗣同诗歌"剑"之意象探微》《社会纵横》，2009年第2期）统计：《嗣同诗全编》辑收谭诗215首138题，其中18题19首运用了"剑"意象；以诗计，占十分之一；以题计，占七分之一；总之，"剑"是谭诗运用最频繁的意象。此文又说：评论家喜用"剑"概括谭嗣同诗风。如康有为《六哀诗》云："复生奇男子，神剑吐光莹。"由云龙《定庵诗话》云："谭壮飞诗，如天外飞仙，时时弄剑。"钱仲联《近代诗评》云："谭复生嗣同如剑侠飞仙，未敛杀气。"诸家如此评论，源于谭诗最喜用"剑"抒情达意。

复非"①的感慨，这也许是他投身维新改良事业的原因之一。

谭嗣同思想的激变应是 1895 年中日《马关条约》签订之后。面对台湾被日本占据的情势，他写下《有感》诗云："世间无物抵春愁，合向苍冥一哭休。四万万人齐下泪，天涯何处是神州！"②谭嗣同对满清政府的腐败统治异常不满，此时恰好结识梁启超，转而努力提倡新学，呼号变法，并在家乡组织算学社，集同志讲求钻研，同时在南台书院设立史学、掌故、舆地等新式课程，开湖南维新风气之先。1896 年，谭嗣同受任为江苏候补知府，供职南京，但不久即受不了官场气氛而辞职，闭户养心读书，力图将儒、墨、佛、耶融会一体，形成自己的哲学体系，这就是《仁学》二卷。

1897 年，谭嗣同协助湖南巡抚陈宝箴等人设立时务学堂，筹办内河船运、开矿山、筑铁路等新政。1898 年，创建南学会，与熊希龄、唐才常等主办《湘报》，积极宣传变法，成为维新运动的激进派。同年 4 月，由翰林院侍读学士徐致靖推荐，被光绪帝征召入京，与林旭、杨锐、刘光第一起擢四品卿衔军机章京，时号"军机四卿"。但维新派与顽固派的斗争已是剑拔弩张。慈禧太后等人早有密谋，要在 10 月底光绪帝去天津阅兵时发动兵变，废黜光绪帝，一举扑灭新政。9 月 18 日，谭嗣同夜访袁世凯，要袁带兵入京，除掉顽固派。袁世凯见谭嗣同衣下隐约带有武器，便信誓旦旦表示愿意率兵入京帮助皇上除掉荣禄，但暗中向荣禄告密，荣禄密报西太后。9 月 21 日，慈禧太后发动政变，连发谕旨捉拿维新派。谭嗣同听到政变消息后并不惊慌，置个人安危于不顾，多方活动，筹谋营救光绪帝。但措手不及，计划均告落空。在这种情况下，他决心以死来殉变法事业，用自己的牺牲向封建顽固势力作最后反抗。

日本志士曾派人与他联系，表示可以为他提供"保护"，但谭嗣同毅然回绝，并对来人说："各国变法，无不从流血而成，今日中国未闻有因变法而流血者，此国之所以不昌也。有之，请自嗣同始！"③24 日，谭嗣同在浏阳会馆被捕。在狱中，

---

① 谭嗣同：《三十自纪》，蔡尚思、方行编《谭嗣同全集》，北京：中华书局 1981 年版，第 57 页。

② 蔡尚思、方行编《谭嗣同全集》，北京：中华书局 1981 年版，第 540 页。

③ 梁启超：《谭嗣同传》，蔡尚思、方行编《谭嗣同全集》，北京：中华书局 1981 年版，第 546 页。

他意态从容、镇定自若，写下《狱中题壁》明志："望门投止思张俭，忍死须臾待杜根。我自横刀向天笑，去留肝胆两昆仑。"[①]9月28日，戊戌六君子就义于北京宣武门外菜市口，谭嗣同临终语曰："有心杀贼，无力回天。死得其所，快哉快哉！"[②]谭嗣同早些时候在给他的老师欧阳中鹄的信中写道："佛说以无畏为主，已成德者名大无畏，教人也名施无畏，而无畏之源出于慈悲，故为度一切众生故，无不活畏，无恶名畏，无死畏，无地狱恶道畏，乃至无大众威德畏，盖仁之至矣。"[③]他的牺牲正是舍生取义、杀身成仁的大无畏壮举。也正因此，梁启超称赞谭嗣同是"为国流血第一烈士"。[④]1899年，谭嗣同遗骸运回原籍，葬在湖南浏阳城外石山下。谭嗣同著作被后人编为《谭嗣同全集》[⑤]。

二、谭嗣同《仁学》及其启蒙思想

《仁学》是谭嗣同后期哲学和启蒙思想的集大成。《仁学》继承和发展了中国古代思想遗产中的优良传统，特别是黄宗羲、王夫之等早期启蒙学者的哲学思想、社会批判和改革思想，同时又广泛吸收了西方哲学、科学、政治、文化、经济学说，尤其是自由平等和天赋人权思想，来激烈抨击三纲五伦。[⑥]《仁学》既言启蒙又言救国，其人权思想中还包含着争取民族生存权利的新内容，具有重要的启蒙意义，亦可称之为封建中国诞生的人权宣言。

首先，《仁学》具有朴素的唯物主义思想。谭嗣同认为世界是由物质的原质所构成，其本体是"仁"，世界的存在和发展都是由于"仁"的作用，故称其哲学为

---

① 蔡尚思、方行编：《谭嗣同全集》，北京：中华书局1981年版，第287页。

② 蔡尚思、方行编：《谭嗣同全集》，北京：中华书局1981年版，第287页。

③ 谭嗣同：《上欧阳中鹄书（十一）》，蔡尚思、方行编：《谭嗣同全集》增订本（下），北京：中华书局1981年版，第469页。

④ 梁启超：《〈仁学〉序》，蔡尚思、方行编：《谭嗣同全集》增订本（下），北京：中华书局1981年版，第372页。

⑤ 蔡尚思、方行编：《谭嗣同全集》，北京：中华书局1981年版。后又有多次修改。本文引文从此版。

⑥ 谭嗣同《仁学界说》第25条："凡为仁学者，于佛书当通《华严》及心宗、相宗之书；于西书当通《新约》及算学、格致、社会学之书；于中国书当通《易》、《春秋公羊传》、《论语》、《礼记》、《孟子》、《庄子》、《墨子》、《史记》，及陶渊明、周茂叔、张横渠、陆子静、王阳明、王船山、黄梨洲之书。"由此可见其源流。蔡尚思、方行编：《谭嗣同全集》增订本（下），北京：中华书局1981年版，第293页。

"仁学"。"仁"是万物之源,"以通为第一义";而"以太"则是将世界构成一个整体的桥梁。谭嗣同所讲的"以太"是一个物质概念:"剖其质点一小分,以至于无,察其为何物之凝构,曰惟以太……更小之于一叶,至于目所不能辨之一尘,其中莫不有山河动植,如吾所履之地,为一小地球;至于一滴水,其中莫不有微生物,浮寄于空气之中,曰惟以太"。① 他认为"至于原质之原,则一以太而矣。"② 可见,"以太"就是构成万物的原质和质点,因而他是承认物质为第一性的唯物论者。③

其次,《仁学》具有辩证法思维。谭嗣同吸收了《易》、《庄子》和佛教思想,因而有相生相克的辩证思想。比如"爱人如己"、"视敌如友"的对立统一观,如君与民何者为本何者为末的观念,如"仁—通—平等"的人权平等观,如性善与性恶的辩证④ 等等。尤其是关于"以太"、"不生不灭"的思想,肯定了自然界和人类社会不是静止、停顿的,而是不断运动、变化和发展的,从而批判了"天不变,道亦不变"的顽固思想,肯定了改革社会制度的政治理想,从社会进化论的角度论证了维新变法和社会革命思想的合法性……这样的辩证思想颠覆既有的政统与道统,包含着"重新估定一切价值"的思想,这也是他"冲决网罗"⑤ 的思想利器。

---

① 蔡尚思、方行编:《谭嗣同全集》,北京:中华书局1981年版,第296页。
② 又见《以太说》,蔡尚思、方行编:《谭嗣同全集》,北京:中华书局1981年版,第432—434页。
③ 也有学者认为:谭嗣同所讲的"以太"并非物质,而是一种高于客观世界的、对于客观世界"司其动荡"、"主其牵引"性质的脱离物质的抽象。这种"以太"学说与佛家"色蕴"、"四大众"之说有相通之处。谭嗣同是借"以太"指明"以质心力",显然属于唯心主义范畴。孙长江:《试论谭嗣同》,《教学与研究》,1955年10月。
④ 谭嗣同说:"性善,何以情有恶?曰:情岂有恶哉?从而为之名耳。所谓恶,至于淫杀而止矣。淫固恶,而仅行于夫妇,淫亦善也。杀固恶,而仅行于杀杀人者,杀亦善也。"关于名教杀人,关于禁欲主义,谭嗣同有这样的评语:"男女构精,名之曰淫,此淫名也。淫名亦生民以来沿习既久,名之不改,故皆习谓淫为恶耳。向使生民之初,即相习以淫为朝聘宴飨之巨典,行之于朝庙,行之于都市,行之于稠人广众,如中国之长揖拜跪,西国之抱腰接吻,沿习至今,亦孰知其恶者?乍名为恶,即从而恶之矣。"此两段引文均见蔡尚思、方行编:《谭嗣同全集》,北京:中华书局1981年版,第301页。
⑤ 谭嗣同所谓"冲决网罗"的主要内容是:"初当冲决利禄之网罗,次冲决俗学若考据、若词章之网罗,次冲决全球群学之网罗,次冲决君主之网罗,次冲决伦常之网罗,次冲决天之网罗,次冲决全球群教之网罗,终将冲决佛法之网罗。"蔡尚思、方行编:《谭嗣同全集》,北京:中华书局1981年版,第290页。

《仁学》发出惊人之论："二千年来之政，秦政也，皆大盗也；二千年来之学，荀学也，皆乡愿也。惟大盗利用乡愿，惟乡愿工媚大盗"。[1]——这与鲁迅所谓"中国历史是吃人的历史"的判断有着源流关系。

第三，也是谭嗣同思想中最重要的部分，就是用资产阶级的自由平等、博爱和民主来冲决封建主义，冲决三纲五常，用科学来反封建专制主义的俗学，为早期《新青年》提出的科学和民主开了先声，其某些论述比早期的《新青年》还要激进，因而《仁学》是开启新思想的杰作。谭嗣同关注民主启蒙，进而对君主专制和"君为臣纲"展开了猛烈的批判。首先，他利用契约论和天赋人权论，厘定君主的由来和职责，申明民本君末，指出君主是为民办事者，既非神授也非专有：

> 生民之初，本无所谓君臣，则皆民也。民不能相治，亦不暇治，于是共举一民为君。夫曰共举之，则非君择民，而民择君也。夫曰共举之，则其分际又非甚远于民，而不下侪于民也。夫曰共举之，则因有民而后有君；君末也，民本也。天下无有因末而累及本者，亦岂可因君而累及民哉？夫曰共举之，则且必可共废之。君也者，为民办事者也；臣也者，助办民事者也。赋税之取于民，所以为办民事之资也。如此而事犹不办，事不办而易其人，亦天下之通义也。[2]

基于民本君末的认识，谭嗣同提出了两点认识：一是君并非神授。君主的出现源于人类相生相养的需要，其职责是为民"锄强梗，防患害"。二是民可以选君亦可以废君。如果君主不履行自己的职责就应当被罢免。从这个意义上说，君主的职位并非专有而是人人共有的。相反，"君者公位也……人人可以居之。彼君之不善，人人得而戮之，初无所谓叛逆也。叛逆者，君主创之以恫喝天下之名。"[3] 其次，谭嗣同抨击专制君主背离了君主的原初职责，成为天下之害。谭嗣同戳穿了君权神授的神话，在厘清君主职责的同时也使君主专制失去了合法性。谭嗣同指出，在君权神授的庇护下，君主背离了为民办事的初衷而压制和残害百姓，从为

---

① 蔡尚思、方行编：《谭嗣同全集》，北京：中华书局 1981 年版，第 337 页。

② 蔡尚思、方行编：《谭嗣同全集》，北京：中华书局 1981 年版，第 339 页。

③ 蔡尚思、方行编：《谭嗣同全集》，北京：中华书局 1981 年版，第 334 页。

天下办事的利公者蜕化为祸害天下的罪魁祸首，造成了君臣、官民之间的严重不平等："天与人不平等，斯人与人愈不平等。中国自绝地天通，惟天子始得祭天。天子既挟一天以压制天下，天下遂望天子俨然一天，虽胥天下而残贼之，犹以为天之所命，不敢不受。民至此乃愚入膏肓，至不平等矣。"① 在他看来，正是"君为臣纲"以及为此辩护的君权神授使专制君主有恃无恐，专制君主的暴行及其危害表明，"君为臣纲"悖于人道，是最黑暗、最不合理的。"由是二千年来君臣一伦，尤为黑暗否塞，无复人理，沿及今兹，方愈剧矣。夫彼君主犹是耳目手足，非有两头四目，而智力出于人人也，亦果何所恃以虐四万万之众哉？则赖乎早有三纲五伦字样，能制人之身者，兼能制人之心"②。谭嗣同在此不仅指责"君为臣纲"不合理，而且指出造成这一有悖人道的罪魁祸首是三纲；正是在"君为臣纲"的庇护下，君主们可以为所欲为，有恃无恐，乃至所作所为惨绝人寰、禽兽不如。根据契约论关于君是民推举出来的观点，谭嗣同指出，既然君最初也是民而民本君末，便没有任何理由让民为君效忠，臣为君死节一说更是无稽之谈。再次，谭嗣同提出了废除君主专制的方案。鉴于中国专制君主的职责蜕变和倒行逆施，谭嗣同提出了废除"君为臣纲"和君主专制的方案。为了废除君主专制，谭嗣同主张"废君统"。与此相联系，他将《仁学》的宗旨概括为"改今制，废君统，倡民主，变不平等为平等。"③ 进而言之，对于如何"冲决君主之网罗"、如何"废君统"，谭嗣同的做法是凭借仁的相互感通，即将平等说成是世界本原——仁的题中应有之义，藉此证明平等是宇宙公理。在这方面，他一面将仁奉为世界本原，一面赋予仁以平等的内涵和特征："仁为天地万物之源"、"仁以通为第一义"、"通之象为平等"④。可见，通过"仁—通—平等"，谭嗣同把平等说成是宇宙本体——仁的基本特征，赋予平等以本体意义。在此基础上，他将仁与慈悲相提并论，断言"慈悲，吾儒所谓'仁'也"。而有了慈悲之心便可以人人平等："盖心力之实体，莫大于

---

① 蔡尚思、方行编：《谭嗣同全集》，北京：中华书局1981年版，第333页。
② 蔡尚思、方行编：《谭嗣同全集》，北京：中华书局1981年版，第337页。
③ 蔡尚思、方行编：《谭嗣同全集》，北京：中华书局1981年版，第337页。
④ 蔡尚思、方行编：《谭嗣同全集》，北京：中华书局1981年版，第290页。

慈悲。慈悲则我视人平等，而我以无畏；人视我平等，而人亦以无畏。"①基于这种理解，借助慈悲的作用，谭嗣同试图通过仁之心力的相互感通、感化和感应实现平等。这从本体哲学的高度论证了平等实现的可能和途径，而他所讲的平等即包括君臣平等。谭嗣同"通有四义"②中的"上下通"侧重民主启蒙，主要是指以君臣平等为核心的政治平等和君臣、官民平等。

　　与全面质疑三纲相伴随，谭嗣同对"君为臣纲"的批判引申出两个后果：其一，批判的范围由三纲延伸到五伦。在中国古代社会，三纲五伦构成了一个有机系统，共同支撑着宗法等级秩序。在明清之际，早期启蒙思想家并没有对五伦展开批判。伴随着三纲的全面颠覆，思想先驱们将批判的矛头指向五伦。谭嗣同申明："则数千年来，三纲五伦之惨祸烈毒，由是酷焉矣。君以名桎臣，官以名轭民，父以名压子，夫以名困妻，兄弟朋友各挟一名以相抗拒。"③有鉴于此，他建议以朋友一伦改造其他四伦。其二，从反对"父为子纲"和"夫为妻纲"，进而反对宗法家庭。从天赋人权论出发，不仅君臣、夫妻之间平等，父子之间也应该平等。然而，无论"父为子纲"还是"夫为妻纲"所对应的都是家庭关系，父子、夫妇关系的不平等注定了古代家庭关系的不平等。由于这个原因，先驱者指责中国古代的家庭违背平等、违反人道。谭嗣同指出，古代家庭的弊端是"貌合神离，强遏自然之天乐，尽失自主之权利，使古今贤圣君子于父子兄弟之间，动辄有难处之事。"④循着这个思路深入下去，也就不难理解中国现代先觉者从反伦常到"反家庭"的无政府主义了。

　　总体来看，谭嗣同的思想前后有所变化甚至存在自相矛盾之处，而这正是中国社会激剧转型的表现。《仁学》是一部有创见但欠精密的仓促之作，却是谭嗣同将中外思想资源与中国客观现实相结合的哲思著作，全面表达了他的宇宙观、历史观以及改革政治经济、思想文化、社会风俗等方面的见解，有很多独到之处。正如梁启超所说：谭嗣同著述中"其驳杂幼稚之论甚多，固无庸讳，其尽脱旧思想之束缚，戛

---

① 蔡尚思、方行编：《谭嗣同全集》，北京：中华书局1981年版，第357页。
② 谭嗣同认为："通之象为平等"，"通"有上义：中外通，上下通，男女内外通，人我通。《谭嗣同全集》，北京：中华书局1981年版，第291页。
③ 蔡尚思、方行编：《谭嗣同全集》，北京：中华书局1981年版，第299页。
④ 谭嗣同：《报贝元征》，蔡尚思、方行编：《谭嗣同全集》，北京：中华书局1981年版，第198页。

夐独造，则前清一代，未有其比也。"①《仁学》的价值不在于其体系性的创制，而在于它发出了中国数千年未有的声音，这是"冲决网罗"的呐喊，这是反抗封建道统的启蒙之声。从这个意义上说，五四新文化运动者们正是对谭嗣同、梁启超和严复等人启蒙思想的承续与发展，也正是在此意义上我们才说"没有晚清，何来五四？"

第八节　黄遵宪其人其诗

黄遵宪（1848—1905），字公度，别署观日道人、东海公、人境庐主人、红馆主人、布袋和尚、公之它等。广东省嘉应州（今梅州）人，晚清著名诗人、外交家、政治家、教育家。曾任清政府驻日参赞、旧金山总领事、驻英参赞、新加坡总领事等职；戊戌变法期间署湖南按察使，协助巡抚陈宝箴推行新政。黄遵宪诗文俱佳，尤工诗，喜以新事物熔铸入诗，有"诗界革命导师"之称。存世著录有《朝鲜策略》、《日本国志》、《日本杂事诗》和《人境庐诗草》等。

一、黄遵宪诗歌思想与艺术创新

黄遵宪 21 岁时作的《杂感》诗第二首中写道：

> 俗儒好尊古，日日故纸研；六经字所无，不敢入诗篇；
> 古人弃糟粕，见之口流涎；沿习甘剽盗，妄造丛罪愆。
> 黄土同抟人，今古何愚贤；即今忽已古，断自何代前？
> 明窗敞流离，高炉蒸香烟；左陈端溪砚，右列薛涛笺；
> 我手写我口，古岂能拘牵！即今流俗语，我若登简编；
> 五千年后人，惊为古斓斑。②

在这首诗中，黄遵宪认为自开天辟地以来，人类文明就在不断地发展着，文学作品也要不断创新，而不应一味遵古拟古，陈陈相因，拾人牙慧。他兴奋地说：

---

① 梁启超：《清代学术概论》，上海：上海古籍出版社 1998 年版，第 92 页。

② 吴振清等编校：《黄遵宪集》（上），天津：天津人民出版社 2003 年版，第 89—90 页。

如果在明窗净几之前，对着好纸好砚，提笔抒写自己的心里话，该多么痛快！"我手写我口，古岂能拘牵？即今流俗语，我若登简编；五千年后人，惊为古斓斑。"这就是他提出的"别创诗界"的现实主义观点，也成为后来"诗界革命"的纲领。这一倡导在当时可谓石破天惊之论，因此，梁启超说："近世诗人能熔铸新理想以入旧风格者，当推黄公度。"[1] 胡适认为《杂感》五篇之二"很可以算是诗界革命的一种宣言。末六句竟是主张用俗语作诗了。"[2] 钱钟书则说："近人论诗界维新，必推黄公度。"[3] 王瑶说："当晚清一些落后文人正沉浸于模仿宋诗，形成所谓'同光体'的风气时，另一型的'新派诗'也出现了；而且许多人喜欢读它，这就是黄遵宪的诗。他自称他的诗是'新派诗'（见《酬赠重伯编修诗》），这不只是指他在语言文字上的某一程度的解放，更重要的是他写了许多在传统诗篇里面所没有的内容，而诗体的解放正是为了要适应这些新的内容的表现。梁启超称他为'诗史'，从他的诗里的确是可以显明地看出中国现代史的面貌，特别是帝国主义者侵略中国的经过和诗人自己的爱国精神的。"[4] 谢冕则称黄遵宪是中国自有诗以来第一个有世界观念的诗人，是"中国诗的哥伦布"。[5]

黄遵宪的诗歌主张与他政治上的维新改革观点一致。他的思想一开始就代表着中国新兴资产阶级改良派的要求，要打开一条出路，为新事物的发展鸣锣开道；而要表现新思想新内容，就要改革诗歌的旧形式。黄遵宪最早从理论和创作实践上给"诗界革命"开辟道路，因而梁启超极力赞扬他是"诗界革命"的一面旗帜。

黄遵宪突出的贡献在于，他的诗能反映出那个时代中国社会的主要矛盾，传达出了时代精神，因而堪称"诗史"。他的诗反映了新世界的奇异风物以及新的思想文化，开辟了中国诗歌史上从未有过的广阔领域。一方面他向先进国家寻求真

---

[1] 梁启超：《饮冰室诗话》，北京：人民文学出版社 1982 年版，第 2 页。

[2] 胡适：《五十年来中国之文学》，《胡适古典文学研究论集》（上），上海：上海古籍出版社 1988 年版，第 116 页。

[3] 钱钟书：《谈艺录》（补订本），北京：中华书局 1984 年版，第 23 页。

[4] 王瑶：《晚清诗人黄遵宪》，《人民文学》，1951 年 6 月；《王瑶文选》，北京：北京大学出版社 2010 年版，第 101—102 页。

[5] 谢冕：《十九世纪最后一位伟大诗人——黄遵宪》，《嘉应大学学报》，1999 年，第 2 期。

理，探索方向；另一方面，他知己知彼，看清了先进国家的先进之处，也看清了它们富于侵略的本质特点，从而愈加明了中国封建制度的腐朽和弊端，要求改革救亡图存的爱国心也愈炽热。中年以后他又亲身经历了戊戌前后一系列政治风浪，这在他心中掀起了轩然巨波。所有这些，为其提供了创作新意境、新风格，表现新事物的"新派诗"的生活基础和思想感情基础。他忠实地表现了生活在那个时代的先进知识分子的爱国热忱、痛苦矛盾和理想追求，忠实记录了中国在那个历史新阶段的许多震撼人心的事件。黄遵宪的"新派诗"并非只是用了一些新名词而已，而是确实开辟了一片诗歌描写的新领域，表现了新时代的生活、新时代的要求、新时代的文化风貌和政治风云，反映了中国社会的主要矛盾，渗透着现实主义精神，贯穿着反帝爱国精神。

黄遵宪的诗作继承了汉乐府、鲍照的《行路难》等杂言体诗歌的艺术传统，同时吸收了韩愈、苏轼"以文为诗"的手法，使诗歌叙事成分增加。他的诗既有现实主义的批判传统，又有浪漫主义的瑰丽色彩。他努力使我国古典诗歌的旧传统、旧风格与新时代、新内容所要求的新意境、新风格和谐统一起来。他的创作基本上实践了他的理论，给诗坛开拓了从未有过的广阔领域，以其富有独创性的艺术在诗坛大放异彩，因而可以说，黄遵宪的《人境庐诗草》是一块标志我国古典诗歌发展到最后阶段转向革新时期的里程碑。

黄遵宪作为中国诗歌从古典走向现代历史过程中一位承先启后的探索者和开拓者，一生经历了内忧外患。从太平天国农民起义、洋务运动、戊戌变法到义和团运动，都对黄遵宪的思想发展有着重大影响。康有为在给黄遵宪的诗集作序时就说："公度之诗乎，亦如磊砢千丈松，郁郁青葱，荫岩辣壑，千岁不死，上荫白云，下听流泉，而为人所瞻仰徘徊者也。"① 资产阶级革命派诗人高旭也说过："世界日新，文界、诗界当造出一新天地，此一定公例也。黄公度诗独辟异境，不愧中国诗界之哥伦布矣。近世洵无第二人。"② 他用诗歌记录了一个中国现代知识分子眼中的世界，他在民族存亡的黑暗中举起了中国现代化思想启蒙的火炬。因而中国人

---

① 吴振清等编校：《黄遵宪集》（上），天津：天津人民出版社 2003 年版，第 78 页。
② 高旭：《愿无尽庐诗话》，《南社》第 1 集。

称他为"19 世纪最后一位伟大的诗人"①，外国人则称他是"中国的但丁"。

黄遵宪是一个爱国诗人，他用诗歌塑造出一系列英雄形象。如《题黄佐廷赠尉遗像》赞扬抗法战斗中英勇牺牲的青年英雄黄季良；《乙未二月二十七日公祭沈文肃公祠》则悼念沈葆桢在抗日战争中的功绩，也表彰了邓世昌的英勇；《悲平壤》颂扬了在平壤战斗中屹立玄武门城头、指挥战士奋战并最终牺牲的总兵左宝贵；《冯将军歌》描写镇南关抗法老将冯子材的英勇善战军令威严，这首诗以散文笔法，16 次迭呼"将军"，英雄形象跃然纸上：

> 冯将军，英名天下闻。……将军气涌高于山，看我长驱出玉关；平生蓄养敢死士，不斩楼兰今不还！手执蛇矛长丈八，谈笑欲吸匈奴血；左右横排断后刀，有进无退退则杀。奋挺大呼从如云，同拼一死随将军。将军报国期死君，我辈忍孤将军恩！将军威严若天神，将军有命敢不遵！负将军者诛及身！将军一叱人马惊，从而往者五千人。五千人马排墙进，绵绵延延相击应。轰雷巨炮欲发声，既戟交胸刀在颈。故军披靡鼓声死，万头窜窜纷如蚁。十荡十决无当前，一日横驰三百里。

与《冯将军歌》相近的还有《聂将军歌》。而《赤穗四十七义士歌》为了塑造四十七义士形象，黄遵宪置传统诗歌格式于不顾，诗句从五言到二十七言长短不等，反而给人气贯长虹之感：

> ……一时惊叹争歌讴，观者拜者吊者贺者万花绕冢每日香烟浮，一裙一屐一甲一胄一刀一矛一杖一笠一歌一画手泽珍宝如天球。自从天孙开国首重天琼铧，和魂一传千千秋，况复五百年来武门尚武国多贲育俦。到今赤穗义士某某某某四十七人一一名字留，内足光辉大八洲，外亦声明五大洲。

这种史诗性的"诗传"在中国诗歌史上是不多见的，因而有着历史与文学的双重价值。黄遵宪以诗歌给民族英雄们塑起了一尊文字的雕像，他的诗也同样留

---

① 谢冕：《十九世纪最后一位伟大诗人——黄遵宪》，《嘉应大学学报》，1999 年，第 2 期。

在了现代中国诗歌史上。

二、别具一格的诗体创新

黄遵宪的诗歌创新还表现在以下几个方面：

第一，纪事赋游诗。黄遵宪作为外交官出使过日本、朝鲜、美国、英国、新加坡等国，在现代中国外交史上占有重要地位。黄遵宪在出使日本期间所著的《日本杂事诗》和1897年完成的《日本国志》，第一次深入、系统、全面地向中国人介绍日本的历史文化和明治维新，在中日文化交流史上产生过很大的影响。

《日本杂事诗》既记录日本的地理、历史、民风、政治、经济、科技、军事、教育等大事，也记录朝会、牢狱、消防、警事、街道、博物馆、报纸、学校课程设置、婚嫁、艺伎等习俗；除诗歌之外，详加注释，为他后来完成《日本国志》积累了翔实资料。《日本杂事诗》的创作目的就是使中国放下老大帝国的架子，从日本明治维新的成果中学得经验，"师其长技"。至今人们读到这些诗仍会感受到他的良苦用心，比如"削木能飞诩鹊灵，备梯坚守习羊坽。不知尽是东来法，欲废儒书读墨经。"一诗附注长达1300余字，详说学校设置，结语说："学校隶于文部省，东京大学生徒凡百余人，分法、理、文三部。法学则英吉利法律、法兰西法律、日本今古法律，理学有化学、气学、重学、数学、矿学、画学、天文地理学、动物学、植物学、机器学，文学有日本史学、汉文学、英文学。以四年卒业，则给以文凭。此四年中，随年而分等级。所读皆有用书。规模善矣！"关于高等教育的学科设置，黄遵宪的言论可以说比严复早了十年。当然，黄遵宪也在这条注释里为中国传统学术正名，以免某些国人妄自菲薄之颓唐之气。

《日本杂事诗》也并非总是充满典故和索证的"学究诗"，颇多篇什甚是可爱。比如写日本婚嫁的"得宝无须聘妇钱，新弦唱彻《想夫怜》。同牵白发三千丈，共结红丝一百年。"这样的诗作即使没有任何注释，读来也同样有清新可爱之感。正因如此，日本驻华大使中江要介题词说："黄遵宪是日中友好的先驱者。"同时，他在日本受到不少日本友人特别是研究中国历史、文化、医学的汉学家的欢迎，这在他的《诗草》里有说明："海外偏留文字缘，新诗脱口每争传。草完明治维新史，吟到中华以外天。王母环来夸盛典，《吾妻镜》在访遗编。若图岁岁西湖集，四壁花容百散仙。"① 由于《日本杂事诗》开拓了中国古典诗歌的题材和境界，所以黄遵宪才自谓"吟到中华以外天"；而其构思之新颖、诗笔之清新的确令人喜爱。

第二，拟儿歌和民歌。中国传统诗人真正把儿童当做有主体意识的"人"来看待的，寥若晨星。而黄遵宪却写了许多儿歌，抒发他的"童心"和"童趣"。在黄遵宪的家乡，每当"瑶峒月夜，男女隔岭相唱和，兴来情往，余音袅娜，犹存歌仙之余风。地字千回百折，哀厉而长，俗称山歌，惠、潮客籍尤甚。"诗人生长在这样的环境中，自幼耳濡目染着客家山歌，他在《拜曾祖母李太夫人墓》中这样描述儿时的情景："牙牙初学语，教诵月光光。一读一背诵，清如新炙簧。"童年时期客家文化的浸染，成为诗人日后开创新诗的主要艺术滋养。黄遵宪特别作有《幼稚园上学歌》10首和《小学校学生相和歌》19首，将"维新"、"独立"、"自治"、"爱国"、"自强"、"国民"等观念融会其中，起到了寓教于乐的效果。

黄遵宪非常喜欢客家山歌，曾亲自收录整理过大量的客家山歌。黄遵宪深深懂得民歌的价值，他所整理的山歌大都以女子的口吻唱出，反映了她们对忠贞不二的爱情的追求，和亲人远离时的痛苦以及别后的思念。这些民歌语言活泼天真，采用谐音、双关等传统民歌手法，言浅而意深，黄遵宪认为它们颇有六朝《子夜读曲》等民歌的"遗意"：

> 自煮莲羹切藕丝，待郎归来慰郎饥。为贪别处双双箸，只怕心中忘却匙。
> 买梨莫买蜂咬梨，心中有病没人知。因为分梨故亲切，谁知切转伤离。
> 催人出门鸡乱啼，送人离别水东西。挽水西流想无法，从今不养五更鸡。
> 做月要坐十五月，做春要做四时春。做雨要做连绵雨，做人莫做无情人。

此外，《新嫁娘诗》写少女在新嫁前后的心情与生活，也有拟山歌的意味：

> 前生注定好姻缘，彩盒欣将定帖传。私看鸾庚偷一笑，个人与我是同年。
> 屈指三春是嫁期，几多欢喜更猜疑。闲情闲绪萦心曲，尽在停针倦绣时。
> 洞房四壁沸笙歌，伯姊诸姑笑语多。都道一声恭喜也，明年先抱小哥哥。

---

① 黄遵宪：《奉命为美国三富兰西士果总领事留别日本诸君子》，吴振清等编校：《黄遵宪集》（上），天津：天津人民出版社2003年版，第148页。

迎门旧侣笑呵呵，东阁重开镜细磨。最是夜深相絮语，娘前羞道一声他。①

这些作品大胆地以地方风情入诗，语言通俗易晓，符合黄遵宪"我手写我口"的诗歌主张。

第三，军歌。中国古代少有军歌。黄遵宪在周游各国的过程中发现了军歌在鼓舞士气方面的作用，因而创作了《出军歌》、《军中歌》和《旋军歌》各8首。这些诗多发表在梁启超主编的《新小说》上。梁氏说："凡《出军》《军中》《还（同旋）军》各八章，其章末一字义取相属，以'鼓勇同行，敢战必胜，死战向前，纵横莫抗，旋师定约，张我国权'二十四字殿焉。"②

从这些诗歌题材与创作中，可以看出黄遵宪"中岁以后，肆力为诗，探源乐府，旁采民谣，无难显之情，含不尽之意。又以习于欧西文学，以长篇事，见重艺林，时时效之，叙壮烈则绘影模声，言燕昵则极妍尽态。其运陈入新，不囿于古，不泥于今，故当时有诗体革新之目。曾重伯、梁卓如尤推重之，虽誉违其实，固一时巨手也。"③这些都是黄遵宪的诗歌在题材上的开拓，在思想上的进步。

历史地看，黄遵宪的诗歌主张及其诗作有着时代的进步性，也有着局限性。赞之者说："他以宽广的阅历和丰富的科学知识所带给古典诗歌内涵的增广和艺术的助益。黄遵宪是中国末代封建王朝了解西方世界的第一代分子，他见闻的深广，经历的丰富，在当时少有及者。东方的日本和新加坡，西方的英、美诸国他都到过，出使各国期间，航行海上多有停靠，还顺道访问过许多国家。就旧诗而言，他无疑为之带来了许多从来未有过的人物和诸多常识，这种对于旧诗意境的拓展乃至更新是无形的强烈冲击。不仅是一种冲击，而且是巨大的震撼，是一场没有宣称的变革。……他的工作使中国旧诗的内涵得到极大的增广，以往认为某事某物不宜入诗的，如今在他笔下均有了相对妥贴的处置，这是他的不可忽视的贡献。他开阔了旧诗的新领地，或者说他发现了传统诗歌天空的新大陆。从这个意义上讲，

---

① 吴振清等编校：《黄遵宪集》（上），天津：天津人民出版社2003年版，第296页。

② 吴振清等编校：《黄遵宪集》（上），天津：天津人民出版社2003年版，第348页。

③ 汪辟疆：《近代诗派与地域》，程千帆编：《汪辟疆文集》，上海：上海古籍出版社1988年版，第315页。

说他是中国诗的哥伦布也未过分。"① 但是这还是外部的、社会文化学研究。一旦进入诗歌艺术内部，黄遵宪诗歌的局限就显现出来，比如钱钟书指出："《日本杂事诗》端赖自注，椟胜于珠。假吾国典实，述东瀛风土，事诚匪易，诗故难工。如第五十九首咏女学生云：'捧书长跪藉红毹，吟罢拈针弄绣褡。归向爷娘索花果，偷闲钩出地球图。' 按宋芷湾《红杏山房诗草》卷三《忆少年》第二首云：'世间何物是文章，提笔直书五六行。偷见先生嘻一笑，娘前索果索衣裳。' 公度似隐师其意，扯凑完篇，整者碎而利者钝矣。"② 谈到黄遵宪诗，周作人曾发表过如下意见："我又觉得旧诗是没有新生命的。他是已经长成了的东西，自有他的姿色与性情，虽然不能尽一切的美，但其自己的美可以说是大抵完成了。……若是托词于旧皮袋盛新蒲桃酒，想用旧格调去写新思想，那总是徒劳。"③ 又说："黄君对于文字语言很有新意见，对于文化政治各事亦大抵皆然，此甚可佩服，《杂事诗》一编，当做诗看是第二着，我觉得最重要的还是看做者的思想，其次是日本事物的纪录。这末一点从前也早有人注意到，如《小方壶斋舆地丛钞》中曾钞录诗注为《日本杂事》一卷，又王之春《谈瀛录》卷三四即《东洋琐记》，几乎全是钞袭诗注的。"④ 更重要的是，黄遵宪实际上仍只是在表面上接受西学思想，而并未深入了解西学精髓真谛所在，因此很多诗篇就形成了貌新而实旧、似西而实中的面目。比如在"削木能飞诩鹊灵，备梯坚守习羊牯。不知尽是东来法，欲废儒书读墨经。"一诗的附注中说："余考泰西之学，墨翟之学也。尚同、兼爱、明鬼、事天，即耶稣《十诫》所谓敬事天主，爱人如己。他如化徵易，若龟为鹑（动物之化）。五合。水土火。火离然。火铄金。金合之腐水……今东方慕西学者，乃欲舍己从之，竟或言汉学无用，故详引之，以塞蚍蜉撼树之口。"⑤ 这样的比附未免浅薄。黄遵宪始终认为中学乃西学的渊源，似乎仍然是一种老大帝国思想在作祟。

① 谢冕：《十九世纪中国最后一位伟大诗人——黄遵宪》，《嘉应大学学报》，1999 年，第 2 期。

② 钱钟书：《谈艺录》（补订本），北京：中华书局 1984 年版，第 348 页。

③ 周作人：《秉烛谈》，长沙：岳麓书社 1989 年版，第 43 页。

④ 周作人：《风雨谈》，长沙：岳麓书社 1987 年版，第 104—105 页。

⑤ 吴振清等编校：《日本杂事诗》第 54 首自注，《黄遵宪集》（上），天津：天津人民出版社 2003 年，第 25—26 页。

第九节　陈天华其人其文

陈天华的著述"能从所处时代中面临的重大政治问题出发，把反对帝国主义的侵略放在突出地位，同时又与推翻清朝政府的反封建任务有机地结合在一起，使反帝爱国与反清革命统一起来，并且力求采取革命手段，以期达到建立民主共和国新型政权的目的。他的这种思想理论，在很多基点上无疑是超越前人的。就以清末曾经流行的反洋教及单纯排外思想而论，陈天华能从爱国和'建设国家'新政权的任务出发详加剖析，区分了爱国与排外的界限，把狭隘爱国主义提高到了一种新的认识程度。这在当时是难能可贵的。"[①] 这样的评论是恰当的，因为陈天华的文章既有昂扬的革命性和强烈的人文主义立场，更具有前瞻性和历史性；他对国民劣根性、入主出奴心理的剖析，其情理结合的文笔，对于五四新文学作家起到了重要的引领作用。

一、陈天华生平

陈天华（1875—1905），原名显宿，字星台，亦字过庭，别号思黄，湖南新化人。1875 年出生，母早逝，父为塾师，5 岁就从父识读；因家境贫寒，乃废学营小卖以补济，然坚持自学不辍："常向别人借阅历史书籍、传奇小说等，爱不释手，尤其喜读民间流行的说唱弹词，并曾模仿编写一些情节生动的小说或山歌小调。这为他后来从事革命的通俗文字宣传工作打下了良好的基础。"[②]

陈天华 1895 年随父迁居县城，仍以提篮叫卖为生。后经族人周济，入资江书院读书，刻苦博览二十四史。1896 年考入新化实学堂，深受维新思想影响，倡办不缠足会，成为变法运动的拥护者。1900 年春以优异成绩考入岳麓书院，某县令识其才，欲以女妻之，陈天华效法霍去病"匈奴未灭，无以为家"而婉言谢绝，自言"国不安，吾不娶"，此后直至蹈海殉国终身未娶。陈天华以天下为己任，表现出澄清天下的大志，"少时即以光复汉族为念，遇乡人之称颂胡、曾、左、彭功

---

① 刘晴波、彭国兴编校：《陈天华生平简介》，《陈天华集》，长沙：湖南人民出版社 1958 年版，第 5 页。

② 刘晴波、彭国兴编校：《陈天华生平简介》，《陈天华集》，长沙：湖南人民出版社 1958 年版，第 1 页。

业者，辄鄙弃不顾，而有愧色。"①

陈天华 1901 年转入求实书院。1903 年初，入省城师范馆。是年春，获官费资助留学日本东京弘文学院师范科。他看到祖国"主权失矣，利权去矣，无在而不是悲观"，极思有所振奋，便毅然放弃学业，投身到留学生爱国运动中去。恰逢沙俄企图侵占东北三省，引发拒俄学潮，陈破手血书寄示湖南各学堂。湖南巡抚赵尔巽亦为之感动，亲临各学堂宣读，并刊登于官报，还饬令各府、州、县开设武备讲习所，使湖南全省拒俄运动士气更加高涨。陈天华在日本积极参与组织拒俄义勇队和军国民教育会，"日作书报以警世"，先后撰写《猛回头》和《警世钟》两书，以血泪之声，深刻揭露帝国主义列强侵略中国和清廷卖国投降的种种罪行，风行于世，尤其是《警世钟》，在没有正式印赠前就已被翻刻数十版。

陈天华 1903 年秋末回国参与组织华兴会，往江西策动军队起义，事泄未成，再度流亡日本，入东京法政大学；8 月再回国，与黄兴等密谋长沙起义，又因万福华刺王之春一案受牵连而被捕入狱，获释后因《猛回头》、《警世钟》被查禁甚急，担心清政府再兴文字狱，只得于年底再赴日本并结识孙中山。1905 年 7 月，中国同盟会在日本东京成立，陈天华是发起人之一，此后在同盟会书记部工作，任会章起草员，同盟会著名文告《革命方略》即出于陈天华手笔。此外，陈天华还任同盟会机关报《二十世纪之支那》（后定名为《民报》）编辑，发表《国民必读》、《中国革命史论》、《狮子吼》等政论和作品，引起强烈反响。

1905 年 11 月 2 日，清朝政府勾结日本政府文部省颁布《清国留学生取缔规则》，主要内容有三条：第一是中国留学生须在清朝政府驻日公使和日本学堂登记，留学生活动去向要登记；第二是给国内亲友写信必须登记；第三是规定留学生只能住在学校宿舍，不准住到别处。这些规则引起广大留学生抗议，但留学生们在斗争方式问题上发生了严重分歧：一派以秋瑾和宋教仁为代表，主张全体同学罢学回国；一派以汪兆铭和胡汉民为代表，主张忍辱负重继续求学。两派激烈争执到了水火不相容的地步，留日学生总会的干事们因之纷纷辞职。日本报纸看到这种情形很是幸灾乐祸，把中国留学生描述为"乌合之众"，1905 年 12 月 7

---

① 陈天华：《猛回头》，冯自由：《革命逸史》（上），北京：新星出版社 2009 年版，第 272 页。

日《朝日新闻》更是说中国留学生"放纵卑劣",挖苦中国人缺乏团结力。陈天华阅读了这张报纸后,连夜手书《绝命辞》,第二天即蹈海自杀以明志。陈天华试图以自杀达到两个目的:一是告诉几千年来信奉"好死不如赖活着"的中国民众一件事——在这个世界上,有比生命更重要的东西。二是用自己的死让每一个中国人在羞愤中意识到中国的国民劣根性,从而督促、劝戒、警醒国人务必正视这些缺陷与陋习并加以改变。总之,陈天华因国人"内讧"而死,他的死是为中国人敲响的"警世钟"。

1906 年春,陈天华的灵柩经黄兴、禹之谟倡议筹办运回上海,中国公学为他和另一位投黄浦江自尽的同盟会会员姚宏业举行了公葬,到会千余人,会上宣读了姚宏业的遗书和陈天华的绝命辞,群情振奋。会议决定将陈、姚灵柩一起送回家乡湖南,公葬于岳麓山。5 月 29 日举行葬仪,长沙各校师生和各届人士组成的送葬队伍达数万人,绵延十余里,军警站立一旁亦为之感动,不加干涉。

二、振聋发聩的警世钟:陈天华的政论文

陈天华的著述后来被辑为《陈天华集》,整体风格沉郁雄宕,格调悲壮刚烈,布局奇警新颖。《陈天华集》中收录的文章,除《述志》、《致留学生总会诸干事书》和《致湖南留学生书》等 3 篇为语录、短简外,真正的政论文、白话演说、弹词、小说共 17 篇,约 16 万字。总体来看,陈天华的文章分为两类:一是政论文,一为弹词(小说)、白话演说通俗文学作品。他的文章旨在揭露帝国主义侵略,痛斥清朝政府是"洋人的朝廷",从而唤起人们的革命觉悟,真正发挥了一个资产阶级革命宣传家的作用。

陈天华的政论文篇篇都是指点江山、评说历史的雄文,也是颇得中国传统文章学三昧的奇文。比如《论中国学生同盟会之发起》虽仅是一篇宣言,却观点奇警、深得起承转合之妙。文章开篇点题:"中国之亡,亡于学生"。振聋发聩、出奇制胜、高起低落,让人想起谢榛《四溟诗话》所谓:"起句当如爆竹,骤响易彻。"行文中谈到中国学生觉悟和素质之低,指出:如果仅把学生当做做官之阶梯,毕业后为官场之傀儡,那么"学生证书,仅奴隶证书也。"他同时指出:中国学生的实力已显示出来,仅需要更好地组织起来——此部分有理有据有情。文章结尾则

"下一转语曰：中国之兴，兴于学生"，与开篇形成了呼应，并以奥地利、意大利、俄罗斯学生为例，谈学生在推进社会变革中的重要作用[1]，这又让人想起谢榛所说："结句当如撞钟，清音有余"。所以从这篇文章来看，陈天华深谙中国文章学肯綮。

更为重要的是，陈天华在一系列文章中涉及到了一个极富象征意味的话题：学生干政。陈天华的《论中国学生同盟会之发起》将学生置于"奇理斯玛"的"主人"[2]地位，认为学生的觉醒才是中国内政复兴、外交崛起与民众觉醒的关键。他又在1903年6月写的《复湖南同学诸君书》中，对清政府压制留学生抗俄表示了极大愤慨，表达了"若真有死之一日，则弟之万幸也"的誓死报国决心。此信还将留学生与康梁维新党进行了严正的区分，将康梁称为"留学生所最轻最贱而日骂之人也"。其实陈天华"一度同梁启超等发生联系，并在其怂恿下，于一九〇五年一月，发行《救亡意见书》于留学界，'提议由留学生全体选派代表归国，向北京政府请愿，立即颁布立宪，以救危亡'。他正准备北上陈情之际，因黄兴和宋教仁坚决反对，并多次进行劝说与辩论，陈天华才终于取消了原来的打算。此后他进一步坚定了反清的革命立场。"[3] 于此我们可以看出陈天华的矛盾态度（这也正是陈天华小说《狮子吼》受梁启超《新中国未来记》影响的原因。详见下文）。而这种内心矛盾以及留学生内部的派系斗争与他蹈海之间有什么内在联系，则需待进一步考证。

陈天华的《论湖南官报之腐败》是一篇铮铮雄文。此文运用对比手法，将是与非、优与劣"客观"地呈现在读者面前。首先，从横向上将国际惯例与国内报刊进行了对比。公共舆论本应代表民意，是行政、立法、司法之外的"第四种权力"，起着监督政府的职能。正因如此，拿破仑说："有一反对报馆，其势力之可畏，比四千毛瑟枪尤甚焉。"而"湖南官报"却只会"献其狐媚、忍其狼心、为虎作伥、视民如寇"，如此情形真是"太阿倒执，杀尽国民之权利，死尽国民之生气，使中国国亡，万劫不能复者，皆此报之罪也"。[4] 其次，从纵向上将湖南《湘报》与《官

① 刘晴波、彭国兴编校：《陈天华集》，长沙：湖南人民出版社1958年版，第20页。
② 刘晴波、彭国兴编校：《陈天华集》，长沙：湖南人民出版社1958年版，第19页。
③ 刘晴波、彭国兴编校：《陈天华生平简介》，《陈天华集》，长沙：湖南人民出版社1958年版，第3页。
④ 刘晴波、彭国兴编校：《陈天华集》，长沙：湖南人民出版社1958年版，第15页。

报》进行对比。陈天华赞美熊希龄主办的《湘报》，此报由唐才常与谭嗣同任主笔，倡新学谈民主抨击时弊，堪称湖南狮子吼；而王莘田主办的《官报》却"软宽其膝盖，倾注其凉血，呕吐其秽杂陈腐之心肝，而昂然为主笔"[1]，可谓斯文扫地。在这种对比中，陈天华对"湖南官报"进行了辛辣讽刺。第三，陈天华的政论文深受梁启超"时务文体"的影响，又增添了新的时代气息。他也如梁启超一样"笔锋常带情感"，有时甚至不惜将自己暴露出来，比如他说："吾他日无杀人之权利则已，若有杀人之权，不杀此种官报之奴才，誓不立于社会。"[2]读《论湖南官报之腐败》，深深感受到陈天华等革命家对于公共舆论的关注，这篇文章也是现代中国较早系统论述报刊与国民性改造关系的政论文。

《敬告湖南人》号召国民"起而抗"击列强，宁愿"抵抗死"，也不要做顺民任人宰割。他鼓动国民的牺牲精神，奉告国人"不要畏死"。陈天华以历史事实做出论证："元人不畏死，而始能以渺小之种族，奴隶我至大之汉种。我中国数千年来为外人所屠割如恒河沙，曾无一能报复之者，则何以故？以畏死故。……是故畏死者，中国灭亡一大原因也。诸君于此等关头尚未打破，则中国前途真无望也。"[3]陈天华指出：今日中国之亡又不同于历史上的朝代更替，不仅是亡国，更是亡种；中国人将沦为奴隶、牛马、草芥，因而切不可"亡而甘之"。[4]他提醒湖南诸君："此际不为同种人排外族，他日必为异种人诛同族。"至那时，南北人沦为列强傀儡，自相残杀，列强则"凭轼而观"，得其渔利。他告诫国人：亡国者再恭顺也不能免遭杀戮，因而切不可"开门揖盗"……这篇政论文代表了陈天华政论文的行文特点：一是极具逻辑性。层层递进，条分缕析；二是极富鼓动性。此公开信以拒俄、爱国、救亡为主旨，号召人民奋起挽救国家危亡；三是具有深沉的情感性。书信，本身就具有抒情性，此信也是如此，此文开篇说："某敬告于所至亲至爱至敬至慕之湖南人：呜呼！我湖南人岂非十八省中最有价值之人格耶！何以

---

① 刘晴波、彭国兴编校：《陈天华集》，长沙：湖南人民出版社1958年版，第16页。
② 刘晴波、彭国兴编校：《陈天华集》，长沙：湖南人民出版社1958年版，第17页。
③ 刘晴波、彭国兴编校：《陈天华集》，长沙：湖南人民出版社1958年版，第11页。
④ 《猛回头》第30页也说："汉人做满洲人的奴隶是做惯了的，自然安然无事，我们是奴隶的奴隶，各国是主人家的主人家，何等便当"。——鲁迅继承了这一思想。

当此灭亡之风潮而无所动作也？吾思之，吾重思之而不能为诸君解也。"[1] 因此可以说，这篇文章典型地体现了陈天华政论文情理兼济的特质。

政论文的重要文体特征是：针对重大时事做出犀利评点。陈天华的文章也是如此。《绝命辞》针对日本取缔留学生活动自由的诸规则而作，日本《朝日新闻》等外媒则直诋中国留学生"放纵卑劣"，陈天华在此文中劝大家"坚忍奉公，力学爱国"，并谈了自己对政治革命、利权回收、对日问题、宗教问题的看法，观点清晰，文笔冷峻。其《国民必读——奉劝一般国民要争权利义务》针对中国缺乏民主权利和公民意识，简论国民的八权利、三义务、四条件。其中八权利为"政治参与权、租税承诺权、预算决算权、外交参议权、生命财产权、地方自治权、言论自由权、结合自由权。"三义务为："纳税、当兵、借钱给国家。"四条件为：要学问、要武力、要合群、要坚忍。《论中国宜改创民主政体》则是一篇政治启蒙书。《中国革命史论》（未完稿）批驳梁启超《中国历史上革命之研究》，以进化论眼光谈革命之必要，从三权分立、自由、民主说的高度，比较中西革命之异同，以为："质而言之，革命者，救人世之圣药也。终古无革命，则终古成长夜矣……"[2]，"始皇之政策首在剥夺人民言论、著述、集合三大自由。"[3] 又以路易十四"朕即国家"的专制影射秦始皇，以"不自由，毋宁死"讲陈胜吴广起义的原因。总之，陈天华的政论散文如同解剖刀一般锋利无比，剖疮去脓，有刮骨疗毒之功效。

三、为民木铎：陈天华的弹词与小说

如果说陈天华那些严正的政论文主要针对当时的知识精英而发，具有"警世钟"的作用，那么他的通俗文学则是醒民的"木铎"。在陈天华的这类著述中，弹

---

① 刘晴波、彭国兴编校：《陈天华集》，长沙：湖南人民出版社 1958 年版，第 10 页。

② 刘晴波、彭国兴编校：《陈天华集》，长沙：湖南人民出版社 1958 年版，第 215 页。

③ 刘晴波、彭国兴编校：《陈天华集》，长沙：湖南人民出版社 1958 年版，第 219 页。

词[①]最引人注目。

弹词《猛回头》创作于 1903 年夏。同年 10 月湖南留日学生刊物《游学译编》月刊第 11 期刊登《再版〈猛回头〉广告》称："是书以弹词写述异族欺凌之惨剧，唤醒国民迷梦，提醒独立精神，一字一泪，一语一血，诚普渡世人之宝筏也。初版五千部，不及兼旬，销罄无余，因增订删改（视原本约增加四分之一）再版。"这就很好地显示了作者"唤醒国民"的政治启蒙主旨。《猛回头》以韵白相间、说唱结合、群众喜闻乐见的通俗文学样式，讲述了一系列重大问题：分析中国历史、地理、人种、局势，批评保皇立宪，以印度、波兰、安南、犹太、非洲、南洋、澳洲、苗瑶的亡国灭种史实为例陈述亡国之耻，从而唤起人们反清复汉。陈天华最终提出了"十要"、"四学"、"四莫学"：建设国家"要学"那法兰西、德意志、美利坚和意大利；做人做事"莫学"那张弘范、洪承畴那样的卖国贼，莫学曾国藩为仇尽力，莫学叶公超弃甲丢枪……

《猛回头》是在回望汉民族历史，通过一种历史民族主义、文化民族主义来激发国民的凝聚力，这些"历史叙事"具有强烈的现实影射性，因而做到了历史性与时代性、文学性与政论性的结合与统一。更可贵的是，许多段落都合辙押韵，琅琅上口，易于传唱。比如开篇"黄帝肖像后题"一节是一篇押韵的诗文，分为"哭一声我的始祖公公！"和"哭一声我的同胞弟兄！"两段，铿锵有力，动人心魄，在对祖先圣迹的追述中呼唤血脉相连的民族主义情感。接下来的"猛回头"一节中的弹词唱段共 124 句，对汉族的历史做了简要追述，其中部分诗句如下：

---

① 权威工具书注曰："弹词，也叫'南词'。曲艺的一个类别。表演者大多一至三人，有说有唱。乐器多数以三弦、琵琶或月琴为主，自弹自唱。有苏州弹词、扬州弹词、四明南词、长沙弹词、桂林弹词等。其他如绍兴平胡调等也属这一类。传统曲目多为长篇。明中叶已有弹词演出的记载。"见《辞海》1999 年版缩印本，上海辞书出版社 2002 年版，第 1636 页。又："弹词，一种把故事编成韵语，有白有曲，以弦索乐器伴唱的说唱文学。流行于南方。宋末有西厢记传奇，只谱词曲，尚无说白。明杨慎有二十一史弹词。清代更为盛行，如天雨花、笔生花、再生缘、凤双飞、珍珠塔等，都是分成章回的大部弹词。参阅清毛奇龄《西河词话》。"《辞源》，北京：商务印书馆 1983 年版，第 1056 页。

自此后，我汉人，别无健将；

任凭他，屠割我，如豕如羊。

元鞑子，比金贼，更加凶狠；

先灭金，后灭宋，锋不可当。

杀汉人，不计数，好比瓜果；

有一件，俺说起，就要断肠！

攻常州，将人膏，燃做灯亮；

这残忍，想一想，好不凄凉！

岂非是，异种人，原无恻隐；

俺同胞，把仇雠，认做君王。

想当日，那金元，人数极少；

合计算，数十万，有甚高强！

俺汉人，百敌一，都还有剩；

为什么，寡胜众，反易天常？

只缘我，不晓得，种族主义；

为他人，杀同胞，丧尽天良。

他们来，全不要，自己费力；

只要我，中国人，自相残伤。

这满洲，灭我国，就是此策；

吴三桂，孔有德，为虎作伥。

那清初，所杀的，何止千万；

哪一个，不是我，自倒门墙！①

这段文字不仅在主旨上讲明了"种族主义"在推翻清政府统治中的作用和意义，而且指出了汉人之所以在"以多敌少"的战斗中失败的原因，那就是"中国人，自相残伤"，以及"好死不如赖活着"的苟且畏死的奴隶性本质。这就指向了国民劣根性问题，也正是从这里，我们可以发现五四一代如鲁迅等人拷问国民性思想的源头。

不仅如此，读者在读《猛回头》里的唱词部分时，会看到律诗、弹词、戏曲、

---

① 刘晴波、彭国兴编校：《陈天华集》，长沙：湖南人民出版社 1958 年版，第 33—34 页。

评书手法的综合运用。尤其是在上引的段落中，每一句都保持了整饬的句式和"三、三、四"的音节，如同进行曲的节奏或如行进的战士队列的步伐，铿锵有力；更令人惊喜的是，这是一种白话叙事诗体，颇有史诗意味，不仅有历史而且有思想有意象。而陈天华之所以能熟练运用弹词，除了他的政治启蒙思想和较高的艺术天赋之外，也与他年轻时喜欢长沙弹词、戏曲等民间艺术有着密切关联。

陈天华的另一部重要作品是作于1903年秋天的"最新新闻白话演说"《警世钟》。这是一篇面对祖国面临瓜分豆剖之势的大痛哭、大感叹，意在唤醒国人的民族心。"演说"开篇第一句就道出了全篇主旨：洋人来了，"这是我们大家的死日到了！"[1]此后层层推进，讲述洋人给中国人带来的苦难，列述了中国人的应对之策，提出了"十须知"和"十奉劝"的警世之语，而每一层意思都由三个叹词起兴，比如"苦呀！苦呀！苦呀！"、"恨呀！恨呀！恨呀！"、"真呀！真呀！真呀！"、"痛呀！痛呀！痛呀！"、"耻呀！耻呀！耻呀！"、"杀呀！杀呀！杀呀！"、"奋呀！奋呀！奋呀！"，极醒目提神，也标示出了文章的层次。

在这种通俗演说中，一个例证所具有的震撼人心的力量远远大于空洞的高谈阔论。陈天华因而列举了许多史实来阐明意图，比如在"耻呀！耻呀！耻呀！"这一部分中，除了举出"狗与华人不得入内"、日本人和印度人对中国人的蔑视之外，还以"极讲公理"的美国人对待中国人的态度来燃起民众的耻辱感：

> 耻呀！耻呀！耻呀！你看堂堂中国，岂不是自古到今四夷小国所称为天朝大国吗？为什么到如今，由头等国降为第四等国呀？外国人不骂为东方病夫，就骂为野蛮贱种。中国人到了外洋，连牛马也比不上。美国多年禁止华工上岸。今年有一个谭随员，无故被美国差役打死，无处伸冤；又梁钦差的兄弟，也被美国巡捕凌辱一番，不敢作声。中国学生到美国，客店不肯收留。有一个姓孙的留学生，和美国一个学生相好。一日美国学生对孙某说道："我和你虽然相好，但是到了外面，你不可招呼我。"孙某惊问道："这话怎讲？"美国学生道："你们汉人是满洲的奴

---

① 刘晴波、彭国兴编校:《陈天华集》，长沙：湖南人民出版社1958年版，第60页。

隶，满洲又是我们的奴隶，倘是我国的人知道我和做两层奴隶的人结交，我国的人一定不以人齿我了。"孙某听了这话，遂活活气死了……①

这样的演说自然会引发同仇敌忾的义勇。但是陈天华高人之处在于，他将救亡、爱国与盲目排外做了区分，正如在"十须知"第七至九条指出："第七，须知要拒外人，须要先学外人的长处。""第八，须知要想自强，当先去掉自己的短处。""第九，须知必定用文明排外，不可用野蛮排外。"这些都是极具有辩证思想的。而他所提出的"十奉劝"，至今都具有警世意义：

　　第一奉劝做官的人，要尽忠报国。

　　第二奉劝当兵的人，要舍生取义。

　　第三奉劝世家贵族，毁家纾难。

　　第四奉劝读书士子，明是会说，必要会行。

　　第五奉劝富的舍钱。

　　第六奉劝穷的舍命。

　　第七奉劝新、旧两党，各除意见。

　　第八奉劝江湖朋友，改变方针。

　　第九奉劝教民当以爱国为主。

　　第十奉劝妇女必定也要想救国。

这些苦口婆心的奉劝对推动当时的民族主义思潮发挥了积极作用。

陈天华唯一的小说《狮子吼》②是一部未完成稿，仅完成八回，但内容非常丰

① 刘晴波、彭国兴编校：《陈天华集》，长沙：湖南人民出版社1958年版，第69页。
② 陈天华《狮子吼》原刊于《民报》第二、三、四、五、七、八、九号"小说"栏内。发现小说
《狮子吼》手稿本的是陈天华的好友宋教仁。宋教仁1906年1月22日至东新译社查询陈天华遗
文时，得《狮子吼》小说原稿，他在日记中这样记道："（1906年）一月二十二日，巳初，至会馆
与门番算代售《民报》账。巳正，至东新译社访曾抟九，询陈星台遗文存者有几，遂得其《狮子吼》
小说及所译《孙逸仙传》，余皆欲为之续竟其功者，遂持回。抟九欲再刻其《绝命书》，乃偕抟九
至秀光社，属该社用《民报》中该书之纸型印刷焉。"（宋教仁：《我之历史》，《宋教仁集》，北京：
中华书局1981年第1版，第566页）宋教仁得陈天华《狮子吼》手稿后，立即在《民报》"小说"
栏分期连载。

富，描述生动感人。辛亥革命领导人谭人凤因之称"陈天华小说动众"①。陈天华创作小说旨在宣传鼓动民主革命，因而在《狮子吼》中借绳祖之口表达了自己的观点：

> 绳祖道："现在求学，固是要急，但内地的风气，不开通的很，大家去了，哪一个来开通风气？世界各国，哪一国没有几千个报馆！每年所出的小说，至少也有数百种，所以能够把民智开通。中国偌大的地方，就应十倍了。不料只有近海数种腐败报，有新理想的小说，更没有一种了，这民智又怎么能开？民智不开，任凭有千百个华盛顿、拿破仑，也不能办出一点事来，所以弟想在内地办一种新报，随便纂几种新小说，替你们打通一条路，等你们学成回来，就有帮手了。"②

小说原本具有一番精密的艺术构思和详细的写作计划，这可从《楔子》中看出端倪：计划全书约30万言，显然是一长篇小说的规模；小说结构分为前后两部分，前部"言光复的事"，后部为理想之言。但仅完成的前八回书中，是现实之作。由此可以推想，陈天华当时并不急于发表此作，他至少想做一个中国革命历史的记录者，待革命成功后再发表此小说。小说"楔子"部分撰写了一个单折杂剧《黄帝魂》，只有一个自称"新中国之少年"的小生一人说唱，以浪漫主义的幻想形式和倒叙手法，回首"当年"革命者反封建反帝国主义的勋绩，歌颂中国之独立自由和建立共和国的理想，意图唤醒黄帝子孙的革命意志，发扬民族的斗争精神，充满着炽烈的爱国热忱、充沛的革命激情和乐观的必胜信念……不难看出，《狮子吼》的开篇结构与梁启超的《新中国未来记》有着相似性，因而可以说陈天华明显受到了梁启超的影响。

《狮子吼》最为精彩感人的是描述现实社会的部分，从而使小说具有了"自叙传"的意味。从戊戌变法失败、八国联军侵略中国、自立军起义、苏报案，至作者亲身经历的拒俄运动、参加"华兴会"并联络会党首领马福益、留学日本从事资产阶级革命活动，乃至作者青少年时代的家世、求学与交谊关系，都能在小说

---

① 谭人凤：《石叟牌词》，《谭人凤集》，长沙：湖南人民出版社1985年版，第337页。

② 刘晴波、彭国兴编校：《陈天华集》，长沙：湖南人民出版社1958年版，第137—138页。

作品中找出明显的痕迹。可以说作者在《狮子吼》中，从广阔的时代背景上，汲取众多革命党人和爱国志士的事迹，结合自身经历和生活体验，较为真实地反映了辛亥革命以前社会转型时期严酷的现实生活，表现了当时资产阶级革命派最为激进的反满反帝的民族主义思想。

《狮子吼》第二回是全书发扬种族主义思想的总纲。作者将描述的重点放在清王朝的残酷统治，追述清朝建国之初大肆残杀汉人，并大段引录了《扬州十日记》，同时也表彰一批反清的爱国志士。第二回的另一个重点是叙说清道光以来西洋各国屡次侵华引起的冲突，尤其是那拉氏擅政，丧权辱国，给中华民族带来无穷无尽的民族灾难：如法国灭了越南，英国灭了缅甸，日本占领朝鲜的同时在中国本土割占盛京及台湾，俄国租借旅顺和大连，德国租借山东胶州湾，法国租借广东广州湾，直至庚子年八国联军占领北京，清廷又是大量地割地赔款，弄得民穷财尽，国势日危，广大人民群众蒙受奇耻大辱，处于水深火热之中苦受熬煎……陈天华在这回书中历数清王朝的腐朽腐败、帝国主义侵华的累累罪行，表现了极为强烈的反满反帝的爱国思想。

《狮子吼》第三、四、五回描写了他理想中的乌托邦"民权村"。书写民权村的反清壮举，以及以孙念祖为代表的新一代在老师文明种的教育下形成了国家主义思想、国民权利思想、反对忠君思想和以民为本思想，而其思想武器是《民约论》和黄宗羲思想等。在第四回中，孙念祖提倡地方自治，狄必攘鼓动道德自律和尚武精神，隐然就是作者的建国方略。

第六回写孙念祖等留学美德，而狄必攘则深入内地联络会党，以期展开民主主义革命，所揭示的是"如何革命"的问题。依据作者的安排，同在民权村中学堂念书的孙念祖、孙女钟去国外游学，而狄必攘却入内地暗结英豪，联络会党。他因为"平日听说上海是志士聚会之所"，因而先到上海，没想到大失所望，原来这里的所谓"志士"已与政府同流合污、沆瀣一气，被世人讥讽为"野鸡政府"和"鹦鹉志士"，毫无反满爱国之志。他乘船去了汉口，这里会党如林、风气大开，他结识了陆地龙、张威、饶雄、石开顽、周秀林、杨复清、王必成、陈祖胜等头领，各路头领召开秘密会议，公推狄必攘为总头领，成立"强中会"。并另立十条新会规，其宗旨为"富强中国"，但明确指出"会规中所谓国家，系指四万万汉人公共团体而言，非指现在之满洲政府"，"严禁保皇字目，有犯之者，处以极刑"等项，还规定了"设立学堂、报馆，或立演说会、体操所"等会员义务。之后他再去四川联络康镜世、马世英，指出"要自强，必先排满，要排满自强，必先讲求新学，这是至断不移的道理。"狄必攘来川后，与康、马商谈两会合并的事，达成"咱们的联合，只要在精神上，不要在那面子上。日后若有事情做，自然是此发彼应的"协议。最后写狄必攘带文明种回到汉口，计议开设工厂、办半日学堂、开时事新报馆、设体育会等事宜。第八回结束时描述道：

> 从此无业游民，化为有用，绿林豪杰，普及文明，五千里消息灵通，数十万权衡在握，诚为梁山上一开新面目了。不上半年，联络了十几起会党，东西洋的留学生，都联为一气。在美洲的留学生领袖，就是念祖，在欧洲的留学生领袖，就是肖祖。这两处的领袖，都是必攘的同学，不要讲是常常通信的。东洋的留学生领袖，名叫宗孟、祖黄。这两人与必攘平日没有交情，就在近今几个月内，慕了必攘的名，和必攘订交的。留学生空有思想，没有势力，所以都注目必攘身上。必攘的声势，就日大一日。五个工厂，添到十个，报馆也十分发达。①

小说第八回写至狄必攘突然接到东洋留学生来信戛然而止，《狮子吼》也因为陈天华的蹈海自杀而中断，留给读者巨大遗憾。但是从残存的这八回中可以看出：第一，此小说是晚清资产阶级民主革命思想的宣言书。它虽然受到梁启超《新中国未来记》的影响，在结构方面多有相似处，甚至小说的"楔子"里也有一个"新中国之少年"，但是在思想上却是完全不同的。比如它明确反对保皇派，对义和团式的盲目排满思想进行了批判，主张学习西方先进经验等等；而对于义和团的盲目排外、张献忠和李自成的滥杀无辜等的评价，则保持了人文主义的清醒立场，达到了同时代文学家所难以企及的前瞻性和历史性。就此而言，小说虽未完成，但是其政治启蒙的效果达到了。第二，《狮子吼》是一部纪实的社会小说。其中许多史实都真实可考，比如那拉氏的腐败、"破迷报馆案"即"苏报案"等，因

---

① 刘晴波、彭国兴编校：《陈天华集》，长沙：湖南人民出版社 1958 年版，第 168 页。

而具有着历史和审美的双重价值。第三，小说具有大开大合的艺术结构，主人公狄必攘具有"流浪汉"气质，通过这个人物在中国的见闻，反映了深广的社会现实。第四，小说仍然受到传统小说艺术的影响。比如章回体、花开两朵各表一枝的叙述手法、"故事中心"的结构与说教功能等，只不过"所载之道"已非传统封建思想。第五，陈天华的小说具有极强的通俗性，贩夫走卒均可读懂，这种扎根于中国本土民间艺术的"旧瓶装新酒"的做法，反而有利于民众对它的接受。相比较而言，五四新文学在语体上以"硬译"西方语法为载体，与中国人的阅读习惯相悖，反而妨碍了新文学的传播。

总之，陈天华的文章和爱国行动在当时起到了很大的鼓呼作用，被称为"革命党之大文豪"。[1]而《警世钟》、《猛回头》等书因为"咸用白话文或通俗文，务使舆夫走卒皆能了解，故文字小册散播于长江沿岸各省，最为盛行，较之章太炎《驳康有为政见书》及邹容《革命军》，有过之而无不及。"[2]当时的外国报刊也认为，在宣传方面"最有功于革命者为四川邹容、湖南陈天华两人。"[3]当然，他的文章也存在时代局限性，比如他具有大汉族主义思想，因为反对元、清游牧文化对中原文化的侵略，也就未将元、清版图内的大片土地写为中国领土，又多处称满、蒙、藏为野蛮人等。这是时代留给作者的烙印，后世者不可求全责备。

第十节　柳亚子其人其诗

柳亚子是中国著名的资产阶级民主革命文学团体南社的负责人和代表人物，是坚定的民主主义战士、社会主义的拥护者和著名的爱国诗人。

一、柳亚子生平

柳亚子（1887—1958），原名慰高，字安如，江苏吴江人；少年时期深受进化

---

① 曹亚伯：《武昌革命真史》，刘晴波、彭国兴编校：《陈天华生平简介》，《陈天华集》，长沙：湖南人民出版社1958年版，第4页。

② 冯自由：《〈猛回头〉作者陈天华》，《革命逸史》（上），北京：新星出版社2009年版，第272页。

③ 刘晴波、彭国兴编校：《陈天华生平简介》，《陈天华集》，长沙：湖南人民出版社1958年版，第5页。

论思想影响，因读卢梭《民约论》而更名人权，字亚卢；又因为喜爱辛弃疾诗词，再更名弃疾，号稼轩，字亚子。后为了统一名号，便用亚子。1903 年，17 岁的柳亚子在《江苏》杂志发表《郑成功传》（第 4 期）、《中国立宪问题》（第 6 期）、《台湾三百年史》（第 7、8 期）3 篇文章，及诗歌 13 首（第 8 期）。经陈去病介绍加入中国教育会，结识黄中央、蔡元培、章太炎、吴稚晖、邹容等；其时，黄、蔡为中国教育会正副会长；章太炎则是中国教育会教员；柳亚子对蔡、章执弟子礼，始谈革命。他还与蔡冶民、陶亚魂等筹款助印邹容《革命军》，革命思想由此奠定。作《中国灭亡小史》、《夏完淳传略》和章回体白话历史小说《陆沉记》等宣传反清思想；其长篇五言古诗《放歌》发出了"他人殖民地，何处是故乡？"的感叹。又与陈去病、汪笑侬等支持戏剧改良，为《二十世纪大舞台》杂志撰写发刊词，号召组织一支"梨园革命军"，演述人民反抗斗争史实，动员人民起来革命。[①]1906年，柳亚子由高旭、陈陶遗、马君武、刘师培介绍加入同盟会，从此真正走上了"革命人生"道路。

柳亚子一生最重要的阶段是南社阶段。这又可以分为前期南社与"新南社"两段。1909 年 11 月 13 日，柳亚子、陈去病、朱少屏、姚石子等 19 人在苏州发起成立南社。南社与"北庭"相对，以文学鼓吹民族革命。柳亚子 1914 年作《论诗六绝句》讥嘲"郑（孝胥）陈（三立）枯寂无生趣"，抨击"樊（增祥）易（顺鼎）淫哇乱正声"，亦不满"老负虚名"而"古色斑斓真意少"的王闿运，因而一时"见者惊为狂生"。[②]南社定期雅集，每次结集出版一部诗文集，汇为《南社丛刻》22 部。南社最繁盛时会员一度发展到 1000 多人。后来，南社内部发生了唐诗派与宋诗派的争论，这不只是诗派之争，更是出世致用与避世归隐派的争论，柳亚子等人在论争中占了上风，但南社因此而分化。

1912 年，柳亚子出任南京临时大总统府秘书，并任《天铎报》主笔，撰文抨击南北议和，公开反对袁世凯并攻击南京政府主和派。当年春天，因社内意见分

---

① 王晶垚：《南社始末》，《中国社会科学》，1980 年，第 4 期。柳亚子为《二十世纪大舞台》撰写了发刊词，但未列名该刊发起人。

② 柳无忌：《柳亚子年谱》，北京：中国社会科学出版社 1983 年版，第 46 页。

歧，柳亚子退出南社，直到1914年才在朋友们力邀下复社并当选为主任。1915年袁世凯称帝，柳亚子作《孤愤》讽袁："岂有沐猴能作帝？居然腐鼠亦乘时"，又云："宵来忽作亡秦梦，北伐声中起誓师。"① 表达了他对讨逆行动的期盼。1918年因内部争执辞去南社主任职，南社活动此后遂冷落下来并于1923年全部停顿。但是1923年11月14日，柳亚子、叶楚伧、陈望道、邵力子、胡朴安、余十眉、姚石子、陈布雷、潘公展、朱凤蔚、汪精卫、张继等38人发起成立了新南社，订立新南社条例，柳亚子当选为新一届社长。柳亚子在《新南社成立布告》中说："新南社的精神，是鼓吹三民主义，提倡民众文学，而归结到社会主义的实行。"并表明了他本人自反对白话文到倾向白话文的经过，标志着他"完全加入新文化运动了。"②

1924年第一次国共合作期间，柳亚子以中国同盟会会员身份为国民党员，当选为国民党中央监委。他对于共产主义有着较深的认识，1924年《空言》一诗说："孔佛耶回付一嗤，空言淑世总非宜。能持主义融科学，独拜弥天马克斯。"③ 1925年任国民党江苏省党部宣传部长，与恽代英、蒋光赤、李立三、郭沫若、沈雁冰、杨之华等中共人士相友好，初晤毛泽东并"饮茶粤海"。蒋介石提出取缔共产党人的意见后，柳亚子甚至向恽代英提出了谋杀蒋介石的建议，因为"过激"而未被采纳。④ 1926年5月17日，国民党二届二中全会通过"整理党务案"，柳亚子对此极为不满，以家电母病促归为由，在会议闭幕前离开广州，回到故乡闭门不出，期间反而前往上海拜访陈独秀；10月因为孙传芳指名查捕，改名隐居法租界。

1927年3月北伐胜利后，柳亚子出任江苏省教育厅长；"四一二"政变后遭迫害，遂东渡日本至1928年4月方回国，此后与鲁迅等新文学大家多有交往。抗日爆发后，上海沦陷，柳亚子因病居留上海，作遗书明志："余以病废之身静观时变，不拟离沪。敌人倘以横逆相加，当誓死抵抗。成仁取义，古训昭垂，束发读书，初衷具在，断不使江乡先哲吴长兴、孙君昌辈笑人于地下也。"1940年年底

---

① 柳无非、柳无垢编：《柳亚子诗词选》，北京：人民文学出版社1959年版，第35页。

② 柳亚子：《南社纪略》，上海：开华书局1940年版，第122—123页。

③ 柳无非、柳无垢编：《柳亚子诗词选》，北京：人民文学出版社1959年版，第53页。

④ 柳无忌：《柳亚子年谱》，北京：中国社会科学出版社1983年版，第74页。

起，流亡重庆、桂林、香港，自比为行吟泽畔的屈原。他潜心南明历史研究，搜集了大量明史资料并撰写了一批研究成果，可惜大量文稿失散于战乱中，编写明史的计划没能实现。1941年"皖南事变"爆发，在香港的柳亚子与宋庆龄、何香凝联名致电蒋介石，斥责蒋倒行逆施，破坏团结，破坏抗战，且拒绝参加国民党中央全会，因而被开除国民党党籍。1946年内战爆发后，柳亚子积极参加民主运动，加入了中国民主同盟；1948年参与发起中国国民党革命委员会，任秘书长；1949年9月参加中国人民政治协商会议，10月1日参加中华人民共和国开国大典；后历任中央人民政府委员、政务院文教委员；1954年当选全国人大常委；1958年6月21日在北京逝世。

柳亚子一生中写下了大量声情激越、意气风发的诗篇，计有诗7000余首，词200首。著有《柳亚子自传年谱》、《磨剑室诗集》、《南社纪略》、《乘桴集》、《怀旧集》，编有《南社丛刻》、《苏曼殊全集》等。

二、柳亚子诗词简论

柳亚子的诗歌慷慨豪宕，沉郁深婉，热情奔放，独树一帜，开一代革命诗风；他的思想与时代共同进步，他的诗记录下了他思想演变的历程，也就记下了中国现代史，因而他的诗就是一部敢哭、敢笑、敢怒、敢骂的革命史诗。

具体说来，柳亚子的诗歌具有如下几个重要特点。首先，他的诗是与时俱进、"歌诗合为时而著"的政治诗，留下了时代前进的足印。郭沫若认为柳亚子"是一位典型的诗人，有热烈的感情，豪华的才气，卓越的器识。他的精神是随着时代的进步而进步的。"[1] 柳亚子是一个热心用世、以诗歌为武器的政治诗人。他的一生是爱国的一生，是反抗黑暗、追求光明的一生，从传统思想到维新思想，从赞成康、梁"纪孔保皇"到坚决反孔，从民族革命到阶级革命，从追随陈去病和高旭到批评高旭接受曹锟贿选和陈去病的右倾，从拥护旧文化到支持新文化，从无政府主义到社会主义，直到抗战和新中国成立，他对现代中国政治风云变幻保持了高度

---

[1] 郭沫若：《〈柳亚子诗词选〉序》，《柳亚子诗词选》，北京：人民文学出版社1959年版；《郭沫若全集》文学编第17卷，北京：知识版权出版社2004年版，第280页。

敏感，因而他的诗紧密结合中国革命发展道路，洋溢着强烈的爱国主义和民主主义激情，具有鲜明的战斗性。在广泛的革命交游中，柳亚子写下了大量怀人诗和赠友诗。革命派的英勇斗争使柳诗充满了慷慨激昂之气，这一斗争的艰难历程又使他的诗具有沉郁苍凉的风格。正如茅盾所说："柳亚子的诗词反映了前清末年直到新中国成立后这一长时期的历史——从旧民主主义革命到社会主义革命的历史，如果称它为史诗，我以为是名副其实的。"①

其次，柳亚子的诗是晚清至民初最重要的启蒙诗，在新旧文学转型过程中具有重要的桥梁作用。他重视文学的思想性，反对叹老嗟卑的个人主题的吟咏，也反对批风抹月的流连光景之词。在诗风上，他崇尚唐音，承继夏完淳、顾炎武、龚自珍三家，贬斥以黄庭坚为代表的江西诗派；在词风上，他推崇辛弃疾，贬斥吴文英；在文风上，他反对韩愈和桐城派；他以旧诗体承载新思想，给中国传统诗歌以新的生机；他早年崇拜卢梭，更名"人权"，字"亚卢"，自谓"亚洲的卢梭"，1903 年还在长诗《放歌》中写道："卢梭第一人，铜像巍天阊。《民约》创鸿著，大义君民昌。胚胎革命军，一扫秕与糠。百年来欧陆，幸福日恢张。……智慧用益出，大哉言煌煌。"他以卢梭民约论为武器反对君主立宪制，并号召读者："诸君诸君！认定宗旨，整刷精神，除暴君，驱异族，破坏逆胡专制的政府，建设皇汉共和的国家，那就是诸君的责任了。"他从无政府主义思想者那里接受了女性解放思想，在《放歌》、《吊鉴湖秋瑾女士》等诗歌中表达出了他对女性解放的思考；他甚至用诗歌表达了对马克思和社会主义制度的歌颂……所有这一切都让后世者不能不赞叹柳亚子可谓"圣之时者"。

再次，他的诗为民族英雄立传，对推动民族主义民主革命起到了很好的宣传、鼓呼作用。南社与新南社在柳亚子的影响和组织下，以宣传民族革命、鼓吹三民主义为宗旨，这使这个团体成为中国同盟会和革命时期的中国国民党的"宣传部"。事实上，国民政府的许多宣传人才大都与这个团体有密切联系，如宋教仁、叶楚伧、潘公展、陈布雷、邵力子等，他们在推翻清朝统治、反对袁世凯、北伐战争中，在舆论宣传、唤醒民众方面做出了重要贡献。至于柳亚子，则有意识地挖掘中国

---

① 茅盾：《解放思想，发扬文艺民主》，《人民文学》，1979 年，第 11 期。

历史上的民族英雄事迹，对于现代中国形成文化民族主义思潮起了推波助澜的作用。如《题张苍水集》四首之一曰："北望中原涕泪多，胡尘惨淡汉山河。盲风晦雨凄其夜，起读先生正气歌。"张苍水即抗清民族英雄张煌言，诗中借"胡尘惨淡汉山河"来号召抗清革命。另《题夏内史集》六首之一曰："鸱枭革面化鸾皇，禹甸尧封旧土疆。大业未成春泄漏，横刀白眼问穹苍。"此诗赞颂夏完淳，是柳亚子以激昂慷慨之音为民族英雄献上的一炷心香。1903年上海发生"苏报案"，章太炎、邹容被租界巡捕房监禁狱中，他写诗怀念他们："祖国沉沦三百载，忍看民族日仳离。悲歌咤叱风云气，此是中原玛志尼。"两年后，邹容病死狱中，他写诗哭邹容："白虹贯日英雄死，如此河山失霸才。不唱饶歌喝薤露，胡儿歌舞汉儿哀！"全诗异常悲愤和沉痛，表达了他与邹容等革命党人深厚的友情。1907年秋瑾被难，他写了《吊鉴湖秋瑾女士》七律四首，其三、四是："饮刃匆匆别鉴湖，秋风秋雨血模糊。填平沧海怜精卫，啼断空山泣鹧鸪。马革裹尸原不负，蛾眉短命竟如何！凭君莫把沉冤说，十日扬州抵得无？漫说天飞六月霜，珠沉玉碎不须伤。已拼侠骨成孤注，赢得英名震万方。碧血摧残酬祖国，怒潮呜咽怨钱塘。于祠岳庙中间路，留取荒坟葬女郎。"没有什么能比英雄更能激发人们的慷慨激昂的正气，没有什么能比英雄更能刷振一个民族的精神。从这个方面讲，柳亚子是中国晚清至民初民族主义精神的传教士，他的诗起到了很好的"诗教"作用。

第四，柳亚子诗如其人、文如其人，诗歌与他的人格、风骨一体两面，相得益彰。柳亚子在《旧诗革命宣言》中说："诗人要有气节，诗人要有思想"；在评点其他诗人时他也坚持"以人论诗"的准则。用这样的准则来评定柳亚子就会发现：他是一个时代鼓手，一个有思想有气节的诗哲。他自比屈原，诗就成了他的人格、风骨与思想的表达。比如1925年11月23日，以邹鲁为首的国民党右派组成"西山会议派"，背叛孙中山三大政策，提出取消已加入国民党的共产党员的党籍，撤销在国民党中央工作的谭平山、李大钊、林祖涵、毛泽东等人的职务，进而策划在上海成立伪中央等一系列反共活动。柳亚子对此加以严厉批驳，发表了4000余字的长文《告国民党同志书》，指出：反动派"自己不肯站在革命的前线上奋斗，反而去勾结反革命的势力，甚至于去领导反革命的势力，要掀起党内轩然的大波……这不是明明白白地叛党叛国叛总理吗？全国同志，人人得而声讨之矣！"此举激怒了国民党右派，声称要开除他的党籍；孙传芳甚至勾结上海租界当局准备抓捕柳亚子。再如1926年5月，柳亚子赴广州参加国民党二届二中全会，蒋介石在会上强制通过"整理党务案"。柳亚子当即与何香凝、彭泽民等表示坚决反对，还邀约侯绍裘、朱季恂等共产党员一起当面责问蒋介石；柳亚子未等会议结束就返回上海，以行动表示与蒋介石分道扬镳，这就是人们后来所说的"拂袖南渡"……柳亚子一生数次遭受迫害，都是因为他的真性情，让人想起那句话："唯大丈夫能本色，是真名士自风流。"

郭沫若1945年在重庆撰文称颂柳亚子是"今屈原"[①]；田汉1950年说柳亚子是"近代稀有的爱国者"[②]；茅盾则说："柳亚子是前清末年到解放后这一长时期内旧体诗词方面最卓越的革命诗人。"[③]时间证明，柳亚子当得起"革命诗人"、"政治诗人"的称号。

第十一节　陈独秀其人其文

陈独秀是五四新文化运动的主帅，中国共产党创始人与早期领袖，现代中国杰出的政治家、思想家和社会活动家；他的一生浓缩了现代中国思想和政治文化的演进历程。他一生经历的复杂性，诚如他的好友高语罕给他的挽联中的一句所说："喋喋毁誉难凭，大道莫容，论定尚需十世后！"或如陈铭枢给陈独秀的挽联："言皆断制，行绝诡随；横览九洲，公真健者！谤积丘山，志吞江海；下开百劫，世负斯人！"但这些挽联多少让人产生一种虚无感。也许，从思想史的角度看，不妨称他为"终身的反对派，永远的新青年！"

一、陈独秀生平

陈独秀（1879－1942），字仲甫，别号重辅、由己、三爱、雪衣、独秀山民等。

---

① 郭沫若：《今屈原》，《郭沫若全集》文学编第20卷，北京：人民文学出版社1992年版，第7—8页。
② 田汉：《柳亚子〈黄初嗣响集〉跋》，转引自郭隽杰：《田汉、沈尹默诗论柳亚子》，《团结报》，1980年6月20日。
③ 茅盾：《解放思想，发扬文艺民主》，《人民文学》，1979年，第11期。

生于安徽怀宁（今属安庆市）一个世家，6 岁由祖父启蒙，熟读《四书》、《五经》、《左传》等书；1896 年中秀才，1897 年随长兄庆元参加南京乡试，不中，却发现所谓"抡才大典""实是隔几年把这班猴子狗熊搬出来开一次动物展览会"。1896 年后，陈独秀因为读《时务报》等而一变为"康党"。1897 年冬写成一篇万字长文《扬子江形势论略》并制成木刻本散发。这篇文章显示出他终生的思想个性：清醒的忧患意识、深沉的爱国主义、自觉的启蒙思想、愈挫愈奋的叛逆性格。

经义和团之乱，陈独秀感于日本明治维新以后的崛起，遂于 1901 年 10 月东渡留学①。先于东京专门学校（早稻田大学前身）进修日语，后就读于高等师范学校；1902 年 3 月，因学监姚煜与留学生作对，陈独秀等潜入其家，"由张继抱腰，邹容捧头，陈独秀挥剪"，剪去了姚某的辫子，清廷出面要求日本警察搜捕，陈独秀只好回国"传播新知，牖启民智"，又因藏书楼爱国演说而触犯当局，只得再渡日本，入成城学校陆军科学习，加入张继等人发起的"青年会"。该会"以民族主义为宗旨，以破坏主义为目的"，是"日本留学界中革命团体之最早者"②；陈独秀在该会结识了邹容、章太炎、刘季平（刘三）、汤尔和、苏曼殊、蒋百里等人，革命思想更加坚定。1903 年春因宣传排满和拒俄运动而回安庆，但受到清廷缉捕，只好潜到上海。至此，陈独秀已完成了从"康党"向"乱党"的转型，倾向于民族革命。

1903 年 7 月 7 日，《苏报》被清廷查封。为承袭《苏报》精神，继续开展革命宣传，章士钊、张继等人在上海创办《国民日日报》宣传排满革命，并在国内报刊中最早采用黄帝纪元而不用清廷光绪年号，该报由陈独秀与章士钊总理编辑事务，"发刊未久，风行一时，时人咸称这'《苏报》第二'"③，可惜只出版至当年 12 月 1 日即停刊。1904 年 2 月 15 日，陈独秀在芜湖创办《安徽俗话报》④，这是他

---

① 陈独秀的东渡自 1901—1915 年创办《新青年》前，凡五次，可分为三期：1901—1903 年为第一期，期间于 1902 年春天回国，1902 年秋天二赴日本；1906 年陪苏曼殊（苏为中日混血儿）赴日省亲，此属旅游；第二期为 1907—1909 年再次去日本留学；第三期为 1914—1915 年间应章士钊之邀襄编《甲寅》，同时在雅典娜法语学院接受法国文明的洗礼。

② 冯自由：《壬寅东京青年会》，《革命逸史》（上），北京：新星出版社 2009 年版，第 83 页。

③ 章士钊：《疏"黄帝魂"》，《辛亥革命回忆录》第 1 集，北京：中华书局 1961 年版，第 219 页。

④ 《安徽俗话报》为半月刊，18 开，每册 20 页左右，每逢朔、望发行出版。

独自主编的第一个刊物；此报揭批"恶俗"，传播民权，呼号爱国救亡，鼓吹发展工矿业，提倡练武习兵，普及国民教育，提倡自由与科学思想。尤其重要的是，《安徽俗话报》提倡文学革命和思想启蒙，可以说是《新青年》的先声。《安徽俗话报》仅出版了23期即于8月15日被勒令停刊。

1905年，陈独秀鼓励李光炯创办安徽公学，代请刘师培、苏曼殊等来讲学。同年暑假与柏文蔚、常恒芳等创岳王会，陈独秀任总会长，策划暴动失败后，此党遂衰。1906年底陈独秀再赴日本，入日本正则英语学校学习，直到1909年因其长兄陈庆元病逝才返国。

武昌革命后，陈独秀任安徽都督府秘书长；1913年宋教仁案后，陈与柏文蔚等反袁，失利后受通缉，亡命上海，杜门写《字义类例》。陈独秀认为，袁氏当国使中国政制倒退"不啻相隔五六世纪"。章士钊劝他"趁国未亡，尔有什么话，尽管说出来，免得国亡，尔有一肚皮话未说，又要气闷。"于是陈独秀1914年7月东渡日本，助章士钊编辑《甲寅》，并在第5期上发表《爱国心与自觉心》等文。1915年6月回国。

1915年9月，陈独秀为维护共和、提高国民"宝爱共和"的觉悟而创办《青年杂志》（第2期改名为《新青年》），以改造青年思想、辅导青年"修身治国之道"为职志。陈独秀还陆续发表《今日之教育方针》、《我之爱国主义》等文攻击专制主义和封建道德，宣传民主政治和人格独立。袁世凯称帝的阴谋破产后，代之而起的军阀继续推行祸国殃民的反动政策。以康有为为代表的旧派人物大肆鼓吹孔教，甚至主张奉其为"国教"，列入"宪法"。这股思想逆流是思想启蒙运动的严重障碍，因而《新青年》在一个时期内猛烈攻击孔子学说，掀起了后来称之为"打倒孔家店"的浪潮。陈独秀在《驳康有为致总统总理书》、《宪法与孔教》、《孔子之道与现代生活》等文中，认为孔教与帝制有不可分离之因缘，三纲五常违背平等人权学说，孔子之道不合现代生活，定孔教为"国教"违反思想自由和宗教自由原则，主张输入西洋平等人权学说代替孔子之道，也就是说要以资产阶级民主代替封建专制，以资产阶级新道德代替封建旧道德……陈独秀由此而被誉为"思想界的孙黄"。

1916年12月26日，蔡元培正式履任北大校长。蔡元培报请教育部批准，陈独秀担任北大文科学长,《新青年》编辑部也由上海移至北京。从此以北京大学为基地,以《新青年》为核心,中国新文化运动轰轰烈烈地展开了。而陈独秀与李大钊于1918年12月22日创办政治时事评论周刊《每周评论》,则标志着他由思想领袖向政治领袖的转化。

陈独秀激烈的反传统言行终于遭到了林纾等守旧派的反对。林纾先后在《新申报》发表小说影射、咒骂陈独秀、胡适和钱玄同等人,更在《公言报》刊登《请看北京思想界变迁之近状——林琴南致蔡鹤卿》等文章,又唆使国会议员弹劾教育部,要求撤换蔡元培,再鼓励"进德会"攻击陈嫖妓等私德不严。蔡元培终于在1919年3月底同意取消各科学长,陈独秀的文科学长之职自然解聘;陈独秀由此而成为职业革命家,走向社会运动,用"直接行动"的精神来武装青年,即"不诉诸法律,不利用特殊势力,不依赖代表",而由"人民站起来直接行动"。周作人后来说:"陈独秀利用《每周评论》指导五四运动,着实发挥了实力。"1919年6月11日,陈独秀起草《北京市民宣言》在新世界商场散发,被便衣警察当场逮捕,囚禁3月有余,至9月16日获释。

这时的陈独秀已面向劳工,由共和主义转向社会主义,开始宣传马克思主义。正如他自称:五四前他的工作"专在知识分子方面",五四后"乃转向工农劳苦人民方面。"[①]——他由此而被称为"中国的列宁"。《新青年》也自8卷1期开始成为中国共产党的理论刊物。陈独秀自1921年中共"一大"迄1927年"五大",均当选为中共中央书记、委员长、总书记。但是到1927年蒋介石的"右倾"政策日益暴露之时,陈坚持"避免同资产阶级开战"的路线,并与共产国际发生冲突,于7月书面辞职,此后不再任中央委员,仅保留党籍。

1929年,陈独秀接触到托派的有关文件,对托洛茨基批评斯大林应为中国革命失败负责的问题尤感兴趣,从此走向批评共产国际、批判立三路线的道路。1932年10月陈独秀被逮捕并判处八年徒刑,后因抗战爆发后而提前释放,至江津侍奉母亲。他此时已无意于托派,认为这是一个"关门主义的极左派的小集团,当然没有发展的希望;假使能够发展,反而是中国革命运动的障碍";而"小资产

[①] 参看陈独秀:《陈独秀自撰辩诉状》,上海:亚东图书馆1934年版。

阶级的中国共产党，既不懂得无产阶级的社会主义，又厌恶害怕资产阶级的资本主义"。陈独秀于 1942 年 5 月 27 日病逝。

二、陈独秀的政论文

陈独秀留世的作品种类很多，包括政论文、翻译、小说、古体诗、新诗等。这里只谈陈独秀最重要的文体——政论文，因为这是伴随他一生的重要文体。

陈独秀的政论文有三个重要主题：救亡、启蒙与革命。其写作思维具有三种重要策略或特点：对立统一、以破为立、矫枉过正。而之所以形成这样的文风和思维特点主要源于三种思想根源：进化论、唯物论及其叛逆的个性。

始终不渝的爱国主义，是其政论文最突出的主题，贯穿其生命的全过程。陈独秀的一生践行的就是爱国救亡的道路：从早年服膺维新派到因为"二十一条"的刺激而留学，从拒俄运动到排满爱国演说，从民主主义到马克思主义，从康党、乱党到共产党，甚至新文化运动的初衷也是唤醒国民的爱国忧患意识，都是为了改造旧中国、建立富强的新中国。这一点爱国心反映在陈独秀的政论文里，可以找到几个重要标志：1897 年刻印第一篇政论文《扬子江形势论略》，1914 年在《甲寅》杂志发表《爱国心与自觉心》，再到创办《新青年》时发表《我之爱国主义》及发表在《每周评论》上的系列政论文，乃至 1929 年对待中东路事件的态度，他都是以国家利益至上的。当然，陈独秀所讲的爱国具有新的时代意义，比如《爱国心与自觉心》开篇就指出：西方人讲的爱国与中国人所谓"忠君爱国之说""名同而实不同"，因为中国人"首不足理解国家为何物者"——"近世欧美人之视国家也，为国人共谋安宁幸福之团体"，而非中国人以前所谓"凡百施政，皆以谋一姓之兴亡，非计及国民之忧乐"，"决非以国民之幸福与权利为准"的家天下。因而现在的"爱国"应是"爱其为保障吾人权利谋益吾人幸福之团体也。自觉者何？觉其国家之目的与情势也。"[①] 在《偶像破坏论》中，陈独秀也发出了类似的论调：如果国家"不过是借此对内拥护贵族财主的权利，对外侵害弱国小国的权利"，那么这样的偶像也应当在破坏之列。总起来看，陈独秀将"国家"与"政府"做了

---

① 独秀：《爱国心与自觉心》，《甲寅》，第 1 卷第 4 号，1919 年 11 月 10 日。

区分，他所说的国家应是"民治、民享、民有"的国家，而如何建立这样的国家呢？他首先是希望走法国大革命的道路，这也是他早期倾向于法兰西文明的原因。但是他在实践与观察中发现，这条资本主义化的建国之路是行不通的，这一方面是因为"国民之智力，由面面观之，能否建设国家于20世纪，夫非浮夸自大，诚不能无所怀疑。"①从而走向了启蒙道路。又由于1919年7月20日《东方杂志》发表了《俄罗斯苏维埃联邦社会主义共和国对中国人民和中国南北政府的宣言》（加拉罕第一次对华宣言）而对苏联建国道路产生了浓厚兴趣，从而转向马克思主义……因此，可以说"爱国"是陈独秀思想的核心，也是他走向新文化运动以及马克思主义的逻辑起点，甚至可以说文化启蒙与阶级革命都是他的"爱国"、"建国"的方略而已。

深沉博大的启蒙精神，是其政论文的第二大主题。说其深沉，是因为不仅包含着爱国、建国的抱负，而且更重要的是立人目的——陈独秀在《一九一六》②、《吾人最后之觉悟》③、《我之爱国主义》④、《今日中国之政治问题》⑤等文里清楚地表达出这样的思想："欲求中国社会政治的真正革新与改造，就不能不先做国民的思想启蒙工作，即引导大多数国民把'伦理之觉悟'以至'国民性质行为之改善'认做'救国之要道'或'根本之救亡'。……启蒙也是以救亡为目的，而救亡必离不开启蒙，在救亡的各个环节中，启蒙工作甚至更重要，更带有决定性的意义。正是从这一意义上，陈独秀也把启蒙工作看做为广义的'关系国家民族根本存亡的政治根本问题。'"⑥说其博大，是因为其启蒙工程包含着以下三个重要方面：一是以决绝的态度反传统文化，并以科学民主为武器为新文化开路；二是不仅进行文化启蒙，更强调政治启蒙；三是推动新文学运动，使之发挥武器作用。首先，陈独秀以进化论为参照比较中国传统文化与现代世界文明的差距，告诉人们必须全面接受西

---

① 独秀：《爱国心与自觉心》，《甲寅》，第1卷第4号，1919年11月10日。

② 陈独秀：《一九一六》，《新青年》，第1卷第5号，1916年1月15日。

③ 陈独秀：《吾人最后之觉悟》，《新青年》，第1卷第6号，1916年2月15日。

④ 陈独秀：《我之爱国主义》，《新青年》，第2卷第2号，1916年10月1日。

⑤ 陈独秀：《今日中国之政治问题》，《新青年》，第5卷第1号，1918年7月15日。

⑥ 朱文华：《陈独秀传》，北京：红旗出版社2009年版，第87页。

方文明从而破坏中国的封建文化。这些思想在《敬告青年》、《法兰西人与近世文明》、《东西民族根本思想之差异》、《复辟与尊孔》、《偶像破坏论》、《〈新青年〉罪案之答辩书》等文章里有清晰的表达，重点在于对以儒家为代表的礼教文化进行颠覆性打击，而对科学民主进行热情歌颂。比如《敬告青年》对青年人提出了六点希望：（一）自主的而非奴隶的；（二）进步的而非保守的；（三）进取的而非退隐的；（四）世界的而非锁国的；（五）实利的而非虚文的；（六）科学的而非想象的。这六点就是民主、科学、人性、理性、改革、开放。其中第一条"自主的而非奴隶的"，就是"人权"即"民主"思想；第六条"科学的而非想象的"是"科学"思想；第二条"进步的而非保守的"和第四条"世界的而非锁国的"则是提出了改革、开放思想；第三条"进取的而非退隐的"和第五条"实利的而非虚文的"则阐发了"人性"与"理性"，否定中国所谓"存天理，灭人欲"的封建纲常礼教、仁义道德，以及重农抑商、重义轻利的非理性文化传统，以期20世纪的中国人能"用理性的阳光驱散现实的黑暗"。其次，陈独秀的启蒙思想不仅是文化启蒙性更是政治启蒙。如果说《新青年》重在文化启蒙，那么陈独秀与李大钊1918年12月22日创办的《每周评论》则是政治时事性评论刊物，重在政治启蒙，凸显出他对于变革中国社会的强烈责任感。他的政论文如《欧战后东洋民族之觉悟及要求》提出了对内对外最要紧的两件大事即"抛弃军国主义，不许军阀把持政权"，第一次明确提出了反对北洋军阀政府反动统治的问题[1]。《武治与文治》指出："中国的武治主义，就是利用不识字的丘八，来压迫政见不同的敌党，或者是设一个军政执法处，来乱杀平民。中国的文治主义，就是引用腐败的新旧官僚，来吸收人民的膏血。"概括了中国历代封建统治与当下的北洋军阀统治的实质[2]。《除三害》将"军人害"、"官僚害"与"政客害"列为中国政治的三大病根[3]。《为山东问题敬告各方面》针对北洋军阀镇压学生运动，指出"若还不要脸帮着日本人说学生不该干涉政治，不该暴动，又说为政客利用煽动……这真不是吃人饭的人说的话，这

---

[1]　陈独秀：《欧战后东洋民族之觉悟及要求》，《每周评论》，第2号，1918年12月29日。

[2]　陈独秀：《武治与文治》，《每周评论》，第4号，1919年1月12日。

[3]　陈独秀：《除三害》，《每周评论》，第5号，1919年1月19日。

真是下等无血动物。像这样的下等无耻的国民，真不应当让他住在中国国土上呼吸空气。"① 似这样的评论，有的是政治常识的普及，有的则是政治宣传鼓动，对于推进中国的社会政治进步产生了极大的影响，即使今天看来，仍然具有着普适价值。再次，陈独秀和胡适发起的新文学运动，以白话文运动为起点，与他 1904 年创办《安徽俗话报》联接在了一起，主要目的是使用通俗易懂的白话文学来推动启蒙运动，使新文学成为其建国、立人工作的一个"工具"。这里不能不提到他那篇著名的《文学革命论》，此文逻辑清晰，条分缕析，层层递进，是五四新文学革命的宣言书，是激烈批判旧文学的一篇战斗檄文：第一，陈独秀以进化论为理论支撑，以欧洲文明进化为参照系，为"革命"的合法性正名。他指出欧洲政治革命、宗教革命、伦理道德革命、文艺革命具有革故更新、推动历史发展的进化作用，而文艺革命的历史推动力极为巨大。近代欧洲文明史就是一部革命史，庄严灿烂的欧洲文明就是革命的结晶。因而要建立一个新中国必须进行全面革命。第二，以文学进化论观点，对新旧文学观念做出了鲜明的界分与选择，透彻申发新文学"为人生、为社会"的立意，提出文学革命三大主义，彻底否定"文以载道"的贵族文学、古典文学、山林文学，呼唤意在启蒙与改良人生的国民文学、写实文学和社会文学，高张起"文学革命"的大旗②。第三，陈独秀分析了中国古代文学史上的文学变革，指出魏、晋五言诗体抒情写事的文学革命和唐代韩愈等人的文学变革所起的进步作用，严厉斥责"明之前后七子及八家文派之归、方、刘、姚"是十八妖魔辈，抨击他们既没有创造才能，胸中又无物，其伎俩只是在仿古欺人，所以他们的文字没有存在价值，与社会文明进化没有丝毫关系。因此，陈独秀呼吁作家创作能推动社会进步、与时代和人的精神状况密切相关的文学作品。第四，陈独秀从形式和内容角度批判封建旧文学所具有的共同缺点：陈陈相因，有肉无骨，有形无神；目光不越帝王权贵、神仙鬼怪和个人穷通命运，缺少对宇宙、人生、社会的关注，这样的文学与"阿谀、夸张、虚伪、迂阔之国民性"互为因果。最后，呼唤中国文学界出现像卢梭、左拉、康德、王尔德那样的文学豪杰，推动中国的

---

① 陈独秀：《为山东问题敬告各方面》，《每周评论》，第 22 号，1919 年 5 月 18 日。
② 陈独秀：《文学革命论》，《新青年》，第 2 卷第 6 号，1917 年 2 月 1 日。

政治革新、社会进步和文化建设。总之，陈独秀的《文学革命论》等文章以文艺复兴以来的欧洲文明进化为参照系，论述文学革命是政治、文化、民族性格、伦理道德等一切事物的革命先导。陈独秀的文章与胡适的文章前后呼应、互相补充，共同促进了文学革命的爆发。就此而言，陈独秀对于文学的态度与梁启超有着相似性，但他的启蒙思想和"终身反对派"的持久的怀疑精神，远远超过了梁启超、胡适甚至李大钊，因而无愧为五四新文化运动的"总司令"。

以马克思主义为武器，宣传阶级革命思想，是陈独秀政论文的第三大主题。陈独秀通过李大钊认识了苏联革命，认识了马克思主义，在 1920 年的一些政论文中，已显示出他向马克思主义立场转化的成果，比如《马尔萨斯人口论与中国人口问题》[1]一文否定资本主义私有制；《劳动者底觉悟》[2]看到了无产阶级在现代社会中的作用；《答知耻》[3]具体宣传了马克思主义剩余价值论；《社会改造的方法与信仰》[4]用阶级观点来分析社会政治问题。随后，他组建"马克思主义研究会"并于 1920 年 8、9 月间在上海建立了中国共产党[5]；他不仅将《新青年》杂志变为中国共产党的机关刊物，开辟"俄罗斯研究"专号，而且以新青年社的名义出版了一批马克思主义著作。此后，在同无政府主义的论辩中，在对罗素、张东荪等人观点的批评中，陈独秀的马克思主义思想也逐渐成熟起来，其中《虚无主义》[6]和《谈政治》[7]以鲜明的马克思主义立场尖锐地批判无政府主义；《社会主义批评》[8]系统地从理论上驳斥了张东荪和梁启超等人的假马克思主义思想；《马克思学说》[9]对"剩余价值"、"唯物史观"、"阶级斗争"和"劳工专政"等四个基本问题的理解达到了相当深刻的程度，也代表着早期中国共产主义运动的理论高度。

---

① 陈独秀：《马尔萨斯人口论与中国人口问题》，《新青年》，第 7 卷第 4 号，1920 年 3 月 1 日。

② 陈独秀：《劳动者底觉悟》，《新青年》，第 7 卷第 6 号，1920 年 5 月 1 日。

③ 陈独秀：《答知耻》，《新青年》，第 7 卷第 6 号，1920 年 5 月 1 日。

④ 陈独秀：《社会改造的方法与信仰》，《晨报》，1920 年 2 月 11 日。

⑤ 朱文华：《陈独秀传》，北京：红旗出版社 2009 年版，第 114 页。

⑥ 陈独秀：《虚无主义》，《新青年》，第 8 卷第 1 号，1920 年 9 月 1 日。

⑦ 陈独秀：《谈政治》，《新青年》，第 8 卷第 1 号，1920 年 9 月 1 日。

⑧ 陈独秀：《虚无主义》，《新青年》，第 9 卷第 3 号，1921 年 7 月 1 日。

⑨ 陈独秀：《马克思学说》，《新青年》，第 9 卷第 6 号，1922 年 7 月 1 日。

陈独秀的政论文具有鲜明的思维特点或行文策略：一是对立统一思维。一般来说，他"在考察、讨论、分析和论述任何问题时，先确立一种参照系，这一参照系便是先进的西方文化"，"在确立参照系的基础上，则充分强调中与西、旧与新，即参照对象与参照系的尖锐对立，反对调和折中，认定两者必取其一。"① 关于这一点可以从他早期的政论文中看得较清晰；即使在接受了马克思主义思想之后，也因为阶级斗争观念而过分强调对立，在辩证统一方面做得仍然不够，这也是早期革命党人政治幼稚病的一种表现。② 二是以破为立。因为当时处于新文化运动初期，旧文化在中国社会中仍占据绝对的统治地位，所以新文化运动者往往是破坏为主，以破坏带动革新。三是矫枉过正。这一点是与"破字当头"的策略相联系的，正如鲁迅所说："中国人的性情是总喜欢调和，折中的。譬如你说，这屋子太暗，须在这里开一个窗，大家一定不允许的。但如果你主张拆掉屋顶，他们就会来调和，愿意开窗了。没有更激烈的主张，他们总连平和的改革也不肯行。"也就是说，"矫枉过正"是新文化先驱者有意为之的策略。但不能不说的是，这三种思维策略或行文特点造成了简单化、形而上学、片面性、二元化的"革命思维"；这种思维经过长期革命化的洗礼，变成一种思维定势时，就会形成一种非此即彼的"暴力思维"，恰恰有违宽容、多元、科学、理性的"常识思维"。

陈独秀之所以形成这样的思维特点、行文风格，主要源于三种思想根源：一是线性进化论，二是一元唯物论，三是其叛逆的个性。首先，线性进化论的观点反映在社会改造方面就是优胜劣汰、落后就要亡国灭种的思想。这在激励国人振作、唤醒民族主义精神方面具有重要意义，但这种社会达尔文主义是将丛林法则简单地运用到了社会改革之中。事实证明，无论是自然界还是人类社会，"进化"和发展的途径都不止一种；如果只发展科学、技术、物质、经济，而没有人文精神的进步，这样的一元进化论一定会造成负面影响。其次，马克思主义的一个重要方面是唯物论、阶级论，但是也有着人道主义情怀，其社会理想是"人的全面

① 朱文华：《陈独秀传》，北京：红旗出版社 2009 年版，第 88—89 页。
② 典型的如成仿吾所说："谁也不许站在中间。你到这边来，或者到那边去！"见成仿吾：《从文学革命到革命文学》，《创造月刊》，第 1 卷第 9 期，1928 年 2 月。

发展";而"无产阶级专政"则是列宁根据苏联革命的特点而强化的一元。陈独秀却将一元唯物论推向了极端，并以科学理性的名义宣扬无神论，反对神学、玄学、灵学和一切宗教迷信，这在当时是有积极意义的，但也具有绝对性——西方科技至今远超过中国，但是这并不妨碍他们信奉基督教义。再次，陈独秀自幼形成的叛逆个性也是形成其文风与思维特点的一个根源。他自幼就对婚姻、科考、传统文化等有自己的看法，带有一种决绝的反抗性格，这种性格使他形成了攻其一点而不计其余的思维，比如1918年，北大学生张豂子（厚载）写信与陈独秀谈中国传统戏曲，陈独秀回答说："吾国之剧，在文学上、美术上、科学上果有丝毫价值耶？"试看"旧剧为'珍珠衫'、'战宛城'、'杀子报'、'战蒲田'、'九更天'等，其助长淫杀心理于稠人广众之中，诚世界所独有，文明国人观之，不知作何感想"，"至于'打脸'、'打靶子'二法，尤为完全暴露我国人野蛮暴戾之真相，而与美感的技术立于绝对相反之地位。"[1]这正是其片面的深刻的一面。

总体来看，陈独秀的确有这样那样的性格缺点，比如思想善变、唯新唯西、刚愎自用等等，但我们对前人不能求全责备，必须抱一种同情的理解。就其对中国思想文化的贡献来看，一是他将梁启超等人的报章文体发挥到了极致，以宣传家、舆论家所特有的常带情感的健笔，批判时政，在20世纪初发挥了舆论监督效力；二是以天才的敏感、开放的视野，欢迎新思想、新事物，对改造国民性起到了极大的启蒙作用；三是宣传马克思主义、组建中国共产党，使中国革命由民主主义阶段走向社会主义革命阶段，为古老中国由传统向现代转型开拓了一条新路。

第十二节　李大钊其人其文

李大钊是最早在中国传播共产主义思想的人，杰出的无产阶级革命家，中国共产党的主要缔造者和早期卓越的领导人。他还是学识渊博、勇于开拓的著名学者，他的政论散文和史学论著在现代中国思想、文化和文学史上占有重要地位。在五四一代杰出的新文化先驱中，李大钊的著述以缜密、逻辑和学理性名世。正

---

[1]　张豂子（厚载）与陈独秀的来往书信均刊于1918年6月15日《新青年》第4卷第6号。

是他一针见血的理性文章、法理般逻辑的思想体系和脚踏实地的实际行动，使他成为让张作霖这样的大军阀都害怕的"激进"人物。他的一生当得起自书的那副对联："铁肩担道义，妙手著文章。"

一、铁肩担道义：李大钊生平

李大钊（1889—1927），原名耆年，字寿昌，后改名大钊，字守常。河北省乐亭县人。1907年夏考入天津北洋法政专门学校，学习法政诸科及英、日文，接触到了西方思想家卢梭等人的著作，严复译介的进化论对他也产生了深刻的影响。1912年秋季参与组织北洋法政学会，任学会编辑部长，编辑《言治》月刊，该刊于1913年4月正式出版（共出6期）；李大钊在此刊发表《大哀篇》、《隐忧篇》、《裁都督横议》、《论民权之旁落》等文章30余篇。

1913年6月，李大钊自北洋法政专门学校毕业，应朋友之约到北京创办《法言报》；因为得到孙洪伊、汤化龙的资助，1913年年底东渡日本留学，住东京中华基督教青年会馆；在得知章士钊创办《甲寅》杂志后，投寄《风俗》、《国情》等文，前者提出"昌学救国"主张，后者从法律角度驳斥袁世凯的美国顾问古德诺认为中国不适合民主共和制的言论。更为重要的是，李大钊由此认同了章士钊"有容"和"调和"的政治文化观念，章士钊与李大钊也由此建立了长达十四年的友谊。1914年9月，李大钊入东京早稻田大学政治本科，选学了国家学原理、帝国宪法、经济学原理、现代政治史、民法要论、刑法要论、政治学原著研究、古典经济学原著等课程，并受到安部矶雄的带有基督教色彩的"博爱"社会主义思想的影响；另外，柏格森的"创造进化论"和爱默生的乐观主义哲学，也成为他的重要思想资源。

1915年2月，李大钊加入留日学生总会，参加中国留学生反对"二十一条"的抗议活动，并为留学生总会撰写《警告全国父老书》。6月，编印《国耻纪念录》并撰写《国民之薪胆》一文。8月，针对陈独秀《爱国心与自觉心》中表现出的悲观主义，在《甲寅》第1卷第8号发表《厌世心与自觉心》。12月，因为国内兴起反袁护国运动，一度被迫解散的留日学生总会再度成立，李大钊被推选为该会文事委员编辑主任，主编总会机关刊物《民彝》，撰纲领性的《民彝与政治》一文。

1916 年 2 月，李大钊因"长期欠席"被早稻田大学除名，5 月回到上海，7 月应孙洪伊、汤化龙之邀赴北京任《晨钟报》主编。该报于 8 月 15 日创刊，李大钊在创刊号上发表《"晨钟"之使命》、《青春中华之创造》等文，根据其"青春"、"再生"的哲学思想，提出创造"青春中华"的理想。但 9 月即因汤化龙、孙洪伊之间的矛盾而辞去该报职务，与高一涵等筹办《宪法公言》，为共和宪政而鼓呼，发表《宪政与思想自由》等文章，将其所学运用于推动社会政治变革中。1917 年 1 月 28 日，《甲寅》日刊在北京创刊，李大钊应章士钊邀请担任编辑，发表《调和之美》、《孔子与宪政》、《新中华民族主义》、《俄国大革命之影响》、《大战中之民主主义》等 60 余篇文章。4 月，与北洋法政学会同人筹办的《言治》季刊出版，李大钊在该刊发表批判马尔萨斯人口论的《战争与人口（上）》等文。7 月，因张勋复辟而避走上海，并为《太平洋》杂志撰《暴力与政治》等文，批驳梁启超、汤化龙的"伪调和"观点。

1917 年 11 月，经章士钊推荐，李大钊被聘为北京大学图书馆主任，并参与编辑《新青年》；1920 年起任北大教授兼图书馆主任；1921 年 9 月辞去图书馆主任职，以教授兼任校长室秘书，后又担任经济和历史两系教授。苏联十月革命后，李大钊从其"调和"思想出发，认为苏联处于东、西方之间，它的道路可能是中国未来的道路，因而花了大量精力研究马克思主义与苏联革命，在讲课中自觉运用马克思主义观点分析中国历史与政治，发表《东西文明之根本异点》、《法俄革命之比较观》、《庶民的胜利》、《Bolshevism 的胜利》、《我之马克思主义观》等著名政论文，在学生中产生了巨大影响，张国焘、罗章龙、谭平山、王光祈、黄日葵、邓中夏、刘仁静、许德珩、恽代英、张闻天、陈公博等人都因李大钊而对马克思主义产生了浓厚的兴趣；另外，罗家伦、傅斯年等新文化运动的主将也与李大钊关系密切。

1920 年春，李大钊与陈独秀开始筹建中国共产党。经过精心酝酿，北京共产党小组于 1920 年 10 月成立，11 月改称中国共产党北京支部，李大钊任书记。1921 年 6 月，领导北京 8 所国立高校师生代表为"讨薪"和教育经费问题到教育部请愿，遭到军警毒打，因之未能出席中共一大，但此后担任中共北京地方委员会书记。1922 年 8 月，参加中共中央特别会议，被选为候补中央委员，赞成国共合作政策。1923 年 6 月，赴广州参加中共三大，被选为中共中央执行委员兼中共中央驻北京委员。在共产国际和苏联的推动下，国共实现第一次合作，李大钊等中共党员参加了 1924 年 1 月在广州召开的国民党一大，李大钊被选为国民党中央执行委员，并负责国民党中央委员会北京执行部的工作，他因而成为国共两党在北京的领导人。1924 年 6 月，李大钊作为中共代表团首席代表赴苏联参加共产国际第五次代表大会，同年 11 月离苏回国。

1925 年 1 月，李大钊当选为中共四大中央委员，10 月任中共北方区委书记，积极组织和领导北方的革命运动：多方与冯玉祥国民军合作，开展推翻北洋军阀政府的斗争；迎接孙中山北上组建新政府；反对段祺瑞善后会议，召开国民会议促进会全国代表大会；孙中山逝世后组织盛大的悼念活动；声援五卅运动；反日讨张（作霖）运动；反对八国通牒"三一八"示威运动；组织北方人民支援北伐战争等。1926 年"三一八"惨案发生后，因遭到军阀政府通缉，避入苏联驻北京大使馆兵营，继续坚持斗争。张作霖因担心南方革命军与北方冯玉祥等对他形成夹击，因而密谋抓捕李大钊。经过三个月的秘密侦查，又诱使李渤海叛变，了解到内部情况，再与荷兰使团商定准予进入使馆区抓人，遂于 1927 年 4 月 6 日派军警搜查苏联大使馆，李大钊等 60 余人被捕。在"军法会审"后，李大钊于 4 月 28 日被处以绞刑，时年 38 岁。

二、妙手著文章：李大钊的政论文

如果说陈独秀的文章如同烈日醇酒，焕发人的激情，让人如痴如醉，让人爆发出摧枯拉朽的血性破坏欲望；那么李大钊的文章如同旭日春风，闪耀着温暖的光芒和理性的乐观，让人跃跃欲起，进行有计划的建设行动。如果说陈独秀的思维是一种二元思维，有着极端的偏执，逼迫人们对事物做出非此即彼的选择；那么李大钊的思维则是一种三元思维，主张"调和"、"有容"，使人在古今中西的思想资源整合中求同存异、取长补短。如果说陈独秀一生执着于行动与暗杀、暴力与革命、斗争与牺牲，希望找到一种终极的社会改造蓝图；那么李大钊则钟情于宪政与道德、秩序与和谐、韧性和坚持，希望以最小的牺牲换取最大的和平……他们的性格和思维，决定着他们的文风迥然不同。

李大钊的政论文章大体可分为六类：宪政、经济、时政、哲学、史学和人生。

宪政论文是李大钊的"专业"文章，因而非常扎实，至今仍具有较大的借鉴意义。李大钊在北洋法政专门学校和早稻田大学读书期间，系统研读了英国穆勒的《群己权界论》、《代议制政府》，美国学者 Hedges 的《政治常识》，英国宪法学家戴西的《政体法》，美国总统威尔逊的《新自由主义》等著作，还翻译了《中国国际法论》等，因而对西方国家的宪政思想有着清晰而深刻的理解，这也就成为他谈论中国宪政法治建设的参照系。李大钊宪政思想的基点是："以暴易暴"的革命不可能给人们带来幸福和自由。他在 1914 年就指出，当前中国的政治是一种专制政治，动辄滥施其力，以图苟安，这是不对的；真正的政治必须以立宪、法治为基础；而一部好的宪法，应当不受时间、地域的限制，亦不许某一派势力或某一团体专断；他奉劝执政者要认识到"暴烈之革命既已过时……实际之自由，非能依巷战虐杀而获者"；应当在宪法允许的范围内，容忍不同政见者；而人民也需要通过"昌学"而提高自己的觉悟，迎接民主时代的到来①。李大钊其他讨论宪政的文章如《国情》②、《民彝与政治》③等也坚持这一思想原则。李大钊谈宪政的文章至 1917 年张勋复辟时告一段落，因为他此时看到，在这样一个军阀混乱、民不聊生的时局里谈宪政是一件奢侈的事，而想让袁世凯这样的专制者行宪政也无异于与虎谋皮。但不能说，李大钊的文章对于中国宪政社会的建设具有超时代的指导意义。

谈经济的文章在李大钊著述中占有重要地位。任何人都知道西方列强强在"国力"，强在经济与科技。那么如何使中国走向富强？这正是李大钊等一代启蒙者们思考的重要问题。李大钊在接受了马克思主义之后，自觉运用马克思主义政治经济学原理来论述中国的社会经济情况，比如《由经济上解释中国近代思想变动的原因》、《驳马尔萨斯人口论与中国人口问题》、《"五一"节 May Day 运动史》、《土地与农民》、《鲁豫陕等省的红枪会》等。尤其是《土地与农民》、《鲁豫陕等省的红枪会》等文章，对农村情况有调查、有分析，特别是对农民土地问题和农民

---

① 李大钊：《政治对抗力之养成》，《中华》，第 1 卷第 11 号，1914 年 11 月 1 日。
② 李大钊：《国情》，《甲寅》月刊，第 1 卷第 4 号，1914 年 11 月 10 日。
③ 李大钊：《民彝与政治》，《民彝》创刊号，1916 年 5 月 15 日。

武装问题非常重视：他主张"土地农有"，"使耕地尽归农民，使小农场渐相联结而为大农场，使经营方法渐由粗放的以向集约的，则耕地自敷而效率益增，历史上久久待决的农民问题，当能谋一解决。"①他希望有志青年到农村进行艰苦的工作，"变旧式的红枪会而为堂堂正正的现代的武装农民自卫团，变旧式的乡村的贵族的青苗会而为新式的乡村的民主的农民协会，才能真正达到除暴安良，守望相助，阻御兵匪，抗拒苛税，抵制暴官污吏，打倒劣绅土豪的目的。"②……李大钊论述经济的论文还有若干，从他论述农民和农村问题的论文来看，这些文章抓住了中国革命和建设的一个核心问题，这不能不说是李大钊对中国革命理论的一大贡献——毛泽东深受李大钊思想影响，在实践中以农民作为中国革命的先锋，并最终取得了中国新民主主义革命的胜利。

李大钊的时政文章主要围绕爱国、救国与时弊的话题展开。早在《〈支那分割之命运〉驳议》中，一方面把日本人的原文译出，另一方面加以"驳议"，传达出了他的爱国情怀；而《警告全国父老书》、《国民之薪胆》等表现出他对社会的责任心和对中华民族绝不会亡国的信心，更期望中国的"回春再造"；在《厌世心与自觉心》中，李大钊说："自觉之义，即在改进立国之精神，求一可爱之国家而爱之，不宜因其国家之不足爱，遂致断念于国家而不爱。更不宜以吾民从未享有可爱之国家，遂乃自暴自弃，以侪于无国之民，自居为无建可爱之国之能力者也。"③由此可见出他的爱国心。因为爱国而生出救国心，这是一个自然的逻辑。李大钊的救国方略经历了维新改良、道德救国、昌学救国、宪政立国和共产主义建国的变化。他在《法俄革命之比较观》、《庶民的胜利》、《Bolshevism 的胜利》、《新纪元》中阐述了"阶级竞争"的建国道路，也成为他最终为之奋斗的理想。至于时弊批评方面，由最早的《隐忧篇》、《大哀篇》直到《每周评论》的 52 篇社论和"随感录"大多是针对时弊而发的议论。

哲学方面，主要是对西方思想的引介与评论，比如威尔逊的新自由主义、柏

---

① 李大钊：《土地与农民》，《政治生活》，第 62—67 期，1925 年 10 月 30 日—1926 年 2 月 3 日。

② 李大钊：《鲁豫陕等省的红枪会》，《政治生活》，第 80、81 合刊，1926 年 8 月 8 日。

③ 李大钊：《厌世心与自觉心》，《甲寅》月刊，第 1 卷第 8 号，1915 年 8 月 10 日。

格森主义、托尔斯泰主义、无政府主义及其新村主义、圣西门和傅立叶的空想社会主义、马克思主义等。当然，最重要的是对于马克思主义的传播。1918 年 7 月，李大钊发表了第一篇关于十月革命的文章《法俄革命之比较观》①，论述了俄国十月革命与法国资产阶级革命的区别。同年 11 月，李大钊又发表了《庶民的胜利》和《Bolshevism 的胜利》两文② 热情歌颂十月革命。这三篇文章成为五四时期最早宣传社会主义的代表作，显示出李大钊已经接受了马克思主义的基本观点而倾向社会主义了。五四运动前后，李大钊相继写了《战后之世界潮流》、《战后之妇人问题》、《今》、《新的旧的》、《青年与农村》、《现代青年活动之方向》、《现在与将来》、《废娼问题》、《"五一"节 May Day 杂感》、《我的马克思主义观》、《再论问题与主义》、《阶级竞争与互助》、《真正的解放》、《再论新亚细亚主义》、《唯物史观在现代史学上的价值》、《马克思的历史哲学与理恺尔的历史哲学》等多篇文章，积极研究和宣传马克思主义。1919 年 5 月，李大钊将他责编的《新青年》第 6 卷第 5 号编成了"马克思主义专号"，在该刊上发表了一批介绍、研究马克思主义的文章。他自己也在该刊上发表了《我的马克思主义观》一文。该文是中国人第一次较系统、较充分地介绍马克思主义的文章，全面阐述了马克思主义的三个组成部分：一、"关于过去的理论"，即"历史论"或"社会组织进化论"；二、"关于现在的理论"，即"经济论"或"资本主义经济论"；三、"关于将来的理论"，即"政策论"或"社会主义运动论"。这三个部分有着密不可分的关系，那就是"阶级竞争说恰如一条金线，把这三大原理从根本上联络起来。"③ 这篇文章标志着李大钊已从一个具有初步共产主义觉悟的知识分子转变成为一个真正的马克思主义者了。为了传播马克思主义，李大钊与胡适之间展开了"问题与主义"之争：1919 年 7 月，胡

① 李大钊：《法俄革命之比较观》，《言治》季刊，第 3 册，1918 年 7 月 1 日。
② 两文均载《新青年》，第 5 卷第 5 号，1918 年 11 月。
③ 该文刊于《新青年》，第 6 卷第 5、6 号，1919 年 9 月、11 月。据日本信州大学后藤延子教授考证，李大钊的《我的马克思主义观》基本上是以日本社会主义者河上肇在《社会问题研究》杂志一至三期连载的《马克思的社会主义理论体系》一文为蓝本写的（北京大学图书馆、北京李大钊研究会：《李大钊史事综录》，北京：北京大学出版社 1989 年，第 469 页）。稍后不久，李大钊发表的《物质变动与道德变动》一文的大部分，也是以日本共产党创始人堺利彦的两篇文章为蓝本写的。

适在《每周评论》第 31 期上发表《多研究些问题，少谈些主义》一文，对实用主义哲学进行了大张旗鼓的宣传。李大钊认为有必要对胡适的观点进一步驳斥，遂发表《再论问题与主义》一文。胡适又在《每周评论》发表了《三论问题与主义》、《四论问题与主义》两文，并在《新青年》上发表了《新思潮的意义》一文，继续阐明自己的主张。1920 年 1 月，李大钊发表了《由经济上解释中国近代思想变动的原因》[①]，对这场争论做了总结。这场争论的核心是如何改造中国社会的问题，主要内容集中在两个方面：一是对中国现存各种问题是采用点滴改良方法还是用革命手段做根本性解决？针对胡适提出的用平稳的方式一点一滴地去解决中国社会问题的主张，李大钊认为"必须有一个根本解决，才有把一个一个的具体问题都解决了的希望。"二是要不要以社会主义为指导来解决中国社会问题？李大钊从三个方面阐明主张：第一，阐明"问题与主义"有不可分割的关系，研究问题要以主义为指导；第二，驳斥了对所谓"过激主义"的污蔑；第三，明确指出"大凡一个主义，都有理想与实用两面。""一个社会主义者，为使他们的主义在世界上发生一些影响，必须要研究怎么可以把他的理想尽量应用于环绕着他的实境。"[②] 可以说仍然抱着"有容"与"调和"的原则，逻辑缜密，符合中国现实。

李大钊关于人生的文章虽然不多，但思想性和文学性都很高。《青春》阐述了对宇宙、对人生、对国家和民族前途的看法，勉励青年人"本其理性，加以努力，进前而勿顾后，背黑暗而向光明，为世界进文明，为人类造幸福，以青春之我，创建青春之家庭，青春之国家，青春之民族，青春之人类，青春之地球，青春之宇宙，资以乐其无涯之生。乘风破浪，迢迢乎远矣，复何无计留春望尘莫及之忧哉？"[③] 这样的语言极具有鼓动性。更重要的是，他号召知识青年走与工农相结合的道路，特别强调在中国这样一个农业大国中农民问题的重要性，因为要想把现代的新文明从根底输到社会里面，非把知识阶级与劳工阶级打成一气不可，而且知识分子要始终听民众的指挥，为民众效命。他反对青年知识分子坐在屋子

---

① 李大钊：《由经济上解释中国近代思想变动的原因》，《新青年》，第 7 卷第 2 号，1920 年 1 月。

② 李大钊：《再论问题与主义》，《每周评论》，第 35 号，1919 年 8 月 17 日。

③ 李大钊：《青春》，《新青年》，第 2 卷第 1 号，1916 年 9 月。

里空谈理论，提出应把先进的理论灌输到工人农民中去，去从事实际的民众运动，从而为当时的进步青年指明了革命方向。《青年与农村》一文尖锐地指出："我们中国是一个农国，大多数的劳动阶级就是那些农民。他们若是不解放，就是我们国民全体不解放；他们的苦痛，就是我们国民全体的苦痛；他们的愚暗，就是我们国民全体的愚暗；他们生活的利病，就是我们政治全体的利病"。李大钊深信："只要知识阶级加入了劳工团体，那劳工团体就有了光明；只要青年多多的还了农村，那农村的生活就有了改进的希望；只要农村生活有了改进的效果，那社会组织就有进步了，那些掠夺农工、欺骗农民的强盗，就该销声匿迹了。"因此，他号召青年人"速向农村去"！ [①] 李大钊的这些精辟论述发展了第一次世界大战以来已在中国社会上传播的"劳工神圣"思想，使马克思主义的基本原理能够为中国的工农大众所接受和运用。

李大钊的史学文章对于马克思主义史学观在中国的传播具有奠基意义。他的史学论文多是关于世界工人运动和社会主义运动方面的文章，如《"五一"节 May Day 运动史》、《工人国际运动略史》、《马克思与第一国际》及关于俄国革命的历史等。有关中国史方面的，则以晚清史特别是帝国主义侵华史的内容为多，如《物质变动与道德变动》、《由经济上解释中国近代思想变动的原因》等。这些文章能结合社会思潮热点、政治形势和革命斗争实际选择重点问题。其中 1924 年 5 月由商务印书馆出版的《史学要论》是代表性著作，他运用马克思主义唯物史观对"记述的历史"、历史理论、史学功能等进行了理论阐述，确认史学是一门科学，"历史科学"的概念是可以成立的。因而《史学要论》可以说是李大钊系统论述历史学的一部著作，也是中国学者较早论述马克思主义历史学理论的著作。书中对一些问题的论述代表了当时史学界所能达到的水平，为中国历史学理论的建设做出了重要的贡献，同时也为马克思主义中国历史学的产生开辟了道路。

三、李大钊的马克思主义文学观及其文学创作

李大钊虽然没有专文论述自己的马克思主义文学观，但他在著述中运用马克

---

① 李大钊：《青年与农村》，《晨报》，1919 年 2 月 20—23 日。

思主义分析和论述文学问题，形成了潜在的马克思主义文学观体系。首先，李大钊从上层建筑与经济基础的辩证关系中论述文学艺术的产生和发展规律。他在《我的马克思主义观》中，引用了《〈政治经济学批判〉序言》等马克思主义经典的论述，明确表明上层建筑为经济基础所决定："凡是精神上的构造，都是随着经济的构造变化而变化。"① 又在《马克思的历史哲学与理恺尔的历史哲学》中指出："社会亦有基址（Basi）与上层（Uberbau）。基址是经济的构造，即经济关系，马氏称之为物质的或人类的社会的存在。上层是法制、政治、宗教、艺术、哲学等，马氏称之为观念的形态，或人类的意识。……上层的变革，全靠经济基础的变动"。② 因此可以说李大钊不仅正确地理解了经济基础与上层建筑的关系，而且认为文学作为一种观念形态是由社会的经济基础所决定的。这在事实上说明了以新文学取代旧文学以适应经济变动的合理性。其次，李大钊认为文学对社会生活具有反作用力。李大钊指出："在经济构造上建立的一切表面构造，如法律等，不是绝对的不能加些影响于各个的经济现象，但是他们都是随着经济全进路的大势走的，都是辅助着经济内部变化的，就是有时可以抑制各个的经济现象，也不能反抗经济全进路的大势。"③ 这是说，上层建筑具有能动性，但给予经济基础的作用是有限度的，只是"辅助着经济内部变化"而"不能反抗经济全进路的大势"。即包括文学在内的各种上层建筑是能够通过自己的途径给社会生活以影响，参与变革社会的过程，但它不是社会发展的根本力量，不能任意夸大其作用。第三，李大钊以马克思主义为指导给出了"新文学"的诠释。在五四文学革命中，陈独秀的《文学革命论》是纲领性文献，体现了文学革命的根本内容；胡适的《文学改良刍议》主要对文学革命的形式进行了论述，也有不可忽视的贡献。李大钊对此是肯定的。但同时对陈独秀、胡适重形式而轻内容，或形式与内容相分离的机械论持

---

① 李大钊：《我的马克思主义观》，《新青年》，第 6 卷第 5、6 号，1919 年 9 月、11 月。《李大钊文集》第 3 卷，北京：人民出版社 1999 年版，第 27 页。

② 李大钊：《马克思的历史哲学与理恺尔的历史哲学》，析出自李大钊：《史学思想史讲义》。《李大钊文集》第 3 卷，北京：人民出版社 1999 年版，第 304 页。

③ 李大钊：《我的马克思主义观》，《新青年》，第 6 卷第 5、6 号，1919 年 9 月、11 月。《李大钊文集》第 3 卷，北京：人民出版社 1999 年版，第 34 页。

有异议。李大钊的《什么是新文学》中指出："我的意思以为刚是用白话作的文章，算不得新文学；刚是介绍点新学说、新事实，叙述点新人物，罗列点新名辞，也算不得新文学。"[①] 在李大钊看来，文学革命以来的多数文学作品都存在缺点：

> 一般最流行的文学中，实含有很多缺点。概括讲来，就是浅薄，没有真爱真美的质素。不过撷拾了几点新知新物，用白话文写出来，作者的心理中，还含着科举的、商贾的旧毒新毒，不知不觉的造出一种广告的文学。试把现在流行的新文学的大部分解剖来看，字里行间，映出许多恶劣心理的斑点，夹托在新思潮、新文艺的里边。[②]

这就是说，文学的内容和形式方面的改革固然重要，但是文学创作者的思想意识的提高却极为关键，如果"作者的心理中，还含着科举的、商贾的旧毒新毒"，就会不知不觉中造出一种只重视形式而"没有真爱真美的质素"的"广告的文学"。李大钊进而以马克思主义理论为指导提出了新文学的内涵：

> 我们所要求的新文学，是为社会写实的文学，不是为个人造名的文学；是以博爱心为基础的文学，不是以好名心为基础的文学；是为文学而创作的文学，不是为文学本身以外的什么东西而创作的文学。[③]

李大钊明确反对为"个人造名"的文学，而主张以社会为依托、关怀人生的文学，新文学必须具有强烈的现实主义色彩。《什么是新文学》在文学思想史上具有极为重要的地位，因而史学家认为："如果说 1919 年 8 月的'问题与主义'论争表明新文化运动在政治上开始破裂，那么李大钊在这篇《什么是新文学》中对文学革命中新文学的总结则是表明文学革命的阵营已经发生分化，预示着在全面

---

① 李大钊：《什么是新文学》，《星期日》周刊"社会问题号"，1920 年 1 月 4 日。《李大钊文集》第 3 卷，北京：人民出版社 1999 年版，第 127 页。

② 李大钊：《什么是新文学》，《星期日》周刊"社会问题号"，1920 年 1 月 4 日。《李大钊文集》第 3 卷，北京：人民出版社 1999 年版，第 127 页。

③ 李大钊：《什么是新文学》，《星期日》周刊"社会问题号"，1920 年 1 月 4 日。《李大钊文集》第 3 卷，北京：人民出版社 1999 年版，第 127 页。

总结文学革命基础上将产生崭新的文学。……李大钊于 1919 年 12 月发表的《什么是新文学》，是中国学术界第一次以马克思主义为指导总结文学革命、提出建设中国马克思主义新文学的纲领，对中国现实主义文学在马克思主义指导下的发展作出了开创性的贡献。虽然由于以后激烈的政治斗争环境，其中有些内容如人道主义精神等没有能充分地实践，但他的新文学的主张无疑是中国马克思主义文学思想的开端。"①

　　更重要的是，李大钊积极倡导平民主义文学观，推动中国马克思主义文学思想走向深入。早在 1921 年 12 月，李大钊在中国大学的演讲中就指出："现世界有种最大的潮流，而为各方面所极力要求实现完成者，就是'德谟克拉西'。……这种主义所向无前底趋势，不独在政治上有然，即在产业上、思想上、文艺上，亦莫不有然。从前文学上的古典主义，是不适应于德谟克拉西的。平民文学，乃是带有德谟克拉西底精神的。所以平民文学与古典文学相遇，平民文学就把古典主义的文学战胜了。"②李大钊于此揭示了现代文学所带有的民主精神的极端重要性，指明现代文学发展的一个重要趋势。1923 年 1 月由商务印书馆出版的《平民主义》一书标志着李大钊平民主义（民主主义）思想体系的成熟，对于平民主义与现代文学的关系阐释得更为具体：

　　　　现代有一绝大的潮流遍于社会生活的种种方面：政治、社会、产业、教育、美术、文学、风俗，乃至衣服、装饰等等，没有不著他的颜色的。这是什么？就是那风靡世界的"平民主义"。无论是文学，是戏曲，是诗歌，是标语，若不导以平民主义的旗帜，他们决不能被传播于现代的社会，决不能得群众的讴歌。③

　　李大钊倡导的平民主义文学观有三个重要内容：第一，现代文学必须贯彻和

---

① 吴汉全：《试论李大钊的马克思主义文学观》，《四川师范大学学报》（社会科学版），2002 年，第 4 期。

② 李大钊：《由平民政治到工人政治》，《晨报》副刊，1921 年 12 月 15、16、17 日。《李大钊文集》第 4 卷，北京：人民出版社 1999 年版，第 139—140 页。

③ 李大钊：《平民主义》，商务印书馆 1923 年 1 月；《李大钊文集》第 4 卷，北京：人民出版社 1999 年版，第 245 页。

体现平民主义精神。第二，平民主义文学必将随着平民主义的发展而不断进步，最终进到没有阶级压迫、没有阶级剥削的"平民社会"的文学境界。第三，平民主义文学本身是人民大众的文学，是以"平民"为服务对象的。李大钊使用"平民主义"一词而不使用"民主主义"，一个很重要的原因是，在他看来，"民主主义，用在政治上亦还妥当……，但要用他表明在经济界、艺术界、文学界及其他种种社会生活的倾向，则嫌他政治的意味过重，所能表示的范围倒把本来的内容弄狭了。"① 因而，李大钊没有专门论述"平民主义文学"问题，但他倡导在文学中贯彻平民主义精神所体现的平民主义文学观，是无产阶级的文学思想。——可以说，这就是马克思主义对于新文学提出的要求，也是无产阶级革命对于无产阶级文学的要求，此后的无产阶级革命文学、普罗文学都是对这种文学观的拓深。

李大钊从未全力于文学创作，但他留下的文字涉及诗歌 29 首、小说 2 篇、散文与政论文 387 篇，可谓文采斐然。

他写过两篇文言短篇小说②，都是借人物寄寓作者当时的思绪。《别泪》仅 900字，借世族华姓三支影射三派政治势力，以丙支（多文弱书生，喜批评是非，势力最微）中一少年的未婚妻桐子自喻，规劝其未婚夫迪穆"勿过于随波逐流，于断崖绝壁之前，稍一自持"，希望他自崖而返，并表示如能是，"妾纵漂泊天涯，仍当求所以效命于君子之前矣"。文笔凄美哀婉，年青女子自述口气与其内容和思想情感十分协调，但只记录人物语言，显得比较单调。最后介绍桐子身世后，反复声明她不宜"十分干预"的苦衷及对迪穆直言相谏的目的，但从小说艺术角度看显得过于累赘。《雪地冰天两少年》仅 2000 字，塑造了两位长途跋涉、历尽艰险却又信心百倍、充满乐观精神、为国家为民族奋斗不息的少年形象："以代表少年之精神而预示其未来无限之希望，前途无量之成功。"这篇小说有形象、有情节、有对话；对险恶环境、群狼怒嗥、悲马嘶鸣的描写，绘声绘形；对人的描述也生动扼要。全篇充满阳刚之气，呼唤"男儿丈夫气"。小说最后写两少年在昆仑山巅晶

---

① 李大钊：《平民主义》，商务印书馆 1923 年 1 月；《李大钊文集》第 4 卷，北京：人民出版社 1999 年版，第 246 页。

② 李大钊创作的两篇小说是：1916 年 9 月 4 日刊于《钟晨报》的《别泪》（署守常），和 1918 年 7 月 1 日刊于《言治》季刊的《雪地冰天两少年》（署名剑影）。

莹白雪的大背景下，在旭日光辉映射中，背着行囊携手奔向前方——活画出一幅壮美的雪山红日勇士图，书写了一篇富有散文美的小说。

李大钊诗作 29 首，其中文言诗 21 首。而白话诗 8 首皆写于文学革命时期，除《欢迎陈独秀出狱》外，都是写景的，且都是作者登家乡五峰山时所作，因为有深情，故颇为可爱，如《山中即景》："是自然的美，是美的自然；绝无人迹处，空山响流泉。"《山峰》写道："一个山峰头，长着几棵松树。片片的白云，有时把它遮住。白云飞来便去，山峰依然露出。"他赞美自然，同情弱小，惦念樵夫，也常寓哲理，如《悲犬》："我初入山，／犬狂吠门前；／我既入山，／犬摇尾乞怜。／犬哉！犬哉！／何前倨而后谦。"总起来看，他的几首白话诗清新秀脱，浅而厚，淡而浓。

李大钊的游记深得传统纪游散文之妙，而又兼时代之美，亮丽雅致，常夹入历史社会人生的记述。如《游碣石山杂记》写初入山不识路径，又适逢暴雨，找不到人问路。正"陟一峰巅徘徊不知何往"时，无意大呼："何处为五峰？""而云树缥缈间，竟有声应者曰：'此处即是五峰。'遂欣然往，相诧为人间奇境。至则守祠人欢迎于门外。延入祠，则用松枝烹茶，更为煮米粥以进。食之别有清味，大异人间烟火气。"①——简直是至美至善之境地！李大钊在《五峰游记》中写道："山路崎岖，水路两岸万山重叠，暗崖很多，行舟最要留神，而景致绝美。""河里小舟飘着。一片斜阳射在水面，一种金色的浅光，衬着那岸上的绿野。景色真是好看。"②李大钊歌颂自然美，一方面是由于自然有其壮观的景色，另一方面是自然赋有创造的力量。如《五峰游记》中还写道："滦水每年泛滥，河身移徙无定，居民都以为苦。其实滦河经过的地方，虽有时受害，而大体看来，却很富厚，因为他的破坏中，却带来了很多的新生活种子，原料。房屋老了，经他一番破坏，新的便可产生。土质乏了，经他一回滩淤，肥的就会出现。这条滦河，简直是这一方的旧生活破坏者，新生活创造者。"滦河在李大钊的审美境界中就是创造力的体现，新的生命力的代表——这不正是五四新文化运动的象征吗？

---

① 李大钊：《游碣石山杂记》，《言治》月刊，第 6 期，1913 年 11 月 1 日。
② 李大钊：《五峰游记》，《新生活》，第 3 期，1919 年 8 月 30 日。

第十三节　蒋光慈其人其文

蒋光慈（1901—1931）是无产阶级革命文学创作的领军人物和重要理论代言人[①]。他的小说在现代中国文学由启蒙文学向无产阶级文学的转型过程中具有标志性意义。

一、蒋光慈代表作

蒋光慈1926年出版的《少年漂泊者》颇具"流浪汉小说"特征。作品通过孤儿汪中从袁世凯复辟到五卅运动期间奇幻而颠沛的经历，表现进步青年由个人奋斗走向集体革命的过程，展现了这一时期的社会动荡和矛盾斗争，洋溢着鲜明的阶级情感和强烈的浪漫主义色彩。"胡耀邦同志在一九八〇年一次谈到作品的社会影响时，谈到了他和当时许多进步青年就是受了蒋光慈的《少年漂泊者》等优秀作品的影响，开始投身革命的。陶铸同志生前在回忆录里曾写道，他就是怀揣着《少年漂泊者》去参加革命队伍的。可见，《少年漂泊者》在当时影响之大。"[②]《少

[①]　杨邨人《太阳社与蒋光慈》（《现代》第3卷第4期，1933年8月）介绍蒋光慈生平如下：

　　蒋光慈本名光赤，安徽六安人，五四运动时于安徽作学生运动，不久加入中国共产党被派赴苏联学习。一九二五年回国后，曾于冯玉祥将军处任苏联顾问的翻译员，因性格不合调任上海大学教授，提倡革命文学。出版诗集《彩梦》及小说《少年漂泊者》，为全国革命青年所拥护，一九二六年爱妻宋若珍女士病死，悲伤靡已。一九二七年，上海政变，仓皇走武汉，闭门著书，武汉政变后回沪，以其所著小说等书出版，一九二八年与太阳社同人办《太阳月刊》努力于革命文学的宣传及创作。一九二九年因《丽莎的哀怨》一小说受党内同志责难备至，感同志之间不了解，东游日本。在东京时，除创作外，时与日本无产作家藏原惟人等会谈，讨论文学的理论与创作。回国后，一九三〇年主编《拓荒者》，《新流月报》，《海风周报》，及出版小说，诗集，与杂感集。是年春与南国社社员吴似鸿女士因恋爱而同居。是年夏入狱，得病出狱后神经受伤，肠热与肺结核病旧疾复发，值共产党于"立三路线"统治下筹备上海暴动。革命党员时不于马路示威，光慈因病请假不为同志谅解，毅然向党提出脱党书，受党开除并公布他的罪状，精神上受的打击，给他以致命伤。一九三一年春，吴似鸿女士因性格不同分居，又给他加上恋爱失败的伤痕，同时，他的著作多受统治阶级禁售，愤激更甚！于是乎病入膏肓，医药不救！五月入同仁医院，六月下旬医生停止诊治，似鸿女士赶到榻前，日夜看护，三十日清晨光慈遂于无人知觉中与世长辞！时年三十有一岁。

[②]　吴腾凰：《蒋光慈传》，合肥：安徽人民出版社1982年版，第74页。

年漂泊者》出版后的 7 年中再版 15 次，也说明了它的意义。

1927 年 4 月，上海工人第三次武装起义爆发，蒋光慈在不到半个月的时间里创作完成了《短裤党》，及时反映中共领导下的工人运动。作者力图写出一个"中国革命史上的证据"，欢呼人民专政理想的初步实现，因其及时性和纪实性而被称为"报告文学式的小说"。作为现代中国文学史上第一部描写工人阶级进行大规模革命斗争的小说，作者着力塑造了共产党员、工人领袖、地下工作者等一系列新人形象。杨直夫以瞿秋白为原型，这位勤恳、忠诚而坚强的党的领导者形象永远留在读者记忆里。小说里其他人物也多有生活原型，如秋华即杨之华，史兆炎影射赵世炎，沈船舫即孙传芳，张仲长原型是张宗昌，江洁史就是蒋介石。作品还刻画了工人李金贵、邢翠英等勇往直前、不畏牺牲的英勇形象，歌颂了无产阶级的革命坚定性。《短裤党》以中共领导下的工人运动为题材，刻画共产党员和革命领袖形象，这在现代中国文学史上是开创性的尝试。

长篇小说《冲出云围的月亮》反映了第一次国内革命战争失败后青年知识分子的分化，并力图指出知识分子应走的道路。女学生王曼英在大革命时期受到革命浪潮的激荡而参加革命，但反革命政变使她陷入绝望与痛苦中，走上用"肉体美的权威"复仇的道路。买办经理的儿子、资本家的少爷、肉麻的诗人以及官僚政客等统治阶级的各色人物都成为她复仇的对象，她要"利用自己的肉体的美来将敌人捉弄"。但她选择的这条"破毁这世界"的道路也使自己走向了堕落与毁灭。被她救出的雏妓吴阿莲的天真微笑动摇了她病态的复仇信念，而革命者李尚志的帮助则使她冲出了病态心理的"云围"，再次走上集体革命的道路。郁达夫后来说："在一九二八、一九二九年以后，普罗文学就执了中国文坛的牛耳，光赤的读者崇拜者，也在这两年里突然增加了起来，……他的那部《冲出云围的月亮》在出版的当年，就重版到了六次。"①

《咆哮了的土地》因为受到国民党的查禁，直到作者去世后才在 1932 年易名《田野的风》出版。这是蒋光慈趋于成熟的一部长篇小说，它比较完整地反映了大革命前后广大农村剧烈的阶级矛盾和中共领导下的早期农民武装运动的面貌。当

---

① 郁达夫：《光慈的晚年》，《现代》，第 3 卷第 1 期，1933 年 5 月。

时的评论说："《田野的风》是蒋光慈先生最后的一部作品，同时也可以说是他最进步的作品，一向贯穿在蒋先生的作品里的，恋爱与革命互为经纬的写法，在《田野的风》里是不用了。这里面虽然也有男女的琐事，可是只占据了一个极不重要的地位，而且没有结束。大体上，作者是直接地写了斗争的生活。这便是一个在题材上的极大的进步"，并称这部小说"很有点像绥拉菲摩维支的《铁流》，而张进德便隐然是一个中国的郭甫久鹤。"① 文学史家则认为："到一九三〇年终于产生了蒋光慈的《咆哮了的土地》这样明显表现农民'阶级意识的觉醒'的作品……是表现新民主主义革命时期农民觉醒的开山之作。"②

蒋光慈的作品内容新颖，倾向鲜明，政治热情高涨，故事情节曲折动人，点燃了进步青年憧憬光明和向往革命的理想之火，在当时的文学读者尤其追求光明的知识青年中引起强烈共鸣，将无产阶级文学创作引入了"蒋光慈时代"。

值得一提的是蒋光慈 1929 年创作的《丽莎的哀怨》。丽莎是一个俄罗斯贵族的女儿，与军官白根结婚并过着幸福快乐的生活。十月革命后，他们流亡到"东方巴黎"上海。由于丈夫的无能，丽莎只好当舞女以维持生计，最后不得不出卖肉体并染上梅毒……这是作者的一种"反写"手法，即通过贵族的末路来反映平民的新生，在艺术上超越了"粗暴的叫喊"式的写作，是蒋光慈在小说艺术上的开拓与尝试。但是当时的"左联"却认为这是表同情于俄罗斯贵族："它，不仅不是一部什么 ×× 主义 ABC，倒反是一部反 ×× 主义的 ABC；不仅不是一种有力的形式，倒反而是一种含有非常危险的毒素的形式！"③ 这不仅严重挫伤了蒋光慈艺术创作的积极性，也束缚了"普罗文学"的深入发展。

由于对"左联"的一些过激行动有意见，加之《丽莎的哀怨》所遭受的非正常批评，蒋光慈的思想渐渐发生变化，终于写出了"退党书"。1930 年 10 月 20 日的《红旗日报》发表了"没落的小资产阶级蒋光赤被开除党籍"的新闻报道，这无异于通知国民党对蒋光慈进行封杀。蒋光慈在作品陆续被查封禁售后陷入贫

---

① 《田野的风》同题书评，《现代》，第 1 卷第 4 期，1932 年 8 月。
② 许志英、邹恬主编：《中国现代文学主潮》（上），福州：福建教育出版社 2001 年版，第 139 页。
③ 华汉：《读了冯宪章的批评以后》，《拓荒者》，第 4—5 号合刊，1930 年 5 月。

病交加的困境。1931 年 1 月初，国民党特务对蒋光慈实施逮捕未遂；1 月 17 日胡也频等"左联"五作家被捕时，蒋光慈也被特务盯梢。这年夏天，蒋光慈向东亚书局借款 50 元化名陈资川住进虹口同仁医院三等病房，确诊为肠结核、肺病二期。8 月 31 日病逝。郁达夫说："光慈虽不是一个真正的普罗作家，但以他的热情以他的技巧，以他的那一种抱负来写作东西，则将来一定是可以大成的无疑。无论如何，他的早死，终究是中国文坛的一个损失。"①

二、蒋光慈小说的创作主题和表现模式

对蒋光慈小说的代表作品进行主题模式分析，能够发现无产阶级文学的某些审美特质、创作规律和历史局限。

英雄成长主题。《少年漂泊者》的主人公汪中是一个佃农的儿子，父母被地主逼死。他想当土匪为父母报仇，但是土匪已被官兵打散。于是沦为乞儿并被一位私塾先生收留，但是这位先生好男色，于是他再度流浪并进了一家小店做学徒，他与老板女儿刘玉梅恋爱，但老板不同意，逼女儿另嫁，致使玉梅含恨而死。他在五四运动中接受了新思想，进入一家英商开办的纺织厂做工并领导工人为增薪和减少工作时间而斗争，遂被开除。汪中再次加入铁路工人工会，亲眼目睹工人领袖林祥谦惨遭杀害。汪中从监狱获释后又出现在上海，成为纺织工人领袖；出于对外国资本家的痛恨，他到广东报考黄埔军校，参与东征并牺牲在抗击陈炯明的一场战斗中，牺牲时高呼："打倒军阀，打倒帝国主义！"……可以说这个历尽艰险的过程，就是一个无产者少年成长为革命英雄的经典历程。

反帝反封反资反军阀的宏大主题。有学者注意到《少年漂泊者》中四个"死"的精心安排："这个小说里的父母是受地主压迫而死的，他的爱人死于不人道的封建制度下，工人领袖林祥谦死于军阀及帝国主义联合暴政之下，而主角自己则为自由斗争而献出了生命。这四个死的场面，很有宣传价值，是经过一番巧妙安排的"②。如果再仔细推敲就会发现，制造这四次死亡的分别是地主、资本家、帝国主

---

① 郁达夫：《光慈的晚年》，《现代》，第 3 卷第 1 期，1933 年 5 月。
② 【美】夏志清著，刘绍铭等译：《中国现代小说史》，上海：复旦大学出版社 2005 年版，第 186 页。

义和封建军阀，从而揭出了革命对象问题。可以说蒋光慈用一种感性手法将中国革命的对象揭示出来，这是共产党革命纲领的体现，此后的"无产阶级文学"中很难再有超过这样宏大的主题的。这是蒋光慈的过人之处。

与以上主题相联系的是几种典型的叙事模式：

"个人反抗—集体革命"模式。蒋光慈的《少年漂泊者》比其他"普罗小说"高明之处在于，小说将汪中从一个狭隘的复仇者（当土匪为父母报仇）改造成一个反帝反封建的革命者。不仅如此，他也意识到，他的仇人不是具体的哪一个地主、商人、军阀或帝国主义者，而是整个旧的国家制度。他的成长就在于他意识到个人的力量是无法完成那些重大使命的，只有融入集体、走到工农兵之中，才能完成救自己也救国家的事业。

社会分析模式。小说除了精心安排了四次死亡以揭示主题外，还从三个层面展示中国社会的现状：一是历时性地描写了从1915年至1926年十年的故事。对此间的袁世凯复辟、五四运动、京汉铁路大罢工、五卅运动、广东革命政府成立、北伐战争等重大事件都正面或侧面进行了反映。二是横向反映了广阔的中国社会状况。汪中以一个底层流浪汉的身份，游历了安徽（H城即合肥）、湖北、上海、广东等地，从沿海到内地广泛而有代表性地反映了社会面貌。三是将各个行业从业者的精神和生活情境向人们做了传达，在最广大的范围内反映了整个中国的黑暗，从而证明中国只有革命才能得到振兴。汪中从事过无数职业，因而具有了相当复杂的身份：佃农、准土匪、乞儿、仆人、盗贼、学徒、流浪者、茶房、工人、囚徒、革命军人……作者以精心的布局表现了一个宏大的主题，显然受到俄国流浪汉小说的影响，也不失为一种叙事模式的开创。

"奇理斯玛"模式。除了汪中从父母的死中觉悟到反抗地主阶级，从爱人的死意识到反对资本主义外，在这部小说里，林祥谦可以说是汪中的精神导师，他那种勇于为革命献身的精神给汪中树立了榜样。另外，五四运动的新思想使他意识到反帝爱国主题，也具有启蒙作用。

正反对立模式。汪中从"复仇"开始就注定了要走入一个"正反对立"的矛盾圈中，随着他流浪范围的扩大，他的"敌人"——旧的社会制度，也越来越强大，以至于他必须要走向集体革命。二元对立思维成为革命文学的思维定势。

"革命＋恋爱"模式。汪中与刘玉梅的恋爱无疑是小说中最浪漫的一笔，但是绝不是可有可无或者只是为了吸引读者，相反，这个情节使汪中认识到了商人唯利是图的丑恶本质，也推动他走向了新的历程。应当说在《少年漂泊者》中，蒋光慈的这一模式应用得并不明显，直到《鸭绿江上》、《冲出云围的月亮》等作品中才变得明显起来。后来，丁玲在反思自己类似的小说创作时，将"革命＋恋爱"模式称为"光赤的阱"。这种模式几靡于 1928—1931 年的创作界，直到 1931 年 11 月，左联执行委员会决议中明确指出要抛弃这种"定型的观念和虚伪的题材"的套式。

"报告文学式小说"。它取材于现实重大题材，又着以小说的虚构、想象，从而使之符合意识形态的要求和典型化原则。这种紧跟时代步伐的新闻报道式写作从瞿秋白的《饿乡纪程》开始；这种文体在 1930 年代的夏衍那里成熟起来，他译介了日本川口浩的《报告文学论》，标志着左翼文学对此种文体的重视。^①蒋光慈与瞿秋白关系密切，可能受其影响。但直接以国内重大事件为题材进行"报告文学式小说"写作的要数《少年漂泊者》和《短裤党》。这种社会分析和新闻报道式的写作具有强烈的时效性，获得了一种反映社会的广度，也因此减少了人性深度的开掘力度。

总之，蒋光慈的普罗小说具有但开风气的意义，艺术上不免幼稚，甚至"把创作理解为'政治宣传大纲'加'公式主义的结构或脸谱主义的人物'。"^②因此，蒋光慈的小说代表了无产阶级革命文学中的"法国的革命式写作"风格，这种写作"永远以流血的权利或一种道德辩护为基础"，"其特点是语言运用同血与火、刀与剑的内容紧密联系在一起。它以戏剧夸张的形式、通货膨胀式的语言说明暴力革命的必要性，说明革命需要付出巨大流血代价的道理，进而希望通过写作激发人们的情感，鼓励人们起来进行流血斗争。"^③注重文学的政治功能而忽视文学的艺术性，可以说是蒋光慈以及绝大部分"普罗小说"作者的通病；他们虽然是"民

---

① 【日】川口浩著，沈端先译：《报告文学论》，《北斗》，第 2 卷第 1 期，1932 年 1 月 20 日。
② 朱璟（茅盾）：《关于"创作"》，《北斗》创刊号，1931 年 9 月 20 日；《茅盾全集》第 19 卷，北京：人民文学出版社 1984 年版，第 280 页。
③ 许志英、邹恬主编：《中国现代文学主潮》（上），福州：福建教育出版社 2001 年版，第 234 页。

众所要求的说诉者"，却没能将艺术性与思想性有机地结合起来。另外，蒋光慈的出身和生活阅历使他远离现实，当作品涉及现实生活时，常带有幻想虚构的缺点和理想主义色彩，这不能不说是他小说创作中的硬伤。

第十四节　赖和其人其文

赖和是使用汉语白话文创作现代台湾文学的第一人；他还尝试将台语（台湾闽南语）写入小说对话，因而又是用台语创作台湾乡土文学的第一人。他是台湾现代文坛公认的领袖，同辈作家杨守愚称之为"台湾新文艺园地的开垦者"、"台湾小说界的褓母"和"台湾的鲁迅"。① 医师文人林衡哲尊称他为"台湾现代文学之父"②。文学评论家施淑则说："在台湾现代文学史上，赖和一直享有'台湾新文学之父'和'台湾的鲁迅'等尊称。前一个称号，突显了赖和在台湾新文学运动中的崇高地位；后一个称号，则概括了他的文学精神。在赖和的所有作品中，能够把上述的双重意义完整地表现出来的，应该是他的小说。"③

一、赖和生平

赖和（1894—1943），本名赖河，字懒云，笔名有甫三、安都生、走街先、灰等；1894 年 4 月 25 日生于台湾彰化，1909 年考入台湾总督府医学校读书，1914 年毕业后在嘉义医院实习两年，1916 年回家乡开办了"赖和医院"；1917—1919 年赴厦门博爱医院工作，期间受到大陆五四新文化运动的洗礼，深感要争取民族自决，前提是启迪民众思想、改造国民劣根性；赖和 1920 年返台后，一面悬壶济世行医桑梓，一面大量选购鼓吹科学、民主、自由等新文化、新思想的报刊，放置在自己医院的大客厅里，供人们自由阅读。

1921 年，台湾的进步知识分子组成了民主爱国统一战线组织"台湾文化协

---

① 杨守愚：《小说与懒云》，《台湾文学》，第 3 卷第 2 号，1943 年 4 月 28 日。
② 林衡哲：《民族诗人赖和：台湾现代文学之父》，林衡哲编著：《二十世纪台湾代表性人物》（上），台北：望春风文化出版公司 2001 年版，第 48—59 页。
③ 施淑：《赖和小说集》，台北：洪范书店 1994 年版，第 1 页。

会"，赖和当选为理事，成为其中的骨干。1923 年 12 月，殖民当局借口"治警事件"①，将赖和等 49 名民主人士抓捕入狱，至 1924 年 1 月获释。他在狱中创作了《文天祥》等旧体诗多首，以文天祥"天地至今留正气，浩然千古见文章"的气节自励，表达了"心地无私坦率真，杀身未敢诩成仁"的壮志豪情。他的反帝爱国、忧世伤生的情怀由此定型。

1925 年 8 月，赖和发表白话散文处女作《无题》②，此文写一个失恋青年的内心独白。杨云萍认为这篇散文"是台湾新文学运动以来头一篇可纪念的散文，其形式清新，文字优婉。"③同年 12 月，赖和发表了第一首新诗《觉悟下的牺牲——寄二林事件的战友》④，歌颂台湾第一个蔗农团体"二林蔗农组合"领导的抗日事件；1926 年 1 月，赖和发表了台湾第一篇白话小说《斗闹热》⑤，2 月又发表了代表作《一杆"秤仔"》⑥。随后他受邀成为《台湾民报》文艺专栏的主编。由于他的作品主要发表在《台湾民报》，并以此为基地大力扶植台湾新文学青年如杨逵、杨守愚、陈虚谷、吴浊流、吕赫若、叶石涛等，因而《台湾民报》后来被誉为"台湾新文学的摇篮"。

1937 年，日本侵华战争全面爆发，日本殖民当局禁止台湾民众进行"非（日本）国民之言动"，并强迫推行"皇民化运动"。赖和医院被勒令停业半年。他于 1938 年先赴日本，后转赴中国东北和北平游历，此行所见所闻更激发了他的爱国主义情感，返台后继续以笔为枪反对日本文化侵略和殖民统治。1941 年 12 月 8 日，赖和因所谓"思想问题"再次被捕入狱，五十多天的囚禁使他的健康状况急剧恶化，1942 年 1 月因心脏病加重保释出狱，1943 年 1 月 31 日逝世于彰化家中，终年 49 岁。

---

① "治警事件"，是发生于 1923 年（大正 12 年）12 月 16 日的政治运动事件，历史上称为"《治安警察法》违反检举事件"。

② 赖和：《无题》，《台湾民报》第 67 号，1925 年。

③ 引自林边：《忍看苍生含辱——赖和先生的文学》，《赖和短篇小说选》，北京：时事出版社 1984 年版，第 104 页。

④ 赖和：《觉悟下的牺牲——寄二林事件的战友》，《台湾民报》第 84 号，1925 年 12 月。

⑤ 赖和：《斗闹热》，《台湾民报》第 86 号，1926 年 1 月。

⑥ 赖和：《一杆"秤仔"》，《台湾民报》第 92 号，1926 年 2 月。

赖和公开发表的白话文作品主要有小说 16 篇，其中《斗闹热》（1926.1）、《一杆"秤仔"》（1926.2）、《不如意的过年》（1928.1）、《蛇先生》（1930.1）、《雕骨董》（1931.5）、《归家》（1932.1）、《丰作》（1932.1）、《惹事》（1932.1）、《善讼的人的故事》（1934.12）、《一个同志的批信》（1935.12）、《赴了春宴回来》（1936.1）等最为人熟悉；另有新诗《觉悟下的牺牲》等 12 首，散文随笔 14 篇。赖和的作品在台湾结集有《赖和小说集》（施淑编，台北：洪范书店 1994 年）和《赖和全集》（林瑞明编，台北：前卫出版社 2000 年）；在大陆则早在 1984 年就由时事出版社出版了《赖和短篇小说选》，后来又有多种选本；江苏学者刘红林还著有人物评传《台湾新文学之父——赖和》[①]。

二、赖和的小说

赖和的小说是他对台湾新文学的独特贡献。

首先，赖和的小说最引人注目的是始终如一的反帝爱国主题。赖和出生于甲午战争爆发的 1894 年，一生在日据下的台湾度过。台湾人民在政治上"终岁何曾离水火"，经济上则被"剥尽膏脂更摘心"，可谓生活在水深火热之中；赖和眼见身受都是日本人对中国人的欺凌与侮辱。但是若要将这些感受形诸文字发表出来，则必须有敢于斗争且善于斗争的策略。也就是说他一方面要批判殖民统治，另一方面又必须绕过殖民当局的新闻检查，因而必须要讲究斗争艺术，避开法西斯文网。正如他所说，要运用"妙笔"，使发表的能够通过检查，而不致全部抹杀自己的意志。读者会发现：他的作品常在隐忍中潜伏着犀利的抗争锋芒，他把批判的笔触集中在遍布城乡的日本警察、巡警身上。在他笔下，那些被老百姓称为"查大人"的巡警，多是泼皮无赖之徒，却对老百姓有着生杀予夺的大权。小说《一杆"秤仔"》描写"勤俭、耐劳、平和、顺从的农民"秦得参在失去土地、生活无着的情况下，向邻居借了一杆"秤仔"去零售蔬菜，却被巡警以秤杆违犯"度量衡规则"为由，把秤杆"打断掷弃"，还将秦得参监禁三日。秦得参忍无可忍，愤愤地想："人不像个人，畜生谁愿意做？这是什么世间？活着倒不若死了快乐！"

---

① 刘红林：《台湾新文学之父——赖和》，北京：作家出版社 2006 年版。

他在新年夜杀了"一个夜巡的警吏"后一死了之。小说以"秤仔"命名，隐喻着殖民统治者的"法制"、"平等"的口号只不过是一种欺骗，台湾民众的尊严和生存权利随时都会被剥夺，从而揭露了殖民当局的压迫掠夺本质。《不如意的过年》写"查大人"因为老百姓送他的"御年暮"（日语"年礼"）较往年少，便"以为这是管辖内的人民不怕他，看不起他的结果"，于是向百姓滥施淫威，走街串巷去寻衅闹事；最后将这怒火烧向一个无知而柔弱的儿童身上，狠抽他嘴巴，又把他拉进衙门，罚他跪在一边，自己却饮酒作乐；当听得孩子的啼泣时，他还咒骂道："畜生！搅乱乃翁的兴头。"小说虽然只用了动作白描和个性化的语言描写，但"查大人"的凶暴与老百姓的受辱却溢满字里行间。《惹事》写查大人养的一群鸡肆意糟踏百姓的菜园，种菜人虽气愤却要投鼠忌器，不敢贸然扑打，只能小声小气地咒骂、小心谨慎地追撵；但灾难最终落在了一位可怜的寡妇身上：有只小鸡仔被母鸡弄翻篮子罩在底下，查大人却不问青红皂白一口咬定她是小偷，怒斥殴打，不由分说把她关进衙门。赖和的另一篇小说《丰作》①揭露日本制糖会社对蔗农的残酷的剥削和欺诈：小说主人公添福通过自己诚实辛勤的劳动换来了甘蔗的大丰收；他幻想着得到会社曾允诺的奖励金，使自己极度贫困的生活境况有所缓减；但会社在收购甘蔗时却在磅秤上做了手脚，明明是50多万斤甘蔗却仅仅称得30多万斤，被克扣将近一半，连种蔗的成本都不够；群众骚动了，但会社豢养的爪牙早已在注视着蔗农的举动，去交涉的代表也"像羊群一般被几个大人押返来"，添福"不禁在心里骇叫着，身躯也有些颤战，他本能地回想起二林事件的恐惧"；一向安分守己的他虽然受到了会社的玩弄和屈辱，但除了暗暗叫骂几句，别无他法……可以说，揭露殖民者在政治、经济、文化上的压迫，尤其是反抗"皇民化"，正是赖和小说的民族主义宗旨。

其次，以现实主义态度直面现实，书写社会生活现实，同时批判国民劣根性，"揭出病苦，引起疗救的注意"。台湾20世纪二三十年代的民间反殖民运动如"二林事件"、"雾社事件"、"甘蔗采取区域制度"等，在赖和的《惹事》、《阿四》、《善讼的人的故事》等作品中都有直接或间接的反映。一方面，赖和赞扬了为正义而

---

① 《丰作》后由杨逵译成日文登在东京《文学案内》，是台湾现代文学中文作品译介到日本文坛的首篇。

勇于斗争的精神。如《阿四》写阿四毕业后到嘉义医院实习，火车上与日本人的对比引发了阿四"我是本岛人，我是台湾人，不是日本人"的想法；医院里日本医生和台湾医生的悬殊待遇，进一步促使阿四去从事争取民族平等权利的社会运动。《惹事》中的青年知识分子"我"，看到日本警察诬赖一个穷苦寡妇"偷"鸡并滥施刑罚，挺身而出，公开揭露警察的罪恶。《善讼的人的故事》则写了知识分子林先生看到农民"生人无路，死人无土，牧羊无埔，耕牛无草"的悲惨遭遇，毅然渡海到福州为民伸冤，并打赢官司，以历史故事隐喻现实生活，歌颂了民间战斗精神。另一方面，赖和又对国民劣根性进行了严肃批评。比如《可怜她死了》反映了日据时期已经合法化了的"养女"制度和"蓄妾"制度等封建陋习及其对妇女身心的摧残：主人公阿金12岁被卖做童养媳；17岁刚懂得男女情爱，未婚夫和公公却在一次罢工斗争中被警察打伤致死；婆媳二人相依为命，拼命劳动却无法维生；婆婆无奈同意将18岁的阿金长期租给40多岁、已有妻妾的土财主阿力，但不久阿金就因"没有那消魂荡魄的手段，蛊惑狐媚的才思"而遭弃；已怀有身孕的阿金在一个月明之夜"跌下河去"，结束了年轻的生命。小说写到阿力对女性的看法："阿金很年轻很娇媚，而且困苦惯了，当然不怎么奢华，所费一定省，比玩妓女便宜到十倍。"这就揭示了台湾女性的卑贱地位，而这只不过是殖民地环境中受压迫的台湾土著民境遇的一个缩影。

第三，地方性和风俗画。赖和有意识地保留台湾乡土文化的原生态，因而他总是选择具有本土性的风俗画进行描写，比如《斗闹热》中对于迎神赛会、弄香龙、妈祖祭祀等风俗的描写，就颇具风俗画意味；同时，小说在人们的回忆里，将十五年前的盛会与今日的萧条加以对比，从侧面反映了台湾民间社会在殖民者重重盘剥下的凋敝。另外，为了突出地域性与风俗性，赖和还尝试着把台湾方言土语引入小说，从而为小说打上了深深的台湾乡土烙印，这种价值与韩邦庆在《海上花列传》中尝试把吴越方言写入小说一样具有开拓性价值。

第四，丰富多样的小说创作手法。赖和的每一篇作品都有一个完整的故事，故事情节环环相扣，丰富的细节不仅增强了现实主义色彩，人物性格也因之更加丰满；赖和除长于白描手法外，还善于运用象征、嘲讽、夸张、对比、夹叙夹议、抒情状物等传统小说表现技法来塑造人物形象，充满浓郁的乡土色彩。赖和对现代小说技法也运用自如：有时侧重人物心理描写，如《不如意的过年》中的查大人；有时用浓笔重彩进行环境描写，如《善讼的人的故事》中的"观音亭"；有时则传神地通过人物对话或独白表现其性格特征，如《丰作》结尾处添福与众乡亲的对话；有时不惜笔墨对某一事物进行细节描写，如《善讼的人的故事》中那位神秘乞丐怀揣的小茶壶，以此暗示其主人有非同一般的见地；有时又通过场面描写，烘托某种气氛，如《惹事》中写人与鸡的激烈交战，以竭力显示查大人的跋扈……所有这一切都让人感到，"在驾驭小说写作的多种技法时，赖和总是那么得心应手，娴熟自如，甚至能达到出神入化的地步。"①

"总之，赖和小说充满了对被压迫者和被损害者的人道关怀，反对殖民统治，具有强烈的民族意识和现实主义精神。在艺术表现方面，赖和小说注重乡土风格。小说题材大都是台湾人民的生活与感受。赖和小说注重故事的完整性和情节的复杂性，善于运用反讽手法和戏剧性场面。这无疑是受到了中国传统叙事艺术的影响，也使得其小说表现形式近似民间的'讲古'说唱与戏曲，带有鲜明的乡土色彩。"② 在语言运用上，他尝试书面语与口头语的融合。"每写一篇作品，他总是先用文言文写好，然后按照文言稿写成白话文，再改成接近台湾话的文章。"③ 赖和的小说创作有一个从文言到国语（白话）再到台湾方言的转换过程；台湾的"抗议文学"及"农民文学"皆始于赖和；而赖和对社会的关怀，对旧社会体制的批判，对弱者的悲悯同情，也使他博得了"台湾鲁迅"的称号。今天的赖和，已成为台湾新文学的一个象征符号，正如鲁迅之于中国新文学的意义。2010年5月，台湾彰化市宣布将5月28日赖和的诞辰定为"赖和日"，以纪念这位"台湾新文学之父"。在人们心中，赖和一手拿听诊器行医救苦，一手握如椽笔关怀被欺凌的弱小民众，是医人病与医人愚的圣人的化身。

---

① 郭蕴斌：《赖和散论》，《北京师范大学学报》（社会科学版），1996年，第4期。

② 李诠林：《台湾现代文学史稿（1923—1949）》，福建师范大学博士学位论文2006年，第101页。

③ 王锦江：《赖懒云论》，李南衡主编：《赖和先生全集》，台北：明潭出版社1979年版，第405页。

第十五节 《六月霜》与《革命神的受难》

女性解放程度从某种意义上标志着一个国家的现代化程度。女性解放运动是中国现代化工程的一个重要组成部分，不仅终结了中国妇女数千年来一直深受封建礼教压迫的局面，而且获得精神解放的女同胞为中国的复兴、文明和繁荣做出了重要贡献，她们中的杰出者也成为现代中国文学的主人公——现代中国文学中的一系列女性形象，标识出了中国女性解放的道路。

一、晚清以来的妇女解放运动

随着晚清对外开放程度的扩大，也由于西方"进化论"和"天赋人权"思想的进入，维新派开始从富国强种的角度思考女性解放的意义，他们提出戒缠足、兴女学等妇女解放主张，以实现救亡图存、强国保种的目的。"女权"从 1902 年起变成了妇女解放的口号，而马君武、金天翮、柳亚子等为女权运动"拿来"了斯宾塞的《女权篇》、穆勒的《女人压制论》和西欧社会民主党的《女权宣言书》等新理论，抨击男尊女卑思想，提倡男女平等。无政府主义者何震则将女性解放与"共产主义"挂起钩来，在《天义报》发表《论女子当知共产主义》、《女子复仇论》等名篇；何震还组建了女权复兴会，将女性解放运动付诸实践。1905 年 5 月，中国同盟会成立，何香凝成为第一个女同盟会会员，秋瑾加盟后被推为浙江分会的负责人，这不仅是她们个人政治生涯的新起点，也为引导现代中国妇女运动纳入民主主义旗帜之下架起了桥梁。辛亥革命后，女性除了参军以外还积极参政，力争在宪法上明文规定男女平权及议员的选举权与被选举权，但这个目标因为袁世凯当国而未能实现。"二次革命"失败后，妇女团体几乎荡然无存。

五四前的新文化运动使广大人民包括妇女受到一次深刻的民主主义和科学思想的教育，逐渐破除了封建思想和伦理道德的束缚，获得了空前的思想大解放，唤起了广大妇女对国家、民族命运的关心和追求真理的渴望。她们组织女性团体，出版女性报刊，推进男女平权。一个象征事件是：1920 年春，北京大学首次录取邓春兰等 9 名女生，各地大学纷纷效仿，从此打破了大学不能男女同校的清规戒律，也逐步实现了男女公开社交。五四运动唤醒了中国妇女的政治觉悟，特别是十月革命以后马克思主义在中国的传播，促进了中国妇女解放运动向无产阶级妇女运动方向转化。在此期间，学界翻译出版了列宁的《论社会主义建设与妇女的解放》、斯大林的《论劳动妇女》及倍倍尔的《妇女与社会主义》等文章，发表了李达、李汉俊、震瀛等人译介的《列宁底妇人解放论》、《劳农俄国底妇女解放》、《俄国女工的状况》、《苏维埃俄罗斯的劳动女子》以及《劳农俄国底结婚制度》等文章；李大钊撰写了《战后之妇人问题》、《废娼问题》、《现代的女权运动》等论述妇女解放的文章，充分肯定妇女参加社会革命的重大作用，指出妇女解放的正确途径："劳工妇女运动若能成功，全妇女界的地位都可提高。"[①]他把妇女解放同社会革命、民族革命、世界无产阶级革命紧密地联系在一起，具有巨大的历史意义。与此同时也涌现出大批优秀妇女人才，她们有的成为中国早期的女教育家、女科学家，更多的则走上了革命道路，成长为中国共产党的优秀女党员和妇女运动的优秀干部，如邓颖超、向警予、蔡畅、郭隆真、刘清扬、缪伯英、高恬波等，为中国妇女树立了光辉榜样。

中国共产党成立后就注意开展妇女工作。1921 年 12 月，中国共产党支持具有进步倾向的中华女界联合会创办妇女刊物《妇女声》，宣传革命思想，提倡妇女解放。其后又创办上海平民女子学校，培养了大批妇女干部，吸收了一批女党员，迅速开展妇女工作，中国妇女解放运动从此进入了一个新阶段。中国共产党组织的"妇女解放协会"会员达 30 万之多，成为反帝反封建斗争的一支重要力量。大批女工很快在斗争中成长为无产阶级先锋战士，在 1922—1923 年中国工运第一次高潮中，全国女工罢工的工厂达 60 多家，参加罢工的女工达 3 万多人，沉重地打击了帝国主义、封建势力，劳动妇女在中国共产党领导下成为中国妇女运动的主体，妇女的作用得到进一步发挥，广大妇女的社会地位也得到了逐步提高。

二、现代政治文化影响下的女性创作

晚清文坛涌现出了一批女性作者。"在南社中，女性作家有 60 余人，较著名的也有十几位……在文学上以徐氏姊妹（徐月华、徐蕴华）和吕碧城、张默君的

---

① 李大钊：《现代的女权运动》，《民国日报》副刊《妇女评论》，第 25 期，1922 年 1 月 18 日。

成就为高。"① 其中徐自华（1873—1935）不仅参与革命活动，而且冒着生命危险为秋瑾营葬，此后还写下了许多诗文悼念秋瑾，如《鉴湖女侠秋君墓表》《祭秋女士文》《挽秋女士四章》《满江红·悼秋竞雄》等，使女英雄的事迹得以传扬。

秋瑾（1877—1907）在1905—1907年期间创作了弹词《精卫石》（未完稿，仅存前五回和第六回的残稿）。秋瑾取"精卫石"来命名自己的弹词，就是要女同胞都能成为一块精卫石，以百折不回的毅力和勇气来填平中国传统的男尊女卑的"恨海"。《精卫石》有秋瑾的自叙传在里面，其中写道黄鞠瑞被许配苟才，她为了反抗婚姻而留学日本、投身于民主革命运动之中，把女性解放运动与民族解放事业结合起来。

秋瑾还写过许多具有巾帼英雄气质的诗文，如"身不得，男儿列，心却比，男儿烈！""漫云女子不英雄，万里乘风独向东。""休言女子非英物，夜夜龙泉壁上鸣。"她自己也是这样做的：她回国后，除了办报纸和主持大通学堂外，还与徐锡麟组织"光复军"，策划军事起义。1907年旧历五月，徐锡麟在安庆击毙安徽巡抚恩铭谋划起义，不幸失败，秋瑾因而被牵连。当清兵包围大通学堂时，她拿着手枪勇敢地向清兵冲上去。秋瑾就义后不久就有大量小说、诗文发表出来纪念秋瑾：写秋瑾事件的作品除吴梅的《轩亭秋杂剧》（1907）外，还有古越嬴宗季女的《六月霜传奇》②，萧山湘灵子的《鉴湖女侠传奇》（1908，别题《轩亭冤》或《秋瑾含冤传奇》或《中华第一女杰轩亭冤传奇》），龙禅居士的《碧血碑杂剧》（1908，谱吴芝瑛营葬秋瑾事），华伟生的《开国奇冤》，洪炳文的《秋海棠》，啸庐的《轩亭血》。其中静观子的小说《六月霜》系由嬴宗季女的《六月霜传奇》改编而来，但传播更广。

静观子的《六月霜》共十二回，1911年4月由上海改良小说社刊行。③ 书名《六月霜》，一是因秋瑾就义于农历六月六日，以寄托悼念之情；二是因为关汉卿杂剧《窦娥冤》中有"六月飞霜因邹衍"的唱词，其中含一个历史典故：相传战国时，

---

① 郭延礼：《中国近代文学发展史》第3卷，北京：高等教育出版社2001年版，第192页。

② 嬴宗季女所著十四出《六月霜传奇》，演秋瑾烈士殉难事，出版于光绪年间，并附有吴芝瑛《秋女士传》、《纪秋女士遗事》，后附《秋女士遗文》一卷，收诗文若干篇。

③ 静观子除《六月霜》之外，还著有小说《秘密自由》、《温柔乡》、《还魂草》等。

燕惠王有一个忠臣名叫邹衍，被诬陷入狱。当时是六月时节，盛夏溽暑闷热难当，可是由于邹衍的冤愤极端难忍，痛感心寒意冷，乃在狱中仰面向天发出冤叹之声，结果竟然使天气也突然变冷，意外地下了霜，后人遂以"六月飞霜"表示冤狱。

　　静观子以改良主义立场来反映秋瑾的生平事迹，对其献身革命事业的感人事迹略而不写，仅将其思想言行限制在"家庭革命"范畴，似乎未能充分写出秋瑾作为剑湖女侠、革命志士的本色。但是作者有不得不如此的苦衷：当时处于清政府统治下，作者为避文字狱而不能不有所顾忌，也就不得不用曲笔；作者的本意又是善良的，他把秋瑾塑造成一个主张家庭革命的改良主义者，罪不及死，却被清政府逮捕、酷刑、虐杀、剖心，因而这个案子是错且冤的。而如果秋瑾之死是冤案错案，那么谁是罪魁祸首呢？这就直接指向了清政府的腐败吏制，因而小说在客观上具有谴责社会政治黑暗的意义。就人物形象来说，书中运用了较多细节来立体地刻画人物形象，人物性格也有着前后变化，因而可以说秋瑾形象塑造得比较成功；与此同时，这部小说对大小官僚、地方豪绅进行了暴露丑化，极尽嬉笑怒骂之能事，特别是第四回写知府富禄和诸标统率领军队围困学堂、逮捕秋瑾时，兵丁们对手无寸铁的学生开枪射击大肆屠杀，又在民间掳掠奸淫无恶不作。在押解秋瑾回衙的时候，兵丁们得意扬扬，齐奏军乐，共唱凯歌，而这几首"凯歌"恰恰暴露了清朝官府、军队的既怯懦又残暴的本质，例如"生居蛮国，死将怨谁！""大奸同类，我顶其红。"这是多么激烈愤慨的反讽与控诉啊！就小说的思想而言，小说虽写秋瑾仅主张"男女平等，家庭革命"，但在第九回写她与越兰石女士对话，指出要从根本上救拔女同胞，就要从根本上使她们自立；又在第十一回引录了秋瑾的《敬告姊妹行》，畅谈妇女解放，要求妇女摆脱奴隶生活，争取"自己养活自己"——实际上女性解放运动也是秋瑾生前的一项重要工作，就此而言，《六月霜》对女性解放运动起了宣传推动作用。就艺术形式而言，《六月霜》虽为章回体，但倒叙手法运用得比较巧妙：前六回讲述秋瑾的被捕被杀，后六回讲述秋瑾的生平，这种结构的妙处在于前面先设置一个悬念，后六回再解开谜底，这在当时的小说叙事艺术中应是比较好的。另外，语言上也是雅俗共赏的，这有利于宣传秋瑾的事迹。总之，静观子的《六月霜》虽有微瑕，终不失为晚清小说史上一部上乘之作。

时代前进着，越来越多的女性投入到社会运动中去。她们也用自己的笔记录下了自己的经历、观察与思想，因而在晚清到五四一代的女作家，其作品大多具有自叙传的色彩。这虽然留下了许多艺术缺憾，却从另一个方面反映了社会政治变革与女性解放之间的关系。在这方面，白薇的《革命神的受难》就是一个典型个案。

白薇（1893—1987），原名黄彰，兴宁县南乡渡头（今属资兴市白廊乡）秀流村人。其父黄晦曾留学日本并参加同盟会。白薇少年时期就受到民主主义思想的熏陶，萌生反封建意识。1915年就读于省立第三女子师范学校时，因为勤学苦读诚恳待人，被同学选为该校学友长。但因为反对守旧的校长而被除名，后转至长沙省立第一女子师范学校就读。1918年，白薇为摆脱家庭包办婚姻，只身逃往日本。她在日本求学的九年里，贫病交加，为求知与生存曾做过家庭女佣、咖啡店侍女等。她通过勤工俭学终于从东京高等女子师范学校毕业，其间主修生物学，兼学历史、教育及心理学，还自学美学、佛学和哲学；后改攻文学，决心"以文学为武器，解剖封建资本主义的黑暗，同时表白被压迫者的惨痛。"1922年创作处女作三幕剧《苏斐》并担任主角，此剧1926年刊发于鲁迅主编的《语丝》上，白薇也由此叩开了通往文坛的大门。

1926年冬，白薇放弃还有两年官费研究生学习的机会，满怀热忱回到祖国，投身于大革命，在武汉国民政府总政治部国际编译局工作，同时兼任武昌中山大学讲师。次年，大革命失败，她满腔悲愤转到上海，决心用笔墨对反动派进行无情挞伐。不久，她参加创造社，结识郭沫若、成仿吾等人；其后又得鲁迅的亲切教诲和精心培养。在"创造社"和鲁迅的影响下，白薇走上革命文学创作道路。1928年3月，白薇创作独幕剧《革命神的受难》[①]，表达了作者对大革命失败的悲愤之情。此剧没有曲折的故事，而是通过革命神与反动军官之间的白热化正面斗争，大量运用独白、旁白，笔墨酣畅、痛快淋漓地将自己及广大革命者对大革命

[①] 白薇：《革命神的受难》，《语丝》，第4卷第12期，1928年3月19日。此剧占据了这一期《语丝》近一半的篇幅；因为此剧对蒋介石大加讽刺，杂志受到国民政府的警告。1931年，作者将《革命神的受难》改为《乐土》，人物和情节更加充实。

叛徒的三千丈怒火，旺旺地烧了一场。如第十场写革命神抓住军官，用刀逼他"快把你的人皮剥下来，露出你四脚生毛的吃人兽吧！"然后历数他的罪行："你阳称和某某伟人一致北伐，打倒军阀，打倒帝国主义，实行彻底的革命；阴则昼夜想方设法，将要怎样去残杀同类，怎样去剥夺国力，结局务必要达到狡兔死，走狗烹，给你一个人无忧无虑地作军阀以上的帝王。"剧本热情大胆地歌颂中国共产党领导的革命运动，痛斥国民党右派及帝国主义者。最重要的是，《革命神的受难》运用了象征主义和表现主义手法，从而使剧作不仅在题材上突破了白薇前期的"爱与美"的范畴，更在艺术上实现了突破：比如剧中那位假革命的美名以行私欲的"将军"，正是刚刚背叛革命、对人民举起屠刀的蒋介石和一切军阀的象征；白薇学过绘画，善于借助光、色的奇妙变幻以及运用假面具，突出写意性，比如革命神被军官用箭射中，而军官则化为老虎，他的妻妾则变成毛虫，但革命神在老人、少女的祭祀式的舞蹈中复活了，她在群众的呼唤声中在少女手中缓缓坐起复活，此时舞台出现红光，传来歌声，场面十分壮美，体现出表现主义戏剧的特质。由此可以看出，白薇经过革命的洗礼，已具有了用现代政治观念分析复杂的社会问题并用艺术手法表达自己思想的能力，这也标志着现代女性已自觉将女性解放与阶级革命事业联系在一起。1928 年 6 月，白薇又创作多幕剧《打出幽灵塔》，刊于《奔流》创刊号上，这是她回国参加革命后的重要作品，她以切身经历的苦难为主题，无情地揭露了封建势力对妇女的压迫，更深刻地表达了她对女性解放的出路问题的思考。

除了白薇，1920 年代还出现了许多女作家如陈衡哲、冰心、庐隐、冯沅君、石评梅、苏雪林、凌叔华、陈学昭、谢冰莹、冯铿、丁玲、沉樱等。虽然她们中的一部分人的创作还是"闺秀派"的作风，但从庐隐、石评梅到陈学昭、冯铿、谢冰莹、白薇、丁玲，似乎与政治话语、革命洪流的距离越来越近，直至融入其中。1921 年庐隐发表于《小说月报》上的 4 篇小说充斥着复杂的社会话语，其中政治 / 经济学话语比较突出，如《一个著作家》讲述金钱买断幸福的故事，致使有情人先后奔赴黄泉；再如《灵魂可以卖吗？》则较早触及资本主义经济对工人灵魂的异化，"当早晨动工钟响的时候，工人便都象机器开了锁，一直不止的工作，等到工厂停工钟响了，他们也象机器上了锁，不再转动了！"因而有评论家说："这位五四运动的积极分子，在妇女解放问题上已建立起强固的女性自立意识，在社会革命问题上受到一定的马克思主义学说影响，对不平等的阶级及社会性别制度持有先进的思想主张，这些都决定了庐隐携着'问题小说'在意义之旅起步的成熟。"① 而谢冰莹经过四次和家庭的搏斗终于从婚姻中脱身而出投身到革命中去，她的《从军日记》、《一个女兵的自传》等就是她生命转型的印迹；冯铿向左急转并最终成为"左联五烈士"之一；丁玲则在胡也频和冯雪峰的影响下，坚定地蜕去个性主义的"莎菲性格"，走入了"左联"，走向了延安……

---

① 王绯：《空前之迹——1851—1930：中国妇女思想与文学发展史论》，北京：商务印书馆 2004
年版，第 505 页。

第三章　新潮文化渗染的文学形态

文学态势总览

第一节　新潮文化与现代文学建设

新潮文化是一种现代文化形态，主要是中国现代社会革命发展的结果，是在现代传播媒体的载体和文化精神的基础上，而又受到西方各种思潮影响而形成的。它包括个性主义、自由主义、人道主义在内的现代启蒙理性，呈现出现代主义文化的特色。

一、新潮文化的形成

第一，新潮文化是中国现代社会革命的结果。1898 年以康有为、梁启超为代表的资产阶级改良派发动了一场维新变法运动，这场百日维新以失败而告终，康、梁先后逃往日本，并由此开始了不同的人生道路。维新变法失败后，参与变法的一些人士在反思变法失败的原因时，不同程度上认识到一个问题，即国民的愚昧麻木、不支持变法是主要原因之一。1900 年，流亡日本的梁启超创办《清议报》，1902 年又先后创办《新民丛报》和《新小说》，打出了"诗界革命"、"小说界革命"的口号，以"革命"的姿态踏入文学界，以文学方式进行他没有成功的改良，将社会革命留下来的问题试图通过文学进行解决。正是这样，梁启超投身于文学，其目的并不在于文学，而在于借文学以解决其社会革命所无法解决的社会问题。因此，通过小说等新文学开民智，以造成社会革命所需要的"新民"，就成为资产阶级"后改良"、"后革命"时代的主要任务。从这个意义上说，现代中国新潮文化及其新文学的发生不是因为社会革命的成功，而恰恰是因为社会革命的失败。

梁启超从事文学，其目的不在于文学，而主要在于如何通过文学进行"新民"，启发民智，使国民都能够参与或支持他们的社会革命。梁启超的目的是非常明确的，新小说是为了新民，而新民则是为了新中国。在《论小说与群治之关系》中，梁启超指出："欲新一国之民，不可不先新一国之小说。故欲新道德，必新小说；欲新宗教，必新小说；欲新政治，必新小说；欲新风俗，必新小说；欲新学艺，必新小说；乃至欲新人心，欲新人格，必新小说。何以故？小说有不可思议之力支配人道故。""盖今日提倡小说之目的，务以振国民精神，开国民智识，非前此诲淫诸作可比。必须具一副热肠，一副净眼，然后其言有裨于用。名为小说，实则当以藏山之文、经世之笔行之"[1]。可见，梁启超提倡小说的目的主要不在于小说本身，不在于改革小说文体及其创作艺术，而主要在于借小说改良社会，在于振奋国民精神，启发民智，使国民都能够参与到他的社会革命的活动中去。所以，他创办《新小说》杂志"专在借小说家言，以发起国民政治思想，激励其爱国精神"[2]。从这个认识出发，在梁启超的观念中，小说可以进行题材内容上的分类，历史小说、政治小说、军事小说、冒险小说、侦探小说、写情小说、语怪小说、传奇体小说等，梁启超的这种分类方法完全可以体现出他的社会政治理想，体现着启发民智的内容特征。在《新小说》的编辑规划中，我们可以看到梁启超的这些用意，看到小说是如何参与其社会运动的。陈独秀之所以对文学感兴趣，主要是因为辛亥革命失败后，他发现了文学可以改变国民精神，促进国民对革命的认识，引导

---

① 《〈新小说〉第一号》，陈平原、夏晓虹主编：《二十世纪中国小说理论资料》第1卷，北京：北京大学出版社1997年版，第56—57页。

② 新小说报社：《中国唯一之文学报〈新小说〉》，陈平原、夏晓虹主编：《二十世纪中国小说理论资料》第1卷，北京：北京大学出版社1997年版，第59页。

国民参加革命活动。可以看到，社会革命作为中国现代文学发生时期的强大动力，将中国文学引向社会化、政治化，倡导文学的大多是一些社会革命家，他们的注意力不在文学上，而主要在文学之外，甚至他们并不特别懂得文学。这也就决定了中国现代文学的审美特征的缺失，也决定了中国现代文学批评往往不以美的标准而是以社会性政治性标准要求文学的倾向。

第二，新潮文化是西方文化影响的文化发展进程。西方文化随着鸦片战争而进入中国，既带给知识分子新的人生观念和民族国家意识，又促进了现代传播媒体的发展；清末资产阶级所发动的一次次社会革命，一方面加速了人们对西方文化更迫切的深入了解，以西方社会文化观念和制度文化改造中国的企图也越来越彰显；另一方面资产阶级社会改良家和革命家们进一步认识到报刊传媒在社会革命中的意义，借报刊鼓吹改良、革命成为他们的主要手段。

西方文化是随着其军事侵略一起进来的。当外国文化以强势者的姿态进入中国时，显示出了对中国文化的强烈的影响力和制约力。尤其当中国进行物质文明的建设时，西方的强势角色更为突出。宗教文化、商业文化等大量的涌入，为人们塑造了一个想象中的西方形象，一个高度"现代化"的、文明的、先进的国家形象，一个遥远的被国人追逐的形象，这个形象逐步渗透进人们的日常生活中，而影响着人们的思想观念。

在西方文化传入中国的过程中，文学只是伴随着其他各种文化一起进入的一个方面，西方宗教、历史、天文、地理以及其他一些文化知识，是较早传入中国的文化。19世纪末，在维新变法运动中，适应社会政治的需要以及国家强盛的现实需求，逐渐翻译介绍外国文学作品。早期那些翻译介绍的作品，大多与民族富强、国家崛起的思想主题相关，如《鲁滨逊漂流记》、《黑奴吁天录》、《斯巴达之魂》、《毒蛇圈》等这类作品为主。毫无疑问，这些作品与英雄气质、革命精神、大众参与革命等话语联系在一起，是发动民众的有效宣传材料。正是这样，我们在早期的文学翻译中，很少读到《哈姆莱特》、《红与黑》、《悲惨世界》、《堂吉诃德》、《浮士德》等这样伟大的文学作品。这些社会意义强于文学意义的作品成为早期影响中国作家最重要的作品，也就决定了西方影响主要是在社会政治上的影响，人们更多考虑文学的社会价值。正如梁启超所说："今特采外国名儒所撰述，而有关切于今日中国时局者，次第译之，附于报末，爱国志士，或庶览焉。"[①]可见，人们需要的不是文学，而是文学中所包含着的思想、革命，是社会革命家们到文学中寻找到的与革命相关或者他们想象中的与革命相关的话语。

第三，新潮文化是现代传媒文化精神的艺术呈现。资产阶级的维新变法失败后，梁启超于1902年创办了《新民丛报》、《新小说》等报刊，并进而提倡"小说界革命"、"诗界革命"、"文界革命"。这一年，《大公报》创刊，而这张报纸的创刊带有明显的社会革命的色彩："中国之衰，极于甲午，至庚子而濒于亡。海内志士，用是发愤呼号，期自强以救国；其工具为日报与丛刊，其在北方最著名之日报，为大公报。盖创办人英君敛之，目击庚子之祸，痛国亡之无日，纠资办报，名以'大公'。"[②]随后，《绣像小说》、《新新小说》、《时报》、《月月小说》等报刊纷纷创刊，成为20世纪初期中国文化界一大奇观。一个时期如此集中地出现大量报刊，一方面是市场需要，读者购买并能够接受这些现代报刊；另一方面则是资产阶级从事社会革命受挫之后的一次战略转移。从这个意义上说，在资产阶级革命失败之后将精力转移到文学上来，其目的并不在文学，而主要在于借文学去完成其未完成的改良社会的任务，文学只是他们实现其社会理想的一个工具而已。也就是在这一年，"诗界革命"、"小说界革命"等与中国现代文学的发生以及中国现代文学批评的发生密切联系在一起的事件发生了，为中国带来了一种新的文学形态，注入了一种新的文学特质。

但是，仅仅看到中国现代文化史上这些报刊出现是不够的，还应当认识到，报纸期刊等现代传媒带来的不仅仅是文学承载的空间，而且更重要的是对文学的价值尺度的改变，是媒体所形成的传播强势对文学机制和规则的改变。报刊杂志和图书出版为文学的发表提供了物质条件，使作家的创作能够以物质的方式呈现给读者，并成为商品供读者购买。但传媒又不仅是物质形式的，它的出现和存在又是一种文化的形态和方式，体现着现代传媒为基础的现代文化精神，体现出面

---

① 任公：《〈译印政治小说〉序》，陈平原、夏晓虹主编：《二十世纪中国小说理论资料》第1卷，北京：北京大学出版社1997年版，第38页。

② 张季鸾：《大公报一万号纪念辞》，王芝琛、刘自立编：《1949年以前的大公报》，济南：山东画报出版社2002年版，第1页。

向大众和面向市场的平民文化特征。正是由于现代传媒的出现以及它对文学的影响，改变了文学的价值尺度，改变了人们的感觉，也改变了人与文学的关系。1915年陈独秀创办《青年杂志》（第2卷起易名为《新青年》），以更为激进的方式推进文化运动的发展，被视为新文化运动的肇始。1917年初，陈独秀受聘北京大学文科学长，吸引了更多的知识分子参与新文化的讨论。胡适、李大钊、刘半农、钱玄同、周作人等先后成为《新青年》的主要人物，参与到编辑及撰稿工作中。1918年，《新潮》、《每周评论》等刊物相继创刊，加之《晨报》、《时事新报》等报纸，增强了新文化运动的实力，扩大了新文化的社会影响。

第四，新潮文化的演变。新潮文化经历了从"新民"到"新青年"，再到"新中国"的变化历程。梁启超在《新民说》、《新民议》、《论自由》、《论进步》等著作中，比较系统地阐述了他的"新民"观。对于"新民"，梁启超在《新民说》中作了如下解释："新民云者，非欲吾民尽弃其旧以从人也。新之义有二：一曰淬砺其所本有而新之，二曰采补其所无而新之。二者缺一，时乃无功。"也就是说，新民需要在民族文化和外来文化的整合中，提取新的质素，铸造新的人格。这种新的人格需要走出愚昧，要有追求进步、追求自由的精神特征。怎样才能使国民弃旧从新呢？在梁启超看来，就是通过新小说新民，从而达到新中国的目的。

陈独秀创办《青年杂志》，提倡"新青年"是在梁启超"新民"基础上提出了更为具体的启蒙对象，将思想启蒙的目标对准了更有前途、更能接受新思想的青年，对当代青年提出了明确的具有革命性意义的目标。陈独秀在作为《青年杂志》发刊词的《敬告青年》一文中，不仅提出了"新青年"的基本条件和发展目标，而且明确指出了"人权平等之说兴"与"科学之兴"是实现社会、民族进步的必备条件。第1卷除发表《敬告青年》外，还发表了《法兰西人与近代文明》及译作《妇人观》、《现代文明史》，另外发表了高一涵的《共和国家与青年之自觉》、汪叔潜的《新旧问题》等，显示了刊物对文化尤其是问题的高度关注。1916年第2卷改为《新青年》后，更进一步提出"新青年"的主张："青年何而为新青年乎？以别夫旧青年也。同一青年也，而新旧之别安在？"所以他大声疾呼："时时微闻无数健全洁白之新青年，自绝望消沉中唤予以兴起，用敢作此最后之哀鸣！"《新青年》将启蒙思想的重点放在批判专制体制，争取思想自由和精神上的解放上。此后，陈独秀更为明确地提出以"德先生"（民主，Democracy）和"赛先生"（Science）来"救治中国政治上、道德上、学术上一切的黑暗"①。

胡适将新文化、新文学运动看做是一场社会文化运动，是一种新思潮。胡适认为"新思潮的根本意义只是一种新态度，这种新态度可叫做'评判的态度'。"他还说，"'重新估定一切价值'八个大字便是评判的态度的最好解释"。一是要研究问题。讨论社会上、政治上、宗教上、文学上的种种问题，通过对一个一个社会问题的梳理和解决，达到社会的秩序化、合理化。胡适早期主要通过文学的改良，改革中国语言以普及教育，使国民可以获得阅读的可能性，在识字读书中逐步提高国民的精神。二是要输入学理，介绍和阐扬西方的新思想、新学术、新理论、新方法。三是要整理国故，"用精密的方法，考出文化的真相，用明白晓畅的文字报告出来，叫有眼的都可以看见，有脑筋的都可以明白。这是化黑暗为光明，化神奇为臭腐，化玄妙为平常，化神圣为凡庸，这才是重新估定一切价值。他的功用可解救人心，可以保护人们不受鬼怪迷惑。"②

当时的人们站在不同的角度，对新思潮尤其中国现代文化建设的认识与理解存在着较大的差异。陈独秀试图通过革命的方式解决文化建设的问题，胡适则努力于语言、学术的建设以达到民族文化重建的目的，李大钊则试图通过引入新学说，建立中国的马克思主义思想文化。由此而引发的关于新文化问题的争论与讨论，显示了五四时期思想解放、学术讨论的浓厚风气。由钱玄同、刘半农上演的"双簧戏"是最早发生的由《新青年》内部导演的"论争"。这场旨在引出反对新文化运动者不同声音的举动，将他们认为反对新文化运动的各种言论汇集成篇，由钱玄同化名"王敬轩"作成一篇拟复古派写的古文，再由刘半农对其逐一批驳。发生在胡适和李大钊之间的"问题与主义"之争是新文化运动内部就现代文化发展的方向及其理论方法问题展开的讨论。1919 年 7 月，胡适在《每周评论》发表的《多研究些问题，少谈些"主义"》，基本上延续了他在《新思潮的意义》中的观点，坚持主张一点一滴地进行改良，来解决具体的社会问题。同年 8 月，李大

---

① 陈独秀：《本志罪案之答辩书》，第 6 卷第 1 号，1919 年。
② 欧阳哲主编：《胡适文集》第 4 卷，北京：北京大学出版社 1998 年版，第 117 页。

钊在《每周评论》35 期上发表《再论问题与主义》，指出问题与主义是不可分割的关系。

二、新潮文化与新文学建设

梁启超试图以文学解决社会问题，但他仍然以社会革命的思路从事文学事业，其思想方法却是与他维新变法一致的"革命化运动方式"。梁启超对文学的认识与贡献，不仅仅在于他对小说、诗歌、散文等文体的新认识，以及对中国文学观念的重要转变，而更重要的是以文学运动的方式，鼓励国民参与文学的热情，将文学纳入到社会革命中来，从根本上改变了中国文学的社会地位及其功能特征。

以革命运动的思路和方式参与文学。从梁启超开始，人们往往习惯于以"革命"的思维来判断文学作品的优劣，革命代替了文学。他的"小说界革命"、"诗界革命"、"文界革命"等，容纳的是他的社会理想，是他的维新变法的思想实质。在他看来，小说这一文体是实现他的变法理想的利器，小说是新民的重要工具；诗歌的革命，文界的革命，也都是他的政治目的的一次重要的战略转移。他从来就很少关注小说的艺术，也很少讨论创作技法一类的事情。

追逐潮流，趋时追新，弃旧图变，成为梁启超文学观念的核心。从革命的思路出发，在梁启超的文学观念中，"新"就是一个极为重要的概念，这个"新"不仅是词汇意义上的新，而是指一种社会、文学性质的根本性变化。他的文学变革实际上就是以新的文学观念取代旧的文学观念，以新的文体取代旧的文体。新与旧的矛盾关系，正体现了他的基本思维方式和文学方式，在梁启超的语言中，新民、新中国、新文体、新小说等，都是他的社会理想的不同言说方式。新的一定优于旧的，旧的一定会被新的所淘汰，除旧而新，破旧立新，日新月异，反映了梁启超以及中国近代以来知识分子的一种思维方式和对社会发展的一种态度。正如梁启超所说："凡改革之事，必除旧与布新，两者之用力相等，然后可有效也。苟不务除旧而言布新，其势必将旧政之积弊，悉移而纳于新政之中，而新政反增其害矣。如病者然，其积痞方横塞于胸腹之间，必一面进以泻利之剂，以去其积块，一面进以温补之剂，以培其元气，庶几能奏功也。若不攻其病，而日饵之以参苓即可为增之媒，而其人之死当益速矣。"①

从现在的资料来看，胡适提倡文学革命与陈独秀创办《青年杂志》的时间差不多，胡适把"文学革命"的开端定在1915年夏天，他和留学美国的同学任叔永、梅光迪、陈衡哲等人，对中国文字改革进行讨论。胡适后来解释为这是一次"逼上梁山"，胡适说："这几年来的'文学革命'，所以当得起'革命'二字，正因为这是一种有意的主张，是一种人力的促进。《新青年》的贡献只在他在那缓步徐行的文学演进的历程上，猛力加上了一鞭。这一鞭就把人们的眼珠子打出火来了。从前他们可以不睬《水浒传》，可以不睬《红楼梦》，现在他们可不能不睬《新青年》了。"②1917年1月胡适发表于《新青年》第2卷第1号上的《文学改良刍议》，认为文言文作为一种文学工具已经死去，因而废文言提倡白话是历史发展的必然。他提出文学改良应从"八事"着手：须言之有物，不模仿古人，须讲求文法，不作无病之呻吟，务去滥调套语，不用典，不讲对仗，不避俗字俗语。胡适从学理上讨论了文学改良的具体方法，阐明了新文学的白话文立场。随后，陈独秀发表《文学革命论》，正式打出"文学革命"的大旗。《文学改良刍议》作为中国新文学的开篇之作，采用了一种比较温和的改良态度，"改良"而又"刍议"，而且作为"文学革命"实践的胡适的诗歌创作，也是以《尝试集》命名，可见胡适的持论是比较谨慎的。胡适期望自己所提出的"文学革命"的主张在得到人们认同的同时能够得到讨论和研究，"其所主张容有矫枉过正之处"③，显示出胡适在文化问题上的稳重，同时也表现了胡适以文化的方式推进文化的发展与建设的设想。而陈独秀则就不一样了，陈独秀是以"革命者"的姿态，试图以革命的方式来推进文学的改革的，期望文学的革命能够马上成功。从"改良"到"革命"，从"刍议"到"论"，这里不仅是用语的变化，而更是一种思维方式和行动方式的变化。陈独秀看到了欧洲的"庄严灿烂"的今日，乃是"革命之赐也"："自欧洲文艺复兴以来，政治界有革命，宗教界有革命，伦理界有革命，文学艺术，亦莫不有革命，莫不

---

① 梁启超：《政变原因答客难》，《梁启超文集》，北京：北京燕山出版社1997年版，第58页。

② 胡适：《白话文学史》，《胡适文集》第8卷，北京：北京大学出版社1998年版，第152页。

③ 胡适：《文学改良刍议》，《胡适文集》第2卷，北京：北京大学出版社1998年版，第15页。

因革命而新兴而进化。近代欧洲文明史，宜可谓之革命史。"在陈独秀的思想观念中，"所谓革命者，为革故更新之义"，破坏旧的，建设新的，新与旧处于二元对立的状态中，新的好于旧的，新的一定会战胜并代替旧的。因而，要想革命，就需要首先把过去的文学打成陈旧的、落后的，"盘踞吾人精神界根深底固之伦理道德、文学、艺术诸端，莫不黑幕层张，垢污深积"，因此，中国的思想文化界必须要进行一场革命，"文学革命之气运，酝酿已非一日"，革命之势已不可阻挡："余甘冒全国学究之敌，高张'文学革命军'大旗，以为吾友之声援。旗上大书特书吾革命军三大主义。曰，推倒雕琢的、阿谀的贵族文学，建设平易的、抒情的国民文学。曰，推倒陈腐的、铺张的古典文学，建设新鲜的、立诚的写实文学。曰，推倒迂腐的、难涩的山林文学，建设明了的、通俗的社会文学。"不过，陈独秀并未提出多少具体的文学革命措施，在陈独秀看来，文学革命既然是一场革命，是只需要执行而不容讨论的。

胡适、陈独秀提出文学革命的主张后，得到了钱玄同、刘半农、傅斯年、周作人等人的响应。钱玄同发表了给陈独秀的信和《新文学与今韵问题》、《论应用之文亟宜改良》等文，在梁启超小说理论的基础上，进一步指出了"戏曲，小说，为近代文学之正宗"①，从语言学的角度阐述了新文学的文体问题。此外，刘半农发表了《我之文学改良观》、《应用文之教授》等，傅斯年发表了《文学革新申议》、《文言合一草议》、《怎样做白话文》等，这些文章从不同的角度阐述了新文学建设中的理论问题，对新文学与旧文学从分野、新文学的语言与文体及其标点符号等诸问题进行了比较深入的讨论。在这些作家的理论文章中，比较集中地提出了文字与文学或者说"文学之文"与"应用之文"的关系问题。说明新文学的理论建设者们非常重视文学的特征，强调文学与应用文的区别，希望新文学是美的文学。

周作人的文学理论批评是新文学建设的进一步深化发展。1918年12月，周作人在《新青年》发表《人的文学》一文，指出"我们现在应该提倡的新文学，简单的说一句，是'人的文学'。应该排斥的，便是反对的非人的文学。"所谓"人

---

① 钱玄同：《通信》，《新青年》，第 3 卷第 1 号，1917 年 3 月。

的文学"就是指"用这人道主义为本，对于人生诸问题，加以记录研究的文字"①。在新文学已经有了两年发展历程的时候，周作人在胡适、陈独秀等人提倡的"文学革命"理论的基础上所提出的"人的文学"，既是对"文学革命"批评理论的发展，也是周作人对中国文学思考的一个结果。"人的文学"的文学史意义在于，它超越了一切现实性、功利性的文学观念，而将文学与"人"联系起来，从根本上摆脱了梁启超以来的文学社会化的功利现象，也超越了五四新文学思想启蒙的现实层面，而将文学对"人"的关注提高到新的审美范畴。随后，周作人又发表了《思想革命》、《平民的文学》、《新文学的要求》、《贵族的和平民的》、《论小诗》、《论"黑幕"》等，这些文章大都涉及新文学初创时期的基本理论，是新文学早期理论建设的重要文献。在《美文》、《论小诗》等文章中，周作人主要从文体学上解决新文学建设的问题。《美文》不仅倡导"美文"以开现代散文之风气，而且为现代散文从理论上进行了必要的界定，真正把文学散文独立出来，使散文得到了文体上的确认。

三、新潮文化与新文学社团流派

文学社团的蜂起和文学流派的丛生是新文学建设时期的一大景观。新文学初期还少有文学社团流派，新青年社和新潮社作为文学革命时期的两大社团，虽然与新文学的发生有重要关系，但它们并不是文学社团。而进入 1920 年代，文学社团迅猛发展，1921 年年初成立的文学研究会被称为新文学的第一个纯文学社团，随后，文学社团不断涌现。据统计，1921 年至 1923 年，全国出现的文学社团有 40 多个，而到 1925 年则多达 100 多个。如此众多的文学社团在相对集中的时间段内出现，表明五四新文化运动之后，中国文化界出现了思想活跃的局面，也表明文学创作在时代的感召下空前受到人们的重视，参与文学活动成为一种社会时尚。

一般说来，文学社团的形成与作家共同的文学思想、文学趣向和文学追求有关。但是，作为一种文学现象，文学社团流派的密集出现，是与新潮文化的涌现

---

① 周作人：《人的文学》，《新青年》，第 5 卷第 6 号，1918 年 12 月。

联系在一起的，或者说，正是新潮文化的不断浪涌，推动了不同文学思想、文学爱好和不同文学理想的作家及文学青年，能够围绕一定的传播媒体聚集在一起，形成一定规模的文学群体，从而成就这一时期的社团流派众生的文学景观。

文学研究会是直接承继《新青年》及其新文化运动的思想发展起来的社团。陈独秀在《文学革命论》中所提出的社会文学、国民文学和写实文学"三大主义"，在文学革命初期并没有得到人们的真正理解和接受，但陈独秀的思想观点却在茅盾以及研究会那里得到了比较完整的具体表现。1920 年，《新青年》内部分化，陈独秀南下，而商务印书馆支持下的《小说月报》以及都市流行文学也遇到了问题。这时，改革《小说月报》以适应新的文化发展的需要，将文学革命提出的文学命题进行具体化，已摆上议事日程。1921 年文学研究会成立并改刊《小说月报》为研究会的机关刊物，并陆续出版了《文学旬刊》、《诗》、《戏剧》等刊物，出版了《文学研究会丛书》等，短时间内将文学研究会发展成为具有分支机构和拥有一定出版能力的文学机关。文学研究会的文学追求与创作主张，体现了新潮文化关注社会、关注现实的特点。在他们看来，"将文艺当做高兴时的游戏或失意时的消遣的时候，现在已经过去了。我们相信文学是一种工作，而且又是于人生很切要的一种工作"[1]，这个往往被当做"为人生"的艺术的宣言，实际上表现出了鲜明而强烈的社会功利目的。

与文学研究会具有大致相同的文学主张和创作趣向的社团流派，成为 1920 年代突出的文学现象，诸如乡土文学派、语丝社、莽原社等，这些社团或者流派虽然不一定打着现实主义的旗号，但他们对现实也表示了同样的关注。

"异军突起"的创造社对于整个文坛来说都是标新立异的。这一新文学社团，以青春的骚动和叛逆者的心态，带给文坛一股清新的气息，他们不仅对文学研究会表示反抗情绪，而且对《新青年》及其新文化运动表示了不满。他们针对文学研究会的社会功利目的文学观，提出文学是没有目的的，作家应该本着自己"内心的要求"，表现出文学的"全"和"美"："如果我们把内心的要求作一切文学上创造的原动力，那么艺术与人生便两方都不能干涉我们，而我们的创作便可以不

---

① 《文学研究会宣言》，《小说月报》，第 12 卷第 1 号，1921 年 1 月。

至为它们的奴隶"，因此，他们主张文学应"除去一切功利的打算，专求文学的全 Perfection 与美 Beautye 有值得我们终身从事的价值之可能性"①。当然，当创造社成员标榜追求文学的全和美时，更主要的是一种姿态，一旦当他们通过文学获得一定的社会地位或者有更能激起他们内心冲动的社会革命时，他们就会告别文学投入革命的洪流，甚至以更加激进的方式从事文学。正是这样，我们说创造社同样并没有把文学当做文学来对待，他们只是从自我出发来接受并涉足文学的。

如果仅仅从创作风格的角度来看湖畔诗社、浅草—沉钟社等，那种注重自我、热情浪漫的风格，与创造社有较多相同或相似的地方，但是，这些社团大多以抒写自我的方式，表达对社会的理解，把文学看做人生的一个方面，在倾诉内心的同时反映某种社会现实，抗争、批判的精神深刻地反映出这些社团流派的精神走向。

第二节　从"新小说"到启蒙小说

现代中国文学的生成与发展，是以小说文体的形成为其标志的，又是以小说文体的突破为突破的。从梁启超的"新小说"到五四及其以后的启蒙小说，现代小说的演变过程，与新潮文化的演变是一致的，而新潮文化对现代小说的文体类型、文体特征，都产生了重要的影响。

一、新小说与小说功能的现代性

小说古已有之，但古之小说与现代小说无论是文体特征还是功能特征，都存在着较大的差异。小说的概念已经决定了这一文体在古代的位置，它只是"小说"而不是"大说"，是用故事的方式向人们讲述浅显的理论，让人们明白做人做事的道理。所以，《庄子》中说："饰小说以干县令，其于大达亦远矣。"在这里，"小说"不是作为一种文体而只是作为一个词组出现，说的是浅识小语以求高名，发缩小与明达大智的距离。东汉桓谭在《新论》中借用了庄子的意思，进一步引申说：

---

① 成仿吾：《新文学之使命》，《创造周报》，第 2 号，1923 年 5 月。

"若其小说家，合丛残小语，近取譬论，以作短书，治身理家，有可观之辞。"而班固的论述更接近小说文体的本意："小说家者流，盖出于稗官，街谈巷语，道听途说者之所造也。"由稗官收集整理的街谈巷语，不是为故事而故事，而是通过一定的故事向人们传播一定的道理，街头巷语的意义在于，"闾里小知者之所及，亦使缀而不忘。如或一言可采，此亦刍荛狂夫之议也"①。正因为如此，历代小说只能在民间流传，不能登大雅之堂。宋代以后，世俗文学兴盛，民间"说话"艺术遍及全国主要城市，口头文学向书面文学过渡，话本小说成为重要文体。明代胡应麟的《少室山房笔丛》"九流绪论"中坚持了小说的民间性、边缘性，认为"小说，子书流也。然谈说理道，或近于经；又有类注疏者；纪述事迹，或通于史；又有类志传者"②。值得注意的是，胡应麟特别强调了小说"谈说理道"的文体功能，肯定了小说的社会价值。清代纪昀在编纂《四库全书总目》时，把小说分为叙述杂事、记录异闻和缀辑琐语三类，他强调的是小说要忠实于社会生活，对唐宋传奇则认为不符合小说体例，不在编纂之列。

综观中国古代文体理论，小说文体基本有以下几个特征：第一，小说是"小"说，具有社会性特征，是以小说这一特定的文体讲道理的。第二，小说具有民间性、世俗性特征，主要在民间流传。第三，历代文人试图提升小说的文体功能，或者站在史家的立场上，突出小说对正史的补充。

梁启超维新变法失败以后，进行了战略性的转移，将主要精力从社会革命转移到文学上来。他看到了欧洲各国变革之始，小说发挥了重要作用，"仁人志士，往往以其身之所经历，及胸中所怀，政治之议论，一寄于小说"。于是，在梁启超这里，小说的社会性、功利性首先得到了高度重视。小说可以移民风，移性情，对社会发生重大的作用。其次，梁启超看到了小说的世俗性、可读性特征，"仅识字之人，有不读经，无有不读小说者"③。因此，梁启超试图将古代小说文体进行新的阐释，进一步提升小说的文体功能，使之能够达到他所期望的目的。

---

① 班固：《汉书·艺文志》，《汉书》（六），北京：中华书局 1962 年版，第 1745 页。
② 胡应麟：《少室山房笔丛》，上海：上海书店出版社 2001 年版，第 437 页。
③ 任公：《〈译印政治小说〉序》，陈平原、夏晓虹主编：《二十世纪中国小说理论资料》第 1 卷，北京：北京大学出版社 1997 年版，第 37 页。

"新小说"是梁启超于 1902 年创办《新小说》，并在《论小说与群治之关系》中正式提出的一个概念。显然，刚刚从变法失败的阴影中走出来的梁启超，在流亡日本的过程中，亲身感受到了外国文明与外国社会的发达，也感受到了小说与社会革命的密切关系。他从日本维新变法成功的经验中，看到了小说具有的强大力量，看到了小说可以使人鼓起精神参与其社会革命的力量："于日本维新之运大有功者，小说亦其一端也。明治十五、六年间，民权自由之声，遍满国中。于是西洋小说中，言法国、罗马革命之事者，陆续译出，有题为《自由》者，有题为《自由之灯》者，次第登于新报中。自是译泰西小说者日新月盛。其最著者则织田纯一郎氏之《花柳春话》，关直彦氏之《春莺啭》，藤田鸣鹤氏之《系思谈》、《春窗绮话》、《梅蕾余熏》、《经世伟观》等。其原书多英国近代历史小说家之作也。翻译既盛，而政治小说之著述亦渐起，如柴东海之《佳人奇遇》，末广铁肠之《花间莺》、《地中梅》，藤田鸣鹤之《文明东渐史》，矢野龙溪之《经国美谈》（矢野氏为中国公使，日本文学界之泰斗，进步党之魁桀也）等。著书之人皆一时之大政论家，寄托书中人物，以写自己之政见，固不得专以小说目之。而其浸润于国民脑质，最有效力者，则《经国美谈》、《佳人奇遇》两书为最云。呜呼！吾安所得如施耐庵其人者，日夕促膝对坐，相与指天画地，雌黄今古，吐纳欧亚，出其胸中所怀魂礧磅礴、错综繁杂者，而一一熔铸之，以质于天下健者哉！"[1]梁启超看重小说这一文体，主要不在于小说的审美特征，而主要在于小说对日本维新成功的社会功能和小说可以鼓动人们争取自由、参加社会革命的力量。

　　重新读一下梁启超那篇影响了后世文学，改变了中国文学史书写格局的批评文章《论小说与群治之关系》，也许会有一种新的认识："欲新一国之民，不可不先新一国之小说。故欲新道德，必新小说；欲新宗教，必新小说；欲新政治，必新小说；欲新风俗，必新小说；欲新学艺，必新小说；乃至欲新人心，欲新人格，必新小说。何以故？小说有不可思议之力支配人道故。"[2]梁启超注重的是小说与群治

① 梁启超：《饮冰室自由书》，陈平原、夏晓虹主编：《二十世纪中国小说理论资料》第 1 卷，北京：北京大学出版社 1997 年版，第 39 页。
② 任公：《论小说与群治之关系》，陈平原、夏晓虹主编：《二十世纪中国小说理论资料》第 1 卷，北京：北京大学出版社 1997 年版，第 50 页。

的关系，或者说，他提倡诗界革命、小说界革命的主要目的，不在于发现文学之美，也不是文学自身的艺术建构，而在于可以通过文学来解决他从事社会革命却无法解决的问题。如果我们主要把梁启超作为社会活动家而不是文学家来看，他对小说功能的夸大是可以理解的。他提倡小说的目的在于改良社会，在于振奋国民精神，启发民智，使国民都能够参与到他的社会革命的活动中去。所以，他创办《新小说》杂志"专在借小说家言，以发起国民政治思想，激励其爱国精神"①。在《新小说》的编辑规划中，我们可以看到梁启超的这些用意，看到小说是如何参与其社会运动的。事实上《新小说》主要刊发了诸如《十九世纪演义》、《自由钟》、《洪水祸》、《东欧女豪杰》等，这样一些作品，它们大多具有激烈的反抗精神，是表现近代以来欧美社会发展演变以及战争、革命中的英雄豪杰的作品。

如果我们进一步深入研究梁启超所阐述的小说的四种力量，可以看到，他所重视的并不是小说文体审美特征，而主要关注的是小说的社会功能，熏、浸、刺、提四种力，固然可以看做是小说的艺术力量，但是，这四种力量主要体现在小说对社会、对民众的作用方面。可以说，一位并不是太懂小说艺术的革命家，一位主要精力在社会改良、维新变法的社会活动家，提倡小说界革命，将小说提升到前无古人的地位，除了关心小说的社会功能外，有关小说的审美功能，因为不关注，恐怕就说不出多少可以切题的话。从梁启超的小说批评，我们也可以理解中国现代小说甚至现代文学的一个习以为常而又存在诸多偏颇的观念，这就是过于看重文学参与社会、启发民智的功能，诸如社会批判、揭露等功能，而相对忽视小说的娱乐、休闲以及审美功能。

二、启蒙与启蒙小说

1915 年 9 月，陈独秀在上海创办《青年杂志》(第 2 卷起改为《新青年》)，是在梁启超发起"新民"运动的基础上的一次新文化运动，"新文化运动本质上是

---

① 新小说报社：《中国唯一之文学报〈新小说〉》，陈平原、夏晓虹主编：《二十世纪中国小说理论资料》第 1 卷，北京：北京大学出版社 1997 年版，第 59 页。

企求中国现代化的思想启蒙运动"①，这是一场在西方思潮影响下，以提倡科学和民主为主要内容，以"新青年"为其主要目标的文化运动。五四启蒙话语具有强烈的理性精神，这种理性精神主要表现在个人主义话语、科学主义话语以及在此基础上建立起来的民族国家话语上。陈独秀在《敬告青年》中说："国人而欲脱蒙昧时代，羞为浅化之民，则急起直追，当以科学与人权并重。"他同时对青年提出的六点希望，具有鲜明的西方文艺复兴以来的文化色彩，具有人文主义思想特色："自主的而非奴隶的"、"进步的而非保守的"、"进取的而非退隐的"、"世界的而非锁国的"、"实利的而非虚文的"、"科学的而非想象的"。《新青年》时期的陈独秀，多次提出要从西方请进德先生（民主）和赛先生（科学）来"救治中国政治上、道德上、学术上、思想上一切的黑暗"。在比较东西方民族的不同文化特征后，陈独秀认为："西洋民族以个人为本位，东洋民族以家族为本位。西洋民族。自古讫今。彻头彻尾个人主义之民族也。"充分肯定了个人主义在思想启蒙中的意义。同样，陈独秀也以较大的精力介绍宣传科学主义精神，在《新文化运动是什么》、《本志罪案之答辩书》等文章中，他从不同的角度阐述了科学以及科学与启蒙的关系，试图以科学把人们从蒙昧中解救出来。应当说，《新青年》创刊后显示了五四新文化的基本趋向，这就是积极引进西方文化，以西学冲击陈腐朽败的中学。不过，对于陈独秀来说，所有这些努力，都指向他所追求的革命，在他那里，科学、民主都是为他的革命服务的，是他的革命活动的一种手段。

作为五四新文化运动的发起者之一的胡适，对新思潮及其启蒙却有另一种理解。胡适曾在《新思潮的意义》中系统论述过新思潮的问题。这篇发表于1919年12月《新青年》第7卷第1号上的文章，将新思潮概括为"一种态度"，这就是"评判的态度"。所谓"评判的态度"就是重新估定一切价值，表现两种手段，一是讨论社会上、政治上、宗教上、伦理上、文学上的各种问题，这叫"研究问题"。一是介绍和阐扬西洋的新思想、新学术、新理论、新信仰、新文学，这叫"输入学理"。所谓研究问题就是针对社会上存在的问题，一个一个地去研究、去解决，通过对社会问题的梳理和解决，达到社会的秩序化、合理化。所谓输入学理就是以西方

---

① 钱理群等：《中国现代文学三十年》，北京：北京大学出版社1998年版，第4页。

新的价值观念冲击中国旧有的思想道德。为此，胡适做了大量的工作，向中国介绍易卜生主义、杜威哲学以及其他各种思想方法。当然，在胡适那里，无论是研究问题还是输入学理，有一个很重要的目的，这就是整理国故。所谓整理国故，就是重新估定传统文化的价值。胡适的文化建设思路是从梳理中国传统文化出发的，通过对传统文化的整理，"从乱七八糟里面寻出一个条理脉络来；从无头无脑里面寻出一个前因后果来，从胡说谬解里面寻出一个真意义来，从武断迷信里面寻出一个真价值来"。胡适参与的"整理国故"也是另外一种意义上的启蒙，用整理国故的方法进行打鬼，用他自己的话说就是："用精密的方法，考出文化的真相，用明白晓畅的文字报告出来，叫有眼的都可以看见，有脑筋的都可以明白。这是化黑暗为光明，化神奇为臭腐，化玄妙为平常，化神圣为凡庸，这才是重新估定一切价值。他的功用可解救人心，可以保护人们不受鬼怪迷惑。"由此，我们也就可以看到其用意是在启蒙，或者说，胡适主要通过解决社会上存在的问题，解决国民的语言问题，而达到启蒙的目的。

五四以来的启蒙小说是在继承晚清新小说、借鉴外国小说的基础上建立起来的。从理念上说，启蒙小说与新小说都将社会性作为小说的首要要素，夸大了小说的社会功能，突出了小说参与社会革命的重要性。而在叙事方式上，启蒙小说又积极借鉴了外国小说的艺术形式。对此，君实在《小说之概念》一文中有过比较客观的论述："近年自西洋小说输入，国人对于小说眼光，始稍稍变易。其最称高尚而普遍者，莫如视小说为通俗教育之利器。但质言之，仍不过儆世劝俗之意味而已"，他认为西方小说家之所以重视小说创作，"往往殚精竭虑，倾毕生之心力于其中"，是因为小说可以"于以表示国性，阐扬文化。读者亦由是以窥见其精神思想，尊重其价值"①。可见小说在五四那一代知识分子心目中所占的位置。从晚清开始，小说的翻译介绍成为影响中国社会的重要文化现象，诸如林译小说，对现代中国所产生的影响，一时难以估量。到五四时期，小说翻译占有更重要的比重，《新青年》发表创作小说只有 5 篇，但翻译小说却有 33 篇之多。近代以来对

---

① 君实：《小说之概念》，严家炎编：《二十世纪中国小说理论资料》第 2 卷，北京：北京大学出版社 1997 年版，第 65 页。

翻译小说的重视，不仅要借鉴外国小说的叙事方式，更是要借外国小说的艺术精神以促进国民精神的改变，因而，英雄豪杰、理想社会、女中强人等成为翻译小说的重要作品。

建立在启蒙思想基础上的现代小说，首先看重的就是小说文体的社会性，强调了小说为社会教育之利器的作用。与梁启超的功利性小说观比较起来，五四时期的作家理论家回归到小说本体，试图从文学的角度对小说文体进行界定，确认小说在启蒙运动中的作用。胡适、刘半农、钱玄同等人，特别看重小说启发民智、塑造人格的意义。刘半农认为小说文体的最大特征在于，一是"根据真理立言，自造一理想世界"，无论社会小说还是宗教小说，都能够通过理想世界的描写，让读者受到教育，"以促世人之觉悟"。二是作家可以"各就所见的世界，为绘一惟妙惟肖之小影"[1]，或者说，小说之所以能够教育读者、感染读者，是它能够以艺术的方式、形象的表现，将思想内容真切地传达出来，达到启蒙的目的。钱玄同认为《三国演义》"所以具这样的大魔力者，并不在乎文笔之优，实缘社会心理迂谬所致"。他之所以要排斥《三国演义》，是因为要借此"祛除国人的迂谬心理"[2]。而周作人批判中国古代的《封神传》、《西游记》、《绿野仙踪》、《聊斋志异》、《水浒》等是"非人的文学"，是因为这些作品"全是妨碍人性的生长，破坏人类的平和的东西"，这些作品虽然"在民族心理研究上，原都极有价值。在文艺批评上，也有几种可以容许"，但作为新潮文化视野中的启蒙文学，"在主义上，一切都该排斥"。在周作人的文学思想中，"用这人道主义为本，对人生诸问题加以记录研究的文字"，才是真正的人的文学。鲁迅虽然并没有太多关于小说文体的论述，不过，鲁迅的创作实践表明，他对社会的高度关注，显示了他的启蒙主义思想及其生命哲学建构的丰富与博大。他在《〈孔乙己〉篇末附记》中说："那时的意思，单在描写社会上的或一种生活，请读者看看，并没有别的深意。"[3]不仅鲁迅，其他五四时期的作家，如杨振声、汪敬熙、冰心、叶绍钧、王统照等，在他们的小说创作中体现出强烈的理性精

---

① 刘半农：《诗与小说精神上之革新》，《新青年》，第 3 卷第 5 号，1917 年 7 月。
② 钱玄：《通信》，《新青年》，第 4 卷第 1 号，1918 年 1 月。
③ 鲁迅：《〈孔乙己〉篇末附记》，《新青年》，第 6 卷第 4 号，1919 年 4 月。

神，从鲁迅的《狂人日记》狂人口中发出的"从来如此，便对么？"到庐隐小说中的人物一直思考"人生意义究竟是什么"，从叶绍钧提出的"这也是一个人"的问题，到罗家伦提出的"是爱情还是苦痛"，那个时代的几乎每一位小说家都善于在创作中提出人生、社会的问题，以理性的思考表现出启蒙的价值取向。

从"人的文学"观念出发，五四新文学在其发展过程中，曾对近世以来的黑幕小说发起过猛烈的批判。1919年1月，志希（罗家伦）就曾在《新潮》发表文章，针对当时小说界的不良现象进行了批评。他将"今日中国之小说界"分为三派："罪恶最深的黑幕派"、"滥调四六派"和"笔记派"。他认为黑幕小说之所以遭到反对，主要原因在于作为小说文体丧失了小说的社会功能，而只是"借了'言之者无罪闻之者足戒'的招牌来实行他们骗取金钱教人为恶的主义"[①]。可见黑幕不符合新文化运动的启蒙思想，与人的解放的要求相去甚远。对此，钱玄同有更加明确的认识："'黑幕'书之贻毒于青年，稍有识者皆能知之"，那些撰写黑幕的人，"见有利可图，于是或剪《小时报》、《探海灯》之类，或抄旧书，或随意胡诌，专拣那秽媟的事情来描写，以博志行薄弱之青年之一盼。适值政府厉行复古政策，社会上又排斥有用之科学，而会得做几句骈文，用几个典故的人，无论哪一方面都很欢迎，所以一切腐臭淫猥的旧诗旧赋旧小说复见盛行；研究的人于用此来敷衍政府社会之余暇，亦摹仿其笔墨，做些小说笔记之类，此所以贻毒于青年之书日见其多也。"所以，在以启蒙为目的的小说创作以及新文学创作，既然"以革新青年头脑为目的，则排斥此类书籍，自是应尽之职务"[②]。周作人对黑幕的批判主要将黑幕小说与国民性联系起来，认为黑幕是国民精神的出产物。在《论"黑幕"》中，周作人从分析黑幕产生的时代和文化原因等方面，指出了这类东西的背景就是中国社会。因此，原本希望翻译介绍到中国来的外国小说，"可以纠正若干旧来的谬想，岂知反被旧思想同化了去"。所以，在外国是正当的作品，介绍到中国来则成了"闲书"，成了中国式的黑幕："译了《迦茵小传》，当泰西《非烟传》、《红楼梦》

---

① 志希（罗家伦）：《今日中国之小说界》，《新潮》，第1卷第1号，1919年1月。
② 钱玄同：《"黑幕"书》，《新青年》，第6卷第1号，1919年1月。

看；译了《鬼山狼侠传》，当泰西《虬髯客传》、《七侠五义》看"[①]。在这里，国民的劣根性成为黑幕的文化土壤。

发生于五四时期的这场针对黑幕的批判，也反映了那一代知识分子的小说观。在他们看来，小说是写实的，反映一定的社会生活。但是，如果放弃了思想的深度，放弃了文学应有的审美特点，"这种实录的东西比虚构的更为恶劣"[②]。周作人指出，写实小说"受了'科学的洗礼'，用解剖学心理学手法，写唯物论进化论的思想"，是小说文体的进步。但是黑幕却打着写实的旗号，传播了一种腐朽的人生观："倘说只要写出社会的黑暗实事，无论技巧思想如何，都是新文学好小说，那是中国小说好的更多，譬如《大清律例》上的案例与《刑案汇览》，都是事实，而且全是亲口招供，岂非天下第一写实小说么？别国还中古典派传奇派时代，中国已有囚徒的写实小说，真可谓开化最早了"[③]。周作人的批判也许还带着文人气，但这里清晰地显示出了他的"人的文学"的思想。

三、现代小说艺术的创建

启蒙小说家重视小说的社会性、思想性的同时，对小说文体的艺术特征同样表现出了高度的关注。胡适、钱玄同等人突出了小说的"美感"对读者的感化作用。也就是说，小说的叙事艺术主要是作为能够吸引读者阅读的一种手段，有故事，有人物，有一定的组织结构，对读者有一定的阅读兴趣，这就是启蒙小说最一般的特征。

从早期作家理论家对小说文体的认识来看，小说的类型反映了人们对小说的社会功能的重视。梁启超在《中国唯一之文学报〈新小说〉》中将小说类型分为历史小说、政治小说、哲理科学小说、军事小说、冒险小说、探侦小说、写情小说、语怪小说、笔记体小说、传奇体小说等，这些分类尽管存在较大问题，分类方法和角度都不一致，但对后来小说的类型产生了较大影响。梁启超从"新民"出发，

---

① 仲密（周作人）：《论"黑幕"》，《每周评论》，第 4 号，1919 年 1 月。
② 仲密（周作人）：《论"黑幕"》，《每周评论》，第 4 号，1919 年 1 月。
③ 仲密（周作人）：《再论"黑幕"》，《新青年》，第 6 卷第 2 号，1919 年 2 月。

规定了小说的社会性功能："专在借小说家言，以发起国民政治思想，激励其爱国精神。一切淫猥鄙野之言，有伤德育者，在所必摈。"①从新民的角度出发，早期小说创作谈不上有什么艺术创造，《新中国未来记》、《黄人世界》、《狮子吼》、《官场现形记》、《二十年目睹之怪现状》、《自由结婚》、《我有我》等，大多从某种政治理想确定小说主题，以简单的故事和人物隐喻中国社会的某些现象或者未来中国的发展方向，更有像《亡国恨》、《血泪痕》、《血痕花》、《痛定痛》、《痛史》、《文明小史》、《生死自由》等直接书写中国历史与现实的作品，对理想世界的向往，对英雄人物的期待，对丑恶社会的批判，鲜明而强烈的政治色彩涂抹着作品，情感抒写与直线性故事构成的小说艺术，让读者很难分清是文学创作还是政治读本。

但是，并不能说"新小说"在艺术上一无是处。"新小说"作为一种社会性、政治性较强的文学类型，为了能够吸引读者，达到教育国民、改造国民的目的，需要艺术上的建构。尤其受外国小说的影响，"新小说"在叙事模式上的转变是较为明显的："中国小说叙事模式的转变，基本上是由以梁启超、林纾、吴趼人为代表的与以鲁迅、郁达夫、叶圣陶为代表的两代作家共同完成的。前者以 1902 年《新小说》的创刊为标志，正式实践'小说界革命'主张，创作出一大批既有不同于中国古代小说、又不同于五四以后的现代小说的带有明显过渡色彩的作品，时人称其为'新小说'。后者没有小说革命之类的代表性宣言，但以 1918 年《狂人日记》的发表为标志，在主题、文体、叙事方式等层面全面突破传统小说的藩篱，正式开创了延续至今的中国现代小说。"②"新小说"既延续了古代章回体小说的叙事策略，又吸收了西方小说的整体构造的艺术方法。在情节设置、结构特征等方面，叙事人称与叙事角度等，都突破了传统小说短篇连缀的模式，而且更重视故事的时空关系。时间维度上的前后切割，倒叙与正叙结合，未来时间的运用等，在作家笔下频频出现，打破了传统小说线性的时间结构。在空间结构上，"新小说"在故事发生的地点、人物出场的空间变化等方面，也有较大的变化，体现出了"新

---

① 新小说报社：《中国唯一之文学报〈新小说〉》，陈平原、夏晓虹主编：《二十世纪中国小说理论资料》第 1 卷，北京：北京大学出版社 1997 年版，第 59 页。

② 陈平原：《中国小说叙事模式的转变》，上海：上海人民出版社 1988 年版，第 7 页。

小说"在艺术上的努力。

由"新小说"到启蒙小说,在小说叙事方式上发生了重大变化。这种变化不仅在于启蒙小说开始回归到小说本体,作家努力于小说艺术的建构。如果仅仅是从叙事方法,诸如叙事视角、叙事人称、叙事时间等方面看,或者说小说的技术层面上看,与"新小说"相比,启蒙小说并没有明显的变化,但是,"新小说"是以小说文体进行的政治宣传,缺少必要的小说文体应有的审美特征,启蒙小说则更像小说,回归到小说本体上。从小说的叙事艺术来看,启蒙小说不像"新小说"那样有意模仿古代章回体小说的外在形式,更重视小说文体的艺术营构。正是这样,五四时期的作家对小说文体的认识则更深刻。胡适就将短篇小说与长篇小说区别开来,确认了"短篇小说"文体学上的意义:"西方的'短篇小说'(英文叫做 Short story),在文学上有一定的范围,有特别的性质,不是单靠篇幅不长便可称为'短篇小说'。"[①] 这种认识是文体学意义上理论观念的确立,是对短篇小说及小说文体的理论建构。清华小说研究社的《短篇小说作法》在胡适认识的基础上,对短篇小说文体进行了更系统、更具文体价值的论述。也正是从小说文体学的层面上,启蒙小说家如鲁迅、郁达夫、叶圣陶、王统照、冰心等着力于启蒙主题下小说文体的艺术创造。这种艺术创造在以下几个方面是值得肯定的:

第一,小说艺术的有机整体性。所谓有机整体性是指现代小说的艺术生命形态,无论是情节还是人物形象,作品已经完成一个自足的封闭的系统,这个系统不是部分与部分的简单相加,既不能随意分拆,也不能随意增加。中国古代小说往往是一个故事一个故事的连缀,作品在某种单一情节结构的链条中,形成一个开放性的未完成的框架,作家本人或者其他人都可以根据情节特点和阅读需要,随意添加故事,或者随意改动故事。我们发现,古代小说名著大多被改编成电影电视剧后,能够获得观众的认可,而现代小说如鲁迅、郁达夫、叶圣陶甚至沈从文、老舍、巴金等作家的小说作品,几乎没有改编成功的范例。这说明现代小说的有机整体性是已经完成的艺术品,它们本身是难以进行再创作的。

第二,小说艺术的空间形式。作为叙事诗学的小说艺术,首先是以时间为主

---

① 胡适:《论短篇小说》,《新青年》,第 4 卷第 5 号,1918 年 5 月 15 日。

要艺术形式的，叙事时间与故事的时间往往有其一致性，西方小说叙事学常常强调时间在叙事学中的意义。但在启蒙小说那里，叙事时间往往并不是重要的，重要的则是空间。浦安迪在《中国叙事学》中已经指出了中国古代小说的"非叙述性＋空间化"的叙事原型，"在中国文学的主流中，'言'往往重于'事'，也就是说，空间感往往优先于时间感。从上古的神话到明清章回小说，大都如此"①。在这方面，现代小说不仅借鉴了古代小说的艺术手段，而且从古代诗词艺术的空间形式表达中吸取了艺术精神，如诗词意境的创造、意象的营构，在现代小说的艺术创造中多有所启示。《狂人日记》开篇就出现了月亮意象，《药》中关于"药"的意象，郁达夫小说中"病"的意象，构成了小说叙事中的重要内容，而《孔乙己》的故事与"咸亨酒店"作为叙事的空间具有很大的关系，《阿Ｑ正传》中的"未庄"同样具有强烈的叙事学意义。郁达夫的《春风沉醉的晚上》中的亭子间、王统照的《湖畔儿语》中的大明湖、叶圣陶的《潘先生在难中》中的上海与乡村小说，都构成了小说空间艺术形式的现实场景，故事往往是在这些空间画面上展开的。作家打破了小说叙事的时间性，以非线性叙事完成空间中的故事。

第三，小说的语言艺术。小说作为现代白话文学最成功的文体，其叙事语言符合现代文化精神要求的同时，获得了读者的高度认可。小说是一种通俗性、民间性文体，街头巷语，也就是一种民间语言。从梁启超的"新小说"开始，作家比较重视使用口语，虽夹杂一些文言的成分，但基本趋向却是一种民间语言。五四时期，胡适指出短篇小说"是用最经济的文学手段描写事实中最精彩的一段落或一方面而能使人充分满意的文章"②，这里所说的"最经济的文学手段"，既是指小说的叙事结构、人物描写等，也是指叙事语言，语言上的经济是经济的文学手段的基础。从胡适的有关白话语言的论述来看，这种语言当然是白话语言，是一种人人能够读懂，人人能够明白的语言。五四时期的杨振声、罗家伦、汪敬熙、冰心、俞平伯、王统照等，其小说语言都趋向于通俗易懂的白话语言，甚至口语也不时出现在作品之中。与此同时，小说也是最早适应报刊语言的文体之一。随

---

① 浦安迪：《中国叙事学》，北京：北京大学出版社 1996 年版，第 47 页。
② 胡适：《论短篇小说》，《新青年》，第 4 卷第 5 号，1918 年 5 月 15 日。

着报刊的发展，小说语言出现了书面化倾向。这种书面化语言改变了古代小说的说书人的方式，也改变了口语化小说叙事的讲故事的语气，小说成为报刊媒体最重要的文学文体之一。

第三节　从新派诗到自由体诗

诗歌是最不稳定的文体之一，这不仅在于诗歌体式变化多端，总是随着时代的演变而变化，而且是现代文学史上从未确立文体样式的文体，未能形成自己稳定的艺术形式，甚至现代诗歌应该是怎样的，都没有确切的定义。诗歌又是最难以得到读者认同的文体，尤其是五四文学革命最需要用创作证实的文体之一。

一、"诗界革命"及其新学之诗

诗界革命是伴随着资产阶级维新变法的政治活动开始的。1894 年前后，梁启超就表现出对旧学的不满，对新学的向往，并表示喜欢用诗的形式写出自己的人生观。而这个时期他与谭嗣同、夏曾佑等人书信往来的同时，也相互赠诗，尝试用旧体诗的形式表达新思想，用新语句表现新学思想。1897 年，梁启超等人开始迷恋这种"新学之诗"："丙申，丁酉间，吾党数子皆好作此体。"[①] 所谓"新学之诗"是以诗的形式表现新思潮、新思想、新学说等的"新学"内容。梁启超认为："复生自憙其新学之诗。然吾谓复生三十以后之学，固远胜于三十以前之学；其三十以后之诗，未必能胜三十以前之诗也。"梁启超的"三十以后之学"主要是先秦诸子以及翻译的教会的著作，所以"《新约》字面，络绎笔端"[②]。在这里，诗本身并不重要，在艺术上也没有太多的变化，重要的是诗作为一种容纳新学的容器，写出那些让他们兴奋的新语句、新学说。

1898 年，维新变法失败后，梁启超逃往日本，先后创办《清议报》、《新民丛报》，他与一些同人就热衷于谈论诗界革命的问题，并以《清议报》开辟的"诗

---

① 　梁启超：《饮冰室诗话》，北京：人民文学出版社 1959 年版，第 49 页。
② 　梁启超：《饮冰室诗话》，北京：人民文学出版社 1959 年版，第 49 页。

界潮音集"专栏，发表一些诗歌作品。1899年，梁启超在《夏威夷游记》中提出"诗界革命"的口号，在"新学之诗"的基础上，提出以新语句传达新思想。这时期的新语句主要是"日本译西书之语"，所谓新思想则是在创作中寄托"欧洲之意境"，试图以诗歌作为政治改良的突破口。在梁启超的观念中，"新意境"并非中国古典诗词中的意境，而主要是指新理想、新思想学说，或者说将他所看到的、学习到的日本明治期间的新思潮、欧洲新思潮，都能够以诗的形式表现出来，以服务于他的新民。

梁启超之所以看中诗歌作为维新变法失败后进入文学界的首选文体，在于他的个人兴趣。在梁启超看来，"盖欲改造国民之品质，则诗歌音乐为精神教育之一要件"[①]，诗歌的艺术形式能够得到人们的喜欢和接受，能够比较好地传达其社会思想和正当理想。因此，诗界革命在于以新的艺术方式表达革命的情怀。在《夏威夷游记》中，梁启超就说过："欲为诗界之哥仑布、玛赛郎，不可不备三长：第一要新意境，第二要新语句，而又须以古人之风格入之，然后成其为诗。"什么样的诗才符合他所说的"新意境"、"新语句"和"古风格"的要求？梁启超虽然没有直说，但他通过阐述黄遵宪、夏曾佑、谭嗣同等人的诗作，让我们看到了他的评价标准。他认为黄遵宪是"诗界革命"的代表人物，其《人境庐诗草》以古风格含有新意境，略带离经叛道的诗风，具有放眼世界的气度与识见，新旧杂糅，颇能得到维新派人士的欣赏。他曾选录了黄遵宪的《朝鲜叹》、《越南篇》、《流球歌》、《台湾行》等作品入他的《诗话》。可见他非常欣赏如黄遵宪的能够反映社会现实，为改良派的政治主张服务的作品。正如梁启超所说："过渡时代，必有革命。然革命者，当革其精神，非革其形式。吾党近好言诗界革命。虽然，若以堆积满纸新名词为革命，是又满洲政府变法维新之类也。能以旧风格含新意境，斯可以举革命之实矣。"[②]梁启超的意思很明确，他欣赏那些以旧风格创作出来的含有新语句、新意境的诗作。他评价谭嗣同的诗"独辟新界而渊含其声"，而黄遵宪的诗"能熔铸新理想以入旧风格"，陈三立的诗"不用新异之语，而境界自与时流异，酿深俊

---

①　梁启超：《饮冰室诗话》，北京：人民文学出版社1959年版，第58页。

②　梁启超：《饮冰室诗话》，北京：人民文学出版社1959年版，第51页。

微"，瀚华的诗"以新理想入古风格，佳诗也"。可见，梁启超主要在于能够以诗写出"新理想"，而并不特别看重诗歌文体的革命，能够以文人们所喜欢的"旧风格"，去表达社会改良的思想，能为改良派的政治理想服务。在他的诗歌创作中，这种以新语句表现新意境的作品，实际上就是表现其社会改良的思想，如《壮别二十六首》、《赠别郑秋蕃兼谢惠画》、《自题〈新中国未来记〉》等诗作，大多体现了梁启超的政治理想和接受西方思想影响的新潮精神。如《壮别》第 25 首："极目览八荒，淋漓几战场。虎皮蒙鬼蜮，龙血混玄黄。世纪开新幕，风潮集远洋。欲闲闲未得，横槊数兴亡。"整首诗对世界形势的概括把握，显示了梁启超应有的胸怀。

梁启超的诗界革命，不是诗界本身所要求的"革命"，当然也不是中国传统诗词发展到晚清时期的变革要求，是由于外力的制约而引发的诗界的变革诉求，是因为"今日革命之机渐熟"，所以才有诗界革命的提出。这样，诗界革命所要求于诗本身如诗体、格律等并不重要，重要的是在诗里面装进他们的政治思想、社会理想。但是，当梁启超提出"诗界革命"要以"新意境"、"新语句"和"古人之风格"审美原则时，试图以内容挣脱形式的束缚，用新思想冲击旧形式。但这并不是不要艺术，只是说梁启超更看重新思想、看重启民智与社会改良的关系。一旦进入到创作实践中的时候，梁启超同样不敢放弃对艺术的追求，对诗的意境的凝炼，对新语言的运用，甚至新诗体的尝试，都具有新的创造性的特征。

但是，梁启超"诗界革命"的出发点存在着明显的问题，当他以社会革命作为"诗界革命"的前提，把诗歌当做维新变法和新民的政治工具时，恰恰忽略了诗界本身应该注意的艺术变革的问题。无论梁启超、黄遵宪，还是丘逢甲、夏曾佑，他们更对"诗界革命"蕴涵的巨大政治能量感兴趣，更看重的是"革命"而不是"诗界"，因此，他们的新语句、新意境的"新学之诗"，并无多少艺术上的含量，它们既不再具有中国古典诗词的审美境界，也没有五四时期新诗的自由洒脱。虽然黄遵宪、梁启超等人对古典诗词表示了反对的意见，但他们所提倡和写作的"新学之诗"，仍然是属于古典诗词的范畴，虽然"新学之诗"中的新语句对传统诗词起到了冲击力量，但却无法真正撼动古典诗词的审美体系。梁启超的《自励》可以作为这方面的代表性作品："献身甘作万矢的，著论求为百世师。誓起民权移旧俗，更研哲理牖新知。十年以后当思我，举国犹狂欲语谁。世界无穷愿无尽，海天寥廓立多时。"这首诗中的新语句典型地反映了梁启超的政治理想，"民权"、"新知"、"世界"等都具有时代的气息，是古典诗词中少见的新语句。但整首诗的艺术方法与古典律诗并无大异，甚至某些方面套用了旧体诗的路数，艺术上并无太多的改观。

二、白话新诗的崛起

五四文学革命以来的新诗运动将中国古典诗词和西方文学的诗两个不同的概念，进行重新理解和运用。如果说古典诗词属于文人墨客，西洋的诗多属于贵族的，那么，中国的新诗就是属于大众传媒的，属于平民大众的。

现代白话新诗的诞生应在民国初年，但直到1917年2月《新青年》第2卷6号发表胡适的《白话诗八首》，才成为新文学的文体。白话诗是作为胡适倡导文学革命的"尝试"而出现的，是为了证明白话可以入诗。在胡适看来："文学革命的目的是要替中国创造一种'国语的文学'——活的文学。这两年来的成绩，国语的散文已经过了辩论的时期，到了多数人实行的时期了。只有国语的韵文——所谓'新诗'——还脱不了许多人的怀疑。"[①]所以，他要尝试作新诗，寻找文学革命的突破口。

在胡适的文体理论中，"新诗"是一个独创的概念。它既不同于中国古代的诗词，也不同于西方的诗。中国古代的诗词是具有一定格律的韵文形式。《诗大序》："诗者，志之所之也，在心为志，发言为诗。"它是文人墨客所专有的文体，是一种较为高雅的文体。而西方的诗则是西方文学的传统，是一切艺术（包括作为语言艺术的文学）的通称，是自然美、艺术美和人生美的代名词，也是西方文学的根源。亚里士多德的《诗学》研究的就是一般的文学艺术的美学原理，是西方文论的奠基之作。从某种意义上说，诗是西方的贵族艺术。而胡适文体理论中的"新诗"既吸收了中国古代诗词的特点，也有一定的西方"诗"的特点，是在融合东西方文体理论的基础上创造而成的一种现代文学的文体类型。这种诗歌已经走出

---

① 胡适：《谈新诗》，《胡适文集》第2卷，北京：北京大学出版社1998年版，第133—134页。

了文人墨客的属地，也从高雅之堂步入了民间的居住地。也可以说，胡适是在"新文学"的范畴内使用"新诗"这个概念的。

胡适在《谈新诗》中曾描述说："中国近年的新诗运动可算得是一种'诗体的大解放'。因为有了这一层诗体的解放，所以丰富的材料，精密的观察，高深的理想，复杂的情感，方才能跑到诗里去。五七言八句的律诗决不能容丰富的材料，二十八字的绝句决不能写精密的观察，长短一定的七言五言决不能委婉达出高深的理想与复杂的感情。"① 此后围绕《新潮》、《少年中国》、《学灯》、《觉悟》等报刊，逐渐形成了初期白话新诗创作的高潮。在初期的白话诗人中，沈尹默、刘半农、刘大白、康白情、周作人、李大钊、俞平伯、宗白华等人的白话诗创作中，无论是语言习惯还是诗歌体式，都还没有完全脱尽文言的窠臼，但他们的努力在为文学革命增添实绩的同时，也为新诗文体建设做出了贡献。沈尹默的《三弦》、《月夜》在新诗的音韵和意境创造上，都有较高的成就。胡适认为《三弦》"从见解意境上和音节上，都可算是新诗中一首最完全的诗"② 。周作人的新诗作品数量不多，但却较有影响，他的《小河》、《两个扫雪人》都是新诗佳品。俞平伯是一位有深厚旧体诗词修养的诗人，他的新诗创作中仍免不了透着旧诗的痕迹，他的《冬夜之公园》、《风底话》、《老头子和小孩子》、《春水船》等诗篇，长于写景抒情，"相互真实的写景诗乃是诗体解放后最足使人乐观的一种现象"③ 。胡适在总结这一时期的白话新诗创作经验时曾说："新文学的语言是白话的，新文学的文体是自由的，是不拘格律的。初看起来，这都是'文的形式'一方面的问题，算不得重要。却不知道形式和内容有密切的关系。形式上的束缚，使精神不能自由发展，使良好的内容不能充分表现。若想有一种新内容和精神，不能不先打破那些束缚精神的枷锁镣铐。"④ 在胡适的观念中，新诗之新首先是诗体的解放，只有解放了诗体，新诗才是新的，才能容纳新的内容，旧的形式无法表现出新的内容。

郭沫若的出现对新诗的发展起到了举足轻重的作用，他的《女神》开一代诗

---

① 胡适：《谈新诗》，《胡适文集》第2卷，北京：北京大学出版社1998年版，第134页。
② 胡适：《谈新诗》，《胡适文集》第2卷，北京：北京大学出版社1998年版，第141页。
③ 胡适：《谈新诗》，《胡适文集》第2卷，北京：北京大学出版社1998年版，第137页。
④ 胡适：《谈新诗》，《胡适文集》第2卷，北京：北京大学出版社1998年版，第134页。

风，真正冲破了旧体诗词的局限，创造了从情感抒发到艺术形式都充分自由的现代诗歌。对此，后来的新月派成员梁实秋和徐志摩都给予了高度的评价。梁实秋特别欣赏郭沫若的诗歌有"特殊的幻想神思，心境的光怪陆离"[①]，以及郭诗的韵脚、节奏。

梁实秋、徐志摩对《女神》的肯定，恰恰提出了一个令人深思的问题：现代新诗的发展方向究竟向何处去，对此问题的不同回答将引领现代新诗走向不同的方向：一方面是新诗的大众化、平民化，另一方面则是努力于诗的贵族化和精英化。梁实秋与俞平伯等人曾就此发生过一场论争，讨论新诗发展方向的问题。梁实秋写于 1922 年 5 月 11 日的《读〈诗底进化的还原论〉》，是与俞平伯《诗底进化的还原论》进行商榷的文章。梁实秋在文章中针对俞平伯文章中关于诗是人生的艺术，和好诗都是平民的通俗的这些观点，进行了商榷和理论批评，表示了"艺术是为艺术而存在"和"诗的贵族性"的观点，尤其是关于"诗的贵族性"的问题，不仅是他这篇文章的主旨，而且也成为他以后文学批评的主要思想。他针对俞平伯"诗人的伟大……是在能叫出人人所要说而苦于说不出的话"的说法，批评五四以来的新诗创作："现在一般幼稚的诗人，修养不深，功夫不到，藉口诗的平民化，不惜降灭诗人幻想神思的价值，以为必人人能了解的方得算诗。"他从诗的特性和诗人的社会地位出发，认为诗并不是人人都能写得，"诗人永远是站在社会的边上。诗人的家乡离着'血和肉'的社会远得很。诗国决不能建设在真实普遍的人生上面。"所以，梁实秋再三强调："诗是贵族的，因为诗不是人人能做，人人能了解的。"梁实秋的批评有其过火的地方，但也指出了白话新诗存在的致命弱点，当诗歌创作远离了艺术的精神，远离了应有的审美特征，就会失去自己的特点，白话新诗发展过程中出现的散文化和丑陋化倾向，使读者越来越远离了诗歌文体，新诗逐渐成为现代文学的边缘文体，不能不引起人们的反思。

---

① 梁实秋：《读〈诗底进化的还原论〉》，《新文学里程碑》（评论卷），上海：文汇出版社 1997 年版，第 249—250 页。

第四节 从"新文体"到白话"美文"

新思潮中的散文是一种最具社会化特征的知识分子文体，而又是一种与现代传媒密切联系在一起的文体。同时又是一种变动为居的形态复杂的文体。

一、散文作为知识分子文体

与小说文体比较起来，散文文体更接近于"个人"，是一种更加个人化的文体，因此，我们将近世以来的散文文体称之为知识分子文体。胡梦华在论述"絮语散文"时指出，诸如蒙田等人的散文都是"个人的"。他认为，"我们仔细读了一篇絮语散文，我们可以洞见作者是怎样一个人：他的人格的动静描画在这里面，他的人格的声音歌奏在这里面，他的人格的色彩渲染在这里面，并且还是深刻的描画着，锐利的歌奏着，浓厚的渲染着。所以它的特质是个人的（Personal），一切都是从个人的主观发出来"①。作为从"个人的主观"发表出来的散文，既是个人生活、情愫的论述，更是知识分子个人的"要说自己的话"的呈现。这种"个人化"散文也由于文体功能理解差异而导向两种文体趋向：一是以论述为主的叙事散文，一是以"说自己的话"为主的议论性散文。但散文文体的演变进程又往往模糊了论述与议论的界限。联系周作人以及五四时期的散文创作来看，知识分子在争取"个人"话语权力的过程中，赋予散文文体以"说话"的功能，而这一功能也正是现代作家对现代报刊的深刻理解。晚清以来，知识分子从对报刊的漠然态度到对报刊的积极认同，使得现代知识分子改变了自己的生活方式，现代稿酬制催生了职业作家的出现，迫使作家不断地远离"学而优则仕"的观念，向以文学为生的道路发展，从而获得了知识分子的现代生活方式和人格独立的基本空间。但仅仅认识到这一点是不够的，稿酬制固然给予知识分子以新的生活方式，使他们改变了自己的生存方式和生活方式，但现代报刊真正引起知识分子兴趣的并不是稿酬本身，甚至现代文人参与报刊活动之初也是没有稿费的。这里的关键在于，知识分子在现代报刊那里首先意识到并且获得了一种"说话"的权力。稿酬制使知识

---

① 胡梦华：《絮语散文》，《小说月报》，第17卷第3号，1926年3月10日。

分子获得安身之命的经济基础，话语权则使知识分子获得社会的认同，获得一种社会的和政治的生命、文化生命的基本空间。在争取知识分子"公共领域"和话语权的过程中，无论哪种文体，都不如散文能够如此直接和完整地"说自己的话"，直接参与到话语的营构中。晚清以来，与商业化报刊不同的是，有许多知识分子同人报刊是没有稿费的，《新青年》、《新潮》、《语丝》等刊物有相当一段时间不付稿费，完全是同人性质的说话的园地，甚至连《语丝》创办初期都是由几位同人垫付印刷费的。据川岛回忆："至于《语丝》所需的印刷费，当时商定：由鲁迅先生、周作人先生、伏园和我，四个人来按月分担"，"《语丝》能有这么多的读者，是我们几个人在事先怎么也没有想到的，原先商定由我们几个人来分担印刷费的，只付了第一期的两千份印刷费之后，就毋须再来担负了"，"可是登在《语丝》上的文章是没有稿酬的，于是先是印了'语丝稿纸'送给写稿的人，后来是请吃饭"①。这种现象至少说明在商业化报刊那里起着举足轻重作用的稿费制度，在知识分子同人报刊那里不是唯一的，也不是最重要的。正是如此，当知识分子以散文进行文化批评和社会批评时，可以"随意地"发表自己的声音。当现代报刊尤其是知识分子同人报刊作为"公共领域"出现时，每一位参与其中的"同人"都是这个"公共领域"的一员，都可以参与自己的意见。正如莫利所说："公共领域的体制，其核心是由被报纸及后来大众传媒放大的交流网组成的。这个网络使由艺术爱好者组成的公众得以参与文化的再生产，也使作为国家市民的观众得以参与由公共舆论为中介的社会整合。"②作家参与的舆论方式主要是散文，而小说文体、诗歌文体则相对滞后或流向其他文体功能。

　　说自己想说的话，既是知识分子借助报刊发表的文化理想，也是现代散文基本的审美风格。但这里也存在说什么和怎么说的问题，"自己想说的"话体现着知识分子个人的色彩，是知识分子"公共领域"内的事情，周作人说："所谓自己的园地，本来是范围很宽，并不限定于某一种；种果蔬也罢，种药材也罢——种蔷

---

① 【日】川岛：《忆鲁迅先生和〈语丝〉》，赵家璧等著：《编辑生涯忆鲁迅》，石家庄：河北教育出版社 2000 年版，第 205—206 页。

② 【英】戴维·莫利：《电视、观众与文化研究》，转引自陆杨、王毅著：《大众文化与传媒》，上海：上海三联书店 2001 年版，第 94 页。

薇地丁也罢，只要本了他个人的自觉，在他认定的不论大小的地面上，尽了力量去耕种，便都是尽了他的天职了。在这平淡无奇的谈话中间，我所想要特地申明的，只是在于种蔷薇地丁也是耕种我们自己的园地，与种果蔬药材，虽是种类不同而有同一价值。"[1] 周作人所说的在"自己的园地"里耕种，也就是知识分子的"说自己想说的话"，通过自己的语言建立起知识分子应有的"公共空间"。这一文化理想在此后创办的知识分子同人报刊中，都获得了比较突出的表现，成为一个时期文化报刊的共同追求。《语丝》时期的周作人、鲁迅、林语堂等直接表达了说自己要说的话的意见，《现代评论》同样也在表达着自己的思想。鲁迅、林语堂等人在争取知识分子"公共领域"方面所做的工作是积极的，也可以看到这些杂志在提倡小品散文方面所做出的贡献。

二、游荡在政治与文化之间的新文体

从梁启超的"新文体"到《新青年》的"随感录"，作为早期的报刊文体，散文是参与社会改良和社会革命的知识分子"以文化解决社会问题"的方式之一。

1895 年康有为和他的学生梁启超在北京筹备办报，梁启超就多次表示过对报刊议论文章价值的认识："报馆之议论既浸渍于人心，则风气之成不远矣。"[2] 1896 年梁启超创办《时务报》，从创刊号开始就连载他本人的《变法通议》，随后又发表了大量的议论性的文章，使王韬等资产阶级改良派创造的"报章文体"走向成熟。梁启超自称他在《时务报》至《新民丛报》时期的文章为"新文体"，丰富和发展了晚清散文样式。梁启超的"新文体"是他变法维新思想的结晶，也是他参与报刊活动的产物，如果考察这些"新文体"的文体特征，既可以看到古代政论文章的痕迹，又可以看到现代报刊文体的印记，也可以梳理出现代散文的流变轨迹。梁启超曾指出："自报章兴，吾国之文体为之一变，汪洋恣肆，畅所欲言，所谓宗法家法，无复问者。"[3] 并不是说梁启超以创作散文的模式写作这些政论，而

① 仲密（周作人）：《自己的园地》，《晨报副刊》，1922 年 1 月 22 日。
② 梁启超：《与穰卿下书》，丁文江、赵丰田编：《梁任公先生年谱长编初稿》，第 1 册，北京：北京图书馆藏，第 43 页。
③ 梁启超：《中国各报存佚表》，《清议报》，第 100 册，1901 年。

是说梁启超的政论文章引用与报刊相适应的"新文体"而具有了现代散文的意义，成为现代传播媒体中的"新文体"。梁启超所言"文体为之一变"，也正是从报刊媒体的角度阐述了一种新文体的产生，一种既不同于古代的文章，又不同于现代散文的"新文体"。

梁启超是"新文体"的主要作家之一，他在参与《时务报》和《清议报》、《新民丛报》等报刊活动期间，写下了大量的新体散文，如《变法通议》、《自由书》、《少年中国说》、《新民说》等。梁启超在介绍这种"新文体"时说："启超既亡日本……复专以宣传为业，为《新民丛报》、《新小说》等诸杂志，畅其旨义，国人竞喜读之。清廷虽严禁，不能遏，第一册出，内地翻刻本辄十数。二十年来学子之思想，颇蒙其影响。"① 梁启超本人也已经注意到"新文体"与报刊的关系，注意到"新文体"与其知识分子的思想及其话语之间的关系。如果说梁启超作为现代知识分子以报刊散文的方式发表自己的观点，那么，他主要表达了自己的社会政治观点，以散文的方式说自己要说的有关政治的话，而这些话除了具有社会政治功能之外，还具有较强的审美特性。如果说没有这些在当时影响较大的报刊，梁启超的"新文体"可能并不一定出现或者以另外的面貌出现，正是资产阶级改良派的政治报刊为梁启超提供了一个写作散文和发表散文并使其成为一种实用性较强的文体。

1904 年创刊的《时报》是较早发表时评的报纸，《时报》新闻按要闻、各埠新闻和本埠新闻分为三大板块，每一板块配一则短评，分称"时评一"、"时评二"、"时评三"。这类时评是作为报纸编辑的改革和创新出现的，当时主持《时报》时评栏目的陈冷和包天笑，也都是后来著名的文学家，从"冷笑"之手出产的评论文字，"都是一事一议，一针见血，尖锐泼辣的小杂感，比一般报纸刊于报首的长篇大论更引人注意"② 。对此，包天笑回忆当年写作这类散文时也说过："自从时报上创造那种短评以后，使读者耳目为之一新。这种短评，以锋厉冷峭为贵，每则不过百余字，以愈简短愈妙。那种短评，都是针对当天的新闻而发的，因此我们要这一天的新闻发完了，最后方才做短评。大概这一天最重要的新闻，便是今天

① 梁启超：《清代学术概论》，北京：东方出版社 1996 年版，第 77 页。
② 马光仁主编：《上海新闻史》，上海：复旦大学出版社 1996 年版，第 253 页。

短评的材料。"① 从报首的政论、社论，到分别出现在各版的时评，这是新闻文体的演进，也反映了"论"这一中国传统的文章形式向"评"过渡，这类时评虽然还不能认定为"小杂感"，但已可以看到其中的类型意识和文体结构的变化，较之"新文体"更接近于现代散文。

三、《新青年》与随感录

梁启超的"新文体"对后来的散文文体有较大的影响，尤其是《新青年》时期的散文直接承继了晚清梁启超的"新文体"。曾有学者指出，"《新青年》创刊号第一篇文章《敬告青年》，前面一部分无论内容和文字，全学梁启超《少年中国说》，后面所陈六义……都未能跳出梁启超论说的范围"②。不仅仅是风格和文字上的相似，更在于《新青年》承继了《时务报》和《新民丛报》在表达知识分子话语方面的特征，注重通过文章言说其社会文化思想。《新青年》的主编陈独秀是安徽人，刊物的主要撰稿人如刘叔雅、高语罕、潘赞化等也是安徽人，或如谢无量、易白沙等常年生活在安徽的人。《新青年》最初作为一个安徽同人刊物，主要发表安徽同人的文章。1917 年移至北京后，实际上成为北京大学同人刊物，如胡适、李大钊、刘半农、钱玄同、周作人等，都是北京大学教授，并成为《新青年》的主要作者。《新青年》的同人性质，使其从创刊之初就注重讨论他们共同感兴趣的问题，发表个人的主张，使刊物成为一个相对集中的同人式的"公共领域"。与此同时，《新青年》还开辟"通信"栏目，为读者提供发表意见的场所。从第一期《青年杂志》开始，编者就宣布为读者提供一个"通信"栏目，专门发表读者的意见："本志特辟通讯一门，以为质析疑难，发抒意见之用。凡青年诸君对于物情学理有所怀疑，或有所阐发，皆可直缄惠示，本志当尽其所知，用以奉答，庶可启发新思，增益神志。"③可以看出，《新青年》注重发表个人的意见，也注重发表读者的意见，尽其可能使杂志成为一个由编辑、作者和读者共同构成的"公共领域"。这也恰恰

---

① 天笑（包天笑）：《我与新闻界》，《万象》，第 4 卷，第 4 期，1944 年 10 月。

② 黄珅：《梁启超与〈新民说〉》，黄珅评注：《新民说》，郑州：中州古籍出版社 1998 年版，第 35 页。

③ 本志编辑部：《社告》，《青年杂志》，第 1 卷第 1 号，1915 年 9 月 15 日。

是《新青年》成为现代思想文化重要杂志的原因之一。

这一功能特征在《新青年》开辟的"随感录"这一更具个人化的栏目上更加明确地表现出来。《随感录》是《新青年》为适应刊物的发展而创办的一个栏目，从 1918 年 4 月 15 日出版的第 4 卷第 4 号开始创办，先是陈独秀、陶履恭、刘半农等人的随感录，随后，李大钊、钱玄同、鲁迅、周作人等也在上面发表作品，成为一个开放的、定期性的、影响巨大的栏目。《新青年》之后，《新潮》、《每周评论》等杂志纷纷仿效，开辟"随感录"栏目，发表了大量"随感录"式的散文作品。从散文发展史的角度看，"随感录"并不是那种成熟的散文文体，它之所以成为这一时期最有影响力的文体之一，主要在于这一文体能够比较好地表达知识分子的思想，是一种能够被知识分子所接受的话语方式，其自身隐含着知识分子精神。因此，当《新青年》等报刊增设这一栏目时，实际上为知识分子提供了一个比较宽松的可以自由言说的"公共领域"。

《新青年》开辟"随感录"栏目的文化背景就是新文化运动中思想革命的崛起，蔡元培说："为什么改革思想，一定要牵涉到文学上？这因为文学是传导思想的工具。"[1] 这既是《新青年》同人的编辑思想，又是新文学文体建设的出发点。新文学不是沿着传统文体或西方文体的传统构造新文体，而是从思想革命的需要出发创造新文体的。从这一理解出发，"《新青年》其实是一个论议的刊物"[2]，正是一份议论为主的刊物，不以发表小说、戏曲、白话诗作为己任，而首先以议论性的文体为主。胡适就说他"常用札记做自己思想的草稿"[3]，这里的"札记"就是作为现代文体出现的随感、随想。"思想的草稿"是一些零散不宜于做长篇大论的材料，却适合于作为随意性的灵活的文体记录下来，"随感录"栏目正好为胡适、陈独秀、李大钊、鲁迅等人提供了一块园地。《新青年》1918 年 4 月第 4 卷第 4 号开始的"随

---

① 蔡元培：《〈中国新文学大系〉总序》，《〈中国新文学大系〉建设理论集》，上海：良友图书印刷公司 1935 年版，第 9 页。

② 鲁迅：《〈中国新文学大系〉小说二集导言》，《鲁迅全集》第 6 卷，北京：人民文学出版社 1981 年版，第 238 页。

③ 胡适：《〈胡适留学日记〉自序》，《胡适日记全编》第 1 册，合肥：安徽教育出版社 2001 年版，第 57 页。

感录"栏，从其开始就是以平等对话、无话不谈的风格出现在读者面前的。也许，《新青年》的同人在创办这一栏目时并无意于什么文学文体，而只是说自己的话，发表自己的感想，这一文体的审美感染力也是始料不及的。这从"随感录"迅速蔓延到各种报刊被人们普遍认同的现象可以看出，"稍后，李大钊、陈独秀主持的《每周评论》，李辛白主持的《新生活》，瞿秋白、郑振铎主持的《新社会》，邵力子主持的《民国日报》副刊《觉悟》等，都开辟了'随感录'专栏"①。"随感录"任意说话，不受局限，可以充分发挥知识分子通过报刊创建"公共话语"的权力，成为真正的"公共论坛"；作为"思想的草稿"，在点滴的积累中完成思想体系的构造，对于一般的读者来说，与其正襟危坐地阅读谨严宏大的"专论"，不如啜茶品味富有个人文采和略显偏激的"随感"。

四、《美文》与美文

关于"美文"，周作人在《美文》中说："外国文学里有一种所谓论文，其中大约可以分作两类。一批评的，是学术性的。二记述的，是艺术性的，又称作美文，这里边又可以分出叙事与抒情，但也很多两者夹杂的。这种美文似乎在英语国民里最为发达，如中国所熟知的爱迭生，阑姆，欧文，霍桑诸人都做有很好的美文，近时高尔斯威西，吉欣，契斯透顿也是美文的好手。读好的论文，如读散文诗，因为它实在是诗与散文中间的桥。中国古文里的序，记与说等，也可以说是美文的一类。但在现代的国语文学里，还不曾见有这类文章，治新文学的人为什么不去试试呢？我以为文章的外形与内容，的确有点关系，有许多思想，既不能作为小说，又不适于做诗，便可以用论文式去表它。它的条件，同一切文学作品一样，只是真实简明便好。我们可以看了外国的模范做去，但是须用自己的文句与思想，不可去模仿它们。"②从文体学层面上说，周作人所说的"美文"是指一般的散文文体，包括随笔、杂感、小品文一类的作品，从实践层面上来看，周作人所说的"美文"又是指鉴赏式的文学批评，所谓"用论文式去表他"即是指可读性较强的文

---

① 钱理群等：《中国现代文学三十年》，北京：北京大学出版社1998年版，第147—148页。
② 周作人：《美文》，《谈虎集》，石家庄：河北教育出版社2002年版，第29—30页。

学批评。主要包括以下体式:

叙事类散文。这种文体主要包括报告文学、散记、回忆录等品种,是一种经由新闻类文体和古代人物记、札记等演变而来的文类。1920年10月,瞿秋白受《晨报》和《时事新报》的委派到苏俄进行采访考察。瞿秋白在这次采访考察过程中撰写的《饿乡纪程》和《赤都心史》,向中国读者报告了苏俄社会的现实情况,把作品作为"参观游谈,读书心得,冥想感会,是我心理记录的底稿"[1]。虽然还不能把《饿乡纪程》和《赤都心史》作为报告文学看待,但作品的纪实性、新闻性、文学性特征,已然压倒了一般散文通讯,向着纪实性散文类发展。

在叙事类散文中,散记是糅合了新闻文体和古代叙事散文传统的杂糅型文体。它以叙述事件、人物为主,夹杂以抒情、议论。它的叙事不同于小说那样,它仅仅有一个事件的片段或一两个人物,不能构成谨严和庞大的结构。散记所叙述的故事和人物正好勾引起作家某种情绪思想,或者说是一个以故事或人物进行抒情议论的体式。从文体特征来看,散记文体脱胎于新闻文体又脱离了新闻文体的局限,成为周作人所期望的叙事类"美文"。散记的写作主体是五四新文化运动后出现的现代知识分子作家,如冰心、朱自清、叶圣陶、郁达夫、郭沫若等。这类散记与古代文章中的"记"所不同的是,其作品所记事件或人物不一定是现实生活中的,也不一定是作者精心的构撰,而只是作者某种情思的记录或对一两个人物某些事件的感兴。但这类散记也带上了知识分子的笔墨情趣,成为报纸副刊或文学类杂志中的主要文体。

杂感类散文。这一文体是现代散文作为报刊文体的最大收获之一。从文体源流的角度讲,古代论说文与现代报刊的政论、时评等文体的结合与分流,形成了杂感文学。《时务报》的"报章文体"以及《大公报》的"附件"、"录件"、"杂俎"栏目中的文章,《申报·自由谈》的"游戏文章",《时报》的"时评",都可以作为杂感的雏形看待。1897年6月,谭嗣同在《报章文体说》中从"总宇宙之文"的角度阐述了文章的分类方法,认为在三类十体中唯有报章广大无边,万无禁忌。1904年《时报》创刊后,陈冷血的"时评"影响一时。《时报》之前的报刊受《时

---

① 瞿秋白:《〈赤都心史〉序》,《瞿秋白文集》第1卷,北京:人民文学出版社1954年版,第96页。

务报》的"时务文体"影响甚重。长篇论说居多,"有些社论长而空,读者都不爱看,革新是适应当时需要的"①。"时报"的出现,"摆脱过去做古文长篇论说的老腔调,每篇200字左右,短小精悍,敢于大胆说话,笔锋犀利,切中时弊"②,引起人们的广泛关注。1915年《青年》杂志创刊后,在杂糅古代论说文和现代报刊的言论、时评文体基础上,进一步分化为学术性的论文和具有一定文学色彩的"随感录"。一份以思想文化为主的刊物,却最早成功了"随感录"这一文体,这不能不说是《新青年》同人对期刊文体的深刻理解和把握。1918年4月第4卷4号的《新青年》开辟了"随感录"栏目,这个栏目的意义不仅在于促生了现代杂感类文学,而且将中国现代报刊文体及其相关栏目明确集中起来,发展为一块文学的地盘,并将随感这一文类划进文学的行列。"稍后,李大钊、陈独秀主持的《每周评论》,李辛白主持的《新生活》,瞿秋白、郑振铎主持的《新社会》,邵力子主持的《民国日报》副刊《觉悟》等,都开辟了'随感录'专栏",可见"随感录"文体已得到人们的普遍承认,获得了更多报刊媒体的文体认同。杂感类文体不仅为作家取得了直接与报刊联系的机会,借报刊与读者进行对话,而且"更凸显了五四新文化人的一贯追求——政治表达的文学化"③,也凸显了现代作家"大文学史"的文类观念。

小品文类散文。如果仅从散文文类的角度去看,小品文应包括抒情小品文、叙事小品文、科学小品文、史地掌故小品文、学术小品文和幽默小品文。这种分类的理论范畴不尽一致,却恰恰反映了小品文自身的复杂性和文类的多义性。在概念使用上,小品文往往与美文相提并论,如李素伯就认为:"所谓艺术性的散文诗似的美文,实就是小品。"④因此,也往往把随笔、杂感一类文字作为小品文看待。实际上,1920年代中期以后,《语丝》、《莽原》、《现代评论》等期刊创刊后,

---

① 义勤:《被人淡忘的老〈时报〉》,《二十世纪上海文史资料文库》第6卷,上海:上海书店出版社1999年版,第18页。

② 曹聚仁:《陈冷血的时评》,《二十世纪上海文史资料文库》第6卷,上海:上海书店出版社1999年版,第23页。

③ 陈平原:《思想史视野中的文学》,《中国现代文学研究丛刊》,2003年,第1期。

④ 李素伯:《什么是小品文》,俞元桂主编:《中国现代散文理论》,南宁:广西人民出版社1983年版,第41页。

杂感和小品文的功能与体式特征已经发生变化。周作人在《答伏园论"语丝"的文体》一文中认为，《语丝》的"目的只在我们可以随便说话，我们的意见不同，文章也各有不同，所同者只是要不管三七二十一地乱说"。林语堂也说，《语丝》"骂不骂似在于人，只要骂的有艺术勿太粗笨，此外于《语丝》并不应有何条件限制"①。鲁迅在《我和"语丝"的始终》中也认为："任意而谈，无所顾忌，要催促新的产生，对于有言于新的旧物，则竭力加以排击。"正是这样，《语丝》"大抵以简短的感想和批评为主"②，在精神上和文体上继承了《新青年》"随感录"，甚至在栏目设置上也沿用了"随感录"③名称。与此同时，五四时期各类报刊上的小品文学也逐渐成为人们注重的文体。诸如《申报·自由谈》、《民权报》、《小说丛报》、《礼拜六》等报刊发表了大量轻松活泼的小品散文、科学小品、文化历史掌故、地理知识小品，对于一般的市民读者具有相当的阅读兴趣。

但是，当都市流行报刊发表的小品文章大多趋向于滑稽消遣时，它们实际上已经逸出于文学创作的范畴，失去了小品文应有的文学美。流行报刊逐渐转向小说连载和补白性的小品文章，也正是意识到市民读者的阅读需要后的文学转向。1920年代，当接受西方文化影响的现代知识分子获得一定的言论空间后，逐步适应并接受了小品文，以此作为对现代传播媒体的新的理解。《小说月报》、《文学周报》、《晨报副刊》多次发表文章评论小品文的概念界定和特质，从理论上解决小品创作的问题。从周作人、王统照、胡梦华、钟敬文、李素伯等人的论述中看到，作为一种艺术性的散文文体，已经将小品文的其他形态排斥出去，形成纯文艺作品的体式。梁遇春认为：

> 大概说起来，小品文是用轻松的文笔，随随便便地来谈人生，并没有俨然地排出冠冕堂皇的神气，所以这些漫话絮语很能够分明地将作者的性格烘托出来，小品文的妙处也全在于我们能够从一个具有美好的性

---

① 林语堂：《插论〈语丝〉的文体——稳健，骂人，及费厄泼赖》，《语丝》，第57期，1925年12月14日。

② 《〈语丝〉发刊辞》，《语丝》，第1期，1924年11月17日。

③ 《语丝》从第2期开始沿用《新青年》的模式，设置"随感录"栏目，在此栏目中发表的作品达230篇以上。

格的作者眼里去看一看人生。许多批评家拿抒情诗同小品文相比，这的确是一双很可喜的孪生兄弟，不过小品文更是洒脱，更是胡闹些罢!

"谈人生"的书写方式与报纸副刊、文学期刊的文体是一致的，因为"小品文的冲淡闲逸也最合于定期出版物口味"[①]。零散的人生感想和优雅舒展的表达方式，既是现代知识分子借助于报刊与读者倾心交谈的方式，又是现代报刊为作家提供的适宜的文体，恰如日本学者厨川白村所说，"如果是冬天，便坐在暖炉旁边的安乐椅子上；倘在夏天，则披浴衣，啜苦茗，随随便便，和好友任心闲话，将这些话照样的移在纸上的东西，就是 Essay"[②]。从这个意义上说，小品文首先是一种知识分子文体，是知识分子"谈人生"的书写方式。从 1920 年代周作人、梁遇春、俞平伯等人的小品文到 1930 年代以林语堂为代表的小品文，现代作家对文体的择取，不只是对某种艺术形式的选择，首先是对作家人生价值取向的认同，"人生小品"可以作为此类文体的概括。

杂体类散文。现代报纸的博览特征和期刊杂志的"杂"，为现代杂体类散文提供了合适的载体，一张报纸的副刊可以开辟不同的栏目，一份杂志的栏目也需要体现出"杂"的文类性。但是，当我们从"大文体"的角度来看杂体类散文时，散文之杂正是现代传播媒体面对复杂多变的社会时所采取的一种态度，这里既有个人的声音，也有社会的面影。如果说五四时期和 1920 年代的报纸期刊相对集中地发表知识分子个人声音的话，那么，1930 年代以后随着报刊功能的扩大，散文文体也随之博杂起来，各种文类随着人们对报刊的认识而不断出现。日记、书信以及其他种类的散体文章，都可以在报刊上读到。当小说和散文随笔成为现代传媒的主要文体时，一些不可能成为主流文体的散文也时时在报刊杂志上出现，如游记、日记、书信等类型的散文文体。它们既是对现代散文文类的补充，又是散文自身发展的文体要求。游记、日记等文体都可以列入古代文章中的"记"中，

---

① 梁遇春：《〈小品文选〉序》，俞元桂主编：《中国现代散文理论》，南宁：广西人民出版社 1983 年版，第 27 页。

② 【日】厨川白村著，鲁迅译：《苦闷的象征·出了象牙之塔》，北京：人民文学出版社 1988 年版，第 113 页。

也属于文人化写作，相比较而言，日记、书信带有浓重的个人化色彩，"比别的文章更鲜明的表现出作者的个性"①。这些文体可以不受现代传媒的直接影响，表现出灵活多变的形态。然而当日记、书信成为一种报刊文体散文时，个人的某些隐秘记述逐渐消失，个人化内容被市民大众的阅读所修改，代之较强的文学色彩。

游记被引入现代报刊，成为现代杂体类散文的重要文类，与现代报刊文体的开放性密切相关。所谓报刊传媒的开放性是指以报纸期刊为主的传播媒体是一个向公共开放的场所，它可以是知识分子发表言论的地方，也可以是读者传达心声的场所。正是这种开放性，既可以向读者表述行旅者所发现的异域情境，展示行旅之美，又可以为写作者提供一个文体的园地。20世纪初，梁启超提倡"文界革命"以来，就注重借助报刊发表游记一类的作品。《新青年》创刊后，特辟"世界说苑"栏目，《晨报》、《时事新报》、《民国日报》、《京报》等副刊也发表过大量游记。如1922年《晨报副刊》连续发表了孙福熙的《山野掇拾》、冰心的《寄小读者》等颇有代表性的游记，1930年代郁达夫发表于《申报·自由谈》和《人间世》上的一些游记，1930年代沈从文的《湘行散记》，1940年代茅盾的《新疆风土杂忆》等，都糅合了新闻文体的报道特征，充分运用了报刊文体灵活多变的特征，将现代游记发展为现代报刊所认同的文体。

第五节　从"文明戏"到"问题剧"

一、"文明戏"与中国话剧的萌芽

鸦片战争以后，中国人民要求变革社会，推翻清朝统治，抵抗外来侵略的呼声愈加强烈。资产阶级改良派和革命派推动了思想启蒙运动，并向西方学习，寻求救国真理。文学艺术界也必然受到影响，改革势在必行。在当时的戏剧方面，处于核心地位的京剧演出大部分是迎合封建统治者和士大夫阶级审美情趣的宫廷剧。新思想与传统戏剧之间就具有了潜在的矛盾，广大人民，尤其是爱国知识分

---

① 周作人:《日记与尺牍》，《周作人文类编》第3册，长沙：湖南文艺出版社1998年版，第210页。

子，对于京剧中的帝王将相、封建意识，不能反映人民生活，呈现固定模式的现状越来越不满。他们强烈希望改变这种现状，呼吁一种新的戏剧采用写实的手法来表现广大人民的真实生活，反抗封建意识，宣传救国思想。

在此时代背景下，文明新戏应运而生。它最早可追溯到19世纪末的上海的学生演剧，它们之所以被认为是最早的文明新戏，是因为创作者受到资产阶级启蒙思想的影响，冲破了封建思想的束缚，积极地宣传资产阶级维新思想和救国救亡运动，这就使得他们在思想观念上与传统戏剧有了本质的区别，并向前迈进了一大步。学生演剧受到启蒙思想的影响，尤其是梁启超的把文艺、戏剧的作用与救亡图存联系在一起的思想。陈去病、柳亚子在1905年创办的我国最早的戏剧杂志《二十世纪大舞台》中也宣称"以改革恶俗、开通民智，提倡民族主义，唤起国家思想，为唯一之目的。"虽然作品的思想是进步的，但是其在艺术形式上并没有突破传统戏剧的范式，依旧是沿袭传统的"唱、念、做、打"的模式，虽然它们比传统戏剧更接近现实生活形态，但还不能算是真正意义上的现代话剧。

中国话剧的诞生是以在日本的春柳社和以在上海的春阳社演出的文明新戏为标志的。大批留日学生在日本的新派剧的影响下于1906年在东京成立了春柳社，发起人是李叔同和曾孝谷，后来，欧阳予倩、陆镜若也加入进来，成为主要领导人。1907年6月初，他们演出了曾孝谷根据林纾、魏易的同名小说改编的五幕剧《黑奴吁天录》，这标志着文明新戏的正式开端。1909年夏，春柳社成员又在陆镜若的带领下演出了《热血》，继续宣传爱国意识和民主思想，表演技巧和形式更加成熟。辛亥革命爆发后，有不少成员回国，开始在国内活动。1907年，在东京演出的《黑奴吁天录》波及到国内，这时上海的新剧活动家王钟声创办了春阳社和第一所新剧教育机构——通鉴学校。1908年春，王钟声在任天知的帮助下，排演了由英国哈葛特原著，杨紫麟、包天笑翻译的《迦茵小传》，这是国内现代话剧形成的标志。至此，文明新戏正式形成。

辛亥革命后文明新戏进入了高潮阶段，这期间最有影响的、最重要的剧团是任天知创办的进化团，这也是中国现代戏剧史上第一个职业剧团。主要成员有汪仲贤、陈镜花、王幻身、萧天呆、顾无为、陈大悲等。进化团成立后于1911年年初在南京首次公演，大获成功。"天知派新剧"在这一时期随着演出的继续而深入人心，他们演出的剧目有《血蓑衣》、《东亚风云》、《新茶花》等。这些剧目尖锐地批判社会，有很强的现实针对性，致使他们遭到清政府的迫害。至辛亥革命爆发，进化团又重新活跃起来，于11月编演了《黄金赤血》、《共和万岁》等反映革命斗争的新剧目，演出轰动上海。1912年以后，随着辛亥革命走向低潮，"天知派新剧"受挫，最后终于解散。继之而起的是从日本归国的春柳社，由陆镜若和欧阳予倩领导，他们也演出过《黄花岗》、《运动力》等关于革命斗争的剧目，配合辛亥革命。但是他们的主要剧目是通过家庭的悲欢离合的故事反映一定的社会问题的，如《家庭恩仇记》、《不如归》等。后期的春柳社向着商业化的风格靠拢了。1914年辛亥革命失败后，文明新戏也由鼎盛走向衰落。

文明新戏作为中国早期的话剧形式是有其自身特点的。首先，这些剧团队伍都是受到了资产阶级启蒙思想的影响，迎合当时的革命形势和革命的发展状况创作出符合人民现实生活和愿望的剧作，在思想内容上有很强的时代感和现实感。其次，在艺术形式上成为我国话剧的开端。以《黑奴吁天录》为例，它具有了完整的剧本，以对话和动作为表现形式，并且还采用了现代话剧的分幕写法。但是春柳社更多是受日本新派剧的影响，间接地接受了欧洲近代浪漫派戏剧的影响，它同时向着中国的传统戏剧靠拢，这也是受到日本新派剧作为改良的歌舞剧的影响。该剧的第二幕就加入了一些与剧情无关的唱歌、跳舞和京戏。相比之下，稍后的《热血》则更趋于完整和正规了。同时各个剧团都有不同于其他剧团的自己的特色。春柳社通过《热血》的演出确立了自己严肃细腻的演出风格。主要表现在《热血》严谨的结构，曲折动人的故事情节，更富戏剧性的场景，强调幕与幕之间的紧密衔接并设置悬念上，同时在演出时该剧完全依照剧本，表演上追求自然避免夸张，注重舞台形象的完整统一。

回国后的春柳派新剧取得较高艺术成就的是它的社会剧，这些剧目虽然没有强烈的革命色彩，但是它透过家庭剧的人物之间的悲欢离合的故事，反映一定的伦理道德观念或社会问题。这些剧目从人物出发，使情节符合人物性格的发展，注重人物性格的刻画和感情的描写，这是符合艺术发展规律的。在演出的技巧上，注重严谨、正规，讲标准的"国语"，尽量减少戏曲味，偏重写实，这些都为中国现代话剧的发展奠定了基础。进化团则完全不同，它的剧目讲求时代性和现实针对性，自由奔放并具有鼓动性，政治倾向明显。在辛亥革命之前，迫于清政府的压力，由演员在舞台上借题发挥，冷嘲暗讽，使观众会意、称快。在革命高潮时期，任天知运用化妆演讲的技巧，在剧中进行革命宣传，进行政治鼓动和反映现实生活，这就是"言论派"角色。进化团为及时地进行时事的宣传采用幕表制和即兴演讲的方法。《共和万岁》更是开创了后来被称为"时事活报剧"的戏剧新样式。进化团的剧目不仅在思想内容上顺应时事和民心，而且在艺术上采用观众喜闻乐见的形式，拥有比春柳社更多的观众。在戏剧审美上，不讲求制造逼真的舞台生活场景，常常是自报家门，插科打诨，用直接演讲的方式和观众交流思想、情感。演剧采用幕表制、即兴演讲，模仿中国戏曲，角色也以性格分为"派"。在编剧上，基本效仿传统戏剧，剧情讲求连贯性、完整性。结构上采用以主线一贯到底的传统布局，运用对比、重复等手法营造戏剧效果。后期的春柳社为了应对激烈的商业竞争也向进化团的演出方式靠拢，进而进化团的新剧的特点就成为了整个文明新戏的共同特点。但这种新剧存在着严重的缺陷，它的出发点是为了宣传革命，因此在艺术上就缺少追求。离开剧情的"言论"，使得戏剧的艺术魅力减弱，幕表制的形式，滋长了粗制滥造的风气，减弱了戏剧的文学性。他们对传统的借鉴实际上是保留了戏曲的旧迹，并没有深入地研究戏剧的规律，没有形成戏剧理论。这使得他们的新剧显得粗糙、混杂，缺乏完整性。当它所依托的政治高潮过去之后，衰败和腐化就不可避免了。

文明新戏的衰败有其外部原因，也有内部原因。外部原因是辛亥革命失败以后，袁世凯和各反动军阀加紧摧残进步剧团和演剧活动，而帝国主义和封建势力更是运用买办商人和流氓分子控制城市中绝大部分的剧场，强迫新剧团服从他们的旨意。文化上的封建复古思潮抬头，不仅使封建旧剧重新活跃受到某些人的捧场，而且也使顶不住这股逆流的文明新戏与其同流合污。

文明新戏的衰落，客观上是由时代和社会环境所造成的，但是新剧的演员自身缺乏坚强的政治与艺术素质也是不容忽视的原因。萌芽时期的话剧工作者是资产阶级和小资产阶级知识分子，在革命的高潮期他们也便显出了革命的要求，利用话剧作为宣传教化的工具，这种热情受到了当时观众的欢迎。但对于戏剧社会功能的片面认识和对戏剧审美作用的忽视，导致了艺术上的粗制滥造。在革命高潮过后，他们受到封建势力的反扑迷失了方向，最后向旧势力妥协。新剧团的成员相当复杂，没有严密的组织领导，革命失败后更是出现了激烈的分化。演员的艺术素质较差，艺术上出现停滞和堕落。编演方法上采用幕表制，全靠演员的临场发挥，忽视了剧本的文学性，使得艺术生产的各部门失掉了共同的基础，根本无法创造出完整统一的舞台形象，更不能逐步提高戏剧的艺术水平。还有"言论派"、定型化的编演方法，这些都违反了戏剧创作的基本规律，造成了文明新戏简单化、概念化、以政治口号代替艺术创作的不良倾向，使得文明新戏几乎没有留下表现时代精神的、有鲜明生动的人物形象的优秀剧目。

二、五四新文化运动与"问题剧"

在文明戏衰落的同时，北方以天津南开学校为代表的新剧活动，却以崭新的面貌出现。从 1914 年到五四运动前夕，南开新剧从实践到理论上都标志着萌芽期的话剧到现代话剧的转变。它是业余的、非盈利性质的，并且以知识分子和教育阵地为依托，以欧美现代剧为榜样，坚持现代性的追求，走一种严肃认真的艺术道路。1918 年南开剧团演出了张彭春编导的《新村正》，在天津、北京演出后引起知识界的强烈反响，被誉为"纯粹新剧"。该剧无论从思想内容还是艺术形式上都具有划时代的意义，它标志着我国新兴话剧一个新阶段的开端。它宣告了中国现代戏剧萌芽时期的文明新戏的结束，使中国话剧进入了一个历史的新阶段。戏剧家宋春舫把该剧归入易卜生的社会问题剧。1919 年 3 月，《新村正》和《终身大事》发表于同一期的《新青年》上，它们是易卜生式的"新剧"取代堕落的文明新戏的第一批有创意的成果。它们的出现明显的受到当时"写实主义"戏剧审美思想的影响。

"问题剧"又被称为社会问题剧，"是指那些创作与演出关注反映的是不同历史时期，人们普通关心的社会矛盾、冲突，发生在不同环境与时间的各种人和事。"[①] 问题剧是在五四时期，中国现代话剧适应新文化的要求再度兴起时产生的。现代话剧的再度兴起是以五四先驱对于传统旧剧的批判为先导，他们一方面批判

---

① 李默然：《何为"社会问题剧"》，《中国戏剧·新中国戏剧 60 年》，2009 年，第 6 期。

封建文化为代表的旧剧，另一方面积极地倡导和吸收外来文化，演出新剧。《新青年》在1917年至1918年间曾开展对"旧剧评议"，批判直指旧剧中的封建文化。其中胡适指出，"扫除旧日的种种'遗形物'，采用西洋最近百年来继续发达的新观念、新方法、新形式，如此方可使中国戏剧有改良进步的希望。"① 周作人、钱玄同、刘半农等人也在批判中建立中国的现代戏剧理论，他们认为，要去除旧戏中把戏剧当做"玩物"、"把戏"的思想，强调戏剧是为人生的，具有严肃的社会价值和文学价值。同时他们也不约而同地把现实主义的戏剧观作为指导，强调戏剧创作的现实主义精神。

以《新青年》在1918年的"易卜生号"为开端，迅速形成了一个介绍外国戏剧理论，翻译和改编外国戏剧的热潮，西方戏剧史上的各种流派几乎同时在这一时期涌入中国，如现实主义、自然主义、象征主义、表现主义、未来主义等等，但以现实主义影响最大，表现为当时掀起的一股"易卜生热"。胡适的《易卜生主义》中指出，"易卜生的文学，易卜生的人生观，只是一个写实主义"。由此可以看出，五四时期的话剧审美观念偏重于"写实主义"。从1921年开始，中国话剧活动就逐渐地进入建设时期，开始出现了各种戏剧团体、刊物，各种戏剧风格开始崭露头角。1921年3月在上海成立的"民众戏剧社"，这是第一个"爱美的"剧团，即"非营业性质的"业余演剧，反对戏剧商业化，反对新兴话剧重蹈文明新戏被资本家操纵沦为赚钱工具而日趋堕落的旧辙。发起人有汪仲贤、沈雁冰、郑振铎、陈大悲、欧阳予倩、熊佛西等。同年5月，它创办了《戏剧》月刊，这是新文化运动中的第一个专门性戏剧杂志。同年，应云卫、谷剑尘等成立了上海戏剧协社，这是中国早期戏剧团体中历史最长的一个。这两大社团都宣布坚持五四传统，提倡"写实的社会剧"，强调戏剧应反映现实、人生，担负社会教育启蒙任务。他们明显受到易卜生的影响，从而形成了"社会问题剧"的写实剧潮流。

胡适1919年3月发表于《新青年》第6卷第3期的《终身大事》，开启了"社会问题剧"的序幕。《终身大事》是模仿易卜生的《玩偶之家》创作的，该剧借主人公之口喊出"孩儿的终身大事，孩儿应该自己决断"的呼声，表达了五四青年

---

① 胡适：《文学进化观念与戏剧改良》，《新青年》，第5卷第4期，1918年10月。

一代反抗封建束缚、追求人格独立的共同心声。陈大悲的《幽兰女士》也是从一个家庭着眼来反映社会问题的，剧本涉及反对封建婚姻、官僚家庭的罪恶、劳工的苦难等一系列的问题，而剧本把解决问题的关键归结到人性、良心的发现和道德的完善上，这是与五四思潮相关的。欧阳予倩的《泼妇》也是涉及到封建的婚姻问题，从男子对爱情的不专一的现象入手，提出了在整个社会政治、经济制度没有改变之前"自由恋爱"、"妇女解放"能否顺利实现的问题。被封建势力斥为"泼妇"的素心实际上就是一个娜拉式的新女性。蒲柏英的《道义之交》则是揭露当时社会中的中产阶级的黑幕，把他们道貌岸然、至爱亲朋的外表下的伪善、凶狠的真面目揭示出来。这些剧本的着眼点就是反映社会问题的，剧本的艺术性不强，人物简单化、单一化，只是反映社会问题的工具。但是这些剧本因为具有强烈的社会意义，因而引起观众的热烈反响，实现了文学的思想启蒙的作用。洪深的《赵阎王》在着眼社会问题的同时也注意写了人物的复杂性格，他袭用了美国现代剧作家奥尼尔的《琼斯王》中的艺术手法，揭示人物的变态心理，带有明显的模仿的痕迹，而且也不适合当时中国观众的欣赏习惯，虽没有引起强烈的反响，但这种尝试仍然具有开创意义。

以胡适模仿易卜生的《娜拉》而创作的《终身大事》为开端，一批社会问题剧应运而生。问题剧所关注的就是现实人生，关注的是我们社会中存在的问题，并把这些问题提出来。这是一种"人的文学"，具有人道主义的精神。人道主义和关注现实遂成为这一时期问题剧的主题。这些主题是符合《新青年》对旧剧批判的要求的，符合五四新文化运动的要求的，也是对中国传统旧剧的强烈反叛，具有开创性。

第六节　电影的传入与中国化

伴随西方殖民／贸易的步伐，电影随即传入中国。自 1896 年为始的三十余年间，是西方电影展示现代技术、影像奇观，构成其在中国的电影霸权的时期。与此同时，中国本土电影历经困境与波折，亦生根发芽、逐渐长成，在摸索、掌握西方电影技术的同时，融汇了中华民族的文化传统与西方现代意识，构成了一个混杂本土意识与现代精神、启蒙文化与商业诉求的早期电影文化潮流。

一、影戏、文明戏与中国电影的发生

中国人对于电影最初命名为"西洋影戏"。它的确来自西洋，但却拥有一个中国式的旧名字——影戏。经考证，"西洋影戏"在中国的第一次放映，应不晚于1897年5月间在上海礼查饭店的几次放映。[①]之后，西方电影、特别是美国电影大量涌入中国，在中国各地进行特许放映或者票房分成经营的同时，亦投入巨额资本兴建电影院与电影公司，从事电影的拍摄与放映。西方电影商人在中国的经营与拍摄活动，一方面为中国电影人提供了最初的影像制作的实践机会，另一方面也培育了本土的电影观众群体。

1905年秋，开设在北京琉璃厂土地祠的丰泰照相馆，拍摄了中国第一部电影《定军山》。而泰丰照相馆的创办人任泰丰，也就成为中国电影的初创者。《定军山》由著名京剧演员谭鑫培主演，拍摄了京剧《定军山》中的"请缨"、"舞刀"等片断，这也是中国戏剧电影的滥觞。中国第一次拍摄电影，就与本土传统戏剧紧密结合起来，这既反映了国人关于电影的原初的"影戏"观念，也体现了一种电影"民族化"、"本土化"的历史无意识，而传统"戏曲"也就成为早期中国电影的一个重要内容。由于是无声电影，因此，早期戏曲电影选择拍摄的，都是动作性较强的戏目。对于情节性与动作性的注重，也是1920年代兴起的"稗史/古装片"和"武侠神怪片"的主要特点。

古典戏曲的影像再生产，揭开了中国电影的帷幕，而盛极一时的"文明戏"编导、演员的介入，才使得中国早期电影日趋成熟。1913年，亚细亚公司出资，郑正秋编剧，张石川、郑正秋联合导演的剧情短片《难夫难妻》拍摄完成。这部电影完全由"民鸣社"的文明戏演员出演，而电影首映的场所也是公演过文明戏的"上海新新舞台"。《难夫难妻》通过一对并不相识的男女硬被媒人撮合成夫妻的种种难堪遭遇，讽刺了传统包办婚姻的荒谬，具有强烈的现实针对性和历史批判性，这正是对于"文明戏"之"开通民智、改良主义"宗旨的遵循。《难夫难妻》的出现具有重要的意义，它不但是中国人自编自导的第一部剧情片，而且具有事

---

① 黄德泉：《电影初到上海考》，《电影艺术》，2007年，第3期。

先写好的剧本和独立的导演，具备了电影制作分工的一切基本特征。《难夫难妻》之后，张石川继续拍摄了《活无常》、《二百五白相城隍庙》等一系列喜剧电影短片，"这些作品大多取材于中国传统戏剧，在此基础上融进外国戏剧电影的调料加工而成。中国志趣与西洋情趣融合在一起，这就是文明戏的特色之一。"①亚细亚公司倒闭之后，张石川另组幻仙公司，1916年根据同名文明戏，拍摄了表现鸦片害人的时事电影《黑籍冤魂》。其他由文明戏改编的电影有《空谷兰》、《阎瑞生》、《梅花落》等，显示了文明戏对于早期中国电影的巨大影响。

随着一系列剧情短片的成功，以及民族电影工业前赴后继的实践，到1920年代初期，中国电影已经呈现出极为繁荣的局面。首先是民营电影公司的大量涌现，电影领域的商业竞争激烈，类型化生产的趋向开始出现；其次，涌现了一大批优秀中国本土电影人，郑正秋、张石川、黎民伟、洪深等著名编导的出现，令中国电影走向成熟成为可能。另外，中国本土的电影理论和电影批评在实践中逐步成型，对于中国电影的发展产生了重要的促进作用。最后，上海、北京等中国都会的现代市民阶层已然成型，其巨大的文化消费能力是中国电影得以发展的最大驱动力。还有，从事商业写作的文人阶层加入到电影的剧本编辑与理论研究中，甚至可以说，是"鸳鸯蝴蝶派作家与早期中国电影工作者合作完成了电影幼年期的历史使命。"②1921年，上海制作公映了三部国产长剧情片，分别是中国影戏研究社的《阎瑞生》、上海影戏公司的《海誓》和新亚影片公司的《红粉骷髅》。中国第一部长剧情片《阎瑞生》，乃是根据1920年洋买办阎瑞生图财谋害妓女王莲英的真实案件改编完成，其于1921年7月1日晚在法租界夏令佩克影戏院公映，进而风靡全国各城市，成为轰动一时的卖座影片。中国本土独立制作的三部剧情长片，完全是追随电影市场的商业化电影，具有相当的商业投机性质。中国电影在其问世之初，就与资本、市场和消费联系密切，甚或其根本就是资本和市场的产物。

---

① 【日】饭冢容著，赵晖译：《被搬上银幕的文明戏》，《戏剧艺术》，2006年，第1期。

② 范伯群：《中国现代通俗文学史》（插图本），北京：北京大学出版社2007年第1版，第405页。

二、"社会伦理片"与电影的本土化

张石川、郑正秋等人于 1922 年创办的明星影片公司，其初衷即期望通过电影牟利来填补投机生意失败的亏空。张石川从商业利益出发，主张"处处惟兴趣是尚，以冀博人一粲，尚无主义之足云"[1]。藉此为由，娱乐电影得以确立起中心地位，张石川导演、郑正秋编剧，先后拍摄了《滑稽大王游沪记》、《劳工之爱情》和《大闹怪剧场》三部滑稽短片。其中，《劳工之爱情》表达了恋爱自由的主题，倡导五四之"劳工神圣"、"恋爱自由"的主张。这也是目前尚存原胶片的最早的中国电影。也许，就是这种强烈的资本化、商业化倾向的影响，使得 1920 年代出现的中国电影，并没有体现五四启蒙运动之反传统、反家庭的革命精神，反而集中体现出一种坚持中华传统伦理精神，进而维护父权制家庭权威的倾向。当然，这种"复古"倾向本身也是一种民族主义立场的体现。当 20 世纪初期的中国各种思潮并起，面临巨大的历史转型时刻，特别是军阀混战、"联省自治"等分裂国家的倾向甚嚣尘上之际，中国电影在其商业生产中，转而维护宗族传统秩序和纲常伦理文化，或者有其潜在的政治倾向性。1923 年年底明星公司出品的《孤儿救祖记》，虽然不无五四时代之社会问题剧的性质以及人道主义、改良主义的现代精神，但是其大抵上仍是一部以宣扬传统伦理价值和家庭本位主义为主旨的电影，体现了早期中国电影之纠结于古 / 近、商业功利 / 精神启蒙之间的矛盾性。

作为一部划时代的电影，《孤儿救祖记》集中体现了遗产问题与教育问题的关系，其实也是时代转折之交的中国的传统问题与现代问题纠结的反映。《孤儿救祖记》的核心人物乃是巨富祖父，在围绕着家族财产的争夺中，他为小人所谋、泥足深陷，面临着失去财富和权威的危险，然而峰回路转，曾经被他驱逐的嫡媳、嫡孙及时赶到，揭露了小人的阴谋，自己也得重归核心家庭并继承财产。宗族主义的核心家庭在摇摇欲坠之际，忠孝节义的传统伦理最终发挥威力，令其转危为安。血统论、儒教伦理、教育启蒙、父权权威等话语，均在电影中占有一席之地，其混杂性的特征乃是其获得艺术成功的关键，而市民阶层对于传统伦理价值的神

---

[1]　张石川：《敬告读者》，《晨星》，1922 年创刊号。

往，则是其巨大票房收益的文化基础。其时便有论者将传统伦理的复活与国族复兴联系起来高度评价这部电影："此片之教训，具有吾国旧道德之精神。杨媳教子一幕，大能挽救今日颓风。余每观忠孝节义之剧，未有不感动落泪者。昨日余窃窥观众，落泪者正不止余一人也。——今后造片者，宜注重于唤醒吾国不绝如缕之旧道德，则于吾国复兴，未始无裨益也。"[①]

票房成功、舆论称颂和类型化趋向，令《孤儿救祖记》引发了一股反应现实问题、探讨社会伦理道德的"社会伦理片"的热潮。从 1924 年至 1927 年，仅明星公司就推出了《最后之良心》、《上海一妇人》、《一个小工人》等电影，内容涉及包办婚姻、伦理沦丧、妇女问题、城市罪恶等具体社会问题。而其最终提出的解决方案一方面体现了五四时代确立的人道主义的"立人"思想。另一方面这个"立人"的现代思想却是以传统道德为最终旨归。在五四时代激进反传统的启蒙主义者那里水火不容的两个面向，却在 1920 年代的中国本土电影中获得了有效调和，并获得了市民大众的广泛认同。这实际上反映了一个启蒙时代的精英思维与大众意识之间的分野，大众 / 底层的现代启蒙不但不能完全抛弃传统伦理，反而需要以融会贯通的姿态融会传统意识于现代启蒙。明星公司的伦理教化片形成了自己的独特风格，融教化社会、启蒙众生的现代精神于通俗易懂、叙事曲折的情节剧之中，影片带来的巨大社会效益与票房成就，使肇始于明星公司的"社会伦理片"，成为其他电影公司争相效仿的对象。

大中华百合公司的《儿孙福》、商务印书馆影戏部的《母之心》、长城画片公司的《春闺梦里人》、华剧公司的《雪中孤雏》等，俱是伦理问题片兴盛时期较为重要的电影作品。中国早期伦理问题片通过对社会现实的关注和传统伦理的复归，反映了一个新 / 旧转折的历史关头的中国社会图与众生相，揭示城市化、商品化、现代化所带来的道德冲击与精神异化，但以回归 / 恢复传统伦理秩序，作为应对现代 / 殖民性冲击的精神 / 道德堤坝，无疑是一种缘木求鱼的反现代想象，社会伦理片兴盛数年之后的迅即失落即是证明。不过，1920 年代出现的社会伦理片实际上已经构成了中国电影的一个强劲的传统，每当道德沦丧、精神失落的社会转型

---

① 佚名：《观〈孤儿救祖记〉评》，《电影周刊》，第 2 期，1924 年 3 月。

时代，大众影视文化便会祭起道德伦理剧的大纛。

社会伦理片的一时风行，似乎不是为了抚慰被商品经济击溃的大众心灵，中华古典伦理道德在彻底崩盘之际，却在银幕上迸发着最后一点辉光，随即就被更为功利化的商业电影所取代。《母之心》的导演杨小仲在影片票房失利后表示："经过这一次的尝试，我感觉到观众之来电影院的目的，观众对于影片的观念，绝对不是我们平日理想中所假定的了。——他们来电影院的目的不是和去教堂一样的受教训，不是去研究真理或是任何问题，他们只是要娱乐，所以冷静的伦理戏是不能引起他们要娱乐的倾向的，更没有使他们得到娱乐的可能。"① 实际上，社会伦理片的盛行也是一个商业逐利的结果，如果没有《孤儿救祖记》的票房成功，也不会出现如此多的社会伦理片。而社会伦理片的成功也为中国电影积累了在影片的资本运作、市场经营、类型开拓、制作技术等方面的经验，使其可以在与欧美电影的竞争中，获得相当的市场份额。1920 年代的中国是一个几乎完全开放的全球化文化市场，残酷的商业竞争在本土电影与西方电影之间激烈展开：一方面中国电影必须紧随西方电影先进的电影器材、拍摄技术与叙事艺术；另一方面也不得不在题材、类型和风格等层面进行本土化创新。1920 年代中国电影的现代性追求与文化主体性塑造是不能分离的一体两面。

三、从"古装片"到"武侠片"

1920 年代中期，天一电影公司提出"注重旧道德，旧伦理，发扬中华文明，力避欧化"的创作主张。这个召唤民族主义、复归传统伦理的策略，似乎与"社会伦理片"的基本主张相去不远，但是其在题材选择、类型创造、伦理价值的方面，却创造性地再生产了中国"裨史"，掀起了一股"古装／裨史片"的潮流。天一公司从市场需求出发，洞悉市民阶层"猎奇"心理，从裨史、弹词、传奇、小说中选取故事题材，先后拍摄了《梁祝痛史》（1926）、《珍珠塔》（1926）、《白蛇传》（1927）、《花木兰从军》（1927）、《夜光珠》（1928）、《乾隆游江南》（1929—1931）等大量"古装／裨史片"，风行海内及南洋，获得了巨大的票房成功。虽然天一公

---

① 杨小仲：《〈母之心〉出映之后》，《紫罗兰》，第 1 卷第 12 号，1926 年。

司的"古装／稗史片"备受舆论指责，但是其在欧美电影独霸中国电影市场的局面之下，以其独特的题材类型和营销策略，不但吸引了众多的国内电影观众，而且为国产电影开辟了一个南洋华侨市场，使中国电影的存续与发展获得一条新路。而由天一公司发迹的"邵氏影业"也由此开始了其将近百年历程的华语影视工业传奇。

天一公司的"古装／稗史片"自然存在许多历史糟粕，但在追求"西化"的电影潮流中，这种东方传统内涵使中国电影的民族化、本土化得以有效进行。其实，从《定军山》开始中国电影就热衷于从传统戏曲、话本中取材，"古装／稗史片"不过是这一改编策略的进一步发展放大而已。天一公司的成功让众多电影公司蜂起效仿，从1927年开始，上海的电影公司纷纷开始拍摄"古装／稗史片"，前后达60余部、集。其中，民新公司的《西厢记》（1927）、《木兰从军》（1928），大中华百合公司的《美人计》（1927）等，是得到较好舆论评价和票房成绩的电影。"古装／稗史片"中的杰出者，往往赋现代新意于古典旧戏中，像《西厢记》的编导侯曜就认为将"古典西厢"改编为"现代西厢"并非易事，故而不能太拘泥于考古，只要将作品中综合的美感与反抗的、人性的真情表达出了即可。[①]电影对于《西厢记》原著的改编于是呈现出一种"戏说"的"后现代"倾向，不但增加了原著中未有的情节，而且充分地调用了电影化的各种手段，营构了一个集古典情趣、现代精神与奇幻风格于一体的电影时空。

电影《西厢记》的成功，让"古装／稗史片"达到了一个较高的艺术水准，而其他同类电影大多彼此模仿、张冠李戴、粗制滥造，备受影剧评论者的指责，认为其是中国电影的一种"最恶劣不堪的趋势"，这种一拥而上的古装剧狂热，乃是中国电影走向毁灭的病根。[②]而左派电影史也认为："古装片"的竞摄风潮，也可以说，是当时有闲阶级和落后小市民害怕阶级斗争，企图逃避现实的一种反映。[③]不过，"古装／稗史片"的成功与流行显然也有其不可忽视的历史意义。首先，继

---

① 侯曜：《眼底的〈西厢〉》，《民心特刊》，第7期《西厢记》号，1927年。
② 孙师毅：《电影界的古剧疯狂症》，《银星》，1926年，第3期。
③ 程季华主编：《中国电影发展史》，北京：中国电影出版社1981年第2版，第90页。

社会伦理片之后，它构成了一种新的本土电影类型，丰富了中国本土电影的题材；其次，"古装/稗史片"形成一种现代的历史再生产模式，其本土化的历史题材显然有利于大众在娱乐中形成一种"历史共同体"的想象；更重要的是，"古装/稗史片"的成功促使了中国电影产业的成熟，进一步确立了中国电影的市场地位，动摇了西方电影的文化/市场霸权。当然，"古装/稗史片"也彻底摧毁了"社会伦理片"的启蒙/教化面具，中国早期电影似乎只有在纯粹商业/娱乐类型的道路上摸索前行，除此之外并无其他可能的突围路径。

基于商业竞争的需要，各大本土制片公司竭力挖掘"古装/稗史片"的题材，当男女情爱、家族伦理为主的电影题材日渐泛滥之后，各制片公司纷纷将武侠、神怪元素加入到"古装/稗史片"中，试图以动作冲击、暴力奇观吸引电影观众，并逐渐形成了一个新的电影类型——武侠/神怪片。"武侠/神怪片"的出现并非偶然，中国侠义小说的深厚传统，美国动作电影的流行传播，电影内在的"活动影像"的本质要求，特别是1920年代繁盛一时的现代武侠小说热潮等种种因素，综合在一起，共同促成了"武侠/神怪片"在1920年代中后期的勃兴。当"古装/稗史片"中的"文戏"类型渐渐失去吸引力的时候，"武侠/神怪片"的原创经典巨制——《火烧红莲寺》横空出世，其奇迹般的票房成绩和人人称颂的舆论口碑，让陷入困境的国产电影公司寻觅到了一种新的"类型"电影模式，并迅速形成了一个新的"武侠/神怪片"的制作、放映狂潮。

这一轮"武侠/神怪片"潮流，依旧是由早期中国著名电影人郑正秋、张石川引领而成。1928年5月制作完成并公映的《火烧红莲寺》，改编自平江不肖生的武侠神怪小说《江湖奇侠传》的第81回"红莲寺和尚述情由"，由郑正秋编剧、张石川导演，乃是中国武侠片的滥觞之作。其先在上海中央大戏院首映，致使人人争睹，全城轰动，进而又风靡全国各大城市，很快便创造了国产电影的票房纪录。《火烧红莲寺》故事错综复杂、情节跌宕起伏，技艺神乎其神、场面恢宏壮阔，构制了一场前所未有的视听盛宴。英雄主义的侠义想象被影像特技转化为虚实难辨的银幕镜像，现实中匪夷所思的情景居然在影像里幻化成真，其引起万人空巷的观影热潮并不意外。《火烧红莲寺》领风气之先，各本土电影公司群起响应，从1928年到1931年间，全国共制作、公映"武侠/神怪片"达200余部，这些电影一道爆发，形成了中国电影史上的一个最为壮阔宏大的大众电影潮流，并为世界电影贡献了一个完全"中国化"的类型。

"武侠／神怪片"在1920年代末期形成的类型风潮近乎癫狂，仅《火烧红莲寺》就在不到三年间拍摄了17部续集，而且部部卖座，友联公司的《儿女英雄》、《荒江女侠》各拍摄了13集，而月明公司的《关东大侠》、《山东响马传》也各自连拍13集，本土电影公司的创作激情与生产能力，在"武侠／神怪片"中得到充分展示。不过，"武侠／神怪片"在引发赞誉的同时也备受争议，首先，古典侠义精神被大众电影的娱乐追求消磨殆尽，动作奇观往往遮蔽了侠义内涵；其次，商业投机主义妨碍了"武侠／神怪片"的艺术水准的提高，粗制滥造之作不在少数。而且"武侠／神怪片"的小市民格调和"怪力乱神"的"戏拟"，自然为意在启蒙的知识阶层所诟病。

在中国民族电影初创时期，郑正秋、张石川的贡献无疑是最为巨大的，他们几乎引领了早期中国电影的每一次风潮，而肇始于他们的"社会伦理片"和"武侠片"，至今还是中国电影的两个主要类型，他们无疑构成了中国早期电影银幕上的最为闪耀的双子星座。郑正秋与张石山的合作可谓珠联璧合。郑正秋致力于电影教化社会的启蒙主张，试图以艺术高超之剧作达成社会教育之目的。其剧作结构严谨、情节曲折、逻辑合理、情节清晰，经典剧作《难夫难妻》、《孤儿救祖记》、《火烧红莲寺》便是个中翘楚。与郑正秋之启蒙教化的艺术追求不同，张石川更多的是从电影的资本、商品属性来决定题材、风格，而其在电影拍摄、剪辑技术方面的成功探索更是给中国电影的发展带来了巨大影响。从《难夫难妻》的固定不动的机位到《黑籍冤魂》中的分镜剪辑，从《劳工之爱情》里的切换镜头、"闪回"镜头的运用到《孤儿救祖记》在摄影、剪辑、光线等方面的全面成功，再到《火烧红莲寺》之电影技术的综合运用以及在电影特技方面的创新，张石川的艺术实践，几乎构成了早期中国电影艺术逐步走向成熟的完整过程。

到1920年代末，中国本土电影产业已经基本发展成形，商业模式、电影技巧、艺术风格等日趋成熟，电影产品逐渐赢得了市民阶层的青睐，成为国内电影市场上一股重要力量。应该看到的是，中国本土电影是在一个全球化的文化市场中参与商业竞争的，它对于西方电影霸权的反抗与颠覆，在赢得商业成功的同时也显示了一种反帝、反殖民的文化民族主义诉求，其于娱乐性、商业性之外的历史意义亦应得到承认。1930年，张石川导演了蜡盘发音的有声电影《歌女红牡丹》，其与友联公司的《虞美人》一道，成为中国最早的有声电影。但是，早期默片的商业、艺术与技术实践，奠定了中国电影未来发展、繁荣的基础。

文学个案解读

第七节　现代中国文学大师鲁迅（上）

鲁迅在现代中国文学史上的意义，也许不能单纯从其文学创作的成就上来评估，尽管鲁迅的小说、散文、杂感、诗词等文体的创作，都取得了重要的成就，但如果仅就某种文体来看，这些创作的文学价值还需要进一步讨论和文学史确认。多少年来，不断有学者将胡适、沈从文等作家与鲁迅进行比较，提出诸如"鲁迅还是胡适"的问题，或者以文学史排名突出沈从文而有意无意降低鲁迅的地位。也不断有人对鲁迅的小说或者杂感的创作艺术提出质疑，或者对鲁迅参与的文化论战提出批评。总之，对鲁迅的重新认识与评价似乎又成为学术界、理论界、读书界的热点话题。

在这里，鲁迅既是中国新文学的历史坐标，作为五四新文学的代表人物，鲁迅的文学创作成为新文学最具代表性的实绩，从某种意义上说，正是鲁迅的存在，新文学才能够真正确立其文学史的地位。也正是由于鲁迅，中国文学史的叙述在文体类型、文体功能、文体特征等方面才会发生质的变化；鲁迅也是都市流行文学的史学坐标，无论鲁迅是以怎样的态度对待张恨水们，也无论文学史家将都市流行文学置于怎样的地位，鲁迅都有可能成为都市流行文学的研究背景，对鲁迅的评论也会制约着人们对都市流行文学的命名及其评价；鲁迅又是五四以来饱受争议的古典形态文学的史学坐标，这不仅在于鲁迅本人创作了大量古典形态的诸如诗词等作品，而且更在于鲁迅对古典文学的评价对后世文学史书写的影响，如他的《汉文学史纲》、《中国小说史略》、《魏晋风度及文章与药及酒之关系》等。同时，鲁迅对现代文学史上的古典主义文学如学衡派、新月派等，也具有文学史的坐标意义。可以说，无论从鲁迅的思想及文学创作对文学史的意义，还是多年来文学史研究及鲁迅研究所形成的学术观念，都已经将鲁迅深深地置入文学史的坐标，对现代文学史的研究与撰述形成了深远的影响。

一、鲁迅的生平及创作道路

鲁迅（1881—1936），出身于浙江绍兴周姓家庭，为长子。初名樟寿，字豫才，17岁时改名为树人。"鲁迅"是他在《新青年》发表小说时用的笔名。鲁迅的少年时代是在绍兴度过的，在这里，他开始接受中国传统的诗书经传教育，也开始接触民间艺术。1898年到南京水师学堂，后来又改入南京路矿学堂求学，开始接受进化论等西方的思想学说。1902年考取留日官费生，赴日本进东京的弘文学院学习。1904年，入仙台医科专门学校学医，随后中止学习，希望以文艺改造国民的精神，发表了《摩罗诗力说》、《文化偏至论》等论文。1909年，与其二弟周作人一起合译《域外小说集》，介绍外国文学。同年回国，先后在杭州、绍兴任教。辛亥革命后，鲁迅曾任南京临时政府和北京政府教育部部员、佥事等职，兼在北京大学、女子师范大学等校授课。1918年5月，在《新青年》发表小说《狂人日记》，此后便"一发而不可收"，创作了大量小说、散文等。1918年到1926年间，陆续创作出版了小说集《呐喊》、《彷徨》，散文集《野草》、《朝花夕拾》，杂文集《坟》、《热风》、《华盖集》、《华盖集续编》等专集。1926年8月，南下厦门，任厦门大学教授。1927年1月，到广州，在中山大学任教务主任。1927年10月到达上海，与许广平同居，开始了在上海的最后十年的生活。1930年起，鲁迅先后参加中国自由运动大同盟、中国左翼作家联盟和中国民权保障同盟。从1927年到1936年，创作出版了小说集《故事新编》中的大部分作品，尤其是杂文创作取得了丰收，主要有：《而已集》、《三闲集》、《二心集》、《南腔北调集》、《伪自由书》、《准风月谈》、《花边文学》、《且介亭杂文》、《且介亭杂文二编》、《且介亭杂文末编》、《集外集》和《集外集拾遗》等杂文集。

鲁迅对中国现代文化事业也做出了巨大贡献，支持"未名社"、"朝花社"等文学团体，主编《莽原》、《语丝》、《奔流》、《萌芽》、《译文》等文艺期刊，关怀和培养了如萧军、萧红、叶紫等大批青年作家。他还翻译介绍外国文学作品，介绍国内外著名的绘画、木刻；搜集、研究、整理大量的古典文学，著有《中国小说史略》、《汉文学史纲要》，整理《嵇康集》，辑录《会稽郡故书杂录》、《古小说钩沉》、《唐宋传奇录》、《小说旧闻钞》等。

鲁迅先生逝世后，他的作品得到广泛传播，1938 年出版了第一部《鲁迅全集》（20 卷）。建国后，鲁迅著译已分别编为《鲁迅全集》（10 卷）、《鲁迅译文集》（10 卷），并重印鲁迅编校的古籍多种。1981 年出版了《鲁迅全集》（16 卷），2005 年，出版了新版《鲁迅全集》（18 卷）。

二、作为现代中国知识分子的坐标

鲁迅是酷爱自由并且一生都为之奋斗的知识分子，为现代中国文学提供了具有重要意义的现代知识分子范例。出生于浙江绍兴的鲁迅，从童年时代就接受了中国传统文化的熏陶，而他从一些民间故事和传说中所获得的知识，诸如从祖母那里听来的白蛇传，从《山海经》上读来的故事，都给鲁迅留下了深刻印象。但在他十三四岁时家庭发生的一系列变故，让他彻底失去了生活的乐趣，体验到了"从小康人家坠入困顿"的痛苦与无奈，并由此"大概可以看见世人的真面目"[1]，也感受到失去自由与挣扎于生活边缘的荒漠与荒凉。1898 年，鲁迅到南京求学，随后到日本留学，让他经历了"走异路，逃异地"人生的同时，有机会接受外国文化的影响，能够看到一个更广阔的世界，并逐步建立起了以"立人"为主的思想。让他从国外"摩罗诗人"身上看到了"所遇常抗，所向必动，贵力而尚强，尊己而好战，其战复不如野兽，为独立自由人格"[2]的精神。在《文化偏至论》中，鲁迅再次论述了个性、自由的问题："人必发挥自性，而脱观念世界之执持。惟此自性，即造物主。惟有此我，本属自由；既本有矣，而更外求也，是曰矛盾。自

---

① 鲁迅：《〈呐喊〉自序》，《鲁迅全集》第 1 卷，北京：人民文学出版社 1981 年版，第 415 页。
② 鲁迅：《摩罗诗力说》，《鲁迅全集》第 1 卷，北京：人民文学出版社 1981 年版，第 81 页。

由之得以力，而力即在乎个人，亦即资财，亦即权利。"①鲁迅从个人感受和思想接受等方面，认识到个性、自由、反抗等，是作为个体的人所宝贵的，也是作为民族精神世界中所宝贵的。也可以说，作为知识分子的鲁迅，对个性、自由的关注，成为他一生最重要的追求，也是确立其知识分子形象的思想基础。

当然，在鲁迅确立其知识分子身份的过程中，他的留学日本的经历是需要特别注意的。1902 年，在浩浩荡荡的留学大军中，东渡日本的鲁迅并没有什么特别出众的地方。据史料记载，1902 年到日本留学的中国学生有 500 多人，1903 年则增加到 1000 多人，1904 年有 1300 多人。而且鲁迅的留学梦想也与其他中国学生没有太大的差异，科学救国，既符合留学生们的情感逻辑，也符合那一代青年学生的思想特点，"我的梦很美满，准备卒业回来，救治像我父亲似的被误的病人的疾苦，战争时候便去当军医，一面又促了国人对于维新的信仰"②。鲁迅的日本经历，对日本文化的亲身感受，以及通过日本文化的中介对西方文化的接受，形成了作为新派知识分子的一些基本特征，诸如爱国热情、民主意识、科学主义思想、自由思想以及早期鲁迅的人生观、价值观。

留学回国后的鲁迅，基本上扮演着知识分子与政府官员两种不同的角色。杭州两级师范学校教员、绍兴府中学堂教员等职务，让回国后的鲁迅拥有了并不理想但却相对稳定的职位。不过，生理课、化学课、生物课等，也许并不是鲁迅喜欢教授的课程，或者鲁迅并不一定甘心于教员的职位。所以，他在 1911 年 7 月31 日给好友许寿裳的信中说："仆颇欲在它处得一地位，虽远无害，有机会时，尚希代为图之。"从鲁迅的个人意愿来说，无论是教员职位还是从事文学事业，其实并不是他的理想，"得一地位"是什么样的地位，可能鲁迅一生也没有满足过，他的职业理想似乎一直是折磨着他的问题。当然，通过一定的生存位置而争取自由，争取话语权利，也许是鲁迅一生的追求。正如他在《〈越铎〉出世辞》中所说："纾自由之言议，尽个人之天权，促共和之进行，尺政治之得失，发社会之蒙覆，振

---

① 鲁迅：《文化偏至论》，《鲁迅全集》第 1 卷，北京：人民文学出版社 1981 年版，第 51 页。

② 鲁迅：《〈呐喊〉自序》，《鲁迅全集》第 1 卷，北京：人民文学出版社 1981 年版，第 416 页。

勇毅之精神。"① 鲁迅更看重自由、人权、共和、政治等问题,或者说,无论鲁迅从事教学工作,还是参与媒体工作,都是试图借文化教育工作以解决社会问题,实现其政治抱负。1912 年年初,鲁迅终于在许寿裳引荐下到南京任教育部职员,从此,在相当长的一段时间内,鲁迅作为教育部公务员身份出现在各种场合。从此,鲁迅的身份角色的矛盾不时折磨着他,让他感受到公务员的繁忙,更让他感受到各种的痛苦。当他作为知识分子身份出现时,他期望着社会活动家、革命家,甚至政府官员的角色,但当他身处政府官员的位置时,他又不能忘却知识分子的身份。尤其他作为教育部佥事,在社会教育司分管图书馆、博物馆等事项,到天津考察新剧,视察国子监及学宫的古文物,主持筹备全国儿童艺术委员会,参与筹建京师图书馆等工作,都让他感受到在政府官员位置上的某种优越。但是,鲁迅毕竟是一位知识分子,他在工作之余所做的校勘古书、抄录古碑等事情,不时提醒他作为知识分子的立场。鲁迅痛苦的既有个人生活的、家庭的事情,也有角色定位与转型中的痛苦。从这个意义上说,鲁迅一直徘徊在知识分子与社会工作者角色之间。这种角色的矛盾与变位,一直持续到 1920 年代中期,当他真正成为一位职业作家之后,才完成了知识分子角色的最后转型。

《新青年》提倡新文化运动后,鲁迅受邀写稿,并参与《新青年》编辑部的相关活动。这是鲁迅知识分子角色的又一次转型,是由以职业选择为主的谋生型知识分子,向确立自己的文化立场的知识分子角色转型,他在一系列小说和杂感创作中,奠定了作为现代知识分子的基本立场。鲁迅对个体生命生存的关注,对现实人生的关注,对中国社会一系列问题的关注,体现着一位知识分子的人文关怀,其生命哲学、社会思想及其文化思想的建构已经基本成型。可以说,鲁迅只有回到知识分子立场上时,他才能真正寻找到自己的位置。因此,我们看到鲁迅身上存在的矛盾现象。作为政府的官员,并没有让鲁迅感受到多少值得书写的地方,人们在谈到鲁迅时,也似乎对他的公务员身份并不感兴趣,而更愿意把鲁迅作为五四新文化运动的"先驱"、"旗手"以及新文学作家看待,更愿意接受一个知识分子鲁迅的形象。也正是如此,进入 1920 年代的鲁迅,逐渐从政府官员转向知识

---

① 鲁迅:《〈越铎〉出世辞》,《鲁迅全集》第 8 卷,北京:人民文学出版社 1981 年版,第 40 页。

分子形象，尤其他离开教育部辗转南下厦门、广州，最后回到上海定居，以自由职业者和专业作家的身份最终完成了知识分子的角色定位。

因此，可以说鲁迅是一位自由知识分子，是用自己的生命追求自由的知识分子。这既是指从1927年后他主要是一位自由职业者，也是指他的思想立场和身份特征。而且鲁迅以他的身份特征及其文化品质成为现代中国知识分子尤其是激进主义知识分子的精神领袖。主要包括以下几个方面：

第一，反抗权威。鲁迅是"好斗"的，这种好斗的性格既源于他的个性，又是身处一定的社会环境所采取的必要措施，更是鲁迅挑战权威，不为权贵屈服的表现。鲁迅所反对的"权威"有多种类型，既有统治者，也有文化界的精英；既有想象中的敌人，也有现实中与他论战的对手。在鲁迅的一生中，几乎所有能够成为文化界"权威"者，都是他批判、反对的对象。这其中大多是人们所熟悉的现代中国的文化名流，如林纾、胡适、陈源、徐志摩、林语堂、顾颉刚、成仿吾、梁实秋、施蛰存、穆木天以及曾经遭受不公平评价的胡秋原、叶灵凤、曾可今、邵洵美等，都是作为鲁迅批判的对象出现的。

第二，反抗秩序。"从来如此，便对么？"这是鲁迅借狂人之口对既成的社会秩序、文化秩序所提出的挑战。无论是在思想建构过程中，还是在现实生活中，鲁迅对既定秩序无论是中国传统的文化秩序，还是五四以来的现代文化秩序，都保持着应有的怀疑精神，试图在反抗的过程中破坏既成的秩序，重建社会与文化的新秩序。1929年6月1日，鲁迅在给许广平的信中就说："我也对于自己的坏脾气，常常痛心；但有时也觉得唯其如此，所以我配获得我的小莲蓬兼小刺猬。此后仍当四面八方地闹呢，还是暂且静一静，作一部冷静的专门的书呢，倒是一个问题。""四面八方地闹"这是鲁迅的风格，也正是对一种既成秩序的有意识的破坏。

第三，拒绝宽恕。与自由主义知识分子不同，作为爱自由、追求自由生命的鲁迅，主张"一个也不宽恕"①。"一个也不宽恕"是一种精神，一种嫉恶如仇的不屈服的斗争精神。我们在鲁迅的《颓败线上的颤动》、《复仇》、《女吊》等篇章中，在鲁迅的日常行为中，都可以感受到那种褊狭的报复性心理，不宽恕的精神渗透

---

① 鲁迅：《死》，《鲁迅全集》第6卷，北京：人民文学出版社1981年版，第612页。

到鲁迅思想的各个方面。鲁迅的不宽恕有其所指，与自由主义知识分子所坚持的"宽容"并不是一个概念，甚至不是同一范畴的概念。但是，鲁迅的"不宽恕"反映了激进主义知识分子的文化心理。当鲁迅以反抗权威的心理面对他所处的环境时，几乎所有的面对的人都会成为"敌人"，都会让他以"不宽恕"的态度去面对这些人、事。鲁迅的不宽容既是一种文化态度，也是一种面对现实的策略。正如鲁迅所说："我早有点知道：我是大概以自己为主的。所谈的道理是'我以为'的道理，所记的情状是我所见的情状。听说一月以前，杏花和碧桃都开过了。我没有见，我就不以为有杏花和碧桃。——然而，那些东西是存在的。——学者们怕要说。——好！那么，由它去吧——这是我敬谨回禀学者们的话。"[1] 以自我为中心的价值判断，是鲁迅"不宽恕"的思想原点，从而不宽恕就会变成一种仇恨，对社会、对他人的仇恨。

三、作为现代中国思想史的坐标

如何认识鲁迅的思想资源，评估鲁迅作为思想家的文学史地位，是现代中国文学史书写面对的一个问题。鲁迅作为"伟大的思想家"既是现代文学的收获，又是现代文学不能承受之重。鲁迅没有系统的哲学著作，甚至也没有系统阐述过自己的思想，但鲁迅却在他的生命历程中，在他的各种著述中，建构起了一个体系性的思想，形成了现代中国最完整的、最丰富的、最博大精深的思想体系。鲁迅的思想载体主要是他的小说和杂文创作，以文学的方式承载着沉重的思想。鲁迅在谈到他的小说创作时说："说到'为什么'做小说罢，我仍抱着十多年前的'启蒙主义'，以为必须是'为人生'，而且要改良这人生。我深恶先前的称小说为'闲书'，而且将'为艺术而艺术'，看做不过是'消闲'的新式的别号。所以我的取材，多采自病态社会的不幸的人们中，意思是在揭出病苦，引起疗救的注意。"[2] 鲁迅已经自觉意识到他的文学创作与思想建构的关系，或者说，在鲁迅那里，他并不是特意将小说、散文等文体的创作作为文学的创作，无意于将这些文体"抬进文苑"，

---

[1]　鲁迅：《新的蔷薇》，《鲁迅全集》第 3 卷，北京：人民文学出版社 1981 年版，第 291 页。
[2]　鲁迅：《我怎么做起小说来》，《鲁迅全集》第 4 卷，北京：人民文学出版社 1981 年版，第 512 页。

而是借助于能够被读者接受的文体蕴含其思想。任何文学创作都表达作家一定的思想情感，文学创作都是作家人生思想、哲学思想的艺术呈现。从这个意义上说，鲁迅是一位文学性的思想家。《新青年》创刊以来，陈独秀等就非常注重思想文化的问题，注重借文学以解决社会问题。在《现代欧洲文艺史谭》一文中，陈独秀就表达这样的观点："西洋所谓大文豪。所谓代表作家。非独以其文章卓越时流。乃以其思想左右一世也。三大文豪之左喇。自然主义之魁杰也。易卜生之剧。刻画个人自由意志者也。托尔斯泰者。尊人道。恶强权。批评近世文明。其宗教道德之高尚。风动全球。益非可以一时代之文章家目之也。西洋大文豪。类为大哲人。非独现代如斯。自古尔也。若英之沙士皮亚（Shakespeare）。若德之桂特（Goethe）。皆以盖代文豪而为大思想家著称於世者也。"① 也就是说，文学只是作为社会革命的方法之一，是一种工具。在鲁迅那里，文学既是参与社会的途径，也是他思考人生，建构思想体系的方法。

鲁迅是一位对社会、人生、个体生命有着深刻体验的作家，鲁迅的启蒙思想首先是他对人生、社会的高度概括，是鲁迅的人生智慧的体现。鲁迅在对中国传统文化进行深入分析批判的基础上，建构了属于现代中国的思想体系和文化思想，鲁迅的思想具有强烈的穿透力，这是为其他现代文化名人所难以比肩的。在鲁迅的作品中，有两个相互说明的世界：一个是庸常人物的日常生活世界，一个则是日常生活所呈现出的哲学世界。鲁迅所生活的社会还没有像西方那样进入现代化、工业化，而仍然处于农业为主体的时代，所以鲁迅没有产生像西方现代哲学那样的物质基础，但鲁迅却在生命的体验中准确把握了人的生存本质，在一个特定的语境中写出了人生的荒诞，形成了鲁迅式的存在哲学。

在鲁迅的文学作品中，其着眼点在于民众的精神世界和生存世界两个方面，着重于构筑一个关于国民生命和生存世界的哲学体系，通过叙述国民的日常生活，在生存环境和生存现实中蕴含深刻的思想。他的小说和杂感不是哲学著作，但却承载了过多的文学之外的内容。鲁迅的哲学思想是建立在他个人的生命体验和生存感受基础上的，是体验性的、现实性的。鲁迅的创作所建立的哲学世界与国民

---

① 陈独秀：《现代欧洲文艺史谭》，《青年杂志》，第 1 卷 4 号，1915 年 12 月 15 日。

的精神世界相互联系在一起，构成了现实的和哲学的两个相互说明的逻辑层面。在现实的层面上，国民的生存环境和生存状态成为鲁迅叙述的重点，从而展示了一种荒芜、荒漠的人生图式：没有爱，没有生命的飞扬；在哲学层面上，鲁迅深入解剖了中国式的生命哲学，这一生命哲学的内涵是：荒诞、无奈。鲁迅的小说创作在揭示国民精神的荒漠的同时，更深入地探讨了国民日常生活中的存在方式。《狂人日记》展示了如狂人那样的生存危机意识，狂人形象就是一个象征符号，真正表现了现代人感受到的巨大的生存压力。"狂人"是一个象征性的符号，在错乱的时空意识中，他时时感受到的是周围世界吃人的景象以及他要被吃的恐怖氛围，所有的环境都被他视为"吃人"的暗示，所有人的言说都可以被他听出"吃人"的符码，他的意识真正错乱了，显示出一个典型的精神病患者的特征。但这个象征性的符号又通过语义双关、暗示等手法，写出了现代社会的人们精神高度紧张，一直处于被吃的生存危机之中。《药》则挖掘了国民的敬畏生命而又漠视生命的荒漠现实。"药"是一个与人的生存密切联系在一起的含义深刻的意象。华老栓为了救儿子的命而买一块作为"药"的人血馒头，"药"在《药》中构成了一个巨大的隐喻，生命在这里成为一个荒诞的命题：药是救人性命的，却是另一个人生命的鲜血染成的馒头；人的生命是宝贵的，可是在康大叔们的议论中，生命却是那么苍白；华小栓病了，只换来康大叔毫无同情之心的"吃了么，好了么，包好包好"的叫唤声。夏瑜被杀了，却没有得到任何人的同情与理解。刑场、茶馆、墓地，三个空间，是人们的生命轨迹，显示的是人们对生命的漠然与无知。最后华小栓与夏瑜死了，埋在同一块坟地。夏瑜的悲剧不在于他是否发动了民众参加革命，华老栓的悲剧也不在于他是否理解革命。在小说叙事中，夏瑜和华老栓、华小栓以及康大叔们的悲剧是相同的，生命在荒漠中毫无意义地逝去，或做成了毫无意义的"药"，或无声无响在死去。

鲁迅的杂文写作主要关注文化社会里的人与事，是一种知识分子话语的写作，同样表现了作为现代知识分子的人生体验，那种生命的感受与对社会的理解，具化为富有激情和思想穿透力的语言。

鲁迅杂感是由两个艺术呈现的层面构成的：第一个层面是对社会和文化现实的批判，第二个层面则是话语建构。在现实层面上，鲁迅表现出强烈的批判意识，以知识分子的姿态参与了中国现代文化的进程。而在话语层面上，鲁迅通过杂文写作，积极参与了现代知识分子话语空间的营构，建构了一个知识分子生存的"公共领域"。在社会现代性的进程中，知识分子"公共领域"的建立也是启蒙的一个部分。鲁迅一生参与诸多论争，这其中既有文化论争，也有社会论争，也有个人间的恩怨，这些论争被学界进行了各种不同的阐释，也被人进行了种种猜测，以此攻击鲁迅人格者有之，以此颂扬鲁迅之伟大者有之。如果我们跳出这些狭隘的思维，而从现代知识分子悉心营造"公共领域"的问题上理解鲁迅参与的各种论争，也许能够重新定位这些论争具有的话语意义。周作人在《〈语丝〉发刊辞》中说："我们只觉得现在中国的生活太是枯燥，思想界太是沉闷，感到一种不愉快，想说几句话，所以创刊这张小报，作自由发表的地方。"这一办刊宗旨同样也代表了鲁迅的思想，争取知识分子生存的权利，争取话语的权利，这也许正是鲁迅最直接的思想。鲁迅曾与胡适支持的现代评论派进行过交锋，也与胡适发生了一些矛盾，对胡适进行过言辞激烈的批评，以致于两个人走向了不同的道路，这与他们的生存体验不同相关，也与他们各自站在不同的文化立场上，各自所争取不同的话语空间相关。当年郑振铎在《中国新文学大系·文学论争集》的"导言"中曾说过，语丝社和章士钊及现代评论社之间的争斗，"那倒是货真价实的思想上的一种争斗"，郑振铎已经敏感到这场论争"已不是纯然的关于文学方面的问题了"[①]。而这种"不是纯然的关于文学方面"的论争，恰恰是鲁迅那个时代最动人的文化事件之一，是鲁迅思想的突出表现。

四、作为现代中国文体史的坐标

所谓文体主要指文学作品的体裁或类型、风格以及语体。美国学者宇文所安指出，中国古代的文体内涵丰富，"既指风格（style），也指文类（genres）及各种各样的形式（forms），或许因为它的指涉范围如此之广，西方读者听起来很不习

[①] 郑振铎：《〈中国新文学大系·文学论争集〉导言》，《中国新文学大系·文学论争集》，上海：良友图书印刷公司 1935 版，第 15 页。

惯"①。不过，无论文体的范围多广，它都是由文学作品的外在形状、表现形式、语言构成及其风格特征等组成，正如《颜氏家训·文章》中所说："文章当以理致为心肾，气调为筋骨，义理为皮肤，华丽为冠冕。"尽管其表述存在一定的问题，但这里说的就是文体的体制、语体、体式等方面的问题。中国古代文体经过几千年的发展变异，已经形成了自己稳定的文体类型和风格特征。虽然对于现代中国文学具有一定的继承意义和文学批评价值，但无论是文体类型还是文体风格，都不能在同一批评范畴中运用。现代散文无法与古代文章同日而语，现代新诗也不可能置于古典诗词的批评范畴中，而现代小说与古代小说也不能完全视为同一文体类型。至于文体风格，更因时代变迁而发生了重大变化。

一种文体的选择与创造，主要取决于一个时代的审美倾向和和文体意识、传播媒体与传播方式，而一个时代的审美倾向又往往与一定的文化传播媒体和传播方式联系在一起。以报纸期刊为代表的现代传媒首先带来了现代社会的文化精神的变异，现代传媒的平面性、密集性、复制性、批量性特征，使其具有了更多的趋向大众的可能性。可以说，现代文化在某种意义上就是平民化文化的崛起，是现代报刊通过特定的叙事激发了平民文化，也激发了平民大众的欲望，使平民文化成为现代社会的主导性成份。威廉斯认为，现代大众文化中的"大众的"含义，"就是一般化的政治态度和大众喜爱的内容"，而报纸期刊正好适应了现代启蒙运动启发民智的作用，也适应了日常生活中的大众需要②。"大众的"需要促进了现代文化的形成与发展，也促生了与其相适应的现代文体出现。

鲁迅是较早感应并把握现代文化精神，深刻理解了现代文化与现代文体的内在关系，积极参与现代文体创造的作家。综观鲁迅一生的文学创作，有小说、散文、散文诗、杂文以及日记、书信、译著等各类文体③。鲁迅经常在不同文体之间转换，在不同时期选择了不同的文体形式，但在鲁迅所选择的所有文体类型中，最成功

---

① 【美】宇文所安著，王柏华、陶庆梅译：《中国文论：英译与评论》，上海：上海社会科学院出版社 2003 年版，第 4 页。

② 【英】雷蒙·威廉斯：《出版业和大众文化：历史的透视》，陆扬、王毅选编：《大众文化研究》，上海：上海三联书店 2001 年版，第 119 页。

③ 参见李继凯：《文体史视域中的鲁迅文体》，《鲁迅研究月刊》，2000 年，第 9、10 期。

的、在文学史上最有分量的，应当是他的小说和杂文。在这里，鲁迅没有选择诗歌作为他自己主要的创作文体，并不是鲁迅不具备诗人气质①。同样，鲁迅不把抒情叙事散文作为一生的主要文体，也不在于他不具有传统文人的散文品格。鲁迅选择小说和杂文作为他一生的主要创作文体，更是他对现代文学传播方式和手段的独特理解和准确把握，是对现代传媒的科学运用和创造性发挥。可以说，在现代文学史上，鲁迅是对现代文体与现代文化传播之间的联系理解最深刻、把握最到家的一位。从文体类型来看，鲁迅一生实践过多种文学体式，为现代文学提供了丰富的文体类型，深刻影响了现代文学的发展以及现代作家的创作。从创作实践及其文学史角度来看，现代小说和杂感文学是鲁迅最成功的文体尝试。诗歌和戏剧是鲁迅较少尝试的文体，但从鲁迅的创作过程来看，在他少量的诗歌和戏剧的创作中，体现出了对诗歌和戏剧的深刻理解。《我的失恋》、《过客》等作品丰富了鲁迅的文体类型，这些作品虽然不能视为完整的诗歌或者戏剧文体，但它们作为一种文体类型的意义是非常明显的。

在鲁迅的文体类型的选择与创作过程中，杂感文学是鲁迅对现代文学最独特和最重要的贡献。《新青年》开辟《随感录》栏目并把这一文体发展为现代文学主要的文学体式，陈独秀、李大钊、钱玄同、刘半农等人都做出了巨大的贡献，不过，最终完成这一文体的是鲁迅。在鲁迅那里，杂文既是作为争取公共领域的必要手段，又是他所理解与创造的现代文学文体样式。正是如此，鲁迅选择杂文文体既是时代使然，又是现代报刊的篇制特征使然，"也有人劝我不要做这样的短评。那好意，我是很感激的，而且也并非不知道创作之可贵。然而要做这样的东西的时候，恐怕也还要做这样的东西"。因为在这种文体中，可以"站在沙漠上，看看飞沙走石，乐则大笑，悲则大叫，愤则大骂，即使被沙砾打得遍身粗糙，头破血流，而时时抚摩自己的凝血，觉得若有花纹，也未必不及跟着中国的文士们去陪莎士

---

① 李长之就曾在他的《鲁迅批判》一书中极为肯定地说过："鲁迅在思想上，不够一个思想家，……然而在文艺上，却毫无问题的，他乃是一个诗人。诗人是情绪的，而鲁迅是的；诗人是被动的，在不知不觉之中，反映了时代的呼声的，而鲁迅是的；诗人是感官的，印象的，把握具体事物的，而鲁迅更是的。"《李长之批评文集》，珠海：珠海出版社1998年版，第42页。

比亚吃黄油面包之有趣"①。在这种认识的主导下，鲁迅更自觉地选择杂文文体，作为自己主要的创作。当然，与此同时鲁迅在《野草》、《朝花夕拾》等作品中对叙事抒情散文的实践，也说明鲁迅不仅仅是把报刊作为争取公共领域的手段，他对报刊的文学意义的理解同样是相当深刻的，只不过当时代的氛围对鲁迅提出更急迫的问题时，他需要一种回答的形式。一种时代的文本由此而形成并成为 20 世纪中国文学重要的文体形式。

第八节　现代中国文学大师鲁迅（下）

一、新潮文化视野中的艺术重构

鲁迅是一位对社会、人生、个体生命有着深刻体验的作家，鲁迅的启蒙思想首先是他对人生、社会的高度概括，是鲁迅的人生智慧的体现。鲁迅的文学创作主要通过对人生的观察，以启蒙思想解决人生的根本问题，从民众的日常生活中探索人的精神世界，在精神的探求中建构思想体系。鲁迅在他的小说、散文创作中，以不同的艺术方式表现出了现代中国的生命哲学。鲁迅在对中国传统文化进行深入分析批判的基础上，建构了属于现代中国的思想体系和文化思想，鲁迅的思想具有强烈的穿透力，这是为其他现代文化名人所难以比肩的。

第一，纷繁的现实社会图景。鲁迅的小说创作为读者提供了中国社会的全息图景，从《呐喊》、《彷徨》到《故事新编》，鲁迅着意于社会的各个层面，这里有社会下层民众的愚昧麻木，也有知识分子的上下求索；既有精神病患者的生活，也有伪道者虚妄的道德世界；既有古代历史人物的人生，也有现实世界的社会生活。鲁迅的小说创作意在揭出痛苦，引起疗救的注意。他笔下的病态人生既是指病态的精神世界，诸如阿 Q、祥林嫂、华老栓等；也是指生理的病态特征，诸如狂人、阿宝、华小栓等，人的病体与灵魂在某种意义上达成了一致。鲁迅在作品中直面人生，真实地表现不同人生的日常生活。

---

① 鲁迅：《〈华盖集〉题记》，《鲁迅全集》第 3 卷，北京：人民文学出版社 1981 年版，第 4 页。

第二，荒凉与荒漠的生存现实。在鲁迅的作品中，有两个相互说明的世界，一个是庸常人物的日常生活世界，一个则是日常生活所呈现出的哲学世界。那些乡村市井的人物，如孔乙己、华老栓、康大叔、七斤、八一嫂、闰土、阿Q、祥林嫂、四铭、高老夫子，等等，无所事事，他们既不关心身边发生的重大社会事件，也没有自我生命意识的自觉。诸如辛亥革命等事件，往往只能转化成人们口头流传的各种无稽故事（《风波》），革命者的鲜血也只能做成华老栓为他儿子治病的药（《药》），或者如咸亨酒店的人们只有取笑一个可怜的文人而获得某些精神上的满足（《孔乙己》），或者一场革命只有一条辫子还在人们的议论中，人们早就"忘却了纪念"（《头发的故事》）。就是如辛亥革命这样关系民族生死存亡的事件，也只能伴随着阿Q式的游手好闲（《阿Q正传》）。在《孤独者》中，魏连殳无法对他的祖母表达感情，也无法真正寻找他理想的现实，无法感受到爱的人生。鲁迅在生命的体验中准确把握了人的生存本质，在一个特定的语境中写出了人生的荒诞。

第三，荒诞的生命世界。鲁迅创作中的哲学思想主要来自于他的人生体验，早年家庭的衰败和他人生路途上的一系列挫折，几乎事事失败，都使他对人生产生了深刻的体验，形成了他对人生独特的认识。1912年鲁迅任职于教育部，上班族与单位人的工作方式和生活环境，在他的人生体验中具有特别的意义。那些极端无聊和不得不去应付的事情，对于有着宏大理想的鲁迅来说，无疑是一种折磨。正是这些人生感受，构成了他创作中的深刻的哲学内涵。《祝福》中的祥林嫂不在于她的愚昧，不在于她如何受鲁四老爷的压迫，也不在于其身上背负的种种枷锁，而主要在于她生活在一个荒诞的世界上。在这个世界上，她的一行一动都被规定好了，无论她的丈夫死了还是她再嫁人，她都是错的。即使她捐了门槛，试图赎回自己的身子，她仍然是错的，仍然处于无尽的痛苦的折磨之中。《在酒楼上》中的吕韦甫深切感受到人生的无常，每个人就像那只被驱赶的苍蝇一样，飞不出去那个"怪圈"。在《奔月》中，善射的羿却生活在一个无物可射的时代，只能打只乌鸦回家给嫦娥做乌鸦炸酱面，学生背叛，他人嘲笑，甚至连自己的老婆也管不了，嫦娥奔月而去。《眉间尺》中立志复仇的眉间尺却找不到自己的仇人，最后却只能与仇人的头煮在一锅里。让人感觉到一切都是无可奈何，都是以荒诞的方式存在着。

二、鲁迅小说的叙事艺术

鲁迅小说艺术上承继了中国古典小说的某些艺术手法，也借鉴了外国小说的叙事方法，创造了属于现代中国的小说叙事艺术。用茅盾的话说就是："在中国新文坛上，鲁迅君常常是创造'新形式'的先锋；《呐喊》里的十多篇小说几乎一篇有一篇的新形式，而这些新形式又莫不给青年作者以极大的影响，欣然有多数人跟上去试验。"① 可以说，鲁迅小说的试验性、先锋性以及叙事方法的现代性，为现代中国小说提供了一种范本。

第一，有机艺术整体。所谓小说的有机艺术整体，并不是指小说故事的完整性，而主要是指小说自身构成为一个自足的封闭的系统。这一系统表明小说文本是不可分割、不可续补的有机整体，这一整体一旦被分割，就有可能改变小说的审美特性，失去作品应有的意义。这一有机整体正是考虑到期刊的体制特点，顾及了小说应有的完整性。在叙事时间和空间上，由于小说自身的艺术整体特征，因而必然"重构"了中国传统小说的叙事时空关系。从叙事时间角度来看，鲁迅小说是在一个封闭的时间框架中完成的，他既很少写一个有"头"有"尾"的故事，也少有现代小说那种重叠反复和立体交叉的时间故事，鲁迅的小说叙事线条是十分清晰的，甚至就是一条线性的故事线索，但鲁迅小说中的时间是被完成的时间，一旦当小说最后完成时，时间也就此结束。它可以给读者留下可供想象的时间余地，但却没有给读者或其他作家留下续写的余地。《孔乙己》写孔乙己在人们哄笑中出场，又在人们的遗忘中消失；《药》从华老栓为儿子买药写起，到华小栓病死结束，这是一个完整的过程；《故乡》写"我"回故乡搬家写起，到"我"离开故乡为止；《风波》从七斤的辫子被剪引发一场"风波"写起，到"风波"不了了之结束；《伤逝》从子君与涓生勇敢地结合在一起写起，到子君痛苦地离开涓生孤独地死去结束；《铸剑》从写眉间尺为父报仇开始，到眉间尺的头与仇人的头煮在一锅为止，等等，这种符合报刊而运用的叙事时间将小说情节封闭在文本内部，形成了一个自足的封闭性体系。在叙事方式上，鲁迅选择了与中国传统小说大致相

---

① 茅盾：《读〈呐喊〉》，《茅盾论中国现代作家作品》，北京：北京大学出版社1980年版，第149页。

同的"情节时间"，即如《祝福》、《伤逝》这样以"倒叙"方式叙事的小说，但在整体上也仍然是一个情节时间的安排。

中国传统的小说叙事形成了一个因果关系的结构模式，鲁迅的小说则在此基础上创造了一个封闭的、自足的、已经完成的结构模式，在这个结构模式中，推动故事发展的动力不是因果关系，所有因不一定导出最终的果。孔乙己在咸亨酒店遭到人们的哄笑、戏弄，甚至丁举人把他的腿打断了，都不是他最后死去的直接原因，或者说，由这些现象无法导出最终孔乙己死亡的果。阿Q被枪毙，与他的精神胜利法无关，也不是他与王胡、小D打架甚至也不是他要"革命"的原因。祥林嫂最终死了，但她的死并不能由她所经历的所有事情导出这个结果，祥林的死，鲁四老爷的"可恶"，以及她再嫁贺老六、阿毛的死等，都是对她的沉重打击，但是，这些现象并不是祥林嫂最终结果的原因。鲁迅创造了一种"生活流"的叙事艺术，将生活中发生的故事按照生活本来的样子叙述出来，这些生活中的故事只构成了叙事的表层。叙事的深层结构中，蕴含着故事本身所不具有的象征意义，从而完成了小说的叙事艺术的建构。

第二，空间叙事艺术。我们可以重读被人们分析较多的《药》。《药》一直被人们解读为明与暗两条情节线的结构：一条是华老栓为儿子买药和华小栓吃药的情节线，一条是夏瑜为革命献身的情节线。两条情节线相互补充说明，既反映了资产阶级领导中国革命的不彻底性，又表现了国民的愚昧麻木、不理解革命的悲剧。但实际上，鲁迅在一篇不足5000字的小说中，要完成两条情节线是十分困难的。考虑到文学期刊的整体性特征，也考虑到现代小说情节与结构上的不可分割性，在笔者看来，《药》的叙事是在一条极为明晰的情节线中展开的，所谓的两条情节线只能是学者们的一相情愿和根据古典小说艺术经验的想象性阅读的结果。从鲁迅所提供的叙事空间来看，小说写了刑场、茶馆、墓地三个场景，这三个场景从不同的方面构成了一个统一的呈现着极富象征意义的人的生命生存艺术空间：刑场和墓地是人的生命尽头，而茶馆则是体现着国民生存和生命方式的场所；刑场上被杀的夏瑜的鲜血做成了"药"，成为华小栓生命的希望，华老栓正是在这种对生命的"药"神秘而又敬畏的心情中怀揣着银元去买那人血馒头；而在茶馆里发生的事件都与生命有关，华小栓吃药和众茶客们议论吃药以及刚刚被杀掉的夏瑜，成为人们谈论的主要内容。康大叔们谈论的主要涉及生死观念的问题，表现了一般国民们对生命的态度。从小说的叙事时间来看，从华老栓为儿子买药到华小栓吃药，再到华小栓死去，构成了一个人的生命历程。从一个人生命的尽头到另一个人生命的终结，一个人的生命寄托在另一个人生命的结束上。而最终两个人被埋在同一块墓地，这是极具反讽意义的故事。华老栓买药的情节极为细致真实地表现出国民心目中对生命的敬畏；华小栓吃药则寄托着华老栓夫妇对生命的希望；而华小栓最后的病死无情地戏弄了华老栓们的生命观念。可以看出，现代小说的叙事方式只能在小说自身完成它所可以蕴含的主题，只能在报刊的有限篇幅中完成一个结构性的叙事。在这个叙事系统中，小说可以有繁复多重的意蕴，但它首先符合一般报刊读者的阅读需要，通过读者的"读"最后完成小说的创造。

第三，富有张力的叙事语言。在现代作家中，鲁迅是最善于运用描写语言的，他往往以白描的手法，通过人物的动作和语言表现其个性，由行动中的人与人之间的关系构成人物活动的背景，影衬出人物的特征。鲁迅曾说："忘记是谁说的了，总之是，要极俭省的画出一个人的特点，最好是画他的眼睛。"[①]《孔乙己》中写孔乙己"是站着喝酒而穿长衫的唯一的人"，《祝福》中写祥林嫂的眼睛，《阿Q正传》写阿Q的辫子及头顶的疮疤，都是传神之笔，非常准确地描写出人物的性格特征。

三、鲁迅的散文创作

鲁迅一生以散文创作成就最高，鲁迅在散文文体上的创造是他艺术个性的体现，也是他对现代报刊文体特征的把握，他从《新青年》发表随感录开始，就对散文创作投入了相当大的精力。鲁迅散文的文体类型相当丰富，有杂感、随笔、散记、回忆录等，《朝花夕拾》、《野草》等在记事、抒情方面，体现了鲁迅式的闲话与独语的特征。而他为之一生倾注心血的《热风》、《华盖集》、《而已集》、《三闲集》、《南腔北调集》、《花边文学》、《且介亭杂文》等，将多种文体融为一体，创造了现代中国文学的杂感文学的文体，也成就了鲁迅一生重要的文学事业。

鲁迅通过杂文创作说自己想说的话，或者说，鲁迅的杂文创作是一种争取公

---

① 鲁迅：《我怎么做起小说来》，《鲁迅全集》第4卷，北京：人民文学出版社1981年版，第513页。

共领域、争取话语权的写作，是反"别人的声音"而发表"自己的声音"的写作。也可以说，杂文是现代知识分子所寻找的最能体现知识分子写作精神的文体。

鲁迅的杂文并不是特别创造一种文学体式，而更是一种"话语"的写作。鲁迅在《无声的中国》中沉痛地说："我们已经不能将我们想说的话说出来。我们受了损害，受了侮辱，总是不能说出些应说的话。"[①] 作为一种"话语"的写作，鲁迅首先关注的是各种不利于营造公共领域的"他人的声音"。鲁迅在其写作过程中，主要将"他人的声音"作为对象化的隐喻世界来看。他在写作中所要做的，就是要揭开笼罩在话语上的厚重的障碍，通过讽喻、象征等手段，将"他人的声音"放置在一定的语境中，化作形象以"立此存照"，并揭开隐藏在声音背后的真实。因此，鲁迅杂文的真实主要是话语在一定语境中的真实，他在论辩对手的"语言"中寻找到"自己的语言"，诸如《华盖集》、《三闲集》、《二心集》、《南腔北调集》、《伪自由书》、《花边文学》，等等，把异己性的内容作为讽刺对象，以达到反讽的效果。在这里，鲁迅的写作方式就是"他以为非这样写不可，他就这样写"[②]。所以，鲁迅并不注重杂文与一般文学作品的文类关系，而更看重杂文的艺术空间，在语言的陈述中完成"自己的声音"。

鲁迅对杂感文体的概念使用，在不同时期、不同文章中有较大差别，杂文、随感、杂感、短评、社会文化批评等。就中国现代文学的文体研究来说，鲁迅所使用的不同概念反映了杂感文体类型的某些差异。一般来说，"随感"、"杂感"是特指篇幅短小、就一事一议的而且适宜于现代报刊的文体，"短评"与这种文体接近，也往往是就某些社会现象、文化现象发表意见的文体，具有较强的现实性和时事性。杂感或者随感更具文学性，而短评则更具时事评论的特征。"杂文"则专指杂糅不同文体于一集中的"杂文集"，鲁迅曾说："'杂文'也不是现在的新货色，是'古已有之'的，凡有文章，倘若分类，都有类可归，如果编年，那就只按作成的年月，不管文体，各种都夹在一处，于是成了'杂'。"[③] 鲁迅在这里所使用的

---

① 鲁迅：《无声的中国》，《鲁迅全集》第 4 卷，北京：人民文学出版社 1981 年版，第 12 页。

② 鲁迅：《徐懋庸作〈打杂集〉序》，《鲁迅全集》第 6 卷，北京：人民文学出版社 1981 年版，第 291 页。

③ 鲁迅：《〈且介亭杂文〉序言》，《鲁迅全集》第 6 卷，北京：人民文学出版社 1981 年版，第 3 页。

"杂文"概念强调的是"不管文体"的"杂"文，与我们在一般文学体式意义上所使用的"杂文"不是同一概念。一般来说，"杂文"的"杂"有两重理解，一是"不分文体"编辑在一起的"杂文"，是吴讷所说的"杂著者何？辑诸儒先所著之杂文也。文而谓之杂者何？或评议古今，或详论政教，随所著立名，而无一定之体也。文之有体者，既各随体裒集；其所录弗尽者，则总归之杂著也"。① 二是指狭义的文学体式。但是，随着现代报刊文体的发展，以及"杂文"概念实践过程中的变异，越来越趋向于狭义的"杂感文学"。他在《〈华盖集〉题记》中使用了"杂感"、"短评"，在《〈伪自由书〉前记》中说，收在《伪自由书》里的，"是本年一月底起至五月中旬为止的寄给《申报》上的《自由谈》杂感"，同时又说："这些短评，有的由于个人的感触，有的则出于时事的刺激，但意思都极平常，说话也往往晦涩。"在《徐懋庸作〈打杂集〉序》中说："杂文这东西，我却恐怕要侵入高尚的文字楼台去的"，"杂文中之一体的随笔，因为有人说它近于英国的 Essay，有些人也就顿首再拜，不敢轻薄"。从鲁迅使用"杂文"概念的情况来看，所谓狭义的"杂文"与杂感是同一种文体，是一种针对某一社会、文化现象而发的"短评"、"随笔"。正是这样，如果我们一定总结鲁迅杂感文学的文体特征或者写作特点，往往会以偏概全，或者游离于杂感文学而以其他文体的美学价值作为杂感文学的评价尺度。比如，当我们研究鲁迅的杂文时，善于用"诗的艺术"、"诗意的美"或者"典型创造"、"形象塑造"等本应评价诗歌、小说的美学尺度。这些概念、方法及评价虽然也可以用以评价杂感文学，但如果将这些作为一种评价尺度，并以此作为鲁迅杂感文学的文体特征进行研究，实际上并不能真正发现杂感文学的真正价值。

《新青年》时期，鲁迅是以一种被动的姿态参与现代报刊活动的，他对杂文文体的探索处于适应报刊文体的阶段，鲁迅更多地从文化现象和报刊文体的结合部寻找杂感写作的方法。"当时的《新青年》是正在四面受敌之中，我所对付的不过一小部分"②，正是鲁迅所"对付"的这"一小部分"，使他在文体实践上较注重于事实与感想。所谓"随感"主要是就报间刊载的事件、言论等发表意见，而其

---

① 吴讷：《文章辨体序说》，北京：人民文学出版社 1982 年版，第 45—46 页。
② 鲁迅：《〈热风〉题记》，《鲁迅全集》第 1 卷，北京：人民文学出版社 1981 年版，第 291 页。

中深沉激越的识志与情感、尖锐而寓意深刻的语言风格也在这时期基本体现出来。《语丝》时期，鲁迅的报刊活动由自发状态进入到自觉状态，那种以报刊方式争得的"公共领域"为鲁迅的杂文创作提供了更加广阔的空间，其写作风格也逐渐趋向于自由舒展。《自由谈》时期，在严酷的书报审查制度下，鲁迅只能以迂回战术策略性地发表自己的意见，鲁迅的"私人性"空间被制度所压制，"这《自由谈》，其实是不自由的，现在叫作《自由谈》，总算我们是这么自由地在这里谈着"①。如果比较《语丝》时期和《自由谈》时期，可以说，《语丝》时期的杂文文体风格趋向于文学性的论辩，而《自由谈》时期的杂文风格则更趋向于驳论性的批判；如果说《语丝》时期的杂文还保留了较多的古典散文的典雅清峻之美，以强烈的文学色彩开创公共领域的话，那么，《自由谈》时期的杂文则具有洒脱智慧的美，完全成为现代报刊的杂文体。

李长之在《鲁迅批判》中认为，鲁迅"杂感文的长处，是在常有所激动，思想常快而有趣，比喻每随手即来，话往往比常人深一层，又多是因小见大，随路攻击，加之以清晰的记忆，寂寞的哀感，浓烈的热情，所以文章就越发可爱了"②。李长之回到了杂感文学的批评价值上来看杂感文学，是以杂感文学的眼光来批评杂感文学。因此，李长之把握了鲁迅杂感文学的重要的甚至是关键的问题。杂感是一种集叙事、文化评论、抒发感想于一体的文体，但又不同于一般文体的叙事、抒情、议论，它是一种自由表达、不受拘束的文体，所谓嬉笑怒骂是对这一文体的概括。杂文的叙事不再限定于事实的层面，而主要针对某种社会、文化、思想的现象，往往攻其一点不及其余。"论时事不留面子，砭锢弊常取类型"，"盖写类型者，于坏处，恰如病理学上的图，假如是疮疽，则这图便是一切某疮某疽的标本，或和某甲的疮有些相像，或和某乙的疽有些相同"，"先前的论叭儿狗，原也泛无实指"③。这里所说的不仅仅是形象创造的方法，而主要是指一种杂感创作的话语的艺术方式。杂感的抒情也与一般抒情散文不同，杂感抒发的既可能是作者的

---

① 鲁迅：《崇实》，《鲁迅全集》第 5 卷，北京：人民文学出版社 1981 年版，第 12 页。
② 李长之：《鲁迅批判》，长沙：岳麓书社 2010 年版，第 95—96 页。
③ 鲁迅：《〈伪自由书〉前记》，《鲁迅全集》第 5 卷，北京：人民文学出版社 1981 年版，第 4 页。

内心情感，也可以抒发有感于社会现实而生发的情感。所谓"是感应的神经，是攻守的手足"①，也是杂感文学的抒情的艺术。杂感中的议论是最常见的，但这种议论首先是一种话语的言说。总之，杂感作为现代传媒时代的文体，无论在文体类型还是艺术形式方面，都已经超越了所有的艺术形态，成为新媒体时代的新文体，是在新的美学原则下的新的艺术形式。从艺术呈现的角度来说，这种艺术方式归纳起来，主要就是"摆事实，讲道理"。"摆事实"既是杂感文学创作中议论的出发点，也是讲理的内容层面，或者说，杂感的议论往往是由这些摆出来的"事实"或者现象延伸开去，形成议论的必要条件。这也就是鲁迅所说的"论时事"和"取类型"。作为杂感文学艺术层面，"摆道理"才是主要的，方向性的，是作者通向目的的艺术手段，是话语的艺术的表现形式。

如果说杂感的言说方式是一种隐喻修辞的话，那么，杂感的艺术世界与符号世界相关，与"话语"密切联系在一起。以说理为主要艺术方式的杂感创作，主要呈现出以下三个方面的艺术方式，并构成杂感文学的新的美学原则。

第一，理趣。朱自清先生在评价鲁迅的杂文时说："这里吸引我的，一方面固然也是幽默，一方面却还有别的，就是那传统的称之为'理趣'，现在我们可以说是'理智的结晶'，而这也就是诗。"②在言说知识分子话语中，包含着理性精神和社会内涵的理趣。在这里，理，是纹理、道理、事理，梳理、说理、摆理，是理性、理解、整理。具体说来，是知识分子所认识和理解并进而在杂文中呈现出来的人生之理、社会之理、文化之理，是知识分子话语中理性精神的呈现。

第二，对话性。杂文是对话型的文体，它是借助于现代传播媒体与读者和论辩对手进行对话，也是作者自我的内心对话。在这里，传媒是一个开放的对话场，作家的写作以虚拟的对话方式呈现出来，读者阅读报刊是寻求一种对话的可能性。因而，杂文创作的对话性引导读者进入报刊的媒体世界，参与某种事理的对话之中，从而形成杂文的对话性特征。

第三，反讽。米克曾指出："反讽从一种修辞格，发展成为一种驾驭讽刺的最

---

① 鲁迅：《〈且介亭杂文〉序言》，《鲁迅全集》第6卷，北京：人民文学出版社1981年版，第3页。
② 朱自清：《鲁迅先生的杂感》，《新生活·语言与文学》，第57期，1947年11月18日。

高级的武器，是与散文艺术的发展史分不开的。"①这在古希腊散文中得到了比较集中的体现，而且这一传统在西方散文史上被承传下来，成为散文修辞的重要手段。中国现代杂文作为一种知识分子文体，既借鉴了西方散文随笔的反讽手法，又从报刊文体出发，将反讽艺术融合于文体创造中去。正是这样，杂文中的反讽是知识分子通过现代传媒所表达的对世界、人生、社会的认知，是一种知识分子话语的体现。

第九节　苏曼殊及其小说创作

苏曼殊（1884—1918），广东香山（今广东中山）人，原名戬，字子谷，后改名玄瑛，三度出家，法号曼殊，是集诗人、画家、小说家、翻译家、僧人、革命者于一身的奇才。苏曼殊通晓多种外国语，翻译过《悲惨世界》、《拜伦诗选》和印度小说《娑罗海滨遁迹记》等著作。他早年思想激进，曾先后加入兴中会、光复会、反对沙俄侵占我国东北的"抗俄义勇队"等革命组织及革命文学社团"南社"，参与策划华兴会武装起义等革命活动和"二次革命"，被孙中山誉为"革命诗僧"。苏曼殊现存于世的小说有《断鸿零雁记》（1912）、《天涯红泪记（未完稿）》（1914）、《绛纱记》（1915）、《焚剑记》（1915）、《碎簪记》（1916）和《非梦记》（1917）等。

苏曼殊的小说多演绎爱情悲剧命运，糅合着作者对人生苦难的沉重体验和对生命本质的深刻思考。作品主人公多愁善感、浪漫沉郁、优柔难决的气质与苏曼殊如出一辙，其人物遭际也可以从其自身经历中得到印证。在情节架构上，苏曼殊习于摩绘"三角恋爱"，其人物序列也颇有模式可循。作为主要角色的男性人物身边总有一位富于母性情感的女性形象，对其满怀怜爱、不惧牺牲，同时又有一位作者真诚仰慕的理想女性在另一端牵制着作者的选择。而男主人公无论在生理上还是心理上都如同弃儿，为凄苦忧郁、优柔自怜的心理阴云笼罩，陷于伦理、道德、人情及佛理的多层束缚中难以解脱。他一方面在对女性的情感索取上获得

---

① 【英】D·C·米克：《论反讽》，北京：昆仑出版社 1992 年版，第 117 页。

心灵慰藉，另一方面又以"死亡"或"向佛"为由想方设法实现对"情"的超越，走向情断人去的悲剧结局，为作品铺设出"哀情"、"苦情"的基色。在艺术风格方面，作为一位在诗歌领域颇有建树的作家，苏曼殊小说的字里行间充溢着浓郁的诗情诗韵。"诗意盎然"也成为苏曼殊与同时代"喻世"或"娱人"小说相区别的标签，其文落墨典雅，注重修饰，可见深厚的诗学底蕴对小说创作的渗透。如在《断鸿零雁记》开篇对金瓯山景色的描绘中，虽仅寥寥数笔却尽显诗情画意，极富中国写意山水诗的特征。在涉及心理描写时，苏曼殊更是注重用诗性语言审美地呈现人物内心世界，制造出情韵悠长、延绵悱恻的阅读体验，将自身的多舛际遇和孤苦情绪融入作品中，生发出凄婉的悲剧美和浓郁的抒情气韵。在诗歌品质覆盖下，作者笔下的人物形象也多富于浓郁的抒情气质和理想色彩，男主人公虽愁肠满怀却洒脱不羁，品行高洁；女性形象多具有娇媚的姿色和惊人的才情，周身充溢着母性与神性，超越于现实而呈现出浪漫色调。这种偏于写自身遭际和内心世界的创作倾向、缠绵悱恻的故事架构、诗韵盎然的艺术风格和哀婉伤感的情感基调，以及对情爱欲说还休、欲拒还迎的独特态度，构成了苏曼殊小说的独特风格，情感张力与诗学意味十足。事实上，正是"情"与"诗"构成了苏曼殊现实人生和文学人生的两极，由情生诗，以诗抒情，互为依存，其"情僧"、"诗僧"的名号恰如其分。正是因其对"情"与"诗"的执着，使苏曼殊将自我情怀完整地融入创作之中，衍生出其风格独具的写情小说，从清末民初谴责小说、社会小说等包罗万象的通俗小说中突围而出，并以其独特的姿态对中国文学的发展施加着不可忽视的影响。

　　苏曼殊是较早接受浪漫主义影响的作家之一，自年少时期即谙熟西方文学，深受浪漫主义作品中自由价值观念和理想人格的感染，从其最重要的诗歌译作《拜伦诗选》中即可以窥见一二。拥有"诗僧"、"情僧"之称的苏曼殊在深层心理结构上同积极入仕的传统文人相异，崇尚自由个性与浪漫情怀，当与西方文化对撞时，他便自然而然地同信奉"Love and Liberty（恋爱和自由）"[1]的拜伦实现了观念上的共鸣，于其诗作中发现了"自我"的影子。与鲁迅和梁启超这两位同样译

---

[1]　苏曼殊：《〈潮音〉自序》，柳亚子编：《苏曼殊全集》第 1 册，北京：中国书店 1985 年版，第 130 页。

介过拜伦的作家相比，如果说鲁迅从"理性"角度发现了拜伦，梁启超从"革命"入手重现了拜伦，苏曼殊则从感性与审美本质上与拜伦达成一致，并从中发现了自我抒写的最佳载体。这种自由人格特征的示范促使苏曼殊不遗余力地追逐其迥异于文化主潮的浪漫主义文学主张，同时，生于日本、留学日本的经历，也使其在创作观念开蒙之初即深受自省、自叙的私小说影响。正是在西方文学与日本"私小说"这两脉力量的联合奠基下，苏曼殊向世纪之交的文坛奉献出了一系列我顾我怜、凄婉悱恻、忧思苦虑、情感恣肆的作品。

苏曼殊"描写人生真处"①的创作理念对于现代中国浪漫小说的奠基之功是不应忽视的，其崇尚自我、扬弃传统的特点和浓烈的浪漫抒情色彩、凄婉伤感的精神格调切中了现代浪漫主义文学的根基，使苏曼殊的小说获得了现代浪漫精神的基本特征：自觉、自在、自为、自如。这一浪漫姿态随着其作品影响力的逐渐扩大及受众审美期待的逐渐提升，日益成为一种地位合法的创作路数，为现代浪漫主义文学提供了最初的依据和范式。正是基于苏曼殊这个"以老的形式始创中国近世罗曼主义文艺者"②的铺垫，融合以新思想的洗礼及时代情绪的鼓动，现代浪漫主义文学才正式成长起来。在从苏曼殊到现代浪漫派作家的过程中，中国文学完成了现代浪漫主义创作理念的确立，于扬弃中逐步实现了对现代性的追求。

苏曼殊的小说始终传承着对个性原则的一贯认可，前述"自叙"策略的选择本身即体现出作者对主体意识的推崇。对这一创作理念的重视必将使审视的目光超越个体，延伸至与个体密切相关的社会因素，促使作者更为深入地思考现有体制对人性的禁锢，追求平等与自由的现代意识。在苏氏小说中，男女主人公的恋爱均源自原始的两性吸引而非父纲夫纲框架下的三从四德。作者礼赞自由自发的恋爱，将男女主人公之间真挚爱情的迸发视为极具诗意和情感张力的场景加以铺陈渲染，这在作者对三郎和静子（《断鸿零雁记》）初次见面的描述中即可感知一二。因此，当专制干预自由时，作者即态度鲜明地对干预势力（在此多为以封建思想囚禁人性的封建家长）进行控诉与批判。这一态度的形成与作者的童年经

---

① 钱玄同：《致陈独秀信》，《新青年》，第 3 卷第 1 号，1917 年。
② 陶晶孙：《急忙谈三句苏曼殊》，《牛骨集》，上海：太平书局 1944 年版，第 81 页。

历密不可分。自幼生活于旧秩序下并饱受其摧残的苏曼殊，对其落后性较常人有着更深刻的认识与憎恨，早在1903年译著的《惨世界》中，作者即借人物对"支那国"的引述表明了对国人愚昧性的鄙弃，并称"孔夫子的话"是"狗屁"一样的"奴隶教训"[①]。因此其小说中的封建势力往往面目可憎、利令智昏，如《断鸿零雁记》中雪梅的父亲直言不讳地将女儿当做待价而沽的商品，"女子者，实货物耳，吾固可择其礼金高者而鬻之"，并因三郎家运式微撕毁婚约；《非梦记》中海琴和薇香的爱情悲剧起源于海琴的婶母对"门当户对"的重视，因薇香为穷画家之女，这段爱情便遭致百般破坏。这一基于门第观念、宗法制度、封建礼教及拜金主义等腐朽价值准则而任意处置婚恋的情节在苏曼殊的小说中不胜枚举，封建体制成为扼杀个性与自由的刽子手，最终导致美好真挚的恋爱以凄惨结局告终；《焚剑记》中，不肯接受包办婚姻的阿兰最终出逃并死于非命，其妹阿蕙为遵循伦理纲常，将青春与爱情被迫祭祀给已故的未婚夫；《绛纱记》中追求纯粹感性审美的三对恋人均作悲剧收场：夏五姑患病而亡，罗霏玉因情自杀，昙鸾、玉鸾与秋云皈依佛门，梦珠坐化寺庙，空留恋人所赠的一抹绛纱。苏氏悲剧的诞生自然与作者独特的个人气质和心理结构密不可分。然而从故事架构自身来看，社会因素无疑是导致悲剧最为直接和明显的因素。这一对封建传统的反叛尽管同随后而来的现代文学相比并不深刻，甚至并不自觉，但实际上"已经暗合了正在悄然兴起的'五四'新文化思潮，至少为这一新文化思潮提供了反正性的思想材料"[②]。苏氏悲剧与"鸳鸯蝴蝶派"为追求凄婉情节或反衬社会动荡而刻意制造的悲剧不同，它负载着精神批判重任，具有社会认知价值，以直观方式揭露了旧道德对人性的戕害和对自由思想的禁锢，在读者的扼腕叹息中将批判矛头直指悲剧的根源，升华出更为深层的主题，使苏曼殊的小说不限于男女情事的演绎。尽管常被视作鸳蝴派滥觞，却超越了其"发乎情而止乎礼"的道德准则以及因缺少相对纯粹的审美理想而流于浅薄的文学趣味，在对人性的悲悯与关怀中提炼出个性解放的主题。苏曼殊以悲

---

① 苏曼殊：《惨世界》，柳亚子编：《苏曼殊全集》第2册，北京：中国书店1985年版，第131页。

② 朱文华：《中国近代文学潮流：从戊戌前后到五四文学革命》，贵阳：贵州教育出版社2004年版，第227页。

剧而非弘扬传统道德的大团圆结局强化对腐朽价值观的控诉，在还未形成指导性、革命性现代价值理想的特殊时期，这或许是唯一有力的抗争手段，同时也无心插柳地将现代悲剧精神引入了文学创作，呼唤着理性意识的萌生。中国现代文学正是在以悲剧的理性目光审查世界的过程中开始了文学的自觉和现代化之路，继而超越传统文学的消闲旨意，启动思想启蒙的进程。苏曼殊的小说在新文化运动前夜艰难地预演了即将到来的思想风暴。

　　与其现代思想萌芽相匹配，苏曼殊在文本建构上也呈现出与传统文学相离的姿态。对西方文学的接受使苏曼殊在文学形式方面实现了某种程度的"西化"。首先，作者摒弃了古典小说惯用的章回体模式，以代表作《断鸿零雁记》为例，小说共27章却并未按章目分节，为自由抒情去除了体制限制，摆脱了章回体的窠臼。其次，苏曼殊的小说虽然沿袭了传统小说以故事发展和人物行动为轴心的架构方式，但同时也吸取了外国文学长于心理剖析的特点，大量运用内心独白、心理刻画等手段表现人物性格，使人物更为立体可感。为强化对人物内心世界的展示，苏曼殊捐弃了传统小说中全知全能的"说书人"模式，而采取以"我"为主的第一人称叙事视角来结构故事，不仅增强了人物自我剖析的真实度与深度，更于娓娓道来间拉近了与读者的距离，在与读者的促膝而谈中释发出更为深刻的情感体验，"这样的叙事风格在五四司空见惯，但在清末民初的创作界，苏曼殊则是首开先例的"①。此外，作者对叙事模式也进行了大胆探索，在《绛纱记》等小说中，苏曼殊将几条线索整合在文本中，相互渗透地推进着情节前进，使作品在某种程度上呈现出"复调小说"特征，同时在叙述手法上大量选用穿插、倒叙等现代文学表现方式，令人耳目一新，不可不谓近代小说在形式方面的先锋。

　　苏曼殊还是较早使用白话写作的作家之一。在其译著的《惨世界》中，他对白话的纯熟驾驭更是令人惊讶，开篇第一回引介人物出场时他这样写道："话说西历一千八百十五年十月初旬，一日天色将晚，四望无涯。一人随那寒风落叶，一片凄惨的声音，走进法国太尼城里。这时候将交冬令，天气寒冷。此人年纪约莫四十六七岁，身量不高不矮，脸上虽是瘦弱，却很有些凶气；头戴一顶皮帽子，

---

① 杨联芬：《晚清至五四：中国文学现代性的发生》，北京：北京大学出版社2003年版，第239页。

把脸遮了一半,这下半面受了些风吹日晒,好像黄铜一般。进得城来,神色疲倦,大汗满脸,一见就知道他一定是远游的客人了。"这段运用自如的白话语言,俨然出自现代白话作家之手。苏曼殊在文本方面的种种创新暗合了其试图更新小说创作观念的意图,毕竟,新内容总是需要新形式来配合及容纳。不管是否自觉,苏曼殊都朝向现代文学迈出了试探的一步,无论在思想还是形式上都包孕着现代文学的种子,因此也无怪新文化运动的主将之一钱玄同认为苏曼殊"足为新文学之始基乎"[①]了。

　　然而,如同其现代意义不可小视,苏曼殊小说中内蕴的困境——或者更为明确地说是其现代性的不彻底性——同样值得探析。这困境不仅赋予苏氏小说以独特的文学风貌,同时也在矛盾的两极中错裂出更为深广的阐释空间。苏曼殊本人即是一个充满矛盾的传奇故事:既是"兼济天下"的革命者,也是"独善其身"的隐士;既是出世的僧人,又是徜徉人间的浪子;既鄙弃传统桎梏,又总在不自觉间向传统寻求精神依托,充满价值观念的摩擦对撞。当这一纠结姿态投射在小说中时,一个充满矛盾体验的文学世界顺势而生。作为其审美观念的外显形式,作者笔下的女性形象最为直接地演绎了这一姿态。苏曼殊作品中的女性人物俨然已经初步具备了现代女性的特点,熟悉西方文化甚至出洋留学,热情地追求个性、爱情与自由思想,然而作者却将这些"新质"揉合于并不适宜的"古风"中,在人物设定方面仍强调传统才女兼淑女模式。其女子不仅通晓古典诗书礼仪,且举止温良贤淑,具有"古德奇幽"之美;此外,作者还在小说中多次强调以"贞节"为表征的封建价值观念对于女性的意义,在书信及杂文等较为自由的文体中更是明确表达出对新女性的不屑,认为"若夫女子留学,不如学毛儿戏"[②],并告诫道"此后勿徒效高乳细腰之俗,当以'静女嫁德不嫁容'之语为镜台格言,则可耳"[③],然而,这些品行似乎有待规束的新女性却大多是作者在文学世界中倾心的对象。这种充满抵触的价值认知显然给作者造成了极大困惑,作者难以实现明晰的价值

---

① 钱玄同:《致陈独秀信》,《新青年》,第 3 卷第 1 号,1917 年。
② 苏曼殊:《与柳亚子书》,柳亚子编:《苏曼殊文集》第 1 册,北京:中国书店 1985 年版,第 310 页。
③ 苏曼殊:《华洋义赈会观》,柳亚子编:《苏曼殊文集》第 1 册,北京:中国书店 1985 年版,第 167 页。

认同，纠缠于模糊的是非边界中难以抉择，令其借以自喻的男主人公永远陷于情理两难的尴尬境遇，而作者显然缺少解决这一矛盾的能力。苏曼殊笔下的男主人公常在柔情似水、貌美才佳的恋人和道德伦理、佛规戒律间踟蹰潦倒难以取舍，小说的情爱模式往往是两情相悦时男主人公猛然惊醒于佛规戒律或宗法传统的召唤，最终消极撤退，以"吾今胡能没溺家庭之恋，以闲愁自戕哉"的宗教自责逃避爱情（《断鸿零雁记》），或以"天下女子，皆祸水也"这一封建意味颇浓的结论聊以自慰（《碎簪记》），同暗含于作品的个性追求和封建批判倾向形成对立。苏氏人物的矛盾是世纪之交社会思想艰难转型过程的必然产物，在历史语境与价值标准均摇摆不定的清末民初，文化的失根也许是苏曼殊较生理失根更为深沉的苦楚。《断鸿零雁记》中的三郎作为作者的化身，也许是这一困境最贴切的演绎者和受害者。困扰三郎的两位女性实际上是两种不同文化体系的象征，在描述未婚妻雪梅与三郎的情爱关系时，作者并未给这段感情铺设坚实的基础，既没有表现出二者的情投意合，又缺少心意相通的"知己"之情，两人的结合是封建伦理道德操纵的结果。雪梅在父母悔婚后对未婚夫的坚持与其说是对三郎的眷恋，不如说更像是对"三从四德"、"从一而终"封建价值准则的恪守；而静子与三郎的爱情则不然，虽说也有"父母之命"在其中，但爱情的生发却始于自然迸发的原始感情，富有西方浪漫开放意味。静子勇敢地向三郎示爱，三郎也对这个"慧骨天生"、"庄艳绝伦"的"美哉伊人"一见钟情。面对静子的柔情攻势，三郎慌然无措情扉大开，这种强烈的情爱冲击在雪梅那里是从未有过的。从三郎对静子的痴迷中可以看到作者意识深层里对静子表征的文化体系更为向往，然而在两种体系的冲撞撕扯下，评判准则缺失使三郎陷于精神危机，最终选择以佛门为幌子逃避抉择。佛和死亡是苏氏小说中人物最常见的归宿，无论选择哪一方式都是对价值失范的逃避，并无质的区别。这一矛盾境遇的存在有着深刻的社会缘由，开掘矛盾背后的深层意蕴，不仅是深层解读苏曼殊的必然要求，也是穿越历史迷雾触摸近代知识分子思想脉搏的有效手段。尽管苏曼殊凭其得天独厚的条件，较早地接触了自由理念和个性意识，然而传统思想仍对他有强大的干预力。在东西方文化的冲突对抗中，苏曼殊的价值体系先天地带有矛盾性及不稳定性，既未能形成明确的启蒙思想，又无力挣脱传统价值标准的禁锢，在多重认知结构的共存中陷于两难境地。因此，苏曼殊的矛盾不仅是个人气质在文学世界的投影那么简单，更是在转型时期多元文化夹击下，文化理念的冲突与困惑挤压近代知识分子而造成的必然结果。在社会政治方面表现为入世与出世的矛盾；在思想观念方面表现为开通与本源的矛盾，在文学创作方面表现为新与旧的矛盾；这是苏曼殊所属的整个群体所面临的共同困境。其小说人物的命运，实际上也正是以苏曼殊为代表的近代进步知识分子的必然命运。由其人物所体现出的惶恐、矛盾与茫然，俨然是民初时期新式知识分子在形成过程中，在新思想的冲击和旧社会体制的禁锢下，对自身价值取向及身份认同难以清晰判定的写照——旧的价值行将崩溃，新的价值远未形成，实为一群文化失根的"断鸿零雁"。苏曼殊的小说是处在历史更迭阶段的近代知识子观念世界的一幅缩微图，这也是苏曼殊留给中国文学史最可观的一笔遗产，"透过其风格及技巧，'不但将传统古老的中国传统，以西方清新而振奋的浪漫主义，幻化成一个全新的组合'，同时包含着这一过渡时期的一种普遍的情绪，也就是倦怠、骚乱和迷惑。"[1]

由此可见，无论其人其文，苏曼殊都不是一个简单平面的存在，苏曼殊的作品体现了历史交替的缝隙中小说由传统走向现代的努力，从中可以看到在新旧冲突下的中国文学怎样突破旧藩篱的制约，通过"吸收式"的改良而非"决裂式"的革命来适应新时代的要求。这使苏曼殊从世纪之交谴责小说和消闲小说的风潮中突围出来，成为具有独特文学史意义的个例，他在文学现代性方面的尝试为新文学的诞生提供了一颗稚嫩却富于生命力的幼芽。其难以解决的价值观的冲突及其思想局限性也使其文学实践止步于对现代的尝试，最终未能转化为具有指导和普适意义的叙述原则，这也许是具有诸多新特征的苏曼殊难以归属为新文学阵营的主要原因。苏曼殊基于在小说创作中形成的种种特质，为中国文学从旧到新的转化提供了一个温吞的中间状态，正是这一"胶着"形态赋予新文学以合法性和更为充足的理由。它所内蕴的矛盾与苦楚，是中国文学乃至中国社会走向现代的过程中不可避免的新生阵痛，它也"成了指向下一代五四知识群特征的前兆。"[2] 由

---

① 【美】李欧梵著，周美华译：《中国现代作家的浪漫一代》，北京：新星出版社 2005 年版，第 76 页。
② 李泽厚：《中国思想史论》（下），合肥：安徽文艺出版社 1999 年版，第 1041 页。

其所开创的非历史功利主义的、审美地勘探人的存在的创作范式，在新文化运动的浪潮逐渐平和之后，仍在沈从文、冯至、张爱玲等后续作家笔下熠熠生辉，正是这些回归文学本体的努力保持着现代性在中国现当代文学中的传承与发展。也许以"桥梁"这一朴素的名词定位苏曼殊才最为贴切，同时，其"桥梁"作用理应值得文学史重新审视。正是在苏曼殊们的彷徨矛盾中，中国文学完成了现代化的预演。

第十节　胡适其人其诗

如何评价胡适在现代文学史上的地位，认识胡适对现代文化及其文学的贡献，涉及到对整个现代文学的评价与文学史结构的调整问题。胡适对人类文明的观察与思考，对中国文化的梳理与反思，对中国现代文化建设的探索与实践，是与20世纪中国文化的形成与发展密切联系在一起的。因此，要回答胡适的问题，首先需要回到胡适的问题上去，回到胡适本身。

一、胡适的生平及文化思想

胡适（1891—1962），安徽绩溪人。5岁启蒙，在绩溪受过九年私塾教育，打下一定的传统文化基础。1904年，他到上海进新式学校，开始接受新思潮，并开始在《竞业旬报》上发表白话文章。1906年考入中国公学，1910年考取官费生赴美国留学，于康乃尔大学先读农科，后改读文科。1915年入哥伦比亚大学研究院，师从哲学家杜威，接受了杜威的实用主义哲学，并一生服膺。1917年在《新青年》发表《文学改良刍议》。回国后，任北京大学教授，加入《新青年》编辑部，从1920年至1933年，主要从事中国古典小说的研究考证，同时也参与一些政治活动。抗日战争初期，出任国民党"国防参议会"参议员。1938年被任命为中国驻美国大使。抗日战争胜利后，于1946年任北京大学校长。1949年寄居美国，致力于《水经注》的考证等工作，后来去往台湾，出任台湾"中华民国"中央研究院院长。1962年病逝。

胡适没有鲁迅那样深刻的哲学思想，他的思想也没有鲁迅思想那样震撼人心，但他的思想同样是迷人的。胡适对中西哲学史都有相当工夫的研究，但他主要迷恋于哲学的研究，在哲学方法和哲学历史的研究中发现中国文化重建的可能性及其出路。与鲁迅主要在他的创作中呈现自己的哲学文化思想不同，胡适则花费了大量的时间和精力，建构他的哲学文化思想体系，并以此确立了他在上层学术界的地位。

胡适说："我本是个保守分子。"这个"保守"与他留学美国，受美国自由主义文化影响有关；胡适的思想"保守"和文化思想的保守，从其一开始就表现得极为明显。在五四新文化运动后期，从他提倡"整理国故"、提出"多研究些问题，少谈些主义"以及提倡"国学"拟定"一个最低限度的国学书目"等行为上，可以清楚地看出。但1917年前后的胡适，在思想方法和行为上，并没有选择"保守"而是选择了"激进"，以"激进者"的姿态提倡白话文运动。胡适参与五四新文化运动的目的也许与陈独秀的并不一致，但他在这场文化运动中的作用和地位是不容否认的。他所提出的一些主张和想法，在今天也是值得认真思考和研究的，尤其是他所发起倡导的白话文运动以及提出的"国语的文学"和"文学的国语"的观点值得认真对待。

1919年，胡适的《中国哲学史大纲》出版，同年12月，胡适又发表了《新思潮的意义》。这几项成果是胡适创建学术话语及其对中国文化思考的主要著述，他的思想建构和文化努力主要在于新思潮的探求与建设。胡适的新思潮思想是对西方文化和中国传统文化的一种"评判的态度"，主要包括以下内容：第一，研究问题。讨论社会上、政治上、宗教上、文学上的种种问题，通过对一个个社会问题的梳理和解决，达到社会的秩序化、合理化。胡适早期主要通过文学的改良，改革中国语言以普及教育，使国民可以获得阅读的可能性，在识字读书中逐步提高国民的精神。在胡适看来，研究问题比空谈思想启蒙更能适合于中国的现实。第二，输入学理，介绍和阐扬西方的新思想、新学术、新理论、新方法。多少年来，我们往往片面地理解胡适提出的"全盘西化"的观点，把全盘西化解释为彻底推翻中国文化传统，照搬西方的一套思想文化。所谓"输入学理"就是解决启蒙过程中的思维方式问题，其出发点是中国传统文化的问题，如何使中国文化与世界文化对接，实现传统文化的现代转型。因此，胡适主要通过对西方文化的介绍、引进，全面改革中国传统的思维模式和学术方法，以西洋的哲学方法解决中国文化研究中的重大理论问题。第三，整理国故，重新估定传统文化的价值。胡适的文化建设思路是从梳理中国传统文化出发的，通过对传统文化的整理，"从乱七八糟里面寻出一个条理脉络来；从无头无脑里面寻出一个前因后果来，从胡说谬解里面寻出一个真意义来，从武断迷信里面寻出一个真价值来"。胡适参与的"整理国故"也是另外一种意义上的启蒙，用整理国故的方法进行打鬼。

我们从胡适对个性等问题的论述中，可以明确看到胡适重建中国现代文化的基本思路，也可以看到胡适对新的秩序与规范的重构努力。胡适关于个性主义的论述主要见于《易卜生主义》、《美国的妇人》、《不朽》、《贞操问题》等文章中。多少年来，我们对胡适以及那个时代的知识分子有关个性解放的问题存在着极端性的误解，虽然个性在现代中国并没有得到应有的发扬，但我们在理论层面上又过于强调了个人的意义，从而将个性、个人等概念混淆使用。既没有从理论上讨论清楚个性的含义，也没有从实践确定个性的基本特征。同时，我们也忽视了个性对于家庭和社会的责任。1918 年，胡适在充分论述他的文学革命主张的同时，在《易卜生主义》中表达了他对个性主义的基本观点："发展个人的个性，须要有两个条件。第一，须使个人有自由意志。第二，须使个人担干系，负责任。"胡适将个性与"担干系"联系在一起，这是胡适以及五四一代知识分子留给后人的价值资源之一。无论从哪个层面上看，个性总是与人的各种责任联系在一起的，因为"世间只有奴隶的生活是不能自由选择的，是不用担干系的。个人若没有自由权，又不负责任，便和奴隶一样，所以无论怎样好玩，无论怎样高兴，到底没有真正乐趣，到底不能发展个人的人格。"① 在胡适看来，人生在世，要求个性的发展，这是天经地义的。但他同时又是生活在社会中的，个性并不是空洞的，而是有具体的内容，每个人要面对社会、家庭，这同样是一种权利和义务。

---

① 胡适：《易卜生主义》，《胡适文集》第 2 卷，北京：北京大学出版社 1998 年版，第 487—488 页。

二、文学革命及其理论建设

1917 年 1 月胡适在《新青年》第 2 卷第 1 号上发表《文学改良刍议》，正式提出"文学革命"的问题。胡适的理论建设主要包括以下几方面的内容：

第一，文学语言的问题。胡适对中国现代文学和文学批评的最大贡献莫过于文学语言的问题，从《文学改良刍议》到《建设的文学革命论》，从《近五十年来中国之文学》到《白话文学史》，胡适主要阐述的就是语言的问题。如何理解胡适的文学语言观，如何理解文学语言在文学批评中的意义，这是我们在研究胡适与中国现代文学批评时需要思考的一个问题。

从中国现代文化重建的思路出发，胡适首先要建设一种新的语言系统，解决"国语"的问题。胡适曾说过："文学革命的目的是要用活的语言来创作新中国的新文学——来创作活的文学，人的文学。新文学的创作有了一分的成功，即是文学革命有了一分的成功。"胡适在《文学改良刍议》中，主张以白话取代文言作为新文学的工具，提倡作文"须言之有物"、"须讲求文法"、"不作无病之呻吟"、"务去烂调陈语"，表现出了胡适改良文学的基本观点，也显示了文学发展到五四时代的一种历史必然。

胡适解决语言问题的出发点是要创造文学的语言。胡适是一位学者型的人物，并不是具有诗人气质的人，他也缺乏足够可以从事文学创作的想象力，但他却首先致力于文学创作和文学革命，其目的主要是在"尝试"中得到解决语言问题的方法。在胡适那里，解决语言问题有两个层面：第一层面是创造适合现代中国社会和现代国民的白话文，这种白话文需要文学创作的实践并得到国民的普遍认可；第二层面，在白话文的基础上进一步创造"文学的国语"。胡适说他的文学革命的宗旨只有 10 个大字：国语的文学，文学的国语。创造国语的文学是要解决文学的语言问题，但胡适的着力点并不在文学语言方面，而主要通过文学语言进而达到解决民族的社会语言问题。那么中国社会的语言应是怎样的语言？胡适提出，现代语言应具有三个方面的条件：第一，"要明白清楚"；第二，"要有力能动人"；第三，"要美"①。胡适认为，要创造中国的"文学的国语"。文学的国语是从国语的文学而来，"有了国语的文学，自然有国语"，"中国将来的新文学用的白话，就是将来中国的标准国语"②。胡适提出的"文学的国语"是他对中国现代文化的重要贡献，对这一问题的认识不应仅仅停留在文学的层面上，而应当作为中国现代文化建设和国民思想建设的重要成果看待。胡适说中国古代的文言是已死的语言，主要在于这种文言是统治者的一套语言，不能传达现代人鲜活的思想。胡适的"文学的国语"的主张，就是来对抗被严重意识形态化的僵化空洞的官语，使国民能够拥有富有个性的、审美的、规范的和富有文化内涵的语言，现代国民的语言应当是建设在"文学的"诸如小说、诗歌、散文、戏本上面的语言，以文学的语言代替官本位的语言。在胡适看来，现代国民只有拥有自己的"文学的国语"，才能真正获得精神上的解放。

第二，文体理论及其意义。在《论短篇小说》、《谈新诗》、《文学进化观念与戏剧改良》等批评论著及其《国语文学史》、《白话文学史》以及《水浒传》、《红楼梦》的研究中，胡适从文学史的角度，在文体学上也提出了诸多具有实践意义的理论。

胡适对中国文学文体的认识是与他的进化论文学观念联系在一起的。在《文学改良刍议》中，胡适提出了"文学者，随时代而变迁者也"的观点，他认为："一时代有一时代之文学：周、秦有周、秦之文学，汉、魏有汉、魏之文学，唐、宋、元、明有唐、宋、元、明之文学。此非吾一人之私语乃文明进化之公理也。"文有文的进化，韵文有韵文的进化，而不同时代则有不同的文体类型。他进一步论证说："即以文论，有《尚书》之文，有先秦诸子之文，有司马迁、班固之文，有韩、柳、欧、苏之文，有语录之文，有施耐庵、曹雪芹之文；此文之进化也。试更以韵文言之：《击壤》之歌，《五子》之歌，一时期也；《三百篇》之诗，一时期也；屈原、荀卿之骚赋，又一时期也；苏、李以下，至于魏、晋，又一时期也；江左之诗流为排比，至唐而律诗大成，此又一时期也……"这说明不同时代有不同时代的文体，文学

---

① 胡适：《什么是文学》，《胡适文集》第 2 卷，北京：北京大学出版社 1998 年版，第 149 页。
② 胡适：《建设的文学革命论》，《胡适文集》第 2 卷，北京：北京大学出版社 1998 年版，第 47—48 页。

类型也会随时代变迁而变异，出现不同的文体类型。

胡适的文体理论是建立在他的白话文理论基础上的，是他的白话文系统的建构体系的重要部分。因此，他对文体的区别与分类也主要从白话文体出发进行确认，并未系统地为中国文学进行过文体分类。不过，他在具体的批评实践中，基本上使用的是诗歌、小说、散文和戏剧四分法。胡适之所以使用四分法进行文体批评，一方面是受到西方文学理论的影响；另一方面则主要是从他提倡的白话文学出发，对中国文学的重新认识与评价，是对一种文学秩序的重新确立和建构。胡适不是那种专门的文体学家，他的目的也不在于研究文体理论，为中国文学的文体进行分类，而其主要目的是通过文体分类进行文学的价值重估。

第三，文学史书写与新的文学传统。文学史研究与撰述，是胡适文学生活的重要内容之一。《文学改良刍议》既是"文学革命"的纲领性的文章，也是对中国文学的反思，具有文学史的评价性质。这种反思用胡适自己的话来说就是——"重新估定一切价值"："凡事要重新分别一个好与不好"，"从前的人说妇女的脚越小越美。现在我们不但不认为小脚为'美'，简直说这是'惨无人道'了。十年前，人家和店家都用鸦片烟敬客。现在鸦片烟变成犯禁品了。二十年前，康有为是洪水猛兽一般的维新党，现在康有为变成老古董了。康有为并不曾变换，估价的人变了，故他的价值也跟着变了。这叫做'重新估定一切价值'。"[1]对于中国古代文学的重新书写，就是胡适"重新估定一切价值"的表现之一。胡适的《国语文学史》、《五十年来中国之文学》、《白话文学史》等作为对中国文学史的重新书写，而这种新的文学史书写是一种根本上的、观念上的，用胡适自己的话说："这书名为'白话文学史'，其实是中国文学史。"[2]胡适把一部中国文学史看成是"国语文学史"、"白话文学史"，不仅是文学语言上的变化，而且更是文学史观念的更新，是文学史书写方式的更新；是对一种文学的否定，又是对另一种文学的挖掘和提升。他打破了以往中国文学的正统文学史书写的局面，为白话文学、平民文学争得了一席地位。

---

① 胡适:《新思潮的意义》,《胡适文集》第 2 卷, 北京: 北京大学出版社 1998 年版, 第 552 页。
② 胡适:《〈白话文学史〉自序》,《胡适文集》第 8 卷, 北京: 北京大学出版社 1998 年版, 第 146 页。

胡适认为，"中国文学可以分为上下两层"，"上层文学是古文的，下层文学是老百姓的，多半是白话的"①。上层文学是"雅"的正统文学，而下层文学则是"俗"的民间文学。如果说"雅"文学的源流可以上追《诗经》、诸子散文的话，那么，"俗"文学的根则在民间。而且"雅"与"俗"在其发展过程中，既相互排斥而又相互影响，往往有一个转化的过程。胡适说："一切新文学的来源都在民间。民间的小儿女，村夫农妇，痴男怨女，歌童舞妓，弹唱的，说书的，都是文学上的新形式与新风格的创造者。这是文学史的通例，古今中外都逃不出这条通例。"②"诗三百"作为正宗地位的文学，却是从民间搜集整理而来的，"诗"是乐歌，按乐调分风、雅、颂三个部分。其中"风"就是风土之音，是各地的民歌，大多抒写民间的喜怒哀乐。这些从民间而来的国风经过文人的整理删改，与雅和颂合为一体。到汉代独尊儒学时，被尊称为《诗经》，成为经、史、子、集中的首领式经典文学。词也是一种民间艺术，早期是流传在民间歌会或者艺伎倡优们配乐歌唱的一种诗体。这种文体随着文人的喜爱而逐渐被文人们所运用，成为一种文人创作的艺术，而至宋代蔚为大观。古代文学中"雅"、"俗"流变的现象说明，文学之雅和文学之俗并不是一成不变的，高雅的文学经过一定的传播也会被民间大众所接受，世俗文学经过文人的接受和推广也会在高雅文学殿堂里占有一席地位。

对于中国古代这个民间世俗文学传统，胡适在《白话文学史》的引子中是这样描述的："我们要知道，一千八百年前的时候，就有人用白话作书了；一千年前，就有许多诗人用白话做诗做词了；八九百年前，就有人用白话讲学了；七八百年前，就有人用白话做小说了；六百年前，就有白话的戏曲了；《水浒》，《三国》，《西游》，《金瓶梅》，是三四百年前的作品；《儒林外史》，《红楼梦》，是一百四五十年前的作品。我们要知道，这几百年来，中国社会里销行最广，势力最大的书籍，并不是《四书》《五经》，也不是程朱语录，也不是韩柳文章，乃是那些'言之不文行之最远'的白话小说！"胡适的描述虽然简单，但比较扼要地清理出一条民间俗文学发展的线索。这条线索他在《白话文学史》中进行了详细的论述，胡适

---

① 胡适：《白话文运动》，《胡适文集》第 12 卷，北京：北京大学出版社 1998 年版，第 45 页。

② 胡适：《白话文学史》，《胡适文集》第 8 卷，北京：北京大学出版社 1998 年版，第 160 页。

认为，汉武帝时代古文已死，而《诗经》"到了汉朝已成了古文学了"，"所以我们记载白话文学的历史也就可以从这个时代讲起"①。由此讲起的中国文学史当然是被重写的，是一部民间的、世俗化的文学史，也是一部被胡适"文学化"了的文学史。从中国传统文学的发展历程来看，被列入正宗地位的"诗文"中，诗这一文体有相当一部分原来属于民间文学范畴的，后来被文人化了、正统化了，《诗经》被汉代儒家经典化了，汉魏六朝的乐府歌辞被官方化了，等等，本来属于民间的文学，不入流的文学，一旦被经典化、官方化、文人化，就会成为文学的正统。被胡适从中国正宗文学史中排斥在外的民间化的文学，则更接近我们现代所谓的"文学"。因为这些俗文学具有娱乐化、愉悦性、审美性的功能，是如罗家伦所说的文学的定义，文学是"人生的表现和批评，从最好的思想里写下来的，有想象，有情感，有体裁，有合于艺术的组织"②。

三、"尝试"白话新诗

胡适并不是一个诗人，他缺少诗人的气质，同样也缺少诗的语言，但他却敢于"尝试"写诗，并且以其白话新诗集《尝试集》获得了人们的关注，也得到了文学史的承认。

胡适写作白话新诗，更主要的是要证明他的"文学革命"的主张，说明白话可以入诗，能够创作出明白晓畅的白话诗。正如他在《谈新诗》中所说："文学革命的目的是要替中国创造一种'国语的文学'——活的文学。这两年来的成绩，国语的散文是已过了辩论的时期，到了多数人实行的时期了。只有国语的韵文——所谓'新诗'——还脱不了许多人的怀疑。"③所以，他尝试白话新诗，试图通过白话新诗的文体的解放进而解决文学的语言问题。从实践层面来看，胡适努力"以白话入诗"，着力于打破旧体诗词的体式局限，"从旧式诗词、曲里脱胎出来"，充分采用白话的字、白话的语法和白话音节，创造适合于现代人阅读的语言与诗歌

---

① 胡适：《白话文学史》，《胡适文集》第 8 卷，北京：北京大学出版社 1998 年版，第 157 页。
② 罗家伦：《什么是文学——文学的界说》，《新潮》，第 1 卷第 2 号，1919 年 2 月。
③ 胡适：《谈新诗》，《胡适文集》第 2 卷，北京：北京大学出版社 1998 年版，第 133—134 页。

体式，来解决文学语言的问题。但是，当我们重新回到胡适提倡文学革命的目的上来时，就会发现，胡适是在努力创造一种能够被大众接受的通俗易懂的文学文体，通过文学的语言问题解决人的思想及其国民的精神问题。《尝试集》初版于1920年3月，由胡适的同乡汪孟邹开设的上海亚东图书馆出版。《尝试集》初版包括钱玄同的序和胡适的自序，第一编是作者1916年7月至1917年9月创作的诗，第二编是1917年9月至出版前的诗；1910年7月至1916年7月结为《去国集》附录在《尝试集》后。1920年9月，《尝试集》由亚东图书馆再版印刷。再版时，作者在第二编后面增加了6首新诗。《尝试集》的第一编、第二编《关不住了》以前的诗作，主要在尝试以白话入诗，虽然还带有一些旧体诗词的留痕，但语言的革新已经将人们带入一个新的思想境界。从胡适翻译美国诗人莎拉·替斯代尔的《关不住了》以后，胡适自称是他的"'新诗'成立的新纪元"，将新精神与新文体比较好地结合地一起。如《鸽子》、《一颗遭劫的星》、《乐观》、《威权》等，将西方象征意象的艺术手段与中国传统的托物寄兴的手法结合起来，比较好地阐释了他自己所说的写诗要"说话要明白清楚"、"用材料要有剪裁"、"要抓住最扼要最精彩的材料、用最简练的字句表现出来"、"意境要平实"的准则，开拓出一条新的诗歌创作之路。

从诗歌艺术上来说，《尝试集》虽然并无太多值得称道的地方，但是，除了白话新诗的"尝试"值得肯定之外，在以下几个方面同样值得文学史的重视：第一，在赋陈其事的艺术方式中，表达出富有哲理的社会现实。《尝试集》中有部分诗篇是直接取材于现实的，以诗的形式表现出某些社会图景，如《人力车夫》、《病中得冬秀书》、《新婚杂诗》、《我们三个朋友》等，大多描摹现实，从生活出发，从一定的社会场景出发，提出值得人们思考的社会问题；第二，努力于在诗歌文体的解放中传达思想感情，如《蝴蝶》、《关不住了》、《一颗遭劫的星》、《威权》等。胡适的"尝试"主要在于语言和文体方面，以新文体表达新思想，从而使诗集具有了清新的思想气息；第三，在质朴平实的语言中创造诗的意境。《尝试集》中的一些作品能够借助于审美意象的营构，创造比较有新意和诗意的境界，如《蝴蝶》中写蝴蝶这一意象，抒写了自由状态下孤单可怜的情感。《老鸦》借老鸦这一意象，将乌鸦啼叫象征不吉利的说法运用于诗的哲理构造中，表达出坚持自己的个性，不因"讨人家的欢喜"或者为了"赚一把小米"而改变自己的声音。其他如《乐观》、《上山》、《湖上》、《十一月二十四夜》等诗作，在意象的选择与营构方面都有独特的创造。

与胡适同时代的白话诗人还有刘半农、沈尹默、刘大白、康白情、俞平伯等，作为《新青年》时期的白话诗人，他们在承继古典诗词艺术的基础上，努力将古典意象与新思潮的哲理、古典诗词的艺术精神与现代意识结合在一起，取得了早期诗歌创作的佳绩。如沈尹默的《三弦》、《月夜》，俞平伯的《冬夜》，康白情的《草儿》，周作人的《小河》等，充分体现了通俗易懂、面向现实的特点。刘半农的《相隔一层纸》、刘大白的《卖布谣》、康白情的《草儿在前》等诗作，情真意切，既写出了现实生活存在的问题，又表现着诗人关注社会、关注人生的情怀；而沈尹默的《三弦》、周作人的《小河》、俞平伯的《冬夜》等，在意象与意境的构造方面沿袭了古典诗词的艺术精神，而又有所突破，将浅近的人生哲理融入意境的创造之中，显示出早期白话诗从"旧"向"新"的积极过渡。

第十一节　郭沫若其人其诗

一、郭沫若的基本评价

郭沫若（1892—1978），四川乐山人。郭沫若从晚清的封建时代，一直走到新时期的"科学的春天"，在其漫长的人生旅途中，走过了五四运动、北伐战争、抗日战争、解放战争以及新中国的建设时期、"文化大革命"时期以及新时期。童年时代开始研习中国古典文学，戊戌变法以后开始接触西方"新学"。1902 年留学日本，广泛阅读西方文学，受惠特曼、泰戈尔以及雪莱、拜伦等作家的影响，开始接受"泛神论"思想。时代的激荡让诗人寻找到了表现个人的郁结和民族郁结的突破口，"在一九一九年下半年和一九二〇年的上半年，便得到了一个诗的创作爆发期"[1]，从而以《女神》确立了他在中国新诗史上的位置。

---

[1] 郭沫若：《创造十年》，《郭沫若全集》文学编第 12 卷，北京：人民文学出版社 1992 年版，第 64 页。

郭沫若是能够深刻感受到时代的脉搏，感受到新潮文化激荡的作家、诗人，他是一位个性鲜明、敢爱敢恨富有浪漫主义特征的人物；同时，他又是一位很容易受到误解的人物，毁誉集于他一身；他是一位作家、诗人，但他又是一位社会活动家和建国后的国家领导人；他是一位与中国现代历史学、文字学、考古学密切相关的学者，但他同时也是一位热切呼唤着新时代、新社会到来的青春型诗人。可以说，这是一位全才式的"球型"人物。正是如此，对郭沫若的评价同样是复杂的，既不能用政治家的标准评价文学家的郭沫若，也不能用文学家的标准评价社会活动家的郭沫若，让郭沫若研究"回到郭沫若"，才有可能认识一个真正的郭沫若。

　　郭沫若是五四时代青春文化的典型代表，其思想观念、精神特征以及情感表达方式，都让人们看到了民族现代文化处于青春时期的特有的风采。

　　五四时期的郭沫若，表达了与那个文化奋进的时代几乎是完全不同的文化观念，当五四新文化"打倒孔家店"的口号喊得响亮时，郭沫若却明确地表示他崇拜孔子，"我在这里告白，我们崇拜孔子……我们所见的孔子，是兼有康德和歌德那样的伟大的天才，圆满的人格，永远有生命的巨人。他把自己的个性发展到了极度——在深度如在广度。"① 他从孔子身上发现了现代中国人需要的人格，发现了民族文化的传统精神。郭沫若之所以如此崇拜孔子，不仅在于孔子本身所具有的郭沫若所向往的人格魅力、思想魅力，而且更在于孔子所承传的中国文化的传统。郭沫若认为，中国文化传统当在周秦之际："我国的古代的精神表现得最真切、最纯粹的总当得在周秦之际。那是我国的文化如在旷野中独自标出的一株大木，没有受些儿外来的影响。自汉以后佛教传来，我国的文化已非纯粹。"② 这一时期的文化，可以"与希腊哲学之起源相似。在我们的原始时代，我们的祖先，就把宇宙的实体这个问题深深考察过了"③。郭沫若对中国文化传统的认同，不仅在于确立一种"复兴民族文化真谛"的文化理念，而且也为他的文学批评确立了最基本的历史文化意识，甚至在某些方面，难以区别清楚郭沫若的历史文化研究与文

---

① 郭沫若：《中国文化之传统精神》，《文艺论集》，上海：光华书局 1925 年版，第 8 页。
② 郭沫若：《论中德文化书》，《文艺论集》，上海：光华书局 1925 年版，第 17 页。
③ 郭沫若：《中国文化之传统精神》，《文艺论集》，上海：光华书局 1925 年版，第 2 页。

学批评。那种追寻文化根源和生命根源，成为郭沫若早期《文艺论集》以及其他几篇未能收集的批评论文的基本思路，也是他的批评的最主要的内容。在《中国文化之传统精神》、《论中德文化书》、《读梁任公〈墨子新社会之组织法〉》、《惠施的性格与思想》、《伟大的精神生活者王阳明》等论文中，郭沫若比较深刻地把握了中国文化与中国现代文化建设的关系，系统地阐述了中国文化传统的特点。郭沫若的这些论述，不仅在五四时期表现出迥异于其他文化论者的观点，建立了比较科学的中国传统文化观，而且为他的文学活动奠定了坚实的思想文化基础。

二、《女神》开一代诗风

《女神》出版于 1921 年 8 月。这部新诗集以其绝端的自由形式传达了郭沫若对人生、社会的深刻感受及其对青春生命的歌唱。

1923 年，诗人闻一多在《创造周报》发表的《〈女神〉之时代精神》，对《女神》给予高度评价，充分肯定了诗作的文化价值和审美价值，认为《女神》"最要紧的是他的精神完全是时代的精神——20 世纪底时代的精神"。这里的问题是，闻一多所指"时代精神"，其概念的运用和内涵，都与后来人们重新理解的"现代精神"有较大的出入。闻一多主要从诗人的感受出发理解《女神》的时代精神，闻一多认为《女神》所表现的 20 世纪是一个"动的世纪"、"反抗的世纪"，这是闻一多对诗作的准确理解。不过，无论是"动"还是"反抗"，首先是郭沫若的生命体验的艺术化。

诗人对五四的感受是深层的，它主要表现出郭沫若对生命本身的"生命力"的体悟。如果说闻一多所阐述的《女神》的时代精神首先是"动"的精神的话，那么，这种动首先是生命的动，是一种生命的运动形态："20 世纪是个动的世纪。这种的精神映射于《女神》中最为明显。"闻一多认为，"动的本能是近代文明一切的事业之母，他是近代文明之细胞核"。他引述了《笔立山头展望》的诗行说，"恐怕没有别的东西比火车底飞跑同轮船底鼓进"，更能叫出郭沫若"心里那种压不平的活动之欲"[①]。《女神》洋溢着生命的运动形式，就在被闻一多称赞的这首《笔

[①] 闻一多：《〈女神〉之时代精神》，《创造周报》，1923 年，第 4 期。

立山头展望》的诗中，诗人唱出了生命的律动："大都会的脉搏呀！／生的鼓动呀！打着在，吹着在，叫着在，……／喷着在，飞着在，跳着在，……／四面的天郊烟幕蒙笼了！／我的心脏呀，快要跳出口来了！"诗人这种生命的律动与现代的节奏极为一致，传达着生命的信息。郭沫若生命的律动与20世纪的时代律动是一致的，燃烧是生命的燃烧，狂叫是生命的狂叫。在这里，郭沫若是从个体生命体验出发，《女神》主要传达出诗人郭沫若对生命的感受与认同，是郭沫若生命意识的审美呈现。读《女神》，我们会被诗作中那种无所不在的能量所激动，郭沫若对"力"的歌赞，既是自我个性的体现，也是生命能量的爆发。在《天狗》中，郭沫若一反中国诗歌的常规，大胆运用现代科学常识，有效地进行了诗歌的现代转化，并且将个体生命的能量与时代精神结合在一起，真正写出了生命的歌："我是月底光，／我是日底光，／我是一切星球底光，／我是 X 光线底光，／我是全宇宙底Energy 底总量！"从生存生命的认识出发，《女神》在以下几个方面表现了它的价值所在：

第一，对人的生存方式和生命存在的思考。郭沫若是站在一个新的高度关注民族、思考人生的，也可以说，他从自我个体体验出发对人类的生存问题进行了必要的深刻地思考。《凤凰涅槃》"象征着中国的再生"[①]的同时，是对人类生命的追问与理解，或者说，诗人是从思考人的生存与生命哲学的高度来关注中国的再生的问题的。有关《女神》的哲学问题，宗白华早在《三叶集》的通信中就已经指出过：《天狗》"这首诗的内容深意"，是用"泛神论的名目来表写"的，而《凤凰涅槃》等诗篇"是以哲理做骨子，所以意味浓深"[②]。在《凤凰涅槃》中，郭沫若借凤凰的歌唱，唱出的是生命的歌，是对人类生存现实中生命世界的追问："宇宙呀，宇宙，／你为什么存在？／你自从哪儿来？／你坐在哪儿在？／你是个有限大的空球？／还是无限大的整块？／你若是有限大的空球，／那拥抱着你的空间／他从哪儿来？／你的外边还有些什么存在？／你若是无限大的整块，／这被你拥抱着的空间，他从哪儿来？／你的当中为什么又有生命存在？／你到底是个有生命的交

---

① 郭沫若：《郭沫若全集》文学编第 12 卷，北京：人民文学出版社 1992 年版，第 73 页。
② 宗白华：《致郭沫若》，《三叶集》，上海：亚东图书局 1920 年版，第 24—25 页。

流？/你到底是个无生命的机械？"这一连串的追问，让我们感受到诗的激动之余，对人生、社会产生深深的反思，会联想到西方现代主义哲学所提出的问题："我是谁？我从哪里来？我要到哪里去？"五四时代，能够进行这种思考的作家并不多见，而郭沫若无疑走在时代前列，从一个更深的层面提出了中国知识分子必须要回答必须要思考的问题。

应该说，青年郭沫若对人生已经有了理性的思考，能够站在哲学的高度思考人类的问题，而且，郭沫若是从自我生命感受出发，对于人的生存与生命产生了深刻的思考，形成了独特而又感应着人类生命的哲学思想。《女神》的诗学宇宙是深刻而现代的，而这一诗学宇宙正是建立在郭沫若的生命哲学基础上的。如果读与《女神》同时期的《三叶集》，可以看到，诗人郭沫若所关注的不仅是诗歌创作的问题，而且更多的是哲学问题。如果从《女神》的写作时间来看，越是那些较早的诗篇越能展示诗人的生命感受，其生命意识也就越突出，如《死的诱惑》、《Venus》、《别离》等诗篇中对生命的感受已经比较明显，而到《凤凰涅槃》则对人生进行了比较系统的深入地思考，那种生命的感受已经上升为哲学地思考。在诗人这种生命美学的观照中，一切自然的事物都是生命的写照，即使那些歌赞死的诗篇，也呈现出生命的甘泉，在《胜利的死》、《死》、《死的诱惑》等作品中，对死的抒情是在生命观照下的另一种体验形式，同时也具有现实批判的意义。

第二，男性生命的审美呈现。《女神》中充满了这样的具有男性特征的音符："无限的太平洋动员鼓奏着男性的音调！万象森罗，一个圆形舞蹈！我在这舞蹈场中戏弄波涛！我的血和海浪同潮，我的心和日火同烧"（《浴海》）。作为五四时代的男性形象，郭沫若在《女神》中表现了一种典型的男性力量，这是一个时代觉醒的男性，是生命觉醒的男性，是一个真正追求生命意义的男性，是大胆表现自我的男性。诗的主体是男性，诗的精神向度是男性，诗的美学构成是男性的力量和雄性的美。

《女神》是男性的歌唱，也是郭沫若以男性的方式的生命歌唱。一个诗人可以歌唱男性，但却不一定以男性的方式歌唱；一个人可以唱出男性的声音，但却不一定表现出男性的力度。郭沫若无疑是时代的男性，是那个真正出现男人的时代的一个象征。

《女神》作为男性的歌唱主要体现在两个方面：一是诗作中男性的力量向度，二是女性美的审美向度。这两个向度是相辅相成的，构成了《女神》以男性为中心的世界。这两个向度呈现出诗作对男性的雄壮力量的歌赞，展示了时代男性应有的力度。在这个世界中，聂政、凤、大海、太阳等都是男性的象征性形象，他们是男性力量的象征，也是一种社会化的象征。男性形象体现着诗人的情感特征，也体现出郭沫若的性格追求。在《女神》的审美世界里，男性的形象和女性的形象是相和谐的，男性形象是对女性形象的提高，而女性则又是男性的影衬。凤和凰是和谐的，他们的共鸣演奏了诗人动人的心曲，写出了男性世界和女性世界对人生的不同理解，也写出了凤和凰不同的性格世界。在《湘累》中，则是以女性的优美反衬男性的雄壮，在屈原那里，"我的诗便是我的生命"，但这生命的诗是从女须那里得到的关爱以及跳入水中的女子的歌声得到启发而产生的。屈原与女须也是和谐的，是相互说明的，如果说在《女神之再生》中郭沫若直接赞美了女性，而在这部诗剧中，诗人则主要通过屈原进一步阐释了"永恒之女性，引导我们走"这一命题。比较于太阳、大海等男性，屈原是另类男性的代表，在他身上，既有雄壮的风格，又有优美的个性，他在不受理解的环境中歌唱道："你怎见得我只是些湘沅小流？我的力量只能汇成个小小的洞庭，我的力量便不能汇成个无边的大海吗？"作为男人的海，屈原的心胸是博大无边的。但《湘累》不在于表现屈原的心胸，而主要在于表现引导诗人前行的"水中歌声"，以及由这歌声激发出来的生命的律动："好悲切的歌词！唱得我也流起泪来了。流吧！我生命底泉水呀！你一流出来，好象把我全身底烈火都浇息了的一样。"或者说，正是水中优美的女性歌声打动了诗人屈原，让他从这"能够使人流泪的诗"中感受到了人生的价值，也发现了男性自身所需要的精神。

第三，《女神》的美学构成。我们往往注重《女神》的浪漫主义想象以及自由体式的艺术呈现。但我们不能不注意《女神》艺术创造过程中，郭沫若的自我体验与诗的艺术构成的关系。

中国古典诗词极为讲究意象的选择与营造。春花秋月、晨钟暮鼓、春雨清风，都有可能成为诗人笔下的审美意象。任何审美意象都是诗人生命感受的诗意抒写，所谓文以意为主即是如此。综观古典诗词中的意象，主要表现了古典诗人的中年心态以及文人化精神。而在郭沫若笔下，他承继了古典诗词营造意象的艺术传统，但《女神》中的审美意象则是具有创造性意义的，郭沫若更愿意选择那些具有阳刚特征的意象，传达出郭沫若特有的精神气质。在《女神》中，大体是由几类相互关联的意象构成艺术的王国。大海、太阳是诗作中的两个主体意象，呈现出诗作的美学指向，成为诗人精神的外化。《凤凰涅槃》、《心灯》、《日出》、《晨安》、《浴海》、《立在地球边上放号》、《光海》、《夜步十里松原》、《太阳礼赞》、《沙上的脚印》、《新阳关三叠》等诗篇中使用了太阳或海的意象。在《女神》中，太阳、海都是男性的象征，"无限的太平洋鼓奏着男性的音调"（《浴海》），"无限的太平洋提起他全身的力量来要把地球推倒"（《立在地球边上放号》），"太阳哟！你请把我全部的生命照成道鲜红的血流！太阳哟！你请把我全部的诗歌照成些金色的浮沤！"（《太阳礼赞》）这些意象都已经超越了古典文学意象的美学范畴，成功将古典文学意象进行了现代性创化。围绕太阳和海这两个意象，诗作中出现了"天狗"、"凤凰"等意象，这些意象不仅古典文学中没有或很少出现过，而且诗人所赋予的现代意义，使这些意象很好地传达出诗人的情感世界。而夜也是诗作的主要意象，这个意象完全不同于古典诗词中的月亮意象，它已经具有了现代诗的"幻想神思"境界。"女神"是郭沫若精心营造的一个意象，这个意象是诗人男性情感的诗意表达。"永恒之女性，引导我们走"，既是郭沫若作为男性对女性的理解，而又巧妙地将古典人物意象化地进行了现代转化。

《女神》在形式上的追求同样体现出男性化的特征。我们都注意到了《女神》的自由体式和汪洋恣肆的抒情特点，也注意到了《女神》中那个抒情主人公的形象，但是，如果我们不注意这些形象是作为男性形象出现的，那么，也就难以理解郭沫若创作过程中的主体思维及其情感特征。梁实秋借《女神》的评论，认为"第一流的诗人"，应有"特殊的神思幻想，心境的光怪陆离"。郭沫若虽然不是梁实秋所希望的那种"永远站在社会边上的"[①]诗人，但郭沫若也不是执着于现实而忘记诗人职责的，《女神》既在体式上做到了自由，而又保持了应有的节制，郭沫

---

① 梁实秋：《读〈诗底进化的还原论〉》，唐金海等：《新文学里程碑》（评论卷），上海：文汇出版社 1997 年版，第 250 页。

若不像新月诗人那样具有良好的绅士风度，因为《女神》时期的郭沫若还是穷学生，他所要做的就是为了争取生存的权利而像"天狗"一样狂叫。不过，这种狂叫并不是无节制的。那么，郭沫若是如何进行艺术节制的？郭沫若说过："诗之精神在其内在的韵律，内在的韵律（或曰无形律）并不是什么平上去入，高下抑扬，强弱长短，宫商徵羽；也不是什么双声叠韵，什么压在句中的韵文！这些都是外在的韵律或有形律。内在的韵律便是'情绪底自然消涨'。"[①]

那么，什么又是郭沫若所说的"内在律"呢？看《雪朝》一诗所写的："楼头的檐霤……/那可不是我全身的血液？/我全身的血液点滴出律吕的幽音，/同那海涛相和，松涛相和，雪涛相和。"《女神》的内在律便是用生命的血液书写出的诗的旋律。郭沫若说，"内在的韵律便是'情绪的自然消涨'"，诗人的情绪是生命的一种形式，是生命能量的外化。郭沫若认识到，纯粹的感情是不能成为诗的，诗人的感情必须是生命的爆发，是诗人生命向外扩张时的律动形式。"无限的大自然，/成了一个光海了。/到处都是生命的光波，/到处都是新鲜的情调，/到处都是诗，/到处都是笑：海也在笑，/山也在笑，/太阳也在笑，/地球也在笑，/我同阿和，我的嫩苗，/同在笑中笑。"（《光海》）这就是一种生命律动的形式，在大自然的环境中，诗人的生命与自然融为一体，从而感受到了生命自然形态的美好与欢快，这时，诗人的情绪自然放松，呈现快乐状态，因而，其诗行是欢快的、明晰的。

三、后《女神》时代的诗歌创作

《女神》之后，郭沫若的诗歌创作进入到一个消退期，《女神》时期的激情、对生命的体验、对现实的感受，都因为郭沫若文学地位的变化而发生了一些微妙的变化。《星空》、《瓶》保留了《女神》的一些质素，浪漫主义的想象、热情奔放的感情以及诗歌意象的营构，还带着《女神》的特征。1923 年出版的《星空》是《女神》精神的延续，如《星空》通过遥望星空，进一步思考了人类生命的重大命题，诸如生存哲学、生命形态等问题，《献诗》、《洪水时代》、《苦味之杯》、《偶成》、《南

---

① 郭沫若：《文艺论集》，上海：光华书局 1925 年版，第 323 页。

风》、《天上的市街》等，写出了《女神》之后郭沫若的情感特征和思想趋向。在《献诗》中，诗人尽管写"我看见一只带了箭的雁鹅，啊！它是个受了伤的勇士"，以比喻五四之后自己的精神。不过，诗人的落脚点主要在"它偃卧在这莽莽的沙场之时，仰望着那闪闪的幽光，也感受了无穷的安慰"。也就是说，当现实伤害了人们的时候，能够仰望星空，追慕古人，在想象的世界里回到了"天上的市街"，感受到自然之美，倾听到远古的声音，使人们获得了一种新的生命状态。《星空》中的郭沫若回到远古、回归自然，不仅是一种策略，而且是郭沫若从《女神》时代就开始的寻根，从人类的洪荒时代寻找现实中所没有的精神，也是诗人生命意识的另一种表达方式。

当然，《星空》时代的郭沫若由生命的体验进入到对人生社会更深层的探索，诗人对人类及社会现实的理解也更丰富复杂，诗人对往古的缅怀是为了更好地回到现实的生活中，对自然的倾慕则寄寓着人生的希望，《江湾即景》、《归来》、《新芽》等诗篇，虽然艺术上不及其他作品，但其中透露着一种清新，一种理想。

写于 1925 年的《瓶》，尽管在艺术上尤其情感抒写上有明显的发展，但却表现出郭沫若诗歌创作上的某些微妙变化，那种对人生社会、对生命的歌唱，转向了爱情的呻吟。《瓶》以缠绵悱恻的爱情故事表达了一对恋人由甜美的爱情到死亡的过程，幻化出把忠贞的爱情化为一枝红梅吞进心里："梅花在我的尸中，会结成五个梅子，梅子再进成梅林，啊，我真是永远不死。"（《第十六首》）真挚的爱情，大胆的追求，敢爱敢恨的精神，以及恋爱中的幸福、焦躁、苦闷等，构成为《瓶》丰富的情感世界。

《前茅》和《恢复》是郭沫若诗歌创作中两部趋向革命的诗集，《前茅》中的诗篇大体写于《星空》时期。但这些诗篇无论在感情倾向还是在抒写方式上都已经发生了重大变化，个人的生命感受已经转向了新时代的革命运动，内心的浪漫已经让位于现实的革命斗争。正如他在《序诗》中所说的："这几首诗或许未免粗暴，这可是革命时代的前茅。这是我五六年前的声音，这是我五六年前的喊叫。"这时的诗人眼中的"力"已经发生了变化，"别了，低回的情趣！"，"别了，虚无的幻美"，"别了，否定的精神"（《力的追求者》）。于是，诗人将主要精力投向了现实的革命斗争，关注着工农革命运动，在《黄河与扬子江对话》、《上海的清晨》、

《励失业的友人》、《朋友们怆聚在囚牢里》、《我们在赤光之中相见》、《前进曲》等诗篇中，诗人以新的意象试图表达出对社会革命的理解，对血与火的生活的向往。这里不仅出现了"镰刀"、"炬火"等新的意象，而且在诗歌体式上也更加趋向于写实化，语言上则具有了口号化和直白化，"我们到兵间去吧！我们到民间去吧！"（《朋友们怆聚在囚牢里》）"太阳哟，我们的师哟，我们在赤光之中相见！"（《我们在赤光之中相见》）这种缺乏生活实感的语言，尽管往往被人称之为粗犷有力的歌声和勇敢大胆的宣言，的确可以算是"革命时代的前茅"，但由于在艺术上的粗疏而难以回到《女神》时代的艺术水平。

《恢复》出版于 1928 年，与郭沫若此前的诗集相比较，那种受新思潮影响而表现出的激越的感情已经不见了，也失去了浪漫主义的丰富想象，只有对革命的喊叫和打、杀的决心。这部诗集只能说是他在诗的情思已经枯竭的情况下，为了一种表达的需要而不得不为的结果。郭沫若写作《恢复》中的诗作时，一是刚刚经过大革命的失败，刚从前线退下来，思想感情都处于低潮；二是他刚从一场大病中恢复过来，身体还没有完全康复，在大病初愈之时，很难以完成富有激情的诗歌创作，因而，诗作中就常常以空洞、抽象的词句、极力高调喊出革命的口号，以掩饰感情及生活的不足。类似于"你们要杀就尽管杀吧！你们杀了一个要增加百个！我们的身上都有孙悟空的毫毛；一吹便变成无数的新我"（《如火如荼的恐怖》），"在工农领导之下的农民暴动哟，朋友，这就是我们的救星，改造全世界的力量"（《我想起了陈涉吴广》），读者在这样的喊叫中无法感受到诗歌的美，艺术与政治、诗歌与现实的关系在这里演化为一种违背艺术规律的无奈书写，文学成为政治的"留声机器"，从而说明郭沫若已经从一位诗人变成了"标语人"、"口号人"①，因而，《恢复》不但没有恢复甚至远离了《女神》时代的艺术精神。

---

① 郭沫若：《我的作诗的经过》，《郭沫若全集》第 16 卷，北京：人民文学出版社 1989 年版，第 221 页。

第十二节　郁达夫与感伤文学

一、郁达夫式的性情

郁达夫（1898—1945），浙江富阳人。1913 年，考入日本东京第一高等学校医科部，1921 年 6 月，郁达夫和郭沫若、成仿吾等人组织成立创造社，编辑《创造季刊》，同年 10 月，出版现代文学史上第一部短篇小说集《沉沦》。1922 年 3 月，自东京帝国大学毕业后归国，先后在北京大学、武昌师大、广东大学任教。1938年 12 月至新加坡，主编《星洲日报》等报刊副刊，1945 年在苏门答腊失踪。

郁达夫是一位美的追求者，甚至是一位唯美主义者，但他又是如此的感伤。他在《艺术与国家》中特别强调："自然的美，人体的美，人格的美，情感的美，或是抽象的悲壮的美，雄大的美，及其他一切美的情愫，便是艺术的主要成分。"[①]文学作为美的表现者，正是以美来感染读者，影响读者，净化读者的心灵。《小说论》中，郁达夫表达了对美的小说的追求："小说在艺术上的价值，可以以真和美的两个条件来决定。若一本小说写得真，写得美，那这小说的目的就达到了。至于社会的价值，及伦理的价值，作者在创作的时候，尽可以不管。不过事实上凡真的美的作品，它的社会价值，也一定是高的。这作品在伦理上所收的效果，也许不能和劝善书一般的大，但是间接的影响，使读者心地光明，志趣高尚的事情，也是有的。"[②] 在这里，郁达夫重视的是小说的艺术表现，以及这艺术表现所呈现出来的真和美，至于文学的社会性则在其次。

第一，美的文学应该是感情表现的文学。郁达夫特别看重文学的感情特点，反对文学与社会政治的关系。他在《艺术与国家》一文中认为："艺术的第二要素，就是情感，同情和爱情，都是包括在情感之内的。艺术中间美的要素是外延的，情的要素是内在的。"他所说的感情作为第二要素，主要是指文学在追求美这一第一要素的基础上，首先是情感的表现，或者说，情感是文学的美的最重要的表现，文学有了感情就会是美的，没有感情的文学是死的、不美的。郁达夫之所以强调

---

① 郁达夫:《艺术与国家》,《郁达夫文集》第 5 卷, 广州: 花城出版社 1983 年版, 第 152 页。

② 郁达夫:《小说论》,《郁达夫文集》第 5 卷, 广州: 花城出版社 1983 年版, 第 17 页。

突出情感是文学的内在要素，其理论基点就是文学与人生的内在关系。郁达夫认为，人的生活欲求是多方面的，既有物质的生活欲望，也有情感的精神欲望，人是有感情的，喜、怒、哀、乐为人之常情，而这些感情的因素是人本能的东西，也是使人冲动的东西，而"真正的艺术家，是非忠于艺术冲动的人不可的"①，也就是要忠实于情感的冲动，表现出情感的美。

第二，美的文学应该是真的文学。在郁达夫的批评思想中，真的文学并不仅仅是指文学的真实性，不是茅盾所谓的"真实"及其客观写实的文学。在郁达夫那里，真的文学是作家生命的真，是生命的自然流动。他认为徐祖正的《兰生弟的日记》不失为"一部极真率的记录，是徐君的全人格的表现，是以作者的血肉精灵来写的作品"②。认为《惜分飞》这部小说"虽然没有口号，没有手枪炸弹，没有杀杀杀的喊声，没有工女和工人的恋爱，没有资本家杀工人的描写，然而你一直读下去，你却能不知不觉地受到它的感动"，这主要在于作家真实的叙述，"直诉诚挚的心打动了读者的心"。③

第三，美的文学应该是远离政治和革命的文学。郁达夫对那些看似革命的文学表示了怀疑，因为在他看来，这些打着"革命"的旗号的文学失去了文学的真和美，某些时候，国家和政治会伤害文学，使文学失去其特有的美。在"革命文学"出现之前，郁达夫就曾表示这样的忧虑，认为国家的政治会破坏艺术的美。他在《艺术与国家》中指出，国家与艺术是势不两立的，因为"现在的国家，大抵仍是复以国家为本位的国家。军国主义，国家主义，仍复同从前一样的在流行着"，因而，艺术所追求的一切与国家所要求的恰恰是对立的。在郁达夫看来，艺术的价值就在于一个"真"字上，"大凡艺术品，都是自然的再现。把捉自然，将自然再现出来，是艺术家的本分。把捉得牢，再现得切，将天真赤赤裸裸的提示到我们的五官前头来的，便是最好的艺术品"，但是，"国家为要达到它的目的，最忌的是说真话"，这是国家"和艺术不能融合的最大要点"，国家从而破坏了文学艺术

---

① 郁达夫：《小说论》，《郁达夫文集》第 5 卷，广州：花城出版社 1983 年版，第 69 页。
② 郁达夫：《读〈兰生弟的日记〉》，《郁达夫文集》第 5 卷，广州：花城出版社 1983 年版，第 246 页。
③ 郁达夫：《〈惜分飞〉序》，《郁达夫文集》第 6 卷，广州：花城出版社 1983 年版，第 71 页。

的真实性。另一方面，"艺术的理想是永久的和平"，"是引到光明路上去的一颗明星"，但是，国家主义的野心，却恰恰是战争的根源，"并不是艺术的理想"。最重要的，文学艺术的最大要素是美与感情，"艺术所追求的是形式和精神上的美"，而"国家对于'美'完全是麻木的"[①]，不但是麻木的，还是对文学艺术破坏的。1928 年，当创造社与太阳社提倡"革命文学"的时候，郁达夫再次保持了与后期创造社的一定的距离，对他们所提倡的"革命文学"表示了极大的怀疑："我对于中国无产阶级的抬头，是绝对承认的。所以将来的天下，是无产阶级的天下；将来的文学，也当然是无产阶级的文学。可是生在 19 世纪的末期，曾受过小资产阶级的大学教育的我辈，是决不能作未来的无产阶级的文学的一点，我是无论如何，也不想否认的。"[②]

二、感伤主义的文学表现

毫无疑问，郁达夫是现代中国文学的感伤主义代表作家，他的作品的情绪基调、题材选择、主题意向，都表现出鲜明的颓废、感伤的倾向。

第一，感伤主义的内因与外因。郁达夫是一位具有感伤气质的浪漫主义诗人，情感纤弱敏锐，对内心生活体验很深。在《水样的春愁》中，他曾描述过自己的性格特点："因自小就习于孤独，困于家境的结果，怕羞的心，畏缩的性，更使我的胆量，变得异常的小。"[③]郁达夫的个人经历与其感伤性格密切联系在一起。郁达夫长到 3 岁的时候，父亲又因病而死，两个比他大的哥哥也去了离家很远的地方读书去了，姐姐送给人家当了童养媳妇，母亲挑起了维持贫困家庭的重担，经常奔波于外面，家里只剩下他和"扁着嘴念经"的祖母。他从小就生活在孤独里，因孤独而产生忧郁，使他过早地形成了孤僻、内向、多愁善感和愤世嫉俗的性格。这种性格也使郁达夫显示出过人的才情，而性格上的柔弱又使他偏于敏感。我们在他的作品中经常看到一个有一张贫血的脸、敏感的心和才华横溢的青年。这个

---

① 郁达夫:《艺术与国家》,《郁达夫文集》第 5 卷, 广州: 花城出版社 1983 年版, 第 149—152 页。

② 郁达夫:《对于社会的态度》,《郁达夫文集》第 6 卷, 广州: 花城出版社 1983 年版, 第 63 页。

③ 郁达夫:《水样的春愁》,《郁达夫文集》第 3 卷, 广州: 花城出版社 1983 年版, 第 378 页。

青年情绪低沉、意志薄弱、精神异常，这些艺术形象的特征都表现着郁达夫本人的性格特点。留学日本后，郁达夫开始接触外国文学，受屠格涅夫、卢梭、佐藤春夫以及英国感伤主义文学的影响。他的个人性格与接触到的作家一碰即合，或者说感伤主义作家从某种意义上打开了他的性格之门，使他本来就多愁善感的精神世界更加趋向于孤独的内心，"我觉得最可爱、最熟悉，同他的作品交往得最久而不会生厌的，便是屠格涅夫……我的开始读小说，开始想写小说，受的完全是这一位相貌柔和，眼睛有点忧郁，绕腮胡长得满满的北国巨人的影响"①。在屠格涅夫那里，郁达夫受到"多余人"艺术形象的启发，同时也受到其忧郁精神的影响。而在英国感伤主义文学那里，崇拜感情，崇拜人们关系的纯朴、真诚，现实的真实在很大的程度上被作家对它们的感觉所代替，因而情绪低落，内心忧郁，重视内心体验，重视情绪的书写。日本"私小说"以作家自身生活作为题材，侧重于人物心理剖析，抒发对生活的感伤咏叹，《沉沦》就是在佐藤春夫影响下写的作品。在《文学概说》中，郁达夫将感伤主义称为殉情主义："文学上的这一种殉情主义所有的倾向，大抵是缺少猛进的豪气与实行的毅力，只是陶醉于过去的回忆之中。而这一种感情的沉溺，又并非是情深一往，如万马的奔驰，狂飚的突起，只是静止的、悠扬的、舒徐的。所以殉情主义的作品，总带有沉郁的悲哀，咏叹的声调，旧事的留恋，与宿命的嗟怨。"②感伤主义注意内心的情感，夸大感情的作用，强调感情的自然流露，重视自然景物的描写，特别强调对个性和个人的精神生活的刻画。

第二，"余零者"的形象特质。"零余者"的形象是郁达夫在《茑萝行》中提出的一个概念，是对他的作品中一组独特形象的概括。"零余者"在渊源上受俄国文学尤其是屠格涅夫小说中"多余人"的影响。他们饱受社会的挤压，生活在穷困潦倒之中，性格孤独内向，情感悲怆懊恼。但郁达夫小说中的"零余者"不像屠格涅夫小说中的"多余人"那样，大多具有贵族身份，生活闲适优裕。他的人

---

① 郁达夫：《屠格涅夫的〈罗亭〉问世以前》，《郁达夫文集》第 6 卷，广州：花城出版社 1983 年版，第 176 页。

② 郁达夫：《文学概说》，《郁达夫文集》第 5 卷，广州：花城出版社 1983 年版，第 79 页。

物大多是平民知识分子，辗转流浪于社会下层，生活无着，思想情感中具有更加激进的愤世嫉俗的倾向。从《沉沦》开始，郁达夫就着意于表现一个被排斥在正常社会轨道的青年知识分子形象，这个被评论家视为郁达夫自我表现的人物，在不同作品被作家称为"于质夫"、"质夫"、"文朴"或者是"我"、"他"。这些"零余者"都是被挤出正常社会轨道的知识分子，地位低下，贫穷寒酸，他们有知识、有才华，却找不到施展抱负、理想的机会。他们对社会不满，却无能为力；他们消极、颓废、自暴自弃、自我戕害，甚至自杀，以示对社会的反抗，消极反抗。《沉沦》中的留日学生"他"是一个内心痛苦、彷徨的青年，由于生的苦闷和性的苦闷，又受到弱国子民身份的拖累，形成了他的二重人格，忧郁症如蛛丝缠身，拂之不去。他不愿意也不甘于沉沦，却又无可奈何、不能自拔地沉沦下去，以致绝望。《春风沉醉的晚上》中那个穷困潦倒的书生也是一个被抛出正常生活轨道的文人，他身无分文，居无定所，患有严重的忧郁症，与同样遭受社会挤压、生活在底层的烟厂女工陈二妹相遇，身世的相似、生活的贫寒，使他产生了"同是天涯沦落人"的感受。其他如《茫茫夜》、《茑萝行》、《杨梅烧酒》、《采石矶》、《秋柳》、《十一月初三》等作品中的人物，都具有"零余者"形象的特征。

郁达夫小说中的"零余者"带有个人自叙传的特征。郁达夫认为，小说都是作家的自叙传，作者的经验"除了自己的之外，实在另外也并没有比此再真切的事情"[1]。这不仅在于他的小说大都以第一人称叙述视角，作品主人公的生活经历、个性气质、感情体验、审美趣味等，明显带有作家本人的影子。《沉沦》用的是第三人称叙述，但主人公的身世和感情体验基本上是以作家自己的生活经历为蓝本的。如果把郁达夫小说中的人物形象连接起来，基本上能看出作家自我生活的轨迹。正是从"自叙传"出发，郁达夫的小说在叙事上表现出强烈的主观性，他的作品不仅善于取材于自我身边的故事，而且他笔下的风景、事物都带上了浓浓的主观色彩。

第三，情色描写。郁达夫的小说中常常出现一些情色的场景描写或者变态的

---

[1] 郁达夫：《序李桂著的〈半生杂忆〉》，《郁达夫文集》第 7 卷，广州：花城出版社 1983 年版，第279 页。

性欲描写。小说中不仅出现了一些都市里的沦落女子，她们或是妓女，或是旅馆侍女、酒馆当炉女，而且他善于直接叙述和描写色情的场景，展示赤裸裸的性的心理。在《沉沦》中，作者就多次写了留日学生"他"的窥阴癖，偷听他人做爱的动静，偷看房东女儿洗澡，或者患有晚上"在被窝里犯罪"的手淫习惯，都表现得裸露而大胆。其他如《茫茫夜》、《秋柳》等作品中，对主人公眠花宿柳、酗酒纵情的情节描摹更是愈益精细。无论是人物的心理，还是故事情节、人物性的苦闷、变态的发泄以及所谓"肉欲的挑逗"，都带有郁达夫式的风格。郁达夫作品中的色情描写，反映了时代青年的生命诉求与现实生活之间的内在矛盾，时代催醒了一代青年的生命意识，他们对异性的敏感，情欲的冲动，都具有精神与肉体解放后的鲜明特征。但是，由于这是一些处在社会下层的知识青年，是倍受社会、经济压迫的青年，因而，沉醉的欲望不能得到真正的满足，压抑而致性的苦闷与变态的发泄。描写这些色情的内容，从某种意义上就是对社会的反抗，就是表达对个性解放的强烈要求。他以沉湎醇酒美色来表明他的愤世嫉俗，同时在沉湎酒色中寻求表现自我的途径。对此，周作人曾在评论《沉沦》的文章中，给予了充分的肯定，"所谓灵肉的冲突原只是说情欲与压迫的对抗，并不含有批判的意思，以为灵优而肉劣；老实说来超凡入圣的思想倒反于我们凡夫觉得稍远了，难得十分理解"①。与此同时，艺术地审视色情描写，将色情问题纳入审美的范畴，从而表现出人性的美，是郁达夫小说的独特魅力之一。郁达夫将色情作为小说叙事的一个不可缺少的组成部分，通过色情描写深入到人物精神世界的内部，发现人性中灵与肉冲突的艺术力量。周作人说："我们鉴赏这部小说的艺术的写出这个冲突，并不要他指出那一面的胜利与其寓意。他的价值在于非意识的展览自己，艺术的写出升华的色情，这也就是真挚与普遍的所在。"他因此断定："《留东外史》终是一部'说书'，而《沉沦》却是一件艺术的作品。"②

① 仲密（周作人）：《沉沦》，王自立、陈子善编：《郁达夫研究资料》（下），天津：天津人民出版社 1982 年版，第 307 页。
② 仲密（周作人）：《沉沦》，王自立、陈子善编：《郁达夫研究资料》（下），天津：天津人民出版社 1982 年版，第 307 页。

三、郁达夫式的叙事

人们一般将郁达夫的小说称之为"散文化小说"、"抒情小说"或者"诗化小说",从郁达夫小说表现出来的某些艺术特性来说,这种概括无可非议。但是,这种将形态各异的艺术作品纳入到一种模式中进行评述的方法,无法真正认识郁达夫小说的叙事美学。郁达夫的小说在叙事上有抒情,但却不是抒情;有散文的特征,缺少鲜明的故事线索,但却不是散文;有诗的成分,但却不是诗;郁达夫的小说是典型的小说,是对现代小说叙事的艺术创造。

第一,病的隐喻。郁达夫的小说把疾病作为不可或缺的组成部分,始终伴随着作品中的人物,伴随着叙事过程,伴随着感情基调。郁达夫笔下的人物,要么患有忧郁症,要么患有肺病,或者是胃病,那个"自我"主人公是体弱多病、瘦削不堪的形象。在《沉沦》中,"他"受到弱国子民的制约,身体也一直处在多病的状态,严重的脑病让他无法面对现实。《南迁》、《银灰色的死》中的留学生"他"也是一个患病的青年形象。《春风沉醉的晚上》中的主人公"我"患有严重的脑病。在《胃病》的开篇,主人公就开始诉说自己的病。"人到了中年,就有许多哀感生出来。中年人到了病里,又有许多的悲苦,横空的堆上心来。我这几天来愁闷极了,中国的国事,糟得同乱麻一样,中国人的心里,都不能不抱一种哀想。"其他如《风铃》、《秋柳》、《离散之前》等作品,病的意象和故事已经成为小说叙事的主要内容。

郁达夫小说中的病的隐喻,既是时代、社会、民族的象征,也是个人生活经历、个性气质的艺术表现,还有外国文学中世纪末思潮以及人道主义思想的影响。从叙事学的角度来看,病是郁达夫选取的重要意象,并将这一意象作为推动故事发展的动力。在作品中,病作为与人物生活、情感密切相关的意象,拓展了人物的心理空间,而且人物的病与作品结构中的情绪流动结合在一起,形成了内在的张力,一方面是人物极度压抑的情绪,一方面则是人物内心努力的挣扎,这种矛盾的交织促动了叙事的发展。病的意象使小说更趋向于人物自身,叙事更加集中,使人物在整个叙事结构中更加局促,更加畏缩。但是,由于病的意象在叙事中占有重要的地位,意象构成了小说必要的艺术空间,病所引起的人物内心世界的变化,与外在社会环境的冲突,从而拓展了小说叙事的空间,使小说结构具有了开放性的艺术张力。从审美的角度看，病具有颓废的美，是一种忧郁感伤的艺术呈现。

第二，哭穷模式。"哭穷"是中国文人的突出倾向，也是郁达夫小说中的重要叙事模式。《春风沉醉的晚上》中的"我"是一个失业的知识青年，"因为失业的结果，我的寓所迁移了三处，最初我住在静安寺路南的一间同鸟笼似的永也没有太阳晒着的自由的监房里"，而现在则搬到一处更加矮小的房子里，"若站在楼板上伸一伸懒腰，两只手就要把灰黑的屋顶穿通的"。不仅如此，已经是暮春天气，"囊中羞涩的我"也不能把身上的破棉袍子换下来，这件衣服的厚重和破旧只能让人产生自惭形秽的感觉，不仅让他自己大汗淋漓，还在无轨电车上遭到辱骂。所以，白天不敢外出，只有晚上才能出来散散步。正是这样，"我"与烟厂的青年女工陈二妹才能发生身世、情感上的共鸣。在《南迁》、《茫茫夜》、《薄奠》等作品中，也表现了一个穷困潦倒的文人形象。"哭穷"是一种对社会反抗的方式，是文人社会地位的表征，同时也是文人自我保护的心理机制。作为小说叙事模式的"哭穷"，与人物内心的痛苦、变态以及病的意象联系在一起，能够从一个独特的方面宣泄出心理的压抑，打破了古代文人羞于谈钱的清高，呈现出了一个赤裸裸的自我的形象。

第三，情绪与叙事方式。如果说意识流、生活流是现代小说的重要结构方式，那么，郁达夫的小说则是一种情绪流结构。所谓情绪流结构就是以人物的情绪变化作为结构作品的主要方式，作品不以构造完整的故事为主要任务，情绪的变化与流动决定了叙事的方向。

郁达夫小说中所叙述的人物或者事件，本身往往并不具有叙事学的意义，这些人物或事件零乱而无章法，难以构成系统的故事，小说结构也主要不是通过人物与事件的叙述完成的。同样，郁达夫在小说叙事中也不讲究时间或者空间，而是以情绪的流动作为结构的主线。叙事学的观点认为，叙事就是讲故事，"从这个意义上讲，叙述内容的基本成分就是故事"，这样的故事"有行动中的人物、因果线索完整的情节，具体明确的场景等，由这诸种因素组合成一个个社会生活中的事件"①。这个故事"指的是作品叙述的按实际时间、因果关系排列的所有事件，而'情节'则指对这些素材进行艺术处理或在形式上的加工，尤指在时间上对故事事

---

① 格非：《小说叙事研究》，北京：清华大学出版社2002年版，第37页。

件的重新安排"①。这说明时间与故事的关系是非常重要的。但在郁达夫的小说中，故事中的时间并不是重要的，事件与事件之间也不是在因果关系的结构状态中，作者对人物以及故事的处理缺少必要的逻辑关系。相反，人物和事件都带上了色彩鲜明的情绪特征，人物性格的发展以及故事的发展脉络是沿着情绪的状态而发展的。"雪后的东京，比平时更添了几分生气"（《银灰色的死》），这样的故事开头，强调的不是"雪后"的时间性，而是因为雪后而增添的"生气"，或者说是人物对自然的感受以及这种感受而生成的情绪。

四、郁达夫的散文及其诗词创作

小说创作之外，郁达夫还创作了大量散文和旧体诗词，这些作品虽然影响不及小说，但在艺术上的成就，"实不在他的小说之下"。②

第一，散文创作。郁达夫的散文创作几乎贯穿了他创作的整个过程，更全面、集中地表现出一位富有浪漫主义情怀的作家的艺术特征。从文体类型来看，这些散文有游记、日记、小品、随笔、自传、杂文以及抒情散记等。郁达夫的散文如《还乡记》、《在一个人的途中》、《零余者》等，往往与他的小说混杂在一起，书写对人生聚散无常的感叹，对个人生活无着、贫病交加生存状况的哭诉，表现出名士风度。与这类散文相比，他的游记和日记更能表现出其性情与艺术才华。郁达夫的游记是现代散文史上的上等之作，他的作品一如既往地表达着个人的情感，将主观色彩涂抹在各种风物上，如《钓台的春昼》、《故都的秋》、《方岩纪静》、《山水及自然景物的欣赏》、《记闽中的风雅》等，在描山画水中将自我的情感寄托其中，山水之间融入了作家主体的内心感悟，披露了作家的情感律动。郁达夫的日记作为一种文学样式，同样具有散文的审美特征，他的《日记文学》和《再读日记》等文章，比较系统地阐述了日记的文学价值。郁达夫的日记不仅是记载个人的生活经历或者个人收藏的文体，而且是表达其思想情感的文学体式。从 1921 年在《时事新报·学灯》上发表《鞫城日记》，到 1937 年的《回程日记》，他写作并

① 申丹：《叙事学与小说文体学研究》，北京：北京大学出版社 1998 年版，第 34 页。
② 许子东：《郁达夫新论》，杭州：浙江文艺出版社 1984 年版，第 98 页。

发表了大量的日记作品。《日记九种》则记录了个人的感情经历及其与王映霞的婚恋生活，《沧洲日记》、《水明楼日记》记载1932年杭州的客居生活，《西游日录》其实是游记，《避暑日记》、《故都日记》则记述1934年青岛、北平之行，后来还有《梅雨日记》、《秋霖日记》、《冬余日记》等。这些作品体现出了郁达夫式的率性，情感的倾诉、心理世界的描摹，都真实生动，忠实地记录着每日的行踪。或详或略，不厌其烦，甚至酗酒，以及鸦片，出入花柳巷等等，他也不加隐讳，忠实地记录下来。无论是可读性还是文学性，都具有相当的价值。

第二，诗词创作。诗词创作主要是郁达夫的个人爱好，带有强烈的个人色彩的写作行为，但他却在有意无意间取得了重要的成就。他大约是新文学作家中写作旧体诗词数量最多的一位，他师承晚唐之风，而又取法清诗中的吴梅村和黄仲则，于吴梅村取其流丽，于黄仲则取其感伤。郁达夫以多情善感见长，写的是沉沦感伤、哀感顽艳的才人诗。艺术上讲究意象的选择与创造，精心进行意境的营构，或抒写爱情的缠绵，或歌咏自然的情怀，或表达爱国的思想，兴之所至，纵笔为诗，表现出了诗人郁达夫的精神世界。他在《盛夏闲居，读唐宋以来各家诗，仿渔洋例成诗八首录七》的组诗中，写出了对李商隐等诗人的称赞和借鉴的努力，提出了"义山诗句最风流"，也表达了"阿蒙吴下数梅村"的观点。因此，他的诗词已经达到了"神与物游"、"思与境谐"，意与象应，情与景合，构成了一幅幅有情意、有境界的立体感的艺术画面。如写于1918年的《织女春思》："朝织巫阳山，暮织潇湘渚。暮暮复朝朝，郎今到何处？"再如写于1919年的《送担风》："春风南浦黯销魂，话别来敲夜半门。赠我梅花清几许，此生难报丈人恩。"再如作于1920年7月的爱情诗《无题——效李商隐体》："梦中啼笑醒来羞，红似相思绿似愁。中酒情怀春作恶，落花庭院月如钩。妙年碧玉瓜初破，子夜铜屏影欲流。懒卷珠帘听燕语，泥他风度太温柔。"意象选择可谓既承继了传统文学，而又独具匠心，意与境融合一体，因景生情，要么缘情而叙景，情和景交融渗透，相契相生，构成一个个优美的意境。

五、其他感伤主义作家的创作

郁达夫式的感伤主义在五四时代颇具市场，郭沫若、成仿吾、陶晶孙、倪贻德、王以仁、叶灵凤等作家的创作，都带上了不同程度的感伤色彩。五四运动退潮以后，当青年处于社会的、心理的感伤氛围中时，需要找一种发泄的方式，需要一种感伤的、颓废的内容作为对社会的抗争。

郭沫若是创造社作家中感伤主义者代表之一。不仅他的诗作如《死的诱惑》、《瓶》等具有感伤的特质，而且他的小说创作更是这方面的代表作品。他最早的小说《牧羊哀话》就充满了悲哀的情调，其后的《残春》、《叶罗提之墓》、《月蚀》、《喀尔美萝姑娘》等这些取自身边生活的作品，以抒情的方式咏叹着男女爱情的悲欢离合。《喀尔美萝姑娘》写一位有妇之夫的"我"爱上糖食店里的美丽姑娘（"喀尔美萝"是一种糖饼），于是演义了一曲爱之不能、欲罢不能的爱情悲剧，最后"我"跳水自杀，以殉这份虚幻的感情。《叶罗提之墓》也是表现沉浸于悲情之中的爱情，年少的叶罗提爱上了他的嫂嫂，可是这段不能成立的爱情只能以悲剧的方式结束。最能代表郭沫若早期小说创作成就的，是他的《漂流三部曲》和《行路难》。《漂流三部曲》由《歧路》、《炼狱》、《十字架》三篇作品组成，表现了一位留学日本的穷酸文人生活的窘迫和精神的落魄。《歧路》主要写主人公爱牟由留学日本到带着妻子晓芙和三个孩子回到国内的艰难困苦的生活，爱牟的遭遇也许只是个别性的，但他的生活又是具有典型意义的。《炼狱》写送走妻儿后的爱牟，一个人留守上海，在孤独、寂寞中寻找新的生路，但他却是"作战一次，失败一次"，如同生活在炼狱之中。《十字架》写在上海的爱牟接到妻子从日本寄来的信，就像背负了沉重的十字架一样，陷入痛苦之中：一方面是薪水比较丰厚的医职工作，另一方面是对妻儿的无比思念，这种内心的矛盾痛苦折磨着他，让他不得安宁。最终还是放弃了工作，回到妻儿身边。《行路难》是《漂流三部曲》的续篇，文人的生活贫困和精神的痛苦仍然是这篇小说的主题。卖文为生的爱牟因为国内政局动荡，有文无法卖，生活陷入困顿之中。在郭沫若的笔下，现代文人的痛苦不堪，精神上的折磨，交织于一体，构成了一曲知识分子的人生悲歌。其他如《残春》、《落叶》等，也表现了大体相似的主题。

陶晶孙（1897—1952）长期生活在日本，学习医学，但其小说创作《音乐会小曲》、《木犀》等，都有一定特色。作为艺术家的陶晶孙，在其小说创作中运用了诸多音乐、美术等因素，将抒情的成分融入小说叙事之中。《音乐会小曲》以"春"、

"秋"、"冬"结构作品，表现出人生的伤感、萧瑟和难堪的三个阶段。作者对人生世事的感叹，呈现出带有艺术色彩的独特气质，表现出创造社式的忧郁情调。

倪贻德（1901—1970）曾在上海美专后留学日本学习绘画，是创造社成就较为突出的作家之一，创作有《玄武湖之秋》、《东海之滨》、《百合集》等小说集。倪贻德的小说大多写与他个人身世相关的伤感故事。《玄武湖之秋》写"我"与三个女学生在玄武湖上划船、作画，他们之间感情纯真，相互关怀，令人长相忆，表现出人世间美好的方面。但是，他们的行为却引起了众人的嫉妒、嘲弄和谩骂，于是，"我"感受到了社会的污浊、境遇的困苦和孤独，感到了美的东西在远去。《零落》则写一家举人门第的败落，对几十年来萧家的遭遇、世态炎凉发出了沉重的感叹。《花影》写表兄妹之间的初恋，但他们的感情却遭到家长的反对，并拆散了这对幸福的恋人，只留下令人遗憾的故事。

第十三节　叶绍钧与为人生派文学

一、为人生派及其作品

具体而言，中国现代文学的价值内涵主要表现为"为人生"、崇尚自我和自由的个体意识等全新的文学观念，大胆地抒发自己的情感，剖析自己的灵魂，使"人"成为一个应该大写的主体，即用现代的文体形式表达现代人的思想意识。1918年4月，周作人发表《人的文学》一文，其中首先介绍了欧洲文艺复兴运动如何发现了"人"，并进一步阐述人道主义在西方文学作品中的表现，"人的文学"实际上也就成了以人道主义为基础，对现实人生中的诸多问题，给予关注的文学，这标志着文学与人生在理论上的第一次"联姻"。随后，周作人又发表了《平民文学》、《新文学的要求》等文章，再次强调"人生艺术派的"文学。1920年11月的演讲《文学上的俄国与中国》提出"中国将来的新兴文学当然的又自然的也是社会的人生的文学"，由此将"为人生"的文学观演绎到了极致。这种"为人生"的现实主义文学明显受到外国先进文学思潮的影响，尤其那些翻译和引入的俄国、北欧、日本等"为人生"现实主义文学的作品。中国新文学作家接受的文学思潮，首推俄国批判现实主义和反映人道主义的文学作品。五四时期，托尔斯泰、契诃夫、车尔尼雪夫斯基等俄国作家的作品被译介过来，成为中国作家文学创作的直接来源。茅盾在建国后回忆说："恐怕也有不少像我这样，从魏晋小品、齐梁辞赋的梦游世界里伸出头来，睁圆了眼睛大吃一惊的，是读到了苦苦追求人生意义的俄罗斯文学。"[①] 1918 年，胡适向国人介绍了挪威"社会问题剧"作家易卜生，《新青年》于同年 6 月发表"易卜生号"，在其影响下，文坛一度掀起了"问题小说"的创作高潮。1918 年 7 月，周作人发表《日本近三十年小说之发达》，文章肯定了"问题小说"在日本近代文学中的地位。伴随着五四"启蒙"精神的召唤和对"科学"、"民主"、"自由"的向往，一部分觉醒了的青年对社会诸方面投以理性的目光，思考人生和现实，如下层劳动人民问题、妇女问题、婚恋问题、个体自由等严肃的社会命题，所以，"为人生"的现实主义文学观很快得到了新文学作家的高度认同，并开始尝试一系列的创作实践。

　　五四"为人生"派的新文学作家文学创作实践的最初形态是"问题小说"。"问题小说"家几乎占据了新小说家的绝大多数，如冰心、黄庐隐、许地山、叶圣陶、杨振声等。1919 年由北京大学学生创办的《新潮》杂志成为他们创作的主要阵地，罗家伦的《是爱情还是苦痛》、俞平伯的《花匠》、叶圣陶的《这也是一个人？》、汪敬熙的《雪夜》等，初露"问题小说"的端倪。此后，冰心在 1919 年下半年的《晨报副刊》发表了《斯人独憔悴》等一系列关注社会问题的作品，成为"问题小说"的开风气之作。此外，还有庐隐的《或人的悲哀》、《海滨故人》，许地山的《命命鸟》、《缀网劳蛛》等。1921 年，文学研究会成立，他们公开宣称："将文艺当做高兴时的游戏或失意时的消遣的时候，现在已经过去了。我们相信文学是一种工作，又是于人生很切要的一种工作。"更是将这股创作潮流推向了高潮。这些作品大都氤氲着浓郁的时代气息，立足于启蒙主义，希望作品中表现出的问题能引起社会的关注和思考，进而改良这人生，作品中有"人生是什么"、"人生的意义到底是什么"这样发人深省的疑问，作者们也在苦苦地、迷茫地寻找着答案。尽管这一时期的创作略显幼稚和粗糙，但他们所开创的叙述模式却为后来更为圆润的现实

---

① 茅盾：《契诃夫的世界意义》，《世界文学》，1960 年，第 1 期。

主义写作奠定了基础。

二、叶圣陶的小说创作

开始创作于"问题小说"，走上较为成熟的"为人生"现实主义写作之路的是叶绍钧。叶绍钧（1894—1988），著名的文学家、教育家和出版家，生于江苏苏州一个平民家庭，字秉臣，后改字圣陶，主要笔名和别名有泥醉、叶陶、允倩、秉丞、桂山、逸君等。17岁中学毕业后在家乡任小学教员，1914年开始用文言文写作，曾先后在《礼拜六》等"鸳鸯蝴蝶派"刊物上发表《穷愁》、《博徒之儿》等十几篇文言文小说。1919年加入"新潮社"，叶绍钧从此开始了大量的白话文创作，并于1921年加入文学研究会，担任《小说月报》的撰稿人，历任商务印书馆和开明书店编辑。他在小说领域的成就格外突出，其具有代表性的小说创作主要集中于1920年代和1930年代，先后出版了短篇小说集《隔膜》（1922）、《火灾》（1923）、《线下》（1925）、《城中》（1926）、《未厌集》（1928）、《四三集》（1936），以及长篇小说《倪焕之》。除小说创作外，叶绍钧在童话、散文、诗歌等方面均有建树，1923年由商务印书馆出版的《稻草人》是我国现代第一本童话集，此外，还有散文集《剑鞘》（与俞平伯合著）、《脚步集》、《西川集》等，诗集《雪朝》（合著）。作为文学研究会早期的发起人之一，叶绍钧在创作实践上始终坚持"为人生"的现实主义创作原则，题材涉及农民问题、妇女问题、知识分子问题、教育问题以及革命问题。其创作紧跟时代步伐，关注社会上的芸芸众生，或以客观冷静的叙述，或以犀利冷峻的嘲讽来表现自己对社会问题的思考，他还指出："大家有个新的观念，视小说为精神生活上一种重要的必需的事物。换一句话说，就是小说和人生抱了，融合了，不可分离了。"[①] 所以，他的作品无论是对当时的时代而言还是对生活在那个时代中的人们而言，都具有特定的"镜像"意义。

五四时代是一个发现"人"的时代，处在社会最底层的农民、妇女和儿童进入了中国新文学作家的视野。以鲁迅为代表的五四一代乡土文学作家一方面放眼于中国广大的凋敝的乡村，描写底层农民的穷困潦倒，并报以深切的同情和关怀；

---

① 叶圣陶：《文艺谈·十七》，《晨报》副刊，1921年4月16日。

另一方面又对他们精神上的麻木不仁和愚昧无知给予了深刻的批判，"哀其不幸，怒其不争"成为众作家的矛盾心态，同时也带了对自身内心体验深深地追问。"问题小说"相对于同一时期的"乡土小说"就显得略有肤浅，"问题小说"家们虽感受到了时代的脉搏，但却并没有把时代之精神表现到实处，他们或纠缠于情与爱的缠绵和纠葛，或执着于"爱"与"美"的虚空，在沉重的现实面前，这些只不过是虚无缥缈的幻想。叶绍钧最初的"问题小说"创作虽表现出了爱与自由的理想境界，比如《这也是一个人？》、《隔膜》、《两封回信》等，但他的创作源自他最为熟悉的现实生活，更贴近现实人生。他在《叶圣陶选集·自序》中说："现在回头想一下，我似乎没有写什么自己不怎么清楚的事情。换句话说，空想的东西我写不来，倒不是硬要戒绝空想。我在城市里住，我在乡镇里住，看见一些事情，我就写那些。我当教师，接触一些教育界的情形，我就写那些。中国革命逐渐发展，我粗浅的见到一些，我就写那些。小说里的人物差不多全是知识分子跟小市民，因为我不了解工农大众，也不了解富商巨贾跟官僚，只有知识分子跟小市民比较熟悉。"[①] 由于自身身份的多样性，他在题材上的选择就显得游刃有余，从而造就了他开阔的现实主义创作，使"为人生"的文学又上了一个更为成熟的高度。从这一段话中，我们也可以看出他的小说朴实自然的艺术风格，他的文学观念决定了他不会刻意追求曲折蜿蜒的故事情节和新鲜奇异的形式，却致力于用朴实的语言再现生活本身，描写得细致入微，揭示出了人物的内心世界，没有华丽的辞藻堆砌，却富于极强的表现力，与题材的开阔性一起构成了其创作独特的和坚实的艺术品格。

对底层劳动人民的关注是叶绍钧小说创作的一大主题，其创作有的表现在封建宗法制农村社会压迫下的妇女的悲惨命运，有的表现农民在社会动荡时期的贫困生活，有的则涉及"改造国民性"问题等等。《一生》描写了一个连姓氏都没有的农家妇女，她15岁就被迫出嫁，为的是可以抵得半条牛的价钱。婚后的生活痛苦不堪：先是孩子夭折，继而被公婆视为灾星，受尽丈夫的打骂。无奈之下，她逃到城中当了佣人。在家人的百般阻挠下，最终又回到家里，等待她的却又是一张契约——充当丈夫死后的丧葬费，作者由此发出了"这也是一个人"的疑问。

① 叶圣陶：《〈叶圣陶选集〉自序》，《叶圣陶选集》，北京：人民文学出版社 1959 年版。

作品通过这个命运悲惨的农村妇女的形象，鞭挞了封建社会制度，揭示出人与人之间的冷漠无情，这也看出作者对封建制度和伦理道德的双重思考：同样是最底层的劳苦大众，甚至是自己的亲生儿女，彼此之间却没有一点同情和关爱，其批判对象也指向了封建礼教的长期统治。叶绍钧所关注的眼光直抵社会的最根本问题，把一幅幅冰冷的现实画面呈现在人们面前，对"爱"与"美"的呼唤在这一刻也就显得有些苍白了。正如顾颉刚所说："叶圣陶做小说的宗旨，他所以表现这种微妙的爱，并不是求在象征主义中占得一席地，只是要把残酷的社会徐徐的转变！"①《隔膜》写"我"会访朋友时的所见所闻所感。表面看来，"我"与朋友之间彬彬有礼，互相谦让，相处得非常融洽，但通过言谈的内容我们不难发现这些只不过是相互之间的敷衍应付和机械式的交谈，没有任何真心与情感的交流，为的却是保持旧的传统风化，以至于"我"有了这样的突发奇想："何不彼此将要说的话收在蓄音片上，彼此邮寄，省的屡次复数呢？"作品中的"我"与社会的"隔膜"无处不在，体现出了作者孤独悲凉的心境，对人与人之间"爱"的情感的呼唤最终也落到了"为人生"上，甚至有了"改造国民性"的影子。《多收了三五斗》记叙了一出江南农民"丰收成灾"的悲剧，与茅盾短篇小说《春蚕》成为同类题材小说的两篇佳作。作品通过从河埠头的万盛米行粜米到街上购物，不同的处所，不同的场景的描写，生动刻画了农民在丰收之年，由于战争年代的通货膨胀，反而陷入更加贫困的境况。造成这种畸形的社会形态的正是来自帝国主义、封建主义和官僚资本主义的压迫，作者更是深刻地洞察了这一点，通过对"旧毡帽"和乡亲们的谈话及其心理活动的再现，表现了作家对乡村、对农民真挚的同情，让我们体会到作家对当时社会的愤恨之情，这无疑又是一次"为人生"现实主义的深化，毕竟作品与整个时代的关系显得更为密切了。

当五四一代作家把启蒙的对象瞄向广大的农民和农村时，叶绍钧却开始着力描写城镇小市民生活的作品，大都采取批判的立场，冷静地嘲讽了他们在战乱时为了保全自己或家人而表现出的自私卑微、反复无常的心态，这不失为对城市小资产阶级的启蒙。茅盾曾说："叶绍钧的作品，我最喜欢的就是描写城市小资产阶

---

① 顾颉刚：《〈隔膜〉序》，《隔膜》，上海：商务印书馆1922年版。

级的几篇；现在还深深地刻在记忆上的，是那可爱的《潘先生在难中》。这把城市小资产阶级的没有社会意识，卑谦的利己主义，Precaution，琐屑，临虚惊而失色，暂苟安而又喜，等等心理，描写得很透彻。"① 《潘先生在难中》写于 1924 年，其主人公潘先生是军阀混战时期的一个小学教员，为躲避战乱携全家仓惶逃往上海。他患得患失，来到上海后又担心教育局长责备他临危失职，无奈之下撇下儿女，只身返回小镇。为了保全自身，便到外国人办的红十字会领取会旗和会徽，后来干脆躲进教堂。战事平息后，他被推举书写为军阀歌功颂德的彩牌坊题词，什么"威震东南"、"功高岳牧"、"德隆恩溥"，无一而足。他的良心总算没有完全泯灭，在他书写这些字时，眼前闪现出军阀开炮、烧毁房屋、奸淫妇女和菜色的男女、腐烂的死尸等镜头，小说也在这些悲惨的画面中结束。作品的成功之处在于运用写实和讽刺的手法，通过一系列生动的细节，揭示出了在动荡不堪的年代以潘先生为代表的小市民自私自利、苟安投机、卑微猥琐的灵魂。由此看来，潘先生"为人生"的意义也就在于无论在何时何地都要保证自己的利益实现最大化，作者批判的实质上是像潘先生的这一"类"，透露出叶绍钧对于在战争年代，"人生的意义何在"的思考。当然，表现小市民的灰色人生已经成为叶绍钧创作的一类题材，比如《某城纪事》、《某镇纪事》、《李太太的头发》等均属此类。

五卅运动的降临和大革命的失败使叶绍钧的内心受到了猛烈的震撼，其作品也多散发着革命的气息，既有批判也有反思，比如《夜》、《冥世别》、《赤着的脚》等，这些作品都强烈控诉了反动派的暴行，尤其是对进步青年知识分子的残害，在悲愤之余表现出了深深的同情和哀悼之情。作为一代知识分子，叶绍钧面对这些青年在革命中的遭遇，进而激起了他内心情感的共鸣，《倪焕之》的创作便充分体现了这种心境，这部长篇小说处处呈现出了某些自身经历的影子，但作品所描绘出的时代的演进与变革以及广阔的社会历史背景并不是一个人所独有的，而是叶绍钧那一代知识分子所拥有的时代与自我的双向互动，从这个意义上说，这部小说可以被视为中国现代早期知识分子的一部心灵史。诚如作者自己所说："我的小说，如果还有人要看的话，我希望读者预先存这么样一种想法：这是中国社会

---

① 沈雁冰：《王鲁彦论》，《小说月报》，第 19 卷第 1 期，1928 年 1 月。

二三十年来一鳞一爪的写照，是浮面的写照，同时掺杂作者的粗浅的主观见解，把它当文艺作品看，还不如把它当资料看适当些。"①《倪焕之》中的主人公倪焕之是一个进步的、有理想的青年，在辛亥革命的感召下带着一股"新鲜强烈的力量"投身教育界。辛亥革命失败后，他一度悲观消沉，但当接到立志于教育改革的水乡小学校长蒋冰如的聘书后又重新燃起了"教育救国"的希望。他和蒋冰如克服多重困难和阻力，进行了开办工厂、建花园、搭戏台等活动，始终坚持着"知行合一"的教育理念。然而，在各方保守势力的冲击下，这种带有乌托邦色彩的教育模式遂以失败告终。在水乡小学的工作过程中，他结识了新潮女性金佩璋，并成为志同道合的伴侣。可是金佩璋结婚怀孕之后，完全沉迷于个人小家庭之中，新女性的气息消失殆尽。在追求理想的社会和理想的家庭双重无果后，倪焕之又一次陷入了悲哀和绝望。这时，五四运动的浪潮以雷霆万钧之势扑卷而来，他的热情被重新唤起，做一个"革命者"变成了他新的人生追求。在王乐山的帮助下，他加入到了革命的组织中去，并激情地发表演讲，支持工人、农民运动，充满了对革命胜利的憧憬和幻想。当"四一二"反革命政变发生后，在"白色恐怖"的淫威下，革命活动遭受了前所未有的挫折，革命者王乐山也惨遭杀害，倪焕之在失望迷茫中借酒消愁，最后在喃喃呓语中悲愤而死。他的死去和蒋冰如向往的隐逸生活标志着他们那一代知识分子使命的终结，被唤醒的金佩璋等新一代知识分子又将踏上新的追寻之路，留给我们深思的是这次新的追求会不会是以往的重复，作者没有给出答案，结局留给人们以无尽的思考。

《倪焕之》以小学教员倪焕之在人生道路上的追求为主线，再现了自辛亥革命前后到大革命失败后十余年间的社会时代变迁，着重刻画出了以倪焕之为代表的一代知识分子的思想状态和心历路程。它是叶绍钧唯一的长篇小说，也是中国现代文学史上最早出现的几个长篇之一，占据着重要地位，茅盾赞它为"扛鼎之作"。小说的成功之处就在于塑造出了倪焕之这样具有代表性的知识分子形象，这样的形象在当时无疑会引起很多人情感上的共鸣，从中我们也可以看出革命的确是一

---

① 刘增人、冯光廉编：《〈叶圣陶选集〉自序》，《叶圣陶研究资料》，北京：北京十月文艺出版社1986年版，第259页。

把"双刃剑"，它给无数人带来幻想和追逐的同时，却又是把这些理想连同自己的身躯一起埋葬了。对革命的幻想背后实际上是一种对"现代"的想象，然而一旦借助于革命来完成这种想象，其结局必然是悲剧和绝望的。对倪焕之们来说，革命的失败也就意味着追求"现代"的失败，这正是他们思想的局限性之所在，"反抗绝望"的道路注定要被他们所抛弃，只留下从旷野到牢笼的悲哀。

叶绍钧是中国现代文学史上"为人生"派创作的重要开拓者，也是中国早期现实主义创作的奠基者。他的小说创作，关注普通平凡的人的人生，涉猎题材多样，始终坚持"为人生"的宗旨，尤其是以思考社会各个层面的人的"为人生"意义而见长，语言平实朴素而又不失冷峻幽默。作品纵有时代的影子，其表现出的巨大的思想深度仍烛照出了永恒之光，为20世纪二三十年代的现实主义创作提供了典范。

第十四节　废名与乡土派文学

一、乡土文学：概念与特点

自20世纪初中国现代文学发端伊始，"乡土"一直是中国作家创作的一大母题。这首先是因为我国长期处于传统的农耕文明之中，大多数作家来自乡村，或多或少地都对自己曾经生活过的地方有一种难以割舍的情怀，由此，众作家对乡土世界的描写便表现为他们的一种"无意识"。从更深层的角度来讲，乡土世界的悲欢离合之所以进入他们的视野，则是出于一种诉求和期待。五四新文化运动被视为开创了一个呼唤"自由"和"民主"，高昂"启蒙精神"的年代，"启蒙"成为五四的核心理念。因为鲁迅、胡适、陈独秀等五四一代知识分子已经意识到继续走康有为、梁启超、孙中山等先前一代知识分子所倡导的政治变革的道路是注定要失败的，他们要寻求新的道路来建立现代中国的社会结构，这条道路就是追寻一种文化上的变革，他们首先是以一种激烈地反传统的态度展开了对封建社会的批判，反对旧制度、旧道德、旧观念对人的压迫和束缚，提倡个性解放和人的自由。实际上，这种现代性的理路就是一种"立人"的思想，与前人只要求制度上变革不同的是，五四知识分子把需要变革的对象指向了芸芸众生，其立意也在"启蒙"，从而达到"人立而后凡事举"。在五四精神的感召下，许多青年人纷纷走出自己的家乡接受西方理性主义之精神和"启蒙"的核心理念，由此也使他们成为一个现代知识者，而现代知识分子的忧患意识注定让他们在"启蒙"的道路上越走越远。

中国的乡土世界作为根深蒂固的传统文化的象征，生活在其中的劳苦大众作为"立人"的对象，两者自然就成为众作家和学者所描写和表现的"合法性"范畴，他们或以人道主义目光来同情、怜悯受压迫的群众，或以"启蒙"的姿态来批判国民的劣根性，或以西方18世纪的现代性标准来反衬落后的农村宗法制社会结构，这三个方面共同构成了中国现代早期乡土小说的范式。鲁迅无疑是中国现代乡土小说创作的先驱，他的《狂人日记》、《阿Q正传》、《故乡》、《祝福》等作品通过对乡土中国的批判显示了其"立人"思想的光辉。在他的影响之下，涌现出了王鲁彦、蹇先艾、许钦文、许杰、彭家煌等优秀的乡土小说作家，他们同鲁迅一样以一个现代知识者的目光来审视自己的故乡，营造出了悲凉的乡土世界。其实，这时的乡土小说创作并未形成自觉，他们只是在进行"启蒙"的道路上无意写出了带有浓厚地方色彩和味道的小说。直到1935年，鲁迅才正式提出"乡土文学"的概念，他在《中国新文学大系·小说二集》的序言中说道：

> 蹇先艾叙述过贵州，裴文中关心着榆关，凡在北京用笔写出他的胸臆来的人们，无论他自称为用主观或客观，其实往往是乡土文学，从北京这方面说，则是侨寓文学的作者。但这又非如勃兰兑斯（G·Brandes）所说的"侨民文学"，侨寓的只是作者自己，却不是这作者所写的文章，因此也只见隐现着乡愁，很难有异域情调来开拓读者的心胸，或者眩耀他的眼界。许钦文自名他的第一本短篇小说集为《故乡》，也就是在不知不觉中自招为乡土文学的作者，不过在还未开手来写乡土文学之前，他却已被故乡所放逐，生活驱逐他到异地去了……[①]

---

① 鲁迅：《鲁迅全集》第6卷，北京：人民文学出版社1981年版，第247页。

由此可见，鲁迅的"乡土文学"观并不仅仅局限在再现乡村的群众和农村的宗法制社会，而是更注重对"异域情调"的描写，作者首先要写出自己故乡的风土人情和地域特色，否则，虽是写的故乡，但却"被故乡所放逐"，其创作也很难称之为"乡土文学"。鲁迅所言道出了"乡土文学"存在的首要核心因子，对这一概念的阈定也使乡土文学创作区别于当时的现实主义创作，赋予了乡土文学独特的意义。从这一层面来讲，长期被悬搁在主流之外的另一脉乡土文学创作就变得不容忽视了。

这一派的创作常常被称为"田园牧歌"或"乡土抒情"的乡土文学，就审美特质而言，他们区别于王鲁彦等人的写实风格，而是写出了故乡的风情之美、人性之美、人与自然和谐相处、天人合一的美好境，人物和事件诗意地跃动于其间，表现出了作者对这种牧歌风情的依恋和淡淡忧伤的情愫，进而直抵人性本原和灵魂深处。比如，沈从文笔下的"湘西世界"，废名笔下的"黄梅故乡"等等，无论是"翠翠"还是"三姑娘"都出生在这"诗情画意"之中，她们是美的化身、爱的精灵，对爱情和生活有着美好的、朦胧的向往，即使当不幸降临到她们头上时，我们也并未感到悲伤和痛苦，而只有恬淡的忧愁，因为这田园牧歌世界里存在着美的力量、美好人性的力量。从事这一派文学创作的主要有废名、沈从文、芦焚、萧乾等作家，其在文学史上统称为"京派作家"。区别于"启蒙"派的乡土文学创作，他们更追求小说的古典美，营造出具有独特的审美意象和意境的"世外桃源"，虽表面上与当时的时代精神有所疏离，但内在上却达到了统一，只不过是以退避和"向内转"的方式表现出一种对"人"的存在形式的异质性思考。

二、田园写意小说家废名

废名原名冯文炳，字蕴仲，湖北黄梅人，其主要从事小说创作，兼有诗歌、散文创作。1925年，废名出版第一本短篇小说集《竹林的故事》，主要代表作有短篇小说集《桃园》、《枣》，长篇小说《桥》、《莫须有先生传》，诗集《招隐集》、《谈新诗》等。他以独特的文学创作而被看做是"京派小说"的鼻祖，中国新文学初期田园抒情写意小说的开拓者，其作品在小说文体史上占有重要的地位。他的小说创作对20世纪30年代以沈从文、萧乾、师陀（芦焚）等人为代表的"京派"

小说乃至 1980 年代的一些小说家均具有着深远的影响。在小说创作过程中，废名将目光重新投向故乡的山山水水，力图在对现代中国田园风光的描绘中重塑精神家园。而在一幅又一幅安适恬静且禅宗意味浓郁的田园图景背后，我们看到了一个精神家园的守护神"永远的孤独"的身影。作品始终贯穿着作家对社会、对人生、对宇宙的深刻的哲理性思考以及他对现实人生认真而执著的体悟。即作家通过精心打造的"抒情写意小说"，以此展现乡野农村素朴的人生形式，试图在动态现实中追求一种超越世俗生活的、在现实生活中无法实现的精神理想的思想方式。

当然，由于作家个性化的人生志趣和独特的人生体认方式，使得废名的小说素来以晦涩难懂而著称文坛，并且在当时的社会、时代表现为一种明显的"不和谐"。鲁迅就曾批评说道："大约作者过于珍惜他有限的'哀愁'，不久就更加不欲像先前一般的闪露，于是从率直的读者看来，就只见其有意低徊，顾影自怜之态了。"① 但是总体上讲，废名的小说创作，无论在意象和体式上均表现出对于作家所处的社会现实保持一种既疏离又蕴含着不尽的人文关怀的写作特点。

第一，以唐人写绝句的笔法营造凄婉的"意境之美"。正像京派小说的大部分作品一样，废名的小说不以叙述故事或塑造人物形象为中心，而是重在表达情绪感受，营造幽美意境。在《竹林的故事》、《菱荡》、《河上柳》、《浣衣母》等一系列作品中，大多展现的是乡村世界独有的翠竹、碧水、木桥、古塔、杨柳……废名的小说就像是一支乡间小调清新淳朴，像一幅写意山水画淡雅飘逸，像一支小夜曲舒缓迷人。如《竹林的故事》开头写道："出城一条河，过河西走，坝脚下有一簇竹林，竹林里露出一重茅屋，茅屋两边都是菜园。"在这里将小河、坝脚、竹林、茅屋、菜园五个具有古典美的意象组合在一起，描画出一幅淡淡的、清幽的、如诗如画的山村图，饱含着中国古诗里的风韵和意境，洋溢着动人的风情。废名曾说过："就表现的手法说，我分明地受了中国诗词的影响，我写小说同唐人写绝句一样，绝句二十个字，或二十八个字，成功一首小诗。我的一篇小说，篇幅当然长得多，实是用写绝句的方法写的，不肯浪费语言。"② "唐人绝句"的精妙之处

---

① 鲁迅：《鲁迅全集》第 6 卷，北京：人民文学出版社 1981 年版，第 244 页。
② 废名：《〈废名小说选〉序》，北京：人民文学出版社 1957 年版，第 2 页。

在于，寥寥数语即能营造出诗画般的完美意境。废名自身具有良好的古典诗词修养，他通过组织简省讲究而略带些许青涩的语言，运用唐人绝句的笔法，表达其自身对自然、社会独特而新奇的感觉顿悟，最终实现其"天人合一"的思想追求与诗化小说的文体形式完美结合的艺术效果。作品中那些富于诗意、最为精彩的意境之美正是作家热衷于追求古典美学的重要体现之一。例如《菱荡》里的陶家村一年四季总是那样的宁静，它深藏在茂密的树林之中，一道河水，一个水洲使它远离县城的喧嚣与热闹，偶尔听得见深林中斧头砍树的声响，水的唧唧声以及陈聋子、张大嫂们那似断非断的三两声打趣，即描绘出"竹喧归浣女，莲动下渔舟"的古典意境，而且给人一种"空山不见人，但闻人语响"的禅思、禅趣，使得一切最终还是消融在无垠的静谧、空灵之中。除意境之外，他还多用诗化的语言来写小说，《桃园》中有"阿毛睁大的眼睛叫月光装满了"、"王老大一门闩把月光都闩出去了"。《毛儿的爸爸》中写赵志祥家的"她望着有凉意的风吹着柳叶儿动，好像采花的蜂儿要飞上花心，两下都是轻轻的惹着"。语言清新凝炼。他还善于化用古人诗词中现成的语词以及古典诗词来营造小说的意境，如《竹林的故事》结尾部分，"远远望见竹林，我的记忆又好像一塘春水，被微风吹起波皱了"，这即是化用唐人冯延巳《谒金门·春闺》的句子："风乍起，吹皱一池春水。"

诗化语言固然高度凝练，但一味追求这样的效果，则容易走向晦涩难懂。《桥》全篇不到 15 万字，却用尽了废名十年的时光，其对语言的揣摩程度可见一斑。比如小林、亲子、细竹三人来到一座桥前时，小林望着他两人，发出了这样一段感慨："实在他自己也不知道站在那里看什么……颜色还是桥上的颜色……'桥下水流呜咽'，仿佛立刻听见水响，望她而一笑。从此这个桥就以中间为彼岸，细竹在那里站住了，永瞻风采，一空依傍。"（《桥》）这一段描写中，作者追求的不是平淡易懂，而是精致凝练，不免给读者造成了阅读上的困难，但却描绘出了诗学和哲学的意境，细细品味，竟会给人以超脱之感，这也许正是晦涩的好处。正如朱光潜所说："费一点心思把《桥》看懂以后，再去看现在一般中国小说，他们会觉得许多时髦作品太粗疏肤浅，浪费笔墨。"[1] 这种诗化的、带有哲学色彩的语言虽营造出空旷

---

[1] 孟实（朱光潜）：《桥》，《文学杂志》，第 1 卷第 3 期，1937 年 7 月 1 日。

之情境，但也使作品呈现出凄凉的意境，毕竟作者的哲思触及到了人的存在之维。在废名的小说中，作家所描写的那些生活图景无一不暗藏着许多灰暗的色调和悲剧色彩，就连最富有田园风情的小说《桃园》呈现的，也不再是陶渊明在《桃花源记》里所描绘的那种"土地平旷，屋舍俨然，有良田、美池、桑竹之属。阡陌交通，鸡犬相闻。其中往来种作，男女衣者，悉如外人。黄发垂髫，并怡然自乐"的幽美情境了。整个"桃园"在静谧中弥漫着一股孤独、清冷的氛围，透露出一种凄冷、寂清之美感，这就是废名小说意境的一个重要特点，它们同时也透露出一个现代人空虚失落的灵魂。

第二，以超现实的体认方式表现苍凉的"人性之美"。在废名早期的作品如《柚子》、《河上柳》、《竹林的故事》等小说中，人物大多是老人、孩子及天真少女，即使是青壮年却也是半聋半哑。如《菱荡》中的陈聋子，《桥》中的三哑等，他们本性自然而淳朴，很少受到尘世旧俗的污染，没有过多的言语，精神世界充实而行为却简单宁静。所以，作家的创作初衷就是想在这些淳朴的下层劳动人民中寻找和发掘一种最善良、最美好的人性。如《浣衣母》中李妈无法把握自己悲苦的命运，仍不乏一颗慈爱之心；《竹林的故事》中三姑娘和母亲相依为命，过着清苦的生活，她单纯可爱、秀丽舒雅。父亲死后，三姑娘帮母亲种菜卖菜，与人无争，友善大方，男女之间的情爱也在朦胧的状态下进行，再加上"竹林"这一空山灵雨的意象，这些共同构成了作者心中的牧歌世界。这些人以及这些人的生活方式也许看上去不合时宜，但是他们却一直信守自己的本分，悠然自得，在平庸呆愚处保留着一份人性的古朴和淳厚。而废名的心目中这些人物不仅具有传统道德典范的意味，而且还是他所神往的淳厚民风、正直素朴的人性最为主要的载体。

综观废名的小说，其作品的总体叙事结构相当简单而相似：人物大多有凄凉的经历，他们认真而顽强地生活着，可是命运却总是在捉弄着他们。在这里，所有那些对童年的美好记忆和对未来的无限憧憬都在凄惨而又悲凉的现实背景中慢慢虚化，留在主人公心底的就只有隐隐的伤痛和悲涩。《浣衣母》中宽厚慈爱的寡妇李妈为人宽厚善良，对任何人都像对待自己的家人和儿子一样。但当她情有所系于单身的卖茶男子时，所有的人开始有意地疏远她，但这种矛盾并没有集中爆发，李妈还是慈爱的李妈，总体上仍处于一片和睦的状态。这种"和谐"的背后仍给人以苍凉之感，因为李妈在传统的乡俗面前无法掌控自己的命运，作品中所表现出来的人性之美也更像是超现实的世界。《河上柳》同样也充满象征的意味：那株合围的河边之柳是一个温暖古朴的世界的象征，主人公陈老爹平素常以姜子牙、郭子仪等"古之贤人"自居，可是在文中他所拥有的一切却都像云一样消失了：木头戏禁演了，锣鼓彩衣典卖了，驼子妈妈死掉了，最终那棵与他相依为命的柳树也枯死了，被砍倒了。以上这些小说尽管情节不同，但是人物的命运大多是凄凉、孤苦的，而他（她）们唯一的选择就是，不屈服于命运而又认同苦难。即以超现实的态度来承受现实的苦难，以把握自身命运的执着来抗争难以把握的命运。无论柚子也好，三姑娘也好，甚至阿毛、阿妹这些人物无一不对自己的命运抱有一种超越的意识。任运随缘，乐天知命，而现实命运又是那样地难以把握，这不能不使主人公与读者的心头都涌起一片不尽的悲怆。而作家也正是在这样苍凉的人物命运里，反映出下层劳动人民善良朴实、顽强洒脱的人性之美。

李健吾在评价废名的创作时说："废名先生仿佛一个修士，一切是内向的；他追求一种超脱的意境，意境的本身，一种交织在文字上的思维者的美化的境界，而不是美丽自身。"① 的确如此，废名追求的是一种境界，这种境界超越了现实和美的本身，同时也寄托着作者的人生理想，进而把现实中的苦难和封闭抛弃，开创了一种追求古典美的现代性叙事。

第三，在疏离和对抗中彰显永恒的"艺术之美"。20 世纪初的中国现代化过程始终是在"启蒙与救亡的双重变奏"中进行，在国家的生死存亡面前，"救亡"却常常压倒"启蒙"，当时的知识分子找到了另一种现代性理论——马克思主义，它与中国的现实土壤相结合形成了"中国化的马克思主义"，五四时期"改造国民性"的启蒙思想也由此转变为"如何团结大众"来进行革命，以此来建立一个现代国家，"启蒙"的任务从此被搁置起来。

当国家在政治上获得独立的时候，知识分子再提"启蒙"，必然会充满了荆棘，自身的历史性使其批判力逐步丧失。从这一层面来讲，那些以"启蒙"为大纛的

---

① 李健吾：《〈边城〉——沈从文先生作》，《咀华集·咀华二集》，上海：复旦大学出版社 2005 年版，第 26 页。

乡土文学作家由于对时代的敏感性必然会走向"革命文学"，在离开了那个特殊的语境后，其作品的美学价值也会慢慢消失。反观废名的创作，他的乡土叙述虽给人呈现出一个古朴纯净的梦中世界，表面上看与时代氛围格格不入，但读罢他的作品，其间总有一股对美的强烈地呼唤的力量。他呼唤人性的美，呼唤明净单纯的世界，这显然不能说他是脱离现实的，恰如周作人所说："冯君的小说我不觉得是逃避现实的。他所描写的不是什么大悲剧大喜剧，只是平凡人的平凡生活，这却正是现实。特别的光明与黑暗固然也是现实之一部，但这尽可以不去写它，倘若自己不曾感到欲写的必要，更不必说如没这种经验。"① 废名眼中的"现实"是一种广义的"现实"，是全人类的"现实"，并没有局限在时代的一隅，同时他对"现实"的观照采取了疏离和对抗的方式，这种"现实观"也造就了他作品永恒的艺术之美。

首先，废名是以一种间接的态度和方式来观照和否定现实。作家基于对社会、对人生的一种独特体验与领悟，自觉运用一种"唐人写绝句"式的独特笔法，以营造"天人合一"的和谐幻境为终极目标，运用饱含诗意的笔调展示平凡人群平淡的生活。而在这些久违的温馨记忆中，现实的悲剧和残酷在"美"的包围中模糊和消逝了。作者笔下的自然静谧和谐，人物淳朴可爱，在小说一幅又一幅令人神往的乡村图景中，景、物、人都被赋予了诗意一般的生命意蕴。其次，隐逸情结的背后蕴含着一种反抗的力量。田园抒情写意小说的范式在一定程度上使得废名小说闪现着传统文人浓郁的隐逸色彩。但是，我们应该清楚地看到，这种隐逸是立足于现实的，他始终在做着面对现实世界和心灵的拷问，这是对现实一种独特的反抗。作品始终以独特而强烈的个性、鲜活的情感体验与印象来实现对时代和现实生活的远距离的独特观照。正是通过对古朴自然人性的肯定和歌颂，作者传达了对社会、历史、文化的另一种反省与思考。最后，废名小说所显现的乡村中国的文学形态是京派小说对五四时期"乡土文学"传统的继承与开拓的一个重要体现。废名小说与其他京派小说家的作品一样，通过刻画和表现意境之美、风俗之美、人性之美，以审美化的生活来对抗被污染、被异化的精神世界，以诗意性的人生超越有限生命而趋向无限的永恒之美。这正是京派小说家们所追求的审

---

① 周作人：《〈竹林的故事〉序》，《苦雨斋序跋文》，石家庄：河北教育出版社 2002 年版，第 101 页。

美理想。他们希望用"美"与"爱"来救治堕落了的近代文明，让人性复归自然。可见，废名这种独特的人生体认方式和表现方式，不仅与五四时期的文学传统一脉相承，而且正是通过对个体生命存在的理解与观照，在精神层面寻求心灵的健全和超越。

总之，废名以其自成体系的文学实践和高度的主体意识，奠定了他作为田园抒情写意小说的开拓者的文学史地位。或许，废名对现实独特的观照方式造成了其作品与现实政治保持一定的疏离，而且在某一特定时期的时代语境下招致误读和诟病，但是只要在人性之美重新被确认、或者遭到冷落的时候，必将会得到不断地挖掘和彰显。废名在他的小说作品中为我们营造了一个梦幻般的世界，或者说理想的情境，其中所蕴含着的不尽意境之美、人性之美，更使得隐约其间的"艺术之美"不断得到凸显和升华。但这不是对现实的疏离和妥协，而是以此反观现实，对抗现实，并且为我们提供了一种中国文人用诗意去化解现实苦难的独特思维方式，这才是他作为一个精神家园的"守护神"最根本的意图与初衷。

第十五节　丁玲与女性文学

"女性文学"是个有争议的概念，在写作主体和写作对象的标准上难成统一认识。虽众说纷纭但却不影响它在文学史上的地位，相反却是不断得到重视、被试图进行多种研究。我们暂且认为，女性文学是女性作家独立自主地进行创作，自觉地表现女性的生活、情感、内心等主体意识的文学，区别于古代文学中女性多处在一种被男性书写的文学存在，它是思想启蒙运动中女性现代意识觉醒的一种表现，是现代文学的一个重要组成部分。

一、女性文学的产生

女性文学的产生和五四时期的思想启蒙运动有着密切的关系，它既是五四思想启蒙运动的产物，又反过来促进了启蒙思想的进一步传播。1918 年 12 月，周作人在《新青年》第 5 卷第 6 号上发表《人的文学》，第一次提出了"人的文学"的概念，把"人"置于文学的中心地位，"人"的主体地位被呼唤，同时女性作为"人"的权利被唤醒。女性的解放是人的解放、社会变革的一个重要组成部分，也是社会文明和进步的重要标志。现代女性意识的产生既是思想启蒙的目的之一，也是方式之一。1917年2月，《新青年》第2卷第6号"征稿启事"："女子居国民之半数。在家庭中，尤负无上之责任。欲谋国家社会之改进，女子问题固未可置诸等闲。"由此，"女子问题"成为《新青年》关注的热点之一，并随之开辟了"女子问题"专栏，在女子的教育、婚姻等问题上宣扬女性解放。女性的个体意识、独立意识被唤醒，这在一些接受过新的思想文化教育的女性身上最先表现出来。她们一方面接触了民主科学的现代思想，另一方面目睹了女性受压抑和束缚的现状，意识到自身作为女性应该和男性具有平等的地位，因此在文学上便形成了一股自主表现女性意识的文学创作思潮。

在五四启蒙思想的影响下，中国产生了第一批女性作家，如庐隐、冰心、冯沅君、凌叔华、石评梅、陈衡哲、苏雪林等。她们是现代知识女性，受过良好的教育，许多人都有留学的经历，受到了西方民主与科学观念的影响，建立了男女平等、女性独立的观念，走上了文学创作的道路。作为第一代觉醒的女性作家，庐隐等人的作品主要描写在现代新思想影响下，知识女青年对传统家庭的反叛、追求婚恋自由和人格独立、号召女性以和男性平等的身份参与社会生活等。同时由于她们的生活环境和人生经历各不相同，所以在她们的笔下表现出来的女性形象和女性意识又存在差异性。冰心崇尚"爱的哲学"，她主要表现充满温情的母爱、天真的童心和自然的静美，代表作品有《超人》、《两个家庭》、《悟》等。和冰心的优越富足、充满温馨的生活经历不同，庐隐的一生有太多的坎坷和磨难，不幸的生活经历使她的作品中有一种悲伤的基调，她主要描写现代知识女性走出封建家庭后的迷茫、苦闷和悲剧的命运，代表作品有《海滨故人》、《象牙戒指》等。冯沅君的小说主要表现现代女性热情、勇敢地追求自由爱情，以及这种爱情与母女之爱的冲突，代表作品有《旅行》、《隔绝》、《隔绝之后》等。凌淑华则多写名门贵族中的小姐和太太形象，表现传统女性在男权社会中的悲剧命运，代表作品有《绣枕》、《中秋晚》、《酒后》、《太太》等。在新文化的影响下，民主平等和自由独立的意识使知识女性觉醒，她们通过文学的形式抒发自己独立的声音。但是，沉重的传统家庭观念、男权统治的社会现实，都给女性追求的脚步带来了种种限制和束缚。因而这一类女性文学作品中，既有五四反叛精神的投射，又有作为女性独特的孤独、沉重、苦闷和压抑的感受。

随着中国革命形势的变化，民族独立和抗日战争逐渐成为社会的主流，具有民族意识的青年知识分子自觉地加入到革命斗争之中，以文学的方式参与社会革命。1930年中国左翼作家联盟的成立以组织化的方式促进了这一文学的转向，使政治意识形态话语的创作成为了文坛的主流，在五四启蒙思想催生下的中国现代文学逐渐转变了方向，女性文学作为其中的一支也发生了不同的流变。丁玲是站在转折点上的作家，而萧红、草明、白朗等则是在三四十年代开始出现在现代文坛的女性作家。她们同第一代女性作家在个人出身和人生经历上都有很大的不同，同时又与时代的变化紧密相关，使得这一阶段的女性文学呈现出了不同的面貌。她们对于笔下女性命运的揭示，"不是从性别的角度，而是站在阶级斗争和政治革命的角度，把妇女解放作为阶级解放、民族解放的一个组成部分，汇入1930年代关于阶级、民族、国家宏大叙事话语中进行的"。[①] 五四时期个体的女性意识，逐渐被社会革命意识所消解。由于受到左翼文学的影响，萧红的作品主要描写广大被压迫、被剥削的劳苦百姓，尤其是有着悲惨命运的农村女性形象，代表作品有《王阿嫂的死》、《夜风》、《生死场》等。如果说萧红后期的作品《小城三月》、《呼兰河传》中仍有着纤细敏感的女性意识在里面，那么到草明、白朗等人的作品时，女性意识已经被革命意识消解殆尽。此外，在沦陷区的上海，以张爱玲、苏青为代表的海派女性作家活跃于现代中国文坛。张爱玲的作品多描写现代社会中的传统女性，她们无法把握自己的命运，成为封建婚姻的牺牲品，代表作品有《茉莉香片》、《沉香屑——第一炉香》、《金锁记》、《倾城之恋》等。与张爱玲齐名的苏青长于描写饮食男女的日常世俗生活，表现现代女性的独立自主意识，代表作品有《结婚十年》、《饮食男女》等。特殊的政治形势给现代女性文学留下了一片独响的空间，女性文学则呈现出了短暂的异样繁荣。

现代中国文学始终是和现代社会的变化紧密相关的，女性文学作为其中的一部分也不例外，它在五四精神的感召下产生，又随着社会革命形势的愈演愈烈也

---

① 常彬：《中国女性文学话语流变（1890—1949）》，北京：人民出版社2007年版，第244页。

逐渐失去了自己的声音，但女性意识却没有完全消失，在政治革命话语的夹缝中顽强生存，而贯穿女性文学这一发展变化过程的代表性作家就是丁玲。

二、女性视野中的丁玲

在现代中国文学史中，丁玲是最具女性意识的作家之一。她的创作，成为20世纪中国文学史上杰出的女性主义文本，体现了极其鲜明的时代特点。从现代女性文学发展流变的视角，丁玲具有鲜明的过程感，从1920年代的莎菲女士到1970年代末的杜晚香，丁玲的创作从一个个性主义者封建礼教的叛逆者莎菲到社会主义"新人"的杜晚香，体现了"女性意识在中国特殊历史背景下从个人到政治化"[①]的完整过程。同时，丁玲自身是女性文学的标志性作家，代表着女性文学在思想方面所可能达到的程度。她的文学生涯很具有代表性，可以称为一种"现象"。丁玲的作品在不同的历史阶段有着不同的特点：一方面受到外部社会环境、革命形势的影响，一方面又是作家独特人生经历的反映。从1920年代末至1930年代初以女性情感为内容的个人化写作，到1940年代以民族解放斗争为背景的革命化写作，丁玲成为现代中国文学史上有着典型代表性的作家。

丁玲是与莎菲一起走向文坛的，虽然在这之前丁玲已经创作了《梦珂》，但真正显示了丁玲的艺术才华和个性的是她的《莎菲女士的日记》，发表于1928年2月《小说月报》第19卷第2号上。从此，丁玲不但实现了"爬文坛"的梦想，而且迅速成为当时文坛上一颗最耀眼的新星。在一定意义上，《莎菲女士的日记》几乎成了丁玲的代名词。这部小说所表现出来的强烈的叛逆精神特别是其独具个性的女性意识，不但契合了五四之后思想解放的时代潮流，也集中体现了1920年代女性主义思潮所达到的可能的高度。《莎菲女士的日记》在真正意义上开启了现代中国女性主义文学的先河。有的学者称莎菲"是真正具有现代意识的典型"[②]，这里所说的"现代意识"应该主要是指女性个性意识。丁玲写于1920年代末期的作品像《梦珂》、《莎菲女士的日记》、《阿毛姑娘》、《庆云里中的一间小房里》等，多

---

① 阎纯德：《二十世纪中国女性文学的发展》，《文学评论》，1998年，第4期。

② 严家炎：《开拓者的艰难跋涉——试论丁玲小说的历史贡献》，《文学评论》，1987年，第4期。

是描写具有五四精神的女性形象。梦珂、莎菲、阿毛等都勇敢地冲出家庭、走向社会，具有反叛意识和独立品格，是启蒙思想感召下觉醒的现代女性。她们的性格中表现出了一种强烈的自我意识和主动意识，如梦珂独自离开家庭去求学，面对学校里的灰暗状况坚决离开，在爱情幻想被亵渎之后她也毅然地放弃，离开安定的住处到社会上独立谋生存。但因为此时处于五四落潮期，知识青年追求自由独立的激进思想遇到了现实的残酷打击，转而进入了迷茫、苦闷的低迷阶段，因此，梦珂、莎菲等形象又带有无助、苦闷、孤独、迷茫等时代特点。这一阶段丁玲注重表现女性复杂细腻的内心情感，作品中充满了鲜明的女性意识。

《莎菲女士的日记》是这一时期的代表性作品，使丁玲一举成为文坛备受关注的女性作家。她以日记体的形式讲述了莎菲与苇弟、凌吉士的感情纠葛，细腻大胆地描述了一个女性对爱情的渴望、多疑、幻想，是五四时期现代女性对于恋爱自由、独立自主要求的表现，同时又带有苦闷和迷茫、得不到理解的孤独感。莎菲在北平养病期间认识了苇弟和凌吉士，苇弟痴情但不理解她内心的情感，不会爱的技巧，凌吉士美貌的外表让莎菲有了爱的冲动和欲望，但凌吉士却有着卑劣的灵魂。小说主要写莎菲对凌吉士的思念、盼望，以及对这种情感的思想斗争，在灵与肉、理性与情欲的冲突中，莎菲的内心表现出了强烈的敏感、纠结和痛苦，"她总是处在对于人间的种种不愿舍弃的热望以及每次追求得来的懊丧的矛盾之中"，这篇小说的价值也在于它"把女性的内心深度，女性身上的时代性和历史性，女性身上的文化积淀和世代相传的信息，挖掘得相当独特、新颖而深入"。[1]莎菲的形象具有鲜明的时代特征，她是 20 世纪初期知识女性的典型代表，既接受过现代平等自由思想的启蒙熏陶，又受到传统道德伦理的约束；既有五四精神中的叛逆、独立的性格，又有面对现实的迷茫和无助，错综纠结成了莎菲复杂的内心独白。茅盾说："莎菲女士是心灵上负着时代苦闷的创伤的青年女性的叛逆的绝叫者。"[2]莎菲是那个时代女性主义思想的独特影像。

随着社会环境的变化，到了 1930 年代末 1940 年代初的时候，民族独立和抗

---

① 蓝棣之：《现代文学经典：症候式分析》，北京：人民文学出版社 2010 年版，第 146 页。

② 茅盾：《女作家丁玲》，《茅盾论中国现代作家作品》，北京：北京大学出版社 1980 年版，第 102 页。

日战争成为了最重要的任务，国破家亡的严峻形势使作家们纷纷投入到革命战争中去。丁玲的创作思想的重点也发生了转变，由表现独立自由的女性意识转向了表现民族独立的革命意识。这一阶段的作品像《一颗未出膛的枪弹》、《夜》、《我在霞村的时候》、《在医院中》等都是以抗日战争为背景，表现日寇侵略下人们坚忍的生活，以及红色革命给人们带来的希望，具有革命意识形态的话语特点。小说中的主人公已经不是充满个人情感宣泄的莎菲式女性知识青年，而是经历炮火洗礼后的成熟革命女性形象，女性意识和革命意识逐渐相融合，写作视野由个人到民族逐渐变得宽广。

　　抗战时期，爱国主义的热情在一定程度上遮蔽了个性主义，此时，女性主义思潮也跌入低谷，几乎湮灭。然而，丁玲以其独特的眼光创作了一系列独具特色的女性主义文本，特别是1940年的《我在霞村的时候》成为此时女性主义文学的杰出典范，也成为1940年代极少数闪耀着独特思想光芒的作品。小说以"我"——一位暂到霞村居住写作的革命者的视角作为切入点，以充满深刻反思的语调讲述了女主人公贞贞的故事：贞贞喜欢同村青年夏大宝，家里人却非要她嫁给米铺小老板做填房，她愤而去天主教堂做"姑姑"，却不幸被日本鬼子掳去了，被迫做慰安妇。后因革命任务需要，贞贞继续留在日军那里搜集情报，完成任务之后，由于病重，被派回来治病，却得不到村民的理解，甚至她的恋人也不能理解她。最后她不得不再次离开村子，寻找自己的生活。

　　《我在霞村的时候》延续了五四文学启蒙主义传统以及丁玲一贯的女性主义写作视角，1920年代的莎菲和1940年代的贞贞，她们同属于一个精神谱系，丁玲所关注的仍然是人道主义、个性解放的启蒙命题，并没有因为1940年代时代主题的急迫性和"宏大叙事"的正义性，而忽略了对女性命运的关注和探讨。与《莎菲女士的日记》的激昂和冷厉相比，《我在霞村的时候》更为深入和雄浑，她从一个特定的视角，完成了对革命、启蒙与女性主义之间压抑、纠缠等复杂关系的审视和反思。但是与莎菲、梦珂等形象相比，贞贞具有更为复杂的思想内涵，这部小说标明，丁玲此时的女性意识已经发生了巨大变化，变得更为犀利和冷静。实际上贞贞是此时最具思想深度的文学形象之一。与当时的新政权下成长的农村新女性迥然相异，贞贞的形象带有巨大的思想深度，体现了丁玲不屈服的启蒙者的姿态。从整个文本的构成而言，这是一个完整的启蒙文本，写作视角及叙事构成都紧扣启蒙这一中心，对解放区群众的精神意识进行启蒙正是本文的核心所在。在《我在霞村的时候》这个短篇小说中，丁玲在表层"革命"叙事之下，提出了因"革命"而中断了"启蒙"这样一个隐含的重大命题，丁玲将贞贞的启蒙式的独立意识与悲剧置于解放区革命意识的背景之下展开，表现出解放区政权之下农民思想意识深处愚昧落后的封建思想，对五四个人主义启蒙主题的反思和启蒙长期性的思考。《我在霞村的时候》从具体文本而言，可以看做是丁玲对战争语境中女性命运和遭遇的思考，从女性主义思想流变的视角，这部小说不但表现了"女性主义实践与革命实践的结合"①，更体现了革命话语与女性主义的冲突。这标志着女性主义思想转型并走向深化。正如有的学者所指出的：《我在霞村的时候》"把中国女权主义文学推向了一个高峰"。②

由 1920 年代末到 1940 年代初，丁玲的文学创作表现出了很大的差异性和阶段性，既是时代大环境的影响，又是作家独特人生经历和情感体验的反映，就像丁玲说的："作家写作品，其实也是写自己。"丁玲充满坎坷的革命道路，对她的创作产生了深刻影响。从丁玲的文学创作中既可以看到现代社会思想变化的脉络，又能够感受到女性意识在社会革命话语中的变化过程，这使她成为现代中国女性文学中最具代表性的作家。

三、丁玲创作中的女性视野

丁玲对女性主义文学的贡献是多方面的。首先，丁玲的女性主义思想集中体现了现代中国女性主义思想鲜明的时代性和实践性特点。从 1920 年代的莎菲、1940 年代的贞贞，到《太阳照在桑干河上》中的黑妞乃至新时期的杜晚香，深刻体现了女性主义在中国不同历史时期的特点，丁玲的女性主义思想及其创作"体现着女性主义与革命相结合的时代方向"③，丁玲的女性主义文学创作之于中国女性

---

① 韩立群：《女性主义文学的丁玲时代》，《聊城大学学报》（社会科学版），2011 年，第 1 期。
② 袁良骏：《丁玲女权主义漫议》，《丁玲文学创作研讨会文集》，长沙：湖南人民出版社 1994 年版，第 296 页。
③ 韩立群：《女性主义文学的丁玲时代》，《聊城大学学报》（社会科学版），2011 年，第 1 期。

主义文学的发展具有重要的方向性，同时，也具有重要的启发意义。

其次，丁玲创作了一大批独具个性的女性主义文学形象。丁玲笔下的女性形象，不是单向度的文学形象，而是一种极为复杂的思想性典型，王蒙说丁玲"是一个擅长写女性的因写女性而赢得了声誉的女作家"①，她创作的大量的深含思想意义的女性形象极大地丰富了现代中国文学的人物画廊，成为一道独特的景观，丁玲"特别善于写被伤害的被误解的倔强多情多思而且孤独的女性"②。她笔下的女性真是让人牵肠挂肚，翻瓶倒罐。丁玲笔下的女性有一种特殊的魅力，娼妓、天使、英雄、圣哲、独行侠、弱者、淑女的特点集于一身，卑贱与高贵集于一身。这正是丁玲的独特之处。

丁玲于 1927 年正式开始文学创作，《梦珂》和《莎菲女士的日记》使她的女性文学创作一开始就具有了很高的起点。丁玲早期的作品具有鲜明的女性意识，她大胆表露女性内心对爱情的向往、对独立自主意识的呼唤，同时又能把女性敏感、多思、复杂的深层心理表现出来，从而塑造了一批现代中国文学史上独特的女性形象。丁玲一生复杂波折的情感经历和革命经历都为她的小说写作提供了资源，加上她的浓厚的艺术气质和独特的女性意识，从而成就了她在现代中国女性文学中的地位和价值。

虽然到了 1940 年代丁玲的文学创作转向了革命话语，但她骨子里却是一位具有女性意识的作家，被淡化的女性意识仍然顽强地存在着，而且越发显得难能可贵。丁玲作品中"显层"的文本是讲述革命、战争等无性别信息，但"隐层"文本中却有一条女性意识的情感脉络。在革命叙事中用女性视角发现独特的文学题材，比男性作家有更加细腻和敏锐的感受力，如《在医院中》等。除了小说以外，她的创作还有散文。特别值得提及的是发表在 1933 年 9 月 1 日《文学》杂志第 1 卷第 3 期上的书信体散文《不算情书》，在这篇散文中，丁玲把她的女性主义思想表现得淋漓尽致："我知道有许多人背地里把我作谈话的资料……他们一定总以为我丁玲是一个浪漫的人……好用感情的人，是一个把男女关系看做有趣和随便的

---

① 王蒙：《我心目中的丁玲》，《王蒙文存》第 17 卷，北京：人民文学出版社 2003 年版，第 317 页。

② 王蒙：《我心目中的丁玲》，《王蒙文存》第 17 卷，北京：人民文学出版社 2003 年版，第 316 页。

人；然而我自己知道，从我的心上，在过去的历史中，我真真的只追过一个男人，只有这个男人燃烧过我的心，使我起过一些狂炽的欲念……我用梦幻做过安慰，梦幻也使我的血沸腾……我现在可以告诉你了这个男人是你……"再如《三八节有感》直接表现女性的艰难生存处境，呼唤被政治淹没的女性意识。丁玲能够把"社会政治"和"性别身份"这两种话语题材很好地融合在一起，使她的小说既有革命战争为创作背景，又不是生硬的宣传革命口号；既有女性意识的表露，又不局限于个人情感宣泄的狭小圈子，体现了丁玲文学创作上的驾驭能力，使她在现代中国女性文学史上具有很高的地位和价值。

丁玲曾被誉为"中国共产党的第一女权发言人"[1]。这是因为她的创作始终与中国的革命紧密联系在一起，从《莎菲女士的日记》到《太阳照在桑干河上》再到《杜晚香》，从莎菲追求理想幻灭后的叛逆和苦闷，到陆萍投入革命工作后的困惑和疑问，再到生活在社会主义时代勤劳善良的杜晚香，她们都表现出了特定时间、特定空间下的女性意识以及女性的心路历程，这些作品和人物形象也都具有某些时代的症候。受五四启蒙精神的感召，像莎菲这样的新女性渴望女性的解放和独立自由，经过无声的彷徨后不得已走入社会，走向革命来拯救自我，但现实并没有想象得那样理想，经过重重的困难，她们的苦闷和痛苦都被"治愈"了，最终成为一个"完美"的女性，但这里的女性已经变成一个"空洞的能指"，因为它更像是古代神话中的英雄或武侠传奇中的"世外高人"，女性的生存状态并没有得到充分地表达。这里所呈现出的一个悖论就是她们追求自我解放的过程同时也是女性意识逐渐消亡的过程。丁玲曾在《三八节有感》中说："我自己是个女人，我会比别人更懂得女人的缺点，但我却更懂得女人的痛苦。她们不会是超时代的，不会是理想的，她们不是铁打的。她们抵抗不了社会一切的诱惑，和无声的压迫，她们每人都有一本血泪账，也都有高尚的情操。"丁玲这些话语明确地阐明了她的女性观，这些观念投射到其创作之后就出现了以上的悖论。大多数的女性创作也很难脱离这一"怪圈"。

---

[1]　袁良骏：《丁玲女权主义漫议》，《丁玲文学创作研讨会文集》，长沙：湖南人民出版社1994年版，第279页。

第十六节　周作人其人其文

一、周作人的"生活的艺术"

五四以来，新文化运动的倡导者们着力于思想启蒙，通过改造国民性的途径，启发民众参与他们所倡导的革命。陈独秀、鲁迅、李大钊等人大多抱有这种态度。但是，思想启蒙者恰恰忽视了一个平常而又重要的问题，这就是对民众的知识性启蒙。思想启蒙，如鲁迅那样对国民精神的解剖固然重要，发现民族精神中的问题，解决民族发展中思想的问题，这是中国现代文化的一个重要命题。但是，让民众回到常识，回到生活本身，懂得生活，回归生活的本质，同样是不可忽视的文化建设的使命。我们发现，现代文化可以启发人们的思想觉悟，促进人们的积极性、革命性，但是，却不能告诉人们如何懂得生活，如何回到人的生活状态。周作人在谈到人的理想生活时认为，人的理想生活首先是改良"利己而又利他，利他即是利己的生活"的人类的关系。在物质生活上，"应该各尽人力所及，取人事所需"；在道德生活方面，"应该以爱智信勇四事为基本道德，革除一切人道以下或人力以上的因袭的礼法，使人人能享自由真实的幸福生活"[①]。也就是说，每个人都应该享受到他所应该享受的生活，过正当的人的生活。文学既需要表现人类的精神世界，探索人类的心理，也应当表现人的现实生活。生活的艺术既是人的精神的追求，也是人的日常生活的表现。周作人在散文中不在于告诉人们多么高深的人生哲理，而在于告诉人们如何生活，如何生活得更加艺术化或者艺术化地生活。

在周作人的观念中，生活与艺术是相通的，生活的艺术化，既是一种生活理想，也是一种艺术追求。周作人 1885 年出生于浙江绍兴，幼年进私塾接受传统文化教育，1901 年到南京江南水师学堂，在轮机专业学习六年，后来考取官费留学，与哥哥周树人（鲁迅）、好友许寿裳留学日本，先读法政大学预科，后入东京立教大学修希腊文，研读《远征记》等文学经典，课后也到神学院学福音书的希腊原文。1911 年从日本回中国，1912 年作了半年的浙江省教育司视学（督学），后转浙江

---

① 周作人：《人的文学》，《周作人批评文集》，珠海：珠海出版社 1998 年版，第 31 页。

省立第五高级中学任教员，教了四年英文。1917 年到北京大学附属国史编纂处做编纂，半年后的 1918 年出任北京大学文科（文学院）教授，讲授希腊罗马文学史等课程。1937 年卢沟桥事变后，北京大学撤离北平，他没有同行，成为四名"留平教授"之一，1939 年后出任伪职。抗战结束后，1945 年 12 月在北平以汉奸罪名被蒋介石主政的国民政府逮捕，并押解南京受审，被判处 10 年有期徒刑。1949 年出狱后定居北京，专心翻译和写作，以稿费维持生计。1967 年病逝。

受中国传统文化和日本文化的影响，周作人养成了平和冲淡的性情，讲究生活的趣味，讲究文字的意味。喝茶谈天，品味人生，在平淡中蕴涵丰富的人生世界。从 1923 年到抗战前夕，周作人先后出版了《自己的园地》、《雨天的书》、《泽泻集》、《谈龙集》、《谈虎集》、《永日集》、《看云集》、《苦雨斋序跋文》、《夜读抄》、《苦茶随笔》、《苦竹杂记》、《风雨谈》、《瓜豆集》等。这些作品都可归于他所说的"美文"一类。读周作人的散文，如同友人二三，围炉品茗，自由而惬意地无所不谈，尽情地享受着生活的乐趣。他的《喝茶》、《谈酒》、《故乡的野菜》、《北京茶食》、《乌篷船》等作品，反复表达了一种优雅、舒适的生活观念，细致地表达着日常生活的审美感受和个人经验。《喝茶》在描摹喝茶的生活情境中，写出了人生以淡淡的"苦涩"作为趣味的境界。《谈酒》谈的是绍兴酒从酿到煮、藏、饮的诸般诀窍，以饮酒的艺术隐喻生活的艺术。他在《生活之艺术》中说："一口一口的啜，这的确是中国仅存的饮酒的艺术，干杯者不能知酒味，泥醉者不能知微醺之味。中国人对于饮食还知道一点享用之术，但是一般的生活之艺术却早已失传了。"喝酒是"一口一口的啜"，人生是一天一天地过，日子是一点一点地品，阅读文学作品也是一点一点地品。无论喝茶、喝酒，还是读书、谈天，都需要有一定的环境和心境，文学创作以及文学批评亦同样需要一定的环境和心境。恰如周作人在《喝茶》中所描绘的境界："喝茶当于瓦屋纸窗之下，清泉绿茶，用素雅的陶瓷茶具，同二三人同饮，得半日之闲，可抵上十年的尘梦。"这是生活的艺术，也是一种难得的人生境界。对茶的选择，对茶具的讲究，对水的要求，既是品茶的不可或缺的步骤，也是品茶人的一种心情。品评文学作品，同样需要选择，也需要对作品的阅读情趣以及鉴赏的心境。

二、"人的文学"与"美文"

"人的文学"和"美文"是周作人文学批评体系中两个重要的概念，也是理解他的美文创作的关键词。

"人的文学"是周作人对现代文学的一个巨大贡献。1918 年 12 月，周作人在《新青年》第 5 卷第 6 号上发表《人的文学》，指出所谓"人的文学"，就是"以人道主义为本，对人生诸问题加以记录研究的文字"。他特别强调，"我们现在应该提倡的新文学，简单的说一句，是'人的文学'。应该排斥的，便是反对的非人的文学"。在新文学已经有了两年发展历程的时候，周作人在胡适、陈独秀等人提倡的"文学革命"理论的基础上，提出"人的文学"，既是对"文学革命"的理论发展，也是周作人对中国文学思考的一个结果。"人的文学"的文学史意义在于，它超越了一切现实性、功利性的文学观念，而将文学与"人"联系起来，将文学对"人"的关注提高到新的审美范畴，从根本上摆脱了梁启超以来的文学社会化的功利现象，也超越了五四新文学思想启蒙的现实层面。

周作人所定义的"人"是也只是一个被人忽略的常识性的话题："我们所说的人，不是世间所谓'天地之性最贵'，或'圆颅方趾'的人。乃是说，'从动物进化的人类'。其中有两个要点，（一）'从动物'进化的，（二）从动物'进化'的。"这个阐释虽然简单明了，却是非常明确而又具启蒙意义的。这里强调了人的动物属性和文化特征，人的动物属性是人之为人的基本的特征，因而，人的野蛮性、本能等都是人的最基本的特征；但是，人又不再是简单的动物，人是进化的，是有语言有思想有精神的，在此基础上所确立的"人的文学"，是建立在对"人"的深刻理解和民族性格的理想建构基础上的。周作人指出，所谓的"从动物进化的"，"便是人的灵肉二重的生活"，"兽性与神性，合起来便只是人性"。在周作人看来，"我们所信的人类正当生活，便是这灵肉一致的生活。所谓从动物进化的人，也便是指这灵肉一致的人"。这只是周作人所讲的"人"的第一层意思，是对"人"的总体概括。"人"作为活生生的人，社会生活中的人，还有其物质的现实层面的意思，这就是周作人所说的"理想生活"："关于物质的生活，应该各尽人力所及，取人事所需"，"关于道德的生活，应该以爱智信勇四事为基本道德，革除一切人道以下或人力以上的因袭的礼法，使人人能享自由真实的幸福生活。"对此，周作人用了一个概念，称这种人的理想生活是"一种个人主义的人间本位主义"。因此，正面地表现"理想生活，或人间上达的可能性"，或者是侧面地表现"平常生活，或非人的生活。都很可以供研究之用"，都可以视为"人的文学"。相反，"妨碍人性的生长，破坏人类的平和的东西"的作品，则是"非人的文学"。

明白了周作人所说的人是"从动物进化的"这一基本的道理，也就可以理解周作人式的"生活的艺术"，一切从人出发，而人又是从动物进化的，因此，既尊重人的动物属性，又尊重人的进化特征；既强调人的野兽性，又要突出人的文明特征，这是做人、作文的基本出发点。在此基础上，周作人的美文是对人的文学的进一步升华。

五四以后，周作人在批评实践中，主要使用"美文"、"散文"等概念，如在《中国新文学大系·散文一集导言》、《中国新文学·源流》、《近代散文抄·序》等一系列批评文字中，都是使用"散文"。但是周作人是在文学意义上使用散文这一概念的，能涉及的也主要是"文学的散文"。从这个意义上说，周作人使用"美文"这个概念，既非心血来潮，也非标新立异，而是在使用"散文"这个概念的一种内涵限定。或者说，周作人并不是把"美文"作为一个独立的概念来使用的，而是作为"散文"的补充和说明的概念来使用的。《美文》不仅倡导"美文"以开现代散文之风气，而且为现代散文从理论上进行了必要的界定，真正把文学散文独立出来，使散文得到了文体上的确认。从周作人对"美文"的定义来看，他区别了中国传统的散文概念，将那种叙事与抒情的散文从"大散文"中独立出来，而专指"记述的，是艺术性的"。值得注意的是，周作人对这种"记述的，是艺术性的"作品又进行了文体分类："这里边又可以分出叙事与抒情，但也很多两者夹杂的"。这个定义尽管还有些模糊，却相当简明地表述了"美文"的范围、文类及其性质。在批评实践中，周作人主要使用"散文"，而较少使用那些容易引起歧义的概念，或者说他用文学的"散文"，包括了几乎所有的同类概念，从而避免了不必要的解释等混乱现象。

三、美文的境地

周作人是在借鉴了英国随笔并继承了古代小品文的基础上，发展了"美文"创作。他的文章表现出的独特"风致"和"趣味"，为他的美文体批评提供了足够的条件。作为"好的论文"，周作人在其创作实践中已经有了很好的回答，为"美文"进行了必要的注解。总的看来，主要有以下特点：

第一，自然。自然作为一个美学的概念，在这里使用时，既用以说明周作人文章的基本风格，也可以概括美文的运作方式和和文体特征，这就是随意而谈，平常说话。周作人对此曾在《风雨谈·本色》一文中解释说："其实平常说话原也不容易，盖因其中即有文字。大抵说话如华绮便可以稍容易，这只要用点脂粉工夫就行了，正与文字一样道理，若本色反是难。为什么呢？本色可以拿得出去，必须本来的质地形色站得住脚，其次是人情总缺少自信，想依赖修饰，必须洗去前此所涂脂粉，才会露出本色来，此所以为难也。"随意而谈才能做到平常说话，才有可能保持"本色"。周作人散文的取材都是从生活中来的，身边小事、花鸟鱼虫、读书闲谈，都可以是美文的题材。这里都是作者"自己的园地"里所种的，无论是花是草，都得到主人悉心的呵护。因此，读周作人的散文，如同听一位人生的智者娓娓道来他所见所闻所读的一切。

周作人美文的本色更多体现在随意而谈上。周作人不以权威压人，也不作法官式的评判词，而是在和读者一起阅读作品，他只不过是随意地写下了自己的读后感想而已。他的著作《自己的园地》就是"因寂寞，在文学上寻求慰安"[①]。自己的情感、思想在某些文学作品那里获得共鸣，就有了他的批评文字。周作人的《情诗》，是他"读汪静之君的诗集《蕙的风》，便想到了'情诗'这一个题目"。这种定调，也就决定了他写的是自己的感想，所以文章中大段是对"情"的解释，对于性爱的说明，大约用了三分之一强的篇幅大谈他要批评的《蕙的风》以外的事情，只是到了文章最后，才谈到了汪静之及其《蕙的风》。这种随意而谈可以说随意到了极点。然而，正是借助这种随意而发，我们看到了他借批评《蕙的风》而

---

① 周作人：《〈自己的园地〉旧序》，《谈龙集》，石家庄：河北教育出版社 2002 年版，第 33 页。

发表的自己真实的感想。所以在读周作人的批评时，读者不会因为古板的作品分析而产生厌倦，而会被其娓娓叙述引发阅读的兴趣。

第二，简单。简单是一种写作风格。关于"简单"，梁实秋曾说过，"简单就是经过选择删芟以后的完美的状态"，是文章的"最高理想"①。周作人在《瓜豆集·题记》中说他"平常写文章喜简略或隐约其词"。他为俞平伯《燕知草》所做的《跋》中说："有人称它为'絮语'过的那种散文上的，我想必须有涩味与简单味，这才耐读，所以他的文词还得变化一点。"简单要求文章简短、真实、简练，而在意态上则要简静。它是一个有着成熟心态的人的娓娓而谈。周作人的散文很少有细致的描写或者议论，大多以简洁的笔墨勾勒出事物的轮廓，以简练的语言写出事物、人物背后的韵味。《初恋》是一篇绝妙佳文，作品打破了人们习以为常的表现恋爱的缠绵悱恻，也逸出于通常的描写爱情的纯真或者惊心动魄，而是简单地记述了一段十四五岁的孩子内心世界里朦胧的爱意。但在那简单的叙述中，读者可以感受到作者对阿三深藏于心底的情感。周作人的作品篇幅短小，多是几百字、几千字的文章。他能在寥寥数语中道出真谛，把他人费了许多文字的情思用干净利落的几句话表达出来。即使是文学批评的文字，也极具欣赏价值：

> 生的意志与现实之冲突是这一切苦闷的基本；人不满足于现实，而复不肯遁于空虚，仍就在这坚冷的现实之中，寻求其不可得的快乐与幸福。现代人的悲哀与传奇时代的不同者即在于此。理想与现实社会的冲突当然也是苦闷之一，但我相信他未必能完全独立，所以《南归》的主人公的没落与《沉沦》的主人公的忧郁病终究是一物。

> 周作人：《自己的园地·沉沦》

当我们把玩欣赏这种评论文字时，总感到平淡的文字中寓以丰富的内容。这里既看出周作人的理论修养和文学修养，也能看到他的语言文字工夫。其他如评废名的《桥》一文，更像批评精品，不足 500 字的短文，却能对《桥》有着独到的评论，他取其一个方面，用诗一样的语言点明了作品的要义："《桥》的文章仿

---

① 梁实秋：《论散文》，《新月》，第 1 卷第 8 期。

佛是一首一首温香的诗，又像是一幅一幅淡彩的白描画，诗不大懂，画是喜看的，只是恨册页太少一点，虽然这贪多难免有点孩子气，必将为其会诗画的人所笑。"议论、叙述、抒情、感想、评价，等等，都在这诗样的句子里了，读了这种批评文字，人们还有什么理由不能了解和理解原作呢？

第三，趣味。趣味是周作人文学批评中常常出现的一个概念，这是一个具有美学意义和批评实践性的概念。同时，这个概念也是周作人对文学批评文章风格的一种要求，是鉴赏批评文学作品的基础。关于"趣味"，周作人在《文艺批评杂话》中曾有过阐述，他认为趣味与文艺批评有着密切的联系，"我们在要批评文艺作品的时候，一方面想定要诚实的表白自己的印象，要努力于自己的表现，一方面更要明白自己的意见只是偶然的趣味的集合，决没有什么能够压服人的权威；批评只是自己要说的话，不是要裁判别人"，所以，周作人认为，好的文艺批评是有趣味的，"写得好时也可以成为一篇美文，别有一种价值"。这种价值即如艺术品一样，是可以欣赏的。读一下周作人的批评文章，无论纯理论阐述，还是作品批评，如同沏一碗清茶，握一卷文章，品味着文章中散出的清香，淡淡的苦涩中，是关于人生、艺术的美，清醇，淡雅，芬芳。

周作人美文的趣味主要体现在两个方面：一是文章的写作方式，一是语言文字。其散文作品大多随意而写，并无特别的格式，但在娓娓而谈的过程中，蕴含了丰富的人生意味，看似漫无边际，或是妙趣横生的议论，或是真诚的抒情，或是切中肯綮的剖析，或是旁征博引，都体现着文章自身的趣味。如《碰伤》、《妇女问题与东方文明》、《哑巴礼赞》、《娼女礼赞》、《麻醉礼赞》等。即使他的读书随笔或者评论性的文章中，也极力体现着应有的情趣。他的批评大多是一种阅读的感想，通过批评对象以抒发自己对人生、艺术诸问题的感受，尤其是他的序跋文章，如《〈扬鞭集〉序》、《〈竹林的故事〉序》、《〈现代散文选〉序》、《〈杂拌儿〉跋》、《〈桃园〉跋》、《〈燕知草〉跋》、《〈莫须有先生传〉序》，等等，似是与作者进行感情的对话，没有高高在上的神气，也没有指导一切的优越感，而主要是就作者的创作写出某一方面的感受。同时，周作人又特别讲究批评文章的作法，在广泛的知识中蕴含着作品批评的真知灼见。《沟沿通信》是一组随笔式的批评文章，涉及到《情波记》、《河上集》、《枯叶集》以及儿童文学等，这里有批驳性的，有批评的，也有一般性的论述，但文章又不限于批评对象本身，而是广泛涉及到文史哲甚至生理卫生、心理学等各个方面。而类似"艺术家不妨解放，但不可虚伪"、"拿到了扫帚又要上人家的屋里去霸了"这样的语言，不仅有趣味，而且不经意间指涉到问题的本质特征。

周作人在《〈雨天的书〉自序二》中谈到自己的散文创作时说："我近来作文极慕平淡自然的景地，但是看古人或外国文学才有此种作品，自己还梦想不到有能做的一天，因为这有气质境地与年龄的关系，不可勉强，像我这样褊急的脾气的人，生在中国这个时代，实在难望能够从容镇静地做出平和冲淡的文章来。我只希望，祈祷，我的心境不要再粗糙下去，荒芜下去，这就是我的大愿望。"这既是他对自己的创作的一种希望，也是他选择作品进行批评的条件之一。从他作序和评论过的作品来看，他更多选择诸如俞平伯、废名等作家，并从他们的作品中发现平淡自然的特质。因此，平淡自然既是周作人散文艺术的一种追求，更是文学批评的价值尺度之一。

所谓苦涩雅致主要是指散文创作中蕴含着的一种人生态度，以及由这种态度所传达出来的散文风格。因此，苦涩雅致既是一种文化心态的呈现，也是一种散文风格。周作人在《〈药味集〉序》中谈自己的散文时说："拙文貌似闲适，往往误人，唯一二旧友知其苦味……"也就是说，周作人在闲谈中寄寓了深刻的人生思想，在日常生活的叙事中，写出了那些只有了解的人才能品出来的"苦味"。我们可以设想周作人品评人生、谈论世事、鉴赏文学作品等的情境，如同用清冽的泉水泡一壶绿茶，握一卷书在手中，一边品茶，一边品书。茶，带有淡淡的苦涩味，茶香是内在的，本质的；书，带着淡淡的墨香，需要慢慢品读，细细赏析的。喝茶，品出的是一种人生的味道；读书，得到的是一种人生的感受。在周作人这里，品茶，读书，都是一种人生的体验，对人生感受的那种苦涩味。在创作中，在批评中，都已经内化为他的一种态度，一种尺度。

所谓风趣谐味是周作人对散文审美特征的一种艺术追求，散文不能一味沉重，沉重过分就可能成为沉闷枯燥，而需要讲究散文的境界，能够融理、情、趣于一体。1921年，周作人翻译波兰小说家显克微支的小说《酋长》时，曾对小说进行过评价，由此可以看到他对文学的审美要求："事多惨苦，然文章极诙诡，能用轻妙诙谐的笔，写他出来，所谓笑中有泪，正和果戈理一般。"① 能够用诙谐的笔写出人间的"惨苦"，这需要一种心情，一种深刻的人文关怀，也需要一种对文学的审美理解。所谓幽默、讽刺，也只是这种审美理解的呈现方式。读他的《哑巴礼赞》、《麻醉礼赞》等作品，在看似轻松的闲谈中，蕴含着对社会的深刻批判。

第十七节　陈西滢与现代评论派

现代评论派是 20 世纪 20 年代中期出现的一个自由主义的政治文化派别，得名于其舆论阵地《现代评论》周刊。《现代评论》于 1924 年 12 月 13 日在北京创刊，初创主编为王世杰，参加编务工作的有燕树棠、周缦生、杨振声、彭学沛、钱端升、陈源，沈从文做收发之类事务。主要撰稿人有王世杰、陈源、高一涵、唐有壬、燕树棠、周缦生、陈翰笙、杨振声、彭学沛、钱端升、张定璜、徐志摩、胡适、丁西林、陈衡哲、凌淑华、袁昌英、沈从文、李四光、陶孟和等，多是欧美留学归来的自由主义知识分子。刊物内容，"涵盖政治、经济、法律、文艺、哲学、教育、科学各种文字"，实际上主要刊登政论、时评和各种文学作品和文艺评论，其中，文学所占比重最大。在办刊宗旨上，强调"独立"的精神、"研究的态度"，"言论趋重实际问题，不尚空谈"，不纯为同人之论坛，而旨在建构一个"同人及同人的朋友与读者的公共论坛"。与同年创刊的《语丝》相比，《现代评论》被认为"更富综合性，更富文学意味，更有绅士的气度，也更有自由主义的气氛。"② 而"现代评论派"这一名称，也正是起源于《现代评论》的同人与《语丝》同人的区别，他们自称"现代派"，而将鲁迅为首的《语丝》同人称为"语丝派"。后来，在具体的论战中，鲁迅也称其为"现代派"或"现代系"。1933 年，瞿秋白在《鲁迅杂感选集·序言》中，正式用"现代评论派"这一名称，并将其定性为"披了欧化"新衣的"依附封建残余的资产阶级"，是"卑劣、懦弱、无耻、虚伪而又残酷的刽子手和奴才"，并将在 1925 年至 1926 年间鲁迅与陈西滢等围绕着"女师大风潮"、

---

① 周作人：《〈酉长〉后记》，《新青年》，第 5 卷第 4 号，1918 年 10 月 15 日。
② 曹聚仁：《文坛五十年》，上海：东方出版中心 1997 年版，第 172 页。

"三一八惨案"所进行的论争，看成是"五四式智识阶层最终的分化"。[1]

一、"闲话"与《西滢闲话》

陈西滢（1896—1970），江苏无锡人，名源，字通伯，"西滢"是他为《现代评论》周刊"闲话"专栏撰稿时使用的笔名。1912 年赴英国留学，先后入爱丁堡大学和伦敦大学学政治经济，获博士学位。1922 年回国，在北京大学执教。1924 年 8 月，加入现代评论社，负责编辑第 1、2 卷的稿件，1929 年 5 月，任武汉大学教授兼文学院院长。1943 年赴英，在中英文化协会任职，1946 年，为国民党政府驻巴黎联合国教科文组织首任常驻代表。1970 年在伦敦因病去世。陈西滢的主要文学创作集中于 1924 年至 1927 年，并集中发表于《现代评论》和《新月》等刊。1925 年第 19 期起，《现代评论》设"闲话"栏目，他是该栏目的主要撰稿人，发表了大量"闲话"，引起广泛关注，后结集收入 1928 年 6 月新月书店出版的《西滢闲话》，而他在文艺及政治上的功过得失也主要体现在这"闲话"中。

"闲话"源于英国传统文学中的絮语散文，其格调闲适散淡，侃侃而谈，梁实秋和苏雪林都曾激赏过陈西滢"闲话"的这种格调，梁实秋说其"文字晶莹透剔，清可鉴底，而笔下如行云流水，有意态从容的趣味"。[2]苏雪林也赞其"文笔则又修饰得晶莹透剔，更无半点尘滓绕其笔端"。比起梁、苏在文体上的溢美，曹聚仁的"在抒情的成分上浮上一点现智之'光'和'幽默'的笑"、是"叛徒型的小品，有讽刺，也有诙谐"的断语可能更符合陈西滢"闲话"的内在张力。"闲话"栏目在《现代评论》第 19 期的出现，并非"意态从容"，它作为"叛徒"的"讽刺"与"诙谐"，是一种因应时局的策略。由于《现代评论》对段祺瑞政府激烈的批评，第 15 期被段政府"尽数搜去"，第 16、17 期也因"警厅干涉，不能如期邮寄"，这对标榜"自由"、"独立"的现代评论派震动很大，在一个不自由的时代，采取一种什么样的说话方式表达自由的看法和主张，成为一个重要的问题。"中国

---

[1] 瞿秋白：《〈鲁迅杂感选集〉序言》，《瞿秋白文集》文学编第 3 卷，北京：人民文学出版社 1989 年版，第 106—109 页。

[2] 梁实秋：《重印〈西滢闲话〉序》，梁实秋著、陈子善编：《梁实秋文学回忆录》，长沙：岳麓书社 1989 年版，第 370 页。

现在把愚顽（Follies and Silliness）充满了。你要正色厉声的去申斥，不但自己一天到晚吃的饭不能消化，而且听者的脑筋愈加迟钝，简直如东风吹过马耳，气得把它割了也无用。只有一种很新鲜，很犀利的'射他耳'，或者可以促起他们一点反响。"① 为此，他们选择了这种具有"射他耳"（Satire，意为嘲讽）文体倾向的"闲话"作为自己说话的方式。"闲话"看来并不闲。董炳月就认为，"闲话"作为一种"准文体"，属于散文、随笔的范畴，但它同时也是一种人生态度、生活方式，一种感受把握文化的方式。支撑闲话的，是非功利、自由的立场。② 那时，不仅《现代评论》辟有"闲话"专栏，《语丝》也有"我们的闲话"、"大家的闲话"、"闲话集成"、"闲话拾遗"栏，陈西滢外，鲁迅、周作人、川岛、徐志摩也都写有"闲话"。

《西滢闲话》共78篇，涉及人生、时事、文艺万象，内容丰富。用梁实秋的话来说："这一本《闲话》内容太丰富了，里面有文学、思想、艺术、人物，可以说是三十几年前文艺界的一个缩影。"③ 钱穆也说："《西滢闲话》涉及多方面的问题，多方面的意见，多方面的事态，不仅是当时的一种文艺小品，却同时是一本有很高价值的历史参考书。"④ "文艺界的缩影"与"历史参考书"的评价，虽不乏溢美之词，但也说明了《西滢闲话》入世之深，并非隐逸之作。1920年代内忧外患、政局动荡、风云际会、思潮迭起，彼时发生的国家、社会、民众和知识分子群体间的事件，均在西滢闲话之列，而西滢对这些事件，或分析或评判或希冀寻求解决之道，表现了一个自由主义知识分子的态度与立场。概括来看，《西滢闲话》的内容可分三类：文艺批评、文明批评和社会批评。

三类批评中，文艺批评所占比重最大，最能彰显其广博的学识及其敏锐妥帖的文艺批评才能，所谓"通儒"的风范，所谓"意态从容"，所谓文字上"晶莹剔透"者，也主要体现在这类"闲话"中。其中最妙的是《新文学运动以来的十部著作》（上下），里面评价了新文学运动以来的10位著作者，有思想家，也有作家；品评

---

① 罗家伦：《批评与文学批评》，《现代评论》，1925年，第19期。

② 董炳月：《"闲话"的态度和权力》，《读书》，2003年，第8期，第96页。

③ 梁实秋：《重印〈西滢闲话〉序》，梁实秋著、陈子善编：《梁实秋文学回忆录》，长沙：岳麓书社1989年版，第371页。

④ 转引自陈漱玉《正人君子陈西滢的后半生》，《新文学史料》，2006年，第3期。

的作品，有学术思想，有小说，有诗，也有戏剧；品评的作者，既有同道者，亦有异路者；既有文坛元老，也有初出茅庐之辈。总起来看，"都本于学理与事实"①，很能体现自由主义知识分子标榜的"多元"、"宽容"的态度。而在具体的品评中，既指出其独创的贡献，亦不放过其粗疏急赖处，陈西滢的指责文字俏皮幽默，尤可一观。比如，评郭沫若早期的新诗"常常像一座空旷的花园，只有面积，没有亭台池沼的点缀"；评郁达夫"一篇文字开始时，我们往往不知道为什么那时才开始，收来时，也不知道为什么到那时就结束"；评丁西林"剧中人专说俏皮话，是因为他们不能说别样的话。他们不是些木偶，作者借他们的嘴来说些漂亮话"；评冰心"一望而知是一个没有出过校门的聪明女子的作品，人物和情节都离实际太远了"。中国新文艺家外，陈西滢写罗曼·罗兰、法郎士的其人其文以及议论易卜生戏剧的文章，也都甚好。他在《再谈法郎士》中写法郎士，"一个特别以神妙的'爱伦尼'著名的大作家，他的生活就充满着'爱伦尼'。什么都不信，什么都怀疑，什么都取笑，什么都抨击的法郎士，宗教，政治信仰，社会制度都束缚不住的法郎士，在日常生活，连穿衣做事都没有充分自由，却天天得受两个女人的管束"。在《法郎士先生的真相》中写法郎士秘书写他的传记，"我们看见的不是整个的法郎士，只是法郎士的片面。这好像我们要知道一个地方的地理人物，他却给我们看了几张风景片。并且我们还疑心这种风景片还是经过人工的修饰的，那是说，我们疑心孛崔生先生有时加的油盐酱醋太多了"。陈西滢写法郎士的"爱伦尼"写得好，实在也因为他也是一个嘲谑、讽刺的天才，一个具有"爱伦尼"气质的文人。徐志摩亦曾称道这是"一篇可羡慕的妩媚的文章"。②对中外文艺家及其文学批评外，陈西滢也很关注当时的戏剧运动的发展。在《民众的戏剧》中他提倡新剧，但并不否认旧剧的长处，他认为"戏剧是民众的艺术，尤其是娱乐民众的艺术"，反对把新剧当成维新知识分子说教的工具，他提倡一种"民众的戏剧"——"一种收旧戏之长而弃旧戏之短的创造"。现在来看，陈西滢的"民众的戏剧"和"小戏院实验"，观察清楚，分析深刻，可谓切中腠理。

---

① 陈西滢：《表功》，《西滢闲话》，石家庄：河北教育出版社1994年版，第180页。
② 徐志摩：《"闲话"引出来的闲话》，《晨报副刊》，1926年1月13日。

《西滢闲话》中的文明批评与社会批评往往掺杂在一起，对常见社会现象或一些社会事件的分析讨论往往引申为对国民性或传统文化的批判，这类"闲话"接续的是新文化运动中的国民性批判和文化启蒙主题。大体而言，陈西滢笔下的国民"程度不够"、"真没有出息"，对现实政治关注不够，一盘散沙，自私自利，没有是非、只有利害。在《智识阶级》中作者写道，五卅运动中，北京的市民在全国总罢市半天时，"没有一个铺子关上门，没有一个店子下半旗，没有一个洋车不在街"。《"乌龟坐电车"及其他》写上海则是号召抵制坐电车，黄包车夫趁机涨价，并且"凶恶十倍"；号召抵制洋货，国货的价格高了一倍而质量依旧低下，"大上海依然熙熙攘攘，忙忙碌碌，人山人海"。在《干着急》中作者指出，在各项运动中，国人"几乎只有宣传，没有组织"，"没有组织，实在是中国人的大毛病。中国人无论有事没事总是一盘散沙似的。团结不起来"。陈西滢的国民性批判，不仅指向当时城市中占大多数的普通市民，也指向当时的一般智识阶级和有产者，甚至是维新人士，这是陈西滢国民性批判独特之处。在《智识阶级》一文中，他说："拉洋车的与坐洋车的都一样的难感化，小铺子里的掌柜与大财主也一样的悭吝。"《捏住鼻子说话》中拜倒在"狐仙"脚下的既有愚昧闭塞的男女百姓，也有官绅名流。《中山先生大殡给我的感想》中行走在给孙中山送殡队伍中的嘻嘻哈哈不知所云乱喊口号的青年学生，在陈西滢看来，缺乏科学知识与缺乏理智的盲从乱喊，都是迷信。《吴稚晖先生》更是批判那些言行不相顾的所谓启蒙者，"讲革命的做官僚，讲言论自由的烧报馆，讲平民生活的住别墅，坐汽车，讲男女平权的娶姨太太，买了丫头"，下笔尖刻犀利，难怪徐志摩说他是"浇冷水的圣手"。

《西滢闲话》对传统文化的批判，主要体现在《线装书与白话文》和《再论线装书与白话文》两篇文章中。但与鲁迅"我以为要少——或者竟不——看中国书"的激进看法不同，陈西滢"不主张完全不读线装书"，而是"少读线装书，多读蟹行文"，因为有时"白话文不得不借用文言的字句"。但同时也指出，会作文章与读万卷书之间没有必然的联系，因为生活、人情、自然也都是书，重要的是"写一段自己亲见的风物，胜过堆砌一千句别人的典丽妩媚的文章。文学家的天才正在他的感觉特别的灵敏，表现力特别强，他能看到人所不能见，听到人所不能闻，感受到人所不能觉察，再活泼泼地写出来"，这也是现代评论派的独抒性灵文艺观的表现。对于胡适倡导的"整理国故",陈西滢也不以为然,甚至两次用"不幸"一词来表明自己对此的态度,因为他认为"古文积弊既久,同化力非常的大",很容易中毒,这与鲁迅说的"我看中国书时,总觉得就沉静下去,与实人生脱离"[①]的道理是相通的。

《西滢闲话》中的国民性批判和对传统文化的态度,与当时的二周、林语堂、郁达夫等人的看法并没有什么实质上的不同,都延续了新文化运动以来盛行于知识分子群体中的国民性批判以及反传统的潮流,而且大都秉持启蒙者"哀其不幸,怒其不争"的姿态,而他们之间的差异,也只是描述的国民劣根性的面向不同,文字风格不同而已。就是他们的文艺观点,其实也没有什么根本的不同,以陈西滢为代表的现代评论派,崇尚自我,主张思想的自由和文艺的独立,这些语丝派也不会反对。曹聚仁就说过,《现代评论》和《语丝》"有时是互相敌对的,但在新文学运动的继承工作上,却又是十分协调的"。[②]引起论争的是《西滢闲话》中的社会批评。陈西滢的社会批评重在针砭时政,当时一切时事,小到无锡的茅厕、清宫物品的流失、西医问题、节育问题,大到五卅惨案、国民运动、女师大学潮、参战、军阀混战、国民会议的"流会"、"首都革命"、"言论自由"、飞机轰炸等,这些1920年代中期的社会、政治热点问题,都在陈西滢的分析议论批判范围内。这类批评与政治的联系最为密切,而且它表露出的政治观点和立场与《现代评论》中的"时事短评"和"政论"的观点基本一致。从西滢的社会批评,我们可以管窥中国的自由主义知识分子1920年代的政治思想和政治主张。而陈西滢等现代评论派与鲁迅的语丝派之间的论战,究其实质而言乃是源于他们对"女师大风潮"及其后的"三一八惨案"的不同看法以及由此凸显出的政治思想分歧,虽然在具体的论战过程中,派系、籍系之争,个人气质、性格、经历的差异也起了推波助澜的作用。鲁陈之争反映了1920年代五四运动落潮后,在新的社会语境中,启蒙知识分子政治、思想的分歧,而陈西滢最后的落败及其社会批评的不合时宜,也反映了自由主义知识分子的困境。

---

① 鲁迅:《青年必读书》,《京报副刊》,1925年2月21日。
② 曹聚仁:《文坛五十年》,上海:东方出版中心1997年版,第172页。

二、论战风波与自由主义知识分子在现代中国的困境

"鲁陈论战"起因于"女师大风潮",而其政治分歧的关节点在"三一八惨案"。关于这两个事件的过程,已多有述及,但大都忽略了事件发生的历史背景,其实只有把这两个事件放在1920年代的历史背景和时代气氛中,才能更好地理解鲁陈对此一事件的态度、立场及其分歧。

1920年代,学潮、学运汹涌。五四运动,青年学生跃上政治舞台,作为一个新兴的社会群体,显示出强劲的历史推动力。此后学生的活动,备受社会瞩目。各种政治党派,都意识到青年的重要性,开始在学生中积极活动,争取这一新兴的社会势力和政治资源。另一方面,五四运动亦激发起学生自觉的政治意识,因山东问题引发的学生爱国运动,虽在1920年年底落幕,但是在新思潮冲击下的学校风潮、学生运动,则余波荡漾,愈演愈烈。学生关心国家大事,注意教育兴革,甚切干涉学校行政。"女师大学潮"之前有"浙江一师风潮"、东南大学"易长风潮"、"北京美专风潮"、"五七学潮",之后有"首都革命"、"三一八惨案"和"五卅运动"等。据统计,从1920年五四运动后到1927年大革命前,有资料可查的学潮、学运事件有227起。[①]

学潮、学运的风起云涌,必然会影响正常的教学秩序,而其与政党结合趋势愈来愈强的色彩,更是引起了新文化阵营中一些知识分子的不安。1920年,在湖南的演讲中,蔡元培就说,"五四以后,社会很重视学生,但到了现在,生出许多流弊。学生以自己为万能,常常想去干涉社会和政治上的事。……不求学专想干涉校外的事有极大的危险。国家的事不是学生可以解决的,学生运动不过要提醒外界的人,不是能直接解决各种问题。所以用不着常常运动"。[②]1926年2月,蔡元培从国外回来,在接受《国闻周报》记者采访时,也明确表示:"今日学生界之浮器现象,余至不赞同",并且认为,一些学生的活动,是"由少数操纵其间",

---

① 参见吕芳上:《从学生运动到运动学生:民国八年至十八年》,台北:中央研究院近代史研究所1994年版,第26页。

② 蔡元培:《对于师范生的希望》,高平叔编:《蔡元培全集》第4卷,北京:中华书局1984年版,第36页。

那种"强人以同，不惜出于恫吓无礼之手段"，完全背离思想言论自由之原则。[①]五卅运动后，在一片肯定学生爱国运动的意义与揭露谴责帝国主义的侵略行径的声音中，胡适却发表《爱国运动与求学》一文，"救国事业更非短时间所能解决：帝国主义不是赤手空拳打得倒的；'英日强盗'也不是几千万人的喊声咒得死的。救国是一项顶大的事业……真正救国的预备在于把自己造成一个有用的人才。……在一个扰攘纷乱的时期里跟着人家乱跑乱喊，不能就算是尽了爱国的责任，此外还有更难更可贵的任务：在纷乱的喊声里，能立定脚跟，打定主意，救出你自己，努力把你这块材料铸造成个有用的东西。"[②]蔡元培和胡适的看法在当时的自由主义知识分子中，很有代表性。他们更多从维护校园独立性的角度出发，排斥学生卷入政治之中，他们肯定五四学生运动的意义，更多是从改良文化环境层面入手。像胡适就始终坚持，五四运动作为一种思想或文化运动，必须被理解为中国的文艺复兴运动。与蔡元培、胡适等对学运持反对意见相比，"语丝派"也并不看好学运，但他们显然更关注的是运动的方式和结果，像周作人就说："我很惭愧对这些运动的冷淡一点也不减轻。我不是历史学家，也不是遗传学者，但……对中国的国民性根本的有点怀疑。"[③]鲁迅也曾说："血书，章程，请愿，讲学，哭，电报，开会，挽联，演说，神经衰弱，则一切无用"。[④]国民性难以改变，学生运动不过成为看客的材料，而其手段、发展过程、动作，很多由人们熟悉的庆典活动、宗教仪式演化而来，与古代学生干政、儒者死谏有相承之处，其一再上演，其实是"一切无用"，二周的态度显然更为悲观虚无。

　　1920年代学潮学运的汹涌，不过反映了时代革命声浪的扩大，而新文化阵营知识分子的态度虽基本能达成共识，但分歧已悄然存在，对发生在自己身边的"女师大风潮"及"三一八惨案"的态度，正表征了分歧的存在与无可弥合。现在我们就来具体分析以鲁陈为代表的两派知识分子在这两个事件中的复杂纠葛，其分

① 赵元庆：《蔡元培传》，合肥：安徽人民出版社1998年版，第176页。
② 胡适：《爱国运动与求学》，《现代评论》，第2卷第39期，1925年9月5日。
③ 凯明：《代快邮》，《语丝》周刊，1925年8月10日，第39期。
④ 鲁迅：《华盖集·杂感》，《鲁迅全集》第3卷，北京：人民文学出版社2005年版，第39页。最初发表于1925年5月8日北京《莽原》周刊第3期。

歧及分歧中的共识。对主要发生在校内，矛盾主要关涉学生与校长的"女师大风潮"，陈西滢的立场，与《现代评论》的主张是一致的，都不赞成学生的行为，只是陈的措辞更为严厉："闹的太不像样了"，"丑态既然毕露，教育界的面目也就丢尽"，而学校也"好像一个臭茅厕，人人都有扫除的义务"，解决的办法貌似公允："我们以为教育当局应当切实的调查这次风潮的内容，如果过在校长，自应立即更换；如果过在学生，也少不得加以相当的惩罚，万不可再敷衍姑息下去，以致将来要整顿也没有了办法"，但实际上是要整顿学风，惩罚学生。陈的看法与时任的教育总长章士钊上台伊始即发布"整顿学风"令不谋而合，被指认为章士钊的走狗也由此而起。而他用曲折的文字暗指"某籍某系"的鲁迅"暗中挑剔风潮"激怒鲁迅，从而引起一场正面持久的交锋。鲁迅显然是站在学生一边，他联合一批包括周作人在内的教授，出来为学生说话，证明那 6 个被开除的学生没有品行学业的问题，跟几个教授坚持为到西城总帽胡同的学生义务上课。在整个女师大风潮中，陈西滢只就事论事，他所标榜的"公理"与"正义"是"代被群众专制所压迫者（杨榆荫）说几句公平话"，他坚持的是"上者、长者、精英本位"的立场，强调的是秩序与理性；而鲁迅则坚守的是"下者、幼者、弱者本位"[①]的立场，他不仅看到了学潮，也看到了隐含在学潮背后的"世代冲突"，看到"老人政治"、看到曾经的"弱者"与"反抗者"一旦取得统治地位，就翻过来压制别人的本相：

> 我还记得中国的女人是怎样被压制，有时简直并羊而不如。现在托了洋鬼子学说的福，似乎有些解放了。但她一得到可以逞威的地位如校长之类，不就雇用了掠袖擦掌的打手似的男人，来威吓毫无武力的同性的学生们么？[②]
>
> 碰壁，碰壁！我碰了杨家的壁了！
>
> 其时看看学生们，就像一群童养媳……
>
> 我于是仿佛看见雪白的桌布已经沾了许多酱油渍，男男女女围着桌

---

① 钱理群：《鲁迅与现代评论派的论战》，《鲁迅研究月刊》，2002 年，第 11 期。
② 鲁迅：《忽然想到（七）》，《华盖集》，《鲁迅全集》第 3 卷，北京：人民文学出版社 2005 年版，第 64 页。

子都吃冰其淋，而许多媳妇儿，就如中国历来的大多数媳妇儿在苦节的婆婆脚下似的，都决定了暗淡的运命。①

女师大风潮中学生与校长间的冲突，表面上看是校务问题，其实质是新旧文化间的冲突，是现代教育里"婆媳之间的压迫与被压迫、奴役与被奴役的关系"②，鲁迅无疑是站在"被压迫、被奴役"的反叛者立场上。五卅运动后，"女师大风潮"中的学生也得到了更多的舆论支持，倒是陈西滢不改初衷，一直坚持异见，"肯冒众怒出来说几句冷话"，虽然那么不合时宜。

与"女师大风潮"不同，"三一八"惨案本身也是民众运动之一种，它是学生以国家群体利益为出发点，具有显著的政治意义。对此一血案，新文化阵营几乎表达了同样的愤怒和声讨。鲁迅写于惨案当天，3月29日发表于《语丝》周刊的《无花的蔷薇之二》与陈西滢3月27日《闲话》栏目的文章，都不约而同地谴责了当局者的虐杀行为，肯定了学生的爱国目的。

如此残虐险狠的行为，不但在禽兽中所未曾见，便是在人类中也极少有的。

中国只任虎狼侵食，谁也不管。管的只有几个年青的学生，他们本应该安心读书的，而时局飘摇得他们安心不下。假如当局者稍有良心，应如何反躬自责，激发一点天良？

然而竟将他们虐杀了！

鲁迅的语言饱含感情，满溢着愤怒与悲痛。陈西滢的则相对内敛些，但其声讨力度并不亚于鲁迅，其批判锋芒直指元凶，"这主谋是谁，下令的是谁，行凶的是谁？他们都负有杀人的罪，一个都不能轻轻放过"。当然，与现代评论派自由主义知识分子标榜"理性"、珍视"法律"相关，陈西滢希望用法律手段解决问题，"我们希望特别法庭即日成立，彻底的调查案情，严正的执行各罪犯应得的惩罚"。

鲁陈的分歧或者说新文化阵营的分歧在于对民众运动的真正态度，在于态度

---

① 鲁迅：《碰壁之后》，《华盖集》，《鲁迅全集》第3卷，北京：人民文学出版社2005年版，第76页。
② 钱理群：《鲁迅与现代评论派的论战》，《鲁迅研究月刊》，2002年，第11期。

背后的立场。前面说过，鲁迅也并不赞成学生运动，觉得代价太大，"以血的洪流淹死一个敌人，以同胞的尸体填满一个缺陷，已经是陈腐的话了。从最新的战术的眼光看起来，这是多么大的损失"①，鲁迅提倡壕堑战。在总结"三一八惨案"的教训时，他说："这回死者遗给后来的功德，是在撕去了许多东西的人相，露出那出于意料之外的阴毒的心，教给继续战斗者以别种方法的战斗"。鲁迅文章背后隐含着的是对这个世界强烈的反抗与诅咒，所谓"时日曷丧，予及汝偕亡"："中国要和爱国者的灭亡一同灭亡。屠杀者虽然因为积有金资，可以比较长久地养育子孙，然而必至的结果是一定要到的。……如果中国还不至于灭亡，则以往的史实示教过我们，将来的事便要大出于屠杀者的意料之外——这不是一件事的结束，是一件事的开头。"②"立意在反抗，旨归在动作"，鲁迅从来没有否定战斗，否定反抗，甚至否定暴力，他说，"改革自然常不免于流血"。瞿秋白说鲁迅的杂感其实是一种"战斗的阜利通（Feuilleton）"，并给以高度评价："作家的幽默才能，就帮助他用艺术的形式来表现他的政治立场，他的深刻的关于社会的观察，他的热烈的对于民众运动的同情。不但这样，这里反映着'五四'以来中国的思想斗争的历史。"③

与此相对，陈西滢肯定了鲁迅小说的意义和价值，但对其杂感，却觉得"除了《热风》中二三篇外，实在没有一读的价值"。④没有一读的价值是不是因为鲁迅杂文的这种战斗性呢？自由主义知识分子不喜欢政治党派，"不主张革命，主张不流血的转移政权"，追求的是公正冷静，温和节制。所以，与鲁迅热烈同情民众运动不同，陈西滢的"闲话"在人们群情激奋时，却能超然于惨案悲剧之外，"非但要反抗强权，还要针砭民众"，他还批评了死伤学生的"父兄师长"，批评他们不应该"对理性没有充分发展的幼童，勉强灌输种种的无端的政治或宗教的信条"，

---

① 鲁迅：《空谈》，《国民新报副刊》，1926年4月10日。
② 鲁迅：《无花的蔷薇之二》，《语丝》周刊，第72期，1926年3月29日。
③ 瞿秋白：《〈鲁迅杂感选集〉序言》，《瞿秋白文集》文学编第3卷，北京：人民文学出版社1989年版，第96页。
④ 陈西滢：《新文化运动以来的十部著作》，《西滢闲话》，石家庄：河北教育出版社1994年版，第262页。

不应该"不加劝阻禁止";批评"民众领袖"或"误听流言""未免太不负责任了",或捏造书信,"犯了故意引人去死地的嫌疑"。陈西滢的这种冷静的理性即使在现在也会被人们理解为漠不关心,这与其一以贯之的对民众运动包括学生运动的不信任有关。对他而言,大多的民众运动是"空言爱国",是"暴民",他们无组织、无秩序,只有破坏力,没有建设性。参与的民众或学生,很多是受了政治的蛊惑,是没有理智的信仰,是另一种的迷信,甚至把他们比作"智识未开的幼童"。所以,中山先生的大殡,青年的喊口号,会给他滑稽的感觉;"首都革命",他关心的是在民众运动中,章士钊夫妇的藏书都散失了;耶稣诞日,听说有人要烧教会学校和清华,他马上将之比作"拳匪"的"庚子之乱";即使是悲愤于"三一八"惨案中学生的死,也不忘针砭运动的鼓动者。他的精英立场,他的动不动就跟英美相比的国民性批判,他对弱者、下者、民众运动的讥刺和嘲讽,使他与民众之间总隔着一层厚障壁。于是,他对军阀、强权的尖锐批判,对言论自由、持异见的不懈追求,也就得不到民众的理解了。也许,陈西滢类从来也没想得到民众的理解,从来也没想去真正地理解民众的诉求。钱穆在《我和陈通伯》中说:"只可惜通伯先生的那一番意见,既不站定在鸿沟之这一边,又不站定在鸿沟之那一边,我试直率说一句,通伯先生自己的那一番意见,在当时,应该会是两边都不讨好。通伯先生固然不失为当时一新人物,但据我此刻想来,通伯先生之在当时,究是与一般新人物之间也有些距离。"①

陈西滢的失败几乎是必然的。他必然失败于鲁迅。鲁迅的"嬉笑怒骂"、"韧性战斗"、"攻其一点,不及其余"、"痛打落水狗",就是在文字上,标榜"公理"和"正义"的"正人君子"陈西滢也不是对手。他也必然失败于时代,正像那个时代大多数的自由主义知识分子一样。在《中国近百年来的革命思想道路》中,张灏认为,1895年以后,改革的阵营逐渐分化为改革和革命两股思潮,革命派很快取得了压倒性的优势,思想界也开始出现革命崇拜的现象,随着革命声浪日渐扩大,革命崇拜日渐散布,中国思想界出现了激化的现象。到了五四后期,1920

---

① 钱穆:《我和陈通伯先生》,《台湾传记文学》1970年,转引自范玉吉:《陈西滢文化心态初探》,《江南大学学报》(人文社科版),2003年,第2期,第46页。

364   现代中国文学通鉴

年代初，这激化已经相当普遍，终而形成中国文化界、思想界在 1920 年代至 1940 年代间的大规模左转，而革命崇拜也逐渐激化成为一种革命宗教。[①] 在这样的革命洪流中，自由主义知识分子"过高估计了理性的力量和舆论的粘合力；低估了政治热情的力量和人们并不总是想要明显对他们有益的东西的反常性"。[②] 他们的"法律"、"秩序"、"理性"，只有在政治相对稳定清明时才谈得上，而他们的以个人主义为基础的民主和自由，在民族主义情绪高涨、所谓"救亡压倒启蒙"的氛围中也很难发展。正像格里德所说的"自由主义的失败是因为，自由主义所假定应当存在的共同价值标准在中国却不存在，而自由主义又不能提供任何可以产生这类价值准则的手段。……它的失败，乃因为中国人的生活是淹没在暴力和革命之中的，而自由主义则不能为革命和暴力的重大问题提供什么答案。"[③]

第十八节　冯至与沉钟社

一、沉钟社的源流

沉钟社是 1920 年代出现并活动至 1930 年代中期的一个重要的文学社团，其前身是浅草社，1925 年《浅草》停刊，杨晦、陈翔鹤、陈炜谟、冯至创办《沉钟》周刊并组成"沉钟社"。社名借用德国作家霍普特曼的名著《沉钟》，"企图以文艺唤起民众，促进社会发展"。这一社团规模并不大，比较低调，没有任何宣言式的主张，在《沉钟》周刊创刊号的题头上，只是摘引了吉辛的两行诗句："而且我要你们一起都证实……/ 我要工作啊，一直到我死之日。"沉钟社是一个致力于文学创作与积淀的务实性团体，团结了一批只知埋头创作或翻译、对外界政治变迁不

---

① 张灏：《中国近百年来的革命思想道路》，《知识分子立场：保守与激进之间的动荡》，长春：时代文艺出版社 2000 年版，第 43 页。

② 【美】伯纳德·克里克：《为政治辩护》，转引自【美】格里德著，鲁奇译：《胡适与中国的文艺复兴——中国革命中的自由主义（1917—1937）》，南京：江苏人民出版社 2010 年版，第 282 页。

③ 【美】格里德著，鲁奇译：《胡适与中国的文艺复兴——中国革命中的自由主义（1917—1937）》，南京：江苏人民出版社 2010 年版，第 294 页。

怎么关注的青年文学家，他们"将精神和心情，都集中在一个单纯的东西上"[1]，"听从纯洁的内心指使"，本着"严肃与忠诚"的态度。[2]作品多是自我情感的表现之作，鲁迅曾论定这一社团是"'为艺术而艺术'的作家团体"，"向外，在摄取异域的营养；向内，在挖掘自己的魂灵，要发见心里的眼睛和喉舌，来凝视着世界，将真和美歌唱给寂寞的人们"。1927年后，《沉钟》经过长期的中断，又于1932年恢复，最后于1934年停刊。鲁迅说，这是一个"最坚韧，最诚实，挣扎得最久的团体"。[3]沉钟社在20世纪二三十年代产生了较大的影响，享有较高声誉。1935年的《中国新文学大系〈小说二集〉》中，该社共有7人的12篇作品入选，是同类社团中入选最多的。主要成员有陈翔鹤、陈炜谟、冯至、杨晦、林如稷、冯文炳、王怡庵、罗石君等。

沉钟社不尚高谈与空论，也反对以某一种"主义"或"艺术观"为取舍，而有兼容并包的意识与胸怀，他们的创作或侧重"为人生"或侧重"为艺术"，即使核心成员间，文学风格差异也很大。陈翔鹤的创作侧重个性主题，其"不安定的灵魂"接近创造社的自叙传风味；杨晦的创作侧重社会主题，主要刻画乡村人生的艰难与困顿；冯至则在爱、自然与命运的主题下徘徊低吟，写些"幽婉缠绵，词句整洁"的诗与散文。虽然社团个体间风格差异很大，但在整体的文化思想、文学观念及其情感风格上也有较为一致之处。他们都接受了西方文化的主导性影响以及五四狂飙时代强烈的个性主义和人道主义的熏染，同时相较于其前辈也更能理性地对待并整合传统文化中的较为积极的因素。在文学观念上，他们既强调文学与现实人生的关系，认为"文学作品是另一种形式的社会，这社会中有种种的人生供人们讨论"，认为"文学是批评人生解释人生的"[4]；同时也强调文学作品是作家主观感情的自然流露和独特表现，"应该完全是内心的真实的表现，所以，

---

① 杨晦：《附记》，《沉钟》半月刊，第13期。
② 石君：《置前语》，《文艺旬刊》，第1期。
③ 鲁迅：《〈中国新文学大系小说二集〉序》，《鲁迅全集》第6卷，北京：人民文学出版社1981年初版，第242、244页。
④ 楚茨（陈炜谟）：《非审美的文学批评》，《文艺旬刊》，第1期，1923年7月5日。

随处都是个人的自传与自白的，夸张自然无聊，遮掩也有失本色"①，这是一种以人为归趋的二元文学观。②他们讴歌爱、美与自由，激愤于现实的沉暗与腐朽，寂寞、忧郁、孤独、颓丧是他们共同的情绪基调。他们喜欢抒情，即使是叙事性作品中，亦喜欢铺展非情节性的情绪性片段，青春生之悲哀与爱的失落是他们善于展开的主题，他们都是一些陈炜谟的《轻雾》中的素云式的"好孤独者"，是陈翔鹤的《他》中的"从娘胎落地到现在都是绝对的孤独者"、"愿意从此便固执地以孤独到底"、"让孤独和寂寞来抚育才能长大的宁馨儿"，是冯至的《好花开放在最寂寞的园里》，总之，他们表现出鲜明的青年文化的特点。

1920年代末期以后，随着年龄的增长、人生阅历的磨练以及时代的转折，沉钟社也渐渐转入沉潜期，基本风格没变，但逐渐由热烈转入沉静和理性，其核心成员亦逐渐分化。冯至1930年留学德国，受到存在主义哲学的影响，其诗歌创作更具哲理内涵，其风格也由幽婉走向浑茫。不过，其早期诗歌及其他的创作在沉钟社甚至是20世纪的中国文学史上，都具有重要的历史地位。其沉钟社时期出版的《昨日之歌》和《北游及其它》为冯至赢得了"中国最为杰出的抒情诗人"的赞誉，也奠定了他在中国现代诗歌史上的地位。他对爱情、自由、生命主题的表现和开拓，他此期凄迷幽婉的风格，都可以代表沉钟社的最高成就。而其如"彗星突现"的《十四行集》，虽写于1940年代，但那些生命的沉思，那些关于变与死、动与静、有形与无形、短暂与永恒的哲理思考，在其沉钟社时期也初现端倪。

二、沉钟社时期的冯至诗歌

冯至（1905—1993），原名冯承植，字君培，河北涿县人。1921年入北京大学预科。1923年，《归乡》等23首诗在《创造季刊》第2卷第1期上发表，引起浅草社成员的注意，应邀参加浅草社，同年入本科德文系。1925年《浅草》停刊，与杨晦、陈翔鹤、陈炜谟创办《沉钟》周刊并组成"沉钟社"。1927年春，冯至的第一部诗集《昨日之歌》作为"沉钟社"编辑的"沉钟丛刊"之一由北新书局

---

① 杨晦：《〈日希露集〉序》，《沉钟》半月刊，第20期。

② 秦林芳：《浅草——沉钟社研究》，北京：中国社会科学出版社2002年版，第104页。

出版。同年，从北京大学毕业，"逆着凛冽的夜风"，"走向那大而黑暗的都市"。哈尔滨"地狱"般的腐朽气息，刺激诗人完成《北游及其它》。1930年赴德国留学，在海德堡大学和柏林大学学习德文、哲学、艺术史。1935年夏，在海德堡大学以一篇研究德国诗人诺瓦利斯问题的论文获得博士学位。在留学期间，喜欢奥地利诗人里尔克的作品，欣赏荷兰画家梵诃的绘画，听雅斯培斯讲课，受到存在主义哲学的影响，1936年任上海同济大学教授兼附设高级中学主任。抗日战争爆发后，随同济大学内迁，经过金华、江西赣县，最后到达昆明。1939年至1946年，任昆明西南联合大学外语系德语教授，创作《十四行集》，受到朱自清、李广田的好评，《山水》中的部分篇章亦是此期写就。新中国成立后，转向学术研究方面，1953年的《韩波砍柴》是诗人发表的最后一首叙事诗。

诗人正式发表的第一首新诗是1921年写于往北京路上的《绿衣人》，诗中写道：一个绿衣邮夫，/低着头儿走路；/——也有时看着路旁。/他的面貌很平常，/——大半安于他的生活，/带不着一点悲伤。/谁来注意他，/日日的来来往往！/但，他小小手里，/拿了些梦中人的命运。/当他正在敲这个人的门，/谁又留神或想——"这个人可怕的时候到了！"诗人善于在貌似平静的日常生活意象中发现隐含的不安与动荡，诗歌素描的是一绿衣邮差——一个行客，但表达的却是诗人这个旁观的真正行客对前途的迷惘和对命运的惊惧。一个惴惴的行客形象，成为早期诗人的自指。他或者在"昏黄的深巷""走入暮色"（《如果你——》），或者从"夜色中，拾来些空虚的惆怅"（《夜步》），或者"游荡在郊原，把恋情比作了夕阳淹淹"、"把运命比作了青山淡淡"（《在郊原》），又或者"在林里迷失"与幽灵相逢（《雨夜》），再或者作为"一个远方的行客，惴惴地，走入一座北方都市的中心"（《北游》）……诗人写完《北游》后，想到的是杜甫的"此身饮罢无归处，独立苍茫自咏诗"，这种无所归依之感，这个踟蹰的行客形象，既披露了诗人自己在现实中迷失方向的凄苦心情，在很大程度上，又是冯至那一代人青年时代精神世界的真实写照：孑孑而行，寂寥而孤单，惊惧而迷茫。

冯至1920年代的大部分诗歌都是关于青春与爱的主题，是一个惴惴的行客在"没有花，没有光，没有爱"的世界，执著地寻求着温暖、光明与爱的故事："你怎么总不肯给我一点笑声，/到底是什么东西能够使你欢喜？/如果是花啊，我的心也是花一般地开着；/ 如果是水呢，我的眼睛也不是一湾死水：/ 你可真象是那古供的骄傲的美女，/ 专爱看烽火的游戏——/ 啊，我心中的烽火早已高高地为你燃起，/ 燃向全身的血液奔腾，日夜都不得安息"（《什么能够使你欢喜》）。在 1920 年代闪耀的爱情抒情诗星系中，冯至的抒情诗有其独特之处。比起《女神》的直接倾泻，他的更含蓄内敛；比起湖畔诗社的清新质直，他的更缠绵幽婉；比起徐志摩的典雅华丽，他的更为朴素温润，他最大的特色是"处处表现出艺术的节制"①。他善于运用暗示、象征的手法，善于将内心复杂幽深的情感外化为一个单纯明净的意象。看这首《蛇》：

> 我的寂寞是一条蛇，
>
> 冷冷地没有言语——
>
> 姑娘，你万一梦到它时，
>
> 千万啊，莫要悚惧！
>
> 它是我忠诚的伴侣，
>
> 心里害着热烈的乡思：
>
> 它在想着那茂密的草原，
>
> 你头上的，浓郁的乌丝。
>
> 它月光一般轻轻地，
>
> 从你那儿潜潜地走过；
>
> 为我把你的梦境衔了来，
>
> 像一只绯红的花朵！

《蛇》是冯至的名篇，是诗人看到 19 世纪唯美主义画家毕亚兹莱的一幅黑白线条画，"画上是一条蛇，尾部盘在地上，身躯直长，头部上仰，口中衔着一朵花"，他觉得这蛇"秀丽无邪，犹如一个少女的梦境"②。《蛇》构思精巧，想象奇特，把蛇的"乡思"比作诗人的"相思"，把蛇思念的"茂密的草原"，比作诗人思念的

---

① 钱理群、温儒敏、吴福辉：《中国现代文学三十年》，北京：北京大学出版社 1998 年版，第 127 页。

② 冯至：《立斜阳集》，北京：工人出版社 1989 年版，第 186 页。

少女头上"浓郁的乌丝"，诗人甚至能潜入少女的梦境，那梦竟然是一只"绯红的花朵"。诗歌色彩浓烈，情感炽烈，但这一切却是寄寓在"蛇"这一冰冷寂寞的具象之中的，而且通过蛇的形象，诗人那种锋芒直露的情感成为自己歌咏观照的审美对象，同时情感也得到了净化和升华。鲁迅认为"感情正烈的时候，不宜做诗，否则锋芒太露，能将'诗美'杀掉"，冯至的诗歌很好地保存了这种诗美，可能这是鲁迅称其为"中国最为杰出的抒情诗人"的原因吧。其实诗歌之外，冯至的散文也有这个特点。他的《一九二九——岁暮客话》、《记克莱思特的死》、《若子死了》、《老屋》、《蝉与晚祷》等所蕴含的那种激烈的情感，比如失爱之痛、死亡之哀，都能加以理性的审视和观照，从而获得了审美的升华。冯至艺术的节制主要就表现在这种情感的节制中。

《南方的夜》是冯至早期抒情诗中的精心之作。"我们静静地坐在湖滨，/听燕子给我们讲南方的静夜。/南方的静夜已经被它们带来，/夜的芦苇蒸发着浓郁的情热。——/我已经感到了南方的夜间的陶醉，/请你也嗅一嗅吧这芦苇的浓味。"我们坐在北方的湖滨，我却通过燕子的呢喃感到了"南方的夜间的陶醉"、"芦苇的浓味"、"满湖的星影"与"林中的歌声"。我的"请你嗅一嗅吧"、"请你看一看吧"、"请你听一听吧"的呼告，尤其是那声"吧"，语调亲切自然，更能表现诗人内心的热望与呼唤。"南方的夜"并非实指，而只是一种感情氛围，对应着的是我的"浓郁的情热"。可是让人伤感的是，诗人的这种热烈的呼告与表白，却无以回应，你谈的却是北方寒带的白熊、积雪中的白果松，你的感受是"秋冬般的平寂"与"凄冷"。可即使如此，我的热情也并未消融，而是借燕子的口说："南方有一种珍奇的花朵，/经过二十年的寂寞才开一次。——/这时我胸中忽觉得有一朵花儿隐藏，它要在这静夜里火一样地开放！"爱情之花，经过了二十年的寂寞，它不再是《残余的酒》中那随意浪掷的青春的"残酒"了，这里的感情虽也是热烈的，但同时也是沉潜浓厚的，但是那种我与你的映衬与对照，却更让人唏嘘感叹。整首诗一共四小节，每节二四句采用不同的韵脚，基本押韵；结构上，二三节一致，一四节一致，节奏舒缓，音韵优美，风格柔婉。

《我是一条小河》是诗人另一首抒发友谊与爱情的优秀之作。"我是一条小河，/我无心从你的身边流过，/你无心把你彩霞般的影儿/投入了河水的柔波"。你我皆

"无心"，偶尔相逢，我却再也忘不掉你，你的"彩霞般的"、"碧绿的叶影儿"、"彩色的花影儿"伴我流过森林、花丛，最后在无情的大海中"幻散"。诗人自比"小河"，写一段若有若无的爱情——心影儿——的生成与幻灭，比喻巧妙，情愫含蓄，节奏流畅，一唱三叹，读来极其动人，而且还蕴含着一定的哲理。其实，《十四行集》的"形而上品格"与"生命的沉思"，在早期的爱情抒情诗中，就已经初现端倪，那些隐隐约约的关于命运、变化、死亡的存在之思，使那些看来是青春的哀怨与烦闷，也好像具有了永恒的意味。

这些哲理的永恒意味，在冯至"堪称独步"的早期叙事诗中也有体现。他的叙事诗，是他对新诗的另一个重要贡献。他的叙事诗，大都以中国民间故事或传说为基础，所表现的往往也都是对理想爱情的追求，但常常又逸出了爱情的主题，而揭示了现代人命运的困境与悲剧。《吹箫人的故事》在传统的爱情叙事中，表现的却是现代人对自由、艺术与爱情的困惑。它不仅写了追求理想爱情过程的艰难与曲折，也写了爱情的实现是以各自艺术与自由的丧失为代价的，写了艺术完成了人的爱情与生命，但艺术的丧失又带来新的怅惘与悲哀，于是"并肩的一对人儿"只能"含着惆怅，又向幽邃的深山逃亡"。《寺门之首》中老僧和他的经历所揭示的，就不仅是五四之后普遍的个性解放与人道主义主题，更不仅是所谓的"宗教虚伪"，而是生命本体存在永恒的渴望与憧憬。同样，《帷幔》中少尼凄婉哀怨的故事，也并非仅仅指向一个具有鲜明时代特征的社会悲剧，而是人对自我精神的张扬与追求，以及这种追求在现实的失落与错位。冯至叙事诗中最为人称道的是根据干宝《搜神记》改编的《蚕马》，故事中的人马不伦恋，具有超现实的奇幻与神秘的色彩，它把那种执著的爱恋之情推向艺术的极致。骏马为给少女寻父走遍天边，骏马因为对少女的爱而被杀死，死后的马皮也要生生世世保护少女，蚕马的故事已经很动人了。更动人的是诗人坐在姑娘的窗前向其咏唱骏马／自身的爱情："溪旁开遍了红花，／天边染上了春霞，／我的心里燃起火焰，／我悄悄地走到她的窗前。／我说，姑娘啊，蚕儿正在初眠，／你的情怀可曾觉得疲倦？／只要你听着我的歌声落了泪，／就不必打开窗门问我，'你是谁？'"诗人以春、夏、秋的风景复沓比兴，其后紧跟蚕马的故事，把自身热烈缠绵的情感寄寓在骏马的故事与形象上，抒情与叙事紧密结合、融为一体，艺术表现十分精致。冯至叙事诗中的意象，像《吹箫人的故事》中的"洞宇"与"洞箫"，《帷幔》中的"尼庵"、"僧院"与"牧笛"、"帷幔"，《蚕马》中的"蚕马"等，都极具象征和暗示功能，既渲染了一种与虚构时空相合的超然的气氛与情境，又表现了人物的情绪与命运。在叙事结构上，往往淡化故事情节和人物细部的刻画，而善于把叙事与主体生命体验的表现结合起来，抒情意味浓厚，极富幻想色彩和浪漫气氛。

与《昨日之歌》用纯净的文体、委婉的抒情主要来抒写一种"狭堪的情感、个人的哀愁"不同，当冯至离开北京，踏上开往雪城哈尔滨的列车——"他逆着凛冽的夜风，上了走向那大而黑暗的都市，即人性和他们的悲痛之所在的艰难的路"后，他的诗风变化了，他同他的少年分了手。在哈尔滨这个现代殖民城市里，他开始更真实地接触了现实和人生，看到了犹太的银行、希腊的酒馆、日本的浪人、高丽的妓院、中国的老爷和太太，看到了"女人只看见男人衣袋中装着的金钱，男人只知道女人衣裙里裹着的肉体"。诗人批判了这所谓的现代文明，批判了这恶浊的社会和堕落的人性，但同时，在远离了古都和朋友，在"一程比一程荒凉的异地"，他反而更能返诸自身。"独自望着窗外，霏霏的秋雨，时而如丝，时而似绳，远方只听到瘦马悲鸣，汽车怒吼，自己好像一个无知的小儿被戏弄在一个巨人的手中，不知怎样求生，如何寻死"[1]。个体存在的寂寞与孤独、生与死、自我的确认等存在主义色彩的命题，更自觉地进入诗人沉思的领域。所以，《北游》被认为"既深化了冯至早年关于爱与美及生命的沉思，又是《十四行集》存在之思的先声"[2]。

三、冯至诗歌的巅峰：《十四行集》

《十四行集》是冯至的代表作，标志着其"从原先的浪漫主义的情绪诗转变为现代主义的沉思诗"[3]。《十四行集》表达的是"人世间和自然界互相关联与不断变化的关系"[4]，在这里，我们可以看到歌德的蜕变论和里尔克的转化论的影子。人的生与死、人与自然、可见与不可见互相流转："我们站立在高高的山巅／化身为

---

① 冯至：《〈北游及其它〉序》，《昨日之歌》，珠海：珠海出版社 1997 年版，第 282 页。

② 张桃洲：《现代汉语的诗性空间》，北京：北京大学出版社 2005 年版，第 147 页。

③ 袁可嘉：《给我狭窄的心》，冯至：《昨日之歌》，珠海：珠海出版社 1997 年版，第 4 页。

④ 冯至：《立斜阳集》，北京：工人出版社 1989 年版，第 198 页。

一望无边的远景，/化成面前的广漠的平原，/化成平原上交错的蹊径。//哪条路，哪道水，没有关联，/哪阵风，哪片云，没有呼应：/我们走过的城市、山川，/都化成了我们的生命。"而我们随着风吹，随着水流，又化成了蹊径上行人的生命。冯至的诗中，"流动"与"凝定"的意象并存，前者如"水"、"风"、"云"、"雾"、"彗星"、"歌曲"、"飞鸟"等，后者如"山巅"、"平原"、"城市"、"松树"、"茅屋"、"殿堂"等，这些意象并非静止地呈现，而是表现为一种动态的转化过程，是外在事物转化为和内在生命相关的精神存在，是刹那与永恒，是歌德的"死与变"，是"给我狭窄的心/一个大的宇宙"。《十四行集》的境界是广阔崇高的，那是一种浑茫的"永久的无名"，而且它还找到了一种言说精神与存在的形体，一种沉思的结构，那就是诗人所采用的"十四行体"。"十四行"是一种外国诗歌体式，冯至并没有拘泥于其原来固定的结构和韵式，而是根据表现事物和传达思想的需要，有所变通，从而达到内在诗情、哲理思考与外在形式的完美统一。《十四行集》的成功，"表明中国现代新诗人，已经有足够的思想艺术力量，消化外来形式，利用它来创造中国自己的民族新诗"。①

从"沉钟社"时期的《昨日之歌》、《北游及其它》到 1940 年代的《十四行集》，冯至逐渐完成了自己的转化与蜕变：从青春幽婉缠绵的爱与美的咏唱，到中年庄严从容的生命的沉思。两个阶段，各有特色，但不管哪个阶段，他都将现代新诗的创作，提高到了一个新的水平。

第十九节　徐志摩与新月诗派

新月派并不是一个单纯的文学组织或者派别，其组成人员的身份特征也相当复杂，但新月派成员大多有留学欧美的共同文化背景，是接受新思潮影响较为明显的一批，试图重建中国文化的新秩序。而从文学的立场来看，他们"诚心诚意的试验作新诗"，② 追求理性节制感情的新诗美学原则和格律化的新诗艺术形式。

---

① 钱理群、温儒敏、吴福辉：《中国现代文学三十年》，北京：北京大学出版社 1998 年版，第 583 页。
② 梁实秋：《新诗的格调及其他》，《诗刊》，1931 年，第 1 期。

一、新月社与新月派

新月社与新月派并不是一个组织，但讨论新月派不能不先提及新月社。

新月社成立于1923年，是一个由政界人物、银行家、大学教授、学者、作家、诗人等组成的有一定活动能力和活动方式的文化沙龙，先后加入其中的成员主要有胡适、徐志摩、陈西滢、凌叔华、林徽因、丁西林、梁实秋、杨振声、梁启超、张君劢、徐申如、叶公超等。新月社开始是以聚餐会的形式出现，由徐志摩的父亲徐申如等垫付一部分开办费，租赁活动场地、雇佣厨师等，会员以缴纳会费的方式参加社团。由聚餐会而发展成的"新月俱乐部"，超越了早期聚餐的单一形式，举办各种集会，如"新年有年会，元宵有灯会，还有什么古琴会、书画会、读书会"。这种自由、舒适而富有情调的沙龙式活动，显然是1920年代中国知识分子所向往和追求的生活方式。但是，这对于留学过欧美的徐志摩来说，却不是他最初和最重要的设想，在《致新月社朋友》的信里，徐志摩清楚地表达了他的想法："我们当初想做的是什么呢？当然只是书呆子的梦想！我们想做戏，我们想集合几个人的力量，自编自演，要得的请人来看，要不得的反正自己好玩……"徐志摩想演戏，演戏则是为了表现知识分子的生活方式，为文学艺术和思想文化界培植新的风气，开辟新的道路。1924年，泰戈尔访华给徐志摩提供了一个舞台，他和林徽因排演了泰戈尔的短剧《齐德拉》。徐志摩及新月社排演戏剧的活动，受到了一些志趣相投的文人们的欢迎，吸引了闻一多、梁实秋、余上沅、熊佛西等人入社。由此，新月社在徐志摩和闻一多等人的努力下，转向文学的发展方向。1925年，徐志摩接编《晨报副刊》，1926年，徐志摩在《晨报》副刊创办《诗镌》、《剧刊》，探讨新体格律诗和国剧运动。1927年春，原新月社骨干胡适、徐志摩、余上沅等在上海筹办新月书店，次年创办《新月》月刊，新月社重新开始活动。由此，新月派实现了一次文化活动的转型。新月派从有聚餐有年会等的文化沙龙，转向了办报纸杂志。这并不是说新月社对现代传媒有多么深刻的认识和多么到位的把握，而只是他们借现代传媒构建的"纸上的沙龙"。

从现实生活层面来看，新月社的结社及其活动，是文人们的生活方式，"有舒服的沙发躺，有可口的饭菜吃，有相当的书报看"，也只是他们追求的生活的一种现象而已。他们更主要的目的是通过这种结社，建构一个自由开放的"公共领域"，或者说，新月派试图在构建公共领域的过程中，实现知识分子的自由主义理想。"所谓公共领域，我们首先意指我们的社会生活中的一个领域，某种接近于公众舆论的东西能够在其中形成。向所有公民开放这一点得到了保障。在每一次私人聚会、形成公共团体的谈话中都有一部分公共领域生成。然后，他们既不像商人和专业人士那样处理私人事务，也不像某个合法的社会阶层的成员那样服从国家官僚机构的法律限制。当公民们以不受限制的方式进行协商时，他们作为一个公共团体行事——也就是说，对于涉及公众利益的事务有聚会、结社的自由和发表意见的自由。"① 新月派正是在每一次私人聚会中逐渐形成了一个自由发表意见的公共领域，而随着新月社活动范围的扩大，这种公共领域又扩大到了他们主办的报刊上面。

需要进一步研究新月派的文化理想。组织聚餐会，接办《晨报》副刊，创办《新月》杂志，等等，所有这些活动其实传达出了新月同人们的一种文化理想，那就是在 1920 年代纷乱的文化社会中，构建起他们所期望的社会和文化秩序。从新月派的人员构成情况来看，大多数是来自留学欧美的自由主义知识分子，信仰自由与追求自由主义思想文化构成其人生目标与思想方式。自由主义是一种意识形态、哲学，是以自由作为主要政治价值的一系列思想流派的集合。对此，英国学者霍布豪斯曾经说过："普遍自由的第一个条件是一定程度的普遍限制。没有这种限制，有些人可能自由，另一些人可能不自由。一个人也许能够按照自己的意愿行事，而其余的人除了这个人认为可以容许的意愿以外，却无任何意愿可言。换言之，自由统治的首要条件是：不是由统治者独断独行，而由明文规定的法律实行统治……我们可以从中得出一个重要的结论，即自由和法律之间没有根本性的对立。相反，法律对于自由是必不可少的。"② 可见，自由主义与个人联系在一起，同时也与秩序联系在一起，没有秩序也就谈不上自由，没有规范自由就是一种妄谈。秩序中的自由主义与宽容联系在一起，"容忍的态度"就是允许他人有自己的

---

① 【德】哈贝马斯：《公共领域（1964）》，汪晖、陈燕谷主编：《文化与公共性》，北京：三联书店 1998 年版，第 125 页。
② 【英】霍布豪斯著，朱曾汶译：《自由主义》，北京：商务印书馆 1996 年版，第 9 页。

思想，有自己的自由。用胡适的话说就是："期望大家能容忍异己的意见和信仰，凡不承认异己者自由的人，就不配争自由，就不配谈自由。"[①] 个人、秩序与容忍作为自由主义的三大要素，成为新月派文人凝聚一起的力量。建立新的文化秩序，建立新的社会规范，这在新月派文人看来是中国最迫切的一项工作。《新月》创刊时发表的《"新月"的态度》中说："不幸我们正逢着一个荒歉的年头，收成的希望是枉然的。这又是一个混乱的年头，一切价值的标准，是颠倒了的。"所以，《新月》的同人们"希望看一个真，看一个正"[②]。

1928 年 3 月《新月》创刊，徐志摩、罗隆基、胡适、梁实秋等任编辑。《新月》的创刊既是新月派发展的一次新的尝试，也是对方兴未艾的革命文学的反动。在《新月》创刊号上，由徐志摩执笔的《"新月"的态度》虽然只是一篇发刊辞式的文章，所表达的文学思想也不可能系统和全面，虽然文章带着某些针对性，对革命文学及其他文学现象表示反对，但它所表明的《新月》的态度是非常明确的，这个态度就是"健康"和"尊严"的原则。《新月》所提出的这个原则也许并不是什么新奇的观点，但是在他罗列了文坛的 13 种现象的基础上，再去看这个原则，就会明白《新月》的态度首先是对"摆满了摊子，开满了店铺，挂满了招牌，扯满了旗号，贴满了广告"的现象的强烈不满。那么，什么是新月派所追求的"健康"与"尊严"？《"新月"的态度》并没有明确论述，只是隐约点出了这个原则："买卖毒药，买卖身体，是应得受干涉的，因为这类的买卖直接违反健康与尊严两个原则。同时，这些非法的或不正当的营业还是一样在现代的大都会里公然的进行——鸦片，毒药，淫业，那一宗不是利市三倍的好买卖？但我们却不能因它们的存在就说它们不是不正当而默许它们存在的特权。在这类的买卖上我们不能应用商业自由的原则。我们正应觉到切肤的羞恶，眼见这些危害性的下流的买卖公然在我们所存的社会里占有它们现有的地位。"在新月派看来，那十三种门类的思想市场上的现象，"我们不能不说这里面有很多是与我们所标举的两大原则——健康与尊严——不相容的"。也就是说，从事文学事业应该保持文学应有的健康状

---

① 胡适：《胡适致陈独秀》，《胡适全集》第 23 卷，合肥：安徽教育出版社 2003 年版，第 476 页。
② 徐志摩：《"新月"的态度》，《新月》，1928 年 3 月，第 1 期。

态，文学有自己的尊严，维护文学的尊严是天经地义的事情。文学是美的，文学唯其是美的，所以才是值得人们去尊重和爱好的；文学是真的，唯其是真的，所以才值得人们去追求。因为"尊严，它的声音可以唤回在歧路上彷徨的人生。健康，它的力量可以消灭一切浸蚀思想与生活的病菌"。而健康与尊严，表现在文学上就是一部纯正的思想，纯粹的文学。可以看到，新月派试图通过自己的努力，还原文学应有的审美品格，重建文学批评的秩序，使文学回归到文学的轨道上来。当文学回到文学的道路上来的时候，整个社会也会随之回到常态，回归理性，回归秩序。因为他们相信："一部纯正的思想是人生改造的第一需要。纯正的思想是活泼的新鲜的血球，它的力量可以抵抗，可以克胜，可以消灭一切致病的微菌。纯正的思想，是我们自身活力得到解放以后自然的产物，不是租借来的零星的工具，也不是稗贩来的琐碎的技术。我们先解放我们的活力。"①

　　既然健康与尊严是文学的基本原则，那么寻找一个价值标准作为衡量文学的健康与尊严的尺度，正是文学回归的必要手段。无论在梁实秋的文学批评还是在徐志摩的文学论述中，人性都是他们最为看重的一个标准。《"新月"的态度》中指出当今文坛是变态的病态的，不是常态的，是伤感的、热狂的、偏激的，都是指文学失去了应有的秩序，失去了本来的美。造成这种现象的主要原因，就是人性的变异，情感的狂放，带来了这荒歉的年头。而在梁实秋看来，新文学之所以出现了问题，主要在于浪漫主义过了头，感情过于泛滥，文学创作不能很好地表现出人性的伟大，不能写出普遍的人性。关于人性能不能作为文学批评的标准，从梁实秋与鲁迅的论争，到左翼文学的批判，再到沈从文等京派文人，不同的作家对此有不同的认识，而且对人性的理解与阐释也多分歧，理解也各不相同。梁实秋所说的人性，与鲁迅所说的人性，有着本质的不同；梁实秋的人性与沈从文的人性，也有巨大的差距，因此，要想在文学批评中统一人性的批评尺度是非常困难的。梁实秋说："文学发于人性，基于人性，亦止于人性。"② "人性是测量文学

---

①　徐志摩：《"新月"的态度》，《新月》创刊号，1928年3月。
②　梁实秋：《文学的纪律》，《浪漫的与古典的·文学的纪律》，北京：人民文学出版社1988年版，
　　第122页。

的惟一的标准。"① 是从一个宏观的角度对文学与文学批评的理解，他所阐述的是人类生存哲学对人性的基本命题，徐志摩在《"新月"的态度》等文章中，从不同的侧面涉及到人性的问题。在新月派作家中，他们更多的是将人性与理性、情感节制等联系在一起，梁实秋、徐志摩以及闻一多都曾论及过理性节制情感的问题。理性节制情感既是对诗歌形式的要求，也是人性论批评的重要内容。在理性节制情感的标准下，文学的和谐，组织的严密，都可以在人性论这一旗帜下得到实现。

二、徐志摩：康桥放歌的夜莺

徐志摩（1897—1931），浙江海宁人。先后就读于天津北洋大学和北京大学，1918 年 9 月赴美国留学，1920 年获哥伦比亚大学硕士学位后转赴英国剑桥大学学习。1921 年开始新诗创作，1925 年 8 月出版《志摩的诗》，随后开始主编《晨报》副刊，先后借助于该报创办了《诗镌》、《剧刊》。1926 年与胡适等人共同创办了新月书店，1928 年创办并主编《新月》月刊，1931 年创办并主编《诗刊》，同年因飞机失事遇难，新月派由此而衰落。

第一，徐志摩诗歌中的理想主义。徐志摩在其诗作中比较完整地体现了他对"爱、自由、美"的追求，体现出一位深受英美自由主义思想影响的浪漫派诗人的人生理想，正如陈梦家所评论的那样："自我解放与空灵的飘忽，安放在他柔丽清爽的诗句中，给人总是那舒快的感悟。"② 在徐志摩的观念世界里，英美式的自由主义是一种理想的社会思想，在秩序内的自由，在自由中的人生，是一种潇洒的、优雅的、有秩序的理想形态。《雪花的快乐》中描绘了自由飞舞的雪花所能寻找到的"快乐"："假如我是一朵雪花，/ 翩翩的在半空里潇洒，/ 我一定认清我的方向——/ 飞扬，飞扬，飞扬，——/ 这地面上有我的方向。"这种理想不在"冷寞的幽谷"，也不在"凄清的山麓"，而是一种飞舞的姿态，是一种融合、和谐的状态："那时我凭借我的身轻，/ 盈盈的，沾住了她的衣襟，/ 贴近她柔波似的心胸——/ 消溶，消溶，消溶——/ 溶入了她柔波似的心胸。"诗人为追寻理想而不惜牺牲一切，在《为

---

① 梁实秋：《文学与革命》，《新月》月刊，1928 年，第 1 卷第 4 期。
② 陈梦家：《〈新月诗选〉序》，《新月诗选》，新月书店 1931 年版。

要寻一颗明星》中，诗人表达了追求理想的信念及其态度："我骑着一匹拐腿的瞎马，/向着黑夜里加鞭；——/向着黑夜里加鞭，/我跨着一匹拐腿的瞎马！"诗人为要寻找这颗明星，骑着"瞎马""冲入这黑绵绵的昏夜"，即使累坏了这匹牲口，累坏了马鞍上的身手，也要努力寻找、追求那"水晶似的光明"。

　　什么是徐志摩的理想？他自己并没有系统的明确的论述。但徐志摩在《志摩的诗》、《翡冷翠的一夜》、《猛虎集》等诗集中，描绘了一个他理想中的理想世界，这个理想世界包含理想的社会、理想的自然和理想的爱情三个方面的内容。所谓理想的社会是人的生存环境的优雅和谐状态，是没有贫穷、罪恶、战争的社会。在诗人的想象中，社会是那么的美好，人与人之间的关系是那么和谐，"假如你我荡一支无遮的小艇，假如你我创一个完的梦境"（《月下雷峰影片》），这或许正是诗人的理想社会。《我有一个恋爱》、《石虎胡同七号》、《乡村里的音籁》等诗篇，为读者描绘了或优美、或有秩序、或安静的社会图景，展现了"理想的"某些方面。徐志摩是如此热爱生活，执著于理想的社会的寻求，在他单纯的世界中容不得黑暗、丑恶和残酷，因此，当社会上出现不和谐的状态，存在着不合理的现象，这样的社会就不是理想的社会，就需要批判和揭露。也许诗人看到的不仅仅是优美和谐的社会，也看到了丑恶的、不公平的社会现象。《盖上几张油纸》、《先生！先生！》、《大帅》、《叫化活该》、《一幅小的穷乐图》、《太平景象》等诗作，抒写了种种不和谐的社会现象。这里有为死了小儿子痛哭的夫人，有"小的穷乐图"：富人家倒出来的垃圾，不尽是灰和煤，也不尽是残骨，"也许骨中有髓"。在这垃圾堆的山上，有在拾荒的衣衫破烂的小女孩、中年妇、老婆婆，构成了一幅荒凉、破败的生活图景。也有沿街乞讨地叫着"先生！先生"的乞丐，也有在"坟底叹息"的髑髅，这些与诗人理想中的社会图景相去甚远的不和谐现象，构成徐志摩理想社会的反面。所谓理想的自然是人与自然的和谐关系，是人的生命世界中最美的自然景象。从某种意义上说，理想的自然也就是理想的人生，自然与人生是不可分割的关系。正是这样，徐志摩写作了大量以自然为题材的诗，《自然与人生》、《地中海》、《落叶小唱》、《夜半松风》、《消息》、《为谁》、《丁当——清新》、《再别康桥》、《泰山》等，写自然之优美、清新，以自然映衬人生。"我爱天上的星星；我爱它们的晶莹"，因为"人间没有这异样的神明"（《我有一个恋爱》），"我亦愿意赞美这神奇的宇宙"，是因为"我亦愿意忘却了人间有忧愁"，"我亦想望我的心池鱼似的游"(《呻吟语》)。所以，"我想攀附月色，/ 化一阵清风，/ 吹醒群松春醉，/ 去山中浮动"(《山中》)。在徐志摩的诗篇中，大多以自然写人生，以自然隐喻人生，从而表现好景不长、人生易老的思想，因而"秋景"就是他的诗作构筑的主要意境，悲秋主题是其重要的主题之一。《沪杭车中》以一个一个的意象连缀成篇，写出了"艳色的田野，艳色的秋景"，由这景致以及匆匆而去的列车，想到了"催老了秋容，催老了人生"。《丁当——清新》借"檐前的秋雨"诉说着忧愁。《问谁》借秋风来袭，"秋风不容情的追，追，(摧残是他的恩惠！)追尽了生命的余辉"，从而抒写"没了，全没了：生命，颜色，美丽"的愁苦情感。

理想的爱情是徐志摩吟咏的重要主题，也是他一生为之追求和牺牲的生活，是他寻美的内容之一。或者说，在徐志摩的笔下，理想的爱情就是理想的社会和人生的最重要的内容，没有理想的美的爱情，社会就是没有色彩的，人生就是空洞的。《起造一座墙》可以看做是徐志摩爱情的宣言："你我千万不可亵渎了那一个字 / 别忘了在上帝跟前起的誓。/ 我不仅要你最柔软的柔情，/ 蕉衣似的永远裹着我的心；/ 我要你的爱有纯钢似的强，/ 在这流动的生里起造一座墙；/ 任凭秋风吹尽满园的黄叶，/ 任凭白蚁蛀烂了千年的画壁；/ 就使有一天霹雳震翻了宇宙，——也震不翻你我'爱墙'内的自由！"在《这是一个懦怯的世界》中，他也表达了对爱情的向往与坚贞："跟着我来，我的恋爱，/ 抛弃这世界 / 殉我们的恋爱！"对爱情的追求表现出对自由的向往，在徐志摩的爱情宝典中，爱情的自由就是生命的自由，没有爱情的自由就不可能有真正的自由。因此，他总是把爱情与生命的体验结合在一起，在爱的甜蜜中期待"春的投生"。《我等候你》、《半夜深巷琵琶》、《两地相思》、《哀曼殊斐儿》等作品中，爱情是一首哀婉的歌，被赋予了生命的象征。"完了，他说，吹糊你的灯，她在坟墓的那一边等"(《半夜深巷琵琶》)，优美的琵琶奏出的是凄婉的爱情故事，生命的期待是对爱情的执著。在《爱的灵感》中，诗人也写出了爱情"猛袭到我生命的全部"，爱情的痛苦在于"爱你，但永不能接近你，爱你，但从不要享受你"。因为，诗人的爱虽然是丰富的、多情的，但同样又是节制的，有一定的度的。爱情不是强求的，爱情的故事也并不一定是完美的，正如诗人在《偶然》中说的："我是天空里的一片云，/ 偶尔投影在你的波心——

你不必讶异，/ 更无须欢喜——/ 在转瞬间消灭了踪影。"因为在生活的世界中，"你有你的，我有我的，方向"，每个人的追求目标不一定一致，所以，"你记得也好，/ 最好你忘掉"。也许，这是诗人理想中的爱情关系的最好表达。

第二，纯美的追求。徐志摩是一位唯美主义诗人，他试图把生活诗意化，也努力于在诗的世界里寻找生活中的美。在艺术上徐志摩主要受英国诗歌的影响，又承继了中国传统诗词的艺术精神，努力于"新格律诗"理论的实践，追寻"从性灵深处来的诗句"[①]，在精心经营诗的体式的过程中提升新诗的艺术形式美。

徐志摩讲究诗的节制，纵笔抒写，而又不放纵感情；为情而歌，而又讲究诗的格律，以理性节制感情，寻找感情与诗歌形式的完美结合。首先，新诗格律的创造。五四以来，新诗向着自由体的方向发展，白话可以入诗，诗体得到了解放，出现了散文化的倾向。正是在这种背景下，新月诗派重新提出新格律诗的问题，试图纠正诗之无味的现象。不过，徐志摩等新月诗人不是重复古典诗词的格律，而是在融合中西格律的基础上，创造一种适合于当代人情感抒发和读者阅读需要的新格律。可以说，旧体诗词的格律是一成不变的，而新格律则是在创造之中，诗人根据情感表达的需要，在一定的诗律基础上不断地创造新的格律。从诗的结构上来看，徐志摩充分运用了汉语优势，在长短句的组合中，完成诗体的构造。他的诗不像闻一多的讲究章节和诗句的均齐，而是创造出了形式不一、千姿百态的艺术样式。徐诗以四行一节为基础结构形式，但其排列组合则极不统一，如《古怪的世界》：

> 从松江的石湖塘
> 上车来老妇一双
> 颤巍巍的承住弓形的老人身，
> 多谢（我猜是）普渡山的盘龙藤：

再如《她是睡着了》：

> 她是睡着了——

---

① 陈从周：《徐志摩年谱》，上海：上海书店 1981 年版，第 70 页。

是光下一朵斜欹的白莲；

她是入梦了——

香炉里袅起一缕碧螺烟。

两行短句两行长句或者短句与长句隔行出现的结构模式，是徐志摩新格律诗常见的体式，其他体式大多在此基础上进行变化，到《半夜深巷琵琶》长短句完全融合一体，达到了新诗结构上的极致。

其次，新诗意象的营构。徐志摩特别善于捕捉瞬间感受的诗歌意象，并将这些意象赋予丰富的内涵和生动的诗意。随手翻开他的诗作，几乎每一首作品都有让人心动、让人意想不到的意象，显示了他超人的艺术想象力和创造力。如"雪花"、"水莲花"、"落叶"、"秋"、"杜鹃"、"黄鹂"、"月亮"等，既有中国古典诗词中的传统意象，也有属于徐志摩自己的创造，无论是借用还是独创，都被纳入到诗的意境构造中，具有抒发情感的功能。如《半夜深巷琵琶》中既有琵琶这一中心意象，也使用了多种意象的组合，手指、凄风、惨雨、落花、荒街、残月等，显示了诗人活跃的思维和想象，从不同的角度将半夜传来的"悲思"音乐细致地表现出来。《再别康桥》中也运用了丰富的意象，"西天的云彩"、"河畔的金柳"、"波光里的艳影"以及"青荇"、"清泉"、"天上虹"、"彩虹似的梦"、"星辉"等，所有这些让人浮想联翩的意象，尽情诉说着对康桥的一往情深，甚至这些意象作为一种修辞手段表达着诗人对康桥的特殊情感。

再次，诗歌的音乐美创造。徐志摩认为："一首诗的字句是本身的外形，音节是血脉，'诗感'或原动的诗意是心脏的跳动，有它才有血脉的流转。"[1] 诗的音节美主要是通过音节和押韵的方式完成。诗的音节表现为汉语的独特构造方式以及形成的富有音乐感的节奏。徐志摩的诗创造了属于自己的独特的押韵方式，这种押韵既不是中国传统的，也不是外国诗歌的，而是在研究汉语诗韵的基础上，对新诗艺术形式的创造，讲究诗韵与情绪的结合以及押韵方式与新诗艺术的结合。

---

[1] 徐志摩：《徐志摩诗全集》，杭州：浙江文艺出版社 1990 年版，第 568 页。

三、众星捧月

新月派成员中闻一多、梁实秋、朱湘、饶孟侃、孙大雨、刘梦苇、杨世恩等，或在理论批评、或在新诗创作方面，都取得了一定的成绩，是新月派中的明星。

闻一多在新月派扮演了重要的角色，他既是新格律诗的主要倡导者，又是新格律诗的重要实践者。在闻一多看来，"诗的所以能激发情感，完全在它的节奏；节奏便是格律。……恐怕越有魄力的作家，越是要带着脚镣跳舞才跳得痛快，跳得好。只有不会跳舞的才怪脚镣碍事。只有不会作诗的才感觉得格律的缚束。对于不会作诗的，格律是表现的障碍物；对于一个作家，格律便成了表现的利器"①。在这里，格律是新诗批评的唯一的价值尺度，没有格律的诗便不成为诗，没有格律要求的新诗批评也是不存在的。

闻一多努力于新诗格律的实践，以"和谐"、"均齐"作为新诗美学的基本原则。他认为生命具有"自由"和"节制"双重性，诗的创作既要遵循自由的原则，也不能违背节制的原则，只有在一定的规则和秩序内的自由才是真正的自由。新诗写作同样是如此。闻一多对新诗格律的倡导是对五四以来新诗自由化散文化倾向的反拨，是回归诗的审美品格的努力。他试图寻找一种既有别于古典诗词而又不同于外国，尤其是英美诗体的具有独立审美特质的新诗体式，重新回到汉诗的审美之路。因此，闻一多追求诗的音韵上的和谐，使诗句要有外在的音节的律动，也要有内在的音响。使新诗在声音和时间（节奏）的关系中达到音乐的效果，在音节的变化与词汇的运用中，在声、韵、调的感情表现中，使整部作品富有音乐的旋律感。同时，他要求诗的语言富有色彩感和诗行、章节的匀称和均齐，使诗体在结构上达到美的境界。它既可以指诗的结构整齐一致，如古代律诗那样，如《死水》就是基本整齐的建筑模式；也可以指诗的长短的和谐关系，所谓"节的匀称"也正是诗行以一种美的关系进行的诗体结构。

朱湘（1904—1933）是新月诗派的重要成员。朱湘在他短暂的一生中，写作并出版了《夏天》、《草莽集》、《永言集》、《石门集》等诗集。作为新月诗派的一

---

① 闻一多：《诗的格律》，《闻一多全集》第 2 卷，武汉：湖北人民出版社 1993 年版，第 139 页。

员，朱湘的诗作虽然不像闻一多的那样追求艺术形式的整齐，也不如徐志摩的诗那样华美，但朱湘努力于将旧诗词的文词、格调、意思融入新诗创作中，"使新诗与旧诗在某一意思上，成为一种'渐变'的联续"①。朱湘的诗作带有抹不去的忧郁，也具有一种先天性的愤世者的孤高与冷寞。在艺术上，朱湘追求艺术形式的工整，如《摇篮歌》、《采莲曲》等，音调柔婉，风格清丽，呈现出诗情画意中的美学风格。而他以《王娇鸾百年长恨》为本创作而成的《王娇》，融汇中国古代词曲及民间鼓书弹词的艺术手法，使一首长达九百行的诗能够富有韵律，在节奏的变化中给人以审美享受。

第二十节　从李金发到戴望舒

一、新诗发展的先锋实验

诗歌是中国文学中最兴盛、最稳定的一种文学体裁，从最早的《诗三百》开始，它就贯穿于各个历史时期并有着各自的特点和形式。虽然变化万千，但却不离其宗，在形式上都用文言文进行写作，讲究既定的格律，表现手法上大都用具体的意象来追求意境之美，这种意境多是情思缠绵或是朦胧多义的，具有内在的、节制的美学意义。对于五四先驱们来说，诗绝对是文学革命的战略制高点，因为白话小说早已存在，甚至已经取得了很高的艺术成就，当时诗和白话文的冲突最为尖锐。"学衡派"代表梅光迪当年也提出"小说词曲固可用白话，诗文则不可"，"白话有白话的用处，然终不可用之于诗"。但是，胡适等一大批新文化先驱的决绝态度似乎已经预示了古体诗将被白话新诗所取代的命运，并且在《中国新文学大系·建设理论集》中还说："白话文学的作战，十仗之中，已胜了七八仗。现在只剩一座诗的壁垒，还须全力去抢夺。待到白话征服这个诗国时，白话文学的胜利就可说是十足的了。"

早在 1915 年胡适就提出"诗国革命何自始？要须作诗如作文"。②1920 年 3

---

① 沈从文：《论朱湘的诗》，《沈从文文集》第 11 卷，广州：花城出版社 1984 年版，第 123 页。
② 胡适：《藏晖室劄记》11 卷 34，上海：亚东图书馆 1939 年版，第 790 页。

月胡适的《尝试集》出版，这是现代新诗的第一部诗集。在序言中，胡适提出了"诗体大解放"，他说："有什么话，说什么话，话怎么说，就怎么说，这样方才可有真正的白话诗，方才可以表现白话的文学可能性。"当然，新诗的发生并不是凭空而来，最初也是起源于晚清梁启超、黄遵宪等人所倡导的"诗界革命"。比如黄遵宪所说的："我手写我口，古能岂拘牵？即今流俗语，我若登简编。五千年后人，惊为古斓斑，"可见，胡适的诗歌观念和晚清诗歌改良的脉络是相一致的。当然，这种创造新诗的试验也遭到了许多人的声讨，其中最有力的声音来自"学衡派"的梅光迪、胡先骕等人，他们坚决反对这种与传统诗歌完全割裂的诗歌，主张先模仿后才能创造，讲究诗之格律。但是，自胡适等人在《新青年》上的实践之后，白话诗渐渐增多了起来，《新潮》、《每周评论》、《少年中国》、《学灯》等刊物分别开辟诗歌专栏，作者身份涉及学者、学生、军人、政客等，这种广泛性的参与为白话新诗的发展奠定了强大的基础。新诗的开创者们用白话文抒写现实的日常事物，不拘于古代诗词的格律规范自由地进行形式上的尝试，这一时期的代表作有胡适的《鸽子》、刘半农的《相隔一层纸》、沈尹默的《月夜》、俞平伯的《冬夜》等，虽然最初尝试的白话诗作现在读起来比较简单，但是这种开创精神是难能可贵的，也是五四精神在新诗上的反映。

就在白话新诗的滥觞之际，这种脱胎于"诗体解放"的诗歌却遭受了更多注重诗歌"本体"的批评家的诟病，如梁实秋的批评："大家注重是白话，不是诗。"[1]他们认为白话的语言和自由的形式淡化了诗的韵味和艺术上的审美性，有一种"非诗化"的倾向，于是在新诗自身的发展中就蕴藏着一股革新的力量，建立现代新诗的规范，就成为了继尝试者之后诗人们的新的冲动。由"诗体"向"诗美"转变进行创作的第一个实践者是郭沫若，他和胡适一样也是反对形式的枷锁的，认为"诗的本职专在抒情"，把对诗的理解提炼为一个公式："诗＝（直觉＋情调＋想象）＋（适当的文字）"[2]。在这种诗歌理论的指导下，他把诗体和自我的情感推向了极致，最终创作了《女神》、《凤凰涅槃》、《天狗》等不朽的诗篇。在新诗的

---

[1] 梁实秋：《新诗的格调及其他》，《诗刊》创刊号，1931年1月。

[2] 郭沫若：《论诗》，《文艺论集》，上海：光华书局1925年版，第332页。

最初调整时期，其他代表作品还有汪静之、冯雪峰、应修人、潘默华合集出版的《湖畔》，冰心的《繁星》和《春水》，宗白华的《流云小诗》，冯至的《昨日之歌》，朱湘的《王娇》等等。

郭沫若等人对于新诗的审美实践取得了一定的实绩，"新诗的实践从'破坏'转向了'建设'"，"说明当时的人们不再沉溺于破坏的快意中，而开始对'五四'的诗运动进行反省"。[①] 这种建设依然在继续，1926 年以徐志摩和闻一多为代表的新月派诗人开始现代新诗又一个阶段的创作和发展，新月派诗人重视诗歌的艺术性和审美性，从形式的规范化到内容的抒情性上都做了努力。徐志摩的创作最具代表性，他的诗多是自由洒脱、灵动飘逸的才气之作，既注重形式上的规范，又有一种内在的韵律美。新月派在理论的建设上以闻一多为代表，他提出诗歌的格律化主张，诗要有"音乐的美"、"绘画的美"和"建筑的美"，对现代新诗作出了更加精美的构想。这种构想就是在新诗的基础上融入古诗的某些要素，找到古诗和新诗的一个契合点，为新诗的创作提供理论基础和审美标准，这样的诗歌构想得到了更多人的认同。其代表作有闻一多的《红烛》、《秋之末日》、《死水》，徐志摩的《再别康桥》、《雪花的快乐》、《志摩的诗》等。

中国现代新诗作为一种与古代诗词不同的诗歌形式，若要发展成为独立的体系，除汲养于中国古典诗歌外，还需要有新的理论资源来供借鉴和参考，那么对于西方现代文艺思潮的引进就具有了非常重要的意义。虽然胡适、郭沫若、徐志摩等人借鉴了西方的意象派、浪漫派、唯美派等创作手法，但这些手法多多少少与中国古典诗歌有异曲同工之妙。唯独穆木天、李金发、王独清、冯乃超等人对象征主义的借鉴使人眼前一亮，尤其是对"纯诗"的概念的提出。在象征派诗人中最早提倡"纯诗"的是魏尔伦，而在理论上加以提炼的则是瓦雷里，他认为纯诗是"没有任何非诗歌杂质的纯粹的诗作"，"在这种作品中，任何散文的东西都不再与之沾边，音乐的延续性，永无定止的意义间的关系永远保持着和谐"，是一种"纯粹的美学表达的信仰"。[②] 1926 年早期象征派诗人穆木天在《创造月刊》创

---

① 谢冕：《谢冕论诗歌》，南昌：江西高校出版社 2002 年版，第 64 页。

② 陈太胜：《象征主义与中国现代诗学》，北京：北京大学出版社 2005 年版，第 31 页。

刊号发表了《谭诗——寄郭沫若的一封信》中，他针对新诗的散文化倾向提出"纯诗"的理论，这"是新诗史上第一次自觉地将纯诗与西方象征主义诗歌联系起来，试图在流派意义上给新诗一种新的刺激和启示"。[①]梁宗岱在《谈诗》一文中集中论述了他的"纯诗"观念，他认为纯诗是"摒弃一切客观的写景，叙事，说理以至感伤的情调，而纯粹凭借那构成它底形体的原素——音乐和色彩——产生一种符咒似的暗示力，以唤起我们感官与想象底感应，而超度我们底灵魂到一种神游物表的光明极乐的境域"，是"一个绝对独立，绝对自由，比现世更纯粹，更不朽的宇宙"。1925年留学巴黎的李金发在法国象征主义文学的影响下开始了诗歌创作，给国内诗坛注入了新鲜的血液，以其为代表在1920年代中后期形成了一股象征派诗歌创作，此外还有穆木天、王独清、冯乃超、姚蓬子、胡也频等。这些诗人被称为中国早期的"象征派"诗人，代表作分别为：李金发的《微雨》、《为幸福而歌》、《食客与凶年》，穆木天的《旅心》，冯乃超的《红纱灯》等。

对法国象征派诗歌理论进行更深入的研究，并在创作上表现得更为娴熟的是以戴望舒为代表的现代派诗人。1932年由施蛰存创办的刊物《现代》开始发行，中国现代新诗逐渐地进入成熟阶段。在1930年代前期和中期围绕着《现代》、《新诗》、《水星》聚集了一批作家，有戴望舒、卞之琳、施蛰存、何其芳、路易士等人。他们在以李金发为代表的象征诗派的基础上，对象征派的诗歌理论作了细致的梳理，并且同中国古代的诗词传统相结合，在中西融合中将现代新诗推向了一个创作的高峰。

此外，王独清、李健吾等人都对"纯诗"进行了阐释，在1930年代的中国现代诗坛上，"纯诗"成为了一场相当有影响力的诗歌运动，它是人们针对新诗初期的"非诗化"、"散文化"倾向而采取的自觉抵制。"纯诗化"运动主张诗人的创作要回到诗的自身，注重诗的韵律美、结构美，运用比喻、象征、暗示等表达手法创造一种朦胧美的诗的意境。"纯诗化"运动是中国现代新诗发展过程中一次重要的变革，正如戴望舒所说"诗的动机是在于表现自己和隐藏自己之间"，这与新诗诞生初期那种口语化的白话诗作相比，与新月派诗人直抒胸臆的情感表露相比，

---

① 刘继业：《新诗的大众化和纯诗化》，北京：北京大学出版社2008年版，第38页。

是一种深化新诗内涵、提高新诗水平的创作尝试，表现了现代新诗的发展逐渐趋向成熟和完善。

二、"微雨"中的"诗怪"

在中国现代诗坛上，早期象征派的代表诗人李金发对现代新诗的发展做出了建设性的贡献。1919 年李金发赴法国留学，当时正是法国象征主义的盛行期，并形成了波及全球的气势。虽然李金发学习的是雕刻，但却对法国象征派诗歌很感兴趣，雕刻工作之余，花了很多时间去看法文诗，阅读了波德莱尔、魏尔伦等人的大量诗作。同时李金发又对国内的文学运动保持密切的关注，对白话新诗的贫弱情况也很了解。仅学习法语一年的时间李金发就开始了诗歌创作，从 1925 年到 1927 年，他先后在国内发表了《微雨》、《为幸福而歌》、《食客与凶年》三本诗集。李金发的象征派诗作给当时的国内诗界带来了很大的影响，在现代新诗史上的地位和评价历来都有很大的分歧。有人评价"这种诗是国内所无，别开生面的作品"（周作人），是中国象征主义诗歌的开创者；也有人批评他的诗晦涩难懂，是对法国象征派的生硬模仿。但两种评价的声音恰又是全面的，一方面看到了他引进法国象征派诗歌模式的开创性意义，另一方面也注意到了在艺术形式上这种最初的模仿诗作过于僵硬和机械。

李金发秉承象征派的诗歌理论进行创作，不直接描写事物和表达情感，而用新奇怪异的形象，用象征、暗示、比喻等手法曲折隐晦地表现诗人的内心，制造一种朦胧的、晦涩的，甚至是琢磨不透的感觉。如李金发的代表诗作《弃妇》："黑夜与蚊虫联步徐来／越此短墙之角，／狂呼在我清白之耳后，／如荒野狂风怒号，／战栗了无数游牧"……"弃妇之隐忧堆积在动作上，／夕阳之火不能把时间之烦闷／化成灰烬，从烟突里飞去"……"衰老的裙裾发出哀吟，／徜徉在丘墓之侧，／永无热泪／点滴在草地／为世界之装饰。"李金发的诗是对早期的白话新诗的直白、浅露的反叛，他把看似没有联系的日常事物组织在一起表现"微妙的情境"，用奇崛的比喻让"黑夜""狂呼"，让"裙裾""哀鸣"，用"最经济的方法"将它们组成诗句，即"将一些联络的字句省掉，让读者运用自己的想象力搭起桥来"，这就使新诗同普通的读者产生了距离，"没有看惯的只觉是一盘散沙，但实在不是沙，是有机体。要看出有机体，得有相当的修养与训练，看懂了才能说作得好坏——坏的自然有。"① 这是新诗发展的尝试，同直白、浅显的白话抒情诗相比，这种象征手法增加了新诗的内涵，促进了新诗的完善和成熟。

除了运用晦涩曲折的象征手法，李金发的诗中还表现出一种"晦暗的、悲剧性的主题，主调是感伤的、乃至是颓废的"。② 比如在第一本诗集《微雨》中大多数是表现一种身居异国的孤独、寂寞的心情，即便是写爱情也是"带着幽深的神秘气氛，浓雾般朦胧的色彩和消极颓废的感情倾向"。③ 如《琴的哀》："我有一切的忧愁，／无端的恐怖，／她们并不能了解呵"。《给蜂鸣》："淡白的光影下，我们蜷伏了手足，／口里叹着气如冬夜之饿狼；／脑海之污血循环着，永无休息，／脉管的跳动显出死之预言。"在李金发的诗中，生与死是基本的内容，这也使他的诗整体上表现出一种奇崛怪异的氛围。如《死》："死！如同晴春般美丽，／季候之来般忠实，／若你没法逃脱。／啊，无须恐怖痛哭，／他终究温爱我们。"这种消极的情感倾向和晦涩的象征手法使李金发的诗与普通读者产生了距离，在现代新诗的发展中带来颇多争议。

后期李金发意识到中国古典诗词对新诗发展的重要性，也试图把古典意象引进诗中，把西方的象征派诗歌理论同中国古代的诗词相融合，但这仍然不能弥补他在艺术上的欠缺。然而，李金发对中国现代新诗的意义不在于此，对于现代诗坛来说，刚刚兴起的新诗迫切地需要新的理论和创作作为发展的参照，李金发为现代新诗的发展引进了法国的象征主义资源，对现代新诗的成熟做出了重要贡献。

继李金发之后，把象征主义继承和发展的是戴望舒，并成为"现代派"的代表诗人。1925 年戴望舒开始学习法语，阅读了雨果、拉马丁、缪塞等法国浪漫主义诗人的作品，并翻译过法国象征派诗人魏尔伦、波德莱尔的诗，对法国象征主义有一定的研究。1927 年戴望舒创作了最有名的《雨巷》，被称为"雨巷诗人"。此后他陆续出版诗集：1929 年的《我底记忆》，1932 年的《望舒草》，1937 年的《望

---

① 朱自清：《新诗杂话》，桂林：广西师范大学出版社 2004 年版，第 1 页。

② 谢冕：《谢冕论诗歌》，南昌：江西高校出版社 2002 年版，第 78 页。

③ 陆耀东：《中国新诗史（1916—1949）》，武汉：长江文艺出版社 2005 年版，第 194 页。

舒诗稿》以及 1948 年的《灾难的岁月》等。

戴望舒等现代派诗人把诗作为一种不能轻易公开于俗世的人生，通过想象来暗示隐秘的灵魂。杜衡在《望舒草·序》中说道，有一位朋友说戴望舒的诗有"象征派的形式，古典派的内容"，"这样的说法固然容有太过，然而细阅望舒底作品，很少架空的感情，铺张而不虚伪，华美而有法度，倒的确走的诗歌底正路"。因而"象征诗人之所以会对他有特殊的吸引力，却可说是为了那种特殊的手法恰巧合乎他底既不是隐藏自己，也不是表现自己的那种写诗的动机的原故"。[1] 这种介于"隐藏自己"和"表现自己"的写作手法使诗有一种朦胧的美感，给读者带来遐想的空间，创造一种艺术的审美境界。同时，戴望舒对象征派诗歌独特的音乐性也很感兴趣，把诗的韵律很自然地流淌于文字之间。这在戴望舒最有名的诗篇《雨巷》中表现的最为明显，它"构成了一种朦胧的理想化的气氛，以象征来暗示飘忽不定的心态"[2]，同时又像一首舒缓的、唯美的而且略带忧伤的轻音乐，被叶圣陶称之为"替新诗底音节开了一个新的纪元"。

在开创了音节的"新的纪元"之后，戴望舒又很快和诗的音乐性告别，不再借助音乐和绘画来表达情感的抑扬顿挫，而是用一种自由的、散文性的方式来写诗，"为中国新诗开辟了新途径：从'白话入诗'的'白话诗'时代，到'散文入诗'的'现代诗'时代"。[3] 从《我底记忆》开始，他的诗明显地转向了现代诗风，它面向真实的生活，用一系列日常生活中的事物随意地组合成诗，使读者感到亲切、自然，卞之琳评价这种风格是"在亲切的日常生活调子里舒卷自如，敏锐，精确，而又不失它的风姿"。例如《我的恋人》："她是一个静娴的少女／她知道如何爱一个爱她的人／但是我永远不能对你说她的名字／因为她是一个羞涩的恋人。"还有《我的素描》、《小病》、《在天晴了的时候》等，有一种简洁自然的散文美。

戴望舒在诗中把法国象征派诗歌艺术同中国古代的诗词传统相融合，在现代与古典之间寻求着一种平衡，他在诗中运用了许多古典诗词中的意象，同时又传

---

① 杜衡：《望舒草》，北京：人民文学出版社 2000 年版，第 4 页。
② 谢冕：《谢冕论诗歌》，南昌：江西高校出版社 2002 年版，第 75 页。
③ 蓝棣之：《现代诗的情感与形式》，北京：人民文学出版社 2003 年版，第 49 页。

达了一种现代的情绪，即通过散文美的自由体形式来表现现代的题材、情感和思想。如"林梢闪着的颓唐的残阳／它轻轻地敛去了／跟着脸上浅浅的微笑"（《印象》）；"像侵晓蔷薇的蓓蕾／含着晶耀的香露"（《静夜》）；"见了你朝霞的颜色／便感到我落月的沉哀"（《山行》）等。"残阳"、"蔷薇"、"朝霞"、"落月"等具有古典韵味的意象在现代派风格的新诗中重构了一种独特的意境。这种中西结合的新诗创作，使中国现代新诗的发展达到了一个顶峰。

三、象征主义的中国化

李金发是初期象征派的领军人物，这种"象征"诗风在当时的诗歌界也引起了很大的反响，为一些年轻诗人所追随，并为新诗的发展增添了新的元素，就连周作人也认为"这种诗是国内所无，别开生面的作品"。他的诗中布满了尸体、坟墓、魔鬼等颓废意象，明显地继承了波德莱尔以后的现代诗歌"以丑为美"的特点。他所使用的语言也非常晦涩难懂，甚至把比喻、象征、暗示等手法运用到了牵强附会的地步，以致于带来了语言上的晦涩感和过犹不及的奇崛怪异。如李金发的《夜之歌》："我们散步在死草上／悲愤纠缠在膝下。／粉红之记忆，／如道旁朽兽，发出奇臭。"在《时之表现》中："你傍着雪儿思春，／我在衰草里听鸣蝉，／我们的生命太枯萎，／如牲口践踏之稻田。"虽然这样的诗在当时独树一帜，但是这种语言的艰涩和过分颓败的情感也招致了许多非议，批评他刻意注重模仿、结构雷同等。

如果说李金发的诗歌实践只是为了追求新奇怪异而借鉴于象征主义诗歌的一些表层的因子，那么他的追随者穆木天、王独清、冯乃超等人的探索则要显得成熟得多。穆木天注重诗的暗示功能和语言的音乐性，甚至做了取消标点的试验来增强诗的音乐性。冯乃超在《红纱灯》、《古瓶咏》等诗中则更注重意象的整体性，集中刻画某一意象，给人一种唯美的感觉。他们都摒弃了李金发式的晦涩，在语言、意象、形式等方面作出了相应的拓展，但象征主义在他们身上也更多的是一种写作方式，并没有过多地加入社会、思想背景乃至人生哲学，就如朱自清评价王独清的诗时说："还是拜伦式的雨果式的为多；就是他自认为仿象征派的诗，也似乎豪胜于幽，显胜于晦。"[①]

1920 年代末至 1930 年代的战争背景，使许多作家都转向了民族救亡的呐喊之中，这就包括曾倡导象征主义的穆木天、王独清、冯乃超等人，他们要"捉住现实 / 歌唱新世纪的意识"，面对祖国的水深火热，发出了"我归来了，我底祖国"这样的呼喊。在这一时期，真正进行象征派诗歌创作的是戴望舒，并已经取代李金发，成为新崛起的现代派诗潮的领军人物。1928 年 8 月，他在《小说月报》上发表《雨巷》被叶圣陶誉为"替新诗的音节开了一个新的纪元"。1929 年戴望舒出版了第一部诗集《我底记忆》，诗集中的《独自的时候》、《我底记忆》、《断指》等更多地有着象征派诗歌的影子，这些诗作多书写感伤忧郁与爱情失意，充满着虚无幻灭的色彩。随后，他加入"左联"，在艺术倾向上力图实现左翼文学与西方象征主义的融合，并发表了《我们的小母亲》、《村姑》等作品，显示了诗人对现代艺术的探索与现实关怀的复杂交织。1933 年出版的《望舒草》代表了戴望舒更高的艺术成就。首先，语言上从奇崛怪异到自然精致。作为对白话诗浅显、直露的抵制，早期象征派诗人进行了积极的努力，而到了现代派的诗作中，语言已经在白话和隐晦间寻到了一个适合的平衡点，适度地运用比喻、象征等方法，使语言有一种自然精致的艺术美。如戴望舒的《夕阳下》："晚云在暮天上散锦，/ 溪水在残日里流金；/ 我瘦长的影子飘在地上，/ 像山间古树底寂寞的幽灵。"《残花的泪》："寂寞的古园中，/ 明月照幽素，/ 一枝凄艳的残花，/ 对着蝴蝶泣诉。"其次，摆脱了新月派对音乐美、绘画美和建筑美等外在形式的过分看重，而是更注重对诗情的追求，表达出了一个现代人在现代生活中的现代情绪。如《夜起》一诗："我梦见先帝西永的足迹 / 及老父之颊 / 呵，他们多么可怕 / 挥手而摸索在我的胸之深谷里，摆动了一切谐和之气息 / 我的心不能再有微笑 / 在这回避之围里 / 无力的光影使他羞赧而灰心了。/ 咸的盐，关心的眼泪，/ 在这生命里——/ 转四个回旋以是去了。"这其实就是一些现实生活的碎片与诗人心灵感悟的叠加。第三，在诗的表现尺度上，更强调隐晦与节制、真实与想象的关系，并在《望舒论

---

① 朱自清：《〈中国新文学大系·诗集〉导言》，《中国新文学大系·诗集》，上海：良友图书印刷公司 1935 年版，第 8 页。

诗》里说："诗是由真实想象而创造出来的，不单是真实，亦不单是想象。"在这种诗歌理论的影响下，诗歌创作更为成熟，特别是《狱中题壁》、《我用残损的手掌》等诗篇，诚挚的现实情感与奇崛的意象汇通在一起，在创新之外，更有一些厚重和坚韧，中国的现代派诗歌也由此肇始。

第二十一节　田汉与戏剧文学

一、田汉其人

田汉（1898—1968），原名田寿昌，1898 年 3 月出身于湖南长沙田家塅茅坪一个忠厚和睦、贫穷而勤劳的农民家庭。6 岁入私塾读书，9 岁时父亲染肺疾去世。曾一度因家贫辍学，依靠含辛茹苦的母亲的支持和舅舅的赏识与资助，田汉得以接受了良好的教育，并能跟随舅舅东渡日本。田汉自幼接触大量民间戏曲，农村节庆、庙会等演出的皮影戏、傀儡戏、湘戏、花鼓戏等给予田汉最初的戏剧戏曲的熏陶。留学日本期间，田汉有机会接触更多的新剧和西方文化，开始认识欧洲现实主义的近代剧，也开始接触电影，并产生浓厚的兴趣。其间，受到日本作家和思想家的影响。五四时期，田汉是少年中国会的活跃分子，在《少年中国》上发表了不少文章。1920 年 5 月，他与宗白华、郭沫若三人之间的通信结成《三叶集》一书出版。1921 年，他加入创造社并成为戏剧创作的代表人物。1924 年，田汉创办《南国》半月刊，刊登创作、通讯等，注重各种艺术，包括戏剧、电影的批评。1925 年田汉于《醒狮周报》附刊《南国特刊》。1926 年，与唐槐秋合办"南国电影剧社"，拍摄电影《到民间去》。1928 年初，与徐悲鸿、欧阳予倩等商定，改组"南国电影剧社"，定名"南国社"。 1930 年，加入"左联"，此后成为左翼戏剧和电影的杰出代表。他作词的《义勇军进行曲》影响至今。

田汉一生创作活力充沛，是多产的剧作家，仅 1920 年代就创作了 20 多部话剧，如《梵峨璘与蔷薇》、《灵光》、《咖啡店之一夜》、《午饭之前》、《获虎之夜》、《黄花岗》、《南归》、《苏州夜话》、《名优之死》、《到何处去》、《湖上的悲剧》、《生之意志》、《江村小景》、《古潭的声音》、《颤栗》等，为中国话剧文学的建立做出了开拓性的贡献。

二、早期戏剧文学的主题

中国话剧在其萌生之初，就编演方法而言，主要采用幕表制，即不用剧本，只靠剧情提纲，包括分幕、角色、剧情等等，剧本文学的创作很薄弱。1920 年代，在戏剧观念的现代化转型时期，戏剧的文学性得到高度的重视。剧本文学被认为是戏剧的"根本的创设"①，与文明戏不重视剧本的创作相反，五四之后的戏剧新潮中，剧本创作成为"刻不容缓的事业"②。也正是在这一时期，中国才出现了第一批真正意义上的剧作家，像田汉、欧阳予倩、洪深、郭沫若、熊佛西、丁西林等。而戏剧也真正获得了文学的价值，在诗歌、散文、小说之外，戏剧文学成为一种新的文学形式。在这个现代话剧发展的初期，在中国戏剧现代化进程中，甚至在整个中国戏剧现代化运动中，"田汉的历史地位是无人可与比肩、无人可以替代的"，他的"开放型"的文化心态，兼收并蓄、丰富深厚的学养与独特的艺术风格，他的才华和人格魅力使他在现代戏剧运动中发挥着"盟主"的作用，他是现代中国的"戏剧魂"。③从戏剧的文学性上来看，田汉早期的戏剧正是郁达夫在《戏剧论》里所说的"不以事件、性格或观念的展开为目的"，而"专欲暗示一种情念的葛藤或情调的流动"，个人强烈的主观情感的抒发成为推动戏剧发展的内在动力。作为一个旧体诗、新诗、散文都写得很出色的诗人、文学家，田汉的戏剧创作重视语言的艺术，追求一种唯美主义的抒情效果，这增强了其戏剧的文学性，他对现代戏剧文学语言的创立，具有独特的贡献。④洪深就曾从话剧文学创作的角度肯定了田汉对 1920 年代中国话剧文学的贡献："在那个年代，戏剧在中国，还没有被一般人视为文学的一部门。自从田、郭等写出了他们底那样富有诗意的词句美丽的戏剧，即不在舞台上演出，也可供人们当做小说诗歌一样捧在书房里诵读，而后

---

① 欧阳予倩：《予之戏剧改良观》，《新青年》，第 5 卷第 4 期，1918 年 10 月。

② 傅斯年：《再论戏剧改良》，《新青年》，第 5 卷第 4 期，1918 年 10 月。

③ 董健：《田汉论——纪念田汉诞辰一百周年》，《南京大学学报》，1998 年，第 1 期。

④ 参见钱理群等：《中国现代文学三十年》，北京：北京大学出版社 1998 年第 1 版，第 177 页。

戏剧在文学上的地位，才算是固定建立了。"①

田汉的第一个剧本是 1920 年发表的四幕剧《梵峨嶙与蔷薇》，戏剧描写了北京新世界大鼓女柳翠与他的琴师秦信芳的恋爱，以及他们在爱情与社会责任之间的矛盾与选择。他们虽是卖艺的身份，却有着艺术救国的担当与责任感。柳翠选择了"灵"的高尚与纯正，通过卖身为他人的姨太太来帮助秦信芳完成艺术救国的抱负，秦信芳也企图用自杀来解决理想与现实的矛盾。剧本的主题是"艺术"与"爱情"，作者以"梵峨嶙"（小提琴）来象征艺术，以"蔷薇"象征爱情。剧本构思时为《歌女与琴师》，后以"梵峨嶙"与"蔷薇"入题，虽突出了主题，剧中人物秦信芳与柳翠却成了艺术与爱情的符号。人物成为艺术、爱情与美的象征，剧本意不在塑造鲜明复杂的性格，而在于抒发剧作家一己的主观情感，却正是田汉新浪漫主义戏剧文学的有意追求，田汉自称《梵峨嶙与蔷薇》"是一篇鼓吹民主艺术的新浪漫主义的剧曲"②。对新浪漫主义，田汉的理解是"它求真理的着眼点不在天国，而在地上；不在梦乡，而在现实；不在空想界，而在理想界"，田汉是立足于理想的现实性来理解新浪漫主义的，认为新浪漫主义"（对现实）不徒在举示他的外状，而在以直觉、暗示、象征的妙用，指出潜在于现实背后的（可以谓之为真生命或根本义）而表现之"，是"由内的世界窥破灵的世界，由刹那顷看出永劫"。③ 通过直觉、暗示、象征等现代主义的艺术技巧，来表现超越于现实的"真生命"的"灵的世界"，不仅是田汉的追求，亦是 1920 年代戏剧像郭沫若、白薇、向培明等的戏剧文学的主要特色。从《梵峨嶙与蔷薇》始，田汉确定了早期创作追求"真艺术"与"真爱情"的总主题以及感伤唯美的浪漫主义的艺术风格。

与《梵峨嶙与蔷薇》中甘愿为爱"牺牲"的歌女类似，《湖上的悲剧》中的白薇，因为社会地位的悬殊，与穷诗人杨梦梅的爱情遭到父辈的反对，她不惜投江自杀来换取爱的永恒。被救后隐居西湖，以人为鬼，三年后与杨梦梅意外相逢，却不能回到像中国传统戏剧《牡丹亭》的大团圆结局，重续前缘，花好月圆，而是让

---

① 洪深：《中国新文学大系·戏剧集·导言》，上海：上海文艺出版社 1981 年影印本，第 48 页。
② 张向华：《田汉年谱》，北京：中国戏剧出版社 1992 年版，第 40 页。
③ 田汉：《新罗曼主义及其他》，《少年中国》，第 1 卷第 12 期，1920 年 6 月 15 日。

白薇知道杨梦梅已有妻室，且正在写一部记录他们爱情悲剧的小说。为了不让梦梅"把严肃的人生看成笑剧"，她毅然再次将自己的生命奉上美的祭台。白薇为了梦梅的爱与艺术创作而牺牲，柳翠为信芳的"爱"与"艺术救国抱负"卖身，田汉剧作的情节安排过于跳脱现实，正像他自己说的，其实"现实也并不如此"。但对田汉来说，艺术家的目的本来就是"引人入于一种艺术的境界，使生活艺术化即把人生美化，使人家忘记生活的苦痛而入于一种陶醉怡然浑然一致之境，才算尽其能事"[1]。用艺术来弥补人生的缺陷，用理想去代替不足的现实，正是田汉早期的艺术理想。而"以牺牲一己肉体的生命，成全艺术（精神）生命的完美"的生命命题，也自有其动人的力量。田汉早期剧作中充盈的这种来自内心深处的所谓的"生命的诱惑"，集中表现在《古潭的声音》这一部带有神秘色彩的象征主义诗剧中。

《古潭的声音》是独幕话剧，全剧只有诗人一个角色，后添入母亲的角色，再加上未出场的少女美瑛，全剧共有三个人物，人物关系非常单纯，故事也非常简单。舞女美瑛被诗人从"肉的迷醉"中唤醒，然后带入一个远离尘嚣的深山古潭边的高楼上，读书、吟诗、歌唱、弹琴，"把艺术做寄托灵魂的地方。"但是艺术世界也无法羁留住少女内在生命与灵魂的骚动，她又被古潭的清音所惑。两个月后，当诗人从南国归来，带来尘世最流行的围巾、绸鞋、香水与乐谱时，美瑛已经投古潭而去了。诗人在巨大的失望和悲哀中亦追随美瑛投潭而去，只留下母亲一人惊呼之后吐出一声："也好。"《古潭的声音》是田汉偶读日本古诗人松尾芭蕉的名句"古潭蛙跃入，止水起清音"得灵感而做。古潭清音，颇为空灵，其象征意味相当浓厚，可能是生命永远的骚动，亦可能是死亡永恒的诱惑。古潭，既是生之门，亦是死之所，就像剧中美瑛说的"你是漂泊者的母胎"，"是漂泊者的坟墓"，既藏着"恐惧的一切"，亦藏着"想慕的一切"。对"灵魂好像随时随刻望着那山外的山，水外的水，世界外的世界"的美瑛来说，她是想听"我吻着你的时候，你会发出一种什么声音"而投潭而去的。但诗人的投潭与其说是被古潭清音所诱惑，不如说是出于对古潭的仇恨，诗人是怀着"我捶碎你的时候，你会发出什么

---

[1] 田汉：《三叶集》，转引自张向华：《田汉年谱》，北京：中国戏剧出版社1992年版，第40页。

声音"的复仇欲念而投潭的，他的遁入死亡之谷有点像古希腊神话中的俄而弗斯，是与死亡而战。反而是剧中的美瑛与母亲，而不是作为启蒙者的诗人，能领略古潭清音里的"暮鼓晨钟"，能领略这"生与死"的"呼吸"。对"古潭的声音"，田汉说"这里有生与死，迷与觉，人生与艺术底紧张极了的斗争——这是我最初就想要捉牢的'呼吸'"。

生与死、灵与肉、精神与物质，这是人类面对的久远的冲突，也是田汉早期浪漫主义剧作着重思考的哲学问题。《梵峨嶙与蔷薇》与《湖上的悲剧》中的艺术与爱情的冲突，《名优之死》中的艺术与物质的冲突，《古潭的声音》中生与死的迷津，《南归》中的漂泊与停留，《获虎之夜》、《咖啡店之一夜》中的爱情与阶级，《苏州夜话》中的艺术与民族等等，都是这一哲学命题的不同表现形式。但是如何解决这一冲突呢？田汉更多的时候是借助爱情的力量。田汉剧本中从来不乏勇于追求真爱的女子，像甘为爱而生为爱而死的白薇、柳翠，为爱走出家门的白秋英，为爱敢于反抗父亲，高喊出"世界上没有人能拆开我们的手"的深山中的莲姑等。就是剧中的男子们，也不乏为爱而生者。《获虎之夜》被视为田汉早期代表作，表现的是一对年轻人纯情的爱恋。剧中的黄大傻，明知门不当户不对，爱情无望，但依然执着地追求，痴心地等待，没有瞻顾，没有动摇，拖着病弱的身子在细雨霏霏的寒夜里，孤独地站在阒无人烟虎狼出没的山野中，痴望恋人房中依稀的灯光。即使不幸踏动了机关被铳枪打中，但想到能活着见莲姑一面，觉得"挨这一枪也值得，死也死得过了"。

爱在阻力中使生命焕发出强大的力量，但一旦阻力消除，当爱情成为婚姻与琐碎的日常生活，生命还如何焕发光彩呢？在真爱情与真艺术之外，生命如何凸显其意义和价值？田汉早期剧作一方面受西方唯美主义的强烈影响，歌颂爱情、艺术与美，在浪漫的国度里痴迷流连，把"人生艺术化"；但另一方面他并未像1920年代的其他一些浪漫主义剧作家如向培良、余上沅、徐志摩等那样，认为"戏剧只是艺术，只是自我的表现"[1]的"纯粹艺术"，完全拘于艺术而与现实精神脱离，田汉的戏剧总是与时代的精神和呼求紧密联系在一起。那里，既有五四狂飙突进

---

① 余上沅：《论戏剧批评》，《戏剧论集》，上海：北新书局1927年版，第2页。

时代个体反封建、争取个性解放的时代强音，又充满着一个激进的民主主义者反帝爱国、追求阶级与民族解放的斗争精神。在"艺术"与"爱情"的总主题之下，田汉的剧作中从来不乏"阶级"与"国族"的书写。早在中学时代，酷爱戏剧的田汉，就曾模仿中国传统的戏曲形式，编写并发表了歌颂辛亥革命、号召为国家民族尽力的改良新戏《新教子》和宣传反帝爱国思想的《新桃花扇》。《苏州夜话》通过一个原来"沉湎在艺术世界里"、"与政治无关的艺术家"刘叔康，在战乱中妻女失散的悲剧，写出了半殖民地半封建社会的两大毒瘤——战争和贫困给人民带来的巨大灾难。《江村小景》写军阀混战造成的兄弟残杀的悲剧。《辟亚萝之鬼》通过一个资产家的竹、兰、梅三姐妹的对话，一方面写出了女工的悲惨生活，另一方面也反思了资产阶级参政权与女工生存权之间的矛盾。《午饭之前》是中国话剧史上较早正面描写工人与资本家斗争的剧本，剧中曾求助于上帝的软弱的大姐，在二妹血的警醒下，也走上了反抗资本家的道路。《黄花岗》则直接取材于资产阶级民主主义斗争的历史，写以林觉民等为代表的黄花岗烈士为了民族的解放与复兴，抛弃家庭、慷慨赴死的激情。即使是写真爱情与真艺术的《梵峨璘与蔷薇》、《湖上的悲剧》、《获虎之夜》等，也从一个侧面写出了"婚姻与阶级这一社会问题"[1]，第二次自杀的白薇在临死前让情人完成艺术作品的创造，把眼泪"变成一颗颗子弹，粉碎那使我们生离死别的原因吧"。唯美感伤中充满了悲壮的斗争精神。

把爱情与艺术的追求跟对阶级与民族的责任结合在一起，并思考来自家庭和社会的阻力消除后爱情如何继续保持曾有的绚烂，是剧本《灵光》的独特之处。剧作借《浮士德》的名句，表现"道心"（灵）与"人心"（肉）的冲突，呼唤一种"引我到新鲜的绚烂的生命里去"的精神力量。全剧共三场，第一场：顾梅俪因听说恋人张德芬回国赈灾也是为了完婚，内心烦闷，读《浮士德》解闷，由此生梦，墨飞斯特出现。第二场：顾在墨的引领下，入"相对之崖"，一方面看到"凄凉之境"中流离饥民卖儿鬻女的惨状，顿悟人生的责任；另一方面也因看到了恋人与未婚妻的相见相拥而心生幻灭。第三场：恋人出场，误会消除，确信人生有

---

① 田汉：《田汉戏曲集·二集·自序》，《田汉文集》第3卷，北京：中国戏剧出版社1983年版，第375页。

完成"自己的责任"和"互相完成的责任",但同时更有"使种族达于大完成的责任"。于是,一个要诊治平民"身上的痛苦",一个也希望藉艺术使民众精神得以超拔。剧作中"灵"与"肉"的冲突不仅包括封建包办婚姻与个人爱情间的冲突,也包括这爱情的阻障消除后爱情与婚姻的冲突,爱的激情与日常琐碎生活的冲突,所谓"结婚是恋爱的坟墓"。而一对恋人如何在个人爱情之外再入"新鲜绚烂的生命里去",这是五四后"个性解放"叙事很少涉及的主题。《灵光》第二场中的"太虚幻境"并没有让顾梅俪走入虚无,而是顿悟了人生在追求个性解放、婚姻自由的个体幸福之外的责任,于是决心投身于爱国救民的斗争中去。而这人生目标的转变不仅没有磨损爱情,反倒使其愈益牢固,生命也更加"新鲜绚烂"。

《灵光》写于 1920 年 10 月,同月 20 日由留日学生首演于日本东京有乐座,剧本已经蕴含了早期左翼小说中常有的革命加恋爱的模式。由此观之,田汉及南国社在 1930 年代的左转并非偶然,其在创作初期就已经很有左翼的根基,对民生、对阶级以及民族问题的关切,自始就隐含在对唯美、感伤的爱情与艺术的总主题之下的。虽然在艺术与审美的趣味上,其 1920 年代的剧作并未达到他自己"为大众"的艺术的理念与追求,但浪漫、玄妙的艺术氛围,感伤、唯美的色彩,却始终能抓住当时观众的心,并产生轰动效应,也是因为田汉的浪漫剧能与民族、大众解放的时代主题联系在一起,并具有越来越强烈的社会批判性有关。1927 年,田汉开始有意将自己的戏剧创作转向了现实革命题材,《孙中山之死》突出孙中山热爱工农大众、忠于革命事业的伟大思想和人格,《一致》是和"绅士阶级开仗"之作,那"被压迫的人们集合起来……一致建设新的光明,新的光明是从地底下来的"怒吼,与当时中国现实的革命斗争是完全一致的。1929 年 10 月 20 日,田汉在出席南国社第五次季会时发表讲演,明确表示多年的艺术实践"使我们接触许多严肃的事实,知道艺术运动也和社会运动一样是斗争。决心完全把感伤的怀疑的乃至彷徨的流浪者的态度取消,自觉我们对于时代的使命"[1],并在理论和艺术实践上划清了与前期的感伤、浪漫、唯美倾向的界限,公开表示自己在创作上的转向,开始了革命戏剧的创作阶段。

---

[1] 田汉:《田汉年谱》,北京:中国戏剧出版社 1992 年版,第 139 页。

三、早期戏剧文学的艺术特色

徐志摩曾总结以田汉为代表的南国社的特点，说"南国的情调是诗的情调，南国的音容是诗的音容"①，确实，田汉早期剧作"诗剧"特色十分鲜明。从人物角色来看，田汉早期剧作中的人物几乎都是诗人、画家、琴师、歌女、名优等艺术家形象，即使是咖啡店侍女、大学生、普通的饮客甚或是深山中的流浪儿也深具艺术家的气质。《咖啡店之一夜》中的饮客们与白秋英谈的是一个被放逐的盲诗人，怀着吉他漂泊在异国，并认为这是一首好诗。林泽奇与白秋英谈的是灵与肉的冲突——"不知道是生于永久的好，还是生于刹那的好"，谈的是人生的寂寞与悲哀——"人之一生，好像在大沙漠中间旅行：哪一天黄沙盖来也不知道；哪一天鸷鸟飞来也不知道；哪一天马贼袭来也不知道；哪一天瓶子里的水要喝干也不知道。四面都是荒凉寂寞的天地，望后面不知道哪里是故乡，望前面不知道哪里是异国"，他们的对话表现出浓郁的哲理和诗情。《获虎之夜》中的山村流浪儿黄大傻更是一个被诗化了的人物，他那大段的抒情独白，那火热的爱情、凄凉的寂寞，更像是一个青年诗人吟唱的诗作。所以陈瘦竹说，"田汉笔下的黄大傻与其说是一个农村青年，不如说是一个感伤主义诗人。像黄这样带着浓重的流浪汉气质，顾影自怜，咀嚼着凄凉寂寞的苦味，缺乏明确的生活理想，我们只能在小资产阶级知识分子中找到他的原型"。其实，《获虎之夜》在田汉早期戏剧创作中属于现实性较强的剧本，而且猎虎伤人、打虎的故事等也有作者湖南山村生活的原型，不过在浪漫主义的观照下，一切皆着上田汉营造的唯美、感伤的气息。

除诗化人物外，田汉早期"诗剧"还表现在对漂泊与流浪的精神意蕴的特殊嗜好上。《梵峨嶙与蔷薇》中的琴师自称他如大雁般"飘来泊去"；《苏州夜话》中的画家也说自己是个"四海无家的人"；《南归》中的诗人则说自己"是一个永远的流浪者"；《获虎之夜》中的黄大傻宁愿流浪也不愿意离开莲姑；《古潭的声音》中的美瑛也表白"我是一个漂泊惯了的女孩子"。田汉早期剧作中的人物不仅生存

---

① 徐志摩：《南国的精神》，《上海画报》，第 492 期。

状态和方式是漂泊流浪的，其心理取向亦倾向于流浪。① 《咖啡店之一夜》中的白秋英与林泽奇在漂泊中相遇，又互相被对方漂泊的气质所吸引，最后决定一起奔向外面未知的、令他们都神往的漂泊生活。《南归》中的春姑娘不选择"又能干活、从不偷懒"、"一块儿长大"的同村少年，而选择了流浪诗人辛先生，原因正如春姑娘所说"就怨你是从小跟我一块儿长大的啊，就怨你始终不曾离开过我，要永远守着我啊"。而流浪诗人呢，"他来，我不知道他打哪儿来；他去，我不知他上哪儿去"，"他的眼睛总是望着遥远遥远的地方"，春姑娘的取舍正昭示着她自己本身对流浪、对未知的生活的渴慕与向往，于是，戏剧结束时，春姑娘去追流浪诗人，并决定"跟他到那遥远的遥远的地方去"。这种走向流浪与漂泊、走向一种未知的生活的结尾，在田汉早期剧作中比比皆是。《南归》外，《颤栗》、《灵光》、《咖啡店之一夜》、《古潭的声音》等皆蕴含着这一走向。对漂泊流浪主题的关注，使田汉早期的剧作笼罩着浓郁的感伤与唯美情调。

田汉早期剧作，不太讲究戏剧情节的曲折与复杂，也不太注重塑造鲜明的人物性格，人物大多是符号，推动戏剧发展的是呼啸奔泻的情感激流，是人物内心灵与肉的冲突。在田汉的剧作中，往往是强烈的主观抒情压倒了客观叙事，对诗一般意境的追求胜过了对剧情的真实描写，他常用大段华丽的言语渲染自己的主观情愫，以抒情的浓烈和语言的诗化来感动观众，表现出鲜明的浪漫主义的特色。这种浪漫主义是他对中国传统戏曲抒情、表意精华的继承，更多的则是借鉴吸收了外国的包括来自日本、欧美以及苏俄戏剧的种种艺术经验和理念。从莎士比亚到歌德、席勒，从唯美主义的王尔德到批判现实主义的易卜生，以至梅特林克、斯特林堡、霍普特曼、厨川白村等都不同程度地影响过田汉的创作。田汉有不少作品取自或受启于外国作品。如在歌德的《浮士德》影响下创作的《灵光》；由日本诗人松尾芭蕉的诗句"古潭蛙跃入，止水起清音"促发而写的《古潭的声音》；《名优之死》的创作，则受启于法国象征派大师波特莱尔的《英勇的死》。《生之意志》流露出神秘色彩，带有表现主义的某些特征；《灵光》则借鉴了西方现代派

---

① 参见雷卫军：《永不驻足的流浪——田汉早期剧作的精神意蕴》，《浙江传媒学院学报》，2004 年，第 3 期。

戏剧表现人物"潜意识"的梦幻手法和象征手法;《颤栗》写的是私生子杀母的变态心理,又有着精神分析的影响。当然,对田汉早期戏剧创作影响最大的还是唯美主义。早在《南国半月刊》的创刊宣言里,田汉就宣称:文艺家创作的时候是没有任何社会目的的,只能像时花好鸟一样,开其所不能不开,鸣其所不能不鸣,初不必管其艺术品完成后将会发生什么样的社会价值。这宣言与唯美主义的"艺术无功利"论是相通的。田汉 1920 年代的大部分剧作都有唯美主义的印记,即使是现实主义色彩较重的《名优之死》也不例外,据他自己说"这脚本在中心思想上实深深地引着唯美主义的系统"[①]。唯美主义的追求增强了田汉剧作的文学性,为中国现代话剧文学的真正确立奠定了坚实的基础。

第二十二节 丁西林与讽刺话剧

丁西林(1893—1974),原名丁燮林,中国现代喜剧的创始人之一。1923 年发表处女剧作《一只马蜂》,一生共创作了 8 部独幕剧、9 部多幕剧,翻译 5 部西方戏剧,为现代中国话剧的发展做出了独特的贡献。丁西林的独幕剧甫一出现,就具有极为成熟的艺术形式与美学风格,堪称五四时代的戏剧经典,也是中国现代讽刺话剧的肇始之作。从五四时期《一只马蜂》到"抗战"时期的《妙峰山》,再到 1962 年的《智取生辰纲》,丁西林的创作形成了一个具有内在连续性的喜剧世界。其中,通过人物扮装僭越社会象征秩序的压抑,从而构成狂欢般的越界想象;藉由言语讽喻超脱现实世界的羁绊,从而完成一个乌托邦空间的虚构;以及通过混融西方形式与传统精神,从而形成一种兼具现代性与本土性的戏剧范式,则是构成其意涵丰富的喜剧世界的几个关键脉络。

一、丁西林喜剧的文化内涵

与五四时期的其他剧作家不同,丁西林并不特别关注现代中国的"问题",而

---

① 田汉:《田汉论创作》,上海:上海文艺出版社 1983 年版,第 127 页。

是超越具体的社会"问题","以一种近乎本能的直觉直插戏剧的根柢"①，结构出具有"原型"意味的戏剧内核——扮装模式。"扮装/表演"是戏剧的"原形式"，个体通过扮装从社会人变身为戏剧人。戏剧空间本身就是一个扮装/表演的空间，并反身象征了现实世界/社会人生的"扮装/表演"本质。丁西林终生都对"扮装"母题兴趣不减，他在解放后对于《白蛇传》、《再生缘》、《智取生辰纲》等传统剧目的改编，直接对中国传统的"扮装戏曲"的原型进行再创造。

"装束"的标准化、制度化、习俗化是基本意识形态进行权力表达的一个重要范畴。那么，通过扮装进行的颠覆性行为，在改编外在"装束"的同时，也在完成着颠倒"阶级、性别、族群、内外"的差序性结构的实践。丁西林洞彻扮装带来的游戏性和颠覆性，热衷于在戏剧中组织一个"再扮装"的"戏中戏"结构。而在这个有关扮装的双重戏剧结构中，"再扮装"的"戏中戏"往往最终侵蚀掉表层"戏剧"的意义。在处女作独幕喜剧《一只马蜂》里，丁西林借男主人公——吉先生之口，一方面大谈"社会装束"（扮装）的"重要性"，不符合着装规矩者都是有罪的人；另一方面又通过女主人公——余小姐的说辞，道出了"我们都是有罪的人"的真相，并间接指明戏剧以及现实生活的"说谎"/"扮装"本质。

与《一只马蜂》中的扮装的"戏中戏"相比，丁西林的第二部独幕剧《亲爱的丈夫》具有更为激进的结构与内容。《亲爱的丈夫》则直接颠覆了性/别的二元结构，"男扮女装"的乾旦（男旦）突入日常生活，在现实中实践了游移于性别边界上的身份表演，其对于"不自然的社会"的象征秩序的冲击，显然更为根本而彻底。《亲爱的丈夫》就其戏剧结构本身来说，其实是一个揭露"扮装"的叙事，"男扮女装"的妻子在外来的压力下，最终承认了自己"扮装"/"易性"的"谎言"。然而在此过程中，"丈夫"不时惶惑于"妻子"的真实性别，并不曾全然否定"妻子"的"女性"身份，甚至最后毅然埋头于"妻子"的怀中睡去。他也许希望在"恋母"的睡梦之中，这"雌雄颠倒"的恋爱戏剧可以永续不断。

在这独幕喜剧中，乾旦将性别反串的剧目表演到了舞台之下，编织了一出"新白娘子传奇"，在这个正本清源、拨乱反正的明细性/别的叙事中，其实隐含着僭

---

① 朱伟华：《丁西林早期戏剧研究》，《文学评论》，1993年，第2期。

越性／别禁忌、同性恋禁忌的颠覆性脉络，无论是客人原先生、戏迷仆从、丈夫任先生，还是未曾现身的汪大帅，在解密"任太太"的"男性"身份的同时，也释放了自己的"余桃断袖"的同性恋激情。无独有偶，巴金在其创作于1932年的小说《第二个母亲》中，以第一人称讲述了一个孤儿如何鬼使神差地认一个乾旦为母的故事，并上演了一出"叔父扮父、乾旦扮母、'我'扮儿子"的"大家欢"戏剧。"男扮女装"的乾旦在《亲爱的丈夫》和《第二个母亲》中分别为人妻、为人母，而"丈夫"和"儿子"并不以之为异，反而乐在其中、彼此配合，共同演出了一场假凤虚凰的"戏中戏"。两部作品所迸发出的性别越界的勇气与激情，的确形成了现代文学视野中引人侧目的另类奇观，同时也对雄性气质的现代中国大叙事构成了挑战与反拨。

通过"扮装"僭越性／别边界的叙事，一再出现在丁西林的戏剧创作中，其后期的两部作品——改编自《白蛇传》的《雷峰塔》和改编自《再生缘》的《孟丽君》，皆是藉由"扮装"穿越性别秩序的中国传统故事，只不过解放之后的丁西林，以主流政治"阶级反抗"叙事再生产／再翻译了"性别越界"狂想。自始至终，丁西林的戏剧中从来都不缺乏这样一个神秘／怪诞／聪明的"女性"。《亲爱的丈夫》中的"任太太"、《酒后》中的"太太"、《妙峰山》上的"华华"等等，而"白素珍"、"孟丽君"则是这些"女性"的人物原型。其中，最为典型的是《压迫》中的"女客人"。"她"在雨中如"白素贞"般地不期而至，使困境中的"男客人"一举改变了"被压迫"的命运。

无论是《亲爱的丈夫》中的"男扮女装"，还是《孟丽君》中的"女扮男装"，"扮装"不仅带来了颠倒雌雄的性别越界的可能，更为根本的则是性别越轨造成的所有"差序结构"——特别是"阶级差别"的崩溃。丁西林在性别扮装的身份演绎模式之外，也有直接结构"阶级越界"的剧作，《北京的空气》、《智取生辰纲》等便是这样的作品。《北京的空气》充满了中产阶层的"沙龙格调"，但是如果剔出闲适、优裕、知性的游戏气氛，其内里实际上隐含着一个僭越阶层差序和"主奴结构"的"戏中戏"，而这一越界想象也首先通过"扮装"而实现。主／奴界限的泾渭分明，本来就是阶层话语建构／扮装的结果，并同样可以在话语的演绎／扮装中趋于瓦解。所谓《北京的空气》，便是一种充满了越界想象的自由氛围，这是丁西林自《一只马蜂》开始,一直不断在他的戏剧创作中营造的时空情景。

通过对于"扮装"行为的不断搬演,丁西林虚构了对于各种禁忌的越界想象,而"身份的越界与重构"便是丁西林剧作中的"戏中戏"。性/爱禁忌的僭越(《一只马蜂》、《酒后》)、性/别禁忌的僭越(《亲爱的丈夫》、《孟丽君》)、阶/级禁忌的僭越(《压迫》、《三块钱国币》、《智取生辰纲》)、内/外、夫/妻、父/子有别的家庭禁忌的僭越(《酒后》、《等太太回来的时候》)等等,共同构成了一个挑战边界、游戏权威、重构身份的狂欢化叙事时空,其显示了处身于传统/现代交接间的中国,所潜藏着的一种躁动不安的现代主体身份再造的焦虑与渴望。实际上,在丁西林戏剧从"客厅"到"妙峰山"的空间虚构中,那些在讽喻中生发出的偶然的、不确定的、转瞬即逝的异质性/反抗性空间,皆是关于一个乌托邦中国的喜剧化想象。

二、丁西林喜剧的反讽精神与乌托邦想象

丁西林在谈及自己的话剧时,倾向于寄寓讽刺于诙谐:"一篇喜剧,是少不了幽默和夸张的。剧词之中,对于社会的各方面,也多少含有讽刺的意味。"[①] 因由反讽的意味,使喜剧得以区别于闹剧,并具有了真正的政治性,从而成为讽喻整个社会关系革命性转型的一种形象。与鲁迅的作品类似,丁西林的喜剧别出手眼,建 构了一个寓庄于谐的"俳谐中国",即所谓:"悲歌慷慨之气,寓于俳谐戏幻之中,最为本色。"[②] 戏谑反讽的对象是正经的"常识"。一般说来,人们总是具备并顺从于常识,并将之认同为人生、社会的应然逻辑。譬如,婚姻必是男女有别、内外有别、主仆有别、衣饰有别等等,皆是日常生活的种种常识。实际上,作为日常的仪式性真理面目出现的常识仅仅是表象,其表征的是一个社会结构内在的霸权意识形态。

在丁西林的喜剧中,对于常识的嘲谑、挑战,构成其讽喻式幽默的源头,种

---

① 丁西林:《妙峰山·戏剧春秋月刊社一九四一年十一月初版上的前言》,《丁西林剧作全集》,北京:中国戏剧出版社 1985 年版,第 302 页。

② 焦循:《剧说》,上海:古典文学出版社 1957 年版,第 67 页。

种越界的"戏中戏",其实都反讽了所谓常识及其背景的虚伪与压抑。《一只马蜂》挑战的是男女婚姻的常识;《亲爱的丈夫》颠覆的是异性恋的常识;《酒后》讽刺的是内外有别的常识;《北京的空气》则嘲弄了主仆有序的常识;而《雷峰塔》则是丁西林之反讽喜剧的基本原型,为人妻、为人母的"白蛇"嘲讽了根本的"人性／兽性有别"的常识,挑战了人类社会的伦理底线。实际上,前文所谓扮装／越界的戏中戏,便是通过扮装,化身为"常识"之物,以反讽"常识"。譬如乾旦"男扮女装"与男人结婚,以讽刺异性恋中心主义;孟丽君"女扮男装"获得人臣之尊,以讽刺男权中心主义;而白蛇"幻化为人"与人恋爱,则反讽了反人性的人本主义的荒谬。这些在丁西林剧作中屡屡出现的——非男非女、非人非兽的"怪物",以身份"跨界"的游戏,在以戏谑反讽的姿态,颠覆霸权性的"常识"束缚的同时,也建构了一个徘徊于"常识／谬误"边界上的"异质空间"。

作为祭祀／娱神仪式空间的一种历史变体,戏剧舞台本身就具有异质空间的性质,任何怪诞不堪的人间／神怪故事,只要搬演于舞台,便具有了公开展示／观看的合法性。戏剧舞台便成为人们释放其异议性能量的小宇宙,讽刺并挑逗着台下现实世界中的芸芸众生,特别是那些亦居于"台下"的统治阶层,大众通过"观看"戏剧想象着平等、正义与自由,其实可以展示人类反讽力量的为数不多的乌托邦空间之一。也许正是没有理解丁西林对于一个具有解放意义的"异质空间"的有效舞台调度,其早期的独幕喜剧被袁牧之诟病为轻佻的"沙龙／客厅"喜剧①。恰恰就在"客厅"这样一个狭小的家庭公共空间里,丁西林充分施展了其艺术想象的天才,不但将客厅改造／变形为家庭中的"小小乌托邦",而且也曲折迎合了五四新思潮之"家庭革命"的各种主张——恋爱自由、妇女解放、反对礼教等等。

丁西林前期独幕剧中的客厅无不充满了匪夷所思的异样气氛:在客厅中,《一只马蜂》中的男女进行着病人／看护的扮装游戏;《亲爱的丈夫》中是假凤虚凰的同性恋情;《酒后》是二男一女的三角情愫;《压迫》则是无产者联合的反抗戏剧;而《北京的空气》中的客厅,更是塑造了一个"主奴身份"颠倒混淆的杂乱空间,

① 袁牧之:《中国剧作家及其作品》,《戏》专号创刊号,1933年9月15日。

"北京的空气"即象喻了一个自由、平等的他乡世界。丁西林戏剧中的客厅是乌托邦化的，而优游其中、具有"美神经"的人物则是理想主义的，"酒后"（《酒后》）、"发烧"（《一只马蜂》）、"雨后"（《压迫》）等客观性条件的设置，则是丁西林构造"客厅乌托邦"和塑造"美神经人物"的惯常手段。迷离恍惚的情景、难得糊涂的神志，正是演绎身份越界、身心自由的乌托邦戏剧的恰当前提。张健在其论文中也认为，"人与人之间的沟通，构成了丁西林前期喜剧的基本母题"。各个剧作"共同歌咏着关于一个理想人性的神话"。[1] 然而吊诡的是，理想人性几乎皆是由一个登堂入室的"白素贞"来演绎的，正是"她 / 他 / 它"的绝对"他者性"，才让这些"沙龙"喜剧拥有了超现实主义的乌托邦性质，这无疑是丁西林前期独幕剧之讽喻性、前卫性内涵得以生成的关键所在。

　　1933 年，袁牧之在《戏》的创刊号中期待丁西林"从唯美走向唯物，从 salon 的小圈子走到社会的大圈子"。[2] 而丁西林本人在 1930 年创作了他的第 6 个独幕剧《北京的空气》之后，便搁笔将近十年，直到抗战期间方重新开始剧本写作。这其中，1940 年为纪念蔡元培创作的多幕剧《妙峰山》，是丁西林戏剧的代表作。与前期的 6 部独幕剧大不相同，《妙峰山》的确如袁牧之所期待的，从"沙龙"走向了"社会"，从客厅来到了抗日战场，不过其喜剧的形式、唯美的风格、乌托邦的追求，却依然延续了下来。在《妙峰山》里，丁西林擅长的"家庭婚姻"的题材交织于"全民抗战"的民族主义大叙事中，而"扮装 / 越界"的游戏同样是这部喜剧组织情节的主要模式，幽默的反讽也时时调侃着那种"假正经"的有关抗战的"常识"。"妙峰山"其实就是一个想象于非常时期的、兼具批判性与理想性的"乌托邦"空间，而这"理想乐土"的背面就是妙峰山之外的"现实中国"。

　　《妙峰山》是在蔡元培思想直接启发下的作品，并与蔡氏早年小说《新年梦》构成了互文性关系，蔡元培的"自由、平等、亲爱"的理想社会也在"妙峰山"上得到最大的"实现"。但是，丁西林的《妙峰山》显然走得更远，他于"抗战"炮火的废墟中结构的这出爱的乌托邦戏剧，在服膺于蔡氏理想国的同时，另有别

---

① 张健：《重读丁西林——对于丁西林喜剧的再探讨》，《戏剧》，1999 年，第 3 期。

② 袁牧之：《中国剧作家及其作品》，《戏》专号创刊号，1933 年 9 月 15 日。

样的思想／想象的投射。如果说王老虎确实已经在"妙峰山"上建立了一个"理想国",那么神秘女子"华华"的到来,却让这个"理想国"陷入了"分崩离析"的境地,先前一切理想社会的种种"法则",皆在"华华"的挑战下显示出悖论性。譬如王老虎的"不婚主义"和"权威主义"、"妙峰山"本质上的"男性气质"和"厌女症",以及充斥于"妙峰山"的"假正经"的严肃氛围。与其早期独幕剧一样,丁西林营造"妙峰山"这个"异质空间"的方式依然是引入一个"神秘的女性","她"肆无忌惮的捣乱、游戏、越界,既反讽又成就了"妙峰山"的乌托邦意义。

从前期独幕剧的"客厅乌托邦"到抗日戏剧《妙峰山》上的"社会乌托邦",丁西林在前后剧作中结构了一个家／国乌托邦彼此映照的异想空间。其中,乌托邦的理想主义与理性的反讽精神在一种诙谐幽默的氛围中融为一体,他对于理想的现代中国的向往之中,又蕴含着进行本土化批判的精神。这意味着丁西林并没有将自己置于嘲讽的对象之外,这造成他剧作中的知识阶层的身份越界与反抗冲动总是突如其来、戛然而止,并不得不借助于"神秘女性"——一个绝对的他者——来完成最终的乌托邦想象。丁西林在剧作中生产出一个新的不同以往的乌托邦"家国",其喜剧效果或者就来源于这种难以摆脱的双重性特征:它是狂欢／激进的,又是理智／反讽的;是否定／埋葬的,又是肯定的／生产的;是知识精英的,又是民间大众的;是西方／现代的,又是中国／传统的;这些对立矛盾因素的纠缠碰撞,共同构成了一个交织"感时忧国"的现代性郁结与"俳谐戏幻"的现代性反讽的喜剧世界。

三、丁西林与现代中国讽刺话剧的发展

丁西林的讽刺喜剧形成了一个极高的艺术起点,而后起的剧作家更关注于剧作的社会讽喻性和政治功利性,这与中国社会日渐激进的现代性追求与民族主义趋向密切相关,时代及其文艺创作已然失去了一种"为艺术而艺术"的从容。如果说五四时代的中国讽刺喜剧是丁西林的"一枝独秀",那么自1930年代后期到1949年新中国成立这一段时间,才真正形成了讽刺喜剧创作的一个高潮。李健吾的剧作大有丁西林喜剧的艺术风范,《以身作则》、《青春》格调清新,寓庄于谐,构思奇巧,言语生动,形成了别具一格的喜剧风格。袁俊与杨绛的"世情喜剧"

多以知识分子、市民阶层为表现对象，语言幽默、结构巧妙，世情讽喻之中多人性观照与世俗情怀。

在这个抗战时期兴起的戏剧创作潮流中，陈白尘应该是其中最具代表性的剧作家。抗战初期的《魔窟》、《乱世男女》嘲弄了"乱世人"或堕落投敌、或沉沦放纵的种种丑态。《后方小喜剧》则讽刺了官僚阶级腐朽、糜烂、无知，政治讽喻的喜剧艺术日趋成熟。战后创作的三幕剧《升官图》，是陈白尘讽刺喜剧的成熟之作，也是中国话剧史上的一部杰出作品。《升官图》让两个强盗"李代桃僵"成为县官，与其他各级官吏狼狈为奸，巧取豪夺，再生产了"官匪一家"的古老政治寓言。在现实政治层面上，《升官图》讽刺了民国时代之专制、贪腐的官僚系统，反映了其时反专制、反权贵的民主政治的要求。而更为深刻的意义还在于，《升官图》暴露了一个现代官僚制度、权力体系的反人民、反民主的本质，其真正的问题在于它是一种体制性的腐败与暴力，个体不必为自己人性堕落、理性沦丧负责。《升官图》的"群丑乱舞"就是一个极权主义政治体系行将落幕前的疯狂图景，其夸张的虚构与超现实的想象造成的讽刺效果，实际上已经超越了具体的社会阶段，而具有了永恒的历史讽喻性。

丁西林五四时代的独幕讽刺喜剧的成功，开创了现代中国讽刺喜剧的伟大传统，而现代中国之纷乱不已、弊病层生的社会现实，让讽刺喜剧在中国的发展，拥有了极为丰厚的社会土壤。丁西林之后，夏衍、李健吾、袁牧之、袁俊（张骏祥）、陈白尘等人的剧作，则拓展了现代中国讽刺喜剧的社会性与历史意识，而且从一种"悲喜交集"的社会道德讽刺喜剧，逐渐过渡到了直接针对反动专制主义统治的社会政治讽刺喜剧。不过，注重社会政治性讽喻的现代中国喜剧，因其肩负强烈功利主义目的，使之逐渐疏离了喜剧应有的幽默感、趣味性和人情味，当然也偏离了丁西林剧作所建立的早期中国喜剧之含蓄内敛的美学风格。

第四章　传统文化渗染的文学形态

第一节　传统文化与现代中国文学

中国传统文化一般是指与五四新文化运动生成的现代文化相对应的整个古代文化而言[①]，在现代中国，中国传统文化遭遇了前所未有的质疑和挑战。它之所以被质疑和挑战，主要是因为挑战者们的视野中出现了他们认为更为优越的文化思想体系。在 20 世纪前三十年的历史时段里，有两种文化体系对中国的传统文化产生过威胁：一是标榜民主科学的西方自由主义文化体系；一是以唯物主义为基础的马克思主义文化。

在 20 世纪初期，被西方列强打得元气大伤的中国人，对本国文化产生了异常的自卑，而对孕育了强大物质文明的西方文化产生强烈的向往。师法西方文化成为举国上下公认的救国良方。这种强烈的自我反省意识，催生出热烈的学习热情。但这种师法和学习，仍不脱洋务运动以来"中学为体，西学为用"的模式。所以

[①]　朱德发：《深化传统文化与现代文学关系研究的深思》，《东岳论丛》，2010 年，第 1 期。

对传统文化，人们保持了一种温和改良的态度。这种温和改良的作风影响到文学上，文学领域也形成温和改良的革新运动。于是，我们可以看到，文言的权威虽然遭到质疑，但并不妨碍它的继续存在。一些清末士人，尝试着两手写作，一手文言，一手白话。即使那些热衷于实践白话文写作的人，也对文言写作者持容忍的态度。诗歌、小说、散文各个文体都呈现出改良风貌。但作为拥有几千年古老文化的中国，这种温和改良也让那些腹笥深厚的旧学人士忧心如焚。于是，与清末的文学改良运动几乎同步，1902 年，邓实、黄节在上海创办《政艺通报》，以引进西方政治、科技——西政、西艺为主旨，兼论中国艺文史事。创办之初就发表了《国粹保存主义》、《国学保存论》等文章，揭起了国粹主义的旗帜。章太炎、刘师培、柳亚子、陈去病、马君武等人都是这一声音的有力支持者。到 1905 年，邓实、黄节等人创办《国粹学报》，表达了对传统文化的深切忧患："立乎地圜而名一国，则必有其立国之精神焉，虽震撼挽杂，而不可以灭之也。灭之则必灭其种族而后可；灭其种族，则必灭其国学而后可。……学亡则国亡，国亡则亡族。"这一场保存国粹的运动不仅重树中国传统文化之尊严，也极大地冲击了清末文学改良运动，章太炎斥责梁启超的文界革命主张："文不足以自华，乃以帖括之声音节奏，参合倭人之体，而以文界革命自豪。后生好之，竞相模仿，致使中夏文学扫地，则夫己氏为之也。"以章太炎在清末学界的影响力，他的这些话对文学改良人士的冲击是很大的，主将梁启超的妥协姿态也表征了文学改良运动的运势。梁启超不仅出版了注解文言的《国文语原解》，他大力倡导的诗界革命至此基本销声匿迹，代之而起的是南社诗人群的主张："新意境、新理想、新感情的诗词，终不若守国粹的用陈旧语句为愈有味也"。① 可见这一场保存国粹运动的力量之强，也可见传统文化在学界、在民间仍然具有强大的凝聚力。

国粹派人士并非敝帚自珍、孤陋寡闻的顽固守旧者，如邓实和黄节二人在 1902 年前后就曾深入研究过欧美国家的兴盛之道、治国之方，并表示过明确的向往。之所以选择国粹之路，是因为他们拥有中西方双重文化视界，在经过反复探

---

① 高旭：《愿无尽庐诗话》（一则），黄遵宪：《黄遵宪诗选》，广州：广东人民出版社 1994 年版，第 478 页。

察之后，最终认定保存国粹才是实现中国现代化的必由之路。所以他们指出："彼欧洲文明进化之阶级，其径路奚若？则所谓有古典兴复时代者发其先；彼日本改革之次序，其径路奚若？则有所谓王政复古时代者当其首。夫由黑暗时代而进入文明而必经由此一阶级者。"①正是因为这种中西比照的视界显示出了文化进化的一定合理性，所以"国粹"之呼声一起，应者景从。一系列国学保存会、国学讲习会、国学研究会应运而生。

在国粹运动中，以传统文化为依托的文言的尊严得到维护，以文言创作的文学的地位依然稳固。文言文学与中国传统文化之间体现出互相依存的关系。也许正是因为国粹派对中国传统文化的现代观照，文言文学尽管重新得到认可，却并非是一味地延续传统样貌，而是在创作实践中实现着现代性转换。不仅在语言的层面上逐渐浅近易懂，在文言文学的文体形式及内容上，也有了创造性的突破。

辛亥革命发生之后，新生政体的表现实在令觉醒的知识分子失望。尤其是袁世凯窃取政权之后，一切维新运动陷入低潮，尊孔复古思潮大肆泛滥。在这思潮中，由于中国传统文化一度被袁世凯政权所利用，以此来为复辟帝制张目，所以中国传统文化在这一时段变得像是维护独裁专制政权的工具。清末以来的"文界革命"基本偃旗息鼓，曾经震动一时的"新文体"有淡出的趋势，晚清白话文运动难以为继。在小说领域，文言小说盛极一时，反而达到了文言小说史上前所未有的热潮。在诗歌领域，同光体诗人群都是清代文化体制的既得利益者，与封建帝制有着深深的亲缘关系，在袁世凯的政权体制内积极上位，张勋复辟过程中也有积极作为。他们的政治情怀深刻影响着治诗立场，所以全力延续古典诗歌的传统。南社诗人群虽然政治上拥护革命，但诗歌创作上也一派古典情操。两大诗人群在排斥中有融合，虽然各自在古典诗歌的创作中也小有创新，但仍然是古典审美范畴内的小突破。在散文方面，章士钊虽然是反袁志士，但他创办的《甲寅》阵地，仍然坚守旧学传统，他的立场是受章太炎的影响，正如胡适在《五十年来中国之文学》中说："他（章士钊）的文章的长处在于文法谨严、论理充足。他从桐城派出来，又受了严复的影响不少，他又很崇拜他家太炎，大概也逃不了他的

---

① 蒋方震：《国魂篇》，《浙江潮》，1903 年，第 1 期。

影响。"可贵的是，章士钊到底是对西学浸淫已久，他的政论文虽为文言，却也巧妙化用了欧文技巧，辞采生动，逻辑精密，可谓为散文开了新气象。更可贵的是，《甲寅》中宣扬的西方思想文化，也直接掀开了新文化运动的序幕。

1915年，陈独秀创办《青年杂志》，公开标举西方自由主义文化旗号，向中国传统文化宣战，新文化运动正式吹响号角。自19世纪中期以来就被国人瞩目的西方文化，第一次真正危及到了传统文化的存亡接续。而20世纪初就登陆中国的马克思主义文化，也在这一场新文化运动中蔚为大观。西方自由主义文化体系与马克思主义文化体系是支撑新文化的两根梁柱。这两种文化体系都对中国传统文化呈现出"彼可取而代之"的姿态。在这场对战中，孔子学说被作为罪魁祸首推上了审判台。

因为体察到文化与文学之间的依存关系，也就是陈独秀所言的"旧文学与旧道德，有相依为命之势"[1]，于是新文化运动在批判传统文化的过程中，催生了文学革命，直接宣告了文言文学的终结。与传统文化唇齿相依的文言，以及各种文体形式、文人群体，都被宣告了末路。他们批评"桐城谬种，选学妖孽"模仿因袭的复古作风，批评清末民初以来小说中游戏消遣的文学态度，陈旧僵化的文学语言，束缚思想情感的形式体制等等，同时他们也激烈地反对中国旧文学中的封建伦理道德观念和思想内容，要在新文学中重立法则。为人生的态度，人学的思想观念，西方文学各式各样的文体形式，鲜活的白话，开放的世界性目光，这一切都在新文化运动之后的中国新文学江山中成为不可违逆的法则。中国传统文化与传统文学声名扫地。鲁迅就说过："新文学是在外国文学潮流的推动下发生的，从中国古代文学方面，几乎一点遗产也没摄取。"[2]而研究者们也认为五四开始的新文学与民族文化传统的联系"仿佛被一刀腰斩"了，因而形成了一个"民族文化之断裂带"[3]。

实际上中国传统文化并没有那么不堪一击。在新文化阵营之外，一直存在着另外一种声音。那就是自20世纪初以来就存在的维护和发扬中国传统文化的声音。

---

① 陈独秀：《答张护兰》，《新青年》，第3卷第3号，1917年5月。
② 鲁迅：《鲁迅全集》第8卷，北京：人民文学出版社1981年版，第399页。
③ 郑义：《跨越文化断裂带》，《文艺报》，1985年7月13日。

但是这种维护和发扬不是固守传统，而是借西方学术的方式方法来重新阐释和发扬传统文化。继保存国粹运动之后，以《东方杂志》主编杜亚泉为中心形成的东方文化派，在新文化运动之外，借强调东西文化的差异，探求着中国传统文化与西方文化相调和的发展之路。1920 年，梁启超的《欧洲心影录》出版，欧洲之旅所感受到的"西洋文明破产论"瓦解了他对西方文明的信仰。为此他号召青年学子："第一步，要人人存一个尊重爱护本国文化的诚意；第二步，要用那西洋人研究学问的方法去研究他，得他的真相；第三步，把自己的文化综合起来，还拿别人的补助他，叫他起一种化合作用，成了一个新文化系统；第四步，把这新系统往外扩充，叫人类全体都得着他好处。……大海对岸那边有好几万万人，愁着物质文明破产，哀哀欲绝的喊救命，等着你来超拔他哩……"[①]

梁启超的《欧洲心影录》对梁漱溟、张君劢等新儒家影响非常大，直接是梁漱溟的《东西方文化与哲学》的写作动机，也开了 20 世纪以重新阐释和发扬儒学为宗旨的现代新儒学的先河。而在现代新儒学文化群体中，也可寻觅到早年保存国粹派的影子。梁启超把"西洋文明破产论"和重新发扬中国传统文化的思想带进中国学术界，深刻影响了跟他有学术亲缘关系的学人。比如陈寅恪、汤用彤等为代表的清华学人群，以及与之关系亲密的学衡派。

除此之外，南社诗人群、同光体诗人群以与新文化运动不合作的姿态在孤芳自赏中坚持着古典诗歌写作。章士钊的《甲寅》周刊也以绝不放弃传统的硬朗态度，一枝独秀地坚持文言散文的写作。

而在新文学阵营中，中国传统文化也并非真的被彻底清扫。在新文化与新文学摧枯拉朽的表象之下，中国传统文化与传统文学的某些元素却以静水深流的形式，不动声色地存续于新文学中。事实上，文学革命的先驱们尽管对传统文化传统文学表现出强烈的拒绝姿态，但作为从传统旧学中走来的一代文人，传统文化以及与之相依存的文言已经浸润到他们的骨子里，甚至是成为集体无意识，不是一朝一夕一句口号就可以改换的。

---

① 　罗荣渠主编：《从"西化"到现代化—五四以来有关中国的文化趋向和发展道路论争文选》，北京：
　　北京大学出版社 1990 年版，第 40、47 页。

就语言而言，在新文化运动重要将领刘半农看来："吾辈目下就为之事，惟有列文言与白话于对等之地，而同时于两方面力求进行之策。……于文言一方面，则力求其浅显，使与白话相近。……于白话一方面，除竭力发达其固有优点外，更当使其吸收文言所具之优点，至文言之优点尽为白话所具，则文言必归于淘汰，而文学之名词，遂为白话所独据，固不仅正宗而已也……白话自有其缜密高雅处。"① 在语言的问题上与刘半农持相似立场且又拥护文学革命的人士大有人在，这足以说明时人对于文言的保留态度。审视鲁迅、俞平伯、冰心等人的作品，文言的"缜密高雅"及简净深邃保证了语言的疏密调谐、摇曳错落的美感。

就各个文体而言，在新诗领域，闻一多和梁实秋几乎在胡适发表《尝试集》的同时，就意识到白话新诗的缺陷，并致力于从古典诗歌中汲取建设新诗的材料，梁实秋甚至公然标举"诗是贵族的"②，反对诗歌走向平白浅俗。在小说领域，虽然鲁迅自己说所做的小说，"大约所仰仗的全在先前看过的百来篇外国作品和一点医学上的知识，此外的准备，一点也没有"。③ 但当研究者指出他的小说集《呐喊》与《彷徨》"描写人物的手腕有许多处还保留着旧小说的风格"时，鲁迅承认："我想你所说的是对的。……以前我看过不少旧小说，所受的影响很深。但我却并不是有意模仿那种风格。我喜欢新的技巧，不过现在还只在学习。"④ 这种不自觉或者无意识的传承，正可代表新文学阵营中的很多作家的心声。在散文领域更是如此，语言的文白夹杂几乎是一种普遍现象，而散文中明白直露的思想情感中，往往有着明显的中国传统伦理文化色彩。像朱自清脍炙人口的散文《背影》中，流露的就是典型的中国传统的父子之情。冰心散文中温馨的母女之爱，也都可见温情脉脉的传统人伦之情。

此外，中国传统文化还以地域文化的形式潜在地影响着新文学家们的创作个性。中国古代文明崇尚天人合一的人生境界，由于中国是一个传统意义上的乡土国家，中国人与自然尤其是与土地之间的亲缘关系非常密切，而土地代代相传、

---

① 刘半农：《我之文学改良观》，《新青年》，第 3 卷第 3 号，1917 年 5 月。
② 梁实秋：《读〈诗底进化的还原论〉》，《晨报副刊》，1922 年 5 月 27 日。
③ 鲁迅：《我怎么做起小说来》，《鲁迅全集》第 4 卷，北京：人民文学出版社 2005 年版，第 526 页。
④ 姚克：《最初和最后的一面》，《中流》，第 1 卷第 5 期。

不可迁移的属性又决定了中国重宗法血缘关系的传统习性。这种地缘、血缘产生的强大维系力，或多或少影响了作家的创作风格，也给新文学带来真实鲜活的生活气息。周作人在1923年3月发表《地方与文艺》，借尼采的"忠于地"，做"地之子"的说法，充分肯定和强调地域文化渗透下文学的成功。甚至认为"地方趣味也正是'世界的'文学的一个重大成分"。而所谓"地方趣味"的形成当然不是短暂推行的新文化所能涵育出来的，它的背后是深厚的中国传统文化根基。

中国传统文化与现代中国文学之间的关系，除了上面所说的孤独守望在文坛边缘以及不自觉地潜行于新文学中以外，还以罪魁祸首的形象，为新文学提供了血泪控诉的素材。新文化阵营对传统文化的批判首先集中于传统儒学，尤其是儒学的礼教一维。儒家的礼教遍及于日常生活的很多现实层面，如男女交往礼仪、婚爱自由、社会尊卑等级等等，对儒家文化礼教层面的冲击，导致了现代中国文学中大量问题小说、问题剧以及各类现实主义文学的出现。这些作品无不以揭露和展示传统礼教给人们造成的身心创伤为己任，成为具有悲剧感伤风格的伤痕文学。鲁迅揭示礼教吃人的系列小说杂文，郁达夫"我控诉"式的自叙传小说，是其中的代表性作品。其次集中于对乡土旧有风俗的揭露与批判。因为传统文化对人们生活的影响不仅体现在旧的礼教上，还体现在一些落后的乡土风俗中。所谓乡土风俗，包括人的日常交往方式、娱乐方式、消费方式，以及节庆日庆典方式等等。这些乡土风俗的养成，既受中国传统礼教的影响，也受长久以来民间根深蒂固的阴阳鬼神观念的左右。所以，对这些乡土风俗进行批判的新文学作品也风行一时，以鲁迅为代表的乡土作家群，对挣扎在旧风俗中的乡土人生保持了长久的关注。

新文化运动进入20世纪20年代之后，并没有像领军者们预想的那样所向披靡，而是不断地迎接着挑战。1923年，思想文化领域的"科玄论战"爆发，所延续的其实还是中西文化之争，以张君劢、梁启超为代表的"玄学派"是中国传统文化派；以丁文江、胡适、吴稚晖等人为代表的"科学派"是西方文化派。他们争论的焦点是新文化建设中的一个重要问题，那就是儒学为代表的中国传统文化被打击之后，西方自由主义的文化体系无法来填补国人精神信仰上的缺失。西方资本主义文明已经暴露出了深刻的危机，他们引以为荣的民主与科学也因之而失去了人心。随着科学与玄学论战的深入展开，马克思主义者陈独秀、瞿秋白等相继参加论争，他们运用马克思主义唯物史观对玄学派与科学派的观点进行批评，从而形成了论战的第三方——唯物史观派，遂使论战发展为玄学派、科学派、唯物史观派三家争鸣的格局。

马克思主义唯物史观派对中国传统文化，尤其是儒家文化的颠覆力量是巨大的，甚至是根本性的。如果说儒家文化把天地君亲师视为最根本的伦理关系，那么以唯物论为基础的马克思主义则规定从阶级出发来规约伦理关系。反映在文学中，就是以阶级出身来划分敌我阵营；在作品的思想情感上，则以无产阶级的革命情感凌驾于爱情、亲情、友情、恩情等一切情感之上。如蒋光慈的《野祭》、《冲出云围的月亮》等一些作品，主人公在爱情面前的困扰，已经不来自中国传统的父母之命媒妁之言，而是来自革命理想是否同步。后来发表的《咆哮了的土地》更是让主人公做出为了革命利益而大义灭亲的举动。所以1928年前后兴起的无产阶级革命文学，跟传统文化之间产生的裂痕是非常深刻的。但无产阶级革命文学要求文学作品宣扬无产阶级革命，却又在文学价值观的层面上与传统文化牵手，重拾传统文学"文以载道"的传统，只不过是所载之道不同而已。

20世纪20年代以后，随着民国政府定白话为国语通用教材，新文学阵营已江山稳固，锁定胜局。新文化运动和文学革命之初对传统文化及文学的激烈态度也有所和缓。新文学家们不再视传统为逆流，而是把眼光主动投向传统，试图追根溯源，为曾被保守人士视为离经叛道的新文学正名。文学研究会的成员根据郑振铎的提议，在《小说月报》上展开了题为"整理国故与新文学运动"的专题讨论。胡适则自1921年开始在国语讲习所讲授《国语文学史》，1924年出版《五十年来之中国文学》，到1928年又翻新《国语文学史》的原稿，重写《白话文学史》。这一切作为，都是要证明新文学也是传统文化、传统文学之一脉在现代的衍生发展。

事实上，中国传统文化与现代中国文学就是断中有续的关系，也就是所谓的选择性继承。毕竟任何一种传统文化都有人的主观意志无法掌控的绵延性，在现代中国文学大厦的建设中，它的存在也是功不可没的。

第二节　文言体小说的赓续

中国的古典小说一直存在着文言与白话两个系统。在宋代以前，是以文言小说为主流；及至宋代，话本的产生，给小说带来了根本性的变革，从此白话小说和文言小说并行发展；到明清时期，白话小说蔚为大观，而文言小说也有不俗的成绩。至 19 世纪末以前，文言小说与白话小说，双水分流，各有各的尊严，几乎没有产生雅俗高下之争。但进入 20 世纪之后，这种局面发生了巨大的改变。这种改变，在朝代更替、思想激荡的 20 世纪最初的三十年间，又呈现出复杂多态的面貌。而这一面貌背后，起决定作用的，还是不同历史时段中，国人对于传统文化的不同态度。

一

首先来看第一个时段，即 1900 年庚子国变至 1911 年清王朝的覆灭。

1900 年，也就是丧权辱国的庚子国变发生之后，上至皇室下至细民，都投身于强种保国的热情中，全社会逐渐形成一种共识：若想除弊振弱，必须开启民智。既然要开启民智，则首当其冲的任务就是驱除蒙昧民智的罪魁祸首"文言"。自 1898 年 8 月，裘廷梁发表了著名的《论白话为维新之本》一文之后，陈荣衮在 1900 年的《知新报》上发表《论报章宜改用浅说》一文，再议"文言之祸亡中国"，置国民于"黑暗世界"[①]。由此，国人更深刻地体认到维新救国路途上语言的痛苦与尴尬，而这种语言意识的觉醒，首先反映到与语言密切相关的各体文学上。

庚子国变后，民怨沸腾中，小说彰显出积极干预社会的强大能力，如鲁迅在《中国小说史略》中所言："在小说，则揭发伏藏，显其弊恶，而于时政，严加纠弹，或更扩充，并及风俗。"遂出现了"经史不如八股盛，八股无如小说何"的局面。1902 年，梁启超发表了著名的《论小说与群治之关系》一文，掀起了声势浩大的小说界革命。梁启超提出小说有"熏"、"浸"、"刺"、"提"四种力，"感人之深，莫此为甚"，"故曰小说为文学之最上乘也"，因此，"今日欲改良群治，必自

---

① 　陈荣衮：《论报章宜改用浅说》，《近代史资料》，1963 年，第 2 期。

小说界革命始，欲新民，必自新小说始"。什么是"新小说"？梁启超并没有从内容上做出明确的界定，但对小说语言却有这样的阐述："语言力所不能广不能久也，于是不得不乞灵于文字。在文字中，则文言不如其俗语，庄论不如其寓言。"当时一般学人也普遍认为："盖小说固以通俗逮下为功，而欲通俗逮下，则非白话不能也。"①

于是，在晚清的最后十年间，启蒙的功利性追求把裘廷梁等人倡导的白话文运动和梁启超领军的小说界革命推向高潮，他们共同改变了文言小说和白话小说各领风骚相安无事的局面，从语言角度质疑文言小说在启蒙教化方面的资质，也就是质疑文言小说存在的合理性。更有一些小说报刊的编辑和关注小说文体的文人学者，又分别从小说的叙事特征、文体优势以及审美时尚的角度，论证了白话小说的优越性。白话小说在理论上获得了优于文言小说的"正格"地位。②

据不完全统计，在晚清最后十年的百余种期刊中，白话小说所占比例明显高于文言小说，文言小说明显"处于弱势的地位"。③

在这一时段，由于国人对于中国的传统文化并没有形成强烈的自省和反叛意识，文人士子们"是用白话宣传文言文的思想"，其"着重点和目的主要不在新思想，而更强调文化普及运动"④。这种温和改良的作风，绝不会对传统文化产生伤筋动骨的破坏，所以白话小说几乎是顺风顺水地抢占了小说界的风头。而文言小说阵营之所以对白话小说采取不设防的态度，主要是因为：在他们看来，赓续文言与使用白话并不矛盾，文言适用于高人雅士，白话适用于村夫俗子。刘师培即主张："近日文词，宜区二派：一修俗语，以启瀹齐民，一用古文，以保存国粹。恕前贤规范。"⑤所以文言小说阵营虽然失去与白话小说对等的风光，但对白话小说阵营仍呈现出友善矜持的谦让。

然而白话的推广日渐呈现出脱离掌控的状态，白话文与日常用语之间的亲密

---

① 管达如：《说小说》，《小说月报》，1912 年，第 3 期。

② 成之：《小说丛话》，《中华小说界》，第 1 年，第 3 期，1914 年。

③ 庄逸云：《清末民初文言小说史》，复旦大学博士论文，2004 年 4 月 15 日。

④ 高玉：《现代汉语与中国现代文学》，北京：中国社会科学出版社 2003 年版，第 129 页。

⑤ 刘师培：《论文杂记》，《国粹学报》，第 1 年，第 1 期，1904 年 2 月。

关系，使得散播在日常用语中的西语译词以及词语携带的西方文化信息，进入了白话文学。尤其是白话小说，这些西方文化元素与中国传统文化发生碰撞之后，原先提倡、接受白话的一些人士，顿生出强烈的文化保护心态。他们发现使用白话的推广不仅是一场语言革命还会带来文化革命，一些原本保守的文化人士遂起而回护文言。这种情形，发生在晚清的最后四五年间。1908 年晚清小说家徐念慈在《余之小说观》一文里曾特辟"文言小说与白话小说"一节，提到"就今日实际上观之，则文言小说之销行，较之白话小说为优"。[①]

二

1911 年辛亥革命发生，文言小说势头更盛，甚至成为中国文言小说史上最辉煌的时期，而白话小说则失去了小说界革命初起时的风头，走向弱势。这其中的原因：一是晚清时一部分人士对本国文化的保守心态的延续；二是辛亥革命发生之后，并没有给整个中国带来期待中的新气象，反而加剧了黑暗与动荡，整个民族维新改良的信心一落千丈，肩负着开启民智以新国新民使命的白话小说显然也没有完成预期的设想。如包天笑所言："向之期望过高者，以为小说之力至伟，莫可伦比，乃其结果至于如此，宁不可悲也耶！"[②]遂使得一些文人重拾文言，重新走进熟悉的传统文化中寻求慰藉。而袁世凯当政之后，推行的尊孔复古读经政策，更为文言小说的兴盛提供了温床。还有一个原因就是，小说界革命之后出现的白话小说，即新国新民的"新小说"并没有产生足以与文言小说相抗衡的精品，更不能与传统的白话小说相媲美，在读者那里自然失去了吸引力。而读者的缺失，也使得白话小说的创作者失去创作动力，转而重拾得心应手的文言小说。实际上对于晚清民初的小说创作者而言，白话小说的创作是非常艰难的，创作者们的文学根底是文言文体系，创作时却要使用白话，这就不可避免地出现"由八股翻白话"的情况，也就是说"那时的白话是作者用古文想出之后又翻作白话写出来

---

① 觉我：《余之小说观》，陈平原、夏晓虹主编：《二十世纪中国小说理论资料》第 1 卷，北京：北京大学出版社 1997 年版，第 335 页。

② 天笑生：《〈小说大观〉宣言短引》，陈平原、夏晓虹主编：《二十世纪中国小说理论资料》第 1 卷，北京：北京大学出版社 1997 年版，第 513 页。

的"。① 这样写出来的小说，表面上是白话，骨子里仍然是古文里的格调。以上这几个原因都是导致民初文言小说兴盛的外部原因，而内部原因则来自人们对小说文学性的追求。梁启超在小说界革命中把小说提升到文学之最上乘的地位，这使得创作者们从文学的艺术性方面来审视小说，当时的白话小说稚嫩粗糙，无法证实小说的"上乘"，要想求证小说的艺术高度，他们只能返求诸文言小说。一些社会功利心并不强盛且专注于文学的文人，比如周作人，甚至提出："易俗语而为文言，勿复执著社会，使艺术之境萧然独立。"② 与此同时，林纾以文言翻译外国小说所取得的显著成就也深深影响了文坛风气，包天笑曾多次谈及林译盛况："这时候写小说，以文言为尚，尤其是译文，那个风气，可算是林琴翁开的。林翁深于史汉，出笔高古而又风华，大家以为很好，靡然成风地学他的笔调。"③

其实，文言小说的存亡消长，最直接的原因在于文言的使用或废弃。因为语言是有"思想本体性"的，西方语言学家洪堡特提出："人们可以把语言看做一种世界观，也可以把语言看做一种联系思想的方式。"④ 所以，文言小说与白话小说之间的此消彼长，取决于维系文言尊严的传统文化在现代中国的地位。一旦传统文化的地位遭到冲击，文言文学的地位也就岌岌可危。

1915 年，陈独秀在上海创办《青年杂志》，以引进和倡导西方文化为己任，对中国传统文化进行批判，这一举措被视为新文化运动的开端。在《本志罪案之答辩书》一文里，他提出："要拥护那德先生，便不得不反对孔教、礼法、贞节、旧伦理、旧政治。要拥护那赛先生，便不得不反对旧艺术、旧宗教；要拥护德先生又要拥护赛先生，便不得不反对国粹和旧文学。"这种从根本上撼动传统文化的努力，对文言产生了真正的冲击。1917 年，陈独秀在《文学革命论》中打出文学

---

① 陈子善、张铁荣编：《周作人集外文（1928—1948）》（下），海口：海南国际新闻出版中心 1995 年版，第 413 页。

② 陈子善、张铁荣编：《周作人集外文（1904—1925）》（上），海口：海南国际新闻出版中心 1995 年版，第 157 页。

③ 包天笑：《钏影楼回忆录·〈小说林〉》，北京：大华出版社 1971 年版，第 325 页。

④ 【德】洪堡特：《论人类语言结构的差异及其对人类精神发展的影响》，北京：商务印书馆 1997 年版，第 47、50 页。

革命三大主义的口号，更是把传统文学从内容到形式到审美趣味都推上了审判台。陈独秀与胡适等人联手再倡白话文运动，白话的价值与新思想新文化关联在一起，而文言的价值与传统文化关联在一起，文言的合理性就遭遇了最尖锐的质疑。尤其是 1919 年五四运动发生之后，整个社会为除旧布新的青春思潮所裹挟，白话文获得了一日千里的发展势头。文言文被淘汰渐成定局。

　　1917 年的文学革命发生以后，伴随着白话文学势力的壮大，白话文学的审美属性逐渐被确立为文学审美的坐标。胡适的《白话文学史》、《建设的文学革命论》、《论短篇小说》，以及周作人的《人的文学》、《平民的文学》等文章，在文学革命之后的新文学江山中，获得了充分的话语权。这种新文学法则的确立，既宣布了白话文学的正统地位与合法性，也宣告了文言文学的末路与终结。而且白话新文学的倡导者们对文言文学表现出唯我独尊的彻底不兼容姿态。正如胡适所说："简单地说来，我们的中心理论只有两个：一个是我们要建立一种'活的文学'，一个是我们要建立一种'人的文学'。前一个理论是文字工具的革新，后一种是文学内容的革新。中国新文学运动的一切理论都可以包括在这两个中心思想里面。"[1] 由此，他把自己提倡的"活的文学"和周作人提倡的"人的文学"视为中国新文学的新传统，也就是当时文学场的法则。

　　在新文学的法则之下，文言小说的存在日渐失去合理性。胡适早说过，"文言不是能写人情世故的利器"，俞平伯也提出，"用文言来写小说，本是用违所长，故人物性格常显托不出，总是'某生某地人也性倜傥不羁'之类。况笔记小说，其着重点只在事状之奇诡与文藻之华缛而已，以文言写人物本不易写得好，而既无意于写，故尤写不好"。[2] 正如胡适所说："明明是乡下老太婆说话，他们却要叫他打起唐宋八家的古文腔儿；明明是极下流的妓女说话，他们却要他打起胡天游、洪亮吉的骈文调子！……请问这样做文章如何能达意表情呢？既不能达意，既不能表情，那里还有文学呢？"[3]

---

① 赵家璧主编：《中国新文学大系·建设理论集》，上海：良友图书印刷公司 1935 年版，第 18 页。

② 俞平伯：《谈中国小说》，吴福辉编：《二十世纪中国小说理论资料》第 3 卷，北京：北京大学出版社 1997 年版，第 28 页。

③ 胡适：《胡适文集》第 4 卷，北京：人民文学出版社 1998 年版，第 62 页。

既然文言在 1917 年以后的中国逐渐失去合理性，文言小说也就日渐走向穷途。

三

了解了 20 世纪初以来近三十年间文言小说的大致走势之后，我们再来看一下这三十年间的文言小说体现出哪些特征？总体而言，它们既体现出传统文言小说自然延续下来的一些品格，同时又生成了某些新的质素。

就文言小说的字面意义来说，一切用文言写作的小说都可视为文言小说，但是，按文学史上约定俗成的意义，文言小说是不包括长篇小说的，① 而是指记鬼神怪异之事的志怪小说、搜奇记逸的传奇小说，以及记人物言行，或记所闻轶事的杂录小说。

文言小说的这些传统类别，在 20 世纪初这三十年的文坛上都有一定程度的传承。就传奇小说而言，徐枕亚的"新聊斋"——《黄山遇仙记》，林纾的《畏庐漫录》中的传奇小说，邹弢的《再续聊斋志异》等神怪故事都尽现古代传奇小说风采，具有明显的摹拟唐传奇和《聊斋志异》以及《阅微草堂》的痕迹。如《再续聊斋志异》在叙事语言、叙事情节以及艺术形象、性格内涵等方面尽量保存一些《聊斋》的影子，卷四《司运神》讲的是书生储古与狐狸精的交往，淋漓尽致地表现了作者对科举制度的厌憎。林纾的《畏庐漫录》中《吴生》、《薛五小姐》等小说，与《聊斋志异》中《宦娘》、《青凤》如出一辙。只是由于这一时期，科学观念已渐入人心，文人对神仙鬼怪不再像古代那么相信和向往，所以这一类小说再也达不到唐传奇或聊斋志异的高度。尽管创作者们对神怪传奇的兴致不比前人，但传奇小说的体例却仍然很受欢迎。

传奇小说的体例由来已久，元人虞集《道园学古录》卷 38《写韵轩记》说："唐之才人，于经艺道学有见者少，徒知好为文辞。闲暇无所用心，辄想象幽怪遇合、才情恍惚之事，作为诗章答问之意，傅会以为说。盏簪之次，各出行卷，以相娱玩，非必真有是事，谓之传奇。"在虞集前后也有不少人对传奇小说做出界定，但其核心要旨都在"奇异"两字上，不外乎奇人、奇事、奇情。所以在传奇小说的

---

① 陈文新：《文言小说审美发展史》，武汉：武汉大学出版社 2007 年版，第 2 页。

体例之内，晚清以来的文言小说作者，除了写神怪，也写爱情。单是爱情小说又因为情节的不同，分出"惨情"、"孽情"、"烈情"、"妒情"、"哀情"、"艳情"、"怨情"、"幻情"、"苦情"、"侠情"、"奇情"，这些标牌性文字一般都呈示在小说开头，无非是要标榜小说的曲折离奇。《断鸿零雁记》是苏曼殊的小说代表作，1912年5月开始在《太平洋报》上连载。小说描写一位因"家运式微"而出家受了"三戒"的和尚三郎，从乳母口中得知生母尚在日本，得未婚妻雪梅的赠金，东渡日本，寻到母亲。在日本的表姐静子真诚地爱上了他，但他已入佛门，不愿再入尘世受世俗磨难，忍情留书静子，悄然返国。回国之后，又得知雪梅因父母逼她另嫁绝食而亡，便长途跋涉去凭吊其墓，但在斜阳荒草中已无法找到雪梅的葬身之处。小说写的是一位和尚徘徊于出世与入世之间的感情矛盾。对生母和两位挚爱他的少女的情感使他不能做到万事皆空。按照和尚的戒律，出家人本不应再有寻访生母、凭吊未婚妻之类的举动，更不能对女子之爱报以缠绵悱恻的情感。而种种"人"的情感使得和尚不能不处于矛盾状态。这种和尚恋爱的题材，和曲折跌宕的情感历程，使小说极具传奇色彩，所以名噪一时。

因20世纪初期的中国，婚姻爱情方面的道德观念在西方的影响下有所松动，所以爱情传奇小说数量可观。如徐枕亚的《萧史》，许指严的《劫花惨史》、《采苹别传》、《琼儿曲本事》，包天笑的《一缕麻》都是一时佳作。除了爱情传奇之外，也还有大量的豪侠小说出现，如江山渊的《王延善》、《死生荣哀》，章士钊的《绿波传》等。这类小说的出现，一则迎合了世人的乱世英雄梦，一则也有激励民族士气的追求。

在这一时段，笔记小说也有不小的收获。吴绮缘的《嫩箬记异》，易宗夔的《新世说》，金楚青的《板桥杂志补》等，都是一时名作。笔记小说是一种带有散文化倾向的小说创作形式，它的特点就是兼有"笔记"和"小说"特征。"笔记"使其在记叙上获得了一种散文化的记叙空间，在这一空间里，作者可以叙述，也可以表达别人及自己的思考以及观点；而"小说"则是一种带有故事性的叙述和创作，由于"笔记"本身获得的自由空间，又可以使"小说"创作与散文化的"笔记"叙述相互交叉，使其表达十分灵活自由。但在小说的文体观念逐渐发达成熟的背景下，笔记小说半散文半小说的模糊地位是比较尴尬的。不过，在光怪陆离的世象中谐谑影射现实的精神，使这类小说平添了积极干预时世的时代感。

传奇小说和笔记小说是传统文言小说的两大重要体系。20世纪初以来的三十年间，文言小说除了延续传统以外，又在新的时代中呈现出新的风貌。

首先，传统文言小说主要是短篇小说，极少有长篇，但这三十年间，文言小说受林纾译西方长篇小说的影响，同时也顺应着反映复杂广阔的时代生活的需要，出现了很多文言长篇小说。这些文言长篇小说，因受西方译著和白话长篇章回体小说的影响，在语言风格上渐次呈现出松动的浅近文言色彩，不再像古代文言小说那么艰涩难懂。有人将文言与白话章回体的形式结合在一起，用浅近文言来写章回小说，李定夷的《霣玉冤》、吴双热的《孽冤镜》都是一时名作，前者30章，后者24章，每章仅以两字为题，跟传统章回小说的双句回目不同。

其次，在长篇文言小说中，出现了林纾为代表的古文文言、徐枕亚为代表的骈文文言。古文文言实际上就是与韵文骈文相对应的散体文言，也是文言小说一贯采用的语言风格。而骈文文言长篇小说，是民初文坛的一道独特风景，它的出现一方面体现了创作者对文言小说文学性的追求；一方面则来自雅好雕饰卖弄文墨的文人习气，还有一个重要原因就是对梁启超等人赋予小说经国治世功能的规避。正如徐枕亚所言："有口不谈家国，任他鹦鹉前头；寄情只在风花，寻我蠹鱼生活。"①徐枕亚的《玉梨魂》是一部典型的骈体文言小说，以其"有词皆艳，无字不香"的赞誉和几十万的销量，带起了骈体小说在民初文坛上的风行一时。

第三，文言小说在书写神怪传奇帝王将相之外，也关注社会，关注民生，关注自我，甚至出现向内转的书写方式。正如民初文人吴曰法所言，"以俗言道俗情，正格也；以文言道俗情，变格也"。②在这三十年间，文言小说也有很多政治小说、社会小说、时事小说、教育小说、科学小说、国民小说，如李涵秋的《侠丐》与濒江浊物的《义丐》，都描写了为筹款救国而奔走呼号的侠义之丐，对时事、国事的关注跃然纸上。而徐卓呆、刘铁冷、周瘦鹃、花奴等人则对平凡世界中的百姓人生予以积极关注。如周瘦鹃的《冷与热》，写的是一个丈夫有婚外恋的家庭中的

———————————

① 徐枕亚：《〈小说丛报〉发刊词》，《小说丛报》，第1期，1914年。
② 吴曰法：《小说家言》，《小说月报》，第6卷第6号，1915年。

生活情感琐事，作者笔致细腻平实，写的是平常人、平常事、平常情，充满真实庸常的烟火气息，跟走传奇路线的小说迥然不同。而苏曼殊的《断鸿零雁记》、何诹的《碎琴楼》、徐枕亚的《玉梨魂》、鲁迅的《怀旧》、包天笑的《冥鸿》为代表的一些文言小说，则出现向内转，书写人物内面生活的倾向，小说一般使用第一人称，叙述者自我情感的抒发非常直接方便，文言语体在这种小说中显示出生动灵活的表现力，从而酝酿出朦胧的现代气象。

尽管文言小说在这三十年间适应着时代发展，发生了一定程度的"变格"，但文言小说还是不可避免地遭遇了淘汰出局的命运。这其中的原因，除了它所依附的传统文化式微以外，还有来自文言小说自身的审美属性问题。

文学革命中，胡适为"短篇小说"下了个定义："短篇小说是用最经济的文学手段，描写事实中最精彩的一段或一方面，而能使人充分满意的文章。"[1]但文言小说受史传传统的影响，古代的文言小说大都采取纪传体或纪事本末体的写法，以人物的生平或事件的始终为写作对象，以物理时间为叙事时间，所以在外观上几乎皆非"横截面"式的小说，而是五四作家所谓的"某生者体"小说。

文言小说在表情达意方面的缺陷也渐成人们共识。胡适在《建设的文学革命论》里很详细地谈道："那些用死文言的人，有了意思，却须把这意思翻成几千年前的典故；有了感情，却须把这感情译为几千年前的文言。明明是客子思家，他们须说'王粲登楼'，'仲宣作赋'；明明是送别，他们却须说'《阳关》三叠'，'一曲《渭城》'……"[2]在文学是人学的观念树立起来之后，写人物成为小说的重要任务。但文言在刻画人物方面是有局限性的。小说中的人物无论文人雅士还是目不识丁的凡夫俗子，在语言上都是之乎者也的驯雅风格，不利于对人物个性化塑造。在写景文字上尤其如此。在文言小说，一遇到景物描写，常常引进古典诗词，不管是谁眼中的风景都用诗情画意的诗句或文言来状写，既不符合看景人的身份，也造成了很多小说中，景物描写的大同小异，同样不利于人物的个性化塑造，同

① 胡适：《论短篇小说》，陈平原、夏晓虹主编：《二十世纪中国小说理论资料》第1卷，北京：北京大学出版社1997年版，第37页。
② 胡适：《胡适文学》第4卷，北京：人民文学出版社1998年版，第62页。

样也不能逼真具体地描摹景象。不仅如此，文言语言结构的稳定性导致了表达上的僵化和封闭，苏曼殊说："吾尝读吾国之小说，吾每见其写妇人眼里之美男儿，必曰'面如冠玉，唇若涂脂'，此殆小说家之万口同声者也。"①文言小说语言体式逐渐固守成规，形成了"某生，某处人氏，面目姣好，一日遇姝女"履历表般的小说创作模式。而且文言语言的简古特性与小说描写需要的"衍一事为数十语，或至百语千语，微细纤末，罗列秩然，读其书者，一望之顷，即恍然若亲见其事者然"②的铺陈格格不入。

总之，在 20 世纪初期的三十年里，文言小说经历了起伏消长的发展变化，最终在文学革命之后，逐渐退出历史舞台。但文言小说的某些审美特质却在部分白话小说中得以保持和延续。比如鲁迅小说语言的简净利落，废名、周作人小说中对意境、韵致的追求，浪漫派作家们对小说情节奇异效果的讲究等，都可见出传统文言小说对白话小说的影响。

第三节　旧体诗歌的承与变

一

在"革命"观念笼罩文坛的 20 世纪初，"诗界革命"也把诗歌变革推上了时代的风口浪尖。"诗界革命"实际上是一种改良性质的诗歌运动，虽然口口声声主张"变旧诗国为新诗国"，但其诗歌主张，却是温和保守的旧瓶装新酒式的革命。1899 年，梁启超在《夏威夷游记》中写道：

> 欲为诗界之哥仑布、玛赛郎，不可不备三长：第一要新意境，第二要新语句，而又须以古人之风格入之，然后成其为诗。……吾虽不能诗，惟将竭力输入欧洲之精神思想，以供来者之诗料可乎？要之，支那非有

---

① 曼殊：《小说丛话》，陈平原、夏晓虹主编：《二十世纪中国小说理论资料》第 1 卷，北京：北京大学出版社 1997 年版，第 96 页。

② 几道、别士：《本馆附印说部缘起》，陈平原、夏晓虹主编：《二十世纪中国小说理论资料》第 1 卷，北京：北京大学出版社 1997 年版，第 26 页。

诗界革命，则诗运殆将绝。虽然，诗运无绝之时也。今日者，革命之机渐熟，而哥仑布、玛赛郎之出世，必不远矣。[①]

"新意境"、"新语句"与旧风格的统一，便是梁启超"诗界革命"的核心意旨。旧风格指的是中国传统诗歌的韵律、格调。梁启超强调"革命者，当革其精神，非革其形式"，所以对中国传统诗歌的形式因素持保留态度。所谓"新语句"是指翻译西方的政治、经济、法律等术语，及其历史、地理、人物的典故名目，还包括自然科学中声光化电等用语与名称。所谓"新意境"是"诗界革命"最重要的一个指标。这里所说的"意境"，与一般中国传统诗学理论中的"意境"不同，指向的是诗歌的思想内容，大致是指欧美的物质文明与精神文明。实际上"新意境"与"新语句"在诗界革命派眼中是互为表里的关系，有了新语句就有可能有新意境；而要有新意境，必得借助于新语句。所以梁启超后来在《饮冰室诗话》中又阐释说："能以旧风格含新意境，斯可以举革命之实矣。"[②]也就是说，他意识到新意境中自然包含着新语句的要求。丘逢甲的两句诗最能说明诗界革命的特质："尔来诗界唱革命，美雨欧风作吟料。"意思是在旧诗的体格中装进美雨欧风的材料，实际上也彰显了诗界革命志在思想革命而非形式革命的取向。

如果说梁启超的《饮冰室诗话》是诗界革命的理论标杆，那么黄遵宪、夏曾佑、蒋智由则是诗界革命的实践者，被梁启超称为"近世诗界三杰"，黄遵宪的《人境庐诗草》是诗界革命实践的重要收获。

黄遵宪任外交使臣达十几年之久，这种得天独厚的生活阅历，加上他 1868 年以来就对诗歌创作表现出变革的追求，使他很好地实践了梁启超的诗歌理论。欧美世界的风习以及伴随近代科学而涌现的新事物，拓宽了他的诗歌题材和反映生活的领域。日本的樱花、伦敦的大雾、巴黎的铁塔、锡兰岛的卧佛，还有轮船、火车、电报、照相等，都在诗人的笔下有所呈现。不仅如此，他还坚持自己"我手写我口"的立场，大胆地把广东客家山歌的词语引进诗歌，给诗歌带来生动新鲜的活力。

---

① 梁启超：《饮冰室合集》专集之二十二，北京：中华书局 1989 年版，第 189 页。
② 梁启超：《饮冰室合集》文集之四十五上，北京：中华书局 1989 年版，第 23 页。

《人境庐诗草》中的作品大都创作于 1900 年之前，1905 年，黄遵宪去世之前辑录成册，1911 年 9 月，也就是黄遵宪去世六年之后才结集出版。但自 1902 年，梁启超在《新民丛报》上大力推举他的诗歌，称之为"新派诗"，遂使这些诗歌成为诗界革命的例证文本。在梁启超非常推崇的黄遵宪的长诗《锡兰岛卧佛》中，我们可以看出黄遵宪开阔的世界性视野："罗马善法律，希腊工文章，开化首埃及，今亦归沦亡。念我亚细亚，大国居中央，尧舜四千年，圣贤代相望。大哉孔子道，上继皇哉唐，血气悉尊亲，声名被八荒。"西方国家的形象，出现在极具汉乐府诗风的诗行中，给诗歌带来了全新的气象。

蒋智由早年积极参与维新运动，鼓吹新学，介绍西方政治思想和新文化。他的《卢骚》一诗，很受时人尊崇："世人皆欲杀，法国一卢骚。《民约》倡新义，君威扫旧骄。力填平等路，血灌自由苗。文字收功日，全球革命潮。"这首诗句律精严，以新事理入诗，却旧格俨然，诗风走雄奇超迈一脉，宛如近世李太白。

这种旧格套新意境的诗，给读者带来了新鲜的阅读体验，并直接感受到了美雨欧风的力量。但是诗的新意境如果过于陌生，也会造成阅读的障碍，当然也直接影响了其中西方思想的散播。梁启超自己也曾积极用新语句作诗，其结果是作诗 8 句，竟要用 200 多字进行注解，才能让人读懂意思。所以，梁启超自我评价道："今日观之，可笑实甚也，真有以金星动物入地球之观矣。"[1] 而且新意境和新语句与旧格之间并不总能协调融洽，西方语汇的引入，有时会破坏诗句节奏和韵律，影响了诗歌本身的和谐美感。所以在 1905 年之后，诗界革命的声音就逐渐弱化了。

二

诗界革命刮起的革新之风，对传统诗歌的冲击是功不可没的。诗界革命的倡导者还与当时诗坛上保守的宋诗派、同光体诗派进行过斗争。

这里所说的宋诗派和同光体诗派，指的是清代以来，宗法宋诗的诗歌流派。在清代，宗法宋诗的诗人被直接称之为宋诗派，像郑珍、莫友芝、何绍基、祁隽

---

① 梁启超：《饮冰室合集》文集之四十五（上），北京：中华书局 1989 年版，第 4 页。

藻、曾国藩在晚清掀起宋诗风潮。表现在艺术技巧上，就是要追奇逐新，语必惊人、字忌习见，这实际上是宋代诗人黄庭坚在诗的语言上要做到"点铁成金"主张的继承和发展。他们还倡导"学人之诗与诗人之诗合"，主张以考证入诗，以才学入诗，这便为此后宋诗派诗人以故纸材料入诗提供了理论依据。表现在内容上就是希望以诗教维护振肃朝纲，流派中人往往与朝廷政统保持着亲密关系。而清末民初以来，承续这一诗歌理想的青年一代诗人，则自称为同光体诗派，他们大都是清朝科举制度的既得利益者，所以对清政府保持着一种惺惺相惜的眷顾。这个流派的出现实际上是清代诗坛尊唐宗宋之争的产物。晚清时期，尊唐者，如王渔洋等人，作诗有意规避时事，流连山水风景，重诗的含蕴风流。无论尊唐还是宗宋，其实都是诗歌创作中的拟古倾向。相对于旧瓶装新酒的诗界革命派而言，它们都表现出保守的文化姿态。

"同光体"一词，较早见于1899年陈衍《冬述四首示子培》其三："往余在京华，郑君过我邸。告言子沈子，诗亦同光体。"[①]1901年，陈衍为沈曾植写的《沈乙庵诗序》中言："'同光体'者，苏堪与余戏称同（同治）、光（光绪）以来诗人不墨守盛唐者。"[②]陈衍、郑孝胥、陈三立、沈曾植是同光体的代表诗人，他们的诗歌理论主要集中在陈衍的《石遗室诗话》中。

陈衍（1856—1937）撰修了篇幅巨大的《石遗室诗话》，《诗话》成为同光体诗人扬名逞誉的工具。1929年诗话刊行后，由于影响巨大，想借陈衍品评其诗歌而传世者，云集门庭，后又刻成《石遗室诗话续编》。《诗话》正续篇的刊行，无疑使同光体诗人群气焰高涨，也意味着诗派阵营具有了辐射整个民国诗坛的影响力。陈衍又在1923年应季拔可之请求，编《近代诗钞》，收录咸同至民初诗人369人，存诗5000余首，并附作家小传及评语，集中收录了大量同光体作家。而且以同光体标准选择诗家诗作，以其选评眼光左右着旧体诗人的近代诗史观念与诗歌美学观念，为同光体旗帜再次增彩。

钱仲联的《论"同光体"》一文将同光体诗人分为三派：以陈衍、郑孝胥为代

---

① 陈衍：《陈石遗集》，福州：福建人民出版社2001年版，第109页。

② 陈衍：《陈石遗集》，福州：福建人民出版社2001年版，第507页。

表的闽派，以陈三立为代表的江西派，以沈曾植为代表的浙派。江西派原就宗法宋代黄庭坚与江西诗派，浙派有源远流长的重学问重宋诗的传统，闽派后来也由宗唐转向宗宋。同光体理论有"三元"之说，即"上元开元，中元元和，下元元祐"①。开元、元和在唐代，开元有杜甫，元和有韩愈；元祐为北宋末，有黄庭坚。他们鼓吹"性情"，学习晚清宋诗派诗人以散文中的虚词助词入诗，形成"以文为诗"的特点，意在打破诗歌惯常以实词表情达意的传统，消解其对诗人才情的束缚，让诗句如散文一样流走、自然，使作者可以更加充分自如地表达自己的情思。同时提倡"学人之诗"，追求质实厚重、涵抱名理的诗美境界，与宋诗长于立意、议论，尚学问、重才力的特点较为接近。学问至上情结，直接导致了创作上以考据典故入诗的现象。诗人们为了炫耀才学，在诗歌中大量运用僻字僻典，使文本变得诘屈聱牙，繁冗不堪，难以卒读。"避俗避熟"也是同光体诗人努力追求的目标，为此，他们化用典故或借用前人的诗句时，反其意而用之，追求诗意新异。如陈衍的诗《别道安》："万树梨花雪不如，春帆细雨探知无。"前句故意与岑参的咏雪名句"忽如一夜春风来，千树万树梨花开"（《白雪歌送武判官归京》）唱反调。出于要避俗避熟的考虑，诗人们非常注重炼字炼句，在用字时有意避开俗常用法。陈三立的诗《园居看微雪》："冻压千街静，愁明万象前。"一个"压"字可谓出奇制胜。但刻意地求异求新，也使诗作大多艰涩险奥，枯燥空虚。

代表诗人沈曾植（1850—1922）在民国建立后以遗老寓居上海，曾参与张勋复辟。他的诗沉博险奥，陆离斑驳，雅健有理意，僻典奇字，诗中层见迭出。如《题赵吴兴〈欧波亭图〉》一诗："欧波亭上佳公子，绝代丹青写清思。渊源不到宋遗民。茗渚苹洲满意春，管公楼对比肩人。还将平远溪山意，消取沧桑异代身。"因为用典频繁且多是生辟典故，如果不加以注释，诗的内容很难读通。

另一代表诗人是陈三立（1859—1937），在戊戌变法期间，曾辅佐其父湖南巡抚陈宝箴创行新政，提倡新学。辛亥革命后，以遗老自居，思想亦渐趋保守。为诗不肯作一习见语，恶俗恶熟至甚。但在大多读者看来，他诗中的佳句还是出自文从字顺处更多。如诗作《十月十四夜饮秦淮酒楼，闻陈梅生侍御、袁叔舆户部

---

① 陈衍：《石遗室诗话》第 1 册，沈阳：辽宁教育出版社 1998 年版，第 4 页。

述出都遇乱事感赋》："狼嗥豕突哭千门，溅血车茵处处村。敢幸生还携客共，不辞烂漫听歌喧。九州人物灯前泪，一舸风波劫外魂。霜月阑干照头白，天涯为念旧恩存。"诗句基本是文从字顺，比之沈曾植要平易很多。

同光体诗人群跟满清政府之间的关系，使他们屡遭讥讽。但因为他们在诗学方面的坚持，中国古典诗歌在他们手中延续了20世纪的辉煌。1911年，辛亥革命推翻了清政府，这一事件对同光体诗人群的打击是非常沉重的，陈三立声称："凭栏一片风云气，来作神州袖手人。"另一代表诗人郑孝胥（1860—1938），则恋恋于旧王朝，清亡后，投奔溥仪，任内务府大臣。"九一八"事变后，出任伪满洲国国务总理兼文教部总长，沦为汉奸。1937年陈衍病死，陈三立在日寇占领北平后绝食而亡，同光体诗人群在20世纪诗坛上就此消散了身影。

其实，同光体和诗界革命派这两个诗群只有诗歌审美情趣的差异，并非是政治观念的分歧。陈三立和黄遵宪等都是"戊戌百日维新"的参与者或支持人。甚至在清朝覆亡后，同光体诗人大部分成为逊清遗老，康、梁则沦为保皇党。可见他们的政治观念乃至文化立场都是趋同的，所不同者，同光体诗人要求在诗歌中引入学问、名理，但这学问和名理是属于中国传统文化的，尤其是同光体诗人在民国后的"遗民"身份除了对民国政权的拒绝之外，表现出一种特有的对传统文化价值的固守和对现代文化价值的抗拒；而诗界革命派诗人则要求在诗歌中引入西方的思想学问，但并不想真正撼动乃至颠覆中国传统文化。等到辛亥革命推翻了清王朝的基业之后，满心失落的梁启超也向同光体诗人群靠拢，他中年以后与同光体理论家陈衍交谊渐深，陈衍的《石遗室诗话》于1912年连载于梁启超所主编的《庸言》报上，所以当时有人说梁启超"中年后一意学宋人"。

三

南社诗派是清末民初诗坛上与同光体诗人群齐名的另一个相对保守的诗人群体。1909年11月13日，由陈去病、高旭、柳亚子发起的南社在苏州虎丘成立。南社诗派是清末民初以资产阶级革命文学团体南社为代表的一个诗派。其成员大多是激烈的民族、民主革命派。基于强烈的民族情感与"保种爱国"之心，他们提倡"国学"，以张"国魂"，反对"醉心欧风"，甚至宣称："盖中国文学为世界各国冠，泰西远不逮也。而今之醉心欧风者，乃奴此而主彼，何哉！"①它以"操南音而不忘其旧"提倡"唐音"，与宗宋的同光体诗人群进行斗争，反对炫弄才学，点缀升平。他们的诗歌同样是在传统诗歌的形式规范之内，但在内容上以民族革命和民主革命的思想入诗，体现出鲜明的时代气息和浪漫色彩。南社出版社刊《南社》，分文录、诗录、词录三部分，其中诗歌成就最大。辛亥革命后，南社成员剧增至千余人，汇聚了绝大多数革命文化人，成为民族革命派的文化大军。

柳亚子（1887—1958），早年积极投身民族民主革命活动。他的诗慨当以慷，有热烈的感情，豪华的才气，卓越的器识。如题《张苍水集》（选一）："北望中原涕泪多，胡尘惨淡汉山河。盲风晦雨凄其夜，起读先生正气歌。"另一首《孤愤》则云："孤愤真防决地维，忍抬醒眼看群尸？美新已见扬雄颂，劝进还传阮籍词。岂有沐猴能作帝，居然腐鼠亦乘时。宵来忽作亡秦梦，北伐声中起誓师。"诗中对袁世凯及其趋附者倒行逆施的行径进行了猛烈抨击，表达了他要将救国的革命事业进行到底的决心和渴望战斗的激情。

高旭（1877—1925）的《爱祖国歌》（选一）："汝亦世界上无价之产物兮，汝岂不足以骄夸！我愿为祥风兮，恣披拂扫荡而莫我遮；以激起汝自由之锦潮兮，以吹开汝文明之鲜花！"全诗文字浅显、语言流畅、形式活泼、气势阔阔，抒发了诗人强烈的民族自豪感和对祖国的无比热爱之情以及对祖国前途的美好愿望。《黄海舟中作》："久困樊笼得自由，一朝长啸散千愁。惊涛万丈如山倒，始信男儿有壮游。"抒写了一个热血青年离乡出国探求救国救民真理的豪情和喜悦，奇气横溢，雄阔豪迈。

陈去病（1874—1933）曾支持康、梁，倾向维新变法，后转向民主革命。他的《中元节自黄浦出吴淞泛海口》一诗云："舵楼高唱大江东，万里苍茫一览空。海上波涛回荡极，眼前洲渚有无中。云磨雨洗天如碧，日炙风翻水泛红。唯有胥涛苦银练，素车白马战秋风。"全诗写得气象阔阔，情景交融，境界雄浑壮丽，抒发了革命志士的豪迈情怀和对国家命运的关切。

南社诗派继承谭嗣同、黄遵宪的"诗界革命"精神，以旧体诗表现革命内容，

---

① 高旭：《南社启》，《民吁报》，1909 年 9 月 17 日。

慷慨激昂，气势豪迈。它集中了陈去病、高旭、柳亚子、苏曼殊、马君武等著名青年诗人，柳亚子是其中成就最高、最具代表性的一位。南社解体的直接原因是1917 年其内部的唐宋诗之争。鲁迅曾分析这一争端，认为："属于'南社'的人们，开初大抵是很革命的，但他们抱着一种幻想，以为只要将满洲人赶出去，便一切都恢复了'汉宫威仪'……谁知赶出满清皇帝以后，民国成立，情形却全不同，所以他们便失望。"这种"失望"，在五四之前，表现之一是加入"礼拜六派"作家阵营，而表现之二就是一反南社的基本的诗歌主张，公开拥戴同光体，并且在自己的创作中与同光体合流。放弃革命情怀，苟安于诗中追求学问义理。1923 年，南社解体，南社诗派云散。

值得注意的是，清末民初的中国诗坛，分歧的各派在相互争斗，也在相互吸收，都在程度不同地承续着中国传统形式的诗歌。诗界革命派诗人们云散之前，首倡者梁启超在 1912 年后就转学宋人，南社的部分成员也转入同光体一派。从这一角度看来，这三个诗派尽管宗旨各异，但在延续旧诗格律，以及维系与传统文化的亲缘方面，是颇为一致的。

柳亚子曾说："从晚清末年到现在，四五十年间的旧诗坛，是比较保守的'同光体'诗人和比较进步的南社诗人争霸的时代。"[1] 但同光体诗人与南社诗人只是在政治倾向上有较明显的区分，两者的艺术形式均是对中国传统文学的承袭。也正如柳亚子所言："我呢，对于宋诗本身，本来没有什么仇怨，我就是不满意于满清的一切，尤其是一般亡国大夫的遗老们。"[2]

虽然诗界革命派、同光体诗人以及南社诗人都与传统的诗歌规范保持着紧密的联系，但他们还是从不同程度上赋予了诗歌新的质素，不管是黄遵宪等人的新意境新语句还是同光体的避俗避熟刻意求新，还有南社诗人纳民族革命理想与情怀入诗，都至少使诗歌语言发生了新的质变，贝特森说过："真正的诗歌史是语言的变化史，诗歌正是从这种不断变化的语言中产生的。"[3] 由此可知，他们的诗歌理

---

① 柳亚子：《介绍一位现代的女诗人》，《当代文艺》，1944 年，第 5 期。

② 郑逸梅：《南社丛谈》，上海：上海人民出版社 1981 年版，第 42 页。

③ 【美】韦勒克、沃伦著，刘象愚译：《文学理论》，北京：三联书店 1984 年版，第 186 页。

论和实践虽嫌保守，但到底也把革新求变的理念灌注到了 20 世纪的诗歌史中。

第四节　晚清民初的桐城派

一、桐城派缘何成为新文学运动的敌人

1917 年 1 月，胡适发表的《文学改良刍议》在批评"今之'文学大家'"[①]时矛头直指桐城文家。随后，陈独秀在《文学革命论》中对桐城的批判趋向极端，直接把"桐城三祖"方、刘、姚和明代前后七子及归有光视为"十八妖魔"，认为桐城派只是"八家与八股之混合体也"，必须打倒。[②]钱玄同则放声痛骂，径呼"选学妖孽，桐城谬种"，指斥桐城文章为"高等八股"。[③]自此，"桐城谬种"之说，风行一时，成为五四新文化革命的标志性口号。

诚然，陈独秀等人存在着用思想学术推进政治变革的企图，使得他们在对旧文化批判时措词激烈，不惜采用矫枉过正的策略。但他们在着手进行新文化运动时都拿桐城派开刀，显然与桐城派古文在晚清文坛中举足轻重的地位有关。桐城派是清代文坛上最有影响力的散文流派。郭绍虞曾说："由清代的文学史言，由清代的文学批评言，都不能不以桐城派为中心。"[④]

桐城派古文自方苞始，至姚鼐光大。姚鼐在鼎盛之年，放弃《四库全书》馆编修的任职，以文人学者身份，主讲江宁钟山、扬州梅花、徽州紫阳、安庆敬敷诸书院四十余年，于是桐城文章之学，便流播江南。姚鼐弟子中，最为著名的有管同、梅曾亮、方东树、姚莹、刘开等。他们生活的年代正是时势大变动的嘉庆、道光年间，所以与前辈相比，他们更注重文学与现实之间的关系。其中被尊奉为古文宗师的梅曾亮便提出"文章之事，莫大乎因时"[⑤]的主张。姚莹、方东树等人

---

①　胡适：《文学改良刍议》，《新青年》，第 2 卷第 5 号，1917 年 1 月。

②　陈独秀：《文学革命论》，《新青年》，第 2 卷第 6 号，1917 年 2 月。

③　钱玄同：《与陈独秀》，《新青年》，第 2 卷第 6 号，1917 年 2 月。

④　郭绍虞：《中国文学批评史》（下），天津：百花文艺出版社 1999 年版，第 310 页。

⑤　梅曾亮：《答朱丹木书》，贾文昭编著：《桐城派文论选》，北京：中华书局 2008 年版，第 286 页。

亦有要做经世致用之文的言论。姚莹、梅曾亮等相继去世后，轰轰烈烈的桐城事业处于群龙无首的境地。这时，朝野炙手可热的人物曾国藩针对桐城派空疏、规模小的弊病，在义理、考据、词章中导入"经济"内容，并倡导雄奇瑰伟之文。一时间从者甚多，形成"中兴"的局面。受曾国藩的影响，桐城派散文也关注政治、经济，呈现出洋务的思想。其中郭嵩焘、黎庶昌、薛福成等有出使经历，他们分别以游记、随笔、采风录、见闻记的形式向国人展现出西方社会，为国人打开了一扇了解西方的窗口。曾门弟子中的张裕钊、吴汝纶则执掌教鞭，讲学于南北书院。尤其是名震朝野的硕学鸿儒吴汝纶推崇西学，力促废除科举。虽然在社会变动和文化转型的大变革时期，传统文人素有的经世精神使桐城派在一定程度上积极汇入到时代浪潮中，其文章呈现出维新求变的开放型文化特征，但终究无法改变古文日薄西山的命运。

而在桐城古文面临着夕阳残照的境遇时，试图为桐城古文开疆辟域并与新文学交锋的正是后期桐城派。后期桐城派主要指出自张裕钊、吴汝纶门下的贺涛、范当世、马其昶、姚氏兄弟，以及曾拜吴汝纶为师并积极为桐城派护道与张目的严复和林纾。他们虽然无法力挽狂澜，但是凭着桐城派主盟清朝文坛二百多年的地位，也无法被轻易撼动。于是虽然康、梁力倡建了京师大学堂，但是真正入据要津的多是桐城派文人。在京师大学堂成立后的最初十五年中，"桐城派晚期要员及其盟友云集于京师大学堂，并先后入据要津：1902年，吴汝纶任总教习，逝世后，由其弟子、阳湖派（桐城旁支）代表人物张鹤龄继任，严复、林纾分任译书局正副总办。1906—1913年，林纾任预科、文科讲席并一度主持文科。1912—1913年姚永概任文科讲席，并任学长。马其昶（1910—1913）、姚永朴（1914—1918）亦先后任文科讲席。1910—1911年，吴汝纶之婿柯劭忞任署理。1912年2月—10月，严复任校长。"[1] 还有任文科教务长的汪凤藻、陈衍（石遗）、宋育仁也属于桐城古文派的中坚分子。"其时主宰北大文风自然是桐城古文派"[2]；所以，先后进入北大的钱玄同、陈独秀、胡适等人要开展新学、夺取话语权，势必要把桐城派

---

① 吴微：《从亲和到遗弃：桐城派与京师大学堂的文化因缘》，《东方丛刊》，2006年，第3期。

② 陈万雄：《五四新文化的源流》，北京：三联书店1997年版，第184页。

作为首先攻伐的对象。于是，曾在清朝文坛上执牛耳的桐城派最终在新文化运动先驱的炮轰之下黯然谢幕。

二、桐城派的革新为五四白话文的兴起做了多元准备

林纾曾在新文化主将的凌厉攻势下凄然长叹："吾辈已老，不能为正其非，悠悠百年，自有能辨之者。"[①] 其实不用百年，白话文运动一路高歌猛进，很快就一统天下后，桐城派与五四文人的紧张对立也很快成为过去，桐城派不再被妖魔化。胡适、周作人、郑振铎、朱自清等文人开始从学理层面重估桐城派古文的价值。

1922 年胡适《五十年来中国之文学》中曾说："桐城派的影响，使古文做通顺了，为后来二三十年勉强应用的预备，这一点功劳是不可埋没的。"[②]1932 年周作人在《中国新文学的源流》中这样评价桐城派："到吴汝纶、严复、林纾诸人起来，一方面介绍西洋文学，一方面介绍科学思想，于是经曾国藩放大范围后的桐城派，慢慢便与新要兴起的文学接近起来了。后来参加新文学运动的，如胡适之、陈独秀、梁任公诸人，都受过他们的影响很大，所以我们可以说，今次文学运动的开端，实际还是被桐城派中的人物引起来的。"[③] 的确如此，桐城派在社会大变革面前一直尝试着维新自强。虽然是在古典文学内部进行的某些局部的变革，但这种悄然进行的语言、文法、内容等方面的革新，为五四白话文的兴起做了多元准备。

第一，废科举为白话文畅行扫除了障碍。吴汝纶曾担任京师大学堂总教习一职，卸任后即赴日本考察教育。在日本期间写下了长达 12 万字的《东游丛录》，较为全面地介绍了日本的教育现状。在此基础上提出了中国教育未来学制的设想。但大学堂和科举制度的并行严重阻碍了新式学堂的发展，比如在科举应试期间学堂几乎为空校。相对于康有为的"徐废"[④] 科举来说，吴汝纶提出"径废"，且态

---

① 林纾：《论古文白话之相消长》，郑振铎编选：《中国新文学大系·文学论争集》（影印本），上海：上海文艺出版社 1981 年版，第 80—81 页。
② 胡适：《五十年来中国之文学》，《胡适文存二集》，合肥：黄山书社 1996 年版，第 188 页。
③ 周作人：《儿童文学小论 中国新文学源流》，止庵校订，石家庄：河北教育出版社 2003 年版，第 44 页。
④ 康有为：《请废八股试帖楷法试士改用策论折》，舒新城主编：《中国近代教育史资料》（上），北京：人民教育出版社 1981 年版，第 36 页。

度坚决鲜明。而且早在戊戌变法时吴汝纶就提出"直应废去科举,不复以文字取士"。① 此后,一直耿耿于此,力言"径废";并面陈张百熙:"科举不废,学校不兴"②。三年后袁世凯、张之洞几乎照抄吴汝纶的有关论断而奏请"立停科举以广学校"。科举的废除为学校的兴办,在一定程度上为新式白话文的提倡清除了一大障碍。

当然,吴汝纶对废科举兢兢以求时,似乎并未意识到此乃自毁根基之举措。桐城文章尽管求雅洁而忌"时文",但实际上它与"时文"有着千丝万缕的联系。它所运作的一套写作技巧,善于操练"有节制的表演",能很好地接通"古文"与"时文"。桐城派之所以是天下第一文派,与其写作训练"有利于科举考试,获取功名,不无关系"。③ 由此而言桐城派与以科举为核心的封建文化教育制度息息相关。果然,科举废除后,旧的教育体制土崩瓦解,西学与新文化巧然合璧。当白话文顺理成章地代替了文言文时,以古文称雄于世的桐城派已失去了存在的理由。

第二,桐城派在语言和文法上的革新试验。正如周作人所说,因为桐城派的中兴明主曾国藩"较为开通,对文学较多了解,桐城派的思想到他便已改了模样"。④ 这种桐城派"模样"的变化就是内容扩宽、规模扩大、风格纵横恣肆,而这些改良直接造成了桐城古文在语言和文法上的变革。

桐城派中兴的代表人物郭嵩焘、黎庶昌、薛福成等人有多年出使西方的经历,使他们得以从不同方面了解西方文化。郭嵩焘是中国第一任驻外公使。他的《使西纪程》虽为日记体,但"文笔自由奔放,语言浅近平易,接近白话,已完全脱离了桐城派古文的窠臼,成为近代新体散文的先声"。⑤ 黎庶昌,曾出任英、法、德、西班牙四国参赞五年,任出使日本大臣六年。所撰《西洋杂志》一书,以古文形式详细介绍了西欧各国的政教得失、科学技术、风土人情,被誉为"西洋风俗图"。薛福成也是一位睁眼看世界的爱国文人,他十分推崇欧洲君主立宪,主张变法维

① 吴汝纶:《与周玉山廉访》,《吴汝纶全集》第 3 册,合肥:黄山书社 2002 年版,第 194 页。

② 吴汝纶:《谕儿书》,《吴汝纶全集》第 3 册,合肥:黄山书社 2002 年版,第 597 页。

③ 陈平原:《文派、文选与讲学:姚鼐的为人与为文》,《学术界》,2003 年,第 5 期。

④ 周作人:《儿童文学小论 中国新文学源流》,止庵校订,石家庄:河北教育出版社 2003 年版,第 44 页。

⑤ 刘衍:《中国散文史纲》,长沙:湖南教育出版社 1994 年版,第 375 页。

新，表现出较为鲜明的改良主义思想。他的《出使英法意比四国日记》中的《观巴黎油画记》等成为广为传诵的名篇。总之，三人以游记型散文来介绍西方文化时，大量使用关于西方文化的新词汇，远远突破了桐城派古文语言"雅洁"的标准，拉开了近代文体语言变革的序幕。同时，这些散文视野开阔，清新流畅，意境新颖，促进了散文的近代化，其积极意义同样不可低估。

林纾"在中国文学上的功绩是不可泯没的"①，他的翻译小说"提供了大量渗透外来词汇和句法的初步经验"②。钱钟书曾分析道：

> 林纾译书所用文体是他心目中认为较通俗、较随便、富于弹性的文言。它虽然保留若干"古文"成分，但比"古文"自由得多；在词汇和句法上，规矩不严密，收容量很宽大。因此，"古文"里绝不容许的文言"隽语"、"佻巧语"像"梁上君子"、"五朵云"、"土馒头"、"夜度娘"等形形色色地出现了。口语像"小宝贝"、"爸爸"、"天杀之伯林伯"等也经常掺进去了。流行的外来新名词——林纾自己所谓"一见之字里行间便觉不韵"的"东人新名词"——像"普通"、"程度"、"热度"、"幸福"、"社会"、"个人"、"团体"、"脑筋"、"脑球"、"脑气"、"反动之力"、"梦境甜蜜"、"活泼之精神"等应有尽有了。还沾染当时的译音习气，"马丹"、"密司脱"、"安琪儿"、"苦力"、"俱乐部"之类不用说，甚至毫不必要地来一个"列底（尊闺门之称也）"，或者"此所谓'德武忙'耳（犹华言为朋友尽力也）"。意想不到的是，译文里包含很大的"欧化"成分。③

林纾使用的文言是"通俗"、"随便"、富于"弹性"的，是有意无意吸收不规矩的"佻巧语"、"口语"和"外来语"的，使气清、体洁、语雅的桐城古文也有了很大改观。显然，不论是桐城派的中兴名臣还是后期桐城派，在白话文运动形成之前，桐城派的古文已经从内部开始松动了，已经开始向着"言文一致"迈进。对于这一点，吴福辉论述道："文言的松动并非只是给现代白话的出现制造出空隙

---

① 周作人（署名开明）：《林琴南与罗振玉》，《语丝》，1924年，第3期。
② 吴福辉：《五四白话之前的多元准备》，《中国现代文学研究丛刊》，2006年，第1期。
③ 钱钟书：《林纾的翻译》，《旧文四篇》，上海：上海古籍出版社1979年版，第83—84页。

而已。一种行使了一千年以上的文言，作为正宗的文学语言，它几经调整，试图适应时代的发展，到了晚清最终适应不下去了。这次的'松动'型调整，是大的调整，调整后虽然不会直接'和平长入'，自动演变为新式的白话（所以五四是一场革命，将旧文学语言要彻底赶下台去），却为新式白话的词法句法形成，预先在革新文言的试验中做了准备。"①

第三，后期桐城派对西方科学和文学的翻译。如前所述，秉持着洋务思想的晚清桐城派对西方科学、文化的推介起到了先导作用，但真正以译才名闻天下的是被胡适誉为"介绍西洋近世思想的第一人"严复和"介绍西洋近世文学的第一人"②林纾。以严复、林纾为代表的桐城文人以桐城文章翻译西学，绍介新知，别开生面，为桐城古文注入了新的生机和活力。桐城文章作为新学的文化载体，也由此展现了一种前所未有的时代魅力。

五四中人鲜有几个没有受到严复和林纾影响的。严复所译《天演论》以其物种进化、汰劣留良的进化论影响了一代中国人，而其流畅渊雅的译文，也博得了众人尤其是文学青年的喜欢。以音调铿锵之古文译书，为古文的发展开辟了一片新天地。林纾的翻译小说除了"塑造了一个崇尚西方文学的新的读者群——五四一代新文学作家"③外，对中国文学的"典范转移"起到的是开创性作用。④陈子展认为严复和林纾"运用古文翻译西洋近世思想的书或近世文学的书，他们替古文延长了二三十年的运命"。⑤

三、后期桐城派对古文坚守的动因和现实意义

主张理学经世、"中体西用"的晚清桐城派在社会大变革面前也曾一度领时代之先，但他们对传统经学的抱残守缺最终与古典文化的现代转型失之交臂。昔日洋务维新的桐城派成为更新的一代攻击讨伐的对象，其渐进式的文化选择，被

---

① 吴福辉：《五四白话之前的多元准备》，《中国现代文学研究丛刊》，2006年，第1期。
② 胡适：《五十年来中国之文学》，《胡适文存二集》，合肥：黄山书社1996年版，第193页。
③ 杨联芬：《晚清与五四：中国文学现代性的发生》，北京：北京大学出版社2003年版，第111页。
④ 杨联芬：《晚清与五四：中国文学现代性的发生》，北京：北京大学出版社2003年版，第84页。
⑤ 陈子展（炳堃）：《最近三十年中国文学史》，上海：太平洋书店1930年版，第85页。

五四文人全盘否定、断然扬弃。历史不能假设也不容倒置，所以探讨桐城派自然演进而存在的另一种历史可能性，也许并没有什么现实意义。但是讨论后期桐城派对古文坚守的动因和意义也许会对今天有所启示。

吴汝纶是曾门四弟子中唯一经历甲午战争的，甲午惨败使吴汝纶对救国存亡有了更深刻的认识。他认为振兴国势，全在得人而不在议法[①]，进而转向教育救国的道路。吴汝纶宣扬"熔中西于一冶"的人才观和"合东西国学问"的知识观，所以他既力倡废科举、兴西学，又致力于古文化的传承性，把曾国藩对桐城派的重在持议而不拘文法的变革又重新恢复到桐城古文的气清、体洁、语雅的轨道上来。后期桐城派人员多受吴汝纶的影响。姚永概认为甲午前患西学之不知，今患中学之全弃耳。"永概所言者，非毁新学也，以为必知吾说而后新学可期其成而致之用，正以相赞益耳。盖过犹不及者，圣人之至论也。"[②]姚永概的观点，代表着后期桐城派所共同的文化选择。

作为早期的思想启蒙者严复，其思想在国内外局势的跌宕变化和个人命运的荣辱起伏下发生了巨大变化。他在留学归国三十年后重返欧洲，既对欧洲社会经济日新月异的发展感到惊奇，又对西方资本主义的民主政治及伦理道德深为失望。当严复谆谆告诫学生"五伦之中，孔孟所言，无一可背"[③]时，人们很难再看到甲午前后那位撰写《辟韩》、《救亡决论》，倡言民主、科学的思想家的风采。1914年第一次世界大战的爆发和共和后国内纷乱的政治局势，使得严复对西方文明的理想之梦彻底破灭，转而把文明天演的希望寄托于东方文明，寄托于传统文化。严复1917年所作的《太保陈公七十寿序》集中地表达了他的东西文化观。其又在《与熊纯如书》中表述此意："不佞垂老，亲见脂那七年之民国与欧罗巴四年亘古未有之血战，觉彼族三百年之进化，只做到'利己杀人，寡廉鲜耻'八个字。回观孔孟之道，真量同天地，泽被寰区。此不独吾言为然，即泰西有思想人亦渐觉

---

① 吴汝纶：《答廉惠卿》，《吴汝纶全集》第 3 册，合肥：黄山书社 2002 年版，第 132 页。

② 姚永概：《与陈伯严书》，任访秋主编：《中国近代文学大系·散文集四》，上海：上海书店出版社 1993 年版，第 146—147 页。

③ 严复：《论教育与国家之关系》，璩鑫圭、童富勇编：《教育思想》，上海：上海教育出版社 1997 年版，第 315 页。

其为如此矣。"①此时的严复,对《新青年》文学革命的倡导,真有一种"曾经沧海难为水"的鄙夷。在他看来,白话文运动"亦如春鸟秋虫,听其自鸣自止可耳",林纾与其辩论甚是可笑。②

综观近现代史上几次的社会变革、文化转型,当人们身历旧秩序已被打碎,但新的仍晦暗不明的彷徨苦闷时期时,总是向传统文化溯源,以求其心理慰藉和动力之源,20世纪80年代以来的国学热也是依据类似的文化逻辑。"中体西用"的洋务思想随着甲午中日战争的惨败成为弃履,后期桐城派痛心于纲常名教的沦落却无力回天。当时代没有为后期桐城派提供驰骋纵横的政治舞台,留给他们的只有文坛与讲坛的情况下,他们希望少涉纷杂,以具有"渊穆气象"的纯儒自处。他们的作品,很少再去讨论"经世要务",但他们以传统文化的传人自居,为"力延古文之一线,使不至于颠坠"③而坚守着。

作为后期桐城派中吴汝纶之后的主帅的马其昶,存志于古文,又有强烈地振兴乡邦文化的意愿。但时代终于没有给以潜龙自喻的马其昶提供开阖出没的机遇。马其昶不论是在国史馆写作"儒林"和"文苑传"还是在京师大学堂执教,都无法重振桐城雄风了。当然后期桐城派仍试图以自己的创作来扩大影响,并致力于从理论上修补、完善桐城古文的理论体系。如姚永朴创作完成了《文学研究法》,虽大多是掇拾先人遗绪,但把散乱的零星、只言片语的古文辞理论系统化,变成可以在大学讲坛上传授的知识,却是一次有益的尝试。姚永朴的《文学研究法》和林纾的《韩柳文研究法》、《春觉斋论文》、《文微》等专著对桐城派文论做了挽歌式的总结。与桐城派自有渊源的徐世昌选编归有光、方苞、姚鼐、梅曾亮、曾国藩、吴汝纶、张裕钊、贺涛等人的作品成《明清八大家文钞》。诸人的努力虽难以扭转颓势,但为后人留下了研究桐城派的第一手资料。

后期桐城派大多还坚守着狷洁自好的文化人格和处世态度。桐城派最后的宗师吴汝纶"平生不俯首",以清高自守。马其昶"性淡泊,貌庄而气醇"。姚永概

---

① 严复:《与熊纯如书·七十五》,王栻主编:《严复集》第3册,北京:中华书局1986年版,第692页。
② 严复:《与熊纯如书·八十三》,王栻主编:《严复集》第3册,北京:中华书局1986年版,第699页。
③ 林纾:《畏庐续集·送大学文科毕业诸学士序》,上海:商务印书馆1927年版。

"为人孝友笃至","不屑于奔逐众好之场"。姚永朴以"蜕私"名其轩,将淡泊名利、仁义厚朴、无欲求刚作为自己的人生态度。总而言之,他们不争荣、不慕利、淡泊明志、宁静致远。

然而林纾却"任气好辩"①。林纾不赞同那种将中国的积弱积贫的最终原因归之于文化和传统,他置疑:"呜呼!因童子之赢困,不求良医,乃追责其二亲之有隐瘵逐之,而童子可以日就肥泽,有是理耶!"②林纾也并不是一概地反对白话文。林纾早年也是维新派,还写过白话诗,而且还出版了一部以愤念"国仇"、呼吁"通变"为基本内容的"歌诀体"诗歌《闽中新乐府》。1924年胡适读到这部诗集后曾作过如下反思:"我们这一辈的少年人只认得守旧的林琴南,而不知道当日的维新党林琴南。只听得林琴南老年反对白话文学,而不知道林琴南壮年时曾作过很通俗的白话诗,——这算不得公平的舆论。"③其实,林纾反对的是完全废除文言文。他认为即使提倡白话文也应该吸纳、继承中国文化和文言文的传统,以此来丰富和完善白话文。"非读破万卷,不能为古文,亦并不能为白话"④,"古文者白话之根柢,无古文安有白话"⑤。但是五四先驱"激进"的文化态度和论争方式反而把对方的文化选择逼向了极端。在论争中,林纾为延古文一线生机,不得不采用极端保守的文化策略。

晚清民初桐城文人在新学一统天下、旧学岌岌可危之际,仍然倾心于经史之学的维系,致力于古文辞的守护。在当时的五四文人看来不免迂执悖时,但这不能被完全看做是旧式文人自慰自怜的写照。因为正是这种执着的文化选择,才能保住传统文化的血脉,守住中国文化的根基,同时也是对新文化运动的一种制衡与纠偏。

① 吴孟复:《忆姚仲实先生》,《清代文坛盟主桐城派》,合肥:安徽人民出版社2002年版,第541页。

② 林纾:《致蔡鹤卿书》,《北京大学日刊》,1919年3月21日。

③ 胡适:《林琴南先生的白话诗》,《晨报六周年纪念增刊》,北京:北京晨报馆,1924年12月出版。

④ 林纾:《致蔡鹤卿书》,《北京大学日刊》,1919年3月21日。

⑤ 林纾:《论古文白话之相消长》,郑振铎编选:《中国新文学大系·文学论争集》(影印本),上海:上海文艺出版社1981年版,第80—81页。

第五节　章士钊与“甲寅派”

　　章士钊是一个跨越了封建中国、半封建半殖民地中国和社会主义新中国三个时代的风云人物。他一生经历丰富，在思想上、政治上走过曲折复杂的道路。他曾投身民主主义革命，策划过暗杀清廷要员的活动，后又转而提倡苦读救国，拒不参加革命组织。他赞成过资产阶级代议制，又宣传基尔特社会主义。他接近过袁世凯，又参加了反袁、讨袁的斗争。后来投靠段祺瑞，思想上趋向保守，但又设法营救过李大钊，出任陈独秀的律师并为之辩护。而章士钊从倡言反满革命、宣扬民主共和、鼓吹“调和立国”到主张复古主义的思想嬗变的复杂性，在其创办的报刊《甲寅》中有着相当典型的体现。

　　其实，《甲寅》并非是一个连贯的、统一的报刊。章士钊一生创办过三次《甲寅》，即《甲寅》月刊、《甲寅》日刊和《甲寅》周刊。三份刊物的区别不仅仅是出版周期的不同，其前后思想主张和编撰人员也很不一样。《甲寅》月刊（1914年5月—1915年10月）开风气之先，与《新青年》有很深的渊源关系；《甲寅》日刊（1917年1月—6月）与《新青年》并肩作战，堪称姊妹刊；《甲寅》周刊（1925年7月—1927年4月，其间曾因经济原因中断8个月）与新文化运动相对抗，成为《新青年》的对立面。很明显由《甲寅》的编撰人员派生出来的“甲寅派”只是个笼统的说法，它的所指并不明确，如果不加区别，就会对《甲寅》月刊、日刊、周刊的各不相同的历史作用有所遮蔽。很多研究者在涉及到“甲寅派”这一概念时总是各取所需，其所指的内涵并不一样。以胡适、钱基博为代表的一些人认为，“甲寅派”是指《甲寅》月刊时期的章士钊、高一涵、李大钊、李剑农等人，该派主要是政论文派别。而以梅子、贾植芳等人为代表的另一些人则认为，“甲寅派”是指《甲寅》周刊时期的章士钊、瞿宣颖等人，且该派主要是思想文化派别。显然这两种观点都有其片面性，且都没有注意到《甲寅》日刊时期“甲寅派”的情况。陈子展曾就月刊时期、日刊时期和周刊时期《甲寅》的显著差异提出，《甲寅》月刊和日刊时期为"前甲寅"与《甲寅》周刊时期为"后甲寅"①的说法，颇值得注意。因此，只有对三种《甲寅》期刊细致地考证、辨析之后，我们才能探求章士钊和不同时期的"甲寅派"在文化转型中所起的历史作用。

一、《甲寅》月刊："新文化运动的思想先声"②

"二次革命"失败后，许多仁人志士流亡日本。在历经了近代政治的风云变幻之后，他们已经不再将个人的命运简单地交付给空洞的国家主义理想，现实的深刻教训迫使他们必须对个人与国家的关系做重新的思考和定义，这批知识分子中有两个引人注目的人物就是章士钊与陈独秀。章士钊于 1914 年 5 月在日本创办了《甲寅》杂志月刊，成为《新青年》杂志问世以前向中国传播西方文化思想的一个主要阵地。五四前夕，中国知识分子借助日本这一言论空间，展开了关于个人与国家、民族发展等问题的考察和论战。考察与论战的成果显露出以个人独立自由为核心的现代性的思想方案，成为了五四新文化运动的重要思想资源，也正是这样的考察与论战催生了像陈独秀、李大钊、高一涵这样的新文化先驱。

虽然，探讨中国文学的新路并非《甲寅》月刊的主旨，但在从封建专制主义向现代社会的转化过程中，如果没有社会政治观念的变迁，没有文化专制主义思想的进一步削弱，一个普遍的广泛的文化革新运动是不可能发生的。也正是思想的更新才顺理成章地带来文学趣味的变迁。章士钊和《甲寅》月刊同人实际上重新调整了个人与国家的基本关系架构，文学创作因新思想的注入而扩展了空间，注重以个人体验为本位，从而为确立未来五四新文学的基础立场——个人主体立场，在思想变革的意义上打开了通道。

此外，《甲寅》月刊与擎起新文化运动大旗的《新青年》有很深的渊源关系。首先，章士钊和陈独秀非同寻常的深厚友谊。两人可谓是"总角旧交"，"于其人品行谊知之甚深"。③ 早在 1903 年两人共同编辑《国民日日报》时，便"夜抵足眠，

---

① 陈子展：《最近三十年中国文学史》，阿英编：《中国新文学大系·史料索引》，上海：良友图书印刷公司 1935 年版，第 41 页。

② 李怡：《〈甲寅〉月刊：五四新文学运动的思想先声》，《中国现代文学研究丛刊》，2003 年，第 4 期。

③ 章士钊：《致龚代总理函》，《章士钊全集》第 4 卷，上海：文汇出版社 2000 年版，第 107 页。

日促膝谈，意气至相得"①。及至两人先后流亡日本后，陈独秀又成为《甲寅》月刊的主要协助人。吴稚晖就曾经说过："今日章先生视《甲寅》为彼惟一产物，然别人把人物与甲寅联想，章行严而外，必忘不了高一涵，亦忘不了陈独秀。"②虽然陈独秀在《甲寅》发表的文章并不多，但他在编辑《甲寅》的过程中发挥着重要的作用。

其次，正是源于章士钊与陈独秀共事革命、共办刊物的背景，早期《新青年》在办刊宗旨、栏目设置、撰稿人队伍、广告刊载、文学观念变革以及注重学理的精英倾向等方面，都与《甲寅》月刊有着渊源关系，所以说《甲寅》月刊直接催萌了五四新文学。

《甲寅》在创刊号的《本志宣告》中明确昭示出自己的办刊宗旨："以条陈时弊，朴实说理为主旨，欲天下论断，先事考求，与曰主张，宁言商榷，既乏架空论，尤无偏党怀，惟以己之心，证天下人之心，确见心同理同，即本以立说，故本志一面为社会写实，一面为社会陈情。"③"条陈时弊"等也是陈独秀创刊的《青年杂志》的主要特色。从创刊号开始，他设立了两个专栏，分别叫《国内大事记》和《国际大事记》，藉新闻报道的方式，曲折地议论时政。即使发表学术文章，也总是用各种方法，例如在句子下面点圈，在文章后面刊登评点式的"编者附志"等等，突出那些学术议论的政治意义。当然，陈独秀承继《甲寅》批评时政的办刊思想，更表现为一种思想的承继。陈独秀在创刊号上发表《敬告青年》"本志之作盖与青年诸君商榷将来所以修身治国之道"，并拟定了"修身治国之道"④的六条标准，其实质上是全盘否定中国传统的政治文化，揭起新文化运动的旗帜。

在《新青年》前几卷的栏目设置中，不仅承袭了《甲寅》月刊中的"政论"、"社会问题"、"时评"、"论坛"、"文艺作品"等栏目，而且《新青年》还把《甲寅》

---

①　唐宝林等编：《陈独秀年谱》，上海：上海人民出版社 1988 年版，第 26 页。又见孤桐（章士钊）：《吴敬恒—梁启超—陈独秀》，《甲寅》周刊，第 1 卷第 30 号，1926 年 2 月 6 日。

②　吴稚晖：《章士钊—陈独秀—梁启超》，张若英编《中国新文学运动史资料》，上海：光明书局 1934 年版，第 254 页。

③　《本志宣告》，《甲寅》，第 1 卷第 1 号，1914 年。

④　《本志编辑部 社告》，《青年杂志》，第 1 卷第 1 号，1915 年。

开创的"通讯"栏目(《新青年》改为"通信")发扬光大。《新青年》的"通信"栏开启了编读互动和质证解疑等风气,实践了刊物开放自由的宗旨与风格,扩展了刊物的自由舆论空间和媒介影响力。更重要的是,在《新青年》"通信"栏中还发表了胡适关于"文学革命"与陈独秀的通信,由此催生了中国文学革命的宣言书——《文学改良刍议》和陈独秀的《文学革命论》,从而标志着中国文学进入一个崭新的时代。其后,钱玄同、刘半农等对文学革命的推波助澜大多也是通过"通信"的方式来实现的。因此,《新青年》对章士钊开创的"通讯"栏目的借鉴和发展不可等闲视之。

从撰稿人队伍来说,《甲寅》月刊的撰稿人有章士钊、高一涵、周鲠生、杨端六、张东荪、李大钊、陈独秀、胡适、易白沙、吴虞、陶孟和、刘叔雅、谢无量、吴稚晖、苏曼殊、程演生、李寅恭等。可以说集结了当时中国一批先进的知识分子,他们中的多数人后来都成为了五四新文化运动的先驱者。陈独秀参与了《甲寅》月刊的编辑,由此结识了该刊的撰稿人群体。而这一重要的人力资源,也被他后来有效地运用到对《新青年》的造势与扩张的过程中。所以陈独秀不但不讳言《新青年》对《甲寅》的承袭,反而常常借读者的来信公开阐明这种渊源。《新青年》第2卷第1号就登载这样一封读者来信说:《甲寅》遭政府禁止后,在"一般爱读该志者之脑海中,殆为饷源中绝,饥饿特甚,良可惜也。今幸大志出版,而前之爱读《甲寅》者,忽有久旱甘霖之快感,谓大志实代《甲寅》而作也"。①这段话清楚明白地点出《新青年》"实代《甲寅》而作也"。第3卷第3号的《通信》更有这样的读者来信:"前秋桐先生之《甲寅》出版,仆尝购而读之,奉为圭臬。以为中华民国之言论界中当为首屈一指,不谓仅出十册……仆当时为不欢者累月。然不料续《甲寅》而起者,乃有先生之《新青年》。"②读者有近10封信论及两者的相承相继。很显然,陈独秀借读者来信以强化《新青年》对《甲寅》的一脉相承性:一方面早期《新青年》正是凭借《甲寅》的作者群,或者说是利用《甲寅》的广泛影响与良好声誉为《新青年》扩大影响的;另一方面也显示出《甲寅》

---

① 贵阳爱读贵志之一青年:《通信》,《新青年》,第2卷第1号,1916年。
② 余元浚:《通信》,《新青年》,第3卷第3号,1917年。

的办刊主旨、栏目设置等对陈独秀的深刻影响。

二、《甲寅》日刊:"甲寅派"政论文的形成及影响

1922 年,胡适在《五十年来中国之文学》中把"章士钊一派的政论的文章"作为古文新变过程中一个阶段来论述。他说:"章士钊一派是从严复、章炳麟两派变化出来的,他们注重论理,注重文法,既能谨严,又颇能委婉,颇可以补救梁派的缺点。《甲寅》派的政论文在民国初年几乎成一个重要文派。但这一派的文字,既不容易做,又不能通俗,在实用的方面,仍旧不能不归于失败。因此,这一派的健将,如高一涵、李大钊、李剑农等,后来也都成了白话散文的作者。"① 这是关于"甲寅派"的最早说法。胡适指出"甲寅派"是以章士钊为领袖,主要成员包括李大钊、高一涵和李剑农等人。这种论述很恰当。

1917 年 1 月章士钊在北京复刊《甲寅》,改为日刊发行。章士钊自任主编,同时邀请李大钊、邵飘萍、高一涵为主要撰稿人,并协助办理社务。《甲寅》日刊创刊后,李大钊和高一涵轮流为该刊写社论,时评主要由邵飘萍、李大钊、石钟、高一涵等人执笔。李大钊先后在日刊上发表了《甲寅之新生命》、《调和之美》等文章,高一涵陆续发表了《调和私解》等文章,一起阐发、维护章士钊的调和思想。李剑农虽然没有参加《甲寅》日刊的编辑工作,但在《太平洋》杂志上先后发表了《调和本义》、《时局罪言》等文章,批判以梁启超为首的假调和派,维护以章士钊为首的"真调和"主张。

李大钊和高一涵除了思想与章士钊接近外,发表的文章也很多。在《甲寅》日刊刊发的 132 篇社论(或论说、代论)中,李大钊撰写 40 篇,高一涵撰写 23 篇,章士钊撰写 18 篇。在刊发的 170 篇时评中,邵飘萍撰写约 92 篇,李大钊 20 篇,章士钊 9 篇,高一涵 7 篇② 。邵飘萍虽然发表文章也很多,但是他思想激进,与章士钊的"调和"主张并不吻合。从上面的资料可以看出,胡适之所以把李大

① 胡适:《五十年来中国之文学》,参见《胡适学术文集·新文学运动》,北京:中华书局 1993 年版,第 95—96 页。

② 郭双林:《前后"甲寅派"考》,《近代史研究》,2008 年,第 3 期。

钊、高一涵、李剑农归为章士钊为首的"甲寅派",是从思想、文风方面来考虑的。虽然,李大钊、高一涵等也都曾在《甲寅》月刊上发表文章,但是李大钊、高一涵发表文章只有各 4 篇,李剑农 1 篇。《甲寅》月刊时期,他们的文章少,且文风、思想都不甚成熟。其中李剑农的《猎官与政权机关》一文也没有章士钊的"调和"之气。而在《甲寅》月刊上发表文章多的易白沙和张东荪等人的思想显然与章士钊并不统一。因此,只有到《甲寅》日刊时期,以李大钊、高一涵和李剑农为主将的前"甲寅派"才最终形成。有学者就认为,"就前'甲寅派'而言,它酝酿于《独立周报》时期,出现于《甲寅》月刊时期,但最终形成是在《甲寅》日刊时期。"[①]

以章士钊为首的"甲寅派"政论文,为现代散文的革新做了很好的铺垫。当时的人就曾给予了很高的评价。1918 年傅斯年在《怎样做白话文》一文中谈到章士钊的文章时就写道:"他有一种特长,几百年的文家所未有——就是能学西洋词法,层次极深,一句话里的意思,一层一层的剥进,一层一层的露出,精密的思想,非这样复杂的文句组织,不能表现;决不是一个主词,一个谓词,结连上很少的'用言',能够圆满传达的。"[②] 稍后,罗家伦在《近代中国文学思想的变迁》中不仅把严复、章太炎、章士钊等人的文章概括为"逻辑文",认为章士钊的文章"可谓集'逻辑文学'的大成了",并且指出:"平心而论,《甲寅》在民国三四年的时候,实在是一种代表时代精神的杂志。政论的文章,到那个时期趋于最完备的境界。即以文体而论,则其论调既无'华夷文学'的自大心,又无策士文学的浮泛气,而且文字的组织上又无形中受了西洋文法的影响,所以格外觉得精密。"[③]

胡适也有中肯的评价:"他的文章的长处在于文法谨严,论理完足……他的文章有章炳麟的谨严与修饰,而没有他的古僻,条理可比梁启超,而没有他的堆砌。他的文章与严复最接近,但他自己能译西洋政论家法理学家的书,故不须模仿严复。严复还是用古文译书,章士钊就有点倾向'欧化'的古文了,但他的欧化,

① 郭双林:《前后"甲寅派"考》,《近代史研究》,2008 年,第 3 期。
② 傅斯年:《怎样做白话文》,《新潮》(合订本),第 1 卷第 2 号,1919 年 2 月 1 日,上海:上海书店 1986 年影印版,第 129—180 页。
③ 罗家伦:《近代中国文学思想的变迁》,《新潮》(合订本),第 2 卷第 5 号,1920 年 9 月,上海:上海书店 1986 年影印版,第 872—873 页。

只在把古文变精密了；变繁复了；使古文能勉强直接译西洋书而不消用原意来重做古文；使古文能曲折达繁复的思想而不必用生吞活剥的外国文法。"[1] 钱基博在《现代中国文学史》中也指出："士钊之作，则文理密察，而衷以逻辑"，"然中国言逻辑者，始于严复，而士钊逻辑古文之导前路于严复，犹之梁启超新民文体之开先河自康有为也。"

因而，前"甲寅派""欧化"的古文以其说理精密、逻辑严谨在散文的沿革中有着不可忽视的作用。而李大钊、高一涵等"后来也都成了白话散文"的健将，成为五四新文化运动和文学革命的领潮人。

三、《甲寅》周刊：对新文化运动的挑战与制衡

1925 年 7 月，章士钊创刊《甲寅》周刊。按陈子展的说法，《甲寅》周刊的编撰人员被称为后"甲寅派"。后"甲寅派"主张文化保守，其成员不算少，有陈筦枢、梁家义、瞿宣颖等，但有帅无将，基本上靠章士钊一人支撑。周刊时期的《甲寅》是最为中国现代文学史著作所诟病的一段时期。《甲寅》周刊提倡尊孔读经，提倡文言文，反对新文化运动，反对白话文，规定"文字须求雅训，白话恕不发布"[2]，与五四新文学运动公开唱起反调。于是，章士钊变成了"老虎总长"，镇压学生运动；《甲寅》周刊变成了"老虎周报"，为章士钊的复古主张摇旗呐喊，为世人所不齿。如果拨开历史尘烟，重估《甲寅》周刊，人们会发现后期"甲寅派"仅仅是一个政治上坚持自由主义立场的文化保守主义派别。"甲寅派虽然有掌握大权的章士钊挂帅，但它确实没有运用权力贯彻自己的保守主义文化策略，正相反，它倒是自处于时代潮流的边缘，以一种抗争的姿态向新文化和新文学提出了自己的制衡要求。"[3]

在文化上，后"甲寅派"认为"文化者，非飘然而无倚，或泛应而俱当者也。盖不脱乎人地时之三要素。凡一民族，善守其历代相传之特性，适应与接之环境，

---

[1] 胡适：《五十年来中国之文学》，《胡适文存二集》，北京：中华书局 1993 年版，第 214 页。

[2] 《本刊启事》，参见《甲寅》（周刊），1925 年，第 1 期。

[3] 朱寿桐：《甲寅派与学衡派的制衡力量》，《中华活页文选》（教师版），2008 年，第 7 期。

曲迎时代之精神，各本其性情之所近，嗜好之所安，力能之所能至，孜孜为之，大小精粗，俱得一体，而于典章文物，内学外艺，为其代表人物所树立布达者，悉呈一种欢乐雍容情文并茂之观，斯为文化。""毁弃固有之文明务尽"，事事追求与西方"毕肖"，所得必然"至为肤浅"。[①] 他们担心新文化运动会使中国文化丧失自己的特性，造成中国在文化上"亡国"，使中国人丧失自己的文化标识，变成"无所归类"的人。这种对民族主体性的强调，今天看来虽不无现实的警示作用，但显然是夸大了。

在新旧关系上，章士钊认为"新"是还未经过时间考验的东西，往往是过眼云烟和昙花一现，而"旧"则是经过历史检验的真理，是过去的精华所在。章士钊说："盖旧者无他，乃数千年来巨人长德方家艺士之所殚精存积，流传至今者。"[②] 章士钊在新旧关系的处理上强调两者的辩证关系，他说"旧者，根基也，不有旧决不有新，不善于保旧决不能迎新；不迎新之弊，止于不进化；不善保旧之弊，则几于自杀"[③]，他也得出结论："以舍旧无可以为新也。新旧如环，因成进化，必然之理。"[④] 章士钊极力淡化和消解新旧判然两别的界限，认为胡适视新与旧"崭然离立。两不相混"，"乃滑稽而不可通"。一味"仇旧"，"而惟渺不可得之新是骛"，必然导致"精神界打乱"。[⑤] 这也并非耸人听闻。

在语言形式上，首先，后"甲寅派"认为文言文不能废，因为文言文是中国几千年文化和智慧的结晶，是中华民族的母语，国家不亡，文言文就应该存在。"文言贯乎数千百年，意无二致，人无不晓……吾之国性群德，悉存文言。国苟不亡，理不可弃。"[⑥] 其次，后"甲寅派"的精英取向使他们鄙视白话文，认为白话文鄙俗

---

① 章士钊：《评新文化运动》，《文学运动史料选》第 1 册，上海：上海教育出版社 1979 年版，第 285—286 页。

② 章士钊：《评新文化运动》，《文学运动史料选》第 1 册，上海：上海教育出版社 1979 年版，第 288 页。

③ 章行严：《新时代之青年》，《东方杂志》，第 16 卷第 11 号。

④ 孤桐（章士钊）：《说车军》，《甲寅》（周刊），第 1 卷第 7 号。

⑤ 章士钊：《评新文化运动》，《文学运动史料选》第 1 册，上海：上海教育出版社 1979 年版，第 288 页。

⑥ 孤桐（章士钊）：《评新文学运动》，《甲寅周刊》，第 1 卷第 14 号，1925 年 10 月。

粗率，不能表达精深之义，不能登大雅之堂。并且指责白话文"流于艰窘，不成文理，味同嚼蜡，去人意万里"①。他们认为文化是"最少数人之所独擅"，"贵纵不贵横，贵突不贵衍，贵独至不贵广谕"的阳春白雪，不能指望一般的民众理解文化的精义。而新文化运动以"运动"的形式，求文化为一般民众所共喻，这是不可能的，其结果只能是"欲进而反退，求文而得野。陷青年于大阱。颓国本于无形"。不但精英所独擅的文化不会为一般人所理解，反而会使最少数精英分子所传续的文化被下里巴人的"文化"所同化。②

很明显，后"甲寅派"是对新文化运动的纠偏。其实早在 1930 年代陈子展就指出：章士钊的"后甲寅""若是仅从文化上文学上种种新的运动而生的流弊，有所知识，有所纠正，未尝没有一二独到之处，可为末流的药石"。但是紧接着陈子展话头一转说章士钊想要"根本推翻这种种新的生机，新的势力"③，肯定是悖时迂腐的。因此，虽然章士钊和后"甲寅派"的文化调和论直到今天仍有诸多可贵的思想资源可供取鉴，在文化实践上也有一定的成绩，但也只有在对新文学的互补、制衡上才能彰显其价值。

总之，章士钊一生起伏跌宕，思想复杂，所以各个时期的"甲寅派"在历史上所起的作用也很不一样。前"甲寅派"在思想上开风气之先，在文学革命上对新体散文的形成功绩显著。后"甲寅派"虽然逆潮流而动但对新文学的互补、制衡毋庸置疑。而且无论前后"甲寅派"的主张和历史作用多么不同，都是他们在向西方寻求救国之路的过程中，从中到西，再从西到中，在中西文化的交流碰撞中形成的一种思考、一种文化选择、一种介入现实的积极态度。所以，尊重他们的文化选择，指出他们的历史局限，对构建今天的多元共生的文化格局具有积极的作用。

---

① 章士钊：《评新文化运动》，《文学运动史料选》第 1 册，上海：上海教育出版社 1979 年版，第 290 页。

② 章士钊：《评新文化运动》，《文学运动史料选》第 1 册，上海：上海教育出版社 1979 年版，第 289—291 页。

③ 陈子展：《最近三十年中国文学史》，阿英编：《中国新文学大系·史料索引》，上海：良友图书印刷公司 1935 年版，第 41 页。

第六节 "学衡派"其人其文

"学衡派"是五四前后一种独特的受中国传统文化渗染的文学形态。由于它的西方话语色彩和现代文化元素，使之与同时期其他肯定中国传统文化的文学形态明显不同。所以，"学衡派"的形成、发展和对新文化主流派的冲突及其发挥的作用也更为复杂。

一、在未有《学衡》之前

"学衡派"以《学衡》杂志而得名，但这一文化现象的雏形在《学衡》杂志创刊前许多年就已经出现了。

从1911年起，两个徽州人梅光迪、胡适同在美国留学，开始了连续多年的书信往来。由于中华民国的诞生，在当时美国的中国留学生中，讨论中国的政局和社会走向几乎成为时尚。其中胡适、梅光迪、赵元任、任叔永、陈衡哲、朱经农等人就废文言、用白话等问题进行过讨论。1915年暑期，梅光迪与胡适关于中国语言文学的讨论演变为辩论。"正方"梅光迪坚持白话可用、文言断不能废的观点，反对胡适"死文学"和"活文学"的提法，反对以白话代替文言。他认为白话用在文学其他部门能适合，就是不能用之于诗。"反方"胡适则偏激地认定古文为"半死"或"全死"的文字，主张废文言，用白话。随着交锋的升级，在加剧了胡适片面性的同时，也提升了他思考的深刻性，深化了他对倡导中国文学革命的迫切性和使命感，从而把胡适"逼上梁山"举起了"文学革命"的义旗。

胡适与"文学革命"的兴起一同名扬天下。不服输的梅光迪便在留美同学中寻找知音和同道。在哈佛大学，经原来的清华同学介绍他与吴宓结为好友。二人走到一起并非偶然，当初梅光迪与胡适辩论该不该废文言的时候，也就是《新青年》为代表的文化激进主义刚刚探首中国思想界之际，吴宓就与汤用彤、吴芳吉等同学在清华学校的学生中成立了"天人学会"，旨在"折中新旧中外，发扬祖国固有文明"。不久，吴宓与汤用彤等也到了哈佛大学留学。梅光迪与吴宓相见恨晚。吴宓回忆说："梅君慷慨流涕，极言我中国文化之可宝贵，历代圣贤、儒者思想之高深，中国旧礼俗、旧制度之优点，今彼胡适等所言所行之可痛恨。昔伍员自诩

'我能覆楚'，申包胥曰：'我必复之'。我辈今者但当勉为中国文化之申包胥而已，云云。宓十分感动，即表示：宓当勉力追随，愿效驰驱，如诸葛武侯之对刘先主'鞠躬尽瘁，死而后已'，云云。"①

青年吴宓的择业理想几经变化：继诗人梦之后，他又做过报业梦和化学梦，1917年到美国留学后他又在文学与报业两大理想之间游移不定。促成他摆脱两难选择的，正是国内的"文学革命"。吴宓在当年的日记里写到："近见国中所出之《新潮》等杂志，无知狂徒，妖言煽惑，耸动听闻，淆乱人心，贻害邦家，日滋月盛，殊可惊扰。又其妄言'白话文学'，少年学子，纷纷向风。于是文学益将堕落，黑白颠倒，良莠不别。"②基于对《新青年》、《新潮》一派批判中国传统文化的反感，吴宓找到了自己做杂志与做文学两个人生理想的结合点——创办一个杂志，以对抗新文化主流派，建设真正的中国新文学。他与梅光迪、张鑫海等哈佛同学相约，回国后与胡适、陈独秀等人，一决高下。吴宓在1920年3月4日的日记中说："宓归国后，必当符旧约，与梅君等，共办学报一种，以持正论而辟邪说。"③再加上他的哈佛老师白璧德对中国传统文化的肯定，并告诫吴宓等认真研究中国的国学，还让吴宓写文章。吴宓当时的日记有这样的记录："巴师谓中国圣贤之哲理，以及文艺美术等，西人尚未得知涯略；是非中国之人自为研究，而以英文著述之不可。今中国国粹日益沦亡，此后求通知中国文章哲理之人，在中国亦不可得。……巴师甚以此望之宓等焉。宓归国后，无论处何境界，必日以一定之时，研究国学，以成斯志也。"④1920年年底，吴宓撰写了《论新文化运动》一文；半年后在回国的船上，他又完成了《再论新文化运动——答邱昌渭》一文，向新文化阵营发出了挑战。

胡先骕与胡适也是由同学、好友，后来变成论敌的。1914年，部分在美国的留学生成立了中国科学社，发起人中就有胡适和胡先骕。两位胡姓同学开始交往，谈科学，亦谈文学……但对于中国传统文化的态度两人差距较大。后来两人发生矛盾与胡适那篇著名的《文学改良刍议》有关。胡文中说："今之学者，胸中记得几个文

① 吴宓：《吴宓自编年谱》，北京：三联书店1995年版，第177页。
② 吴宓：《吴宓日记》第2卷，北京：三联书店1998年版，第90页。
③ 吴宓：《吴宓日记》第2卷，北京：三联书店1998年版，第134页。
④ 吴宓：《吴宓日记》第2卷，北京：三联书店1998年版，第196页。

学的套语，便称诗人。其所为诗文处处是陈言烂调……"并引了一首词为证：

> 荧荧夜灯如豆，映幢幢孤影，凌乱无据。翡翠衾寒，鸳鸯瓦冷，禁得秋宵几度。幺弦漫语，早丁字帘前，繁霜飞舞。袅袅余音，片时犹绕柱。

胡适所引的这篇作品正是胡先骕在《留美学生季报》上发表的《齐天乐·听临室弹曼陀铃》。这时，在美国先学农艺后改学植物学的胡先骕已回国。1918年应聘国立南京高等师范学校农林专修科教授。五四"文学革命"兴起之后，与多数国立高校不同，南京高等师范学校的师生形成与北京的新文化派大唱反调的倾向。胡先骕就是代表人物之一。他撰写的文章《中国文学改良论》抨击"陈独秀、胡适之创中国文学革命之说"，就是首先刊登在《南京高等师范日刊》的。1921年，以南京高等师范学校为基础正式建立东南大学，成为北京大学之后第二所国立综合性大学。校刊一度称为《南高东南大学日刊》，也一度成为与北京大学新文化派对抗的阵地。它的"诗学研究专号"曾招来文学研究会等主流作家们的不满，仅《文学周报》就发了近20篇文章，用了7期刊登对《南高东南大学日刊》"诗学研究号"批评和反批评的文章[①]。

胡先骕写了一篇两万多字的长篇论文《评〈尝试集〉》。作为植物分类专家，他用此等方法研究《尝试集》，似不经意间就把这部白话新诗的奠基之作分解得没有什么价值了："以172页之小册，自序、他序、目录已占去44页，旧式之诗词复占去50页，所余之78页之《尝试集》中，似诗非诗似词非词之新体诗复须除去44首。至胡君自序中所承认为真正之白话新诗者，仅有14篇，而其中《老洛伯》、

---

① 如：《文学周报》1921年11月12日第19号上有斯提（叶圣陶）：《骸骨之迷恋》。1921年12月1日第21号上有薛鸿猷：《一条疯狗》、守廷：《对于〈一条疯狗〉的答辩》、卜向：《诗坛底逆流》、东：《看南京（高）日刊里的"七言时文"》、赤：《由〈一条疯狗〉而来的感想》。1921年12月11日第22号上有缪凤林：《旁观者言》、欧阳翥：《通讯——致守廷》、守廷：《通讯——致欧阳翥》。1921年12月21日第23号上有静农：《读〈旁观者言〉》、吴文祺：《对于旧体诗的我见》、王警涛：《为新诗家进一言》、薛鸿猷：《通讯——致编辑》。1922年1月1日第24号上有幼南：《又一旁观者言》。1922年1月11日第25号上有吴文祺：《驳〈旁观者言〉》、西谛（郑振铎）：《通讯——致凤林、幼南》和凤林、幼南：《通讯——致西谛》。1922年2月1日第28号上有吴文祺：《〈又一旁观者言〉的批评》等。

《关不住了》、《希望》三诗尚为翻译之作。"① 剩下的所谓11首新诗，在胡先骕看来，"不过枯燥无味之教训主义"、"肤浅之征象主义"、"纤巧之浪漫主义"、"肉体之印象主义"。"胡君之诗，即舍其形式不论，其精神亦仅尔尔。胡君竟欲以此等著作，以推倒李杜苏黄，以打倒《黄鹤楼》，踢翻《鹦鹉洲》乎。"② 他不仅否定了胡适的诗，更用大量篇幅否定了胡适等人的文学革命理论，不仅没有什么正面价值，却有破坏固有文化、扰乱青年思想的负面作用。胡先骕的"《评〈尝试集〉》撰成后，历投南北各日报及各文学杂志，无一愿为刊登，或无一敢为刊登者。此，事实也。"③ 吴宓认为，"《学衡》杂志之发起，半因"④ 于此。

1919年，在美国的吴宓就已接受北京高等师范学校的聘任。1921年吴宓回国前夕，突然接到梅光迪来函和校方聘电，许以《学衡》总编辑和东南大学英国文学教授职⑤。为了办杂志和治文学的双重理想，吴宓立即辞聘北京高等师范学校，受聘东南大学。此时，胡适的几个"冤家对头"都汇集于这所崭新的大学。

二、《学衡》与"学衡派"

1922年1月《学衡》创刊，1933年7月最终停刊，共出版79期。说到"学衡派"，各类文学史著作往往只提吴宓、梅光迪、胡先骕三人。这是以讹传讹的历史误读。既然说"学衡派"因《学衡》得名，那么其核心成员就远不止吴宓、梅光迪、胡先骕三人。只是这三人与胡适结怨较早，对立倾向较为明显，给后人留下"学衡派"就这三个代表人物的印象。在还没有《学衡》的时候，说这三人代表这个流派显然不够妥当，何况《学衡》创刊后，除了吴宓，还有一些人比梅光迪、胡先骕更能代表这个杂志的作者群。

《新青年》之所以能在北京大学发挥巨大作用，不能不提蔡元培。《学衡》诞生于东南大学，不能不说刘伯明。刘伯明1911年入美国西北大学攻读哲学及教育，

---

① 胡先骕:《评〈尝试集〉》,《学衡》, 第 1 期, 1922 年 1 月。
② 胡先骕:《评〈尝试集〉》,《学衡》, 第 1 期, 1922 年 1 月。
③ 吴宓:《吴宓自编年谱》, 北京: 三联书店 1995 年版, 第 229 页。
④ 吴宓:《吴宓自编年谱》, 北京: 三联书店 1995 年版, 第 229 页。
⑤ 吴宓:《吴宓自编年谱》, 北京: 三联书店 1995 年版, 第 214 页。

1915 年以《论老子哲学》获得博士学位，受到美国哲学界的好评。他还是西洋哲学在中国系统传播的开路人之一，著有《西洋古代中世纪哲学史大纲》、《近代西洋哲学史大纲》等。刘伯明回国后即任南京高等师范学校教授。东南大学建立后，任校长郭秉文的副手兼文理科主任、全校训育主任，曾代理校长实际主持过全校的校务工作。他与梅光迪是美国西北大学的同学，都不满于新文化主流派的全盘反传统。他"力持人文主义以救今之倡实用主义者之弊"①，尤其是办一个刊物对抗新文化主流派的想法与梅光迪一拍即合，于是，便有了吴宓的加盟。《学衡》发刊词后的第一篇正式文章就是刘伯明撰写的。可惜，一年后他突然去世，否则他会对东南大学及《学衡》做出更大的贡献。

《学衡》杂志还有一个特别重要的人物，那就是东南大学教授、国学大师柳诒徵，字翼谋。钱穆曾经这样描述当时"学衡派"与"新青年派"的对立：

> 民国初年以来，陈独秀胡适之诸人，先后任教于北平北京大学，创为《新青年》杂志，提倡新文化运动，轰传全国。而北京大学则为新文化运动之大本营所在。

> 民国十年间，南京中央大学诸教授起与抗衡。宿学名儒如柳翼谋，留美英俊如吴宓雨生等，相与结合，创为《学衡》杂志，与陈胡对垒。②

文中排在首位的是柳诒徵，然后才是吴宓。《学衡》创刊时，杂志社公推柳诒徵起草了《学衡》发刊词（名为《弁言》）。以往文学史著作不仅忽略了这位《学衡》当之无愧的代表人物，而且搞错了一个重要史实，误以为《学衡》的宗旨："论究学术 阐求真理 昌明国粹 融化新知 以中正之眼光 行批评之职事 无偏无党 不激不随"见于《学衡》发刊词，甚至一些权威书籍都注明这段话见于《学衡》创刊号③。其实，这一宗旨见于《学衡》杂志第 3 期才开始刊登的《学衡杂志简章》。而人们在《学衡》创刊号上首先读到的《弁言》才是《学衡》最早展示在国人面前的办刊理念，即柳诒徵归纳的"四义"：

---

① 柳诒徵、张其昀、缪凤林编：《刘伯明先生纪念专集》，《国风》，1932 年 11 月。
② 钱穆：《纪念张晓峰吾友》，《张其昀先生纪念文集》，台北：中国文化大学出版部 1986 年版，第 7 页。
③ 北京大学等校主编：《文学运动史料选》第 1 卷，上海：上海教育出版社 1979 年版，第 272 页。

一、诵述中西先哲之精言以翼学。

二、解析世宙名著之共性以邮思。

三、籀绎之作必趋雅音以崇文。

四、平心而言不事谩骂以培俗。[①]

柳诒徵是在《学衡》杂志上发表文章最多的人（10倍于梅光迪），也曾发表多篇文章批评胡适等人的观点。但他坚守《学衡》"四义"，尤其是他"平心而言不事谩骂以培俗"之风，远离了文坛和学界的一些事事非非，以至于后人忘记了他与《学衡》的密切关系。

吴宓与《学衡》的关系最深。初期"学衡杂志社"的牌子就挂在他家门口，社务会议就在他家召开，他名为"集稿员"实为总负责。第3期刊登的《学衡杂志简章》最后注明："总编辑兼干事吴宓，撰述员人多不具录。"他曾经在相当长的时间里把这杂志当做毕生的事业来做。《学衡》没有稿费，印刷费由杂志的骨干成员一同分担。后来骨干成员多有离散，吴宓为每期杂志贴付100元出版费用。为保持杂志的独立性，吴宓等拒不接受来自官方的资助。吴宓顶着新文化主流派及其支持者的舆论重压和来自经济、出版以及杂志内部矛盾等方面的多种压力，主持《学衡》杂志十年多，被称为"《学衡》之魂"。

梅光迪是《学衡》杂志的发起人和筹办人之一。是他最早与中华书局订约出版此杂志，也是他拟定了该杂志的主要撰述员与基本同志名单。但第13期以后，《学衡》杂志上再也看不到梅光迪的文章。他到哈佛大学教书之后更不再为《学衡》供稿。

《学衡》创刊之初，几乎每一期都有胡先骕撰写的大文章。他批胡适的《尝试集》、《五十年来中国之文学》和新文化运动的弊端，介绍白璧德的新人文主义思想，试图为当时中国文学的标准和文学批评立法。这些文章都有一定的影响。《学衡》创刊的第二年胡先骕再度留美，与《学衡》逐渐疏远。以后他专门研治植物学，取得了很高的成就。

---

① 柳诒徵：《弁言》，《学衡》，第1期，1922年1月。

除梅光迪、刘伯明、吴宓、柳诒徵、胡先骕外，《学衡》杂志社基本社员还有马承堃、萧纯锦、邵祖平、徐则陵①、缪凤林、景昌极②。以上11人应为"学衡派"最初的骨干成员。

《学衡》创刊后，作者队伍越来越大，撰稿者至少有160余人③。除以上提到的骨干成员外，主力作者有：王国维、陈寅恪、汤用彤、吴芳吉、刘永济、张其昀、张荫麟、瞿方梅、张文澍、向达、刘朴、易峻、曹慕管、刘善泽、郭斌和、徐震堮、周正权、唐大园、陆懋德、黄建中、鲍鼎、陈柱、王恩洋、杨成能、胡稷咸、夏崇璞、孙德谦、李思纯、刘盼遂、林损、陈黼宸、郑鹤声等。其他作者还有：梁启超、康有为、陈三立、邱逢甲、陈宝琛、方令孺、贺麟、曾朴、林纾、陈铨、黄节、叶恭绰、杨杏佛、张季鸾、汪懋祖、钟歆、张鑫海、沈曾植、向楚、蒙文通、萧涤非等。

"学衡派"首先是一个"新国学派"。《学衡》的主要作者多数成为20世纪中国新国学的大家。此前的旧国学强调对中国学术和文明的传承，新国学既强调继承传统国学，又重视吸收西方学术和文明内涵，是从属于世界的现代中国学术。《学衡》的作者大都超越了传统儒生对王权政治的依赖，主张吸取中西文明的精华，思考当时中国的现实问题。相对于文化激进主义而言，他们属于文化保守主义，但绝不是文化复古主义。

"学衡派"又是现代中国的"新人文主义派"。他们向国人介绍西方学术、西方文艺、西方思想……尤其钟情于美国著名学者、思想家、教育家欧文·白璧德的学说。以白璧德为代表的新人文主义的出现，很大程度上是对资本主义工业化和商品经济过度发展的一种反动。也就是说，新人文主义对抗的是物文主义。与此前西方人文主义思想家的不同，白璧德思想的超越，来自他东方文化的精神资源和比较文化视野。在白璧德看来，过于强调"物的原则"必然会伤害"人的原则"，新人文主义就是要重新回到人的本源立场上来。他不再高喊"人是万物之灵

---

① 吴宓：《吴宓自编年谱》，北京：三联书店1995年版，第227—228页。

② 吴宓：《吴宓自编年谱》，北京：三联书店1995年版，第235页。

③ 刘增人：《中国现代文学期刊史论》，北京：新华出版社2005年版，第240页。

长"之类抽象的空洞口号，不满于泛情的人道主义，希望节制情感，恢复人文理性秩序。白璧德的学说成为"学衡派"许多重要成员的有力思想武器，以对抗新文化派的进化论、实验主义等。

"学衡派"追求"昌明国粹"与"融化新知"的结合。胡先骕转引白璧德的观点"凡真正人文主义方法之要素，必为执中于两极端。"[①]"执中"与儒家思想的"中庸"理念相吻合。因此，他们确立了"以中正之眼光 行批评之职事 无偏无党 不激不随"的立场和原则。这是他们的办刊宗旨，也是他们的思维方法。将古代的超时空理想用于现代，用西方话语阐释中国思想的精华，在古今中外的普遍联系中宣扬普世性的价值，这是"学衡派"的最高追求目标，但没有真正实现。他们能做的只是以价值理性对抗工具理性，以"执中"反击"极端"，在反击中难免走向另一个"极端"。

三、学衡派与新文化主流派的论战

学衡派与新文化派的论战本应是五四时期一次文化保守主义与文化激进主义之间的深刻对话，因为其中蕴含着新人文主义与社会达尔文主义之间、道德理想主义与实用主义之间、价值理性与工具理性之间，可以互补的冲突与张力。只可惜，这次互补性的对话，却成了时空不太对接的思想交锋和话语权的竞争。

这场论战应分为两个阶段：一是"前《学衡》时期"，二是"《学衡》前期"。前人在文学史叙述中一些"共识"的错误，源于混淆了这两个时期，混淆了两个时期的论争对象和论争的内容。

第一个阶段"前《学衡》时期"是在《学衡》创刊之前。这时期梅光迪、胡先骕、吴宓主要是与胡适论战，兼及陈独秀、罗家伦等"《新青年》/《新潮》派"。双方的主要分歧有二：一是文言与白话的问题，胡适等人主张"言文合一"，因为文言不利于新思想的传播，也不符合新文学的平民主义要求。梅光迪等人则主张"言文分离"，强调书面语言的约定性和正宗地位。二是对待中国传统文化的问题。"《新青年》/《新潮》派"高举反传统的大旗，甚至提出"打孔家店"、"刨祖坟"

---

① 胡先骕：《评〈尝试集〉》，《学衡》，第 2 期，1922 年 2 月。

等过激口号。梅光迪、吴宓等则"极言我中国文化之可贵,历代圣贤、儒家思想之高深"。

以上分歧起初只是胡适与梅光迪、胡先骕之间的私人争辩,后来胡适的观点借文学革命的平台取得国内新派知识分子的肯定并暴得大名。对此,梅光迪、吴宓等人极为反感。但是,他们私下里的议论并没有形成实质上的论战,远隔万里之遥空间上难以对话,写成批判文章发表也是滞后几年的事情。这时候胡适等人居于强势地位,话语权掌握在"《新青年》/《新潮》派"手里。对方处于弱势地位,很难有公开表达的机会,否则胡先骕批《尝试集》的文章怎能发不出来?这同时也说明,五四高潮时期,梅光迪、胡先骕、吴宓等人不是新文化运动公开的反对派,也没有对"文学革命"构成任何威胁。

第二个阶段"《学衡》前期",是指《学衡》创刊后的前五年。这一时期的历史语境与前一时期发生了重大变化。这主要是第一次世界大战之后,西方资本主义世界的内在矛盾充分暴露。因此,中国精英知识者重新思考中国应采取何种文化、走什么道路的问题。在这样的背景下,学衡派的出现既有历史的合理性,又有历史的悲剧性。其合理性在于,学衡派的"昌明国粹"、"融化新知"不同于此前封建遗老们闭门自大式的株守传统,而是一些熟知西洋文化的学人根据新的世界文化态势做出的一种文化选择;其合理性还在于学衡派确实发现了新文化运动的一些弊端试图予以纠正。其悲剧性在于,他们对抗的是五四以后中国文化发展的历史趋势。

这一阶段,学衡派批判的对象已经发生了重大的变化。《学衡》一创刊矛头直指"提倡新文化者"。他们所说的"提倡新文化者"本是《新青年》和《新潮》一派。可是,《学衡》1922年创刊时,《新潮》的核心成员纷纷出国,新潮杂志社改成了学会。当年那个激烈反传统的"新潮派"已不复存在。这时,《新青年》已经变成中国共产党的刊物。《新青年》杂志最核心的成员大都转向了:陈独秀、李大钊已转为职业政治家,胡适等人已转向了"整理国故"。所以,学衡派在他们的直接论敌那里没有得到太多的回应。胡适当时就预言:"《学衡》的议论,大概是反对文学革命的尾声了。我可以大胆说,文学革命已过了议论的时期,反对党已破产了。

从此以后，完全是新文学的创造时期。"①

　　事实与胡适的预言十分接近。这时期的学衡派看似强势：人员众多又拥有自己的杂志，还带着全新的理论准备。但是学衡派与他的论敌之间并没有多少直接的交手，只能在《学衡》刊载的文章中看他们批判"提倡新文化者"四五年前的言论。这是他们之间对话而不对接的突出表现。不对接的另一个表现是，与他们为敌的人基本不是他们批判的人。当时"与《学衡》杂志敌对者，为（一）上海'文学研究会'之茅盾一派……（二）上海《民国日报》……邵力子一派……（三）上海'创造社'郭沫若一派……"②。《学衡》诸君不顾眼前的反对派，依然向宿敌昔日的言论发起攻击。需要说明的是，《学衡》诸君并不反对新文化，反对的是新文化主流派对待传统文化和如何建设中国新文化的主张。如梅光迪所言"夫建设新文化之必要，孰不知之。"③但为什么会冒出这么多学衡派的敌人呢？当年"提倡新文化者"只是《新青年》和《新潮》的几个人，如今"提倡新文化者"却无处不在。所以，《学衡》创刊后学衡派的敌人已经由胡适等少数人悄然变成了一个强大的新文化主流派。可见，五四新文化运动的精神已经深入人心，只是其缺失也被掩盖了。

　　新文化运动以摧枯拉朽之势在短短的数年里实现着以现代文化取代封建文化的历史重任。新文化阵营在还来不及消化所接受的外来文化思想、顾不上检讨自己在反对传统文化中的缺失的时候，就开始分化了。对五四迅速的潮起潮落所包含的经验和教训，除鲁迅等极个别人外，新文化斗士们很少有人进行过反思。他们就在这样一个并不牢固的新文化基础上开始新的自我选择。学衡派也正是在这时候，向"提倡新文化者"发出责难的。

　　责难之一：对待西方文化的态度。新文化主流派在摧毁中国封建思想文化格局、开创现代新文化格局方面，显然是功不可没的。但是，他们对所"拿来"的西方文化热情匆忙地运用有余，而冷静细心地消化不足。还没有析别各种"主义"

---

①　胡适：《胡适文集》第 3 卷，北京：北京大学出版社 1998 年版，第 262—263 页。

②　吴宓：《吴宓自编年谱》，北京：三联书店 1995 年版，第 235 页。

③　梅光迪：《评提倡新文化者》，《学衡》，第 1 期，1922 年 1 月。

的真正价值，就盲目趋从。学衡派抓住了新文化主流派的这一明显弱点，发出深深的不满和斥责："恐我国学术界，仅为西洋文明之奴隶，而毫无独立自主之精神也。"① 他们还认为这种"西化"倾向，不仅会造成民族虚无主义，还会助长民心之急功近利。梅光迪说："吾国近年以来，崇拜欧化，智识精神上，已惟欧西之马首是瞻，甘处于被征服地位。……国人又经丧权失地之余，加以改革家之鼓吹，对于本国一切，顿生轻忽厌恶之心。故诋毁吾国固有一切，乃最时髦举动，为弋名邀利之捷径。"② 但是学衡派夸大了新文化主流派的弱点：他们指责新文化主流派输入的西方思想是，只"采卑下一派之俗论"，引进的新思潮是以偏概全和以伪充真。这显然与事实相去甚远。

责难之二：对待中国传统文化的态度。学衡派最不满意的是新文化主流派对中国传统文化采取的全盘否定的态度。学衡派肯定中国传统文化，并不是要向传统回归。而是希望中西文化能够相互吸收，取长补短，相得益彰。新文化主流派抨击中国传统文化，其言词之激烈、内容之广泛、态度之偏激，确给学衡派的反击提供了把柄。学衡派坚决反对新文化主流派对于中国传统文化"专图破坏"的做法。认为应当在"昌明国粹"的基础上"促成吾国将来之新文化"。也就是说，他们并不反对新文化的产生，只是反对新文化主流派割裂传统的文化改造方式。为达此目的，他们不惜矫枉过正，以致于给人留下"卫道派"的印象。

责难之三：新文化主流派强烈的功利倾向。学衡派认为文化建设需要保持思想和学术的超然地位。他们打出"为求真理而求真理"的旗帜，攻击新文化主流派不是追求真理的价值，而是以功利名誉为目的，攻击之中掺入了过多的夸大和辱骂，又给新文化主流派留下了还击的口实。

学衡派与新文化主流派的这场论战，以学衡派的暂时失败而告结束。无论新文化主流派有多少缺漏，但其积极的价值大于其消极的价值。因为"历史老人总是要先做完一件事情，再做另一件事情"。当时中国所要做的第一件事情无疑是反封建。反封建所要借助的武器只能是西方的资产阶级理论学说。只有先"拿来"

---

① 胡稷成：《敬告我国学术界》，《学衡》，第 22 期。
② 梅光迪：《评今人提倡学术之方法》，《学衡》，第 2 期，1922 年 2 月。

批判的武器，才能进行对武器的批判。他们彻底地、不妥协地反对中国封建文化不可避免地要连带着作为载体的中国传统文化。不可能设想他们唱着对传统文化的赞美歌而只反其中的封建性的糟粕。首先对包括载体的符号、价值和信仰体系进行根本性的置换，才能从根本上动摇封建意识的根基。从这个意义上说，新文化主流派的一些过失，也许是不可避免的代价。

肯定新文化运动的积极作用，并不等于否定对其消极作用补救的必要。应该说，五四落潮以后出现的学衡派也是历史的另一种必然要求。只是这种要求有可能导致守旧思想的回潮。这就使新文化主流派与学衡派的论战背景更加复杂、冲突更为尖锐。由于双方各有其历史合理性、又各有其局限性，所以，各自的优长和缺欠在不同的时空充分展现。论战中，双方各以片面批判对方的片面，也是不可避免的，甚至是保持文化发展平衡所需要的。因为文明的演进常常是一系列偏激和对偏激的反拨构成的。

在"启蒙"与"救亡"成为压倒一切之历史重任的时候，文化激进主义已然成为不可逆转的历史主流，学衡派的"无偏无党、不激不随"显得那么不合时宜，也就难免被无情地冲出时代的风暴圈之外，以致于其积极的一面也被隐而不显。在泛功利主义的时代氛围中，学衡派无力扭转现代中国的文化乾坤。

第七节　新格律诗与闻一多

中国的诗歌史是一部诗体不断演化的历史。现代中国"新诗"的出现是相对于"旧诗"而言的诗体大变革。在"新诗"之前，中国的古典诗歌是中华文明的骄傲。在长期的艺术实践中，中国古代诗人不断遵从着、并不断创造着中国诗歌的形式体系。这一体系是东方古典式的生活情调、生产方式和审美理想的产物。当国门不得不向世界洞开，"亚细亚的生产方式"和以"和谐"为美的文艺理想难以维持，现代中国的文学也就不得不随之改变。然而，传统与现代，既是对立的，又是相互打开的。从晚清到五四时期，中国文学中不断出现一些新的质素，只是"新"中总是带着"旧"，强大的文化传统终究是任何人都无法抗拒的。

一、新诗格律化的尝试

任何创新无不是从继承开始的。连中国新诗的破冰之人胡适都承认，他的《尝试集》第一编里的诗"实在不过是一些刷洗过的旧诗"，如"《赠朱经农》、《黄克强先生哀辞》为七言歌行；《中秋》为七言绝；《江上》、《十二月五日夜月》、《病中得冬秀书》、《赫贞旦答叔永》、《景不徙篇》、《朋友篇》、《文学篇》，皆为五言绝或五言古。词如《沁园春》、《生查子》、《百字令》，不过改字句为白话而已，形式则沿用旧调，毫无更改。"在《谈新诗》中胡适说："我所知道的'新诗人'，除了会稽周氏兄弟之外，大都是从旧式诗、词、曲里脱脂出来的。"①

如何摆脱旧诗的桎梏，创作出适应现代中国人情绪抒发和语言表达的新体诗？从民国初年到五四时期，有很多人都在探索着。他们主要探索的方向有三：一是逐渐解放诗体，用白话写诗；二是创造新体，写出白话新诗的诗美；三是改造旧体，用精粹的汉语写出新体诗的诗味。第一个方向以胡适为代表，第二个方向以郭沫若为代表，第三个方向以吴芳吉为代表。从时间上说，这三个方向的探索之后才有了闻一多等人对新诗格律化的贡献。但是，从已经出版的各类中国现代文学史著作来看，对以上三个方向的历史叙述与当时的历史事实都有不同程度的出入。

关于第一个方向，对胡适做白话新诗的筚路蓝缕之功，所有的文学史著作都给予了充分的肯定。本书中同样也做出了应有的肯定。可是，在已有的文学史著作中，只见一边倒的对其历史贡献的赞美，普遍缺乏对胡适白话新诗的历史教训的检讨。而且那些赞美的结论不无对胡适作用的夸大，似乎没有胡适就不会有中国新诗似的。事实上，胡适的白话诗，得之于"白话"，失之于"诗"；即使没有胡适也照样会有中国新诗的。

至于郭沫若早期对中国新诗的意义，已有的文学史叙述也不够全面。就诗体而言，前人特别强调《女神》对于自由体新诗的开创性，忽视了他对中国新诗诗体的多方位探索，尤其不应忽略郭沫若对新格律诗的尝试。郭沫若说自己写新诗

---

① 胡适:《谈新诗》,《星期评论》,1919 年 10 月 10 日。

最厌恶形式，以自然流露为上乘。后人便把郭沫若在特定语境中的语言当成他《女神》时期的全部诗歌追求，导致绝大多数文学史著作只是以《女神》中的《天狗》、《凤凰涅槃》等作品为例，说明郭沫若如何彻底突破了中国诗歌格律的藩篱，追求新诗形式上"绝端的自由，绝端的自主"。这样的文学史叙述就给读者造成了片面的印象：似乎《女神》中的诗篇大都是《天狗》、《凤凰涅槃》式的狂放不羁的自由体。其实，《女神》中的诗体是多样化的，大致可以分为三类：一是诗行和诗节的字数不固定，基本不押韵、不对称的自由诗。这一类数量较少；二是部分地讲究用韵、音步、分行、形体等规律。这一类数量较多；三是新格律诗，这不在少数，如《沙上的脚印》：

一

太阳照在我右方，
把我全身的影儿
投在了左边的海里；
沙岸上留了我许多的脚印。

二

太阳照在我左方，
把我全身的影儿
投在了右边的海里；
沙岸上留了我许多的脚印。

三

太阳照在我后方，
把我全身的影儿
投在了前边的海里；
海潮哟，别要荡去了沙上的脚印！

四

太阳照在我前方，

太阳哟！可也曾把我全身的影儿

投在了后边的海里？

哦，海潮儿早已荡去了沙上的脚印！

《女神》中还有许多这样的新格律诗，如《新阳关三叠》、《Venus》、《三个泛神论者》、《别离》、《新月与晴海》等。这些作品都是地地道道的现代汉语新诗，但是外在形式整饬，每一节的行数完全相同，每一节首尾诗句的用词和字数基本相同，全诗韵脚一致，句式对称或基本对称，节奏感明显。另外，像《炉中煤》、《匪徒颂》等名篇也都不是自由体诗，而是类似《死水》那样的新格律诗。以上提到的郭沫若这些诗作均发表于1919年至1920年年初，比朱自清在《中国新文学大系·诗集·导言》认定的新格律诗开山之作——陆志韦的《渡河》早了三年多。

至于吴芳吉，则是一个被已有文学史著作普遍忽略、而在当时产生了重大影响的新体诗人。吴芳吉（1896—1932），字碧柳，自号白屋吴生，四川江津人。自幼喜爱中国古典诗词，学着习诗作文。1911年清华学堂成立时，吴芳吉是该校中等科的学生，开始接受欧美文化的影响。五四前后，他的新体诗和旧体诗都产生了很大的影响，甚至被誉为中华民国的"开国诗人"。他之所以在相当长的时间里被文学史家忽略，很大程度上是因为中国现当代文学史家把五四时期视为新、旧两派截然对立的时代，所以，他们特别关注当时最新的和最旧的诗歌现象。而吴芳吉的诗，在当时最新的激进派看来，他写了大量旧体诗，即使有新诗也是格律化的；在最旧的保守派看来，他的诗多是新体的，即使旧体诗也充满了新思想。似这样处在中间状态本来就容易被忽略，何况后世文学史家们的眼光总是聚焦于对立的两个极端。实际上，在当时推动中国诗歌由传统向现代转化的诗人中，能够弃旧图新的是少数人，愿意推陈出新的才是多数人。吴芳吉就是后者的代表。他反对激进派的"全盘西化"，认为"新派多数之诗，俨若初用西文作成，然后译为本国诗者。"同时，他又反对保守派的墨守成规，他主张中国诗歌必须要变，"国家当旷古未有之大变，思想、生活既以时代精神咸与维新，则自时代所产之诗，要亦不能自外……非变不通，非通无以救诗亡也。"[1] 吴芳吉与当时许多的诗人一样，试图在已有中国诗词的基础上吸收翻译的西方诗歌，走出现代中国诗歌的一条新路。具体到吴芳吉来说，他试图融合中国古典诗词和民歌的形式，融合中西、古今诗词文化，探索新格律诗，后人称之为"白屋体"诗歌。请看他最著名的诗作《婉容词》的前两段：

一

天愁地暗，美洲在哪边？

剩一身颠连，不如你守门的玉兔儿犬。

残阳又晚，夫心不回转。

二

自从他出国，几经了乱兵劫。

不敢冶容华，恐怕伤妇德。

不敢出门间，恐怕污清白；

不敢劳怨说酸辛，恐怕亏残大体成琐屑。

牵住小姑手，围住阿婆膝。

一心里，生既同衾死同穴。

哪知江浦送行地，竟成望夫石。

江船一夜雨，竟成断肠诀。

离婚复离婚，一回书到一煎迫。

……[2]

这是一首新体叙事长诗，酝酿于 1918 年，写成于 1919 年，发表于 1919 年 12 月。朱自清在《中国新文学大系·诗集·导言》中说：沈玄庐的"《十五娘》是新文学中的第一首叙事诗"。而事实却是：沈玄庐的《十五娘》发表的前一年，《婉

---

[1] 吴芳吉：《白屋吴生诗稿·自序》（自编），1929 年出版。

[2] 《新群》，1919 年 12 月。

容词》就已经登在杂志上并广为转载。的确，这首诗在五四时期产生了重大的影响，当时诗坛流传这样的评价："几可与《孔雀东南飞》媲美"，许多读书人能够随口吟诵出《婉容词》的精彩段落。它还被选入中小学教材作为新体诗的典范。

《婉容词》风行一时的秘密，一在内容，二在形式。内容不同于古代的怨妇主题，而融进了现代文化内涵。主人公婉容属于中国传统的贤淑型女性：恪守妇德、孝道，善良贤惠、有情有义。丈夫出国留学六年后，以西式的爱情和婚姻观念提出离婚，并与一美国女子结婚。婉容投江自杀。诗中永恒的爱情悲剧主题，对薄情世界的批判和对跨文化冲突的表现成为引发读者共鸣的主要元素。从形式来看，这是一首新格律诗。所谓"新"是指《婉容词》并没有遵照旧诗格律，句式长短不拘，但每一段依据节奏需要设计各自相应的不同格式，而且诗中融入了大量的现代口语。

吴芳吉还创作了许多这样的新格律诗。他创作的《笼山曲》是目前看到的当时最长的新格律诗，请看诗前几句：

> 我自笼山来，
> 我作笼山曲。
> 笼山在何处？
> 在那白云缥缈之仙乡，
> 在那青松攒聚之龙族；
> 在那鸷鸟盘视之危峰，
> 在那猛虎狂嘶之断谷；
> 在那镇雄之肩，
> 在那乌蒙之腹。
> 覆手压滇黔，
> 举足踢巴蜀。
> 山上复有山，
> 山脉相贯穿。
> 周围几百层，

层层如莲瓣。

水外复有水，

水颜何滟滟。

……

从中可以看出吴芳吉对于新格律体诗的形式探索：为节奏而追求格律，但不受固定格式的限制；为吟诵而押韵，但不受平仄的规范；为形体而对称，但不受章节的约束。

除郭沫若、吴芳吉等人外，五四时期还有一些人在新诗格律化的探索之路上做出了贡献。

刘半农是先驱者之一。他在新诗的形式方面提出了一系列建设性的主张：一是"破坏旧韵，重造新韵"；"增多诗体"（包括自造新诗诗体和输入他种诗体）；"于有韵诗外别增无韵之诗"等。现代格律诗写作的关键问题是诗的音乐性。为此，刘半农做了积极的探索。他那首著名的《教我如何不想他》（1920），应是早期新格律诗的又一典范作品。

刘大白也是较早创作民歌体新诗的人。刘大白1920年写的《卖布谣》即是名篇，与刘半农的《教我如何不想他》一样，被赵元任谱曲后广为传唱。他的新格律诗《卖花女》至今还被人传颂着：

春寒料峭，

女郎窈窕，

一声叫破春城晓。

"花儿真好，

价儿真巧，

春光贱卖凭人要！"

东家嫌少，

西家嫌小，

楼头娇骂嫌迟了！

春风潦草，

花心懊恼，

明朝又叹飘零早！

江南春早，

江南花好，

卖花声里春眠觉。

……

陆志韦并不是新格律诗的开山之人，但他却是最早得到新诗坛具有话语权力人物肯定的新格律诗人。他的《渡河》一出版，就被胡适、徐志摩等人看好，认为这部诗集在新诗的形式上做出了有成效的尝试。如《摇篮歌》：

宝宝你睡吧，

妈妈为你摇着梦境的树，

摇下一个小小的梦儿来。

宝宝你睡吧，

妈妈为你拣两朵紫罗兰，

送灵魂儿到你笑窝里来。

宝宝你睡吧，

妈妈为你留下些好辰光，

你醒来，月光送你的父亲来。

朱自清称陆志韦是"第一个有意实验种种体制，想创新格律的"新诗人。今天来看，说他是"第一个"不符合历史事实。但是陆志韦从创作到理论上"有意实验种种体制，想创新格律的"功绩不容低估。他自觉地追求新诗的格律躯壳，他认为"美的灵魂藏在美的躯壳里。"① 他提出"破四声"、"无固定的地位"、"押活

---

① 陆志韦：《我的诗的躯壳》，《渡河》，上海：亚东图书馆 1923 年版，第 10 页。

韵，不押死韵"、"古诗的格调，试用白话改写"等主张。他还尝试借鉴西洋格律特点创作新诗，如他吸收了英语诗歌中的"音步"等。以他的《子夜歌》为例：

> 夜深了么？看天河渐渐的白。
> 琥珀光拥护这满山的松柏。
> 窝里的小鸟没有一些声息，
> 只有我那，脚踏着路旁的荆棘。

这就是西洋格律诗中国化的探索之作，西洋诗的躯壳包裹着现代汉语塑造的中国意象。

二、闻一多的新诗格律化学说

对中国新诗格律化贡献最大者，首推闻一多。他不仅是倡导新诗格律化最有影响的人，还是为新诗格律化"立法"的人。

闻一多（1899—1946），名亦多、家骅，字友三，后改名一多。生于湖北浠水。1913 年进入北京清华学校学习。1919 年五四运动时期积极参加清华的学生运动，被推为学生代表。起初专写旧体诗，后有新诗创作。加入清华文学社成立后，开始研究诗的节奏和格律等问题。1922 年去美国留学，学习绘画和文学，其间发表了一批新诗。1923 年印行第一本新诗集《红烛》。1925 年回国后一边在大学任教，一边创作新诗并倡导新诗格律化，很快成为新月诗派的领袖。1928 年第二本诗集《死水》出版。此后闻一多转向中国古代文学研究，取得了很高的成就。晚年献身争取民主、反对独裁的政治斗争，1946 年 7 月发表了著名的《最后一次的讲演》后，遇刺身亡。

丰富的中外文化艺术资源造就了闻一多对于中国新诗的巨大成功。闻一多具有很好的国学功底。他自幼喜好中国古典诗词。在清华学校学习期间继续阅读古代中国的经、史、子、集，撰写并发表了系列读书笔记。这期间他还创作了一些旧体诗。1922 年，在自由体新诗方兴未艾之时，闻一多发表了《律诗底研究》一文。在五四新诗人中，像闻一多那样深入研究中国古代诗歌格律而且以此思考新诗格律化问题的，并不多见。

1925 年，闻一多回到祖国，带着"领袖一种文学之潮流或派别"的理想，深化了他对中国新诗艺术本体的探求。1926 年，闻一多发表的《诗的格律》①一文是中国新诗诗学发展史上的重要文献，标志着对中国新诗格律化的思考结束了早期探索的初级阶段，并成为格律派新诗的理论基石。全文分两大部分，前一部分是谈新诗为什么需要格律，后一部分是谈新诗怎样实现格律化。

这是一篇在融合中西诗美理想的基础上，针对新诗存在的突出问题而撰写的新诗诗学文献。闻一多开篇就"拿下棋来比作诗；棋不能废除规矩，诗也就不能废除格律。……假如你拿起棋子来乱摆布一气，完全不依据下棋的规矩进行，看你能不能得到什么趣味？"②经过闻一多的阐述，得出这样的认识："只有不会跳舞的才怪脚镣碍事，只有不会作诗的才感觉得格律的缚束。对于不会作诗的，格律是表现的障碍物；对于一个作家，格律便成了表现的利器。"这是自有白话新诗以来，对新诗格律空前的强调。闻一多进而发问："格律就是 form。试问取消了 form，还有没有艺术？"③

强调新诗的格律并不是要让新诗退回到古代律诗的老路上去。闻一多分析了古代律诗与新诗在形式上的三个不同的特点：第一，律诗的格律是固定的，而新诗的格式是层出不穷的。第二，律诗的格律与内容不发生关系，新诗的格式是根据内容的精神制造的。第三，律诗的格式是别人替我们定的，新诗的格式可以由我们自己的意匠来随时构造。显然，闻一多所建构的格律化新诗已经不只是对形式的思考，而是与古代的律诗有了文化精神上的根本的不同：其第一点突出了新诗格律的创造性，其第二点突出了新诗格律的自由性，其第三点突出了新诗格律的自主性。而"自由性"、"自主性"、"创造性"无不是现代人主体性的突出表现。这才是"人之子醒了"之后的新诗形式美学。遵从这样的规则，诗的格律不再压迫人，而是服从于人；诗的格律不再是僵化的，而是自由的；诗的格律不再是服从于形式，而是为内容服务。因此，新诗格律化不是对古代格律诗的肯定式的回归，

---

① 《晨报副镌》，第 56 期，1926 年。
② 闻一多：《诗的格律》，《闻一多全集》第 2 卷，武汉：湖北人民出版社 1993 年版，第 137 页。
③ 闻一多：《诗的格律》，《闻一多全集》第 2 卷，武汉：湖北人民出版社 1993 年版，第 140 页。

而是否定之否定的螺旋式上升。

闻一多的新诗格律化思想之所以能够实现对古代律诗学说的超越，还源于他对西方诗歌和诗学的吸收。1923 年闻一多在《女神之地方色彩》一文中说："我总以为新诗径直是'新'的，不但新于中国固有的诗，而且新于西方固有的诗；换言之，他不要做纯粹的本地诗，但还要保存本地的色彩，他不要做纯粹的外洋诗，但又要尽量地吸收外洋诗底长处；他要做中西艺术结婚后产生的宁馨儿。"① 在清华读书的时候，闻一多就深受英国诗歌的影响，他喜爱济慈、丁尼生，他喜爱诗中那种纯粹和永恒，他喜爱诗人那种为艺术殉道的精神。在美国留学期间，他走进了一个更为广阔的西方文学世界……这一切在潜移默化中悄然形成了闻一多唯美主义的文学观念和"纯诗"的理念。这使他更多地关注中国新诗的本体，逐渐形成他本体论的新诗形式观。

那么新诗的格律究竟应该是怎样的呢？已有的中国现当代文学史著作几乎众口一词地归为闻一多在《诗的格律》一文中提到的"音乐的美"、"绘画的美"、"建筑的美"。其实，这"三美"之说，是后人在闻一多这篇文章中摘录出来的，与闻一多所论述的中心思想有较大的出入。在《诗的格律》中，闻一多把诗歌的"原质"分成两个方面：一是视觉方面的；二是听觉方面的。在分析了中国诗歌的视觉"原质"之后，闻一多说到："诗的实力不独包括音乐的美（音节），绘画的美（词藻），并且还有建筑的美（节的匀称和句的均齐）。"② 通读全文，闻一多只是在这里提到"三美"，没有再强调"三美"，更没有把"三美"作为文章的中心进行论述。如果硬要把"音乐的美"对应闻一多文中所论述的"听觉方面的"美，把"建筑的美"对应闻一多文中所论述的"视觉方面的"美，那么闻一多在文中只论述了"音乐的美"和"建筑的美"，对"绘画的美"，只是提到这个概念，并没有一字的论述。本来，闻一多说的是"诗的实力"包括这"三美"，后来讹传为闻一多为新诗格律化制定的三项原则，以至后人误以为闻一多新诗格律化理论的核心就是这"三美"。

闻一多新诗格律化理论真正的核心内容只有两个：一是听觉上的音乐格式，二

① 闻一多：《女神之地方色彩》，《闻一多全集》第 2 卷，武汉：湖北人民出版社 1993 年版，第 118 页。
② 闻一多：《诗的格律》，《闻一多全集》第 2 卷，武汉：湖北人民出版社 1993 年版，第 141 页。

是视觉上的形式规范。闻一多特别强调，这二者并非内容和形式的关系，而是一而二、二而一的内在统一关系。闻一多说："因为它们是息息相关的。譬如属于视觉方面的格律有节的匀称，有句的均齐。属于听觉方面的有格式，有音尺，有平仄，有韵脚；但是没有格式，也就没有节的匀称，没有音尺，也就没有句的均齐。"①

闻一多是如何把听觉上的音乐格式与视觉上的形式规范统一起来的呢？

首先，闻一多提出了"节奏就是格律"的理念。他说："诗的所以能激发情感，完全在它的节奏；节奏便是格律"②。他对胡适等人以自然音节入诗极为不满。因为"所谓'自然音节'最多不过是散文的音节"，而"声与音的本体是文字里内含的质素；这个质素发之于诗歌底艺术，则为节奏，平仄，韵，双声，叠韵等表象。寻常的言语差不多没有表现这种潜伏的可能性底力量，厚载情感的语言才有这种力量。诗是被热烈的情感蒸发了的水气之凝结，所以能将这种潜伏的美十足的充分的表现出来。"③在旧体诗里，符合平仄、押韵、双声等形式规律就能产生节奏。新诗的节奏却不然，它需要闻一多所说的发现潜伏的"厚载情感的语言"，还要"蒸发了的水汽之凝结"般的提纯。

进而，闻一多又提出了"音尺"说。诗歌的音乐化，本是古今中外所有诗歌共同的要求，并不是新诗的问题。但是，新诗是用白话写的，旧诗的音乐规律难以适用。文言词汇主要是一个个单音节的"字"，虚词很少入诗；而现代汉语词汇不仅有大量多音的"词"，还有许多轻音虚词无法避免地进入诗中。这就注定以"字"为基础音乐单位的古代律诗规律，无法适应现代汉语音节变化。闻一多的贡献在于提出了一个新的概念——"音尺"。这个概念源于英语诗歌诗行的节奏单位"feet"。每一个"feet"都有一个重读音节。闻一多以此作为现代汉语的基础音乐单位。在新诗中，"音尺"有两个字组成的"二字尺"和三个字组成的"三字尺"。以"音尺"为单位，新诗的音乐化就不再受"字"的限制，诗行的字数依据音乐变化的需要来设计。"二字尺"与"三字尺"的参差排列能产生很好的节奏效果。

① 闻一多：《诗的格律》，《闻一多全集》第 2 卷，武汉：湖北人民出版社 1993 年版，第 140 页。
② 闻一多：《诗的格律》，《闻一多全集》第 2 卷，武汉：湖北人民出版社 1993 年版，第 138—139 页。
③ 闻一多：《〈冬夜〉评论》，《闻一多全集》第 2 卷，武汉：湖北人民出版社 1993 年版，第 64 页。

为此，闻一多以自己的《死水》为例说明之：

> 这首诗从第一行　这是／一沟／绝望的／死水　起，以后每一行都是
> 用三个"二字尺"和一个"三字尺"构成的，所以每行的字数也是一样多。
> 结果，我觉得这首诗是我第一次在音节上最满意的试验。因为近来有许
> 多朋友怀疑到《死水》这一类麻将牌式的格式，所以我今天就顺便把它
> 说明一下。我希望读者注意，新诗的音节，从前面所分析的看来，确乎
> 已经有了一种具体的方式可寻。这种音节的方式发现以后，我断言新诗
> 不久定要走进一个新的建设的时期了。[①]

这就是闻一多所发现的"新的音节方式"。这是他吸收英语诗歌的音节和重音
规律与中国古代律诗结合的成果。这样的音节方式，一定会产生音乐的变化，而
且"音尺"的相同必然带来诗行字数的齐整。他说："整齐的字句是调和的音节必
然产生出来的现象。绝对的调和音节，字句必定整齐。"[②] 所以，闻一多因这一重要
发现而兴奋不已。他成熟的作品，还有一例《我要回来》：

> 我要回来，
> 　乘你的拳头像兰花未放，
> 　乘你的柔发和柔丝一样，
> 　乘你的眼睛里燃着灵光，
> 　我要回来。
>
> 我没回来，
> 　乘你的脚步像风中荡桨，
> 　乘你的心灵像瘸蝇打窗，
> 　乘你笑声里有银的铃铛，
> 　我没回来。

---

① 闻一多：《诗的格律》，《闻一多全集》第 2 卷，武汉：湖北人民出版社 1993 年版，第 144 页。
② 闻一多：《诗的格律》，《闻一多全集》第 2 卷，武汉：湖北人民出版社 1993 年版，第 143 页。

我该回来，

　　乘你的眼睛里一阵昏迷，

　　乘一口阴风把残灯吹熄，

　　乘一只冷手来掇走了你，

我该回来。

我回来了，

　　乘流萤打着灯笼照着你，

　　乘你的耳边悲啼着莎鸡，

　　乘你睡着了，含一口沙泥，

我回来了。①

　　闻一多的新诗形式美学是现代的，又带有古典主义的精神。在中国早期新诗探索的道路上，他所否定的既有胡适式的散文化，也有郭沫若式的滥情化。他所崇尚的诗美是对形式的规范和感情的节制。他的新诗格律化的学说体现了一种古典的优雅。然而，在激进主义高扬的文化氛围中，闻一多等人在象牙之塔里的"纯诗"的追求，终究难以维持。而且闻一多从英语诗歌里借鉴的一些经验也并不完全适用于现代汉语诗歌的规律。不久，闻一多就从新诗创作领域脱身而出。

　　尽管如此，闻一多毕竟在中国新诗格律化探索的征程中，推开了堵挡在前面的一扇重重的大门，让人看到新诗艺术本体的诸多秘密。更重要的是，正是因为闻一多对新诗本体论的倡导，才使中国新诗真正建立起自己的形式美学，才有可能度过白话新诗的"合法性危机"。此后，新月诗派的许多诗人沿着闻一多等人开辟的新诗格律化道路，继续前行。

---

① 闻一多：《我要回来》，《闻一多全集》第 2 卷，武汉：湖北人民出版社 1993 年版，第 149—150 页。

第八节　新文学家的旧体诗

一部现代中国的诗歌史是由白话新诗和旧体诗共同组成的。即使在五四新文学家那里，旧体诗也是他们全部文学活动的重要组成部分。例如，郭沫若是中国新诗的主要奠基人，但他终生创作旧体诗。如果不谈郁达夫的旧体诗，就等于抹去了郁达夫的诗人身份。新文学家们也都是通过旧诗接受启蒙教育，通过旧诗走进了文学的世界。旧体诗是他们中国传统文化素养和审美趣味的集中体现，也是他们新文学创作的潜在的精神资源，还能借此看到五四时期东／西、古／今文化冲突在他们心灵深处的投射。

一、先驱者心中的"壁垒"

在五四"文学革命"时期，胡适曾说过："白话文学的作战，十仗之中，已胜了七八仗。现在只剩一座诗的壁垒，还须全力去抢夺。待到白话征服这个诗国时，白话文学的胜利就可说是十足的了。"①胡适这样庄重的宣言，极言诗（旧体诗）的难以征服。在当时看来，这话主要是说在旧文学的阵营里旧体诗最为强大；今天看来，即使在新文化先驱们的心中，旧体诗也是他们自己难以攻破的"壁垒"。

划时代的新文化运动起源于《青年杂志》（从第 2 卷起改名为《新青年》）的创刊。这个刊物的主笔陈独秀及其同人胡适、李大钊、周作人、钱玄同、刘半农、沈尹默、高一涵、蔡元培、吴虞等人便成了"新文化先驱者"。他们一方面激烈地批判中国旧文化，创造了石破天惊之举；另一方面，他们大都用旧体诗抒发自己的情感，而且非常习惯这样的个人书写方式。

陈独秀是著名的政治家、思想家和学问家，但在他成为这三大家之前，他另有三个身份：革命党人、报人和诗人。他喜欢作旧体诗，尤其喜欢在一个题目之下作多首，甚至是几十首诗。

1903 年陈独秀在上海协助章士钊编辑《国民日日报》期间，他与许多同事结

---

① 胡适：《逼上梁山——文学革命的开始》，《胡适文集》第 1 卷，北京：北京大学出版社 1998 年版，第 155 页。

为诗友。如他的同事苏曼殊自小外文比中文好，竟创造了一个奇迹：以极低的中文基础（文字不通顺，平仄、押韵等更不懂）很快成为鼎鼎大名的诗人。参与创造这奇迹的，就有陈独秀和章太炎的指导。六年后，陈独秀与苏曼殊唱和作《本事诗》，一人10首。其中陈独秀的两首：

> 少人行处独吹笙，思量往事泪盈盈。
> 缺憾若非容易补，报答娲皇炼石情。

> 目断积成一钵泪，魂销赢得十篇诗。
> 相逢不及相思好，万境妍于未到时。

这含蓄委婉、意味隽永的诗句掩藏着陈独秀的追忆与孤独、无奈与抱负。他那雄才大略和满腹经纶难以施展，只能化为对相思的表达。

辛亥革命前夕，《民立报》上刊载了陈独秀的诗《华严瀑布》中的8首。诗人以华严瀑布抒发自己的情怀。先是写瀑布的磅礴气势：

> 矫若天龙垂，倒挂玲珑石。
> 飞沫惊四筵，无语万山碧。

接下来，诗人以美女"自惜倾城姿"，"掩面声凄恻"寄托自己的革命事业应该成功而未能成功的失意和郁闷。写道：

> 死者浴中流，吊者来九州。
> 可怜千万辈，零落卧荒丘。

表达了诗人对于众多已故先烈的哀悼和怀念之情。最后一首：

> 我欲图君归，虚室生颜色。
> 画形难为声，置笔泪沾臆。

这是诗人矢志不渝却前途迷茫情绪的写照。

就在《青年杂志》即将创刊的时候，陈独秀发表了他的旧体诗《远游》，诗中满是洞察世界、透彻人生的诗句，如：

> 百年苦劳役，汲汲胡为平。
> 达人识此意，裂冕轻毁誉。
> ……
> 读书破万卷，只以益懦愚。
> 徒步历州郡，穷途泣海隅。
> 挈空窥五岳，破碎混中区。
> 忽然生八翼，轻身浮天衢。
> ……
> 强弱不可尽，星火何稀疏。
> 微尘点点外，幽暗不可居。
> 归来观五蕴，微命系囚俘。
> 贪痴杂粪秽，妄葆千金躯。
> 仙释同日死，儒墨徒区区。
> 佳人进美酒，痛饮莫踟蹰。

尤其令人感到奇怪的是，1917 年 2 月陈独秀在《新青年》上发表了倡导文学革命的经典文献《文学革命论》。文中特别提到要"推倒陈腐的铺张的古典文学"，但是，三个月后在《丙辰》杂志上又见到了他七年前写的旧体诗《感怀》20 首，其第一首是：

> 委巷有佳人，颜色艳桃李。
> 珠翠不增妍，所佩兰与芷。
> 相遇非深恩，羞为发皓齿。
> 闭户弄朱弦，江湖万余里。

这样的诗，显然与陈独秀所赞赏的胡适的文章《文学改良刍议》中提出的"八事"相背离。这或许是因为陈独秀等人无论对白话的新文学如何倾心，但旧体诗总是他们心灵的栖息地。无论多么激进，他们的一些文人的情愫更愿意借助于旧体诗来表达。从 1921 年起，陈独秀专心于中国政治革命实践，几乎不写旧体诗词了。直到他远离政治中心以后，在他最孤独的时候，其旧体诗创作无论数量和质量都是空前的。他在南京老虎桥监狱里写下了长达 56 首的七言绝句《金粉泪》。

吴虞作为五四新文化运动的先驱，尤以抨击孔子、痛骂纲常名教而闻名天下。他的旧体诗也因其大名而引人关注。在吴虞还没有出名之前，陈独秀正是通过吴虞的旧体诗词看好了这位反孔斗士。也是在《青年杂志》创刊前夕，陈独秀把吴虞的旧体诗 20 首刊登在他编辑的《甲寅》月刊第 1 卷第 7 号上，其中有吴虞写的《辛亥杂诗》多首，如：

平等尊卑教不齐，圣人岂限海东西。
若从世界论公理，未必耶稣逊仲尼。

不使民知剧可伤，恰如行路暗无光。
秦皇政策愚黔首，黔首愚时国亦亡。

这是在中华民国成立之前，诗作者就敢于对被奉为"圣人"的孔子大胆怀疑，并且有了"世界公理"的意识，还能把秦始皇的愚民政策与孔子的愚民学说联系起来，与国家兴亡联系起来。一个批判旧礼教先驱者的大无畏形象跃然诗上。

在当年的新文化先驱中，私下里常常是以旧体诗词相联系的。对旧体诗词攻击得最厉害的胡适，与朋友交流照样是用旧体诗，或者借用旧体的形式写新诗。再比如，同为新文化先驱的沈尹默与陈独秀关系非同一般，长期与陈独秀相伴左右，他们之间常以诗词唱和赠答，寄怀抒情。沈尹默有很深的旧体诗词功底，擅写五古和七律，前期诗作带有杜牧之风。读他五四初期的旧诗和新诗，很难相信出自同一人之手。还有刘大白，也是新诗、旧诗兼工，各有精品。

作为五四文学革命的先驱，周作人的《小河》曾被胡适誉为"新诗中的第一首杰作"。不过，周作人的旧体诗从年轻一直写到老年，新诗主要是他在五四时期和 1920 年代比较集中的创作，总体数量比旧诗要少很多。只是他的新诗大都正式发表了，而他的旧体诗多数没有正式发表在报刊上。周作人五四以前就创作了许多旧体诗词，但大都散佚，得以保留下来的作品被周作人编为一章名为《秋草闲吟》。周作人说，他这一时期的旧体诗词"虽然很是幼稚浅陋，但的确是当做诗去做的"。从形式上看，周作人这时期的诗作格律严谨，平仄和韵律都很讲究。后来周作人的旧体诗写得越发自由。他说："有才力能做旧诗的人，我以为也可以自由去做，但也仍以不要像李杜苏黄或任何人为条件。"周作人的旧体诗主要是七绝和五古两种，但他后来不太遵守古诗声律，不避口语和俚语，只是遵守字数和韵脚。他常常自由地把诗作成旧体的打油诗。这种近乎杂文的旧体诗，也是周作人的一种抒情工具，能留传下来的应是他在老虎桥监狱里写的《儿童杂事诗》。

总之，陈独秀等新文化先驱不仅仅是在"广场"上呐喊，还要在自己的精神天地里生活。他们提倡"文学革命"那是他社会改造的需要，写旧体诗是他个人抒情或消遣的需要。他们直抒胸臆的文字多在他的文章里；他们曲折委婉的表达多在他的旧体诗里。

二、历史"中间物"的"两面"

鲁迅说："在进化的链子上，一切都是中间物。"[①] 就文学体式而言，鲁迅本人就带有"中间物"的两面性：他作小说和杂文是"创造新形式的先锋"，但他的诗歌基本上是旧体的。鲁迅的新诗极少，旧体诗却有 60 余首。他说："旧诗本非所长，不得已而作，后辄忘却……"[②] 因而"无心作诗人"。随着他在文坛的地位越来越高，他的旧体诗也引起读者的关注，早期诗作如《自题小像》：

> 灵台无计逃神矢，风雨如磐暗故园。
> 寄意寒星荃不察，我以我血荐轩辕。

整篇诗广为流传，特别是最后的"我以我血荐轩辕"成为传诵了近百年的经典名句。

再如《哀范君三章》的后两首：

> 海草国门碧，多年老异乡。

---

① 鲁迅：《鲁迅全集》第 1 卷，北京：人民文学出版社 2005 年版，第 302 页。
② 鲁迅：《鲁迅全集》第 13 卷，北京：人民文学出版社 2005 年版，第 283 页。

狐狸方去穴，桃偶已登场。

故里寒云恶，炎天凛夜长。

独沉清冷水，能否涤愁肠？

把酒论当世，先生小酒人。

大圜犹茗芋，微醉自沈沦。

此别成终古，从兹绝绪言。

故人云散尽，我亦等轻尘！

此诗写于民国元年，这是对老朋友的哀悼，也是鲁迅人生道路上的沉寂时期的精神写照。从中，我们可以看到鲁迅对"生"与"死"的思考，尤其能看出一个悲观主义者的人生态度。自古以来，诗词就是中国文人自我认知和自我表现的载体。同样，鲁迅的绝大多数旧体诗作也是我们认识他心灵世界的重要窗口。其中，家喻户晓的名篇莫过于他后来写的七律《自嘲》：

运交华盖欲何求？未敢翻身已碰头。

破帽遮颜过闹市，漏船载酒泛中流。

横眉冷对千夫指，俯首甘为孺子牛。

躲进小楼成一统，管他冬夏与春秋。

年过半百之后，鲁迅撰写了大量像《自嘲》这样的旧体诗。这些作品主观议论较多，常带有"戏拟"色彩，最有认识价值的还是鲁迅作为"中间物"的两面：幻灭与坚韧，追求与无奈，社会批判与自我生存、民族的灵魂与"失败的英雄"。这是鲁迅旧体诗特有的现代性的痛苦。

闻一多也是从旧体诗起步的。在清华学校读书期间，就在《清华学报》、《清华周刊》等报刊上发表旧体诗。在五四新文化运动和文学革命的影响下，闻一多开始创作新诗并关注新诗的形式问题。但这一时期他写新诗，同时也创作了 20 多首旧体诗，如他的《提灯会》，是写第一次世界大战结束的消息传回国内，1918 年 11 月 14 日夜北京成千上万学生提灯游行的场面：

……

朔风荡高天，风雷鹜隼资。

半世望三台，时乱枭雄恃。

剑龙夜叫亟，千烽赤海湄。

流星骇羽檄，涌雾腾旌旗。

摇戈叩四邻，待食决雄雌。

鸣嗜致云雨，践踏滋疮痍。

遂使五国师，望风频觇窥。

……

此后，闻一多一方面疾呼："要做诗，定得做新诗"；另一方面他又反对早期白
话诗人话怎么说就怎么写的自由化主张和弃古主张。想做新诗，又不能忘情于旧
诗，这一两难选择在很长一段时间困扰着闻一多。

从五四学生运动到美国留学期间，闻一多大约有六年时间主要创作新诗，远
离了旧诗。但在 1925 年 4 月，闻一多在致梁实秋的信中录有自己创作的四首旧体
诗，其中第一首题为《废旧诗六年矣，复理铅椠，纪以绝句》：

六载观摩傍九夷，吟成鴃舌总猜疑。

唐贤读破三千纸，勒马回缰作旧诗。

第二首题为《释疑》：

艺国前途正杳茫，新陈代谢费扶将。

城中戴髻高一尺，殿上垂裳有二王。

求福岂堪争弃马，补牢端可救亡羊。

神州不乏他山石，李杜光芒万丈长。

此时，闻一多虽已是五四后的新诗人，并且已经出版了白话新诗集《红烛》，
但他对中国古典诗词依然情有独钟。他要"勒马回缰作旧诗"，并非是要放弃新诗
走回头路，正如他希望新诗能成为"中西艺术结婚后产生的宁馨儿"一样，他也

希望在中国古今文学艺术融合的基础上寻求新诗的发展之路。闻一多这种"向后看"的倾向越来越明显，他对旧体诗词的认同包含着他不断增加的对中国传统文化价值的认同。所以，他后来干脆专心于中国古典文学的研究。

朱自清从小受到很好的旧体诗训练，但他却是以新诗人的形象登上五四文坛的。也正是因此，1930年代中期聚集新文学名家筹划《中国新文学大系》时，朱自清负责其中新诗集的编选。然而，朱自清一生创作了数百首旧体诗词。其早期旧体诗词师法古典名作，在对偶、声律等方面非常讲究，如《宴后独步月下》：

> 遥遥离绮席，皎皎满疏林。
>
> 到眼疑流水，栖枝起宿禽。
>
> 苍茫浮夜气，踯躅理尘襟。
>
> 孤影随轮仄，频为鸟雀吟。

短短一首诗，既有汉魏六朝诗的味道，又有唐人的神韵，还有宋诗的幽深，说明朱自清旧诗功力相当深厚。朱自清偏爱宋诗，常在旧体诗中发表议论，如1924年中秋节，正值江浙战乱之时，他写道：

> 万千风雨逼人来，
>
> 世事都成劫里灰。
>
> 秋老干戈人老病，
>
> 中天皓月几时回？

俞平伯旧诗根底很深，却是五四时期白话新诗创作时间较早、影响较大的人物。不过，他在白话新诗创作的高潮期，也没有停止旧体诗的创作。除旧体诗之外，他还写词、赋、曲、小调等，竟能"旧梗新条，同时开花"。与俞平伯相似，康白情也是五四新诗坛上的名家，在他作为新诗人名气最大的时候，同时也是他旧体诗创作的高峰期。五四前后，康白情的新诗和旧诗，各有100多首。其中旧体诗收入《河上集》。

三、对"骸骨"的迷恋

创造社作家群闯入五四新文坛,激起轩然大波,被后人称为"异军突起"。作为"异军"的标志之一,就是这一班人很"洋气"。这主要不是因为他们都是留学"东洋"的学子,更因为他们紧紧地追踪着"西洋"文学的最新潮流,并不断地付诸创作实践。可这帮很"洋气"的新派文人的核心人物,都爱写旧体诗。

郭沫若一生创作旧体诗词时间之长、数量之多,在现代中国诗人中是不多见的。目前能看到的郭沫若最早的旧体诗,是他 12 岁左右创作的《邨居即景》:

> 邨居无所事,散步宅田前。
> 屋角炊烟起,山腰浓雾眠。
> 牧童横竹笛,邨媪卖花钿。
> 野鸟相呼急,双双浴水边。

这是郭沫若少年时代模仿古诗的习作阶段。他在故乡四川创作了大量这样的旧体诗,可惜大都散佚,幸存的作品汇集为《郭沫若少年诗稿》。郭沫若留学日本时期继续写作旧体诗,如 1915 年写的《新月》:

> 新月如镰刀,斫上山头树。
> 倒地却无声,游枝亦横路。

《女神》汇集了郭沫若 1916—1921 年创作的新诗。需要指出的是,这五六年间郭沫若创作的诗歌半数以上没有收入《女神》。其中就有许多作品是旧体诗,而且是写得很好的旧体诗,请看他 1915 年为抗议"二十一条"而创作的诗歌:

> 哀的美顿书已西,冲冠有怒与天齐。
> 问谁牧马侵长塞,我欲屠蛟上大堤。

> 此日九天成醉梦,当头一棒破痴迷。
> 男儿投笔寻常事,归作沙场一片泥。

这两首诗,说理透彻却不乏含蓄,情感激越而不失分寸。借古代的典故、意象和诗体，呈现的是现代的思想和情绪，并且把个人抱负与民族大义紧紧交织在一起。

再比如他创作于 1916 年的《凭吊朱舜水先生墓址》：

> 一碣立孤冢，枫林照眼新。
>
> 千秋遗恨在，空效哭秦人。

这首诗不同于前一首诗的说理，而是情与景、情与理的交融，是历史与现实的贯通。这首诗更能体现郭沫若深厚的旧诗造诣。

《女神》是中国新诗真正的奠基之作，在中国现代文学史上的地位已经得到充分的肯定。但是已有的文学史叙述放大了郭沫若对白话新诗的贡献，使得这一时期郭沫若对中国诗歌发展的多向度探索被遮蔽了。这时期郭沫若在尝试多种诗歌类型：在《女神》里，有《天狗》、《凤凰涅槃》式的激情爆发型，也有《Venus》、《别离》式的柔情蜜意型；有《立在地球边上放号》、《笔立山头展望》式的自由自主型；也有《新阳关三叠》、《沙上的脚印》式的现代格律型。在《女神》集之外，郭沫若在这同一时期发表的大量诗作中，既有散文诗型，也有叙事诗型；既有西洋的现代诗体型，也有中国的古典诗体型。

1919 年，郭沫若已经开始白话新诗创作的时候，同时依然在创作旧体诗，如《春寒》：

> 凄凄春日寒，中情惨不欢。
>
> 隐忧难可名，对儿强破颜。
>
> 儿病依怀抱，咿咿未能言。
>
> 妻容如败草，浣衣井之阑。
>
> 蕴泪望长空，愁云正漫漫。
>
> 欲飞无羽翼，欲死身如瘫。
>
> 我误汝等耳，心如万箭穿。

《女神》时期郭沫若的旧体诗，几乎没有当时一般旧体诗的消遣、唱答，大都具有很强的现代意识和时代色彩。从这个意义上说，郭沫若这时期的旧体诗是要借古体诗的"骸骨"，吹进现代的生命。因此，这时期郭沫若所尝试的包括旧体诗在内的所有诗歌体式，是他开放性的多向度探索追求的体现——为中国诗歌的未来发展探求多种可能。这或许才是当时郭沫若最迷恋的东西。

在五四新文学名家中，专写旧诗而不写新诗的是郁达夫。

郁达夫旧诗的启蒙可能更早，有"九岁赋诗四座惊"的佳传。其同胞长兄郁华（曼陀）在晚清是屈指可数的优秀诗人。郁达夫在日本留学的时候，其旧体诗已经相当成熟了，请看他的《相思树三首》：

> 吐雾含烟作意娇，好将疏影拂春潮。
> 为谁栽此相思树，远似愁眉近似腰。
>
> 江水悠悠日夜流，江干明月照人愁。
> 临行栽取三株树，春色明年绿上楼。
>
> 我去蓬莱觅枣瓜，君留古渡散天花。
> 他年倘向瑶池见，记取杨枝舞影斜。

郁达夫说："我是始终以渔洋山人的神韵，晚唐与元诗的艳丽，六朝的潇洒为三一律。"其实，不止如此。在郁达夫的诗中，隐含着历代优秀诗作的精神，因为他的诗歌天赋和转益多师而悟得中国古典诗歌的精髓。从外表看来，他偏爱古代中国感伤型的诗人诗作。他的诗很像是古人这类情绪的现代复活，如《赠姑苏女子》：

> 语音清脆认苏州，作意欢娱作意愁。
> 故国烽烟伤满子，仙乡消息忆秦楼。
> 一春绮梦花相似，二月浓情水样流。
> 莫使楚天行雨去，王孙潦倒在沧洲。

诗歌的本质是抒情，郁达夫更懂得如何抒情。首先是抒什么样的情，郁达夫善于抒发个人情愫与读者共振点最接近的东西，如乡愁。这是心灵被放逐的现代人普遍的精神失落。其次，郁达夫善于用恰当的意象、凝练的文字浓缩文人怀才不遇的怨情。换句话说，郁达夫的诗发牢骚也能发得精美。他说："像我这样懒惰无聊，又常想发牢骚的无能力者，性情最适宜的，还是旧诗，你弄到了五个字，或者七个字，就可以把牢骚发尽，多么简便啊。"①再次，郁达夫诗歌善于运用"辞断意连"等手法，调动读者的想象力。如他的《相思树三首》，一开篇就让读者进入到想象的世界里了。而回到"相思树"时，又让读者分不清那"远似愁眉近似腰"的意象，究竟是说相思树，还是说相思的人。难怪他的旧体诗被郭沫若认为已经做到了可以标为"行家"或者"方家"的地步了。

郁达夫是诗人，更是优秀的小说家。值得注意的是，同样是白话小说，郁达夫为什么能把白话写得那么有味道，那么缠绵悱恻，甚至能言有尽而意无穷？其中秘密之一，不能不说来自他高超的旧诗实践。从这个意义上说，不读郁达夫的旧体诗，也难以真正理解郁达夫的小说。

综上，在五四时期，即使在新文学家那里，新诗也并没有覆盖旧诗。新诗和旧诗各有不可替代的作用和价值。新文学家写新诗多是出于理性和时代的需要，写旧诗才是出于个人情感的需要；新诗多是写给别人看的，旧诗才是为自己而作的；新诗属于五四时期的先锋文学，旧体诗属于五四时期的常态文学。具体到不同的新文学家那里，旧体诗又有各自不同的意义。对于中国旧体诗而言，正是由于新文学家没有放弃它而且使用它，因而为这一古老的文体灌注进新文化的精神内涵，使之获得了现代的生机。

---

① 郁达夫：《骸骨迷恋者的独语》，《郁达夫文集》第 3 卷，广州：花城出版社 1982 年版，第 123 页。

第五章　消费文化渗染的文学形态

第一节　消费文化与现代中国文学

  清末民初，随着通商口岸的增加，现代西方器物层面的工业文明进入中国，上海、北京等大都市成为西方现代文化进入中国的桥头堡，这便为农民、士大夫转化为现代都市的市民提供了契机。正是在此情形下，消费文化开始崛起，并深刻影响到了现代中国文学的形态及其发展走向，使得通俗文学获得了现代传播渠道与市民为主的读者群。具体说来，从1900年至1929年，消费文化及其渗染下的文学形态主要表现在通俗文学的异军崛起。通俗文学"在形式上继承中国古代白话小说传统为模式的文人创作或经文人加工再创造的作品；在功能上侧重于趣味性、娱乐性、知识性和可读性，但也顾及'寓教于乐'的惩恶劝善效应；基于符合民族欣赏习惯的优势，形成了以广大市民层为主的读者群，是一种被他们视为精神消费品的，也必然会反映他们的社会价值观的商品性文学"[①]。从文学形态的

[①]　范伯群：《〈民初都市通俗小说丛书〉总序》，刊于丛书第1册《武侠鼻祖——向恺然》书前。《民初都市通俗小说丛书》（共10册），台湾业强出版社1993年版。

生成过程来说，如果说五四文学是基于西方文化的影响由外向内生成了现代文学的话，那么，通俗文学则是在消费文化渗染下，以传统文学形态为基点的由内向外生成了现代文学。这两大生成途径，尽管由于基点不同而在肇始阶段呈现出显著的差异性，但却殊途同归。到了20世纪三四十年代，随着大众化和民族化等等口号在理论探索和创作实践上的深入，五四创构的新文学迅疾向大众的和民族的文学传统回归，通俗文学亦不断地汲取现代文学的精神，向现代的文学传统看齐。

一

"所谓'消费文化'，主要指传统商业市民文化与现代都市的消费文化，但这种消费文化在现代中国的产生是伴随着清末民初上海、天津等现代化大都市的出现而兴起的，由于现代工商业的迅猛发展和庞大文化市场的崛起以及市民阶层的文化欲望膨胀，故而以商品化、娱乐化、享乐化为特征的消费文化就形成了。"① 在1900年至1929年，消费文化的发展具有其深厚的社会政治基础，具体来说，现代中国社会在政治上急剧变革，从戊戌变法到辛亥革命，从张勋复辟到袁世凯称帝再到二次革命，从五四运动到国共合作，从北伐战争到"四一二"反革命政变，政治文化成为影响现代中国社会的最为重要的因素。

在这种极其严峻的政治对峙下，中国社会各个阶层被无情地纳入到了政治对峙的格局中，并被迫在这个政治格局中找寻自我所皈依的文化。从主流文化来讲，最为核心的文化就是处于对峙状态的政治文化。两大对峙的社会阶层的文化取向，在根本上规范制约了包括消费文化在内的文化走向。在戊戌变法中，以康有为、梁启超为代表的维新派和以慈禧太后为代表的保守派的尖锐政治文化对峙，甚至演化为流血冲突，为此，维新派的"戊戌六君子"喋血京城，康有为、梁启超被迫流亡海外；在1900年代，则表现为以孙中山为代表的资产阶级和以慈禧太后为代表的封建势力的对峙，其中，还隐含着以孙中山为代表的革命派和以康有为、梁启超为代表的改良派之间的路线之争；在1910年代，随着辛亥革命和中华民国

① 朱德发：《四大文化思潮与现代中国文学关系辨析》，《山东师范大学学报》（人文社会科学版），
2011年，第4期。

的成立，以孙中山为代表的资产阶级民主共和政治和以袁世凯为代表的封建帝制之间的对峙；在袁世凯之后，则是窃取了民主共和果实的北洋军阀和以孙中山为代表的国民党之间的对峙；到了 1920 年代，随着中国共产党的成立，则是国民党和共产党之间从合作到对峙。政治对峙几乎影响到了中国社会的各个阶层，使得人们被迫划分到不同的政治派别中。毕竟，政治的对峙，并不仅仅是一种政治理想和信仰之间的对峙，而且还伴随着组织之间相互的血淋淋的杀戮。像戊戌变法中的谭嗣同，像革命马前卒邹容，像共产主义的信仰者李大钊，乃至像"左联五烈士"，都是政治对峙的直接牺牲者。显然，这样的政治格局直接影响到了现代中国文学的建构。

当政治文化占据着现代中国社会的中心地位时，其他文化的建构必然地打上政治文化的某些烙印，其中，与政治文化相伴相生的便是消费文化的兴起。政治文化对那些具有政治情怀的人来说，自然是其所认同的主要文化，他们甚至把其人生价值完全落足于政治文化上，做到了"只要主义真"，"砍头不要紧"，这便深刻地影响到了文学的基本形态。在处于紧张对峙的政治关系中，消费文化无政党色彩和无政治派别的特点，便获得了生存发展的空隙。因此，对政治处于疏离状态的普通市民，便把其人生的希冀与渴求更多地倾注到普通的消费性文化上，对愉悦自我之性情、缓解紧张之精神的消费文化情有独钟。从这样的意义上说，通俗文学满足了市民为主的读者群的审美趣味，凸显了读者在文学接受中的主体地位，便获得了进一步发展的机缘。这和政治文化制导下发展起来的文学有着较大的差异，正如通俗小说所倡导的那样："不谈政治，不涉毁誉。"因此，政治文化的对峙，使得政治无暇也无力顾及消费文化的利弊得失，而市民阶层对政治的热情随着理想的淡化而有所消退，对政治疏远的市民和对政治没有兴趣的知识分子，更趋近于消费文化，这便为消费文化的发展奠定了坚实的社会基础。

在 1900 年至 1929 年间，消费文化的发展与国家政体有着密不可分的关系。在消费文化的发展过程中，政体的作用在早期表现为租界对大清帝国的专制政体的解构上。在大清帝国这样一个大一统的专制政体中，人的言论不仅受到了严重的限制，结社也没有自由；兴办大众传媒和从事出版更是带有国家意识形态的色彩，被国家权力主体所主导；民间从事大众传媒和出版等工作，更是为国家所难以接纳。而租界则从根本上改变了这种状态，为消费文化的发展提供了历史的契机。租界的诞生，一方面对国家的主权形成了严重的冲击，使得统一的大清帝国政治上的完整性受到了严重的破坏，国家面临着被瓜分的危险；但另一方面，租界又使得西方获得了在大清帝国内部的立足之地，而随之带来的不仅有西方的物质文明，而且还有西方的制度文明。当然，租界的初衷并不是要帮助中国建立现代的政治制度，但租界在客观上消解了专制政体无所不及的普泛性，相对独立的政治文化认同，使得其在文化政策上，则是对出版和言论自由提供了相对宽松的体制保障。至于辛亥革命所建立的民主共和政体，相对于晚清政府的专制体制来说，出版没有了那样多的制度限制，这就为消费文化的发展扫清了体制上的障碍，即从法律上确认了出版和言论的自由，国民可以自由地从事出版和办刊，这就使消费文化获得自由发展的空间了。

在 1900 年至 1929 年，消费文化的发展具有其深厚的经济基础。这个时期，现代工商业正在迅猛发展，中国自鸦片战争以来兴起的洋务运动，便致力于引进西方的物质层面上的大机器，或者是开设工厂，制造现代的工业产品，或者是开矿炼铁，找寻支撑工业发展所必需的物质基础。与此同时，这些工业生产的方式客观上要求人员相对集中，这又加快了城市化进程；至于工业产品进入乡村，直接挤压了传统手工业的生存空间，从而使许多的手工业和农业破产，这又迫使他们进入都市，进一步加速了城市化的进程。像上海在开埠之初，是一个普通的渔村，但随着上海开埠，城市化迅速加快，江浙一带的农村人口大量流入上海，使得上海作为中国大都市的地位逐渐得到奠定。其他城市像北京、天津、武汉等，也都在此期间获得了长足的发展。

都市化进程的加速，为消费文化的发展奠定了坚实的基础。大都市以其人口相对集中、工业相对发达、市场相对庞大等特点，支撑起了消费文化的发展空间。消费文化本身就具有商品化的特点，这就是说，文化本身是被用来消费的，具有满足人的精神消费需求的效能。因此，在社会分工中，消费文化的生产也就被纳入到了现代生产体系中，由此使消费文化的生产找寻到了以知识分子为主体的生产主体和以都市市民为客体的消费主体。知识分子通过消费文化的生产，既实现了自我必要的物质需求，又实现了自我的社会价值；市民则通过对消费文化的接受，满足了其精神愉悦等多层次的文化需求。

在 1900 年至 1929 年，消费文化的发展还有其媒体的支撑。现代印刷所导引的出版、报刊等现代大众传媒，使得消费文化的发展找寻到了赖以传播的载体。在中国传统的活字印刷中，从活字制作到活字印刷，都是在手工的基础上进行的，因此，其效率是低下的；而在现代的机器印刷中，从铅字制作到铅字印刷，其效率是非常高的。机器印刷使得消费文化寻找到了赖以实现的物质载体。这由此使得报刊对文化有了更为市场化的需求，文化的商品属性得到了进一步的凸显，消费文化市场得以悄然形成，并随着市场化需求的提升而蔚为大观。

随着社会的需求，报刊等大众传媒获得了市场的认同和接受。创办报刊能够从中获得丰厚的利润，这为职业小说家的较为丰厚的稿酬提供了物质基础，也反转过来促成了小说家队伍的进一步发展，为小说创作的发展和繁荣奠定了坚实基础。"由于社会变革的需要，小说地位的提高，以及科举制度的废除，稿酬制度的建立等多种原因，促使一批知识分子走上了小说创作的道路"[1]。如《新小说》在其《本社征文启》上就明确地将征文分为两类，第一类：章回小说在十数回以上者及传奇、曲本在十数出以上者：自著本甲等，每千字酬金四元，自著本乙等，每千字酬金三元，自著本丙等，每千字酬金二元，自著本丁等，每千字酬金一元五角，译本甲等，每千字酬金二元五角，译本乙等，每千字酬金一元六角，译本丙等，每千字酬金一元二角。第二类：其文字种别如下：一、杂记，二、笑话，三、游戏文章，四、杂歌谣，五、灯谜。此类投稿，恕不能编奉稿金，惟若录入本报某号，则将该号之报奉赠一册，聊答雅意，其稿无论录与不录，恕不交还。这就标明了小说作为文学之最上乘，不但体现在小说的政治启蒙功能获得了实现，而且小说的经济效能也得到了全面的实现。小说家的小说创作，从大的方面来说，可以承载起政治启蒙的使命；从小的方面来说，可以达到为稻粱谋的目的。这就极大地促成了传统知识分子向职业小说家的转换，从而为通俗文学的繁荣奠定了坚实的基础。

---

[1] 裴效维：《近代小说繁荣和贡献》，《中国近代文学百题》，北京：中国国际广播出版社 1989 年版，第 217 页。

在 1900 年到 1929 年，消费文化的发展具有其深厚的教育支持。在传统社会中，士子读书的目的在于通过科举谋取功名，这是间接地谋取稻粱的一种方式。因而士子们所读的书，便是那些对科举有所裨益的书，至于那些和科举没有牵涉的书，则成了闲书，如小说便被看做"诲淫诲盗"之书。随着科举制度的废除，士子们得以安身立命的根本没有了，随之而来的是晋身通衢也被堵死了。但是，科举制度的废除，并不会直接消解读书人业已确立的那种"万般皆下品，唯有读书高"的文化观念，所以，士子们在"读书破产"的历史情形下，进入都市，大多从事文化生产。像徐枕亚等诸多通俗文学作家，基本上都是这样的。

随着鸦片战争以来的民族危机的加深，国家在体制内开始主导的新式教育获得了大力的倡导和发展，特别是 1905 年废除科举制度这一重大举措，使得新式学堂数量大量增加，受到新式教育熏染的学生数量也急剧增加。这批学生有为数不少的人，成为引领并创造消费文化的主体。像章回小说大家张恨水，其接受的新式教育，使得他的传统教育的底色得到了中和，其思想打上了"亦新亦旧"的色彩。而这样的思想，显然更切合既深受传统文化影响、又沐浴着欧风美雨洗礼的一般市民的文化心理结构，从而使消费文化的盛行有了一定的根基。而新式教育这种现代学校的发展，对文化批量化生产和普及产生了积极的作用。以 1907 年学部统计为例，直隶有 4591 所，吉林有 1526 所，湖北有 1298 所，河南有 2692 所[①]。出现了"上有各府州县学堂之设立，下有爱国志士热心教育蒙学女学各种私学堂之设立"[②]的前所未有的争相创办新式教育的局面。1916 年，根据教育部刊布的统计，"不包括川、黔、桂三省和未立案的私立学校，学生已达 3974454 人。1921 年—1922 年'中华基督教教育调查团'的报告表明，五四文学运动前夕中国学生总数为 5704254 人。……北京聚集了中高等以上学生 25000 人。"[③]学生数量的增长，不仅意味着能够从事生产消费文化的知识分子大量增长，同时还意味着能够接受消费文化的主体也在增加，这便为消费文化的发展提供了创建主体和接受主

---

① 《东方杂志》，第 4 卷第 4、11、7 号；第 5 卷第 3 号。

② 《论教育》，《时报》甲辰七月初四日。

③ 桑兵：《晚清学堂学生与社会变迁》，上海：学林出版社 1995 年版，第 2—4 页。

体。一批接受了现代教育的知识分子，由此找寻到了安身于科举之外的生存方式，他们或从事大学教育或从事报刊出版。即便是那些无法谋取教职或编辑职务的知识分子，面对日益发展壮大的文化产业，也可以以自由人的身份，通过自由撰稿等方式，来满足其物质生存的需要。如此说来，消费文化对现代中国文学的渗染，新式教育起到了中介的作用。

在 1900 年到 1929 年，消费文化的发展还是市民文化欲望膨胀的必然产物。晚清以降，市民的欲望随着现代都市的发展而获得了膨胀的机缘，同时，松弛了的乡村的道德约束，也使人的欲望开始膨胀起来。而清朝的狎妓风气颇为盛行，官吏豪绅、富商大贾、文人墨客都以公然狎娼为时髦，美女在座，诗酒助兴，弦管笙歌，彻夜不息。这为通俗文学的风行奠定了广泛的社会基础。通俗文学主要风行于大都市北京和上海，而北京和上海的娼妓业也是最为发达的地区，其中典型的是北京的八大胡同和上海的四马路。八大胡同是老北京花街柳巷的代称，属于"花柳繁华之地"。上海作为开埠较早的城市，其独特的地理位置和经济文化的崛起使其娼妓业获得了发展。如 1910 年版《上海指南》中说："娼妓其家多在三马路、四马路、五马路"，"野鸡多在福州路胡家宅、南京路香粉弄一带，夜间多在四海升平楼、福安、易安、同安、永安、五龙日升楼各茶室喝茶，或伫立于路旁，招揽游客，及更深夜静，或行人稀少地方，则动手强拉游客"。因此，上海人又把四马路称之为"红灯区"。据有关数据显示，1917 年北京公娼之于城市总人口的比例是 1 比 159；上海是 1 比 137，居当时伦敦（1 比 906）、巴黎（1 比 481）等城市之首[①]。如果说这样的一些数据还无法说明通俗文学和娼妓盛行之间的关联，起码说明了消费文化已经在都市大行其道。实际上，在 1900 年到 1929 年期间，不仅通俗文学作家深受花柳影响，而且五四文学的少数精英人物也概莫能外。

随着西学东渐，尤其是西方个性意识的输入，市民的情感开始觉醒，这使生活在铁屋子里的人对自我被包办的婚姻有了更为透彻的感悟和体验，人的意识随之觉醒。郁达夫说过："五四运动的最大的成功，第一要算'个人'的发见。从前的人，是为君而存在，为道而存在，为父母而存在的，现在的人才晓得为自我而

---

① 彦欣：《卖淫嫖娼与社会控制》，北京：朝华出版社 1992 年版，第 58 页。

存在了。"① 郁达夫在此主要是就现代散文和"个人"的发现之间的内在关联进行的分析,其实,这也是通俗文学发展的基础。实际上,在由大量的农民、手工业者、商人转化而来的市民中,许多是从农村迁徙到都市中而来,其思想不仅受到了外在新鲜事物和新思想的影响,而且还因为有了外在的参照对象,对自我没有感情的包办婚姻产生了深刻的体验。正是在此情形下,伴随着人的情感觉醒而来的是人的欲望的膨胀。而欲望的膨胀除了在世俗化的生活中得到满足,而且还有精神上的需求,这就为消费文化的发展提供了巨大的市场。这正如美国学者佩里·林克所分析的那样,通俗文学作品虽然一再向读者提出勿沉溺于情的警告,但这"几乎没有在青年读者中唤起任何对浪漫爱情的鉴戒,恰恰相反,它却引起了读者对'情'的更加迷恋",因而,"使得徐枕亚及其模仿者们所创作的同类作品源源涌现。"② 夏志清也由此上升到文学的层面进行了这样的阐释:"那个时代的人,若非感情过甚,《花月痕》和《玉梨魂》怎有可能写成?怎样可能赢得千千万万读者的心?"③ 换言之,通俗文学之所以会迅即流行的社会根源,恰是国人情感觉醒在文学上的折射,事实上,正是人的情感觉醒以及由人的情感觉醒而来的欲望膨胀,才使得消费文化及其渗染的通俗文学获得了巨大的发展空间。

二

通俗文学主要集中在上海、北京、天津等大城市,据有关统计,这一流派的作者先后多达 200 余人。清末民初的许多通俗文学作家是南社的成员,如包天笑、叶小凤、周瘦鹃、徐枕亚、王钝根、范烟桥等,他们是带有鲜明的进步政治倾向的作家;还有一些作家则来自社会底层,如李涵秋、苏曼殊、吴双热、李定夷等。他们大都身兼编辑与作家二联,依托报纸、杂志等报刊从事文学创作,但由于该派没有统一的组织、政治纲领和文学主张,所以,其结构比较松散,其成分比较

① 郁达夫:《〈中国新文学大系·散文二集〉导言》,《郁达夫全集》第 6 卷,广州:花城出版社 1983 年版,第 261 页。

② 【美】佩里·林克:《鸳鸯蝴蝶派——20 世纪初期的中国城市通俗文学》,加利福尼亚大学出版社 1981 年版。

③ 夏志清:《台湾、香港、海外学者论中国近代小说》,南昌:百花洲文艺出版社 1991 年版。

复杂，良莠不齐，文学史一般把这些具有相似美学诉求的作家，都当做通俗文学作家。五四文学运动前的通俗文学，受到了来自"新文学"的严厉批判，被当做"旧文学"、"逆流"，甚至把通俗文学的白话文元素、大众化特点，也一并摒弃在外了。如文学研究会在其成立宣言就宣称："将文艺当做高兴时的游戏或失意时的消遣的时候，现在已经过去了。"通俗文学"思想上一个最大的错误就是游戏的消遣的金钱主义的文学观念"①，由此把通俗文学作家视为"文丐"、"文氓"和"文娼"。而在文学史的评价中，却过分地凸显了其消极的一面，而忽视了通俗文学积极的一面。

然而，值得注意的是，在文学研究会的宣言中，虽然从理论上强化了文学的社会启蒙功能，极大地消解了文学的消遣功能，但在其实际的文学创作实践中，却依然闪现着通俗文学的某些影子，这主要体现在男女之情的文学叙事上。像茅盾的《蚀》、《子夜》等小说，在严肃的社会主题下，均隐含着通俗小说的某些因子。其实，文学作品是无法独立于社会的真实存在而存在的，在社会中，男女之情既然是人最为重要的社会关系，那么，文学自然也就无法舍弃男女之情而只表现所谓的重大社会主题了。

在五四文学运动中，新文学对以鸳鸯蝴蝶派为代表的通俗文学进行了严厉的批判，似乎新文学最大的敌人就是通俗文学，这种批判的结果，在知识界中产生了重要的影响。新文学作家把笔触对准社会的重大题材，更多地着眼于人的社会属性，这逐渐地成为知识界的主流价值观念；而通俗文学则依然固我，其读者群即市民阶层也没有因此而发生剧烈的变动，不过，经过新文学"涂鸦"了的通俗文学，它那种既有的主导地位，已经受到了严重的贬损，以致于一度受挫。除了毕倚虹的《人间地狱》、包天笑的《上海春秋》、平襟亚的《人海潮》外，通俗文学的鼎盛繁华似乎不再。但随着新文学创作实践的日渐深入，市民阶层为主的读者群，因为缺少对西学的必要理解，尤其是缺少对西方文学的阅读接受经验，他们对新文学作品也存在着阅读上的隔膜；而通俗文学这种"土生土长"的文学形态，依然切合了他们既有的审美趣味，深受读者的欢迎，这就为通俗文学的再度

---

① 雁冰：《自然主义与中国现代小说》，《小说月报》，第 13 卷第 7 期，1922 年 7 月。

复兴保存了根基。

通俗文学在受到新文学阵营的批判之后，其文学创作也因此获得了一个自我观照的机缘，它更加注意汲取新文学的有益的营养。例如，注重吸收心理描写的手法，在追求故事情节的曲折上适当地凸显人的内在精神世界，同时还适当地整合了新文学的个性解放主题，推崇男女平等，反对传统的贞操观。所有这些改变，都使通俗文学获得了"与时俱进"的现代品格，这在张恨水的章回小说创作中表现得尤为明显。张恨水的章回小说，成为 1920 年代消费文化渗染下的最有代表性的文学形态。

在民族的审美传统的传承中，言情、社会和武侠一直是备受推崇的三个母题。这使得消费文化渗染下的文学形态，在通俗文学的创作实践中，主要呈现为三大形态：一是以言情为主的通俗文学，在这既有的文学史中一般称之为鸳鸯蝴蝶派小说；二是以社会为主的通俗文学；三是以武侠传奇为主的通俗文学。

以言情为主的通俗文学仅长篇小说即达 1900 多部[①]。这派的作家作品被史家称为"鸳鸯蝴蝶派"。其实，"鸳鸯蝴蝶"在传统文化中，其所蕴含的是美好的爱情，是男女相濡以沫、坚贞不渝的爱情象征；所以，在梁山伯与祝英台这一古老的爱情传说中，梁山伯与祝英台在世间不能结为夫妻，在虚幻的另一个世界里，他（她）们的灵魂幻化为翩翩起舞的蝴蝶，在相思相悦中升华为亘古不变的爱情神话。正是由此出发，从鸳鸯蝴蝶演化而来的文学，历来就注重情感诉求，侧重表现人的幽秘的情感世界。这种情形到了 1910 年代，则获得了进一步的发展，因此，言情小说不仅在内容上注重人的情感世界的揭示，而且在语言形式上也与其靡靡之情相吻合。像徐枕亚的《玉梨魂》的骈俪文言、南社著名诗僧苏曼殊的《断鸿零雁记》的凄婉低沉，都很好地反映了其所承载的内容和思想，从一个侧面显示了这类通俗文学的基本风貌。

言情小说作为通俗文学最为重要的形态之一，其发展在 1900 年到 1929 年间呈现出一个螺旋型的上升态势。在清末民初，言情小说衔接了传统的言情小说的基本模式，主要以才子妓女为主要的样式。如韩邦庆的《海上花列传》等通俗文

---

① 冯光廉、刘增人主编：《中国新文学发展史》，北京：人民文学出版社 1994 年版，第 243 页。

学作品，以反映妓女的生活为主，这些作品甚至被看做"嫖界指南"，成为消费文化的主要内容。进入 20 世纪之后，陈蝶仙的《泪珠缘》、李涵秋的《双花记》、非民的《恨海花》、何诹的《碎琴楼》、包天笑的《一缕麻》、周瘦鹃的《落花怨》、徐枕亚的《玉梨魂》、吴双热的《孽冤镜》、李定夷的《贾玉怨》等相继出版。尤其是在 1912 年，徐枕亚的《玉梨魂》在《民权报》上连载，引起了巨大的反响，这在通俗文学的发展中具有极其重要的意义。

随着中华民国政体的确立，在婚姻领域里的反封建包办的主题，便成为这个时期的通俗文学的重要主题。在 1910 年代，言情小说开始从才子妓女转变为才子佳人，女性已经不再是沉沦花海的妓女，而是身处平凡世界的女性，像徐枕亚笔下的白梨影等女性，已经是回归到了平凡世界里的平凡女性。至于吴双热（1884—1934）的《孽冤镜》，通过对苏州世家子弟王可青与贫家女子薛环娘的爱情悲剧书写，否定了封建家长制的合理性。如王可青之父知道王可青和薛环娘自由恋爱后，怒斥儿子："不肖儿，荒谬甚，有父母在，乃敢自由结婚！……予为尔父，主权在我，主婚在我。"对此，吴双热在《孽冤镜》自序中说："《孽冤镜》胡为乎作哉？予无它……欲鼓动真切的自由结婚，从而淘汰世界之种种痛苦，消释男女间种种之罪恶耳。愿普天下为人父者，对子女之婚嫁，打消富贵两字，打消专制两字。"由此可以看出，吴双热的《孽冤镜》对封建婚姻制度，尤其是对封建家长的专制和蛮横，进行了彻底的否定，带有强烈的反封建的意义。像李定夷（1890—1963）创作的《贾玉怨》，也沿袭了徐枕亚、吴双热的通俗文学创作的基本路径，把其笔触对准了处于嬗变期的上海社会的阵痛。《贾玉怨》以上海为展现的背景，描述了学生刘绮斋与史霞卿在接受新式教育后相爱相恋，但这样的自由恋爱却不为封建家长所容忍，终因史霞卿的庶母的阻挠，使得有情人无法成为眷属，最后史霞卿因此而死亡、刘绮斋出家，上演了一出现代的宝黛爱情悲剧。

正是在情感复苏的情景下，《断鸿零雁记》作为苏曼殊（1884—1918）带有自叙传性质的小说，在 1912 年问世。小说以主人公三郎和未婚妻雪梅以及表姐静子之间的感情纠葛为主线，传神地写出了三个主人公蜿蜒曲折的情感历程，打破了传统的大团圆结局的叙事方式，以悲剧结束整个小说，这极大地颠覆了传统小说置真实的人生于不顾的"瞒和骗"的结局，把深受封建礼教戕害的男女情爱悲剧淋漓尽致地表现了出来。特别值得肯定的是，该小说以其缠绵哀伤的情感和典雅幽怨的文笔，把作品的思想性和艺术性完整地统一起来，成为新时代渐行渐近的男女真情复苏与毁灭的一首挽歌。

正是缘于通俗文学深深地植根于社会现实，所以，其在表现社会嬗变的艰难历程等方面就显得非常突出。从某种意义上说，清末民初通俗文学自身的矛盾正是社会嬗变过程中自身矛盾的真实体现。随着人的个性意识、尤其是人的情爱意识的苏醒，通俗文学一方面热情地肯定了人的情爱意识的合理性，批判了封建家长制度的罪恶，指出了其吃人的本性；另一方面，又表达了伦理情爱意识对既有社会秩序的冲击的担忧，以至于在通俗文学创作中，试图找寻到跨越当下的矛盾冲突的有效方式。像包天笑的《一缕麻》和周瘦鹃的《恨不相逢未嫁时》，便可以看做其中的代表性作品。

包天笑（1876—1973）的《一缕麻》是其早期的短篇小说。这部小说通过对父母之命媒妁之言的批判，对既有的婚姻提出了解救方略："吾国婚姻野蛮，任执一人而可以偶之，究竟此毕生之局，又乌能忍而终古，则离婚之说，儿殊不欲厚非也。"① 而这样的离婚念头，则受到了来自父亲的坚决反对，这里体现的女性情爱意识的觉醒，具有现代的特点；而最后的结局则是，女子又感念于并不爱的男性为其做出的牺牲，终没有跨进个性解放的门槛，最后在"一缕麻"的陪伴下了却了一生。体现了传统的节操观对女性的戕害，显示了女性从情爱意识的觉醒到情爱行动的实施，其藩篱正是来自女性自身，同时也显示了作者在处理这种矛盾冲突时的困惑，这正是背负着几千年的旧账，牺牲自我幸福的悲剧者形象，这恐怕也是同时代的作家周瘦鹃发出"恨不相逢未嫁时"的喟叹之缘由。

周瘦鹃（1894—1968）作为通俗文学的代表性作家，曾自称是"不折不扣的礼拜六派"。其从事通俗文学的创作，与其感情经历有着紧密的关联，他与女友深情相爱，但因双方门不当户不对，受到了女方家长的坚决反对，从而切身地体会到了"有情人无法成为眷属"的苦涩，恰如其作品所命名的那样，"此恨绵绵无绝期"，这使其作品充满了哀伤的情感："瘦鹃多情人也，平生所为文，言情之作居

_____

① 包天笑:《一缕麻》,《小说时报》创刊号，1909 年 10 月。

十九。然多哀艳不可卒读……"① 显然，这类作品具有鲜明的情感启蒙意义。

但值得注意的是，1910 年代之后，由于其随后出现的言情小说没有实现对前期作品的超越，使得后来的诸多作品大都走上了模仿之路，即便是后来能够代表言情小说又一发展高峰的张恨水的章回小说，其成名之作《春明外史》也基本上套用了徐枕亚的《玉梨魂》的路径。杨杏园和梨云、李冬青等人的情感纠葛，以及最后的人生悲剧，相似于何梦霞和白梨影、崔筠倩之间的情感纠葛和人生悲剧，这一方面表明了张恨水深受徐枕亚之作的影响；另一方面也表明了徐枕亚的《玉梨魂》深受社会的推崇，以至于使得诸多作家为了迎合读者的审美趣味而争相模仿。

通俗文学中的言情小说，在五四文学发生发展的过程中，经过了一段沉寂。但是，支撑通俗文学大厦的政治、经济等诸多基础，并没有随之而坍塌，相反，这种情形到了 1920 年代，有所强固又有所发展。通俗文学中的言情小说，由于受到五四文学革命的深刻影响，其主题自然也就发生了深刻的变化，其中，最能代表通俗文学成就的是张恨水的章回小说。张恨水被看做"国内唯一的妇孺皆知的老作家"②。张恨水的章回小说已经基本上走出了包天笑和周瘦鹃通俗文学创作时的藩篱，具有鲜明的时代特色。这既是时代使然的结果，也是作家自我不断超越的结果。从这样的意义上说，对张恨水有着较深了解的张友鸾所说的话，就并非是一点道理也没有："《金粉世家》如果不是章回小说，而是用的现代语法，它就是《家》；如果不是小说，而是写成戏剧，它就是《雷雨》。"③

通俗文学作为深受消费文化渗染的文学形态，消费市场的需求是制约其发展的重要因素。在清末民初的社会大转型中，言情固然是读者所津津乐道的主题之一，社会也是读者不能不关注的核心问题之一，这就使得通俗文学作家，或者在言情小说中渗透进了更为丰富的社会内涵，或者是在丰富的社会生活中渗透进了言情的因子，尽管其所偏重的方面不同，但从总的倾向来看，还是可以根据其内

---

① 陈小蝶：《午夜鹃声·附记》，《礼拜六》，第 38 期，1915 年 2 月 20 日。
② 老舍：《一点点认识》，《新民报晚刊》（重庆），1944 年 5 月 16 日。
③ 张友鸾：《章回小说大家张恨水》，《新文学史料》，1982 年，第 1 期。

容的不同划分为言情小说和社会小说。如果说言情小说满足了人的情爱意识觉醒需要的话，那么，社会小说则满足了人的社会意识觉醒的需要。

这种情形的转变，正表明了清末民初开始的西学东渐，已经深刻地影响到了社会风俗的变迁和人的价值观念的转变，在个性解放等主题逐渐地浮出时代地表的同时，社会解放这类宏大的主题也开始受到了作家和读者的关注，毕竟，个性的解放是无法完全独立于社会解放而存在的。

通俗文学除了以男女之间的爱情悲剧作为主要的书写对象之外，还有为数不少的作品，注重在言情中渗入更多的社会因子，由此拓展了通俗文学表现社会的空间，这方面的代表性作家是李涵秋及其小说《广陵潮》。李涵秋创作《广陵潮》从 1909 年开始动笔，1919 年完成。小说从英军侵犯广州写起，历经上书变法、百日维新、武昌起义、洪宪帝制、张勋复辟，以至五四前期的抵制日货、国民演讲大会结束。以新派人物云麟为主人公，由此展现了世界的"怪现状"。当然，这类通俗文学作品，之所以区别于晚清的政治小说，主要在于它于丰富的社会风云中，融会贯通了男女之间的爱情悲剧与社会嬗变的关系。《广陵潮》出版后，模仿者甚多，以"潮"来命名小说的，就不下数十种。由此可见，在通俗文学的发展中，注重言情所导致的情感泛滥，在其自然的发展中，必然会以凸显丰富的社会内容为纠偏的方式，这使通俗文学自发地完成了从言情向社会皈依的自我调节。

传统文化渗染下的文学，曾经出现了像《三侠五义》、《儿女英雄传》这样一些渗透着侠义精神的武侠小说，这样的一种文学传统，对 1900 年至 1929 年的武侠小说这一文学形态产生了极其深远的影响。1900 年代，甚至连苏曼殊、孙玉声、叶楚伧等都创作过武侠小说，这使得通俗文学中以武侠作为主要题材的小说得以大行其道。

武侠小说在本时期主要分成了两个不同风格的流派，一个是南派作家向恺然（1886—1957），其代表性的作品是《江湖奇侠传》和《侠义英雄传》。由于向恺然本人深谙武术，所以，在其武侠小说中不仅具有传奇性的故事，而且还具有武术技法等方面的细致描写。除了向恺然之外，在南派作家中具有一定影响力的是顾明道和姚民哀。顾明道的代表性作品有《荒江女侠》和《侠骨恩仇传》等，姚民哀的代表性作品有《山东响马传》等。北派作家以赵焕亭为代表，其代表性作品有《奇侠精忠传》、《双剑奇侠传》和《英雄走国记》等。这股由消费文化制导下的武侠热，甚至还影响到了电影艺术形态，最具代表性的是小说《江湖奇侠传》被改编成了电影《火烧红莲寺》。

一般说来，武侠小说是和传奇故事紧密联系在一起的。从武侠本身来看，具有侠义精神且武术高强的人，大都是一批行走者，他们因为要提高技艺，或者不断地寻找得道的高手为师，或者不断地寻找高手互相切磋，这就注定了侠义之士的人生，和那些固守在土地上的人相比，将会遇到更多的挑战，因此也就更富有传奇性。这样的一种人生状态，对于那些被现实所羁绊的读者来说，自然具有一种特别的蕴味；至于人在危难之际，对行侠仗义的江湖高手的神往，更是读者对拯救者的一种认同。因此，武侠小说在传统的文学形态中，一直是极其重要的一种形态，并深深地蕴藏着民族的大众的审美趣味。

如果说在 1900 年代到 1910 年代，处于社会大转型大阵痛期的现代中国，其政治文化还占据主导地位，消费文化还没有跃然成为社会的主流文化的话。那么，在 1920 年代，人们已经从民主共和的政治热情中走了出来，面对社会依然故我地依照其既有的秩序运行，回到武侠世界中、回到神怪的世界中，成为一种自发的或自愿的人生诉求和审美追求，这甚至演化为 1920 年代的武侠热。

总的来说，清末民初通俗文学运动从根本上看既是中国社会现代化和文学现代化追求的产物，又是对中国古典的通俗文学的继承和改良。特别是通俗文学运动，不仅没有因为五四文学新范式的确立而停滞，反而还获得了进一步的发展，并在嗣后出现了像张恨水这样的一代通俗文学大家。这说明清末民初的通俗文学运动在现代中国文学史上具有不可取代的意义。

第二节　韩邦庆与言情小说

清末民初的言情小说是随着大都会兴建而出现的一个旨在张扬通俗文学运动的文学潮流。其中，具有代表性的作品有《海上花列传》等，清末的言情小说发展到民初则是在现代中国文学史上具有重要影响的文学流派——"礼拜六"派。

清末言情小说的繁荣在根本上说是消费文化开始发展和成熟的标志。以 1906 年为例，当时中国最大的通商口岸上海出版的报刊达到 66 家之多，此时全国出版的报刊总数达到 239 种。这些依赖通商口岸、现代都市和印刷出版工业及大众传媒体制而出现的都市文学刊物，一方面因适应了都市市民的"消闲"、"娱乐"等消费文化的要求，从而建立起了市场主导下的读者群；一方面又为那些由于种种原因而脱离了传统的"学优而仕"的人生事业范式的知识分子，从传统文人向现代职业作家的转变提供了市场为主导下的物质条件。固然，众多的报刊杂志以及相应的印刷出版体制的产生与形成，本身就是社会现代化的产物，它们又共同构成了文化、文学的生产消费体制、大众传媒体制和"文化公共空间"。清末的言情小说正是在这样的一个大背景下孕育和发展的。

一

清末的言情小说，如《海上花列传》、《梦游上海名妓争风传》、《海上名妓四大金刚奇书》、《海上繁华梦》、《九尾龟》等小说，着力表现男女之情，尽管其笔墨往往集中于妓女的"恶行恶状"，但所表现出来的被金钱异化了的男女之情，恰好体载了清末社会转型期所独有的社会现象，标志着清末的言情小说所企及的历史高度。

晚清的言情小说之所以获得发展，一方面与消费文化的崛起有着直接的关联；另一方面，与晚清开始的文学改良运动也有着直接的关联。梁启超在其小说界革命中，提出了"小说为文学之最上乘"的口号，把小说的社会地位和作用，提高到无以复加的高度，一面猛烈地攻击旧小说"诲淫诲盗"，一面大声疾呼把小说和社会改良结合起来，并由此出发探讨了小说的美学特征。这就冲破了鄙视小说的传统观念，把"小说界革命"纳入到了"新民"与"新中国"的总目标中，使之成为文化改良的一个有机组成部分。这正如陈平原所说："20 世纪初年，一场号为'小说界革命'的文学运动，揭开了中国小说史上新的一页。'小说界革命'的口号，虽然直到 1902 年才由梁启超在《论小说与群治之关系》一文中正式提出，但戊戌前后文学界对西洋小说的介绍、对小说社会价值的强调，以及对别具特色的'新小说'的呼唤，都是小说界革命的前奏。因此，新小说的诞生必须从 1898 年讲起。

也就是说，戊戌变法在把康、梁等维新派志士推上政治舞台的同时，也把新小说推上了文学舞台。"①

正是在晚清新小说革命的影响下，言情小说也找寻到了自我发展的历史机缘：一方面通过言情来表达对文化改良的支持，另一方面又因此获得了较高的社会地位，这使言情小说有了更大的发展空间。在晚清的白话文运动中，一大批白话报纸、白话书籍、白话小说相继诞生。其中著名的白话报纸就有无锡白话报、杭州白话报、苏州白话报、宁波白话报、国民白话报、上海新中国白话报、安徽白话报、长沙演说通俗报、江西新白话报等；白话小说也大量涌现，据阿英估计，白话小说约在 1500 种以上。这些白话报和白话小说，从"开通民智"或"情感启蒙"的需要出发，使用白话或进行言情小说创作、或进行政治小说创作，一时蔚然成为时代的风气。当然，晚清的白话文小说创作，还仅仅停留在对既有的价值体系的修补上，而没有彻底颠覆这一价值体系，只有在五四文学革命中，彰显了科学与民主时，白话文作为新的话语体系才获得了确立的历史机缘。

在晚清具有代表性的言情小说中，像《海天鸿雪记》（1899）、《梦游上海名妓争风传》（1900）、《海上名妓四大金刚奇书》（1903）、《海上繁华梦》（1903—1906）、《九尾龟》（1906—1910）、《新茶花》（1907）、《九尾狐》（1908）都产生了较大的影响。尤其是 1906 年，《恨海》和《禽海石》这两部小说，更在晚清的言情小说中具有广泛的影响。阿英曾说："晚清小说中，又有名为'写情'者，亦始自吴趼人。此类小说之最初一种，即《恨海》。"②这正如有学者指出的那样："自《恨海》开始，言情小说由'狭邪'逐渐转向'写情'，吴趼人的言情观代表了这一时期的小说家们对两性之'情'的新认识"，"《恨海》、《情变》、《劫余灰》的主线都是男女主人公感情的发展变化过程，这种情节模式显然区别于狭邪小说中对两性情欲的描写。吴趼人笔下的两性之'情'还融会了人类其他的感情形式——'家国之情'。"③

---

① 陈平原：《二十世纪中国小说史》第 1 卷，北京：北京大学出版社 1989 年版，第 1 页。
② 阿英：《晚清小说史》，北京：东方出版社 1986 年版，第 202 页。
③ 文茜：《论清末民初言情小说的主题形态与观念转变》，《中国文学研究》，2009 年，第 2 期。

在晚清传统意义上的言情小说之外，还有一些小说并没有引起学者们的足够重视，其中具有代表性的是《孽海花》。这部小说一直被看做谴责小说，但是，这部小说除了具有谴责小说的某些共同特征之外，还具有言情小说的某些特质，这从其书名就可以略见一斑。该小说从1903年开始刊载在东京的留学生杂志《江苏》上，其前六回的作者是金松岑，后面的部分由曾朴续写。《孽海花》的最初作者是把它当政治小说来写的，所以选取了驻俄公使为主角，但在曾朴接手后，则"想借用主人公做全书的线索，尽量容纳近三十年来的历史，避去正面，专把些有趣的琐闻逸事，来烘托出大事的背景，格局比较的廓大。"①因此，《孽海花》除了对晚清上层社会官僚士大夫的政治生活多有涉猎之外，还对他们以嫖妓、玩相公、纳妾为风流的糜烂生活进行了深度的表现，其所塑造的傅彩云、夏雅丽、金雯青、庄小燕、龚和甫等人物形象，都具有丰富的社会内涵，这就使得《孽海花》在主题上具有深厚的历史意识，成为融汇了政治小说和言情小说双重品格的优秀之作。

总的来说，晚清的言情小说开启了一个以情感世界为小说的表现对象的新时代，这既是消费文化驱动的结果，也是人的情感开始趋于觉醒的结果，从这样的意义上说，我们如果把韩邦庆的《海上花列传》置于现代中国文学史的维度上加以审视，就会发现其独到的价值和意义。

二

韩邦庆（1856—1894），江苏松江人（今属上海市），字子云，号太仙，别署大一山人、花也怜侬。他于19世纪末期创作的长篇小说《海上花列传》，又名《青楼宝鉴》、《海上青楼奇缘》、《海上花》、《海上百花趣乐演义》等，全书有64回，最初连载于光绪壬辰（1892）2月创刊的《海上奇书》（初为旬刊，后改为月刊），每期刊两回，刊载至第30回结束，后小说集结成书，于光绪甲午（1894）出版了64回本的石印本。

在现代中国文学史上，这部小说除了鲁迅、胡适、刘半农、张爱玲等人对其给予了较高的评价外，一般的文学史都没有给予应有的关注。随着人们对通俗文

---

① 曾孟朴：《谈〈孽海花〉》，《〈孽海花〉资料》，上海：上海古籍出版社1982年版，第130页。

学发展脉络梳理的深入，《海上花列传》才开始受到人们的重视，认为这种以方言写的小说与以北方官话为主体的政治小说之间相比，标志着另一文学传统和流派的诞生，是"现代通俗小说的开山之作"[①]，"一部杰作，代表了当时中国纯文学的艺术水平"[②]，还是"中国现代文学的起源"[③]。

《海上花列传》是以上海各色妓女为题材的小说，由一系列故事组成，在叙述语言上采用白话文，人物对话则全部采用吴方言。《海上花列传》之所以能够为现代中国文学发生期开启了言情小说的先河，是有着一定根源的。

在中国数千年来未有之变局的特殊背景下，韩邦庆独特的人生遭际颠覆了其既有的中国传统士大夫的晋身之路，从而使其逐步确立了现代的文化立场，这为其从事小说创作奠定了坚实的基础。

韩邦庆本来无意于小说创作，而是一心想在科举功名上有所斩获，但晚清社会的激烈变动，却使韩邦庆这样的士大夫失却了展翅的天空。韩邦庆出身于官宦世家，其父韩宗文是举人，官至刑部主事。韩邦庆自小随父居住北京，他资质聪慧，读书别有神悟，文笔微妙清灵。约20岁时，回籍应童子试，为诸生。次年岁考，列一等。后屡试不第。韩邦庆失意于科举，原因固然很多，但主要原因还是其自由率性、落拓不羁的文人气质和科举考试内在规范之间的巨大鸿沟。如韩邦庆考秀才时，就写了一篇游戏文《不可以作巫医》，试官欣赏其才，又觉得文章不中程式，犹豫再三，还是取为一等[④]。一般说来，科举考试的八股文尽管有其弊端，但从其命题立意来看，则多取自儒家经典，均关乎治国安邦的根本方略，岂能和游戏文相提并论。像韩邦庆的"不可以作巫医"从立意到行文，自然和科举取士所看重的治国安邦之方略背道而驰，这恐怕是试官犹豫再三的根本原因。韩邦庆的这种文人气质，也决定了他在1891年秋再次北上应举时名落孙山。名落孙山后，韩邦庆定居上海，开始专心致志地从事小说创作。如果说韩邦庆的率性而为、落

---

① 范伯群：《中国现代通俗文学史》，北京：北京大学出版社2007年版，第14页。

② 邱明正主编：《上海近代文学史》，上海：复旦大学出版社2005年版，第332页。

③ 栾梅健：《1892：中国现代文学的起源——论〈海上花列传〉的断代价值》，《文艺争鸣》，2009年第3期。

④ 武润婷：《中国近代小说演变史》，济南：山东人民出版社2000年版，第269页。

拓不羁的文人气质和科举取士的规范格格不入的话，那么，这和文学创作则有着天然的关联。因此，韩邦庆的小说创作既融汇了他不拘一格自创一派的率性而为，也蕴含着他作为士大夫所具有的积极入世品格。这使得韩邦庆在亦文亦政中找寻到了从事小说创作的基石，也由此赋予了《海上花列传》以独特的思想。

韩邦庆通过对狎妓题材的书写，展现的是上海的人情冷暖和世事百态，进而为世纪末的晚清社会"存照"。韩邦庆对文学、人生和社会有着个人的独到见解，这奠定了他创作的《海上花列传》并不是跟风之作或率性之作，而是沉潜着深刻的思想，属于劝戒之著。韩邦庆在创作伊始就指出："此书为劝戒而作，其形容尽致处，如见其人，如闻其声"，"此书正面文章如是如是；尚有一半反面文章藏在字句之间令人意会，直须阅至数十回后方能明白"①。这就是说，韩邦庆在创作时还是以其严肃认真的态度，赋予了小说以关于人生与社会的某种价值，在根本上区别于狎妓小说。

韩邦庆从事小说创作，和士大夫的遁世之举截然不同，在韩邦庆创作的看似和政治无关的小说中，所选取的是对政治不屑为之的文化立场，这使其小说创作既不为他人所左右，也不为中国传统小说中的"补天"意识所羁绊，从而使其小说创作具有一种超然于世俗之上的浩然之气，达到了"不屑傍人门户"的自由洒脱与独领风骚的境界。如 1891 年，韩邦庆北上应举之后，曾与其一同赶考的孙玉声同舟南下，相互交换阅读《海上花列传》和《海上繁华梦》的部分初稿。韩邦庆以继往开来的气势提出了"文人游戏三昧，更何况自我作古，得以生面别开"②的深刻见解，这显示了韩邦庆在从事《海上花列传》创作之前，已经具有了"生面别开"的历史胸襟，这确保了其创作的《海上花列传》具有"先锋文学"的某些特质。

韩邦庆风流倜傥，他在酒酣酬酢之余，对青楼和鸦片情有独钟，他"所得笔墨之资，悉挥霍于花丛"。这一独特的人生经验，使他对洋场、妓院的众生相有着

---

① 韩邦庆：《海上花列传》，《中国近代文学大系》小说集一，上海：上海书店 1991 年版，第 161—162 页。
② 海上漱石生（孙玉声）：《退醒庐笔记》，太原：山西古籍出版社 1995 年版，第 113—114 页。

切身观察和深刻感知："阅历既深，此中狐媚伎俩，洞烛无遗。"① 由此说来，韩邦庆在不经意间完成了对小说创作对象的深度把握。

正因为韩邦庆对洋场、妓院有着切身观察和深刻感知，这使得其从事《海上花列传》创作之时，既没有承袭中国传统的才子佳人小说中置现实生活于不顾、凭空杜撰的写作路径，也没有简单地对生活采取描摹的方法，而是在对写实精神的皈依中，侧重对处于社会转型时期的上海的众生相的真实再现。对此，刘复曾经有过这样的解读："花也怜侬在堂子里，却是一面混，一面放只冷眼去观察，观察了熟记在肚里，到了笔下时，自然取精用宏了……乃是上海社会中的一部分'混天糊涂'的人的'欢乐伤心史'。明白了这一层，然后看这书时，方不把眼光全注在几个妓女与嫖客身上，然后可以看出这书的价值。"② 这就是说，韩邦庆在创作小说《海上花列传》时，注重通过深入细致的观察，通过写实的艺术手法，刻画出栩栩如生的人物形象，进而宣示了隐含其中的社会意义。

总之，韩邦庆一方面沉溺于花丛放浪形骸，另一方面还以"生面别开"的历史胸襟，以其为文学立命的神圣使命感和责任感，完成了对"海上花"的艺术呈现。因此，韩邦庆在创作中能够出于"花海"而不局限于"花海"，其中深潜着他对人生与社会意义的深层拷问，这恰好从一个方面体现了晚清的言情小说所呈现出来的显著特点。

三

韩邦庆在艺术上具有较高的造诣，他不仅对文学、人生和社会有着个人的独到见解，而且诗文上乘，对艺术的内在规律有着真切地理解和把握，这奠定了他创作《海上花列传》所必需的文学功底。

韩邦庆在对写实手法的恪守中，通过对真实人生的真切观察和体悟，挣脱了既有文学创作的理性先行的弊端，塑造了一系列个性鲜明的人物艺术形象，显示了晚清社会从传统向现代转型过程中的众生相，具有一定的社会价值和意义。韩

① 《谭瀛室随笔》，孔另镜：《中国小说史料》，上海：上海古籍出版社 1962 年版，第 125 页。
② 刘复：《读〈海上花列传〉》，《半农杂文》第 1 册，北京：星云堂书店 1934 年版，第 241 页。

邦庆在从事《海上花列传》创作之际，就为自己立下了需要恪守的基本的艺术法则："一曰无雷同，一书百十人，其性情言语面目行为，此与彼稍有模仿，便是雷同。一曰无矛盾，一人而前后数见，前与后稍有不符，即是矛盾。一曰无挂漏，写一人而无结局，挂漏也，叙与事而无收场，亦挂漏也。"[①] 这一法则，不仅是相对于小说的篇章结构来说，更是针对小说所塑造的艺术形象的鲜明个性与统一性来说的。"无雷同"自然是指人物形象塑造问题，全书的人物形象基本上一人一面一性情；"无矛盾、无挂漏"，人们多是从篇章结构来理解。其实，这表层来看，是对结构的严密严谨的规范，其深层还是对人物形象塑造的要求，就是强调了人物形象在性格上的真实性与统一性，人物形象的性格变化要做到有因有果，有始有终，这就和剥去真实的人生于不顾，一味地用作家既有的理念来塑造人物形象具有本质的差别。

韩邦庆正是基于对其写实精神的坚守，所以，其所塑造的妓女就不再是文人想象出来的妓女，而是浸透着生活的真实气息，这表现为海上的妓女和传统文学中温情脉脉的妓女截然不同，她们已经被金钱彻底异化了。如黄翠凤作为一个有情有义的侠妓，依然在权衡鸨母与情人罗子富的利害轻重之后，帮助鸨母敲了罗子富一个大竹杠，从而在为鸨母赚一笔养老钱的同时，也彻底葬送了其还仅存的一点人性，而可怜的罗子富则毫无察觉，在心痛钱财之余仍对其一往情深。不仅如此，妓女也已经被自我的欲望彻底异化了。如在传统小说中的妓女，其沦落红尘往往是为外力逼迫所致，即便是身在红尘，但心系从良。在《海上花列传》中，赵二宝的沦落尽管与贫穷有一定的关系，但更多的是因为其涉世不深而又爱慕虚荣的人性欲望所致。王莲生与时髦倌人沈小红相处多年后打算要娶她回去，但沈小红"起初说要还清仔债末嫁哉，故歇还仔债，再说是爷娘勿许去"。这正如妓女张蕙贞所说的那样："俚做惯仔倌人，到人家去规矩勿来，勿肯嫁。"[②] 这便说明了妓女的悲剧正来自于自我被欲望所异化。如此一来，整部小说展现了晚清社会从传统向现代转型过程中人被社会和自我欲望异化的现实图景，具有一定的社会价

---

① 韩邦庆：《海上花列传》，《中国近代文学大系》小说集一，上海：上海书店 1991 年版，第 163 页。
② 韩邦庆：《海上花列传》，《中国近代文学大系》小说集一，上海：上海书店 1991 年版，第 333 页。

值和意义。

总的来说，《海上花列传》正是对中国文学自《红楼梦》以来所开创的写实精神的继承和发展，对现代中国文学的生成具有重要的作用。

在《海上花列传》中，韩邦庆"率先选择'乡下人'进城这一视角……作品以此为切入点，反映了上海这个新兴移民城市的巨大吸引力，以及形形色色的移民到上海后的最初生活动态"①，这便摆脱了以往才子佳人小说模式的限制，把视点聚焦于现代中国在现代化的过程中人的喜怒哀乐和命运起伏，勾画出了近代城市"恶之花"的种种畸形与病态。"乡下人进城"这样的视角，从韩邦庆笔下的赵朴斋到老舍笔下的骆驼祥子，实际上还构成了一个"乡下人进城"的文学谱系。"乡下人"在进入了城市后，离开了自我赖以生存的乡村根基，在放逐了自我的道德禁锢的同时，往往会在不经意间踏入城市的花海而沉沦其间："一大片浩淼苍茫、无边无际的花海……只因这海本来没有什么水，只有无数花朵，连枝带叶，漂在海面上，又平匀，又绵软，浑如绣茵锦罽一般，竟把海都盖住了。"② 这既是一种形象的描写，也隐含着象征手法的使用以及由象征而来的深刻蕴义。如乡下人赵朴斋进入上海之后误入烟花巷，后来赵朴斋破落拉洋车；赵朴斋的母亲和妹妹赵二宝到上海找他，没有把他劝醒，赵二宝也经不住上海繁华生活的诱惑，甘愿沦为娼妓。而赵二宝后来为苏州的贵公子史天然欺骗，最终深受其辱。乡下人赵朴斋、赵二宝身陷花海而无法自拔，其他像沈小红、张蕙贞、黄翠凤、李淑芳、李浣芳、周双玉以及王莲生、罗子富、钱子刚、陶玉甫、朱淑人等人，也都是以同样的方式演绎着类似的命运。这在表层上揭示了"上海租界不是个好地方"，"上海这地方就像陷阱，跌下去的人不少啊！"实际上，这深层次揭示的是现代都市的诱惑以及由此而引发的人的异化。

韩邦庆以为文学开创新天地的宏大气魄，大胆地使用吴方言进行小说创作，开启了晚清的言情小说创作从文言向白话过渡的先例，是晚清文学向现代中国文学过渡的一个重要标志。从文学史发展的内在规律来看，大凡具有先锋性的文学

---

① 范伯群：《中国现代通俗文学史》，北京：北京大学出版社 2007 年版，第 14—15 页。
② 韩邦庆：《海上花列传》，《中国近代文学大系》小说集一，上海：上海书店 1991 年版，第 165 页。

创作，其所引领的风骚往往在物换星移之后才能得到回应，而在当时则大都难以为同时代的读者所领悟和接纳，《海上花列传》也是如此。据颠公《懒窝随笔》记载：该书连载于《海上奇书》时，"惜彼时小说风气未尽开，购阅者鲜，又以出版屡屡衍期，尤不为阅者所喜，销路平平实由于此"。其实，如果说小说能够深得读者的钟情，出版即便延期，也不构成销路平平的根据，至于"小说风气未尽开"也只是讲对了一半。试问，为什么同时代的其他小说如《海上繁华梦》，"则年必再版，所销已不知几十万册"？这说明《海上花列传》本身所具有的某些审美特质和读者既有的审美心理结构之间有一定的距离。对此，有人从《海上花列传》的吴语方言来解释其原因："盖吴语限于一隅，非若京语之道出流行，人人畅晓，故不可以《石头记》并论也。"①这也不很准确，因为晚清时期的上海，吴语是市民阶层、特别是上层社会或知识分子的通用方言，能够操持此类话语的自不在少数。如果说吴语方言限制了《海上花列传》向北方传播还有一定道理的话，那么，《海上花列传》在上海却没有获得认同这一文学现象本身，便需要我们从方言之外来解释了。

《海上花列传》之所以没有引起同时代的关注，关键问题是人们对韩邦庆所操持的吴语以及由此所体载的思想在认知上有偏差。像同时代的孙玉声就对韩邦庆所说的"曹雪芹撰《石头记》皆操京语，我书安见不可以操吴语"②持有拒绝的情感，那么，一般读者对之产生抵制情绪也在情理之中。一般读者接受的小说语言大都是半文半白的北方官话，而韩邦庆舍弃北方官话径直用吴语入小说，则在文学语言的层面上和读者业已形成的阅读心理有较大的隔膜；况且，在语言形式的背后，还隐含着对表现真实人生的思想差异。因此，如果说吴语方言限制了其接受，不如说是韩邦庆在小说中所体现出来的现代小说观念领先于读者业已形成的审美习惯。韩邦庆的《海上花列传》可以说是揭开了小说观念深层变革的序幕，隐含着巨大变革的信息，即小说要通过对生活中真实语言的书写，达到文学忠实地反映生活真实的目的，这开启了现代中国的白话文实践，自然，韩邦庆这一具

---

① 海上漱石生（孙玉声）：《退醒庐笔记》，太原：山西古籍出版社 1995 年版，第 114 页。

② 海上漱石生（孙玉声）：《退醒庐笔记》，太原：山西古籍出版社 1995 年版，第 114 页。

有先锋性的实验，难以获得同时代读者的积极回应便在情理之中了。

韩邦庆在文学语言上的变革，及至五四文学革命时期，才得到了积极的回应。胡适以其既有的芳心如此地解读韩邦庆这一变革的意义："这是有意的主张，有计划的文学革命。……方言的文学所以可贵，正因为方言最能表现人的神理。通俗的白话固然远胜于古文，但终不如方言的能表现说话的人的神情口气。"胡适还由此进一步描画了中国文学在语言上的发展前景："如果从今以后有各地的方言文学继续起来供给中国新文学的新材料、新血液、新生命，——那么，韩子云与他的《海上花列传》真可以说是给中国文学开了一个新局面了"，并认为"《海上花》是吴语文学的第一部杰作"。[①] 胡适作为五四文学革命的发起者，其所主张的白话文运动的目的是通过语言形式的变革达到文学思想的变革。也许，韩邦庆在从事《海上花列传》的创作时，在认识上并没有达到胡适的认识高度，但其以仓颉和曹雪芹自居，以其"不屑傍人门户"的独立高蹈的风范，执着于"别开生面"的创建，体现了他敢为人先独领风骚的创造精神，这种创造精神在本质上和五四文学的精神是一致的。从这样的意义上说，韩邦庆创作的《海上花列传》正是晚清的言情小说中较早进行白话文创作实践的"一部失落的杰作"[②]，此可谓"成也吴语，败也吴语"。

总之，《海上花列传》无愧于现代中国文学百花园中最早绽放在凌厉寒风中的第一株报春花，它预示着以口语为代表的包括言情小说在内的通俗文学之花即将迎来尽情绽放的春天。《海上花列传》以其对人的情感和精神的深度关注，对女性的悲欢离合的命运的真切再现，开启了言情小说的新时代，预示着言情小说时代的到来。但遗憾的是，此后汹涌而来的狭邪小说，并没有很好地继承《海上花列传》的写实精神，而是沉溺于背离人生社会的泥沼中，以至于演变为史家所谓的"狭邪小说"。

晚清的言情小说发展到 20 世纪初，则开始从注重言情发展到言情与社会并举，这标志着晚清的言情小说随着社会矛盾的进一步激化，所谓的纯粹意义上的

---

① 胡适：《〈海上花列传〉序》，《胡适文存》第 3 册，合肥：黄山书社 1996 年版，第 352、369 页。

② 张爱玲：《〈海上花〉译者识》，《张爱玲典藏全集》第 11 卷，哈尔滨：哈尔滨出版社 2003 年版，第 14 页。

言情小说已经无法满足读者的心理阅读期待，文学的变革也就成为了历史的必然。如 1900 年，陈蝶仙开始创作《泪珠缘》，并出版了前 32 回，后来又续写到 96 回。1916 年，《泪珠缘》出版，它"纯仿《红楼》，而又无一事一语落《红楼》窠臼"，[①] 其主人公秦宝珠、花婉香之间既有男女之情，也体载了丰富的社会内容，显示出清末民初小说从言情小说到社会小说演变的某些轨迹。

晚清的言情小说发展到后期，影响较大的是吴趼人的《恨海》。阿英曾经说过："晚清小说中，又有名为'写情'者，亦始自吴趼人。此类小说之最初一种，即《恨海》。"范伯群认为："《恨海》实为社会言情小说之萌芽。"[②] 1906 年，吴趼人的《恨海》以单行本首次出版，是作者所谓的"写情小说"。《恨海》把两对青年情侣的悲剧置于庚子事变的政治背景下，通过陈伯和与张棣华、陈仲蔼与王娟娟在战乱中的悲欢离合，展现了时代对人的命运沉浮的深刻影响，这就超越了以前"狭邪"小说表现生活的范围，把丰富的社会内容融汇其中。对此，有学者指出：这一时期的作家们"即使写作言情小说，也力图与时代风云、国计民生挂上钩，避免为言情而言情。"[③] 由此可以说，《恨海》标示着小说从"狭邪"开始向"写情"的转型，在晚清言情小说的发展中占有极其重要的地位。在吴趼人发表《恨海》之后，还有一部文言长篇言情小说问世，这就是传诵一时的何诹创作的《碎琴楼》，该书最终完稿于 1910 年，出版于 1913 年，其在出版时间上和徐枕亚的《玉梨魂》基本相仿，其文言的语言形式也基本上是相通的。由此说来，何诹创作的《碎琴楼》既是晚清的言情小说的收官之作，也是民初的言情小说的开启之作。

晚清的言情小说是对中国古典的通俗文学的继承和改良。晚清的言情小说作家，注重对文学趣味性的价值追求，这对扭转晚清政治小说中过分地充斥着政治说教、甚至异化为政治说教的工具，具有不可取代的文学史意义。从梁启超开始提出政治小说为肇始，小说被赋予了越来越多的社会、政治负荷，这就使小说越来越背离了自身的审美特点，晚清的言情小说则极大地扭转了这一文学发展态势，

---

① 周拜花：《〈泪珠缘〉题跋》，《泪珠缘》，南昌：百花洲出版社 1991 年版，第 478 页。
② 范伯群：《中国近现代通俗文学史》（上），南京：江苏教育出版社 1999 年版，第 262 页。
③ 陈平原：《二十世纪中国小说史》第 1 卷，北京：北京大学出版社 1997 年版，第 252 页。

使文学向着自身回归。晚清的言情小说注重了文学对客观现实的"存真性"的价值追求。言情小说作家在进行文学创作时,超越了党派的立场,以超脱的文化姿态,追求小说对现实生活的真实性反映,建构起了一个较为真实和完整的晚清社会的文学图景。

总的来看,晚清的言情小说并没有随着现代中国文学新范式的确立而走向衰落,反而获得了进一步的发展,并在嗣后出现了像张恨水这样的一代文学大家。这说明以晚清的言情小说为主的通俗文学运动在文学史上具有不可取代的意义。

第三节 "礼拜六"派的崛起

用"礼拜六"派来命名盛行于民初的言情小说,主要是从周刊《礼拜六》的名字而衍生出来的。该期刊于 1914 年出版第 1 期,王钝根于 6 月 6 日书于编辑部的《〈礼拜六〉出版赘言》中首先指出了期刊命名为《礼拜六》而不是礼拜一或者礼拜日的由来:从礼拜一到礼拜五"人皆从事于职业,惟礼拜六与礼拜日,乃得休暇而读小说也。""然则何以不名礼拜日,而必名礼拜六也?""余曰:'礼拜日多停止交易,故以礼拜六下午发行之,使人先睹为快也。'"由此看来,周刊《礼拜六》以周为单位来命名,正标志着中国社会开始从传统的小农经济进入到了现代的商品经济中。尤其是在上海这样开埠较早的大都市,更是得风气之先,率先引进了西方以周为单位的工作休息日,这恰是现代中国在社会生活中的一次巨变。而在社会生活巨变的背后,其对文学的生产和消费来讲,也是巨大的。从这样的意义上说,《礼拜六》周刊的出版发行,正可以看做消费主义时代的到来。

为了使消费者能够认同周刊《礼拜六》,王钝根还通过对比方式,对那时盛行于市民阶层的潜在读者进行了这样的一番对比:"礼拜六下午之乐事多矣,人岂不欲往戏园顾曲,往酒楼觅醉,往平康买笑,而宁寂寞寡欢,踽踽然来购汝之小说耶?"然后通过得失上的对比,得出了这样的结论:"一编在手,万虑都忘,劳瘁一周,安闲此日,不亦快哉!""况小说之轻便有趣味如《礼拜六》者乎?《礼拜六》名作如林,皆承诸小说家之惠。诸小说家夙负盛名于社会,《礼拜六》之风行,可操券也。"① 但是，在很长一个时期以来，周刊《礼拜六》被文学史所误读，"礼拜六"派也被当做了一个颓废没落的文学流派，甚至为此而曲解了王钝根在出版赘言中的完整意思，凸显了"金迷纸醉"的一面，而遮蔽了其作为通俗文学所具有的积极的一面。从这样的意义上说，我们在这里以"礼拜六"派来命名这一通俗文学流派，而不是用"鸳鸯蝴蝶派"来进行命名，就是试图客观公允地把这一通俗文学流派的基本风貌呈现出来。

具体说来，所谓的"礼拜六"派，其所指的是清末民初出现的一个文学倾向相近、艺术趣味相投、并没有严密的组织和宗旨的都市小说流派，这一流派的小说不再仅仅特指刊发在《礼拜六》周刊上的通俗小说。在这一通俗小说流派中，一方面主要指当时的言情小说，同时还杂有狭邪小说、侦探小说、黑幕小说等。言情小说从清末发展到民初，以"哀情小说"在当时的影响最大。所谓哀情小说，是指清末民初作家创作的、以描写男女恋爱婚姻的悲剧为主要内容、"内中的情节要以能够使人读而下泪"②、主张文学消遣性、娱乐性和趣味性的通俗小说流派。"礼拜六"派作家主要集中在上海、北京、天津等大城市，其影响非常广远，深受市民读者的欢迎，却也备尝嗣后崛起的新文学家的指责。据有关统计，这一流派的作者先后多达200余人，在清末民初影响较大的作家有吴趼人、徐枕亚、李涵秋、苏曼殊、吴双热、李定夷、陈蝶仙、周瘦鹃、包天笑等。该派开始没有固定的组织，后来成立了青社与星社。

一

对"礼拜六"派小说是在什么时间诞生的，学界一直没有统一意见。我们认为，"礼拜六"派作为一个通俗小说流派，是以徐枕亚的《玉梨魂》的诞生为标志，在此之前，尽管出现了不少的小说，但作为一个文学流派，这些小说还仅仅标示着"礼拜六"派小说犹如报春花一般，零散地盛开在凌厉陡峭的寒风中。正是基于这

---

① 陈平原、夏晓虹主编：《二十世纪中国小说理论资料》第 1 卷，北京：北京大学出版社 1989 年版，第 484 页。

② 芮和师、范伯群等编：《鸳鸯蝴蝶派文学资料》，福州：福建人民出版社 1984 年版，第 39 页。

一考虑，我们把1912年之前的这一阶段称为"礼拜六"派小说的孕育期。

在"礼拜六"派的孕育期，李涵秋创作的长篇社会小说《广陵潮》具有极其重要的地位。张爱玲曾经说过，《广陵潮》"近于稍后的社会言情小说，承上启下，仿佛不能算正宗的社会小说"。[①]该小说自1909年开始在报上连载，1914年陆续出单行本。李涵秋用百万字的篇幅，以扬州几户人家的生活为主线，穿插进各样的事件和人物，以及各种过渡时代千奇百怪的故事，来反映从鸦片战争直到五四前夕过渡时代的中国社会，是清末民初社会风俗的"活化石"[②]。

1912年，对"礼拜六"派来说是具有标志性的年份。在此期间，徐枕亚的《玉梨魂》、苏曼殊的《断鸿零雁记》、吴双热的《孽冤镜》等小说相继发表。徐枕亚的《玉梨魂》作为"礼拜六"派的代表作，本章将单独列为一节进行分析，在此不再赘述；苏曼殊的《断鸿零雁记》作为一部带有自叙传性质的小说，以其幽怨哀婉缠绵感伤的情调和清新典雅的文笔，在当时产生了极其深远的影响。小说主要写"余"出家为僧、异国寻母以及与雪梅、静子的感情纠葛。这部小说之所以能够产生如此之大的影响，根源于苏曼殊自我人生的真切体验，这使得小说的主人公那孤苦的身世和凄婉哀伤的爱情经历，折射了特定时代下人们共有的情感；而苏曼殊所独有的诗人气质和深厚的艺术素养，又使之得到了艺术的传达，从而使小说所体现出来的整体特质和时代情感相切合。

"礼拜六"派作为一个小说流派，在1914年以后开始蔚然成风。该年度，百万字的《广陵潮》结束了历时五年的漫长连载历程，出版了单行本，这标志着言情小说和社会小说已经完成了融汇，显示了"礼拜六"派小说发展的新方向；李定夷的《霣玉怨》，也在《民权报》副刊连载之后，于该年度出版了单行本。《霣玉怨》共30回，描写的是上海学生刘绮斋和女校学生史霞卿自由恋爱的爱情悲剧。西风东渐之后，学生在学校里大谈自由，张扬人权，甚至可以未经家长认可便缔结婚约，但这在家庭却遭遇到封杀，标明了封建礼教依然是制约规范人的行为的重要规则。总的来说，在徐枕亚、李涵秋、苏曼殊、李定夷等一批作家的带领下，

---

① 张爱玲：《谈看书》，《张爱玲散文系列》（下），合肥：安徽文艺出版社1994年版，第222页。
② 张恨水：《〈广陵潮〉序》，《广陵潮》，上海：百新书店1946年版，第5页。

一批仿作"如雨后春笋般地涌现出来，顿然形成一股热潮"①。

　　"礼拜六"派作为一个文学流派趋于成熟的另一个标志，是在大浪淘沙的过程中，一批领军式的人物已经开始出现并独领风骚。其中，具有代表性的作家是包天笑和周瘦鹃。包天笑和周瘦鹃对"礼拜六"派的主要贡献：一是在于他们通过办刊物，为"礼拜六"派小说发表提供了阵地；二是他们都亲自从事"礼拜六"派小说的创作，从而使得他们逐渐从边缘向中心转移，并最终取得了一定的话语权。包天笑创办的刊物有《时报》、《小说时报》、《妇女时报》、《小说大观》和《小说画报》，这些刊物与王钝根主办的刊物一起，对"礼拜六"派小说的发展起到了重要作用。周瘦鹃也主编和创办过十几个刊物，其中最为著名的是《礼拜六》（1914—1916 年他是主要的作家，前 83 期，每期均有他的作品一至二篇；1921—1923 年，他是主要的编者之一②）。包天笑 1920 年代创作了《上海春秋》和《留芳记》等小说；周瘦鹃的代表作有《此恨绵绵无绝期》、《恨不相逢未嫁时》等。他们的这些创作都浸透着作家独特的人生体验与发现，因而获得了社会的广泛认同。

二

　　"礼拜六"派小说作为一个文学流派，尽管没有共同的组织和纲领，而是因其共同的趣味和追求而走到一起的，但它们还是具有一些共同的特征：

　　第一，注重文学的趣味性。范伯群认为"礼拜六"派继承了中国古典小说的传统而更符合于我们民族的阅读欣赏习惯，"它的魅力的奥秘首先在于结构情节的技巧"，而"精巧和有趣的情节设计是娱乐性和消遣功能的生命线。"③ 这就指出了经过历史积淀而形成的民族欣赏习惯的合理性的一面，从根本上为"礼拜六"派小说对文学的趣味性诉求挣得了合法地位。针对趣味性，王钝根在《〈礼拜六〉出

①　魏绍昌：《我看鸳鸯蝴蝶派》，香港：中华书局（香港）有限公司 1990 年版，第 17 页。
②　郭延礼：《中国近代文学发展史》第 3 卷，济南：山东教育出版社 1993 年版，第 2108 页。
③　范伯群：《鸳鸯蝴蝶礼拜六派作品选》，北京：人民文学出版社 1991 年版，第 30 页。

版赘言》中曾有过较为清晰地表白 ①，这在后来成为人们批判"礼拜六"派小说观念的口实。其实，如果剔除其带有招徕顾客意味的话，而是从其创作实践予以定夺，我们便可以发现其推崇文学的趣味性，在某种程度上正是对小说界革命以来背离文学本体的创作路径的反拨，对文学回归自身具有极其重要的作用。

第二，警世觉民的启蒙意识。"礼拜六"派小说作为复杂的文学流派，和文学界革命显著的差异就是它不是倡导的结果，而是自发的文学创作实践的结晶。这主要得力于"礼拜六"派小说以其新旧杂糅的特定内容，传达了处于过渡时期人的情感觉醒和传统道德的激烈冲突，其中尽管也有不少作品没有在思想上实现和封建礼教的决裂，但它毕竟已经认同了人的情感觉醒的合理性，这对民初人的意识觉醒，起到了推动作用；"礼拜六"派小说在注重言情之外，还积极地融汇了丰富的社会内容，更是从根本上抛弃了传统的才子佳人小说的创作路径，对社会启蒙起到了积极作用。从这样的意义上说，五四文学与其说是对"礼拜六"派文学的反动，还不如说是对"礼拜六"派文学的辩证否定，其中既有积极的扬弃，也有积极的传承与再造。

第三，提倡并使用白话文。在五四文学诞生之前，"礼拜六"派小说就以其浓郁的读者情结，以读者为其接受本位，大力提倡白话文，这既是小说文体自身属性使然的结果，也是作家积极地提倡和实践的结果。"礼拜六"派小说在以文言挣得了文坛的话语权之后，就开始了向白话文的蜕变与揖让。到了 1917 年 1 月，包天笑在其主编的《小说画报》的《例言》中就清楚地申明："小说以白话为正宗。"这和胡适在《新青年》上发表《文学改良刍议》提出白话为正宗的主张不谋而合，但遗憾的是，人们因为把胡适的言论纳入到了五四文学的范畴中，而包天笑的言论则被纳入到了"礼拜六"派文学的范畴中，以致于文学史在很大程度上遮蔽了包天笑的深刻见解，甚至连《小说画报》从第 1 期开始就全部用白话创作的实践也绝少提及。

---

① 陈平原、夏晓虹主编：《二十世纪中国小说理论资料》第 1 卷，北京：北京大学出版社 1989 年版，第 459 页。

三

　　"礼拜六"派能够在民初崛起，并迅即地成为具有较大影响的文学流派，有着复杂的原因。

　　从清末民初这一特定的社会情景来看，社会转型颠覆了既有的社会秩序，而新的社会秩序还没有建立起来，这使个性解放与既有道德的冲突趋于紧张，"礼拜六"派小说因此应调和并重构社会新秩序的召唤而横空出世。

　　清末民初正是一个除旧布新、继往开来的时代。在政治上，晚清政府尽管没有从根本上变革专制政体，但已经开始着手对西方宪政的了解。1911 年的辛亥革命，则在政体上确立了民国的宪政体制，这就从根本上颠覆了既有的社会秩序，标志着新的社会秩序正在建立；在思想上，随着科举的废除和西学的兴起，不仅西方的科学技术思想已经开始在人们的思想中萌动，而且西方的人文思想也开始在人们的思想深处萌发。所以，在社会转型的过程中，人们一方面神往新思想，另一方面还难忘旧道德。从而使得个性解放的新思想与既有道德的冲突显得非常激烈和尖锐。正是在这样的社会情景下，"礼拜六"派小说以其对情的合理性的张扬和对既有道德的恪守，通过"提倡新政制，保守旧道德"①的审美诉求，满足了人们无根的漂泊时找寻精神家园的需要，承载起了调和并重构社会新秩序的艰巨使命，并获得了社会的认同和共鸣，从而氤氲为具有广泛社会影响的文学流派。

　　现代报刊出版业的发展为"礼拜六"派实现市场价值提供了无限的可能性。"礼拜六"派的发生发展与中国现代报刊出版业的发展有着直接的关联。

　　清末民初，中国的报刊出版业获得了极大的发展，特别是上海作为通商最重要的口岸，伴随着外来殖民者的投资和民族资本主义的兴起，交通业、运输业、商业、工业以及出版业也得到前所未有的发展。较早的有《新小说》、《绣像小说》、《月月小说》、《小说林》等刊物。随着"礼拜六"派的崛起，一些专门刊发其小说的刊物也雨后春笋般的出现，具有较大影响的有《小说大观》、《小说新报》、《小说画报》、《小说时报》、《小说丛报》等报刊，这些报刊成为"礼拜六"派小说家

---

① 包天笑：《钏影楼回忆录》，香港：香港大华出版社 1971 年版，第 391 页。

发表小说的主要阵地。据统计，民初仅小说类报刊就有30种左右，再加上那些一般小说刊物和报刊，"礼拜六"派可以发表小说的园地还要广阔得多。"礼拜六"派的小说几乎全部在报纸副刊上连载过。现代报刊出版业对"礼拜六"派的产生发展具有极其重要的作用。

职业作家及作家群的出现，使得"礼拜六"派从作家的个人艺术追求转化为群体艺术诉求，这共同支撑起了该流派发展的自由空间。

"礼拜六"派作家的最初身份往往是报刊的编辑或者学校的老师，在工作之余他们才进行文学创作。"礼拜六"派作家群的形成，则主要是通过地域而来的乡谊和私谊而在报馆或学校实现的，"礼拜六"派又由地域上的乡谊和私谊，发展为审美趣味上的相似性，进而结成了趣味相投相互呼应的作家群，这便进一步拓展了流派存在和发展的空间。

作家群的出现使得"礼拜六"派形成了一个社会圈子。一方面，他们受消费文化市场的规范制约；另一方面，他们又以其趣味相通而相互提携，使作家创作出来的作品顺畅地获得了报刊出版业的青睐，从而形成了一个良性循环。如"礼拜六"派的代表作家徐枕亚、包天笑、周瘦鹃等无不身兼报刊编者与作家之职，这对引领"礼拜六"派群体艺术诉求产生了极其重要的作用。

都市市民阶层的崛起，使得"礼拜六"派拥有了广大的读者群；而读者以潜在的方式制约和影响着"礼拜六"派的小说创作，由此使"礼拜六"派深深地镌刻着读者的审美诉求。

读者市场潜在地规范了"礼拜六"派的风格。这表现为"礼拜六"派的小说在报刊上发表后，一旦获得市场的认同，便会驱使作家进一步地如法炮制诸如此类的小说。如徐枕亚为《民权报》所创作出来的《玉梨魂》，并不是在创作伊始就具有明确的市场意识，而只是在刊发之后获得了市场的积极接纳，这使徐枕亚意识到市场对此类小说是欢迎的，于是才会顺势而为创作了《雪鸿泪史》。

"礼拜六"派的美学追求，严格讲来并不仅仅是作家独立审美诉求的结果，而是由作家和读者的审美诉求"合力"的结果，在某种意义上说，"礼拜六"派的美学追求可以说主要是由读者审美诉求主导的结果，而作家本人则仅仅担当了代言人的角色。这是因为在市场中占据主导地位的是读者，作家创作出来的作品，能否实现其市场价值，并不是由作家本人说了算，而是由市场来裁决的。那些为读者喜闻乐见的作品，便会获得市场的认同，这反转过来激励着作家对此类作品的美学追求；而那些难以为读者所接受的作品，则会受到市场的拒斥，这反转过来抑制着作家对此类作品的美学追求。因此，在由读者构成的市场中，"礼拜六"派风格各异的作家，被读者似剪刀般的春风，裁剪为具有相似美学诉求的通俗小说。而读者的审美趣味和审美期待并不是一成不变的，它随着时代的发展呈现为变化的基本态势，这从根本上规范了"礼拜六"派小说的美学风格及其发展演变的方向。

在对中国传统小说艺术的重新认同中，"礼拜六"派在创作理论和实践上完成了对小说界革命理论与实践的反拨，确认了现代中国通俗小说的发生与发展的基本路径。

随着清末而来的深刻社会危机的加深，梁启超等人出于其思想启蒙的需要，通过对日本政治小说的镜鉴，提出了小说界革命的口号，把小说高举到了文学之最上乘的地位，这对小说的创作起到了重要作用。然而，在小说界革命中，把小说当做政治思想启蒙的工具，却极大地限制了小说的健康发展。

中华民国的成立，确立了民主共和的政治体制，这一方面使梁启超等人倡导的小说界革命的政治思想启蒙使命得到了一定程度的实现；另一方面，人的自我矛盾、特别是人的情感觉醒和礼教规范的矛盾则逐渐演化为显性矛盾。正是在此背景下，"礼拜六"派的小说家依恃对情的深刻体验，通过对情的特别凸显，触及到了情与礼的矛盾。这就使得"礼拜六"派的小说创作的聚焦点和社会矛盾的焦点相重合。而"礼拜六"派的作家，一方面浸润了西学、特别是林译小说等西方小说的熏染；另一方面又深潜着中国传统文学的审美趣味，这又使他们的小说既是对西方小说的东方化，也是中国传统小说的西方化，从而满足了读者亦中亦西的审美期待，这便从根本上规避了政治小说抛弃中国传统小说于不顾的局限性。像徐枕亚的《玉梨魂》，其悲剧性的结局既和林译《茶花女》相类似，也是对中国传统小说中才子佳人的凄美爱情的传承。因此，"礼拜六"派的小说并不是中国传统小说的再世，而是在社会转型的特定历史背景下，通过兼容中西和回应现实两种方式，在对小说界革命理论与实践的反拨中，实现了向小说艺术本体的回归。

应该承认，不管人们对"礼拜六"派的评价存有多少歧义，它在现代中国文学史上都是一个不可忽略的客观存在。且不说"礼拜六"派屡遭新文学界的批判，单就当下的中国文学史，就认为是"徇世媚俗"，只"具有社会心态史与都市文化史的价值"[①]，这便基本上否定了"礼拜六"派在文学史上的地位。但值得肯定的是，这种局面获得了一定的改观，有学者通过把包括"礼拜六"派在内的通俗小说纳入到与"纯"文学史相对应的"俗"文学史中，勾画了"纯""俗"双翼齐飞的现代中国文学史的学术蓝图，为现代通俗文学进入现代中国文学史奠定了坚实的基础[②]。实际的历史情形也确是如此，作为通俗文学的"礼拜六"派小说，在新文学阵营的围剿中，不仅没有一蹶不振，反而在新文学主导文坛的情形下依然不断地发展，甚至有些时候风头还盖过新文学，恰好说明了"礼拜六"派在文学史上不仅影响深远，而且还应占有一席之地。

"礼拜六"派小说的产生不是偶然的，它是国人情感觉醒后依然备受礼教压抑的真实反映，是在西方小说的影响下，通过对中国传统文学精神的继承和发扬，获得了鲜明的时代精神的通俗小说，在现代中国文学发展史上，其贡献是主要的，局限性是次要的。它和五四新文学一样，都是中国社会现代化和文学现代化的产物，具有鲜明的现代性特征。具体来说，在题材上，它把艺术的触角伸展到许多新领域，极大地拓展了小说表现人生和社会的空间；在思想上，它具有鲜明的情感启蒙色彩；在文体上，它开创了诸多中国小说的新文体，如日记体小说、书信体小说；在叙事技巧上，它注重借鉴西方小说，在总体上确立了小说叙事的现代性特征；在语言上，尽管其早期注重使用文言，但随后开始注重使用白话，这有力地促进了白话文运动；在文学接受上，它较好地凸显了读者接受这一元素在文学活动中的重要性；在美学追求上，它显现出对悲剧观念的认同；在现代中国小说流派的发展史上，它对小说界革命以来的背离小说艺术本体的政治小说是一次有力地反拨，对中国传统的才子佳人小说是较为成功的现代转型；在现代中国文学发展史上，它通过主"俗"潜在地制约了主"雅"的新文学发展的基本风貌。当然，

---

① 袁行霈:《中国文学史》第 4 卷，北京：高等教育出版社 1999 年版，第 513—514 页。
② 范伯群:《中国近现代通俗文学史》，南京：江苏教育出版社 1999 年版，第 6 页。

"礼拜六"派小说作为一个庞杂的文学流派,难免存在着泥沙俱下的历史局限,诸如在思想上依然遵循着"发乎情止乎礼义"的原则、过分地强调小说的愉悦功能、在创作上抛开真实人生于不察的公式化倾向、在语言上对旖旎哀婉的文言文的偏好,甚至有些小说还一味地追求官能刺激和纸迷金醉的消遣功能等,这都限制了"礼拜六"派在现代中国文学史上的地位。

第四节　徐枕亚与《玉梨魂》

徐枕亚(1889—1937)的《玉梨魂》是民初言情小说的重要代表作,被誉为"言情小说之祖"。1912 年,徐枕亚在《民权报》任新闻编辑期间,创作了小说《玉梨魂》,小说先在该报副刊连载,继而又出单行本。小说发表后,一方面获得了众多读者的钟爱,并风行一时,"再版数十次,销行几十万册,远至新加坡、香港亦多次翻印"①;另一方面也受到了一些批评和指责,如在新文学家的眼里,更是被看做"只写了些佯啼假笑的不自然的恶札"②。不管怎样,徐枕亚作为一个有着自己显著的创作道路和审美追求的作家,《玉梨魂》所显示出来的鲜明的诗化特色,以及其对消费文化脉搏的较为准确把握,还是清晰地表明了徐枕亚在现代中国文学史上是位有独特诗性追求的作家。这部作品是在消费文化渗染下获得了发展和定型的代表之作,在现代中国文学史上、尤其是消费文学、新潮文化、政治文化和传统文化迭起的时代浪潮中,其文学史价值是不容低估的。

一

徐枕亚独特的人生经历使其获得了独特的人生体验,这为其创作《玉梨魂》奠定了客观基础。徐枕亚于 1909 年到无锡鸿西小学堂执教,任教期间,徐枕亚借宿于西仓著名书法家蔡荫庭故家,并兼任其家庭教师。蔡荫庭有一子,早亡,其孙如松为徐枕亚学生,自小便是寡母陈佩芬一手带大。陈佩芬出身书香门第,年

---

① 《玉梨魂》"编者言",《中国近代文学大系》小说集六,上海:上海书店 1991 年版,第 426 页。
② 沈雁冰:《自然主义与中国现代小说》,《小说月报》,第 13 卷第 7 号,1922 年 7 月。

轻守寡，独自照顾一家老小，徐枕亚对其十分同情。而佩芬既慕枕亚之才，又感激他对自己的儿子精心教育，两人暗生情愫，书信往来，感情日深，进而信誓旦旦，愿生死同命。但两人思想上所恪守的礼教使他们无法缔结良缘，最后，陈佩芬将其侄女蔡蕊珠嫁给徐枕亚为妻①。但这并没有终结徐枕亚在心理结构上对陈佩芬的思念，以至于到了 1920 年代徐枕亚还把陈佩芬的照片放到客厅；后蔡蕊珠去世，徐枕亚写了大量的悼亡诗，其情其文还打动了状元的女儿刘沉颖，在费尽周折后，俩人结为秦晋之好。

徐枕亚的独特人生经历，以及由此而来的人生体验，本身就具有无限悲凉的意味，尤其是对"有情人无法成为眷属"的慨叹，更具有某种普遍的人生哲理意义。从某种意义上说，没有缺憾的人生存在形式注定是没有的，人的心理上所建构起来的世界和事实上置身其中的客观世界之间，注定是无法完成一一对应的关系的，这就使缺憾成为人生的一种常态；因此相左，心理上所建构起来的世界并没有因为无法对象化而中止了对象化的价值指向。徐枕亚能够创作出《玉梨魂》，恰是与其对这种人生存在形式的深刻体验有着莫大的关联。在《玉梨魂》中，何梦霞渴望的是和白梨影一起共度良宵，但最后的结果却是阴差阳错，可谓有心栽花花不开，无意插柳柳成荫。何梦霞最后携手崔筠倩走进了婚姻的殿堂，但走进婚姻的何梦霞并没有就此停止对白梨影的想象。白梨影为了断绝何梦霞的想象，毅然决然地自戕而死。实际上，白梨影自戕而亡，与其说是为了中止何梦霞的想象，不如说是为了中止自己的想象。这样，《玉梨魂》就把人生中带有普遍性的生存境遇及心理结构发展变化的规律形象地揭示了出来，使读者在"同声一哭"中，既为小说中人物的悲剧命运而哭，也为自己而哭，相对于读者来说，起到了借他人之酒杯，浇自我胸中之块垒的作用。

徐枕亚带有悲凉性的爱情体验，客观上还促成了《玉梨魂》"怨而不怒"的美学品格的形成。徐枕亚作为文学叙事的主导者，其本身就是一个矛盾体，在组织上，他加入了南社；在政治上，主张推翻晚清专制，认同民主共和；在思想上，他宣扬"不自由毋宁死"；在情感上，他敢于追求爱情；在行动上，他甚至还敢于冒

---

① 时萌：《玉梨魂真相大白》，《苏州杂志》，1997 年，第 1 期。

天下之大不韪，偷偷地和寡妇幽会。但是，在徐枕亚的思想深处，并没有从根本上否定封建礼教、道德和文化的合理性和合法性。甚至相反，他还恪守既有的道德，他在情感体验上切实地体验到了封建礼教所造成的精神和情感上的痛楚；但在思想认识上，尚未清醒意识到封建礼教就是这罪恶的渊薮，而是一味地退回自我，从"孽障"和"前生"等虚无缥缈的理念中，找寻有情人无法成为眷属的根由所在。事实上，徐枕亚的爱情悲剧并不是来自外在阻力的遏制，而是来自自我既有道德的扼杀。这一刻骨铭心的人生经验，使得其小说虽然"不怒"，但"怨"已经因此获得了巨大的提升。甚至使小说的"怨而不怒"已经达到了其临界点，再向前一步，就从"同声一哭"指向了"怒目圆睁"乃至"怒不可遏"，这就和五四文学主将们在愤怒之下"一下子掀翻这排下了几千年的盛筵"，获得了有机的衔接。

在新式教育熏染下所形成的现代意识，以及中国传统文人那种追求自我社会价值的情结，使得徐枕亚一方面承载起了革命的重要使命；另一方面，传统的文人士大夫风气的熏染，以及其自我性情上的多情善感，使其本身得以蕴含了丰厚的时代主题，这就为彰显出小说《玉梨魂》的私人话语与革命话语的融汇，提供了无限的可能性。在传统文化的熏染下，徐枕亚一方面具有典型的传统文人气质，擅长诗词歌赋，情感上具有多愁善感体察细腻等特点；另一方面，作为南社社员的他还具有现代的革命情怀，有改造社会的使命感和责任感。如徐枕亚在《小说季报》发刊弁言中就指出，"大丈夫不能负长枪大戟为国家干城，又不能著书立说以经世有用之文章，先觉觉后觉，徒恃此雕虫小技与天下相见，已觉可羞"①，我们在此可以发现徐枕亚在心理深处的使命感和责任感，说明了徐枕亚所皈依的是或为国家干城，或著警世有用之文章，至于小说，则被目为雕虫小技。因此，徐枕亚在小说中让何梦霞最终皈依革命，恰好是其现代的革命情怀的曲折反映。至于徐枕亚本人，则通过小说这一"雕虫小技"，既承载了徐枕亚大丈夫所肩负的天下责任，又承载了"先觉觉后觉"的启蒙使命。然而，这样的价值和意义并没有为徐枕亚所清醒地意识到。

---

① 徐枕亚：《〈小说季报〉发刊弁言》。

当然，徐枕亚在处理爱情和革命的关系时，也不免存在着一些缺憾，这主要体现在徐枕亚尽管在思想上认同革命和自由，在情感上认同自由爱情，但在道德上却恪守礼教规范。如徐枕亚曾呼吁"不自由无宁死！自由两字，吾人之第二生命也！抱死主义，自由之维一代价也。不自由而生，则躯壳未死灵魂已死，不自由而死，则躯壳虽死灵魂不死！"①但在小说创作中，徐枕亚却在强化了自由爱情的同时还要其符合传统道德，为此，他强调了何白之间的爱情是"相感出于至情，而非根于肉欲"的纯洁性，避免"越礼犯分"、"瓜李之嫌"，甚至把"名节"看得比爱情和生命更重要。尽管如此，《玉梨魂》所塑造的艺术形象本身所蕴含的思想和情感力量，还是大于徐枕亚新旧杂糅的思想宣示，这使得小说本身的艺术魅力逸出了徐枕亚思想疆域的羁绊，获得了独立的存在。

长期亲炙于中国古典诗词阴柔之美中的徐枕亚，对诗词歌赋意象体系所独有的诗化特征特别钟情，这为其创作出带有诗化风格的《玉梨魂》奠定了又一重要基石。徐枕亚在《雪鸿泪史》自序中也说过："余著是书，意别有在，脑筋中实并未有'小说'二字，深愿阅者勿以小说眼光误余之书。"②这说明徐枕亚一方面不愿意被看做无聊可怜、随波逐流之小说家；另一方面在其脑筋中并未有"小说"观念，这正是徐枕亚把小说当做诗歌来写、追求小说诗化品格的真实写照。实际情形也是这样，徐枕亚并没有经过严格意义上的小说训练，他更擅长和钟情的是中国古典诗词写作："枕亚幼好引用，东涂西抹，得句辄留。弱冠时积诗已八百余首"③，"观其为文，复多凄清幽邈，固知伤心人别有怀抱者也。枕亚工于诗，而不歌清庙明堂之计，枕亚豪放，而不草经邦济世之篇，独借春花秋月，浇伊胸中块垒。"④由此说来，徐枕亚在创作小说《玉梨魂》时，与其说是在一种自觉的小说观念的制导下进行的，不如说是在一种根深蒂固的诗词情结下自然物化的。

---

① 徐枕亚：《死与自由》，《民权报》，1912 年 7 月 2 日，第 11 版。
② 徐枕亚：《〈雪鸿泪史〉自序》，《中国近代文学大系》小说集六，上海：上海书店 1991 年版，第 598 页。
③ 徐枕亚：《艺苑卷二》，《枕亚浪墨初集》，上海：清华书局 1931 年版，第 5 页。
④ 徐吁公：《〈枕亚浪墨〉序五》，《枕亚浪墨初集》，上海：清华书局 1931 年版。

二

《玉梨魂》作为徐枕亚的一部代表性作品，具有鲜明的创作特色，具体来说，主要体现在以下几个方面：

第一，《玉梨魂》通过爱情悲剧形象地展现了礼教吃人的罪恶。《玉梨魂》主要围绕着何梦霞与白梨影、崔筠倩之间的情感纠葛展开。何梦霞和寡妇白梨影深深相爱，但其爱情为礼教所不允，何梦霞下决心终身不娶；而白梨影不忍让何梦霞孤独终生，便李代桃僵，把小姑子崔筠倩许配给他。白梨影为了最终成全何梦霞和崔筠倩，选择了自戕而死。崔筠倩在了解事情真相后，为白梨影和何梦霞的爱情所感动，也选择了死亡。最后，何梦霞遵从白梨影的叮嘱，留学日本，归国后参加武昌起义并为国捐躯，这就把爱情悲剧和封建礼教之间的因果关系凸显了出来。

在何梦霞与白梨影、崔筠倩的爱情悲剧中，重要的并不在于对爱情悲剧外在原因的展示，而在于对悲剧内在原因的深刻掘发。也就是说，何梦霞与白梨影的悲剧来自于其情与内化为自我行为规范的礼教之间的矛盾，这就把礼教吃人的程度淋漓尽致地掘发了出来；而何梦霞与崔筠倩的悲剧则彰显了觉醒的个性意识依然迷失在现实中，人的自我意识与情感分裂则显示出礼教对人异化的程度之深，这成为民国政体确立后个性意识在情感驱动下艰难蜕变的真实写照。将礼教吃人的悲剧赤裸裸地展示给了世人，意味着清末民初文学的主题已经和现代中国文学的礼教吃人主题获得了对接，只不过其新思想的幼芽还包裹在传统文学形式的外壳中。

《玉梨魂》所塑造的人物形象甚至比五四文学中的一些人物形象更具有现代意识。接受过新式教育的熏染而成长起来的何梦霞，大胆地追求寡妇白梨影，这本身就显示了对礼教的蔑视。何梦霞曾"两应童试，皆不售"，只好"抑郁无聊，空作长沙之哭"，在"变法之际"，他与众多"青年学子咸弃旧业、求新学"[①]，"励我青年，救兹黄种"[②]，这标明何梦霞一方面具有清末民初热血青年救国的责任感，另

---

① 徐枕亚：《玉梨魂》，《中国近代文学大系》小说集六，上海：上海书店1991年版，第444页。

② 徐枕亚：《玉梨魂》，《中国近代文学大系》小说集六，上海：上海书店1991年版，第464页。

一方面又大胆地追求爱情，甚至为此发誓终身不娶。最后，何梦霞仍然屈从了另一种形式的没有爱情的婚姻，这在彰显了何梦霞被异化的同时，也显现出人性的弱点，控诉了礼教吃人的罪恶。

在《玉梨魂》中，白梨影追求爱情，还是值得肯定的。白梨影虽然也自觉地用封建礼教来规范约束自我的行为，但其情感和行动已经逸出了封建礼教规范的疆域，进入了精神自由飞翔的新阶段。寡妇白梨影敢于向异性袒露心迹，显示了在礼教那磐石般的重压下依然成长的爱情。守寡三年的白梨影尽管也自觉地恪守礼教，但还是不可遏制地爱上了何梦霞，并偷入何梦霞卧室，取走他的诗稿，遗下茶花一朵，暗示是她而非别人取走诗稿，这在委婉地传达了其对何梦霞爱慕之情的同时，也博得了何梦霞的深情回应。从此两人鱼雁传书。但白梨影所接受的礼教则又时时提醒自己是"丧夫不祥之人"，必须时时保重"名节"，她明知道不可能与何梦霞成婚，却又希望何梦霞时时惦念她，为此还主动赠送玉照。白梨影尽管把这段没有结果的恋情称为"孽缘"，带有一种罪恶感，甚至自责"未亡人不能割断情爱守节抚孤"。但从爱情悲剧来看，白梨影这一艺术形象则显示了礼教尽管像一座无法穿越的险峻大山，一条无法横渡的湍急河流，那执着成长无法抑制的爱情，还是要穿越大山、横渡激流，具有追求个性解放的现代意识。

崔筠倩作为一位接受过新式教育的女性，更富有现代的思想，她大胆张扬个性解放和婚姻自主。崔筠倩痛恨家庭的专制，"自入学以来，即发宏愿，欲提倡婚姻自由，革除家庭专制，以救此黑狱中无数可怜之女同胞"。但她在白梨影所强化的家庭责任感中，却最终迷失了自我，违心地接受了没有爱情的婚姻，从而以不同的方式完成了对传统的回归。这说明个性解放要从口号转化为行动，其道路将是漫长而曲折的。因此，崔筠倩"方欲以身作则为改良社会之先导，而身反陷可痛之事"本身，标明了追求个性解放和婚姻自主的崔筠倩，最终并不是消弭在外来的压力下，而是消弭在家庭责任感和社会责任感上，这就显示了女性在觉醒后要真挚地坚守自我、在行动上和传统决裂，其道路依然是漫长的，这可以看做中国知识女性在走向个性解放道路时的悲剧缩影，其主题甚至比礼教吃人的主题更深刻。

总的来说，《玉梨魂》围绕着何梦霞与白梨影、崔筠倩之间的悲欢离合，形象地说明了礼教不仅把相爱的人无情地吞噬掉，而且还把已经觉醒过来的人再次同化掉，从而使礼教吃人的罪恶跃然纸上。

第二，《玉梨魂》通过爱情悲剧，深刻地体载了人生存在的一种普遍形式，即人的心理结构和外在对象无法对象化时，内在的心理结构就会通过对外在对象的想象性建构，从而进一步强化心理结构对象化的动能；相反，一旦心理结构实现对象化，则心理结构的想象性建构便失却了前行的动能。《玉梨魂》正是形象地演绎了这种人生存在的普遍形式。在何梦霞和白梨影、崔筠倩之间的爱情悲剧中，徐枕亚所遵守的是"发乎情止乎礼"和"止乎礼情未停"这样的一个双向的叙事原则，这一原则构成了"情"和"礼"无法停歇的矛盾，情与礼处于背离状态。何梦霞的心理结构与渴慕的恋人白梨影无法实现对象化本身，便反转过来强化了何梦霞在心理结构上对对象的渴慕。因此，何梦霞的心理结构的对象化依然故我地按照其既定的路径运行着，并驱动着主体进行着对象化。

在小说《玉梨魂》中，何梦霞渴望的爱情并没有实现，而他和崔筠倩的婚姻却在心理结构还未开始建构之前便已经完成了对象化。这就使得何梦霞与崔筠倩是有婚姻而无爱情，进而使其心理结构上的想象失却了存在的空间。崔筠倩的随风而去，使何梦霞不觉间所建构起来的心理结构无法实现对象化，这才使何梦霞体会到了崔筠倩存在的价值和意义；同理，白梨影对何梦霞的爱情之火正是在无法实现对象化时才愈加炽烈。实际上，如果白梨影的心理结构真的完成了对象化，那结局是否会出现像当初追求徐枕亚的状元女儿刘沉颖一样的悲剧性命运，亦不是没有可能。

第三，《玉梨魂》连接了个体男女情爱与社会责任之间的鸿沟，使之获得了植根于私人话语而又超然于私人话语之上的社会话语。在清末民初社会转型的特殊时期，一方面，人被社会既有的模式塑造着；另一方面，人又在对社会的改造中寻找着自我价值的实现方式。在何梦霞、白梨影、崔筠倩等人的身上，他（她）们既肩住沉重的历史闸门，也有对沉重闸门外的新生活向往，显示了他（她）们对婚姻自主的追求、对社会责任义无反顾的担当，对自我社会价值实现的皈依等。像何梦霞最后走向辛亥革命的战场，在对革命的认同中，使殉情与殉道获得了统一；白梨影尽管最终没有走出封建礼教的束缚，但其社会责任感还是显而易见的，她在何梦霞走向革命的过程中起到了积极的作用。实际上，白梨影一方面也沉溺于情感世界难以自拔；另一方面，她还在自我的沉溺中不时地提醒何梦霞从情感的泥沼中挣脱出来，留学日本，进而找寻到大丈夫安身立命的社会根本。在传统社会中，夫贵妻荣使得女性的社会价值实现只能寄托于丈夫的身上，因此，白梨影对何梦霞的沉溺于男女感情的警醒，不仅是现代意识觉醒的标志，而且也是传统文化规范下的"相夫"意识的回归。不管怎样，这连接了白梨影和何梦霞男女情爱与社会担当之间的鸿沟，完成了从情爱到革命的升华。

清末民初，随着科举制度的废除，读书人传统的晋身方式已经行不通了，新的晋身方式则是通过新式教育来实现。由此说来，白梨影对何梦霞的留学规劝，正反映了人们对新的晋身方式的认同和皈依。本来，晚清政府提倡新式教育是为了修补大清江山，但最终却是培育了自己的掘墓人。何梦霞没有接受新式教育或留学日本则罢，如果接受了新式教育，那最终导向的往往是革命。因此，何梦霞为革命而殉道，正是社会转型期所独有的常见现象。因此，何梦霞通过殉道而殉情便极大地扩展了《玉梨魂》既有的情爱主题，使之具有了普泛的社会价值和意义。

第四，《玉梨魂》的艺术魅力并不是来自典雅的骈文，而是来自其骈文形式下的意象系统，这和小说的主题有机地融汇在一起，赋予了小说诗化的品格。

在对《玉梨魂》的解读中，有人认为其骈文形式开创了中国小说的新形式，也有人认为"《玉梨魂》跟现代文学的作品相比较，主要的差别实际上倒是在形式上的差别，而不是在内容上的差别"。[①] 但他们并没有进一步发掘这形式上的差别在哪里？实际上，《玉梨魂》在当时能够引发读者的喜爱，并不是来自骈文的雅化，而是来自于由骈文而来的诗化，而其诗化的获得则是借助于中国古典诗歌的意象体系实现的。

《玉梨魂》中的意象主要来自中国传统诗词中的婉约派意象系统。婉约派的诗歌逐渐地形成了一套"春花秋月"的意象系统；它一方面能够较好地传达中国文人的多情善感和人生体悟；另一方面还能够较好地切合读者业已形成的审美心理和趣味。因此，我们与其说徐枕亚进行小说创作，不如说是借小说之水在行诗词

---

① 章培恒：《传统与现代：且说〈玉梨魂〉》，《中国现代文学研究丛刊》，2001年，第2期。

之舟，是把小说当做诗歌来经营。时人亦指出："人徒观其辞藻富丽，而以小说家目之，是与枕亚志节，背道而驰也。"①

《玉梨魂》的诗化品格主要是通过三种方式实现的：一是由中国古典诗词常用的意象，二是以才子佳人为主体的悲剧叙事，三是徐枕亚的道德宣教。具体说来，在《玉梨魂》中，这三种方式所起的作用是不同的。其一，中国古典诗词的意象奠定了小说的情感底色，具有"未见其人、先感其情"的艺术效果，从而为嗣后展开的悲剧叙事赋予了情感底色。在《玉梨魂》中，中国古典诗词的意象体系主要通过两个途径实现：一是以夹杂骈四骊六的文言语体，严格地说，《玉梨魂》并不全是用骈文，而是骈散结合的。讲究对偶、藻饰和用典的骈文，对增加其艺术感染力起到了积极作用。如徐枕亚为了表现何梦霞因为纷扰外物而导致的爱恨交加的情感，便使用了秋雁、柳梢、黄昏、秋水、碧云、烟波、琵琶、瓜李、孤鸟、僵鱼、残宵等意象，渲染了"不敢再作问津之想"。②在何白爱情经历一番风霜苦雨时，徐枕亚则这样描写道："黄叶声多，苍苔色死。海棠开后，鸿雁来时。雨雨风风，催遍几番秋信；凄凄切切，送来一片秋声。秋馆空空，秋燕已为秋客；秋窗寂寂，秋虫偏恼秋魂。秋色荒凉，秋容惨淡，秋情绵邈，秋兴阑珊。此日秋闺，独寻秋梦，何时秋月，双照秋人。秋愁叠叠，并为秋恨绵绵；秋景匆匆，恼煞秋期负负。尽无限风光到眼，阿侬总觉魂销；最难堪节序催人，客子能无感集？"③这里以秋天时节独有的景物所编织而成的意境，对渲染萧瑟秋意下的人的情感，起到了重要的铺垫或烘托作用。不仅如此，徐枕亚的意象还注重对中国传统诗词的点化和活用，如"最难堪节序催人"，就和柳永的"多情自古伤离别，更那堪冷落清秋节"有异曲同工之妙。这对具有中国诗词阅读经验的读者来说，读来自然会"无字不香"。而如果没有这些意象的铺垫，那随之而展开的悲剧叙事就显得突兀且乏力。如徐枕亚写何梦霞受小人挑拨是非而受到影响时，如果径直写"何梦霞自经此番风浪，心旌大受震荡，念两人历尽苦辛，适为奸人播弄之资，愤激莫

---

① 姚天翯：《〈雪鸿泪史〉跋二》，《中国近代文学大系》小说集六，上海：上海书店1991年版，第856页。

② 徐枕亚：《玉梨魂》，《中国近代文学大系》小说集六，上海：上海书店1991年版，第525—529页。

③ 徐枕亚：《玉梨魂》，《中国近代文学大系》小说集六，上海：上海书店1991年版，第532页。

可名状"，则只能给读者提供事件发展的脉络，而无法给人以情感上的熏染，那其感动人心的艺术魅力就大打折扣。二是以"有词皆艳，无字不香"的感伤诗词径直入小说，进一步增强了《玉梨魂》的艺术感染力，甚至在某种意义上可以说是诗词和小说平分秋色。诗词径直入小说，既是何梦霞与白梨影交流思想倾诉感情的一种方式，也是徐枕亚所刻意追求的诗化品格的表现。

其二，是以才子佳人为主体的悲剧叙事，在根本上奠定了小说凄美悲凉的诗化品格。才子佳人的小说叙事模式，在中国小说中具有源远流长的传统，并深受读者欢迎。《玉梨魂》中的才子佳人又被赋予了悲剧色彩，这就在迎合了读者既有的阅读心理期待的同时，还带来了阅读上的陌生化，这两个方面的结合使得《玉梨魂》的悲剧叙事本身就具有感动人心的力量。《玉梨魂》的才子佳人小说模式尽管受到了后人的诟病，但其出现具有其历史的必然性和合理性。何梦霞作为才子，本身具有多愁善感、工于诗文的潜质，再加上因由新式教育而来的现代思想意识，这构成了他敢于走出传统追寻爱情的动因所在；白梨影固然有传统佳人的美丽多情、工于诗词歌赋，但也开始受到了诸如崔筠倩等人所宣扬的新思想的影响，这对于促成其爱情之火的复燃有着极大的关联。如果说"春江水暖鸭先知"，那么，处于社会转折期的何梦霞与白梨影的爱情，正是因应时代春水的涌动而春意萌发的新才子佳人。由此说来，以才子佳人为主体的悲剧叙事，在获得了对社会真实的反映能力的同时，还和前面的意象一起，渲染了礼教压抑下的悲剧的凄美悲凉之美，这就使得悲剧叙事和诗词抒情相辅相成，共同强化了小说的诗化品格。

其三，徐枕亚作为叙事的主导者，还融汇了自我作为小说叙事的主导者的道德宣教，由于它没有和前两种方式水乳相融，使得它成为独立于前两种方式之外的第三种方式。但是，它已经无法阻止前两种方式的惯性发展，从而使《玉梨魂》在艺术上呈现出一定程度上的断裂。对此种情形，如果说我们无法考证一般读者的阅读感受的话，那么，作为当时的读者之一、后成为徐枕亚续弦的刘沉颖，则通过阅读《玉梨魂》等作品以及悼亡诗而陷入爱河，至于徐枕亚的道德宣教却没有起到任何作用。刘沉颖不顾"状元小姐"的身份爱上了徐枕亚，便标明了她既没有为其父所具有的道德宣教所羁绊，也没有为《玉梨魂》中的道德宣教所限定。《玉梨魂》的道德宣教主要借助于记者之口获得了宣示，如徐枕亚借"记者"出场，申明"记者虽不文,绝不敢写此秽亵之情,以污我宝贵之笔墨,而开罪于阅者诸君也"[1];一边自道"情之所钟,正在吾辈"[2],一边仍借"记者"出场,指责梦霞"此情而入于痴,痴而流于毒者也"[3],强调此梦"可以警梦霞,亦可以警梨娘,且可以警情天恨海中恒河沙数之痴男怨女"。[4]但是,"记者"的道德宣教却无法从根本上把其完美地镶嵌在前两种方式中,自然也起不到警醒梦中人的作用。实际上,徐枕亚和寡妇陈佩芬同沉爱河,并不是不知道礼教之大防,而是为情所驱矣。如此说来,一味地要警醒世人的徐枕亚,却连自己也没有警醒,尤其在成为有妇之夫后,还依然地沉溺于既往的情感而无法自拔,这便说明其道德宣教是多么苍白无力。

总的来说,徐枕亚在《玉梨魂》中表现出来的诗化品格,正是通过骈文和诗词的意象,以及以才子佳人为主体的悲剧叙事,获得了淋漓尽致的呈现,这较好地迎合了读者的审美趣味,产生了极大的艺术魅力。

最后,《玉梨魂》具有"怨而不怒"的美学风格,只不过其"怨"的情愫已经不断升温,但它依然把"怨"置于"不怒"之中,这既是中国古典文学的回光返照,也蕴育着中国现代文学的幼芽。

《玉梨魂》的"怨而不怒"的美学风格,在新旧过渡的时代,指向的是"由怨而怒、怨怒并生"。在《玉梨魂》中,徐枕亚尽管努力调和"怨"和"怒"的关系,并试图通过道德宣教来化解不断升温的"怨"。但从实际艺术效果来看,这种努力并没有达到预期目的,由"怨"而来的并不是"不怒",而是"同声一哭","同声一哭"消解了中国美学中的"怨而不怒"的中和之美。面对悲剧,人们已经无法通过对"不能生前为鸳鸯,那就死后化为蝶"大团圆的揖让,找寻到释放"怨"的通道。

从特定的时代来看,《玉梨魂》之所以引发了读者的"同声一哭",显然并不仅仅来自对何梦霞、白梨影、崔筠倩的悲剧,而且还来自由小说的悲剧所引发的

---

① 徐枕亚:《玉梨魂》,《中国近代文学大系》小说集六,上海:上海书店1991年版,第459页。
② 徐枕亚:《玉梨魂》,《中国近代文学大系》小说集六,上海:上海书店1991年版,第488页。
③ 徐枕亚:《玉梨魂》,《中国近代文学大系》小说集六,上海:上海书店1991年版,第490页。
④ 徐枕亚:《玉梨魂》,《中国近代文学大系》小说集六,上海:上海书店1991年版,第541页。

对自我悲剧的反嚼，这种情形，恰如崔筠倩对其嫂白梨影所说的那样："旧式之结婚，待父母之命，凭媒妁之言，两方面均不能自主……今者欧风鼓荡，煽遍亚东，新学界中人无不以结婚自由为人生第一吃紧事。"①如果说，崔筠倩的"以结婚自由为人生第一吃紧事"引发了白梨影顾影自怜，那么，《玉梨魂》犹如读者所借的他人之酒杯，起到了浇自我胸中之块垒的艺术效果。因此，当《玉梨魂》以如此细腻的文笔，用大量的意象系统营构了一个爱情悲剧的场域时，就必然地会激发起读者的内在悲剧性情感，进而使得读者既为《玉梨魂》中的爱情悲剧而哭，也为自我无言的缺憾而哭。从这样的意义上说，《玉梨魂》既是中国古典文学"怨而不怒"的最后一个古典文人的慨叹之作，其骈散结合的语言，以及杂糅于其中的中国古典诗词，成了中国古典文人的最后一抹余晖的回光返照，它是"怨怒并存"行将破裂的一部作品，其在特定的历史时期所起到的启蒙作用，甚至可以和中国现代文学一些经典之作相比肩。

总的来说，在由《玉梨魂》所引领的民初言情小说创作潮流中，后人经常对民初的言情小说泛滥给予指责，却没有考察民初言情小说为什么会迅即流行的社会根源。实际上，言情小说正是国人情感觉醒在文学上的折射。以《玉梨魂》为代表的民初言情小说正是因应了过渡时代读者阅读的心理期待而生的，这既是文学创作对社会的一次真实的回应，也是消费文化渗染下的文学形态走向成熟的重要标志，其历史作用是不容忽视的。这一方面使得《玉梨魂》的"有情人难成眷属"的"终天之恨"，成为五四文学所宣示的礼教吃人的精神源头；另一方面也哺育了能够接受和创造新文学的读者和作者。这从一个侧面说明了《玉梨魂》以其深刻的反对礼教的文化立场、深度的人生哲理、浓郁的人文情怀和源远流长的诗化品格，给现代中国文学以深刻的熏染。

第五节　李涵秋与《广陵潮》

李涵秋（1874—1923）的小说《广陵潮》最早在 1909 年武汉的《公论新报》

---

① 徐枕亚：《玉梨魂》，《中国近代文学大系》小说集六，上海：上海书店 1991 年版，第 502 页。

上连载，后来又在上海《大共和日报》和《神州日报》上连载，并于 1914 年由震亚图书局分集陆续出版单行本，到 1933 年间共印行了 14 版，1946 年百新书店又隆重推出改版本。问世后，读者争相阅读，一版再版，作者也因此获得了"第一小说家"的美誉。《广陵潮》作为深受消费文化渗染下的通俗文学，显示出了消费文化的某些显著特征。

一

《广陵潮》展示了社会的怪现状，痛斥了社会黑暗，在传统与现代的矛盾纠结中，闪现着李涵秋强烈的思想启蒙意识。

李涵秋曾说："我辈手无斧柯，虽不能澄清国政，然有一枝笔在，亦可以改良社会，唤醒人民。"[①] 在小说《广陵潮》中更是直言："风驰电掣把那旧社会的形状，在下这枝笔拉拉杂杂写来，为我诸伯叔兄弟燃犀照怪地描写那见不得人的形状；不过借着这通场人物，叫诸君仿佛将这书当一面镜子，没有要紧的事的时辰，走过去照一照，或者改悔得一二，大家齐心竭力，另造一个簇新世界，这才不负在下著书的微旨。"[②] 小说以古城扬州为背景，以淮扬地方的社会风尚与潮流为特色，以云、伍、柳、富四个家庭三代人和维新变法、辛亥革命及民国初期三个时代为经线，以当时社会各阶级爱恨情仇的演绎为纬线，描绘了那个社会大转型大动荡的过渡时期人们的心路历程。描写人物众多，涉及教书人、读书人、官僚、政客、农妇、奸商、娼妓、军阀、贵族、泼皮无赖各色人等，笔墨触及许多重大的历史事件，如英人入侵、上书变法、百日维新、武昌起义、洪宪帝制、张勋复辟、抵制日货等。《广陵潮》中我们随时可以看到社会的种种画面，无赖顾阿三，不过是个卖大饼的，一旦入了天主教，竟敢强霸他人新妇，县官却无可奈何；不肖子为早得家产，不惜以毒药对付老父；浪荡妇卷走重资，还要回过头来敲公公的竹杠。形形色色的怪现象，被施以庄谐杂见的谴责，使人窥见清末民初的世态人心。第

<hr>

① 芮和师、范伯群：《中国文学史资料全编·现代卷：鸳鸯蝴蝶派文学资料》，北京：知识产权出版社 2010 年版，第 239 页。

② 李涵秋：《广陵潮》，太原：北岳文艺出版社 1986 年版，第 643 页。

65回"明伦堂腐儒大会"有一幕：五个腐儒在宣统退位后，按礼仪跪告圣明皇上和列祖列宗，要集体自缢殉节，却又为是按岁数大小还是按抓阄办法安排上吊顺序而"谦让"不休，出尽沽名钓誉的丑态，终至一个泼妇闯入讨债，才搅散了他们的好事。落笔尖刻辛辣，入木三分。作家在第69回说道："当这民国时代，自古以来不曾发生过的事情，一般会在这民国闹出笑话儿来"。因此他要像"谴责小说"一样，将这种种笑话都写出来，以此为鉴，惊醒世人。虽缺乏晚清"谴责小说"抨击时政时的那股慷慨激昂、锋芒毕露的锐气，但它又是从"谴责小说"发展而来的。作家对政治、社会主题的关注，是近代小说由"传统"转向"现代"的开端，蕴含了其后新潮文化所代表的现代意识和启蒙精神。

小说在第39回借青年志士富玉鸾的演讲，将这种现代意识和启蒙精神淋漓尽致地传达出来。富玉鸾大声疾呼："诸君呀，诸君，知道我们中国的大势吗！诸君看看我们这中国，外面好像如花如火，其实内里已经溃烂了。北美西欧，谁也不想来瓜分这中国？我们救死的计策，只有一着，便是出洋留学。诸君呀，兄弟此去临别赠言，没有别的嘱咐，第一要劝诸君中有明白事体的，从速将那无用八股决意抛弃，专心在实业上用功。以我们中国同胞的聪明，也断不让于外人。只是两千余年以来，转被那咬文嚼字的腐儒弄坏了。"这些言辞虽略显幼稚，但的确能中肯地表达当时中国的现状和作者的寻求中国富强的决心情怀。但作者也充分意识到这样一种理想与情怀在当时的中国，阻力是多么大又是多么难以实现，因为像富玉鸾这样的有志之士毕竟还是少数，于是作者紧接着写到富玉鸾所遭遇到的反驳与挫折。首先是乔加运的大声顿喝："我把你这少不更事的小生！上刀山，下油锅，用阎王老爷面前一架大秤钩子挑你的牙，滴你的血，入十八层阿鼻地狱，万世不得人身！你诬蔑圣经，妖言惑众，该当何罪？八股乃历代圣贤立言，我朝自开国以来，便以此得的天下，文官武将，大都从此中出身。有我辈然后国可以兴，无我辈然后国可以败。你是哪一国的奸细，得了洋人几多贿赂，叫你来说亡国的话？况且你说的话漏洞正多。既说中国溃烂，为何又说外国要求瓜分？外国难不成转看上这溃烂的瓜？我们不为你这无知小子惜，我转替我们堂堂大圣人伤心。"接着是儒生何其甫的反应，当他看到学生云麟也在场时，就责问："你也在此听这大逆无道的说话么？"云麟眼看躲不掉，只好勉强答道："学生不知道这里演说是讲的这些话，早知道如此，不该来了。学生心里此时却十分懊悔得很！"这些描写让我们看到了中国现代化进程的艰难，因为连云麟这样的人物也只能是剧烈碰撞时代一个模糊软弱的过渡人。

作为一个新旧交替时代的知识分子，李涵秋自己身上也很难脱离传统与现代的矛盾与纠结。一方面西方社会的进化论、民约论等新思想让他看出了也深刻感受到了旧制度旧道德的许多弊病，他不会再像封建士大夫那样，把礼教看得那么神圣，且严格遵从古训。但是他也不能完全认同激进主义对中国传统文化的否定，所以往往徘徊于旧礼教与新思想之间，价值观念处于改良主义的状态。这种矛盾使得作家深感痛苦，这些在小说中得到了具体的体现。《广陵潮》所塑造的革命志士富玉鸾，出身于官宦之家，出于救国救民的真切期望从事革命，当他接触到卢梭的《民约论》等西方思想后，便将家财分给乞丐和穷人，只身前往日本留学。在辛亥革命前回国策划起义，不幸被奸人告密，被捕入狱，在法庭上他大义凛然，痛斥清朝官吏，壮烈牺牲。但是作家又写到他与自己的母亲讲平等，气死了母亲，最后结局是富玉鸾被莫名其妙地评为"富而不仁"，这种书写显示了作者在感情上并不能接受这位蔑视礼法的革命英雄。对待"革命"李涵秋也颇有微词，他认为："大人物在上面革命，小百姓在下面受罪，这才不失我社会小说宗旨。"作者在理性上也知道依靠云麟这种书生，不可能"造出一个簇新的世界"，他认为"革命事业要出在下流社会人手里，酸秀才不中用的"。但是他又看出参加革命的下流社会成员怎样玷污了革命，异化了革命。他的"大家齐心协力，共同造出一个簇新的世界"的理想找不到实现的途径，所以在《广陵潮》中，他最后只能以消极的佛学来自我解脱。

二

《广陵潮》描写了家庭生活，刻画了女性形象，在情爱与欲望的交融中，寄托着李涵秋的情感体验与人文关怀。

在揭露批判社会的同时，《广陵潮》最成功和最动人的还是关于"情"的描写。家庭、爱情、婚姻是文学创作永恒的母题，更是通俗文学最擅长的题材和成功的法宝。因为这些内容根植于人自身和人性深处，是每个人的生活阅历和生命体验中很难跳跃的东西，它们深深影响着人们的生活，它们因社会时代、个人性格等因素而千变万化精彩纷呈。要想赢得广大读者，对它们的书写更是重中之重，尤其是对于以消费为主的通俗文学来说更是如此。李涵秋毕竟是一个通俗小说作家，而且以卖文为生，在这一点上他自己也是非常清楚的。同时作家多情的性格和丰富的情感经历也为这种书写奠定了基础和提供了可能。李涵秋的性格具有温柔、细腻、多情的特点，在十二三岁读《红楼梦》时他便以贾宝玉自喻，而且他的情感经历中有着一段刻骨铭心的记忆。他与邻家女玲香的爱情悲剧给作家的创作提供了切肤的情感体验。所以爱情、女性、欲望必将成为其看点、卖点和创作的出发点。《广陵潮》中的主人公云麟是一个出身寒素的读书人，也是一个多情种，他的恋爱婚姻是整个小说的主线，小说描述了他与伍淑仪、柳氏、红珠三个女性的情爱经历，尤其是与青楼名妓红珠之间的爱情故事，融入了作者自己的情感故事和生命体验，颇具传奇性和浪漫性。小说里人物的爱情婚姻大都是悲剧性的，一方面这种悲剧性体验会让小说更动人更能引起读者的共鸣；另一方面悲剧本身夹杂着丰富的社会人性的内容，会引起人们对产生这些悲剧的原因进行更多的思考。就这部小说来说，男女主人公之所以无法成就自己的圆满的爱情婚姻，更多的因素来自于社会时代。因为在封建专制制度下个人是没有自由的，个人无法掌握自己的命运，尤其是爱情婚姻这一关切到个体最自由的最本真自然的东西，个人更是无能为力，只得由"父母之命，媒妁之言"来决定，由此造成个人的美好愿望与社会时代的局限之间的不可克服的矛盾和悲剧。如小说中的晋芳与小翠的爱情悲剧，因为门第相差悬殊，自然不可能得到父母认可，于是在他被逼结婚之时，小翠想出来一个怪主意，要用刀子把两人的肚皮割开，然后缝在一起，其结果只能是两人身上各多了一条纪念痕迹而已。这样山盟海誓的恋情随着时间情势而淡化，闹腾一阵之后，年轻人最终还是得向这个制度屈服，还是得向他们的父母妥协，按照设定的常规去生活。这样一种生活情境在当时的社会具有普遍性，因此也就引起了更多读者的契合，成为他们内心深处的一种抚慰。

作为欲望化、符号化的女性历来是男性作家最热衷于书写的对象：一方面女性的命运折射出时代的重大问题，她们成为作家批判社会寄托理想的一个重要工具；另一方面女性的身体、欲望与生活本身会成为看点，且满足了男性读者的欲望想象。比如小说中伍淑仪这一形象，可以说是爱与美的化身。她知书达理有情有义，但最后却因爱情幽怨而死。这种淡淡的哀愁情调，这种可望而不可即的隔离之苦，这种内心深处最痛的酸楚，深深拨动着读者的心弦。这一形象体现了作者关于理想女性的想象和诉求，是作者的精神归宿和精神家园。与此相对的周氏则是一个典型的悍妇恶妇形象，当云家让她们夫妇照顾铺子后，他们不但不感恩，反而变着法侵吞了云家财产，且周氏几次欲置云麟于死地，可以见出她的嘴脸与狠心。她变着法地折磨儿媳绣春，还一味地娇惯儿子田福恩。这两种形象的对比书写，体现了作家对人性善恶丑美的反思。她们像两面镜子，通过她们，读者也会审视一下镜子中的自己，审视她们自我人性中的丑与美来。小说中卜书贞这一女性形象塑造得也十分丰满与成功，她身上的矛盾性在某个角度也是作家思想的反映：一方面作为封建制度下的没落官太太，她是封建制度的受益者，她的夫贵妻荣的传统观念，她的浓厚的封建家长制作风，她对封建制度的坚决维护，都具有时代与人性的合理性；但另一方面她身上又具有朴素的人文主义思想和平民意识，当知道淑仪与云麟青梅竹马后，她支持儿子退婚，这种通达，这种慈爱，这种温情，体现了人性身上最美好的情感。而这恰恰是普通人的共同诉求与渴望，因此得到了普通读者的广泛认同。小说中所塑造的红珠等妓女形象更加光彩照人，她们貌美心善、热情奔放，闪现着蓬勃的生命力量和人性光辉。同时作者对她们的书写也倾注了更多的热情和想象，让她们更富有传奇性和美学化。这种书写弥补了封建礼教下文人士子和普通百姓在包办婚姻下，被压抑的和无法实现的情感诉求和身体欲望，同时妓女形象更成为批判社会确立自我身份的一种符号和载体，她们的身上被注入了女性解放的时代内涵。女性在两千多年的封建社会中处于社会的最底层，她们有自己感应社会和时代的方法，一个社会里女性的活动可以或直接或间接地反映出社会面貌，《广陵潮》中这些女性形象的刻画与塑造体现出鲜明的时代色彩，同时也使小说更富有诗性、传奇性和可读性。

三

《广陵潮》描写了市井生活，刻画了市井人物，展示了风俗民情，在世俗与民俗的结合中，使小说充满着某些现代知识与趣味，满足了读者对市民读者的审美趣味，显示出李涵秋自觉的消费文化意识。

李涵秋喜欢考察市井生活："先生于无聊时，每缓步市上，于以觇社会上之种种情状，以为著述之资料，所谓实地观察也。一日遇泼妇骂街，先生即驻足听之，见其口沫横飞，指手画脚，神色至令人发噱，而信口胡言，尤极有趣，先生认为此种资料，为撰稿时之绝妙文章，因即听而忘倦。"① 《广陵潮》并没有正面叙述、描写重大历史事件，而是别开生面书写了这一时期的社会风貌、人情世故、逸闻趣事、闾里风俗、遗闻掌故等，展现清末民初的民风民俗、民生状态。用一种不动声色冷静客观的叙述，将街坊邻居的家长里短以及婚丧嫁娶等各式各样的闲散生活以及他们对待生活的懒散和浑浑噩噩的态度叙述出来。对于小说中的城市无赖、地痞、恶棍、妓女、官僚、无耻文人、和尚及军阀等人物，主要以描写他们的世俗生活和市井生活为主，以街谈巷议侧面烘托他们的生活乐趣，不注重他们活动的政治性和功利性，作者有意刻画平民的生活琐事和细节，将平静的生活艺术化，作为反映社会折射时代的镜子。小说对清末民初扬州这座城市的民风民情也进行了大肆的铺张和描写，如小说中所涉及的做寿习俗、丧葬习俗、庙会习俗等，这些习俗作为一种相对稳定的文化现象贯穿于整个小说的始终。这些风俗在民国社会动荡的大潮中并没有随时代而改变，作者也没有做褒贬的价值评估，只是从客观的角度来叙述。如云麟的母亲去观音山求子，扬州的婚娶风俗，抢亲的陋习及闹洞房的恶作剧和扬州灯会风情等。此时的社会言情小说没有讽刺小说的政治说教性，也没有言情小说的狭隘性，相反却把民族文化中最重要最不容易变化的风俗等表现出来，从而淡化了阶级对立等社会政治内容，而着重强调传统道德的力量和整个民族中最韧性的文化和风俗的力量。小说由此想表达的是无论世界如何变化，人世间最重要的乃是亲情、爱情、友情。主人公的生活观世界观也发生了变化，不再是一心只读圣贤书了，而是看轻功名富贵，注重自己快乐逍遥的天性和人间的真情。由此我们看到了风俗的力量，也从另一个角度理解历史。当市井人物和民俗风情成为小说的主要描写对象时，在一定程度上又消解了之前诸如《三言二拍》、《谴责小说》等小说的劝世警世意义，从而使小说的描写舞台和

---

① 阿杏：《李涵秋轶事》，《半月》，第 2 卷第 20 号，1923 年 6 月。

主人公的生活范围扩大，市井风俗生活的内容甚至超过了言情等其他内容，所以《广陵潮》成了晚清社会的百科全书。

同时，作者通过人物性格刻画与人物命运的描述，体现了一种"因果报应"的思想。小说甚至在第91回直言不讳地论述了这一思想："世界上万事万物虽变幻无穷，但细细按起来，总离不了'因果'两字。古人说得好：'善有善报，恶有恶报，因果循环，理无或爽。'读者有疑心在下所说是迷信的话，在下倒也有个比方。譬如种谷，下种的时候将种子细加选择，种后又及时耕耘，到了收获的时候自然是嘉禾穗穗，收成大有。如果下种不加选择，种后不事耕耘，则收获之时，是必稗稂夹杂，难期有成。比之人生，做事的时候是下种，修养的时候是耕耘，结果的时候是收获，只须看他种的是什么因，就可知道结的是什么果。就本此理由，还有两句话可以解释读者的疑惑，就是因果循环，实系天演公例，并非人权迷信。"① 这样一种思想恰恰迎合了中国普通老百姓的心理，非常符合他们素朴的善良的美好愿望，因此容易产生共鸣。

四

从近代小说尤其是通俗文学发展的历程来看，《广陵潮》起着承上启下的过渡作用。由于"鸳鸯蝴蝶派"小说的言情成分过于泛滥，单调雷同，在一定程度上引起人们的审美疲劳，所以言情小说需要寻求新的突破，这时候社会因素就被融进了这些小说，使得小说内容和情节更加丰富充实。但这一时期的这些小说"社会"与"言情"这两种因素还没有做到完全有机的结合，直到张恨水笔下才彻底完成。《广陵潮》初步融合了晚清"谴责小说"的"社会"成分和民初的"鸳鸯蝴蝶派"小说的"言情"成分，把这两种小说类型很好地结合起来，由此成为"社会言情小说"的前奏曲，对当时的小说创作产生了重要影响。

"社会言情小说"的称谓本身隐喻着这部小说的复杂性与丰富性，可以说这部小说是政治文化、新潮文化、消费文化等多种文化交融浸染的产物，是文化转型的一个表征，尤其是消费文化的渗透更加凸显了这部小说在通俗文学的发展历

---

① 李涵秋：《广陵潮》，太原：北岳文艺出版社1986年版，第1209页。

程中以及整个文学史上的价值和意义。李涵秋所处的清末民初时代正是新旧社会变革、过渡与转型的时代，在这样一个时代，各种稀奇古怪、让人瞠目结舌、挑战旧有社会价值观之事件都会有所发生，旧的社会日益黑暗腐败呈现出衰亡之势，新的思想文化涌动出现并开始对社会产生重要影响，多种思想与多元文化的交融与碰撞对人们的心理产生了巨大的影响，人们往往会处在一种矛盾、对立、焦躁的状态。可以说，李涵秋的创作并没有或者说很难超越当时的社会时代以及文学观念的影响与制约。一方面小说改良社会的功利观念，这是一种公共话语，体现了传统文化与新潮文化的诉求。梁启超所倡导的"小说界革命"深入人心，民初小说家大多是在"小说界革命"中成长起来的，他们很难摆脱这种影响，同时，作为旧式文人，他们更难摆脱"文以载道"的观念和"天下兴亡，匹夫有责"的责任感、使命感，他们需要确立自己的安身立命之本，小说的社会批判理念让他们找到了一种契合点。另一方面小说的游戏消遣的娱乐消费观念，这是一种私人话语，体现了消费文化的种种特质。随着现代都市和市民阶层的兴起，以及报纸、杂志等现代传媒载体的迅速发展，文学的消费观念开始凸显，对作家而言，创作是职业与生存需要；对读者而言，阅读是一种消遣与娱乐，因此对作品而言，最大的特点就是好看。那么如何让作品好看，或者哪些质素会让它们好看，这都是作家着力解决的问题，也由此构成了作品的品质与特点。作家的金钱观念与读者意识，作品的社会批判、言情故事、浪漫传奇、夸张想象，读者的拒绝深度、轻松愉快追求，这些因素构成了消费主义文化文学的特点。清末民初文学创作尤其是小说创作越来越市场化，报纸刊物等大肆涌起，职业作家的产生与确立，出版发行成为体系，作品的批量生产等等。这一方面促进了小说的繁荣，另一方面又导致小说的粗制滥造、质量不高，这也是消费文学的特点与悖论。

李涵秋的创作内驱力及其小说《广陵潮》刊行与出版等鲜明体现了这些特点。李涵秋7岁之时父亲因病去世，家中经营的烟店也被人侵吞。一家孤儿寡母4口陷入一种困境，幸亏得到其叔父的周济，才得以勉强度日。这样一种境遇让李涵秋进一步感受到社会的阴暗，使他比同龄的孩子更加早熟。他17岁时便设帐授徒，不得不过早地承担起养家糊口的责任。31岁时离开扬州前往湖北武昌，坐馆教读，期间又充分认识了当时政治的黑暗肮脏。37岁时回到扬州故乡开始了教书生涯，直至临终的前三年才辞去教职。自 1905 年创作了小说处女作《双花记》，自此开始了小说创作，从此一发不可收拾，在以后的十八年创作中，所著小说文言 10 种，白话 23 种，字数一千万余言。

总的来说，从文学史发展的进程来看，李涵秋的《广陵潮》吸取了"谴责小说"中的社会批判和言情小说中的"主情主义"，将二者很好地结合起来，从而在一定程度上完成了中国小说由近代向现代的转换，同时又加入了对市井民俗的描写，丰富了小说的书写领域和表现空间。其小说一方面体现了新潮文化的思想启蒙主题，另一方面也将通俗文学中所蕴含的消费文化精神发挥的淋漓尽致，李涵秋及其《广陵潮》的承前启后的过渡作用在现代中国文学史上的功绩是不可抹杀的，理应受到文学史和文学批评的关注。

第六节　不肖生与《江湖奇侠传》

武侠小说是指以武侠为题材、以侠客义士为主角、以颂扬侠义精神为主旨的文学作品。武侠小说在中国文学史上源远流长、影响深远，但"武侠"作为一个复合名词的出现及其成为中国通俗小说的一大类型，却是清末民初的事情。1900 年，日本科幻小说家押川春浪创作了《武侠舰队》，首创"武侠"一词，这是世界范围内使用"武侠"一词的开端。后经留日志士和学子相继采用。特别是 1904 年，卧虎浪士和蒋智由分别为海天独啸子的《女娲石》和梁启超的《中国之武士道》二书作序，同时使用了"武侠"一词，这是汉语文献史上使用"武侠"一词的起点。可以说，"武侠"是一个外来词。在中国，真正被明确标示为"武侠小说"的作品，是林纾发表于 1915 年 12 月《小说大观》第 3 期的文言短篇小说《傅眉史》。从严格意义上说，林纾的武侠作品还不是真正的武侠小说，但却开了民国武侠小说的先声。从此，武侠小说真正取代了"侠义小说"、"侠情小说"、"尚武小说"、"任侠小说"等名词，并作为一种独立的小说类型在中国文学的土壤里生根发芽、开花结果。

一

民国武侠小说上承清代侠义公案小说，下启港台新派武侠小说，在中国武侠小说史乃至现代文学史上具有重要地位。但并非清代侠义公案小说的余续，而是在近代以来，我国屡挫于西方列强，期望继承和弘扬中华民族的尚武任侠精神，在抵御外侮中重振民族雄风，在文化反思中重建民族自尊和自信，积极探求新民强国之路的背景下产生的。从章太炎三作《儒侠》篇，召唤急公好义的大侠精神，到梁启超的《中国之武士道》赋予武侠精神以时代内涵；从蔡锷的《军国民篇》主张给国力孱弱的民族弊政注入"军国民"、"尚武"之精神良方，到鲁迅的《斯巴达之魂》讴歌视死如归的英雄气概、提倡尚武爱国精神；表达了当时中国新型知识分子和资产阶级民族民主革命者提倡尚武任侠精神、以求民族自强的爱国主义呼声。具体到武侠小说领域，从林纾的《傅眉史》到不肖生的《近代侠义英雄传》，从文公直的《碧血丹心大侠传》到还珠楼主的《蜀山剑侠传》，都在一定程度上体现了这种尚武任侠的精神和御侮自强的强烈愿望与决心，以及超越有限生命、追求精神自由的价值诉求。

1922 年，《红杂志》创刊；次年《侦探世界》创刊；从《红杂志》第 22 期和《侦探世界》创刊号起，分别开始连载不肖生的《江湖奇侠传》和《近代侠义英雄传》。1923 年，不肖生的《江湖奇侠传》掀起了中国现代文学史上的第一波武侠热，揭开了 20 世纪中国武侠小说大繁荣的序幕。经过繁荣发展，逐渐形成了以上海为中心的"南派"及以京津为中心的"北派"两大基本流派。在 1920 年代，武侠小说创作形成了"南向北赵"竞相发展、共存并荣的格局，并出现了著名的"前五家"。向即向恺然，就是不肖生，他在上海；赵即赵焕亭，他在河北。他们分别从民俗和历史的角度创作武侠小说，成为民国武侠小说南北两派的代表人物。"前五家"是指民国武侠小说发展前期出现的南北两派五位代表作家，包括不肖生、赵焕亭、姚民哀、顾明道和文公直。其中，除了赵焕亭是北派作家外，其他四位都是南派作家。"前五家"的代表作品主要有：不肖生的《江湖奇侠传》、《近代侠义英雄传》；赵焕亭的《奇侠精忠全传》、《大侠殷一官轶事》；姚民哀的《山东响马传》、《四海群龙记》；顾明道的《荒江女侠》；文公直的《碧血丹心》系列。本节重点对不肖生及其代表作《江湖奇侠传》进行解读。

不肖生（1890—1957），原名向恺然，名泰阶，又名逵，字凯元，笔名不肖生。生于湖南湘潭，因祖籍湖南平江，故署平江不肖生，是民国武侠小说的奠基人。他出身于一个富裕家庭，其祖父靠经营伞店发家，父亲向碧泉是个晚清秀才，在乡里间颇富文名。自 5 岁他开始随父攻读，11 岁修习八股，恰逢清政府废除八股，改用策论取士，于是改习策论。不料，14 岁时清政府又废除科举，改办学校，于是考进了长沙的高等实业学堂。当时正值同盟会在日本东京成立并创办《民报》鼓吹革命，革命形势发展如火如荼。在清政府的要求下，日本文部省于 1905 年 11 月颁布"取缔清韩留日学生规则"，大肆镇压中国留日学生的革命活动，激起留日学生界的极大义愤和强烈反对，陈天华于 12 月 8 日在日本愤而投海，慷慨殉国，以死激励民族士气。转年，陈天华的灵柩被运回湖南，长沙各界人士为他举行了公葬，掀起了一阵政治风潮。不肖生就因为积极参与这次风潮而被开除学籍，随后他到日本自费留学。

1913 年，袁世凯密谋派人刺杀了革命党人宋教仁，激起全民义愤。不肖生毅然回国参加了"倒袁运动"，并任湖南讨袁第一军军法官。讨袁失败后，他再度赴日，结交了武术名家王润生，精心钻研中华武术。同时，他关注日本社会风俗，并留意一般亡命于日本的中国人之生存百态，曾根据其留日见闻，创作了长篇小说《留东外史》，揭露抨击亡命日本的中国人之道德堕落，成为中国留日留学生文学的先驱。1915 年，不肖生重又回国，加入中华革命党江西支部，继续从事反袁的革命活动。袁世凯死后，他移居上海靠写小说谋生，直到 1927 年返回湖南，这十年间他的主要武侠小说作品先后问世，产生了巨大影响。1930—1932 年，不肖生曾再度到上海从事创作，写了许多关于拳术的文章。1932 年"一·二八"事变爆发后，应何键之邀，不肖生返回湖南创办国术训练所。1937 年卢沟桥事变爆发后，他随第 21 集团军转战大别山区。1947 年返回湖南。

新中国成立后，不肖生因创作武侠小说而遭到文坛批判，但与其他民国武侠小说作家相比，他还是比较幸运的。他曾先后任湖南省文史馆馆员、省政协委员，1956 年还担任过第一届全国武术观摩表演大会评委。他曾计划写一部《中国武术史话》，但不幸的是，1957 年反右斗争后患脑溢血去世，此为一件憾事。

不肖生既热爱武术，又精通文学，以创作武侠小说驰名。可以说，他是民国武侠小说作家中真正精通武术的人。从晚清到民初，人们普遍把尚武任侠作为新民强国的重要途径之一。不肖生在留日期间，既受到日本日益革新气息的鼓舞，又深感中华民族国力屡弱、民气不振的悲哀。在创作生涯中，武侠就成为他抒发情志的首选文学类型。

不肖生因创作《留东外史》而在文坛崭露头角，但使他得享盛名的却是武侠小说《江湖奇侠传》。

1922 年，不肖生应上海世界书局之约，开始专心从事武侠小说创作。他的武侠小说成名作《江湖奇侠传》在 1923 年 1 月《红杂志》（上海世界书局创办）第 22 期上开始连载。1924 年 7 月，《红杂志》出满 100 期，改名为《红玫瑰》，继续连载。全书共 160 回，前 106 回为不肖生撰写，由于中途回湘，从第 107 回开始由《红玫瑰》编者赵苕狂以"走肖生"笔名续写完毕。

二

《江湖奇侠传》是中国第一部叙写江湖帮派门户之争的现代长篇武侠小说。它以湖南平江、浏阳两地农民争夺交界地赵家坪之归属问题引起械斗为主线，带出昆仑派、崆峒派之间剑侠争雄。

小说的江湖味很浓，把武侠世界和民间亚社会相结合，融入许多湖南的乡风民俗、民间传说以及乡间野史，如湘阴、长沙的调龙灯，以叫化背米袋多少来划分等级的习俗，清末四大奇案之一的"张汶祥刺马"和民间传说"火烧红莲寺"等。从而使故事情节离奇曲折、生动有趣。小说先写柳迟的传奇身世，他出生奇特，长大后又喜欢与乞丐为伍，恰遇笑道人，牵出红姑等侠义人物。后来他拜金罗汉吕宣良为师，再把故事转移到向乐山身上，接着又转移到杨继新身上。就这样层层铺陈，使故事发展步步推进、环环相扣。作者善于把许多奇人奇事有机联系起来，使每个故事都有惊险和离奇之处，显得不枝不蔓，起伏有序。人物塑造个性鲜明，如柳迟深沉稳健、坚守信念；向乐山仗义勇为、豪气干云；陆小青有情有义；杨继新书生呆气。

《江湖奇侠传》将武侠小说加以神魔化。书中的武打场面大类神魔小说，有飞剑和法宝，存在不少玄乎的迷信描写。如崆峒派董禄堂与昆仑派吕宣良交手时，打出两颗金丹，用金光紧紧罩住吕宣良。而吕宣良则用双鹰破了他的魔法，那只大鹰衔去了董禄堂的左眼珠。最后吕宣良居然治好了董禄堂的瞎眼。还有蓝辛石烧符压王鬼，邓法官死后诛树妖，带有神魔小说的色彩。《江湖奇侠传》的武技设计，可分为七个方面：一是辟谷导气，防身拳术；二是降龙伏虎，役鬼驱神，所谓学道的看家本领；三是法术类的呼风唤雨，倒海移山；四是奇门遁甲，诸般变化；五是飞剑杀人，吐气殪敌，所谓"一口剑，要练得倏长倏短，吐纳自如；一股气，要练得倏远倏近，神化无方"；六是驾云御风，烧鼎炼丹，即到了半仙的地步；七是养性修心，脱胎换骨……这些情节，除第一种还属于拳棒技击的武艺外，其余都属于神魔色彩的"怪力乱神"。但这在神魔小说中是完全允许的，因为它们本来就是一个超现实的想象中的"世界"。它们是为不肖生的"奇"字服务的。① 从武侠小说的发展历史来看，《江湖奇侠传》里的武术技击，已经由棍棒拳术、赤身肉搏发展到呼风唤雨、吐气飞剑，武术拳师已变成神魔式的人物，幻想丰富，构思奇特。

《江湖奇侠传》在叙写湖南平江、浏阳两地农民械斗和昆仑、崆峒两派剑侠争雄事件上，虽然故事情节起伏有序，但由于铺展的枝节过多，造成人物出场犹如跑龙套。比较起来，倒不如"张汶祥刺马"与"火烧红莲寺"这两个故事显得有头有尾、生动有趣而又错落有致。张汶祥曾拜无垢和尚为师，性格豪爽，武功高超，是四川一带私盐贩子的首领。与郑时、施星标结拜为兄弟，后来他们想金盆洗手，恰巧抓住知府马心仪，马心仪出于无奈与张汶祥结为兄弟。后来马心仪升官，张等三人前去投奔。施星标当了巡捕，郑时、张汶祥娶了柳氏姐妹为妻。不料，马心仪垂涎柳氏姐妹的美色，便动了非分之想。马心仪诱奸得手，又诛杀郑时。张汶祥发誓报仇，最终行刺成功。小说从第 65 回《思往事借宿入丛林，度中秋赏月逢冤鬼》引出红莲寺，到第 86 回《张义士刺马报冤仇，郑青天借宿拒奔女》卜巡抚下令焚烧红莲寺，成为电影《火烧红莲寺》的情节主干。火烧红莲寺的故事主要写陆小青发现寺中机关而遇险，所幸被柳迟所救，卜巡抚也误入红莲寺，方知道貌岸然的智圆和尚原来无法无天，柳迟奉师父吕宣良之命破了这个案子，最

---

① 范伯群：《中国现代通俗文学史》（插图本），北京：北京大学出版社 2007 年版，第 295—296 页。

后卜巡抚发令举火焚烧红莲寺。"火烧红莲寺"被改编成电影，由当时著名影星胡蝶主演，引起了强烈反响。就连一向对武侠小说持批判乃至全盘否定态度的茅盾，在目睹盛况后所撰《封建的小市民文艺》一文中，也不得不如此描述道：

> 《火烧红莲寺》对于小市民层的魔力之大，只要你一到那开映这影片的影戏院内就可以看到。叫好，拍掌，在那些影戏院里是不禁的；从头到尾，你是在狂热的包围中，而每逢影片中剑侠放飞剑互相斗争的时候，看客们的狂呼就同作战一般。他们对红姑的飞降而喝彩，并不是因为那红姑是女明星胡蝶所扮演，而是因为那红姑是一个女剑侠，是《火烧红莲寺》的中心人物；他们对于影片的批评从来不会是某某明星扮演某某角色的表情哪样好哪样坏，他们是批评昆仑派如何，崆峒派如何的！在他们，影戏不复是"戏"，而是真实！如果说国产影片而有对于广大的群众感情起作用的，那就得首推《火烧红莲寺》了。[1]

这只是根据其中的一个故事所改编电影而产生的影响，作为小说《江湖奇侠传》本身而言，它在当年所引起的轰动，令今天的读者甚至都难以想象。茅盾指出："一九三〇年，中国的'武侠小说'盛极一时。自《江湖奇侠传》以下，摹仿因袭的武侠小说，少说也有百来种罢。"[2]徐文滢认为："最著名的《江湖奇侠传》（即《火烧红莲寺》）几乎是妇孺皆知的，这广大的势力和影响可以叫努力了二十余年的新文艺气沮。"[3]从晚清到民初十余年间，中国通俗小说几经变化，公安小说和谴责小说的热潮逐渐降温，哀情小说持续不久已遭人嫌，此时不肖生将充满地域特色的乡风民俗、民间传说和乡间野史引入武侠创作，赋予侠客义士以独立人格和自由精神，张扬民族文化的刚强凌厉之气，使民国武侠小说取得了独立的品格，自然会给当时文坛吹入一股清新健进之风，其引起轰动效应实乃情理中事。

当然，《江湖奇侠传》也存在许多缺陷。从思想上看，充满了浓烈的"天命观"和"宿命论"色彩。小说继承了传统中游侠剑仙在两界之间自由穿行的仙道文化

① 沈雁冰：《封建的小市民文艺》，《东方杂志》，第 30 卷第 3 号，1933 年 2 月 1 日。
② 沈雁冰：《封建的小市民文艺》，《东方杂志》，第 30 卷第 3 号，1933 年 2 月 1 日。
③ 徐文滢：《民国以来的章回小说》，《万象》，第 1 年，第 6 期，1941 年 12 月 1 日。

心理，但却时时以"命运"、"缘法"、"来历"、"因果"为"奇"字助阵，来解释人物命运的发展逻辑。如小说中许多人物的命运展开以后，往往出现该死的不死、不该死的却死了等结局。对前者，不肖生解释道：此人"命不该绝"、"死期未到"；对后者则说：因他"恶贯满盈"才丧命。诸如此类，显示了"人力"是徒劳的，只有天命才是唯一的动力。在艺术上，由于小说在连载中信马由缰，对作品的结构章法顾及不够，致使章法稍嫌散漫，有时为了某个人物的来历，就抛开正在发展的情节主线，写了大量的旁文，顾此失彼。

除了《江湖奇侠传》之外，不肖生还有一部武侠小说代表作，那就是比较现实的武术技击小说《近代侠义英雄传》。1923年6月，这部小说在上海世界书局创办的《侦探世界》创刊号上开始连载，发表时间几乎与《江湖奇侠传》同步。全书共80回，虽然不如前者出名，但实际上却比前者更完整，思想上更进步。《近代侠义英雄传》在史实传奇和武林铁闻的基础上为近代侠义英雄们树碑立传，以大刀王五和大侠霍元甲为贯穿人物，叙写了侠士王五与戊戌六君子之一的谭嗣同之间肝胆相照的深情厚谊，以及霍元甲誓死捍卫民族尊严、以中华武术为国争光的光辉事迹。小说以诚挚深厚的爱国热情和充满浩然正气的民族大义为魂魄，塑造了一代气贯长虹、铁骨铮铮的侠义英雄的群像。侠义、爱国交相辉映，赋予了武侠小说崭新的时代内涵。尤其在对霍元甲反帝却不盲目排外的行动的描写上，显得难能可贵，体现了一种进步的现代性思想。

综观不肖生的武侠小说创作，不论是《江湖奇侠传》还是《近代侠义英雄传》，都没有能够形成完善的神魔武侠小说或技击武侠小说的风格形态。他毕竟是一位从晚清到民国过渡阶段的作家，对此不能苛求。可贵的是，他不仅会写武侠小说，而且精通武术、会武功，有着深厚的武学理论功底。他把武功分为"内家"和"外家"，也就是现在所说的"内功"和"外功"，强调"内功"的重要性，这在古代武侠小说中是没有的。他的许多武学理论思想被后世武侠小说所继承并发扬光大，堪称现代武学理论的开创者。不肖生在民国武侠小说史上属于奠基立业的先行者，真正为民国武侠小说自立了门户，其功绩在于开一代风气，施泽于后人。正是《江湖奇侠传》引起的巨大轰动，才吸引了更多读者关注武侠小说，推动报刊经营者、书店出版商和电影制造者竞相搜求武侠小说，带来武侠文化市场的繁荣局面。后起的还珠楼主、白羽、郑证因、王度庐、朱贞木等"北派五大家"都是在这种风气之下，受报刊之约才开始从事武侠小说创作的。同时，他们的作品或多或少都受过不肖生的惠泽。从这个意义上说，不肖生作为民国武侠小说的开山鼻祖，当之无愧。

第七节　章回小说大家张恨水

在五四文学运动中，现代小说不仅在形式上与中国传统章回小说相区别，而且在思想上也与中国传统的章回小说相区分。这种现代型小说，在新潮文化的制导下，在1920年代有了成熟的形态，成为具有现代意识的知识分子所皈依的文学形式。但是，对这种新潮文化的皈依，并不意味着传统文化和消费文化所主导的文学失却了发展的空间。事实证明，中国传统的章回小说在传统文化和消费文化的驱动下，在1930年代获得了一个大发展。这主要体现在章回小说大家张恨水的小说创作上。

张恨水（1895—1967），安徽潜山人，1913年考入孙中山所办的蒙藏垦殖学校接受新式教育，1914年投稿时，从"自是人生长恨水东流"一词中截取恨水做笔名。1924年发表了第一部有影响的长篇小说《春明外史》，随后相继发表了《金粉世家》和《啼笑因缘》；在1940年代，发表了《八十一梦》，1948年，因为积劳成疾，不幸中风，这严重地影响到了张恨水的章回小说创作，使得其章回小说的创作再也没有超越已经达到的高峰。张恨水的章回小说既继承了中国传统章回小说的精华，又汲取了现代小说的某些现代元素，使章回小说这一形式，与新潮文化渗染的现代小说双峰并峙。

一

章回小说作为植根于民族形式而自然孕育发展起来的小说形式，不仅深受读者的喜爱，而是也支撑并培育了大量的章回小说作家，使章回小说作家群一直绵延不绝，层出不穷。从晚清已降，尽管新潮文化和政治文化所主导的文化思潮，反映在小说创作上，孕育并逐渐地生成了现代小说的美学传统；但是章回小说作家的不懈创作实践，也不断地充实丰富了这一传统的小说形式，这是因为章回小说在与现代小说构成的互补关系中得到形式上的更新，使得更新的章回小说和读者业已发展了的审美心理相契合，故而它依然成为大都市的崛起的市民阶层所钟情的小说形式。这种情形，从韩邦庆的《海上花列传》到张春帆的《九尾龟》，从徐枕亚的《玉梨魂》到李涵秋的《广陵潮》，再到平江不肖生的《留东外史》，从包天笑的《一缕麻》到张恨水的《啼笑因缘》，再到秦瘦鸥的《秋海棠》，可以说一条绵延不绝的传承链条，既是对中国章回小说传统继承与更新的过程，也是不断地培育新的逐渐壮大的市民阶层读者群的过程。对此，茅盾曾经说过："在近三十年来，运用'章回体'而能善为扬弃的，使'章回体'延续了新生命的，应当首推张恨水先生。"①

作为章回小说大家的张恨水，一直致力于章回小说的创作，结下了丰硕的果实，成为章回小说创作数量最多的作者之一。张恨水"在近六十年的创作生涯中，写了大量的小说、诗词、散文、剧本以及其它形式的文学作品，光中、长篇小说就有近百部之多。据我们的不完全统计，他一生共发表了两千多万字，真可以说是'著作等身'了。"②在《金粉世家》的出版前言中，则称"张恨水先生一生共创作120余部中、长篇小说，还有大量的诗歌、散文和杂文，在国内外拥有众多的读者，是位影响深远、功力深厚的大作家"。③

张恨水创作的代表性作品有《春明外史》、《金粉世家》、《啼笑因缘》和《八十一梦》等。《春明外史》1924年4月12日起在《世界晚报》上连载，直到1929年1月24日才结束。小说主要以当时盛行的言情小说为经、以社会生活为纬，对1920年代的北京社会形形色色的人和事展开了文学叙事。《金粉世家》连载于1927年2月至1932年5月的《世界日报》副刊《明珠》，"小说以巨宦之子金燕西与平民之女冷清秋的相爱——结婚——离异的人生悲剧为主线，展现了一个'香

---

① 茅盾：《关于〈吕梁英雄传〉》，《中华论丛》，第2卷第1期，1946年9月1日。

② 张晓水等：《回忆父亲张恨水先生》，《新文学史料》，1982年，第1期。

③ 《金粉世家》出版前言。

销了六朝金粉'的豪门贵族的盛衰史。"①《啼笑因缘》连载于 1930 年 3 月至 11 月上海《新闻报》副刊《快活林》，小说主要以樊家树与沈凤喜、秀姑、何丽娜等女性的情感纠葛为主线，同时也较好地展现了 1920 年代北京独有的民风民俗和都市风貌。《八十一梦》是连载于 1939 年 12 月至 1941 年 4 月重庆《新民报》副刊《最后关头》。小说主要是以梦的形式，把笔触对准了社会的黑暗面，强化了小说对现实的批评力度。

总的来说，张恨水在小说创作上，是一个非常勤奋的作家。对此，张友鸾曾经这样回忆道：张恨水在创作的高峰时期，"他每天的写作的能量总在五千字左右"，"他热爱生活，把写作当成自己生活中最重要部分，不仅仅是为了趣味。有一天不动笔，就忽忽如有所失，好象欠了一笔大债。他说：'除了生病和旅行，如果一天不写，比不吃饭都难受'"。②正是凭借着对小说艺术的挚爱，使得张恨水不仅创作出了"著作等身"的小说，而且还获得了读者的钟情。

作为章回小说大家的张恨水，其小说拥有较多的读者群。对此，同时代的人这样回忆："《春明外史》在《世界晚报》连载不久，就引起轰动。我们亲眼见到每天下午报社门口挤着许多人，等着买报。他们是想通过报纸的新闻来关心国家大事么？不！……当然，并非所有报上的小说都是如此，不过恨水的《春明外史》确是这样。"③至于张恨水的《啼笑因缘》更是如此："在《啼笑因缘》刊登在《快活林》之第一日起，便引起了无数读者的欢迎了；至今虽登完，这种欢迎的热度，始终没有减退，一时文坛中竟有'《啼笑因缘》迷'的口号。一部小说，能使阅者对于它发生迷恋，这在近人著作中，实在可以说是创造小说界的新纪录。"④"20 年代中期起，乃至整个 30 年代，他的作品被大量印行。……他的读者遍及各个阶层。作品的刻画入微，描写生动，文字浅显，口语自然，达到'老妪都解'的境界。"至于张恨水"发表了《金粉世家》，却又引起热烈的高潮。特别是有文化的家庭妇

---

① 朱栋霖、朱晓进、龙泉明：《中国现代文学史 1917—2000》（上），北京：北京大学出版社 2007 年版，第 317 页。

② 张友鸾：《章回小说大家张恨水》，《新文学史料》，1982 年，第 1 期。

③ 笑鸿：《是野史（重版代序）》，《春明外史》。

④ 严独鹤：《1930 年严独鹤序》，张恨水：《啼笑因缘》，北京：人民文学出版社 2009 年版，第 5 页。

女，都很爱读；那些阅读能力差的、目力不济的老太太，天天让人念给她听。受欢迎的情况，可以想见。"① 这种盛况，甚至连现代小说奠基者鲁迅的母亲也概莫能外，以至于张友鸾非常委婉地说："有位很了不起的大作家，他的老母亲就爱看张恨水的小说，他不止一次用高价去买张恨水的作品。老母亲说：'你为什么不写张恨水这样的小说给我看看呢？'这是文艺界流传的很有趣的故事。"② 总的来说，张恨水的章回小说，如果单从读者群来看，可以说其影响要甚于鲁迅等作家创作的现代小说，只不过张恨水的章回小说，并没有获得现代文学史书写者的青睐而已。

作为章回小说大家的张恨水，其小说的影响力不仅时间较长，而且还拥有较强的生命力。张恨水的章回小说，经过了 20 世纪二三十年代的鼎盛之后，在 1940 年代开始走下坡路，这既有章回小说自身的原因，也有张恨水小说创作的创新能力下降等原因。但是，即便是如此计算，张恨水的章回小说，其影响力的巨大，还是显而易见的。事实上，文学经典的诞生，不仅是由作家本人创造的，还是由读者在内的后来者共同创造的，对张恨水的章回小说创作也应该作如是观。在 1949 年之后由共产党的意识形态主导的文学史书写中，通俗文学一直在某种程度上受到了抑制，即便是章回小说这一传统的形式，往往视其所承载的内容而被分成进步的或反动的。像同为章回小说的《新儿女英雄传》，还甚至被当做新文学的发展方向，对此，郭沫若说过："毛主席在延安文艺座谈会上的指示，给予了文艺界一把宏大的火把，照明了创作的前途。在这一照明之下，解放区的作家们已经有了不少的成功作品"③，《新儿女英雄传》便是成功作品之一。然而，张恨水的章回小说，在文学史中不仅一直没有得到应有的凸显，甚至还被看做是"鸳鸯蝴蝶派"小说的代表。如在魏绍昌编辑的《鸳鸯蝴蝶派研究资料》中，在其第三辑中就专门设了独立的一组，专门把关于《啼笑因缘》及其作者张恨水的文章集纳在一起，并在"叙例"中指出："《啼笑因缘》的内容熔社会、言情、武侠于一炉，是鸳鸯蝴蝶派中影响最大的一部作品。而张恨水虽于 1924 年初露头角，以后却

---

① 张友鸾：《章回小说大家张恨水》，《新文学史料》，1982 年，第 1 期。
② 张友鸾：《章回小说大家张恨水》，《新文学史料》，1982 年，第 1 期。
③ 郭沫若：《〈新儿女英雄传〉序》，北京：人民文学出版社 1956 年版，第 1 页。

是鸳鸯蝴蝶派中起着'中流砥柱'作用的极为重要的多产作家。"① 这样的文学史定位，尽管对张恨水的章回小说缺乏深度阐释，但是把张恨水作为"鸳鸯蝴蝶派"的"多产作家"来看待，这对于凸显其章回小说大家的地位，则起到了应有的作用，确保了张恨水的章回小说在浩如烟海的现代中国文学中得到了应有的彰显；同时也为消费文化、传统文化在 1980 年代后期再次兴起以及通俗文学创作的崛起，提供了可供借鉴的文学史资源。

作为章回小说大家的张恨水，其小说还对其他艺术形式有深刻影响。张恨水的小说创作，单从文学上来说，固然遭到五四新文学所代表的现代文学的排斥，甚至还被置于现代文学的对立面，但不可忽视的是张恨水的小说却对其他艺术形式产生了深刻的影响。这正如张友鸾所说的那样："预约改戏，预约拍制电影的，早已纷至沓来；为了出书牟利，《新闻报》三位编辑，临时组织'三友书社'，优先取得版权。书出版了，当然畅销"，电影摄制时，甚至为了摄制专有权，"大华停拍，明星赔款十万元"，"各个剧种，以及曲艺评弹，纷纷改编他的作品"。② 所有这一切都表明，作为章回小说大家的张恨水，其影响所及并不仅仅局限于文学，而且还渗透到了电影、出版和说唱艺术等诸多领域。

总的来说，在现代中国文学史上，把张恨水作为章回小说大家凸显出来，正意味着现代中国的文学形式，恰是处于传统和现代杂糅的一个特殊时期。这个时期，既有现代的小说，也有传统的章回小说，而张恨水自觉的章回小说实践，从某种程度上说是对现代小说的不足的一种自觉补救："我觉得章回小说，不尽是可遗弃的东西，不然，红楼水浒，何以成为世界名著呢？自然，章回小说有其缺点存在，但这个缺点，不是无可挽救的（挽救的当然不是我）；而新派小说，虽一切前进，而文法上的组织，非习惯读中国书，说中国话的普通民众所接受。"③ 恰是从另一个纬度上说明了传统小说艺术在现代的过程中是如何蜕变的。

---

① 魏绍昌编：《鸳鸯蝴蝶派研究资料》（上），上海：上海文艺出版社 1984 年版，第 2 页。
② 张友鸾：《章回小说大家张恨水》，《新文学史料》，1982 年，第 1 期。
③ 张恨水：《总答谢——并自我检讨》，《新民报》（重庆），1944 年 5 月 20 日。

二

张恨水的章回小说，为什么会在当时获得如此巨大的读者群，并且在嗣后的历史长廊里，还依然一版再版，而具有如此之大的艺术魅力呢？其实，这种情形，早在同时代，就有人发出了这样的疑惑："我是一个爱看小说的青年……如果我自己问一问自己：你为什么看小说？从小说内学到了些什么？我是无法回答的。我现在决计照你们所指示的路走，多看些于自己的实际生活有关系的新东西……但是，留在我脑海内还成疑问的，是：'为什么这些害人的旧小说还可以风行一时？为什么偏有许多人会入他们的迷途呢？譬如《啼笑因缘》，在目前出版界，依然是一部销行最广的小说；难道是因为它的内容丰富？（当然不是的。）或者是因为它的技巧神妙？（也不见得。）照你们的看法，世界上的事，即使这样的小事，总也不该有所谓偶然的吧。'"① 针对这样的疑问，时人夏征农曾经这样回答道："《啼笑因缘》所摄取的，虽然是些浮雕，但这样融合'上下古今'千余年的不同的生活样式于一处，正是它能迎合一般游离市民阶层的脾胃地方。"② 当然，夏征农也意识到了《啼笑因缘》之所以获得了读者的喜爱，并非是一无是处："《啼笑因缘》中所表演的思想，无疑地是充分带有近代有产者的基调的"，"倘我们因为在《啼笑因缘》中看到了'山寺锄奸'那样的奇迹，看到了'十三妹'那类的奇侠而机械地认作与《七侠五义》、《江湖奇侠传》相等的，完全是封建社会的产物，那就大错特错"。③

首先，报刊连载的形式，促成了张恨水的章回小说与读者的近距离对话，这从某种程度上改变了中国传统的章回小说的生产模式，这种现代工业社会的特点，确保了张恨水的章回小说获得了现代性特质。

在中国传统的章回小说生产过程中，作家往往是独立于读者世界之外从事小说生产的，读者对作家的文学生产的影响微乎其微。一旦作品出版了，读者对业已定型的文学作品尽管会有这样或那样的褒贬，但一般来说，难以从根本上改变

---

① 魏绍昌编：《鸳鸯蝴蝶派研究资料》（上），上海：上海文艺出版社1984年第1版，第90页。

② 魏绍昌编：《鸳鸯蝴蝶派研究资料》（上），上海：上海文艺出版社1984年第1版，第92页。

③ 魏绍昌编：《鸳鸯蝴蝶派研究资料》（上），上海：上海文艺出版社1984年第1版，第93—94页。

小说的基本状貌。但是，在张恨水的小说生产中，这种情形就被彻底颠覆了，从某种意义上说，文学生产已经不再是作家本人独立的精神活动的外化物，而是从报刊编辑到读者的全方位参与的精神活动；也就是说，张恨水的章回小说是作家和读者共同参与完成的文学生产过程。像《啼笑因缘》"当第一部分寄去之后，似乎并未得到十分重视，被搁置五个月，才开始刊载。这一炮打得响亮，很快就成为家弦户诵的读物。……谁知登了《啼笑因缘》，销数猛增；广告刊户，纷纷要求小说靠近的地位。张恨水成了《新闻报》的财神，读者崇拜的偶像。"① 由此说来，如果离开了读者的参与，《啼笑因缘》是否会被报刊所器重，都是一个问题，而读者高涨的热情参与，则促成了文学生产的良性循环，促使张恨水的章回小说创作获得了内在的驱动力。毕竟，报刊连载的小说，并不是作家预先写好的，往往是作家写一部分，然后再边连载边创作，其创作的指向自然要受到包括读者在内的外在诸多因素的制约。如张恨水创作《啼笑因缘》时，本来没有武侠的内容："写关氏父女，原本不在计划之内，是报纸主编人提出的要求：加点'噱头'吧，上海读者喜欢武侠的。"② 这就说明了，张恨水的章回小说区别于传统的章回小说的最大之处在于，这是一个开放的创作系统，作家本人不再是这个系统的唯一的主人，包括编者、读者在内的所有人，实际上都参与到了这个文本的创作中来。对此，张友鸾这样回忆道：《啼笑因缘》"连载期间，轰动一时：上海市民见面，常把《啼笑因缘》中故事作为谈话题材，预测他的结果；许多平日不看报的人，对此有兴趣，也订起报来了"。"抗战时期在重庆，我曾陪他出席过朋友的家宴，他的读者——那些太太、老太太们，纷纷向他提出问题，议论这部小说人物处理的当否，并追问背景和那些人物后来真正的结局。"③

报刊连载的文学生产方式，使得章回小说在一个开放的结构体系中，获得了接纳丰富而发展的社会内容的契机，进一步扩展了章回小说反映社会的广度和深度，使章回小说获得了回应社会的能力。一般说来，章回小说的长短与读者的接

---

① 张友鸾：《章回小说大家张恨水》，《新文学史料》，1982 年，第 1 期。
② 张友鸾：《章回小说大家张恨水》，《新文学史料》，1982 年，第 1 期。
③ 张友鸾：《章回小说大家张恨水》，《新文学史料》，1982 年，第 1 期。

受有着直接的关联，那些受到了读者喜爱的内容，往往会促成作者更加全面地展开文学叙事；而读者反响寥落的内容，则往往会促成作家更加审慎地收敛其文学叙事，从而使读者参与章回小说的生产，获得了实现的机缘。从张恨水的章回小说的长短来看，那些动辄百万字的作品，一般都是深受读者欢迎的作品，而那些中途停止或匆忙收尾的作品，则往往难以获得读者的青睐。对此，张友鸾曾经说过："《春明外史》1924 年 4 月 12 日起，在北京《世界晚报》连载，每天刊登不足一千字，直到 1929 年 1 月 24 日结束，一共登了五十七个月。"① 由此时间来看，四年多的章回小说连载，如果不能吸引读者，那是绝难延续下来的，换言之，《春明外史》这样的章回小说，能够历经 57 个月而不中断，本身就说明了作品是有生命力的。

那么，像《春明外史》这样的长篇章回小说，为什么会获得读者持久的欢迎呢？这与张恨水开放式的结构形式和生产方式关系甚大。也就是说，这样的开放式结构和生产方式，使得小说获得了"与时俱进"的某些文化品格，这使得章回小说中的主人公，犹如生活在社会中的人，其命运的起伏往往不是作家预设好了的，而是随着时代风雨的洗礼，而不断地承纳着新质，又不断地扬弃着旧质。这便使得小说和时代风雨联系得更为密切：《春明外史》"在《世界晚报》连载的时候，读者把它看做是新闻版外的'新闻'，吸引人是非常之大，很多人花一个'大子儿'买张晚报，就为的要知道这版外新闻如何发展，如何结局的。"② 显然，如果张恨水的章回小说和中国传统的小说生产方式一样，是已经创作好了的，那所谓的"新闻"功能自然就失却了，读者的接受热情自然也就下降了。

当然，连载的生产方式所带来的开放式结构，其写作往往"是意兴所至，涉笔成趣。即使如《春明外史》，那是名作了，除了杨杏园故事以外，多半是随时听到的新闻，随时编作小说，可以写一百回，也可以写二百回，是讲不到什么章法的。"这样的知根知底之谈，显然切中了张恨水文学生产的连载形式的独有规律。

其次，中国传统的章回小说模式中，糅合进了现代的婚恋观念，更能够契合

---

① 张友鸾：《章回小说大家张恨水》，《新文学史料》，1982 年，第 1 期。
② 张友鸾：《章回小说大家张恨水》，《新文学史料》，1982 年，第 1 期。

消费文化、传统文化和现代文化杂糅的、以市民阶层为主的读者群的审美心理的需要。

张恨水创作的章回小说，之所以被视为"鸳鸯蝴蝶派"小说，并不是没有缘由的，这主要因为张恨水的文学母题更多地继承了中国传统小说的文学叙事模式，即才子和佳人的感情纠葛，然后在此基础上再灌注以丰富的社会内容。如在《啼笑因缘》中的多角恋爱，显然和《英雄儿女传》有着很大的相似性，尤其是带有十三妹侠义精神的女性，更是如此。但是，这又和传统的章回小说有着很大的区别，毕竟，这里的关秀姑已经不再是那个何玉凤，这里所宣示出来的，也不再是对一夫多妻制度的赞美，而是对爱情的带有乌托邦式的想象和心仪。从《春明外史》到《啼笑因缘》，都是在才子佳人的文学叙事模式上演变而来的，这自然对于深受中国传统小说影响的读者来说，具有某种"似曾相识燕归来"的亲切感。

张恨水的高明之处，或者说张恨水的非凡之处，在于其并没有一味地承继传统，而是"与时俱进"地在文学创作中增进现代性因素，在承继了中国传统的才子佳人模式的同时，还走出了传统，汲取了现代的某些元素，从而使其作品形成了一个传统和现代相互杂糅的艺术整体。这主要体现在其旧人物隐含着新时代之特质，新人物又隐含着旧时代之意韵。

张恨水的章回小说，尽管其基本的叙事模式，具有才子佳人的某些特质，但这里的才子，已经不是那种传统的书生式的才子；这里的佳人，也不再是居在青楼里或闺阁里的佳人，而是回归到了世间的普通的才子佳人。因此，这就和传统的章回小说中的才子在放浪形骸中或在买笑的不经意间，和青楼女子心有灵犀截然不同；这里的才子，是在生活巨变中，通过接受现代教育而走出了乡镇农村，而寓居在现代的都市里，情感依然处于漂泊无依的状态。至于那些同为天涯沦落人的佳人，就成为才子们建构对抗当下社会的同情者或支持者。特别是张恨水章回小说中的佳人，更是回归到了普通社会中的佳人，既不再是那些沦落为青楼的依靠卖笑而生存的女子，又不是那些同为天涯沦落人的佳丽。她们对未来尽管有着美好的期许，但是家庭出身的贫寒，使她们只能通过自己的努力来获得生存所需要的物质条件。所以，在张恨水的章回小说中，从《金粉世家》中的平民之女冷清秋，到《啼笑因缘》中的艺女沈凤喜、侠女秀姑和官宦出身具有现代意识的大家闺秀何丽娜，其所塑造的女性，已经还原为都市中的普通女性，这相对于《春明外史》中的梨云来说，则更接近于市民所稔熟的真实社会的普通人的生存状态，这正表明了张恨水的章回小说的发展路径是由才子佳人肇始，最终皈依的却是对普通人生的凸显。

在张恨水的章回小说中，男性所认同的贞操观，已经和传统的贞操观有了很大的区别，这里更多地着眼于情感的认同，已经不再局限于女性的肉体。当然，这样的认知，从情感嬗变的轨迹来看，还显得过于生硬，没有真实地揭示出同样处于嬗变期的男性的贞操观的理性认同和情感体验之间的矛盾性，忽视了传统对人的潜意识的钳制作用。然而从张恨水的章回小说对此的描写来看，却起码显示了他对现代贞操观的认同，进而使得其章回小说获得了现代品格："在从前，女子失身于人，无论是愿意，或者是被强迫的，就像一块白布染黑了一样，不能再算白布的；可是现在的年头儿，不是那样说，只要丈夫真爱他的妻子，妻子真爱她的丈夫，身体上受了一点侮辱，却与彼此的爱情，一点没有关系。"[1] 张恨水在此借助《啼笑因缘》中的主人公樊家树的话语所表现出来的女子贞操观，显然和传统文化中的"一女不侍二夫"、"饿死事小，失节事大"等贞操观截然不同。尤其值得关注的是，这样的贞操观，之所以从传统中走出来，自然不是凭空无据的，而是与其所接受的现代观念、尤其是其所接受的现代教育关系甚大，因为，从某种意义上说，樊家树的大学生的身份，使其在时代的嬗变中，获得了某些现代的品格。

在中国传统的婚姻观念中，门当户对往往是人们择婚的一个重要标准，而在张恨水的章回小说中，则打破了这种门当户对的择婚观，取而代之的是推崇自我情感认同的婚恋观。传统的门当户对的婚恋观，实际上是和个人所占有的社会财富的多寡、所处的社会地位的高低有着深刻关联的，正是依托着这样一个价值尺度，人在社会中也就有了三六九等的等级差别及其等级观念。而在张恨水的章回小说中，则打破了这样的等级观念，更为推崇的是个体在择婚上的两情相悦、心心相印，实现了婚恋上的自由。这尽管带有某些乌托邦的色彩，但对那些身处社

---

① 张恨水：《啼笑因缘》，北京：人民文学出版社 2009 年版，第 230 页。

会底层的市民读者来说，却是一种激励或诱惑；像艺人沈凤喜的命运陡转，对那些为衣食而疲于奔命的市民读者，还是具有抚慰的作用。因此，具有平民意识的樊家树不仅心地善良，而且还具有普度众生的人文关爱，使得那些身处社会底层、类似于"卖唱艺人"的人，从流落街头漂泊无所到居者有其屋、行者有其食；这恰好似 1920 年代从农村进入都市，需要在精神上和物质上重新获得皈依场所的一个寓言。而遗憾的是，这样的寓言，不是依靠社会公正的竞争和平等的权利为前提，而是依靠着世袭了祖上的一大笔钱的樊家树的菩萨心肠来实现，显然具有了乌托邦的色彩。这恐怕也是张恨水的章回小说为市民阶层的读者群所钟情的一个重要原因。

再次，现代都市作为中国社会转型期的主要发生场所，随着西学东渐的深入，现代文化逐渐地找寻到了自己的体载主体，这就是那些受现代教育熏染下的教师和学生，他们以其汲取并认同的现代文化，通过教育、报刊、出版等方式，引领了都市既有文化的变革，从而使得现代文化在古老的都市，获得了生存和发展的土壤。这在张恨水的章回小说中主要体现在那些接受现代教育的学生身上，由他们而构成的现代知识分子，通过教育、报刊出版业，把其所接纳认同的现代观念传输到都市的角角落落。

传统文化在都市中依然占有极其重要的地位。作为古老中国的都市，在吸纳着异域现代文化的熏染时，这批知识分子毕竟还是带着深深的传统文化底色，甚至演化为他们的一种潜意识长期地占据并支配着其情感、思想和行为。因此，《春明外史》中的客居北京的皖中才子杨杏园，尽管是小说文本中的形象，但和作者张恨水之间亦有相似之处，这正如张恨水所说的那样："《春明外史》主干人物，仍然带着我少年时代的才子佳人气，少有革命精神（有也很薄弱）。"[1] 显然，这样的才子，并不是一个传统意义上的才子，而是接受了新式教育的才子，但其所苦苦追求的是雏妓梨云，后来又爱上了出身大家庭但命运悲苦的李冬青，最后走向了心灰意冷、一心学佛。显然，杨杏园所接纳的新式教育，并没有催促自己走出

---

[1]　张恨水：《写作生涯回忆》，张占国、魏守忠编：《张恨水研究资料》，天津：天津人民出版社 1986 年版。

传统文化的钳制。

张恨水的章回小说中所体现出来的传统文化对人的钳制，在《啼笑因缘》中表现得更为明显。樊家树之所以最后对艺人沈凤喜产生了深深的眷恋，而对体载着现代文化的何丽娜持有排斥的情感，正可以看做传统文化在潜意识里起着支配作用的表征。实际上，在樊家树的审美理想中，外在的美，以及其所体载的传统文化意蕴，使得他对沈凤喜产生了强烈的好感；与此相反，樊家树对何丽娜持有排斥的情感，正是其身上所具有的现代文化意识的张扬，遮蔽了其身上所具有的传统文化的内敛和含蓄美，从而使其产生着本能的排斥；至于行侠仗义的侠女秀姑，其身上所彰显出来的侠义精神，亦遮蔽并泯灭主体的内在含蓄美。因此，从这样的意义上说，以樊家树为代表的男性在择偶上所体现出来的价值导向，恰好是过渡时期男性具有普遍性的文化心理和审美趣味。

消费文化已经在现代都市中开始从边缘向中心过渡，人们对文学的阅读接受，更多地停留在消遣和娱乐性上。对于从农业文明进入都市化的"新市民"阶层来说，身份的转型及生活方式的转换，现代都市的快节奏，打破了既有的农耕文明中随着节气而缓慢移动的慢节奏，读者需要的是精神上的消遣乃至愉悦。从张恨水的章回小说的接受情况来看，读者之所以能够拿出"一个大子"来买报纸消费，并不是接受所谓的思想或道德教育，而是对快节奏的都市生活的一种调节方式。因此，这样的读者群，对于那批精英文化渗透的现代文学，由于知识结构和审美趣味的差异，难以和他们既有的审美趣味产生对接；而那些过于深奥的理论说教，同样为他们所排斥；只有张氏小说描写的这种"半新半旧、亦新亦旧"的都市生活，才是切近于他们既有的审美趣味，又与他们的审美趣味相吻合，也与他们的社会体验相契合，进而引起他们的共鸣。从这样的意义上说，张恨水的章回小说正可以看做现代文化、传统文化和消费文化三位一体的形象诠释。

当然，张恨水的章回小说不仅在形式上契合了深受消费文化思潮影响的市民读者群的审美情趣，而且在语言上还突出了口语的特色，达到了"老妪都解"的境界，这无疑是对五四新文学运动以来的白话文的一个很好的支持。从一般的情形来看，"老妪"往往是社会中处于较低层次的女性，她们所接受的教育程度比较低，如果连她们都能够阅读或者听懂了，那正好从一个侧面说明了张恨水的章回小说，的确是从另一个纬度上实践了文学的大众化，从这样的意义上说，张恨水的章回小说正可以看做白话文的一个成功案例。

张恨水及其章回小说之所以能够获得如此之大的影响力，并在现代中国文学中占有极其重要的地位，从根本上说，还应该归结到"旧社会的政治经济基础"上。魏绍昌曾经这样说过：鸳鸯蝴蝶派的"'流风遗韵'是直至1949年全国解放，改变了旧社会的政治经济基础，才完全消灭的"。[1] 如果我们抛开其唯政治经济决定的话，就可以发现，张恨水尽管在《八十一梦》中，对社会的黑暗进行了无情的揭露和批判，甚至还被周恩来评为："用小说体裁揭露黑暗势力，就是一个好办法，也不会弄到'开天窗'。恨水先生写的《八十一梦》，不是就起了一定作用吗？"[2] 但从根本上说，张恨水的章回小说对民国体制还没有上升到对制度的否定高度，相反，倒是与民国政体具有某些同构性：民国政体对于左翼文学有所抑制，而对于通俗文学所承载的意识形态，则采取了容纳的方略。毕竟，通俗文学对政党的意识形态鲜有涉及，其更多地承载了大众通俗文化的内容，强化了文学的消遣性和娱乐性，这使其有了被兼容的机缘。至于在1949年共和国政体确立之后，随着中国共产党的意识形态从中国社会的边缘向中心的转移，从而占据了主导地位，像张恨水以通俗文学为代表的章回小说，则失却了进一步发展的空间，甚至一度还被严重贬抑。但是，随着1970年代后期的思想解放，文学的意识形态化色彩开始弱化，通俗文学却又迎来了一个大发展的时代。从这样的意义上说，对张恨水的章回小说为代表的通俗文学的态度和评价，还是衡量政治环境宽松与否的晴雨表。

---

[1] 魏绍昌编：《鸳鸯蝴蝶派研究资料》（上），上海：上海文艺出版社1984年版，第1页。
[2] 张友鸾：《章回小说大家张恨水》，《新文学史料》，1982年，第1期。

现代中国文学通鉴

1900—2010

朱德发　魏建　主编

中卷
1930—1976

人民出版社

中 卷

多元一体文学结构的演化

（1930-1976）

主编　朱德发　魏建

本卷作者（以撰写章节数多少为序）

刘子凌	张丽军	曹金合
杨新刚	陈夫龙	王晓文
王金胜	李　峰	庄爱华
贾振勇	闫晓昀	李宗刚
李天程	韩　琛	翟文铖
贺彩虹	李萌羽	

中卷　多元一体文学结构的演化（1930–1976）

卷目

卷目

卷目

第六章　多元文化语境趋同与文学观念归一

第一节　政治文化与新潮文化的对立互补

1928 年至 1976 年间的现代中国文学，区别于其他时段文学的一个最突出的特征，是文学和政治的直接关联，尤其是和实际的政治形态与政治权力。中国文学自晚清逐渐开始现代转型以来，尽管很多作家作品有充盈的政治意识和政治激情，偶尔也和实际政治行为发生关联，但是，和政治发生大规模直接关联是在五卅运动以后，其标志是 1928 年的革命文学论争。这次论争及其以后左联的成立、三民主义文学和民族主义文学的提倡等现象，意味着文学和政党政治结盟的开始。尽管不少文学派别标榜超然于政治之外，但是在国内政治党派化运作过程中，难以避免意识形态之争的裹挟。抗战爆发后，尽管民族和国家利益至上成为社会各党各派各阶层的共识，但是尚无一种统一的政治意识形态系统来整合和约束文学，也就有了以后被命名为国统区文学、解放区文学、孤岛文学、沦陷区文学等各种存在形态，各个政治实体控制下的文学都具有相应的意识形态对应方式（尽管国统区文学样态复杂，但亦必然受制于国民党意识形态的控制）。抗战结束至 1949

年是天地玄黄时节，各派文人也都随政党政治的兴衰而选择自己的道路。然而，文学和政党政治、国家政治亦即政治文化和文人文化即新潮文化之间的错综复杂，在每个阶段呈现出不同面貌。知识就是权力，知识就是力量，新潮文化的主要创造者是文人知识分子，在文学领域最典型的当属文人文化。因此本节文人文化和新潮文化取内涵与外延的一致性。

一、从 1928 年革命文学论争到 1936 年两个口号之争，是文学和政党政治双向选择、自由结合的阶段

这个时段的国家政治尽管掌控在国民党手中，但是仅仅是从外部进行控制的法权武器，无法直接影响文学的生成和发展。也就是说文学样态及其发展趋势和政党政治的取向成犬牙交错的态势。这一时段，声势最为浩大的，是左翼文学和共产党政治的互动。尽管早期的共产党人如邓中夏、恽代英、萧楚女等人在《新青年》、《中国青年》等刊物发表文章，从党派立场对文学提出要求，但是那时国民革命的梦想与呐喊更为吸引人心，时局动荡中的文坛还未做好与政党政治接轨的准备。然而五卅运动之后局面就大不一样了，现代中国文学开始了自身的激进进程。五卅事件对现代中国社会各阶层的情感冲击相当大，尤其对当时的文人知识分子的精神刺激更大，看看他们的各种回忆文章里那些细致生动的描写就知道印象有多么强烈。西方帝国主义的欺凌、国内社会的民不聊生，擦亮了现代中国文人知识分子的眼睛，加速了现代中国文学左转的步伐。如果说大革命的洪流凝聚起了一个建构现代民族国家的共识，那么国民党举起屠刀杀戮自己的同盟者、压制民众运动，用鲜血浇灭了这个梦想与憧憬。国民党是政治专制、军事镇压的独裁政权，文化上的保守性质使它无法走在现代中国文化的发展前沿，它也无力建立一套行之有效的说服、教育和指导全体国民的意识形态系统，而且它还时时压制、破坏五四以来的新文化成就。马克思主义逐渐成为时代的前卫思潮，实乃国内外局势风云际会乃至中国社会历史累积的必然选择。在这样的背景下，中国左翼文学运动实现了中国现代文人知识分子和政党政治的第一次大规模结盟。

1928 年革命文学论争的发动，是政党政治的宣传鼓动取向和激进文人知识分子的社会道德担当意识的合力而为。革命文学发动之时，中国的文化态势基本上

处于自治状态，政党政治和国家政治并没有话语权威。政治文化和新潮文化基本上是根据自身影响力来获得话语领导权和社会支持的。已经有大量的史料表明，这次论战的发动受当时共产国际也就是苏俄远东政策和共产党党内决议的直接影响。一批认同共产党政治纲领和革命目标的激进文人知识分子，以创造社和太阳社为核心，主动在文化战线发起中国文坛全面左转的运动，代表刊物为《文化批判》和《太阳月刊》，代表性的理论文章如成仿吾的《从文学革命到革命文学》、李初梨的《怎样地建设革命文学》等。革命文学的提倡者们自认为代表了先进文化，那么树立的假想敌必然就是落后文化，而国民党除了早期孙中山提出的"三权分立、五权宪法"的政治文化构想，在文化其他领域并无多少建设性成就，遑论文学领域。这就造成了革命文学提倡之初的尴尬：判定五四文化和文学代表着落后的时代精神，把矛头对准了鲁迅、叶圣陶、周作人、郁达夫、张资平等五四文坛权威作家，继而发动了对鲁迅和茅盾的"围剿"。也正是政党政治的介入，不但平息了这场论战，而且促成了左翼文化和文学界的大联合，这就是中国左翼作家联盟等各种左翼文化团体的成立。

1928 年至 1937 年一般被称为左翼十年，这个阶段是共产党的政治文化和左翼文人的新潮文化合谋，初步确立马克思主义在中国社会主导思想的阶段。由于民国机制的某种宽松和弹性，由于国民党政权在意识形态控制方面的无能，此时各派文化基本处于自由竞争阶段。新月派主动向左翼发起挑战，也是基于政治文化理念的差异。新月派主要信奉英美自由主义政治架构，而且其是现政权的既得利益获得者。尽管在文化上反对国民党专制，但是在政治取向上和国民党有一致之处，是小骂大帮忙。所以在《新月》创刊号上发表《〈新月〉的态度》，提出"健康"与"尊严"的原则，批评左翼文化。但是这派文人知识分子的政治依附性，决定了他们不可能建立一套行之有效的意识形态或文化阐释系统，对国家民族和社会的前景做出合理的解释，这也决定了他们不可能走在时代精神的前沿，他们的文学理念不可能成为文坛主潮（尽管他们的文学理念中确有真知灼见）。三民主义文学和民族主义文学的提倡，是国民党对共产党文化兴起的相应措施。也是这个时段文学和政党政治、国家政治合谋的另一个标志。这一文学派别依靠当时最强大的政党政治背景、甚至动用国家政治资源来攻击和排挤文坛上和国民党政策不一致的几乎所有派别，也一度声势浩大。但是它的文学理念和目标仅仅是对孙中山三民主义理论的生搬硬套，鲜有创新之处，其创作富有创造性者也不多。尽管依靠政党和国家机器掌握了重要的出版发行资源，也曾吸引一部分城市青年，但最终却昙花一现，关键在于他们文化观念上的落后和反动。"自由人"胡秋原和"第三种人"苏汶、韩侍桁等人所代表的文学派别在1930年代也曾产生影响，这一派左右开弓，既抨击国民党政治支持的民族主义文学，又批评有共产党政治背景的左翼文学阵营。尽管这个派别自身没有党派政治资源，但是却受到国共两党所代表的两种文化势力的影响，比如胡秋原与左联关于文艺诸问题的论辩，都是在马克思主义理论限度内运用不同话语的交锋。1936年爆发的两个口号论争，更显示了政党政治对文学的干预、国家政治对文学发展的重要影响。

政治不等同于文化，文化也不等同于文学，理论更不等同于政治。这一时期的理论上喊得最响的派别和文人知识分子，并无多少优秀作品。倒是一些没有明显党派政治倾向的文学流派和作家，写出了很优秀的一批作品，比如曹禺、老舍、巴金等。尽管没有明显党派政治色彩，但不说明他们不受党派政治的影响，比如《雷雨》问世就被很多人认为是左翼戏剧，新感觉派的穆时英一度被认为是最出色的左翼作家。在1930年代，稍有正义感的文人知识分子，绝大部分都有"左倾"的政治态度，这也并不意味着他们认同共产党的政治斗争，而是国民党政治独裁、军事镇压和文化保守所导致的一种政治反抗姿态。因为在1930年代任何一个文人知识分子如果为国民党政府效劳，都会被整个文化界文学界视为不齿之事。新月派精神领袖胡适之所以在1930年代难有五四时代的风采，很大程度上在于他在提倡宪政运动失败后，渐渐成为了"党国"的诤友。

简言之，左翼文学之所以在1930年代成为那个时代的文学主潮，马克思主义的话语领导权初步得以确立，根本在于共产党所代表的政治文化与知识界所代表的新潮文化，发生了深刻的共鸣，两者相互吸引、相互支撑，最终站在了现代中国文学的潮头。

二、1937年至1949年，国家政治动向成为制约文学发展的风向标

抗战爆发，中华民族到了最危险的时候。各党派各阶层捐弃前嫌、共赴国难，

成为全民族的共识。中华全国文艺界抗敌协会的成立可视为标志，这个团体成立时就有500多位作家出席，诸如郭沫若、茅盾、张道藩、张恨水、老舍、王平陵、巴金、陈西滢等各派作家都参与其事，显示出在国家政治的需要面前，现代中国文人实现了空前的和解与团结。抗战之初，现代中国文学以急就章式的宣传抗日之作鼓舞全民族抵御外侮的斗志。戏剧、报告文学、朗诵诗等艺术形式因为易于直接被民众接受的特点，走在宣传抗战的前沿，比如《保卫卢沟桥》、"好一记鞭子"等。抗战进入相持阶段后，文学和国家政治需要的大趋势尽管没变，但是文学对国内政治和社会状态的关注开始进入文学创作的视野，文艺界的思想冲突和论争也开始抬头，这反映了民族矛盾趋缓背景下国内政治局势对文学的影响。总体上看，这个时期成就最高的文学作品，不是感应党派政治要求的那些作品，而是在民族危亡的国家政治背景下或昂首高歌、或低首沉思的作品，或者说当战争、政治的风暴转化为个体的深刻人生体验和艺术冲动后，缪斯女神才会真正降临，比如戴望舒的《我用残损的手掌》、冯至的《十四行集》、九叶诗派的歌吟。而且，战争和政治的夹缝中，一己之悲欢、个人之感慨照样能找到栖身和生长的空间，从而显示出文学独立的、顽强的生命力，比如张爱玲的小说。

这一时期，对现代中国文学将要产生重大影响的，是毛泽东的《在延安文艺座谈会上的讲话》的问世。这既标志着毛泽东文艺思想的初步形成，也标志着中国现代史上政党政治第一次把文艺正式纳入到自己实现政治纲领和目标的斗争进程中（三民主义文艺、民族主义文艺充其量是半成品），又标志着自由发动和自由展开的左翼文学运动自此纳入到政党政治的轨道，左翼文艺成为了彻底的党派文艺。在共产党控制的区域内，以"延安文学"的文学理论和文学实践，开始以《讲话》的精神来建构共产党政治谱系中的文学图景，最具样板性质的就是大型歌剧《白毛女》的编演。除了这种依据政党意识形态的要求来建构文学作品的文学生产方式外，这一政治实体的意识形态系统还收编和整合了本来处于自在创作状态的作家作品。比如自诩为"文摊作家"的赵树理，其《小二黑结婚》起初还受到某种抵制，但是被这一政治实体意识形态系统在文艺领域的权威人士一番阐释之后，仿佛一夜之间就被塑造成了体现《讲话》精神的典型和旗帜。可以说，在延安文学时代，一套由意识形态系统控制的文艺生产和传播方式已经基本形成。但是，由于历史意识的延续和文化意识的积累、整体国家政治生态中党派角逐等各种因素，这种整合尚处于粗疏状态。很多作家精神世界和现实行为中，还顽强保留着五四新文化所熏陶的那种自由主义、个人主义的价值取向。比如丁玲，尽管她在政治态度上极为强烈地认同党，但是又葆有自由文人那种独立的、不受拘束的、敢于直言的特性，和延安文学中那些中规中矩的文学相比，作家的天职意识更使她将敏锐的艺术触觉伸展到光明图景的底层，比如《在医院中》、《我在霞村的时候》等作品。当然为她带来不良政治影响的，更有《三八节有感》等直接揭露现实的篇章。比丁玲在政治上遭受更大打击的是王实味，他的《野百合花》以及他在现实政治运作过程中的种种质疑和逆反，给他带来杀身之祸。其实，丁玲与王实味在延安时期的文学实践和人生际遇，他们的困惑、怀疑、揭露与批判，体现了文人文化和政党政治文化的复杂磨合与纠结，昭示了理想政治和现实政治的深刻距离。

正如前文所说，由于民国机制的某种宽松和弹性，由于没有一个政党能够建立起号令全国民众的意识形态系统，这个阶段的文学在整体上除了服务于国家和民族政治需要这个主题之外，在很大程度上依然处于自由创作的阶段。也就是说文学和政党政治依然处于微妙复杂的胶着状态，当国家和民族沦亡的危险系数降低时，文学的其他价值指向就开始苏醒与恢复。比如梁实秋辩解"文艺与抗战无关"论，很简单的道理：文学自有自身的逻辑与规律，不但和抗战就是和政党政治、国家政治也无必然关系，文学之所以要和抗战有关实乃时局所致的权变，梁实秋的论调当然有理，但是不合时宜。这个时段，国民党统治区的文艺界最突出的情况，还是文艺和两党政党政治的合纵连横。两党各自运用自己手中掌握的各种资源进行文艺争夺战和宣传战在所难免。抗战固然获得了社会各阶层的支持，但是当战争进入相持阶段、高亢的抗战激情渐趋平缓时，这个执政者又恐惧国内共产党等反对势力的扩张，党派之争也就日趋严重。郭沫若的《屈原》等抗战历史剧就充分显示了文学在党派政治较量中所发挥的作用。即使那些没有党派政治背景的作家，只要文人知识分子的正义感和社会责任感未泯，其创作也必然要对现实的黑暗、不公与悲惨做出反应。

这个时段从国内政治局势着眼，国民党政治并未赢得更多文人知识分子的支持，除了战国策派曾引起一时喧嚣之外，国民党的文艺政策仅仅止于口号和政策而已。绝大部分文人知识分子更为认同的依然是五四新文化运动传承下来的民主、自由、科学等价值理念。随着抗战结束，全民族共同建国的梦想非但没有实现，反而很快陷入内战中。这三年最杰出的作品当属巴金的《寒夜》。这部充满了压抑与控诉的作品，也从文学的侧面反映出国民党政治衰败的必然性。三年内战是一个天地玄黄的时刻，中国的文人知识分子在改朝换代的大潮面前都在审视着自己的人生走向。其实选择是很简单的，除非和国民党有过密切合作，绝大部分文人知识分子都留在了大陆，或惶惑，或恐惧，或兴奋，期待着一个新时代的开始。

三、1949 年至 1966 年，政党政治和国家政治合一，形成文艺的主流意识形态

共产党政治革命的胜利，不仅是政权的获取，还是社会和民心的赢得。自晚清以来，一代又一代仁人志士梦寐以求的"新中国"终于建立了，一个统一的民族国家梦想终于实现了。其实，直到今天人们依然没有认清这个"统一"带给现代中国的巨大影响，其影响迄今依然为政权的延续与运转提供潜在的动力。这个统一，不仅仅是疆域的统一、政治的统一、社会的统一，更是文化的统一、道德的统一和民族自信心的统一。有着悠久"大一统"传统的中华民族，自晚清以来外忧内患、战乱不息、生灵涂炭，历经几代人艰苦卓绝的奋斗终于在 1949 年"天翻地覆慨而慷"，而且新政权所信奉的马克思主义，又代表着人类最美好的社会憧憬。大一统国家梦想和现代性最新价值追求的组合，对文人知识分子产生的效能是巨大的。第一次全国文代会召开之后，确立了毛泽东的文艺思想作为新政府下文艺工作者的思想指南的地位，运用国家权力所赋予的各种职能和资源，从内在的思想到外在的物质生活条件等各个方面，全方位开始了对新中国文学的统领。

这个时段在当代文学述史体系中，一般被称之为"十七年文学"。这个时段既是新的政权在政治、经济、文化和军事等各方面，按照苏联模式进行规划和建设的时期，也是发动和号召文学为社会主义建设服务的时期。总体上来看，这个时期的文人知识分子对新政权所代表的政治文化基本上是合作与跟进的态度，政治文化是新潮文化的代表与方向，所以国家政治对文学的改造和重塑也是基本成功的。

四、1966 年至 1976 年，政治对文学的控制达到登峰造极

这个时段的文学一般被称为"文革文学"。过去很长一段时间，"文革"十年被视为现代文学极度凋零的十年。近些年，尽管还存在诸多禁区，但"文革"文学越来越受到学人们的重视，不仅仅是被挖掘出了"文革"期间的"地下文学"，更在于"文革"文学对理解国家、社会、民族乃至传统的种种文化心理等各类问题具有重要价值。问题在于，一个以追求人类大同梦想为目标的社会如何会出现如此极端的文学状态？竟然还会出现"地下文学"？

由于"十七年"文学的发展完全是配合着政治的逻辑来发展的，尽管出现了今天被称为红色经典的一批作品，也完全是遵循政治的要求而出现的。这中间存在着政治文化和文人文化在很大程度上的共鸣状态。当政治从最初的社会主义改造和建设到跑步进入共产主义社会的"大跃进"，社会心理实际上经历了一个渐次亢奋终至崩溃的过程。然而政治的发展不但没有从"大跃进"的失败中找出真正原因，反而更加走向极端，"文革"的爆发既有政治权威的因素，更有民族文化心理的支撑。

政治对文艺实施极端控制所产生的代表性作品，是京剧《红灯记》、《智取威虎山》、《海港》、《沙家浜》、《奇袭白虎团》，芭蕾舞剧《红色娘子军》、《白毛女》和交响音乐《沙家浜》八个革命样板戏。国家政治对文艺创作实施极端控制的具体原则是"三突出"："在所有人物中突出正面人物；在正面人物中突出英雄人物；在英雄人物中突出主要英雄人物"，这个主要英雄人物的特征应该是"高、大、全"。在这个阶段，文艺直接成为了政治斗争的工具，甚至就是政治斗争本身。如果说"十七年"文学时代，遇到政治回暖时期还会出现探讨如何尊重文艺自身规律的一些言论，到了"文革"时期则杳然绝迹。"文革"十年，意识形态系统运行的动力常常来自于偶然因素和政治权威的个人因素。意识形态系统运行的随意性如此之大，文艺的发展自然难逃其掌心，比如浩然及其作品《艳阳天》、《金光大道》，甚至姚雪垠的《李自成》等作品之所以被赞誉，很大程度上是政治权威的一言九鼎所致，而非作品本身的成就。相反的例子，比如金敬迈的《欧阳海之歌》在"文革"前夕也曾得到高度评价，被视为体现了革命现实主义和革命浪漫主义相结合的一

面大旗和活的样板，然而因为政治斗争的因素，作品遭到否定，作者锒铛入狱。

显然"文革"期间的文学创作是否能够取得政治上的正确性，很大程度上既不取决于作品自身的艺术成就和社会影响，也不取决于作品蕴含的政治态度和政治意识是否符合马克思主义，而是取决于政治斗争的需要。简单说，一部作品的好与坏，完全取决于政治形势和政治偶像的随意性。如果从这样一个角度来看待"文革"文学，它的价值很大程度上是这十年中国社会政治发展的文化研究的标本，文学在这一时期彻底失去了自我发展的动力和自由。然而，文人文化在这一历史时期尽管无法走向社会舞台，但是在"地下"依然顽强地生长，尽管稚拙和脆弱。"文革""地下文学"现象的存在，比如张扬的《第二次握手》、食指的《相信未来》等的秘密传播，说明当文学自身无法找到合理合法的社会发展渠道时，也像其他生命体一样在压抑与剥夺的缝隙中寻找生长的空间。

自 1928 年革命文学论争到"文革文学"，这个时间过程深刻见证了文学如何走向政治，又如何被政治挟裹，最终成为政治的注脚。也见证了政治文化和新潮文化之间如何错综复杂的对立互补。在政治文化和新潮文化之间来回游移的，是文人文化的困境与挣扎。在政治文化和新潮文化相互激荡的过程中，文学自身也经历了一个从热情呼号到彻底丧失本性的过程。

另外，必须要提及的是这一时段的港台文学。由于实际政治控制力量的不同，这一区域的文学呈现出和大陆文学不同的样态和风貌。台湾直至抗战胜利前一直处于日据时代，1949 年至 1980 年代处于蒋氏父子强人政治的严控之下。日据时代既有汉奸文学也有反抗的文学。蒋氏父子强权控制时代，其文学也受到政治的严重挤压，但是由于在形式上还继续延续民主政体，其文学还葆有相对自治性，出现了一批著名作家和著名作品，有影响的比如乡土派文学和现代派文学。这一时段香港一直是英属殖民地，其政治生态也就具有了英国政治的特点，一般不危害到英国的利益的情况下文学处于自治状态，最有影响的当属通俗小说：主要有武侠小说和言情小说。

第二节 左翼文学观·抗战文学观·
自由文学观·人民文学观

现代中国的文学形态异彩纷呈、差异互见、系统多元、各有特色，较为客观地呈现并记录下现代中国知识分子在实现现代强国梦的征途中的喜悦、沮丧与上下求索痛苦挣扎的历史场景，艺术地体现出中国文化对现代中国文学的渗透与影响。回忆过往，现代中国在传统文化血脉的养护中经受着现代理性精神的熏染，在秉承传统的同时思考现代的魅惑。现代中国知识分子则怀抱"治国平天下"的雄心，自觉担负起设计现代中国发展前景的历史重任，从文学观念、文学理论、文学运动、文学创作等各方面展开对现代中国全景式的勾勒，希冀以此获得精神的升华与历史的饱满。1930 年至 1976 年的这个时间段堪称中国历史上的"多变时期"，在这近半个世纪的历程中，现代中国完成了几次的政权更迭，伴随着文学观念的论争发生了多次文学运动。这个历史时段产生了诸多在文学史上具有重要影响的文学观念的流变，如 1920 年代末至 1930 年代中期左联的左翼文学观，以新月派为代表的自由主义文学观，国民党的三民主义、民族主义文学观之间相互争斗又依存共生的复杂格局；抗战期间全民抗战氛围中的各种文学观的对立暂时消解而集结到抗战文学观的旗帜下；建国后在新的意识形态要求下，多元的文学观念被整肃为以人民名义和社会主义名义而出现的人民文学观。综观这个时期的文学观念呈现出从开放走向闭锁的趋势（港台文学除外）。尤其是"文革"十年，国家意志代替了文学的自由争鸣，整个文学界几乎集体"失声"，现代中国文学进入了一段较为封闭的历史时期。

一、1928 年至 1937 年间是左翼文学观、自由主义文学观以及民族主义文学观的相互缠绕与互相对立的阶段

这一时期因其历史的特殊性与文学的政治激情注定会在现代中国文学史上留下不可磨灭的印迹。1928 年对于现代中国文学的成长而言，是一个历史关键点。中国左翼知识分子提倡革命文学的热情在这一年的血腥政治高压下愈加高涨。

1928 年由共产党人创办的《太阳月刊》，创造社的《文化批判》等刊物在上海共同倡导"革命文学"，这标志着左翼文学运动已经初露端倪。1930 年左翼作家联盟在上海成立，这表明中国共产党领导的无产阶级文学（革命文学）运动进入一个新的阶段。"左联"的成立结束了左翼知识分子分散茫然的局面，奠定了左翼文学运动的组织基础。在会上通过了根据前苏联"拉普"（俄罗斯无产阶级作家联盟）和日本"纳普"（全日本无产者艺术联盟）纲领而制定的左联理论和行动纲领，宣告以"站在无产阶级解放斗争的战线上"，"我们的艺术不能不以无产阶级在这黑暗的阶级社会之'中世纪'里面所感受的感情为内容"，"我们的艺术是反封建阶级的，反资产阶级的，又反对'失掉社会地位'的小资产阶级的倾向，我们不能不援助而且从事无产阶级艺术的产生"[1]作为左联的奋斗目标。鲁迅作了《对于左翼作家联盟的意见》的重要讲话，他总结了革命文学倡导过程中的经验教训，针对某些作家盲目乐观的心态，清醒地指出革命的复杂与残酷，强调"左翼作家是很容易成为右翼作家的"。"左联"的成立以及理论与行动纲领的制定都对左翼文学观的形成起到了直接的催化作用。左翼文学观因此成为现代中国文学史上文学与政治结合空前紧密的文学思潮，使文艺成为社会解放、阶级解放最强有力的武器。它的出现使现代中国文学从前期的文学启蒙转换为革命实践，这种"从文学革命到革命文学的转变，实质上是从启蒙理性到革命理性的转变，是从崇尚欧美现代性到崇尚苏俄现代性的转变，是从五四时代多元启蒙现代性到一元政治现代性的转变。"[2]左翼文学运动的勃发以及左翼文学观念的日渐深入，源于当时马克思主义思想的传入以及社会政治日益严酷的现实，要改变现状必须寻找有效的途径。因此，1930 年代的中国迫切需要一种新的理论模式来指导前进的方向。马克思主义思潮其时正风靡全球，中国左翼知识分子对于马克思主义学说中关于建立社会主义社会和共产主义社会的美好前景充满了向往和渴望，革命无疑是实现这些憧憬的最有效的手段。文学作为意识形态的载体完全可以依靠自身的优势唤起民众的革命热情从而实现政治理想。左翼文学观的出现以及逐渐成为一种"显学"

---

① 《萌芽月刊》，第 1 卷第 4 期，1930 年 4 月。

② 贾振勇：《理性与革命：中国左翼文学的文化阐释》，北京：人民出版社 2009 年版，第 21 页。

并不是左翼知识分子的一相情愿，而是在政治文化主导下社会解放、阶级斗争以及文学发展合谋的产物。它尽管在"红色的十年"中占据了有力的位置，但并非一帆风顺地成为时代的宠儿：它一方面要与国民党政权所提倡的三民主义文学观、民族主义文学观进行对峙斗争；另一方面也与当时的自由主义文学观产生千丝万缕的联系。

1928年6月，随着两次北伐的完成，新疆通电归顺以及东北三省的即将"改旗换帜"，国民政府形式上统一了中国。南京国民党政权作为中央政府的地位也得到了确立，由此进入了"以党治国"的训政时期。在制定推行一系列加强中央集权政策的同时，南京国民政府也加强了对思想文化领域的干预和控制。在训政的政治背景以及左翼普罗文学蓬勃兴起的刺激下，国民党扶植以三民主义为思想指导的本党文艺，即所谓的三民主义文艺。1929年6月国民党中宣部召开全国宣传会议，通过了三民主义文艺政策：决定创造以发扬民族精神，阐发民治思想，促进民生建设等文艺作品的三民主义的文学。但是这次会议没有制定出具体可行的方案，成为流于口号的一纸空文。三民主义文学从提出口号到不了了之，前后不到两年的时间（从1928年下半年起，国民党以上海《民国日报》副刊"青白之园"和"觉悟"以及南京《中央日报》的两个副刊"大道"和"青白"作为主阵地发表作品和理论来竭力鼓吹三民主义文学。1930年12月"觉悟"文学专刊收场，至此三民主义文学彻底退出历史舞台）。作为一种文艺政策意向，三民主义文学没有得到实现：既没有作为一种文艺政策来实施，也没有形成有影响的文学流派和社团，只是在特定的历史时期作为一种宣传口号昙花一现。三民主义文学虽然失败了，但是作为文学史上一种重要的文学现象，它仍然具有很大的启示作用，"它标志着政党意识形态将从此有意识、有目的地全面介入到文学领域，从而使文学演变成国共两党政治斗争的另一片战场"。[①]三民主义文学虽然黯然退场，国民党政权仍在酝酿出台新的文艺政策。1930年6月1日，范争波（国民党上海市党部执行会委员）、朱应鹏（《申报》资深编辑，国民党上海市党部监察委员会委员）

---

① 参考引注倪伟：《"民族"想象与国家统制：1928—1948年南京国民政府的文艺政策及文学运动》，上海：上海教育出版社2003年版，第1、36页。

等一群自称"中国民族主义文艺运动者"的文人在上海集结，宣告成立上海"前锋社"，并发表了《民族主义文艺运动宣言》，正式提倡民族主义文艺运动。《宣言》宣称"文艺底最高的使命，是发挥它所属的民族精神和意识，换一句话说，文艺的最高意义，就是民族主义"。具体来说就是要促进"国民革命的发展"和"民族国家"的建立。认为左翼文学运动的蓬勃发展导致"中国的文艺界近来深深地陷入了畸形的病态的发展进程中"，应该"铲除多型文艺"，禁止左翼文学的发展。朱应鹏曾经说过：倡导三民主义的中国文艺社"是由于党的文艺政策所决定的，而所谓党的文艺政策，又是由于共产党有文艺政策而来的；假如共产党没有文艺政策，国民党也许就没有文艺政策"。[①] 他虽然没有直接点明"前锋社"与中国文艺社是否一致，但是言外之意是很明确的。由此可见，在政治文化的引领下，文艺观念的转换也有着深刻的社会、文化、政治的因素。1930年代是阶级矛盾和民族矛盾日趋激烈的年代，民族主义文学观的出现固然有其政治目的，但同时也反映出中国社会发展过程中一直存在的民族主义情结。早在20世纪初，民族主义作为一种新兴的意识形态就已经受到知识群体的关注。建立现代民族强国也是晚清以来中国知识分子梦寐以求的梦想，而民族主义则是建立民族国家的唯一途径。因此，如果民族主义文学观真的像它所宣扬的那样以唤起民族意识为宗旨，那么它的出现应该会受到知识分子的热烈响应的，但是它却遭到了包括左翼作家在内的知识分子的批评。茅盾曾讥讽《宣言》为"支离破碎，东抄西袭，捉襟见肘的杂拌儿"。"自由人"胡秋原对民族主义文艺的批判更是尖锐，他认为民族主义文艺是中国的法西斯蒂文学，因而"是特权者文化上的'前锋'，是最丑陋的警犬，他巡逻思想上的异端，摧残思想的自由，阻碍文艺之自由的创造"。[②] 由此看来，民族主义文艺观只不过借用了民族主义的外壳而没有形成系统的理论体系，它的出现只是国民党为了建立中心意识形态和党治文学而来的。虽然在一定的时间段内产生过较大的影响，但是相比左翼文学运动强大的阵容以及产生的大量优秀作

---

① 《朱应鹏氏的民族主义文学谈》，《文艺新闻》，第2号，1931年3月23日。

② 胡秋原：《阿狗文艺论——民族文艺理论之谬误》，《三十年代"文艺自由辩论"资料》，上海：上海文艺出版社1990年版，第7—8页。

品而言，理论缺陷与优秀作品的缺乏导致了这种文学观的悲剧命运。1931年之后这场来势凶猛的运动在一段高潮之后就渐成颓势，至1937年最终消亡。1930年代的中国文化和文学革命的方向发生了改变，五四时期倡导的思想文化启蒙与个性解放被寻求人民大众解放的社会斗争所替代。因此，以徐志摩、梁实秋、沈从文、朱光潜等代表的一部分自由派作家面临重新选择而又难以取舍的精神冲突和价值危机的两难境地。他们既不满于国民党新军阀的法西斯专制，也对日益高涨的工农力量心怀疑惧；他们尽管也有反抗封建专制的微薄的革命思想，但是对残酷的政治斗争采取一种疏离状态，认为文艺不应该为政治斗争所利用，应该保持文艺自身的纯洁性。在这种"革命为其所不敢，反革命又为其所不愿"的复杂心态的支配下，自由主义文学观形成。持自由主义文学观的作家强调文学对现实政治目标的超越，疏离了政治革命的中心话语。这种观念在当时特定的历史环境中显得不合时宜，但也有着对艺术本质的严肃探索和反抗专制文化、党制文学的积极作用，在创作题旨上对左翼文学过分强调阶级斗争论、流于形式、忽视思想艺术的弊端是一种修正和补充。从1920年代末期至1930年代中期这种文学思潮与左翼文学思潮形成了1930年代两条基本的文学线索。左翼文学与自由主义文学之间因为所持的文艺观点不同，引发了多次思想论争，其中影响较大的一次是左联与新月派的论争。1928年3月，胡适、徐志摩、梁实秋等作家在上海出版发行了综合性月刊《新月》。徐志摩在《发刊词》中否定了革命文学，随即引起彭康等人的论争。同年6月，梁实秋在《新月》发表了《文学与革命》一文，抛出"人性论"观点，认为"人性是测量文学的唯一标准"。文学"对于民众并不是负着什么责任与义务"，根本否定了革命文学存在的意义。接着，1929年梁实秋又连续发表了《论鲁迅先生的硬译》、《文学是有阶级的吗？》等文章，进一步发挥他的人性论，同时鼓吹"天才论"，声称"一切的文明，都是极少数的天才的创造"。针对新月派的汹汹来势，冯乃超写了《冷静的头脑》，鲁迅写了《新月社批判家的任务》、《"硬译"与"文学的阶级性"》等文章予以还击。这场论争，双方各有立场，各持观念。梁实秋秉持的新人文主义思想否定了无产阶级文学存在的必要性，他所鼓吹的"人性论"与"天才论"与理论本质是有出入的。在无产阶级文学成为主流的1930年代，梁实秋与左联的论争，实则是新文学运动在新的形势下的一次更为深入的文学观念的交锋。这次论争涉及了现代中国文学的政治立场、文化选择以及审美选择等诸多的问题。关于文学的本质、功用、价值等问题都是值得深化、论辩的问题，囿于当时阶级斗争的需要，论争只停留在了政治层面，文学观念的交锋流于政治斗争的形式。梁实秋否定革命文学的存在在政治上自然是荒谬的，但是他所提出的审美的普遍性、永恒性以及文学的人性化问题，就文学艺术本身来说都是值得探讨的永恒命题。左翼作家的反击只针对梁实秋局部的政治结论，而没有涉及到更多的关于文化、文学的艺术性问题，因此，这场论争是一次特定时期的错位对话。

综观革命激情愈演愈烈的 1930 年代，左翼文学观、三民主义文学观、民族主义文学观、自由主义文学观因为政治立场不同，相互对立，但是由于文学自身的特性以及作家对现代中国想象的内在契合性，又使得这一时期的各种文学思潮相互缠绕，形成了多元共生的 1930 年代文学众象。

二、1937 年至 1949 年在全民族抗战的背景下现代中国文学由文学思潮的多元化进入到战争文学的主流化阶段

这个时期整个中国都处在一种战争状态。尤其是 1937 年 7 月至 1945 年 8 月的全民族抗战更是激发出知识分子的创作激情，使得这个时期的文学创作呈现出更深切的人文关怀与历史的厚重感。"历史的强行进入"打乱了现代中国文学原有的发展状貌，在抵御外侮、颠沛流离中文学中心的散落与重新聚合，作家对战争的认识与体悟，战争对生命与人性的戕害等都极大地规约着抗战时期文学的趋向与抉择，并影响了这一时期文学观念的转换。随着抗战大幕的拉开，文学思潮也由前一阶段的多元化态势向为抗战的服务方向靠拢，各流派作家在"抗日救亡"主题下投身于抗战文学的创作中，并且以地缘政治为主而划分出不同的文学区域：国统区（国民党统治的地区）、解放区（共产党领导的抗日敌后根据地）、沦陷区（日本侵略军占领的地区）及上海"孤岛"（指 1937 年 11 月日军占据上海后，租界处于被包围之中的特殊地区，直到 1941 年 12 月珍珠港事件发生，日军进入租界为止）。文学史家往往以这些区域名称来命名各区域文学，如国统区文学、解放区文学、沦陷区文学、孤岛文学等。尽管各区域文学因为政治文化不同，但就其主流来说，都较自觉地继承了五四以来新文学的革命精神和战斗传统，为民族解放大业做出了贡献。"抗战"成为那个时期最刻骨铭心的文学记忆。抗战文学观也随着战争走向及各区域不同的地缘政治文化的发展而逐步成为1940年代文学思潮的主流。逐渐建立起来的战争文化规范也制约着作家的创作，使得文学与政治的关系凸显出来，尤其是国统区、解放区、沦陷区的作家，直面现实，进行抗战文学的创作。战争以一种极端的方式将文学的宣传功用提高到前所未有的高度，文艺不再只是"文人的消遣与游戏"，而成为民族救亡最广泛最有力的号召。

国统区的文学具有鲜明的阶段性特征。在抗战初期，整个国统区的文学基调是亢奋昂扬的英雄主义。"救亡"取代了五四时期作家关注的"启蒙"主题，而成为压倒一切的时代主题。各派作家在这一主题的感召下暂时放弃各自不同的政治或文学观念，形成一股抗战合力。1938年3月27日，中华全国文艺界抗敌协会（简称文协）在武汉成立，通过了《中华全国文艺界抗敌协会宣言》，选举周恩来、孙科、陈立夫为名誉理事，成员包括无产阶级文艺运动、自由主义文艺运动、国民党民族主义文艺运动在内的各阶层、各派别的各类作家。由老舍主持"文协"的日常工作，在全国各地组设了数十个分会，出版了会刊《抗战文艺》。"文协"的成立标志着文学界抗日民族统一战线的形成，这是国共两党作家的第一次也是唯一的一次大联合。各派作家感受着战争的炮火，响应"文章下乡，文章入伍"的号召，走向"前线主义"。在残酷的战争环境中，作家已没有心情再去争辩文学的审美、文学性等问题，文学必须深入实际、反映现实，为广大普通民众接受成为普遍共识。因此，各类最能鼓舞人心激励斗争、最直接歌颂战争新人的题材成为作家的首选。战前并不发达的报告文学和通讯成为当时最为热门的题材。墙头诗、传单诗、枪杆诗等便于宣传鼓动的形式成为热门，另外一些宣传抗战的故事、鼓词、唱本、街头剧、戏曲、壁报文学等都紧密配合抗战的宣传工作，成为抗战文学的组成部分。抗战初期的文学一味强调"救亡"主题，宣传鼓动性超越了文学的艺术性，因此，公式化、概念化问题突出。抗日战争进入相持阶段后，尤其是皖南事变以后，国统区令人窒息的氛围促使作家走出战前的乐观主义，开始正视战争的残酷和胜利的艰难，进行冷静而痛苦的反思。抗战文学进入了一个沉郁理性的阶段。作家直面战争的酷烈，认识到必须进行社会改造和人的改造，扫除阻碍社会发展前进的痼疾才能够挽救民族的命运，建设现代强国。背负着这样历史的责任感和使命感，文学的丰富性、复杂性和深刻性重新成为这一阶段抗战文学的追求。因此，长篇小说、多幕剧和长篇叙事诗、抒情诗成为主要的文学样式。战争文化笼罩下的中国，有腐朽消亡的喜悦，也有浴火重生的痛苦，为了表达民族的创痛与新生的渴望，作家往往倾向于宏大的史诗性创作，形成了作品的"史诗性"风格，因为只有这样，才能充分表达中华民族的压抑与向往。在反思历史中，不少作品关注传统文化，加强对民族性格优劣的探讨，如老舍的《四世同堂》，萧红的《呼兰河传》，曹禺的《家》、《北京人》等。随着爱国主义主题的深化和扩展，形成了以郭沫若的历史剧《屈原》为代表的历史剧创作热潮。同时，作家主体自我意识的加强出现了现代中国文学史上知识分子题材的创作高潮。小说中路翎的《财主底儿女们》、沙汀的《困兽计》、李广田的《引力》等，戏剧《法西斯细菌》（夏衍）、《雾重庆》（宋之的）、《岁寒图》（陈白尘）等，艾青的长诗《火把》等都是代表作品。这一阶段的文学与抗战初期相比，无论从题材广度还是艺术深度而言，都是现代中国文学史上最丰美的收获。

1944年9月，中国共产党提出了"废止一党专政，成立民族联合政府"的议案，在国统区掀起了民主运动的高潮。作家们对光明的期待与焦躁，对黑暗的嘲谑与诅咒，作为一种创作心理反映到文学创作上，使这一时期的抗战文学呈现复杂而多声的特点。讽刺成为这一阶段的关键词。小说中的《围城》（钱钟书）、《八十一梦》（张恨水）、《选灾》（沙汀）；戏剧《升官图》（陈白尘）、《捉鬼传》（吴祖光）、《群猴》（宋之的）；诗歌《马凡陀山歌》（袁水拍）、《宝贝儿》（臧克家）、《追赶时间的人》（杜云燮）等，还有冯雪峰、聂绀弩等人的杂文都运用讽刺的笔法来批判社会。这种喜剧式的戏拟和模仿实际上宣告了一个旧时代的终结，新生的中国正在作家的期待中到来。

影响国统区文学面貌的，不仅仅是时代、历史的因素，还有外国文学的因素。在抗战初期作家在苦闷中探索文学发展道路时，也加强了与世界文学的联系。国统区出现了介绍俄国及西方经典文学作品的热潮。屠格涅夫的《处女地》、托尔斯泰的《战争与和平》、陀思妥耶夫斯基的《卡拉马佐夫兄弟》、雨果的《巴黎圣母院》等这些俄罗斯及西方文学的里程碑作品都在此时深刻影响着现代作家的创作。

国统区的两个重要流派"七月派"和"九叶诗派"诸人，从托尔斯泰、陀思妥耶夫斯基、罗曼·罗兰等人和西方现代派诗人那里汲取了营养，促进了现代中国小说和诗歌的现代化，使其更具现代小说的繁复与立体的感觉。

相比国统区抗战文学的阶段性变化，在抗战文学观念影响下的解放区文学则呈现出素朴、明朗的主调。解放区文学之所以会有迥异于国统区文学的特点，源于解放区的政治文化影响下文艺政策的实施以及民间文化与革命文艺的相互结合。解放区文学给现代中国文学史提供了昂扬的革命激情与集体主义相结合的战争美学形态，也贡献出战争年代"党的文学"的最好范本。在新民主主义社会的"红色政权"中，政治、经济、文化等方面发生了巨大的变革，拥有了政治话语权的农民，也渴望文化上的释放。因此，解放区文学的产生既是抗战生活的写照，也是政治文化的需求。解放区文学可视为左翼文学运动的一个特定阶段。在《讲话》的制导下，文学逐步纳入到政治体制的轨道中成为体制化的文学，以苏联共产党的意识形态管理模式为代表的共产主义文化体制得到全面借鉴，革命战争中的阶级——民族主义意识形态得以确立，促成了意识形态化的文学生产方式。① 这一模式也成为新中国人民文学观念的潜在线索。卢沟桥事变以后，许多作家从上海、北京等大城市来到延安及各抗日根据地，结合当地实际，使解放区的文学蓬勃发展。并且创办了《文艺战线》、《战地》、《诗建设》、《草叶》、《谷雨》、《文艺月报》等刊物，还组织了许多文艺社团。这一时期，作家注重描写对新制度的赞美以及人民群众斗争生活的高涨热情。"最可爱的人"都是那些普通的农民、士兵、干部等，描写翻身解放的"新人"成为文学创作的重点。解放区文学的中心在延安，这里聚集了来自全国各地的左翼知识分子，其中一些作家仍然受五四文学传统的影响，以思想文化启蒙作为武器来批判延安社会的某些落后现象，因此与共产党对文艺的现实要求产生了较大的距离，引起高层领导对"小资产阶级知识分子"革命性的忧虑。结合整风，1942 年 5 月 23 日，中共中央宣传部召开延安文艺座谈会。毛泽东以党的最高领袖的身份作了发言，后称为《在延安文艺座谈会上的讲话》。《讲话》对革命文艺历来所关注并需要重点解决的诸多理论问题做了系统

---

① 参考黄万华：《中国现当代文学史》第 1 卷，济南：山东文艺出版社 2006 年版。

的论述，强调文学的社会政治功用是《讲话》的核心重点。《讲话》不同于一般的文艺论著，它是在新的历史时期政党领袖对如何领导文艺工作，才能创造出最适合本阶级要求的新型文艺的一次战略思考，也是从政治上对党的文艺工作的一次历史性的理论指导，为新中国文艺工作的开展确立了思想和理论上的基调。毛泽东在《讲话》中提出革命文艺"为群众"以及"如何为群众"的问题。明确提出文艺"首先是为工农兵服务"，然后才是为城市小资产阶级劳动群众和知识分子服务，提出了创作的"工农兵方向"，文艺和政治的关系是"在现在世界上，一切文化或文学艺术都是属于一定的阶级，属于一定的政治路线"；文艺批评要实行"政治第一，艺术标准第二"等等。从这些论述中可以看出，《讲话》作为战争环境的历史产物，它的权威性不容置疑，构建"党的文学"的政治目的不言而喻。尽管它涉及了文艺理论上的一些重要问题，但是在特定的环境中，还不来及思考更多关于全国统一后如何看待文艺、领导文艺以及如何对待知识分子等问题。因此，在新中国成立后，出现了一些偏颇的解读或执行的错误，这不能不说是历史的遗憾和失误。

解放区文学在《讲话》的指导下发生了新的变化。《讲话》发表前，从国统区来的作家在获得根据地生活给予的自由感、平等感之后，结合自己原有的生活体验创作了一些独具个性的文学精品，如丁玲的《我在霞村的时候》、《在医院中》，何其芳、艾青等也时有佳作。《讲话》之后，对文学大众化的探索成为解放区文学的特色，作为一种意识形态化的写作方式"集体创作"得以发挥。除了新编历史剧《逼上梁山》、《三打祝家庄》外，新歌剧《白毛女》的创作最值得关注。新歌剧是在秧歌运动影响下创造出来的，目的是以"民间形式"来改造中国戏剧，同时又通过利用与改造民间形式对广大农民进行革命启蒙教育。《白毛女》就是通过表达"旧社会把人变成鬼，新社会把鬼变成人"的主题，在形式上融合传统民间歌舞、中国古典戏曲和西洋歌剧的艺术因素，形成新的民族特色。这个戏剧可看做解放区文学中民族形式文艺创作的奇葩。赵树理吸收章回小说、评书等的传统形式的因素，经过改造，糅进了新文学小说的某些新手法，创作出为农民喜闻乐见的乡土小说，获得文学史的高度认可。这一时期，李季的叙事长诗《王贵与李香香》、阮章竞的《漳河水》等也在新诗的民族形式改造方面做出了努力。

1937 年 11 月上海沦陷后，一部分留在上海租界的特殊环境的作家，继续坚持创作，利用文艺配合抗战，被称之为"孤岛文学"。这一区域戏剧创作成就最大。如于伶的《夜上海》、《长夜行》，阿英的《碧血花》，李健吾的《草莽》等。沦陷区文学主要指的是 1931 年"九一八"事变后的东北沦陷区文学，1937 年七七事变后的华北沦陷区文学，还有就是 1942 年后的上海沦陷区文学。日伪统治实行奴役的文化政策，禁绝一切"激发民族意识对立"、"对时局具有逆反倾向"的作品，强迫与诱使作家为"建设大东亚新秩序"而创作。在这样的政治文化环境下，沦陷区作家处在"言"与"不言"的双重困境中，但作家们并没有停滞创作。面对异族的侵略与家园的失守，共同的乡土记忆成为他们创作的动力。在"乡土文学"的旗帜下产生了一批散发着乡土气息，揭示沦陷区人民真实的生存困境与不屈的抗战精神的作品。如山丁的长篇小说《绿色的谷》、秋萤的《河流的底层》、袁犀的小说集《森林的寂寞》等等。

解放战争时期，国共两党的较量达到了顶峰。双方继续争夺文艺阵地，利用文艺作为武器进行政治的角力。国民党在统治后期政治上愈加腐败，许多反映这一时期腐败现象及人民困苦生活的作品，成为指陈时弊的有力武器。巴金的《寒夜》应该是 1940 年代后期最好的作品之一。解放区文学则秉承《讲话》的精神，将民间化与政治化合流，创作出一批具有民族特色的反映解放区翻天覆地变化的文艺作品，如丁玲的小说《太阳照在桑干河上》、周立波的《暴风骤雨》、欧阳山的《高干大》以及柳青的《种谷记》等。但是这些作品往往带有图解政策的痕迹，认识价值大于思想价值。尽管 1942 年的《在延安文艺座谈会上的讲话》存在忽视文艺自身创作规律的问题，但是作为一种文艺政策，它成为新中国成立后文艺创作的根本方针，在它的主导下，现代中国文学进入了人民文学的蓬勃发展时期。

三、1949 年至 1976 年战争文学观念渐渐淡出，人民文学观成为统领新中国文学的主潮

新中国的成立翻开了中国历史上最值得书写的一页，中国人民经历了长期的战乱与多次政权更迭后终于有了扬眉吐气的感觉，翻身做主人的喜悦也使文学创作更加向人民群众靠拢，反映新中国的生活万象。随着新政权的建立，表现新的生活、新的人生，歌颂社会主义新天地的人民文学成为这一时期的文学主流。从新中国成立到1966年可以看做是人民文学的前期阶段，从1966年至1976年的"文革"十年则是人民文学发展的顶峰。

1949年7月2日，第一次全国文代会召开。会议的规格很高，毛泽东到会讲话，朱德致贺词，周恩来作政治报告。郭沫若、茅盾、周扬分别作了《为建设新中国的人民文艺而奋斗》、《在反动派压迫下斗争和发展的革命文艺》与《新的人民文艺》的报告。这次大会是来自解放区与国统区的两支文艺队伍的大会师。大会总结了五四以来文艺工作的经验与教训，正式确立了以《在延安文艺座谈会上的讲话》为新中国文艺事业总的指导方针，指出新中国成立后文艺必须为人民服务，"人民文学观"成为新中国文学的指导思想。为人民服务，具体的说就是为工农兵服务。这种文学观念代表了新中国成立后国家文艺政策的走向以及在从新民主主义向社会主义建设的道路上前进的广大获得政治自由的人民的文学诉求以及政治要求，这是在国家政治规范下的文学观念，"'人民'作为一个具有内在深度的政治民族主义文化概念得到各民族文学传统的有力支援，导致在现代中国'人民文学'作为民族国家的文化建设力量，最终成为政治—文化民族主义的意识形态的权力话语"。①

新中国的成立对于饱受战争伤害的中国人民来说，不但获得了自身的解放，更重要的是他们终于以国家主人的名义获得了身份认同，这种认同感同样对知识分子产生了巨大的影响。但是战争年代形成的文化心理并没有随着战争的结束而消散，文化心理的适应性远远跟不上社会建设的速度，因此，战争文化心理在新中国成立后的一定时期左右着作家的创作。作家仍然延续了战争年代的政治功利性与革命理想主义的传统，浪漫的英雄主义激情、二元对立的思维模式以及民族主义、爱国主义的时代情绪、对西方文化的排斥等奇妙地混合在一起，成为人民文学观念的内在构成因素。另外，作家的思维方式的调整和思想感情的转变也是需要很长时间，尤其是那些原来隶属于国统区的自由主义作家和民主主义作家。这样一来与政治对文学的要求相差甚远，文学与政治的关系又一次凸显出来。因

---

① 朱德发、贾振勇：《评判与建构：现代中国文学史》，济南：山东大学出版社2002年版，第53页。

此，在文学外部，一系列的政治批判运动，改造和批判知识分子的"小资产阶级"的软弱性，努力实现建设"一支完全新型的无产阶级文艺大军"的设想①轰轰烈烈的展开。在文学内部，开展了三次较大的批判运动，分别是：1951年针对电影《武训传》的批判，1954年全国性的对俞平伯的《红楼梦》研究的批判，1955年对在文学思想上与《讲话》存在分歧的"胡风集团"的批判运动。这些大规模的文艺批判运动，一方面表明新中国成立后政治改造文学的迫切要求，另一方面也说明人民文学观的形成是国家政治、人民文学与时代要求相结合的产物。通过这些内外改造运动，作家群体发生了很大变化，如自由主义作家沈从文转向了文物研究，钱钟书则转向古代文学研究；"九叶诗人"群体也相应的失声、解散；还有一部分作家则在意识到自己的文学观念、生活体验、艺术方法与新的文学规范的冲突与距离后，进行痛苦的自我改造，渴望能够达到人民文学的要求，但是这种改造换来的却是失败，一部分作家甚至为此终止了自己的文学生命；而继承延安文学传统的作家则成为中心作家，他们的作品组成了人民文学的主体。作家群体的转换直接导致了文学观念的改变。从左翼文学时期，马克思主义文艺理论就对现代中国文学产生了较大的影响，尤其是"左联"成立后建立的马克思主义文学理论研究会，通过大量的翻译马克思主义经典作家的主要理论著作，指导国内马克思主义文艺批评标准的形成，再加上苏联政权模式对新中国的巨大影响，中国文学的苏联化倾向是避免不了的。这种倾向在建国初期非常显著。1950年年初，国家政治层面要求对苏联文学的翻译、评介放在最重要的位置，出版了大量的旧译和新译的苏联文学作品和文学理论著作。苏联在1950年有关文艺政策文件、代表大会的报告以及有关文学的社论、专刊等等都会及时地译载，甚至作为必读文件。②这种大规模的输入接受的苏联文艺理论与文学作品，无疑对人民文学观的形成具有重要的影响，也影响了此后二三十年的中国文学的发展。虽然苏联文学被置于"榜样"地位，但是中国文学界并没有将其视为唯一，而是对西方古典文学和文学理

---

① 引自毛泽东在周扬署名的《文艺战线上的一场大辩论》一文的修改语。洪子诚的《1956：百花时代》，济南：山东教育出版社1998年版，第258页。

② 人民文学出版社编译的《苏联文学艺术问题》一书，被作为中国文艺工作者学习社会主义现实主义的必读文件。

论采取了审慎的接纳态度。这使新中国文学在国家意志之外存在着潜在的发展线索，为以后文学的多元化生长埋下了伏笔。建国后无论是作家组织机构的构建模式，还是文艺理论批评标准的设立都是以国家政治要求作为规范指导，《讲话》确立的人民文艺的方向，直接促成了人民文学观的形成。因此，人民文学观概括来说是以马克思主义文艺思想和《讲话》精神为指导，以革命现实主义的创作方法描写往昔战斗生活以及讴歌新时代新人生的社会巨变的文学思潮。在中国，"人民"本身就极具政治色彩，在这一观念的指导下创作出了诸多被称之为"红色经典"的作品。如被称之为"三红"的红色小说：《红旗谱》（梁斌）、《红日》（吴强）、《红岩》（罗广斌、杨益言）等，都是此时期红色文学的代表。从1949年至1966年将近二十年的时间内，人民文学的发展历经波折，但总体来看还是在马克思主义思想的指导下创作出了一大批具有中国特色、反映时代风貌的可圈可点的作品。尤其是在战争文化心理支配下创作出的"红色小说"模式成为以后人民文学写作的典范样本。在这个时期，文学与政治的关系空前密切，作家的政治地位迅速提升，仿照政治权利的等级模式建构的文学组织机构也无形中对作家的创作产生了一种规范制约，人民文学成为现代中国最具中国特色的话语形态。

　　1966年至1976年的"文革"十年使中国的文化界、文学界遭到空前的劫难。十年期间，政治对文学的制约达到前所未有的高度，知识分子几乎丧失了所有的话语权，成为"待罪的羔羊"。这个时期在写作方式与文学批评上最流行的做法就是组织写作小组进行"集体创作"。这种所谓的"集体创作"实际是在政治权威的直接控制和授意下利用文学实现其政治目的，这是文学被强行阉割与涂抹的写作。由于"集体创作"遵循"三结合"（党的领导、工农兵群众、专业文艺工作者）的原则，因此，其创作具有高度的政治化与模板化的特点。作为"人民"代表的工农兵直接参与了人民文学的创作，所以，人民文学观对文学界的统领也达到了高峰。"高、大、全"的人物设计与"三突出"的创作模式，革命样板戏的高度政治革命化与表达领袖意志的文学化成为人民文学观在这一时期最辉煌最革命的演出，至此人民文学成为国家政治的典型代表。

第三节　传统文化回归与民族文艺形式建构

在现代中国文学史上，传统文学命运多舛，从五四新文化运动到新中国建立，及至"十七年"与"文革"时期，在主流话语的主导下，沉浮升降，几多轮回。传统文化的回归，不是时代的简单轮回，更不是对五四新文学的否定。历史境遇的变迁，传统文化的历史使命也迥然不同。在 20 世纪 30 年代的中国，战火纷飞，民不聊生，国家处于民族危机与国家危机的双重压力下，在左翼勇士高歌欢唱革命的战鼓声中，传统文化好似一股潜流，随着时间的流逝在潜隐着向前行进。从 1920 年代末期开始，左翼进行的文艺大众化的三次讨论，至 1942 年《在延安文艺座谈会上的讲话》关于民族文艺形式的建构，及至新中国成立前夕的第一次文代会，传统文化从自发的回归，转变为在主流政治的主导与裹挟下，成为红色政权的宣传工具，担负重大的历史政治责任。

一、1927 年至 1937 年第二次国内革命战争阶段，传统文化在悄然回归

传统文化在 1930 年代是一种自发的回归，因于作者对自我文化传统的自然回顾，对审美的欣然向往。一些五四文化先驱悄然进行格律诗的创作，这是传统文化的悄然回归。到 1930 年代末期文艺大众化的讨论，表明政治对文学艺术的强制引导，可以说是一种无奈的回归。正像黄修己所说："看清了文化变革不是即刻的'一刀两断'而是有一个新旧并存、逐渐交替的长过程，20 世纪正经历着这样的过程。"①

1930 年代传统文化的悄然回归，包括两种情况：一种是五四文化主将进行格律诗创作；另一种是京派、论语派对传统文化的坚守和对美学价值的追求。关于新格律诗创作，有个现象值得思考：新文化运动主将在文学创作方面呈现两种状态，面对大众读者，出于文学革命的需要仍然写白话文；面对特定的知己好友则写格律诗文，用两种语言来表达思想与感情。究其原因：首先，新文化运动主将从小受传统文化的浸染，对传统文学有一种潜在的内心依恋，在突围传统文化，

---

① 黄修己：《旧体诗词与现代文学的啼笑因缘》，《中国现代文学研究丛刊》，2002 年，第 2 期。

创造新思想、新文学的同时，不可能与以往的文学习惯决然断裂，内心依然保留着对传统文化的审美追求；其次，白话新诗语言通俗直白，审美上缺乏韵律，失去了诗性意味。新文化主将创作格律诗，是对白话文的自然反驳，也是对现实一种无奈的反抗；再次，20 世纪 30 年代，主要的矛盾已转向国内战争和民族战争，白话文已取得主导地位，文化环境逐渐宽松，文化先驱重新表达对传统文化的理性认识。正如周作人所说："五四前后，古文还坐着正统宝座的时候，我们的恶骂力攻都是对的"，但在白话文已经取得主导地位，古文"已经逊位列为齐民，如还不承认他的华语文学的一分子，这就未免有些错误了"。①"从今天的认识水准来看，我们几乎可以达成一个共识：五四新诗人身上旧文艺的不自禁的影响，不但不是什么羞于承认的不名誉因素，而且由于阐释学有关传统的观念如此深入人心，我们还认识到传统的血脉是不可能完全割断的，这几乎就是人类生存论上的宿命。"②在今天看来，五四时期批判传统文学是为了文学革命的需要，只是一种手段与策略，而传统文学本身似乎没有什么过错，并不是毫无价值可言。

20 世纪 30 年代格律诗创作的主要作品有鲁迅的《南京民谣》、《好东西歌》、《替豆其伸冤》、《自题小像》、《秋夜有感》等。这些格律诗或心灵独白，或对敌人的讽刺与批判，体现了鲁迅独具的傲骨与荒凉心境以及爱憎鲜明的战斗精神。郁达夫的《离乱杂诗》组诗表达了他的爱国之情。郭沫若、周作人、柳亚子、恽代英、瞿秋白都创作过格律诗，这些诗词只是借用古诗词的传统形式来表达时代精神，抒发对时代的忧患之情，包含了更广阔的社会内容。

20 世纪 30 年代传统文化的另一生存理路是京派和论语派对传统文化的坚守与传承，对主流政治的疏离与淡漠。

1920 年代末至 1930 年代中期以北京为主要活动区域的京派，在国内战争的环境中，超然于党派争斗的现实功利和自外于商业小说，提倡"纯正的文学趣味"，强调厚重、强调审美和强调民族文化精神重造的纯文学。周作人开创了京派的理论系统，朱光潜、李健吾完善促进京派理论的发展，沈从文、萧乾、凌叔华等作

---

① 周作人：《国语文学谈》，《周作人批评文集》，珠海：珠海出版社 1998 年版，第 286 页。
② 王丽丽：《文艺与意识形态交错纠缠的开始》，《北京大学学报》，2003 年，第 5 期。

家则主要从创作实践来呼应理论的建设。京派小说家对普通人生的肯定，对民俗的偏好与挚爱，显示普通人身上所蕴含的民族精华，以此来构建一座文学的"希腊小庙"。只是在战火纷飞的现实生活，在党派争斗激烈化的年代，京派力图超越文学的政治功利化、工具化的纯粹理想，最终也未能实现。京派的作品主要有：沈从文的《边城》、《龙朱》、《旅店及其他》、《石子船》、《虎雏》、《月下小景》、《八骏图》、《主妇集》等；萧乾的短篇小说集《篱下集》、《栗子》、《落日》、《灰烬》和长篇小说《梦之谷》等；凌叔华的小说集《女人》、《小哥儿俩》等；林徽因的《模影零篇》、《窘》、《九十九度中》等。这一时期，以林语堂为理论指导和创作实践为核心，形成现代中国文学史上一个独特的散文流派——论语派。林语堂有着深厚的西学思想，又深受传统文化的浸染。论语派作家提倡幽默、性灵、闲适的创作风格，开创了幽默散文和小品文的生长和发展。但在战争年代，论语派对"幽默"、"性灵"的过分夸大，与时代、民众生活的脱离，导致缺乏应有的历史社会内涵，滑向文学边缘似乎在所难免。林语堂主要作品有小品文集《大荒集》和《我的话》等。现在看来，这一时期的京派和论语派在现代中国文学史上取得了斐然成就，但在当时的历史境遇下，因为对政治的疏离与抵制，始终徘徊在革命时代洪流之外，一味沉浸在自己构建的纯粹的文学世界，与主流左翼文学的革命目标相悖反，因而受到主流话语的批判也在情理当中。

二、1937 年 7 月抗日战争爆发至 1949 年 10 月新中国成立，为建设民族国家新文化而进行民族文艺形式的建构

由五四时期的思想革命到 1930 年代的社会革命，革命的性质发生了根本变化，现代文学从形式到内容也随之发生变化，由对思想启蒙、个性解放、自由追求、价值叩问转向对社会性质、革命发展、国家命运的探求，历史情境的变化制约着文学的变化。

20 世纪 30 年代的中国，处在国家危难之中，中国共产党如何将马克思主义作为文学创作的理论指导方向，将文艺大众化作为民族新文化建设的主要途径，建立一种适合当时历史境况的新文化，动员民众反抗民族压迫、追求民族独立、增强民族凝聚力，最终取得民族解放战争的胜利，这就意味着执政党对民族文艺的重新建构问题。现代西方马克思主义者发现，就文艺与意识形态的关系而言，当一个阶级处于上升发展时期，这个阶级会重建一种相应的文艺形式作为主流意识形态表达自己的载体和媒介，这就会形成和产生一种新的文艺形式。一种新的文艺形式在产生初期，是高度意识形态化的，或者更准确地说，新的文艺形式就是一种新的意识形态，随着这种意识形态取得主导地位，与之对应的艺术形式也将成为主流艺术形式。

1937 年 7 月抗日战争爆发，民族存亡之际，也正是需要一种新的文艺形式，即产生一种新的意识形态来促进民族革命的发展与胜利。民族文艺形式建构义不容辞地承担着这样的历史重任，动员全国民众同仇敌忾，一致抗日，实现民族战争的胜利，这是中国共产党首要的任务。中国共产党的文艺政策是为了保证和实现党的这一伟大历史任务而规划和制定的，完成这一历史任务的有效途径就是政治的文化宣传。

考量民族文艺形式建构的发展历程，将会发现 1930 年代左联关于文艺大众化进行了三次讨论，并设立了"大众文艺委员会"、"文艺大众化研究会"等机构，具体开展文艺大众化工作。大众化问题的实质就是文艺与广大人民群众的关系问题，简言之，就是文艺应该为谁服务的问题。这次讨论的中心问题包括旧形式的利用、体裁的选择、语言的转变、题材的大众化等等。关于旧形式利用，鲁迅认为："旧形式是采取，必有所删除，既有删除，必有所增益，这结果就是新形式的出现，也就是变革。"[1] 讨论者还意识到大众化的一个关键问题，即作家应该向人民大众学习，转变思想感情才能真正做到文艺大众化。像瞿秋白所说："去观察、了解、体验那工人和贫民的生活斗争，真正能够同着他们一块儿感觉到另一个天地"，而且"要象无产阶级一样的去感觉"。[2] 革命文艺家不但进行理论的探讨，还进行创作实践，主要作品有阳翰生的《地泉》、蒋光慈的《田野的风》、洪灵菲的《大海》、柔石的《为奴隶的母亲》等，可以说左联关于文艺大众化问题的讨论，是民族文艺形式建构的萌芽阶段。随着抗日战争爆发和抗日民主根据地的建立，对于大批奔

---

① 　鲁迅：《论"旧形式的采用"》，《鲁迅全集》第 6 卷，北京：人民文学出版社 1981 年版，第 24 页。

② 　史铁儿（瞿秋白）：《普洛大众文艺的现实问题》，《文学》，1931 年，第 1 卷第 1 期。

赴延安的文艺工作者来说，改变了生活环境和革命文学的创作环境，"由专家的生活改变成群众的生活，由城市的工作转入了乡村的工作"。① 同时，文艺实践环境的变化出现了一些无法调和的矛盾，如五四精神的继承与抗战现实的需要之间的矛盾；文艺工作者如何为广大人民群众服务的问题；文学自身的审美特性与宣传式作品的革命功利性相冲突的问题等等，毛泽东深深意识到这些问题将会制约新文艺的发展，对抗战造成不利影响。在 1938 年中共六届六中全会上，毛泽东强调指出："马克思主义必须和我国的具体实践相结合并通过一定的民族形式才能实现"、"洋八股必须废止，空洞抽象的调头必须少唱，教条主义必须休息，而代之以新鲜活泼的、为中国老百姓所喜闻乐见的中国作风和中国气派"。② 毛泽东这次关于民族形式问题的论述，主要从学习和运用马克思主义理论即从政治思想方面来讲的，但其基本精神也适用于文学艺术领域，对进步文艺工作者的思想起到很大的影响。

1940 年 1 月，毛泽东在《新民主主义论》一文中发出了为建立民族的、科学的、大众的新民主主义文化而斗争的号召，并再一次强调马克思主义必须和民族特点相结合，经过一定的民族形式，才有用处。关于新民主主义的文化形式，他更明确地指出"中国文化应有自己的形式，这就是民族形式。民族的形式，新民主主义的内容——这就是我们今天的新文化。"③ 由此将当时文艺界民族形式问题的讨论推向了深入。

1942 年 5 月就革命文艺的一系列问题，文艺工作的座谈会在延安召开。毛泽东《在延安文艺座谈会上的讲话》从思想和政治的高度，指明了文艺的方向问题。具体内容概括为：以工农兵为文艺工作服务的对象；以服务并从属于政治为文艺的性质和地位；以大众化和民族化为文学创作的主要风格；大众化和民族化的核心内容，就是要求文艺工作者从工农兵群众的接受水平和审美趣味出发，来进行文艺创作。其中包括要求文艺工作者学习工农大众的通俗语言，对民间的艺术形式如地方戏和民间歌舞等进行大众化的改造，创造出新的民族文艺形式，成为"新鲜

---

① 艾思奇：《旧形式运用的基本原则》，《文艺战线》，1939 年，第 1 卷第 3 号。

② 毛泽东：《中国共产党在民族战争中的地位》，《毛泽东选集》（合订本），北京：人民出版社 1967 年版，第 500 页。

③ 毛泽东：《毛泽东选集》第 2 卷，北京：人民出版社 1991 年版，第 707 页。

活泼的、为中国老百姓所喜闻乐见的中国作风和中国气派"。周扬指出:"因为旧形式有广大社会基础,所以利用旧形式就有特别的必要。但是新文艺并不因此而放弃原来的新形式,不但不放弃而且仍要以发展新形式为主。利用旧形式不但与发展新形式相辅相成,且正是为了实现后者的目的的。把民族的、民间的旧有艺术形式中的优良成分吸收到新文艺中来,给新文艺以清新刚健的营养,使新文艺更加民族化、大众化,更为坚实与丰富,这对于思想性艺术性更高,但还只限于知识分子读者的从来的新文艺形式,也有很大的提高的作用。"①

从五四新文化运动以来,旧文化一直是处于被批判与抵制的地位,但在抗日战争时期却要求利用旧形式作为文艺民族形式建构的基础,这般对待旧文化截然不同的两种态度值得我们思考。周扬在《文艺战线》创刊号上刊载了一篇文章《我们的态度》,可以看出对旧文化的态度有了极大转变:"在文艺大众化,旧形式利用的问题上所碰到的主观的困难就是从对中国旧有文化的那一贯冷淡和不屑去研究的态度而来的。这个态度必须改变。我们要在对世界文化的关心中养成对自己民族文化的特别的亲切和爱好。要在自己民族历史文化的基础上去吸取世界文化的精华。国际主义也必须通过民族化的形式来表现。""目前把艺术与大众结合起来一个最可靠的方法是利用旧形式。"②1934年4月,艾思奇和陈伯达分别在《文艺战线》发表文章《旧形式运用的基本原则》、《关于文艺的民族形式问题杂记》。艾思奇指出"旧形式利用或运用问题,在抗战以前早有人提起,而在抗战中间,却成为文艺运动中一个极重要的问题。要把这问题的意义表现的更明白,我们不妨把它扩大一些,把它归结为中国民族旧文艺传统的继承和发扬的问题。"③正是对旧形式利用活动的有意识推动促进,使之按照一定政治和文化需要的方向发展,最终形成了普遍的、具有一定高度的文艺"民族形式"运动。

中国文化"旧形式"之所以重新利用,是因为"旧形式"在某种意义上等同

---

① 周扬:《对旧形式利用在文学上的一个看法》,《周扬文集》第1册,北京:人民文学出版社1984年版。

② 周扬:《我们的态度》,《周扬文集》第1卷,北京:人民文学出版社1984年版,第262页。

③ 艾思奇:《旧形式运用的基本原则》,《延安文艺丛书》文艺理论卷,长沙:湖南人民出版社1984年版。

于文化的民族传统，与民族主义的思想感情和利益诉求相一致。"旧形式"承担着多重含义：政治上意图将"旧形式"作为一种动员民众的宣传手段和表现形式；文化上承担着民族象征的符号意义，在此基础上通过"民族形式"建构以确立新的文艺道路，能够得到民众的情感认同与道义支持，同时激发民众的民族意识，有利于宣传动员民众一致抗日，符合当时抗日民族主义立场上的政治文化要求。陈伯达说："我相信自己：我对于文艺或艺术的旧形式，从来没有把它当做神怪看待，而只是不忽视我们民族历代以来由于生存条件不同之结果所形成的彼此不同的心理结构，就起着不少的作用。"①"'旧形式'承担着支撑和表达'民族共同文化心理结构'的象征作用。'旧形式'从心理上满足人们对'民族'的想象和期待，从而达到建构民族认同的文化符号作用，因而'旧形式'与'民族形式'就在'民族认同'的意义上等同起来。"②艾思奇在《旧形式运用的基本原则》中指出："我们需要更多的民族的新文艺，也即是要以我们民族的特色（生活内容方面和表现形式方面包括在一起）而能在世界上占一地位的新文艺。没有鲜明的民族特色的东西，在世界上是站不住脚的。中国的作家如果要对世界的文艺拿出成绩来，他所拿出的如果不是中国自己的东西，那还有什么呢？这就是为什么要着重提起旧形式利用的缘由。这并不是简单的接近民众的技术问题，而是文艺发展上（或民族新文艺建立上）的基本问题。"③这些言论清楚表明"旧形式"不仅仅是作为宣传抗战、动员民众的手段，更主要的是作为民族传统的象征被继承、发扬，成为创造民族新文艺的开端和起点，是新创造的为"老百姓所喜闻乐见的中国作风和中国气派"的民族形式。④在民族文艺形式建构的理论指导下，解放区作家成功地进行文艺大众化的创作实践，真正做到与工农兵相结合，真诚地表现农民的思想、心

---

① 陈伯达：《中国新文学大系 1937—1949》第 2 集文艺理论卷二。上海：上海文艺出版社 1990 年版，第 300 页。

② 石凤珍：《从"旧形式"到"民族形式"——文艺"民族形式"运动发起过程探略》，《西南民族大学学报》（人文社科版），2006 年，第 3 期。

③ 艾思奇：《旧形式运用的基本原则》，《延安文艺丛书》文艺理论卷，长沙：湖南人民出版社 1984 年版。

④ 毛泽东：《中国共产党在民族战争中的地位》，《毛泽东选集》第 2 卷，北京：人民出版社 1952 年版，第 500 页。

理、命运，利用农民所喜闻乐见的民间文艺形式，经过现代性的改造形成一些新的文体。如新评书体小说，代表作有赵树理的《小二黑结婚》、《李有才板话》、《孟祥英翻身》、《李家庄的变迁》、《福贵》、《邪不压正》、《传家宝》、《田寡妇看瓜》等；新章回体小说有柯蓝的《洋铁桶的故事》；马烽、西戎合作的《吕梁英雄传》；孔厥、袁静的《新儿女英雄传》等。民歌体叙事诗有李季的《王贵与李香香》；阮章竞的《漳河水》；贺敬之的《行军散歌》；张志民的《王九诉苦》、《死不着》、《野女儿》等，这类作品与民间艺术有着密切的关系，集故事性与抒情性于一体，善于表现人物的内心世界。新歌剧有《白毛女》，王大化、李波等的《兄妹开荒》，马可的《夫妻识字》，阮章竞的《赤叶河》等将新歌剧发展到一个新的高度。另外，还有大量的街头诗、枪杆诗、墙报诗、广场剧、农村小话剧、秧歌剧等深受农民的欢迎。在解放区众多作家中，赵树理是实践文艺大众化的代表作家，周扬曾指出："赵树理，他是一个新人，但是一个在创作、思想、生活各方面都有准备的作者，一位在成名之前已经相当成熟了的作家，一位具有新颖独特的大众风格的人民艺术家。"[1] "这种评价包含有对特定历史条件下文艺发展的一种展望，赵树理被理解为一种新型文学方向的代表，是能体现毛泽东《在延安文艺座谈会上的讲话》所提出的文艺路线的典范。由于赵树理的创作顺应了大众化的文艺方向，这种'方向性'的提倡对整个解放区文学乃至五六十年代的文学，都影响巨大。"[2]

总之，"按照发起者的思维逻辑，以'旧形式'为基础的文艺'民族形式'建构，其最终目的就在于建立新的民族国家的新文艺；由此可知，文艺'民族形式'运动的最大意义就在于重新选择和确立一条新的文艺道路和方向"。[3]

1949 年 10 月新中国成立至 1976 年"文革"结束，政治对文学的体制化与规范化，在各种政治批判中彻底消解或摧毁着传统文化的精髓。

---

① 周扬：《论赵树理的创作》，《周扬文集》第 1 卷，北京：人民文学出版社 1984 年版，第 486—487 页。

② 钱理群、温儒敏、吴福辉：《中国现代文学三十年》，北京：北京大学出版社 1998 年版，第 366 页。

③ 石凤珍：《从"旧形式"到"民族形式"——文艺"民族形式"运动发起过程探略》，《西南民族大学学报》（人文社科版），2006 年，第 3 期。

1949 年 10 月，新中国成立，经过长期战争之苦的民众，终于走进了新时代、新国家，民众对新中国高度认同，整个社会的凝聚力日益增强，政治文化处于蓬勃发展之中。新民族国家为了证明和宣传其存在的合理性和合法性，需要加强主流政治文化建设，需要对现有文化进行整合和改造，同时也要求现实文化承担更多的意识形态任务，建设新的民族国家文化是当前主要任务之一。

　　建国后，民族形式的建构与建国前一脉相承，都是要建构有利于主流意识形态统治的文学形式，英国马克思主义批评家特里·伊格尔顿指出："在选出一种形式时，作家发现他的选择已经在意识形态上受到限制。他可以融合和改变文学传统中于他有用的形式，但是，这些形式本身以及他对它们的改造是具有意识形态方面意义的。"① 在新中国建立之初，国家文化建设以毛泽东《在延安文艺座谈会上的讲话》中的文艺理论原则为依据，"十七年"文学运动充分体现了新中国文学的鲜明时代精神和为工农兵服务、为政治服务的发展方向。政治环境对时代的审美规范和文学标准提出了要求，周扬在第一次文代会上所作的报告中明确将解放区文学作为新中国文学的方向，将其"新的主题、新的人物、新的语言、新的形式"作为楷模推广。② 毛泽东从马克思关于经济基础决定上层建筑的理论观点出发，指出"中华民族的旧政治和旧经济，乃是中华民族的旧文化的根据；而中华民族的新政治和新经济，乃是中华民族的新文化的根据。"③ 随着中国出现新的经济基础和新的政治制度，毛泽东也必然要建立新的文化制度。从 1930 年代开始，他以"革命的民族文化"、"民族的形式，新民主主义的内容"、"新鲜活泼的，为中国老百姓所喜闻乐见的中国作风和中国气派"等描述，来规定新国家文化建设的方向及目标。

　　毛泽东文学思想的核心问题是文学的社会政治功能，认为文学只能为一定的阶级服务，是政治力量为实现其目标必须选择的手段之一。"从 40 年代的延安文学开始，文学写作，不仅在总的方向上与现实政治任务相一致，而且在组织上，

<hr />

① 【英】特里·伊格尔顿：《马克思主义与文学批评》，《西方马克思主义美学文选》，桂林：漓江出版社 1988 年版，第 686 页。

② 周扬：《新的人民的文艺》，收入《文学运动史料选》第 5 册，上海：上海教育出版社 1979 年版。

③ 毛泽东：《新民主主义论》，《毛泽东选集》，北京：人民出版社 1966 年版，第 656—657 页。

具体工作步调上，也要与政治完全结合。"①这就要求文学运动在总的方向上与现实政治任务相一致，用政治来规范文学艺术的创作，如对写作的题材、写作方法、艺术风格、语言、批评标准等设立了种种限制。

进入1950年代以后，政治权利加强对文学界的绝对控制与支配，促使政治斗争有增无减，而文艺界的观点和思想的论争常演变为当代特有的大规模的政治批判运动。在"十七年"期间，政治权力发动一系列的文艺批判运动的主要目的，是肃清异己思想，确立新的思想艺术资源、组织"队伍"的需要。如1950—1951年对电影《武训传》的批判，毛泽东认为影片所持的"改良主义"立场，显然损害、"污蔑"了中共以阶级斗争推动历史的思想和实践。1951年对萧也牧等创作的批评，批评者认为《我们夫妇之间》的问题是"歪曲了嘲弄了工农兵"，"迎合了一群小市民的低级趣味"，以此来反对毛泽东的工农兵方向。②1955年对胡风"反革命集团"的批判，因他的思想的非民族性、非本土性倾向与建设现代民族文学的原则之间相冲突，他的"主观战斗精神"被认为是西方资本主义思想，是非民族的、非社会主义的，因此受到批判。1954—1955年，对俞平伯的《红楼梦研究》的批判，就《红楼梦》研究中的"资产阶级唯心主义"和《文艺报》的错误展开批评讨论，组织专门批判小组，撰写批判文章。同时开展反对"胡适派资产阶级唯心论的斗争"。1957年下半年，周扬在《文艺战线上的一场大辩论》中认为："个人主义，在社会主义社会是万恶之源。"由此引起了批判个人主义之运动，因个人主义与现代民族国家所倡导的集体主义是相悖的，当权者认为有害于现代民族文学的建设，这是个人主义受批判的缘由。1950年代后期至1960年代初，开展了对资产阶级人性论、人道主义的批判，主要是针对钱谷融的《论"文学是人学"》，巴人的《论人情》以及《论人情和人性》、《关于人性问题的笔记》等文章的批判。这些大规模的政治批判运动，使得文艺界一些正常的理论观点和艺术追求探讨难以出现，对中国传统文化中的精华也起到破坏作用。如对作品中的人性论、人道主义这些最基本的要素的批判，使大批优秀作家无辜蒙受冤屈，给新中国文艺事业带来极

大的破坏。

综观 1950 年代至 1970 年代全国性大规模的政治批判运动，在文学艺术领域因为文学观念、创作方法及艺术倾向的不同，就被推置到对立的阶级进行政治大批判。这些政治批判运动，要求作家、知识分子进行思想改造，与国家确立的政治方向、思想立场保持高度一致。如 1962 年巴金在《作家的勇气和责任心》中所说："谁又不怕挨整呢？谁又愿意因为一篇文章招来一顿痛击呢？许多人（我也在内）只好小心翼翼，不论说话作文，宁愿多说别人说过的若干遍的话，而且尽可能说得全面，即使谈一个小问题，也要加上大段的头尾，要面面俱到，叫人抓不住辫子，不管文章有没有作用，只求平平安安过关。"[①] 在这种政治专制与高压的创作氛围中，政治权力对作家的绝对控制与支配，使他们失去了主体性与创造力，只能屈从于当权者的专制之下，何以能创作出高品质的文学作品。这些政治批判运动消解了传统文化的民族性，摧残了传统文化的精髓。在阶级论的强制下，在左倾思潮所导致的各种政治批判中，文学界逐渐形成了一种二元对立的简单思维，在这种主观武断的思维逻辑中，具有人类共性的人性、人情、人道、美感等都被打入资产阶级的阵营，一切非现实主义的艺术都被归于了资产阶级艺术的范畴。

"'文艺为政治服务'的观念在'十七年'文学创作中得到强化和系统化，在描写革命历史题材的作者那里，更有一种圣洁的仰视和庄严的使命，他们唯恐歪曲了历史，损害了英雄的形象；唯恐减低了作品的教育意义。"[②] 诠释新政权的合法性，书写民族战争的历程及取得的伟大胜利，成为十七年文学创造的主流，主要作品有柳青的《创业史》、赵树理的《三里湾》、杜鹏程的《保卫延安》、梁斌的《红旗谱》、吴强的《红日》、杨沫的《青春之歌》、周立波的《山乡巨变》、曲波的《林海雪原》、罗广斌、杨益言的《红岩》、欧阳山的《苦斗》、冯德英的《苦菜花》、周而复的《上海的早晨》、陈登科的《风雷》、浩然的《艳阳天》、王汶石的《风雪之夜》、马烽的《我的第一个上级》、峻青的《黎民的河边》等作品，"这些作品所具有的文化同一性，就是传奇形式中的民族性建构。这些作品延续了传奇小说的

① 巴金：《作家的勇气和责任心》，《上海文学》，1962 年，第 15 期。
② 孔范今主编：《二十世纪中国文学史》，济南：山东文艺出版社 1997 年版，第 1016 页。

叙事形式和内部构造，它们装进了新的内容，起到了教育人民、建构民族的防卫屏障的同时，也替代了过去言情、武侠、侦探等通俗小说的娱乐功能。"① 也就是说，"革命历史题材小说在社会心理诉求与读者阅读心理习惯的张力中找到了一个合适的临界点，在既定的意识形态的规限内，讲述既定的历史题材，以达成既定的意识形态目的。"② "十七年文学"中革命叙事借用民间的传统伦理来构建民众思想，"张扬了传统伦理资源中与无产阶级革命的原则、目标、价值取向一致或能够为其所用的一些精神理念，有效地诱发民众思想中深厚的传统伦理观念，鼓舞其与政治意识形态宣扬的革命理念相迎合和呼应，藉此来聚拢、凝合民心民力，调动广大民众参与革命，投身革命事业的热情和积极性，促使他们在革命征程中发挥自身蕴涵的无尽力量。"③ 正是应和这一政治诉求，"十七年"的文化和文学清晰地烙上了时代政治的印记。

1966 年至 1976 年，中国经历了"文革"十年动乱，在"文革"期间，传统文化中负面因素的全面复活，比如"文革"文学中全权禁欲主义和道德专政，就是传统文化中专制主义的复活。所有的作品必须表现主要英雄人物，思想上没有任何瑕疵，行动上绝不违背革命领导的任何意愿。这种英雄人物在作品中又必须居于中心的、绝对的支配地位。这一创作原则，在很大程度上是企图严格维护政治舞台上的偶像，也是维护社会政治上的绝对专制权力，是封建专制、迷信、道德专政的重现与复活，1976 年"文革"结束预示着文学新时期的到来。

第四节　政治型平民文化与消费型大众文化的对立

从 20 世纪 30 年代到 70 年代，中国主流意识形态为了民族的解放、新国家的建立，给文学附加了太多的政治功利性，同时整合了各种传统文化和新潮文化，挤压、排斥消费主义文化，长期以来形成了一种文化思维定势，那就是消费文学

---

① 孟繁华、程光炜：《中国当代文学发展史》，北京：人民文学出版社 2004 年版，第 112 页。

② 黄子平：《革命历史小说》，天津：牛津大学出版社 1996 年版，第 2 页。

③ 刘新锁：《"革命叙事"与传统伦理——"十七年文学"的伦理资源》，《山东社会科学》，2011 年，第 4 期。

似乎对国家的发展、民族的进步缺乏应有的促进作用。

从左翼文学文艺大众化运动开始，到抗战时期"文章下乡，文章入伍"口号的提出与付诸实践，到《在延安文艺座谈会上的讲话》的贯彻实施，再到建国后政治型文艺体制的形成，消费文化形态已经在文学观念中被彻底贬斥和全盘否定，政治型大众文化对消费型大众文化的挤压，具体来讲，就是意识形态文化与商业文化的对峙。

一、1927 年至 1937 年第二次国内革命时期，左翼文学对海派、新感觉派的挤压

20 世纪 30 年代，中国处于一个政治动荡不安、文化多元共生的时代，有新兴的无产阶级政治文化的发展，以左翼文学为代表；有上海的都市大众文化，以海派、新感觉派为代表；还有张恨水的现代章回体小说。左翼文学关注的是革命文化，呈现的是革命大众话语体系，而海派关注的是都市市民的生活百态，尤其是迎合了市民阶层的文化需求，是消费型大众话语体系。如王富仁所说："茅盾写的就是中国现代城市社会的'政治'，新感觉派小说家写的就是中国现代城市的'风俗'。"[1] 左翼文学是对革命的关注，对政治的宣传，都市只是一种承载革命的存在，"左翼文学是以推翻现存的社会为准则的，这种文学的政治功利性使它对现代资本主义产生的文明抱根本抵制态度。并且，左翼为了要给社会主义的前景铺平道路，在文学的意识形态上，大大加强了用集体主义、团体性来批判个性主义的努力。"[2] 而海派是对都市市民阶层的思想意识、精神状态、情感欲望、生活方式、心理动态、消费观念等全方位的体现，与政治化文学的目标相背离。

以左翼文学为代表的政治型大众文化与以海派为代表的消费型大众文化的话语体系不同、关注层面不同、迎合读者的精神需求不同，从 1930 年代左翼文学文艺大众化运动开始，一直到建国后政治文艺体制的形成，消费文化形态已经在文学观念中被彻底贬斥。

---

① 王富仁：《中国现代主义文学论》，《王富仁自选集》，桂林：广西师范大学出版社 1999 年版，第 303 页。

② 吴福辉：《中国左翼文学、京海派文学及其在当下的意义》，《海南师范学院学报》，2001 年，第 1 期。

从 1930 年代开始，左翼革命文学视海派为"洋场恶少"，给海派定义为资本主义的恶瘤；而海派则有一种宽容的态度，认为文学应当提供给读者娱乐性、故事性、休闲性与消费性，行动上想方设法去占领读书市场，扩大图书消费量。京派沈从文对海派这个名词的断语是："'名士才情'与'商业竞卖'相结合。"① 也认定它是商业社会的产物。施蛰存则争论说："我认为文学不应该有人为的主流，中国的政治家规划了写实主义为主流，我们这些就是旁流、支流、逆流；既然说是要百家争鸣，为什么要人为划分，让一朵花来作主张。"②

茅盾也曾对上海的畸形发展与都市文学的消费性提出自己的看法："上海是'发展了'，但发展的不是工业的、生产的上海，而是百货商店的、跳舞场、电影院、咖啡馆的娱乐的、消费的上海！上海是发展了，但是畸形的发展，生产缩小，消费膨胀！"而这种畸形的膨胀也反映在上海的都市文学上，他指出："消费和享乐是我们的都市文学的主要色调。大多数的人物是有闲阶级的消费者，阔少爷、大学生，以至流浪的知识分子；大多数人物活动的场所是咖啡店，电影院，公园；跳舞场的爵士音乐代替了工场中的喧闹……"③ 在此，茅盾是站在左翼文学的立场来针砭上海的都市文学，施蛰存对左翼文学如此反驳："把文学作为一种政治宣传的工具，也是不免把文学当做一种专门学问了，有这种倾向的文学家往往把自己认为是一种超乎文学家以上的人物…… 他有意地在他的作品中表现他的文学范围以外的理想，他写一篇小说，宁可不成其为小说，而不愿意少表现一点他的理想而玉成了他的小说。"④ 但在今天看来，这种相异，正是文学多样性与丰富性的体现，只是因为时代的局限性和政治的功利性，才导致了政治型大众文化对消费型大众文化的挤压。

在左翼文学家极力抨击海派都市文学的同时，他们也创造了左翼现代都市文学，展现了中国都市的文化景观和生活状态。从某种意义上说，左翼文学也是一种消费型文学，宣扬革命与理想，满足进步青年和市民对革命的展望。孔庆东曾

---

① 沈从文：《论"海派"》，天津：《大公报·文艺》副刊，1934 年 1 月 10 日。
② 施蛰存：《中国现代主义的曙光》，《沙上的脚迹》，沈阳：辽宁教育出版社 1995 年版，第 168 页。
③ 茅盾：《都市文学》，《茅盾全集》第 19 卷，北京：人民文学出版社 1991 年版，第 422 页。
④ 施蛰存：《"文"而不"学"》，《北山散文集》，上海：华东师范大学出版社 2001 年版，第 504 页。

指出："在一些左翼文学中，革命也成为一种文化消费，表面激烈的革命言辞实际上成为社会怨愤的减压装置，革命成了一种'好莱坞'式的刺激。""革命加恋爱的小说，却以一场能指的游戏，消解了革命的严肃性。这很像当代文学时期读者在欣赏革命文艺时，并不是为了接受'革命教育'而是满足一种'革命窥视欲'而已。""左翼文学在重视文学市场方面与鸳蝴派是相通的。普通市民大众虽然不具备革命的勇气，但是却渴望阅读革命的故事。更希望革命的故事同时具有世俗性。因此革命加恋爱的小说才能流行一时。而革命加恋爱，恰恰是鸳鸯蝴蝶派发明的。"①"20年代末到30年代初左翼思潮的兴起，同步于上海新的生活方式以及阅读趣味，'左翼'本身就是'新兴'和'尖端'思潮中的一种，加上印刷、出版、图书售卖市场的活跃，左翼思潮从一开始就与流行、时髦混杂在了一起。"②海派作家创作的作品具有大众消费性质，作家本身也遵循市场消费的经济规则，凭借文学创作满足自身的物欲，承认经济属性对人的合理价值意义。他们大都是职业性作家与编辑，创作是赖以生活的经济来源。张资平的情爱作品高产的原因是"家室之累"；苏青开始创作时，也是为了谋生活，海派作家已经进入都市商品性文化的生产领域和流通领域，即大众文化的生产者，像施蛰存所说的："为生活之故而小心翼翼地捧住职业。"张爱玲也坚持这种世俗价值："从小似乎我就很喜欢钱……因此，一学会'拜金主义'这个名词，我就坚持我是拜金主义者。"③海派理论家杜衡曾说："在上海的文人不容易找到副业……于是在上海的文人便急迫的要钱。这结果自然是多产，迅速的著书。"④海派对现实的体认完全从经济法则而来，从自己的困境，推及到普通市民生活的利益原则、消费特性。

而革命作家对革命最终目的的想象，也应该是国家独立、富强；民众自由、幸福；物质丰盈、富足，但茅盾等左翼作家不认可都市社会人的经济属性，在作品中阐发的是阶级关系和阶级斗争观念，具有左翼文化意识形态的政治属性。茅

---

① 孔庆东：《鸳鸯蝴蝶派与左翼文学》，《汕头大学学报》（人文社会科学版），2011年，第2期。
② 于伶：《鲁迅"北平五讲"及其他》，《鲁迅回忆录》第1集，上海：上海文艺出版社1978年版，第186页。
③ 张爱玲：《童言无忌》，《流言》，上海：上海书店1987年版。
④ 杜衡：《文人在上海》，《现代》，第4卷2号。

盾在《子夜》中也反复提到都市享乐生活，"丽娃丽妲村的嬉戏、轮盘赌、艳窟、咸肉庄、跑马场、比诺浴、舞女明星"。目的是批判资产阶级生活的腐朽和市民的颓废情绪。事实上，茅盾等革命作家在价值观念上并不认可人的享乐与经济属性的合理性，所以，茅盾一方面写出上海纸醉金迷的享乐生活；另一方面又指斥以享乐消费为"上海人生对象的都市文学"。[①]

二、1937 年至 1949 年抗日战争和民族解放战争时期，政治型大众文化与消费型大众文化的关系因政治区域的差异而不同

1937 年 7 月抗日战争爆发，这一时期的中国分割成政治上差异很大的三个区域：解放区、国统区和沦陷区。在这三个政治区域文学担负的政治任务不同，形成了文学风貌不同的三大局面：解放区文学、国统区文学和沦陷区文学。战争环境给文学提出了现实的问题，如文学与革命、文学与时代、文学与政治和文学与市民的关系问题。这三个区域的文学创作，都制约于具体的历史境遇，钱理群曾指出："和其它历史时期不同之处在于，战时形成的地缘政治文化，对文学的发展、风貌形成了强有力的制约。"[②] 在不同政治统治的各个区域，作家的主体诉求只能呼应着时代的召唤，以不同的文学创作方式，建构民族国家理想的文学类型。解放区作家认同新的民族国家的文化建设，致力于文学大众化的理论探求和创作实践，确定了文艺的"工农兵方向"，在全民积极抗战的历史境遇下，高昂的革命理性和乐观精神是解放区的文化品格，追求农民化审美是最基本的审美风范，政治型大众文化一统天下，消费型大众文化荡然无存；国统区文学的发展，由于这一地区政治形势的复杂多变，文化形态的无序多元，各种文学力量都力图能找到适合自己发展的一方天地。讽刺性和悲剧性是国统区的主要审美风格，政治型大众文化与消费型大众文化，在救亡图存的革命目标下，慢慢走向融合；沦陷区因政治的限制，文学被迫失去了激发民族救亡热情的启蒙功能，作家无奈地在内在精神追求与文学市场需求之间犹疑徘徊。这一时期，沦陷区通俗小说的空前繁荣及通俗

---

① 茅盾：《都市文学》，《申报月刊》，1933 年，第 5 期。

② 钱理群等：《中国现代文学三十年》（修订本），北京：北京大学出版社 1998 年版，第 343 页。

作家对现代化的自觉追求成为文学主流，消费型大众文化蓬勃发展。

（一）解放区单一的政治型大众文化

在中国共产党的领导下，解放区的民众最先进入新民主主义社会，一个新政权成立之初，需要建设与以往文化不同的民族文化来证实自身的合法性与合理性。解放区的民众在新的政党领导下，以新的时代精神参与革命，只有革命才能取得民族解放，最终完成新的民族国家的建构，关于现代民族国家的任何书写都与革命有着千丝万缕的关联。因此，通过对革命的文学书写，将"革命"的崇高与伟大以及成功后的美好生活全景式的呈现，便成为解放区文学建构现代民族国家理想的有效途径。解放区文学正是通过将革命的美好前景想象渗透到现实革命生活之中，引导和强化人们对新政权的认同，从而为建立现代民族国家提供强有力的思想和文化支持。

解放区文学担负建构新民族文化的历史任务，这是自新文学诞生以来，一直在讨论追求的大众化问题落实到具体实践当中，作家有条件真正到群众中去，熟悉和了解普通群众的生活。正是在这样的历史条件下，毛泽东把"为什么人的问题"说成是一个"根本的问题、原则的问题"，明确提出了文艺的"工农兵方向"，突出了文艺的政治内涵，这是无产阶级政党的文艺发展方向。这就要求对文学艺术进行革命性整合，政治型大众文艺占绝对统治地位。抗日战争爆发后，大批的作家从北平、上海、天津等大都市来到延安和各抗日民主根据地，与当地的文艺工作者和群众性的文艺活动相结合，使延安及各抗日民主根据地的文艺运动蓬勃开展起来。在这种历史条件下，政治型大众文艺把歌颂新社会、新制度，表现人们高昂的革命斗争热情，抒发群众对美好前景的向往之情作为主旋律，工农兵成为文学的主角，而文学中个人的情感生活很少涉及，也很少去揭露现实生活中的矛盾和问题。因此，解放区文学在单纯的建构民族国家的理想状态中，与国统区和沦陷区的文坛存在着明显差异。

解放区的作家积极践行文艺的"工农兵方向"，创办了《文艺战线》、《文艺突出》、《草叶》、《谷雨》、《文艺月报》等文艺刊物，组织了各种文艺团体，在充分吸收改造民间艺术传统形式的基础上，形成一些新的文体。如新评述体小说、新章回体小说、民歌体叙事诗、新歌剧等等，这都是农民喜闻乐见的传统民间文艺的新形式。诗歌方面，诗人自觉践行民族化、大众化，从民间歌谣中获取素材和灵感，创作一批具有史诗性质的长篇叙事诗，如李季的《王贵与李香香》、阮章竞的《漳河水》、张志民的《死不着》、田间的《赶车传》等，这些叙事诗富有生活气息，语言和形式又适合当时的斗争生活，深受民众喜爱，起到很好的革命宣传作用。小说创作方面，赵树理的《小二黑结婚》、《李有才板话》、《李家庄的变迁》等，丁玲的《太阳照在桑干河上》、周立波的《暴风骤雨》、欧阳山的《高干大》、柳青的《种谷记》等，大都表现消灭封建土地所有制的斗争、解放区的发展生产以及惊天动地的武装革命；描写武装斗争的作品，有马烽、西戎合著的《吕梁英雄传》，袁静、孔厥合著的《新儿女英雄传》都具有新英雄传奇的特色，富有英雄主义、浪漫主义情怀。另外，解放区的新秧歌运动也蓬勃发展，新秧歌生动活泼、短小明快，深受农民的欢迎。同时，新歌剧也取得了一定的成就，如贺敬之、丁毅编剧的《白毛女》，集中表现农民和地主阶级的斗争，写出了穷苦人的苦难遭遇，是新歌剧的代表作。解放区文学因题材、主题、人物形象、文体形式与语言风格有了新的面貌。周扬总结道："解放区的文艺，除了专业文艺工作者的创作活动以外，还有工农兵自己业余的文艺活动，解放区人民由于政治、经济上的翻身，文化上也开始翻身，因而广大的工农兵群众积极地参加了文艺活动，并表现出了惊人的创造能力。"[①]

（二）国统区政治型大众文化与消费型大众文化的融合

从 1937 年到 1949 年，在文学发展区域化的局面中，国统区文学取得的成就是战争时期中国文学的主要代表，随着战争局势的发展变化，呈现出错综复杂的生存面貌与发展理路。在抗日战争日渐激烈的年代，文学的首要特性就是文学的政治功利性与宣传性，这也是现代文学独有的与中华民族命运血肉相联的特质，在同仇敌忾的抗日大环境中，以往因政治和文学观点不同而彼此对立、隔膜的各个文学流派作家，在民族解放的旗帜下实现了统一，政治型大众文化与消费型大

---

① 周扬：《周扬文集》第 1 卷，北京：人民文学出版社 1984 年版，第 521 页。

众文化逐渐走向融合。

从抗日战争开始，政治型大众文化作为主流文化，就担负着"救亡"的政治使命，国共两党第二次合作之时，大批文艺工作者汇聚上海，积极创办报刊《呐喊》和《七月》，同时成立救亡演出队奔赴各地做抗战宣传。上海失陷后，他们又汇集武汉，武汉成为国统区乃至全国的抗日文学运动中心，创作与出版都十分繁荣。1938年3月27日，中华全国文艺界抗敌协会在武汉成立，在抗日救亡的共同目标下，文艺工作者实现了空前的大团结。抗战初期的戏剧创作以短剧为主，活报剧、茶馆剧、流行剧等大众喜爱的短剧形式频繁上演。诗歌和报告文学的创作也及时参与抗战宣传。皖南事变后，政治形势急转直下，国民党当局加强对抗战文艺运动的排挤和控制，甚至对革命作家和进步文人进行迫害。在西南战役失败后，国民党彻底暴露了统治的腐朽和无能。这一阶段，暴露和批判成为国统区文学发展的主题，代表作有张天翼的《华威先生》、沙汀的《在其香居茶馆里》和长篇《淘金记》、陈白尘的《升官图》、宋之的的《群猴》、袁水拍的《马凡陀的山歌》等。这些作品直指国民党的黑暗统治和鱼肉百姓的种种丑态。国统区的进步作家尽力配合民主运动，大力宣传解放区文学，抵制国民党反动文化政策，继续开展革命的文艺运动，创作了大量的作品，对国民党的腐败统治予以批判与揭露。这一时期长篇小说代表作有巴金的《寒夜》、《第四病室》；艾芜的《丰饶的原野》、《山野》；张恨水的《八十一梦》、《五子登科》；黄谷柳的《虾球传》；路翎的《财主底儿女们》；历史剧有郭沫若的《屈原》、《虎符》、《棠棣之花》等。

在战争的催化之下，国统区的政治型大众文化与消费型大众文化逐渐走向融合。在全民抗战的紧要关头，消费型大众文化主要以通俗作品的形式积极参加抗战宣传。新文学作家与民间艺人创作了大量通俗形式的抗战作品，如老舍的抗战大鼓词、快板、相声等，广受群众喜爱。消费型大众文化在自我调整中清醒地认识到，要参与革命文学队伍，需要抛弃单纯的娱乐性和趣味性，更多关注社会现实人生，至此，政治型文学与消费型文学都有了进一步融合的要求。

通俗文学代表作家张恨水在民族危难之时，转变通俗、娱乐、言情的创作风格，积极创作抗战作品。他最早写出了反映南京大屠杀的作品《大江东去》，他的抗战小说《前线的安徽，安徽的前线》、《巷战之夜》以及写战事的小说《虎贲万岁》，都写得淋漓尽致。他后期的抗战小说，不仅写战争，更重要的是揭发贪污，揭露国民劣根性以及内忧与外患，写出了人性，表现了战争的复杂性。"① 张恨水深受中国近代通俗小说的影响，抗战时期顺应时代的要求，致力接受新文学的创作态度和创作方法，接受新文学对自己的批评和鞭策，努力在"新派小说"和"旧章回小说"之间找到一条融合的路，即：作品的思想内容顺应时代的变化，小说的结构多采取社会言情小说的艺术形式，表现方法注重风景描写和心理描写。作家自己在《八十一梦》的《自序》中曾说："盖吾为中国人，自当有以报中国，报国而又在吾职业中为之，未另有所耗于血汗，此最便宜事，奈何不为乎？……吾既立此一准则，故发表于汉港沪者，其小说题材，多抵抗横强不甘屈服的人物。发表于渝者，则略转笔锋，思有以排解后方人士之苦闷。夫治苦闷之良剂，莫过于愉快，吾虽不能言前方歼寇若干，然使人读之启齿一哂者，则尚优为之，于是吾乃有以取材于《儒林外史》与《西游》、《封神》之间矣。此《八十一梦》所由作也。"张恨水直接将抗战作为主要素材的作品近十部，涉及抗战生活的作品数十部，在当时的作家中其创作量首屈一指。他的作品写了日本侵略者对中国人民的残害，呼吁中国人民奋起反抗，表现出强烈的国家意识，就是国家的利益高于一切，这也是所有中国人的根本心愿。总之，国统区文学消费型大众文化在战争的催化下，顺应时代的需求，逐渐与政治型大众文化融合，他们的互融在某种意义上表现出中西、新旧、传统与现代的互相融合。

（三）沦陷区政治型大众文化与消费型大众文化的共存

沦陷区政治环境险恶，日伪势力加剧对租界的渗透和对进步作家的迫害，同时经济上物价的上涨给进步文学运动造成困难。作家在残酷的环境中克服政治、经济的各种困境，创作大量的作品，主要有两类：一类是直接表现抗战的政治型大众文化，另一类是为迎合孤岛民众的欣赏口味，以娱乐、消遣为主的消费型大众文化。这两种文化处于共存状态，消费型文化呈现蓬勃发展的趋势，显示了上海顽强的商业化文学势力。

---

① 张伍：《张恨水研究通讯》，2005 年 7 月 5 日，第 5 期。

上海的政治型大众文化在小说、戏剧、散文等方面取得了很大成就，小说以反映孤岛生活和抗战的作品占了多数，以师陀的《无名氏》、《无望村的馆主》等作品为代表。戏剧方面延续了抗战初期戏剧运动的繁荣，剧作多侧面表现沦陷区民众的日常生活和精神风貌以及抗日工作的艰难困苦，如于伶的《夜上海》被评为反映"孤岛现实生活最优美的剧本"。[①]阿英的历史剧、李健吾和杨绛的现代戏等都产生了很大的影响。散文方面，《鲁迅风》大量刊载杂文作品，唐弢等人的作品爱憎分明，多层次批判沦陷区的黑暗统治。

华北沦陷区的文学创作也以小说成就最大，关永吉是华北乡土文学小说的主要代表。还有秋萤、袁犀等人的作品揭示沦陷区人民的生存困境，颂扬不屈不挠的民族生存意志而又富于乡土气息。

东北三省沦陷后，东北文学担负着保持民族文化血脉的历史使命，沦陷初期以萧红的《生死场》为代表，体现不甘屈服的反抗姿态。山丁、王秋萤、关沫南、杨念慈、吴瑛与但娣等是这一时期的重要作家。

在沦陷区特定历史区域内，消费型大众文化能够得到蓬勃发展，出现繁荣景象，有三个方面的原因：一是文艺受众的改变，沦陷区左翼青年读者的流失，给消闲的文学留出空档，读者由原来的知识分子、学生、工人转变为以乡村农民和城镇市民为主，他们对文艺的欣赏目的主要是为了娱乐、休闲和精神避难，导致文化消费的兴起。二是作家主动迎合文学消费市场的需要，创作大量的通俗文学。通俗文学作家主要云集在上海、天津等地，如苏青、予且、谭惟翰、柳雨生、施济美、潘柳黛、萧菱、萧艾、雷妍等的作品。通俗文学作为市民文学的延续一直存在，这个时期，政治文化主将转移到国统区或解放区，文学消费历史性地凸显出来。以市民为主要对象的通俗文艺创作承续近代文学传统，从言情、侦破、鸳蝴、礼拜六小说中汲取营养，但加强了通俗文学的现实批判性，加强了历史文化的探索精神，逐渐转型为具有现代化特质的中国通俗文学。话剧界尤为活跃，北京被称为"话剧年"的1944年，全年演出话剧团12个，演出剧目23个，共在剧

---

① 李宗绍：《一年来孤岛剧运的回顾》，《戏剧与文学》，1940年，第1卷第1期。

场演出250场以上。①三是战乱中市民心理的变化，文艺所具有的娱乐性和休闲性，对陷身战乱的人是一种精神避难与自我麻木，人们在大的灾难面前都有一种朝不保夕、无所适从、麻木不仁、醉生梦死、追求刺激的消费心理。沦陷区的市民在战乱中，同样会显露这种心理状态。这只是表层原因，更深层的原因应该是人类所具有的对待灾难来临时的哲学思考，存在主义哲学家海德格尔曾提出"向死而生"这一哲学命题，他认为，死亡对于生命而言并不是一种外在的关系，人们不是一步步走向还在远处尚未到场的死亡，而是在我们的"走向"本身中，死亡已经在场，人始终以"向死而生"的方式存在着，即生命只有在意识到死亡的威胁时才凸显出生存的意义。死亡作为个体生命衰老后的自然终结，在一般情况下不会进入普通人的视野。而战争或重大自然灾难则将死亡真实地凸显在人们面前，在沦陷区人们面对个体的生存绝境，每个人必须自主地选择不同的生存形态，来思考生与死的问题。文学表现方式上，通俗作家都以传统言情小说框架表达现代意识与生存状态，如徐讦的《吉布赛的诱惑》、《精神病患者的悲歌》、《一家》等具有现代派风格的作品，满足了沦陷区部分读者的阅读期待；秦瘦鸥的代表作《秋海棠》一度畅销，连续改编成电影、戏剧；张爱玲的中短篇小说集《传奇》、散文集《流言》，以洞察人生人性的独特视角，多种意象的运用，融合现代与传统于一体的表现形式，具有雅俗共赏的艺术魅力。苏青的长篇自传体小说《结婚十年》、《续结婚十年》等。张爱玲曾这样评价苏青的小说："近代的最喜欢苏青……踏实地把握生活情趣的，苏青是第一个。她的特点是'伟大的单纯'。"②同时期的施济美有短篇小说集《凤仪图》、《鬼月》等，在一种感伤的氛围中抒写青春与情感。予且主要写沪上男女恋情、市民的生活方式，有长篇《女校长》、《乳娘曲》和短篇集《七女书》，后来还有《试婚记》、《埋情记》、《觅宝记》、《拒婚记》等，他把市民的浪漫情爱作为一种谋生手段来叙述，从经济的一面来解剖言情。天津的刘云若，用通俗故事表现人性的复杂，他的代表作是《粉墨筝琶》、《小扬州志》等。同时期，北派武侠小说的创作达到现代武侠的一个创作高峰。"北派五大家"指还

---

① 李云子：《忆北京沦陷时期的话剧》，《燕都》，1988 年，第 4 期。

② 吴江枫：《女作家聚谈会》，《杂志》，1944 年 4 月 10 日，第 13 卷 1 期。

珠楼主、白羽、郑证因、王度庐和朱贞木 5 人，他们对"侠"的精神进行了现代的阐释，代表作品有还珠楼主的《蜀山剑侠传》；白羽的《十二金钱镖》、《武林争雄记》、《偷拳》；郑证因的《武林侠踪》、《鹰爪王》；王度庐的《鹤惊昆仑》、《宝剑金钗》、《剑气珠光》、《卧虎藏龙》、《铁骑银瓶》；朱贞木的《七杀碑》、《魔窟风云》、《罗刹夫人》等，这些武侠小说的繁荣，表明了通俗文学现代品质的确立。

三、1949 年新中国成立到 1976 年"文革"结束，政治型大众文化完全主宰了文学领域，消费型大众文化彻底销声匿迹

1949 年至 1966 年的"十七年"文学是一个被政治高度组织化的文学阶段，在文学思潮形成与发展过程中表现为鲜明的"规范化"和"一元化"状态，它继续遵循着解放区文学的创作原则，同时根据新的意识形态的要求不断"规范"与"选择"文学创作的思想理念、审美风格和创作方法。在主流政治看来，社会政权的更替不但意味着人民政治上获得新生，同时文化发展也必须面临新的起点。为此，作家文艺思想的全面更新成为首要的任务。

在现代中国文学史上，"十七年"是一个特殊的历史时期，新中国的诞生和成长是"十七年"最基本的身份特征。人们在新的民族国家背景下充满了高度的认同感，整个社会洋溢着强烈的凝聚力和新鲜活力，呈现出单纯和喜悦的文化特点。在文化方面，新民族国家为了证明和宣传其存在的合理性和合法性，为了强化人民的思想统一，需要加强意识形态对文化的监督和引导，需要对现有文化进行整合和改造。新中国成立前第一次全国文代会在北京开幕，这次大会进一步阐释了《在延安文艺座谈会上的讲话》的基本精神，而且把为工农兵服务的方向确立为"新中国的文艺方向"。

以解放区文学作为主要构成部分的革命文学，进入 1950 年代，成为唯一的文学事实。文学被看做是崇高的，于金钱、商业利益无关的"事业"。作家被誉为"人类灵魂的工程师"，作品则是"生活的教科书"。[①]毛泽东的文学主张，与中国的革命文学，都有维护"精神产品"纯洁性的强烈欲望。"当毛泽东和文学权利阶层认

---

① 曹葆华：《苏联文学艺术问题》，北京：人民文学出版社 1953 年版，第 26 页。

为某一作家、作品，某种文学思潮、现象的'错误'性质严重，对文学路线发出挑战，产生严重损害的时候，批评便可能演化为大规模的批判运动。"①在这种情况下，消费型大众文化完全失去了存在的可能性，政治型大众文化成了唯一的文化事实。经历长久战争磨难的人民，终于迎来一个崭新的时代，一切都充满朝气与希望，作家运用不同的艺术形式，从不同角度来讴歌赞颂这个时代所经历的苦难历史是很自然的。时代颂歌作为一种历史性的潮流，作为一种美学规范，有其存在的合理性和必然性。

在1950年代中后期已经出现能体现这个时期"文学主潮"的作家群，他们成为当代文学形态的主要创作者。在五六十年代，小说的代表作有柳青的《创业史》、赵树理的《三里湾》、杜鹏程的《保卫延安》、梁斌的《红旗谱》、吴强的《红日》、杨沫的《青春之歌》、周立波的《山乡巨变》、曲波的《林海雪原》、罗广斌和杨益言的《红岩》、欧阳山的《苦斗》、冯德英的《苦菜花》、周而复的《上海的早晨》、陈登科的《风雷》、浩然的《艳阳天》、王汶石的《风雪之夜》、马烽的《我的第一个上级》、峻青的《黎民的河边》、李准的《李双双小传》、王愿坚的《党费》、茹志鹃的《百合花》、胡万春的《谁是奇迹的创造者》、姚雪垠的《李自成》第一部、李英儒的《野火春风斗古城》、冯志的《敌后武工队》、刘流的《烈火金刚》、草明的《乘风破浪》；诗歌有郭小川的《致青年公民》、贺敬之的《雷锋之歌》、李季的《玉门诗抄》、闻捷的《天山牧歌》、田间的《赶车转》等；散文有魏巍的《谁是最可爱的人》、杨朔的《东风第一枝》、刘白羽的《红玛瑙集》、秦牧的《花城》；话剧有老舍的《茶馆》、曹禺的《明朗的天》、郭沫若的《蔡文姬》、田汉的《关汉卿》、胡可的《战斗里成长》、陈其通的《万水千山》、沈西蒙的《霓虹灯下的新哨兵》、丛深的《千万不要忘记》。

1966年5月至1976年10月，是我国进行"文化大革命"的十年，这是一场不堪回首的民族大劫难，是"左"倾政治路线恶性发展的结果。在文艺创作上，灾难同样难以幸免，1966年《纪要》的出台，提出了更加"纯化"的"社会主义的革命新文艺"的口号，在对"十七年文学"进行"否定性"处理的同时，有意

---

① 洪子诚：《中国当代文学史》（修订版），北京：北京大学出版社2007年版，第24页。

造成文学发展历史新的"断裂",意在重新定位建构"文学新秩序"的新起点。在阶级斗争的名义下,中国文学中断了和外国文学的交流关系,断裂了和中国古代文化的承继关系,也割断了和五四以来的新文化传统的一脉相连,这一时期的文学就在这种近乎封闭、荒谬的社会文化环境中畸形生长。

在"文革"时期,文学彻底沦为政治的附庸,或者说文学完全沦为时代政治的宣传工具,在文学政治化的过程中,文学被迫弃绝了所有的本质属性,文学活动的全部功能与价值就是一种特殊的"政治活动"。"文革"中的主流文学完全按照当权者的文艺理论和创作模式进行创作,即"根本任务论"、"主题先行论"、"三突出"、"三陪衬"公式化的"左"倾文艺规范,把现实主义精神完全消解,最终把文艺陷入帮派文艺、阴谋文艺的深渊。这一时期创作的长篇小说有《虹南作战史》、《牛田洋》、《千重浪》、《较量》、《暴风雨》;短篇小说《初春的早晨》、《金钟长鸣》、《第一课》;浩然的《金光大道》、《西沙儿女》、《三把火》等。"文革"中后期,一批戏剧、电影和小说力图冲破"左"倾文艺模式,得以面世:有晋剧《三上桃峰》,湘剧《园丁之歌》,电影《创业》、《海霞》;小说则有刘绍祥的《春潮急》、黎汝清的《万山红遍》、李心田的《闪闪的红星》、孟伟哉的《昨天的战争》、曲波的《山呼海啸》、郭澄清的《大刀记》、李云德的《沸腾的群山》、谌容的《万年青》等。

第五节　苏俄翻译文学渐成主导之势

一

现代中国文学与苏俄文学的关系极为复杂。似乎还没有另一个国家的文学像苏俄文学那样对中国文学产生如此持久、深远、复杂的影响。苏俄文学影响了中国好几代作家。郁达夫曾说:"世界各国的小说,影响在中国最大的,是俄国的小说。"[①]产生这种现象的原因是多方面的,其中最主要的是社会政治的原因。瞿秋白在分析中国现代作家认同俄罗斯文学时曾说:"俄国布尔什维克的赤色革命在政治

---

① 郁达夫:《小说论》,《郁达夫文集》第5卷,广州:花城出版社1982年版,第14页。

上、经济上、社会上生出极大的变动，掀天动地，使全世界的思想都受他的影响，大家要追溯他的原因，考察他的文化，所以不知不觉全世界的视线都集中于俄国，并集于俄国的文学，而在中国这样黑暗悲惨的社会里，人都想在生活的现状里开辟一条新道路，听着俄国旧社会崩裂的声浪，真是空谷足音，不由得不动心。因此大家都要来讨论研究俄国。于是俄国文学就成了中国文学家的目标。"① 实际上，自"十月革命"后，苏俄文学即对中国现代作家特别是左翼作家产生了较为深刻的影响。鲁迅、瞿秋白等都自觉翻译、介绍过苏俄文学。

　　五四时期中国的社会状况与俄国"十月革命"前十分相似，中国知识分子素有"以天下为己任"的道义传统，在追求救亡图存、民族解放的事业中，他们自然会从俄国那儿找到自己的精神导师。由此，中国的先进知识分子在探求国家发展道路的过程中纷纷把目光投向了与中国有过相同的境遇、刚刚取得革命胜利的俄国，其作品中所表现出来的国家忧患意识和人道主义情愫更是深深地激励着中国的新文学作家们。在五四高潮时期，俄国文学作品在中国的译介出现了繁荣一时的局面，比如果戈里的《钦差大臣》、奥斯特洛夫斯基的《大雷雨》、屠格涅夫的《罗亭》与《父与子》、托尔斯泰的《复活》和《黑暗的势力》、契诃夫的《樱桃园》等名著都在中国文坛上引起过热烈的反响。与文学作品的翻译几乎同步的是对俄国文艺理论的介绍和翻译，当时影响较大的译有：张闻天的《托尔斯泰的艺术观》、张邦绍和郑阳的《托尔斯泰传》、冰心的《俄国近代文学杂谈》、周作人的《文学上的俄国和中国》、郑振铎的《俄国文学史略》、郭绍虞的《俄国文论及其文艺》等。1921 年，《小说月报》还出版了《俄罗斯文学研究》专号。当时的译者大多是新文学的积极参与者，如鲁迅、周作人、茅盾、郑振铎、瞿秋白、刘半农等。茅盾指出："俄罗斯文学的爱好，在一般进步知识分子中间，成为一种风气，俄罗斯文学的研究，在革命的知识分子中间和在青年的文艺工作者中间，成为一种运动。"②

　　从以上译介过来的作品中可以看出，五四新文学作家主要接受的是俄国批判

---

① 瞿秋白：《瞿秋白文集》第 2 卷，北京：人民文学出版社 1954 年版，第 543—544 页。
② 茅盾：《果戈理在中国——纪念果戈理逝世百年纪念》，《文艺报》，1952 年 2 月 25 日。

现实主义的文学著作，这些作家以人生和社会问题为题材，从"为人生"这一主题出发，在"社会批判"和"民族文化心态批判"两个层面上进行全面书写。这种文学观念为大多数的中国新文学作家所接受。鲁迅不仅翻译了果戈里的《死魂灵》，还创作了与果戈里小说同名的《狂人日记》。这部小说不仅在文学思想上，而且在作品题材、人物设置、表现手法和结局处理等艺术形式上都借鉴了果戈里的《狂人日记》。而对巴金影响最大的是屠格涅夫和俄国作品中的一些"小人物"形象，巴金在自己的小说《爱情三部曲》中，借鉴了屠格涅夫在爱情的考验面前揭示人物性格的艺术手法。《寒夜》中对"小人物"的"日常琐事"的描写，让我们不由想到契诃夫的小说《小公务员之死》中的切尔维亚科夫，二者有着同样卑微的社会地位，都在社会现实的挤压下，内心变得惊恐怯懦、焦躁不安。对茅盾影响最大的是托尔斯泰，这不仅表现在他在小说创作中遵循的现实主义的创作方法，也表现在他把托尔斯泰的艺术表象手法当做自己的创作圭臬，他的长篇小说《子夜》就受到了托尔斯泰的《战争与和平》的影响。此外，郁达夫的《沉沦》、《春风沉醉的晚上》等作品中的"多余人"形象都汲取了俄国文学的营养。所以，现代中国文学的发生与苏俄文学的关系是不能相互剥离的，两国的社会形势和民族心理结构的相似性造就了这种接受与被接受的事实关系，尤其是 1920 年代末国内革命的爆发、"革命文学"的提出和"左联"的成立都为苏俄翻译文学在中国的传播和接受提供了有利的条件。

二

20 世纪 20 年代和 30 年代，中国出现了军阀混战、内忧外患的动荡局面，五四时期追求个人解放的文学在这个时候遭到质疑，中国左翼作家开始以苏联文学为榜样，追求文学的政治功用和阶级斗争意义。一些作家和理论家就文学与革命、文学与时代、文学的阶级性以及文学的社会功能等问题纷纷发表看法，提出了"革命文学"、"无产阶级文学"的口号，为"大革命"以后文学思潮的转变作了思想和理论的准备。著名"革命文学"作家蒋光慈说："现代革命的潮流，很显然地指示了我们群众已登上了政治舞台，集体的生活已将个人的生活送到不重要的地位上了。……革命文学应当是反个人文学，它的主人公应当是群众，而不是个人，它的倾向应当是集体主义，而不是个人主义。"① 但是，这些怀着强烈的无产阶级革命意识的青年在倡导"革命文学"的同时，又错误地把批判的矛头指向了鲁迅、茅盾、郁达夫等五四文学革命的先驱，他们全盘否定五四新文学传统，甚至指责鲁迅是"封建余孽"和"反革命人物"，因此与鲁迅等人之间爆发了一场影响深远的关于"革命文学"的论争。而鲁迅则回应说："文艺催促旧的渐渐消灭的也是革命（旧的消灭，新的才能产生），而文学家的命运并不因自己参加过革命而有一样改变，还是处处碰钉子。……革命文学家和革命家竟可说完全两件事。"② 很明显，鲁迅在肯定文艺对革命的宣传作用的同时，对蓄意扩大文艺"工具论"的思想持否定态度，认为文艺并不是革命的支配性力量。

这种激进的"革命工具"论的文艺思想首先要来源于苏联"拉普"文艺路线的影响，特别是"社会主义现实主义"的创作方法。从此，中国左翼作家将注意力从俄罗斯古典文学转移到社会主义时期的苏俄文学，翻译活动也十分活跃。苏俄文学被大量引入中国，比如法捷耶夫的《毁灭》、绥拉菲摩维奇的《铁流》、马雅可夫斯基的诗集《呐喊》、肖洛霍夫的《被开垦的处女地》、高尔基的《母亲》等。这些苏联文学作品塑造了一些全新型的主人公形象，从不同的角度再现了苏联社会主义革命和建设的历史进程。在苏联文学的直接影响下，中国文坛很快出现了一批"革命小说"，这些作品以工农群众为主人公，以革命运动的发展为叙述线索，大部分都具有慷慨激昂的艺术格调，洋溢着革命理想主义的色彩。当时较为活跃的作家蒋光慈、洪灵菲、胡也频、叶紫、田汉、冯乃超等人的不少作品都有这样的特征。在文艺理论方面，周扬发表于 1933 年《现代》第 4 卷第 1 期上的《关于"社会主义现实主义与革命的浪漫主义"》对苏联清算"拉普"、提倡"社会主义现实主义"的情况作了翔实的介绍。苏联的"社会主义现实主义"创作方法要求艺术家从现实的革命发展中真实地、历史地和具体地去描写现实。同时，艺术描写的真实性和历史具体性必须与用社会主义精神从思想上改造和教育劳动人民的任务结合起来。这种创作方法是在苏联特定的社会形态下产生的，又是作为

---

① 蒋光慈：《蒋光慈文集》第 4 卷，上海：上海文艺出版社 1988 年版，第 145 页。

② 鲁迅：《文艺与政治的歧途》，《鲁迅全集》第 3 卷，北京：人民文学出版社 1981 年版，第 118 页。

苏联作家创作基础的"社会主义现实主义"体现在苏联文学的话语实践中的，而特定的理论必然是与具体的"话语"相联系的，因此当中国文学理论家用传统的文化心态来诠释移植于苏联的"社会主义现实主义"时，其结果便在一定程度上偏离了现实主义原有的理论内涵，片面地强调了文学的政治性和工具性，从而忽略了"写真实"的一面，缺乏苏联作家对人性的反思和心灵忏悔。与苏俄文学比较起来，虽然这是一种接受型"误读"，但从中国现代文学的内部来看，它确确实实成为一种特有的文学样式，无论是对革命还是对文学自身而言，这样的一种文学形态是我们所不能忽略的存在，因为它是中国革命文学作家"想象政治"的一种方式。尤其是抗日战争爆发后，它更以摧枯拉朽之势席卷了整个中国文坛。

1938 年中华全国文艺界抗敌协会在武汉成立，在成立宣言中号召全国文艺"把国外的介绍进来或把国内的翻译出去"，对文学翻译工作十分重视。其会刊《抗战文艺》作为贯穿抗战时期的唯一刊物在 1938 年冬发表专门文章，大声疾呼："在目前抗战期间，我们实有积极翻译及介绍外国文艺作品的必要……像苏联以内战及反军事干涉为主题的作品，以及西班牙两年来英勇斗争中所产生的作品，更有介绍的必要。"① 所以，20 世纪 30 年代末至 40 年代初，又有大批的苏俄文学名著在中国登陆，如肖洛霍夫的《静静的顿河》、阿·托尔斯泰的《苦难的历程》、奥斯特洛夫斯基的《钢铁是怎样炼成的》等。中国抗战开始不久，苏联也开始了卫国战争，那些再现苏联人民可歌可泣战斗精神的文学作品在中国引起了强烈的共鸣，鼓舞了战火中的中国人民。其中重要的作品有肖洛霍夫的《他们为祖国而战》、法捷耶夫的《青年近卫军》、列昂诺夫的《侵略》、格罗斯曼的《人民不死》、巴甫连科的《复仇的火焰》等。无论是在解放区、国统区还是沦陷区，在抗日民族统一战线的感召下，文学界对苏俄文学的翻译都是十分活跃的，特别是抗日民族统一战线上的领导人对译介苏俄文学的重视也起到了推波助澜的作用。比如周恩来就对介绍苏联文学抱有十分积极的态度，他高瞻远瞩地指出："既然翻译介绍苏联文学这项工作中国人民早晚得做，就应该早做，早点做了，可以让后人将精力和时

---

① 戈宝权：《加紧介绍外国文艺作品的工作》，《抗战文艺》，第 3 卷第 3 期。

间用于其他领域。"① 这些作品在一定程度上激发了人们抗日的热情和决心，成为抗战胜利的一个重要因子，这种情况在解放区表现得尤为明显。

延安文学受苏俄文学影响最为明显，特别是1942年，毛泽东发表《在延安文艺座谈会上的讲话》后，标志着中国的社会主义现实主义文艺思想体系最终形成，对中国的工农兵文学和新中国文学产生了极为重大而深远的影响。具体到创作形态上，出现了战争小说和农村小说的模式化倾向。如延安时期乃至建国后直至1980年代以前的战争小说，与苏联1960年代以前的战争小说一样，在创作方法上都是很少触及战争的残酷性，并多以浪漫和夸张的笔调歌颂革命战争中的"英雄人物"和阶级斗争；在情节模式上，像当时影响较大的《保卫延安》、《红日》，与苏联卫国战争时期的《青年近卫军》、《白桦》等小说中的"失败—调整—胜利"情节模式如出一辙。农村题材小说中有代表性的丁玲的《太阳照在桑干河上》、周立波的《暴风骤雨》在题材选择、人物设置、情节开展以及结局处理等方面都能看到肖洛霍夫《被开垦的处女地》的影子。还有刘白羽、孙犁、柳青、贺敬之等作家也都从不同的角度受到过苏联文学的影响。解放战争后，中国共产党取得政权，"社会主义现实主义"的创作方法被制度性地规定为唯一正确的创作方法，相比于以前两个阶段，这一时期对苏俄文学的翻译和文学创作的指向性就更加明显了，那就是表现革命斗争和阶级斗争的伟大历史，凸显出工农群众在人类发展史的历史地位。

三

早在20世纪二三十年代，法捷耶夫的《毁灭》、绥拉菲摩维奇的《铁流》，就对当时的革命青年产生了重要的思想上的影响。如果说鲁迅一代作家尚出于某种个体自觉来接受苏俄文学的话，那么建国后的1950年代，在"走俄国人的路"、"苏联的今天就是我们的明天"、"学习苏联老大哥"的浓烈政治氛围中，对苏俄文学的"热情"达到了前所未有的高潮，苏俄文学在中国的影响也达到了高潮。中国读者大规模地阅读和接受苏俄文学的影响，是在1950年代中苏关系"蜜月期"。

---

① 钟子硕、李连海：《曹靖华访问记》，《新文学史料》，1986年，第4期。

据统计，从 1949 年 10 月至 1958 年 12 月，中国共译出苏俄文学作品达 3526 种（不记报刊上所载的作品），印数达 8200 万册以上，分别约占同时期全部外国文学作品译介种数的三分之二和印数的四分之三。① 这个数字是相当惊人的。在当时中国当代文学创作还不是十分繁荣的时期，苏俄文学极大地刺激和满足了中国读者的阅读激情，苏俄文学对新中国一代人世界观、人生观的形成，以及个性塑造和精神成长都发挥了极为重要的作用。此时，对苏俄文学的介绍、翻译等，已经不再是单纯的文学行为了，而是一种强烈的意识形态行为，是把苏俄文学看做"20 世纪世界社会主义文学的主流与榜样"② 来学习、接受的，"当时苏联的任何文艺理论的小册子都被看做是马克思主义的经典，得到广泛传播"③。

在 1953 年召开的第二次全国文代会上，"社会主义现实主义"创作原则被官方正式确认，成为文学创作和批评的基本方法和最高准则。在文代会前夕，时任中宣部副部长的周扬发表题为《社会主义现实主义——中国文学前进的道路》的文章，他指出："社会主义现实主义，现在已成为全世界一切进步作家的旗帜，中国人民的文学正在这个旗帜之下前进。……'走俄国人的路'，政治上如此，文学艺术也是如此。……没有由十月社会主义革命所诞生的苏联文学的伟大影响和示范，中国人民文学在今天的成就也是不可想象的。"④ 随即，在中国作家协会的组织下，文坛又开始了新一轮的翻译和重版工作。1950 年代初，以高尔基、马雅可夫斯基、法捷耶夫、绥拉菲摩维奇、阿·托尔斯泰、肖洛霍夫、尼·奥斯特洛夫斯基、卡达耶夫等为代表的苏联文学在新中国受到空前的欢迎和关注，他们的作品在"十七年"的文学翻译中占有很大的比例。法捷耶夫的《毁灭》、《青年近卫军》、《最后一个乌兑格人》；绥拉菲摩维奇的《铁流》；阿·托尔斯泰的《彼得大帝》、《粮食》、《保卫察里津》；肖洛霍夫的《静静的顿河》、《被开垦的处女地》；卡达耶夫的《团的儿子》、《时间啊，前进》、《不平凡的夏天》；尼·奥斯特洛夫斯基的《钢铁是

---

① 陈建华：《二十世纪中俄文学关系》，上海：学林出版社 1998 年版，第 184 页。
② 吴元迈：《在中国苏联文学研讨会开幕式上的讲话》，《外国文学研究》，1994 年，第 3 期。
③ 童庆炳、许明、顾祖钊：《新中国文学理论 50 年》，合肥：安徽大学出版社 2000 年版，第 4 页。
④ 谢冕、洪子诚主编：《中国当代文学史料选（1948—1975）》，北京：北京大学出版社 1995 年版，第 68 页。

怎样炼成的》、《暴风雨所诞生的》等都及时得到翻译出版或重版。经翻译过来的苏俄文学对当时中国的作家们影响很大，这一时期出版的《创业史》、《保卫延安》、《山乡巨变》、《红日》、《铁道游击队》、《林海雪原》等红色经典在某些方面都可以看到苏俄文学的影子。但这些文学作品具有明显地"概念化"色彩，既定的意识形态观念注入其中，进而产生出了"歌颂光明"的文学形态，而此时的苏联文坛正在探讨文学究竟是应该"歌颂"还是"暴露"，是否应该"积极干预生活"，能否"写出活生生的人"等问题。1953年，爱伦堡发表了小说《解冻》，"解冻文学"以此为肇始，随着不断地论争，这一文学思潮也逐步蔓延开来。

1956年，中共中央实行毛泽东提出的"百花齐放，百家争鸣"的方针，中国大陆文艺界涌现出一股短暂的思想解放的潮流，它的出现是有它的国际、国内背景的。国际背景就是1953年斯大林逝世后出现的"解冻文学"，在其影响下，国内文学界也展开了关于"干预生活"的文学论争。国内背景是社会主义改造取得初步的胜利，在毛泽东看来，阶级斗争已经结束，工作重心应转移到经济建设中去，并在《论十大关系》中说："一定要努力把党内党外一切积极因素，直接的、间接的积极因素，全部调动起来。"① 在这些因素中，知识分子是非常重要的，为了调动他们的积极性，中央高层提出了"百花齐放，百家争鸣"的方针：艺术上百花齐放，学术上百家争鸣。在文学领域就表现为"创作和批评的自由"，"可以表现人民内部的唯心主义的落后思想"。1956年2月底3月初，中国作协召开第二次理事扩大会，肯定了"干预生活"的创作口号。在会议的发言中，许多人都不约而同地谈到了公式化、概念化对创作的危害。此后不久，刘宾雁的《在桥梁工地上》、王蒙的《组织部来了个年轻人》、李准的《芦花放白的时候》、宗璞的《红豆》、陆文夫的《小巷深处》、流沙河的《草木篇》、邵燕祥的《贾桂香》等作品相继出现。这些作品从不同侧面触及了生活中的一些消极阴暗面，对官僚主义、教条主义进行了揭露、批判和讽刺。于是，在中国文艺界出现了一股积极"干预生活"的创作潮流。而且，对于苏俄"解冻文学"所强调的"写真实"问题，中国的文艺批评界也做出了积极的回应。秦兆阳的《现实主义——广阔的道路》、周勃的《论

---

① 毛泽东：《毛泽东文集》，北京；人民出版社1999年版，第44页。

现实主义及其在社会主义时代的发展》、钱谷融的《论"文学是人学"》、巴人的《论人情》、黄药眠的《解除文艺批评的百般顾虑》、黄秋耘的《不要在人民的疾苦面前闭上眼睛》等，从不同的侧面向文艺批评领域的"左倾"教条主义展开攻击，对文艺创作中的公式化、概念化倾向，文艺组织领导中的官僚主义、主观主义倾向，提出了尖锐的批评。他们的意见针对中国的实际，但理论的源头却在苏联。

1956年苏共二十大以后，中苏两党开始产生分歧，中苏文学关系进入全面冷却时期，参与"百花文学"运动的作家和文艺批评家也遭受了不同程度的批判。1957年以后，中国翻译界开始有选择地、谨慎地译介苏联文学作品。在1960年代中苏关系发展到对抗后，中国曾停止公开译介苏俄的一切文学作品，不过还是发行了数量不少的内部读物，这些内部读物就是所谓的"黄皮书"，是专门供批判用的。这些作品主要是潘诺娃的长篇小说《感伤的罗曼史》、肖洛霍夫的长篇小说《被开垦的处女地》（第二部）、西蒙诺夫的《生者和死者》、索尔仁尼琴的中篇小说《伊凡·杰尼索维奇的一天》、爱伦堡的长篇小说《解冻》（第二部）、卡里宁的中篇小说《战争的回声》、季亚科夫的长篇小说《亲身经历的事》等。这些"黄皮书"有着严格的发行渠道，主要是通过"内部发行"，不公开在市场上兜售，购买这些书必须要有政府和军队的介绍信。但是，随着"文革"的到来，这一严格的图书发行体制也被破坏，一部分"黄皮书"也散落于民间。然而，更有意味的是，这些供批判用的书籍却偏偏成了"文革"期间"地下文学"的精神资源，甚至构成了"新时期"文学的源头。

在"文革"期间"地下文学"作品中，著名的批判现实主义小说《九级浪》就得名于俄国画家埃瓦佐夫斯基的同名油画，小说主人公司马丽被欺凌而走向堕落的故事令人想起托尔斯泰的《复活》。"地下文学"最重要的一支力量是"地下诗歌"。"白洋淀诗群"是"文革"期间一个以北京为"根"的知青诗歌群落，也是"文革"以后较早开始现代诗探索的诗歌群落，"白洋淀诗群"的很多诗人都不同程度地受到过苏俄诗歌的影响。后来成为"朦胧诗"领军人物的北岛，早期的诗歌就有着浓重的苏俄情调。事实上，朦胧诗人如多多、芒克等人的诗作有相当一部分是受普希金、莱蒙托夫的诗歌影响而作。

总之，20世纪尤其是从五四到"文革"之前的这个阶段，苏俄文学对现代中国文学的影响是巨大的，这是现代中国文学史上的一个特有的现象。这里面有政治意识形态的因素，也有作家主体的自觉选择，在接受的过程中也出现了不同程度的"误读"，但这也不应当只成为批判和反思的对象，因为正是这种"误读"构成了中国新文学的发生，研究这种"文学"是如何发生的才是最重要的，而不是以某一种文学形态为标准去评判孰优孰劣。

第六节　少数民族文学参与建设现代中国文学共同体

作为历史悠久的多民族国家，华夏大地养育了文化传统与风俗民情互存差异的众多民族，在经历了几千年的迁徙、交流和融合之后，逐渐形成了以汉族为主体、多民族同生共存的中华民族文化体系。政治、经济、军事处于强势的汉族必然也要体现在文化上的强势，从而形成了以汉语文学为主流的多民族文学体系。如同在数千年的历史长河中，少数民族文学以特有的方式参与了古代中华民族共同体的构建，在现代中国社会共同体的形成过程中，少数民族文学也发挥了应有的作用，不仅见证了民族交流、政治统一、文化融合的复杂历史演进过程，更是反映出社会政治机制在整合多民族国家过程中至关重要的作用。尽管现代中国革命最初是建立在清除异族、排满革命的汉族独尊心态上，但这个心态仅仅是策略或旗号而已，随着满清王朝的迅速败亡，"五族共和"的口号迅速成为现代多民族国家的共识，反映出各民族在构建强大的现代中国方面共同的心理基础和情感认同。

少数民族文学入史难，即使入史也是作为点缀以显示文学史述史的公正和全面。这倒不是述史者的偏见与嗜好，而是少数民族文学在很大程度上是未被现代性整饬的原生态文学，而我们常见的文学史述史体系往往有一个核心价值体系，比如现代性，比如革命性，比如审美价值等。文学家的地位、文学作品的优劣是由这个价值体系决定的，这个核心价值体系是在中西文化碰撞交流中渐次形成的，是由西方的现代性和汉民族的民族性融汇而成，同时还受政党意识形态制约，具有党派性色彩。显然，这个体系本身具有排它特点，既排斥非现代汉族汉语文学作品，也排斥不同政治架构和政治区域的文学，少数民族文学在这一以汉族政治为中心的评价体系中不自觉地便沦陷于边缘地位，只能作为汉语新文学史的陪衬加以说明。实际上，文学艺术就其本性而言既无所谓等级高下也谈不上新旧进化，只是在一定价值系统内才会出现等级秩序。远古时代的岩画、壁画艺术未必就比毕加索等大师的画作的艺术价值层次低，所以少数民族文学的艺术价值也未必比主流汉语新文学差，所在的差别仅仅在于衡量标准的差异，然而这一衡量标准显然不利于少数民族文学的文学史定论。即使如沈从文、老舍等文学史意义卓著的少数民族作家，尽管始终以少数族裔身份从事文学创作且于作品中体现了少数民族社群、区域、历史等各层面特征，但总体而言他们的作品仍属于汉语文学的范畴，其文学史地位也并非因其少数民族因素而来，而是由于对汉语新文学的贡献而得到认可，其作品中的异族成分至多只能算是为汉语文学增添了新异的少数民族色彩。这一现象也反照出长期以来少数民族文学的尴尬境遇，似乎只有依托汉文化这一强大平台，少数民族文学才能在文学史上争得一席之地，而这也是整饬少数民族文学工作艰难繁复的症结所在——在未形成统一文学评判标准的文学史框架中，少数民族文学不得不呈现出散射状态，难于以价值上的规范性、合法性贯穿及分类。除此之外，其流传方式和文学语言上的原生特点也成为少数民族文学入史难以逾越的障碍。少数民族文学创作就整体而言，与我们习以为常的汉语新文学创作所不同的，是它往往具有口耳相传的特征，不具有汉语新文学所常见的文本固定性质，我们今天见到的很多少数民族文学文本很大程度上源自后来者的搜集整理，这种特质与我们通常所谓的民间文学有很大的一致性，它往往以最原生态的形式自由自在地存在，相当一部分少数民族文学作品只能在民间流传的过程中自生自灭，难于被系统地整合并纳入文学史叙事。

然而尽管存在这样的难点，却也不能不看到，既然少数民族参与了现代民族国家的建构，那么它的文学也必然会相应地参与现代中国文学的建构，只是这种参与也呈现出一定程度的不平衡性。由于文化及文学的演变和发展是一个缓慢的渐进过程，从 1930 年代到 1970 年代，中国少数民族文学既保持了自身的民族心理和文化特质上的独立性，又在某种程度上反映了中国现代民族国家形成过程中的融合趋向。现代少数民族文学既是少数民族自身发展和演变的历史备忘录，又是记录本民族融入现代民族共同体建设过程的精神记录。正像一时代有一时代之文学，这个命题体现出了文学创作和具体时代精神的某种深刻的内在关联，也就是说，某一时代、某一区域、某一族群的文学的产生也绝非空穴来风，它总是应和着某一时代、某一区域、某一族群的重大精神演变的轨迹。1930 年代至 1970 年代各个少数民族文学创作的一个重要现象，就是在政治层面反馈着现代民族国家建构过程的重大命题。在 1949 年新中国统一政权确立之前，尽管由于中华民国历届政府都没有建立起指导和规范全体社会民众的意识形态系统，致使各少数民族在文化和文学上依然处于自然生长的形态，少数民族文学参与现代中国文学共同体建设尚处于萌芽状态和个体状态。然而在创作倾向上，各少数民族文学却体现出创作趋同上的共性——各民族文学自觉以革命进程作为指引其创作的风向标，与革命进行中的中国保持着步调的高度一致。在国难当头的历史语境下，各民族的同根同源性得以激发与彰显，共同回应着中华民族在历史进程中的每次脉搏。自 1930 年代甚至更早时期起，少数民族即积极参与了反抗剥削、创建红色政权的斗争。同汉民族一样，作为其精神外显的文学创作，不可避免地沾染了浓烈的政治色彩并积极地应和着当时文学创作的总态势，抨击反动政治，关注民生疾苦，向往自由与光明，自觉充当起鼓舞民众，宣传战斗的工具。不少少数民族作家更是亲身参与革命事业，从而从客观上使得少数民族文学虽与主流汉族文学差异甚多，然而在处理历史问题、驾驭重大题材、把握革命形势方面并不逊色。这一时期的少数民族创作多与革命进程密切相关，充溢着阶级反抗精神和昂扬的民族意识，在思想性上是传统少数民族文学难以比拟的。在文学形式上，这一时期的少数民族文学吸取了新文化运动以来现代文学的诸多新特点，以便能恰如其分地表现当前现实生活。同时也并未置传统审美要求于不顾，而是兼顾少数民族文学所注重的音乐美和形式美，使现代新形式与民族传统形式相结合，很好地适应了广泛大众的审美习惯。语言口语化、形象化，多直抒胸臆，兼具时代特色和大众化特点，迎合着战争年代对文艺工具性的需求。风格方面一反传统民族文学柔美浪漫的风格，粗犷、高昂、直率，反映着战争岁月人们昂扬的精神风貌，从而实现战时文艺宣传革命、鼓舞战斗的目的，使文艺的"致用"功效超越了审美体验，成为这一时期民族文学关注的重心。在这一政治文学创作理念的激发下，反映民众苦难生活、揭露政党统治黑暗、表达对共产党及工农红军的拥护以及对日本帝国主义的憎恨与抗击的作品，从传统民族文学所热衷的故事性、抒情式、浪漫化的文学主题表现中突围而出，无论在数量还是质量上都占据了绝对优势。

在控诉封建势力及国民党的横征暴敛、残酷统治的作品中，佤族民歌《可恨国民党》、《穿着破裤去要饭》，壮族民歌《誓倒蒋家贼》、《十万大山游击队歌》、《万岗起义》、《巧取爱店》、《诱敌入围》，毛南族民歌《打"保十团"歌》，侗族民歌《乙酉大水歌》、《滴洞司风云》、传说《杨玉山》、长诗《乙酉大水歌》，鄂伦春族传说《白斯古郎上山谈判》，白族传说《者摩乡人民的斗争》、《智取伪乡公所》，黎族传说《白沙起义》、《福安团旗》，蒙古族长诗《嘎达梅林》，彝族长诗《诉苦情》，维族小说《筋疲力尽的时候》、戏剧《火焰山的怒吼》和《蕴倩姆》，白族戏剧《反三征》等均为此类创作的代表。这些作品或直接控诉国民党黑暗统治下各少数民族水深火热的生活状态，或反抗封建势力及军阀统治，揭露旧社会把农民逼上绝路的罪恶，或通过对悲惨境遇的描写反映统治当局与贫苦农民的尖锐矛盾，在如泣如诉的描绘中包孕了阶级觉醒和抗争的种子，其对民众反抗精神的激励和鼓舞作用不可小视。

歌颂红军、拥护人民军队也是此时期少数民族文学中的重要主题。在裕固族的《红军是火炬》，彝族的《红军草》、《红军歌》、《穷人盼望老红军》、《小飞蛾搭桥》，纳西族的《贺龙敲石鼓》、《红军与木匠》、《再有十万八千里也要前进》、《一桶水变成了一桶银元》，畲族的《谋求幸福当红军》、《送郎当红军》，仡佬族的《红军阿仡鱼水情》，苗族的《苗家的救星》、《红军打仗为穷人》、《苗家天天望红军》、《盼望红军早回来》，侗族的《红军长征过龙胜》，瑶族的《朱毛过瑶山》、《桂北瑶民起义歌》、《瑶胞起义歌》，白族的《红军攻打宾川城》、《青龙保驾》、《贺龙挥臂擂石鼓》等体裁各异的作品中，作者均以饱满的热情和恳切的情怀歌颂工农红军，再现了共产党领导下的如火如荼的革命战争。此类作品中最具规模的当属壮族文学创作，产生了诸如《右江革命歌》、《红八军歌》、《土地革命歌》、《苏维埃歌》、《工农解放歌》、《红旗卷长岸》、《骂白匪》、《红军歌》等一系列优秀作品。之所以出现这种现象，很大程度上源自于壮族聚集地区也是共产党进行政治军事斗争最早的地区，韦拔群领导的右江农民运动及张云逸、邓小平领导的百色起义等革命活动均从这里发源。在壮族能歌善舞传统的基础上，风云动荡的国内政治军事斗争无疑为其文艺创作提供了鲜活而真实的素材，推动着壮族文学在新民主主义革命时期蓬勃发展起来，展现了壮族民众在参与现代社会进程中的精神状态和价值追求，突出地代表着新民主主义革命过程中少数民族与政治脉搏的丝丝相扣。

此外，反映抗日战争这一中华民族重大政治主题的文学创作也占据了此时期少数民族文学的较大比例，此类创作力量主要集中于日寇铁蹄践踏下的国土上。在东北地区，北方少数民族成为东北抗日前线的重要力量，与此相应，其作品中也回荡着抗日救亡热情和英勇御敌的时代强音。在满族民歌《抗日跟着李司令》、《抗日五更》，叙事长诗《兴安岭风雪》，小说《没有祖国的孩子》；鄂伦春族民歌《结拜兄弟美名传》，民间传说《腾波的传说》、《申肯向日寇讨还血债》、《抗联战士黄毛保卫汤旺河》、《神枪手元宝》等作品中均可以聆听到少数民族同胞奋起抗击异族侵略的呼声。华南地区少数民族文学创作也因日军入侵而留下了不少抗日作品，如壮族的叙事长诗《抗日歌》、《上林抗日歌》，民间传说《"神枪"和"网炮"》、《山岩惨案》、《石架阵》、《大战昆仑关》；黎族传说《白沙起义》等。此外，以维吾尔族诗歌《中国》，回族小说《古树繁华》、散文《应对日绝交》以及台湾高山族传说《抗日领袖摩那·罗达奥》等为代表的其他少数民族的作品均体现出国难当头时刻，各少数民族群体对抗日战争的积极回应。抗战题材的少数民族文学多在对抗日战争的直接描写中赞颂抗日英雄，讴歌日寇入侵时中华儿女坚毅不屈、奋起抵抗的民族精神，表达对祖国的热爱和对日本帝国主义的愤怒，这样有关抗日战争题材的少数民族作品，说明了在民族存亡的紧要关头，中华大地的各个民族皆为共同的民族意识所贯连，在民族存亡之际超越了不同民族和地域的界限，展现出共同的民族大义与情操。

从上述简单的归纳和勾勒中可以看出，在现代中华民族共同体形成的过程中，重大政治事件和军事进程已经不可避免地渗透进文学创作，由于现代社会革命涉及社会变革的各个层面，因此各民族出现与现代革命进程共鸣的文学作品，也是各民族在现代发展阶段必然的精神反映。共同的政治境遇与历史语境将不同少数民族的文学创作贯穿起来，使其与作为主体的汉族文学保持着精神内核的一致，并影响着各个民族文学创作中题材、表达方式、精神倾向的选择，以感性又生动的方式图解了革命需求，承担起鼓舞少数民族民众奋起反抗、鼓舞战争的重任，并取得了以文学活动促进政治革命的可观成果。

1949 年之后，一个统一的意识形态指导和规范系统的建立，使少数民族及其存在的区域不但在政治、经济等层面开始融入统一范式，文学上也出现了接受当代汉语文学影响和改造的趋势，逐渐向文学一体化方向过渡。从建国起直至"文革"之前（在此仍沿用"十七年"称谓），少数民族文学创作进入了一个全新的转化阶段，其主题选择和风格样式均被纳入马克思主义和毛泽东思想体系之内，从反封建、反倒退势力、反帝国主义侵略等主题迅速演进至对社会主义建设的表现和对无产阶级的颂扬之上，在新中国民族政策的指引下，积极以国家建设者的身份参与社会精神文明和价值标准构建。在题材选择上，"十七年"期间少数民族文学多从革命战争、土地革命等重大题材入手，着意塑造社会主义新人物及战斗英雄形象，在对革命事业的回顾和对社会主义建设的描写中颂扬祖国、政党、军队与民族团结。在价值判断上，坚持以人民群众为创作中心，着重表现其成长经历与建设新时代的热情，极力回避主流文学所排斥的资产阶级思想观念。自新民主主义时期即生发的高昂振奋的文学风格在社会主义时期变得更为强劲和明朗，与以工农兵大众为对象的创作理念相辅相成。在表现手法上多用对比方式，突出新旧落差以控诉旧苦，歌颂新生。如果说 1949 年之前各少数民族文学创作在整体倾向上具有批判、控诉等特征，那么 1949 年共产党取得政权后，就所搜集到的各少数民族创作来看，在整体上则出现了以歌颂为主要特征的倾向，同时具有鲜明的阶级斗争意识，与"十七年"间以汉族文学为主体的主流创作思潮亲密胶合在一起。

　　在这一时代文学潮流的推动下，"十七年"间的少数民族文学收获了数量丰富的作品。在达斡尔族民歌《红色朝阳照大地》，赫哲族民歌《欢乐的伊玛堪献给党》，京族民歌《换选弹新曲》，苗族民歌《清清的泉水流不尽》，壮族长诗《歌唱共产党》，傣族长诗《流沙河之歌》、《傣家人之歌》，蒙古族长诗《狂欢之歌》，维族诗歌《伟大的祖国》、《祖国，我生命的土壤》，藏族叙事长诗《黑痣英雄》，壮族叙事长诗《大苗山交响曲》，满族小说《江山村十日》、《松花江上》，蒙古小说《茫茫的草原》，朝鲜族小说《暗夜》，维族小说《锻炼》、《吾拉孜爷爷》，哈萨克族小说《巨变》、《理想之歌》，彝族小说《欢笑的金沙江》，壮族小说《美丽的南方》，白族散文集《篝火边的歌声》，京族散文集《奋战二十三年的海南岛》，赫哲族戏剧《赫哲人的婚礼》，壮族戏剧《刘三姐》、《红河赤卫队》等为代表的诸多作品中，作者或在生动的描写中反映如土地改革等重大社会事件，凸显人民群众当家做主的热望；或钟情于塑造社会主义新人形象，描绘旧社会农民如何走上革命道路或成长为新社会里出色的劳动者；或在对革命历程的深情回望中歌唱共产党的领导，通过民族今昔对比颂扬歌颂党和军队的深恩，提炼阶级斗争主旨；或以直白火热的激情赞颂新生祖国，抒写人民翻身做主建设新家园的喜悦，以此而赞颂领袖，赞颂人民的智慧与力量。总之，均体现出与主流意识形态和创作风潮的合拍，同汉族文学一起在精神层面上捍卫着新生政权的稳固，共同塑造起年轻共和国的核心价值观念，以广泛的文学实践履行着时代赋予的意识形态职责。同时也需要看到的是，正是因其"一体化"文学模式，"十七年"文学创作中单一化、概念化、粗砺化等缺陷，也或多或少地存在于此时期少数民族文学中，成为其难以避免的不足，侧面印证着其与主流文学的共时同步性。这种"共时同步"为"十七年"少数民族文学带来了不可忽视的新变，这些新变也成为少数民族文学在全新历史时期的突出特征。

最显著的当数少数民族文学体制的日趋完备，以及在这一逐渐完备的过程中向着"民族融合"方向发展的趋势。新中国成立之后，少数民族文学传统中的民歌、传说、说唱文学等艺术形式虽然仍有存在且也有所发展，但随着统一政治与文化体制的积极干预和文化交流的增强，这些传统形式逐渐被小说、散文、戏剧、诗歌、影视文学等汉语文化体系中的"严肃文学"体式所替代，逐渐形成了以"严肃形式"为主、民间形式为辅的创作势态，许多少数民族文学的文学体裁也因此而日益完备。以小说为例，新中国成立以后少数民族小说才得以普遍地孕育和产生，原来尚未有小说创作的绝大部分少数民族，均在此时期填补了小说史的空白。这种文学体裁方面的日渐完备在散文和戏剧领域更为明显。这两类文学体裁的异军突起同文化互渗显然有着不可分割的关系。以散文而言，除老舍、沈从文、端木蕻良等被纳入汉语文学体系加以定论的少数作家及作品外，在建国之前，少数民族文学中鲜有优秀的散文创作出现。毕竟，现代散文作为以"汉化传统"的方式存在的文体，显然不是绝大部分少数民族文学的"传统"。而受西方文化影响甚大的现代戏剧文学更是在进入新中国之后，随着文化教育的普及以及民族文化交流的扩大而在少数民族得到了飞跃式发展。最具代表性的当属壮族歌舞剧《刘三姐》的演出，成为轰动当时剧坛的大事，其回响至今未衰，戏剧也逐渐成为新中国少数民族文学中日趋重要的文学形式。其次，新变还体现在表现形式和创作主体的改变上。相当一部分少数民族直到 1949 年还没有书面文学而只有民间口头文学，在诸如毛泽东所提出的"要诚心诚意地积极帮助少数民族发展经济建设和文化建设"等纲领性政策的实施下，少数民族文学形式（尤其是其所擅长的民歌与诗歌创作）也从口头创作向书面文学过渡，同时，少数民族出身的专业作家队伍逐渐生成，作家创作逐渐代替民间创作，成为本民族文学创作的主力，形成了民间创作与作家创作合流、作家创作为主的创作模式，且无论在题材、形式还是语言方面，新时期的少数民族文学都逐渐超越了民族和地域的狭隘界限，向着"民族融合"的方向发展，为文学共同体的建设共同努力。

此外，在一体化文学框架下仍保留着丰富性与多样性，也是建国之后少数民族文学值得一提的特点。在汉语文学体系中的"严肃形式"完备着少数民族文学体裁的同时，以民歌、故事传说、民族戏剧等体裁为基础的少数民族文学也丰富了新生社会主义国家的文学表现形式，扩大了文艺的娱乐功能。同时，一些少数民族（尤其是地域偏远、相对闭守的群体）因与主流汉语文化渊源较浅而获得了意识形态的宽容，能够将创作笔触相对自如地融进其所熟悉的文化传统、民族风情和神奇的自然风貌中，为被一体化和政治化制约的"十七年"乃至"文革"文学吹进了一缕别样的风。如在藏族诗集《雪山集》、蒙古族诗歌《在鄂尔多斯的夕阳下》、白族诗集《傣村速写》等作品中，优美的家园风情和多彩的民族生活成为作者抒情的对象。无论春雨、芭蕉、凤尾竹、婚礼、雪山还是草原都饱含着对自然和家园的赞美，充溢着浓郁的诗情与画意。而在白族诗歌《蝴蝶泉》《望夫云》，壮族长诗《百鸟衣》，维族歌剧《萨里哈与萨曼》等中，作者则依托民族神话传说赞颂真善美与坚贞不渝的爱情，一脱阶级观念和工农兵文学的限制，弥散出浪漫纯粹的民族风情。尤其值得注意的是这类作品中对爱情元素的处理方式，与以意识形态为标尺的文学中凭借阶级因素决定爱情发展不同，男女主人公的爱情多与民族神话与传说相关联，源自真挚情感的自然生发，洋溢着浓郁的浪漫色调与民族风情，具有更为纯粹的感性审美意义。即使在意识形态意味较为浓厚的作品中，也往往在图解政治理念之余糅合着对民族风情的大力刻画，这对其时相对单一的创作模式而言无疑是一种扩充与丰富，如在哈萨克小说《理想之歌》及壮族戏剧《刘三姐》中，对草原风光和壮族风情的描写均成为小说或剧作的打眼之处，保留着少数民族文学的浪漫传统和淳朴本色。更有一些少数民族文学在意识形态的严格控制下依然保持着"吐真"的品质，如《南瓜藤结丝瓜》中即以层层排比的手法描写了社会建设中浮夸跃进的现象，形象生动，形式虽俏皮活泼，却不能不说起到了警醒社会的作用。这些作品不仅丰富了共和国略显单调的文坛，也侧面印证了文学在起源上来自主体精神感受的各个层面，具有自由天然的本性，即使在限制颇多的语境之下，也绝非必然要从属于某个特定的重大命题。

总体而言，各少数民族文学创作虽各有千秋、各有特色，但是在1930—1970年代其文学创作总态势上也呈现出一些共性特征。在这一交织着军事与思想斗争的漫长时期，少数民族文学始终与意识形态的交替与动荡息息相关，尽管在形式与特征上略有侧重与差异，然而同这一时段的主体文学一样，少数民族文学在争取民族独立和阶级解放的过程中，尽己所能地发挥出实用性、战斗性、工具性特点，凭借其丰富的种类、庞大的数量和蓬勃的战斗精神保障和促进着意识形态斗争的进行，体现出政治文化的鲜明特征。从民主主义革命时期作为辅助工具发出抵抗的呼唤、吹响鼓舞的号角，到社会主义时期在统一政权和意识形态的规范下纳入思想建设范畴并获得新质，少数民族文学与作为主体文学的汉族文学罅隙日渐缩小，交流增多，一体感增强，并在这一过程及角色转变中获得了不可忽视的重要地位，成为构架中国新文学框架不可或缺的组成部分。在新中国成立以来各民族和谐共存，多元一体的格局下，民族文学的融合已经是不可阻挡的趋势，建设一个各民族文学共生共存、同根同源、彼此关联又彼此独立的文学共同体，注定是中国文学今后的重任和目的，而少数民族文学的未来正蕴藏在这个博大宏阔的文学共同体之中。

第七章　政治文化渗染的文学形态

文学态势总览

第一节　政治制导的现代中国文学

1927 年大革命失败后，现代中国文学进入了一个新的发展阶段。国民党政府为巩固南京政权采取了严酷的文化专制措施，控制传媒、查禁书刊、迫害进步文人及文学社团，试图取得思想领域的绝对权威。为扼杀刚刚萌生的无产阶级革命文学，国民党政府大力倡导"三民主义"和"民族主义"文学，试图扑灭阶级斗争观念，铺设资产阶级意识形态。尽管声势浩大、后盾强硬，但从其背景来看，"所谓党的文艺政策，又是由于共产党有文艺政策而来的；假如共产党没有文艺政策，国民党也许就没有文艺政策"。迫于"普罗文学"压力而仓皇应战的"反左"文学运动具有先天性的被动特征，缺乏作为一个有生命力的文学体系必要的理论基础及精神旗帜，势必从根源上即与自发、自主、自强的左翼文学难以真正抗衡，因此尽管"三民主义"和"民族主义"文学因其强大的政治及经济支持而一度占据优势，但最终难逃昙花一现的结局。无产阶级革命文学最终从国民党的文化阻击中突围而出，蓬勃地生长起来，通过一系列文学活动反抗权力主体压迫，尝试在文艺领域建立起革命的、无产阶级的文学新规范，自发生伊始即打上了鲜明的政治烙印。1930年，在中共积极干预下，无产阶级文学的领导机构"中国左翼作家联盟"（简称"左联"）在上海成立，旨在以文学为武器，宣扬并推进无产阶级革命运动。中国文学以此为原点，走进了一个由政治制导的特殊年代。

"左联"的成立是政治运作介入文化战线后的产物，它的创建有意无意地为政治操纵文学赋予了不言而明的"合法性"，使政治与文学紧密胶合在一起。虽然以文学团体名义存在，"左联"却带有鲜明的党派特点，拥有严密的领导组织和诸多党内成员，并积极举行贴标语、发传单、"飞行集会"等政治活动，"不论是党员还是非党员"，左联成员"都是把这些活动当做革命工作，当做一个严肃的政治斗争"①，自创立之初即全方位体现出以政治为纲的特点，其对当时文学创作的领导意义决定着在即将到来的革命时期，文学活动注定将与政治进程难解难分，服务于彼且受制于彼。在"左联"影响下，文学的倾向性、革命性、政治性作为体现文学价值的新决定性因素迅速成为这一时期作家关注的重心，许多五四文学革命时期的作家纷纷以"左联"为标尺开始了创作观念转变：从"为艺术"、"为人生"的文学转变至"为革命斗争"、"为阶级解放"的文学；从对"人的觉醒"和"个体个性"的追求转变为对"阶级的觉醒"及"集体共性"的追求。在全新的创作理念指引下，无产阶级革命文学在最初的摸索中逐渐形成了题材、形式、风格等方面的典型特征。主题方面，工人阶级的反抗、破产农村和农民斗争这三类题材几乎包罗了左翼文学创作的全部内容，萌生了阶级反抗意识的苦难工农成为作家倾情塑造的形象，以期在对无产阶级主体的现实遭遇和革命核心问题的描述中激发阶级能量的释放，同时显现作者文学观念的转向和阶级意识的觉醒。为从创作实践上与广大的无产阶级更为贴近，实现"以压迫的群众做出发点的文学"②，文学"大众化"是左翼作家普遍的追求。为实现这一目的，左翼创作首先抛弃了沉浸在个人天地中"孤芳自赏"或"对影自怜"的个体形象，令其作品的主人公化身为集体和阶级的代言人，发出大众的声音、诠释阶级主张、体现阶级之美，作品崇

---

① 陈荒煤：《伟大的历程和片段的回忆》，《人民文学》，1980年，第3期。

② 蒋光慈：《关于革命文学》，《蒋光慈文集》第4卷，上海：上海文艺出版社1988年版，第173页。

尚粗疏与力度，在易于为无产阶级读者接受的粗犷文风中靠近大众，作品往往充满了暴风骤雨式的"粗暴的叫喊"和浪漫的革命想象。在艺术形式上，本着"作品的体裁也以简单明了，容易为工农大众所接受"①的原则，唱本、壁报、演义、街头朗诵等具有"亲民"特点的表现形式被广泛选用。同时，为确保随时、及时地传递革命信息，杂文、速写和报告文学等时效性艺术体裁也成为极盛一时的文学样式。

在此可以看到，在对政治意识和政治功效的强调下，左翼文学转化了先前五四文学的创作数路，无论形式、内容还是精神内涵，都被贴上了政治的标签。这一具有巨大势能的创作力量为1930年代文坛涂抹了一层政治基色，使即便与左翼风潮相离或相去的文学创作也难以逃脱政治对文学的辐射。如一向"温情脉脉"、远离政治的老舍在《猫城记》中即暗含了对政治前途的思索和对国民党政权的抨击。"海派"作家施蛰存更是清楚地认识到，"文学时常不知不觉的在为政治服务的，一个作家是无法逃离政治氛围的"②。即使一些作家以"自由人"、"第三种人"自谓并极力避免同政治发生关联，然而这种称谓本身就带有了政治划分特征，使其文学追求实际上也成为对政治立场的特殊表态。在政治意识的强力渗透下，"阶级性"、"政治角度"成为文学的焦点问题，导致评论界往往以"左中右"作为进行文学批评的入口，对作家作品的褒贬也相应地依据其政治立场而做出判断，人性关怀与人道主义等文学启蒙年代的价值标准被政治选择、革命意义与战斗热情所代替，这一重政治轻艺术的批评风尚造成了当时批评界对诸多优秀作品的偏颇评价。如钱杏邨就曾批评茅盾的作品未能从现实中寻找革命契机，如此以片面的政治眼光评点作品，势必难以接近文学本质，阻断了对作品多层意蕴的挖掘，使文学在政治制导的年代"不再具有独立意义和价值，而只是一种为了成全其他事业、其他工作、其他追求的一种工具和手段"③。此外，作家主动选择以文学的政治性、革命性、实用性为中心的创作方略也造成了1930年代政治文学艺术上难以回避的

① 《中国无产阶级革命文学的新任务》，《文学导报》，1931年，第1卷第8期。

② 施蛰存：《沙上的脚迹》，沈阳：辽宁教育出版社1995年版，第171页。

③ 朱晓进：《政治文化与中国20世纪30年代文学》，北京：人民出版社2006年版，第133页。

缺陷，文学创作整体上存在模式化、同一化、"差不多"现象。人物多样性被抹杀，个性主义消失于集体主义呼声中，文学成为某一理论或口号的宣传器，陷于浅显空泛的陷阱，使叙事模式陷入二元对立的公式化藩篱，在形式创新方面远不如从前。创作主体也在这一对文学政治意义的追求过程中丧失了主动观摩多样人生的兴趣和能力，这对作品意义的深度和主体创作力的伤害是显而易见的。虽然柔石、丁玲、茅盾等一些厌倦了左翼创作模式的作家曾以相对深沉的作品对此进行过纠偏，然而这些艺术不足之处仍然在各个时期的政治文学中存在，甚至被加以放大。尽管以政治制导文学创作对文学发展并非全是阻力，如对社会重大问题的密切关注使故事容量增大，革命现实主义文学日趋成熟，长篇小说得到长足发展，连环画、报告文学、速写等一些"大众化"、"时效性"文学形式也得以广泛推广，但作品的文学性被强大的政治渗透压抑至当时审美需求的最底层，也是不争的事实。

由"左联"领导的左翼文学创作开启了文学与政治联姻的源头，自觉、自发地将政治机制引入文学创作，使文学活动围绕政治圆心涂抹轨迹，并以此完成了中国文学从"文学革命"到"革命文学"使命的转换，其最大意义在于凭借摸索式的实践，为中国政治文学提供了粗糙却完备的雏形，其时文学创作的主要特征和精神内核，在之后各个时期的政治文学中均有不同程度的沿袭与发展，深远地影响了现代中国文学在漫长革命斗争年代的发展方向。

1937年，抗日战争的全面爆发极大地改变了中国政治局势，中国文学版图依据战争形势被迫划为国统区、解放区和沦陷区三个彼此区别又相互关联的区域。尽管抗日救亡意识一度压倒了左翼传统所注重的阶级解放主题，然而对文学政治意义和工具性的开掘却从未改变。受不同战争形势及政治文化制约，战时不同区域的政治文学风貌也各有差异。在国统区，战争的严酷和积聚甚久的国民落后性使文学肩负起宣传战争、鼓舞民众的重要责任。1938年，"中华全国文艺界抗敌协会"在武汉成立，目的明确地领导起国统区文艺创作。将战前对政治文学持不同观点的创作力量聚合在一起共同抗敌，提出了"文章下乡"、"文章入伍"的口号，以期激发民族志气、唤起抗战热情，使国统区文学创作沿着左翼开创的战斗传统建立起一条文艺救国之路，从根本上确定了国统区文学的发展方向：以政治为中心，服务政治需要，坚持艺术性与政治性相统一而政治标准第一、艺术标准第二的审美原则，使国统区文学创作呈现出鲜明的政治文学风貌。不同阵营的作家在民族存亡之际迅速实现了价值观的统一，自觉地以笔为枪，宣传抗战，鼓舞士气，同心协力地筑成一道精神上的坚固防线。"一切从事于文笔艺术工作者……都一致地团结起来，为争取抗战的胜利而奔走，而呼号，而报效。这是文艺作家们的大团结，这在中国的现代史上无疑地是一个空前的现象。"[1]然而需要强调的是，即使在共同御敌的抗战初期，国共两党也依然存在着文艺政策的本质分歧。国民党政府从未放弃对文化战线的控制，对战时文艺始终提出服务本党政治的要求，在其战略性的《抗战建国纲领》中，即明确地表明了对"三民主义"最高原则的维护，对抨击国民党统治、颂扬共产党领导的作品更是采取严苛的态度，为抗战后期国民党文艺政策的翻转埋下了伏笔。皖南事变后，为配合从政治和军事上压制共产党，国民党当局对进步文艺的打压逐渐公开化，以"中央文化运动委员会"等机构为中心推行专制文艺政策，强调战时文艺应当为"三民主义"政治服务，对艺术创作提出了"六要"和"五不要"限制，"在所谓'三民主义'、'民族文艺'的幌子下，实行只准歌颂国民党，而不准暴露国民党文化专制主义的罪恶的禁令，意在绞杀抗战文艺和人民文艺"[2]。国民党文化专制的过程实际上是与中共领导的抗日民主势力争夺文艺领导权的过程，是强制战时文艺走向狭隘政党利益的过程。在共产党带领下的进步文艺，采取"有理、有利、有节"的方式对抗国民党专制势力的阻碍，利用政治部第三厅等机构贯彻进步文化纲领，在日益艰难的文化背景下确保了抗战文学始终坚持宣传战争、鼓舞士气、打击日寇的方向。在共产党的正确引导和文化抗日战线的共同努力下，国统区文学运动蓬勃开展起来并形成了独特风貌。在题材选择上，颂扬前线抗战、揭露政治黑暗、塑造民族新品格和反映民众苦难等与政治密切相关的主题成为国统区作家创作的重心；风格方面，从抗战初期的昂扬激愤、热情乐观，到抗战步入相持阶段尤其是皖南事变后进入"热情凝固了"、"幻想破灭了"、"光明晃远了"的"新的苦闷和抑郁"[3]，体现出与

---

① 郭沫若：《新文艺的使命》，《郭沫若全集》文学编第 19 卷，北京：人民文学出版社 1992 年版，第 376 页。

② 苏光文：《抗战文学简论》，《西南师范大学学报》（人文社会科学版），1984 年，第 3 期。

③ 臧克家：《我的诗生活》，重庆：读书出版社 1943 年版，第 73 页。

政治事件环环相扣的密切关联；在表现形式上，"左联"时期热衷的报告文学、速写等时效性文体在国统区仍是极受青睐的体裁。通俗昂扬的街头诗、街头剧、唱本、壁报文学等文学形式也成为宣传抗战工作的有力工具，例证着国统区文学对"大众化"的追求与努力；文学体制上，多变的政治形势和文学对政治主题的关注极大地扩充了作品的内容及情感容量，使国统区文学呈现出创作追求上的"史诗倾向"，长篇小说、多幕剧、长篇叙事诗和抒情诗等"大制作"成为此时期最主要的文学样式。尽管国统区文学创作同样难以摆脱政治文学固有的不足，尤其在初期作家大多"廉价地发泄感情或传达政治立场"①，文学创作或多或少地存在左翼年代公式化、概念化倾向，然而在救亡热情和动荡政治形势的双重激发下，国统区仍旧取得了抗战背景下政治文学的丰硕成果。在戏剧方面，收获了《法西斯细菌》、《蜕变》等现实主义戏剧以及《清明前后》、《升官图》等针对国民党统治的讽刺喜剧；诗歌方面，以《射虎者及其家族》、《大渡河支流》等作品为代表的长篇叙事诗以及继承中国诗歌会文艺传统的"七月"诗派皆成就卓然；小说方面，《第七连》、《萧连长》等反映抗战官兵爱国情怀的作品和探讨知识分子在民族战争年代历史道路的《财主底儿女们》、《困兽记》等小说均为国统区小说代表之作。在国统区抗战文学中，有两类创作尤其需要提及，首先即是体现国统区文学写实派创作最高水平的讽刺及暴露文学。国民党"消极抗日、积极反共"的倒退统治使揭露社会黑暗成为国统区文学的重任，即使是通俗小说大家张恨水也在日益艰难的现实下向着讽刺与暴露转移，在《八十一梦》等作品中已经少有言情的影子。在这一脉创作流派中，张天翼、沙汀和艾芜可称作最为突出的代表，其作品不仅揭露了国民党的腐朽统治和民族苦难，更是以理性批判意识同五四时期"国民性批判"主题取得了关联。这一潜在批判姿态，在唤醒民众抵抗意识的同时，也成为反思抗战为何艰苦卓绝、阻力重重的途径之一，体现出抗战环境下作家对国家命运更深层次的关注，使文学的触角不仅遍布于现实表面，更是深入到造成这一现象的根源空间，令国统区文学无论在数量还是质量上都占据了优势，从意义深度而言是

---

① 胡风：《民族革命战争与文艺》，《胡风评论集》（中），北京：人民文学出版社1984年版，第78页。

其他政治区域的创作难以比拟的。其次，国统区浪漫文学的创作也是值得瞩目的现象，连年战事使国统区以市民为主的读者群体尤为需要浪漫文艺的安慰，这也就不难理解为何以徐訏为代表的富于传奇性的通俗小说从抗战年代的严肃文学中突围而出风行一时，不过即使是这些看似远离政治的消遣作品，也并未沉浸于对传奇的幻想，而是于传奇之外委婉地抒写着作者对时局的把握和期待。如在徐訏创作的《风萧萧》中，主人公虽刻意回避战争，但仍在与同战争密切相关的几位女性的感情纠葛中成长为一名反法西斯战士，是政治在残酷战争背景下投射于文学的一道形式独特的影子，浪漫文学创作因此也成为独具国统区特色的一道别样风景。与此同时，在努力耕种于自己的园地之余，国统区文学还注重与其他区域文学进行交流与互渗，跳出自身政治环境对创作视阈的制约，吸取一切有利因素为己所用。在《小二黑结婚》、《王贵与李香香》及《白毛女》等解放区优秀作品的影响下，国统区作家进一步认识到扩大关注领域、反映民众现实、推动文学创作大众化的重要性，同时也意识到选取民间形式作为创作载体对真正走近民众和实现文学"大众化"的意义，积极采用歌谣这一大众化、通俗性的体裁做容器，用纯朴的民间词汇创作出许多广为流传的作品。袁水拍的《马凡陀山歌》、《解放山歌》，臧克家的《宝贝儿》、《生命的零度》，黄宁婴的《民主短简》等诗歌正是这一努力实践所收获的结晶。在艰苦卓绝的战争年代，国统区文学与解放区文学及沦陷区文学共同组成了一道坚固的文艺壁垒，彼此渗透，互为补充，为夺取抗战胜利及无产阶级政权的最终确立提供了精神上有力的推动与保障。

与国统区文学激昂与沉郁共存、热情与理性并重的多元势态相比，解放区文学更多地呈现出朴素、向上、自然的整体样貌。与此同时，不同的政治语境以及权力话语主动而有力的干涉，也使得解放区文学无论在文学特征、精神主旨还是艺术风格上，都更为明显地体现出政治文学的种种特征。

1937年中央红军建立延安根据地之后，解放区以其开明政治和相对宽松的文艺政策吸引了大批文人与知识分子加入革命队伍，并以积极向上的心态描述革命事业与新生活，使初期解放区文学在原有苏区文学生动活泼的基础上像"蔓生的野花"一般"呈现出活泼、轻快、雄壮的优点"①。然而随着军事斗争的深入及对文艺政治性、工具性的强调，解放区作家内部逐渐出现了不同声音，一些在五四启蒙思想土壤中生长起来的作家仍坚守其知识分子批判精神，对解放区政治形式和以政治为中心的文学创作有所疑虑。如王实味曾理性地指出解放区并非理想的社会主义形态，而是存在对革命理论的教条式接受和封建意识残余；丁玲也曾认为"文学不是赶时髦的东西……放胆地去想，放胆地去写，让那些什么'教育意义'，'合乎什么主义'的绳索飞开去"②，然而这些诚恳的批评和"资产阶级文艺观"立刻招致广泛批判，使知识分子的立场或政治倾向性在解放区成为亟待规范的问题。1942 年 5 月 23 日，针对解放区目前文艺界存在的种种是非，毛泽东发表了著名的《在延安文艺座谈会上的讲话》（简称《讲话》），对解放区的文艺方向提出了明确要求，确立了无产阶级革命文学服务工农兵大众的主导思想和文艺服务于政治的基本指导原则。《讲话》发表以后，解放区陆续开展了轰轰烈烈的文艺界整风运动。在强大的政治压力下，被划归"小资产阶级"的知识分子以前所未有的自卑心态努力消解带有五四遗痕的知识分子精英意识，在《讲话》精神指引下，解放区作家实现了价值观的统一。《讲话》不仅为解放区文艺创作指明了发展方向，也使得政治文学作为一种价值范式在解放区确立起来，无论在内容、形式还是思想上都得到了统一规范。集体或阶级的理想与利益成为此时文学创作的绝对重心，具有阶级鼓动性和政治抒情色彩的素材成为作家最热衷的表现对象，描写解放区新生活和革命战斗主题的作品因此而取得了主流文学地位。在特殊政治环境引导下，对这两类主题的表现明显呈现出富于理想主义和乐观情怀的昂扬态势。尤其在描述解放区婚恋生活的作品中，富于生活乐趣的恋爱与劳动两相结合，一派和谐安康、积极向上的景象；而在革命题材的作品中，作家们纷纷借工农大众在革命斗争中的变化表达对党的赞美和对革命政策的拥护，农民通常彻底脱去五四时代愚昧落后的外衣，转而以革命战士和战斗英雄的全新形象出现在文坛。在表现形式上，解放区作家认识到只有将政治诉求同通俗文艺形式结合起来，文学才有

---

① 丁玲：《文艺在苏区》，《解放》，1937 年，第 1 卷第 3 期。

② 丁玲：《什么样的问题在文艺小组中》，《中国文艺》，1941 年 2 月 25 日，第 1 卷第 1 期。

可能实现作为政治宣传工具的鼓动效应，继而开拓出基于对民间文学形式的新章回小说、新评书小说、民歌体叙事诗、新歌剧等为大众喜闻乐见的文学新体裁。诸多如赵树理等"土生土长"的解放区作家以其生动的生活体验、对民间艺术样式的熟练掌握和明白通晓的通俗语言迅速获得认可，打破了长期以来知识分子主宰创作领域的传统，创造出真正意义上的"工农兵文学"。自左翼时期即被提出的文学"大众化"口号在经历了漫长实践后，终于在解放区获得全面推广并取得了权威地位。政治话语的强力引导使解放区文学社会意义十分显著，在促进军事斗争与政治斗争、鼓舞民众士气、形成思想凝聚力等方面影响空前，产生了《小二黑结婚》、《荷花淀》、《太阳照在桑干河上》、《暴风骤雨》、《王贵与李香香》、《白毛女》等反映时代风貌的优秀作品，同时为现代中国文学人物谱系注入了诸多崭新形象。然而政治的大力干预也使得解放区文学放大了政治文学艺术性欠缺的先天不足，不仅取材相近，而且故事结构、人物设置等方面也差异甚小，"模式化"、"公式化"、"脸谱化"创作痕迹较左翼文学和国统区文学更为明显。同时，层出不穷的文学政策对作家创作提出了诸多硬性要求，若要写出深受认可的作品，"必须懂得当前各种革命的实际政策"，要求"文学工作者自己获得与掌握政策思想"，要求"艺术创造与政策思想的更密切的结合"[1]，使解放区作家的创作重心始终是通过对政策的体会贯通，将其与农村实际结合起来，以此凸显政策的力量，令艺术构思实际上成为用政治"筛子"筛选实际生活的生硬过程。此外，过分注重人物外在的政治环境必然引发对其内在需求的忽视，从而导致了解放区文学用政治话语诠释社会生活的审美特征。如在《王贵与李香香》中，主人公的爱情经历被附加了具体实际的阶级内容，其悲欢离合完全排除了自身情感因素，个体成为阶级话语的转译者而丧失了独立存在的意义，使作家对人物的理解过于片面单薄，作品内涵难免流于肤浅。与此同时，对阶级因素的强调使阶级利益成为压倒一切的追求，人性、人道、人情等具有普遍意义的价值观自然而然地旁落。在如《荷花淀》等诗意丰盈的小说中，军事斗争的残酷被赋予了理想色彩和浪漫情调，一片欢歌笑语中，战争成为充满审美愉悦的欢乐场景和令人鼓舞的游戏。虽然必须承

---

① 周扬：《关于政策与艺术》，《解放日报》，1945 年 6 月 2 日。

认在特定历史环境下革命浪漫主义对中国政治革命进程起到了不可忽视的积极作用，但悲剧意识和人性关怀的隐退实际上从根本上消解了以思想启蒙和人道主义为内涵的现代人文精神。从解放区文学中可以读出政治意识对文学渗透力度的增强。相较国统区而言，解放区文学政治意味更浓厚，对左翼文学传统的继承更为彻底，其所形成的文学基本特征与价值范式，不仅影响着同时代其他政治版图内的文学创作，更是为新中国成立后更为统一的政治文学样式提供了模版、培养了创作人才、积累了实践经验，决定了新中国文学整齐划一的发展方向。

与活跃的国统区、解放区文学相比，处于异族统治之下的沦陷区文学则艰难且复杂得多。异族统治下严苛的政治与文化环境使沦陷区文学的政治特点最为淡薄，然而在文学创作围绕政治展开，并与政治进程息息相关这一方面，沦陷区与国统区、解放区并无差异。日伪政府对沦陷区文坛实行严格控制，设立中日文化协会等组织"领导"文艺创作，试图以"大东亚文学"、"决战文学"等文学构想腐蚀沦陷区中国文学。在这一异族统治的政治背景下，民族意识的觉醒成为沦陷区最鲜明的思想主题。在东北沦陷区，山丁、袁犀等作家提出了具有家国概念的"乡土文学"主张，通过表现特殊政治格局下农民的苦难来抒发强烈的民族意识和爱国情怀，具有批判现实主义和革命现实主义双重特点。这一反抗精神随着东北沦陷区作家的入关进入华北后，立即引发了华北沦陷区有关"乡土文学"的广泛讨论。在讨论声中，"乡土文学"获得了具有民族认同意义的"我乡我土"新内涵，强调在乡土文学中弘扬本国历史文化、语言风俗和风土人情，使看似极为"传统"的文学主题中包孕了浓烈的文化对抗意味，乡土文学也成为沦陷区创作成就最为突出的领域。在华东沦陷区，作为"战斗掩体"的"孤岛"消失后，留守作家在冷寂的文学冻土中坚持在《万象》、《春秋》等爱国文人主持的刊物上传递抗战信息、抨击日寇侵略。然而，尽管"心有余"，沦陷区苛刻的政治环境却使得作家的正面对抗不得不呈现出"力不足"的势态。因此，迂回的表现手法便成为沦陷区作家表达政治关注最主要的手段。前述作家对乡土主题的选取，本身即体现出对异族侵略的曲折反抗。而在一些通俗小说中，作者或取道历史，或借助武侠，在看似消遣的作品中表露出明晰的家国观念；此外，东北沦陷区还曾大量译介被压迫民族的文学作品，借他人酒杯浇自家块垒，曲折地表达出其民族情感及抗争意识。总体而言，在日伪高压政治下，沦陷区直接表达抗战思想的作品并不多，然而这股细小的力量，却释发出异族侵略时期最具爆发力的声音。除上述以民族意识为纲宣扬抗日救亡以外，沦陷区更有一脉对政治持疏离态度的文学创作，或传递生活情调，或拟构言情故事，或注重知识趣味，或谈天说地、品茶论酒，使这些看似全无政治热情的主题充盈着沦陷区文学园林。这固然与日伪文化高压及迎合读者在特殊境遇下的审美需求有关，然而这一超脱表象的背后却仍然隐伏着政治密码。日伪政府对抗日文学和抗日作家的残酷镇压，使消闲意味的创作成为身负国仇家恨的沦陷区作家排遣郁结的无奈选择。这种政治疏离姿态不仅是作家无法畅言政治激愤的表现，也是在日伪当局统治下保持民族品格的方法。毕竟在日伪政府文化高压下，远离当局"政治"，本身即成为一种最有效的反抗。在这一理念驱使下，沦陷区作家纷纷采取以消解政治的文学创作作为走近政治的途径——或用"艺术至上主义"使文学免受日伪"国策文学"等主张的侵蚀；或在对贫困、痛苦、疾病、饥饿等的大量展示中书写与国家患难与共的情感告白；或借风花雪月的创作充当沉默时代中作家对其政治忧郁自我消解的渠道，使文学透过娱乐消闲风尚渗透出严肃旨意，在闲逸风潮的遮掩下透露出政治积郁和民族意识对其难以抹灭的影响。在争取民族独立战争的过程中，无论是否自觉，作家与国家之间早已先天性地生发出不可割离的亲缘关系，民族意识或隐或显地渗入文学创作血脉，成为整个沦陷区文学最本质的特征。这一特征跨越辽阔的地理界限，根植在每一块饱受异族侵略的华夏土地上。即使在1895年即因马关条约而落入日寇统治的台湾，民族意识也在日军全面侵华的激发下成为台湾爱国作家创作的源泉。怀着忧愁家国情怀的作家们在日本政府"皇民化运动"的文化压制下坚韧作文，隐忍而密切地呼应着全面抗战的脉动，表达着对光复故土的渴望，《亚细亚的孤儿》（吴浊流）、《鹅妈妈出嫁》（杨逵）等作品均为此时台湾反抗文学的代表之作。沦陷区文学为现代中国文学在异族统治背景下提供了生存样本，其所内蕴的因异族侵略而微小，却同样因此而浓烈的民族意识也反照出即使在文学空气稀薄的环境下，政治情愫仍然是战时文学最强劲的动力。可见，即使在政治格局和文化环境存在差异的特殊历史时期，政治意识仍然将不同文学区域贯穿起来，使其保持着精神内核的一致，并影响着各个政治区域下文学题材、表达方式、精神倾向的选择。在新中国和与之相应的文学新范式建立之前，国统区、解放区和沦陷区坚持着文学服务抗战救亡和阶级解放的宗旨，实现了文艺与大众及政治现实的紧密结合，促成了民众民族意识及抗战热情的觉醒，并取得了以文学活动促进政治革命的可观成果。

1949 年，在历经艰苦的抗日战争和解放战争后，无产阶级政权终于得以确立，这一重大政治事件必将影响和改变着自战争年代起即与政治密切关联的文学活动的进程。帝国主义的溃败使异族文学殖民退出历史舞台，退逃的国民党在文化领域的负隅顽抗显然也已是微不足道。尽管据守台湾的国民党曾将"反共复国"立为国民党思想准则和政治纲领，压制具有"左"的特点的文学、提倡反共战斗文艺，大量创办以《中央日报》、《中华日报》等为代表的反共反苏报刊，试图"消除赤色共产主义的毒素"、"引导国民实践三民主义的革命理想"①；然而，这股强弩之末的反共躁动很快便随着"反攻大陆"梦想的破灭而消散，由中共领导的无产阶级文学进入全新历史阶段，实现了其长期以来"一体化"的理想。作为一个年轻国家精神层面的主要外现形式，共和国文学自脱胎之初即打上了"政治文学"的烙印，并且在统一政权的干预下朝着更为统一的方向延展。1949 年 7 月，解放区和国统区的文艺工作者在北平举行了第一次文代会，会议确定了今后全国文艺工作的方针与任务，毛泽东和周恩来等党的领导人对两区的文艺工作做出了"对于革命有好处，对于人民有好处"②的总结与评价，阐释了文艺与革命的关系。从这次黎明前的会师中隐约可见在即将到来的新时期里文学的发展方向和价值准则，建国初期文艺界针对电影《武训传》、俞平伯的《红楼梦研究》及"胡风反革命集团"进行的"三大批判"更是明确喻示出政治对文学的强制干预将更为宽泛及深入。服务工农兵大众的艺术主旨和战时对文艺政治性的要求，在和平时期似乎难以消退其惯性。自共和国建立至"文革"发生的十七年间（简称"十七年"），中国文学总体而言沿袭了解放区文学政治性、社会性、斗争性的传统，并将其具体创作特点加以放大，使中国文学更加适应历史新阶段的意识形态要求，直至其自身成

---

① 张道藩：《论当前文艺工作的三个问题》，《中央日报》，1952 年 5 月 4 日。
② 《人民日报》，1949 年 7 月 7 日。

为政治工作的一部分。在军事斗争取得胜利后，抗日救亡主题和民族意识逐渐隐退文坛，对一个新生无产阶级国家来说，在思想领域建立权威性的核心价值观念以巩固阶级胜利果实，是必然也是必须的工作，阶级问题从而成为无产阶级新政权需要面对的首要问题，阶级认同和在体制内继续进行的阶级斗争也成为"十七年"文学创作的圆心。

　　与此创作观念相应，解放区时期所开创的文学方向依然是"十七年"文学的选择，工农兵依然是文艺活动的中心，大众的、阶级的文学依然是"十七年"文学追求的目标，力求使"民族的、阶级的斗争与劳动生产成为了作品中压倒一切的主题，工农兵群众在作品中如在社会中一样取得了真正主人公的地位"。[①] 在这一创作思潮带领下，革命历史和农村新变题材占据了主导地位。革命主题创作试图通过描写抗日战争或国内革命战争来达成其预设的意识形态目的，不只是对革命事业的深情回顾和对阶级胜利的赞颂，更是从社会主义建设立场出发，"使人民能够历史地去认识革命过程和当前现实的联系，从那些可歌可泣的斗争的感召中获得对社会主义建设的更大信心和热情"[②]。抱有相似目的，农村主题创作旨在通过对社会变革的摹绘以释发阶级势能和彰显新政权下政治决策的正确性，这类创作塑造了一系列具有社会示范性及感召力的英雄模范人物，在其理想化的性格、经历及道德品格中，蕴含着作者对新秩序下工农阶级新生活、新风貌的认可和对主流话语的努力靠近。在对这两大主题大力描摹的基础上，"十七年"文学收获了丰硕的以工农兵现实生活为依据、以颂扬新政权和阶级胜利为基调的创作果实，产生了《山乡巨变》、《创业史》、《红旗谱》、《红日》、《红岩》、《林海雪原》等大批优秀作品。为突出阶级胜利的喜悦，作品在情节设置上大都采取"新旧对立"的二元标准，突出以工人、农民为代表的"新人"在共产党和人民军队的带领下，摆脱了以"地主、资本家、国民党反动派、帝国主义侵略者"为代表的"旧人"的压迫，过上了和平光明的美好生活。在这一阶级自豪情绪的催生下，"颂歌"与

①　周扬：《新的人民文艺》，《中华全国文学艺术工作者代表大会纪念文集》，北京：新华书店 1950 年版，第 71 页。

②　邵荃麟：《文学十年历程》，《文学十年》，北京：作家出版社 1960 年版，第 37 页。

"赞歌"在"十七年"文学创作中成为主流形态。与此同时，在这一颂扬热潮中，现代中国文学的作家结构发生了质的改变，周立波、柳青、赵树理等来自解放区的作家和郭小川、贺敬之、浩然、闻捷等伴随共和国成长的青年作家共同组成了文坛的主要力量，自解放区时期即"问题颇多"的知识分子作家则沦为文坛"边缘人"和政治批判的一部分。知识分子始终身处政治漩涡的核心已经是不争的事实，政治从未停止对创作主体的严格限制，在对意识形态问题的强调下，知识分子屡次被视为无产阶级的对立面而不得不蛰伏封笔，接受人民群众的改造。使得文学创作的主、客体在阶级意识和政治干预这一组内、外力的共同作用下最终实现了彻底的无产阶级化，成为真正意义上的阶级文学。"十七年"文学圆满完成了其所肩负的意识形态使命，以具体可感的图景诠释着政治话语，从中可以触摸到新政权每一次精神脉动和由之引发的社会面貌的变化。在为中国文学史提供了诸多红色经典的同时，也对当时社会核心价值观念的形成施加了积极影响，尽己所能地保障着年轻共和国的稳固发展，中国政治文学也在新政权这一强大力量的牵引下走向成熟。然而，尽管社会意义重大，政治制导文学的种种旧疾仍然影响着新中国文学创作。"十七年"文学在选取题材、设置情节、安排结构、提炼主旨等方面具有很高的相似性，"模式化"问题仍是"十七年"文学的主要不足。主人公的人生经历和性格成长大都以革命进程为依据，"走向革命—革命—革命胜利"的情节模式是其最常用的结构方法，主人公与现实的冲突也更多地表现为阶级矛盾。作家通常用革命主题来整合感性经验，将伦理、人性等概念纳入阶级对立范畴进行关照，影响人物成长的社会文化及历史因素皆被主动屏蔽，这种对阶级观念的片面强化，使人物同现实之间产生了一定断裂，从而显得单薄苍白，丧失了其作为历史进程参与者的丰富意义。作者也在依据阶级需求"设计"人物的过程中失去了获得深刻社会体验和广阔历史视阈的能力，浮于认知世界的表层，最终造成单一且浮夸的"颂歌"长期占据"十七年"文学主流位置的境况。此外，"十七年"文学对阶级因素的大力强调使批评界坚持了阶级性批判原则和政治第一、艺术第二的审美标准，文学作品中"非无产阶级因素"因此而成为批判与否定的对象。作家力避细腻感情的描写和曲折关系的表现，在对工农兵英雄粗线条地歌颂中努力摆脱"小资产阶级文艺"嫌疑，以粗糙的艺术风貌来反衬英雄人物的风范气概，造成了"十七年"文学在风格上有失丰富细腻、艺术手法平板单一的缺憾，这似乎是对追求粗犷文风的左翼文学在艺术风格上做了一次并不久远的回应，同时也是对解放区文学价值观念和审美品格的再回首。正是在对两者有意无意的联合继承下，"十七年"文学才有了完整的轮廓与面貌，其优长与不足也透过时代放大镜在"十七年"文学创作中留下了浓重痕迹。在这层层继承与发展中也可以看到，从左翼时期到"十七年"，文学创作的政治目的越来越明确，文学艺术的审美价值与普世意义越来越淡薄，尽管曾在"双百方针"的倡导下涌现出一批"百花文学"，然而其"昙花一现"的命运也侧面印证出"十七年"间政治对于文学的严格制约和对异己文学的排斥。随着无产阶级新政权对阶级斗争问题的强化，日益强大的政治干预终于使文学走向歧途，在"文化大革命"（简称"文革"）时期陷入一片荒芜的极端境遇。"文革"是政治制导文学的必然结果，从某种意义上讲，现代中国文学也需要一个极端境遇来扭转文学的失范，只是为此付出的代价远比想象中沉痛得多。

　　早在"文革"发生之前，毛泽东即已明确地将文艺划入意识形态斗争范畴，频繁的、日益深入的文学批判运动和思想改造，使无论政治还是文学都陷入极"左"状态。在权力阴谋的涉入下，一场狂风骤雨式的"无产阶级文化大革命"以势不可挡的力量横扫了思想文化领域。由"文艺黑线专政"论掀起的政治批判浪潮清空了一切异己文学理论及果实，而仅存的文学创作也在极"左"政治统帅下呈现出极"左"的文学风貌。在《金钟长鸣》、《虹南作战式》等"文革"时期典型代表作中可以发现，"文革"文学在否定建国以来文艺政策及文艺工作的同时，仍旧延续了"十七年"文学中表现革命历程和社会主义建设的两大核心主题，并将其所惯用的"新旧对比"模式强化到极致。在对"旧恨"的控诉中凸显"新仇"，提醒无产阶级大众"千万不要忘记阶级斗争"[①]。作品通常以富于激情的宣言式、语录式和论争式话语表达阶级立场、阶级仇恨及阶级忠诚，人物语言的个性化、个人化极其微弱，更多地表现为对时代共鸣的应和，体现出作品思想与主流话语的

---

① 1962年9月24日中共八届十中全会上，毛泽东提出"千万不要忘记阶级斗争"的号召，成为之后"文革"时期最流行的口号之一。

高度一致，将"十七年"文学颂歌模式中的"浮夸"缺陷进一步恶化为"假、大、空"，文学创作也因政治批判的"紧箍咒"而几近停止。"文革"十年间，被允许存在的只有极少数符合"左倾"路线、表现"两条路线斗争"的作品和八个"革命样板戏"。"革命样板戏"是文艺服务于政治和工农兵的原则在极"左"年代极端化的结果。1964年北京举行了京剧现代戏观摩演出，《人民日报》据此发表了《把文艺战线上的社会主义革命进行到底》的社论，将一次文化活动上升到政治斗争的高度，赋予其思想革命的重大意义。在政权人物的干预下，样板戏很快成型。1967年《红旗》杂志发表《欢呼京剧革命的伟大胜利》的社论，正式提出"样板戏"一词，将其确立为判断文艺价值取向的唯一标准，并以此为纲对作家和文学作品进行了政治划分与批判。在总结样板戏创作经验时，江青集团提出了"根本任务论"、"三突出"创作原则和"主题先行论"等具有浓厚政治色彩的文艺理论，使"样板戏"充满了对革命斗争简单粗暴的反映和时代复仇情绪，政治文学中常用的二元对立思维在此被以极端方式表现。正面人物无一不是"高、大、全"式的英雄形象，智勇双全、视死如归、赤胆忠心；反面力量则极度丑恶、狡猾奸诈、凶狠残暴、敌对人民。正邪冲突的唯一线索即是水火不容的阶级矛盾或民族仇恨，人物成为象征式、概念式的政治符码，叙事结构上程式化、雷同化，使"样板戏"充其量只是政治的"样板"而非艺术"样板"。虽然聚合了当时所有创作力量的"样板戏"在视听愉悦等方面取得了一定的成就，在汲取与保留民间文化精髓上也有一定贡献，有些剧目因此而依然活跃于当代戏剧舞台上。但是，以配合政治运动为根本目的而生成的"样板戏"，在漫长时期内占据着绝大部分艺术空间，造成了文学创作的长期匮乏和大众审美体验的长期缺失，使文学多样性、艺术性与价值深度遭致严重破坏，对共和国文学史来说，这注定是一段沉痛的艺术之殇。

反观1930—1970年代中国文学的坎坷路程可以清晰地看到，自提倡无产阶级文学以来，文学的政治属性和政治功能便被置于十分重要的位置。在这一漫长时段中，政治始终制导着文学活动，使不同时期、不同风貌的文学尽管各自拥有不同的涵义及核心关注，然而其创作根源却始终深植于政治土壤中。以政治为关键词可以完整地勾勒出1930—1970年代中国文学的发展脉络，从左翼年代初具政治文学雏形，到战争时期作为有力工具服务革命，再到"十七年"间成为权力话语的附庸，最后在"文革"极"左"年代走向歧途与末路。这段艰辛的文学历史是现代中国文学史上政治与文学"恩怨交织"的特殊时期，是从文学向政治主动靠拢到被政治被动挟制的过程，是在特殊历史背景激发下，政治文学从发生、发展到走向桎梏的样本。其艰难历程例证了政治干预文学的种种是与非，其所最终制造的真空境遇不仅为新历史阶段新文学的诞生提出了最初可能，同时也为后续文学的发展留下了反思的起点。在政治与文学紧密相连的时代，政治无疑使文学的"致用"性得到了全面发扬，政治的强力介入也扩充了文学表现场域，促使文学在特殊历史语境下延展至之前无意触及的领域，发挥出超越其"本职功能"的作用，达到其难以到达的思想高度，使其兼具文学与历史双重意义。对特定社会阶段而言，这显然具有不可否认的进步意义；然而同样无法忽视的是，政治转嫁总会使文学在不自觉间便走上"舍本逐末"的歧途，支持其自身存在价值的核心元素被漠视，文学本体意义遭受质疑，创作主体遭受束缚甚至沦为政治的殉葬品。尤其耐人寻味的是，在政治斗争取得胜利后，文学往往不可避免地滑向更加严酷的斗争，最终陷于山穷水尽的困境，这似乎成为文学与政治在联姻之后难以逃脱的宿命。如何使文学与政治在不得不正面相逢的时刻，彼此仍能作为各自独立的个体，相互依存与促进，是这段绚丽而沉重的历史留给我们的追问，而文学的自我救赎之道也许正隐含在对其深刻的反思中。

第二节　从左翼小说到红色小说

从左翼文学时代开始，在政治文化主导下，小说作为"革命的一个战野"所承担的意识形态功能开始强化。左翼作家配合当时的社会政治需要创作出既具有革命激情又具有现代小说因素的革命小说。1937年抗战的爆发为现代小说艺术的深化提供了契机。此前的个性化启蒙被民族共性的凝集所代替，民族救亡的迫切要求与生死对决的残酷现实，使这个时期的文学创作更加贴近社会实际，也更具有人性关怀的深度。虽然不同的地域政治文化孕育出不同格调的文学创作，但是深沉的民族存亡意识却是这一时期小说创作的主调。已经成名的作家与新近出现的作家共同为1940年代饱尝灾难的中国书写着不屈的灵魂，畅想着未来的出路。

1949年随着新中国红色政权的建立，现代小说进入了红色小说时期。1966年之前的十七年，是红色小说最为发达的阶段。反映革命来之不易的作品以及描写新社会新人物新气象的作品最为流行。前者被称之为"红色经典"，成为这一时期小说创作的艺术典范，也是红色政治话语集中体现的标杆。"文革"十年对整个文化与文学界无疑是一场浩劫。绝大多数作家受到了来自国家权威的各种方式的规驯，整体创作力严重下降。"三突出"的创作原则和"高大全"的人物典型，极大发挥了小说的社会政治功用，将其完全变成了极"左"政治的试验品。现代小说的发展至此可以说走到了"低谷"。

一、1928 年至 1937 年左翼小说的浪漫谛克与客观冷静交替而来的艺术成长期

这个时期是左翼文学迅猛发展的时期，出现了以蒋光慈为前驱，柔石、丁玲、张天翼、沙汀、叶紫等为创作中坚的左翼小说创作的艺术蓬勃期。左翼小说经历了前期的革命加恋爱的浪漫谛克，在后期转为冷静客观的反映社会现实，艺术上更加成熟。它为中国现代小说的发展提供了一种崭新的以政治文化为主导的小说模式。

谈到左翼小说不能不提到茅盾。茅盾是 1930 年代最重要的作家之一。他承续了五四为"人生派"小说的现实主义精神建立起全新的革命现实主义的小说模式，提升了左翼文学的艺术水准，也影响了一批左翼作家，成为左翼小说创作主流。他擅长社会剖析，从典型环境中塑造典型人物，在戏剧性冲突中凸显人物的性格，注重细腻的心理刻画，尤其是对女性心理的描绘超出了一般男作家的想象。1933年他发表了长篇小说《子夜》，作品写出了 1930 年代革命来临前中国社会各阶级的世间众象，反映出整个大时代的丰富性与复杂性，被瞿秋白誉为"中国第一部写实主义的成功的长篇小说"。[①] 短篇小说《春蚕》、《秋收》、《残冬》揭示半殖民地经济条件下，农村面临破产的社会现实。中篇小说《林家铺子》叙述江南小镇一个小商人在军阀混战、农村凋敝和外族经济入侵的情况下苦苦挣扎、最后破产

---

① 瞿秋白：《〈子夜〉和国货年》，《瞿秋白文集》文学编第 2 卷，北京：人民文学出版社 1986 年版，第 71 页。

的故事。这些小说同样具有 1930 年代的时代特征，艺术地体现出那个年代的社会及阶级矛盾。

真正进行左翼小说创作实践的先驱应该是蒋光慈。在五卅运动后创作出《少年漂泊者》，通过少年汪中的流浪历程，展现出五四到五卅的社会矛盾与斗争。1927 年他又完成《短裤党》，后来又写了《野祭》、《冲出云围的月亮》。长篇《野祭》以"四一二"大屠杀为背景，通过革命文学家陈季侠的忏悔，讲述了一个革命与爱情的故事。小说中，陈季侠作为革命的文学家获得了房东女儿章淑君的爱慕，但陈季侠以貌取人并没有喜欢上相貌平平的章淑君，反而喜欢思想浅薄的郑玉弦。在随后的革命风暴中，章投身革命并被惨杀，而郑则逃避谎称回老家而离开了陈。在这种强烈的对比下，陈认识到只有建立在共同的革命目标上的爱情才是真正的爱情。小说第一次提出恋爱的阶级性，以及恋爱与革命的关系，由此初期左翼小说中的革命成为爱情走向的试金石。《丽莎的哀怨》由于写出了人物性格复杂的一面受到了左翼政治家的否定，最后写成的长篇《田野的风》在广阔的时代背景中，表现党领导下的早期农民武装运动。尽管蒋光慈的作品带有早期左翼小说的通病，即革命加爱情的模式，政治宣传功能超越了艺术探讨本身，具有模式化、简单化的倾向，但是他努力纠正自身问题，向艺术靠拢的决心值得肯定。因此，他的作品应该以发展的眼光对待。除此之外，还有钱杏邨的《义冢》集、楼适夷的《烟》、孟超的《盐务局长》、刘一梦的《失业以后》等。洪灵菲的《流亡》写小资产阶级知识分子型的革命者在革命流亡中的困惑与爱情。华汉（阳翰笙）的《地泉》三部曲（《深入》、《转换》、《复兴》）延续了早期左翼小说革命加恋爱的模式，政治观念的干扰打乱了文学艺术的发挥，显现出机械僵化的叙述。因此，1932 年，该书重版时，瞿秋白、茅盾、郑伯奇、钱杏邨和华汉自己同时为该书作序。一方面批评了小说图解政治概念的公式化倾向，另一方面对早期左翼文学进行了比较全面的总结和检讨。早期的左翼小说普遍带有革命浪漫谛克的倾向，知识分子形象的塑造上仍然带有浓重的启蒙意味，但是从中洋溢出的青春气息却是此类小说艺术上的可取之处。其后的"左联五烈士"的创作延续了这种风格且有所改观。柔石早期有短篇集《疯人》、中篇《三姊妹》、长篇《旧时代之死》等，善写青年的爱情苦闷，富有浪漫气息。后期代表作中篇《二月》、短篇《人鬼和他的妻的故事》、

《为奴隶的母亲》真正体现出小说艺术的深度。《为奴隶的母亲》通过写浙东"典妻"的陋习，揭示了中国女性的悲惨命运。小说深沉的抒情笔调营造出感人的氛围。

时代要求左翼小说写出更符合社会前进史实的文学佳作，于是后期左翼小说的创作摆脱了前期的弊病，开始冷静客观地表现时代风潮。这个时期代表作家有丁玲、张天翼、沙汀、艾芜、周文等。丁玲作为五四新女性，同时也是革命女作家，这个时期的创作与前期有很大差别。受"左联"的影响，她从单纯的描写知识分子开始转向工农大众的生活，并且以其独有的敏锐感知力写出了常人所看不到的心灵的变化。中篇小说《韦护》和《一九三零年春上海》对知识分子的心灵把握较好。这个时期的知识分子从个人主义开始走向集体主义。1931年发表《水》引起文坛震动。小说以当年16省水灾为题材，塑造了大众的群像。至此，左翼小说从革命的浪漫谛克开始向写实主义转变。丁玲此后还创作了《某夜》、《消息》、《夜会》、《法网》等，写实手法更趋圆熟。1932年以自己的母亲为原型创作长篇《母亲》，可惜只完成一卷。1933年丁玲被捕，以后到延安开始了新的创作。

张天翼是"左联"时期最有名的讽刺小说作家。从1934年到抗战前，他的短篇《包氏父子》、《笑》、《脊背与奶子》、《出走以后》、《同乡们》，中篇《万仞约》、《清明时节》等标志着他讽刺个性的形成。他熟悉东南沿海一带市民的生活，因此在他的小说中对这些市民众生相的揭露与讽刺便成为了作品最具艺术魅力的所在。张天翼的小说讽刺虚伪、庸俗及彷徨的人生，确立了左翼小说讽刺文体的地位。"左翼"后期的周文也擅长暴露社会黑暗。他的短篇《雪地》、《红丸》，中篇《烟苗季》、《在白森镇》等写出川康高原的恶劣环境，也揭示了"绝地"中的人生，别有风味。沙汀这个时期有《丁跛公》、《代理县长》、《凶手》、《兽道》、《在祠堂里》等小说，用白描等手法写出了四川农村的各色人物，尤其是基层政权中的角色。他善于精选艺术细节，从深处挖掘人物的心理特色，再加以浓郁的地方风情形成川味小说。

艾芜与沙汀在文坛齐名，他的代表作《南行记》以漂泊知识者的眼光观察边地异域生活，刻画出形色各异的边地生命。艾芜是真正用自己的体验来写作的左翼作家，他讴歌了边地底层生命，也将社会的黑暗传达出来。其作品充满清新明丽的浪漫主义格调，为左翼小说开拓了新的表现领域。吴组缃并非"左联"成员，但是创作风格相似。作品以现实主义的手法描绘 1930 年代农村的破败，揭示中国革命的必要性。代表作《一千八百担》，还有《樊家铺》、《菉竹山房》等。最能正面表现农民的苦难与觉醒的是后期"左联"作家叶紫，写有短篇集《丰收》、《山村一夜》和中篇《星》。叶紫传奇的身世与贫病交加的生活为他积累了丰厚的写作体验。成名作《丰收》在以"丰收成灾"为题材的同类作品中显得画面广阔，逼真严酷。他的作品尖锐地揭露农村的阶级压迫，悲壮地呈现血与火的斗争，充分体现"文学是战斗的"。[①] 沙汀、吴组缃、叶紫等的左翼小说具有与茅盾类似的小说文体，都是用二元对立的因果关系来表现复杂的社会斗争，广泛的运用社会分析的方法结构故事，主题鲜明，戏剧冲突集中，成为后期左翼小说创作的主流模式。左翼小说继承五四传统将社会小说文体加以强化，以革命性与民族性吸引当时激进的文学青年，为 1930 年代的阶级革命鼓与呼，不过由于此类小说的非左即右的二元对立思维，使得大多数作品在人物塑造上存在着刻板印象。

二、1937 年至 1949 年战争视野下的左翼小说创作的艺术深化期

这个时期在中国历史上是战争纷扰的特殊岁月，战争文化视野下的中国现代小说走过了一条不平凡的发展道路。由于直面血淋淋的现实，作家对人性的思考有了更为直观的参照，因此，这个时期的小说创作更具有思想的深度。战争造成了各文化地域分割的格局，在不同的政治文化的影响下产生了不同的小说创作基调。国统区以对战争的体验、黑暗的暴露与讽刺为主导；沦陷区则形成了通俗和先锋相混杂的局面；解放区出现了新型的社会主义小说，而通俗小说的迅速发展也为战时的中国增添了光彩。左翼小说作为民族抗战最有力的支援依然发挥着不可替代的作用。

抗战初期，张天翼的代表作《华威先生》引起了极大的反响。他在小说中提供了一个"抗战忙人"的文化党棍形象，暴露出抗战热情下黑暗的另一面。作者通过写一个上蹿下跳、虚伪作势的华威先生讽刺了那些假借抗战名义却不行抗战之实的政客官僚们。小说极具讽刺性，发表后，引起了很多人的不安，从而引发

---

① 鲁迅：《叶紫作〈丰收〉序》，《鲁迅全集》，北京：人民文学出版社 1981 年版，第 220 页。

了"暴露与讽刺"的论争。小说提醒作家在抗日热情下要正视抗战事实,同时也批评了全民抗战中存在的阴暗面。此外,他还有《谭九先生的工作》、《"新生"》,讽刺童话《金鸭帝国》。张天翼作为左翼小说的代表作家,他的作品讽刺意味浓厚,不仅增强了左翼小说的现实主义批判力度,也强化了现代小说的讽刺文体。沙汀也是抗战时期出色的讽刺作家。他的讽刺深沉冷峻、不动声色。1940年的《在其香居茶馆》是其代表作,描写了在内地小镇上头面人物的勾心斗角,揭露了国民党兵役的黑暗内幕。作品具有很强的现实主义批判力度,揭露了四川基层政权的黑暗面。其后他又创作"长篇三记",即《淘金记》、《困兽计》、《还乡记》,其中以《淘金记》最出彩。茅盾的日记体长篇小说《腐蚀》,以女特务赵慧明的思想转变为主线暴露国民党的黑暗统治,同时对女性问题提出了新的思考。另外还有小说《霜叶红似二月花》、《走上岗位》、《锻炼》等。艾芜作为一个浪漫主义情怀的作家在这个时期转向创作暴露压迫和苦难。他的长篇《丰饶的原野》、《故乡》、《山野》,中篇《一个女人的悲剧》和短篇《石青嫂子》都是此类作品。靳以的《众神》用奇幻的想象证明了抗战的现实。

除了上述左翼作家的创作,抗战初期一些新晋作家也创作出反映抗战史实的作品。姚雪垠是抗战初期出现的比较重要的作家。抗战初期的《差半车麦秸》塑造了一个外号为"差半车麦秸"的农民游击队员的形象。中篇小说《牛全德与红萝卜》塑造了两个农民游击队员在抗战中人性得到升华的故事。随着战争的深入,作家作品由光明转向黑暗。这些暴露、讽刺小说社会批判性强烈,深化了现实主义的创作,在嬉笑怒骂中直指政治统治的黑暗与腐败。相较前期的左翼小说,这个时期的小说创作更加具有社会批判的力度,也更注重底层社会的描写。知识分子的启蒙使命被全民抗战的救亡现实所置换,普通民众作为抗战的主体开始登上前台。

在这一时期,尽管有些小说是作者对战前生活的回顾与追忆,与抗战没有直接关系,但是小说所体现出来的对生命的关怀与对人性的思考也是现代小说不可或缺的收获。左翼文学时期就在文坛崭露头角的女作家萧红,在这个时期创作出她最好的抒情小说《呼兰河传》以及《马伯乐》、短篇小说集《旷野的呼喊》等。萧红深情回忆童年往事将自己的旷世才情倾泻到《呼兰河传》中,写出了一座小城中不同生命的存在与逝去，对生命的剖析达到了现代小说的新高度。骆宾基的长篇小说《混沌》（《姜步畏家史》第一部）通过幼童的眼光，写闯关东的一个家庭的变迁，体现出爱国情思。这些小说尽管不像左翼小说那样直指社会的黑暗，但是在唤起民众的家国意识，激发抗日热情方面仍然显现出独有的魅力。尤其是在东北沦陷区，小说创作更多的是为了表达"故土的情怀"。主张创作具有地方特色和乡土风情的作品，以唤起民众的民族意识，激发爱国热忱，这也应该是左翼革命文学创作的延伸。这个时期比较有名的作家如萧军、罗烽、山丁、袁犀、爵青、古丁等人，其中成就较高的是山丁。他的短篇小说集《山风》、《乡愁》、《丰年》，中篇小说《芦苇》，长篇小说《绿色的谷》等作品都努力体现了"乡土文学"的主旨，反映沦陷区人民不屈的反抗精神。

老舍、巴金等人尽管不是左翼作家，但是他们在抗战后的小说创作却体现出中国作家最深沉的抗战激情。老舍写了长篇小说《火葬》、《四世同堂》、《鼓书艺人》和短篇集《火车集》、《贫血集》。尤其是《四世同堂》，围绕北京一条叫小羊圈胡同的市民生活展开，展现出一幅抗战众生图。抗战生活对以祁家为代表的老北京市民们来说意味着各种选择，在选择中体现出来的民族大义与背叛无耻，折射出作家强烈的爱国热情。他不仅仅暴露侵略者的残暴，而是通过挖掘中国人的精神本质来寻找强国之路。不管传统带来的影响有多深，只要有一颗爱国之心，民族就有希望。"四世同堂"表明中国人民生生不息的奋斗精神与古国民族绵延不绝的生存希望。这个小说应该是抗战文化孕育下发出的最有力的民族自强之音。巴金在这个时期还创作了中篇小说《憩园》、《寒夜》以及长篇《火》（抗战三部曲）。《寒夜》是巴金后期最好的作品。在这部小说中，作者一脱前期宣泄淋漓的激情，节制含蓄地描绘出抗战时期一个普通小人物的家庭遭际，活画出底层人"无事的悲哀"与生存的困境。

解放区特定的政治文化环境产生了不同于其他文化地域的文学创作，1942年毛泽东《在延安文艺座谈会上的讲话》确立了解放区文学的主调，为工农兵服务成为创作主旨。赵树理是最具代表性的解放区作家，也是土生土长的为农民写作的作家。他践行《讲话》精神，从民间文学中吸取营养，从民俗文化传统中汲取小说艺术创新可能，形成大众化、通俗化的风格。他贴近农民写作，使他们成为小说真正的主角，创作出原汁原味的农村小说。他把解放区特定的政治文化环境作为背景结构小说，描写初步获得政治经济权利的翻身农民的生活及思想的转化。他出身于农民家庭又亲身参加过革命工作，因此，生活的创造者与描写者的双重身份将他对农民的挚情融入小说，塑造出各色不同的中国农民，展示出一个带有晋东南特色的农村世界。《小二黑结婚》通过描写解放区新一代男女小二黑与小芹的自由恋爱故事，揭示了农村中旧习俗和封建残余势力对人们的束缚以及新老两代人观念的冲突与转换。《李有才板话》利用民间快板词，围绕阎家山改选村政权实行减租减息两件事，反映抗战期间农村的复杂政治关系。《李家庄的变迁》是他1940年代完成的唯一长篇，叙述了太行山区的一个村庄从1920年代末到1940年代末翻天覆地的变化。这些作品从不同角度描写解放区农民的精神风貌，是历史变革中翻身农民思想转变的记录。

这个时期，解放区文学中产生较大影响的是反映土地改革的小说。长篇小说的代表是丁玲的《太阳照在桑干河上》与周立波的《暴风骤雨》。丁玲把自己参加土改的亲身经历融入到小说创作中，写了华北一个叫暖水屯的村子土改中错综复杂的社会关系。由于作者运用阶级分析的观点，因此在揭示社会变革以及批判人性的力度上都超过了同类小说。周立波的《暴风骤雨》虽然在矛盾设置上相对简单化，但是土改生活本身固有的生动性和丰富性却得到了充分的表现。解放区的小说反映多方面的生活，在符合政治文化要求的前提下，在小说的民族化、大众化方面都有开拓，对以后的创作产生了影响。但是有些作品也存在图解政策的痕迹，在人物的塑造上欠缺艺术深度。

三、1949年至1976年新中国红色小说的艺术滥觞与沉默年代的艺术转折期

左翼文学的方向决定了新中国小说所具有的红色特质。作家在回忆革命战争年代的难忘岁月时，笔端饱蘸深情。革命人的激情与革命的残酷构成了红色小说不同于其他小说的独有气质。在这些作品中，包蕴着革命的理想，洋溢着青春的气息，散发着时代的光辉，描画着革命年代的红色中国的模样。

红色革命小说的滥觞是这个时期最为显著的标志。由于这类小说的创作数量大、分量重，因此，后来的文学评论界称之为"红色经典"。长篇小说主要有《红

旗谱》、《红日》、《红岩》、《保卫延安》、《青春之歌》、《林海雪原》等；短篇小说方面，茹志娟的《百合花》、孙犁的《山地回忆》、峻青的《黎明的河边》、王愿坚的《党费》等都是代表性作品。这些小说创作融汇了作家的亲身体验与对革命的自我理解，因此作品呈现出多样化的创作风貌。一些长篇红色小说注重对史诗性的追求，呈现出波澜壮阔的战争场面与宏大的叙事风格。如杜鹏程的《保卫延安》取材于 1947 年 3 月到 9 月的陕北延安战争。展现了胡宗南指挥的国民党军队对延安的进攻，毛泽东、彭德怀主动放弃延安后又收复延安的战争史实。小说塑造了周大勇、李诚、王老虎等无所畏惧的英雄形象，同时也正面表现了彭德怀这一历史人物的形象。整个小说高扬革命英雄的豪迈情绪，呈现出昂扬的革命激情。《红日》也是真实的战争历史与艺术虚构相结合的作品。吴强亲身参加过莱芜、孟良崮战役，因此小说中所涉及的涟水战役、莱芜战役与孟良崮战役都是作家熟悉的生活体验。这部小说最突出的成就是把大规模的现代战争与丰富的人物刻画相结合，写活了战争中的人，并且回答了获取胜利的根本原因来自于人民的拥护。这是红色小说创作的基调。梁斌的《红旗谱》以其民族化的内容与风格成为反映农民革命斗争题材的代表作。《林海雪原》则借助传统小说模式来表现现代革命传奇。曲波在 1946 年曾亲自率队在东北的林海雪原进行剿匪战斗，小说就是在此基础上写成的。小说运用传统小说和民间故事的艺术方式编织出曲折跌宕的传奇剿匪战斗。根据杨沫自身经历写成的《青春之歌》与欧阳山的《三家巷》都是描写青年知识分子走上革命道路的代表作。描写中共地下党的活动及狱中斗争的长篇小说以罗广斌、杨益言的《红岩》影响最大。《红岩》的作者亲历过小说中所描写的地下党的工作及狱中的斗争，作为历史的见证人创作了这部极具教育意义的艺术作品。人物形象塑造与情节结构都达到了较高的艺术水准，壮烈、崇高的悲剧风格，浪漫主义的抒情笔法与坚定的革命信仰使其成为名副其实的"红色经典"。虽然红色革命小说成为红色中国最耀眼的创作，但是这类小说也存在人物塑造的模式化与情节设计俗套的弊端，既定的红色基调也使得人性升华有些牵强。短篇小说则注重自我情绪的挥发，以那时的心绪作为回忆往事的出发点完成对过去岁月的描摹。峻青的《黎明的河边》以真实的生活经历作为背景，用第一人称回忆在战争时期为保护"我"通过敌占区而牺牲的无名小通讯员。峻青的此类短篇小说大多采用第一人称的方式来结构故事。因此，历史的真实性、强烈的故事性与浓烈的抒情性构成了峻青短篇小说英雄主义的美学特征。孙犁的小说创作具有诗化的特征。"革命"、"战争"的意义在他的作品中被设置为人物生活的特殊环境，从中表现乡土人情、人性的优美，尤其是对冀中乡村年轻女性形象地刻画更是体现出作家此种人文理想，如《吴召儿》等。茹志娟作为一个参加过革命的女战士也歌颂了革命战争中的普通人。《百合花》以清新的风格通过"我"的回忆描摹出一段战争往事。农村出身的小战士、"我"及农村新媳妇在残酷的战争环境下产生出纯真而朴素的感情。茹志娟一般不正面描写战争，而是从侧面用小插曲揭示战争年代人民的生存状态，关注特殊环境下普通人的美好心灵，《澄河边上》、《关大妈》、《三走严庄》等小说都是如此。

除了红色革命小说的创作外，反映农村生活，体现社会主义建设的红色新农村小说创作也是此时期的重点。赵树理、周立波、柳青、沙汀、骆宾基、马烽、康濯等人都以农村题材作为创作的中心，为现代小说增添了社会主义新农村建设的内容。新中国成立后，赵树理继续沿着既有的创作方向前进，写出了《登记》、《三里湾》、《"锻炼锻炼"》、《套不住的手》、《实干家潘永福》、《卖烟叶》等小说。在《三里湾》中通过塑造两个相互对照的家庭，王宝全一家与马多寿一家，展示专制与民主的鲜明对比。《"锻炼锻炼"》中通过描写"小腿疼"、"吃不饱"这样的农村落后典型，教育农民思想转变。赵树理终生坚持为农民写作，揭示农村中的问题，反映农民的思想变化。他的小说追求民族化与大众化的风格，讲究故事的来龙去脉，保持情节的连贯性与完整性。叙事语言多采用农民喜闻乐见的评书口吻，习惯于给人物起外号，营造农民式幽默的格调。在浓郁的乡土氛围中展现出中国农村的千变万化。柳青的小说《创业史》在众多反映合作化时期中国农村变革题材的作品中，被称之为经典杰作。小说通过写蛤蟆滩的梁生宝互助组的组建、巩固和发展的过程，体现了农村各阶层人物对农业合作化运动的不同态度及其行为，展示了1950年代初农村复杂的社会关系和矛盾。小说在艺术上取得了很大的成功，塑造了梁三老汉这一旧式农民，为现代文学人物画廊贡献了一个精彩的"落后农民"的形象。但《创业史》又有鲜明的图解现实政策的痕迹与局限。作品有意将蛤蟆滩的变革与整个社会国家联系在一起，将国家政治观念灌注到小说的创作中，加强了政论色彩，减损了形象的感染力。相较红色农村小说的创作，工业题材的小说数量很少，艺术也存在欠缺，较为有名的是艾芜的《百炼成钢》、杜鹏程的《在和平的日子里》。草明是这一时期为数不多的专门写工业建设题材的作家。《原动力》、《火车头》、《乘风破浪》是她工业小说的代表作。作品反映了新中国工业建设从恢复到高速发展的历史进程，反映出建国十年间工业题材小说的思想和艺术走向。受时代局限，小说具有当时工业建设题材模式化的通病。

1966年"文革"的爆发，形成了小说艺术的沉默期。公开发表的小说在这个十年呈现出凋敝的状态，小说这种"个人化"的艺术形式受到了来自政治权威的极大压制，出现了全国只有浩然等极少数作家可以公开发表作品的局面。"红色"是这个十年最权威也是最革命的政治意识形态。这个时期推行的"三突出"①的创作原则与"三结合"②的创作方法极大地伤害了文学艺术本身，对小说的创作也产生了恶劣的影响。红色样板小说的出现是这个十年小说创作的代表。其实"文革"前，浩然的《艳阳天》与金敬迈的《欧阳海之歌》就具有"样板"的性质。《艳阳天》通过描写北京郊区东山坞农业生产合作社党支部书记萧长春为代表的社会主义力量和农业社副主任马之悦为代表的资本主义势力之间的斗争，展示农村阶级斗争的风云。通过一系列的细节安排与人物冲突，小说突出阶级斗争的必要性与重要性，塑造了萧长春的英雄形象。小说不仅仅写农村的阶级斗争，而且辐射到整个社会主义国家的大规模斗争中，将其提升到"以阶级斗争为纲"的时代高度，使之成为现实斗争的图解。《欧阳海之歌》是以真实人物为原型而创作的。通过描写苦大仇深而憧憬战场杀敌的普通士兵欧阳海的人生经历，展示出在毛泽东思想感召指引下，普通人成长为革命英雄的历程。小说充满了革命浪漫主义色彩，又极富革命的感召性。尽管这两部作品在艺术上取得了一定的水准，但是由于其突出的政治特征，契合了国家权威的需要，因此，具有"榜样"的作用。"文革"中，

---

① 1968年5月，于会泳在《文汇报》上发表《让文艺舞台永远成为宣传毛泽东思想的阵地》一文，依江青指示归纳出"在所有人物中突出正面人物来；在正面人物中突出主要英雄来；在主要英雄人物中突出中心人物来"。后来经姚文元改定为"在所有人物中突出正面人物；在正面人物中突出英雄人物；在英雄人物中突出中心人物"。

② "大跃进"时期的"领导出思想，群众出生活，作家出技巧"的创作方法。

浩然又创作了《金光大道》，但是作品缺少个性化的话语体系，不论是人物设置还是情节编织都已经沦为当时极"左"政治的传声筒。

在思想钳制、审美受限的"文革"时期，游离于红色主题创作的小说很难有公开发表的可能，即使能够公开问世也承受极大的政治风险。因此，一些地下小说以手抄本的形式出现。这其中比较有名的是《第二次握手》、《一双绣花鞋》等。《一双绣花鞋》属于反特小说，一段时间内并不受重视，后来改编成电视剧才产生影响。《第二次握手》则被视为这个时期地下小说创作的翘楚。小说主要描写1928—1959年的一个三角爱情故事。通过写苏冠兰、丁洁琼等老一辈爱国科学家的感人事迹，来体现时代、政治带给知识分子精神的困惑与挣扎。作品尽管也难免带有时代的痕迹，但是对知识分子爱情的透视具有较强的反思意义，也为描写现代知识分子的小说创作提供了那个时代的精神档案。

从左翼小说到红色小说，现代中国小说经过了一段不平凡的发展历程。从最初的革命浪漫谛克到完全政治美学化，小说在半个世纪的洗礼中不仅承担了"立国"的重任，也遭受了丧失艺术个性的悲哀，道路尽管曲折，但仍然在民族前驱的号角中挥发着艺术魅力。

第三节　从大众化诗歌到政治化诗歌

诗歌作为文学皇冠上最闪亮的明珠，一直闪耀着夺目的光环成为缪斯女神的宠儿，吸引着众多的信徒为她而癫狂。在经历了新诗第一个发展阶段后，现代中国新诗感受着1930年代特殊的时代氛围开启了新的诗歌发展旅程。新诗成长的第一个十年，艺术形式的多方面探索以及众多流派的形成，都为1930年代及以后现代中国诗歌艺术的进一步生长奠定了良好的基础。1920年代后期以蒋光慈为代表的无产阶级诗歌与以李金发为代表的象征诗派，显示了新诗的"大众化"与"纯诗化"两种不同的发展趋向。1930年代的诗歌在此基础上继续发展，形成以殷夫为先导，蒲风、穆木天等为代表的中国诗歌会和徐志摩、陈梦家等组成的后期"新月派"以及以戴望舒为代表的现代派诗人群两种诗风竞雄的诗坛格局。现代新诗经过诗人们二十多年的艺术探索到1940年代已经达到相对成熟的时期。随着抗战大幕的拉开，诗歌成为表达民族忧愤、进行民族救亡最直接最有力的武器。这个时期的新诗继续探索诗歌的大众化美学品质，在言说现实的同时赋予诗歌现代民族品格。新中国成立后，在国家意志的宰制下诗歌的大众化被发挥到极致，集体创作代替了个体的抒情。诗歌界最关心的问题不是诗歌的"诗性"也不是诗歌的语言运用，而是诗歌的社会功用，它卸掉了本来应该具有的诗性传统而成为歌颂政治、粉饰太平的工具。随着诗人群体的被"政治改造"，政治抒情诗成为1950年代的"诗歌新宠"。"文革"十年，诗歌的政治化倾向已经成为一种常态，是极"左"政治运动的需要。从大众化诗歌到政治化诗歌，现代新诗见证了红色中国的发展。

一、1928年至1937年的左翼诗歌

1930年代的中国，处在复杂而严酷的社会解放与阶级斗争的热潮中，诗人面对如此的历史语境，思想上产生波动，革命的亢奋、迷茫与对未来的向往和激情都成为这一时期诗歌大众化倾向的精神来源，对诗歌艺术的不断探索追求也促使新诗进行变革，新诗面向现实，为唤醒大众而歌。

呼应时代、忠于现实是现代中国诗歌一贯的审美品格。应和1930年代的社会实际，进步的或左翼的诗歌在历经曲折之后终成蓬勃发展之势，这是诗歌发展历程中值得关注的重要现象。殷夫作为这一时期左翼诗歌的先导为诗歌艺术的成长做出了示范。他早期的诗歌多是个人抒情诗歌，表达觉醒的知识青年普遍的寂寞、惆怅的时代追求。早期的诗歌结集为《孩儿塔》。1929年，他发表了诗歌《别了，哥哥》，表明背叛自己出身的阶级，开始诗歌的革命征程。1929年以后，殷夫写了许多饱含深情的政治抒情诗，如《血字》、《一九二九年的五月一日》、《我们的诗》、《我们是青年的布尔塞维克》等。他的诗高亢有力，具有急促跃动的节奏，富有鼓动性，且诗歌的语言朴实，浪漫主义色彩浓郁，表达出迫切的时代革命的要求。鲁迅在他牺牲五年后，高度评价了他的诗歌"是东方的微光，是林中的响箭，是冬末的萌芽，是进军的第一步，是对于前驱者爱的大纛，也是对于摧残者的憎的丰碑。一切所谓圆熟简练，静穆幽远之作都无需来作比方，因为这诗属于别一

世界"。[①]

1932年9月由左联诗歌会发起组织的中国诗歌会成立于上海。发起人有蒲风、穆木天、杨骚、任钧（卢森堡）等人。该会还在北平、广州、青岛、天津等以及日本东京拥有分会。在上海总部有机关刊物《新诗歌》，各分会也有自己的刊物或副刊。中国诗歌会紧密结合历史现实创作属于时代与人民大众的诗歌。正如发起人穆木天在《新诗歌》发刊词中所说：他们要"捉住现实"，"歌唱新世纪的意识"，"要使我们的诗歌成为大众歌调，我们自己也成为大众中的一个"。从中不难看出，中国诗歌会的创作主张主要有两个方面：一是诗歌的现实主义立场，要让诗歌反映现实的社会和人生，满足社会解放与阶级斗争的需要；二是大众化的诗歌品格，采用歌谣、小调等民间形式使诗歌成为人民大众的精神食粮。在这一诗歌主张的促动下，中国诗歌会创作出大量的大众化诗歌。一部分诗歌迅速及时地表现了工农大众的斗争生活，对实际的革命运动起到了直接的鼓舞作用。如蒲风的代表作《茫茫夜》以对话的形式通过母亲思念儿子写出了中国农村的"暗夜风声"和"晓鸡啼音"。长篇叙事诗《六月流火》通过农民反对建筑公路的斗争，反映了国民党对苏区的围剿与共产党领导的农村革命的深入。蒲风的诗以澎湃的激情、自由的形式，描绘了被压迫被剥削农民的痛苦和他们的斗争情绪，以及时代变动中的农村新变革，体现了诗歌的现实主义的主张。中国诗歌会在新诗大众化的探索方面通过尝试讽刺诗、儿童诗、朗诵诗、大众合唱等新诗体，获得现代诗歌深入普通民众的有益的探索经验。大量长篇叙事诗的创作更体现了诗歌深入斗争现实，实现大众化的实践。杨骚的《乡曲》、穆木天的《守堤者》、王亚平的《十二月的风》、柳倩的《震撼大地的一月间》等都是这方面的代表。在大众化的实践过程中，诗人"个体"向"集体"甚至是"群体"化转换。殷夫有一首诗《我们》："我们的意志如烟囱般高挺，／我们的团结如皮带般坚韧，／我们转动着地球，／我们抚育着人类的运命！我们是谁？／我们是十二万五千万的工人农民！"在这里，诗人表达出中国知识分子的一种精神流向，"我已不是我"，而是成为大众洪流中的

---

① 鲁迅：《白莽作〈孩儿塔〉序》，《鲁迅全集》第6卷，北京：人民文学出版社1981年版，第494页。

不再孤独痛苦的"我们"。由"我"到"我们"，个体情感意识的淡薄与转换减损了高度个人化的诗歌艺术，使诗歌丧失了个体独立性而成为政治需要的代言人。中国诗歌会的诗学主张尽管反映了时代精神与政治文化诉求，但是诗歌过分强调大众化倾向，难免造成了不少诗作的直白浅露。

　　1930年代的诗坛除了中国诗歌会以外，田间、臧克家等人也在努力用诗作来表达对农民的关注，体现现实主义的美学诉求。田间（1916—1985）受中国诗歌会和匈牙利爱国诗人裴多菲以及苏联诗人玛雅科夫斯基的影响，认为诗歌应该具有战斗性，体现坚实之美，富有鼓动性，表现人民的灵魂与祖国的呐喊。他的诗集《未明集》、《中国牧歌》以及叙事长诗《中国农村的故事》以满溢的革命激情与节奏短促的诗句展示出中国农民的愤懑、压抑以及种种社会黑暗与不平。诗人的革命热情与诗歌进发力体现出1930年代的政治革命的强力感染，体现出青年人的战斗朝气，形成诗歌的大众化趋向。臧克家（1905—2004）饱蘸深情的吟唱出对中国农民的"爱"与"哀愁"，以老马似的坚忍，获得"泥土诗人"的称号，也为发扬新诗的现实主义精神做出了努力。1933年他自费出版诗集《烙印》，以后又出版了《罪恶的黑手》、《自己的写照》、《运河》等诗集。他的诗歌努力追求现实美与艺术美的统一，在吸收古典诗歌含蓄凝练的基础上，用心营造时代的诗歌的生命活力，在发挥诗歌美感的同时将革命的诉求表达出来。他的诗歌是为大众的诗歌。这个时期的大众化诗歌在追求现实主义美学精神上做出了不可忽视的贡献，但是正因为迫切的革命热望与过分强调大众的力量也使得此类诗歌产生了不少忽视艺术规律的败笔之作。相较而言，后期的新月诗派与现代诗派则在"纯诗化"的道路上坚持了诗歌的纯度。

二、1937年至1949年诗歌的大众化、民族化追求

　　新诗艺术的发展也随着抗日战争的展开开始了新的艺术探索道路。在这个时期，中国诗歌会提倡的写实主义美学风格风靡诗坛，成为各流派诗人的创作旨归。战争的到来打破了战前静谧的文学环境，日寇突如其来的入侵，激发出诗人强烈的民族情绪，秉承不同诗歌美学主张的流派聚拢在"抗战救亡"的旗帜下开始民族化诗歌的尝试。从古至今，中国诗歌一直以来在一种情绪的流动中释放着知识

分子感怀忧国的士大夫情结。现代新诗也继承这一爱国主义传统，并且在新的时代语境下有了新的艺术特质。1940年代酷烈的战争环境中，中国文学的艺术质量却显得卓尔不群。正如绿原在《白色花·序》中所说新诗的"深度和广度是20年代和30年代所无法企及的"。

在炮火洗礼中的中国，最需要及时反映现实与极大地激发民族抗战热情的诗歌。因此，抗战初期的诗歌多以爱国主义为主题，适应战斗性、现实性的要求。中国诗歌会的资深诗人王亚平、蒲风等在本时期的创作也有较大的进展。他们继续发挥诗歌的政治鼓动性，在一种"看到什么写什么，听到什么写什么"[①]的"疯狂"情绪的流泻中抒发饱满的政治热情。作为政治抒情诗人，田间在抗战时期写了大量的爱国诗歌，结集为《给战斗者》和《抗战诗抄》等。其中写于1937年12月的长诗《给战斗者》是他的代表作。诗歌以短促的诗句，鼓点式的节奏，起伏有致的情绪抒发表达出强烈的爱国热情。由于田间诗歌的强烈感染力，闻一多称其为"时代的鼓手"。田间还根据自己在1938年初期参加西北战地服务团的经历结集为《呈在大风沙里奔走的岗卫们》。他还在根据地开展街头诗运动，让诗歌走向街头，直面群众，真正践行诗歌大众化的审美方向，创作出《义勇军》、《假如我们不去打仗》等具有鲜明时代特征与战斗性的街头短诗歌。解放战争期间，他创作了长篇叙事诗《戎冠秀》、《赶车传》（第一部）等。这两首叙事诗通过描写根据地农民翻身觉醒的故事，表达了新天地新气象的解放区文学精神。长诗以叙述故事为主，削弱了诗歌浓郁的抒情性，艺术成就并不高。

大众化诗歌发展到1940年代，由初期的诗人努力将自我融入大众、唤醒大众，演变为歌颂大众、向大众学习的工农兵诗歌。尤其是1942年文艺整风后，表现大众、服务于大众成为解放区文学及以后文学创作的指导方针。再加上这一年12月，陕甘宁文艺界召开诗歌大众化座谈会，号召诗人创作大众化的诗歌。在这种文化氛围中，民歌体长诗创作蓬勃发展。民歌体长诗分为抒情长诗与叙事长诗。前者有贺敬之的《行军散歌》、戈壁舟的《边区好似八阵图》等，后者如李季的《王贵与李香香》、阮章竞的《漳河水》、张志民的《王九诉苦》等。这类诗歌将叙事与

---

① 臧克家：《十年诗选·序》，北京：现代出版社1946年版，第12页。

抒情融为一体，既有现实主义的描叙也有浪漫主义的抒情，受到普遍欢迎。民歌体长诗融合民间艺术，如民间口头流传的小调、信天游以及鼓书、评弹等，加以现代发挥，创作出既充满乐观主义精神又带有鲜明政治功利性的歌谣化诗歌。由于诗歌采用了老百姓喜闻乐见的形式，再加上对民间艺术手法的运用，因此这类诗歌相较中国诗歌会的创作更加贴近现实，在诗歌的通俗化、大众化方面更为突出。当然，不可避免的是民歌体长诗的创作由于过分注重叙事，而忽视了诗歌的抒情性，使诗歌成为表达政治意图的直接载体，伤害了艺术本身。

诗歌从其本质上说是诗人自我情绪的挥发与自我精神的升华，是自我存在与世界为何的一种哲学思考。战时中国文学在与世界文学感同身受的同时，也开始调整五四知识分子过于乐观地接受西方"启蒙"、"科学"、"民主"等观念和思维模式，重新估价并利用本民族的传统文化资源，在此基础上反省西方文明的负面因素，形成民族化的文学审美基调。这为中国文学艺术的提升打下了较坚实的哲学思想基础。因此，这一时期形成了兼具民族化特质的自由体诗发展新高潮。艾青是这一时期的代表。他的诗歌"崇尚一种'苦难的美'"，[①] 贯穿一股忧郁与悲愤之情。1933 年发表成名作《大堰河——我的保姆》。作者跨越阶级意识，深情赞美大堰河这一农村妇女形象，表达对底层大众的深挚的爱。抗战爆发激发了艾青澎湃的诗情，在这一时期他的创作集中在《北方》、《狂野》、《旷野》、《他死在第二次》以及《献给乡村的诗》、《黎明的通知》等集子中，还有长诗《向太阳》、《火把》。他创造了"太阳"和"土地"这两组最能表达他爱国之情的意象，将忧国忧民之情与民族崛起的信念放置在诗歌中，在朴素的诗的语言中表达着最真挚的爱国之情与深厚的人道主义情怀。应该说，艾青用他对下层民众深切的理解完善了诗歌艺术，并将 1940 年代的新诗推向了新的高峰。

七月派是抗战中期出现的影响较大的诗歌流派。他们以新诗现实主义的传统为旗帜，以战斗的、火热的人生为底色，直接用诗突入实际战斗，在国统区青年中产生了很大的影响。其主要代表诗人有鲁藜、绿原、冀汸、阿垅、曾卓、芦甸、孙钿、方然、牛汉等，作品主要结集在胡风主编的《七月诗丛》、《七月新丛》与《七

---

① 黄修己：《中国现代文学发展史》，北京：中国青年出版社 2008 年版，第 382 页。

月文丛》中的诗集。七月诗派以强烈的历史进入感表达出顽强的民族自信，象征着经过炮火洗礼的战时中国正趋向成熟。尽管这个流派的创作不同于大众化诗歌，但是其强烈的现实主义精神、觉醒的民族意识和集体意识却又与中国诗歌会的美学主张在某种意义上具有精神同构。因此，这一流派也为推动中国自由体新诗的发展做出了贡献。

综观来看，1940 年代中国新诗在战争文化的熏染下逐渐摆脱个体自我的情绪抒发，直面现实社会与人生，形成了大众化、民族化、政治化的诗美品格。

三、1949 年至 1976 年高度政治化的诗歌

新的历史时期新诗的发展具有新的气象。大众化诗歌创作方向继续延续又产生新变。建国十七年的诗歌创作仍然注重艺术规律的探索，政治抒情诗是这一时期最具代表性的诗歌样式。"文革"十年诗歌创作遭受来自国家意志的极大钳制，形成高度政治化的诗歌创作态势。

从 1949 年至 1976 年这二十七年中，诗人群体随着时代环境的改变与政治权力的收编，发生了很大变化，诗歌创作也与以往产生较大的转变。诗人的构成在 1950 年代、1960 年代经历了分化与组合。在新中国成立前存在着国统区与解放区两个诗坛。这两个诗坛在新中国成立后的性质问题成为新诗发展亟需解决的问题，为此对新诗历史的评价就显得颇为重要，尤其是代表官方所给出的定性更是决定了诗人及新诗的走向。臧克家的《五四以来的新诗发展的一个轮廓》、邵荃麟的《门外谈诗》等文章具有代表性和权威性。臧克家以诗人的政治立场、态度，将五四以来的新诗认定为相互斗争的两大阵营。郭沫若、殷夫、臧克家、蒲风、艾青、田间、袁水拍及解放区诗人是新诗革命传统的代表；而胡适、徐志摩、李金发、戴望舒等则被视为反动的资产阶级文艺作家的集体。邵荃麟则进一步认为五四以来每个时期，都有两种不同的诗风在斗争着：一种是属于人民大众的进步诗风，是主流；一种是属于资产阶级的反动的诗风，是逆流。① 以上两种观点将新诗发展的阶级立场、政治态度及革命政治的关系定位为新诗发展的标准，成为新诗艺术

---

① 参考朱栋霖等主编：《中国现代文学史（1917—1997）》，北京：高等教育出版社 1999 年版。

在建国后的理论模式。这种以国家权威为出发点的创作指导造成了一批诗人的退隐。活跃在 1940 年代国统区的九叶诗人群体、"七月派"诗人等都基本上停止了创作或者因此而罹难（因"胡风反革命集团"案件牵连）。还有一些建国前活跃于诗坛的诗人，集体为新生政权大唱颂歌。如郭沫若连续出版诗集《新华颂》、《百花齐放》、《潮汐集》、《长春集》、《骆驼集》、《东风集》等，这些歌颂新政权的创作体现出建国后诗歌发展的一大主流。担任《诗刊》主编的臧克家，对于新中国成立后的诗坛具有举足轻重的影响。他出版了诗集《一颗新星》、《春风集》，叙事长诗《李大钊》、《凯旋》等。他的特殊身份使诗歌的发展成为迎合国家意志的载体，诗歌由艺术的单纯走上了政治功利的目的。艾青在建国后出版诗集《欢呼集》、《宝石的红黑》、《黑鳗》、《春天》、《海岬上》等，后在 1957 年的"反右"运动中遭到劫难。1940 年代解放区长篇叙事诗的代表诗人李季在这个时期受社会主义建设热潮的召唤举家迁入油田落户，并且根据石油工人的劳动生活写出了长篇叙事诗《杨高传》。阮章竞发表了《新塞外行》等组诗，一度引起评论界注意。

构成 1950 年代新诗创作主力的是郭小川、贺敬之、闻捷、蔡其矫等，他们都是来自解放区的诗人，在五六十年代进入创作的旺盛期。1950 年代的诗歌理论指导与现实的政治环境使得诗歌的发展呈现出政治抒情化的叙事诗热潮。政治抒情诗的出现不仅仅是政治权威的要求，也是诗人个体在经历了新旧社会制度的转换后从思想上对于自我精神的一次洗礼，是诗歌艺术发展中的一种自我意识的挥发。郭小川早期发表了"楼梯体"的政治鼓动诗《致青年公民》，后来以战争年代的生活为题材写出了《白雪的赞歌》、《深深的山谷》、《严厉的爱》、《一个和八个》等。1960 年以后，他的诗歌创作更加贴近现实的政治运动，写出了一批政治抒情诗，如《刻在北大荒的土地》、《祝酒歌》、《青松歌》、《大雪歌》、《厦门风姿》、《秋日谈心》、《乡村大道》、《昆仑行》、《三门峡》等。这些诗作更加贴近现实的政治生活，有力地配合了国家意志的推行，因此在当时获得了很大的赞誉。作为一个政治抒情诗人，郭小川"战士诗人"的创作理念对他的诗歌影响很大。他认为诗人首先是战士，要唤起人们斗争。因此，他的诗歌创作中既有战士的斗争精神也有敏锐的诗人自我的存在，二者结合使得他的创作多以战士斗争生活为主题，不论是《深深的山谷》还是《甘蔗林——青纱帐》，都是用诗人的情怀写出了战士的革命精神。在诗歌形式上，他追求民族化与大众化的目标，通过押韵和节奏来创造雄浑的气势，渲染激情。诗人的理想是写出自我对生命的理解。因此，郭小川尽管以创作政治抒情诗闻名，他也有对此种理想的思索与追求。尤其是他的长诗《一个和八个》写抗日战争初期，营教导员王金，被怀疑为敌人派遣的奸细而入狱。在狱中，他受到了来自各方面的严峻考验：一方面是同狱中的 8 名真正罪犯的较量，另一方面是他所忠诚的革命队伍因误解而施予的鄙视。他最终经受住考验，并且感化、改造了其他 8 名罪犯，将光明照进黑暗的现实。诗作所蕴含的思想底蕴是耐人寻味的，在那个火热的革命年代中，敢于通过人性而非斗争的力量来达到改造的目的，实属难得。与郭小川齐名的诗人贺敬之，在 1956 年以"信天游"的民歌体形式创作的诗歌《回延安》，影响较大。在这首诗中，诗人以赤子之心歌颂了养育一代革命者的延安精神，从中可以体会出诗人对延安的那份炽热的真情。以后他还创作了《桂林山水歌》、《三门峡歌》等政治抒情诗，在具体的意象描绘中融进了直白的政治情怀，在革命的热情中显现出诗人娴熟的艺术把握能力，应该说这些诗歌还是有可圈可点之处。闻捷也是那个时期的代表诗人，他的生活抒情诗《天山牧歌》虽然具有那个年代的颂歌格调，但真切朴实的生活气息却让诗歌充满了艺术的质感。《复仇的火焰》是闻捷叙事诗的代表作。诗人根据自己的亲身经历，写出了发生在新疆东部的一次叛乱和平定叛乱的事件，体现出少数民族对共产党从怀疑、反对直到拥护的历史历程。长诗原定写成三部，后来由于"文革"发生中断而无法完成。在诗中，诗人追求宏大的艺术结构，来展示错综复杂的社会现实，希望通过营造曲折的情节和戏剧冲突来刻画人物性格，但是这样一来削弱了诗歌的诗性，造成了缺憾。政治抒情诗也强调大众化、民族化的诗歌创作理念，既借鉴国外的诗歌理论，又采用信天游等民间艺术形式为新中国唱颂歌。这类诗歌为现实政治服务的同时也探索了诗歌艺术发展的可能，但是囿于时代政治的局限弱化了诗歌的诗性特征。

"文革"十年新诗走向了"为政治独吟"的极度政治化时期。诗歌从高度的精神自由品沦为了政治阉割下的"号鼓"，诗人的被规训与艺术的被收编酿成诗歌发展的时代性灾难。在政治化的高压下，"集体创作"的热潮实则是诗歌的完全政治化。诗歌界也分裂为公开与隐蔽两种存在方式。在"文革"初期，公开发表在报刊上的诗歌，已经很少有专业作家的创作，主要是"红卫兵"和"工农兵作者"的作品，如《文化革命颂》、《批林批孔战歌》等。在诗的体式上，五六十年代的政治抒情诗的影响仍然存在，而"文革"期间的政治运动，提出的政治口号成为诗歌创作主题和取材的主要来源。由于"文革"特殊的社会氛围，任何晦涩、曲折甚至婉转的表达都视为是对革命不忠的表现，因此，诗歌高度凝练的审美品格就被赤裸裸的直白表达所替代，诗歌的颂歌功用发挥到极致。"僵硬的政治象征语言对诗的'入侵'，使诗失去它传达诗人语言和想象上的敏感的可能性。"[①] 代表性诗歌如张永枚的长诗《西沙之战》。这首诗的写作动机、表达的观点及其艺术形式都是为了迎合政治需要而来的。另外，《理想之歌》借描绘青年人的"理想道路"来表明国家政治对个人尤其是青年人生活的直接介入，国家意志不再是悬置在个人之上虚无的存在而是现实人生的直接表述。1972年以后，少数一度被迫停止写作的诗人有了发表诗作、出版诗集的可能。在这个期间，李瑛的诗作数量最大、影响也较大。从1972年至1976年，出版的诗集有《红花满山》、《枣林村集》、《北疆红似火》等。在这些诗歌中尽管仍然存在诸如"路线斗争"之类的"文革"痕迹，但是诗人在语言运用及艺术表达方式上都有意识地偏移与改造，在某种程度上消解了诗歌的政治羁绊，还原出诗歌本来的样貌。

隐蔽的诗歌创作主要是指那些以秘密或者半秘密的状态存在的诗歌。作品常见的存在方式是以手抄本形式在读者中流传。在这一时期，有一些受到迫害、失去写作权利的诗人，曾写下他们当时的体验。蔡其矫以及在1955年"胡风事件"中受难的牛汉、绿原都用诗歌记录下自己的心路历程。郭小川也在这一时期写下《秋歌》和《团泊洼的秋天》，表达自己对现实的抗争。穆旦作为1940年代最出色的诗人之一，在这个时期只能以这种"地下"的方式来延续诗情。在生命终止前的一年多时间中，他写了《冥想》、《友谊》等几十首诗歌来回顾自己的人生之路。"文革"中构成隐蔽写作的另一群诗人是当时的"知青"。他们在1960年代末1970年代初开始写诗，时代现实对他们的精神与追求产生了极大的震荡，对"革命"的失望情绪以及个体的精神历程，促使他们创作出了四行一段的"半格律体"

---

① 洪子诚：《中国当代文学史》，北京：北京大学出版社1999年版，第207页。

的特有的时代精神"宣言"。写作影响较大的是食指（郭路生），主要作品有《四点零八分的北京》、《相信未来》等。这些诗作在当时无疑具有叛逆性，对那时同样处于困惑中的青年人产生了很大的震动，也对后来的诗歌写作产生了影响。白洋淀诗群是当时由"知青"组成的青年诗歌创作群体。代表人物如根子（岳重）、多多（栗士征）、芒克（姜世伟）等，诗歌主题涉及对现实社会秩序的思考，对专制暴力的批判，对自我生命受挫的迷惑、孤独的抒写使他们普遍有一种被放逐的感觉。"文革"时期隐蔽的诗歌创作体现出现代诗歌在特定年代的"不死的艺术精神"，延伸了诗歌成长的脚步，也为中国诗坛贡献出光彩的华章。

第四节　从革命散文到"文革"散文

　　古代中国文学的两大传统是诗歌和散文。传统知识分子喜欢用散文来表达自己的家国情怀，而现代的知识分子则喜欢用散文来抒发自己的心绪意境。作为一种言志抒怀的文体，散文"形散而神不散"的特点决定了其具有不同于小说与诗歌的独有魅力。现代中国文学的散文创作既承续了传统散文的文体特点，也呈现出现代特征。现代报刊印刷业的逐渐发达，知识分子视野的开阔以及西学东渐的影响等原因都使得散文的兴盛成为一种历史必然。1920年代现代散文就呈现出了多元而繁荣的发展趋势。1930年代的革命氛围使散文创作受到时代政治的影响，因此作家的创作不可避免地要发挥散文的战斗功用。这个时期的散文虽然继承了五四散文的传统，充分发挥主体意识和文体意识，但是开始注重开拓散文的社会功用，深化散文艺术。从抗战爆发到1949年的散文创作虽然历经了战火的考验，但仍然保持了旺盛的发展势头。这个时期凝聚的民族共性压倒了自我个性的抒发，因此，报告文学在抗战初期的发展尤其迅猛。当战争进入相持阶段以后，以揭露、批判社会弊端的杂文又占据主流。在抗战中后期及胜利之后，散文创作呈现出百花齐放的风姿。建国后到"文革"结束这一时期，散文创作可以视为前后两个阶段：前一个阶段的创作以叙事、记人为主，主要歌颂新中国的建设热情和抗美援朝英雄事迹的通讯报告；后一个阶段则是创作比较活跃且散文艺术成就较高的时期。"文革"十年散文创作受到国家意志的宰割，由于作家整体的"被改造"，散文界只能以暂时的沉默来代替抒怀。

一、1928 年至 1937 年的左翼散文

1930 年代由于社会政治风云迭起，马克思主义思想的传入与左翼运动的展开使得这个时期的文学样式呈现多元化态势。尤其是革命大众文学的倡导和普及，使杂文和报告文学得以迅速成长。

中国现代杂文产生于五四思想革命和文学革命中，随着新文化运动的发展而深化。在左翼革命的影响下，许多"左联"的与进步的文学刊物，如《萌芽月刊》、《前哨》、《北斗》、《十字街头》、《文学》、《海燕》、《芒种》、《杂文》等都刊登杂文。1932 年《申报·自由谈》由黎烈文接编，在鲁迅等作家的支持下，成为 1930 年代杂文创作的主阵地。

鲁迅一生写下了大量杂文，编辑成集的杂文集共有 16 部之多。杂文创作可以说在鲁迅的创作生涯中占据了很大一部分，这些言辞犀利的杂文中闪耀着鲁迅作为一个精神界战士的光芒，从中能够深切地体会到对国家民族兴衰的关切与忧虑，也从中可以领悟他对"人"与人性的解读。鲁迅杂文是他精神遗产中非常重要的组成部分，也为当时及后来的杂文创作产生了巨大的影响。他的杂文创作可以1927 年为界，分前后两个时期。前期从 1918 年到 1926 年，主要有杂文集《坟》、《热风》、《华盖集》、《华盖集续编》。他前期的杂文主要是对社会和文化的批判。从进化论出发，以个性主义和人道主义为武器，对普遍存在的社会现象和文化心理进行剖析和批判。如《我之节烈观》、《我们现在怎样做父亲》以及《看镜有感》、《春末闲谈》等，从伦理道德及封建社会吃人本质的角度来批判旧思想道德对人性的戕害。鲁迅杂文创作后期是从 1927 年到 1936 年。杂文集有《而已集》、《三闲集》、《二心集》、《南腔北调集》、《伪自由书》、《准风月谈》、《花边文学》、《且介亭杂文》、《且介亭杂文二集》、《且介亭杂文末编》等。这一时期的杂文内容更丰富，剖析更深入。从前期的主要对社会及文化心理进行批判又增加了对现实国民党统治的批评。如《为了忘却的纪念》、《写在深夜里》揭露国民党进行"文化围剿"杀害"左联五烈士"的罪行。《中国人的生命圈》批判国民党的腐败媚外。《二丑艺术》、《爬和撞》等则批判了二丑的投机艺术和小市民的市侩哲学。鲁迅杂文是中国社会思

想和生活的艺术记录，生动地再现了那个时期中国的社会万象，显示出作家的睿智与思想的高度。

这一时期瞿秋白也创作了很多杂文，并达到较高的艺术水准。他的杂文多是社会批评和文艺杂感，具有尖锐的政论色彩。《民族的灵魂》、《流氓尼德》、《美国的真正悲哀》等都产生较大影响。他的杂文善于抓住人物的特点和事物的特征，形成典型，在内容和形式的统一方面取得较大的成就。在鲁迅的影响下，一批年轻的杂文作家的创作也收获很多。如徐懋庸有《不惊人集》、《打杂集》，唐弢出版《推背集》、《海天集》，还有柯灵、聂绀弩、周木斋、巴人等。一些老作家如茅盾、郁达夫等也时有政论杂文问世，来揭露国民政府的黑暗面。

配合社会解放思潮的涌现，左翼文人的杂文创作以其阶级性、战斗性，在政治评论、针砭时弊、唤起民众觉醒等方面发挥了不可磨灭的作用，不仅影响了一大批新晋杂文作家，也开拓了现代散文的新领域。杂文创作需要广博的知识、犀利的笔触与敏锐的时代感，因此，这类散文具有鲜明的革命性，被称之为革命散文。

这个时期的报告文学也秉承文学的战斗性对当时社会进行血淋淋的写实，起到了发人深省的警醒作用。报告文学的雏形始见于五四时期，1920 年代初，瞿秋白的《饿乡纪程》与《赤都心史》是报告文学的早期实验。1920 年代中期围绕着五卅运动、"三一八"惨案和"四一二"政变中出现的纪实散文推动了报告文学的发展，但这种文体真正成熟和繁荣还是在 1930 年代，尤其是"左联"的活动。东北"九一八"与上海"一·二八"事变发生后，曾形成了初次的报告文学热。到了 1936 年，抗战形势危急，阶级与民族矛盾在异族入侵面前更趋紧张，因此，报告文学的创作再次高涨起来。另外，外国报告文学理论和作品的翻译推动了中国报告文学的发展。1932 年阿英编纂的《上海事变与报告文学》是我国第一部以报告文学名义出版的集子。夏衍的《包身工》是这一时期的代表作，他用亲身搜集来的资料真实地体现了东洋纱厂这个人间地狱里包身工悲惨的生活真相。作品感情真切，叙述有力，起到了文学与政治的双重效果。在报告文学的写作热潮中，新闻界和文学界的许多人士也以实际行动积极声援。新闻记者邹韬奋的《萍踪寄语》、《萍踪忆语》，萧乾的《流民图》、《平绥散记》和范长江的《中国的西北角》、《塞上行》等都是具有新闻性、纪实性的报告通讯。这些作品注重事实，文笔简朴，夹叙夹议,与时代同呼吸共命运,引起了很大的反响。

1930 年代的革命散文努力发挥战斗功能,为推动左翼革命的发展起到了不可忽视的作用。这类散文与其他各体裁散文共同深化发展了五四以来的散文艺术,将现代散文创作推向了一个高峰。

二、1937 年至 1949 年的革命散文创作

抗战及以后的散文创作尽管受到战争的影响,但是仍然保持了艺术的独立性,获得了创作上的丰收。革命散文继承鲁迅杂文的战斗传统,在炮火的洗礼中批判揭露社会阴暗,为抗战而写。作家民族救亡的热情使散文既面向大众而又具有深沉的民族感情。

抗战爆发首先引发了报告文学创作的再度高涨。许多作家南下流亡或者直接参军入伍,亲身经历了战争的残酷,激发了为民族救亡而写的热情。从 1937 年到 1940 年,报告文学成为当时最及时迅速反应战争现实的文体。新闻性的战地报告展示了报告文学最初的成就。丘东平的《第七连》、《我们在那里打了败仗》、《我认识了这样的敌人》都很有影响。他擅长烘托气氛,外在的场面与内在的思想紧密结合,取得了震慑人心的效果。骆宾基的中篇报告《东战场别动队》以罕见的篇幅生动描绘了战斗场面,产生很大影响。其他较好的报告文学在反映战争残酷的同时也写出了后方难民的流离失所与政治的腐败堕落。如丁玲的《孩子们》、以群的《台儿庄战场散记》、田涛的《中条山下》、碧野的《北方的原野》、姚雪垠的《战地书简》等。职业记者的创作也对报告文学的发展起了推动作用。范长江的《台儿庄血战经过》反响很大。萧乾的《血肉筑成的滇缅路》、《一个爆破大队长的独白》、《岭东的黑暗面》等写出了抗战中人民的伟大力量并揭露了当时的黑暗面。他的报告文学集新闻性、纪实性于一体,而且富有文学色彩,因此具有很强的可读性与感染力。这些报告文学真实地记录了当时的抗战史实,既歌颂了抗战中人民的伟大,也反映了战争的残酷及社会的黑暗,为鼓舞抗战斗志、赢取战争胜利做出了贡献。

1940 年代的杂文创作是对鲁迅杂文批判现实主义战斗传统的继承和发展。这个时期围绕刊物而形成两个杂文创作群体。其中之一是聚拢在 1940 年创办的文学

杂志《野草》所形成的以聂绀弩、秦似、夏衍为代表的杂文作家群。聂绀弩是杂文创作的重要作家。他出版有杂文集《关于知识分子》、《蛇与塔》、《血书》、《历史的奥秘》、《早醒记》等，散文集有《婵媚》、《沉吟》、《巨象》等。他的杂文呼应时代，格式新颖，手法多样，在抨击腐朽事物与黑暗现实之外，批判旧的伦理道德。他师法鲁迅在冷嘲热讽的剖析中揭示事物的真相。秦似的杂文用丰厚的生活积累与历史知识做基础，文化气息较浓重。他的大多数文字针对抗战中官僚统治的积弊，揭露并予以鞭挞。杂文集有《感觉的音响》、《时恋集》、《在岗位上》。夏衍此时著有《日本的悲剧》、《此时此地集》、《长途》、《边鼓集》、《蜗楼随笔》等杂文、散文集子。他的散文贴近社会现实，用婉转凝练的笔触写出对时代与历史的思考。冯雪峰作为鲁迅的密友，他的杂文创作广泛涉及社会政治症结，用尖锐的笔触写出了诗一般的政论。但是文笔不够明快又使他的文章多了沉重。杂文集有《乡风与市风》、《有进无退》、《跨的日子》等。

　　"孤岛"时期以唐弢等为代表的杂文流派也秉承了鲁迅杂文的战斗传统。1938 年 11 月浙东六作家王任叔、唐弢、柯灵、周木斋、周黎庵、文载道出版杂文合集《边鼓集》。王任叔《弁言》的发表表明这一流派的形成。1939 年 1 月，集资创办了《鲁迅风》杂志，围绕刊物，这一流派创作了大量的杂文作品。由于孤岛特殊的政治文化氛围，因此这个地域的杂文创作更具有现实的批判性，也更具有针对性。具体到每一个作家也更各有风致。"鲁迅风"派作家中，唐弢是最能体现鲁迅杂文传统的作家之一。他的杂文尖锐泼辣地解剖历史，荡涤污秽，笔致充满了诗情理趣。如《从奴隶到奴隶》、《氓》勾画出汉奸奴才的丑恶嘴脸。唐弢的散文善于勾画世相，缓致中流露感情，达到批判的效果。巴人的散文善于以简约之笔勾画社会脸谱，风格尖锐犀利，著有《窄木集》。周木斋则多写思辨色彩的杂文，结集为《消长集》。此外，柯灵有《市楼独唱》、阿英有《月剑腥集》、孔另境有《秋窗集》与《横眉集》，都是孤岛时期杂文创作的丰厚收获。"孤岛时期"报告文学创作也较有成就。由朱作同、梅益主编的大型报告文学集《上海一日》的出版，标志着群众性报告文学写作的成功。这两个散文创作群体，在继承鲁迅杂文战斗精神的同时，也形成了不同的杂文风格。他们的杂文"揭露民族敌人为征服中国所施行的种种骗术，揭露降敌汉奸的嘴脸，鞭笞在民族危难时刻暴露出来的民族劣根性"。[①]

解放区的杂文创作相对稀少，基本上创作于1942年延安整风之前。解放区的杂文内容多为针砭当时革命队伍内的不正之风，包括官僚作风与封建思想，反映出当时的知识分子对革命的认识。代表性的作品有丁玲的《三八节有感》、艾青的《了解作家，尊重作家》、罗烽的《还是杂文时代》、萧军的《论同志之"爱"与"耐"》、王实味的《野百合花》和《政治家、艺术家》等，尤其是《野百合花》直指当时延安的官僚主义作风与等级观念，笔锋非常尖锐。由于这些知识分子存在个性主义与自由主义思想，因此，他们来到根据地后就敏锐地感受到了这些不公平的存在，自然而然地产生要暴露问题的想法。这些杂文批评了当时延安存在的一些问题或缺点。尽管有些作品言辞激烈，不乏书生的意气，但是知识分子的本意是好的，希望能够帮助具有初步民主意识的革命根据地铲除几千年来存在的封建陋习。

1940年代特殊的政治文化环境形成了数量庞大的杂文创作。为抵御外族入侵，争取民族解放起到了战斗号角的作用，强化了现代散文的民族化特征，但是从其思想的深度和文化广度上看，仍然没有超越鲁迅杂文所达到的高度。

与战斗的杂文相比，这一时期小品文的创作也延续了1930年代的创作热情，出现了一批艺术成就较高的作品。才女作家萧红在这个时期创作出优美而富有社会实际的散文作品。她的《回忆鲁迅先生》抓住了鲁迅生活中的细节，加以感情的渲染，从而写出了自己眼中的鲁迅。巴金的散文在这一时期更加圆熟、谨严。这个时期出版了散文集《梦与醉》、《黑土》、《无题》、《龙·虎·狗》、《怀念》等，散文含蓄深沉，在强烈的民族意识中写出自己的爱与憎。李广田这个时期的散文减少了沉郁增加了诗的静美，他的《圈外》、《回声》、《日边随笔》、《灌木集》都具有这样的风致。这些作家的散文创作尽管不是革命散文，但是仍然为抗战胜利而歌。

三、1949年至1976年从革命化散文到高度政治化的散文

新中国的成立对于散文创作来说是既有新空间的发挥，也有政治原因造成的

---

① 黄修己：《中国现代文学发展史》，北京：中国青年出版社2008年版，第361页。

创作萎缩，是革命化与个性化交互存在的艺术转折期。这个时期的散文创作，以
《讲话》精神为指导方针，充分展现新中国的新气象，形成了革命散文创作的高潮。
"文革"时期，"文革"散文创作的尴尬与萎缩，充分说明政治的强力干预必定极
大戕害文学的发展。

　　这个时期的散文创作可以分为前后两个阶段，前一个阶段到"文革"爆发为
止，后一个阶段是"文革"十年的散文创作。前一个阶段还可以划分为两个创作
段落：1949 年至 1956 年为创作的第一个时段，1956 年以后至"文革"是创作的
第二个时段。第一个阶段的散文注重叙事性与人物化，抒发新社会的新景象的激
情与表现抗美援朝的主题成为散文创作的重点。因此，通讯报告得到了空前的发
展。抗美援朝战争的爆发，使得很多作家奔赴前线，写下了大量的战地通讯。结
集有魏巍的《谁是最可爱的人》、巴金的《生活在英雄们中间》、刘白羽的《朝鲜
在战火中前进》、杨朔的《鸭绿江南北》等。这些通讯报告较真实生动地反映了抗
美援朝战争中中国志愿军的战斗场景，讴歌了像黄继光、杨根思式的战斗英雄，
表达了作家对战争生活的感悟与反思。另一方面，火热的社会主义建设激情也是
作家创作的重点。《祖国在前进》、《经济建设通讯报告选》（二集）、《散文特写选》
（1953—1956）、《特写选》（1956）等都是这方面的代表性选集。柳青的《王家斌》、
秦兆阳的《王永淮》、沙汀的《卢家秀》等描写的都是社会主义建设中涌现出来的
新人形象，在当时引起了较大反响。通讯报告所取得的成果标志着散文创作的勃
发，但是这种散文样式也局限了散文艺术的发展。通讯报告的颂歌性质与国家权
威的要求都使得这一时期的散文创作只能是某种程度上的繁荣。只有歌颂没有揭
露，只有感谢没有反省，事件化淹没了思想性，缺少艺术的感染力。这一阶段的
抒情散文也有些收获，如老舍的《我热爱新北京》、杨朔的《香山红叶》、秦牧的《社
稷坛抒情》等，杂文如马铁丁的《思想论》。但是这些体裁的散文创作显得寂寞而
稀少，其影响力远远比不上通讯报告。

　　从 1957 年至 1966 年是散文发展的第二个时期。这个时期由于实行"百花齐
放，百家争鸣"的文艺方针，文学题材的放宽与作家自我创作个性的释放，使这
一时期的散文创作呈现出"复兴"的局面。不但一些老作家重新创作出了散文小
品，如老舍的《养花》、丰子恺的《南颖访问记》等，而且以杨朔、秦牧为代表的

一批散文作家，以丰厚的创作实绩打破了沉闷的社会现实，积极推动散文艺术的发展。使得抒情散文在这个时期显得异常活跃，不仅从数量上大大超过第一个时期，而且艺术水准也臻于圆熟，出版了很多作家的散文集子。如杨朔的《海市》和《东风第一枝》、秦牧的《华城》和《潮汐和船》、刘白羽的《红玛瑙集》、巴金的《倾吐不尽的感情》、冰心的《樱花赞》、吴伯箫的《北极星》、曹靖华的《花》、碧野的《情满青山》、郭风的《叶笛集》、柯蓝的《早霞短笛》、魏刚焰的《船夫曲》、袁鹰的《风帆》、方纪的《挥手之间》、峻青的《秋色赋》等。散文的"复兴"一方面是由于国家权威对文学界管制放松的结果，另一方面也反映出作家的创作力在"虚假"的宽松政治下的一次集中爆发。国家意志决定着散文艺术的生长。因此，这一阶段的报告文学在前一阶段通讯报告的基础上，发展成散文创作中的一股强劲的力量。1957 年以后发表了《一场挽救生命的战斗》（巴金）、《为了六十一个阶级弟兄》（《中国青年报》记者集体采写）、《向秀丽》（郁茹）、《万炮震金门》（刘白羽）、《三门峡截流记》（雷加）等一批产生较大影响的作品。这些报告文学是在"反右"斗争的扩大化与作家自我的改造的实践中得以快速发展并且充当了歌颂社会主义建设的号角。这充分体现出政治标准第一的《讲话》精神，文学在特殊的时期演变为政治美学的载体。

在 1930、1940 年代发挥了批判的武器作用的杂文却在新中国成立后一直处于冷寂的状态。因为，新社会不需要揭露也不欢迎尖锐的问题意识。不过由于这一时期对文艺政策的调整使得杂文创作在一定时间段内兴盛起来。一些知名作家的积极创作也带动了杂文的勃兴。茅盾（玄珠）、夏衍、巴金（余一）、叶圣陶（秉丞）、唐弢、巴人、吴祖光、邓拓（卜无忌）、林淡秋、曾彦修（严秀）、高植、舒芜、秦似、蓝翎、邵燕祥等，都加入到杂文创作的队伍。夏衍的《"废名论"存疑》，唐弢的《言论老生》，巴人的《论人情》、《况钟的笔》，叶圣陶的《老爷说的准没错》，严秀的《九斤老太论》，臧克家的《六亲不认》，吴祖光的《相府门前的七品官》，秦似的《比大和比小》等，都是当时的名篇。大致在 1961 年至 1962 年间，杂文创作一度活跃。1962 年《人民日报》在副刊版开辟了"长短录"专栏，聘请夏衍、吴晗、廖沫沙、孟超、唐弢为特约撰稿人。期间，邓拓的《燕山夜话》和吴南星的《三家村札记》也陆续刊出。由于当时宽松的政策，这些杂文针砭时弊、尖锐深刻，坚持思想性与艺术性相结合。邓拓的《燕山夜话》是这个时期杂文的丰美收获。它提供了一种思想态度和文体风格：在一种宽容、中庸的形态中，寄托他们对现实生活缺陷的尖锐、敏感的体察与感悟，借此来表达对僵化专制秩序的批判与对民主的理解，体现出作家正直客观的叙述立场。相较报告文学的政治美学化，这些杂文在坚持作家个人立场的同时保持了艺术的独立，显现出超脱政治之外的艺术魅力。革命散文从1930年的阶级性、战斗性走向了1950年代的政治美学化，在这个过程中逐渐失去了艺术个性而沦为权威政治的代言。

"文革"散文是特殊时期的特定文学现象。"文革"十年，整个文学界被集体"整肃"，知识分子被整体改造，文学样式的匮乏与文学创作力的极大萎缩，使得散文创作也难逃厄运。尽管中间也有过政策的松动，但是这对挽救散文创作没有起到更大的作用。造成"文革"散文创作萎缩的原因在于：一是散文这种文体不像诗歌那样可以按照政治权利的要求直接为意识形态服务，也不像小说那样以长篇巨制展现出特殊年代的"伟大创举"。散文的个体化抒情显然不适合狂热革命年代的需要，即使前期的报告文学在这个时期也被频繁的政治运动所挤压。二是作家们在严酷的政治高压下，个体独立思考的空间已非常狭小，即使有思考的可能也没有表达思想的可能，更遑论去抒发一己之感情。从革命散文到文革散文，现代散文配合时代政治发挥了文体的社会功用，也为此付出了惨痛的代价。值得欣慰的是，在每个历史时段，总有一些作家维护艺术的尊严，积极推动现代散文向前发展。

第五节 从左翼话剧到"样板戏"

文学艺术作为文化的重要表征，它们与政治的关系从来不是想象中的神圣和纯洁。在权力关系的运行中，它们与政治一直如影随形，从未分离。文学艺术的政治性正是它最重要的社会功能的体现，它们作为政治理念载体和政治宣传工具的政治功能在纵横捭阖、风云激荡的历史演进中被不断确认和强化。无论是1928—1949年国共两党权力斗争，还是1949—1976年中共党内政治权力格局纷争，在这些政治权力的博弈中，文学艺术一直在为政治权力的合法化和有效性推波助澜、冲锋陷阵。

一、左翼话剧：向无产阶级革命戏剧的转向

伴随着五四新文化运动的大潮，中国戏剧渐渐脱离传统戏剧的窠臼，在充满现代启蒙理性的时代思潮中，以反对旧思想、旧道德、旧文化的崭新姿态大步走向中国戏剧的"现代化"征程。

然而，五四新文化运动所倡导的"民主与科学"、个性解放、"人的发现"等理性启蒙，对当时社会生活的影响和冲击更多是停留在精神层面上，对整个社会实践来说缺乏行动的方向和力量。知识精英所追求与梦想的通过文化的革命来实现社会变革，在没有广泛的社会大众的认同与参与下是不可能实现的。因此，伴随大革命的失败，新文化运动也陷入低潮。

就在大批知识分子痛苦彷徨的时候，世界范围内的"红色"革命大潮正风起云涌，并以锐利先锋的姿态进入中国。马克思主义政治文化学说作为新潮先锋的启蒙理性，因为具有符合中国传统的实践理性而被中国广大知识分子追求并信仰。这就启动了新的文化运动向"左"转的契机，并最终形成了1930年代声势浩大的左翼文化运动的风潮。

转向的发生是历史的必然。而转向并不是突然发生的，它是在承接五四文化运动启蒙理性的基础上，顺应社会和时代的发展潮流与趋势而进行的新的方向选择和内涵重构。在共产党政治诉求和先进知识分子社会革命的共鸣和互动中，马克思主义成为这种选择的方向和重构的内涵。

在马克思主义政治文化的影响下，戏剧作为文化的重要表征展现出与前不同的特征，它不再单纯是"人的发现"的艺术的呼唤，也不再仅仅是宣扬民主思想和个性解放的文化塑形工具，它更成为共产党领导的无产阶级革命斗争中争夺政治文化"话语霸权"的有力武器。1928—1937年左翼话剧的兴盛，正是共产党的政治文化与先进知识分子新潮文化合力而为的结果。从此，中国戏剧在中国共产党的领导下，在先进知识分子的积极参与下，走向了无产阶级革命戏剧的道路，并在政党政治和国家政治的日益渗透糅合下，形成了贯穿整个20世纪的戏剧政治化传统，显示着中国共产党对革命文化领导权的争夺、加强和确立。

左翼话剧所推动的戏剧转向，首先是戏剧作家和戏剧理论家思想上政治信仰

上的转向，其次是组织上体制上的跟进与保障，然后是戏剧创作上的诉求和呈现，是一个连环互动、渗透糅合的发生机制。

田汉，作为中国戏剧领袖和现代革命戏剧的奠基人，他的戏剧创作道路正是对这一发生机制的有力说明。大革命失败以后，国共合作破裂，阶级斗争日益激烈，革命形势有了新的发展，同时，世界范围的"红色"革命浪潮影响着中国。在这种新形势下，大批知识分子从反帝反封建、追求民主革命开始转向对无产阶级革命的向往与追求。田汉从早期"南国社"对民主主义、人道主义和爱国主义的追求，开始转向对无产阶级革命的追求和对共产主义的信仰。1930年4月，田汉发表了著名的《我们的自己批判》，总结"南国社"的戏剧历程，实际是对他自己戏剧创作的总结，他说，"跟着阶级斗争底激烈化与社会意识之进展"，应该"斩截地认识自己是哪个阶级的代表"，应该义无反顾地丢弃南国戏剧"热情多于卓识，浪漫的倾向强于理性"的内容，因为那"并不是无产大众对于新社会创造的理想，而仅仅是当时小资产阶级知识分子底动摇与苦恼"，旗帜鲜明地站到无产阶级一边。他认为戏剧应该有明确的无产阶级意识，代表劳动阶级的利益；戏剧应该具有鲜明的时代性和大众性。这些认识标志着田汉从激进民主主义向共产主义信仰的转变，从此田汉投入到左翼戏剧的阵线中来，并成为坚定的领导者、组织者和创作者。田汉的左转带动了一大批戏剧作家和戏剧理论家在政治信仰和思想意识上的转向。

就在这一年3月，"中国左翼作家联盟"成立（简称"左联"），田汉和鲁迅、夏衍等七人被选为常务委员。同年8月"中国左翼剧团联盟"成立，1931年1月改组为"中国左翼戏剧家联盟"（简称"剧联"），田汉和刘保罗、赵铭彝为负责人。"左联"和"剧联"都是中国共产党直接领导下的左翼文艺组织。这些文艺组织实际是拥有共同政治信仰和政治目标的准政党组织。它们的成立充分表达了中国共产党将戏剧纳入政治轨道的意图。"剧联"的《中国左翼戏剧家联盟最近行动纲领》就强调革命戏剧要深入工农群众，创作内容要暴露地主资产阶级与反动派的罪恶，从各种政治斗争中指出政治出路。"剧联"有严密的组织形式，它的核心是"党团"，它的上级是"文总"，下级由基干剧团和一般剧团组成。除了上海，剧联在北平、南通、广州、南京、杭州、汉口、青岛等地设有分盟，剧团的负责人一般是党员。

这种组织结构保障了中国共产党对戏剧团体的控制和领导，剧作家们正是在这些政治性文学组织的领导下进行戏剧创作的，因此可以看到，左翼话剧正是戏剧被纳入政治轨道与政治诉求一起运行与发展的结果。

在戏剧家思想转向和戏剧团体的组织控制下，戏剧文学创作的转向与左翼戏剧运动相呼应，呈现出新的形态样式，体现出一种新的价值观念。

1930 年代初期，左翼戏剧运动强调戏剧是为政治服务的"武器艺术"、"斗争艺术"，革命性与战斗性是戏剧的主要功能。在这种要求下，田汉完全丢弃他在 1920 年代戏剧创作中着重表现小资产阶级灵与肉的冲突的"唯美"、"伤感"的浪漫主义创作方法，转向革命现实主义。田汉创作了《梅雨》（1931）、《月光曲》（1932）、《顾正红之死》（1933）、《年夜饭》（1933）等反映工人阶级生活和斗争的戏剧。这些剧作顺应当时政治斗争和阶级斗争的形势要求，配合政治宣传的目的，反映社会现实的黑暗，号召劳动群众奋起反抗。但是因为对生活的认识和理解并不充分，他对现实的表现往往"理"胜于"情"，"主义"淡化了形象，理论取代了艺术，带有明显的宣传鼓动的政治色彩，没有达到思想和艺术的和谐共振。

当时从事左翼戏剧创作的剧作家主要有洪深、冯乃超、左明、楼适夷、白薇、尤兢、宋之的、陈白尘、章泯、张庚、凌鹤等，他们描写工人阶级和农民群众的苦难和反抗，表达他们在黑暗中的挣扎与呼喊，来激发工农斗争。这些左翼话剧的创作目的主要是为了"阐明社会上的矛盾，而引导大众发生一种革命的热情来反抗奋斗，而达到革命的目的"。[1]戏剧的政治功利性特点，在 1930 年代初期的整个左翼话剧创作中普遍存在，这正有力地说明政治文化和政党文化对戏剧形态和价值观念的影响、引导和控制。

1930 年代中期以后，随着对"左"倾思想的认识和纠正，左翼戏剧运动改变初期的斗争方式，不仅仅追求简单化的鼓动宣传，开始注重戏剧创作中艺术性的提高，这使得左翼话剧呈现出新的繁荣态势。

1935 年，田汉创作了以爱国抗日为主题的《回春之曲》，以特殊的角度来开掘爱国主题，把主人公的爱情命运和祖国命运结合起来加以表现，克服初期创作

---

① 叶沉：《演剧运动的检讨》，《创造月刊》，1929 年，第 2 卷第 6 期。

中思想和艺术的不和谐状态，以浪漫抒情的方法诠释新的主题与内容，具有很强的艺术感染力。

与此同时，一批具有民主主义、自由主义思想倾向的戏剧家，顺应时代要求与左翼剧作家一起，通过思想和艺术的互动、撞击和融合，创作出一批思想深刻、艺术生动的优秀作品，为左翼戏剧创作推波助澜、锦上添花。其中曹禺的《雷雨》（1934）和《日出》（1936）以深刻的思想性和精湛的艺术性成为1930年代现实主义戏剧创作的代表之作，反映出戏剧风格的多样化趋势和戏剧创作的日益成熟。

曹禺并没有参加左翼戏剧运动，然而他的《雷雨》和《日出》同样反映了强烈的时代特色。他的戏剧集中表现反封建和个性解放的主题，这是对五四新文化运动传统主题的继承和延伸。在1930年代左翼文艺运动中，这个主题和反应工农斗争的主题一样，是反映时代特色、社会要求的另一个重要主题。曹禺的剧作一发表，就引起巨大轰动，并受到左翼人士的高度关注。左翼文艺批评家纷纷从思想意识的角度，从为政治服务的目的出发对曹禺及其作品进行了评价。虽然此时曹禺创作中的主观态度还是出于个性追求，但是他感时忧国的气质和表现，通过左翼人士政治化的文艺评价，逐渐纳入到左翼话语中来。周扬撰文《论〈雷雨〉和〈日出〉》，高度评价了两剧的成就，对两剧的解读给予政治目的明确的引导，认为曹禺的成功是"现实主义的成功"，曹禺的剧作有"反封建反资本主义的意义"。[①]周扬的评价最终将曹禺及其作品纳入到社会主义现实主义的左翼阵营中来。鲁迅在与美国记者斯诺的谈话中也把曹禺称为"一个新出的左翼戏剧家"，把他与郭沫若、田汉、洪深相提并论。曹禺的戏剧使左翼戏剧创作纠正了戏剧单纯的政治化追求，将反封建和个性追求以现实主义的面貌融合到左翼话语中，这无疑是政治文化和新潮文化在现实需要面前的有效整合，是戏剧回归艺术本质和左翼文艺运动政治化要求的博弈结果。《雷雨》和《日出》的成功，使一批左翼戏剧家深深感受到艺术个性的魅力，开始寻找真实自然的现实主义艺术，反思戏剧的艺术功能、艺术规律，自觉追求艺术创造，产生了一些优秀作品。如夏衍于1937年创

---

① 王晓明主编：《二十世纪中国文学史论》（上），上海：东方出版中心2003年版，第496页。

作的《上海屋檐下》，就成功地为"鲜明的政治意识寻找优美的艺术表现"①，成为左翼戏剧的代表作品之一。艺术与政治相互渗透与融合，撞击与互动，分立与缝合的关系在这一时期表现得淋漓尽致。

风格自成一家的还有李健吾的戏剧。1930 年代他创作了《火线之内》、《火线之外》、《这不过是春天》、《十三年》等表现反帝爱国和感时忧国带有民主主义创作思想的作品。这种创作思想与左翼戏剧的思想指向趋同。作品中塑造了众多性格复杂的革命者形象和善恶并存者的形象，具有独特的艺术价值和美学意义，显示 1930 年代戏剧创作的成熟，丰富了左翼戏剧的创作形态和价值追求。

20 世纪的 30 年代，无疑是左翼话语时代。左翼话剧可以看成共产党领导下的无产阶级革命斗争的文化诉求与表征，但是左翼话剧不仅仅是左翼人士从政党利益出发进行的政治言说，它还是先进知识分子秉承五四新文化启蒙理性的传统对于新文化的深化与延伸。革命的话语在左翼人士和民主主义、自由主义知识分子不尽相同但方向趋同的价值追求下碰撞融合，殊途同归汇集到一起，成为 1930 年代最先锋、最时尚的文化现象之一。这正说明戏剧对现实和社会的强大介入功能。同时应该看到左翼话剧不仅是共产党对戏剧话语领导权的争夺，也是对政治话语领导权的争夺，折射出现实中的政党之争与阶级斗争。左翼话剧的战斗传统和政治化追求，成为后来抗战戏剧、解放区戏剧和建国后戏剧发展的渊源和基础。

二、抗战戏剧：民族解放与民主革命的时代变奏

随着抗日战争的爆发，于 1936 年兴起的"国防戏剧"运动很快发展成规模更大的抗战戏剧运动，成为继左翼戏剧运动后的又一热潮。

在民族救亡、保家卫国的新历史形势下，国共开始第二次合作，戏剧界形成广泛的统一战线，国统区、沦陷区、解放区以及上海"孤岛"各方协同作战，戏剧由主要反映政党对立和阶级斗争的左翼戏剧走向更广泛的全民抗日的抗战戏剧，这使得各阶层各流派的剧作家和文艺工作者在保家卫国、民族解放的共同心理诉求中自觉汇集到戏剧战线上来，中国现代戏剧进入一个空前繁荣的黄金时代。

---

① 陈白尘、董建主编：《中国现代戏剧史稿》，北京：中国戏剧出版社 2008 年版，第 441 页。

抗战戏剧的主题在延续 1930 年代阶级斗争、爱国主义的基础上，结合时代要求，形成民族解放和社会革命的时代变奏。

抗战初期，面对轰轰烈烈的抗战形势，政治任务是戏剧作为宣传工具的首要任务。这时的戏剧以短小精悍、通俗易懂的宣传鼓动剧为主，主要表现军民抗击日寇的英勇斗争，大多是为抗战宣传需要而产生的"急就章"，如《我们要反攻》（夏衍）、《在烽火中》（沈西苓）、《火海中的孤军》（凌鹤）、《飞将军》（洪深）、《扫射》（陈白尘）、《省一粒子弹》（尤兢）、《战斗》（章泯）等。同时也有大型多幕剧的产生，如《保卫卢沟桥》（集体创作）、《卢沟桥》（田汉）、《卢沟桥之战》（陈白尘）、《台儿庄》（罗逊、锡金）、《台儿庄之战》（韩北屏）、《八百壮士》（崔嵬、王震之）等。这些创作大都为政治宣传需要，描写中国军民浴血奋战，弘扬爱国主义和民族精神，但是因为对现实的观察和认识比较粗糙，难免出现概念化、公式化倾向，激情往往代替艺术的真实，反映生活的深度不够，艺术感召力匮乏。

随着抗战形势的深入发展和国内政治环境的变化，戏剧题材也从战火纷飞、热情澎湃的前线延伸到更丰富的生活领域。比如表现沦陷区人民的斗争，《水乡吟》（夏衍）、《杏花春雨江南》（于伶）；反映上海沦为"孤岛"前后，社会各阶层的生活困苦和挣扎，《夜上海》（于伶）、《等太太回来的时候》（丁西林）、《黄白丹青》（洪深）、《孤岛三重奏》（吴天）；还有一些作品，虽然没有直接描写抗战，但是通过对生活的深入挖掘，更真实地反映广大人民的爱国热情和民族精神，如《秋声赋》（田汉）、《法西斯细菌》和《芳草天涯》（夏衍）、《大地回春》（陈白尘）、《蜕变》（曹禺）等。

抗战戏剧在主要反映爱国主义和民族精神的同时，它的现实主义的一翼——社会革命的主题并未消失，特别是在"皖南事变"后，国民党的反共势头重新抬头，剧作家们清醒地认识到旧中国社会的专制腐败、国民党的黑暗腐朽仍然是严酷的现实问题。因此在争取民族解放的同时，进步的戏剧家在抗战戏剧的洪流中揭示内部斗争、反映社会问题、揭露社会黑暗，创作了大量具有新的思想深度的现实主义剧作，如郭沫若的《屈原》、陈白尘的《升官图》、《残雾》，老舍的《面子问题》等。

在民族解放的历史任务面前，抗战戏剧将政党之争和阶级斗争与民族解放的理念糅合到一起，巧妙地借助全民抗战的诉求将戏剧的民族解放和革命斗争使命合二为一，这正是国家政治和政党政治对戏剧引导与控制的结果。

抗战戏剧是一个极为广泛的联合统一战线，左翼人士无疑是战线中的领导者，自由主义、民主主义知识分子在民族救亡的历史责任面前以满腔热情投入到斗争的历史洪流中来，甚至一些在政治立场、文艺追求上与五四精神、马克思主义相背离的作家，也坚定地站到抗日立场上来。如 1940 年代"战国策"派作家陈诠，他在 1941 年创作的四幕剧《野玫瑰》，从特殊角度描写国民党间谍反汉奸活动，在重庆、桂林、昆明等地演出，影响很大。《野玫瑰》因为主要表现国民党在抗日斗争中的贡献，被左翼人士认为是为国民党歌功颂德，受到左翼文艺阵线的攻击和批评。与此相对立，国民党当局却对《野玫瑰》的演出褒奖有加，大力提倡。由此可见，在政治理念面前文艺作品的阐释是由党派立场和政治利益来决定的，这正说明文艺与政治的微妙关系。

抗战戏剧在戏剧大众化和民族化方面与左翼话剧相比较取得更大成绩，历史剧、喜剧的多样形态，现实主义的挖掘深度和广度都使得这一时期的戏剧呈现出更成熟的魅力，形成中国现代戏剧的黄金时代。

三、解放区戏剧：政治斗争与革命战争的有力武器

以国统区为主的左翼戏剧、抗战戏剧主要是左翼作家和民主主义、自由主义作家共同参与、撞击融合的结果。左翼作家的创作动机是受命于政党的政治目标而进行创作，先进知识分子则是从对民主、自由的追求进行的自觉创作，虽然目标不同，但是二者在共同的时代要求和历史背景下价值取向趋同，这就使得他们汇集到左翼话剧的创作中来。他们有分歧，但是随着共产党政治势力的加强和巩固，无产阶级革命文化观念深入人心，民主主义、自由主义作家在共产主义文艺理论和无产阶级意识形态的规训下，渐渐走向为政治文化服务的道路。

与国统区的戏剧创作比较起来，在共产党直接控制下的江西苏区、后来的延安抗日民主根据地和其他各解放区，戏剧从一开始就呈现出单一而明确的创作目的和任务，就是围绕革命战争和政治斗争的需要，面向战士、面向群众进行宣传和鼓动。1934 年，第五次反"围剿"失败以后，红军经过艰苦长征到达陕北，建

立延安革命根据地，解放区戏剧随着抗日战争和解放战争的进行在延安和各解放区蓬勃发展起来。

前期解放区戏剧是指从 1937 年抗日战争爆发到 1942 年 5 月延安文艺座谈会之前，以抗日战争为主要时代背景，以延安为中心，包括晋察冀、晋冀鲁豫、晋绥、山东、华中等敌后根据地进行的，为民族解放鼓与呼的新型戏剧。与国统区、沦陷区抗战戏剧遥相呼应，属于抗战戏剧统一战线，同时，由于创作背景的差别而具有解放区戏剧的独特形态和价值。

前期解放区戏剧主要从不同的层面和角度表现抗日战争的真实面貌，反映解放区军民浴血奋战、抗敌救亡的精神，既有慷慨激昂的歌颂，也有冷静客观的思考；既写出抗日军民英雄形象，又有对抗战中复杂人性的描写，题材比较丰富，角度比较广泛，表现出独特的思想风貌和艺术特质。

抗战初期的《重逢》（丁玲）、《流寇队长》（王震之）、《警号》（王林）、《一致杀敌》（马鸣）、《保卫抗日根据地》（洪荒）等短剧直接迅速地表现军民抗战，战斗的激情、浴血奋战的斗志是这些戏剧的表现主题。丁玲于 1937 年 8 月创作的独幕剧《重逢》是这一时期的代表作，可以看成是解放区戏剧的第一部作品。它主要表现抗日青年们为国家和民族浴血奋战、慷慨赴死的无畏精神，同时还表现了他们战火中的浪漫情怀——对爱情的追求与向往。这部作品一经演出即产生了广泛影响，成为西北战地服务团的保留剧目。

随着抗战的艰苦和持久发展，作家们开始从更多的角度和层面冷静客观地反映抗战现实。丁玲的《河内一郎》将目光投射到敌人一方，写出战争给中日两国人民带来的灾难和创伤；王震之的三幕剧《流寇队长》写抗日游击队内部的殊死斗争；姚时晓的《棋局未终》则反映国民党内部关于国共合作共同抗日的矛盾和斗争。这些题材和角度独特新颖，拓展了抗战戏剧的表现深度和广度。同期较有影响的戏剧还有李伯钊的《老三》、颜一烟的《我们的乡村》和崔嵬的《信号灯》等。

前期解放区戏剧是为抗战而作，为战争服务的戏剧。但是由于当时政治环境较为宽松，作家们虽然有着明确的党派和政治归属，但是大多是濡染过五四新文化运动的气息，参与过左翼文艺运动的先进知识分子，因此创作中保持着较充分的思想独立和个性追求。他们在创作中对抗日现实进行比较客观真实的描写，没有进行公式化、概念化、程式化的描写，无论是对抗战军民还是敌人、国民党，都能从人的角度、从抗战复杂性出发，呈现出较强的主体意识和多样的艺术风格，这使前期戏剧与后期戏剧相比，政治化色彩要浅淡得多，艺术价值更突出。

后期解放区戏剧是指1942年5月毛泽东发表《在延安文艺座谈会上的讲话》后的解放区戏剧。

1940年前后延安专业剧团兴起搬演大戏、名戏的热潮，先后排演了《日出》、《带枪的人》、《雷雨》、《上海屋檐下》、《伪君子》、《悭吝人》等中外名剧。这些大型演出丰富了解放区军民的精神生活，对解放区戏剧创作和演出水平的提高有很大促进作用。然而这股热潮显然并不适应解放区特殊的战斗现实。特别是随着抗战进入艰苦的相持阶段，工农兵群众需要以短小精悍、喜闻乐见的形式直接、真实地表现他们生活和斗争的作品。"演大戏"现象受到一些领导和干部群众的批评，认为脱离解放区政治要求，没有满足工农兵的文化需要。

1942年5月，中共中央在延安召开文艺工作座谈会，在会议上，毛泽东发表了《在延安文艺座谈会上的讲话》。《讲话》总结中共二十年领导文艺运动的经验，针对解放区的文艺现实，提出一系列文艺方针和政策，标志着延安文艺整风的开始。文艺整风运动主要解决文艺为谁服务以及如何服务的问题。这两个问题明确地显示出中共一直以来把文艺作为政治斗争和革命战争服务的工具或武器的理念。在政治文化中，戏剧创作并不是剧作家独特生命体验的现实存在，它们是服从服务于现实需要，特别是政治和斗争的需要而存在的一种手段和工具。"政治第一"成为后期解放区戏剧的首要标准。

在《讲话》精神的指引下，解放区文艺工作者沿着"为工农兵服务"的方向，走向前线、农村和敌后，深入到工农兵火热的斗争生活中，进行新的创作实践，解放区戏剧呈现出与前期戏剧不同的新面貌。

从题材上看，这一时期的戏剧主要从不同侧面反映解放区军民英勇斗争、艰苦奋斗的生活，塑造具有典型意义的工农兵新形象。如《刘家父子》（李之华）、《打得好》（成荫）、《粮食》（洛丁、张凡、朱兴南）、《保卫合作社》（贾克）、《母亲》（胡沙）、《十六条枪》（崔嵬）等，都是比较突出的作品。

从主题思想上看，作品的开掘深度不断加强，甚至有些作品触及到人民内部矛盾，党内、军内矛盾，如《把眼光放远点》（胡丹沸）、《过关》（贾霁、李夏执笔）、《李国瑞》（杜烽）、《同志，你走错了路》（姚仲明等集体创作）等。

后期戏剧除了主题、题材上强调革命化之外，不同之处还在于，在戏剧民族化和大众化的进程上与左翼、抗战时期的戏剧比较，取得实质进展。如戏剧语言借鉴民间语言的质朴、生动、活泼来增加作品的民间色彩和乡土气息，使群众感觉亲切，乐于接受；在戏剧的结构安排、场面描写中借鉴整合民间戏曲的特点，采用简洁明快、活泼幽默等群众容易接受和理解的形式进行戏剧创作，使后期解放区戏剧在艺术形式上呈现出新的风貌。

解放区戏剧由于处于共产党的直接势力范围之下，特别是随着共产党在斗争中的地位不断上升，由边缘渐渐走向主流，戏剧作为宣传政治理念，鼓动军民大众斗争的工具或武器的观念被不断加强和确认。无论戏剧创作主体还是戏剧创作形态，在明确、强大的意识形态规训下，渐渐走向"政治标准第一"、为工农兵服务的道路。戏剧不再仅仅是单纯文学艺术的存在，它的社会应用性被不断加强，甚至成为主要的价值和意义所在，这一特点一直延伸到1949年建国后的"十七年"戏剧和"文革"戏剧，成为大陆戏剧的传统。

四、"十七年"戏剧：纳入政治运行的轨道

从1949年新中国建立到1966年"文化大革命"开始，这十七年是中国大陆当代戏剧的第一个阶段，是中国大陆戏剧的转型时期。它承上启下，是1930年代左翼戏剧，尤其是解放区戏剧的延续，也是"文革"戏剧"样板戏"的前身和雏形。

随着中国共产党对国家政权的确立，对立政治集团的消失，外部的革命与斗争转化为内部格局与利益的博弈。戏剧虽然不再是为革命斗争进行宣传和鼓动的武器，然而戏剧仍然是为政治服务的工具。在1949年7月召开的第一次文代会上，确立以毛泽东《讲话》为新中国的文艺指导方针，即文艺"为政治服务"和坚持"为工农兵服务"的方向。这无疑是对文艺包括戏剧，作为意识形态存在的确定。在强调文艺"工具论"指向下，文艺势必与政治共振和呼应，十七年间一场场的文艺运动与接连不断的政治运动互为表里、互为因果。戏剧被纳入现实政治的运行轨道，逐渐沦为政治运动的工具，戏剧创作的主体性日益丧失，逐渐演变为一种

政治化存在形态。

1950 年代前期，伴随着新中国建立的喜悦，在文艺为政治服务的明确方针指导下，歌颂社会主义新生活，歌颂中国革命的胜利，表现新时代火热激昂的生活是这一时期戏剧的主旋律。

其中，独幕剧创作进入黄金时代，产生了一批优秀作品。其中有两类题材成就突出：一类是婚恋家庭题材，塑造社会主义新的妇女形象，歌颂新社会新时代新风尚，如金剑的《赵小兰》、孙芋的《妇女代表》、崔德志的《刘莲英》、鲁彦周的《归来》、田心上的《妯娌之间》、舒慧的《黄花岭》、北京人艺的《夫妻之间》等；另一类是反映现实的讽刺喜剧，主要有何求的《新局长到来之前》、《口是心非》，王少燕的《葡萄烂了》、《阳光明媚》、《墙》，邢野的《开会》，李超的《开会忙》，段承滨的《被遗忘了的事情》等。这些独幕剧创作紧跟时代的步伐，热情地反映真实生活，基调昂扬喜悦，体裁短小精悍，形成建国后一个短暂的创作高潮。

1930 年代活跃于文坛的著名作家老舍在这一时期也紧跟时代，贴近政治，创作反映社会主义新时代的戏剧作品。五幕剧《方珍珠》（1950）是他在建国后发表的第一个戏剧。第二年发表了三幕剧《龙须沟》，接着又发表了《一家代表》、《生日》、《春华秋实》、《青年突击队》、《西望长安》等。这些剧作大都与当时的政治形势紧密贴合，是老舍在新社会新时代满怀政治热情的表现，但是政治热情代替不了文学创作，除了《龙须沟》在吸取《方珍珠》创作失败的经验基础上，把政治热情以现实主义的创作方法较好地表现出来以外，这些剧作中的大多数因为思想深度挖掘不足，艺术上比较简单粗糙而偏离老舍一直以来卓越的现实主义创作精神。

1956 年随着"双百"方针的提出，知识分子政策、文艺政策的调整，戏剧界出现了一批突破"工农兵三种剧本"的"第四种剧本"。包括杨履方的四幕话剧《布谷鸟又叫了》，岳野的五幕话剧《同甘共苦》，海默的四幕话剧《洞箫横吹》。这是"十七年"戏剧创作中短暂而奇异的一朵小小浪花，虽然没有形成巨大波澜，却以独特的姿态令人耳目一新。

"第四种剧本"产生的背景，源于 1953 年第二次全国文代会召开以后，文艺界对文艺思想的重新认识和调整，对文艺创作中的教条主义、公式化、概念化创作倾向的批评。在思想解放的风向下，描写"人"，反映生活真实的作品成为这一时期文艺政策调整的结果。出现较早的是《同甘共苦》，主要描写爱情婚姻问题，提出比较尖锐的现实问题。题材突破了工农兵这三个故事框架模式，在人物塑造中注意开掘人物内心世界，呈现人物丰富多样的性格特点。《洞箫横吹》主要描写农村合作化运动。虽然题材还是表现社会主义农村建设，但是作品摆脱了歌颂赞扬的套路，深刻地反映了农村合作化过程中一些尖锐的现实问题，如"灯下黑"现象、官僚主义作风等，具有强烈的批判色彩。杨履方的《布谷鸟又叫了》是"第四种剧本"的代表作。作品以农村合作化运动为背景，通过童亚南和王必好之间的感情矛盾，揭露社会主义建设中的落后意识，如封建意识和官僚主义。作品中的人物塑造非常成功，特别是童亚南的形象，通过揭示她在追求爱情和幸福的过程中的内心矛盾和困扰。斗争与反抗，使这个人物血肉丰满，真实可信。

"第四种剧本"无论是揭露批判现实的精神，还是细腻真实的的艺术手法，都与之前老套的公式化、概念化的戏剧作品形成鲜明对照，像一缕清新的风吹来，让人感受到新鲜与喜悦。但是这种回归艺术特性的创作势头，随着1957年下半年"反右派"运动的开展戛然而止。

1958年后直至1966年，戏剧与一个接一个越来越猛烈的政治运动紧紧相随，逐渐丧失独立生存的艺术领地，日益沦落为政治运动的工具。"反右派"、"大跃进"、"反修防修"、"抓阶级斗争"等政治主题自然而然成为这一阶段戏剧创作的主题。大多数戏剧紧跟政治形势和政策"主题先行"，不顾生活的真实性和丰富性，以公式化、概念化、模式化的创作方法粗制滥造，最终自生自灭。

这一时期，以中国共产党革命斗争历史为题材的戏剧成绩较为突出，如京剧《红灯记》、《沙家浜》、《智取威虎山》、《红嫂》、《六号门》，沪剧《芦荡火种》，话剧《槐树庄》（胡可）、《东进序曲》（顾保璋）、《豹子湾战斗》（马吉星）、《兵临城下》（白刃等）、《八一风暴》（刘云等）、《英雄万岁》（杜烽）、《红色风暴》（金山等）、《七月流火》（于伶）、《杜鹃山》（王树元）等。这些戏剧延续着建国后以革命史为题材，以歌颂赞扬为基调，以政治理念宣传为目的的创作路径和创作模式，而且不断被确认和强化，为"文革"戏剧——"样板戏"的形成和发展奠定了基础。

另外，田汉、郭沫若、曹禺、丁西林等老一辈作家的新编历史剧成绩斐然。

田汉的《关汉卿》（1958）、《文成公主》（1960），郭沫若的《蔡文姬》（1959）、《武则天》（1960），曹禺的《胆剑篇》（1961），丁西林的《孟丽君》（1961）等是这一时期的代表之作。虽然这些作品也多是顺应形势或为某些活动而进行的"命题创作"，创作的初衷也是"古为今用"，但是历史叙事与现实的时空距离毕竟给作家们的艺术创作提供了延伸和拓展的可能性，无论是题材选取、剧情结构、人物塑造还是语言运用，与现实题材的剧作相比较，历史剧表现出较强的创作个性和主体精神。

1962年9月以后，随着毛泽东在中共八届十中全会上"千万不要忘记阶级斗争"口号的提出，以及后来关于文艺问题的"两个批示"，文艺形势伴随政治形势走向极"左"，中国社会开始走向"文革"。戏剧创作在严酷的政治形势下走向政治化、单一化，即紧紧围绕政治形势，歌颂毛泽东、歌颂共产党。戏剧完全沦为政治运动的工具。1964年6月至7月京剧现代戏观摩演出后，推出了后来成为"样板戏"的《红灯记》、《芦荡火种》、《智取威虎山》、《奇袭白虎团》等剧目，从此戏剧走向"革命样板戏"的畸形繁荣之路。

五、"样板戏"：政治化艺术的标本

"文革"作为历史动乱，它是以1966年5月中共中央《通知》和8月《关于无产阶级文化大革命的决定》为标志的。但实际上，它的舆论准备和思想发动却可以追溯到整个十七年期间。从1950年起，党中央和毛泽东把政治和意识形态问题作为建国后党的工作的首要任务，在不到二十年的时间里，发起一场又一场频繁的政治运动，而这些政治运动又与文艺运动紧密结合，共振和呼应。在共产党进行革命与斗争的历史进程中，文艺一直扮演着"工具"与"武器"的角色，即使在建国后消除了外部威胁的情况下，党内纷争仍然把文艺作为有力工具，在多次政治运动中利用文艺方针、文艺政策的调整来规训作家及其实践，以达到为政治服务的目的。"文革"期间的"样板戏"不过是政治左右文艺的传统在新形势下的极端表现。在"文革"极"左"的政治语境下，文艺彻底沦为政治的附庸和奴隶，中国戏剧的现代化进程到此戛然而止。

"样板戏"的发展使"文革"戏剧出现极度繁荣与极度衰败同时共存的现象。

"样板戏"在政治力量的强行介入下成为"文革"十年里唯一得到极度发展的戏剧，同时，正因为"样板戏"的畸形繁荣，戏剧丧失了宽松的创作语境，多元的实践主体和丰富的戏剧形态，呈现单一畸形的政治图解式发展，这无疑使戏剧走向极度衰败。在整个十年里，"样板戏"独霸戏剧舞台，统驭着几亿人民的文化视野和精神领域，成为"文革"中意识形态塑形工具和政治化艺术的标本。

"文革"第一批"样板戏"是指八部作品：现代京剧《红灯记》、《沙家浜》、《智取威虎山》、《海港》、《奇袭白虎团》，现代舞剧《红色娘子军》、《白毛女》和交响音乐《沙家浜》。

第二批是指"八个样板戏"之后创编排演的九部作品：现代京剧《龙江颂》、《杜鹃山》、《红色娘子军》、《平原作战》、《磐石湾》，现代舞剧《沂蒙颂》、《草原儿女》，钢琴伴唱《红灯记》，交响音乐《智取威虎山》。

"样板戏"创作的出发点就是为政治而进行的创作。当时极"左"戏剧理论认为，"样板戏"应该强调"革命的政治内容"，创作目的是为"无产阶级文化大革命"进行舆论宣传，而根本任务就是"满腔热情、千方百计塑造无产阶级英雄典型"。[1] 创作原则和批评标准是"三突出"，即"在所有人物中突出正面人物；在正面人物中突出英雄人物；在英雄人物中突出主要英雄人物。"[2] 虽然戏剧理论家和剧作家们梦想寻找政治性与艺术性完美结合的途径，但是在政治标准第一的指向下，"样板戏"别无选择地把"政治正确"放在首位。在这些理论影响下，"样板戏"作为艺术创作走向主题思想单一化、戏剧情节简单化和人物形象概念化不可避免地发生了。

"样板戏"的取材全部来自于共产党领导的革命斗争和建设实践，并贯穿毛泽东思想的"红线"，可以说是中国共产党的整个革命史的呈现。在这些"样板戏"中，我们看到农民反抗地主武装的《杜鹃山》，红军领导下打土豪分田地的《红色娘子军》，军民抗日的《红灯记》、《沙家浜》，追剿土匪的《智取威虎山》，抗美援

---

① 初澜：《京剧革命十年》，《红旗》，1974 年，第 7 期。
② 上海京剧团《智取威虎山》剧组：《努力塑造无产阶级英雄人物的光辉形象》，《红旗》，1969 年，第 11 期。

朝的《奇袭白虎团》，表现社会主义工农建设和海防斗争的《海港》、《龙江颂》、《磐石湾》等，从建国前土地革命、抗日战争、解放战争，到建国后抗美援朝和社会主义建设。样板戏的题材选取是有意而自觉的，是由社会主义文艺方针和样板戏的根本任务决定的。在当时的创作语境下，"样板戏"题材问题已不是单纯的艺术问题，而是政治立场问题。因为，"样板戏"已经成为"我们学习党史、军史、革命史的形象化教材，是我们进行路线教育的形象化教材"，①是对"文革"政治文化的形象化阐释。

作为戏剧，故事情节的演进是它内在的逻辑动力，戏剧性或传奇性主要靠剧情演进来完成。"样板戏"在剧情发展中也充满矛盾与冲突，但是为了"塑造无产阶级英雄典型"，宣传毛泽东思想，这种看似激烈尖锐的矛盾冲突不顾生活的丰富性和真实性，进行不合逻辑的简单化预设式推导，以符合政治宣传的目的要求。这就大大消弱了戏剧的艺术感染力，成为图解政治，宣传毛泽东思想的工具。比如，《智取威虎山》讲述的是解放战争时期的一个剿匪故事。故事的传奇性主要体现在侦察英雄杨子荣打进匪窟、战胜敌匪的情节中。为了突出"无产阶级英雄人物的光辉形象"，剧本在修改时删去了表现反面人物的"深山庙堂"、"雪地侦察"两场戏，增加了解放军小分队和杨子荣的戏。戏中第四场，杨子荣在请求任务时，突兀地增加了唱腔《共产党员》，第八场当杨子荣遇到困难时，高唱《胸有朝阳》："党的话句句是胜利保障，毛泽东思想永放光芒"。这些修改生硬简单，脱离逻辑和真实，损害了戏剧的艺术性和感染力。再如，《沙家浜》表现抗日战争时期共产党地下工作者英勇斗争的事迹。戏剧冲突主要集中在正面人物阿庆嫂和反面人物胡传魁、刁德一之间的斗智斗勇上，如第四场《智斗》和第七场《斥敌》。后来根据毛泽东指示：突出武装斗争，强调武装的革命、消灭武装的反革命。为突出武装斗争，江青指示将郭建光作为"一号人物"，将阿庆嫂改为"二号人物"，增加郭建光的戏。这样的改动使本来有着很强内在逻辑性的剧情发展出现脱节和割裂的问题，破坏了戏剧的完整性。

人物塑造是"样板戏"创作的重中之重。"样板戏"的根本任务就是"塑造无

---

① 初澜：《中国革命历史的壮丽画卷——谈革命样板戏的成就和意义》，《红旗》，1974 年，第 11 期。

产阶级英雄的光辉形象"。为了塑造这样的典型形象，在江青的指示下制定了"三突出"的创作标准，即"在所有人物中突出正面人物；在正面人物中突出英雄人物；在英雄人物中突出主要英雄人物。"这些英雄人物无疑就是无产阶级形象代言人。"样板戏"完全按照政治理念来设计人物和塑造人物，他们身上具有理想的共产党员的共同特征，比如，他们的性格无论男女都是坚毅、果敢、刚强、无畏，他们一心为党为人民为革命无私奉献，面对困难勇往直前、充满信心，面对敌人明察秋毫、勇于斗争，面对人民语重心长、任劳任怨。这些英雄形象高大完美，没有儿女情长、没有七情六欲，没有弱点，甚至缺少人情和人性，这就使得人物形象缺少了真实性和丰富性，成为简单概念的化身，成为图解意识形态的符号。

以传统京剧为基础的"样板戏"，并不像话剧以文学性见长，无论剧情还是人物塑造与话剧相比都比较简单写意。这固然是京剧戏曲注重舞台表演的一个特点，另外一个原因是"样板戏"并不是剧作家遵循文学艺术的创作规律进行的自主性创作，它完全是在极"左"文艺思想的控制下对政治理念的预设式图解。比如单一的革命现实题材，"红色"的工农兵人物、"高大全"的英雄形象，模式化的剧情冲突等，真正的文学性与如此坚硬纯粹的政治理念设计无法匹配，于是弱化剧情与人物，仅仅借助一个故事框架和人物之口来进行直接有效的毛泽东思想宣传，成为"样板戏"在艺术性上的必然选择。

同时我们也看到，"样板戏"把京剧作为形式载体来解决"革命的政治内容和尽可能完美的艺术形式的统一"的困扰，正是因为京剧的突出特点不在剧情设计与人物塑造上，而在"唱念做打"的舞台表现中，"样板戏"中文学性的缺失由京剧的舞台表演艺术性来代偿，无疑是一个"完美"的选择。

从左翼话剧到"样板戏"，综观中国戏剧近四十年风雨坎坷的发展历程，我们清晰地看到戏剧积极介入社会生活，反映现实，参与斗争的热情豪迈的背影。与文学、电影相比较，戏剧以它先锋时尚的姿态、与传统文化的深厚渊源、不可比拟的民间性和民族性、与历史时代的热情呼应和共振。特别是四十年来与中国政治文化一路走来，筚路蓝缕，风尘仆仆的精神，都让我们深切感受到戏剧与现实互相突进、相互撞击所产生的巨大能量，这种力量有时已经不是一种潜移默化的隐性文化力量，而是一种改变和改造社会的显性政治力量。

第六节　电影文学向政治方向演变

当戏剧在整个 20 世纪强烈感应着时代气息，积极介入现实生活，特别在时代和社会的历史背景下与政治权力运行共振共鸣、相伴相随的时候，电影作为一种从西方诞生并传入的新颖奇特的文化艺术和商业产品，在政治、经济、文化更为开放和发达的地区，以新奇的制作传播方式和独特的接受体验，对大众和社会产生了巨大的吸引力和影响力，这是戏剧、文学等艺术形式在传播接受领域里所不可比拟的。正因如此，电影后来居上，在社会的变革和演进中与戏剧、文学并驾齐驱，殊途同归。

电影是工业化的产物，电影属于城市。电影从诞生的第二年——1896 年就登陆上海，而当时的上海是整个东方的经济金融中心，是中国政治、文化、经济首开风气之先的摩登之地。尽管伴随 1919 年五四新文化运动的蓬勃开展，理性启蒙和人的解放的新思想已经成功进入文学和戏剧的视野，使文学和戏剧呈现出一种新锐先锋的革命姿态。但是作为文化商品的电影，在电影资本家的控制之下，在商业利益的驱动下，因为缺乏先进知识分子的广泛参与，在思想内涵上远远落后于新文化运动的节拍。这种状况伴随着国家和社会形势的剧烈改变，特别是 1931 年"九一八"和 1932 年"一·二八"事变的爆发，伴随着左翼文化运动的兴起，在先进知识分子、电影资本家和观影大众三方共鸣中发生了格局转变和整体跃进，产生了 1930 年代中国电影的经典时刻——左翼电影时期，推动了中国电影的发展。

从 1931 年日本入侵中国到 1937 年抗战全面爆发，面对政局动荡、外敌入侵，人民大众的民族意识和爱国精神被大大激发，反帝反封建成为这一时期大众文化诉求，在社会时代的需要中，中国电影格局发生了重要转变。

一方面是左翼文化力量的直接介入。1932 年左翼"剧联"下属的"电影评论小组"成立，1933 年在共产党直接领导下成立了以夏衍为首的"电影小组"。这些左翼背景的文化组织，积极引导左翼剧作家参加"明星"、"艺华"、"联华"等影片公司的剧本创作，产生了《狂流》（夏衍），《三个摩登女性》（田汉），《铁板红泪录》、《中国海的怒潮》（阳翰笙），《丰年》（阿英），《盐潮》（郑伯奇）等最早一批反帝反封建的进步电影作品。同时，左翼电影工作者还利用电影批评建构左翼电影理论，引导和影响电影创作。夏衍、阿英、尘无、郑伯奇、洪深、凌鹤等左翼电影工作者以马克思主义文艺思想对电影现象和电影作品进行意识形态批评，为左翼电影引领创作方向，拓展接受空间，维护和推动左翼电影的发展。

另一方面是电影界各方人士电影观念的转向和电影统一战线的形成。郑正秋、史东山、蔡楚生、张石川等具有人道主义、民主主义精神的进步电影人，在民族危亡的时刻，在左翼文化的影响下喊出"三反主义"的口号，"做一个共同前进的目标，替中国电影开辟一条生路"，[①] 这个"三反主义"就是反帝、反资、反封建。伴随电影工作者思想认识的转向，在左翼力量的引导下形成电影界广泛的联合统一战线。1933年"中国电影文化协会"成立，由郑正秋、孙瑜、夏衍、田汉、洪深等32人任执行委员，协会的成立有利于团结电影界各方力量，共同推动电影向反帝反封建的新方向发展，为左翼电影运动的启动准备了条件。

在新的电影格局下，电影逐渐挣脱商业文化的泥淖走向民族解放、社会革命和现实改造的新途径，形成左翼电影新的文化品格和艺术风貌，诞生了一大批优秀经典的民族电影作品，中国电影发生了迥异于前的整体跃进。从1932年至1937年，"明星"、"联华"、"艺华"、"天一"等影片公司先后出品大量具有进步意识，反映社会现实，艺术风格清新多样的影片。如《三个摩登女性》、《狂流》、《女性的呐喊》、《上海二十四小时》、《前程》、《都会的早晨》、《小玩意》、《姊妹花》、《春蚕》、《铁板红泪录》、《香草美人》、《盐潮》、《时代的儿女》、《丰年》、《城市之夜》、《母性之光》、《中国海的怒潮》、《女儿经》、《黄金时代》、《桃李劫》、《渔光曲》、《神女》、《风云儿女》、《都市风光》、《热血忠魂》、《大路》、《新女性》、《迷途的羔羊》、《小玲子》、《狼山喋血记》、《压岁钱》、《十字街头》、《马路天使》、《慈母曲》、《王老五》等。这些影片内容严肃，主题鲜明，充满反帝反封建的进步思想，即使像《姊妹花》、《渔光曲》、《神女》等涉及家庭伦理、带有浓郁传统文化色彩的影片，也因为从阶级矛盾、社会冲突的新视角对主题进行阐释和解读，因而具有了强烈的时代色彩和深刻的批判精神。这无疑是中国电影内涵的重构和超越。

左翼电影的跃进，与早期电影最根本的区别是文化品格的差异。这种战火硝

---

① 郑正秋：《如何走上电影之路》，《明星月报》，1933年5月，第1卷第1期。

烟里诞生的文化品格摒弃了传统文化中伦理道德的虚幻图景，代之以时代精神和现实指陈，充满民族意识、阶级意识和社会意识，是关注现实、描写真实的现实主义精神的投射。

左翼电影的形态和内涵逐步摆脱商业文化的桎梏，特别是在社会、政治、经济、文化、军事等诸多因素的纠结和影响下，电影已经不仅仅是注重娱乐休闲的文化商品，也不是"软性电影"论者所推崇的"纯艺术"品。像文学和戏剧一样，在左翼文艺运动大潮的裹挟下，电影逐渐成为传播新的思想意识、宣传发动民众关切社会、改造现实的新的舆论工具。在上海、天津、重庆、武汉等大城市里，这种宣传工具因其独特的传播接受方式和新颖奇特的文化姿态被大众广泛接受，吸引力和影响力远远超过文学和戏剧。革命思想以电影为载体，通过商业渠道进入大众阅读视野，这是20世纪30年代上海文化背景下革命意识与商业文化对立缝合的奇妙结果，也是电影作为文化的一面与社会、经济、政治等系统错综交叉的关系体现。特别是在1930年代红色的左翼文化潮流中，电影的意识形态功能被放大，电影与政治的接触日益密切，这从国共两党对电影控制权的争夺中可以看出。一方面左翼人士积极渗透到各大电影公司，参与创作实践；同时，左翼电影理论家利用报刊进行指向明确的电影评论，为左翼电影创作保驾护航。另一方面，国民党面对如火如荼的左翼电影运动加大钳制力度，设置严格的电影检查制度，大力提倡与进步电影针锋相对的所谓"民族主义电影"和"软性电影"论。国共两党在电影领域里展开"围剿"和"反围剿"斗争，这正是政治干预电影的表现。政治对电影的干预，不论是从电影创作本身还是对电影的外部控制，都并非政治人物的个人力量和行为，它是在左翼文化力量的介入、电影观众的呼吁、电影工作者的诉求以及电影批评家的引导下共鸣互动、应运而生的集体意识。在这种集体意识的推动下，电影渐渐摆脱娱乐休闲的商业追求成为关注社会民生，反映现实生活的严肃社会话语。

1937年抗日战争全面爆发，在战争炮火里，电影格局和电影创作再次发生改变。随着上海失守沦陷，被称为"东方好莱坞"的电影制作基地遭到破坏。这使得电影创作转移到武汉、重庆和成都等国统区和被称为"孤岛"的上海租界区。这一时期的电影超越了娱乐、审美的功能，在抗日救亡统一战线的共同政治背景下毫不犹豫地把宣传发动抗日救亡作为最根本的使命，形成新的电影现象——"抗战电影"。

在紧迫的战争形势面前，以武汉、重庆为基地拍摄的抗战电影完全把宣传抗日救亡的政治任务放在第一位。影片的主题和取材非常鲜明，就是揭露日本帝国主义的恶行，热烈赞扬广大军民英勇无畏的抵抗斗争，表现人民大众的爱国主义精神和民族气节。尽管当时受战争影响，物质匮乏，资金短缺，技术条件有限，影片的拍摄速度和质量都受到很大限制，但是在电影界各方人士的共同努力下，仍然拍出一大批深受观众喜爱的抗战电影，如《保卫我们的土地》、《八百壮士》、《好丈夫》、《保家乡》、《热血忠魂》、《胜利进行曲》、《青年中国》、《塞上风云》等优秀影片。这些影片是在电影界抗日统一战线的政治基础上产生的，直接表现出为战争服务的姿态，是宣传发动民众的舆论和教育工具，电影的艺术审美功能直接让位给政治宣传功能，这是历史的要求，是时代的痕迹。

与国统区抗战电影直接的抗战面目相比，上海"孤岛"电影则以复杂隐曲的形式表现抗日救亡的主题。因为受特殊的社会环境限制，"孤岛"电影借助商业电影类型片的形式进行创作，如借古喻今的"古装片"和类型丰富的"时装片"。虽然这些电影重新走向商业化道路，但是其中一些影片运用含蓄曲折的手法表现抗日救国的主题思想，受到观众的热烈欢迎。如《木兰从军》、《明末遗恨》、《武则天》、《苏武牧羊》、《李香君》、《梁红玉》、《尽忠报国》、《孔夫子》等借古喻今的影片，以及《王先生吃饭难》、《肉》、《复活》、《家》、《世界儿女》、《花溅泪》、《乱世风光》等贴近现实的影片。应该看到，这些在战时特殊的社会环境下产生的影片，虽然在艺术追求上比较平庸，但仍然顽强地坚持了严肃的创作意图。

1945年8月抗日战争赢得了最后的胜利。中国电影在经历了八年战争的历练后以更成熟的姿态迎来一个灿烂辉煌的新时期。从1945年抗日战争胜利到1949年新中国成立，在这短短的几年里中国电影在思想和艺术上进入一个成熟期，创作出一批堪称经典的优秀之作，为中国电影留下不可磨灭的成绩，它们既是对1930年代电影经验的继承和超越，更是中国电影在艺术上的激情探索与创造。这一时期的电影，既不像左翼电影是充满阶级意识的舆论工具，也不像"抗战电影"是直接明确的政治宣传片。在经历了民族的苦难和悲伤之后，电影走向更深沉辽阔的现实主义领域。在这里，现实主义不仅仅是进行意识形态宣传的手段，而成为电影作为艺术表现生活的目的。正是这种创作动机的转变，使这一时期的电影在艺术上走向中国电影有史以来的巅峰时期。

战后电影表现的主题首先是对过去苦难的追忆和反思，如《丽人行》、《遥远的爱》、《松花江上》、《希望在人间》等，展现出强烈的忧患意识。另一类主题是对战后社会的关注和现实的批判，如《天堂春梦》、《还乡日记》、《幸福狂想曲》、《三毛流浪记》、《乌鸦与麻雀》等，以冷静的批判精神对社会问题予以揭示，表现出强烈的社会意识。这些电影对社会历史进行冷静深刻地思考，引起观众的共鸣，受到热烈的欢迎。

这一时期真正标志着中国电影巅峰之作的是连接起历史与现实的具有史诗气质的两部影片《八千里路云和月》和《一江春水向东流》。

史东山编导的《八千里路云和月》在战后不久即创作完成，是对过去不久的抗战历史的高度概括和浓缩，内容中带有纪实色彩。影片通过一个抗战演剧队从"八一三"爆发到抗战胜利十年里的奋斗和遭遇为主线，辐射到更广阔的社会历史生活：一方面是对抗战中爱国者英勇献身的热情讴歌，另一方面是对抗战后国民党政府腐败黑暗的深刻揭露。整个影片采用经纬交织的结构方式，气势恢宏具有史诗气质，从思想深度和艺术水平上都达到左翼电影以来的最高层次。

蔡楚生、郑君里编导的《一江春水向东流》也是一部在叙事上跨越战前战后的史诗性影片。影片借助中国传统叙事模式，以一个家庭的沉浮变幻来折射社会历史万象，将巨大的时空跨度、众多的人物形象，庞杂的事件编织在一起，绘制出战乱时中国社会复杂的历史图景。影片的叙事和结构复杂巧妙，起承转合具有独特的艺术魅力，正像柯灵评价的那样"《一江春水向东流》纵贯八年，横跨千里，淋漓尽致的描画了战争中的前方和后方，生离与死别，断壁残垣和灯红酒绿，庄严的战争和荒淫无耻，几乎可以当做一部抗日战争的编年史看，而多层次、多方位、多角度，正反左右参差横斜的对比，有如重楼复阁，发挥到了极致。"①

---

① 柯灵：《从郑正秋到蔡楚生——在香港"早期中国电影研讨会"上的发言》，《柯灵电影文存》，
　　北京：中国电影出版社 1992 年版，第 318 页。

从 1930 年代左翼文化运动开始，电影在社会与时代的运动和发展中与之共振和呼应，电影的政治功能随着长期复杂的政治斗争和社会变动而日益显著，并逐渐强化和放大，这种趋势至 1949 年新中国建立，更成为一种传统被继承发扬直至放大扭曲。从建国"十七年电影"到"文革"期间"样板戏"电影，电影在高度统一的一体化政治格局下，最终演变为政治话语和权力意志的牺牲品，为中国电影向政治方向演进的历程画上一个无比惨淡的句号。

1949 年新中国建立至 1966 年"文革"开始，这十七年是一个特殊的历史时期。随着新民主主义社会的建立和社会主义建设的开始，电影以迥异于以往的新面貌迈向社会主义电影的新时代，这一时期的电影被统称为"十七年电影"。

"十七年电影"，与其他文艺形式一样，是在十七年文艺思潮的影响下建设发展起来的。其中的关键是毛泽东文艺思想。从 1942 年《在延安文艺座谈会上的讲话》鲜明指出文艺要"服从党在一定革命时期所规定的革命任务"[1]到 1949 年第一次文代会召开，明确文艺"为政治服务"的文艺方针，可以看出共产党在建国之初把文艺作为意识形态存在给予高度重视，这使得文艺思潮和运动与政治思潮和运动共振共鸣，政治与文艺的关系比以往任何时期都更密切更敏感，文艺问题已经超越文化艺术的领域逐渐演变为敏感的政治问题。"十七年电影"在文艺政治化的创作语境中曲折发展前进，展现出较为独特的电影风貌和姿态。

"十七年电影"的主要题材一是通过展现革命历史和革命战争，讴歌共产党和毛泽东。如《南征北战》、《董存瑞》、《战斗里成长》、《红孩子》、《党的儿女》、《上甘岭》、《永不消逝的电波》、《狼牙山五壮士》、《平原游击队》、《风暴》、《革命家庭》、《烈火中永生》、《光荣人家》、《暴风骤雨》、《地雷战》、《南海潮》、《农奴》、《地道战》等。二是通过挖掘普通人身上的宝贵品质来讴歌社会主义，歌颂和赞美新社会、新时代、新生活，代表作有《今天我休息》、《五朵金花》、《李双双》等。

虽然这一时期电影的主要作用是进行革命历史和社会主义教育宣传，但是仍然产生了一大批有影响的优秀作品，在思想性和艺术性上都达到建国后的很高水

---

[1]　毛泽东：《在延安文艺座谈会上的讲话》，《毛泽东论文学和艺术》，北京：人民文学出版社 1999 年版，第 70 页。

平，受到广大观众的喜爱。如《南征北战》、《平原游击队》、《李双双》、《林则徐》、《甲午风云》、《柳堡的故事》、《战火中的青春》、《林家铺子》、《青春之歌》、《老兵新传》、《五朵金花》、《我们村里的年轻人》、《小兵张嘎》、《独立大队》、《农奴》、《英雄儿女》、《舞台姐妹》等。

"十七年电影"在意识形态控制下，随着政治运动的起伏走向浪尖又跌入谷底，特别是在经历了对《武训传》的政治化批判、"反右派"、"大跃进"、"反右倾"等文艺和政治运动之后，电影创作更像是集体政治意识的表达。但是，我们又看到，中国电影在这个时期无可阻拦地走向了新的探索与成熟，创作出具有民族风格、形态多样的作品，即使是表现革命历史的正剧，也以抒情性、叙事性和戏剧性的完美结合展现"十七年电影"的创作水平，成为大众记忆中难以磨灭的"红色经典"。不可否认，"十七年电影"受到政治的深刻影响，但是这种影响的实现不仅仅是权力意志的体现，也是当时社会情境下，人民群众的政治期待和反映，在这一呼一应中，电影与政治的关系更加深入密切，这种关系不应仅仅理解为政治对艺术的利用和改造，而应该看到，这正是电影深刻复杂的文化内涵的体现。

1966年"文化大革命"开始至1976年，这是新中国历史上最沉重的"文革"十年。政治灾难带来的是文艺的凋敝。电影、戏剧、文学等文艺形式都不幸成为"文化大革命"极"左"政治路线的牺牲品，完全丧失了作为文化艺术的独立品格和审美价值。

"文革"前期的电影主要是对"样板戏"的复制，目的是借助电影强大的传播效果，加强"样板戏"在全国范围内的影响力。电影在1966—1972年间完全丧失了创作的空间，仅把京剧《红灯记》、《沙家浜》、《智取威虎山》、《海港》、《奇袭白虎团》，现代舞剧《红色娘子军》、《白毛女》和交响音乐《沙家浜》等八个样板戏拍摄成电影，后来第二批样板戏中的《龙江颂》、《杜鹃山》、《平原作战》、《红色娘子军》等也拍成电影。这些电影已经完全不是艺术的创作。在江青等人炮制的"根本任务"论和"三突出"创作原则下，"样板戏"电影也和"样板戏"一样成为政治的传声筒、文化专制的奴隶和附庸。

1972年后，毛泽东、周恩来针对畸形的文艺状况，提出繁荣创作的指示。从1973年至"文革"结束，共创作了76部影片，较有影响的有《创业》、《海霞》、《闪闪的红星》、《难忘的战斗》、《艳阳天》、《火红的年代》、《南海风云》、《钢铁巨人》等。这些影片虽然努力表达生活的真实感受，但是仍然受到极"左"文艺路线的影响，创作上流于公式化、概念化，缺乏思想深度和艺术感染力。

从 1930 年代左翼电影至 1960 年代"文革"电影，电影在社会和时代的风雷激荡中走过风姿多彩也坎坷不平的历程，无论电影文本还是电影现象都是对社会存在最真实的反映。电影在与社会、政治、经济等系统的交织纠结中呈现出丰富多元的姿态，特别是与政治的关系，是与中国社会一百年来政治主题的选择息息相关。这正说明任何电影都是社会政治情境下的产物，它从来不是象牙塔里纯粹的艺术。

文学个案解读

第七节　左翼文学巨匠茅盾

茅盾（1896—1981），原名沈德鸿，字雁冰。浙江嘉兴桐乡人。中国现代著名作家、文学评论家、翻译家及社会活动家。茅盾 1915 年毕业于北京大学预科班。1916 年任上海商务印书馆编辑，1921 年参加上海共产主义小组，同年与郑振铎等人发起组织文学研究会，任《小说月报》编辑、主编，《民国日报》主笔。在现代文学中，茅盾以多种身份参与到了现代化的进程。1927 年国共合作破裂，茅盾自武汉流亡到上海、日本，开始写作处女作《蚀》三部曲（《幻灭》、《动摇》、《追求》）和《虹》。这段上层政治斗争的经历铸成了他的时代概括力和文学的全社会视野，早期作品的题材也多取于此。左翼文学期间，茅盾写出了著名的长篇小说《子夜》、短篇小说《林家铺子》和"农村三部曲"（《春蚕》、《秋收》、《残冬》）。抗日战争爆发后，茅盾与巴金等人，在上海合编《呐喊》，后出任香港《文艺阵地》主编，1940 年赴延安鲁艺讲学。后在重庆、香港等地从事文化活动，先后创作了散文《风景谈》、《白杨礼赞》，长篇小说《腐蚀》、《霜叶红似二月花》、《锻炼》，剧本《清明前后》等。1946年访问苏联，回国后任《文汇报·文艺周刊》主编。1949年后历任文化部部长，中国作协主席，全国文联副主席，《人民文学》、《译文》杂志主编，全国人大历届代表，全国政协历届常务委员，第四、五届副主席。茅盾既是自成体系的文学理论大家，又是创作实绩杰出的现实主义文学巨匠。在现代中国文学史上，茅盾的存在状态是十分复杂的，他绝不像一些人所说的，仅仅是一位单纯的左翼文学的大家。简单地说，在茅盾身上，有着强烈的五四精神，在整个现代文学的发展史中，他从未放弃过对民主和科学的追求，这在抗战胜利以后表现得尤为明显，也正是基于这一点，才形成了他的客观现实主义的文学精神。

一、从人生文学观到革命文学观

在五四之后的作家中，身兼批评家和政治活动家的人为数不多，比较突出的就是茅盾和瞿秋白，茅盾也一度曾成为职业革命活动家，在国共合作期间曾担任过一定的领导职务。作为文学家，茅盾比同行们更多的理解中国无产阶级革命，所以他关于革命文学的论述可能更加接近中国革命的实际，这也是茅盾早期左翼文艺思想的基本出发点。

茅盾早期是主张为人生的艺术的，但这种主张和他后来发展的对于左翼文艺的思考是不可能截然分开的，也就是说在其早期的文艺主张中已经含有了左翼文艺的成分，《文学研究会宣言》和《民众戏剧社宣言》就是例证。发表于1925年的《论无产阶级艺术》是茅盾对这一新兴文艺的一次集中思考，但在此前后的他的文论中的一些观点也可看成是这篇文章的组成部分，归纳起来主要观点为：文学是时代的反映。他认为，"真的文学是反映时代的文学"。在这个观点上，茅盾从古今中外的文学发展史实中找到了例证。他认为中国文学之所以不发达，是因为中国一向只把文学看做是消遣品，而不是为人生服务的。真正的文学不论是客观描述还是主观理想，必须要以人生为对象。有学者一针见血地指出："与鲁迅为人生文学所不同的是，以茅盾为理论旗手的为人生派并没有把关注人生集中于对于国民灵魂的改造上，而着重强调真实地写出人生的血和泪，批判人生的假丑恶，张扬人生的真善美。"①而谈到文学与时代的关系时，茅盾曾说："匈牙利自受土耳其侵略以至现代，没有一天不在他民族侵害之下，保存宗教，保存国家，是匈牙利人全部精神之所寄，他们的仇敌，只是一个——来征服他们的强民族；他们不像俄国人，要在国内向自己的暴君争自由，也不像波兰和犹太，没有自己的国家；所以祖国主义的思想，特别占优势。这也是从社会背景自然产生的结果，正可做'文学是时代反映'的强硬证据了。"②

文学怎样才是反映了时代？茅盾认为："一篇小说之有无时代性，并不能仅仅以是否描写到时代空气为满足；连时代空气都表现不出来的作品，即使写得很美丽，只不过成为资产阶级的玩意儿。所谓时代性，我以为，在表现了时代的空气而外，还应该有两个要义：一是时代给予人们以怎样的影响，二是人们的集团的活力又怎样地将时代推进了新方向，换言之，即是怎样地催促历史进入了必然的新时代，再换一句说，即是怎样地由于人们的集团活动而及早实现了历史的必然。在这样的意义下，方是现代的新写实派文学所要表现的时代性！"③

文学反映时代性并不是要求文学要做宣传工具。茅盾是极力主张文学本体性的，也就是说从不因强调了文学的功利目的而忽视或者放弃了文学自身的艺术性。他十分反对文学的不独立。这一点他从中国传统文学中找到了证据。在《从牯岭到东京》一文中，茅盾对"标语口号文学"进行了批判，他援引了俄国未来派的例子。俄国未来派曾制造了大量的标语口号文学，他们说是为了苏俄无产阶级而创造的，但无产阶级和农民不领他们的情，甚至连莫斯科的领袖们对此都十分厌烦。虽然这些文学中不缺少革命的热情，但失去了艺术性。而当时正在中国倡导的无产阶级文学就是犯了这样的错误，有革命的热情而忽略文艺的本质，把文艺看做了宣传的工具。

题材问题是茅盾关于革命文学的又一个焦点，其中包含着创作主体的选择，茅盾在《论无产阶级艺术》一文中有所表述。在当时的社会条件下，在世界无产阶级

---

① 朱德发：《论茅盾文学的现代化选择》，参见中国茅盾研究会编：《茅盾与20世纪》，北京：华夏出版社1997年版，第93页。

② 茅盾：《社会背景与创作》，原载于《小说月报》，第12卷7号，现收入《茅盾全集》。

③ 茅盾：《茅盾全集》第19卷，北京：人民文学出版社1991年版，第209页。

革命文学已经兴盛的背景下，茅盾试图要为中国无产阶级文学做一些界定。他从文艺家敏锐的触角出发，为中国即将出现的左翼文学做了一种预设，但这并没有引起别人的重视。茅盾认为，无产阶级艺术仅限于劳动者题材是错误的，而应该以全社会及全自然界的现象为汲取题材的源泉。在当时，无产阶级的文学之所以不丰富，就是因为内容浅狭，仅把无产阶级艺术的内容限制在"作战"上了。而无产阶级的理想是建设全新的社会生活，所以靠单纯的"作战"，是达不到目的的。

关于世界观问题，茅盾在形成了无产阶级的世界观之后，仍然对此应用于创作，表现出了一种犹豫。在 1936 年，茅盾写的《创作的准备》，就是为青年初学写作者提供了一种创作方法。他说："伟大的作家，不但是一个艺术家，而且同时是思想家——在现代，并且一定是不倦的战士。他的作品，不仅反映了现实，而且针对着他那时代的人生问题和思想问题，他提出了解答。他的作品的艺术方面，除了他独创的部分而外，还凝结着他从前时代的文化遗产中提炼得来的精髓。在伟大的作家，是人类有史以来的全部智慧作为他创作的准备的。"[①]

茅盾的革命文艺观也涉及了阅读群的问题。在《从牯岭到东京》一文中，茅盾说，一种新形式新精神的文艺没有相对的读者界，那么这种文艺不是枯萎就只能成为历史上的奇迹，而不能成为推动时代的精神产物。他认为，为革命文艺的前途计，一定要使其从青年学生中走出来，走到小资产阶级的群众中，在小资产阶级群众中站稳了脚跟，而要达到此点，就应把题材转入小商人、中小农等的生活，要抓住了小资产阶级的生活核心来写。

二、"时代女性"的审美特征

《蚀》三部曲和长篇小说《虹》是茅盾早期较为重要的作品，集中描绘了"时代女性"的精神背景及其从"幻灭"、"动摇"到"追求"，从《蚀》到《虹》的矛盾复杂的心路历程。《蚀》三部曲随着时间的推移，已经从现代文学史最初的回避和有意无意忽视中，越来越显得重要。茅盾在 1928 年总结《蚀》时说："在写《幻灭》的时候，已经想到了《动摇》和《追求》的大意。有个主意在我的心头活动：

---

① 茅盾：《创作的准备》，《茅盾全集》第 21 卷，北京：人民文学出版社 1991 年版，第 5 页。

一是作成二十余万字的长篇，二是作成七万字左右的三个中篇。我那时早已决定要写现代青年在革命浪潮中经历过的三个时期：（1）革命前夕的亢昂兴奋和革命既到面前时的幻灭；（2）革命斗争剧烈时的动摇；（3）幻灭动摇后不甘寂寞尚思作最后之追求。如果将这三时期作一篇写，固然可以，分作三篇写了……"①茅盾的三个中篇小说《幻灭》、《动摇》、《追求》合称为《蚀》，是有着内在的逻辑关联性的。"《幻灭》、《动摇》、《追求》这三篇中的女子虽然很多，我所著力描写的，却只有二型：静女士、方太太，属于同型；慧女士、孙舞阳、章秋柳，属于又一同型。静女士和方太太自然能得一般人的同情——或许有人要骂她们不彻底，慧女士、孙舞阳和章秋柳，也不是革命的女子，然而也不是浅薄浪漫的女子。"②《蚀》三部曲中的女子，前者温婉恬静，善良而怯弱，具有古典式的东方女性特质，是一种静的内向型性格；后者丰艳浓烈，泼辣而勇敢，是一种动的外向型性格。二者异曲同工，都有着某种共同的美感魔力。

> 慧的美丽是可以描写的，静的美丽是不能描写的；你不能指出静女士面庞上身体上的哪一部分是如何的合于希腊的美的金律，你也不能指出她的全身有什么特点，肉感的特点；你竟可以说静女士的眼，鼻，口，都是平平常常的眼，鼻，口，但是一切平凡的，凑合为"静女士"，就立刻变而为神奇了；似乎有一样不可得见不可思议的东西，联系了她的肢骸，布满在她的百窍，而结果便是不可分析的整个的美。慧使你兴奋，她有一种摄人的魔力，使你身不由己地只往她旁边挨；然而紧跟着兴奋而来的却是疲劳麻木，那时你渴念逃避慧的女性的刺激，而如果有一千个美人在这里任凭你挑选时，你一定会奔就静女士那样的女子，那时，她的幽丽能熨贴你的紧张的神经，她使你陶醉，似乎从她身上有一种幽香发泄出来，有一种电波放射出来，愈久愈有力，你终于受了包围，只好"缴械静候处分"了。③

---

① 茅盾：《从牯岭到东京》，《小说月报》，第 19 卷第 10 期，1928 年 10 月。

② 茅盾：《从牯岭到东京》，《小说月报》，第 19 卷第 10 期，1928 年 10 月。

③ 茅盾：《茅盾全集》第 1 卷，北京：人民文学出版社 1984 年版，第 20 页。

《动摇》中的孙舞阳同样有着一种性感女神般摄人魂魄的美艳："在紧张的空气中，孙舞阳的娇软的声浪也显得格外袅袅。这位惹眼的女士，一面倾吐她的音乐似的议论，一面拈一枝铅笔在白嫩的手指上舞弄，态度很是镇静。她的一对略大的黑眼睛，在浓而长的睫毛下很活泼地溜转，照旧满含着媚，怨，狠，三种不同的摄人的魔力。她的弯弯的细眉，有时微蹙，便有无限的幽怨，动人怜悯，但此时眉尖稍稍挑起，却又是俊爽英勇的气概。因为说话太急了些，又可以看见她的圆软的乳峰在紫色绸的旗袍下一起一伏地动。"① 身体、欲望、暴力、革命、性凝结在一起，构成了一种奇特瑰丽而又怪诞异样的革命式"恶之花"。正如有学者所言：茅盾"极力主张在错综复杂的人生关系中创造出具有多侧面性格特征、灵魂深邃的艺术典型"。②

《虹》里的梅行素，从生活境遇、思想发展和精神追求来看，既有着静女士的淑兰幽香气质，又有着慧女士、孙舞阳女士的革命浪漫主义精神，在遭遇到精神挫折之后，其内心的欲望和本能升华为一种革命英雄主义的精神狂欢和浪漫蒂克的"革命恋情"，进而拒绝异性的性爱追求而宣布"嫁给革命"的精神壮举。静女士、慧女士、孙舞阳、章秋柳等《蚀》中的女性形象在家庭、学校、恋爱以及革命的洪流之中有着众多的心理纠结，产生了许多迷惑、彷徨、矛盾的精神冲突问题，以失败而告终。长篇小说《虹》展现了主人公梅行素在新思潮的冲击下开始觉醒的过程，在不断战胜自我欲望、痛苦的过程中，升华了本能欲望，最终投身于革命浪潮中"与革命恋爱"的、从"蚀"到"虹"的精神探索历程。

《腐蚀》以1940—1941年的重庆为背景，通过主人公赵惠明的复杂生活经历和心灵历程的揭示，抨击了国民党特务组织的丑恶行径，讴歌小昭等人为代表的进步力量。小说采用日记体形式和心理分析相结合的方法，塑造了赵惠明等一系列人物形象。赵惠明的形象呈现了茅盾作品中"时代知识女性"形象的延续和发展：赵惠明曾是一个思想比较单纯的女大学生，对爱情、生活、理想有着强烈憧憬和向往之情。她有着慧女士的热情、好争、好胜，虚荣心特别重，不安现状，

---

① 茅盾：《茅盾全集》第1卷，北京：人民文学出版社1984年版，第137页。

② 朱德发：《穿越现代文学多维时空》，济南：山东文艺出版社2004年版，第327页。

进取心强，也有着梅女士的刚毅、倔强、勇敢，希望通过自己的双手，来创造美好的未来。但是，赵惠明虚荣心很强，不满足现有的物质生活和精神生活，渐渐地陷入欲望的深渊之中而不能自拔。在与小昭分手之后，赵惠明离家出走，把自己的灵魂和肉体交给希强这样一个卑鄙无耻的伪善家，心灵渐渐地被腐蚀，开始出卖色相，做起了丧心病狂的特务工作。赵惠明在监狱里又见到了小昭。小昭坚强不屈的精神，使她感到羞愧。善良的本性又渐渐复苏，想把小昭从监狱里救出来，以救赎自己的灵魂。小说中的赵惠明游移于内心的痛苦和矛盾之中，"你不理他们，可是他们偏要来理你呀，——困难就在这里"。她在日记中写道："在这样的环境中，除非是极端卑鄙无耻阴险的人，谁也难于立足；我还不够卑鄙，不够无耻，不够阴险！我只不过尚留有一二毒牙，勉强能以自卫而已。"可见赵惠明是一个矛盾体。从她的身上，我们可以看到正义与邪恶的矛盾，兽性和神性的矛盾，人性和鬼性的矛盾，堕落与救赎的矛盾等。赵惠明形象的成功"不在于性格表象的复杂性，而在于灵魂开掘得深邃性"，[①] 是以往时代知识女性在抗日时期的成功续写。

三、独创民族资本家形象系列

1930 年 4 月，冯乃超劝说茅盾加入左联，茅盾欣然允诺。他参加了左联之后，对于左联的活动很少参加，左联当时要求成员参加示威游行、飞行集会、写标语、散传单，到工厂中鼓动工作，以及帮工人出墙报、办夜校等，茅盾都没有参加。茅盾在左联前期，曾参加过两次左联大会，但每次会议之后，他都会对左联的过激做法表示不满，因此采取了一种超然的态度。他的感觉是，左联更像是一个政党，在《无产阶级文学运动新的形势及我们的任务》中，茅盾看得更为清楚。他仍然坚持他在《论无产阶级艺术》一文中的观点，认为大量培养工农作家只有在无产阶级取得政权的情况下才能实现。但他仍主张作家应到工农群众中去了解和熟悉生活。

由于茅盾和左联的相互依存关系，更是由于茅盾的成就代表了左联文学的成

---

① 朱德发：《穿越现代文学多维时空》，济南：山东文艺出版社 2004 年版，第 335 页。

就，因此，茅盾自然成了左翼文学的发言人。可以说，茅盾的传统和他身上的精神在某种程度上就是左翼文学的传统和精神。左翼在其发展的过程中存在一些欠缺，同样在茅盾的文学生涯中也可以找到。作为知识分子出身的文学家兼革命政治的追求者，茅盾一方面在不断地纠正和克服着左联可能和已经出现的错误，使他的创作回到艺术本身；另一方面，他对革命政治的追求又使他不断地强化着文学的功利色彩，强调文学的工具作用。

这一时期，茅盾写成了革命现实主义的杰作——《子夜》，这也是茅盾小说的巅峰之作，是 20 世纪中国史诗类小说的代表作。茅盾的创作宗旨是形象地揭示中国社会发展的"时代性"。作为一个善于透视社会的思辨型作家来说，他就是要用小说的形式来参与到对时代问题的思考中。于是，茅盾运用都市文化政治经济的独特视角，自觉地展开了对自己所处的时代的"全方位"的正面描绘：《子夜》全方位地描写了 1930 年春夏之交大都市上海的政治、经济和风俗，成功塑造了民族资本家吴荪甫、买办资本家赵伯韬和金融资本家杜竹斋等人物形象，主要以吴荪甫与赵伯韬、吴荪甫与民族资本家、吴荪甫为代表的资本家与工人和农民之间的矛盾，写了一个个有坚强实力的民族工业资本家，是如何在帝国主义和军阀政治的双重挟制下，在工农革命的迅速高涨的形势面前，处处碰壁，最终以失败告终，从而揭示出了中国近代民族资产阶级顽强抗争命运的社会悲剧，卓有成效地把重大题材艺术地处理为史诗性的作品。茅盾准确地把握了各个社会阶层不同人物在时代动荡变迁面前所呈现出的丰富而复杂的心理和命运。小说中主要着力塑造的主人公吴荪甫，就具有着在时代变迁下性格的多面性。作为"20 世纪机械工业时代的英雄、骑士和王子"，吴荪甫有着独立发展中国民族工业的雄才大略，是一个有魄力、有胆识的冒险家，他是一个留过学且有一套欧洲资本主义管理办法的新型实业家，自信果敢、沉着干练，兼并小厂，成立益中信托公司，掌握着现代科学管理的才能，面对帝国主义的经济侵略敢于果断和坚强的拼命抗争；但是，在强大的帝国主义经济侵略下，面临着买办资本家赵伯韬的直接压迫，无论是办实业还是投机公债市场，他都屡次遭到了失败，性格上吴荪甫也暴露出了虚弱、悲观，乃至企图自杀等弱点。吴荪甫纵使再有魄力和才能，也无法摆脱掉当时多重社会矛盾的挟制。茅盾努力凸显出了主人公吴荪甫的"英雄气度"和失败英雄的苦闷忧郁，生动地展示了人物性格的丰富性，完整地刻画了一个民族资产阶级的悲剧的形象。甚至有学者认为：吴荪甫"是中国现代文学史里出现最早塑造得最成功的现代企业家形象"①。吴荪甫的悲剧命运集中地展示了当时中国社会历史的本质特征——中国并没有走上资本主义道路，而是更加地殖民地化了。这部小说成功地把五四以来的现实主义的创作提升到了一个新的历史水平。当年，瞿秋白就说，"这是中国第一部写实主义的长篇小说。"②可以说，《子夜》充分体现出了茅盾社会政治思维型的文学家的气质。1932年，由于受"一·二八"战争的影响，茅盾回到故乡乌镇小住了几天，他把回乡的见闻写成了散文《故乡杂记》，在《现代》杂志上连载。6月18日，写完《林家铺子》，7月在俞颂华主编的《申报月刊》上发表。11月，《春蚕》发表于《现代》第2卷第1期。1933年，茅盾发表了很多描写乡镇生活的小说和散文：5月，《秋收》发表于《申报月刊》第2卷第5期。7月，《残冬》、《当铺前》、《香市》分别发表于《文学》创刊号、《现代》第3卷第3期和《申报月刊》第2卷第7期。8月，《乡村杂景》、《陌生人》发表于《申报月刊》第2卷第8期。1934年，《赛会》、《桑树》、《大旱》、《戽斗》等发表于《文学》、《申报月刊》和《太白》等杂志。还有包括短篇小说集《泡沫》（1935）、《烟云集》（1937），中篇小说《多角关系》（1937）等。茅盾通过这些小说完整地揭示了1930年代都市和农村的社会动荡，形成了本时期创作的最显著的特点，即全景式社会观照、理性思辨人生与高超的艺术表现。

四、深化"老中国儿女们"的刻画

中国的乡村恰正是鲁迅所写的那个样子。再如果我们是冷静地正视现实的，我们也应该承认即在现今，中国境内也还存在着不少《呐喊》中的乡村和那些老中国的儿女们。③

---

① 朱德发：《论茅盾文学的现代化选择》，参见中国茅盾研究会编：《茅盾与20世纪》，北京：华夏出版社1997年版，第103页。

② 瞿秋白：《〈子夜〉和国货年》，原载于《申报》副刊《自由谈》，1933年4月2日。

③ 茅盾：《茅盾全集》第19卷，北京：人民文学出版社1991年版，第199页。

茅盾在"革命文学"的论争中反驳创造社对鲁迅及其作品的攻击，为鲁迅写作"死水似的乡村"里的"老中国的儿女们"进行了辩护。这些辩护反映了茅盾对乡土中国社会、中国农民的认识：茅盾一方面认为，大革命后的乡土中国社会已经发生了深刻变化，"如果我们能够冷静地考量一下，便会承认中国乡村的变色——所谓地下泉的活动，像有些批评家所确信的，只是最近两三年以来的事"；但是，另一方面，茅盾依然保持着清醒的现实主义，认为这些"乡村的变色"也不过只是一部分村庄而已，而且在中国强大的封建地主势力的压迫下，这些"乡村的变色"有的很快就褪色了，在中国乡村，社会深层结构并没有被撼动，依然在中国乡村社会维持旧的秩序："如果我们是冷静地正视现实的，我们也应该承认即在现今，中国境内也还存在着不少《呐喊》中的乡村和那些老中国的儿女们。"因而，茅盾对中国农民的审美想象就具有了两个层面的认识：一方面既承认中国乡村、中国农民革命性的变化；另一方面又深刻地认识到大多数中国乡村深层结构的顽固以及大多数农民思想深层的愚昧与保守性，所以茅盾对中国农民的审美想象是丰富而又极为深刻的，其笔下的中国农民形象是复杂而又多面的。1932 年，茅盾开始创作的"农村三部曲"就鲜明地带有这一审美想象特征，塑造了新旧父子两代人在愚昧与觉醒之间的艰难挣扎。

　　早在 1927 年大革命失败后，茅盾在小说《蚀》三部曲的《动摇》中除集中刻画了劣绅胡国光的一系列卑劣投机行为外，还间接地描写了一组模糊的农民群像。《动摇》小说中，在农民协会组织起来后，污蔑革命的谣言也就随之而起——"男的抽去当兵，女的拿出来公"。谣言之所以能够盛行，就是因为一些农民思想中存在的封建意识。

　　　　事情是不难明白的：放谣言的是土豪劣绅，误会的是农民。但是你硬说不公妻，农民也不肯相信；明明有个共产党，则产之必共，当无疑义，妻也是产，则妻之竟不必公，在质朴的农民看来，就是不合理，就是骗人。王特派员卓凡是一个能干人，当然看清了这点，所以在他到后一星期，南乡农民就在烂熟的"耕者有其田"外，再加一句"多者分其妻"。在南乡，多余的或空着的女子确是不少呀：一人而有二妻，当然是多余一个；

寡妇未再醮，尼姑没有丈夫，当然是空着的。现在南乡的农民便要弥补这缺憾，将多余者空而不用者，分而有之用之。①

因而，南乡农民也就发生了不尊重女性意愿的"公妻"行为。劣绅胡国光之所以能够煽风点火、投机成为委员，就是不断地利用了农民的愚昧、落后意识。在带领农民抗税的农协委员被县长拘留后，胡国光抓住这个机会，煽动农民对抗县党部，攫取个人私利："县长将本案看得很轻，以为不过拘押了三个种田人，自有法律解决，不许民众团体及党部先行保释，这便是轻视民众！各位，轻视民众，就是反革命，反革命的官吏，唯有以革命手段对付他！"②

正是在胡国光等劣绅的欺骗性鼓动、资产阶级革命派方罗兰的软弱动摇和反动军队的反扑下，一场大暴乱不可避免地发生了。暴乱极为惨烈不堪，"在妇协被捉的三个剪发女子，不但被轮奸，还被他们剥光了衣服，用铁丝穿乳房，从妇协直拖到县党部前，才用木根捣进阴户弄死的"。③

在《动摇》小说中，胡国光等土豪劣绅之所以能够一步步地攫取权力、破坏革命、离间农会与革命领导者的关系，除了资产阶级革命本身所具有的不彻底性、妥协性、动摇性这些原因外，农民自身愚昧、落后的封建思想意识与缺少主体性的盲动性格也是一个重要原因。因此，这时茅盾对农民的描写是模糊的、群像性质的，对农民的盲动、愚昧、落后乃至是专制性的思想进行的揭示与批判，依然继承了鲁迅对"老中国儿女"的病态批评品格，显现了他对农民的革命积极性认识的不足。

《春蚕》发表于 1932 年 11 月，是当时表现"丰收成灾"作品中的代表，也是茅盾第一篇真正以"乡土农村"为题材的作品。《春蚕》的创作灵感，来自报上的一则"浙东今年春蚕丰收，蚕农相继破产"的消息，小说创作的另一因素是茅盾对家乡蚕农生活的熟悉。1945 年茅盾在《我怎样写〈春蚕〉》一文中道出了详情：茅盾的祖母来自农村地主家庭，喜欢养蚕，所以茅盾自小就对养蚕感兴趣，了解

---

① 茅盾：《茅盾选集》第 2 卷，成都：四川人民出版社 1982 年版，第 169 页。
② 茅盾：《茅盾选集》第 2 卷，成都：四川人民出版社 1982 年版，第 210—211 页。
③ 茅盾：《茅盾选集》第 2 卷，成都：四川人民出版社 1982 年版，第 231 页。

各种养蚕的知识。茅盾成为作家后也耳闻目睹了当地乡镇蚕业市场、蚕农交易及由此带来的悲欢：

> 这种操纵桑叶价格，剥削农民的"叶市"，到我写《春蚕》的时候，依然存在；可是另一种新的东西却早又发生而且业已过了全盛时期，正跟着"厂经"（机器缫的细丝）外销之衰落而走上了下坡路——这就是茧行。以我所知，在浙江嘉湖一带的茧行是有组织的：它们成为若干集团，每集团有其势力范围（呈准官厅，二十里内不得有新茧行开设），而这些集团又订有互助协定，操纵茧价，一致行动。茧行是剥削农民的第二关，因为它资本雄厚，组织严密，比"叶市"更可怕些。我认识不少干"茧行"的，其中也有若干是亲戚故旧。这一方面的知识的获得，就引起了我写《春蚕》的意思。①

茅盾在"农村三部曲"中对农民也有不同于《动摇》的审美认知："通常的看法总以为这一带的农民比较懒，爱舒服，而人秉性柔弱。但我的看法却不然。蚕忙、农忙的时期，水旱年成，这一带农民的战斗精神和组织力，谁看了能不佩服？……一九三〇年顷，这一带的农民运动曾经有过一个时期的高潮。农民的觉悟性已颇可惊人。诚然，在军阀部队'吃粮'的，很少这一带的农民，向来以为他们'秉性柔弱'的偏见大概由此造成。可是，根本的原因还是在于这一带的工业能吸收他们。事实早已证明，为了自己的利益，他们是能够斗争，而且斗争得颇为顽强的。""这是我对于我们家乡一带农民的看法。根据这一理解，我写出了《春蚕》中那些角色的性格。"②

《春蚕》中的老通宝的父亲一生勤俭忠厚，儿子阿四、儿媳四大娘都是勤俭的，小儿子阿多年纪轻、有点不知深浅，但都有着农民勤劳质朴的优点。然而，老通宝和儿子阿多两代人之间却有着巨大的差异，《春蚕》开篇中老通宝的一句感叹"真是天也变了"，拉开了小说叙述的新时代背景。老通宝在回忆中重新温习了

---

① 茅盾：《茅盾全集》第 23 卷，北京：人民文学出版社 1996 年版，第 212—213 页。
② 茅盾：《茅盾全集》第 23 卷，北京：人民文学出版社 1996 年版，第 213—214 页。

一遍祖父时代勤俭致富的发家史和现在家业的衰落，"老通宝家养蚕也是年年都好，十年中间挣得了二十亩的稻田和十多亩的桑地，还有三开间两进的一座平屋。这时候老通宝家在东村庄上被人人所妒羡，也正像'陈老爷家'在镇上是数一数二的大户人家。可是以后，两家都不行了；老通宝现在已经没有自己的田地，反欠出三百多块钱的债"。① 这一方面引起了老通宝的无比伤感，另一方面也引起了老通宝对外来的资本主义经济及其产品的憎恨。深受传统思想毒害的"老中国儿女"——老通宝意识不到自己经济破产的真正原因，而是在愚昧、迷信中寻找因果联系：一是认为当年老祖父杀死的"小长毛"的结；二是相信陈老爷的"铜钿都被洋鬼子骗去了"的话，因而在心中形成了一个仇视洋鬼子的情结：

> 老通宝恨洋鬼子不是没有理由的！他这坚定的主张，在村坊上很有名。五年前，有人告诉他：朝代又改了，新朝代是要"打倒"洋鬼子的。老通宝不相信。为的他上镇去看见那新到的喊着"打倒洋鬼子"的年青人们都穿了洋鬼子衣服。他想来这伙年青人一定私通洋鬼子，却故意来骗乡下人。后来果然就不喊"打倒洋鬼子"了，而且镇上的东西更加一天一天贵起来，派到乡下人身上的捐税也更加多起来。老通宝深信这都是串通了洋鬼子干的。
>
> 然而更使老通宝去年几乎气成病的，是茧子也是洋种的卖得好价钱；洋种的茧子，一担要贵上十多块钱。……
>
> "世界真是越变越坏！过几年他们连桑叶都要洋种了！我活得厌了！"②

老通宝对洋鬼子、洋机器的憎恨、恐惧心理在《秋收》中也有一段老通宝视洋水车为怪物的精彩描写："老通宝站得略远些，瞪出了眼睛，注意地看着。他以为船上那突突地响着的家伙里一定躲着什么妖怪，——也许就是镇长土地庙前那池潭里的泥鳅精，而水就是泥鳅精吐的涎沫，而且说不定到晚上这泥鳅精又会悄悄地来把它此刻所吐的涎沫收回去，于是明天镇上人再来骗钱。"③ 老一代农民老通

---

① 茅盾：《茅盾全集》第 8 卷，北京：人民文学出版社 1985 年版，第 314 页。

② 茅盾：《茅盾全集》第 8 卷，北京：人民文学出版社 1985 年版，第 315—316 页。

③ 茅盾：《茅盾全集》第 8 卷，北京：人民文学出版社 1985 年版，第 365 页。

宝对洋鬼子的仇恨，可以上源于 1900 年的义和团运动中中国农民对洋人的激愤心理。这种对洋鬼子的愤恨心理一方面是对外国资本主义经济侵略的自然反应，另一方面也是与农民思想视野的狭隘、保守联系在一起的。而在老通宝对洋水车的"妖魔化"想象里，农民的思想狭隘、保守又是与愚昧、迷信裹在一起的；老通宝的愚昧、迷信还体现在他那数不清的敬神媚神的行为中，尤其是视荷花为"白虎精"晦气的封建迷信思想，从而显示了乡土中国老一辈农民灵魂中病态的一面。

在《秋收》中，老通宝的"老中国儿女"的形象得到进一步的深化。青黄不接的夏季，饥饿的农民开始"吃大户，抢米囤"，反抗不公道的命运，阿多等人也积极参与了斗争。老通宝对此是极力反对的，以他自己的人生经历 ——"他的一贯的推论于是就得到了：'造反有好处，长毛应该老早就得了天下，可不是么？'"[①]因此，在几十年的人生中，老通宝坚守自己家从祖父下来代代"正派"，他自己也是从 20 多岁起就死心塌地学着镇上老爷们的"好样子"，一心想翻身，重新实现自耕农的小康之梦，然而春夏蚕丝的跌价大大破坏了他的梦，使他害了一场大病。随着秋天的临近，在老通宝战胜了旱魃，看着沉甸甸的稻穗，心中又重新鼓起希望的时候，但是米价暴跌的事实给了他沉重的一击，最后在迷茫、困惑、悲痛、不甘心中去世。"当他断气的时候，舌头已经僵硬不能说话，眼睛却还是明朗朗的；他的眼睛看着多多头似乎说：'真想不到你是对的！真奇怪！'"[②]

与老通宝的愚昧、迷信、仇洋、保守、懦弱相比，儿子阿多在文本中展现的是一代新型的农民形象。哥哥阿四有些迷信，对荷花的"白虎精"有些相信。但是，阿多则坚决不信，对父亲关于不要接触"白虎精"的警告不以为然。在对待"吃大户、抢米囤"运动中，阿多积极坚定，是村庄里的带头者。《残冬》中，反抗意识进一步觉醒的阿多勇敢地从旧有的老通宝和哥哥阿四的生活方式中走出来，准备去寻觅一条彻底翻身求解放的革命之路。

茅盾对中国农民的审美想象是丰富而又极为深刻的，其笔下的中国农民形象、性格是复杂而又多面的。老通宝的形象是比较成功的，写出了"老中国儿女"在

---

① 茅盾：《茅盾全集》第 8 卷，北京：人民文学出版社 1985 年版，第 347 页。

② 茅盾：《茅盾全集》第 8 卷，北京：人民文学出版社 1985 年版，第 368 页。

时代变化波动中的内在灵魂世界。但是，对新一代觉醒的、走向革命的农民形象阿多的刻画中，茅盾的描写还比较粗糙，缺少关键性的细节描写，如阿多的革命意识是如何觉醒的，经历了怎样的心理挣扎，茅盾都没有呈现出来；而且阿多领导的斗争还是处于自发的经济性抗争之中，因此阿多离真正的阶级意识的觉醒、成为一个自觉的革命者还有一段很长的距离。但是，毕竟"老中国儿女"的中国农民已经开始向新的生活目标，迈出了革命性的一步。

五、卓越睿智的文学批评和理论自觉

茅盾不仅是一位杰出的社会剖析派文学大师，还是一位优秀的散文家和卓越的文学批评家。茅盾抗日战争期间创作的《白杨礼赞》、《风景谈》风靡一时，极大地鼓舞了延安军民的抗日热情。其他散文，如《卖豆腐的哨子》、《谈月亮》、《雾中偶记》、《大地山河》、《黄昏》、《雾》、《天窗》等也别具韵味。

作为一位卓越的文学批评家，早在1920年初，五四文学革命时期，茅盾开始主持大型文学刊物《小说月报》"小说新潮栏"的编务工作。这一时期，他连续撰写了《小说新潮宣言》、《新旧文学平议之平议》和《现在文学家的责任是什么？》等论述，表露了茅盾早期过人的文学批评洞见和丰富深邃的文学理论素养。1920年11月，茅盾接编并全部革新了《小说月报》；12月底，与郑振铎、王统照、叶绍钧、周作人等联系，并于1921年1月发起成立了"文学研究会"。茅盾不仅从事了大量的文学理论探讨、文学批评工作，还展开了外国文学的翻译工作。

茅盾是较为清醒、中肯的、富有科学性的文学批评家。在鲁迅的名作《阿Q正传》八十多年接受史中，研究者对阿Q的理解是有很大差异的。回顾起来，我们就会发现茅盾对阿Q的解读非常独特而恰切，在今天依然是一种有效阐释。茅盾认为，把阿Q视为代表农民意识，是把阿Q缩小了，把《阿Q正传》的讽刺意义缩小了，"觉得阿Q这人很是面熟，是啊，他是中国人品性的结晶呀"，而且代表的"又是中国上中社会阶级的品性"[1]。1923年茅盾又认为，"我又觉得'阿Q相'未必全然是中国民族所特具。似乎这也是人类的普通弱点的一种。至少，在'色

---

① 茅盾：《茅盾全集》第18卷，北京：人民文学出版社1989年版，第160页。

厉而内荏'这一点上，作者写出了人性的普遍的弱点来了。"①

在"革命文学论争"思潮中，鲁迅与后期创造社小将进行了激烈的论战。鲁迅的作品《阿Q正传》受到了钱杏邨等人的强烈攻击。钱杏邨在1928年2月发表的《死去了的阿Q时代》对作为文坛领袖的鲁迅先生进行了猛烈攻击，批评鲁迅的作品缺少现代意识，只有过去，没有将来。钱杏邨得出了一个鲜明的结论："阿Q时代是早已死去了！阿Q时代是死的已经很遥远了！我们如果没有忘却时代，我们早就应该把阿Q埋葬起来！勇敢的农民为我们又已创造了许多可宝贵的健全的光荣的创作的材料了，我们是永不需阿Q时代了！……《阿Q正传》的技巧是力不能及了！阿Q时代是早已死去了！我们不必再专事骸骨的迷恋，我们把阿Q的形骸与精神一同埋葬了罢，我们把阿Q的形骸与精神一同埋葬了罢！"②

钱杏邨对阿Q形象的批判引起了茅盾的批评。1929年5月12日，茅盾对钱杏邨等人的批评做了反驳，认为"《呐喊》所表现着，确是现代中国的人生，不过总是躲在暗陬里的难得变动的中国乡村的人生；我还是以为《呐喊》的主要调子是攻击传统思想，不过用的手段是反面的嘲讽。……再如果我们是冷静地正视现实的，我们也应该承认即在现今，中国境内也还存在着不少《呐喊》中的乡村和那些老中国的儿女们"③。

在茅盾等人的批评下，创造社等"革命文学"的倡导者们也意识到了自己的局限所在，及时调整文艺路线，并取得了鲁迅等人的理解与支持。鲁迅在同时期发表的《文学的阶级性》、《"硬译"与"文学的阶级性"》对梁实秋的"人性论"进行批驳，已经取得了坚定的阶级性的文学审美意识，呈现出左翼化的审美思想特质。在这个阶级性的思想共识和审美原则的一致性基础上，"左联"的成立使"革命文学"从狭隘中走向更为宽广的"左翼文学"，在承继和断裂中使五四文学发展为具有新型性质的"左翼文学"。

---

① 茅盾：《茅盾全集》第18卷，北京：人民文学出版社1989年版，第396页。

② 钱杏邨：《死去了的阿Q时代》，《"革命文学"论争资料选编》，北京：人民文学出版社1981年版，第192—193页。

③ 茅盾：《读〈倪焕之〉》，《"革命文学"论争资料选编》，北京：人民文学出版社1981年版，第849页。

从五四新文学初期、左翼文学到建国后的文学创作，写实主义是茅盾一生倾力倡导的文学审美思潮。在对于西方各种文艺思潮的译介过程中，茅盾大都能采取具体的分析、批判态度，力求取其精华去其糟粕，为创造新文学所用。不论是古典主义、浪漫主义，还是写实主义、表象主义等，茅盾也都能运用"公平的眼光"一分为二地予以评述和辨别，既指出可取之处，又点出毛病所在。但是，茅盾作出具体的评判、详细应用分析和特别推崇的是写实主义。茅盾坚持以写实主义为主的多种创作方法。他说："写实主义在今天尚有切实介绍之必要；而同时非写实的文学亦应充其量输入。"① 从中不难看出茅盾对外国文学是博采众长的，而尤为注重写实主义，服务"为人生"的文学。

1929 年，茅盾撰写的《读〈倪焕之〉》对"现代的新写实派文学所要表现的时代性"的"两个要素"的精辟阐释，同年完成的《西洋文学通论》对"新现实主义"美学原则和创作精神的理论概括，以及在他系统研究五四及 1920 年代有影响的作家基础上所写的"作家论"，都是试图通过对新文学现实主义的现代化经验的宝贵总结和重要的理论建构。

综合考之，茅盾对现代型的现实主义所做的贡献表现为三点："一是始终灵境的客观描写，强调逼真地再现生活，极力推崇文学的真实性，并把真实性作为衡量文学作品美学价值的最高标准"；"二是始终坚持'五四'以来的为人生的现实主义的现代化美学传统"；"三是通过自己的创作实践来丰富发展现实主义理论和创作方法。"② 因而，"茅盾逐渐形成了他自身的现实主义理论体系和这个体系的基本特征"③，"成为中国文学现代化建设的巨匠和具有高度理性自觉的文学现代化的设计大师"④。

---

① 《〈小说月报〉改革宣言》，《小说月报》，1921 年 1 月 10 日，第 12 卷第 1 号。
② 朱德发：《论茅盾文学的现代化选择》，参见《茅盾与 20 世纪》，中国茅盾研究会编，北京：华夏出版社 1997 年版，第 99 页。
③ 李岫：《茅盾与新文学的进程》，参见《茅盾与 20 世纪》，中国茅盾研究会编，北京：华夏出版社 1997 年版，第 85—86 页。
④ 朱德发：《论茅盾文学的现代化选择》，参见《茅盾与 20 世纪》，中国茅盾研究会编，北京：华夏出版社 1997 年版，第 87 页。

第八节　张天翼与左翼文学青年

一、左翼青年文学队伍的形成及其创作特色

1930 年代，中国左翼作家联盟成立之后，努力建立自己的文学阵地，扩大自己的文学革命队伍，先后创办了联盟机关杂志《世界文化》以及《拓荒者》、《萌芽月刊》、《北斗》、《十字街头》、《巴尔底山》等多种公开或秘密的刊物，吸引和团结了大批追求革命的文学青年，殷夫、柔石、叶紫、萧军、张天翼、沙汀、艾芜、萧红等一大批左翼文学青年参加左联并成长起来，这是五四以降的现实主义文学在创作上走向深入的重要标志。同时还有的青年虽未加入左联，如创作了《一千八百担》（1934）的吴组缃，以及以《科尔沁旗草原》（1939）走入读者视野的端木蕻良等作家，但是他们的创作同样具有左翼文学的鲜明时代特色和艺术风格，因此他们也可以说是左翼文学青年创作队伍中的一份子。这些左翼文学青年的创作丰富了左翼文学的实绩，对 1930 年代文学的发展产生了巨大的影响。

首先，他们发展了五四以来的现实主义创作精神，发扬了五四文学的战斗传统，并且克服了革命现实主义初期普遍存在的幼稚病，有着逐渐成熟的强烈的革命现实主义精神。他们的创作以现实的阶级斗争和民族解放为己任，从各自不同的生活范围中寻求文学与时代的密切关系。如殷夫的"红色鼓动诗"（即政治抒情诗）是他从革命运动和革命实践中提炼出来的充满理性的诗情，鲁迅评价其诗作"是对于前驱者的爱的大纛，也是对于摧残者的憎的丰碑"；叶紫的小说《丰收》（1935）以反映大革命前后湖南洞庭湖畔的农村斗争生活为主要内容，在大革命的历史背景下，描绘了当时农村激烈的阶级斗争的真实画卷，形象而深刻地解释了苦难农民终将走向反抗斗争的必经之路。

云普叔和立秋是《丰收》中的一对"父与子"。以云普叔为代表的老一代中国农民依然是愚昧、不觉悟，这不仅反映在云普对关帝爷爷灵塔的迷信，而且还反映在众多农民抬关帝爷爷求雨的事情上。曹云普本人是像老通宝一样本分、勤劳、一心幻想依靠自己的诚实劳动来改变命运的农民。但是，残酷的现实一次又一次地撕裂他的佃农致富之梦。饥饿一直折磨曹云普等贫苦农民，从去年五月到现在

他没吃过一顿饱饭。青黄不接的季节，曹云普再次到何八爷家借粮被拒，被逼无奈只好卖掉 10 岁的女儿，暂时度过了饥荒。另外让曹云普生气的是，近来儿子立秋变了，什么事情都喜欢和他抬扛，总是那样懒懒地不肯做事，有时候简直是个不孝的东西！曹云普不时地痛骂立秋为"狗入的杂种"，表现出农民在家庭中专制的一面。

云普叔抓住了目前的庄稼长势，来推测二十天以后的情形那是真的。他举目望着这一片油绿色的原野，看看那肥大的禾苗，一线一线快要变成黄金色的穗子，几回都疑是自己的眼睛发昏，自己在做梦。然而穗子禾苗，一件件都是正确地摆在他的面前，他真的欢喜得快要发疯了啊！

与父亲的乐观成鲜明对比的是，儿子立秋对秋天的丰收并不抱有幻想，而是很清醒地意识到社会各种剥削势力的压迫。立秋的朦胧的抗争意识在老一代农民眼里是一种变坏的现象，得不到"老中国儿女"的理解，反而受到了污蔑。

秋收后，谷价暴跌，可以吃三五年的谷子全部被强行抢走，而且还差三担三斗五升多捐款。父与子在一个黑暗无光的午夜进行了一场新的对话：

"真的有抢谷的强盗啊！"

……"立秋！我们的谷子呢？今年，今年是一个少有的丰年呀！"

……模糊中云普叔象做了一场大梦。他隐约地了解儿子立秋不常在家的原因。十五六年前农民会的影子，突然地浮上了他的脑海里。勉强地展开着眼睛，苦笑地望了立秋一眼，很迟疑地说道：

"好，好，好啊！你去吧，愿天老爷保佑他们！"[1]

父与子最终达成了一种和解，曹云普开始理解儿子的言行，有点迟疑地感到儿子的选择是对的。"十五六年前农民会的影子"对曹云普而言不再是一个模糊的失败的、血雨腥风的记忆，而是变成了一种新的希望与期待。叶紫对曹云普这一"老中国儿女"的旧式农民形象的刻画极为生动，曹云普的心理世界和内心情感表达得非常细致，比茅盾《农村三部曲》中的旧式农民老通宝的形象刻画得更为具

---

[1] 叶紫：《叶紫文集》（上），胡从经编，长沙：湖南人民出版社 1983 年版，第 93—94 页。

体、感人，形象描述更为细节化，人物形象也更为丰满。

东北作家群的重要作家萧军的《八月的乡村》（1935）以其独特的军旅经历和东北人民的苦难生活为主，较早地将日本侵略者的暴行用文学的形式表现了出来，有鲜明的爱国主义精神；柔石后期的小说有的关注着知识分子在新的社会现实面前的选择和取舍，如《二月》（1929），有的关注着下层劳动人民的苦难生活和不幸命运，如《为奴隶的母亲》（1930）；艾芜的小说则以其离家漂泊的人生经验为底蕴写了异域山水中的故事……总之这些作家以各自的创作深入地剖析了社会生活，他们构成了革命现实主义创作的生力军。

其次，这批左翼文学青年在创作中塑造了许多典型人物，写出了他们在时代大潮中的思考、选择，探索人性，发掘着人的灵魂，使现代文学史人物画卷更加丰富翔实。柔石的《为奴隶的母亲》表现了以春宝娘为典型的贫困劳动妇女麻木的精神和命运的无奈；叶紫的《星》（1936）则塑造了一个虽备受精神和肉体的多重人生苦痛却依旧努力顽强地与黑暗势力抗争的劳动妇女梅春的形象；艾芜的小说则以西南边陲及缅甸、南洋一带的下层流民，如强盗、烟贩子、滑竿夫等为主人公，展露了这些社会边缘人的扭曲人性和畸形性格，如《山峡中》（1934）的夜猫子；张天翼的小说中，有拼命向上爬的老包（《包氏父子》），有到处开会却名不符实的华威先生（《华威先生》）；沙汀的小说集中写了土豪劣绅、地痞流氓，如对灾民"瘦肉还要炼他三斤油"的代理县长（《代理县长》）等。

第三，各具特色的艺术风格在左翼文学青年的创作中也有鲜明的体现。一是他们各自发展和开拓了不同的文学样式，如殷夫写出了激越豪迈的红色鼓动诗（即政治抒情诗），柔石、叶紫粗犷激越的农村写实小说，张天翼、沙汀的讽刺暴露小说，萧红的诗化小说等。二是他们在遵循现实主义的创作基础上，运用了各种各样的艺术手法表现着他们对时代和社会的关注，表现出了多样化的艺术个性。如萧红的文学创作既继承了鲁迅思想启蒙的风骨，又充分发挥了女性独有的文学创造力，她将思想层面的独特思考与生命的感悟和体验联系在一起，艺术感觉纤细，女性自我意识强烈，有着独特的忧郁感伤情调，在1940年代创作的《小城三月》和《呼兰河传》中其诗化小说文体达到了成熟。张天翼在小说中擅长使用讽刺手法，以漫画式的夸张和轻快、诙谐的讽刺笔调揭示人物华美外衣之下的可笑与虚妄。如华威先生"包而不办"的性格特征，正是以夸张、对比的笔致揭示出来的。而沙汀却是在含而不露的白描中开始对反面人物展开讽刺……他们在艺术风格上的探索丰富了左翼文学的创作，使左翼文学避免了单一化的倾向，这也是左翼文学青年对现代文学史的贡献之一。

左翼文学青年的创作中写自己熟悉的生活，坚持运用丰富的生活素材和真切的人生体悟，反映动荡和急变的多姿多彩的社会现实，并且执着于创作上艺术个性的探索，为左翼文学在思想深度、文体的丰富与创新、艺术风格的多样化方面做出了许多有益的大胆尝试。现代中国文学在其历史进程中，左翼文学创作反映了文学自身的探索和追求；而左翼文学青年创作的真正价值和贡献，正是他们通过探索形成的多样化的创作个性，生动而真实地凸显了文学史进程的丰富性。

二、张天翼小说的讽刺艺术

张天翼（1906—1985），原名无定，号之一，笔名张天翼、张无诤、池铁翰等，1922 年至 1933 年间曾在《礼拜六》等杂志上发表过滑稽侦探等类小说，此后文艺思想开始转变。1927 年在北京大学接触并开始信仰共产主义，是年，于《晨报副刊》发表短篇小说《走向新的路》。1928 年写成短篇小说《三天半的梦》，于第二年得到鲁迅的认可并以张天翼的笔名发表在鲁迅、郁达夫主编的《奔流》上，从此作品开始采用现实主义手法，深入地接触社会现实。随后又发表了短篇小说《从空虚到充实》（后改名《荆野先生》）、《二十一个》、《皮带》，长篇小说《鬼土日记》。1931 年"九一八"事变后，他在上海参加"中国左翼作家联盟"，并结识了茅盾、丁玲、夏衍、阳翰笙、穆木天、钱杏邨等人。在此之后，创作并发表了《面包线》、《猪肠子的悲哀》、《小彼得》、《齿轮》、《包氏父子》（1934）、《笑》、《善女人》、《畸形人》、《谭九先生的工作》、《华威先生》（1938）、《"新生"》等一系列关注现实的作品。同时他还进行着儿童文学的创作，写出了《秃秃大王》、《帝国主义的故事》（《金鸭帝国》的前身）、《大林和小林》等童话故事。从他的创作路程可以清楚地看到张天翼创作的基本流向和讽刺艺术形成的过程。

综合看来，张天翼执着现在，直面人生，他极大地发挥了小说批判和讽喻的功能，敏锐地观察生活，以尖锐泼辣的笔触表达着他对现实人生爱憎分明、严肃认真的立场和态度，也使读者看到广阔社会人生的种种丑恶现实，具有极强的战斗精神，极大地丰富了左翼文学的内容。

张天翼在文坛上站稳脚的是他的现实主义创作。从1929年发表《三天半的梦》开始到1931年的《二十一个》，张天翼开始表现出其独特的艺术个性，他也被称为文坛上的新人。他的创作受鲁迅影响较大，敢于直面人生，把讽刺的笔锋指向了畸形的社会，对于社会上各种类型的庸俗的小知识分子、小公务员、小市民以及狡诈虚伪的地主官僚和政客进行了生动而又诙谐的刻画，从而勾勒出了一幅"百丑图"。

首先，张天翼在小说中将关注的目光投向了导致民众苦痛的黑暗现实，关注着普通民众的生存状况。《笑》中通过地方恶霸地主九爷为报复得罪他的发新嫂的丈夫，先后三次威逼、侮辱、欺凌、折磨发新嫂这一事件揭示了其为所欲为的丑恶行为；《丰年》中张天翼通过陈七的表弟根生因为年成好而遭了殃，跑到上海谋生，请老爷赏碗饭吃，在被逼无奈之际，入室抢劫，被身为保镖的陈七一枪打死的悲剧，揭露了老爷、钱二爷等豪绅囤积居奇、巧取豪夺，害得老百姓民不聊生的罪恶行径；《仇恨》则将目光聚焦到了连年的兵荒马乱害得普通百姓民不聊生的悲惨状况，讲述了普通百姓为生存成为兵油子，为生存又对普通百姓烧杀抢掠，遭到百姓仇恨的故事；《皮带》则写了一个一心想向上爬的小投机政客邓炳生在做着飞黄腾达的梦时被解雇的故事，极具讽刺性。

其次，张天翼塑造了一系列的典型人物，构造了一幅"众生图"。张天翼在谈及人物描写时，指出"人物总是居于主动地位：是人物自己在活动而有故事的"，"就是因为他写出了真的活人，才能使我对作品中所表现出来的东西，引起一种深切的关心，才能够深深地打动我"。可以说张天翼的小说中人物刻画为首要任务，而讲故事在其次。张天翼的个人经历是丰富的，他对社会中下层的各种职业人物的观察有其独特的视角，再加上他受鲁迅的深刻影响，所以，在他笔下出现的人物形象是异于同时代其他作家笔下的人物的。他对小知识分子进行了辛辣的嘲讽，讽刺他们的"知行不合"。如小说《移行》中的女主人公桑华，就是一个投机知识分子。当她看到革命战士小胡深受肺病折磨时而意识到自己也总是生活在危险之中的时候，就开始打退堂鼓："何苦呢，一辈子只有几十年，那理想的日子自己看不到，只是……这理想——这果真会实现么？"最后桑华请假，要"休息一个月"，最终成为了一个阔太太。再如《畸人手记》中的"畸人"对自己当年莽撞行为的懊悔："那一番所谓'奋斗'之后，我到底得到了些什么呢？家里断绝了经济来源也不怕，宁可苦着生活，贱卖了自己的青春力，过了这许多悲惨的日子。"《谭九先生的工作》中的谭九先生也是一个只说不做的卑微小知识分子形象。张天翼还塑造了一种可悲的"向上爬"的典型人物：《皮带》中的邓炳生，《包氏父子》中的包国维和老包，还有《陆宝田》中的陆宝田，他们卑琐、虚妄的形象在张天翼笔下栩栩如生。还有一类是狡诈恶毒的地主、官僚形象，他们的嘴脸是极为丑陋的。很典型的一个人物是《华威先生》中的华威先生，他是一个不干实事，专门搞摩擦和破坏的抗战官僚、职业化文人形象：永远挟着一个公文包，永远处于赶下一个会议的状态，永远都是"忙"，而他所有忙都是为了捞取更多的"领导"头衔，权力才是他行动的轴心；华威先生虽然一直在忙，但忙得过分，让他呈现了一种滑稽的形象，由此作者对政客的讽刺目的也达到了。作为一位优秀的现实主义讽刺大师，张天翼描绘了一幅世间百丑图，丰富了左翼文学的内容。

第三，张天翼继承了鲁迅所确立的国民批判性主题，不只是将目光聚焦在社会生活的政治经济层面，而是以其独特的讽刺艺术揭示着各个阶层国民的灵魂，批判着他们身上体现出来的国民劣根性。鲁迅的《阿Q正传》对张天翼影响很深，在张天翼笔下的许多人物身上都可以看到阿Q的影子，如《包氏父子》中的老包及其儿子包国维就是典型的代表人物。

《包氏父子》是张天翼以他姐姐张稼梅所住大院的门房父子为原型，以其简洁明快、夸张的讽刺笔法塑造的两个艺术典型。老包在公馆里做了三十年的听差，省吃俭用、借债求人以供儿子包国维在贵族学校上学，并幻想着儿子有了出息自己也可以飞黄腾达，做个"人上人"。而其子包国维则竭力攀附豪门，不思进取，冒充纨绔子弟，最终因充当打手犯事而被学校开除。父子二人丑态百出，作者在生动地刻画中揭示了小市民的灵魂世界和体现出来的国民劣根性。在老包和包国维身上阿Q式的精神胜利法发挥着巨大作用。老包做着靠儿子有朝一日尽享荣华的美梦，为了这不切实际的想法，他穿着"那件油腻腻的破棉袍"过了七年，一双破棉鞋"在他脚汗里泡过了三个冬天"，然而这样的牺牲却没有相应的回报。儿子包国维并不成器，成绩低劣，一再留级。更令人觉得可笑可恨的是老包认识不到儿子的这些劣行，还一味的幻想，不愿面对现实。当儿子向他大发脾气时，他还觉得对不起儿子，"他对儿子哭着：叫儿子原谅他——'我对不起你，我对不起你'。"当包国维被开除并给老包增添了一笔新债务时，老包还是要"哭他们自己的运气不好"。这样一个整天沉溺于幻想，不敢正视现实的人，不就是新的自欺欺人的阿Q吗？再看看包国维：整天与郭纯等纨绔子弟厮混在一起，做着自己也是纨绔子弟的梦，郭纯随意对他做的一个动作、一句话在他眼中都具有了特殊的意义，当郭纯对他恶语相向时，他还是会找借口来欺骗自己，获得一种心理的平衡和满足。这难道不是典型的阿Q的表现吗？另外，在《包氏父子》中，张天翼还揭示了国民身上的奴性意识，这也是对鲁迅的一种继承。在老包"望子成龙"的观念中就分明体现着奴性，他为了让儿子成龙，自己把自己摆在了"虫"的位置上。当他因为儿子的事情要向外界发出请求时，他习惯用鞠躬、下跪和流泪的方式，不是乞求便是跪请，这种畏畏缩缩的动作表现的是他内心那根深蒂固的奴性思想。包国维对郭纯唯命是从，费劲心计地讨好郭纯，郭纯对他可以冷嘲热讽，可以横加责骂，他都没有反抗，像极了一条奴颜十足的叭儿狗。作品生动深刻地描绘老包望子成龙和包国维骄纵愚妄的心理和性格，笔致犀利，不仅批判了老包的小市民的庸俗观念，而且表明资产阶级的学校教育对青年的腐蚀作用。[1]

第四，张天翼博采众长，形成了自己独特的讽刺艺术风格。张天翼是我国现代最杰出的讽刺小说家之一，他讽刺风格的形成，是他在文学实践中不断吸取中外讽刺作家创作精神的综合性成果。

鲁迅对张天翼的影响是全方位的，不仅在思想上、主题上影响了他，而且在艺术风格的形成中也对张天翼产生了重要影响。鲁迅先生的讽刺"无一贬词，而情伪毕露"，善于在细节中表达出人物的可悲可恨。张天翼的小说中也是如此，没有明确的褒贬之词，但是人物的可笑、愚妄、可恨，如同在放大镜下一般清晰地展现了出来。张天翼的幽默机智的讽刺，还受到清朝小说《儒林外史》的影响。他曾说过，《儒林外史》里的那些人物，"老是使我怀念着，记挂着。他们于我太

---

① 沈承宽、黄侯兴、吴福辉编：《张天翼研究资料》，北京：中国社会科学出版社1982年版，第361页。

亲切了。只要一记起他们，就不免联想到我自己所处的这个世界，联想到我自己的一些熟人"；"这些人，而今他们还活着。我是时常碰见他们的"。张天翼的讽刺短篇注重写人，这一点和《儒林外史》中"兴趣全不在故事本身，而是在人物身上"有极大的相似之处。在小说讽刺的题材方面，《儒林外史》取材平常，有很强的现实性；张天翼的讽刺小说中的人和事都是平民百姓，但读者同样可以从中窥见时代的影子。在讽刺笔法上，张天翼充分吸收了《儒林外史》的"戚而能谐，婉而多讽"的特点；张天翼的创作中还可以见到契诃夫的影响。张天翼的作品经常通过表现人物的一个片段去刻画人物性格的本质特征，在一个片段中表现生活中的丑陋，这也是契诃夫的印象主义的创作手法。张天翼创作风格的形成是多因素共同影响的结果，他从古今中外汲取营养，形成了自己独特的讽刺艺术。

张天翼的小说对社会中的各种丑行进行了讽刺，写出了市民阶层的各种悲喜剧，形成了一种含泪的笑的效果。张天翼是刻画小官吏、小职员无聊庸俗人生和病态灵魂的高手。如《请客》中的云守诚盘算着如何谋上月薪 45 块大洋的书记的宝座，不顾囊中羞涩而大宴科长，最后却是竹篮打水一场空。云守诚就是一个充满了幻想的小市民，他的灵魂已被"官本位"的思想所腐蚀，自己的人格自尊已经不复存在，但这也无法换取他们希望得到的，这样的一个人物让人觉得可笑，更让人觉得可悲。张天翼就是以这样的方式无情地揭露了社会的病态，鞭笞了病态社会中人的畸形心理。

张天翼擅长以漫画式的夸张手法来进行讽刺，揭示人物的可笑，批判社会的丑陋。张天翼紧紧抓住被讽刺的对象身上的矛盾性，加以集中夸张，如同将其放在了放大镜下一般，人物的滑稽可笑清晰可见。如《华威先生》中的华威先生每次开会他都摆架子，虚张声势，他下车子的时候总要"顺便把踏铃踏它一下：叮！"到了会场门口，又故意"稍为停了一会儿，让大家好把他看个清楚"，而后才"点点头"，"眼睛并不对着谁，只看着天花板"地走了进去。内心空虚却用外在声势来平衡自己心虚的状态，就是在夸张和比对中表现出来的。除去对人物身上的矛盾性集中之后加以夸张，张天翼还长于在片段中刻画人物的本质特征。他写人的着眼点是人身上最醒目的特点和外在形态，是表现相对静止的一个人生相。《华威先生》中华威先生的背景并未做特别交代，但在他的集中言行中，读者便可以推知这个人物的性格，几个片段中人物性格得到了全方位的展示，华威先生的讽刺性典型也得以确立。张天翼的讽刺艺术还表现在漫画笔法的运用中。张天翼笔下的人物，更多的像一幅漫画。如《包氏父子》中的包国维，当郭纯把别人替他写的情书给他看时，一个十足的小丑形象便出现了：他"全身都发烫"，"他想跳一跳，他想把脚呀手的都运动个畅快。他应当表示他跟郭纯比谁都亲密——简直是自己一家人。于是他肩膀抽动着笑着"。这偏重于人物外部形态的夸张是讽刺中常用的漫画手法。它引人发笑，在笑声中表示了否定。

张天翼卓越的讽刺艺术还表现在小说中，语言也具有讽刺性。张天翼的讽刺语言明快、洗练、泼辣，"他摒弃了华丽辞藻，也不用冗长的段落结构；又用喜剧或者戏剧性的精确，来模拟每一社会阶层的语言习惯。就方言的广度和准确性而论，张天翼在现代中国小说中，是首屈一指的"。[1]张天翼能把"人民嘴里说得出的话写到纸上"，使被讽刺人物的语言个性而又夸张。《皮带》中的炳生靠关系当上了少尉司书时，就忘记曾跟别人谈论过"他们总不记得士兵也是人"，在喊人的时候也学会了梁副官的喊法："江斌，江便。……喊你怎么总不来，嗯？……有的事情做惯了的，还是要嘱咐，真是！"前后对比变化鲜明，一个充斥着官场气的迂腐文人形象活灵活现。

张天翼作为左翼文学青年队伍中的重要成员，他的创作不仅具备了左翼文学创作的基本特征，而且在思想主题、题材选择、表现形式等方面都突破了左翼文学创作单一化写实模式，对左翼文学的创作起了拓展作用。

第九节　"二萧"和救亡小说

1931年"九一八"事变的发生，揭开了日本法西斯帝国主义侵华战争的序幕。美丽富饶的东北地区由于国民党的不抵抗政策而迅速沦陷，东北民众开始了耻辱的亡国奴生活，变为封建地主和日本帝国主义的双重奴隶。战争造成了成千上万

---

① 沈承宽、黄侯兴、吴福辉编：《张天翼研究资料》，北京：中国社会科学出版社1982年版，第463页。

的难民，野蛮残酷的侵略者烧杀掳掠造就了无数家庭的悲剧；战争带来的灾难不仅严重地破坏了城市，而且深入偏僻的农村，惊扰了无数与世无争的、愚昧麻木的农民。战争在扼杀农民大众生命的时候，以一种血腥的事实促醒愚昧混沌的农民走向了一条艰难的抗争之路。农民在抗争中得到了战争的洗礼，在获得了民族解放的过程中，自身的陈旧思想意识也得到了观照、审视与更新，成为具有现代性思想的新人。

"二萧"为代表的东北作家群以色彩浓重的笔墨、粗犷雄健的力度和热烈激愤的情感描绘东北人民的生活和抗日斗争，在现代文学史上第一次集中、鲜明、强烈地凸显出抗日救国的时代主题。这是东北作家群小说创作的突出民族特征。萧红在《生死场》（1935）中描写了哈尔滨附近乡村农民的苦难生活和觉醒斗争；萧军在《八月的乡村》（1935）里正面表现了"人民革命军"同日伪军队进行的艰苦卓绝的浴血苦战；端木蕻良在《大地的海》（1938）里描绘了莲花泡农民自发开展的反抗日军的悲壮行为。他们正是带着自己的刻骨铭心的切身感受，以真挚强烈的爱国热情，真实、具体、详尽地反映东北人民在日寇侵略下的血泪和苦难，描写东北农民为保家卫国而进行的悲壮斗争和英勇反抗，突出表现了他们身上所蕴藏的巨大的不可征服的民族伟力，即抒写民族矛盾的浓郁的民族意识成为他们的小说创作的鲜明特征。

"二萧"小说体现了双重的主题叙事特征——民族解放主题和反封建的思想解放主题。"二萧"最早描写了东北沦陷区人民的苦难和斗争，把我国反帝爱国文学创作推向了一个新阶段，开辟了现代文学题材的新领域，体现出极为强烈的民族叙事特征，表现了农民身上所蕴藏的巨大功德、不可被征服的民族力量；同时，还清醒地揭示出农民因几千年的精神奴役创伤所具有的愚昧麻木的奴性思想，表达在寻求民族国家解放的过程中反封建思想束缚的迫切性和必要性，呈现出一种严肃深刻的反封建、人性解放的现实主义特征。

一、"生死场"的变迁与"猪狗"的精神觉醒

美国的萧红研究专家葛浩文在《萧红评传》中说："呼兰本地有两件事对萧红有很大的影响：一是当地的农家生活，另一是她的孤独和寂寞。虽然她出身于士

绅之家，但她童年的许多时间都在邻近的农家消磨。农民生活在她脑海中有着不可磨灭的印象，因此她日后两本重要作品的主角都是农民。"①

萧红由于自幼与父亲和继母的紧张关系，而对以父亲为代表的上层地主阶级充满了强烈的憎恶之情、对农民有着一种人道主义的同情与悲悯。萧红在散文《蹲在洋车上》里叙说了童年中的一段自己与下层农民车夫之间的事：好心的车夫把"我"送回家，而调皮的"我"蹲在车上玩"乡巴佬蹲东洋驴子"给祖父母看，祖父因停车时"我"摔下来而打了农民车夫，并拒绝付钱。对此，幼小的萧红非常难过，同情被压迫的车夫，"所以后来，无论祖父对我怎样疼爱，心里总是生着隔膜"。② 在进入文坛之前，萧红因为拒绝父亲的"豢养"，经历了一段较长的颠沛流离的生活，即使后来与萧军较为固定地生活在一起，也经常处于饥肠辘辘的境遇。萧红看破了地主、高利贷者、军阀、官僚的迫害，亲身经历、深切体验着下层农民的悲惨处境，"这破落之街我们一年没有到过了，我们的生活技术比他们高，和他们不同，我们是从水泥中向外爬。可是他们永远留在那里，那里淹没着他们的一生，也淹没着他们的子子孙孙，但是这要淹没到什么时代呢？"③

据铁峰介绍，"九一八"事变后，东北农村经济发生严重危机。萧红的叔伯们想把危机转嫁到佃户身上，强行增加佃户的地租，削减长工的工资，引起佃户、长工们的强烈不满。萧红出于对贫苦农民的同情，劝叔伯们不要增加地租、削减长工的工钱，引起了家里的愤恨，认为她是大逆不道。大伯父将萧红毒打后关在一间仓房里，并派人去县城拍电报给萧红的父亲，催他立即回来处治萧红。从此，萧红对这个地主家庭彻底失望。④

萧红在《生死场》之前发表的一些作品也可以清晰地显示出她对农民的感情态度。收入《跋涉》集中的《王阿嫂的死》、《看风筝》、《夜风》等小说不仅表现了像王阿嫂这样的被地主阶级残忍迫害的普通农民的生存悲剧，而且还描写了像刘成那样坚定的乡村反抗者。1935年发表的《生死场》是萧红对东北农民想象与

---

① 【美】葛浩文：《萧红评传》，哈尔滨：北方文艺出版社1985年版，第14页。

② 萧红：《萧红全集》，哈尔滨：哈尔滨出版社1991年版，第909页。

③ 萧红：《萧红全集》，哈尔滨：哈尔滨出版社1991年版，第901页。

④ 铁峰：《萧红年谱》，《萧红全集》，哈尔滨：哈尔滨出版社1991年版，第1321页。

建构的代表之作,是东北作家群中最出色、最成功的文学作品。鲁迅先生在《生死场》序言中对小说做出高度评价,"这自然还不过是略图,叙事和写景,胜于人物的描写,然而北方人民的对于生的坚强,对于死的挣扎,却往往已经力透纸背;女性作者的细致的观察和越轨的笔致,又增加了不少明丽和新鲜。精神是健全的,就是深恶文艺和功利有关的人,如果看起来,他不幸得很,他也难免不能毫无所得。"① 聂绀弩在《萧红选集》序言中回忆了萧红本人对自己的作品与鲁迅作品的比较:

> 我说:"萧红,你说鲁迅的小说的调子是低沉的。那么,你的《生死场》呢?"
>
> 她说:"也是低沉的。"沉吟了一会儿,又说:"也不低沉。鲁迅以一个自觉的知识分子,从高处去悲悯他的人物。他的人物,有的也曾经是自觉的知识分子,但处境却压迫着他,使他变成听天由命,不知怎么好,也无论怎样都好的人了。这就比别的人更可悲。我开始也悲悯我的人物,他们都是自然奴隶,一切主子的奴隶。但写来写去,我的感觉变了。我觉得我不配悲悯他们,恐怕他们倒应该悲悯我咧!悲悯只能从上到下,不能从下到上,也不能施之于同辈之间。我的人物比我高。这似乎说明鲁迅真有高处,而我没有或有的也很少。一下就完了。这是我与鲁迅不同处。"②

显然,萧红对农民的想象与建构带有一种不同于鲁迅式的高高在上的俯视,而是以一种平等的、深入农民内心世界的、带有自然主义色彩的平视姿态来观照人物的灵魂。历经离乱、饥饿、被人冷眼漠视的萧红乃至于觉得自己也是"自然的奴隶",一点儿也不比他们强。正是这样的平视、深入人物灵魂的挖掘使萧红的作品在当时的抗日文学作品中独树一帜,其想象和建构的农民形象跨越了历史时空的场域具有了一种经典的意义。

---

① 萧红:《萧红全集》,哈尔滨:哈尔滨出版社 1991 年版,第 54 页。

② 聂绀弩:《〈萧红选集〉序》,北京:人民文学出版社 1981 年版,第 3—4 页。

老子说，天地不仁，以万物为刍狗。沈从文的《边城》等作品中也描绘了生命意识蒙昧的农民，由湘西独特的精神地理学所孕育出的蕴涵大自然精华的土地之子：他们虽然混沌蒙昧，却在一种自然的理性之下遵循着美与善的生命规范。但是，在萧红的审美想象中，《生死场》里的农民在东北僻远、粗犷、蛮荒的自然地理之下过着一种与此顺应的、荒芜的精神生活，像猪狗般地混沌、蒙昧：

> 在乡村，人和动物一起忙着生，忙着死……
> 等王婆回来时，窗外墙根下，不知谁家的猪也正在生小猪。①

这里人和猪狗一样不知道为什么而死，为什么而生，只是随着大自然的规律而生生死死。人与猪狗并没有什么区别。金枝的母亲因为无数青色的柿子暴怒，撕打自己的女儿："母亲一向是这样，很爱护女儿，可是当女儿败坏了菜棵，母亲便去爱护菜棵了。农家无论是菜棵，或是一株茅草也要超过人的价值。"② 这里的农民自身没有价值感，人还不如菜棵、茅草的价值。"房后草堆上，狗在那里生产，大狗四肢在颤动，全身抖擞着。经过一个长时间，小狗生出来。""暖和的季节，全村忙着生产。大猪带着成群的小猪喳喳的跑过，也有的母猪肚子那样大，走路时快要接触着地面，它多数的乳房有什么在充实起来。"萧红一再描述春天季节猪狗怀孕、哺育的事情，与乡村女人的生产置于同一个空间场域之中，产生了一种令人惊异的描写效果：作为异类于猪狗的人，作为有智慧和意识的人，竟然与猪狗"同类生生死死"，甚至，在农民自己眼里，还不如猪狗值钱。

在萧红的作品中，女性意识是较为突出的。由于性别意识和自身婚恋的众多波折，萧红对女性被迫害、被侮辱的命运有着丰富而深切的感受认识，即使在临终前，萧红依旧将自己的不幸命运与自身的女性性别画上了等号。在萧红的审美想象中，农村女性的命运更是极其不幸的。但是，萧红不是从某种思想意识出发（如鲁迅先生对农村女性悲剧的建构，祥林嫂、爱姑、九斤等人身上的不幸都显现着某种封建思想文化毒素的迫害），而是直接截取农民女性的原生态的生活，对其

---

① 萧红：《萧红全集》，哈尔滨：哈尔滨出版社 1991 年版，第 99—100 页。
② 萧红：《萧红全集》，哈尔滨：哈尔滨出版社 1991 年版，第 74 页。

生活的各种不幸进行细节性的描摹，以一种具象的方式生动呈现出农村女性的无声的悲哀。农村女性的生产过程是生命的生与死的连接点，典型的对比体现生的喜悦与死的悲哀。因此，萧红对许多孕妇的生产过程进行了描摹。农村孕妇的生产一方面带有男性传宗接代的使命，因而带有某种喜悦的期待，但是，一旦生为女孩，则又陷入了地狱的深渊；另一方面，由于农村医疗条件的极端简陋，孕妇的生产没有任何医疗保障，从而充满了某种与死神搏斗的凶险，孕妇与婴孩都面临着死神的威胁，所以农村孕妇的生产更多地笼罩着某种不可言喻的悲哀。

> 大肚子的女人，仍胀着肚皮，带着满身冷水无言的坐在那里。她几乎一动不敢动，她仿佛是在父权下的孩子一般怕着她的男人。

> 她又不能再坐住，她受着折磨，产婆给换下她着水的上衣。门响了她又慌张了，要有神经病似的。一点声音不许她哼叫，受罪的女人，身边若有洞，她将跳进去！身边若有毒药，她将吞下去。她仇视着一切，窗台要被她踢翻。她愿意把自己的腿弄断，宛如进了蒸笼，全身将被热力所撕碎一般呀！……

> 这边孩子落产了，孩子当时就死去！用人拖着产妇站起来，立刻孩子掉在炕上，像投一块什么东西在炕上响着。女人横在血光中，用肉体来浸着血。①

萧红这样细致地描写农村孕妇的苦难的生产过程，她对这一生产过程命名为"刑罚的日子"。这"刑罚"的苦难不仅仅来自女性自身的痛苦，而且还来自农村男性的暴力侵犯。不仅难产使孕妇痛苦不堪，更多的羞辱和痛苦来自醉酒的男人的厉声斥责和可怕的毒打。

小说里成业与婶婶的一席对话，也充分反映出农村女性的被欺凌、被侮辱的不幸命运。成业的婶婶对他说，等你娶过来，她会变样，不和原来一样，她的脸是青白色；你也再不把她放在心上，你会打骂她。以前做姑娘的时候，你叔叔也唱过毛毛雨这曲子哩。成业与金枝偷偷发生了性关系，在得知金枝怀孕和她母亲

---

① 萧红：《萧红全集》，哈尔滨：哈尔滨出版社 1991 年版，第 96—98 页。

不同意的情况下，他没有一点责任感，反而萌生出一种占便宜的心理，"男人完全不关心。他小声响起：'管他妈的，活该愿意不愿意，反正是干啦！'"① 男性农民的愚昧、蛮横、压迫成为了农村女性不幸的一个重要根源；而农村女性的不觉醒进一步加深了她们的不幸与痛苦。

虽然萧红的小说"叙事和写景，胜于人物的描写"，但是我们依然从一些叙事线索中发现人物的性格与思想特征。小说里贯彻始终的男性农民形象是二里半和赵三。二里半是一个典型的"老中国儿女"的旧式农民，小说开篇就是以二里半寻找山羊起笔的，最后也是以他与那只山羊的分离来收笔的。他有着传统农民对牲畜的深厚感情，在自己的山羊迷失后不顾一切地疯狂寻找；在看到王婆把老马准备送下汤锅时，连说"下不得，下不得"。小说以这样的语言叙说二里半的家："菜田的边道，小小的地盘，绣着野菜。经过这条短道，前面就是二里半的房窝。""土房的窗子，门，望去那和洞一样。"② 用"房窝"、"洞"来形容二里半的房子，隐喻着贫穷的他过着猪狗一般的奴隶生活。二里半的老婆麻面婆有些弱智，孩子是罗圈腿，但是他并不像村里的其他男人那样随意打她们。日本鬼子的残暴引起了村民的反抗意识，在李青山讲述革命军的事情的时候，二里半始终缺乏兴致，在一边打瞌睡。后来，村民准备反抗，在找不到公鸡的时候有人提议杀二里半的老山羊来盟誓。"小伙子们把山羊抬着，在杆上四脚倒挂下去。山羊不住哀叫。二里半可笑的悲哀的形色跟着山羊走来。他的跌脚仿佛是一步一步把地面踏陷。波浪状的行走，愈走愈快！他的老婆疯狂的想把他拖回去，然而不能做到，二里半惶惶的走了一路。"③ 虽然二里半口头上对使用山羊宣誓没什么意见，但是听到自己养了十多年的、与自己朝夕相处的山羊哀鸣，还是极其难受。因此，在赵三等人抗日激情涌动、高呼誓死不做亡国奴的时候，二里半内心最着急的是如何找到一只公鸡来替换下老山羊！"寡妇们也是盟誓，也是把枪口对准心窝说话。只有二里半在人们宣誓之后快要杀羊时他才回来。从什么地方他捉只公鸡来！只有他没

① 萧红：《萧红全集》，哈尔滨：哈尔滨出版社 1991 年版，第 76 页。
② 萧红：《萧红全集》，哈尔滨：哈尔滨出版社 1991 年版，第 56—57 页。
③ 萧红：《萧红全集》，哈尔滨：哈尔滨出版社 1991 年版，第 124 页。

曾宣誓。对于国亡，他似乎没什么伤心。"① 在赵三等众人审视、愤恨、怒骂的目光中，他领着山羊回家去了。这样一个农民与羊的个人感情超过民族、国家的仇恨的二里半，在鬼子杀死老婆、孩子之后，他决定留下老山羊，毅然投身"人民革命军"去打日本鬼子，艰难地开始了从奴隶到民族战士的角色转变。

年盘转动了，日本鬼子来到赵三的村子烧杀掳掠。长时期意志消沉的赵三一度又找回了从前的抗争意识感觉。李青山召集村民在暗室中悄悄商量起事，赵三面对昏暗的灯光恍惚又回到了组织"镰刀会"的感觉，兴奋得一夜未睡。他开始逢人便讲亡国、救国、义勇军、革命军等出奇的字眼，回来得晚。"老头子好像已在衙门里做了官员一样，摇摇摆摆着他讲话时的姿式，摇摇摆摆着他自己的心情，他整个的灵魂在阔步！"② "赵三只知道自己是中国人。无论别人对他讲解了多少遍，他总不能明白他在中国人中是站在怎样的阶级。虽然这样，老赵三也是非常进步，他可以代表整个的村人在进步着，那就是他从前不晓得什么叫国家，从前也许忘掉了自己是那国的国民。"③ 因此，对赵三的抗日激情，我们应该有更深入的分析。显然，赵三对抗日斗争的积极参与，只是源于他对侵略者罪行的仇恨以及自己内心世界中的没有磨灭的抗争激情，并不意味着他对抗日斗争的性质有了明确的认识，事实上，农民赵三和李青山等人并没有民族、国家的观念，只是盲目地、自发地进行斗争。

对二里半、麻面婆等众多农民而言，日本鬼子的到来只不过是旧有的生死场中的一个新的变数与更替而已。这里的农民、妇女依旧过着猪狗般的奴隶生活，只不过增添了更多的人为制造的死亡灾难，但是生命最终的意义，对他们而言，都是一样的死亡与毁灭的结局。只不过，过去是死在地主阶级（东家）的残酷剥削中，现在是死在小鬼子的刺刀下而已。

虽然，赵三、李青山依然不知道什么是阶级，但是已经有了所谓的"亡国奴"意识，知道了自己是"中国人"，要"中国旗子"。

---

① 萧红:《萧红全集》，哈尔滨:哈尔滨出版社 1991 年版，第 126 页。
② 萧红:《萧红全集》，哈尔滨:哈尔滨出版社 1991 年版，第 122 页。
③ 萧红:《萧红全集》，哈尔滨:哈尔滨出版社 1991 年版，第 125 页。

寡妇们和亡家的独身汉在李青山喊过口号之后，完全用膝头跪倒在天光之下。羊的脊背流过天光，桌前的大红蜡烛在壮默的人头前面燃烧。李青山的大个子直立在桌前："弟兄们！今天是什么日子！知道吗？今天……我们去敢死……决定了……就是把我们的脑袋挂满了整个村子所有的树梢也情愿，是不是啊？……是不是……？弟兄们……？"

回声先从寡妇们传出："是呀！千刀万剐也愿意！"

哭声刺心一般痛，哭声方锥一般落进每个人的胸膛。一阵强烈的悲酸掠过低垂的人头，苍苍然蓝天欲坠了！

"……我要中国旗子，我不当亡国奴，生是中国人，死是中国鬼……不……不是亡……亡国奴……"①

就是这些愚昧、无知、猪狗般生生死死的农民在亡国毁家的危机中，从因循的、宿命的"生死场"中觉醒起来，走向了新的抗日"敢死场"，这是一支盲目的又清醒的抗日力量，是一支自发的又自觉的革命力量。随着赵三的泪流和二里半的觉醒，生死场中的男人们、女人们组成了抗日斗争的革命主力军。"生死场"中的因循的、宿命的生与死的苦难存在因之具有了一种新的意义：民族的新生、国家的新生。②

一个新的问题随之而出：农民自身能否在一个新的"生死场"中获得新生呢？"猪狗"般生存的农民能否在这一新的"生死场"获得趋向"人"的蜕变？二里半、赵三、李青山和那些无名的寡妇们的心灵世界的转变已经为之提供了可能。

萧红在《生死场》中以对东北农村农民生活的原生态的描摹成功地完成了一种激励抗战的民族国家意识形态的传播，也在民族叙事之中蕴含了一个深刻的民族灵魂改造的问题。

① 萧红：《萧红全集》，哈尔滨：哈尔滨出版社 1991 年版，第 125 页。
② 对此，聂绀弩评价萧红写的农民有一种鲁迅小说中没有的东西，就是写出了集体的农民形象，即认为萧红所写的那些人物，当他们是个体时，都是自然的奴隶；但当他们一成为集体时，由于他们的处境的变化由量变到质变，便成为一个集体英雄、人民英雄、民族英雄了。但他们由于个体的缺陷，也还只是初步的、自发的、带盲目性的集体英雄。参见聂绀弩：《〈萧红选集〉序》，北京：人民文学出版社 1981 年版，第 4—6 页。

二、萧军"救亡小说"的审美想象

萧军生于辽宁西部的一个农村——下碾盘沟。这个村庄深藏在大山之中，没有使人流连的自然风景，也没有深厚肥沃的文化土壤。恶劣的自然生态环境与残酷的阶级压迫使山里的农民生存极为艰辛，因此这里的农民形成了一种坚韧刚烈、崇尚武功的性格特征。许多贫困无奈的农民当起了打家劫财、杀人越货的充满绿林侠义与匪气的"胡子"。自幼就在绿林"胡子"的影响下生活的农民产生了一种畸形的价值观，"小子要横，丫头要浪"。他们长大后或者当兵，或者学手艺，或者干脆上山当盗。萧军幼年时期，母亲因不堪丈夫的粗暴虐待，吞食鸦片自杀。童年的萧军一直对父亲充满着强烈的憎恶与仇恨意识，自幼就很坚强、不屈服，有一种顽强的、不受羁押束缚的自由天性。

萧军只有在祖父母和五姑姑那里才能得到亲情温暖，尤其是祖母擅长"说书"的本领对萧军的性格影响很大。没有任何精英文化传统和知识背景的乡村，却有一种源远流长的民间说书习俗，以一种民间的方式传递着民族文化、民族血性基因。祖母心中装满了许多历史小说评书故事。评书故事里的人物成为萧军童年意识世界里的想象的英雄传奇与崇拜偶像，是祛除单极化的乏味的乡村现实世界、连接遥远历史时空的农村唯一的民间文化形态，同时也是塑造农村少年性格、志向、梦想的唯一民间文化力量。这些传统的小说成为蒙昧无知的萧军最早的文学想象物。《杨家将》里嫉恶如仇、不畏强暴，在擂台上打死潘仁美作恶多端的儿子的杨七郎、《呼家将》中誓死复仇的呼延庆、《薛家将》中坚强英勇的薛刚，在年幼的萧军心中印上了深深的影子。祖母响亮的、具有艺术节奏的声音对他而言充满了无上的魅力，那些讲不完的故事，极大地丰富了萧军的想象力，产生了无穷的瑰丽幻想，培养了萧军纯朴的审美意识。

辽西故乡的童年生活，使萧军自幼熟悉东北农民的各种生活习俗和人情世事，不仅形成了萧军坚强乐观、正直刚烈、永不屈服、尚武、粗暴等性格特征；而且在其心灵世界中形成了对农民等各色人物进行审美想象的东北乡村的美学趣味、人物形象的骨质风格，形成了萧军对农民进行审美想象与建构的精神内核。

1933年春天，萧军开始了长篇小说《八月的乡村》的创作。《八月的乡村》

的素材是舒群的朋友、磐石游击队的领导人、中共党员傅天飞提供的。1933 年春傅天飞把磐石游击队惊心动魄的抗日斗争有声有色地讲给舒群听，后又讲给萧军和萧红听。萧军感动于磐石游击队同日寇浴血斗争的故事，决心以磐石抗日游击队的英雄事迹为题材，加上自己在军队里的经历，写一部东北农民觉醒、以自己的鲜血和生命参与抗日救亡战争的作品。在 1935 年 8 月上海容光书局发行的"奴隶丛书之二"，即署名"田军"的《八月的乡村》的"书后"中，萧军对"奴隶丛书"做了一个"小启"："我们陷在'奴隶'和'准奴隶'这样地位，最低我们也应该作一点奴隶的呼喊，尽所有的力量，所有的忍耐。——'奴隶丛书'的名称，便是这样被我们想出的。"[1] 而在小说结尾的部分，安娜与萧明分离之际，悲哀地吟唱一曲《奴隶之爱》，表现失去祖国、失去自由、没有爱的权利的奴隶的悲哀。可见，萧军的《八月的乡村》，是为东北沦陷之后处于"奴隶"地位和时刻面临着成为亡国奴的"准奴隶"而写的，是为了唤醒在愚昧的宁静中沉睡的农民而写的，也是为了鼓励那些在沦陷区进行艰苦卓绝的抗日"革命人民军"而写的。因此萧军着力表现"在满洲和日本帝国主义者，一直作血的斗争的义军，他们从同志们的血，敌人的血，以及本身流出的血瀑里面，长成了智慧和聪明，拧制成了血的甲胄和纪律！本身在巩固，在扩大，在不断扩掘着斗争的路……"而且萧军坚信，"最终的胜利，也还是属于有海一般广大群众拥护的一面；人民需要的一面"，因此，"我伤心，这部书不会为那正在斗争的弟兄们能读到。如果，只要他们之中有一个人能读到它，我便什么全满足了！我期待着"。[2]

在这种审美想象和期待之中，萧军在《八月的乡村》中想象、建构了三种农民形象类型。一是小红脸这样的葆有农民趣味、意识的普通农民战士类型；二是意志不够坚定、情感较为丰富、个人欲望与个人主义意识突出的唐老疙疸类型；三是坚定、勇敢、果断的铁鹰队长类型的农民革命者。

---

① 田军：《八月的乡村》"书后"，奴隶社出版，上海容光书局发行，1935 年版，第 6 页。

② 田军：《八月的乡村》"书后"，奴隶社出版，上海容光书局发行，1935 年版，第 3—4 页。

（一）农民小红脸形象

农民小红脸有着喜好吸烟的习惯，每当他的小烟袋咬在嘴上的时候，他心中就升起一种快活、悠闲幸福的感觉。平时小烟袋很少离开他的嘴，而现在小烟袋已经一整天没在他的嘴里出现过了。"他一只手并不舍开，还在摩挲着烟袋。同时开始在思想：为什么还不该停下歇歇，让他吃一袋烟呢？枪声不已经没有了吗？他侧开头，避开前面别人脑袋的障碍，瞅一瞅走在更前边的'领队'。——他还是不松懈，没有思虑的走在前面——小红脸近乎失望了！他想还是不如作农民时候自由多了！他可以随便什么时候吃一袋烟。就是在手里提着犁杖柄手，也是一样哪，也可以使小烟袋很安全的咬在嘴里呢！那样的日子不会有了！不会再有一个太平的春天和秋天给他过了！他远远看着那边的田野在叹息！"① 小红脸虽然已经加入了革命军队的行列，但是在内心深处对以往的农民式地自由田野生活依旧充满了向往；而且对革命的认识，依然是停留在旧阶段，小红脸等农民对什么"同志"、什么"赞成"语词依旧觉得陌生。

在小红脸默默地想着过去的太平日子的时候，他对抗日革命斗争充满了新的期待与幻想：

> 什么时候他再可以自由的咬着烟袋去耕地？是不是马上就可以来的？那个神秘的日子来到的时候，是不是可以将欺负过他的人们，和硬占了他的田地的日本人，杀得一个不剩？他的老婆可以不再挨饿了吗？孩子们呢，可以同有钱的孩子们一样，到学堂里去念书，不再到铁道附近上拾煤渣……②

诚然，以小红脸为代表的农民对人与人平等的新世界的向往、对推翻压迫与剥削自己的各种反动势力的要求是无可非议的，也是农民的一种自发性的、推动革命发展和民族解放的革命动力。以萧明为代表的革命领导者也给予了小红脸等农民一种庄严的承诺"这是一定的"。但是，我们还应看到，小红脸思想意识中的

---

① 萧军：《萧军代表作》，中国现代文学馆编，北京：华夏出版社1998年版，第4页。
② 萧军：《萧军代表作》，中国现代文学馆编，北京：华夏出版社1998年版，第6页。

要把压迫自己的敌人——地主和侵略者"杀个不剩",体现了农民的一种单纯而又具有封建专制意味的革命观。所以,在陈柱决定枪毙地主王三东和他的老婆之后,小红脸在一个屋角,悠闲地吸着烟袋,看着这不常有的现象。显然对陈柱司令员的处决意见和枪毙地主的枪声,小红脸非常满意,而且从中进一步看到了光明"新世界"的曙光,因而在内心世界中对陈柱有了一种亲近的感觉,而对质疑枪毙地主必要性的萧明有了一种疏远的感觉。

革命无疑要消灭各种压迫,包括阶级压迫和民族压迫,但是革命要消灭的对象应该是剥削人与压迫人的社会制度,打败侵略者、铲除侵略者的侵略势力,而不是针对压迫者与侵略者个体的肉体消灭。虽然战场上对作为侵略者个体的敌人进行你死我活的拼杀,那是必须的,但也是有限制的,一旦胜利,是不准许杀害成为俘获的敌人的。因此,在进行消灭阶级压迫、民族压迫斗争的时候,还有一种紧迫的思想革命,即消除封建专制思想、封建礼教文化在农民心灵中的隐性存在以及其对农民心灵的压迫。小红脸已经成为战场上一个合格的守纪律的战士,但是,在思想上并没有经历现代性革命思想的洗礼,在潜意识中还隐藏着封建性的专制和封建礼教文化思想。

封建礼教文化思想主要体现于小红脸等农民战士对萧明与安娜爱情的冷嘲热讽、编造谣言上:

> 无端绪的一些意念,像无数不规则的长蛇,穿走他的每个心孔。疼痛,难堪,不安宁……他想起近日来梁兴对他的轻薄和侮蔑,小红脸,李三弟……几个一同逃亡出来的伙伴,对他全生疏的隔离着。更不堪是年青队员们专为安娜和他造出不良的谣言,在同志们中间被当做奇迹一般的谈讲。[1]

在革命中,萧明与安娜产生的爱情竟被许多农民战士视为"吊膀子",视为男人与女人的一种相互的性需要,没有、也不会理解"爱情",更谈不上对女性的理解与尊重。虽然,小红脸、梁兴、李三弟等农民已经经过了抗日革命战争的考验,

---

[1] 萧军:《萧军代表作》,中国现代文学馆编,北京:华夏出版社1998年版,第133—134页。

但是，他们还没有经过现代思想意识的洗礼，即使摆脱了外族的奴隶身份，但依旧是封建思想的奴隶。

（二）农民唐老疙疸形象

唐老疙疸是《八月的乡村》中萧军所想象与建构的第二类农民形象。他有着年青、健壮的身体，也有着丰富的情感与青春的欲望。虽然参加了人民革命军，但是他对自己的情人李七嫂念念不忘，以至于在站岗守望之际，偷偷地跑到李七嫂那儿与她偷情。李七嫂虽然责问他为什么不去守望而跑到这里来，但是对情人的到来，她还是满心眼里欢迎的，并满足了他的欲望。唐老疙疸在李七嫂这里偷情而造成了耽误，引起了铁鹰队长的斥责并被送到司令部做检查。但是，这依然不能挥走李七嫂在唐老疙疸心中的影子，李七嫂的形象不时地在战斗的间隙擒住了他。

在人民革命军执行退却命令的时候，唐老疙疸一个人冒着敌机轰炸的危险从后面跑回来，把李七嫂接到王家堡子里去。但是，三天之后，王家堡子变成了废墟，日本鬼子开进来了，其中的一个鬼子到村外发现了草地里躲避的李七嫂，打死了她的孩子，奸淫了昏迷过去了的她。"李七嫂无止尽的流着泪．无止尽的悲伤着……她没有勇气，去看看头颅碎在石头上的小东西。那会更加深刺痛她的心！她怨恨那个宽肩膀的农民，那个青年的情人！为什么他会不知道她在这里苦难着？打仗便什么全忘了吗？连自己的情人也一样？她要去寻他，现在除开他，她觉到生命的希望，像灯一般地不可靠！起始她的希望是生活在孩子的身上，现在呢，她又把她的希望，无把握地系了在了唐老疙疸的身上！——唐老疙疸是生活在不断斗争的群里的。……一种力，一种复仇的力；求生的意识兴奋她，可是当她一瞥间，无意又看到那小东西的时候，她又软弱的睡下！愤恨被悲哀所淹泯……"[1]而此时唐老疙疸因为看守俘获的鬼子而无法分身，心里惦记着李七嫂。当战斗结束退却的时候，他们发现了抱着死去了的孩子在树下沉睡的李七嫂。在用冷水浇李七嫂后，铁鹰队长命令全队集合，准备扔下李七嫂不管，以免耽搁时间，让敌人追上。

---

[1]　萧军：《萧军代表作》，中国现代文学馆编，北京：华夏出版社 1998 年版，第 63 页。

面对铁鹰队长的决定，唐老疙疸的心灵世界中掀起了波澜，一个农民式的对自己情人的纯朴真挚的、无限怜悯的同情冲垮了革命思想的堤坝，使他提出了抗议，乃至于决定放弃革命，与自己的情人同生死。铁鹰队长对李七嫂的弃之不顾一方面说明了抗日人民军处境的凶险；另一方面也说明了中国农民革命所具有的思想局限——总是排斥、拒绝人性的、人道主义的情感存在，为了集中最大的革命力量而牺牲了许多个体性的情感诉求。当然，这其中也包含着铁鹰队长本人对女性的蔑视与不尊重。唐老疙疸没有理会铁鹰队长的"革命话语"的规劝，没有听谁的劝告，爬向了丛草去伏下李七嫂那里。我们在看到唐老疙疸革命性不够坚定的同时，也看到了唐老疙疸那没有被革命教条所束缚的纯朴真挚的情感、对自己情人誓死不渝的忠贞道义和对女性的理解、尊重、发自灵魂深处的爱。我们显然不能赞扬唐老疙疸放弃革命的选择，但是我们同样不能否定唐老疙疸对李七嫂的真挚感情。在唐老疙疸这个农民身上，不够坚定的革命思想局限和赤诚的人性的高洁同时并存。这就是农民唐老疙疸，萧军建构了这一个独特的农民战士。

（三）铁鹰队长

铁鹰队长曾是一个农民，当过兵，当过胡子，现在他也来加入"人民革命军"。他坚强勇敢、意志坚定，杀起敌人来一向是毫不留情，对待革命战士要求严厉，人们起绰号叫他"铁鹰"，象征他的勇猛和敏捷。

铁鹰队长对唐老疙疸与李七嫂偷情误事极为愤怒、不理解。当革命军决定集体退却的时候，唐老疙疸一个人独自离队回去寻找李七嫂。铁鹰队长大骂："倒霉的东西，为一个娘们子，什么全忘了！命也不要了！弟兄们的命也不要了——非给敌人捡蛋不可……"[1] 同时，他的心中升起了一种疑问：

> "李七嫂是怎样个女人，唐老疙疸这样着了迷！谁看见过？"
>
> 铁鹰怀着一种说不出的腼腆，同时也还矜持。虽然他不是怕别人说他不严肃，事实严肃并不在谈说女人。他一向是矜持的。无论在同志的面前，在司令的面前。这固然不是资产阶级的军队，但他总觉得革命军

---

[1] 萧军：《萧军代表作》，中国现代文学馆编，北京：华夏出版社1998年版，第47页。

的纪律比资产阶级的军队，更要严肃，更要认真。他无时无刻不想要模范地，没有温情，作个铁般军官样子的队员。①

出于一种革命领导者的意识自觉，铁鹰队长对女性有一种自觉的排斥。但是，当队员向他介绍李七嫂是一个大乳房，强壮，高傲、自尊，嘴唇是厚厚的，散发着一种强烈的女性魅力之后，"铁鹰队长看一看他微笑着。鼻子起着拱动的褶纹。温和的自己在想：——是这样一个来得的女人吗？——一种本能的力冲荡着他。还笼罩着淡淡一层嫉妒！——她怎么给唐老疙疸那家伙弄上了呢？"② 显然，革命领导者的对女性排斥的意识自觉，只是不堪一击的镜面波纹，而水波下汹涌的是性意识潜流，铁鹰队长也毫不例外。但是，铁鹰队长以一种坚定的革命意志力，把这种暧昧的性意识潜流深藏于心灵之中，不让它扰乱自己以及所率领的革命军队。因此，他拒绝了唐老疙疸的要求，决定放下李七嫂不管。李七嫂得救了，但是在敌人的射击中，唐老疙疸为此付出了生命。

李七嫂在埋葬完自己的孩子和唐老疙疸之后，义无反顾地踏上复仇之路，追寻人民革命军的队伍。这个英勇的女人找到革命军，受到了队伍的热烈欢迎。"铁鹰队长深深地深深地，用自己的全心拥抱着这人群。他摩抚着李七搜携来的步枪，眼睛向着人群，又轻轻地，轻轻地在脸颊上挂了两条泪流。"对唐老疙疸的死亡和李七嫂的英勇，铁鹰队长非常感动。但是，安娜和李七嫂的背影使他如遭受到一种侮辱一般的不安定。因为铁鹰队长一向认为女人是不能拿枪的，战胜敌人还是男人的任务。在过去的乡村岁月中，他潜移默化地形成了一种对女性的蔑视与强烈的男性中心主义意识。当胡子的时候，同别的伙伴一样也有女人伴着睡过，现在他做了革命军队长，他从来也不杀女人和老年人，也从没爱过女人。革命中，"当他一切什么全明白了以后，他变得软弱了一点！虽然他的身材还是那样挺直的，他打仗也还是比任谁全英勇！变得软弱的是他的心。他懂得了怎样思想；怎样非扑灭了日本军不可；怎样把同志看成比自己的弟兄更亲切；怎样遵守和奉行革命军

① 萧军：《萧军代表作》，中国现代文学馆编，北京：华夏出版社 1998 年版，第 48 页。
② 萧军：《萧军代表作》，中国现代文学馆编，北京：华夏出版社 1998 年版，第 48 页。

的纪律……"①

作为一个成长于农村环境的、曾有一段"胡子"经历的农民铁鹰队长，在革命的斗争中渐渐成长为具有现代思想意识的革命者，典型地说明了遭受地主阶级压迫和封建思想毒化的奴隶，在起来反抗阶级压迫、民族压迫的斗争中，同样可以取得反封建思想压迫的思想解放的胜利。

（四）"老中国儿女"

同时，萧军在《八月的乡村》还简略地描写了鲁迅思想视界里的旧式农民——"老中国儿女"。这些生活在几千年封建思想阴影下的旧式农民对起来抗争的奴隶队伍——人民革命军打破了旧乡村秩序的"行为"，感到极为恐惧和不安。尤其是对革命军攻下小镇、打下地主王三东家、枪毙地主王三东并瓜分他的财产的行为，很是恐惶。佃户们互相传讲着地主家里发生的奇迹。在青年农民的心里，开始生长起青草，再也不能安静地工作了，一心一意也要去干革命军。村里的老年人对年青农民热情欢迎革命军、打破乡村旧秩序的行为心生担忧。

虽然，萧军在《八月的乡村》中对这种"老中国儿女"着墨不多，但是萧军三言两语就简练地勾勒出来了曾在鲁迅、茅盾、蒋光慈、李辉英等人笔下呈现过的旧式农民形象来。在抗日救国的民族殊死搏斗中，旧式农民身上所具有的传统封建思想的束缚更加鲜明突出，他们思想极为陈旧、保守、愚昧，加上农民生产方式所带来的狭隘、自私的思想视野，成为半封建、半殖民统治的可靠的统治基础，甚至在农民个体与民族的、集体的利益发生可能的冲突的时候，这些"老中国儿女"为了坐稳"奴隶"的地位而出卖抗日革命战士，成为殖民压迫者的助手，成为助长殖民侵略者殖民行为的一种极为可怕的民间力量。虽然老农民孙三让自己儿子"报官"的行为是一种个人行为，但是事实上，孙三的行为是得到其他人默许与支持的；他"做个安善良民"的思想动机在许多老农民那里有着思想与情感的共鸣。

因此，革命领导者对这些"老中国儿女"的思想启蒙就成为一种极为紧迫而

---

① 萧军：《萧军代表作》，中国现代文学馆编，北京：华夏出版社 1998 年版，第 86 页。

非常必要的任务了。在李辉英的《丰年》中，血腥的殖民屠杀使旧式农民走上了抗日革命之路，显然，这些旧式农民的革命是不自觉的，思想意识依然有待革命的启蒙。《八月的乡村》中的革命领导者陈柱、萧明等人多次把农民们召集起来进行革命启蒙。

> 那是臭虫样的东西啊！吸着你们的血！
>
> 那些领袖，那些队员，什么全解释给他们听。虽然有时候也使他们不相信；也有时激起他们不明了的质问，可是那些人们，并不骂他们是浑蛋！
>
> 孙老头的二儿子，高高站在人圈的后面。想着他的爹，那个老头子，真是被臭虫们咬嚼一辈子了。他们也开始被臭虫们咬嚼了二十年。现在臭虫死了一个，他还要为它们悼惜。并且秃四还到城里去替王三东家报官，搬日本兵来打革命军！

在革命思想的启蒙下，孙三的儿子把报官的事情告诉了革命军，坚定地支持革命军打击日本侵略者的革命斗争，成为抗日革命的支持力量。抗日革命血与火的斗争惊扰了"老中国儿女"千年来的旧秩序的生活，打碎了"老中国儿女"做安稳奴隶的可怜梦想，使他们蒙昧的自我主体意识渐渐觉醒，从乡村阶级压迫、民族压迫统治的民间基础性构成力量到转变为抗日革命斗争的支撑性民间基础力量。①

萧军的《八月的乡村》所想象与建构的这四类农民形象构成了东北乡村的一个立体的农民形象群体——他们有的是抗日革命斗争的领导者，有的是依然带有农民生活特征和审美趣味的普通战士，有的是革命意志不够坚定的、情感战胜革命纪律的有缺点的农民战士，有的是希望做安善良民、做安稳奴隶的旧式农民。所有这些农民形象，都在血与火的抗日革命战争中脱离了旧有的生活方式，不断与旧有的思想意识作斗争，渐渐觉醒、摆脱奴隶的思想底色，成为"新世界"、属于人的新生活的开创者。

---

① 萧军：《萧军代表作》，中国现代文学馆编，北京：华夏出版社 1998 年版，第 116 页。

乡土中国的"老中国儿女"——阶级压迫下的与外族殖民压迫下的奴隶——在抗日民族战争的血泊中觉醒，在民族新生的过程中，也获得了新的生命。

第十节　赵树理和农民小说

在现代中国文学一百多年的发展历程中，赵树理是一个不可忽视的存在。但事实上，赵树理所开拓的农民小说写作模式与审美思维模式，都有意无意地被淡化、简单化、边缘化，乃至处于一种被遮蔽状态。仅仅用大众化、农民写作来审视和思考赵树理的小说是不够的。赵树理的语言大众化不仅仅是破解了中国新文学接受困境的难题，而是接续了民间文艺传统，建构了一种中国叙事经验的审美模式、语言形态。从作品内蕴来看，赵树理的"问题小说"流淌着五四新文学"为人生"的理念，在大众化的语言形式之下展示了新乡村政治生态的多元力量的博弈，蕴藉着丰富的精神内涵，体现了赵树理的极大政治敏锐性和政治勇气。因此，重新思考赵树理文学创作的"农民小说"，就具有重要的价值与意义。

一、语言大众化的民间文化基因与创作碰壁的艺术反思

从小就沉浸在乡村民间文艺世界中的赵树理，早年就跟着父亲到村里八音会去敲打民间音乐。这是赵树理的第一个语言艺术学校，他在这里不仅学会了吹拉弹唱的本领，更重要的是学会了农民直率朴实、非常风趣的语言技巧。

1925 年赵树理考入山西省立第四师范学校，开始大量阅读各类书籍，从《天演论》到《原富》，从《三民主义》到《共产党宣言》，从经史百家到"新文学作品"。赵树理不仅阅读了鲁迅的《阿 Q 正传》、郁达夫的《沉沦》等新文学作品，而且还阅读了《新青年》、《小说月报》等新杂志。赵树理如饥似渴地读书，身边堆满了借来的各种书报，对新文学越来越迷恋、沉醉。赵树理含着眼泪读完了祥林嫂、闰土、阿 Q 的悲剧，想起了家乡农民相似的遭遇和命运以及他们的麻木和不觉悟。

1926 年暑假，赵树理带着一大包书籍回到家乡，他想向家乡的父老兄弟讲述鲁迅的小说，使他们认识到自己的愚昧，觉悟起来，为改变自己的命运而抗争。赵树理的父亲是村里颇有声望的说书能手，有一肚子故事，常被一大帮人围着，

听他道古论今，谈鬼说狐。因此，赵树理首先对父亲念起了《阿Q正传》，希望父亲能以一传十，在农村广为传播新文学与启蒙思想。可是，当他手捧《阿Q正传》，刚念到阿Q与小D在钱府的照壁前展开"龙虎斗"时，父亲就失去了倾听的兴趣。"我听不懂"，赵树理的父亲摆摆手，扛着锄头下地去了，临走时顺手捎带了一本旧文艺书。这次碰壁使赵树理第一次对新文学产生了困惑与迷茫，对新文学与其启蒙对象之间的巨大距离有了一个深刻的认识。但是此时的赵树理依然沉迷于新文学的世界之中。"在这一阶段，我的思想虽然解放了些，但旧的体系才垮，新的体系未形成，主观上虽然抱有救国救民之愿，实际上没有一个明确的路线，其指导行动者有三个比较固定的概念：（1）教育救国（陶行知信徒），（2）共产主义革命，（3）为艺术而生，为艺术而死（艺术至上）。并且觉得此三者可以随时选择，互不冲突，只要在一方面有所建树，都足以安身立命。"[1]

1933年夏，赵树理转赴太谷县北洸小学任教。赵树理创作了一篇富有反抗性的小说《金字》。它是一篇不足3000字的小小说，但批判的锋芒直指时弊。这是他第一篇反映农民生活的小说，虽然其中的农民还是个模糊的集体群像，但从此以后，农民的形象就永远没有从他的小说中消失过。然而，当赵树理把这篇得意之作念给乘凉的农民朋友听时，却不受欢迎。但是，当他拿来《七侠五义》之类的书念给农民听，一个个农民听得津津有味。这引起了赵树理深深的思考。

> 在历史上，不但世代书香的老地主们，于茶余酒后要玩弄琴棋书画，一里之王的土老财要挂起满屋子玻璃屏条向被压倒的人们摆摆阔气，就是被压倒的人们，物质食粮虽然还填不满胃口，而有机会也还要偷个空子跑到庙院里去看一看夜戏，这足以说明农村人们艺术要求之普遍是自古而然的。广大的群众翻身以后，大家都有了土地，这土地不但能长庄稼，而且还能长艺术。因为大家有了土地后，物质食粮方面再不用去向人求借，而精神食粮的要求也就提高了一步。因而他们的艺术活动也就增多起来。[2]

---

① 戴光中：《赵树理传》，北京：北京十月文艺出版社1987年版，第48—49页。

② 赵树理：《艺术与农村》，《赵树理文集》第4卷，北京：工人出版社1980年版，第1360页。

农民是有着很强的精神文化需要的，但却绝不是新文学形式的。他联想到了上学时回乡进行思想革命的失败、父亲对新文学的拒绝，开始清醒地意识到：新文学的内容固然是很好的，但形式却不为农民所喜闻乐见。新文学只是以知识分子、知识青年、文艺爱好者等接受读者为对象，在知识阶层交换传阅，跟农民大众是无缘的。农民大众所喜欢的还是那些千年流传的、充满封建毒素的唱本读物、通俗小说。他决定进行一种新的尝试，以农民喜闻乐见的传统形式来创作农民文艺作品，来满足农民对精神文化的艺术需求，占领农村文艺阵地，消除封建文化毒素。1934年创作的长篇小说《盘龙峪》，就是赵树理对农民小说的一次自觉尝试。从语言结构来看，作家已经初步克服了以往的欧化句式，开始使用简短、精练、口语化的语言和传统文学结构来进行创作。

1934年现代中国文学思潮进行了第三次"大众化"讨论。同年8月赵树理积极参加了这次"大众化运动"，在王中青主编的《山西党讯》副刊上发表过5篇提倡大众化、大众语的文章，力批厨川白村、梁实秋、曾今可、尤贡公等人的观点，提出了自己的观点，并以自己亲身的体验竭力实践了大众化运动中的观点，并内化为自觉的创作指导思想。

1942年毛泽东发表《在延安文艺座谈会上的讲话》，对文学与乡土中国、中国农民的疏离状态进行调整，直接从意识形态方面提出文艺从属于政治、为政治服务的主张，要求作家为最广大的人民群众写作"工农兵方向"的文艺作品。1943年10月，当毛泽东的讲话精神传到太行山区的时候，赵树理读完毛泽东的讲话之后欣喜若狂，感觉终于找到了知音，为自己的农民文艺写作找到了强有力的理论支撑资源。

二、"文摊文学家"：语言大众化审美理念的自觉

1943年，赵树理在协助调查岳冬至、智英祥一案后，写成《小二黑结婚》。经杨献珍、浦安修推荐，彭德怀给予了高度赞扬，第一版印刷两万册仍供不应求，后陆续印到四万多册，又被上百家地方剧团改编成各种地方戏。同年完成的《李有才板话》，得到更高评价，被指定为整风学习、减租减息和土改运动的干部必读材料。他也被调入华北新华书店任编辑，完成多幕话剧《两个世界》（1943）、报

告文学《孟祥英翻身》(1945)、鼓词《劳动英雄庞如林》(1943) 的创作，抗战胜利后，写有快板《汉奸阎锡山》(1945)。回家探亲后，写成长篇小说《李家庄的变迁》(1946)，其出版范围和速度以及评价都超过了《小二黑结婚》和《李有才板话》，确立了赵树理在现代文学史上的地位。

但在此前，太行山区文联对赵树理的农民小说作品颇有微词。早在 1939 年，赵树理编辑副刊《山地》，利用熟悉的那些民间艺术形式来攻击敌人。赵树理使用了鲁迅笔法，加上群众所熟悉的民间艺术因素，使报纸颇有点威力。这报专往敌人所到的地方张贴，贴到哪里读者挤到哪里。后来主编换了人，新来的主编以为《山地》不够艺术，另换了个名字叫《晨钟》，专登些新诗、新小说，并且也换了编辑，把赵树理调做管伙食的司务。1942 年太行山区文联对脍炙人口的作品《小二黑结婚》不愿予以出版。虽然是年 9 月，《小二黑结婚》在彭德怀等人的有力干预下，终于出版了；但当时在太行山区，仍然有些知识分子对《小二黑结婚》摇头，冷嘲热讽，认为那只不过是"低级的通俗故事"而已。从《小二黑结婚》的艰难出版以及出版前后一些知识分子的观点，就可以看出，即使在解放区，在毛泽东的《在延安文艺座谈会上的讲话》已经广为传播之后，为农民创作、表现农民生活的农民小说作品还是受到压制、打击，还要遭受一些知识分子的冷遇与蔑视。

然而，赵树理没有理会这些言论和一些不公正的行为，继续进行农民小说创作和理论思考。1946 年，赵树理连续发表了小说《地板》、《催粮差》、《福贵》、《刘二与王继圣》等。在文学实践中，他对农民小说创作有了成熟的认识，明确了为农民写作的文学理念。

> 十几年前，我就发觉新文学的圈子狭小得可怜，真正喜欢看这些东西的人，大部分是学这种东西的人。等到学的人也登上了文坛，他的东西实际上又只是给另一些新的人看，让他们也学会这一套，爬上文坛上。新文学只在极少数人中间转来转去，根本打不进农民中去。我父亲是个农村知识分子，但他对这种宝贝一点也不感兴趣。新文学其实应叫做"文坛文学"或者"交换文学"。因此，我不想上文坛，不想做文坛文学家。
>
> 你逛过农村的庙会集市吗？那里有一种地摊，摆满了《封神榜》、《施

公案》、《七侠五义》、《笑林广记》之类的小册子和廉价的小唱本，生意真好啊！我的目标就是要拿着自己的作品去赶庙会，跟它们一起摆在地摊上，三两个铜板可以买一本，这样一步一步去夺取那些封建小唱本的阵地。做这样一个文摊文学家，就是我的志愿。①

在这里，赵树理谈出了对新文学的认识以及决心做一个"文摊文学家"的志愿。这充分显示了赵树理对农民小说创作的自觉的理性意识，彻底突破了五四新文学的樊篱；从中国传统民间文学和现代农民生活实践中，赵树理已经自觉地开创了一个文学与农民大众进行语言与思想对接的农民大众文学，为现代中国文学创造了一个大众化文学成功实践的范例，奠定了新文学农民小说的传统。

1947年7月25日，中共晋冀鲁豫中央局宣传部指示边区文联举行一次文艺座谈会，专门讨论赵树理的创作。8月10日，陈荒煤高度评价了赵树理的文学创作，首次提出了"赵树理方向"，号召边区文艺工作者向他学习、看齐！②1947年，《人民日报》赠给赵树理一个"农民作家"的荣誉尊称，还刊登了一幅他的木刻像。赵树理与他的农民小说作品迅速在解放区声誉鹊起，带动了一个农民小说写作高峰的出现，如以赵树理为代表的"山药蛋派"农民小说，而且赵树理本人"可能是共产党地区中除了毛泽东、朱德之外最出名的人了"。③赵树理和他的农民小说创作终于得到了人们的广泛认可。

面对一个个荣誉的光环，赵树理更加清醒地意识到，一些"阳春白雪"作家对大众化的农民小说还是不屑一顾，农民小说作品还很少。"农村所需要的艺术品种类之多，数量之大，有时都出乎我们想象之外。办一份杂志，出一份画报，成立一个剧团，作一篇小说，很容易叫文化工作者圈子里边的人普遍知道，可是一拿到农村，往往如沧海一粟，试想就晋冀鲁豫边这一块地方，每一户翻身群众要

---

① 李普：《赵树理印象记》，黄修己编：《赵树理研究资料》，太原：北岳文艺出版社1985年版，第18—19页。

② 陈荒煤：《向赵树理方向迈进》，黄修己编：《赵树理研究资料》，太原：北岳文艺出版社1985年版，第199—200页。

③ 【美】杰克·贝尔登：《赵树理》，黄修己编：《赵树理研究资料》，太原：北岳文艺出版社1985年版，第32页。

买你五张年画，你得准备多少纸张？每一县一个农村剧团的指导人，就需要出多少戏剧干部？"对于农民文化的巨大需求与当前农民文艺数量不足的反差，赵树理说："为文化程度较高的人制作一些更高级的作品，自然也没有什么不可，不过在更伟大的任务之前，这只能算是一种副业，和花布店里捎带卖几条绸手绢一样，贩得多了是会占去更必要的资本的。至于说投身农村中工作会不会逐渐降低了自己的艺术水平，我以为只要态度严肃一点是不会的。假如在观念上认为给群众做东西是不值得拿出自己的全付本领来，那自然不妥当。即使为了给群众写翻身运动，又何曾不需要接受世界名著之长呢？织绸缎的工人把全付精力用来织布，一定会织出更好的新布，最后织到最好处，也不一定会引诱得巴黎小姐来买。"①

"我以为只要能叫大多数人读，总不算赔钱买卖。至于会不会因此就降低了作品的艺术性，我以为那是另一问题，不过我在这方面本钱就不多，因此也没有感觉到有赔了的时候。"②为了给乡土中国最广大、最需要、但又最匮乏精神文艺的农民大众提供最佳的精神食粮，赵树理所追求的不是所谓的"艺术性"，而是以为农民大众接受、欢迎为最高目的。赵树理尽心尽力地来为农民大众"织出更好的新布，最后织到最好处"，这是赵树理对自己的农民小说观最好的阐释与辩护。事实上，赵树理的文学实践已经证明他织出了最好的布——最受农民欢迎的农民小说。

三、思想先锋性的"问题小说"

1942 年毛泽东的《讲话》对赵树理小说的出版、对赵树理能够成为一位进入广大农民群众阅读视野的、知名的农民小说作家具有至关重要的作用。《讲话》的理论倡导与赵树理的农民小说写作都是乡土中国现代化进程中的精神产物，是乡土中国农民的主体性表达的理论召唤与文学实践，都有力地推动了中国农民革命的"文艺战线"的形成。

赵树理成功的原因还在于他的作品所具有的真实、幽默地反映广大农民生活及其意愿的特点，表现了农民正在成长的觉醒力量和对自由幸福新生活的追求。

① 赵树理：《艺术与农村》，《赵树理文集》第 4 卷，北京：工人出版社 1980 年版，第 1363—1364 页。

② 赵树理：《也算经验》，《赵树理文集》第 4 卷，北京：工人出版社 1980 年版，第 1399 页。

在赵树理前期的作品中，则是表现了翻身农民对自由幸福生活的追求，正在觉醒的力量与觉醒中的复杂力量的博弈。赵树理表现农民翻身生活不同于其他作家的最大之处是，赵树理不仅表现了农民翻身的喜悦、烦恼，还对翻身之后农民新身份的蜕化、农村新压迫力量的出现进行了描述与展现，显现了一个农民作家的高度敏锐感与崇高的使命感。

《小二黑结婚》是赵树理从太行山走向中国文坛的成名之作。小说开篇没有描写刘家峧农民翻身解放的事情，而是以刘家峧的两个神仙——前庄上的二诸葛和后庄上的三仙姑为叙述对象，介绍他们身上所具有的浓重封建文化特征。二诸葛迷信阴阳八卦，抬脚动手都要论一论，看一看黄道黑道；三仙姑是每月初一、十五都要顶着红布摇摇摆摆装扮天神。接着，作者娓娓道来，讲述了这两位"神仙"的演义故事：二诸葛忌讳"不宜栽种"，三仙姑忌讳"米烂了"。故事不仅幽默地展现了他们旧的封建文化思想，而且还在诙谐之中，无形地对他们的旧思想进行了嘲讽和解构：一个是算得不准，一个是连自己都不信。但是，就是这样，两位神仙在刘家峧还有一定的市场，还能继续存在下去。这在一定程度上，说明了封建文化毒素对农民的影响是很大的，不仅制约了农民的思想行为，而且成为农民彻底翻身解放思想的障碍，成为压迫农民的思想力量。小说的主人公小二黑、小芹就是出身于这样的封建思想家庭，生活于封建思想文化较为浓厚的村庄里的。小二黑与小芹的婚事不仅受到双方家庭的阻挠，而且还受到村里反动势力的破坏。金旺兄弟在小二黑与小芹约会商量对策的时候，发动了一场"捉奸"行动，把他们捆起来送往区政府处置。

小说故事情节的发展随着空间的转移而出现了喜剧性变化。走出了以金旺兄弟为首的乡村反动势力控制的刘家峧，小二黑与小芹来到代表翻身农民的革命区政府就感受到了阴晴两重天的巨大差异。具有革命性质的区政府已经耳闻金旺兄弟把持村政、欺压百姓的劣迹，这次正好是金旺兄弟等反动势力被剿灭的时机。区政府不仅把小二黑与小芹放了，而且还传二诸葛与三仙姑到区政府训话，叫他们不要干涉儿女的婚姻自由，直接打击了封建思想。更重要的是区政府还当即把金旺兄弟扣押起来，派助理员到刘家峧搜集他们横行霸道的证据，一举消灭了刘家峧欺压农民的新压迫势力。小二黑与小芹如愿以偿结婚了，二诸葛和三仙姑不再摆弄封建迷信那一套了，农民们也敢出头了、坏人不再当政了。小二黑与小芹有了一个幸福的结果，刘家峧也有了一个较为美好的未来。

《小二黑结婚》为翻身后的农民，尤其是青年农民提供了一个大团圆的、极为美好的结局。这不仅符合农民的接受心理，而且对农村实际的土改、反封建思想文化工作提供了一个极好的范例。解放区许多青年农民的自由恋爱从《小二黑结婚》中获得了一种可靠的保障与权利，因而它受到农民群众的热烈欢迎是必然的。

赵树理所运用的素材中的主角岳冬至与智英祥的结局却是一个不幸的悲剧。这与小二黑和小芹的幸福结局有巨大的反差，也为我们理解、阐释《小二黑结婚》提供了新的思考视角。应该说，岳冬至与小二黑所处的环境性质是一样的，不仅遭受了村里反动势力的迫害，就是自己的亲人也不支持。村中的普通人也受封建思想影响，觉得应该"教训"他一顿。小二黑的喜剧结局就在于革命的区政府对事件与当事人的明察秋毫。新的边区政府的革命性质是毋庸置疑的，但是，问题就在于，区政府对"刘家峧"村的是是非非真的能够这样明断吗？如果边区政府不介入，小二黑的情况会怎样？而岳冬至的悲剧就是发生在村庄之内的。再说，金旺兄弟的反动势力被消灭了，农民敢出头了，就保证坏人不会再当政了吗？会不会再出现个"银旺"、"铜旺"？

显然，农民的觉醒是一个极为艰难、也是极为漫长的过程。旧的乡村反动势力被消灭了，并不能保证不再出现新的乡村压迫势力。只要农民的自我主体性没有真正觉醒，没有能够代表农民利益的群体组织，封建剥削、压迫思想没有被彻底清除，压迫农民的反动势力就不会消亡，农民与乡村压迫势力的斗争也就不会停止。

赵树理在《小二黑结婚》中表现出的明快、喜悦、大团圆的乡村斗争结局的确是简单化了，虽然这是为农民所欢迎的。在《李有才板话》中，赵树理对农民翻身解放进行了更深层次的思考，不仅展现了翻身农民的喜悦，而且对翻身之后的农村新压迫势力——旧地主的代言人与新革命干部的蜕化变质进行了犀利的、剖析式的叙述，达到了一个新的思想高度。

在小说《李有才板话》中，赵树理生动地写出了解放初期复杂的农村政治生态，剥削之心不死的旧地主阎恒元、新的革命政权的代表者老杨同志、农村里的新干部的蜕化变质、忠厚老实的封建旧思想的农民老秦以及农村里年轻气盛的青年农民，这些不同的乡村力量构成了新乡村力量的博弈。其中，老杨同志、章工作员是外来的革命者；阎恒元、阎喜富、刘广聚等人是乡村里的压迫者；老秦、小明、小保等农民是乡村的被压迫者；小元是蜕化变质的新乡村干部。正是在乡村这种复杂的政治生态斗争中，小说展现出了人物丰富、鲜明的性格特征，也体现了赵树理对农村、农民深刻的理解力。

小元是阎家山贫苦农民的斗争代表。在成为武委会主任之初，他还保持着与地主反动势力斗争的革命品质，但是，随着自己地位的提高，小元身上的贫苦农民的革命品质渐渐丢失，原有的封建等级差别观念也渐渐清晰起来，在地主阶级的物质引诱和剥削思想的侵蚀下，蜕化变质，成为农村反动势力的同伙。蜕化变质的农民干部小元的形象是赵树理对农村解放后的政治生态变化的一种新反映，不仅展现了赵树理的敏锐思想意识，而且也展示了赵树理反映农村复杂现象的胆识与勇气。

翻身后的农村新干部如何保持革命本性和为穷苦农民服务的本色、拒绝地主阶级的物质引诱、消除头脑中的封建剥削意识，是解放后农村基层政权建设的一个初期的、重要的任务与挑战。鲁迅先生在《阿Q正传》中就对农民革命者阿Q的革命心理、动机进行过描述，展现了农民头脑中的陈腐、落后的统治阶级的剥削思想——对"子女、玉帛、威权"的追求、对"主子"地位羡慕追逐的奴才意识。在革命后农民翻身解放的解放区，"阿Q"式的封建剥削思想的幽灵依然还在翻身农民的心灵中游荡。《李有才板话》中的小元、《太阳照在桑干河上》中的张正典都是蜕化变质的新农民干部，是翻身革命时代的"阿Q"。

老秦不仅有着因循守旧、胆小怕事的思想，而且还有着较为严重的封建等级观念，既害怕地主势力，又看不起与自己一样处境的穷苦人。但是，老秦看到阎恒元等人在老杨同志那里碰了钉子的时候，又对老杨恭敬起来。最终老杨同志带领农民打败了以地主阎恒元为首的反动势力，路过老秦家门口的时候，老秦冷不防出来拦住老杨同志一行人，跪在地上咕咚咕咚磕了几个头，称老杨为"救命恩人"，还要让他们到家里吃饭，老杨同志批评了老秦的落后心理，让他积极参加农救会。但是，从老秦磕头谢恩的言语、行为来看，农民老秦还是没有脱去旧的封建"青天大老爷"的思想，老杨对他的劝告、建议，他还是没有真正意识到，还是没有觉悟起来。

仅从翻身斗争的行动表面和制度建设看，新农村里的政治生态已经得到了优化，旧地主阶级及其代言人已经被清除出去，蜕变的新农民干部已经受到了处罚，新的穷苦农民利益的代表者及其组织——农救会重新成立了。但是，清除农民头脑中的封建思想的精神启蒙工作才刚刚开始，像老秦那样的深受封建旧思想侵蚀的"顺民奴隶"，他们的自我主体性的现代思想意识的真正觉醒、确立还有很长的道路要走，还要做很多的思想启蒙工作。

四、成功与困惑：赵树理解放后小说创作

赵树理对解放区土改前后农村的各种政治力量非常清楚，对不同成分类型农民的心理状态、思维模式和行为特征较为熟悉，尤其是在深入农村调查的工作和编辑《新大众报》的过程中，接触到了大量的农村材料，对翻身解放后农村出现的新问题能够及时发现、敏锐思考，并以一种农民大众能够接受的通俗语言将其审美地呈现出来。《小二黑结婚》、《李有才板话》以及后来的《邪不压正》等农民小说都是这样创作成功的。

从抗日战争到建国初期，赵树理写出了《小二黑结婚》、《李有才板话》、《李家庄的变迁》、《福贵》、《催粮差》、《邪不压正》、《传家宝》、《登记》、《三里湾》等优秀作品，直至 1955 年写出描写合作化初期农村生活的小说，观察仍相当敏锐，艺术上有不少篇章仍清新、可喜。这是赵树理小说创作最活跃的时期。赵树理对生活的感受、思考以及革命现实主义创作方法的运用，和当时的革命形势和现实需要是比较吻合的，和党的文艺政策和创作需求是比较一致的。所以，才有了赵树理欣喜若狂、有了心有灵犀一点通的艺术灵感和可以充分施展创作才华的历史可能性。这于赵树理而言是不可多得的机会。

1955 年之后，赵树理深入生活的艺术态度没有变，对农民问题的关注没有变，为农民创作的文学观没有变，但是这期间他只写了《锻炼锻炼》、《灵泉洞》（上部）、《套不住的手》、《实干家潘永福》、《卖烟叶》等。数量比前期少了，创作的势头明显锐减了。这是因为社会主义革命和建设的形势变了，而这次赵树理没有跟上时

代的变化，事实上他也看不准这个新形势，乃至质疑这个新形势。

1958 年开展了农村公社化运动，赵树理这位深深了解农民、对农村生活和农民生活无比熟悉的作家，秉持着自己的政治责任心和良心，对农村公社化运动中的共产风、浮夸风、瞎指挥非常抵触。赵树理不仅仅是理性思考，而且上升为实际行动：他没有跟风去写盲目歌颂的小说，而是写了万言书——上书言事。信直接寄交党中央机关刊物《红旗》杂志的主编陈伯达，在信中直指"大跃进"、人民公社化弊端。其结果可想而知，1959 年反右倾，他的信被发回作协，受到"右倾"批判，承受很大压力。至此，赵树理陷入了其他一些新文学作家在建国后文学创作的怪圈：要么写不出东西来，要么写出来就受到批评。赵树理的不同之处在于，他是能够写出来的，是有着大量丰富、生动、深刻的生活东西而不能写的作家。这对于作家无疑是一种极大的困惑和痛苦。1962 年 8 月，赵树理在大连农村题材小说创作座谈会上说，对于创作，"我常常一想就碰墙"。这是他当时痛苦而又无奈的创作心态的真实呈现。1964 年，大连小说创作会议受到批判，写中间人物和现实主义的深化被认为是"资产阶级的文学主张"。自大连会议遭批判，赵树理创作的路子越来越窄，以至于接近禁止的状态了。当一个作家无法写作的时候，其创作生命也就意味着终止的到来。从这个意义上而言，建国后的赵树理无疑是最为可悲的一个。

从五四"问题小说"到赵树理的农民小说的"问题写作"，有着一脉相承的精神关联。而且，赵树理还以极大的政治勇气指出了刚刚建立起来的新乡村政权所面临和存在的腐化变质问题，具有很强的思想先锋性。赵树理的文学世界中所展现的具体历史场景已经一去不复返了，但是赵树理对农村政治生态、农村政权建设问题的揭示到现在还有着重要的思想启示意义。消除封建思想残余、启蒙农民的精神思想、农民自我意识觉醒的问题依然任重而道远，特别是乡村政权的黑恶化、蜕化变质问题在新世纪中国尤其显得突出，赵树理的"新乡村政治生态"的描绘与思考在当代显现着先锋性思想价值，有着深刻而特别的警示意义。

总之，赵树理为现代中国文学确立了一个不同于鲁迅、沈从文、茅盾等知识精英本位的新文学传统的、另一种典范的农民小说传统，建构了融民间文艺资源、五四新文学精神血脉与"农民小说"大众化追求于一体的新中国文学叙述经验。

"赵树理方向"与毛泽东的"工农兵方向"新意识形态遥相呼应，成为大众化运动最为成功的、以农民为本位的农民小说，显现了 20 世纪中国作风、中国气派的中国叙事经验，构成了新世纪中国文学极为重要的精神资源。毫无疑问，赵树理是百年中国新文学独异的一个审美经验存在。

第十一节　孙犁与抗日小说

一

20 世纪是一个战争和革命的世纪，20 世纪的中国文学则可以说是战争和革命的文学。而抗日战争是近代以来中国人民抗击外敌入侵所取得的第一次彻底胜利，它深刻地影响并深刻地改变了中国现代历史的进程，为国家独立、民族解放和民族复兴奠定了重要基础。在抗日战争中，中国人民前仆后继、不屈不挠地反抗侵略，增强了中华民族的民族自尊心、自信心和自豪感，以爱国主义为核心的伟大民族精神得到最充分的展示。20 世纪文学与中国现代历史进程密切相关，抗日战争关系到中华民族的生死存亡，必然在文学中打下深刻的烙印。如果从 1931 年"九一八"事变后的抗战文学算起，连同抗战胜利后的抗战题材的创作在内，时间跨度长达半个多世纪。

"九一八"事变后，从东北流亡到关内的东北作家群，最早且比较真实地将东北沦亡的土地和人民挣扎抗争的现实图景予以文学表现和描绘。其中，萧军于 1935 年 7 月出版的长篇小说《八月的乡村》，更以直接描写中国共产党领导的东北抗日队伍与日本侵略者进行艰苦卓绝战斗的战争场景与生活现实，填补了中国近现代反帝反殖文学缺失直接尖锐的战争描写的空白。作品正面刻画了陈柱司令、铁鹰队长以及游击队员李三弟、崔长胜等新的农民形象，笔力遒劲，风格刚健。萧红的《生死场》（1935）是其成名作，它连缀起"九一八"事变前后东北北部农村的一幅幅生活画面，描写出东北人民生的艰难与死的挣扎，在看似松散的艺术结构中，却分明响彻着一个鲜明的主题："生为中国人，死为中国鬼！"端木蕻良的《遥远的风砂》（1936）是一部以抗日为主题的战场小说。小说以辽阔苍莽的塞北荒漠为背景，叙写了一支抗日队伍收编土匪的故事，并刻画了集土匪劣迹、江湖义气、民族大义于一身的惯匪煤黑子的性格复杂的人物形象，以磅礴的气势构成了小说雄浑的世界。虽为短篇，但作者打破一般抗战小说善恶分明、人物性格单纯扁平的模式化的艺术追求，还是相当成功的。

1937 年七七事变爆发后，中国的抗日战争进入了一个新的历史时期。小说与整个战时文学一道进入一个新的发展时期。一批反映抗日斗争中人们精神面貌的作品涌现出来，正面歌颂抗战期间新人物、新事物的有：丘东平的短篇《一个连长的战斗遭遇》、萧乾的《刘粹刚之死》、端木蕻良的《螺蛳谷》、姚雪垠的《差半车麦秸》等。从反面揭露阻碍抗战的阴暗面的作品有张天翼的《华威先生》、沙汀的《在其香居茶馆里》等。值得一提的是正面反映抗日战场的、有着实际抗战经历的丘东平，其《一个连长的战斗遭遇》描写某部四连在力量悬殊的情势下对日作战中所表现出的大无畏精神，富有极强烈的战地实感，具有一种战争文学所特有的壮美。

茅盾于 1938 年发表了长篇小说《第一阶段的故事》，描写七七事变到上海撤退的 4 个月间，上海各色人等的动态，意在通过各类人物对抗战的不同态度，展示民族命运何去何从的重大时代主题。吴组缃的长篇小说《鸭嘴崂》（1943）是写农民抗战的重要作品，表现小说主人公章三官对待抗战态度所经历的转变，这在当时的历史条件下，有一定的代表性。艾芜 1948 年出版的《山野》，写抗日战争时期南方山民抗击日本侵略者的故事，反映了乡村各阶级对待抗日的不同态度。小说把复杂的内容集中在一天的时间叙述，显示出作者处理叙述大事件的艺术突破。

1949 年中华人民共和国成立后，中国作家在新的历史时空和新的意识形态下书写抗战，与建国前的抗战小说相比有着不同的形态和叙事方式。强烈的政治色彩是建国初期文学风貌的显著特点之一，追求文学的史诗性和英雄人物性格的壮美是这一时期的文学风貌之二，文学人物性格扁平是这一时期的文学风貌之三。[①]

五六十年代，艺术成就较为突出的抗战小说有：孙犁的《风云初记》、知侠的

---

① 张钟等：《当代中国文学概观》，北京：北京大学出版社 1986 年版，第 3—5 页。

《铁道游击队》、雪克的《战斗的青春》、冯德英的《苦菜花》、李英儒的《野火春风斗古城》、冯志的《敌后武工队》、刘流的《烈火金刚》等。

知侠的《铁道游击队》出版于 1954 年。小说描写抗战时期枣庄一带的铁路工人和煤矿工人在中国共产党的领导下组织游击队，打击日本侵略者的具有传奇色彩的故事。

《战斗的青春》出版于 1958 年，描写滹沱河枣园区人民的抗日斗争。小说的突出之处是充分反映了对敌斗争、反奸斗争、路线斗争、革命的两面政策及武装斗争的复杂性，塑造了一系列英雄人物，如区委书记许凤、区游击队长李铁等。

刘流的《烈火金刚》出版于 1958 年，它描写抗日战争时期八路军排长史更新受伤后和当地革命群众一起抗击日本侵略者的事迹。小说运用章回体的评书形式和夹叙夹议的叙述方式，在小说民族化方面进行了新的尝试。

冯德英的《苦菜花》出版于 1958 年，以细腻的笔触写出了胶东半岛昆嵛山区的抗日人民在极其残酷的战争环境下不断觉悟、成长的过程，在当代女性人物画廊中，成功塑造了"母亲"的形象——一个慈母和革命意志相结合的胶东女性。

李英儒的《野火春风斗古城》出版于 1959 年，主要是写地下工作者的抗日斗争。作者把地下工作的复杂、艰险同人物塑造紧密结合在一起，塑造出地下工作者杨晓东的丰满形象。

二

孙犁（1913—2002）的抗日小说主要是指孙犁在抗战中以及抗战以后所写的以抗战为题材的一系列短篇小说及长篇小说《风云初记》等。

"抗日小说"的界定出自孙犁自己："我最喜爱我写的抗日小说，因为它们是时代、个人的完美真实的结合，我的这一组作品，是对时代和故乡人民的赞歌。"[①]"我的创作，从抗日战争开始，是我个人对这一伟大时代、神圣战争，所作的真实记录。其中也反映了我的思想，我的感情，我的前进脚步，我的悲欢离合。反映这

---

① 孙犁：《文集自序》，《孙犁全集》第 10 卷，北京：人民文学出版社 2004 年版，第 466 页。

一时代人民精神风貌的作品，在我的创作中，占绝大部分。"① 这里，孙犁"抗日小说"的内涵，并不单单是指对历史事件的书写，或一种小说叙述层面的时间向度，更重要的是突出一种时代精神和在那个特定的历史情境之下的人民的精神风貌和道德姿态。孙犁的抗日小说是时代和个人的双向叙事和双向表达。在经过历史风云的变幻之后，他针对自己的创作所发的感慨，乃是对自己创作历程的一种回望，又是对自己抗日小说的一种总结。就像他对《白洋淀纪事》的体认："此集虽系创作，然从中可见到：抗日战争及解放战争时期，我的经历，我的工作，我的身影，我的心情。实是一本自传的书。"② 他对自己的抗日小说非常珍重，"从一九三七年的抗日开始，我经历了我们国家不同寻常的时代，这可以说是一个伟大的时代，我有幸当一名不太出色的战士和作家。这一时代，在我微薄的作品收获中，占了非常突出的地位。"③ 在这里，孙犁又强调了自己在抗战中的双重身份——"战士和作家"。既然是战士，他就要为革命而写作，在主流意识形态的规约下写作。而在抗战时期，战争无疑是最重要的政治，故孙犁抗日小说之取材也都是符合当时主旋律之要求的，他写出了"平原的觉醒"，写出了冀中军民面对强敌时的同仇敌忾和坚强勇敢，这一点是没有疑义的。但他又是一个作家，他又要在主流意识形态的框架下完成自己独特的审美追求和审美理想，也就是要写出符合自己文学创作个性和文学心性的文字，而不单单是做政治的传声筒。只有这样，他才能完成自己"为文学而革命"的更内在的志向。这就是孙犁特殊身份规约之下的特殊价值。

孙犁参加抗日队伍不久，就在救亡的时代主题下，写下了很多热情泼辣、充满内在热力的理论文字和写作辅导读物。虽然这些理论文章和写作辅导读物不可能像文学创作那样形象化地传达作者的感情和思考，但仍能从字里行间感受到孙犁在时代浪潮下的心理和感情的脉动。"每天，新出山的太阳会带来新的刺激，一秒钟内，一方寸地方，会演出变化千万的奇迹，一切的卖野药的文学制作说明不了这个时代，这个时代将滤尽一切文字上的玩弄。乱动时代要求着多才多艺的号

---

① 孙犁：《文集自序》，《孙犁全集》第 10 卷，北京：人民文学出版社 2004 年版，第 464 页。

② 孙犁：《为姜德明同志题所藏〈白洋淀纪事〉》，《书衣文录》，济南：山东画报出版社 1998 年版，第 103 页。

③ 孙犁：《答吴泰昌问》，《澹定集》，济南：山东画报出版社 1999 年版，第 1 页。

手"①。孙犁也确是一个"多才多艺的号手"，就其所采用的文学样式来说。举凡通讯、报告文学、鼓词、剧本、小说、诗歌、散文皆采用之；就其抗日小说的内容来说，则是启蒙与救亡的双轮驱动。

五四新文学运动的核心是思想启蒙，它是那一代知识分子从现代西方借来的思想火种，点燃反对封建制度和封建文化的火炬，以促进人的觉醒和人的解放。鲁迅是抱持"为人生"的启蒙主义的文化观的，旨在疗救和革除中国文化与人生的痼疾。在孙犁眼中，"伟大的抗日战争，不只是民族的觉醒和奋起，而且是广泛、深刻地传播了新的思想，建立了新的文化"②。而传播新思想，建立新文化的过程，也就是一个启蒙的过程。1982年，孙犁在一篇序文中，就存录当年为《鲁迅·鲁迅的故事》所写的后记再次作了说明，之所以存录此篇，"是为的说明当时所做的这件事，也是启蒙之一种"③。这是对其当年工作性质的界定。虽是多年后的追记，但孙犁心中的启蒙理念和启蒙思路还是很清晰的。孙犁不只在抗战时期的一般文字中鼓吹启蒙，而且在创作中也践行了启蒙精神。

在孙犁的小说中，抗战大背景提供了女性启蒙和解放的一个重要契机，而女性解放是建立在打破民族内部社会文化结构的基础上的，换言之，即女性挣脱民族内部男权制的羁绊，走出家庭，走向社会，获得个体意识的觉醒过程。这个过程的原动力是人对自由的渴望与追求，在中国农村，大都具体表现为对婚姻自由的渴望，其社会前提还是救亡与启蒙的时代主题。

孙犁在抗日小说中，着力塑造了抗战时期保家卫国的北方人民形象，尤其是那些美丽善良、英勇抗战的妇女形象，如人们所熟知的水生嫂、秀梅、吴召儿、小胜儿等。但孙犁笔下还有另一类女性形象，即不是突出她们的"救亡"行动，而是着力凸显她们的走出家庭参与抗战的启蒙过程。孙犁于1942年8月创作的小说《走出之后》即是这一类小说中的代表。从小说题目上看，这是承续了五四时期个性解放的主题，是女性解放对于五四时代的回响，其内在精神始源于五四新

① 孙犁：《现实主义文学论》，《孙犁全集》第10卷，北京：人民文学出版社2004年版，第281页。
② 孙犁：《为外文版〈风云初记〉写的序言》，《秀露集》，济南：山东画报出版社1999年版，第280页。
③ 孙犁：《〈青春遗响〉序》，《老荒集》，济南：山东画报出版社1999年版，第119页。

文化运动的启蒙精神，但带有了新的时代特点。

"中国现代文学叙述的主要是一个'破家立国'的故事和'破家立国'的过程。在这个历史过程中，最鲜明耀眼的是五四的女儿们从家庭'出走'的刹那。中国的娜拉 ——鲁迅《伤逝》中的主人公子君'我是我自己的，谁也没有干涉我的权力！'的宣言及其出走构成了 20 世纪中国最耀眼、最壮丽辉煌的一幕。……'出走'成为了中国现代妇女解放最具光彩、最引人注目的姿态，在中国现代历史开幕的这一刻所塑造的这一娜拉式的'出走'姿态具有中国古代戏曲中的'亮相'一样的造型意义。然而，五四的女儿们从家庭和家族中获得解放并不是自律自为的运动，而是服从于现代民族国家的根本目的，依附于现代民族解放运动。妇女解放最初是由于国家的神圣召唤，其目的是为了将她们变成为'女国民'。也就是说'国家'把她们作为'女国民'从'家庭'和'家族'的控制和男性的占有和控制中解放出来，并直接置于自己的掌握之中。不论是在中国，还是西方，妇女走出家庭，获得曾经为男性所垄断的权利往往都是由于国家政治经济，尤其是民族战争的原因。"①

《走出之后》中的王振中也有自己的宣言，那就是："这是我情甘乐意，谁也管不了我。"②虽然王振中的知识层次不能与子君们相比，她是中国北方农村没有多少知识的乡村女性，但其"出走"态度的坚决和个体意识的觉醒还是和子君们有一定的内在一致性。和子君们相比，王振中的命运却幸运许多，她"出走"以后胜利了，而子君们却失败了，这就是时代的大背景不同了的缘故。

放眼 20 世纪，人类与战争的纠葛交结，是一个非常重要的主题，它以独特的社会历史进程式改变了人类社会的进程和个体的命运。比较历史上战争中的妇女，20 世纪中国妇女参与战争的广度和深度都可谓是史无前例，其突出特点不只是送郎参战。抗日战争中，"无论底层或中上层妇女，无论她是文盲还是知识女性，都有可能通过'参战'走出家庭、走上社会、走向'解放'，成为世界范围女性社会

---

① 旷新年：《二十世纪中国文学与个人、家、国关系的重建》，《常熟理工学院学报》，2006 年，第 3 期。

② 孙犁：《走出之后》，《孙犁全集》第 1 卷，北京：人民文学出版社 2004 年版，第 336 页。

参与的独特风景"①。研究妇女口述史的论者还指出:"从大量个人故事中我们发现,女人参战的动机多半与改变女性的婚姻状况有关:一是摆脱童养媳的处境(如苏区);二是摆脱包办婚姻,即逃婚——女人参战多半与'逃出'(逃婚,或逃出家庭)有关——在漫长的历史时期,参军几乎就是(除出家和卖淫之外)妇女逃避传统婚姻、走出家庭的最佳出路"②。因此,结论考之于《走出之后》的王振中,也是与其逃出密切相关。17岁的王振中的命运几乎和童养媳的命运没有什么差别,但抗战给王振中带来了好时光,也就是说民族救亡的浪潮给王振中提供了"走出"的可能。从小说的叙述话语中可以看出,抗战以后,王振中和杏花一起在本村学校帮助工作。学校在当时的乡下,也算是一个文化传播场域,而冀中区的抗日群众宣传工作一直做得有声有色,大规模的群众性文化运动——《冀中一日》的成功发动和编纂出版就是一例。王振中的被启蒙应是没有问题的,当然这里的启蒙者不同于五四时期子君们的启蒙者,子君们的直接启蒙者是他们的恋人,而王振中的启蒙是代表了时代意识和民族国家意志的中国共产党。

在中国现代发展史中,"救亡"和"启蒙"是同时发生的,而在整个现代民族国家的建构过程中,救亡和启蒙、民族主义和个人主义始终是一个不可分割的整体。所谓救亡就是民族的解放和建立现代国家,具体到抗战来说,就是抗战建国,而启蒙就是个人的解放和现代个人的确立。实际上,"所谓现代性从根本上来说不外是现代民族国家主权和现代个人主体的双重建构。在现代,个人的建立与民族国家的建立是联系在一起的,个人主体与民族主体的建构是现代性的两个重要的方面"③。在抗战文学中,由于抗日民族统一战线的建立,民族国家就成为一个集中表达的、核心的,甚至是唯一的时代主题。中国现代的个人解放、妇女解放,从根本上来说,都是民族主义所启动的。"国家"成为意义的来源,成为几乎唯一的叙述和抒情对象。在《走出之后》的文本中,也存在着"国家"、"民族"的政治意识潜文本。王振中之所以"走出"并获得成功,实在是有概念主体——民族国

---

① 李小江:《亲历战争:让女人说话》,《读书》,2002年,第11期。

② 李小江:《亲历战争:让女人说话》,《读书》,2002年,第11期。

③ 旷新年:《二十世纪中国文学与个人、家、国关系的重建》,《常熟理工学院学报》,2006年,第3期。

家的支撑和政治主体——抗日民主政府的支持。她不但获得了个体身份，而且获得了社会身份——抗日战士。小说中的"我"最后在抗属中学又遇到了她，"她的脸更红、更圆，已经洗去了那层愁闷的阴暗：两个眉梢也不再那样神经质地跳动，两片嘴唇却微微张开，露着雪白的牙齿，睁着大眼睛望着台上讲话的程子华同志的脸，那信赖更深了"①。从"阴暗"到光明，从寻找"信赖"到"信赖"更深，王振中在救亡的大潮中被启蒙，从而走上一条与子君们完全不同的道路。救亡把王振中这样的女性纳入民族国家的建构过程，对女性自身来说，也获得了一定的社会空间，并由此获得一种时代意识规约之下的个体意识。

孙犁用小说文本的形式完成了自己的启蒙与救亡双轮驱动的时代主题。在现代中国思想史领域，李泽厚的"救亡压倒启蒙"说似乎得到了学界许多人的认同并流布甚广，"救亡的局势，国家的利益、人民的饥饿痛苦，压倒了一切，压倒了知识者或知识群对自由平等民主民权和各种美好理想的追求和需要，压倒了对个体尊严、个体权利的注视和尊重"②。近几年已有人对救亡与启蒙的关系开展了新的历史性研究，旷新年指出："实际上，中国现代的启蒙运动是和'救亡'的主题密切地联在一起的，不是救亡压倒启蒙，而是相反，是救亡产生了启蒙。所谓救亡，就是以建立一个现代民族国家为目标；而所谓启蒙，归根到底就是个人的创造。以救亡为推动的启蒙，构成了中国现代启蒙运动区别于西方启蒙运动的特点。中国现代个人主义的起源与民族主义目标有着内在的密不可分的联系。现代民族国家和个人双重的建构成为现代历史的追求，也成为中国现代叙事的重要主题。"③孙犁的创作再次证明了这一点。这也从一个侧面反映了孙犁的小说创作忠实于历史和时代精神的品格。

三

就孙犁抗日小说中的诗意抒情，以往的论者大都进行了多方面的探讨，但大

---

① 孙犁：《走出之后》，《孙犁全集》第 1 卷，北京：人民文学出版社 2004 年版，第 340 页。

② 李泽厚：《启蒙与救亡的双重变奏》，《中国现代思想史论》，北京：东方出版社 1987 年版，第 33 页。

③ 旷新年：《二十世纪中国文学与个人、家、国关系的重建》，《常熟理工学院学报》，2006 年，第 3 期。

都是在文学语言的表面欣赏层面，难以进入诗情画意的内里研究。对于孙犁小说创作中的人物形象，特别是以《荷花淀》系列为代表的抗日小说中的女性形象，研究者从各个角度给予了阐释，但少有新意而带有很大的重复性。本节主要从孙犁抗日小说的自然风景描写入手，以新的视角切入孙犁文学世界的内里，并把其风景描写上升到民族主义的高度来解读。

追溯孙犁对文学自然风景描写的艺术追求是在创作之前就进行了理论上的探讨和准备的，这就是他抗战前期不为人注意的"文学的自觉"。他特别指出："风景描写，要与本文有血肉关系，即刻画地理环境、季节变化，和主人翁的心情及故事发展有深刻影响者才应该描写。"① 孙犁在风景描写的理论探讨中，特别指出了"战争的风俗画"的重要文学作用，他认为战争和田园紧密相关，要写出战争环境下的田园风景之综合，而不要"空洞的静止的美丽"，也就是说要写出在动的战争环境下的动的风景画。②

追溯孙犁的文学接受史，似乎可以找到这种孙犁文学风景描写的艺术因子。孙犁对外国文学的接受和借鉴，大部分来自苏俄文学。孙犁当年和晚年的文字里，充斥着大量的关于苏俄文学和作家的介绍与阐述，甚至有些文字对苏俄作家的分析和解读十分精准和老到。孙犁对高尔基的早期作品有一份特殊的偏好，高尔基的早期短篇小说现实主义与浪漫主义两种风格并存，正合孙犁的文学气质。除高尔基外，孙犁对苏俄作家普希金、契诃夫、果戈里、莱蒙托夫、屠格涅夫、肖洛霍夫、法捷耶夫、拉甫列涅夫、涅维洛夫、爱伦堡等人的作品都非常熟悉，并有精到的研究。"拉甫列涅夫的简洁的叙事诗的风格和草原的热风一样的感人的力量，使我非常爱好。爱伦堡的短篇《烟袋》所包含的强烈的、真实的革命的激情，震动了我"，而肖洛霍夫的"对农村的美丽的抒情描写，他长时期居住在乡村的生活，都引起我的仰慕"③。他尤为喜爱"普希金、莱蒙托夫的英雄性格和英雄的诗的

---

① 孙犁：《写作指南》，《孙犁全集》第 10 卷，北京：人民文学出版社 2004 年版，第 355 页。

② 孙犁：《战争和田园》，《孙犁全集》第 10 卷，北京：人民文学出版社 2004 年版，第 406—407 页。

③ 孙犁：《在苏联文学艺术的园林里》，《孙犁全集》第 10 卷，北京：人民文学出版社 2004 年版，第 78—79 页。

语言，强烈的革命浪漫色彩的故事和它的明朗性"①。契诃夫作为俄罗斯短篇小说大师，孙犁不只是对其小说的现实主义品格及诗一样的语言进行过研究，更是深入到契诃夫的人格层面进行解读。孙犁之欣赏契诃夫，也是由于契诃夫的对民族、对人民的深厚的爱，契诃夫"真正拥抱和了解了他那国土的全部事物，表现在他对人的美丽的和善良的品格的发扬和维护，对于弱小的和不幸的扶养和同情。他常常为美丽的东西被丑恶的东西破坏而痛心，即便是一棵小小的花树，一只默默的水鸟或一处荒废了的田园。他对俄罗斯人民的伟大的可尊敬的性格，抱有坚强的自信，对于他的祖国必然走向幸福富庶之途，作过无数次的辩证和召唤"。②而孙犁对果戈理的偏爱，可以说从刚踏上文学之路不久就开始了。后来，他有一篇题为《果戈理》的文字，写得很是到位，这是一种对果戈理文学性透彻理解后的到位："在果戈理的短篇著作里，我们已经看到了那些香馥的草原，迷茫的道路，美丽的夜晚，富于诗意的小镇和奋勇热烈的战争生活了。他的抒情不是柔细单纯的风景画，其中包含了丰富的历史、社会、民俗学的知识。贯彻着对于国家，对于人民的负责的精神。"③从以上引文可以清晰地看出，孙犁对果戈理的热爱，一是其对俄罗斯民族和人民的深厚感情，二是其出色的风景民族主义描写。而这两点，都含有民族主义的因素。孙犁对苏俄文学的偏爱和借鉴，除了艺术气质上和上述作家比较相投之外，苏俄作家所表现在作品里的民族性、民族主义思想也是孙犁大规模阅读苏俄文学的动因之一。抗日战争时期，民族存亡已迫在眉睫，任何有民族正义感的作家都会从域外艺术里汲取养料，而苏俄文学里风景的民族性或风景的民族主义，无疑更合孙犁的文学气质和艺术追求。

在中国文学传统中，自然环境或景物描写的范围比较狭小，进入作品文本中的景物只作为自然局部的风花雪月和草木虫鱼，而且主要是服务于情节发展需

---

① 孙犁：《苏联文学怎样教育了我们》，《孙犁全集》第 3 卷，北京：人民文学出版社 2004 年版，第 315 页。

② 孙犁：《契诃夫——纪念他逝世五十周年》，《澹定集》，济南：山东画报出版社 1999 年版，第 101 页。

③ 孙犁：《果戈理——纪念他逝世一百周年》，《孙犁全集》第 3 卷，北京：人民文学出版社 2004 年版，第 396—397 页。

要或人物性格发展的修辞学目的。而在现代中国小说中，景物描写的功能为之一变。在很多作品中，特别是以郁达夫、废名、沈从文、艾芜、周文、萧红、孙犁等人为代表的浪漫主义因素较为浓厚的作品中，风景描写已经突破了传统小说景物描写的狭小格局，超越了一般的修辞学意义。"在这背后，往往隐含着作家们对于人性，人生价值的深度审视，以及对重建个体人格与民族生存的根基问题的思考，从特定的角度，回应了现代文学中思想启蒙，个性解放以及民族解放的主题。"① "就风景来说，风景不仅是一种现实的自然景观，人们对风景的想象也开始成为风景的一环。在这样的情况之下，在现代民族国家的形成过程当中，风景也成为建构'想象共同体'文化政治的重要媒介。"②

当日本侵略者的铁蹄踏碎中华民族版图的时候，民族的山川河流仍在。抗战时期的《黄河大合唱》无疑体现了中国人民对民族历史、民族文化的高度认同，彰显了民族归属感、自豪感和自信心。英国学者史密斯指出："一个民族的象征可以通过其所包含的客体——民族来显得与众不同，但是，同样也可以通过其符号的确切性和生动性来显示。"③无疑，抗战期间，以《义勇军进行曲》、《黄河大合唱》等为代表的抗战歌曲生动地表达了所有中国人的民族意志，也是经过抗战建构起来的中国民族主义的象征。那么，作为语言艺术的文学创作当然也可以利用其"符号的确切性和生动性"来建构民族主义，从而使其成为民族意识、民族认同、民族精魂的象征。考察孙犁抗日小说中的风景描写，可以看出其笔下的风景大都渗透了民族主义的因素、历史文化因素、创作主体的革命理想以及集体意志的强大力量。

其一，孙犁抗日小说的风景民族主义描写。就已往的孙犁抗战文学作品的研究来看，似乎在研究界形成了一种共识，那就是孙犁的文学风格是阴柔的，其实这是一种文学研究的错觉。由于孙犁的短篇散文小说集《白洋淀纪事》的写景抒情风格和诗意美学特征在现当代文坛上独具一格，并一再受到了评论界的多角度

① 刘海军：《现代小说自然描写的类型及艺术功能》，《中国现代文学研究丛刊》，1994年，第7期。
② 李政亮：《风景民族主义》，《读书》，2009年，第2期。
③ 【英】安东尼·史密斯：《民族主义——理论，意识形态，历史》（中译本），上海：上海世纪出版集团2006年版，第8页。

阐释，特别是成名作《荷花淀》的成功，为作家奠定了文坛地位，因此容易给人一种错觉，他的文学意象仿佛局限在荷花、芦苇、荻花、山花等纤细明丽的风景上，阴柔的美学特征成了孙犁重要的美学风格。但是，如果我们仔细研究孙犁抗战文学创作的前后变化，就会发现，孙犁的文学风格在悄然转变，在某种意义上显示了一种阳刚之气。

写于 1946 年的《碑》昭示着孙犁文学风格的悄然转变。《碑》是一篇写滹沱河的短篇小说，在这个短篇结构里可以看到孙犁开阔的艺术胸怀。它的艺术格调和白洋淀系列小说相比，变得更加苍凉、沉郁，多了几分悲壮和崇高的美学因子。它洗去了荷花淀的清澈和亮丽，把人性的力量沉入到那凝固冀中人民民族主义精神的长年奔腾不息的滹沱河中，显得底蕴更加丰满深厚。这比《荷花淀》、《芦花荡》的战争描写更接近战争的本质和真实。研究界一直推崇《荷花淀》等格调清新飘逸的小说，其实，像《碑》这样的小说或许更显示了孙犁艺术上的造诣和对战争本质的把捉。如杨义所评价的：这篇小说"似乎轻轻地在普希金的自然明快和梅里美的典雅圆润中，加进了几分高尔基早期小说的苍茫寥廓和鲁迅小说中对人的命运的焦虑"[1]。

小说的结构仍是孙犁惯常采用的老人少女模式，但小说的重心发生了转移，似乎主人公转到了赵老金身上。其实，细细研读，小说的主要角色应该还有一个，那就是长年奔腾不息的滹沱河。小说结尾的描写让人回肠荡气，顿生一种悲壮和崇高之感，同时一股民族精神的精魂升腾在字里行间："那浑黄的水，那卷走白沙又铺下肥土的河，长年不息地流，永远叫的是一个声音，固执的声音，百折不回的声音。站立在河边的老人，就是平原上的一幢纪念碑。"[2] 在这样的神来之笔里，河人一体，正是一个战争年代中华民族自立不屈的艺术造型和精神象征，是中国人民抵抗外侮、誓死不屈的内在精气魂，也是民族意识、民族认同、民族理想的彰显。在这里，再次显示了孙犁风景民族主义的内蕴，一份悲情，一份苍凉，一份厚重，一股民族精神的大气磅礴，这种借祖国山河展现民族精魂的艺术思维和

---

① 杨义：《中国现代小说史》第 3 卷，北京：人民文学出版社 1991 年版，第 589 页。

② 孙犁：《碑》，《孙犁全集》第 1 卷，北京：人民文学出版社 2004 年版，第 128 页。

艺术手法，在《风云初记》中得到了淋漓尽致的展开。

评论界一直不大看重《风云初记》，嫌其结构枝蔓、英雄形象有些概念化。其实，孙犁是在是追求长篇小说的别一种写法，它不合流行概念中的塑造英雄形象的主流要求，而是在展现一种国破山河在的民族传统、民族气质和民族精神。而且，小说一洗前期小说中的纤细、清逸之姿，景物描写中更多地渗入了巨山大川的意象：

> 溪水围绕着三座山流泻，使人不能辨认它们的方向和源头。溪水上面，盖着很厚的从山上落下的枯枝烂叶，这里的流水，安静得就像躺在爱人怀里睡眠的女人一样，流动时，只有一点点细碎的声响。
>
> 他们脱下鞋袜，把脚浸到这绵软清凉的水里。
>
> 这时老佃户说了一句话："指导员，不要认生，这就是你们滹沱河发源的地方。"老佃户说，"谁要是想念家乡，就对着这流水讲话吧，它会把你们的心思，带到亲人的耳朵旁边"。
>
> ……
>
> 这就是滹沱河的主泉。两座小山下面，还有几个泉眼，流出的水也加入在它的雄厚的声势里。
>
> 同志们相信了老佃户的话。
>
> "我知道了你们的家乡，我就想领你们来看看。"老佃户说，"我们住得相离很远，可是多少年来，就有这么个东西把我们连在一起"。[1]

在孙犁笔下，可以让人深深地体会到从创作主体到小说中的人物的一种在特殊状态之下的血脉相通的感觉。正是通过山川河流的联结，异地的人们达到了民族的认同感，而这种认同感在外敌入侵的特殊历史情境下更为浓烈和深厚。这是山川之魂，民族之魂，又是怀持抗战必胜的革命理想的战士之魂。于是，景物、人、民族三位一体，个体主体意志和浓厚的民族意识像山水一样连结在一起。这就是孙犁文学最为醇厚、雅正的内在神韵。对此孙犁早就有理论上的自觉："看到了一

---

[1]　孙犁：《风云初记》，《孙犁全集》第4卷，北京：人民文学出版社2004年版，第388—399页。

件事实，不是就获得了真实。你要热情地研究它，把握和理解它，细微切实地感觉它。一切准备完全了以后，你再开始写。""开始写了，你再用力发掘这个事实里的一切宝藏，抓住这个事实的骨干。找到事实里的动荡的力量，奔流的方向，主导的部分。首先把这些东西弄明确起来，向上着色，灌注你的情感吧！把那事实里的决定性的部分，创造成主体、能动的画景。"① 孙犁珍视自己的艺术感觉和艺术个性，重视生命、人性，同时又重视生活中"动荡的力量，奔流的方向"，即对时代主题、时代精神的敏感和把握。这就是个体心性和时代的融合，孙犁终其一生感谢抗战，很大一部分原因就在此。既为民族解放献出自己的青春年华，又实现了自己多年追求文学为人生的梦想。

其二，孙犁文学的风景描写中，嵌进了浓厚的历史文化因素，通过这种历史文化的认同达到了民族认同。中华民族是一个古老的民族，有着悠久辉煌的文明史。源远流长的历史文化，是所有民族成员共同的历史文化记忆和共享的尊严，也是凝聚民族力量的重要纽带。如何从共同的历史文化记忆中重新发现和寻回原本属于自己的民族历史、民族文化、民族尊严，"我们是谁？我们从哪里来？"即民族认同的强调，这是抗战时期重树民族自信心、重建民族归属感和自豪感，并以此激发民族斗志，寻回民族内生力量，打败日本侵略者的心理和文化前提。《风云初记》中的部队行军到长城岭上的关口时，有一段对长城的描写，很是具有历史和文化的意蕴："长城和关口都有些残破，砖石被风雨侵蚀，争战击射，上面有很多斑驳。通过关口的石道，因为人马的践踏，简直成了一道深沟，可以想象，曾经有多少人马的血汗滴落在上面。在洞口石壁上，残存着一些题诗，一些即兴的然而代表征人的想象的断片的绘画，一些烽火熏烤的乌烟。""不知道由于什么，忽然有很多的人唱起《义勇军进行曲》来，一时成为全连全队的合唱。他们的心情像长城上的砖石一样沉重，一种不能遏止的力量，在每个人的血液里鼓荡着，就像桑干河的水。歌声呀，你来自哪里？凌峭的山风把你吹到大川。古代争战的河流在为你击节。歌声呀，唱到夕阳和新月那里去吧！奔跑在万里的长城上吧！你灌满了无穷无尽的山谷，融化了五台顶上的积雪，掩盖了一切的呼啸，祖国现

---

① 孙犁：《文艺学习》，《孙犁全集》第 3 卷，北京：人民文学出版社 2004 年版，第 188—189 页。

在就需要你这一种声音！"①

在这里，长城作为抵御外侮的象征，再次沟通了历史和现实，山峰、河水、日月和军队融为一体，既是民族力量的象征，又是战胜侵略者的源泉。而凝聚着中华民族坚强不屈的民族精神的《义勇军进行曲》的引入，则唱出了每一个炎黄子孙的心声。长城在实写中出现，而《义勇军进行曲》之歌词未在小说中出现，则略带艺术描写中的虚写之况味，虚实结合，凝聚成一种强烈的民族历史文化认同，这样的描写实在是一股民族主义的正义感、崇高感融入其中，作者的一段抒情则是一种为祖国而战、为人民而战的革命豪情的自然流露，贴切而自然，这是一种从历史文化深处导引出来的激荡人心的原动力。

其三，孙犁的风景民族主义中，渗透着强烈的革命理想和集体意志因素。这决定了孙犁后期抗战小说中的风景描写风格的转变。与前期荷花淀系列中明丽、纤小的景物不同，后期出现了很多壮观、雄伟的意象。他在战争中再次感受到了大自然的神奇和魅力，其文学描写给人一种心灵的强烈震撼：

> 在大雨里，老温转身看滹沱河。山洪像一堵横泥墙一样，从山谷压下，水昂着头，一直漫到半山腰。水往下行走，好像并没有什么声响，可是当水头接近他们站着的山脚，他们觉得这座山也摇动起来。洪水上面载着在山沟潜没多日的树枝树叶，载着整棵的大树，载着大大小小的野兽家畜。
>
> "多么危险哪！"老温打了一个寒噤说。
>
> "这场水是发大了。"老佃户说，"你们那里也要受灾了"。②

这样壮观、雄伟的意象在孙犁前期作品里几乎是不存在的。这样的洪水激流、山动地摇的壮观景象，给人一种敬畏之感，但不恐惧，这是因为作者把自然视为一种有着巨大生命力的灵性之物。从民间文化的视角观之，则是天人合一观念的体现，而从作者所怀持的革命理想观之，则是正义战争必胜的信心与自然神奇的

---

① 孙犁：《风云初记》，《孙犁全集》第4卷，北京：人民文学出版社2004年版，第391—392页。

② 孙犁：《风云初记》，《孙犁全集》第4卷，北京：人民文学出版社2004年版，第390—391页。

魅力的融合。这样的风景是壮观的、雄伟的、神奇的，这里边，内蕴着民族的根性和内在，一种民族的壮健性。当作者内蕴了山川精气，胸怀一种革命豪情的时候，才能发于内而形于外，从而给笔下的自然景观赋以民族主义的深刻内涵，国破山河在！中华民族的坚韧不屈的生命意志也就在此得到体现。这是风景的壮观，又是作者的心景，借景写心，凸显主体意志，而这主体因是民族解放斗争中的一名战士，故也就体现了一种革命战士的豪情和斗志。个人主体意志再次与集体意志合二为一。

《风云初记》中的风景描写大都是在军队行进的战争大背景下来描写的，也就是说是动中的风景，而非静止的没有人间气息的静物写生，正是因为有了军队的集体存在，也就是一种民族的集体意志的存在，孙犁笔下的风景才有了真正的民族意义的内涵。把孙犁笔下的北方旷野风景形象与路翎笔下的旷野以及艾青诗歌中的北方旷野相比较，就可以看出孙犁风景描写的文学史意义和历史时代价值。孙犁文学实在是抗战文学中的流亡文学中一个特殊的存在，分析至此，孙犁的特殊身份和特殊价值也就在整个现代中国文学史的考察中显现出来。孙犁不但具有红色作家的身份，而且是根据地作家队伍中少有的坚持文学自身价值的"这一个"。

钱理群指出："如果说，每一个时代的文学都有自己的'中心意象'和'中心人物'，那么，1940 年代战争中的中国文学的'中心意象'无疑是这气象博大而又意蕴丰富的'旷野'，而'旷野'中的'流亡者'则是当然的'中心人物'。"[①] 但路翎笔下的旷野意象以及旷野上的"流亡者"又是何种情形呢？看下面的描写：

> 旷野铺着积雪，庄严的白色直到天边。林木、庄院、村落都荒凉；在道路上，他们从雪中所踩出的足印，是最初的。旷野深处，积雪上印着野兽们底清晰的、精致的、花朵般的足印。林木覆盖着雪，显出斑驳的黑色来……
>
> 人们底脸孔和四肢都冻得发肿。脚上的冻疮和创痕是最大的痛苦。在恐惧和失望中所经过的那些沉默的村庄、丘陵、河流，人们永远记得。

---

① 钱理群：《"流亡者文学"的心理指归——抗战时期知识分子精神史的一个侧面》，《批评空间的开创》，王晓明编，上海：东方出版中心 1998 年版，第 242 页。

人们不再感到它们是村庄、丘陵、河流，人们觉得，他们是被天意安排
在毁灭的道路上的可怕的符号。人们常常觉得自己必会在这座村落、或
这条河流后面灭亡。……

　　人们是带着各自底思想奔向他们所想象的那个终点。这个终点，是
迫近来了；又迫近来了；于是人们可怕地希望它迫近来。旷野是庄严地覆
盖着积雪。[①]

一片荒凉的旷野景象：林木、庄院、村落，破败不堪，黑色的林木，彻夜的
严寒，丘陵、河流沉默无语，死一般的静寂，"天意安排在毁灭的道路上的可怕的
符号"，人们的痛苦的可怖的死亡意识，以及虚无的迫近。这是流亡者目中所及，
更确切地说，是心灵所触所感的旷野意象。一种巨大的虚无意向从一切景物中升
腾而起。"逃亡到这样的荒野里，他们这一群是和世界隔绝了——他们觉得是如
此……他们是走在可怕的路程上了，不知道自己是从什么地方来，也不知道要到
什么地方去"[②]，一种典型的"失根"状态，孤独、虚无的个体存在，不再有任何与
"历史"和一切历史存在中的联系。

　　而作为战斗成长在抗日民主根据地的孙犁与路翎及其笔下的蒋纯祖们则有了
本质上的存在意义上的不同。抗战爆发后，大批作家南迁，这批流亡者成为"荒
野中的弃儿"，遭遇了故乡（家园）、肉体与精神上的三重流亡。而孙犁则没有这
种生活经历和生命体验，所以也没有相应的"流亡意识"。孙犁是在这个抗日民
主大家庭里参与民族解放圣战的。孙犁在行军战斗中其行程基本是在故乡的大地
上，就是到穷山恶水的阜平、繁峙一带，离冀中平原也没有多少空间距离。而更
为本质的是，他是融入一个军队集体之中来行走的，而绝非是流亡。这就使孙犁
在这个抗日民主大家庭中感到一份融入其中的自豪和光荣。他行军途中所见风景
在其眼中也就有一种家园意识，进而促成其民族家园想象的产生。如对深山村庄
的描写：

---

① 路翎：《财主底儿女们》（下），北京：人民文学出版社 1985 年版，第 723—724 页。
② 路翎：《财主底儿女们》（下），北京：人民文学出版社 1985 年版，第 697—698 页。

部队在"街上"立正，然后分配到各家房子里。老温带一班人进到面对南山的一户人家。这一家的房舍，充分利用了山的形势，一块悬空突出的岩石做了房的前檐，后面峭直的岩石就成为房屋的后壁。房椽下面吊挂着很多东西：大葫芦瓢里装满了扁豆种子，长在青稞上的红辣椒，一捆削好的山荆木棍子，一串剥开皮的玉米棒子。两个红皮的大南瓜，分悬在门口左右，就像新年挂的宫灯一样。①

孙犁说过："单单是日常的了解，那就限于风景画，只有在一次政治事件里了解她们，那才能形成风俗画，才能从政治要求上再现生活。"② 抗战时代，战争是最大的政治，孙犁的风景民族主义描写是战争中的田园和山川，也即是在人的行动之中，在军队的行军打仗中的风景。

孙犁小说中的风景描写寓于人的行动之中，是与抗日军队联结在一起的。且看如下描写：

> 部队在原地休息了。……
>
> 太阳直射到山谷深处，山像排起来的一样，一个方向，一种姿态。这样深得难以测量的山谷，现在正腾腾地冒出白色的、浓得像云雾一样的热气。就好像在大地之下，有看不见的大火在燃烧，有神秘的泉水在蒸发……
>
> 他们绕着山的右侧行进，不大的工夫，脚下的石子路宽了，平整了，两旁并且出现了葱翠的树木，他们转进了一处风景非常的境地。这境地在高山的凹里，山峰环抱着它。四面的山坡上都是高大浓密的树木，这些树木不知道叫什么名字，叶子都非常宽大厚重，风吹动它或是有几点雨落在上面，它就发出小鼓一样的声音。粗大的铜色的树干上，布满青苔，道路两旁的岩石，也几乎叫青苔包裹。道路两旁出现了很多人家，人家的门口和道路之间都有一条小溪哗哗地流着。又有很多细小的瀑布

---

① 孙犁：《风云初记》，《孙犁全集》第4卷，北京：人民文学出版社2004年版，第380页。

② 孙犁：《论切实》，《孙犁全集》第3卷，北京：人民文学出版社2004年版，第400页。

从山上面、房顶上面流下来，一齐流到山底那个大水潭里去。人们在这里行走，四面叫水、叫树木包围，真不知道水和绿色是从天上来的、四边来的，还是从下面那深得像井底似的、水面上不断蹿着水花和布满浮萍的池子里涌上来的。①

这里将风景描写寓于人的行动之中，山谷云雾、岩石青苔、树木林鸟、瀑布小溪是与军队联结在一起的。行军的过程是通过老温和芒种向前推进的，但他们眼中的风景不可能如此细致传神，这里有一个叙述者的存在，即创作主体的存在。这样的风景描写可谓移步换景，丰富传神，韵味十足。深不见底的山谷，腾出白色的雾气，似大地之下，有看不见的大火在燃烧，有神秘的水泉在蒸发，真是想象丰富奇特。而这风景的背后，难道不是作者从大地深处汲取的一种民族的精气和力量吗？云雾缭绕的山谷中，葱翠的树木，粗大的铜色的树干上，布满青苔，道路旁的岩石，也几乎让青苔包裹，这样的描写有一种厚重、沉郁之态，似乎可以从铜色的树干中，从青苔包裹的岩石纹理中，看出一种来自于自然性灵之中的力量和精气。而道路两旁的很多人家，门口和道路之间都有一条小溪哗哗地流，细小的瀑布从房顶上流下来，这又是一种祥和、宁静的家园之态，假如没有战争的硝烟，人民的生活应当是如此安稳和宁静的。这即是孙犁文学的魅力。战争是非常态的，而安稳的日常生活才是常态的。在非常态的战争空隙下插写一笔宁静的画面，寄寓了作者多少民族家园想象的情怀啊。而这种民族家园想象正是民族主义的构成要素之一。反击侵略者，就是为了构建一个独立、民主、自由的新型民族国家。

孙犁抗日小说的独特之处，在于对救亡与启蒙的双重主题的突出，以及风景民族主义的创造。

① 孙犁：《风云初记》，《孙犁全集》第 4 卷，北京：人民文学出版社 2004 年版，第 378—379 页。

第十二节　杜鹏程与战争小说

在 20 世纪 20 年代至 40 年代，随着共产党的成立，国共两党因不同的建国理念，进行了一系列的国内战争。期间，为了反抗北洋军阀，国共两党有过联合北伐的合作，但最终还是分道扬镳；随着日本对中国的全面入侵，民族矛盾超越了政党矛盾，这促成了国共两党的第二次合作；因为国共两党并没有就建立怎样的国家达成政治上的一致，在抗日战争结束后，国共两党又进行了第二次国内战争，战争的最终结果以国民党在大陆的败退和共产党的胜利而暂告一个段落。短短二三十来年的时间，蒋介石为代表的国民党人就丢掉了中国大陆的最高权力，最后只得偏隅孤岛台湾；毛泽东为代表的共产党人则获得了执掌中国大陆的最高权力，并建立了中华人民共和国，继而取代了中华民国。

正是这样一场场波澜壮阔的战争，给作家们留下了巨大的想象空间，也遗留下了无数的英雄史诗，这就为嗣后的战争小说，提供了无限发展的可能性。其中，具有代表性的战争小说是杜鹏程创作的《保卫延安》。

杜鹏程（1921—1991）的战争小说主要是指其 1954 年出版的长篇小说《保卫延安》。《保卫延安》的创作恰是处在多元文化语境趋同与文学观念归一的特定时期，政治文化获得了进一步凸显，并逐渐取得了主导地位。与此相对应，像新潮文化、传统文化以及消费文化，则逐渐让位于政治文化。正是在这样一个既有秩序被打破、新的秩序有待于建立的特定时期，杜鹏程与他创作的战争小说，异军突起，成为中国共产党制导的政治文化影响下的"十七年"文学的重要组成部分，典型地体现了多元文化语境趋同与文学观念归一的某些规律。

一

从时间上来看，战争小说早在共产党获得胜利之前，就有了很大的发展，只不过在解放后战争小说迎来了一个大发展的繁荣时期。具体来说，《新儿女英雄传》是其起始的标志，这在根本上确立了战争小说的基本范式；第一次文代会所确立的文艺政策在理论上标志着战争小说范式的定型；《保卫延安》的出版标志着战争小说的定型。

我们如果对战争小说追根溯源的话，可以追溯到延安时期乃至共产党成立后的左翼时期。事实上，共产党成立后的政治目标和文化目标就已经潜在地影响到了现代中国文学的发展，只不过这种影响还没有成为主流。随着共产党及其领导的武装力量的发展壮大，随着"根据地"的不断扩大，在中国的局部地域，客观上已经形成了"割据"局面，尤其随着延安这一革命根据地的建立，共产党的文化政策在局部地域取得了支配地位，这就是我们常说的"解放区文学"。1942年，毛泽东在延安文艺座谈会上所作的讲话，总结了五四以来的文学运动的历史经验，提出了"文艺为工农兵服务"的方向。毛泽东在战时提出的这一新的文艺发展方向，与其说是推动了新文学运动和工农兵群众的结合，不如说是推动了革命的胜利。历史业已证明，共产党这一文艺政策的确对革命取得胜利起到了重要作用。然而，这一文艺政策并没有因为大陆解放了而被中断，反而获得了进一步强化。在毛泽东讲话的指导下，战争小说进入了一个迅疾发展的新时期。

1949年7月召开的第一次中华全国文学艺术工作者代表大会既揭开了现代中国文学的历史新帷幕，也揭开了战争小说的历史新帷幕，由此奠定了现代中国文学和战争小说的"疆域"。

第一次文代会是一次具有里程碑意义的会议，它把来自各方面的文艺工作者的思想统一到了毛泽东文艺思想上来，也确立了战争小说的发展方向和基本任务。对此，周扬代表主流意识形态话语，曾经这样的强调指出："毛主席的《在延安文艺座谈会上的讲话》规定了新中国的文艺的方向"[①]，强化了文艺首先是为工农兵服务的新中国文艺的总方向。在文代会上，周扬在报告中对"新的人民的文艺"所做的阐释，就是要把"民族的、阶级的斗争与劳动生产作为作品中压倒一切的主题"，塑造出"人民中的各种英雄模范人物"，与此相对应的是，"语言要做到相当大众化的程度"，"和自己民族的、特别是民间的文艺传统保持密切的血肉关系"。

总之，第一次文代会对战争小说具有极其深刻的影响，它所规范和确定的方向，对嗣后的战争小说具有规范作用，确立了战争小说的文化品格。而《新儿女英雄传》被当做实践毛泽东《讲话》精神的成功之作，更是催生了反映农民在革

[①]　周扬：《新的人民的文艺》，《周扬文集》第1卷，北京：人民文学出版社1984年版，第513页。

命斗争生活中成长的战争小说，尤其重要的是，它还在某些方面规定了战争小说的文化品格：即农民和革命具有天然性的联系，主流意识形态视阈下的农民个体行为被充分政治化，其结果是五四文学以来的个性解放主题被逐渐遮蔽，个人的价值在主流意识形态的终极目标中有所消解。

在第一次文代会所确立的文学要把"民族的、阶级的斗争与劳动生产作为作品中压倒一切的主题"和塑造"人民中的各种英雄模范人物"的目标指导下，战争小说的创作依然保持了强劲的势头。据不完全统计，在 1958 年发表的小说就有 108 部之多[1]。这一势头，一直保持到1959年，该年度重要的小说也有108部之多。[2]

战争小说之所以获得长足的发展，主要得力于这样几个方面的影响：其一是与主流意识形态的倡导是分不开的。周扬对此就说过："革命战争快要结束，反映人民解放战争，甚至反映抗日战争，是否已成为过去，不再需要了呢？不，时代的步子走得太快了，它已远远走在我们前头了，我们必须追上去。假如说在全国战争正在剧烈进行的时候，有资格记录这个伟大战争场面的作者，今天也许还在火线上战斗，他还顾不上写，那末，现在正是时候了，全中国人民迫切地希望看到描写这个战争的第一部、第二部以至许多部的伟大作品！它们将要不但写出指战员的勇敢，而且要写出他们的智慧、他们的战术思想，要写出毛主席的军事思想如何在人民军队中贯彻，这将成为中国人民解放斗争历史的最有价值的艺术的记载。"[3]周扬在这里显然不是站在个人立场上所做的阐释，他是代表着主流意识形态"说话"，这就很自然要求战争小说和主流意识形态紧密结合起来，在战争小说中用具体的"革命实践"来证明"毛主席的军事思想"这一"普遍真理"。其实，作家在没有创作战争小说之前，就已经先验地预设了"毛主席的军事思想"的伟大和正确。自然，作家所创作的战争小说无非就是按照这样的路径来"填充形象"而已。

---

① 仲呈祥:《新中国文学记事和重要著作年表》，成都：四川省社会科学院出版社 1984 年版，第 158—161 页。

② 仲呈祥:《新中国文学记事和重要著作年表》，成都：四川省社会科学院出版社 1984 年版，第 183—187 页。

③ 周扬:《新的人民的文艺》，《周扬文集》第 1 卷，北京：人民文学出版社 1984 年版，第 529 页。

其次，从时间上来看，1950 年代恰好是过去战争岁月的一个回顾起点，其情感还无法从原来的兴奋和激动中解脱出来，尤其是当他们以胜利者的姿态而生活在这个新的舞台上时，他们抚今追昔，恰好是处于情绪的最高点上，所有这一切，都为他们创作战争小说提供了强大的内在驱动力。再次，从接受主体来看，大部分的接受主体并没有直接亲历战争，他们对革命的胜利怀有无限的憧憬和想象，他们迫切需要了解革命是怎样胜利的。在这种情形下，战争小说的文本也就契合了他们的这种心理需求，成为他们想象革命的一个精神历险过程。尤其是当战争小说在融合民间的审美趣味的基础上，符合了他们的审美趣味，满足了他们的审美需求。所以，一些有关革命历史的英雄叙事文本，都创下了发行上的天量，如《红岩》一书，在一年多的时间就发行了 500 多万册，创下了当时长篇小说发行量的最高纪录[1]。

1959 年之后，战争小说的井喷势头获得了疏解，即便是在嗣后产生了像《红岩》这样的战争小说文本，已经没有了当年的气势。这固然说明了在第一次文代会所确立的总方针的指引下，一切可能进入作家视野的英雄都已经基本上"写完"，其所创造的惊人业绩也已经基本上在既有的战争小说中获得了展现，如果没有战争小说创作理念的转变，要想突破既有"疆域"的限制，几乎是不可能的。况且，政治形势所规定的文化语境已经越来越明确要求文艺的载道功能，这导致了战争小说赖以生存的文化语境有了新的变异。

在这一时期的战争小说中，具有重要影响的除了《保卫延安》之外，还有《红日》、《铁道游击队》、《林海雪原》、《红旗谱》、《战斗的青春》、《野火春风斗古城》、《烈火金钢》、《敌后武工队》、《苦菜花》、《三家巷》等。战争小说创作到了 1960 年代初，随着"写十三年"口号的提出，才逐渐地从中心向边缘过渡。他们认为只有"写十三年"的"现代生活"，才能"帮助人民树立社会主义思想"，尤其是当这种思想借助主流意识形态的威权而占据了支配地位时，战争小说的创作才在井喷过后暂时告一段落。

---

[1]　李扬：《50—70 年代中国文学经典再解读》，济南：山东教育出版社 2003 年版，第 177 页。

二

解放战争中的延安保卫战，在革命历史上具有极其重要的地位，它是解放战争进程的转折点。杜鹏程的《保卫延安》，是本阶段最为重要的战争小说，作家从宏大的历史中把握中国革命历史，其战争小说从对局部和细微的革命战争叙事转向了对宏大的革命战争的叙事，这标志着战争小说获得了巨大的突破。作者以高昂的激情、宏大的规模、磅礴的气势，从正面描绘了解放战争中著名的延安保卫战。司令员彭德怀的运筹帷幄，指挥员周大勇、卫毅等的身先士卒，战士王老虎、宁金山们的英勇顽强，都集中展示了英雄们不怕牺牲的革命精神，具有一定的史诗性。

其一，杜鹏程的战争小说《保卫延安》，较为全景式地描绘出了波澜壮阔的解放战争的宏大场面，展示了历史发展的基本规律，进而极大地拓展了现代中国文学的表现深度和广度。杜鹏程在论及《保卫延安》的创作时这样说过："我要用笔反映这场伟大的人民战争，歌颂毛主席战略思想的伟大胜利，歌颂人民解放军、陕北人民的光辉业绩，表达我对彭总等老一辈无产阶级革命家的崇高热爱之情。"[1]这就是说，杜鹏程之所以写《保卫延安》，与其说是要"塑造为人民造福、使大地生辉的一代英雄的形象"，不如说是站在当时的政治立场上表达"对彭总等老一辈无产阶级革命家的崇高热爱之情"更为符合作家的实际想法，这才是"革命文艺工作者的起码的职责"[2]。这一写作动机潜在地设定了杜鹏程战争小说展开的疆域，直接地显示出自我的文化立场，尤其是站在党派的立场上对英雄人物带有顶礼膜拜的心理情结，这就使得那些经过"典型化"处理而塑造的英雄形象，已经剔除了与政治话语不甚吻合的部分，使得英雄形象更加意识形态化了。对此，杜鹏程这样说过："这一场战争，太伟大太壮烈了。随便写一点东西来记述它，我觉得对不起烈士和战争中流血流汗的人们。"[3]因此，当杜鹏程"一想到延安保卫战的日日夜夜，想起自己一生中最不平凡的岁月，热血就冲击胸膛。我在战争年代只想写

---

① 陈纾、余水清编：《杜鹏程研究专集》，福州：福建人民出版社1983年版，第46页。
② 杜鹏程：《杜鹏程文集》第1卷，西安：陕西人民出版社1993年版，第526页。
③ 杜鹏程：《杜鹏程文集》第1卷，西安：陕西人民出版社1993年版，第529页。

长篇报告文学，后来也确实写了，但不满意。此时，我下决心写一部反映延安保卫战的长篇小说，歌颂人民战争的光辉胜利，歌颂老一辈无产阶级革命家以及解放军指战员的丰功伟绩，以告慰烈士在天之灵，教育年青一代。"① 由此可见，"告慰烈士在天之灵"和"教育年青一代"便成了杜鹏程创作战争小说的宗旨。

其二，杜鹏程的战争小说《保卫延安》，较为全面地塑造了敌我双方立体的人物形象，尤其是塑造了我军从高级将领到中层领导再到普通士兵这样一个个带有鲜明个性的英雄群像，丰富了现代中国文学的人物画廊。

杜鹏程在战争小说创作之前，由其"身份"而来的文化立场，对其战争小说起到了制导作用，与此同时，作为亲身经历了这一波澜壮阔的战争风云的杜鹏程，又使得其在创作战争小说时，通过活生生的现实获得了反观其战争小说的机缘。对此，杜鹏程说过："干部、战士们的英雄行为，思想品质，深深地教育和感染了我。我深切地爱他们，他们的音容笑貌在我脑海中都是活生生的，经久不忘。我能讲出许多干部、战士的出身、经历、性格特点、生活习惯，特别是他们的战斗经历等。"而"《保卫延安》中的周大勇连队的故事就是以这个连队为基础的。""我和他们相处多年，对他们的思想感情、风俗习惯、生活语言等等，虽然没有深入研究，但还是有一定的了解。可以说，假设没有这几年的生活基础，也是写不出《保卫延安》中陕北人民群众的形象的；写不出他们的历史，他们的斗争和生活状况。就是在语言方面，我也深受陕北人民的影响。"② 他深深感到"在大时代中结识各种人，认识各种事物。作家丰富的阅历，人生的经验，是他创作的财富。但是对生活，还会有所研究，有所理解。"③ 这一切都清晰地表明，杜鹏程在对政治的皈依中，依然凸显自我独立的感知，这使他得以完成了从生活到理念、再从理念到生活的还原。

杜鹏程从生活到理念、再从理念到生活的还原过程中，既有对艺术规律的深刻体会，又有对自我偏离艺术规律的修正。对此，杜鹏程曾经这样说过："作品有

---

① 陈纡、余水清编：《杜鹏程研究专集》，福州：福建人民出版社 1983 年版，第 21 页。
② 陈纡、余水清编：《杜鹏程研究专集》，福州：福建人民出版社 1983 年版，第 17 页。
③ 杜鹏程：《杜鹏程文集》第 3 卷，西安：陕西人民出版社 1993 年版，第 550 页。

其本身的规律，并不是你随意支配它，而是它强有力地支配你。如果违反了这些规律，你会找来一大堆麻烦，你会写出连自己也不愿意多看两遍的章节……实际上这正是活生生的辩证法的无所不在的巨大力量。"[1]这说明杜鹏程还是注重对人物内在性格的把握，并按照自己意识到的历史内容来塑造英雄形象。事实上，杜鹏程战争小说的成功之处恰恰在于遵循了人物性格的逻辑法则。只是杜鹏程在有意识地把英雄整合到自己的叙事模式时，他所塑造的英雄形象才变成了外在理念的附庸。这表现在杜鹏程的战争小说中，就有很多的细节写得非常真实成功，这对拓展战争小说的表现深度和广度，具有积极的作用。如李玉明的家人在向周大勇探询他的下落时，"满满（李玉明的乳名，引者注）的婆姨，躲在她嫂子的身后，羞羞答答地说：'李玉明！'"当她们得知李玉明就在第一连时，"老妈妈呆痴痴的端着两手，问自己：'莫非是梦！'过了一阵，她把目光转向躺在草上的伤员们身上。其他的妇女也都把眼光投到伤员们身上。李玉明的媳妇更显得惊慌，害怕！"[2]这简短的描写，就把一个小媳妇复杂的心理活动尽情地展示了出来。这说明杜鹏程并非没有细腻的艺术天赋，而是受战争小说创作理念的制导，既有所彰显，也有所遮蔽罢了。从这样的意义上说，杜鹏程与他的战争小说，正显示了二者在趋于归一的历史过程中，作家的个性与政治文化是怎样交互影响和渗透，又是怎样规范了战争小说的整体风貌的。

当然，对战争生活的深刻体验，也使杜鹏程的战争小说倾向英雄业绩的罗列，人在文学中的主体地位自然被削弱了。在《保卫延安》中，我们看到的英雄，很多就是没有私人情感的战争中的人，他们除了对敌人的恨和对人民、对领袖的爱这截然分明的两种情感之外，似乎再没有什么更为复杂的个人化的情感了。从某种意义说，单一的歌颂视角或单一的批判视角，必然要限制作家的立场和情感，其战争小说也就只能在"好者恒好、坏者恒坏"的怪圈中演绎，脸谱化、概念化等弊端也就在所难免。因此，杜鹏程的单一歌颂视角，就把战争小说限制在了一个既定的理念框架之中，这和开放多元的生活框架截然不同，它不具有文化上的

①　陈纾、余水清编：《杜鹏程研究专集》，福州：福建人民出版社 1983 年版，第 81 页。
②　杜鹏程：《杜鹏程文集》第 1 卷，西安：陕西人民出版社 1993 年版，第 482—483 页。

包容性。如此一来，不但艺术形象，而且连作家本人也成了这既定框架的附庸。

由此说来，杜鹏程这一代作家所共有的艺术命运：生活在给予了他们丰厚馈赠的同时，也深深地羁绊着他们，钳制了他们对生活的进一步反省，限制了他们对战争小说的进一步提升，使其战争小说只能止步于政治层面，甚至止步于领袖的有关论断，他们的使命只是用艺术的形式来诠释既有的结论。这单一的政治属性，遮蔽了人性上的丰富性和复杂性，在战争小说的矢向上封杀了表现丰富真实多元人生的可能性。

其三，杜鹏程的战争小说《保卫延安》，注重了新闻属性的发挥，使得历史的真实获得了一定程度的再现，这为全面展示出丰富而真实的战争场面，起到了积极的作用。杜鹏程的记者"身份"，对其从事战争小说的创作也产生了极其重要的作用。从某种意义上说，杜鹏程从事战争小说的创作，正可以看做其记者身份驱使的结果。"1947年初，西北新闻队伍要扩大，到处物色干部。组织上看我对文学有兴趣，而且经常写东西，就调我到边区群众报社工作。"[①]随军记者的生涯，使得杜鹏程获得了近距离观察和体验生活的机缘，尤其是记者对新闻事件提炼时所注重新闻的"价值"，就和小说创作所需要的"典型性"具有某种同构性。这既为杜鹏程的战争小说创作奠定了丰富的生活基础，也为其战争小说的创作提供了一定的方法论支持。对此，杜鹏程曾经这样说过："1948年以后，情况好转了，发了许多材料，又看了许多军事著作和重要文件，如西北战场的战斗总结等，这样，我就可以把感性的认识提高到一定的理性高度来认识，真正理解战争胜利的精神和力量，真正研究和掌握战争的全面情况及其发展过程，培养分析、概括生活的能力。"[②]至于杜鹏程因为写作新闻而汇集整理战士的先进事迹材料，"仅日记就有一、二百万字之多。这些材料都综合着自己的感受与体会，为《保卫延安》的创作做了必要的准备"。实际情况也显示，杜鹏程的记者"身份"对其创作战争小说，也的确具有一般"身份"不可取代的作用。如《保卫延安》的雏形，便是因其记

---

① 陈纾、余水清整理：《杜鹏程传略》，《杜鹏程研究专集》，福州：福建人民出版社1983年版，第18页。

② 陈纾、余水清整理：《杜鹏程传略》，《杜鹏程研究专集》，福州：福建人民出版社1983年版，第20页。

者"身份"而来的"长篇报告文学"。该作品从延安撤退写起,直到进军帕米尔高原为止,记述西北解放战争的整个过程。但杜鹏程对自己所写作的"长篇报告文学"并不满意。在此情况下,他"才下决心写一部反映延安保卫战的长篇小说"。从1949年开始动手创作,到1953年终完成,长篇战争小说《保卫延安》,"在工作之余,一年又一年把百万字的报告文学,改为六十多万字的长篇小说,又把六十多万字变成十七万字;又把十七万字变成四十万字,再把四十万字变为三十多万字……在四年多的漫长岁月里,九易其稿,反复增添删削何止数百次。"[①] 由此说来,杜鹏程创作战争小说《保卫延安》之初,不仅其"身份"是记者,其"工作性质"则隶属于新闻范畴,而且其创作报告文学也隶属于新闻范畴,只是随着对主题的提升,某些新闻的属性开始弱化,小说的虚构内容开始彰显而已。这对《保卫延安》这一战争小说还是起到了不可忽视的影响,那就是《保卫延安》因为其一开始具有报告文学属性,以至于其在向战争小说演变的过程中,因其恪守了现实的真实原则,从而使现实主义的美学原则获得了有深度的凸显,为其"史诗性"特征奠定了坚实的基础。对生活的真实体验,弥补了杜鹏程战争小说的局限性,这也是《保卫延安》一发表就受到较高评价的重要原因。"《保卫延安》一发表,就受到读者的好评,在国内外引起反响。对于这部以战争实感见长的小说,我们周恩来总理曾给予这样的评价:'我们部队打仗就是这样,彭总这个人也就是这样'。"[②]

其四,杜鹏程的战争小说《保卫延安》,注重借鉴中国传统小说的注重情节的优点,具有较强的可读性,可以看做对中国传统小说的传承与发展。杜鹏程的战争小说,从所受的文学的影响而言,主要集中在那些叙述历史事件的文学文本上。这使其战争小说深深地打上了偏重于历史过程的印痕,至于组成这历史过程的个人,则相对地退之于幕后。杜鹏程对此说过:当时,"写我人民解放军作战的作品,除了个别长篇和中篇小说之外,还有一些短篇小说及报告文学作品。我反复读过这些作品,并且从中获得不少教益和启示。""在描写革命战争方面,既要求助我

---

① 陈纡、余水清整理:《杜鹏程传略》,《杜鹏程研究专集》,福州:福建人民出版社1983年版,第51页。

② 陈纡、余水清:《杜鹏程同志谈〈保卫延安〉的创作问题》,《杜鹏程研究专集》,福州:福建人民出版社1983年版,第37页。

们当前已有的成就，而更多地是求助于以鲁迅先生为首的中国新文学，以及我国古典文学作品和苏联革命初期的文学名著等"。[①] 杜鹏程说的已有的成就和经验是不够的，这是可以理解的，但其所谓要求助于以鲁迅先生为首的中国新文学，就有点令人难以理解了，因为从《保卫延安》来看，鲁迅所开创的重在解剖国民灵魂的文学传统，并没有获得很好地继承，倒是和其所说的当时的"写农村生活和土地改革的长篇"有着更多的契合点，如注重单一的政治视角下的历史过程的叙述等。至于我国古典文学作品，其继承更多的是体现在对故事性的追求上，如在周大勇和部队失去联系后的英勇作战等故事，甚至带有传奇特点。这显然和《三国演义》、《水浒传》所开创的文学传统有着一定关系。至于其所表现出来的偏袒立场，甚至比这些文本有过之而无不及。如果说在《三国演义》中曹操被白脸化的话，那么在《保卫延安》中，很多敌方人物已经是奸佞化了，这都进一步限制了其所追求的"史诗品格"。

当然，俄罗斯的文学作品对杜鹏程的战争小说也有重要影响。这主要是"《战争与和平》、《铁流》、《毁灭》、《夏伯阳》、《恐惧与无畏》、《日日夜夜》"，"这些作品对人物的刻画、结构、布局，对战争场面的描写对我都有很大的借鉴作用"。[②] 而杜鹏程的借鉴主要体现在"这些作品对人物的刻画、结构、布局，对战争场面的描写"等方面，对其文学精神的继承还存在着某些不足。这除了使杜鹏程具有了较强的驾驭能力之外，未能在根本上改变或重铸杜鹏程战争小说的文化品格。如果我们再进一步比较的话，还可以发现，杜鹏程对俄罗斯文学作品的借鉴主要体现在对外在战争过程的描写上，至于苏联的《静静的顿河》、《一个人的遭遇》等注重人的命运的作品，并没有进入杜鹏程的战争小说中。

总的来说，杜鹏程的战争小说，正是通过对宏大的战争格局的深度把握，以其塑造的具有真实感的人物形象，以及新闻属性与文学属性的融会贯通，再加上对中国传统小说和域外小说的深刻体会，使得《保卫延安》成为现代中国文学史上具有重要影响的代表性战争小说。

---

① 杜鹏程:《杜鹏程文集》第 1 卷，西安：陕西人民出版社 1993 年版，第 530 页。
② 陈纾、余水清编:《杜鹏程研究专集》，福州：福建人民出版社 1983 年版，第 18 页。

三

杜鹏程能够创作出《保卫延安》这样的战争小说，从根本上说，与其所具有的创作动机和理念是分不开的。

首先，杜鹏程的早年生活经历，使他的文化理念逐步定位到了政治的层面上，这是他以后的英雄叙事具有政治性的一个重要因素。家境的贫寒，使杜鹏程体味到了人世间的冷暖，而共产党领导的土地改革运动则使杜鹏程从中对革命获得了一种全新的感受。他"在老师的启发和帮助下，接触了左联和许多进步作家的作品。像巴金的《家》，蒋光慈的《少年漂泊者》、《哭诉》许多作品都像磁石一样吸引着我。"犹如在其"心里放了一把火。"[1] 这一切标明了杜鹏程对政治的亲和。1937 年，杜鹏程参加的"中华民族解放先锋队"，则使他的爱国主义情感获得了升华，从行动的层面上认同和接受了"革命"。对此杜鹏程说："我参加了这个组织，还当上了一名队长，成天到农村搞抗日救亡活动。"而此时所接触的进步书籍，则有，"《共产党宣言》等许多进步书籍和艾思奇的《大众哲学》、《新哲学大纲》，初步懂得了人类社会发展的规律和旧世界必然灭亡、共产主义必将在全球胜利的革命道理"。[2] 通过这样的社会活动和读书生活，杜鹏程的兴趣定位到了社会理论上。这对其战争小说的创作之影响是极为深刻的，它强化了杜鹏程的战争小说的浓郁的政治性色彩。

杜鹏程之钟爱文学，恰是根源于他所认同的社会理论，这甚至使他的战争小说具有了政治叙事的某些特点。杜鹏程说："我的兴趣还不在文学上，而对政治经济学、哲学、历史等社会科学方面的著作特别热衷。"[3] 这使杜鹏程对文学缺少了情感的投入，尤其是个人的隐秘情感层面的发掘。当然，这样的缺憾却恰好契合了政治话语的要求。

---

[1] 杜鹏程：《平凡的道路》，陈纾、余水清编：《杜鹏程研究专集》，福州：福建人民出版社 1983 年版，第 8—9 页。

[2] 杜鹏程：《平凡的道路》，陈纾、余水清编：《杜鹏程研究专集》，福州：福建人民出版社 1983 年版，第 10 页。

[3] 杜鹏程：《平凡的道路》，陈纾、余水清编：《杜鹏程研究专集》，福州：福建人民出版社 1983 年版，第 12 页。

杜鹏程接触的新生活，则对其政治话语和情感的认同起到了促进作用。杜鹏程1944年的工厂生活对他影响较大："有很多红军老干部、红军老战士，特别是经过长征的女同志，有很多人就在我们那里""和这些人长期共同生活，对我影响很大，了解了很多革命故事""再加上通过伟大的整风运动，思想认识有很大提高，所以能比在农村有意识地观察人，作调查研究，并写些笔记材料——我给那些红军老战士和八路军老战士，几乎每人都写了个小传，作为自己学习用"。[①]在这样的语境下，杜鹏程寻找到了自己所认同的政治理念和现实存在的契合点：这些同志的事迹本身就是对政治话语的最好诠释。所以当这样的潜在影响和外在的"整风"因素叠加在一起时，其文学创作的基点也就得以在对主流政治话语的认同中获得了确立，这更多地体现为歌颂英雄的主题。这也是杜鹏程的独特所在：从认同社会理论到皈依文学，其战争小说更富有政治话语色彩，而缺少文人所具有的情感基调。

其次，杜鹏程的情感在战争的残酷岁月里，被消磨得趋于粗糙，使其和文学要求越来越远，这是其战争小说没有深入到人性层面上的主体原因。

作家抛弃了真实的生命体验，肯定写不出具有人性深度的文本。当然，杜鹏程的问题在于他所认同的主流政治话语对情感的压抑和遮蔽。作为作家，杜鹏程本来具有人文情怀，但无情的战争已经把这情怀拒斥于战争小说的视野之外。在从情感型向理性型转变的过程中，军人对死亡的认知无疑对杜鹏程产生了重要的影响。这在杜鹏程后来写就的反省和自愧的文字中，可略见端倪。如杜鹏程对盖营长的突然离去，无法抑制自己痛苦的心情，头低在胸前，肩膀抽动。而李参谋长则用双手抓住了其肩膀猛烈地摇着说："难过有什么用？流泪有什么用？他们倒下了，我们活着的人再继续干！这就叫前赴后继！这就叫前赴后继！"这使杜鹏程感到自己"比起李参谋长来，我多么软弱"。[②]杜鹏程开始认同军人的情感逻辑法则：难过和流泪于现实都无补，军人唯一的选择是继续战斗，这才能保证最后

---

① 杜鹏程：《平凡的道路》，陈纾、余水清编：《杜鹏程研究专集》，福州：福建人民出版社1983年版，第13页。

② 陈纾、余水清编：《杜鹏程研究专集》，福州：福建人民出版社1983年版，第24页。

的胜利和自我的生存。事实也的确如此，李参谋长在嗣后的战斗中也牺牲了。

经过血与火的洗礼，杜鹏程初步铸造了军人的性格："我听到他牺牲的消息，没有流泪，没有言语，直挺挺地在子弹乱飞的阵地上站了好久。强烈的复仇的欲望，渗透到我每滴血和每个细胞里，我发誓要做一名战士。"这说明杜鹏程在战斗中已经成功地摈弃了人文情感。但战斗结束后，杜鹏程"回到团部，那被猛烈的战斗排挤到一边去的痛苦，又剧烈地撕扯我的心"，则说明杜鹏程的人文情怀又占据了自己的心灵世界。在此情况下，旅政委的思维路径则是"谁有眼泪谁去哭吧！我，我是把眼泪流干了；要再哭，哭出来的就是血！"旅长则抓起耳机命令道："准备继续战斗！"① 这不间断的战争揉搓，终于使杜鹏程的情感被消磨得趋于粗糙，以致于在《保卫延安》中，我们几乎看不到带有如此"脆弱"的情感痕迹了。"在战斗生活中这种对我锤炼、检验、改造和提高的事情，我可以举出五十件、一百件……",② 这"被改造被提高的心情"，说到底，就是被其英雄理念彻底遮蔽了的真实情感和真实体味。

军人的法则在战争中是合理的，不管是李参谋长还是旅政委、旅长，他们无法逾越这一法则的支配。但是，在战争情景中属于合理的法则，要转化到文学中就不一定合理，更不可能合情。杜鹏程作为一个作家，显然没有分清这一基本界限，他把战争法则一同转化到了文学创作中，这就必然使战争小说与人文关怀出现错位。在其笔下，人甚至成了战争的人，人的全部属性就是战争的属性。

如此一来，就使杜鹏程的战争小说出现这样的盲区，即便是那些非常惨烈的场面，也往往会被这样的文化视野审视得面目全非，甚至最终幻化为其所认同的政治理念的注脚。如在延安保卫战中，谈及行军的艰苦时，杜鹏程说"天明时分，看到一个女同志，她夜行军中用棉被把孩子包好，但是孩子嘴巴朝下，贴着她的胳臂，这样抱上一夜，当然就把孩子捂死了。但她把孩子往沟里一扔，就继续走"。③ 这悲剧对于一个母亲而言，其所带来的自责和悔恨、悲伤和痛苦是可想而

---

① 陈纾、余水清编：《杜鹏程研究专集》，福州：福建人民出版社 1983 年版，第 25 页。
② 陈纾、余水清编：《杜鹏程研究专集》，福州：福建人民出版社 1983 年版，第 26 页。
③ 陈纾、余水清编：《杜鹏程研究专集》，福州：福建人民出版社 1983 年版，第 14 页。

知的。而类似的故事，杜鹏程却没有整合到自己的战争小说中，问题就在于这样的现实和杜鹏程所恪守的英雄理念不符，更和主流政治话语不符，所以，他的战争小说也就仅仅剩下所谓高亢基调的革命英雄主义的骨架了。

杜鹏程的战争小说渗透进了如此之多的政治话语之后，其结果必然是对自己所恪守的真实性原则的修正。如王老虎本是西北战场著名的战斗英雄。杜鹏程还"跟随着王老虎等同志打了几次仗，在榆林三岔湾战斗中，他牺牲在我眼前。可是在《保卫延安》一书中我不忍说到他的死，而写他活着"。① 这说明杜鹏程在战争小说中所采取的策略——他为了恪守自己的英雄理念，不得不修正真实生活中的英雄，这修正的结果，就使其战争小说和真实生活出现了脱节，并在审美上产生了偏差——这不仅难以把审美触角伸向更为深广的人性领域，而且还使其战争小说所具有的悲剧力量受到了损害。

最后，杜鹏程创作的《保卫延安》，与其说是对文学的皈依，毋宁说是在政治使命感的驱动下对政治话语的皈依。受其创作动机的制约，杜鹏程的战争小说中英雄的个人化品格，则被作者置于其叙事视野之外。如英雄周大勇，所作所为都带有轰轰烈烈的英雄色彩，至于其个人情感和私事，则完全被遮蔽了起来，因为英雄只能是毫无私心杂念的纯粹精神者。所以，周大勇不仅没有个人化的情感，更没有什么爱情。实际上，从全书看来，其情感叙述也不是太多，女性也不多见。只有李玉明在战场上与妻子邂逅，算是例外。按常理说，李玉明见到妻子应该有复杂的心理活动，但在杜鹏程的战争小说中并没有详尽地展开。这并非缘于没有展开的必要性，而是因为这样的叙述被视为游离于战争小说中心。

杜鹏程创作战争小说的理念和动机固然先验地存在着，但其创作的《保卫延安》并不能说是一部完全按照理念来进行演绎的文本，如果那样的话，我们就把一个复杂的文学现象简单化了。实际上，杜鹏程的战争小说除了以上的理念和动机等因素制约之外，还有一个重要的因素，就是杜鹏程来自生活的真实感受和体验，在一定程度上弥补了其先天不足，使这部小说依然具有重要的认识价值。

杜鹏程尽管在总体上皈依了政治，但在理论上还是依然重视文学内在的规律

---

① 陈纾、余水清编：《杜鹏程研究专集》，福州：福建人民出版社 1983 年版，第 14 页。

性。他说："作品有其本身的规律，并不是你随意支配它，而是它强有力地支配你。如果违反了这些规律，你会找来一大堆麻烦，你会写出连自己也不愿意多看两遍的章节。"这说明杜鹏程还是注重对人物内在性格的把握，并按照其意识到的历史内容来塑造英雄人物。只是在杜鹏程有意识地把英雄整合到自己的叙事模式时，其英雄就变成了外在理念的附庸。对于战争，杜鹏程并不是没有真切的体验，但遗憾的是，他的这种体验却融合到了主流政治话语中。杜鹏程曾这样坦陈过：一次攻城时，"子弹打在他身边，土花直冒，炮弹破片在头顶嘘嘘掠过。他内心里引起了激烈斗争，心想：'我何必在这里？我既没有战斗任务，也不是指挥员，在这里只是给人家添麻烦呀！'这时，一个战士看见了他，叫了声：'老杜！'便从一个小小的掩蔽洞里跳了出来，一把把他推了进去。恰在这时，一颗子弹射中了那个战士，战士倒下了。……我呢？我却为恐怖搞得心慌意乱。"[1]类似的经历杜鹏程还有很多。1947 年，杜鹏程和部队一同向榆林地区前进时，突然"三架飞机出现在头顶。凄厉的防空号音，使人浑身紧张……我心中充满恐怖……我很懊恼，对自己落魂失魄的样子极端不满"。在战斗中，盖营长的牺牲，更使杜鹏程无法抑制内在的悲伤。"战斗结束后，我坐在残破的还在冒烟的碉堡上，呆呆地望着黄沙漠漠的战场，心里充满了按捺不住的悲痛。"[2]无疑，这是真实的体验，死亡恐惧是人的本能，英雄并不是没有死亡恐惧，而是他们最终靠着理性战胜了恐惧；同样，战争中的牺牲也使人感到郁闷与悲伤，英雄只是依靠理性战胜这样的情感。但在杜鹏程的战争小说中，这样的一种悲伤基调最终被胜利的欢欣彻底遮蔽了。

通过以上的分析可以看出，杜鹏程的战争小说本身具有矛盾性：一方面，他要努力把《保卫延安》写成反映西北战场乃至全中国战场的史诗，要体现出解放战争中的一些规律性的文化底蕴来，这使他不得不认同主流政治话语，并以此为平台整合到自我的战争小说中；另一方面，为了忠实历史和自我感知到的真实生命体验，他还得把主流政治话语整合到自我的战争小说中，使二者寻找到一个最

---

① 魏钢焰：《〈保卫延安〉是怎样写成的》，《解放军文艺》，1954 年 12 月号。

② 杜鹏程：《战斗生活怎样检验我的心灵》，《杜鹏程研究专集》，福州：福建人民出版社 1983 年版，第 22—23 页。

佳的契合点。因此，杜鹏程的战争小说的价值，就是在对主流政治话语的皈依中仍然强化和凸显了自我的独特体验。对此，杜鹏程说过："假设没有这几年的生活基础，也是写不出《保卫延安》中陕北人民群众的形象的；写不出他们的历史，他们的斗争和生活状况。""在大时代中结识各种人，认识各种事物。作家丰富的阅历，人生的经验，是他创作的财富。但是对生活，还会有所研究，有所理解。"这一切都清晰地表明，杜鹏程在对政治的皈依中，依然凸显着自我独立的感知，这使他得以完成了从生活到理念、再从理念到生活的还原。

杜鹏程所表现出来的局限性，在战争小说中，具有一定的普遍性。在主流政治话语的规范下，作家的创作只能在附和中获得其表达的可能性。而客观的事实则是，英雄一旦失却了人的属性，那英雄也就不再是具有人性的英雄，而仅仅是一个政治符号，是战争的符号。这样的叙事法则，与文学既有的法则相背离，也和人文情怀相背离。战争，不管是站在党派的立场上还是民族的立场上，都意味着人的毁灭。唯其如此，才应该引起我们更为深刻的思考和反省，并在这思考和反省中，追索战争的文化底蕴，凸显战争对人的毁灭和文明的背离。

第十三节　柳青·梁斌·杨沫

20世纪五六十年代的现代中国文学，是以农村变革和革命历史斗争这两大支柱题材见诸于文学史的，革命历史题材和农村题材成为当代文坛特有的题材分类概念并牢牢占据主流地位。这既指此类题材小说的数量之多，亦指它们的艺术水准之高。这两大题材的小说都带有极为明显的社会政治活动性质：农村题材的小说致力于表现农村波澜壮阔的"现实斗争"，聚焦具有深远影响的政治事件和运动，农业合作化、"大跃进"、"两条路线斗争"成为表现的重心；革命历史题材的文学则致力于以文学的形式对历史本质展开深度地开掘，以期廓清历史的合法化和合理化。因而，此时期的中国文学弥漫着一种写政策、写政治的潮流，呈现出一种极强的理念化和政治化的倾向。在时代的大背景下，作家们不可能完全避开时代观念的影响而"独善其身"。与此同时，一批具有深厚文学素养的作家则以自己的写作实践匡正文学对自身规范的偏离，致力于现实主义的深化。柳青的《创业史》、梁斌的《红旗谱》以及杨沫的《青春之歌》就是其中极具代表性的三部。

一、柳青的《创业史》

柳青（1916—1978），原名刘蕴华，陕西省吴堡县人。他自幼读书刻苦，思想进步。少年时就参加革命活动，阅读了大量进步书刊和中外文学名著，1930年代读中学时开始文学创作。1938年到延安，在陕甘宁边区做文化工作。著有长篇《种谷记》、《铜墙铁壁》、《创业史》，短篇集《地雷》等，中篇《狠透铁》，散文特写集《皇甫村三年》等。柳青坚信"生活是创作的基础"，"要想写作，就先生活。要想塑造英雄人物，就先塑造自己。"1952年到长安县皇甫村安家落户，见证农业合作化运动的全程。"文革"中，柳青与林彪、"四人帮"进行了不屈不挠的斗争，在家破人亡、身心受到严重摧残的情况下被迫放弃文学创作，使他无法如愿完成《创业史》的全部创作计划，不失为一大憾事。

1943年，柳青被分配到米脂县民丰区三乡乡政府担任乡文书一职，三年多的群众工作对他的思想和创作产生了深远影响。1947年，他根据这一时期的生活体验，创作了第一部长篇小说《种谷记》。这部小说以反映陕北解放区农村生活为题材，通过王家沟农民围绕着"集体种谷"而展开的斗争，反映了农民在生产合作过程中的思想变化。全书洋溢着浓厚的生活气息，对乡村风物人情的描写细腻贴切，这也是这部小说最大价值所在。然而，详尽地描述和琐碎地记叙使小说显得呆板和沉闷，故事的进行性减弱，执着于生活细节的展现反而妨碍了作品向纵深层次延伸。因而，综观整部小说，其思想主题并未显示出强大的力量，人物思想意识的探究也缺乏深刻，而故事的矛盾发展亦迟缓笨重。致力于展现农村变革全貌的作者在小说中填塞进过多的人物和细节，使得人物性格的鲜明性受损。作者着力刻画的是王克俭这一人物形象，用笔甚多而收效甚少，反而六老汉这一人物着笔极少却很生动。然而值得称道的是，作品的语言运用相当成功，生活化的语言通俗易懂，精炼到位，无论是农村的口语还是陕北方言，作者都写得摇曳多姿，饶有风味。

真正使柳青蜚声文坛的，是他的史诗性巨著《创业史》。"史诗意识"成为作者的自觉追求，"他把农村的变革提高到民族的高度，他意识到他是在面对一场历史性的巨变，而他是史诗的记录者"。①

故事发生在陕西渭河平原的乡村，第一部写由互助组发展到农业合作社的建立过程，第二部则写到农业合作社的试验兴办。小说一经出版便得到文学界的广泛关注，对于小说的评价主要集中于是否展现了生活真实与历史真实，是否塑造了鲜明的艺术形象，是否开掘出农村变革的历史深度以及社会政治要求与作家倾向性的平衡上。时至今日，对作品的肯定主要集中在其所塑造的光辉艺术形象和达到的历史深度。

与《种谷记》相比，《创业史》不再执着于细节和琐事的刻画，而是致力于"反映农村广阔生活的深刻程度。"作者从阶级矛盾和阶级斗争这一宏观视野入手，揭示潜存于农村各阶级的内心冲突和心理变动，并向历史的纵深处开掘，使作品具有了广阔的规模和丰富的思想内容。小说通过描写蛤蟆滩上各色人物对活跃借贷、买稻种和分稻种、上山伐竹以及对白占魁入组等事件的不同反应，组织起了错综复杂的矛盾线索，为读者展开了一幅惊心动魄的斗争画面。作家于其中展现了不同农民之间复杂的阶级关系，主要体现为坚决走"共同富裕"之路的梁生宝等贫雇农与致力于走"个人发家"道路的村长郭振山以及处于徘徊、动摇地位持观望态度的梁三老汉三个阶层的复杂矛盾。使得读者于小小蛤蟆滩这一方寸之地，见识到风云变幻的中国那波澜壮阔的向社会主义进军的磅礴气势，《创业史》也因此被称为"社会主义现实主义典范"。

艺术形象的真实性和深刻性，是《创业史》得到高度评价的另一理由，而最为成功的人物当推梁生宝这一光辉的社会主义新人形象以及梁三老汉这一熔铸了深广的社会历史内容的"中间人物"。

对于梁生宝这一人物形象的推崇和高度评价，是当时评论界的共识。这是一个符合社会主义理想的新人形象，也是政治话语和国家话语的代言人和积极承载者。他是合作化运动的带头人，是现代中国文学最富有典型性的形象之一，是作者精心刻画的社会主义新人形象。他身上既有吃苦耐劳、勤俭朴素、正直善良的中华民族传统美德，更有公而忘私、大刀阔斧改造世界的时代精神的投射。与

---

① 旷新年：《写在当代文学边上》，上海：上海教育出版社 2005 年版，第 39 页。

"十七年"文学中其他英雄人物相比,梁生宝既讲原则又十分具有人情味,对待阶级弟兄、爱人改霞以及继父梁三老汉都充满了情感。因而,作为英雄人物,梁生宝非但不闪现出咄咄逼人的光芒,反而令群众倍感亲切。小说通过"买稻种的路上"、"王瞎子墓前讲话"、"和高增福夜谈"等细节彰显了梁生宝崇高的精神追求。梁生宝这一人物形象是作家利用典型概括与生活真实相结合的手法创造出来的人物形象,较之以往"高大全"式的概念化的英雄刻画显然是一大进步。然而作者为了达到"教育农民"和体现其政治理想的目的,显然有意剔除了梁生宝身上的缺陷,一定程度上影响了其形象的可信度。与此相比,作家对梁三老汉这一形象地刻画,却显得更为驾轻就熟、游刃有余。

《创业史》里最成功的人物形象是梁三老汉。与梁生宝这一社会主义新人形象不同,梁三老汉是一个处于"中间状态"的人物。他的形象丰满真实、立体动人,蕴含了深广的社会历史内容。作为中国标准式的农民,他一方面具有勤劳、善良、朴实、正直的传统美德;另一方面一如传统农民一样保守务实,缺乏走新的道路的自觉性,因而面对农业合作化这一轰轰烈烈的社会主义运动,他上演了一系列可恨又可笑的滑稽事件。但最终他在党的教育下转变过来了,其中的曲折和痛苦形象地展示出,在历史的大变动时期,人的精神的痛苦裂变以及走社会主义道路的必然性。这一人物形象之所以成功,还在于其身上所蕴含的深厚的历史文化内涵,中国老一代农民的理想在他身上得到展露。他梦寐以求地醉心于当"三合头瓦房的长者","穿着厚实的棉衣裳",儿孙满堂……打破这一"发家"理想就意味着摆脱小生产者的个体私有,这一转变的艰难彰显出老汉的心理矛盾的复杂程度。一方面向往社会主义并对养子梁生宝的事业展现出热忱的关切;另一方面又始终伴随着对社会主义这一新生事物的担忧。"创业"、"发家"的梦想与走社会主义道路这一必然要求的冲突体现了历史发展的深层要求,很值得深思。

反映农业合作化运动的小说在"十七年"文学中颇为繁盛,然而距其半个多世纪的今天,我们依然热衷于对此类小说的解读是否依然具有意义和价值?尤其是在农村政策发生重大变化的今天,对梁生宝和《创业史》的评价似乎逐渐走向了否定的一面。但是,我们必须深谙这一道理:政治不等同于文学。政治存在只是社会生活的一个侧面,也仅是文学作品所反映的一角,一部作品是否具有长久的艺术魅力，主要在于其是否凝结了作家对社会和人生独到的意义探寻和审美感受。而作者柳青的书写历史、观察现实的方式，也值得深思。《创业史》这一作品本身，就是柳青以"体验"历史之后的复杂艺术创作。它所展现的生活，为后人了解那个火热的时代提供了重要的认识价值，其呈现出的丰满动人的各色人物形象，对剖析中国各类农民的心理诉求有着重要的历史文本价值，仍不失为一部优秀的长篇巨著。

与农村题材小说的繁盛相映成趣的是革命历史题材小说创作高潮的出现，这些作品以极强的艺术感染力从不同维度反映了我国民主革命的光辉历程，弘扬了民众的革命英雄主义和革命乐观主义精神，亦为历史的合法化和合理化提供了一种具象的佐证。由于题材、叙述方式、叙述目的的差异，革命历史小说也呈现出不同的风姿。梁斌的《红旗谱》揭示的是贫苦的工农民众在民主革命初期的生活和心理诉求，而杨沫的成长小说《青春之歌》则描述的是知识分子这一精英群体在革命浪潮中的"成长史"。

二、梁斌的《红旗谱》

梁斌（1914—1996），当代著名作家，河北蠡县梁家庄人，原名梁维周。少年时期就已参加中共领导的革命运动，抗战时期和1940年代后期，在冀中从事文化宣传和地方领导等工作。1948年南下，1952年担任武汉日报社社长一职，后在河北文联主要从事专业工作和文艺领导。主要作品除《红旗谱》、《播火记》、《烽烟图》三部连续性的长篇巨制之外，还有反映土地改革斗争的长篇小说《翻身纪事》。

《红旗谱》是一部大革命前后农民革命运动的壮丽史诗，以其恢弘的气势，史诗化的审美质素再现了那波澜壮阔的革命历史斗争，昭示出这样的主题："中国农民只有在共产党的领导下，才能更好地团结起来，战胜阶级敌人，解放自己。"① 小说以"朱老巩大闹柳树林"开篇，这是老一代农民反抗斗争的缩影，其家破人亡的后果揭示出农民赤膊上阵无所依凭抗战的必然的悲剧命运；严志和等28户农民同地主冯兰池斗争的失败，昭示出拥有先进的领导阶级的重要性；江涛、运涛等

---

① 梁斌：《漫谈〈红旗谱〉的创作》，《人民文学》，1959年，第6期。

新人形象，找到了共产党，运用革命思想武装头脑，扭转了农民斗争一贯失败的颓势，为冀中平原的农民斗争带来新的希望。

作家运用典型性和真实性相结合的创作手法，根据历史的真实脉络，塑造了一系列各阶级、各阶层的农民形象，对农民问题展开了深刻的剖析。其中朱老忠这一人物的创造是最富个性和典型性的，堪称现代中国文学史上一个独特的艺术典型。

朱老忠是第二代农民英雄的典型代表，这是一个根植于燕赵侠气风骨，跨越了新旧两个时代的人物。他的身上既糅合了旧时代传统农民的美好质素，又熔铸着新时代英雄不甘屈服的战斗精神和反抗精神；既有"出水才看两腿泥"的韧性，又有"为朋友两肋插刀"的义气。二十多年闯荡江湖的传奇经历磨砺了他的意志，亦增长了知识和才干，加之对父辈斗争的认识使得他对地主阶级产生了强烈的憎恨，也使他反思传统的知足常乐、乐天知命的农村小农梦想，为走上革命道路打下了坚实的基础。在对"脯红鸟事件"、"大贵被抓壮丁"、"反割头税斗争"和"保定二师学潮"事件的处理上体现出他日趋成熟的斗争策略和善于审时度势、灵活处理问题的无产阶级战士的素质和魄力。从复仇式的单打独斗到计划周详的有领导有组织的自觉反抗，其中蕴含了深广的历史内容，即旧式农民英雄向无产阶级革命战士的转化。至此，一个兼具民族性、时代性和革命性的英雄人物的典型形象便跃然眼前。

除却朱老忠，第二代农民英雄中，作者着墨较多的是严志和，这是一个对土地有着深深依赖甚至苦恋的人物。对土地的过分迷恋束缚了他走向革命的步伐，因而与朱老忠相比，他虽亦勤劳善良、朴实本分，然而却稍嫌懦弱和胆小。严峻的阶级斗争使他放弃了对土地的痴迷，运涛下狱、江涛被捕、土地丢失等事件加速了他走向革命的步伐，也重燃起了其抗争的勇气。严志和的思想发展历程以及性格的复杂性反映了小农经济体制下人民的真实处境：既受自身经济地位的局限，又渴望反抗以改变受压迫的地位。这一形象反映了当时中国大多数农民由无奈隐忍到逐步觉醒反抗的真实处境，因而也具有深刻的典型性意义。

小说中第三代青年农民形象大贵、二贵以及知识青年江涛、运涛等，由于时代环境的差异，与前两代的农民英雄相比有了迥异的斗争机遇。运涛性情稳重而富有感情，"运涛很能体会老年人们受的苦楚，一说到苦难的岁月，眼圈儿酸酸的，眼泪濡湿了睫毛"；江涛是作者用尽心力塑造的新人形象，他聪明伶俐，被寄托着革命的希望，是革命群体中的新生力量；张嘉庆出身地主家庭却走上了革命的道路，性格稍显急躁莽撞，性烈如火，是一个典型的"活张飞"；严萍和春兰是小说中两个鲜活的女性形象，二者却又性格迥异，春兰活泼开朗、泼辣专情，而严萍则颇具浪漫情调。第三代农民英雄人数众多，他们是在斗争中迅速成长起来的一代，由于共产党的及时到来和得力领导，将农民的革命斗争推向了一个崭新的阶段并取得了新的实绩。值得一提的是，作家在塑造此类人物时顾及到了人物出身、经历、文化修养等方面的差异从而使他们摆脱了雷同的弊病。

长篇巨制《红旗谱》自问世以来就被冠以"民族史诗"的称号，除却其展现革命斗争的波澜壮阔颇具史诗性之外，它也是"革命历史的审美化见证"①。此外，小说以其鲜明的民族风格和民族气派而备受推崇。作者极为注重地方色彩的描写，具有一种"田园诗"般的审美格调，突出渲染了冀中平原的民族风俗。赶集市、逛庙会、迎除夕等具有独特的民族情调，上坟、插香、除夕"踩岁"等生活细节，展示出梁斌对于革命"间隙"的日常生活常景的熟稔。梁斌对日常生活的细致描摹、精心镂刻，使得《红旗谱》获得了"革命叙事的日常性"的艺术特质。

此外，对于中国古典小说技法和民族艺术形式的传承运用，更加强化了文本的艺术特色：结构极富传奇性和戏剧性；冀中口语和书面语的完美结合没有丝毫"洋"气，更富民族魅力；对于冀中景色的描写则为人物的活动提供了一个特定的民族背景，人物才愈显亲切和生动。正因如此，小说才能为当时读者所接受和喜爱，并经受住半个世纪的磨砺而在今日依然大放艺术魅力。

三、杨沫的《青春之歌》

杨沫（1914—1995），原名杨成业，祖籍湖南湘阴，生于北京。16岁时，因不满母亲的包办婚姻而离家出走北戴河，后曾在香河、定县任小学教师。1933年，杨沫开始接近党并积极参加革命活动，在晋察冀边区从事文化与妇女工作。1949

---

① 雷达：《〈红旗谱〉为什么还活着》，《文艺报》，2010年7月7日。

年回到北京，曾担任北京市妇联宣传部长、中央电影局和北京电影制片厂编剧、中国作家协会主席团成员、作协北京分会副主席、北京市文联主席，作家丰富的经历使人们看到了《青春之歌》的生活基础。杨沫的文学成就主要有短篇小说集《红红的山丹花》、中篇小说《苇塘纪事》。1958 年发表长篇处女作《青春之歌》，不久又被搬上荧屏，引起巨大反响。此外，还有长篇小说《芳菲之歌》、《英华之歌》，但反响平平。

《青春之歌》是现代中国文学史上第一部正面描写学生运动，展现知识分子成长史的优秀长篇。小说以 1931 年"九一八"事变到 1935 年"一二·九"学生运动这段动荡的时代为背景，以党领导的北大学生运动为主线，艺术地再现了在阶级矛盾、民族矛盾日益尖锐的年代，进步青年的生活和斗争，反映了革命大潮下各类知识分子的心理变化和精神诉求。小说带有明显的"自叙传"色彩[1]，作家 1930 年代的生活经历，在作品中清晰可见。

毫无疑问，《青春之歌》是一部典型意义上的描写知识青年觉醒的"成长小说"。杨沫既深刻细致地展示出了那段革命历史的"成长"，也用细腻的笔法描绘出各种类型的知识分子形象，谱写出一曲曲动人的青春之歌。在这个青春群体中，有卢嘉川、江华、林红这些已在革命征途上跋涉许久、意志坚定的知识分子；有林道静、王晓燕、许宁这些在革命大潮的推动下日趋觉醒的"成长者"；还有像余永泽这类经不起革命考验的"摇摆者"。作家善于通过各种艺术手段概括那个时代知识分子的复杂性，极富层次地表现出人物性格的发展变化。

毋庸置疑，在形形色色的知识分子形象中，作者塑造得最成功的是主人公林道静，生动地展现了她从一个小资产阶级知识分子成长为坚定的无产阶级战士的艰难之路。官僚地主家庭的生活际遇滋生了她性格中执拗、倔强的反抗因子；继母的包办婚姻促使她出走旧式家庭，寻求新生活；生活受挫后因绝望而投海，为具有"骑士兼诗人"的北大学生余永泽所救并心生感情，但爱情的温存只能给林带来慰藉并不能使其看到前途；接触共产党员卢嘉川使其更加远离余，但小资产阶级的温情又使她难以割舍；卢嘉川、林红等的批评教育使她逐渐提高了认识，

---

[1] 洪子诚：《中国当代文学史》，北京：北京大学出版社 2007 年版，第 106 页。

开始更加顽强的为党工作，成为真正的无产阶级的革命战士。由此可见，林道静走的是一条极不平坦的道路：从小资产阶级知识分子的个性解放到谋求国家和人民的命运解放，从同情劳苦大众到为劳苦大众而斗争，这亦是旧中国知识分子走向革命道路的主要特点。

"政治叙事性"是《青春之歌》作为成长小说的一个重要特点，它揭示出的主要是主人公精神层面的蜕变，而展现主人公生理意义上成长的主要是它的性爱叙事，至此，"革命加恋爱"的左翼文学叙事模式在小说中得以完整展现。性爱叙事主要围绕林道静与三个不同的男主人公复杂的爱情关系展开的。林道静与余永泽相恋是追求人道主义，与其分离是反抗平庸；与卢嘉川相爱是追求刺激，与其决裂是因理想的迥异；与江华的结合是爱情在革命意义上的升华，这一基于共同理想的爱情成为主人公最后的归宿。爱情路上的一波三折是林道静成长之路的一个缩影，从中体现出成长的艰难以及必然。

除却林道静这一光辉的女性形象，作者还精心塑造了一大批形形色色的知识分子形象。卢嘉川、江华、林红等都是先进的无产阶级革命战士，在民族危亡关头挺身而出，任凭敌人威逼利诱依然毫不畏惧，展现了二三十年代共产党员的英姿神采。此外，作者还塑造了一大批走向革命反面的灰色知识分子，其中有不顾民族危难而追名逐利的余永泽；有自甘堕落、追求生活享乐的白莉萍；有经不起革命考验的叛徒戴愉，纷繁的人物概括出那个时代知识分子的复杂性。而在《青春之歌》中，"'走向集体'的故事模式"[①]，也为我们深刻反思"十七年文学"，提供了较为典型的艺术范式。

然而，"在'十七年'中，由于'知识分子'为中心人物始终是个需要谨慎处理的问题"[②]，《青春之歌》曾遭受这样的评价：作品"没有很好地描写工农群众，没有描写知识分子和工农的结合，书中所描写知识分子，特别林道静自始至终没有认真地实行与工农大众相结合"[③]，也就不足为奇了。因这一批评，作者杨沫又

---

① 程光炜：《文学想象与文学国家——中国当代文学研究（1949—1976）》，郑州：河南大学出版社2005年版，第131页。

② 洪子诚：《中国当代文学史》，北京：北京大学出版社2007年版，第106页。

③ 郭开：《略谈对林道静的描写中的缺点》，《中国青年》，1959年，第2期。

对作品进行了修改，增加了林道静去农村与工农结合的 8 章，这一修改使知识分子成长寓言更加完整，但却使作品暴露出较强的政治意识和理念化倾向，是不成功的。

第十四节　蒙古族作家李准及其主旋律小说

李准（1928—2000），原姓木华黎，蒙古族，1928 年生于河南孟津县。从小生活在农村，参加过农业劳动，当过学徒、职员、教师。他长期生活在农村，满腔热情地投身农村革命运动，了解农民并热爱农民，积累了丰富的农村生活知识，为他的小说创作奠定了丰厚的基础。五六十年代他的农村题材作品受到评论界的大力肯定和读者的欢迎，被认为"相当生动地完整地反映了我们广大农村中几年来所经历的无比激烈而深刻的社会主义改造和社会主义革命运动的基本进程"。[①]他从 1952 年开始写作，最初的十个短篇结集为《卖马》。主要短篇小说收于《不能走那条路》、《芦花放白的时候》、《车轮的辙印》、《夜走骆驼岭》、《两匹瘦马》、《李双双小传》等集子中。他本人被称为"继赵树理之后，以短篇小说形式描绘农村生活，刻画农民心理的一位能手"。[②]"文革"后，他创作了长篇小说《黄河东流去》，小说依旧遵循现实主义的创作原则，在时代的洪流中谱出了其主旋律小说的续篇。

一

1942 年毛泽东《在延安文艺座谈会上的讲话》，标志着"工农兵文学观"的确立，它规定了新中国的文艺方向，对新中国成立后的"十七年文学"发展趋向产生了重要影响。在五六十年代，革命历史斗争和农村现实变革是两大支柱题材，共同构成了现代中国文学在五六十年代的主流和主体。其中，以农村生活为题材的创作，其数量在小说创作中居于首位，如柳青的《创业史》、周立波的《山乡巨

[①]　冯牧：《在生活的激流中前进》，《当代文学研究资料·李准专集》，江苏师院中文系编。

[②]　谢永旺：《李准新论·序言》，北京：北京十月文艺出版社 1988 年版，第 1 页。

变》、赵树理的《三里湾》、浩然的《艳阳天》、李准的《不能走那条路》和《李双双小传》等。在当代农村小说中，农村进行的政治运动和中心事件，如农业合作化、"大跃进"、人民公社运动、农村的"两条道路斗争"等成为表现的重心，成为重大题材，其中正面人物的塑造也是表现的重点。以这类题材和人物为中心创作的小说是这一时期的主旋律小说。其中，李准是一位值得研究者认真探寻的对象。

李准早期的小说创作，自觉地与当时的政治运动密切结合，敏锐地反映当时的社会现实。《不能走那条路》中强调走合作化道路，涉及了两条道路的论争主旨，涉及到这一主题的还有《冰化雪消》。《不能走那条路》是其成名作。1953年中共中央提出"对农业、手工业、资本主义工商业的社会改造"过渡时期的总路线后，李准创作的《不能走那条路》在《河南日报》上发表，因其率先在文艺创作中正面提出了土改后农村中社会主义与资本主义两条道路斗争的问题，形象化地宣传了"资本主义道路行不通"的理念，受到中央党报的注意。1954年1月26日《人民日报》转载了这篇小说并加"编者按"，予以肯定。此后，被全国数十家报刊相继转载，并改编为各种通俗文艺形式广泛传播，在社会上产生了广泛影响，作者亦因之在文坛上崭露头角。

《不能走那条路》情节很简单，描写了分得土地的"翻身农民"出现的"两极分化"，以证明当时开展的合作化运动是唯一正确的道路，塑造了宋老定、张栓、东山这几个主要人物形象。宋老定给人扛了十八年长工，生活勤劳节俭，土改后想买几亩地，但买地的目的是给儿孙们置业而不是要剥削他人。这时同村的张栓因倒卖牲口赔本亏账想要卖地，宋老定想买，遭到了身为党员的儿子东山的反对，父子二人产生分歧。宋老定又回忆起自己和张栓的父亲过去卖地的痛苦，终于放弃了买地的计划，并决定借钱给张栓，和其他互助组员一起借钱帮助张栓。这篇小说有很强的现实服务性，表示了对互助合作运动的期待和呼唤。《不能走那条路》中"那条路"即资本主义的道路，作品通过张栓和宋老定这两个人物表现了农村中所存在的两极分化和资本主义自发势力这两个问题。

李准以"买地"的故事来揭示现实问题，顺应了当时的政治需要，配合了当时的中心工作，这是小说受重视的重要原因。我们也应该意识到，五六十年代作家的创作大都囿于时代的限制，在政策指引下从事创作使得作品有了应时性。因此将其看做是一篇应时之作并不过分。但是它之所以能够成功，还在于其自身的文学性。小说中有着浓郁的生活气息，人物和故事有着生活的真切感和现实感，对农民性格特别是老一辈农民性格与心理的把握比较真实，这使得小说在具有很强的政治意义的同时又有着文学作品的可读性。小说主题的揭示是通过宋老定思想和行为的转变而实现的。小说对宋老定这一形象的塑造是较为成功的，而且具有一定的典型性。李准的农村生活经验丰富，他对农民的心理也体会较深。因此，李准在作品中能真实地刻画出他们的典型心理。《不能走那条路》中宋老定是一个转型中的人物，从旧农民转变为了一个新农民。他身上有着农民身上普遍存在的勤劳、俭朴、善良、实在、正直的美德，但同时也精明、倔强、保守、自私。面对着是否要"买地"的问题，一开始，他头脑中的小农思想占据了主导，他积攒着二儿子寄回来的钱，不舍得置办一双"洋袜子"，为的就是要给儿孙置办点田地。所以，当东山劝张栓别卖地并要借钱给他还债时，"老定忽的一声站起来了，脸憋得通红……他像发疯一样地喊着：'这是东林挣的钱，不是你挣的。你借！你借！你咋没有把我借给他，你咋没有把你妈借给他！'"[1]随着情节的发展，宋老定的思想一步步地发生了转变，直到最后他听到儿子东山与张栓的谈话并最终决定帮张栓渡过难关，有层次，有分寸，有反复，真实可信。一个朴实勤劳、狭隘而又不失正直性情的转变中的农民形象栩栩如生地出现在读者面前，生活气息也因此得以展现，小说的艺术含量得以提高。

继《不能走那条路》之后，李准凭其敏锐的观察力，沿着发掘农业合作化过程中新问题的路子，又相继创作了《白杨树》、《冰化雪消》、《农忙五月天》、《孟广泰老头》等小说。这些作品虽然没有出现像《不能走那条路》那样的轰动效应，但是他在塑造人物形象特别是塑造正面人物形象方面还是有明显的进步，他"在农村新人的精神面貌上，新的性格形成上，进行一些探索"[2]，中原农民特有的乐观幽默的风格特征也开始在小说中体现。1958 年后李准又创作了《两匹瘦马》、《三

---

① 李准：《不能走那条路》，《共和国文学经典丛书短篇小说卷》，缪俊杰编，石家庄：花山文艺出版社 1995 年版，第 242 页。
② 李准：《我喜爱农村新人——关于写〈李双双〉的几点感受》，《电影艺术》，1962 年，第 2 期。

月里的春风》、《李双双小传》、《耕耘记》等小说，集中塑造了一批崭新的、鲜明的农民英雄人物形象。其中最具个性化、最为成功的是《李双双小传》中的李双双。

二

《李双双小传》发表于《人民文学》1960年第3期，叙述的是"大跃进"运动中河南一个乡村人民公社发生的故事。小说背景虽然是"大跃进"、人民公社化运动，但是它并不是从概念出发写成的作品，而是从生活出发，重在写人。"笔墨简练而又精神饱满地表现了解放后李双双在家庭中和社会中地位的变化"，"并从此变化中刻画了双双的形象和性格"。[①] 李准曾多次谈及他在生活中捕捉李双双这一艺术形象的过程，李双双这一形象不是抽象概念的依附体，而是作为一个立体的人物出现在小说中的。作者依据生活的本来面貌提炼情节与性格，从一个普通农民家庭夫妻两人的冲突中提炼概括出了富有时代特征的矛盾——具有了新的精神境界的农村妇女与丈夫身上那种在小农经济条件下生成的旧思想、旧习惯的冲突。同时，赋予了主人翁李双双中原劳动妇女耿直、爽朗、热情、泼辣的性格特征，使这一人物成为活灵活现、具有生活气息的有机体，在当代文学史上具有了典型性，所以说李双双是一个富有时代色彩和鲜明个性的活生生的新人，而不是一个抽象的政策的依附体。《李双双小传》中的叙事没有单纯地演绎政策，而是用富有生活情趣的生活细节展示着人物的个性。作者以李双双写大字报建议办公社食堂为发端，通过李双双和喜旺这一对青年农民夫妇在戏剧化冲突中相互关系的变化，来反映社会的变化和人的思想的变化，推动了主题的彰显。小说第一节巧妙地模仿《阿Q正传》的开篇，从李双双这个姓名的来历，以富有风趣的笔调点出李双双夫妻间的关系和双双在家庭中的变化。接着在第二节和第三节中通过日常生活描写刻画了李双双和喜旺的性格。再加上第四节选喜旺当炊事员，夫妻二人的性格特征在相互映衬和对照下有血有肉地凸显出来。喜旺自私、胆小、明哲保身的性格特征既是夫妻矛盾冲突构成不可缺少的，也是双双性格的衬托和对照，一个泼辣、直率、乐观的农村新女性在与喜旺的对照中站了起来。此外，《李双双小传》

[①] 茅盾：《1960年短篇小说漫评》，《茅盾论创作》，上海：上海文艺出版社1980年版，第358页。

还有民间性的特点，这突出表现在小说的故事模式和李双双的性格特点中。其次，李双双的性格中，有着中国民间文化中李翠莲的性格遗传，敢说敢干，大胆泼辣，从这一点看，人物形象的特点也是有着民间色彩的。

从生活中发现艺术原型并对其进行加工从而创造出富有时代色彩和鲜明个性的人物形象，李准做得较为成功，如作家所说："我写李双双和孙喜旺这两个人物，是写两种道德观的斗争……同时也是写中国农村妇女参加社会的第一步时的觉醒！""食堂没有了，但李双双这个人物还在。"[1] 但是，因为李准写作《李双双小传》时已是"大跃进"高潮之后，大办食堂的消极作用已经有所显现，但李准却没有察觉，仍将其归于正面事物，使得作品难免带有"左"倾错误的瘢痕。所以，以"大跃进"中的大办食堂为背景来塑造人物形象实际上也表明了作者依然受时代的思想观念的钳制。

《耕耘记》是《李双双小传》之后又一部写农村新人成长的小说，小说反映了农村实现公社化后农民运用科学发展生产的新局面，塑造了肖淑英这一主要新人形象。小说采用倒叙手法，从人们在草棚避雨开始推出主人公，接着引出了一批农村新人，矛盾迅速推开并层层推进，故事曲折而引人入胜。在这一创作阶段，还有一篇小说值得注意——《两匹瘦马》，这篇小说虽然情节过于平实，塑造的韩芒种这一人物形象也没有李双双那样鲜活。但是，在这篇小说中李准写了一个穷队的"穷"，以及穷则思变的精神，写出了为改变贫困而实干敢干的精神风貌，这在处于浮夸、跃进的风潮中的时代有着一定的针对性，是大胆写真实的表现。

"随着'为什么人'的问题的解决，民族形式、民族风格的问题也就容易解决了。我在写小说时，有时感到讲这个故事，就像是对着自己在农村熟悉的一些群众、一些干部讲的。因此，所选用的语言，安排的结构，总是要考虑到群众喜闻乐见的形式。冗长的心理刻画，欧化的晦涩的语言，就要考虑少用或者不用，这样就在形式上更接近于中国风格，中国气魄。"李准在学习毛泽东文艺思想后这样描述自己写小说的过程，从这段话中也可见出李准在五六十年代小说艺术形式上的特点。作者的创作意图也很明确，希望通过喜剧故事达到宣传的效果："让农

---

① 李准:《李准小说选·前言》，成都：四川人民出版社 1981 年版，第 4 页。

民听一听，笑一笑，从笑声中摆脱他们的落后，从笑声中认识到什么是先进。"① 反映到创作中，李准的小说有这样几个特点：第一，李准的小说，脉络清楚，矛盾冲突一以贯之，条理分明，情节曲折，主题思想集中，适合群众阅读。如《不能走那条路》中情节的发展围绕着宋老定要不要买地的矛盾展开，主要矛盾冲突始终放在宋老定和东山父子之间，最终表明了不能走宋老定式的发展道路的主题思想。这种写作手法颇具中国古典小说的遗风。第二，李准不仅写正面人物很成功，写"中间人物"也很擅长。李准笔下的"中间人物"具有普通农民勤劳、俭朴、善良等品质，但是在思想上却跟不上时代的步伐，有些落后，如《不能走那条路》中的宋老定，《农忙五月天》中的张满喜，《李双双小传》中的孙喜旺等。作家在写这些人物的时候带有善意的微笑和幽默，因此他笔下的"中间人物"也不乏温情，他们的转变也更加合情合理。第三，李准在塑造一系列具有时代特征的典型人物时多用白描、对比手法，通过人物的语言和行动而非心理刻画来突出人物性格。如《耕耘记》中介绍肖淑英就是以动作来显示人物性格的。在大路旁的草棚下避雨那一段，在一连串细微的动作和短短的一句对话中，肖淑英的身份和沉静、坚毅的性格特点鲜明地被勾勒出来，精确的动作和语言描写比心理描写俭省、传神，更为准确地反映了人物的内心世界。李准擅长使用对比，如《李双双小传》中李双双的性格是在与喜旺的对比中凸显出来的。第四，在语言的运用上，李准"坚持用劳动人民生活语言进行创作"，善于使用经过选择的豫西口语，力求人物对话生活化、性格化、群众化。他的成名作《不能走那条路》就提炼选择了豫西口语和俗语。"俗话不俗，要得穷，翻毛虫"、"胡倒腾"、"翻拙弄巧，袍子捣个大夹袄"、"塌下窟窿背上账，像黄香膏药贴在身上"等这些俚语俗语简练、形象生动，符合农民的说话特点，但又是经过提炼的文学语言，明快、流畅、准确，没有局限于乡俚土语，易于为广大群众接受，读来朗朗上口，富有韵味。第五，李准的小说中带有一点活泼新鲜的喜剧气氛，细节和语言具有喜剧式的幽默感。这一点在《李双双小传》中有着鲜明的体现。李双双心直口快，爱憎分明；孙喜旺明哲保身，自私胆小，当同处于一个场景中时，两人截然不同的反应总是让人发笑。

---

① 李准：《我是怎样习作的》，《长江文艺》，1956年，第7期。

三

李准的创作生命并不仅仅局限在"十七年"文学中，在经历过"文化大革命"十年动乱后，李准在现实主义创作道路上依旧闪现着他独特的光芒，其中堪称其代表作的，是长篇小说《黄河东流去》。

20世纪70年代末到80年代初是一个转型期，思想解放和社会改革的潮流拓展着作家的心灵空间，开拓着文学创作的视野，在内容上和形式上都有了新的发展，过去的"政治功利型"创作开始逐渐被取代，人们也开始反思先前指导文学创作的文艺思想。《黄河东流去》上卷创作时间是1978—1979年，下卷完稿于1984年2月，从伦理道德、民族文化心灵角度来表现民族精神，考察农民的性格和心理，而不再是单纯的"运动文学"。可以说他的创作又一次与时代的主潮和文学的主潮相契合。

小说真实地记录了抗战初期国民党政府为迟滞日军而"以水代兵"，扒开黄河花园口大堤，造成"九地黄流乱注，聚万落千村狐兔"的悲惨状况，描写了这场历史灾难中7户普通农民的生活经历和悲欢离合的命运。小说犹如一幅黄泛区难民苦难生活的长卷，塑造了令人难忘的艺术群像，展现了中原地区农民在这场浩劫中表现出来的美好品质和坚韧的生命力，但是作者也没有回避这些农民身上沿袭的狭隘、保守的弱点。作品的大气与厚重，作品中深蕴的思想，都不同于"十七年"时期写农民的作品，这是李准现实主义道路上的新探索。

首先，他笔下的主角不再是以阶级成分定性的农民，而是一个充满了奇光异彩的社会群体，是一群再普通不过的"难民"。他们形象并不高大，他们的传声筒作用也逝去，作者力图在他们身上表现一种文化传统和精神状态。李麦、王跑、徐秋斋、海长松、兰五、梁晴等，他们的个性并没有超越他们的身份许可范围。以徐秋斋为例，他是蛤蟆嘴掌柜眼中"六不象"的人，在他身上，既有我们民族传统的骨气、忠正、侠义的精神，同时又有着旧读书人的迂腐气。可以说徐秋斋这个人物形象的出现，是李准现实主义创作上的一个重要收获。小说主人公的变化，体现了作者对"十七年"时期以阶级成分作为人物归类方法的突破。其次，《黄河东流去》不仅仅为读者提供了一幅历史浩劫的真实画卷，而且揭示了苦难中一股生生不息的精神力量。在作者笔下，记录民族矛盾、阶级矛盾，揭示时代苦难和社会冲突是重要的，但更令人侧目的是作者从道德文化角度来表现渗透在普通人物生活中的民族精神与动力，使作品有了较大的思想容量。第三，在艺术风格上，《黄河东流去》整体上开阔壮观，感情激荡人心。在语言的运用上，不仅继承了过去质朴、晓畅、明快的基本风格，还融入了凝练、诙谐、典雅的特色，借用古典语言与民间俗语、民歌，庄重与诙谐相互映衬。另外，李准在小说中依旧保持着他幽默的语言风格，或温和，或俏皮，或辛辣，形象生动地烘托着人物的性格。

《黄河东流去》不仅继承了李准在"十七年"时期小说创作的长处，而且在时代变化下有了新的视角和思想深度，故而是其"十七年"文学创作中主旋律小说的续篇，是新时期主旋律小说的中坚。

第十五节　浩然与"文革"小说

一、"文革"小说的存在方式

"文化大革命"十年的文学创作，是以"萧条"、"灾难"等字眼见诸于文学史的。作为历史不堪回首的一环，"文革文学"一向作为不宜众声谈论的禁区而被"集体遗忘"。在创作领域，政治对文学的裹挟和控制已达登峰造极之境。在那个忠字舞、语录歌、样板戏大行其道的年代，小说领域呈现出前所未有的式微与荒芜。相对于"革命样板戏"的繁荣兴盛，小说园地一片狼藉，成了重灾区。然而，式微并不意味着缺席，"文革小说"依然是现代中国小说的重要组成部分并以它独有的方式存在着。

"'文革小说'是指在'文化大革命'期间，公开出版或虽未公开出版却在民间广泛流传的小说，其中一部分公开出版的小说写于'文化大革命'，还有的写于'文化大革命'以前，后经过严格审查、筛选，在'文革'期间出版。"① 十年间，小说的发展大体经历了如下两个阶段：在1966—1971年长达五六年的时间里，"怀

---

① 关明国：《另类的"红色经典"——"文革小说"再评价》，《甘肃社会科学》，2007年，第5期，第198页。

疑一切，打倒一切"的口号引导着各个领域，偌大的文学界竟然没有产生一部小说，更遑论质量问题了；后一阶段，随着林彪集团的垮台以及极"左"路线的松动，文学创作开始有所"复苏"，然而江青集团为了实现其政治野心，将文艺纳入了反党反社会主义的轨道，大量的"阴谋文艺"随之产生。

作家的创作自由历来是不可剥夺的。然而，在那个文艺是整个革命机器上的"齿轮和螺丝钉"①的年代里，作家的创作陷入了"无地自由"的尴尬境地。"根本任务论"、"三陪衬"、"三突出"等一系列帮派理论规约了整个作家群。这一时期的小说，无论是主题、人物、题材，还是语言、结构、风格等都被框范成"千文一面"，作家的个性消弭于时代大潮中。为了叙述的方便，这一时期的小说创作大体可以划分为四种类型：

第一，"阴谋文艺"。这类作品是完全按照"四人帮"炮制的"领导出思想，群众出智慧，作家出技巧"这一荒谬的创作模式生产出来的，具有明显的图解政治（主要是那一套所谓的"阶级斗争"和"路线斗争"）的意图。这类小说鼓吹"英雄史观"，颠倒作家与作品以及创作与生活的关系，沦为"四人帮"反动政治的随从，情节虚假，艺术品位低下。此类作品要么为反动集团涂脂抹粉、歌功颂德，要么指桑骂槐，影射老一辈无产阶级革命家。其中《虹南作战史》（上海《虹南作战史》编写组）和南哨的《牛田洋》是其中的典型之作。在"主题先行"等臆造的反现实主义的创作方法的干预下，小说的发展脉络偏离了实际的历史生活，人物缺乏具体可感的形象，语言沦为空洞的说教，情节生编硬造、毫无半点生活气息。

第二，"反动大潮下的难得的生活化言说"。与上类"阴谋文艺"以及"影射文艺"不同，这类小说在创作方法和主题内容上虽然仍有浓重的反动思潮的痕迹，却因得益于作者对生活的独到感受而摇曳出较强的生活气息，因而艺术表现上也尚有可取之处，甚至在社会学领域也有较珍贵的认识价值，如浩然的《金光大道》以及谌容的《万年青》。这两部小说皆彰显了作者丰富的生活积累，人物性格相对鲜明，农村各阶层人物的精神面貌亦得到颇为恰切地展现。然而，由于"四人帮"反动思潮的烙印过于深刻，作家又不可避免地陷入"化繁就简"的尴尬情境，

---

① 列宁：《党的组织和党的出版物》，《列宁全集》第 12 卷，北京：人民出版社 1987 年版，第 93 页。

阶级斗争过于简化，过于强调少数英雄人物的历史作用又严重损害了作品中的现实主义。

第三，"充满浓郁现实主义色彩的文学果实"。这类作品在当时的政治高压下是极为可贵的。克非的《春潮急》是反映农村合作化的代表作，小说中对人物性格、心理的刻画与分析以及对生活场面的生动再现遮盖了小说描写上的些微简单化、概念化的倾向，浓郁的乡土气息扑面而来，以一股独特的清新之气区别于那被污染了的时代。在描写工业题材的小说中，李云德的《沸腾的群山》影响是最大的。小说取材于解放初期东北地区修复某矿山过程中的尖锐斗争，渲染了工人们不惧艰险的气概以及昂扬的斗志，颇具感染力。

第四，"抵抗'阴谋文艺'的'潜流小说'"。"文革"中，除却敬信的《生命》以及蒋子龙的《机电局长的一天》这两部公开发表的"异端小说"，大部分的"叛逆"小说多流传于"地下"，如杨沫的《东方欲晓》、张扬的《第二次握手》、礼平的《晚霞消失的时候》、赵振开的《波动》以及靳凡的《公开的情书》。其中又以《第二次握手》流传最广，影响最大。这是一部歌颂知识分子的小说，在那个只能歌颂工农兵的时期，无疑是一大"异类"。作品着眼于歌颂横跨中西、纵贯新旧两个社会的几位爱国科学家高洁的心灵，歌颂新社会、控诉旧社会的主题使作品远离了"四人帮"的清规戒律。野草般顽强的生命力赋予此类作者以"独占多数"和"挑战权威"的勇气。

"文革"小说是一种非常态意义上的文学样态。无论是它的存在方式还是文学价值都与"十七年小说"以及"新时期小说"差距甚远。高度统一的意识形态催生出的作品难逃"千篇一律"、"千部一腔"的弊病，而作者也不可能进入到"为艺术而艺术"的纯文学的写作状态。但是，"文革"小说至少具有社会学上的认识价值。若采取"集体漠视"的态度对待，则必然因文学史的不完整而导致反思精神的缺失。因此，关注"文革小说"的当代样态以及对其进行再评价就显得尤为必要。

二、"文革"小说的当代形态及再评价

20 世纪 50 年代，巴人就对文学与政策的关系进行了精到的阐释："我们要描写的是为政策所渗透而改造过来或正在改造中的活生生的生活面貌，决不是所谓

'写政策'或'反映政策'。"①"文革"小说恰恰反其道而行，始终以现实政治为旨归，备受政治左右。文学的过度政治化，不仅给文学打上了鲜明的意识形态烙印，而且使文学自身也丧失了自足建设和发展的可能性。即使在政策有所松动的"文革"后期，文坛依然冷清而作家依旧战战兢兢。题材依然局限于"社会主义建设和斗争"、"民主革命斗争"；创作原则依然采取"三突出"的创作原则；创作方法依然远离纯正的现实主义，"革命的现实主义和革命浪漫主义相结合"的创作方法依然雄踞文坛。"政治的直接审美化"②作为一种潮流以不可抵挡之势贯穿"文革"始终。

新时期以来，文学进入了多元共生的时代。国家话语对文学的裹挟之力已渐渐消解，张扬个体价值，弘扬人道主义成为文学的旨归。1990年代以来，"十七年经典"再度走红，许多作品都得到了再版的机会，而"文革小说"依然落寞消沉，鲜有人提及，成为文学史上被遗忘的部分。审美意义的缺乏已被坐实为"文革小说"的一大致命伤，虽则如此，弃之如敝屣的做法依然是不可取的。殊不知，正是由于这十年极端的文学实践，才使人们意识到其中的荒谬和虚假。正因如此，思想史上的认识意义应当是"文革小说"最大的价值，它促使一大批有责任感、有思想的有志作家进行了"潜在的对抗和正面的冲突"③。正是这"对抗与冲突"构成了"新时期文学"繁荣发展的潜在力量。"文革记忆"成为新时期作家反复书写的文学母题，"文革经验"成为一种警示力量，而"文革"中的"先觉作者"亦有很多成为新时期文坛的中坚舵手。新时期，"文革小说"以自己独特的方式为新时期小说做了物质上的参照，亦提供了精神上的长足准备。

"文革"是一个政治狂热的时代，个性服膺于强势的国家力量。政治遮蔽了社会生活的方方面面，文学首当其冲成为矛头便不足为怪。因而，在评价"文革小说"时，历史眼光是必备的。回到历史的原生场域，以一种历史在场者的身份和立场加以评价，才是最客观和公正的。

---

① 巴人：《略谈〈喜鹊登枝〉及其他》，《浩然研究专集》，天津：百花文艺出版社1994年版，第187页。

② 陈思和：《中国当代文学史教程》，上海：复旦大学出版社1999年版，第167页。

③ 鲁原、刘敏言：《中国当代文学史纲》，北京：中国文联出版社1993年版，第324页。

三、浩然及其经典作品的再解读

　　"文革"期间，几乎所有的作家都陷入了"无法创作"和"无地自由"的惨境，浩然却迅速走红，被"重新发现"，成为茅盾口中那"一个作家"。"不仅作家在选择政治，政治也在选择作家。"[①] 而在"文革"这一特殊的历史场域中，后一种情况似乎更为普遍和坚决。

　　浩然（1932—2008），本名梁金广，中共党员，祖籍河北宝坻（今属天津），主要作品有处女作《喜鹊登枝》，多卷本长篇小说《艳阳天》和《金光大道》，以及新时期创作的长篇小说《苍生》等。浩然的走红得益于当时他的几部作品《艳阳天》、《金光大道》、《西沙儿女》的畅销。畅销意味着被政治和读者双双接纳，也从一定程度上反映出当时所推崇的文学质素。如果将浩然的创作历程分为前中后三个时期，《艳阳天》无疑是"十七年文学"的代表，而《金光大道》则是"文革文学"的典型。

　　"政治直接审美化"是小说的主要特征，作品构造了一种文学意识形态化的独特文本，而小说中独特的"话语"在语言意识形态化的构造过程中"功不可没"。在《金光大道》中，作者完全遵循"文艺为政治服务"的宗旨，将语言在建构意识形态中的功用发挥得淋漓尽致。语言的神话色彩得到了增强，承担起崇高的革命使命。这种"大说型语言"[②] 不仅在公共场合有大范围的体现，亦延伸到夫妇之间的枕边话，不仅常常从"英雄人物"的嘴边倾吐出来，亦超越了代际的限制，就连年事已高的邓三奶奶都语出惊人：

　　　　高二林早就发现坐在桥头栏杆旁边的邓三奶奶，假装没看见。这会
　　听到叫他，只好硬着头皮走过来："三婶，您干啥去呀？"
　　　　邓三奶奶说："我有啥干的？除了干社会主义的事，还是干社会主义
　　的事呗！……"

　　这种强调意味明显的、极具力量的话语显然不符合人物的文化身份。作者假

---

① 李赣：《中国当代文学史》，北京：科学出版社 2003 年版，第 113 页。

② 王一川：《中国形象诗学》，上海：上海三联书店 1998 年版，第 93 页。

人物之口，将原本理应朴实无华的农民式语言置换成教化色彩浓重的政治话语，显然是出于迎合意识形态的考虑。由此可见，"权力不只是粗暴的法律或有形的限制，而是对语言、道德、文化和常识的控制"。①

新时期以来，文坛对于浩然小说的评价，普遍认为《艳阳天》的艺术审美价值高于《金光大道》。"现实主义"是居于其中的评价标准，围绕浩然本人的评价也在于其是否真实客观地描摹了现实生活。两部作品之间的"断裂性"一度成为热议的焦点，而真实的情况却是：《金光大道》这一极端意识形态化的文学作品是十七年乃至更早的文学经验的自然延续，从中我们可以窥探出《金光大道》及浩然其他小说的叙述模式。

在某种程度上，《金光大道》具有鲜明的"史诗化"色彩。作品试图全景再现农业合作化运动的全程，展现其中波谲云诡的阶级斗争和路线斗争，充当"社会历史家"的创作意图在作品中展现出来。"'文革'主流小说实际上承担了弥合、完善'文革'神权系统的重大任务。"②小说中那些异乎常人的英雄人物为史诗化小说增添了神谕色彩。

> 在东方，移来了三个健壮的身影，灿烂的阳光，好像给他们每一个人都披上了一件金线绣成的斗篷。

很明显，出场的高大泉具有光辉的形象，颇具神话色彩。浩然认识到人物塑造对于作品政治教化功能的构建具有重大意义，因而在作品中不辞辛苦地彰显人物那卓越的政治品质、非凡的革命经验以及刚毅的外表。

在角色设置上，作者严格采用了二元对立的角色设置方式。秦富、秦文吉两父子起初是以英雄人物的对立面出现的，最终在高大泉等人的挽救下"幡然醒悟"，一跃而成为"先进人物"。在当时，这种弃暗投明式的结构彰显了这样一种价值取向：斗争是曲折的但必然走向胜利。阶级斗争是作品创作的直接指向和最终目的，浩然只得葆有与主流意识形态相一致的思想境界才能赢得在"文革"中言说的权利。

---

① 【澳】安德鲁·文森特著，袁久红等译：《现代政治意识形态》，南京：江苏人民出版社 2005 年版，第 10 页。

② 肖敏：《"文革"小说的神谕话语功能》，《文学前沿》，2008 年，第 2 期。

《金光大道》这一作品显然昭示出作者的创作已进入一种规约性极强的创作体制当中。然而，"规约"并不意味着"颠覆"，小说依然具有区别于"阴谋文艺"的特质。其中，对于生活细节的个性化处理使作品颇具人文色彩和政治抒情色彩。"在《金光大道》中，作者有一种新的尝试，就是通过描绘一定的场景和细节，对读者进行象征性的启示，引人联想……具有浓郁的政治抒情诗色彩。"①本土化、口语化的语言，生动的意象选择以及典型性格的塑造使作品具有了一种异于政治意识形态的民间亲和力。也许，正是这种民间化成为小说审美价值的源头，赢得了农村读者的喜爱，乃至在新时期依然获得了再版机会。

在现代中国文学史上，浩然的确是个独特的存在。半个多世纪的文学创作之路，他走得独具个性。"十七年文学"中，《艳阳天》的大获成功使其名声大噪。铁凝在接受采访时曾说："浩然是中国五六十年代很有代表性的作家，尤其在一个文化沉寂的时代里，我们这一代作家都对《艳阳天》印象深刻，他几乎整整影响了我们一代人……我相信，他对乡土的眷恋是真挚的、深厚的。"②而在"文革"中，浩然更是成为当时文坛唯一"公开演唱的歌者"，他笔下的文学世界与政治靠得很近，这既给他带来了合法言说的权利，亦使其在后来饱受诟病。而在新时期，长篇小说《苍生》以及"自传体三部曲"的问世又将其拉入读者和评论者的视线。

评论界对于"文革"时期浩然的评价依旧停留在20世纪80年代的水平上。作品所具有的鲜活的农村生活气息往往为其带来褒扬之声，而饱受诟病之处则在于作品受极"左"政治意识形态影响过大，创作趋于理念化、公式化。如今看来，此种评论未免过于浅薄和单一。浩然是以一种独特的方式进入"文革文学"的，并在那万马齐喑的时代成为一枝独秀，人们往往忽略了"文革"带给他的不仅有发出声音的权利，亦将更沉重的负担以及痛苦的创作的种子强加在他的肩头。"浩然一度是个独特的痛苦者、被抛离轨道的彷徨者，走着一条比别人更加艰难的扬

---

① 贺桂梅：《重读浩然："金光"或"魅影"之外的文学世界》，《南方文坛》，2008年，第4期，第37页。

② 铁凝：《浩然：几乎整整影响了我们一代人》，北京文联网 http://www.bjwl.org.cn/Article.aspx?id=1242，2008年4月1日。

弃重负，战胜自我的路。"①对于作家和作品的评论，总是不应该离开当时的历史语境。左右"文革"中浩然创作之路的不是作家自己，恰恰是当时牵动整个历史的时代根源。因而，在评论一个文学现象时，历史在场者的身份和立场是极为重要的。

"文革"时期的政治选择了浩然，这是历史的机遇。浩然的走红必然是顺应了历史趣味的结果，这本无可厚非。"真实性"，即是否展现了农村的真实成为《金光大道》的争议所在。历史是文学的根源，然而历史不等同于文学。农业合作化运动的失败不意味着浩然作品的失败。"文革"时期浩然的作品成为一枝独秀并在新时期依旧再版，除了紧跟当时的政治意识形态，紧靠政治之外，小说也必然具有必不可少的艺术支撑。对于《金光大道》的解读目前还是不充分的，而对于浩然本人的评价也是低于他所应有的。读者是最挑剔的"评论家"，时间是最残酷的"淘金者"，《金光大道》必然有其永远立于艺术殿堂的理由。当然，任何评论必存在一个"度"的问题，任何过分的评价也是不合适的。解析"文革"时期的浩然，我们必须回到历史的原场景，必须深入作家文本，只有走进作家心灵和思想深处，仔细品味小说的艺术性，才能给予其一个公正客观的评判。

第十六节　蒲风与大众化诗歌

中国现代新诗由五四肇始，开创了新的艺术传统。新文学第一个十年（1917—1927）后期，以蒋光慈为代表的无产阶级诗歌显示了诗的"大众化"的发展趋向。1930年代内外交困的社会现实要求诗歌这一有力的战斗武器，无论在内容精神还是文体形式上，都必须以民众为基点，只有这样才能开启民智，进而达到强民、新民的功用。因而，1930年代的新诗在此宗旨上继续发展，出现了以蒲风为代表的致力于"诗歌大众化"的中国诗歌会诗人群，与以徐志摩为代表的后期新月派和以戴望舒为代表的现代派诗人群形成了相互对峙的局面。

中国诗歌会于1932年9月成立于上海。诗歌会以殷夫为前驱，由穆木天、杨

---

① 雷达：《浩然，"十七年"文学的最后一个歌者》，《北京文学》，2008年，第4期，第145页。

骚、任钧、蒲风等担纲重任，致力于新诗大众化运动，在现代诗歌史上写下了光彩夺目的一页。诗歌会一出现，便以其鲜明的现实主义诗风、抨击黑暗的热情以及清新畅达的诗体形式为当时唯美派盛行的诗坛带来一股鼓荡着激情和清醒的大众化诗风，令人耳目一新，精神大振。

中国诗歌会的成立"自然不是由于一时的心血来潮，也不是由于什么灵感冲动，而是有它的客观原因的"①。一是应时而生，"一·二八的血未干，/热河的炮火已经烛天"。其时，"九一八"、"一·二八"事变相继发生，民族危机空前严重，大片土地沦陷，阶级矛盾、民族矛盾日益尖锐。在历史使命感的驱使下，一大批敢于直面现实并力图改变现实的诗人甘愿做"时代的歌者"，唱出祖国的苦难、敌人的猖狂、卖国贼的无耻和人民的觉醒。二是对新月派、现代派进行反拨的需要，在中国诗歌会成立《缘起》中宣告："在次殖民地的中国，一切都浴在疾风狂雨里……但是，中国的诗坛还是这样的沉寂；一班人在闹着洋化，一班人还只是沉醉在风花雪月里。……把诗歌写得和大众距离十万八千里，是不能适应这伟大的时代的。"②中国诗歌会诗人群致力于以诗歌大众化来进行纠偏，以挽救"各趋极端的诗坛"。

该会宗旨在其机关刊物《〈新诗歌〉发刊词》中得到确认："我们不凭吊历史的残骸，/因为那已成为过去。/我们要捉住现实，/歌唱新世纪的意识。""我们要用俗谚俚语，/把这种矛盾写成民谣小调鼓词儿歌，/我们要使我们的诗歌成为大众歌调，/我们自己也成为大众中的一个。"③由此可见，"捉住现实"与"大众化"是中国诗歌会的两翼。

情感是诗歌的生命，大众化诗歌的情感以"集体情绪"的形式表现出来，追求个人与时代的"共鸣"，彰显为自觉的大众化追求。正如任钧在《战歌》的序诗《我歌唱》中所写："在我的诗中，/没有个人的哀乐，/只有集体的情绪！"以

---

① 任钧：《关于中国诗歌会》，贾植芳：《中国现代文学社团流派》（下），南京：江苏教育出版社1989年版，第858页。

② 转引自贾植芳：《中国现代文学社团流派》（下），南京：江苏教育出版社1989年版，第829页。

③ 同人等：《〈新诗歌〉发刊词》，贾植芳：《中国现代文学社团流派》（下），南京：江苏教育出版社1989年版，第855页。

底层大众为友，以他们的生活为表现内容，在中国诗歌会诗人的笔下没有个人天地的浅吟低唱，而多是对黑暗的社会现实的真实反映并追根溯源，目的在于"愤恨现实，毁灭现实，或鼓荡现实，推进现实"①。蒲风的《地心的火》、《六月流火》、《茫茫夜》，杨骚的《乡曲》，关露的《哥哥》等揭示了劳苦大众觉醒之后的反抗斗争；关露的《童工》、温流的《打砖歌》等将笔触对准了劳苦大众的苦痛，这些诗歌以高亢的歌喉唱出了人民大众反帝反封建的时代强音，其辐射的生活面之广、对丑恶势力的挞伐力度，确实是其他诗派所难以企及的。

为了达成唤醒大众、教养和训导大众的目的，中国诗歌会同人亦致力于大众化诗体形式的建构，这亦是对"左联"倡导的文艺大众化的最积极的响应。发表于《新诗歌》创刊号上的《关于写作新诗歌的一点意见》鲜明地体现出这一艺术主张：（一）创造新格式，（二）采用大众化的形式，（三）采用歌谣的形式，（四）要创造新的形式，如大众合唱诗等。②"大众歌调"的提倡，一反新月派和现代派朦胧含蓄的诗风和重雕琢、喜抽象的诗歌主张，不事雕琢，通达晓畅，并取得了一定的传诵效果。借鉴民歌小调的表现形式，"旧瓶装新酒"，如奇玉的《新谱小放牛》；《新诗歌》的"歌谣专号"则是诗歌会诗人采用旧形式、创造新形式的典范；诗歌与音乐的结合在蒲风的《摇篮歌》中得到完美体现；而田间的《坏傻瓜》则体现出诗人为将诗歌由视觉的艺术变为听觉的艺术所做的努力，句式铿锵，情感激昂，为抗战时期诗歌朗诵运动的开展奠定了基础。

中国诗歌会成员旨趣相投，均致力于大众化诗歌的创作，然而风格各异。在众多的成员中，诗人蒲风无疑有其不可取代的地位和无法企及的创作高度。任钧曾不吝其辞地赞扬过蒲风："假如说中国诗歌会的确曾经对中国的新诗运动发生过多少推进作用的话，则蒲风之功，显然是最大的。"③冰心称之为：时代的前哨，大

---

① 蒲风：《五四到现在的中国诗坛鸟瞰》，《蒲风选集》（上），福州：海峡文艺出版社 1985 年版，第 585 页。

② 同人等：《关于写作新诗歌的一点意见》，贾植芳：《中国现代文学社团流派》（下），南京：江苏教育出版社 1989 年版，第 857 页。

③ 任钧：《关于中国诗歌会》，贾植芳：《中国现代文学社团流派》（下），南京：江苏教育出版社 1989 年版，第 864 页。

众的良朋。由此可见，蒲风对于诗歌大众化运动的蓬勃开展居功至伟。

蒲风（1911—1942），广东梅县人，原名黄日华，又名黄飘霞、黄浦芳，笔名蒲风。蒲风早年曾就读于上海中国公学，1927 年开始诗歌创作，后参加左联，与杨骚等组织中国诗歌会，出版《新诗歌》。1934 年东去日本，参与创办《诗歌生活》。抗战开始后，在广州主编《中国诗坛》，任广州文化界抗协后援会理事。1938 年加入中国共产党，1940 年到皖南，随新四军转战华东各地，经历颇为传奇。蒲风的名字是和新诗歌运动联系在一起的，作为中国诗歌会诗人中诗作最多的诗人，他将短暂的一生都奉献给了诗歌大众化运动，被誉为"诗人·烈士·时代的歌手"。蒲风的主要著作有：短诗集《摇篮歌》、《抗战三部曲》、《茫茫夜》、《在我们的旗帜下》、《生活》、《钢铁的歌唱》、《取火者颂集》；长诗《六月流火》、《可怜的虫》；讽刺诗集《黑陋的角落里》；儿童诗集《儿童亲卫队》；明信片诗集《真理的光泽》；客家方言诗《鲁西北个太阳》、《林肯，被压迫民族的救星》；专著《现代中国诗坛》、《抗战诗歌讲话》；并潜心翻译《普式庚诗钞》（与可根合译）、《十二个》，等等。

作为诗歌大众化的主将和功臣，蒲风一生致力于新诗写作和研究，始终坚持现实主义创作道路，把诗歌大众化作为奋斗的方向："认定诗歌是现实的反映，并是社会的推进物，应有时代意义。在宗旨上，除完成中国新诗歌运动为总题外，其主要任务是研究新诗歌的理论，创造大众化诗歌，批判过去的和介绍世界各国的新的诗歌，一致的目标是诗歌大众化。"[①] 在这一目标的推动下，他随时随地推行诗歌大众化运动并广泛深入群众，从大众那里汲取创作的源泉和力量，从而使他的诗作呈现出"刚健朴质"（茅盾语）的艺术风貌，而这一评价很大程度上是从其诗歌题材内容生发而来的。

概括说来，蒲风的诗作主要有以下三个题材：一是对战火交加的农村中农民的生活和斗争的吟咏与歌唱。长篇叙事诗《六月流火》通过农民反对建筑公路的斗争，反映了国民党对苏区的围剿和共产党领导的农村革命的深入，满怀激情地歌颂了"原始的武器在挥、在舞，／田野里今天伸出了反抗的手！"的反抗精神，

---

① 蒲风：《五四到现在的中国诗坛鸟瞰》，《蒲风选集》（下），福州：海峡文艺出版社 1985 年版，第812 页。

令人倍感鼓舞。对人民群众抗日情绪和爱国主义精神的鼓动则构成蒲风诗作的另一类重大题材，此类诗歌中，蒲风以火样的爱国热情，擂响了"时代的战鼓"。诗集《钢铁的歌唱》是此类诗歌的代表作，"我不问被残杀了多少东北同胞，／我要问热血的中国男儿还有多少。／我要会合起几万的铁手来呵，／我们的铁手需要抗战，／我们的铁手需要战斗！"（《我迎着风狂和雨暴》）热烈地鼓动人民投入战斗，"没有前方后方，／兄弟，我们都在火线上。／莫要犹豫，／前进是胜利，退却是灭亡！"（《街头短诗》之十二）这些火药味儿十足的诗句，铿锵响亮，在国家生死存亡关头极具鼓动人心的艺术力量。

除却此类描摹人民苦难、鼓舞人民反抗的"战歌"外，蒲风的诗歌亦用难得的亮丽色彩勾画未来社会的美好前景和变革后新的农村的姿态："今天，／这里显露的也许只是一点星火，／可是，明天这些不一定仅会燃烧这荒原，／由人们手里不会建起新的城堡吗？"（《星火》）"火、火、血红的地心的火，层层的地壳把它压住了。／但总有一天，／总有一天呵，／它会把这些一齐冲破！"（《地心的火》）革命乐观主义精神贯穿诗歌，压迫愈重，反抗愈烈，动人的笔触、深情的笔调，蒲风以其创作躬身实践着中国诗歌会高举的"歌唱新世纪的意识"的光辉旗帜。此外，蒲风的笔下也有不少景物诗，诗人借景抒情，寄寓美好理想，《晚霞》迸发出战斗的声音和呼唤光明的渴望。蒲风的诗歌在民族危亡的关键时刻，单就其大胆地面对现实、针砭时弊来说，就是新月派和现代派等吟咏"风花雪月"和一己之哀愁的诗派所无法企及的。

蒲风的诗歌以"刚健、明朗、奔放"著称，无论是批判还是赞扬亦或鼓动，常于三言两语之中调动起读者的情感，充分展示了其青春热力和抒情才力。《六月流火》爆发出火一样的破坏激情："六月流火！／六月流火！／火在天空，／火在地上，／火照耀着稻谷金黄！／火将烧出了新生命的辉煌，／辉煌！""情感如沸水"[1]，我们仿佛又听到郭沫若《凤凰涅槃》般的高歌；生发于现实血肉的诗歌激昂亢奋，而源自作者青春伟力的诗作则明朗雄健，清新向上："七月里，火般的太阳，／田间早稻黄！／阿三，匆匆赶路忙，／流着汗，汗珠闪人露金光"。太阳高

---

[1] 臧克家：《蒲风的诗——〈蒲风诗选〉序言》，《文学评论》，1963 年，第 4 期，第 71 页。

照，稻田金黄，汗珠闪金光，明丽的色彩勾画出一幅秋季收获图。乐观向上、明丽动人的少年形象将黑暗社会所有的藏污纳垢之处一扫而光，明朗清新，充满朝气；诗歌中，"大我"的抒情主人公形象则彰显出作者对诗歌大众化的孜孜以求："战斗吧，祖国！／战斗吧，为着祖国！／不要怕别人的军舰握住咽喉，／我们要鼓起气力把这些污秽逐出胸头！"（《我迎着风狂和雨暴》）诗中炙热的情感已不再是作者的私人感受，而成为所有有识之士的公共情绪的抒发，是大众共鸣的体现；除却"战斗诗歌"中蓬勃欲出的怒吼，蒲风的诗歌中亦不乏情感细腻，抒写内心幽情之作："我的思念在大海东，／大海茫茫，／水天交界处太阳般火红。／我日日夜夜牵挂她，／忧愁，伤悲，苦难……"（《我的思念在大海东——献给台湾》）诗歌中，作者化身为"台湾之子"，以悲怆的诗调传达出对台湾的思念和牵挂，真挚动人。

信手翻开蒲风的诗作，都可以感受到其为达成"诗歌大众化"这一目标所做出的不懈努力。除却题材和情感上"把自我交还给大众"之外，在诗体形式和诗歌语言方面，蒲风也做出了有益的探索。

自由诗这一诗体形式在表现具有重大意义的题材、抒发诗人炙热的情感以及亲近大众等方面无疑有着得天独厚的优势，因而蒲风的诗歌基本都是采取自由体诗的形式，而又有所创新。"藉着普遍的歌、谣、时调，诸类的形态，接受他们普及、通俗、朗读、讽诵的长处，引渡到未来的诗歌。"[①]

首先，歌（音乐）与诗的结合，是蒲风为实践诗歌大众化所竭力倡导的诗体形式。他的《摇篮歌》是此类诗歌的代表作："吃尽风霜，／历尽战场，／孩子，共着你生存，／共着你死亡！／风霜里孕育着新春，／战场上我们的旗帜飘扬；孩子，你要快大快长！"此诗由孙慎谱曲，传唱一时。此外，聂耳亦为其诗配曲，如《打桩歌》、《打砖歌》等。此类诗歌琅琅上口，趣味性强，使民众于不知不觉中得到了情感的熏陶，保证了大众化诗歌教导意义的实现。

其次，蒲风亦致力于大众合唱诗的创作，促使新诗由视觉艺术转变为听觉艺术，诗集《钢铁的合唱》、《街头诗选》等都具有极强的诵读性。"来吧，／我们不

---

① 同人等：《我们底话》，《新诗歌》，1934 年，第 1 期。

能没有坚强的勇气；／我们站立着，／我们被铁链贯通着，／我们都来吧，／我们来永远看守海岸！"（《钢铁的海岸线》）鲜明的节奏，鼓动性极强的语言，令人读来激情澎湃，热血沸腾，具有极强的"集团鼓动性"和"大众普及性"。①

最后，明信片诗、儿童诗、民歌体诗、传单诗等多种诗体形式都在蒲风的诗歌中得到广泛的实验。儿童诗集《儿童亲卫队》以童谣为主，是中国诗歌史上儿童诗歌的开山之作；《真理的光泽》则对抗战时期的街头诗歌创作起到了极大的推动作用；用客家方言写就的《鲁西北个太阳》开新诗方言写作之先河；《六月流火》等长篇叙事诗亦为后来抗战时期的诗歌提供了许多可供参考的经验。

如果说情感是诗歌的生命，那诗歌语言则是情感的外衣，蒲风诗歌那激情似火的语言亦是与其大众化诗歌追求齐头并进相伴而生的。积累大量的大众语汇，力求诗歌语言的大众性、通俗性，在蒲风的诗歌中绝无佶屈聱牙之词，而多是通俗浅白的口语、俚语、俗语，从而深入浅出，易于理解，而又易于诵读。

革命理想和政治热情贯穿于蒲风短暂的一生，亦在他卷帙浩繁的诗集中无处不在。毋庸置疑，理想和激情是诗歌的创作源泉。然而对它的把握则存在着一个"度"的问题，单凭情感创作诗歌，难免使诗歌流于口号化和表面化，而缺乏精警审慎的内在思辨力量。在《钢铁的海岸线》这首小诗中，作者罗列了 23 个海港的名字，不免令人感到乏味和枯燥。作为新诗坛中高产的作家，蒲风对诗歌"量"的执着追求，使他无暇锤炼诗歌的质量，对此，臧克家的评价是十分中肯的："他的诗风是豪爽的，热情奔放的，但精美、谨严不足，这和他的多产是有关系的。"②而对于大众化诗体形式的过于拘泥，使蒲风的诗歌趋向通俗，而诗人独有的创作个性被掩盖，不失为一大遗憾。

---

① 转引自贾植芳：《中国现代文学社团流派》（下），南京：江苏教育出版社 1989 年版，第 854 页；原载任钧：《关于诗的朗读问题》，《新诗歌》，第 1 卷第 2 期。
② 臧克家：《蒲风的诗——〈蒲风诗选〉序言》，《文学评论》，1963 年，第 4 期，第 74 页。

第十七节 李季与革命叙事诗

一、民族史诗：李季的"革命叙事诗"的诗学品格

李季（1922—1980），又名李振鹏，生于河南省唐河县。1938年9月底进入延安抗日军政大学学习，同年11月26日入党。1942年回陕北三边，先后担任八路军司令部特务团指导员、中央北方局党校干事、《群众日报》副刊部编辑等职务。这一段生活经历，使他熟悉了陕北人民的革命斗争历史，熟悉了陕北的风俗、民情及民间文艺。1946年，他在借鉴陕北民歌"信天游"的基础上，创作民歌体长篇叙事诗《王贵与李香香》，并在延安《解放日报》发表，引起轰动。从《王贵与李香香》开始，直到1980年去世，李季的创作主要包括长篇叙事诗《报信姑娘》、《菊花石》、《生活之歌》、《杨高传》、《向昆仑》、《剑歌》、《石油大哥》和《红卷》等，小叙事诗《光荣的姑娘》、《只因为我是一个青年团员》、《借刀》、《铁女》等多篇，儿童叙事诗《幸福的钥匙》与《三边一少年》等。建国后，李季担任《长江文艺》、《人民文学》、《诗刊》等文学杂志主编。

在中国新诗发展史上，李季以叙事诗闻名。在同时代的诗人中，他是叙事诗写得最多且成就最高的一位杰出诗人。在叙事诗这个领域，李季对新诗创作有着重大的出色的开拓，他的那些优秀的叙事诗，是新诗发展过程中重要的甚至是里程碑式的作品。

当李季的叙事长诗《王贵与李香香》在毛泽东的《在延安文艺座谈会上的讲话》后发表时，受到了意识形态主管领导和文艺界领导人的高度赞誉。这首长诗被认为是新诗进入一个重要的新阶段的标志和里程碑。李季以叙事诗的诗体样式忠实地记录了中国历史和社会生活的历史进程和深刻变化。在诗人那里，"人民"是他的叙事立足点和评判历史事件及诗中人物的价值标准，"现实主义"是他展开诗歌叙事的基本方法，"革命"构成了诗人叙事的主题和内容，藉此诗人展示了中国革命战争波澜壮阔的历史画卷和新中国社会主义创业时期的战斗风貌。这些诗奔涌着诗人的激情，跳动着时代的脉搏。《王贵与李香香》是土地革命的历史画卷。它通过一对农民青年男女悲欢离合的故事，在广阔的时代背景下，真实、深刻地

反映了土地革命时期劳动人民在党领导下进行的英勇、壮烈的革命斗争，表现了劳动人民的命运和感情。《生活之歌》是反映我国社会主义工业建设和石油工人精神风貌的第一首叙事诗。它通过对青年工人赵明忘我劳动，一心向老工人学习，发明新采油法的描写，反映了社会主义建设初期石油工业战线的新风貌和创业者壮丽的战斗生活，歌颂了工人阶级的创造性劳动。

李季的革命叙事诗有着对"民族史诗"品格的着力追求。自 1940 年代起，中国诗歌就出现了对"史诗"的明确期待，"史诗性"也是建国后红色文学追求的最高境界之一。从李季的作品中可以明显地看出史诗性观念的植入。历史真实、革命主题、英雄人物、崇高精神、庄重风格和作品宏大的规模，构成了李季革命叙事诗的史诗性内涵。《王贵与李香香》借助"革命加恋爱"的叙事模式，以小见大，将青年男女的恋爱与中国农民的解放，与革命的曲折和胜利勾连在一起。"革命加恋爱"曾是革命文学中常见的叙事模式。李季诗的叙事重心和落脚点放在了"革命"而非"恋爱"上，诗中的"恋爱"具有的是近乎基本生活条件、天然生存权利、正常社会秩序和稳定道德秩序的叙事功能。因此，在李诗中几乎看不到恋人间的卿卿我我、缠绵悱恻。从这个意义上讲，他的诗潜在地延续了左翼文艺界对此模式和"才子佳人英雄儿女的倾向"的批判。《王贵与李香香》以三边地区土地革命为背景，写王贵与李香香自由恋爱遭到敌视革命的恶霸地主崔二爷的破坏，他逼婚李香香不成，便抓走王贵。后游击队打回并活捉崔二爷，王贵与李香香重逢。这首革命叙事诗与"新歌剧"的共同点在于：地主恶霸等"反革命"是男女自由恋爱和婚姻的破坏者，也是正常生活秩序和民间传统伦理的破坏者；而共产党及其所领导的红军、八路军则是男女自由恋爱和幸福婚姻的保护者，也是正常生活秩序和民间传统伦理的守护神。"革命"是"恋爱"的前提和保证。因此，要生活，要自由恋爱和婚姻，必须"闹革命"："不是闹革命穷人翻不了身，/不是闹革命咱俩也结不了婚！/革命救了你和我，/革命救了咱们庄户人。/一杆红旗要大家扛，/红旗倒了大家都遭殃。/快马上路牛耕地，/闹革命是咱们自己的事。/天上下雨地下滑，/自己跌倒自己爬。/太阳出来一股劲地红，/我打算长远闹革命。"因此，诗描写的虽是陕北三边农民参加党领导的游击队斗争的一角，虽是青年农民王贵与李香香的恋爱故事，却涌动着时代的风云，奔腾着革命的激浪。这首长诗通过对王贵与李香香恋爱故事的讲述，以"叙事"的形式揭示了中国农民革命的必要性、必然性、合理性和合法性，揭示了中国农民革命的主流与本质。在这个意义上，"《王贵与李香香》"的出现成为中国新诗时代转型的纪念碑式的作品。它所表现的内容，强化了 20 世纪 30 年代以来关于革命诗歌的倡导，而且改变原先的空泛抽象而拥有了充实的人物、事件和思想。它的关于人民翻身的'史诗'式的记载，实现了关于文艺通过自己的方式装填进去丰富的艰苦获得和胜利欢欣的情节要求。它改变了诗的单纯抒情性，也改变了诗的情绪化和抽象性，使其新诗成为较纯粹的故事的叙说，成为革命道理的说明和证实，其浓厚的意识形态的因素迎合了行政的召唤"。① 作为一首经典革命叙事诗，《王贵与李香香》所做的就是，通过"叙事"建构和演绎中国革命的本质，将零散片段、错综复杂、千头万绪的中国革命历史，组织成一个有头有尾、井然有序，情节连贯统一，有着明确清晰的政治主导力量，清晰的发展目标和确定的未来、前景的故事。通过对王贵与李香香恋爱受迫害、王贵遭毒打、香香被强霸等故事情节的组织和讲述，诗歌将"革命"编织进故事情节结构中，从而有效地引导读者和观众来把握、理解中国革命的历史、现实及其本质。正是从这个意义层面上，党内意识形态主管者、文艺界领导人和诗歌理论批评家毫不吝惜地给予了极高的赞誉。

　　1950 年代末，《杨高传》这一"革命英雄成长叙事诗"的出现，标志着诗人在更为广阔的历史视野中，从更为宏富的理念上来把握中国的过去和现在的努力。他试图通过对一个革命者具体的革命经历和生活变迁的讲述，来展示中国革命曲折动荡的历史进程和波澜壮阔的历史场景，从而证明中国社会和革命历史性转折的必要性。长诗包括《五月端阳》、《当红军的哥哥回来了》和《玉门儿女出征记》三部，从红军长征写到社会主义建设，着力表现杨高这一人物身上的英雄主义精神。与此前同类的叙事诗相比，《杨高传》呈现出新的叙事态势，诗中的人物和主题的象征性更为显著。主人公杨高从三边走到玉门，历经艰难困苦和腥风血雨，从一个放羊娃一步步成为"铁打的"共产党员。他那逐渐强大的成长过程和身上体现出的吃苦耐劳、不畏强暴、无私奉献的精神，最终被塑造成中国共产党和整

---

① 谢冕：《新世纪的太阳：20 世纪中国诗潮》，北京：中国人民大学出版社 2009 年版，第 194 页。

个中华民族的化身。从过去到未来，从三边到太行山又到昆仑山，《向昆仑》同样通过宏阔的时空跨度，表现了站在时代前列的革命者的精神风貌。

李季的叙事诗还通过塑造一系列革命英雄形象来建构起其史诗性品格。这包括《王贵与李香香》中的王贵、李香香，《菊花石》中的老工匠，《生活之歌》中的赵明，《杨高传》中的杨高、端阳、刘志丹，《海誓》中的阿初，《向昆仑》中的老祁，《报信姑娘》中的报信姑娘，《三边一少年》中的少年等英雄主角的塑造。他们中有革命领袖，有党的领导干部，有优秀的共产党员，多数是普通劳动群众。他们各以自己鲜明的性格、特有的声音笑貌，走进我国社会主义文学形象的行列。其中，最突出的是对王贵和杨高这两个艺术形象的成功塑造。

《王贵与李香香》借助王贵这一在革命中长大成人并获得"革命"本质的形象，完成了对"中国农民革命"历史成长的叙述。王贵是受到残酷的阶级剥削、压迫的庄户人家的孩子。他有着鲜明的阶级感情和对革命天然的要求。当他一旦接受了党的启发和教育，就对革命表现出无比的忠诚和坚强，在敌人面前宁死不屈，坚信地主阶级必然灭亡，人民革命事业必然胜利。对比来看，这首诗尚侧重于通过讲述革命者的"恋爱"故事来贯穿起"革命"情节的讲述，而对王贵的"成长"故事讲得较为简略，只是在第二部的"闹革命"部分进行了概述："上河里涨水下河里混，/王贵暗里参加了赤卫军。/白天到滩里去放羊，/黑夜里开会闹革命。/开罢会来鸡子叫，/十几里路往回跑。/白天放羊一整天，/黑夜不眨一眨眼。/身子劳碌精神好，/闹革命的心劲高又高。"与这种有所俭省的成长叙事相比，《杨高传》中的杨高则是一个比王贵更丰满的"革命成长英雄"典型。这种典型性，首先体现在对杨高成长过程的叙事长度上，《杨高传》在一个长时段的个体历史叙事中突出了"历史"的艰难、曲折和波澜壮阔。作为一个在血与火的斗争中锤炼出来的、集中了无产阶级革命战士最宝贵的性格特征的英雄形象，杨高的出身接近于无产者，"不知名不知姓没有家乡"，"天不收地不留四处讨饭"。后来，在党的启发和教育下，他参加了红军，以后在抗日战争中负伤，在解放战争中被捕，经历了艰难曲折的多次生死磨炼和考验，成长为一个坚毅的无产阶级革命战士。全国解放后，又踏上新的革命征途，在石油工业战线奋不顾身地为革命工作，身残志坚，斗志昂扬。很明显，杨高的个人成长是与一个新的民族国家的建立统一在一起的。诗人将凝聚了广阔而深刻的时代的、历史的、社会的内容编织进杨高的性格中。这样，杨高就不仅是王贵的形象在历史时间上的延伸，而且更是历史的"转折"。1949年10月1日前后是截然不同的，这是一个旧的历史的结束和新的历史的发端。《杨高传》属于典型的新的"历史"的写作，一种不同于《王贵与李香香》那种在旧的历史中写作的新的历史叙事方式。杨高的成长是一个国家的成长，他是一个在新的历史中诞生的新人。

放在社会主义现实主义叙事的文学谱系中来看，尽管杨高与王贵一样，可以视为朱老忠、林道静式的成长英雄的叙事诗版本，但从身份建构上看，他更接近于朱老忠；而从历史叙事的组织和完成上看，他更接近于林道静。因此，诗人李季通过他的成长故事，最终完成的是对中国革命历史的重新讲述与建构，和对中国革命起源、展开与胜利的合法性论证。

与史诗品格相应的是，李季"民族史诗"的"民族"品格。李季的叙事诗，在新诗民族形式的继承和发展方面作了辛勤的探索，为新诗民族化做出了杰出贡献。在内容上，李季执着于关注历史的革命斗争和现实生活，通过对历史和生活事实的选择、提炼，展开艺术构思，表现具有民族特色的精神美和心灵美，取得了重大成绩。在形式上，李季叙事诗最大程度地沟通了现代叙事诗与民族的尤其是民间的文艺传统。他在继承民族的大众的传统诗歌特别是民歌的基础上，吸收和运用其他形式的特长，创造了新的叙事诗体式。李季叙事诗形式的主要基调来自民歌和民间说唱文学。《王贵与李香香》是诗人深入学习陕北信天游民歌的产物。信天游这种民歌形式的基本格式是两句一组，每句七言，但可以增字减字，相当灵活。诗人在深刻领会这种形式的表现特色的基础上，加以运用和创造，灵活地驾驭这一形式，写出了富于民族特色的好诗。《王贵与李香香》保持了信天游的优美格调，而又根据表现土地革命斗争生活的需要有了创造性的发展，扩大和丰富了诗歌的艺术表现力，在刻画人物、叙述事件、描绘景物、表现革命斗争生活方面都比旧信天游显得丰富多彩。诗人对信天游民歌形式的创造性的采用，对新诗的民族形式产生过广泛的影响，后来许多诗人都采用这种形式写诗，并出现了像《死不着》（张志民）、《回延安》（贺敬之）等优秀作品。长诗《菊花石》以湖南民歌盘歌为基本格式，吸收了古典诗词的一些表现特点，形成了一种五行体七字句式的形式，节奏和句式都相当整齐，在遣词造句方面，这是李季叙事诗中最文雅深奥，离口语远一些的一部。

《杨高传》则不以某一种具体的流行的民歌形式为基础，而主要吸收北方民间说唱文学（如鼓词）的特点，借助民间文艺中说唱人的身份，讲述故事，融叙事、写景、抒情于一体，把说唱文学的章法、句法同七言体民歌及古典诗词结合起来，形成一种四句一组，一、三句多为七言，二、四句多为十言，二、四句押韵的、可以说唱的诗的形式。从《杨高传》看，这种尝试是成功的，它同长诗所表现的复杂的故事和众多的人物，同长诗宏大的结构所应有的开合和起伏，都得到了自然和谐的统一。这就使得这首长诗不仅内容富于故事性、人物富于行动性，而且语言富于音乐性，易懂易唱，具有鲜明的民族化和大众化特色。

总体来看，李季革命叙事诗所蕴含的是一种既是"现代"的，又是"中国"的新文化，它通过对本土、民间资源的汲取，把一种"新文化"、民间通俗文化和新的革命政治文化融合为一体，是一种不同于五四以来的知识分子启蒙文化，有别于原生态的民间文艺形式，又带有明显的"本土"特征、"大众性"风格和"通俗"色彩的新型革命文学。

二、1930—1970年代：革命叙事诗的兴起、繁荣及异化

作为新中国"革命叙事诗"的代表诗人，李季的诗歌继承的主要是1930年代普罗诗歌和1940年代解放区诗歌的经验和"叙事"传统，同时也是中国现代叙事诗艺术的延续和发展。

五四以来的中国新文学将诗歌作为建构现代"国家"意识和"民族"意识的重要一翼。这一历史意识极大提高了叙事文学的地位，将叙事的主导文体——小说及叙事诗从文体等级序列的低端和边缘地位提高到"最上乘"的文学中心，使其切实担当起建构民族国家想象的历史责任。这极大促进了中国现代叙事诗的发展，并促成中国现代叙事诗创作思想和艺术美学的形成与建构。

将叙事诗作为民族国家意识建构的重要手段，也就意味着必然要寻找现代叙事诗的诗学资源。新诗开始向民歌民谣学习。1930年代，左翼文学的新诗追求"歌谣化"创作。同时，叙事类文学之所以被视为"文学之最上乘"，既因为西方现代

思想和文化在中国的传播与接受，又得力于晚清民初以来通过中西民俗比较，以改造民心民俗造就"新民"的思想文化理念。将国民性改造主题与中国民心民俗的揭示相结合，建立起现代叙事诗与民歌民谣的关联；既借助于民初以来对各地民间谣曲和风俗的搜集、研究，更来自于对文化及文学的现代性的理解与期望。从早期的胡适、俞平伯等人提倡白话新诗，到1930年代中国诗歌会诗人们诗歌"歌谣化"的文艺主张，诗歌大众化的课题一直被各方面所广泛瞩目。

　　1927年大革命失败后，由于无产阶级革命文学运动的倡导，革命诗歌创作形成了一股空前壮阔的潮流。普罗诗歌注重文学的政治宣传作用，往往从重大政治历史事件中取材，表现工农斗争的风云，表达反帝反国民党统治的主题。如殷夫的《在死神未到之前》以亲身的牢狱经历完成了对主人公革命者形象及其政治意识转变过程的叙述。冯乃超的《流血的纪念日》、戴伯晖的《血腥的五卅》等则表现五卅惨案。1930年代初的革命叙事诗作为历史大转变时代新旧政治势力冲突和时代反抗精神的心理—意志镜像，呈现出中国新诗在叙事题材、叙事主题意蕴、叙事范式和审美意识上的重大转型。如茅盾所分析的那样，这是"新诗从'书房'和'客厅'扩展到十字街头和田野"的标志，这是对"几乎钻进牛角尖去"的"滥情"式写作的"反动"，在他看来，新诗这种"从抒情到叙事"、"从短到长"的转换，"表面上好像只是新诗的领域的开拓，可是在底层的新的文化运动的意义上，这简直可以说是新诗的再解放和再革命"[①]。1932年成立的中国诗歌会主张表现"急雨狂风"的时代，主张诗歌的大众化，使"诗歌成为大众歌调"。他们曾开展大众化诗歌运动，用民歌、民谣、鼓词、儿歌等形式进行创作，使之既顺口又易记。其代表诗人蒲风的长篇叙事诗《六月流火》通过讲述农民暴动并建立自己的政权的故事，反映了农村土地革命的兴起。杨骚的长篇叙事诗《乡曲》以五个章节的庞大篇幅结构，建构起一种关于中国农村贫弊破产以及阶级意识的发生和农民革命斗争的兴起的宏大叙事。总体上看，"中国诗歌会"的革命叙事诗重视重大题材，忽视非重大题材，以大众化为首务，注重诗歌的宣传和鼓动作用，艺术性则因受到轻视而显粗糙。

---

① 茅盾：《茅盾文艺杂论集》（上），上海：上海文艺出版社1981年版，第633页。

抗战全面爆发后，现代叙事诗的创作更注重文学的舆论宣传和民情鼓动作用，而更致力于民间歌诗和谣曲对诗歌创作的深度渗透和影响。民族的危亡及解放区翻天覆地的变迁，使诗人们强烈感到仅用短歌来"抒人民之情"已远不够，还必须用长诗来详尽地"叙人民之事"。"建立民族革命的史诗"是抗战时期诗人的当务之急。于是，伴随着土地改革、清匪反霸、发展生产等运动，出现了一批讴歌"新的世界"、"新的生活"、"新的人物"的民歌体叙事长诗。如茅盾所指出的："这是新诗人们和现实密切拥抱之必然的结果，主观的生活的体验和客观的社会的要求，都迫使新诗人们觉得抒情短章不够适应时代的节奏，不能把新诗从'书房'和'客厅'扩展到十字街头和田野了。"进而对叙事诗创作热潮的兴起寄予厚望："我觉得'从抒情到叙事'，'从短到长'，虽然表面上好像只是新诗的领域的开拓，可是在底层的新的文化运动的意义上，这简直可以说是新诗的再解放和再革命。"① 因此，集体主义的、容纳更多社会性内容和体验的叙事诗，取代个人主义的、侧重于表现个人情绪与体验、追求精致的形式和诗性语言的抒情短诗，成为新诗历史转换的必然，而民间的艺术形式，诸如歌谣、道情、大鼓词等被充分吸纳于叙事诗的创作，也体现出这种新的诗体走向田间地头、旷野集市也即"大众"的必然性。此时的长篇叙事诗中，艾青创作于 1940 年的叙事长诗《火把》，通过叙述一次要求政府坚持抗日、反对妥协的火把游行，表现了爱国民主的思想。力扬创作于 1942 年的《射虎者及其家族》是一部隐含着阶级悲剧内容的现实主义叙事诗力作，反映了旧中国农民的穷困与苦难，在阴郁的色调和浓郁的抒情中深蕴着摧毁阶级压迫的情感倾向。而《古树的花朵》（臧克家）、《小蛮牛》（雷石榆）、《岁寒曲》（瞿白音等）、《静默的雪山》（臧云远）、《英雄的草原》（唐湜）、《捧血者》（辛劳）等叙事诗则气象宏大，热情奔放，皆借叙述、歌颂抗日民族英雄，突出中国人民不屈不挠的英雄气概。

　　直到 1940 年代的解放区文学，诗歌的民族化、大众化才落到实处，真正做到用老百姓喜闻乐见的形式，反映普通百姓的日常生活及喜怒哀乐的情感，从而得到他们的承认与喜爱。柯仲平创作于 1938 年的《边区自卫军》、《平汉路工人破坏

---

① 茅盾：《叙事诗的前途》，《文学》，第 8 卷第 2 号，1937 年 2 月 1 日，。

大队》标志着解放区叙事长诗创作的最初成绩。1942 年 5 月毛泽东《在延安文艺座谈会上的讲话》在推动现代叙事诗进一步革命化、民族化、大众化方面，起了巨大的作用。此后，以延安为中心的解放区出现了叙事诗创作的繁荣，并呈现出崭新的面貌。此时的叙事诗，有意识地发掘和利用民间歌谣及俗曲等民间艺术形式，追求文学的民族化和大众化，在许多艺术实践层面及方式上，形成了具有民族风格、民间色彩、谣曲形式和本土特色的现代叙事诗创作形态，且成为了解放区文学中实践"工农兵方向"的一个重要实绩。代表作品如艾青的《吴满有》，田间的《戎冠秀》、《赶车传》，阮章竞的《漳河水》，李冰的《李巧儿》，张志民的《死不着》、《王九诉苦》、《欢喜》，刘洪的《艾艾翻身曲》，刘艺亭的《苦尽甜来》，方冰的《柴堡》等。就诗体形式看，或自由体，或民歌体，或朗诵诗体，或为诗剧，或似鼓词。而李季的长篇叙事诗《王贵与李香香》则成为 1940 年代叙事长诗创作的一个高潮的标志，也确立了"革命叙事诗"的艺术规范。

1950 年代后期，出现了一个叙事诗的潮流。这时期叙事诗创作数量比较多，仅 1959 年前后，出版的长篇叙事诗就有近百部之多。较具代表性的有李季的《菊花石》、《生活之歌》、《杨高传》（共 3 部）、《向昆仑》，阮章竞的《金色的海螺》、《白云鄂博交响诗》，田间的《长诗三首》、《英雄战歌》、《赶车传》（共 7 部），李冰的《赵巧儿》、《刘胡兰》，臧克家的《李大钊》，郭小川的《白雪的赞歌》、《深深的山谷》、《一个和八个》、《严厉的爱》、《将军三部曲》，艾青的《黑鳗》、《藏枪记》，闻捷的《复仇的火焰》、《东风催动黄河浪》，乔林的《马兰花》，王致远的《胡桃坡》等。

这些叙事诗在内容上大体可分三类：反映革命历史斗争生活；反映建国后的历史变迁和人民群众的劳动生活；根据民间传说故事改编和创造的故事、传说。在艺术表现形态上则分两类：第一类是某个历史人物、英雄人物或某段历史进程的史诗，注入史实意识，追求史诗品格，反映革命历史斗争和社会演化进程，多采用多卷本形式。如郭小川的《将军三部曲》、闻捷的《复仇的火焰》、李冰的《刘胡兰》、高缨的《丁佑君之歌》、臧克家的《李大钊》、贺敬之的《雷锋之歌》等。第二类是整理少数民族民间诗歌基础上创作的叙事诗，具有较高的艺术水准。包括徐嘉瑞、公刘、徐迟、鲁凝分别创作的同名长诗《望夫云》、白桦的《孔雀》、韦其麟的《百鸟衣》。高平写于 1950 年代中期的叙事诗《紫丁香》、《大雪纷飞》，有着藏族的民间传说和民间诗歌作为题材、艺术上的依据，也表现了叙事诗创作的较高的水平。

在各类叙事诗中，占据时代主流位置，能够体现时代精神的是革命叙事诗。中华人民共和国的成立，使中国进入了和平建设时期。但对于诗人来说，民族斗争、民主革命和阶级革命并未从他们的记忆中消失，战争思维、战时文化心理和文学的战斗功能和政治—阶级属性仍然构成他们的文化心理现实。除此之外，作为历史的胜利者，诗人们同样需要在庆功的同时，以叙事的形式记录下革命时代的故事，以美学的形式承担起文学的认识和教育功能，让在新中国诞生和成长的后代铭记他们开国建业的丰功伟绩，因此新中国的诗人们就必须责无旁贷地承担起沟通历史与现实的光荣使命。另一方面，面对建国初期崩坍的社会、道德和文化秩序，为了促进新中国政权的巩固，牢固地树立起无产阶级的价值观与人生观，战争时代的革命集体主义、革命道德主义、革命牺牲精神，需要进一步弘扬，以便建立坚实的无产阶级文化领导权。在这种历史情境下，新中国诗人们以叙事诗的形式，讲述充满革命英雄主义的传奇故事，讴歌时代胜利者的主观意志，也就成为历史的必然。事实上，在众多诗人那里，以无产阶级政治意识形态代言人的身份，运用浪漫主义的艺术想象力，去讲述曲折感人的革命故事，描画起伏跌宕的革命历程和波澜壮阔的革命场景，传达革命的大众化情感，去尽情地创造艺术化的革命历史，书写民族的革命的史诗，就成为一种历史情势下的必然选择。

因此，在革命叙事诗中，我们看到的是，诗歌对革命英雄从落后农民到革命战士再到无产阶级政治革命家的人生成长历程的生动表现。如《刘胡兰》和《丁佑君之歌》通过对刘胡兰、丁佑君两位英雄感人的革命事迹的叙写，阐明了中国共产党和人民群众之间的血肉关联。乔林的《白兰花》和艾青的《黑鳗》在典型的社会历史环境中塑造了具有典型性的人物，叙写解放前后女性命运的变迁，阐释新旧社会交替的必然性。更具规模、也更能体现这一史诗特征的是臧克家创作于1958年末至1959年初的长篇叙事诗《李大钊》，除序曲《丰收歌》和尾声《奇异的葬仪》外，这首长诗共16章。按照时间顺序，每一章写李大钊的一个生活片段。诗人抓住李大钊作为中国共产党早期的创始人、理论家、工人运动领袖这一核心，选取教育青年、领导五四运动、创建共产主义小组、实现国共合作、狱中斗争和英勇就义等重大事件，从正面塑造了一位伟大的革命先驱形象。长诗还努力挖掘李大钊性格的复杂性，突出其作为普通人和蔼可亲的一面。

真正在叙事诗的主题和表现方法方面有所突破的，应该是李季的《杨高传》，闻捷的《复仇的火焰》，郭小川的《白雪的赞歌》、《深深的山谷》、《一个和八个》。《杨高传》的出现，标志着诗人从更为宏富的理念上来把握中国的过去和现在，通过具体人物的生活变迁来证明中国社会演变的叙事长诗呈现出新的态势。此后，田间的《赶车传》、张志民的《金玉记》基本上延续着李季的探索，只是在某些方面有些拓展，但在本质上并无变化。郭小川解放后的叙事诗创作集中在1950年代后期，包括"爱情三部曲"的《深深的山谷》、《白雪的赞歌》、《严厉的爱》以及《一个和八个》、《将军三部曲》，描述的事件都发生在战争年代。这些作品都在回答一个革命战士在不同的革命环境下，面对不同形势、任务和考验时，应具有怎样的精神状态、人生态度与道德操守。

建国后革命叙事诗的繁荣，首先得益于战争时代结束，社会相对稳定，当代诗歌界的主流是用现代的语言形式表达现代人的感情，与现实生活建立更加直接的联系。在诗歌道路的选择上，解放区诗歌和新诗中的"革命诗歌"在新中国诗歌界处在主流位置。区分主流和逆流的做法，使得诗歌多元的格局逐渐不存在，诗歌道路逐渐窄化。诗歌与"人民群众"结合，为社会服务，以及作者与民众的感情结合，作者的写作立场和思想感情都成为诗歌核心的观念。其次，这一时期把深入反映和再现现实生活，塑造人物形象，创作典型形象作为诗歌进步的重要象征。李季深入油田，写下《玉门诗抄》、《生活之歌》、《杨高传》、《向昆仑》，被誉为"石油诗人"，他的叙事诗被誉为"诗歌与劳动人民相结合的榜样"，诗中建立了以战争和建设为主的视角。阮章竞的《新塞外行》和《乌兰布察》开始脱离民歌风格，以书面语和自由体诗歌来表现新生活和新社会，被作为"诗歌与劳动人民相结合的榜样"而肯定。再次，挖掘民间文化的传统资源（包括少数民族民间诗歌资源），要求诗歌具有"民族风格"，并将"民族风格"理解为民间形式。1950年代初出现的对少数民族叙事诗歌和抒情诗歌的搜集、整理高潮是这一政治化举措的一个显在表征。直至1958年毛泽东指出，中国诗歌的出路第一条是民歌，第二条是古典，开始创建人民的大众文化的大规模的群众性实践。新民歌被确定为诗歌界的主流，对民歌的崇拜和开展的诗歌运动含有激烈的"革命含义"，以全民动员的方式展开，并引发了诗歌道路的论争，目的是要颠覆五四以来已经确立的新诗传统，建构具有中国作风和中国气派的当代中国诗歌美学，并最大程度地介入中国特色的社会主义历史进程。

"文革"期间，叙事诗已经不复高潮，自由体抒情诗和拟格律体、民谣体诗词占据主流。无论是批判，还是歌颂，革命叙事诗均体现出一种狂暴甚或粗暴的风格；无论是直抒胸臆，还是借景抒情，抑或记叙"革命""造反"行为，革命叙事诗都运行于封闭的理念话语中。社论、语录、标语、口号等政治观念的载体，无所顾忌地介入叙事诗的叙事过程，某种抽象而清晰的革命理念构成了诗歌的叙事线索，闭锁了诗歌叙事角度的选择。在1970年代，还出现了一种独特的革命叙事诗——"诗报告"，其代表作品是张永枚的《西沙之战》(《光明日报》1974年3月15日全文刊载，次日《人民日报》转载)。《西沙之战》被称为"诗报告"，其实是一部纪实性长篇叙事诗，全诗近500行，包括"序诗"和"美丽富饶的西沙"、"渔民与敌周旋"、"海战奇观"、"国旗飘扬在西沙群岛"等四章构成，叙述了西沙之战的全过程，塑造了舰长和海军战士的英雄形象，得到了极高的赞誉："《西沙之战》……为了迅速地反映西沙之战这一重大题材，创造性地运用了'诗报告'这种体裁，采取叙事和抒情相结合的形式，从结构到语言都根据内容有不少创新，在诗歌为今天的无产阶级政治服务这个重大课题中，取得了可喜的成绩。"[1]

曾经以民族化、大众化、政治化的统一为追求，讲究个体话语、革命话语、民间话语和谐共在的革命叙事诗走到了它的顶端而趋于分化和瓦解，曾盛极一时的革命叙事诗蜕变为充满滑稽和闹剧色彩的"百衲衣"文体，它看似融合小说、纪实性报告、抒情诗、叙事诗、社论、散文诗等多种文体而呈现出一种开放性，但实质上却达到了封闭、自足的极致，政治理念等非文学反文学因素完全控制了文学的生产，曾经朴素、鲜活的革命叙事诗彻底蜕变为程式化的、特定阶级的话语狂欢。

---

① 任犊：《来自南海前线的战歌——读张永枚同志的诗报告〈西沙之战〉》，《人民日报》，1974年4月17日。

在这个文学史脉络中，可以看到，通过对中国革命和和平建设时期的宏大叙事，李季将波澜壮阔的历史场景和曲折多变的革命历程表达出来，并以艺术的形式建构了革命历史与新中国、新社会、新生活之间的交流和对话关系，在实现一体化时代文学功能的同时，也适应了新中国读者接受心理的要求。

同时，也要看到从 1930 年代初创的政治化革命叙事诗传统对新中国的革命叙事诗的深刻影响。这种影响有积极的一面，也有消极的一面。正视这一客观的历史事实，可以帮助我们去理解和判断李季革命叙事诗的历史意义和局限。

其一，诗人的个体意识淡化，而立足于政治和阶级本位的群体意识强化，诗人承担了"文化军队"所需承担的政治斗争使命和历史责任，在某种程度上忽视了知识分子自身的情感表达，损害、抑制了诗人在把握生活时情感、意志、思考的加入，使诗逐渐演化为缺乏细腻心理内容和丰富情感体验的对生活现象的摹写。从 1930 年代普罗诗歌到 1940 年代延安叙事诗，到 1950 年代李季等的革命叙事诗，再到"文革"期间的叙事诗，我们可以看到，诗人对生活、革命、斗争的追踪式表现，逐渐导致了作品过于粘着于生活。"生活"和"诗"之间的必要的张力，被逐渐取消，从而导致诗歌中诗性想象力的渐趋匮乏和诗人情感、思想的缺失，直至革命叙事诗最终成为某种被规定的、因而也被充分抽象化的"生活"的奴仆。个体化的思想、情感被最大程度地压抑，想象力被"生活"所取消，诗性被某种粗粝的乃至粗暴的情绪所彻底控制。

其二，叙事诗的审美观念受到削弱而功利观念被高度强调，客观记叙成分得以增强而主观抒情成分减弱，叙事诗也相应地从自我内心的观照转向对根据地、解放区军民的斗争生活和精神状态的表现和反映。相对应的是，新中国的革命叙事诗创作，一方面是革命叙事诗特别兴盛；另一方面是大多数抒情诗也都有人物、场景、事件的叙述框架。普罗诗歌、解放区诗歌的叙事功能和写实倾向被当成建国后诗歌最重要的传统继承下来。新中国革命叙事诗对写实性的强调，根源于对诗的社会政治功能的强调。而导致的直接美学后果则是诗、小说等文体之间特征的模糊。塑造典型人物和典型场景、提炼故事情节、描述现实事态，这些原本为小说所长的艺术因素，被当做了革命叙事诗的要件。到了"文革"时期，革命叙事诗除了受到小说、戏剧和散文的渗透外，被过多地硬性加入了社论、领袖语录、革命标语、政治口号等非文学性内容，堕入政治传声筒的泥淖，丧失了鲜活的生命力。

其三，在中国现代诗歌史上，存在着多姿多彩的诗体样式。如以"问题"为中心的写实主义叙事诗、以"主情"为特质的浪漫主义叙事诗，及具有鲜明人文和理性精神的人文主义叙事诗，都曾从各个角度诠释着以文化"现代化"为中心的文学多元化。但在解放区随着民族化、大众化运动的勃兴，叙事诗创作也由多元的纵横借鉴转向单一的纵向继承，而在继承传统的过程中过分肯定各种民族艺术形式的优点，却很少提及它的不足，片面化地理解了"民族"与"民间"的关系，并对"传统"进行了封闭化的本质化的理解，在某种程度上切断了五四以后中国新文学的现代化道路。这对革命叙事诗叙事方面的影响主要是，叙述方式上偏重借鉴、摹仿民间谣曲或民歌的叙述格调，诉诸听觉功能的讲故事结构模式，辅之以一些"比兴"等"民族化"手法。在叙事主题方面，则是"战歌"与"颂歌"的统一。在叙事模式上，则是"压迫—革命—解放"的基本模式。应该说，李季及早些的革命叙事诗还能通过借鉴民间艺术形式和艺术元素，而在讲述"革命"故事、塑造英雄人物时，尚能基本保持普遍性的、抽象性的革命理念与中国本土文化、本土体验之间的血肉联系和艺术平衡。但应该看到左翼叙事诗中那种痛快淋漓的呼喊和空洞的议论对诗歌艺术的伤害，也应该看到李季革命叙事诗中对现实情节和细节的重视，既避免了那种声嘶力竭的空洞，又削弱了诗应有的超越和发现。这一弊端在"文革"革命叙事诗中尽显无遗，在"文革"叙事诗中，叙事手段越是简单，越有直观性，就越能揭示"不断革命"的历史本质，越能达到宣传和鼓动的现实效果。这样，"文革"叙事诗完全刨除了民间文艺的活性，而竭力同一于某种纯粹的、抽象性的理念，将诗情的激发完全依赖于某种"革命哲理"或领袖语录，完全摒弃了形象与情感的叙述方式，专制般掌控着对事件、人物的阐释权，以理念演绎故事，以理念制导空泛激情，又以故事印证着理念，以激情推进着理念的展开。这就使革命叙事诗完全成为了抽象理念、空洞激情和贫弱叙事的怪诞扭结。

第十八节　贺敬之与政治抒情诗

一、贺敬之的政治抒情诗

贺敬之（1924—　），现代著名革命诗人、剧作家。1924 年生于山东峄县（今山东枣庄峄城）。1938 年起参加抗日救亡运动。1939 年以"贝文子"为笔名在《华西日报》发表散文处女作，同年以"艾漠"为笔名在《朔风》第 1 卷第 3 期发表诗歌处女作《北方的子孙》。1940 年到延安，入鲁迅艺术学院文学系学习。1941年入党。1945 年，他和丁毅执笔集体创作的"新歌剧"《白毛女》在延安演出，受到中央领导的充分肯定，在群众中产生极大影响。这是我国"新歌剧"发展的里程碑，作品生动地表达了"旧社会把人逼成鬼，新社会把鬼变成人"的主题。1951 年，《白毛女》获斯大林文学奖二等奖。1954 年，诗集《朝阳花开》由作家出版社出版。1956 年创作诗歌《回延安》，发表于《延河》第 6 期。1957 年，长诗《放声歌唱》由中国青年出版社出版。同年，诗集《乡村的夜》由作家出版社出版。1958 年，诗歌《三门峡歌》发表于《诗刊》第 5 期。1959 年，长篇政治抒情诗《放声歌唱》由人民文学出版社列入"文学小丛书"出版。1961 年，诗集《放歌集》由人民文学出版社出版。1963 年，《雷风之歌》发表于 4 月 11 日《中国青年报》，并于同年 5 月由中国青年出版社出版单行本。1964 年，《西去列车的窗口》发表于 1 月 22 日《人民日报》。1976 年 10 月，长篇政治抒情诗《中国的十月》发表于《诗刊》第 11 期。1977 年，长篇政治抒情诗《"八一"之歌》发表于 7 月 26 日《人民日报》。1979 年，《战士的心永远跳动——〈郭小川诗选〉英文本序》发表于 12 月 9 日《人民日报》。同年，《贺敬之诗选》由山东人民出版社出版。1986 年，《贺敬之文艺评论集》由红旗出版社出版。建国后，先后担任中国作家协会和中国戏剧家协会理事、中国戏剧家协会书记处书记、《人民日报》社文艺部主任、《人民日报》社文艺部支部书记、文化部副部长、中国作家协会副主席、中共中央宣传部副部长、文化部代部长和党组书记等职务。

贺敬之在"文革"前的诗歌创作大体上可划分为三个阶段：第一阶段是早年诗歌探索阶段（1939—1941）。这一阶段的诗作大都收在《并没有冬天》和《乡村的夜》两部诗集里，尤其是收入《乡村的夜》里的叙事诗，堪称旧中国的悲歌，是贺敬之早年诗歌创作的重要收获。第二阶段从 1942 年《在延安文艺座谈会上的讲话》发表以后至 1949 年新中国的成立。这是贺敬之初步实践文艺"工农兵方向"的时期，除创作了《啄木鸟》、《铁拐李》、《行军散歌》、《参军歌》（后改名《送参军》）、《笑》、《搂草鸡毛》等诗歌外，还写了大量革命歌词，如《朱德歌》、《红旗的歌》、《贺龙》、《毛泽东之歌》、《翻身道情》、《迎接八路军》、《人民歌颂毛泽东》、《翻身歌》等，其中《南泥湾》、《七枝花》、《胜利进行曲》、《平汉路小唱》、《秋收》、《翻身道情》等皆为脍炙人口之作。此阶段诗歌主要收入《朝阳花开》集中。第三阶段自 1956 年至"文革"爆发。新中国成立后，由于身体状况等原因，贺敬之诗歌创作发生了中断，直至 1956 年以重返延安为契机，贺敬之才又重燃诗歌创作的激情，并进入了其诗歌创作的辉煌期，至"文革"爆发被迫终止，是为第三阶段。这一阶段的诗作大都收入《放歌集》中，在思想和艺术取向上大都具有"革命现实主义和革命浪漫主义相结合"的特征。贺敬之第三阶段的诗作大体可划分为两种类型：一种是以《回延安》为代表的政治抒情短章，其他如《三门峡歌》、《桂林山水歌》、《西去列车的窗口》等。这些政治抒情短章多从现实生活中的某种具体感受出发，采用陕北信天游等民族形式，表达感情真切细腻，艺术构思精巧，音韵和谐优美，具有婉约美的性质。另一种是以《放声歌唱》为代表的长篇政治抒情诗，其他如《东风万里》、《十年颂歌》、《雷锋之歌》。"文革"后创作的《中国的十月》、《"八一"之歌》也是能体现当代抒情风格的政治抒情诗。

在谈到诗歌的抒情主人公时，贺敬之说过："按照诗的规律来写和按照人民利益来写相一致，诗人的'自我'跟阶级、人民的'大我'相结合。'诗学'和'政治学'的统一，诗人和战士的统一。"[①] 这些观点恰恰反映了贺敬之在自己的诗歌创作中所遵循的原则。

贺敬之的诗具有政治的美学化与美学的政治化的突出品格。贺敬之以诗学传达政治学的理念和情绪，将硬性的"文学为政治服务"艺术化为以诗歌的形象性、情感性来建构起政治的美学形象；同时，他又通过将美学政治化而将文学的社会性、

---

① 贺敬之：《战士的心永远跳动——〈郭小川诗选〉英文本序》，《光明日报》，1979 年 6 月 19 日。

政治性维度推进到历史上前所未有的高度，而无限接近于"文革"的本质主义和象征主义的写作模式。他的政治抒情诗与时代和政治结合紧密，强调诗歌的社会功用，突出题材的时事性和主题的政治规范化。在他看来，诗歌应该成为表现社会政治风貌和新时代新气象的有力工具。在作于1956年中国共产党第八次代表大会召开之际的《放声歌唱》中，贺敬之通过对新旧社会的对比，发出了这样的感慨："啊，我们的前辈古人，/希望啊，希望，/希望，梦想啊，梦想，梦想……/而你们何曾想见/今日的祖国/是这样的/灿烂辉煌！/你们的千万支神来之笔啊/怎么能写出/我们时代的/社会主义的/锦绣文章？！"诗中通过自问自答的方式回答了中国人民不再惧怕命运，并对新生活充满信心与希望的原因："'人民'——/我们壮美的/英雄的/名字！在中国的/神话般的/国度里，/创造一切的/神明/正是/我们自己！"，"我们生命的/永恒的/活力——/这就是/党！我们的党！"，"在节日里，/我们的党/没有/在酒杯和鲜花的包围中，/醉意沉沉。/党，/正挥汗如雨！/工作着——/在共和国大厦的/建筑架上"。党这一抽象的概念在这里被具体形象化了，党成为了有血有肉、与人民同甘共苦，建设社会主义美好未来的一份子。于是，"我"与"我们""是这样的/谐和统一！"《雷锋之歌》创作于1963年3月，恰逢1960年代响应毛泽东等领导人"向雷锋同志学习"的运动。诗中通过雷锋的行动探讨起人生道路的选择："人，应该怎样生？/路，应该怎样行？"[1]通过对雷锋的学习宣传，最终将雷锋精神确立为时代精神，成为人们在新时代里不断前进、不断完善自己的思想路标。也因此，贺敬之的政治抒情诗及其美学思考、美感经验成为1950—1960年时代政治舆论、政治宣传和政治动员的一部分，甚至是大众政治、无产阶级群众政治的典型呈现者，在读者的民族国家共同体想象的建构中起着重大的、无可替代的作用。

在贺敬之的政治抒情诗中，充分本质化、社会化的"代言人"身份与国家美学、人民美学的建构是一体的。贺敬之在评价诗人李季时曾说："诗人不能指靠孤芳自赏或遗世独立而名高，相反更不会因抒人民之情和为人民代言而减才。对于一个真正属于人民和时代的诗人来说，他是通过属于人民的这个'我'，去表现'我'

---

① 贺敬之：《雷锋之歌》，《贺敬之诗选》，北京：人民文学出版社1997年版，第362页。

所属的人民和时代的。小我和大我，主观和客观，应当是统一的。"① 贺敬之自觉地
把通过诗歌进行政治宣传作为自己创作的目的，在政治抒情诗里用能代表"阶级"
的抒情主人公"大我"来抒发自己对新时代新社会的感情，成为真正的"人民性"
颂歌。以"阶级"和人民的代言人的身份，置身革命队伍，站稳政治/阶级立场，
于历史风云动荡中凸显无产阶级革命战士卓然超拔的胸襟、气魄、视野和胆识，
建构一个诗歌中的"人民共和国"形象，是贺敬之政治抒情诗超出同时代诗人之
处。所以，从贺敬之的诗歌中，我们不仅看到了一个超越时空的"大我"型抒情
主人公，而且经由贺敬之式的"宏大抒情"，我们更看到了"中国形象"、"党的形
象"、"人民形象"。仅以《放声歌唱》为例：

"新中国形象"："啊啊！是何等壮丽的景象——/我们祖国的/万花盛开的/大
地，/光华灿烂的/天空！/你，在每一天，/在每一秒钟，/都展现在/我的眼前
/和我的/心中。……/我看见/星光/和灯光/联欢在黑夜；/我看见/朝霞/和卷扬
机/在装扮着/黎明。""啊，我们共和国的/万丈高楼/站起来！/它，加高了/一
层——/又一层！""而你们何曾想见/今日的祖国/是这样的/灿烂辉煌！/你们
的千万支神来之笔啊/怎么能写出/我们时代的/社会主义的/锦绣文章？！"

"党的形象"："在我们血管的/激流里，/燃烧着、/沸腾着的，/却有一共同
的/元素，/我们生命的/永恒的/活力——/这就是：/党！/我们的党！/党的/
血液，/党的/脉搏，/党的/旗帜，/党的/火炬！——/党，/使我们这样地/变
成巨人！/党，/带领我们/这样地/创造了奇迹！""又向哪里/去找/这最壮丽
的语句——/党！/我们的党！/党啊——/我们祖国的/青春/和光荣，/党啊——/
我们社会主义事业的/信心/和力量！……""正挥汗如雨/工作着——/在共和
国大厦的/建筑架上！/啊啊，正是这样！/党的伟大纪念日，/像共和国的/每
一个工作日/一样地/忙碌、紧张。/但是，/在我们忙碌、紧张的/每一个工作日里，/
难道我们不是/每时每刻/在纪念着/我们的党？！/啊，我们共和国的/每一个形象
里，/每时每刻/都在显现着——/党的/历史，/党的/思想，/党的/力量。"

"人民形象"："'人民'——/我们壮丽的/英雄的/名字！/在中国的/神话般

① 贺敬之：《〈李季文集〉序》，《贺敬之文艺论集》，北京：红旗出版社 1986 年版，第 211 页。

的／国度里，／创造一切的／神明／正是／我们自己！"

在诗人的眼里，"共和国"、"党"和"人民"具有本质上的同一性，歌唱"共和国"，就是歌唱"党"、歌唱"人民"："胜利啊——／人民！／胜利啊——／社会主义！／胜利啊——／我们伟大的／祖国！／胜利啊——／领导我们前进的／党——！"三者是一个历经艰险建立起来的无坚不摧而又坚不可摧的整体。每一个人的生命、意义和价值都从这个整体中获得，而且只能从这个整体中获得。每一个人的欢乐、骄傲、光荣和力量，只能是这个抽象的整体和本质的显现："'我，／中国共产党党员。'／'我，／中华人民共和国公民。'／'我，／社会主义事业的／建设者。'／'我，／毛泽东同志的／同时代人。'"

因此，贺敬之诗歌中有关"我"的感情并不是纯粹的、封闭的个体情感，而是与人民、社会和时代紧密相连的感情，这就使得贺敬之的政治抒情诗具有"感情的典型化"特征①。正因为贺敬之是把党、人民和国家作为抽象的本质来歌颂，所以这种感情在贺敬之的笔下就格外充沛丰盈，格调高昂，慷慨激越，自然流畅，这种乐观开朗的调子是发自内心的真实歌唱，有别具一格的豪壮美。"祖国啊，／你给我／无比光荣的名字：／'公——民'，／党啊，你给我／至高无上的称号：'同——志'！""我——／祖国和党的／一个普通的儿子，／一个渺小的／'我自己'，／在这里／有着／何等的意义！""啊！我亲爱的／祖国！／啊！我亲爱的／党！／我就是这样／献给你／我的歌声。"在主体性情感与人民之情相互交融的引导下，贺诗在意象运用上多选取长江、黄河、大海、岩浆等雄奇壮美的具有伟岸力量的自然景物，或是红色革命的代表性地点延安、长安街、天安门等，这些意象往往直接成为革命理想的象征。"我的心／紧贴着／天安门的红墙……／啊，给你——／我们心中的／熊熊烈火；／给你——／我们血管里／燃烧的岩浆；／给你——／我们生命的／滚滚黄河；／给你——／我们青春的／浩浩长江……"在修辞上采用铺陈排比的句式："五月——／麦浪。／八月——／海浪。／桃花——／南方。／雪花——／北方。……"，"在高压线／飞过的／长城脚下，／在联合收割机／滚动着的大雁塔旁，／在长江大桥头的／黄鹤楼上，／在宝成铁路边的／古栈道旁……"。尾字押韵，音乐美与图画美并存，凸显诗人的雄伟豪迈之情与革命浪漫主义的诗风。

---

① 李元洛：《豪情如火气如虹》，《文艺报》，1981 年，第 4 期。

在建构抒情诗的国家美学和人民美学时，贺敬之是真诚的、坦率的，也是全身心投入的。他特别强调诗人的真情实感，他说："诗和歌（音乐）特别要求强烈、真挚、深刻的感情。这种感情不能不是由衷之情。"① 诗人对共和国、党和人民深挚而投入的歌唱、赞颂根植于他目睹身历的痛苦经历，这痛苦不仅仅属于诗人个体，更属于苦难中的民族和人民。新中国成立所开辟的充满活力和希望、民主和自由的现实，及光明灿烂的前景，使诗人的"旧中国"创伤记忆，从情感深层激发、强化了对"新中国"的真诚认同和倾心投入。因此，在诗人的笔下，"共和国"、"人民"、"党"都是一种获得并充分实现了其本质的同质化的意象。从这个意义上来理解贺敬之的诗，我们可以看出诗人这种对沟通"诗人自我"、"集体主义的'我'"与"社会主义的'我'"的理解，将抒"大我"之情与建构民族国家想象结合起来的理解，延续并发展了五四以来"新文学"中以人民和群体为本位的民本主义倾向，进而将"新文学"的"民族国家想象"深化为对民族国家新的本质的美学揭示和艺术化歌唱。如果说《放声歌唱》是献给党、献给新中国的颂歌，那么《雷锋之歌》就是献给雷锋，献给人民，献给在党领导下的新中国成长起来的"社会主义新人"、"共产主义新战士"的赞歌。这是"我们"的歌："呵，我 / 永远属于 / '我们'；/ 这伟大的 / 革命集体！"虽然《雷锋之歌》赞美的是一个人，但正如诗中所写："我写下这两个字：/ '雷、锋'—— / 我是在写呵 / 我们阶级的 / 整个新一代的 / 姓名。"这样，在贺敬之的政治抒情诗中，我们看不到诗人的个体自我与群体自我、个体化的感性与群体理性、美学与政治、个体与历史之间的裂隙、矛盾和冲突，看不到由裂隙、矛盾和冲突而引发的个体抒情的忧郁、游移、感伤和痛苦。个体自我、个体化的感性、美学完全融入到群体自我、群体理性、政治和强劲的历史意志之中。

贺敬之的政治抒情诗是现代革命诗体话语与民间话语、古典艺术话语的结合，是意象性、思辨性和抒情性的统一。贺敬之的政治抒情诗在艺术形式上采用"楼梯体"形式，同时也注重语言的运用，及诗句、诗行之间延续并转化中国古典诗词曲赋的传统，尤其是汉大赋的艺术传统。"'楼梯体'是苏联诗人马雅可夫斯基

① 贺敬之：《谈十年来的新歌剧》，《戏剧研究》，1958 年，第 4 期。

开创的一种诗体样式。马氏别具匠心地把散文的长句切割，排列成楼梯的形状。有人因此把马氏的诗称为'剁碎了的散文'，他的'楼梯体'正是一种散文化的诗体。"① 如同克莱夫·贝尔所说的"有意味的形式"，这种"陌生化"的诗体形式自身已经具备了美感。加上散文式的长短句错落有序的排列，它可以将纷繁复杂的事物包罗其中，能够自由奔放地抒发感情，具有很强的艺术表现力。以苏俄"未来派"诗人马雅可夫斯基为代表的革命诗人的诗歌，也是贺敬之政治抒情诗的外来资源。马雅可夫斯基主张诗应该成为"革命的赞歌"，并把"战争与革命的混声"与"钢铁和反叛"当做诗的"韵律"和"语句"②。马雅可夫斯基的"楼梯体"具有鲜明的"社会主义现实主义"文学品格。他的两部长篇政治抒情诗《列宁》和《好！》，后来一致被公认为前苏联"社会主义现实主义"诗歌的代表作。马雅可夫斯基的诗无论是在"楼梯体"的形式上，还是在"革命的赞歌"一样的具有"钢铁和反叛"意志的具有冲击力与鼓动性的、与政治生活息息相关的内容上，都成为中国当代政治抒情诗人借鉴的对象。贺敬之对马氏的"楼梯体"融入了中国古典诗词的特有的词汇与铺陈、排比、对偶、押韵等修辞手法，将其进行了民族化的改造，使其成为"楼梯其外，排偶其中"的诗歌形式，形成了独特的"凸凹体"。

贺敬之的政治抒情诗在内涵和艺术结构上表现为某种理念和观念的合逻辑的演绎和展开，也即其展开方式是理性逻辑的线性推进。而这种理念和观念的表达、情感的抒发则是借助诗歌意象和形象的构造，并将设问、假设、让步、转折、递进、对偶、排比等修辞揉进反复渲染、铺陈的句式，造成节奏分明、声韵铿锵的音乐感，及与国家美学、人民美学相匹配的雍容华贵、磅礴大气、气势恢宏的美学风格。获得了国家和人民的整体性本质的诗人，成为了一个自由穿越时空、纵横四面八方的虚设的真理和道义性的抒情话语主体。在这个话语主体的眼光注视下，小而细微的意象中生发出大而宏伟的意义，即使面对优美之景，他表现的也是雄壮之意，《桂林山水歌》、《西去列车的窗口》即可为例。

---

① 黄曼君、李遇春：《贺敬之诗学品格论》，《文艺研究》，2005年，第6期。

② 【俄】马雅可夫斯基：《这本书人人应读》，《现代西方文论选》，上海：上海译文出版社1983年版，第77页。

贺敬之的政治抒情诗，是革命浪漫主义理想与精神的贴身化传达，是对时代主旋律的艺术阐释和弘扬。正如谢冕所说："从《放声歌唱》开始，中国当代的政治抒情诗的格局开始形成，而最后完成于《雷锋之歌》。这种形式上把马雅可夫斯基的楼梯诗的外壳赋予以讲究对称美的传统格调、而且适于朗诵的形式，内容上以配合形势重现重大的政治事件的诗，由于一批诗人的全力实践而得到广泛的流行。"① 贺敬之凭着这些政治抒情诗收获了共和国"桂冠诗人"的荣誉，在当代文学史上发挥着持久的影响。

"文革"结束后，贺敬之曾对自己的生活和创作进行了总结和反思："无须讳言：我认为自己以往的道路，在大的方向上，我还没有走错。我曾用真情实感去歌颂光明事物——我们的党、人民和社会主义祖国，是应当做的。但是另一方面，我还必须说：我对社会主义事业的理解是太肤浅，太幼稚了，对我们生活中的矛盾的认识是过于简单，过于天真了。这就使得我在作品中不能准确而大胆地表现矛盾斗争，因而就不能更深刻、更有力地反映和歌颂我们的伟大时代。例如《十年颂歌》这首长诗，今天看来不仅显得无力，而且其中关于庐山的那段批判性的文字还是错误的。……而对于这一篇中的这一整段，我不能不以负疚的心情把它删除。"② 应该承认，贺敬之的反思具有很强的切身性和针对性。今天看来，贺敬之的政治抒情诗无可避免地带有那个时代的特点和局限。

由于自觉地将自己的诗歌创作纳入对某种整体性历史哲学的表现，将诗人的主体性整合进一种强劲的历史意志的运作中，贺敬之的一些政治抒情诗与其说是某些景、人、事、物的事实性呈现，毋宁说是一种政治性的理想表达。表现于诗歌，便是情感的"典型化"和人事与场景的"典型化"。贺敬之的诗歌往往选取一些典型环境、典型人物、典型事件、典型场景，在此基础上进行夸张性的描写和抒情，使笔下的这些"典型"具有更高意义的"典型性"，从而更好地表达政治意识形态乃至政党意识形态要求下的"本质真实"。这不仅使写作成为一种侧重政治教谕和舆论引导性的实践，也使诗歌在情感的抒发上侧重于以伟业、奇迹、壮景

---

① 谢冕：《浪漫星云——中国当代诗歌札记》，广州：广东人民出版社 1999 年版，第 149 页。

② 贺敬之：《自序》，《贺敬之诗选》，济南：山东人民出版社 1979 年版。

等宏大题材或背景为抒情根基，形成一种以歌颂、赞美为基调的封闭、自足的抒情结构，和一种整饬、流畅、清晰，迸发着强烈的情绪感染力却具有突出的程式性、普泛化特征的教谕性和宣传性意象、语言。历史的转换和时代的更替，逐渐使贺敬之的那些过度崇尚绝对理性和公众（思想的、政治的、精神的、文化的）秩序的诗作处于尴尬的历史境地。这不仅体现在由于紧跟政治话语、政党话语、领袖话语所导致的政治失察和迷误，也体现于营造的宏大抒情结构。这一抒情结构由于其宏大性自然有助于情感的最大程度地抒发，但也带来了情感的肆意夸张、膨胀无度，使情感变得空洞化、浮泛化乃至虚假。而当这种抒情结构形成于某种具体的政治、政策理念制导时，则会导致诗歌存在政论性过强、思想过于单一的缺陷，"诗"被"政治"所取代，"诗"蜕变为现实秩序和历史象征秩序的附属品。"诗"对现实的转换成为对现实的粉饰，诗人对现实、自我和诗艺的探索转换为荒诞的政治和道德仪式。这是贺敬之也是当代中国政治抒情诗的思想与艺术困局。

二、现代中国的政治抒情诗

1920 年代初期，郭沫若的《女神》塑造了一个极度张扬自我的抒情主人公形象，其中《天狗》、《我是个偶像崇拜者》每一句都是以"我"开头，"我"不断重复性地出现，不但凸显了面对黑暗、压抑、沉闷的社会势力和氛围，竭力争取生命自主的主观意志和情怀，而且也在暴躁凌厉、昂扬激越的情感宣泄中，实现了"我"才是"我"的人格价值。其狂野、磅礴的抒情，显示出诗人对自我意志和人格的标榜、崇拜。郭沫若、创造社诸浪漫主义诗人诗作在激越高亢的抒情中，给20 世纪中国诗歌留下了无限扩张的"自我"和"雄伟"之美、"力"之美的丰厚遗产。与此同时，他们那种高亢的、反抗的战歌式抒情，也被自己及后辈所承继和转化。

1920 年代末随着中国社会民族矛盾和阶级矛盾的日益加剧，诗人们个性解放的激情日益呈现出融进社会解放、阶级解放河道的趋势。以蒋光慈和殷夫为代表的普罗诗歌开始将无产阶级的意识形态纳入诗歌，以诗歌话语来承载革命话语，诗歌首先必须是一种武器而不是一种艺术，是一种阶级群体和集团的行为、一种集体主义精神的表达而不是个人的艺术创造实践。蒋光慈开创了"无产阶级诗歌"

先声，其第一本诗集《新梦》以"革命的罗曼蒂克"去"高歌革命"，昭显着诗人在个性解放和社会解放之间的过渡与调和。1930年代，这种个体解放与群体解放、革命战士与小资情调之间的矛盾性存在，在殷夫等左翼诗人的红色鼓动诗中得到了解决。殷夫等诗人延续了郭沫若式的力之美、雄伟崇拜和反抗的战歌式抒情，但却完成了由"自我"、"我"向"我们"这一群体称谓的彻底转换。同时，这也是一个由个体解放抒情向以社会解放、阶级解放为核心的群体解放抒情的质变。在历史的风云变化中，"我"获得了全新的、更高层次的生命价值和时代新质。殷夫在《血字》、《我们的诗》及其《我们》中，以"我们"替代了以往抒情诗中"我"这一抒情主体，并不断进行激情洋溢的群体性呼召，这都说明了这一时期诗歌的抒情主人公与诗人的主体意识已不再是孤立的个体，而是无产阶级的战斗集体，是掌握历史命运的新生阶级的代表。

抗战爆发后，国统区最有影响力的诗群"七月诗派"继承了五四和左翼的诗学传统，将诗人的社会使命感与美学创造结合起来，而又突破了庸俗社会学和机械教条主义的束缚，提倡一种以"主观战斗精神"为核心的现实主义。代表诗人绿原的政治抒情诗《给天真的乐观主义者们》、《伽利略在真理面前》、《终点，又是一个起点》等将诗人的激情融进社会事件和历史细节，充满一种思辨的力度和美感。1930—1940年代的艾青，也体现出了由个体向群体转换的轨迹。他的诗充满了对人民、对国家、对时代的呼喊。《向太阳》、《时代》是诗人自我向群体心灵转型的典型文本，是一种典型的群体解放抒情。艾青认为："'政治敏感性'当然需要——越敏感越好。但是这种'敏感性'又必须和人民的愿望相一致"，"诗人既要有和人民一致的'政治敏感性'，更要求诗人要有和人民一致的'政治坚定性'"[1]，"人民性"成为艾青的"政治抒情诗"的关键点。1941年艾青到达延安后，诗作风格由早期的忧郁深沉转变为热情奔放、明朗乐观："太阳出来了……/ 当它来时……/ 城市从远方用电力与钢铁召唤它"，"我爱你像人们爱他们的母亲 / 你用光热哺育我的观念和思想——"。[2] 这种对光与热、力与美的崇尚，延续了五四浪

---

① 艾青：《诗人必须说真话》，《诗论》，北京：人民文学出版社1983年版，第4页。

② 艾青：《向太阳》，《艾青诗选》，北京：人民文学出版社1979年版，第82页。

漫主义诗歌传统，构成了当代政治抒情诗的精神和美学资源。

1940年代是中国叙事类作品崛起的时代，诗歌也概莫能外，它也呈现出由抒情向叙事的转换。亡国之痛、悲愤之情，种种或悲慨或激越或深沉或浑厚的情感越来越被置于叙事的框架中得到抒发，借助对战争、灾难等的"场景"、"现场"、"氛围"等的"实录"得以表现。谢冕曾以臧克家、田间为例，分析了现代中国诗歌由抒情向叙事的转换："臧克家……有许多对于中国社会的实际的描写，他的诗的'叙事'的成分可以印证当日的由抒情转向叙事的主张。他的抒情性是在叙事的框架中展现的。"谈及田间时，他说："对于战争的坚定性，他的投入精神，他对诗美的只字不提以及他对'一朵花'和'一杯酒'的警惕和轻视，都证明田间与这个特殊的诗歌时代的契合。他代表了这个抒情终结的时代的真诚。"①1942年，《在延安文艺座谈会上的讲话》奠定了政治性和社会功用性维度在红色文学中的至尊地位，自此以后，文学成为实现政治目的的手段。在此政治性文化语境的引导和规约下，何其芳、郭沫若、胡风等诗人均已开始转型，陆续创作出歌颂新中国的诗作，体现了五四启蒙话语传统向革命话语的转变。

当代政治抒情诗潮流的出现既是现实的激发和需要，也是1940年代解放区朗诵诗、现实主义诗歌和无产阶级革命诗歌传统的继承和发扬。新中国的成立，使中国进入了一个新的历史阶段。国家统一，民族团结，虽然满目战争的疮痍亟待救治，但光明的现实和光辉的前景，使人们丝毫也不怀疑自己进入了一个应该放声歌唱和值得大声礼赞的时代。在这种历史环境和氛围中，伴随着为建立社会主义文化领导权而进行的一系列整肃行为的是政治性颂歌的潮涌。因此，歌颂性的抒情诗和与政治紧密结合的叙事诗成为新中国成立后的主导诗体样式。1958年，毛泽东关于新诗发展道路提出的革命浪漫主义与革命现实主义"两结合"的观点，更成为后来政治抒情诗等一系列文学创作的指导方针。这就决定了政治抒情诗必定要以当代政治生活中的重大事件为题材，对社会思潮现象进行评说，还要求诗人以"阶级"代言人的身份出现，用强烈的情感反应来进行创作。

---

① 谢冕：《新世纪的太阳：20世纪中国诗潮》，北京：中国人民大学出版社2009年版，第139、141页。

在歌颂性的抒情诗中，按诗歌创作的题材、主题和表达方式不同，又可将其分为生活抒情诗与政治抒情诗。

生活抒情诗，多通过对新社会中日常生活的描绘形成新旧社会的对比，以此来对社会主义经济建设中的先进的人与事、新时代的民族地域独特的风俗民情进行歌颂与赞扬。生活抒情诗的作者，像闻捷、李季、李瑛、公刘、白桦、胡昭、邵燕祥等，大多来自解放区，加上作为20世纪五六十年代诗坛的青年诗人，他们接受了新的艺术思想，其诗歌多从行业和地域取材，创作歌颂新生活的作品，寄托了各行各业、各地域、各民族对"新中国"、"新生活"的美好情愫和热切期待。其中，闻捷以"牧歌"的形式写"颂歌"，借助新疆天山南北少数民族风情民俗以及边地独特生活风貌和唯美爱情的描绘来赞美与歌颂新生活，颇显特色。

相比之下，政治抒情诗则是强烈历史意识的突出承载者，它更符合"新的人民文艺"的要求和规范，更有机会也更有资格成为时代精神的代言者。作为"十七年"影响最大的一种诗歌体式，政治抒情诗植根于这个年代人们对全新的政治现实的热情幻想。它的兴起与新中国的诞生，与社会主义制度在中国的确立和发展同步而行。郭沫若在中华人民共和国成立的当天，即发表了《新华颂》，胡风也是在1949年年底到1951年年初就创作了《时间开始了》。前者以中国、人民、阶级、专政、中共、领袖这些直白的政治语汇构建了一首政治抒情诗。后者则是具有史诗性规模的作品。作者自称为"英雄史诗五部曲"，分为五个乐章：《欢乐颂》、《光荣赞》、《青春曲》、《英雄谱》（原为《安魂曲》）、《胜利颂》，全诗通过政协会议、纪念碑奠基、开国大典三个重大历史场面，象征了一个全新的政治时代的开始。规模宏大，感情热烈，调子昂扬，色彩鲜亮，具有较大的概括力。还有一些来自"现代"的"老"诗人也奉献了他们对"新中国"的真诚颂歌。

1950—1960年代是政治抒情诗创作较为集中的时期。这一时期，进行政治抒情诗创作的诗人有很多，郭小川与贺敬之是其中最具有代表性的政治抒情诗人。

郭小川政治抒情诗的代表作有写于1955年的一组副标题为"致青年公民"的诗歌，像《投入火热的斗争》、《向困难进军》等。这些政治抒情诗在赞美歌颂新时代新生活的同时，用一个"战士型"诗人对内心的不断探索来感知社会的巨大变化，审视个人与集体、个人与时代的关系。在诗体形式上，郭小川也不断地进行探索与尝试。其诗作，或采用马雅可夫斯基楼梯式以表达澎湃的激情，使诗的语言节奏外化为诗行，更宜于朗诵，宣传鼓动性强；或采用民歌风韵的自由体；或吸收元明散曲的特点，短句式，快节奏，音韵优美；或融会汉赋的铺陈、排比、重叠、对偶等手法，句式集短为长，行式大体对应，形成了"现代赋体"。

政治抒情诗从政治角度来关注社会生活，在生活中展现政治事件，并通过生活侧面来表现社会主流的政治思想，是革命浪漫主义与革命现实主义相结合形成的"十七年"诗歌的主流样式。其中，"政治"是一种对题材和主题的确定，也意味着对诗人的政治态度和选择的要求。何其芳认为"诗是一种最集中的反映社会生活的文学样式，它饱含着丰富的想象和感情，常常以直接抒情的方式来表现……"[①]，所以，诗歌是抒情在文类里的最佳体裁。因此，当代政治抒情诗多以当代政治生活中的重大事件为切入点，融入以"大我"为身份的诗人的深切感情，来抒发对社会主义、对新的时代、对党和人民的赞美歌颂之情。

如果说 1950 年代"政治抒情诗"中的抒情主人公还是一个带着泥土气息和中国乡村革命气质的"诗人"形象，到了 1960 年代变成了一个充分展示着历史本质的"战士兼诗人"形象，那么到了 1970 年代，抒情主人公就是一个一往无前地"不断革命"的"斗士兼歌手"形象。相对于 1950—1960 年代政治抒情诗表意的复杂性，"文革"政治抒情诗要单纯得多。从某种意义上说，后者是对前者的深化，也是对前者的反动。充斥着"文革"政治抒情诗的是一种处于我与敌、革命与反革命二元对立状态的爱憎情感。"诗"被"政治"彻底取代，诗人借助"诗"的形式毫不遮掩、不遗余力地宣泄着对敌人、对地富反坏右、对美帝、对苏修、对"走资派"、对"反革命"的愤怒之情、战斗之情、嘲讽之心和蔑视之意。

"文革"政治抒情诗的抒情结构建立在一种帮派式理念的展开和演绎的基础上，先验抽象的政论逻辑取代诗人的情感逻辑和诗歌的艺术逻辑，成为诗歌抒情结构的轴心。附着在理念轴心之上的是意象和语言。"文革"继承了 1950—1960 年代政治抒情诗的一些意象，如红日、高山、青松、大海、朝霞、春天、风浪、

---

① 何其芳：《关于写诗和读诗》，《何其芳文集》第 4 卷，北京：人民文学出版社 1983 年版，第 450 页。

波涛、战鼓等，用以承载着政治话语和时代主题。同时，"文革"政治抒情诗又构造了一些新的程式化的意象，如"牛鬼蛇神"、"警钟"、"雷霆"、"丧家之犬"、"污泥浊水"、"红太阳"、"铁锤"、"锁链"、"葵花"、"北斗"、"大字报"、"像章"、"战地黄花"、"红五类"、"黑五类"，等等。"文革"政治抒情诗作为主流文学的美学典范，所建构的是主流意识形态所极力追求的革命神话符号体系，因此各种象征革命历史传统和现实的红色意象充斥其中。如"井冈山"、"延河"、"宝塔"、"秋收起义"、"遵义会议"、"八角楼"、"马灯"、"向阳院"、"忠字舞"、"赛诗会"、"干校"，等等。从体式上看，此时的政治抒情诗有歌谣体、打油诗体、拟古体、自由体、顺口溜等。从发表载体看，有大报大刊、书籍杂志，也有大字报、传单、手抄小报、油印小报。从政治进入诗歌的方式看，除了理念对抒情结构的统驭外，主要就是毛泽东语录、标语口号和《人民日报》社论等。从话语方式看，"文革"政治抒情诗表现出强烈的暴力化倾向，诗中频频出现打倒、炮轰、火烧、砸烂、杀等暴力性词汇，及混蛋、混账王八蛋等人格侮辱性词汇。

20世纪的中国，历史风云动荡，政治浪潮迭起。诞生于这一社会文化环境中的政治抒情诗，其荣辱兴衰莫不与此语境息息相关。

应该看到，抒情性的诗歌对20世纪中国历史尤其是革命历史的介入，极大地拓宽了诗歌的表现领域，使其社会化、历史化程度达到空前的高度。它以前所未有的广度、深度和力度，再现、表现了中国的历史和现实，也重构了中国的历史和现实。抒革命之情，抒阶级之情，抒发对黑暗、专制现实的反抗之情，政治抒情诗充分地实现了自己经世致用的社会现实功能，我们很难怀疑这些政治抒情诗人情感的真实性和借由诗歌而对中国社会历史变革所做出的重大历史贡献。

在如何理解"政治"，如何处理"政治"和"诗"之间的关系方面，政治抒情诗人显然存在着一些认识上的偏执。从20世纪中国政治抒情诗流变的历史上看，由于主客观多方面的原因，诗人对政治的理解的确存在着越来越狭隘化的趋势：从社会革命到政治革命，从民主革命到民族革命，从社会解放到民族解放到阶级解放，从民族斗争到阶级斗争再到路线斗争，政治抒情诗走过了一条从批判性写作、否定性写作到歌颂性写作、肯定性写作的完整过程。在这一个过程中，诗人对政治的理解不断转移，也不断窄化，从人道主义话语政治到马克思主义话语政治，再到政党话语政治，进而到领袖话语政治。这是一个不断偏移的过程。在这一过程中，诗人思想、精神的个体化程度，他对现实感受和思考的敏锐程度逐渐降低，他对现实、政治的发现能力和预言能力也不断被钝化。

还要看到，这种不断推进的神化、升华的过程，也是一个对诗歌艺术资源不断摒弃的过程。早期的政治抒情诗资源是相对丰富的，如人道主义、批判现实主义、浪漫主义、未来主义、象征主义、印象主义等。在坚持、代表着阶级、群体和集团的利益的同时，却又有着个人的艺术表达通道和方式。这使它能够在一个较为广阔、自由的空间中进行取舍和选择。1930年代后，俗谚俚语、民歌民谣、民间戏剧、曲词、鼓词、小调等民间文艺形式也被诗人较为自如地运用。这既保证了诗歌与民间、民众的根源性联系，使自己不至于陷入空洞化的政治话语表述。同时，"民间"、"民族"的加入也软化了政治话语的僵硬和僵化，使政治抒情诗在诗学与政治学、传统与现代、主义表达和艺术修辞之间保持了必要的距离和张力。在一些优秀诗人和杰出的歌者那里，民间的、日常的甚至是琐碎的生活细节和印象仍然被编织在对大时代的痛苦和欢乐的抒情中，形成一种质朴、清新、单纯、明洁的诗风，和活泼、灵动、健康、洒脱而又强大的语言风格。而到了1960年代，尤其是到了"文革"期间，作为政党话语、领袖话语的构成物，政治抒情诗越来越失去了面对鲜活现实的能力和勇气，诗人不但要从政党话语和领袖话语中获得抒情的合法性，并以此作为诗歌抒情结构的理念轴心，而且通过将领袖话语及其制造的"现实"直接写进诗歌之中来获得抒情的正当性和权威性。这不仅是对诗歌审美本性的背离，对诗人本心的背叛，也是对现实的回避和修饰。失去了对政治的广博理解，和对政治与诗歌、政治与诗人之张力关系的理性认识，过于依附于即时性的政策话语、路线话语、领袖话语，是政治抒情诗走向低谷的根本原因。

第十九节　聂绀弩与《野草》杂文

与20世纪波澜壮阔、风云际会的时代生活相呼应的是文学界的绚丽多彩。杂文，在见证历史、针砭时弊上无疑有着独领风骚的功用。回顾现代中国杂文史，"鲁迅"这一名字左右了我们的视线，为我们串起了一条清晰的脉络。毋庸置疑，鲁迅是中国现代革命现实主义战斗杂文的开创者和集大成者，开辟了一条革命现实主义的广阔道路。

在革命气氛极端高涨的抗日战争和解放战争年代，一大批进步作家以鲁迅为师、以杂文为战斗武器展开了集团式的冲锋，尤以抗日战争中上海"孤岛"时期的"鲁迅风"杂文流派和活跃于桂林和香港的"野草"杂文流派为最著名。他们自觉地坚持鲁迅的方向，继承和发展了鲁迅战斗杂文的传统和精神。

作为"现代中国文学史上出刊时间最长的杂文社团"①，野草社有着独特的文学史价值和典型意义。做"自然苗长的野草而不愿意做点缀沙龙的盆花"②，夏衍在《复刊私语》中廓清了《野草》多年的坎坷命运，彰显了"野草派"成员的精神气度和不屈斗志。"野草"杂文流派得名于 1940 年 8 月 20 日夏衍、聂绀弩、孟超、宋云彬、秦似在桂林创刊的《野草》（月刊），一直坚持到解放战争胜利前夕。其中，经历了被迫停刊、复刊、更换名目刊行等重大事件，成为"当时大后方的桂林文化荒漠中的一片绿洲"③。

作为一个跨时代（现代文学最后十年）、跨区域（横跨桂林、重庆和香港）的存在，"野草"杂文流派有着独特的个性和典型性意义。高度团结和谐的社团氛围、志趣相投的创作倾向、一致奋力而为的社团刊物和丛书以及稳定宽泛的作家群和成熟独立的艺术风格，都使"野草"杂文流派在那个极端艰险的年代成为文坛一道亮丽的风景线。流派"采取了外表看去有点'软弱'，而文章的内容要有几根硬骨头的方针"④，刊登了诸多短小、泼辣、生动的杂文，寓政治风云于谈天说地之中。其中不难发现鲁迅革命现实主义杂文战斗传统的影子。而"自觉继承和发展鲁迅杂文的战斗传统，是为了使杂文创作在广泛的社会批评和文明批评中更有利地为民族民主革命服务，为人民大众的争自由和求解放服务"。⑤ 国统区极端复杂的客观形势决定了作家只能成为"带着脚镣跳舞"的"舞者"。无论是针砭褒扬、揶揄

---

① 吴嗣勇：《论野草社场域力量彰显的三个维度》，《抗战文化研究》，第 4 辑，2010 年，第 53 页。

② 夏衍：《复刊私语》，《野草》（复刊号），1948 年 10 月 1 日。

③ 贾植芳：《中国现代文学社团流派》（下），南京：江苏教育出版社 1989 年版，第 998 页。

④ 秦似：《回忆〈野草〉》，《新文学史料》，1979 年，第 2 期。

⑤ 贾植芳：《中国现代文学社团流派》（下），南京：江苏教育出版社 1989 年版，第 1003 页。

讽刺还是嬉笑怒骂都只能采取绵里藏针、隐晦曲折的文字传达，形成了流派"外软内刚"的特色，"在绵密的文网中钻寻一个小小的罅隙，曲折迂回，替苦难的人民传达出一些呻吟和诅咒"①。

批判是杂文的生命，"野草"杂文流派在揭露国民党反动派及其帮凶帮闲方面不遗余力，然而其又有着鲁迅杂文和"鲁迅风"杂文所没有的新特点：歌颂共产党领导的人民解放战争和广大解放区的新生活、新气息使其杂文充溢着更多的欢歌笑语，呈现出难得的喜气亮色。

"野草"杂文流派的创作由夏衍、聂绀弩、孟超、宋云彬、秦似担当重任。五位作家志趣相投，然而风格各异。夏衍的杂文洗练蕴藉，优美清新，独特的说理方式和抒情方式赋予其杂文"情""理"合致的高超境界；文史专家宋云彬的杂文得益于其文史知识的广博，因而带有古今相照、学术性极强的独特风采；文艺上的多面手孟超善写史论和立论式的杂文，善于借题发挥和纵横捭阖，因而文章多有兴会淋漓的美学风格；作为一个血气方刚的青年，秦似的杂文虽未达到诸位前辈的高度，然而因其敢于抨击时弊的勇气，文章自有一种蓬勃的朝气和锋芒；而作为"鲁迅杂文最得力的传人"的聂绀弩则是"野草"杂文流派中成就最高、影响最大的战斗杂文大家。

聂绀弩（1903—1986），原名聂国棪，湖北京山人，著名诗人、散文家、编辑家、古典文学研究家，曾用笔名耳耶、二鸦、箫今度等。聂绀弩的命运坎坷而不幸，幼时丧母，少年丧父，养父养母的"拳脚交加"管束法给其心灵带来了深重的伤痛，形成了他的反抗性情绪及孤傲不羁的性格。弃戎从文的他，出身于黄埔军校第二期，参加过国共合作的第一次东征，打过北洋军阀，经历颇为传奇。聂绀弩以诗人身份步入文坛，也创作过小说，然而出于对鲁迅杂文的喜爱和推崇，于抗日战争时期转入了杂文创作。"我写的文章实在太杂，几乎没有一种文章没有写过。虽然写过各种各样的文章，却没有一种文章写得好，只有这杂文，有时还听到拉稿的

---

① 秦似：《回忆〈野草〉发刊词》，1940 年 8 月，科学出版公司。

朋友的当面恭维……写杂文也许正是我的看家本领……"①，足以看出其对杂文的倾心和喜爱。他以饱满的革命热情，创作了大量的战斗杂文，先后结集为《关于知识分子》、《历史的奥秘》、《蛇与塔》、《婵娟》、《早醒记》、《天亮了》、《血书》和《二鸦杂文》等。卓著的杂文创作功绩使其成为中国现代杂文史上继鲁迅、瞿秋白之后影响深远的战斗杂文大家，被誉为"文坛斗士"。同为"野草"杂文流派的得力干将之一，夏衍曾下断语："鲁迅以后杂文写得最好的，当推聂绀弩为第一人。"②

聂绀弩的杂文兴盛期是抗日战争时期和解放战争时期，舍弃小说和诗歌，专注于杂文的创作，源于其对真理的冥冥追求和对黑暗与压迫的憎恨，穷尽其法抨击黑暗势力的统治成为其杂文创作的焦点。同"野草"杂文流派诸位杂文大家的旨趣相投，"野草"时期的杂文创作广泛而深刻，题材遍及社会生活的方方面面：有对国民党反动派的"强权就是真理"的独裁统治的揭露，如《魔鬼的括弧》；有对投敌卖国的汪精卫、周佛海等汉奸之流的无情讽喻，如《记周佛海》、《历史的奥秘》等；亦有抨击封建礼教，维护"女权"的，如《伦理三见》、《读鲁迅先生的〈二十四孝图〉》等；还有对国民党帮凶帮闲的劝恶从善之文，如《从陶潜说到蔡邕》……

概括说来，聂绀弩此时期的杂文主要有以下两个题材：一是对国民党反动统治及其帮凶帮闲的大肆抨击和辛辣讽喻。此类杂文："全面、生动的记录和反映了中国社会从 30 年代到 50 年代初的急剧变化以及人民大众的挣扎和抗争，触及了帝国主义、封建主义和官僚资本主义在中国的联合反动统治及其反动腐朽的意识形态的种种罪恶和弊端"③。在《历史的奥秘》中，聂绀弩以历史上的秦桧和岳飞为例，对托洛斯基和汪精卫之流力加排击，给予辛辣嘲讽，以其生花妙笔揭露了这样一个历史的"奥秘"：在历史的关键时刻，总是"得道多助失道寡助"的，人民将永远铭记那些于危难之中捍卫民族利益的角色，即使他非完美；而对出卖民族利益的角色，人民将永远憎恨他，正如文中末尾写道："只有他们的名字不会被忘

---

① 聂绀弩：《历史的奥秘·题记》，石家庄：河北教育出版社 1994 年版。

② 转引自《蛇与塔·作者介绍》（封底页面），北京：三联书店 1986 年版。

③ 姚春树、袁勇麟：《二十世纪中国杂文史·杂文大家聂绀弩》，福州：福建教育出版社 1997 年版，第 481 页。

记，它们将永远作为人类史上的污点而存在。"① 这是一篇借古喻今的杂论，漫不经心、侃侃而谈中给予汪精卫之流以严厉的挞伐。对于国民党的帮凶帮闲及"大发国难财"的达官贵人的严厉警告在《阔人的礼赞》、《乡下人的风趣》、《失掉南京得到无穷》等文章中比比皆是。由于难掩心中的义愤，作者在此类文中借用了大量夸张和变形的表现手法："官（大官）是以人血为酒，人肉为肴，靠吃人过日子的……"②，"死了更要造一座比房子更大的坟和足以开几个银行的殉葬品，遗憾的是不能把地球装进棺材里去"③……貌似荒诞的说理却鞭辟入里，入木三分。除此之外，聂绀弩亦在《颂中国古代的选举》和《我若为王》等文中对国民党法西斯专政的独裁统治给予了讥笑谩骂和反讽鞭挞，令人读来妙趣横生而又获益良多。

聂绀弩杂文的另一大题材是对封建礼教的大张挞伐。"鲁迅的杂文之所以为举世所宗仰，首先在于有了极其彻底的反封建思想"④，这也是存在于聂绀弩和鲁迅之间的一种深层的、内在的精神联系。聂效法鲁迅名篇《我们现在怎样做父亲》写下了《怎样做母亲》：这是一篇饱蘸着作者少年辛酸和经年思索的佳作，文章以深情的笔触告诫信奉"棍棒底下出孝子"的母亲们在教育子女时应当切记两个字："不打！"⑤，抨击了妇女们脑子里那根深蒂固的陈规陋习；《读鲁迅先生的〈二十四孝图〉》则"冒天下之大不韪"，抨击了古已有之的"孝"道："孝自然多是青年的事……孝似乎不是青年文化，倒是青年受苦受难的文化。"⑥ 文章立意新奇，颇有创见，揭批出封建孝道这一伦理观念的荒谬性和虚伪性；《蛇与塔·题记》则触发了作家关注妇女问题的最初契机，对造成妇女们这种病态的心理的深层社会历史根源给予了深刻的挖掘。

毋庸置疑，抨击旧世界的统治者以及封建伦理观念这两个焦点的选择是极富战略意义的，这也是五四以来的作家大都倾心过的创作母题。聂绀弩之所以能于

---

① 聂绀弩：《聂绀弩杂文集》，北京：三联书店 1981 年版，第 205 页。
② 聂绀弩：《聂绀弩杂文集》，北京：三联书店 1981 年版，第 395 页。
③ 聂绀弩：《聂绀弩杂文集》，北京：三联书店 1981 年版，第 358 页。
④ 聂绀弩：《聂绀弩杂文集·序》，北京：三联书店 1981 年版，第 2 页。
⑤ 聂绀弩：《聂绀弩杂文集》，北京：三联书店 1981 年版，第 225 页。
⑥ 聂绀弩：《聂绀弩杂文集》，北京：三联书店 1981 年版，第 53 页。

众多杂文大家中脱颖而出，关键在于其创作动机是由现实体验所生发出的火热激情并不吝惜其深刻的思考。作品饱蘸着正义感和同情心，使人读来颇具撞人心灵的力量，因而能常读常新，古旧的母题在他的笔下重新焕发了生机。

聂绀弩作为社会批评家、社会改革家和社会理想家的社会角色，赋予其作品以别样的审美新质：逻辑严密而又起伏跌宕，博古通今而又不炫其富，语词汪洋恣肆而又饱蘸情感，冷热相间而遒劲隽永。

聂绀弩的杂文以严谨的逻辑辩驳著称，无论是立论还是驳论都极具辩证色彩，常制敌于三言两语之中，充分展示了其长于分析、善于说理的思辨才能。《我若为王》假设"我"为王，上演了一出出丑陋的闹剧，以推己及人的方式寓说理于荒诞之中，让读者展开思考进而看清真实的历史，并从中大彻大悟。《自由主义的斤两》以层层剖析的方式将敌人反驳得哑口无言。《鲁迅的褊狭与向培良的大度》一文中，则以以子之矛攻子之盾的方法将论敌逼向了尴尬无法的境地：作者首先以具体例证阐释了鲁迅的褊狭与不褊狭的含义之后，写道："和鲁迅对于别人的不'褊狭'相反，别人对于鲁迅却常常是'褊狭'的"[1]，向培良就是其中之一，"在所有的战将中，向培良的战法是最为可怕的"[2]，"向培良先生对于别人，也许毫不'褊狭'，但对于鲁迅，据我所知，他是像伍子胥鞭打楚平王的尸骸一样地鞭打过两次了。我不知道和'褊狭'对立的，是不是就是大度；如果是，向培良先生一次两次地鞭尸，莫非倒是大度的表现么？"[3]"以其人之道还治其人之身"，三言两语就将敌人的恶意攻击回敬回去，使敌人自食其果。《论"青天大老爷"》一文则通篇阐释了"青天大老爷"之不可能有，有，也是阔人的自封："官僚主义思想深中人心，形成一种阔人崇拜心理，以为阔人就是具备一切知识的大知识者"[4]，紧随其后，笔锋一转，出人意料地阐释了"有时，一丝不苟的官倒是很可怕而贪官有时未必于民有害"[5]这一特立独行的思想，打破了千百年来小民们的偶像包公——

---

① 聂绀弩：《聂绀弩杂文集》，北京：三联书店 1981 年版，第 39 页。

② 聂绀弩：《聂绀弩杂文集》，北京：三联书店 1981 年版，第 40 页。

③ 聂绀弩：《聂绀弩杂文集》，北京：三联书店 1981 年版，第 41 页。

④ 聂绀弩：《聂绀弩杂文集》，北京：三联书店 1981 年版，第 378 页。

⑤ 聂绀弩：《聂绀弩杂文集》，北京：三联书店 1981 年版，第 379 页。

"黑色是表凶猛的，我却以为不过是漆黑一团，而这漆黑一团也许正是青天大老爷的本质"①、"包公自己，乌纱黑蟒，黑脸黑须"②，借包青天这一原本清正廉明的形象来影射最黑暗、最腐败的国民党的官员，达到了触类旁通的效果，令人捧腹。

"下笔千言，倚马可待，不会让人久盼，确是一位七步成章的才子。"③不言而喻，敏感而又锐利的哲理思辨自然仰仗作者那非凡的才气，然而对于历史知识的谙熟、古典文学的高超造诣以及博古通今的手法为严密地进行形象化说理奠定了根基。资料的翔实使作者在论述时往往能游刃有余，如探囊取物般使用知识，既增强了作品的可读性，加强了艺术感染力，也完善了说理的严密性，令敌人无可辩驳。《韩康的药店》是聂绀弩杂文中独具一格的名篇，这是一篇用古白话笔调写成的趋于小说的杂文。作者出人意料的将汉代的韩康和《金瓶梅》中的西门庆摆在一起，对历史人物的谙熟使其对国民党当局的影射和讽刺恰切生动；《论武大郎》这一奇文，则选取《水浒》中武大郎的悲惨遭遇侃侃而谈，借武大郎之死严厉地鞭笞了贫富贵贱、阶级分明的封建社会。聂绀弩的借古讽今之作极多，诸如：取材于《红楼梦》的《探春论》、《小红论》、《略谈〈红楼梦〉的几个人物》，关于聊斋的《〈聊斋志异〉在妇女问题上的矛盾》、《〈聊斋志异〉的思想性举隅》，基于《水浒》的《论武大郎》、《林冲杨志合论》，选材于《封神演义》的《论申公豹》、《论封神榜》、《论通天教主》，关于《金瓶梅》的《谈〈金瓶梅〉》等。聂绀弩的这类史论性杂文博古通今、徐徐自在、纵横捭阖，借古人讽喻今人、针砭时弊，古旧的历史知识经由他的再创造焕发出新的生机，亦对时人有"当头棒喝"之功。

信手翻开聂绀弩的杂文，都可以感受到其语词的精妙。杂文作为一种议论文体，如若语言流于平庸只能使其更加灰暗。聂绀弩的杂文语言极富文采，笔意泼辣、幽默、汪洋恣肆，具有点石成金、化腐朽为神奇之功效。自觉效法鲁迅，使其文字极少佶屈聱牙，用词精到传神而又不蔓不枝。例如《阔人的礼赞》对"阔人"的抨击："几乎每一个阔人家里都有万民伞，上面写着爱民如子之类的词句。到处

---

① 聂绀弩：《聂绀弩杂文集》，北京：三联书店 1981 年版，第 380 页。
② 聂绀弩：《聂绀弩杂文集》，北京：三联书店 1981 年版，第 380 页。
③ 楼适夷：《说绀弩》，《新文学史料》，1987 年，第 2 期。

都有官老爷的德政碑，有的甚至有他的生祠。只要翻翻他们的家谱，墓志，他们每个人都是天下第一，古今无双的好父母。"① 短短不足百字，就将"阔人"刻画得神情毕肖，通篇亦庄亦谐，亦正亦反，用词极富内涵，写"阔人"的虚伪只用一"爱民如子"便将这一形象活化了。

聂绀弩杂文语言的另一鲜明特征是极具抒情性，文中充溢着大量诗化的语言，给人极强的情感冲击。"中国，睡熟了的狮子醒了！黄河，扬子江的咆哮，醒了！"② "用我们的双手，扭开脖子上的枷锁吧！用我们的手，改掉地图的颜色吧！用我们的手，除掉一切所要除掉的，取得一切所要取得的吧！"③ "向娼妓骄傲吧，轻视她，唾弃她，践踏她吧！一切人间的幸运儿们！"④ 大段的排比句加之感情充沛的诗化语言为作品带来一种豪迈的气概，给人一气呵成之感，昭示出作者鲜明的爱憎和猛烈的心灵挣扎，而这背后是一颗不畏强暴、决不妥协的拳拳之心。

"杂文还没有定型在一种特定的格式里，只要觉得有战斗性，讽刺性，特别是有寓言性便行了。"⑤ 聂绀弩杂文的形式正如其自述一样，常常能根据表现内容和读者的兴趣随意变换形式却并不刻意做作。有对古典文学加以改造、推陈出新的佳作，如有关《封神演义》、《红楼梦》、《水浒》的诸多杂文；有仿效鲁迅《故事新编》式的写法，如《鬼谷子》；有寓言式的写法，如《我若为王》、《兔先生的发言》等文极富想象力；亦有融情感于严密说理的诗化文，如《离人散记》、《怎样做母亲》；也有简洁精练的名言警句式杂文，如《小雨点》……得益于小说家和诗人的身份，聂绀弩的杂文打通了各文学体裁之间的狭窄界限，兼收并蓄，使他笔下的杂文洋洋大观，精彩斑斓。

聂绀弩的才气蜚声文坛，而他的勇气同样令人敬佩。"文坛斗士"一词廓清了他的人格气概，透过他的杂文，读者可以感受到一种"敢冒天下之大不韪"来鞭挞腐朽黑暗势力的倔强气息和铮铮铁骨。恨得深沉，爱得炽热，对新中国的新生

---

① 聂绀弩：《聂绀弩杂文集》，北京：三联书店 1981 年版，第 358 页。
② 聂绀弩：《聂绀弩杂文集》，北京：三联书店 1981 年版，第 124 页。
③ 聂绀弩：《聂绀弩杂文集》，北京：三联书店 1981 年版，第 124 页。
④ 聂绀弩：《聂绀弩杂文集》，北京：三联书店 1981 年版，第 316 页。
⑤ 聂绀弩：《关于杂文文体的通信》，《创作》，1982 年，第 1 期。

活和新气象丝毫不吝惜其溢美之词，真诚恳切；而对敌人则不吝其鄙夷鞭挞，呵斥嘲笑，令人动容。

作为"鲁迅风"杂文的杰出继承者，在风云际会的时代里，聂绀弩将杂文的功用发挥得淋漓尽致。"有字皆从人着想，无时不与战为缘"（聂绀弩题《鲁迅全集》），作为"人民的代言人"，这两句诗无疑是聂绀弩一生杂文创作精神的精准写照。

第二十节　刘白羽与颂歌式散文

一、革命历史的时代书写与崇高壮美的宏大抒情

刘白羽（1916—2005），北京通州人，著名散文家、报告文学家、小说家。1935 年 1 月 8 日在《华北日报》发表处女作短诗《寒衣》，1936 年 3 月在《文学》杂志第 6 卷第 3 期发表第一篇小说《冰天》，1937 年由文化生活出版社出版第一部小说集《草原上》。同年，在《中流》第 2 卷第 10 期发表第一篇通讯《这几天的北平》。1938 年奔赴延安，同年加入中国共产党。1939 年到太行山，在杨尚昆、李大章、李伯钊的安排下开始创作《朱德将军传》，1941 年完成（在此基础上，创作长篇报告文学《大海——记朱德同志》，由中国青年出版社于 1985 年出版），1940 年回到延安。此间创作了大量反映抗战生活、歌颂抗日军民的作品，如散文特写《八路军七将领》（与王余杞合作）、《游击中间》，小说《龙烟村纪事》等。长期的革命斗争实践给他提供了丰富的创作源泉。他以饱满的热情努力刻画人民解放军广大指战员的英雄形象，创作了短篇小说《政治委员》、《战火纷飞》、《无敌三勇士》，中篇小说《火光在前》及报告文学集《为祖国而战》等。抗美援朝战争期间，他曾先后两次赴朝，写下了散文通讯集《朝鲜在战火中前进》、《对和平的宣誓》和短篇小说集《战斗的幸福》等。三年自然灾害期间，相继出版散文特写集《万炮震金门》、《踏着晨光前进的人们》、《早晨的太阳》、《红玛瑙集》。1976 年至 1988 年，相继出版《红色的十月》、《芳草集》、《海天集》、《秋阳集》等 4 部散文集。1987 年，长篇小说《第二个太阳》由人民文学出版社出版，并于 1988

年获第三届茅盾文学奖。

刘白羽 1958 年以前的散文以通讯特写和报告为主，其内容多是直接报道革命斗争的英雄业迹与社会主义建设的新人新事，侧重于事实的评述，新闻性突出。如《朝鲜在战火中前进》、《为祖国而战》、《万炮震金门》等。自 1958 年开始，刘白羽开始了艺术性抒情散文的创作，侧重于作者情思的抒发，注重文章的构思和意境，作品的文学色彩明显增强。《红玛瑙集》代表了其颂歌式抒情散文的文体风格，奠定了他在当代散文史上散文大家的地位。集中的《日出》（1959）、《长江三日》（1961）、《樱花漫记》（1961）、《冬日草》（1962）、《平明小札》（1962）等，是他抒情散文的代表作。

刘白羽颂歌式散文的独特性，在于他的散文高奏时代主旋律的颂歌，强烈鲜明地反映了一种历史精神和时代美，具有雄浑壮美的宏大抒情风格。他认为文学的生命来源于时代精神，要创作具有时代精神的新散文。"只有将人民生活、时代精神、最先进的革命思想激流引进来，文学才又活泼清新、刚健婀娜，象黎明的晨光，展开无限美妙的光景。"① 因而他把散文作为"壮丽生活的赞歌"、"战斗生活的号角"，这使其散文激荡着慷慨激越、昂扬奋发的时代主旋律。

刘白羽颂歌式散文的宏大抒情性，主要表现在如下方面：

在题材选择上，刘白羽紧握时代脉搏，注重捕捉社会重大题材，描绘壮丽生活的画卷，热情讴歌中国革命的伟大历史和社会主义建设的宏伟事业，用革命的激情、豪情高唱新人、新事、新气象，直接表现时代精神。他说："从英雄的战争到沸腾的建设生活，我的心随着时代脉搏而跃动，我也就一直写下来。现在收在这里的一些篇只是我写的一部分，不过从中也略微看得出中国血的战斗的一点历史脉络、火热建设的一点闪光。"② 确乎如此，他的《红色的十月》写粉碎"四人帮"的胜利和人民的欢欣鼓舞；《红太阳颂》、《巍巍太行山》、《伟大创业者》、《延河水流不尽》歌颂毛泽东、周恩来、朱德等老一辈革命家的光辉业绩；《从富拉尔基到齐齐哈尔》、《青春的火光》、《写在太阳初升的时候》、《石油工人之歌》展示新中

① 刘白羽：《创作我们时代的新散文》，《白羽论稿》，北京：解放军文艺出版社 1985 年版，第 293 页。
② 刘白羽：《早晨的太阳·序》，北京：作家出版社 1959 年版。

国建设场景，赞美社会主义建设时期劳动者的奋斗精神和高尚情操。《朝鲜在战火中前进》、《对和平宣誓》等，揭露侵略者的暴行，歌颂志愿军和朝鲜人民军并肩英勇战斗的精神及中朝两国人民的深厚友谊。这些散文既是历史的记录，又是时代的壮音，作家像一个历史的记录官一样，记录了自己所亲身投入的血与火的战斗印迹，记录了一个旧的时代的终结和新的历史的创建的过程，一个旧的世界的崩塌和新的世界的诞生和壮大的过程。

特别值得注意的是，作家对自身作为革命历史参与者的自觉以及对革命历史记录者的自我身份定位，是理解刘白羽颂歌式散文创作的根本和出发点。

在意境的选择上，他总是通过描述的意象间接折射和反映时代光影。作为革命历史的参与者，刘白羽与那个战斗的时代息息相通，他将自己紧密地与"革命"缝合在一起，其抒情主人公"我"不仅是"革命"、"历史"的参与者，同时也是"革命"、"历史"的化身和代言人，"革命"、"历史"的恢弘、壮阔、瑰丽、宏伟，使他常常选择日出、高山、灯火、朝霞、大江、大海、急流、雷电、风暴、红旗、明灯等雄奇壮美的意象。这些意象涌动着"革命"的激情，充满着"历史"的壮阔感，其共同点在于色彩鲜亮、形象壮阔、极富动感，生命力充溢。借助这些意象的外形与神魄的博大、崇高、雄奇和力量，刘白羽激荡起散文内在的情感结构，从而使抒情散文呈现出与历史意志和时代精神相契合的力与美。

与秦牧、杨朔一样，刘白羽笔下也常写到风云雨露、草木虫鱼等自然风物，但他常常从折射人生和社会历史的角度去框景取义，表现出作者的热情洋溢、雄浑豪放的革命激情，充满了理想主义的浪漫情怀。在刘白羽的笔下，自然风物都染上了作者所赋予的强烈的时代色彩。他总是站在时代的高度，用共产主义思想与革命感情来照亮题材中闪光的思想，让赞歌的音符回响在雄壮的时代交响乐中。如《长江三日》中：

> 水天，风雾，浑然融为一体，好像不是一只船，而是你自己正在和江流搏斗而前。"曙光就在前面，我们应当努力。"这时，一种庄严而又美好的情感充溢我的心灵，我觉得这是我所经历的大时代突然一下集中地体现在这奔腾的长江之上。是的，我们的全部生活不就是这样战斗、

航进、穿过黑夜走向黎明的吗？……想一想，掌握住舵轮，透过闪闪电炬，从惊涛骇浪之中寻到一条破浪前进的途径，这是多么豪迈的生活啊！我们的哲学是革命的哲学，我们的诗歌是战斗的诗歌，正因为这样，我们的生活是最美的生活。列宁有句话说得好极了："前进吧！——这是多么好啊！这才是生活啊！"……"江津"号昂奋而深沉的鸣响着汽笛向前方航进。

不同于杨朔的诗意和秦牧的博趣，刘白羽的散文处处彰显的是一个经过血和火的考验的革命者的哲学思考。他常从艺术形象中升华出情理相生的至理名言，精炼含蓄，如格言警句，凝聚着深刻的哲理思索，引人无尽的深思。明显不同于杨朔的"开头设悬念，中间多曲折，卒章显其志"。在刘白羽的散文中，作者凝重的思考无处不在，我们很明显地就能从字里行间体会到刘白羽的革命家和军人气质的豪放品格和哲学情怀。如《平明小札》中，开始作者便说："这里发表的是一些思索的片段。"作者在自问自答的疑问和反问的思考中探索前进，思考"清晨"、"歌声"、"红"、"血与水"、"路"、"急流"、"启明星"，从这些表象的风韵神魄中探究出关于社会和革命人生的哲理思想。《长江三日》，从江轮"战斗、航进、穿过黑夜走向黎明"的实写中，联想所经历的大时代亦是如此，从而凝聚出"激流勇进"的斗争哲学。写昆仑山突出的"是比金刚石还坚硬，比水晶还透明，比火焰还炽热"、"这在灵魂里闪着共产主义光辉的人"（《昆仑上的太阳》），写大海抒发的是生活的哲理和革命者的自信："我们的生活就像海。它很辽阔，有时风平浪静，有时惊涛骇浪。任乌云也好，风暴也罢，总会被一道航线穿过。"（《海的幻想》）面对闽江激流，他想到的是："是急流勇进，还是急流勇退？是知难而进，还是知难而退？生活在革命斗争浪涛中的人，应当做乘长风破万里浪的能手，因为急流是永远奔腾前进的。"（《平明小札》）即使写人记事，也常提炼出哲理情思。《红玛瑙》写作者回延安参观后的感想："要创造一个红玛瑙一样鲜红、通明的新世界，那就先努力把自己锻炼成为永远鲜红、透明的红玛瑙一样的人吧。"这些都体现了那个时代特有的哲理思想。具有哲理意味的"点睛之笔"具有显而易见的升华主题功能，这与杨朔、秦牧并无不同之处，但刘白羽散文哲理的宏大性、革命性显然是杨朔、秦牧所不能比拟的。刘白羽式的哲理升华中饱含着作为一位历史创造者的自豪与自信，汹涌着澎湃的战斗激情。只是，如果作家点化太多，不仅留给读者回味、思考的空间过于逼仄，散文的含蓄与韵味不足。而且，如果这种哲理仅仅是"革命战士的心灵"哲学或历史唯物论、哲学辩证法的艺术转换，而并非个体的穿越性思考，其散文的思想、艺术的局限性就更为明显了。

与杨朔刻意为文的雕琢和秦牧的舒缓闲适相比，刘白羽的散文，常常采用铺张扬厉的手法和博富绚丽的辞藻，对所述事物做穷形极貌的描写，显示了缜密细致、富丽堂皇的风格特征，体现出汉赋恢弘雄阔的抒情气势。写法上借助丰词缛藻、穷极声貌来大肆铺陈，为新生政权的诞生、为新的历史本质的获得高唱赞歌，揭示并渲染一个获得了历史主体性和话语阐释权的"人民中国"的气魄和声威。由此，刘白羽"颂歌式抒情散文"体现出了强烈的汉大赋美学特质，铺陈渲染了自己对新生中国的歌颂和热爱，显示着与汉大赋的文体气质相统一的内质：规模宏大，气势开阔，夸饰形容，铺叙排比，华丽堂皇，气度非凡。如《武夷风采》中描写："雾，你武夷的雾啊！你在美化人间，诗化人间，你使一切朦胧、隐约、清幽"；"茫茫云海之上，三个山峰，竟像海里踊跃而出、腾空而起，阳光有如千万支强烈的聚光灯把山峦照得红艳艳、亮闪闪……我觉得那山峦——迎接第一线阳光的使者，确像在低唱、在微笑"。如此铺陈，显示出景物绚丽多姿的美。除此之外，《长江三日》中对长江沿途秀美壮阔风光的描述，《红玛瑙》中对新延安的描述，《昆仑山的太阳》对"黄河之水天上来"、"祁连雪"、"天池"、"昆仑山的太阳"等的描述，《浪花十记》中对海的描写，都是一笔唯恐不足，再添一笔，穷形尽相，极力做到力透纸背。激情如悬瀑飞流，与浪涛奔涌的时代精神融为一体，不分彼此。

除了缜密细致的铺陈，刘白羽的散文还擅于扩大时空结构，气势磅礴，流转自如，潇洒跳脱而不失法度。其视野穿越中外，其激情纵贯古今，其"革命者哲学"统摄着笔下的一草一木，一人一事，山山水水。这无疑使其散文大开大阖，气象万千，具有其他抒情散文家普遍缺乏的历史感和文化深度。从国际到国内，刘白羽的散文，除了描写中国的山川大河之外，还有很多国际题材的散文。如《翡冷翠》。更值得注意的是，在行文中，也有很多散文直接引用外国名著表述自己的想法和看法，如《日出》，刘白羽引用了海涅记述的从布罗肯峰看日出的情景和屠格涅夫对日出的描述。此外，各个时空层面刘白羽都有很好的转换，写得恣肆汪洋，境界深广。如《红玛瑙》以游览顺序为序，首尾大开大合，中间层层开拓，兼以回忆历史扩大历时性的向度。而《日出》，所看的"最雄伟、最瑰丽"的日出是在"从国外向祖国飞航的飞机飞临的万仞高空上"，而这"伟大诞生的景象"、"这个光明夺目的黎明，正是新中国瑰丽的景象"，于是，作者自己却"进入了一种庄严的思索，思索着'我们是早上六点钟的太阳'这句话最优美、最深刻的含意"。作家不仅从高空的飞机上看到了"最雄伟、最瑰丽"的日出，而且他以同样的方式观看了黄河，在《昆仑山的太阳》中作者写道："可是没有料到，我真正一览黄河的雄伟神姿，是在从乌鲁木齐飞回北京的飞机上。起飞时，眼前一片飞云骤雨，升上高空，忽然一道灿烂阳光透过舷窗射在我脸上，急忙向下看，云雾里巍然耸立着雪峰，白得如同冰霜塑出的，像是那里刚刚落过一阵大雪，这是何等雄伟的冰雪海洋啊！"在作家眼里，黄河是"一种出乎意外的梦幻般的奇景"，他不禁感叹：

> 我想一个人一生一世也许只能见到这样一次吧！在这茫茫大地之上有一条蜿蜒盘旋的长带。这个长带有的段落是深黑色的，有的段落是银白闪光的。开始我茫然，不知道这是什么，仔细看时，才知道是黄河。这苍茫无垠的大地母亲啊，是她的乳汁，从西北高原喷涌而出，哺育着千秋万代子子孙孙。它纵横奔驰，呼啸苍天。这条浩荡的黄河，一下分散作无数条细流，如万千缨络闪烁飘忽；一下又汇为巨流，如利剑插过深山。多么辽阔无际的西北高原啊！高原上空，无数美丽的发亮的银白色云团，飘忽闪烁，如白玫瑰随风飘浮。这时那一曲牧羊人的歌声又嘹亮地响起，不过，这一次它不是在空中，是从我心中飞出，飞下长天，飞下黄河，随着惊涛骇浪而飞扬，而回荡。

此番"壮景"在刘白羽笔下的频频出现，并非偶然。这近乎是一个象征，是作家获得了不受某种现实经验限制和约束的超验视点的象征。这时的作家，是站在"历史"之外的看取现实的人、事、景、物的结果，是现实的极度浪漫化和革命哲学化。散文的抒情主体既是历史的主人，是历史意志的化身，也是自然的征服者和主宰者。在这个胸襟开朗、气宇轩昂的抒情者眼里，大自然中的清风明月、小花嫩草、涓涓细流、秋月春雨都被有意无意地忽略了，进入他视线的是崇山峻岭、大江大河、大海太阳等雄伟崇高的形象。在这种形象中，投射着他改天换地的英雄伟力和乐观的世界观与人生观。从更深层次来看，刘白羽的散文实际上传达的是中国共产党领导中国人民缔造新的现代民族国家、创造新世界的历史主旋律。这正如刘白羽在评价解放区报告文学时所说，这是"创世纪的浩歌"和"奠乾坤的壮剧"，从中看到的是"人民从血战玄黄中焕发出崇高的精神境界"。以此衡之于刘白羽散文庶几近之。

在《长江三峡》中，刘白羽写道："不论我到哪儿，只要我活着，天空、云彩和生命的美会跟我同在。"在他的笔下，一山一水，一草一木，皆如佛法所言："青青翠竹，尽是真如。郁郁黄花，无非般若"，成了作家"革命家哲学"的道成肉身，景、物、人、事，都成了"我"的情感与哲学的投射，和某种历史意志的化身。它们标志着一种纯粹、绝对和永恒。因此，刘白羽的"颂歌式抒情散文"不仅可以视为散文领域的"政治抒情诗"，而且其政治美学品格更接近于贺敬之，从而无限接近于 1960 年代末出现的本质主义和象征主义写作，其充溢全篇、呼之欲出的激情，也自然明显带有革命时代的精神狂欢和政治乌托邦特质。在刘白羽的"颂歌式抒情散文"中，潜在地存在着感性与理性、现实与理想、世俗与崇高的二元性结构，理性、理想、崇高显然处于优势的位置。这与其"颂歌式抒情散文"所产生的政治"一体化"的历史语境构成了呼应乃至同质的关系。进入"新时期"后，"一体化"文化体制解体，作为那一时期的政治文化表征之一的刘氏散文也得到了更多批判性的审视：单一的颂歌化主题，情感的缺乏节制及泛政治化，个体反思性的严重匮乏，结构的模式化，偏于说教的政论化，等等。

二、从"延安"到"新中国"：颂歌式散文的传承与流变

新中国成立前，除了在根据地和解放区，歌颂并未成为现代中国散文的主导价值趋向。鉴于散文家对于传统散文和西方散文传统的认同与接受，也由于作家对现实的感知和判断，现代散文呈现出多种发展趋向，私语体和闲话体成为现代中国散文的主导体式，或抒发个人情思意绪，或勾勒现实图景，或自赏，或介入，

都是基于个体化的感受和体验，其价值判断很少受到某种主导性话语体系的直接渗透或引导，政治色彩并不突出。1930年代，在散文文体意识进一步增强的基础上，散文创作的政治化也逐渐突出。瞿秋白、茅盾、唐弢、巴金、徐懋庸等左翼作家以《萌芽月刊》、《前哨》、《北斗》、《十字街头》、《海燕》、《芒种》等刊物为基地，注重散文的现实批判性和论战效果，其文体形式多为针砭时弊的杂文或政论文。

真正形成散文"颂歌"传统的是根据地和解放区的散文创作。此时散文文体主要以叙事性的、纪实性的通讯特写和报告文学为主。其原因，一是如以群所认为的："抗战发动以来，社会现实的演变供给了作家们以异常丰富的材料，然而那变动却太急剧、太迅速，竟使作家们没有余裕去综合和概括那复杂丰富的材料；而且作家生活的繁忙（他们除了写作外，大都还要担负许多实际的救亡工作），和出版条件的恶劣（部分出版业停顿，纸张缺乏，发行困难）也限制了作家写较长的作品；适应着这些客观条件，作家们不能不采取短小轻捷的形式——速写、报告、通讯之类，以把握剧变的现实的断片。"① 二是，党的文艺政策的引导。如延安文艺座谈会结束之后，中共中央宣传部在发出的《关于执行党的文艺政策的决定》中，明确指出："在目前时期，由于根据地的战争环境和农村环境，文艺工作各部分中以戏剧工作与新闻通讯工作为最有发展的必要与可能。其他部门的工作虽不能放弃和忽视，但一般地应以这两项工作为中心。"② 此时的歌颂性散文，或写人，如《新人的故事》（叶以群），《铁骑兵》（杨朔），《贺龙将军印象记》（沙汀），《陈赓将军印象记》（荒煤），《陈毅将军印象记》（李普），《记王震将军》（穆欣），《肖克将军在马兰》（马加），《刘伯承将军纵谈战局》（穆之），《田保霖》、《袁广发》、《民间艺人李卜》（丁玲）；或记事，如《晋察冀边区印象记》、《战地日记》（周立波），《窑洞阵地战》、《碉堡线上》（华山），《上前线去》（陆定一），《秋收的一天》、《三日杂记》（丁玲），《进入新老解放区》（陈学昭），《环行东北》、《历史的暴风雨》（刘白羽），《柳林随笔》（欧阳山），《一架机器的诞生》（林风）；或写景，如《陕北风光》（丁玲），《白杨礼赞》（茅盾），《塞行小记》（魏伯），《她们在秋天的丰收里》（董速），

---

① 以群：《关于抗战文艺活动》，《文艺阵地》，1938年5月1日。
② 中共中央宣传部：《关于执行党的文艺政策的决定》，《解放日报》，1943年11月8日。

等等。均以或朴素亲切，或简洁严峻的笔法，通过生动的描绘、辛辣的讽喻，以昂扬的激情和充满鼓动力量的政论话语，写革命者的战斗故事和英雄业绩，反映根据地和解放区人民的新生活、新风尚，洋溢着质朴的泥土气息和乐观主义精神。

"回顾在新中国初建的头几年中，不论是从体制或风格的基本倾向看，中国当代的散文，实为40年代'延安散文'的延续。"[1]的确，新中国成立初期出现的第一次散文高潮中，继承了"延安散文"传统的以通讯、特写为主的通讯型散文体式成为最主要的表现形式。

新中国文学与"延安文学"之间的这种延续关系，也存在于建国后的小说、诗歌和戏剧创作中。但相较而言，散文创作中的"延续"现象尤甚。1940年代的"延安散文"主要有两个特点：一是通过对现实的写实性书写，反映根据地或解放区新的生活风貌和精神面貌，达到歌颂共产党、党的领袖及根据地/解放区发生的翻天覆地的变化，呈现共产党领导下的军民所进行的反专制求民主、反侵略求独立的英勇斗争和流血牺牲，以歌颂为主基调。二是张扬"大我"，将作家的"个体"、"小我"隐匿于"群体"、"大我"中。建国后的散文"延续"了"延安散文"开朗明丽的创作风格，强调散文外在的歌颂和赞美。再加上中国当代散文宏观历史叙述的背景是一个新的国家和新的社会，社会主义建设事业不断繁荣，作家们不再背负反帝反封建的任务，文学不再是以推动文学革命为主旨。他们是时代的主人，新中国的建设者，他们肩负着歌颂新生活和新社会的重任。杨朔认为："我喜欢散文，还有更重要的原因。散文常常能从生活的激流里抓取一个人物一种思想，一个有意义的生活片断，迅速反映出这个时代的侧影。"[2]秦牧认为，"一篇小小的散文，自然不可能系统地宣传整个共产主义思想体系。然而要写得好，却必须在这个思想体系下来执笔"。[3]刘白羽则强调，"我们的散文，应当充分地反映我们英雄时代的风貌与光辉。它是壮丽生活的赞歌，它是战斗生活的号角"[4]。因此，

① 余树森：《中国现当代散文研究》，北京：北京大学出版社1993年版，第49页。

② 杨朔：《〈海市〉小序》，《杨朔散文选集》，天津：百花文艺出版社1993年版。

③ 秦牧：《散文创作谈》，《作品》，1979年，第6期。

④ 刘白羽：《创作我们时代的新散文——在上海一次创作座谈会上的讲话》，王郊天编：《散文艺术创作谈》，南京：江苏人民出版社1984年版。

建国后颂歌式抒情散文中的歌颂意味要比延安散文更加得强烈和浓厚。一些忠诚而又勤奋的作家，在党的号召下，投入现实生活，寻找创作契机，追求艺术的完美。大批作家深入到工厂、农村、边防、建设工地去感受时代的脉搏。

1950年代中期，随着"双百方针"的提出和贯彻，作家主体创作精神有所恢复，抒写意境的颂歌式抒情散文代替写实性散文有了一个短暂的繁荣。如臧克家的《毛主席向着黄河笑》、柯灵的《朝霞短笛》、郭风的《叶笛》、杨朔的《香山红叶》、老舍的《养花》、秦牧的《社稷坛抒情》、丰子恺的《庐山面目》、周立波的《灯》、叶圣陶的《游了三个湖》、碧野的《天山景物记》等。但1957年的"反右"、1958年的"大跃进"使这种体式的散文创作又遭到重创。

直到1960年代初期，党对文艺政策进行调整，加强艺术民主，作家的创作个性得到一定程度的解放，继承古代散文优美意境和现代"美文"优美笔调的一批讲究情景交融、注重意境营造，构思精巧、语言精致、风格多彩的散文才得以出现。杨朔由小说、通讯特写转向"诗化散文"，刘白羽由通讯报告文学转向阳刚雄放的抒情散文，秦牧由杂文转向融知识、思想、艺术于一体的抒情散文。碧野、菡子、柯蓝等成为散文专业作家，巴金、吴伯箫、冰心、曹靖华等老作家和吴晗、邓拓等学者也进入散文创作领域。

就题材而论，这些作品除了描写如火如荼的革命斗争外，还深入到生活的各个领域。如冯牧的《湖光山色之间》、侯金镜的《漫游小五台》、碧野的《武当山记》、严阵的《牡丹园记》、李健吾的《雨中登泰山》、袁鹰的《青山翠竹》等，均是以描绘祖国山川新貌为主，借以对人民群众进行爱国主义思想教育的篇章。曹靖华的《忆当年，穿着细事切莫等闲看！》，吴伯箫的《记一辆纺车》、《歌声》、《菜园小记》，冰心的《小桔灯》、魏钢焰的《船夫曲》和唐强的《琐忆》等，则是通过一些历史生活的撷取，鼓舞着人民闯关斗险的勇气和信心。这个时期，还有不少作家在工作之余，参加了大量外事活动，创作的许多国际题材的散文。如以樱花为题的有冰心的《樱花赞》，巴金的《富士山和樱花》，刘白羽的《樱花漫记》，杨朔的《樱花雨》等。歌颂党和领袖，也是这一时期抒情散文的重要题材，如方纪的《挥手之间》、魏巍的《七月献辞》等。

就艺术上说，这些散文，与唐宋散文、明清小品和五四散文有着内在的沟通，注重借景抒情、托物言志、营造意境，讲究句式长短的杂糅和语言的文白相间，讲究诗意的营造与表现。

就主旨来看，侧重于从各方面彰显那个时代的主旋律——歌颂新生中国，反映新中国开启的历史和现实的新面貌，抒发时代豪情，注重对读者的教育和鼓舞作用。总体来说，颂歌式抒情散文尤以杨朔、秦牧、刘白羽的创作成就更为突出。

"拿散文当诗写"是杨朔散文的一个重要特征。他的散文常描写那个时代的一人一事、一景一物，反映了那个时代生产和生活中的诗意因素。他散文中的茶花、蜜蜂、海市、雪浪花等事物都寄托了强烈的时代内容，抒发了作者时代的情感，从侧面表达了对社会主义生活的热爱。在散文结构和形式上，以古典诗词的托物言志，借景抒情之法创造意境，布局精巧、"曲径通幽"、"疏密有致"。杨朔的代表作品有《海市》、《蓬莱仙境》、《雪浪花》、《荔枝蜜》、《茶花赋》。《海市》意在歌颂"海上仙山"——长山列岛的巨大变化，并以此来进一步歌颂党的伟大英明和社会主义制度的优越性。《雪浪花》写的是冲击礁石的浪花和一位老渔民，歌颂了无数普通劳动者齐心合力，勤勤恳恳建设社会主义的伟大精神。《茶花赋》一面写绚丽的茶花，一面写精心的养花人，但它更深的寓意是对我们青春健美的祖国的热爱和赞颂，也是一首劳动者的赞歌。但杨朔的散文由于过分追求散文的诗意，制造曲径通幽的阅读悬念，欲扬故抑、先抑后扬的策略与模式，有时不免给人以拔高生活、雕琢斧凿之感。"开头设悬念，中间多曲折，卒章显其志"的杨朔散文模式在1980年代后期为读者所诟病。

秦牧的散文多采用谈天说地的行文作风，寓思想性于知识性和趣味性，选择为人所鲜知、并带有可读性的题材，如典故、文坛趣闻、民间传说、风俗人情、飞禽走兽、名花异卉等，以此"不断讴歌无产阶级的英雄人物，宣传共产主义思想。为社会主义因素的成长擂鼓呐喊"[①]，在情理交融的议论中显示说理的深度，政论色彩浓厚。其名篇有《社稷坛抒情》、《花城》、《土地》、《古战场春晓》等。《社稷坛抒情》是一篇较为出色的抒情散文，作者将爱国激情融会于思古幽情之中，抒发了对祖国的泥土、大地和生活在这泥土大地之上的劳动者以及由他们所创造的灿

---

① 秦牧：《〈长河浪花集〉序》，北京；人民文学出版社1978年版。

烂文化的无限热爱和衷心赞颂。由于社稷坛是祭地的，所以作者首先扣住土地来联想，想到古代帝王祭地的仪式，想到劳动者，想到土壤的形成等。又由于社稷坛中央是五色土，进而想到五行，想到中国的思想文化。而后从五色土的紧紧拼合，想到了国土的统一。遥接万代的联想说到底是为了"穿过历史的隧洞，回到阳光灿烂的现实"。

而刘白羽的散文，不同于杨朔的在"日常"的现实生活和个人体验中提取"诗意"，也不同于秦牧的借助"知识"和丰富驳杂而又极普通的"日常"材料、信息来生发哲理和趣味。刘白羽的散文超越了二者的"平中见奇、奇中有平"的构思和升华模式，达到了颂歌式抒情散文的极致。刘白羽的抒情散文，直接倾吐作者自己的革命情思和豪情壮怀，并借助于日出、灯火、朝霞、大江、大海等雄伟壮美的景物展开联想，随物赋情。再加上战争年代的艰苦生活与眼前火热的生活图景形成鲜明对照，刘白羽经过血与火的考验后浴火重生，热烈地讴歌新时代和新社会，歌颂共产主义和社会主义。不同于杨朔的优美细腻，也不同于秦牧的平易冷静，刘白羽的散文由内而外焕发着热烈浓郁的激情，充满着历史的雄浑厚重感，洋溢着阳刚壮美的风格，这是同为"散文三大家"的秦牧和杨朔所无法比拟的。

"文革"时期，文艺必须成为打击敌人的"匕首"和"投枪"，必须歌颂"文化大革命"成为主流意识形态的硬性要求。"散文自由灵活的特点，不是可以取消而是需要加强它的战斗功能，它应该而且可以成为文艺领域中密切为现实斗争服务的'轻骑兵'和'突击队'。我们的散文，决不要那种抒写个人闲情逸致的'情调'，我们需要的是表现无产阶级革命豪情的战斗风格。……散文首先要立革命之意。……满腔热情地赞美毛主席革命路线指引下的社会变革……作者从现实斗争的需要出发，用党的基本路线观察和分析生活……唯有努力触及时事，才能使思想内容富有战斗的力量。……散文是富有抒情性的文体。抒革命之情，是构成散文艺术感染力的重要因素。"[①]表现"革命理想"、抒发"革命激情"，使颂歌式散文成为"文化大革命"时代精神的传声筒。其典型作品，如《在列车上》（吴芝麟）、《织网》（叶文艺）、《夜空哨兵》（徐友良）、《公社的春天》（邹悠悠）、《珍珠》（徐

---

① 吴欢章：《散文要有战斗的思想光彩》，《朝霞》，1975年，第2期。

东达、唐水明）等（以上作品均发表于《朝霞》杂志），无论是表达对于领袖的热爱、对中央政策英明的赞美，还是对万恶的旧社会的仇恨，对"文化大革命"带来的"大好形势"的歌颂，无不如此。颂歌式散文的作者情感的根源与出发点仍然是"文化大革命"现实斗争的需要。作为"进军的号角"和"嘹亮的战歌"的"文革"散文，极大发展了文学与政治之间的关系，并使二者进入一种恶性循环的状态，思想主旨单调重复，激情满溢而理念直露，文风也由刘白羽式颂歌散文的阳刚与壮美走向充满嚎叫、喧嚣的暴躁与狂厉，不仅美感尽失，且内容更加浮泛、空洞、浮夸。在意象选择上，是单调的"战歌"、"红旗"、"号角"、"狂飙"等壮阔、阳刚风格的意象。在情感表达方式上，选取的是建基于"路线斗争"的非敌即友、非爱即憎、你死我活的二元性情感模式，充满着对矛盾、斗争、革命的崇拜，贯穿着"将文化大革命进行到底"的"誓言"。

"文革"时期的颂歌式散文，是 20 世纪中国散文颂歌传统的、历史的、逻辑的发展和蜕变，其对政治权力的歌颂、尊崇和依附，不仅使自身丧失了其抒情主体性和客观记叙的精神，丧失了其审美性和预言性，丧失了其早期所具有的朴实、活泼、劲健、清通的美学品格而堕入理念的叫嚣和迷醉，而且其作为政治附庸的地位也在政治权力更迭的背景下，必然面临崩溃的历史结局。颂歌式散文这一历史结局，昭显的是政治文学或文学过分政治化自身的致命缺陷。

第二十一节　黄宗英与报告文学

一、中国报告文学的发展历程

作为一种体现时代精神的文体，报告文学经历了悠久而浩瀚的历程，呈现出了复杂多样的形态特征，综观这百年历史，报告文学的发展大致可以分为以下四个阶段：

第一，1920 年代初至 1930 年代末，报告文学经历了从重报告轻文学的阶段，到纪实性和情感性相融合、客观和主观相统一的阶段。报告文学在 1930 年代末走向成熟。主要代表作家作品有夏衍的《包身工》和宋之的的《一九三六年春在太原》。1936年夏衍发表的《包身工》有着强烈的政治性和完整的艺术形式，标志着我国报告文学创作达到了一个新的高度，具有广泛的示范作用。作品选取包身工一天生活中的几个场景进行叙述和描写，反映了上海日本纱厂中国女工的悲惨生活。从本质上揭示了帝国主义与中国封建残余势力相勾结，利用包身工制度残酷压榨中国劳动人民的真相。同时，作品表达了一种信念，即坚信中国劳动人民终有一天会粉碎身上的枷锁，求得自身的解放。形象而深刻地揭示了当时中国社会的主要矛盾，指明了历史前进的方向，具有高度统一的思想性和战斗性。同年，宋之的发表《一九三六年春在太原》，逼真地刻画了山西军阀消极抗日、积极"防共"的情景，并从中议论和抒情，克服了此前重报告轻文学的不足之处，使得纪实性与情感性相融合，达到了客观与主观的统一。这两部作品的出现，标志着中国报告文学的成熟。

第二，1940年代初至1960年代末，这一阶段，报告文学由中心走到边缘，游走于文学和政治之间。主要代表作家作品有魏巍的《谁是最可爱的人》和黄宗英的《小丫扛大旗》。在《谁是最可爱的人》发表之后，"谁是最可爱的人"就成了中国人民志愿军的代名词，深深鼓舞着志愿军战士，激励着他们勇敢战斗，在作品中充满着无产阶级的人情美和人性美，标志着报告文学的进一步发展和成熟。

第三，1970年代末至1980年代末，经过恢复和革新后，报告文学成为反映现实生活的主要艺术形式之一，产生了极为轰动的影响，赢得了社会的广泛关注。主要代表作家作品是徐迟的《哥德巴赫猜想》和黄宗英的《大雁情》。徐迟1978年发表的《哥德巴赫猜想》，是新时期报告文学的发轫之作，使报告文学的题材深入到了科学文化领域，大胆表达了对"文革"的深刻批判和对陈景润等知识分子的肯定和歌颂。作品艺术表现手法多种多样，人物形象丰满而厚重，细致介绍了陈景润的人生经历和精神世界，浓墨重彩地描绘了他的优秀品质和核心闪光点，表现了其孜孜不倦而动人心魄的执着奉献精神，是不可多得的优秀报告文学作品。

第四，1990年代至今，报告文学面临着多种挑战，走向多样化发展道路。随着作家主体意识的高扬，报告文学的文学特征愈加明显，但它与小说、戏剧、散文等文学样式仍然有着极大的不同之处。

作为一种为适应时代要求而发展起来的艺术形式，要取得长足的发展，必须有其基本的艺术特征和规范，总体而言主要有以下特点：

第一，及时性。报告文学兼有新闻通讯的特征，有很强的时效性和社会性，必须紧跟时代步伐、准确把握时代脉搏，以新颖而鲜活的内容，及时报道人民群众所关心的现实情况，发挥文学"轻骑兵"的作用。

第二，真实性。真实性是报告文学的第一原则，是报告文学的生命。报告文学必须通过选择和提炼真实素材，采写真实内容，报道真人真事，不可随意编造故事和虚构情节。道听途说和未经核实的内容都不能采用，在创作过程中不可根据主观愿望任意贬低或者拔高。

第三，文学性。报告文学顾名思义由"报告"和"文学"两部分构成，报告文学兼有新闻的特质，但并不等同于新闻通讯。要求塑造生动丰满而性格鲜明的人物形象，增强作品的感染力和可读性。此外，报告文学充分借鉴和吸收小说、戏剧和散文等文学形式的艺术技巧，大大增强了其文学性特征。

二、黄宗英与报告文学

黄宗英（1925— ），原籍浙江瑞安，生于北京，天津南开中学肄业，是我国优秀的演员和作家。1941年到上海，先后在上海职业剧团、同华剧社、北平南北剧社做演员，因主演喜剧《甜姐儿》而知名。1946年开始发表作品。1947年从影，先后在北平中电三厂、上海中电一厂、二厂、昆仑等影业公司主演《追》、《幸福狂想曲》、《丽人行》等影片，因在《乌鸦麻雀》一片中扮演国民党小官僚的姘妇余小瑛，1957年于文化部1949—1955年优秀影片评奖中获一等奖。建国后，黄宗英担任上海电影制片厂的演员，拍摄过《家》和《聂耳》等影片。1954年创作电影剧本《平凡的事业》。1965年后在中国作协上海分会专事创作，成为中国作协的第四届理事成员之一。出版散文集《星》、《桔》、《黄宗英报告文学选》等。

作为我国优秀的报告文学作家，黄宗英以其高质量的报告文学作品赢得了文艺界的广泛赞扬，得到了人民群众的普遍认可。其报告文学创作主要集中在两个阶段：一是 1960 年代初期，代表作有《特别的姑娘》、《小丫扛大旗》、《新伴伯》等；二是 1970 年代末至 1980 年代中期，代表作有《大雁情》、《美丽的眼睛》、《桔》、《固氮蓝藻》、《小木屋》、《越过太平间》、《他们三个》等，其中《大雁情》、《美丽的眼睛》、《桔》分别获 1979—1980 年、1981—1982 年、1983—1984 年全国优秀报告文学奖。黄宗英的报告文学作品，以真实而独特的取材、清新而优美的语言、深刻而有思辨色彩的内涵，塑造了鲜活而多样的人物形象，在报告文学领域独树一帜，将当代报告文学提高到一个全新的高度。

弃艺从文的黄宗英，对文学并未有生疏感，反而显现出不同一般的文学感悟力，文笔老练恰当。她最初的报告文学作品——《特别的姑娘》和《小丫扛大旗》，出手则不凡，让人感到耳目一新。夏衍认为，黄宗英的报告文学"最好的还是 60 年代初期的《小丫扛大旗》和《特别的姑娘》"（《关于报告文学的一封信》）。在周恩来的关注下，黄宗英所写报告文学的主人公侯隽与邢燕子成为一代知识青年的楷模。1950 年代末期，受"大跃进"和"左"倾主义的影响，一些报告文学中出现了浮夸失真的情况。在 1960 年代初期，中国的报告文学创作，呈现出纷繁不一的面貌，出现了一大批描写典型人物和先进形象的具有共产主义风格的报告文学作品，这就造成了一些报告文学创作进入了狭窄的境遇，人物形象离现实生活越来越远，逐步走向了具有神话色彩的全知全能的尴尬情境。而黄宗英报告文学作品的出现，为文坛注入了鲜活的生命力：她的作品并不是先进事迹和豪言壮语的简单复制和堆砌，黄宗英重在挖掘真实人物的内心世界，并把这种内在的高洁情操同整个时代大潮相联系。

黄宗英的报告文学作品始终恪守"真实性"原则，尊重具体的客观现实，保留生活的本来面目。即使重要人物的心理刻画也并非凭空想象，不管是人或者事，一切力求真实而准确，因此黄宗英的报告文学作品呈现出一种真实的力量，感人肺腑。1960 年代为写《特别的姑娘》、《小丫扛大旗》，她和姑娘们吃住在一起、劳动在一起；在 1980 年代写《小木屋》，她竟然三次进西藏，最后差一点儿连性命都留在那里。她写每一部作品都是亲赴现场、深入生活。无论条件如何艰苦，黄宗英始终认为只有亲自观察生活、采访人物才能获得准确而又丰富价值的写作素材。在写作过程中，她也力求完整地体验人物的细腻心理，与人物心连心。《新伴伯》、《大雁情》、《固氮蓝藻》和《桔》等作品都是这样完成的。她曾说过："涉及真人真事的报告文学，一褒一贬分寸之间，不是闹着玩的。"一直以来，她都坚守着作为一个艺术家的良心，正是这种独有的人格魅力，赋予了她作品的深远意境。恪守"真实性"原则，并不意味着人物形象死板老套，伟大的报告文学作家基希讲过："事实对于报告文学者，只是尽着他的指南针的责任，所以他还必须有望远镜和抒情诗的幻想。"（转引自周立波《谈谈报告》）想象和渲染并非对文学作品的虚构，相反，这正是报告文学区别于其他艺术形式的独特魅力所在。在真人真事的基础上，通过作者巧妙的思考，加以文学的再加工，避免了对现实生活的机械复制，赋予现实生活以更为鲜活的一面，更加具有典型性，为人民群众所喜闻乐见。黄宗英巧妙地将报告文学的"真实性"和"文学性"相融合为和谐的统一体，塑造了多个生动而鲜活的人物形象。如《特别的姑娘》中的侯隽，是典型的先进形象，有着看准一条路排除千难万险也要走下去的一股韧劲。但在坚强的背后，侯隽也有软弱的一面，当伙伴离她而去，她曾经留下真挚的眼泪；遇到挫折时，她也曾苦恼和动摇，想调往农场。《小丫扛大旗》对几位农村青年女性进行了细腻的刻画：一方面表现出了她们为摆脱贫穷所付出的辛勤努力，歌颂了铁姑娘们坚定不移、一往无前的与自然斗争的精神；另一方面，描写了她们天真开朗的形象，如铁姑娘秀敏，刚学会骑自行车，歪来扭去、左摇右晃，不会下车，只一个劲的往前蹬，直到骑到墙根下，结果车倒了，萝卜滚了一地，而秀敏却高兴地直说自己会骑车了。《新伴伯》老当益壮，呕心沥血地为子孙造福。她笔下的人物形象，一方面有着与时代相连的"真实性"，表现了刚刚战胜自然灾害的中国人民自力更生、艰苦奋斗的昂扬斗志；另一方面又充满了浓浓的"文学性"，塑造了许许多多有血有肉、毫不死板做作的英雄人物，举手投足间表现着自身的独特性格特点。

作为横跨"文革"前后不同时期坚持创作报告文学的少数作家之一，黄宗英保持了极强的文学创作力，综观其前后两个阶段，可以看出不同的创作风格。前期《特别的姑娘》和《小丫扛大旗》中，处处洋溢着新鲜而单纯的欢欣和鼓舞。而在"文革"中，中国著名艺术大师——黄宗英的丈夫赵丹因出演《武训传》而遭到逮捕，黄宗英经历了最黑暗的时期，她发表了小说《山亭斗"虎"》。此后发表的报告文学作品也彻底地和单纯表扬好人好事的文章划清了界限，彻底突破了"四人帮"鼓吹的不写活人写死人，为死人"树碑立传"的报告文学边框。"人"成为了她作品中的主题，给予人尊重和信任、关心和鼓舞成为了她作品的基调。她曾说："每一个时代的艺术家，都负有反映自己时代的责任。"①她以自己对文学的执着追求，坚定地走着属于自己的文学道路。很多人评价她笔下的人物不够完美，英雄没有英雄的样子，可她一直坚持塑造普通而质朴的人民形象。如《固氮蓝藻》中的黎尚豪、《大雁情》中的秦官属、《越过太平间》中的宋慕玲、《美丽的眼睛》中的杨光明、《小木屋》中的徐凤翔等，都是在平凡的岗位上兢兢业业、无怨无悔地为祖国和人民的事业而付出自己的辛勤劳动。"文革"十年给了她一双正视历史的眼睛，也使得她的作品充满了锐利批判的色彩。如《越过太平间》中，黄宗英在赞美女医生宋慕玲积极攻克癌症难关所取得的伟大成绩的同时，也强烈地揭露和批判社会对像女主角宋慕玲这样的优秀医学工作者的不够尊重和重视。她的口头禅是"没事儿"，以一种天真而淡定的生活态度，从容地面对压力和挑战。

1979 年发表的《大雁情》是黄宗英报告文学中最具气势的作品之一，是继《哥德巴赫猜想》后歌颂中国知识分子的又一力作。作品真实描写了女科学工作者秦官属为祖国科学事业奉献的坎坷经历，作者对秦官属为我国科学事业做出突出贡献却遭受非议，表达了自己的强烈不满和谴责，要求社会给予她应有的尊重，并尽快对知识分子落实政策。黄宗英向全社会呼吁：要为"四化建设"发现人才、造就人才，并合理使用人才。当秦官属还在读大学林学系的时候，就有人劝她转行，说她受不了那个苦。可她摇了摇头，为了学林业，她和老师、男同学一起"骑马、骑驴、跨骆驼"，踏遍陕北高原、渭水河滩和新疆的阿尔泰山。重重困难面前，她都没有选择退缩。大学毕业后，她以优异的成绩被分在陕西植物园，担任杨树树种优选研究专题的业务组长。但受"文革""左"倾路线影响，她变为重点批判对象，取消了她的杨树树种研究专题，被调去进行野生药物训化栽培。这与她的专业完全不相符，但秦官属决定转向国家和人民需要的"药"专业研究。黄宗英

---

① 《生活的主人，舞台的主人——一大演现代剧目随想》，《文艺报》，1964 年，第 1 期。

通过实地采访考证，被秦官属的事迹深深地打动，从而多侧面塑造了这样一个有理想、有毅力，对党和人民赤胆忠心的立体人物形象，为我国报告文学人物画廊增添了光亮的一笔。

1970 年代末至 1980 年代中期，黄宗英的报告文学作品与 1960 年代初期的作品相比，有以下几个特点：

第一，由于新时期党的工作中心已经转移，知识分子成了"四化建设"的中坚力量，因此，知识分子和科学家的形象，代替了 1960 年代的农村新人，成为了黄宗英报告文学中的主人公。从韧性十足的农村英雄侯隽和张秀敏，到为祖国和人民奉献青春的知识分子宋慕玲和秦官属。

第二，由写"事"转而写"人"。如果说她前期的作品只是简单地理解关于"写光明"的指示而重在歌颂英雄事迹，那么，到了 1980 年代前后，黄宗英的报告文学作品开始注重写"人"，要求同情人、尊重人和信任人。增加了强烈的批判锋芒，增添了作为一名文学战士的风采，使得她后期的报告文学作品更加深入地思考和挖掘生活，人物形象也更为丰满鲜活，构思和剪裁更见功力，语言技巧更臻成熟。

第三，有了更深的立意。在反映生活时与时代紧密相连，触及了生活中具有普遍意义的尖锐矛盾，提出了诸多带有深远意味的社会问题，并充分体现了一个艺术工作者的智慧与胆识。正如吴欢章所说："报告文学作家不能是生活的旁观者，他应该是改造和推进生活的战士；他不能只是消极地跟在时代事变的后面，仅仅满足于做一个生活的记录员，而应该成为历史事件的评论员，时代思想资源的勘测者，新人新事的歌唱家，社会弊病的诊察人；他不能是党的政策的一般解说者，而应满腔热情地、生动地宣传党的政策，善于把政策在群众实践过程中的各种情况和问题有血有肉地表现出来；他也不能仅仅对于革命真理作泛泛地歌颂，而应该投身到人民群众的生活斗争中去积极地体验和检验真理，并同人民群众一起在实践中去继续丰富和深化对于真理的认识。"①

黄宗英一生经历坎坷，是一位具有创新精神的报告文学作家，她不拘泥于固有的写作模式，积极开拓新颖多样的写作方式，如日记体（《固氮蓝藻》）、回忆体

① 吴欢章：《论黄宗英的报告文学》，《上海文学》，1981 年，第 12 期。

《小木屋》)和访问体(《橘》)。黄宗英以创作性的艺术构思构筑起了属于自己的诗意王国，具有了个性鲜明的美学风范。在 1990 年代，银发婆娑的老人依然亲自跟随摄影组远涉荒漠，本着对祖国和人民负责的态度，以病痛之躯，噙着血泪写下《天空没有云》、《没有一片树叶》和《以生命偿付大自然》等篇章。

第二十二节　夏衍与国防戏剧

一、国防戏剧

形成于 20 世纪初的中国话剧，作为舶来品的艺术形式，在五四前后已臻成熟。此后，经过不断地去除糟粕、保留精华，到 1930 年代已经逐步改造成为具有现代性和民族特色的中国话剧形式。

"九一八"事变后，随着日本帝国主义侵华战争的加剧，中华民族面临深刻的民族危机。1935 年中国共产党正式提出建立抗日民族统一战线的主张。在这种形势下，一些左翼作家于 1936 年初提出了"国防文学"这一具有统一战线内涵的口号，呼唤"一切站在民族战线上的作家，不问他们所属的阶层，他们的思想和流派，都来创造抗敌救国的艺术作品，把文学上反帝反封建的运动集中到抗日反汉奸的总流"[1]。受文学界的影响和推动，上海戏剧界随即提出了"国防戏剧"的口号，以"国防戏剧"代替中国左翼戏剧家联盟直接领导的、为无产阶级服务的、强调革命性、阶级性和战斗性的"普罗戏剧"。为此，文艺工作者建立了多个戏剧组织，主要组织有上海戏剧界联谊会和上海剧作者协会。轰轰烈烈的国防戏剧运动就此拉开了序幕。

为规范国防戏剧创作，满足新形势下的演出需求，发挥戏剧的鼓动和宣传效果，上海剧作者协会召集会议，讨论制定了"国防剧作纲领"。周钢鸣在《民族危机与国防戏剧》中[2]提出，"国防剧作纲领"的主要内容为：

第一，国防戏剧的剧作的主题，是反帝抗日反汉奸，争取中华民族的解放；

---

[1]　周扬：《现阶段的文学》，《光明》，1936 年，第 1 卷第 2 号。
[2]　周钢鸣：《民族危机与国防戏剧》，《生活知识》，1936 年，第 1 卷第 10 期。

是把大众反帝抗日反汉奸的革命情绪，如学生救亡运动，请愿、示威等具体地形象表现出来，唤醒落后民众的觉醒，以保卫祖国，收复失地，把敌人驱出中国去。

第二，国防戏剧必须描写日本帝国主义侵略中国的阴谋及种种暴行，如"九一八"、"一·二八"日本帝国主义屠杀中国大众的各种惨案，以暴露敌人的残酷面目。同时，我们更要描写中国大众在外寇内贼双重压迫底下英勇的斗争……

第三，国防戏剧必须揭穿欺骗大众的理论，如唯武器论、等待主义、失败主义等……我们必须把每次有关民族存亡的事变，迅速地在剧作中作最明确的反映和批判。……使大众很快地认清事变的真实意义和教训，以加快反帝抗日的情绪。

第四，我们必须采用中外民族解放历史为题材，以提高抗敌情绪，充实斗争的经验与力量。如亡国的教训……关于民族的解放的反帝历史……

第五，必须认清残余封建势力是中华民族解放的障碍力，因此，在反帝斗争的当前，必须同时做反封建的斗争，在剧作上应有明确地表现，如"读经救国"、迷信、命运论等思想。

因此，所谓"国防戏剧"，除了强调"反帝抗日反汉奸，争取中华民族的解放"的主题外，也还有充分发挥戏剧的宣传（以至现场鼓动）功能的要求，在艺术形式上则"提倡'通俗化'、'大众化'和方言话剧"。[①]它号召不愿做汉奸、亡国奴，支持抗日民族统一战线的戏剧工作者，不论所属何种阶级和流派，都来以戏剧为武器参加抗敌爱国的戏剧活动，它是中国共产党所领导和发动的无产阶级文艺运动的有机组成部分。

1930年代"国防戏剧"的代表作，大多为集体创作：或由一人写出初稿，经集体讨论后修改定稿；或由几个作者一起讨论研究，集思广益，最后由一人执笔而成。如《走私》、《咸鱼主义》（洪深执笔），《汉奸的子孙》（于伶执笔），《洋白糖》（石凌鹤执笔）等，都是集体创作的经典国防戏剧作品。这一时期集体创作的国防戏剧剧本，因创作时间较短，在艺术上来不及精雕细琢，难免粗糙。但为适应抗日发展形势，紧跟当下时事，在当时不失为解决剧本荒的有效方法，且极具有鼓动性和宣传性特点。此外，陈白尘的《扫射》、《父子兄弟》，杨帆的《布袋队》，

---

① 周钢鸣：《民族危机与国防戏剧》，《生活知识》，1936年，第1卷第10期。

袁文殊的《民族公敌》，崔嵬的《察东之夜》、《张家店》等也是深得好评的国防剧作。"国防戏剧"的演出中，以《汉奸的子孙》场次最多。当然，最引人注目的还是夏衍创作的历史讽喻剧《赛金花》，被誉为"国防戏剧的力作"。《赛金花》由四十年代剧社在上海首演，连演 20 余场不衰，观众达 3 万人次。

这一时期创作的国防戏剧剧本，分别刊登在《光明》、《妇女生活》、《读书生活》、《生活知识》、《戏剧时代》等杂志上，有力地推动了国防戏剧的演出活动。尤其是由洪深担任发行，实际编者为夏衍和沈起予的《光明》半月刊，更是不遗余力地宣传国防戏剧，增强了国防戏剧的群众性基础，有力地促进了国防戏剧的发展。然而，国防戏剧的演出却常常遭到国民党反动派的干扰和破坏。破坏最严重的当属"《赛金花》事件"：上海四十年代剧社赴南京演出《赛金花》时，国民党当局在演出的最后一天率打手到剧场起哄捣乱，随后，发出通令，称"赛金花生平事迹，有妨碍中国尊严之处，故已通令平津沪汉等地，一律禁止开演"。尽管如此，国防戏剧运动在上海和全国各地仍像巨浪般以不可遏制之势汹涌地前进着。七七事变后，抗日战争全面爆发，国防戏剧发展为抗战戏剧运动。

在抗日战争时期，"国防戏剧"为团结广大爱国群众，激发人们的抗日激情做出了突出的贡献。同时，在不断的实践过程之中，也促进了戏剧艺术的长足发展，取得了巨大的成就，主要表现在：一是出现了一大批优秀的戏剧创作者和表演者，演出了诸多人民群众所喜闻乐见的戏剧作品，使得戏剧这种艺术形式被广大人民群众所广泛接受。二是戏剧主题更加具有现实主义倾向，救亡图存和民族解放是国防戏剧的两大主题，它切实起到了宣传和鼓动群众的作用，为社会革命活动提供了有力的支持和保障。三是为之后的抗战戏剧运动提供了宝贵的经验，奠定了坚实的基础，加快了中国戏剧发展进入黄金时期的步伐。

二、夏衍与国防戏剧

夏衍是 1930 年代上海剧作家中的一位优秀的代表，是继田汉、曹禺之后在中国现代戏剧史上又一位产生重要影响的戏剧家。不仅如此，他还是著名的作家、电影剧作家、政论家、翻译家、社会活动家，是中国革命文艺运动的组织者和领导者之一。

夏衍（1900—1995），原名沈乃熙，字端先，浙江省杭县（今属杭州市）人。他出身于破落的仕宦家庭，祖籍河南开封。年幼时随母亲观剧，受到中国戏曲的滋养和熏陶，令他对旧小说、弹词、民间戏曲颇有兴趣。1919年，夏衍投身于五四洪流，参加罢课和游行、示威，创办刊物，并在《新青年》发表进步文章。1920年毕业于杭州甲种工业学校的夏衍由学校公费报送到日本深造。留学期间，他广泛涉猎外国文学，受狄更斯、托尔斯泰、屠格涅夫、契诃夫、高尔基等所著作品影响，吸取了新思想和新知识。同时，阅读了《共产党宣言》、《共产主义运动中的"左派"幼稚病》等马列著作，对科学共产主义有了深刻的认识。1927年回国后从事革命文化活动。1929年在共产党领导下，与郑伯奇、冯乃超等创建上海艺术剧社，提出了"普罗列塔利亚戏剧"的口号，倡导无产阶级戏剧运动。1930年参加"中国左翼作家联盟"，被选为执行委员，负责宣传工作，后组织和参加"中国左翼戏剧家联盟"，对左翼戏剧、电影事业均有贡献。抗日战争和解放战争时期，发起组织救亡演剧队和战地服务团，主编《救亡日报》。建国后，夏衍继续长期担任地方和中央有关文艺部门的领导职务，并陆续有话剧、电影作品问世。

夏衍的戏剧创作大体以抗战为界，分为两个阶段。第一阶段为抗战爆发前，即参加左翼戏剧运动时期。1934年完成的《都会的一角》是夏衍的第一个剧本，但因受到国民党的查禁未能与观众见面。而后，他参加"国防戏剧"活动，创作了两部著名的"历史讽喻剧"——《赛金花》和《秋瑾传》（又名《自由魂》），以及三幕剧《上海屋檐下》等作品。这一阶段夏衍创作的历史剧和反映普通市民的生活剧，奠定了他在现代剧坛的地位。夏衍创作的第二个阶段，即1937年抗战爆发后，他受党的委托，在上海、桂林、重庆、香港等地领导进步文艺活动，同时创作了《一年间》、《心防》、《愁城记》、《水乡吟》、《法西斯细菌》、《离离草》、《芳草天涯》等十余部话剧，因而有"抗战剧作家"之誉。

夏衍1930年代的创作经历了一个从不成熟走向成熟的探索过程。处女作《都会的一角》所演绎的是上海这个东方大都会里小市民的一段平凡而习见的生活：一个年青舞女为帮助其心爱的男友偿还债务，最后两人却一同陷入黑暗之中。故事虽简单平凡，却体现了1930年代上海底层民众难以为继的窘迫境况。但因剧中有"东北是我们的"台词而遭到租界工部局的禁演。夏衍后来谈到,该剧不免带有"将艺术简单地看成宣传的手段"①的弊病。

处女作遭到国民党反动派的查禁后,夏衍选择创作历史剧,以讽喻方式继续坚持战斗。他先后创作了《赛金花》和《秋瑾传》。前者赛金花,是在曾朴的《孽海花》中被极力渲染、描绘过的清末名妓傅彩云。剧本以"庚子事变"为背景,描写她一个弱女子如何凭借姿色与机智,替清朝政府同侵略军交涉,解救京师百姓的传奇故事,以《赛金花》讽喻国民党的卖国求荣。后者秋瑾,剧本塑造了这位巾帼英雄如何为中华民族的独立解放而奋斗、牺牲的感人故事。写出了辛亥革命前夕中国小资产阶级知识分子的革命道路,赞扬了秋瑾的自我牺牲精神。两者在创作上都有相似的不足之处,正如夏衍自己所说,"主要是为了宣传,和在那种政治环境下表达一点自己对政策的看法",写《赛金花》"是为了骂国民党的媚外求荣",写《秋瑾传》"也不过是所谓'忧时愤世'"。尽管如此,这两部剧作还是为夏衍赢得了广泛的认同,也引起了强烈的社会反响。

《赛金花》的创作动机是这样的:"想以揭露汉奸丑态,唤起大众注意'国境以内的国防'为主题,将那些在这危城(指北京)里活跃着的人们的面目,假托在庚子事变前后的人物里面,而写作一个讽喻性质的剧本。"②它在艺术构思上是颇有特色的。剧本以出入官场的妓女赛金花做引线,用喜剧式的夸张手法,刻画了以李鸿章为首的"庙堂之上"的汉奸官僚的奴颜婢膝之相,给人们描绘了一幅汉奸百丑图。作家将历史与此时此刻民族危亡的现实联系起来,以此讽喻国民党当局卖国投降。当时中国剧作者协会特地召开了一个"《赛金花》座谈会"。出席者周钢鸣、凌鹤、章泯、于伶等发表了意见,认为《赛金花》是"国防戏剧"口号提出后"第一个收获到的伟大的剧作"。但是也有人批评"作者没有把当时各帝国主义屠杀中国大众的残酷情形表现出来,这是忘掉国防历史剧作的主要意义"。还有发言者认为:"剧本的缺点在于给予赛金花过多的同情,而讽刺满清官吏却过

---

① 夏衍:《〈上海屋檐下〉后记》,北京:中国戏剧出版社 1957 年版。

② 夏衍:《历史与讽喻》,《文学界》创刊号,1936 年 6 月。

分夸张了。"① 此后夏衍曾经坦言，"《赛金花》前后，我在写作上有了一种痛切的反省，我要改变那种'戏作'的态度，而更沉潜地学习更写实的方法"。②

直接描写为革命献身的英雄秋瑾一生经历的《秋瑾传》，更加体现了剧作家积极向上的精神。通过书写英烈豪侠的悲壮人生，表现了她为争取妇女解放和民族独立而英勇抗争的革命精神和浩然正气，以此激发起人们在现实黑暗面前的一腔愤懑，寓讽喻思想于历史人物当中。夏衍戏剧创作之初，从历史剧的创作中便可以看到作家善于写事件写人物的戏剧风格，他的现实主义批判精神也基本形成。但是真正体现剧作家这一阶段创作成就的，应该是以《上海屋檐下》为代表的反映市民生活的作品，显示了他现实主义创作的独特个性。《上海屋檐下》的诞生显示他终于找到了自己的人物与主题："小市民与知识分子的生活、逼真的人生世象、心灵的痛苦与企求，鲜明地展现了自己新颖独特的戏剧观和成熟的艺术个性，于社会画面和人物心灵的描绘中呈现朴素、洗练、深沉的风格。"③

《上海屋檐下》摆脱了以艺术图解政治理念的倾向，再现了生活的本来面目。剧本写于1937年春，在西安事变发生后，国共联合抗日战线并未形成，上海处于局势动荡的阶段。作品所展现的是一幅典型的上海"弄堂"里普通小市民的生活图景：陡窄的打着补丁的楼梯，斑驳的墙壁，笼屉似的居室，邻里的吵架声，不时打在房檐上的雨滴声，闷热潮湿的黄梅天气，过路小贩悠长而无力的叫卖声……在平凡中揭示深刻是夏衍戏剧的显著特征。《上海屋檐下》以巧妙的构思和笔触，写了同在一个屋檐下职业不一、遭遇各别、性格迥异的五户人家的一天生活。十个人物交替上场，故事情节平行发展。灶披间住的是小学教师赵振宇夫妇，虽然需要为了生计而整日操劳，但赵却是个"乐天派"，常常用"比上不足，比下有余"来麻醉自己，过着死水般的生活。他的妻子自私狭隘，满腹牢骚，常常为一些琐事而怨天尤人、吵吵闹闹。赵振宇夫妇一家矛盾的根源在于经济的贫困。亭子里住的是黄家楣夫妇，黄本是靠父亲典房卖地培养出来的大学生，如今却是失业在

---

① 《〈赛金花〉座谈会》，《文学界》，第1卷第1期，1936年6月。
② 夏衍：《〈上海屋檐下〉自序》，戏剧时代出版社1937年版。
③ 陈白尘、董建主编：《中国现代戏剧史稿》，北京：中国戏剧出版社1989年版。

家的肺病第 3 期患者，咳中带血。一筹莫展下却要尴尬地款待从乡下来的老父，最后不得不凄苦地送老父回乡。因为生活，黄家楣常常与患难与共的妻子贵芬发生口角。前楼上住的是少妇施小宝，因为丈夫是海员，经常出海不归，为了生活，她不得不出卖肉体成为流氓的情妇，她想逃离这非人的生活，却始终逃不出魔掌。阁楼上住着老报贩李陵碑，儿子在"一·二八"战争中阵亡，因思念儿子经常精神失常，做着儿子当司令、他当老太爷的心酸梦。客堂里住的是小职员林志成，他的好友匡复因投身革命被捕入狱，在白色恐怖下林志成承担起了从生活上照顾匡复妻女的义务。一段时间后与匡复的妻子杨彩玉同居，表面上看似平静的生活实则波涛汹涌，因为二人都经受着精神的煎熬，时时受到良心的谴责，有着一种沉重的负罪感。匡复出狱后，他们更加无地自容。革命知识分子匡复在受到爱情的背叛后，意志并没有被摧毁，他经受住了情感、道德和意志的考验，从个人感情的纠葛中挣扎出来，清醒地认识到了现实，看到"上海屋檐下"平民百姓的痛苦，心中萌发起了强烈的社会责任感，再次投身于革命的洪流中。他的出走也鼓舞了剧中其他人。剧本结尾用富有生气的声音冲破了全剧昏暗惨淡的气氛。作者是借"上海这个畸型社会中的一群小人物"，"反映出一个即将来临的伟大的时代，让当时的观众听到那些将要到来的时代的脚步声音"。①

夏衍的戏剧不同于曹禺戏剧的浓墨重彩，也不同于丁西林的行云流水，夏衍有夏衍的特点——浓淡皆宜：他将喜剧的表现手法同悲剧的主题内容相结合，以奇而重的立意着笔，可读者欣赏时却又举重若轻，往往给人留下淡淡的惆怅和哀伤，余味十足。1930 年代，夏衍创作了诸多脍炙人口的戏剧作品，这些作品都内含相似的特点，总体来说，这一时期夏衍国防戏剧创作的主要特点有：

第一，遵循戏剧创作的真实性原则，选取平凡的人物和普通的日常生活作为创作对象和题材，以此展示时代的风貌。他不追求曲折离奇的故事情节和紧张尖锐的矛盾冲突，而是选取上海市民社会的一角，描写小人物平凡而琐细的日常生活，诉说芸芸众生的复杂关系和纠纷，自然真切地再现生活的本来面目，揭示出生活的深刻内涵。

---

① 夏衍：《谈〈上海屋檐下〉的创作》，《夏衍研究专集》，1990 年版。

第二，并不依赖强烈急促的外部结构，夏衍的作品注重深入挖掘人物的内心世界，流露出含蓄而深刻的抒情特色。用简洁而朴素的人物对话展示人物之间复杂的情感纠葛和心理变化，用无言的动作、典型的细节透视人物心灵的秘密。如《上海屋檐下》的黄家楣夫妇，在老父面前互相责备又互相安慰，丈夫无言抚摸妻子肩膀的动作和黄父临走时悄悄留下的血汗钱，都是传神的细节，展示了人物内心的隐痛。

第三，善于创造与人物心境相契合、明显带有象征性的氛围。《上海屋檐下》故事发生的时间是黄梅时节，梅雨低压、欲晴又雨，变幻莫测的自然气候正是抗战前夕国统区政治气候的象征。作者将戏剧中的自然气候与现实政治气候相联系，用象征的手法影射了社会情境，创造了富有诗意的舞台氛围。

第四，善于运用各种修辞方法来增强语言的形象性和生动性，注重"炼字"以精确描绘创作对象，塑造深远的意境。《上海屋檐下》赵振宇的一声"愁什么，天下，总有一天会晴的"，一语双关，使得观众在振聋发聩的语言中感受到新生的希望；葆珍被人喊作"拖油瓶"，赵振宇的妻子被人戏称"小广播"等外号，诠释了众多小人物的性格和命运。此外，夏衍还善于学习人民群众的口语、俗语，并巧妙地融化在自己的剧作中，使戏剧语言清新活泼，血肉丰满。

第五，常采用单纯而集中的剧情，以塑造散漫中有集中、平淡中有紧张的戏剧结构。《赛金花》五年，北京城内六个地点；《秋瑾传》七年，绍兴、北京和上海；《上海屋檐下》十二个小时，将五户人家的故事同时展开，五线并进，既有纵的线索，又有横的线索，于"几乎无事"的平淡生活中蕴含着对人生的隽永透视，创造了独特而深远的戏剧意境。

第二十三节　郭沫若与历史剧

郭沫若是我国现代历史剧的开拓者之一。1923 年至 1925 年间，他创作了历史剧《王昭君》、《聂嫈》和《卓文君》。1941 年 12 月至 1943 年 4 月，先后创作了《棠棣之花》、《屈原》、《虎符》、《高渐离》、《孔雀胆》、《南冠草》等六部历史剧。中华人民共和国成立后又创作了历史剧《蔡文姬》、《武则天》等。

郭沫若是一个"偏于主观"和"偏于冲动"的诗人和剧作家，他说："我是一个偏于主观的人，我的朋友每向我如是说，我自己也承认。我自己觉得我的想象力实在比我的观察力强。""我又是一个冲动性的人，我的朋友每向我如是说，我自己也承认。我回顾我所走过了的半生行路，都是一任我自己的冲动在那里奔驰，我便作起诗来，也任我一己的冲动在那里跳跃。"① 正是这种主观和冲动造就了郭沫若青春激扬的创作风格，写成了《女神》和一系列史剧作品。

一、郭沫若的历史剧创作

历史剧是根据题材划分内容的戏剧种类之一，取材于历史事件和历史人物。在历史剧创作中有两种不同的倾向：一是强调注重历史，要求创作的真实性。二是从历史中寻找创作灵感，通过自己的加工和想象进行创作。郭沫若主张历史剧要为现实服务，"史学家是发掘历史的精神，史剧家是发展历史的精神"。② 不管从理论还是创作来看，在现代中国文学史上，郭沫若都是最优秀的历史剧作家。他创作的历史剧无论从数量、质量还是影响力而言，都无人匹敌。他的历史剧创作，主要在三个历史阶段。

（一）五四时期

这一时期是郭沫若历史剧的发轫期。郭沫若最初创作的历史题材诗剧，大都收在诗集《女神》和《星空》中。1923 年，郭沫若发表《卓文君》和《王昭君》。1925 年发表《聂嫈》。1926 年将这三部历史剧出版合集——《三个叛逆的女性》。

《卓文君》取材于《史记·司马相如列传》，描写出身于贵族家庭的卓文君，年轻守寡，被司马相如的琴声所吸引，而父亲却要求她"从一而终"，阻止她与司马相如的结合。经过挣扎，最终听取了红箫"各人的命运，是该各人自己去开拓"的鼓励，"我不相信男子可以重婚，女子便不能再嫁"，最后冲出封建的牢笼。以往的文人都视卓文君与司马相如的私奔为有违道德、有伤风化，即使搬上舞台，

---

① 郭沫若：《郭沫若全集》文学编第 15 卷，北京：人民文学出版社 1990 年版，第 225—226 页。
② 郭沫若：《郭沫若全集》文学编第 19 卷，北京：人民文学出版社 1992 年版，第 296 页。

也只作为风流韵事来赏玩。而郭沫若从五四时代的精神出发，一洗前人泼在她身上的所谓"大逆不道"的脏水，与中国女性反封建大潮相呼应，从正面肯定了卓文君的勇敢叛逆精神，以此向封建礼教发出挑战。《王昭君》中，郭沫若将王昭君塑造成"娜拉"式的女性，叛逆而倔强，当面控诉元帝的骄奢淫逸和暴行肆虐，不为荣华所动、不为王权所屈，满怀悲愤地前往沙漠。这部历史剧直指封建王权，与以往慨叹民族弱小或谴责妥协投降不同，郭沫若将其改为——王昭君反抗王权自愿嫁于匈奴王，将王昭君的"命运悲剧"升华为"性格悲剧"，体现了五四彻底反封建的革命精神。《聂嫈》写于五卅运动后，剧本通过描写聂嫈不惧危险，支持弟弟锄奸抗暴的英雄壮举，却英勇献身的故事，揭露了专制者对人民的残酷压榨，借此表达对帝国主义及封建军阀的控诉和反抗。表现了"愿将一己命，救彼苍生起"的大无畏英雄气概。

（二）抗战时期

抗日战争爆发后，抗日救亡运动不断的高涨，广大文艺工作者也积极响应文协"文章入伍"的口号，用自己的实际行动争取民族解放。从此，话剧从 20 世纪 20 年代具有浪漫主义气质的抒情历史剧转入 40 年代具有现实主义风格的批判历史剧。这一时期，是郭沫若历史剧创作的高峰期，代表作有：《棠棣之花》、《屈原》、《虎符》、《高渐离》、《南冠草》、《孔雀胆》。

《棠棣之花》创作于 1941 年，是一部五幕剧。从五四时期的诗剧《棠棣之花》，到五卅时期的《聂嫈》，再到抗战时期的大型历史剧《棠棣之花》，围绕同一素材进行创作前后持续二十一年之久。抗战时期"《棠棣之花》的政治气氛是以主张集合反对分裂为主题"，[①] 不再突出"士为知己者死"的思想，强化了以严仲子为代表的抗秦派和以侠累为首的亲秦派的斗争，成为郭沫若历史剧走向成熟的良好开端。《屈原》完成于 1942 年，是郭沫若最负盛名的历史剧作，作品集歌舞、史化语言、冲突于一体，显示了其成熟的艺术创作技巧。历史人物屈原既是一个充满浪漫主义色彩的诗人，又是一个心怀天下的政治家。郭沫若让所有的矛盾冲突在一天内

---

① 郭沫若：《郭沫若全集》文学编第 6 卷，北京：人民文学出版社 1986 年版，第 277 页。

展开，一改屈原自投汨罗江的忠君形象，使他成为一个思想的先驱者。《虎符》是根据《史记·魏公子列传》和《战国策·魏世家》中有关"信陵君窃符救赵"的故事创作的。郭沫若之所以选择这个故事情节，是因为信陵君有着礼贤下士的态度和对友国的信义。1942年，国共关系的破裂不利于抗日斗争的开展，郭沫若在此背景下选取信陵君作为描绘对象，就是以此向国人示警，主张团结爱国，以剧中消极抗秦抨击消极抗日力量。同年6月完成的《孔雀胆》，是郭沫若历史剧中悲剧色彩最浓重的作品。讲述了段功和阿盖公主的凄美爱情故事，抨击了昏庸的国王、蛇蝎般的车力特穆尔。在剧中，郭沫若表现出了飞扬的想象力和创作力，以及无比的浪漫主义情怀。《高渐离》取材于《史记·刺客列传》，没有重点描述荆轲刺秦王，而是重点描绘荆轲死后的追随者——高渐离。易水之别后，荆轲事败，高渐离因善击筑得以近秦始皇的身边，用他唯一的武器——装满铅的筑袭击秦始皇，最后失败。《南冠草》以明朝亡后，清朝大肆杀害复社文人为背景，歌颂了少年英雄夏完淳"杀身成仁，舍生取义"的爱国精神。

（三）新中国时期

这是郭沫若历史剧创作的最后一个阶段。这一阶段的郭沫若为贯彻党的"百花齐放，百家争鸣"的文艺方针，创作了历史剧《蔡文姬》、《武则天》，提出了历史人物的评价和民族团结的问题。这两部历史剧的共同点是为主要历史人物"翻案"。

《蔡文姬》是五幕剧，据范晔的《后汉书·董祀妻传》，蔡文姬战乱中被掳去匈奴，与匈奴左贤王生活十二年后，曹操将其赎回并重嫁于陈留董祀。在剧中，郭沫若重点赞扬了两个主要人物：一是才女蔡文姬。蔡文姬在面临家与国的选择时，最终选择回归汉朝，放弃自己平静的生活，以天下为己任继承父亲遗志续修汉书。后不顾个人荣辱仗义执言，救董祀于水火之中。她用八年时间整理父亲遗著400多篇，为民族文化事业做出卓著贡献。二是政治人物曹操。历史上对曹操褒贬不一，而在《蔡文姬》中，郭沫若彻底为曹操"翻案"，塑造了爱兵如命、视民如伤，生活节俭、执法严明的贤明丞相曹操。郭沫若为曹操翻案，与自身对曹操的偏爱有着很大的关系。两人同为文学家，又都是政治家，在个性方面有着很多相似之处。对蔡文姬的欣赏，与郭沫若的自身经历有关，他说"蔡文姬就是我！"。抗战初期，郭沫若远离妻子回国参战，经历了家与国的抉择，同蔡文姬一样有着切身体验。《武则天》中武则天是有着远大志向和卓越政治才能的君主。

建国后的历史剧创作，不管是情节构思还是矛盾冲突的设置都比较成功，但为"翻案"而将人物塑造为完美的化身，颂扬之词过多。

二、郭沫若历史剧的艺术特色

郭沫若一生共创作了 15 部历史剧，其艺术特色如下：

（一）古为今用

首先，郭沫若强调历史剧的真实性。他指出："史剧既以历史为题材，也不能完全违背历史的事实。……史剧家对于所处理的题材范围内，必须是研究的权威。关于人物的性格、心理、习惯，时代的风俗、制度、精神，总要尽可能的收集材料，务求其无瑕可击。"① 创作之前，他详细查阅史料，力图做到"言之有据"，如创作《孔雀胆》时，详细查阅了《明史》、《新元史》、《南诏野史》，因此才能准确安排情节发展，塑造丰满的人物形象。

其次，郭沫若写作的目的，正是"我要借古人的骸骨来，另行吹嘘些生命进去"。② 不同历史时期，郭沫若都充分利用"古为今用"的创作原则，使得历史性与艺术性相统一。如为支持五四时期妇女解放运动，写了历史剧《三个叛逆的女性》，通过卓文君、王昭君和聂嫈三个不同的女性向封建父权、王权和夫权发起了宣战。写于"皖南事变"背景下的《棠棣之花》，以历史中抗秦派和亲秦派的斗争暗喻民族内部矛盾，以表达自己反对分裂、主张集合的愿望，希望国共两党共同抗日，争取民族解放。抗战时期写的其他历史剧，如《屈原》、《虎符》等都提出了主张抗击外敌，批判投降派，将自身创作与时代发展相结合，表现了郭沫若无畏的革命性和战斗性。郭沫若用借古喻今、借古讽今、借古鉴今等形式，抒发了

---

① 郭沫若：《郭沫若全集》文学编第 19 卷，北京：人民文学出版社 1992 年版，第 297 页。
② 郭沫若：《郭沫若全集》文学编第 1 卷，北京：人民文学出版社 1982 年版，第 238 页。

强烈的爱国热情，抨击了蒋介石的卖国投降政策，极大地鼓舞了人民高举爱国旗帜，英勇抗击日本侵略。

（二）失事求似

郭沫若认为，"写历史剧不是写历史"，"剧作家的任务是在把握着历史的精神而不必为历史的事实所束缚"。[①] 郭沫若在具体地谈到史学家和史剧家的不同任务时说："史有佚文，史学家只能够找，找不到也就只好存疑。史有佚文，史剧家却须要造，造不好那就等于多事。古人的心理，史书多缺而不传，在这史学家搁笔的地方，便须得史剧家来发展。历史并非绝对真实，实多舞文弄墨，颠倒是非，在这史学家只能纠正的地方，史剧家还须得还它一个真面目。"[②] 为此他提出"失事求似"的原则。"失事求似"指的是在历史真实的基础上通过想象等艺术手段加以合理地虚构，力图准确地把握历史精神。

如《王昭君》中，为了营造紧张冲突的戏剧氛围，郭沫若虚构了王昭君的母亲、异性哥哥等人物，也虚构了一些故事情节，但追根究底都是为了促使王昭君反抗王权。如果不是郭沫若的合理改编和虚构，两千年前的王昭君怎么能够对封建王权有如此深刻而清醒的认识，更不可能会奋起反抗。郭沫若之所以这么做，都是为了与当时的时代精神相融合。

对屈原形象的处理，郭沫若在不违背历史真实的基础上，进行了重新的艺术加工和提炼。舍弃了屈原怀才不遇的忧伤情绪，也削弱了他对楚王的忠君思想，而突出描写了屈原的反抗精神。从屈原的《离骚》、《湘君》、《哀郢》中得到启示，进而虚构了婵娟、钓者、卫士等形象。正是这些合理虚构的情节和虚构的人物形象使得屈原的形象更加丰满和生动，也增强了戏剧的艺术感染力。

（三）浪漫主义手法

郭沫若是个有着浪漫主义倾向的诗人和历史剧作家。即使所创作的历史剧，

---

① 郭沫若：《郭沫若全集》文学编第 6 卷，北京：人民文学出版社 1986 年版，第 277 页。
② 郭沫若：《郭沫若全集》文学编第 19 卷，北京：人民文学出版社 1992 年版，第 296—297 页。

一方面需要与历史真实相契合，另一方面要求紧跟时代发展，具有现实主义风格。他仍然用他天才般的想象力构筑了一片诗意的天空，不愧为现代中国文学史上最具浪漫主义精神的艺术大师。

首先，乐观主义的悲剧精神。综观郭沫若的历史剧创作过程，悲剧占极大的比重，创作成熟时期的作品全是悲剧。而郭沫若以其高亢的乐观主义精神赋予了这些悲剧新的生命，在黑暗中给予了人民胜利的希望。郭沫若曾说："悲剧的戏剧价值不是在单纯使人悲，而是在具体地激发起人们把悲愤情绪化为力量，以拥护方生的成分而抗斗将死的成分。"①如《虎符》中如姬窃取虎符之后，本可以逃亡赵国，而她却选择了牺牲自己、保全信陵君，全剧最后营造出浓重而严肃的悲剧气氛，但却让人感受到一种不畏牺牲的英雄气概，升华出一种催人奋进的力量，这也正是全剧的高潮之处。

其次，浓郁的主观抒情特征。用诗化的语言塑造诗意的情景，洋溢着浓郁的主观抒情，是郭沫若历史剧革命浪漫主义表现手法的又一突出特征。如《高渐离》中的"荆轲刺秦"、"易水歌"、"白渠水歌"；《屈原》中的"橘颂"、"雷电颂"等。这些诗歌并不只作为背景出现，而是与情节发展和人物的思想感情融为一体，交相呼应，对全剧起到了画龙点睛的作用。

《屈原》剧中的"雷电颂"，感情奔涌，洋溢着浓郁的抒情：

> 啊，这宇宙中的伟大的诗！你们风，你们雷，你们电，你们在这黑暗中咆哮着的，闪耀着的一切的一切，你们都是诗，都是音乐，都是跳舞。你们宇宙中伟大的艺人们呀！尽量发挥你们的力量吧！
>
> ……光明呀，我景仰你，我景仰你，我要向你拜手，我要向你稽首。我知道，你们的本身就是火，你，你这宇宙中的最伟大者呀！火！你在天边，你在眼前，你在我的四面，我知道你就是宇宙的生命，你就是我的生命，你就是我呀！我这熊熊燃烧着的生命，我这快要使我全身炸裂的怒火，难道就不能迸射出光明了吗？

---

① 郭沫若：《郭沫若全集》文学编第 17 卷，北京：人民文学出版社 1989 年版，第 257 页。

"雷电颂"表现了屈原内心的愤怒火焰，恰如其分地描绘了屈原的愤世嫉俗和刚正不阿，烘托了戏剧气氛，增添了诗意抒情，使历史剧具有了丰富的审美意蕴。

郭沫若历史剧的贡献：其一，郭沫若的历史剧写作始终沿着中国革命的发展道路，体现了不同时期现实中的革命问题，并深入挖掘问题本质，以历史映照现实，并有效起到警醒作用，增强了作品的思想深度。其二，提出了"古为今用"和"失事求似"的历史剧创作原则，不仅丰富了历史剧理论，也使得理论深度得以拓展。他对于历史真实的再加工创作为历史剧写作提供了成功的范例。其三，创作方法上具有浓郁的抒情色彩，使得历史剧创作富有激情和想象力，为我国现代戏剧创作开辟了一条独具特色的道路。

第二十四节　陈铨与《野玫瑰》

陈铨（1903—1969），四川省富顺县人，又名陈大铨，别名陈正心，笔名 T、涛西等。出身于知识分子兼商人家庭。1916 年夏，入富顺县立高小学习，1919 年 8 月到成都入省立第一中学，1921 年 7 月毕业，8 月到北京入清华大学留美预备班。1928 年 8 月出国，先后留学于美国、德国，学习哲学、文学和外语。留学期间接受了尼采哲学的影响。1933 年在德国克尔大学获博士学位，博士论文探讨中国文学在德国的翻译和传播，是中国文学研究中较早出现的比较文学论文。1934 年初回国，同年出版成名作长篇小说《革命的前一幕》。此后九年间先后在武汉大学、北京清华大学、长沙临时大学、昆明西南联合大学教授英德语言与文学及近代欧美戏剧，并从事叔本华、尼采哲学和戏剧理论的研究。抗日时期，除任教于西南联大外，还担任国民党中国电影制片厂编导委员、中央政治学校教授等。曾先后担任过《战国策》、《民族文学》等杂志的主编。抗战胜利后到上海，任同济大学、复旦大学德文教授，并兼任《新闻报》资料室主任。1952 年，全国高校院系调整，陈铨被调往南京大学，曾任德国文学教研室主任，从事基础德语、德国戏剧等课程的教学。1957 年被错划为"右派分子"后，长期从事图书资料工作，直至 1969 年 1 月病逝。

陈铨少年时代，就能写作旧体诗词，少长即在课余从事小说创作。在清华学校读书时，写成了他的第一部长篇小说《革命的前一幕》，后由上海良友图书印刷公司出版。自德国留学归来，在各大学辗转任教，整个 1940 年代，是陈铨的文学创作和学术研究取得较大收获的时期。其长篇小说有《彷徨中的冷静》（商务版）、《天问》（商务版）、《冲突》（上海励志版）、《狂飙》（正中版），此外还有《死灰》等作品。他的散文、短篇小说也写得富于艺术灵感，有《再见冷若》（大东版）、《归鸿》（大东版）、《蓝蝴蝶》（商务版）等集子。他最擅长的还是剧本创作，其主要剧作有《婚后》（商务版）、《野玫瑰》（商务版），另有《蓝蝴蝶》、《金指环》、《无情女》、《衣橱》、《冷战》等剧本，还有《断臂女郎》（电影故事——亦即电影文学剧本）收入《归鸿》集中。作为教授、学者，陈铨还有大量的文学理论批评方面的著述，除了见于《战国策》和《大公报·战国》上的外，专著有《文学批评的新动向》（正中版）、《中德文学研究》（大东版）、《戏剧与人生》（大东版）、《从尼采到叔本华》（大东版）等。作为"战国策派"的代表性人物，陈铨既是一位从事德国文学、哲学研究的学者，又是积极入世、关注社会现实的思想家；也是颇有才华的文学家、剧作家，还是敏锐深刻的文学批评家和戏剧理论家。他不仅在中德比较文学研究方面，尤其是尼采思想领域用力较多，在德语翻译方面勤奋高产；又执鞭学院讲台，还在书籍刊物的编辑出版上，有一定贡献。可以说，他的一生有多重的文化身份，不论在文学创作、学术研究、文学翻译、文化出版等领域，都有一定的建树。

　　陈铨是"战国策派"的核心人物之一。1940 年 4 月，西南联合大学教授陈铨、雷海宗和云南大学教授林同济等人，在昆明创办了《战国策》半月刊，认为当今世界乃是"战国"时代的重演。《战国策》半月刊于 1941 年初停刊，共出 17 期。同年年底，陈铨等人又与设在重庆的《大公报》商议，得到了《大公报》总编王芸生的支持，开辟"战国"副刊，每周 1 期。副刊的编辑部，就设在云南大学政治系。自 1941 年 12 月至 1942 年 7 月，共出版了 31 期。1943 年 7 月，陈铨又创办了《民族文学》的杂志，出版 5 期之后，由于经费问题而停刊。"战国策派"的主要话语阵地，就是这几个刊物。人们遂把以陈铨、林同济、雷海宗为核心的知识分子群体，统一地概括称为"战国策派"，也称"战国派"。《战国策》半月刊的作者还有贺麟、何永佶、沈从文、郭岱西、费孝通、童寯、陶云逵、朱光潜等人，这些知识分子，大部分是西南联大的教授。"战国策派"基本上是一个激进的民族主义团体，它的文化初衷是着眼于战争时代民族文化的重建。战争在他们的眼中，是一种民族竞争和生存的重要形式，也是国力抗衡的重要形态；但是某种程度上，他们似乎忽略了战争的正义与邪恶这样关乎战争"性质"的问题。综观他们的思想出发点，仍然是反对法西斯的侵略战争，为实现中华民族的文化发展、文化重构而不断呼喊。"战国策派"认为，"鉴于国势危殆，非提倡研讨战国时代之'大政治'（High Politics）无以自存自强"，并宣称"抱定非红非白，非左非右，民族至上，国家至上之宗旨，向吾国在世界大政治角逐中取得胜利之途迈进"。①

　　毫无疑问，在1940年代的重庆文艺界，为陈铨带来极大文学声望的是话剧《野玫瑰》的创作、演出及其持续的争论。谈到《野玫瑰》的创作过程，陈铨在建国后有过详细的回忆："1941年我在昆明西南联大写第二本反动戏剧《野玫瑰》，那时我担任联大学生剧团的名誉团长，先后上演《祖国》和《黄鹤楼》两剧，但是《黄鹤楼》人物太多，服装布景道具太花钱。他们要我再写一个人物较少、布景简单的剧本。我想人物布景既然简单，内容必然要富于刺激性，才能抓住观众。我早知道当时军事间谍剧本，如《黑字二十八》、《这不过是春天》、《女间谍》、《反间谍》、《夜光杯》都非常受人欢迎。并且我当时戏剧方面，还没有地位。我决心写一个军事间谍剧本。为要把它写好，我从图书室借了几本英文间谍故事来仔细研究。头一幕写完，北大数学系教授申有忱看，他说'太像李健吾的《这不过是春天》'。我知道要失败，放弃不写了。正好这个时候，昆明传遍了汉奸王克敏的女儿，逃到香港，登报脱离父女关系的故事。我认为这是一个戏剧的好材料。我立刻写了一个短篇小说《花瓶》，登在昆明《中央日报》副刊（那时是封凤子主编）。隔些时候，我根据这篇小说写《野玫瑰》（我还记得写《花瓶》时，我还请教过清华大学电机系教授孟昭英，花瓶里面放收音机是不是可能，他是无线电专家，他说

---

① 《本刊启事（代发刊词）》，《战国策》，第2期，1940年4月15日。

是可能的，所以后来我写入《野玫瑰》)。"① 陈铨的详细回忆，为深入认识《野玫瑰》的创作背景和时代氛围提供了良好的注脚。四幕剧《野玫瑰》在1941年5月完成，同年6月至8月，连载于《文史杂志》第1卷第6、7、8期（出版日期分别为6月16日、7月1日、8月15日）。8月3日至7日，《野玫瑰》在昆明大戏院由国民剧团以"劝募战债"的名义首演，获得极大成功。曾被国民党教育部授予年度学术"三等奖"。1942年3月5日至20日，在重庆城内观音岩的抗战堂，由留渝影人剧团组织公演16场，引起强烈的反响，也导致了一场旷日持久的大论争。同年4月，重庆商务印书馆出版单行本。抗战胜利后，《野玫瑰》被改编成电影《天字第一号》，再次引起轰动。

　　陈铨的四幕话剧《野玫瑰》，也许不是中国话剧史上最为杰出的作品，但是应该属于优秀之列。如果单纯从艺术特色的角度出发，《野玫瑰》的美学成就的确是可圈可点。话剧《野玫瑰》虽然分四幕，却只有一个简单的舞台场面，所有的故事情节和矛盾冲突，都集中在北平沦陷区的大汉奸王立民的家中。《野玫瑰》一共有7个艺术人物：王立民（北平伪政委会主席）、夏艳华（王立民的后妻）、王曼丽（王立民与前妻的女儿）、刘云樵（王立民前妻的侄子）、伪警察厅长，以及仆人王安和秋痕。就故事题材来讲，《野玫瑰》是一部刻画国民党女特工锄奸抗日的话剧。主角夏艳华曾经是一名舞女，不仅容貌动人，而且胆识也非同一般。她作为潜伏在敌占区的特工，以"牺牲儿女私情，尽忠国家民族"② 的豪迈气概，忍痛远离曾经的热恋情人刘云樵，嫁给了北平伪政委会主席王立民，她的秘密任务是除掉这个大汉奸。但是，随着情况的变化，根据上峰的秘密指示，夏艳华以王立民为特殊工具，利用王立民的工作情形来打探日本人的各类绝密信息。夏艳华身为王立民的妻子不断获取绝密情报，成为隐蔽在北平沦陷区、打入敌人内部的"野玫瑰"，代号"天字十五号"。《野玫瑰》中的另一位艺术人物刘云樵，是王立民前妻之侄，也是夏艳华昔日情人；因缘际会，他因谍报工作的特殊需要，被派到北

---

① 陈铨档案（南京大学档案馆），转引自沈卫威：《寻找陈铨——从〈学衡〉走出的新文学家》，《徐州师范大学学报》（哲学社会科学版），2005年，第4期。

② 三幕剧《无情女》广告词，《民族文学》，第1期，1943年7月7日。

平王立民家中，与男仆王安（王安亦是潜伏在王立民家中的国民党特工）共同构成间谍网，而又各自分头工作。刘云樵在王家很快受到王立民赏识，并迅速与表妹王曼丽（"家玫瑰"）相恋。但是不久之后，刘云樵的间谍活动被警察厅长侦破，他的身份暴露之后，人身安全受到威胁，在这紧急时刻，男仆王安亮明自己的工作身份，指示他通过旧情向夏艳华求救。夏艳华利用自己的动人美貌与超人胆识，巧妙地周旋在警察厅长和王立民之间，她先是运用"美人计"让警察厅长送走了刘云樵和曼丽；再施"反间计"，告诉王立民，道貌岸然的警察厅长对她有非分之想，而且他本人也是南方的特务，致使王立民恼羞成怒，开枪打死了警察厅长。王立民受此刺激隐疾发作，双目失明。而他早就被医生告知失明之后，便很快将变成一个生活不能自理失去思考意识的"植物人"，为了不受此辱，他立即服毒自戕。在王立民气绝身亡的最后一刻，夏艳华以胜利者的姿态公开了自己的特工身份，给予王立民这个自认为"还没有碰着一个敌手"的"世界上最骄傲的人"以精神上最后也是最沉重的打击。迫使王立民发出这样的感慨："艳华，我承认你是我平生遇见的最厉害的敌手！"最后夏艳华通过暗号向王安示明自己的身份，指示他席卷王立民所有机密文件与她一道离开此地。

话剧《野玫瑰》戏剧冲突紧张尖锐，细节刻画逼真扎实，故事悬念扣人心弦，各幕之间衔接紧凑到位，故事情节本身符合戏剧创作的美学规律。戏剧语言干净洗练，很多人物对话都饱含意蕴丰厚的潜台词。而该剧最为成功的戏剧美学特征，应该是虚与实相辅相生的双线结构。因写实线索与象征线索，交融互渗而呈现出浓郁的浪漫抒情的美学韵味和艺术目标，既有深刻的象征隐喻色彩，又有葱茏浪漫的诗情格调。从某种程度上说，陈铨是在采用诗意浪漫的抒情笔法，来写一部浪漫的诗剧。

《野玫瑰》充分体现了陈铨浓郁的国家观念和强烈的民族主义思想，并且是这一思想的成功艺术实践。从《野玫瑰》的情节安排和人物设置来看，它也集中折射出了"民族主义"精神和"个人主义"思想的尖锐冲突。具体到话剧本体来说，大汉奸王立民的所作所为，与具有强烈民族主义精神的夏艳华之间的极端对立，映照出了这一思想冲突的复杂性和尖锐性。作者陈铨匠心独具地将两个思想鲜明对立的两人，安排成为夫妻，这就为话剧的矛盾冲突设置了伏笔。"野玫瑰"夏艳华，可以为了民族解放、为了抗战胜利、为了国家摆脱奴役而牺牲属于自己的无瑕爱情，牺牲自己浪漫的青春年华。她这些牺牲行为只有一个出发点，就是为了民族解放、国家抗战成功。而王立民恰恰相反，他能为了个人的勃勃野心和雄强抱负，可以置国家利益、民族荣辱、个人名誉而不顾，成为一名汉奸。陈铨在处理故事脉络和话剧矛盾内容时，并没有把王立民处理成一位沐猴而冠、寡廉鲜耻、极端自私的概念化、模式化的单一形象。王立民不是简单地成为侵略者手下俯首帖耳、唯唯诺诺的傀儡，恰恰相反，他是一位具有坚强意志和明确目标的立体人物。他在剧中曾说："我从小孩起，一直到现在最恨人可怜我！我有铁一般的意志，我要赤手空拳，自己打出一个天下来。世界上的力量，能够摧毁我的身体，不能够征服我的内心。我要别人服从我，尊重我，我绝不要人可怜我。""人生本来是残酷的。我是一员战士，我永远不向命运低头！""一个人生在世上，必须要争取支配的权力，没有权力，生命就毫无意义。""我从小孩起，就很自负，看不起任何人。我自己知道，我的聪明才力，都在他们的上面，我也不容许有任何人在我的上面。后来长大了，从事政治，我还是一样的脾气，凡是拥护我的人，我要支配他，凡是反对我的人，我就要谋杀他。我计划的事体，没有一件不成功。三十多年当中，我还没有碰着一个敌手。"王立民的艺术形象内涵，并不能用普通的汉奸形象概括，而是充满了超人式的英雄气质。也正是这一点，在《野玫瑰》上演的时候，引起了上至评论界下至普通观众的广泛争议和一致质疑。可以说，在当时的时代语境下，王立民汉奸形象的设置，已经超出了人们对于汉奸人物的美学"预设"。抗战时期的普通观众，早已习惯了那些贪生怕死、见利忘义、对日本人点头哈腰、缺乏人格魅力的脸谱化汉奸形象。人们从感情上、美学接受上、艺术体验上无法认同这样一位具有钢铁般坚强意志和超人气质的"汉奸"。在王立民的思想中，国家是以一种抽象而模糊的形象出现的，个人才是具体面目清晰的主体，所以他才会产生"假如国家压迫个人的自由，个人为什么不可以背叛国家？"这样极端"叛逆"和强烈个人主义思想的发问。作为"世界上最骄傲的人"，王立民需要的是别人的尊重和服从，而不是简单的怜悯和廉价的同情。有了这样的思想观念，王立民才会在隐疾发作失去思考能力之后，毫不退缩地服毒自杀。但是，像王立民这样一个精神极端强悍自立的思想个体，他的内心世界却充满柔情和对女儿的无限慈爱。这位汉奸在女儿用民族大义和个人名誉荣辱来责备他的时候，他没有生气，坦然承认自己是"一个极端的个人主义者"，王立民以尊重女儿思想的宽容姿态出现，因为女儿曼丽的"态度是诚恳的"。

《野玫瑰》的女主角夏艳华，某种程度上，是作为抗战洪流中的民族英雄而精心塑造的。她不但天质美丽动人，更以性格上的沉着刚毅和超出常人的坚强意志，吸引了观众的目光。同时，作为一名地下特工谍报人员，她也不乏丰富的对敌斡旋经验和宝贵的自我牺牲精神。可以说，夏艳华是陈铨的政治抱负和人格理想的代言人。她是那种"为了一个崇高理想，真善美的任何一方面，愿意牺牲一切，甚于生命，亦所不惜"[①]的一类人。夏艳华性格刚强有勇有谋，陈铨没有简单地把这个艺术形象公式化、平面化，而是展现出了她"为了国家民族利益"不顾个人安危牺牲一切的英雄本色。另一方面，作者以十分惆怅和委婉的笔法勾勒出了"野玫瑰"内心情感世界的复杂性和多元性：她虽然对刘云樵一往情深，但是为了潜入敌方，她绝然放弃那份浪漫而温馨的个体恋情；此外，陈铨还含蓄地点出，夏艳华牺牲爱情后独自一人默默咀嚼无爱婚姻带来的悠然怅惘和绵绵苦涩。夏艳华面对野玫瑰，用一种无比寂寥而忧郁的语调发出了内心世界的真实心声："寂寞的野玫瑰。欣赏你的人已经走了！这儿你又不要呆了。你再要漂泊到哪儿去呢？"面对着曾经无限眷恋的心上人刘云樵，夏艳华说："也许真正需要的，不是四万万五千万，是一个人。"尽管在夏艳华身上流露出了一丝儿女情长的隐秘情感忧伤，但陈铨最后还是让她背负着巨大的内心挣扎和献身精神，出色地完成了其民族英雄形象的建构任务，成为"对于中华民族的贡献谁又能比得上"的英雄楷模。夏艳华是《野玫瑰》中最为光彩照人的英雄战士形象，在这个艺术形象的设计过程中，洋溢着作者的理想主义的乌托邦色彩。

此外，《野玫瑰》还涉及了政治情感和伦理情感、个人主体意识与民族精神、革命理智和男女情感纠葛等一系列敏感而复杂的问题。陈铨以自己的理性思考，用文艺的特殊形式探寻这些问题背后的含义与价值，显示出了富有哲理深度的艺术深思。如果说《野玫瑰》在艺术上有什么明显瑕疵的话，鲜明的政治教化和强

---

① 陈铨：《青花（理想主义与浪漫主义）》，《国风》半月刊，第 12 期，1943 年 4 月 16 日。

烈的功利目的，对于话剧文本的"文学性"显得过于沉重。政治化、哲理化的话语表达，对话剧审美目的本身，有一定的损害作用，这几乎成为陈铨其他作品的艺术通病。在陈铨的作品中，他有时常常让自己的艺术人物直接站在前台说教、布道，宣传自己的政治见解和社会主张，这在一定程度上损害了作品的含蓄蕴藉的美学风貌和空灵旷疏的审美空间。

尽管在《野玫瑰》的结尾，陈铨安排了王立民的暴亡来暗示：在民族解放的大潮之中，个人主义道路最终是走不通的。但是这样的情节安排，在当时，不但没有得到普通观众的思想认同，同时还引起了文艺界左翼人士的批评和指责。以致于有人说《野玫瑰》是在赤裸裸地"散播汉奸理论"。《野玫瑰》公演之后，受到进步文艺界的强烈批判。批判的锋芒直指大汉奸王立民的形象塑造和思想内涵的处理上。《新华日报》撰文批评《野玫瑰》将"'英雄豪杰'寄托在王立民身上，而忽略了王立民是个卖身投靠的奴才！"[1]随着1942年4月《野玫瑰》获得国民党教育部颁发的年度学术"三等奖"，对于《野玫瑰》的批判也随之"升级"。不久，重庆戏剧界200余人联名致函全国戏剧界抗敌协会，要求教育部撤销"奖励"，并禁止其上演。而国民党中央图书杂志审查委员会主任潘公展，却认为《野玫瑰》："不唯不应禁演，反应提倡；倒是《屈原》剧本'成问题'。"[2]从国共双方对待《野玫瑰》的矛盾态度上，可以看出1940年代复杂尖锐的政治话语权力斗争在文艺界的鲜明投射。而国共双方都将《野玫瑰》论争，视作现实政治实力的较量与比拼，双方都试图借文艺话语权力的强势来扩大自己的社会影响力，以期文艺能直接而迅速地参与到政治斗争中，成为国共双方政治斗争与博弈中的有效工具。《野玫瑰》曲折多舛的艺术命运，一方面见证了1940年代国共双方在文艺领域内的尖锐矛盾和复杂冲突；另一方面也折射出了文学批判话语与权力运行机制间的互动和呼应。随着时间的流逝、时代的进步、历史的演变，以往在政治文化、政治伦理层面上对于《野玫瑰》的指责和批判逐渐被人遗忘。而《野玫瑰》作为一部有着独立艺术品格和特殊思想魅力的话剧文本，会从更加理性的思路和开阔的视野被不断研

---

① 颜翰彤：《读〈野玫瑰〉》，《新华日报》，1942年3月23日。

② 《〈野玫瑰〉一剧仍在后方上演》，《解放日报》，1942年6月28日，第2版。

究、不断阐释，这也为还原《野玫瑰》应有的文学史地位，提供了新的历史契机。

第二十五节　　《白毛女》与新歌剧

一、《白毛女》之"新"及其"新社会"想象

新歌剧《白毛女》由延安鲁迅艺术学院集体创作，贺敬之、丁毅执笔，马可、张鲁、瞿维等作曲。1945 年初作于延安，同年 2 月 23 日，鲁艺工作团开始排练《白毛女》。6 月 10 日，鲁艺为党的"七大"代表首演《白毛女》，毛泽东、周恩来、朱德等中央领导观看了演出，演出获巨大成功。第二天，中央办公厅专门派人到"鲁艺"传达了中央书记处的观感："第一，这个戏是非常适合时宜的；第二，黄世仁应当枪毙；第三，艺术上是成功的。"[①] 这个意见意味着，"民族新歌剧"的探索成果获得了延安中共领导层的高度认可。此后，该剧在延安演出 30 多场，受到空前热烈的欢迎，"演出时间之长，场次之多，在延安是罕见的"[②]。后在解放区各地陆续上演，在群众和解放军官兵中产生了极大影响。解放区曾如此报道演出的盛况："每至精彩处，掌声雷动，经久不息，每至悲哀处，台下总是一片唏嘘声，有人甚至从第一幕至第六幕，眼泪始终未干……散戏后，人们无不交相称赞。"[③]1950年 11 月，《白毛女》列入《中国人民文艺丛书》出版。1951 年，获斯大林文学奖二等奖。1985 年 7 月，收入《延安文艺丛书》的《歌剧卷》，湖南人民出版社出版。

《白毛女》剧本自诞生之后的五年间，在不断修改和不断演出中获得不断的完善，其间经历了三次较大的修改。该剧原本六幕。1945 年底在张家口，对该剧进行了第一次重大修改。对剧本主要作了这样的修改：第一幕第三场加了一段赵大叔说红军故事，将农民的反抗放在一个大的历史背景和潮流下，这是一个"历史化"的处理；第二幕第二场改为大春、大锁反抗狗腿子逼租，痛打穆仁智被迫出走，大春投奔红军，增强了农民的革命性和反抗性；第三幕开始加强了喜儿要活

---

① 　张庚：《歌剧〈白毛女〉在延安的创作演出》，《新文学史料》，1995 年，第 2 期。
② 　参见《延安日报》1945 年 7 月 17 日有关《白毛女》的报道。
③ 　《晋察冀日报》，1946 年 1 月 3 日。

下去、要反抗的意志和性格；第六幕第一场重写，去掉了原来太重的话剧味道，第二场加了后台合唱"太阳出来了"的唱词，唱出"旧社会把人逼成鬼，新社会把鬼变成人"的主题。1947年在东北又作了较大修改。1949年再次作了较重要的修改。1949年的修改和演出，一方面使《白毛女》更加专业化，同时也趋于规范和定型，此后《白毛女》虽有几次改动，却都是以1949年的定稿为蓝本的。

1950年，歌剧《白毛女》由东北电影制片厂拍摄成同名故事片，在全国放映，使《白毛女》成为家喻户晓的革命经典。1958年，马少波、范均宏根据歌剧本改为同名京剧，同年3月在北京上演，是较早的京剧现代戏。1962年，上海舞蹈学校将歌剧《白毛女》改编成中小型芭蕾舞剧。1964年，上海舞蹈学校再次将《白毛女》由中小型芭蕾舞剧扩编成大型芭蕾舞剧《白毛女》，并于1965年在第六届"上海之春"上公演，轰动一时。1967年，在《人民日报》发表的社论《革命文艺的优秀样板》中，革命芭蕾舞剧《白毛女》与《智取威虎山》、《海港》、《红灯记》、《沙家浜》、《奇袭白虎团》、《红色娘子军》，及交响音乐《沙家浜》被命名为"八个样板戏"，成为"文革文艺"的典范作品。

《白毛女》之所以能成为延安文艺代表性作品，最主要的原因在于它在现代革命理念、阶级斗争主题与民族、民间的伦理道德观念、美学趣味和文艺形式的完美结合上。

新歌剧《白毛女》之"新"首先在于它确立了一个全新的主题："旧社会把人逼成鬼，新社会把鬼变成人。"这是一个直接表达阶级斗争观念的主题。剧作包含着明确的阶级理论，娴熟地运用着阶级分析的方法来解释并建构中国农村的历史与现实场景和阶级关系。杨白劳被塑造成一个在地主阶级的长期压迫下，尚未觉醒的老一辈农民的典型。喜儿被塑造成一个怀着顽强的求生意志和坚强的复仇愿望的反抗的农民典型。黄世仁则是凶残、狡诈、贪婪、腐朽的地主阶级的代表。剧作以农民和地主两大对立阶级的矛盾、斗争为节点，表现了后者对前者的政治压迫、经济剥削和生命权、财产权的占有与掠夺，表现了中国历史上和现实中农民的苦难和悲惨命运，高度赞扬了农民阶级的反抗精神。

但剧作之所以能在当时引起强烈反响并不止如此，农民对地主阶级的仇恨和斗争而非地主对农民阶级的压迫和剥削成为叙事的重心，昭显着农民不再是丧失了历史主体性的"老中国的儿女",而是在斗争中获得了自身的历史主体地位的"工农兵"。虽然它还没有真正地创造出"工农兵新人"的典型形象,但剧作中的农民不再是泥土一样的自然平常、无需措意的被动存在。剧作通过阶级的眼光来看农民,揭示了农村生活中的不和谐,甚至紧张、冲突和农村阶级结构的内在不公正,对农民历史主动性和历史主体地位的创制具有无可否认的革命性意义。

1945 年的中国正处在由民族矛盾向阶级矛盾转化的历史关口,《白毛女》的出现可以说是适逢其时,它"向我们提出了一个当前中国亟需解决的土地问题:杨白劳的死和喜儿的遭难,都是由于农民没有土地和民主政权的结果。所以今天我们出版或演出《白毛女》,那是十分合乎时宜的"①。《白毛女》的出现不仅是"合乎适宜"的,也是具有充分的必要性的。在民族矛盾日渐退居次要地位、阶级矛盾日益上升为主要矛盾的历史和政治情势下,《白毛女》适逢其时的出现,其政治功能是难以估量的,其历史推进作用也是明显的、突出的。

新歌剧《白毛女》主题之"新"还在于它在阶级斗争这一全新主题的基础上呈现了"新社会"、"新中国"的"现实"场景,充分论证了中国共产党在埋葬旧世界、建立新中国的历史进程中的领导和主导地位。可以说,与突出农民阶级历史主体地位相对应的是,揭露"旧社会"、"旧中国"的黑暗、反动、腐朽并非这部新歌剧的重点和终点。如果仅仅停留于此,《白毛女》就不能成为"工农兵戏剧"的典范,也不能成为"社会主义现实主义"文艺的经典,充其量只能是一部基于五四式人道主义、民主主义立场的批判现实主义作品。这无疑会大大降低这部"新歌剧"在延安文艺体制规划中的地位。

《白毛女》不仅有效地以阶级理论、阶级斗争学说重新"组织"了中国历史和现实图景,"组织"起了中国农村的阶级景观,更为重要的是,它所"组织"起来的是对"新社会"、"新中国"的历史性想象。《白毛女》以强烈的对比贯穿全篇。剧作一开始便是杨黄两家贫富悬殊、阶级对立的鲜明对比。杨家贫寒凄凉,苦度年关;黄家张灯结彩,欢度除夕。场景气氛的对比,反映了严重的阶级对立。黄家堂后猜拳行令,饮酒作乐;堂前逼租逼债,逼卖亲生,这内外行径的对比,揭

---

① 刘备耕:《〈白毛女〉的剧作和演出》,《人民日报》(晋冀鲁豫),1946 年 9 月 22 日。

穿了地主阶级用穷人的尸骨建筑自己的天堂的罪恶本质。黄家主奴的凶残狡诈，杨白劳的纯朴忠厚，喜儿的单纯善良，这鲜明的性格对比，更增加了戏剧冲突的控诉力量。不仅如此，这种对比更体现于剧作一方面通过杨家来写中国农村的"惨烈场面"，作为"旧社会"的隐喻性表达；另一方面，通过描绘"解放后农村男女新生活的愉快光景"，作为"新社会"的现实也是"新中国"的前景的"客观"展现。剧作通过"旧社会"（"旧中国"）与"新社会"（"新中国"）、"鬼"与"人"的本质性二元对立，将历史的开端设定于大春——这一"共产党八路军"的化身，带领人民军队对喜儿和穷苦百姓的解放，设定于中国共产党出现于历史"舞台"上的特定时刻。在这一时刻，历史被划分为泾渭分明的两个阶段，"时间开始了"；在这一时刻，历史永远成为了历史，它的存在价值就是作为"现在"的合理性和合法性的证明，而"现在"也不仅是"现在"，它是融合了"将来"的"现在"。"现在"不再是一个静止的时间点，而是一种顺之者昌、逆之者亡的历史大势，是一种涌动着矛盾、斗争、发展的活力和乐观主义的历史精神。

《白毛女》之"新"还体现于其通过对本土、传统资源的借用和改造，完成了充满先锋实验性的艺术创造。

借用歌剧这一来自西方的艺术样式，来表达中国的革命现代性，就必然存在本土化的问题。《白毛女》在忠实于现实生活的基础上，利用社会主义现实主义的典型化手法，吸收民间形式资源创造民族新歌剧的典范。它充分体现了对中国传统戏曲和地方民歌、小调、说唱艺术进行现代性改造和转换的努力和突出成果。歌剧《白毛女》既非西方意义上的歌剧，也非中国传统意义上的戏曲，而是一种熔现代话剧、传统戏曲、地方小戏、西洋歌剧、音乐、舞蹈等于一炉的实验性综合艺术。作为从边区和解放区，特别是延安"新秧歌"运动和秧歌剧创作已有丰富经验的基础上产生的民族歌剧，《白毛女》的音乐采取了河北、山西、陕西等地的民歌、说唱、戏曲音乐及宗教音乐的曲调，加以改编和创作。在此基础上，吸收和借鉴外国歌剧注重表现人物性格的处理方法，大胆地进行了新的创造，塑造了各有特色的音乐形象。如杨白劳躲账回来所唱的《十里风雪》、《扎红头绳》、《老天杀人不眨眼》、《廊檐下红灯照花眼》等，就是根据山西民歌《捡麦根》改编而成。曲调深沉低昂，是刻画杨白劳基本性格的音乐主题。喜儿作为贯穿全剧的传奇性主角，刻画其性格的音乐主题主要来自河北民歌《青阳传》、《小白菜》以及河北梆子、秦腔等戏曲音乐。在舞台表演上，《白毛女》借鉴了古典戏曲的歌唱、吟诵、道白三者有机综合的传统，以此表现人物性格和内心活动，推动剧情发展。如喜儿出场先是用歌唱来叙述戏剧发生的特定情境："北风吹，雪花飘，雪花飘飘年来到，爹出门去躲账整七天，三十晚上还没回还，大婶子给了饺子面，我等我的爹爹回家过年。"然后用独白向观众介绍自己的身世和家庭。其他人物，如杨白劳、黄世仁、穆仁智等在出场时，也都是通过歌唱作自我介绍。有的地方也用独白叙述事件过程。其中，杨白劳咏叹调《十里风雪》结束部分的"县长财主豺狼虎豹，我欠租欠债是你们逼着我写的卖身的文书"一段音乐，就是采用了歌唱、吟诵、道白三者有机结合的典型。人物对话采用的是话剧的表现方法，同时也注意到了学习戏曲中的道白。在戏剧语言上，《白毛女》的对白是经过提炼的大众化的口语化形式，自然、淳朴，生活气息浓郁，民族特色突出。常使用民间谚语、俗语或歇后语。歌词凝练，一般采用传统戏曲唱段中句句押韵的方式，音韵和谐、铿锵，琅琅上口，同时学习了民歌和传统戏曲抒情写意的方式，大量使用对比、排比、比喻等修辞方法，具有很强的艺术表现力。

《白毛女》的创作方式、过程及其所取得的杰出成就，和演出所产生的社会政治影响，标志着我国新歌剧的发展走上了一条艺术与社会、美学与革命、叙事与现实相熔铸，西洋创作手法与传统艺术形式相结合，新的艺术形式与群众审美心理及欣赏习惯相结合的道路，对此后中国民族歌剧艺术的发展影响十分重大。

二、新歌剧的创生语境及从延安到新中国的创作

"新歌剧"以传达革命意识形态为主导意图，是中国共产党通过文艺创作建构民众对革命意识形态的认同，从而有效建立起民族国家文化领导权的一种文艺形式。在1930年代中后期以至1940年代的延安及其他根据地、解放区，"新文化"建构日益提上议事日程。在面临建构新型国家意识形态和文化秩序的历史情势下，戏剧以其广泛的群众基础和低门槛的民众参与性，而受到中共的高度重视。

在1942年整风之前，延安的戏剧活动就非常活跃，不仅演出过反映抗战题材的京剧（当时延安称为"平剧"），而且自1940—1942年还出现了"演大戏"的热潮。

除了大后方剧作外，演出剧目涵括了 17 世纪法国的古典主义戏剧、19 世纪俄罗斯戏剧、20 世纪苏联和德国戏剧。尽管当时对这一潮流也存在一些争议和批评，但基本上是肯定和赞扬的。评价的陡转发生在 1942 年延安文艺座谈会召开之后，批评者依据《讲话》的精神和指导思想基本批评和否定了"演大戏"潮流。至此，"大戏"在延安、边区基本绝迹。

在此历史情境下，如何因时因地制宜地转换戏剧的发展路向，使其成为动员和教育群众坚持抗战、发展生产的有力武器，有效地承担起建构现代民族国家意识形态的重任，是中国本土化革命历史实践所必须解决的一个战略性问题。1942 年延安文艺座谈会的召开，着重解决的就是在中国建立马克思主义政党的文化领导权问题。《讲话》之后，延安的剧运转换了方向，深入生活，深入敌后，深入农村、工厂和部队，与工农兵群众结合，创作出了一大批时代气息浓厚的戏剧。以 1943 年春节为开端，形成了一个秧歌运动的高潮。

以《兄妹开荒》、《一朵红花》、《动员起来》、《货郎担》等为代表的"新秧歌剧"成为动员和教育群众坚持抗战、发展生产的有力武器，成为革命的符号。这些"新秧歌剧"大多采用地方民歌民谣或民间戏曲的音调，在音乐表现上沿用了我国曲牌联套结构，摒弃了旧秧歌中常有的丑角和男女调情的成分，代之以新型的农民及英雄人物形象和欢乐的劳动、革命战争场面。

但对于延安文艺决策层来说，"新秧歌剧"仅仅是序幕。尽管主导意识形态通过将民间文化作为一种资源性力量，把意识形态及其话语方式成功地内化为民众的自我需求，从而获取了民众的认同和支持。但因其自身体制上的简短，形式上的单纯、质朴和原始，又难以适应建构"新文化"的需要。如"新秧歌剧"在表现人物复杂的思想感情及人物塑造的鲜明形象方面缺乏手段，秧歌剧题材难以充分发挥和容纳所有的表现内容。再如"新秧歌剧"的俚俗情态与风貌虽在普及现代革命理念、建构底层民众民族国家认同等方面有其不可替代的作用，但使其充当"新文化"的载体，以至成为"新中国"的艺术形象，似乎又显得过于"普及"了。以"新秧歌剧"为基础进一步"提高"，是创建能够充分体现中国革命现代性追求民族新形式的顺理成章的选择。

在抗日战争和解放战争时期，"新歌剧"经历了规模由小到大，艺术由草创到成熟，资源由借鉴民间艺术和传统艺术以及外国歌剧艺术，直到创造出中国民众所喜闻乐见的中国作风、中国气派的新歌剧的历程。延安时代的歌剧创作是丰富和卓有成就的，出现了李伯钊等的三幕歌剧《农村曲》，王震之和冼星海的《军民进行曲》，鲁艺文工团改编马健翎的《血泪仇》，贺敬之、王大化等的《惯匪周子山》，柯仲平等的《无敌民兵》，贺敬之、丁毅等的《白毛女》，晋察冀演出的多场歌剧《王秀鸾》，孔厥等的《兰花花》，魏风、刘连池、严寄洲等的《刘胡兰》，阮章竞等的《赤叶河》，王宗元等的《英雄刘四虎》等剧目。大部分剧目中爱国主义、民族主义上升到核心位置，戏曲里的才子佳人和帝王将相让位给了底层民众。主人公苦难——拯救——新社会的思想启蒙和革命感恩这一逐渐程式化的情节成为歌剧的核心，具有突出的现实主义的斗争性和鲜明的革命性。这种气质在建国后"新歌剧"的发展进程中得到了延续和强化。

延安时期"新歌剧"的代表作，除《白毛女》之外，还有《王秀鸾》、《刘胡兰》、《赤叶河》等。《王秀鸾》以王秀鸾与婆婆之间的矛盾为主线，塑造了王秀鸾这个在艰苦的战争环境里，积极响应党的号召，努力生产，支援抗日前线的劳动英雄形象。《刘胡兰》较为丰富地塑造了女共产党员刘胡兰的形象，突出了刘胡兰"生的伟大，死的光荣"的革命气节。《赤叶河》通过贫苦农民燕燕一家被地主迫害而家破人亡的悲惨遭遇，揭露了地主阶级对农民的残酷剥削和压榨，强烈地表达了贫苦农民翻身解放的迫切要求，充满控诉、复仇的战斗激情。《王秀鸾》、《刘胡兰》、《赤叶河》均入选1948年12月陆续由新华书店出版的《中国人民文艺丛书》。

建国后，广大文艺工作者在"新歌剧"创作方面，或试图通过继承和借鉴戏曲音乐来解决歌剧中的人物形象刻画和音乐戏剧性等问题，如田川等演出的《小二黑结婚》；或着重借鉴西洋歌剧的经验，尽可能通过朗诵调和咏叹调，使音乐自始至终贯穿发展，克服当时有些人批评的"话剧加唱"的缺点，如于村等演出的《王贵与李香香》。但与话剧、现代京剧的繁荣相比，"新歌剧"的创作则逊色很多。"新歌剧"特别是小型歌剧，较为迅速地反映了新中国的现实生活和斗争，较好地起到了宣传教育和娱乐作用。大型歌剧剧本的创作，从题材内容上看，反映当前现实生活的有丁毅等的《一个志愿军的未婚妻》，任萍的《草原之歌》等。但更多的是革命历史题材，如李伯钊的《长征》，湖北省实验歌剧院集体创作的《洪湖赤卫队》，于村等的《王贵与李香香》，田川等的《小二黑结婚》，闫肃的《江姐》，海政文工团歌舞团集体创作的《红珊瑚》，石汉的《红霞》，陈其通的《董存瑞》、《两个女红军》、《柯山红日》等，从不同侧面反映了党所领导的民主革命时期的斗争生活。"新歌剧"的历史意义在于，借助对中国共产党所领导的"革命历史"的重构，在叙事中确立民族国家的历史主体地位，以艺术、美学的形式捍卫新中国作为历史主体的资格。换言之，以"新歌剧"的形式对中共的革命历史与新中国作为革命斗争的结果和作为独立的民族国家的地位，进行合法性的论证。

为了有效的达到这一目的，这些"新歌剧"的剧情大多为民众所熟悉，剧中的主要人物也大都是被人们广泛传颂的英雄人物。《长征》以宏大的规模和气势，再现了红军二万五千里长征的伟大历程，首次在舞台上塑造了毛泽东的艺术形象。《洪湖赤卫队》主要写贺龙创建和领导的洪湖赤卫队打恶霸、斗土匪的英雄事迹，被视为继《白毛女》之后中国第二代民族歌剧的代表作。《刘胡兰》根据共产党员刘胡兰的英雄事迹改编，塑造了这位对党和人民无限忠诚的英雄的音乐形象。改编自《红岩》的《江姐》更将小说中共产党人的高风亮节和坚定信仰充分地"舞台化"、"戏剧化"和本质化。《王贵与李香香》、《小二黑结婚》分别是根据李季的同名长诗和赵树理的同名小说改编而成。这种革命历史的理想化重构，与牺牲和苦难的严酷事实相连，给予幸存者和他们的后人以突出的警示和教育意义。

新中国的"新歌剧"注重剧作品格的民族化，往往用一定的民族民间音乐为素材。剧中的许多重要唱段均由地方民歌和地方戏曲改编。《洪湖赤卫队》中的音乐以当地天沔花鼓戏和民间音乐为素材，使整部歌剧散发着浓郁的乡土气息。《洪湖水，浪打浪》的唱段取材于襄河民歌《襄河谣》；《草原之歌》的音乐基本上取材于朴素优雅的藏族民歌和山歌，具有鲜明的藏族民族风格和浓郁的生活气息。《江姐》中的《红梅赞》、《绣红旗》以四川民歌的基调为主。《刘胡兰》以山西民歌为基调，并吸取了山西梆子的音乐特点。这样，不同的题材，就有着不同的音乐基础；而不同的音乐基础，就使新歌剧形成了不同的样式和风格。

自"文革"开始，学习革命"样板戏"的热潮持续升温。与"样板戏"的"繁荣"相比，"新歌剧"领域则是一片废墟，十年空寂。"新歌剧"之遭难，既是文艺激进派建立其"文化领导权"的需要，也出自其政治化的戏剧观。江青认为"京剧就是歌剧"，她说："新歌剧的音乐，也可以在京剧、河北梆子的基础上推陈出新。"[①]对她来说，是京剧（包括来自西方的芭蕾舞、交响乐等传统、经典艺术形式）而非歌剧才更能体现其政治乌托邦想象，只有通过京剧才能强化革命的历史，凸显革命的前景，开辟"无产阶级文艺的新纪元"。在文化激进派的垄断和控制下，不仅新的歌剧作品不能产生，而且已有的优秀歌剧作品也全数遭到了批判，甚至连一向被认为是新歌剧之方向的《白毛女》也不准上演，因为自杀而死的老贫农杨白劳"缺少反抗精神"、"调和阶级矛盾"。

三、作为创建民族国家文化领导权之政治美学载体的特质及得失

从 1930 年代中后期诞生之日起，"新歌剧"就担负着民族救亡、阶级解放的民族动员使命。在讲述中国革命历史的过程中，"新歌剧"形成了昂扬激越的主导美学风格，开创了"新歌剧"的民族国家叙事模式，这一模式后来又随着中国革命历史的推进发展为阶级模式。建基于"新秧歌剧"的"新歌剧"注重吸收并化用民间文化资源，将民族解放和阶级斗争故事进行充分地民间化、伦理化处理，这在最大限度上激发了解放区文化程度并不高的广大农民的政治热情，建构了草根阶层对新意识形态的坚实认同。同时，也昭显了"新歌剧"的民族关怀和阶级倾向性。从这个意义上讲，"新歌剧"和中国现代文学的其他文体一样，具有浓厚的历史性、政治性品格，侧重于文艺的现实介入性，回应了民族救亡和阶级解放的历史询唤。尤其是，作为一种体现了民族化、大众化追求的文体，"新歌剧"在广泛扩展受众群体的基础上，在大众乐于接受的前提下，阐释、宣扬新民主主义和社会主义的思想文化，建立起民众对"新社会"、"新中国"优越性的理性认识和文化认同。

"新歌剧"延续和发展了中国共产党创建民族国家文化领导权的现代性追求。当 1920 年代末，启蒙现代性被革命现代性历史性地取代之后，如何在不断发展的特定的历史语境中建构起民众的民族国家认同，让文艺切实成为改变中国历史的

---

① 江青 1967 年 7 月 29 日接见三军创作人员时的谈话，参见《江青是扼杀新歌剧的刽子手》（中国歌剧院大批判组），《人民音乐》，1977 年，第 1 期。

一个重要力量，是进步文化力量始终面临的一个重大难题。具体到戏剧领域来说，1920年代初期开展了民众戏剧运动，致力于为民族国家唤醒"民众"、塑造"民众"。1930年代左翼戏剧开展了大众化的普罗戏剧运动，将戏剧作为表现"大众"、"群众"和"力"的有力武器，直接推动群众集体运动的开展，并使戏剧创作中更多地出现了民族化追求，而知识精英对大众的态度也有新的认识。知识分子"大众"观的彻底转变始自延安时期的"工农兵戏剧"。1940年代风靡解放区的"新秧歌剧"和"新歌剧"充分体现了无产阶级政党的理念和要求。戏剧在成为动员群众、宣传群众、组织群众的有力工具的同时，大力提高了戏剧的美学化、民族化品格。而"新歌剧"对工农兵形象的塑造，后来就发展为创造"工农兵"的典型。

中国左翼戏剧追随着中国现代革命历史的发展，所经历的从"民众"到"大众"再到"工农兵"戏剧的历史过程，既是一个有着自身历史逻辑的延续的过程，深化的过程，也是一个转移的过程，更是一个筛选的过程。这一过程一直延续到"文革"。而历史积累的经验和教训也在此过程中逐渐显露。

《白毛女》中革命话语的背后隐含着对民间话语的借助和转换。民间话语中的道德逻辑构成了政治话语进行有效运作的基础，政治话语藉此获得了民众道德文化意识深层的认同；同时，政治话语又以自己的逻辑转换了道德话语秩序，将后者有效地纳入自己的运作逻辑之中。民间文化（文学）和民间道德伦理中一些因素如惩恶扬善（替天行道论）、善恶有报（因果报应论）、神魔鬼怪、离奇变幻等被延续和保留下来，并被纳入"阶级"的理论视域和"阶级斗争"的情节构思中，实现了革命意识形态的转换，一变而为阶级控诉、斗争动员和抒发革命浪漫主义情怀的有力凭借。

利用马克思主义经济基础与上层建筑之辩证关系的基本原理，通过"新文化"的建构来塑造、创制"新社会"、"新中国"和"新生活"，是毛泽东"新文化"构想的核心内容。"新中国"是一个纯粹的、政治化的、道德化的世界，而"新文化"也是一个不断要求纯粹、净化、透明的世界。纯粹、净化、透明的道德化世界，很难容忍原生态生活的复杂性、多面性和混沌性，不能接纳人情、人性的常态存在，不允许人道主义、洋派风格的自由生长和肆意蔓延。因此，当"白毛女"从白毛仙姑的民间传说进入到延安文艺创作时，实际上标志着这一筛选和转换程序的启动。不断地讨论、修改是这一程序的持续运作，后来由歌剧剧本改编为电影剧本，继而改编为"革命芭蕾舞剧"更是这一程序的加速度操作。在此过程中，伴随着阶级斗争主题的持续强化，非政治的民间伦理道德观、民间文化传统及一些相关情节、细节被大量删除。杨白劳和喜儿的阶级意识大大增强，喜儿由一个"成长女性"变成了"复仇女神"。剧作中的娱乐消遣功能最大程度地让渡于政治教谕和鼓动宣传功能。

革命意识形态的筛选和转换机制同样体现在"新歌剧"对人物形象的塑造上。塑造工农兵形象是解放区"新歌剧"的重要内容。活跃于"新秧歌剧"如《兄妹开荒》、《夫妻识字》、《买卖婚姻》等剧作中的是形形色色的"小人物"。他们是最底层、最普通的农民、战士、商贩，尽管革命话语影响和重塑着他们，但从他们身上我们仍可感受到传统的那些地方性文艺中普遍存在的开朗、活泼的情调甚至一些调情性的内容。这也是《白毛女》、《王秀鸾》、《兰花花》、《赤叶河》等"新歌剧"中主人公的特点。他们都是属于感受着正在发生的历史巨变，并在这巨变中"成长"起来的普通人。虽然剧作探讨的是"革命"与"个人"的关系，阐释的是革命对受苦人个体命运的至关重要的转折作用。但在具体表达过程中，仍然展示出了人性的丰富性，在揭示生活底层民众的悲苦命运的同时，也表达了多样的人性、亲情和人间温情。而建国后，"新歌剧"的主人公更多地倾向于塑造革命领袖、优秀共产党员和工农兵英雄典型。如《长征》中的毛泽东、《刘胡兰》中的刘胡兰、《江姐》中的江姐、《董存瑞》中的董存瑞。"新歌剧"从对民族国家的关怀，转向一种更加宏大的叙事。即着重展示杰出的革命者、解放者的历史功绩，对其思想、精神、境界、意志等进行一种本质化、静态化、纯净化的诠释，普通民众的"成长故事"被更换为"英雄传奇"。主流意识形态把某种绝对"正确"的政治理念甚至政策观念、时代本质"植入"英雄人物，使其具有无可置疑的权威性，蜕变为激进主义思潮和政治道德化的极端体现。从某种意义上说，这是对左翼戏剧表达人性、人情传统的割裂和否定，也是"样板戏"造神运动的前奏。

"新歌剧"在剧作的生产和意象营造等方面也存在一些突出特点：

第一，集体生产。中国革命文艺历来有着"集体"传统。1920年代末至1930年代，苏区集体创作的民歌和歌谣，原本就改编自在民间广为流传的曲调，"新秧歌剧"同样注重这一点。"新歌剧"制作中"集体"的作用也不可或缺。即使是凝聚了贺敬之本人经历、情感和艺术创造性的《白毛女》也概莫能外。贺敬之曾谈过自己参与创作的过程："《白毛女》的整个创作，是个集体创作。……而形成剧本时，它又经过多少人的研究、批评补充，间接或直接地帮助与参与了剧作者的工作。……《白毛女》除了接受专家、艺术工作者、干部的帮助之外，它同时是在广大群众的批评与帮助之下形成的。他们是我们的先生，他们教导了我们。……这说明新的艺术为群众服务，反映群众，群众是主角，是鉴赏家，是批评家，有时是直接的创作者。"①由于《白毛女》等的创作是一项重大的政治任务，只有集体才有勇气、力量和智慧把握作品的政治向度（政治标准第一，艺术标准第二），这显然绝非个人所能做到。群众、集体很重要，政治领袖和意识形态负责人的意见更加重要。这种集体创作、改编和贯彻领导指示的形式，在此后尤其是"文革文艺"如"样板戏"、"样板小说"和理论批评中有着进一步的延续和凸显。意识形态在艺术文本的生产程序上，也由原先的参与、监控进而向组织化、体制化过渡，威权政治下作家原本就极为有限的个性化、专业化创作色彩也被极权政治横加僭越和强行整合。

第二，"改编"。这是大幅度限制、取消创作者思想与艺术个人独创性的另一个"创作"现象。《兄妹开荒》、《夫妻识字》、《白毛女》、《江姐》、《刘胡兰》、《小二黑结婚》、《红珊瑚》、《刘三姐》、"维吾尔歌剧"《红灯记》直至"革命样板戏"无一不是改编。"改编"成为革命文艺的重要生产方式，意味着革命文艺生产的组织化、体制化的进一步发展和巩固，意味着革命文艺与一般文学艺术的重大区别，体现着革命意识形态对文艺的整合程度的最大化。它之所以日益受到重视，根源在于它直接关乎文化领导权的建立和巩固问题。

在意象的营造方面，除了镰刀、斧头、红旗这些最常见的直接革命意识载体外，红日、高山、青松、朝霞、风浪、波涛、葵花等意象也较早地出现于"新歌剧"中。《白毛女》、《江姐》、《洪湖赤卫队》中的红日，《江姐》中的青松、梅花，《江

---

① 贺敬之：《〈白毛女〉的创作与演出》，《中国当代文学研究资料·贺敬之专集》，南京：江苏人民出版社 1982 年版，第 36 页。

姐》、《红霞》中的红旗，《洪湖赤卫队》中的葵花等，在此后的"革命文艺"创作中成为具有极其稳定的所指的象征性意象。

概言之，中国"新歌剧"是中国共产党领导的革命的有力一翼，是革命文艺工作者用无产阶级政党的意识形态对民间／民族传统戏曲的现代性开发和改造而创造出的中国现代革命文化，也是中国共产党建立民族国家文化领导权的重要工具，体现着中国革命现代性的历史性力量和追求。"新歌剧"的主要特性是文艺的政治化和政治的美学化。其意义与局限大多与此有关。

其意义主要体现在，首先，通过对现实、政治的积极介入，对改变中国历史的走向有着不可忽视的作用；其次，其思想性和政治化的追求，使本身获得了为传统话剧、戏曲较少涉猎的农村和农民的表现领域，发展、延伸了艺术的题材和视野，使戏剧具有了较高的历史眼光和纵深的历史感；其三，在歌剧民族化、大众化美学品质的建构方面也有其积极的创获。

其局限和问题也是突出的。除了上面谈到的革命意识形态的筛选和过滤、集体创作与改编、意象的营造等方面外，存在的突出问题是，在歌剧的真实性、政治性和艺术性三者的关系上，真实性品格被政治性要求压抑和统一，而艺术性也被统一于（统一了真实性品格的）政治性要求。导致的后果有二：第一，是真实性的匮乏和思想主题的单义性，表现为多"歌颂"，少甚至无"揭露"、"批评"；多"喜剧"而少或无悲剧，对现实中的问题多采取回避、粉饰的态度。第二，在文艺日益政治化、政策化，阶级斗争意识日益激进的环境中，艺术探索无法在开放、平和的语境和心境中从容展开。从戏剧文学的层面看，戏剧情节单纯、封闭；戏剧人物分属于对立的阶级阵营，其性格是单维、扁平的；戏剧冲突清晰、明确，往往发生于革命与反动、进步与倒退、先进与落后、善与恶、光明与黑暗、正确路线与错误路线之间，这一系列二元对立项的冲突，构成了新歌剧的基本叙事模型；戏剧语言直白、直露甚至空洞，文学性缺乏，个性化程度不够，等等。作为一门综合性艺术形式，"新歌剧"在戏曲和话剧这两大戏剧阵营之间首鼠两端。当时代、政治的天平偏向于民族化时，就倒向曾被贬低过的戏曲；而在情势转向革命化时，就运用话剧思维做应急。如何在歌剧本色的基础上，适当吸收戏曲、话剧之长，是"新歌剧"始终未能真正解决的问题。把地方小戏、民间音乐填词，加以话剧文本而成"新歌剧"，可能在一段时间内比话剧、戏曲都更受观众欢迎（如延安时期），甚至形成一个高潮（如"十七年"），但因其可借鉴资源的匮乏和模式的单一化、封闭化而导致在总体艺术质量上无法与话剧相比。

第二十六节　汪曾祺与《沙家浜》

一、汪曾祺

汪曾祺（1920—1997），江苏高邮人。1939 年考入西南联大中文系，1944 年起在昆明、上海任中学国文教师，此后在北平、武汉等地工作过。1946 年起在《文学杂志》、《文艺复兴》等杂志上发表小说。1950 年后在北京文联工作，1954 年到中国民间文艺研究会任《民间文学》编辑。1958 年被划为"右派"，下放到张家口农业研究所。1962 年调往北京京剧团任编剧。1980 年发表短篇小说《受戒》，此后进入创作高峰期。出版有《邂逅集》、《羊舍的夜晚》、《汪曾祺短篇小说选》、《晚饭花集》、《寂寞与温暖》、《茱萸集》，散文集有《浦桥集》、《塔上随笔》，文学评论集《晚翠文谈》等。大部分作品收入《汪曾祺全集》。

汪曾祺的创作大致可以分为三个阶段，第一阶段：现代主义探索时期。"汪曾祺先生 40 年代的创作活动，始终与沈从文先生有密切的关联：他先是作为沈从文的学生，而成为'西南联大校园作家群'的一个成员；40 年代后期又是以沈从文为中心的'北方青年作家群'的中坚。"① 这一时期汪曾祺的主要作品有《复仇》、《老鲁》、《鸡鸭名家》、《落魄》、《职业》、《绿猫》、《戴木匠》等。此时汪曾祺的创作虽有浓厚的现代气息和实验色彩，但绝不生硬地西化，而是保留着民族风格。在总体上，汪曾祺 1940 年代的创作大致可以划归现代主义行列。第二阶段：向主流意识归附时期。汪曾祺 1950 年代至 1970 年代的作品大都与主流意识形态保持比较亲密的关系。此时创作的小说较少，有《羊舍一夕》、《王全》、《看水》、《骑兵列传》等数篇，这些作品的内容并无特别之处，全都表现工农兵生活，只是依

① 钱理群：《寂寞中的探索——介绍四十年代汪曾祺先生的小说追求》，《北京文学》（精彩阅读），
　1997 年，第 8 期，第 48 页。

靠散文化结构和个性化的语言显示出了自己的艺术特色。此时他的主要创作成就表现在剧本上，1954 年创作了《范进中举》。他还参与了样板戏《沙家浜》、《杜鹃山》等的创作与改编，特别是由他主要执笔改编的现代京剧《沙家浜》，影响了一个时代。第三阶段：向传统文化回归时期。1980 年，汪曾祺的小说《受戒》发表在《北京文学》第 10 期，这标志着他的创作进入到崭新阶段。该时期他创作了大量的随笔散文、批评性文章和剧本，当然，最能代表其创作成就的还是小说。新时期伊始，伤痕文学、反思文学对"文革"及此前的极"左"路线进行了批判，但就文学本身而言，从思维方式到话语方式，并无质的突破。汪曾祺率先游离于文学主潮之外，在艺术上续接了"京派"传统，并向传统文化寻找精神价值，对新一代作家的成长影响深远。

对汪曾祺影响最大的是儒家文化。他曾说："我不是从道理上，而是从感情上接受儒家思想的。我认为儒家是讲人情的，是一种富于人情味的思想。"这个人情味实际上就是"仁人"之心。"仁"首先表现在"亲亲"之爱上，但儒家的人情味却不局限于亲情，而是由此推衍为"泛爱众"。《大淖记事》中，十一子受了毒打，所有的锡匠都停下工来，"顶香游行"，为他声援，伸张正义。《岁寒三友》表现的是王瘦吾、陶虎臣和靳彝甫三个朋友的义气。他们全都为人善良，热心公益。画师靳彝甫有了挣钱的机会，王瘦吾和陶虎臣就凑钱资助。王瘦吾帽厂倒闭，陶虎臣卖女糊口。都濒临绝境，靳彝甫就变卖爱如性命的三块田黄石章，接济二人。相濡以沫，义薄云天。王瘦吾想方设法做各种生意，陶虎臣靠卖鞭炮获益，靳彝甫用斗蟋蟀的方式挣钱，但都谋利而不伤义……这些符合汪曾祺道德理想的人物，都带有浓重的人情味。

二、汪曾祺与《沙家浜》

（一）"三结合"——权力支配下的改编过程

《沙家浜》历来被看成"三结合"创作的典范。"三结合"就是所谓的"领导出思想，群众出生活，作者出技巧"。"三结合"真正要强调的，不是群众的生活，不是作家的技巧，而是领导的思想，是权力对创作的绝对支配权。《沙家浜》的改编过程，就充分体现了这一点。

京剧《沙家浜》的最初源头是一首抗日歌曲《你是游击兵团》，该歌曲描述了 36 名新四军伤病员在斗争中不断壮大并最终组建为三一五团的故事，这首歌于 1943 年首演后深受欢迎。为探究歌曲描述的事迹，1957 年，崔左夫在深入采访的基础上，写出了纪实文学《血染着的姓名——三十六个伤病员的斗争纪实》。[①]1958 年，上海沪剧团把写一部反映抗日游击队战争的剧本列入"创作跃进规划"。1959 年，接受任务的文牧以《血染着的姓名》及相关史料为蓝本，写出剧本初稿。剧名最初为《碧水红旗》，后更名为《芦荡火种》，此剧讲述了中共地下联络员春来茶馆老板娘阿庆嫂为掩护郭建光等 18 位新四军伤病员，同胡传魁、刁德一智斗的故事。该剧于 1960 年上演，引起广泛轰动。

1963 年初冬，江青看过沪剧《芦荡火种》后颇为欣赏，就把剧本带给北京京剧团，责令改编为京剧。汪曾祺、杨毓珉受命执笔改编，肖甲、薛恩厚也参与创作。剧本很快改毕，延续了原剧突出地下工作的主题，更名为《地下联络员》。彩排时，时任北京市委第一书记兼市长的彭真、总参谋长罗瑞卿和江青等曾来观看，但因演出效果不佳，江青大失所望，遂撒手不再过问。革命年代长期从事地下工作的彭真，对这个剧本情有独钟，征调了汪曾祺、薛恩厚等对剧本进行修改。此次修改，剧本大有起色，其中《智斗》、《授计》等精彩场次，多出自汪曾祺之手，剧本改回原名《芦荡火种》。此剧不久公演，盛况空前。江青在《北京日报》上得知这一情形后，认为自己的功劳被别人夺去，气急败坏，勒令停止公演，给剧团下达了若干修改指示，遂重新掌控北京京剧团。彭真插不上手，就让北京京剧二团排演未经修改的《芦荡火种》。"1964 年 4 月 27 日，党和国家领导人刘少奇、周恩来、朱德、邓小平、董必武、陈毅等，观看了京剧《芦荡火种》，并盛赞了因尚未（按江青指示）修改而按原样演出的这出戏。"[②]在全国京剧现代戏观摩演出大会（1964 年）上，毛泽东看了《芦荡火种》，随后提出具体的修改意见，集中到一点便是突出武装斗争。有人认为这是江青借助毛泽东的权威压刘少奇，因为在战争年代，毛泽东负责正面战场指挥，刘少奇负责地下工作。至此，如何改编《芦

---

① 参见袁成亮：《革命现代京剧〈沙家浜〉诞生记》，《党史纵览》，2005 年，第 2 期，第 28—33 页。

② 王彬彬：《"样板戏"〈沙家浜〉的风风雨雨》，《文史博览》，2006 年，第 19 期，第 60 页。

荡火种》的问题已经演化为武装斗争和地下斗争的地位之争，蕴含着最高层领导人之间的权力较量。1965 年江青征调肖甲、杨毓珉、李慕良等人，遵照毛泽东的意见再次全面修改，更名为《沙家浜》，最后经由汪曾祺通稿。这次修改排演后于1965 年春推出，在北京公演了两场后移至上海公演。"一九六五年五一节，《沙家浜》在上海演出，经江青审查批准，作为'样板'。'样板戏'的名称大概就是这时叫开了的。"[①] "文革"开始后不久，汪曾祺即因"右派"问题被关进"牛棚"。但1968 年，江青要进一步完善"样板戏"，遂以"控制使用"的方式把汪曾祺调进"样板团"，再度对剧本进行修改。1970 年现代京剧《沙家浜》的定稿会在人民大会堂举行，定本全文发表于 1970 年第 6 期《红旗》杂志上。作为八个"样板戏"之一，此剧为江青借助文化艺术登上政治舞台累积了重要资本。1970 年 5 月 21 日集会，汪曾祺因出色地完成了《沙家浜》的修改工作，而被江青邀请登上天安门城楼。

从京剧《沙家浜》的改编过程可以看出，所谓的"三结合"，实质不过是政治权力对文艺进行掌控，实行思想专制。文艺不仅是意识形态的宣传工具，而且沦落为政治斗争的直接工具。在政治文化笼罩的氛围之下，作家不是一个真正的创作主体，写什么、如何写都不出自他的个人意志，他们只是政治权力博弈中一颗卑微的棋子。

（二）主题先行——突出武装斗争

就外部环境而言，复杂的政治博弈贯穿了《沙家浜》改编的整个过程；就具体内容而言，《沙家浜》也充满了政治隐喻。对京剧《芦荡火种》进行修改的依据是毛泽东的指示，其中的核心问题，就是要突出武装斗争，把地下工作放在从属地位。关于这一点，当时的评论文章说得更为明白："在《芦荡火种》里，过分强调了地下工作者阿庆嫂的个人作用，其他情节和人物都处于陪衬的地位，甚至连最后聚歼敌人，捣毁伪司令部的胜利，也是全靠她巧妙部署而十分轻易地取得的。这样，便把武装斗争摆在了一个不太重要的地位，不能正确地表现出武装斗争和

---

① 汪曾祺：《"样板戏"谈往》，《汪曾祺全集》第 5 卷，北京：北京师范大学出版社 1998 年版，第 376 页。

地下斗争的关系。这不大符合当时的历史情况，也就不能很好地帮助观众正确地认识人民战争。"① 主题已经规定好了，汪曾祺等就要循着这样的主题对京剧《芦荡火种》进一步修改。为了实现这一主题，剧本把连指导员郭建光提升为一号人物，把作为代表地下工作者的阿庆嫂由原先的核心人物降为二号人物，把原剧中作为副线的伤病员的故事上升为主线，大幅度增加了篇幅，地下斗争和武装斗争双线并置，但最终落脚在武装斗争上。其中变动最大的是剧本的结尾，无论沪剧《芦荡火种》还是京剧《芦荡火种》第一、二稿，都大大渲染了"闹喜堂"。胡传魁举行了盛大的婚礼，乘此机会，在阿庆嫂的策划下，郭建光等扮成戏班子混进胡府，配合大部队一举歼灭敌人。但是，"喜堂《聚歼》一场，十八个伤病员虽然参加了战斗，但这场突然袭击明显的是服从地下斗争的需要，渲染着传奇性的特点，在那个众星捧月的场面里，实际上仍然是烘托了阿庆嫂的巧妙布置，不只武装斗争的思想表现得很薄弱，由于对这种斗争方式的极力布置和渲染，渗透着惊险情节的内容，给人的感受，也是传奇性强于真实性。"② 《沙家浜》进行了大幅度改写，"闹喜堂"的情节荡然无存，改成了郭建光率领突击排采用奇袭战术，从正面打了进去。在当时的评论者看来，这种修改不仅获得了政治上的加分，而且在艺术上也同样获得了巨大的成功，因为这样一来，"充分发挥了京剧翻、腾、搏、击的武功，表现出战士们矫健灵活、英勇善战的英武姿态，同时也衬托出郭建光周密果断的指挥才能。"③ 在许多年之后，改编者汪曾祺再次从京剧表演体制的角度肯定了这种修改：

> ……原剧的结尾是乘胡传魁结婚之机，新四军战士化装成厨师、吹鼓手，混进刁德一的家，开打。厨师念数板，有这样的词句："烤全羊，烧小猪，样样咱都不含糊。要问什么最拿手，就数小葱拌豆腐！"而且是"怯口"，说山东话。吹鼓手只有让乐队的同志上场，吹了一通唢呐。这

---

① 江之水：《从〈芦荡火种〉到〈沙家浜〉》，《中国戏剧》，1965 年，第 2 期，第 34 页。

② 李希凡：《毛泽东思想照亮了革命现代戏的创作——评京剧〈沙家浜〉再创造的成就》，《中国戏剧》，1965 年，第 7 期，第 26 页。

③ 郭汉城：《试评京剧〈沙家浜〉的改编》，《人民日报》，1965 年 3 月 18 日。

简直是起哄。改成正面打进去。就可以"走边"（"奔袭"）、"跟头过城"，翻进刁宅后院，可以发挥京剧特长。①

但是，单就剧本的文学性而言，京剧《沙家浜》的后三场多是舞台动作，台词很少，看不出什么过人的文学色彩，而沪剧《沙家浜》相关部分《瓮中捉鳖》则很热闹，富有民间趣味和传奇色彩；这样的改编大大削减了剧作的传奇性，降低了剧作的精彩程度和艺术水准。"主题先行"的结果无疑是破坏了剧作的结构，削弱了人物形象的生动性，人物成了政治概念的传声筒。

（三）"一突出"——英雄形象的塑造

关于"三突出"，最初是 1968 年由于会泳演绎江青的观点正式提出，1969 年经姚文元修改后的文艺创作原则，即"在所有人物中突出正面人物；在正面人物中突出英雄人物；在英雄人物中突出主要英雄人物"。《沙家浜》的剧本在 1965 年就基本定型，就时间而言，用"三突出"来阐释《沙家浜》似乎有些牵强。据汪曾祺回忆，关于"三突出"，连江青都觉得有些勉强。她说过："我没有说过'三突出'，我只说过'一突出'。"江青所说的"一突出"即突出主要英雄，即她不断强调的"一号人物"。② 但无论是"一突出"，还是"三突出"，精神实质非常一致，谈的都是如何塑造英雄形象的问题。

我们首先看阿庆嫂这个形象。阿庆嫂的形象在沪剧中就极有生气，对此《沙家浜》很好地继承了下来。阿庆嫂对党无限忠诚，无论在何种艰难的情形之下，她都想方设法做对党有益的事情，无论是转移伤员，还是拯救沙奶奶，都表现了这一点。她十分勇敢而充满了智慧，在《智斗》、《授计》、《审沙》三场戏中表现得淋漓尽致，她的斗争充满了策略性，她总能充分利用敌人的内部矛盾：刁德一对胡传魁有所依靠又有所猜忌，而胡传魁担心刁德一会夺取自己的权力。借助自

---

① 汪曾祺：《关于〈沙家浜〉》，《汪曾祺全集》第 5 卷，北京：北京师范大学出版社 1998 年版，第 239 页。

② 汪曾祺：《"样板戏"谈往》，《汪曾祺全集》第 5 卷，北京：北京师范大学出版社 1998 年版，第 377—378 页。

己曾救过胡传魁性命的交情，阿庆嫂抓住他的"草包"性格和江湖义气作为"挡风墙"，同阴险狠毒的刁德一对抗，并一次次化险为夷，完成任务。阿庆嫂具有双重身份：其一是党的地下交通员，这是她的政治身份；其二是江南小镇上的茶馆老板娘，这是她的民间身份。她处处以民间身份作掩护进行革命行动，说话做事圆通泼辣，所谓"眼观六路，耳听八方，胆大心细，遇事不慌"，完全符合她的民间身份。比如那个著名的唱段就很能体现这一点："垒起七星灶，铜壶煮三江。摆开八仙桌，招待十六方。来的都是客，全凭嘴一张。相逢开口笑，过后不思量。人一走，茶就凉……有什么周详不周详！"汪曾祺曾经就此做过分析："阿庆嫂的'垒起七星灶'有职业特点地表现出她的性格，除了'人一走，茶就凉'这一句洞达世态的'炼话'，还在最后一句'有什么周详不周详！'这一句软中带硬的结束语，把刁德一的进攻性的敲打顶了回去，顶了一个脆。"[1]当年江青差一点把这一段删除了，因为江青认为这一段"江湖口太多了！"[2]江青说得很准，但恰恰是这种江湖气，才使得这个形象活了起来。

同沪剧或同名京剧《芦荡火种》相比较，京剧《沙家浜》按照江青的要求发生了一个重大的变化，阿庆嫂由原来的核心人物变为二号人物，郭建光上升为一号人物。要突出某些人物，就意味着要淡化另一些人物。在沪剧《芦荡火种》中，不仅作为核心人物的阿庆嫂占的戏份最大，而且作为她意志的体现者的七龙，也占着相当的篇幅。阿庆嫂的戏份在京剧《沙家浜》做了一些削减，但由于她的枢纽位置，做更多的删节非常困难，于是，改编者就大幅度地压缩了七龙（在《沙家浜》中改名为四龙）的戏份。

在《芦荡火种》中，郭建光这个人物没有多少故事情节，在《沙家浜》中要强行把他树立成一号人物，这就给改编工作带来许多困难。为了增加他的戏份，主要采取了两种手段：一是用大量的唱词表现他崇高的精神境界；二是增加成套的舞台动作，表现他的英勇无畏。在第二场《转移》中，给了郭建光一大段豪言

---

① 汪曾祺：《浅处见才——谈写唱词》，《汪曾祺全集》第 6 卷，北京：北京师范大学出版社 1998 年版，第 422—423 页。

② 汪曾祺：《关于〈沙家浜〉》，《汪曾祺全集》第 5 卷，北京：北京师范大学出版社 1998 年版，第 241 页。

壮语的唱腔："祖国的好河山寸土不让，岂容日寇逞凶狂！……军民们准备反'扫荡'，何日奋臂挥刀斩豺狼？！伤员们日夜盼望身健壮，为的是早早回前方。"[①]表现他的顽强意志、牺牲精神、乐观主义精神和民族气节；在第五场《坚持》中，郭建光有一段唱词达到22句："……战士们要杀敌和冒险出荡，你一言，我一语，慷慨激昂。这样的心情不难体谅，阶级仇民族恨燃烧在胸膛。要防止焦躁的情绪蔓延滋长，要鼓励战士，察全局，观敌情，坚守待命，紧握手中枪。（转原板）毛主席党中央指引方向，鼓舞着我们奋战在水乡。要沉着冷静，坚持在芦荡。"[②]当然，这些唱词都是空洞的豪言壮语，政治色彩非常浓重。第五场（《坚持》），郭建光与战士齐声高唱《要学那泰山顶上一青松》，还以雄健的舞姿，"和战士们共同与暴风雨搏斗"，表现他的革命意志；第八场（《奔袭》）野外奔袭，"跨腿"、"踢腿"、"扫堂腿"、"旋子"等武打动作，表现郭建光的雄姿英发；第九场（《突破》）的越墙，第十场（《聚歼》）郭建光与敌人的打斗，弹无虚发，脚踩敌人的亮相，表现了他的英勇无畏——各种强劲潇洒的舞蹈打斗动作，无不表现郭建光光辉的英雄形象。

当时评论界普遍认为郭建光的形象塑造非常成功，但今天看来，虽然郭建光新增的戏份不少，但由于既没有完整曲折的情节，也缺乏鲜明生动的个性，新增的戏不是热热闹闹的武戏，就是政治化的豪言壮语。郭建光不是血肉之躯，没有儿女之情，不过是"党性"的化身，是共产主义伦理的化身，是神圣化的高大全形象。因此他最终不过是一个概念化人物，一个政治符号，因此，无论唱腔多么漂亮，也无论场景多么热闹，都不能给他注入生命力。

（四）成功抑或失败——艺术价值的重估

现在一般都认为，从沪剧《芦荡火种》到京剧《沙家浜》，在整体的艺术水准上有所降低，原因主要由于民间文化、艺术传统的丧失和政治意识形态侵入造成的。陈思和的观点比较有代表性，他认为"现在许多研究者把《沙家浜》的艺术

---

① 汪曾祺等改编：《沙家浜》，《汪曾祺全集》第6卷，北京：北京师范大学出版社1998年版，第123页。

② 汪曾祺等改编：《沙家浜》，《汪曾祺全集》第6卷，北京：北京师范大学出版社1998年版，第149页。

成就归功于京剧改编者汪曾祺，这是一个误解。"① 这两个剧作的艺术价值存在于民间因素，最精彩的"一女三男斗智"的隐形模式在沪剧《芦荡火种》中就已经存在，京剧《沙家浜》没有提供更有生命力的内容，反而因国家意识形态的强力渗透而丧失了许多民间意味。公正地说，京剧《沙家浜》并非一败涂地，在艺术上有其独特的贡献：

其一，用传统戏剧形式表现现代生活的探索。汪曾祺就认为，"'样板戏'试图解决现代生活和戏曲传统表演程式之间的矛盾，做了一些试验，并且取得了成绩，使京剧表现现代生活成为可能"。② 一旦表现现实生活，传统的生、旦、净、末、丑角色的严格界限被打破，与之相应，固定的脸谱不再适用，固定身段需要创新，固定的唱腔也要做出相应的变化，实际上整个京剧的表演系统都发生了一次重大变革。

其二，戏剧语言性格化和生活化方面的实验。汪曾祺在改编《沙家浜》的时候，曾给自己规定了一个奋斗目标，希望做到人物语言生活化、性格化。但是，他认为这个目标，只有《智斗》一场部分地实现了，"《智斗》是用'唱'来组织情节的，不得不让人物唱出性格来，因此我们得捉摸人物的口吻"。③ 另外，这一段的三个人的"背供"，更是广受赞誉。非常有意思的是，这样的设计竟是由江青提出来的。"'智斗'一场，原来只是阿庆嫂和刁德一两个人的'背供'唱，江青提出要把胡传魁拉进矛盾里来，这样不但可以展开三个人之间的心理活动，舞台调度也可以出点新东西——'智斗'的舞台调度是创造性的。照原剧本那样，阿庆嫂和刁德一斗心眼，胡传魁就只能踱到舞台后面对着湖水抽烟，等于是'挂'起来了。"④ 唱词虽合乎各自性格，但绝不低俗，"垒起七星灶，铜壶煮三江"，是从苏东坡《汲

---

① 陈思和：《民间的浮沉——对抗战到"文革"文学史的一个解释》，《中国当代文学关键词十讲》，上海：复旦大学出版社 2002 年版，第 152 页。

② 汪曾祺：《关于"样板戏"》，《汪曾祺全集》第 4 卷，北京：北京师范大学出版社 1998 年版，第 327 页。

③ 汪曾祺：《浅处见才——谈写唱词》，《汪曾祺全集》第 6 卷，北京：北京师范大学出版社 1998 年版，第 422—423 页。

④ 汪曾祺：《关于〈沙家浜〉》，《汪曾祺全集》第 5 卷，北京：北京师范大学出版社 1998 年版，第 240—241 页。

江煎茶》"大瓢贮月归春瓮，小杓分江入夜瓶"脱化出来的。

其三，对"板腔体"的突破。《沙家浜》艺术上的局限，除了上述政治的制约之外，还有一个原因就是京剧剧本特定文体的限制。京剧剧本采用的是"板腔体"，板腔体有固定的格律，而且与唱腔有关。汪曾祺认为，"板腔体取代了曲牌体，从文学角度看，是一个倒退。曲牌体所能表现的内容要比板腔体丰富一些，人物感情层次要更多一些，更曲折一些，形式上的限制也少一些。一般都以为昆曲难写，其实昆曲比京剧自由。越是简单的形式越不好崴咕。"[1] 面对板腔体的限制，在京剧《沙家浜》的创作过程中，汪曾祺试着突破原来的唱词格律，"垒起七星灶"是一次成功的尝试。汪曾祺回忆道："写这一稿时，这一段写了两个方案，一个是五言的，一个是七言的。我向设计唱腔的李慕良同志说：如果五言的不好安腔，就用七言的。结果李慕良同志选择了五言的，创造了一段五言流水，效果很好。"[2] 由于"板腔体"体制的限制，京剧《沙家浜》比起《芦荡火种》显得缺乏生活气息，更呆板，也就在所难免了。基于以上原因，由此我们应该充分理解，在政治和文体的多重镣铐的钳制之下，《沙家浜》能写到今天的这个样子，达到现在的艺术水准，已经很不容易了。

第二十六节　电影文学《一江春水向东流》等

蔡楚生、郑君里编导的《一江春水向东流》是当时最为卖座的四大影片之一，在当年引发了万人空巷争相观看的奇观。1947 年 10 月，影片公映时，在上海出现了"成千上万的人引颈翘望，成千上万的人涌进了戏院的大门"的沸腾惊喜。连映三个月，观众达 712874 人次，占全市人口的 14.39%，即上海市无论老幼贫富，平均每 7 个人中就有一个人看过此片，创下解放前国产片的最高上座纪录。人们一致赞扬这部影片，说"它标示了国产电影的前进道路"，使"我们为国产电影感

---

① 汪曾祺：《京剧杞言——兼论荒诞喜剧〈歌代啸〉》，《汪曾祺全集》第 6 卷，北京：北京师范大学出版社 1998 年版，第 391 页。

② 汪曾祺：《关于〈沙家浜〉》，《汪曾祺全集》第 5 卷，北京：北京师范大学出版社 1998 年版，第 243 页。

到骄傲"。远在香港的夏衍等著名评论家联合撰文，盛赞《一江春水向东流》的问世，"是插在战后中国电影发展途程上的一支指路标"，对影片所取得的成就，给予了热情洋溢的赞扬和肯定。① 应该说，《一江春水向东流》凭借其高度的思想和艺术成就，成为中国电影艺术走向成熟的里程碑。

一、时代史诗与家庭悲剧的融合

众所周知，该影片题目出自南唐李后主"问君能有几多愁，恰似一江春水向东流"的诗句，隐喻着当时民众的"愁"与"仇"都是无限的，侵略者带来的国仇家恨与乱世之中的离别愁思都如同滔滔江水，绵绵不绝。影片正是在这一意义上，将国家民族面临亡国之忧和普通家庭因为国家灾难而分崩离析的史诗性内容进行了有机的融合，以一种中国观众所熟悉并喜爱的传统戏剧式结构作为载体，起承转合中显现出人物的悲欢离合，高潮迭起中诉说着时代动荡，在不着痕迹中显现出作者的批判立场和进步倾向。"影片深刻的政治内容，是包容在生动具体的艺术形象中的。它采取家庭悲剧的形式，通过对伦理、道德的批判，实现对社会的批判。它套用了中国传统叙事艺术中'痴心女子负心郎'的故事模式，却溶进了崭新的、广阔的社会内容和历史内容，把严肃的政治主题，同传统的道德观念糅合在一起，以适应中国观众长期以来形成的欣赏习惯和审美标准，使影片不仅具有思想的尖锐性，而且富于情绪的感染力。"②

影片分为《八年离乱》、《天亮前后》两个部分，片长达三个小时。从九一八事变对民众的影响，七七事变抗战爆发，八一三淞沪抗战、南京抗战、武汉会战等正面战场的表现，到沦陷区人民在日军的统治下的艰难生存，到重庆后方抗战空气稀薄，直到最后日本投降。但是这些抗战史实只是以字幕或片段的形式作为背景而存在的，重点是以抗战史实为经，将战争背景下的社会生活进行全景式的展现。

---

① 梓甫等：《滚滚江流起怒涛》，1948 年 1 月 28 日，香港《华侨日报》。

② 郦苏元：《抗战时期中国社会的历史画卷——〈一江春水向东流〉赏析》，《中外电影佳作赏析》，北京：中国电影出版社 1989 年版，第 196 页。

为了通过家庭离合完成对社会全貌的概览，编导采取了对人物进行阶层化设置的手法。比如其中的忠民和老校长代表着坚持抗战的抗日军民，素芬和婆婆及儿子代表着饱受痛苦的沦陷区人民，庞浩公、王丽珍则代表着大发国难财的官僚资产阶级，温经理、何文艳代表着变节投靠的汉奸势力，以上各个阶层的人物通过被腐蚀蜕变的进步青年忠良这一个主线人物而穿插交织在一起。他们分别与忠良有着或近或远的亲疏关系，而在这关系的变化中，编导成功地将抗战史实与家庭场景细密地编织在一起，形成纵横交错的时代网络。从一开始，抗战前期，忠良与素芬在对正义的共同向往中走到一起，组建了幸福温馨的家庭。抗战爆发，忠良被迫与妻子和家人分离，走上抗战前线。抗战中期，忠良在战场上救护伤员；妻儿老小在老家饱受欺凌，父亲被日军杀害，弟弟忠民被迫上山打游击。抗战后期，忠良被俘逃亡后流落重庆街头，遇到交际花王丽珍，渐渐被她腐蚀；而妻子、孩子和年迈的老母亲在上海死里逃生，艰难度日。抗战结束，忠良回到上海，与汉奸老婆何文艳关系暧昧，花天酒地、醉生梦死。妻儿老母生活窘迫，热切盼其归来。最终在何文艳家的宴会厅里，素芬发现丈夫完全变了，自己的希望破灭，投江自尽。随着战事变化，国家灾难深重的同时，这一家人也面临着家破人亡分崩离析的悲惨命运，国仇家恨在这里交织成一曲悲壮之歌，共赴那滔滔的江水。

二、在多重对比中凸显批判立场

"月儿弯弯照九州，几家欢乐几家愁，几家高楼饮美酒，几家流落在街头。"影片将这段古代民歌作为主题歌，在凄婉悲凉的音调中反复咏唱，而影片运用蒙太奇手法，将同一时间背景下不同空间的场景进行对接，无声地表达了导演的主观态度，即对善良的下层民众的同情和对无情无义的背信弃义者的批判。

古老的月亮在遥远的天边无言地注视着一切，见证着一切。张忠良第一次请素芬回家吃饭后望着圆月，发出了爱的誓言："但愿我们能永远在一起，同甘苦，共患难。生生世世都是这样好，生生世世这样幸福。"然而还是在这明月之下，素芬在艰难求生中苦苦思念着远方的亲人，而张忠良却在不知不觉中沉醉于王丽珍的温柔乡里，明月下的誓言已经全然忘却。

同时，影片通过多重对比的方式，对负义者发出无声地批评与谴责。张忠良在重庆，生活日渐委靡，人性渐渐蜕变。与此同时，素芬母子在上海、在日军的欺凌下生活于水深火热之中。尤其是在张忠良回到上海后，他坐着汽车接了"夫人"招摇过市，而他8岁的亲生儿子抗生正在街头卖报，被他的汽车所撞伤。他的车扬长而去，孩子则在痛苦中呻吟。当"国庆"来临，他在何文艳家大宴宾朋、酒山肉海；而正在她家做佣人的素芬向厨师讨了点要扔掉的剩饭和猪骨头，拿给抗生带回家，奶奶和抗生看到那些剩饭兴高采烈，还商量着这几块猪骨头可以省着点吃，能多吃几天。此时那"朱门酒肉臭，路有冻死骨"的强烈对比不禁令人潸然泪下。

除了符合一般民众心理的道德审视和批判之外，影片还流露出鲜明的倾向性和进步色彩。尤其是在最后素芬投江前，给孩子抗生留下血书，要他学叔叔，不学爸爸。这其中包含着对中国道路选择的倾向性指引。张忠民在敌人威逼之下上山打游击，在艰难的处境中坚持战斗。虽然影片除了下山复仇一节之外没有再正面表现忠民们的战斗，但是最后通过忠民的来信展现了他们的斗争生活以及自给自足的田园生活。而张忠良则在苟且偷生后不但完全失去了抗战的斗志，还渐渐丧失了做人的原则，成为一个半人半鬼的活死人。与弟弟忠民相比，他的道路无疑是失败的，也是为人所不齿的。

三、从人性的蜕变中展开对战争的反思

如果说1950年王滨、水华导演的根据延安鲁迅文学院集体创作，贺敬之、丁毅执笔的同名歌剧改编的影片《白毛女》，表现的是"旧社会把人变成鬼，新社会把鬼变成人"的进步主题，而在这部影片中，我们可以更清晰地看到战争后方国民党统治下的社会环境，将人变成鬼的全过程。让我们在对人性蜕变的追问中展开对战争本身的反思，战争的罪恶带给人的不仅仅是肉体的凌虐，更重要的是精神的虐杀。

对于素芬和忠良来说，最后一个是以肉体的死亡和消失作为结局，一个是以精神的死亡作为结局的。从表面上看，忠良的父亲惨遭敌人的杀害，造成了肉体上的消失，然而他的精神却鼓舞着忠民、老校长等抗战志士英勇杀敌。正像臧克家的诗中所言，"有的人死了，他还活着"。应该说，战争和侵略所带来的这种直

接的肉体上的虐杀还不是最为可怕的。可怕的是战争所带来的无形的影响，对人的精神的侵害。最为典型的是张忠良的精神蜕变过程，影片以俭省的笔墨非常生动地对这一过程给予了完整的呈现和揭示。他的蜕变大致由三个阶段组成。第一个阶段："抗战英雄"阶段。张忠良在一开始出现时是一个热血青年，在日本发动"九一八事变"妄图侵占我国东三省时，他在课堂上向学生宣讲抗战，在工厂庆祝双十节的国庆晚会间隙，进行了慷慨激昂的演讲，为东北抗日义勇军募捐。在经理告诫他不得闹事时，他斩钉截铁地回答："大不了吃官司，枪毙，我自己承担。"之后伴随着七七卢沟桥事变的枪声，他和素芬的孩子也诞生了，他以"唯有抗战才能生存"之义为孩子取名"抗生"。为前线战士做棉衣，忙慰劳，并参加了救护队。而由于战局所变，军队撤退，他要跟随救护队撤退。在这之后，他在战场上参加救护时险些丧生，被俘后忍饥挨饿还遭到毒打，但并没有改变他参加抗战的意志。在这一阶段，他是单纯的、向上的。之后进入第二个阶段：为求生计、寄人篱下，在重庆后方的环境中痛苦挣扎。当他侥幸逃生后辗转到达重庆，由于丢失了身份证明，他失去了谋生的资本，更不要谈他的抗战理想。在走投无路之时不得不投靠了上海的旧识，在重庆有着干爹做靠山的交际花王丽珍。王丽珍给他在干爹庞浩公的公司谋得职位，张忠良在开始上班时满怀期待地，一大早就赶到办公室，才发现别人都还在酣然大睡。上班时大家也是各寻乐趣，根本无心工作。下班后纸醉金迷，全然忘记了前线还有战士在流血牺牲。他面对这一环境，先是困惑难解，异常排斥。而之后也逐渐随波逐流，得过且过。不过，在这时，他心里的痛苦和挣扎，影片也给以了较好的揭示。他写下打油诗：早死了，是英雄，再活下去，怕要变狗熊。他拉着老龚喝得酩酊大醉，他感觉到这种醉生梦死的生活对他的腐蚀，他拼命想要抵抗，却不知不觉中越陷越深。他大叫着，"家庭、父母、兄弟、妻子，什么希望，前途，奋斗，一切的一切，全都付诸东流了。我早已经就是个活死人了。我总觉得有个东西要来征服我，比鬼子还厉害，我有点抵抗不住了"。"我还年轻，我还没活够，我要活下去。""你瞧着，也许有一天，我会变得我自己都不认识我是谁了。"在这番痛苦的表白之后，他的精神经历了蜕变挣扎的过程，进入了第三个阶段。在第三个阶段：他开始自暴自弃，逐渐和那些他所厌恶的人同流合污，沆瀣一气。不但和王丽珍结了婚，还和那些丧失良知的人一起大发国难财。在收到家中来信时因为怕王丽珍生气，连看都没来得及看就撕碎抛入污水之中。更为变本加厉的是，在抗战胜利后，他和庞浩公以接收大员的身份到了上海，住在王丽珍的表姐温经理的妻子何文艳家里。因为汉奸温经理入狱，他把何文艳及温经理的家财一起据为己有，在此时，他已经完全到了道德沦丧的地步。他虽然表面上还活着，且活得有声有色，但其实内心早已经死了。所以才会在素芬见到他时不敢上前相认，而在老母前去责问时慑于王丽珍的淫威也不敢正面相对，才造成了素芬最后的投江自杀。这个人物的悲剧是时代造成的，残酷的战争没有使他丧失生的意志，战争后方的环境却造成了心灵的完全蜕变。

素芬在沦陷区的生活历尽艰辛，即使在最艰难的时刻也没有磨灭她的意志。她靠自己勤劳的双手和善良的品性，照顾着婆母和年幼的儿子，在敌人的屠刀下和及其恶劣的生存环境中坚强地生存下来。而支撑她活下去的希望是丈夫曾经说过的话，"打胜仗回来，做一等国的国民"。她盼着那一天的到来。然而抗战胜利了，她的生活没有得到改观，不得不到富人家里做佣人，在庆祝"国庆"的宴会上才发现，自己一直服侍着的男主人竟然是抗战前对自己信誓旦旦的为人忠良的丈夫。他早已经到了上海，却没有来找他们母子，相反却过得花天酒地。而且在他现任夫人的威逼下诺诺无语，让她根本无法相信那就是多年前自己倾心相爱、多年来苦苦等候的爱人。她的心在那一刻已经完全破碎，希望完全破灭，彻底绝望的她才会丧失了生存的意志，投入了滚滚的黄浦江中。江水带走了她的肉体和灵魂，也带走了她对生命的诘问。"为什么会是这个样子呢？"他们原本是幸福美满的一家，原本是恩爱无比的夫妻，是什么造成了她和丈夫在肉体、精神以及感情上的双重死亡呢？这不得不令我们深思。

除了《一江春水向东流》之外，当时还有相当一批类似的优秀情节剧史诗影片问世。如由史东山编导的《八千里路云和月》、沈浮编导的《希望在人间》、田汉编剧、陈鲤庭导演的《丽人行》、金山编导的《松花江上》等。它们都在类似的题材中写出了抗战背景下的人民的屈辱与呐喊，具有相当的思想艺术价值。

第八章　新潮文化渗染的文学形态

文学态势总览

第一节　新潮文化与现代中国文学

1930 年至 1976 年的半个世纪之中，在现代中国文学领域内，新潮文化呈现出曲折发展而又渐趋深入的态势。

1930 年代的现代中国文坛是左翼文学、海派文学和京派文学三分天下。这一局面的形成，有着直接的政治原因。1928 年，南京国民政府虽然形式上统一了全国，但尚无法实现对各个地方派系的全面控制。即使在江浙等肘腋地区，国民党也始终未能完成对其统治正当性的坚实论证。作为一个"弱势独裁"的政党，[①] 国民党不仅逐步抽空了自己的阶级基础，而且在意识形态上进退失据——甚至有研究者断言，国民政府成立以后，革命，已经"流产"。[②] 当然，国民党毕竟是现代

[①] "弱势独裁"的判断，参看王奇生：《党员、党权与党争：1924—1949 年中国国民党组织形态》，上海：上海书店出版社 2009 年版。

[②] 【美】易劳逸著，陈谦平、陈红民等译：《1927—1937 年国民党统治下的中国流产的革命》，北京：中国青年出版社 1992 年版。

政党，它在意识形态管理方面，确有过持续不懈的努力，"党治文学"即一显例。只是，"三民主义文艺"和"民族主义文艺"无不是昙花一现，难成大器。① 官方意识形态的缺席留下了相当大的一片空白地带。左翼文学、海派文学和京派文学的纷争互竞，离不开1930年代中国奇特的统治格局。

但是国民政府这十年的统治亦非失败一词可以囊括。相反，在1927年至1937年的时间里，"中央政府似已稳操政权，从而出现了自1915年以来政治上从未有过的稳定。经济正在好转；政府正在大力推进种种运输及工业计划；货币比以前更统一了。许多中外观察家认为，国民党人仅用十年就扭转了分裂的浪潮"。② 种种迹象表明，中国社会的现代化进程不仅没有中断，而且还在扎实推进。这种现代化步伐的持续加深，是新潮文化在现代中国文学领域渐趋深入的一个基本的背景。

比如，很长一段时间以来为学界所忽视的一个文学史事实是，左翼文学与海派文学都发生在上海这一东方大都会里。相对的，虽然国民党的统治在北方地区更加力有未逮，"北方左联"却始终没有造成与上海"左联"并驾齐驱的声势。原因自然不是单一的，但生存环境的差异，应该占了不小的成分。

事实上，左翼文学与海派文学的连带关系，在"京派"、"海派"之争中，早有微妙的显露。1933年，沈从文专门撰文，对文坛上的某种"玩票白相"作风予以申斥，一场南北方文化人的论战就此拉开。但是，覆按沈从文原文，他批判的对象不仅有上海作家，也包括了北京作家。而读了文章之后拍案而起的，却是清一色的上海作家。还有，按照我们对文学史的一般理解，沈从文刻画出来的那种劣行，大约不出炒作"登龙术"的章克标、曾今可等人，以及上海的小报作家的范围。事实却又不然。抓住沈从文的论点各抒己见的，有相当一部分是左翼作家

---

① 倪伟：《"民族"想象与国家统制：1928—1948年南京政府的文艺政策及文学运动》（上海：上海教育出版社2003年版）详细考察了国民党所推行的文艺运动的情况，可参看。

② 【美】费正清、费维恺编，刘敬坤等译：《剑桥中华民国史（1912—1949）》（下），北京：中国社会科学出版社1994年版，第184页。"一个显著的事实是在南京的10年，工业的增长速度给人以深刻的印象。据一个可靠的估计，从1931年到1936年，中国的工业（满洲除外）以年率6.7%增长。"（同上书，第175页）

或者泛左翼作家：杜衡（苏汶）、曹聚仁、胡风、韩侍桁、鲁迅……这并非主动对号入座的"误会"。在沈从文的引申之下，将"名士才情"与"商业竞卖"结合起来的人群里面，不乏"左倾"者的身影。① 他实际上是将一顶唯利是图、投机钻营的帽子，不加区分地扣在了包括"左倾"作家在内的"海派"头上。可有意思的是，从最早的杜衡（苏汶）开始，诸位上海作家的回应文章中，物质环境的严酷确实构成了一个核心话题。虽然带有难以洗刷的原罪之感，而在他们看来，上海作家追新逐利的行为取向，由于物质环境的关系，总还是出于一种不得已的苦衷。② 其实，这等于是坐实了沈从文的观感。③ 对文学史的研究者来说，若要全面把握左翼文学的特质，其"海派性"的这一维度是必不可少的。因此近些年有人提出，随着孕育于都市文化中的文学"生产方式"的日趋扩张，到 1930 年代，"文学似乎不可避免地与'五四'文学断裂了；④ 也会有人将左翼戏剧运动置诸"都市漩涡"的语境中，考察其成败得失。⑤

对于中国这一传统的农业大国而言，现代都市生活的异质性显而易见。那么，与之遭遇的中国人如何消化这一现实？他们因此而产生了何种体验？他们如何看待这种体验？这种体验又如何化为审美经验？……这就给现代作家提供了新的课题。换言之，上海的物质环境给上海作家造成的规约不限于行为取向方面，前者

---

① "如旧礼拜六派一位某先生，到近来也谈哲学史，也自己说要左倾，这就是所谓海派"；"感情主义的左倾，勇如狮子，一看情形不对时，即刻自首投降，且指认栽害友人，邀功牟利，也就是所谓海派。"（沈从文：《论"海派"》，《沈从文全集》第 17 卷，太原：北岳文艺出版社 2002 年版，第 54—55 页）

② 比如，"苏汶先生写了一篇《文人在上海》，以着要生活的理由，替在上海的文人辩护。我也是住在上海，和苏汶先生同样地深尝过在上海卖文章为生的苦处，不过我却不能一概原谅在上海的文人；这并非是完全责备旁人的说话，有时就因为这同样的理由，我也恨我自己"。其间语气的婉曲，很值得玩味。（韩侍桁：《论海派文学》，侍桁：《小文章》，上海：良友图书印刷公司 1934 年版，第 51 页）

③ 时隔多年，与沈从文同属"京派"的朱光潜更是明确指认"京派大半是文艺界旧知识分子，海派主要指左联"。（朱光潜：《作者自传》，《朱光潜全集》第 1 卷，合肥：安徽教育出版社 1987 年版，第 5 页）

④ 旷新年：《1928：革命文学》，济南：山东教育出版社 1998 年版，第 19 页。

⑤ 葛飞：《戏剧、革命与都市漩涡——1930 年代左翼剧运、剧人在上海》，北京：北京大学出版社 2008 年版。

还深刻地影响了后者的文学理解和他们所提供的文学形态，为新潮文化源源不断地输入现代中国文学打开了一条通道。无论是新感觉派小说，还是现代派诗歌，包括左翼文学的阶级叙事在内，都及时而又细致入微地追踪了现代都市生活在人的精神层面激起的重重波纹。

甚至可以说，在那个时代，现代中国文坛与世界文坛实现了"同步性"。五四以来中国文坛对西方现代主义新潮文化的欢迎，更多地源于急起直追的焦灼感，离中国人的现实体验还很遥远，因而难免有隔靴搔痒之憾；如今，既然中国某些局部地区的现代化进程持续加深，西方新潮文化之于中国作家，就是一种可以立刻唤起共鸣的资源。现代中国文学对新潮文化的追逐，由此获得了密切的相关性——这是中国作家为了建立文学与生活的清新关联而必然要做出的选择。重要的是这种关联的建立，是对人性的洞察和对人的生存境遇的深切关怀，在此前提下，人们对新潮文化的理解变得宽泛。与五四时代不同，他们在意的不是对新潮文化的鲜明标榜，而是文学表达的准确与人性开掘的深入程度问题。新潮文化与政治文化、传统文化、消费文化的边界模糊了，因而呈现为一种混融的状态。这是现代中国文学建立的文化自信。

在这一方面，左翼文学与海派文学的密切关系是一个例子，京派文学也是一个很好的例子。京派一向被视作"学院派"，那么京派文学的出现，首先得益于中国高等教育的发展。民国学制的西化取向表明，在中国，现代高等教育本是一个新鲜或者新潮的事物。学院派作为精英群体，与新潮文化的联系似乎不言而喻。但是，读者从许多京派小说家的作品里，读到的却全然是一派田园风光：沈从文的湘西家园、废名的黄梅故乡、师陀（芦焚）的果园城世界……曾几何时，在鲁迅为代表的第一代乡土文学作家笔下，中国的宗法农村被当做罪恶的渊薮；可如今，小说家们对乡土中国的立场不尽是批判的，他们着力发掘了老中国儿女日常生活的人性美和人情美，纵有批判，也混合了对一个逝去的美好时代的追怀和乡愁。人们一般把京派的这种倾向指认为文化保守主义。

然而，同样不应该忘记的是，京派小说家的诗人同行正从事着现代主义诗歌潮流的大规模译介和学习。一股强劲的"《荒原》冲击波"，席卷了1930年代的京派诗坛。[①] 尤其有启发意义的，是这一诗人群对"晚唐诗"的热衷。这种热衷与"复古"无关，现代派诗人关心的是不同的诗歌形式在内在精神层面上跨越时空的契合。也就是说，传统文化成为了新潮文化的一种颇为有益的资源。京派小说家的乡土抒情小说，亦应放到这一语境中加以理解。保守并非守旧，而是对现代性的独特反映形式。[②] 曾经势同水火的"新"/"旧"之争，由此化解。这里显示了新潮文化与传统文化的交融，也显示了新潮文化民族化的重要进展。[③] 拿来主义，这同样是塑造具有主体性的文化心态的必然归途。

战争不能打断文化吸收的历史进程。1940 年代现代中国文学所形成的"沉郁、凝重而博大的风采"[④] 是以上历史局面的自然延伸。战争是一种极端环境，它造成了中华民族独特的生存际遇。火线之上人的生与死，流寓千里的苦与乐，大时代面前个体生命的卑微与庄严，都在文学作品中一一反映出来了。

1940 年代的中国形成了地域的分割。新潮文化在不同地域，有不同的表现和功能。在"孤岛"和沦陷时期的上海，新潮文化与消费文化的融合仍在继续。于是就有了张爱玲的走红，徐訏的一纸风行。表面上看，他们的创作都带有通俗文学的某些元素，他们文学素养的谱系中传统小说的成分显而易见；然而，同样重要的是，他们的作品确有新潮文化的骨骼。时髦女郎张爱玲的那种时间感受，哲学系学生徐訏对人生哲理的穷究，都是对"人"这一命题的独特发明。值得一提的，还有此时

[①]　孙玉石：《现代诗歌中的现代主义》，乐黛云、王宁主编：《西方文艺思潮与 20 世纪中国文学》，北京：中国社会科学出版社 1990 年版，第 303—316 页。

[②]　正如史书美所说："京派支持中国传统的理由并非在于中国传统的本质特性，而是在于那些可以为中西所共享的普遍性质。因此，京派知识分子对'五四'西方主义予以了坚决反对，由于'五四'的西方主义认为现代即意味着全盘否定中国，但是他们却并不反对现代。"（【美】史书美著，何恬译：《现代的诱惑：书写半殖民地中国的现代主义》，南京：江苏人民出版社 2007 年版，第 174 页）

[③]　与北方的现代派遥相呼应，施蛰存明确讲："《现代》中有许多诗的作者曾在他们的诗中采用一些比较生疏的古字，或甚至是所谓'文言文'中的虚字，但他们并不是在有意地'搜扬古董'。对于这些字，他们并没有'古'的或'文言'的观念。只要适宜于表达一个意义，一种情绪，或甚至完成一个音节，他们就采用了这些字。所以我说它们是现代的词藻。"（施蛰存：《又关于本刊中的诗》，《现代》，1933 年 11 月 1 日，第 4 卷第 1 期）

[④]　钱理群、温儒敏、吴福辉：《中国现代文学三十年》（修订本），北京：北京大学出版社 1998 年版，第 450 页。

轰轰烈烈的"孤岛"剧运，它其实仰赖封锁环境下畸形繁荣的娱乐业所提供的舞台。

在国统区，在大后方，新潮文化与战争心理体验的交汇，极大地深化了现代中国文学。在这里，西南联大万里播迁，却始终弦歌不辍。它的人与文被讲述成了一则神话。随着世界范围内反法西斯战线的形成，东西方各参战国的军事协作和人员往来，在一定程度上也促进了彼此的文化交流，中国作家得以直接与世界文坛前沿进行接触。老作家固然当仁不让，"七月派"和"中国新诗派"年轻人的出现，又宣告了新一代中国作家登上文坛。

总体上看，国统区新潮文化与政治文化、消费文化、传统文化的相互渗透，也呈现得非常清晰。典型事件之一是"民族形式"问题的论争。这个问题原与"左联"时期的文艺大众化、大众语等话题有关。那时候瞿秋白就提出，为了对抗五四以来的新文言——白话文，寻找适合革命大众的新的语言形式，需要有意"利用旧形式的优点"，并加以改造。[①] 当下抗战宣传的需要再一次把文艺大众化的问题摆在了作家们的面前。不过，"民族形式"的话题最初被提出来，却与文艺大众化关系不大，它本来是一个政治话题，毛泽东是用它来强调马列主义中国化的必要。但是，随后围绕这一话题掀起的论争，牵涉到了对五四新文学的评价、"民族形式"的中心源泉等问题。[②] 五四文学究竟是否"民族形式"？民间文化究竟是否"没落文化"？"民族形式"的来源应是五四还是民间？对这些问题的回答，隐约带有为未来文化政策设计方向的意味，实际上也反映着人们如何看待新潮文化与传统文化的关系。一方面，论争者不是在政治话题的层面上从事探究；另一方面，他们的发言和立场，又处处体现了他们明确的政治自觉。"民族形式"论争在文化界的展开，离不开政治文化的作用，却也与新潮文化的处境息息相关。

在这一背景下，胡风"体验的现实主义"的理论体系也就成为了一个症候。胡风的政治立场毋庸置疑，政治文化对胡风理论体系的渗染也毋需多言。造成复杂局面的是胡风对作家"主观战斗精神"的强调，对五四传统的坚持，对国民劣

---

① "革命的大众文艺，应当运用说书、滩簧等类的形式。自然，应当随时创造群众所容易接受的新的形式。"（瞿秋白：《大众文艺的问题》，《瞿秋白文集》文学编第 3 卷，北京：人民文学出版社 1989 年版，第 18 页）

② 参看石凤珍：《文艺"民族形式"论争研究》，北京：中华书局 2007 年版。

根性的警惕……这些新潮文化要素的注入，既使胡风能够矫正政治文化给文艺理论造成的某种僵化倾向，又使他的理论体系成为政治文化的一个"异端"。

在解放区，文化人的八方汇聚将新潮文化的种子传播到了贫瘠的山沟里、昏暗的窑洞中。于是解放区有了"鲁艺"，有了"文抗"。不过，新潮文化与传统文化、政治文化的关系在这里也不单纯。1926年，返乡过暑假的山西省立第四师范学校学生赵树礼（赵树理的原名），曾经兴冲冲地把《阿Q正传》的故事读给父亲听，没成想自己非常喜欢的作品，父亲却无动于衷，而且声称不懂。"一部描写农民生活的举世闻名的小说，居然在中国的农村中找不到知音"，赵树礼不能不思考"为什么农民不喜欢描写他们，替他们说话的新文学呢"？[①] 在传统文化根深蒂固的影响下，解放区作家首先要对新潮文化做出一定的调适。调适得好，才有"文摊文学家"赵树理的诞生。解放区的新文艺，许多都是踏着同样的足迹写出来的。

赵树理的一大特点是，他的"追求大众化主要是出于一种生活实践的内在的要求，是与农民进行精神对话的自然需要，而不是自上而下的赐给"。[②] 然而赵树理的创作道路之所以成为一种"方向"，却是政治文化有意引导的结果。在此过程中曾经发生过新潮文化与政治文化的激烈冲撞。延安"整风"之前，"鲁艺"的演大戏行动，萧军的个人主义做派，"文抗"作家的杂文写作，都搅动了解放区文化界的神经。这些来自解放区之外、自觉领受了新潮文化的文化人，不久就意识到新型的现实政治的威力。政治文化对新潮文化的清理和整合，构成了解放区文艺的重要内容。

人民共和国建立以后，意识形态领域延续了延安时期的文化政策。历次运动中，新潮文化一再遭遇政治文化的打压。其实，"人民文学"为代表的社会主义现实主义文学，也具有非常复杂的现代人学内涵。在"人民文学"中，"生活于社会最底层的平民百姓""通过阶级解放、民族解放的社会大变革获得政治上、经济上的翻身解放，工农兵以主角的社会地位、崭新的精神面貌进入文学世界，由奴隶变成主人，恢复了'人'的资格和本来面目"。既然"人民文学"积极表现了这一

---

① 戴光中：《赵树理传》，北京：十月文艺出版社1987年版，第44页。

② 钱理群、温儒敏、吴福辉：《中国现代文学三十年》（修订本），北京：北京大学出版社1998年版，第476页。

翻天覆地的变化，描绘工农兵形象的"复杂性"、"个人性"，那么，应该说它与新潮文化的价值旨归是息息相通的，其意义不容否认。① 比如，在建国之后的少数民族文学中，这一点往往有很微妙的体现。

历史的吊诡在于，善意的意识形态设想最后走向了僵化和残酷。"阶级论"、"血统论"之类的思想，阻断了作家对"人"的复杂性的真切体察。新潮文化最看重的人学命题，甚至成为文坛禁区。但这不是说新潮文化就此在文坛上销声匿迹。当思想领域的控制略有放松时，它仍会浮出水面。比如"百花文学"的生成。那时无论是"写真实"的口号，还是对知识分子正面形象的重塑，都拖着新潮文化的影子。再如"潜在写作"的存在。作家们坚持了新潮文化的指引，逃脱时代"共名"，写出了标志"一个时代的真正的文学水平"的文字。② 在某些特定时期和特定环境下，新潮文化仍能曲折地展现自身。

就在大陆地区新潮文化命途多舛的时候，同一时期的台湾，却是另外一番景象。因为经济的发展、社会的转型、政治的冷感、西方文化的研习，结果是台湾文坛出现了一场声势浩大的现代主义文学运动。这一运动与现代中国文学老作家的关系表明，此处新潮文化的展开，是内在于现代中国文学的文化谱系的。

毫无疑问，建国后大陆的新潮文化也内在于现代中国文学的文化谱系。无论是有意还是无意，跨越了现代和当代的老作家，都会很自然地把他们的新潮文化素养带入其创作。大陆新潮文化的另一个来源也是国外的文化消息。1949 年至 1976 年的新中国并不是像人们一般想象的那样，完全的闭关锁国。事实上，世界的政治气候、文化思潮，通过种种孔道，总能传送过来。而且在这种传送格局中，中国也不是被动的一方。出于了解世界局势的需要，官方意识形态部门曾译介了相当一批的国外政治、哲学、文学著作，这就是著名的"灰皮书"、"黄皮书"。"文革"爆发以后，由于政治和社会秩序的混乱，这些书流入社会，为全国各地的知识青年提供了耳目一新的知识资源。"文革"中的"地下文学"，得益于这种新潮文化的滋养。

二十七年间，新潮文化在与政治文化的纠葛、斗争中，为现代中国文学的多

---

① 朱德发：《现代文学史书写的理论探索》，济南：山东人民出版社 2010 年版，第 151 页。

② 陈思和主编：《中国当代文学史教程》（第二版），上海：复旦大学出版社 2006 年版，第 12 页。

样性做出了贡献，也为"新时期"文学的繁荣积蓄了力量。

第二节　从生命小说到"地下小说"

1930 年代的现代中国文坛上，短篇小说不断取得更多实绩的同时，长篇小说迎来了丰收期。现代中国文学史上的几大长篇小说大师都是在这一时期拿出了他们的代表性作品。巴金的《激流》在 1931 年开始连载，茅盾的《子夜》于 1933 年出版，李劼人的《死水微澜》于 1935 年出版，老舍的《骆驼祥子》在 1936 年开始连载……

好像不约而同似的，巴金和李劼人这两位四川作家都推崇左拉，都采用了类似于法国"大河小说"的形式，写出了家族和社会的鸿篇巨制。巴金给自己设计的人生道路本来不是作家，醉心于无政府主义的他，要做一个革命者。可是，1920 年代中期以后，中国的无政府主义无可挽回地走向低潮，这给他造成了巨大的痛苦，他是在痛苦的感情驱使下转向文学寻求发泄的。对他而言，文学是革命失败的产物，甚至是苟且偷生的某种表征。因此他通过写作要加速消耗的，不仅有心中郁积的热情，还有自己的身体。在巴金的生命小说中，作者的躁动与义愤随处可见，这样的好处是增加了作品的感染力。《家》出版以来，高家三兄弟的故事激动了好几代中国青年，一直畅销不衰；不好的地方是，不事雕琢，乃至有意放弃对文字的经营，因此作品的热情大于文笔，有时略显粗疏。这种对文学事业的悖反性态度贯穿了巴金一生，也提供了现代中国知识分子人生道路的一个样本。

对文学既有依恋，也有怀疑，两方面感情的相互作用和撕扯，最终表现为一种倾吐的冲动。[①] 巴金可谓"三部曲"专门家。他的理想与关怀，他经由"三部曲"

---

① "我的痛苦，我的希望都要我放弃文学生活，不再从文字上却从行为上找力量，不知道我究竟有没有毅然放弃它的勇气。我在这方面也是充满了矛盾的。我对文学生活也不能毫无留恋，虽然我时常不满意它，虽然它给我带来那么多的误解和痛苦。我随时都准备着结束写作生活，同时我又拼命写作，唯恐这样的生活早一天完结。"（巴金：《电椅·代序》，《巴金全集》第 9 卷，北京：人民文学出版社 1989 年版，第 293 页。原题《灵魂的呼号》，《大陆》，1932 年 11 月 1 日，第 1 卷第 5 期）

的形式达到的艺术成就，都是现代中国文学的宝贵财富。

巴金的创作经常为一股热情裹挟，李劼人则要冷静得多。他是明确地怀着为大历史存证的想法，接连写出《死水微澜》、《暴风雨前》、《大波》等"大河小说"的；① 在创作态度上，他也是带着左拉的那种自然主义调查法的劲头。② 所以，李劼人的三部长篇，可谓别一形式的中国近代史。

有意思的是，同样向法国的长篇小说大师学习，巴金和李劼人还都在一定程度表现出了传统文化的影响。比如巴金的《家》，结构上借鉴了《红楼梦》的做法，以爱情故事串起大家庭的恩怨情仇。仿佛曹雪芹一样，对于李公馆的少爷李尧棠来说，美好的童年生活是难以忘怀的，他对旧制度在批判之余也不乏怀念。由于这种怀念，1940 年代他写出了《憩园》，为此还遭到许多指责。李劼人虽然留法多年，洋墨水喝过不少，可四川本地"摆龙门阵"的风气，仍然清晰地呈现在他的作品中。在这一点上，他的老同学郭沫若是过来人，也是明眼人，他立即看出这位备受期待的"中国左拉""笔调甚坚实，唯稍嫌旧式"。③

相对而言，置身现代大都市上海的左翼作家和海派作家似乎更加彻底地摆脱了传统文化对小说艺术的纠缠。茅盾的蛛网式结构，新感觉派的蒙太奇笔法，都给现代中国文学增加了新鲜的质素。而且，左翼作家和海派作家在艺术手段上的差异也没有想象中那么大。不妨比较以下两段文字：

　　太阳刚刚下了地平线。软风一阵一阵地吹上人面，怪痒痒的。苏州

---

① "从一九二五年起，一面教书，一面仍旧写一些短篇小说时便起了一个念头，打算把几十年来所生活过，所切感过，所体验过，在我看来意义非常重大，当得起历史转捩点的这一段社会现象，用几部有连续性的长篇小说一段落一段落地把它反映出来。"（李劼人：《死水微澜·前记》，《李劼人选集》第 1 卷，成都：四川人民出版社 1980 年版，第 3 页）

② "辛亥革命虽然是他亲身经历，又有直接的闻见，但他为了资料真实，仍尽力搜集档案、公牍、报章杂志、府州县志、笔记小说、墓志碑刻和私人诗文。并曾访问过许多人，请客送礼，不吝金钱。每修改一次，又要搜集一次，相互核实，对所见所闻，天天还写成笔记，小说中所有人物，又整理有'人物纪要'。这种丝毫不苟的治学般精神，实是难得的，不是率尔操觚的。"（张秀熟：《李劼人选集·序》，《李劼人选集》第 1 卷，成都：四川人民出版社 1980 年版，第 5—6 页）

③ 郭沫若：《中国左拉之待望》，王锦厚、伍加伦、肖斌如编：《郭沫若佚文集》（上），成都：四川大学出版社 1988 年版，第 302 页。原载《中国文艺》，1937 年 6 月 15 日，第 1 卷第 2 期。

河的浊水幻成了金绿色，轻轻地，悄悄地，向西流去。黄浦的夕潮不知怎的已经涨上了，现在沿这苏州河两岸的各色船只都浮得高高地，舱面比码头还高了约莫半尺。风吹来外滩公园里的音乐，却只有那炒豆似的铜鼓声最分明，也最叫人兴奋。暮霭挟着薄雾笼罩了外白渡桥的高竦的钢架。电车驶过时，这钢架下横空架挂的电车线时时爆发出几朵碧绿的火花。从桥上向东望，可以看见浦东的洋栈像巨大的怪兽，蹲在暝色中，闪着千百只小眼睛似的灯火。向西望，叫人猛一惊的，是高高地装在一所洋房顶上而且异常庞大的霓虹电管广告，射出火一样的赤光和青燐似的绿焰：Light，Heat，Power！

（茅盾：《子夜》）

"《大晚夜报》！"卖报的孩子张着蓝嘴，嘴里有蓝的牙齿和蓝的舌尖儿，他对面的那只蓝霓虹灯的高跟儿鞋鞋尖正冲着他的嘴。

"《大晚夜报》！"忽然他又有了红嘴，从嘴里伸出舌尖儿来，对面的那只大酒瓶里倒出葡萄酒来了。

红的街，绿的街，蓝的街，紫的街……强烈的色调化装着的都市啊！霓虹灯跳跃着——五色的光潮，变化着的光潮，没有色的光潮——泛滥着光潮的天空，天空中有了酒，有了灯，有了高跟儿鞋，也有了钟……

（穆时英：《夜总会里的五个人》）

叙述者笔下，都市生活给人的那种惊异感是很接近的。区别在于，左翼作家仍希望赋予那种感觉以一个逻辑的形式和线索，而新感觉派则将笔墨完全委派给了那种感觉的非线性特征。刘呐鸥、穆时英、施蛰存等人都曾有过短暂的左倾经历，他们当然知道这种委派意味着什么。不过，他们向感觉的转向，确实拉开了对人的心理空间的深度体验和沉迷。弗洛伊德的精神分析学，成为他们表现现代人心灵感受的有力武器。应该说，1940年代的张爱玲、徐訏、无名氏等小说家，都处在这一流派的延长线上。

同样是表现都市，老舍笔下的北平世界就与上海很不一样。老舍开始自觉的写作是在伦敦大学东方学院汉语教师的任上。可以想象，作为东方落后国家的一员，作为北平人，他在异域应该经历过一番文化的冲突。所以老舍的写作带有一个颇具"后殖民"色彩的起点。从《老张的哲学》开始，老舍对国民劣根性的持续批判，由文化的视角观察社会的习惯，就成为老舍小说的鲜明标志。他笔下的市民形象，他语言的"京味"风格，都笼罩在这种标志之下。

老舍是地道的北京人，"京派"作家则大都是北京城的外来户。不过，虽然在北京工作、生活，他们却往往把目光投向了遥远的故乡，故乡在他们的作品里是一派田园牧歌情调。于是，京派小说家的小说便以抒情性见长。他们不追求情节的戏剧性，而是消融了小说与散文的界限，注重氛围的烘托和主体情绪的散发。这种抒情性发扬到一定程度，甚至小说的主人公都不是某个具体的人——师陀的《果园城记》，就是有意让"果园城"做主角的；^① 甚至小说还无意讲述一个有头有尾的故事——废名的《莫须有先生传》就"灌注滂沱"得让人不太容易理出头绪。^②当然，废名将抒情性小说写成了长篇，这也是他的一大贡献。

总体上说，这一时期一系列长篇小说的出现，扩大了现代中国文学的表现范围。从上海到北京，从沿海到内地，从城市到城镇和乡村，从大家族到小人物，从资本家、小市民到无产阶级、黄包车夫，长篇小说巨匠以一部部坚实的作品呈现出了中国社会生活的广阔画面。而题材的广阔性本身，说明了作家们将当下现实摄入作品的强烈诉求。与表现范围的扩大相伴的，是小说艺术的多样化。有偏

---

① "这小书的主人公是一个我想象中的小城，不是那位马叔敖先生——或是说那位'我'，我不知道他的身份、性格、作为，一句话，我不知道他是谁，他要到何处去。我有意把这小城写成中国一切小城的代表，它在我心目中有生命、有性格、有思想、有见解、有情感、有寿命，像一个活的人。我从它的寿命中切取我顶熟悉的一段：从前清末年到民国二十五年，凡我能了解的合乎它的材料，我全放进去。这些材料不见得同是小城的出产：它们有乡下来的，也有都市来的，要之在乎它们是否跟一个小城的性格适合。"（师陀：《果园城记·序》，《师陀全集》第 1 卷（下），开封：河南大学出版社 2004 年版，第 453 页）

② "《莫须有先生传》的文章的好处，似乎可以旧式批语评之曰：情生文，文生情。这好像是一道流水，大约总是向东去朝宗于海。它流过的地方，凡有什么汉港湾曲总得灌注滂沱一番，有什么岩石水草，总要披拂抚弄一下子，才再往前走，这都不是它的行程的主脑，但除去了这些也就别无行程了。"（岂明 [周作人]：《〈莫须有先生传〉序》，《废名集》第 6 卷，北京：北京大学出版社 2009 年版，第 3413—3414 页）

于传统的，也有借鉴现代主义的，有客观冷静的，也有浸透主体感受的，无论是史诗性的呈现，还是抒情性的咏叹，1930年代的现代中国小说都是异彩纷呈的，它们从不同角度、不同层面表现了生命的各种样式。

1940年代中国的主题是抗战。在全民族亢奋、热烈的情绪中，抗战初期的小说写满了征尘和硝烟。典型的如战士小说家丘东平。他通过自己的作品，让大后方的人们身临其境地体会到了前线血与火的斗争。贴近现实斗争、服务抗战大局固然必要，但是题材的重复、急就章的创作状态、公式化的弊病也影响了作品的深度开掘。

随着武汉失守，抗战进入相持阶段，这一局面得以扭转。历史的一个辩证的展开，向作家提出了新的要求：他们应该具备更为沉静的心境、更为坚韧的态度，进行更为严肃的反思。这时文坛上出现了暴露与讽刺的潮流。本有讽刺功底的张天翼、沙汀自不用说，萧红（写作了《马伯乐》）、艾芜（写作了《落花时节》、《山野》、《故乡》）、师陀（写作了《结婚》）、靳以（写作了《前夕》）等一些原以抒情见长的小说家也陆续加入。这一文学史现象颇为耐人寻味。成为小说家们暴露与讽刺对象的，不光有晦暗的政治现实，甚至主要不是晦暗的政治现实，他们在沉潜状态下力图挖掘和审视的是民族的深层文化心理结构。这似乎是对五四新文化运动遥远的呼应。一个古老的民族，"恐惧振作"之后，将以何种面貌浴火重生，将走向何种自新之路——这是压在这些作家的讽刺文学背后的宏大论题。[1] 抗战之于他们，绝不是一场简单的反侵略战争或者纯粹的军事对抗，它还关系着中华文明的危机与前途。正是在这样的语境中，老舍贡献出了《四世同堂》，钱钟书贡献出了《围城》，表达了他们对生命或生存的独特思考。

沿着这条暴露与讽刺的道路迈向文坛的，还有年轻的路翎。这位"七月派"

---

[1] 比如靳以介绍写作《前夕》的意图："在这一个长篇里我企图描写的并不只是琐细的家事，男女的私情，和在日趋衰落的一个大城市的家庭中一些哀感。我希望我的笔是一个放大镜，先把那些腐烂处直接地显现出来，或是间接地衬托出来。要知道这样的家和这样的人物，——纵然他们有的也有好心肠——已经不能在眼前的世界上存在了。终于当着神圣的抗战的炮声响了起来，首先就把这样的家和这样的人打成粉碎，有路走的只是几个一向不甘随着那个家消沉下去的，才逃出了灭亡。有的虽然是和困苦搏斗，可是还能刚毅地活下去，有的则随了大时代的号角，踏着大步走向前面去了。对于这些时代的儿女们，我怀着无限的敬意，靠了他们，我们的民族才能渡过困苦的关头，走向再生的大路。"（《靳以选集》第1卷，成都：四川人民出版社1983年版，第4页）

的首席小说家，以对"原始的强力"的呼唤，以恢弘的艺术篇幅和浓烈的艺术风格，实践、丰富着"体验的现实主义"的理论体系，并表现了充盈的生命主题。蒋纯祖的奥德赛，是年轻一代的精神漂流生涯的某种象征。

个人与历史的关系是双向的。暴露与讽刺的小说家主要是通过个人的思考，回应历史的提问；还有这样一些小说作者，他们关心的是在那样的一个大时代，个人应如何通过生活经验的扩充、历史精神的内化以延伸主体性的地平线。这就是卞之琳、冯至等诗坛名家的小说写作。诗人写小说是一个值得注意的事情。个中缘由，被卞之琳的说法一语道破了："因为我曾于前两年浪迹过前后方，又出我意外惊看到世事的突变，妄自以为也算饱经沧桑了，把业余创作兴趣就集注在一部长篇小说的营造上，写知识分子因抗战带来的种种变化，不同的反应与介入，贯串以一条由诸多人物共同演出的儿女情长的轴线，旨在沟通各方以至东西方的相互了解……"①卞之琳这里说的是他的长篇小说《山山水水》。在那个时代，诗人关心的是在作品中编织进去更多的精神体验和感悟，小说因其包容力的强大，于是成为诗人所青睐的文体形式。②时代也在冯至久已构思的伍子胥的故事上打下了烙印，作者自称："当抗战初期，我在内地的几个城市里流离转徙时，有时仰望飞机的翱翔，我也思量过写伍子胥的计划。可是伍子胥在我的意象中渐渐脱去了浪漫的衣裳，而成为一个在现实中真实地被磨炼着的人，这有如我青年时的梦想有一部分被经验给填实了，有一部分被经验给驱散了一般。"③

小说既然是出自诗人之手，虽然题材一为现实，一为历史，但其诗化倾向是异曲同工的，作品饱含书卷气、学院气。就主人公的身份而言，《山山水水》中的林未匀、梅纶年是知识分子，而经冯至的"故事新编"，伍子胥也绝非一介武夫。因此人物的游历和交游，无论怎样充满艰险和紧张，都不着痕迹地带来了精神世界的充实，并化为平静如水的文字。比如《伍子胥》中伍子胥与哥哥伍尚生离死

---

① 卞之琳：《话旧成独白：追念师陀》，《卞之琳文集》（中），合肥：安徽教育出版社 2002 年版，第 265 页。

② 关于卞之琳在文体上的探索，参看姜涛：《小大由之：谈卞之琳 40 年代的文体选择》，谢冕、孙玉石、洪子诚主编：《新诗评论》，北京：北京大学出版社 2005 年版。

③ 冯至：《〈伍子胥〉后记》，《冯至全集》第 3 卷，石家庄：河北教育出版社 1999 年版，第 426 页。

别的这一段叙述：

> 这时，兄弟二人，不知是二人并成一人呢，还是一人分成两个：一个要回到生他的地方去，一个要走到远方；一个去寻找死，一个去求生。二人的眼前忽然明朗，他们已经从这沉闷的城里解放出来了。谁的身内都有死，谁的身内也有生；好像弟弟将要把哥哥的一部分带走；哥哥也要把弟弟的一部分带回。三年来患难共守、愁苦相对的生活，今夜得到升华，谁也不能区分出谁是谁了。——在他们眼前，一幕一幕飘过家乡的景色：九百里的云梦泽、昼夜不息的江水，水上有凌波漫步、含睇宜笑的水神；云雾从西方的山岳里飘来，从云师雨师的拥戴中显露出披荷衣、系蕙带；张孔雀盖、翡翠旍的司命。如今，在一天比一天愁苦的人民的面前，好像水神也在水上敛了步容，司命也久已不在云中显示。他们怀念着故乡的景色，故乡的神祇，伍尚要回到那里去，随着它们一起收敛起来，子胥却要走到远方，为了再回来，好把那幅已经卷起来的美丽的画图又重新展开。

造成两人小说诗化倾向的第二个方面的原因是他们所吸纳的文学资源：在卞之琳，主要是安德烈·纪德，在冯至，主要是存在主义和里尔克。这种资源的选择深刻地影响了他们的小说风格与形态。尽管两部作品对域外资源的转化水平不一，艺术成就也有参差，但其抽象、玄思的样式，无疑是有重要的文学史意义的。

老师垂范在前，就有学生景从于后。西南联大中文系学生汪曾祺，向卞、冯等师辈所引介的新潮文化靠拢，曾写出《复仇》等颇具现代主义色彩的小说作品。这些默默的实验似乎影响不大。只是当他在 1980 年代作为大器晚成的老作家被文坛注意之后，人们才接上了这条曲折的文学史线索，才确认他的大器晚成原来其来有自。

1940 年代小说还有另外一个值得注意的现象，那就是儿童视角的流行。不约而同地选择这一视角的多是"东北作家群"的一些作家，比如萧红（写出了《呼兰河传》）、骆宾基（写出了《幼年》，亦名《混沌——姜步畏家史》）、端木蕻良等人。在回忆展开的一瞬间，身边的战乱似乎已经远远遁去，往事的细节、气氛乃至味道都栩栩如生地浮现在叙事人的脑海之中，使他们陷入深深的沉迷。这是从时代主流中宕开的一笔，儿童视角背后的诗学意蕴与文学史价值，还有待细致地发掘。

大陆解放以后，社会主义现实主义一统天下，小说界在新潮文化激荡下形成的那种多元化的局面不复存在，政治化小说成了主导。是台湾地区的作家接续了这一现代中国文学传统。1956 年，台大外文系教师夏济安主编的《文学杂志》问世，在台大学生中播撒了现代主义文学的种子。在这一环境中，成长起了白先勇、王文兴等小说家。

经历过"十七年"和"文革"的文坛"一体化"进程之后，大陆地区小说领域中冲破社会主义现实主义文学体系，透露新潮文化信息的报春的燕子是"文革"中的"地下文学"——"手抄本小说"。

除了最为出名的张扬的《第二次握手》外，应该提及的"手抄本小说"还有《公开的情书》（作者靳凡，即刘青峰）、《晚霞消失的时候》（作者礼平）和《波动》（作者赵振开，即北岛）。无论是在主题思想上，还是在文本的组织方式上，这三部中篇小说都偏离了社会主义现实主义主流的政治规范而侧重表现生命主题。《公开的情书》采用了书信体，全文是几位下乡劳动的知识青年的 43 封通信。《晚霞消失的时候》夹杂了主人公大量有关人生、宗教、历史的辩难。《波动》更是尝试了多角度叙事的手法，形成了一种复调性。形式上的创新不是文字游戏。事实上，为了负载那一代觉醒青年复杂的精神结构，纯粹的"现实主义"可能是不够的。当然，复杂也不一定就等于成熟。在这三部中篇小说中，为了追索历史的谜底，主人公急切地寻找着一切也许会有帮助的文化资源。这种意识上的敞开就为 1980 年代新潮文化的强劲传播提供了必要与可能。

第三节　从抒情自由诗到"天安门"放歌

以《新月》月刊（1928）和《诗刊》季刊（1930）的先后创刊为标志，新月派的诗歌活动转入后期。同前期新月派一样，后期新月派仍然看重诗的"醇正"与"纯粹"，强调诗的抒情性。[①] 不过，他们对前期新月派关注的格律问题有了更

---

① "我们欢喜'醇正'与'纯粹'。""真实的感情是诗人最紧要的元素"。（陈梦家：《新月诗选·序言》，陈梦家编：《新月诗选》，上海：新月书店 1931 年版，第 9、13 页）

通脱的认识，既承认格律在某些时候的必要，同时又"绝不坚持非格律不可的论调，因为情绪的空气不容许格律来应用时，还是得听诗的意义不受拘束的自由发展"。[①] 这是诗体的解放，由此开启了后期新月派的抒情自由诗写作。

然而 1930 年代并非一个恰当的抒情的年代，至少前期新月派的那种浪漫主义的抒情风格在此时是不太合适的。现实的残酷让新月派诗人普遍产生了幻灭之感。这是徐志摩所感知的"季候"："他俩初起的日子，/ 像春风吹着春花。/ 花对风说'我要'，/ 风不回话：他给！// 但春花早变了泥，/ 春风也不知去向。/ 她怨，说天时太冷；/ '不久就冻冰，'他说。"（《季候》）形式还很整饬，但情绪已经几乎过渡到现代派那里了。

事实上，现代派的诗学资源之一正是后期新月派。[②] 前者还接纳了李金发、穆木天、王独清等早期象征派诗的遗产，辅以对国外意象派、象征主义诗歌的引进，然后出之以自由体的形式，在 1930 年代形成了与左翼的"中国诗歌会诗人群"对峙的诗坛潮流。面对那个年代外部世界剧烈的变动和斗争，现代派诗人缺乏投入进去的意愿和勇气，他们转向自己的内心世界，拉开了与政治文化的距离，在新潮文化的吸取过程中进行着诗艺的探索。

现代派诗的写作风气跨越了地理的界限、文学流派的分割，在抗战爆发前已形成南北呼应之势，可谓极一时之盛。综合性刊物方面，《现代》（施蛰存、杜衡主编）、《水星》（卞之琳等人编辑）是其重要阵地。此外，如当事人吴奔星所列举的，"30 年代的诗刊如雨后春笋，数量之多是空前的。一九三三年至三四年出版的有《新诗歌》（中国诗歌会编）、《诗篇》（朱维基编）、《诗帆》（土星笔会编），一九三五年至三六年出版的有《当代诗刊》（锡金、厂民等编）、《现代诗风》（戴望舒编）、《诗林》（叶悬之等编）、《新诗》（梁宗岱、孙大雨、卞之琳、冯至、戴望舒等编）、《菜花》（路易士、韩北屏编）、《诗志》（路易士、韩北屏编）、《小雅》

---

① 陈梦家：《〈新月诗选〉序》，陈梦家编：《新月诗选》，上海：新月书店 1931 年版，第 15 页。

② 卞之琳指认，"望舒最初写诗，多少可以说，是对徐志摩、闻一多等诗风的一种反响"。（卞之琳：《〈戴望舒诗集〉序》，《卞之琳文集》（中），合肥：安徽教育出版社 2002 年版，第 349 页）而卞之琳自己，也是被收罗进了陈梦家编的《新月诗选》的。

（吴奔星、李章伯编）、《诗座》（甘运衡等编）、《红豆》（香港梁之盘等编）"。① 这些刊物的出版地，涵盖了上海、南京、苏州、北平、武汉、香港。这些刊物的作者群，除《新诗歌》，主要的皆是现代派诗人，举其要者，有戴望舒、卞之琳、施蛰存、何其芳、废名、林庚、金克木、徐迟、路易士等人。

按照施蛰存在一段名言中的定义，所谓"纯然的现代的诗"，是"现代人在现代生活中所感受的现代的情绪，用现代的辞藻排列成的现代的诗形"。② 同语反复似乎证明，对施蛰存而言，这一定义是自明的。不过，这二分的内容与形式是否在"现代"这一关键词的指挥下实现了微妙的一致，却是一个见仁见智的问题。现代派繁盛的当时就有人指出，"中国的现代派诗只是袭取了新意象派诗的外衣，或形式，而骨子里仍是传统的意境"。③

现代的生活诚然是令人眼花缭乱的："汇集着大船舶的港湾，轰响着噪音的工场，深入地下的矿坑，奏着 Jazz 乐的舞场，摩天楼的百货店，飞机的空中战，广大的竞马场……甚至连自然景物也与前代的不同了。"④ 但是诗人却无意对这种生活给以未来主义的拥抱。他们在此并无如鱼得水之感，现代工业文明带给他们的，倒是格格不入的况味。既然无力把握，无力抗争，也无力逃脱，那么继之而生的"现代的情绪"，便不能不是忧郁、倦怠与感伤了。一个在琐屑、庸俗的日常生活中挣扎的孤独、寂寞的"都市夜行人"形象，充斥于现代派诗作之中。仿佛是出自本能一般，在恐怖与失望中，作为他们精神遁逃薮的，是田园，是自然，是渺茫的童年记忆：

---

① 吴奔星：《〈小雅〉诗刊漫忆》，《新文学史料》，1983 年，第 1 期。另一个当事人孙望回忆："那是民国二十六年，也正是新诗界一个灿烂光明的迈进时期。这，在抗战之前至少是如此。除了各作家结集的出版不说外，新诗刊物之多，正如两年前的诗坛一样。如上海的《新诗》和《诗屋》，广东的《诗叶》和《诗之页》，苏州的《诗志》，北平的《小雅》，南京的《诗帆》等等，相继刊行。用一句常语来形容，那真有如'雨后春笋'一样地蓬勃，一样地有生气。"（孙望：《初版后记》，孙望选辑：《抗战前中国新诗选》，南昌：江西人民出版社 1983 年版，第 122—123 页）

② 施蛰存：《又关于本刊中的诗》，《现代》，1933 年 11 月 1 日，第 4 卷第 1 期。

③ 孙作云：《论"现代派"》，杨匡汉、刘福春编：《中国现代诗论》上编，广州：花城出版社 1995 年版，第 227 页。原载《清华周刊》，1935 年 5 月 15 日，第 43 卷第 1 期。

④ 施蛰存：《又关于本刊中的诗》。

我的北向之楼是一官舱，

万顷汹涛，今夜如要

砧碎我的窗子了。

设想远街上有独自一人，

伞有了千钧的重量。

设想一辆洋车迷了途，

在风雨中，叩着人家的门问：

"这儿是斗富桥吗？"

没有灯的夜，我的心

也浴着风雨，浴着寒了！

我的北向之楼是一摇篮，

今夜让我独携一舱幻想，

莫在梦浓时为童啼惊醒！

（史卫斯《风雨之夜》）

从这个意义上讲，"现代生活"不是现代派诗要正面表现的题材，而更是其惘惘的背景。[1] 是这一背景，把现代派诗人驱赶到了"传统的意境"那里；当然，也正是由于这一背景，现代派诗那传统的质素被赋予了新的内涵。现代派诗人不拘囿于新诗初起时"新"/"旧"之间森严的界限，在化用古典诗歌资源方面进行了积极的努力。这是中国新诗的一个正反合的发展，也是一个重要的标志：现代中国文学作家以此开始新潮文化的创造性转化，在新潮文化与传统文化的选择间寻找民族化的融合之路。

---

[1] "现代派诗中，我们很难找出描写都市，描写机械文明的作品。在内容上，是横亘着一种悲观的虚无的思想，一种绝望的呻吟。他们所写的多绝望的欢情，失望的恐怖，过去的迷恋。他们写自然的美，写人情的悲欢离合，写往古的追怀，但他们不曾写到现社会。他们的眼睛，看到天堂，看到地狱，但莫有瞥到现实。现实对他们是一种恐怖，威胁。"（孙作云：《论"现代派"》，杨匡汉、刘福春编：《中国现代诗论》（上），广州：花城出版社 1955 年版，第 227 页）

对古典诗歌资源的化用，一开始主要是古典意境的转写。最著名的案例是戴望舒的《雨巷》，它套用"丁香空结雨中愁"的意涵，实际上传达的是现代人迷离惝恍的都市体验。何其芳的自陈也是带有典型性的：一时间在时代中迷失方向，古典诗词的"精致的冶艳"便成为难以抵御的"蛊惑"。在他的语言学视野内，古典与现代，中国与外国消泯了边界。① 因为对辞藻的迷恋，同样是写"季候"的诗，他要比徐志摩更加丰腴、纤美、浓丽：

> 我是害着病，我不回一声否。
>
> 说是一种刻骨的相思，恋中的征候。
>
> 但是谁的一角轻扬的裙衣，
>
> 我郁郁的梦魂日夜萦系？
>
> 谁的流盼的黑睛像牧女的铃声
>
> 呼唤着驯服的羊群，我可怜的心？
>
> 不，我是梦着，忆着，怀想着秋天！
>
> 九月的晴空是多么高，多么圆！
>
> 我的灵魂将多么轻轻地举起，飞翔，
>
> 穿过白露的空气，如我叹息的目光！
>
> 南方的乔木都落下如掌的红叶，
>
> 一径马蹄踏破深山的寂默，
>
> 或者一湾小溪流着透明的忧愁，
>
> 有若渐渐地舒解，又若更深地绸缪……
>
> 过了春又到了夏，我在暗暗地憔悴，
>
> 迷漠地怀想着，不做声，也不流泪！

（《季候病》）

---

① "我读着晚唐五代时期的那些精致的冶艳的诗词，蛊惑于那种憔悴的红颜上的妩媚，又在几位班纳斯派以后的法兰西诗人的篇什里找到了一种同样的迷醉。"（何其芳：《梦中道路》，《何其芳全集》第1卷，石家庄：河北人民出版社2000年版，第189—190页）

化用传统文化资源时，还有一支现代派诗人走向了对古典理趣的别有会心。卞之琳是代表人物，他热衷于在诗中渗透哲理性的肌质。名作《断章》、《圆宝盒》、《尺八》皆是著名的例子。到了废名这里，这种趣味还达到了羚羊挂角、不落言筌的境界，比如他的《理发店》：

> 理发匠的胰子沫
> 同宇宙不相干
> 又好似鱼相忘于江湖。
> 匠人手下的剃刀
> 想起人类的理解
> 划得许多痕迹。
> 墙上下等的无线电开了，
> 是灵魂之吐沫。

事实上，诗歌的知性化是现代派诗人共同的追求。他们反对"即兴"的抒情，希望诗歌能"不使人动情而使人深思"，以至于尽管"这种诗人也许本质上是感伤的重情的人，但或者正是因为这样，他的诗才极力避免感情的发泄而追求智慧的凝聚"。① 主知的倾向不是要如早期新诗人一样用诗说理，而是避免直接的抒情。现代派诗人惯于安排意象的跳跃和组接，或者造设戏剧化的情境，抒情主体也就隐藏在了客观化、非个人化的诗歌场景之中。在这一点上，戴望舒的《我的回忆》曾经启发了许多现代派诗人，金克木的《生命》仿佛是它的翻版：

> 生命是一粒白点儿，
> 在悠悠碧落里，
> 神秘地展成云片了。

---

① 柯可（金克木）：《论中国新诗的新途径》，杨匡汉、刘福春编：《中国现代诗论》（上），广州：花城出版社 1995 年版，第 261 页。原载《新诗》，1937 年 1 月 10 日，第 4 期。

生命是在湖的烟波里，

在飘摇的小艇中。

生命是低气压的太息，

是伴着芦苇啜泣的呵欠。

生命是在被擎着的纸烟尾上了，

依着袅袅升去的青烟。

生命是九月里的蟋蟀声，

一丝丝一丝丝地随着西风消逝去。①

　　从形式上看，大多数现代派诗人都青睐自由体。比较个别的是林庚。他孜孜不倦地从事了新格律诗的试验。建国后参与诗歌格律问题的讨论时，他的发言即与这段经历有关。

　　总体上看，1930年代的现代派诗歌，吸收了新潮文化的经验，同时尝试转化传统文化资源，这等于是扩大了新诗的包容能力，其贡献人所公认。必须着重指出的还有，现代派诗人之一的路易士后来徙居台湾，把现代派的诗歌传统带到了那里。经过他的倡导和鼓吹，在1950年代中期以后，台湾诗坛掀起了一场现代诗运动。由1930年代的现代派诗到台湾的现代诗运动，草蛇灰线，这是历史的戏剧性之所在。

　　但1930年代的现代派诗人大致总是脱离了时代洪流，执着于诗歌艺术之"纯粹"，在自伤自怜、自怨自艾中苦吟的一群。颓废、病态情绪的叙写，及至走向病

---

① 类似的例子再如吴天籁的《秋的哀词》："在蟋蟀的床边的，/在怨妇的砧杵上的，/是啊，是秋的哀词。//褪了色的芦花，/摇曳着褪了色的阳光。/枯了的叶子，/飘落了枯了的希望。//大自然的残喘是凝住了，/在怨妇的砧杵上；/在蟋蟀的床边。"（《现代》，1933年12月1日，第4卷第2期）

态，就终究难以为继了。① 是抗日战争的爆发给现代派的骸骨吹进了刚健清新的空气。当现代派诗人走出个人的小天地，迈入广阔的生活的海洋，当现代主义的诗艺与现实主义的内容实现化合，新诗的空间再度扩张了。

活跃于现代派活动中的莪伽，在 1940 年代，以艾青的名字为更多人所知。他的创作走向了成熟。在那个时期，他的作品对于诗坛起着示范的作用，影响非常大。在艾青身后，最引人瞩目的是"七月诗派"和"中国新诗派"等两个诗人群体的出现。前者坚持现实主义的战斗精神，但同时又汲取了现代派的养分；后者致力于诗学思维的"综合"，却也始终没有逃避现实。他们以整齐的面貌登上诗坛，构成了"诗的新生代"。② 承接了历史与当下的遗产和资源，站在中西诗歌传统的交汇点上，"新生代"也就有了更为鲜明的创作自觉和更为远大的艺术雄心。

与南方这些"新生代"遥遥呼应，在华北沦陷区，也出现了一股现代主义诗歌潮流。其主力，是燕京大学、北京大学的一群校园诗人和一些先已成名的诗人：吴兴华、沈宝基、朱英诞、南星……他们的主要刊物，有《燕京文学》、《文艺杂志》、《文学集刊》等。作为学院派诗人，他们也接受了西方现代诗的广泛影响。即以这一群体的代表诗人吴兴华来说，经研究者清理，他的诗歌背景就囊括了勃朗宁、庞德、艾肯、梅特林克、叶芝、T. S. 艾略特等诸多名家。③ 不过，尽管吴兴华具

---

① "横亘在每一个作家的诗里的是深痛的失望，和绝望的悲叹。他们怀疑了传统的意识形态，但新的意识并未建树起来。他们便进而怀疑了人生，否定了自我，而深叹于旧世界及人类之溃灭。这是一个无底的深洞，忧郁地，悲惨地，在每一个作家的诗里呈露着。这是现代诗的内容的共同的特点。到后来，竟有诗人写肺病，吐血，思想的不健康，心里的病态，竟达到这样的地步。"（孙作云：《论"现代派"》，杨匡汉、刘福春编：《中国现代诗论》（上），广州：花城出版社 1995 年版，第 229 页）

② 根据诗评家唐湜的观察，"波浪连接着波浪，诗的波涛在汹涌着，一个光辉的诗的新生代，在涌现着，两个高高的浪峰高突起来了……一个浪峰该是由穆旦、杜运燮们的辛勤工作组成的，一群自觉的现代主义者，T. S. 艾略特与奥登、史班德们该是他们的私淑者。""另一个浪峰该是由绿原他们的果敢的进击组成的。不自觉地走向了诗的现代化的道路，由生活到诗，一种自然的升华，他们私淑着鲁迅先生的尼采主义的精神风格，崇高、勇敢、孤傲，在生活里自觉地走向了战斗。"（唐湜：《诗的新生代》，《诗创造》，1948 年 2 月，第 8 辑）省略号为引者所加。

③ 【美】耿德华著，张泉译：《被冷落的缪斯——中国沦陷区文学史（1937—1945）》，北京：新星出版社 2006 年版，第 195 页。

备深厚的西方文学功底，而且是优秀的翻译家，他的诗歌写作灵感却有一大部分来自中国古典。这就是《吴王夫差女小玉》、《解佩令》、《盗兵符之前》、《书〈樊川集·杜秋娘诗〉后》、《大梁辞》、《听〈梅花调·宝玉探病〉》、《褒姒的一笑》等一系列"古题新咏"诗。与历史中的人物相比，后来者的优势在于后见之明。拨开历史的烟尘，滤去人事的纷繁，思接千载的诗人，从古老的故事里掘剔出具有永恒性的形而上命题。"古题新咏"，"新"在灌注了诗人自己作为现代人的生命体验。吴兴华这些诗最令人惊叹的是极为繁复的意象穿插，几使人有目不暇给之感。而到了收束之处，一切色空、万般荣辱都化入对历史、对命运的沉静的玄思。比如《书〈樊川集·杜秋娘诗〉后》的结尾部分，杜秋娘纵令如何传奇，到最后——

> 两家党祸终归于史笔的平章
> 一卷新诗乍理起开元的旧曲
> 始知悲哀的极致岂涉及个身
> 宇宙默默运行中另有人作主
> 成功者自喜是谁于后推车毂
> 失败者自怨是谁从中作梗阻
> 苍天为何有荫覆万物的至恩
> 大地为何作负载众生的慈母
> 悟彻变化原来是一贯的至理
> 方觉自我的得失微渺不足数
> 平生跌宕的豪气颇不让前贤
> 南登灞陵岸亦会涕泪如零雨
> 国事仓皇有甚于兴元与贞元
> 所至唯见醉人在春冰上歌舞
> 曼声长咏杜秋娘清新的诗篇
> 胸中无限的忧愤似为我倾吐
> 匆匆不顾抱鼓过雷门的讥嘲
> 今古悲歌如出自同一的腔谱

整饬的诗句颇为类似于中国的旧体诗，通过每行诗里顿和拍的精致的安排，通过韵脚的选择，诗人造成了一种迂曲、顿挫的节奏和音响效果，这好像也是对全诗主题的一个形式性的呼应。

由此可以窥见吴兴华的诗歌形式试验之一斑。事实上，在形式方面的多方探索是吴兴华诗歌写作的一个很重要的兴奋点，他似乎特别乐于带着镣铐跳舞。[①]他写过律诗、绝句式的短篇新诗，写过《书〈樊川集·杜秋娘诗〉后》之类诗行均齐的长篇新诗，还在《西伽》的总题下写过一组十四行，共十六首——这被视为对冯至的《十四行集》的遥远的呼应。与南方"诗的新生代"相比，他趣味的古典化和诗风上的书卷气是更加突出的。

形式上的翻空出奇一方面显示了诗人高妙的写作才能，另一方面却也不免给这种才能的拓展制造了障碍。[②]抛掉形式上的规范写出好诗，未必不是更大的考验。吴兴华的努力，不期然地牵连起了新诗写作的一些颇为关键的问题：书本知识与生活体验、古典与现代、中国诗歌传统与域外诗歌资源格律化与自由体……应如何看待和处理它们之间的关系？问题也许没有答案，或者径直就是伪问题，但思考本身已然反映出新诗所达到的历史高度。

建国后，大陆诗坛上流行的是政治抒情诗，新潮文化哺育的现代主义诗风在公开场合自然无所容身。不过在"潜在写作"状态下，它倒是偶露峥嵘。典型的是步入老年的诗人穆旦。在生命接近终点之时，他迎来了一次创作上的爆发。仿佛时间的流逝与他无关，这些诗歌保持了年轻时代的高质量，政治抒情诗的多年

---

① 他明确地从形式方面扬旧诗而抑新诗："许多反对新诗用韵、讲求拍子的人忘了中国古时的律诗和词是规律多么精严的诗体，而结果中国完美的抒情诗的产量毫无疑问的比别的任何国家都多。'难处见作者'，真的，所谓'自然'和'不受拘束'是不能独自存在的；非得有了规律，我们才能欣赏作者克服了规律的能力，非得有了拘束，我们才能了解在拘束之内可能的各种巧妙表演。"（吴兴华：《现在的新诗》，解志熙：《考文叙事录：中国现代文学文献校读论丛》，北京：中华书局2009年版，第175页）

② 卞之琳的评价比较恰切："不论'化古''化洋'，吴诗辞藻富丽而未能多赋予新活力，意境深邃而未能多吹进新气息，对于19世纪英国浪漫派诗风也罢，对于中国历史悠久的旧体诗传统也罢，尽管做了多大尝试的努力，似乎在一般场合终有点'入'而未能'出'。"（卞之琳：《吴兴华的诗与译诗》，《卞之琳文集》（中），合肥：安徽教育出版社2002年版，第392页）

熏染，也没有在此留下什么痕迹。

"白洋淀诗群"的异军突起表明，年轻一代中也酝酿着新的诗歌写作方式。在他们那里，对新潮文化的吸收，其实暗含了与政治文化的隐隐对抗。而在 1976 年 4 月 5 日的"天安门事件"中，诗歌本身，亦被征用为"艺术的武器"。[①]

第四节　从散文多样化到个人秘密写作

大致可以按照作家对时代的反映方式给 1930 年代的散文作一个类别的划分。1930 年代一向被视为"红色的 30 年代"，国际形势波谲云诡，国内社会动荡不宁，这个"风沙扑面，虎狼成群"[②]的年代是每一位现代中国作家必须面对的现实。

在这个年代里报告文学呈现出繁盛的景象。报告文学在五四时期本有人早著先鞭，瞿秋白的《饿乡纪程》、《赤都心史》都是很有价值的作品。五四时期的报告文学可以粗略地归入纪游散文的门类之下。它是随着国人行踪的大幅度扩张而产生的，作者身临异地或者异域，从他者的角度反观祖国或者自己，进而浮现种种思考，因此往往笼罩着比较浓厚的理性色彩。这种纪游散文，到 1930 年代有了很大的发展，出现了朱自清这样的大家；而且，不同作家制作，风格也趋向多样化了。但是 1930 年代的报告文学与五四时的报告文学却差异颇大。"左联"之所以提倡它，是看重了它的新闻性和即时性，可以充当反映现实、揭破现实的文学急先锋。所以那个时代的报告文学，与政治文化的关系拉近了许多。这是左翼作家因应现实时做出的选择。抗战爆发以后，报告文学再次找到了用武之地——它确实是与现实关系紧密的一种散文体裁。

---

① "在那几天里，来到天安门广场的革命群众，先后多达数百万人次。人们在人民英雄纪念碑前，敬献了浩瀚似海的花圈、挽联，张贴、朗诵了成千上万的诗词。那种空前悲壮、伟大的场面，反映了中国人民对周总理深沉的爱和对'四人帮'无比的憎；反映了民意不可违，民心不可侮；反映了以毛泽东思想武装起来的中国人民的高度觉悟。中国人民是不会任人摆布、宰割的，人民是不可战胜的！"（《天安门诗抄·前言》，童怀周编：《天安门诗抄》，北京：人民文学出版社 1978 年版，第 1—2 页）

② 鲁迅：《小品文的危机》，《鲁迅全集》第 4 卷，北京：人民文学出版社 2005 年版，第 591 页。

在散文领域，左翼作家擅用的另一武器是杂文。对他们而言，那"是感应的神经，是攻守的手足"。①左翼作家的杂文写作，当然是得益于鲁迅出色的示范。

从左翼作家汲汲于干预现实的立场向后退一步，那就是林语堂所提倡的"幽默文学"。1932年9月和1934年4月，由他主编的《论语》和《人间世》先后创刊，他由此扯起了"幽默文学"的旗帜。平心而论，林语堂所谓的"寄沉痛于悠闲"②倒也不完全是一句空话，艺术上也有独到之处，但终归有些不合时宜；加之流品不一，所以这种幽默小品的写作风气遭到了左翼杂文家的阻击。

在1930年代还存在着为数不少热心于写作"美文"的散文家。抒情叙事散文在他们的笔下，也带有多样化的风采。而与左翼作家相比，他们比较多地关心情绪地倾吐、文字地经营，相对也就忽略了对现实的观照。换言之，他们与现实的关系更为间接。

在这支抒情散文家的队伍中，一般先被提及的是几位京派作家：李广田、吴伯箫、何其芳、沈从文……他们在散文领域都有过自觉的努力。

李广田和吴伯箫都来自山东乡间，农村的生活记忆是他们散文写作的一大题材。文风是朴实、淳厚的，显示出扎实的写作态度和鲜明的村野气息。李广田的话很能点明题旨："我是一个乡下人，我爱乡间，并爱住在乡间的人们。就是现在，虽然在这座大城里住过几年了，我几乎还是象一个乡下人一样生活着，思想着，假如我所写的东西里尚未能脱除那点乡下气，那也许就是当然的事体吧。"③"尚未能脱除"云云自然是自谦之词，平淡、挚诚的风格实际上是作家有意的追求。④

两相比较，李广田对人事的感触要多一些，作品有比较明显的叙事倾向。比

① 鲁迅：《〈且介亭杂文〉序言》，《鲁迅全集》第6卷，北京：人民文学出版社2005年版，第3页。
② 林语堂：《周作人诗读法》，《林语堂名著全集》第14卷，长春：东北师范大学出版社1994年版，第178页。原载《申报·自由谈》，1934年4月26日。
③ 李广田：《〈画廊集〉题记》，《李广田文集》第1卷，济南：山东文艺出版社1983年版，第108页。
④ 李广田对英国作家玛尔廷（E. M. Martin）的评价其实道出了他个人的美学理想："文章都是自然而洒落的，每令人感到他不是在写文章，而是在一座破旧的老屋里，在幽暗的灯光下，当夜深人静的时候，他在低声地同我们诉说前梦，把人们引到了一种和平的空气里，使人深思，忘记了生活的疲倦，和人间的争执，更使人在平庸的事物里，找出美与真实。"（李广田：《道旁的智慧》，《李广田文集》第1卷，济南：山东文艺出版社1983年版，第93页）

如收入《画廊集》的散文大多包含着故事性的内容。映入这座"画廊"的，有生父的和善闲静（《父与羊》）、舅父的严峻阴沉（《悲哀的玩具》）、母亲的舐犊深情（《在别墅》）、哥哥夭折的梦想（《投荒者》）、同学惨淡的一生（《记问渠君》）以及乡邻卑微的生活（《枣》、《种菜将军》）……作者对这些小人物的记叙和怀念中蕴含着乡愁，也流露出深深的叹息和哀婉。但是他表现得很有节制，只是把人物的性格和生平诉诸白描的文字，洗练、简单，然而读者不知不觉间就会沉浸在那座"画廊"的浮世绘之中。

吴伯箫的散文则侧重抒情性。一处居屋、一座岛城，或者一声鸡鸣、一盏灯笼，都会唤起作者一段温馨的生活体验。为了赋予这种生活体验以合适的文字形式，吴伯箫特别注意文章的结构安排。代表作《羽书》集中的不少文章，如《山屋》、《岛上的季节》、《梦到平沪夜车》等篇，是按照自然时序轮转——或是从春到冬，或是自昼至夜——的次序把抒情主体的情绪凝结起来的。沿着这样的次序，除个人体验和记忆外，作者还喜欢化入一些古书、古事，这就增添了文章的知识含量，显出一种书卷气。对传统知识的调动还说明作者并非溺于内在情绪的类型，他在感性世界与知性世界间自由地出入，因而文章的抒情风格是亲切、自然的。举他写夜的文字为例：

> 说不定性格是属忧郁一派的，要不怎么会喜欢了夜呢？
>
> 喜欢夜街头憧憧的人影。喜欢空寂的屋里荧然的孤灯。喜欢凉凉秋夜唳空的过雁。喜欢江船上眠愁的旅客谛听夜半钟声。喜欢惊涛拍岸的海啸未央夜还訇磕的回应着远山近山。喜欢使祖逖拔剑起舞的阵阵鸡鸣。喜欢僻街穷巷黑阴里接二连三的汪汪犬吠。喜欢午夜的一声枪。喜欢小胡同里蹒跚着的鸟儿郎当的流氓。喜欢直响到天亮的舞场里的爵士乐。喜欢洞房里亮堂堂的花烛，花烛下看娇羞的新嫁娘。喜欢旅馆里夜深还有人喊茶房，要开壶。喜欢长长的舒一舒懒腰，睡眼惺忪的大张了口打个喷嚏；因为喜欢了夜，这些夜里的玩艺便都喜欢了呢。
>
> 是的，我喜欢夜。因此，也喜欢了夜谈。

（《夜谈》）

这里排比虽多，但不杂乱。他把冷热动静的意境调和起来，"忧郁"或许是有的，但不会让人觉得沉重。

同样写忧郁，何其芳就大不一样了。在他的《画梦录》里，与忧郁相联系的始终是破败的庭院、荒凉的街巷、低垂的天幕、昏黄的灯光以及寂寞的生命之类的意象。

何其芳明确宣称："对于人生我动心的不过是它的表现。"[1]这句十足"骄傲"[2]的话足以说明他的散文写作机制。他首先排除了去经历真实的人生的必要性，因为真实的人生并不完全等同于人生的"表现"；接下来排除的还有对人生的观察，他的夫子自道是："我倒是喜欢想象着一些辽远的东西。一些不存在的人物。和许多在人类的地图上找不出名字的国土。"那么，剩下的就只有个人对人生的悬揣和文字这种"影子的影子"了。[3]相信通过手中的一支笔可以还原甚至铸造出大千世界中人生的万般"表现"，这不能不说是一种"骄傲"。

于是何其芳转入了对幻想、辞藻、颜色、图案的迷恋和追寻。他关于自己诗歌创作的一句话可以搬用在这里："我从童时翻读着那小楼上的木箱里的书籍以来便坠入了文字魔障。我喜欢那种锤炼，那种色彩的配合，那种镜花水月。我喜欢读一些唐人的绝句。那譬如一微笑，一挥手，纵然表达着意思但我欣赏的却是姿态。我自己的写作也带有这种倾向。我不是从一个概念的闪动去寻找它的形体，浮现在我心灵里的原来就是一些颜色，一些图案。用我们的口语去表现那些颜色，

---

[1] 何其芳：《扇上的烟云〈代序〉》，《何其芳全集》第 1 卷，石家庄：河北人民出版社 2000 年版，第 72 页。此文为《画梦录》的"代序"。

[2] 他后来承认，"使我轻易的大胆的写出那句话来的是骄傲"。见何其芳：《我和散文〈代序〉》，《何其芳全集》第 1 卷，石家庄：河北人民出版社 2000 年版，第 243 页。此文最早刊于何其芳的《还乡日记》（上海：良友复兴图书印刷公司 1939 年版）卷首，但《还乡日记》排印存在诸多问题；后又收入《还乡记》（桂林：工作社 1943 年版）卷首，但《还乡记》曾遭到检查机关删改；第三次收入《还乡杂记》（上海：文化生活出版社 1949 年版）卷首。《还乡杂记》是一个比较理想的本子，故此文一般被称为《还乡杂记》之"代序"。

[3] "世事于我如浮云。我喜欢它是我一句文章的好注脚：不知何时起世上的事都使我厌倦。"（何其芳：《扇上的烟云〈代序〉》，《何其芳全集》第 1 卷，石家庄：河北人民出版社 2000 年版，第 72 页）

那些图案，真费了我不少苦涩的推敲。"① 也就是带着这种自信和努力，他立意为散文这一体裁的自立门户导夫前路。②

《画梦录》中的散文大多是"独语"体，忧郁的调子一线贯穿。何其芳参入了极为富丽的意象、极为错综的图案和颜色，比如他笔下"寂寞的思妇"：

> 如想得到扶持似的，她素白的手抚上了石阑干。一缕寒冷如纤细的褐色的小蛇从她指尖直爬入心的深处，徐徐的纤旋的蜷伏成一环，尖瘦的尾如因得到温暖的休憩所而翘颤。阶下，一片梧叶悄然下堕，她肩头随之微微耸动，衣角拂着阑干的石棱发出冷的轻响，疑惑是她的灵魂那么无声的坠入黑暗里去了。
>
> 她的手又梦幻的抚上鬓发。于是，盘郁在心头的酸辛热热的上升，大颗的泪从眼里滑到美丽的睫毛尖，凝成玲珑的粒，圆的光亮，如青草上的白露，没有微风的撼摇就静静的，不可重拾的坠下……
>
> 就在这铺满了绿苔，不见砌痕的阶下，秋海棠茁长出来了。两瓣圆圆的鼓着如玫瑰颊间的酒窝，两瓣长长的伸张着如羡慕昆虫们飞游的翅，叶面是绿的，叶背是红的。随生着茸茸的浅毛，朱色的茎斜斜的从石阑干的础下击出，如擎出一个古代的甜美的故事。
>
> （《秋海棠》）

微妙的人物心理活动和动作，唯美的环境，因密布精巧的比喻和象征而拉长了的句式，这代表了《画梦录》集的一般特征。这种文风确实是华丽的，但越是如此，读者越能感受到背后那位抒情者心灵的孤寂和凄凉。

时刻向自己的内心世界寻找人生的"表现"，《画梦录》不仅在"画"梦，而且亦在"寻"梦。不过因这寻找而产生的"枯窘"难免不会将作者推出梦的领土，

---

① 何其芳：《梦中道路》，《何其芳全集》第 1 卷，石家庄：河北人民出版社 2000 年版，第 191 页。

② "我愿意以微薄的努力来证明每篇散文应该是一种纯粹的独立的创作，不是一段未完篇的小说，也不是一首短诗的放大。"（何其芳：《我和散文〈代序〉》，《何其芳全集》第 1 卷，石家庄：河北人民出版社 2000 年版，第 238—239 页）

导向现实生活。《画梦录》后半部分在文字上简单了不少。这不应仅仅理解为才思方面的问题；由何其芳不久之后的自述文字可知，他发觉其"孤独"最终是源于和人生的疏离。[1]这一反思是很有启发性的。从这个意义上讲，1930年代的抒情叙事散文，与时代的联系虽然间接，但绝非漠不相关。

有些"厌恶自己的精致"[2]的何其芳试图做出调整。他有了一次回乡之旅，在随之成书的《还乡杂记》中他就惊讶地发现自己的感情粗起来了。他在抗战爆发后奔赴延安，从思想意识到文章风格都有了更深刻的改变。

何其芳的这种改变可谓典型，它不是孤例。程度或有深浅之别，但同样的事情也在李广田、吴伯箫等其他京派散文家那里发生。比较个别的是沈从文。西南联大时期，见于《湘行散记》的晶莹澄澈的"沈从文体"不见了，取而代之的是《烛虚》、《潜渊》、《水云》和"七色魇"系列晦涩、抽象的试验性作品。当然沈从文的改变亦非个案，虽然他与京派同人步调不甚一致，但却代表了散文界进入玄思的知性化一路，冯至即其同道。1940年代，预感到，而且经历着时代巨变的散文家，也迎来了生命的沉潜。体验转化为思考，落笔为文便多了一些抽象的命题作为骨骼。这一类写作，给现代散文带来了深度。

1930年代南方也有几位在抒情散文上卓有建树的作家，他们主要是丽尼、缪崇群和陆蠡等人。丽尼早期结集为《黄昏之献》的散文多专注于个人的感情遭遇。他常在文章里设置一个"你"的角色，感情的抒发采取与"你"对话的形式，直抒胸臆，带有一种呼告、倾诉的口吻。情绪是低迷、忧伤的，与《画梦录》接近，而文字却没有后者那么繁复。体式是散文诗式的，可见作者结构的精心。随后的集子《鹰之歌》，作者开始与时代的困厄产生共鸣。面对万方多难的祖国和醉生梦死的人群，他愤怒地宣布："今年，我没有祝福，也没有歌唱。"（《岁暮》）文风转

---

① "这种悲观的来源不在于经历了长长的波澜起伏的人生（当你在那里面浮沉并挣扎时是没有闲暇来唱厌倦之歌的），而在于孤独。孤独，是的，是我那时唯一的伴侣。"（何其芳：《我和散文〈代序〉》，《何其芳全集》第1卷，石家庄：河北人民出版社2000年版，第242页）

② "我倒是有一点厌弃我自己的精致。为什么这样枯窘？为什么我回过头去看见我独自摸索的经历的是这样一条迷离的道路？"（何其芳《梦中道路》，《何其芳全集》第1卷，石家庄：河北人民出版社2000年版，第192页）这是何其芳就自己的诗歌写作说的，散文写作的情况大致相同。

向刚健、阔大。他后来的作品更增加了叙事的成分，纳入了更多的社会性的内容。

值得重申的是，由个人走向社会是 1930 年代散文家普遍的心路历程。缪崇群的早期散文结集为《晞露集》，多怀人之作。他善于抓细节，人际交往中的一些小事经他之手写出，虽然明白如话，未加些许粉饰，但却清丽婉约，别具一种打动人的力量。在此后的散文集中，因为行旅见闻和抗战流亡经历的叙写，他的风格也渐趋沉厚，而真挚之感始终如一。

京派散文家和丽尼、缪崇群为抗战奉献出了更为浑厚的作品，陆蠡则为抗战奉献出了宝贵的生命。陆蠡最早的散文带有梦幻的童真色彩，显示了他心地的单纯。后来入世渐深，渗透进了更多人间的苦味。作者自己是朴讷敦厚而又爱憎分明的人，不善与人交接，便比较多地审视自己，同时把心事寄寓在花草鸟兽、高山流水之间——这倒是跟他早期的童真写作有相通之处。名作《囚绿记》，就是借物言志，质朴、婉曲又不乏坚定，正可见出作者的性格。陆蠡的文字是顿挫、诚恳的，带有一种人到中年的味道。这是他笔下的"寂寞"：

> 啊，情感是易变的，背信的，寂寞是忠诚的，不渝的。和寂寞相处的时候，我心地是多么坦白，光明！寂寞如一枚镜，在它的面前可以照见我自己，发现我自己。我可以在寂寞的围护中和自己对语，和另一个"我"对语，那真正的独白。
>
> 如今我不想离开它，我需要它作伴。我不是憎世者，一点点自私和矜持使我和寂寞接近。当我在酣热的场中，听到欢乐和乐曲，我有点多余的感伤，往往曲未终前便想离开，去寻找寂寞。音乐是银的，无声的音乐是金的。寂寞是无声的音乐。
>
> 寂寞是怎模样？我好象能够看到它，触摸到它，听见它。它好象是没有光波的颜色，没有热的温度，和没有声浪的声音。它接近你，包围你，如水之包围鱼，使你的灵魂得在它的雾围中游泳，安息。

（《寂寞》）

除托物言志外，陆蠡还有一些叙事性的篇章，表达了他对社会不公以及小人物苦难的抗议。陆蠡本人也自承是"胆小的孩子"，①但李健吾的评价是准确的："当他以一个渺小的心灵去爱自己的幽暗的角落的时候，他的敦厚本身摄来一种光度，在文字娓娓叙谈之中，照亮了人性的深厚。"②

在抒情叙事散文的阵容中，还有一支队伍也很重要。那就是"开明"派。主要人物有夏丏尊、叶绍钧（叶圣陶）、丰子恺等。他们从白马湖春晖中学时起就同气相求，又先后创办了立达学园和开明书店，勤勤恳恳地从事着教育和文化工作。在时代的惊涛骇浪中，"开明"同人有意与政治保持一段距离，坚忍执着却不迂腐，开放通达却不激进，坚守中小学的文学教育岗位，孜孜矻矻地进行基础性的文化积累，贡献颇多，影响甚大。"开明"同人的这种文化心态直接反映到了他们的散文写作中。

夏丏尊和叶绍钧属于比较年长的一辈，此时主要的散文集分别是《平屋杂文》和《未厌居习作》。二人执笔为文往往有给中学生立定习作规范的意思，所以取材的平凡、结构的自然、文笔的朴素、申述道理的深入浅出，都是很突出的。相对来说，叶绍钧的风格更为沉实，语气一般都比较严谨；夏丏尊则要跳脱一些，行文中有时夹带着小小的幽默的气氛，给人感觉仿佛亲承音旨。比如叫卖声之类的小事：

> "说真方，卖假药"，"挂羊头，卖狗肉"，是世间一般的毛病，以香相号召的东西，实际往往是臭的。卖臭豆腐干的居然不欺骗大众，自叫"臭豆腐干"，把"臭"作为口号标语，实际的货色真是臭的。言行一致，名副其实，如此不欺骗别人的事情，怕世间再也找不出了吧？我想。
>
> "臭豆腐干！"这呼声在欺诈横行的现世，俨然是一种愤世嫉俗的激越的讽刺！
>
> （《幽默的叫卖声》）

这"幽默"自然是因为作者别有会心，由此亦可见夏丏尊温厚之中并不缺少

---

① "我永远是胆小的孩子，说出心事来总有几分羞怯。"（陆蠡：《囚绿记·序》，《囚绿记》，上海：文化生活出版社1940年版，第 iii 页）

② 刘西渭（李健吾）：《陆蠡的散文》，《咀华二集》，上海：文化生活出版社1942年版，第152页。

分明的爱憎、讽刺的锋芒和世事的洞察。

丰子恺是夏丏尊的学生，在文风上两人是很近似的。丰子恺由习画而进入散文写作领域，自然把美术方面的理想也带到了散文之中。他的文章面目平易，实则包含了非常现代的思想。丰子恺的散文结集很多，也很受读者欢迎。尤其难得的是，多年以后，在"文革"的纷乱中，暮年的他还曾秘密地提笔写下一组总题为"缘缘堂续笔"的文字，保持了与时代"共名"的距离，保持了自己个人的心性自由。在建国后个人秘密写作的群体中，他是一个杰出的代表。

第五节　从现代话剧到新编历史剧

1934 年 7 月 1 日出版的《文学季刊》第 1 卷第 3 期登载了剧本《雷雨》。作者曹禺，还只是一个 20 出头的年轻人。这是一个重要的开始，国人企盼已久的现代话剧大师即将出现，话剧这种舶来的艺术形式最终经他之手在中国扎下根来，走向成熟。在《雷雨》之后，曹禺又先后拿出了《日出》、《原野》、《北京人》和《家》等作品，由对域外戏剧巨匠的学习，迈上民族化的坦途，这一系列文学经典的铸造奠定了他作为现代话剧大师的地位。

需要强调的是，曹禺的重要不仅仅在于他写出了几部经典，还在于正是这些经典，使中国的现代话剧职业化运动在 1930 年代真正成为可能，中国旅行剧团（简称"中旅"）的历史充分地证明了这一点。

成立于 1933 年 11 月的中国旅行剧团被称为中国第一个职业话剧团体。团长唐槐秋，自南国社时期就是田汉的亲密合作者。"中旅"在上海成立，在南京起家，从 1934 年 7 月起北上北平、天津、石家庄等地，组织旅行公演。在旅行过程中，他们与北方戏剧家熊佛西、陈绵、王文显、曹禺、李健吾等人建立了友好关系，得到诸多帮助和指导。1936 年回师上海，靠《茶花女》和《雷雨》占领了高档奢华的卡尔登戏院，证明了话剧演出的经济效益。作为一个完全依靠演出收入来维持团体所有费用的职业剧团，卖座情况对"中旅"的重要性不言而喻。这要求剧团除了具备经常更新节目单的能力，更要有能吸引观众的保留剧目。通观"中旅"十余年的历史，《梅萝香》、《雷雨》、《少奶奶的扇子》、《茶花女》、《复活》、《日出》都是中旅常演不衰的作品。在不同的城市，这些作品曾先后引发万人空巷的观剧热潮，创下极好的营业纪录。其中，曹禺的《雷雨》更是当仁不让地成为"中旅"的"看家戏"，"每逢演出不景气的季节只要上演《雷雨》就能'吃饱饭'"。①也是"中旅"在大上海"演热"了曹禺的《雷雨》、《日出》和《原野》这三大剧作。话剧在城市文化环境中受到热烈欢迎，能抢占竞争激烈的演艺市场，能从电影和传统戏曲手中争夺到观众，这一事实的意义相当重大。1930年代"中旅"的辉煌，从一个侧面测定了中国城市文化市场发展到了何种程度。经过十多年的发展，表现于曹禺剧作中的、五四新文化运动所树立的新的价值理念，在按照市场法则运营的职业剧团活动那里已能够创造可观的收益，②话剧这种体裁已能够被中国大城市里的市民阶层接受，这是新潮文化与消费文化的成功融合。中国社会文化转型的脚步，清晰可辨。追根溯源，曹禺剧作的社会学功能是巨大的。

团体是靠一个个的成员支撑起来的。不可不提的另外一点是"中旅"的演员。后来成为著名演员或者表演艺术家的唐若青（曾饰演鲁侍萍、陈白露）、赵慧深（曾饰演繁漪）、白杨（曾饰演四凤、陈白露）、章曼萍（曾饰演四凤）、孙景路（曾饰演陈白露、翠喜、花金子）、陶金（曾饰演周萍）、姜明（曾饰演鲁贵、仇虎）、蓝马（曾饰演周萍、方达生）、石挥（曾饰演李石清、潘经理）、孙道临（曾饰演周萍、方达生、张乔治）……都曾演出过曹禺的剧作，有的就是在演出曹禺剧作的过程中成长起来的。话剧大师的作品，不仅是宝贵的文学财富，对于演员来说，它们还是无形的学校。

"中旅"的职业化之路在当时是有普遍性的，因为话剧职业化是1930年代戏剧运动的焦点。它是左翼戏剧运动蜕变的一个结果。

---

① 洪忠煌：《话剧殉道者——中国旅行剧团史话》，杭州：浙江大学出版社2004年版，第125页。

② 据"中旅"当事人的看法："中旅自1935年在天津演《雷雨》起，至1947年在南京解散止，没有哪一年不演曹禺的三大名作。中旅在旧中国能支持那么长的时间，是与演曹禺的剧作分不开的，当然也与演其他剧作家的作品分不开。反过来，中旅多年上演曹禺的剧作，使他的三大名作在解放前就已赢得了数以百万计的观众，在观众的心中扎了根，这一事实对于剧作家的影响是难以估计的。"（见洪忠煌：《话剧殉道者——中国旅行剧团史话》，杭州：浙江大学出版社2004年版，第135页）

1930 年 3 月 19 日，戏剧协社、南国社、摩登社、辛酉剧社、艺术剧社和剧艺社一道联合成立了"上海戏剧运动联合会"，它后来又先后改组为"中国左翼剧团联盟"、"中国左翼戏剧家联盟"（简称"剧联"）。中国共产党促成了上海戏剧界的向左转，它在随后剧联的活动中也起到了领导作用。也就是说，左翼戏剧运动受到政治文化非常直接的影响。因为政党力量的强力介入，在当时左翼文艺大众化的课题下，戏剧部门确实成为工作最有成效的部门之一。

然而，"剧联"组织的带有地下性质的演剧活动始终遭遇来自国民党意识形态管理者的压制和打击；在上海这一现代都市里，左翼的演剧行动还始终无法摆脱市场法则，不计报酬的演剧方式终究很难长期维持下去。于是，左翼剧人调整了策略，他们逐步走出地下状态，转移到正规的商业大剧场，谋求活动的合法化。[①]效果是明显的，通过对市场法则的灵活借用，左翼剧人给大剧场奉献出许多高质量的演出；更重要的是，生存环境的改变以及演出的能够持续使东奔西逃的左翼戏剧家赢得了喘息的机会。大剧场演出固然有不利因素，一些在政治方面较敏感的作品就无法登上舞台，而观众消费能力、艺术趣味等方面的诸多限制也让大剧场演出饱受不够大众化的指责。但是大剧场演出有助于左翼戏剧家将更多精力投入到提高戏剧艺术水平的工作上来，相对灰色的面目也是保存实力的有效方法。这里，政治文化、新潮文化和消费文化实现了奇妙的绾合。

大剧场演出的成功培养出了一批优秀的剧坛后进和基本的接受群体，也让上海剧人积累起了丰富的舞台经验。在此前提下，戏剧职业化的话题被重新提出，

---

① 当事人于伶回忆，"'剧联'执委会几次召开会议，总结了几年来单纯致力于工厂、农村、学校等社会宣传鼓动工作，以致多人多次被捕、牺牲这种单线作战的得失与教训，主张改变战略，注意大剧场演出，建立舞台艺术，争取观众。同时兼顾工农学生演出"。（于伶：《中国新文学大系1927—1937·第 15 集 [戏剧集 1] · 导言》，《中国新文学大系 1927—1937·第 15 集 [戏剧集 1]》，上海：上海文艺出版社 1985 年版，第 9 页）

几乎成为剧坛共识。^①

上海业余剧人协会（简称"业余"）是左翼职业剧团的先声。它是1935年6月在上海成立的。"业余"的主要负责人有章泯、郑君里、陈鲤庭等人，成员有赵丹、金山、张庚、沙蒙、叶露茜、英茵等人。从1935年6月到11月，"业余"先后组织了三次公演，剧目有易卜生的《娜拉》、果戈理的《钦差大臣》、奥斯特洛夫斯基的《大雷雨》等经典作品。为吸引观众，"业余"在演出上进行了人力物力的大量投入，他们演出的《大雷雨》，就以高妙的舞台美术设计和出色的角色演绎成为其保留剧目。

1937年5月，业余剧人协会改组为上海业余实验剧团（简称"业实"），这是一个真正的职业剧团。"业实"由应云卫、章泯、陈鲤庭、赵丹、徐韬组成理事会，编导有欧阳予倩、应云卫、章泯、袁牧之、史东山、沈西苓等人，演员阵容则由赵丹、郑君里、蓝苹、赵慧深、英茵、陶金、章曼萍、魏鹤龄、顾而已等人组成，可谓强大。"业实"的资金更为充裕，于是就更积极地从事于戏剧艺术的钻研。为了充分地利用自身的资金优势，"业实"在舞台设计方面极为讲求。他们约请夏衍、宋之的为他们专门创作剧本，二人分别写出了《上海屋檐下》和《武则天》。^②这是两个对舞台布景要求很高的戏，也是能充分展现"业实"强大实力的戏。职业化的戏剧实践和作家创作交互为用，作家获得了提高作品表现力与包容力的信心和机会，舞台表演的艺术水平也随之不断提升。上述职业化剧团的活动有力地推动了中国现代戏剧艺术的发展。茅盾的判断是恰当的，尽管尚有许多问题有待解决，但"职业剧团的建立，长期公演话剧的固定剧场的出现，大演出的号召，旧戏与文明戏观众之被吸引"，这些方面其实是戏剧"从幼稚期进入成熟期

---

① 参看戏剧家们的讨论——"一九三七中国戏剧运动之展望"，《戏剧时代》，1937年5月16日，第1卷第1期。参加者有翰笙（阳翰笙）、唐纳、徐公美、殷扬、王平陵、西苓（沈西苓）、王家齐、宋春舫、张庚、谷剑尘、尤兢（于伶）、姚克、袁牧之、余上沅、姚时晓、戴涯、阿英、张鸣琦、陈治策、江菊林、郑伯奇、佟晶心、白杨、许幸之、章泯、凌鹤（石凌鹤）、陈樾山、常任侠、应云卫、易蕾、沙鸥、梦廻、赵慧深、蓝洋、胡萍、唐槐秋等。
② 因抗战爆发，《上海屋檐下》后来没有上演。

的标志"。①

在南方的大剧场演出如火如荼之时，北方的戏剧家熊佛西也在河北定县从事了戏剧大众化的实验。定县是中华平民教育促进会的实验基地。作为一个带有改良主义色彩的团体，中华平民教育促进会将中国积贫积弱的根源定为"愚穷弱私"，试图通过现代科学文化知识的输入，改变平民的精神面貌。它的工作重点是农村。它邀请熊佛西到定县从事戏剧活动，就是想把戏剧作为文化教育的工具。

从城市进入乡村，熊佛西和他的戏剧团队面对的是前无古人的工作。剧本、舞台、演员等戏剧的各个要素势必都要相应改变，连戏剧的整个存在方式都需要调整。为适应新环境，熊佛西等人作出了很多尝试。考虑到农民的艺术趣味、知识水平与心理需要，他们重新编写了一批剧本，还指导农民自编剧本。为了扩大接受面，他们不再将演出局限在封闭的空间之内，而是将空间打开。他们的演出舞台很多时候都是临时搭建起来的。为了调动农民的演剧积极性，他们组织了农民实验剧团，鼓励农民自己演给自己看。更有意义的是演出方式的突破。熊佛西总结出了四种新式演出法：台上台下沟通式、观众包围演员式、演员包围观众式以及流动式。②传统的镜框式舞台结构被完全打破了，在临时剧场中、在专门建设的露天剧场里，观众和演员融为一体，难分彼此，整个演出成为一场狂欢。这种演员和观众的互动意味着，以前那种居高临下的说教和灌输已经被更为平等的主体关系所取代。

熊佛西领导的戏剧大众化实验虽然局限于定县一隅，但意义重大。熊佛西本人深知世界戏剧潮流已经不完全是现实主义的镜框式舞台设计："近三十年来，各国前进的演出者们对这样的局势兴起了一个共同的反动，在主张上和实际的活动上，都努力于舞台与观众席的合为一体，演员与观众的接近。"③所以定县的实验可以说是对这一潮流的一次呼应，它蕴含着新潮文化的因素，它所积累的经验，值得后人重视。

---

① 茅盾：《剧运平议》，《茅盾全集》第 21 卷，北京：人民文学出版社 1991 年版，第 323—324 页。
② 熊佛西：《戏剧大众化之实验》，南京：正中书局 1937 年版，第 99 页。
③ 熊佛西：《戏剧大众化之实验》，南京：正中书局 1937 年版，第 95 页。

往往被忽视的一个细节是，第 1 卷第 3 期的《文学季刊》登载了三个剧本，《雷雨》仅排在第二位。排在最先位置的剧本是《这不过是春天》，作者李健吾。李健吾后来用他一贯的幽默调侃说这种安排是出于编辑靳以的"避嫌"之举，但语气间还是充满自信的。[①] 留法归国的李健吾这时正处于创作上的巅峰期。1930、1940年代，他写作的重要剧本还有《村长之家》、《梁允达》、《以身作则》、《新学究》、《十三年》、《贩马记》和《青春》等。在政治文化笼罩下的左翼戏剧运动的浩大声势下，李健吾注意保持"纯艺术"的立场，致力于"人性"的勘探，这是比较另类的。二十年间与他创作路子接近的还有宋春舫、杨绛等人。

李健吾不仅是剧作家，还是上海戏剧运动重要的组织者。"孤岛"时期最重要的剧团——上海剧艺社（简称"上剧"），就是他利用自己留法学者的身份出面斡旋而在法租界注册成立的。在联艺剧团、同茂剧社中，他也是负责人。

无论是"孤岛"时期还是沦陷时期，上海剧运的兴旺都是 1940 年代重要的戏剧现象之一。在战争的威胁下，上海娱乐业出现了畸形繁荣。虽然多数剧人已参加演剧队奔赴战地或者后方，但仍有人留守，基本的观众群还在，大剧场公演留下的话剧氛围还在。于是一批戏剧活动家，出于艺术良知，也为了维持生活，砥砺节操，在那个历史契机中找到了推动剧运的动力。1940 年代，参与上海戏剧运动的剧团除了上海剧艺社外，还有上海职业剧团（简称"上职"，黄佐临主持）、上海艺术剧团（简称"上艺"，费穆主持）、苦干剧团（黄佐临支持）、旅行至此的中国旅行剧团以及由私人投资的荣伟演出公司、联艺剧团、同茂剧社等。它们之间或前后相继，或并驾齐驱，分分合合，常有人员往来。在艰苦的政治环境下，上海剧运既然不能触及时事，便转向了外国戏剧的改编，前尘往事和市民细故的呈现，从而沾染了商业化的色彩。但也是在那个时间点，话剧的影响力超出了戏曲和电影，成为最受欢迎的大众娱乐形式，这是新潮文化与消费文化的又一次同谋。同谋不一定是无条件的妥协。从上海剧运中走出了黄佐临、费穆等名导，以

---

① "我不想埋怨靳以，他和家宝的交情更深，自然表示也就更淡。做一个好编辑最怕有人说他徇私。所以，我原谅他。"（李健吾：《时当二三月》，韩石山：《李健吾传》，太原：北岳文艺出版社 1996 年版，第 142 页。原载《文汇报》"世纪风"副刊，1939 年 3 月 22 日）靳以和曹禺是中学同窗，早就过从甚密。

及石挥这样的"话剧皇帝",这足以说明上海剧运并非商业化的同义词。

在当时的大后方,戏剧运动一样轰轰烈烈,比起上海更是有过之而无不及。抗战初起,上海戏剧界救亡协会组织了12支救亡演剧队,走向广大的内地,走向农村、工矿、前线,从事抗日宣传。国民政府军事委员会政治部第三厅(郭沫若为厅长)成立以后,又组织了10个抗敌演剧队,分配至各个战区,进行流动演出。现代戏剧从未与普通人产生这么密切的联系。这是抗战初期全民总动员的景象。

武汉失守,抗战进入相持阶段,巡演各地的戏剧人才有相当大的一部分逐渐集中到西南地区,他们以重庆和桂林为中心再次掀起戏剧热潮。当时活跃在这一地区的主要剧团有"五中"和新中国剧社等。"五中"分别是"中电"(中央电影摄影场演员剧团,成员有赵丹、白杨、孙瑜等)、"中青"(中央青年剧社,首任社长熊佛西)、"中万"(中国万岁剧团,首任团长郭沫若)、"中艺"(中华剧艺社,陈白尘、陈鲤庭、辛汉文、刘郁民、孟君谋为理事会,应云卫为理事长)、"中术"(中国艺术剧社,金山为总干事,成员有章泯、蓝马、于伶、宋之的、司徒慧敏等)。新中国剧社为杜宣、严恭、石联星等人组织,成员有周钢鸣、朱琳、刁光覃等。其他大大小小的剧团,数量也很庞大。剧团林立不代表各自为战,它们实际上共享着许多导演和演出资源,表现出基本接近的艺术风格。汇聚了如此众多优秀的编、导、演人才。大的活动,从1938年至1941年,他们在重庆共举行了四届"戏剧节"①,从1941年至1944年,共举行了五届"雾季公演"②,1944年又在桂林举行了为期3个月的"西南戏剧展览会"(简称"西南剧展")。小的公演,更是不计其数。大后方的戏剧氛围,空前浓厚。毫无疑问,戏剧是抗战年代的中心文体。

在西南地区的戏剧活动中,以周恩来为首的中共中央南方局采取灵活的斗争策略,发挥了极大的作用。即便是国民党官方背景的"中电"、"中青"和"中万",也成为进步剧人的重要舞台。

但西南剧运也不是政治文化的僵硬载体。经由无数次的公演和切磋,中国话

---

① 1937年年底,中华全国戏剧界抗敌协会议定每年10月10日为戏剧节。1942年国民政府以与"国庆"冲突为由予以取消。1944年,改到2月15日进行。

② 重庆是紧靠长江的山城,因地理环境的关系,每年10月至下一年5月全城常为大雾笼罩。目标不清,日军的空袭便有所缓和。戏剧界在这段时间集中从事演出,史称"雾季公演"。

剧表演艺术，获得了提升，涌现出了以话剧界"四大名旦"（白杨、舒绣文、张瑞芳、秦怡）为代表的一大批表演艺术家。戏剧家的写作也不是为求宣传动员效果而一味图解政治，他们还把笔触伸向了"人性"深处。典型作家有吴祖光和夏衍等人。吴祖光的《风雪夜归人》，处理的题材是伶人和姨太太之间的恋情，实际是将对抗战的思考拉向了人类精神史的高度。人物的命运与遭际，人性的觉醒与光辉，使这出似乎"与抗战无关"的作品产生了更为深远的审美价值。夏衍的《芳草天涯》，处理的是知识分子的感情生活。经由台词里欲言不言和止乎礼义的心灵共振，经由情节上近乎无事的家庭悲喜剧，现实境遇对人性的侵蚀与消磨，微妙地铺陈出来了。夏衍的戏剧功力还体现在人物出场时的介绍文字和对白间穿插的提示性文字里，其穿透力完全可与曹禺作品媲美。整个作品表现出作者夏衍对一代知识分子人生道路的令人惊叹的概括和洞察。于是他的叹息便格外动人。[1]虽然这个剧本公演以后引致了批评的声音，但它所书写的大时代下人性的"常"与"变"，却有着远超现实政治的深刻含义。

戏剧在大后方是中心文体，解放区亦然。这里诞生了《白毛女》等新歌剧、《兄妹开荒》等新秧歌剧，还进行了京剧改革的试验。戏剧的普及性和教育功能是它受到重视的原因。新中国延续了解放区的做法，话剧会演、观摩演出大会时有举办，到"文革"中的"样板戏"而登峰造极。

配合政治任务的作品，有许多在艺术上存在缺憾。只是在意识形态管控略有松动的时候，比如"百花时代"，"第四种剧本"才有出现的语境。抱着"写真实"的目的，《同甘共苦》（作者岳野）、《洞箫横吹》（作者海默）、《布谷鸟又叫了》（作者杨履方）等作品，触及到了社会生活中一些不和谐的因素，同时却出诸日常性画面的叙写。人物僵硬的阶级属性为细腻自然的人性弱点或缺陷所取代，凡此种种都疏离了政治文化的范畴，接续了新潮文化的人学命题。此时出现的老舍的《茶馆》，更是新中国剧坛的重大收获，它已成为现代中国文学的经典。

---

[1] "我谴责自己，我谴责同时代的知识分子，但是，亲爱的读者，在叙述人生的这些愚蠢和悲愁时，我是带着眼泪的。"（夏衍：《芳草天涯·前记》，《夏衍全集》第2卷，杭州：浙江文艺出版社2005年版，第236页）

紧跟新时代的要求使不少老作家难以适应。在这种情况下，他们转而写起了历史剧，一时间蔚然成风。比如郭沫若拿出了《蔡文姬》和《武则天》，曹禺执笔创作了《胆剑篇》，田汉写作了《关汉卿》和《文成公主》等。历史题材固然可以使作家逃出现实，松一口气，但人物性格、情节设计却常常不得不是对时代政治动向的某种呼应，所以亦难摆脱现实的杯葛。而问题的另一方面是，历史题材这一层"保护色"毕竟还是为剧作者保留了一点喘息的空间，为个人才能的发挥提供了可能。典型的是《关汉卿》。这个剧本的主人公关汉卿带有作者田汉自况的意味，它对知识分子自由精神的揄扬，其实是渗透了新潮文化信息的。

　　所以建国后新编历史剧（以及历史小说）的涌现不期然地揭开了一个重要的理论问题的盖子：历史与现实究竟存在何种关系？围绕这个核心问题，创作界和理论界展开了热烈的讨论，也收获了宝贵的理论成果。然而，在"阶级斗争"日趋激烈的年代，"客观"的历史事件总是随着政治局面的更易而爆出变幻莫测的新阐释；历史不再那么"客观"，它其实是作者暗传心曲、影射现实的手段。相应的迫害和纠斗因之而起。新编历史剧《海瑞罢官》的批判之成为"文革"先声，就是一个极端的例子。

第六节　电影文学的现代性审美取向

　　西方电影以记录现代景观作为其开端，现代及其矛盾本身既是电影的本质也是电影的内容，而第一部中国电影却将镜头对准了传统的京戏，古典京戏的永恒美学与电影的现代本质之间构成了一种极其微妙的对话、协商关系。早期中国电影的"社会伦理片"、"古装／稗史片"、"武侠／神怪片"等类型风潮，依然追求一种内向的、传统的、永恒的美学精神，现代中国及其精神状况在电影中往往付之阙如。就像电影《孤儿救祖记》追求传统伦理道德秩序所体现出来的悖论：这个"失父"的"中国孤儿"通过脱离现代，向后臣服于祖父，就能拯救在追求现代性中断裂的历史与传统？早期中国电影"反现代"的古典人道主义诉求固然有其历史合理性，但显然与五四新文化运动带来的现代意识、启蒙思想背道而驰。早期中国电影似乎与一个启蒙时代格格不入。这种矛盾状况的真正改变发生于 1930 年代，中国电影从早年呼唤传统伦理精神的道德救赎图景，转向直面中国现代化转型的现实状况与精神危机。

一、1930年代民国电影的现代性

在中国电影1930年代的现代转向过程中，联华公司的成立是一个标志性的事件，其所倡导的"国片复兴运动"在力图做大做强中国电影产业的同时，也将五四时代的现代意识、启蒙精神和人文思想带入电影创作中，从而开辟了一个新的电影时代。而左翼文艺工作者夏衍、郑伯奇、阿英、洪深等对于此一时期中国电影创作与生产的介入，虽然有其强烈的政治意识形态趋向贯穿其间，但是左翼革命政治诉求中的时代精神和激进现代性意识，却在客观上促使了中国电影的现代意识的觉醒与现代美学精神的确立。在1930年代的中国，左翼文艺政治本身就是一种最为激进的现代主义意识形态。与左翼电影文艺之阶级斗争、文化革命的政治性针锋相对，软性电影的代表人物刘呐鸥、黄嘉谟等人发起创办了《现代电影》杂志，并提倡一种艺术至上抑或纯娱乐的软性电影理论。其中，刘呐鸥在《中国电影描写的深度问题》一文中声称："在一个艺术作品里，它的'怎样地描写着'的问题常常是比它的'描写着什么'的问题更重要的。"[1]1930年代的中国电影理论的"左右、软硬之争"，看似针锋相对、不可调和，但实际上都是在一个现代性政治与美学范畴之内进行论争，表征"现代中国"状况、构建一种现代电影理论，是二者共同的宗旨。

表面看上去偏重主义与内容的左翼电影其实极为重视形式问题，因为左翼革命政治本身就是一个指向未来的、抽象的、形式主义的意识形态。而"软性电影"对于形式和艺术的推重，乃是新感觉派认为现代都市景观与城市生活需要一种新的感知方式和表现形式，其现代性的电影诉求，其实与左翼电影的艺术主张有异曲同工之处。在"新感觉派"的文学理论与小说作品中，随处可见电影蒙太奇艺术（技术）的影响，左翼电影亦对于蒙太奇技巧极为推重。而蒙太奇的双重源头：好莱坞娱乐电影和苏联革命电影，恰恰表征了所谓现代性的双头意识——"革命

---

① 刘呐鸥：《中国电影描写的深度问题》，上海《现代电影》，第1卷第3期，1933年5月。

与反革命"，一个将自我肯定孕育于自我否定的现代意识。颓废的"上海摩登"与亢奋的"上海革命"，其实都具有一致的布尔乔亚色彩，二者之间的区别并不像表面看上去那么经纬分明，或者说这电影理论的两极论述共同构成了一个现代电影的话语空间。与电影理论一致的现代性诉求相对应，1930年代的中国电影开始将镜头聚焦于上海都市空间，《都市的早晨》、《上海之夜》、《上海二十四小时》、《神女》、《渔光曲》、《新女性》、《马路天使》、《十字街头》等此一时期的电影杰作，似乎都不曾脱离"上海"这个摩登／革命空间，虽然摩登与革命间的矛盾张力，时常让电影叙事处于濒临断裂的边缘。

伴随上海在1920年代迅疾的商品化和城市化转型，瞬息万变的城市景观与现代生活带来了新的生命体验，而都市生活的现代化转变则摧毁了古典中国社会的几乎所有伦理秩序和生活方式。茅盾的小说《子夜》中赵老太爷到达上海不久即一命呜呼，便是一个古典中国在上海逝去的现代性寓言。对于现代性上海的"拒绝中的沉迷"，几乎成为所有1930年代中国城市电影的共同特征，而"现代上海"也必须以"现代的形式"加以再现，才能够得以认识并解读。与同一时期诸多以上海为背景的影片一样，蔡楚生导演的电影《都市的早晨》，用一组上海街景的蒙太奇作为片头序幕。行驶的电车、湍流的人群、拥挤的工厂大门、转动的机器、紧张的工人，不同空间景片的快速拼贴，再现了一个如同机器般运转的上海早晨。这是一个不同于乡土中国的上海时空，一切事物及其运动如同压缩般被汇集在一起，构成一幅令人兴奋而又震惊的现代性图景。而在夏衍编剧、沈西苓导演的电影《上海二十四小时》中，双线交叉的两条叙事线索在蒙太奇技巧的组织下，支离破碎的都市生活被组织成一个看似充满冲突，但其实却存在着内在协调机制的叙事。编导似乎除了竭尽所能将一些零碎的城市生活片断拼贴起来，已然失去了其他把握现代城市生活的可能。实际上，这就是关于现代城市的时空组合、生活节奏和心理韵律的真实经验，除了一堆散落各处的时间和空间碎片，置身于现代都市中的人们，再无其他可能的精神体验和心理沉淀。

关于现代城市以及城市人的异化特征，在蔡楚生导演的电影《渔光曲》中得到寓言化的表现。渔村士绅何仁斋一家移居上海，何仁斋迅速为都市的商业、色情陷阱所捕获，在其投资失败、走投无路之际，他在镜子面前看到了城市时空中的破碎自我。蔡楚生用数面镜子折射出城市人的多重面向，现代梦、城市情的背后是破裂的身份认同，精神分裂于是成为城市人的唯一心理状态。1930 年代的中国电影体现了现代都市对于人的心灵的摧毁，但是我们并不能将这种经验破碎、精神分裂的情景仅仅视为一种负面状况。它虽然反映了迷醉于现代的人们的异化已经达到了这样一种极端的状态，以至于它只能把自身的毁灭当做首要的审美快感来体验 ①；但同时它也显示了一种新的生活方式、心理活动、叙事结构的出现，而这种新的视界 / 世界，绝不是古典中国的美学意识所能把握和体现的。实际上，电影镜头总是痴迷于城市景观和现代生活，因为现代城市景观的变换，城市人生活的瞬息万变，与电影影像本身的"活动性"相得益彰，每秒 24 格的影像变换、片断化的时间剪辑和跳跃的空间转换，的确符合关于现代城市生活的普遍性经验。而电影本身也成为现代城市生活的一部分，从新感觉派的小说中我们就可以感觉到电影技术和电影叙事的时刻在场。1930 年代的上海已经变得如此电影化、景观化、现代化，其本身似乎已经成为一部关于中国的现代性影片的压倒性背景。

左翼革命政治与新感觉派的布尔乔亚激情在 1930 年代中国电影中的共存，显示出这是一个主流意识形态尚未确立的暧昧时代，没有一种政治话语可以确立其在社会文化生产中的霸权地位，追随现代性与批判现代性的话语常常极为矛盾地存在于同一部电影之中。这些城市题材电影一开始即展示的现代城市景观，无疑显示了一种渴望融入全球现代性景观的焦虑，其与好莱坞都市题材电影对于城市景观的展示实际上并无不同。而上海本身就是一块被殖民主义现代性制造出来的"西方飞地"，它孕育出了中国关于现代性的最初经验，同时也是产生本土现代性文化的唯一可能空间。与之前电影不同，1930 年代的中国电影显示出了前所未有的"自由度"，电影往往摒弃线形叙事结构，时空转换灵活随意，并不顾忌叙事的连贯性，具有一种以意识流动组织叙事的现代主义倾向。更为重要的是，虽然阶级斗争意识往往被硬性地图解在电影中，但是很多电影显然已经溢出了左翼政治意识形态，而最终落脚于普世性的人道主义层面。吴永刚导演的电影《神女》无

<hr />

① 【德】本雅明著，张旭东、王斑译：《机械复制时代的艺术作品》，汉娜·阿伦特编：《启迪：本雅明文选》，北京：三联书店 2008 年版，第 264 页。

疑是这一反思现代性、批判城市罪恶的人道主义精神的最好体现。这部电影通过一个城市底层性工作者的悲剧性命运的展开,揭露了现代都市中的各种压迫性力量的现实存在,以及作为社会底层的小市民的无声挣扎和沉默抵抗。电影并没有刻意突出阶级分化与冲突,而是试图通过一种人性力量的展示和人道主义价值的弘扬获得价值升华,从而达到了同期其他中国城市电影未曾达到的艺术水准和思想高度。

都市上海不但构成了 20 世纪中国最为典型的现代性空间,而且也涵养出现代中国最初的市民阶层及其市民精神,上海的表层现代性由大厦、工厂、电车、商业街等现代奇观所组成,而其内在的现代性精神却是由广大的市民阶层所塑造的。包括左翼电影在内的 1930 年代的城市电影通过情节叙事和镜头组合,表征了这个内外有别的现代性空间的基本结构。此一时期的电影经常在序幕中建构一组目不暇接的蒙太奇镜头,以展示都市上海的现代性外观,而后电影镜头便聚焦于普通市民阶层在现代都市生活中的喜怒哀乐。最为典型的例子或者就是袁牧之的电影《马路天使》。影片伊始迅即切换的蒙太奇镜头之后,摄影机聚焦于上海著名的汉弥尔顿大厦,然后镜头缓慢垂直下降,一直沉到被摩天大厦压抑的地下,随后跳出字幕:"上海地下层,1935 年。"如果我们稍稍偏离传统的左翼政治分析,就会发现在所谓贫 / 富、上 / 下、主 / 奴的阶级分析的边缘,是一个表 / 里有别的二元都市结构。现代都市的表层是资本的流动、现代的奇观,而其内里则是市民阶层的建立、市民劳动的汇聚和市民精神的形成。尤为重要的是,市民阶层正在构成一个阶层共同体并形成一个异议性的公共空间,而人道精神、改良主义和世俗趣味则是这个市民空间的主要意识形态内容。无论在《马路天使》、《十字街头》还是在《新旧上海》、《风云儿女》中,都能够看到一个市民空间的生成与存在,而新市民阶层的世俗生活、人道精神和正义诉求,则是这些电影共同关注的问题。

《三个摩登女性》、《时代的儿女》、《新女性》、《新旧上海》等 1930 年代的电影,在极力推崇"新"、"现代"、"时代"等的现代意识,反映一个新的中国市民空间和市民精神形成的同时,也暴露了现代性的另一个面向:颓废与虚无。现代都市社会无所不在的进步主义激情之中,亦孕育着堕落、糜烂、颓废、失重、混乱等虚无主义内涵,也许就是现代之不断的追新求异的内在性,造成了现代性目标不断丧失的虚无感受，不断变化的过程也是不断丧失的过程。即便是此一时期意在政治宣传的左翼电影，也往往令社会批判和阶级分析失落于都市文化的陷阱，社会批判甚至成为呈现都市上海之性感、颓废、紊乱的现代病的合法性修辞，电影眼似乎难以脱离那些色情的女体、性感的空间和颓废的夜晚，它本质上更愿意将目光投射在现代社会之理性地表之下无限涌动的力比多暗流。

蔡楚生的电影《粉红色的梦》虽然充满了道德说教意味，但是男性知识分子被上海交际花诱惑的故事本身，就是一个现代城市寓言。实际上，与其说妖冶的上海女性是一个陷阱，不若说她是现代知识分子内在的欲望无意识的寓言化显现，"粉红色的梦"即是"现代梦"的颓废、虚无的另一张面孔。田汉编剧、卜万仓导演的《三个摩登女性》试图说明独立自主的职业女性是真正的摩登女性，但是纵情声色、沉迷享乐的女性似乎更代表了城市的魅力。色情化、性感化的女性因其摩登与颓废的二位一体，于是显得丰满而立体，而作为道德标准的职业新女性则显得苍白扁平，毫无说服力。将妖冶女体与摩登上海联结在一起，当然不无男权中心主义的反女性内涵，但是对于都市性感女体的创造性虚构，以及对于男性失陷于这个性感女体的恐惧，把都市现代性内在的虚无性和颓废感推出了地表。1930 年代上海出现的新感觉派文学和都市电影，其实皆有意无意地体现了现代性之不可排解的颓废精神。

追求 / 抵抗现代性的复杂心态，充分体现于 1930 年代的中国都市电影，它具有一种典型的"次 / 半殖民地"文化症候。"次 / 半殖民地"是对于 1930 年代中国的历史境遇的概括，表明了中国语境下的殖民主义的不完全性和破碎性。1930 年代的上海外国租界林立与中国国家主权之对立并存的情况，便是"次殖民地"中国的一个缩影。此一时期的中国电影在上海的繁荣发展，以及这些电影所体现出来的现代性审美特征，应该有两个主要的文化来源：一个源于对西方现代文艺的模仿，特别是对于美国好莱坞电影的模仿；另外一个是对于上海蓬勃发展的资本主义商品经济的文化反映。有意思的是，虽然左翼电影以反帝、反压迫作为基本的文化立场，但是并不存在对于西方现代性的真正反对，普世主义的现代性话语成为所有电影共同的价值标准，人道主义、启蒙主义、市民精神、人性论等启蒙现代性思想依然在电影中占据着主导性地位。不过，随着日本帝国主义殖民中国的步伐的加快，反帝、反殖民、反侵略的民族主义诉求逐渐压倒了世界主义的现代性话语，成为中国电影的价值结构的核心。

1937年，随着上海被日本军事占领，中国本土电影的现代主义实践也告一段落，上海电影进入一个"孤岛"时期，而整个中国电影被三分天下。日控"满映"以宣传"大东亚共荣"的日本帝国主义思想为宗旨；国统区"中制"则将"抗日救国"的民族主义叙事作为唯一内容；而"孤岛"上海电影则完全陷入畸形的消费主义浪潮，无政治色彩的商业电影成为其主要的生产对象。不过，"孤岛"时代的上海电影基本继承了前期上海电影的一些题材和形式，对于市民阶层之生活状况的表现，还是体现了一定的社会批判和理性思考的现代精神。柯灵编剧、吴仞之导演的《乱世风光》，是其中最为出色的电影，关于乱世中的个人悲剧的现实主义书写，淋漓尽致地反映了沉浮于上海商业社会中的个体的人性挣扎和精神分裂。

二、战后民国电影的本土化美学趋向

1930年代的中国电影尚处于一个模仿阶段，其现代性美学思想和电影经验多为舶来品，受到美国好莱坞电影和前苏联电影理论的巨大影响，还没有完全形成一种本土化的现代性美学范式。那么战后中国电影则融会中国古典美学精神与现代启蒙思想，在很短时间内就确立了兼具现代性与传统性，既有本土文化底蕴又有现代人文精神、启蒙思想的本土电影风格，并创造出一批足以自立于世界电影之林的经典作品。实际上，早期中国电影一直存在着追寻文化主体性的身份认同焦虑，其在自觉模仿、挪用好莱坞、前苏联的电影艺术的技巧、形式和情感的同时，也在设想着创造一种本土化的现代电影文化与理论，并最终形成一种"中国型电影"。[①]《神女》、《渔光曲》、《马路天使》等1930年代电影的出现，则在一定程度上就是"中国型电影"的初步体现。但是真正的突破发生在战后的上海电影，这一时期出现的张爱玲编剧、桑弧导演的《不了情》、《太太万岁》，蔡楚生、郑君里编导的《一江春水向东流》，阳翰笙、沈浮编导的《万家灯火》，费穆导演的《小城之春》等，它们共同构成了中国电影的第一个艺术高峰，显示了中国电影试图

---

① 卜万仓：《我导演电影的经验》，《电影》，第37期，1939年5月24日。

建立一种本土化的现代电影文化的努力与成就。

也许是八年抗战造成的极为沉痛的历史经验的涵养，战后出现的这些经典中国电影显示出更为沉郁、从容、含蓄的美学风格，明显不同于 1930 年代上海都市电影体现出来的强烈的现代体验和阶级意识，那种碎片化的现代感和性感化的都市风也被一种内敛、平淡的朴素美感所取代。在《不了情》和《太太万岁》两部电影中，张爱玲超人的文学天才、细腻的情感表述与桑弧导演朴素的美学追求和含蓄的导演风格相得益彰，使摄影机得以深入人心、情感的深处，让悲欣交集却无从抒发的人生况味充分表达了出来。其中，喜剧电影《太太万岁》尤为经典，其女性主义的视角、诙谐风趣的情节与徐缓有致的影像的结合，精确传达出了一个城市中产阶级家庭内在的疏离感与荒诞性。而且电影也成功表明，"中产社会的娱乐，未必一定与时代社会脱节，在中国面临政治体系大分裂的前夕，《太太万岁》承载了诸多除了政治／经济以外的道德／社会危机"。① 并将这种危机感通过含蓄圆融的叙事与影像表现出来。

不过，真正将这种沉郁、含蓄的本土性美学风格发挥到顶点的是费穆导演的电影《小城之春》。电影以战后江南的一个小城为背景，破败的城镇、寥落的庭院、患病的男主人、寂寞的女主人、青春洋溢的少女共同构成一个——交织着新与旧、生与死、过去与未来的乡土中国的微缩景观。其中，两男两女的爱情纠结其实是现代中国历史的遗产，然而电影并没有以个人主义的启蒙现代性理念解决这情感问题，让恋爱自由、人性解放最终战胜人情伦理，反而让男女主人公发乎情而止乎礼，将激烈的情感纠结和内心冲突淡化为清音袅袅，从而最终形成了一股寄意深远的沉沉诗意。《小城之春》的古典诗意和儒教情怀似乎背离了五四以来的启蒙现代性思想，显示出一种保守主义的反现代性倾向。但是，如果我们不把西方的启蒙现代性主张作为唯一的现代性范式，那么《小城之春》就会凸显出一种另类的本土化的现代性意蕴：一方面是现代的恋爱自由、人性解放的理想获得了抒发；另一方面却又恪守着古典中国的人情伦理。这种现实主义的和谐中庸的伦理美学

---

① 焦雄屏：《孤岛以降的中产戏剧传统——张爱玲和〈太太万岁〉》，《时代显影：中西电影论述》，台北：远流出版事业股份有限公司 1998 年版，第 88 页。

或者并不激情澎湃、火光四射，但是却在最大限度上让情感漩涡中的所有个体，都保持住了自己作为一个人的尊严。《太太万岁》、《小城之春》等作品其实都具有这种折中、含蓄的人性情怀和冲淡、平和的美学韵味。

《不了情》、《太太万岁》和《小城之春》实际上都是一种中产阶层的人生况味的细致表达，稳定、和谐、细腻、保守等中产阶级特性在其中都有体现，它显示了战后上海中产阶层的文化精神和美学趣味，正在试图形成一种主流的文化价值观。当然，这也是中国的市民社会逐渐成熟的体现，暴力革命、阶级斗争等激进现代性主张被悄然放弃，人们更愿意接受一种保守的改良主义的自由主义价值观。同一时期的《万家灯火》、《一江春水向东流》、《乌鸦与麻雀》等虽然也具有深沉、朴素的古典美学气息，但是却没有像《小城之春》等作品那样，将电影叙事拘囿于一个封闭的社会空间中，以期形成一种稳定的美学氛围。而是将市民阶层的琐屑生活与广阔的社会变迁联结起来，从"一家灯火"联系到"万家灯火"，使电影的叙事格局更为广阔、人物的人性内涵更为复杂，对于现代社会的体现当然也更为深入。《一江春水向东流》具有那时中国电影不可多得的历史情怀和史诗气质，它对于时代大潮中的个人命运沉浮的关注，却又让这部电影获得了独立于"大历史"之外的人性力量。《乌鸦与麻雀》描绘了上海底层市民诸般色相，小市民阶层的挣扎、反抗与自嘲被诙谐幽默地反映在电影中。深刻的社会批判、温情的人道主义与辛辣的人性讽刺被有机地结合在一起，成为中国喜剧电影的高峰之作。

战后上海电影将其市民精神、民主诉求和人道主义价值观阐发到一个新的境界，经典作品的大量出现说明，中国电影无论在技术、艺术还是思想上，都已接近成熟。从抗战胜利到全国解放的四年间，中国电影出乎意料地涌现出一批杰作，这些融合传统美学与现代精神的电影，无疑在试图构成一种本土化的现代性电影美学，并影响了新中国成立初年的电影创作。

三、新中国前三十年电影的另类现代性风格

新中国电影完成了从商业电影到政治电影、从市民电影到人民电影、从娱乐电影到宣教电影的转变。不过，与其他文艺形式一样，新中国建立初年的部分电影，则显现了过渡时期的间杂性特征，在试图形成新的革命主流文艺观的同时，

却也延续着民国时代电影的人道主义、人性立场和娱乐精神。1949 年至 1951 年间，昆仑、文华等私人电影公司制作了《武训传》、《我们夫妇之间》、《腐蚀》、《我这一辈子》、《关连长》等优秀影片，这些电影在很大程度上继承了民国后期电影已然成熟的叙事范式和美学风格。然而以批判《武训传》为始，这些电影几乎无一例外都受到批判，而批判的原因首先是为了确立"工农兵路线"的文化霸权；另一方面则源于这些电影所蕴含的人性内涵和人道主义精神，与以阶级斗争为核心的革命电影观格格不入。

电影《武训传》的"行乞劝学"主题其实反映了一种改良主义的古典理想，武训悲剧性的反抗封建压迫、确立自我主体性的行为，具有一定的启蒙现代性内涵。而《我们夫妇之间》、《关连长》显然将一种人道主义的市民精神投射到了电影中。《我们夫妇之间》虽然以革命者的思想改造作为主要线索，但对于家庭纠纷的表现大体延续了民国时期的家庭伦理电影的内容形式，体现出了一种难得的平民意识。《关连长》之所以受到批判，则主要是因为电影中的人道主义立场在关键时刻压倒了革命意识，这当然是一种"反革命"的人性论思想。《我这一辈子》改编自老舍的戏剧，导演兼主演石挥的天才创作，为中国电影奉献了一个近代中国社会的小人物形象经典。"不革命"但具有人性良知的主人公其实是中国底层社会大众的公共镜像，这部充满人情味的喜剧显示了在"革命历史大潮"之外的无数微渺生命的默默存在。随着以批判《武训传》为肇始的文化整肃运动的发展，这股蕴含人文情怀、市民精神和人道主义力量的电影创作潮流戛然而止，革命的"工农兵题材"似乎成为新中国电影的唯一题材。

革命主流电影文化并非铁板一块，每当主流政治面临挫折、寻求新路，意识形态控制变得宽松的转折关头。如 1956 年的"百花时期"和 1960 年代前期的"恢复时期"，一些"另类"的电影就会从主流文化的裂隙中突围而出，并与左翼革命意识形态形成微妙的对话、协商关系。1956 年，钟惦棐发表《电影的锣鼓》一文，质疑电影生产的"工农兵路线"，反对主流政治对于电影创作的压抑，呼吁重视民国电影传统，并期待一个自由的电影创作环境的出现。[①] 钟惦棐甚至提出了"倒退

---

① 钟惦棐：《电影的锣鼓》，《文艺报》，1956 年，第 23 期。

论"："在历史现象上，有时候，倒是需要倒退一下，守住基本阵地，然后才能更好前进。"① 钟惦棐的电影主张，显然是一种左翼自由主义的艺术观。这种电影观也反映在此一时期生产的部分电影中，如《家》、《新局长到来之前》等。

夏衍编剧、水华导演，改编自茅盾同名小说的电影《林家铺子》，是1950年代中国电影中的杰出作品。其以细腻的写实方法与流畅的电影手法，再现了一个江南小业主家庭的历史沉浮。虽然电影也有阶级书写刻板化的嫌疑，但是对于人物之丰富、复杂的人性内涵的揭示，显然突破了僵化阶级论的窠臼。1963年出品的电影《早春二月》是一部充满了个人化的艺术实验精神的电影，而"文革"期间对批评这部电影时的"资产阶级人道主义"的判断，则实际上指出了其人性论、人道主义的"异质性"内容。新中国前三十年电影虽然确立了革命社会主义电影的文化霸权，但种种所谓"资本阶级现代性"的文艺思想与美学追求，在此一时期电影中依然隐约可见，显示了一种普世主义的民主、自由价值观的强大生命力。

中国电影的现代性审美取向极为多元而复杂，时而表现为对于现代城市景观与城市生活的拼贴式再现，碎片化的现代性经验被呈现为一幅近乎精神分裂的破碎图景；时而是对于新兴城市市民阶层的不无琐碎的生活片段的再现，个人命运的小历史被突出于现代性的主流大历史；甚或是用一种本土化的古典美学精神来抵抗现代性的心理殖民与精神暴力，和谐、中庸的儒教思想被转化为一种反现代性的现代性思想资源；当然也会通过一种人道主义精神的复苏，去反拨社会主义现代性革命霸权造成的体制性压抑。在其中，我们可以体会到一个包含了理性、宽容、人道、人性等内容的普世价值观的存在，以及对于主体自由的向往与想象。

---

① 朱煮竹（钟惦棐）：《为了前进》，《文汇报》，1957年1月4日。

文学个案解读

第七节 生命小说巨匠巴金

一、意蕴丰富的生命特质

巴金在其漫长的文学创作历程中,始终以人道主义的悲悯情怀,感同身受到被侮辱被损害的人们的凄苦命运。以人为本的创作理念和对真善美的执著追求,在讲求无技巧的艺术风格中树立起了一座爱的丰碑。生命的热力和冷漠、昂扬和委顿、冲动和退缩、张狂和内敛,在爱的价值坐标下都获得了在特定的历史语境下的存在合理性。在爱的大纛下猎猎飘扬的人性之美,打破了上层统治者和底层民间的芸芸众生之间壁垒森严的界限,统治者的狡诈残忍与人性复苏的奇妙混合、下层人的纯洁善良与冷漠无情的阴暗心理的相互化合,都充分地显示了人性中丰富复杂的一面。不但拷问出人物洁白心灵深处包孕着的黑暗卑污,而且也要展示真诚善良的灵魂中潜藏的虚伪丑恶,还原到人物活动的具体历史场景和复杂的社会关系中刻画圆形人物的多面性格,这种秉承和而不同的价值判断标准显然与巴金自身的家庭背景、生活经历、文化教养、创作道路等具有密不可分的关系。

巴金(1904—2005),原名李尧棠,字芾甘。在巴金的身上有许多二律背反的生命特质和性格因素融会贯穿在他的文学创作历程中,成为文学创作的生命和人性母题系统中不可缺少的子系统。比如出身于四川成都一个地主官僚家庭的他却少有封建等级制度的森严观念;出身于地主少爷的他却放下少爷的架子与下层奴仆打成一片;抛弃门当户对的等级观念与媒妁之言的陈腐意识而对奴婢产生了美好朦胧的情愫,这与巴金成长的充满爱意温情的生活环境和母亲陈淑芬的言传身教有密切的关系。巴金在《我的几个先生》一文中深情地回忆道:"她很完满地体现了一个'爱'字。她使我知道人间的温暖;她使我知道爱与被爱的幸福。她常常用温和的口气，对我解释种种的事情。"① 母爱的种子潜移默化中滋润着巴金幼小的心田，在还不能正确地明辨是非的情况下，就使巴金的人格中包孕了一定程度的平等意识。但博爱的温情脉脉的面纱在残酷黑暗的现实面前很快就露出了不堪一击的脆弱特质，父母的病故作为诱发因子让封建大家族的腐朽文化培育的趋炎附势、世态炎凉的本真面目得到了淋漓尽致的表现，特别是作为家庭顶梁柱的父亲的死"使这个富裕的大家庭变成了一个专制的大王国。在和平的、友爱的表面下我看见了仇恨的倾轧和斗争；同时在我的渴望自由发展的青年的精神上，'压迫'像沉重的石块重重地压着"。② 因此巴金在幼年到成年的成长经历中，泛爱和仇恨的交战、思想和行为的矛盾、情感和理智的困惑都融入生命母题的小说创作中，以真诚的赤子之心和坚持说真话的伦理要求与读者敞开心扉共同交流。

二、生命的热力潜能与无政府主义的契合

五四运动的爆发送来的域外的思潮、信仰和主义中，巴金结合自己的出身和经历独独对无政府主义思潮情有独钟，克鲁泡特金的政论《告少年》和廖抗夫的剧本《夜未央》给少年巴金的情感和心灵世界打开了一片广阔的天地。巴金曾回忆道："无政府主义使我满意的地方，是它重视个人自由，而又没有一种正式的、严密的组织。一个人可以随时打出无政府主义的招牌，他并不承担任何的义务。……这些都适合我那种小资产阶级的思想感情。"③ 巴金就这样以"六经注我"的方式将无政府主义的观念、内涵、特征、性质做了东方化的审美改造，并在大革命失败后的阴暗窒息的低气压下，化作了呼唤慷慨悲壮的抗争英雄的第一部中篇小说《灭亡》（1929）。久被压抑的生命热力和潜能在主人公杜大心的处世哲学中得到了充分的表现。杜大心以强烈的正义感和无畏的牺牲精神参加了社会主义的革命团体，阶级的对立、人民的不幸、社会的苦难、个人的挫折都成为了塑造他的痛苦炼狱的基石。他怀着恨世哲学抛弃与李冷的妹妹李静淑的爱情，而让生

---

① 巴金：《巴金全集》第 13 卷，北京：人民文学出版社 1990 年版，第 15 页。
② 谭国兴：《走进巴金的世界》，成都：四川文艺出版社 2003 年版，第 39 页。
③ 巴金：《巴金文集》第 10 卷，北京：人民文学出版社 1961 年版，第 121 页。

命的活力聚焦于他从事的工会革命工作，他认为"至少在这人掠夺人，人压迫人，人吃人，人骗人，人打人，人杀人的时候，我是不能爱谁的，我也不能叫人们彼此相爱的。凡是曾经把自己的幸福建筑在别人的痛苦上面的人都应该灭亡"。爱之深才恨之切的悖论显示了杜大心无政府主义哲学中的恨世因子是包孕在爱的潜质深处的，爱恨交织的情感氛围发酵的生命热能，以与他情投意合的工会办事员张为群被捕牺牲的事件中找到了喷火口。他怀着对朋友的内疚和对敌人刻骨铭心的仇恨去刺杀戒严司令，但"戒严司令并没有死。他正在庆幸杜大心的一颗子弹，使他得到二十万现款，他的几个姨太太也添了不少首饰。然而杜大心的头却逐渐化成臭水，从电杆上的竹笼里滴下来，使得行人掩鼻子"。这种初衷与结局、目的与结果的悖反倒置产生的黑色幽默效果是巴金含泪的辛酸的神来之笔，反映了巴金热爱生命、尊重生命、珍惜生命的人道主义的悲悯情怀和清醒冷静的现实主义精神。李静淑准备"到民间去，宣传爱的福音，救济人民"的爱的哲学与杜大心"我要叫人们相信恨"的恨的哲学形成对立互补、二元共存的复调结构，这是巴金爱中有恨、恨中有爱的潜意识心理结构在创作中无意识的审美投射。

《灭亡》中的杜大心与李静淑之间的爱情书写已流露出"革命＋恋爱"的光赤式的窠臼，这种创作倾向和审美风格在《爱情三部曲》[（《雾》（1931）、《雨》（1932）、《电》（1933）]中得到了进一步的成熟与发展。巴金年轻时候的生命激情和生命感悟的郁积形成的压抑—反弹的井喷状态，使他敞开心扉与读者的心灵进行默契的交感互动，因此他才特别看重《爱情三部曲》。他曾说过："我不曾写过一本叫自己满意的小说。但在我的二十几部文学作品里面却也有我个人喜欢的东西，例如《爱情三部曲》。我的确喜欢这三本小书。这三本小书，我可以说是为我自己写的，写给自己读的。"① 之所以念念不忘草创期不太成熟的三部曲，是因为其中包蕴着巴金对革命的战略思考和对爱情婚姻等伦理观念的探索，个体的生命只有在革命时期的爱情或者是爱情时期的革命所提供的特定的语境中，才能达到激情飞扬的生命的极致状态。但浸染在过熟过烂的酱缸文化中的现代人即使提供了革命与爱情的机缘，也难以摆脱因袭的重负压抑下的生命萎顿状态，这就是《雾》

---

① 巴金：《巴金选集》第 4 卷，成都：四川人民文学出版社 1982 年版，第 112 页。

中的主人公周如水在封建的思想观念和现代的文明价值之间左右摇摆形成的优柔寡断、鼠首两端的软弱性格的真实原因。他既不能以现代爱情观念向心爱的人张若兰表明自己的爱意，也不能与乡下的结发妻子结束无爱的婚姻，只能在两难选择中自编自导了一场爱情悲剧。《雨》中的吴仁民在革命事业与两位女性的爱情纠葛之间的艰难选择，也显示了其生命意识中的过渡特征。对于《电》的意象，巴金在《〈爱情的三部曲〉总序》中解释说："《电》里面的主人公有好几个，它很适合《电》这个题目，而且头绪很多，因为在那里面好像有几股电光接连地在漆黑的天空中闪耀。"的确，它以雷霆万钧之力打破了革命与恋爱之间扯不断理还乱的纠结关系，让所有的革命青年在革命与反革命的白热化斗争中，与 E 城的最高统治者展开殊死搏斗，经过炼狱考验的爱情也在生命的昂扬斗志的考验下，达到了与革命相激相荡的和谐状态。主人公吴仁民终于抛弃爱情与革命相互妨碍的陈腐观念，与李佩珠产生了革命时期的真正的爱情。当然爱情与革命之间难以割舍的胶着状态也反映了巴金追求革命进步的小资情结：一方面，投身于民族解放的革命洪流是每一个有良知的知识分子义不容辞的责任；另一方面，保持自己的独立意识与浪漫情怀的小资情调，又是投身救亡事业的知识分子难以克服的弱点，因此巴金才在生命勃发的青春期一遍又一遍地重写着"革命＋恋爱"的文学母题。

巴金以饱满的热情将博爱、悲悯、宽容等人道主义情怀贯穿于文学创作的漫长历程，勤奋多产的创作实绩是浸润着他生命热血的交心之作。从 1927 年至 1947 年二十年的创作生涯中，巴金以争分夺秒的时间意识见证生命旅途中的点点滴滴的印记，从而为我们留下了 400 余万字的宝贵遗产。其中有《爱情三部曲》（《雾》、《雨》、《电》）、《激流三部曲》（《家》、《春》、《秋》）、《抗战三部曲》（《火》第一部、第二部、第三部）、《寒夜》等长篇小说 4 部，《灭亡》、《新生》、《憩园》、《第四病室》等中篇小说 16 部，《复仇集》、《光明集》、《抹布集》、《电椅集》、《将军集》、《长生塔》）、《神·鬼·人》、《沉落集》、《小人小事》等短篇小说集 13 部，《海行》、《忆》、《龙·虎·狗》、《旅途杂记》、《怀念》、《静夜的悲剧》等散文集 17 部。由此可见巴金的高产和涉笔的宽泛。综观巴金的小说创作可以看出，对于长篇，特别是家族小说，巴金受自然主义作家左拉的《卢贡—卡家马尔家族的命运》那样的大河小说的影响，喜欢用三部曲的结构形式，对长时段的人物命运和生活环境的发展变化做概括与总结，展示人物在复杂的社会环境中结成的盘根错节的关系的本质内涵，打破"好人完全好、坏人完全坏"的二元对立的伦理判断模式，写出人物性格在不同的语境中表现出的丰富性和复杂性。对于中篇小说，巴金采取的激情迸发的青春写作与冷静沉潜的中年心态，形成了前后两个创作时期的不同的艺术风格。生命的热力得以尽情挥洒的英雄人物也为萎顿懦弱的小人物所取代，不过第三人称的旁观叙事产生的远距离审美观照，也成为贯穿中篇小说创作的一个突出特点，它为读者站在更高的层次上进行形而上的思索和终极价值的追问创造了反思的平台。与第三人称叙事的中篇小说相映成辉形成鲜明对照的是短篇小说的第一人称叙事策略的选择和灵活运用，作家的人格和艺术风格的契合实现了文本内容与形式的完美统一。因为他秉承的是短篇小说"写的是感情，不是生活"[①]的创作理念，凸显的是作家用生命的汁液拥抱生活的强烈的主观色彩，自然用第一人称叙事来深挖人物的心灵，或借人物之口抒发自己的情感意蕴显得水到渠成、不事雕琢。

三、生命母题的风格嬗变

巴金是一个不断挑战自我、勇于挖掘自己的生命潜能的作家。在建国前的整整二十年的创作生涯中形成了两个创作高峰期：一个是 1930 年代创作《激流三部曲》来揭露封建大家族的礼教虚伪和吃人本质的生命郁热期；另一个是 1940 年代进入中年之后创作的描写小人物的人生悲剧的《憩园》、《第四病室》、《寒夜》等小说的生命平缓期。两个时期不同的选材视角、不同的艺术聚焦、不同的艺术风格、不同的情绪表达背后，潜隐的是共同关注人物的情感和命运的生命密码的破译与阐释。无论是热情奔放的抒情咏叹还是沉郁悲凉的人生世相的揭示，巴金都沉潜于生命的深处，感受到生命的暗流包蕴的热力和活力。因此，用聚焦于人性的优点和弱点的辩证思维来还原人物生存的具体的历史语境，充分地表露出巴金广博的人道主义情怀，显示了超越地域和时代限制的永恒的艺术魅力。特别是前期创作的《家》和后期的《寒夜》，在历史性和现实性的对话张力中不断凸显的审

---

① 巴金：《谈我的短篇小说》，《人民文学》，1958 年，第 6 期。

美价值、艺术资质激发起读者强烈的审美感受和阐释兴趣，足以证明它们具有经典的意蕴复杂性和丰富性的充分必要条件。

《家》写成于1931年，在上海《时报》上连载时题名为《激流》，后来单行本发行时改名为《家》，同《春》、《秋》合称为《激流三部曲》。巴金在《〈激流〉总序》中说："在这里我所欲展示给读者的乃是描写过去十多年的一幅图画，自然这里只有生活底一部分，但已经可以看见那一股由爱与恨、欢乐和受苦所组织成的生活之激流是如何地在动荡了。"的确，在1919—1924年的历史转折期所鼓荡的生活激流，冲击着没落崩溃的封建宗法制度和陈腐的封建礼教观念。但百足之虫、死而不僵的封建统治力量仍然凭借手中的威势和权势对年轻的反叛者施以规训与惩罚，于是为革命激流所唤醒的人之子与封建统治者开始了悲壮的斗争历程。觉慧、觉民所代表的年轻一代对高老太爷所代表的家族最高统治者的公然反抗，从外部撕毁了封建礼教的虚伪面纱，克明、克安、克定等内部的蠹虫蛀蚀了封建家族内部的根基，树倒猢狲散的悲剧结局，原是没落腐朽的封建制度的应有之义。因此巴金才说："我要向一个垂死的制度叫出我的J'accuse（我控诉）！"[1] 这种封建制度和生命人格的文化象征符码相互分离的思维方式，对塑造高老太爷这一人物形象起到了至关重要的作用，反映了巴金对血缘伦理的深切了悟之后，尊重生命原型的悲悯的情感因缘。巴金在《谈〈家〉》这篇文章中说："他是我的祖父，也是我们一些亲戚家庭中的祖父。"[2] 因此，尽管他依靠家国同构的威权造成了大家族中一幕幕的人间悲剧，但他的行为方式只不过是沿袭了千百年来流传的封建家庭的尊卑制度，而这种"传统家庭中的不平等的尊卑制度，根本否定子女独立的人格，不承认子女有任何思想和行为的理由"。[3] 既然长者本位的传统文化观念已内化于他日常的思想观念和行动方式中，丝毫感觉不到尴尬之处，那么他囚禁觉慧、干涉孙子的生活自由、教孙儿辈读宣传封建礼教的书、任意包办青年男女的婚姻也都是在其位谋其政的自然之举。特别是临终前同意觉民的自主婚姻、原谅觉慧的

---

① 巴金：《巴金全集》第1卷，北京：人民文学出版社1986年版，第442页。

② 巴金：《巴金全集》第20卷，北京：人民文学出版社1993年版，第416页。

③ 张怀承：《中国的家庭和伦理》，北京：中国人民大学出版社1993年版，第233页。

叛逆举动所流露出来的一位老人善良慈祥的风貌，更是巴金以人学的命题打破传统文化的思维意识和价值判断形成的专横、自私、虚伪、蛮横、顽固的封建卫道者印象。

长幼本位的角色互换意识让《家》中的孙儿辈的人物形象焕发出动人的光彩，在生命的进化链中的历史中间物意识，让高老太爷由壮到老退出历史舞台的同时，也使由少到壮的觉新、觉民、觉慧身上所背负的传统文化的古老鬼魂和因袭的礼教道德重担呈等差级数递减。觉新奉行的委曲求全的作揖主义是新旧文化所代表的不同的价值观念耦合的结果。长房长孙的特殊地位注定他成为没落腐朽文化的殉葬品，可五四时期的科学民主的思想观念和平等独立的人格意识又使他产生了做一个现代人的梦想。理想与现实、目标与结果的巨大落差形成的生命张力，使他在日常生活中陷入进退失据的"多余人"的存在状态之中。思想与行动的矛盾、清醒而又懦弱的人格都充分地体现出他是封建礼教毒害下人格分裂的悲剧典型。也正是觉新冷静而清醒地与封建礼教一同偕亡的牺牲精神，掮住了封建专制的黑暗的闸门，让从封建家庭的"狭的笼"中苏醒过来的人之子觉慧，成为第一个反叛封建制度和礼教的"幼稚而大胆的叛徒"。他痛感"家是一个狭小的笼，是个埋葬青年人青春、幸福的坟墓"，他认为"无论如何，我跟他们不一样，我要走我自己的路"。因此他敢于公然反抗高老太爷的旨意来帮助觉民抗婚，编写进步刊物宣传科学与民主的思想来与封建文化展开了韧性的战斗，敢于蔑视壁垒森严的封建等级观念与自己的婢女鸣凤产生了真挚的爱情。公开揭穿在高老太爷病危之际长辈们"捉鬼"行孝的丑剧，最后凭借敏感、热情的执著追求的精神离开了囚禁青年人的幸福与憧憬的牢笼。可以说觉慧是典型的五四新文化运动摇醒的产儿，他也同样带着五四时期青春文化的幼稚、单纯、热情等优劣因子与旧文化的遗传基因，在历史语境的局限中摸索前行。

《家》对家族文化和封建礼教的激烈抨击所取得的震撼人心的效果，一方面是与巴金独到的选材视角分不开的，通过与20世纪三四十年代的现代家族小说进行纵横比较就可以一目了然。茅盾的《子夜》描述的是资本主义的经济危机与农村经济的萧条导致建构在经济基础之上的家族制度分崩离析；老舍的《四世同堂》展示的是日本帝国主义的军事侵略对"老中国儿女"恪守的老北京文化的强有力的冲击下，才在"冲击—反应"的影响模式下发生各自的文化嬗变与现代转型，但这些富有影响力的家族小说主要是表现外力的因素对家族文化和观念的冲击所产生的倾颓效果。而《家》则主要是从家族文化的内部察看传统文化的基因在新文化的诱发下，由量变的积累到质变的飞跃所发生的现代转型。另一方面，《家》在结构艺术上借鉴《红楼梦》中一男二女的三角恋爱模式，围绕着觉新与瑞珏、钱梅芬之间的恩恩怨怨，觉慧与琴、鸣凤之间的恋爱纠葛全面展示了高公馆的没落衰亡过程。家族礼教对纯洁美好的恋情的蛮横干涉造成的有情人难成眷属的人间惨剧，更能诠释封建礼教吃人的本质内涵，梅芬的抑郁而终和鸣凤的投湖自尽的鲜活事例，就是对封建礼教对自由婚姻的无情扼杀的最强有力的控诉。

从《家》的激情控诉到《寒夜》的悲凉诉说，巴金完成了从英雄人物极致的生命飞扬到在社会重压下司空见惯的小人物的萎顿生命的叙写之间的生命母题的风格嬗变。抗战后期国民党的黑暗统治和巴金生活经历的艰辛磨难，触发了他要写充溢着"血和痰"的小人物人生悲剧的欲望。他说："我只写了一个肺病患者的血痰，我只写了一个渺小的读书人的生与死。但是我并没有撒谎。我亲眼看见那些血痰，它们至今还深深印在我的脑际，它们逼我拿起笔替那些吐尽了血痰死去的人和那些还没有吐尽血痰的人讲话。"① 从自己少年时代的生活经历和身边亲友死于肺病的观察思考中，形成了巴金创作的潜意识的肺病情结，肺病渐渐吞噬人的鲜活生命的病理特征在巴金的心目中具有浓郁的象征和隐喻色彩。因此主人公汪文宣在压抑灰暗的生活冷色调中得的肺病，实际上隐喻着战争环境中的小知识分子肉体和灵魂饱受摧残的生命样本。受过现代教育和文化熏陶的汪文宣满脑子都是建设"乡村化、家庭化的学堂"的理想，但现实的冷酷无情很快将他的美好梦想打碎了。在工作的不如意和家庭生活的不称心的双重打击下，他的青春活泼的生命汁液很快被榨干了。他"总是脸色苍白，眼睛无光，两颊少肉，埋着头，垂着手，小声咳嗽，轻轻走路，好像害怕惊动旁人一样"。最后在抗战胜利的消息传来之际凄凉地死去。与他形成鲜明对照的是他的妻子曾树生，健康富有活力的生命，在逼仄环境的压迫下也面临着身心两方面得不到满足所产生的生的孤独与性

---

① 李存光：《巴金研究资料》（上），福州：海峡文艺出版社1985年版，第521页。

的苦闷，传统文化与现代文明的冲突、追求个人的自由幸福与应承担的家庭方面的责任义务，使曾树生成为小说中性格最为丰富复杂的圆形人物。巴金遵循人物性格内在的发展逻辑，抛弃外在的先入为主的道德价值判断标准，把曾树生在面对病入膏肓的丈夫与青春健康的陈主任的诱惑之间难以选择的潜意识心理表现得惟妙惟肖。

由此可见，《寒夜》最突出的艺术成就在于巴金以人学命题为灵魂，统摄小说中人物性格的发展嬗变，特别是善于挖掘人物非理性的潜意识心理，为刻画人物复杂多面的性格特征提供了生命的展示舞台。曾树生的灵肉分裂、汪文宣的委屈求全、汪母的二难选择的心理都在日常生活的琐屑小事中刻画得精致入微。此外，巴金遵循现实主义的创作原则，对陪都重庆在国难时期各个阶层的行为心理描形绘像，留下了特殊时代的生活面影。

巴金通过自己的生命小说的激情叙写与时代的脉搏紧紧地跳动在了一起，强烈的使命感和责任感，使他以笔做武器向吃人的封建礼教和不合理的旧制度发出了震撼人心的"我控诉！"的生命呐喊。巴金在1937年的《生》中写道："民族的生存里包含着个人的生存，犹如人类的生存里包含着民族的生存一样。人类不会灭亡，民族也可以活得很久，个人的生命则是十分短促。所以每个人应该遵守生的法则，把个人的命运联系到民族的命运上，将个人的生存放在群体的生存里。"[1]巴金就这样把个人的生存放到了民族解放的神圣事业中去，以热烈酣畅充满感情色彩的语汇为人物的命运心态描摹尽相，成为文学史上无人替代的生命小说的巨匠。

第八节　满族文学大师老舍

一、满族文化的熏陶

老舍（1899—1966），原名舒庆春，字舍予，满族人，出身于北京一个下层贫

---

① 李存光：《巴金谈人生》，北京：中国青年出版社1992年版，第4页。

寒家庭。父亲舒永寿是满清皇城的一名满族护兵，在八国联军入侵北京时遇难身亡，是母亲含辛茹苦将老舍抚养成人。母亲作为一名下层满族女性，身上所体现的坚韧、乐观、自尊的优良品质也潜移默化地影响了老舍，成为老舍文学创作中取之不尽的精神资源。老舍曾深情地回忆说："我的真正的教师，把性格传给我的，是我的母亲。母亲并不识字，她给我的是生命的教育。"[①] 母亲独立的文化人格和旗人底层民间文化的熏陶，养成了老舍冷静稳健的文化批判风格。大杂院文化中流传的满族民间传说、神话故事深深地影响着他的选材视角和艺术风格，在题材选择、人物刻画、场面渲染、谋篇布局等方面，都可以显示出老舍理性视角下的满族文化印迹。因此，风起云涌的五四新文化运动的激进态度并没有激发起老舍的政治参与热情，而是采取旁观的态度与当时的主流文化拉开了一定的距离。但五四的恋爱自由、婚姻自主等现代意识和民主观念，也得到了深受满族的伦理道德压迫之苦的老舍的欢欣。他在《五四给了我什么》中阐释道："反封建使我体会到人的尊严，人不该作礼教的奴隶；反帝国主义使我感到中国人的尊严，中国人不该再作洋奴。"[②] 于是一向孝敬寡母的他，对"父母之命，媒妁之言"的封建礼教的婚姻制度做出了大胆的反叛，辞退了先前定下的婚事。1924 年老舍在燕京大学英籍教授艾温士的推荐下，赴英国伦敦大学任东方学院华语讲师。在域外的民主制度、科学理念等先进文明的烛照下，老舍采取双重的辩证眼光既看到了现代西方文明比中国传统文明所具有的优越性，又看到了现代文明与传统文化的二律背反的发展轨迹所带来的人性异化等负面影响，从而为现代文明的发展谱系缺少善性一维的有力制衡而深表惋惜。这就是他在伦敦采取双重批判的文化视角创作的三部长篇小说的主题：《老张的哲学》、《赵子曰》和《二马》。特别是《二马》将老派市民马则仁的苟安懒散、懦弱保守的传统文化人格，放到截然不同的现代文明大都市伦敦的爱克斯光照射之下，缺失现代科学理念的不合时宜性就昭然若揭。但老马的富有人性的善良好客和悠闲自在的日常生活情趣，未尝不是紧张忙碌的现代人片面追求物质财富带来的人性偏执的解毒剂，这样的兼容并包的理性眼光

---

① 老舍:《新编老舍文集》第 4 卷，北京：商务印书馆 2009 年版，第 108 页。

② 老舍:《老舍生活与创作自述》，北京：人民文学出版社 1997 年版，第 300 页。

和看待问题的视角，无疑体现了老舍对中西文化成熟稳重的批判态度。1930年老舍回国之后，面对传统文化浸染的愚昧麻木、自私狭隘的弱国子民们不健全的文化人格，老舍开出了富有生气和活力的现代意识的药方。写出了长篇《猫城记》、《离婚》、《牛天赐传》、《骆驼祥子》，中篇《月牙儿》、《我这一辈子》等，三个短篇小说集《赶集》、《樱海集》、《哈藻集》，进入了文学创作的鼎盛期。抗日战争爆发打断了老舍从事创作的安稳环境，他在祖国的大好山河惨遭日本的铁蹄蹂躏之际，以笔作武器积极投身于民族救亡的洪流中去。曾任中华全国文艺界抗敌协会总务部主任，为抗战文艺工作尽了自己最大的努力。1940年代又迎来了老舍创作的第二个高潮期，这一时期的主要作品有长篇《火葬》、《四世同堂》、《鼓书艺人》，短篇小说集《火车集》、《贫血集》、《东海巴山集》、《微神集》和话剧《惨雾》、《张自忠》等。建国后最成功的作品有话剧《茶馆》和未完成的自传性小说《正红旗下》。老舍一生以七八百万字的创作实绩为后人留下了沉甸甸的宝贵财富，深扎满族文化的沃土，立志为贫贱者立传的创作目标，使他不愧为人民艺术家的光荣称号。

二、满族文化情结的压抑性抒写

老舍的童年和少年时代都是在具有浓郁的满族文化氛围的古都北平度过的，"日用而不知"的满族文化通过族人的言行举止、风俗礼仪、生活习惯等各种方式，有意或无意地镌刻到老舍的脑海里。满汉文化吸收融合形成的独具特色的京味文化，成为老舍文学创作的艺术宝库，京味的文化基因已与老舍的生命感受不可分割地联系在了一起，以至于老舍曾不无自豪地谈道："我生在北平，那里的人、事、风景、味道，和卖酸梅汤、杏儿茶的吆喝的声音，我全熟悉。一闭眼我的北平就完整的，象一张彩色鲜明的图画浮立在我的心中，我敢放胆的描画它。"① 其实满族文化的某些异质性的构成基因，是无法用京味总体性的文化意蕴来涵盖的。由于"驱除鞑虏，恢复中华"等排满的革命口号所带有的民族偏见和其他方面的原因，给老舍所带来的精神创伤，老舍在自己最为熟悉的素材宝库中，选取富有生命内涵的北平文化时，往往采取凸显满汉文化的同质性的选材策略，来压抑或遮蔽满

---

① 老舍：《老舍生活与创作自述》，北京：人民文学出版社1997年版，第62页。

族文化的异质性蕴含。但童年时期形成的满族文化情结会采取心理固着的潜在方式，无形中寻求曲折隐晦的表达自己的机会，反映在老舍整个解放前的创作中。满族文化的模糊淡化和旗人身份的有意规避，都充分地表明老舍心理中的理性意识对彰显民族文化身份的题材符码的避讳。但潜意识的强大反作用力，会在谋篇布局、细节描摹、氛围渲染等方面不经意间反映出满族文化审美底蕴的蛛丝马迹。透过模糊含混之处的文化选择和价值判断，老舍作为满族文学大师的民族文化的独特性审美视角和理智型的文化批判眼光，还是从文本中不难发现的。

第一，繁琐礼节的满族文化的清醒反思。满族八旗的规章制度，在保证旗人成为旱涝保收的铁杆庄稼的物质享受的同时，并没有给旗人的日常生活提供丰富多彩的生存样式。旗人的生命和精神就消耗在生活的艺术化，或者艺术的生活化的无聊游戏中，这种过分精致的生活文化与悠久的汉民族文化的礼节基质的充分契合，就产生了北京人日常交际和生活中病态的繁琐礼节。在老舍早期的小说《牛天赐传》中，对云城上流社会的一个文化沙龙云社中的上层文化人的礼仪观念、生活方式的繁琐性，透过一个少年儿童的眼光淋漓尽致地表现出来："人家喝茶用小盅，一小盅得喝好几次。人家说话先一咧嘴，然后也许说，也许不说。人家的服饰文雅，补丁都有个花样。人家不谈论饭馆子，而谈自家怎样小吃。人家什么事都讲究。"一潭死水的生活迫使衣食无忧的上层文化人将生命的创造性和想象力，用在了寻求茶杯里的风波如何花样翻新、出奇制胜的生活艺术的精雕细刻上，上行下效的礼仪规则和生活礼数也就在社会的发展演变中慢慢地内化为下层人的行为方式的指南，请客送礼、面子问题、规矩礼节成为浸染满族文化的老中国的子民们日常生活中必不可少的一道风景。婚丧嫁娶、新儿三天、祝寿礼仪、家庭变故等各种各样的大小事情，都成为礼尚往来的送礼借口，因此在老舍的作品中描写送礼的细节和场面特别多：《二马》中的老马遵循逢重大节日必定送礼的老规矩，在圣诞节到来之际给每一位他所认识的英国人送去礼物，连他的房东温都太太的小狗都不例外；《离婚》中的张大哥在儿子入狱之际要以一处房产，甚至以牺牲自己女儿的终身幸福为代价的大礼来换取儿子出狱的机会，儿子出狱之后，同事都络绎不绝地来到他家送礼慰问；《骆驼祥子》中人和车厂的老板刘四爷祝寿时，不仅亲朋好友而且租车的伙计也要随份儿送礼，祥子要讨得未来老岳父的欢心更需要送礼；《正红旗下》中新儿洗三，左邻右舍要送礼祝贺，即使再贫寒的下层人也不能坏了祖上流传的规矩礼节。老舍对这种精致的满族文化已内化为人们日常行为的文化人格的不良后果，通过长篇小说《四世同堂》进行了追根溯源的文化反思："在满清的末几十年，旗人的生活好像除了吃汉人所供给的米，与花汉人供献的银子而外，整天整年的都消磨在生活的艺术中。"无论是满人还是混杂而居的汉人，在"生活的艺术中"自然而然地养成了先入为主的礼仪心理模式，达到了日用而不知的熟稔程度。即使是祁老人，因"自幼长在北京，耳习目染的向旗籍人学习了许多规矩礼路"，也不忘在兵荒马乱的年代为自己祝寿。老舍对这种包含满族文化的京味是怀着矛盾含混的心态进行描摹刻画的。既有对其蕴含的精致、雍容、闲适、舒放的生活艺术不由自主地流露出欣赏赞叹的审美态度，也有对这种文化的过熟过烂导致的文化人格的懦弱、衰老、早熟等不良后果有着极为清醒的认识。比如在《断魂枪》、《老字号》等小说中通过传统文化与现代文明发展过程的二律背反，为在历史进步的杠杆面前成为牺牲品的富有人性和人情味的古老文化唱了一曲无尽的挽歌。但老舍也采取辩证的眼光和态度在《二马》、《猫城记》等小说中对"出窝儿老"的民族文化的可悲命运做了深刻的反思。

第二，中庸敷衍的性格特征的温情批判。繁琐礼节的程式化、习俗化本身就蕴含着中庸敷衍的文化因子，特别是带有满族文化基因的北平市民文化，更是充分发展了畸形偏执的一面。老舍说："北平人，不论是看着一个绿脸的大王打跑一个白脸的大王，还是八国联军把皇帝赶出去，都只会咪嘻咪嘻的假笑，而不会落真的眼泪。"这种类似做戏的虚无党式的习俗礼仪，是生活在下层的北平人苦中作乐的麻木心态的表征。庸俗懒散、自足自乐的满族文化与孔子的中庸、《易传》执两用中的传统文化的奇妙化合，就产生了《离婚》中的张大哥一类认真敷衍的中庸性格："凡事经过小筛子一筛，永不会走到极端上去；走极端是使生命失去平衡，而要平地摔跟头的。张大哥最不喜欢摔跟头。他的衣服、帽子、手套、烟斗、手杖，全是摩登人用过半年多，而顽固老还要再思索三两个月才敢用的时候的样式和风格。"张大哥人生哲学的内涵本质就是中庸协调，这在他对婚姻的择偶标准上得到了鲜明的体现："在他眼中，凡为姑娘者，必有个相当的丈夫；凡为小伙子者，必有个合适的夫人。"因此张大哥一生能够完成做媒和反对离婚的神圣使命的砝码，就在于他将双方的条件放在了天平上仔细地协调称量。张大哥庸人哲学的破产是老舍看透造化的把戏之后，用契诃夫式的"含泪的笑"的幽默风格，对老派市民表达的一种哀其不幸的人道情怀。《二马》中的老马迷信、中庸、马虎、散漫，他"一辈子不但没有用过他的脑子，就是他的眼睛也没有一回盯在一件东西上看三分钟的。"《赵子曰》中占据百家姓的首姓和论语的首字的主人公，对生活的敷衍方式深得阿Q精神胜利法的精髓：考试名列榜末的残酷现实反而成为引发他自轻自贱的触媒："倒着念不是第一吗？"在长篇小说《骆驼祥子》中患上都市文明病之后的祥子，对一切事都采取麻木敷衍的生活态度，从而成为老舍探讨造成这种个人主义的末路鬼的文化基因与精神遗传的病源样本。不过老舍无论对老派市民和新派市民还是本土市民和洋派市民，都采取了中年比较温和的艺术方式为他们描形绘像，对于人物的感同身受的理解，决定了他不会采取疾言厉色的方式对人物中庸敷衍的文化性格进行彻底的批判。

第三，官样文化的本位意识的细微剖析。旗人身份的过度讲究主要是通过官阶的大小集中体现的，"官大一级压死人"的夸张说法正是壁垒森严的等级制的形象诠释。这种满族统治下的皇朝帝都的等级制度与传统的文化积淀相结合，就产生了北平独特的官样文化。在这种生活方式和价值观念熏染下的北平市民养成了"万般皆下品，唯有做官高"的官本位意识，官员的权力、财富、享受三位一体的文化观念，成为不同阶层人向往追求的行动指南。在老舍早期的小说《老张的哲学》中，主人公老张由钱本位到官本位的发展变化正说明了官样文化形态的巨大诱惑力。他由教书、营商、当兵都围绕着钱转的三位一体到最后成为南方某省的教育厅长的官本位的观念嬗变，实际上是把做官当做发财致富的终南捷径和实用工具。而且在市民社会中早已形成的士农工商的等级次序与"学而优则仕"的价值观念也在无形中暗示诱导人们的职业评判标准，特别是老派市民老马（《二马》）"做买卖他不懂；不但不懂，而且向来看不起做买卖的人。发财大道是做官；做买卖，拿着血汗挣钱，没出息！"这种思想观念的产生应与"三年清知府，十万雪花银"为官之道的实用哲学有着极为密切的关系。如果说老派市民在陈腐的文化熏陶下产生的官本位意识只是个人的人生规划的白日梦，由于个人自身条件的限制很难实现而不会给国家和民族造成伤害的话，那么在关乎民族存亡的危急关头，不顾民族大义的官本位意识就会成为丧失廉耻、祸国殃民的罪魁祸首，成为滋生辱没族格和国格的汉奸文化的最适宜的温床。正是看到了官样文化与汉奸文化的内在联系，以及在全民族抗战中会带来的严重后果的清醒估计，抗战爆发后的老舍慷慨陈词："中国想不亡，就须人人有不做亡国奴的气概和气魄，人人得成为忠勇的英雄。"[①] 因此老舍在小说《火葬》中对刘二狗学日本人走路、留日本人式的胡子的行为给予了辛辣的嘲讽，看到了旗人讲究辈分的主奴二重性格，在外族侵略战争的人性试验场上会脱胎变形为"有奶便是娘"的畸形状态。特别是从北平逃难而来的妻子的诉说，更是唤起了老舍对官位文化的深刻反思，并在《四世同堂》中把自己的感悟化为对不同类型的汉奸心态的精致刻画上：丁约翰甘心情愿做洋人的奴才，"洋人要是说过一句半句的话，他能把尾巴摇动三天三夜"；祁瑞丰投靠洋人做了教育科长之后就认为"别的都是假的，科长才是真货色"；冠晓荷夫妇为死心塌地地跟随洋人做官而不惜做出出卖同胞的卑鄙行径；蓝东阳高烧说的胡话都是天皇万岁。老舍对此有着极为清醒的辩证认识，在这部长篇小说里对各种病根做了知识谱系的归纳与阐释："我们传统的升官发财的观念，封建思想、家庭制度、教育方法、苟且偷生的习惯，都是民族的遗传病。这些病，在国家太平的时候，会使历史无声无色的，平凡的，像一头老牛似的往前慢慢地蹭，我们的历史上没有多少照耀全世界的发明与贡献。及至国家遇到灾难，这些病就像三期梅毒似的一下子溃烂到底。"

三、满族风俗文化的张扬性回望

解放后，宪法明确规定了组成中华民族的各少数民族都具有平等的地位，"五十六个民族是一家"的方针政策，驱除了老舍长期以来满族卖国留在心灵的阴影。长期潜存于心灵深处的民族文化记忆，经过老舍化腐朽为神奇的妙笔化作一幅幅动人的民族风俗的画卷，在戏剧《茶馆》和自传性小说《正红旗下》中得到了尽情地发挥和表现。借助于主流话语的政治力量和民间意识的复活形成的合谋力量，在政治政策相对比较宽松的时代语境和团结少数民族的共名状态下，得以

---

① 张桂兴：《老舍年谱》，上海：上海文艺出版社 2005 年版，第 265 页。

发挥创作主体的叙事功能，让老舍实现了在叙事夹缝的尺寸之间游刃有余地挖掘和反思满族文化的优长与缺陷的历史机遇。《茶馆》从横向连接和纵向追溯形成的网络结构中，表现了满族人礼仪周全的文化生活方式，以反描法从埋葬三个旧时代的历程，凸显只有社会主义才能救中国的时代共名的显在主题保护下，老舍将满族生活中的风俗观念、文化传统、规矩礼节通过三教九流的个体形象得到了鲜活的表现。满族人的规矩礼节之中包含的过分讲究生活艺术的繁琐性的弊病，隔着几十年的生命历程往回追溯时，老舍就采取了温情的笔调和比较公正的态度反思并批判满族文化的原生态。

在《正红旗下》采用了第一人称"我"作为小说的人物兼叙事者的双重角色，正是为了采取童真的视角打量成人社会的习俗，以达到比较纯正的反思和回顾满族文化原生态的目的。满族入关之后的骁勇英武的血性气质，随着岁月的流逝成为难得一见的稀有元素，生命的价值和意义就在于玩蛐蛐罐子、干炸丸子、鸽铃、架笼提鸟、喝茶听曲等微不足道的琐事上面。生活往小里耗形成的精致的生活艺术，造成了对国事和天下事漠不关心的保守性格，生活的一潭死水与懦弱萎缩的文化人格构成了互为因果的恶性循环关系。大姐的公公是四品顶戴的佐领，可从他对于养鸟的艺术的勃勃谈兴和问及是否会骑射带兵时王顾左右而言他的行为态度来看，武官职位和实际本领之间的巨大反差，无疑是对名不副实现象的有力反讽。大姐的丈夫是一个不会骑马的骁骑校，他为了鸽子可以置自家的性命于不顾的行为，典型地体现了一个玩物丧志者的做派，如何玩出精巧和花样成为他毕生追求的目标。满清曾经横扫南北的八旗制度在闭关锁国的承平年代里，使旗人的自由与自信同岁月一起流逝，被洋人打得丧权辱国的可悲事实形成的既拒斥洋人又亲近洋人的扭曲心态，正是从皇帝到臣民失去民族自信之后的必然反应。因此天朝大国夜郎自大的背后是崇洋媚外的奴才心理，确是形成狗仗人势的汉奸文化的温床。在小说中通过多老大信仰基督教攀上洋人这棵大树，就忘记了祖宗的本分欺负王掌柜的丑恶行径，老舍进行了深刻的文化反思："二百年积下的历史尘垢，使一般的旗人既忘了自谴，也忘了自励。我们创造了一种独具一格的生活方式：有钱的真讲究，没钱的穷讲究。生命就沉浮在一汪死水里。"这种生活的讲究艺术形成的一系列的礼节套路，在年轻的媳妇如何伺候长辈方面得到了鲜明的体现：

比如在聚会的场合，大姐"在长辈面前，她不敢多说话，又不能老在那儿呆若木鸡地侍立。她必须选择最简单而恰当的字眼，在最合适的间隙，像舞台上的锣鼓点儿似的那么准确，说那么一两句，使老太太高兴，从而谈得更加活跃"。在描绘满族文化的病态的同时，老舍也以辩证的眼光看到了本民族文化值得留恋的美好一面。大姐的蓝布旗袍和旗头形成的典型的满族服饰，更加衬托出大姐蹲安时的稳重而潇洒的神态美；二哥福海综合了旗人骑马射箭的优点和汉、蒙、回族的优秀文化，形成了博采众长的宽阔胸襟和开放性地看待事物发展变化的眼光；白姥姥不嫌弃洗盆里的赏钱少，仍在认认真真地完成典礼仪式上自己应做的那份工作；在婴儿洗三、满月等礼节中底层人形成的充满温情的和谐气氛，充分地显示出满族文化健康融洽的优质文化基因。老舍通过形象的精雕细刻，展示了满族文化母系统中优质和劣质的文化基因如影随形的内部结构，从而为本民族的文化没落以及与他民族文化的有机融合做了辩证的理性反思和阐释。

老舍用"包含了满族素质与旗人文化的内容"① 的京味儿语言来反思民族文化的病灶，始终用幽默的语言与悲悯的情怀对病态的国民文化性格进行剖析。在思想内容和艺术形式的完美融合中，实现了对满族文化的或压抑和张扬、或变形改装和坦然直陈式的精致书写。无人撼动的骄人成绩，奠定了他坚持不懈地从文化的视角选材构思和谋篇布局的大师级地位。

第九节　穆时英与现代都市小说

一、现代都市小说的状貌与演化

现代都市小说真正走向成熟，离不开 20 世纪 30 年代都市文化的浸染与培育。特别是以上海为代表的现代大都市，由生产型到消费型的功能转变，产生的声色犬马、灯红酒绿的都市景观，将人内心的消费欲望、情感欲望从潘多拉魔盒中释放了出来。跑马场、大剧院、舞厅、咖啡馆、百货大楼、摩天大厦、霓虹灯等现

---

① 樊骏：《认识老舍》，《文学评论》，1996 年，第 5 期。

代都市景观，带来的不仅是感官性的物质文明的更迭，更是物质符码所包蕴的精神文明与价值观念的嬗变。作为身居都市的现代作家，敏感的神经比普通的都市人，更能感受到都市文明的发展给现代人的心灵带来的震惊。传统的价值观念、为人处事的标准、熟悉的文化语境都随着现代文明快节奏的变化发展，而由中心走向了边缘。以现代性的颓废、浪漫、先锋、摩登等多副面孔为代表的都市文化，以不可遏制之势，取代了闲适、散漫、封闭性的传统文化而成为时代的宠儿。不过，不同的作家对都市文化的不同的审美态度和价值判断，决定了在文本的题材选择、艺术追求、风格探索等方面，呈现出别样的都市文学景观。深受古典文化熏陶的守成型的都市传统文化派作家，以对传统文化和文明难以割舍的留恋姿态，探讨民族文化之根的永恒质素。对都市文化培育的浮华无根的文明形态，持嗤之以鼻的否定态度。对都市文化的排拒心态，注定了都市文化小说的创作，只能把都市作为罪恶的逋逃薮的边缘景观，而不能深入都市文化的芯子进行主体性的审美透视。左翼作家从政治意识形态的视角，审视都市人的生态和心态的观察方式，无论是革命＋恋爱式的都市文学想象产生的小资情调，在宏大主题与个人悲欢之间的艰难选择中形成的乌托邦式的美学追求；还是以茅盾为首的社会剖析学派，运用马克思主义的政治经济学理论，客观冷静地阐释中国社会的阶级现状，都没有把都市作为富有生命的主体，进行现代性的文化观照。即使茅盾的最具有现代都市味的《子夜》，由于采用社会剖析的方式，阐释中国并没有在二三十年代，走向真正的资本主义道路的社会哲学命题，所以并没有去真正表现都市光怪陆离、声色犬马的一面，相反对都市皮相的浮光掠影的描绘，只是为了证明他的先入为主的概念主题。真正把机械的物质文明所产生的力的美学，以及生活于都市空间的现代人的心理观念，都用与之相配的现代都市的表现方式，来展露它迥异于传统保守的一面，从而在都市小说的艺术园地取得辉煌成就的非新感觉派作家莫属。他们热衷于用现代的辞藻表现现代人的情绪和感受的方法，与特定的都市形态和文化观念的有机融合，为现代都市的风景绘形尽相。唯新是宠的新感觉派小说的价值追求，正与光怪陆离的都市景观瞬息万变的本质内涵，有着不谋而合的默契之处。正如新感觉派的代表作家刘呐鸥用意识跳动、电影蒙太奇等现代艺术手法，描绘现代都会的摩登男女的生活情态和欲望场景的小说集《都市风景线》，尽情地以他敏感的都市人的视角，打量并捕捉都市中的现代人和现代人中的都市相互颉颃形成的都市文化的神韵。当时就有人指出"呐鸥先生是一位敏感的都市人，操着他的特殊的手腕，他把这飞机、电影、JAZZ、摩天楼、色情（狂）、长型汽车的高速度大量生产的现代生活，下着锐利的解剖刀"。[①] 至此，都市景观的描写和都市形态的把握，才真正达到了水乳交融的境地，也意味着中国有都市而无都市文学的不良局面，在新感觉派作家的手里真正得到了改观。

在 20 世纪 40 年代的战争炮火的洗礼下，由于战争文化在国统区、"孤岛"和沦陷区、解放区等不同地域的交融和渗透，也影响了现代都市小说进一步发展的路径。京味都市小说在老舍的长篇《四世同堂》中，通过三教九流、贩夫走卒在异族侵略者的残暴统治下，造成的难以言说的心灵痛史的逼真描绘，对帝都北平过熟过烂的传统文化底蕴做了深刻的文化反思。钱钟书的讽刺佳构《围城》也只是把都市景观作为人物活动的背景，思索人所具有的两足无毛的基本根性的形而上的哲学命题。新浪漫派（后期浪漫派）的代表作家徐讦和无名氏，走的是雅俗合流的都市传奇小说的路子，《鬼恋》、《风萧萧》、《北极风情画》、《塔里的女人》等畅销书也都在都市的底子上加入间谍生活、男女爱情、异域风情之类的佐料，通过传奇性和浪漫性的曲折离奇的故事情节，为畅销书的传播介质增加艺术魅力的筹码。真正走进都市文化的深处，感悟到生命的极致的飞扬与安稳的日常生活的底子之间，有一种表面悖反内里统一的微妙关系的张爱玲，确实得到了新感觉派描写都市风景和文化形态的真传。她以及苏青对都市市民精心算计、勾心斗角的性格心态的逼真描绘，实际是把自己深切的生活体验转移投射到了都市人的神态举止之中，从而使现代都市小说真正成为内容与形式比较完美的融合的有根的文学。特别是张爱玲的《沉香屑·第一炉香》、《金锁记》、《倾城之恋》、《封锁》等都市小说，在感觉的敏锐细腻、比喻的精妙恰切等方面达到了很高的艺术成就。但这只是文革前三十年的历史区间中最后的回光返照，从此之后现代都市小说的发展在极"左"意识形态的压制之下沉潜于地下，直到新时期的到来才浮出了历史的地表。

---

① 刊物编者：《文坛消息》，《新文艺》，1930 年，第 1 期。

二、现代都市小说的总体特征

尽管现代都市小说主要在传统文化、工业文化和洋场文化的渗染下形成了不同的都市文化景观，鲜明的都市地域特色和文化意识在经济文化的综合指标的考量下，完成了从传统闭塞的乡镇向开放性的现代大都市的质的飞跃，但真正能体现现代都市小说的成熟样态的还是洋场文化型的新感觉派小说。由此形成了现代都市小说的鲜明特征：

第一，都市生活的日常现象和世态人情的细致描摹。"在快速的节奏中表现现代大都市的生活，尤其表现半殖民地都市的畸形和病态方面。"[①]首先，表现在对都市物质文明的细致描摹上。夜总会、跳舞场、咖啡馆、酒吧、影戏院、购物中心等都市休闲娱乐场所成为现代都市最常见的亮丽风景，它们构成了都市文化最表层的物质外壳，为现代人的生活方式提供了开放的空间。这种消费型的都市风景，在新感觉派作家刘呐鸥（1900—1939）、施蛰存（1905—2003）、穆时英（1912—1940）、黑婴（1915—1992）、禾金（生卒年不详）等人的笔下得到了鲜明的体现。他们接受了日本新感觉派作家主客观合一的现代感觉形式，以及法国作家保尔·穆杭的印象主义、感觉主义的影响，以对西方现代主义的艺术形式的热烈拥抱，来展现异质性、流动性与多变性的都市文化中城与人的时尚面孔。描写洋场生活景观的刘呐鸥的《都市风景线》、黑婴的《咖啡座的忧郁》等新感觉派小说，以及茅盾的《子夜》等都市工业文化派小说，为繁华的现代化都市留下了精彩的面影。其次，对都市人病态心理的暴露展示。运用精神分析学理论挖掘人物内在心理的小说集《将军的头》、《梅雨之夕》、《善女人行品》（施蛰存），刻画上海都市男女爱情生活的《公墓》、《白金的女体塑像》（穆时英）等，都表现了现代都市人在物质文明的过度压抑下产生的寂寞、孤独、变态心理。

第二，现代艺术技巧的借用与试验。首先，感觉化的艺术书写。色彩斑斓的霓虹灯和五颜六色的广告，构成的都市的声光电化直接刺激人的感官，现代都市以强大的信息传递，无孔不入地渗透到都市人的生命深处。因此，展示都市现代

---

① 严家炎：《中国现代小说流派史》（增订本），武汉：长江文艺出版社 2009 年版，第 140 页。

化景观给现代人带来的信息编码和解码过程的复杂性，就不可能再用传统理性的单一感官来承载阐释。所以新感觉派的小说经常用通感的艺术手法，将视觉、听觉、触觉、味觉、嗅觉各自为政的单一功能，统合为牵一发而动全身式的综合功能，打破了外感觉与内感觉、局部感觉与整体感觉之间的界限，形成了"五官不分"的感觉世界。如刘呐鸥的《两个时间的不感症者》中的"游倦了的白云两大片，流着光闪闪的汗珠"，穆时英写的"古铜色的鸦片烟香味"（《上海的狐步舞》）、"她的眸子里还遗留着乳香"、"那只手象一只熨斗，轻轻熨着我的结了许多皱纹的灵魂"（《第二恋》），都是感觉化书写的最为鲜活生动的例子。其次，心理分析方法的借鉴。人的意识和无意识在都市文化和审美观念的冲击下，会在人的意识结构中产生心理能量的流动，在心理动能向心理势能的转化过程中，产生的心理流变也会在都市人外在的行为举止的阈限下，开辟另一条表现自我的渠道。新感觉派作家在当时受弗洛伊德的精神分析学的影响下，深入挖掘都市男女的潜意识和性心理，显示了人物丰富多彩的内心世界。像刘呐鸥的《残留》完全用内心独白的方式表现女主人公霞玲，在非常思念刚刚死去的丈夫与迅速的移情别恋寻求性爱刺激之间，两极化的情感心理的发展变化，构成了小说谋篇布局的主干，这在艺术表现上是很特别的。无怪乎《新文艺》的编者评价道："《残留》是刘呐鸥先生自己很满意的新作，全篇用着心理描写的独白，在文体上是现在我们创作上很少有的。"[①] 施蛰存的小说《梅雨之夕》、《春阳》、《纯羹》等，在古典的文化情韵的底子上，施展腾挪跌宕的现代心理分析技巧的套路，在潜意识的挖掘和显意识的细腻刻画方面，达到了炉火纯青的境界。

三、穆时英对现代都市小说的艺术书写

穆时英（1912—1940），浙江慈溪人。短暂的文学创作历程却经历了由"普罗小说中之白眉"到"中国新感觉圣手"的题材选择与艺术风格的嬗变，小说集有《南北极》、《公墓》、《白金的女体塑像》、《圣处女的感情》等。能够用感觉主义和印象主义的艺术方式如鱼得水地书写畸形繁荣的都市文明无根的悬浮状态，也充

---

① 刊物编者：《编辑的话》，《新文艺》，1930年，第2期。

分地表现出他艺术描写的现代品格和多元的文化底蕴。

在穆时英的都市小说里，堆积在他的作品中的华东饭店、汉密而登旅社、皇后夜总会、国泰大戏院、霞飞路等上海最有名气的标志性建筑，首先成为了他建构都市小说景观的最具代表性的物质符码。都市人的生活居室的装修布置，也全是由具有现代文明气息的器具组成的："白金似的写字台，三只上好的丝绒沙发，全副的银烟具，绘了红花的，奶黄色的瓷茶具，出色的水汀和电话，还有那盏新颖的灯。"（《烟》）吃饭方式也离不开时髦观念的浸染："吃晚饭的时候，她教了他三百七十三种烟的牌子，二十八种咖啡的名目，五千种混合酒的成分配列方式。"（《骆驼·尼采主义者和女人》）甚至都市提供的物质消费已将人的灵魂异化，如《黑牡丹》中舞女所讲述的："我是在奢侈里生活着的，脱离了爵士乐，狐步舞，混合酒，秋季的流行色，八汽缸的跑车，埃及的烟，我便成了没有灵魂的人。"

其次，都市男女博弈状态下的物化书写。都市的欲望魔鬼摧毁了传统文明培育的贞洁的女性形象，走出传统的闺阁牢笼的女性，受到洋场殖民文化的熏陶。不但把羞于启齿的性当做可供消费和享受的一次性商品随时出卖，而且打破了男权文化统治下看／被看的欲望化模式中被动的客体位置，从而以主体化的欲望眼光，把男性作为被欣赏消费的猎物。因此在穆时英的笔下，"传统的具有依附性、温柔性和纯洁的百合花型的理想女性形象一改而成为狂热的、纵欲的、富于诱惑性、专以捕食掠夺男人为能事的施虐狂和色情狂"。[1] 男性再也不能凭借菲勒斯中心主义的霸权地位，轻而易举地把女性玩于股掌之中。相反在《被当做消遣品的男子》中交际花蓉子的眼里的恋人，成为了雀巢牌朱古力糖、Sunkist（橘子）等可口的食品，对她来说，新交的男性朋友很快就从增进胃口的"辛辣的刺激物"，变成消化而排泄的"朱古力糖渣"，从而使男性第一次交往，就禁不住发出了"可真是危险的动物哪！"的感叹。单纯把男性作为可欲的对象，当然会引起都市中的男性，对女性躯体修辞的物化状态采取更为激烈的报复。因此将女性物化的比喻修辞比比皆是：《Craven "A"》中的男主人公对女性的胴体欲望化审视的结果是，他解开她的宽紧带上的扣子"便看见两条白蛇交叠着"；《夜总会里的五个人》里

---

① 李今：《海派小说与现代都市文化》，合肥：安徽教育出版社 2000 年版，第 107 页。

的恋人是"伊甸园里逃出来的蛇啊";《PIERROT》中,潘鹤龄发现恋人移情别恋之后,想象着"琉璃子蛇似地缠到他(一个菲律宾情人)身上";《墨绿衫的小姐》中醉酒的女主人公,"像一条墨绿色的大懒蛇,闭上了酡红的眼皮,扭动着腰肢";《被当做消遣品的男子》中的蓉子,是一个有"猫的脑袋"的温柔而危险的混合物,男友拥抱蓉子的感觉是"像抱着只猫",蓉子的体态也是"猫似的蜷伏着"。此外,在《黑牡丹》中具有"花妖"气质的舞娘"是接在玄狐身上的牡丹——动物和静物的混血儿!";在《墨绿衫的小姐》中以"在我的嘴下一朵樱花开放了"的形象喻体来喻指女性的躯体;在《Craen "A"》中称赞女性年轻健美的躯体是一幅"优秀的国家地图"。这些对女性躯体物化修辞的暧昧性的书写,是都市化进程中男性的权威地位受到挑战后加倍还击的过激反应,不过男女两性的永恒博弈在都市庞大的建筑群的压制下,也只能以两败俱伤的物化结局而告终。

最后,都市人孤独寂寞心态的精神留影。都市中,个人的生活方式和价值观念是对聚族而居的宗法制文明培育的亲情伦理观念的大胆反叛,都市的流动不拘带来的刺激性、鲜活性、奇异性,无疑会对生活于都市空间中的男女带来巨大的心理压力。约定俗成的生活观念不再成为有效地阐释瞬息万变的都市生活的普世真理。普世价值的缺失,让都市中的男女普遍感到异己的力量对自己的生命状态的无形威胁。因此,都市男女以纵欲作为解除寂寞的方式,只能是饮鸩止渴的无效药方。寂寞和孤独就如同废名的智性诗歌《街头》所描绘得那样无处不在,成为难以驱除的永恒旋律,流淌在都市男女的内心深处。这集中体现在穆时英的小说里:《Craven "A"》中的舞女余慧娴,以每天都带一个男子回家纵情享乐的极端方式,来填补内心的空虚和无聊,可是她说:"一种切骨的寂寞,海那样深大的,从脊椎那儿直透出来,不是眼泪或是太息所能洗刷的、爱情友谊所能抚慰的——我怕它!"短篇小说《夜》中的舞女,也只能以"今朝有酒今朝醉"的方式对待问她名字的男人"过了今晚上我们还有会面的日子吗?"的决绝回答,典型地体现出都市人的心灵难以相互沟通和交流的没落颓废心态。《PIERROT》借潘鹤龄在事业、爱情、亲情、革命等生命价值意义的求索之旅的彻底失败,来表达人生的孤独感和虚无感:"人在母亲的胎里就是个孤独的胎儿,生到陌生的社会上来,他会受崇拜,受责备,受放逐,可是始终是孤独的,就是葬在棺材里面的遗骨也是孤独的;

就是遗下来的思想，情绪，直到宇宙消灭的时候也还是孤独的啊！"单身汉刘沧波面对万物竞发的春天萌发的感触是："独身汉还是看看电影吧！""独身汉还是买条手杖吧！""独身汉还是到郊外去散步吧！""独身汉还是到咖啡店去喝咖啡吧！"（《五月》）可以说寂寞和孤独是寄身繁华都市的现代人，在东西方文明的夹击下永难摆脱的都市文明病。"在而不属于"的悬浮状态产生的灵魂与肉体的分裂，使醉生梦死的都市人急于找到救赎灵魂的稻草。但以欲望填充欲望、以空虚抚慰空虚的恶性循环的结果，只能是悲观主义哲学所提倡的死是最好的解脱方式。因此《夜总会里的五个人》中金子大王胡均益的自杀，引起为他送葬的其他四个不如意的都市男女的羡慕，实在是情理之中的事。他们的颓废行为和反工具理性的现代观念，为都市文化的审美现代性提供的对立而不是互补的共时态的框架结构，确实为都市文明的发展，以及现代都市人的人格建构问题留下了意味深长的一笔。

现代都市文明景观与文化质素构成的多层面、全方位的系统质素中，如何以有意味的形式寻求艺术性传达的切入点和突破口？面对目迷五色的都市景观，怎样采取透过现象看本质的方式深入到都市的芯子里面去？怎样在现代信息的狂轰滥炸与太阳底下无新事的瞬息和永恒的关系之间，寻求阐释表达的动态平衡？这在几乎没有先例可供艺术借鉴的空白局面，为作家天马行空的艺术想象开辟了广阔的天地。穆时英后来回忆说："当时写的时候是抱着一种试验及锻炼自己的技巧的目的写的——到现在我写小说的态度还是如此——对于自己所写的是什么东西，我并不知道，也没想知道过。"[1] 其实抛弃先入为主的艺术观念，实验艺术客体与传达主体之间相互融入对方的血肉之后，产生的相生相克的力量博弈过程，始终是新感觉派不断地挑战自我来实现艺术创新的兴奋点，这可以从对现代艺术手法的广采博取方面得到明证。

首先，对电影艺术手法的借用。穆时英对电影表现艺术的深入研究，为传达都市的文化景观提供了另一个参照系。把电影的聚焦、长镜头、蒙太奇等艺术手法嫁接到文学的母体上，就产生了中西合璧的宁馨儿。在他的《上海的狐步舞》、《夜总会里的五个人》、《夜》、《黑牡丹》、《街景》等作品中对都市景观的描绘，都

---

[1] 穆时英：《穆时英全集》第 1 卷，北京：北京十月文艺出版社 2008 年版，第 97 页。

采取了不同场景的随意切割和互不相关的物象任意拼贴的电影蒙太奇的艺术手法。比如《上海的狐步舞》打破了传统小说线性发展的历时态结构方式，将凶杀的场面、淫乱的氛围、暗娼的生活、腐化享乐的夜生活场景等四个画面的随意编织，诠释着"上海是造在地狱上的天堂"的题旨。同样，《街景》也别具匠心地切换了三组镜头：三位戴着白帽拖着黑色法衣的修女、两对购物归来的都市男女、坐在寥落的街角的一个老乞丐，三者之间本来没有明显的联系，却通过鲜明的画面对比，表达了同一时空结构下存在的天堂、人间和地狱的母题。此外，《上海的狐步舞》在描绘一个典型的舞厅场景时，显然也借鉴了电影的艺术表现方式："飘动的裙子，飘动的袍角，精致的鞋跟，鞋跟，鞋跟，鞋跟，鞋跟。蓬松的头发和男子的脸。男子的衬衫的白领和女子的笑脸。伸着的胳膊，翡翠坠子拖到肩上。"因此在他的小说中，对电影艺术手法的借鉴不仅是局部的细枝末节的艺术技巧，更是宏观地建构小说艺术大厦所不可缺少的生命质素。其次，穆时英在艺术传达上遵循人物内心的自然流动，采用双线结构的方式，将人物的外在行为与内在心理同时并置的艺术表达方式来多侧面地刻画人物的性格。比如《Craven "A"》中叙述了作为律师的"我"在为舞女余慧娴讲故事的同时，在括号内用无标点符号的极端方式，形象地展示我内心意识的流动："一个被人家轻视着的女子短期旅行的佳地明媚的风景在舞场海水浴场电影院郊外花园公园里生长着的香港被玩弄的玩弄着别人的被轻视的给社会挤出来的不幸的人啊。"在《白金的女体塑像》中也同样采取了双线策略，表现谢医生对病人胴体的检查以及由此引起的内心独白，诸如此类的情节结构在他的小说中已成为常见的风景。

穆时英在其小说集自序中说："人生是急行列车，而人并不是舒适地坐在车上眺望风景的假期旅客，却是被强迫着去跟在车后，拼命地追赶列车的职业旅行者。"[①]正因为他清醒地意识到现代都市一日千里的发展变化，带来了都市人无法把握生命之根的紧迫感、压抑感和颓废感的真实状态，他才以西方现代主义的艺术传达方式，真切地表现现代都市的文明景观，从而成为新感觉派的鬼才和圣手。

---

① 穆时英：《白金的女体塑像》，天津：百花文艺出版社 2006 年版，第 1 页。

第十节　钱钟书其人其文

一、书斋型的多面文化人格

钱钟书（1910—1998），字默存，号槐聚，曾用笔名中书君等。生于江苏无锡，从小在父亲钱基博的严厉管教下养成的精研古典文学的良好习惯，为他以后的创作打下了深厚的古文功底。在浩如烟海的古代典籍中如何深得传统文化博大精深的神韵，从而很好地处理博与专的辩证关系，钱钟书睿智的思维和达观的心态，使他在别人难以掌控的"度"上找到了动态的平衡。他的照相式的阅读方式与学海无涯乐作舟的治学心态的良性互动效应，使博与专的矛盾对立关系转化为辩证统一的和谐关系。日常生活中写出的一篇篇文采斐然、妙趣横生的书札，就是他把古典文学的精华化为自己的血肉的有力明证。离开感性的审美活动转向理性的学术生涯后写的诗学专著《谈艺录》，学术著作《宋诗选注》、《管锥编》、《七缀集》等更是在古典文学的海洋里尽情遨游之后，厚积薄发的艺术结晶。在崇尚白话文贬低文言文的现代语境中，喜欢用古奥博雅的文言文作为书写的工具，有研究内容与学术传达形式之间要达到无间契合的考虑。但深厚的古典文学的修养形成的先入为主的潜意识心理，无形中也左右着钱钟书的价值观念和审美意识的选择，带着古雅的文言文字的镣铐跳现代人的学术观念的舞蹈，更满足了在方寸之间腾挪躲闪游刃有余的创造乐趣，这也成为他终生难以释怀的心理情结。从水木清华的大学时代直到耄耋之年孜孜不倦写成的古典诗词《槐聚诗存》（1995），就七绝和七律的对称押韵、格律谨严所达到的艺术成就来说，堪与古代最优秀的格律诗人李白、杜甫、王维、孟浩然等人并肩而立。只这一方面的骄人业绩，就可以让无数传统文化功底浅薄的学人为之汗颜，但钱钟书在浸润于古典文学的精华中既入乎其内又出乎其外，博览西洋群书的精华达到为我所用的目的，而又有清醒地反思意识，二者的有机结合就铸造了学贯中西的钱钟书书斋型的文化人格。"东海西海，心理攸同；南学北学，道术未裂"[①]的学术思维方式显示了钱钟书不拘

[①]　钱钟书:《谈艺录》（增订本），北京：中华书局1982年版，第1页。

泥于传统与现代、东方与西方、南学与北学的二元对立的圆照开阔的学术视野。

钱钟书未走向十字街头的人生经历，并不意味着他只是一个"两耳不闻天下事，一心只读圣贤书"的迂腐型的书斋学者。相反，无论在偌大的中国都放不下一张宁静的书桌的战争年代，还是在运动频仍、人人自危的极"左"思潮泛滥的年代，他都是作为社会中有机型的知识分子，尽到了自己的岗位责任，从而形成了与社会的发展嬗变紧密相连的多面型的文化人格。在这方面，知夫莫如妻的杨绛最具有发言权，她曾说："我认为《管锥编》、《谈艺录》的作者是个好学深思的钟书，《槐聚诗存》的作者是个'忧世伤生'的钟书，《围城》的作者呢，就是个'痴气'旺盛的钟书。"① 如果说"忧患遍均安得外，欢娱分减已为奢"，是1940年代"忧世伤生"的钱钟书心境的真实写照，那么"极俗的书他也能看得哈哈大笑。戏曲里的插科打诨，他不仅且看且笑，还一再搬演，笑得打跌"，② 就是"痴气"旺盛的钱钟书的传神描摹。这种开放型的文化人格打通了书斋的感知经验与现实的实践经验之间壁垒森严的界限，将两面神的求异思维方式神游于天堂与地狱、神与兽、人与鬼之间，天马行空的创新性思维所产生的异质因素，又通过辐辏性的收敛型思维融汇于多义性的主题内涵和言说不尽的人物形象的塑造之中，这就形成了作为现代文学家的钱钟书尽管作品不多（他的小说作品仅有1946年5月由上海开明书店出版的短篇小说集《人·兽·鬼》，收《上帝的梦》、《纪念》、《灵感》、《猫》4部小说，以及1946年2月至1947年1月在《文艺复兴》连载并于1947年由晨光出版公司出版的长篇小说《围城》，由杨绛女士编定上海开明书店1941年出版的《写在人生边上》是钱钟书唯一的一本散文集），但讲究少而精的叙写策略使文本所包含的丰富意蕴，奠定了他在散文史和小说史上的独特地位。

二、学者散文：《写在人生边上》

《写在人生边上》在旁征博引的透辟议论中，显示了钱钟书作为一个学者深

---

① 钱钟书：《围城》，北京：人民文学出版社1980年版，第311页。
② 李洪岩：《智者的心路历程——钱钟书的生平与学术》，石家庄：河北教育出版社1995年版，第130页。

厚的文化素养积淀后产生的远见卓识。"腹有诗书气自华"的自然外露与逆反性思维的自圆其说两相契合，形成的富有思辨色彩的散文实践引起了散文界的瞩目，与梁实秋的《雅舍小品》和王了一的《龙虫并雕斋琐语》齐名，从而奠定了钱钟书作为20世纪40年代的学者散文大家的地位。其实《写在人生边上》只是一本薄薄的小册子，除了《序》外，收入了《魔鬼夜访钱钟书先生》、《窗》、《论快乐》、《说笑》、《吃饭》、《读伊索寓言》、《谈教训》、《一个偏见》、《释文盲》、《论文人》等10篇文章。战争导致的时局的动荡不安，摧毁了在承平环境下形成的日常生活的安稳的底子，时代的巨轮对渺小无助的个体的无形压抑，形成的个体的反弹张力，也只能采取旁观的视角和边缘人的心态，冷静地反思人类文明的升华或者浮华的发展趋势，将人生上升为本体论的高度，反顾和追寻渺小的个人在漫漫的人生旅途上的价值及其意义。钱钟书在《写在人生边上》序中写道："假使人生是一部大书，那么，下面的几篇散文只能算是写在人生边上的。这本书真大！一时不易看完，就是写过的边上也还留下好多空白。"在读人生这部大书时，"有一种业余消遣者的随便和从容，他们不慌不忙地浏览，每到有什么意见，他们随手在书边的空白上注几个字，写一个问号或感叹号"。从容地浏览鉴赏人生这部大书的平和心态，充分地激活了钱钟书潜意识中求异思维的火花，让解颐幽默的一偏之见在洞视与盲见的原生态语境下，还原为本真的不带贬义色彩的常态语汇。

边缘化的叙写风格。钱钟书从文化的视角切入并反思社会生活中司空见惯的众生世相，自然与在"文章下乡，文章入伍"的主流文化的号召下，产生的紧密联系战争氛围的宏大叙事话语有了相当的关照距离。日常生活中的快乐、吃饭、说笑等人生安稳的素朴的底子，教训、偏见、文盲、文人等消闲余裕的话题，自然与国家、民族、战争等宏大意象拉开了距离，二者之间构成的严肃/随意、神圣/低俗、宏大/微小、形而上/形而下之间的二元对立义项中，前者的价值等级的神圣崇高对后者在特殊的战争语境的压抑和遮蔽，导致对日常琐事的刻画描写也只能采取边缘化的视角。但钱钟书的散文在海阔天空的闲谈拉扯中，又与刻意迎合市民口味的消遣散文走着不同的艺术风格之路，他尽量地以广博的学识和独特的见解，从本体上提升散文的文化审美内涵。如《论快乐》从古今中外的文化典籍中列举出丰富的实例，证明快乐是短暂易逝的。永远快乐不但事实上不可能，而且逻辑上也不能成立，因为"留恋着不肯快走的，偏是你所不留恋的东西"，从而在文末得出"矛盾是智慧的代价"的结论。又如《说笑》对提倡幽默性灵的论语派采取了不苟同的批评态度，但他并没有采取鲁迅式的疾言厉色的方式指出在虎狼成群、风沙扑面的时代，提倡幽默难免有将屠夫的凶残博得大家的一笑的不合时宜性，而是悬置小品散文的匕首与投枪的社会批判功能，采取与西洋自然率真的真幽默发出的笑声相对比，得出提倡幽默很容易滑入为幽默而幽默的假笑。"西洋成语称笑声清扬者为'银笑'，假幽默像搀了铅的伪币，发出重浊呆板的声音，只能算铅笑。"这样无论从时代的政治话语还是从民间的市民话语的视角来衡量，钱钟书的散文在增加学者的辨识和才智的密度的同时，也只能甘居人生的边缘，注重边缘化的文化批评和反思。

悖反性的思维方式。钱钟书博采众长的知识积淀，奠定了将发散型思维和收敛型思维融会贯通的悖反性的思维方式，在违反常规和多疑反思的思维烛照下，将约定俗成的概念习语、道德观念、文化习俗等放在理性的天平上重估价值。采取知识考古学和系谱学的方式剥离掉习俗的文化油彩，来显示概念习语的本真面目，将时空关系上看似最不相关的事物，寻绎出形的巨大反差背后的神的深层相通之处，就产生了不合常理的背后内蕴着丰富哲理的悖论效果。比如他以学者的辩才发现"公理"与"偏见"的矛盾对立背后其实有着内在的同一性。从同一性的角度阐释公理，也就以反常的思维轻而易举地寻找到公理的阿喀琉斯之踵，对公理的盲见的先天暗疾的深入分析，就可以有理有据地肯定"所谓的正道公理压根儿也是偏见"。 从而对偏见从公理的阴影中走出获得的价值意义大唱赞歌，"假如我们不能怀有偏见，随时随地必须的客观公平、正经严肃，那就像造屋只有客厅，没有卧室，又好比在浴室里照镜子还得做出摄影机镜头前的姿态"(《一个偏见》)。最难能可贵的是钱钟书深得散文自由的精髓所激发的无所顾忌的想象力，采取求异思维的方式将最不可能联系在一起的事物，寻求其内在的关联点从而顺其自然地连接起来。如吃饭与结婚本是风马牛不相及的事情，可钱钟书在《吃饭》一文里幽默地说："吃饭有时很像结婚，名义上最主要的东西，其实往往是附属品。吃讲究的饭事实上只是吃菜，正如讨阔老的小姐，宗旨倒并不在女人。"《伊索寓言》中蝙蝠碰见鸟就承认自己是鸟、碰见兽就充当自己是兽的骑墙故事是众人皆知的寓言，但钱钟书采取逆反的思维方式将进化的人与蝙蝠设身处地的进行比较，就得出了人要比动物丑恶卑鄙的相反寓意。人会把蝙蝠的方法反过来使用："在鸟类里偏要充作兽，表示脚踏实地，在兽类里偏要充作鸟，表示高超出世。向武人卖弄风雅，向文人装作英雄。"（《读伊索寓言》）与此相类似的以其内在的深刻性和说服力的异质性思维，对读者的习惯性思维构成强有力挑战的还有《谈教训》。其中对真道学家与假道学家的行为的价值判断也超出了习惯性的判断标准："真道学家来提倡道德，只像店家替自己存货登广告，不免自我标榜；绝无道德的人来讲道学，方见得大公无我，乐施人善，愈证明道德的伟大。"此外，将"大材小用"比做"用高射炮来打蚊子"，将"看文学书而不懂鉴赏"的人比作"成日价在女人堆里厮混的偏偏是个太监"（《释文盲》），本体与喻体的巨大差距形成的高密度的张力结构，对读者的审美视域产生了强有力的冲击。由此可见，钱钟书以非凡的思想穿透力对日常现象深入剖析和开掘，得出的违反常规的结论给予人的荒诞感受，正是悖反性思维的必然结果。

三、智性小说：《人·兽·鬼》与《围城》

钱钟书随意涉笔成趣的艺术表达才能，在小说这片艺术空间里得到了充分施展的机会，学者的幽默智慧浇灌的艺术之花，自然以自己的智性优越地位拉开了与表现对象的审美距离。高高在上的俯视视角自然很容易窥视芸芸众生的弱点，无所不能的叙述人可以随意地采取全知视角对人物的所作所为评头论足，也可以采取限制视角借人物之口表达自己的独特见解。所以钱钟书的小说旁逸斜出的议论，俏皮、机智、犀利、幽默的语言和蕴含丰厚的意象比比皆是，但刻意讲求无我（所有的小说都没有采用第一人称）的叙述方式，并不能达到十分完满的理想效果，嘲讽的双刃剑在刺向别人时也会产生伤及自身的意想不到的效果。无论是短篇小说集《人·兽·鬼》还是长篇小说《围城》，都在形而上的哲学意蕴的追索中留下了自己忧世伤生的或浓或淡的影子，孤独的主题作为贯穿始终的永恒旋律，在不同类别的小说中滚滚流淌的艺术表达景观，就是钱钟书在 20 世纪 40 年代的"孤岛"沦陷区真实的生命感受。

孤独和隔膜的生命体验。钱钟书在小说中探讨的是以个体的感性生命感受为载体，上升到全人类的共性的生命体验的方式，特别是抛弃了千年的文明伪饰而还原为原始的兽性的生命感悟，更使他以悲悯的人道情怀看待人类难以冲出的孤独和隔膜的精神困境。他在《围城》序中开宗明义地说："写这类人，我没有忘记他们是人类，只是人类，具有无毛两足动物的基本根性。"人与人之间的关系不过是一种"生存竞争渐渐脱去文饰的面具，露出原始的狠毒"（《围城》），所暗示的遵循丛林法则的动物性竞争关系罢了。缺失了神性一维的有力制衡必然导致兽性欲望的过度膨胀，但人是从动物进化而来的生命历程又使人渴望寻求灵魂得以救赎、精神得以慰藉的有效渠道。不过理想与现实、目的与效果的背反状态，使人类打破彼此孤独的困境的努力总是以失败而告终。在《人·兽·鬼》中从神、人、兽、鬼四维的角度广泛而深入地探讨了孤独的哲学困境的问题。《上帝的梦》中的万能的上帝按照自己的模型，造出一对男女的目的是为了打破孤独的生存困境。但这对男女对上帝的背弃，以及彼此之间的情感背叛都充分地说明了孤独的怪圈是人类难以逃脱的宿命。《纪念》中的少妇曼倩以偷情的方式慰藉自己空虚的灵魂，也只能得到饮鸩止渴后的加倍的孤独与空虚。作家塑造的毫无灵魂的人物一起向死后的作家索要灵魂的荒诞场景，恐怕也是造物者与创造物之间难以沟通的最好写照（《灵感》）。而《猫》中善于卖弄风情的爱默在丈夫领着一个平庸的情人离家出走之后，深切地体味到一种即使亲密的夫妻之间也难以沟通的精神"围城"的幻灭感："这时候，她的时髦、能干一下子都褪掉了，露出一个软弱可怜的女人本相。"特别是《围城》，不管是围女人的城还是女人围的城的歧义阐释，都说明了内在的统一性的围城困境。这种人与人之间难以沟通的孤独困境，有两个寓意丰富的意象非常鲜明地点出了文本的主题意旨：一是"说结婚仿佛金漆的鸟笼，笼子外面的鸟想住进去，笼内的鸟想飞出来；所以结而离，离而结，没有了局"。二是苏文纨又借此引申说："法国也有这么一句话。不过，不是说鸟笼，说是被围困的城堡，城外的人想冲进去，城里的人想逃出来。"小说通过方鸿渐在求学、爱情、婚姻、事业等人生的四个方面的经历，形象地诠释了从一个围城陷入另一个围城的孤独困境。无论是围绕着方鸿渐与鲍小姐、苏文纨、唐晓芙、孙柔嘉之间的恋爱和婚姻纠葛关系，还是从点金银行、华美新闻社、三闾大学等事业方面的节节败退，钱钟书都以智者的心态试验方鸿渐在理想的诱惑下，进入人生的每一个驿站时所陷入的孤独困境。正如他在《围城》序里写道："理想不仅是个引诱，并且是个讽刺，在未做以前，它是美丽的对象，去做以后，它变成了残酷的对照。"小说就是让方鸿渐在经历一次次的失败打击之后变成一个无法把握自己的命运、也无法赋予自己的行为以价值和意义的孤独的个人，最后让落伍的时钟敲出让人啼笑皆非的时间。对方鸿渐"没有梦，没有感觉，人生最原始的睡，同时也是死的样品"的彻骨的孤独感受，做了欲哭无泪的感伤性讽刺。从而"通过时间的反讽观照，使《围城》的思想批判意向超越了方鸿渐的个体人生而指向了整个人类存在、人类命运和整个人生，从而将《围城》的思想意蕴提到了普遍的形而上的高度"。①

智性和反讽的比喻修辞。钱钟书的智性幽默和对语言艺术的高超把握，通过比喻的修辞策略，对人类命运的形而上的主题意蕴的探讨淋漓尽致地表现了出来。人生的无奈和感伤、孤独和隔膜的本真内涵，也只有用围城这样的比喻意象才能惟妙惟肖地展示其悲剧本质，同时对人物的内在心理的深入挖掘，也只有用朦胧含蓄的比喻才能达到言有尽而意无穷的艺术效果。在这方面，钱钟书厚积薄发积淀的丰富意象，达到了可以在大脑的储存库中随心所欲地抽取喻体与喻旨的境界，喻体与喻旨的所言非所指形成的审美张力，就在特定的语境中构成了反讽的修辞艺术，这在钱钟书的小说中比比皆是的比喻修辞构成的张力结构中，可窥一斑而见全豹。如《猫》中以解颐幽默的比喻讽刺爱默的卖弄风情，说她的笑"像天桥打拳人卖的狗皮膏药和欧美朦胧派作的诗"，狗皮膏药的安慰保护功能以及朦胧诗派的含蓄蕴藉的艺术特征的有机融合作为喻体，对爱默的矫揉造作的笑的微讽显示了智者高超的幽默技巧。《围城》简直是显示钱钟书比喻才能的大语料库，说"女人真是天生的政治家"，将女人与政治家之间表面上勾肩搭背、背地里互相诋毁的表里不一的本质内涵，通过暗喻的方式言简意赅地联系了起来，站在男性的他者的优越立场上，对二者口是心非、言不由衷的现象给予了有力的反讽。方鸿渐失恋时感到"他个人的天地忽然从世人公共生活的天地里分出来，宛如与活人幽明

---

① 解志熙：《生的执着——存在主义与中国现代文学》，北京：人民文学出版社1999年版，第221页。

隔绝的孤鬼"。描写韩学愈的太太："韩太太虽然相貌丑，红头发，满脸雀斑像面饼上苍蝇下的粪，而举止活泼得通了电似的。"说"女人有才学，就仿佛赞美一朵花，说它在天平上称起来有白菜番薯的斤两"。说"出洋好比出痘子，出痧子，非出不可"。议论"科学家像酒，愈老愈可贵，而科学像女人，老了便不值钱"。评论褚哲学家害馋痨似的看着苏小姐"大眼珠仿佛哲学家谢林的'绝对理念'，像'手枪里弹出的子弹'"。方鸿渐吻苏小姐"只仿佛清朝官场端茶送客时的把嘴唇抹一抹茶碗边，或者从前西洋法庭见证人宣誓时把唇碰一碰《圣经》，至多像那些信女们吻西藏活佛或罗马教皇的大脚趾"。单个比喻中夹杂的顺手拈来的科学概念、医学术语、哲学名词、西方典籍以及博喻的交替使用，既体现了钱钟书作为学者的智慧，通过精致入微的比喻联想找到了展示才华的舞台，又将伦理道德、风俗人情的文化与文明的批判，通过智性和反讽的比喻修辞增强了学人小说的艺术韵味。

学者型的钱钟书用冷静的理性智慧，审视处在传统文明与西方文化夹缝中的现代人两难选择的尴尬状态，从家庭伦理关系的角度入手，揭开日常生活中温情脉脉的亲情、友情和爱情的面纱之下掩盖的丑陋龌龊的一面。在以个体为本位上升到人类整体为本位的形而上的意义求索过程中，对儒林中的所谓教授、学者、名流名不副实的丑态施以尖刻的讽刺，从而为 20 世纪 40 年代讽刺文学的收束留下了意味深长的一笔。

第十一节　徐訏其人其文

一、多面文化人格

徐訏与无名氏作为在 20 世纪三四十年代走向雅俗文化综合的现代作家，其创作风格与艺术探索，不但与当时单一的革命文化所崇奉的政治化的文学理念有相当大的距离，而且与同属于海派的张爱玲、苏青等作家的文体风格相比，也有着明显的差别之处。文学史家见仁见智的流派归属和命名的混乱，就充分地说明了徐訏多面的文化人格在文学创作上呈现的多副面孔。因此，所谓的"后期浪漫派"（严家炎）、"后期现代派"（孔范今）、"消极浪漫派"（陈思和）、"后期海派"（吴福辉)、"新浪漫派"（朱德发）、"通俗的现代派"（吴义勤）、"后浪漫派"（李晓宁）等对徐訏的流派命名，并不能与徐訏多姿多彩的整体的创作风貌相吻合。既然如此就不妨对先入为主的观念采取现象学的悬置态度，以徐訏的文化人格作为阐释分析的切入点，考察其球型的多面文化人格的成因及其对创作风格的影响。

徐訏（1908—1980），原名伯訏，笔名有东方既白、徐于、任子楚、迫迂等，1908年11月生于浙江慈溪的一个农村家庭。首先从童年的经历来看，徐訏在父母的失和分居、五六岁就被送到寄宿学校去住读、后随父亲去上海的人生经历，无疑对他的敏感聪慧的心灵烙下了深深的创伤。尤其是母爱的缺失使他产生了根深蒂固的"恋母情结"，正如他在长篇小说《风萧萧》中所说："当我被生离死别所弃，成了孑然一身的时候，一切爱护我的女性都像是母亲。"这种内心极度渴求而又无法在现实生活中得到满足的压抑心理，只能采取社会伦理道德所允许的变形方式得到暂时的缓解，那就是文学创作。弗洛伊德曾说："一篇作品就像一场白日梦一样，是幼年时曾做过的游戏的继续，也是它的替代物。"[①]因此，文学创作是作家幻想的白日梦，而不是对社会生活如实的逼真反映的创作信念，就使徐訏在天马行空的传奇创作中养成了偏重浪漫的文化人格。其次从中西文化的融汇观之，徐訏多面的文化人格离不开中西文化和宗教哲学的精华滋养。他自幼就受到中国传统文化的熏陶，十几岁就已看了《野叟曝言》、《红楼梦》、《西厢记》和《金瓶梅》等古典名著，传统文化的色空观念、宿命意识、中庸之道、道家精神已作为他建构文化人格的底蕴，成为难以撼动的生命根基。同时，中国现代社会转型期涌动的各种西方哲学与文艺思潮，也成为他人格建构的重要精神资源。如康德哲学、马克思主义哲学、柏格森的生命哲学、弗洛伊德的精神分析等西方哲学，唯美主义、表现主义、存在主义等现代主义文艺思潮，都是他耳熟能详并颇有研究的领域，这造就了他学贯中西的文化人格。最后从生活阅历的境况详之，在大陆跟随林语堂办《论语》半月刊（1933）、主编《天地人》和《作风》杂志（1938—1942），1950年代到香港后与曹聚仁创办《热风》半月刊、又担任过《幽默》杂志的主编。这种报人的生活阅历使他懂得大众传媒中读者是上帝的阅读兴奋点，

---

① 伍蠡甫、胡经之：《西方文艺理论名著选编》（下），北京：北京大学出版社1987年版，第9页。

在文学创作中要尽量通过曲折离奇的故事满足读者的期待视野的商业意识，自然使他的文化人格中含有大量的俗文化的构成元素。因此，1937年在《宇宙风》杂志上发表的《鬼恋》使他一举成名，1943年在《扫荡报》上连载的长篇小说《风萧萧》使他红遍了大江南北（1943年被文坛称为"徐订年"）。但他的教育背景（1931年毕业于北京大学哲学系并入心理系修业两年，1936年赴法国攻读哲学博士学位）和学院的工作环境（1942—1944年执教于重庆的中央大学，赴港之后，1960年代先后在新加坡南洋大学、香港中文大学新亚书院、香港浸会学院任教），都使他在浪漫传奇的故事情节中注入超越纷纭人世的形而上思考。这样雅俗融合的基质又形成了他多面文化人格的又一重亮丽的风景。

这种多面文化人格以球型的方式爆破出徐订天才的想象力和创造力，在小说、诗歌、散文、戏剧、评论等文体类别中都取得了骄人的成绩。正如香港文学史家司马长风所说："环顾中国文坛，像徐订这样十八般武艺件件精通的全才作家，可以数得来的仅有鲁迅、郭沫若两人，"[①] 在长达四十余年的创作生涯中，为文学史留下了两千多万言的著作和学术成果。计有长篇小说《风萧萧》、《彼岸》、《江湖行》、《时与光》等，中篇小说《鬼恋》、《吉卜赛的诱惑》、《荒谬的英法海峡》、《精神病患者的悲歌》、《炉火》、《旧神》等，短篇小说集《幻觉》、《有后》、《杀机》、《童年与同情》、《花神》等，诗集《四十诗踪》、《时间的去处》和《原野的呼声》等，小品集《春韭集》、《海外的情调》、《成人的童话》等，散文集《海外的鳞爪》、《西流集》、《场边文学》、《门边文学》等，诗剧《潮来的时候》，戏剧《生与死》、《兄弟》、《契约》、《鬼戏》等，文学评论集《在文艺思想与文化政策中》、《小说会要》、《大陆文坛十年及其他》等，台湾正中书局出版有《徐订全集》18卷。

二、东西文化交汇的现代思想意蕴

传统文化的滋养和外来文化的沐浴相互碰撞融合产生的合力，形成了徐订创作中东西方文化思潮和哲学观念渗染交汇的意蕴格局。儒家兼济天下的入世哲学、道家乐得逍遥的出世哲学以及佛教的虚无宿命的色空观念，与马克思主义的左翼

---

① 吴义勤：《漂泊的都市之魂——徐订论》，苏州：苏州大学出版社1993年版，第1页。

文化思潮、存在主义哲学的自由意识、基督教虚幻的天堂世界，在异质的文化哲学中不难找到同质的相互契合的因子。因此，在徐訏的作品中，既有在注重知识分子救民于水火的责任意识和岗位意识的入世哲学的影响下，创作的一些反映民众疾苦的带有左翼倾向的现实主义作品：如《禁果》、《内外》、《小刺儿们》、《属于夜》、《滔滔》、《郭庆记》等短篇小说，又有在柏格森的生命哲学和弗洛伊德的精神分析理论等文艺思潮影响下创作的倾向于浪漫主义和现代主义的作品。特别是后者更与作家内倾型的性格特质相契合，从而使其作品带有鲜明的现代意蕴。具体表现在以下几个方面：

第一，精神分析理论的形象演绎。以精神分析学和人本主义哲学为代表的西方现代思潮，对人的心理结构的探寻与分析引起了徐訏浓厚的兴趣。可以说："徐訏对弗洛伊德的理解和阐释不能不说是得之于他们精神结构的契合，而他小说创作中对'人性'母题的偏嗜也正源于弗洛伊德对人的这种认识，他对'爱'的思考则出于探究人性的需要。从某种意义上说，徐訏正是以自己的文本世界验证了弗洛伊德的人性哲学。"[1]因此，徐訏通过鲜活的情节和细节对弗洛伊德的无意识、力比多、三重人格结构说、释梦、俄底浦斯情结等理论进行了形象化的阐释。比如《精神病患者的悲歌》的小说名字，显然预示着这是一篇描写变态心理的小说。主人公白蒂的青春活力在梯斯朗家族古堡式的沉闷氛围压抑下导致了人格分裂，高贵的身份教养和深夜到下等酒吧的变态发泄行为，二者的巨大反差形成的意识与潜意识的剧烈冲突与弗氏的人格结构说非常吻合，本我按快乐原则行事的堕落欲望与超我的道德完善，已无法再协调为和谐一致的健全人格。《巫兰的噩梦》中帼音的精神失常是爱欲与道德激烈冲突的结果，从小丧父的帼音有很强烈的"厄勒克特拉情结"，对自己的未婚夫学森的父亲的不伦之恋导致了悲惨的结局。《婚事》也是一部用精神分析学中的变态心理来结构和想象的故事。主人公杨秀常对生病的弟弟呵护备至的至善人格，掩映的是潜意识中对妻子精心照料弟弟的嫉妒和仇恨。二者的强烈反差产生的难以忍受的道德性焦虑，最终以反向作用的极端形式发生了杀死自己非常疼爱的妻子的变态行为。徐訏除了深入深层心理来挖掘

---

[1]　吴义勤：《漂泊的都市之魂——徐訏论》，苏州：苏州大学出版社1993年版，第227页。

和表现人的本能欲望与社会伦理道德的冲突，而致使人格分裂的精神病患者以外，还通过稀奇古怪的梦境表现现实生活中难以实现的乌托邦幻想。在中篇小说《阿拉伯海的女神》中，借助梦境演绎了一段"我"与阿拉伯海女神的缥缈神秘的恋情；《荒谬的英法海峡》中跨越时空的梦境，本身就是对人性异化的现实不满但又无力改变的尴尬处境采取的桃花源式的替代性补偿；长篇《风萧萧》中主人公"我"的三个梦境，也不过是叙述者根据自身的生活阅历和心理感受表现出的潜意识的表征。这些都充分地说明了徐訏以精神分析的方法来考察、探究和表现人性内宇宙超越善恶判断的现代思想意蕴。

第二，对爱与美理想的浪漫追寻。徐訏认为"有人在世上求真实的梦，我是在梦中求真实的人生"。因此，他充分地调动自己轻灵而主观的想象，力求达到对梦中真实进行艺术真善美赋形的最佳效果。这样对空灵的艺术美的企慕与渴望，使他在与现实世界拉开相当大的审美距离的基础上，以浪漫奇幻的情思建构爱与美的理想王国。综观徐訏的小说，无论是在大陆创作的《鬼恋》、《阿拉伯海的女神》、《吉卜赛的诱惑》、《荒谬的英法海峡》、《精神病患者的悲歌》、《风萧萧》，还是在赴港后完成的《痴心井》、《鸟语》、《百灵树》、《盲恋》、《彼岸》、《时与光》等小说，对唯美空灵的爱情渲染和超尘脱俗的女性形象的描绘，典型地体现了徐訏对爱与美理想的浪漫追寻。在《精神病患者的悲歌》中，"我"与海兰、白蒂之间的三角恋情，更多地带有一种精神和心灵上的契合意味；《痴心井》中"我"被银妮的质朴清纯气质吸引而暗生情愫，男女初恋时的复杂微妙的心理与情感波动完全超越了世俗之爱；《鸟语》中"我"与芸芊超越凡俗的恋情带有不食人间烟火的性灵色彩，结局难成眷属的忧伤之感也难掩彼此之间洁净透明、纤尘不染的美好恋情。这种抛弃尘世的一切功利目的，只求在爱的诺亚方舟中过一种"只羡鸳鸯不羡仙"的远离尘世的生活，实际上是把爱情乌托邦作为爱与美的理想载体的太虚幻境。同样，在对女性形象的外在风貌和内在气质的细致描摹中，表达的仍然是理想的唯灵之美。如《鬼恋》中的"鬼""动的时候有仙一般的活跃与飘逸，静的时候有佛一般的庄严"；《阿拉伯海的女神》中的少女有"一种沉静而活泼的动作，流云一样的风度"；《盲恋》中的微翠"没有人可以相信一个尘世里的成人可以保有这样纯洁天真无邪的容姿的，她像是一直封在皮里的水菱或是刚刚从蓓蕾中开放的花朵";《鸟语》中的芸芊的眼睛"闪着多么纯洁与单纯的光亮";《吉普赛的诱惑》中潘蕊是"尊贵高洁与光明的"。这些女性无论是人、是鬼、是巫女、是女神,无不有着一颗脱离尘世的庸俗与卑污的高贵纯洁的灵魂。

第三,东西方宗教意识的兼容综合。东方传统佛教的菩提顿悟和圆寂色空观念、道教的虚静超脱和逍遥自在的生命哲学、西方基督教的原罪意识和众生平等的仁爱精神,都在徐訏身上镌刻了生命的印记。"既在基督教的上帝和人之间建立了对彼岸信仰的绝对信任,又在佛陀的境界中安顿漂泊的灵魂,如此看似相悖的宗教选择实际上昭示着其力图追寻终极关怀、渴望精神超越的生命情状。"[1] 因此,徐訏的小说中充满了东西方宗教的文化意识相互融合产生的悲天悯人的宗教情怀,既表现了基督教"我不入地狱谁入地狱"的博爱的牺牲精神和悲悯的救赎意识,同时也抒发了佛教苦海无边、四大皆空的人生感悟和虚无的宿命意识。特别在饱尝生活酸甜苦辣的况味之后,在生命的后期创作的《彼岸》、《时与光》、《江湖行》等小说中佛教和基督教兼容的倾向特别明显。同时,对看透造化的把戏之后的人生感悟,更多地带有虚无的悲观主义的宗教色彩,用长篇小说《江湖行》中的一句话来说:"人生像个监狱,一般所谓的监狱不过是较小的监狱,出了监狱之后,仍要进入另一个较大的监狱。"这种来自宗教的宿命论观念,正是讲因果报应的佛教"无执"思想的表现。在徐訏的作品中人物的悲惨遭遇仿佛是无常戏弄的宿命安排:《笔名》中金鑫的死讯,应验了"一去不返"的预言;《离魂》中齐原香的死,冥冥之中有一种神秘的力量在暗中操纵;《选择》中的姐姐不甘于命运的摆布而另择"佳婿",结果却仍然应验了算命先生给出的一生穷困潦倒的预言;《盲恋》中的微翠在"自私与利他,精神与肉体的矛盾中"走向死亡,应验了复明后与梦放情缘已尽的预卜。既然如此,人生就像《烟圈》中一群知识分子所探讨的那样,它"慢慢地滚动着扩大,扩大,淡起来,淡起来,散开去,散开去,以至消失"。但徐訏对这种悲观虚无的人生观念判定为虚妄的同时,也开出了佛教与基督教联袂拯救人生的药方。《鸟语》中的芸芊"悟道本是一朝事,得缘不愁万里遥,

---

[1] 陈旋波:《时与光——20 世纪中国文学史格局中的徐訏》,南昌:百花洲文艺出版社 2004 年版,第 271 页。

玉女无言心已净，宿慧光照六根空。"生命的慧根在佛教中找到自己理想的归宿；《幻觉》中的墨龙和尚在出家以后，躁动不安的灵魂才真正获得了解脱，体现了宗教"空即是色、色即是空"的超脱观念；《精神病患者的悲歌》中的海兰，以基督教的牺牲精神给予白蒂生命意义的感悟，因此她在海兰利他性自杀之后遗赠的照片上写道："你赠我爱与美以及青春，如今我把你化在心中，随着你的灵魂，长侍在上帝的座前。"《风萧萧》中从赌窟到教堂的这段路，实际上象征着从地狱向天堂的升华之途。白苹的身上体现的耶稣般的牺牲精神，正形象地演绎着"风萧萧兮易水寒，壮士一去兮不复还"的儒家文化入世的主题意旨。这样，徐訏小说中的白蒂、芸芊、墨龙等人经历了人生的坎坷之后，最终都走向了东西方宗教设定的救赎灵魂的"彼岸"世界。

三、雅俗艺术融合的现代叙事特征

徐訏的小说故事情节的新颖性、传奇性、曲折性，男女主人公一见钟情的浪漫传奇，风光旖旎的异域情调的铺排渲染都带有通俗文学大众性、娱乐性的审美品格。但徐訏绝不是以时髦趣味和媚俗效果为艺术目的的鸳鸯蝴蝶派作家所能比拟的，因此，在他的小说中也尝试运用象征、暗示、心理分析、意识流、倒叙、插叙等现代的叙事方法和艺术技巧，从而在艺术形式上形成了雅俗融合的现代叙事特征。

第一，通俗性。中国小说在从传统史传和话本模式向现代叙事模式艰难转型的过程中，市民大众根深蒂固的传统阅读趣味，注定了他们所欣赏的仍然是有头有尾的完整故事。因此，徐訏的小说就采取聊天的方式向读者娓娓讲述情节生动的故事。可以说，徐訏"是'五四'以来，中国小说家中一位最会说故事的小说家……他的故事总是说得委婉温馨、美丽动听。这是徐訏之所以拥有广大读者，并拥有许多作家模仿的基本原因"。① 徐訏的许多小说都以对话形式开头，使读者在"说——听"的故事氛围中有一种身临其境之感。如《幻觉》中"我"与墨龙和尚聊天，引出了他与地美凄婉哀伤的爱情故事；《盲恋》中"我"与陆先生的交

---

① 陈乃欣：《徐訏二三事》，台北：尔雅出版社 1980 年版，第 325 页。

谈，讲述了他与微翠的悲剧爱情故事；《江湖行》中，"我"把一切讲给"你"听，在忏悔和遗憾的情调中再现了"我"一生的伤心往事。同时，为了增加故事的趣味性，他不断地变换着叙事者的角色和功能：如《盲恋》中的"我"（徐先生）、《幻觉》中的"我"其实只是引导故事情节进一步发展的媒介，只是个局外人的角色；而《鬼恋》、《阿拉伯海的女神》、《离婚》、《江湖行》、《风萧萧》等小说中的叙述者，已由与故事无多大关联的见证人向推动情节发展的当事人的身份转变。此外，徐讦的小说还通过"才子佳人"式的一见钟情、三角或多角恋爱的言情方式增加通俗性的砝码。总之，有意地迎合读者大众根深蒂固的言情模式和故事传奇性的口味，可以说是徐讦的小说借助于大众传媒取得通俗化成功的最重要的内在原因。

第二，先锋性。徐讦善于将现代主义的艺术技巧在自己的主观感觉的调和皴染下，进行东方性的民族化改造，但其从"写什么"到"怎么写"的创新观念的试验与改造，在当时特定的历史语境中无疑是充满了先锋性的。这首先体现在对意识流技巧的娴熟运用上，如小说《星期日》就以人物意识的自由流动来谋篇布局：主人公无疾而终的初恋、跟四个男子的周旋、父母为自己的婚事操心、调到香港工作、公司老板对自己的好处、幻想做新娘子的情形……过去、现在和未来的生活在主人公的意识流动中闪烁跳跃，打破了线性的逻辑时空而呈现出共时态的复调色彩。《炉火》也是一篇具有心理结构的小说，通过画家叶卧佛翻看与自己一生有情感纠葛的人物的肖像，打破传统的时间链条将其与沈其苹、白玉珠、李舜言、卫勒、韵丁之间的恋爱和婚姻纠葛平铺在共时的层面上。值得注意的是，徐讦以人物的情感体验和意识流动的发展变化为线索来剪裁布局时，采取"有逻辑的跳跃"的展现方式，仍然保持了情节的相对逻辑性、连贯性和完整性。其次，徐讦通过不断地变换叙事人称、叙事话语、叙事层次、叙事顺序等方式来实现对现代派艺术风格的追求。比如《盲恋》中的"我"在轮船上遇到一个面目奇丑的人（陆梦放），他追忆了自己和微翠之间令人伤感的爱情故事；《鬼恋》的开头"说起来该是十年前了……那是一个冬夜……"，实际上就表明了叙述者以现在的时空视角来回忆的叙事结构；《鸟语》"打开邮包，我发现是一部《金刚经》……"，接着勾起了"我"与芸芊交往的回忆。最后，局部象征手法的灵活运用。《风萧萧》中以"海底的星光"的银色象征白苹的圣洁，以阳光的红色象征梅瀛子的艳丽活泼，以灯光的白色象征海伦的纯洁无瑕，是文学史上色彩化、感觉化象征的典型个案；《鬼恋》里的那个凄艳孤绝的"女鬼"，用黑色象征着她"哀莫大于心死"的枯萎心灵也是徐訏的神来之笔。这种融汇各种现代的艺术技巧达到为我所用的创新实验，无疑使徐訏的小说具有了鲜明的先锋性和现代性的艺术品格。

徐訏的小说在浪漫传奇中融入了对人生哲理意蕴的探询，以及对于生命存在的形而上的终极价值的叩问，在对生命意义和宗教精神的探索中实现了东西文化、雅俗文化、古今文化的融汇与综合，在现代文学的思想蕴含和艺术探索的先锋性方面有独特的价值。特别是在建国后，大陆独尊现实主义的文学传统而将艺术技巧的探索打入冷宫之时，徐訏在哲学、文化、审美上的浪漫传奇和现代主义探求所具有的文学史的价值和意义更不能抹煞。

第十二节　无名氏其人其文

一、浮士德式的文化人格

无名氏是一位在现实生活和艺术实践中都不懈追求的创新型作家，希腊神庙中镌刻的"认识你自己"的人生格言，成为他生命哲学中不可缺少的有机组成部分。在现实生活中，天生的好奇心理和对生命之谜的探索精神，培养了无名氏对存在问题的浓厚兴趣。存在主义作为异质的哲学和文学思潮，对无名氏潜在的生命特质的激发无疑起了重要作用。反映到艺术实践上，无名氏对高深莫测的生命世界的艺术探寻，实现了阐释本体与艺术形式在没有终极答案基点上的有机契合，打破诗歌、散文、小说、哲学之间壁垒森严的文体界线，寻绎出百科全书式的创新文体，正是实践经验与先天禀赋的相互磨合形成的浮士德式的文化人格的典型表征。这突出地表现在他的成长经历、性格气质、文化教养、艺术追求等方面。

无名氏（1917—2002），本名卜乃夫，又名卜宁、卜宝南，无名氏是他写小说《北极风情画》时用的笔名。祖籍江苏扬州，1917年1月生于南京下关的一个中医家庭。无名氏的成长之路充满了坎坷，在他6岁的时候，父亲不幸因病去世。父爱的抚慰和教化功能的缺失，养成了他自由不羁、特立独行的浮士德式的个性气质。据无名氏的胞兄（二哥）卜少夫说："无名氏这个人，在我们弟兄中，天资最聪慧而又长得最英俊的，可是他的性格却极为突异、冷静、坚定，加上执着。"①独异的个性气质形成的敏感多思、沉郁内向的诗性品格与猖狂反叛的外在行为的鲜明对比，造成的动与静、强与弱两极式的相互依存和对立的张力关系，正是无名氏浮士德式的叛逆文化人格的典型体现。因此，他差两个月便高中毕业但故意辍学的反常举动，表面上体现的是对文凭的蔑视，实际上是大胆探索人生异质之路的表征。从文化教养上看，江南意蕴丰厚的地域文化无疑给了无名氏潜移默化的影响，更重要的是扬州学派的焦氏大儒作为无名氏的启蒙老师，对学业的精心点拨与授业解惑，让无名氏对博大精深的古典文化尤其是佛教文化表现出浓厚的兴趣。现代文明培养的自由主义的价值理念也使无名氏摆脱左、右政治立场的拘囿，广采博取中西文学、艺术、哲学、宗教的精华，达到去伪存真、去粗取精为我所用的目的。这表现在文艺思潮上的现代主义、浪漫主义、唯美主义的相互融合创造的思想和艺术品格都非常新颖的文体样式，对西方的歌德、海涅、拜伦、福楼拜、莎士比亚等不同艺术风格的作家和而不同的复调追求，对斯宾诺莎、尼采、海德格尔、萨特等人的生命哲学和存在哲学的情有独钟。在宗教上，西方的基督教和东方的佛教对彼岸的终极关怀和悲悯意识也深深地吸引了无名氏，他在对基督教和佛教的教义心领神会的基础上力求将二者融合的倾向，正表明了他对沉溺于形而下的本能不能自拔的现代人进行形而上的救赎的人道情怀。这种诗人和哲人的双重素质同他独特的个人经历相融合，使他深具浮士德式的精神气质。表现在艺术追求上，从以媚俗的手法表现一波三折的爱情生活的浪漫传奇，到以雅俗共赏的方式表现生命哲学的奇书《无名氏初稿》的书写，无名氏完成了生命追求与艺术创新、文化整合与心灵探寻、沉沦的苦难与宗教的救赎等史诗性的东西方文化综合。艺术的不断创新和执著追求成为安妥他躁动不安、上下求索的灵魂的宁静港湾，但他始终没有找到终极结果的"在路上"的状态成为浮士德式的文化人格最为鲜明的标志。

---

① 卜少夫：《无名氏研究》，香港：新闻天地出版社1981年版，第20页。

二、"习作阶段"的浪漫传奇:《北极风情画》与《塔里的女人》

无名氏把自己的创作历程分为"习作阶段"和"创作阶段"。"习作阶段"的主要作品收入两个短篇小说集《露西亚之恋》和《龙窟》,散文集《火烧的都门》,随笔集《沉思试验》中,另有长篇小说《一百万年以前》。这些小说和散文用通俗易懂的语言传达着引人深思的生命信息,在通俗的艺术符码上承载着对爱情与婚姻、刹那与永久、欢娱与痛苦、喜剧与悲剧的哲理思索。当然,最能代表其前期创作风格的作品,还是他的长篇"现代罗曼司"《北极风情画》和《塔里的女人》。

尽管无名氏在 1943 年年底发表《北极风情画》(在报纸连载时名为《北极艳遇》)时,是怀着忐忑不安的心情来打破传统的通俗小说的固定套路。但他的创作目的是十分明确的,即要"立意用一种新的媚俗手段来夺取广大的读者,向一些自命为拥有广大读者的成名文艺作家挑战"。[1] 风流倜傥的爱情故事、一波三折的情节结构、哀婉动人的悲剧结局、博大深沉的哲理思考使它名列当年畅销书榜首。作家在洛阳纸贵的轰动效应的激发下,继续沉思男女主人公的命运与结局问题,将次年创作的《塔里的女人》明确地称为《续北极风情画》。他解释说:"《北极风情画》上的奥蕾利亚是死了,林也不知去向。假使前者不死,后者不走,他们两人仍在一处,会发生什么事呢?解答就是《塔里的女人》。"由此可见,无名氏在香艳新奇的书名和跌宕起伏的情节的掩映下,孜孜以求地探寻着偶然中包含必然的生命哲理意蕴,以及如何将沉睡在爱情的迷梦中不能自拔的现代人唤醒的良方。因此作者以人道主义的悲悯情怀"从抒写北国的强悍开始,呼唤着一个惨痛欲绝的灵魂,闪动着乍明乍暗的陀思妥耶夫斯基的悲戚的面容。"[2] 媚俗的浅薄与哲思的深刻形成的目的与手段、内容与形式的悖反张力,是这两篇浪漫传奇最耐人寻味的创新之处。

第一,媚俗手段的新颖。在传统的一见钟情的才子佳人模式中,奸佞小人的挑拨离间或者门当户对的等级观念造成的悲欢离合的爱情故事,被主人公自身的条件限制产生的有情人难成眷属的悲剧结局所代替,曲折离奇的爱情悲剧在打破

---

[1] 司马长风:《中国新文学史》(下),香港:昭明出版社 1978 年版,第 103 页。

[2] 杨义:《中国现代小说史》第 3 卷,北京:人民文学出版社 1986 年版,第 501 页。

传统的大团圆式的喜剧结局的同时，也以制造悬念和神秘效果的叙述方式调动起读者的阅读兴趣。这种既在读者的期待视野之中又超乎读者的想象之外的审美距离的恰当好处的艺术把握，再加上异域情调的铺排渲染以及数千仞华山的险境描绘，就为吊起读者的胃口增添了新的美感佐料。《北极风情画》中的波兰女教师奥蕾利亚将韩国军官林上校误认为是自己的情人，误会作为绝世佳人与风度翩翩的上校的红娘，引燃了异国情侣"同是天涯沦落人"的情欲之火，但两个"最好做梦的孩子"在非常态下的相爱，被借居于托木斯克城的两万官兵即刻回国的中俄两国协定所打断，这种乐极生悲的艺术程式因社会革命、军事战争的现实语境而引起读者强烈的共鸣。而奥蕾利亚决定以赌徒的方式，度过他们最后四天的爱情生活后引刃自裁的悲剧结局，林上校十年后爬上华山落雁峰狼嚎般的高唱《别离曲》来实现他们生死离别时的践约。这种乐与苦、短与久、阴与阳、生与死的对立推向极端后产生的大悲大喜、大张大弛的煽情模式，也是无名氏针对读者的审美心理精心配制的噱头。当然，对禁锢和毁坏人性自由和爱情幸福的战争枷锁的愤恨产生的人道主义精神，也使无名氏期望在日常生活的风波中重新审视爱情的脆弱与婚姻的悲剧，从生命哲学的视角估量伦理道德的善与恶的悖反转化。于是，《塔里的女人》中有关音乐与爱情的哀感顽艳的悲情故事，以另外一种面目吊起了读者的胃口。正如作者借用挪威作家汉姆生《牧羊神》中的一段话作为题眼："女人永远在塔里，这塔或许由别人造成，或塔由她自己造成，或塔由人所不知的力量造成！"这样，哲学理念的输入与悲剧言情模式相结合形成的新颖的媚俗手段，就使无名氏的传奇文学很大程度上告别了古典的审美形态，并获得了现代品位。作为南京最优秀的医学检验专家和独一无二的提琴家，罗圣提有着"科学家兼艺术家的残酷与温柔"，出身名门的黎薇在傲慢和冷漠的高贵外表下燃烧着一颗火热的心，二人不同的性格反差注定了爱情的筵席散后荒凉的悲剧结局。多情而风雅的才子与火焰般俏丽的佳人共同诠释着祸福无常的爱情悲剧，美的沦落和善的幻灭的大起大落满足了读者在不安定的环境中，由匮乏—补偿的心理机制产生的白日梦的心态。此外，这两部小说的叙事框架都是由"我"在险峻的华山上发现一位"异人"，然后由他自述或提供出一段刻骨铭心的情感经历，整个凄清浪漫的爱情故事都是以"我"（小说的男主人公）的叙述视角讲述的，但在小说的开头和结尾处又特意安排了另一位叙述者"我"。这样，双重第一人称的叙述方式、故事套故事的套叠结构和男主人公的忏悔模式，作为新颖的艺术手法自然吸引了读者的注意力。

第二，生命哲理的探询。无名氏作为一个自由主义的作家，既然对已有的道德观念、人生准则、价值意义、宗教伦理都采取悬置的态度，放在未定的、正在发展过程中的生命实践的天平上重新进行估量，那么，生命支点的丧失就使生命的过程和结局都充满了虚无与荒诞的色彩。因此在主题意蕴上，这两部浪漫传奇都充满了生命哲理的色空观念和人生如梦的虚无意识。在《北极风情画》的爱情悲剧谢幕之后，作者引用《红楼梦》的开场诗："满纸荒唐言，一把辛酸泪。都云作者痴，谁解其中味？"进一步点明生命的"色即是空，空即是色"的虚无题旨。同样，《塔里的女人》在道士觉空（罗圣提）如泣如诉的凄凉故事结束之后，叙述者"我"夫子自道，这不过是在月光如银的寂寥夜晚做的一个离奇古怪的梦，并希望读者"在重温这个梦以后，……能真正醒过来！"梦中之梦和觉空的道号都明白无误地阐释着"梦如人生，人生如梦"的空无观念。当然，人不能永远生活在空无的观念中而找不到生命价值的支点，因此无名氏在局部的细节方面，用富含人生哲理的诗化语言表达对生命意蕴的感悟。如《塔里的女人》中的罗圣提认为男女关系是"一种艺术，一种美学。男女的接触正像琴弓与琴弦，接触的越微妙，越自然，越艺术，发出来声音越动听，越和谐"。生活的处世原则："七分事业三分女人。"《北极风情画》的主人公悟道："愈是追求幸福的人，愈不容易得到幸福，倒是并不怎样追求它的人，它却在他的身边团团转！而且，真当幸福在你身边时，你不一定知道。等到你知道时，它常常已消失了。"极其朴素晓畅的语言娓娓道出生命中幸福的可贵与转瞬即逝，明白浅显的话语却包蕴着极为深刻的生命哲理。无名氏在日常经验的叙事中，表现了他对生命哲理思考和探索的艺术心态。小说的主旨意蕴和情节内涵所反映的出世与入世、虚无与实有的两极对立，实际上是无名氏的思想意识、审美感悟和精神意境的矛盾纠结在艺术表达方面的反映。

三、"创作阶段"的生命奇书：《无名书初稿》

无名氏在战争的人性试验场中，抛弃传统的价值观念的崩溃导致的人性沉渣泛起的浮尘而向生命的最深层沉潜，政治立场和革命伦理观念的悬置，为中西文化的综合提供了比较广阔的舞台空间，也为《无名书》提供了探寻生命世相从个体圈子走向地球农场的条件与机遇。无论是战争年代还是在潜在写作时期，他都怀着对生命哲学的众态世相探寻的热情，试图用文学融汇宗教与哲学的精华来为未来的人类建立新信仰。他认为"未来新艺术必然力求涵盖宗教和哲学，而艺术只是溶合、消化这二者的一种表现技巧"。[①] 可以说，《无名书初稿》是无名氏的生命意识难以在现实社会上找到平衡点的生命之作，因此他才凭着顽强的毅力完成了260万言的煌煌巨著。它酝酿和创作出版的时间都很长：第一卷《野兽·野兽·野兽》（1946），第二卷《海艳》上卷（1947）、下卷（1948），第三卷《金色的蛇夜》上卷（1949），以上各卷均由上海时代生活出版社出版；《金色的蛇夜》下卷（1956年），第四卷《死的岩层》（1957），第五卷《开花在星云之外》（1958），第六卷《创世纪大菩提》（1960）。至此，六卷本的《无名书初稿》经过长达十五年的艰辛努力全部完成。《无名书》作为哲理与诗歌相互融合，产生的在思想内容和艺术形式上带有鲜明的现代主义色彩的小说，注定"是一部被时代难以接受的作品，也是一部同时代的人们难以理解的作品，然而它又是一部注定了要被历史肯定、被后人不断加以解读的作品"。[②] 由于无名氏超越了现实的革命政治层面而进入了超越具体时空的文化艺术与生命哲理层面，高扬非理性主义和个性主义的旗帜，因此使《无名书》在生命、文体、语言等方面表现出奇特之处。

首先，生命之奇。《无名书》的主人公印蒂（印证生命的根蒂）成为承载生命文化现象的符码，借助革命、恋爱、沉沦、宗教、宇宙五相的奇特经历，印蒂完成了从最具体到最抽象、最形而下到最形而上、最卑下堕落到最高尚圣洁的生命境界的漫游历程。在兽欲与唯美、虚无与庄严的生命意识的探求中，展开对生命正反两相的绘形渲染，其极端的感官欲望和精神追寻充分表现了生命的奇相。个体生命竭尽全力地对生命存在本质的探寻与思考，在第一卷《野兽·野兽·野兽》中得到了相当鲜明的体现。作为一部充满生命意识的小说，在浓郁的存在主义哲

---

① 无名氏：《淡水鱼冥想》，广州：花城出版社1995年版，第149页。

② 厉向君：《略论无名氏与〈无名书初稿〉》，《齐鲁学刊》，2001年，第5期。

学的氛围中，充满了对生命声嘶力竭的呐喊："生命是一连串大毁灭与再建造！大毁灭中有大自由！大建造中有大真理……"；"生命本是一种最高度的连续追求，以及无限永恒的开展。大追求者是大火者，也是大冷者，大孤独者……"。《海艳》通过从政治革命中脱身而出的印蒂与白衣少女瞿萦的邂逅、热恋、结合、幻灭的完整过程，典型地体现了印蒂的和谐欢乐即走向虚无幻灭的生命哲学，即使"这个菩提树型的透明女人"，给予印蒂的是"光风霁月的欢乐、沉醉、诗与透明"。为了避免两性结合导致的个体自由的丧失带来的生命烦恼，印蒂又在极端堕落的西方世纪末哲学的恶魔世界中寻求人性恶的生命样态，这便是《金色的蛇夜》所表现的人的情感和欲望向魔鬼的深渊堕落的生命狂欢。追求"一种隋炀帝或莎乐美的深度"，一种"中古传奇加世纪末的病态刺激"。通过印蒂结伙走私大发黑道横财、与女特务林美丽和高级妓女莎卡罗疯狂的官能放纵，宣扬的是印蒂消极颓废的魔鬼主义的生命哲学："生命本来是场赌博，哪里都行，只要有金子和女人！"对负的哲学或黑暗哲学的生命意义的探讨走向高度非理性的享乐放纵的极致以后，便遵循物极必反的辩证规律，由以人性为核心的生命哲学走向了兽性主义的反生命哲学，上天入地式的两极对立正显示了《无名书》的生命之奇。

如果说前三卷的革命与政治、爱情和美善、兽性和物欲更多地倾向于探索生命本相的现实此岸层面，那么后三卷着重探讨的是如何在形而下的现实世界达到"生命的圆全"的彼岸世界的终极价值问题。无名氏在致其兄的信中曾表露他的创作主旨："第四卷探讨神和宗教问题，第五卷写东方的自然主义和解脱，第六卷写综合的东西文化的境界及新世界人生观，第七卷写五百年后的理想的新世界的人与人的关系。"[①]（原构思中的七卷现在变为六卷，原计划《荒漠里的人》分写于《金色的蛇夜》和《死的岩层》）因此，第四卷《死的岩层》中的印蒂进入基督教与佛教世界，探索宗教与信仰的生命救赎问题；第五卷《开花在星云之外》中，印蒂在人迹罕至的华山绝顶体验道家道法自然、天人合一的生命极境，探讨的是传统的道家文化如何融合到现代生命哲学中去的问题；特别是最后一卷《创世纪大菩提》，印蒂经历生命五相的锻炼与启示，终于在东西方宗教文化的综合中找到了人

---

① 卜少夫：《无名氏研究》，香港：新闻天地出版社1981年版，第25页。

类信仰的新体系，即小说中所说的"接受基督教入世人生观的启示，佛教出世人生观的启示，结合中国儒家的人本主义精神，加以二元化（即中庸精神）的融合、和谐，加上科学精神的启发，这就可以形成人类新信仰的整体"。由此形成的整体生命观照的"星球哲学"，确实"表现了无名氏力图融东西方文化为一体，为明日的世界创造出一种新的文化精神的思想企图。"① 这种现实经验与理想超验、东方信仰与西方宗教、本土文化与异域文明融为一体的生命本真的探讨，确实显示了《无名书》对生命哲学无与伦比的探询深度和力度。

其次，文体之奇。无名氏不断超越自己的创新冲动和对前辈大师既有文体的"影响的焦虑"，使他在文史哲各学科的专门知识都打通的基础上，不断地进行花样翻新的文体实验。特别是在《无名书》的创作阶段，无名氏将诗化小说、散文化小说、哲理化小说、宗教化小说等边缘化文体重新打碎和整合，凭借天马行空的想象力和天才的创造力，形成了独具特色的综合文体风格。在艺术形式上，《无名书》"突破了古今中外一切小说的框框，开创了不太像小说的小说，以诗、散文诗，散文和类小说的叙事，混成的新文学品种。叫它小说也可以，叫它散文诗也可以，叫它诗和散文的编织也可以，叫它散文诗风的小说也可以。它打破了传统文学品种的疆界，蹂躏了小说的故垒残阕"。② 感觉化的情感洪流、浪漫派的想象直观、现代派的颓废情调、玄学派的哲思情致等异质因素的驳杂复合，就形成了诗、散文与哲理相互综合的"四不象文体"。同时，无名氏"绝不接受现实主义，永远皈依未来派"的创作理念，也使文本呈现出鲜明的赋体特征和复调色彩。将抒情文体、叙事文体和对话文体共同锤炼为一部繁复绚丽的跨文体小说，《无名书》的文体之奇堪称现代文学的奇迹。

最后，语言之奇。《无名书》毫无节制的话语欲望形成了语言的狂欢，泥沙俱下的杂语体书写实现了非理性的情绪洪流与感觉化语言的有机契合，鲜活的原生态语言表现的浪漫激情的艺术书写，打破了语言作为信息载体的工具功能，使语言由传递信息的客体工具上升为非功利性的审美本体。如《野兽·野兽·野兽》

---

① 汪应果、赵江滨：《无名氏传奇》，上海：上海文艺出版社1998年版，第271页。
② 司马长风：《中国新文学史》（下），香港：昭明出版社有限公司1978年版，第106页。

的开篇："啊！好一片奇！好一片幻！好一片诡！好一片艳！这无量数的奇迹！这五彩缤纷的波诡！这摇漾多姿的斑斓！这是些什么？这是些什么？这是些什么呀？……"这种"巴洛克"式的语言（耿传明语）或"火山型的语言"（陈思和语），特别喜欢运用比喻、夸张、通感、排比等修辞手法。大量叠词的狂轰滥炸造成的强烈的语言张力，再加上绮丽、灿烂、瑰艳、斑斓、璀璨、瑰美、狂喜、饱满、魔魅、荡涤等极具有视觉冲击力的词汇，以及生物学、医学、美术、音乐、宗教、哲学等学科名词的相互杂糅，使《无名书》的奇异语言极富有生命力与表现力。

无名氏抛弃了传统的现实主义的思维方式和审美观念，沉潜于内心深处，凭借感性的想象和内心体验的直觉乃至潜意识来营造自己的审美乌托邦。他以一种审美的个人主义的写作立场与日益政治化、革命化、功利化的主流文学分道扬镳乃是自然之中的事，他的艺术追求和文体创新自然被现代文坛打入冷宫，但富有吊诡意味的是曾轰动一时的功利性文学渐渐淡出文学史的视野，而无名氏的作品却遵循着文学传真不传伪的辩证法越来越引起文学史的重视。

第十三节　李劼人其人其文

一、中西文化培育的边缘文化人格

李劼人（1891—1962），原名李家祥，四川成都人。曾用过笔名老懒、懒心、吐鲁、云云等，李劼人是1912年发表第一篇白话文小说《游园会》时的署名，原名湮没无闻。封闭保守的巴蜀文化形成了不同于中原文化的独特风貌，"蜀道之难难于上青天"的交通状况，不仅阻碍了不同文化的异质因子相互交流、相互冲撞和融合形成的张力结构，而且文化场域的单体结构也导致本地域文化的自足、闲适、僵化、匮乏等优劣基因，在母体文化系统内部难以发生质变的不良状况。古老地域的巴蜀文化母质在漫长的文化流变中形成的风俗礼仪、道德文化、审美观念等子系统的价值基因，就会在潜意识中左右着作者的选材标准和观察视角。因此，"落地伊始，社群的习俗便开始塑造他的经验和行为。到咿呀学语时，他已是所属文化的造物，而到他长大成人并能参加该文化的活动时，社群的习惯便已是他的习惯，社群的信仰便已是他的信仰，社群的戒律亦已是他的戒律。"① 由于李劼人与巴蜀文化结成的血浓于水的密切关系，自然而然地形成了相对于比较先进文明的中原文化而言的边缘文化人格。另外，受主流文化浸染较小的民间文化的鲜活自在的品格，对李劼人文化人格的形成也起了至关重要的作用。小时候外婆讲的《安安送米》、《王祥卧冰》、《孙悟空大闹天宫》、《穆桂英大破天门阵》等故事让李劼人受到了民间摆龙门阵的独特文化的熏陶。识字后对《龙文鞭影》、《幼学琼林》、《地球韵言》一类杂著尤感兴趣，少年时代在成都高等学堂分设中学堂对《三国演义》、《水浒传》、《红楼梦》、《儒林外史》、《七侠五义》等古典小说尤为嗜读。郭沫若曾经这样描述道："中学时代的精公已经是嗜好小说的。在当时凡是可以命名为小说而能够到手的东西，无论新旧，无论文白，无论著译，他似乎是没有不读的。"② 民间的民主性的精华与封建性的糟粕的有机融合形成的藏污纳垢状态，相对于官方的主流意识形态来说，显然处于一种边缘的位置，而这种边缘状态的文化因子已内化于李劼人的血肉之中，成为建构他的边缘性文化人格母质中不可缺少的一维子质。

李劼人的边缘人格中传统文化基质的激活，离不开西方异质文化尤其是开放自由的法国文化的参与，"别求新声于异邦"的异质文化基因作为烛照传统文化和文明的参照系，中学时代阅读的司各特的《撒喀逊劫后英雄略》、小仲马的《巴黎茶花女遗事》、笛福的《鲁滨逊漂流记》、狄更斯的《块肉余生记》等林译小说为涤荡他的旧质的文化基因提供了精良的工具。到了五四时期，德先生和赛先生的引进带来的新的审美观念和价值选择，为李劼人的文化人格增添了别样的美学元素。他加入少年中国学会，积极参加新文化运动从而成为新文化运动的重要刊物《星期日》的一名编辑。为了"自我的改造"以达到汲取异邦的艺术营养为我所用的目的，他在法国勤工俭学的四年多的时光中，专心致志地研修了法国文学史、近代文学批评等课程，并在留法期间翻译了莫泊桑的《人心》、都德的《小物件》、卜勒斯特的《妇人书简》、龚古尔的《女郎爱里沙》、福楼拜的《马丹波娃利》

---

① 【美】露丝·本尼迪克特著，王炜等译：《文化模式》，北京：社会科学文献出版社 2009 年版，第 2 页。
② 李劼人：《李劼人选集》第 1 卷，成都：四川人民出版社 1980 年版，第 7 页。

（《包法利夫人》）等。回国后，1924年至1925年先后翻译了《萨朗波》、《文明人》，1943年翻译了《单身姑娘》等。法国文学中重视客观调查的务实精神、讲究细节描写的准确的科学精神、不动声色的描写的自然主义精神等作为迥异于东方文化和文明精神的异质因素，打开了他融合东西文化进行文学创作的艺术视野。"中国的左拉"（郭沫若语）、"中国的福楼拜"（曹聚仁语）的称誉说明李劼人浸润于法国文化和文学的积淀之深厚，从而形成了他善于以自然主义的文化眼光，客观冷静地剖析社会风俗和众生世相的文化人格，这种密切关注日常生活变迁的世俗型文化人格，与主流文化认可的启蒙型或救亡型文化人格相比自然退居边缘了。

二、人性剖析视角：短篇集《盗志》、《好人家》和中篇小说《同情》

李劼人底层的出身和坎坷的经历使他感同身受到民间的疾苦，因此在早期的作品中，以人性的视角对遭受封建道德和战乱迫害的被侮辱被压迫者，表示了深切的人道主义的同情，展示相沿成习的长者本位对幼者和弱者的人格意识的无情摧残和扼杀。步入社会之后，报刊编辑和官场仕途的亲身经历，更使他看到了龌龊黑暗的大染缸对人性的压制和扭曲。面对着以人格尊严为代价换取投机钻营的门票的游戏规则，兵是要比匪的危害还要严重的名实相乖的社会怪现状，作者以人道主义的悲悯情怀为价值参照标准，对令人发指的丑陋事物的表象和本质之间的巨大反差形成的反讽结构，给予了恰当好处的艺术表现。这在早期的代表性作品《儿时影》、《"夹坝"》、《盗志》、《做人难》、《续做人难》、《强盗真诠》、《棒的故事》等作品中有着鲜明的体现。《儿时影》以童稚的眼光，打量封建教育制度对儿童天性的扼杀带来的可悲后果，对老夫子有失师道尊严的残酷的体罚行为，给孩子幼小的心灵带来的创伤表示了难以原谅的憎恨。《"夹坝"》让英国人巴白兰进西藏途中目空一切的种族歧视行径，与遭遇强盗劫持他的行李时的张皇失措的丑态形成了鲜明的对比，承传晚清谴责小说的艺术风格，把殖民者的丑恶行径和强盗逻辑放在人性的探照灯下而放射出反讽的光芒。《做人难》、《续做人难》描写了一个为适应时局的变动而不得不戴着多副面具见风使舵、逢迎拍马的官僚政客内热翁的种种令人作呕的丑态。作者对他善于戴着审时度势的人格面具，既拥护成都军阀独立又暗通前来围剿的军阀的背反行为，以及骑墙行径做了小丑式的自我表演和夫子自道："我这人真忒聪明了！常人只说得脚踏两只船，我倒踏了二十只还不止咧！"《强盗真诠》用饱含憎恶的笔触形象地诠释了为非作歹丧尽天良的兵匪，是比强盗还名副其实的强盗的含义，两名被生活所迫的强盗与以捉盗之名行抢劫之实的县司令的部下长官、来查办的团长相比真是小巫见大巫。《棒的故事》通过稍有越轨的青年学生何九如的妻子，在婆婆的棍棒虐待下惨死的悲剧，发出了必须进行家庭革命的人性呐喊，以打破封建伦理道德代代流传的婆婆／媳妇二元对立中包含的长者本位意识。上下、尊卑、长幼的等级观念阻断了人与人之间的相互关爱和相互同情的人性意识，对关爱、温暖、同情等人性质素的匮乏感受形成的潜意识的心理结构，或者心理情结就会对现实生活中的冷漠麻木等不和谐的现象格外敏感。因此在《法兰西自然主义以后的小说及其作家》的论文中，对"太枯燥太冷酷，太不引人同情"的自然主义，抛弃人类应有的情感的纯客观描写的短处才明确地予以指出，并通过留法期间写的中篇纪实性小说《同情》，对缺少同情一维的制衡的心理机制开出了人类关爱意识的药方。小说中的"我"在异国他乡不幸染上盲肠炎，好友何君和房东纪若先生一家人的嘘寒问暖、医师和护士的关心爱护都在形象地诠释着同情的生命内涵，"我"在精心呵护的爱的氛围中摆脱危险渐渐康复的治疗过程中，产生了探讨同情的构成元素和成熟日期的强烈愿望。小说中写道："'同情'，我在国内把它寻觅了多年，完全白费工夫……我到巴黎才十个月，居然就把它在一种无意的牺牲后寻得了。啊！同情！你的光明和色彩是什么元素构成的？你的成熟期经了多久的日月？"正因为如此，他才对左拉学派只以客观冷静的科学态度观察解剖人类社会的病根，而不采取人性的方式对描摹的对象表示人间的同情很不以为然。他认为："但毕竟何处是光明的所在？怎样才是走向光明的道路？论到这层，左拉学派就不管了，犹之医生诊病，所说的病相诚是，却不列方案。"① 因此，面对不可抗拒的造化的无情捉弄，他总是以人性的本真内涵作为救治众生的沉疴病相的方案，以提升人类生命境界和生活品位从一个由低级到高级的螺旋式方向发展。

---

① 李劼人：《李劼人选集》第 5 卷，成都：四川文艺出版社 1986 年版，第 462 页。

三、近代的《华阳国志》：大河小说三部曲

大河小说三部曲《死水微澜》、《暴风雨前》、《大波》以其宏阔的艺术视野、史诗性的风格追求、客观逼真的场景描绘奠定了李劼人在文学史上的独特地位。这三部相互连接、互有照应的史诗性巨著，是他将亲身经历的具有重大历史意义的事件加入自己的生命体验后长期酝酿的结果。他曾经说过："一九二五年起……便起了一个念头，打算把几十年来所生活过，所切感过，所体验过，在我看来非常重大，当得起历史转捩点的这一段社会现象，用几部有连续性的长篇小说，一段落一段落地把它反映出来。"①从念头到反映的酝酿成熟的过程，事实上是理性思维融入感性载体并寻求最佳表达视角的过程。李劼人受巴尔扎克的《人间喜剧》和左拉的《卢贡—马卡尔家族》的启发，寻找到了以风俗文化的变迁作为反映波诡云谲的历史事件的最佳切入点，轰轰烈烈的重大历史事件只是作为日常生活中世俗人生活动的背景。风俗习惯、道德文化、规矩礼仪成为历史的主角，由宏大历史中被忽视的细节背景走向了小写的历史中不可忽视的前台位置。在当时，同为四川籍的作家沙汀就注意到三部曲"不是一般的历史小说，他不去就历史事件写历史事件，而是把历史事件作为人物活动的条件和背景，多方面地展示整个社会生活，表现各阶层人物在历史转折关头的地位、心理、反应"。②《死水微澜》选择天回镇和成都，并以天回镇为中心辐射点，反映在1894—1901年之间的时代巨轮延伸到闭塞保守的城市和乡镇时，在人们的风俗生活中引起的死水微澜。中日甲午战争和丧权辱国的辛丑条约的签订，引起的袍哥与教民之间势力起伏消长的变化，化入了罗歪嘴、顾天成围绕着与日常生活中的蔡大嫂的婚恋关系为主轴形成的命运的变化无常的结局中。《暴风雨前》通过革命党人苏星煌以及尤铁民的革命活动、官绅郝达三一家的日常生活和下层贫民伍大嫂的暗娼生涯组成的三维空间，立体地多侧面地展示从辛丑条约签订到辛亥革命前夕动荡的时局，带来的"山雨欲来风满楼"的时代嬗变的信息。《大波》以"保路"与"反保路"的矛盾冲突和因之而起的连锁反应为中心，将官绅之家的不同成员面对时局变化所做出的不

---

① 李劼人：《李劼人选集》第1卷，成都：四川人民出版社1980年版，第3页。
② 成都市文联编研室编：《李劼人的生平和创作》，北京：中国文联出版公司1989年版，第3页。

同的人生选择、学堂的新式教育引起的喧哗与骚动、茶馆的谈资内容的变化等日常生活构成的风俗画面，预示着传统价值观念的倾覆必然在人们的心理中引起的轩然大波。

三部曲表现的深切和切入视角的特别，注定了作者走着一条与当时的启蒙和救亡主题截然不同的艺术之路，也注定了与时代语境的距离拉大带来的审美的超前意识，不可避免的曲高和寡的宿命。但时过境迁后时间的大浪淘沙给艺术的永恒质素带来了重新焕发永恒魅力的机会，也使三部曲所取得的艺术成就有了打量、借鉴、阐释和把握的价值意义。这突出地表现在以下几个方面：

风俗文化的多层面展示。风俗文化是一个民族在历史的发展演变中，长期积淀的文化底蕴在日常生活中的典型反映，它是一个民族热爱生活、感悟生命的价值与意义，从而为自身立法的内在的价值蕴含外显于世俗生活的风俗画面和抒情歌谣。四川群山怀抱的地理位置，使它在阻隔新鲜的外来文化的异质因子对本体文化的惰性基因进行有力的激活的同时，也因祸得福的反躬检点自身文化的优质因子，从而保留了比较完整的风俗文化的独特风貌。因此，巴蜀的节日庆典、结婚程式、丧葬仪式、饮食文化、方言土语作为有生命的主体符号共同建构了"近代的《华阳国志》"（郭沫若语）。在三部曲中描绘的成都新年的夜景展示了门神对联、花灯龙灯、火炮礼花等节日的文化符码，组成了浓郁的风俗仪式的底蕴。麻婆豆腐、菜蔬野味、凉拌猪肉、清水盐蛋、鱼翅便饭、烧腊担子等成都名吃都是四川人"尚滋味"和"好辛香"的吃文化的见证。婚礼仪式更是民俗文化的重要组成部分，李劼人用妙笔生花的铺排渲染勾勒各不相同的婚礼场面，如蔡傻子与邓幺姑、蔡大嫂与顾天成、郝又三与叶文婉、伍平与王四姑等。如《死水微澜》就提到蔡大嫂改嫁顾天成时的婚礼要求："仍然要三媒六证，花红酒果，象娶黄花闺女一样，坐花轿，拜堂，撒帐吃交杯，一句话说完，要办得体体面面，热热闹闹"。丧葬礼节也反映了一个民族在地域文化的历史延绵过程中形成的风俗习惯和生活态度。《暴风雨前》中通过郝太太的去世对成都丧俗的细节进行了浓墨重彩的铺排渲染：小殓、大殓、做法事、扯孝布、做孝衣、哭丧、扎灵堂、扎素彩、包席、雇吹鼓手、雇礼生叫礼、请和尚转咒等种种礼仪规矩不一而足。难怪老作家巴金曾说："只有他才是成都的历史家，过去的成都都活在他的笔下。"①

人物形象的雕塑式刻画。尊重人物主体性的应然性格逻辑发展塑造的形象，就会突破作者的主观设想，而成为有血有肉蕴涵丰富的圆形人物。何况李劼人深得福楼拜刻画人物的真传，悬置作者的主观意图和评判标准，而让人物按照其在文本语境中本来的面目立身行事，这样就在大河三部曲中塑造了栩栩如生的雕塑式的人物形象。无论是蔡大嫂、罗歪嘴、顾天成、伍太太、黄太太、郝又三等小说中虚构的人物，还是历史上实有的风云人物蒲殿俊、罗纶、夏之时、尹昌衡等，作者都采取了在具体环境中让人物自己活起来的刻画方式。因此生活中人物在理性/非理性的双重标准指引下的所作所为，当然就消解了理性预设的善恶、是非、美丑的单一价值判断标准，人物形象也就以非逻辑或者反逻辑的方式呈现出司芬克斯之谜的多样面孔。如遵奉"人生一辈子，这样狂荡欢喜过下子，死了也值得"的处世哲学的蔡大嫂，显然不是一个过循规蹈矩的贤妻良母生活的女性，邓幺姑、蔡大嫂、顾三奶奶的身份转变，以及以她为中心产生的与蔡傻子、罗歪嘴、顾天成之间的一女三男的婚恋模式，无论以传统陈腐的"好女不嫁二夫"的贞节观念来衡量，还是以现代女性的个性独立、自由自尊等价值标准来裁定，都不能准确地说明她的行为方式的性质。面对袍哥失利教民重新得势后，丈夫入狱情人逃跑的被动局面，蔡大嫂果断地改嫁仇人顾天成。她的观点是："放着一个大粮户，又是吃洋教的，有钱有势的，为啥子不嫁？"这种思维观点和行为表现体现出为人所不齿的泯灭是非观念，显然是女性在传统的男权社会中依附性的突出表征。但她在决定改嫁时提出的要把她的丈夫放出监狱、修复兴顺号店铺、与前夫以干兄妹相称等条件又凸显了她的主体性和独立性，贞节/放荡、善良/丑恶等异质因子相互融合产生的复杂多面的性格，也许就是特定的地域水土养育的辣妹子的鲜明特征吧。同样，"一方水土养一方人"的地域文化培养的伍太太、黄太太，也具有蔡大嫂身上的辣妹子的性格特征，她们都是集妻子、情人、母亲等多重身份于一身的混合体。对男性人物形象的塑造也如对待女性人物一样遵循着福斯特提出的圆形人物的标准，凸显出人物的浮雕面孔：如《死水微澜》中的罗歪嘴，喜欢嫖，

---

① 谢扬青：《巴金同志的一封信》，《成都晚报》，1985 年 5 月 23 日，第 6 版。

但"嫖得很有分寸，不是卖货，他决不下手"；喜欢美貌的女性，但一开始却对出类拔萃的蔡大嫂无动于衷；喜欢逢场作戏，但对投怀送抱的老表的女人一往情深；喜欢惹事生非，但又以正义的化身将调戏大家小姐的浮浪子弟打退。这样他就在吃喝嫖赌包收烂账的江湖黑老大的基质上，又嫁接了讲义气、有感情、重正义的良性基因。顾天成的刁钻蛮横与体贴疼爱女儿的温柔善良、利用洋人为自己公报私仇的卑鄙行径与在保路运动中坚持民族正义的凛然正气行为，也使他成为一个集地主、教徒、嫖客、赌棍、尽职的丈夫、慈善的父亲、有良知的团总等多副面貌的典型形象。《暴风雨前》的郝又三在孝子 / 逆子、正业 / 邪行、善德 / 恶习、进步 / 保守两极对立中正负价值的摇摆不定，同样使他成为无法用一句话就可以准确概括的"这一个"人物形象。就连历史上确有其人的风云人物，也要把人物的行为放在历史的客观公正的天平上重新估量，这样蒲殿俊的软弱妥协、龙泉驿兵变的领导人夏之时的胸无远虑，在不讳过矫饰的史书笔法的精雕细刻中，显示了叱咤风云的英雄人物的复杂性。

客观冷静的史诗性风格。三部曲在追求历时态和共时态的宏大格局中反映时局的变化，以及社会变迁的史诗性风格，最突出的特征在于客观冷静地秉笔直书。在波澜壮阔的历史语境中根据自己的体验感受和实地调查的科学态度，力求达到细致入微的描摹与对象的本性天衣无缝地契合的理想境界。在三部曲重新修订改写的解放初，他说："所写的生活距离现在已经五十年了，要写得使自己的心神完全走进那五十年前的古人社会才行，决不能让当时的人讲现代的语言，穿现在的服装，用现在的器物。这类细节必须认真，不能潦草。"[1] 其实无论是初版还是改写版都始终如一地贯穿着追求材料的细节真实的价值标准，因此他才大量收集家谱族谱、方志杂著、函电奏稿、公文告示等各种社会资料，并融入自己的笔端来增强作品的可信度。可历史的真实与艺术的虚构之间的逻辑张力体现出二者之间不同的特质，为此李劼人在努力复现历史本真面目时采取了尽量克制主观情感的介入，加括号悬置先入为主的道德评判而让事实本身说话。如《大波》中的孙泽沛是一个带有流氓无产者意识的同志军首领，仅仅 100 多条枪的诱惑就自食其言，

---

[1] 韦君宜：《最后访问——悼念作家李劼人》，《光明日报》，1963 年 1 月 12 日，第 4 版。

极端残忍地将投诚过来的一百多名新军杀死。即使是历史上的反面人物如赵尔丰、端方之流也从人性的角度还原出其在历史上的本真面目。赵尔丰对蒲罗事件的瞻前顾后和对成都的深厚情感，端方的古玩字画的儒雅嗜好以及被杀之前的复杂表现，都遵循历史的客观规律直书其事。这样三部曲在历史的细部实现了以小见大的客观冷静的书写风格，宏大历史和民间风俗史的辩证统一，比较完美地达到了史诗性追求的艺术目标。

李劼人的大河小说从风俗文化的视角作为切入历史的宏大结构的突破口，从人性的角度关怀人物的七情六欲、生死哀乐，从而把人物放到具体的历史语境中，成为反映一段特定历史的生命载体。从日常生活的瞬间与永恒的质素中，寻绎最能体现历史本真面貌的闪光点，来填充物是人非、僵硬冰冷的历史躯体的史诗性书写策略，这些都是李劼人在史诗性的鸿篇巨制中探索和创造的富有民族特色的艺术风格。

第十四节　路翎其人其文

一、崇尚强力的文化人格

路翎（1923—1994），生于军阀混战时期的南京，原名徐嗣兴，路翎是为纪念自己的恋人而起的笔名。幼小失怙的不幸遭遇，而作为精神上的赤贫者的继父不可能给予童年的路翎真正完整的父爱。虽然父爱的匮乏无法为他的健康成长撑起一片蔚蓝的天空，但父权制权威的失落，也斩断了以长者为本位的封建等级意识对幼者的文化人格进行压制重塑的纽带，再加上相对严酷的成长环境，从而养成了路翎具有独立意识的早熟和敏感的性格。因此一般人经历的快乐童年，在路翎的记忆中又是以另一番面貌出现的："在小学的时候，我就有绰号叫'拖油瓶'，我底童年是在压抑、神经质、对世界的不可解的爱和憎里度过的，"[1]出身小公务员的继父面对卑微的生存困境，养成的暴躁易怒的性格和对生活的不如意发出的慨

---

① 晓风编：《胡风路翎文学书简》，合肥：安徽文艺出版社 1994 年版，第 8 页。

叹，二者的契合形成的压抑的文化语境就会以矛盾的辩证法的方式，左右着路翎崇尚强力的文化人格。这种文化人格在开放性的江南文化所具有的涵纳包容的文化底蕴的浸染之下，形成了路翎在小说创作中不拘一格、转益多师、博采众长的开放性的思想意蕴与艺术特点。从培育文化人格的生长基质方面来说，路翎是在阅读、消化和吸收大量的中国古典名著、外国文学名著和中国现代文学作品的基础上，形成了自己独特的文化人格及创作风格的。除了中国古典名著以外，他在初中时还阅读了歌德的《浮士德》、大仲马的《茶花女》、罗曼·罗兰的《约翰克利斯朵夫》、陀思妥耶夫斯基的《穷人》与《罪与罚》、托尔斯泰的《战争与和平》和《复活》、高尔基的《在人间》和肖洛霍夫的《静静的顿河》等，中国现代文学作品则有《鲁迅全集》、《子夜》、《家》等。此外，超人哲学、意识流、精神分析学、存在主义等强调非理性的力量和人的意识或潜意识流动的哲学理论，也为路翎的文化人格的形成奠定了深厚的基础。

　　当然，理论与实践、应然与必然的巨大差距意味着路翎的崇尚强力的文化人格的成型，是各种互有包含的异质因素相生相克、求同存异后产生的合力共同作用的结果。抗战时期路翎在从南京流浪到重庆、又从重庆流浪回南京的曲折经历中，目睹了既有的道德观念和文明意识铸造的人之为人的生命质素。在战争的炮火下被轻而易举地轰毁的溃败图景，战争的非理性因素造成的脱离文明轨道的虚无感、荒诞感和流浪意识，彻底打断了路翎潜意识中与传统的温柔敦厚的和谐的审美意识的脆弱联系。文化人格中崇尚不安分的力的一面，在战争的特殊历史背景中被进一步地放大和凸显，充满强力意志的文化人格在七月派的核心领袖胡风的主观战斗精神的指引下，在创作实践中找到了与切身的生活体验和艺术感受相激相荡的生命契合点。1939 年创作的《"要塞" 退出以后》在《七月》杂志上的发表，意味着路翎富有生命气息的躁动不安的青春品格，在粗犷豪放的主观叙事上找到了突破口，从此一发不可收拾。从 1937 年步入文坛到 1949 年前创作的小说，主要有短篇小说集《青春的祝福》、《求爱》和《在铁链中》，中篇小说《饥饿的郭素娥》、《蜗牛在荆棘上》，长篇小说《财主底儿女们》（上，1945 年；下，1948 年）、《燃烧的荒地》；建国后在 1950 年代创作的小说作品，主要有反映新中国工人工作和生活的精神面貌的短篇小说集《朱桂花的故事》，反映朝鲜战争的短篇小说《初雪》、《洼地上的战役》和长篇小说《战争，为了和平》；晚年平反后写有《野鸭洼》、《早年的欢乐》等小说。这些作品特别是建国前创作的小说，用灵魂的辩证法透视具有流浪汉气质的人物的精神世界，所反映出来的强力型的美学特质，在实践中到处逃生流浪形成的崇尚强力的人生哲学，在理论上七月派的作家以强烈的社会文化情结，以及献身于民族战争的生命意识为共同的流派特征凸显的富有力感的美学追求，在早期相对宽松的家教环境养成独立审视问题的能力，自然形成了不受或者少受既有的道德秩序束缚的强力型的性格特征。当然，此种文化人格形成的以主观战斗精神拥抱现实生活，以致于主客体之间进行灵魂的血肉搏斗的美学风格，只是知识分子按照自己的独立的人格意识和美学追求设计的审美乌托邦，受胡风所谓"反革命集团"的牵连形成的长达二十多年的"一生两世"的悲惨遭遇，便是路翎不合主流意识形态的政治美学的明证。

二、流浪者的灵魂和精神的母题书写

路翎在穷困和动荡中四处奔波的流浪经历，使他有机会走出亭子间以"他者"的眼光重新审视底层生活。他不仅耳闻目睹了战争造成的众多离乡背井者的艰难困窘的生活现状，而且自己也深受这种生活的压迫，于是感同身受到物质生活的贫困、颠沛流离的流浪所带来的精神上失去生命的支点之后的扭曲变形。由于路翎是一个"具有浓厚的流浪汉气质并且特别喜欢表现流浪汉生活的小说家"[①]，崇尚"流浪者有无穷的天地，万倍于乡场穷人的生涯，有大的痛苦和憎恶，流浪者心灵寂寞而丰富"（《蜗牛在荆棘上》），因此，他浓墨重彩地塑造了一大批流浪者形象，采用心灵的辩证法拷问人物在苦难中挣扎反抗的灵魂的洁白与卑污，也就成了路翎走向漂泊者的精神深处的永恒母题。

展示原始的生命强力。在安土重迁的传统价值观念被生活的不稳定性打碎之后，带着精神奴役的创伤的人们，就会在特定的历史语境中爆发出置于死地而后生的生命强力。这种生命强力是靠非理性的力量作为催发的酵母，丢掉传统的奴性的枷锁对人性的压制，从而实现从奴性到人性的质的飞跃。因此路翎特别喜欢

---

① 谭桂林：《论中国现代文学的漂泊母题》，《中国社会科学》，1998 年，第 2 期。

从他熟悉的矿工、农民和知识分子身上寻求具有原始强力的流浪汉和漂泊者的形象，作为展示生命在万难忍受的严酷环境中经受精神的炼狱后获得再生，或者走向毁灭的艺术载体。比如《饥饿的郭素娥》中的郭素娥、张振山，《卸煤台下》的许小东、孙其银，《蜗牛在荆棘上》的黄述泰，《燃烧的荒地》的郭子龙，《两个流浪汉》的陈福安、张三光，《黑色子孙之一》的金承德，《罗大斗的一生》的罗大斗等都充分地表现了人物在生命深处潜藏的原始强力，在外界的触媒引燃下爆发出惊人的生命力量。早期的代表作《饥饿的郭素娥》中的女主人公是一位浮雕式的原始强力的代表。郭素娥在逃荒途中遭受父权制的亲情抛弃之后，又作为物品被鸦片鬼刘寿春凭借夫权制的威势据为己有。但强悍美丽的她在父权和夫权之下，饱受压制的食色二性的本能原始欲求得不到满足的生命困境，激发了她生命潜能深处由逆来顺受的被动客体到激情勃发的主体的嬗变过程中产生的原始强力宣泄的欲望。即使在日常生活中也毫不掩饰自己灵与肉的双重饥渴，带来的强烈的赤裸裸的欲望表现："在香烟摊子后面坐着的时候，她的脸焦灼地烧红，修长的青色的眼睛带着一种赤裸裸的欲望与期许，是淫荡的。"因此她敢于蔑视世俗的权威，以与机器工人张振山偷情来满足自己的原始欲望，并以困兽犹斗的韧性搏斗换取一个正常人基本的生存权力。即使是东窗事发后被丈夫按照传统的宗法制观念作为物品卖掉时，郭素娥"我是女人，不准动我"、"你们不会想到一个女人的日子……她捱不下去，她痛苦……"的凄厉的呼喊和绝望的反抗，也仍然显示出震撼人心的原始强力。此外，破落子弟郭子龙流浪归来后，面对吴顺广的正面挑衅与宣战时斗志昂扬兴奋不已的表现；何秀英"不论别个怎样说，我何秀英都不怕"的生命呐喊（《燃烧的荒地》）；罗大斗渴望"直截了当的刀刺，火烧，鞭挞，谋杀"的自虐和他虐的变态心理；黄述泰在识破权势者设置的虐待自己妻子的圈套后的激情斥责；年近六十的何德祥面对刘四老爷的淫威"连脖子都不会弯一下的"傲骨表现（《在铁链中》），这些不分年龄、性别、职业的流浪者在特殊的情景下所爆发出来的难以置信的生命潜能，非常形象地诠释了原始强力的生命内涵。因为这"是发自人的生命本体中的一种追求人的合理存在不可遏止的冲击力，是初级形态的人的意识的觉醒，是对非人的生活与地位的本能的反抗"。[1] 所以路翎才会对彼此性格迥异、阅历有别的人物，作为展示原始强力的生命载体做同样的艺术处理。

剖析精神奴役的创伤。路翎在与底层人民摸爬滚打的生活经历中深刻地感受到，人民作为一个抽象的概念包含的能指与所指、内涵与外延的模糊性、流动性、漂浮性，造成了理论宣传的神圣性与现实实践中的庸俗性之间的巨大差距。人民这个漂浮的能指实际上是由无数的带着精神奴役的创伤的活生生的个体组成的，"他们底精神要求虽然伸向着解放，但随时随地都潜伏着或扩展着几千年的精神奴役底创伤"（胡风语），因此剖析传统历史文化的负面价值的积淀造成的国民劣根性的启蒙主题，成为路翎辩证地看待流浪汉身上裹挟的优劣因子的关键题旨。《罗大斗的一生》中的主人公终生都在见狼显羊性、见羊显兽性的二重性中，显示出酱缸文化浸染的地痞无赖相，欺下媚上的劣根性注定了他会把在现实生活中遭遇的屈辱和痛苦，转嫁给比他弱小的对象身上而坦然无愧。他把偷人家剪刀所受到的羞辱发泄到一棵树身上，对势单力薄的周家大妹恶毒咒骂、拳打脚踢，对垂死的乞丐扔石子的卑鄙行径，把一个流氓无产者色厉内荏的丑恶嘴脸充分地表现了出来。"罗大斗的最高理想，便是成为一个真正的男子，成为一个光棍，有一天能够站在街上，欺凌别人"；可悲的理想愿望显示出：正是丧失人性的酱缸文化，造就了他万劫不复的奴性人格。所以路翎一开始就引用拜伦的诗句说："他是一个卑劣的奴才，鞭挞他呀！请鞭挞他！"《饥饿的郭素娥》的男主角张振山以冷酷的姿态对待郭素娥给予他的真挚爱情，他对郭素娥说："我从里面坏起，从小就坏起，现在不能变好，以后怕当然也不能。"不想为此时自己的行为选择负责任的态度，显然也与马虎中庸的文化人格有着密切的渊源关系。在封建威势面前陷入无物之阵的黄述泰（《蜗牛在荆棘上》），与封建宗法势力妥协勾结起来共同欺压弱小者；为了点滴的恩惠就在地主吴顺广的挤迫下变成了臭名昭著的"大粪营长"的郭子龙（《燃烧的荒地》）。这些流浪者身上体现的原始生命的强力／精神奴役的创伤、反抗／屈从、强健／懦弱、叛逆超越／麻木保守等悖反的异质因子，犹如一枚铜钱

---

[1] 刘挺生：《一个神秘的文学天才——路翎》，上海：华东师范大学出版社1997年版，第111页。

的两个方面。路翎清醒地意识到祛除与传统文化裹脓带血的劣质基因的道路的漫长性和艰难性，他才怀着人道主义的悲悯情怀和火一样的主观情感拥抱对象，并进行主客体之间的灵魂相生相克的血肉搏斗。

流浪者史诗性的精神漫游。这主要体现在《财主底儿女们》长达 80 多万字的精神史诗般的巨构上，路翎在封建大家庭的分崩离析和抗战的大背景上所追求和展示的是"光明、斗争的交响和青春的世界的强烈的欢乐"（题记）。正如胡风在《财主底儿女们》的序言中所说："路翎所要的并不是历史事变底记录，而是历史事变下面的精神世界底汹涌的波澜和它们底来根去向，是那些火辣辣的心灵在历史命运这个无情的审判者前面搏斗的经验。"① 小说描述了苏州巨富蒋捷三统治的封建大家庭，在内部的叛逆子弟和外部的阴险狠毒的长媳金素痕的联合夹击下，从摇摇欲坠到风流云散的崩溃过程。在抗战提供的广阔舞台上，展示破败世家的各种类型的知识分子聚散不定的生活方式和在漂泊与停留之间二难选择的心灵轨迹。身处长子地位的蒋蔚祖背着传统的因袭的重负，在孝道与爱情、父亲与妻子之间形成的夹缝中难以调和的对立冲突，造成了他的灵魂始终处在矛盾分裂的状态，发出了"这是禽兽的世界，禽兽的父母，禽兽的夫妻"的呼喊，当他以富家子弟的身份混迹于乞丐的流浪生涯，不能减缓内在的矛盾因素相互冲撞产生的心理压力时，他只能用一种疯狂的方式宣泄内心的焦虑，并选择自杀作为自己人生的最终归宿。次子蒋少祖是接受五四时期现代价值观念影响的蒋家"第一个叛逆的儿子"，按照资产阶级的价值目标作为自己走出家庭搏击社会的行动指南，但蒋家的"后花园"所具有的温馨和谐的抚慰功能，时时让他返顾传统文化的博大精深。因此在独立 / 合群、创新 / 继承、激进 / 守成、叛逆的英雄 / 安逸的隐士之间的对立项中，由前者向后者的倾斜，反映出他超越了旧家庭道德的束缚成为时代的弄潮儿，到逐渐脱离时代的发展成为落伍者的心灵变化轨迹，将"归隐"意识作为拯救自我的良药，也可以看出中国传统的知识分子在追寻个人主义之路的精神危机。三子蒋纯祖从二哥退缩归隐的地方开始了自己真正的精神旅程，从而成为一个真诚的个性主义者，"在集团底纪律和他相冲突的时候，他便毫无疑问地无视这

---

① 路翎：《财主底儿女们》（上），北京：人民文学出版社 2004 年版，第 1 页。

个纪律；在遇到批评的时候，他觉得只是他底内心才是最高的命令、最大的光荣、和最善的存在"。他在逃离沦陷后的南京到重庆和四川农村的旅途中，经历的文明与野蛮、正义与邪恶、高尚与卑劣、冷酷与同情的极端对立，淬炼着蒋纯祖以个性主义的独立视角打量着所有关于生命、人性和文明的奥秘。一切阻碍个性独立发展的因素，不管打着如何冠冕堂皇的旗号，都要放到尊重个性的天平上来衡量，因此他一面痛斥"文化上面的复古倾向，生活里面的麻木的保守主义，权威官场里面的教条主义，穷凶极恶的市侩和流氓"；一面呼喊"现在的中国，更需要个性解放"。在经历了旷野上人性与兽性、善与恶的极端对立造成的内心的狂风暴雨的洗礼之后，他接受了独战众数的精神炼狱的考验，从而达到了流浪者的最高境界的精神漫游。

三、主观化的艺术刻画

路翎在创作过程中全身心的生命投入，形成了主观化的心灵体验，以长歌当哭的激情形式发泄出来的艺术特征。艺术体验的粗粝豪放，烙下了路翎特有的思想情感和心理情绪的主观化的生命印记。正如胡风在为《饥饿的郭素娥》所做的序言中所说："他不能用只够现出故事经过的绣像画的线条，也不能用只把主要特征底神气透出的炭画的线条，而是追求油画式的，复杂的色彩和复杂的线条融合在一起的，能够表现出每一条筋肉底表情，每一个动作底潜力的深度和立体。"因此路翎在对人物进行个体形象的刻画时，无不充分地体现了七月派讲求主观战斗性的流派风格，强烈的主观热情、强悍的人格力量、强劲的艺术笔触，在人物形象的主观化和语言修饰的主观化等方面得到了鲜明的体现。

人物刻画的主观化。路翎以知识分子的眼光处理小说中人物的心理活动、言行表现时，就使农民、士兵、工人等不同职业和文化教养的普通劳动者身上，常常具有明显的知识分子的身份特征，这显然是路翎作为一个知识分子的主观化的心理体验，在热烈地拥抱客体对象的过程中无意识的审美投射。农民对命运进行知识分子式的审视和叩问，工人具有小布尔乔亚式的情调和趣味，这种泛知识分子化的刻画和书写的单一化，造成了小说人物与现实人物两张皮式的错位和失真的艺术缺陷。《平原》中的农民胡顺昌因被夺走四斗米和妻子打架，产生的施虐与受虐、狂喜与痛苦等复杂的矛盾心理，超出了普通农民的心理感受。在痛苦绝望的语境中产生了乖戾的两极对立的矛盾心理，更多的是从知识分子的身份特征出发拼贴出的农民的心灵狂潮。路翎不但在心理刻画和心灵的探寻方面，具有浓郁的知识分子式的主观化色彩，而且在最能体现人物个性气质的日常生活的口语中，让人物说出与其身份特征很不相称的带有哲理性意蕴的知性话语。如《在铁链中》的老人何德祥看不惯刘四老板鱼肉乡里的无耻行径，便怒声喝道："人生在世是求生活，求不得生活被剥削啃剥就要大声讲话了。"《何绍德被捕了》中，有过矿工和当兵经历的何绍德说"我是一个漂泊的人……"、"一件严肃的事，生活，……"、"我觉得我爱上了你，这也是严肃的事，或者我们不同"、"我是一个兵，这是一个光荣的字"。这种从主体角度把握人物，从而超越人物本身在现实生活中的角色地位和人生理解的语言描摹，与路翎的先入为主的主观的角色认知有密切的关系。他认为"工农劳动者，他们的内心里面有着各种各样的知识的语言，不土语的，但因为羞怯，因为说出来费力，和因为这是'上流人'的语言，所以便很少说了。我说他们是闷在心里用这思想的，而且有时也说出来的"。[①] 从"语言奴役的创伤"的视角作为切入人物心灵的窗口，心理狂流和语言狂流的双重变奏，就成为刻画人物形象的主观化的艺术手段，带有路翎特殊的主观化的风格。

语言修饰的主观化。路翎小说的语言结构打破了中国传统的句法简练含蓄、节制明快的特点，加入了作家主观体验的带有非常浓烈的情感色彩的欧化句式，附加了大量的形容词、副词等修饰性的成分，子句与母句的叠床架屋构成了复杂冗长的长句式结构。如描绘郭素娥的神态"她的在灰绿的微光里急遽颤动着的，赤裸的胸，她的在空中恼恨地象要撕碎障碍着她的幸福的东西似的，激烈地抓扑着的白色的手，和她的埋在暗影里，漾着潮湿的光波的眼睛"（《饥饿的郭素娥》）。刻画矿工的梦境"许小东做着被矿警鞭打，以后朋友们全光荣的离去，只剩下自己孤零零的一个人被关在碉堡里的惊恐多于屈辱的恶梦，从夜班工人底白昼睡梦里醒来了"（《卸煤台下》）。有时路翎还喜欢把意义色彩相互背反的词语做两极化的混合处理，以语义悖反的矛盾张力形成的陌生化效果，增加阅读感受时的审美

---

① 晓风编：《我与胡风》，银川：宁夏人民出版社 1993 年版，第 476 页。

难度。如"恐怖而幸福的感觉"、"甜蜜的、哀怜的心"、"强烈的快乐混合着恐怖"、"这个早晨是如此的痛苦和美丽"等语言的狂流造成的泥沙俱下、混乱芜杂的失控现象，阻拒了读者对语言的期待视野，造成了读者对路翎主观化的充满抽象的哲理思考的语言望而却步的畏缩心理。刘西渭曾评价道"他有既成的概念派给他的文字，特别是副词或者形容词，往往显得他的刻画机械化，因而刺目。我听见若干读者埋怨他的行文欧化，或许就是这种公式似的形容启人涩窒之感。他们时时违反习惯，不和原意相符"。[①] 对路翎的语言风格的评述确实是一语中的。

第十五节　杨逵与吴浊流

杨逵与吴浊流在台湾日据时期的皇民化运动中，一个用日文在公开化的文坛上以不屈的人格精神显示了高尚的民族气节，将对异族惨无人道的兽性统治化为深广的忧愤意识，采取隐晦曲折的方式表达自己对反动统治势力外强中干的本质的谐谑与讽刺；一个用潜写作的方式在风雨如晦的岁月里怀着对文学的挚爱追求，写下了当时的政治和文化语境难以容受的异质性的文学，在文学不绝如缕的薪火传承上，显示了宁可牺牲肉体也要保持精神独立的坚忍不屈的反抗精神。二者在人格气质、精神内涵、题材选择、美学追求等方面不谋而合的同构性，显示了传统文化底蕴建构的知识分子的不屈人格，对反动统治悖反性的颠覆与消解。

一、杨逵

杨逵（1905—1985），原名杨贵，1905 年 10 月 18 日出生于台南县新化镇一个贫寒的农民家庭。童年时代耳闻目睹的日本殖民者的残暴统治形成的心理创伤，化为了反帝抗日的民族情结，并成为了他以笔做投枪用冷峻的艺术笔调揭露冷酷现实的永恒母题。1928 年从日本回台湾以后，积极参加抗日爱国的进步文化运动，曾任"台湾文化协会"议长和"台湾农民组合"中央常委委员。将自身的安危置之度外的大无畏的牺牲精神，自然与殖民者的皇民化运动所要求的奴性意识相抵

---

① 　杨义等编：《路翎研究资料》，北京：北京十月文艺出版社 1993 年版，第 79 页。

悟，因此为殖民当局所不容，先后入狱十余次，即使自己的新婚之夜也是在监狱中度过的。但他为启发民众觉悟的启蒙精神和领导民众展开不屈不挠的斗争的抗争意识，始终在斗转星移的时间流中显示出永恒的质素。抗日战争全面爆发后，他创立的首阳农场所包含的传统文化意蕴，显然是不与殖民者妥协的高风亮节的明证。

野菜煮粥、瓦盆当歌的艰苦生活中，表现的抗日战争必胜的乐观信念，有着"得道多助、失道寡助"的朴素的历史文化观念的价值支撑。这样，日本殖民者的政治和文化淫威形成的压迫／反抗的悖反张力，由于契合了民族文化中"威武不能屈、贫贱不能移"的浩然正气的基质，因此杨逵才以他独具魅力的文化人格在台湾文坛上赢得了"不朽的老兵"、"压不扁的玫瑰花"等称誉，这种文化人格的称誉是杨逵穷达自如的锄头和笔头联合耕耘的艺术结晶。当然毋需讳言的是，他的庶民意识的极端偏执，甚至让他做出了拒绝自己的知识分子身份的访谈声明："我不曾把自己介入在知识分子的地位中，也没有那种自我意识和自负感。……我同知识分子交往，但我不能耽溺于知识分子的名分。"[①] 他喜欢用锄头在大地的母体上辛勤耕作的园丁意识，淡化了他以知识分子的身份在纸上抒愤的作家观念，因此他创作的作品并不是很多。从 1930 年开始文学创作，1932 年发表的中篇小说《送报夫》是他的成名作和代表作，1936 年后陆续创作了《蕃仔鸡》、《鬼征伐》、《泥娃娃》、《鹅妈妈出嫁》、《无医村》、《春光关不住》等作品，结集为小说集《鹅妈妈出嫁》和散文集《羊头集》。

（一）民族苦难意识的沉痛抒写

日据时期台湾社会的殖民高压统治与民众的不屈抗争、经济的压榨盘剥与反剥削的悲壮抵抗、皇民化运动的兴起与民族意识的高扬之间错综纠结的矛盾中，占据主导地位的仍然是殖民／反殖民的民族矛盾冲突。杨逵的小说在"共存共荣"、"大东亚共荣圈"等皇民化语境下的质朴沉实的现实主义抒写，通过底层民众的

---

① 戴国辉、若林正丈：《台湾老社会运动家的回忆与展望——杨逵关于日本、台湾、中国大陆的谈话记录》，《文季》，1985 年，第 5 期。

苦难记忆，颠覆、解构了日本统治者的共存共荣的皇民化的殖民话语，显示出强烈的民族意识。殖民者运用凌驾于公理正义之上的统治权力，对被殖民者的剥削压制造成的民族矛盾，在杨逵的文本中得到了鲜明的展示：《送报夫》里台湾青年杨君的父亲因不愿将土地在不等价交易中，贱卖给日本制糖会社而被当做匪民打死，草菅人命的血腥暴力凸显了殖民者为获得原始资本，而疯狂掠夺殖民地财富的丑恶本质；小说《死》中的贫苦农民阿达叔，在日本殖民者与宗法制地主的合力盘剥下，走投无路卧轨自杀的悲惨结局，反映的是殖民者依靠宗法制产生的为虎作伥的奴才，骑在人民头上作威作福的无耻行径；《无医村》里的穷人得了瘟疫只能等死的凄凉现状，是对漠视人的最基本的生命权的统治者的强烈控诉；《蕃仔鸡》里的台湾女孩素珠给日本老板当下女，却被强奸而含羞上吊的人生悲剧，展示的是异族统治者的兽性，对被征服民族的族格进行肆意侮辱的令人发指的行径；《难产》中的中国儿童眼球腐烂的惨不忍睹的卫生状况，更是对"共存共荣"等殖民话语的无情嘲讽。不过，世界上所有的受压迫者都是一家人的左翼思想和自身的经历体验，又使他打破了狭隘的民族意识的界限，将阶级意识与民族抗争意识，在阶级对立产生的经济矛盾的困境中相互凸显。正如小说《送报夫》所提示的：世界上的人按照不平等的政治和经济的价值标准，可以分为为非作歹的"上等人"和牛马不如的"下等人"两类人。杨君的亲哥哥虽在地缘政治上属于遭受歧视和压迫的被殖民者，但他"糟蹋村子的人们"而"被大家怨恨"的行为，又使他在伦理观念上成为了一个令人不齿的为虎作伥的民族败类。与此相对照的是日本送报夫田中对杨君的真切关怀，通过冒风雪领杨君熟悉订户、请他吃饭、无私援助等生动的细节描写，表现了日本大哥哥对台湾小弟弟亲如骨肉的兄弟情谊。这种地缘、血缘、国族、民族之间的错位形成的鲜明对比，无疑见证了杨逵博大的胸怀和思想的深沉，由此突破了狭隘的民族主义的艺术视野的创作格局。

异族统治者采取不平等的奴役和掠夺等殖民手段，对台湾人民的残酷统治造成了广大民众衣不蔽体、食不果腹的苦难生活，杨逵以凄惨的笔触非常逼真地刻画出日据时期民众物质上和精神上的双重贫困，流露出的悲悯的人道情怀越发显示出沉重的苦难意识。《送报夫》通过主人公杨君的回忆和母亲的遗书，对殖民者为转嫁经济危机而造成的台湾农民流离失所、家破人亡的滔天罪行，发出了强烈的控诉："像阿添叔，是带了阿添婶和三个小儿子一道跳下去淹死的"，而杨君的母亲则是"在 × 月 × 日黎明的时候吊死了"。另一中篇《模范村》（原名《田园小景》）在七七事变的背景下展现了帝国主义和封建地主的双重夹击、殖民地文化和封建宗法文化的相互纠结，造成的肉体与灵魂的矛盾分裂，人的价值尊严在被穷字逼向绝境的时候，产生的人与人之间怜悯、同情、关爱等人道主义精神的缺失，是对"模范村"的字字血泪的嘲讽！比如知识分子陈文治接受汉学和日语的双重教育，却不能解决最基本的生活问题，当他囊空如洗连一分钱的盐也买不起时，他"踌躇了半晌，终于下了决心。走近老板娘，吞吞吐吐地说：'老板娘，请您再赊一分钱的盐给我好吗？'"但周围民众对他的百般羞辱是半殖民地国民人格异化的典型表征，他的手足无措、又羞又惭的表情，折射出杨逵在庸众看/被看的模式背后对人性关爱的悲悯情怀。

（二）开放的现实主义的艺术手法

杨逵将艺术的根深深地扎在现实主义的沃土之上，以犀利的艺术眼光为日据时期统治者凶残的反动统治，给台湾民众带来的人间地狱般的灾难描神绘影，在写实基质上嫁接象征意象的艺术技巧，形成了开放的现实主义的艺术风格。《送报夫》、《鹅妈妈出嫁》等小说以写实的笔触，表现人物在凄惨的生活环境的逼迫下，性格合乎逻辑的发展，但在局部所选择的意象中包含了非常丰富的象征意蕴。如《鹅妈妈出嫁》中的杂草"牛屯鬃"，《春光关不住》中的"压不扁的玫瑰花"，自然界中本无情感价值和文化意蕴的花草，经过作者主观的审美观照形成的由物象到意象的嬗变后，自然而然地包蕴了非常鲜明的价值判断色彩：前者是"欺负善良的恶势力"的象征，而后者是韧性的正义力量的象征。尤其是作品中反复出现的"压不扁的玫瑰花"意象，作为贯穿不屈精神的动人旋律，非常形象地象征了日本军阀铁蹄下，台湾同胞同仇敌忾顽强抗争的战斗传统。林建文将这株玫瑰花寄给姐姐后，姐姐的来信有一段耐人寻味的描写："你寄来的那株玫瑰花，种在黄花缸里，长得很茂盛。枝头长了许多花苞，开满着血红的花。我再也不寂寞了。"这里的"玫瑰花"——"黄花缸"——"黄花岗"所寄寓的百折不挠的民族气节是显而易见的。《萌芽》中的牡丹花和咬枯牡丹花的"夜盗虫"；《剿天狗》里描写的台湾岛上一时猖獗的恶性疟疾，也都借外在的意象暗喻或象征着日寇的黑暗统治终将被黎明代替的乐观信念，形成了杨逵作品的现实主义的独特性，即"是在传统现实主义的基础上，从批判和改造出发，辨证地综合了敢于追求和企望幸福、胜利、光明的浪漫主义的'新现实主义'"。①

在谋篇布局方面，杨逵打破了传统的现实主义采取一维的单线结构，按照线性的因果逻辑顺序讲述一个有开端、发展、高潮、结局的完整故事的陈旧模式，要么采用"花开两朵，各表一枝"的双线平行结构将叙事艺术展示的跌宕起伏，要么别出心裁地创造出多线并进的结构方法，呈现出摇曳多姿的艺术魅力。如《送报夫》依照东京与台湾两条线索的发展脉络，解构杨君的现实生活状态和思想性格的发展嬗变。异国的打工生活作为现实线索，与故乡地狱般的民众生存境遇的回忆线索交叉重叠，共同表达了对日本帝国主义残暴统治的愤恨情绪，和底层民众不分国籍相濡以沫的美好情谊的主题。《泥娃娃》在父子为殖民文化问题发生冲突的线索中，交叉了一个改姓为"富岗"的皇民化的台湾人，憧憬着充当日本人的鹰犬，到中国大陆趁火打劫的卑劣心理的线索。两条线索相互交织形成的鲜明对比，增加了富有良知的"我"倍感压抑的忧郁色调。《模范村》则有多条线索：阮新民的反抗觉醒，憨金福的悲惨遭遇，陈文治传播汉民族文化的爱国行为，大地主阮固与日本警长木村的狼狈为奸。这4条线索采用发散型的思维方式，都以村口小店为散射点生发开去，又以收敛性的聚合思维达到了多条线索聚拢于戳穿创建"现代化"和日台"共存共荣"模范村的真实谎言的主题关捩点上，从而为现实主义文学的结构创新和艺术探索做出了自己突出的贡献。

二、吴浊流

吴浊流（1900—1976），原名吴建田，祖籍广东蕉岭。1900年出身于台湾新竹县新埔镇的一个书香之家。祖父吴信芳浸润在传统文化的古典意蕴中，形成的宁为玉碎、不为瓦全的气节和操守；父亲吴秀源作为一名颇有名气的医生，言行举止所体现的不顾个人安危、救死扶伤的人道主义精神，无疑对吴浊流的民族情

---

① 陈映真：《学习杨逵精神》，《世界华文文学论坛》，2004年，第2期。

懔和反抗异族入侵的爱国心理的形成，发挥了潜移默化的作用。1936 年厚积薄发的吴浊流在《台湾新文学》上发表了处女作短篇小说《水月》，从此一发不可收拾，完成了由深陷古典意境的旧体诗人到关心民瘼、抗击异族统治的爱国小说家的身份转变。以台湾光复为界，可将其漫长的创作生涯分为前后两个不同的时期：1936 年至 1945 年为前期，短篇小说《水月》、《泥沼中的金鲤鱼》、《功狗》、《先生妈》、《陈大人》，长篇小说《亚西亚的孤儿》等，深刻地反映"皇民化运动"给台湾同胞造成的肉体和心灵创伤的作品，代表着前期的思想蕴含和艺术风格。台湾光复后写的以战后台湾生活为背景的作品《波茨坦科长》、《狡猿》、《铜臭》等，作家怀着憎恶的感情对国民党当局官场上的丑恶腐朽、狡诈凶残的反动本质进行锐利地解剖，成为后期揭露光复后台湾社会的种种丑行怪相的鲜活样本。他在《吴浊流选集·自序》中说："我写的小说带有历史性的性格，所写的各篇都是社会真相的一断面，现在选出十九篇付梓。若将此十九篇连缀起来，日据时代及光复后的社会情形之投影，以及政治的影响不消说。同时，社会的歪风畸形也可以窥见的，所以亦可以作为本省社会之内幕来看吧。"[1] 可以说，吴浊流的小说创作都是"永远不屈的铁血之魂"的传神写照。

（一）孤儿意识和民族意识的主题情结

悠久的殖民地历史和孤悬海外的地理位置，割断了与大陆母体文化的相互交流，本土意识脱离了母体文化的滋养，形成的无根的飘浮感的弃儿和孤儿意识，成为有民族责任感的知识分子挥之不去的心理情结。这种心理情结作为一个作家进行文学创作感知性的审美投射，是用诗人的敏感神经感受到时代的"弃儿"、"孤儿"的情感困境之后，大陆母体文化同本土文化的错综纠葛形成的多维的复杂意蕴，相互激荡、相互冲突的合力博弈的结果，这在吴浊流的长篇代表作《亚细亚的孤儿》中得到了鲜明的体现。主人公胡太明从小在塾师彭秀才的"云梯书院"，接受的是"春秋大义，孔孟遗教，汉唐文章和宋明理学等辉煌的中国古代文化"，后在日本同化教育的影响下，又接受了日文教学的现代教育，经过四年的学习，

---

[1] 吴浊流：《吴浊流选集：小说版》，台北：广鸿文出版社 1966 年版，第 1 页。

"他已经获得普通的学识，而且逐渐成长为一个新时代的文化人"。这样，从教育的文化背景的异质性方面来说，传统的民族教育与现代的文明观念、民族文化与殖民文化、汉语的文化底蕴与日语的文化基因形成的异质因素，耦合在一个矛盾统一体中，不可避免地对其文化归属和价值认同产生无所适从的尴尬局面。从主人公活动的空间背景来说，在台湾、日本、祖国大陆三度空间的位置中，经历的从苦闷彷徨到觉醒反抗以及精神失常的情感之路，正是他在人生的波峰浪谷的颠簸中，找不到价值坐标的支点而四处碰壁的孤儿流浪心态的真实写照。在大陆，只因他是"台湾人"的身份，便被国民党当局以日本间谍的罪名将他抓进牢狱，这使他想扎根大陆的母体文化的深处，获得情感蕴藉的游子心态和孤儿意识向着与意愿相反的方向进一步加剧了。后来在自己的两名女学生的救助下才得以越狱脱险潜回台湾，可回到台湾以后，日本殖民当局又以为他是从大陆派遣到台湾的间谍而被跟踪监视。无论在何时何地，他所受到的殖民统治者的残酷虐待和祖国的怀疑歧视，无疑对他那颗渴望得到信任和温暖的心，在情感与愿望的双重打击下产生自卑感和孤儿感的负面情绪。"试想，台湾人处此环境之下，其可怜相与被弃孤儿何异……"，这种在而不属于的无根的悬浮状态，非常形象地诠释了台湾同胞沦为历史的孤儿达半个世纪之久的尴尬处境，从而以较大的历史跨度和思想深度，而被公认为是台湾新文学史中的"一部雄壮的叙事诗"。

吴浊流的小说所揭示的主题，往往在孤儿意识的底蕴上表现出鲜明的民族意识。他的小说的意象选择、意境营造都是在民族文化的底蕴中洗礼过的，这种浓郁的民族意识的沃土培育的文学之苗，如果采用逆向思维的方式追根溯源、条分缕析出其中各不相同的民族意识的构成元素，可以看出主要由两方面的质素组成：一是受五四文学反帝反封建的启蒙精神的影响，及古圣贤的遗训和客家文化的陶冶，产生的社会责任感和历史使命感，将"皇民化运动"中小人物的辛酸遭际淋漓尽致地展示出来，将殖民者的倒行逆施牢牢地钉在历史的耻辱柱上的同时，又采用反描法和侧描法，在文本的字里行间闪烁着浓郁的民族意识的光芒。如《水月》中的男主人公十五年来虽对日本"会社"的工作兢兢业业，但在薪水、津贴等生活待遇方面与日本职员的天壤之别，使他的梦想就如水中之月，"圆了又缺，缺了又圆"；《功狗》中的主人公洪宏东认真领会和贯彻执行上司的殖民教育的意图，到头来却落得灯枯油尽、贫病交加在病床上，领到一张解雇的辞呈的悲惨结局；《先生妈》中的老太太在衣食住行、风俗习惯、礼仪道德等方面表现出的传统中华民族的美德，与儿子在"皇民化"狂潮中被殖民同化的奴性思想和行为表现的鲜明对比，无疑成为百摧不折的中华民族的母体文化和民族意识的化身。二是对在特定的人文地域中形成的风俗文化的共时性和历时性的描写，体现出的鲜明的民族意识，如吴浊流在《亚细亚的孤儿》中对阴历春节的节日风俗做了逼真的描绘：蒸年糕、祭祖先、敬神灵、烧纸钱、放火炮、吃年饭、去拜年以及元宵节的"迎花灯"等，透过这些极具民族特色的民间风俗的细致描写，将殖民地异族统治下的游子对大陆母体的寻根认祖的民族意识和怀乡情感体察得精致入微。

（二）充满喜剧色彩的讽刺艺术

吴浊流善于用诙谐幽默的语言揭示反面事物的喜剧性矛盾，通过喜剧性情节所包蕴的悖反、含混形成的反讽的张力结构，去嘲笑和鞭挞反面事物，创作了堪称讽刺性佳构的《波茨坦科长》、《狡猿》、《陈大人》、《先生妈》、《功狗》等作品。他善于寓严肃的社会批判精神于荒诞滑稽的戏剧性细节的提炼选择中，将富有宏大的历史意义和价值的政治事件采取推背式思维，在不经意的细节中露出了肮脏龌龊的反动本质。在中篇小说《波茨坦科长》中将二战中中、英、美等国签署的具有伟大历史意义的文件《波茨坦公告》，与南京伪接收大员范汉智的坑蒙拐骗、假公济私的丑恶行径相提并论。这样，不伦不类的词语搭配与神圣庄严的公告宣言、冠冕堂皇的道义宣传与名不符实的卑鄙劣迹构成的是非、真假、善恶之间的错位对话形成了辛辣的嘲讽。而在《陈大人》和《先生妈》中，对为虎作伥的民族败类陈英庆、钱新发之流，通过日常生活中漫画式的细节描写，将丧失民族操守的走狗形象施以冷隽的喜剧性的嘲弄。《狡猿》采取让主人公江大头"盗亦有道"的政客心理用自我暴露的方式，将一个江湖骗子凭借丧失人性的无耻伎俩，竟然能够畅通无阻、平步青云的官僚政客的升迁之路，作了出乎常规的漫画式勾勒。由此可见，吴浊流以其精湛的喜剧性的讽刺艺术，当之无愧地被称为"《儒林外史》的台湾篇"。

第十六节　白先勇与现代主义小说

一、现代主义小说的状貌与演化

现代主义小说在思想内容与艺术形式上的大胆探索，被红色的主流文化以二元对立的冷战思维方式看做是与西方资本主义极端颓废没落的意识形态相吻合的艺术载体，从而被驱逐出新中国成立后的文学殿堂之外。在大陆采取政治干预的手段将表现个体性、非理性、唯美性的现代主义小说打入艺术的冷宫时，台湾的国民党在反共复国的梦呓下培育的战斗文学甚嚣尘上，也遵循着反者道之动的钟摆效应从八股气极重的政治型文学向唯美型的现代主义文学的道路逶迤而去。这与孤岛台湾当时特定的文化语境和社会氛围有非常密切的关系，政治意识形态运用话语权力对大陆母体文化的强行阻隔，导致了纵的继承的断裂与横的移植的偏执。孤悬海外的地域文化环境、无根的悬浮状态的失落感、传统的道德价值观念的溃败，都使深受西方非理性的现代主义思潮浸染的年轻作家的敏感心灵产生找到知音般的情感共鸣。于是，个体的内宇宙的开掘、理念的抽象化的表现、艺术形式的花样翻新，提供了现代主义小说在题材主题和艺术技巧等方面展示个人才华的广阔空间，造成了现代主义小说在 1960 年代的台湾文坛独领风骚的主流地位。其重要作家有白先勇、王文兴、陈若曦、欧阳子、聂华苓、於梨华、七等生、林怀民、水晶、施叔青等，流风所及，甚至连写"大兵文学"的军中作家朱西宁、司马中原、段彩华，在乡土小说的园地默默耕耘的钟肇政也写过形式新颖的现代主义小说。由此可见，求新求变的现代主义小说思潮与非理性的哲学思潮、唯美主义的艺术思潮的有机融合产生的非功利性的价值观念，契合了当时台湾从传统的黄土地文化向现代的海洋文化嬗变的转型机制。政治经济转型的外因与思潮文化转型的内因的合力，自然导致了现代主义小说蔚为大观的繁荣局面。但盛衰荣枯、物极必反的辩证规律也同样落在现代主义小说的发展结局上。1970 年代的中美建交、保钓运动、外交失势等政治文化事件的发生，促使唯西方现代性的马首是瞻的台湾知识分子反躬自身寻求本民族的文化之根。于是继承和发扬民族文化优秀传统的乡土文学，展开了对建立在唯心主义哲学基础上的主观化、极端化的现代派文学的大论战，现代主义小说家脱离现实社会关系的思想贫弱症和彻底反传统的偏执病得到了某种程度的医治，现代主义小说从文坛的中心离散为边缘。但现代主义小说在台湾的式微又在大陆改革开放的现代语境中重新复活，沿着"繁荣—衰落"的悖反式发展轨迹拓展着新一轮的螺旋式上升的艺术渠道。

当然，台湾现代主义小说思潮的兴盛离不开现代传媒的推波助澜，《文学杂志》、《现代文学》、《文星》、《笔汇》、《小说新潮》等期刊杂志为现代派小说的发展和成熟起了重要的推动作用，特别是《文学杂志》和《现代文学》对现代主义小说的发展，开拓的筚路蓝缕之功尤需铭记。1956 年 9 月创刊的《文学杂志》，是台大外文系主任夏济安教授，带领一批有志于中国文艺复兴的大学才子们创办的。主要成员有白先勇、欧阳子、陈若曦、王文兴、叶维廉等人，对存在主义、象征主义、意识流等西方现代主义思潮和流派的译介，为现代主义小说的发展提供了理论依据，以西方现代主义的小说技巧作为评判文学创新的价值标尺，为现代主义小说的美学实践提供了"试验性"的发表园地。在《文学杂志》的主编易人之后，白先勇和他的同学欧阳子、陈若曦、李欧梵、王文兴等以学生社团"南北社"为基础，于 1960 年 3 月创办了《现代文学》杂志。"《现代文学》的诞生，标志了现代主义在台湾小说领域中的崛起和趋向成熟。"[1] 在《发刊词》中提出了以西方化的现代审美风格为圭臬的艺术主张，"打算有系统地翻译介绍西方近代艺术学派潮流、批评和思想"，借助他山之石对传统做一些"破坏性的工作"的基础上，进行"试验、摸索和创造新的艺术形式和风格"。对西方现代主义文化思潮及现代派典型作家的介绍与分析，从理论到实践、从宏观到微观、从想象到现实，为富有创新意识的现代小说家提供了献身缪斯的契机。于是，白先勇的《游园惊梦》、七等生的《放生鼠》、王文兴的《家变》、施叔青的《牛铃响声》、丛甦的《想飞》等现代主义小说作品联袂而至，为当代台湾文学的发展做出了不可磨灭的贡献。

二、现代主义小说的基本特征

台湾现代主义小说对安逸的文化生态环境形成的庸俗功利观倾向采取了截然

---

[1]　白少帆等主编：《现代台湾文学史》，沈阳：辽宁大学出版社 1987 年版，第 331 页。

对立的精英式的美学观念，以一套新的认知结构和比较诡谲的艺术形式来表现现代人复杂微妙的内心生活，从而以现代意识和审美观念对旧有的艺术形式进行断裂式的反叛。其实，真正经得起大浪淘沙历史沉淀的现代主义小说，是那些与传统的文学符码、意象概念和审美韵味相融通的浪子回头式的有根文学，如白先勇、欧阳子等人在传统的文化底蕴上嫁接现代主义的艺术新枝进行的中西合璧的艺术探索的小说。综观现代主义小说，在思想意识和艺术形式上形成了不同于传统的、建构在反映论基础上的现实主义小说的文体特征：

第一，潜意识心理的开掘。现代主义小说家善于捕捉刹那间的心理感受，运用弗洛伊德的精神分析理论，对人的潜意识心理结构进行细致的刻画与剖析，特别是人物在道德文化和文明理性对力比多的压抑扭曲造成的性变态心理，比如同性恋、性虐狂、俄狄浦斯情结等人性畸形心理的揭示，成为作家津津乐道的小说主题。被台湾文坛称为"心理写实"的作家欧阳子就是典型的代表，在她的短篇小说集《那长头发的女孩》的自序中说道："对于人类复杂微妙的心理，我一向最感兴趣。我喜欢分析探究人类行为的动机，因此，我的作品内容，常是叙述并解析一个人在某种情况下，面临某种难题时，会起怎样的反应，会做怎样的抉择。"因此她擅长运用外科医生式的客观冷静的分析方式，阐释遭受文化和社会禁忌的非理性的变态心理。《近黄昏时》吉威的恋母情结、《觉醒》中的母恋子心理，实际都是横向移植精神分析理论对传统文化中的乱伦禁忌做观念的图解与诠释。后来的短篇小说《花瓶》《网》通过对具有古典情韵的艺术细节包含的寓意或象征，将现代人在爱情婚姻中形成的占有型或依赖性的病态人格所表现的变态心理刻画得纤毫毕露，成熟精微的心理分析经过古典的艺术形式的萃取达到了很高的艺术境界。此外，聂华苓的《珊珊，你在哪里？》、於梨华的《又见棕榈，又见棕榈》、李昂的《有曲线的娃娃》、七等生的《僵局》、泥雨的《夏日》、王文兴的《背海的人》、郭良蕙的《日午》等小说对人物内在心理的刻画也有不俗的艺术表现。

第二，哲理性蕴涵的演绎。现代主义小说在主题的理念化、形象的抽象化、内容的反常化、表现的荒诞化等方面，都显示出对西方非理性主义思潮的哲理内涵所具有的同源同宗的亲和力。特别是对存在主义思潮所反映的人类生存的困境、个体在荒诞的社会中的被抛状态、自由选择并对自己的选择负责等哲学观念形象化的演绎，使现代主义小说具有明显的理念化的倾向。七等生的《我爱黑眼珠》的男主人公李龙第，当洪水淹没了整个城市时，在一个生病的妓女和同床共枕的妻子之间，为首先援救妓女的行为所找的理由是："我必须选择，在现状中选择，我必须负起我做人的条件，我不是挂名来这个世界上获取利益的，我须负起一件使我感到存在的荣耀之责任。"这简直是萨特的存在主义自由选择理论的形象翻版。从甦的《盲猎》，白先勇的小说《寂寞的十七岁》、《芝加哥之死》、《谪仙记》等小说对人的荒诞处境和死亡本体论的生命感悟，也都充满了浓郁的哲学色彩。

第三，艺术技巧的创新。现代派小说家喜欢运用隐晦多义的暗示象征等新颖的艺术手法，表达直觉感悟到的非逻辑、非理性的"卡夫卡世界"，因此，刻意追求艺术形式的花样翻新便成为现代主义小说的题中之义。富于通感的语言，时空交错、超现实的自动写作，自造新词、意识流手法的运用等超出期待视野的艺术创新，给人以耳目一新的陌生化感觉。聂华苓的《桑青与桃红》、《月光·枯井·三脚猫》，王文兴的《家变》等，都在艺术上进行了大胆的探索。为了打破传统语言约定俗成的能指与所指互相对应的潜在规则，改变文字的常规搭配以自造新词的现象也成为现代主义小说见多不怪的日常风景。如《家变》把"平常"故意改成"平长"、"灰尘"改成"灰层"，创造了"洶燃大怒"、"摧脑拉朽"、"女妇"、"兴高烈采"、"舒憩适恬"、"安适恬宁"等一系列违反语言规则的词语；《金大班的最后一夜》使用了"华灯四起"、"衣履风流"等词语，显得非常的新奇与怪异。

三、白先勇对现代主义小说的探索

白先勇（1937— ），广西桂林人，笔名有白黎、萧雷、郁金等，国民党高级将领白崇禧之子。他将现实主义精神融合到现代派文学中，从而在中西合璧的审美追求中，实现了从模仿西方到汲取精华为我所用的嬗变历程。从 1958 年发表小说处女作《金大奶奶》以来，在现代主义文学这片广阔的艺术沃土上笔耕不辍，共创作了 36 篇短篇小说和一部长篇小说。出版有短篇小说集《谪仙记》、《游园惊梦》、《台北人》、《寂寞的十七岁》等，散文集《蓦然回首》、《第六只手指》，长篇小说《孽子》等。

以敏感的意识去面对生活的变故和历史的沧桑，一种自童年时代就遭受的痛苦的亲历性在情感思维的发酵下，成为了白先勇现代主义小说的审美价值和精神蕴涵的基质：

第一，孤绝感。人被抛在一个难以用像样的理由来阐释的生活环境中，就会发现生活中的一切都是作为异质的存在，对人的生理和心理产生了无形的精神压抑，存在先于本质的未完成态造成社会中相互交往的个人之间心灵和情感的孤绝状态。这种情感意识以及小时候形成的刻骨铭心的心理症候，就内化为《寂寞的十七岁》中的主人公杨云锋孤绝的生命感受。孤独的家庭氛围、寂寞的学校生活和冷漠的社会感觉，使一个中学生渴望与人交流而不得的精神和心理处于一种自我封闭的状态。《藏在裤袋里的手》的主人公吕仲卿在夫妻生活中，把妻子玫宝作为母亲的替身来寻求情感的寄托，但真挚的情感渴求换来的是玫宝断然的拒绝和羞辱的心态。空间上近在咫尺的夫妻，实际上的心理距离却隔着千山万水，通过这样一对平凡的夫妇彼此隔膜的心灵来表现孤绝感的内涵，无疑具有典型的个案性所代表的普遍性。即使是《芝加哥之死》的主人公吴汉魂，把在美苦读获取博士学位作为自己抵御孤独感的有效药方，但拿到学位、实现人生的奋斗目标之后，也会发现预设目标的实现并不能救赎无根的飘浮感的灵魂。飘洋过海割断了与母体文化联系的纽带，就会产生丧失精神家园的孤绝感受。无论是留美的博士吴汉魂（无汉魂的谐音）还是功成名就的女强人李彤（《谪仙记》），都无一例外地选择了自杀作为流浪者的生命休止符，哀莫大于心死的荒凉和孤独的感受，把遭放逐的浪子哀歌演绎得九曲回肠。这些写出了现代人与环境的对立和孤独的生存状态的现代主义小说，无疑具有存在主义哲学的影子，"作为现代主义文学的一支——存在主义文学则对白先勇在具体的文学创作主题及主要的技巧运用上产生了关键性的影响"。[①]自身独特的生命体验与存在主义文学的思想蕴含的契合，把孤绝感的主题发挥得淋漓尽致。

第二，同性恋。白先勇自身的性倒错导致的同性恋倾向，在他的带有主观色彩的现代主义小说的题材选择和情节刻画中都有非常鲜明的表现，异于常人的畸恋描写本身就是作者内在心理的审美化的转移和投射。因此在他的小说中经常设

---

① 刘俊：《悲悯情怀——白先勇评传》，广州：花城出版社 2000 年版，第 75—76 页。

置同性恋的情节结构来探询人性的复杂的精神蕴含，同性恋题材就顺理成章地成为白先勇小说创作中经久不衰的母题。早期的《月梦》是他初次涉及同性恋题材的小说。中年医生吴钟英对少年的恋人静思之间的同性情谊，超越了世俗的眼光所带来的价值评判。小说用散文化的优美语言所塑造的超尘脱俗的审美意境，描述"那份快感太过完美，完美得使他有了一种奇怪的心理"的生命感受。《青春》也反映一个老年画家对青春少年的同性恋倾向。同样，唯一的一部长篇小说《孽子》，对于"那一群，在最深最深的黑夜里，独自彷徨街头，无所归依的孩子们"的关爱和同情，使他把笔触伸向被人忽视的同性恋群体。高中生李青因为同性之间的苟且之事被学校发现，通过布告堂而皇之地开除学籍，在遭到学校和家庭的双重驱逐之后，他走投无路之际沦落于台北新公园的男妓王国。小说围绕着王攀龙、阿凤与李青之间同性恋的恩怨情仇，在放逐和回归的情节线索中展示了无所归依的青春鸟们"只有黑夜，没有白天"的悲苦的生活遭遇。这种同性恋题材的主题通过小说中人物的命名，所包蕴的文化内涵也充分地显示了出来。比如神话传说中的凤求凰显示的凤的雄性特征，与传统文化中龙凤呈祥呈现的与龙相对的雌性性别，非常形象地演绎出具有图腾象征的阿凤，在同性恋生活中处于龙凤对立的不平等的状态，对自由的追求和尊严的维护使他急于脱离龙的束缚和压制状态，最终为无拘无束的自由追求而死在了爱人王攀龙的手下。李青的神态和举止都是阿凤的现代翻版，因此王攀龙对李青的一见钟情，实际上就是对阿凤自由不羁的流浪精神的情感演绎。小说结尾两人在新公园的莲花池边完整地演绎了龙凤的古老传说，就是对已死去十年的阿凤的最好纪念。也使同性恋主题在传统和现代、西方和东方的语境中，形成了凤凰涅槃式的死亡—再生的原型意识而超越了简单的性欲猎奇。

白先勇在台大外文系和美国爱荷华作家工作室的系统学习，为他借鉴西方现代派的艺术技巧来表达自己独特的文学母题打下了坚实的基础。不过借助西方"他者"的艺术眼光打量本民族的生活形态、情感底蕴、性格心理、道德价值时，深厚的传统文化底蕴和精湛的现代主义艺术技巧的有机融合，在客观上形成了作者独特的艺术风格，走出了一条"将传统融于现代，将西洋融于中国"的具有民族特色的现代主义艺术之路。

第一，意识流的东方化改造。白先勇对詹姆斯、乔伊斯、福克纳、弗吉尼亚·沃尔夫等最具有代表性的意识流作家的作品认真揣摩、研读、思考，深刻地领会了意识流小说潜意识流动的非理性的艺术精髓。但古典文学的深厚积淀使他在寻求表现自己主题的最佳手段时，东方化的文化意蕴和审美情调潜在地决定了意识流动的局部非理性与整体理性的价值整合，更倾向于中国人的审美诉求。在流动的情节框架中，白先勇天马行空般的自由联想打破了时空的局限，在过去与现在、梦幻与现实、历史与想象、台湾与大陆之间构成的时空交错的广阔空间中，将发散型思维的非理性冲动演绎得淋漓尽致。穿越时空的今昔对比产生的韶华易逝、富贵如烟的无奈感、沧桑感、悲凉感，是他的意识流的审美表征带给读者的突出感受。《金大班的最后一夜》运用时间扩张法，将金大班在舞女生涯即将结束时大半生的生命历程，通过意识流动浓缩在"夜巴黎"最后一夜的时间框架中。由现实中对童经理的责备，闪回到上海百乐门风月场摸爬滚打的青春岁月；由即将下嫁 60 多岁的富商老头陈发荣，想到比她小六七岁的情痴秦雄对自己的爱恋；由舞女朱凤的受骗怀孕，联想起自己昔日为爱情而献身的执着追求；由教一个害羞的男孩子跳舞，回忆起年轻时同样清纯的恋人月如……在客观冷静的细致描摹中，刻画了金兆丽落魄的结局流露出的强烈的失落感，在对人性弱点的婉讽中也寄寓了浓重的感伤情怀和悲悯意识。小说《小阳春》五个章节的谋篇布局充满了主人公樊教授的意识流、樊太太的意识流、仆人阿娇的意识流，不同时空交错的意识流动形成了《喧哗与骚动》式的多声部交错的艺术格局，极大地扩展了小说的艺术容量。当然对意识流手法的运用达到炉火纯青境界的非《游园惊梦》莫属，小说在表现感伤情怀、今夕何夕的传统主题的底蕴上，漂浮着钱夫人随意出入梦幻与现实的意识流动。借助于徐太太唱《游园》时的情感氛围作为触发钱夫人泯灭今昔时空界限的艺术触媒，多重的梦境与实境的回忆穿插借着酒精对理智的麻醉作用，将久遭压抑的心如止水的心理状态搅成了一团乱麻：窦公馆宴会上风流佻挞的天辣椒和程参谋的眉来眼去，勾引起过去在南京宴会上发现亲妹妹与自己的情人郑彦青的私情那伤心欲绝的一幕；窦府宴会的豪华气派也引出了当年她作为将军夫人的尊贵身份，在南京替桂枝香请生日酒的热闹场面；再加上以现在的窦公馆作为散点凝聚的核心串联起了瞎子师娘的算命、钱将军的遗言等情景，将哀景与乐景、喜剧与悲剧等异质因素放在一起的鲜明对比，更增强了历史的苍凉感和无常感引发的"感时花溅泪，恨别鸟惊心"的情感意蕴效果。

第二，象征意象的传统文化底蕴。白先勇在追求象征艺术的朦胧性、含蓄性、暗示性等丰富复杂的意义内涵时，选择的是具有传统文化底蕴的象征意象，来表现无形与有形的辩证转换产生的空白艺术效果。如《游园惊梦》中的昆曲名角蓝田玉的名字包蕴的"蓝田日暖玉生烟"的朦胧美好的古典内涵，象征着昆曲等传统的高雅艺术。而她从艺人变为将军太太的得势、失势、衰老、沉沦的生命变化轨迹，也就暗中象征着昆曲无可挽回的颓败趋势。她与同行姊妹桂枝香生活命运的起伏消长，象征的是人世兴衰中世态的无常，由个体命运的形而下的兴衰推演到人类及历史的形而上的沧桑变迁。小说便显示出世间一切美好的事物，在特定的历史时空中都有兴盛与衰亡的必然规律，从而获得了一种普遍意义上的象征。在以整体意义上的象征作为探寻普世和永恒的形而上的价值规律之外，白先勇更喜欢选取具有丰富象征意蕴的局部的意象和细节来营造氛围、烘托主题或者暗示人物的个性特征、情感心理等。《谪仙记》中的李彤、黄慧芬等中国人通过玩麻将的游戏方式寻找回自己作为"中国人"的感觉，这里的麻将显然超过实体的价值内涵而成为中国人生活方式的象征。《那片血一般红的杜鹃花》中的杜鹃花、《秋思》中的菊花、《花桥荣记》中的桂剧等，这些具有浓郁的传统文化底韵的意象无疑可以作为游子思归情感的精神寄托。特别是《花桥荣记》的男女主角分别为卢先生和春梦婆的命名，典故中积淀的传统文化意境显然象征着人生如梦、岁月无常的主题意义。

白先勇站在东西方文化的交汇点上，古老东方哲学的文化积淀和痛失家园的文化乡愁，作为先入为主的心理情结形成了他守成的文化人格。重传统的保守气质在正统的西方文化训练和现代主义审美艺术的冲击下，在主体意识上形成了既具有传统文化的丰厚底蕴的保守型，又充满了现代文学精神品质的开放型的双重文化人格，反映在思想内涵、美学追求和艺术风格上，创造了东西方文化的精华相互融合缔结的宁馨儿，从而奠定了他独特的"现代的传统作家"的文学史地位。

第十七节 张扬的《第二次握手》

一、小说的酝酿与版本的流变

张扬（1944— ），1944 年 5 月 19 日出身于河南省长葛县一个革命的知识分子家庭，父亲作为一名积极投身抗日的青年知识分子被敌伪暗杀的不幸遭遇，在他幼小的心灵上刻下了爱憎分明的烙印。在血腥风雨的严酷环境中，随年轻的母亲在青纱帐里躲避敌人斩草除根的报复行为产生的爱国主义情怀，成为张扬无论在逆境还是在顺境中都难以忘却的心理情结。10 岁就津津有味地翻看鲁迅艰深的文学作品的事实，说明张扬的感性思维和理性思维的能力，已大大超过同龄儿童的思维水平。同时，对中外名著广泛的涉猎积淀了丰厚的文化底蕴，为其以后从事文学创作打下了坚实的文化基础。17 岁的张扬在《长沙晚报》上发表的散文《婚礼》，文笔的优美和构思的精巧，都显示出他可塑的文学天赋。1963 年的春天，张扬偶然听姨妈和母亲说起一段当年外公干涉舅舅美好恋情的轶事，唤醒了张扬沉睡已久的文学创作冲动，这就是张扬到北京的舅舅家考察体验后写成的短篇小说《浪花》。1964 年又改成中篇《香山叶正红》，1967 年到浏阳县大围山区当知青时，在闲暇之余又将《香山叶正红》改写成了 10 万字的长篇小说。1969 年因发表攻击"文革"和林彪副统帅的言论，而被打成现行反革命，逃亡期间再次将《香山叶正红》第四稿改写并将小说的名字改为《归来》。1972 年 12 月底因林彪叛逃坠机身亡，加在张扬身上的反革命罪名不复成立，所以获释出狱。此时的长篇小说《归来》正以手抄本、改编本、油印本和口头传播等各种媒介方式迅速地扩散开来。经过牢狱之灾的张扬，深知"自由共道文人笔，最是文人不自由"的目的与效果的发展悖论，在是非颠倒的"文革"时代，对剥夺了话语权的知识分子来说，只能做一个"众人皆醉我独醒"的旁观者。但张扬的烈士遗孤的血性气质、是非分明的正义感、肩挑重担的责任感又使他敢冒天下之大不韪，于 1974 年在大围山写下了 20 万字的第五稿，仍题名为《归来》。1974 年 10 月，《北京日报》内参反映了《第二次握手》在传抄中受到广大读者热烈欢迎的情状，而引起了姚文元的高度警觉，于是以"利用小说反党"的莫须有的罪名将张扬判为死刑，直到 1979 年

1月18日，经多方奔走呼告才得以平反出狱。后来，他感慨地说："这本书的初稿写成于1963年春，然后又分别写过三次。之所以要重写，是因为几乎每一稿写成后就流传出去无法收回，当时取名《归来》。大约1974年被北京某厂工人改题为《第二次握手》，从首都向四面八方传播，终于造成'四人帮'谓之曰'流毒全国'的'严重恶果'。"① 为了尊重在"四人帮"的淫威下，勇敢地传抄和阅读的广大读者的期待心理，张扬正式将书名《归来》改为《第二次握手》，并于1979年7月由中国青年出版社正式出版，三个月内发行量突破300万册，汉文本总发行量达到430万册，成为新中国建立以来当代长篇小说发行量仅次于《红岩》的畅销书。当然，从短篇小说《浪花》到长篇小说《第二次握手》历时态的发展历程中，形成的地下手抄本的未定型到公开出版的定型性文本，传播流通媒介机制的不同必然会造成不同版本的传播问题。"文革"时期潜在写作状态下，由手抄本的特殊形式形成的写作和传播流通范式，宿命地限定了《第二次握手》作为传抄文本的开放性和不确定性，特别是读者积极参与文本的主观化的建构方式，对小说由短篇、中篇到长篇的文体嬗变历程产生了深刻的影响。

二、特定历史语境下的题材和审美的异质性

张扬的《第二次握手》在尊重知识分子的人格和正视爱情的主体价值等人性、人情话语的正常语境中，主题内容、思想蕴含和艺术风格等方面的表现，由于与读者的期待视野相契合而显得稀松平常。但如果放到文本生成的特定的历史现场中阐释，那么文本在题材和审美方面与极"左"意识形态，在价值判断及审美意识之间的异质性是显而易见的。从当时张扬被捕所罗列的罪名也可窥一斑而见全豹："利用小说歌颂走资本主义道路当权派的总后台周恩来总理，竭力吹捧资产阶级臭老九知识分子，以科学技术重要宣扬反动学术权威，赞美腐朽黄色的资产阶级爱情，为反动家庭树碑立传，实属罪大恶极。"② 由此可见，从人道主义的视角，以真善美作为价值评判标准，倒也从罗列罪名的内容中，歪打正着地显示出文本

---

① 陈守云：《关于〈第二次握手〉》，《秘书》，2006年，第8期。

② 陈联华：《作家张扬与小说〈第二次握手〉》，《传奇》（传记文学选刊），2009年，第10期。

题材的异质性。这首先表现在知识分子题材的异质性上，知识分子由启蒙的先生到被改造的学生的角色转换，在"文革"历史语境中的极端化发展，就造成了知识分子在文本中由受人赞美和歌颂的主角，到备受嘲讽和贬斥的配角的形象转换。《第二次握手》让科学家在文学的舞台上占据中心地位并对其进行赞美，苏冠兰在药物学以及叶玉菡在病毒学等学术方面的突出贡献，特别是丁洁琼在美国科学大会上敢于质疑，并推翻了顶尖级权威席里提出的"席里结构"，以雄辩的"丁式结构"在美国科学界引起巨大的轰动。这在专业上为国争光、为民族添彩的科学贡献，在民族想象的共同体中，确实为自鸦片战争以来，处于被动挨打的中国人的压抑、焦灼心理提供了得以舒缓释放的途径，显示了科学技术的巨大威力和重要作用。与此同时，从苏冠兰在暴风雨中冒着生命危险搭救溺水少女，以及火车上勇斗歹徒的见义勇为的细节，颠覆了知识分子唯唯诺诺的卑琐形象；叶玉菡帮助共产党鲁宁安全脱险时的临危不惧的正义精神、为保护苏冠兰而让特务的罪恶子弹射进自己身体的牺牲精神、为了科学事业将自己的青春年华无私奉献的敬业精神，种种美好情愫和人格意识的百川汇集，确实为一位朴实的女科技工作者唱了一曲赞歌。而丁洁琼牢记恩师凌云竹的教诲，学成回国报答祖国的养育之恩的爱国精神、在科学的崎岖道路上勇于攀登的钻研精神、感情上始终不渝的忠贞精神，表现的高尚人格可与白璧无瑕的美玉相媲美。此外像老科学家凌云竹的追求正义及真理的责任感和爱国心，音乐家宋素波超越血缘伦理关系的博大的母爱，周总理对知识分子无微不至的关怀和帮助，所有这些异质因素在"读书无用论"、"知识分子是臭老九"、"交白卷上大学"等"红"以绝对权威的政治话语压倒"专"的人性话语的等级语境中，自然是无形中对主流意识形态的极"左"价值观念进行了颠覆与消解。正因为如此，这部小说才被认为是"建国以来第一部正面描绘知识分子形象的作品"和"第一部描绘周总理光辉形象的文学作品"。

其次表现在爱情题材的异质性上。对马克思主义的教条化和片面化的理解，导致了文学把表现人性、人情的爱情母题，拱手让给了资产阶级文学。在"文革"极端禁欲的年代，革命的宏大话语对人性话语、公共话语对私人话语的压抑和遮蔽达到了无以复加的程度，"存天理灭人欲"的最陈腐的封建道德观念，披着最先进的马克思主义的外衣，演化并改造为换汤不换药的"存教条灭人欲"的合法形态。因此，《第二次握手》在"谈爱色变"的极"左"意识形态的语境下，对爱情禁区的突破无疑具有题材上的重要意义。小说无论是手抄本还是出版本、无论是最初本还是定型本，对有情人难成眷属的刻骨铭心的爱情痛苦的描写，都成为最打动读者的永恒旋律。张扬也是按照爱情的一波三折的动人旋律来谋篇布局、表现主题的，在《第二次握手》扉页上引述的恩格斯的语录"痛苦中最高尚的，最强烈的和最个人的——乃是爱情的痛苦"，首先向读者提供了这是一部爱情小说的媒介信息。而且在时过境迁的二十年后，作者又再次剖露心迹："这部手稿写的就是爱情的痛苦和痛苦的爱情。"小说描写了三组三角恋情：其中以苏冠兰、叶玉菡、丁洁琼之间的三角恋情为贯穿和表现作者爱情、婚姻观念的核心情节，统帅起叶玉菡与苏冠兰、朱尔同，以及丁洁琼与苏冠兰、奥姆霍斯之间的精神之恋，核心与陪衬、关键与次要情节之间的相得益彰，共同诠释了柏拉图式的精神之爱的神话母题。人是从动物进化而来的生命旅程，决定了一个健全的人格离不开灵肉的两重因子的统治与组成。单纯追求纯肉欲的形而下的欲望本能，与执着追求纯精神的形而上的柏拉图之恋，都是对具有灵肉二重性的健全人性的割裂。真正的人性美和人情美是在性与爱相互融合的激情荡漾中，感受到的高峰体验显现出来的，以此标准来衡量作品中男女主人公的恋情和婚姻观念是有缺陷之处的。比如丁洁琼在异国他乡、身陷囹圄，与苏冠兰音信断绝的艰难岁月里，面对着英俊潇洒、博学多识、忠贞善良、痴情专一的导师兼同事奥姆霍斯对她的苦恋竟冷若冰霜。在最需要男友的情感蕴藉和支持帮助时，竟将一颗赤诚火热的爱心拒之门外，用她的话来说就是："一个人爱情只有一次，只能有一次，也只应该有一次。"这种生死不渝的爱情所表现的爱情的坚贞，很显然是将三十一年前分别时的第一次握手，当做了排遣内心孤独的情感符码。她在给冠兰弟的信中写道："爱情的结果并不一定是生活上的结合，它也可以是心灵的结合，是精神的一致，是感情的升华。即使我们将来不能共同生活，你也将永远镌刻在我的心灵上。"因此她的言语行动和情感表达，都非常清楚地表现了一种柏拉图式的精神恋爱。同样的爱情价值观也表现在男主人公苏冠兰身上，他也认为"真正的爱情一定能成功，但并不一定能结婚——'成功'不等于'结婚'。人具有感情，动物具有本能，这是本质的区别。真正的爱情具有深刻、崇高、隽永的精神感染力，这正是人类感情的伟大之处。"这当然是张扬在特定的社会历史语境中的中间物意识，经过感性化的媒介载体的审美转化后的情感投射，是关注个体的生命存在的人道主义的大旗，尚未在文学舞台的上空猎猎飘扬的时代环境中，运用"他者"的审美眼光和价值标准，对女性的爱情心理越俎代庖式的审美想象的结果。由此形成爱情描写的两个比较显著的特点：一是比较注重人物爱情心理的刻画与描摹，除了叶玉菡明知冠兰不爱她，却仍然一往情深的爱恋引起的情感的矛盾与困惑；丁洁琼把冠兰作为漫漫长夜里的情感寄托和爱情的最后归宿地，以及苦恋三十一年后的希望被无情的现实撞得粉碎后，在内心掀起的滔天巨澜之外，刻画得最细腻、展示人物内在的情感矛盾最逼真的非苏冠兰莫属。知识分子优柔寡断、左右为难的夹板心理，在具有同等价值的两事物之间不可兼得的两难选择，造成的灵魂的分裂状态。对这种心理意识的深度挖掘显示了作者刻画人物时，设身处地与人物同欢喜共苦乐的人道情怀和悲悯意识。面对着救过自己性命的终身伴侣叶玉菡对自己无微不至的关怀和体贴，内心深处难以忘记情投意合的琼姐，且无法把全部的感情转移投射到自己现在的妻子身上，在理智上对情感意识的背叛行为发出的严厉谴责。与此同时，当知道自己的恋人琼姐为了忠贞不渝的爱情仍然信守诺言孑然一身时，自己的内心就像无形的钢锯在两股相反的力量的作用下，处于刀绞般的疼痛状态，造成的法官和罪犯的双重身份在心理上的相互驳难，显示出陀思妥耶夫斯基式的刻画人物的灵魂之深刻的艺术效果。二是背着传统的因袭的重负，在潜意识深处无意流露的"才子佳人"式的陈腐老套的爱情书写模式。受传统的审美文化底蕴熏染的张扬，在创作中尽管受到现代的小说观念的冲击，但先天形成的文化模式，在无意识中作为文学创作的模糊底片和背景，仍在左右着情节结构的布局安排。男女主人公苏冠兰和丁洁琼都有令人艳羡的家庭背景：苏父是誉满全球的顶尖级的学术权威，丁父是留学欧洲的著名音乐家，符合才子佳人门当户对的等级观念模式。更为重要的是才貌双全的男女主人公是一见钟情、心心相印，更安排了黄浦江上不顾个人安危拯救美丽少女，及火车奇遇孤身勇斗歹徒的故事情节，这显然是"英雄救美"的传统才子佳人模式的沿袭与翻版。父亲苏凤麟出于圣贤的"信义"对于苏丁爱情的干预和阻挠，显然也借鉴了传统的古典小说中的"父母之命、媒妁之言"的父权制话语，具有对才子佳人的爱情话语的压制和摧残的情节功能。

再加上特务查尔斯及其爪牙对爱情的挑拨离间、革命者鲁宁对苏冠兰晓之以理动之以情的恩威劝说，安排了大量的有情人天各一方、难以结合的曲折离奇的情节。最后，周总理亲自到机场挽留执意离去的丁洁琼，让她为了祖国的科学事业和苏冠兰一起并肩战斗，从而完成了事业和情感的双重归属。由此可见，苏丁之间一波三折荡气回肠的爱情故事包含了"一见钟情私定终身"、"小人离间爱情遭难"、"苦尽甘来喜庆团圆"的才子佳人的情节三部曲的固定模式。

最后，表现在审美风格的异质性上。"文革"公开出版的文学，基本上遵循着极"左"政治意识形态所确立的政治与美学之间直接对等的美学化的创作原则，文学创作的感性、直觉、迷狂等神秘的非理性的思维方式的被驱逐，导致了理性教条一统天下的公式化的样板模式："表象（事物的直接映像）——概念（思想）——表象（新创造的形象），也就是个别（众多的）——一般——典型。"① 这就形成了先有理论，主题先行后寻找材料进行填充的公式化、概念化的美学风格。而张扬的《第二次握手》是从生活的实践和体验出发，融合着作家的生命感悟和审美追求的综合美学因子，缔结而成的艺术宁馨儿，自然与主流意识形态认定的审美风格具有截然不同的异质性。这首先表现在人物塑造上：作者打破了从观念出发运用"三突出"、"三陪衬"、"多浪头"、"多回旋"等"文革"文学必须遵从的三字经的审美风格的要求，将人物塑造成为某种观念的传声筒的教条模式，并对人物采取从不食人间烟火的神人圣坛上脱冕化，或者将漫画般的牛鬼蛇神加冕化的方式，将其还原为有血有肉的现实生活中的人。无论是对苏凤麟百般阻挠其子爱情的反面行为的描写，还是临终前"人之将死，其言也善"的心理作用，产生的对儿子的愧疚慈爱之情的刻画，其心理性格和行为表现复杂性的样态，都超出了简单的善恶价值判断，而成为圆形人物中的特定的"这一个"。即使是塑造的扁平人物丁洁琼，也使人感到就是生活在人们身边的可亲可敬的科学家，被她的高尚的人格、敬业的精神、爱情的忠贞所打动，而没有突兀的感觉。二是在审美结构上：中国和美国的空间维度、新民主主义革命和社会主义革命两个时期的时

---

① 郑季翘：《文艺领域里必须坚持马克思主义的认识论——对形象思维论的批判》，《红旗》，1966年，第5期。

间跨度，决定了小说要反映深广的社会历史原貌就必须采取大跨度、多线索的艺术结构。为此小说围绕着苏冠兰、丁洁琼和叶玉菡之间的爱情和婚姻生活，设置枝蔓丛生的侧线和副线，由点到线、由线到面的铺排渲染在主线的统摄下，通过呼应性的细节安排，达到了纲举目张繁而不乱的艺术效果。同时，在文本整体的倒叙结构中又采用插叙、回叙和顺叙的方式，以及传统古典小说扣子的艺术技巧的灵活运用，使得长达三十多年的爱情故事，呈现出摇曳多姿的美学形态，从而以"文似看山不喜平"的艺术真传和美学风格，拉开了与主流文坛的审美距离。

三、文学史上的地位和价值

《第二次握手》的主题思想和美学探索方面的异质性，放到新时期以来的现代语境中进行评估和衡量也许会显得乏善可陈，但评价一部作品在文学史上的价值意义，只有在历时态的发展脉络中树立中间物的价值尺度，才能以客观公正的治史者的眼光，发现它在文学史上的地位和价值。把《第二次握手》放到生成它的具体的历史语境中，还原并进入当时的历史现场就会发现，它至少在两方面具有无可替代的文学史的意义：其一，它接续并恢复了五四时期开创的现代知识分子的主体地位和知识价值的优良传统，知识分子作为人类文明的创造者、传播者和传承者，在现代社会中具有无可争议的重要价值和作用。但在解放后的知识分子脱胎换骨的政治改造中，成为连做贫下中农的小学生都不合格的可怜地位。反映在文学作品中，知识分子在心明眼亮的工农兵主角的衬托下，一律成为了妥协的、动摇的、两面的、小资的反面角色。但《握手》中的主人公都是可亲可敬、爱党爱国、聪明勇敢、坚韧顽强、无私奉献的知识分子，主角和配角、正面和反面的是非颠倒的再颠倒，在历史的拨乱反正的方针出台以前的历史语境中显得那么可贵。以自身现代性的审美追求，将贫血苍白而又单调乏味的"文革"文学模式的一潭死水搅起了轩然大波，"它像闪电一样猛烈地撕开文化黑暗，在人们眼前留下耀目的光明；又像几滴甘露撒在文化沙漠之上。只有曾身处"文革"历史环境中的人们，特别是知识分子们，才能体验到这几滴雨露的宝贵"。[①] 只有在"知识越

---

① 杨健：《"文化大革命"中的地下文学》，北京：朝华出版社1993年版，第322页。

多越反动"、"卑贱者最聪明，高贵者最愚蠢"的畸形的民粹主义思想极端泛滥的年代里过来的知识分子，才能真正体会到看似简单寻常的《第二次握手》，却包蕴着不寻常的文学史的价值意义。其二，它开启了新时期人道主义文学的航道。谁都无法否认，文学是"写人的"、"人写的"、"写给人看的"，文学的创造主体、审美主体和文本主体都难以绕开以真善美为核心的人道主义主题，人性和人情话语是人之为人，区别于神道及兽道的母题概念的内涵与外延中的应有之义。但"文革"文学将人道主义排除于革命的语义之外，换来的是谈人道色变的非人的文学泛滥成灾。正是《第二次握手》对非人文学的公然反叛和挑战开启了对人的价值、尊严和权利进行维护的人道主义文学的河床，为在伤痕文学和反思文学中，对人道主义进行正名的讨论和争鸣中起到了开路先锋的作用。

第十八节　臧克家其人其诗

臧克家（1905—2004），山东诸城人。出身于一个带有书香气息的地主家庭，接受了比较好的传统教育，同时耳濡目染，对农村生活也有深入的了解和体察。1923 年，考入山东省立第一师范，就学期间开始接触新文学作品，并尝试写作新诗。因向往国民革命，于 1927 年考入中央军事政治学校武汉分校，曾参加北伐。国共合作失败后，避难回老家。1930 年考入青岛大学，由于从事写作的关系，引起闻一多、王统照等青岛大学教师的注意，并得到这些新文学前辈的悉心教诲。课堂内外，能直接接受到五四以来新潮文化的熏陶，这对臧克家的成长是极有助益的。

1933 年，臧克家自费印行了他的第一部诗集《烙印》。诗集由闻一多作序，次年，由开明书店正式出版。这部诗集引起了较大反响，奠定了臧克家的诗坛地位。

1930 年代的中国新诗坛呈现出明显的分化状态。以殷夫、蒲风为代表的"中国诗歌会"诗人群，强调诗歌与现实政治斗争之间的联系。他们一方面把抒情的主体处理为集体代言的形式，并将时代的重大事件及时带入作品；另一方面，还积极尝试进行各种大众化的文体实验，以收诗歌普及与宣传鼓动之效。这构成了

"红色的 30 年代"中典型的左翼诗歌潮流。与其并峙的,是两大诗人群体:以徐志摩为首的后期"新月派"诗人和由戴望舒发端的"现代派"诗人。他们相对地与现实政治拉开距离,致力于向个人的内心深处开掘,向西方现代诗艺学习,显示出某种专心于"纯诗"事业的倾向。

在此背景下,《烙印》时期的臧克家一般被认为处于两大诗人群的中间地带:在诗歌素材方面,他把目光聚焦于下层社会中被侮辱与被损害的普通人,对他们报以深深的同情和关心;而在诗歌观念和形式上,因得"新月派"老将闻一多等人亲炙,又表现出向"新月派"靠拢的面貌。

具体说来,这部诗集中的作品大致可分两类。一类是对下层社会中人与事的正面描摹,如《难民》、《老马》、《老哥哥》、《神女》、《洋车夫》诸篇。另一类则是对某些一般性命题的艺术思索,如《忧患》、《希望》、《生活》、《烙印》、《变》诸篇。两相对照,前者较为具体可感,后者更加抽象虚玄。

与新月派的诗歌主张接近,臧克家对不幸的人们所投射的同情是十分"节制"的。[①] 难民逃荒的杂乱脚步,始终笼罩在落日余光之中;既然自然界要黄昏转为黑夜,这群人的黯淡命运似乎亦无可逃避,自然而然(《难民》)。寒夜中,一个老头儿来回奔走于冷风中;他口中的唧哝留给诗人一个难解之谜:是诅咒风,诅咒自己太老,还是因为"宇宙太小了"?(《老头儿》)还有强颜欢笑的妓女,在"孤夜"里也会发现"宇宙只有她自己"(《神女》)。这里没有左翼诗歌常见的那种对社会不公、贫富悬隔的控诉或批判,总体而言,作者的情绪是平静的。他在印象式地抓住这些不幸者的生活片断,并组织成诗篇时,往往紧接着自觉地转向一种抽象的、形而上的求索。这种求索让读者的感情从诗中卑微的生命本身超拔出来。被置入自然、宇宙之类的"大叙事"的框架,这些卑微的生命也平添了庄严和肃穆。

命运是贯穿于臧克家这些作品始终的主题。他固然也讽刺"要从死灰里逼出火星"的不合理现实(《天火》),也预言看似"比猪还蠢"的"炭鬼"可能会"捣

---

① 按照蓝棣之的总结,"新月派"在艺术理念上"反对感伤主义,认为过分的感情是不健康的,主张以理性节制感情,并且认为从个人的感情到对旧社会的揭露抨击都在节制之列"。(蓝棣之:《〈新月派诗选〉前言》,蓝棣之编选:《新月派诗选》,北京:人民文学出版社 1989 年版,第 9 页)

碎这黑暗的囚牢／头顶上落下一个光天"(《炭鬼》)，但与"中国诗歌会"诗人相比，他离明确的意识形态宣传还是远得多。他更感兴趣的，不是现实的政治斗争，而是超越性的抽象玄思。在这一意义上，臧克家的"泥土味"中不乏"新月派"的"洋气"成分。下层社会的人和事，是他叩问人生、命运奥秘的素材。这是臧克家的独到之处。

于是，我们发现，在展开一般性命题的另一类作品里，满布的也是困顿、疲倦、磨难、挣扎等意象——这正是下层社会生活的主要内容。诗人写下层社会中的人和事，是为了叩问命运；他进行专门的抽象玄思，亦离不开下层生活意象的参入。所以，《烙印》中的两类诗歌，虽然或相对具体，或相对抽象，其素材与精神指向则一。

研究者常借用闻一多在序言中"克家的诗，没有一首不具有一种极顶真的生活的意义"这句话，来评价整部《烙印》。其实，值得注意的还有他的另外一句话："克家的最有意义的诗，虽是《难民》，《老哥哥》，《炭鬼》，《神女》，《贩鱼郎》，《老马》，《当炉女》，《洋车夫》，《歇午工》，以至《不久有那么一天》和《天火》等篇，但是若没有《烙印》和《生活》一类的作品作基础，前面那些诗的意义便单薄了，甚至虚伪了。"① 这是一位老资格的"新月派"诗人的洞见。他十分看重臧克家诗歌中抽象思考的部分。

在形式上，《烙印》也有意地实践着新月派的"三美"主张，② 多数作品句式整饬、韵脚严密，如脍炙人口的《老马》一篇：

> 总得叫大车装个够，
>
> 它横竖不说一句话，
>
> 背上的压力往肉里扣，
>
> 它把头沉重地垂下！

---

① 闻一多：《〈烙印〉序》，《闻一多全集》第 2 卷，武汉：湖北人民出版社 1993 年版，第 174—175 页。

② "三美"由闻一多在《诗的格律》一文中提出，包括"音乐的美（音节）"、"绘画的美（词藻）"、"建筑的美（节的匀称和句的均齐）"。《诗的格律》，原文载《晨报·诗镌》，1925 年 5 月 13 日第 7 号，收入《闻一多全集》第 2 卷。

> 这刻不知道下刻的命，
>
> 它有泪只往心里咽，
>
> 眼前飘来一道鞭影，
>
> 它抬起头望望前面。

采用了 ABAB/CDCD 的押韵方式，句子简短、凝练，透出一种即将爆发出来的力量。

臧克家还进行了一些新鲜的实验。比如，《老哥哥》全诗由小孩子和老哥哥的对话构成。每一组对话之后，又用括号插入另外一个声音。虽然略嫌单调，但几个声音之间的隔膜使整首诗产生了一种复调性。这种手法他后来也偶有使用，对比卞之琳等人的类似尝试，中国诗人学习西方现代诗艺的进程斑斑可辨。臧克家以自己的努力和探索，也为西方新潮文化的传播与吸收，做出了贡献。

《烙印》之后，臧克家又接连出版了《罪恶的黑手》、《运河》等集子。[①] 这两部诗集写作技巧变化不大，但作者自称，"我是平凡，心永远在泥土里开花／再不去做那些荒唐的梦"（《罪恶的黑手·自白》），写实的倾向逐渐增强，情感表达也更为直露。这一时期的代表作长诗《罪恶的黑手》，主题是揭露帝国主义宗教势力在中国的渗透。作者自觉地把长诗划分为三个段落，依次叙写了宗教人士的虚伪、教堂建筑工人的辛劳，最后缀以阶级反抗的预言。

事实上，在《罪恶的黑手》集和《运河》集中，这种不同阶级间的对比多次有意出现。诗人似乎把握住了时代前进的方向，政治立场明显左转。[②] 与此同时，《烙印》集中的那些形而上的沉思则已悄然褪去。仅从诗题就可看出，诗人很少再把那些一般性的命题作为诗料了。

这时写成的自传体长诗《自己的写照》（1936）很能说明问题。写作《烙印》集时臧克家还自感"像粒砂"，虽然心里存着一个"方向"，但也只能"跟了风"

---

① 臧克家：《罪恶的黑手》，上海：生活书店 1934 年版。《运河》，上海：文化生活出版社 1936 年版。

② 臧克家明确说："内容方面，竭力想抛开个人的坚忍主义而向着实际着眼，但结果还是没有摆脱得净。"（臧克家：《〈罪恶的黑手〉序》，《臧克家全集》第 10 卷，长春：时代文艺出版社 2002 年版，第 579 页）

任意东西（《像粒砂》）；在《自己的写照》中，回顾了此前的生命与奋斗历程的诗人却为一种行动的冲动所激荡：

> 今夜，古城的枕上
>
> 我再也合不上眼，
>
> 听四面八方的吼声，
>
> 呼喊我再起来！

回顾历史是为了在当下做出人生道路的选择。从诗歌技术的角度讲，诗人对生活经历的艺术处理仍然纯熟，诗意十足，但黑暗依旧的社会结构和日益严峻的民族命运，让诗人获得了生命的全新定位。正如茅盾所评论的，"这有故事，以'我'为中心，贯串了一九二七年前后社会的政治的大变动。这是他亲身的经历。可是他要写的，是这时代，'我'不过是天造地设的一根线索，所以诗篇题名虽是'自己的写照'，但全部内'我'的分析几乎找不到"。[①] 在此发言的不再是一个耽于某些抽象命题的、醉心于自我指涉的年轻人，他的呼喊如今要朝向外部世界，要力图汇入"四面八方的吼声"，也将经由这种汇入获得意义。

不需很久，中华民族就先"起来"了，七七事变拉开了一场艰苦卓绝的民族战争的序幕。事变爆发后，臧克家再次投笔从戎。抗战八年，他诗情蓬勃，先后出版了《从军行》、《泥淖集》、《淮上吟》、《呜咽的云烟》、《向祖国》、《古树的花朵》（一名《范筑先》）、《泥土的歌》、《感情的野马》、《国旗飘在雅雀尖》、《生命的秋天》、《民主的海洋》等多部诗集、长诗，并有总结创作历程的《十年诗选》问世。[②]

---

① 茅盾：《叙事诗的前途》，《茅盾全集》第 21 卷，北京：人民文学出版社 1991 年版，第 265 页。原载《文学》，1937 年 2 月 1 日，第 8 卷第 2 号。

② 《从军行》，汉口：生活书店 1938 年版。《泥淖集》，生活书店 1939 年版，出版地不详。《淮上吟》，上海：上海杂志公司 1940 年版。《呜咽的云烟》，创作出版社 1940 年版，出版地不详。《向祖国》，桂林：三户图书社 1942 年版。《古树的花朵》（一名《范筑先》），重庆：东方书社 1942 年版。《泥土的歌》，桂林：今日文艺社 1943 年版。《感情的野马》，当今出版社 1944 年版，出版地不详。《国旗飘在雅雀尖》，成都：中西书局 1944 年版。《生命的秋天》，重庆：建国书店 1945 年版。《民主的海洋》，重庆：世界编译所，1945 年版。《十年诗选》，现代出版社 1944 年版，出版地不详。

在《十年诗选》的"序"里，臧克家对自己抗战以来的诗歌写作做了认真的检讨。他承认这些作品是热情流泻的产物，并不成功，还带着"稚气"。[1] 结果在《十年诗选》里，他选入最多的是《烙印》和《泥土的歌》两部集子中的作品。臧克家认为造成这一问题的原因是"没深入抗战，没把自己变成一个真正的战斗员"。[2]

这一分析看似"套话"，但对臧克家还是很有针对性的。比如他抗战时期的开卷之作《从军行》，虽然也加入了"大时代的弓弦／正等待年轻的臂力，／今夜，有灯火作证，／为祖国你许下了这条身子"这样饱含悲壮之情的句子，但总体上给人的感觉还是太冷静了。他还尝试过多用短句来结构全篇，[3] 但也不能产生类似田间诗歌的那种鼓点式的动感。在炽热的战斗面前，那种耽于沉思的习惯似乎对他有所牵绊。[4] 他试图从个人生命体验的角度去拥抱眼前风物，把它们的意义提升到某种历史的、哲学的高度，然而这种努力不很成功，展现在诗里的抒情主体反而滑落在历史和时代的边缘。正如"捧出意义连带着感情"（《慰劳信集·给一切劳苦者》）的卞之琳一样，臧克家的抗战诗歌追求超越性的意义，其感情也就显得不是从诗歌画面中自然生长出来的东西，而像一种额外的添加。"没深入抗战"的说法，在此是确切的，虽然不同的人对此可能有不同的理解。

臧克家抗战胜利之后出版的《宝贝儿》和《生命的零度》[5] 也存在类似的特点。

---

[1] "抗战的号角一响，我疯狂了，一肚子淤积得到了倾倒，一腔子热情，无遮拦的流泻，看到什么写什么，听到什么写什么，匆匆的，在战壕旁边写；匆匆的，以膝盖做案头写；匆匆的，一颗心浮在半空里写。大炮呀，飞机呀，火呀，杀呀，血呀，泪呀，写了三四年，写了三四本。今天，再回头一看，笑了。烽火固然使我恢复了青春，但同时也伴来了稚气。"（臧克家：《〈十年诗选〉序》，《臧克家全集》第 10 卷，长春：时代文艺出版社 2002 年版，第 608 页）

[2] 臧克家：《〈十年诗选〉序》，《臧克家全集》第 10 卷，长春：时代文艺出版社 2002 年版，第 608—609 页。

[3] 如《血的春天》、《武汉，我重见到你》、《第一朵悲惨的花》等。

[4] 姚雪垠的判断很到位："第一，你的抗战诗不是从观念出发，便是感情不够澎湃，而读者的生活实感也许超过了你；第二，你的寂寞的和冲淡的感情，青年不易了解，也不愿了解。（姚雪垠：《现代田园诗》，《当代文艺》，1944 年 6 月第 1 卷 5、6 期合刊）其实，从《烙印》起，茅盾就已看出臧克家的诗"缺乏一种'力'一种热情。"（茅盾：《一个青年诗人的"烙印"》，《茅盾全集》第 19 卷，北京：人民文学出版社 1991 年版，第 548 页。原载《文学》1933 年 11 月 1 日第 5 号）对《自己的写照》的赞赏也没有改变他的这一印象。

[5] 《宝贝儿》，上海：万叶书店 1946 年版。《生命的零度》，上海：新群出版社 1947 年版。

无论是讽刺国民党反动派的腐败政治，还是歌颂人民的力量，臧克家的诗都没有表现出足够的特殊之处。恣肆地抒发热烈的情感，似乎始终不是他之所长。

在把目光转回乡土时，臧克家才重新找回了丰满的表现力，这就是《泥土之歌》集带给我们的印象。"看不到一点农村阶级斗争的影子"固然使其遭到左翼批评家的指责，[①]而灵动、细致的笔触却也让这部诗集成为诗人这一时期艺术水平最高的一部。如果说，"农民诗人"从事的大量抽象思考使《烙印》集充满理性和智力的强度，那么《泥土之歌》集则通过放笔白描而获得了洗尽铅华的魅力。不再有形而上的主题探索，这里展现的是一幅幅田园生活中纯粹的"生的图画"："一双老黄牛／齐步向前，／一只手把犁／跟在后边，／新土翻起浪／放香，／同孩子做伴，／小狗在地头上躺，／乌鸦跟起犁／慢搧着翅膀，／一会又落在牛的背上。"诗人仿佛陶醉其中。当然，他忘不了古老中国的隐痛，名作《三代》写道：

> 孩子
>
> 在土里洗澡；
>
> 爸爸
>
> 在土里流汗；
>
> 爷爷
>
> 在土里埋葬。

这是中国农人的生命谱系。诗句是极度简单、朴素的，却含不尽之意，见于言外。

综观解放前臧克家的诗歌创作，不妨说，《烙印》集所表现出来的"理性化"的、偏于冷静的艺术特色，既是诗人自觉接近"新月派"新潮诗艺的结果，也是他最为拿手的艺术方式。一开始就找到最为拿手的艺术方式，这是他的幸运，他的成就与此有关；在事情的另外一面，或许可以说，他的诗境不够多样化。当然，对诗人而言，这已是过事吹求了。

抗战胜利后，臧克家从事了一段时间的诗歌编辑工作。他协助曹辛之（杭约

[①] 默涵（林默涵）：《评臧克家的〈泥土的歌〉》，大众文艺丛刊社编辑：《〈大众文艺丛刊〉批评论文选集》，北平：新中国书局 1949 年版，第 299 页。原载《大众文艺丛刊》1948 年 3 月 1 日第 1 辑"文艺的新方向"。

赫）等人创办了星群出版公司，编辑刊物《诗创造》。这个刊物是"中国新诗派"的主要阵地之一。1947 年，他曾为星群出版社编选"创造诗丛"十二种，这是一套质量很高的丛书，产生了很大反响。

建国后，臧克家也主要是以一个编辑家的身份参与诗歌活动。1957 年至1964 年，他长期担任《诗刊》主编。1976 年《诗刊》复刊后，又出任顾问兼编委。作为主编，臧克家在培养年轻诗人、组织诗歌运动等方面，功不可没。另外，《诗刊》创刊号上发表了毛泽东的 18 首旧体诗词，引发巨大影响。1957 年，他还和周振甫合作编写了《毛主席诗词十八首讲解》，[①] 促进了毛泽东诗词的普及和流传。

编辑工作之外，臧克家还屡有新作面世。脍炙人口的《有的人——纪念鲁迅有感》，就是他建国后诗歌的代表作：

有的人活着，
他已经死了；
有的人死了，
他还活着。

有的人，
骑在人民头上："呵，我多伟大！"
有的人，
俯下身子给人民当牛马。

有的人，
把名字刻入石头，想"不朽"；
有的人，
情愿做野草，等着地下的火烧。

---

① 北京：中国青年出版社 1957 年版。

有的人，

他活着别人就不能活；

有的人，

他活着为了多数人更好地活。

骑在人民头上的，

人民把他摔垮；

给人民作牛马的，

人民永远记住他！

把名字刻入石头的，

名字比尸首烂得更早；

只要春风吹到的地方，

到处是青青的野草。

他活着别人就不能活的人，

他的下场可以看到；

他活着为了多数人更好地活的人，

群众把他抬举得很高，很高。

  句子朗朗上口，诗旨也很明晰。但这不是一首清浅的政治抒情诗，连串的排比也未使其调门显得多么高亢。不高亢自有不高亢的好处。应该说，《有的人——纪念鲁迅有感》与诗人自《烙印》开始的理性思考志趣一脉相承。它之所以成为一首佳作，是要归功于这种志趣的。

第十九节　艾青其人其诗

  艾青（1910—1996），原名蒋正涵，号海澄，出身于浙江金华的一个封建地主家庭。因生辰八字被认为与父母"相克",从小被送与本村一户贫苦的农民家抚养,直到 5 岁才回到亲生父母身边。这段经历给了艾青最初的乡土中国的生活体验。他把这户贫苦农家的女主人"大叶荷"看做他真正的母亲,在名诗《大堰河——我的保姆》中,他充分表达了这种感情。

艾青很小就发展了对绘画、雕塑等艺术的热爱,1928 年中学毕业以后,考入国立杭州艺术专科学校绘画系学习。1929 年春,在校长林风眠的支持下,赴法国深造。在巴黎这处西方新潮文化的前沿,他不仅接触了最新的现代艺术,也阅读了大量的现代诗歌,此前即已产生的写诗热情,逐渐积累起来。

艾青 1932 年回国,后在上海加入"中国左翼美术家联盟",和一群志同道合的年轻人成立"春地艺术社",从事艺术大众化工作。1932 年 7 月,因从事左翼美术运动被捕,获刑六年,实际上于 1935 年获释。在狱中,艾青正式走上了诗歌创作之路,因此被称为"带着脚镣跨上诗坛"。①

众所周知,最早给艾青带来诗坛声誉的,是《大堰河——我的保姆》一诗。事实上,在艾青的早期诗歌中,甚至在《大堰河》②这部诗集中,《大堰河——我的保姆》反而是一首"非典型"作品。呈现于诗集《芦笛》、《马赛》、《巴黎》等诗中的那个抒情主人公,收集的是现代大都市扑面而来的、令人眼花缭乱的各种光、影、声、色。他既为这些景象所深深地震撼,也对资本主义糜烂的社会生活和赤裸裸的社会不公发出怒吼。他强烈地意识到自己是资本主义殖民史上被压迫的民族中"几万万里的一员"(《马赛》),他要用从"彩色的欧罗巴"带回的"芦笛"吹奏出"对于凌侮它的世界的 / 毁灭的诅咒的歌"(《芦笛》),他梦想有一天"整饬着队伍 / 兴兵而来",攻下巴黎;但这反抗之音,却总拖着波德莱尔、阿波里奈、兰波等域外诗人的长长的影子。从精神谱系上看,与其说他是全世界无产者的代表,不如说他更接近本雅明笔下的那种"游手好闲者"、"波西米亚人"的气质。初出茅庐的艾青,是与世界近现代诗歌潮流联系在一起的。这应是巴黎留学经历,

① 骆寒超:《艾青评传》,重庆:重庆出版社 2000 年版。
② 1936 年 11 月自费出版,除《大堰河——我的保姆》外,还收录了《透明的夜》、《聆听》、《那边》、《一个拿撒勒人的死》、《画者的行吟》、《芦笛》、《马赛》、《巴黎》等八首诗。

让他受到西方新潮文化影响的结果。

不妨比较题材接近的《一个拿撒勒人的死》与后来的《马槽》。都是宗教典故，《一个拿撒勒人的死》表达了诗人对受难者耶稣的敬意，但整首诗的叙述却缺乏有感染力的场面，因拘泥于《圣经》而显得平淡；《马槽》给了圣母玛利亚郑重的礼赞，这个"雪花飘上她的散发"的女性，则融入了艾青自己的创造——她仿佛是大堰河的化身。这里反映了诗人创作道路上的重大进展。

事实上，总的来说，早期艾青的作品是偏于"洋气"的。他做过多种诗艺的尝试。如《我的季候》，文言的句法让人想起李金发，整体情调像早期象征派的王独清、冯乃超；《老人》，对命运的玄思像臧克家；《雨的街》，营造的氛围像戴望舒；《泡影》，哲理的诗绪像卞之琳。这些诗中那个彳亍着的忧郁的都市夜行人，是"现代派"诗歌典型的抒情主人公形象。这些诗，都与《大堰河——我的保姆》的风格相去颇远。

所以《大堰河》集甫一出版，就引发了诗坛的争论。杜衡、戴望舒为代表的"现代派"诗人激赏艾青的艺术造诣，期待诗人沿着"现代派"的路子继续走下去。而左翼批评家胡风从艾青的诗里感受到的，却是"健旺的心"。因为看到诗人"格调的飘忽"，对"我"的强调和漫无目的的"漂泊"，因为不清楚诗人未来的走向，他的夸奖也不免有所保留。不过胡风希望艾青为他所礼赞的牺牲和理想找到"实地"，走向大众。[1] 这就是说，艾青登上中国诗坛时，其实携带了不止一种可能性。不同诗人的企盼意味着，他背负着中国新诗的传统。

在日趋紧张的时局面前，艾青自己对忧郁的情绪并不满意。他欢迎太阳，因为太阳是生命的象征，给了他"人类再生之确信"（《太阳》）；他呼唤火："死？不，不，我还活着——/ 请给我以火，给我以火！"（《煤的对话》）他期盼黎明早日到来，好让自己"带着歌唱 / 投奔到你温煦的怀里"。（《黎明》）于是，仿佛是为迫在眉睫的民族战争所作的预言，在七七事变前一天的沪杭车中，他歌唱"复活的土地"，向自己喊话：

---

[1] 胡风：《吹芦笛的诗人》，《胡风全集》第 2 卷，武汉：湖北人民出版社 1999 年版，第 456—461 页。原载《文学》，1937 年 2 月 1 日，第 8 卷第 2 期。

就在此刻，

你——悲哀的诗人呀，

也应该拂去往日的忧郁，

让希望苏醒在你自己的

久久负伤着的心里：

因为，我们的曾经死了的大地，

在明朗的天空下

已复活了！

——苦难也已成为记忆，

在它温热的胸膛里

重新漩流着的

将是战斗者的血液。

（《复活的土地》）

诗人的生命状态和艺术状态，将因"此刻"民族国家命运的转折而发生质变。

显然，艾青对这"复活的土地"的认识，更多地停留在想象中。抗战的爆发让他有了深入了解这土地的机会。1937 年，他从老家赶赴武汉参加抗战，第二年又应邀从武汉赶往临汾，就教于山西民族革命大学。《北方》[①]集中的许多作品，就是根据一路奔波的所见所闻写成的。

出现在艾青笔下的，是一个古老而贫瘠的中国。封锁着这片土地的，是"寒冷"，是"雪"，是"揭不开的沙雾"。诗人所目睹和联想到的，是"崎岖"、"泥泞"的道路，"混浊的波涛"，"惶乱的雁群"，"低矮的住房"，"古旧的渡船"。当然，他也没有遗忘这片土地上"刻满了痛苦的皱纹的脸"……与《大堰河》集中迷离惝恍的都市意象相比，《北方》集的区别显而易见。但这二者并非毫无关系。早先，流浪于异邦的东方青年已经迷恋于 Chagall 画幅中的"露西亚田野"（《画者的行吟》）。他与都市生活的格格不入很自然地要把他推向乡村。在早期艾青诗

---

①　艾青：《北方》，桂林：文化生活出版社 1942 年版，上海：文化生活出版社 1946 年再版。

歌中，都市与乡村的对比是经由东西方殖民史的叙事框架表达出来的，现在的中国"北方"，是这一框架的延伸。更重要的是，这个东方形象如今变得真正的具体可感。无论是手推车、补衣妇、乞丐，还是驴子、骆驼，它们因为一同承担了中国的形象而获得了历史的同一性。

诗人刻意捕捉的是这片土地的受难，他自己也被这种受难深深地打动，并与其产生高度认同。从外观上看，他仍未摆脱忧郁的情绪，始终为古老中国的痛苦而倍感悲哀。但他的忧郁情绪明显增加了厚度，绝不消极。他不再是一个孤独、寂寞的流浪者，而是承载着整个时代的民族一员。《北方》一诗写到："我爱这悲哀的国土，/ 古老的国土——这国土 / 养育了为我所爱的 / 世界上最艰苦 / 与最古老的种族。"在贫瘠、寒冷的土地上，读者除了可以体会艾青的依恋之情外，还能感受到一种力透纸背的历史势能。忧郁的情绪是势能释放前的蓄积，而且，它坚定地与全民族的命运联系在一起。一旦有了适当的突破口，这种势能将喷薄而出。从这一意义上讲，这种忧郁恰恰是"健旺的"。艾青果然找到了他的"实地"，因此，他忧郁的情绪就获得了时代的庄严。

艾青的这些诗采取了自由体的形式，不讲求韵脚的整齐，句式的统一，而是任由感情流泻，感情所经之处，即是诗行。他习惯于首先陈列被自己的主观情感所浸透的意象群，极尽排比之能事。这样的写法看似非常散漫，实则展开了一个广阔、丰满的物理和心理空间。自由的诗体使他可以自由地控制诗歌容量。主观情感的渗入，使他营造的诗意空间保持了风格的统一、和谐。最后，这些意象群又往往由一段直抒胸臆的诗句——常常辅以"啊"或"呵"这样典型的抒情词汇——收束。因为有了前面的铺垫，他的抒情直白却不直露，自有一种打动人心的力量。名作《我爱这土地》就是这样的结构：

> 假如我是一只鸟，
> 我也应该用嘶哑的喉咙歌唱：
> 这被暴风雨所打击着的土地，
> 这永远汹涌着我们的悲愤的河流，
> 这无止息地吹刮着的激怒的风，

和那来自林间的无比温柔的黎明……

——然后我死了，

连羽毛也腐烂在土地里面。

为什么我的眼里常含泪水？

因为我对这土地爱得深沉……

最后两句单独构成一节，内容也与前一节不同。不过，这宕开的一笔，实际上让全诗的情绪实现了升华。之前的情感如果说是压抑的、忧郁的，最后的抒情就是一次深度的姿态调整，向积极的方面跃动而去。

正因为从不止步于消极的情感之中，所以除了受难的土地，艾青还总是选取太阳、火把这样光明的意象作为诗歌的题材。在《向太阳》一诗里，早期对太阳的赞歌获得了大幅度的扩张。这种扩张不光是篇幅上的。如果说艾青早期诗歌中的太阳与抽象的"人类"有关，那么现在的太阳已经具体地和一个苦难民族的光明未来紧密相连。沐浴于阳光之中，田野、河流和山峦、城市和村庄都逐渐苏醒，伤兵、少女、工人、士兵，乃至一切大众都焕发了活力。抒情主人公"我"，也被太阳召回了童年，他"甚至想在这光明的际会中死去"。

这是一种与岁月循环、周而复始、死而复生的自然时序同构的时间意识。在艾青的笔下，无论是黎明还是日出，光明的到来往往立刻伴随着死亡。那个吹号者在冲锋中倒下，"而太阳，太阳／使那号角射出闪闪的光芒……"（《吹号者》）那个在阳光中康复起来的士兵，最后虽然还是战死沙场，但他的眼睛，在弥留之际却"蒙上喜悦的泪水"。（《他死在第二次》）作为一只鸟，也要在迎接了温柔的黎明之后，"连羽毛也腐烂在土地里面"。（《我爱这土地》）因为融入了光明的大地，这种死亡也就意味着永生。由沉睡而苏醒，而奋进，而死亡，而复活，生生不息。

死亡和永生的辩证法背后，是时代的召唤。将个体生命汇入时代巨流，这是艾青在抗战中获得的历史使命感。同样是歌颂光明，《火把》一诗是值得注意的。诗中的女主人公之一，唐尼，曾经是一个软弱而耽于幻想的姑娘。在她看来，"生活是一张空虚的网／张开着要把我捕捉／所以我渴求着一种友谊／我将为它而感激一生／我把它看做一辆车子／使我平安地走过／生命的长途"。这是一种深刻的现代意识。漂泊无定的现代人，在日常生活无尽的同质化的时间之中流浪，无可措手。这样的主题，"现代派"诗歌吟咏了许多。问题是"时代"也带给唐尼类似的感受："这时代／像一阵暴风雨／我在窗口／看着它就发抖／这时代／伟大得像一座高山／而我以为我的脚／和我的胆量／是不能越过它的。"但是，在火把游行的夜晚，她忏悔了，发誓要坚强起来。这是一次精神上的死亡：她埋葬了过往的生命，走上漫漫征途。如同先期发生转变的她的女伴李茵所说："生命应该是永远发出力量的机器／应该是一个从不停止前进的轮子／人生应该是／一种把自己贡献给群体的努力／一种个人与全体取得／调协的努力。"只有融入人海，主体才能真正"克服"生活，"克服"时代。不妨把李茵的转变视为艾青的自白，后者象征性地写道："我坐在这里，街上是无数的人群／突然我看见自己像尘埃一样滚在他们里面……"（《群众》）

太阳、火把题材和土地题材一样，也体现了艾青强大的感受能力和象征能力。他的感受是画家的感受。他善于抓住具体的场景和事物，诉诸白描的表现形式。因为感受力的敏锐，他直观呈现的画面就自然获得了象征的意义。从这个角度阅读《火把》，就可以发现，拿着火把的李茵与其说是找到了光明，不如说是把时代捧在手中。一个高度抽象的词汇在此被赋予了活生生的形象，凝结成了真实的客观对应物。从《大堰河》往下看，对艾青而言，这样高超的艺术才能是从早年新潮文化的熏陶得益不少的。

1941 年，艾青到达延安。从雾重庆的阴霾来到一片明朗的天空下，艾青需要为与旧我告别而努力。仿佛是此前生活的总结一样，他不久就写下了《我的父亲》、《少年行》、《强盗和诗人》、《村庄》这样的诗。诗中那个地主的儿子，背叛了父亲的人生道路，"走上和家乡相反的方向"，"离开了他的小小的村庄"。虽然有所眷恋，但这是一次义无反顾地离开，是诗人试图摆脱血统上的阶级身份，为"属于万人的一个神圣的信仰"而战斗的宣言。这些诗，还是延续了他沉郁顿挫的风格。

无论是思维习惯还是抒情方式的转变，其实都不容易。在新的任务面前，由于"语言"的匮乏，艾青感觉到了"痛苦"：

没有一个人的痛苦会比我更甚的

——我忠实于时代，献身于时代，而我却沉默着

不甘心地，像一个被俘虏的囚徒

在押送到刑场之前沉默着

我沉默着，为了没有足够响亮的语言

像初夏的雷霆滚过阴云密布的天空

舒发我的激情于我的狂暴的呼喊

奉献给那使我如此兴奋，如此惊喜的东西

我爱它胜过我曾经爱过的一切

为了它的到来，我愿意交付出我的生命

交付给它从我的肉体直到我的灵魂

我在它的前面显得如此卑微

甚至想仰卧在地面上

让它的脚像马蹄一样踩过我的胸膛

（《时代》）

通过某种声音（语言）有效地加入到时代之中，这是一场痛苦的搏斗，艾青再次为此焦虑不已。他选择的最终解决方案是主体的献祭，所以这里出现了飞蛾扑火的冲动。死亡和永生的张力机制，在此达到了新的极致。很清楚，语言的匮乏反映的是主体位置的尴尬，主体的献祭，因此就成了对"失语症"的最后的补偿。在隐喻的意义上，这种献祭与融入人海的方式息息相通。

可以看到，虽然转变是艰难的，但艾青斗志十足。他的诗逐渐变得明朗起来。他歌颂边区的新生活，《雪里钻》、《吴满有》等名篇所写的都是这类题材。这些诗的优点是明白如话，《吴满有》全诗是吴满有本人能够完全理解的。艾青这方面有自觉的追求，也积累了一些经验，[1]但这样造成的缺点是有时候诗味不够。不是说

---

[1] 在《吴满有》的"附记"中，艾青提出："一般地说，农民欢喜具体，欢喜与他直接相关的事，欢喜明快简短的句子，欢喜实实在在的内容。"（《艾青全集》第1卷，石家庄：花山文艺出版社1991年版，第659页）

大众化和诗味之间存在天然的矛盾，而是艾青尚未在诗歌形式与新的题材之间取得平衡。

延安时期艾青写得最好的还是一些"咏物诗"。他坚持礼赞太阳、欢呼黎明、拥抱野火。这就是《给太阳》、《太阳的话》、《黎明的通知》、《野火》等优秀诗篇。与之前相比，这些光明的象征不再有那种暴烈的、灼人的热量，而变得温暖、可亲。诗人与这个世界的紧张感，趋于消失，诗歌中的生活气息，大大增强。《向世界宣布吧》就列举了"这些山沟里"田园牧歌般的生活画面，以表现与外面世界的不同。艾青的诗中世界也实现了向前一世界的转变。在秋天的早晨，在潺潺的河边，他把各类饱含生活气息的场景摄入作品。后来的《播谷鸟集》，延续了这一风格。如他所写的：

> 这时候，在河流的彼岸
> 一个青年为清晨的大气所兴奋
> 在那悬崖的下面，迎着流水
> 唱着一支无比热情的歌曲
>
> （《秋天的早晨》）

这样一个青年的形象再好不过地表明了诗人对新生活由衷的热爱。

学美术出身的艾青，对色彩具备高超的把握能力。不过，在浸透了忧郁的诗篇里，他所营造的总体色调是灰暗的。在明朗的诗歌里，他的这一能力得到了更好的发挥。小米是金黄色的：一个农民"把小米倒上磨床／用力在驴子的股肉上一拍／把这金黄的日子辗动了……"（《秋天的早晨》）羊群是白色的："小小的绿色的斜坡上／布满了白色的柔和的羊群。"（《河边诗草·羊群》）更精彩的是太阳创造的组合："你新鲜，温柔，明洁的光辉，／照在我久未打开的窗上，／把窗纸敷上浅黄如花粉的颜色，／嵌在浅蓝而整齐的格影里。"（《给太阳》）没有对新生活的热爱，他同样也是写不出这样的诗句的。

抗战期间，艾青带给新诗坛的另一重要贡献是《诗论》一书。[①] 这本书收入了

---

① 桂林：三户图书社 1941 年版。

《诗论》、《诗的散文美》、《诗与宣传》、《诗与时代》、《诗人论》等 5 篇文章，系统阐述了作者的诗歌主张。作为一位成绩杰出的大诗人，艾青对新诗相关问题的思考，是中国新诗的宝贵财富。

建国以后，艾青在繁重的行政工作之余，创作不辍。顺应时代潮流，他写过一些政治抒情诗。作者自承，"大都是肤浅的颂歌"。[①] 这些作品往往使用押韵自由体的形式。从自由体到押韵自由体是一个明显的转变。在正面的意义上，因为有韵，诗句更加上口；在负面的意义上，韵脚的流丽可能恰好反衬出诗意的欠缺。艾青还尝试吸取民歌的形式，写作了《藏枪记》和《黑鳗》等长诗。因为对形式的过分拘泥，也不能算成功之作。与此并行的，一些偶然的性灵之作反而清新可喜。比如《下雪的早晨》，表达了一种怅然若失的心境，但又出之于冷静的语调，可谓佳作。

艾青建国后的第一次诗歌高峰源于域外之行。1954 年，他出访智利。在一路的辗转、颠簸之中，他与二战后的世界格局有了直接接触。在多国占领下的维也纳，他感叹："维也纳，你虽然美丽 / 却是痛苦的，/ 像一个患了风湿症的少妇 / 面貌清秀而四肢瘫痪。"（《维也纳》）在达喀尔机场，他猝不及防地与世界的政治结构遭遇：辛勤劳作的黑人苦力和旁边趾高气扬的白人鹰犬，就是几百年殖民史的一个全息图像。于是他的笔端出现了这样动人的诗句：

> 早安啊
>
> 我的黑色皮肤的兄弟
>
> 我多么想和你们拥抱
>
> 早安啊
>
> 我的阿非利加
>
> 炎热的、喘着气的阿非利加

（《我的阿非利加》）

艾青把他对本民族的感情投注到反帝反殖的同盟者身上，并在这里看到了战

---

① 艾青：《〈域外集〉序》，《艾青全集》第 3 卷，石家庄：花山文艺出版社 1991 年版，第 584 页。

后世界历史的动力和方向。

《在智利的海岬上》也是因为这一点而带有了独特的魅力。艾青详细描述了巴勃罗·聂鲁达房子里的各种陈设，结论是："房子在地球上 / 而地球在房子里"。无论是来自不同民族的伙伴，还是一张地图，还是一架"铜管的望远镜"，都让他感知到这个世界里某一类人的血肉相连。诗人的理想很朴素："我的世界 / 好像很大 / 其实很小 / 在这个世界上 / 应该生活得好。"在智利的海岬上，他关心的是整个世界。艾青在此表现了强大的控制能力，整首诗意象繁复跳跃，但诗意舒卷自如，确是艾青此时的代表作。

艾青建国后的第二次诗歌高峰，已经是二十多年后的事情了。1958 年，他被划为"右派"，先到北大荒，后到新疆，直到 1978 年才正式复出。"归来"的艾青重又焕发了诗情。《在浪尖上》、《光的赞歌》、《听，有一个声音》、《古罗马的大斗技场》等长诗，表现了他从人类和国家的高度，反思历史的抱负，引起很大反响，也获得了很高的赞誉。

此外，他还写作了不少"哲理诗"，如《鱼化石》、《回声》、《希望》、《关于眼睛》等。与 1950 年代的《礁石》、《珠贝》等同类作品一样，这些诗句式短小，篇幅也不大，但追求思想的含量，力图达到言近旨远的境界。比如《镜子》：

> 仅只是一个平面
> 却又是深不可测
>
> 它最爱真实
> 决不隐瞒缺点
>
> 它忠于寻找它的人
> 谁都能从它发现自己
>
> 或是醉后酡颜
> 或是鬓如霜雪

有人喜欢它

因为自己美

有人躲避它

因为它直率

甚至会有人

恨不得把它打碎

当然，这两类诗歌的深度，取决于诗人思考的深度。而这一方面似乎并非艾青的强项——他的感受性其实是强于理性的。加上艺术观念上的某些限制，[1]所以，有研究者认为"他归来后的创作取得了成绩，但没有能够追及30年代至40年代初那段时间的成就"。[2]

实际上，当他抛掉太多思考的意图而去直接感受外在世界，他的诗就颇见神采。那个写《欧罗巴圆舞曲》一诗的艾青，与"新诗潮"相距并不遥远；《洛杉矶》里"无声"的雾，也能够让人依稀辨出《北方》的韵味。毕竟，新潮文化的熏陶是他诗歌创作的起点和根柢所在。

1980年代中期以后，随着年事已高，身体状况变差，艾青逐渐告别了诗坛。1996年，艾青在北京病逝。作为最有成就的中国现代诗人之一，他生前与身后在国内外都获得了巨大的荣誉。

第二十节　胡风与"七月诗派"

"七月派"是20世纪40年代中国文坛上出现的一个风格鲜明的文学流派。因其围绕胡风主编的《七月》杂志形成，故名。"七月派"在小说、诗歌领域都取得了较高成就，于是诗坛上亦有"七月诗派"之称。

---

① 比如，他不太能理解"朦胧诗"，坚持诗歌应写得让所有人都能看懂。
② 洪子诚：《中国当代文学史》（修订版），北京：北京大学出版社2007年版，第221页。

"七月诗派"的主要代表诗人，有阿垅、鲁藜、孙钿、彭燕郊、方然、冀汸、钟瑄、郑思、曾卓、杜谷、绿原、胡征、芦甸、徐放、牛汉、鲁煤、化铁、朱健、朱谷怀、罗洛等人。其主要阵地，是胡风所编的刊物《七月》、《希望》。[①]诗派其他人物还先后创办了《诗垦地》、《呼吸》、《蚂蚁小集》、《起点》等刊物。此外，胡风编辑出版的"七月诗丛"和"七月文丛"，[②]一共收录了20余部诗集，集中展示了这一诗派的风貌。

胡风是"七月诗派"的中心人物。作为一位活跃的文坛活动家和见解独特的文艺理论家，他的编辑工作和理论主张都对"七月诗派"人事上的聚合与风格的形成起到了决定性的作用。

胡风（1902—1985），原名张光人，笔名有谷风、谷非、高荒等。湖北蕲春人。中学就读期间开始接触五四新文学。1925年入北京大学预科，后改入清华大学，旋辍学，回乡参加革命活动。1929年赴日本留学，开始从事普罗文学活动，加入日本反战同盟和日本共产党。1933年，因组织抗日文化团体被驱逐回国。到上海后，历任"中国左翼作家联盟"宣传部长、行政书记等职务。

从早期的重要论文《林语堂论》和《张天翼论》开始，胡风就初步显示了他作为文艺批评家的理论个性。到20世纪40年代，他的理论体系趋于成熟。对此，研究者用"体验现实主义"加以概括。胡风对"主观战斗精神"的强调，对文坛上性灵主义、公式主义和客观主义的批判，都是这一理论体系的重要组成部分。[③]本来，诗歌这一体裁即一向以抒情为正宗，胡风所建立的"体验现实主义"理论体系，因为始终着眼于作家"主观战斗精神"的发挥，似乎尤其适合对诗歌发言。

---

① 《七月》的出版情况比较复杂。1937年9月11日在上海创刊，为周刊。出至1937年9月25日第3期，因战火威胁而中断，共出版3期。1937年10月16日在武汉复刊，改为半月刊。出至1938年7月16日第3集第6期，因武汉保卫战再次中断。每集6期，共出版18期。1939年7月又在重庆复刊，改为月刊。出至1941年9月第7集第1、2期合刊后停刊。每集4期，共出版14期。《希望》为月刊，1945年1月7日在重庆创刊，出至1946年10月第2集第4期后停刊。每集4期，共出版8期。

② "七月诗丛"，共两辑。第一辑共13种，实际出版12种。第二辑共7种，实际出版6种。"七月文丛"共17种，其中诗集4种。

③ 温儒敏：《中国现代文学批评史》，北京：北京大学出版社1993年版，第205—221页。

胡风发现，抗战军兴，最为发达的文学体裁，除报告文学外，就是诗歌。原因很明显，"对着层出不穷的可歌可泣的事实，作家容易得到感动以至情绪的跳跃，而他要求表现时所采取的形式，就是诗"。① 所以胡风论诗，是以情绪为本位的，结果，诗歌的主人公只有一个，那就是"作者自己"。② 在他看来，诗歌呈现出来的一切要素，如果没有经过作者本人主体性的组织，便无法构成好诗。为证明这一论点，他是左右开弓的。比如，胡风十分看重作家正确世界观的引导作用，看重思想意识，但他又着重指出，"理念（对于题材的止于客观分析的认识），如果没有在诗人的精神世界里面发酵，蒸沸，那就无论在认识上或表现上都不能够走进艺术的境界的"。③ 这好像是在突出情绪的决定作用了，可他还是有保留："激动的情绪并不就等于诗人用自己的脉搏经验到了，用自己的语言表现出了隐伏在表皮下面的，时代的活的脉搏的颤悸。"④ 关键之处在于是否做到了与"对象的完全融合"："作者的诗心要从'感觉，意象，场景的色彩和情绪的跳动'更前进到对象（生活）的深处，那是完整的思想性的把握，同时也就是完整的情绪世界的拥抱。"⑤ 说到"对象"，这又不免让人联想起诗歌"形象化"的要求了，而胡风却也反对"形象化"的提法，认为"那是先有一种离开生活形象的思想（即使在科学上是正确的思想），然后再把它'化'成'形象'，那就思想成了不是被现实生活所怀抱的，死的思想，形象成了思想的绘图或图案的，不是从血肉的现实生活里面诞生的，死的形象了"。⑥ 与此相对，他认同的说法是"形象的思维"或"形象地思维"。

　　胡风的诗论中，这样的"另类"主张很多，但万变不离其宗，他"体验现实

①　胡风：《略观战争以来的诗》，《胡风全集》第 2 卷，武汉：湖北人民出版社 1999 年版，第 546 页。

②　胡风：《略观战争以来的诗》，《胡风全集》第 2 卷，武汉：湖北人民出版社 1999 年版，第 547 页。

③　胡风：《关于题材，关于"技巧，关于接受遗产"》，《胡风全集》第 3 卷，武汉：湖北人民出版社 1999 年版，第 80 页。

④　胡风：《四年读诗小记》，《胡风全集》第 3 卷，武汉：湖北人民出版社 1999 年版，第 62 页。

⑤　胡风：《关于诗和田间底诗》，《胡风全集》第 2 卷，武汉：湖北人民出版社 1999 年版，第 600 页。

⑥　胡风：《关于"诗的形象化"》，《胡风全集》第 3 卷，武汉：湖北人民出版社 1999 年版，第 90 页。

主义"的理论立场是一以贯之的。总体而言，依他的想象，在诗歌的酝酿过程中精神活动应该是认识与情绪，思想与形象，技巧、形式与题材，客观与主观完全混融在一起，把任何一个方面单独提出来，都会产生诗学上的危险与偏移。胡风这里对"主观战斗精神"提出的要求，相当之高。创作主体在这里所面临的挑战之巨大，考验之艰巨，不难想见。

当然，从胡风的诗歌理论，到"七月诗派"的诗歌创作，这并非直线决定的关系。艾青的诗歌实践对"七月诗派"也有非常直接的影响。他发扬光大的自由诗体，他努力加入时代之中的热切冲动，他忧郁的诗人气质，都在"七月诗派"不同诗人那里有不同程度的回应。这是沐浴着中国现代新潮文化成长起来的一代，当他们以青春之年整齐地登上诗坛，并比较一致地呈现出浓郁、热烈的风格时，人们意识到新一代新文学青年已经走到历史前台。在那个山河破碎的年代里，他们分散于全国各地，很多人甚至尚未曾谋面。是对诗歌共同的爱好把他们联系在了一起。在诗歌爱好背后，则是流动着的爱国激情和时代责任感。这是一种"想象的共同体"的力量。

阿垅[①]在建国前，虽作品颇多，但仅出版过一本诗集《无弦琴》，[②]其创作态度是严谨的。《无弦琴》中最引人注目的，是一些长诗。代表作《纤夫》，在诗的第一节，描绘了一幅黑白分明的全景木刻画。其中容纳了江、风、船、人、绳、脚步等各个要素。接下来的几节，诗人依次对它们做了细致的展开。随着细节的依次展开，整首诗的情绪也盘旋上升。因为诗人从眼前的景象中发现了"方向"：

> 一绳之微
> 用正确而坚强的脚步
> 给大木船以应有的方向（像走回家的路一样有一个确信而又满意的

---

① 阿垅（1907—1967），原名陈守梅，又名陈亦门，笔名有 S.M.、师穆、圣门等。浙江杭州人。1933 年考入国民党中央陆军军官军校，期间受中共地下党影响，思想逐渐左倾。毕业后入伍，参加过"八一三"抗战。1939 年赴延安，进入抗日军政大学学习。后转回国统区，在国民党军队系统工作，同时为共产党秘密搜集情报。建国后任天津市文联创作组组长和文协编辑部主任。1955 年因胡风事件被捕，1967 年瘐死狱中，1980 年平反。

② 桂林：希望社 1942 年初版，上海：希望社 1947 年再版。收入"七月诗丛"第一辑。

方向）：

　　向那炊烟直立的人类聚居的、繁殖之处

　　是有那么一个方向的

　　向那和天相接的迷茫一线的远方

　　是有那么一个方向的

　　向那

　　一轮赤赤地炽火飞爆的清晨的太阳！——

　　是有那么一个方向的。

　　这个"方向"不仅仅是在空间意义上成立的，它所背负的还有时代和历史。于是，诗人意识到，纤夫与鹅卵石滩所构成的"四十五度倾斜"的角度，指引了"昂奋的方向 / 向历史走的深远的方向"。这个"方向"来之不易：因为"脚步是艰辛的"，因为"组织了力 / 组织了群 / 组织了方向的道路"的"就是这一条细细的、长长的似乎很单薄的苎麻的纤绳"，因为人民脚下的路只能用"一寸一寸"来衡量。但这个"方向"却无可战胜。因为它的动力来自"创造的劳动力 / 和那一团风暴的大意志力"。也就是说，它出于"掌握着最后的历史发动力量的人群"①之手。所以，诗人坚信："一寸的前进是一寸的胜利啊，/ 以一寸的力 / 人底力和群底力 / 直迫近了一寸 / 那一轮赤赤地炽火飞爆的清晨的太阳！"与艾青的某些诗歌一样，太阳是整首诗里唯一的亮色。除了"赤"之外，阿垅没有再提及任何一种颜色。色调上的强烈对比，意味深长。

　　阿垅喜欢在诗歌中制造鲜明的对比。他从 16 岁的年轻士兵那里领会了"未成熟的躯体里怎样充满了成熟的战斗意识"（《小兵》），他从"略一接触"式的握手里看到了"两大民族间的握手"（《握手》）。对立的双方有时是不可妥协的。诗人强调："与其卑贱地活 / 不如高贵地死！"（《街头》）当他以"不是战争 / 就是毁灭！"（《刀》）这样的句子来结束一首关于刀的诗歌时，与其说那是在吟诵刀，不如说是诗人对自己的勉励。

---

① 　胡风：《论现实主义的路》，《胡风全集》第 3 卷，武汉：湖北人民出版社 1999 年版，第 542 页。

阿垅还常常在诗歌的开头为全诗定下一个基调或主题。然后再围绕这个基调或主题层层铺排，层层提升，直至达到一种震人心魄的端点或高度。其中洋溢的"虽九死其犹未悔"的追索精神，扑面而来。

这类诗歌都采取了自由体的形式，无韵脚可言，句子长短亦差别甚大。阿垅明确提出，诗歌的排列应服从的是"情绪或者力"的"起伏"。[①] 在此，技巧、形式显然不能与创作主体情绪的激荡割裂开来。读者总是能从阿垅的这类诗歌感受到一个大写的创作主体，一种"情绪底突击"。[②] 他的诗中饱含着的激情和力度，凸显了一位战士诗人的昂扬胸怀。

阿垅还为他不幸的爱情和婚姻经历写下不少情诗。[③] 在对爱情的信仰里，诗人似乎总是充满了罪感。于是在这些诗中，读者可以再次体会到一个赤诚、坦荡，却又严肃得近乎残酷的诗人形象。为了克服罪感，阿垅无条件地交付出了自己的心灵和身体："我要献给你的，只是这我自己，我只是 // 以我底心 / 向着你底心而默坐于殿角"。（《我不能够》）他在挣扎。因为"生命和爱情都只有宝贵的这一份"，所以"我不能够不认真，你不能够不苦战"。（《宝贵》）这些情诗迷离惝恍的意境和极度丰富的意象，都体现了诗人强大的意象组织能力和结构控制能力。正因为把许多诗料高强度地引入诗中，才更显出诗人在爱情里"上穷碧落下黄泉"般的搏战是多么的辛苦与执着。

面对妻子的死，诗人感愤莫名。这或许是个人生活的悲剧，但他所寻找到的唯一的安慰却是来自历史：

---

① "因为诗底生命底进行，情绪或者力，有着一定的起伏，形式上的排列是受着这一诱导的；一个真的诗人，一首好诗，于是有随心适手的章节、句子，原是自然的事。"（阿垅：《人·诗·现实》，北京：三联书店 1986 年版，第 36 页）

② "和其它的文学形式不同，诗有诗底特质。其它的文学形式，如同小说，戏剧以及报告，要求典型的人物和典型的环境底在一个作者的完成因此就要求一种形象底完成。诗不然，诗是诗人以情绪底突击由他自己直接向读者呈出的。"（阿垅：《人·诗·现实》，北京：三联书店 1986 年版，第 50 页）

③ 阿垅与妻子张瑞在 1944 年 5 月结婚。在重庆乡间居住一年后，因工作关系，分居重庆和成都两地。1946 年，张瑞因迷惘于理想与现实之间的矛盾而自杀，留下了一个不到周岁的孩子。

历史由我们所形成

而且我们底痛灼的血肉，正是为了冲破历史的惰性

我们不是为自己赎罪，而是为历史赎罪

当我们飞升，即使以死亡作为沉重的或者渺小的代价

历史也就必须为我们复活，为我们上升

我们学习自己正是为了它底光洁

谁也不能够侮辱血，谁也不能够侮辱历史

而幸福是必然的，未来是优势的，有的

即使幸福的不是你我，但是也是你我

这是我们为什么作战，受难，含泪同时也含笑

这是你为什么不幸，跛行和自杀，而又全胜

出于污泥，开成莲花

（《悼亡》）

将偶然的命运置于历史必然性的法则之中，生命的陨落也就不是牺牲，而是一种完成。这种对个人生命的真挚拷问也是响彻《琴的献祭》、《去国》等优秀诗篇的主题。最令人怦然心动的，就是处于环境重压下的诗人与即将奔突而出的感情火焰之间的巨大张力。诗人勇敢地把这种张力引向了主体深处，引向了历史哲学。这样我们就能更深入地理解阿垅的这两句话："要开作一支白色花——/ 因为我要这样宣告，我们无罪，然后我们凋谢。"（《无题〈又一章〉》）这两句名诗是一首情诗的结尾，后来常被移用来做七月诗派宿命的写照。[①]这种移用也许并不恰切，但在阿垅本人看来，无论是他的爱情，还是他的命运，确实都是由历史来作证的。

除诗歌创作外，阿垅还在诗歌理论上著述极丰，结集出版的就有 140 万字。[②]这些论著，固然"在诗的见解上，在中国现代诗人具体品评及所依据的尺度上，

---

① 1981 年人民文学出版社出版的七月派 20 人集，即以《白色花》作为书名。

② 主要有：《人和诗》，上海：书报杂志联合发行所，1949 年版。《诗与现实》（三卷本），北京：五十年代出版社 1951 年版。《诗是什么》，上海：新文艺出版社 1954 年版。《人·诗·现实》（诗论选集），北京：三联书店 1986 年版。

有不少地方可以商讨辩驳"，但不应被"纳入到对胡风文艺思想批判的组成部分而完全否定"。① 这笔遗产，尚有待人们做出认真的清理和总结。

鲁藜②在诗坛上获得最初的声名，是因为《七月》杂志上发表的一组《延安散歌》。这组诗篇幅都不长，鲁藜撷取了星、山、河、城、花等物象，并诉诸清新、朴素、明丽的诗句，为国统区的人们揭开了神秘的延安田园牧歌的一角。

鲁藜擅长在平凡的事物上发现诗情。山间的灯火，是山所开出来的花："在夜里 / 山开花了，灿烂地 / 如果不是山底颜色比夜浓 / 我们不会相信那是窑洞的灯火 / 却以为是天上的星星。"（《延安散歌·山》）春天的城市，被诗人善意地取笑："城老了 / 可是，春天绿草和他恋爱 / 它年轻了 / 也不怕羞，在胸前挂着百合花。"（《延安散歌·城》）读者能从中感到诗人对那片"明朗的天"的由衷赞美。

甚至是血与火的斗争，在鲁藜的笔下也不是悲歌慷慨的，他内敛、凝练、简净，却别具一种生命力的光彩。比如埋葬牺牲的战友：

> 今夜，一点风也没有
>
> 月光那么静
>
> 照着兄弟的墓上
>
> 一切都好了
>
> 我们走呀
>
> 趁着前面还有步伐的声响
>
> 慢一点，站好
>
> 给我们的兄弟最后敬礼
>
> 于是，我们都举起了手

（《夜葬》）

---

① 洪子诚：《中国当代文学史》（修订版），北京：北京大学出版社 2007 年版，第 55 页。

② 鲁藜（1914—1999），原名许图地，福建同安人。幼年曾随谋生的父母侨居越南，1932 年回国。1936 年在上海加入中国共产党。1938 年到延安，进入抗日军政大学学习，毕业后转战各敌后根据地。1949 年后任天津市文协主席，1950 年兼任《文艺学习》杂志主编。1955 年因胡风事件被捕入狱。1981 年恢复党籍和职务。

静静的月光和默默的敬礼，正是对战友最大的尊敬，这一圣洁的画面，因其简单，更令读者怦然心动。而如果来不及，只能用雪把战友掩埋，那么"雪堆成一座坟 / 血液渲染着它的周围 // 血和雪相抱 / 辉照成虹彩的花朵"。(《红的雪花》)没有痛哭或者控诉，但这一画面中血染的风采，同样神圣、庄严。

平凡、朴素之成为诗意的东西，首先是因为诗人自己对生活的热爱。这当然不是趣味主义。他的一个长期的读者发现"他的诗多半仿佛是从大海、从群山、从辽阔的旷野、从远处的乡村唱出来的，唱的却多半是些大抵叫侠客和才子都看不上眼的平凡而且低微的草叶、泥土、贝壳、几片雪的花瓣、一只飞过的蜜蜂……可是说也奇怪，广阔背景的隐在和眼前小东西的鲜明竟是那么生动、和谐而深远，让人在感觉到大自然的清新气息和秀美的色彩的同时，感觉到人生之歌的诗的情感的芬芳和思想的光芒——所有平凡渺小的生物和非生物原来都是撩人热爱生活和投入真理的韧强引力"。[1] 所以，他才会从窑洞的灯火里想到灯塔："如果不是那 / 大理石般的延河一条线 / 我们会觉得是刚刚航海归来 / 看到海岸，夜的城镇底光芒 / 我是一个从人生的黑海里来的 / 来到这里，看见了灯塔。"(《延安散歌·山》)所以，他也甘愿枯萎：

> 我是绿草
>
> 我的装束很朴素
>
> 也没有美丽的花蕊……
>
> 可是，我是春天的信号
>
> 人们看见我而高兴
>
> 盛夏，劳动的人们
>
> 喜欢躺在我的怀里憩息
>
> 到秋天，我就枯萎
>
> 我准备火种给严寒的世界
>
> (《草》)

---

[1] 耿庸：《读鲁藜〈天青集〉》，王玉树编著：《鲁藜研究文萃》，天津：天津社会科学院出版社1990年版，第2页。

平凡的事物中，还隐含着诗人战斗的激情。有这样的感情做底色，鲁藜的诗句就多了一些厚重。鲁藜此后的抒情之作，无论是短诗还是长诗，大都延续了这种淡雅、纯真的风格。

除了上面的抒情诗外，鲁藜还尝试过叙事诗的写作。《锻炼》写的是一位革命知识分子从被捕，到在狱中遭遇各种考验和诱惑，直到获救的一段故事，曾获1941 年延安青年文艺奖甲等奖。诗人把笔墨集中在了主人公激烈的内心活动上，从而穿插进去一个革命战士完整的生活世界。这样一场严峻的斗争，鲁藜同样写得活泼、轻快，甚至不乏幽默。大无畏的革命斗志，跃然纸上。《老连长和他的儿子》延续了幽默的风格。在偶然因对火而相遇的父子俩那里，读者感受的不是儿女情长，而是革命同行间可以分享的战斗情谊。

经历了胡风事件带来的灾难，"复出"以后，鲁藜又拿起了笔。他创作了大量的哲理小诗，篇幅较长的抒情之作也加强了哲理性。但总体上看，却不如早年的作品那么丰满、蕴藉了。

"复出"对"七月诗派"同人而言是非常艰难的。1955 年的胡风事件让他们几乎悉数身陷囹圄，创作生活乃至人生就此中断。四分之一世纪之后，他们中的幸存者在晚年重新拾起写诗的笔。不应仅仅关注他们个人的创作能力所承受的考验，事实上，他们的成就还标志了"七月诗派"整体上的文学史生命力。

曾卓、绿原和牛汉都是抗战时登上诗坛，他们在"复出"之后，分别献出了身处逆境时写下的诗篇。这些脍炙人口的作品使他们晚年的光彩甚至胜于早年。

曾卓①的《悬崖边的树》被视为那个时代众多"复出者"的精神画像："它倾听远处森林的喧哗 / 和深谷中小溪的歌唱 / 它孤独地站在那里 / 显得寂寞而又倔强 // 它的弯曲的身体 / 留下了风的形状 / 它似乎即将倾跌进深谷里 / 却又象是要展翅飞

---

① 曾卓（1922—2002），原名曾庆冠，湖北黄陂人。武汉失陷前流亡到重庆，一面求学，一面写作。1941 年入复旦大学，与同学邹荻帆、绿原等人组织筹办《诗垦地》丛刊。后转入中央大学读书，1946 年毕业。解放后任武汉市文联副主席，《长江日报》社副社长。1955 年因胡风事件被捕，1980 年平反。

翔……"① 诗人有意使用了昂扬的韵脚，在描画了"树"的种种遭际和精神不安之后，还是果断地把诗句引往顽强、坚韧的方向。《有赠》中患难夫妻的相濡以沫也曾经感动过无数读者，诗人宣布了他的宽恕："在一瞬间闪过了我的一生，/ 这神圣的时刻是结束也是开始，/ 一切过去的已经过去，终于过去了，/ 你给了我力量、勇气和信心。"正如牛汉对曾卓的评价所言，"他的诗即使是遍体伤痕，也给人带来温暖和美感。不论写青春或爱情，还是写寂寞与期待，写遥远的怀念，写获得第二次生命后的重逢，读起来都可以一唱三叹，可以反复地吟诵，节奏与意象具有逼人的感染力，凄苦中带有一些甜蜜。它们极易引起读者的共鸣。他的诗句是湿润的，流动的；象泪那样湿润，象血那样流"。② 这里显露出来的，是一种温润的人格、博大的情怀。

有研究者称《又一名哥伦布》和《重读〈圣经〉》为绿原③ 逆境之作中的"双璧"。④ 两首诗艺术质量不一定很高，但在那个年代，将个人政治品行的证明留给"时间"和"人民"，特别能够激起广泛的共鸣。

在"五七干校"劳动期间，牛汉⑤ 酝酿了《鹰的诞生》、《半棵树》、《蚯蚓的血》、《华南虎》、《麂子，不要朝这边跑》等作品。公开发表之后，影响很大。如《悬崖边的树》一样，这些诗也都采取了"物象诗"的写法，诗人经由对外在客体物理特质的把握，发掘的是自身精神气质的映像。

更值得注意的是牛汉后来突破这种"物象诗"写作方式的努力。如果说这"表明牛汉已超越 1940 年代'七月诗派'对完整、自足的生命个体的信心，察觉了它

---

① 绿原与牛汉选编七月派 20 人的诗集《白色花》时，曾考虑过用《悬崖边的树》作为书名。

② 牛汉：《一个钟情的人——曾卓和他的诗》，曾卓等：《崖边听笛人：曾卓研究文选》，武汉：长江文艺出版社 2001 年版，第 5 页。

③ 绿原（1922—2009），原名刘仁甫，又名刘半九。湖北黄陂人。抗战期间就读于复旦大学，参与组织《诗垦地》丛刊。辗转做过翻译、教师、油行职员等工作。解放后任职于《长江日报》社，后调中宣部。1955 年因胡风事件被捕，1980 年平反。

④ 刘扬烈：《诗神·炼狱·白色花——七月诗派论稿》，北京：北京师范大学出版社 1991 年版，第273 页。

⑤ 牛汉（1923— ），原名史承汉，山西定襄人。抗战期间开始诗歌创作。在西北大学就读时，曾因从事学生运动被捕入狱。解放后主要在人民文学出版社工作。1955 年因胡风事件被捕，1980年平反。

的内在裂缝和它的限度",①那么，这种自我超越应该是对"七月诗派"诗歌生命更好的延续。

在创作之外，牛汉还与"新诗潮"诗人保持了良好的个人关系。在后者还未被诗坛普遍接受之时就仗义执言，为他们辩护。这是一个很有象征意义的事件。从牛汉方面看，他与新一代诗人的息息相通说明，"七月诗派"终归也是新潮文化渗染的产物。

第二十一节　纪弦与余光中

中华人民共和国的成立不仅是一个重大的政治事件，它对中国文学史所产生的影响亦极为深远。就大陆新诗界而言，随着新政权对社会主义现实主义美学原则的大力倡导，五四以来多种流派纷争互竞的局面趋于结束：现实主义一家独大，浪漫主义须在社会主义的名义下进行，现代主义则遭到了严格的拒斥，几乎从"十七年"和"文革"时期的公众视野中绝迹。与此相对，从1950年代起，现代主义诗歌却在海峡对岸的台湾诗坛崛起，获得了比较充分的发展和令人瞩目的成就。

台湾地区的"现代诗"运动并非无源之水。从新诗史的脉络看，学术界一般视之为"中国新文学史上现代主义思潮的承续"。②台湾现代诗运动的发动者纪弦，正是这样的一位"承续者"。

早在1930年代，纪弦③即以"路易士"的笔名列名现代派诗人之中。他与《现代》杂志周围的诗人圈子保持了密切的关系。他的诗作带有浓厚的现代派色彩。毫无疑问，纪弦/路易士是被现代主义新潮文化哺育出来的诗人。要了解纪弦，就应对路易士的创作道路略加追溯。

---

① 洪子诚：《中国当代文学史》（修订版），北京：北京大学出版社2007年版，第230页。
② 洪子诚、刘登翰：《中国当代新诗史》（修订版），北京：北京大学出版社2005年版，第305页。
③ 纪弦（1913— ），原名路逾，原籍陕西。1929年开始以路易士的笔名写诗。1933年毕业于苏州美专。1934年创办诗歌刊物《火山》，并开始在《现代》杂志发表诗作。1936年又先后参与《菜花》、《新诗》、《诗志》等刊物编务。抗战期间主编《诗领土》。抗战胜利后开始使用笔名纪弦。1948年赴台。

如施蛰存所言，若将路易士一段时期的诗作加以总体上的把握，[①] 读者首先能看到一个疲惫、困倦的现代人形象。他甚至在 20 岁出头的时候就感受到"中年漫步着来了"（《十二行诗》）。虽然是典型的现代都市之子，但在这处空间中，他却仿佛"幽灵"一般彳亍独行，"有一袭黑色的大氅，/ 一顶黑色的毡帽，/ 和一根黑色的手杖；/ 两条乏惫的腿，/ 拖着一个沉重的 / 黑色的影子；/ 还有一颗叫烦忧给腐蚀了的 / 黑色的心"（《都市的幽灵》）。他与自然的节律也保持着不协调的关系，无论是在二月（《二月》）、暮春（《暮春风》），还是在初夏（《初夏》）、十一月（《十一月》），这个人始终郁郁寡欢、心事重重。忧郁、烦忧、抑郁……的情绪不仅流溢于字里行间，而且还多次被他直接取用为作品的题目。这类情绪在现代派诗歌中颇为典型。

有意思的是，诗人声称自己都不清楚他的忧郁缘何而起（《无因的忧郁》），以现代派诗人在新旧文化冲突中产生的世界末情绪来进行解释，亦不免隔靴搔痒。事实上，原因不难寻找——"20 世纪"这一关键词的频频出现说明，路易士的感触来自它所造成的威压：

> 我让我的善于陶醉的心
>
> 永恒陶醉于大自然之每一笔触；
>
> 却有无尽的咒诅呢——
>
> 是嫌 20 世纪的风太大吗？
>
> 抑因人间太喧嚣呢？
>
> 我不知道，唉，我不知道。

（《十一行诗》）

"不知道"是托词。在路易士心中，"20 世纪"就是"喧嚣"的同义词。虽然

[①] "现在我翻看《行过之生命》全帙，更明白地看出了易士的诗每一首都是很好的断片，但把全集的许多诗合起来看，却是一首很完整的诗。"（施蛰存：《〈行过之生命〉跋》，路易士：《行过之生命》，未名书屋 1935 年版，"跋"第 4 页。出版地不详）

曾有走出象牙之塔，走上十字街头的尝试（《从象牙之塔到十字街头》），[1]但他最终选定的还是一条"纯粹诗"之路。[2]这样，在他那里"20世纪"才不期然地变得"喧嚣"起来。这"喧嚣"的内容，总是指示着普罗文学、左翼文学、"国防文学"以及新诗大众化等"十字街头"的主张。路易士抗战时期的一些作品，更为直白地挑明了这种对抗关系。

所以，"烦忧"之于路易士，不应仅仅被理解为一种负面的情绪，也应被看做是他的诗歌观念的象征。《哀歌》一诗写到，在"我"的"哀歌"面前，"宇宙不过是 / 一场不朽的梦，/20世纪的风雨 / 于我何伤。"在《烦歌》一诗中，他将太阳贬为"配角"，地球贬为"配角之配角"；而"我"亦不过是"一群无知的原子之偶然的组合"，"但我之烦哀的歌声 / 将使银河黯澹，/ 而时间与空间之大悲剧 / 亦将因我之觉识而终了"。他在与左翼文学相对抗的意义上选择了"烦忧"之类的情绪，并且在这类情绪里，寻到了一个自足的世界。他偶尔也因这类负面情绪的困扰而飘然有出尘之志，但更多的时候，却自感异常坚实。名作《爱云的奇人》就表达了这种艺术想象：

> 爱云的奇人是不多的：
> 古时候曾有过一个，
> 但如今该数到我了。
> 我爱那些飘过的云。
> 奇人总是多幻想的——
> 我幻想我是一朵雪白的，
> 高高的，奥妙的云。
> 我倘能自在地散步于
> 一片青色的沙漠上，

---

[1] 对路易士这一段创作之路的描述，参看王绿堡：《〈易士诗集〉绿堡的序》，路易士：《易士诗集》，中和印刷公司1934年版，出版地不详。

[2] "在形式上，我永远是'自由诗'的拥护者；在内容上，我永远是'纯粹诗'的憧憬者。"（路易士：《〈夏天〉自序》，《夏天》，上海：诗领土社1945年版，第5页）

则我将悠悠地唱一支歌。

那不是你们爱听的。

而我的歌是唱给

一片青色的沙漠听的。

"沙漠"都是"青色的",这证明诗人心中别有洞天。现代派诗人路易士,近乎"为艺术而艺术"的信仰者,[①] 颇有孤芳自赏之意。

虽然以"烦忧"之类的情绪为主旋律,路易士却反对在诗歌中做情感的无节制的宣泄。相反,他主张放逐感情,"置其情操之融金属于一冷藏库中,/ 俟其冷凝,/ 然后歌唱"(《太阳与诗人》)。为此目的,他有时借鉴了象征派诗人的写法,将情绪化为形象,或者把"烦忧"演绎为"无数条暗赤色的小小的蛇"(《烦忧》),或者把"幻像"装扮成"一个难忘的 / 天长日久的情妇"(《幻像》)……这类作品让人联想起李金发的《弃妇》,它们是处在同一条诗歌脉络上的。

作为现代派诗人,路易士的许多作品带有鲜明的主知倾向。一个突出的现象是,他的诗中密布着连词。比如《雨夜》:"夜之微雨的楼院,/ 颇有阴森之感,/ 院中蝙蝠的廻旋,/ 遂作幽灵之姿。// 若夜之泪是 / 涔涔无止休的,/ 则邻家断续的三弦 / 亦当弹到天明了。"短短几行诗,使用了"遂"、"若"、"则"、"亦当"等多个连词。若无它们居间连接,整首诗中相距颇远的意象群,就会破碎不堪,不成体系。而且,诗人还有意用这些连词制造一种逻辑性,让人感觉他在进行着怪异的推理。注重单个意象的奇崛以及意象之间的疏远,这也是路易士诗歌的一大特点。他有意引数字、外文、流行语……词汇入诗,结果使作品充满了"工业时代"的美学气息。在意象选择和词汇使用方面的追求到了极端,有时使他的诗呈现出超现实的味道,诗意因之十分晦涩。

纪弦是承传着路易士诗作的艺术特征进行诗歌写作的。

---

① "诗自身即理论,即体系。一首诗是一个宇宙,一个世界,一个新大陆。一个诗人是一个创造者,一个上帝,一个耶和华,一个哥伦布。""诗是我的宗教。又是我的恋爱,我的喜悦。"(路易士:《〈出发〉自序》,《出发》,上海:太平书局 1944 年版,第 3、5 页)

但是，刚到台湾的纪弦似乎倍感苦闷。文化环境和生活的压力纷至沓来，诗人感叹自己或许即将"被生活压扁"，变成"干鱿鱼的同类"，要与"诗，文学，艺术"说"再会"（《四行诗》）。而另一方面，经由这种反激，也努力说服自己确证对诗歌的信仰："好比暗室里的一羽萤，/ 由这微藐的生命的启示，/ 我也要用我的百炼千锤的诗篇 / 显示我其实的存在，/ 向那夜一般的人间。"（《萤的启示》）经一番挣扎，诗人从槟榔树修长、寂寞的形象那里找到了"植物界的同类"（《眺望》），决心延续诗歌生命。他台湾时期的诗集便以"槟榔树"命名，先后出版了甲乙丙丁戊五集。

纪弦在台湾的初期作品中，个人与外界之间的紧张随处可见。与1930年代的作品相比，感情表达更加直露，一股激愤与不平之气扑面而来。比如《榕树·我·大寂寞》起笔写道："午睡醒来抽支烟；/ 一面凝视着窗外院子里 / 浓绿 / 繁多 / 榕树叶子的大寂寞。/ 于是有家的大寂寞。/ 无线电收音机谁在唱歌，/ 什么人在演说的大寂寞。/ 行将毁灭或是愈新鲜的世界，/ 在脑袋的银幕上出现了又消失。"寂寞的指涉之物由"榕树叶子"到"家"，这是诗境的一次上升；再到"演说"，这又是诗境的一次盘旋，读者能预感到一种词语的势能开始蓄积。爆发果然是猛烈的，紧接着的两句是："历史的大寂寞！/ 诗的大寂寞！"在这首以"寂寞"为主旋律的作品里，既有智性的展示，也不乏感性的宣发。

事实上，主知的路易士也未能洗净感情的成分。区别在于，路易士是一个烦忧的夜行人，纪弦则自拟为一匹孤独地长嗥的狼：

> 我乃旷野里独来独往的一匹狼。
>
> 不是先知，没有半个字的叹息。
>
> 而恒以数声凄厉已极之长嗥
>
> 摇撼彼空无一物之天地，
>
> 使天地战栗如同发了疟疾，
>
> 并刮起凉风飒飒的，飒飒飒飒的：
>
> 这就是一种过瘾。

（《狼之独步》）

这种个人与外界之间的紧张后来逐渐为自嘲和反讽的语气所融化。目睹蜥蜴的捕食活动，他发现"饥饿的蜥蜴在纱窗上狩猎／和贫困的我用钢笔在稿纸上疾走是等价的；／而当我光着身子的时候我的形状／实在也不比它的来得高贵些"（《为蜥蜴喝彩》）。回首往事，他语带调侃："忽然间回忆起，当我们年少时，／把剑磨了又磨，去和情敌决斗，／亦大有罗密欧与朱丽叶之慨——／多么可笑！多傻！而又多么可爱！"（《一小杯的快乐》）言及艺术理想，他的口吻也软化了许多："当我的与众不同成为一种时髦，／而众人都和我差不多了，／我便不再唱这支歌了。／别问我为什么，亲爱的。／／我的路是千山万水。／我的花是万紫千红。"（《不再唱的歌》）这正所谓豪华落尽见真淳。他的晚年诗作，哲理性更强，语言却趋于日常化，显得气韵丰沛、澄澈从容。

除躬自垂范外，1953 年 2 月 1 日，纪弦在台湾创刊《现代诗》杂志，揭开了台湾地区"现代诗"运动的序幕，一批具有相近艺术倾向的诗人逐渐聚合起来。1956 年 1 月，由他发起召开了现代诗人第一届年会，"现代诗社"于焉成立，现代派诗人有了正式的组织。郑愁予、林泠、林亨泰、方思、辛郁、羊令野、蓉子、罗门、商禽等人最初均被网罗其中，诗社成员后来扩充到 100 多人，阵容可谓鼎盛。在新出版的第 13 期《现代诗》封面上，现代诗社公布了"现代诗六大信条"：

第一条：我们是有所扬弃并发扬光大地包含了自波特莱尔以降一切新兴诗派之精神与要素的现代派之一群。

第二条：我们认为新诗乃是横的移植，而非纵的继承。

第三条：诗的新大陆的探险，诗的处女地之开拓，新的内容之表现，新的形式之创造，新的工具之发现，新的手法之发明。

第四条：知性之强调。

第五条：追求诗的纯粹性。

第六条：爱国反共，追求自由与民主。

如果与路易士那段"前史"稍作对照，不妨说，这"六大信条"其实是保持了纪弦个人在诗歌艺术理念上的一贯性。①

　　需要指出的是，现代主义新潮文化在台湾的散播，并非纪弦一人之力，而是根植于岛内政治、经济和文化语境的深刻变化。国民党政权败退台湾以后，在意识形态领域保持高压态势，大力鼓吹"反共"文学。诗人若不愿随声附和或者触怒当局，就必须思考另外的美学形式。可是，五四新文学被严加查禁，古典文学离现代生活太远，这客观上驱赶着台湾诗人到西方现代文学中寻找新诗写作的艺术资源。这一时期，基于经济的畸形发展和城市化进程的持续，基于孤悬海外、无枝可依的冷战格局，普通人产生的疏离感、漂泊感，很容易与现代主义文学的相关主题产生共鸣。台湾的现代主义诗歌，正是在这种背景中获得了发展的动力。②

　　不过，现代主义艺术理念的传布不是一帆风顺的。"现代诗社"的"六大信条"一经提出，就在台湾诗坛酿成轩然大波。支持者固然不少，反对的声音更是层出不穷；而反对者中，有的持全盘否定的态度，有的则给以建设性的修正。③围绕着现代诗的论争前后进行了二十多年才渐渐消歇，现代派诗人由此得到了调整立场、反思自我和加深认识的机会，现代主义诗歌观念也化入台湾新诗界血肉，成为无论何派诗人都须正视的艺术资源。

　　覃子豪等人于 1954 年 4 月发起成立的"蓝星诗社"，是"现代诗社"的劲敌之一。这两个诗社加上 1954 年 10 月张默等人组织的"创世纪诗社"，是台湾现代派诗人群的三支主要人马。

　　针对"现代诗社"的"六大信条"，"蓝星诗社"的老诗人覃子豪④提出了"六

---

① 关于纪弦的诗歌观念，还可参看，蓝棣之：《〈纪弦诗选〉序》，《纪弦诗选》，北京：中国友谊出版公司 1993 年 3 月版。此文后改题为"纪弦：从逻辑的世界到秩序的世界"，收入蓝棣之：《现代诗的情感与形式》，北京：华夏出版社 1994 年版。

② 参看古继堂：《台湾新诗发展史》，北京：人民文学出版社 1989 年版，第 87—89 页。

③ 关于现代诗论争的大致情况，参看古继堂：《台湾新诗发展史》，北京：人民文学出版社 1989 年版，第 97—105 页。洪子诚、刘登翰：《中国当代新诗史》（修订版），对此也有细致的梳理，见该书第 311—315 页。

④ 覃子豪（1912—1963），四川广汉人。1932 年入北平中法大学，开始诗歌创作。1935 年留学日本，抗战爆发后回国从事抗日宣传。1947 年到台湾。

条正确原则"，①代表了现代主义诗人中比较温和一派的主张。但是，覃子豪不幸早逝，在"蓝星"阵中，是余光中沿着这些原则取得了更大的成就。

余光中②在其诗歌创作的起步阶段风格颇为驳杂。收入第一部诗集《舟子的悲歌》③的作品，既有中国诗歌会或者"七月派"诗人的那种对大众的赞美（如《扬子江船夫曲》），也有新月派诗人的那种对命运的沉思（如《算命瞎子》、《女验票员》）；既有回顾历史时的慷慨悲歌（如《暴风雨》），也有赠予恋人的儿女情长（如《给叶丽罗》、《再给叶丽罗》）……这些习作模仿的痕迹较重，诗人的个人风格尚未形成，他显然是在努力探索适合于自己的诗歌方式。

但是，虽然风格驳杂，在形式方面余光中却保持了一贯的整饬。诗人自陈，对他写诗影响最大的"还是英诗的启发，其次是旧诗的根底，最后才是新诗的观摩"。④其实，旧诗的根底已经带给他格律上的训练，而此时与梁实秋的交往又自然地把他引向了对新月派"新格律诗"的研习，⑤所以在余光中的创作生涯中，这一起步时期往往被称作"格律诗"时期。与纪弦之于现代派类似，和新月派结缘本身就是他接受新潮文化的一个重要契机。

1958 年，余光中赴美进修。置身西方现代主义新潮文化的大本营，此前创作上即已熏染的现代派风味愈发鲜明，是为余光中创作生涯的"西化"时期。在艺

---

① 分别是："诗并非纯技巧的表现，艺术的表现实在离不开人生。""诗应该顾及读者，否则便没有价值。""所谓诗的实质也就是它的内容，是诗人从生活经验中对人生的体验和发现。""诗要有哲学思想为背景，以追求真理为目标。诗的主题比玩弄技巧更重要。""树立标准，从准确中求新的表现。""自我创造是民族的气质、性格、精神等等在作品中无形的表露，新诗要先有属于自己的精神，不能盲目地移植西方的东西。"（覃子豪：《新诗向何处去？》，1957 年 8 月 20 日《蓝星诗选》["狮子星座"号]）

② 余光中（1928— ），原籍福建永春，生于江苏南京。1947 年入金陵大学，后转入厦门大学，期间开始诗歌创作。1950 年到台湾，就读于台湾大学外文系。

③ 台北：野风出版社 1952 年 3 月版。

④ 余光中：《〈舟子的悲歌〉后记》，《余光中集》第 1 卷，天津：百花文艺出版社 2004 年版，第 44 页。

⑤ 多年之后，余光中在有意识地建立这一谱系时，讲到自己此时的作品"只能勉强'承先'，断断不足奢言'启后'。所谓'先'就是新月派诗人。""从新月出发，我这一代开创了现代诗，正如新月诸贤从古典诗出发，而竟开创了新诗一样；这原是文学史发展的自然趋势。"（余光中：《天国的夜市·后记》，《余光中集》第 1 卷，天津：百花文艺出版社 2004 年版，第 188 页）

术风格上，现代派诗人余光中诗中意象的繁复程度骤然加强，之前的抒情性消失了。仿佛是嫌西化还不够充分一样，诗人所选取的意象也皆是哥伦布、天狼星、爱琴海、木乃伊之类，于是取"格律诗"而代之的是一个充满异国情调的、冷酷的诗歌世界。诗人的情感就隐藏在这种意象的丛林和戏剧性的诗歌结构里。有时候，这种隐藏是如此之深，以至于为浓密的意象群所掩。余光中强硬地声称，"我们的作品颇为野蛮，颇为桀骜不驯，那些听惯了神话和童歌的'听众'，是无法适应现代诗的气候的"，[①] 而他的现代主义作品还是有其食"洋"不化之处。

留美期间，余光中后来越来越为乡愁所苦。这是一位"顿不掉 / 那混凝着异乡人的泪和母亲的骨灰的 / 尘埃"的他乡来客（《尘埃》），这是一位每天"驶去信箱的冻港守望——/ 望你的邮船载来 / 南中国海的柔蓝与凤凰木的火把，/ 与一根细细的北回归线，/ 做我的小提琴的弦"的异国游子（《冬之木刻》）。如果说西化初期的作品主要产自艺术技巧层面的尝试和追慕，越到后来，作为文化漂泊者的诗人越能接通现代人在现代社会中感受到的生存情绪。他所要用诗句来淬炼的，不是遣词造句的才能，而是思念故乡的心事。不能言为心声，则言之亦无益。加以"现代画的启示"，于是余光中"渐渐扬弃了装饰性（decorativeness）与模仿自然（representation of nature），转而推出一种高度简化后的朴素风格"。[②] 这里的"朴素"却不是简陋，而是"成熟"的开始：

> 每一粒葡萄是一囊
> 完整的成熟季。
>
> 归时我当为你，携一粒
> 爱奥华的椭圆形之秋，
> 让你也咀嚼一次
> 我在此的日子，如何转变，

---

① 余光中：《〈钟乳石〉后记》，《余光中集》第 1 卷，天津：百花文艺出版社 2004 年版，第 250—251 页。

② 余光中：《〈万圣节〉序》，《余光中集》第 1 卷，天津：百花文艺出版社 2004 年版，第 256 页。

自最初的酸涩。

我自得地笑了，
想起你会怎么惊讶地叹息。
"一个不能再膨胀的
饱和点的宇宙啊！"
你会说。

而我将默然，
因我忽然不愿示你，
潜意识之礁底
全部的沉舟，与舟中的珍藏
于一分钟内。

且亦不可能。

（《季节的变位》）

　　"椭圆形"的、"默然"的，就是不露锋芒。现代主义艺术风格的磨砺恰如"全部的沉舟与舟中的珍藏"，已经了无痕迹地融入诗人的"潜意识之礁底"。这是与"酸涩"的真正告别。诗人此时思考的"最重要的问题"变为"我有怎样的经验，我该怎样去表现那种经验，而不是别的诗人有怎样的经验，怎样去表现，以及要做一个现代诗人就应该如何如何等等"。理论问题反而退居幕后了："企图用理论来支配创作，是愚蠢的，因为在这种情形下，创作必然僵化，甚至窒息。至于生吞活剥，而欲将自己也没有消化的外国理论加在诗人们的头上，为害的程度就更严重了。"[①] 余光中的写作，由此上升到一个开阔的境界。

　　总起来说，经历了新潮文化洗礼的余光中，是在向中国古典和传统的回归过

---

① 余光中：《〈五陵少年〉自序》，《余光中集》第 1 卷，天津：百花文艺出版社 2004 年版，第 326 页。

程中走向阔大的。他写过许多古题新咏，将古诗、古史、古事的意趣和情调加以化用；他也善于借鉴古诗格律，把作品雕琢为饱含悦耳的音乐性和流丽的韵律感的谣曲——《乡愁四韵》等作品已四方传唱；他的许多故意保留古汉语"拗劲"的诗行，也别具风味，比如名作《白玉苦瓜》：

似醒似睡，缓缓的柔光里

似悠悠醒自千年的大寐

一只瓜从从容容在成熟

一只苦瓜，不再是涩苦

日磨月磋琢出深孕的清莹

看茎须缭绕，叶掌抚抱

那一年的丰收象一口要吸尽

古中国喂了又喂的乳浆

完美的圆腻啊酣然而饱

那触觉，不断向外膨胀

充实每一粒酪白的葡萄

直到瓜尖，仍翘着当日的新鲜

茫茫九州只缩成一张舆图

小时侯不知道将它叠起

一任摊开那无穷无尽

硕大似记忆母亲，她的胸脯

你便向那片肥沃匍匐

用蒂用根索她的恩液

苦心的悲慈苦苦哺出

不幸呢还是大幸这婴孩

钟整个大陆的爱在一只苦瓜

皮靴踩过，马蹄踩过

重吨战车的履带踩过

一丝伤痕也不曾留下

只留下隔玻璃这奇迹难信

犹带着后土依依的祝福

在时光以外奇异的光中

熟着，一个自足的宇宙

饱满而不虞腐烂，一只仙果

不产在仙山，产在人间

久朽了，你的前身，唉，久朽

为你换胎的那手，那巧腕

千晒万晾巧将你引渡

笑对灵魂在白玉里流转

一首歌，咏生命曾经是瓜而苦

被永恒引渡，成果而甘

　　"钟整个大陆的爱在一只苦瓜"、"瓜而苦"、"果而甘"之类的句子，奇崛却又贴切，不动声色地把整首诗收紧了。作者以现代主义为骨骼的沉思的惯性，则又给这首诗增添了智性之美。此时的"传统"和"现代"，水乳交融。

　　在讲古题材之外，余光中也一直坚持将身边世界摄入诗中，保持现实关怀。诗人"自觉是甚具地理感的一位"，[①] 在两岸三地乃至海外的工作、生活和游历，都给他提供了不尽的诗料。山程水驿之中，年事已高的余光中仍笔耕不辍。

第二十二节　穆旦与"中国新诗派"

　　与"七月诗派"不同，"中国新诗派"（又名"九叶诗派"）之成为一个文学史

---

①　余光中：《〈高楼对海〉后记》，《余光中集》第 3 卷，天津：百花文艺出版社 2004 年版，第 548 页。

的命名，要晚得多。那已经到了20世纪80年代，是"当事人和研究者叙述与阐释的结果"，带有明显的流派"重塑"性质。① 如今学界一般倾向于把主要围绕着《诗创造》与《中国新诗》两个刊物，具备比较自觉的现代主义诗歌追求的诗人群体，称为"中国新诗派"。因为人们认识这一流派的先声，是其中九位诗人（辛笛、陈敬容、杜运燮、杭约赫、郑敏、唐祈、唐湜、袁可嘉、穆旦）的作品的结集出版（《九叶集》，南京：江苏人民出版社1981年版），而且这九位诗人的成就一般认为更为突出，人们也称这一流派为"九叶诗派"。但"中国新诗派"诗人不限于这九位。②

《诗创造》的出版意味着这一流派的南方诗人最初的聚合。杭约赫、陈敬容、唐祈、唐湜组成了这个刊物的核心。辛笛后来加入其中。与此同时，在北方，抗战结束后回到北平、天津的穆旦、杜运燮、郑敏、袁可嘉等人则主要以《大公报·星期文艺》、《益世报·文艺周刊》、《经世日报·文艺周刊》、《文学杂志》、《文艺复兴》等副刊、杂志为阵地开展活动。

虽然取"兼容并蓄的编辑方针"，③ 但创刊不久，《诗创造》还是因其夹杂的现代主义诗风遭到了"七月诗派"为代表的现实主义诗歌流派的责难。刊物内部承受了压力。出至第2年第1辑，编辑方针发生改换，宣称："从本辑起，我们要以最大的篇幅来刊登强烈地反映现实的作品，我们要和人民的痛苦和欢乐呼吸在一

---

① 洪子诚：《中国当代文学史》（修订版），北京：北京大学出版社2007年版，第227—228页。

② "中国现代文学流派创作选"之一的《九叶派诗选》由蓝棣之编选。他特别说明："在中国语言里，'九'常常用来表示虚指的很多或事物的丰富性，因此，'九叶'的'九'，既是确指我将在这里着重介绍的九位诗人，也暗含40年代那些也写现代主义或接近现代主义诗风的年轻诗人们，这些人中有马逢华、方宇晨、莫洛、羊翚、李瑛、杨禾，甚至还有40年代初期西南联大校园诗人王佐良、汪曾祺、林箔等。"（蓝棣之：《〈九叶派诗选〉前言》，蓝棣之编选：《九叶派诗选》，北京：人民文学出版社1992年版，第1页）

③ "第一年的《诗创造》奉行在大方向一致下的兼容并蓄的编辑方针，虽然作者面广，诗刊从内容到形式丰富多样，体现了诗歌的民主性，但也显得杂乱无序，降低了选稿的艺术标准，刊登了一些空泛粗陋之作。"（曹辛之：《面对严肃的时辰——忆〈诗创造〉和〈中国新诗〉》，《读书》，1983年，第11期）

起，我们这里要有人民的痛苦的呼号、挣扎或者战斗以后的宏大的笑声。"① 于是，杭约赫等人从《诗创造》分离出来，联合北方的穆旦等人另出《中国新诗》。在唐湜执笔的《我们呼唤》这篇"代序"里，他们提出："我们所有的不是单调沉滞的时代；从生活到艺术的风格，一切走向繁富的矛盾交错的统一，一个超越的浑然的大和合，只有它经得起一切考验，因为它自己正是这一切试炼的成果。"② 强调"统一"与"大和合"，这个刊物明显地强化了现代主义的追求与"新诗现代化"的努力。虽未曾谋面，但南北诗人同气相求，"中国新诗派"由此形成。

诗坛上现代主义之风在抗战中与抗战后的流行其来有自。抗战时代，世界范围内的反法西斯战争超越了民族国家的界限。一种军事与政治的同盟关系，伴随着频繁的文化交流。20世纪最为重要的英语诗人之一 W.H. 奥登（Wystan Hugh Auden，1907—1973）就在此时踏上了中国的土地。他与衣修伍德（Christopher Isherwood，1904—1986）一起在中国战场待了六个月，并留下27首十四行诗。这些作品在中国诗坛产生了巨大影响。而在西南联大，开创英语学界"细读"批评范例的威廉·燕卜荪（William Empson，1906—1984），也设帐授徒，把现代主义的诗歌理念传播到师生当中。加上冯至、卞之琳等老诗人的率先垂范，西南联大出现了极为浓郁的诗歌和文学氛围。叶芝、艾略特、里尔克……都成为联大学生追慕的对象。恰恰是在那种艰苦的战争环境下，中国诗坛与世界诗坛的新潮取得了同步性。中国诗人从世界诗坛范围内的现代主义诗歌转向中，共鸣性地获得了表达自身情感和经验的诗歌方式。

这里要强调的也是"共鸣性"。"中国新诗派"所致力的现代主义诗歌，并非欧美诗坛潮流"冲击——回应"的结果，它还源自中国新诗内部的律动。早在20

---

① "我们对于艺术的要求是：明快、朴素、健康、有力，我们需要从生活实感出发的真实的现实的诗，不需要仅仅属于个人的伤感的颓废的作品，或者故弄玄妙深奥莫测的东西，我们提倡深入浅出使一般读者都能接受的用语和形式，我们要在普及的基础上提高，要在提高的指导下讲求普及（不是迎合或滥调），我们不是抛却了艺术性，或者说降低了艺术的水准，而是要使诗的艺术性和社会性紧密地配合起来，有个更高度的统一和发展。"（本社：《新的起点——〈诗创造〉一年总结》，《诗创造》，1948年7月，第2年，第1辑）

② 《中国新诗》编者：《我们呼唤》（代序），《中国新诗》，1948年6月，第1集。

世纪 30 年代，个别诗人就已经开始了现代主义诗歌的译介和尝试。抗战以来的流浪和艰辛又丰富了新一代诗人的人生经验。这些经验希望得到最大限度的呈现。[①]新一代诗人既不满于浪漫主义的直抒胸臆，也不认同过分政治化的说教宣讲。要害还在于他们对现代人的精神世界有了更进一步的感知，一种新的诗歌方式由此萌生。这就是郑敏描述的，"一般说来，自从 20 世纪以来诗人开始对思维的复杂化，情感的线团化，有更多的敏感和自觉，诗表现的结构感也因此更丰富了。现代主义比起古典主义、浪漫主义更有意识地寻求复杂的多层的结构"。[②]思维与情感的多重性要求在诗歌结构上实现对应。于是"新诗现代化"的命题就蕴含了如下内容："它是辩证的（从不同产生和谐），包含的（有关的因素都有独立的地位），戏剧的（通过矛盾冲突而得平衡），复杂的（因有不同存在），创造的（各部分都有充分生机），有机的（以部分配合全体而不失去独立性），现代的，而非直线的，简化的，排它的，反映的，机械的和原始的。"[③]这是一种极具雄心的"综合"的要求。只是"综合"的基础已不是情感，而正是经验。[④]建立在经验扩充基础上的现代主义诗歌，诉诸情感的间离、知性的强化和个性的隐没；在结构方式上，寻找"客观对应物"，力行诗歌戏剧化……一套完整的现代主义诗学体系被建构起来。

　　这是"中国新诗派"诗人回应时代呼唤，寻到的新的努力方向，也代表了中国新诗的新潮。当然，同样的方向，落实到每个人那里是各具风采的。

---

① "我们是一群从心里热爱这个世界的人，我们渴望能拥抱历史的生活，在伟大的历史的光耀里奉献我们渺小的工作。我们都是人民生活里的一员，我们渴望能虔敬地拥抱真实的生活，从自觉的沉思里发出恳切的祈祷、呼唤并响应时代的声音。"（《中国新诗》编者：《我们呼唤》[代序]，《中国新诗》第 1 集）

② 郑敏：《诗人与矛盾》，杜运燮、袁可嘉、周与良编：《一个民族已经起来——怀念诗人、翻译家穆旦》，南京：江苏人民出版社 1987 年版，第 39 页。

③ 袁可嘉：《诗与民主——五论新诗现代化》，《大公报·星期文艺》，1948 年 10 月 30 日。

④ "现代诗歌是现实、象征、玄学的新的综合的传统。"（袁可嘉：《新诗现代化——新传统的寻求》，《大公报·星期文艺》，1947 年 3 月 30 日）

穆旦^①被认为是"中国新诗派"中成就最高的诗人。其实他早年的创作，带有明显的浪漫主义色彩。抗战时随学校几千里的南迁经历使他直接地、真切地观察了这个国家和民族，由此开始了他诗风的演变。^②与早年纤弱、低吟的调子不同，受高昂的战争氛围的影响，他意识到"一个民族已经起来"（《赞美》），激情满怀地瞩望这个民族能够浴火重生，"以如星的锐利的眼睛，/射出可怕的复仇的光芒"（《野兽》）。更重要的是，战争这一历史事件是要作用于诗人自己的生命体验的。那个宣布要在园子里把"过去的日子"，把"青草样的忧郁，红花样的青春"，"关在里面"的穆旦（《园》），还表达了强烈的加入历史的冲动：

> 我还没有为饥寒，残酷，绝望，鞭打出过信仰来，
> 没有热烈地喊过同志，没有流过同情泪，没有闻过血腥，
> 然而我有过多的无法表现的情感，一颗充满着熔岩的心
> 期待深沉明晰的固定。一颗冬日的种子期待着新生。

（《玫瑰之歌》）

　　这是穆旦抗战诗歌的一大主题。与民族的"想象的共同体"一起受难，诗人"期待"生命的意义。

　　然而黑暗的现实并不会因为战争，或者因为人们热烈的期待而轻易让路。人民的牺牲是无谓的，因为他们"保卫的那些个城"里，有"无数的耗子，人——/避开了，计谋着，走出来，/支配了勇敢的，或者捐助/财产获得了荣名，社会的梁木"（《控诉》）。在这样的现实面前，"新生的希望被压制，被扭转，/等粉碎了他才能安全；/年轻的学得聪明，年老的/因此也继续他们的愚蠢，/谁顾惜未来？

---

① 穆旦（1918—1977），原名查良铮，祖籍浙江海宁，生于天津。1929年入南开学校读书后开始诗文创作。1935年考入清华大学。抗战爆发后随学校南迁，继续就学于西南联大，1940年毕业。1942年入伍，任翻译。1949年赴美留学，1953年回国，任教于南开大学。1958年被划为"历史反革命"，中止了诗歌写作，专心从事翻译。1977年去世，1979年获平反。
② "他是从长沙步行到昆明的，看到了中国内地的真相，这就比我们另外一些走海道的同学更有现实感。他的诗里有了一点泥土气，语言也硬朗起来。"（王佐良：《穆旦：由来与归宿》，杜运燮、袁可嘉、周与良编：《一个民族已经起来——怀念诗人、翻译家穆旦》，南京：江苏人民出版社1987年版，第1页）

没有人心痛：/那改变明天的已为今天所改变"（《成熟》）。

从这里穆旦发现了中国现实的秘密，也发现了中国历史的秘密。在这所"古老的监狱"（《五月》），这处"鼠穴"（《鼠穴》），所有人都"永远被围在百年前的/梦里，不能够出来！"（《小镇一日》）也就是说，时间是在这个国家身外发生的事情，在这片土地上，所有的东西都已停滞、风化，被原样不动地封存，连生命也一样："他就要长大了渐渐和我们一样地躺下，一样地打鼾，/从屋顶传过屋顶，风这样大，/岁月这样悠久，/我们不能够听见，我们不能够听见。"（《在寒冷的腊月的夜里》）昨天、今天和明天之间没有什么清晰的界限，都只是同质化的时间的惯性延伸，亘古不变。历史与现实发生了混淆。

一旦明了了这一点，穆旦就感觉到"冷风吹进了今天和明天，/冷风吹散了我们长住的/永久的家乡和暂时的旅店"（《控诉》）。"今天"就是"明天"，而"旅店"永远只是"暂时的"，只有"家乡"才是"永久的"。这是这个老大帝国的现实/历史带给穆旦的苦涩的经验。

作为一个现代诗人，穆旦对时间有着突出的敏感。时间的僵死还不仅意味着现实的黑暗，对穆旦而言，更关键的创伤体验发生在他的主体内部。因为"那丑恶的全已疼过在我们心里"（《打出去》），历史与现实的时间轴的错位/混淆使他诗歌中的主体性被深深地撕裂。当"期待"落空，他不再能从那里获得"归依"，即使春天已经到来：

> 蓝天下，为永远的谜蛊惑着的
> 是我们二十岁的紧闭的肉体，
> 一如那泥土做成的鸟的歌，
> 你们被点燃，却无处归依。
> 呵，光，影，声，色，都已经赤裸，
> 痛苦着，等待伸入新的组合。
>
> （《春》）

于是我们就在穆旦的诗歌里一再读到一个苦苦进行自我搏斗的主人公形象。他"从子宫割裂，失去了温暖"（《我》），虽然"站在不稳定的点上"（《诗》），但他还是要把那个圆加以"毁坏"(《被围者》),甘愿接受"丰富,和丰富的痛苦"(《出发》),因为"当可能还在不可能的时候,/我仅存的血正毒恶地澎湃"(《我向自己说》)。从结构方式上,"他更自觉也更复杂地试验诗中的'我'",以自己主体性的分裂为代价,为现代主义诗歌的戏剧化主张做了最好的展示。相应的,就思想性而言,"穆旦在表达和信仰两方面,不轻易接受外加的格式和未经感受的理想"。[①] 穆旦的杰出之处在于,身为古老民族的一员和勇于担当的知识分子,他自觉背负自己的命运,上下求索,不逃避,不退让,而是充满了坚忍和热情。这是鲁迅式的"反抗绝望"的人生态度。与鲁迅类似之处还在于他把现代文学对主体深度的开掘大大推进了一步。

语言上,穆旦使用的是纯粹的白话。甚至有人认为"穆旦的胜利却在他对于古代经典的彻底的无知。甚至于他的奇幻都是新式的。那些不灵活的中国字在他的手里给揉着,操纵着,它们给暴露在新的严厉和新的气候之前"。[②] 这话不免有些夸张,但也道出部分实情。穆旦使用着一种独特的诗歌语言。在他的诗里,很少能找到典故或者文言词汇。现代汉语的韧性、强度、表现力在他的笔下得到了淋漓尽致地锤炼。比如著名的爱情诗《诗八首》,全然没有恋爱所可能有的甜蜜,而变成了内心分裂和搏斗的战场:"我哭泣,变灰,变灰又新生",而"你看不见我,虽然我为你点燃"。两人生活空间里充斥着的永远是"变":"蜕变"、"变形"、"游离"、"变更"、"背离"、"随有随无"……这里有"温暖的黑暗",有"甜蜜的未生即死的言语"、"混乱的爱底自由和美丽"。在这条"危险的窄路里","相同和相同溶为怠倦,/在差别间又凝固着陌生"。穆旦的诗句在截然相反的字词间跳跃、激荡,从而带来了极大的张力。一个自然的恋爱过程,被处理为一次灵魂的冒险,在当事人的内心幻化出令人难以置信的光怪陆离。这就是通过纯粹白话进行的"操纵"、扭曲,穆旦的诗歌借此致力于传达现代人复杂化的思维、线团化的情感。

甚至中国传统诗歌以及之前新诗所常常袭用的意象、事物、诗料,在穆旦的

① 梁秉钧:《穆旦与现代的"我"》,杜运燮、袁可嘉、周与良编:《一个民族已经起来——怀念诗人、翻译家穆旦》,南京:江苏人民出版社 1987 年版,第 48、52 页。
② 王佐良:《一个中国新诗人》,王圣思编:《"九叶诗人"评论资料选》,上海:华东师范大学出版社 1996 年版,第 311 页。

诗歌里面也不多见。他的诗歌世界取材于难堪的现实，是沉郁、灰色乃至冷峻、险峭的，几乎无甚诗意可言。但这样的现实题材却带有"剥皮见血"的残酷的力度。① 事实上，在穆旦看来，诗歌正是要写出"发现的惊异"。他有意要制造这样的诗歌世界。这是他摒弃"风花雪月"的东西，而尝试"使诗形象现代生活化"所做出的选择。② 这样看来，穆旦的现代性，就在于他经由非诗意生活的摄入，极大地扩张了中国新诗的包容能力，富有建设性地探寻了中国新诗的边界。而且，也是穆旦，成功地在这样的诗歌世界里锻造出了诗性的光辉，"透过事实或情感的表象而指向深远"，"追求具体而又超脱具体并指归于'抽象'"。③

在被迫搁笔二十年之后，穆旦晚年恢复了诗歌创作。令人赞叹的是，这些作品依然质量上乘，诗人并无创作力枯窘的迹象。几十年的岁月，在他的诗歌造诣上似乎没有留下什么痕迹。只是，早年作品中的紧张、尖锐和繁复已经变得和缓、平实、朴素，一种平静、温暖的调子贯穿其中。正如诗人最终的感悟所言，经过了无数的坎坷和挣扎：

> 但如今，突然面对坟墓
> 我冷眼向过去稍稍回顾，
> 只见它曲折灌溉的悲喜
> 都消失在一片亘古的荒漠，
> 这才知道我的全部努力
> 不过完成了普通的生活。

（《冥想》）

---

① "穆旦的诗比较强烈，凸出，读他的诗往往使人顿时感到紧迫，仿佛有一种什么力压缩在字里行间，把你吸住。他用深入——深入到剥皮见血的笔法，处理着他随处碰到的现实题材。"［默弓（陈敬容）：《真诚的声音——略论郑敏、穆旦、杜运燮》，《诗创造》"诗论专号"，第1卷，第12期，1948年6月］

② 郭保卫：《书信今犹在，诗人何处寻——怀念查良铮叔叔》，杜运燮、袁可嘉、周与良编：《一个民族已经起来——怀念诗人、翻译家穆旦》，南京：江苏人民出版社1987年版，第178页。

③ 谢冕：《一颗星亮在天边——纪念穆旦》，杜运燮、周与良、李方、张同道、余世存编：《丰富和丰富的痛苦：穆旦逝世二十周年纪念文集》，北京：北京师范大学出版社1997年版，第12页。

与穆旦一样，杜运燮、郑敏和袁可嘉也曾先后在西南联大就读。其中袁可嘉[1]创作不多，但他在吸收欧美诗歌理论资源的基础上，通过孜孜不倦的探索，构建出比较完整的现代主义诗论体系。[2]

杜运燮[3]的诗歌喜欢围绕一个具体的对象展开。他的诗集《诗四十首》中，诸如《草鞋兵》、《狙击兵》、《树》、《月》这样的诗题占据了相当部分。在成名作《滇缅公路》中，他从这条路的造型（"风一样有力，航过绿色的田野，/蛇一样轻灵，从茂密的草木间/盘上高山的背脊，飘行在云流中，/而又鹰一般敏捷，画几个优美的圆弧，/降落下箕形的溪谷，倾听村落里安息前欢愉的匆促……"）和"不绝滚动着"的"沉重的橡皮轮"上，看到了"自由的人民"崛起的身影。这种默默坚守而又满含期待的姿态，是非常契合抗战中人们的一般心理的。从某一具体的物象出发，让自己的联想自由地生发开去，这是杜运燮结构作品的典型方式。与穆旦不同的是，现实生活中光明与黑暗的交错，较少在杜运燮诗歌中的主体性那里投下分裂、搏斗的色彩，结果他的自由联想在有些时候就好像变成了智性优越感的一种展示。比如《月》。诗人在印度的月下，看到垃圾充斥的河边，有年轻人热恋；彳亍桥上的异邦旅客，苦吟李白；褴褛的苦力，"寻找诗行"；"我"则在"分析狗吠的情感"。俯视这个世界的诗人以幽默的心态制造反讽，从而与自己的思乡之情产生了间离。这种展示智性的习惯使他的讽刺诗别具一格，让人忍俊不禁，《追物价的人》、《善诉苦者》、《狗》等都有这一特点。

人们公认郑敏[4]的诗作具有雕塑式的美。哲学系的求学经历使她养成了玄思的爱好，里尔克与玄学派诗人的诗歌，给她的创作带来了更直接的影响。[5]在她的

---

① 袁可嘉（1921—2008），浙江慈溪人。1946年毕业于西南联合大学外文系。1957年后任职于中国社会科学院外国文学研究所。

② 主要的文章结集为《论新诗现代化》，北京：三联书店1988年版。

③ 杜运燮（1915—2002），福建古田人。1938年在长汀厦门大学借读时，因选修林庚诗歌课程而开始写诗。1945年毕业于西南联大外文系，1951年后任职于新华社。

④ 郑敏（1920—　），福建闽侯人。1943年毕业于西南联大哲学系。1952年在美国布朗大学获英国文学硕士学位。回国后曾在中国社会科学院文学研究所工作。1961年后在北京师范大学外语系任教。

⑤ 郑敏在布朗大学所做的硕士论文，就是关于玄学派诗人约翰·多恩（John Donne）的。

作品中，我们总能遇到诸如"静默"、"宁静"、"静静"、"静寂"、"冷静"、"安静"之类的用词。所以有人把郑敏的创作姿态概括为"静夜里的祈祷"。[①]既然是"祈祷"，就不可能是暴烈的，而是"时时任自己的生命化入一幅画面，一个雕像，或一个意象，让思想之流里涌现出一个个图案，一种默思的象征，一种观念的辩证法，丰富、跳荡，却又显现了一种玄秘的凝静"。[②]静让人想起永恒。在诗歌里郑敏努力捕捉的，正是一个个永恒的瞬间的形象。或者是"金黄的稻束"，"站在那儿，/将成了人类的一个思想"（《金黄的稻束》）；或者是"树"，"永远那么祈祷，沉思/仿佛生长在永恒宁静的土地上"（《树》）；甚至是"死"，它再生为"被火点燃着的旗帜"，"坚决的指着一个方向"（《死》）……但是因为思想的力量，郑敏的诗歌姿态并不封闭，而是向着更广阔的世界敞开：

> 瞧，一个灵魂怎样紧紧把自己闭锁，
>
> 而后才向世界展开。她苦苦地默思和聚炼自己，
>
> 为了就将向一片充满了取予的爱的天地走去。

（《雷诺阿的〈少女的画像〉》）

这就像是诗人的自画像。近年来郑敏除了在诗歌写作方面不断创新外，还积极参与中国新诗历史的反思。她的《世纪末的回顾：汉语语言变革与中国新诗创作》一文，[③]在学界激起了很大的反响。

如果说郑敏是在静夜里默默地祈祷，那么"中国新诗派"在南方的另一位女诗人陈敬容，[④]则在守候中专注于期待。陈敬容早年的作品带有明显的现代派色彩，其迷惘、苦闷的情绪，很接近戴望舒。成熟时期的陈敬容作品中多次出现了"等待"、"待发"、"望着"、"望出去"、"呼唤"等词句。"新鲜的焦渴"可谓她创作的一贯基调。这种生命体验，就其现实层面而言，是对新时代战胜旧时代的历史必

---

① 唐湜：《郑敏的静夜里的祈祷》，唐湜：《新意度集》，北京：三联书店1990年版。

② 唐湜：《郑敏的静夜里的祈祷》，唐湜：《新意度集》，北京：三联书店1990年版，第143页。

③ 《文学评论》，1993年，第3期。

④ 陈敬容（1917—1989），四川乐山人。1934年年底离家前往北京，开始艰苦自学。1948年任《中国新诗》编委。1956年后任《世界文学》编辑。

然性的坚信；在抽象的层面上，它还接近于一种浮士德般的现代意识，为了"找到生命的丰满"，诗人感觉"我焦渴着。通过了／多少欢乐，多少忧患，我的灵魂不安地炽燃；／我厌倦今日，厌倦刚刚逝去的瞬间——／甚至连我的焦渴我也要厌倦，／假若它已经不够新鲜"（《新鲜的焦渴》）。

相对而言，南方的几位"中国新诗派"诗人中，辛笛①濡染了较多中国传统诗歌的气息。作为卞之琳的至交，他早年的作品也在现代派的感受方式中时时穿插古典诗歌的意象和句法，在氛围的营造、情绪的刻写方面颇显才具。这是"西方现代派与中国古典'象征派'的融合"。②1936年赴英国留学以后，因为亲聆现代主义诗歌大师教诲，③他的诗风逐渐发生变化，传统色彩渐渐滤去，诗作"由重复的结构逐渐转向发展的结构，同时语法亦由旧诗词的精省的语法，发展为较流畅的白话语法"，④表现的范围和情绪也走向阔大。祖国的苦难成了他念兹在兹的主题。与昨天告别的辛笛慨叹："你更会喟叹于哲学之无用"——他对卞之琳的勉励听起来也像是对自己的（《赠别》）。从手指的意象上，辛笛似乎也看到了这种哲学，所以他把希望寄托在手掌上："从今我要天天拼命地打你／打你就是爱你教育你／直到你坚定地怀抱起新理想／不再笃信那十个不诚实的／过于灵巧的／属于你而又不像你的／触须似的手指"（《手掌》）。他的名作《风景》，就带有"手掌"般的厚重。

在《中国新诗》出版、发行的过程中，辛笛和杭约赫发挥了更为关键的作用。辛笛以人际关系和工作之便提供这一杂志基本的资金支持，杭约赫⑤既是杂志的主

---

① 辛笛（1912—2004），原名王馨迪，江苏淮安人。1935年毕业于清华大学外文系。1936年起在英国爱丁堡大学研修，1939年回国。曾任《中国新诗》编委。建国后长期在上海工业部门工作。

② 游友基：《九叶诗派研究》，福州：福建教育出版社1997年版，第280页。

③ "他在清华时期就在研究、学习现代主义的诗，从贺浦金斯、T.S.艾略特到奥登这三代诗人作品。到英国爱丁堡大学更真正成了现代主义大师艾略特的学生，在课堂里听他的课，课外也与他的老师跟当时英国三大诗人中的S.史本特、C.D.刘易士相往来，在中国诗人中能亲炙现代主义大师艾略特的恐怕只有辛笛一个人。"（唐湜：《人与诗——辛笛论》，唐湜：《九叶诗人："中国新诗"的中兴》，上海：上海教育出版社2003年版，第49页）

④ 梁秉钧：《从辛笛诗看新诗的形式与语言》，王圣思编：《"九叶诗人"评论资料选》，上海：华东师范大学出版社1996年版，第179页。

⑤ 杭约赫（1917—1995），原名曹辛之，江苏宜兴人。1938年到延安，在陕北公学与鲁迅艺术学院读书。1947年起办《诗创选》、《中国新诗》。建国后长期在出版社从事装帧设计工作。

要编辑者，也是发行人。杭约赫的诗，现实性一直比较强。这也是唐祈与唐湜的殊途同归之处。唐祈①写过不少西北牧歌，唐湜②擅长浪漫主义的抒情，到成熟时期，他们的诗歌都加强了现实性。城市文明批判，是他们热衷的主题。三人还都在 20 世纪 40 年代末进行了长诗的写作。杭约赫的《复活的土地》和唐祈的《时间与旗》，都体现了把那个年代的中国社会加以囊括的雄心；而最终的结论，或是"沉睡的人民已经觉醒"，或是"人民底旗，炫耀的太阳光那样闪熠"，显然息息相通，这反映了时代的一个重要的侧面。唐湜的《英雄的草原》，是长篇叙事诗。作品讲述了一个蒙族部落的故事，浪漫主义色彩浓厚。这埋下了诗人继续此类努力的种子。1958 年被划为右派以后，他又以家乡温州的民间传说为素材创作了长诗《划手周鹿之歌》，以历史人物为主干创作了长诗《海陵王》等。唐湜是"中国新诗派"诗人中在叙事诗上用功最多的唯一一位。此外，唐湜在评论写作方面也卓然成家。他写过大量的诗人论，见解独到、词彩丰赡。其评论集《意度集》，钱钟书认为可与李健吾的《咀华集》相比，亦有青出于蓝之概。

第二十三节　北岛与"白洋淀诗群"

1968 年 12 月 22 日，《人民日报》头版头条的按语转引了毛泽东的最新指示："知识青年到农村去，接受贫下中农再教育，很有必要。要说服城里干部和其他人，把自己初中、高中、大学毕业的子女送到乡下去，来一个动员，各地农村的同志应当欢迎他们去。"这一指示发表之后，已经拉开序幕的知识青年"上山下乡"运动迅速走向高潮。以"老三届"为主干的几百万城镇知识青年，主动或者被动地奔赴全国各地，当时国家面临的严峻的就业和升学压力暂获很大缓解。但是，既然是"知识青年"，他们的内心世界就比较丰富，难免在思想上、精神上有所要求；这种要求与生活环境的变化无关。于是，在管理相对松散的知青聚居

---

① 唐祈（1920—1990），原名唐克蕃，江苏苏州人。1942 年毕业于西北联大历史系，曾在西北地区生活过。1948 年任《中国新诗》编委。建国后做过编辑、教师等工作。

② 唐湜（1920— 2005），原名唐扬和，浙江温州人。1948 年毕业于浙江大学外文系。曾参加过《诗创造》和《中国新诗》的编辑工作。建国后任职于中国戏剧家协会。

地，因阅读和交际活动，逐渐形成了一个个的文化社区。伴随着知青的不断流动和走串，这些文化社区之间也往往保持了频繁的交流。当代文学的某种新的裂变，也酝酿其中。

在"上山下乡"的去向选择问题上，知青们有一定的自由权。大批北京知青结伴到白洋淀插队落户，就是他们自主的决定。基于同学圈子而形成的栖居群落，是"白洋淀诗群"产生的基础。从政治局势上看，白洋淀地区两大派系此时一直武斗不断，暂时都不可能腾出手来控制知青的生产和生活。这种难得的管理缺位给知青们留下了比较宽松的思想环境。从地理位置上看，白洋淀各个村子相距不远，便于知青互访；离北京也仅三百里之遥，又便于知青们回京。北京沙龙里的新动向，很容易传播到此；北京沙龙里流行的"灰皮书"、"黄皮书"[1] 在这里也被争相传阅。[2] 种种新潮文化促发下，从 20 世纪 60 年代末到 70 年代中期，白洋淀地区的知青依据不同兴趣，在政治、经济、哲学、音乐、绘画、文学等领域进行了密切的交流和探讨。他们的这种"地下"文化活动，代表了中国文化生活领域的新潮。此时涌现了一批开风气之先的诗人，他们所构成的诗歌创作群体，被称为"白洋淀诗群"。这一诗群的主要成员有根子（岳重）、芒克（姜世伟）、多多（栗世征）、方含（孙康）、林莽（张建中）、宋海泉、潘青萍、戎雪兰、赵哲、周陲等。

在以上诸人外，还有一些人，虽未在白洋淀插队生活过，但曾先后到白洋淀走动、拜访，与当地知青保持了紧密的精神联系，他们也被研究者视为"广义的'白洋淀诗群'成员"。这些人有北岛、江河、严力、彭刚、史保嘉、甘铁生等人。[3] 若

---

① 从 20 世纪 60 年代初开始，有关部门以"内部发行"或"内部参考"的方式，跟踪性地出版了一批国外的政治、哲学、历史和文学著作，作为党内"斗私批修"工作的参考，限于高级干部、高级知识分子购买、阅读、使用。这一出版行为在"文化大革命"开始后曾暂停，至 1972 年恢复，"文化大革命"结束后终止。这些著作往往用单一的灰色或黄色做封面，故称"灰皮书"、"黄皮书"。其中"灰皮书"多是政治、哲学、历史著作。"黄皮书"多是文学著作。"文革"中，因高级干部、高级知识分子被打倒，这些著作流入社会，在知青中间广泛流传，为他们带来国外新潮文化的大量消息。

② 有当事人认定："白洋淀诗群的根在北京。"（宋海泉：《白洋淀琐忆》，廖亦武主编：《沉沦的圣殿——中国 20 世纪 70 年代地下诗歌遗照》，乌鲁木齐：新疆青少年出版社 1999 年版，第 247 页）

③ 陈默：《坚冰下的溪流——谈"白洋淀诗群"》，《诗探索》，1994 年，第 4 期。

要充分理解这一新潮的文学史意义，需要说明的是，在那个极端的年代里，诗歌写作并非仅仅是一种小资情调的"文艺活动"，它还与一代青年的觉醒息息相关。[①]

《你好，百花山》、《无色花》、《我走向雨雾中》、《微笑·雪花·星星》、《候鸟之歌》……仅从诗题就能够知道，北岛[②]最早的作品是从自然界的节令和物象触发感应的。这些诗歌句式简洁，意象清纯，带有比较清浅的抒情的调子。《候鸟之歌》写到："北方呵，故乡，/请收下我们的梦：/从每条冰缝长出大树，/结满欢乐的铃铛和钟……"《微笑·雪花·星星》等作品甚至满含童真的梦幻色彩，令人联想到顾城。

但其中也有不和谐的音符，如：

> 真的，这就是春天呵，
> 狂跳的心搅乱水中的浮云。
> 春天是没有国籍的，
> 白云是世界的公民。
> 和人类言归于好吧，
> 我的歌声。

（《真的》）

既然需要"言归于好"，说明曾经恩断义绝。而且，对象竟然是"人类"。这几句诗在语料上有些混杂，而背后的抒情主人公，却不再是稚拙的孩童，他已经成年。组诗《冷酷的希望》，展现了他的这一成长历程。诗人"告别了童年的伙伴/和彩色的梦"，最终感受到了"希望"的"寂静/寒冷"。

这种负面的情绪很快便在北岛的诗歌里频繁现身了。他流传极广、影响极大的诗句即诞生于此时：

---

① "对于缺乏理论基础的一代人，思考常常将他们带入更深的困惑。只有运用个人的眼睛，运用经验判断，才可以窥破理论的掩盖，发现生活的真相，接触到真理。"也就是说，"在'文革'时代，艺术是他们唯一可能接近真理的方式"。（杨健：《中国知青文学史》，北京：中国工人出版社2002年版，第136页）

② 北岛（1949— ），原名赵振开，浙江湖州人，生于北京。毕业于北京四中，1970年开始写作，1978年与芒克等人创办民间刊物《今天》。1989年后长期旅居国外。

告诉你吧，世界，

我——不——相——信！

纵使你脚下有一千名挑战者，

那就把我算作第一千零一名。

（《回答》）

从梦幻中惊醒，北岛没有再抽身而去，他立刻采取了对抗的姿态，明确表示了拒绝和"挑战"。这是那一代青年反思自己所经历的诸种颠倒和混乱，却又无法挣脱现实时所自然发出的声音。而且，北岛的诗句以呼告、宣判式的口吻，让读者意识到这种冲动是如此的强烈，如此的咄咄逼人、不容质疑。这种激昂、悲壮的风格体现了北岛诗歌鲜明的政治色彩。虽然主旨截然相对，而其形式，却与"十七年"里的政治抒情诗有相通之处。

这个敢于向世界"挑战"的人无疑是大写的抒情主人公。虽然他也宣布"在没有英雄的年代里 / 我只想做一个人"，但他所使用的类比已经清楚表明，这个"人"与"英雄"是同义的。他不是一个臣服者。他选择的事业也与"英雄"无异："宁静的地平线 / 分开了生者和死者的行列 / 我只能选择天空 / 决不跪在地上 / 以显出刽子手们的高大 / 好阻挡那自由的风。"（《宣告——献给遇罗克》）所以北岛此时的作品，就其质地而言，还是浪漫主义的——诗人主体要为世界立法，他要把此岸的苦难一力承担（"如果海洋要决堤，/ 就让所有的苦水都注入我心中"）。苏联诗人叶夫图申科等人的作品，对北岛影响颇深。①

其实在旧世界的幻象崩塌以后，北岛们一时之间还没有找到有效的替代性的认识框架。因此浪漫主义的激情主要表达为对此岸世界的不信任和持续的批判，一种迷惘之情也油然而生。他之把"生活"归纳为"网"，部分原因就在于此。具体说来，这种"网"状的生命体验，在北岛的诗歌中呈现为许多悖论性的情境。在《走吧》一诗里，从头至尾贯穿着一个声音："走吧。"但行路人所面对的世界，却并不美好。这里"落叶吹进深谷，/ 歌声却没有归宿"；这里"眼睛望着同一块

---

① 叶夫图申科等人的诗合集《〈娘子谷〉及其它》，苏杭等译，作家出版社1963年版，为"黄皮书"之一种。

天空，/心敲击着暮色的鼓"……甚至脚下的路，也"飘满红罂粟"。行路人要面对的，想摆脱的，与作为摆脱方式之有机组成部分的各个方面，都没有提供一个明亮的愿景。连作品的韵脚，也给人一种如泣如诉的听觉感受。

《船票》的结构与此类似。[①] 这首诗从头至尾贯穿的声音是"他没有船票"。不管海洋是暴烈的，是宁静的，还是充满生机的，"他"因"没有船票"，都无从置身其中。飘荡在全诗上空的主旋律，把作品笼罩在"网"一样的情境之中，它与每一个小节都构成了非常纠结的悖论关系。

北岛还喜欢把强烈的对立效果浓缩在一个句子里，像"没有铭刻的墓碑"、"镜中的火焰"、"以太阳的名义 / 黑暗在公开地掠夺"、"你 / 生下来就老了"……的句子俯拾皆是。在名作《一切》里，这种对立更是展现得淋漓尽致：

> 一切都是命运
>
> 一切都是烟云
>
> 一切都是没有结局的开始
>
> 一切都是稍纵即逝的追寻
>
> 一切欢乐都没有微笑
>
> 一切苦难都没有泪痕
>
> 一切语言都是重复
>
> 一切交往都是初逢
>
> 一切爱情都在心里
>
> 一切往事都在梦中
>
> 一切希望都带着注释
>
> 一切信仰都带着呻吟
>
> 一切爆发都有片刻的宁静
>
> 一切死亡都有冗长的回声

---

① 《是的，昨天》、《睡吧，山谷》、《你说》等诗都有类似的结构。

这种写法固然是一种有意的诗艺探索，①但它同时也应该是反映了诗人内心深处不同力量的冲撞。

在当时，北岛是相信诗人的主体性的，他解决悖论情境的方案是"时间"。因为"时间诚实得象一道生铁栅栏／除了被枯枝修剪过的风／谁也不能穿越或来往"（《十年之间》），他想象时间会抚平一切，并许诺一个美好的未来；他想象"也许有一天／太阳变成了萎缩的花环／垂放在／每一个不屈的战士／森林般生长的墓碑前"（《结局或开始——献给遇罗克》）。有时候，这种想象也化为"等待"的姿态，或者是"等待穷孩子的小船／载回一盏盏灯光"（《岸》），或者是"等待上升的黎明"（《黄昏：丁家滩》）。他在诗论中也已明确承认："时间总是公正的。"既然"诗人不必夸大自己的作用，更不必轻视自己"，②那么，那个完整的诗人主体亦不妨视作时间的化身。

但是，恰恰是随着时间的推移，这一对主体性的确信出现了动摇。因为或许时间并不可靠："当然，谁也不知道明天／明天从另一个早晨开始／那时我们将沉沉睡去"（《无题〈把手伸给我〉》）；或许"我们不是无辜的／早已和镜子中的历史成为／同谋"（《同谋》）；或许"对于自己／我永远是个陌生人"（《无题〈对于世界〉》）。20世纪80年代中期以后，外部环境的改换，加上体验的加深和转移，北岛的创作风格逐渐发生变化。激烈趋于平静，增加了审视内心的内容。到1989年旅居海外以后，更发展为对话式的架构和对抽象命题的关心和思考。

在插队落户的"白洋淀诗群"诗人中，根子③最早带来了普遍的冲击力。他写于1971年的长诗《三月与末日》，不仅"深深地侵犯"了多多，让林莽如受"电击"，也在北京的沙龙乃至全国的知青群体中产生巨大震动。震动源于根子诗歌"狞厉"、残酷的风格。④一般而言，三月是充满希望的季节。但诗人却开宗明义地宣判："三

---

① 北岛自陈："我试图把电影蒙太奇的手法引入自己的诗中，造成意象的撞击和迅速转换，激发人们的想象力来填补大幅度跳跃留下的空白。"（北岛：《谈诗》，《上海文学》，1981年，第5期）

② 北岛：《谈诗》。

③ 根子（1951— ），原名岳重，生于北京，1967年毕业于北京三中，1969年赴白洋淀插队，1972年为中央乐团录取，担任男低音。

④ 多多：《被埋葬的中国诗人（1972—1978）》，廖亦武主编：《沉沦的圣殿——中国20世纪70年代地下诗歌遗照》，乌鲁木齐：新疆青少年出版社1999年版，第197页。

月是末日。"这与艾略特《荒原》的第一句诗——"四月是最残忍的一个月"——如出一辙。作品从语义上把三月和春天予以完全地颠覆和翻转，以往的温情脉脉、暖意融融，被虚伪、凶残、冷酷系统地取代：

> 这个时辰
> 世袭的大地的妖冶的嫁娘
> ——春天，裹卷着滚烫的粉色的灰沙
> 第无数次地狡黠而来，躲闪着
> 没有声响，我
> 看见过足足十九个一模一样的春天
> 一样血腥假笑，一样的都在三月来临。这一次
> 是她第二十次把大地——我仅有的同胞
> 从我的脚下轻易地掳去，想要
> 让我第二十次领略失败和嫉妒
> 而且恫吓我："原则
> 你飞去吧，像云那样。"

"十九"和"二十"等指示年龄的数字提醒读者，春天并非一个自然事件，它是与"我"切身相关，内在于"我"的生命之中的。"我"对三月和春天的怨恨乃至诅咒，是对自己同质化的生命体验的怀疑，是"我"寻找自己的生命内容的开始。"我"曾经是它的"陪葬"，曾经对它无比"忠诚"，与它血肉相连。但如今"我"觉醒了，而且，经由与它的割裂，"我"最终获得了胜利，并证明了自己的清白："我是人，没有翅膀，却／使春天第一次失败了。因为／这大地的婚宴，这一年一度的灾难／肯定地，会酷似过去的十九次／伴随着春天这娼妓的经期，它／将会在，二月以后／将在三月到来。"

"我是人"，这是北岛在《宣告》中发出的呐喊。根子的诗歌中，同样有一个倨傲的抒情主人公。不过这一主人公的英雄行为更加隐晦。他洞察了时间的奥秘，便能够从中脱身，于是，他赢取了生命的完整，第二十个春天就不再是第十九个春天的惯性延续。在《白洋淀》、《致生活》等诗中，尽管"我"因为受伤而破碎

不堪，但这种精神性的完整，始终如一。因此，根子更重大的文学史意义在于他与"十七年"诗歌的语义系统、象征体系的分道扬镳。这是一代人重建新的叙事结构的驱动使然。

1973 年，因为写诗，根子曾遭到公安部门的调查，后虽未获刑，他却就此停止写作。

同样是处理四月和春天，芒克①就和根子大不相同。芒克提出，"四月和其它的月份一样"，它与末日无关，而与思念和怀想有关。一场雪、一个个日子，还有人，都是思念和怀想的对象。如果就此陷入记忆，"即使你就是一块站着的石头 / 你也一定会流泪的"（《四月》）。诗的氛围是平静、忧郁的。在芒克笔下，春天也呈现出超现实的色彩：

> 太阳把它的血液
>
> 输给了垂危的大地
>
> 它使大地的躯体里
>
> 开始流动阳光
>
> 也使那些死者的骨头
>
> 长出绿色的枝叶
>
> 你听，你听见了吗
>
> 那些从死者骨头里伸出的枝叶
>
> 在把花的酒杯碰得叮当响
>
> 这是春天
>
> （《春天》）

即使有"死者骨头"之类的词句，这首诗也不会给人以根子式的狞厉之感，它呈现出的是一幅充溢着生机的画面；当然，"叮当响"的酒杯确实令人对芒克丰富的想象力印象深刻，这赋予了春天的画面一股"野性"。

---

① 芒克（1950—　），原名姜世伟，生于沈阳，后全家迁到北京。1969 年到白洋淀插队，1978 年与北岛共同创办《今天》。

作为一个"自然诗人"，芒克的特点正在于此。[①]他在白洋淀插队七年之久，而且据说差点就在那里结婚、扎根。他的诗，不以思想力见长；虽然也有阴暗的东西，但基调是扑面而来的乡村生活和自然世界的种种清新的意象，还携带着逼人的感性气息。再如《我是风》组诗的第一首：

北方的树林

已落叶纷纷

北方的家园

正是一片丰收的情景

听，都是孩子

那里遍地都是孩子

一溜烟跑过去的孩子

给母亲带去欢乐的孩子

看，那是辆马车

看看吧

那是拉满了庄稼和阳光的田野

啊，北方的树林

已落叶纷纷

我每到这里就来和你幽会

请听我说

我是风

谣曲一样的句法，欢快、跳跃的节奏，都显示出诗人恣肆、率性的生命状态。

---

① "他诗中的'我'是从不穿衣服的、肉感的、野性的，他所要表达的不是结论而是迷失。迷惘的效应是最经久的，立论只在艺术之外进行支配；芒克的生命力是最令人欣慰的，从不读书但读报纸，靠心儿歌唱。"[多多：《被埋葬的中国诗人（1972—1978）》，廖亦武主编：《沉沦的圣殿——中国 20 世纪 70 年代地下诗歌遗照》，乌鲁木齐：新疆青少年出版社 1999 年版，第 199 页]

天真如赤子，这无疑也是一种"觉醒"。

芒克在诗歌上的"敌手"是多多。① 多多早年作品中意象的诡异程度不亚于根子。这是《当人民从干酪上站起》：

> 歌声，省略了革命的血腥
>
> 八月像一张残忍的弓
>
> 恶毒的儿子走出农舍
>
> 携带着烟草和干燥的喉咙
>
> 牲口被蒙上了野蛮的眼罩
>
> 屁股上挂着发黑的尸体像肿大的鼓
>
> 直到篱笆后面的牺牲也渐渐模糊
>
> 远远地，又开来冒烟的队伍……

诗人给每个物象分配的修饰语，都与物象本身直接构成了悖论关系。其在想象力上的激越和强硬显而易见，在词语组织上的大胆和泼辣，也匪夷所思。多多这种起步就达到的高度，使他往往能够把同时期作品中的政治性主题进行"美学化"的处理，《祖国》、《无题》、《致太阳》等诗皆是如此。② "美学化"与多多的自觉有关；虽然开始写作时间稍晚，但多多被认为是"白洋淀诗群"中较早对诗歌技艺产生自觉的一个。关于诗人的写作行为，他写道："披着月光，我被拥为脆弱的帝王 / 听凭蜂群般的句子涌来 / 在我青春的躯体上推敲 / 它们挖掘着我，思考着我 / 它们让我一事无成。"（《诗人·1》）值得注意的是，这里占据着主体位置的是"句子"而非诗人，是它们在经由诗人说话。《手艺——和玛琳娜·茨维塔耶娃》有着类似的主题，广受重视：

---

① 从 1973 年起，两人"相约每年年底，要像交换决斗的手枪一样，交换一册诗集"。[多多：《被埋葬的中国诗人（1972—1978）》，廖亦武，主编：《沉沦的圣殿——中国 20 世纪 70 年代地下诗歌遗照》，乌鲁木齐：新疆青少年出版社 1999 年版，第 199 页] 多多（1951— ），原名栗世征，生于北京，1969 年与芒克一道赴白洋淀插队。1972 年开始写作。

② 《我的大学就是田野——多多访谈录》，《多多诗选》，广州：花城出版社 2005 年版，第 268 页。提问者凌越。

我写青春沦落的诗

（写不贞的诗）

写在窄长的房间中

被诗人奸污

被咖啡馆辞退街头的诗

我那冷漠的

再无怨恨的诗

（本身就是一个故事）

我那没有人读的诗

正如一个故事的历史

我那失去骄傲失去爱情的

（我那贵族的诗）

她，终会被农民娶走

她，就是我荒废的时日……

通过多义性的修辞，诗人与现实世界基本表现为一种对抗关系。从"一事无成"到"荒废的时日"，多多再次确证了诗歌与诗人的无用性。在当时，这应是相当新潮的意见。正因为"一开始就直取诗歌的核心"，[1] 多多一向致力于对语言的表现力、音乐性、修辞性和关联性的发掘。这种"近乎疯狂的对文化和语言的挑战"，[2] 使他的诗歌世界产生了锐利和陌生化的效果。

相对而言，"白洋淀诗群"中的其他主要诗人，如方含、林莽、宋海泉[3]等人倒没有根子、芒克、多多那么强烈的先锋性。但他们大都主动远离重大的政治主

① 黄灿然：《最初的契约》，《多多诗选》，广州：花城出版社 2005 年版，第 251 页。

② 1988 年，多多获得了首届"《今天》诗歌奖"。授奖词是："自 70 年代初期至今，多多在诗艺上孤独而不倦的探索，一直激励和影响着许多同时代的诗人。他通过对于痛苦的认知，对于个体生命的内省，展示了人类生存的困境；他以近乎疯狂的对文化和语言的挑战，丰富了中国当代诗歌的内涵和表现力。"

③ 方含（1950— ），原名孙康，生于北京，1968 年赴河北徐水插队。林莽（1949— ），原名张建中，生于河北徐水，1969 年赴白洋淀插队。宋海泉（1948— ），生于河南，1969 年赴白洋淀插队。

题，卸下时代、阶级的重担，也拒绝流行一时的僵硬的政治抒情风格，转而从事个人情绪的吟唱与咏叹。个人抒情传统的重建，是新潮文化渗染的结果，也隐含了鲜明的政治性。

"白洋淀诗群"为代表的"文革地下诗歌"，在后来者的建构中，往往被视为新时期"新诗潮"的源头。这一谱系其实疑问重重，不同的研究者、不同的当事人那里，分歧不断。[①] 因此，这段历史，既精彩，又有些嘈杂、斑驳。

第二十四节　朱自清与纪游散文

关于五四时期散文的创作情况，鲁迅曾有一段著名的评价：

> 散文小品的成功，几乎在小说戏曲和诗歌之上。这之中，自然含着挣扎和战斗，但因为常常取法于英国的随笔（Essay），所以也带一点幽默和雍容；写法也有漂亮和缜密的，这是为了对于旧文学的示威，在表示旧文学之自以为特长者，白话文学也并非做不到。[②]

散文的成就高于小说、戏剧和诗歌，鲁迅的这一观点为研究者普遍认可。不过，细究起来，他口中的"散文小品"，指的主要是狭义的散文，即"美文"或"抒情散文"。

按照经典的文学观念，散文、小说、戏剧和诗歌这四大体裁的区别是明显的。在小说和戏剧中，作者需要经由"情节"这一中介表达自己；诗歌对创作者的语言能力提出了更高的要求；相对而言，散文似乎是"门槛"较低的一种体裁。不一定需要编织故事，不一定在字句上过度推敲，更为关键的问题是写出作者自己。换言之，散文这一体裁与创作主体关系更为直接，正如周作人在回顾历史时所言，作为"言志的散文"的"小品文"，"集合叙事说理抒情的分子，都浸在自己的性

---

① 参看洪子诚：《〈朦胧诗新编〉序》，洪子诚、程光炜编选：《朦胧诗新编》，武汉：长江文艺出版社 2004 年版。

② 鲁迅：《小品文的危机》，《鲁迅全集》第 4 卷，北京：人民文学出版社 2005 年版，第 592 页。

情里，用了适宜的手法调理起来，所以是近代文学的一个源头"。①

明白散文与创作主体"性情"上的密切联系，则周作人的如下说法就不会显得"卤莽"了："小品文是文学发达的极致，它的兴盛必须在王纲解钮的时代。"②

五四的时代就是一个"王纲解钮"的时代。高呼"重估一切价值"，笼罩在传统中国人心头的名教、血缘、地缘等关系，都有了不同程度的松动；国家权威的流失和市民社会的发育，亦释放出了更多的公共空间。在个性主义新潮文化的冲击下，"人"的尊严得到了前所未有的尊重和肯定，"人"的声音得到了淋漓尽致地发挥和表达。以"人"的主体能量，鼓起散文的风帆——五四时期散文的成就，说到底是"人"的成就，是"各言尔志"的成就。③

五四时代也是中与西、传统与现代、历史与现实交汇、冲撞的时代。许许多多的中国人，出于各种目的，走出家门、国门，游历四方，目之所视，笔之于书。重要的是，诸多杂志和报纸副刊也愿意为此类"开眼看世界"的文字提供版面，④纪游散文就在现代散文各门类中蔚为大宗。

已有史家指出，纪游散文的特点在于"以'游踪'为骨骼，'风貌'为血肉，'观感'为灵魂，'载体'为躯壳"。⑤"游踪"和"风貌"的加入，往往使纪游散文增加了叙事的成分，不再局限于"抒情散文"一类了。但是，最能体现纪游散文家创造力的部分，无疑还是"观感"和"载体"。它们是作家主体性的呈现，构成了纪游散文审美层面的基本要素。

---

① 周作人：《〈近代散文抄〉序》，《苦雨斋序跋文》，上海：天马书店 1934 年版，第 165 页。

② 周作人：《〈近代散文抄〉序》，《苦雨斋序跋文》，北京：北平人文书店 1934 年版，第 164 页。

③ "现代的散文之最大特征，是每一个作家的每一篇散文里所表现的个性，比从前的任何散文都来得强。"（郁达夫：《中国新文学大系·散文二集·导言》，郁达夫编选：《中国新文学大系·散文二集》，上海：良友图书印刷公司 1935 年版，第 5 页）

④ 参看冯光廉主编：《中国近百年文学体式流变史》（下），北京：人民文学出版社 1999 年版，第 291 页。

⑤ 朱德发主编：《中国现代纪游文学史》，济南：山东友谊书社 1990 年版，第 14 页。

瞿秋白的《饿乡纪程》和《赤都心史》①是现代纪游散文的早期代表作品。1920 年，瞿秋白被聘为《晨报》的特约通讯员，到莫斯科采访。这两部游记，时间上前后相接，就是他在新生的苏维埃俄国的"游踪"记录。现代纪游散文和传媒之间的互动关系，于此也得一印证。

虽然是"公务在身"，但瞿秋白自己还是带着寻找"阳光"的心绪踏上漫漫长途的。他在《饿乡纪程》"绪言"里写道："阴沉沉，黑魆魆，寒风刺骨，腥秽污湿的所在，我有生以来，没见一点半点阳光，——我直到如今还不知道阳光是什么样的东西，——我在这样的地方，视觉本能几乎消失了；那里虽有香甜的食物，轻软的被褥，也只值得昏昏醉睡，醒来黑地里摸索着吃喝罢了。"②这是一个近乎"铁屋子"的意象。区别在于，鲁迅好像是以先觉者的姿态俯视芸芸众生，而瞿秋白却自认处于熟睡之中；鲁迅的困境，是源于启蒙的两难，而瞿秋白的困境，是对黑甜乡的留恋。

怀抱着解决思想问题的期待，瞿秋白在俄国游历，"观感"主要集中于"人事"而非"风景"。普通民众的生活、革命领袖的风采、政治集会的场面都被他一一摄入眼中。穿插其间的，是作者苦苦思考的身影。所以作者多次强调，他的记录，是"'自非饿乡至饿乡'之心程"，③是"个人心理上之经过"。④有意思的是，作者身处境外，接触着人类历史上前所未有的苏维埃政治文化，而他进行思考的框架，却带有东方哲学的底色——从两部作品里可以读到佛学思想对瞿秋白的深刻影响。这种奇怪的"错位"，在瞿秋白是有意为之。他自认是"士"的阶级的一员，他也

---

① 《饿乡纪程》，上海：商务印书馆 1922 年版，出版时书名改为"新俄国游记"，另有一副标题"从中国到俄国的纪程"，列入文学研究会丛书。后收入《瞿秋白文集》第 1 卷（北京：人民文学出版社 1953 年版）和《瞿秋白文集》文学编第 1 卷（北京：人民文学出版社 1985 年版）时，恢复"饿乡纪程"的原名。《赤都心史》，上海：商务印书馆 1924 年版。后收入《瞿秋白文集》第 1 卷和《瞿秋白文集》文学编第 1 卷。

② 瞿秋白：《〈饿乡纪程〉·绪言》，《瞿秋白文集》文学编第 1 卷，北京：人民文学出版社 1985 年版，第 3 页。

③ 瞿秋白：《〈饿乡纪程〉·跋》，《瞿秋白文集》文学编第 1 卷，北京：人民文学出版社 1985 年版，第 109 页。

④ 瞿秋白：《〈赤都心史〉·序》，《瞿秋白文集》文学编第 1 卷，北京：人民文学出版社 1985 年版，第 114 页。

清醒地知道，欧风美雨侵蚀之下，"士的阶级于现今已成社会中历史的遗物了"，[①] 但在情感上，这种出身他仍难以割舍，字里行间低回婉转，一唱三叹。不妨说，《饿乡纪程》、《赤都心史》中思想与环境的错位，是两种文化、两个时代、两大阶级的冲突在创作主体那里的投影。处在冲突之中，瞿秋白用文字再现了他内心的真实。苦闷、分裂、求索的心路历程，在这两部作品的深层意蕴和文体面貌上深深地留下了痕迹。

"中国之'多余的人'"，[②] 这是瞿秋白给自己的痛切的定位。从"多余的人"到"多余的话"，他的一生耐人寻味。《饿乡纪程》和《赤都心史》，对我们理解瞿秋白的思想发展脉络，乃至中国现代知识分子的精神史，都具有重要的文献价值。

因为理胜于情，瞿秋白的纪游散文带有浓烈的哲学气息；因为人事重于风景，《饿乡纪程》、《赤都心史》亦被视为"早期报告文学的杰出范本"[③]。但早期纪游散文的风格绝不限于这一种。瞿秋白的同时代人中，冰心的清莹典雅、郭沫若的慷慨质直、孙福熙的清新灵动、徐志摩的浓烈繁复、俞平伯的淡泊隐逸、周作人的闲适从容……都是现代纪游散文多样化美学风格的不可或缺的组成部分。

与以上诸人相比，朱自清的纪游散文更具"典范"意义。他是"极少数能用白话写出脍炙人口名篇（可与古典散文名著媲美）的散文家"，[④] 他的很多作品是学习白话文写作的必修篇目。

朱自清早期的纪游散文，以词句考究、雕琢见长。《桨声灯影里的秦淮河》、《温州的踪迹》等名作，皆是如此。1923 年 8 月，朱自清和俞平伯一同游览南京，相约写作"桨声灯影里的秦淮河"的同名文章，两篇美文皆成名篇。

---

① 瞿秋白：《饿乡纪程·三二 家书》，《瞿秋白文集》文学编第 1 卷，北京：人民文学出版社 1985 年版，第 210 页。

② 瞿秋白：《饿乡纪程·三五 中国之"多余的人"》，《瞿秋白文集》文学编第 1 卷，北京：人民文学出版社 1985 年版，第 218 页。

③ 徐冲：《〈饿乡纪程〉〈赤都心史〉：我国早期报告文学的杰出范本》，《中国现代文学研究丛刊》，1987 年，第 4 期。

④ 钱理群、温儒敏、吴福辉：《中国现代文学三十年》（修订版），北京：北京大学出版社 1998 年版，第 153 页。

"我们雇了一只'七板子'，在夕阳已去，皎月方来的时候，便下了船。于是桨声汩——汩，我们开始领略那晃荡着蔷薇色的历史的秦淮河的滋味了。"[①]"汩——汩"是声音，"蔷薇"是颜色，朱自清在散文的起首处，制造了一种悠闲、轻松的氛围和明艳、华丽的情调。"滋味"一词之前，他一股脑地加上了"蔷薇色的历史的秦淮河的"等一连串的修饰语，文章的欧化倾向是非常明显的。修饰语和修辞格的大量使用使《桨声灯影里的秦淮河》带有很高的字词密度，给人一种浓得化不开的感觉。比如写光影的这一段：

> 在我们停泊的地方，灯光原是纷然的；不过这些灯光都是黄而有晕的。黄已经不能明了，再加上了晕，便更不成了。灯愈多，晕就愈甚；在繁星般的黄的交错里，秦淮河仿佛笼上了一团光雾。光芒与雾气腾腾的晕着，什么都只剩了轮廓；所以人面的详细的曲线，便消失于我们的眼底了。但灯光究竟夺不了那边的月色；灯光是浑的，月色是清的，在浑沌的灯光里，渗入了一派清辉，却真是奇迹！那晚月儿已瘦削了两三分。她晚妆才罢，盈盈的上了柳梢头。天是蓝得可爱，仿佛一汪水似的；月儿便更出落得精神了。岸上原有三株两株的垂杨树，淡淡的影在水里摇曳着。它们那柔细的枝条浴着月光，就像一支支美人的臂膊，交互的缠着，挽着；又像是月儿披着的发。而月儿偶然也从它们的交叉处偷偷窥看我们，大有小姑娘怕羞的样子。岸上另有几株不知名的老树，光光的立着；在月光里照起来，却又俨然是精神矍铄的老人。

无论是灯光还是月色，垂杨还是老树，每处物象，作者无一例外地配以浓墨重彩的描绘，将其神韵调和起来，造成了油画似的效果。与此同时，作者又在文体上做了精心的安排：句式，是长短参差的；词汇，是文白并用的；音调，是清浊分明的。虽然这一段落容量很大，但读起来错落有致，富有韵律感。就"载体"层面而言，朱自清达到了早期现代散文的高水准。这是朱自清给现代白话文做出

---

① 朱自清：《桨声灯影里的秦淮河》，《朱自清全集》第1卷，南京：江苏教育出版社1988年5月版，第7页。

的贡献。

另一方面，因为描写太详尽了，《桨声灯影里的秦淮河》前半篇，密布着一种"细节肥大症"，"诗意"是"满贮着"的，[①]文字是毫无疑问的花团锦簇；不过，饾钉堆砌的结果，也引发了"有点儿做作，过于注重修辞，见得不怎么自然"[②]的惋惜声。

喜欢热闹也许是年轻人的通病。20余岁的年纪，朱自清在《桨声灯影里的秦淮河》中表现出来的才华和缺失，都不足为怪。但是文章后半部分由写景转入叙事，揭示了作者思想上的另一重曲折。

秦淮河上来往的船上，有歌妓兜揽生意。她们忽然靠拢了朱自清和俞平伯的船，请他们点歌。出于"道德律的压迫"，朱自清拒绝了点歌的要求，但这拒绝却在他内心掀起波澜。文章后半部分就围绕着作者思想上的矛盾延伸开去。他一方面私心里期盼听到歌妓的演唱；另一方面，在众目昭彰时，却又不无顾忌。拒绝后，心有不甘；接受，又羞于启齿。因为这件事，浓厚的游兴变为怅惘，最后竟归于"幻灭"。前后两部分对照，作者的情致很不一样，文章的味道也是很不一样的。

与其说作者的幻灭是因为期盼未获满足，不如说是因为心境上的矛盾，是这种矛盾让他清楚地意识到自己的不彻底性。在写作《桨声灯影里的秦淮河》的年代，朱自清正努力实行"日常生活的中和主义"："我们只须'鸟瞰'地认明每一刹那自己的地位，极力求这一刹那里充分的发展，便是有趣味的事，便是安定的生活。"[③]为什么采取这种主义？他声称"知识上，虽还不愿丢去第一义的研求（为什么），但行为上却颇愿安于第二义（怎样）"，[④]因为"为什么"不可知，亦不可解决，那么，"怎样"便成为他退而求其次的选择。这是很有意味的。几年之后，朱

① 郁达夫：《中国新文学大系·散文二集·导言》，郁达夫编选：《中国新文学大系·散文二集》，上海：上海文艺出版社 2003 年版，第 18 页。

② 叶圣陶：《朱佩弦先生》，《叶圣陶集》第 12 卷，南京：江苏教育出版社 2004 年版，第 280 页。

③ 朱自清：《致俞平伯·六》，《朱自清全集》第 11 卷，南京：江苏教育出版社 1998 年版，第 126 页。

④ 朱自清：《致俞平伯·六》，《朱自清全集》第 11 卷，南京：江苏教育出版社 1998 年版，第 125 页。

自清又痛切地说："我在 Petty Bourgeoisie 里活了三十年，我的情调，嗜好，思想，论理，与行为的方式，在在都是 Petty Bourgeoisie 的；我彻头彻尾，沦肌浃髓是 Petty Bourgeoisie 的。离开了 Petty Bourgeoisie，我没有血与肉。"落伍既非所愿，进步又属难能，"在歧路之前，我只有彷徨罢了"。①

事实上，"那里走"的疑问也属于"怎样"的范畴，与"为什么"关系较远。由只力图把握"刹那"，到"在国学里找着了一个题目"，"钻了进去，消磨了这一生"，②其间朱自清的思路是一以贯之的，作者的"小资产阶级性"，也是一以贯之的。朱自清在秦淮河上感受到的尴尬，也与这一困境有关，"道德律"上的摇摆，正是"小资产阶级"知识分子的"行为的方式"。因此，大而言之，无论名之为"刹那主义"，还是"平凡主义"，朱自清此时择定的，其实是一种典型的"小资产阶级"人生观。小而言之，《桨声灯影里的秦淮河》中，作者之所以对每一细节极尽描述之能事，亦是极力抓住每一"刹那"的一种表现。无论是开篇的悠闲、轻松，还是后半部的怅惘、幻灭，都是作者人生观的有机组成部分。"第一义"将被放弃，"第二义"的反激，是比较强烈的。朱自清早期纪游散文的富丽、雕琢，于此可以得到部分解释。

在对精神困境的自觉方面，朱自清与瞿秋白有其相通之处。他们的真诚在于，他们如实呈现了自己，并无讳饰。因此，在表现知识分子精神世界的意义上，他们的纪游散文，是"醒过来的人的真声音"。③

1931 年，朱自清赴英国留学，次年又到意大利、瑞士、荷兰、德国和法国游历，于是便有了《欧游杂记》和《伦敦杂记》的问世。④虽然人生观不见得有何剧烈变化，但是毕竟人到中年，年轻时的热烈和苦闷都不再表现得那么激切，作者

---

① 朱自清：《那里走》，《朱自清全集》第 4 卷，南京：江苏教育出版社 1990 年版，第 233 页。

② 朱自清：《那里走》，《朱自清全集》第 4 卷，南京：江苏教育出版社 1990 年版，第 243 页。

③ 鲁迅：《随感录·四十》，《鲁迅全集》第 1 卷，北京：人民文学出版社 2005 年版，第 338 页。

④ 朱自清：《欧游杂记》，上海：开明书店 1934 年版。《伦敦杂记》，上海：开明书店 1943 年版。

有意在书中淡化自己，^① 于是两部纪游文字，便走入恬静、平实一途了。因为作者在伦敦呆了七个月，在其他五国两个月，接触面自然有多少之别。两相比较，《欧游杂记》不免浮光掠影，而《伦敦杂记》记人记事都更为深入，叙述语调也要从容、迂缓一些。

朱自清讲述每一处的"游踪"，很注意次序、方位的交代。比如《瑞士》一篇，先整体上介绍了瑞士的山和湖，然后描述了卢参（现译为卢塞恩），再以卢参为参照系，依次描述西边的立矶山、东南的交湖。山色接着湖光，湖光又连着山色，相互穿插，瑞士的美景，也就可见一斑了。他写巴黎，自然以塞纳河隔开的左岸和右岸安排文字。比如写右岸，就拿刚果方场为参照系，东边是砖厂花园，西边是仙街，东北是四道大街。标明方位，景物虽多，也一丝不乱了。

朱自清明确说过，《欧游杂记》之作，"用意在写些游记给中学生看"。^② 与他早期的纪游散文相比，如今的造语平实，这也是原因之一。他写莱茵河畔的古堡：

> 尤其是马恩斯与考勒伦兹（Koblenz）之间，两岸山上布满了旧时的堡垒，高高下下的，错错落落的，斑斑驳驳的，有些已经残破，有些还完好无恙。这中间住过英雄，住过盗贼，或据险自豪，或纵横驰骤，也曾热闹过一番。现在却无精打采，任凭日晒风吹，一声儿不响。坐在轮船上两边看，那些古色古香各种各样的堡垒历历的从眼前过去，仿佛自己已经跳出了这个时代而在那些堡垒里过着无拘无束的日子。游这一段儿，火车却不如轮船：朝日不如残阳，晴天不如阴天，阴天不如月夜——月夜，再加上几点儿萤火，一闪一闪的在寻觅荒草里的幽灵似的。最好还得爬上山去，在堡垒内外徘徊徘徊。

长句很少，欧化的语法不见了，用词也明白如话，但仍然极富表现力。

---

① "书中各篇以记述景物为主，极少说到自己的地方。"（朱自清：《〈欧游杂记〉序》，《朱自清全集》第 1 卷，南京：江苏教育出版社 1988 年版，第 290 页）"写这些篇杂记时，我还是抱着写《欧游杂记》的态度，就是避免'我'的出现。"（朱自清：《〈伦敦杂记〉自序》，《朱自清全集》第 1 卷，南京：江苏教育出版社 1988 年版，第 378—379 页）

② 朱自清：《〈欧游杂记〉序》，《朱自清全集》第 1 卷，南京：江苏教育出版社 1988 年版，第 290 页。

《伦敦杂记》中，作者还增加了幽默的成分。他写书店、名人故居、食物、乞丐，文字明快，津津有味，夹杂着善意的玩笑，生活气息是很浓的。比如书中讲到房东太太：

> 道地的贤妻良母，她是；这里可以看见中国那老味儿。她原是个阔小姐，从小送到比利时受教育，学法文，学钢琴。钢琴大约还熟，法文可生疏了。她说街上如有法国人向她问话，她想起答话的时候，那人怕已经拐了弯儿了。结婚时得着她姑母一大笔遗产，靠着这笔遗产，她支持了这个家庭二十多年。歇卜士先生在剑桥大学毕业，一心想作诗人，成天住在云里雾里。他二十年只在家里待着，偶然教几个学生。他的诗送到剑桥的刊物上去，原稿却寄回了，附着一封客气的信。他又自己花钱印了一小本诗集，封面上注明，希望出版家采纳印行，但是并没有什么回响。太太常劝先生删诗行，譬如说，四行中可以删去三行罢，但是他不肯割爱，于是乎只好敝帚自珍了。

这使人想到老舍或者钱钟书的手笔。无论是绚烂至极，还是归于平淡，朱自清都是当之无愧的纪游散文大家。

1930 年代，海外纪游散文一时间在文坛上颇为流行。郑振铎的《欧行日记》、王统照的《欧游散记》、胡愈之的《莫斯科印象记》、李健吾的《意大利游简》[①] 等作品，或细描个人感受，或传达所见所感，或以政论色彩见长，或以博学机智取胜，各具神采，再次证明了纪游散文与创作主体才能、性格的密切关系。

关于纪游散文，还有一个很关键的问题："游踪"是否必须是名胜，甚至是某个具体的地方？换言之，纪游是否必须以具体的游览行为为前提？

已有研究者将旅行离析为三个层次：旅游、行游和神游。其中，神游是"相对于具体旅行的一种抽象旅行，一种虚拟旅行。它更强调的不是形而下的具体过

---

① 《欧行日记》，上海：良友图书印刷公司 1934 年版。《欧游散记》，诗文合集，上海：开明书店 1939 年版。《意大利游简》，上海：开明书店 1936 年版。《莫斯科印象记》，上海：新生命书局 1931 年版。

程，而是形而上的精神游动、观念游动。"① 当然，具体的旅行中，不免也混杂着神游的成分，只要创作主体没有放弃"观感"。瞿秋白、朱自清等人的纪游散文即是如此。与他们相比，冯至的散文集《山水》② 中的一些纪游的篇目，别具一格。作者描写的既非胜景，亦非盛事，"游踪"几乎不可见，可见的是满纸对历史、人事的沉思和玄想。说是神游，庶几近之。

1938 年底，冯至一路流亡到达昆明。次年，经人介绍，找到了郊区的一个林场茅屋作为躲避空袭的处所。从 1940 年起，乃移居于此一年余。在这所茅屋里，他写出了 27 首十四行诗，结集为《十四行集》出版；还写出了《一棵老树》、《一个消逝了的乡村》等纪游散文，收入《山水》。他迎来了创作的一个高峰。

虽然以"树"为名，《一棵老树》实际写的却是一位放牛的老人。他整天守着一头水牛，春温秋肃，生老病死，似乎都与他无关。"他好比一棵折断了的老树，树枝树叶，不知在多少年前被暴风雨折去了。化为泥土，只剩下这根秃树干，没有感觉地蹲在那里，在继续受着风雨的折磨；从远方望去，不知是一堆土，还是一块石，绝不会使人想到，它从前也曾生过嫩绿的枝叶。"③ 由冯至看来，老人的这种生命状态倒是无关于人与自然和谐相处之类的生态学命题，他的思考直指人与历史的关系。老人被他看做了人类的象征：卑微，但是坚韧，若没有大的变故，他将"继续在这山上生长着，一年一年地下去，忘却了死亡"。④

这种感受在《一个消逝了的乡村》中重现了。一个毫不起眼的、消逝了的乡村，让他联想起了一个民族，一段传说，一种生活。这里有潺潺的小溪、遍野的鼠麹草、高耸的有加利树……它们都默默地奔流、生长、摇曳，穿越千年的时光，继续奔流、生长、摇曳下去。作者为我们描绘了一幅这样的画面：

> 在夕阳里一座山丘的顶上，坐着一个村女，她聚精会神地在那里缝
> 什么，一任她的羊在远远近近的山坡上吃草，四面是山，四面是树，她

---

① 郭少棠：《旅行：跨文化想象》，北京：北京大学出版社 2005 年版，第 152 页。

② 《山水》，重庆：国民图书出版社 1943 年版，上海：文化生活出版社 1947 年重版，篇目有所增订。

③ 冯至：《一棵老树》，《冯至全集》第 3 卷，石家庄：河北教育出版社 1999 年版，第 41 页。

④ 冯至：《一棵老树》，《冯至全集》第 3 卷，石家庄：河北教育出版社 1999 年版，第 45 页。

从不抬起头来张望一下，陪伴着她的是一丛一丛的鼠麹从杂草中露出头来。这时我正从城里来，我看见这幅图像，觉得我随身带来的纷扰都变成深秋的黄叶，自然而然地凋落了。这使我知道，一个小生命是怎样鄙弃了一切浮夸，孑然一身担当着一个大宇宙。那消逝了的村庄必定也曾经像是这个少女，抱着自己的朴质，春秋佳日，被这些白色的小草围绕着，在山腰里一言不语地负担着一切。后来一个横来的运命使它骤然死去，不留下一些夸耀后人的事迹。

人与羊、草、山、树一样，一起背负着共同的命运，不着一字，尽得风流。在存在主义思想、歌德、里尔克的影响下，[1] 冯至所展示的图画中，没有感伤，没有矫饰，只有淡然和朴素的无言之美。在其深层，读者却能捕捉到一些非常坚实的东西。他的文字也是谦逊、清澈的，不事张扬，却散发着诗性的光辉。消逝的是永恒的——永恒，正是贯穿冯至纪游散文的主题。

不应忘记，昆明郊区的一间茅屋之外，是侵略者的炮火和弥天的硝烟。任何中国作家都无法"神游"天外，冯至也不例外。《一个消逝了的乡村》末尾，他写道："在风雨如晦的时刻，我踏着那村里的人们也踏过的土地，觉得彼此相隔虽然将及一世纪，但在生命的深处，却和他们有着意味不尽的关连。"[2] "风雨如晦"云云，无疑是有现实的指涉的。他没有独善其身，"有同样的警醒／在我们的心头，／是同样的运命／在我们的肩头"（《十四行集·七》），因为一起背负，所以苦乐相关。他关心人、树、草、乡村的命运，他思考永恒的问题，实际上也以国家和民族的命运为底色。从这个意义上讲，新潮文化的渗染不能脱离大的政治文化气候。换言之，与那些为数甚多的前线战记、流亡记一样，冯至的这些看似玄远的纪游散文也深深地楔入了那个时代。

---

① 参看解志熙：《生的执著：存在主义与中国现代文学》（北京：人民文学出版社 1999 年版）第四章"冯至：生命的沉思与存在的决断"。

② 冯至：《一个消逝了的乡村》，《冯至全集》第 3 卷，石家庄：河北教育出版社 1999 年版，第 50 页。

第二十五节　王实味与"文抗"派杂文

1937年1月，万里长征后到达陕北的中共中央正式进驻延安。延安，这个寂寞多时的西北边陲军事重镇由此迅速崛起为中国新的政治中心。到1947年3月中共中央主动撤离止，十年中，头顶"革命圣地"光环的延安吸引了大量国内外知名人士、社会贤达往来其间，并品评参酌。这些人，有的只是略作停留即去，有的来来去去数次，还有的就势栖身于此，为中国人民的革命事业奉献了最美好的青春年华，乃至生命。在时间顾长的背影中，延安成为了中国现代史上的一则神话。

文化人是延安居民里最为活跃的群体之一。从天南海北，怀抱着对"明朗的天"的无限期待，大批知识分子呼朋引伴赶赴此地。蒋介石政权虽百般阻挠，民主政权的吸引力仍与日俱增，奔往延安的潮流仍无法阻遏。至1943年底，在中共中央书记处会议上，任弼时称抗战后到延安的知识分子达四万余。[1] 这是一支庞大的队伍。

在这支队伍里，文艺工作者至少也有上百，成立社团组织便具备了基础。其实早在1936年，中共中央机关还在保安的时候，丁玲等人就发起成立了"中国文艺协会"。抗战爆发后，"中国文艺协会"大部分成员都上了前线，工作陷于停顿。1937年11月，在延安又成立了"陕甘宁特区文化界救亡协会"。12月，更名为"陕甘宁边区文化界救亡协会"，简称"文协"。"中华全国文艺界抗敌协会"在汉口成立后，延安也于1938年9月相应地成立了"陕甘宁边区文艺界抗战联合会"，后更名为"中国全国文艺界抗敌协会延安分会"，简称"文抗"。"文抗"最初并无实体，其理事主要来自"文协"和鲁迅艺术学院（"鲁艺"）。[2] 至1941年7月，"文抗"实体化，它接收了"文协"的会址和财产，"文协"即被"文抗"取代。

1941年也是延安文艺活动空前繁荣起来的一年。这一年创刊的杂志主要有

---

[1]　胡乔木：《胡乔木回忆毛泽东》，北京：人民出版社1994年版，第279页。

[2]　参看丁玲：《延安文艺座谈会的前前后后》，《新文学史料》，1982年，第2期。收入《丁玲全集》第10卷，石家庄：河北人民出版社2001年版。

《文艺月报》（1月1日，萧军、舒群、丁玲编辑，3期后丁玲退出。至1942年9月停刊，共出17期）、《中国文艺》（2月25日，周扬主编，仅出1期）、《草叶》（11月1日，"鲁艺"草叶社主办，编委会成员周立波、何其芳、陈荒煤、严文井。至1942年9月15日停刊，共出6期）、《诗刊》（11月5日，诗刊社主办，艾青、严辰、王禹夫主编。至1942年7月停刊，共出6期）、《谷雨》（11月15日，"文抗"主办，艾青、丁玲、舒群、萧军轮流主编。至1942年8月停刊，共出6期）等。中共中央机关报《解放日报》也是在这一年5月16日创刊。最开始，它仅有一张两版，虽有文艺稿件但未辟专栏。9月16日起改为两张四版，专设"文艺"副刊，周出四五期，月出约20期，每期6000字左右，至1942年3月30日，共出111期。前102期均为丁玲主编，后由舒群接手。[①]

　　全面"整风"前夜的延安保持了宽松、自由的政治氛围，在由大量文艺家、众多文艺刊物、频繁文艺活动所形成的浓厚的文艺空气中，人们因为某些艺术观点的不同见解而展开了争鸣。在1941年7月17日至19日的《解放日报》上，连载了周扬的《文学与生活漫谈》，文章引起艾青、舒群、罗烽、白朗、萧军等人的不满。他们在"文抗"组织了座谈会，并由萧军执笔，把意见整理为《〈文学与生活漫谈〉读后漫谈集录并商榷于周扬同志》，发表于《文艺月报》第8期。[②]这是一次影响甚大的论争。作家们对周扬高高在上、求全责备的口吻颇有怒气。周扬认为延安作家创作枯窘的主要原因是作家与环境之间的矛盾："有一种什么旧的意识的或者习惯的力量绊住了他，他感到了某种程度上的和生活的不能协调"，[③]这使他们对生活抱怨太多，"黑点"障目而不见"太阳"，结果，未能跟上时代，未能与人民群众"打通心"；艾青等人则强调，生活中不良因素对作家的限制是一事实，

---

① 丁玲自己的回忆是："到一九四二年三月十一日出满了一百期的时候，我就离职，而且在这以前一个星期就搬住在'文抗'。一百期以后就改由舒群同志主编。"（丁玲：《延安文艺座谈会的前前后后》，《丁玲全集》第10卷，石家庄：河北人民出版社2001年版，第273页）实际上至102期的稿子都是丁玲编定的。

② 艾青等的回应文章本投稿至《解放日报》，但《解放日报》不予刊登。后萧军经毛泽东提示，乃发表于《文艺月报》。此事经过可参看王德芬：《萧军在延安》，《新文学史料》，1987年，第4期。

③ 周扬：《文学与生活漫谈》，《周扬文集》第1卷，北京：人民文学出版社1984年版，第334页。

不容回避，作家之所以创作枯窘，"主要还是应该从周扬同志所认为'不是最重要的原因'里面——更是关于那'黑点'——上寻找解决比较也许能有用些。这就是说，应该寻找那些能够妨碍一个战士不能尽性地作战的精神和物质上的原因吧——补充或消灭它"。① 双方争论的焦点就在于此。

对作家的不同期待反映了延安文坛对创作应以歌颂光明为主抑或暴露黑暗为主的不同主张。在当事人周扬看来，两派主张又分别以"鲁艺"和"文抗"为代表。② 周扬心目中"文抗"暴露黑暗的集中表现，主要与一批杂文有关："文抗"主办的《谷雨》第 1 卷第 4 期（1942 年 3 月 15 日）上发表的王实味的《政治家·艺术家》，以及丁玲、舒群先后主编的《解放日报》文艺栏上发表的丁玲的《"三八"节有感》（1942 年 3 月 9 日）、艾青的《了解作家，尊重作家》（1942 年 3 月 11 日）、罗烽的《还是杂文的时代》（1942 年 3 月 12 日）、王实味的《野百合花》（1942 年 3 月 13 日、23 日）、萧军的《论同志之"爱"与"耐"》（1942 年 4 月 8 日）等。而需要补充说明的是，在延安，主张暴露黑暗的不止"文抗"一家。1941 年 4 月，"中央青年工作委员会"机关的一些年轻人创办了墙报《轻骑队》。这是一份双周刊，贴在窑洞外的木牌上，锋芒直指延安生活中的一些不健康因素，文风泼辣大胆，引起轰动。每到周末，"中央青委"所在地文化沟便有墙报读者络绎而来。后来，除张贴外，墙报文章还另行油印送交事务繁忙无暇亲临现场的中央领导阅读。毛泽东就对《轻骑队》评价很高。③ 结合这一背景可知，"文抗派"杂文的出现可能并非那么突兀。

有意思的是，《解放日报》"文艺栏"也不是一开始就锋芒毕露的。出于党报

---

① 《〈文学与生活漫谈〉读后漫谈集录并商榷于周扬同志》，《萧军全集》第 11 卷，北京：华夏出版社 2008 年版，第 480 页。

② "当时延安有两派：一派是以'鲁艺'为代表，包括何其芳，当然是以我为首；一派是以'文抗'为代表，以丁玲为首。这两派本来在上海就有点闹宗派主义。大体上是这样：我们'鲁艺'这一派的人主张歌颂光明，虽然不能和工农兵结合，和他们打成一片，但还是主张歌颂光明。而'文抗'这一派主张要暴露黑暗。"（周扬：《与赵浩生笑谈历史功过》，朱鸿召编选：《众说纷纭话延安》，广州：广东人民出版社 2001 年版，第 241 页）对于"文抗"以丁玲为首的说法，丁玲后来并不认同，参看丁玲：《延安文艺座谈会的前前后后》。

③ 参看宋金寿：《延安整风前后的〈轻骑队〉墙报》，《新文学史料》，2000 年，第 3 期。

持重、谨慎的自觉，"文艺栏"一开始实际上"只登小说、诗、翻译作品，报告文学都登得很少。即使有个别论文、小说、诗歌，引起读者一些意见，我们一般都不答复，也不发展争论"。① 但这一编辑方针有人以为缺点在于"不活泼、文章长"。主编及时加以调整，"减少些'持重'的态度，而稍具'泼辣'之风"，于是"号召大家写杂文，征求对社会、对文艺本身加以批判的短作。更尽量登载有关戏剧、美术、音乐方面的作品，把小说所占比例减少很多"。② 这提倡杂文的一篇文章，便是丁玲发表于 1941 年 10 月 23 日的《我们需要杂文》。"文艺栏"随后登载了一些批判国统区的杂文。不料读者还是意犹未尽，于是又有了《"三八"节有感》等系列杂文。从读者的期待到"文艺栏"对杂文的逐步放开，这个过程很能反映当时延安的某种思想倾向和舆论环境。

不妨在王实味所谓"政治家"与"艺术家"的分野中来看待这批杂文。丁玲在《我们需要杂文》中以鲁迅为例指出，"鲁迅先生因为要从医治人类的心灵下手，所以放弃了医学而从事文学。因为看准了这一时代的病症，需要最锋利的刀刺，所以从写小说而到写杂文"。而"即使在进步的地方，有了初步的民主，然而这里更需要督促，监视，中国的几千年来的根深蒂固的封建恶习，是不容易铲除的"，所以杂文仍有用武之地。③ "心灵"、"病症"、"封建恶习"等措辞表明，在丁玲的想象中，杂文的着力点在人们的精神世界。根据王实味的辨析，杂文的着力点正是"艺术家"的任务——"改造人底灵魂"。与此相对，"政治家"的事业只是"改造社会制度"。④

表面上看，这些杂文针对的都是延安社会生活和政治生活中的一些负面现象。《"三八"节有感》列举不少事实，对女性尴尬而扭曲的地位，做了饱含感情的揭发。

---

① 丁玲：《延安文艺座谈会的前前后后》，《丁玲全集》第 10 卷，石家庄：河北人民出版社 2001 年版，第 274 页。

② 丁玲：《〈解放日报〉文艺副刊一〇一期编者的话》，《丁玲全集》第 9 卷，石家庄：河北人民出版社 2001 年版，第 38 页。

③ 丁玲：《我们需要杂文》，《丁玲全集》第 7 卷，石家庄：河北人民出版社 2001 年版，第 58—59 页。

④ 王实味：《政治家·艺术家》，《王实味文存》，上海：上海三联书店 1998 年版，第 133 页。

但丁玲的用意显然不限于此,她开篇发出的疑问是:"'妇女'这两个字,将在什么时代才不被重视,不需要特别的被提出呢?"①文章跃然纸上的"女性意识",指向的最终是人们思想结构中的性别不平等。《了解作家,尊重作家》把作家摆到人类灵魂工程师的高度,呼吁人们对他们保持容忍和尊重。但值得注意的是,艾青笔下的作家,几乎被窄化为针砭时弊的"杂文家"。那么,了解和尊重作家就包含着下力气清除精神痼疾的内容。隐含在《还是杂文的时代》背后的,也是类似的意思:"杂文的时代"就是不懈地将意识加以净化的时代。就改变"灵魂"的深度而言,文艺远胜政治。这种判断与五四时代知识界的思路转换有密切关系。所以有研究者认为,"'杂文'不仅意味着一种写作方式,而且意味着那一代知识者对他们所理解的'五四精神'的坚持和传承,意味着对那个时代、民族、大众的一种道德承诺,意味着对艺术创作的自由独立精神的执守,意味着对'五四'时代所界定的文学家的社会角色的认同,总之,意味着一种生活方式"。②这样的说法有点模糊,但大致意思不错,"文抗"派杂文的遭遇,是政党政治文化与五四以来的新潮文化发生冲撞的一个表征。

在这样的语境下,王实味③发表了著名的《野百合花》。"野百合花"是"延安山野间最美丽的野花",且据说"有更大的药用价值",所以王实味取来作为题目。④这是一组杂文,"前记"之后,是分别以"我们生活里缺少什么?"、"碰《碰壁》"、"'必然性''天塌不下来'与'小事情'"、"平均主义与等级制度"等为题的四篇短文。其批判的对象,不外官僚主义、平均主义、事务主义和对青年人的不屑与不解等常见现象。这些现象在其他杂文中也有人触及,王实味的文章除了口吻稍显尖刻之外,从逻辑性和说理性的角度上讲,并无特别引人注目之处。很明显,作者是自觉从"艺术家"的角度思考这些问题的。如果读一下王实味早年的自传体小说《休息》,就可以明白他不过是承袭了青年时代极端理想化的热情。也许他

---

① 丁玲:《"三八"节有感》,《丁玲全集》第 7 卷,石家庄:河北人民出版社 2001 年版,第 60 页。

② 黄子平:《"灰阑"中的叙述》,上海:上海文艺出版社 2001 年版,第 165 页。

③ 王实味(1906—1947),原名王思祎,河南潢川人。1925 年入北京大学文学院,读预科。1927 年因经济窘迫退学,后曾在山东、辽宁、河南等地任教,在上海写作谋生。1937 年 10 月间到延安。

④ 王实味:《野百合花·前记》,《王实味文存》,北京:三联书店 1998 年版,第 126 页。

仍停留在那时的"生活方式"的想象里，所以他的杂文，批判锋芒是被包裹在激烈的情绪之中表达出来的。这一点倒与丁玲有些类似。文章发表之后，据说，曾被国民党的反动刊物转载。在延安，令《解放日报》的当家人博古感到不妥，不让继续刊载，[①] 但此外就没有引起什么更多的反响了。

平静的局面因全面"整风"的进行而被打破。1942 年 2 月，毛泽东在中央党校开学典礼上做了《整顿党的作风》的报告，全面"整风"由此开始。3 月 18 日，王实味所在的单位"中央研究院"[②] 召开整风动员大会。因为选举问题，身为特别研究员[③] 的王实味与实际主持工作的罗迈（李维汉）产生冲突。冲突的结果是王实味的意见获得了大多数人的支持。3 月 23 日，为配合"整风"，中央研究院开始出版墙报《矢与的》。在创刊号上，王实味发文两篇，继续批评罗迈，并发表个人对"整风"的意见。在墙报第 3 期上，再次发表言辞激烈的文章。

中央研究院是中宣部下属的"整风"试点单位，位置微妙，王实味激烈的言论很快引起了人们的注意。

本来，"整顿三风的主要目标是以王明为代表的教条主义，已经过十年的批判，再来一个总清算。具体到人，主要是当时的中年一代，而不是青年一代"，[④] 但是，文艺家们通过杂文表露出来的倾向，与"整风"发起人毛泽东的预期有不小的距离。也就是说，"青年抢先一步把延安现实生活中的一些具体的思想和作风问题提到整风的高度，从而干扰了大方向"。方向失准，需要调整。王实味主动频繁发表的激烈的言论就是在这种情况下，使他被动地站在了风口浪尖。想纠正运动的偏

---

① 参看黎辛：《〈野百合花〉·延安整风·〈再批判〉——捎带说点〈王实味冤案平反纪实〉读后感》，《新文学史料》，1995 年，第 4 期。

② 1938 年 5 月，延安马克思列宁学院成立。1941 年 7 月改组为马列研究院，8 月正式更名为中央研究院。院长一直由中宣部部长张闻天兼任。

③ 中央研究院的研究人员分三级：研究生、研究员、特别研究员。特别研究员是最高级，待遇与毛泽东接近。

④ 李维汉致宋金寿信，见宋金寿：《为王实味平反的前前后后》，温济泽等：《王实味冤案平反纪实》，北京：群众出版社 1993 年版，第 114 页。

向，首先就要"同王实味等人的小资产阶级思想交锋"。①将王实味的命运归因于一次"不合时宜"的出头露面，这无疑增加了这一事件的悲剧色彩。但偶然之中亦有必然——杂文家们所面对的政治，不再是五四时代"政治家"的政治，而正是"艺术家"型的政治：它要改造的，绝不仅仅是"社会制度"，恰恰还有"人底灵魂"。"艺术家"的任务已转移到"政治家"肩上。

对王实味的批判一开始并不猛烈，相反，他的同情者不少。王实味本人也拒不认错。形势在以康生为首的中央社会部介入之后陡转。在持续批判的过程中，人们把他的观点逐渐理论化为托派典型。他早年与一些托派同学的来往被关注，他在延安的一些不很妥当的言行被检举。就这样，"随着运动深入发展"，"为了运动深入的需要"，他"被逐步升级成为'托派分子'"。②在中央社会部的主持下，他还和成全、王里、潘方、宗铮一起，被罗织为"五人反党集团"。1943年4月1日，由康生下令，王实味被逮捕关押。1947年3月，中共中央撤离延安，犯人王实味也转移到山西兴县。此时身心都不太健康的他被看做包袱。于是，当地公安机关报请中央社会部批准，于7月1日将他处决。王实味的"冤案"，到1991年2月获得平反。

经手发表《野百合花》的丁玲，也因《"三八"节有感》而感到压力。她做了检讨。但毛泽东明确讲："《'三八'节有感》同《野百合花》不一样。《'三八'节有感》虽然有批评，但还有建议。丁玲同王实味也不同，丁玲是同志，王实味是托派。"③这样就保了丁玲。

杂文家们所获得的更深刻的教育来自延安文艺座谈会。1942年5月23日，会议闭幕时，毛泽东做了意义深远的《在延安文艺座谈会上的讲话》。"杂文的时代"结束了，一个以"新秧歌剧"、《王贵与李香香》、《小二黑结婚》等作品为主

---

① 宋金寿：《为王实味平反的前前后后》，温济泽等：《王实味冤案平反纪实》，北京：群众出版社1993年版，第118页。

② 宋金寿：《为王实味平反的前前后后》，温济泽等：《王实味冤案平反纪实》，北京：群众出版社1993年版，第117页。

③ 丁玲：《延安文艺座谈会的前前后后》，《丁玲全集》第10卷，石家庄：河北人民出版社2001年版，第280页。

要内容的新时代就此开启。

第二十六节　丰子恺与《缘缘堂续笔》

1970 年，被下放到乡下劳动的丰子恺返回上海治病。病愈后，他滞留上海，未再下乡。自 1971 年起，他在作画、翻译的同时重又开始散文写作。这批凌晨时分偷偷写下的 33 篇文字于 1973 年定稿，但在作者生前没有发表，后来才以"缘缘堂续笔"的总题收入《丰子恺散文全编》（丰陈宝、丰一吟编：杭州：浙江文艺出版社 1992 年版）。① 完稿后不久，丰子恺再次遭到批斗，两年后病逝。于是，这批文字几乎可以视为他"天鹅的绝唱"。

丰子恺（1898—1975），浙江崇德人。父亲丰镈，是 1902 年的末代举人。登科后因母丧守服三年，期满时科举即废，遂无复仕进。因此丰家虽亦业商，尚称书香之家。丰子恺 7 岁入私塾读书，12 岁转入新学堂。1914 年小学毕业，考入浙江省立第一师范学校。这所学校此时的校长为经亨颐。任课教师中，李叔同教图画、音乐，夏丏尊教国文。丰子恺幼时即对美术颇感兴趣，在李叔同的鼓励和指导下，他的这一才能获得长足进步。一师毕业以后，丰子恺长期担任图画教师。他最初的名声，就是来自绘画。作为中国漫画事业的奠基人之一，他出版了中国最早的漫画集《子恺漫画》，② 这也是他的第一部画集。丰式漫画，流传极广，影响极大。画家绘图直取对象神韵，寥寥数笔，一个完满、生动的艺术世界就跃然纸上。

丰子恺与李叔同的渊源不限于美术。1918 年，李叔同剃度出家，弘一大师的佛教思想又对丰子恺影响甚大。直至大师去世，师徒之间始终保持了密切的关系。1926 年 8 月，弘一大师到上海，借住于丰子恺家，弟子趁机请老师为其寓所取一称呼。经弘一大师提示，丰子恺抓阄得两"缘"字，因名其寓所为"缘缘堂"，③ 这

---

① 丰子恺原来设计的总题是"往事琐记"，后改为"续缘缘堂随笔"，最终定名"缘缘堂续笔"。其中有 17 篇曾收入丰一吟编的《缘缘堂随笔集》（杭州：浙江文艺出版社 1983 年版）。

② 上海：文学周报社 1925 年版。

③ 此事具体经过，可参看丰子恺：《告缘缘堂在天之灵》，丰陈宝、丰一吟编：《丰子恺散文全编》（下），杭州：浙江文艺出版社 1992 年版，第 56 页。

便是缘缘堂的由来。

丰子恺的文字生涯从翻译开始。他日语、英语、俄语俱佳，译作等身。[①] 从英文转译屠格涅夫《初恋》，被他自己看做"文笔生涯的'初恋'"。[②]1931 年，他结集出版了第一部散文集《缘缘堂随笔》，[③] 以后又有《缘缘堂再笔》问世。[④]四十年后，临近生命终点的丰子恺又以"缘缘堂"来为自己的最后一批文字命名，可谓"吾道一以贯之"。

这种"一以贯之"不仅仅体现在名称上，更体现在具体的美学层面。在"文化大革命"的滔天巨浪中，《缘缘堂续笔》仍然惊人地保持了生活的温情与琐屑，俨然与时代毫无关系。从这个意义上讲，《缘缘堂随笔》的第一篇文章《剪网》仿佛一个预言。文中丰子恺写道："我想找一把快剪刀，把这个网尽行剪破，然后来认识这世界的真相。"[⑤] 他兑现了自己的诺言。不过，他原来找到的剪刀是"艺术"和"宗教"，而此时的工具则是日常生活。

之所以要"剪网"，是因为丰子恺从世间发现了"极大而极复杂的网，大大小小的一切事物，都被牢结在这网中"，结果，"我想把握某一种事物的时候，总要牵动无数的线，带出无数的别的事物来，使得本物不能孤独地明晰地显现在我的眼前，因之永远不能看见世界的真相"。[⑥] 所以，艺术与宗教对他而言，首先意味着一种单纯、自然和明晰。剪断大网，即是将世间万事之合目的性拒之门外。在

---

① 文学类如，厨川白村：《苦闷的象征》，上海：商务印书馆 1925 年版；屠格涅夫：《初恋》，上海：开明书店 1931 年版；屠格涅夫：《猎人笔记》，北京：人民文学出版社 1955 年版；《石川啄木小说集》，北京：人民文学出版社 1958 年版；紫式部：《源氏物语》，北京：人民文学出版社 1980—1983 年版；《落洼物语》（收入《落洼物语》、《竹取物语》、《伊势物语》），北京：人民文学出版社 1984 年版。

② 丰子恺：《〈初恋〉译者序》，丰陈宝、丰一吟编：《丰子恺散文全编》（上），杭州：浙江文艺出版社 1992 年版，第 64 页。

③ 丰子恺：《缘缘堂随笔》，上海：开明书店 1931 年版。

④ 丰子恺：《缘缘堂再笔》，上海：开明书店 1937 年版。

⑤ 丰子恺：《剪网》，丰陈宝、丰一吟编：《丰子恺散文全编》（上），杭州：浙江文艺出版社 1992 年版，第 95 页。

⑥ 丰子恺：《剪网》，丰陈宝、丰一吟编：《丰子恺散文全编》（上），杭州：浙江文艺出版社 1992 年版，第 94—95 页。

丰子恺的笔下，一再出现赞美自然、颂扬童心的文章，其中尤以对儿女憨态的描摹最为引人瞩目。作者长子瞻瞻吃瓜时吟咏出诗句："瞻瞻吃西瓜，宝姐姐吃西瓜，软软吃西瓜，阿韦吃西瓜。"[1] 一次狼狈的逃难，在孩子眼中，成了最美好的记忆。[2] 读者读到这些情节，不免会心一笑。而孩子们的哭闹、任性、捣乱，到了父亲慈爱的文字里，却都沐浴上了一层神性的光辉。因为正是孩子"能撤去世间事物的因果关系的网，看见事物的本身的真相"。[3] 这本相与任何实用的目的都无关。孩子们看到的，只是游戏，只是自洽性；孩子们所做的，也只是对人的本质力量的肆意挥洒。这种元气淋漓之象，让充满虚伪、规矩、矫饰的成人世界黯然失色。孩子在丰子恺心目中"占有与神明、星辰、艺术同等的地位"。[4] 这是五四以来新潮文化所一再揄扬的观念。

在这些写儿女的文章里，最让人动容的是《阿难》。阿难是丰子恺给他的一个早产的孩子取的名字。这孩子出生之后，仅仅在医生手中全身一跳，就夭折了。做父亲的，固然为孩子的不幸而哀伤，但也宽慰自己：

> 数千万光年中的七尺之躯，与无穷的浩劫中的数十年，叫做"人生"。自有生以来，这"人生"已被反复了数千万遍，都像昙花泡影地倏现倏灭，现在轮到我在反复了。所以我即使活了百岁，在浩劫中，与你的一跳没有什么差异。今我嗟伤你的短命，真是九十九步的笑百步！[5]

这并非"齐物论"或者"色即是空"般的勉力达观。值得嗟叹的，是在一瞬

---

① 丰子恺：《儿女》，丰陈宝、丰一吟编：《丰子恺散文全编》（上），杭州：浙江文艺出版社 1992 年版，第 113 页。

② 丰子恺：《从孩子得到的启示》，丰陈宝、丰一吟编：《丰子恺散文全编》（上），杭州：浙江文艺出版社 1992 年版。

③ 丰子恺：《从孩子得到的启示》，丰陈宝、丰一吟编：《丰子恺散文全编》（上），杭州：浙江文艺出版社 1992 年版，第 122 页。

④ 丰子恺：《儿女》，丰陈宝、丰一吟编：《丰子恺散文全编》（上），杭州：浙江文艺出版社 1992 年版，第 116 页。

⑤ 丰子恺：《阿难》，丰陈宝、丰一吟编：《丰子恺散文全编》（上），杭州：浙江文艺出版社 1992 年版，第 146—147 页。

的生命里，这孩子保持了绝对的"天真与明慧"，没有招致尘世的污染。所以生命的长度与纯洁程度，或许是一种负相关关系。保持一颗单纯之心，比贪恋生命的长度重要得多，何况在时间的长河中，"莫寿于殇子，而彭祖为夭"。丰子恺在这里表达的，与其说是玄妙的佛学思想，不如说是极为明澈而又切近人世的感悟。他追求单纯，但没有力图超然物外，而是坚实地选择入世修行。所以他的画作和文字里，饱含着温厚的生活气息。

经历了"文化大革命"的屡次批斗，丰子恺的感悟想必更进了一层。据女儿丰一吟回忆，运动开初的斗争曾对他造成巨大的心理冲击。但到后来，"无论多么无情的批斗，无论多么残酷的折磨，都不再触动他的心灵。他依旧每天饮酒赋诗，谈笑自若"。① 这或许可以被看做一个"剪网"的隐喻：他超脱了尘世的思想风暴和牵绊，获得了心性的自由。以上种种，构成了《缘缘堂续笔》写作的背景。丰子恺的宗教和生活态度，都有新潮文化的底色。

《缘缘堂续笔》写的都是旧人旧事，追忆逝水年华。很明显，作者在写作时深深地陷入了回忆之中，娓娓道来。回忆是把逝去的时间打捞回来的行为，这种打捞是通过重建一个纸上世界实现的。经由重建行为，作家完成自己，真正成为作家。

具体说来，《缘缘堂续笔》的回忆主要集中在童年时期。丰子恺在晚年回归了他一生都念兹在兹的童年状态。作者不厌其详地记叙了童年生活的点点滴滴。诸如喝酒行令、父亲中举、过年活动、清明上坟以及鬼节放焰口等事情，都得到了民俗学意义上的细致呈现。这是过年的场面：

> 廿七夜过年，是个盛典。白天忙着烧祭品：猪头、全鸡、大鱼、大肉，都是装大盘子的。吃过夜饭之后，把两张八仙桌接起来，上面供设"六神牌"，前面围着大红桌围，摆着巨大的锡制的香炉蜡台。桌上供着许多祭品，两旁围着年糕。我们这厅屋是三家公用的，我家居中，右边是五叔家，左边是嘉林哥家，三家同时祭起年菩萨来，屋子里灯火辉煌，香烟缭绕，气象好不繁华！三家比较起来，我家的供桌最为体面。何况

① 丰一吟：《"文革"中的父亲》，《梦回缘缘堂·丰子恺》，上海：东方出版中心 2010 年版。

我们还有小年菩萨，即在大桌旁边设两张茶几，也是接长的，也供一位小菩萨像，用小香炉蜡台，设小盆祭品，竟像是小人国里的过年。记得那时我所欣赏的，是"六神牌"和祭品盘上的红纸盖，这六神牌画得非常精美，一共六版，每版上画好几个菩萨，佛、观音、玉皇大帝、孔子、文昌帝君、魁星……都包括在内。平时折好了供在堂前，不许打开来看，这时候才展览了。祭品盘上的红纸盖，都是我的姑母剪的，"福禄寿喜"、"一品当朝"、"平升三级"等字，都剪出来，巧妙地嵌在里头。我那时只七八岁，就喜爱这些东西，这说明我对美术有缘。[1]

小孩子的喜爱源于事物本身，而非这一事物的任何实用价值。六神牌和红纸盖所祈求的好运气是小孩子所不予关心的。实际上，"礼"与"理"的分离，是后世儒家知识分子最大的焦虑。丰子恺所记述的各项仪式在长期的遵守与流传过程中就几乎已经疏离了它们本来被赋予的意义，剩下的只有仪式本身的自洽性。在这样的仪式中，小孩子的心智结构感到了尽情的解放。这是"美术"的根本内涵。

在《缘缘堂续笔》中，不仅"物"之"网"被剪断，"人"之"网"也被剪断。丰子恺所塑造的故乡众生，给人留下了极为深刻的印象。我们可以读到癞六伯的故事。他姓名一向不传，"孑然一身，自耕自食，自得其乐"。每天早上出门出售自产的食物，却由买家定价。生意做罢，到酒店吃时酒，酒后站在桥上骂街。"旁人久已看惯，不当一回事。癞六伯在桥上骂人，似乎是一种自然现象，仿佛鸡啼之类。"[2] 这种现象的好处是准时，如康德的散步一般，丰子恺的母亲甚至照此准备午饭。还有五爹爹。他终生失意：屡试不第，好容易中了秀才，靠教私塾为生，非常清苦；行医，刚开始生意不错，但因不会做广告，后来无人问津，只好重拾教鞭；二子二女，结局都欠佳。"如此撼轲失意"的五爹爹，"全靠达观，竟得长寿，

---

① 丰子恺：《过年》，丰陈宝、丰一吟编：《丰子恺散文全编》（下），杭州：浙江文艺出版社 1992 年版，第 698—699 页。

② 丰子恺：《癞六伯》，丰陈宝、丰一吟编：《丰子恺散文全编》（下），杭州：浙江文艺出版社 1992 年版，第 671—672 页。

享年八十六岁"。①还有歪鲈婆阿三。他也是姓名不传,孑然一身,在豆腐店做司务。一个偶然的机会,中了彩票的头彩,从此"在街上东来西去,大吃大喝,滥赌滥用";不久,重又回到豆腐店干活,任人讥讽,充耳不闻。"货悖而入者,亦悖而出;来路不明,去路不白。"丰子恺感叹:"他深深地懂得这个至理。"②还有"柴主人"阿庆。又是姓名不传,孑然一身。每天做完生意,闲下来就拉胡琴。手法纯熟,生曲子听过几次,就能复现。丰子恺又感叹:"阿庆孑然一身,无家庭之乐。他的生活乐趣完全寄托在胡琴上。可见音乐感人之深,又可见精神生活有时可以代替物质生活。感悟佛法而出家为僧者,亦犹是也。"③

这些人物在汪曾祺手里,大约都可以被敷演出动人的小说来。丰子恺所看重并着重加以铺排的,是这些人物自得其乐、无欲无求的日常生命状态。因为这种生命状态,他们返璞归真,各适其性,独得自由。此处的辩证法是,越与急功近利无关,生活世界就越丰满。这还是"美术"的态度。《缘缘堂续笔》中的几个负面形象,大都因为欲令智昏,深为作者所不取。

这些市井细民的故事为我们展开了一个极富生活情趣的民间与传统文化的画面,并蕴含了作者的人生态度。由美学层面的一脉相通可知,这种回归"传统"的行为在根柢处,是一种相当"现代"、"新潮"的观念。

除了历时性的考察外,对《缘缘堂续笔》的历史性理解也离不开其产生环境。它在那个时代的另类显而易见。这些文字没有标语口号,激昂慷慨,倒确实特别接近一个老人的"闲话"。比如这一段:

> 那时我僦居在里西湖招贤寺隔壁的小平屋里,对门就是孤山,所以朋友送我一副对联,叫做"居邻葛岭招贤寺,门对孤山放鹤亭"。家居多暇,则闲坐在湖边的石凳上,欣赏湖光山色。每见一中年男子,蹲在岸

① 丰子恺:《五爹爹》,丰陈宝、丰一吟编:《丰子恺散文全编》(下),杭州:浙江文艺出版社1992年版,第683页。
② 丰子恺:《歪鲈婆阿三》,丰陈宝、丰一吟编:《丰子恺散文全编》(下),杭州:浙江文艺出版社1992年版,第735页。
③ 丰子恺:《阿庆》,丰陈宝、丰一吟编:《丰子恺散文全编》(下),杭州:浙江文艺出版社1992年版,第743页。

上，向湖边垂钓。他钓的不是鱼，而是虾。钓钩上装一粒饭米，挂在岸石边。一会儿拉起线来，就有很大的一只虾。其人把它关在一个瓶子里。于是再装上饭米，挂下去钓。钓得了三四只大虾，他就把瓶子藏入藤篮里，起身走了。我问他："何不再钓几只？"他笑着回答说："下酒够了。"我跟他去，见他走进岳坟旁边的一家酒店里，拣一座头坐下了。我就在他旁边的桌上坐下，叫酒保来一斤酒，一盆花生米。他也叫一斤酒，却不叫菜，取出瓶子来，用钓丝缚住了这三四只虾，拿到酒保烫酒的开水里去一浸，不久取出，虾已经变成红色了。他向酒保要一小碟酱油，就用虾下酒。我看他吃菜很省，一只虾要吃很久，由此可知此人是个酒徒。[①]

温吞吞的，没有长句子，不事修饰，有点絮叨，有点幽默，但韵味深厚绵长，其中隽永的生活态度远非一般小资情调可比。所以老作家在那个极端年代的"秘密写作"，还被视为"人性的声音"。[②]

第二十七节　现代话剧大师曹禺

曹禺是中国为世界剧坛贡献出的话剧大师。可以说，话剧这种舶来的艺术体裁，到了曹禺手里才真正实现了民族化，成熟为中国文学传统的一个有机的组成部分。

曹禺（1910—1996），原名万家宝，字小石，湖北潜江人，生于天津。出身于一个没落的官僚家庭。父亲万德尊以文人自居却担任军职，看不惯官场习气却不得不在宦海沉浮，养成了乖戾的性情。加以生母早逝，敏感早慧的曹禺虽自幼深得父亲和继母的喜爱，童年生活仍是压抑、苦涩、寂寞的。

曹禺在家塾中接受了最早的教育。1922 年考入南开中学初中二年级为插班

---

① 丰子恺：《吃酒》，丰陈宝、丰一吟编：《丰子恺散文全编》（下），杭州：浙江文艺出版社 1992 年版，第 711—712 页。

② "在丰子恺的笔下，浸透了一种对人生平和而亲切的真性情，这种真情表面看是一点也不伟大的，可是它却没有丝毫伪饰，在一个充满了虚假与夸张的革命激情的年代，这种平和的声音恰恰代表了人性的声音。"［陈思和主编：《中国当代文学史教程》（第 2 版），上海：复旦大学出版社 2006 年版，第 176 页］

生，1923年因病休学一年后，转入下一年级，得以结识靳以（章方叙）。这一时期，他开始接触和阅读新文学，还曾与同学一起在天津《庸报》办过一个"玄背"副刊，尝试写作新文学作品。

南开是一所学生演剧传统深厚的学校。1925年，曹禺加入南开新剧团，一方面做《南开双周》的戏剧编辑，一方面参与表演。他的表演才华很快就被南开新剧团的导师张彭春发现，在其悉心指导下，曹禺成长为剧团的女角专家。他在《国民公敌》和《玩偶之家》（即《娜拉》）等剧中的表演，给时人留下了深刻的印象。

1928年，曹禺中学毕业，升入南开大学政治系。他有了翻译、改编剧本的尝试，阅读张彭春馈赠的英文版《易卜生全集》，也提高了他的戏剧修养。1930年，曹禺从南开大学考入清华大学西文系。学校换了，但清华的学生演剧传统和丰富的戏剧藏书让他有如鱼得水之感。

1933年曹禺写出了他的第一部剧作《雷雨》。[①] 在戏剧写作方面，这位23岁的大学生一出手就显示了一位天才可能达到的高度。

若仅就故事而言，《雷雨》近于一部"佳构剧"，它与有意以曲折情节招徕观众的"文明戏"亦颇为类似——大家庭里的始乱终弃与乱伦，舞台上的死亡与枪声，都是"黑幕戏"热衷表现的题材。剧中的母子（繁漪和周萍）是实际上的情侣，情侣（周萍和四凤）是血缘上的兄妹，兄弟（周萍和周冲）是不期然的情敌，仇敌（周萍和鲁大海）又是千真万确的兄弟……许多的假象和真相缠绕在一起，造成了高度紧张的戏剧性。人们为眼前所能看到的那种关系所迷，相互依赖、争斗、眷恋、攻击……过多的巧合似乎损伤了剧作的"自然性"。

是曹禺的创作意图帮助他"挽救"了这个题材。他自己讲："在起首，我初次有了《雷雨》一个模糊的影像的时候，逗起我的兴趣的，只是一两段情节，几个人物，一种复杂而又原始的情绪。"[②] 他无意通过揭开大家庭的黑幕来劝善惩恶，引起疗救的注意。全剧中我们看不到道德上的训诲和说教，曹禺也未曾以此来品评

---

① 发表于《文学季刊》，1934年7月1日，第1卷第3期。单行本由上海的文化生活出版社1936年出版。

② 曹禺：《〈雷雨〉序》，《曹禺全集》第1卷，石家庄：花山文艺出版社1996年版，第7页。

剧中人物。

曹禺具体地解释了这种"情绪"："情感上《雷雨》所象征的对我是一种神秘的吸引,一种抓牢我心灵的魔。《雷雨》所显示的,并不是因果,并不是报应,而是我所觉得的天地间的'残忍'……。"[①] 因为这种"残忍",所以一切道德判断都归于失效,"宇宙正像一口残酷的井,落在里面,怎样呼号也难逃脱这黑暗的坑"。[②] 无论他或她是一个"好人",还是一个"恶人",无论他们有过怎样的悲伤和欢喜、做过怎样的挣扎和苦斗,最后都要把生命交付给"宇宙"的意想不到的安排。所以结局部分读者惊讶地看到,单纯的四凤和理想主义的周冲死掉了,软弱的周萍死掉了,野性的繁漪和温婉的侍萍疯掉了,一切罪恶的渊薮周朴园倒活着。说到底,《雷雨》的故事是曹禺为发泄"情绪"而设置的一个极端的情境。

这样看来,应被谴责的好像是"残忍"而又"冷酷"的"宇宙"了。而事实上,它的所有性质最终仍是通过"人"的行动发挥作用的。"宇宙"的错误,终究是"人"自己的错误："受着自己——情感的或者理解的——捉弄,一种不可知的力量的——机遇的,或者环境的——捉弄;生活在狭的笼里而洋洋地骄傲着,以为是徜徉在自由的天地里,称为万物之灵的人物不是做着最愚蠢的事么?"[③] 三十年前,周家必然会赶走侍萍,因为她与周朴园的地位是不相当的;如今,在周朴园看来,繁漪必然是有病的,因为她挑战了他的权威;繁漪必然不会放走周萍,因为是这个人唤起了她生活的勇气;侍萍必然要带走四凤,她不愿自己的悲剧在女儿身上重演;周萍必然不能割舍四凤,这甚至不是出于爱情,而是为了"拯救"自己……如果说三十年后的遭遇过于巧合的话,那么,遭遇之后每个人的行为却属于"必然"。每个人都做着他或她以为最"对"的事情,但这最"对"的选择同时也酿成了最"错"的结果。虽然未必是"洋洋地骄傲",但自以为是倒是真的。所以,《雷雨》是一部挖掘人性深度的"性格悲剧"。

由此就可以明白曹禺为什么在"序"里一一分析他的人物和演法,并在剧本

① 曹禺:《〈雷雨〉序》,《曹禺全集》第1卷,石家庄:花山文艺出版社1996年版,第7页。
② 曹禺:《〈雷雨〉序》,《曹禺全集》第1卷,石家庄:花山文艺出版社1996年版,第8页。
③ 曹禺:《〈雷雨〉序》,《曹禺全集》第1卷,石家庄:花山文艺出版社1996年版,第8页。

里用了不少篇幅介绍每个人的性格。这里是对繁漪的大段描写：

> 她一望就知道是个果敢阴鸷的女人。她的脸色苍白，只有嘴唇微红，她的大而灰暗的眼睛同高鼻梁令人觉得有些可怕。但是眉目间看出来她是忧郁的，在那静静的长的睫毛的下面，有时为心中的郁积的火燃烧着，她的眼光会充满了一个年轻妇人失望后的痛苦与怨望。她的嘴角向后略弯，显出一个受抑制的女人在管制着自己。她那雪白细长的手，时常在她轻轻咳嗽的时候，按着自己瘦弱的胸。直等自己喘出一口气来，她才摸摸自己胀得红红的面颊，喘出一口气。她是一个中国旧式女人，有她的文弱，她的哀静，她的明慧，——她对诗文的爱好，但是她也有更原始的一点野性：在她的心，她的胆量，她的狂热的思想，在她莫明其妙的决断时忽然来的力量。整个地来看她，她似乎是一个水晶，只能给男人精神的安慰，她的明亮的前额表现出深沉的理解，像只是可以供清谈的；但是当她陷于情感的冥想中，忽然愉快地笑着；当她见着她所爱的，红晕的颜色为快乐散布在脸上，两颊的笑涡也显露出来的时节，你才觉得出她是能被人爱的，应当被人爱的，你才知道她到底是一个女人，跟一切年轻的女人一样。她会爱你如一只饿了三天的狗咬着它最喜欢的骨头，她恨起你来也会像只恶狗狺狺地，不，多不声不响地恨恨地吃了你的。然而她的外形是沉静的，忧烦的，她会如秋天傍晚的树叶轻轻落在你的身旁，她觉得自己的夏天已经过去，西天的晚霞早暗下来了。

繁漪的形象让人想起张爱玲笔下的曹七巧。这位"通身是黑色"的周太太，即便瘦弱，也能让人感觉到她郁积于心的能量和仇怨。在《雷雨》这出"性格悲剧"里，人们之所以认为繁漪具有最"雷雨"的性格，就因为在所有人物中，只有她敢于直视自己的内心，把自己的性格发扬到极致。

人物登场时的这种大段描写是曹禺剧作的一大特点，它体现了作者对人物性格的洞察。很显然，这些文字不是给观众看的，是给读者读的。他的剧本由此增加了可读性，不再仅仅是演出的"脚本"，而且是案头的"文学"。

值得注意的是，这种描写意味着曹禺剧作人物的某种"定型化"的趋向。人们较少在他的作品里遇到人物性格的改变。无论这个人物拖着多么浓重的个人历史的影子，经历过何种悲喜和起落，当他或她在剧作里出场，其性格已经完成，很难再发生变化。此后他们的言谈举止，将始终在其规定性所指示的限度之内滑行、震荡，同时他们自己还总为自己寻找着不得不然的理由。由性格而至动作，动作不超出性格，直到死亡降临——以此窥探人性的深度和强度，这是曹禺演绎戏剧的基本方式，也是他观察世界的基本方式。[①] 启悟、悔改、成长……之类的情节在他的剧作中是比较少见的。要说"残忍"和"冷酷"，这种人性的囚笼才是真正的"残忍"和"冷酷"。

人物造型的这种凝定，让曹禺的剧作为一种张力所涨满。在《雷雨》中，对凝定的挣脱，形成了最抽象意义上的戏剧冲突。所有人口中叫喊着的"闷热"，就是他们想挣脱而不得，想认命而不甘的象征性表达。就这一情境而言，选择"雷雨"为象征物是恰切的——它是这个剧本实际的主角。[②]

在结构上，《雷雨》继承了易卜生、斯特林堡等大师开创的现代戏剧传统，比较严格地采取了"客厅剧"的形式。在周公馆的客厅，前后十几个小时之内，历史与现实、家里与家外的所有抗辩关系汩汩滔滔地汹涌流出。这造成了《雷雨》的高强度。为了缓解过度的紧张，曹禺特意加上了"序幕"和"尾声"，"仿佛有希腊悲剧 Chorus 一部分的功能，导引观众的情绪入于更宽阔的沉思的海"，制造一种"欣赏的距离"。[③] 这一设置也证明曹禺写作的初衷并非"问题剧"。

当然，作者的初衷是一回事，读者和观众的接受又是另外一回事。《雷雨》的题材本身，终归与现实社会问题难脱干系。于是曹禺的剧作始终和种种改造、删削、变形相伴，这是中国现代文学接受史上的重要景观。[④]

---

① "我要攀上高山之巅，仔仔细细地望穿、判断这些叫作'人'的东西是美是丑，究竟有怎样复杂的个性和灵魂。"（曹禺：《水木清华》，《曹禺全集》第 6 卷，石家庄：花山文艺出版社 1996 年版，第 344 页）

② "《雷雨》里原有第九个角色，而且是最重要的，我没有写进去，那就是称为'雷雨'的一名好汉。他几乎总是在场，他手下操纵其余八个傀儡。"（曹禺：《〈日出〉跋》，《曹禺全集》第 1 卷，石家庄：花山文艺出版社 1996 年版，第 385 页）

③ 曹禺：《〈雷雨〉序》，《曹禺全集》第 1 卷，石家庄：花山文艺出版社 1996 年版，第 14 页。

④ 参看钱理群：《大小舞台之间——曹禺戏剧新论》，北京：北京大学出版社 2007 年版。

不应把对曹禺剧作的误读完全归咎于读者和观众。事实上，与《雷雨》题材的"中国化"相比，对"残忍"和"冷酷"的感受，"序幕"和"尾声"的设置，"欣赏的距离"的坚持，无疑是过于"非中国化"了。难怪西学素养深厚的李健吾读过剧本，就很容易地联想到欧里庇得斯的 *Hippolytus*（《希波吕托斯》）和拉辛的 *Phèdre*（《费德尔》）。[①] 李健吾的联想被曹禺坚决地否认。但是，或者被理解为一般的"问题剧"，或者被纳入西方戏剧的谱系，这说明《雷雨》在世界眼光和中国语境之间存在某种微妙的不平衡状态。它与中国人的审美习惯，距离有些远。

　　曹禺对《雷雨》也是不满的。他自认因过分地使用了技巧，使它的结构"太像戏"了。这点不满是他寻求突破的方向，所以在接下来的《日出》里他使用了"横断面的描写"。[②] 而除此之外，《日出》与《雷雨》很是接近。[③] 最根本的，这个剧本的创作意图，也是要"烘托""一个主要概念"："损不足以奉有余"的社会。[④] 由"情绪"而至"概念"，这似乎是一个进步，而实际上，作者对"人类"的认识并无明显变化。[⑤] 他感受到的"灼热"也一如往昔，[⑥] 甚至更强。第二幕和第四幕中打夯歌即是明证。剧作家在尚无明确政治观念的情况下唤出的这种歌声，显

---

① 李健吾：《〈雷雨〉》，《李健吾戏剧评论选》，北京：中国戏剧出版社1982年版，第4页。

② 曹禺：《〈日出〉跋》，《曹禺全集》第1卷，石家庄：花山文艺出版社1996年版，第387—388页。《日出》，发表于《文季月刊》，1936年6月1日—9月1日，第1卷第1—4期。同年1月由上海的文化生活出版社出版单行本。

③ 比如，陈白露的性格也是定型化的，李健吾确认："她的高潮在开幕之前已经结束；我们看到的是尾声，是气氛，是诗，是死亡。她没有改变，她仅有的力量是玩世不恭的态度，她等待——甚至厌倦于等待——的仅仅是死亡。"（李健吾：《〈上海屋檐下〉》，《李健吾戏剧评论选》，石家庄：花山文艺出版社1996年版，第36页）

④ 曹禺：《〈日出〉跋》，《曹禺全集》第1卷，石家庄：花山文艺出版社1996年版，第389—390页。

⑤ "我更恨人群中一些冥顽不灵的自命为'人'的这一类的动物。他们偏若充耳无闻，不肯听旷野里那伟大的凄厉的唤声。他们闭着眼，情愿做地穴里的鼹鼠，避开阳光，鸵鸟似地把头插在愚蠢里。"（曹禺：《〈日出〉跋》，《曹禺全集》第1卷，石家庄：花山文艺出版社1996年版，第382页）他继续痛恨"人"的"愚蠢"。

⑥ "这些年在这光怪陆离的社会里流荡着，我看见多少梦魇一般的可怖的人事，这些印象我至死也不会忘却；它们化成多少严重的问题，死命地突击着我，这些问题灼热我的情绪，增强我的不平之感，有如一个热病患者，我整日觉得身旁有一个催命的鬼低低地在耳旁催促我，折磨我，使我得不到片刻的宁贴。"（曹禺：《〈日出〉跋》，《曹禺全集》第1卷，石家庄：花山文艺出版社1996年版，第380页）这样的意思在《〈雷雨〉序》已经表达过。

示了他对这个社会最猛烈的痛恨——他已经迫不及待地要将它埋葬，即使只能通过象征性的方式。

《日出》的问题是，满腔怒火的控诉却要诉诸契诃夫的"深邃艰深的艺术"："不见一段惊心动魄的场面"，"结构很平淡，剧情人物也没有什么起伏生展"……[1] 为此曹禺特意安排了第三幕的戏。而不少读者和排演者都觉得这一幕戏游离于全剧，在实际演出时它常被删去。这引起了曹禺的抗议。双方的分歧并不都是源于政治意识或者认识水平的差异。如何把澎湃洋溢的内在情绪，容纳在契诃夫散文化的戏剧结构之中，而又使其不被稀释，这是《日出》思想内涵与文本形式之间的根本矛盾。对第三幕的争执，与此有直接关系。

如果说《日出》的结构因有意借鉴契诃夫而让某些人产生不解，那么《原野》[2] 则因创造性地学习了奥尼尔而较好地解决了内容与形式的矛盾。仇虎背负着血海深仇归来，却发现仇人焦阎王已然死去。他如坠入"无物之阵"般惘然失措，杀死了焦大星，并诱使焦母打死了她的孙子小黑子。可是，焦大星和小黑子都不能算是对等的复仇对象，只是偶然被株连的无辜。二人的惨死点燃了仇虎心中的良知，他由愤怒迅速跌入愧悔，而且他的愧悔与愤怒同样暴烈。于是，在无边的原野上，他与金子一起开始了一场肉体与精神的双重逃亡。奥尼尔《琼斯皇》式的鼓声响彻于《原野》的第三幕。那是折磨仇虎和金子心灵的鼓声，更是他们心灵活动的具象化。与《日出》的散文化结构相比，还是"雷雨"、打夯歌和鼓声之类的音响更能营建那种深不可测的郁热氛围。曹禺的"生命三部曲"一直贯穿着这种氛围。

《原野》单行本出版时，抗战已全面爆发。好"感情用事"的曹禺，热忱满怀地投入到了这场伟大的民族战争中。抗战八年，话剧成为中心文体。为配合抗战，他参与了很多演出，与宋之的合作写作了《全民总动员》（后更名为《黑字

---

[1]　曹禺:《〈日出〉跋》,《曹禺全集》第 1 卷, 石家庄: 花山文艺出版社 1996 年版, 第 387 页。

[2]　《原野》, 发表于《文丛》, 1937 年 4 月 15 日—7 月 15 日, 第 1 卷第 2 号至第 5 号, 同年 8 月上海的文化生活出版社出版单行本。

二十八》出版），① 独力写作了《蜕变》。② 关于这两部"政治性"较强的戏，人们向来评价不高。不过，技巧的娴熟还是显而易见。比如《蜕变》中医院隔壁单调而迟缓的弹棉花的声音，就是医院棉絮一般混乱状态的极好象征。对声音的着意利用，是曹禺的惯技。他似乎于此特别敏感。

《北京人》和《家》是曹禺这一时期戏剧写作的新高峰。③ 从艺术风格看，这两部作品呈现出了明丽、凄婉的格调，一洗此前的残忍、郁热和愤怒。这可被视为曹禺创作的一大转折。

《雷雨》中充斥着罪恶的周家，《日出》中"损不足以奉有余"的社会以及《原野》中阴森的原野，被《北京人》中的封建大家庭曾家所取代。但这是一个走向衰败与没落的家庭，"生命三部曲"里的那种明显的压迫性力量顿然消失。从表面上看，这里几乎已不存在高度绷紧的人际关系。无论是曾文清与愫方一对表兄妹之间欲言又止的怜惜，还是曾瑞贞与愫方两个弱女子之间相互取暖的怜爱，蜿蜒其中的情感之流都不再那么迅猛。他们因为缺乏行动的力量，连内心的冲撞也变得不再那么棱角分明，虽然冲撞的浓度未必减弱。对于这些不彻底的人物，似乎只有"北京人"原始的野性血液才能提供疗救。曹禺告别了"生命三部曲"，反而对"生命三部曲"蓬勃的力量有所留恋。

所以，在主题思想上，《北京人》反映了曹禺对中国社会未来走向的一种思考。在"抗战建国"的思潮中，很多人都在思考中国这一老大帝国经历了惨痛的民族战争后将以何种方式浴火重生的问题。"北京人"对瑞贞和愫方的指引是曹禺对这一问题做出的回答。为此，他一反人物性格设定的习惯，表现了瑞贞和愫方的成长，最后把她们送出了曾家。

---

① 重庆：正中书局 1940 年版。

② 长沙：商务印书馆 1940 年版。

③ 《北京人》，重庆：文化生活出版社 1941 年版。《家》，重庆：文化生活出版社 1942 年版。此外他还写有剧本《桥》（连载于《文艺复兴》，1946 年 4 月 1 日—6 月 1 日，第 1 卷第 3—5 期），但未完成。

这一结局是曹禺在角色的困境中找到的突围之路，[①] 瑞贞和愫方的出走是令人欢欣鼓舞的。但是，从艺术效果上看，最为动人的，或许还是她们突围过程中所忍受的漫长的煎熬：

> 曾瑞贞　（严肃地）那么从今以后你决心为他看守这个家？（以下的
> 　　　　问答几乎是没有停顿，一气接下去）
>
> 愫　方　（又沉静下来）嗯。
>
> 曾瑞贞　（逼问）成天陪着快死的爷爷？
>
> 愫　方　（默默点着头）嗯。
>
> 曾瑞贞　（逼望着她）送他的终？
>
> 愫　方　（躲开瑞贞的眼睛）嗯。
>
> 曾瑞贞　（故意这样问）再照护他的儿子？
>
> 愫　方　（望瑞贞，微微皱眉）嗯。
>
> 曾瑞贞　侍候这一家子老小？
>
> 愫　方　（固执地）嗯。
>
> 曾瑞贞　（几乎是生了气）还整天看我这位婆婆的脸子？
>
> 愫　方　（不由得轻轻地打了一个寒战）喔！——嗯。
>
> 曾瑞贞　（反激）一辈子不出门？
>
> 愫　方　（又镇定下来）嗯。
>
> 曾瑞贞　不嫁人？
>
> 愫　方　嗯。
>
> 曾瑞贞　（追问）吃苦？
>
> 愫　方　（低沉）嗯。

---

① 他后来回忆："当时我有一种愿望，人应当像人一样地活着，不能像当时许多人那样活，必须在黑暗中找出一条路子来。我当时常常看到周围的人，看他们苦着，扭曲着，在沉下去，百无聊赖，一点办法也没有。我感到他们在旧社会中所感到的黑暗。我想好人应该活下去，要死的就快快地死吧，不要缠着还应该活下去的人。这是我当时的想法。"（曹禺：《和剧作家们谈读书和写作》，《曹禺全集》第5卷，石家庄：花山文艺出版社1996年版，第385—386页）这一番表白与"生命三部曲"时期的情绪颇为类似。

曾瑞贞（逼近）吃苦？

愫　方（凝视）嗯。

曾瑞贞（狠而重）到死？

愫　方（低头，用手摸着前额，缓缓地）到——死！

曾瑞贞（爆发，哀痛地）可我的好愫姨，你这是为什么呀？

愫　方（抬起头）为着——

曾瑞贞（质问的神色）嗯，为着——

愫　方（困难地）为着，我不知道该怎么说，——（忽然脸上显出
　　　　异样美丽的笑容）为着，这才是活着呀！

曾瑞贞（逼出一句话来）你真地相信爹就不会回来么？

愫　方（微笑）天会塌么？

曾瑞贞　你真准备一生不离开曾家的门，这个牢！就为着这么一个
　　　　梦，一个理想，一个人——

愫　方（悠悠地）也许有一天我会离开——

曾瑞贞（迫待）什么时候？

愫　方（笑着）那一天，天真地能塌，哑巴都急得说了话！

曾瑞贞（无限的悯切）愫姨，把一个自己的快乐完全放在一个人的
　　　　身上是危险的，也是不应该的。（感慨）过去我是个傻子，
　　　　愫姨你现在还——

［室内一切渐渐隐入在昏暗的暮色里，乌鸦在窗外屋檐上叫两声又飞
走了。在瑞贞说话的当儿由远远城墙上断续送来未归营的号手吹着
的号声，在凄凉的空气中寂寞地荡漾，一直到闭幕］。

愫　方　不说吧，瑞贞。（忽然扬头望着外面）你听，这远远吹的是
　　　　什么？

曾瑞贞（看出她不肯再谈下去）城墙边上吹的号。

愫　方（谛听）凄凉的很哪！

曾瑞贞（点头）嗯，天黑了！过去我一个人坐在屋里就怕听这个，
　　　　听着就好像活着总是灰惨惨的。

愫　方　（眼里涌出泪光）是啊，听着是凄凉啊！（猛然热烈地抓着瑞贞的手，低声）可瑞贞，我现在突然觉得真快乐呀！（抚摸自己的胸）这心好暖哪！真好像春天来了一样。（兴奋地）活着不就是这个调子么？我们活着就是这么一大段又凄凉又甜蜜的日子啊！（感动地流下泪）叫你想想忍不住要哭，想想又忍不住要笑啊！

在《北京人》这里，契诃夫第一次取得了完全的胜利。愫方这一典型的东方传统女性形象，让人很容易联想到《三姊妹》中的三个大眼睛的姑娘奥尔加、玛莎和伊里娜，她们可爱的生命完全消耗在对莫斯科的向往中。曹禺实现了戏剧的散文化，结果是这部作品浸透着诗情。在北京的天空下，阵阵传来的是凄凉的号声。一样的诗性追求，[①] "生命三部曲"是狂飙天落，《北京人》则是一唱三叹，悠扬低回。相对而言，应该是后者更为契合中国传统的审美趣味。

《北京人》的诗情，延续到了《家》。尽管名义上《家》是从巴金的同名小说改编而来，但把它视为曹禺的原创，亦不为过。在原作的所有情节里，他只选择了觉新与瑞珏、觉慧与鸣凤的爱情故事来结构剧本，并增添了一些原作没有的内容。在形象塑造方面，长辈们的卑琐、残暴与年轻一代的单纯、善良都比原作大大加强。敌对阵营的鸿沟被曹禺有意地加宽了。更重要的是，剧本与小说的主题因此很不相同。巴金要用小说表达他对"制度"的憎恨，[②] 他多次借觉慧之口陈述过这一思想。既然批判的对象主要的不是个人，而是制度，小说《家》对长辈们的态度就有些模糊、暧昧。相比而言，剧本《家》的爱憎就强烈地多。除高老太爷、周氏、钱太太这少数几个人外，其他长辈无一例外都是丑角的形象。很难说他们的丑恶都是出于"制度"，毋宁说也是出于"性格"。

所以，曹禺改编出的不是"问题剧"，而是一出比较纯粹的青春被"无意间"

---

① 关于《雷雨》，曹禺强调："我要流荡在人们中间还有诗样的情怀。"（曹禺：《〈雷雨〉序》，《曹禺全集》第 1 卷，石家庄：花山文艺出版社 1996 年版，第 14 页）

② "我并不要写我的家庭，我并不要把我所认识的人写进我的小说里面。我更不愿意把小说作为报复的武器来攻击私人。我所憎恨的并不是一个人，而是制度。"（巴金：《关于〈家〉（十版代序）——给我的一个表哥》，《巴金全集》第 1 卷，北京：人民文学出版社 1986 年版，第 443 页）

残忍毁灭的悲剧。瑞珏和鸣凤，就分别是愫方和四凤的化身。不过在《家》里，人物的性格没有《雷雨》那么浓烈，光明的前途也并没有《北京人》那么明确，年轻人好像忘记了正面的反抗。于是，在明暗两个世界的对比中，辗转于苦厄下的生命才迸发出惊人的诗情。比如觉新与瑞珏的洞房之夜，作者让两个人用歌唱的方式把各自的内心世界搬上了舞台。这显然是"非现实的"，但却是诗的。再比如鸣凤跳水自杀前与觉慧的一段对话：

> 觉慧（倾听着，欣喜而又奇怪地）你今天话真多呀。
>
> 鸣凤（望着他灵巧的目光）您不是说有一种鸟，一唱就是一夜晚，唱得血都呕出来了么？
>
> 觉慧（点头微笑）是呀，那是给人快乐的鸟。
>
> [风声，四处的虫声，远远有轻微的雷声还未滚近，又消逝了。湖滨上一个闪电，照亮了对岸的梅林，旋又暗下去，青蛙不住地叫。]
>
> 鸣凤 三少爷，（仰望他，哀慕地）我就想这样说一夜晚给您听呀！
>   （啜泣）
>
> 觉慧（拍拍她的肩，怜爱地望着她，安慰着）不，不哭，不哭。
>
> 鸣凤（轻轻摇着头，睁着苦痛绝望的眼睛）我真，真觉得没活够呀，
>   （忽然）您，您亲亲我吧！
>
> 觉慧（惊奇）鸣凤，你——？
>
> 鸣凤 您不肯！（低头）
>
> 觉慧（忙解释）不是，我就是觉得你今天——
>
> 鸣凤（可怜地）三少爷，我不是坏孩子呀。
>
> 觉慧（迷惑地）不，当然不——
>
> 鸣凤（坦白地）这脸只有小时候母亲亲过，现在您挨过，再有——
>
> 觉慧 再有？
>
> 鸣凤 再有就是太阳晒过，月亮照过，风吹过了。
>
> 觉慧（感动地）我的好鸣凤！（抱着她）
>
> 鸣凤（第一次叫出口）觉慧！

觉慧　喉！

鸣凤（激动地）我，我真爱你呀。

与懔方一样，鸣凤的心里填满了难以言喻、难以负载的哀伤，但她们的动作异常平静，谈吐异常简净。悬殊的对比意味着曹禺艺术境界的由博返约，返璞归真。

鸣凤所说的呕血歌唱的鸟，是杜鹃。曹禺习惯性地利用了杜鹃制造的音响，使其构成《家》的主旋律。这声音不是绝叫，而是不乏哀苦，它和着瑞珏的临终遗言："不过冬天也有尽了的时候。"冬天的尽头就是春天，"子规夜半犹啼血，不信东风唤不回"，曹禺在剧末点出了他的朦胧的希望。他的戏剧语言，至此达到了诗的层次。整部剧作，就笼罩在这份葱茏蓊郁的诗境中。

用话剧这种叙事性的体裁实现写意性的美学风格，这是向民族审美习惯的回归。当然，这些成就的取得，与曹禺自觉汲取世界戏剧大师——易卜生、契诃夫、奥尼尔……——的艺术营养紧密相关。以新潮文化的世界性眼光，拓宽话剧的民族化之路，这样，曹禺才无愧现代中国话剧大师的称号。

建国以后，曹禺曾担任中央戏剧学院副院长和北京人民艺术剧院院长，为新中国的话剧事业做出了巨大贡献。此外，他还创作了《明朗的天》、《胆剑篇》、《王昭君》等剧本。[①] 这些剧本各有所长，但总体艺术质量不如他此前的作品。

第二十八节　李健吾其人其剧

李健吾（1906—1982），山西运城人。父亲李鸣凤（字岐山，后以字行），是清末民初山西政坛上一个有影响力的人物，几度沉浮。随着父亲命运的变化，李健吾在幼年时期享受过少爷的待遇，也曾被迫逃难他乡。袁世凯败亡后，父亲出任陆军部谘议，李健吾随之迁到北京，最终卜居解梁会馆。解梁会馆离新开业的娱乐场所"新世界"很近，小小年纪的李健吾很快就被那里的文明戏吸引住了。

[①] 《明朗的天》，《剧本》，1954年，第9—10号和《人民文学》，1954年，第9—10号。《胆剑篇》，《人民文学》，1962年，第7、8月号合刊。《王昭君》，《人民文学》，1978年，第11月号。

看过之后免不了要模仿。从小学起，李健吾就登上舞台演出。此时北京的爱美剧运动已经展开，这位专饰女角且演技突出的小演员很快就被发掘出来，一时间俨然是北京新剧界一位名角。[①] 他的戏剧生涯是从演出开始的。

参加演出之后不久，李健吾也开始了写作剧本的尝试。1922 年底，北师大附中学生李健吾与志同道合的同学塞先艾、朱大枏等人一起，组织了一个文学团体"曦社"，发行了文学期刊《爝火》。在总共两期的《爝火》上，李健吾分别发表了剧本《出门之前》和《私生子》。[②] 这是他戏剧创作的开始。拜五四新潮文化的熏染之赐，剧本的故事闪烁着单纯的人道主义理想，但作品本身意境并不开阔，结构也比较简单，稚拙是显而易见的。这些小故事之所以引起作者的兴趣，主要是人物心理的戏剧性冲突。从心理戏的路子起手，这露出了他日后创作发展趋向的一点苗头。

除《出门之前》、《私生子》外，李健吾早年的主要作品还有《工人》、《翠子的将来》、《另外一群》、《母亲的梦》等独幕剧。这些作品，大都把目光投向了下层社会中的人和事，其主人公来自铁路工人、城市贫民或者仆从丫环。[③] 对他们的善良、温情和不幸，作者报以深深的同情和关心。李健吾父亲的好朋友景梅九、李健吾的大哥李卓吾都是无政府主义者。耳濡目染，他也懵懂地了解了一点无政府主义的思想，学着思考社会问题。[④] 故而他的作品呈现如此面貌，并不偶然。但这一点政治意识也不必刻意拔高。比如《母亲的梦》一剧，模仿了爱尔兰剧作家辛额（John Millington Synge，又译沁孤）的名作《骑马下海的人》（*Riders to the*

---

① 1921 年底，为担起"把剧场与文学联合拢来的天职"，北京的爱美剧人联合各方力量成立"北京试验剧社"。时为北师大附中学生的李健吾与陈大悲一起被列为发起人。参看陈大悲：《介绍一个长命的爱美剧社》，《晨报副刊》，1921 年 11 月 26 日。虽然李健吾称此事"其实是一个徒有其名的空架子"，"是哄人的"。（李健吾：《五四期间北京学生话剧运动一斑》，《李健吾戏剧评论选》，北京：中国戏剧出版社 1982 年版，第 412 页）但一个中学生能列名其间，这无疑还是反映了他的地位。

② 《出门之前》，《爝火》，1923 年 2 月 10 日，第 1 期，署名仲刚；《私生子》，《爝火》，1923 年 7 月 1 日，第 2 期，署名李仲刚。

③ 解梁会馆附近的南下洼一代，是北京穷苦人的聚居区。

④ 李健吾：《〈母亲的梦〉跋》，《母亲的梦》，上海：文化生活出版社 1936 年版，第 ii—iii 页。

Sea，又译《骑海者》）。李健吾明言，这部名作触动了他的"一个青年绮丽的忧患"。① 所以，他关注社会下层人物，未始不是基于个人身世而产生的共鸣使然；他对剧中人的感情，也不妨看做是个人寂寞心境的一种投射。

1925 年，李健吾中学毕业，考入清华学校大学部国文系，后转入西文系。清华素有学生演剧传统。在西文系主任、戏剧专家王文显的影响下，他又通读了西方戏剧理论和戏剧作品，戏剧理论和实践方面都获得很大提高。不过，戏剧素养的提高并非单方面的事情，李健吾实际是多点开花。他也写小说、写诗歌、写评论、搞翻译。代表作、中篇小说《一个兵和他的老婆》就写于此时。他开始在北京文坛崭露头角。

1930 年，李健吾从清华毕业，他放弃了留校担任王文显助教的机会，于 1931 年赴法留学，并在欧洲游历。旅法时期，李健吾主攻福楼拜研究。法国文豪"为艺术而艺术"的态度，在法国直接接触的新潮文化，都对他产生了深刻的影响。也是在法国，他得知了"九一八事变"和"一·二八事变"的消息。以此为题材，他写作了两个剧本《火线之外》和《火线之内》。② 因为毕竟远隔重洋，对事变的实际情形了解有限，这两个剧本的艺术质量都不算突出。

回国以后，李健吾先是在胡适主持的编译委员会供职，后应郑振铎之邀，南下任上海暨南大学教授。他逐渐进入了戏剧创作的丰收时期——连续拿出了《村长之家》、《梁允达》、《这不过是春天》、《以身作则》、《新学究》、《十三年》直到《贩马记》、《青春》等一系列作品。与戏剧和小说创作同时，他还完成了《福楼拜评传》的写作，③ 又以刘西渭的笔名写下大量漂亮的批评文字。④ 这些工作，在相应的领域均是顶尖的成就。集作家、外国文学研究家、批评家、翻译家于一身，李健吾

---

① 李健吾：《〈母亲的梦〉跋》，《母亲的梦》，上海：文化生活出版社 1936 年版，第 iii 页。

② 《火线之外》，北平：青年书店 1933 年版。后又改名为《信号》，重庆：文化生活出版社 1942 年版。《火线之内》，北平：青年书店 1933 年版。修改稿更名为《老王和他的同志们》，发表于《文学》，1936 年 1 月 1 日，第 6 卷第 1 期。后收入《母亲的梦》。

③ 上海：商务印书馆 1935 年版。

④ 大部分结集为《咀华集》（上海：文化生活出版社 1936 年版）和《咀华二集》（上海：文化生活出版社 1942 年版）。

才能的多面令人惊叹。

李健吾还未回国时，《村长之家》已开始在《现代》杂志连载。[①] 这一次，他把故事的场景放到了"华北乡间某村"。明眼人可以看出，"布景"部分对"小巷"、"车门"、"家门"布局的介绍，就是以他山西运城北相镇西曲马村的老家为原型的。剧中的真娃，应该是从他自己的乳名跟娃化出；而叶儿，则是他小时候恋慕极深的一个女孩子的名字。远离故国的李健吾，回忆起了童年往事，他或许在用这种方式表达乡关之思。

《村长之家》的戏剧冲突主要体现在两个方面：一个是杜村长的女儿叶儿如何使她的父母接受她与穷少年真娃隐瞒着的恋情；一个是深孚众望的杜村长是否厮认逃荒而至的生身母亲。冲突的衔接点，是杜村长。他因身世的坎坷而养成了冷酷的性格，刻意逃避温情脉脉的东西。他排斥女儿的自由恋爱，由于名誉关系也回避生身母亲。与李健吾的早期剧作相比，《村长之家》结构和线索的复杂性大大加强了。剧本中叶儿的柔肠百转、村长的色厉内荏也都具备了一定的心理深度。但是，因为作者在短短的三幕里让两个矛盾平行发展，人物的心理刻画也就未能更加深入。不仅叶儿、村长的形象不很丰满，其他人物也显得平淡，剧本内在的情感强度未及充分展开。

《村长之家》的真正重要之处在于，它的故事情节，几乎可以被视为李健吾成熟期大部分剧作的原型性情节。叶儿与真娃之间贫富悬殊的恋爱，在《翠子的将来》中已有了影影绰绰的影子，在后来的《贩马记》、《青春》中都重复出现。村长本人，近乎步入晚年的"私生子"，只是他背负了更多的社会角色，不可能如《私生子》中年轻的主人公那样义无反顾。他内心分裂的形象，在《梁允达》中更完美地再现；他作为严父的形象，又在《贩马记》和《青春》中登场——《贩马记》中的同类角色，甚至也姓杜。

原型性情节的普遍存在是李健吾成熟期戏剧创作中的一个很有意味的现象。在情节结构上，《村长之家》与《梁允达》、《这不过是春天》与《十三年》、《以身作则》与《新学究》、《贩马记》与《青春》，这八个剧本是一对一对地出现的。而

---

① 从第3卷第1期（1933年5月1日）起，至第3卷第4期（1933年8月1日）止。

这八个剧本，基本是他优秀剧作的全部。

《梁允达》① 标志着剧作家李健吾的成熟。进入新时期，此剧收入《李健吾剧作选》时，他的老朋友柯灵从揭露社会黑暗的高度来评价这个剧本。② 但作者的初衷并不在此。他明确讲，这些"在一种相当的寂寞里"写作的剧本，完全是源于"纯而又纯的精神作用"，只图"好玩"，与"物质的酬庸"无关，自然也与政治诉求无关。③ 李健吾更感兴趣的，是观察笔下人物在极端状态下的心理反应，是思考"人性"。关心"人"，关注"人性"，这是李健吾受到新潮文化影响的地方。

这是一部相当阴暗的作品。梁允达如今是村子里的好人物，但有一件心事许久以来折磨着他：二十年前，他浪荡荒唐，为了谋取家产挥霍，被流氓朋友刘狗挑唆，胁从杀死了父亲。此后他打发刘狗远走他乡，自己生活上也逐渐改邪归正。二十年后，刘狗忽然现身，勾起了他难堪的记忆。

一开幕，梁允达呼儿唤仆的慌张举动就制造了惶惶然的不安气氛，仿佛有什么不好的事情即将发生。但这事却没有立刻发生，作者宕开一笔，交代了梁允达与村里人和家里人关系的大致情况，送出一幅相当日常的乡村生活画面。到第一幕快结束的时候，才有了梁允达和刘狗的第一次正面重逢：

> ［梁允达自外上。］
>
> 梁（盛怒）车门也不关，天黑得这么早，说黑就黑，一百个贼也溜
> 　　得进来！（向刘狗）谁站在这里，四喜吗？怎么不作声！难道
> 　　是老张，你哑巴了？我叫你拴狗来，狗在什么地方？好混账！
>
> 刘（笑）狗在这里。我又找见你了。
>
> 梁（气落）啊！你是谁？
>
> 刘　你真不认识我？看我老成什么样子！
>
> 梁（嗫嚅）你……你……你是刘狗！

---

① 发表于《文学》，1934年4月1日，第2卷第4期。同年10月由上海的生活书店出版单行本。

② 柯灵：《〈李健吾剧作选〉序言》，《李健吾剧作选》，北京：中国戏剧出版社1982年版，第7页。

③ 李健吾：《〈梁允达〉序》，《梁允达》。原文无页码。

刘（大笑）对了，你的老伴，亏了你这记性！

梁　天太黑，我瞅不清。

刘　不算太黑，还有月亮。咱们二十年没有见面，我添了一脸老皱纹，难怪你不敢认。

梁（咳嗽）我也老了。

刘　你象不如我，还多添了点儿咳嗽！

梁　不，不，我一时呛了嗓子。

刘　你想不到我会来找你。我自己都没有料到，人家告我土豪劣绅，
　　听到风声我就跑，家产一丢二净，躲来躲去，还是奔到你这里。
　　我一点没有存心搅你。（稍缓）你吩咐家人不见我。

梁　我就不知道你来，怎么会指你？再说你遭了难，我不能不留你。

刘　我猜你不会。咱俩老交情，今晚我想在你这里。

梁　那自然。我女人死了，你跟我一炕睡。

刘　我要在你这里住好些天，好些天……（向内）

　　这里淋漓尽致地展示了李健吾的语言功力。梁允达早想把刘狗拒之门外，所以时刻留意关门之事。刚开始，他明显是想装作不认识刘狗的，但躲不过，于是来了三个"你"；说"老"，是试图唤起对方的同情；否认"老"，是软中带硬；最后"不能不留你"，又是主动示好。而在刘狗一方，揶揄嘲讽中不乏咄咄逼人之意。声称要"住好些天"，那貌似松了口气的口吻其实是阴森可怖的。短短几句对话，浓缩了异常丰富的心理内容。作为梁允达心理压力层层加码过程中的一个重要环节，这一场戏清晰地揭示了刘梁二人猫捉老鼠般的精神世界对比结构。日常生活被这场重逢带来的突变生硬地打断了。

　　关键是现在刘狗又开始挑拨他和他的对手蔡仁山、儿子四喜、儿媳、仆人老张的关系，转眼间梁家就危机四伏。最后，刘狗故伎重施，让梁允达的儿子威逼梁允达本人就范。上一代父子的凶案眼看就要报应性地重演，紧张、惊恐、愤恨，各种情绪扭结在一起席卷了梁允达。冲动之下，他在梁氏家祠里手刃刘狗，救赎了自己也毁灭了自己。

对梁允达而言，刘狗幽灵式的存在其实就是他当年罪恶的具象化，一件时间长河中的往事现在作为空间中的一个鲜活的生命横亘在前。他对刘狗的态度，就是他对这件往事 / 这个生命的态度。他排斥，他逃避，他试图对抗，却总是屈服。这件往事 / 这个生命如今非常现实地一点一点地蚕食着他的生活。梁允达曲线发展的心路历程，展现出了一种残酷的美感。与杜村长相比，这个人物的形象无疑更为立体、生动。《梁允达》为代表的心理剧，成为李健吾的拿手好戏。

《这不过是春天》是李健吾流传最广的剧作。[①] 其中正面出现了革命者的形象。北伐期间，冯允平从南方回到北平从事地下工作，被北洋政府的暗探盯上了。万分凑巧的是，主管缉拿事务的警察厅厅长，娶了冯允平当年的恋人，而冯允平难忘旧情，又主动上门去拜望厅长夫人。冯允平的到来唤醒了厅长夫人美好的回忆，她难以自持，试图不惜一切留下他。但后者留恋之中却没有忘记革命职责，不肯从命。得知对方身份的厅长夫人失望之余决定帮助这位革命者逃离险境。

这个剧本虽然引入了革命者的形象，也让革命者来了一段慷慨陈词，但其政治色彩是相当淡薄的。革命只是剧本所设置的一个背景，李健吾无意表现敌对阵营壁垒分明、剑拔弩张的斗争，他所着力发掘的，是面对物是人非的局面时人物内心的挣扎。厅长夫人的心路历程是最为曲折的。多年的优裕生活已经让她成为一个喜爱奢华，精神空虚，惯于撒娇使气的贵夫人。她一开始本能地回避与撞上门来的冯允平见面，因为她不愿与少女时代的回忆见面——那段回忆反衬了她现在生活的庸俗无聊；但好奇心和老交情又把她推向了冯允平，她感谢这段重逢，甚至因此重新点燃了生命力，有了重新安排生活的渴望。只不过，她强留冯允平的行为，实际上不过是红杏出墙式的生活调剂而已。冯允平执意离去，这让她不免羞惭，羞惭于自己对婚姻不忠的企图，羞惭于自己缺乏摆脱优裕生活的勇气；羞惭之中不免怨恨，怨恨对方没有顾及旧情，并不那么在乎她，也怨恨对方没有对她言听计从，挑战了厅长夫人的权威；怨恨之中又不免羡慕，羡慕对方"走遍天涯闹革命"的洒脱刺激；羡慕的最后还有些自我崇高化的快感，因为她牺牲了

---

① 发表于《文学季刊》，1934 年 7 月 1 日，第 1 卷第 3 期。（同期刊物上还发表了曹禺的《雷雨》）1937 年 6 月由上海的商务印书馆出版单行本。

自己，送走了他，也成就了他。说不清是心酸还是苦涩，是悲剧还是喜剧，厅长夫人的心理深度比之梁允达有过之而无不及。

忽然归来的冯允平承担着与刘狗完全一样的情节功能。不一样的是，刘狗一如既往地坏，而冯允平摇身一变成了革命者，这又给厅长夫人的心理活动平添了一层波澜。《这不过是春天》很好地继承和发展了《梁允达》所开创的心理戏范式：戏剧冲突集中、结构繁而不乱，语言干脆漂亮。而"这不过是春天"的标题，还给这部作品蒙上了淡淡的、感伤的抒情色彩。因为塑造了厅长夫人这样一个令人爱恨交加的角色，这个剧本得到了女性读者的广泛欢迎。

厅长夫人的性别到了《十三年》[①]里换成了男性——暗探黄天利。他认出他要拘捕的地下工作者向慧是十三年前的邻家少女，于是最后放走了她，自己饮弹自杀。[②]李健吾在单行本卷首明确说这是一出"闹剧"（melodrama），在"跋"里解释这一术语道：

> 依照亚里士多德，一出戏只要有可能性，甚至于或能性，就可以接受。它是悲剧的一种变形，缺乏人生坚厚的基石，仅仅贴住了一个或能性：人生原是一串转变，它把转变提到一种非常的极境。它不怕奇突。它不像悲剧那样供给观众若干机会预备。[③]

时时注意人生的"或能性"和"转变"的"极境"，这很好地概括了李健吾成熟期剧作的主要特点。他把戏剧当做了人性的实验室。

同样的"极境"，李健吾在新旧两代知识分子身上又各自尝试了一次，这就是《以身作则》和《新学究》两个剧本。[④]徐守清固守道学，康如水过分浪漫，而其走火入魔则一样。李健吾说："我挣扎于富有意义的人生的极境，我接受唯有艺术

---

① 最初以《一个未登记的同志》之名发表于《文学杂志》，1937年5月1日，第1卷第1期。1939年4月由上海的文化生活出版社出版单行本时改名《十三年》。

② 收入《李健吾剧作选》时，作者把结尾做了修改：黄天利让地下工作者把他绑在椅子上布置了一个假象，没有自杀。

③ 李健吾：《〈十三年〉跋》，《十三年》，上海：文化生活出版社1939年版，第47页。

④ 《以身作则》，上海：文化生活出版社1936年版。《新学究》，上海：文化生活出版社1937年版。

可以完成精神的胜利。我用艺术和人生的参差，苦自揉搓我渺微的心灵。作品应该建在一个深广的人性上面，富有地方色彩，然而传达人类普遍的情绪。"① 由"深广"中的"极境"勘察"普遍"，与文学批评写作一样，李健吾的戏剧写作也是一种"灵魂的冒险"。② 这就是他的艺术观。

这种艺术观其实也不复杂。"或能性"如何可能？从以上几个剧本来看，制造这种"或能性"的或者是爱情，或者是欲望，或者是未泯的良心。也就是说，李健吾的"人性"，有一个抽象的感性的东西作为底色。艺术的使命，是去发掘和发扬这个东西。

李健吾平静的书斋生活在侵华日军的炮火面前变得不可能了。日军步步紧逼，上海进入"孤岛"和沦陷时期。这一时期上海娱乐业畸形繁荣，戏剧观众庞大。为了宣传抗战，也为了维持生活，留守上海的话剧界进步人士有组织地团结起来，开展了卓有成绩的戏剧运动。李健吾是这一剧运的重要成员。他参与了"孤岛"时期最重要的剧团上海剧艺社的成立和演出，后来还主持过几个剧团，一度以此为业，再次显示了其优秀的组织才能和高超的表演才华，也为困难中的上海剧运做出了巨大贡献。但在 1945 年 4 月，他终于被日本人盯上了，接着是逮捕，拷打，监视。他在 6 月逃亡，不久却听到了日本投降的消息。

文字工作方面，这一时期李健吾原创的剧本只有《黄花》和《草莽》(《贩马记》)。③ 他更大的精力放在了改编上。在那个特殊年代，创作是比较敏感的事情，改编有其不得不然的一面。④ 他改编了巴金的《秋》⑤ 和张恨水的《啼笑因缘》(剧本今已不存)；根据法国戏剧家萨尔度（Victorien Sardou，又译萨尔都）的作品，

---

① 李健吾：《〈以身作则〉后记》，《以身作则》，上海：文化生活出版社 1936 年版，第 iii 页。

② 李健吾：《〈边城〉——沈从文先生作》，《咀华集》，上海：文化生活出版社 1936 年版，第 67—68 页。

③ 《黄花》，重庆：文化生活出版社 1944 年版。《草莽》，连载于《文艺杂志》，1942 年 2 月 15 日—4 月 15 日，第 1 卷第 2—4 期。1981 年宁夏人民出版社出版单行本，更名为《贩马记》。

④ 参看李健吾：《〈风流债〉跋》，《风流债》，上海：世界书局 1944 年版，第 1 页。

⑤ 上海：文化生活出版社 1946 年版。

他改编出了《花信风》、《喜相逢》、《风流债》和《金小玉》；①根据法国剧作家斯克里布（Eugène Scribe）的作品，他改编出了《云彩霞》；②根据美国剧作家费希（W.C. Fitch）的作品，他改编出了《撒谎世家》；③根据莎士比亚的作品，他改编出了《王德明》和《阿史那》。④这一工作延续到了抗战胜利以后。⑤

但是，李健吾的改编却不是消极的翻译。他主要取原作的大意，重神似而非形似。改编本的人物、情境、格调，都完全地中国化了，几乎难以看出原作的痕迹。比如他比较得意的《王德明》和《阿史那》，都有中国历史上的真实人物的原型。不妨说，是莎士比亚笔下的人物触动了李健吾发掘历史人物"人性"内涵的兴致——他本来就喜欢而且热衷于心理剧的尝试。所以，他的改编亦应视为另一种形式的"创作"。⑥而这种改编本之于原本的同与异，也是中西比较戏剧领域的一个好题目。

李健吾建国前的收官剧作是《青春》。⑦这是他利用写作《贩马记》时"一个舍弃的材料"写的。⑧《青春》中的田喜儿，就是《贩马记》中的高振义。二者有

① 《花信风》，上海：世界书局 1944 年版。原剧名为 *Fernande*。《喜相逢》，上海：世界书局 1944 年版。原剧名为 *Fedora*。《风流债》，上海：世界书局 1944 年版。原剧名为 *Séraphine*。《金小玉》，上海：万叶书店 1946 年版。原剧名为 *La Tosca*。此剧另有一改编本名《不夜天》（重庆：美学出版社 1945 年版）。

② 连载于《万象》，1942 年 12 月 1 日—1943 年 4 月 1 日，第 2 卷第 6—10 期，1947 年 8 月上海的寰星图书杂志社出版单行本。原剧名为 *Adrienne Lecouvreur*。

③ 上海：文化生活出版社 1939 年版。原剧名为 *The Truth*。

④ 《王德明》，连载于《文章》，1946 年 1 月 15 日—7 月 15 日，第 1—4 期，公演时曾改名《乱世英雄》。原剧名为 *Macbeth*。《阿史那》，连载于《文学杂志》，1947 年 6 月 1 日—8 月第 2 卷，第 1—3 期（复刊号）。原剧名为 *Othello*。

⑤ 包括：改编自博马舍《费加罗的婚礼》的《好事近》（连载于《文艺春秋》，1946 年 8 月 15 日—11 月 15 日，第 3 卷第 2—5 期。1947 年 5 月上海的怀正文化社出版单行本）、改编自席勒《强盗》的《山河怨》（连载于《文艺复兴》1946 年 11 月 1 日—12 月 1 日，第 2 卷第 4—5 期）、改编自阿里斯托芬《伊克里西阿》（又译《公民大会妇女》）的《和平颂》（公演时又改名《女人与和平》）等。

⑥ 李健吾：《〈阿史那〉前言》，《文学杂志》，1947 年 6 月 1 日，第 2 卷第 1 期。

⑦ 连载于《文艺复兴》，1946 年 1 月 10 日—2 月 15 日，第 1 卷第 1—2 期。1948 年 11 月上海的文化生活出版社出版单行本。

⑧ 李健吾：《〈贩马记〉后记》（辛亥传奇剧），《贩马记》（辛亥传奇剧），银川：宁夏人民出版社 1981 年版，第 109 页。另参看李健吾：《〈青春〉跋》，《青春》，上海：文化生活出版社 1948 年版，第 161 页。

一个共同的原型——作者的父亲。仿佛是对《村长之家》的一个遥远的呼应，李健吾又一次回到了他的童年记忆，回到了他的故乡。

不仅如此，就李健吾的戏剧写作生涯而言，《青春》堪称一部"集大成"的作品，他许多作品的人物原型在此都集中地再现了。田喜儿的形象，不止对应着《贩马记》的高振义，这一谱系还可以上溯到《村长之家》中的真娃——他们都与地主家的小姐发生了门不当户不对的爱情。几位小姐的名字，分别是香草、金姑、叶儿。扼杀这一自由恋爱的封建家长，分别是杨村长、杜绅士、杜村长。《青春》还勾连起了《以身作则》里的老学究徐守清，他在这里化身为罗举人和郑老师。不过，因为洗尽了从杜村长到梁允达的阴郁，《青春》变成了一出清新明快的喜剧。田喜儿通过一番磨难，终于得到了香草。

《青春》洋溢着青春的气息，沉浸在童年记忆中的李健吾打捞出的是饱满到万分的温馨。有人认为《青春》不能算是成功之作，作品发表的当时亦有人撰文指出其不足。[1] 其实就台词的设计和结构的安排而言，它还是保持了作者的高水准。尤其是其语言，通篇都可谓花团锦簇。但它确有不协调之处，那就是田喜儿的成长。在第四幕，这个胆大包天的顽劣少年忽然变得感伤、深沉，他开始思考他的命运和爱情。虽然作者隐约交代这是跟随景相公（其原型应是李健吾父亲的朋友景梅九）学习的结果，但转变仍然有些突兀。就像写作《出门之前》和《私生子》时那个懵懂的李健吾一样，主导田喜儿形象的只是一种比较浮面的情绪。加上一段思考的话，足以反映作者本人在塑造这一人物时的摇摆。于是，作为一部纯粹的轻喜剧的主人公，田喜儿的形象就不具备梁允达、厅长夫人、黄天利等人那样的心理深度。

不过，这一欠缺或许无关紧要。对李健吾本人来说，重要的是他由此又实现了一个"漂泊者"精神上的"回乡"。这次集大成的"回乡"之作，也就成了他最后一部重要剧作。[2]

---

① 参看韩石山：《李健吾传》，太原：山西人民出版社 2006 年版，第 218—220 页。

② 参看张健：《幽默行旅与讽刺之门——中国现代喜剧研究》的"附录一 李健吾：回乡之路"，北京：中国人民大学出版社 1997 年版。

从《村长之家》到《青春》，李健吾全部重要剧作中出现的情节原型，是屈指可数的。不同剧作的区别在于处理这些原型的角度有所不同。值得叹服的是通过这样几个有限的情节原型，他给我们呈现出了一个广阔的"人性"世界。为了观察"人性"，是否需要编织繁复的故事？李健吾的答案似乎是否定的。他的成就在此，局限或许也在于此。

第二十九节　《茶馆》与《洞箫横吹》

1956 年是新中国历史上的重要年头。应和国内外形势，经过一段时期的酝酿，这一年的 5 月 2 日，在最高国务会议上，毛泽东正式提出了"百花齐放、百家争鸣"的口号。[①] 对刚刚经历电影《武训传》批判、《红楼梦》研究批判和"胡风反革命集团"斗争等事件的知识分子来说，"双百方针"的提出为他们带来了难得的"早春天气"。在这股"解冻"潮流中，"文学领域出现了一系列的变革，出现了带有新异色彩的理论主张和创作"。[②] 这一时期，文学史家称之为"百花时代"。

"新异"是相对于社会主义现实主义一统天下的文坛风气而言的。其实，此时文学领域的此类现象正是接通了现代中国文学史上重视个人、关注个人的新潮文化渗染的结果。

也是在"百花时代"，新中国话剧文学迎来了第一次高潮。1956 年三四月间，文化部举办了第一届全国话剧观摩演出大会。会演质量未必很高，但国家有关部门对话剧的高度重视和有意引导，对于戏剧创作的繁荣无疑是一个强有力的推动。《洞箫横吹》、《同甘共苦》、《布谷鸟又叫了》等一批摆脱公式化陷阱、直面现实生活不如意之处的剧作涌现出来。同样出现于此时的老舍的《茶馆》，则达到了当代戏剧的巅峰。

老舍本以小说家的身份登上文坛，他是在抗战的炮火声中开始话剧写作的。

---

① 具体过程参看夏杏珍：《"双百"方针的形成过程》，中共中央党史研究室编：《中共党史资料》第 58 辑，北京：中共党史出版社 1996 年版。

② 洪子诚：《1956：百花时代·简短的前言》，济南：山东教育出版社 1998 年版，第 1 页。

短短几年间，就有 9 部话剧问世。① 之所以做新的尝试，老舍自谓原因有二："（一）练习练习；（二）戏剧在抗战宣传上有突击的功效。"② 他对不同文学体裁之功能的理解值得注意。1949 年底，老舍自美国回到祖国的怀抱，受到了热烈的欢迎，不久他就为新社会中人民生活翻天覆地的变化而感到振奋，对新的人民政府心悦诚服。主动学习了毛泽东《在延安文艺座谈会上的讲话》，"不禁狂喜"，因为他此前从不清楚"文艺是为谁服务的，和怎么去服务的"。③

不应把老舍的转变仅仅看成一种"表态"，相反，他的出身、成长都会使这种感情充满真诚的成分。获得"新的文艺生命"的老舍重新开始戏剧写作——结合他在抗战时对戏剧这一体裁所产生的觉悟可知，其目的应该主要是为了"宣传"。抱着这种自觉和热情，到"文革"前，他一共写作了近 22 部话剧，④ 此外尚有戏曲、京剧等作品，可谓高产。

这些话剧的质量不很匀整，《茶馆》⑤ 是公认最为优秀的一部。

顾名思义，《茶馆》故事的发生地是一个叫做"裕泰"的北京普通茶馆。作者依时间顺序，展开了半个世纪以来的中国社会变迁。剧本第一幕场景设计在 1898 年初秋、戊戌政变刚刚失败之时。在这个政治低压期，威风八面的上层人物仍旧是顽固派庞太监，吃洋教的恶霸马五爷。前者踌躇满志地准备娶妻，后者可以轻易让杀气腾腾的善扑营士兵服软。相对的，底层贫苦百姓就只能在死亡线上挣扎，

---

① 分别是：《残雾》（1939）、《国家至上》（1940，与宋之的合作）、《张自忠》（1941）、《面子问题》（1941）、《大地龙蛇》（1941）、《归去来兮》（1942）、《谁先到了重庆》（1943）、《王老虎》（1943，又名《虎啸》，与萧亦五、赵清阁合作）、《桃李春风》（1943，又名《金声玉振》，与赵清阁合作）。

② 老舍：《张自忠·写给导演者》，《老舍全集》第 9 卷，北京：人民文学出版社 1999 年版，第 203 页。

③ 老舍：《毛主席给了我新的文艺生命》，《老舍全集》第 14 卷，北京：人民文学出版社 1999 年版，第 494 页。原载《人民日报》，1952 年 5 月 21 日。

④ 分别是：《方珍珠》（1950）、《龙须沟》（1950）、《一家代表》（1950）、《生日》（1952）、《春华秋实》（1952）、《青年突击队》（1955）、《西望长安》（1955）、《秦氏三兄弟》（1957）、《茶馆》（1957）、《红大院》（1958—1959）、《女店员》（1959）、《全家福》（1959）、《赌》（1961）、《神拳》（1960，又名《义和团》）、《宝船》（1961，儿童剧）、《荷珠配》（1961，据川剧改编）、《火车上的威风》（1979 年发表，据自己的小说《马裤先生》改编）等。

⑤ 最初发表于《收获》创刊号，1957 年 6 月。

被迫卖儿卖女。处于两层人物之间，出没于茶馆的角色还有人贩子刘麻子，江湖相面先生唐铁嘴，特务宋恩子、吴祥子等等，群魔乱舞。这一乱局中的两点亮色是茶馆房东秦仲义和落魄旗人常四爷。目击时艰，秦仲义忧心忡忡地考虑实业救国。常四爷对国家牢骚满腹，却也保持着朴素的民族主义感情，但因为说了句"大清国要完"而被特务抓走。第二幕的场景在袁世凯死去后、军阀混战的民初某年夏天。茶馆进行了"改良"。虽然庞太监、马五爷的历史已然揭过，但时代黑暗如故。坏人得志，好人依旧艰难。刘麻子、唐铁嘴、宋恩子、吴祥子是如鱼得水，骗钱、抓人、敲诈、恐吓，无所不至。而失掉铁杆庄稼的常四爷，被迫自食其力，却倔强如初；太监"妻子"康顺子和买来的太监"儿子"康大力，无处存身，只得来投靠茶馆，幸被收留。第三幕是抗战胜利后的某年秋天。茶馆日趋没落，坏人更变本加厉：唐铁嘴的儿子小唐铁嘴期待当上天师，刘麻子的儿子小刘麻子希望组织舞女、妓女、女招待"托拉斯"，小宋恩子、小吴祥子子承父业，继续当特务，镇压学生运动。在这黎明前最浓重的黑暗时期，剧本透露出，康大力已经偷逃西山，参加了八路军。

　　这样看来，《茶馆》一剧虽然地点固定不变，但并无一个贯穿始终的中心故事，自然也就不会遵守开端、发展、高潮、结局四部曲的传统戏剧结构。所以当时有人称之为"图卷戏"，把三幕场景比做"三组风俗画"。① 在这样的结构方式下，老舍把注意力转向了人物的塑造。在构思过程中，他是先把人物定住之后再着手设计剧情的。② 与老舍的创作自述集《老牛破车》联系起来看，就可以知道这正是他

---

① 　这是李健吾的意见。参看《座谈老舍的〈茶馆〉》，刘章春主编：《〈茶馆〉的舞台艺术》，北京：中国戏剧出版社 2007 年版，第 196 页。原载《文艺报》，1958 年，第 1 期。

② 　人物的安排，老舍自陈有四个原则："（一）主要人物自壮到老，贯穿全剧。""（二）次要的人物父子相承，父子都由同一演员扮演。""（三）我设法使每个角色都说他们自己的事，可是又与时代发生关系。""（四）无关紧要的人物一律招之即来，挥之即去，毫不客气。"然后是下面的话："这样安排了人物，剧情就好办了。有了人还怕无事可说吗？"（老舍：《答复有关〈茶馆〉的几个问题》，《老舍全集》第 17 卷，北京：人民文学出版社 1999 年版，第 541—542 页）

构思小说的典型方式。① 由此角度讲，《茶馆》最为充分地体现了老舍戏剧写作的独特性和可能达到的高度。这种独特性，是被老舍自己视之为弱点的。② 这种高度，大而言之是话剧民族化的重要收获，具体言之则是老舍经由向自己习惯性的构思方式"回归"达到的——他由"回归"而实现了文学创造才能的极大释放。民族化与老舍之间的联系在于，老舍习惯性的构思方式，就是部分地根植于中国叙事文学的深厚传统。

事实上，老舍最初想写的剧本并不是现在这个样子。1954 年，新中国第一部宪法颁布。老舍本来的创作意图是配合这一事件，宣传这部新宪法。剧本一共四幕六场。完成以后，老舍请北京人民艺术剧院的曹禺、焦菊隐等人评议。评议者发现，这个剧本不算成功，倒是第一幕第二场发生在茶馆里的一出戏，是全剧最为精彩的部分。于是他们建议老舍对这场戏加以扩展，另外构思一个剧本。这便是《茶馆》的由来。③

创作思路上的陡转使这部剧作与政治拉开了一定的距离。在导演的转述中，老舍设想，"虽然只写到解放前夕，没有写解放后，但是要使读者（观众）感到社会非变不可。主要是埋葬三个时代"。④ 争议随之产生。但多年以后，后人多沿用这一说法，从政治性的高度为《茶馆》的巨大意义定位。⑤ 可是这个意图能否达到，老舍在当时并不很有信心。面对"为什么要单单写一个茶馆呢？"的疑问，他先

① 有时候连自述的文字都如出一辙："有了人，事情是不难想到的，人既以祥子为主，事情当然也以拉车为主。只要我叫一切的人都和车发生关系，我便能把祥子拴住，像把小羊拴在草地上的柳树下那样。"（老舍：《我怎样写〈骆驼祥子〉》，《老舍全集》第 16 卷，北京：人民文学出版社 1999 年版，第 204 页）

② "我老是以小说的方法去述说，而舞台上需要的是'打架'。我能创造性格，而老忘了'打架'。我能把小的穿插写得很动人（还是写小说的办法），而主要的事件却未能整出整入的掀动，冲突。结果呢，小的波痕颇有动荡之致，而主潮倒不能惊心动魄的巨浪接天。"（老舍：《闲话我的七个话剧》，《老舍全集》第 16 卷，北京：人民文学出版社 1999 年版，第 210 页）

③ 具体过程参看关纪新：《老舍评传》，重庆：重庆出版社 1998 年版，第 443 页。

④ 这是焦菊隐的转述。参看《座谈老舍的〈茶馆〉》，刘章春主编：《〈茶馆〉的舞台艺术》，重庆：重庆出版社 1998 年版，第 191 页。

⑤ 参看冉忆桥：《带笑的葬歌——谈围绕〈茶馆〉争议的几个问题》，张桂兴编：《老舍评说七十年》，北京：中国华侨出版社 2005 年版。原载《上海师范大学学报》，1980 年，第 1 期。

强调茶馆就是社会的一个全息图像，整个社会的结构性关系都在此展开，所以茶馆里面本就有政治；但接着却声称自己"不十分懂政治"，只能通过小人物在茶馆里的出没"侧面地透露出一些政治消息"。①经过这番曲折的答辩，老舍为自己作品的意义赢得了一处缓冲地带；其中蕴含的意思是，在这样的一个茶馆里，即使是看上去政治性不那么鲜明的情节，都有可能具备政治意义。不是说老舍没有处理政治问题的自觉和热忱，而是说，略一舒缓，他的作品就呈现出了他的典型烙印："从文化层面上观察与描写人物。"②他对北京文化确实太熟悉了。

在文化视角的映照之下，老舍塑造了一批栩栩如生的人物形象。贯穿全剧的三个主要人物——圆滑世故却不乏善良的茶馆掌柜王利发、踌躇满志但生不逢时的实业家秦仲义、耿直硬气而报国无门的常四爷——自不必多说，即使那些偶一露面的角色，比如洋教恶霸马五爷、前国会议员崔久峰、大厨明师傅、说书艺人邹福远，也给人留下了深刻印象。这每个小角色背后，都浓缩了异常丰厚而又耐人寻味的内容。把目光放在"人"身上，人物形象活起来了，老舍的"戏"也就源源不断地来了。

具体而言，这些人物形象能够活起来，主要应归功于他们的"京味儿"十足的语言。比如下面这一段交锋：

> 二德子（凑过去）你这是对谁甩闲话呢？
>
> 常四爷（不肯示弱）你问我哪？花钱喝茶，难道还教谁管着吗？
>
> 松二爷（打量了二德子一番）我说这位爷，您是营里当差的吧？来，
> 　　　　　坐下喝一碗，我们也都是外场人。
>
> 二德子　你管我当差不当差呢！

① "茶馆是三教九流会面之处，可以容纳各色人物。一个大茶馆就是一个小社会。这出戏虽只有三幕，可是写了五十多年的变迁。在这些变迁里，没法子躲开政治问题。可是，我不熟悉政治舞台上的高官大人，没法子正面描写他们的促进与促退。我也不十分懂政治。我只认识一些小人物，这些人物是经常下茶馆的。那么，我要是把他们集合到一个茶馆里，用他们生活上的变迁反映社会的变迁，不就侧面地透露出一些政治消息么？"（老舍：《答复有关〈茶馆〉的几个问题》，《老舍全集》第17卷，北京：人民文学出版社1999年版，第541页）

② 樊骏：《认识老舍》（上），《文学评论》，1996年，第5期。

常四爷 要抖威风,跟洋人干去,洋人厉害!英法联军烧了圆明园,
　　　　尊家吃着官饷,可没见您去冲锋打仗!

二德子 甭说打洋人不打,我先管教管教你!(要动手)

[别的茶客依旧进行他们自己的事。王利发急忙跑过来。]

王利发 哥儿们,都是街面上的朋友,有话好说。德爷,您后边坐!

[二德子不听王利发的话,一下子把一个盖碗接下桌去,摔碎。翻手
要抓常四爷的脖领。]

常四爷 (闪过) 你要怎么着?

二德子 怎么着?我碰不了洋人,还碰不了你吗?

马五爷 (并未立起) 二德子,你威风啊!

二德子 (四下扫视,看到马五爷) 喝,马五爷,您在这儿哪?我可
　　　　眼拙,没看见您!(过去请安)

马五爷 有什么事好好地说,干吗动不动地就讲打?

二德子 嗻!您说的对!我到后头坐坐去。李三,这儿的茶钱我候
　　　　啦!(往后面走去)

常四爷 (凑过来,要对马五爷发牢骚) 这位爷,您圣明,您给评评理!

马五爷 (立起来) 我还有事,再见!(走出去)

常四爷 (对王利发) 邪!这倒是个怪人!

　　动作并不激烈,人物相互之间的较量主要发生在语言上。而二德子的骄横、常四爷的耿直、松二爷的怕事、王利发的圆滑、马五爷的强势,乃至"别的茶客"的事不关己高高挂起,经由这样的点染,就非常生动,如在目前。通读《茶馆》,这样精彩、恰切的语言表演比比皆是。这里密布着人物的文化基因密码。老舍无愧语言大师之誉。

　　除了《茶馆》剧本本身的成功之外,北京人民艺术剧院高质量的演出也极大地促成了其经典性的生成。经由几代艺术家的心血浇灌,它早已成为北京人艺的保留剧目。时过境迁,这部剧作"埋葬三个时代"的政治主题不再那么引人注意,它的"文化"意涵和"中国味儿"获得了人们更多的强调和阐扬。

与老舍回到历史的做法不同，海默①的《洞箫横吹》取材于现实，而且更为明确地表达了"干预生活"的意向。

《洞箫横吹》②表现了合作化运动中的"灯下黑"现象。辽中地区相隔不远的两个村子，中心村因为被树为"典型社"，得到了上级人力、物力的不断支援，声势浩大；另一个自然村虽有高亢的办社热情，却遭到领导的冷落乃至打压。恰恰在"典型社"这座光芒四射的灯塔下，形成了一圈黑影。对比如此鲜明的原因：一方面在于县委书记安振邦把"典型社"作为自己的政绩工程来看待，担心贫农的加入影响其形象；另一方面在于自然村村长王金魁只顾捞取个人私利，不愿带领群众脱贫致富。主人公即刚刚复员回到自然村家中的志愿军战士刘杰对此深感困惑。尽管争取领导支持不成，他还是决定带领本村农民自发成立合作社。这自然与县委书记产生了冲突。差点被开除党籍的刘杰在无奈之下，给党中央和毛主席写信。最后是坚持群众路线的副省长下乡，纠正了地方工作中的错误。刘杰复员时，随身带回一件乐器。这件乐器是用美军飞机残骸的零件做成，横吹为笛，竖吹为箫。吹法代表了刘杰心情的不同：高兴时横吹，不高兴的时候竖吹。随着全剧矛盾的发展和解决，这支洞箫先是竖吹，最终横吹出了欢快的调子。剧本因此得名。

《洞箫横吹》的故事原型来自作者海默下乡体验生活过程中的真实观察。③农民狭隘的小有产者意识与合作化运动的冲突，是此前农业题材作品中比较常见的

---

① 海默（1923—1968），原名张泽藩，山东黄县人，1941年到晋察冀解放区，1944年入延安鲁艺学习，1956年起任北京电影制片厂编剧。

② 最初发表于《剧本》1956年第11期。1957年海燕电影制片厂拍成电影，导演鲁韧。同年7月中国戏剧出版社出版单行本。

③ 他发现，在东北多个"有名的社会主义旗帜和灯塔周围，还存在着大批贫困的农民。这些农民的生活较之先进的合作社社员的生活悬殊很大，人们起了个有趣的名字叫灯下黑。这些农民从典型的合作社中，看出了自己未来的道路，他们急欲朝着这条路走。可是领导培养典型的干部们苦于自己无力去掌握，不相信群众自己能办好合作社。特别是有些这样的干部，把典型经验看成是个人工作的荣誉，担心群众办社出了问题会影响自己的'前途'，因此定出种种限制，名之谓防止左倾冒进。然而群众对社会主义已等待得不耐烦了，封建主义消灭了，资本主义的路堵死了，只有走社会主义道路才能使他们困苦的生活现状有所改变。这样，他们就在种种限制下偷偷照着那些典型的经验办起黑社来（又叫自发社）"。（海默：《〈洞箫横吹〉后记》，北京：中国戏剧出版社1957年版，第139—140页）

内容。《洞箫横吹》的新意在于，它触及到农民高涨的合作化热情与领导者的官僚主义作风之间的不协调。事情的最终解决虽然要依靠更高一层的领导者，但作者批判的锋芒很明显还是在基层领导者身上的。由这个敏感的话题引申开去，作者对合作化运动的态度，对社会主义制度和党的领导的态度，都引发了争议。在以后中国政治气候的风云变幻中，海默的命运亦因之几经沉浮，直至"文革"后不久被迫害致死。1978 年，他的冤案得以平反昭雪。

《洞箫横吹》并非个例，"百花时代"涌现出的"第四种剧本"，[①] 都带有类似的"干预生活"的意图。除《洞箫横吹》外，这批作品的主要代表还有杨履方的《布谷鸟又叫了》、岳野的《同甘共苦》、赵寻的《还乡记》等。

"第四种剧本"的提法，反映了人们对戏剧界公式化、概念化局面的不满。建国初期的国内剧坛受苏联"无冲突论"的影响，提倡歌颂光明，最终发展为盲目"歌德"的教条主义倾向。1950 年代以后，苏联戏剧界发起了对"无冲突论"的批判。批判之声很快传过来，国内外两种诉求产生共鸣。在这一背景下，"第四种剧本"应运而生，通过"对现实的反映有力地突破了当时中国剧坛的禁区。它们不是机械地'写政策'、'赶任务'，更不是'无冲突'地去粉饰现实，当他们努力以自己的眼睛去观察生活，以自己的头脑去思考现实时，就像岳野所说的，他们'就本着自己的观点去写'，才真切地、深刻地写出了生活的真实"。[②] 从更大的范围内看，"第四种剧本"是"百花时代"整体文学变革潮流的一部分。

"第四种剧本"的政治遭遇使人们比较容易从政治的角度来看待它们、议论它们。[③] 需要进一步注意的是，《布谷鸟又叫了》、《同甘共苦》和《洞箫横吹》三个剧本的政治意图都是在爱情故事的框架中流露出来的。不同人物的政治表现，决

---

① 所谓"第四种剧本"是相对于占据当时舞台的三种剧本而言的。最早提出这一"概念"的是黎弘（刘川）。他在同名文章的开篇写道："记得有人说过这样的话：工人剧本，写先进思想和保守思想的斗争；农民剧本，写入社和不入社的斗争；部队剧本，写我军和敌军的斗争。除此而外，再找不出第四种剧本了。"（黎弘：《"第四种剧本"——评〈布谷鸟又叫了〉》，《南京日报》，1957年 6 月 11 日）这一"概念"未必"科学"，但影响很大，故常为文学史家所借用。

② 胡星亮：《论"第四种剧本"及其前前后后》，《文学评论》，2003 年，第 1 期。

③ 华仁编：《三个剧本 廿年论争》（北京：中国戏剧出版社 1989 年版）收集了《布谷鸟又叫了》、《同甘共苦》和《洞箫横吹》三个剧本的论争文章，可参看。

定了他或她能否最终获得爱情。在《布谷鸟又叫了》里面，这个框架围绕着童亚男、申小甲和王必好展开。在《同甘共苦》里面，是孟莳荆、华云和刘芳纹。在《洞箫横吹》里面，刘杰和杨依兰的关系，也取决于二人对合作化事业不同或者相同的理解。要关注人的深层精神世界，爱情的框架也许再合适不过了。政治观点的"爱情表达"是一个值得思考的文学史现象。

合作化运动已被历史证明是一次路线失误，所以为它唱赞歌的《洞箫横吹》似乎仅仅具有文学史意义。但是，这层政治的外衣之下，《洞箫横吹》在某些方面还是有普遍的启发性。比如，两个村子上层人物之间盘根错节的姻亲关系，恐怕不独于合作化运动为然——基层政权与宗法势力的纠葛，一直都是中国农村政治生态的重要内容；再如，由马快和王洁蓉组成的那条爱情"副线"，给全剧造成了一种张弛有度的节奏和喜剧色彩——在剧本的结构方式上，作者也许吸收了东北民间叙事文学的资源。

第三十节　《关汉卿》与《海瑞罢官》

20世纪50年代末期到60年代初，中国戏剧界出现了"历史剧"写作的高潮。[1]尤其是一批业已成名的剧作家，如郭沫若、田汉、曹禺、陈白尘等人，更是通过"历史剧"的写作，达到了建国以来个人创作生涯的高峰。本来，这些老作家由于创作习惯、知识结构等原因，在表现"现实"方面不如年轻作家，在表现"历史"方面反有所长；而在当时，因为"大跃进"的失误，造成了严重的经济困难，这使得表现"现实"的写作又变得非常敏感，连《戏剧报》社论亦呼吁人们重视"传统剧目"。[2]"历史剧"便是在这样的情势下，成为这些老作家不约而同的题材选择。

---

[1]　需要说明的是，这里所称的"历史"，是不包括"革命历史"的。

[2]　"这一年来，广泛地发动群众创作，也鼓励专业作家创作，因此一年来现代剧创作的成绩很大，这是好的和必要的。但发掘整理传统剧目的工作做得太少，贡献不大。""我们在古与今的问题上，要重视遗产、传统，要继续深入地发掘、整理、改编优秀的传统剧目，要认真地继承优秀的艺术传统，优秀的表演艺术和技巧，使古为今用，在整理、改编、创作和演出上，一定要贯彻两条腿走路的原则。"（《总结经验 开始新的跃进》，《戏剧报》，1959年，第1期）

不仅话剧领域，戏曲、歌剧等领域都出现了同样的趋向，也有不少年轻作家汇聚在这股创作潮流中。

田汉的《关汉卿》是"历史剧"写作潮流中较早出现的作品。1958 年，"世界和平大会"把关汉卿推选为"世界文化名人"，还决定在当年 6 月为其举行戏剧创作七百周年纪念活动。作为中国剧协主席，田汉要在纪念活动上做专题报告。为了准备报告，他开始系统阅读与关汉卿有关的史料。《关汉卿》剧本可谓报告准备过程中的"副产品"。

发表出来的《关汉卿》先后有三个版本：九场本、十二场本和十一场本。[①] 它们所讲述的是关汉卿写作《窦娥冤》的缘起、过程以及这部不朽之作的演出、流传带给剧作家本人的遭际。

要叙述这样一个故事，最大的难题在于史料的匮乏。为此，田汉广泛阅读了《元史》、《新元史》、《录鬼簿》、《青楼集》、《马可·波罗行记》、《元曲选》等著作，还向专门的戏剧史家和历史学家请教，把故事发生的历史背景、社会环境、运行逻辑等大关节处打通，给这部"历史剧"奠定一个很好的文献学基础。尽管如此，具体细节仍是于史无证的。这一部分有待于田汉大胆的艺术想象。从最基本的故事框架上讲，他首先将《窦娥冤》的创作动机直接与关汉卿目睹朱小兰被冤杀一事联系起来。在元代民族、阶级矛盾突出的情境下，这确实是"可能会"发生的。其次，他又安排了关汉卿与歌妓朱帘秀由相知至相恋的感情戏。因此，关汉卿的阶级仇恨还与其他社会底层民众息息相通。再次，依据元代"妄撰词曲、犯上恶言"者处死的律令，构想了权奸阿合马对《窦娥冤》流传的态度及其对剧作家和演出者的迫害。这样一来，《窦娥冤》的写作就被田汉处理成为一次反抗阶级压迫、为民请命的政治斗争。关汉卿是作为反抗者的形象活跃于《关汉卿》中的。

有意思的是，初稿拿出来之后，各方人士反馈给田汉的意见，主要却是关汉卿的性格不够丰满。为了解决这个问题，初稿的八场扩充成了第一次发表时的九场，增加了关汉卿救出二妞和连夜写戏的场面；由九场到十二场，再次增加了二

---

① 九场本发表于《剧本》1958 年 5 月号，中国戏剧出版社 1958 年 6 月出版的单行本是十二场本，人民文学出版社 1961 年出版的单行本是十一场本。

姐等人设法营救关汉卿和关汉卿狱中与民族志士诀别的场面，并在其他场次中穿插了艺人和关汉卿切磋业务的情节。① 这里的辩证法在于，关汉卿性格的深化是通过增加他身边人的戏份来实现的。这样做，实际上是突出了关汉卿的群众性。他的伟大并不全是个人主义的，还因为他扎根于群众之中，代表了最大多数的民众的呼声。很明显，田汉笔下关汉卿的这一形象清晰地反映了剧作创作的时代氛围。

但是，《关汉卿》亦非简单的时代传声筒。田汉以中国现代戏剧运动重要领导人的身份，写作另一年代的"杂剧领袖、浪子班头"，是融合了个人的生活体验的。在民国时期，他的剧作也曾如《窦娥冤》一般被禁演或强行删改，他也曾被反动派投入监牢，连关汉卿在后台临时赶戏的本事，也带有田汉本人同样手段的影子。经由关汉卿和面目各异的书会才人形象，仿佛中国现代话剧运动的种种坎坷与曲折，都复现于古代的舞台之上。② 所以，有研究者在关汉卿的形象上看到了"知识分子英雄形象的再现"。③ 这种强调个人、重视发掘人物内心世界的做法，属于新潮文化的余响。田汉毕竟是呼吸着五四新潮文化空气成长起来的戏剧家。他对政治文化的配合，是拖着新潮文化渗染的影子的。

正因为渗透了个人体验，田汉笔下的关汉卿及其同行的反抗才不是隔靴搔痒的遵命文学，而是给人饱含血泪的力透纸背之感。比如阿合马与赛帘秀的一段交锋：

> 阿合马　你刚才上场念的，"何日苍天开眼，要将酷吏剥皮"，是原词吗？
> 赛帘秀　原词没有。
> 阿合马　原词没有，你怎么念出来了呢？
> 赛帘秀　是从别的戏本儿上借来的，像"花有重开日，人无再少年"

---

① 修改的情况参看黎之彦：《学习〈关汉卿〉的几点体会》，《田汉创作侧记》，成都：四川文艺出版社 1994 年版，第 103—104 页。

② "拿我自己的经验说，我若没有在抗战时期在国民党统治区搞戏剧运动的生活，就很难写出《关汉卿》的某些场面。"（田汉：《题材的处理》，《田汉全集》第 16 卷，石家庄：花山文艺出版社 2000 年版，第 246 页）

③ 参看陈思和主编：《中国当代文学史教程》（第二版），上海：复旦大学出版社 2006 年版，第 114—117 页。

这类词儿常常是借来借去的。

阿合马　好词多得很，你怎么单借这两句呢？你可有什么来头？

赛帘秀　问小女子的出身么？我原是京西农家的女儿，家里几亩田都
　　　　被老大人的家丁给霸占了，爸爸没法儿过日子，才把我卖
　　　　给行院里学唱的。

阿合马　你没有别的来头？

赛帘秀　没有。

阿合马　那好。你想苍天开眼给你报仇是不是？

赛帘秀　小女子哪有这个心思。

阿合马　来人啦！

侍卫　　喳！

阿合马　把她的眼睛给挖下来！

[侍卫捉住赛帘秀，很熟练地挖下她的眼睛。]

赛帘秀（大叫）救命啊！

阿合马　赛帘秀，你还想报仇吗？

赛帘秀　小女子还能报什么仇哇？只求——只求老大人把我挖下的眼
　　　　珠挂在大都的城墙上吧。

阿合马　挂在城墙上干什么呢？

赛帘秀（无比愤怒地）挂在那里看老大人您的下场头！

挂眼睛于城墙之上，田汉这是使用了伍子胥的典故。他在写作这段对话时肯定感同身受。一个普通的歌妓，不畏强御，她面对权倾朝野的奸佞所发出的诅咒，应该是田汉在类似情境中曾浮现于心底的呐喊，故而带有强大的艺术感染力。

朱帘秀是《关汉卿》所塑造的另一个动人的艺术形象。她有见识（她提醒关汉卿："笔不就是你的刀吗？杂剧不就是你的刀吗？"），有勇气（她告诉关汉卿："你敢写我就敢演！"），有担当（演出惹祸，她一力承担责任，保护关汉卿）。同一战线的斗争拉近了她与关汉卿的感情，关汉卿在狱中为她所写的一曲"双飞蝶"，道尽了两人高山流水式的知音关系：

将碧血、写忠烈，

作厉鬼、除逆贼，

这血儿啊，化作黄河扬子浪千叠，

长与英雄共魂魄！

强似写佳人绣户描花叶；

学士锦袍趋殿阙；

浪子朱窗弄风月；

虽留得绮词丽语满江湖，

怎及得傲干奇枝斗霜雪？

念我汉卿啊，

读诗书，破万册，

写杂剧，过半百，

这些年风云改变山河色，

珠帘卷处人愁绝！

都只为一曲《窦娥冤》，

俺与她双沥苌弘血；

差胜那孤月自圆缺，

孤灯自明灭；

坐时节共对半窗云，

行时节相应一身铁；

各有这气比长虹壮，

哪有那泪似寒波咽！

提什么黄泉无店宿忠魂，

争说道青山有幸埋芳洁。

俺与你发不同青心同热；

生不同床死同穴；

待来年遍地杜鹃花，

看风前汉卿四姐双飞蝶。

相永好，不言别！

这支曲子是田汉代关汉卿写的，他调动了他深厚的古典文学素养，剧中的几支曲子，恰到好处地烘托了气氛，让整部作品实现了浪漫性的升华。

《关汉卿》的浪漫性还体现在其十二场本的结尾上：关汉卿与朱帘秀这一对患难之交，虽同被逐出大都，但得以比翼双飞。这是一个喜剧性的结局。后来，《关汉卿》被改编成粤剧，结尾有所修改。田汉经过权衡，接受了粤剧的修改，这样又有了十一场本的结尾：因为反动势力的压迫，关汉卿和朱帘秀最后还是只得在卢沟桥头话别，"咫尺的天南地北，霎时间月缺花飞"。大团圆变成了悲剧。于是，田汉补充说"喜剧的结尾也不妨同时存在"。[1]

1959 年，《关汉卿》还走出国门，被日本戏剧家搬上了舞台。当时日本国内正进行着反对警察法的斗争，他山之石，可以攻玉，这部歌颂反抗的剧本引起了热烈的反响。用田汉自己的话说："一出现实主义的戏，一出具有较深刻的能反映时代思想的戏，它的作用和影响，甚至可以超越时代、超越国度，能够产生使你难以想象的国际影响。"[2]田汉的自豪说明，他所写作的"历史剧"，从历史中来，但要到现实中去。正如剧中人王著看了《窦娥冤》的演出之后行刺阿合马一样，这种古为今用的思路试图唤起的，是观众对现实生活中权力结构的憎恨之情与抗争行动。从这个意义上讲，剧本中关汉卿的故事所讲述的，也是《关汉卿》的故事。

海瑞是当时另外一个比较热门的历史人物。随着"大跃进"运动的开展，党内的一些不同意见逐渐暴露出来。1959 年在上海召开的中共中央政治局扩大会议（3 月 25 日至 4 月 1 日）和中共八届七中全会（4 月 2 日至 5 日）上，毛泽东号召大家学习海瑞精神，敢于提意见，一起来纠正"大跃进"运动中的失误。响应这一号召，身为北京市副市长的明史专家吴晗，专门研究了这一人物，先写出了《海

---

① 田汉：《〈关汉卿〉自序》，《田汉全集》第 16 卷，石家庄：花山文艺出版社 2001 年版，第 406 页。

② 黎之彦：《话剧〈关汉卿〉创作侧记》，《田汉创作侧记》，成都：四川文艺出版社 1994 年版，第 97 页。

瑞骂皇帝》、《论海瑞》等论文，①后应马连良等人的约请，创作了一部"历史剧"《海瑞罢官》（实是京剧）。②

这个剧本一共分九场：民愤、审案、上任、见徐、母训、断案、求情、反攻、罢官。与《关汉卿》类似，《海瑞罢官》一开场也是一幅阶级矛盾尖锐、民不聊生的画面。乡官与州县勾结，欺压百姓，胆大包天，无恶不作。可是，当这些坏人听说海瑞即将到任的消息后，却相顾失色。做足了这番铺垫，海瑞的出场就汇聚了官、民以及观众的所有目光。他也不是没有顾虑，毕竟他的斗争对象徐阶官声尚可，且曾经于己有恩。但聆听了母亲的训示之后，他决定舍私恩而就大义，坚决要求除霸、退田。结果，在徐阶等人的反攻之下被罢官。

吴晗本不是剧作家，写戏是他的第一次尝试。由他的自述可知，这部作品先后修改过七次，宗旨不外加强故事的"戏剧性"。③

《海瑞罢官》演出以后，影响很快出现。很多人著文赞扬海瑞精神，祝贺吴晗跨领域作业的成功。繁星（廖沫沙）还专门向吴晗提出了三个问题："历史的'真实'和戏剧的'真实'，该不该有个区别，如何区别？""写历史书中的人物和写历史戏中的人物，如何区别又如何统一？""写历史和写戏，都得讲究发展过程。不但情节（其事）有发展过程，人物（其人）也得有发展过程。而你是怎样来写这两种过程的？"④繁星的提问并非突发奇想，而是与当时文学界和史学界关于"历史剧"的讨论有关。

关于"历史剧"，吴晗此前就曾有过思考。他是历史学家，于是他主要强调了"历史"的一面："历史剧必须有历史根据，人物、事实都要有根据。""人物、事实都是虚构的，绝对不能算历史剧。"在此前提下，他才谈到"历史"和"历史剧"的区别："假如历史剧完全和历史一样，没有加以艺术处理，有所突破、集中，

---

① 《海瑞骂皇帝》，发表于《人民日报》，1959 年 6 月 16 日。《论海瑞》，发表于《人民日报》，1959 年 9 月 21 日。

② 1960 年写成，单行本于次年 11 月由北京出版社出版。

③ 参看吴晗：《〈海瑞罢官〉序》，《吴晗全集》第 10 卷，北京：中国人民大学出版社 2009 年版。

④ 繁星：《"史"和"戏"——贺吴晗的〈海瑞罢官〉演出》，《廖沫沙全集》第 2 卷，广州：花城出版社 1997 年版，第 71 页。原文载《北京晚报》，1961 年 2 月 16 日。

那只能算历史，不能算历史剧……历史剧的剧作家在不违反时代的真实性原则下，不去写这个时代所不可能发生的事情，而写的是这个历史人物所处的时代完全可能发生的事情，在这个原则下，剧作家有充分的虚构的自由，创造故事，加以渲染、夸张、突出、集中，使之达到艺术上完整的要求。"①

吴晗的文章引起了一些人的不同意见。有人侧重于"艺术真实"的一面，提出历史剧首先是"艺术"而非"历史"，可以虚构；虚构的前提首先是"历史本质"的真实，而非"历史事实"的真实："在历史剧的创作中，是必须忠实于历史生活的，但不能把这条忠实的线，划在忠实于一切历史事实、细节的基础上，而是忠实于历史生活、历史精神的本质真实。它对历史事实的忠实，也只能是特定历史事件重大关节的史实（包括起主要作用的真实的历史人物），而不是一切史实和细节"。②有研究者将这一争论视为"广义和狭义的两种史剧观之争"。③这次"历史剧"的讨论一开始是比较健康的，大家都能保持一种自由争鸣的学术态度，把对这一问题的思考引向了深入。④

但是后来，"历史剧"问题的讨论被升级到政治批判的高度。在声势浩大的口诛笔伐之中，⑤海瑞的真实经历、阶级局限以至吴晗的创作动机都受到了严格的审判。对这出"新编历史剧"的纠斗，成为了"文化大革命"的导火索。⑥作者吴晗亦在"文革"中被迫害致死。

---

① 吴晗：《谈历史剧》，《吴晗全集》第 8 卷，北京：中国人民大学出版社 2009 年版，第 113 页。原文载《文汇报》，1960 年 12 月 25 日。

② 李希凡：《"史实"和"虚构"——漫谈历史剧创作中的历史真实与艺术真实的统一》，《题材·思想·艺术》，天津；百花文艺出版社 1964 年版，第 91 页。

③ 张炯主编：《新中国话剧文学概观》，北京：中国戏剧出版社 1990 年版，第 181 页。

④ 茅盾此时也发表了一篇重要的文章——《关于历史和历史剧——从〈卧薪尝胆〉的许多不同剧本谈起》（《文学评论》，1962 年，第 5 期）。此文收入《茅盾全集》第 26 卷，北京：人民文学出版社 1996 年版。

⑤ 《历史剧〈海瑞罢官〉和有关问题的讨论》资料汇编先后出版了 6 册（南京：江苏省文学艺术界联合会编印 1965—1966 年版）。此外尚有《关于〈海瑞罢官〉问题讨论资料》、《〈海瑞罢官〉代表一种什么社会思潮？——关于〈海瑞罢官〉及其他有关问题的讨论》等资料集多种、多辑。

⑥ 事件经过参看陈文斌：《批判新编历史剧〈海瑞罢官〉冤案酿成始末》，中共中央党史研究室编：《中共党史资料》第 54 辑，北京：中共党史出版社 1995 年版。

第三十一节　壮族作家黄勇刹及其歌剧《刘三姐》

1949 年成立的中华人民共和国确立了境内各民族一律平等的民族政策。而长期以来，中国的民族构成情况一直没有得到清晰的梳理。为协助少数民族取得发展，给民族平等政策的执行奠定基础，新中国甫一成立，一项系统的民族识别工作随即展开。这一工作持续三十多年，到 1980 年代末，中国境内 56 个民族的民族构成格局被最终确认。①

伴随着系统的民族识别工作和少数民族社会、历史、语言调查，少数民族文学开始受到重视，国家专门组织了大量的人力、物力，对少数民族民间文学进行搜集、发掘和整理。《阿诗玛》、《格萨尔王传》、《玛纳斯》、《创世纪》等一些之前口耳相传的著名叙事诗，就是在这一时期陆续以书面形式呈现于世人面前的。这项田野调查规模之大，所获成果之丰，前所未有。② 甚至中国文学史的一些常识，比如中国缺乏史诗等观点，都因此需要重新审视。

其实，这项田野调查的成果绝不限于文字或者音频、影像资料等物质形式。因为参与者众多，既有专业的文学工作者，也有非专业的社会学、史学工作者，既有汉族人士，也有各少数民族人士。活动的开展过程，也是这些成员学习、成长、进步的过程；因为历时甚久，而且有国家的有力组织，活动的开展过程，又是把新的文化、观念传入少数民族的过程。所以，民族识别和少数民间文学田野调查工作，本身就对少数民族地区的发展发挥了促进作用。新中国文坛上，之所以涌现一大批少数民族作家，与此契机不无关系。事实上，壮族作家黄勇刹，就是在这一背景下成长起来的。

黄勇刹（1929—1984），原名黄玉琛，广西田阳人，出身于一个贫苦的壮族农民家庭。田阳是壮族聚居区，民歌盛行，歌圩习俗活跃，黄勇刹的母亲还是当地有名的民歌手。他从小就接受了壮族民间艺术的熏陶，培养了对本民族民歌的深

---

① 参看国家民族事务委员会研究室编著：《新中国民族工作十讲》，北京：民族出版社 2006 年版，第 71—76 页。

② 梁庭望：《二十世纪的中国少数民族文学研究》，白薇、傅承洲主编《不惑集——中央民族大学文学与新闻传播学院四十周年论文选》，北京：民族出版社 2004 年版，第 311—313 页。

厚感情。长时间的濡染和研习，使他成为壮族民歌专家。除得天独厚的成长条件外，黄勇刹开始文学创作也很早，他学生时代就发表作品了。

但这些先天的成长条件和后天的辛勤努力并未为他铸就一条平坦的作家之路。他参加革命后，做的是民运队员、小学教师，后来又在广西的司法系统工作过不短的一段时间。他的身份，不是专业作家。

1958年，黄勇刹被调到柳州文联做秘书长，工作范围才算是转入了文化领域。随之而来的歌剧《刘三姐》大会演，改变了他的人生轨迹。那一年，在文艺界酝酿为建国十周年献礼的热潮中，柳州地委宣传部召集民间艺人座谈，请他们为此提供合适的线索和材料，然后选择有价值者，组织人力分头进行。刘三姐的题材在这一背景下进入了创作者的视野。经过大量的采访、调查和反复的写作、修改，创作者于1959年拿出了彩调《刘三姐》的第一稿本。这一歌剧演出以后，先后在柳州、广西和中央逐级引发了关注。[①] 为了继续完善剧本，谙熟壮族民歌的黄勇刹被吸收进写作组。彩调《刘三姐》（第三方案）的写成，他做出了很大贡献。[②]

对于黄勇刹个人而言，能赶上这种机遇也许出于偶然：他并非一开始就参加了《刘三姐》的创作团队，而是后来被召入的。若不参加《刘三姐》的写作，他可能还需要更多的时间才能在文坛上崭露头角。但是，偶然之中也有必然。这种必然性来自主流意识形态对少数民族民间文学的关注。在"人民当家做主"的时代，民间文学——这种"人民"所创造的文学，才是最富主体性意义的文学，才是最"新潮"的文学形式。所以，在当代很长一段时期，民间文学的提法背后都带有鲜明的意识形态内涵。也就是说，对少数民族民间文学的发掘，不仅是为了民族识别、民族平等的目的，还暗含了文化领域主政者从民间文学中汲取资源，更"新"当代文坛的意图。问题的复杂之处在于，少数民族民间文学的搜集整理，

---

① 参看《〈刘三姐〉创作经过简介》，《中国当代文学研究资料·〈刘三姐〉专集》，桂林：桂林第二印刷厂1979年版。

② 庞绍元：《壮族诗人黄勇刹》，广西柳州市政协学习文史资料委员会编：《柳州文史资料》第8辑，柳州：柳州市科技印刷厂1991年版，第65—66页。彩调《刘三姐》（第三方案）连载于《广西日报》，1959年9月3、6、10日第3版，后发表于《剧本》1959年9月号。创作组成员还有邓凡平、牛秀、曾昭文、龚邦榕等。

说到底是一种国家行为。这里，少数民族民间文学这种"新潮文化"，是源于政治文化的塑造，它实际上是被政治文化推上"新潮"的位置的。是这种政治文化与新潮文化纠缠在一起的局面为刘三姐故事的改编、加工提供了背景，为黄勇刹展现才能创造了舞台，否则，他在壮族民歌上的造诣就很难随着歌剧《刘三姐》的传播而产生全国性的影响。

千百年来，有关歌仙刘三姐的故事即广泛流传于岭南地区。年久日长，不免众说纷纭。关于她的名字，有刘三姐、刘三妹、刘三姑、刘三娘等说法。关于她的出身，有贫苦之家和书香门第的不同记载。广东、广西许多地方也在争夺她的出生地所有权。至于她的故事，更是版本复杂、异闻众多。面对如此局面，调查、创作者如何选材、取舍，便成为非常关键的问题。

最后成型的歌剧安排了两条情节线索。一条是刘三姐和李小牛的爱情。他们青梅竹马，两情相悦。在他们之外，是广阔的日常生活的海洋。这里充满歌声、亲情和爱情。另一条是财主莫怀仁对刘三姐等人的迫害。他给贫苦百姓放下阎王债，压得他们喘不过气来；他觊觎刘三姐的美貌，要求刘二拿她抵债；他在对歌竞争中失利，先是借用州官的力量禁歌，然后又动用赤裸裸的暴力进行追杀。最后，为保护众乡亲，刘三姐和李小牛纵身跳下龙潭，升仙而去，追杀者被大山压死。

改编、创作者首先把刘三姐定位为贫民家庭的女儿。歌仙，自然应该是从群众中来。所谓"女才子"的说法，在改编、创作者看来，"分明是旧时代的统治者，对于这个出自人民的想象，被广大人民尊敬的歌仙的歪曲相诬蔑"。[1] 其次，有研究者发现，在刘三姐的时代，岭南地方社会尚未发展出充分的租佃关系。[2] 在刘三姐传说的很多版本中，实际上并无地主的身影。但是剧本中推动情节发展的，却正是地主阶级与农民阶级的对立。最后，刘三姐故事的结局，以往有的传说认为，她与白鹤秀才对歌七天七夜，不分上下，一同化为石头；有的传说认为，她的哥

---

[1] 郑天健：《关于〈刘三姐〉的创作》，《中国当代文学研究资料·〈刘三姐〉专集》，桂林：桂林第二印刷厂1979年版，第15页。

[2] 覃桂清：《刘三姐纵横》，南宁：广西民族出版社1992年版，第22—24页。

哥对她唱歌不满，后来砍断藤蔓，让她掉到河里，她一路漂流，被人捞起，立祠纪念。歌剧对结尾的处理，既让贫富对立获得了解决，又保留了"迷信"的成分。凡此种种，更多的是出于后人的想象和改造，都是坚持"古为今用"和"政治标准第一，艺术标准第二"的结果。① 政治文化既要把民间文化作为一种"新潮文化"推举出来，又始终不忘对这种文化加以规训。

《刘三姐》最为人称道的，是大量民歌的融入。民歌是刘三姐等青年男女表达对生活的热爱的渠道。剧本在一开始的布景就把美妙的生活画面搬上了舞台："万里无云，一轮明月高挂天空，大地沉浸在水银似的月光里。岭边的芭蕉、木瓜、翠竹清晰可见；悠扬的竹笛、清脆的木叶伴着嘹亮的歌声，在群山中荡漾；欢乐的人群，成双成对的伴侣，哼着抒情的山歌，络绎不绝地漫步在山林间。壮族人民的歌节开始了。"这样的世界是令人神往的，剧本开场歌唱道：

> 年年中秋是歌节，
> 木叶歌声满山间，
> 木叶吹得山也笑，
> 歌声唱得月更圆。
> 年年中秋是歌节，
> 男男女女满山间，
> 月亮团圆人成对，
> 歌声飞上九重天。

剧终时，又是高歌一曲：

> 柳州有个鱼峰山，
> 山下有个小龙潭，
> 终年四季歌不断，
> 歌仙美名天下传。

---

① 伍晋南：《群众运动的胜利，毛泽东文艺思想的胜利——创作和演出民间歌舞剧〈刘三姐〉的体会》，《中国当代文学研究资料·〈刘三姐〉专集》，桂林：桂林第二印刷厂 1979 年版，第 6 页。

鱼峰山上姐成仙，

　　　山歌传下几千年，

　　　如今广西成歌海，

　　　都是三姐亲口传。

　　毫无疑问，歌声是壮族青年男女美好生活的象征。

　　剧中莫怀仁与刘三姐的斗争也围绕着民歌展开，他们的斗争采取了对歌和禁歌的形式。刘三姐和陶、李、罗三个秀才的对歌，是剧本中最为浓墨重彩的一段，也是充分展现壮族风情的一段。读者和观众无不为此处馥郁的歌乡气息打动，为刘三姐的聪明机智和秀才们的节节败退而感到痛快。整个剧本无处不在的歌声，给这个故事增添了诗意的魅力。歌声不断，也就意味着刘三姐所代表的美好生活之水汩汩滔滔，奔流向前。

　　其实值得深究的是双方的身份。剧本隐约透露出，三个秀才的失败，是读书人的失败，是缺乏生活经验导致的失败。他们在对歌过程中，需要不停地翻阅船上的歌书。但正如剧本中写到的，虽然秀才们夸耀他们"船头船尾都是歌"，而刘三姐却自信地宣称"你歌不比我歌多，/我有十万八千箩，/只因那年涨大水，/五湖四海都是歌"。比如，陶秀才质问刘三姐："一个大船几多钉？/一箩谷子几多颗？/问你石山有几斤？"而刘三姐答以"大船数个不数钉，/谷子论斤不论颗，/你抬石山我来称"。比如，李秀才讥讽刘三姐"孔子面前卖文章，/麻雀也与凤凰比，/种田哪比读书郎"。三姐回敬道："真好笑，/关公面前耍大刀，/农夫不把五谷种，/要你饿得硬条条。"

　　与刘三姐的深厚乡村生活经验相比，秀才们纸上得来的知识积累，不过九牛一毛而已。甚至他们的生存亦离不开乡土社会的供养。在刘三姐背后，站着千千万万的劳动人民。剧本传达的深层含义在于，只有深入现实生活，只有与人民群众打成一片，艺术的生长才会获得源头活水。这，正是主流意识形态所认可的"新潮"观念。非常"凑巧"的是，民间故事中一直不乏此类"反智"倾向。二者既然投契，普通观众和文化宣传部门可以各取所需，这一场景便粉墨登场了。也就是说，即使是《刘三姐》最富有壮族民间风情的段落，也浸透了政治文化、"新潮文化"的因素，是后者最终规定了剧本的情节设置、主题思想。①

引发更大争议的是《刘三姐》的结尾。经广西自治区全区会演，有关部门再次组织力量对剧本进行加工。在新版的歌舞剧《刘三姐》中，刘三姐跳下龙潭成仙的结尾被改为她逃脱了地主的围剿，赴各地传歌。继而出现的电影《刘三姐》中，刘三姐是被财主关到八角楼里，最后被李小牛率领乡亲解救，外出传歌。究竟是成仙结尾，还是传歌结尾，不同的观点争执不下。② 何其芳看出，"刘三姐并无别的武器，只有山歌是她的武器。她所团结和影响的群众，除了李小牛还有一张弓和几枝箭而外，也只有山歌是他们的武器"，并对此心怀疑虑。但是，他表示理解，承认"这种对于民歌的作用和力量的夸张，也是可以用革命现实主义和革命浪漫主义相结合的创作方法来解释的。这种夸张不应该受到非难，因为它不但有现实的基础，而且还相当有分寸"。③

何其芳确实相当敏锐。以歌声始，以歌声终，歌声贯穿全场的这出歌剧，也因歌声而获罪。两种收尾，在"文革"期间，都受到了猛烈的批判。批判者就是沿着何其芳的思路往前走的。在他们看来，两种收尾的要害都在于用歌声的对抗取代了实际的暴力斗争，"妄图使革命群众相信：广大劳动人民与反动统治者阶级没有根本的利害冲突，双方发生任何矛盾，都可以通过唱山歌解决"，④ "妄图否定毛主席关于'枪杆子里面出政权'这个伟大真理，以便达到他们动摇革命人民的

---

① 至于"禁歌"的情节，据说是"柳州的同志们，根据在宜山听到歌手们谈起在旧社会里唱歌骂伪县长而被拘禁的故事"，觉得这对完成刘三姐的性格很关键，于是凭空加上的。参看郑天健：《关于〈刘三姐〉的创作》，《中国当代文学研究资料·〈刘三姐〉专集》，桂林：桂林第二印刷厂1979年版，第17页。

② 参看覃桂清：《刘三姐传说与电影〈刘三姐〉》，《中国民间传说论文集》，北京：中国民间文艺出版社1986年版，第208页。

③ 何其芳：《优美的歌剧〈刘三姐〉》，《文学评论》，1960年，第5期。

④ 洪辛兵：《大毒草〈刘三姐〉的要害是反对暴力革命》，《中国当代文学研究资料·〈刘三姐〉专集》，桂林：桂林第二印刷厂1979年版，第187页。原载《广西日报》，1970年4月21日，第3版。

斗志,扑灭武装斗争烈火的反动目的"。①"取消主义"的错误是不容宽恕的。政治文化的注意力一经移易,曾经的"新潮文化"也就不再能继续获得追认了。

除歌剧《刘三姐》外,黄勇刹也有诗集、散文集和长篇小说行世。他始终致力于壮族民间文学作品的搜集、整理和研究,并有专著多种,可以说是新中国文坛上卓有成绩的少数民族艺术家。

---

① 自治区活学活用毛泽东思想积极分子资源县延东公社修睦大队党支部书记:《没有枪杆子就没有一切》,罗岗生、李莲芳编:《刘三姐研究资料集》,南宁:广西人民出版社 2007 年版,第 332 页。原载《广西日报》,1970 年 5 月 10 日,第 3 版。

第九章 传统文化渗染的文学形态

第一节 传统文化与现代中国文学

中国传统文化，是个外延和内涵均十分难以界定的概念。"中国自古是一个多民族的国家，各民族的文化自成系统，中国传统文化则是一个包含多民族文化系统的大系统。在这个大系统中，华夏族或汉民族文化系统最为完整、发展水平最高，一直居于主导地位。"① 可以笼统地说，中国传统文化，既包括中原地区汉民族所创造和继承的居于主导地位以典籍形式存在的主流文化，如儒释道；又包括边地各少数民族所创造和继承的居于补充地位以言传身教为特征的非主流文化，如荆楚苗族文化、云南彝族文化等。也可以说，既有官方文化，也有民间文化；既有文学等雅致文化，也有民俗等原始文化，不一而足。

为了言说的方便与清晰，我们此处将中国传统文化主要划分为两大类：经籍文化与民间文化。其中，民间文化既包括汉民族的民间文化也包括少数民族的民

---

① 张岱年、程宜山：《中国文化与文化论争》，北京：中国人民大学出版社 1990 年版，第 130 页。

间文化。

一、1930年代至1940年代末期中国传统文化发展及其对文学的影响

中国传统文化在20世纪30年代至40年代末期这个时段中，虽然经过轰轰烈烈的五四新文化运动的强大轰击，整体上走向衰退，但其影响力依然较为强劲。其原因有两个：其一，中国幅员辽阔，各地政治经济发展极不平衡，除了当时上海、北平、天津、南京、重庆、青岛、武汉等都市因政治或经济的原因，现代都市文化取得了强势地位之外，但在广大的中国乡村地区，其现代化程度非常之低，传统文化的影响力依然强大。在此种文化背景之下长育起来的作家与读者，当然对传统文化抱有强烈的热爱之情。其二，文化接受主体其价值偏好不同，有的作家属于典型的文化激进派，主张"全盘西化"；但同时亦有文化守成主义者，他们认为传统文化中有益的文化因子或元素，不能因时代的演进而被无情地抛弃，而应从传统文化中汲取有益的滋养，以助力现代的文化人格建构。文化守成主义者视野中的文化又可分为两类：一类是传统的经籍文化，经、史、子、集，甚至也包括宗教在内，这类文化往往已经定型化和系统化；一类是乡村文化，这类文化内容驳杂而多元，往往有一定的地域色彩。

20世纪30年代至40年代末期，中国社会的发展呈现了两个重要特点：第一，战争频仍；第二，中国社会区域化、政治化特征明显。抗战期间划分为解放区、国统区和沦陷区，第三次国内战争前后又划分为解放区和国统区。因此，不同区域的政治集团和文化集团，对中国传统文化在中国现代化进程中的作用的评估亦不同。同时，文学社团流派以及创作主体，因立场各异，故对传统文化的态度也各有千秋。

首先，对经籍性传统文化的态度。传统的经籍文化，是指包括经、史、子、集在内的中国传统文化。中国共产党和中国国民党，系当时两支左右社会人心重要的政治力量。这两支政治力量，对待传统文化的态度差异较大。

毛泽东在《新民主主义论》中明确指出："一定的文化是一定社会的政治和经济在观念形态上的反映。……在中国，又有半封建文化，这是反映半封建政治和半封建经济的东西，凡属主张尊孔读经、提倡旧礼教旧思想、反对新文化新思想

的人们，都是这类文化的代表。帝国主义文化和半封建文化是非常亲热的两兄弟，它们结成文化上的反动同盟，反对中国的新文化。这类反动文化是替帝国主义和封建阶级服务的，是应该被打倒的东西。不把这种东西打倒，什么新文化都是建立不起来的。不破不立，不塞不流，不止不行，它们之间的斗争是生死斗争。"[1]马列主义取代了儒释道的经籍与教义，与此同时，"尊孔读经"被视为"旧礼教旧思想"的反动表现。虽未明确提出反孔反儒的口号，但显而易见其对传统文化尤其是儒家文化持不欢迎的态度。可见，中国共产党对待中国传统文化的态度秉承了五四以来的看法。后来，这种看法又得到了一定程度的强化，毛泽东在《讲话》中更是明确指出："现阶段的中国新文化，是无产阶级领导的人民大众的反帝反封建的文化。"[2]而无产阶级领导的反帝反封建运动中，依凭的思想武器是马列主义以及后来的毛泽东思想，而传统的儒释道思想与二者的交集几乎为空集。因此，传统的儒释道思想不大可能成为在当时延安解放区产生巨大影响力的思想意识，相反，它将长期处于被淡化的状态，但其潜在影响却异常深刻。

经籍文化在解放区受到了冷落，但传统文化中的民族化的文艺形式却受到了空前重视。许多作家从传统文艺形式借鉴学习表现方法，如赵树理对评书等民间说唱艺术和文艺表现形式的学习与借鉴，再如袁静、孔厥对《儿女英雄传》叙事模式的借鉴，并进而创作了《新儿女英雄传》。

在国统区，政治高层对儒释道文化在社会伦理道德建构方面的作用较为重视，如1934年蒋介石所倡导的"新生活运动"中，就把孔孟儒家思想提高到非常重要的地位。"新生活运动"即以儒家的"四维"、"八德"为道德标准。所谓"四维"系指，"礼、义、廉、耻"；所谓"八德"，是指"忠孝仁爱信义和平"。国民党希望重新复兴传统文化的影响力，他们将孔子诞辰定为"国定纪念日"。国民党之所以将儒家思想推举到崇高的地位，其目的也昭然若揭，因为儒家所主张的忠孝仁爱、信义和平与国民党所鼓吹的忠于领袖做顺民的口号非常一致。另外，抗战爆

---

① 毛泽东：《新民主主义论》，《毛泽东选集》第2卷，北京：人民出版社1991年版，第694—695页。

② 毛泽东：《在延安文艺座谈会上的讲话》，《毛泽东选集》第3卷，北京：人民出版社1991年版，第855页。

发之后，某些国民党要员又鼓噪"经咒救国"的谬论，虽然今日可视作根本的笑谈，但说明佛家思想在国统区还是有着相当的影响力。

五四新文化运动尘埃落定之后，人们对传统文化的态度发生了巨大的变化。现代中国文学的创作主体，重新审视中国传统文化，在国统区某些文化和文学社团成员对传统文化表现出了相当的热情。如周作人对佛家思想的热爱，直接影响到他的散文小品冲淡风格的形成。再如京派作家群中的废名，在周作人的影响之下热衷对佛理禅趣的表达。新月派中的梁实秋虽然寝馈西学，但对儒家文化所表现出来的高度热情，却着实令人大吃一惊。"论语派"的林语堂，哈佛大学的硕士、莱比锡大学的博士，曾是反封建的文化斗士，还曾经写过引起争议颇大的戏剧《子见南子》。但到1930年代的"论语"时期，则对庄子的思想大加称赏，提倡幽默，同时提出效法"公安"三袁的散文创作主张。林语堂对"独抒性灵，不拘格套"的传统散文创作观尤为推重，并在此基础上所形成了"以自我为中心，以闲适为格调"的现代散文观。到20世纪30年代中后期，林语堂又开始向西方读者介绍中国传统文化，如他的《吾国与吾民》。1940年代他又创作了"林氏三部曲"：《瞬息京华》（又名《京华烟云》）、《风声鹤唳》、《朱门》，以小说的形式分别表现了道家文化、禅宗文化和儒家文化。

经、史、子、集中的"集部"作为传统文化的重要组成部分，包括诗文集总集和专集。这些诗文集，作为中华传统文化的瑰宝，成为现代中国文人学习赏鉴和创作的重要蓝本。其中唐诗宋词，是中国传统文学中两种重要的文学样态。唐诗宋词讲究所谓的格律，格，指外在形式，律，指音韵平仄。格律综合而言，既看重外在（固定）形式，又要讲求音乐美。绝句与律诗是较为常见的格律诗。词又被称为"长短句"，有所谓的词牌名，对字数与用韵，都有相对严格的要求。唐诗宋词，由于所营造的或豪放雄迈或委婉细腻的意境，再加之琅琅上口，极富有音乐性，而被广大的现代中国读者所喜爱。绝大多数中国新文学作家从小在接受传统儒家思想的同时，也受到了传统诗词歌赋的熏陶与影响。少年儿童在品读传统的格律诗词的过程中，自然而然地领受了其中所蕴含的传统文化观念和思想意识。童年时期诗词的学习经历，后来影响了他们的文学观的形成及其创作，尤其是格律诗词的创作。毛泽东、鲁迅、郭沫若、郁达夫、周作人、老舍、张恨水、柳亚子等人，均创作了数量可观的格律诗词。

现代文人的诗词创作可谓"旧瓶装新酒"，即虽然采用的是传统的诗词歌赋的表现形式，但其表现的却多是具有现代意味的思想、理念或意识。应该讲，这是对梁启超所谓的"诗界革命"的回应和实践。梁启超曾经提出利用传统的诗词形式来表现现代思想和观念，"欲为诗界之哥仑布、玛赛郎，不可不备三长：第一要新意境；第二要新语句；而又须以古人之风格入之，然后成其为诗。"现代文人利用旧有的诗词形式除了抒写个人情志之外，主要还是用来表达现代思想意识。即使是表现个人情致的诗词，也非完全吟弄风月，一味沉浸在个人得失爱恨的小天地，而是与整个现代社会的脉动相一致。总之，基于现代理性的自我主体意识和现代民族—国家思想，成为现代文人诗词所表达的重要主题。

现代文人的格律诗创作，可视作传统诗词在现代社会的"绝响"。它除了具备表意功能之外，至少还有唤起国人对传统诗词审美样态记忆的作用。但由于传统诗词创作讲求严格的格律，五四之后的一代作家或文人真正通晓诗词格律的人可谓凤毛麟角。利用这一传统的形式进行文学创作，既传达时代的激情又表现个人情致的作品，极为罕见。因此，它只能作为现代白话新诗的参照物，存在于现代中国文学发展史之中。

传统诗词意境意象的营造与营构，对当代的诗歌创作启发之功不容小觑。现代中国文学发展中出现的诗歌大家，大都曾谈到过古典格律诗词对他们所产生的深刻影响。但勿庸讳言，古典格律诗词由于其形式的相对固化，因此，在表现繁富的现代生活方面显得力不从心。传统格律诗词的创作不是现代新诗发展的主流，但它作为现代中国新诗词的重要补充，还是有着一定的意义。

其次，主流文化之外的边地少数民族文化也被现代中国作家们所描写与记录，创作出了一系列表现民族文化"小传统"的文学作品。最典型的如京派的小说家沈从文，他创作了大量的以湘西边地为题材的小说。他的小说创作并不单纯是为了展示所谓的奇情异俗，而是通过对湘西边地文化的展示来达到改良国民性，提升整个民族品格的目的。另外，"东北作家群"中的萧红、萧军、端木蕻良、舒群等人，"九一八"事变之后，由关外来到内地，一方面歌颂东北民众的抗日精神，一方面向内地的读者展示独具特色的"黑土地"文化。如萧红的《生死场》和《呼兰河传》，生动刻画表现了东北地区的边地文化以及在这种文化影响之下的文化人格。

二、1950 年代至 1970 年代中国传统文化的发展及其对文学的影响

1949 年 10 月 1 日，中华人民共和国成立之后，由于马列主义毛泽东思想作为党的指导思想确立下来，传统文化的影响力逐渐式微。经籍文化与民间文化的命运在这一时期有所不同，在文学中经籍文化的比重整体上明显弱于民间文化。原因很显然：其一，自 1940 年代开始，马列主义毛泽东思想已经被确立为具有统治地位的思想，袭占了原来儒家思想的位置，含纳经史子集的经籍文化的地位已经被彻底边缘化甚至虚无化。因此，在相当长的时间内，传统文化都处在无产阶级文化的强势覆盖的境地。这一时期的文学作品中如果说有文化的话，居于统治地位的也是典型的无产阶级文化。经籍文化中的儒释道思想，在建国后的文学中已近乎于销声匿迹。"文革"期间中国传统文化虚无化的闹剧达到了高潮，出现了所谓的"破四旧"和所谓的"批林批孔"运动。传统文化之根经过五四新文化运动和"文革"运动的两次砍斫，已经几近枯萎。虽然 1950 年代也有部分表现历史事件、历史人物的文艺作品出现，但并非主流，而且后来许多作品都不同程度地受到批判。因此，表现传统文化的作品在数量上逐渐衰减。这个时期，"三红一创，青山保林"一类的革命红色叙事取得了支配地位。该时期除了儒家思想中的某些意识，比如"忠"以变形的形式存在于文艺作品中以外，创作主题也多与传统文化思想尤其是道家和佛家思想渐趋疏远。值得一提的是，经籍文化中"史"的部分，则由于历史观的被修正，而被重新进行改写。阶级斗争思想统摄下的唯物史观，成为标准的历史观。农民起义被重新进行审视，比较典型的个案就是姚雪垠的《李自成》。其二，为了贯彻各民族一律平等的政治理念，少数民族民间文化的价值与地位得到了肯定与抬升。因此，建国后至"文革"前的"十七年"文学中，对少数民族文化的表现呈现了一个热潮：各少数民族作家开始用手中的笔来表现本民族的生活和文化，如蒙古族作家玛拉沁夫创作的《科尔沁草原的人们》、彝族作家李乔创作的《欢笑的金沙江》等作品。少数民族史诗的发掘整理工作也逐步提上日程，如撒尼族（彝族一支）的长诗《阿诗玛》、藏族的史诗《格萨尔王》、蒙古族史诗《江格尔》开始了陆续整理出版。这些反映少数民族文化和生活作品的出

现，多与党和国家特殊的民族政策的实施有关，这也在客观上促进了边地少数民族文化的发掘整理与保护传承。

当然，也并不是说所有的传统文化在当代文学中完全毫无踪迹可寻，传统文化尤其是民间文化具有强大的生命力。虽然遭遇压抑，但依然会改头换面乔装出现，在"文革"之前的某些文学作品中，还能读到主流意识形态文化之外的乡村文化。如周立波的《山乡巨变》，赵树理的《登记》、《三里湾》，曲波的《林海雪原》，都有民间文化的展示与表现。即使在"文革"期间，在"革命"文艺形式——样板戏中，非主流的民间文化传统文化虽然是作为落后形象出现，但毕竟在文艺作品中为自己争得了一席之地，如《沙家浜》、《智取威虎山》中的民间江湖文化。"文革"终结之后，随着思想解放大潮的涌动，人们对传统文化才开始有了理性科学的认识。到新时期"寻根文学"的勃兴，是传统文化被压抑之后的一次大爆发。另外，虽然这个时期革命的现实主义与革命的浪漫主义创作手法逐渐在文艺创作中取得了统治地位，但现代中国文学创作主体对传统文艺表现技法的借鉴，却没有停滞，在革命样板戏和一些红色叙事中依旧能够觅得传统文艺表现技法的影子。

第二节 沈从文与京派

京派主要成员多是侨居京津等北方都市的知识分子，他们大多是高等学校的师生。由于他们是以京津为中心开展文学活动并进而辐射中国北方地区，又有北方作家群之称。京派以《骆驼草》、《大公报·文艺副刊》、《水星》等杂志为发表平台，既创作了大量的具有乡土文化特征的文学作品，也发表了一系列的文学批评。京派在整个现代中国文学发展史中，是一个特异的存在。京派与以上海为中心商业化特征显著的海派文学，无论是在叙事主题还是在审美追求方面，都有着巨大的区别。京派并没有系统的理论纲领和严密的组织架构，他们主张文艺远离政治，追求风格的恬淡与纯朴。沈从文、朱光潜、周作人、俞平伯、废名、凌叔华、林徽音、萧乾、何其芳都是京派中的代表人物。

一、饱受湘西边地苗瑶民间文化熏染的人生

沈从文（1902—1988），原名沈岳焕，湖南凤凰县人。出身于世代行伍之家，笔名有休芸芸、甲辰、炯之、璇若、懋琳、上官碧、窄而霉斋主人等。他有着特殊的家世：祖父曾任清朝贵州提督，父亲在辛亥革命时曾参与组织地方上的武装起义，后到北京，因刺杀袁世凯失败而隐姓埋名四处流浪。母亲黄英在沈从文眼中"所见事情很多，所读的书也似乎较爸爸读的稍多"，"我的教育得于母亲的不少"。①6岁进私塾读书，但却经常逃学，成为大人眼中的"野孩子"。"逃避那些书本去同一切自然相亲近"，生机勃勃而又充满神秘色彩的大自然吸引着他，"这一年的生活形成了我一生性格与感情的基础"。②1917年沈从文进入地方军队，开始了长达五年的军旅生涯。其间当过卫兵、班长、书记，湘兵的勇猛强悍，湘川黔边地多样的社会现实和优美的自然风光，使沈从文既目睹了残酷的杀戮，又体验了粗砺的社会现实、别样的生命意识和冲动、强悍的灵魂。短暂的城镇生活经历，并未给他带来好感，相反，他对城市生活非常厌憎：在城市中"我看了些平常人不看过的蠢事，听了些平常人不听过的喊声，且嗅了些平常人不嗅过的气味；使我对于城市中人在狭窄庸懦的生活里产生的作人善恶观念，不能引起多少兴味，一到城市中来生活，弄得忧郁强悍不像一个'人'的感情了"。③1922年，在五四余波的影响下，沈从文接触到了一些宣传新文化新思想的《新潮》、《改造》等进步刊物，眼界大开。为了获得新的人生智慧光辉，他决定离开湘西只身前往北京，"开始进到一个使我永远无从毕业的学校，来学那课永远学不尽的人生了"。④出于对知识的渴求，同年报考燕京大学，落榜。北京的生活经历对沈从文是一个考验，他饱受了生活的折磨，曾几度陷入困境。"我在北京等于一粒灰尘。这一粒灰尘，在街头或任何地方停留都无引人注意的光辉。"⑤但他凭着湘西人特有的坚韧强悍的意志活了下来。北京生活的刺激，对他日后的创作影响同样不可低估。这期

---

① 沈从文：《从文自传》，《沈从文全集》第13卷，太原：北岳文艺出版社2002年版，第249页。

② 沈从文：《从文自传》，《沈从文全集》第13卷，太原：北岳文艺出版社2002年版，第251页。

③ 沈从文：《从文自传》，《沈从文全集》第13卷，太原：北岳文艺出版社2002年版，第306页。

④ 沈从文：《从文自传》，《沈从文全集》第13卷，太原：北岳文艺出版社2002年版，第365页。

⑤ 沈从文：《从文自传》，《沈从文全集》第13卷，太原：北岳文艺出版社2002年版，第5页。

间，经郁达夫介绍结识了徐志摩等人，并得到徐志摩的器重、提携与奖掖。他开始把记忆中的湘西和在北京的生活状态用手中的笔源源不断地表现出来。1924年底开始在《晨报副刊》上发表作品，嗣后作品又出现在《语丝》、《现代评论》、《小说月报》等刊物上。1926年，沈从文出版第一部小说集《鸭子》。1928年与胡也频、丁玲在上海合编刊物《红黑》与《人间》等刊，同时在《新月》等刊物上继续发表作品，是年至1930年在上海吴淞的中国公学担任讲师。1930年下半年至1933年，先后就教于武汉大学和青岛大学。1933年，接编《大公报·文艺》副刊。抗战爆发后任西南联大教授，抗战胜利后执教北京大学，同时主编《大公报》、《益世报》的文艺副刊。建国后供职于历史博物馆，出版有《中国服饰研究》等中国传统文化研究专著。

二、拯救现代中国文化凋落之方药：边地民间文化

在现代中国文学史上，沈从文的出场面临着诸多的尴尬与挑战：其一，他的学历仅是高小，头上不仅没有当时留学生的耀眼光环，而且连大学生都不是。这在看重作家学历背景的当时，他无疑处在一个较为尴尬的处境之中。其二，他不隶属于任何一个文学流派，虽然在20世纪20年代曾经在《晨报副刊》和《现代评论》上发表过大量的作品，但却很难真正进入"新月派"和"现代评论派"的文学圈子之中，这与现代中国文学初期倚重集团作战的文学生存策略几乎背道而驰。其三，他几乎没有任何新文学创作的经验，有的只是旧体诗词的创作经验，而在文学理念发生巨大变革的20世纪20年代，文学何谓，文学为何，对于他来讲都显得极为陌生。这是他进行新文学创作面临的又一挑战。

从沈从文的创作实践来看，他将劣势转变成了优势。面对诸多的尴尬与挑战，沈从文不仅没有退缩，相反却凭着湘西人吃苦坚韧的优良品性，在居之不易的北京城活了下来，在现代中国文学阵营中取得了一席之地。他缺少显赫的留洋外史，但却拥有丰富的边地生活经验，尤其是数年的陆军士兵生活；他没有体系化的文学理论，但却有坚定的文学信仰和独特的艺术风格。

沈从文对于文学创作的表现内容有着独特的认知，他既不同意功利主义的说法，也不认可唯美主义的说辞。他认为文学既应该表现宏大的与国家社会相关的

主题，也要表达个体主体的情感意志和人格特质。沈从文的文学世界中，往往是真伪相对、善恶毗邻、美丑共举。他以一个在他人看来比较奇怪的"乡下人"的"真诚"，来表现社会，描摹人生。在其别具一格的文学叙事中，未来世界之美与理想人性之美是沈从文小说创作的主要内容之一。对于沈从文而言，"乡下人"既是一种自我定位，又是一种特殊的标示。即表明他是在湘西边地文化熏陶之下成长起来的作家，而非深受现代西方启蒙文化影响的知识分子。

沈从文在走向文坛前后，一直面临着两种截然不同风格迥异的现实生活，同样也始终会遭逢他所乐见和讨厌的两种人——"抹布阶级"与"绅士"阶级。沈从文对虚假、丑恶的社会现实极为憎恶，对真实、美善的社会理想极端热爱，对"抹布阶级"充满了由衷的亲切之感，对绅士阶层则表现出无比的鄙夷之情。总体而言，沈从文希望用他来自乡间饱蘸湘西边地民间文化汁液的"至拙"之笔，达到至真胜至伪、至善胜至恶、至美胜至丑的理想的文学实效。

首先，一方面将蒙在旧中国社会头上的黑幕的一角揭开，将丑恶尽情暴露在阳光下；另一方面作为引领读者进入"桃花源"——湘西的向导，向读者展示未来世界的美好：真善美的人间天堂。"一个忠诚于自己信仰的作者，若还不缺少勇气，想把他的文字，来替他所见到的这个民族较高的智慧，完美的品德，以及其特殊社会组织，试作一种善意的记录……。"① "实在说来，这个民族如今就正似乎由于过去种种文化所拘束，故弄得那么懦弱无力的。这个民族的种种恶德，如自大、骄矜，以及懒惰，私心，浅见，无能，就似乎莫不因为保了过去文化遗产过多所致。这里是一堆古人吃饭游乐的用具，那里又是一堆思索辨难的工具，因此我们多数活人，把'如何方可活下去的方法'也就完全忘掉了。明白了那些古典的名贵与庄严，救不了目前四万万人的活命，为了生存，为了作者感到了自己与自己身后在这块地面还得继续活下去的人，如何方能活下去那一点欲望，使文学贴进一般人生，在一个俨然'俗气'的情形中发展；然而这俗气也就正是所谓

---

① 沈从文：《〈凤子〉题记》，《沈从文全集》第 7 卷，太原：北岳文艺出版社 2002 年版，第 79 页。

生气，文学中有它，无论如何总比没有它好一些！"①

其次，一方面，充分刻画绅士阶级的诈伪堕落寡廉鲜耻，另一方面颂赞抹布阶级真诚向上的人性之美。"这世界上或有想在沙基或水面上建造崇楼杰阁的人，那可不是我。我只想造希腊小庙。选山地作基础，用坚硬石头堆砌它。精致，结实，匀称，形体虽小而不纤巧，是我理想的建筑。这神庙供奉的是'人性'"。②关注"人性"是沈从文重要的创作主题，这种独特的价值取向使他明显地区别于1930年代极为盛行的左翼文学和口号喊得震天响的"民族主义文学"。将"人性"，尤其是在边地文化教养之下所形成的自然、优美、健康的人性作为表现的重要方面，是沈从文明智的文学抉择。

拯救世道的沉沦堕落、诊疗人心的陈疴痼疾，在沈从文看来，这二者都是当时文学所要承当的两项重要任务，但这两项任务有孰先孰后之区别。他认为应该先从人心的改变开始。这与鲁迅等人改造国民性的努力方向非常一致，但在策略上和所秉持的思想利器却截然不同。鲁迅主张借鉴西方，引介现代的人道主义和个人主义；而沈从文则要回归边地乡土民间文化，以粗砺蛮野而真气充沛生机饱满的湘西文化作为改造国民痼疾的良药。沈从文并不否认文学的功利性，他并非人间乌托邦的建构者。但他认为文学作品的主要功用既不能作为现实斗争的工具，也不能作为游戏的筹码。文学应该起到至真胜至伪、至善胜至恶、至美胜至丑的作用。它首先作用于人心人性，然后影响整个社会、民族、国家的振兴。

除了对文学的功用有着独特的认知之外，沈从文认为评价作品的优劣不是看其在当下的影响大小，而是应该假以时日，正所谓"风物长宜放眼量"，文学作品价值的有无和大小，应该靠时间来说明，"作者不能只看今天明天，还得有个瞻望远景的习惯，五十年一百年世界上还有群众！新的文学要它有新意，且容许包含一个人生向上的信仰，或对国家未来的憧憬，必须得从另外一种心理状态来看文学，写作品，即超越商业习惯上的'成功'，完全如一个老式艺术家制作一件艺术

---

① 沈从文：《〈凤子〉题记》，《沈从文全集》第7卷，太原：北岳文艺出版社2002年版，第79—80页。

② 沈从文：《习作选集〈代序〉》，《沈从文全集》第9卷，太原：北岳文艺出版社2002年版，第2页。

品的虔敬倾心来处理，来安排。最高的快乐从工作本身即可得到，不待我求。"①

　　沈从文非常看重文学的创新与自我风格的形成。综观沈从文的文学创作，他所写的题材实际上并不新颖——乡土文学。而作为 20 世纪乡土文学旗手的鲁迅在 1920 年代，他的《故乡》等作品已经为该类型文学创作的样板。乡土文学表现的内容和表现的基调似乎已然确定，而且同时代的蹇先艾、许杰以及鲁迅的跟进者鲁彦、许钦文、柔石等人或与鲁迅开创的文学传统基本一致或大多遵循这一传统。而沈从文则从另外一个角度来看取乡土中国，尤其是处于所谓"化外"的"边地中国"，与鲁迅从批判现实主义的高度将乡土中国视为落后愚昧的象征不同。沈从文则从卢梭主义的视角来审视乡土中国，认为乡土中国中还蕴藏着中华复兴、人性提升的诸多积极因子，虽不至于将乡土中国完全视为牧歌悠扬的田园，但至少没有将乡土中国视为罪恶渊薮或人间地狱。因此，沈从文笔下的乡土中国不仅成为温情脉脉的精神家园与心灵港湾，而且成为人类灵魂最终的归宿。与以鲁迅为代表的乡土文学中所表现和塑造的农民形象不同，他笔下的农民或市镇中的居民多淳朴厚道、勤劳能干、乐天知命、安分守己、重义轻利、平静自在。

　　沈从文"乡下人"自我定位和对湘西边地传统文化的由衷热爱，使得他的小说在主题、题材、审美趣味、艺术风格、表现手法上都与 20 世纪 20—30 年代主流作家的创作有着巨大的差别。这既来自其独特的人生阅历和体验，又源自他刻意的追求，"'连林人不觉，独树众乃奇'，我就深深相信作品文字都得有自己的体裁和风格，看来才有意义"。②"我虽明白人应在人群中生存，吸收一切人的气息，必贴近人生，方能扩大他的心灵同人格。我很明白！至于临到执笔写作那一刻，可不同了。我除了用文字捕捉感觉与事象以外，俨然与外界绝缘，不相粘附。我以为应当如此，必需如此。一切作品都需要个性，都必需浸透作者人格和感情，

①　沈从文：《短篇小说》，《沈从文全集》第 16 卷，太原：北岳文艺出版社 2002 年版，第 502—503 页。

②　沈从文：《〈沈从文小说选集〉题记》，《沈从文全集》第 16 卷，太原：北岳文艺出版社 2002 年版，第 375 页。

想达到这个目的，写作时要独断，要彻底地独断！"①

沈从文反对所谓"名士才情"与"商业竞卖"相结合的"海派"创作风格，他反对投机取巧、见风使舵的不诚实和虚浮的做法。颇有朱光潜所谓的以"出世的精神"做"入世的事业"②之概。他认为文学创作由幼稚走向成熟，不是依靠创作主体的所谓的天才，而是不断地练习。而"过去观念与时代习气皆使从事文学者如票友白相人"，③"伟大作品的产生，不在作家如何聪明，如何骄傲，如何自以为伟大，与如何善于标榜成名；只有一个方法，就是作家'诚实'的去做。"④同时，他也反对文学与商业文化过于热络，而是希望文学尽可能抱持自身的独立性。

三、文学湘西

沈从文在其文学创作中很好地贯彻了他的文学主张和文学理想，始终以"乡下人"的不懈耕耘的姿态，在创作的大道上奋力独行，在现代中国文学的发展史上留下了浓墨重彩的一笔。

首先，或许是由于沈从文少年时期短暂的城镇生活经历以及北京生活的艰辛，特别是未能考取燕京大学，城市和"城里人"，都给他留下了不良的印象和难以抚平的精神创伤记忆。"乡下人"的角色定位，使他对城市和城市中人有着近乎本能的厌憎。"我实在是个乡下人，说乡下人我毫无骄傲，也不在自贬，乡下人照例有根深蒂固永远是乡巴老的性情，爱憎和哀乐自有它独特的式样，与城市中人截然不同！他保守，顽固，爱土地，也不缺少机警却不甚懂诡诈。他对一切事照例十分认真，似乎太认真了，这认真处某一时就不免成为'傻头傻脑'。这乡下人又因为从小飘江湖，各处奔跑，挨饿，受寒，身体发育受了障碍，另外却发育了想象，

---

① 沈从文：《〈习作选集〉代序》，《沈从文全集》第9卷，太原：北岳文艺出版社2002年版，第1—2页。

② 朱光潜：《谈美·开场话》，《朱光潜全集》第2卷，合肥：安徽教育出版社1987年版，第6页。

③ 沈从文：《文学者的态度》，《沈从文全集》第17卷，太原：北岳文艺出版社2002年版，第49页。

④ 沈从文：《文学者的态度》，《沈从文全集》第17卷，太原：北岳文艺出版社2002年版，第51页。

而且储蓄了一点点人生经验。"①

其次，"乡下人"的定位与视角，让沈从文始终把宁静、朴实的湘西边地作为存在于他的意识和灵魂之中的精神家园，边地淳朴自然和谐的人情美和人性美，自然而然地成为他的创作园地之中永不凋谢的奇葩。"对于农人与兵士，怀了不可言说的温爱，这点感情在我的一切作品中，随处都可以看出。我从不隐讳这点感情。我生长于作品中所写到的那类小乡城，我的祖父，父亲，以及兄弟，全列身军籍；……就我所接触的世界一面，来叙述他们的爱憎与哀乐，即或这枝笔如何笨拙，或尚不至于离题太远。因为他们是正直的，诚实的，生活有些方面极其伟大，有些方面又极其平凡，性情有些方面极其美丽，有些方面又极其琐碎。"②与此同时，为了突出湘西边地的人情美人性美，他对城市文明及其文化熏染之下形形色色的"高等人"予以毫不容情的丑化与鞭挞。

再次，"乡下人"的角色定位与坚持还反映出，沈从文所秉持的文化传统与知识分子所看重的经籍文化和现代文化不同，而是蕴涵着荆楚文化和苗瑶文化的湘西边地民间文化。沈从文对湘西边地民间文化的书写，目的在于展示荆楚、苗瑶文化中强悍的生命意志和生命强力。因为在他看来，烂熟的传统经籍文化已经毒化了中国民众的心灵，使得民众不仅缺乏生命的斗志，甚至连生命的自觉意志都分外匮乏。因此，沈从文决定在他的湘西题材的小说中展示生命的样板，以及人之为人的真正状态。

（一）现实人生形式的展示：边地民间文化养成的粗砺强悍的生命样态

沈从文创作的《柏子》、《萧萧》、《丈夫》、《灯》、《贵生》等作品，以极其冷静客观的笔法，写出了边地普通民众乐天安命、顺乎自然、粗砺本真，甚至于近乎愚昧的生存状态。《柏子》写水手柏子与妓女之间粗野但又不乏真诚的爱。作品采用近乎自然主义的笔法，描写了粗砺而本真的边民的原始生存状态。柏子是"从不曾预备要人怜悯，也不知道可怜自己"的众多水手之一。他的感情粗朴而专一，

---

① 沈从文：《〈习作选集〉代序》，《沈从文全集》第9卷，太原：北岳文艺出版社2002年版，第3页。

② 沈从文：《〈边城〉题记》，《沈从文全集》第8卷，太原：北岳文艺出版社2002年版，第57页。

他对妓女有情，妓女对他有意，彼此追寻的是当下生命的欢娱而不是多情的痴守。因为他们都明白对方的身份，默默遵循着命运的安排；《萧萧》写童养媳的悲剧命运。萧萧 12 岁做人家的童养媳，丈夫是个乳臭未干的小弟弟，还不到 3 岁。情窦初开的她失身于花狗后，面临被"沉潭"或"发卖"的命运。伯父不忍让她沉潭，主张发卖，她在夫家等待买主的过程中，生了个"团头大眼，声响宏壮"的儿子。因为生了个男孩，她又被留了下来。她没有基本的人身自由，更无法掌握自己的命运。发人深思的是，小说的结尾写到，萧萧的儿子在迎娶年长他 6 岁的媳妇。"这一天，萧萧抱了自己新生的月毛毛，却在屋前榆蜡树篱笆看热闹，同十年前抱丈夫一个样子。"似乎又一个萧萧的悲剧命运开始了新的轮回，小说揭示了生命悲剧的循环往复的主要原因，在于乡下人理性的蒙昧。《贵生》中人们的处世哲学是"一切都是命，半点不由人"；《丈夫》写了丈夫从懵懂走向觉醒的过程。迫于生计，妻子不得不在船上从事屈辱的皮肉生涯。丈夫从远方的老家来探望她，水保的话激起了他久已泯灭的男子的意识与尊严，为了捍卫丈夫的权利和尊严，他拉着妻子踏上了归乡之路。这些作品所揭示的正是湘西下层民众悲苦的生存现实，所写人物形象的性格，看似乐天知命、安分守己，实则无可奈何，愚蒙可怜。

这些小说表现了沈从文在面对湘西边地文化时的复杂心态，生命的自由与尊严，爱情的渴盼与美满、理性的确立与获得、人性的光辉与美好，在充满神秘色彩的湘西世界中仿佛又是遥不可及。有悖于人性的生存状态，在作者看来既庄严又悲凉：庄严在于他们能够粗砺、本真、顽强地生活下来，在严酷的现实中凸显生命的尊严与意志的强悍；悲凉在于他们只是展示生命的强悍与泼辣，缺欠的是理性的自觉与对生命的反思。这使得作家的情感显得复杂而暧昧，"一个具有独立思想的作家，能够追究这个民族一切症结的所在"[1]的理性与对湘西民众的天然亲合的情感形成了强大的内在张力，这就造成了这些作品在风格上既洋溢着对故园人事的由衷喜爱之情，又流露出对边地民众不幸人生感喟的悲凉之感。

---

[1] 沈从文：《废邮存底》，《沈从文全集》第 17 卷，太原：北岳文艺出版社 2002 年版，第 204 页。

（二）理想人生形式的展示：荆楚苗瑶神话世界与现实世界中的乌托邦

这类作品就取材而言又分为两类：其一，取材于边地苗瑶神话传说、宗教故事，借助于原始生命形态的展示，书写还未受到所谓人类现代文明异化的纯洁、净美的人性，充满了理想化的色彩。其二，取材于现实人生：一方面，对理想人性进行充满热情的描写；另一方面，也描绘了理想人性即将逝去的无奈现实。

优美、健康、自然而又不悖乎人性的人生形式的展示是沈从文小说创作的主题，首先，通过其笔下所描绘的神奇的"湘西世界"传达出来。《龙朱》、《媚金·豹子·与那羊》、《神巫之爱》、《月下小景》等作品洋溢着湘西边地各少数民族男女青年热烈、真挚、活泼的生命与活力激情，讴歌了理想化的充满浪漫气息的原始生命形式和生命形态。《媚金·豹子·与那羊》描绘豹子、媚金之间在都市文化人看来凄美的爱情故事：豹子为寻觅能够向媚金表达自己忠诚之情的信物——纯白的小山羊而延迟了赴约，媚金以为豹子的爽约是因为对她的轻视，不甘羞辱拔刀自刎；等到豹子赶到山洞时，媚金已命若游丝，豹子拔出插在媚金胸口的利刃，刺向了自己……两人为了"爱"而殉情；其间没有门第、金钱的考虑与顾忌，只有对爱情的忠贞与专一。与现代社会中"把爱情移到牛羊金银的虚名虚事"形成了鲜明的对比。未受所谓现代文化和摩登文明所浸染的苗族瑶族青年男女，能够遵循本心去爱一个人，而且是奋不顾身的殉情式的爱，在现代人眼中乃是"怪现状"，但在沈从文看来，这才是真正的爱情，而且幸福无比。《月下小景》写男女主人公因爱而结合，但由于本族风俗的原因，相爱却又必须分开。"族人的习气，女人同第一个男子恋爱，却只许同第二个男子结婚。若违反了这种规矩，常常把女子用石磨捆到背上，或者沉入潭里，或者抛到地窟窿里。"生不能结合，两人只好幸福得死去。"砦主的独子，把身上所佩的小刀取出，在镶了宝石的空心刀把上，从那小穴里取出如梧桐子大小的毒药，含放到口里去，让药融化了，就度送了一半到女孩子嘴里去。两人快乐的咽下了那点同命的药，微笑着，睡在业已枯萎了的野花铺就的石床上，等候药力发作。"

沈从文取材于少数民族神话和佛经故事的非现实题材的小说，其间蕴藏着作者所遥寄的对人性的美好设计，用回到过去的方式，表现了对人性的极致——"神性"的赞美，但我们又分明感到作品背后"隐伏的悲痛"，把健全美好的人性放到带有原始社会文化环境中去表现，其乌托邦性质不言而喻。正如他在《媚金·豹子·与那羊》中所说："好的风俗是如好的女人一样，都要渐渐老去的"，美好的人性成为遥远而亲切的记忆和神话。

其次，沈从文对完美人生形式进行探索的成功之作，是《边城》和《长河》。与取材于佛经或传说的小说不同，这两部作品所展示的内容均建立在现实生活的基础上。《边城》从现实人生的人和事出发来表达了健康、优美、不悖乎人性的生命形式，通过一个洁净的"三角恋"赞扬了边地乡民的纯美心灵。它俨如一幅飘逸淡雅幽香的水墨山水，静美、朴素而致远。《长河》（第一卷）描写沅水、辰河流域的小镇，乡民多淳朴可爱，人们都各自守着属于自己的那份命运。它的命意还在于，揭示所谓现代文明客观上对乡村文明的冲击及其对人性的扭曲，尤其是青年人在实利文化的影响下，尚虚荣慕时髦，"只能给人痛苦"。沈从文对青年人盲目追求所谓"现代"而造成的无知无识，表示着极大的忧虑。因此，"就我所熟习的人事作题材，来写写这个地方一些平凡人物生活上的'常'与'变'，以及在两相乘除中所有的哀乐"。[1]《长河》中的小镇民风宁静、淳朴和谐，但这静美已开始被外来的嚣喧所惊扰。小说在广阔的社会背景中描绘了社会历史的"变"及平凡人物的"常"，并以此来表现现实的扰攘冲击已打破了湘西宁静平和的恬美与自适；但质朴的乡民依然葆有着正直、义气、勤俭、公正、雄强、不屈、和平的情怀。沈从文力图通过小说来与读者达成共识：检讨"民族的过去伟大处与目前堕落处"。[2]

（三）有悖人性的生命形式的展示：湘西边地民间文化的对立面

作为对合乎人性的生命形式和湘西边地文化双重展示的对照，存在于沈从文小说世界中的病态的生命形式与病态文化，差不多都与城市的人和事有关。对于城市和城市文明的态度，沈从文在做人和为文的方式上存在着矛盾。他在小说中通过对城市文明的载体——"高等人"的极度丑化，表达了其憎恶之情；但他又

---

① 沈从文：《〈长河〉题记》，《沈从文全集》第 10 卷，太原：北岳文艺出版社 2002 年版，第 6 页。
② 沈从文：《〈边城〉题记》，《沈从文全集》第 8 卷，太原：北岳文艺出版社 2002 年版，第 59 页。

始终生活在城市这个空间中，有一种"与狼共舞"的意味。

《绅士的太太》、《有学问的人》、《八骏图》、《某夫妇》、《大小阮》、《或人的太太》等小说正是这一类的作品。《有学问的人》中写知识分子天福先生和离异的密司周之间的无伤大雅的高级调情，揭示了有学问的绅士和"标致有身份"的人的虚伪无耻。两人表面上都正经有分寸，而内心肮脏卑鄙，无耻之尤。天福先生在学校中教授物理学，有妻有子；面对离异的女子——妻子的女同学，"野心已在这体面衣服体面仪容下跃跃不定"。他先是试探性进攻，"天福先生把自己的肥身镶到女人身边来，女人让；再进，女人再让；又再进。局面成了新样子，女人是被挤在沙发的一角上去，而天福先生俨然作了太师模样了，于是暂时维持这局面，先是不说话"。尔后用语言挑逗，未遭到严辞拒绝，把手放在女人的背后沙发的靠背上，但天福先生的动作仅只于此，"再向前，两人的心会变化，他不怕别的，单是怯于这变化"，这有学问的"上等人"，"头脑中塞填了的物理定律起了作用，不准他撒野"；密司周有着离异的寂寞与寻求慰藉的渴望，但她同样也是怯于行动，她盼望着天福先生能够主动向她示爱。两人为了冲破尴尬而又使谈话有味，心照不宣地以酒为喻来谈论生活，"他们谈着酒，象征着生活，两人都仿佛承认只有嗅嗅酒是顶健全的一个方法"。当女主人带了小主人回家后，密司周的动作和语言暴露了她内心的孤寂和潜意识中的失落："小孩子走到爹爹边亲嘴，又走到姨这一旁来亲嘴，女人抱了孩子不放，只在这小嘴上不住温柔偎熨。"生命的畏葸、性格的软弱、灵魂的卑下，这就是有学问的人的生动写照。《绅士的太太》立意为"高等人造一面镜子"，小说勾画出两个所谓绅士家庭中"绅士"、"淑女"们的恶德丑行：绅士及太太们饱食终日，无所事事，打牌、私通成了生活的全部和点缀。小说揭露了绅士们阴险狡诈的人格和太太们粗鄙的贪欲以及失控的情欲。高等人的道德堕落、荒唐无耻已到了无以复加之地步。小说《八骏图》则集中笔力来刻画八位"高级知识分子"的病态灵魂与变态人格。受现代文明的压抑下的物理学、生物学、道德哲学、汉史六朝文学史的教授们，他们表面上道貌岸然，心灵却下流龌龊。这几位千里马"仿佛他们一生所有的只是专门知识，这些知识有的同'历史'或'公式'不能分开，因此为人显得很庄严，很老成。但这就同人性有点冲突，有点不大自然"：物理学家的床上放着《疑雨集》和《五百字香艳诗》，"大白麻布帐里挂着一幅半裸体的香烟广告美女图"。生物学教授见到一个"穿着件红色浴衣，身材丰满高长，风度异常动人"的女子，她"赤着两只脚，经过处，湿砂上便留下一列美丽的脚印。教授乙低下头去，从女人一个脚印上拾起一枚闪放珍珠光泽的小小蚌螺壳，用手指轻轻的很情欲的拂拭着壳上粘附的砂子"。道德哲学教授口头上说"我没有恋爱观。我是个老人了，这些事应当是儿女们的玩意儿了"，可是心中却对内侄女有非分之想。哲学教授丁说："我喜欢许多女人，对女人永远倾心，我却再也不会同一个女人结婚。"戊教授是个结婚后一年离婚的人，他离婚的理由："女人的牵制，尤其是同过家庭生活那种无趣味的牵制，在摆得开是乘早摆开。我就这样离了婚。"订过婚的自称医生的周达士先生自认为，"在'道德'名分下，把爱情的门锁闭，把另外女子的一切友谊拒绝了"。但它还是被一双美丽的大眼睛迷住了。不得不推迟行期，自己也成了一位"病人"。

沈从文说："活在中国作一个人并不容易，尤其是活在读书人圈儿里。大多数人都十分懒惰，拘谨，小气，又全都是营养不足，睡眠不足，生殖力不足……"① 知识分子由此而形成的"寺宦"观念，导致了民族的退化和社会的堕落，"憎恶这种近于被阉割过的寺宦观念，应当是每个有血性的青年人的感觉"，② 是沈从文创作这部小说的初衷。小说从知识分子性意识这一独特角度切入对人性解剖，阐明了传统文化中的寺宦观念必然导致人格的残缺与扭曲、萎顿。"世上多斗方名士，多假道学，多蜻蜓点水的生活法，多情感被阉割的人生观，多阉宦情绪，多无根传说。大多数人的生命犹如一堆牛粪，在无热无光中慢慢燃烧，且结束于这种燃烧形式，不以为异。"③ 要恢复文化的活力与使命的强力意志必须在这种文化中注入"有血性的活力因子"。而"有血性的活力因子"，很难在都市文化之中寻觅得到，它无疑存诸于湘西边地文化。

沈从文是一位有着独特的价值取向和审美追求的作家，他的小说在乡村与都

---

① 沈从文：《〈八骏图〉题记》，《沈从文全集》第 8 卷，太原：北岳文艺出版社 2002 年版，第 195 页。

② 沈从文：《〈八骏图〉题记》，《沈从文全集》第 8 卷，太原：北岳文艺出版社 2002 年版，第 195 页。

③ 沈从文：《云南看云集》，《沈从文全集》第 17 卷，太原：北岳文艺出版社 2002 年版，第 361 页。

市文化的对比中，通过健全的人性世界和病态世界的描绘，讴歌了健全、优美、自然、不悖乎人性的人生形式，从而由人性角度出发建构起了重塑国民性和民族品格的小说世界。

当然，沈从文除了表现湘西和都市两个参差对照的文学世界之外，还有大量的表现刻画个人悲苦穷愁，抒发郁郁之情的篇什，如《棉鞋》、《公寓中》、《绝食以后》、《篁君日记》、《旧梦》等。既有经济拮据、困窘无告的描绘，也有对上流社会的嘲讽挖苦，更有个人隐秘情怀的写真记录。沈从文这类作品受狄更斯和郁达夫的影响较大，故带有浓郁的抒情性，具有自叙传小说的典型特征。将一个诚实、向上的青年人的生存惨史，穷形尽相和淋漓尽致地加以揭示和表现，其目的不仅仅在于对黑暗社会的诅咒，而且还在于沈从文对美好生活的追求与向往。

四、湘西边地民间文化书写的意义

沈从文有意规避、疏离20世纪20—30年代文坛上占主流话语地位的左翼文学的话语模式、表述主题，对此，他曾说，"楚人历史传统的激情，极容易形成性格上的孤立性和悲剧性。竟若自然的分定无可避免。"[1]除明确表示"希腊小庙"供奉的是"人性"外，他还鲜明地表明了自己的态度："你们多知道要作品有'思想'，有'血'，有'泪'，且要求一个作品具体表现这些东西到故事发展上，人物言语上，甚至于一本书的封面上，目录上。你们要的事多容易办！可是我不能给你们这个。"[2]游离于时代主流话语的写作姿态，使其创作获得了文学建构上的两种向度的意义：其一，侧重文化"小传统"（little tradition）的展示和道德伦理的探求。因此，读者能够从他的湘西世界的展示中，领略湘西边地文化熏染之下所形成的独具特色的风土人情和道德伦理。其二，对现代文明和文化的反思意义。现代社会人的生活已经被"物的法则"所控制，这是新人文主义者的判断。在现代商品社会中，人们的占有欲，已经发展到了病态的程度，而对于金钱货币的贪求不仅

---

[1] 沈从文：《湘人对于新文学运动的贡献》，《沈从文全集》第17卷，太原：北岳文艺出版社2002年版，第164页。

[2] 沈从文：《〈习作选集〉代序》，《沈从文全集》第9卷，太原：北岳文艺出版社2002年版，第6页。

败坏了整个社会的道德伦理体系，而且毒化社会的空气。人被物役，心灵被物欲所蒙蔽。不仅如此，物的法则已经影响到人生活的方方面面，情感领域也在所难免。如何改变现状，新人文主义者提出用"人的法则"取代"物的法则"。重新恢复人的尊严和人的理性，以理性节制情感。包括科技文艺在内的人类文明成果对人类社会的发展起到过巨大的推动作用，但在卢梭主义者和弗洛伊德主义者看来，烂熟的人类文明对整个社会的发展却并非完全是好事。沈从文笔下的湘西世界，无疑是一个可以让读者暂时忘却时代的喧嚣浮躁和现实的功利算计的惠风和畅的精神憩园和风平浪静的心灵港湾。人性在这里得到了熏陶与提升，从而获致了内在的超越性。

总之，沈从文的创作，可以视为对五四以来"人的文学"观念的一种继承和发展，他理想中的人性与五四时期绝大多数作家笔下的人性有着巨大的不同。五四时期，为数不少的作家虽然认同周作人的人是"从动物进化的"著名论断，但他们还是比较看重人的自然属性和生物属性，仅仅强调了"从动物"的一面，而忽视了"进化的"一面。当然这符合矫枉必先过正的文化变革策略，有其历史合理性，但毋庸讳言，彼时有些作家在创作过程中的确是忽视了人的"神性"。而沈从文笔下的理想的人性则每每带有一种原始性和神性，他们向善、爱美，而且大都生活在本真的状态之中。

沈从文理想人生形式的展示，并不是激起读者的猎奇之心，他有着更为深远的诉求："即拟将'过去'和'当前'对照，所谓民族品德的消失与重造，可能从什么方面着手。《边城》中人物的正直和热情，虽然已经成为过去了，应当还保留些本质在年青人的血里或梦里，相宜环境中，即可重新燃起年青人的自尊心和自信心。……寄无限希望于未来。"[1]

沈从文对湘西边地苗瑶文化的书写在国民性改造和现代人格建构之中的意义和所具有的价值，苏雪林早在 20 世纪 30 年代中期就已经指出，"沈氏虽号为'文体作家'，他的作品却不是毫无理想的。不过他这理想好像还没有成为系统，又没有明目张胆替自己鼓吹，所以有许多读者不大觉得，我现在不妨冒昧地替他拈了

---

[1] 沈从文：《〈长河〉题记》，《沈从文全集》第 10 卷，太原：北岳文艺出版社 2002 年版，第 5 页。

出来。这理想是什么？我看就是想借文字的力量，把野蛮人的血液注射到老迈龙钟颓废腐败的中华民族身体里去使他兴奋起来，年青起来，好在 20 世纪舞台上与别个民族争生存权利。"[1] "沈从文虽然也是这老大民族中间的一份子，但他属于生活力较强的湖南民族，又生长在湘西地方，比我们多带一份野蛮气质。他很想把这份野蛮气质当做火炬，引燃整个民族青春之焰。所以他把'雄强''犷悍'整天挂在嘴边。""他极力介绍苗瑶的生活，虽然他觉得苗瑶是被汉族赶入深山退化民族，但他们没有沐浴汉族文化，而且多与大自然接触，生活介于人兽之间，精力似乎较汉族旺盛。所以故意将苗族的英雄儿女，装点得像希腊神话里阿波罗、维纳斯一样。他嘲讽中国文化的地方也极多，如《阿丽思中国游记》、《猎人故事》等等皆是。"[2] 瞩意边地少数民族文化及其影响之下所形成的健康、优美、自然、不悖乎人性的文化人格，是当下解读沈从文的一个重点。

沈从文的创作在中国现代文学史上有其独特的存在价值：极力赞美湘西世界的古朴民风和优美人性，无疑具有一定的审美价值，但同时也带来了一定的局限性，因为其有意地疏离主流话语和舍弃社会历史视角来关注现实人生，使其某些作品既缺少时代感又缺少现实性。其"人性"的有意凸显，本来能够促成其作品在人性的开掘深度上有所增强，但遗憾的是由于他缺少现代意识的烛照，加以"乡下人"的偏执，影响了作品反映的广度和人性挖掘的深度。

五、沈从文与京派作家

沈从文是京派重要的作家，他对同属京派的作家的创作进行了大力的褒扬与奖掖。对于京派作家，他进行过整体推介。"年来我们才居然在一堆'差不多'的新书中，有机会看到几种值得读后再读的新书，在一些篇幅巨大的文学月刊中，间或又还可发现两篇值得看后还留下一点印象的短文。在文学论著中有一本《福楼拜评传》，一本《文艺心理学》，散文作家中出了个何其芳，小说作家中发现一

---

[1] 苏雪林：《沈从文论》，《中国新文学大系（1927—1937）》第 1 集，上海：上海文艺出版社 1987 年版，第 687—689 页。

[2] 苏雪林：《沈从文论》，《中国新文学大系（1927—1937）》第 1 集，上海：上海文艺出版社 1987 年版，第 689 页。

个芦焚……这些人的作品，当前的命运比较起来都显得异常寂寞。作者在他作品上疏解自己的思想和感情，以及所表现或记录对人生的观照，用的是一种如何谨严缜密态度，一般粗心读者实在难于理会。它们单是在文学方面的成就，也还没有得到应得的尊重……"①除了整体推介之外，他还重点推出，如对周作人、废名的评论和对何其芳的赞扬以及为萧乾的《篱下集》作序。他在《论冯文炳》中对周作人极为推崇，"周先生在文体风格独特以外，还有所注意的是他那普遍趣味。在路旁小小池沼负手闲行，对萤火出神，为小孩子哭闹感到生命悦乐与纠纷，用平静的心，感受一切大千世界的动静，从为平常眼睛所疏忽处看出动静的美，用略见矜持的情感去接近这一切，在中国新兴文学十年来，作者所表现的僧侣模样领会世情的人格，无一个人有与周先生相似处。"②他认为冯文炳是继承了周作人的衣钵，"在文章方面，冯文炳君作品，所显现的趣味，是周先生的趣味。文体有相近处，原是极平常的事，无可多言。对周先生的嗜好，有所影响，成为冯文炳君的作品成立的原素，近于武断的估计或不至于十分错误的。用同样的眼，同样的心，周先生在一切纤细处生出惊讶的爱，冯文炳君也是在那爱悦情形下，却用自己一支笔，把这境界纤细的画出，成为创作了。"③看到别人批评何其芳的作品，他则极力为其声辩，"何先生可说是近年来中国写散文的高手，在北大新作家群中，被人认为成绩极好的一位（其散文集《画梦录》，最近且得到《大公报》文艺奖金）。"④总之，沈从文对京派作家热情扶植，鼎立相助，极大地促进了京派作家的创作。

废名，原名冯文炳，湖北黄梅人。1920年代开始在《语丝》等杂志发表文学作品，著有《竹林的故事》、《桃园》、《枣》、《桥》、《莫须有先生传》等作品。《桥》由上下两篇组成。上篇主要描述程小林在私塾读书及与史琴子幼年时的交往，可

---

① 沈从文:《作家间需要一种新运动》,《沈从文全集》第17卷，太原：北岳文艺出版社2002年版，第105—106页。

② 沈从文:《论冯文炳》,《沈从文全集》第16卷，太原：北岳文艺出版社2002年版，第145—146页。

③ 沈从文:《论冯文炳》,《沈从文全集》第16卷，太原：北岳文艺出版社2002年版，第146页。

④ 沈从文:《关于看不懂》,《沈从文全集》第17卷，太原：北岳文艺出版社2002年版，第142页。

谓童趣多多。私塾中，少年之间的游戏欢乐，反映出天真活泼的自然天性。程小林与史琴子的交往，描绘得亦十分生动而有趣。乡间小儿女的纯真之状跃然纸上，特别是"习字"一节。小林做"先生"时煞有介事的神态，琴子做"学生"时发自内心的欣悦之情，刻画得惟妙惟肖，逼真感人。下篇写十年之后，长大成人的程小林与史琴子再次相见相处的故事。这时，史琴子身边有了一个同族的姊妹细竹，姊妹两个都出落得非常漂亮，但二人的性格迥异。细竹开朗活泼，琴子恬静安稳。程小林对姊妹二人均十分倾心与爱慕。尤其是开朗活泼的细竹对他产生了莫大的吸引力，"她最爱破口一声笑，笑完了本应该就了事，一个人的声音算得什么？在小林则有弥满大空之概"。但史琴子从内心深处不愿程小林与细竹过多地交往，看到小林与细竹在一起，她心中十分焦虑，担心细竹会把她的王子抢走。她向小林表达自己内心的隐忧，但小林告诉她说，"'看花不一定就有掐花之念，自然也无所谓悲欢'"。小林对姊妹二人秉持着一种"临渊慕鱼"的心态，虽然他与琴子青梅竹马，两小无猜，也曾向琴子表明爱她的心志，但他不愿破坏目前三人之间关系的平衡。小说内蕴着一种人生的感悟与心得，既不要执著，也不要打破宁静的心境。坐忘无忧，勿执勿著，"还是忘记的好，此刻一瞬间的红花之山，没有一点破绽，若彼岸之美满"。正所谓"菩提本无树，明镜亦非台。本来无一物，何处染尘埃"。小说具有一定的佛理禅趣。

萧乾，原名萧季乾，蒙古族。1933年开始在《国闻周报》、《大公报·文艺》、《水星》上发表文学作品，创作有《篱下集》、《栗子》、《落日》等小说集以及长篇小说《梦之谷》。小说《篱下》中，环哥的母亲被迫与父亲离婚。环哥的父亲，问他是选择留下还是跟着母亲。懵懂的他，以为还是像以前一样，他与母亲只是暂时离家，不久依然还会重新回到家中。因此，他选择了跟随母亲。以前环哥的父母吵架之后，母子二人都是投靠姥姥，但姥姥已过世，只好去投奔姨妈。姨父是吃衙门饭的人，对于他们母子的到来，姨夫表面上显得很通情达理："地方有的是。都是一家人。"但实际上他是一个口是心非、心地褊狭之人，他厌憎环哥母子的到来。后来，环哥在姨夫家中闯下了祸端，无奈与母亲踏上飘零之路。《俘虏》中的荔子目睹父亲对母亲的毒打，因此，憎恶世间所有的男子。"当爸爸勒着妈妈的头发呱咕呱咕地捶，她顿着脚哇呀哇呀地哭时，她已学会了在哭泣的中间加杂上'讨嫌的'了。"而且发誓长大之后决不嫁人,"我才不嫁给讨嫌的臭男人呢——挨他的苦打"。少年人铁柱儿邀请她参加他们的游戏,遭到了她的拒绝。荔子的宠物白猫咪咪被铁柱儿捉了去,她非常伤心。铁柱儿跟小伙伴们听到了荔子哽咽的寻猫声之后,"铁柱儿刚硬的心里感到出奇地不舒服"。铁柱儿让伙伴玉霖作使者告知荔子,可以归还给咪咪,但条件是跟他们一块做松灯。荔子呜咽着点点头,咪咪重回她的怀抱。放灯时节,当铁柱儿问荔子是否好玩时,"粉红的荷灯映着荔子粉红的笑。她太高兴了,哪儿还觉得累呢!"她高兴极了,竟俯到铁柱儿耳畔说:"好玩极了。"小说惟妙惟肖地刻画出了小儿女的情致,宛如一首悠扬的诗。

凌叔华的《酒后》写少妇采苕在客人醉卧客厅之后,突然产生了想吻客人的强烈愿望,但最终激情在发乎情止乎礼的道德信条的规约下,冲动的情绪渐趋平息。她的《花之寺》写妻子燕青以崇拜者的名义给丈夫——诗人幽泉写信,约他在花之寺幽会,丈夫欣然前往,结果败兴而归。凌叔华通过极具戏剧化色彩的叙事,完成了对男性中心话语的消解。小说意趣盎然,格调雅致。

林徽因,素有才女之称。她创作了一定数量的小说,风格独特。如她的《窘》写留美归来的中年知识分子维杉,陷入人生的窘境:爱上朋友少朗的女儿——青春豆蔻的芝,但年龄问题却横亘在维杉心中,让他难以排除;同时芝仅仅将他视为叔父,而且有自己的情郎"簧哥",两人还要一同到美欧留学。维杉在与芝的交往之中对她的感情自然不自然地流露出来,透过北海划船,书房谈心等情节,可以看到维杉的内心对芝的难以压抑的爱以及情感的挣扎。为了摆脱"窘"状,他只能选择离开。

京派小说创作大都有意疏离当时火热的政治斗争,书写宁静的乡村世界或身边的人与事,风格恬静而淡远,在20世纪30年代文坛上成为一道道迷人的风景线。

第三节 《新儿女英雄传》与新章回体小说

《在延安文艺座谈会上的讲话》发表之后,为解放区的文艺创作指明了方向,整个创作面貌焕然一新。毛泽东在《讲话》中从文艺的功能主义角度明确了解放区文艺的作用,"文艺是从属于政治的,但又反转来给予伟大的影响于政治。革命文艺是整个革命事业的一部分，是齿轮和螺丝钉，和别的更重要的部分比较起来，自然有轻重缓急第一第二之分，但它是对于整个机器不可缺少的齿轮和螺丝钉，对于整个革命事业不可缺少的一部分"。① 同时，他又提出了在继承借鉴与创造方面应该秉持的方针，"对于中国和外国过去时代所遗留下来的丰富的文学艺术遗产和优良的文学艺术传统，我们是要继承的，但是目的仍然是为了人民大众。对于过去时代的文艺形式，我们也并不拒绝利用，但这些旧形式到了我们手里，给了改造，加进了新内容，也就变成革命的为人民服务的东西了"。② 嗣后，解放区的文艺创作走向了新的征途，表现主题与叙事风格，均较前产生了巨大变化。其中对传统文艺表现形式进行借鉴改造方面的成绩比较突出，如诗歌创作方面，出现了借鉴陕北民歌"信天游"形式的诗歌创作，代表作如李季的《王贵与李香香》；小说方面，汲取传统小说表现优长的创作如赵树理的农民小说和马烽、西戎的《吕梁英雄传》与袁静、孔厥的《新儿女英雄传》等。其中对传统章回体小说叙事主题与叙事模式的借鉴与改造，是《吕梁英雄传》和《新儿女英雄传》之所以取得成功的重要原因。

1947 年，袁静和孔厥从延安来到冀中平原，参加白洋淀地区的土改运动。在近两年的冀中农村生活的经历中，他们对当地的抗日活动进行了充分的调查与研究。两年后，二人利用所收集的第一手创作题材，合作完成了长篇小说《新儿女英雄传》。该小说 1949 年年初在《人民日报》（华北版）连载，后来由上海海燕出版社出版。

《新儿女英雄传》共 20 回，小说描绘了一幅自"（卢沟桥）事变"到"（抗战全面）胜利"八年间，河北白洋淀地区农民在中国共产党的领导下展开武装斗争的"烽烟图"。小说以一对抗日青年男女艰难的成长蜕变和曲折的婚恋为两条主线，不仅描摹记录了中国共产党领导发动抗敌斗争的正义性、必要性、艰巨性和抗敌斗争的长期性、复杂性、残酷性与日寇的残暴性，而且也揭示了农民成长蜕变过

---

① 毛泽东：《在延安文艺座谈会上的讲话》，《毛泽东选集》第 3 卷，北京：人民出版社 1991 年版，第 866 页。

② 毛泽东：《在延安文艺座谈会上的讲话》，《毛泽东选集》第 3 卷，北京：人民出版社 1991 年版，第 855 页。

程的曲折性；同时，通过对牛大水与杨小梅等抗日英雄的塑造，不仅弘扬了中国农民身上潜隐的尤为宝贵的爱国主义与英雄主义激情，而且揭示了一个道理，即农民只有在中国共产党的领导下才能够逐步走向觉醒并进而实现自身的幸福。小说较好地传达了"打日本才算好儿女，救祖国方是真英雄"的时代主题。总之，小说将历史的真、伦理的善和艺术的美，较好地结合在了一起。

所谓历史的真主要体现在两个方面：首先，展示了中国共产党领导发动抗敌斗争的正义性、必要性、艰巨性和抗敌斗争的长期性、复杂性、残酷性；其次，记录日寇的残暴性与汉奸的反动性。

从卢沟桥事变到抗战全面胜利，在长达八年的抗战过程中，中国共产党领导发动群众，开展减租减息运动，组织敌后游击战争，进行了艰苦卓绝的斗争。小说中的铁匠黑老蔡、刘双喜是领导发动群众的优秀共产党员的代表，他们不畏艰难，不怕牺牲，在极端恶劣残酷的条件下发动组织群众，使抗日队伍从无到有，从小到大，从弱到强，逐渐壮大起来。在组织民众抗击日寇的艰苦卓绝的斗争中，优秀的共产党员、纪律严明的八路军和表现优异的抗日游击队不仅赢得了民心，而且也让民众逐渐认清了中国共产党为民族和民众谋解放谋福利的本质特征，小说展示了民众消除对中国共产党的误解，慢慢接受并认可了党的领导的过程。中国共产党领导的正义性、必要性得以确立。

小说展现了对敌斗争的艰巨性。首先体现在农民武装绝大部分成员原本是"拿锄把子"的农民，他们天性善良胆小，过着面朝黄土背朝天的传统生活，不仅没有战略意识，而且乏有军事斗争的经验。因此，仓促上阵，难免笑话百出，如胆怯畏缩、不会使用武器等。其次，农民武装的装备极其粗陋，"抗日自卫队"成立之初，只有手榴弹和满腔的豪气，装备之粗陋可见一斑。但就是装备如此粗陋的抗日自卫队却在黑老蔡和刘双喜的领导下一天天壮大起来，搅得日寇和汉奸不得安宁。

抗日斗争时间长达八年之久，其间经历了撤退、相持、反攻等三个重要阶段，抗敌斗争的长期性不言而喻。小说揭示了抗敌斗争的复杂性在于，农民武装不仅要对抗残暴成性的日寇，还要打击与日寇狼狈为奸沆瀣一气的汉奸。相比前者，后者对抗日军民构成的直接威胁更大，因为他们比日寇更加熟知当地民众的情况。

像小说中的何世雄、何狗皮父子、郭三麻子与张金龙等，他们不仅卑躬屈膝认贼作父毫无民族气节，而且还残害抗日志士及其家属。除了主动附逆投敌的汉奸之外，抗日军民还要与伪装隐藏较深的消极抗日的狡猾分子进行有理有节的斗争与联合，如小说中对申耀宗的斗争与争取。

其次，记录日寇的残暴性与汉奸的反动性。小说记录了日寇的残暴性，丧心病狂的日本侵略者烧杀掳掠无恶不作，面对徒手的民众和抗日志士肆意杀戮，制造了一起起惨绝人寰、令人发指的人间悲剧。如将年仅3岁的无辜孩子小锁活活劈死、活埋老排长等民众、唆使军犬撕咬牛大水、糟践女性，牛大水的新娘朱翠花就是因不堪鬼子小队长饭野的侮辱而投井自杀。何世雄等人对杨小梅的摧残折磨，反映了汉奸的反动性。

《新儿女英雄传》历史的真实性还体现在袁静和孔厥对于农民描写的真实性上，袁静和孔厥在农民英雄塑造方面并没有故意拔高。他们所塑造的牛大水和杨小梅，在思想进步刻画方面遵循着历史文化的真实。牛大水和杨小梅的进步，经历了一个由自发到自觉的曲折过程。

牛大水和杨小梅，是小说塑造的两个主要的农民英雄形象。牛大水本来是老实巴交的农民，在表哥党员黑老蔡的启发之下走向进步与革命。最初他对革命的成功并不抱希望，后来进入县上的训练班，接受党的教育，提高了思想觉悟和水平。再到后来加入抗日游击队，一步步克服自身的农民习气，在战斗中逐渐成长为一个顶天立地的抗日英雄。杨小梅，与牛大水不一样，她是主动加入到革命队伍中的乡间女子。她反抗传统家庭对她的束缚，决心要将命运掌握在自己手中。她对黑老蔡说，"那边我实在待不下去啦。你不常说：打日本不分男女老少吗？我早打定主意，要当个女红军，也去工作。咱不识字、没能耐，哪怕给人家提个水儿，跑个腿儿……干什么也行。反正不待在家里受罪啦"。在黑老蔡的建议之下，她与牛大水一起参加了县上的训练班。由于她表现积极，进步快，不久加入了中国共产党。当然她毕竟是刚从苦海中挣扎出来的农村青年女性，在残酷的政治斗争中，难免还表现出幼稚的一面。如在减租运动中她就中了劣绅申耀宗的奸计。但在嗣后的军事政治斗争中，她表现出了钢铁般的意志与英勇不屈的牺牲精神。如被铁杆汉奸何世雄抓获之后，面对何世雄的威逼利诱和严刑拷打，她宁死不屈顽强抗争，最后终于赢得了胜利。

《新儿女英雄传》是对清代文人文康所著的章回体小说《儿女英雄传》的全面改写。文康的《儿女英雄传》之主题是传统的忠孝节义，在风格上走的是才子佳人小说一贯的路子。"侠烈英雄本色，温柔儿女家风：两般若说不相同，除是痴人说梦。儿女无非天性，英雄不外人情；最怜儿女最英雄，才是人中龙凤。"但新章回体小说《新儿女英雄传》在继承《儿女英雄传》的英雄主义和爱情两个主题之外，几乎是对传统叙事主题的全面改造。民族国家意识与政党支持下的个性解放、婚恋自由成为小说表现的重要主题，完全颠覆了《新儿女英雄传》的忠孝节义主题。同时，作者所编织的情节并非传统才子佳人小说中的风雅趣事，而是血与火的洗礼，是残酷而壮烈的民族解放战争。作者所塑造的人物也非才子佳人、贵胄子弟、名门淑女，而是普通的农村男女青年，而且作者赋予了他们炽热的爱国情怀和超人的英雄气概。"这里面进步人物都是平凡的儿女，但也都是集体的英雄。是他们的平凡品质使我们感觉亲热，是他们的英雄气概使我们感觉崇敬。"[1] 在语言方面，作者所采用的农民的语言，具有民族化大众化的风格。"人物的刻画，事件的叙述，都很踏实自然，而运用人民大众的语言也非常纯熟。"[2]

创作于 1945 年的《吕梁英雄传》，共 80 回。小说表现了吕梁山区民众在中国共产党的领导之下，成立民兵组织与残暴的日本侵略者、为虎作伥的伪军、汉奸和暗藏的特务之间进行了艰苦卓绝的斗争，并最终取得胜利的故事，表达了"杀敌保国是英雄"的主题。小说通过发动组织民兵、反掉忠于日本侵略者的维持会、组织新的抗日政权、夺耕牛护春耕、埋地雷炸敌伪、反扫荡拔据点等事件，表现了民众在党的引导下，由自发走向自觉的抗日斗争过程。既揭露了日、伪、特的阴险残暴，又表现了抗日军民的英勇不屈。小说塑造了足智多谋的武工队员武得民、作战勇敢的民兵中队长雷石柱，还有脾气爽直的孟二愣、逞强好胜爱出风头的张有义，以及康明理等英雄形象，也塑造了奸猾的"桦林霸"康锡雪、康顺风、残暴的猪头小队长等反面形象。小说在民族化大众化方面也做得比较充分：

---

① 郭沫若：《〈新儿女英雄传〉序)》，北京：人民文学出版社 1956 年版，第 1 页。

② 郭沫若：《〈新儿女英雄传〉序)》，北京：人民文学出版社 1956 年版，第 1 页。

一方面，在叙事过程中吸纳传统章回小说叙事看重悬念的特点，前后两回之间大多由悬念相勾联，引人入胜；另一方面，语言不避粗砺，大量使用吕梁山地区方言俗语。

第四节　毛泽东的古体诗词

一、毛泽东古体诗词概观

毛泽东（1893—1976），既是一位伟大的政治家、军事家和思想家，同时还是一位传统格律诗词的大家。

作为一位具有浓郁诗人气质的政治家，他非常喜爱中国传统格律诗词，尤其喜爱豪放派的诗词。"词有婉约、豪放两派，各有兴会。应当兼读。……我的兴趣偏于豪放，不废婉约。婉约派中有许多意境苍凉而又优美的词。……婉约派中的一味儿女情长，豪放派中的一味铜琶铁板，读久了，都令人厌倦的。人的心情是复杂的，有所偏但仍是复杂的，所谓复杂，就是对立统一。"[①] 毛泽东并不鼓励传统格律诗词的创作，他认为传统格律诗词创作可以成为现代诗歌创作的一个重要补充。"诗当然应以新诗为主体，旧诗可以写一些，但是不宜在青年中提倡，因为这种体裁束缚思想，又不易学。"[②] 他认为如果进行传统格律诗词创作应该注意如下问题：首先，诗歌表意应该含蓄。"诗要用形象思维，不能如散文那样直说，所以比、兴两法是不能不用的。赋也可以用。"[③] 其次，要注意诗词的格律。他曾经谈到律诗的写作应该注意平仄问题，"律诗要讲平仄，不讲平仄，即非律诗"。[④] 可见，毛泽东对传统格律诗词的创作有着明确的艺术自觉意识。

---

① 毛泽东：《对范仲淹两首词的评注》，《毛泽东文集》第 7 卷，北京：人民出版社 1999 年版，第 304 页。

② 毛泽东：《给臧克家的信》，《毛泽东文集》第 7 卷，北京：人民出版社 1999 年版，第 184 页。

③ 毛泽东：《毛泽东致陈毅信》，谢冕、洪子诚主编：《中国当代文学史料选：（1948—1975）》，北京：北京大学出版社 1995 年版，第 627—628 页。

④ 毛泽东：《毛泽东致陈毅信》，谢冕、洪子诚主编：《中国当代文学史料选：（1948—1975）》，北京：北京大学出版社 1995 年版，第 627 页。

毛泽东在漫长的革命和政治生涯中创作了大量的诗词。就题材来说，既有戎马倥偬生涯的写真，又有祖国大好河山的描绘。就风格而论，既有气象恢弘意境雄阔的"大江东去"式的以豪放风格见长的诗词，又有抒写柔情近于婉约词风的诗词。毛泽东的诗词无论是思想内容还是艺术表现，均有值得称道之处。

在主题思想方面：首先，表现创造历史的万丈豪情。如他的《沁园春·长沙》："独立寒秋，湘江北去，橘子洲头，看万山红遍，层林尽染；漫江碧透，百舸争流。鹰击长空，鱼翔浅底。万类霜天竞自由，怅寥廓，问苍茫大地，谁主沉浮？携来百侣曾游。忆往昔峥嵘岁月稠。恰同学少年，风华正茂；书生意气，挥斥方遒。指点江山，激扬文字，粪土当年万户侯。曾记否，到中流击水，浪遏飞舟？"这首词表现了毛泽东等共产党人创造中国新的历史的激情与豪放自信，读之令人热血沸腾。与之类似的还有《采桑子·重阳》、《沁园春·雪》、《七律·长征》、《清平乐·六盘山》、《水调歌头·重上井冈山》、《七律·到韶山》等。

其次，记录革命斗争和革命战争的胜利。如《七律·人民解放军占领南京》："钟山风雨起苍黄，百万雄师过大江。虎踞龙盘今胜昔，天翻地覆慨而慷。宜将剩勇追穷寇，不可沽名学霸王。天若有情天亦老，人间正道是沧桑。"写出了革命军民胜利的喜悦之情与反动派失败的狼狈之状。再如《西江月·井冈山》、《清平乐·蒋桂战争》、《如梦令·元旦》、《减字木兰花·广昌路上》、《蝶恋花·从汀洲向长沙》、《渔家傲·反第一次大"围剿"》、《渔家傲·反第二次大"围剿"》、《西江月·秋收起义》等，既记录了艰苦卓绝的革命斗争，又表现了取得胜利之后的欣悦之情。

第三，赞颂革命建设的成绩。如《七律二首·送瘟神》：

其一

绿水青山枉自多，华佗无奈小虫何！

千村薜荔人遗矢，万户萧疏鬼唱歌。

坐地日行八万里，巡天遥看一千河。

牛郎欲问瘟神事，一样悲欢逐逝波。

其二

春风杨柳万千条，六亿神州尽舜尧。

红雨随心翻作浪，青山着意化为桥。

天连五岭银锄落，地动三河铁臂摇。

借问瘟君欲何往，纸船明烛照天烧。

诗作中将血吸虫病肆虐和其被彻底消灭之后的场景进行了对比，"千村薜荔人遗矢，万户萧疏鬼唱歌"，"红雨随心翻作浪，青山着意化为桥"，一悲哀萧瑟，一欢欣鼓舞。作为党的领袖，毛泽东由衷赞颂人民在火热的革命建设中所取得的伟大成就，"春风杨柳万千条，六亿神州尽舜尧"。再如《杂言诗·八连颂》等，表达出领袖对人民军队在和平建设时期所展现出的良好精神风貌的赞叹。

第四，描绘祖国的大好河山或壮美或优美的自然风光。如：《菩萨蛮·黄鹤楼》、《采桑子·重阳》、《菩萨蛮·大柏地》、《清平乐·会昌》、《忆秦娥·娄山关》、《十六字令三首》、《七律·长征》、《念奴娇·昆仑》、《七律·登庐山》、《七绝·莫干山》和《七绝·观潮》等。毛泽东的足迹遍布中国的大江南北，无论是战斗的间隙，还是繁忙的国务活动之余，每到一处，他都用诗词表达了对祖国大好河山的赞美之情。

第五，赠答与怀人。如《蝶恋花·答李淑一》："我失骄杨君失柳，杨柳轻飏直上重霄九。问讯吴刚何所有，吴刚捧出桂花酒。 寂寞嫦娥舒广袖，万里长空且为忠魂舞。忽报人间曾伏虎，泪飞顿作倾盆雨。"该词让读者感受到了伟人细腻的情怀。《七律·和柳亚子先生》、《七律·为女民兵题照》、《七律·答友人》、《六言诗·给彭德怀同志》、《临江仙·给丁玲同志》、《浣溪沙·和柳亚子先生》、《七律·和周世钊同志》等则表露了对于友人丰富深厚的革命情感。

第六，咏物抒怀。如脍炙人口的《卜算子·咏梅》："风雨送春归，飞雪迎春到。已是悬崖百丈冰，犹有花枝俏。 俏也不争春，只把春来报。待到山花烂漫时，她在丛中笑。"这首词正如毛泽东自述，是"读陆游咏梅词，反其意而用之"。他的咏梅词，一反陆游的哀婉悲戚之格调，将昂扬乐观的精神倾注到词中。

毛泽东的古体诗词在艺术方面取得了巨大的成就：首先，洋溢着革命的浪漫主义激情，意境宏阔辽远。创造历史的壮志、蔑视困难的豪情，在他的诗词中多有表现。由于毛泽东诗词中的意象多为巨型意象，故其意境宏阔。其次，将革命和建设题材与古典的诗词形式做到了完美的结合。

二、毛泽东诗词的整体评价

作为一位睿智的现代革命家、军事家和思想家，毛泽东懂得如何在借鉴传统文化和创新现代文化中取得平衡。他曾提出"古为今用，洋为中用"的思想，并主张剔除传统文化中的封建糟粕，吸收其中有益于现代文化建设的元素和成分。对传统格律诗词的创作，他同样秉持了这个思想。自古以来，诗词创作往往成为文人雅士的游戏之作，不是吟咏风月，就是感伤身世，虽然在风格上，有所谓的豪放和婉约之分，但大多数的诗词每每成为凄艳哀婉之作。但综观毛泽东的诗词，其间虽不乏个别凄婉的作品，但大多数诗词都是刚健有力之作。儒家的"天行健，君子自强不息"的精神蕴涵其中，当仁不让、舍我其谁的创造意识也力透纸背。这些思想与意识，应视为毛泽东对传统文化和思想的借鉴和发展。如表现风华正茂的朝气与勇于创造豪气的《沁园春·长沙》、"数风流人物""还看今朝"的《沁园春·雪》以及《七律·到韶山》："别梦依稀咒逝川，故园三十二年前。红旗卷起农奴戟，黑手高悬霸主鞭。为有牺牲多壮志，敢教日月换新天。喜看稻菽千重浪，遍地英雄下夕烟。"再如《忆秦娥·娄山关》："西风烈，长空雁叫霜晨月。霜晨月，马蹄声碎，喇叭声咽。　雄关漫道真如铁，而今迈步从头越。从头越，苍山如海，残阳如血。"这些词作，无不体现出一种刚健有为、蔑视艰困、创造历史的豪迈情怀。

"鸣鼓而攻之"的思想、"物不平则鸣"的意识、"精卫填海"式的不屈抗争精神，也是传统文化中的重要思想，毛泽东同样在诗词创作中将这些思想和意识与军事斗争结合起来予以表现。他的《西江月·秋收起义》："军叫工农革命，旗号镰刀斧头。匡庐一带不停留，要向潇湘直进。　地主重重压迫，农民个个同仇。秋收时节暮云愁，霹雳一声暴动。"词作将传统的抗争思想与现代理性自觉意识相融合，具有强大的鼓动力。

反帝反封的时代主题成为毛泽东诗词中表达的重要内容。《念奴娇·昆仑》和

《沁园春·雪》分别表现了这两个重要主题。他说，《念奴娇·昆仑》"主题思想是反对帝国主义，不是别的"。[①] 而《沁园春·雪》则是"反封建主义，批判二千年封建主义的一个反动侧面"。[②]

运用传统格律诗词创作模式，创作表现融合传统文化和现代思想的诗词，是毛泽东古体诗词创作的重要特点。

第五节　现代文人的格律诗词

现代文人在进行新文学创作的同时，也创作了大量的传统格律诗词。他们一方面将传统格律诗词创作当做修身养性的重要途径；另一方面在传统格律诗词的创作过程中表现现代思想与现代意识。既表现个人的郁积，也表现时代的郁积；既表现自我解放与自我价值实现的启蒙主题，也表达民族救亡的时代主题。现代文人格律诗词的创作队伍比较庞大，限于篇幅，此处拟选择鲁迅、郭沫若、张恨水、郁达夫和老舍为例。

一、鲁迅后期的格律诗作

鲁迅在 1930 年代创作了相当数量的格律诗作。书写理想、表达心曲、抨击现实、摹绘人情，是鲁迅格律诗作的主要表现内容。

表达离愁别绪和相思的诗作，如他的《悼丁君》、《悼杨铨》写得情真意切，对亡人的哀思与个人的愁苦都书写得真实而感人。

自述心志之作是鲁迅格律诗的精华所在，如《题〈彷徨〉》：

> 寂寞新文苑，平安旧战场。
>
> 两间余一卒，荷戟独彷徨。

---

① 毛泽东：《对〈毛主席诗词十九首〉的批注》，《毛泽东文集》第 7 卷，人民出版社 1999 年版，第 461 页。

② 毛泽东：《对〈毛主席诗词十九首〉的批注》，《毛泽东文集》第 7 卷，人民出版社 1999 年版，第 461 页。

再如《无题》：

> 血沃中原肥劲草，寒凝大地发春华。
>
> 英雄多故谋夫病，泪洒崇陵噪暮鸦。

还有一首名作是《戌年初夏偶作》：

> 万家墨面没蒿莱，敢有歌吟动地哀。
>
> 心事浩茫连广宇，于无声处听惊雷。

这些诗写得或酣畅淋漓、大气磅礴，或冷眼看世，或自嘲自我疏解。

鲁迅讽刺世态人情的诗作同样写得非常深刻。如《赠邬其山》：

> 廿年居上海，每日见中华：
>
> 有病不求药，无聊才读书。
>
> 一阔脸就变，所砍头渐多。
>
> 忽而又下野，南无阿弥陀。

同样是对世道日微、人心日危的社会现实的批评。

"诗如其人"。鲁迅格律诗创作做到了思想的深刻性与知识的丰富性的结合，时代的敏锐性与审美的感染力的结合。鲁迅饱蘸激情进行传统格律诗创作，是为情造文而非为文造情。因此，影响甚广。

二．郭沫若的格律诗创作概览

郭沫若 1930 年代以后所创作的古体诗，从内容方面可以分为如下五类：表达爱国主义激情、抒写个人的情致、行旅风光的记录、唱和与赠答、咏物与题画诗等。

表达爱国主义激情之作。郭沫若在抗战时期和建国之后，创作了为数颇多的爱国主义诗词。抗战时期的这类诗词主要是表现同仇敌忾、驱逐倭寇的豪情壮志；建国之后的爱国主义诗词的主题则主要表现在歌颂新生的共和国、新社会在各个领域所取得的重大成就，以及对领袖的热爱。建国前的爱国主义诗词如《蝶恋花·万里关河烽燧绕》、《满江红·国族将兴》、《沁园春·国步艰难》、《归国杂吟》、

《抗日抒怀四首》、《和冰谷见赠却寄二首》等。如表达抗日情怀的《和冰谷见赠却寄二首》："归来雌伏古渝州，不羡乘桴学仲由。笔墨敢矜追屈杜？襟怀久欲傲王侯。巴人扰攘徒趋俗，鬓发零星渐入秋。国耻靖康臣子恨，等闲白了少年头。"建国后的这类诗词如《颂北京》、《满江红·宇宙回春》、《满江红·赞南京路上好八连》、《水调歌头·西南建设》、《东风第一枝·迎接一九七九》等，大多传达出了郭沫若对社会主义建设所取得的成就的由衷赞叹。

抒写个人情致之作。《十里松原四首》、《夜哭》、《寻死》、《春寒》等诗作，抒发了作者内心难以言传的隐忧。《春寒》："凄凄春日寒，中情惨不欢。隐忧难可名，对儿强破颜。儿病依怀抱，呷呷未能言。妻容如败草，浣衣井之阑。蕴泪望长空，愁云正漫漫。欲飞无羽翼，欲死身如瘫。我误汝等尔，心如万箭穿。"身为父亲和丈夫，却无法给予妻子儿女最为基本的安稳幸福的生活，内心充满愧疚之情。

行旅风光记录的诗词。因郭沫若建国前后履痕处处，而且每到一处，多情的诗人几乎都会写下一篇或数篇纪游抒怀的诗词。既有国内风光风俗人情的诗意描绘，又有异域湖光山色民风民情的刻画，数量多多，不胜枚举。如《访无锡四首》、《题广州听雨轩》、《咏福建二十二首》、《昆明杂咏（九首）》、《海南纪行（八首）》、《访柳侯祠》、《溯钱塘江（三首）》、《题济南李清照故居》、《游北欧四首》、《访问古巴》、《苏联纪行五首》等。

唱和与赠答诗词在郭沫若的古体诗词创作中占有重要的地位，上至革命领袖、下至未曾谋面的普通民众，再加之文艺界的友好，郭沫若每每与他们进行唱和酬答。20世纪40年代，和毛泽东的《沁园春·雪》、和朱德的诗作《和朱总司令韵四首》、和柳亚子的诗作《用原韵却酬柳亚子》以及题赠老舍的《赠舒舍予》等。这些酬唱之作或接续原初诗词之意深化之，或仅借其韵反其意而用之。题赠诗则每每能够抓取人物的精神实质，用简练的语言概括之。如《赠舒舍予》中对老舍先生的评价，可谓不刊之论，"交游肝胆露，富贵马牛风。脱俗非关隐，逃名岂畏穷？国家恒至上，德业善持中。寸楮含幽默，片言振聩聋。民间风广采，域外说宏通。健步谢公屐，高歌京洛钟。更因豪饮歇，还颂后雕松。"

咏物诗词是中国传统诗词中的重要类型，郭沫若的《咏月八首》、《咏梅》、《咏兰》、《咏水仙》、《咏虎二首》、《奔涛》是典型的咏物诗。借咏物来表达内心的情思与对生活生命的感悟，是咏物诗的重要特点，对梅、兰的歌咏表现了作者对高洁崇高人格的向往。《奔涛》带有较强的隐喻色彩，象征了民声民怨不可阻挡的气势和强大的颠覆力。"含怒奔涛卷地来，排山撼岳走惊雷。大鹏击海培风起，万马腾空逐浪推。载覆民情同此慨，兴衰国运思雄才。为鱼在昔微神禹，既倒终当要挽回。"郭沫若还创作了较多的题画诗词。《题关山月画》、《题〈南天竹〉》、《题画梅二首》、《题水牛画册》、《题湘君与湘夫人二首》、《题傅抱石薰风曲图》、《题刘伶醉酒图》等。他的题画诗词，常常准确揭示出画作所蕴含的文化意义与思想内涵，诗画相映成趣。

捕捉时代精神予以表现，是郭沫若古体诗创作的重要特点。无论是人民共和国成立之前还是建国之后，郭沫若的诗心诗情一直都处在澎湃激荡之中，他一直谛听着时代与社会的风雨声并用手中的笔予以表现。无论是与领袖之间的唱和，还是对社会变化的迅速捕捉与表现，无疑都反映了郭沫若拥有一颗不老的诗心和永远澎湃的诗情。用典是郭沫若古体诗词创作的一大特色。"腹有诗书气自华"，郭沫若自幼饱读诗书，古典文化和文学常识积累颇为宏富。因此，在他的古典诗词之中，总能发现大量的传说与典故，颇有宋诗尚典之风。

三、张恨水的古典诗词

张恨水非常热爱传统格律诗词，他创作了数量颇丰的古典格律诗词。早期创作的古典诗词，多发表于他所主编的《世界晚报·夜光》、《世界日报·明珠》两大副刊。后有《剪愁集》出版。他有志于改变传统格律诗词的创作风格，希望透过自己的创作为中国传统格律诗词创作开一新路。"中国词章，不含病态者，十不得二、三。吾人苟有常识，当明知其非是。然濡笔伸毫，动辄愁怨满纸。此因文人积习难忘，而名人之环境，亦实有可以愁怨者在也。予为此故，颇欲一除故态……予遭遇坎坷，每多难言之隐，更得机会，辄一触而发，因是淡月纱窗，西风庭院，负手微吟，颇亦成章。遂择稍含蓄者，一为骨鲠之吐，而为之名曰《剪愁》。剪，去之也。顾名思义，予亦将有以改予笔调矣。"①

---

① 张恨水：《〈剪愁集〉序》，《剪愁集》，太原：北岳文艺出版社1993年版，第3页。

按照时间来看，张恨水的诗词创作可以分为三个时期：青年浪游时期及抗战爆发之前即在北京做记者兼编辑时期、抗战爆发之后及在重庆做报人时期、建国之后。在这三个时期中，因时代的和个人的原因，他的诗词所表现的内容并不完全相同。早期创作中多个人羁旅愁思的吐露与抒发，时有讽世之作和咏史篇什。中期诗词创作的内容多倾向于爱国主义思想的表现，后期诗作多书写个人情趣和对友朋亲人的思念之情。无论前期、中期还是后期，张恨水的诗词创作格调都非常的雅正，能够做到"哀而不伤，乐而不淫"，比较符合儒家的诗教观。张恨水古典诗词的创作有着明确的目的，即有利于世道与人心的改良。也就是引导整个社会向善，提升个体主体做人的水准。

为了对张恨水的古典格律诗词有个清晰的认知，此处将其诗词分拆开来研读。

第一，张恨水的古典格律诗作。他的古典诗歌大致可以分为六类：

书写个人的悲苦穷愁。无论是在故都北京还是在陪都重庆，张恨水生活的担子始终都异常沉重。张恨水早年初到北京，作为一个没有任何背景，仅凭一腔热血和满腹才华在社会打拼的青年人来说，生活的艰辛可想而知。因此，他这个时期心情多苦闷，《赋得越穷越没有》、《能除烦恼何妨死》、《暮秋抒怀》（五首）、《怀往事》、《有感》（四首）、《文人》（二首）、《佣书余渖》即均为表现个人悲苦穷愁的佳作。人生的风雨、现实的威压，都让敏感的诗人感到生存的苦闷如影随形，难以摆脱。"一着棋差百事输，暮秋风雨黯归途，而今慢说痴人梦，抛却怀中记事珠。"（《暮秋抒怀》其一）对往昔决定的懊悔之情透过寥寥数语，充分地表达了出来。"少年白发浑闲事，呕尽心肝恰为谁，只有春明沦落客，秋风和雨断肠诗。"（《暮秋抒怀》其二）秋风秋雨愁煞人，飒飒的秋风无边的潇潇秋雨，使诗人愁苦之杯的颜色与味道更加浓郁，悲愁的心空阴霾更加密布。"平常不与杜康友，闷极凭浇一两杯，胸中块垒果何似，不是春冰便是灰。"（《暮秋抒怀》其三）借酒浇愁愁更愁，酒只能让心中的块垒暂时得以忘怀，酒醒之后，愁苦依然会不请自来。组诗将对愁思频发的往昔与渺茫的未来、堪忧的前途相交织，可谓如坐愁城，愁苦之情渲染到了极致。20世纪40年代，张恨水也创作了一些表达内心悲苦穷愁的诗歌，如他的《"烟非烟"诗》（六首），表现了在货币通胀、物价飞涨的陪都重庆，民不聊生的悲惨事实。

表达英雄主义精神和爱国主义情感。张恨水的诗作中既有对个人命运塞涩的哀吟，同时，也有豪情万丈的充满英雄主义和爱国主义思想的壮怀激烈的豪迈之作。他虽然是一个多愁善感、诗人气质浓厚的现代作家，但他在面对现实的苦难之时，选择的不是退避而是积极进取。他的诗作中也有"刑天舞干戚"的诗篇，而且充满了勃发的英气。张恨水的祖父曾经是一位骁勇善战的战将，他从小受到了祖父的影响，内心有一种尚武精神。如《送友》："杀人不是英雄意，无奈苍生望救殷，一片鸡声残月里，高歌背剑去从军。"当日寇入侵中国之后，他更是创作了大量英雄主义和爱国主义的诗作，以此鼓励民众反抗异族入侵的斗志与不屈不挠的精神。如《健儿词》（七首）："看破皮囊终粪土，何妨性命换河山，男儿要赴风云会，笳鼓连天出汉关。""不负爷娘抚此生，头颅戴向战场行，百年朝露谁无死，要在千秋留姓名。"（《健儿词》其一、二）"一腔热血沙场洒，要洗关东万里图。"（《健儿词》其六）"背上刀锋有血痕，更来裹创出营门。书生顿首高声唤，此是中华大国魂。"（《健儿词》其七）再如《〈弯弓集〉补白》："百岁原来一刹那，偷生怕死计何差，愿将热血神州洒，化作人间爱国花。"《榆关道上》、《十二月十三日——感怀金陵怆然有作》（八首）："淮碧山青带耻痕，二陵风雨吊朱孙，男儿莫负先人托，万里追回大汉魂。"（《十二月十三日——感怀金陵怆然有作》其八）昂扬激奋的英雄主义与爱国主义，成为这些诗作的重要主题。读之令人英气勃发，浩然之气在胸腔鼓荡不已。

针砭现实，批判社会。张恨水还是一位正直的文人，面对社会的不公、官吏的贪腐、世道日微、人心日危的现实。他除了在小说中进行艺术性的批判之外，同样在诗歌里进行针砭讽刺。如指斥贪腐的《苍蝇叹》（五首），再如他在《再版"没有题目三十首"》中讽刺所谓"大将"的粗俗不堪："大将威风在酒壶，从来君子有三乎（不亦悦，不亦乐，不亦君子）。英雄说话俗中雅，一句前头带个'乌'。"（《七 虞》）讥讽新式女子解放是假、交际是真的诗作："男女平权一样齐，法螺吹得大来兮。无端见了将军面，管作娇房第几妻。"（《八 齐》）讽刺"清官"的诗："这个年头说什么，小民该死阔人多。清官德政从何起？摩托洋房小老婆。"（《五 歌》）"钻敲吹拍碰溜爬，政客生涯七字夸。四大金刚安顿了，还须两将配哼哈。"（《六麻》）反映世风日微的诗作，如"谈甚人生道德经，衣冠早已杂娼伶"（《九 青》）。

咏史诗。张恨水创作了为数不少的咏史诗，如《哀越人》、《哀宋人》、《哀明人》、《燕尘杂韵》、《读史杂感》（三首）、《续〈读史〉》（五首）、《咏史》（八首）、《读史十绝》，这些所谓咏史诗，实际上是借古鉴今。如《哀宋人》讽刺的是当时国民党的不抵抗投降政策，《哀明人》则借明代史可法来赞颂抗战民族英雄，作者以古喻今的目的十分明显。

天涯羁旅，漂泊之感。自青年时期，张恨水就过着"客里似家家似寄"的漂泊生活，孤独、寂寞、对家人强烈的思念之情，无时无刻不萦绕在他的心头。他将这诸种感受写入了诗歌之中，以寄托自己的遥深情怀。如《今夜月》、《邻家杂诗》（六首）、《月下》、《舟泊公安将入长江赴武昌》、《枕上偶占》等。如《月下》："秋鬓梳风瘦，单衫怯露寒。当头今夜月，去岁故园看。"月儿升，秋风起，举头同看一片清辉，却是天各一方。思念的殷殷之情，跃然纸上。《枕上偶占》则将客居他乡的游子对家人的思念以及对家人的愧疚之情和盘托出："尘海双蓬鬓，京华一布衣。漂流偕弟妹，辛苦别亲闱。客久乡音改，家遥信息稀。一年更一度，输与雁南归。"大雁尚能南归，而自己却只能在北地苦苦淹留，真真是情何以堪。

抒发清幽淡远的生活情调。这应该是张恨水诗作写的最好的诗作，意境恬淡。如《幽居》、《偶怀兼示郝三》、《静坐》、《黄昏细雨》、《夜坐》、《初春》等。如《幽居》："微吟犹得息痴顽，日在明窗净几间。墙上寒苔青到屋，门前高树碧如山。翻经不觉消愁疾，对镜何须念旧颜。扫地焚香盘膝坐，半因学佛半因闲。"如《黄昏细雨》："疏风杨柳院，细雨菊花天。小步驱愁思，微吟耸瘦肩。黄昏又今日，贫寒似去年。明灯更煮茗，来读晚窗前。"再如《初春》："新栽杨柳绿抽芽，红蕊轻匀一树花。正是多情深浅处，月儿斜照此人家。"无不抒发了作者宁静致远、淡泊明志、苦中觅乐、失中觅得的清幽情调。

第二，张恨水还创作了一定数量的词。他的词作多是明志抒怀之作，也有写景、咏史、怀人和讽世之作。如他的《浣溪沙·此日江南豆叶黄》、《念奴娇·十年湖海》、《前调·静对瓶花坐小窗》、《前调·一缕茶烟度短屏》、《采桑子·琴书漂泊干戈际》、《临江仙·自古多情原是恨》、《虞美人·人间没个埋愁处》等，都传达出了真挚动人之情。也正由于张恨水在其词作中所传达出的是千古同愁，万古同恨，故他的词作，虽经悠悠数载，而今读之仍令人情动于衷。

四、郁达夫的诗词创作

1934 年 10 月，郁达夫在《现代》杂志上发表了《谈诗》一文，表达了自己对传统格律诗词的看法及认识。如他认为，虽然新诗潮来势汹汹，大有取代传统格律诗词之势，但传统格律诗词的命运并不堪忧，相反，他相信传统格律诗词的影响将会长久存在。他极为乐观地说："中国的旧诗，限制虽则繁多，规律虽则谨严，历史是不会中断的。过去的成绩，就是所谓遗产，当然是大家所乐为接受的，可以不必再说；到了将来，只教中国的文字不改变，我想著着洋装，喝着白兰地的摩登少年，也必定要哼哼唧唧地唱些五个字或七个字的诗句来消遣，原因是因为音乐的分子，在旧诗里为独厚。"[1] 可见，虽然郁达夫在现代小说创作方面走得很远，进行了现代性的探索，但在诗歌方面他却是一个不折不扣的中国传统格律诗词的拥趸。

郁达夫的诗词创作主要可以分为三个时期：留学日本前后、国内抗战时期、海外文化抗战时期。第一时期，本书第四章已有介绍。这里介绍他后两个时期的诗词创作。

抗战全面爆发之后，郁达夫通过传统格律诗的创作来传达爱国主义激情，以此激发民众的反抗意志，培养他们的民族主义精神。如《游于山戚公祠》：

> 于山岭上戚公祠，浩气仍然溢两仪。
>
> 但使南疆猛将在，不教倭寇渡江涯。

再如《感时》：

> 明月清风庾亮楼，山河举目涕新流。
>
> 一成有待收斯地，三户无妨复楚仇。
>
> 报国文章尊李杜，攘夷大义著春秋。
>
> 相期各奋如椽笔，草檄教低魏武头。

这些诗作的发表与传播，对培植爱国意识、激励民族主义精神起到了一定的

---

[1] 郁达夫：《谈诗》，《郁达夫文集》第 6 卷，广州：花城出版社 1983 年版，第 224 页。

作用。

　　敏感多情，极具忧郁、感伤色彩的郁达夫，大部分诗作不属于载道派，而属于言志派的诗。个人情志的书写，特别是与时代痛痒相关的个人情志是他着力表现的内容。这一时期最有影响的是郁达夫的《毁家诗纪》（十九首），几乎每一首诗作都加了注。这十九首格律诗和一首词记录了相爱十年的郁达夫与王映霞不得不分手的情感历程。创作的诗与注解的文，诗中的情与文中的理纠结在一起，难解难分。

　　郁达夫虽然不是为艺术而艺术的唯美主义者，但他所创作的传统格律诗词亦表现出一种对雅致人生的追求，如他在览胜纪游诗作和情趣类诗作中均表现了这种情怀。人心的雅致，人性的清新，高格的独标，都在促进现代人格生成方面起到了潜移默化的独特作用。如《临安道上野景》：

　　　　泥壁茅蓬四五家，山茶初苗两三芽。
　　　　天晴男女忙农去，闲煞门前一树花。

　　这样的诗，颇有田园诗的风格，对陶冶读者的心灵大有助益。

五、老舍的格律诗作

　　抗战尚未全面爆发之前，老舍所创作的传统格律诗中既有以幽默见长的篇什，也有对现实的严苛批判之作。《勉舍弟舍妹》堪称幽默之作，如诗中的戏谑之语"自古男儿大豆腐"。《病中》则打油自己备受疾病折磨之苦，苦中自嘲自乐。《贺〈论语〉周岁》，揭示了国事日非，而民众依然昏聩麻木的可悲现实；《〈论语〉两周岁》（其一、其二）亦是批判的无耻之尤的可怕现实："共谁挥泪倾甘苦？惨笑唯君堪语愁！半月鸡虫明冷暖，两年蛇鼠悟春秋；衣冠到处尊禽兽，利禄无方输马牛。万物静观咸自得，苍天默默鬼啾啾。""国事难言家事累，鸡年争似狗年何？！相逢笑脸无余泪，细数伤心剩短歌！拱手江山移汉帜，折腰酒米祝番魔；聪明尽在糊涂里，冷眼如君话勿多！"

　　抗战全面爆发之后，老舍的诗风为之一变，抛却幽默转向严肃深沉甚至有些凝重，爱国主义和反抗侵略的思想成为他诗歌重要的表现主题。对国事的慨叹、对不抵抗政策的愤恨、对民众苦难的同情、对侵略者的憎恨以及故园之思，蕴蓄在这个时期他所创作的格律诗作之中。如《和魏建功》："北望家山归不得，忍看衣袖满征尘！将军诱敌频抛甲，仕贵称降俱爱民；幸有新都何碍远，纵非与国亦相亲；此中自有真消息，莫说兴亡浪费神！"一方面揭示国土沦陷带来的苦难，一方面批判不抵抗的投降主义。再如《贺全国文艺界抗敌协会成立》："三月莺花黄鹤楼，骚人无复旧风流。忍听杨柳大堤曲，誓雪江山半壁仇。李杜光芒齐万丈，乾坤血泪共千秋。凯歌明日春潮急，洗笔携来东海头。"该诗洋溢着饱满的爱国主义激情，诗人表示要以李杜为榜样，创作文艺作品以此来为抗战服务。《诗四首》（其一 沔县谒武侯祠）："淡泊于今尚若斯，清流疏柏武侯祠。三分未竟贤臣志，一表应怜庸主师！大汉衣冠余百劫，中原烽火似当时；死而后已同肝胆，海内飞传荡寇旗！"《其二 潼关炮声》："瓦砾纵横十万家，潼关依旧障京华。荒丘雨后萌青草，恶浪风前翻血花；堪笑晴雷惊鸟雀，誓凭古渡斗龙蛇；山河浩气争存灭，自有军容灿早霞！ 一水惊蛇岸欲流，黄沙赤血撼天浮！奇兵无愧关河险，壮志同消古今仇；峪口新营嘶战马，山腰古道隐耕牛；连宵炮火声声急，静待军情斩贼头！"两首诗写出了抗日志士勃发的英气与豪迈的情怀。《诗二章》（其二 别凉州）："塞上秋云开晓日，天梯玉色雪如霞。乱山无树飞寒鸟，野水随烟入远沙。忍见村荒枯翠柳，敢怜人瘦比黄花！乡思空忆篱边菊，举目凉州雁影斜。"描绘了战争阴云笼罩之下，乡村凋敝、民不聊生的惨状。《北行小诗》（其一）："二载流离苦，飘飘梦落花！停车频买酒，问路倍思家；尘重知城大，天长盼日斜；何时平寇乱，茅屋味清茶。"《（其二）："劳军来万里，愧我未能兵！空作长沙哭，羞看细柳营；感怀成酒病，误国是书生！莫任山河碎，男儿当请缨。"一祈愿战争尽快结束，终结战乱离人的命运；一鼓励请缨杀敌的抗争精神。《诗四章》（其一"七七"纪念）："抗战今开第五年，男儿志在复幽燕！几生能答人间福？一生应为天下先！斜凝双星秋欲晓，西风万马血飞烟；多情最是卢沟月，犹照英雄肝胆鲜！"该诗展示了血战到底、收服失地的英雄气概。

抗战时期老舍也创作了个别的幽默之作，如《抛锚之后》："一去二三里，抛锚四五回。下车六七次，八九十人推。"《题"全家福"》与《蜀村小景》："蕉叶清新卷月明，田边苔井晚波生。村姑汲水自来去，坐听青蛙断续鸣。"分别展示了一定的生活情趣和情调。

建国之后，老舍由衷感佩人民在中国共产党领导之下取得的巨大成就，因此，他的古体格律诗创作主要用来讴歌新社会、表现新生活。如《元旦试笔》："世界新形势，东风居上风。和平盟幸福，劳动创英雄。修竹云含翠，寒梅映雪红。青天小双月，宇宙倍玲珑。"再如《建国十周年大庆》："公社欢腾四海春，全民跃进寸阴新。红旗翠柏花齐放，歌舞东风六亿人。"还有《为内蒙古百万民歌展览会献诗》、《包头颂》、《内蒙风光》、《内蒙即景》等诗，均为讴歌现实之作。而《火箭奔月》、《即事》则歌颂了苏联所取得的巨大成就，嘲讽了美国的失败。《祝捷》与《凯歌》两首诗，则是为中国人民解放军击落美国"U$_2$"侦察机的英雄事迹而喝彩。建国之后，老舍还创作了一定数量的赠答诗。

无论是鲁迅、郭沫若、张恨水、郁达夫还是老舍，运用传统格律诗词的形式，表达出的却多是典型的现代思想与现代意识。虽然他们当中有人可能会把传统格律诗词当做避世的精神堡垒，但整体而言，他们的"旧瓶"之中装的却多是"新酒"。人的解放与自我价值的实现往往成为他们传统诗词书写的重要主题。

第六节　林语堂与论语派散文

一、林语堂散文观：根于道家思想和明代小品文

林语堂（1895—1976）是现代中国文学史上名声显赫的大家之一。1920 年代，他加入《语丝》同人社团，从事以"诚意"为根本的散文创作；1930 年代他先后创办了《论语》、《人间世》、《宇宙风》等刊物，提倡"不拿别人的钱，不说他人的话"、"不主张公道，只谈老实的私见"[①]的散文创作，鼓励以写实主义为突出特

---

① 林语堂：《论语社同人戒条》，《林语堂名著全集》第 17 卷，长春：东北师范大学出版社 1994 年版，第 50 页。

征的"幽默"文字的写作①。

林语堂的散文观主要见于他所发表的《论幽默》、《作文六诀》、《论文》、《文章无法》、《论语》和《发刊〈人间世〉意见书》等一系列文章之中。他的散文观概括起来有如下特点：

（一）主张语出幽默

1924 年 5 月 23 日林语堂在《晨报》副刊上发表《征译散文并提倡"幽默"》，开始将幽默作为文学创作的一种风格加以提倡。他把 Humor 译成"幽默"，并说："中国人素来富于'诙摹'，而文学上不知道来运用他及欣赏他。……于是正经话太正经，不正经话太无礼统。""我们应该提倡，在高谈学理的书中或是大主笔的社论中，不妨夹带些不关紧要的玩意儿话，以免生活太干燥，太无聊。这句话懂得人（识者）一读便懂。不懂的人打一百下手心也还是不知其所言为何物。"②1924 年 6 月他又在《晨报副刊》发表《幽默杂话》，进一步对幽默进行阐释："幽默二字原为纯粹译音，行文间一时所想到，并非有十分计较考量然后选定，或是藏何奥义。Humour 既不能译为'笑话'，又不尽同'诙谐''滑稽'；若必译其意，或可作'风趣'、'谐趣'、'诙谐风格'（Humour 实多只是指一种作者或作品的风格。）……凡善于幽默的人，其谐趣必愈幽隐，而善于鉴赏幽默的人，其欣赏尤在于内心静默的理会，大有不可与外人道之滋味，与粗鄙显露的笑话不同。幽默愈幽愈默而愈妙。"③1932 年《论语》杂志创办之后，林语堂明确提出，"《论语》半月刊以提倡幽默文字为主要目标。"④他从思想的角度对幽默进行了深度剖析，认为中国最早的幽默家应该是庄子，从庄子开始，幽默成为中国传统思想的重要组成部分。"到第一等头脑如庄生出现，遂有纵横议论捭阖人世之幽默思想及幽默文章，

---

① 林语堂：《我们的态度》，《林语堂名著全集》第 17 卷，长春：东北师范大学出版社 1994 年版，第 89 页。

② 林语堂：《征译散文并提倡"幽默"》，《晨报副刊》，1924 年 5 月 23 日。

③ 林语堂：《幽默杂话》，《晨报副刊》，1924 年 6 月 9 日。

④ 林语堂：《我们的态度》，《林语堂名著全集》第 17 卷，长春：东北师范大学出版社 1994 年版，第 88 页。

所以庄生可称为中国之幽默始祖。"① 在林语堂看来，战国时期是幽默思想的形成期，它与道家思想有着重要的关联度，从某种意义上讲，道家思想中寓含着幽默思想。"这时（战国时代，引者注）中国之文化及精神生活，确乎是精力饱满，放出异彩，九流百家，相继而起，如满庭春色，奇花异卉，各不相模，而能自出奇态以争妍。人之智慧，在这种自由空气之中，各抒性灵，发扬光大。人之思想也各走各的路，格物穷理，各逞其奇。奇则变，变则通，故毫无酸腐气象。在这种空气之中，自然有谨愿与超脱二派……孜孜为利及孜孜为义的人，在超脱派看来，只觉得好笑而已。儒家斤斤拘执棺椁之厚薄尺寸，守丧之期限年月，当不起庄生的一声狂笑。于是儒与道在中国思想史上成了两大势力，代表道学派与幽默派。"②

　　林语堂将幽默称为会心微笑或"会心一顷"，幽默，能够展示出一个人或民族的智性高度与思想深度。它是洞穿世事之后的会心一笑，这笑里含有人类的机智与达观。"会心之语，一平常语耳，然其魔力甚大。似俚俗而实深长，似平凡而实闲适，似索然而实冲淡。"③"幽默到底是一种人生观，一种对人生的批评，不能因君王道统之压迫，遂归消灭。"④ 只有具备幽默思想与能力的人才能语出幽默，才能够写出幽默文章。"有相当的人生观，参透道理，说话近情的人，才会写出幽默作品。无论哪一国的文化，生活，文学，思想，是用得着近情的幽默的滋润的。没有幽默滋润的国民，其文化必日趋虚伪，生活必日趋欺诈，思想必日趋迂腐，文学必日趋干枯，而人的心灵必日趋顽固。其结果必有天下相率而为伪的生活与文章，也必多表面上激昂慷慨，内心上老朽霉腐，五分热诚，半世麻木，喜怒无常，

---

①　林语堂：《论幽默》，《林语堂名著全集》第 14 卷，长春：东北师范大学出版社 1994 年版，第 5 页。

②　林语堂：《论幽默》，《林语堂名著全集》第 14 卷，长春：东北师范大学出版社 1994 年版，第 5 页。

③　林语堂：《论文》，《林语堂名著全集》第 14 卷，长春：东北师范大学出版社 1994 年版，第 156 页。

④　林语堂：《论幽默》，《林语堂名著全集》第 14 卷，长春：东北师范大学出版社 1994 年版，第 5 页。

多愁善病，神经过敏，歇斯的利，夸大狂，忧郁狂等心理变态。"①林语堂反对虚假的"方巾气"、"道学气"浓重的廊庙文学，对超脱派、幽默派文学推崇备至。"道家思想之泉源浩大，老庄文章气魄，足使其效力历世不能磨灭，所以中古以后的思想，表面上似是独尊儒家道统，实际上是儒道分治的。中国人得势时都信儒教，不遇时都信道教，各自悠游林下，寄托山水，怡养性情去了。中国文学，除了御用的廊庙文学，都是得力于幽默派的道家思想。廊庙文学，都是假文学。就是经世之学，狭义言之，也算不得文学。所以真有性灵的文学，入人最深之吟咏诗文，都是归返自然，属于幽默派，超脱派，道家派的。中国若没有道家文学，中国若果真只有不幽默的儒家道统，中国诗文不知要枯燥到如何，中国人之心灵，不知要苦闷到如何。"②

（二）独抒性灵："以自我为中心，以闲适为格调"

林语堂对"独抒性灵，不拘格套"的传统散文创作观尤为推重，并在此基础上形成了"以自我为中心，以闲适为格调"③的现代散文观。

他对明代文学家公安三袁：袁宗道、袁宏道、袁中道兄弟三人的文学主张和文学创作异常看重。"性灵派之排斥学古，正也如西方浪漫主义义学之反对新古典主义，性灵派以个人性灵为立场，也如一切近代文学之个人主义。其中如三袁兄弟之排斥仿古文辞，与胡适之文学革命所言，正如出一辙。这真不能不使我们佩服了。"④

---

① 林语堂：《论幽默》，《林语堂名著全集》第14卷，长春：东北师范大学出版社1994年版，第17页。

② 林语堂：《论幽默》，《林语堂名著全集》，第14卷，长春：东北师范大学出版社1994年版，第5—6页。

③ 林语堂：《发刊〈人间世〉意见书》，《林语堂名著全集》，第17卷，长春：东北师范大学出版社1994年版，第180页。

④ 林语堂：《论文》，《林语堂名著全集》第14卷，长春：东北师范大学出版社1994年版，第146页。

所谓性灵，就是自我的别称，"性灵就是自我"。①尊崇自我、表现自我、开放自我，任由自我情感的奔涌、任由自我意志的抒发，一切文学创作都应该围绕自我的意志与愿望展开。看重性灵就是充分尊重自我，也可以把性灵视作个人主义和个性解放思想的代名词。从这一点看，林语堂的思考并没有完全超越五四时期的"人的解放"的思想高度，或者换句话说，他是在发展和深化五四时期"人的解放"的主题。

林语堂认为解放"性灵"与文学创作尤其是散文创作的关系尤为密切，性灵不解脱，至情至性的好文章就写不出来。"性灵二字，不仅为近代散文之命脉，抑且足矫目前文人空疏浮泛雷同木陌之弊。吾知此二字将启现代散文之绪，得之则生，不得则死。盖现代散文之技巧，专在冶议论情感于一炉，而成个人的笔调。此议论情感，非自修辞章法学来，乃由解脱性灵参悟道理学来。"②他认为，不开放性灵而仅仅致力于修辞章法是本末倒置，"桎梏性灵之修辞章法，钝根学之，将成哑巴，慧人学之，亦等钝根。……学者终日呻唔摹仿，写作出来，何尝有一分真意见，真情感流露出来？无意见无情感则千篇一律，枯燥乏味，读之昏昏欲睡，文字任何优美，名词任何新鲜，皆死文学也。性灵之启发，乃文人根器所在，关系至巨"。③因此，他说："有意见始有学问，有学问始有文章，学文必先自解脱性灵参悟道理始。"④

而性灵如每个人的面貌一样都是各各不同，每个人都有着自己的个性、喜好、愿望、欲求，只有做到了性灵的解放才能够创作出各具特色而又丰富灵动的散文。"文章者，个人之性灵之表现。性灵之为物，唯我知之，生我之父母不知，同床之吾妻亦不知。然文学之生命实托于此。故言性灵之文人必排古，因为学古不但可

---

① 林语堂：《论文》，《林语堂名著全集》第 14 卷，长春：东北师范大学出版社 1994 年版，第 147 页。
② 林语堂：《论文》，《林语堂名著全集》第 14 卷，长春：东北师范大学出版社 1994 年版，第 152 页。
③ 林语堂：《论文》，《林语堂名著全集》第 14 卷，长春：东北师范大学出版社 1994 年版，第 152 页。
④ 林语堂：《论文》，《林语堂名著全集》第 14 卷，长春：东北师范大学出版社 1994 年版，第 152 页。

不必，实亦不可能。言性灵之文人，亦必排斥格套，因已寻到文学之命脉，意之所之，自成佳境，决不会为格套定律所拘束。……纪律主义，就是反对自我主义，两者冰炭不相容。"① 不要拘束自我的心灵，不要人为设限，画地为牢，在这一点上，他与梁实秋所主张的强调"文学的纪律"的新人文主义有着巨大的差别。挣破所谓的"格套"，自由地书写内心的感受，在林语堂看来这才算是抓住了散文创作的根本，而且还会赢得不朽的令名。"性灵派文学，主'真'字。发抒性灵，斯得其真，得其真，斯如源泉滚滚，不舍昼夜，莫能遏之，国事之大，喜怒之微，皆可著之纸墨，句句真切，句句可诵。不故作奇语，而语无不奇，不求其必传，而不得不传"。②

林语堂不厌其烦对解脱性灵进行反复强调，寓含着一个潜在的目的，即对幽默的追求，"故提倡幽默，必先提倡解脱性灵，盖欲由性灵之解脱，由道理之参透，而求得幽默也。今人言思想自由，儒道释传统皆已打倒，而思想之不自由如故也。思想真自由，则不苟同，不苟同，国中岂能无幽默家乎？思想真自由，文章必放异彩，放异彩，又岂能无幽默乎？"③ 性灵解脱，思想自由，自然就会做到语出幽默。当然，语出幽默，自然会实现他所主张的散文的另一个重要特点："以闲适为格调"。所谓"闲适"，就是非金刚怒目、张牙舞爪、气势汹汹。"闲适"是自然自足自在自适的一种内心状态，不与人争，不与人斗，参透人间世情，有点拈花微笑的意味。"闲适"风格的追求，既是对 20 世纪 30 年代左翼文学和"民族主义"文学争斗的一种反动，又是林语堂幽默散文观的一种体现。

（三）散文取材："宇宙之大，苍蝇之微"

林语堂在散文创作的取材方面说得非常清楚，他说，"'两脚踏东西文化，一

---

① 林语堂：《论文》，《林语堂名著全集》第 14 卷，长春：东北师范大学出版社 1994 年版，第 148 页。

② 林语堂：《论文》，《林语堂名著全集》第 14 卷，长春：东北师范大学出版社 1994 年版，第 154 页。

③ 林语堂：《论文》，《林语堂名著全集》第 14 卷，长春：东北师范大学出版社 1994 年版，第 155 页。

心评宇宙文章'，是吾辈纵谈之范围与态度也"。① 的确，林语堂散文的取材可谓不拘一格，大到时政、社会、文化，小到吸烟等生活中的细碎琐屑之事，可谓无所不包。真正做到了他在《发刊〈人间世〉意见书》中所说的："十四年来中国现代文学唯一之成功，小品文之成功也。创作小说，即有佳作，亦由小品散文训练而来。盖小品文，可以发挥议论，可以畅泄衷情，可以摹绘人情，可以形容世故，可以札记琐屑，可以谈天说地，本无范围，特以自我为中心，以闲适为格调，与各体别，西方文学所谓个人笔调是也。……宇宙之大，苍蝇之微，皆可取材。"②

宏阔宽泛的取材，救治了现代散文选材的偏枯之弊，拓展了现代散文的表现范围。20 世纪 30 年代的散文创作，其选材每每集中于搜求时事或聚焦政治争斗，这就极大地限制了散文的表现范围。林语堂无法容忍 1930 年代现代散文取材方面出现的画地为牢与自我设限等弊端，因此，他才大力倡导散文创作题材的多元化。

二、林语堂的散文创作

林语堂的散文创作大致可以划分为三个时期：20 世纪 20 年代中期、30 年代和 60 年代。他在 1920 年代中期创作的散文大多发表在《语丝》、《晨报副刊》之上，1930 年代创作的散文则发表在《论语》、《人间世》、《宇宙风》等刊物，而 1960年代的散文创作，则多发表于中国台湾地区的《中央日报》。

林语堂早期的散文多浮躁凌厉之风，语出大胆，直言无碍，昂扬激愤，批判传统文化中的腐败因子，指斥社会现实中的丑恶。如《祝土匪》、《给玄同先生的信》、《论性急为中国人所恶》、《丁在君的高调》、《"读书救国"谬论一束》、《"公理的把戏"后记》、《闲话与谣言》、《讨狗檄文》、《悼刘和珍杨德群女士》、《泛论赤化与丧家之狗》、《论文化侵略》等。在《祝土匪》中他极力批判貌似中和稳健，实则"倚门卖笑"、"双方讨好"自命为学者的"正人君子"与"当代名流"，颂扬勇于主持正义，维护真理的"土匪"与"傻子"。"唯其有许多要说的话学者不敢

---

① 林语堂：《与陶亢德书》，《林语堂名著全集》第 17 卷，长春：东北师范大学出版社 1994 年版，第 167 页。

② 林语堂：《发刊〈人间世〉意见书》，《林语堂名著全集》第 17 卷，长春：东北师范大学出版社 1994 年版，第 180 页。

说，唯其有许多良心上应维持的主张学者不敢维持，所以今日的言论界还得有土匪傻子来说话。土匪傻子是顾不到脸孔的，并且也不想将真理贩卖给大人物。"《给玄同先生的信》则批判腐败的中国传统文化，并号召实行"欧化"，"今日中国政象之混乱，全在我老大帝国国民癖气太重所致，若惰性，若奴气，若敷衍，若安命，若中庸，若识时务，若无理想，若无热狂，皆是老大帝国国民癖气……欲一拔此颓丧不振之气，欲对此下一对症之针砭，则弟以为唯有爽爽快快讲欧化之一法而已"。他认为改变昏聩、卑怯、颓丧、傲惰民族性痛疽的方法有六："非中庸（即反对'永不生气'也）"、"非乐天知命（即反对'让你吃主义'也，他咬我一口，我必还敬他一口）"、"不让主义"（……中国人毛病在于什么都让，只要不让，只要能够觉得忍不了，禁不住，不必讨论方法而方法自来。法兰西之革命未尝有何方法，直感觉忍受不住，各人拿刀棍锄耙冲打而去而已，未尝屯兵秣马以为之也）、"不悲观"、"不怕洋习气"、"必谈政治。所谓谈政治者，非王五赵六忽而喝白干忽而揪辫子之政治，乃真正政治也。新月社的同人发起此社时有一条规则，请在社里什么都可来（剃头，洗浴，喝啤酒），只不许打牌与谈政治，此亦一怪现象也。"《悼刘和珍杨德群女士》在赞扬刘、杨二女士为女界解放先锋的同时，将批判的矛头指向反动官僚与以谄媚为能事的无耻文人，"刘杨二女士之死，同她们一生一样，是死于与亡国官僚瘟国大夫奋斗之下，为全国女革命之先烈"。《语丝》与《晨报副刊》时期的林语堂，遵从五四新文化运动主将们所拟定的文化革新策略，对传统文化大树腐败的根茎与干枯的枝叶进行大力的清除与修剪，期望传统文化中有益现代文化建构的因子能够冲出枯枝败叶的层层包裹，破土而出进而发荣滋长。因此，这一时期林语堂的散文风格沉郁多讽，语言张扬恣肆，无拘无束，任性而谈。

1930 年代初，林语堂先后创办了《论语》、《人间世》和《宇宙风》等杂志，在这些杂志上发表了大量的散文小品，践行他自己所主张的散文创作理念。虽然有人讽刺林语堂该时期的散文创作是只见"苍蝇之微"，不见"宇宙之大"，但按之实际，林语堂《论语》与《宇宙风》时期的散文创作，取材范围的确非常之广，既有反映国族命运与社会现实的篇章，又有关涉实际人生的至文。《上海之歌》在不长的篇幅之内，展现了上海糜烂颓废的现代都市文化及其在该文化统摄之下造成的人性恶浊不堪的现实。他指出了摩登上海的实质，"你这伟大玄妙的大城，东西浊流的总汇。你这中国最安全的乐土，连你的乞丐都不老实。""我歌颂你的浮华、愚陋、凡俗与平庸。"《论政治病》则讥讽了当时官僚的集体无耻，"我近来常常感觉，平均而论，在任何时代，中国的政府里头的血亏，胃滞，精神衰弱，骨节酸软多愁善病者，总比任何其他人类团体多，病院，疗养院除外。"在林语堂看来，中国的官吏常患之病，主要是消化病。"做了官就不吃早饭，却有两顿中饭，及三四顿夜饭的饭局。平均起来，大约每星期有十四顿中饭，及廿四顿夜饭的酒席。知道此，就明白官场中肝病胃病肾病何以会这样风行一时。所以，政客食量减少消化欠佳绝不希奇。我相信凡官僚都贪食无厌：他们应该用来处理国事的精血，都挪来消化燕窝鱼翅肥鸭焖鸡了。"《论中西画》借对中西绘画艺术的不同来论说中西文化及其特征，虽然言说稍嫌偏激，但还是触及了东西文化的不同特征。"中国艺术的冲动，发源于山水；西洋艺术的冲动，发源于女人。""西人知人体曲线之美，而不知自然曲线之美。中国人知自然曲线之美，而不知人体曲线之美。""西人想到'胜利''自由''和平''公理'就想到一裸体女人的影子。为什么胜利、自由、和平、公理之神一定是女人，而不会是男人？中国人永远不懂。"《时代与人》中认为时代伟大与否，主要是看有无伟大之人。而有无伟人的一个先决条件则是看社会上"傲慢"之人多还是投机之人多。"傲慢"是成为伟人的重要条件。"辜鸿铭、康有为是傲慢的，不是投机的。辜、康虽然落伍，仍然保持一个自己。与时俱进加入国民党之军阀虽然博得革命，却未必是'迈进'的时代的光荣。……一时代多傲慢的人，时代就会伟大。""在这熙熙攘攘、世事纠纷的世界，只有一字可以做标准，就是'真'。一人宁可说襟腑独见的落伍话，不可说虚伪投机的合时话。说襟腑独见的落伍话，至少良心无愧，落伍得痛快，落伍得傲慢。而且即使一时见解错误，尚有生机。说虚伪投机的合时话者，方寸灵明已乱，不可救药。"《罗素离婚》谈婚姻制度中被迫离异的女性命运之可悲。《哀莫大于心死》谈良知与聪明之关系，"聪明以为可，良知以为不可，则不可之；聪明以为不可，良知以为可，则可之。良知为主，聪明为奴，其人必忠；良知为奴，聪明为主，其人必奸。"《中国的国民性》则集中笔力，批判了国民的三种主要的劣根性：忍耐性、散漫性与老猾性。《悼鲁迅》是一篇不可多得的悼念鲁迅的至文。《孤崖一枝花》，可视作林语堂真性情的自然流露。

1960 年代林语堂应台湾《中央日报》之邀开始为该报撰写散文，林语堂该时期所创作的散文多为文化散文。对这一时期所创作的散文小品，他后来曾经说："杂谈古今中外，山川人物，类多小品之作，即有意见，以深入浅出文调写来，意主浅显，不涉理论，不重玄虚，中有几篇议论文，是我思想重心所寄。如《戴东原与我们》、《说诚与伪》、《论中外之国民性》诸篇，力斥虚伪之理学，抑程朱，尊孔孟，认为宋儒之以佛入儒，谈心说性，去孔孟之近情哲学甚远，信儒者不禅定亦已半禅定，颜习斋、顾亭林已先我言之。此为儒家由动转入静之大关捩，国人不可不深察其故。《论东西思想法之不同》，是我一贯的中心思想，尤详述此议，心所谓危，不敢不告。"[①]饱经沧桑的林语堂，对学问与人生都有了更加深刻的体察与感悟，因此，这个时期他的小品文创作，取材看似随意自在，其实都是有感而发，而且是深有感触，尤其是他对春秋时期孔孟思想的强调。孔孟思想的近情主义，既是他所阐发的孔孟思想的立足点或者说逻辑起点，又是他阐发的重点。《论孔子的幽默》、《再论孔子近情》、《孟子说才志气欲》、《温情主义》等文章无不阐发他所认知的孔孟思想的真谛。1960 年代，他还写了一定数量的忆旧散文小品，如《记蔡孑民先生》、《胡适之述辜鸿铭》等。除此之外，行旅风光、钓鱼之趣等都成为他散文小品表现的内容，读来意趣盎然，充分领略到智者的格调与情趣。当然，他还发表了为数颇多的阐释自己散文小品创作的主张的文章，对理解和认识林语堂的散文小品有着巨大的帮助作用。

　　总之，林语堂的散文创作在内容上可以说是无所不包，如前文所说"宇宙之大，苍蝇之微"俱纳入文中。既可以看到他对时事的讥讽、对诈伪人格的批判、对无良社会的热嘲，又可以看到林语堂闲适自足、会心一顷的达观心态与玲珑剔透的心窍。从他早期《剪拂集》中金刚怒目的散文，到《论语》和《人间世》时代的语出幽默、独抒性灵的文字，我们分明都能读到林语堂真诚的心灵脉动。《剪拂集》中的林语堂与《论语》和《人间世》中的林语堂虽然其思想理论主张可能不同，但其散文写作的心态却是无比真诚。换言之，不同年龄阶段的林语堂对人

---

① 　林语堂：《〈无所不谈合集〉序言》，《林语堂名著全集》第 16 卷，长春：东北师范大学出版社 1994 年版，第 1—2 页。

生、社会的认知感悟不同，改造社会改良人生的方法策略也就有异。但有一点是共同的，尊重内心的真实感受，书写真情真意。赛珍珠曾说，"幽默，聪明，而无伤于他的诚挚"。[①] 林语堂虽然一直主张要语出幽默，但早期散文中蕴藏着"正义的火气"，他谴责执政当局，语言犀利，言辞激烈。不惧强权、指点江山、臧否人物，批军阀、斥文妖，口诛笔伐，意气风发，简直有"刑天舞干戚"之势。这种风格一直保持到 1930 年代，友人对此表示由衷钦佩，"最使我钦佩的便是它的无畏精神。在一个批评执政要人确有危险的时期，小评论却自由地直言着，我想那一定是由于藉此以表达他自己的意见的幽默与俏皮才能免遭所忌。这种俏皮——本着他人所不具备的无畏，在不当宽容时绝不宽容，对于中国的老百姓们，不论是资产阶级或无产阶级都一视同仁……"[②] 姑且不论他在《剪拂集》中的凌厉之作，在他的《行素集》中的《萨天师语录》、《上海之歌》、《谈言论自由》、《有不为斋解》等篇中，或谴责诈伪、或指斥权贵、或批判畸形的都市、或讽刺钳制民口的专制残暴之举，"正义的火气"磅礴淋漓。在《披荆集》中的《等因抵抗歌》、《为蚊报辩》、《脸与法》、《涵养》、《蚤虱辩》、《诵经却倭寇》等文章，更是将他批判的长矛挥向"无物之阵"，刺向虚伪的假面和不堪的社会。当然，林语堂的散文闲适风的作品亦不少，如《秋天的况味》、《一篇没有听众的讲演》等就是典型的闲适风的散文，语出真诚而又幽默。尤其是后者，读之令人茅塞顿开，心中一派澄明。

三、林语堂及其《论语》派散文的评价

林语堂的《论语》风格散文的提倡，号召了一大批文人围绕在刊物的周围，形成了一个固定的圈子。因此，后来有所谓的"论语八仙"之说，即林语堂、周作人、俞平伯、老舍、郁达夫、丰子恺、简又文、姚颖。又有所谓的"三老"、"三堂"之说，"三老"是指老舍、老向和老谈（何容之笔名）；"三堂"系指语堂、知堂（周作人）、鼎堂（郭沫若），风气可谓一时之盛。但是，幽默的主张在当时也遭到了

---

① 【美】赛珍珠：《〈讽诵集〉赛珍珠序》，《林语堂名著全集》第 15 卷，长春：东北师范大学出版社 1994 年版，第 2 页。

② 【美】赛珍珠：《〈讽诵集〉赛珍珠序》，《林语堂名著全集》第 5 卷，长春：东北师范大学出版社 1994 年版，第 1 页。

同时代作家的批评。如鲁迅、郁达夫和沈从文。鲁迅曾在《隐士》、《"招贴即扯"》、《"题未定"草（五、六）》等文章中，对林语堂所提倡的散文创作观进行了批评。他语出讥讽，颇有微词，"前几天看见《时事新报》的《青光》上，引过林语堂先生的话，原文抛掉了，大意是说：老庄是上流，泼妇骂街之类是下流。他都要看，只有中流，剿上窃下，最无足观。如果我所记忆的并不错，那么，这真不但宣告了宋人语录，明人小品，下至《论语》，《人间世》，《宇宙风》这些'中流'作品的死刑，也透彻的表白了其人的毫无自信"。① 郁达夫说："林语堂生性憨直，浑朴天真……《剪拂集》时代的真诚勇猛的，是书生本色，至于近来的耽溺风雅，提倡性灵，亦是时势使然，或可视为消极的反抗，有意的孤行。周作人常喜引外国人所说的隐士和叛逆者混处在一道的话，来作解嘲；这话在周作人身上原用得着，在林语堂身上，尤其用得着。"②

无论时人对林语堂做出何种评价，都有他们的理由和时代的合理性。今天对林语堂及其散文主张，应该做出客观的、历史的和美学的评价。

首先，他对庄子道家思想幽默风格和对明代公安三袁"性灵说"的双重推重，无疑具有开启民众心智，引导国民走出蒙昧之功。他反对思想定于一尊的文化专制主义和精神思想层面自甘奴化的投降主义的举动，这在一定程度上促进了20世纪30年代中国社会思想的解放。他希望具有独立思想、自由意志、灵动活泼、生机勃勃的个体主体，出现在国人思想解放的地平线。从这一点来看，林语堂对道家传统思想的推重，是对五四以来"人的解放"时代主题的接续。只不过林语堂所采用的是"文艺复兴"式的文化策略，即用追踪中国古代先贤、复兴中华优良传统的方式。本来公安三袁在中国文化史和文学史上的地位比之于对他们产生较大影响的李贽来说，远远不及。但林语堂尊崇公安三袁的目的与用意，即借助他们来倡导尊崇自由推重个性的现代思想与现代意识。因此，从文化现代性的角度来看，林语堂对道家思想和公安三袁的双重推重，其作用及影响不可低估。

---

① 鲁迅：《鲁迅全集》第 6 卷，北京：人民文学出版社 1981 年版，第 423 页。
② 郁达夫：《〈中国新文学大系·散文二集〉导言》，《郁达夫文集》第 6 卷，广州：花城出版社 1983 年版，第 275 页。

其次，文学的现代性。五四文学是"人的文学"，人的文学即表现人的全面解放的文学，"幽默"的文学、"独抒性灵"的文学、"以自我为中心，以闲适为格调"的文学，即是表现人的智性与理性、情感与意趣的文学，表现个性解放的文学。看重自我表现并通过散文表现自我，是林语堂的散文观及其散文创作的重要特点。

第七节　梁实秋的散文小品

一、从极端的浪漫主义者到古典主义者

梁实秋（1903—1987），北京人，是中国著名的散文家。对于自己的文艺思想及在 20 世纪 30 年代的价值偏好，梁实秋曾如是说："以我个人而论，我当时的文艺思想是趋向于传统的稳健的一派，我接受五四运动的革新的主张，但是我也颇受哈佛大学教授白璧德的影响，并不同情过度的浪漫的倾向。同时我对于当时上海叫嚣最力的'普罗文学运动'也不以为然。我自己觉得我是处于左右两面之间。"[①]

梁实秋的文艺观有一个逐渐形成的过程：从浪漫主义到古典主义。在没有接触白璧德的新人文主义思想之前，他还是一个服膺五四以来新文学观的知识分子，"五四运动发生在民国八年，那时候我十八岁。在当时我只是被那时代潮流挟以俱去的青年们之一"。[②] 这个时期的梁实秋还是一个典型的浪漫主义者，他看重文学的抒情功能，在看重情感表达的同时，也看重想象在文学创作中的重要作用。如他说，"诗的主要职务是在抒情"，[③] "诗人发泄的情感，是同平常人不同的，——或是特别的委婉，或是特别壮烈"。[④] "诗人往往把一切自然人为的事物加以剪裁的功夫，而想象就是他的武器。凭着想象，创作出美来，这是一切艺术美的原则，

---

① 梁实秋：《忆〈新月〉》，《梁实秋自选集》第 1 卷，台北：黎明文化事业股份有限公司 1975 年版，第 317 页。
② 梁实秋：《五四与文艺》，《梁实秋文集》第 1 卷，福州：鹭江出版社 2002 年版，第 621 页。
③ 梁实秋：《〈草儿〉评论》，《梁实秋文集》第 1 卷，福州：鹭江出版社 2002 年版，第 7 页。
④ 梁实秋：《〈草儿〉评论》，《梁实秋文集》第 1 卷，福州：鹭江出版社 2002 年版，第 19 页。

第九章　传统文化渗染的文学形态 | 1249

诗当然逃不出这个例去。"① 可见，梁实秋早期文学思想的浪漫主义色彩比较浓重。"诗人首先应不满足于物质世界，所以诗人的思想应该是超于现实的。我尝说：诗的境界即是仙人境界；求仙要有仙骨，做诗也要有诗骨。严格讲来，诗人生活乃是想象的精神生活。诗人纵然是除了自杀以外无法可以自由脱离这个人间世，然而他写的诗确实是他的理想生活的写照。所以诗是唯一慰藉诗人情感的工具，又是带着向上性的东西。"②

后来在美国留学期间，由于聆听了白璧德的讲座，他的文学思想发生了巨大改变，由一个浪漫主义文学观的拥趸转而成为一个古典主义的信徒。"我后来上白璧德先生的课，并非是由于我对他的景仰，相反的，我是抱着一种挑战者的心情去听讲的。……白璧德先生的学识之渊博，当然是很少有的，他讲演起来真可说是头头是道、左右逢源，由亚里士多德到圣白甫，纵横比较，反复爬梳，务期斟酌于至当。我初步的反应是震骇。我开始自觉浅陋，我开始认识学问思想的领域之博大精深。继而我渐渐领悟他的思想体系，我逐渐明白其人文思想在现代的重要性。"③ "从极端的浪漫主义，我转到了多少近于古典主义的立场。"④ 写作于 1926 年的《现代中国文学之浪漫的趋势》，应可视作他服膺白璧德新人文主义思想的标志性成果。在该文中他以传统儒家思想和白璧德的新人文主义作为思想武器，对当时的现代中国文学创作进行了批评，认为现代中国文学浪漫的趋势表现为四个方面："新文学运动根本的受外国影响"、"新文学运动是推崇情感轻视理性"、"新文学运动所采取的对人生的态度是印象的"、"新文学运动主张皈依自然并侧重独创"。这四个不良趋势均需要运用儒家的中庸思想、理性意识，即所谓"从心所欲不逾矩"，以及白璧德的新人文主义思想中在纪律约束之下的常态的普遍的人性进行矫正。1920 年代中期，梁实秋基于传统儒家诗学思想和白璧德新人文主义的文艺思想已然确立，

---

① 梁实秋：《〈草儿〉评论》，《梁实秋文集》第 1 卷，福州：鹭江出版社 2002 年版，第 22 页。

② 梁实秋：《〈草儿〉评论》，《梁实秋文集》第 1 卷，福州：鹭江出版社 2002 年版，第 27 页。

③ 梁实秋：《关于白璧德先生及其思想》，《梁实秋文集》第 1 卷，福州：鹭江出版社 2002 年版，第 547 页。

④ 梁实秋：《关于白璧德先生及其思想》，《梁实秋文集》第 1 卷，福州：鹭江出版社 2002 年版，第 548 页。

到 1930 年代与鲁迅展开的"人性"论战只不过是其文艺思想的进一步明晰化和公开化。如他在这篇文章中已经明确提出,"古典文学里面表现出来的人性是常态的,是普遍的。其表现的态度是冷静的,清晰的,有纪律的"。①这些观点与认识,与后来他所发表的《文学的纪律》等文章中所表达的思想一脉相承。

考辨梁实秋的现代思想意识和文学观的形成,我们会发现二者的形成有一个明显的特征即具备"取今复古"(鲁迅语)的典型特征。首先,梁实秋在整合传统的儒家思想和西方的新人文主义的基础上形成了属于自己的独特的思想意识和理念——基于儒家和西方新人文主义理性的人性观。进而,他对内吸纳传统儒家诗学及其诗教观,对外借鉴乃师白璧德新人文主义色彩浓郁的文学观。在综合二者的基础之上,提出了带有浓郁古典主义色彩的文学观,主张文学表现基于理性的人性。主张文学发挥其陶冶心灵提升灵魂的作用,在认可"抒情主义"的前提下提倡"文学的纪律"。他反对新文学中过度的浪漫主义趋向,反对印象主义和颓废主义的创作思想及方法。

中国传统儒家思想中对文学特质及其作用的有关界定,对梁实秋文学观的形成产生了一定的影响。传统儒家思想中对文学优劣的评价尺度为思想是否纯正,"诗三百,一言以蔽之,思无邪"(《论语·为政》)。可见,在儒家看来,思想纯正是优秀文学的重要标准。儒家诗教中对文学中表现的情感程度也有一定的尺度和标准,"关雎,乐而不淫,哀而不伤"(《论语·八佾》)。在儒家看来,并不反对文学表达人类的情感,但情感表达要适度而不过分。儒家对文学的作用,也有明确的认识,"诗可以兴,可以观,可以群,可以怨"(《论语·阳货》)。文学可以达到启发民众、观鉴得失、可以互相切磋、可以讽刺批判的作用。在汉代广为传授的《毛诗序》中也谈到了文学的作用,认为诗可以"经夫妇,成孝敬,厚人伦,美教化,移风俗"。梁实秋在幼时接受过系统的儒家经典的教育,儒家思想及其诗学、诗教思想对其产生了潜移默化的影响。

成年之后,他远渡重洋到美国求学,很自然地接受与儒家思想十分接近的白

---

① 梁实秋:《现代中国文学之浪漫的趋势》,《梁实秋文集》第 1 卷,福州:鹭江出版社 2002 年版,第 45 页。

璧德的新人文主义。新人文主义主张重新恢复人文主义，以"人的尺度"取代"物的尺度"，"严肃的批评家所更关心的不是自我表现，而是建立正确的评价标准，用它准确地观察事物。他的主要美德就是均衡。他给我们带来的特别好处就是在两种对立的疯狂之间起调节作用，处在这种对立的疯狂中的人经常是摇摆不定的……"①

梁实秋对白璧德及其新人文主义尤为推崇，原因在于白璧德的新人文主义让他有一种熟悉感和亲切感。这无疑令"独在异乡为异客"的他，有种"他乡遇故知"之感。他忽然发现了一种令他有些许熟悉的思想——新人文主义。之所以熟悉是因为这种西方思想与传统儒家思想非常接近，"白璧德对东方思想颇有渊源，他通晓梵文经典及儒家与老庄的著作。……白璧德的基本思想是与古典的人文主义相呼应的新人文主义。他强调人生三境界，而人之所以为人在于他有内心的理性控制，不令感情横决。这就是他念念不忘的人性二元论。《中庸》所谓'天命之谓性，率性之谓道，修道之谓教'，孔子所说的'克己复礼'，正是白璧德所乐于引证的道理。他重视的不是 elan vital（柏格森所谓的'创造力'）而是 elan frein（克制力）。……白璧德并不说教，他没有教条，他只是坚持一个态度——健康与尊严的态度。我受他的影响很深……"②进一步学习之后，他发觉愈加服膺白璧德及其新人文主义。因此，梁实秋在整合传统儒家诗学和西方新人文主义的基础之上所建构的独特的文学观和批评观，与左翼文学思潮的以阶级论为核心的文艺观和批评观形成了强烈的对比。前者强调文学表现普泛的人性，后者希望刻画特定阶级的独特性——阶级性；前者希望发扬儒家诗教温柔敦厚的诗风，后者高张浪漫主义和英雄主义的大旗；彼此各执一词，互不认同，也在情理之中。

具体到散文创作方面，梁实秋 1928 年曾经在《新月》（第 1 卷第 8 号）上发表《论散文》一文，专门讨论散文的创作。他认为散文不仅应该忠于自己的内心，真实地表达自我的情感，而且还应该打上自己的烙印，形成独特的风格。"一切的

---

① 【美】欧文·白璧德著，文美惠译：《批评家和美国生活》，朱立元、李钧主编：《二十世纪西方文论选》（上），北京：高等教育出版社 2002 年版，第 4 页。

② 梁实秋：《影响我的几本书》，《梁实秋文集》第 5 卷，福州：鹭江出版社 2002 年版，第 200 页。

散文都是一种翻译。把我们的脑子里的思想情绪想象译成语言文字。古人说，言为心声，其实文也是心声。头脑笨的人，说出话来是蠢，写成散文也是拙劣；富于感情的人，说话固然沉挚，写成散文必定情致缠绵；思路清晰的人，说话自然有条不紊，写成散文更能澄清澈底。"① "散文的美，不在乎你能写出多少旁征博引的故事穿插，亦不在多少典丽的辞句，而在能把心中的情思干干净净直接了当的表现出来。散文的美，美在适当。"② 在散文体式方面，他认为与其他文体比较而言，散文显得最为自由，"散文是没有一定的格式的，是最自由的，同时也是最不容易处置，因为一个人的人格思想，在散文里绝无隐饰的可能，提起笔来便把作者的整个的性格纤毫毕现的表现出来"。③ 同时，他指出散文创作中要懂得使用"减法"，"散文的美妙多端，然而最高的理想也不过是'简单'二字而已。简单就是经过选择删芟以后完美的状态"。④ 而如果不懂得在行文中保持节制与简洁，就会犯下严重的错误。而问题之所以产生的主要原因，仍然是写作者未能贯彻"减法"原则。在散文风格方面，梁实秋追求整体的雅致、语言的雅训和格调的高雅。"近来写散文的人，不知是过分的要求自然，抑是过分的忽略艺术，常常的沦于粗陋之一途。无论写的是什么样的题目，类皆出之于嬉笑怒骂，引车卖浆之流的语气，和村妇骂街的口吻，都成为散文的正则。像这样恣肆的文字，里面有的是感情，但是文调，没有！"⑤

综观梁实秋的散文观，不难发现，其与传统的儒家诗学、诗教观及白璧德的新人文主义文艺观都有着一定的渊源关系。梁实秋的散文在思想表达方面具有纯正雅致特征；在情感传达方面具备均衡适度特色；在所谓"文调"方面追求理性与节制；在篇幅方面希望经济简短；在行文风格方面，从容淡定，收放自如，雍容大度。"文学家要在理性的范围之内自由的创造，要忠于他自己的理想与观察，他所

---

① 梁实秋：《论散文》，《新月》，1928 年，第 1 卷第 8 号。
② 梁实秋：《论散文》，《新月》，1928 年，第 1 卷第 8 号。
③ 梁实秋：《论散文》，《新月》，1928 年，第 1 卷第 8 号。
④ 梁实秋：《论散文》，《新月》，1928 年，第 1 卷第 8 号。
⑤ 梁实秋：《论散文》，《新月》，1928 年，第 1 卷第 8 号。

企求的是真，是善，是美。"① 对于文学的作用，他说得极为明确，就是表现并进而改造人性。"文学的研究，或创作或批评或欣赏，都不在满足我们的好奇的欲望，而在于表现一个完美的人性。"②

二、梁实秋的散文小品

正是基于对文学本质和功用的独特认知，梁实秋开始了他的散文创作。他在1920年代后期曾以秋郎为笔名创作了一定数量的散文小品，先是发表于上海《时事新报》的《青光》专栏，后以《骂人的艺术》为名结集出版。后来又出版了《雅舍小品》等散文集，他的散文创作一直持续到20世纪的80年代中后期。

梁实秋的散文大致可以分为五类：哲理散文、世情散文、纪游散文、追怀散文和文化散文。当然这只是相对而言，他有些散文篇什每每集哲理、抒情于一体，或者纪游、抒情于一炉，追怀散文的抒情性则更为凝重。

第一，哲理散文。梁实秋的哲理散文常常从不起眼处落墨，并在看似随意的渲染中，将人生的哲理徐徐道出。《雅舍小品》中的首篇《雅舍》就是典型之作。《雅舍》中所谓的"雅舍"在他人眼中实则为"陋室"和寒酸之寓所，"我已渐渐感觉它并不能蔽风雨，因为有窗而无玻璃，风来则洞若凉亭，有瓦而空隙不少，雨来则渗如滴漏"。不仅如此，"雅舍"远离市廛，较为荒凉，而且室内坡度极大，在他人看来，行走不便。更令人讨厌的是室内鼠窜滋扰，聚蚊成雷。但舍之雅陋，不在于其是否建于通衢大道、市声鼎沸的繁华之地，更不在于建筑的华丽与否，而在于寓居者品位的高低雅俗。刘禹锡《陋室铭》中云，"斯是陋室，惟吾德馨"。同样，雅舍虽然不是琼楼玉宇、高屋华堂、摩天大厦，但却因寓居此地的雅人骚客而格调骤升。《雅舍》实际上要告诉读者的有两个方面：一是，人的心灵不要被外在的不必要的东西所拘束；心安即为家，"雅舍"虽然简陋，但"我"却十分热爱它。二是，面对人生的困境，不仅要淡然处之，而且还要在艰困中寻觅生活的

---

① 梁实秋：《文学是有阶级性的吗？》，《梁实秋文集》第1卷，福州：鹭江出版社2002年版，第324页。

② 梁实秋：《文学的纪律》，《梁实秋文集》第1卷，福州：鹭江出版社2002年版，第138页。

情趣。人生本苦，再加诸自身一些不必要的负担，何苦来哉？学会放弃与放松，岂不也正是人生的一种智慧！"纵然不能蔽风雨，'雅舍'还是有它的个性。有个性就可爱。""'雅舍'最宜月夜——地势较高，得月较先。看山头吐月，红盘乍涌，一霎间，清光四射，天空皎洁，四野无声，微闻犬声吠，坐客无不悄然！舍前有两株梨树，等到月升中天，清光从树间筛洒而下，地上阴影斑斓，此时尤为幽绝。直到兴阑人散，归房就寝，月光仍然逼近窗来，助我凄凉。细雨迷蒙之际，'雅舍'亦复有趣。推窗展望，俨然米氏章法，若云若雾，一片弥漫。"雅致沉静的胸怀，才会表现出如此雅致澹远的情调与令人隽永低徊的意境。另外，像不看重"送行"而更看重"接站"的《送行》，以及如何艺术处理主仆关系的《第六伦》等散文无不表现出智者的处世之道。

第二，展示世情剖析人性的散文。梁实秋散文创作的选材范围非常广博宏大。举凡人类社会和现实生活的世俗风情与人情人性，他都可以将其聚拢笔端。前者像《洋罪》、《谦让》、《结婚典礼》、《"旁若无人"》、《理发》、《讲价》、《超级市场》、《母亲节》、《哈佛的嬉皮少年》等；后者如《女人》、《男人》、《下棋》、《中年》、《脸谱》、《狗》（《雅舍小品》）等。作为一个深受儒家思想和新人文主义双重影响的知识分子，梁实秋有着非常凝重的入世观，他不仅极为关注人类社会和现实生活中出现的诸多问题，而且更希望人类可以直面人性自身缺陷、克服人性弱点。当然这两个方面的问题往往共时性地呈现在他的散文中，表面上展示的是世情时尚，实际上最终还是指向人性自身。他意欲通过笔谈的方式，将社会、人生诸多不完满处和尚待改进之处，娓娓道来，使读者能够做到有则改之，无则加勉，这应是他的理想追求。他婉而多讽又不无善意，绝少疾言厉色的批判。《洋罪》中他不无幽默地谈到，中国文化中的繁文缛节已经让中国人疲于应付，但是为数众多的人偏偏还要让自己受"洋罪"。"有些人，大概是觉得生活还不够丰富，于顽固的礼教，愚昧的陋俗，野蛮的禁忌之外，还介绍许多外国的风俗习惯，甘心情愿地受那份洋罪。"如时人将西方文化中所谓不吉利的数字"十三"、"一根火柴不能点三根烟"、喝酒碰杯，以及极端的"万愚节"（即 4 月 1 日愚人节）等视为时尚与时髦，遵行不殆。"外国的风俗习惯永远是有趣的，因为异国情调总是新奇的居多。新奇就有趣。不过若把异国情调生吞活剥地搬到自己家里来，身体力行，则新奇往往变成为桎梏，有趣往往变成为肉麻。基于这种道理，很有些人至今喝茶并不加白糖与牛奶。"人非圣贤，作为凡夫俗子的普通男女都有着这样那样的缺点与不足，梁实秋委婉善意地向自己圆颅方趾的同类展示了人类自身的缺陷与性格弱点。如《女人》与《男人》中，他不回避问题，将女性和男性各自的缺点依次胪列，有立此存照的意味。《脸谱》中，他为了促进人类之间和睦相处，满怀希望地说："假如，在可能范围之内，努力把脸上的筋肉松弛一下，嘴角上挂出一个微笑，自己费力不多，而给予人的快感甚大，可以使得这人生更值得留恋一些。……令人愉快的脸，其本身是愉快的，这与老幼妍媸无关。丑一点，黑一点，下巴长一点，鼻梁塌一点，都没有关系，只要上面漾着充沛的活力，便能辐射出神奇的光彩，不但有光，还有热，这样的脸能使满室生春，带给人们兴奋、光明、调谐、希望、欢欣。一张眉清目秀的脸，如果恹恹无生气，我们也只好当做石膏像来看待了。"《狗》这篇散文看似是写自己怕狗的一段经历，但实际上是对人性的一种剖析，即文章中所谓："别人的狼狈永远是一件可笑的事，被狗所困的人是和踏在香蕉皮上面跌跤的人同样可笑。……所以狗咬客人，在主人方面认为狗是克尽厥职，表面上尽管对客抱歉，内心里是有一种愉快，觉得我的这只狗并非是挂名差事，它守在岗位上发挥了作用，所以对狗一面呵责，一面也还要嘉勉，因此，脸上才泛出那一层得意之色。"

第三，览胜纪游散文。梁实秋览胜纪游散文大多可以视为游记散文，履痕处处，他写作了大量的散文篇章来记录游踪所至和心得体会。《豆腐干风波》、《山杜鹃》、《斯诺夸密瀑》、《到纽约去》、《尼亚加拉瀑布》、《福德故居》、《安德孙号驱逐舰》、《拔卓特花园》以及《西雅图杂记》（七则）等，都是梁实秋在美国观览异域风俗和胜景之后写下的心得与体会。梁实秋在览胜纪游散文中并不是简单记录游观所见所闻，而是多将眼前景象与故国的风土人情和丰厚文化相联系，具有浓郁的文化味。如《斯诺夸密瀑》中，虽是描绘斯诺夸密瀑的壮景，但读者分明又能够读到李白笔下的庐山瀑布。"循路标指示而达瀑布所在地，纵目而观不见瀑布，仅见路左一片公园，绿草如茵，莳花甚多。拾级而上，逶迤而行，到了终点看见有亭翼然，亭中有碑，站在亭中正好面对着飞瀑。这瀑布并不特别雄伟，没有喧呼之声，荡涤峰崖之态，只是自高注下，如曳素练。……李白咏庐山瀑布有句：'挂流三百丈，喷壑数十里'，语虽夸张，未尝不可移作这个瀑布的写照。"《蛤王》、《西雅图的海鲜》等亦是如此。

第四，追怀散文。梁实秋创作了大量的回忆往昔岁月和故旧亲朋的散文。如《清华八年》、《槐园梦忆》、《谈徐志摩》、《记梁任公先生的一次演讲》、《谈闻一多》等。这些散文大都写得生动感人，追忆往昔的岁月，往往能够把当时令自己最难忘的情景和人物描绘出来，如见其人，如闻其声，读来令人怡神忘倦。回忆在自己生命历程中的亲密伴侣或同伴友好时，又能够抓住他们的精神特征，并能够予以生动呈现，给人留下极为深刻的印象。《记梁任公先生的一次演讲》中写梁启超的外貌，可谓传神："我记得清清楚楚，在一个风和日丽的下午，高等科楼上大教堂里坐满了听众，随后走了一位短小精悍秃头顶宽下巴的人物，穿着肥大的长袍，步履稳健，风神潇洒，左右顾盼，光芒四射，这就是梁任公先生。""先生博闻强记，在笔写的讲稿之外，随时引证许多作品，大部分他都能背诵得出。有时候，他背诵到酣畅处，忽然记不起下文，他便用手指敲打他的秃头，敲几下之后，记忆力便又恢复畅通。他敲头的时候，我们屏息以待，他记起来的时候，我们也跟着他欢喜。""先生的讲演，到紧张处，便成为表演。他真是手之舞足之蹈，有时掩面，有时顿足，有时狂笑，有时叹息。听他讲到他最喜爱的'桃花扇'，讲到'高皇帝，在九天，不管……'那一段，他悲从衷来，竟痛哭流涕而不能自己。他掏出手巾拭泪，听讲的人不知有几多也泪下沾巾了！又听他讲杜氏讲到'剑外忽传收蓟北，初闻涕泪满衣裳……'，先生又真是于涕泗交流之中张口大笑了。"

第五，文化散文。梁实秋曾经写过一系列的谈吃的散文。即《雅舍谈吃》，虽然是所谓的"谈吃"，实际上谈的却是文化，当然不是大家所熟悉的所谓泛称"食文化"，而是由"真文化"构成。文中介绍的每道菜，几乎都与中国传统文化相关联。如《西施舌》、《火腿》、《狮子头》、《两做鱼》等。如《火腿》中说："我在上海时，每经大马路，辄至天福市得熟火腿四角钱，店员以利刃切成薄片，瘦肉鲜明似火，肥肉依稀透明，佐酒下饭为无上妙品。至今思之犹有余香。"仅仅是火腿，作者就比较了大陆金华、重庆、云南火腿的差异。文化的乡愁，蕴蓄其间。

自进入 20 世纪以来，中国民众一直面对着启蒙和救亡两大时代任务，现实的斗争和民族的劫难，都无法使人们用一颗平静的心来感受生活和人生，更难得从从容容地体味生命的诗意与精彩。生性平淡、信奉儒家温柔敦厚诗教观和新人文主义的梁实秋，希望人们通过阅读他的小品散文而达到人生的真善美的臻境。梁实秋的小品散文对生活的诗化和人性的优雅，助益良多。这应该是今天解读梁实秋小品散文的重大意义之所在。

第八节 《阿诗玛》与少数民族文学

建国后至"文革"前十七年文学中，以少数民族文化和生活为表现题材的创作出现了一个热潮：各少数民族作家开始用手中的笔来表现本民族的生活和文化，像蒙古族作家玛拉沁夫创作的《科尔沁草原的人们》以及彝族作家李乔创作的《欢笑的金沙江》等。少数民族的诗歌也得到发掘与整理，如撒尼族（彝族一支）的长诗《阿诗玛》，藏族的史诗《格萨尔王》，被称为蒙古族史前史诗的《江格尔》、民间史诗《英雄格斯尔可汗》、《嘎达梅林》被文艺工作者发掘整理并出版。这些作品的出现多与党和国家特殊的民族政策的实施有关，客观上，极大地促进了边地少数民族文化的发掘整理与保护传承。

据李广田说，整理本《阿诗玛》至少有四个版本，"《阿诗玛》的整理本，除曾经在几种报刊上发表外，先后共出版了四种版本"，它们分别是，"1954 年 7 月云南人民出版社的版本"、"1954 年 12 月中国青年出版社的版本"、"1955 年 3 月人民文学出版社的版本"和"1956 年 10 月中国少年儿童出版社的版本"[1]。《阿诗玛》的成书，凝聚着众多文艺工作者的心血和汗水。"1953 年 5 月，云南省人民文工团组织了包括文学、音乐、舞蹈和资料等人员的圭山工作组，开始深入到撒尼族（彝族支系）聚居的路南县圭山区进行发掘工作。他们和群众打成一片，虚心向群众学习，搜集到《阿诗玛》材料共二十份，其他民间故事三十八个，民歌三百多首，同时，对撒尼族的政治、经济、文化生活、风俗习惯、婚姻制度、民族性格等方面也进行了调查。经过分析讨论，综合整理和反复修改等工作阶段，历时半年，才写成了《阿

---

① 李广田：《〈阿诗玛〉序》，《阿诗玛》，北京：人民文学出版社 1960 年版，第 1 页。

诗玛》的定稿。"① 但这个"整理本"在研究者看来存在着诸多问题,"在原整理本的基础上,反复体味各种异文,参考原整理本出版后各方面提出的批评意见,对原整理本作了某些修改"② 之后最终定型,即人民文学出版社 1960 年版的《阿诗玛》。

《阿诗玛》是撒尼族的叙事长诗,诗歌讲述了撒尼族美丽而又心灵手巧的少女阿诗玛,反抗财主热布巴拉家抢亲而遭到罪恶诅咒,最后化为回声的故事。诗歌反映了撒尼族劳动人民勇敢勤劳、重义轻利的美好思想和高尚情操。

勤劳善良的撒尼族的格路日明夫妻来到阿着底,他们绕过树丛穿过水塘,就在阿着底安了家。他们的生活幸福安康,"花开蜜蜂来,蜜蜂嗡嗡叫,忙着把蜜采"。夫妻二人育有一双儿女,儿子阿黑,身强力壮,女儿阿诗玛,美丽动人。"院子里的松树直挺挺,生下儿子象青松;场子里的桂花放清香,生下姑娘象花一样。"

在阿着底的下边,住着黑心的财主热布巴拉一家,"这家人没有良心,蚂蚁都不敢进他的门"。"热布巴拉家,有势有钱财,就是花开蜂不来,就是有蜜蜂不采。"热布巴拉有个儿子叫阿支,长得尖嘴猴腮,相貌丑陋身材矮小。"生下个儿子长不大,他叫阿支,阿支就是他,他像猴子,猴子更像他。"

阿诗玛在慢慢长大,六七岁帮助妈妈绕麻线,八九岁挖苦菜。10 岁能割草,12 岁会担水做饭。14 岁帮家里放羊。少女时期的阿诗玛心灵手巧清秀俊美,"你绣出的花,鲜艳赛山茶;你赶的羊群,白得像秋天的浮云"。"千万朵山茶,你是最美的一朵。千万个撒尼姑娘,你是最好的一个。"阿诗玛 15 岁会织麻,16 岁跟随哥哥一起去劳动。17 岁已经出落得花儿一样。"绣花包头头上戴,美丽的姑娘惹人爱;绣花围腰亮闪闪,人人看她花了眼。"

阿诗玛进入年轻人一块居住的"公房",她的歌声吸引了无数撒尼小伙子,她的心灵手巧,令同伴们佩服得五体投地。"谁把小伙子招进公房?阿诗玛的歌声最响亮。谁教小伴织麻缝衣裳?阿诗玛的手艺最高强。"

美丽动人的阿诗玛受到了青年小伙子的热爱与追求,"阿着底地方的青年,都偷偷地把她恋,没事每天找她三遍,有事每天找她九遍"。但情窦初开的阿诗玛对

---

① 李广田:《〈阿诗玛〉序》,《阿诗玛》,北京:人民文学出版社 1960 年版,第 1—2 页。

② 李广田:《〈阿诗玛〉序》,《阿诗玛》,北京:人民文学出版社 1960 年版,第 14 页。

心上人有着自己的要求，首先要求小伙子心地要善良，为人要正直，"他的心和直树一样直，直心的人儿我才喜欢"。同时，他不仅要热爱劳动，还应该是劳动能手。"春夏来播种，秋冬来收获，会盘田的人我才中意。"再者，阿诗玛还希望小伙子多才多艺，"跳起舞来笑脸开，笛子一吹百鸟来，这样的人我喜欢，这样的人我疼爱"。

父母不干涉阿诗玛的婚恋，愿让阿诗玛自由恋爱。石竹花一样芬芳的阿诗玛、心灵手巧的阿诗玛被财主热布巴拉家看中，"要娶就娶阿诗玛，娶到阿诗玛才甘心！"他们对媒人海热许以优厚条件，只要大媒说成，定有丰厚的报酬。"麻蛇给了你舌头，八哥给了你嘴巴。""只要你给我儿讨来阿诗玛，我的谢礼大，金子随你抓，粮食随你拿，山羊绵羊随你拉。"海热来到阿诗玛家向她的父母格路日明提亲。夸耀热布巴拉家财大气粗，将来阿诗玛如果嫁过去的话，尽享荣华富贵。"阿着底下边，热布巴拉家，银子搭屋架，金子做砖瓦。左门雕金龙，右门镶银凤，粮食堆满仓，老鼠有九斤重。"放牛归来的阿诗玛，回家见到媒人之后说，坚决不嫁热布巴拉家。"不嫁就是不嫁，九十九个不嫁，有本事来娶！有本事来拉！"

说媒不成，热布巴拉誓不罢休，趁着阿黑到远方放牧，他们乘机抢走了阿诗玛。家人及众乡亲，急切盼望强壮威猛的阿黑回来营救妹妹阿诗玛。在远方放牧的阿黑半夜做了个怪梦，"梦到家中院子被水淹，大麻蛇盘在堂屋前"。梦境谕示着家中可能出了大事，他决定立刻返归家乡。阿黑回到家中得知妹妹被抢，义愤填膺，怒发冲冠。带上弓箭骑上马，去追赶并营救阿诗玛。

在抢了阿诗玛返回热布巴拉家的途中，海热喋喋不休地向阿诗玛盛赞热布巴拉家金银堆成山，财货充足富比王侯，但阿诗玛不仅不为所动，而且还出语讥讽。阿诗玛不从，被关入热布巴拉家的黑牢之中。

阿黑日夜兼程跋山涉水历尽艰辛，终于来到热布巴拉家，他要求黑心的财主放人，但热布巴拉父子提出要与他比赛。在对歌比赛中阿支失败，热布巴拉又提议比赛砍树接树，但父子二人同样成为阿黑的手下败将。在撒种比赛中，米种被斑鸠吃掉三颗，阿黑在老人的指引下，打下了斑鸠获得了遗失的三颗细米。三次比赛，热布巴拉父子都未能占得上风。

他们不甘心失败，热布巴拉父子比不过阿黑，决定使用阴谋诡计，口头答应要放他兄妹俩走，夜里决定放虎吃掉阿黑。在黑牢中的阿诗玛听到了这个阴险的计划，用歌声告诉了阿黑。阿黑早有准备，等待三只老虎冲上楼，他嗖嗖三枝箭射过去，老虎立刻倒地毙命。他把其中一只虎的虎皮剥下，套在身上，佯装睡着。早上热布巴拉一家误以为他已被老虎吃掉，正当他们自以为得计之时，阿黑却将三只死虎扔下楼来。

热布巴拉虽然诡计未成，但依然不放阿诗玛。阿黑大怒，连射三枝金箭，第一枝箭射在热布巴拉大门上，箭射入较深，热布巴拉家人拔不出。他们欺骗阿诗玛，只要她能拔出金箭，就放她走，归心似箭的阿诗玛，信以为真帮他们拔出了金箭。虽然阿诗玛拔出了金箭，但热布巴拉家又出尔反尔；阿黑又射出第二枝箭，金箭射在堂屋柱子上，热布巴拉家人同样拔不出金箭，他们故伎重施；第三枝箭射在堂屋供桌上，整个院子都震动起来。热布巴拉家惊慌失措无比恐惧，他们同样拔不出阿黑射出的金箭，第三次哀求阿诗玛，急于逃出樊笼的阿诗玛再次帮助了恶人。"阿诗玛喊着哥哥的名字，拔箭就象摘下花一朵，热布巴拉把大门打开，阿诗玛就见到了哥哥。"

热布巴拉不甘心失败，祷告崖神想办法。他们希望兄妹二人经过十二崖子脚时，崖神发大水，阻断兄妹二人的去路。在回家的途中，阿黑说："哥哥象一顶帽子，保护妹妹，盖在妹头上。"阿诗玛说："妹妹象一朵菌子，生在哥哥大树旁。"但情况越来越危急，"满天起黑云，雷声震天裂，急风催骤雨，大雨向下泼"。"走到十二崖子脚，小河顷刻变大河，不尽洪水滚滚来，兄妹二人不能过。"兄妹两人决定互相搀扶着过河，"兄妹两人啊，不管小河还是大河，不管水浅还是水深，都要一起过"。但不幸发生了，热布巴拉罪恶的祷告灵验了，阿诗玛被洪水所吞噬。"洪水滚滚来，河上起大波，可爱的阿诗玛，卷进了大漩涡。"阿诗玛变作了永久的回声，"十二崖子上，站着一个好姑娘，她是天空一朵花，她是可爱的阿诗玛"。

阿诗玛在撒尼族人们心中化作了神一样的姑娘，"可爱的阿诗玛呵，耳环亮堂堂，银镯戴手上，眼睛放亮光"。阿诗玛告诉亲人和伙伴不要悲伤，她永远都会和他们在一起，"勇敢的阿黑哥呵，天造老石崖，石崖四角方，这里就是我的住房"。"日灭我不灭，云散我不歇，我的灵魂永不散，我的声音永不灭。"亲人和伙伴向着山崖呼唤阿诗玛，对面石崖上，也传来同样的声音："阿诗玛，阿诗玛！"阿诗玛的回声遍山林。

《阿诗玛》赞扬了撒尼族人民勤劳勇敢、热爱自由、反抗强权、重义轻利的精神。同时，《阿诗玛》整理过程中尽量保留原始撒尼长诗的语言与叙事特点，在一定程度上有利于保存撒尼族原生态文化形式及其文化精神。如年轻人从12岁起到结婚前要到"公房"中集中居住的习俗；结婚时男家要送给新娘父亲一瓶酒、送新娘母亲一蒲箩饭、送新娘哥哥一头牛、送新娘嫂嫂一束麻的规矩等；新婚夫妇，第一个春节携带猪头、猪脚、甜米酒、帽子、衣裳、鞋子到媒人家酬谢的风俗。最为重要的是，诗歌中表现了反抗压迫、自由自在的民间精神。

《阿诗玛》塑造了阿诗玛和阿黑两个生动的文学形象。阿诗玛是美丽善良、热爱自由、意志坚定，不为金钱财货所动的撒尼族少女形象。无论媒人海热如何巧舌如簧，无论热布巴拉家金银堆成山，牛羊成群，只要不是自己所要的，绝不向他们妥协。哪怕被关入黑牢，也绝不屈服。阿黑同样是一个坚定的抗争者。他是撒尼族小伙子中的佼佼者，劳动技能高超，"撒尼小伙子阿黑最好"。他不仅强壮勇敢有力，箭术超群，而且有着宁折不弯的性格。"他像高山上的青松，断得弯不得。"他面对财大气粗的热布巴拉家，毫不畏惧，英勇地向他们发起挑战。他射杀凶恶的老虎，最终将阿诗玛营救出龙潭虎穴。

长诗叙事线索比较清晰，全诗由十三节组成（一、应该怎样唱呀；二、在阿着底地方；三、天空闪出一朵花；四、成长；五、说媒；六、抢亲；七、盼望；八、哥哥阿黑回来了；九、马铃响来玉鸟叫；十、比赛；十一、打虎；十二、射箭；十三、回声），叙述有条不紊，前后连贯，符合普通劳动人民的审美期待和要求。长诗使用复沓、烘托等传统诗歌的表现技法，读来亲切自然。

藏族的民族英雄史《格萨尔王》被称作"亚洲的《伊利亚特》"，它是一部含纳藏族民间神话传说、宗教故事、诗歌、谚语的民族史诗。《格萨尔王》是一部百科全书式的史诗，它反映了古代藏族人民的经济生活、生产劳动、意识形态、理想愿望、道德风尚、宗教信仰、风俗习惯等社会生活的各个方面，具有丰厚的文化底蕴。不仅如此，《格萨尔王》在艺术上亦取得了卓越的成就：首先，塑造了生动感人的人物形象，其中史诗着力歌颂了英雄格萨尔，他是一位半人半神的"雄狮大王"的形象。既是天神之子，相貌超群，神通广大，智慧博识，威猛雄壮，拥有超人的能力，降妖伏魔；又是人间的豪杰，高瞻远瞩富于帝王气质，同时又能够舍己为人，抑强扶弱，造福民众，而且具有爱国爱民的美好品质，在人民心中拥有崇高的威望。其他正面形象亦各有千秋，或突出其勇猛刚烈、或表现其机智仁厚、或强调智勇兼备，决不雷同。史诗对女性的描写同样非常精彩。其次，《格萨尔王》结构宏伟，卷帙浩繁，气势磅礴，是世界上最长的一部英雄史诗。①

《江格尔》、《格斯尔》和《蒙古秘史》，被誉为"蒙古族古典文学宝库中三颗灿烂的明珠"。②主要流行于阿尔泰山区和额尔奇斯河流域蒙古族聚居区的《江格尔》（色道尔吉译），被称为蒙古族的史前史诗。史诗的结构虽然比较庞大，但内容相对比较单一："《江格尔》的整个内容虽然庞大而众多，但其基础却很单纯，甚至单纯得就像孩子从老祖母口中听来的故事一样，梗概简单，用一句话就可以概括起来：为保卫和发展宝木巴的繁荣富强而战，死而无怨。"③江格尔是史诗中极力赞颂的主人公，歌颂了他为保卫蒙古族人的理想国，誓死抗争的勇气和精神。《英雄格斯尔可汗》（由艺人琶杰说唱，其木德道尔吉整理，安柯钦夫翻译）"在广阔的社会背景上描写了古代历史、神话传说、宗教信仰、民情风俗，生动地反映了人民的理想，征服大自然的英雄气概，铲除邪恶势力的艰苦斗争，抵御侵略的激烈悲壮的正义战争。同时，歌颂了纯真的爱情，牧人的辛勤劳动，爱国将士宁死不屈的精神，鞭挞和谴责了包括天上人间一切黑暗势力的虚伪、丑陋和凶恶的本质"。④史诗以格斯尔为主要人物形象，"格斯尔是人民理想与愿望的化身，他具备真善美的崇高品德，机智勇敢、武艺超群，是英明的圣主，骁勇的统帅，冲锋的战士，忠诚的丈夫，为了解除人间的痛苦，消灭妖魔鬼怪，驱逐仇敌，保卫部落，历尽千辛万苦，克服难以想象的困难，表现了勇往直前的英雄本色"。⑤与《江格尔》、《英雄格斯尔可汗》相比，叙事长诗《嘎达梅林》（陈清漳、赛西芒·牧林整理）的故事原型在蒙古族民间社会流传的时间并不长，全诗"生动而具体地反

---

① 参考降边嘉措、吴伟编著：《〈格萨尔王全传〉前言》，北京：宝文堂书店出版社 1987 年版，第1—9 页。

② 安柯钦夫：《〈英雄格斯尔可汗〉译后记》，北京：人民文学出版社 1981 年版，第 376 页。

③ 刘岚山：《论〈江格尔〉》，《江格尔》，北京：人民文学出版社 1983 年版，第 9 页。

④ 安柯钦夫：《〈英雄格斯尔可汗〉译后记》，北京：人民文学出版社 1981 年版，第 378 页。

⑤ 安柯钦夫：《〈英雄格斯尔可汗〉译后记》，北京：人民文学出版社 1981 年版，第 378 页。

映了内蒙古人民反对封建王公统治，反对军阀掠夺，谋求解放的强烈愿望和斗争精神"。① 它主要是描绘和刻画了一位富有爱国主义思想和正义感的蒙古英雄嘎达梅林。他原本是掌管蒙古贵族王公旗兵的军事官员，但他同情民众的疾苦，当达尔汗王与反动军阀互相勾结、狼狈为奸、欺压人民时，他奋起进行抗争。

中国少数民族的文学创作，是现代中国文学创作的重要构成部分，也是现代中国文学版图不可或缺的组成部分。

---

① 陈清漳：《关于〈嘎达梅林〉及其整理》，《嘎达梅林》，上海：上海文艺出版社 1979 年版，第162 页。

第十章　消费文化渗染的文学形态

第一节　消费文化与现代中国文学

从 1927 年起，各地的文人好像在一种神秘力量的驱使下，不约而同离开他们原来的寄身之地奔向上海，其中五四新文化运动发祥地——北京的文人大规模南下尤其引人注目。"1928 年文化人向上海的迁徙造成了中国现代思想文化一次历史性的大转移。它不仅引起了文化中心的南移，而且导致了中国现代思想文化性质的根本变化。这是一次文化的转移。"[①] 当然，这些文人的迁徙不是盲目的，也不是漫无目的的，他们千里迢迢来到上海是为了在这个动乱的时代寻找一块栖身之地，是为了寻找政治上或经济上的庇护。随着北京作家的南迁，北新书局、《现代评论》和《语丝》杂志等新文化的机构也跟着迁到了上海。于是，上海这个工商业不断发展的国际性大都市、经济中心、金融中心，也逐渐成了全国的文化中心和新文学发展的重镇。

1930—1940 年代，随着西方殖民势力进一步入侵和民族资本主义的继续发展，东南沿海一带的社会经济结构逐渐为现代化的大生产、商业所代替。这种社会发展趋势必然带来现代中国文学格局的调整和变化，其重要的文化表征就是现代消

[①]　杨匡汉主编：《二十世纪中国文学经验》（下），上海：东方出版中心 2006 年版，第 556—557 页。

费文化环境的逐渐形成与不断发展。而这集中体现在国际性大都市上海。此前上海外滩的改造，工商业和贸易经济的日益世界化与现代化，逐渐辐射到以南京路为代表的百货业、房地产业和餐饮服务业，以及大光明电影院和百乐门舞厅等娱乐场所，再带动四马路口现代书报业、印刷业和出版业的发达。这种由现代商业作为强大支柱而形成的消费文化环境，此时已经越发鲜明地呈现在世人面前，上海已经成为一个高度商业化的大都市，无论物质生产还是精神生产都不可避免地带有商品属性。当时中国社会特别是上海已经具有了明显的消费主义趋向和消费主义文化特征，消费文化作为一种消费时代特色的意识形态，在很大程度上取得了对社会生活领域的掌控权。在消费文化语境下，消费的目的不只是为了满足日常生活的实际需要，而是不断地制造欲望、刺激欲望，并在欲望日益膨胀的情况下追求欲望的满足，欲望及其满足成为现代社会包括普通大众的价值系统和生活方式。在消费文化语境下，不仅物质产品的生产受到消费主义原则的制约，而且文化产品的生产和传播也要受到消费法则的支配。随着商品经济的发展和市场的繁荣，现代传播媒介包括报纸杂志等也日益具有了消费主义文化的符号化特征。现代传媒注重大众的消费需要，对消遣、娱乐、休闲等生活内容及其消费形式进行刊载渲染，社会各阶层特别是市民阶层也日益关注现代传媒所刊载的内容。文学是面向大众的，没有受众的文学，其生命力可想而知。随着晚清民初社会转型和现代传媒的出现，作家也逐渐成为一种独立的职业。现代印刷技术和报刊业的发达，使现代中国文学也打上了商品属性的烙印，作家的作品也就成为了最终要进入社会流通领域的精神产品。这种消费文化语境及其消费主义文化特征必然对活跃于上海的各个文学派别和各种文学思潮产生深刻的影响。

1930年代的上海基本上形成了无产阶级文学运动及其文学，和民主主义、自由主义作家的文学运动及其文学，以及国民党的民族主义文学运动及其文学并存的面貌，全国文坛呈现出左翼、京派、海派三大主力文学思潮流派竞荣共存的格局。他们依靠报纸杂志等现代传媒宣传和实践着自己的理论与创作，坚守着自己的园地，为了争夺文艺阵地和文化领导权而展开激烈争鸣和斗争。

左翼文学运动在上海这个消费文化环境下，意识到了图书出版和读者市场的重要性，要掌握文艺阵地和夺取文化领导权，必须借助现代传媒手段争夺广泛的大众读者市场。我们知道，报纸与杂志是在中国逐渐走上现代化之路，伴随着中国现代启蒙运动而发生、发展的。作为现代传媒，它们在政权体制之外形成了新的言论空间和舆论阵地，成为社会有机体的重要组成部分。以《新青年》、《每周评论》、《语丝》、《现代评论》等为代表的五四时期"同人刊物"现象，是现代新型知识分子崛起和启蒙话语生成与扩展的显著标志。在消费文化环境下，报纸和杂志必须与大众结合以适应消费文化需要才可拥有广阔的市场前景。左联成立后，拥有一批自己的发表园地，包括左联成立以前的《创造月刊》、《文化批判》、《太阳月刊》和成立前后的《拓荒者》、《萌芽月刊》、《十字街头》、《北斗》、《文学月报》、《光明》等刊物，以及秘密发行的《文学导报》（创刊号名《前哨》），另外接办和改组了《大众文艺》、《现代小说》和《文艺新闻》等期刊，舆论声势浩大。左联在国内一些城市建立小组，在日本东京设有分盟，北平有相对独立的"北方左翼作家联盟"与上海左联遥相呼应，大批追求革命的进步文学青年团结在左联的旗帜下。同时，左联作为国际革命作家联盟的一个支部，与国际无产阶级文学运动保持一致，带有世界化的色彩。为了纠正五四文学革命以来的"欧化"倾向和革命文学创作中存在的某些"左"的倾向，缩短文学与大众读者的距离，左联成立了文艺大众化研究会。1931年11月在题为《中国无产阶级革命文学的新任务》的左联执委会决议中，明确规定"文学的大众化"是建设无产阶级革命文学的"第一个重大的问题"，积极开展和推动文艺大众化运动。1930年代，左翼文学与新月派理论家梁实秋的"人性论"、"天才论"展开了争论，与自由主义作家林语堂的"性灵文学"发生过论争，与京派作家也有过争辩。这些论争的发生显示了消费文化语境下百家争鸣的应有之义，左翼文学不仅稳固了自己的阵地，而且牢牢掌握了话语权和文化领导权，同时也认识到自己理论和创作上的偏颇甚至偏见。这些论争是有利于文化生态平衡的。

有意思的是，新文学阵营此时也发生了分化，那就是创造社的大将张资平和"创造社小伙计"叶灵凤操新文学体而向市民读者倾斜，他们带头"下海"，以新文学作家的身份从事新的通俗小说创作。这时的"鸳鸯蝴蝶—礼拜六派"文学由于表意系统的陈旧，又不积极借鉴汲取新文学的艺术技法，他们无法在新文学格局中找到自己合适的位置和书写的空间，更难以真正地融入现代城市的叙述体系和表意空间。因此，这个时期的海派媒体出现了改革。一方面守住老海派的阵地，对"鸳鸯蝴蝶—礼拜六派"文学只做些细枝末节的修改，改头换面，却换汤不换药，依然重弹"卅六鸳鸯同命鸟，一双蝴蝶可怜虫"的老调子；另一方面新海派另立门户，一批留洋回来或在城市长大且深受西方现代主义思潮影响的年轻作家，从张资平、叶灵凤到滕固、邵洵美、章克标，再到刘呐鸥、穆时英、施蛰存。他们关注都市风景及都市男女的世俗生活，将都市作为审美本体加以审美观照，受市民审美趣味的牵动，自觉地与当时政治性、社会性强烈的主流文学拉开距离，使新文学创作走向世俗化和商业化，建构着另一种都市文学；他们创办杂志、热衷出版，将夜总会、赛马场、电影院、大旅馆、豪华别墅、海滨浴场、特快列车、咖啡厅、小轿车等都市意象纷纷摄入审美视野；将舞女、姨太太、少爷、水手、资本家、投机商、公司职员和各类市民以及劳工、流氓无产者等奔波生存于都市的人物作为创作对象。在快速的节奏中表现半殖民地都市和十里洋场的畸形病态生活，善于揭示都市男女的两性心理，长于开掘人物的潜意识和心理分析，刻意捕捉那些新奇的主观感觉印象，不断实现小说形式技巧的花样翻新。新海派小说特别是新感觉派小说呈现出消费文化语境下先锋意识和通俗意识兼具的崭新面貌，将都市的大众娱乐消闲叙事推到一个更文学化的层级。特别是到了抗战期间沦陷区，张爱玲、苏青、梅娘等于雅俗间走穴的都市女作家以及被誉为"后浪漫派"的先锋、通俗两栖作家徐訏和无名氏那里，都市通俗叙事和先锋浪漫传奇更是将都市大众读者推向雅化的审美品级。

1941年12月太平洋战争爆发，"孤岛"沦陷，上海沦陷区文坛一度陷入沉寂。沦陷区作家处于不自由状态，只能在夹缝中艰难挣扎，坚守着文学阵地，各派文学力量开始重新聚合并调整方向。一些抗日爱国作家如郑振铎等被迫转入地下，于沉默中枕戈待旦；另一些爱国作家如钱杏邨、于伶、徐訏等出走到大后方或新四军苏北抗日根据地；一些曾经抗争过的作家如张资平、章克标、文载道等转向与日伪合流；更多被迫滞留上海的作家则借助通俗化和商业化的文艺渠道继续坚持新文学运动。至少从1942年下半年起，文学活动开始恢复，上海沦陷区有50余种文学刊物相继开办，以这些刊物为中心，集结了三个作家群：一是以《万象》、《春秋文艺丛刊》为阵地集合了王统照、李健吾、师陀、唐弢等一大批作家，创作上承继 1930 年代左翼文学的传统，多以隐晦曲折的形式表达深沉的民族忧患意识和爱国情怀，艺术上真实、深厚、精致；二是围绕着复刊的鸳鸯蝴蝶派主办的《紫罗兰》和《小说月报》、《春秋》、《大众》等刊物形成的作家群，包括周瘦鹃、徐卓呆、程小青、孙了红等老作家和汤雪华、程育真等文坛新秀，他们的创作以通俗文学为主，艺术上新旧兼具、异彩纷呈；三是以《古今》、《风雨谈》、《天地》等散文刊物为核心形成的作家群，该群体政治思想倾向最为错综复杂，文体意识最分明，有附庸风雅的汉奸文人，也推出了苏青那样优秀的作家，一些为日伪服务的刊物如 1938 年创刊的《杂志》等也有国共阵营文化人的暗中渗透。在戏剧领域，留守的戏剧界人士也改变了创作策略，他们在消费文化环境下运用上海比较成熟的商业运作模式，使上海沦陷区剧坛出现了剧作、演出和评论三足并进的文学景观。其中周贻白、吴天等的都市现代剧，孔另境、魏于潜等的历史剧，李健吾、师陀、顾仲彝等的改编剧，杨绛、鲁思等的喜剧，都是在殖民统治期间于商业消费环境中出现的杰作。

报刊杂志等现代传媒的产生和发展，不仅开拓了文学的消费市场，而且也加速了文学生产的可能性。1930—1940 年代文学媒体的发展日盛，形成了一个相当可观的文学消费市场。文学消费市场加剧了文学的世俗化倾向，使作家为了迎合读者的消费趣味而不断地面向市场，为了利润而不断粗制滥造，许多文学报刊杂志的性质逐渐从同人性转变为商业性，读者自然也就成了杂志的中心。于是，文学的雅俗合流现象，在此期间的报刊杂志上显得日益突出。以《语丝》为例，1924 年《语丝》在北京创刊时，是典型的同人刊物，作者主要是大学教授，不需支付稿费，最初还要承担印刷费。但自 1927 年底迁到上海后，《语丝》的商业色彩越来越浓，乱登广告，逐渐实行商业化运作，于是商业价值成了决定刊物命运的决定性因素。再如，《良友》杂志的编者把"迎合读者的心理"[①] 作为重要的编辑方针，并把"软性趣味"作为杂志的标准。[②] 还有，1930 年代上海左翼文学的《北斗》、新感觉派的《现代》都是一副洋派十足的先锋模样，到了抗战后发生了新变，

① 梁所得：《编辑漫谈》，《良友》，1926 年 9 月，第 8 期。
② 梁所得：《编辑室谈话》，《良友》，1931 年 6 月，第 65 期。

那就是通俗文学刊物多呈现出雅俗合璧的新状态。1938 年创刊到 1945 年停刊的《杂志》，执笔者由包天笑等老鸳鸯蝴蝶派作家和张爱玲、苏青、予且等新海派都市小说作家两部分构成。最具有代表性的是《万象》这个曾驰名于上海沦陷区并享誉全国的通俗文化月刊。起初该刊物由陈蝶衣执编，1941 年起头两年，顾明道、徐卓呆、张恨水等旧派通俗文学作家同胡山源、魏如晦（阿英）、李健吾等新文学作家，都在上面发表过文章，中间予且、丁谛、施济美等人的名字也曾在该刊物上出现过。其中旧派作家占优势。1943 年 7 月，《万象》开始由新文学作家柯灵主编，程小青、孙了红等老侦探小说作家仍在，连载的长篇小说却是张爱玲的《连环套》、师陀的《荒野》、罗洪的《晨》等，此时新文学作家占了上风，同时也刊登张恨水的《胭脂泪》。可见，这个时期的通俗文学刊物为了适应消费市场的需求而不断调和新旧关系，努力追求自身的现代性、新文学化。在文化市场机制和读者消费心理的支配下，新文学和通俗文学不断地由对峙走向对话，呈现出雅俗合流的发展趋势。

20 世纪二三十年代京津地区的通俗文学刊物一直欠缺，刊登通俗小说的也只有《世界晚报》、《世界日报》、《益世报》的副刊，这些报纸杂志的副刊都与张恨水有很大关系。1930 年《啼笑因缘》在上海《新闻报》副刊《快活林》连载，使张恨水这个北方通俗文学大家一夜之间誉满全国。1930 年底天津《天风报》的创刊，是民国通俗小说史上的一件大事，它推出了两位通俗小说新作家，这两位新手的处女作发表后，都立即引起了广泛关注，都成为民国通俗小说大家，这就是刘云若的《春风回梦记》（1930）和还珠楼主的《蜀山剑侠传》（1932）。1939 年北京《三六九画报》创刊，这是一份娱乐性颇强的综合性杂志，因逢 3、6、9 日出版而得名，1945 年抗战胜利后停刊。接着《一四七画报》于 1946 年 1 月创刊，保留了《三六九画报》的风格，不过每逢 1、4、7 日出版才得名，该刊物到 1949 年以后停刊。这两份期刊坚持消遣、娱乐、休闲、大众的办刊方向，在京津地区盛行十余载，成为北派通俗文学作家最主要的阵地，刘云若、宫白羽和郑证因等每人发表小说不下 10 部。随着朱贞木、宫白羽、郑证因、徐春羽等相继崛起，再加上北京的社会言情小说作家张恨水、陈慎言，还有青岛的言情武侠小说作家王度庐，直到 1940 年代，以京津地区为中心形成了民国通俗文学史上的"北派"。

这些北方通俗小说作家的作品，显示了和南方通俗作家作品不同的特色。他们写的是中国式的通俗小说，不是西方式的新文艺小说，他们都有扎实的中国传统文化根底，却与五四新文学并无抵触情绪，相反，他们逐渐接触新文学并深受新文学的影响。由于北派通俗作家并不直接承续晚清小说的风格与情调，较少历史的负累，所以容易跟五四新文学沟通。北方的现代社会经济转型虽然没有以上海为中心的东南沿海一带快，但文学中的道德关注沉着稳健而不浮躁凌厉，世俗化、生活化比南方反而显得更加深入；而南方通俗文学一方面受到左翼文学的政治文化强势的挤压，另一方面"文人化"趣味浓重，越来越不适应由城市职员、店员和一部分青年学生构成的读者群体的阅读需要了。"北派的小说介入社会力避锋芒，表现出游刃有余的市民精神。对于妇女解放、男女婚恋、城市日常生活的现代演变，取改良的开明姿态。凡大大游离了普通市民价值观念的'西化'言行，则用传统道德为武器加以针砭。张恨水、刘云若衡量情谊的尺度正是如此。"① 张恨水和刘云若的崛起，标志着以平津为中心的北方通俗小说特别是社会言情小说创作开始走上大繁荣，这是 1930 年代北京、天津一带消费文化环境下通俗文学获得现代性的主要样本。"北派"把民国通俗小说推上了鼎盛局面，而南派的社会小说、言情小说进入低谷。李涵秋、毕倚虹已经去世，李定夷、叶小凤、严独鹤等相继停笔，包天笑这个创造力旺盛的通俗文学多面手此时也缺乏佳作。滑稽社会小说家徐卓呆的《甚为佳妙》，程瞻庐的《唐祝文周四杰传》，社会历史小说家张恂子、张恂九父子的《红羊豪侠传》、《神秘的上海》等，都产生了一定的社会影响，但终究无法力挽南方通俗文学发展的颓势。从此，随着通俗小说的创作中心由南方的上海转移到北方的平津，南方通俗小说创作日渐衰落，到了 1941 年秦瘦鸥的《秋海棠》问世后，才再次引起读者关注。

1949 年新中国成立后，高度的政治文化环境对消费文化形成一种强势挤压，通俗文学赖以产生的文化语境不复存在，再加上政治的、意识形态的和文学审美价值的等多种原因，以言情、武侠为代表的通俗文学创作在大陆几乎销声匿迹，

---

① 钱理群、温儒敏、吴福辉：《中国现代文学三十年》（修订本），北京：北京大学出版社 1998 年版，第 344—345 页。

直到 1970 年代末、1980 年代初才逐渐复苏。而在 1950—1970 年代的港台地区,通俗文学特别是言情小说、武侠小说的创作传统得以延续,而且比民国时期发展势头更猛,几乎占据了港台文学的主流地位。

通俗文学在港台的承传和继续发展,首先得益于港台地区社会的高度商业化。特别是香港,英属殖民地自由的文化氛围和商业气息浓厚的消费文化环境,恰恰构成了通俗文学得以发展壮大的基础。追求最大利润是商品社会的基本特征,投合市民读者的口味、获得广大的读者群是消费文化的价值诉求。言情、武侠等通俗文学具有较强的通俗性、娱乐性、消遣性,读者面广,市场需求量大,特别是在报纸上连载的经营策略有助于获得最大限度的利润,所以得到出版商的特别青睐。1954 年,由香港武术界太极派掌门和白鹤派掌门比武打擂事件,引发了陈文统以"梁羽生"为笔名在《新晚报》上开始连载他的武侠处女作《龙虎斗京华》。一年后金庸也在《新晚报》上开始连载他的第一部武侠小说《书剑恩仇录》,都一发而不可收,由此带动了港台武侠小说的发展和全面繁荣。这不仅体现了商家的利润动机,也充分说明作为消费文化表征之一的报刊连载现象的神奇魅力。

其次,港台通俗文学能在继承中求新求变求突破,与当代社会思潮紧密联系,适应了现代人多层次多角度全方位的精神需要和审美品位。言情、武侠都是中国普通大众所喜闻乐见的文学类型,如果停留在传统的思想观念和艺术规范上,势必没有更好的前途。五四以来,新文学的思想艺术已经深入人心,新文学的表现手法也逐渐为广大读者包括普通市民所接受。而港台从事通俗文学创作的作家,大都受过良好的传统教育,同时接受五四以来新文学的浸润以及外国现代派文学的影响。消费需要市场和消费主体,更需要符合消费主体兴趣和欲望的文化符号,这也就带动作家投合读者的兴趣和爱好,创作符合市场需要和读者需要的作品。于是,港台通俗文学作家利用言情、武侠等通俗文学类型这个"旧瓶"装上"新酒",在保持通俗文学消遣性、娱乐性、通俗性、趣味性等基本特征的前提下,在歌颂世代相传的侠义传统、人间真情、民族大义和爱国精神等传统主题的基础上,逐渐加深了对历史的现代反思、对人格独立和精神自由的价值诉求、对人性的深刻解剖。赋予作品以现代性的哲理蕴涵,使读者在愉快轻松的文化消费中获得现实的人生感受,乃至引发对于社会、历史、人生和人性严肃的深思。如金庸小说对人性、对历史文化意蕴的现代性开掘；梁羽生小说对民族斗争与融合、国家统一与分裂、人性善与恶等的现代思考；古龙小说的现代派气息；还有琼瑶小说在古典意蕴基础上对爱情的现代性观照，无不体现了港台通俗文学之"新"，这也是港台通俗文学作品深受不同经历、不同职业、不同年龄、不同审美品位和文化层次、不同地区的读者喜爱的奥秘所在。

再次，电影、电视等现代传媒的推波助澜和文学研究界的重视与研究，也极大地促进了港台通俗文学的繁荣发展。自20世纪六七十年代开始，港台武打言情的影视剧纷纷涌现。通俗文学作品借助现代传媒以影视剧的形式直观地呈现在读者与观众面前，且传播速度很快，有利于扩大作品的社会影响。但由于改编后的影视剧不能很好地把握原著的精髓，甚至为了赢得高票房率不惜加入低俗媚俗的内容，对青少年产生了消极影响，由此降低了小说的声誉和艺术价值。但是，港台地区的文学研究者对武侠言情等通俗文学的评论与研究，则纠正了人们对它的偏见，对于奠定以言情、武侠为代表的通俗文学的文学史地位具有积极作用。

从整体上看，消费文化对1930—1970年代的中国文学产生了广泛而深刻的影响。在消费文化语境下，现代中国文学不断调整自己的发展策略和整体格局，呈现出各种文学运动和各个思潮流派竞荣共存、杂糅相济的繁荣局面。一直以来存在的雅俗对峙的文学格局，在1930—1970年代的中国也发生了互动互渗、合流双赢的崭新变化。"在现代文化中，除了精英文化继续从各种俗文化中吸取有用之物外，又出现了相反的情况，这就是大众文化对精英文化的反向吸纳。大众文化不但在自己的轨迹上运行，而且也'侵入'过去属于雅文化的各个领域，并且粗暴地强制性地利用雅文化的各种材料、形式和主题，并将这些材料很快处理成流行的熟悉的和易于接受的东西。如果说雅文化对民间文化的吸纳是一个'陌生化'的过程的话，那么大众文化对雅文化材料的吸纳，则是从'陌生化'转向'流行化'或'通俗化'。……大众文化的这种改造，在另一方面也使原来局限于少数人的文化产品，变成大众可以消费的对象。"① 因此，消费文化语境的形成和发展，不仅不会扭曲文学的本质，更不会消解文学的魅力，反而会在新的形势下不断丰富现代

---

① 　周宪：《中国当代审美文化研究》，北京：北京大学出版社1997年版，第84—85页。

中国文学雅俗共存的现代性和民族性此消彼长的灿烂前景。

第二节　张资平与海派小说

　　1930 年代中国社会的大变革，以及由此引起的现代都市和传统农村两大生存空间的对立与渗透，使知识分子陷入传统农业文明和现代工业文明、东方文明和西方文明之间而无法选择和无地彷徨的矛盾与困惑。这种矛盾、困惑与犹疑、徘徊的生存和心理困境以不同的方式折射在文学与审美层次上，于是形成了该时期"京派"、"左翼"、"海派"三大文学思潮流派鼎足而立、对峙互渗的格局。与置身自由校园文化氛围之中醉心于博大精深的传统文化，反对文学政治化和商业化，追求文学和学术的自由独立品质，以文学的理想主义者辉耀于北方文坛的学者型京派文人不同；与投身无产阶级革命斗争要求文学为夺取政权服务，对传统封建农业文明、现代资本主义工业文明以及西方殖民主义展开猛烈批判，并自觉以现代产业工人代言人自居的左翼作家相异；海派作家则呈现出另一种风貌，他们跻身于殖民入侵背景下封建文明和资本主义文明杂糅扭曲交织而成的畸形病态的现代都市，既享受着现代都市文明，又不可避免地感染着都市"文明病"。这种对现代都市文明既留恋艳羡又充满了怀疑和幻灭感的矛盾心境，使他们依托文学市场，充满比较自觉的先锋意识，在思想艺术上更加接近西方的现代派艺术。从某种意义上讲，海派是 1930 年代以上海为中心的东南沿海城市工商业高度发展背景下，消费文化畸形繁荣的产物。

　　海派产生于近代海禁打开之后，从清末民初的狭邪小说，到黑幕小说、鸳鸯蝴蝶派小说，正是海派文学的初始，这些文学不具备现代质素，严格讲不能称为海派；只有具备前卫先锋性质、迎合读者市场、站在现代都市工业文明立场来看待中国的现实生活与文化、是新文学而非充满遗老遗少气味的旧文学这四个现代品格的文学，才堪称真正的海派，而这样品格的海派只能在 1920 年代末期以后发生。[①] 海派文学的出现是与现代中国商业社会关系最为密切的一种文化现象，特

---

① 吴福辉：《都市漩流中的海派小说》，长沙：湖南教育出版社 1995 年版，第 2—3 页。

别是自 1920 年代末期上海逐渐形成的现代商业社会，促成了消费文化语境的日益成熟和完善，文学创作特别是小说创作不断适应读者和读书市场，商业文明和消费文化不断进入审美视野，现代都市不断成为独立的审美对象，现代都市男女的世俗生活不断构成小说勾勒的独特风景。小说是市井的产物，与商业文化相伴生。海派近商，植根于现代市民社会及其消费文化语境。从 1930 年代的上海，可以管窥到中国现代消费文化语境形成的端倪。上海现代娱乐场所及其消费方式的出现、现代书报业和出版业的发达以及现代印刷工业的飞速发展给海派文学带来新的机遇。最初具有现代质素的海派小说是由逐渐向市民读者市场倾斜的新文学作家创作的，他们看到了鸳鸯蝴蝶派拥有读者市场实力的商业性传统的优势，并对此大胆突围。具有先锋性质的白话小说为了掌握广大的市民读者群体，开始向通俗层面回眸。在这种历史文化语境下，张资平这位创造社的大将和叶灵凤这个"创造社小伙计"带头"下海"，成为新海派作家。

　　从 1933 年至 1934 年，中国文坛曾发生过一场"京派"和"海派"的论争，这场论争就是由沈从文首先发动的，锋芒直指一批从事商业化写作的"海派"作家。沈从文在《文学者的态度》一文中指责了一些"海派"作家创作的商业化现象，——"玩票白相精神"，说他们是"在上海赋闲"，"赋闲则每礼拜必有三五次谈话会之类"，[①] 颇有奚落意味。于是，上海的苏汶发表《文人在上海》一文回敬了沈从文："有人以为所谓'上海气'也者，仅仅是'都市气'的别称，那么我相信，机械文化的迅速的传布，是不久就会把这种气息带到最讨厌它的人们所居留着的地方去的，正像海派的平剧直接或间接的影响着正统的平剧一样。"[②] 沈从文接着写了《论"海派"》、《关于海派》、《论穆时英》、《新文人与新文学》等文章，对海派文人痛加斥责，揭露"海派"的老底。在这场论争中，姑且不论孰对孰错，也不管他们是否如鲁迅所言"'京派'是官的帮闲，'海派'则是商的帮忙"，[③] 但从中可

---

① 沈从文：《文学者的态度》，《大公报·文艺副刊》，1933 年 10 月 18 日，第 9 期。

② 苏汶：《文人在上海》，《现代》，1933 年 12 月 1 日，第 4 卷第 2 期。

③ 鲁迅：《花边文学·"京派"与"海派"》，《鲁迅全集》第 5 卷，北京：人民文学出版社 2005 年版，第 453 页；又见鲁迅：《且介亭杂文二集·"京派"和"海派"》，《鲁迅全集》第 6 卷，北京：人民文学出版社 2005 年版，第 312 页。

以看出海派不同于京派的创作立场和发生语境。海派小说本身就是现代消费文化的一个元素，同时它又植根于大上海这个工商业繁荣的消费文化环境之中。

初期海派小说受市民审美趣味和期待视野的牵动，与政治性强烈的主流文学拉开了距离，迎合大众口味，表现市民的日常生活，可读性很强；现代都市成为海派小说独立的审美对象，并首次提出"都市男女"主题，性爱题材小说成为海派表现现代人性的试验场和归宿地，笔触虽深入新式饭店、赌场、舞厅等现代消费场所，但现代文明体验不足使小说显得颓废狂荡有余而人性揭示不足；艺术上重视小说形式的创新，借鉴汲取唯美主义和象征主义等西方现代派手法，尝试心理分析、象征、隐喻、意识流等手法以及各种叙事视角和表达方式的运用，使得海派作家与众不同，这也就给稍后以刘呐鸥、穆时英和施蛰存为代表的"新感觉派"——第二代海派的闪亮登场准备好了条件。

张资平曾是创造社的元老，他是典型地从新文学队伍中蜕化出来的新海派。沈从文指出："从民国十六年，中国新文学由北平转到上海以后，一个不可避免的变迁，是在出版业中，为新出版物起了一种商业的竞卖。"而这种"商业的竞卖"源于商业化写作，在他看来，张资平是始作俑者："张资平的作品，得到的'大众'，比鲁迅作品还多。然而使作品同海派文学混淆，使中国新芽初生的文学态度与倾向，皆由热诚的崇高的企望，转入低级的趣味的培养，影响到读者与作者，也便是这一个人。"沈从文所说的"海派文学"，是指"上海礼拜六派"。他认为礼拜六小说经过张资平"加以修正，却以稍稍不同的意义给了广大年青人"，揭示了二者的师承关系。① 由前期创造社大将到后来"下海"创作肉欲泛滥的媚俗作品而堕落为受人诟病的新海派作家，构成了张资平这颗曾闪耀于现代中国文坛的"彗星的行踪"。他的创作良莠不齐，外界对他的评价毁誉交加，但他在当时却拥有众多的读者，这就不得不引起人们对这颗"脱了轨道的星球"加以密切关注。②

张资平（1893—1959），出身于广东梅县一个没落的封建士大夫家庭。他曾留

① 沈从文：《论中国创作小说》，《沈从文文集》第 11 卷，广州：花城出版社 1984 年版，第 162—172 页。
② 1931 年，张资平创作了一部自传体小说《脱了轨道的星球》，并预告再写其续篇《彗星的行踪》，但后者没有成书。小说名字很形象地揭示了张资平的人生轨迹，蕴涵着无限况味。

学日本，在东京帝国大学攻读地质学，1921 年 6 月在东京与郭沫若、郁达夫、成仿吾等组织成立创造社。他一生创作了 24 部长篇小说，5 部不重复的短篇小说集。

以 1928 年为分界线，张资平的创作可以分为前后两个时期。前期的张资平还不能算是海派，这个时期的小说要么宣泄个人性的苦闷和受经济压迫的痛苦，要么热心于恋爱故事的营构特别是两性心理的刻画。大都有自叙传色彩，反映他的求学和恋爱生活，揭示知识分子在经济压迫下深陷困顿的悲惨遭遇。处女作《约檀河之水》（1920），写的是"他"与日本房东的女儿的恋爱悲剧；《冲积期的化石》（1922）以主人公韦鹤鸣的求学经历和恋爱生活为主线，揭示和鞭挞了辛亥革命前后教育界、政界与家庭制度的弊害，对贫苦学生的求学生活和现实遭遇深表同情，具有一定的民主倾向。《植树节》（1926）中的教员 V 因学校欠薪而没钱买米度日，也无法解救饥寒中的妻儿，贫病交加，饥寒交迫，最终只能坐以待毙。《兵荒》（1927）反映了大革命失败后给知识分子带来的苦难，批判了国民党倒行逆施的暴行，V 慷慨陈词，愤怒控诉国民党政要背信弃义、搜刮民脂民膏的丑恶行径。这些描写由于军阀混战、政局动荡造成知识分子穷困潦倒凄惨命运的小说，具有一定的社会意义和人道主义精神。

张资平作为五四新文学作家，以自叙传小说批判旧的家庭制度、旧的教育体制和旧的政治制度，使他颇有点先锋性，其实这也是五四作家共有的时代先锋色彩。仅从这些小说还找不出张资平遭到诟病或博得某些读者热烈喝彩的依据。1925 年张资平写成长篇小说《飞絮》之后，逐渐脱离了社会小说的轨道，实现了创作重点的转移，成为性爱小说的重要作家。1926 年又创作了《苔莉》，并自称可以超过《飞絮》。作为新文学作家，他前期的性爱小说在一定程度上反映了五四青年爱情自由、婚姻自主、追求个性解放的时代心声。婚姻观念不再以金钱、权势、门第等为准则，而是以爱情为标准，小说主人公甚至为了神圣的爱情而敢于反抗传统的封建礼教和家庭制度。《飞絮》中的刘教授反对自由恋爱，自作主张把女儿刘琇霞许配给洋博士吕广君，但刘琇霞热恋着文学青年吴梅，对这神圣的爱情永不能忘。婚姻与爱情的悖逆，使得苦情不断，悲剧迭生。小说写出了青年男女恋爱心理的细微变化，技巧娴熟，立意不俗。《苔莉》更善于刻画两性苦闷心理，女主人公苔莉在丈夫堕落、爱情无所寄托、婚姻名存实亡的现实情况下，与表弟谢克欧产生了恋情。谢克欧在神圣的爱情和不容玷污的声誉之间犹疑徘徊，陷入了感情和理智激烈冲突的心理困境。最后，他为了逃避没有爱情的婚姻，毅然与苔莉蹈海殉情。张资平的这些性爱小说通过爱情悲剧针砭了封建礼教的种种弊害，体现了鲜明的时代精神，往往视爱情高于名誉和声誉。但过多地从肉欲诠释人类的爱情，甚至把爱情等同于性欲的满足，从而使小说缺乏社会意义上的恋爱哲学意蕴。"推动张资平小说情节发展的不是一般社会生活的内在矛盾，而是种种形态的性心理，苦闷与无聊，挑拨与嫉妒，忘情与失恋，以及争风吃醋，婚爱不一致等等，从而形成三角、四角以致更多角的恋爱关系。他们既抛弃了传统礼教，也连同着抛弃一些传统美德……这种情形反复出现，把一切亲戚友朋关系淹没在性欲的污水之中了。"[1]张资平前期的性爱小说已经出现了游戏和消遣的媚俗倾向，他以性爱小说确立了自己的艺术特色，但这成功的背后又潜隐着走入歧途的危机。

1928 年创造社作家提倡革命文学创作，张资平也翻译了一些日本无产阶级文学理论著作和小说，开办了乐群书店，主办《乐群》月刊，并做出了"转换方向"的努力。一时间，张资平的创作不再纠缠于多角恋爱的构造，而增添了描写社会政治和人生的新气象。1928 年 6 月完成的《长途》，就是张资平比较严肃的一部长篇小说，小说中的爱情故事所占份量减少，加深了对社会人生的描写和对现实政治的关注，带有反帝反封建的色彩。但不久他的严肃的创作态度宣告终结，又重新回到了性爱小说的轨道。自乐群书店开办后，以此为契机，开始了创作的丰产期，以惊人的速度粗制滥造地"生产"长篇性爱小说，三四年间居然连续出版了 16 部长篇小说，被称为"三角多角恋爱小说家"，不断迎合读者市场，彻底走向了商业化写作。这时的张资平，俨然成为了一个海派作家。

《上帝的儿女们》（1931）是张资平用力最多的一部长篇小说，从 1922 年由《创造季刊》创刊号开始揭载，到 1931 年由上海光明书局出版，历时十年。教会学校的学生余约瑟时时垂涎女同学杜恩金，但杜恩金厌其鄙俗，钟情于寄居在自己家中的表兄文仲卿。而杜母也在追求文仲卿，与女儿争风吃醋，强行将女儿许配给余约瑟。余约瑟结婚后在 M 村做副牧师，信仰金钱至上，施展伎俩排挤恩师，做

---

① 杨义：《中国现代小说史》第 1 卷，北京：人民文学出版社 1986 年版，第 585 页。

了主任牧师。文仲卿留美获得博士学位回国做了教会学校高中部的主任，与杜恩金偷情。余约瑟开办屠牛公司，被人指控关闭后到南洋做了淘矿工人，加入了同盟会的华侨暗杀队。他的儿子余阿昺与姐姐余瑞英乱伦，善讨女人欢心。余阿昺考上了陆军学校，加入了革命党的战斗队，与当了炸弹队分队长的父亲重逢。黄花岗起义失败后，余阿昺逃往香港，见到了父亲余约瑟和已成起义烈士遗孀的姐姐。余阿昺觉得可以不要圣经了，但姐姐余瑞英坚持认为社会上的一切疑难问题还得靠圣经去解决。小说揭露了教会世界的腐朽邪恶、虚伪颓废，对孙中山领导的反清革命也有所肯定和赞扬，但这些"反教会"、"革命"的点缀佐料也掩饰不了因性心理和性行为的描摹而充斥于小说的肉欲气息。

《明珠与黑炭》（1931）描写了一个穷困不堪的知识分子为了给女儿买爽身粉，西借东求却告贷无门。为生活所迫，妻子不得不到一位旅长家当奶妈，不幸的是，把旅长小孩的疹子传染给了女儿，造成女儿因无钱治疗而死。这种题材即使不加多少艺术渲染，写出来也会感人至深。但小说却节外生枝，毫无节制地插叙了这个知识分子和妻子以及一个日本女人的浪漫史，致使小说的整个结构支离破碎。这说明张资平的性爱小说已经丧失了《飞絮》、《苔莉》中缠绵悱恻、蕴藉含蓄的心理描写，某些描写性行为的文字已经达到了不堪入目的地步。

在张资平的三角恋爱小说受到革命作家的批评之后，他不仅不思己过，反而以革命青年和左翼作家作为影射与暴露的对象，与最初的革命立场背道而驰。他早期小说尚充满揭露军阀和资本家罪恶、宣泄时代苦闷和愤懑的正义之音，而后期小说则越来越脱离生活实际而走向人民的对立面了。在《青春》（1929）中借人物心理描写发感慨、泄私愤，讽刺和谩骂革命文学家。《靡烂》（1930）描写一群大革命失败后混迹于上海文坛的革命青年以性欲和金钱欲支配整个生命的靡烂生活。1932年12月1日，张资平的长篇小说《时代与爱的歧路》在《申报·自由谈》上开始连载。小说描写了大学生林海泉与父亲的姨太太和朋友的妻子之间的三角恋爱，俗套滥调，旨趣庸俗。对革命文学团体和革命群众活动多有嘲讽，因此遭到读者抵制。1933年4月22日，《申报·自由谈》刊出编辑室启事说，登载《时代与爱的歧路》业已数月，时接读者来信表示倦意，为了尊重读者之意，决定停止连载。这就是现代文学史上有名的"腰斩张资平"事件。

抗战时期，张资平叛国附逆，堕落成为一个汉奸文人。尽管他竭尽全力为汪伪政权效劳，但现实总是让他失望而懊恼，汪精卫对他并不信任。1943年8月，张资平接受汪精卫意旨，在南京伪《民国日报》连载小说《青燐屑》。9月，汪精卫亲笔下令禁刊该小说，使张资平第二次惨遭"腰斩"。《新红A字》（1945）是当了汉奸后的张资平唯一的一部长篇小说，也是他最后的一部长篇。这部小说以张资平的婚外恋生活为素材，基本上属于性爱小说。它以第一人称的叙述视角，描写了一个在汪伪政府的首都机关做职员的年轻女性柳英，与一个有妇之夫的文学家上司黄重禾恋爱、同居、分手的爱情悲剧。黄重禾是有妇之夫，柳英是机关的"花瓶"，世俗的舆论和异样的眼光给他们造成了沉重的心理障碍与精神压力。黄重禾似乎是迫于无奈而任职于汪伪政权，内心充满精神痛苦和无限哀愁；柳英因家境穷困不得不出外谋生，这种相似的心情和境遇使得他们相见倾心、坠入爱河，但现实的处境和对前途的无望给他们苦涩畸形的爱情笼罩了一层凄绝哀婉、悲凉荒寒的色调。最后，柳英去香港求学，身患重疾，病入膏肓；黄重禾因失去爱人而丧失了生活重心，纵酒任性于秦淮河畔，人称"黄疯子"。小说创作于抗战时期，此时中国正在饱受民族危亡的苦难，胸怀国难家仇的中国人都在采取各种方式抗击日寇的侵略。当时全国的文艺界同仇敌忾，团结在抗日民族统一战线的旗帜之下积极从事抗战文艺创作和宣传工作。而张资平却在营造沉湎于私人恩爱的畸形爱情故事，以致于小说中"无灵魂的人们"与他们所处的时代显得格格不入，因此他们的爱情悲剧很难获得读者的同情和认可。同时男女主人公在表现精神痛苦和身世悲哀时，对日本侵略者和自身的奴颜媚骨这两个造成他们心理苦闷压抑的社会性要素，缺乏一种明确的自我感知与真正的忏悔意识，这就使小说缺乏悲剧的力量和人性的深度。柳英陈述自己战乱中颠沛流离的经历时，对制造这场民族浩劫的日寇没有丝毫的怨恨和愤怒，对横行无忌的日本侵略者尊称为"东洋客人"，把侵略战争说成是"战事"和"事变"，彻底丧失了最起码的民族尊严和正义感以及自我反思的能力。很显然，小说的这些缺陷根源于张资平本身真诚无畏的人格精神和人格力量的缺失。结合张资平堕落为汉奸文人的事实，不难发现这种自传色彩的小说真正的创作动机来自个人心理的需要。这种动机与国家、民族、群体、人类无关，与拯救民族危亡、拯救人类社会等崇高使命也无关，他在小说中通过人物的精神痛苦和生存遭遇传达的实际是对个人生活前景悲观绝望而无力自救的情绪。不过从艺术上看，这部小说的事件叙述、场景描写、人物对话、内心独白，都颇见功力，很少雕琢痕迹，体现了张资平语言功底的深厚老到和文学创作的才华横溢。

作为海派作家，张资平的后期性爱小说，是将创造社原本就有的青年苦闷源于性和经济的双重压抑的主题彻底媚俗化。后期小说有描写现代青年婚恋的一面，但被为了商业目的而不断利用色情因素制造小说的恶俗内容所冲淡，充满了肉欲泛滥的萎靡之音和颓废气息。不可否认，张资平小说中对性心理的描写和对性爱本质的探寻，构成了对人的现代性认知的一部分。但这些原本充满现代理性思考的内容后来差不多淹没在大量的低级趣味之中了。他小说中的男性中心主义，要求女性坚守"处女宝"的封建思想，特意描写性欲旺盛而专等男性来蹂躏的女人，滥用梅毒、乱伦、肺病等来强化和渲染作品的肉欲感，多角恋爱故事的雷同等，这些都是张资平在媚俗逐利的创作观指导下所呈现在作品中俗烂病邪的症结。总之，"以脱离旧轨道作为起点，以媚世逐利作为转折点，以叛国附逆作为归宿点，这就是张资平的文学道路"。①

张资平是最早从事商业化写作的创造社作家，他带头以新文学作家的身份从事新的通俗文学创作，使这种商业味颇浓的消费文学获得某种新文学性。与他一起"下海"，也是以创造社作家获得海派名义的，就是叶灵凤这个"创造社小伙计"。

叶灵凤（1905—1975），原名叶蕴璞，江苏南京人，创造社成员，是继张资平之后以写性爱小说闻名的海派作家。他编辑过《幻洲》（上部）、《戈壁》、《现代小说》、《现代文艺》等期刊，同时操"先锋文学"和"通俗文学"两种笔墨，因此他的作品既有鲜明的都市先锋意识，又有现代消费文化语境下的通俗色彩。主要小说集有《菊子夫人》、《鸠绿媚》、《红的天使》、《紫丁香》等。在报刊上连载过《时代姑娘》、《未完的忏悔录》、《永久的女性》等三部长篇通俗小说。

1925年，这个"创造社小伙计"以发表《女娲氏之遗孽》而一举成名，小说写的是有夫之妇蕙不顾封建礼教束缚和世俗舆论压力与青年学生莓箴相恋所发生

---

① 杨义：《中国现代小说史》第 1 卷，北京：人民文学出版社 1986 年版，第 592 页。

的一个三角恋爱的悲剧。叶灵凤的创作是以感伤、滥情的性爱小说为起点的，虽有反禁欲主义、批判旧礼教和旧道德的时代进步意义，但却在两性描写之间滑向人欲横流的泥淖，这一点和张资平相似。但叶灵凤创作之初，与张资平之间还是有所区别的，那就是他的作品更多梦幻唯美色彩。《鸠绿媚》叙写鸠绿媚公主和自己老师的恋情，将梦境与历史混合；《落雁》描写冯弱苇在戏院观看歌剧而巧遇一淑女，于是夜访冥间。这两部小说将现实、历史和梦境各元素相混合，营造了一种浪漫神秘气氛和玄冥奇幻色彩。在《姊嫁之夜》、《内疚》、《摩伽的试探》等小说中，叶灵凤运用了弗洛伊德精神分析学理论，注重人物的心理特别是性心理分析，比张资平小说中只有性心理描写显得更有深度，更具先锋意识。叶灵凤应该是中国现代心理分析小说最早的推行者和实践者之一，以其先锋姿态为新感觉派的出场拉开了帷幕。

1931年之后，叶灵凤追逐新的时代思潮，调整了创作策略。上海这个消费文化氛围浓烈的现代化大都市已然形成了新派的读者市场，这使他敏感地意识到表现这个现代大都市及置身于这个大都市的现代男女世俗生活的必要。于是他与西方现代派取得了跨越时空的精神沟通，借鉴和汲取西方现代派艺术手法来描写现代都市男女的世俗生活。代表作有《紫丁香》、《流行性感冒》、《第七号女性》、《忧郁解剖学》、《朱古律的回忆》等。这些小说运用动态的充满感官刺激的意象、新奇的比喻、暗示、蒙太奇等现代派手法，具有鲜明的先锋意识，从而拥有了一部分城市白领阶层的读者。同时，叶灵凤也没有忽视上海下层市民读者，他还创作了长篇通俗小说《时代姑娘》、《未完的忏悔录》、《永久的女性》等，并在报刊上连载，从而扩大了影响。这些长篇通俗小说基本上回到了感伤爱情故事的老路，都是爱情悲剧，批判社会对两性的压制，甚至有的写为艺术而放弃爱情，似乎缺乏出色的文学表现。尽管如此，但他坚持认为，为了那些"与纯正的文艺作品隔绝了的广大新闻纸读者"，"我的这一点牺牲是值得的"。^① 从创作策略上看，这是他为迎合读者市场有意为之。可以说，叶灵凤是海派作家中游走于"先锋文学"

---

① 叶灵凤：《〈未完的忏悔录〉前记》，《时代姑娘／未完的忏悔录》，北京：人民文学出版社1988年版，第138页。

和"通俗文学"之间而取得一定成就的突出代表之一。

以写性爱小说著称的海派作家还有曾虚白，代表作长篇小说《三棱》；章克标，代表作长篇小说《银蛇》、短篇小说《蜃楼》；林微音，代表作长篇小说《花厅夫人》；曾今可，代表作长篇小说《多情的魏珊夫人》（又名《死》）、短篇小说《法公园之夜》。

从整体上看，以张资平、叶灵凤为代表的初期海派作家，以性爱小说风靡当时的文坛。他们的出现及其小说的流行体现了一种历史的必然性。早在五四时期，封建的传统婚姻观念就不断遭到彻底解构和全面瓦解。1930年代前后，上海这个中国现代性爱"试验场"初步成型。在创作领域，只要敢于写男女之事，大胆写"性"，似乎就有反抗封建礼教、反抗社会压迫、溶入新的时代潮流的可能。海派适应了这个时代的需要，在作品中善于捕捉充满感官刺激的意象，描写都市男女的世俗生活，特别是两性心理，表达畸形病态的世纪末情绪，这恰恰与社会文化转型期上海市民的生态、心态相吻合，迎合了都市市民蕴涵性消费心理的阅读期待。于是，这种与以往不同的性爱小说应运而生，似乎成为现代中国文学自然发展的应有之义。

第三节　张爱玲与社会言情小说

中国传统的通俗文学向来以小说为主，中国通俗小说在古代有英雄、儿女和神魔三类，发展到了近现代逐渐嬗变为社会、言情、侦探、武侠等四大门类。社会小说跻身为通俗文学的门类之一，是近现代通俗小说的一大亮点。明代的世情小说和清代的讽刺小说是其渊薮，客观上讲这是自中国进入半殖民地半封建社会以来民族的内忧外患、社会的急剧转型和病态畸变带来的结果。但它反映的内容比过去类似小说描述的市井间事要广阔得多。特别是进入1930年代以来，随着自由、平等、民主、科学、人权等思想观念深入人心，社会思潮的风云变幻，通俗文学作家在同新文学作家争夺读者市场的斗争中，在消费文化甚嚣尘上的现代大都市为了给新兴的市民阶层带来新的阅读体验，在雅俗互动互渗的整体文学格局中，不断调整自己的策略。借鉴和汲取新文学的因素，作品中不断渗入一定的平民意识和人道主义思想，体现了一定的现代性。

　　一般而言，言情小说是专指叙写男女之情的小说，古代的言情小说大都淡化历史背景，纯粹写才子佳人之间缠绵悱恻的恋情，可谓纯情小说。虽说民国初年的《玉梨魂》写到才子最后为国为革命献身，但整个男女之恋情还是没有超出旧式言情小说的藩篱。以致于类似《玉梨魂》这样的小说虽一度在文化市场走红，但不久开始走下坡路甚至不再为读者欢迎。这说明纯情小说在新的时代条件下如不及时更新爱情观念，就会失去读者市场。如《小说月报》主编恽铁樵所言："爱情小说所以不为识者所欢迎，因出版太多，陈陈相因，遂无足观也，去年敝报上几屏弃不用，即是此意。"① 在消费文化语境下，随着商埠的开放、思想的解放、男女社交的日益公开化和社会关系的错综复杂。特别是在文化市场的调节下，以言情起家的通俗文学作家不得不调整创作策略以迎合读者需要，逐渐形成"言情不能不言社会，是言情亦可谓为社会。且世界者，人类之世界，即男女之世界。男女有爱力，而有夫妇。夫妇，最亲者也。爱不能无差等。以亲亲之义推之，夫妇之情厚者，于爱国、爱群之情亦厚"。② 晚清的谴责小说就是近代以来较早出现于文坛的社会小说，到了李涵秋（1874—1923）的《广陵潮》，则形成了声势浩大的社会小说浪潮。该小说从 1909 年动笔，至 1919 年写完，采用白话章回体在报纸上连载，达 100 回百万字，描述了从清末戊戌变法至五四前夕的学生运动这一阶段的重大历史事件，充满了一定的反封建意识，"这部小说的最大贡献便在于开创了社会言情长篇的体例"。③ 到了平江不肖生 1918 年出版的《留东外史》，则赤裸裸地暴露留日学生的丑态和变态，为后来的"黑幕小说"的始作俑者，纯社会小说的创作路子已经走不下去了。于是许多作者走上了"社会言情小说"的创作之路。1930 年代"社会言情小说"开始带头进入现代小说的行列。代表作家有北方的张恨水、刘云若和 1940 年代崛起于南方的秦瘦鸥。

　　1930 年代新文学与通俗文学逐渐由对峙走向对话，从而呈现出合流的趋势，

---

① 铁樵：《答刘幼新论言情小说书》，《小说月报》，1915 年，第 6 卷第 4 号。

② 铁樵：《论言情小说撰不如译》，《小说月报》，1915 年，第 6 卷第 7 号。

③ 钱理群、温儒敏、吴福辉：《中国现代文学三十年》（修订本），北京：北京大学出版社 1998 年版，第 92 页。

特别是抗日战争的爆发，全国文艺界民族情绪高涨，出现了空前的团结。抗日救亡的民族主义热情，使1930年代的都市通俗文学不再仅仅迎合与满足小市民的文化消费心理和逐奇猎艳心态，开始放弃消遣娱乐主题而去写抗日爱国的故事。新文学作家为了唤起普通民众觉醒以实现抗日救亡的使命，而更加注意艺术形式的通俗性。从雅俗合流的整体创作来看，特别就文学的民间性而言，"这种合流并没有提供多少新的贡献，相反，抗日主题的流行使民间的自在性进一步丧失，而新文学作家们在形式上的让步也不具备真正的民间意义"。"新文学传统与现代都市通俗文学达成了艺术风格上的真正融合，却是在沦陷中的现代都市上海完成的。这种历史性转变是以一个当时才二十岁出头的小女子的名字为标志"。① 这个女子就是张爱玲。

张爱玲（1920—1995），原名张瑛，祖籍河北丰润，生于上海，外曾祖父李鸿章、祖父张佩纶都是中国近代史上的风云人物。但在张爱玲出生的时候，她这个曾经显赫一时的家族已经败落。张爱玲的父亲是日渐衰微的大家族的旧派纨绔子弟；她的母亲是个新派女性，曾与胡适有过交往，接受过西方化教育，大胆背叛封建旧家庭。父母由不和而分居，形同路人。她没有得到过应有的关爱，大家庭的败落和爱的缺失在张爱玲幼小的心灵留下了不可磨灭的创伤，使她过早地感受到人间的世态炎凉和内心的孤寒苍凉。张爱玲从小就受到中国传统文化文学的浸润，长大后接受过西方现代文化文学和五四新文化新文学的影响。她8岁就读《红楼梦》，一生赞誉《海上花列传》，其小说采用改造过的言情小说文体，里面活动着各色旧人物。她曾就读于上海的教会中学和香港大学，接受了现代的历史文化观念和西方小说的影响。张爱玲接受现代化教育、学习写作时期，正是五四新文化新文学发展到最繁荣最辉煌的1930年代，她不可能不受到新文化新文学对她的巨大影响。张爱玲晚年曾坦言："我想只要有心理学家荣（Jung）所谓民族回忆这样东西，像五四这样的经验是忘不了的，无论湮没多久也还是在思想背景里。"② 在她看来，五四新文化新文学传统已成为我们这个民族文化不可分割的一部分，作

① 陈思和：《关于张爱玲现象》，《犬耕集》，上海：上海远东出版社1996年版，第201页。

② 张爱玲：《忆胡适之》，《张爱玲散文全编》，杭州：浙江文艺出版社1992年版，第309页。

为一种集体无意识积淀于人们的文化心理结构之中，也揭示了张爱玲本人与五四新文化新文学之间割不断的联系。"她的西方化的教育，她对人性悲剧的深刻体验，她对大时代中小人物的悲欢离合所持的不无同情的讽刺态度，都可以证明这种文化上的血脉。"① 以致于傅雷和胡兰成这两个政治立场、文学观、人生观和价值观完全对立的人物在评价张爱玲的创作时竟然都把她的小说比附了鲁迅。② 由此可见，五四新文化新文学对张爱玲影响之深。在现实生活和创作实践中，张爱玲对母亲的选择从来不抱同情，甚至与她母亲追随五四新文化的崇高精神理想背道而驰。她故意夸大其家族贵族血统的一面，使她对旧式家庭的生活方式和传统的生活趣味表现出温馨的留恋和美好的回忆。

张爱玲是在沦陷期的上海这个特殊时代特殊环境中成名的，如柯灵所说："我扳着指头算来算去，偌大的文坛，哪个阶段都安放不下一个张爱玲；上海沦陷，才给了她机会。日本侵略者和汪精卫政权把新文学传统一刀切断了，只要不反对他们，有点文学艺术粉饰太平，求之不得，给他们点什么，当然是毫不计较的。天高皇帝远，这就给张爱玲提供了大显身手的舞台。"③ 张爱玲书写商业化都市社会的世态人生和世俗男女爱情婚恋的悲欢离合，不像张恨水、刘云若等通俗文学大家那样在世俗叙事中加重反封建和抗战爱国的主题成分，也不像早期海派文人张资平、叶灵凤等迷恋肉欲的肆虐，更不同于新感觉派痴迷于以快速的节奏表现半殖民地都市的畸形、病态生活和都市男女荒淫堕落的人生。她的小说整合了以上各家之优长，以张弛有致的笔调既叙写乱世男女的世俗人生和日常生活，也不失时机地揭示现代化过程中都市的传统道德式微和蜕变，以及都市市民面对动荡的社会现实而产生的虚无与恐慌的情绪，从而形成张爱玲特色的社会言情小说。所以，既不能把张爱玲看做一个纯粹的新文学作家，也不能简单地把她圈定在通俗文学作家范围，更不能想当然视其为海派的传人或集大成者。她的"传奇"人生

---

① 陈思和：《关于张爱玲现象》，《犬耕集》，上海：上海远东出版社1996年版，第203页。

② 参见迅雨（傅雷）：《论张爱玲的小说》，《万象》，1944年5月，第3卷第11期；胡兰成：《评张爱玲》，《杂志》，1944年复刊第22、23号。

③ 柯灵：《遥寄张爱玲》，《柯灵六十年文选：1930—1992》，上海：上海文艺出版社1993年版，第382页。

和"传奇"创作已经使她超越了任何外在规范的衡量,从而成为独特的"这一个"。

　　1943 年张爱玲的处女作《沉香屑·第一炉香》发表于周瘦鹃主编的《紫罗兰》杂志上,从此开始其作家生涯。紧接着发表了《沉香屑·第二炉香》,在随后的一年多时间里,《心经》、《茉莉香片》、《倾城之恋》、《封锁》、《金锁记》、《花雕》等小说和《到底是上海人》等散文陆续发表。1944 年 8 月结集为《传奇》由上海杂志社出版,1947 年出版增订本时又加入《红鸾禧》、《红玫瑰与白玫瑰》、《桂花蒸　阿小悲秋》等五篇。同年 11 月,散文集《流言》由上海五洲书报社出版。张爱玲的横空出世立即引起沦陷区文坛的关注。1944 年 5 月傅雷发表了《论张爱玲的小说》,汉奸文人胡兰成也发表了《评张爱玲》,都充分肯定了张爱玲的创作成就。1946 年张爱玲编写了电影剧本《不了情》和《太太万岁》。新中国成立后,1950 年以梁京为笔名在《亦报》连载《十八春》(此作后来改名为《半生缘》,在台湾出版)。1952 年张爱玲离开上海赴香港,1954 年出版《秧歌》和《赤地之恋》。1955 年定居美国。上海成就了张爱玲的艺术生命,随着她的离开,其艺术的辉煌也就不再了。1995 年,这颗 20 世纪 40 年代崛起于中国文坛的巨星陨落于洛杉矶。

　　张爱玲的小说蕴涵着传统文学和新文学的因素,但又与二者拉开了适当的距离。她没有明确的创作理念,也从不把作品当做宣传或说教的工具,她的创作动力来自于对人生的切身感悟和刻骨的生命体验。1940 年代的上海经过早期的殖民侵略和殖民扩张之后,已经迅速崛起为中国的金融、贸易、生产、消费的中心和各地冒险家的乐园。它的日常生活紧跟西方大都市,同西方现代都市文明息息相关。张爱玲喜欢上海人,熟悉上海的环境,这个现代大都市由封建文明和西方资本主义文明扭曲妥协杂糅生成的半殖民地半封建文明形态及其消费文化语境,成为张爱玲创作的源泉。于是,在西方殖民入侵和时代冲击下不断衰败的文明以及置身其中却无法把握自己命运的乱世男女的没落生活构成了张爱玲小说总的背景或底色。在此基础上,她善于描写畸形的人生人性并追索开掘其根源,但其探寻的目光并未仅仅局限于人的本能欲望,而是加强了对这种畸形人生人性赖以生成的特定时代文化形态的审美观照,从而表达对新旧交替之际文明状况及人的命运的理解与同情。于是,她将种种世态人情和人生百态置放于这个双重文明交织的殖民地大都市独特的社会环境与文化心理氛围中进行描摹刻画,深刻揭示封建文化的苟且守旧对人性的羁绊麻痹和资本主义文化的享乐原则、金钱欲望对人性的腐蚀扭曲，从而获得社会批判和文化批判的价值意义。

张爱玲熟悉日益金钱化的都市及其基本单位旧式家庭的衰败与丑陋，置身于这样的社会文化氛围之下，正如作者所言："在没有人与人交接的场合，我充满了生命的欢悦。可是我一天不能克服那种被咬啮性的小烦恼，生命是一袭华美的袍，爬满了虱子。"① 正是带着这种深切的敏感和生命的苍凉与悲哀的基调，张爱玲为半殖民地都市环境下生活的那些病态和变态的人们留下了一份生活记录与社会档案。于是，以华丽的文辞来描写沪、港两地男女之间的世俗传奇人生和悲欢离合的情感遭际，成为张爱玲文学创作最主要的切入点。

《沉香屑·第一炉香》和《茉莉香片》是"香港传奇"的代表作。《沉香屑·第一炉香》叙述了一个普通上海女孩葛薇龙的沉沦故事。她为了能继续在香港求学，不得不求告于多年不与葛家往来的姑妈梁太太。梁太太是香港富孀，有"关起门来做小型慈禧太后"的心机，虽然收留了葛薇龙，但是纯粹出于极度自私的不可告人的目的。香港上层社交社会的浮华萎靡、时代氛围的骄奢淫逸和不断扩张的自我虚荣心构成的世情磁场，以巨大的魔力推动着葛薇龙这个最初只想通过读书获得独立的女孩子逐渐失去自控力而走上沉沦之路。《茉莉香片》以人性的解剖刀深入描述和揭示了少年聂传庆心理扭曲变态的过程及其原因。父亲的粗暴和家庭环境的压抑使得少年聂传庆带着身体和精神的双重创伤而发生心理的病变。他本打算能从教授言子夜身上找到理想父亲的精神寄托，但这种一相情愿的幻想不仅没有得到回应，反因学业而遭到斥责。聂传庆这颗伤痕累累的心迫切需要得到呵护，他对言教授的女儿丹朱产生了神圣而病态的爱恋，但惨遭拒绝和怜悯，这种无法承受的生命之重压迫着他以施暴的方式发泄出积郁的爱情与自卑。这两篇"香港传奇"是带有"成长"主题意蕴的寓言，但这两个成长的故事使我们看不到希望的彼岸，展现在读者面前的是畸形病态的成长环境造成的病态畸形的心灵及其在绝望深渊中无力自我拯救的悲剧命运。

《倾城之恋》是穿行于上海与香港之间的"双城记"，讲述了一对自私的男女

---

① 张爱玲：《天才梦》，《张爱玲散文全编》，杭州：浙江文艺出版社 1992 年版，第 3 页。

如何在战乱中结成相依为命的平凡夫妻的传奇故事。白流苏出身于上海名门——一个破落的大家族，离婚后回到娘家居住，但冷酷的现实使她渴望找到一个可以依附的男人，哪怕做他的情妇也可以；遇到了阔绰却风流成性的华侨子弟范柳原之后，一见倾心，她把自己仅有的名誉和青春做赌注压在了这桩婚姻上，冒险得来的最好结局却是一个"情妇"的地位。在范柳原眼中，他和白流苏的恋爱不过是"上等的调情"，同居也只是相互利用的交易。但有意味的是，太平洋战争爆发，香港的陷落却成全了他们。在前途未卜的战乱情势下，范柳原和白流苏由最初的逢场作戏转变成患难夫妻。这篇小说作为一个乱世中的爱情传奇，表面上也有一个有情人终成眷属的传统小说的大团圆式的结局，但深入文本的深层结构不难发现表层下深蕴的文明和人性的悲哀。在时代冲击和金钱逻辑的统治下，传统的封建文明和伦理道德不断走向衰败没落，人类善良的本性不断陷入畸变而无法自主命运的困境。通过这个平凡而颇具传奇色彩的故事，真实地表现了脆弱的个体生命在乱世中企求现世安稳、生活安好的价值取向。这种价值取向既来自人的本能的求生意志，也折射出个体生命无力改变环境却不得不适应甚至顺应外在压力的自私与卑微，使读者感到一种浓重的悲哀和苍凉。

"上海传奇"包括《金锁记》、《红玫瑰与白玫瑰》、《花雕》、《封锁》等，故事都发生在上海的公馆、公寓或"车厢社会"里。

《金锁记》的故事发生在半殖民地大都市上海的旧家庭姜公馆里，是张爱玲的代表作，无论思想主题还是艺术形式都堪称最深刻、最见功力的作品。小说共有两部分。第一部分写了姜公馆二奶奶曹七巧的一天，以聚焦的形式通过对话、事件交待了一个女人的不幸婚姻和现实生存状况。第二部分描写了曹七巧带着一对儿女分家单过后的生活，这是情节发展中的高潮部分，是作品的主体。漂亮能干的曹七巧出身卑微，是下层社会麻油店老板的女儿，嫁给了久患骨痨性无能的姜家二少爷，结了这门门不当户不对的婚姻。在这场婚姻交易中，曹七巧牺牲了自己正常的生理生活欲求，剩下的只是苦苦而焦灼地等待。她用自己的青春，用受尽这个旧式大家庭各房的欺辱，获得了经济上独立的地位，到头来换取的却是一副沉重的黄金枷锁，无法满足自己正常的生理生活欲望而趋于变态甚至疯狂的报复。金钱压制了正常的情爱，曹七巧对小叔子姜季泽产生了爱欲，她经济独立后，小叔子也上门来示爱，她不觉心醉神迷，但旋即警觉到自己财产被觊觎的危险，愤怒之下赶走了姜季泽。从此，曹七巧久受压抑的情欲以变态甚至残忍的方式寻求着现实的出路。她最终变成了一个疯狂报复的女人，别人毁坏了她一生的幸福，她又亲手毁灭了自己亲生儿女的婚姻。为了把儿子长白留在身边，曹七巧处心积虑地逼死了儿子的妻与妾；她又破坏了大龄女儿长安和归国留学生童世舫的婚恋。在她不动声色地向女儿的最佳求婚者暗示女儿有鸦片烟瘾时，这中国妇女破碎人格中最为惨烈的图景无不使读者深感亲情无义后的狰狞和人生无尽的苍凉。

张爱玲通过《金锁记》将人生的荒诞无常和人性的荒寒苍凉诠释到了极致，曹七巧就是一头一生沉浮于欲望牢笼苦苦挣扎而始终看不到希望的困兽。其生命历程揭示了一个永恒的人性真理：人不仅背负着"黄金的枷"，人性的无形枷锁更是永远无法解除的桎梏。

作为一个女性作家，张爱玲以小说的艺术形式表达了对新旧交替时代女性命运的深切关注，同时充满了对人生的特殊感悟和对文化衰败命运的理性思考。曹七巧的爱情婚姻体现了一种时代的生存悲剧：《花雕》中的郑川娥、《封锁》中的吴翠远，远没有白流苏那么"幸运"，也没有曹七巧那样"倒霉"，她们怀着婚姻的梦想，但结局却要么在肺病中并不甘心地撒手人寰，要么只是"做了个不近情理的梦"。就连《红玫瑰与白玫瑰》里面的王娇蕊，一度在爱情游戏的海洋中自由游弋，一旦遇到了自以为"生命中的男人"，就自我收敛，一心一意却一相情愿地要与他厮守，而最终的结局只是婚姻外的一颗"朱砂痣"。这一切揭示了女性宿命式的生存悲剧。

张爱玲的成功，不仅在于她为现代中国文学提供了一幅展现特殊时代都市男女世俗人生传奇故事的浮世绘，还在于她独特的小说艺术。

张爱玲善于将古、今、中、外、雅、俗等元素有机结合，作为她的小说的资源和借鉴，对那些一味偏重传奇情节叙事的旧派通俗小说和过于注重批判现实叙事的新文学进行了双重超越，形成超越雅俗、融会中西的独特韵味。这得益于张爱玲深受中国古典文学文化浸润，同时深受西方现代派文学以及五四新文化新文学的影响。她成功地将传统小说笔法、情调和现代审美意识、艺术技巧完美结合，建构起独特的现代小说的艺术形式、民族形式和现代意识。取材上接近传统的世情小说和鸳鸯蝴蝶派的社会言情小说，描写的内容是大都市上流社会和市民社会的日常世俗生活。人物塑造上，多以女性为主要描写对象，演出着市井男女爱情婚姻的悲喜剧。小说结构上具有民族传统特色，情节曲折，线索清晰，故事完整，善于制造悬念和使用讽刺笔法，直接师承《红楼梦》的艺术手法，显得颇具传统小说风韵。善于营造丰富生动、活泼传神的意象，以潜意识的开掘和心理分析等西方现代派艺术手法来揭示人物微妙复杂的内心世界，呈现出鲜明的现代意味。以切身的生存感受和生命体验来描写世态人生，带有浓郁的主观色彩。主题的现代性，市井男女生存状态和精神状态的描写，表现和批判病态畸形的人生人性，并开掘和叩问其根源，体现了社会批判和文化批判的现代性反思。

张爱玲最大的贡献是提升了现代都市通俗小说的品质，具体表现在："她把虚拟的都市民间场景：衰败的旧家族、没落的贵族女人、小奸小坏的小市民日常生活，与新文学传统中作家对人性的深切关注和对时代变动中道德精神的准确把握，成功地结合起来，再现出都市民间文化精神。因此她的作品在精神内涵和审美情趣上都是旧派小说不可望其肩项的。……那些乱世男女的故事，深深打动了都市动荡环境下的市民们。"[1] 她通过书写现代化过程中传统道德沦丧和价值没落的真实境况，以及都市男女生逢乱世面对社会文化巨大变动所产生的虚无感和幻灭感，揭示了现代都市经济支配下的畸形人生观——对金钱的疯狂追求，表达了及时行乐、个人之上、难以把握自我命运的世纪末情绪和以古老家族的衰败隐喻传统伦理道德价值没落的哀伤与绝望。比起此前的社会言情小说对都市丑恶的揭露，更见人性深度和社会反思的力量；比起霓虹灯下影影绰绰的新感觉派小说，也显得充满了历史的深沉感和沧桑感；比老舍、张恨水等对旧式市民社会相对静止的时代写真，则更是充满了强烈的时代特征和鲜明的现代都市气息。正如范伯群所言："某些知识精英作家，在继承本民族的文学优良传统方面缺乏张爱玲的如此深厚的功底；而一些优秀的通俗文学作家，如张恨水、刘云若等在向西洋文学精华学习方面，步子远比张爱玲跨得小。"[2]

---

① 陈思和：《关于张爱玲现象》，《犬耕集》，上海：上海远东出版社 1996 年版，第 206 页。

② 范伯群：《中国现代通俗文学史》（插图本），北京：北京大学出版社 2007 年版，第 549 页。

早在 1940 年代上海滩就掀起了第一次"张爱玲热",但随着抗战结束,张爱玲的文学创作生涯基本结束,对她的评论研究也随之归于平寂。直到 1980 年代初,张爱玲逐渐浮出历史地表,再次受到关注。1981 年 11 月,《文汇月刊》发表了张葆莘的《张爱玲传奇》,这是中国大陆改革开放以来最早论及张爱玲的一篇文章,但当时的反响不大。随着美国学者夏志清的《中国现代小说史》中文版和港台一些评论张爱玲的文章陆续传入大陆,张爱玲才正式再次进入读者和研究者的视野。1980 年代张爱玲研究的学术含量不断升级,这为张爱玲的复出创造了条件。1990 年代前期的研究,造就了一个热潮,特别是 1994 年为 20 世纪中国文学大师重排座次事件,金庸、张爱玲上榜,茅盾落选,引起巨大轰动,而 1995 年 9 月张爱玲在美国仙逝再次引起媒体瞩目。于是,张爱玲逐渐由文学研究界引发的"张爱玲热"扩大到公共文化领域,形成了一个文化符号,实现了精英文化和大众文化融合的趋势。"张爱玲"的确是现代中国文学史上一个"有意味的形式",一座开掘不尽的艺术宝藏。

在社会言情小说创作上与张爱玲小说的"雅俗共赏"具有某些共性的,有上海沦陷区的苏青和北方沦陷区的梅娘。

苏青(1917—1982),原名冯允庄,浙江宁波人,1935 年开始在《论语》等刊物发表散文。上海沦陷后,苏青以卖文为生,创办了《天地》杂志,以发表散文为主,是一个畅销刊物。1943 年 7 月,苏青的代表作长篇自传体小说《结婚十年》出版。该小说描写女主人公苏怀青结婚十年的生活遭遇,表现了一个现代中国女性,如何摆脱家庭主妇的命运,走上职业女性道路的辛酸苦难历程。小说描写女性生活特别是男女情事大胆直率,同时较多受到传统小说的影响。《结婚十年》借鉴章回体小说来描写闺房闺情,又善于描写人物心理的发展。日常生活场景的描写细腻程度大类《红楼梦》,同时又渗透一个现代女性的情感。语言质感又有古典诗词意境的韵味,意象的营构浸润着传统民族文化心理,善于描绘家庭生活中的民情风俗。正是在对女性生活领域的饮食起居、生儿育女和人情往来等世俗琐事的描写中发现人生的悲喜剧,构成了苏青小说"雅俗共赏"的底色。她的小说有言情的框架,也大胆书写青年女性在性爱、情爱上的渴求,但并不沉溺于脉脉含情的渲染,而是以实录通俗故事的品格表现女性涉世而终遭幻灭的无奈情怀。这也许是《结婚十年》被一版再版，作者苏青旋即成为畅销书作家的深层原因吧。

梅娘（1920— ），原名孙嘉瑞，山东招远人，生于海参崴，先后生活于东北沦陷区和华北沦陷区。1940年代北平的梅娘和上海的张爱玲以"南玲北梅"之说称誉文坛。她与张爱玲一样善于描写人生不幸特别是女性的不幸命运，对人性的开掘也颇深入。梅娘的母亲是父亲的小妾，她出生后生母就被父亲的正妻逐出家门含恨而死。从此，梅娘在父亲的正妻所谓嫡母的辱骂虐待中长大。这种无爱的家庭环境使她从小就养成了自立自强的个性和对女性命运的初步认识，这对她后来的文学创作产生了重要影响。特殊的身世，使梅娘善于描写封建的官宦大家庭中女性的生存状态。在婚恋题材小说叙写追求自由、独立的女性形象以及她们的生活遭遇方面，梅娘比张爱玲"俗"，但比苏青"雅"。梅娘的小说《蚌》、《鱼》、《蟹》分别揭示了大家庭女性的三种生存处境：等待宰割的蚌肉的命运；无法钻破渔网的鱼的命运；离家出走的蟹的命运。梅娘的小说标题具有深刻的象征隐喻意义，表明她对人的生存困境的关注，表现了鲜明的反叛文化传统、为女性寻找解放之路和精神得以诗意栖居之家园的思想倾向。这使她的小说比一般通俗小说要"雅"，比高雅的新文学要"俗"。其中的青年男女故事可读性较强，行文舒缓有致，女性叙事细致敏感，赢得了北方都市大众读者的青睐。

第四节　雅俗合流的通俗文学

一、从对峙到对话：雅俗合流的基本走势

雅与俗是人为地给文学附加上去的两种属性。一般认为，雅文学是纯文学、精英文学、严肃文学，具有较高的思想艺术价值和巨大的艺术感染力，主要服务于社会上文化修养较高的阶层；俗文学是大众文学、通俗文学、消费文学，思想内容浅易，艺术形式简明，富有消遣娱乐功能，在商业社会具有明显的赢利性和较高的商业价值。雅与俗二者的概念约定俗成，但始终处于内涵不断被重新定义、外延不断被重新划分的动态过程中。一般总是以雅为参照系，非雅即俗，雅优俗劣。可见，这鲜明的雅俗对比包含着强烈的价值判断，似乎雅的就是好的，承载

着文学的正面意义和价值；而俗的就是不好的，体现了文学的负面价值。从而形成雅俗之间二元对立的文学格局。文学的雅俗划分及其身份地位的确认，实际上是每个时代文学的意义建构及其权力划分的一种方式，是时代的主流意识形态及其文化给予不同类型文学以不同等级划分而已。从某种意义上讲，现代中国文学每一次雅俗纠结、互动及其格局的重新形成，都是文学对自身的重新调整和自我界定。

从现代中国文学格局的调整来看，雅与俗二元对立的互存互补的文学格局贯穿始终。晚清民初至五四前夕，自从梁启超把小说这一原本不登大雅之堂的最通俗的文学样式推上"文学之最上乘"的宝座之后，打破了文学固有的雅俗格局，小说领域就成了雅俗文学互相争夺、互为僭越的公共话语空间；五四时期和 1920 年代，雅文学与俗文学的互相排斥大于互相依存；1930 年代雅俗文学开始出现了合流的态势，互相渗透大于互相拒斥；1940 年代雅俗文学在合流的良性态势下形成了雅中有俗、俗中有雅的相互融合的格局。1950 年代以后直至 1970 年代，中国大陆由于政治和意识形态的原因，通俗文学创作被人为割断了三十年，但自 1930—1940 年代形成的雅俗合流的强劲势头仍然使当时的主流文学渗透着通俗文学的因素；而同时代的港台地区，以继承中国古典小说传统为特色的现代通俗文学在自由竞争的商业化环境中日显生机，在大陆发生断层期间，港台的通俗作家在探讨如何融会新文学和西方现代主义的精髓，在继承的基础上实现创新，不断探索符合新一代大众读者审美趣味的新思路和新模式。1970 年代末以来，随着改革开放的不断展开和思想解放环境的形成，西方的现代主义和后现代主义思潮不断涌入，港台的以言情武侠为代表的通俗文学作品不断传入。特别是 1990 年代初期社会主义市场经济体制的确立，市场机制和商品意识不断深入精神生产领域，多元文化格局和美学形态呈现竞荣共存的态势，大陆的文学格局再次出现了调整，雅俗互动互渗、超越雅俗的文学格局逐渐形成。

这里重点介绍 1930—1970 年代中国文学格局从对峙到对话，逐渐实现雅俗合流的基本走势。

中国传统通俗文学历来以小说为主，到了近代开始由边缘位置向文学的中心地位转移。在晚清小说的基础上，民国旧派通俗小说在民初至五四前夕这段政治文化环境特殊的时空中，曾一度在文坛上独领风骚。发展繁盛于 1912 年至 1917 年的"鸳鸯蝴蝶—礼拜六派"文学是其重要代表。该派小说以言情为骨干，小说情调和总体风格上偏于世俗甚至媚俗。这些小说在继承中国古典小说传统技艺的基础上，吸收一些外来文学技术，输入要求婚恋自主的民主思想和个性主义因素，呈现出由旧文学向现代性的新文学过渡的一面，"在发挥文化消费功能的同时，又暗暗地为新文学的产生准备了一些条件"。[①] 五四新文化运动和文学革命以激进的姿态兴起于 20 世纪初夜的中国，虽然力量微弱，却始终敢于和庞大的旧文学较量与对抗，当然也无法跟开始有了点"现代性"因素的旧派通俗文学和平共处。五四文学革命的先驱者以强烈的历史主动性和批判精神，试图集中力量摧毁当时在社会上有较大影响的旧文学阵地，于是从 1917 年开始就对黑幕小说、"鸳鸯蝴蝶—礼拜六派"文学和旧戏曲展开了不遗余力的批判。为了同旧文学争夺读者市场，指责旧派思想上的陈腐守旧和文体上的弊病，揣击其游戏消遣的性质和金钱主义文学观。对峙时期的旧派文学转入了市民社会的下层，但仍然存在。1920 年代社会言情小说创作繁盛，1920—1930 年代之交，现代通俗小说大家张恨水横空出世，民国武侠小说奠基人平江不肖生《江湖奇侠传》的发表，也宣告民国武侠小说的异军突起。但在新文学的强大攻势下，旧派小说被迫向"俗"定位，不断发挥自己所长去稳固和继续争夺普通的老派市民读者，同时也向外国文学和新文学汲取为我所用的艺术营养，加强自身的"现代性"建设。整个五四时期和 1920 年代新旧文学的对立斗争使现代中国文学呈现出雅俗分流、对峙的局面，同时也为 1930 年代文学的雅俗互渗合流、走向对话奠定了初步基础。

　　五四新文学侧重于观念层面建构文学的意义系统和话语方式以及运作理念，从思想启蒙到革命运动再到民族救亡，文学始终与人性重建、社会变革和民族救亡图存等价值理念联系在一起。而以"鸳鸯蝴蝶—礼拜六派"为代表的旧文学则依靠市场机制和商业运作，回避宏大叙事，侧重于日常领域甚至私人空间的层面来言说饮食男女的世俗生活。特别是 1920 年代以后，随着舞厅、电影院、大剧

---

① 　钱理群、温儒敏、吴福辉:《中国现代文学三十年》(修订本)，北京：北京大学出版社 1998 年版，第 93 页。

院、咖啡馆、跑马场、游乐场、公园以及各种大型百货公司林立于上海滩的时候，半殖民地都市及其男女逐渐进入文学创作视野，"鸳鸯蝴蝶—礼拜六派"小说因对都市男女世俗生活的关注和描写而不断赢得新型市民读者市场。新文学没有市场优势，而"鸳鸯蝴蝶—礼拜六派"却拥有一个稳定而广泛的读者市场。所以，当1930年《啼笑因缘》和1941年《秋海棠》这两部社会言情小说先后问世，曾掀起两次通俗小说热潮，均赢得满城争说的贵誉。这种情况使五四新文学作家的自尊心深受挫伤。1928年以后随着大批文人离开北京、移居上海，新文学中心南移之时，在上海这个新的消费文化环境下，新文学家也对出版商和图书市场发生了兴趣，新文学阵营也逐渐分化出张资平和叶灵凤等新海派作家，专门从事既具先锋色彩也有通俗意识的新海派小说创作。

1930年代的通俗文学处于一个全新时期，五四新文学这时已经成为现代中国的文学主流，不再把旧的通俗文学作为主要竞争对手，新文学的斗争已经转向了自身内部的流派社团之间、左翼作家与自由主义作家之间、左翼与右翼之间、京派与海派之间等多重复杂态势。大规模批判旧派小说和"鸳鸯蝴蝶—礼拜六派"文学的高潮已经过去了，但并不意味着新文学掌握了全部的读者市场。与旧派小说比较，无论在北平还是在上海，旧派小说仍然拥有广大的市民读者群，如茅盾所言："1930年，中国的'武侠小说'盛极一时。自《江湖奇侠传》以下，模仿因袭的武侠小说，少说也有百来种罢。"[①] 这个当年的当事人的话语道出了通俗文学影响面之广泛。因为旧派小说为了迎合新兴的知识分子读者群体也在逐渐改变观念陈旧、思想落伍以及文体弊病等不利因素，从新文学和外国文学中借鉴与汲取思想与艺术资源。从与新文学的对峙状态不断走向对话之途，作品的通俗底色也打上了时代的先锋意识。而此时的新文学也意识到了自己远没有掌握大众读者。

首先是左翼文学对五四文学进行了反思，意识到没能掌握下层的大众读者是很大的缺失，出于政治需要而多次进行"大众化"的讨论。为了将革命文学推向大众赢得下层读者，鲁迅写了《文艺的大众化》和《门外文谈》，瞿秋白写了

---

① 茅盾：《封建的小市民文艺》，《茅盾全集》第19卷，北京：人民文学出版社1991年版，第368页。

《普洛大众文艺的现实问题》和《大众文艺的问题》，茅盾写了《问题中的大众文艺》和《"连环图画小说"》等文章，提倡运用旧形式和大众语言进行创作。虽然欧阳山尝试创作了一些"大众小说"，瞿秋白也仿照通俗歌谣体创作了《东洋人出兵——乱来腔》等作品，但它们缺乏通俗文学应有的娱乐功能，并不能适应大众口味，也无法堂而皇之地占领通俗文学的市场。不过这毕竟体现了 1930 年代"雅"文学主动与"俗"文学对话合流的趋势。

真正体现了"雅"文学向"俗"文学自觉合流的创作实绩的，是以张资平和叶灵凤为代表的新文学内部产生的"新海派"。他们是新文学作家主动"下海"直接从事通俗小说创作的典型个案，一直到以"后期浪漫派"著称的徐訏与无名氏。他们游走于知识分子读者和新旧市民读者之间，体现出新文学为了争夺读者市场而制作通俗读物的价值倾向，当然这要与老海派的章回体小说发生竞争关系。随着上海等现代大都市市民文化消费水平的提高和消遣娱乐的需要，一部分读者不再满足于旧派通俗文学的阅读。而新海派中"新感觉派小说"的出现恰恰满足了新兴市民读者的需要，"穆时英风"的读书市场效应的出现势在必然。新海派的出现，占据了旧派通俗文学的部分领地，进一步拓宽了自己的大众读者市场。

新文学为了拓宽自己的读者市场而作出的自觉由"雅"及"俗"的努力及其实绩，极大地影响和刺激了旧派通俗文学。随着新文学部分地"俗"化，通俗文学在向新文学和外国文学的思想艺术学习与借鉴过程中，不断调整创作策略和提升自身的品位，自觉地由"俗"向"雅"突围与合流。1930—1940 年代，社会言情小说方面，北方的通俗小说大家张恨水、津门通俗小说大师刘云若和南方的秦瘦鸥，就是典型代表；武侠小说方面，以还珠楼主横空出世掀起"武侠第二波"的带动下迅速崛起的"后五家"也大都显示了通俗文学向新文学的迫近与融合。

1937 年 7 月 7 日，卢沟桥事变爆发，中华民族全面抗战由此展开。在救亡压倒一切的形势下，新派和旧派作家同仇敌忾，达成了空前的团结。在民族解放的伟大旗帜下，1938 年 3 月 27 日，中华全国文艺界抗敌协会（简称"文协"）在武汉成立。旧派通俗文学作家包天笑、周瘦鹃等参加了文协的成立大会，张恨水被选为理事。八年抗战使得新文学作家和通俗文学作家开始有了沟通，新文学和通俗文学也开始有了更深层次的融合。就通俗文学而言，它向"雅"的靠拢融合，主要体现在加强了文学的现实批判精神和人性的、历史的、文化的探索意识。特别是沦陷区作家，他们游走于作家的内在精神追求和文学市场的外在物质需要之间，艰难却积极地寻求二者的契合点。1941—1942年东北沦陷区围绕通俗小说创作的讨论，1942年上海《万象》杂志推出的"通俗文学讨论特辑"，都体现出对通俗文学的重新认识，这种理论探讨带来了通俗小说创作的繁荣和通俗小说现代化的努力，出现了还珠楼主、宫白羽、郑证因、王度庐、朱贞木等武侠小说大家与刘云若、秦瘦鸥等社会言情小说大家。国统区内典型的通俗、先锋两栖作家徐訏与无名氏的出现，一定意义上反映了1940年代城市读者的审美品位及对小说欣赏趣味的提高。他们的小说处于中西文化交汇之中，同时受读书市场的影响，投合东南沿海一带读者的审美文化心理，体现了当时一部分纯文学小说的大众审美品位；沦陷区的张爱玲、苏青、梅娘，出入于"雅"与"俗"、"传统"与"现代"之间；解放区的赵树理、孙犁，其小说以中国老百姓喜闻乐见的中国作风和中国气派而著称于世；这些作家的作品都不能简单地称之为高雅小说或通俗小说，它们实际上是雅中有俗、俗中有雅的文学品类。从通俗小说一方来讲，这是它走向现代化的重要表征之一，意味着雅文学和俗文学作为现代中国文学的一体两翼终于可以并存齐飞了，这标志着现代中国文学"雅俗合流"时代美学追求和历史要求的完美统一。

1949年10月1日新中国成立后，中国文学进入了一个新的发展时期。由于政治的、意识形态的原因，以武侠、言情为代表的大陆通俗文学受到压制，被禁止创作、发表和出版，从而形成了大陆通俗文学创作的三十年断层。尽管通俗文学受到压制而无法浮出历史地表，但当时主流文学创作也不时闪耀着通俗文学的元素，比如《青春之歌》、《三家巷》之于言情，《红旗谱》、《林海雪原》、《铁道游击队》、《敌后武工队》、《烈火金刚》等之于武侠。而真正接续了现代中国通俗文学创作传统的则是港台地区的一些作家，在大陆通俗文学创作发生断层期间，港台的通俗文学作家正积极探索在继承中国古典小说传统的基础上，如何将新文学和西方现代主义融会贯通，在传统与现代、雅与俗的有机结构中开辟新的思路，拓展新的模式，以更投合新一代大众读者的审美趣味和欣赏习惯。于是，出现了金庸、古龙、梁羽生的武侠小说，高阳的历史小说，琼瑶的言情小说等新一代的通俗文学作品。

二、风景这边独好：雅俗合流后的文学景观

1930—1970 年代雅俗合流的通俗文学呈现出"风景这边独好"的欣欣向荣的景观，这里重点介绍社会言情小说、民国武侠小说等代表作家作品，还有解放区独特的通俗文学创作。

（一）社会言情小说

在社会言情小说创作上，1930—1940 年代，以北方的张恨水、刘云若和南方的秦瘦鸥为代表，其中前二者一个在北京、一个在天津，堪称民国社会言情小说的双子星座，代表了这类通俗小说的最高成就。而 1941 年 2 月至 12 月秦瘦鸥的《秋海棠》在《申报·春秋》上连载时所引起的轰动，使处于低谷的南方通俗小说再度引起读者的关注，这部小说堪称民国南方通俗小说的压轴之作。

张恨水（1895—1967）是民国最富盛名的通俗文学大家，1920 年代是他创作的黄金时代，其三大代表作——《春明外史》、《金粉世家》、《啼笑因缘》均诞生于这个时期。到了 1930 年代，张恨水已经发展成为社会言情小说的集大成者。经过继承传统和借鉴新文学技法，创立了颇具现代性的章回小说体式，"张恨水是能把社会、言情这两类叙述糅合于一综合体的作家，社会、言情两类题材，叙述风格如盐在水，很难分别"。[①] 1920 年代中后期南方通俗小说达到空前繁盛，但到了 1930 年，张恨水的《啼笑因缘》（创作于 1929 年）这部描写北京市民社会风俗民情且充满平民意识和社会批判理念的小说在上海《新闻报》副刊《快活林》连载，标志着以平、津为中心的北方通俗小说创作开始走向大繁荣，而以上海为中心的南方通俗小说逐渐走向衰落。《啼笑因缘》问世后，立即引起全国性的影响，一度被改编成评书、大鼓、京剧、沪剧、粤剧、话剧等各种艺术形式，一版再版，并多次被搬上银幕。小说一方面揭示了封建军阀荒淫无耻、飞扬跋扈的丑恶社会现实；另一方面褒扬了主人公超越门第观念，不为金钱权势和封建节烈等观念左右

---

① 范伯群主编：《中国近现代通俗文学史》（上），南京：江苏教育出版社 2000 年版，第 231 页。

的现代爱情观，具有一定的反封建意义和现代民主、平等意识。抗战时期的《丹凤街》、《八十一梦》及抗战胜利后的《五子登科》，讽刺和谴责色彩更加浓厚，充分体现了作者的平民意识和现实批判精神。

刘云若（1903—1950），名兆熊，字渭贤，天津人。1930年以言情小说《春风回梦记》一举成名，他的创作在1930—1940年代影响很大，多描写天津的世态人情，表现北方市民社会，功底深厚，成就斐然，被称为"天津张恨水"，是与张恨水齐名的社会言情小说大家。刘云若是1930年代崛起于现代通俗小说文坛的巨星，当时全国通俗小说的中心正在由南方转向北方，他和北京的张恨水是当时社会言情小说的两大名家。总体上看，刘云若的成就和影响略低于张恨水，但也有人认为"他的造诣之深，远出张恨水之上"，[1]这应该是就通俗小说艺术所能达到的现代性程度而言的。他的《红杏出墙记》、《小扬州志》、《旧巷斜阳》和写于抗战胜利后的《粉墨争琵》等表现天津沦陷时期的世态人情，充满了正义感，有的被改编成电影，轰动一时。从整体上看，刘云若小说的笔墨汪洋恣肆，善于以情动人，情感书写酣畅淋漓，还擅写市井人物的烈烈侠风。既注重人物命运的悲欢离合，又能使不同人物的个性相映成趣、相得益彰；既能把故事情节写得一波三折，又能深刻开掘人物隐秘的情感心理和内心的冲突与挣扎，从而将中西小说的优长熔为一炉，在现代通俗小说史上具有重要地位。

从1930年代初开始，南方通俗小说创作进入低谷，但以1941年连载于《申报·春秋》的秦瘦鸥的《秋海棠》为标志，南方通俗小说创作元气复苏，再度引起读者的关注。1940年代的社会言情类通俗小说，最为轰动的莫过于《秋海棠》，问世不久即被改编成沪剧、越剧、话剧、电影等艺术形式，轰动上海滩，达到了《啼笑因缘》之后十年间罕见的空前盛况，被誉为"民国南方通俗小说的压卷之作"。[2]

秦瘦鸥（1908—1993），原名秦浩，上海嘉定人。早年酷爱京剧、昆曲，善于结交戏曲艺人，大学毕业后兴趣未艾，结识了很多戏曲艺术界的朋友，熟悉艺人们的生活，这些为他日后写作《秋海棠》奠定了扎实的基础。

---

① 张赣生：《民国通俗小说论稿》，重庆：重庆出版社1991年版，第227页。
② 张赣生：《民国通俗小说论稿》，重庆：重庆出版社1991年版，第164页。

《秋海棠》的故事蓝本来自于 1920 年代天津某军阀杀害"戏子"的一则新闻。以北洋军阀统治时期为背景，描写了天津闻名遐迩的一代京剧红伶秋海棠（原名吴钧，男扮女装唱旦角的初期，取名吴玉琴。）与被迫嫁给军阀袁宝藩做三姨太的罗湘绮，这两个"天涯沦落人"之间的爱情及其惨遭军阀袁宝藩摧残迫害的故事。小说情节的重心并未放在主人公的恋情上，而是突出了秋海棠被军阀毁容的惨剧，以及他忍辱放弃了爱情与所钟爱的艺术，带着女儿梅宝隐居乡间，受尽歧视折磨达十八年之久仍将孩子抚养成人的经历。待父女二人和罗湘绮三口之家即将团聚之际，秋海棠带病"跑龙套"已倒毙于他心爱的舞台上。与《啼笑因缘》相较，故事的格局基本上属于"军阀、戏子、姨太太"题材，"但它们又绝非津津乐道于风流韵事，而是以揭露封建军阀的荒淫暴虐，反对强权霸道为其骨架。沈凤喜被刘将军逼疯，秋海棠被袁大帅毁容，不仅反映了封建军阀的跋扈横行，而且从另一个侧面表现了艺人在旧社会所受的欺凌与屈辱。同时，两者在叙述被侮辱者与被损害者时，都为他们设计了具有侠义心肠的友人的扶助。《啼笑因缘》有关氏父女，《秋海棠》有赵玉昆与袁绍文。这显示出作者们的同情是在弱者的一边"。① 二者的模式虽然类似，但他们各有自己独立的构思和时代特色。早在《啼笑因缘》中，张恨水就有社会层面的批判和人性内涵的开掘，1940 年代民族救亡的现实语境使作家不仅着力揭露军阀的罪恶，而且注入了抗日爱国的主题因素。因此，《秋海棠》与此前优秀的社会言情小说一样，言情的同时努力开掘人性的内涵和人生的意义，体现出鲜明的平民意识和人道主义情怀。秋海棠没有受过正规教育，但在时代的浸润和友人的忠告下，逐渐摆脱了军阀的纠缠，顶住了荡妇的诱惑，获得了人格独立、人人平等、爱情自由和婚姻自主等现代意识。同时在遭受军阀迫害、拉扯女儿梅宝长大成人的忍辱负重和含辛茹苦的生活中磨练了坚强的生命精神，这使他成为一个现代人。罗湘绮温柔、善良、多情，又具有恋爱自由、婚姻自主、人格独立等现代意识。还有赵玉昆与袁绍文等豪侠仗义、乐于助人。从这些人物身上，彰显了人的尊严、人的价值以及对自由平等执著追求的现代意识。从某种意义上讲，《秋海棠》的现实主义手法和人道主义精神已大大超越了《啼笑因缘》，

---

① 范伯群：《中国现代通俗文学史》（插图本），北京：北京大学出版社 2007 年版，第 512 页。

说它所引起的轰动效应和深远影响不逊于后者，似乎也不为过。

（二）民国武侠小说

1923 年，平江不肖生的《江湖奇侠传》掀起了中国现代文学史上的第一波武侠热，揭开了 20 世纪中国武侠小说大繁荣的序幕。经过繁荣发展，逐渐形成了以上海为中心的"南派"及以平津为中心的"北派"两大基本流派，并出现了著名的"前五家"。"前五家"是指民国武侠小说发展前期出现的南北两派五位代表作家，包括平江不肖生、赵焕亭、姚民哀、顾明道和文公直。其中，除了赵焕亭是北派作家外，其他四位都是南派作家。"前五家"的代表作品主要有：平江不肖生的《江湖奇侠传》、《近代侠义英雄传》；赵焕亭的《奇侠精忠全传》、《大侠殷一官轶事》；姚民哀的《山东响马传》、《四海群龙记》；顾明道的《荒江女侠》；文公直的"碧血丹心"系列。

到了 1930 年代，平江不肖生的《江湖奇侠传》影响深远，顾明道、姚民哀等各有各的路数，不断求新求变。而北派经过赵焕亭的过渡，以 1932 年还珠楼主的《蜀山剑侠传》横空出世为标志，揭开了民国武侠第二波的序幕。一直到 1940 年代，南北两派交相辉映，成熟的武侠小说大家和长篇巨著带动了整个"武侠热"。这时期，不但真正形成了现代意义上的中国武侠小说，而且在北京、天津一带先后出现了"北派五大家"，也称"后五家"，从而把民国武侠小说发展推向成熟的顶峰。"北派五大家"分别是："奇幻仙侠派"还珠楼主、"社会反讽派"白羽、"帮会技击派"郑证因、"悲剧侠情派"王度庐、"奇情推理派"朱贞木。代表作品主要有：还珠楼主的《蜀山剑侠传》、《青城十九侠》；白羽的《十二金钱镖》、《偷拳》；郑证因的《鹰爪王》；王度庐的"鹤—铁"系列；朱贞木的《七杀碑》、《罗刹夫人》。

在以启蒙、革命、救亡和翻身为时代主题的现代文学时期，民国武侠小说与新文学处于一种对峙关系，成了新文学的对立物而受到批判，同时它不断调整自己的发展套路，向新文学借鉴和吸收思想资源与艺术营养，积极探寻一种对话的可能。在雅俗对峙与对话的整体文学格局中，民国武侠小说不断求新求变求突破，呈现出鲜明的现代性特征，取得了较高的成就。

在对"侠"的理解和阐释上，融入了现代意识：首先，把义提升到民族大义的高度来彰显人物的崇高精神和高贵品格，侠的民族主义精神得到了张扬；同时表现侠客义士和武侠社会在现代社会的生存困境。侠义世界在某种程度上能够弥补现实世界的不足，但在真正展示侠义世界的时候，武侠小说似乎面临尴尬的处境，理想的江湖世界毕竟是带有乌托邦色彩的人间幻境，已不复存在，侠陷入越来越孤独无助的境地。其次，以侠义世界来映衬现实，更向文化深层延伸，带有象征、隐喻性质，增强了揭露现实、批判现实的艺术力量。再次，把侠的人格塑造和对自由境界的追寻相结合，开掘超越有限生命、追求自由永恒的生命意识，肯定现代人的抗争、反省、搏击、进取的理性精神，肯定现代人道主义思想的价值，注重人性的复杂性。

在人物塑造方面，已基本摆脱了清代侠义公案小说的框架，赋予侠客人格独立和精神自由的美质，不再做清官的忠实奴仆，从而使民国武侠小说取得了独立的品格。

在体式上，逐渐消解了传统章回体式，留下了"说书"传统的故事讲述模式，但将传统章回的格式置于可有可无的地位；同时注重章回体的内在改造，主要表现为叙述人称变化多端、描写能力不断加强、以人物为中心来结构故事的形式大量运用。

"前五家"和"后五家"在民国武侠文坛上创造了不朽的辉煌，特别是"后五家"，在1940年代的文坛上继续活跃。但不久，由于政治气候的急剧变化而逐渐衰落。到了1949年后，随着武侠小说被明令禁止出版，民国武侠这股旷世雄风才归于平寂。

（三）解放区的通俗文学创作

1930—1940年代中国共产党领导下的解放区（抗日民族根据地）的通俗文学，与国统区和沦陷区截然不同。解放区的通俗文学基本上不受文化市场机制的支配，面对的读者也不是城市市民，而是由抗日民主政府依靠政权的力量自觉推行，受众变为广大农民。1939年在各根据地展开了关于民族形式的讨论，与解放区通俗文学直接相关的是如何对待"旧形式"和"民间形式"的问题，最后，利用旧形式、民间形式来创作文学的民族新形式的意见首先在创作上占了上风。到了1942年5

月毛泽东发表《在延安文艺座谈会上的讲话》之后，大众通俗文学创作成为解放区唯一的创作方向和文学成就。

这时的通俗文学不再是社会转型期的旧派文人的掌中物，也不再是新海派投合新兴市民读者的法宝，而是一批革命的新文学作家手中的武器。与 1940 年代在国统区、沦陷区从事通俗文学创作的作家不同，解放区通俗文学创作的主力大都是出生于 20 世纪一二十年代的革命文学新人。比如，1910 年代的孔厥、阮章竞，1920 年代的李季、柯蓝、马烽、西戎、张志民等。他们接受过五四新文学的浸润，现在回头向民间文艺和农民文艺学习，实现与新文学的融合，来更好地为农民服务。在解放区，通俗文学成为主流文学，其创作呈现出繁荣的景象。通俗小说有新章回体、新评书体等，通俗诗歌有墙报诗、街头诗、枪杆诗和仿民歌体等，通俗戏剧也出现了秧歌剧、农村小话剧和广场剧等。这些通俗文学作品借鉴汲取民间为广大老百姓特别是农民所喜闻乐见的文艺形式，来表现时代变化中农村的人与事，表现解放区农民武装斗争，反映农村的新情况、新问题、新风貌、新进程。代表作有赵树理的《小二黑结婚》、《李有才板话》、《李家庄的变迁》，柯蓝的《洋铁桶的故事》，马烽和西戎的《吕梁英雄传》，孔厥和袁静的《新儿女英雄传》等。特别是后二者，借鉴古代章回体小说《水浒传》、《儿女英雄传》等"英雄传奇"小说的艺术形式，分别叙写了吕梁山和白洋淀的农民游击战争，斗争激烈，场面壮阔，充满了革命激情和英雄主义精神。革命时代的内容赋予了它们新的内涵，它们是"新"的"革命英雄传奇"。

革命英雄传奇借助于民间英雄传奇这一古老的艺术形式，塑造农民（民间）的革命英雄形象，并赋予文本以革命激情和革命思想，弘扬了无产阶级的政治革命理想、英雄主义精神和浪漫主义情怀。这种"革命英雄传奇"的小说模式，对建国后《红旗谱》、《林海雪原》、《铁道游击队》、《敌后武工队》、《烈火金刚》、《桥隆飙》、《大刀记》等小说的创作产生了直接而深远的影响。

第五节　现代通俗文学大家金庸

1949 年新中国成立后，武侠小说被严禁创作和出版发行，民国武侠小说作家也受到不同程度的批判，除了向恺然之外，还珠楼主、王度庐、宫白羽、郑证因、朱贞木等都有过不公正的待遇。直到"文革"结束后，随着思想解放的潮头涌动和改革开放的逐步展开，中国武侠小说才得以重见天日，民国武侠小说作家的名字又重新出现在研究者和读者的视野。大陆特殊的政治文化环境使得武侠小说创作出现了历史的断层，却没有被人为消灭，它以其娱乐性、休闲性和趣味性在消费文化语境特质彰显的港台地区得以继续萌芽、开花、结果，并以鲜明的中国气派、民族风格波及到东南亚各国。新派武侠小说由此诞生，中国武侠小说的发展也进入了一个新的阶段。港台新派武侠小说在五十多年的发展历程中，涌现出了数百名武侠小说作家，但其中声名卓著、成就最高的当属梁羽生、金庸、古龙这三大家。

金庸创作武侠小说比梁羽生晚一年，但他对中国武侠文学甚至现代中国文学的贡献，可以说是空前的。中国武侠小说到了金庸的笔下，才真正步入文学的大雅之堂，成为现代中国文学的一朵奇葩。

一、家学背景和创作概况

金庸，原名查良镛，乳名宜生，1924 年农历二月初六生于浙江海宁。海宁查家是当地显赫的望族，祖先查升曾获康熙皇帝题赠堂名"澹远堂"。查家被康熙帝誉为"唐宋以来巨族，江南有数人家"，在清代曾有过"一门七进士，叔侄五翰林"的辉煌。查慎行和查嗣庭是其中的佼佼者，雍正年间因"文字狱"遇害。祖父查文清，任职江苏丹阳知县时，勤政爱民，执法公正，因抵制当时帝国主义制造的"丹阳教案"，愤而辞官归乡，告知金庸要懂得洋人欺侮中国人的历史。父亲查枢卿与茅盾同学，是受过西洋教育的中西混杂的地主，在解放后的军管期间被错误镇压杀害。有一年圣诞节，他送给金庸的礼物就是英国作家狄更斯的小说《圣诞颂歌》，这对金庸从文之路具有一定影响。他从少年时期开始就博览群书。传统的明清小说，侠义小说，言情小说，张恨水的通俗小说，鸳鸯蝴蝶派的《红杂志》、《红玫瑰》，新文学的《小说月报》，大仲马的《侠隐记》和司各特的《撒克逊劫后英雄传》等外国小说，均有所涉猎，这对他日后从事创作特别是武侠小说创作具有重要的推动作用。母亲徐禄是徐志摩的堂姑妈。抗战时期，母亲和弟弟在战乱中遭难。祖父、父亲、母亲等亲人的不幸，对金庸一生及其创作影响深远，他说："我祖父、父亲、母亲的逝世，令我深深感觉不遭侵略、能和平生活的可贵，不论是国际间还是国家内部，最重要的是避免战争，让人民在和平的环境中争取进步，改善生活。暴力常是许许多多不幸的根源。"[①] 热爱祖国人民与拥护和平团结、反对战争暴力等思想深深地积淀于金庸的人格结构中，这在他的小说如《射雕英雄传》、《神雕侠侣》、《倚天屠龙记》、《天龙八部》中都有不同程度的反映。

深厚的家学渊源，使金庸从小饱读诗书，深受传统文化的耳濡目染。《易经》讲求的君子自强不息的精神，儒家强调的正义勇敢和修身齐家治国平天下的思想，道家的自由精神，佛家禅宗的悲悯救世情怀，都内化为金庸的精神品格。江南名门世家的人文传统，良好的启蒙教育，特别是祖父"舍身救民"的英雄气概和正义之心，对金庸的一生影响深远。金庸说："我祖父查文卿公反对外国帝国主义者的无理压迫，不肯为了自己的官位利禄而杀害百姓，他伟大的人格令我们故乡、整个家族都引以为荣。"[②] 我想，这些正是金庸"大侠"风骨的精神来源和文化人格建构的思想基础。

金庸曾怀着做外交官的梦想考入重庆中央政治大学外交系。因不满一些国民党职业学生在大学里的霸道行径，仗义打抱不平而被勒令退学。但他并不甘于命运的摆布，于是又进入上海东吴大学法学院读国际法，一心想做外交官。1948 年金庸被《大公报》派往香港，他身无分文闯香江，先后做过记者、编辑、编剧、导演。金庸的真正事业是在香港创办《明报》，1959 年他用 8 万元港币的积蓄创办了《明报》，开创了自办报业的新天地。历经几十年奋斗，成为中国历史上以文致富第一人。他和他的《明报》在新闻界举足轻重。

新中国成立后，由于政治的、意识形态的原因，传统武侠小说被视为无聊、荒诞甚至反动的作品而在大陆被禁止创作和出版，中国武侠小说创作的传统被人为割裂，但却在港台地区得以承传和延续。特别是香港，作为英属殖民地，其独

---

① 金庸、【日】池田大作：《探求一个灿烂的世纪：金庸/池田大作对话录》，北京：北京大学出版社 1998 年版，第 85 页。

② 金庸、【日】池田大作：《探求一个灿烂的世纪：金庸/池田大作对话录》，北京：北京大学出版社 1998 年版，第 83 页。

特的自由文化特征和商业文化氛围，成为新派武侠小说得以发展壮大的基础。

金庸写武侠小说，说是偶然又是必然。1954年1月17日，香港的两位著名拳师，太极派传人吴公仪、白鹤派传人陈克夫准备比武打擂，香港却禁止。于是，把擂台设在澳门新花园。香港市民十分关注这场比武，《新晚报》主编罗孚抓住机遇，准备在报纸上辟"武侠小说连载"。他找到了梁羽生，1月20日，梁羽生的第一部武侠小说《龙虎斗京华》开始在《新晚报》连载，一炮打响，报纸销路一下子看好。1955年，《新晚报》急需武侠小说连载，罗孚推荐金庸去写，当时金庸答应。于是，《书剑恩仇录》问世，金庸的名字第一次出现，时年31岁。1956年，金庸又写了《碧血剑》。1957年《射雕英雄传》在《香港商报》一经连载，立刻引起巨大轰动，初步奠定了金庸新派武侠小说大宗师的地位，时年33岁。金庸不满足于已取得的成就，如上所述，他于1959年创办了《明报》。从此，他的武侠小说《神雕侠侣》、《倚天屠龙记》等相继在《明报》上连载。金庸不愧为一代奇人，在他的武侠小说创作如日中天之时，却在极端困难的条件下创办了《明报》。最初，《明报》创业筚路蓝缕、饱经磨难。倪匡说："《明报》不倒闭，全靠金庸的武侠小说。"[1] 这话不无道理，当时金庸的小说在《香港商报》上连载已经拥有大量读者，许多人为了看金庸的武侠小说，便改买《明报》。由此，金庸的经营理念和远见卓识可窥一斑。随着《明报》的创刊和发展，金庸也逐渐进入政界从事政治活动。但是，《明报》权威性的建立，却在于它的新闻报道、实事评论及分析，而这又离不开金庸以他的本名查良镛发表的每天一篇的社论。《明报》坚持独立自由的办报理念，不依附于任何党派，敢于品评时政，仗义执言，为民请命，为大多数民众利益服务。当然，《明报》的成功也是与金庸的武侠小说创作密不可分的。他在《明报》发刊词上用五个字申明自己的办报立场：公正与善良。循着这条办报原则，他在传播内容的选择上既不拘一格又严格把关，传播内容可雅可俗，但一定要洁净健康，绝不传播对整个社会善良风俗有害的观念和思想。为坚持传播内容的公正，他拒绝了许多利诱，也遭到了不少威胁。作为深思熟虑的思想者，大陆特殊的社会历史变迁和香港自由开放的空气赋予金庸思想深刻内涵和先锋色彩。

---

① 费勇、钟晓毅：《金庸传奇》，广州：广东人民出版社1996年版，第44页。

结合自身经历，金庸自愿传播的是自己对社会、对历史、对人生命运和人性本质的深沉思考。他巧妙地化用了武侠小说这种不仅为自己从小喜爱而且为中国广大读者所喜闻乐见的传统文学形式，将自己对社会、对历史、对人生和人性的严肃思考与先锋体验融入其间。这在《明报》由惨淡经营到起死回生的过程中起到了重要作用，并且进一步推动了金庸的小说创作。金庸每天为报纸写一篇社论，同时每天写一回连载小说，形象思维与逻辑思维交替使用。无疑，这大大增强了金庸小说的现实批判力量。

在香港殖民地文化语境下，尽管金庸最初写武侠小说带有商业目的，把它作为附属于办报的一个副业。但他的创作态度严肃，把崇高作为自己的精神坚守和小说创作的美学追求，在文学精神上实现了超越与飞升。金庸认为："武侠小说本身是娱乐性的东西，但是我希望它多少有一点人生哲理或个人的思想，通过小说可以表达一些自己对社会的看法。"[①] 并相信"武侠小说并不纯粹是娱乐性的无聊作品，其中也可以抒写世间的悲欢，能表达较深的人生境界"。[②] 正是在这种创作思想的指导下，金庸在创作中自觉对传统武侠小说进行了现代性改造和创造性转化，从1955年开始创作第一部武侠小说《书剑恩仇录》到1972年《鹿鼎记》封笔，金庸一生共写了12部长篇武侠小说、两部中篇武侠小说和一部短篇武侠小说《越女剑》。这15部小说无论思想还是艺术上较过去都提升到了一个新的高度。金庸小说雅俗共赏，妇孺皆知，风靡全球，开创了20世纪中国文学史特别是中国武侠小说史上的一个奇迹，奠定了金庸新派武侠小说大宗师的地位，使他成为现代通俗文学大家。

总体来看，金庸小说创作从1955年起大致可分为三个时期：1959年前后，创作思想和艺术成就的跨度很大，这一年之前的小说有《书剑恩仇录》（1955）、《碧血剑》（1956）、《射雕英雄传》（1957）、《雪山飞狐》（1959），大都强调救世思想，小说人物在生活中遵守正统文化的道义要求，以知其不可为而为之的大义处世。从1959年的《神雕侠侣》开始，作品的批判性加强，时时流露出作家对中国文化

---

① 严家炎：《金庸小说论稿》，北京：北京大学出版社1999年版，第79页。
② 金庸：《天龙八部·后记》，北京：三联书店1994年版。

中虚荣和虚伪习气的深恶痛绝，对丑恶人性的憎恨，并意识到善良正义所处的困境，爱情描写步入黄金时期，并彻底反省早期不成熟的民族观念；代表作还有《飞狐外传》（1960）、《鸳鸯刀》（1961）、《白马啸西风》（1961）、《倚天屠龙记》（1961）、《连城诀》（1963）、《天龙八部》（1963）。从1965年至1972年的《侠客行》（1965）、《笑傲江湖》（1967）、《鹿鼎记》（1969—1972），分别采用反讽、隐喻、讽刺等手法，对生活、政治、历史作进一步深刻的描绘与反省，对人性和历史的没落进行深刻的剖析与批判；同时，这三部作品反映了作家已经从过于入世的人生观中摆脱出来，在对繁琐喧嚣、互动干戈的外部世界的观测中，寻求与发掘健康活泼、朴素自由的人生与人性。另外，《越女剑》创作于1970年，是金庸历史感最强的小说。尽管每个时期的创作思想发生了很大变化，但作家始终不忘对真善美的追求，文本深层潜藏着对侠义精神和人间真情的呼唤与眷恋。无论是为国为民的大侠郭靖还是个性张扬的大侠杨过；无论是侠肝义胆的大侠乔峰还是自由逍遥的游侠令狐冲；无论是替天行道的大侠胡斐还是混迹于朝廷与江湖之间的小人韦小宝，都曾被作家赋予行侠仗义、扶危解困的救赎使命，同时又写到他们对理想世界的归隐。在他们身上，融注了作家的人性思考，体现了作家世事洞明后对理想人生的诗意探寻，寄托了作家悲天悯人的博大情怀。

金庸将其14部小说名称的首字连成一副对联：飞雪连天射白鹿，笑书神侠倚碧鸳，连同《越女剑》，构成了中国武侠小说的奇观。侠义和爱情是金庸小说的两大主调，其中蕴涵的历史文化内容、哲学思想、伦理道德、人性人情等，无不凝聚着作家对历史和现实的沉思。他的小说包括两大系列：一是宋元小说系列，如《天龙八部》、《射雕英雄传》、《神雕侠侣》、《倚天屠龙记》；一是明清小说系列，如《书剑恩仇录》、《碧血剑》、《鹿鼎记》。它们以历史为契机，但又不完全是历史纪实或历史重复，而是加入了作家的艺术想象和虚构，渗透了作家的情感体验和生命感悟。金庸在小说中描写了一系列英雄的命运浮沉，通过历史原型来反映人类当前的生存境遇，特别是通过对侠义精神的推崇和对人间真情的思考来反衬现代人的自私与卑琐，借助这些原型表现自己对现代金钱社会文化荒漠中道德堕落与灵魂拯救的思考，从而在历史与现实的交接面上丰富和深化了小说主题。在动用历史原型的过程中，他克服了流俗与偏见，使小说超越了具体的故事情节，而成为人类命运的寓言。他自觉地创造性地运用了历史原型，成为一种创作方法的表征，这不仅表现了历史的发展态势，而且显示了现代人的精神贫困，从而体现出强烈的历史感和厚重的时代感。他通过广泛地引用各个朝代、各个民族的历史传说，把中国人对历史的美丽感情置于宏大的社会背景之下，使得浓郁的历史风情同壮丽的文化背景完美统一。金庸写义，写民族大义，写父子、师徒、朋友间的伦理责任以及武林荣誉，这些都是侠客必须遵循的崇高正义。《书剑恩仇录》中的陈家洛，《雪山飞狐》中的胡氏父子，《射雕英雄传》中的郭靖，《天龙八部》中的乔峰，《神雕侠侣》中的杨过等，都是英雄形象，都是"义"的代表与化身。金庸不仅写他们的"义"，还写他们的"情"。他们不仅在民族斗争、正邪交锋的漩涡中彰显其英雄本色，更置身于情感冲突的中心，尤其是生死相许的爱情中心，突出侠之为人的本质特征，从而折射出人性的光辉。

金庸通过小说创作向世人传达了警世恒言：人不能沉溺于吃喝玩乐、感官享受，应该有理想、有事业、有真情，有崇高的精神诉求，不可当历史过客和玩世小丑。金庸对中华民族古代英雄的英雄主义呼唤，对传统的人间真情的期盼，恰恰印证了他崇高的社会责任感和历史使命感。这正是他的创作惊心动魄的伟大之处。因此，对正义、真情的呼唤以及对健全的人格和人类自身完善的渴盼，构成了金庸小说美学思想的核心。金庸在小说中最感兴趣的是对人物理想的心灵之美的描绘，他的人本主义美学也发展到了极致。他把人的内心之美与气魄之美有机结合，充满了人情味和真实感。他所呼唤的美，实际上是壮美的民族之魂和崇高的民族精神。这种呼唤，在于有力地宣泻中华民族五千年文明史的文化积淀。儒家仁者爱人之说，成为金庸小说最高的美学境界。

二、对古典侠义与爱情的现代转换

侠义与爱情是金庸小说的两大主调，金庸小说以其对传统文化中"义"、"情"的突破与超越，体现出鲜明而强烈的现代精神，实现了古典侠义与爱情的现代转换。

（一）把侠义精神提升到民族大义的高度，同时赋予侠客义士独立人格和自由精神

金庸既钟情于传统文化，又具有现代思想。他把侠建立在正义、公道的基础上，大到为国为民、死而后已；小到锄强扶弱、解危济困，摒弃了传统武侠小说纠缠于嗜杀好斗、复仇成性的个人恩怨的消极倾向。传统武侠小说有一个重要的情节模式：行侠——报国——封荫，侠的人生理想是：威福、子女、玉帛。特别到了清代侠义小说，主人公大都是忠义官侠，实为清官家奴，忠君思想特别严重，缺乏独立人格和自由精神，正如鲁迅所批评的："《三侠五义》为市井细民写心，乃似较有《水浒》余韵，然亦仅其外貌，而非精神。……侠义小说中之英雄，在民间每极粗豪，大有绿林结习，而终必为一大僚隶卒，供使令奔走以为宠荣，此盖非心悦诚服，乐为臣仆之时不办也。"[①]

金庸小说也写古代，但其思想倾向却与传统武侠小说不同，它根本告别了"威福、子女、玉帛"的封建性价值观念和忠君思想，增强了侠客义士为捍卫本民族利益或生命尊严而杀身成仁、舍生取义的意识，赋予他们现代意义上的独立人格和自由精神。金庸笔下的主人公有情有义、至情至性：他们行侠仗义、锄强扶弱，生命可以牺牲，但绝不做朝廷鹰犬，具有为国为民、死而后已的悲壮色彩和崇高意味；他们特立独行、率性而为，不但对抗官府腐败和社会不公，而且反抗几千年来不合理的封建礼法和社会习俗，具有强烈的个性主义色彩，充满了鲜明的生命意识。

前者如郭靖，他为国为民舍身赴难、视死如归、知其不可为而为之，堪称侠之大者。虽然贵为蒙古国的驸马爷和"那颜"的高官，倍受成吉思汗的宠信，但当他得知成吉思汗倾国出击要一举灭宋时，便立即放弃个人的高官厚禄，慷慨陈词："我是大宋臣民，岂能听你号令，攻打自己邦国？"他连夜逃出蒙古国兵营，回归南宋，与黄蓉一起奋勇抗击敌人。从《射雕英雄传》到《神雕侠侣》，郭靖都义无返顾地坚持抗元，死守襄阳城，一守就是十几年。明知蒙古兵力强盛，自己

---

① 鲁迅：《中国小说史略·第二十七篇 清之侠义小说及公案》，《鲁迅全集》第9卷，北京：人民文学出版社2005年版，第287—288页。

迟早会失败，但只要能多守一天，就尽力而为，绝不轻言放弃。黄蓉原想到最后关头他俩可乘汗血宝马脱身，但郭靖坚决反对，不做苟且之人，誓与城池共存亡。以至于黄蓉只好叹道："我原知难免有此一日，罢罢罢，你活我也活，你死我也死就是！"这种视死如归的精神可歌可泣。郭靖之所以能坚守襄阳城十多年，正是因为他有一种"为国为民"的民族大义。在《神雕侠侣》中，郭靖在襄阳城对杨过说："我辈练功学武，所为何事？行侠仗义，济人困厄固然是本分，但这只是侠之小者。江湖上所以尊称我一声'郭大侠'，实因敬我为国为民，奋不顾身地助守襄阳……只盼你心头牢牢记着'为国为民，侠之大者'这八个字，日后名扬天下，成为万民敬仰的真正大侠。""为国为民，侠之大者"，这八个字正是郭靖一生的真实写照。这就使他超越了"锄强扶弱"的传统侠客模式，上升到"为国为民"的高度。还有郭靖的父辈侠士郭啸天、杨铁心、张十五和丘处机等人对于宋朝皇帝昏庸无能、听信谗言、宠奸害忠，把大好河山恭送金国，十分气愤地骂道："他不但自己做奴才，还叫世世子孙都做金国皇帝的奴才。他做奴才不打紧，咱们中国百姓可不是跟着也成了奴才？""不要脸，不要脸！这鸟皇帝算是哪一门子的皇帝！"他们还联手打击入侵的金兵。作家善于摘取历史事件特别是关系民族存亡的大事作为小说的背景材料，有利于塑造侠客的英雄形象，增强作品的震撼力。

后者如《神雕侠侣》中的杨过、《笑傲江湖》中的令狐冲。为了追求自由爱情，杨过敢于冲决封建礼教与社会习俗的网罗，无视社会偏见和舆论压力，抛开师徒名份，与师父小龙女自由结合。面对武林群雄甚至大侠郭靖的指责，杨过回答："你们斩我一千刀，我还是要她做妻子。"即使知道了小龙女被人奸污，他仍不在意，坚决要和小龙女厮守一生，可见，封建贞节观念在他心目中根本没有地位。他是封建礼教和社会习俗的自觉叛逆者。令狐冲狂放不羁，笑傲江湖。首先，他在被罚面壁时，敢于向师父岳不群的死对头风清扬学习"独孤九剑"；其次，他在被逐出华山派后，竟然做了女性门派——恒山派的掌门人，可谓前无古人、后无来者；再次，他不顾武林正派人士的反对，与魔教教主任我行之女任盈盈相爱，最后结为恩爱夫妻。在个人与传统道德和社会舆论等发生矛盾冲突的过程中，无论杨过，还是令狐冲，都充分显示了强烈的叛逆精神和放荡不羁的自由个性。

在个人与社会的关系上，金庸主张要为民众利益着想，从而赋予侠以民族大义的道德承担和忧国忧民的历史使命，他赞美郭靖以天下为己任的人生态度；而在个人与个人的关系上，他主张尊重个性，保持人格独立和自由精神，同情和肯定杨过、令狐冲等有真性情的人物。这正是现代意识的两个方面。人，既要承担一定的社会责任，又要保持个体的独立人格。如果只讲个性自由，放任自流，就会造成自我膨胀，人欲横流，危害社会；如果只肯定群体或君王利益，过分抑制乃至无视个体利益，就会扼杀独立个性和自由思想，造成历史悲剧。"只有将社会责任和个性自由两者兼顾，才真正是人类现代社会所应有的健全意识，才真正是金庸所要表达的现代意识"，[①]这是金庸在对侠义人物进行价值建构过程中对侠义精神崭新而独特的思考。

（二）使爱情成为一种自由平等的理想性爱，实现了爱情和武侠的完美结合

武侠小说写男女之间的恋情，在古代武侠小说中已经大量出现。唐传奇第一次把爱情和武侠结合起来，如裴铏的《昆仑奴》中侠客磨勒成全了崔生与歌妓的爱情；明代冯梦龙在文言短篇武侠小说中第一次提出"情侠类"小说的名称（冯梦龙《情史》中的《情侠类》共 36 篇）；清代文康的《儿女英雄传》重点写了侠女何玉凤、张金凤与安公子的爱情婚姻故事。但是，这些作品中的人和事基本上没有超出封建统治者所提倡的"忠孝节义"范畴。民国武侠小说如朱贞木的《罗刹夫人》和王度庐的《鹤惊昆仑》则敢于打破封建礼教的束缚，从人的自然本性出发，大胆地描写男女爱情。特别是王度庐，在情的内涵上有了新开拓，他深入人物的性格和心灵世界，开掘人物的灵魂与人性的内核，注重揭示个人与社会的矛盾，展示人物内心的冲突和挣扎，表现出丰富而复杂的人性内涵，获得社会悲剧、命运悲剧、性格悲剧和心理悲剧错综交织的综合美感，从而使得通俗的言情武侠小说真正进入五四以来"人的文学"序列。金庸小说的爱情描写彻底超越了"忠孝节义"范畴的束缚，是对王度庐"悲剧侠情"的继承与创新。他笔下的爱情故事抛开一切社会经济因素和功利思想观念，突出人性的本真，男女主人公自主地选择爱情和婚姻，很少受到外界干涉。

---

① 严家炎：《金庸小说论稿》，北京：北京大学出版社 1999 年版，第 93 页。

《射雕英雄传》中的郭靖完全不考虑华筝的公主地位而决心与黄蓉相好。《倚天屠龙记》中的赵敏为了张无忌，可以抛开郡主的家门。《神雕侠侣》中的杨过为了和小龙女长相守而敢于反抗封建礼教习俗。《笑傲江湖》中的令狐冲为了和任盈盈相爱而甘冒天下之大不韪。《雪山飞狐》中的胡一刀选择妻子时，置大笔财富于不顾。在这些爱情描写中，虽然都有"英雄美人"的理想成分，但这种爱情是建立在自由平等和互相尊重基础上的，是对封建社会那种"父母之命，媒妁之言"、"门当户对"等爱情婚姻观念的背逆，充分体现了作家尊重人性发展、追求爱情自由和婚姻自主的情感倾向。这些爱情本身是超凡的、纯洁的、高尚的，是真情的自然流露，是两心相悦的真正性爱。即使金庸笔下的痴情种，也因爱恋而"直教生死相许"。《飞狐外传》中的程灵素，为了救心上人胡斐的命，亲自用嘴去吸胡斐手背上的毒。她是个医生，明知这样做会中毒身亡，却还是去做了，结果为情而牺牲了性命。胡斐对她的感情没有对袁紫衣那般热烈、执著、痴迷，但程灵素在追求爱情过程中生死相许的真诚付出因此而更加催人泪下。与当前商品社会中"不求天长地久，但求曾经拥有"的闪电爱情，特别是"闪婚闪离"的婚姻现象相比，程灵素对爱情的态度显得弥足珍贵。

有一点值得注意，金庸小说的爱情描写有一个"一男多女"模式。如郭靖周围有华筝、黄蓉、程瑶迦，杨过周围有小龙女、陆无双、程英、公孙绿萼、郭襄、郭芙，张无忌周围有小昭、殷离、周芷若、赵敏，令狐冲周围有岳灵珊、仪琳、任盈盈。这些女性的人生目标似乎专在寻找爱情、寻找归宿，围绕和追求一个男子而生死相许。严家炎就此指出："金庸小说积淀着千百年来以男子为中心，女性处于依附地位的文化心理意识。"① 但也可以认为，这是金庸尊重古代历史真实而以现代意识对传统爱情观进行艺术改造的结果。大家知道，在传统和现实的爱情中，一般是男子主动、女子被动。而金庸笔下的女子大都是会武功的侠女，在爱情方面则大胆主动地追求自己的幸福，这表明了女性意识的觉醒和女性人格的独立，显示出作家对传统女性观的背离和对现代女性观的认同与接受，充分体现了男女平等意识，比较彻底地摆脱了中国传统思想的束缚。金庸小说中的女性，大多是

---

① 严家炎：《金庸小说论稿》，北京：北京大学出版社 1999 年版，第 100 页。

爱情至上主义者,爱情是她们个体生命中不可或缺的因素,没有爱情,她们就丧失了人生的方向;没有爱情,她们和侠客义士的"剑胆琴心"也无法合奏出生命的华章。但是,"金庸小说中的女性并不是受中国传统文化观念牢牢控制的那一群人。她们的爱情行为、爱情心理和爱情形态,在文化的意义上是融会中西、贯通古今,更多地呈现出现代性的意味"。① 可以说,金庸小说所描写的男女之情爱,既有中国传统文化的底色,又不失现代性特征,是情与义和谐同一、情与理交融结合的感情,"对是非善恶的相近的评价标准,对正义、道德的共同向往,对侠义的精神高度认同与实行,成为爱情发生并且维持的关键性因素"。②

正是在此基础上,金庸小说摆脱了男尊女卑的传统情爱模式,侠客侠女之间的爱情成为一种自由平等的理想性爱,不仅突出了爱情的精神性和社会性特征,而且表达了这种爱情的合理性和正当性的道德诉求,从而实现了爱情与武侠的完美结合。

三、独立批判精神

金庸以现代意识对传统思想观念进行了批判和否定,其小说表现出强烈的独立批判精神,在20世纪中国武侠小说史乃至现代中国文学史上独树一帜。

(一)批判和否定"快意恩仇"、任性杀戮观念

传统武侠小说的一个普遍观念是"快意恩仇",为了报仇,而且要"快意",杀人乃家常便饭,甚至可任性杀戮,殃及无辜。如《水浒传》中武松为了报仇,血溅鸳鸯楼,杀了张都监一家老少十五口;唐代薛调的《无双传》中古押衙行侠,"冤死者十余人"。以致于陈平原指出:"……武侠小说的风行,不只无意中暴露了中国人法律意识的薄弱,更暴露了其潜藏的嗜血欲望。"③ 传统武侠小说这类描写的大量存在,无论从道德角度还是从法律角度来看,都代表了古代社会残留的一种

---

① 曹布拉:《金庸小说的文化意蕴》,杭州:浙江人民出版社2004年版,第225页。
② 曹布拉:《金庸小说的文化意蕴》,杭州:浙江人民出版社2004年版,第230页。
③ 陈平原:《千古文人侠客梦——武侠小说类型研究》,北京:人民文学出版社1992年版,第124页。

不健全的心理要求。

在武侠小说是否必定与"快意恩仇"、任性杀戮相联系这个问题上，金庸持批判和根本否定的态度。金庸从侠义精神最本质的内核入手，抓住其中具有现实合理性的因素，按照现代观念对此进行了创新。金庸小说中也有仇杀，但他对仇杀描写所采取的态度和所把握的分寸是慎重而适当的。《射雕英雄传》中的郭靖，怀着家国双重仇恨完成了对完颜洪烈的复仇后，却对自己的行为忏悔："他一想到'复仇'二字，花剌子模屠城的惨状立即涌上心头。自忖父仇虽复，却害死了这许多无辜百姓，心下如何能安？看来这报仇之事，未必就是对了。"《神雕侠侣》中写杨过为其父杨康报仇，却一次又一次被郭靖夫妇"国事为先"的精神所感动，深责"自己念念不忘父仇私怨"。当知道了父亲的为人和死因后，更是惭愧无比，彻底放弃了复仇的念头。《天龙八部》中乔峰说："咱们学武之人，第一不可滥杀无辜。"在《笑傲江湖》中，金庸带有贬义地写了林平之这个复仇狂。他在为父母复仇这天，居然穿上锦绣衣服，衣衫上薰了香。不但把和仇敌有瓜葛的人一概杀死，而且像猫戏老鼠似的戏弄青城派掌门人余沧海以达到复仇快感，甚至于丧心病狂地把世间唯一对他怀有深情厚意的妻子岳灵珊杀死。他为父母报仇是正义的和值得同情的，但这位"复仇之神"却走火入魔蜕变为"复仇之鬼"，成了一个丧尽天良、泯灭人性的恶魔。金庸在塑造这一人物形象时是由同情逐渐流露出厌恶之情的。金庸并不反对杀那些恶人，却反对睚眦必报和滥杀无辜。显然，这与《水浒传》对快意恩仇和任性杀戮的武松持肯定态度是完全不同的。

（二）批判和否定尊夏贬夷的观念

在汉族和少数民族的关系上，儒家历来讲究"夷夏之辨"，尊夏贬夷，认为"非我族类，其心必异"（《左传·成公四年》）；主张"用夏变夷"，反对"变于夷"，如孟子所言："吾闻用夏变夷者，未闻变于夷者也。"（《孟子·滕文公章句上》）表现出排斥其他民族长处的狭隘的大汉族中心主义倾向。武侠小说也受这种传统观念影响。民国武侠小说很多是"反清复明"的故事，作者站在汉族立场上，反对满族统治，书中侠士代表正义，而"鞑子"皇帝则是奸邪。这种民族关系上的简单观念，既与当时反清革命思潮有关，也是儒家传统思想的反映。

金庸最早的小说《书剑恩仇录》采用汉族一个民间传说为素材，或许还潜存这类痕迹。但随着作家历史文化视野的日益开阔，思想和艺术上日臻成熟，其小说也日益突破儒家汉族本位的狭隘思想，批判和否定了尊夏贬夷的传统观念。以平等开放的态度处理民族关系，肯定中华各兄弟民族在历史发展中的地位和作用，赞美汉族与少数民族平等相处、荣辱与共的思想，把各民族间曾有过的征战、掠夺视为历史上不幸的一页。《天龙八部》以当时中国版图内的宋、辽、西夏、大理、吐蕃五个区域为背景，让段誉、乔峰、虚竹三位主角的足迹几乎遍及中华全境。其中乔峰的悲剧，尤其震撼读者，发人深省。他一出场，就以迅雷不及掩耳之势，在杏子林平定了丐帮内部叛乱，展示了杰出的领袖才能和崇高威望。他从小受的是北宋年间以儒家为主的汉人文化教育，这使他确立了一套正统的道德规范：讲究"夷夏之辨"，忠于国家民族，孝敬父母师长，对弱小者仁爱，处事正直公平，反对滥杀无辜。但命运跟他开了一个残酷的玩笑，最后证明他是一个契丹人，并在辩诬自卫过程中不得已大开杀戒，结果为阻止辽宋之间的民族战争而悲壮自杀。作家通过乔峰的经历和悲剧结局，不仅控诉了辽宋统治集团对异族百姓的残杀与掠夺，而且向传统儒家思想提出质疑，尊夏贬夷是不对的，汉人与契丹等少数民族应平等相待、和平共处。

（三）批判和否定传统正邪观念

传统武侠小说在正邪问题上采取简单的二分法：正则全正，邪则极邪。对于江湖上正与邪、侠义道与黑道、名门正派与魔教之间的斗争，金庸没有因袭传统，而是有着自己的独立思考。他的小说写了许多极复杂的正邪斗争，其中有部分确实存在是非、正邪的严重对立，但也有不少是某些人为达到某种私利而借冠冕堂皇的名义挑动的。《笑傲江湖》中所谓正派里的嵩山派阻止衡山派高手刘正风金盆洗手，硬给刘正风安上了"结交魔教长老曲洋"的罪名，杀了刘正风全部家属，最后连身负重伤、逃出隐居的刘正风以及曲洋的十二三岁的小孙女也不放过。令狐冲责问嵩山派的费彬："咱们自居侠义道，与邪魔外道势不两立，这'侠义'二字，是什么意思？欺辱身负重伤之人，算不算侠义？残杀无辜幼女，算不算侠义？要是这种种事情都干得出，跟邪魔外道又有什么分别？"这告诉我们：是非正邪不能只按表面名称来划分，应具体分析。事实上，正中有邪，邪中有正，这是人性的复杂表现。青城派掌门人余沧海、嵩山派掌门人左冷禅都在侠义道，却都是阴险歹毒、作恶多端之徒，更不用说华山派掌门人岳不群这类伪君子了。而魔教长老曲洋却有侠义心肠。正如《倚天屠龙记》中张三丰所说："这正邪两字，原本难分。正派弟子若是心术不正，便是邪徒；邪派中人只要一心向善，便是正人君子。"这是金庸以现代意识洞察人性善恶的可贵探索。

四、独特贡献

在现代中国文学史特别是中国武侠小说史上，金庸是公认的一代宗师。金庸小说对现代中国文学的独特贡献主要体现在以下几个方面：

第一，金庸以知识分子的精英意识创造性地改造和融会了各种通俗小说类型，使之雅俗共赏，成为通俗小说创作的集大成者。他的小说以武侠为底色，不仅有纵横捭阖的历史叙事，还有精彩纷呈的武打场面、缠绵悱恻的爱情描写、扑朔迷离的案情追踪、深刻犀利的人性揭示。于是，金庸武侠小说同时兼备了言情小说、历史小说、侦探小说和社会小说的文化元素，也充满了文化反思、灵魂拷问和人性探询的精英意识，从而将武侠小说的容量和文化内涵提升到了极致。

第二，金庸在武侠小说创作中不断求新求变求突破。他的15部武侠小说，每部都有自己独特的思想主题和艺术风格，在单调的武侠小说类型中开拓出一片广阔的新天地，探索和尝试武侠小说写作的各种可能性。"金庸武侠小说包涵着迷人的文化气息、丰厚的历史知识和深刻的民族精神。作者以写'义'为核心，寓文化于技击，借武技较量写出中华文化的内在精神，又借传统文化学理来阐释武功修养乃至人生哲理，做到互为启发，相得益彰。这里涉及儒、释、道、墨、诸子百家，涉及千百年来中华民族众多的文史科技典籍，涉及传统文学艺术的各个门类如诗、词、曲、赋、绘画、音乐、雕塑、书法、棋艺等等。作者调动自己在这些方面的深广学养，使武侠小说上升到一个很高的文化层次。"[1]可谓通俗文学创作领域追求立意深切和格式特别的典范文本。

---

① 严家炎：《一场静悄悄的文学革命》，《明报月刊》（香港），1994年12月号。

第三，金庸以现代意识对传统武侠小说的落后思想观念进行了反思、批判、改造和全新阐释，充满了独立批判精神和现代理性思考，从而将武侠小说的思想水准提升到了现代高度，体现了金庸小说的现代性。

第四，金庸小说在故事情节设置、人物塑造和语言运用方面匠心独运，全面提升了武侠小说的艺术水准。金庸小说的故事性极强，善于设置扣人心弦的悬念，情节曲折生动，一波未平、一波又起，场面异彩纷呈。他的小说大都为长篇，卷帙浩繁，人物众多，事件繁琐，但都能做到舒缓有致、不枝不蔓，使得结构严谨，线索清晰。虽然有的故事情节不乏疏漏之处，但大都显得合情合理。金庸小说语言上有的使用古白话，有的使用现代白话，兼融传统小说和现代小说的语言之长，典丽流畅而生动传神。金庸笔下的人物，大都个性鲜明，既揭示人物性格形成的基础，更写出了人物性格的发展和深层变化，使得人物形象栩栩如生，真实可信，为现代中国文学画廊贡献了不可或缺的典型。如东邪西毒、南帝北丐、丘处机、江南七怪、郭靖、黄蓉、杨过、小龙女、令狐冲、岳不群、左冷禅、任我行、东方不败、张无忌、灭绝师太、李莫愁、萧峰、段誉、虚竹、韦小宝等人物，都已成为不朽的典型。金庸写人，既写人生经验、生活情趣，也写人情世态、爱恨情仇，不仅拉近了武侠小说和现实生活的距离，还使人物充满了人情味和人性的深度。

综上，金庸以现代知识分子的精英意识对传统武侠小说进行了现代性改造，使其文本呈现出鲜明而强烈的现代精神，使武侠小说这种文体由娱乐性走上了与艺术性、哲理性有机结合一途，做到了真正的雅俗共赏。这种改造带来了武侠小说的新生命，为人们寻求和建构诗意栖居之地提供了精神资源与价值参照，为通俗的武侠小说正式步入高雅文学的殿堂做出了应有的贡献，必将对新世纪文学创作产生深远影响。

第六节　梁羽生的新武侠小说

新武侠小说，是指 20 世纪下半叶在港台地区崛起的武侠小说。新武侠小说承接了民国武侠小说创作的传统，并于港台地区日益鲜明的商业化环境中借助现代传媒手段把中国侠文化传统进一步发扬光大。研究新武侠小说，不得不首先提到梁羽生,尽管台湾的郎红浣(原名郎铁青)早于 1952 年就在《大华晚报》上连载武侠小说,最早竖起新派武侠小说的旗帜,但其影响在梁羽生、金庸和古龙之下,故梁羽生被誉为新武侠小说的开山之祖。梁羽生的武侠小说不仅数量可观,而且自成一家,可谓新武侠小说中的名士派。毫不夸张地说,梁羽生的武侠小说在中国侠文学史乃至现代中国文学史上具有重要地位。

一、生平背景和创作概况

梁羽生(1924—2009),原名陈文统,广西蒙山人,生于 1924 年 3 月 22 日,因病于 2009 年 1 月 22 日在悉尼去世,享年 85 周岁。陈家世代书香门第,陈文统从小深受中国传统文化的熏陶,又接触过新文学思潮,曾醉心于历史研究,对古典诗词特别喜好,打下了扎实的国学根基。知识结构不乏现代文化意识,这为他日后武侠小说创作中浓厚的历史感和诗化色彩奠定了坚实的基础。抗战时期广州沦陷后,当时著名的两位文史名家饶宗颐和简又文,为了避难来到广西蒙山隐居,陈文统时逢少年,与两位名家因缘际会。他写的诗词颇受饶、简二位先生的青睐。其中有感于"湘战失利,八桂骚然"疾书而成的《水龙吟》颇具功力,上阕"洞庭湖畔斜阳,而今空照销魂土。潸然北望,三湘风月,乱云寒树。屈子犹狂,贾谊何在?搵新亭泪",将国破家亡的历史和现实相互映照,显得慷慨激昂,悲愤淋漓;下阕"又是甲申五度,听声声,病猿啼苦,满地胡尘,谁为可法?横江击鼓。觅遍桃源,唯有蒙城,烽烟犹阻,问甚日东风,解冻吹寒,催他冬暮",虽内心怅惘,却不乏侠气雄心,已充分显露出少年陈文统的文史才华和家国情怀。[①]1944 年,陈文统拜专攻太平天国史的简又文为师,养成了对历史知识的浓厚兴趣,积累了丰厚渊博的学识。抗战胜利后,经简又文介绍,陈文统进入岭南大学经济系读书,但他的爱好志趣不在研究经济。1949 年毕业后进入报界,在香港《大公报》工作,曾做过英文翻译和副刊编辑,以报人的身份谋生。陈文统除了写散文和文学评论外,还热衷于写文史小品和棋话。工作之余好读武侠小说,尤其推崇民国武侠小

---

① 参见龙飞立:《剑气箫心梁羽生》,柳苏等著:《梁羽生的武侠文学》,台北:风云时代出版公司 1988 年版,第 1—37 页。

说作家宫白羽的作品。1962年后辞职专门创作武侠小说，一跃成为著名武侠小说作家。

陈文统从事武侠小说创作，纯属一种历史机缘。1954年1月17日，香港的太极派掌门人和白鹤派掌门人发生了纠纷，在报纸上笔战无果的情况下，便下了生死状设擂台比武，因香港禁止打擂，于是在澳门搭了擂台。结果这场打擂只进行了几分钟，便以白鹤派掌门人陈克夫被太极派掌门人吴功仪打得血流满面而告终。《新晚报》及时描述了当天比赛的盛况，一时间，这场比赛促进了澳门赌场的生意繁荣，香港市民也纷纷争说比赛盛况。《新晚报》总编辑罗孚预感到这场比赛可能会带来广阔的读者市场，于是劝说陈文统写武侠小说以招徕读者。1954年1月19日，《新晚报》头版的显著位置刊登了"本报增刊武侠小说"的预告。第二天，陈文统以笔名"梁羽生"在《新晚报》上开始连载他的武侠处女作《龙虎斗京华》，由此带动了港台武侠小说的发展和全面繁荣。一年后，与梁羽生同在一个报馆工作的金庸也在香港报纸上开始连载他的第一部武侠小说《书剑恩仇录》，也是一发不可收。接着香港的倪匡、温瑞安、秋梦痕，台湾的古龙、卧龙生、诸葛青云、司马翎、柳残阳，旅美的萧逸等武侠小说作家如雨后春笋纷纷涌现，形成了一个庞大的武侠小说作家群。从此，"梁羽生"这个名字不胫而走，声名远播。梁羽生因此被视为港台新武侠小说的开山鼻祖。1980年代后，大陆武侠小说开禁，出现了冯育楠、残墨、单田芳等武侠小说作家。无论港台还是大陆，武侠小说创作蔚为大观。

从1954年开始创作武侠小说，到1984年宣布"封刀"改写历史小说，梁羽生共创作武侠小说35部，合计160册，字数达一千多万。这35部小说分别是：《龙虎斗京华》（1954）、《草莽龙蛇传》（1954）、《塞外奇侠传》（时名《飞红巾》1956）、《七剑下天山》（1956）、《江湖三女侠》（1957）、《白发魔女传》（1957）、《萍踪侠影录》（1959）、《冰川天女传》（1959）、《还剑奇情录》（1959）、《冰魄寒光剑》（时名《幽谷寒冰》1960）、《散花女侠》（1960）、《女帝奇英传》（时名《唐宫恩怨录》1961）、《联剑风云录》（1961）、《云海玉弓缘》（1961）、《大唐游侠传》（1963）、《冰河洗剑录》（1963）、《龙凤宝钗缘》（1964）、《挑灯看剑录》（又名《狂侠·天骄·魔女》1964）、《风雷震九州》（1965）、《慧剑心魔》（1966）、《飞凤潜龙》（1966）、

《侠骨丹心》（1967）、《瀚海雄风》（1968）、《鸣镝风云录》（1968）、《弹铗歌》（又名《游剑江湖》，1969）、《风云雷电》（1970）、《折戟沉沙录》（又名《牧野流星》1972）、《广陵剑》（1972）、《武林三绝》（1972）、《绝塞传烽录》（1975）、《剑网尘丝》（1976）、《弹指惊雷》（1977）、《武林天骄》（1978）、《幻剑灵旗》（1980）、《武当一剑》（1980）。其中，《七剑下天山》、《萍踪侠影录》、《女帝奇英传》和《云海玉弓缘》是梁羽生的代表作。

　　梁羽生的早期小说常常把人物活动场景设置在中国内地的城镇乡间，这些侠客义士蛰伏于民间乡曲，大多身不由己地卷入时代的政治浪潮。他们或者是太平天国失败之后隐居民间的义士，或者是义和团运动的直接或间接参与者。在最初的《龙虎斗京华》和《草莽龙蛇传》中，梁羽生把审美视角伸向民间，重点表现为正史所排斥或贬抑的民间史。梁羽生笔下的江湖人物游走于晚清社会朝野对立和内忧外患这一总体的历史背景之下，揭示了一些重大历史事件在民间的发生机制和侠客义士进退维谷的生存困境。《龙虎斗京华》主要写了晚清时代太极拳名家柳剑吟和他的师弟河北保定太极门丁派掌门人丁剑鸣，两个人性格上的差异，决定了各自不同的道路选择和命运结局。丁剑鸣因见识不明，结交伪善的退休官员豪绅索善余，不听师兄柳剑吟等正派人士的劝诫而一意孤行，近官府远江湖，为江湖群雄所不齿。他的儿子丁晓，为了逃婚而独自离家出走，几近众叛亲离。在错综复杂的形势下，丁剑鸣中了官府计谋，加上好面子而结怨于武林，被索善余利用，企图借丁剑鸣挑起武林争端，瓦解威胁朝廷的政治势力。隐居山东的柳剑吟不忍心看到丁剑鸣为朝廷利用，于是重出江湖，化解了武林的矛盾和纷争。最后丁剑鸣被索善余毒杀，临终方醒悟。其时义和团运动声威大震，柳剑吟为报师弟之仇，投入义和团运动。八国联军入侵，外敌当前，武林中人出现了"反清"、"扶清"和"保清"三派。保清派首领岳君雄暗算柳剑吟，一代武林豪杰死于宵小之手。后来柳剑吟的大徒弟娄无畏与岳君雄比武，恰逢八国联军攻入北京，岳君雄逃走，义和团运动失败。柳剑吟的女儿柳梦蝶出家为尼，最后手刃隐居多年的岳君雄，为父复了仇。《龙虎斗京华》中的这些人物在随后的姊妹篇《草莽龙蛇传》里再次出现，但表现的重点放了下一代的年轻人身上，如丁剑鸣之子丁晓，梅花拳掌门人的孙女红衣少女等。丁晓困惑于父亲结交豪绅，为江湖群雄所误解，为了逃婚而离家出走，去探求武学的技与道。丁剑鸣死后，丁晓成为丁派太极门掌门人。小说叙述了丁晓拜师学艺途中的种种遭遇，大类宫白羽笔下杨露禅拜师的经历。丁晓的人品、见识、爱情和武学，以及他与父亲之间的冲突和谅解，都在小说中得到了展现。小说还写了诸如义和团创始人、梅花拳老掌门姜翼贤及最得意的门徒朱红灯，红衣女侠姜凤琼，河南陈家沟太极拳高手陈永传，朱红灯的朋友铁面书生上官瑾，上官瑾第一位师傅、参加过太平天国起义、失败后隐居江南的方复汉等"草莽龙蛇"，栩栩如生，暗示了晚清义和团运动和太平天国运动之间的内在联系。

梁羽生小说的成熟当以开始创作于 1956 年的《七剑下天山》为标志，1959 年的《萍踪侠影录》臻于完美。《七剑下天山》以凌未风和易兰珠等青年剑客在朝代更替之际的政治认同和情感生活为主线，叙写了明末清初一些遗民侠士的故事。小说仍然存在朝野对立的叙述模式，描写了武林人士面临朝代更替的社会变革而作出的不同选择。在新的政治选择和认同面前，有的人甘愿做朝廷的鹰犬走狗，如七剑之一的楚昭南背叛了侠义道而投入朝廷怀抱，到处追捕反清复明的义士；而傅青主等老一辈侠士和凌未风、易兰珠、飞红巾、杨云骢、武琼瑶等，则积极投身于反清复明的运动。小说也叙写了明珠之子、著名词人纳兰容若于政治和文化的夹缝中借诗词排遣苦闷和寂寞的生存困境，还塑造了反清组织天地会总舵主韩志邦的形象。梁羽生不仅善于书写侠客义士的侠行壮举，而且也善于写情。在《七剑下天山》中，他写了一种超越阶级和阶层限制的爱情，但往往因阶级对立、政治对抗而造成悲剧，所以他笔下的爱情是由痴情、深情和苦情、悲情错综交织的情感系统。如顺治帝和董小宛之间、杨云骢与纳兰明慧之间、卓一航和玉罗刹之间、霍天都与凌慕华之间。只有到了年轻一代，如易兰珠和张华昭、桂仲明和冒浣莲，他们之间的爱情历尽磨难，但终有善果。《萍踪侠影录》是梁羽生小说中将历史和武侠完美结合且相得益彰的杰作，以明朝土木堡事变为背景，叙写忠臣于谦抵抗蒙古瓦剌部反被杀害的悲剧，表现了一代忠良为挽救国家危亡而赴汤蹈火、视死如归的凛然正气。这是历史的书写。与这段历史相适配的是作者塑造了儒雅飘逸的大侠张丹枫，由他带出了曾与朱元璋争夺天下败北的张士诚的后人及其部属散居大漠的故事。作者摆脱了"成王败寇"的历史观的局限，为读者揭示了向来为官方正史所遮蔽了的失败者的历史。明朝使臣云靖出使瓦剌，被汉人丞相张宗周扣留。云、张两家有深仇大恨。十年之后，张宗周之子张丹枫爱上了云靖的孙女云蕾，爱恋甚深，方知上辈人的恩怨，他们不得不分道扬镳。张丹枫看出了父亲张宗周欲借蒙古瓦剌部推翻明朝的用意，出于民族大义，毅然离开瓦剌，捐出张士诚的宝藏，帮助于谦抵抗瓦剌入侵。张丹枫情场失意，重回江南，巧遇云蕾，两位刻骨铭心相爱的恋人终于一笑泯世仇，有情人终成眷属。张丹枫背叛了家族和父亲复仇兴国的理想，可谓不孝；但作为汉人后代，他能够超越对某个朝廷的愚忠，为了民族国家利益挺身而出、敢于赴死的精神，大大彰显了他的忠、义、勇。正是在这种精神的支撑下，他和云蕾在反侵略的共同事业中，才能够以真情战胜宿仇，他们的爱情最终得以摆脱父祖辈留下的浓重阴影而琴剑谐和。小说把个人与民族国家的关系置于爱情和政治的漩涡中来表现，把民族国家的悲剧和人物的内心冲突交织辉映，使得情节起伏跌宕，人物性格血肉丰满，在武侠小说的表层下，深蕴着历史的反思和现实的思考。

对于 1950 年代的港台武侠小说作家而言，民国武侠小说是不易超越但必须超越的大山。梁羽生作为新武侠小说的开山祖师，他在创作伊始就明确了自己的奋斗目标。在对武侠小说的界定及与此相关的主题、艺术手法的创新等方面，梁羽生都有自己的独到见解和大胆实践。关于武侠小说的定义，当然包括"武"和"侠"两个方面。在民国武侠小说作家笔下，常常把"武"的神奇魔力发挥得淋漓尽致，偏于"武"的描写和渲染。在梁羽生看来，武侠小说有武有侠，"'侠'比'武'应该更为重要，'侠'是灵魂，'武'是躯壳。'侠'是目的，'武'是达成'侠'的手段。与其有'武'无'侠'，毋宁有'侠'无'武'"。[1]至于什么是侠？他认为侠即正义的行为，也就是对大多数人有利的行为。因此，他的小说往往强化侠而淡化武，写侠多于写武，侧重于对侠客精神世界的审美观照和对侠义行为本身的开掘。在梁羽生的笔下，侠士往往是正义、公道、智慧和力量的化身，颂扬具有侠义精神的人，揭露和鞭挞反动统治阶级代表人物的贪婪、腐败、暴虐与虚妄。

---

① 佟硕之（梁羽生）：《金庸梁羽生合论》，韦清编：《梁羽生及其武侠小说》（增订本），香港：伟青书店 1980 年版，第 96 页。

从而体现出对民国武侠小说的承传和现代超越。

二、思想艺术特色

综观梁羽生的 35 部巨著，不难发现其思想艺术上的三大鲜明特色：以武侠故事折射历史现实；以理想之光塑绘具有传统美德的侠义英雄形象；继承中国传统小说艺术，汲取新文学艺术手法。

（一）在历史事件的阔大背景下，以忠奸侠邪的斗争来编织极富历史感和现实感的历史武侠故事

梁羽生的武侠小说大都有清晰的历史背景，政治斗争主题非常鲜明。他的 35 部小说贯穿唐宋元明清各个朝代，《龙虎斗京华》、《草莽龙蛇传》以晚清义和团运动、八国联军入侵为背景；《塞外奇侠传》、《七剑下天山》、《江湖三女侠》、《冰河洗剑录》、《侠骨丹心》、《牧野流星》等叙写的是清初至清中叶的历史传奇；《白发魔女传》、《还剑奇情录》、《萍踪侠影录》、《散花女侠》、《联剑风云录》等写的是明朝统治阶级内部斗争和农民起义反抗暴政的故事；《狂侠·天骄·魔女》、《鸣镝风云录》、《瀚海雄风》、《风云雷电》、《武林天骄》、《飞凤潜龙》等描写辽、金、宋、元时期的民族矛盾和民族冲突；《大唐游侠传》、《龙凤宝钗缘》、《慧剑心魔》、《女帝奇英传》等展现的是唐代的历史风云。在这些历史武侠小说中，梁羽生不仅以历史为叙述背景，而且让历史人物走进小说营构的传奇世界，与虚构的侠义英雄发生各种各样的矛盾纠葛和爱恨情仇。同时以真实的历史事件来结构故事、铺排情节，让人物活动游走于由民族矛盾、阶级斗争、宫廷争斗和改朝换代等画卷构成的历史浮世绘之间，完成感时忧国的侠义英雄形象的塑造。这就使得梁羽生的武侠小说具有恢宏的气势、高远的境界、严肃的政治主题和崇高的人物形象，从而整体上呈现出写实的风格。梁羽生的小说注重写侠义和正义，表现特定历史时代的民族矛盾和阶级斗争构成了小说的基本题材。不仅具有人民性，而且带有政治色彩，其思想基调是爱国主义和民族主义，他笔下的侠客义士始终站在民族斗争的最前列，构成了以爱国思想、正义情感和民族精神为主旋律的多重变奏。可以说，偏好历史题材、注重政治理念使梁羽生的小说呈现出厚重的历史感、严肃

的现实指向、鲜明的道德感和深刻的政治寓意。但结构故事方面对历史的过分依赖，特别是追求现实主义的写实倾向，无形中对作者的想象力和创新性造成束缚，也不利于武侠小说本体的浪漫情调和传奇色彩的深入开掘，这势必影响小说在历史事件和英雄传奇两大元素完美结合上的深度。

（二）以理想主义的激情塑造具有中国传统美德的侠义英雄形象

梁羽生在创作中明确了武与侠的辩证关系，对于一个大侠而言，侠是第一位的，武是第二位的。在这种进步武侠观的指导下，他的小说充满了理想主义的激情和昂扬向上的基调，从而塑造了一大批作为正义、公道、智慧和力量化身的具有中国传统美德的侠义英雄形象。这些带有理想主义色彩的人物大都品格高尚、道德完美。他们关心民族和国家的命运，当个人恩怨和民族大义发生矛盾的时候，敢于牺牲个人利益来服从民族和国家的利益。如《萍踪侠影录》中的张丹枫，原是明朝世仇的后裔，但他能够战胜内心的魔障，把国家社稷和芸芸众生置于家仇世恨之上。不恋荣华富贵，不辞辛劳奔走于大漠和中原之间，为中华民族的团结和睦稳定而殚精竭虑；而当政局稳定之时，他又能够审时度势，悄然隐身。张丹枫就是作者笔下儒道结合的具有完美道德人格和高尚节操的理想侠士。再如《女帝奇英传》中的李逸，他是唐朝后裔，是时，武则天坐镇天下。对李逸来讲，这无论在观念还是情感上都无法容忍和接受异姓且女性篡坐李姓江山。为恢复李姓大唐，他广泛结交江湖人士和武林豪杰。但当他看到武则天把国家治理得井井有条时，不断陷入仇恨与叹服错综交织的情感矛盾之中。他最终放弃了推翻武则天的想法而远走他乡。在突厥国入侵中原的危急时刻，李逸经受住了考验，与内奸外敌和武林恶徒展开生死搏斗，以生命代价告慰了李唐先人的灵魂和女皇武则天。小说通过李逸这个悲剧侠义英雄形象实现了对传统观念的突破与超越，李逸这种以国家利益为重的侠行壮举已经超越了狭隘的个人家族恩怨，从而带有崇高的悲壮色彩。同时，在表现侠义英雄的爱情方面，作者善于把爱情与民族国家的命运有机结合、错综交织，既体现他们以爱情服从民族大义的牺牲精神，也书写他们历尽磨难后终成眷属的喜悦。如《萍踪侠影录》中张丹枫和云蕾之间"盈盈一笑，尽把恩仇了"，《女帝奇英传》中李逸和上官婉儿、长孙碧、武玄霜之间的爱恨情仇。

（三）继承中国传统小说艺术，汲取新文学艺术手法，尽显名士之风

梁羽生深受中国古典文化浸润，又接受过新文学思潮影响，不仅具有深厚的古典诗词修养和丰富渊博的历史知识，而且具有一定的现代意识，这就使得他的武侠小说兼具历史小说的特色，又呈现出一定的现代性因素。他小说中的主人公大都文武双全、诗剑风流，不仅武功高强，而且颇富文采。诸如张丹枫、李逸、吕四娘、冒浣莲、卓一航等，他们大都集一流的人品、文品和武功为一身。"他们集上流社会的儒雅才学和武林江湖社会的豪迈粗犷于一身，是中国传统文化熏陶出来的社会精英"。[1]他的小说全部采用中国传统通俗小说的章回形式，小说的诗词回目内容充实且对仗工整、含蓄雅致，具有独立的审美价值。在武功技击描写上善于将神奇的剑术和优雅的古诗词结合，诗中有剑，剑中含诗，武艺和诗意融为一体，韵味无穷。同时在情节叙述、人物塑造、心理刻画、环境描写和气氛渲染等方面，借鉴和汲取了新文学的表现手法，善于把传统文化思想与民情风俗融会贯通，人物形象既有传统底蕴也赋予现代意识。但从整体上看，梁羽生的武侠小说传统因素多于现代创新。

总之，梁羽生开创的新武侠小说在旧派武侠小说的基础上有继承也有超越，特别是他提升了侠义对民族国家的意义和对社会的影响，强化了侠与人民的联系，这对中国武侠小说开始步入文学的神圣殿堂功不可没。但梁羽生毕竟是旧派武侠小说向新武侠小说过渡时期的作家，存在着影响的焦虑。只有当金庸小说横空出世，才真正实现了中国武侠小说由旧派向新派的全面转型。

---

[1]　陈颖：《中国英雄侠义小说通史》，南京：江苏教育出版社1998年版，第437—438页。

现代中国文学通鉴

1900—2010

朱德发　魏建　主编

下卷

1977—2010

人民出版社

下 卷

多元一体文学结构的拓展

（1977—2010）

主编 朱德发 魏建

本卷作者（以撰写章节数多少为序）

颜水生	房 伟	周志雄
周丽娜	赵启鹏	孙桂荣
贺彩虹	宋 嵩	顾广梅
李 莉	王士强	王景科
李掖平	赵庆超	唐 欣
李海燕	许玉庆	

下卷　多元一体文学结构的拓展（1977—2010）

卷目

卷目

卷目

第十一章　文化语境多元化与文学观念开放化

对于现代中国来说，20 世纪 70、80 年代之交显然是至关重要的年份，因为它见证了中国历史上又一次狂飙突进的意识形态变迁。政治一体化时代的结束与改革开放的开始，无疑给了在凋零和沉寂中徘徊的文学一个良好的发展契机，至此，文学无论从内容还是在形式上，均充分实现了现代意义上的多元与开放性。尤其是在改革开放之初，在中国的政治、经济发展尚存有诸多反复与曲折的年代，文学作为别一种文化意识形态，不仅在社会上曾引发过后来者难以企及的"轰动效应"，还因为文化观念的先锋与前卫一度走在了政治、经济等现实变革领域的前列。新世纪以来，文化全球化趋势日益加强，各种意识形态、文化结构、价值规范互相碰撞，互相交流，在文学观念上也形成了多元并存的开放型格局。

第一节　政治文化与新潮文化由联姻到分裂

政治文化与新潮文化由联姻到分裂是 20 世纪后半叶中国文学嬗变的一个核心问题，它既是中国新时期文学保持自足性、自律性、自生性的一个基本前提，也是其衍生出伤痕文学、反思文学、改革文学、寻根文学、现代派文学、先锋派文学等如此复杂与多元文学潮流的一个先决条件。

一、政治文化与新潮文化：一体化的"联姻"之路

政治文化主要指涉的是主流文学、官方文化，新潮文化则是非政治与意识形态化的精英文化，往往与一个时代的知识分子文化相联系。一般社会状态中，政治文化与新潮文化之间或许并不构成必然的紧张、敌对关系，但一定的分野与疏离是有必要的，否则就会造成文化结构的单一与极端。20世纪中期中国大陆的政治文化与新潮文化逐渐走向均齐、整合，并在"文化大革命"中达到了高潮，这与中国当时高度意识形态化的政治、经济格局与其所统摄下的一体化文学体制的形成密切相关：

（一）一体化的文学组织形式

在1950年代到"文革"之前，国家对文学的组织管理是由文联和作协这样的组织来实现的，尤以中国作协作为直接领导者。中国作协的章程表明它是"中国作家自愿结合的群众团体"，不过在那一时期中国作协除了对作家的创作活动、艺术交流、权益保障进行一般的协调保障外，更重要和更权威的则是它能够对作家的文学活动进行政治、艺术领导和控制监管，以保证文学规范的全力实施，这是政治权力的一部分，作协作为"政治声音"的传达者展开它的文学管理工作。

（二）一体化的文学期刊、出版等文学生产与传播制度

由于一切民营的出版社、杂志、报纸都收归国有，新中国成立后，当代文学的组织方式、生产方式，包括文学机构、文学报刊、写作、出版、传播、阅读、评价等环节，都是高度一体化、组织化的。文学期刊、出版社按照行政级别划分为中央、省、市等层层管辖、层层隶属的行政单位，"文学市场"悄然引退，文学艺术的生产与传播完全纳入了党所领导的国家计划轨道之内。

（三）一体化的作家身份制度

新中国成立后，作家已不再是此前单纯的搞文学创作的人，而成了"新型的

革命文艺工作者"，这就要求作家先是党的实际文艺工作者，而后才是一个写作的人。许多知名作家还常被委以各种政治职务或头衔，如各种社会团体、政府机构、权力机关（人民代表大会）、政协代表等。

（四）一体化的文学评价制度

作为指陈作品成败得失、引领创作风潮、帮助文学鉴赏、联络培养作家的文学批评，既是文学发展机制中的重要一环，又是鲜明体现出批评者才情、眼光、气魄、趣味的一种重要文体类型。然而在政治一体化年代，文学批评并不是一种单纯的对文学作品本身的评论，而是动辄会上升到世界观、价值观、阶级性、党性的高度。一方面，那一时期十分活跃的批评家，周扬、茅盾、邵荃麟、林默涵、何其芳、张光年、陈荒煤、冯牧、李希凡等都是文学界权力机构的主要负责人，其批评文字往往亦自觉不自觉地带上了他们所供职的权力机关的政治倾向性；另一方面，文学批评与横虐文坛的文艺思想斗争密切联系在一起，将文学批评演绎成党派纷争、阶级斗争、人身攻击，在那一时段是屡见不鲜的。通常的惩戒措施包括开除出作家协会、下放至工厂农村劳动、开除公职，以至监禁劳改甚至处以极刑等。

如此多侧面、全方位的一体化措施之下，文学的生产、传播、接受、批评已基本上被全部并入了国家意识形态的轨道之中，是列宁所说的"党的事业"的一个重要组成部分，成为国家机器的"齿轮与螺丝钉"。当然，如果对那一时段的文学艺术做一番细致深入的学理考察的话，我们会发现这既是一个政治文化对新潮文化恩威并施的"去势"过程，也是新潮文化在政治高压面前逐渐衰弱、退却的过程。其间，新潮文化虽然有在政策宽松情形下的一度复兴（如1956年前后的"百花小说"）和在当时非公开、"非法"文学中的艰难存在（如"文革"期间的"地下文学"等），但总的来说，作为新潮文化命脉的新潮精神——独立、自由、民主、科学等，基本上在愈演愈烈的文艺思想斗争和大批判中消失殆尽。比如五四时期以呼唤个性解放、民主自由的《女神》登上文坛的郭沫若，建国后受制于文化官员身份写了不少政治化的歌功颂德之作。代表中国现代诗歌艺术高峰的著名诗人艾青，在1959年前后的"新民歌运动"中不由自主地深陷其中，放弃了自身已形成的深刻、隽永、蕴藉的艺术风格，刻意向工农兵学习。用民歌体写出了叙事长诗《藏枪记》，以"杨家有个杨大妈，她的年纪五十八，身材长得很高大，浓眉长眼阔嘴巴"这样的诗句，成为研究那一时段文学已高度政治化的典型样本。郭沫若、艾青的例子既不是个别的，也不仅是个人的问题，而是当时一个十分普遍的问题，那就是在强大的意识形态"硬性"与"软性"的压力之下，文人、知识分子逐渐放弃了曾十分坚定的自我意识与艺术追求，而融入了主流意识形态的时代大合唱中，不管是政治行为上的，还是文学追求上的。至此，政治文化与新潮文化的确实现了"联姻"，但这一体化的"联姻"之路，实际上却是政治文化对新潮文化全方位收编、改造、覆盖的结果。

二、在阵痛与反思中走向背离

将政治文化与新潮文化在 20 世纪最后两个十年的逐渐游离与背弃，完全归功于粉碎"四人帮"、中国意识形态制度的再次变迁和更迭等政治事件并不十分贴切。要民主、反对专制，要自由、反对禁锢，要科学、反对蒙昧，这一系列新潮文化精神，在政治一体化年代末期，在"文化大革命"愈来愈严酷与荒唐的政治高压下，已经在饱受折磨的中国人心中升腾起来，并在文学艺术中率先表现出来。1976 年春季的"天安门诗歌"运动就是政治一体化时代结束前夕，这一"黎明前的黑暗"时期人们这种文化情绪的一次自发式总爆发。1976 年 1 月 8 日，周恩来总理逝世，执掌政权的"四人帮"及其党羽们却以各种方式阻止人们对周总理的悼念活动。愤怒的人们冲破种种阻力，在 4 月 5 日清明节前后到天安门广场张贴、朗诵大量诗词祭文。从内容看，有怀念总理的，如"丙辰清明，泪雨悲风。英雄碑前，万众云涌"；有愤慨当时的极"左"政治的，如"欲悲闻鬼叫，我哭豺狼笑。洒泪祭雄杰，扬眉剑出鞘"。从形式上看，借用古体诗的形式填词作赋的占了较大比重，也有自由体的现代诗，如"天空呵，还同昨天一样高朗，大地上却倒下了一座擎天的栋梁！晨曦呵，还同昨天一样明亮，人世间却熄灭了一盏灿烂的灯光……"；格调上大多数是愤懑雄浑之作，也有以谐音讽刺嘲弄的戏谑风格。如这样一首流传很广的《向总理请示》，"黄浦江上有座桥，江桥腐朽已动摇。江桥摇，眼看要垮掉；请指示，是拆还是烧？"①

　　"天安门诗歌"运动的作者大多是不知名的普通群众，形式和格调上也与政治一体化年代的"战歌"、"颂歌"有密切相关性。在一些学者看来是仍沿袭了过去诗歌的老路，如程光炜在《中国当代诗歌史》中认为"它（天安门诗歌）的思维和写作模式与五六十年代的诗潮并没有本质的区别"，他进而提出："如果说以1978年4月30日艾青复出后的第一首诗《红旗》和同年12月《今天》的创刊为标志，新诗在诗歌观念上真正开始了'新时期'的话，1976年和1977年只能算是五六十年代诗歌向新时期诗歌转移的一个短暂的过渡期。"② 以"个人化"诗歌写作取代"集体化"写作是学术界有关诗歌"新"、"旧"分期的一种观点，因为"天安门诗歌"内容上尚带有浓重的"群体性"诉求的意味，形式上亦以旧体诗为主，所以它总体上是"旧诗"，这也是许多研究当代诗歌的学人对这段诗歌史相对冷漠的原因。不过如果从本节主要论及的政治文化与新潮文化的联姻或分裂的权力博弈层面来看，我们要说发生在一个时代即将过去的这次诗歌事件是被政治文化改造、打压、裹挟了多年的新潮文化的一次强烈反弹。在"四人帮"的淫威仍肆虐中国的社会背景下，这种"民愤"的集体爆发本身已呈现出了以民主反对专制、以正义反对邪恶的新潮文化精神，其在当时及稍后遭受的曲折经历，也是一个新潮文化之冲破政治文化重重包围的艰难与沉重的直接表现。

　　相形之下，对政治一体化年代极"左"路线的清算与批判，在有了新的政治制度的庇护之后就容易和顺理成章得多了。但正因为那种"滞后"的批判与讨伐，有着粉碎"四人帮"、拨乱反正、改革开放等新的意识形态系统的强力支持，他们与居于强势地位的政治文化之间便更多是顺应、融入，乃至有意迎合的关系，而非另辟蹊径的游离或超出，这也是文学史上一般不会将20世纪80年代前中期居于主流的伤痕、反思、改革等文学潮流视为新潮文化的一个重要原因。当然，他们与政治一体化年代文化高压之下的政策图解文学并不一样，并不是完全的政治文化。由于新时期以来中国政府采取的是一系列相对民主、开放的主流政策，具

---

① 《天安门诗抄》，北京：人民文学出版社1978年版。

② 程光炜：《中国当代诗歌史》，北京：中国人民大学出版社2003年版，第173页。

有某种程度政治上的正确性，所以此时的新潮文化并不是像"天安门诗歌"那样直接来彰显自己的独立、自主与反抗精神，而是在表达艺术的自觉与文学的自律过程中体现出一种对主流政治与主流话语的"不合作"——摒弃文学附属或对抗政治的二元对立思维与现实功利主义倾向，高扬自由、自主、自在、自为的文学超越精神。新潮文化的创作实绩主要是由1980年代中后期以来的寻根文学、现代派文学、先锋文学、新生代文学等诸种新的文学派别体现出来的。对于它们的文学观，本章下一节将有详尽论述。

三、从联姻到分裂：变异的可能性

政治文化与新潮文化之所以能够在中国20世纪下半叶从联姻到分裂，既是由于文学创作的内部规律在相对宽松与多元的政治文化格局中发挥着越来越重要的作用，也源于文学生产机制在20世纪后半期剧烈变迁所提供的现实支持，还得力于中国文学与域外文学的交流越来越频繁和深入的语境下，世界文学的强力启迪与影响。

首先，新时期以来改革开放的中国社会大背景，为新潮文化从政治文化的淹没与覆盖中挣脱出来，并发展成多元文化中的重要一极提供了制度性保证。2000年哈佛大学出版社出版的《重新思考多元文化——文化多元和政治理论》中，作者比库·帕莱克从学理上分析了多元文化（multicultural）与多元文化主义（multiculturalism）的问题。他认为由两个以上的文化社群组成的社会就是一个多元文化社会，而如果社会、法律、宣传等欢迎并重视不同文化社群的同时存在，而且尊重各种社群的文化要求，这个社会就是多元文化主义的。多元文化是社会文化多元的事实、现象，多元文化主义则是对这一现实的规范地、积极地反应。①新时期以来中国是否进入了多元文化社会？中国是否实行了多元文化主义政策？对这些问题的回答当然不能一概而论。政治和经济体制层面，中国和西方并不能进行机械的比较，但是在文学发展最需要的文化环境层面，我们说新时期以来中

---

① 【美】柏棣：《新自由主义——美国经济全球化的理论基础》，王丽华主编：《全球化语境中的异音：女性主义批判》，北京：北京大学出版社2008年版，第35—36页。

国社会越来越宽松和开放，越来越愿意容纳（并欢迎）"不同的声音"却是一个不争的事实，而这便为文学从政治意识形态的桎梏中挣脱出来，形成真正而持久的"百花齐放、百家争鸣"局面（而非1956年前后短暂的昙花一现）提供了有利条件。也只有这样，文学才能得以与创作者的才情、趣味、审美倾向性相关，变成一件尊重文学内部创作规律的真正"个人化"的事情。淡化政治功用色彩、讲求美学性与文学性的新潮文化也只有在这样一个相对和平富足、外界干涉越来越少的多元文化土壤上才能生成、繁衍、发展开来。比如相对于政治一体化年代动辄进行大批判、大查禁、大批斗、大关押、大销毁的文化极权主义政策，改革开放之后虽然文坛纷争仍时有发生，但基本都限定在文学与学术范围之内。文学作品被上纲上线并殃及作者的荒唐"文字狱"事件在20世纪末之后的中国已基本不再出现了。

其次，学院体制、纯文学期刊、严肃出版等的制度性保障为新潮文化提供了某种现实可能性。新潮文化实质上是一种知识分子精英文化，政治一体化时代结束后，知识分子以一种对纯粹的知识性和人文态度的追求，形成了一股以理性批判、知识追求、人文精神弘扬为核心的文化潮流。这股文化潮流不但需要面对主流政治文化的收编、挪用，还需要应对改革开放之后愈演愈烈的大众通俗文化的诱惑与挑战。幸运的是，新时期以来日渐正规与制度化的学院体制、纯文学期刊、严肃出版等为新潮文化的生长繁衍提供了强有力的制度保障。比起政治一体化年代，大学、学院在20世纪80年代"尊重知识、尊重人才"的主流倡导下地位飙升，迅速形成了学院派文化的重镇。学院派并不是一个有着完全一致的理论背景或美学观点的特定流派，按照法国批评家蒂博代的说法，它只是一个对以大学教授为行为主体，强调学理依据、学术规范、专业精神与学科自律意识的学术研究团体的统称。学院派的出现使知识分子的独立精神、自由意志得到了一定程度上的群体性弘扬，这在20世纪80、90年代的文学研究领域中表现得最明显，像围绕"新启蒙"、"主体性"、"人文精神"等学术界展开的一次次热烈讨论，所弘扬的就是一种并非追随主流与官方，而是基于自身独立意志与学术需要的新潮文化。而纯文学期刊与出版制度在改革开放之后的逐步建立健全，更是为严肃文学写作及其进行新潮文化传播提供了现实性的强大支持。1970年代末，文学艺术类期刊（多数是纯文学期刊）复刊、创刊迅速增长，一度雄居期刊业之首（种数约占全国期刊总数的 1/8，印数占到全国期刊总印数的 1/5）[1]。一些著名文学期刊的印数在1980 年前后达到了历史最高点，如《人民文学》达 150 万份、《收获》达 150 万份、《当代》达 55 万份[2]，这是纯文学期刊的黄金时期，也是纯文学所负载的新潮文化精神在全国范围内产生"轰动效应"的黄金时期。文学出版也是这样，改革开放之后出版机制从政治一体化年代的僵化格局中走了出来，在一段不算短的历史时期内，借助于全国性的"文学热"，纯文学，尤其是长篇小说的出版成了文化界的热点。这一切都为新潮文化的生成、传播，以及为普通民众所欣赏、接受提供了有利条件。

另外，外国文学与文化的强力影响也最终促成了政治一体化年代结束之后新潮文化从政治文化的统摄和拘囿中走了出来。中外文化交流从"文革"期间一度中断的状况中恢复与繁荣发展起来是改革开放之后的事，在这其中，外国文化与文学，尤其是西方文化与文学，对中国的影响与渗透远远大于中国的文化输出（详见本章第五节）。而且外国文化与文学对中国影响最大的部分亦并非其现实主义的古典美学部分，而是 20 世纪以来弥漫于西方文学艺术领域中形形色色的现代、后现代文艺思潮，像未来主义、象征主义、印象派、荒诞派、黑色幽默、精神分析、意识流、魔幻现实主义、新小说、先锋派等对得风气之先的中国文坛有着异乎寻常的影响力。由于他们本身就是一股或多股"非政治化"的先锋文学思潮，所以在其影响下的"中国式现代派"、寻根文学、先锋文学、新生代文学等中国大陆新的文学潮流也带有明显的非政治化、非主流化的新潮文化印记。他们与学院派深受西方后现代主义、后结构主义、新历史主义、后殖民主义、女性主义等影响的新潮文学研究思维结合在一起，最终在 1980 年代中后期形成了一股强大的新潮文化。由于有着域外"先进"文化的背景依托，这股新潮文化更容易相对从容和稳健地面对改革开放之后的主流政治文化，加之这一时段中国大陆的意识形态已不再像此前那么单一和极端，所以新潮文化逐渐成长为与政治文化相疏离的另一极

---

[1] 高江波：《期刊求索录》，北京：北京师范大学出版社 1998 年版，第 134 页。

[2] 邵燕君：《倾斜的文学场——当代文学生产机制的市场化转型》，南京：江苏人民出版社 2003 年版，第 27 页。

文化生态也似乎是一件顺理成章的事情。

当然，所谓政治文化与新潮文化从"联姻"到"分裂"的说法只是相对的。除去在"文化大革命"等非常态的社会体制之下，政治文化与新潮文化作为两种尽管有着各自不同的内涵外延，但又有着内在千丝万缕联系的文化形态，并没有在中国文化舞台上绝对分开过。正如"十七年"时期一次又一次的文艺思想斗争，不仅昭示了政治文化对新潮文化的收编、改造，也表明了新潮文化很难被"大一统"的政治文化完全根除灭绝的"旁逸斜出"存在，改革开放之后政治文化与新潮文化的"分裂"也只能是一种相对的"分裂"。正像学界有人指出的那样，在中国，完全的"非政治化"姿态是不可能的，美学的、艺术的、先锋的、边缘的立场同样蕴含着一种"政治"，一种有可能成为对社会现实、道德、正义逃避理由的"政治"，或加入消费文化的狂欢化"政治"。这种担心在中国先锋文学的兴起与衰落中已被证明并不是多余的。所以，新潮文化并不是一种"非政治化"的极端文化，在它发展到某一个层面，即将溢出其既有轨道往真正的"非政治"、"反政治"的另类与危险处延伸时，它在各方争议声中又可能会回眸主流意识形态，甚至再次靠近政治文化的脚步。中国新世纪第一个十年的"底层写作"热潮很大程度上便是严肃文学的又一次"再政治化"行动，新潮文化与政治文化的裂隙与纠缠亦可见一斑。

此外，20世纪50、60年代正值台湾反攻大陆高潮和当局推行高压文化政策，台湾文学出现了"反共文学"和"战斗文学"等"政治化文学"。随着"反攻"计划的破产和国共关系的相对缓和，1970年代的台湾文学在西方现代主义新潮文化影响及"人文主义"政治倡导下，开始回归文学自身，内容主题上、审美艺术上都有所突破。1980年代大陆与台湾政治文化联系有所加强，"怀旧"文化及"民族主义"文化复苏，文学重获"认识传统"、"关怀现实"的人文精神，民族文学和乡土小说发展迅速。20世纪70、80年代的香港文学追求一种非政治化、非社会化及个人主义、虚无主义的创作立场。文学的娱乐、商品、消费功能与新潮的文化背景呼应，进入1990年代，特别是随着改革开放政策和一国两制的实施，香港文学与内地文学在严肃文学和通俗文学领域沟通互鉴，扭转了香港文学"非政治"、"非社会化"的极端走向。可见，即便是在两种政治制度并存的宽松环境下，政治文化与文学新潮文化的关系也不可能绝对分裂。

第二节　主旋律文学观·启蒙文学观·新潮文学观

在新时期以来长达三十多年的文学发展中，在伤痕文学、反思文学、改革文学、"中国式现代派"文学、寻根文学、先锋文学、新写实文学、新现实主义文学、新生代文学、"底层写作"、"70 后"文学、"80 后"文学等历时性或共时性地存在于中国文坛的文学思潮的生成与流变过程中，如果从文学观念层面进行一番大体划分的话，我们说它们可以分为三种：主旋律文学观、启蒙文学观与新潮文学观。本节我们从学理上对这几种文学观做一下理论界定。

一、主旋律文学观

现代汉语词典中有关"主旋律"这一词条共两种解释：1．是指多声部演唱或演奏的音乐中，一个声部所唱或所奏的主要曲调，其他声部只起润色、丰富、烘托、补充的作用；2．是比喻主要精神、基本观点。这两种意思一个是本体，一个是喻体，共同指向居于主导、中轴、核心地位的实体或精神。主旋律文学观的思想基础是主旋律意识形态观，也就是现在常说的社会主义核心价值观。其第一次正式提出是在 1987 年全国电影工作者会议上，在 1980 年代中后期中国政治时局有些动荡的年代，时任电影局局长的腾任贤提出"突出主旋律，坚持多样化"的口号。1994 年 1 月 24 日江泽民《在全国宣传思想工作会议上的讲话》中对这一口号具体阐释为："弘扬主旋律，就是在建设有中国特色社会主义理论和党的基本路线下，大力倡导一切有利于发扬爱国主义、集体主义、社会主义的思想和精神，大力倡导一切有利于民族团结、社会进步、人民幸福的思想和精神，大力倡导一切用诚实劳动争取美好生活的思想和精神"，弘扬主旋律、坚持多样化，是坚持"二为"方向和"双百"方针的具体体现。此后胡锦涛等新的领导集体也在不断倡导并发展主旋律文学与文化观。

中国官方将主旋律文学观作为鼓励倡导的主流文艺思想并不是偶然的。主旋律文学观在中国既有着较为丰富与曲折的理论渊源，也有一个随中国社会历史的发展不断向前发展的广阔前景和未来。相对于本节下文要讲到的其他文学观念，主旋律文学观可以说是政治色彩最浓的一种文艺观念。它的前身是 20 世纪 20、30 年代的左翼文艺思想，早期共产党人邓中夏、恽代英、萧楚女、瞿秋白等即在对五四新文学反思的基础上提出了新要求，要求用马克思主义文学理论引导新文学，要求新文学要有责任感，担负起民族救亡的重任。1942 年毛泽东《在延安文艺座谈会上的讲话》中根据马克思主义文艺美学原则提出的"文艺为政治服务、文艺为工农兵服务"的思想，以当时的民族民主革命斗争形势为依托，尽管没有采取现今的"主旋律"文学的说法，但已初步具备了弘扬时代主导精神的主旋律文学观的基本内核。新中国成立之后，这种文艺理念得到了进一步的巩固、扩大，在阶级斗争为纲的极"左"观念影响下，"主旋律"渐渐成了唯一的旋律，压制其他文学声言的霸权旋律，并渐渐失却了其体现社会历史发展趋势与主要规律的先进性精神。"文革"期间彻底蜕变成了僵化与保守的代名词，成了孕育江青集团所谓"三突出"、"三陪衬"怪胎思维的土壤。新时期以来的主旋律文学观并不是左翼思想的简单复制，而是成了一个追随时代发展进程、容纳更多"与时俱进"内容的可包容性概念。比如上文提到的党中央大力倡导的"弘扬主旋律、坚持多样化"便被许多理论政策的研究者认为是在市场环境下的既行之有效又符合方向的新规定、新政策。"主旋律"只是一种思想性、精神性的要求，它并没有限制题材风格、创作方法与作品类型，从而为文艺创作领域提供了广阔的天地，为文艺的多样化存在提供了前提。而另一些研究者与文学出版的实践者则认为党中央对主旋律文学观的解释，尤其是"大力倡导一切用诚实劳动争取美好生活的思想和精神"的提法，几乎可以被落实为中华民族的传统美德和"真善美"等人类共通的美好境界。建立在对"主旋律"精神的宽泛理解上，作品的思想性、艺术性、可读性之间可以找到一个较为良好的结合部，由此主旋律文学在完成政治任务的同时，也可以获得较好的经济效益。①

所以，新时期以来的主旋律文学只是政府倡导的一个相对宽泛的文学类种，

---

① 邵燕君：《倾斜的文学场——当代文学生产机制的市场化转型》，南京：江苏人民出版社 2003 年版，第 195—196 页。

很难与文学史上某一特定文学流派对应起来。如果非要给一个定义，那只能是侧重于反映一个时代乐观、健康、积极向上的主流精神，并有意识以大众喜闻乐见的形式表达出来的文学。为庆祝新中国成立五十周年，中宣部、文化部、国家广电总局、新闻出版总署、中国文联、中国作协联合评选出的 10 部"优秀献礼长篇小说"可作为其典型文本形态。它们依次是：《中国制造》（周梅森）、《突出重围》（柳建伟）、《抉择》（张平）、《走出硝烟的女神》（姜安）、《草房子》（曹文轩）、《男生贾里全传》（秦文君）、《补天裂》（霍达）、《我是太阳》（邓一光）、《苍山如海》（向本贵）、《李自成》（姚雪垠）。从题材上说，这 10 部作品集中于军事、反腐、历史、少儿领域；从主题意向上来说，这些作品无不是弘扬社会主义主流价值观，绝少另一些文学派别高调张扬的"另类"、"边缘"之气；从艺术策略上看，这些作品基本全是采取现实主义的传统叙事方式，而摒弃了在新时期文坛已相当盛行的诸种现代、后现代主义艺术手法；从传播接受角度来看，这些作品可谓时代的"宠儿"，不但屡获政府主流奖，而且在大众文化市场中亦广受欢迎，可谓实现了社会效益与经济效益的"双赢"。

二、启蒙文学观

主旋律文学观在中国尽管获得了"二老"（老干部、老百姓）的赞誉，但在另一些更加专业化和学理化的文学观念看来，它的思维是大可值得商榷的：对社会主流价值观的弘扬是否会演绎成另一种迎合与媚俗？仅仅为大众喜闻乐见的现实主义手法是否意味着放弃了文学繁富多彩的形式追求？更重要的是，为中国特色的新型社会主义建设服务会不会导致另一轮的"文学工具论"，从而遮蔽了文学关于人、人性、人类社会的另一些深层次思考？这些问题是不可能从主旋律文学内部来寻求答案的。不过，新时期以来与主旋律文学观并立于当代文学舞台上的其他文学观念对此有了一个相对明确与洪亮的回答。启蒙文学观便是其中重要的一笔。它以现代理性精神为主体，以科学理性和人本理性为旗帜，构成了持续整个 20 世纪 80 年代的以文化开放与自省为基本特征的思想解放运动，在 1990 年代和 21 世纪也不时有新的衍生形态出现。

何为启蒙？康德说过，"启蒙是人类脱离自己所加之于自己的不成熟状态。不成熟状态就是不经别人的引导，就对运用自己的理智无能为力。当其原因不在于缺乏理智，而在于不经别人的引导就缺乏勇气与决心加以运用时，那么这种不成熟状况就是自己所加之于自己的。Sapere aude! 要有勇气运用你的理智，这是启蒙运动的口号"。① 启蒙精神是一种批判态度、理性精神和反思智慧，启蒙的主体一般为有知识、有文化的知识分子精英，启蒙的对象则为普通民众，启蒙就是打破欺蒙、扫除蒙蔽、廓清蒙昧，是知识精英对民众的精神启迪与文化濡染。20 世纪第二个十年，中国爆发了轰轰烈烈的五四新文化运动，民主、科学、个性解放、爱情自由等新的文化理念就是在"启蒙"的大旗之下为国人熟知的，乃至于有人说中国现代文学三十年有两个主题：一是启蒙，二是救亡。由于 20 世纪前中期中国特殊的历史文化环境，主旋律文学观支配下的救亡文学逐渐占据了上风，启蒙精神亦在政治一体化年代遭受重创，并被迫退出或转入地下（如"文革"期间的潜在写作文本中）。不过，以鲁迅等为代表的强大启蒙文学传统并没有在中国文坛完全终结，作为对"文革"期间极"左"文学观念逆流的反弹，其在改革开放以来的新的意识形态烛照下开始了另一轮强劲与持久的文化演进，伤痕文学、反思文学等新时期之初的文学主潮与其息息相关。文学史上一般将其称之为"第二次启蒙"或"新启蒙"。

"人道主义"和"主体性"理论是 20 世纪 80 年代最具有影响力的思想和美学潮流，也是启蒙主义话语的理论基石。"人道主义"是"主体性"理论的先声和预言。在它的经典表述中，借用西方文艺复兴以来的人道主义语汇，通过特定的方式"回到"青年马克思，完成对社会主义"异化"的批判。这种批判意图在"文学是人学"这一文学观的大规模兴起中体现得较为明显。如果说在普泛的"人道主义"表述中，其设置的对立面是"文革"及以前的"神道主义"或"兽道主义"，那么在"文学是人学"的表述中，"人"对应的则是"非人"。批评家何西来说："人的尊严、人的价值、人的权利、人性、人情，在遭到长期的压抑、摧残和践踏之后，在差不多已从理论家的视野和创作家的笔下消失之后，又被重新提起、被

---

① 【德】康德著，何兆武译：《什么是启蒙运动》，《历史理性批判文集》，北京：商务印书馆 2007 年版。

发现，不仅逐渐活跃在艺术家笔下，而且成为理论家的重要研究课题。"① 人道主义对文学的影响和形塑力量是巨大的，有批评家曾将刘心武、张洁、张弦、张一弓、王蒙等 20 世纪 80 年代风头正健的作家用一个"人道主义"思想创作潮流统摄起来、一网打尽，并对此流露出高度的认同和赞赏之态。"主体性"是"人道主义"更为哲学化的表达。在反抗"丧失主体性"的"前现代"社会的激情中，它以马克思的面目回到康德，为正在形成中的西方现代语境中的"个人"话语提供了哲学宣言。正如汪晖所指出的："主体性概念在抽象的表述中表达的是对政治自由和征服自然的意愿，在 1978 年以来的主导性思想框架中，这一概念致力于对集权式的历史实践（总体性政治、经济和意识形态模式）的批判，并为朝向全球资本主义的意识形态提供了某种哲学基础。"② 这个具有历史实践能力、为自我立法的自由主体性经刘再复转译为"文学的主体性"，带有更激进的色彩。刘再复在其《性格组合论》中说："作家精神需求带有无限性，任何一个作家都要发挥自己的能动性和想象力，谋求超越时空的限制。作家永远不知道满足，他们总是不断地扩大着自己的精神领地，把自己的心灵无限制地向外延伸。"这和刘晓波可谓异曲同工③，这种抛开黑暗记忆、告别"积淀"的人类学或美学想象具有潜在的历史、政治隐喻，同时这种向"终极"、"无限"飞升的标准正是符合西方现代性的普世标准。相对于李泽厚的主体性，刘再复等人的"主体性"和"文学主体性"更具有某种非历史倾向，这使它与当时的"存在主义"热潮取得了对接。

总的来说，"人道主义"、"主体性"、"文学是人学"、"审美与人类自由"等相关提法作为启蒙文学观的重要标尺，在 20 世纪 80 年代前中期的当代文学语境中发挥了巨大作用，并直接影响了"文明与愚昧的冲突"这一当时文学表述的重要主题。它的负面性是在 1980 年代后期及 1990 年代以来的文化语境中渐渐呈现出来的：对人的"主体性"的过分张扬容易导向一种被阿尔都塞所批判的"小资产

---

① 何西来：《人的重新发现——论新时期的文学潮流》，《红岩》，1980 年，第 3 期。

② 汪晖：《"科学主义"与社会理论的几个问题》，《天涯》，1998 年，第 6 期。

③ 在对李泽厚的批判中，刘晓波不满意"积淀"的保守性，呼唤去除一切负累，面向未来的不断"突破"，流露出一种追求西方现代性的迫不及待。见韩毓海主编：《二十世纪中国的文学：学术与社会》第 11 章，济南：山东人民出版社 2001 年版。

阶级世界观"，使其影响下的文学写作往往会对历史与现实做出某种狭隘的人性化的美学阐释，也为后来"向内转"文学的心理主义，及由"大写的人"向"小写的人"（欲望化的个人）的转化埋下了伏笔。①

三、新潮文学观

与启蒙文学观侧重于从人道主义与主体性角度深入人性的本质，以化解主旋律文学过分追随历史外部形态的困境与尴尬不同，新潮文学观是以艺术的自觉与文学的自律表达对政治文化的有意疏离，并往往以相对边缘与另类的内容或形式表现被主流意识形态遮蔽的另一些人类生存本相。新潮文学观在20世纪80年代中后期以来中国文坛的大面积弥漫与西方文化的强势影响息息相关。象征主义、表现主义、精神分析、直觉主义、意识流、魔幻现实主义、存在主义、荒诞派、形式主义、先锋派等20世纪形形色色的西方现代、后现代主义文学潮流，从广义上说都可以纳入新潮文学范畴。在它们的影响之下，中国也出现了诸如现代派、寻根派、先锋派、新生代等全新的文学样态。其文学观念可以大体从以下几个方面加以理解：

一是反叛与消解大行其道，"差异"与"多元"成为标榜的旗帜。在新潮文学观看来，建立在基础主义、本质主义和权威主义基础上的文化是一元主义、家长制的，必须打破这种模式，社会和政治本身就是公民自由交流的系统。在交流中，公民并不受终极价值和权威观念的影响。新潮文学观认为，作为科学发展的历史就是一连串的否定史。现代科学的发展在取代原有的科学观念的同时，也不断对叙事的合法性提出质疑批判，认定元叙事必然土崩瓦解，小叙事必然形成。诸如"历史进步"、"人类真理"等所谓"宏大叙事"没有价值，"共识"是一条永远无法达到的地平线。"让我们向统一的整体开战，让我们成为不可言说之物的见证者，让我们不妥协地开发各种差异歧见，让我们为正不同之名的荣誉而努力"，这种充满豪情的告白可以说是新潮文学观的一个突出特征。

二是价值取向上，新潮文学放弃了明朗、乐观、健康、积极向上的"主旋律"

---

① 刘复生：《"新启蒙主义"文学态度及其文学实践》，《文艺理论与批评》，2004年，第1期。

情结，表现出对忧郁、焦虑、孤独、悲观、绝望、颓废等"另类"与"边缘"化情感与主题的强调。美学格调上亦放弃了对明亮、温暖、华贵的古典美学的追求，转而倚重怪异、荒诞、冷酷、恐怖，甚至丑陋、恶心的审丑表达。

三是艺术手法上，新潮文学重视意识流，不太讲究情节的完整；运用荒诞变形，重主观排斥客观再现；倚重象征手法，以期达到一种多义性、可塑性的艺术效果；强调形式和文本本身的重要性和独立价值；在整体风格上追求形而上的哲理思辨，并体现出一种近乎黑色幽默的格调。

四是"形式中心主义"命题在新潮文学观中占据了重要位置。新潮文学认为文学发展的内在矛盾就是无意识化（将某种文学样式演绎成司空见惯的"成规"）和陌生化之间的矛盾，并由此昭示出一种仅从形式自身寻找文学史变化的动因的文学史自律论本质，把文学的审美价值、形式意味提升到了前所未有的高度。其极端者认为语言的能指与所指是浮动的，词与物的关系不是对应关系，文学作品在很大程度上受文学成规和意识形态及其他因素的影响。言语方式不再纯洁如处子，而是受到了严重污染，不能烛照真实的存在，因此文学的真实不能等同于生活的真实，小说中的故事也就不必实有其事，甚至有意用"虚伪的形式"①表达精神的真实。

五是新潮文学及新潮文学批评表现出了较强的话语创生能力，他们调用多种理论资源，创造出一系列的新概念、新术语。在新潮文学语境下，批评家们从传统的批评话语中删除了世界、对象、反映、本质、社会、人物、形象、情节，而代之以语境、本文、符号、错位、误置、消解、转换、播撒、延异、能指、所指、镜像等。而在术语大换血的表象下涌动着的是阐释框架转换的洪流，如对"民族—国家"的阐释框架的替换，对"人性"、"人道主义"及与之相关的话语的改写、置换。启蒙文学系列话语中，"人"是个巨大的主能指，是主体性的承载者；而在新潮文学观念下，波及整个艺术及其批评领域的美学转型"引发了前所未有的知识话语紧张，人的觉醒主体性转眼成为'主体性的黄昏'"。在此情形下，人物、

---

① 比如余华曾说："对于任何个体来说，真实存在的只能是他的精神"，"当我发现以往那种就事论事的创作只能达到一种表面的真实，我就去寻找新的表达方式。寻找的结果使我不再忠诚所描绘事物的形态，我开始使用一种虚伪的形式，这种形式背离了现实世界提供给我的秩序和逻辑，然而却使我自由地接近了真实"。余华：《我能否相信自己》，济南：明天出版社 2007 年版。

性格、形象、情节等为传统文论所高频率调用的术语似乎显得苍白无力。①

当然，过于重视"另类"与"边缘"的新潮文学实验也会带来某些负面影响，尤其当这一写作模式被高度模式化复制之后，可以说对传统文学观念的近乎"矫枉过正"的极端挑战姿态也为新潮文学20世纪90年代后的衰落和"转型"埋下了伏笔。总的来说，从否定文艺的意识形态性开始，以情感代替内容，主张形式大于内容，最后以颠倒内容和形式的主次关系告终；从否定政治对艺术的吞噬开始，把政治等同于内容，进而在否定政治的同时否定内容，最后以割裂内容和形式的联系而结束；从否定传统思维习惯开始，把语言等同于思维，最后用语言取代思维而告终；从否定理性对感性的自由展现开始，否定人生情感体验中的理性追求，最后达到对构成人类整个物质世界和情感世界的时间的延续性和空间的扩展性的彻底否定。使人成为既无内容也无形式的"自由"蠕动的生物之蛆，文艺创作只剩下写作过程，任何意义、形式均被消解，最后演完游戏文艺、游戏人生的闹剧。② 更不用说过分标榜"另类"与"边缘"的非道德化叙事在当下旋即就有可能被消费文化收编或改造。新潮文学从一个极端走向另一个极端，也势必造成了新潮文学发展中后继乏力的现象。

孟繁华曾说："'先锋文学'在中国是一个具体所指的概念，在80年代后期至90年代前期，它曾在夹缝中艰难地生存，最终作为有力的文学潮流，终于完成了一场声势浩大的文学革命的策动。当先锋文学确立自己在社会文学结构中的地位，度过了'苦难的历程'并被社会普遍接受之后，'先锋文学'的使命即告终结。"③ 的确，作为新潮文学观念代表的先锋文学在完成了它的破坏和创作的任务之后，在被文坛主流逐步承认、接纳甚至成为新的时尚之后，它的使命便告终结。这既是由先锋文学所贯彻的形式主义思潮的局限规定的，也符合"先锋"（avant—garde）的本意，即当"开拓者"、"探险者"完成它的使命之后就不再具有先锋的本意了，除非它在另一个任务中重新出发。先锋文学的兴衰荣辱也具体表征了新

---

① 孙辉：《中国后现代主义批评初探》，《广东社会科学》，2002年，第2期。

② 潘天强：《片面的深刻与整体的褊狭——对影响新时期文学发展的几种形式主义理论的学术剖析》，《南都学坛》，2004年，第1期。

③ 孟繁华：《九十年代：先锋文学的终结》，《文艺研究》，2000年，第6期。

潮文学观所有的优长与缺陷。

第三节　民族文化弘扬与各民族文学共同振兴

党的十一届三中全会以来，随着党的民族政策和文艺政策的贯彻落实，使得我国少数民族文学创作及研究取得了突破性的发展，尤其是新时期的少数民族文学色彩斑斓，成为中国文学百花园中的奇葩。这些作品不仅具有鲜明的民族特质，也在纵深层次上指向了我们共同的人生价值和普遍的艺术追求。本节旨在论述新时期以来多元形态的民族文化与文学问题，概览和梳理新时期优秀的少数民族文学作品，重点论及少数民族文学在政治一体化年代结束之后的新繁荣、新发展与存在的新问题及发展前景。

一、少数民族文学的相关理论问题

尽管"少数民族文学"这一概念经常地被提及或使用，"少数民族文学研究"也被纳入中国文学研究的整体轮廓之中，但对于什么是少数民族文学这一最基本问题的答案多少有些迷离和模糊。就连"少数民族文学"概念的提出者是谁，也是久经求实论证似乎才得以勘定"在新中国文学发展的历史上，即人们通常说的中国当代文学史上，茅盾是第一个提出'少数民族文学'概念的人"。[1]关于少数民族文学范畴的界定更莫衷一是，吴重阳认为"少数民族文学就是少数民族人民所创造的文学。划分少数民族文学的归属的主要标志，是看作者的民族出身。换言之，无论使用的是什么文字，反映的是哪个民族的生活，凡属少数民族作家创作的作品，都应归于少数民族文学的范畴"。[2]并依次从语言文字、生活题材和作者民族出身三方面论述了民族文学的归属问题。张越在《试论民族文学的划分》中也给出了相似的结论："作家出身于某一民族是判定其作品是某一民族文学的决定因素，作品所反映的生活和使用的语言，是构成某一民族文学的重要因素，但

---

① 李鸿然：《少数民族文学：概念的提出与确定》，《民族文学研究》，1999 年，第 2 期。

② 吴重阳：《中国当代民族文学概观》，北京：中央民族学院出版社 1986 年版，第 7 页。

在区分文学的民族归属上，只是次要的、补充的因素，不是主要的、决定的因素。换句话说，在区分作品的民族归属上，我们主张'唯出身论'，因为这样简单明瞭，比较合适，也比较合理。"① 而事实上，无论怎样细致明确的划分，都无法将所有的少数民族文学创作涵盖其中，任何一种划分在光彩斑斓的少数民族文学面前似乎都略显得武断和片面。一方面，随着各民族人民往来的密切、沟通交流的深入，生活上、语言上的共通性不断加强，各民族之间的文化存在着多种碰撞和融合的可能；另一方面，作家的生活地点和环境是不确定的，从而作品反映的社会生活内容也是不确定的。

如此看来，对于少数民族文学概念的限定在某种程度上构成了对其创作的妨碍和伤害。关纪新和朝戈金在《多重选择的世界——当代少数民族作家文学的理论描述》一书中逐一指出了用血统族籍、语言、题材风格等判定文学民族属性的"硬伤"，并尝试用文化的范畴来阐释少数民族文学创作。他们认为"投射在民族文学中的民族文化心理内涵是判定民族文学的深层的稳定的标记"。② 但他们又不得不承认，在一些特殊案例面前，这个限定多少显得有些苍白和无力。在论著的结尾，他们用补充说明的方式表现了对于少数民族文学界定的尴尬与难度："中国当代少数民族文学正处在急剧的变动之中，对于它的界定，就不应该是一成不变的。再者，中国各少数民族之间的各种差别很大，试图一劳永逸地给出终极定义是不现实的。"③《中国新文艺大系·1976—1982·少数民族文学集·导言》中也提到界定少数民族文学的范围时，只能着眼于少数民族文学的总体和全面，只能要求大体上符合少数民族文学创作的实际情况。因此，我们务必要知晓少数民族文学创作是中国独特的多民族格局决定的，"少数民族文学"是相对于汉族文学以外的各民族文学的总称，就整体的中国文学史而言，少数民族文学自然是中国文学的

---

① 中国少数民族文学学会编：《少数民族文学论集》第 2 集，北京：中国民间文艺出版社 1985 年版，第 7 页。

② 关纪新、朝戈金：《多重选择的世界——当代少数民族作家文学的理论描述》，北京：中央民族大学出版社 1995 年版，第 44 页。

③ 关纪新、朝戈金：《多重选择的世界——当代少数民族作家文学的理论描述》，北京：中央民族大学出版社 1995 年版，第 52 页。

重要组成部分，它昭示着中国文学的多样性和丰富性。我们无法也没有必要通过几个硬性标准去规囿少数民族文学，民族文学本身就是一个多样性和综合性的概念，我们应该根据实践中的检验而不断调整民族文学的界定标准，不应忽视少数民族文学创作中的一些特殊事例和个别现象。

但我们不得不面对的一个事实是，由于历史地理位置、自然景观等原因，各民族之间的经济、文化发展状况是极不平衡的，我们往往对于少数民族文学缺乏一个公正科学的评价。日本学者西胁隆夫在《试辩中国关于民族文学的概念》中一针见血地指出了少数民族文学命名的尴尬，以及这个概念使用的可能性和必要性："在有关文学方面的概论书和工具书中，几乎没有'少数民族文学'这个概念及其解释。就连'少数民族文学'这个词本身也没有在各种辞典、文艺用语词典中出现过。"[1] 的确，过去很长一段时间，对于少数民族文学的研究并没有深入全面的展开，以致造成了少数民族文学在中国文学史中的尴尬境地，影响了中国文学史的整体性。直到 20 世纪五六十年代，少数民族文学才得到更多的重视和关注。邵荃麟和昌仪分别在《文学十年历程》、《兄弟民族文学的巨大成就》中肯定了建国以来少数民族文学的实绩和地位，指出了其创作鲜活的民族特色。由此，加强对于少数民族文学的关注和研究，明晰各兄弟民族创造出的文学宝藏，成为综合出中国文学全貌和中国文学研究十分切要的工作。1960 年代，部分民族就已经编写出版了自己的文学史，填补了本民族文学史的空白，是我国少数民族文学史上一次大的突破。改革开放以后，少数民族文学史的汇编开始广受重视，少数民族文学研究也取得重要成果。"中国多民族文学史观"的提出之于中国现当代文学研究的意义，就在于对被遮蔽或忽略的少数民族文学的重新发现和审视，丰富、发展了现有的文学史。

新时期以来，"少数民族文学"的概念正被悄然地置换为"民族文学"或"多民族文学"，这本身就包含着一种平等多元的变化。在 1999 年少数民族文学研究所建所二十周年时，白庚胜提出了少数民族文学研究所的整改思路，其中首要的一点就是"正名"，将"少数民族文学研究所"改为了"民族文学研究所"。还有

---

① 莫非、陈多：《民族文学论稿》，南宁：广西民族出版社 1984 年版，第 116 页。

近来频繁出现的"中国多民族文学论坛"、"多民族文学史观"等说法，无不昭示着少数民族与汉族并不是两个部分，更没有"中心"和"边缘"之别，而是一个多维度、多层面的整体。"少数民族文学"到"多民族文学"概念的悄然转换，是对具有某种程度歧视意味的"少数"的潜在"修正"，"消解以'汉族'代表'中国'的传统文化情结，使其他各民族文学取得与汉族文学平等对视的机会"①，从而加强了不同民族文学之间的互动与渗透，显示出中华 56 个民族紧密相连、多元并存的和谐景致。一个显著的事实是，台湾少数民族文学作为中国少数民族文学的一部分，在新世纪也获得了蓬勃发展的态势。文化多元化使得他们的创作内容、主题意蕴尤为丰富，文化全球化的语境为当代台湾少数民族文学带来了全新的书写空间，其独特的民风民俗、历史文化内涵、审美特质无不填充丰富了中国文学的全貌。

二、多民族文学新时期以来的新发展

当代少数民族文学的发展大致经历了两个重要阶段。20 世纪五六十年代，可以称得上是当代少数民族文学的开创阶段，这一时期涌现了一批少数民族文学的先行者和开拓者，代表作家有老舍（满族）、沈从文（苗族）、铁衣甫江（维吾尔族）、玛拉沁夫（蒙古族）、萧乾（蒙古族）、韦其麟（壮族）、金哲（朝鲜族）、库尔班·阿里（哈萨克族）、陆地（壮族）等。他们凭借着对本民族文化特征的理解，描绘出了各具特色的民族风情和民族精神。

老舍独特的少数民族出身，让他对于少数民族文学尤为关注。早在 20 世纪五六十年代的中国作家协会第二次和第三次理事会上，老舍就指出了发展少数民族文学的重要性。毋庸置疑，老舍为少数民族文学的开拓奠定了基础。玛拉沁夫是当代文学史上另一位卓有成就的少数民族作家，也是当代少数民族文学的开拓者之一，他为我国的少数民族文化事业做出了巨大贡献。自进入文坛以来，他曾就少数民族文学的发展状况和存在问题两次向文艺界领导写信，并且得到有关领

---

① 康鑫：《中华多民族文学史观之于中国现当代文学研究的意义》，《北方民族大学学报》，2011 年，第 1 期。

导的赞同和批示。在创作上，他是一位不可多得的全才，除了涉猎小说创作，他还是著名的散文家、电影剧作家和词作家。21 岁时就拿出了颇具影响力的小说《科尔沁草原的人们》(1952)，他的一系列优秀篇章为少数民族作家创作提供了宝贵的艺术经验。

新时期以来，少数民族作家的创作态势和成果可以说是蔚为壮观，开启了少数民族文学的繁荣局面。一方面，20 世纪 80 年代前后每一个少数民族都有了一定规模的作家群体，加入中国作家协会的少数民族作家队伍更是日益壮大；另一方面，少数民族作家也纷纷拿出了颇具影响力的作品，各式各样的体裁、主题、艺术形式无不丰富了中国文学的发展格局。少数民族文学的这一阶段，一大批中青年作家正成为创作的主要群体和中流砥柱，诸如回族的张承志、沙叶新、霍达、陈村，鄂温克族的乌热尔图，土家族的孙健忠，彝族的吉狄马加，藏族的扎西达娃、阿来，仫佬族的鬼子，蒙古族的黑鹤，达斡尔族的李陀，满族的关仁山等。一些"80后"少数民族作家也拿出了备受关注的力作，其独特的审美趋向和语言风格足以让我们惊喜。

新时期的少数民族作家创作题材更为多样，艺术手法也颇为精到娴熟。蒙古族作家黑鹤的动物类小说独具魅力，行文中将刚强与柔情、野性与力量完美地融合在了一起。他荣获冰心文学奖的小说《黑焰》(2006)描写了藏獒格桑对于自由天性和原始生命强力的追求。另一部富有特色的小说《鬼狗》(2010)则赋予动物以人的视角和情感，字里行间流露出作者对于动物的尊重和敬意。回族作家张承志的作品呈现出一种冷峻热烈、自由不羁、慷慨硬朗的审美品格。自 1978 年发表处女作《骑手为什么歌唱母亲》就引起文坛注意，他似乎对蒙古族的民族文化特质格外青睐，其早期作品有相当一部分根植于具有深厚文化底蕴的蒙古草原。他的代表作《黑骏马》(1982)获得了 1981—1982 年全国优秀中篇小说奖。小说以辽阔的大草原为背景，在美丽纯朴的风俗人情下，描写了蒙古族青年白音宝力格和索米娅的爱情悲剧，更在纵深层次上表现了古老的草原文化传统和现代文明的冲突。藏族作家阿来无疑是新时期具有出色创作才华的作家之一，其获得第五届茅盾文学奖的《尘埃落定》(1998)具有丰厚的文化意蕴和独特的艺术张力。而"长篇小说无疑是一个民族智慧风貌的集中显现，它要求作家对本民族历史、现实有一种抽象的概括能力，并以史诗般的气度统摄自己的艺术把握"。① 作品通过对立体式当代藏区乡村图景的细密展示，完成了对民族文化背景的思索，以及对人的精神世界的触碰与探究。提到阿来，不得不提到他十年磨一剑的另一部长篇小说《空山》（2009），洋洋洒洒 60 万字，从土改写起，一直写到当下。小说依然把关注点投向了藏族地区，以渐开的"花瓣"式结构承载了藏族村庄秘史这一深厚主题。以详尽的笔触展现了藏族乡村政治历史的嬗变，同时也表达出作者对经济大潮冲击下藏族人民价值观念转变的忧思。霍达 1988 年出版的长篇小说《穆斯林的葬礼》，不仅获得了第三届茅盾文学奖，引发评论界的广泛关注和重视，还被改编成了电影剧本《月落玉长河》。作品容量厚重，揭示了穆斯林文化独特的民族心理结构，以及对于人生真谛的探求和理解。"先锋文学"的代表作家之一扎西达娃是新时期进行现代性探索的典范，他打破既有的创作规范，充分借鉴拉丁美洲魔幻现实主义的创作风格，在 20 世纪 80 年代积极参与中国文学的现代性变革，将雄健浑厚的思想内容与颇具实验性的新潮形式紧密统一在一起，创作了《西藏，系在皮绳结上的魂》（1985）、《西藏，隐秘岁月》（1985）等一系列实验小说，颇具灵性地呈现了藏族文化的新奇与神秘。

对于人生意识的彰显，对于人的生命意识和生存价值的介入是新时期少数民族文学探索的一个重要方面。有的作家将人物的命运、民族的命运置于风云变幻的时代大背景下，赋予作品以浓郁的时代特征和生活气息。满族作家关仁山对于农村题材作品情有独钟，他总是能以极敏锐的笔触捕捉到新时代农村生活的脉律，并给予审慎的思索。其长篇小说《白纸门》（2007）读之让人震撼，通过一扇"白纸门"，向读者展示了一幅波澜壮阔的渤海湾渔村的人物风情画。作品不仅呈现了剪纸文化、门文化等包罗万象的民间生活和文化习俗，更表现了人们面对市场经济冲击心灵的裂变与阵痛，是对现实人生的关注，也是对和谐文化的探求。有的作家在灾难面前表现出来的与人民同呼吸、共命运的爱国主义情怀让我们为之感动。如被李鸿然赞誉为"中国当代最杰出的彝族诗人和新时期最具有代表性的少

---

① 关纪新、朝戈金：《多重选择的世界——当代少数民族作家文学的理论描述》，北京：中央民族大学出版社 1995 年版，第 5 页。

数民族诗人"的吉狄马加将现代诗歌理念和民族性、人类性、爱国主义精神完美交融在一起，创作出了《献给汶川的挽歌》、《玉树，如果让我选择》等让人刻骨铭心的诗作。有的作家则有意识地强化对底层视域的悲悯书写，仫佬族的作家鬼子大部分小说都对底层民众进行了细致的关照和描摹，写尽了底层小人物的悲剧生活。他在1996年开始真正意义的文学创作，无疑是把"苦难"这把利刃耍弄得最游刃有余的作家之一，鬼子往往不着一字沉重，却直抵读者内心深处。这并不仅是一种个人化的独特书写方式，而是对于时代的仓促变幻中人们生存命运和生命感受的真实言说。他的小说反映出浓郁的生活质感，其悲剧意识给人以强有力的触动，在新时期的小说创作中负载了独特的艺术氛围和审美向度，折射着知识分子的良知责任以及对生命价值的关怀体恤。

20世纪下半叶，随着改革开放的实施、科技的迅猛发展，文化多元共生的趋向和态势、世界各民族文学之间的碰撞交流十分鲜明活跃。少数民族文学较之20世纪前中期的时代主题已大为迥异，作家更多地捕捉到了现代化进程下真实可感的民族心理。有的作品直接参与到世界文学的交流对话中，自觉调整自己的艺术策略和手段，从而更准确地抓住民族特质和时代风向标，获得了创作思路的全新生长点。

三、民族文学繁荣发展的社会文化分析

论及新时期民族文学繁荣发展的原因，包含民族政策、文学体制、作家心态、作品受众等多个层面。中国独特的多民族构成，使得少数民族地区在社会、经济、文化等发展水平上存在着很大差异。自改革开放的春风吹向了少数民族地区的各个角落之后，推动民族地区的发展成为中国社会发展的一项重要任务。毕竟少数民族地区的发展进步是衡量中国社会发展进步的一个重要方面，各民族关系的健康和谐发展，对于维护社会稳定秩序也有着不可估量的意义。我国在社会主义初级阶段，结合具体的国情，制定了有利于增强民族凝聚力和促进各民族共同繁荣的民族政策：坚持民族平等和民族团结，实施民族区域自治制度，根据少数民族的特点发展少数民族地区经济文化事业，并在少数民族地区语言文字、风俗习惯和宗教信仰上给予保障和尊重。这样的民族政策在很大程度上维护了各民族独特

的文化观念和精神内核。文化恰恰是一个民族显著的标志，各少数民族人民对本民族的文化认同感尤为强烈，"民族文化的认同，对于一个民族作为一个整体发挥作用具有非常重要的意义。没有对本民族文化的认同，就难以形成稳定的民族共同体"。[①] 每个民族都在相当长的历史积淀中形成了自己独特的文化特征，也就是民族性。正是由于各民族独特的文化特征才构成了少数民族文学创作的鲜明性、多样性和丰富性。

　　无论是 1955 年中国作家协会召开第一次少数民族文学座谈会，还是中央和地方对民族民间文学作品的大力搜集和推介出版，无不体现了建国初期国家对于少数民族文学的关注和重视。1956 年和 1960 年，作家老舍在中国作家协会第二次和第三次理事会上，分别作了《关于兄弟民族文学工作的报告》、《关于少数民族文学工作的报告》，阐明了"根苗茁壮、枝叶繁荣"的少数民族文学正以独特的色彩丰富着祖国文学，是祖国文学事业不可或缺的一部分。在经历了十年浩劫的文化专制主义之后，邓小平在 1979 年全国第四次文代会上明确指出不要横加干涉作家的独创探索精神，极大地调动了作家自由创作的积极性。少数民族文学也由此开始迎来了春天，并在新时期形成了蓬勃发展的态势。1980 年，北京召开了建国后第一次"全国少数民族文学创作会议"，并于次年推出了专门刊载少数民族文学作品的杂志《民族文学》。1983 年，中国社会科学院创办了《民族文学研究》杂志，许多民族地区也纷纷成立了自己的少数民族文学研究机构，形成了一定规模的少数民族文学研究队伍。周扬在谈到少数民族文学研究时，指出其是"一项开创性的事业"，强调了少数民族文学研究的重要性："在少数民族地区，不但有丰富的物质资源在等待开发，还有丰富的文化资源和精神财富在等待开发。各个少数民族的精神财富，不仅属于本民族，并且也是整个中华民族的宝贵财富，也是世界文化的一个组成部分。"[②] 这一点上，少数民族文学研究期刊的价值意义是不言而喻的。除了《民族文学研究》，还有《西藏研究》、《满族研究》、《北方民族》等，它们不仅将本民族的文化内蕴推介给各民族读者，同时也为各民族文化之间的沟通、

---

① 郑杭生主编：《民族社会学概论》，北京：中国人民大学出版社 2005 年版，第 50 页。
② 《一项开创性的事业——周扬同志谈少数民族文学研究》，《民族文学研究》，1983 年 00 期。

交流提供了条件。研究问题的深入，研究领域的拓展，评论研究队伍的不断壮大，无不标示着新时期少数民族文学研究的繁荣景象。尤其值得一提的是在1981年由中国作家协会、国家民族事务委员会共同主办的全国少数民族文学创作奖——"骏马奖"，作为一项为鼓励少数民族文学创作、繁荣我国多民族文学而设立的国家级文学奖，为新时期少数民族文学的发展起到了推波助澜的作用，对于少数民族地区的文化事业建设更是功不可没。此后，一系列的少数民族文学评奖活动、少数民族文学研究专刊专栏，以及少数民族作家队伍的不断扩充和壮大，都构成了新时期少数民族文学繁荣发展的局面。

从创作主体来看，新时期少数民族作家的创作热情空前高涨。首先，国家对少数民族文学的大力扶持为作家提供了宽松、积极的创作氛围，少数民族作家创作的民族自觉性日益提升，正因为作家们强烈、自觉的民族意识，才创作出了各具民族特色的优秀作品；其次，改革开放的时代浪潮所带给少数民族地区的冲击和变化为作家提供了鲜活的创作资源，少数民族作家能更直观、更敏锐地捕捉到时代变革和文化冲突，更迅捷地从民族文化内部整合出人们的心理体验；再者，开放的、多元的"文学场"扩大了文学表现的自由度和包容度，促使作家们不断调整自己的艺术策略以适应文化全球化的语境，由此采用多样化的创作方式写出了一系列思想性和艺术性兼具的作品。

从作品受众上来看，随着各民族之间的交流深化，少数民族地区的社会生活交往方式由封闭型转向了开放型。这就使得少数民族文学不再只具有本民族的读者群体，而是扩展到其他的民族地区。新时期的少数民族文学面向的是一个不同民族、不同审美情趣的广阔的接受群体，少数民族文学真正成为社会共同的文化财富。此外，其他民族地区读者的阅读期待视野也为作家的创作提供了一定的引导方向，作家在创作中保持本民族特质的同时，也自觉地调整思路，以适应、满足更广泛的读者群。

四、民族文学发展过程中的问题与不足

民族文学在20世纪80年代最为兴盛，现在似乎发展式微，而且有些民族文学作品的民族色彩在淡化。相反，另一些作家有意强化民族民俗的奇异、粗陋的

一面。作家的创作不能把"民族特色"与"猎奇"混为一谈，不能把表象的异族风情主观臆测加以呈现，而是应该切实深入到少数民族生活的内部，在自然风光和民风民俗的基础之上，把握住本民族独特的民族特质和民族心理。少数民族文学的批评队伍也要加强和深化对民族文化背景的定位和理解，对于繁复幽深的民族文化要具备清醒的历史透视力，不应只停留在民族表象的浅层。

在文化多元共生的全球化语境中，不同文化之间的碰撞、交汇不可避免，少数民族文学正遭遇着发展的瓶颈和困惑。同时，少数民族文学又面临着前所未有的生长点和发展契机。因此，少数民族文学创作"必须正确处理作家的民族身份和叙事身份之间的关系、主题内容的民族性与人类共性的表达以及文学批评的顺应，真正从灵魂的深度扮演好一个本民族历史命运的'转写者'和文化精神的'译人'的角色"。[1] 诸多事实证明，愈是民族的，愈是世界的。如何把浓郁的民族特色融入作家自觉的艺术追求之中，如何彰显出当代少数民族人民的典型性格和精神面貌，如何在全球化语境中保留、整合自己的民族特征，才是当代少数民族文学作品的努力方向，也是少数民族文学实现飞跃和进步的必要前提。

第四节　消费文化的繁荣与通俗文学昌盛

"十七年"文学的政治口号让人们对文学失去鉴赏的味蕾，十年"文革"对文学的浩劫更是触目惊心。粉碎"四人帮"后，中国的政治、经济、文化迎来了自身发展的"新时期"，文学也随着政治一体化时代的结束盼来了自身生长的契机。通过真理标准问题的大讨论以及党对文艺政策的调整，文化多元化和审美多样化得到承认和重视，文学的娱乐消遣功能也开始重获认可。20 世纪 80 年代中后期，经济体制改革进一步深化，市场化大潮的冲击以及港台、国外文化的涌入，使人们的价值观念、生活方式逐渐走向多元化、商品化、消费化。消费文化成为主导型文化形态，卡拉 OK、MTV、畅销小说、商业电影、偶像剧、通俗歌曲、休闲报刊、

---

① 尹晓琳：《全球化语境下中国少数民族作家文学的发展态势》，《吉林广播电视大学学报》，2009年，第 6 期。

时尚杂志、商业广告、卡通音像制品、营利性的文化讲座和体育比赛以及时装模特表演等一系列的消费文化繁荣起来。一元化的主流文化逐渐走向大众化、多元化，能够顺时反映世俗精神的通俗文化压过高雅文化得以迅速兴起。在这种语境下，以商业性、通俗性、娱乐性为基本特征的通俗文学得以普遍流行，通俗文学对人的世俗欲望的肯定和对世俗日常生活的认同成为人们关注的焦点。进入21世纪，随着市场经济制度的日益完善，消费文化的继续繁荣，科学技术的不断创新以及通俗文学理论的梳理和整合，通俗文学必然会在消费文化市场的沃土上凭借新的文学生产机制获得长足的发展。但是，正如市场经济先天的弱点和缺陷一样，消费文化繁荣的背后隐藏着深刻的文化危机，通俗文学也很难克服其媚俗化、模式化、商业化等"伪文学"属性。因此，通俗文学发展的道路上依然是机遇与挑战并存。

一、消费文化的繁荣与雅俗之争

所谓消费文化是指直接通过商品流通的形式进入文化消费领域，以满足人们日常文化需要的产品和活动，也包括为了直接消费而进行的必要的再生产、复制和辅助性创造活动。"消费文化"就是满足人们精神文化需求的文化性消费资料，是文化产品生产经营者通过市场交换，向文化消费者提供的文化产品或文化娱乐服务。凡是进入文化市场流通和交换环节，用于满足消费者自身发展和精神享受需要的文化产品，都属于"消费文化"的范畴。消费文化具有物质性、复制性、机械性、短暂性、符号性、普遍性、娱乐性等特点。消费文化是市场经济和工业化生产的产物，消费文化盛行在20世纪90年代至今，中国的市场经济体制日益完善，经济发展水平也愈加提高，"市场化"运作的模式也早已进入文化领域，"消费文化"借助商品、技术和娱乐三大载体的发展和繁荣是文化市场建立和健全的重要标志。消费文化的繁荣主要表现在消费文化形态的多样性和丰富性上，大量的畅销书、通俗读物、商业影视作品、流行歌曲、休闲报刊杂志以及广告、音像制品以商品的形式充斥文化市场，还表现在文化产品生产、流通、交换、消费体制的不断完善，以及大批量的文化经纪人、书商、记者、书评家、作家、写手、影视歌星等进入文化市场参与分配文化资本和文化权力。"使用'消费文化'这个词是为了强调，商品世界及其结构化原则对理解当代文化来说具有核心地位。"① 消费文化在当代文化领域中有着绝对的主导性的作用，越来越发挥出其不可替代的"语境性"和"场域性"作用。但是随着消费文化物质性、商品性和娱乐性的日益膨胀，我们应该警惕堕入"消费主义"的陷阱。

消费文化繁荣的背景是复杂的。一是文化市场经济体制的建立和完善，是消费文化发展繁荣的体制保障，大工业化生产则是消费文化繁荣的物质基础。二是中产阶级的兴起形成购买力，使得文化消费产品有了广阔的市场需求，构成了消费文化得以盛行的主体性条件。三是改革开放使西方后现代消费文化的影响不断深入，消费思想开放，消费观念革新。四是网络、电影、电视、广播等大众传媒是消费文化急速发展的重要技术条件，消费文化生产流通运作更加便利并扩大了在大众生活中的影响。进入 21 世纪，"网络消费文化"开辟了消费文化的新纪元，"信息超级速公路以及虚拟现实是丰富现有消费文化形式的传播媒介"。②

消费文化改变了人们的行为方式、思维方式、情感方式、价值观念、人生观和审美诉求。消费文化的繁荣使同样满足人们娱乐、消遣功能的通俗文化大行其道，普及的、短暂的、大量的、低廉的、感性的、物化的、娱乐的通俗文化极大地满足了人们快节奏生活的现实需要。消费文化对当代文化和文学都产生了深远的影响，在消费型社会里，人们对文化的消费方式和心理期待以及文学文本自身的生产和消费模式都发生了质的异变。消费文化通过改变作家群体的生活方式和感知方式来改变他们的价值观、人生观、职业观和审美观，进而改变他们的创作动机和目的。作者为了获得更多的经济利润不得不迎合文化消费者的口味和兴趣，与此同时，消费文化也改变了文本的传播方式和阅读方式。消费文化的繁荣使通俗文化由边缘走向中心，不断挤压着高雅文化、主流文化、精英文化的权力地位。

具体来说，通俗文化流行的原因是多方面的：首先，吸取十年"文革"的惨痛教训。进入 20 世纪 80 年代，一系列的政治经济体制改革引发其决定的文化领

---

① 【英】迈克·费瑟斯通著，刘精明译：《消费文化与后现代主义》，南京：译林出版社 2000 年版，第 123 页。

② 【美】马克·波斯特：《第二媒介时代》，南京：南京大学出版社 2001 年版，第 45 页。

域变革，由政治化、一元化到娱乐化、多元化的开放式文化的格局使得通俗文化和高雅文化一样"百花齐放"。其次，改革开放政策的实施，经济领域的剧变，西方"狂欢"色彩的消费文化、大众文化源源涌入，为单调、压抑的东方文化注入新鲜血液；港台风靡持久的通俗文化、流行元素蜂拥而入激发了大陆通俗文化的复苏。再次，报刊、广播、电视、互联网、出版等大众传播媒介的迅速发展，使文化市场形成了具有强大统摄力的文化语境，使得契合时代精神的通俗文化普及率提高，覆盖面增广，并具有了很强的重复性和模拟性。最后，从文化的接受心理上说，社会转型期，巨大的生活压力使人们普遍寻求一种轻松娱乐、形式简单、内容易懂、时尚流行、情绪浓烈、感觉火爆的通俗文化。于是，以通俗文化为支撑的通俗文学也开始在创作主体数量和出版发行量上与严肃文学分庭抗衡。

关于"雅俗之争"，早在延安文艺座谈会中毛泽东就曾用"下里巴人"和"阳春白雪"表示通俗文化和雅文化的普及与提高、通俗性与艺术性的关系。随着通俗文化和通俗文学的升温，20世纪90年代发生了规模空前至今余波未平的"雅俗之争"和"人文精神"的大讨论，特别是1993年开始的"人文精神"的讨论。这场讨论主要针对的是市场经济带来的文化领域的剧变，参与讨论的大多数学者认为，在市场经济的冲击下，消费文化使文化日益商品化和娱乐化，传统的"人文精神"面临失落的危机，文化品格和文化道德出现滑坡，通俗文化和通俗文学流行，高雅文化和严肃文学衰落。主张应当抵制市场经济的负面影响，反对通俗文化和通俗文学的商品化，保持"人文精神"的纯洁。并有针对性地对王朔的小说鞭笞批评，认为其是"痞子文学"和对文学的"玩世不恭"，是文学的堕落和倒退。王蒙等则反对"人文精神失落"的说法，并对通俗文化和通俗文学的兴起持肯定态度。随着通俗文化的繁荣和通俗文学的昌盛，通俗文学的兴盛不仅仅是"人文精神"失落所能解释的了。它也有其存在的历史合理性和现实正当性，在纯文学节节退败的今天，严肃文学捍卫者应该正视它，并重新对通俗文学进行定义和研究。通过这场激烈的讨论，以往建立起来的雅俗文化等级制度濒临崩溃。消费文化、通俗文化以及大众文化已经开始从根本上改变当代的文化格局，实现了雅俗文化抗衡与合流的新格局。

文化按照接受对象可以分为通俗文化和高雅文化，通俗文化和高雅文化与通俗文学和高雅文学的等级划分古已有之。通俗文化是指那种产生于民间、流传于底层的，人民大众喜闻乐见的、原生态的、日常化的、娱乐化的文化形态。通俗文化具有普遍性、商业性、大众性、市民性、保守性、娱乐性等审美倾向。通俗文学是一个不确定概念，学术界基本上认同如下概括："适合文化层次较低的读者阅读，明白易懂，流传较快的文学样式。多取材于群众关心和熟悉的现实生活，也可以是历史故事的演义，通过加工制作，寄予群众比较容易理解和接受的思想情感，在题材、主题、情节、人物、心理及其他表现方法上，都带有明显的复制性和模式化特征。种类较多，如言情、侦探、冒险、传奇、黑幕、科学幻想、武打、历史演义等。"[1]简单概括，通俗文学是"一种贴近读者——消费者的期待视野的文学"。[2]我们区分一部作品是否通俗文学，至少可以从以下三个方面加以考察："一、是否'与世俗沟通'；二、是否'浅显易懂'；三、是否有'娱乐消遣'功能。"[3]随着大众阶层的兴起和消费文化的繁荣，通俗文学也有了新的内容和形式。

二、通俗文学的新时期谱系

通俗文学最主要的文体是通俗小说。新时期通俗文学思潮覆盖面广，种类繁多，影响力大，体现出叙事型文体为主和题材性鲜明的特点。除了继承传统的武侠、言情、侦探、科幻、历史等形式外，结合时代精神和现实需要创造出公安法制小说、反腐小说、纪实小说、青春小说、穿越小说等新的通俗文学形式。

通俗文学在中国古代文学史中的地位是不可小觑的，虽然在当时没有名正言顺登上大雅之堂，但是像传奇、小说、话本、章回小说，特别是近代志怪小说、谴责小说、言情小说、武侠小说等在民间有着持久的生命力，而且有些作品在今天沉淀为民族文化的精髓。通俗文学在现当代文学史的现有研究中却往往被精英文学和严肃文学遮蔽。从20世纪之初的文学革命开始，梁启超、陈独秀等革命先驱就赋予文学以"经国之大业，不朽之盛事"的重任。五四文学虽然倡导"平民

---

① 《辞海》，上海：上海辞书出版社2001年版，第1276页。

② 范伯群、孔庆东：《通俗文学十五讲》，北京：北京大学出版社2003年版，第12页。

③ 范伯群、孔庆东：《通俗文学十五讲》，北京：北京大学出版社2003年版，第15页。

化"、"通俗化",但仅仅是在语言上用白话语言实现了接近平民的"口语化",在文学的形式上接近了"通俗",文学依然在被知识精英们传承着"载道"的功能。抗战时期的革命文学虽然也在倡导大众化、通俗化、民间化,但文学已经成为为政治服务的工具,其面对的"大众"也有限。"20世纪40年代末到50年代初,以行政或半行政的手段,将市民通俗文学在大陆范围内予以'终止'。一直到20世纪70年代末到80年代初,销声匿迹了三十年才又得以复苏。"① 新时期的通俗文学思潮来势凶猛却又充满争议和矛盾,在数量上和影响上远远超过精英文学,但在大陆却几乎没有大家及经典出现。新时期通俗文学带着诸多疑问能够和严肃文学"同台献艺",并掀起一股空前的"通俗热",这种复苏和兴起有着深刻的历史背景和时代因素。

政治一体化年代,人们的思想、欲望被压制在政治之下,随着"四人帮"的粉碎,政治经济体制改革步伐的加快和改革开放的深入,使人们的自我意识和人性欲望不断觉醒。新时期之初的伤痕文学、反思文学、改革文学等严肃文学继承五四理性精神和人性解放的"拯救"与"启蒙"主题并且结合时代精神,控诉了"文革"对人性的压抑、摧残和扭曲,宣泄了上个时代的苦闷和挣扎。但是作为载道、教育的文学类型并不能安抚一直以来人们紧张的心灵,读者不再满足于严肃文学的精神救赎和改造,积极地寻求一种精神上的娱乐和释放。于是通俗文学被盛在"经济快餐"和"文化快餐"的盘子里端上了人们的文化餐桌。新时期文艺政策的调整,使文艺走向多元化、多样化的局面,通俗文学和高雅文学一道"百花齐放"、"百家争鸣"。"文艺为人们服务"就要为人们的娱乐生活和精神消遣服务,"文艺为社会主义服务"就要为社会主义文艺多样性和丰富性做贡献。"十七年"文学和"文革"期间,八个样板戏使大陆形成一个单调的"文学荒漠",民众的文化饥渴感为通俗文学的兴盛创造了潜在的动力,西方和港台通俗文学作品和流行文化的涌入让久违的大陆读者大饱眼福,通俗文学借助现代化传媒的力量迅速进入千家万户。上述几方面因素为通俗文学兴起的合力。

在大陆通俗文学沉默的三十年里,港、台通俗文学在相对宽松的政治文化环

---

① 范伯群、孔庆东:《通俗文学十五讲》,北京:北京大学出版社2003年版,第57页。

境中，继承大陆通俗文学传统并注入地域特点和时代精神，使通俗文学发扬光大并且长盛不衰。从武侠、言情到历史、科幻，陆续涌现出了一大批优秀的通俗文学作家作品。主要有香港武侠四大家：梁羽生、金庸、古龙、温瑞安，以及台湾的诸葛青云、卧龙生、司马翎、慕容美等人的武侠小说；高阳等人的通俗历史小说；琼瑶、亦舒以及其后的岑凯伦、姬小苔、席绢等人的言情小说；倪匡等人的科幻小说；梁凤仪的"财经小说"等。除了小说，在诗歌和散文等通俗文学领域也分别出现了席慕容和三毛。除金庸、琼瑶单独列节外，以下作家值得关注：

倪匡（1935— ），原名倪聪，字亦明，被誉为"香港四大才子之一"，与金庸、亦舒并列为"香港文坛三大奇迹"。在武侠小说、杂文、侦探小说领域都颇有造诣，成就突出的是以卫斯理为笔名创作的一系列科幻小说。从1963年第一部作品《妖火》起，三十多年灵感泉涌，创作了《蓝血人》、《无名发》（又名《头发》）、《地图》、《心变》、《失魂》、《不死药》等130多部作品，出版有《卫斯理科幻小说全集》，本人也自称是"世界上写汉字最多的人"。他的科幻小说融武侠、推理、鬼怪、冒险、言情于一炉，天马行空、包罗万象；作品"幻"大于"科"，不主张用大量的科学知识冲淡幻想的自由，联想丰富、幻想奇特，借助于科幻故事对超自然现象和人类未解之谜进行大胆的科学猜想和解释；主题多涉及一些人类终极问题，如生死、阴阳、外星人、宇宙、时空、梦幻等超自然现象，通过科幻间接表达对工商业文明中人类的不满，想象并构思人类未来；小说具有娱乐性、知识性、趣味性、可读性，紧张悬疑、曲折诡异、引人入胜，语言大众化、口语化；为了追求可读性，有的情节过于荒诞离奇，难以自圆其说。

亦舒（1946— ），原名倪亦舒，倪匡的胞妹。1962年崛起于香港文坛，潜心都市言情小说的创作，已出版作品集200余部，时称："港有亦舒，台有琼瑶"。代表作有《玫瑰的故事》、《喜宝》、《我的前半生》、《流金岁月》、《朝花夕拾》、《她比烟花寂寞》、《蓝鸟记》等。她的小说描写了香港都会各个阶层的生存境遇，有很强的都市情节和时代精神，塑造了一系列自立自强的现代女性形象。表现了女性爱情在传统与现代的尴尬和矛盾，并探讨了女性在现代社会的地位和出路问题，有一定的深度；大部分作品爱情故事曲折婉转、引人入胜，语言简洁、犀利、节奏感强，港味浓郁。亦舒本人也被称为"文坛才女"。

三毛（1943—1991），原名陈懋平，台湾散文家，祖籍浙江舟山。从 1976 年第一篇散文《沙漠中的饭店》开始，"三毛"进入大众的视野。她的散文与港台影视、流行音乐一起进入内地并引起轰动，作品集有《背影》、《撒哈拉沙漠》、《万水千山走遍》、《梦里花落知多少》、《哭泣的骆驼》、《稻草人手记》、《闹学记》等 20 多部。三毛的散文将平凡的日常生活甚至艰难岁月中的美好、诗意的瞬间定格渲染，充满了对真实可触的生活的热爱，引发人对真、善、美的向往；三毛作品中传奇的流浪经历、奇特的异域风情、浪漫的爱情生活、自由的拾荒梦想……都是人们向往的洒脱体验；散文抒情色彩浓郁，细腻亲切，语言朴实自然、幽默诙谐、风趣活泼，善用虚构、夸张来简化艰难困苦和增加幸福、美好，充满了辩证的生活智慧和生存哲学。

　　席慕容（1943—　　），诗人、散文家、画家，祖籍内蒙古察哈尔盟明安旗。她的诗歌在大众读者中创造了一个神话，在台湾 1985 年被称为"席慕容年"。代表诗集有《无怨的青春》、《七里香》、《在那遥远的地方》、《如歌的行板》、《写给幸福》、《时光九篇》等 15 部。她的诗表达了单纯而又深邃的意趣，爱情诗写得真挚而热情，给人精神上的享受和情感上的慰藉，特别是那些吟咏擦肩而过的美丽、孤独、忧伤、无奈的诗作；她的诗歌充满了人生的哲理和禅意，使生活形象化、诗意化、哲理化，并且使爱情得到理性的升华和诗意的沉淀；诗歌语言清新简洁、质朴易懂，能够像流行歌曲一样在青年大众之间流传。

　　20 世纪 80 年代的港、台通俗文学"引进热"对大陆通俗文学的发展产生了深远的影响。首先，促进了大陆通俗文学作品的出版和通俗文学刊物的涌现，1983—1986 年间，大陆的通俗文学期刊多达 270 余种。如至今国人记忆犹新的《今古传奇》、《中华传奇》、《通俗文艺大观》、《故事会》、《啄木鸟》等。其次，激起了大陆学术界对通俗文学理论的大讨论，自 1984 年天津市举办"通俗文学研讨会"以来，各大报刊就此展开争鸣。1990 年代初，《通俗文学评论》等通俗文学学术期刊相继面世。诸多讨论可以归结以下几点："一是通俗文学的本体探讨，即什么是通俗文学；二是通俗文学的范围和审美特征；三是通俗文学与'纯文学'（'雅文学'）的关系，这就是所谓的'雅'、'俗'之争。"① 再次，带动了大陆通俗文学的创作热情，最初是对港台作品的模仿，后来，在言情小说中出现了"雪米莉"、"王朔现象"，在武侠作品中出现了聂云岚的《玉娇龙》、柳溪的《燕子李三传》、冯育楠的《津门大侠霍元甲》、王占君的《白衣侠女》等大陆新武侠作品。最后，金庸、琼瑶小说在大陆的畅销引发了大陆通俗影视作品的繁荣，金庸的武侠小说至今仍被翻拍出新。

20世纪90年代大陆"通俗文学热"继续升温，与1980年代"通俗热"不同的是，这一时期，金庸、琼瑶热持续高温，大陆通俗文学也走上了自觉发展的道路。除了武侠、言情外，通俗小说已经将题材范围扩展到纪实、揭秘、公安等可供消闲、娱乐、求知的领域。一是武侠类，在港台"新武侠"影响下，大陆新武侠和港台一起进入"后金庸"时代。1994年中国武侠文学会在北京成立，并于次年主办"中华武侠小说创作大奖"。涌现出江上鸥、独孤残红、马舸、戊戟等一大批武侠小说作家，其中陈天下、熊沐、沧浪客、周郎并称"大陆武侠四大作家"，代表作有江上鸥的《泰山屠龙令》、《赤龙金戟令》，戊戟的《武林传奇》、《江湖传奇》等11篇"传奇系列"演义体武侠小说。虽然产量高，但艺术粗糙、思想贫乏、带有浓厚的商业味道，是当时市场经济热潮裹挟而来的产物。二是言情类，受港台言情小说的影响，反映商品大潮下的情爱纠葛。海岩的言情小说是异军突起，代表作有《玉观音》、《拿什么拯救你，我的爱人》、《一场风花雪月的事》、《便衣警察》、《永不瞑目》等。他的作品用通俗的手法写出了物质化、功利化的社会中带有理想色彩、悲剧色彩的爱情故事。或热烈、或凄美、或遗憾，但他不单写爱情，而是将现代人面对爱情、责任、社会、家庭、伦理的态度融入小说。同时"公安＋爱情"的模式使可读性增强，并借助电视、网络家喻户晓。三是公安类，主要表现转型期社会的不安定因素和无序状态，贩毒、走私、贪污、仇杀等犯罪现象是这类小说的主要内容。以惊心动魄的情节、扑朔迷离的侦破经过，获得广大读者的喜爱。受商业利润的诱惑，不少严肃作家也进驻这一题材，如王蒙的《暗杀》、池莉的《预谋杀人》和方方的《埋伏》等。四是纪实文学，这种文学成为1990年代

---

① 王万森主编：《新时期文学》，北京：高等教育出版社2001年版，第73页。

通俗文学的新气象。纪实文学是一种类似报告文学的文学样式，它以真人真事为虚构故事的基础，关注现实社会以及历史热点、盲点、疑点，反映政坛风云、商业内幕、名人轶事、绯闻野史等涉及隐私和秘闻的"爆料"，追求一种新鲜感、刺激感、传奇感，具有很强的故事性和可读性，满足了人们的好奇心理和探秘心理，适合大众娱乐消遣，但艺术性不高。此外，1990 年代通俗文学中也有一些在民间流传的科幻小说和历史小说。

进入新世纪，通俗文学以"畅销书"的模式结合网络、影视形成新的增长点。"广义的畅销书是指在一定时期和一定地域内销售量超过平均销售量的书。狭义的畅销书是指在没有政治权力介入的情况下，在一定时期、一定区域内，靠市场竞争和自身运作，较其他书籍有较大销量，并产生了较大的社会影响，形成了社会热点和'舆论场'，具有轰动效应和'畅销模式'的书籍。"① 有研究者指出，畅销书的产生有着极为复杂、深刻的生成机制和内在动因，可概括为："其一，蕴藏在文化生产背后的经济原则为畅销书现象的产生提供了动力机制；其二，市民阶层受众地位的上升与强调是书籍得以畅销的社会基础；第三，畅销书机制、出版商制度为书籍的畅销提供了高效率运作机制。"② 在畅销书中通俗文学所占的比重越来越大，其中，武侠小说创作结合影视、网络、游戏突飞猛进，代表作有小椴的《乱世英雄传》、《洛阳女儿行》和凤歌的《昆仑》、《沧海》、《镜》等。其他新种类越来越多：一是反腐小说，是近年来出现的针对社会反腐倡廉问题的社会小说，主要作品有阎真的《沧浪之水》，陆天明的《大雪无痕》、《省委书记》，王跃文的《国画》，周梅森的《绝对权力》、《中国制造》等。二是青春小说，以澎湃的激情和内敛的忧伤展现青少年的梦想、苦闷和叛逆，越来越受到年轻读者群的青睐，占据了畅销书的半壁江山，代表作有韩寒的《三重门》、《零下一度》，郭敬明的《梦里花落知多少》、《幻城》、《悲伤逆流成河》、《小时代 1.0 折纸时代》，痞子蔡的《第一次亲密的接触》等。三是玄幻小说，玄幻小说是一种类型小说，通常以冒险、战争为主题，时代背景、世界观等皆无拘束，可任凭作者想象力自由驰骋，与科幻、

---

① 谭光辉：《文艺类畅销书为什么畅销》，《编辑之友》，2004 年，第 5 期。
② 莫伟鸣、何琼：《"畅销书"分析研究》，《中国文化报》，2002 年 2 月 23 日。

奇幻、武侠等幻想性质浓厚的类型小说关系密切。这种小说多以网络文学的形式出现，点击率高的会发行出版，如烟雨江南的《尘缘》、萧鼎的《诛仙》等。四是悬疑小说，以悬念贯穿始终并围绕悬念展开叙事的类型小说，主要有蔡骏的《病毒》、《荒村公寓》、《幽灵客栈》、《猫眼》、《地狱的第 19 层》，暖冰的《第七张剧照》、《隔婚有眼》、《商场 9F 禁区》等。五是穿越小说。穿越小说是近几年来"清宫戏"、"宫廷戏"等历史小说的延伸，以丰富的想象力在历史和现实之间穿梭，上演跨越时空的爱恨情仇，具有浓郁的古典气息，满足了现代人的历史情结和猎奇心理。代表作有"2007 四大穿越奇书——《鸾》、《木槿花西月锦绣》、《迷途》、《望天》"等。在红袖添香网联合国内十大知名出版社举办的"2007 首届华语言情小说大赛"的第一赛季中，原创穿越类小说在 3 个月内就达到 600 余部，穿越小说近年来也被纷纷搬上荧屏。六是名人传记，主要是作家、影视明星跟风出书，书写自己的成名经历，成为追星大众的新宠，如白岩松的《痛并快乐着》、崔永元的《不过如此》、冯小刚的《我把青春献给你》等。除了上述类型还有一些"影视同期小说"，如《大宅门》、《奋斗》、《亮剑》、《士兵突击》等和励志类通俗文学作品。总之，新世纪通俗文学以畅销书的形式占据文学市场的绝对优势。但是这些作品大都粗制滥造、为追求商业利润，"虚火正旺"的畅销书虽然"畅销"，但不能"长销"。

三、通俗文化的特征与通俗文学前景

通俗文化，在当代文化格局中的地位越来越突出，但是我们应该辩证地看待其价值，通俗文化的繁荣必然有其存在的意义和价值。首先，政治、经济转型期现代社会高速发展，人们在快节奏的生活中受到物的挤压和生存的束缚，需要一种快捷而便利的文化，快速宣泄心中的压抑感和孤独感。通俗文化追求一种形式简单、内容普及、感情宣泄的形式，以娱乐、消遣、休闲功能为特征，满足了人们现代主体精神的感性释放，契合人们价值观念和审美趣味迁移的需要。其次，通俗文化与高雅文化并不是简单的对立关系。通俗文化是高雅文化的源头活水和自我更新、发展的宝贵资源，通俗文化能够为高雅文化不断提供所需的新鲜血液和更新的动力。没有了通俗文化这个鲜活的民间资源，高雅文化便会逐渐干瘪、深涩、曲高和寡。通俗文化能够源源不断地从高雅文化那里吸取民族文化的精髓

来丰富和充实自身，否则，通俗文化便会走向粗鄙、媚俗、无的放矢。通俗文化随着自身艺术追求的自觉提高和历史的冲刷、陶冶也可以转化为高雅文化，像古小说、唐传奇、宋话本、明清章回小说等相对于同时代的诗词正统文化都属于通俗文化，现在很多文本像"四大名著"等都已成为高雅文化的代名词了。高雅文化随着受众鉴赏水平和社会文化水平的提高也可变为普遍的通俗文化。再次，通俗文化渗透到各种文化形式中，使文学、影视、曲艺、网络、书刊等在消费文化和通俗文化的统摄下共同发展，极大地丰富了社会的文化形式，繁荣了社会主义文化市场，有利于文化发展的多元化、多样性。

通俗文化的过度发展也越来越引起文化建设者的担忧：一是通俗文化生产者片面强调经济利益和商业利润，一味迎合人们固有的追求物质、贪图享乐、放纵欲望等人性弱点，力求时尚化、娱乐化、刺激化、感官化、扁平化，使通俗文化日益走向清浅、低俗的误区。二是通俗文化目前主要以"消费"的形式服务于休闲的中产阶层，有其"势力"的一面；对于处在边缘的"弱势群体"来说，文化生活贫乏，因此，通俗文化有其发展的不平衡性。三是通俗文化作为消费性的资本技术，表述形式由文字为主向音像为主，并被大批量复制生产，有模式化和复制化的倾向。

消费时代，通俗文化的繁荣必然使通俗文学迅猛发展，市场经济转型之后，通俗文学的创作、发表、出版、流通、传播等新的文学生产机制形成，使通俗文学在文学市场的竞争力日益增强。为了追求销量和商业利润，文学生产更多地采用商业操作模式。作家与出版社、书商签订合同，寻求资金和技术上的支持。一部作品的选材都是根据市场调研来遵循读者群的消费倾向和享乐原则，不再是作家个性和审美原则的体现。出版社对作品的长度、内容、篇幅等进行限制、包装，在开本、装帧、书名上找"噱头"，走另类，并由书商精心策划宣传广告，量身定做、大张旗鼓地进行"炒作"。营销手段更是花样迭出，在有影响的报纸、网络、电视台上连载、发消息、邀书评、做访谈，新书出版时举办新闻发布会、座谈会、读书活动、签售活动，联合所有媒体造势，"未见其书先闻其声"，形成广泛的阅读期待。20 世纪 90 年代中后期，《中国图书评论》、《中国图书商报》开始在版面专辟"畅销书排行版"。现在最权威的"畅销书榜"是 1999 年由北京开卷市场研究所推出的"开卷排行榜"。在开卷评"2000 年 1 月至 2008 年 11 月各月文学榜榜首书"表中，青春文学占 42 个席位，名人传记占 18 席，悬疑小说占 15 席，爱情小说占 10 席，影视图书占 6 席，反腐小说占 3 席，散文占 3 席，其他占 10 席。精英文学只在"其他"这类别中出现了《兄弟》等几部，通俗文学占据了文学类"畅销书"的 90% 以上，而文学类"畅销书"则又占所有文学图书市场的 80% 以上。可见，通俗文学在近年来所占比重越来越大是一个不争的事实。

虽然通俗文学在消费文化和通俗文化的刺激下不断繁荣昌盛，但是也出现了不少问题。首先，市场经济背景下，通俗文学商业色彩浓厚，出现商业化的"媚俗"倾向，跟风重复、批量生产、粗制滥造，沦为人们消遣、娱乐的工具，偏离了文学的轨道。其次，内容上，许多作品渲染色情、暴力、迷信等不健康思想，思想内涵缺失，审美品位低下，文学丧失道德底线和文化品格。艺术上，一味追求曲折离奇，作品流于荒谬、怪诞、诡异；片面追求数量，在情节故事、人物塑造、结构语言上出现了模式化、公式化的倾向。再次，新时期，大陆通俗文学创作群体虽大但没有出现大家，通俗作品数量虽多但真正可以传承的经典没有。最后，通俗文学充斥文学市场，其影像化、视觉化、娱乐化、消费化的美学风格影响了传统文学，使纯文学与通俗文学的界限日渐模糊。可见，通俗文学在以后的发展中机遇与挑战并存。

第五节　翻译文学由欧美而面向全世界

语言是文化的载体，文化因语言而得以传播。翻译是把一种语言系统转化为另一种语言系统，文学翻译则是把某一国家运用某一语言所写的文学作品转化成另一国家运用另一语言的文学作品。其表象是语言与语言的沟通，而实质则是文化与文化的交流。翻译文学是文学园地中的一个重要类种，翻译文学的发展和成熟是新时期以来中国文坛上的一件大事，当然内中也存在着诸多亟待解决的理论与实践难题。

一、翻译文学的归属及相关理论问题

翻译文学是对外国文学原作的"艺术化"加工。茅盾曾经说过："文学翻译不

是单纯技术性的语言外形的变异，而是要求译者通过原作的语言外形，深刻体会原作者艺术创作的过程，把握原作的精神，在自己的思想、感情、生活体验中找到最合适的印证，然后运用适合于原作的文学语言，把原作的内容与形式正确无疑的再现出来，这样的翻译过程，是把译者和原作者合二为一，好像原作者用另一国文字写自己的作品。"[①] 所以尽管翻译文学传达的基本是外国文学的内容，也大体标识出了外国文学原作的形式特征，但并不是外国文学的本原呈现，而是经过第二次语言加工之后的另一种文学样态。这对于主要依靠译著了解国外文学状况的中国来说尤其如此。然而在现实生活中，国人往往一看到《高老头》就想起法国和巴尔扎克，一看到《老人与海》就想起美国和海明威，而没有意识到绝大多数中国人（阅读外文原作的中国读者在总人口中所占的比例极低，甚至可以忽略不计）看到的《高老头》与《老人与海》同巴尔扎克用法语写的《高老头》、海明威用英语写的《老人与海》并不是一回事，就像俄国人阅读的果戈理翻译的《狂人日记》并不是鲁迅的《狂人日记》。作为一种"被译介的现代性"，在中国广为传播的《高老头》与《老人与海》并不是本原的外国文学经典，而是一种中国人翻译的以中国母语（汉语）书写的作品。尽管以外国文学为蓝本，但它本质上仍是中国文学的一部分，而不是外国文学。这在理论上理解起来并不难，但在具体实践中，如同以翻译文学为主要表现形式的非汉语文学作品在中国的大学学制中统统被称为"外国文学"一样，翻译文学的这种定位归属并不能很好的被贯彻执行。当人们提及某部外国文学作品时更是直接论及主题、人物形象、艺术手法等文学内部问题，其所依据的论述对象并非原版作者所作，而是经过了译者的第二次书写的事实，往往并不在这文学内部问题的论述范畴之内。甚至译者是谁、依据的是哪一个译著版本等问题根本不在言说者考虑范围之内，或干脆不知道，这便忽视了译著的特征，遮蔽了翻译文学的本质，是对译者劳动的极大不尊重。这也是翻译文学在当代中国遭遇的最大文化困境。

明确了翻译文学的国族归属（翻译文学并不是外国文学，而是译介国文学的

[①] 茅盾：《为发展文学翻译事业和提高翻译质量而奋斗》，《翻译研究论文集》（1949—1983），北京：外语教学与研究出版社 1984 年版，第 10 页。

一部分）之后，还需要对翻译文学的价值归属（翻译文学是否是纯客观的、其与原作之间在文化意义上有无高下之别、翻译是否涉及国族交往的权力关系等）问题做一番分析论证。传统的翻译研究认为翻译是一个纯粹客观的过程，同原著相比，既不涉及价值判断，在总体的文化格局中也是居于附属的、次要的地位。比如语言学统治翻译研究的时代，翻译便被认为是在原作上挖掘意义并将其复制成"摹本"而已。不过随着翻译研究的深入，人们逐渐发现翻译作为跨文化的交际活动，在观念上已经"从独白走向对话"，翻译过程也变成了"一种对话的参与"[①]。近年来兴起的后殖民理论更是从根本上推翻了翻译只是附属性文化赝品的观点，将翻译文学，尤其是第三世界国家对第一世界国家文学作品的翻译当成文化权力的载体，即译作的价值在某种程度上是原作无法比拟的。翻译在第三世界"非殖民化"（decolonization）的过程中起着重要作用，殖民地人民可以（也应当）将翻译作为抵抗殖民宰制的一种政治工具。[②] 的确，几个世纪以来翻译几乎总是在"单向运作"，第三世界国家对第一世界文学的翻译在世界翻译文学格局中占了绝对比重，而第一世界国家对第三世界文学的翻译却十分单薄狭窄（本节下文中以中国为例会有详细论述）。这本身就是一个寓言，一个建立在不平等文化交流基础上的文化寓言：居于强势支配地位的国家及其语言文化被固化为"原作"，是供翻译的本原，而居于从属地位的国家及以其语言再创造出的作品只能是第二手的"摹本"。所以，翻译文学与原作孰优孰劣的文艺理论问题，在现实世界中往往牵涉到国家与国家、民族与民族、语言与语言、文化与文化之间的霸权与反霸权、殖民与反殖民的政治权力问题。这是目前翻译文学现状中潜含着的另一些沉重的文化事实，也是有待于翻译界去进一步探索与质询的诸多重要理论命题。

二、翻译文学：新时期的新发展与新问题

不管翻译文学在理论上的定位与性质如何，它在当代中国，尤其是政治一体化年代结束之后的中国新时期，呈现出了突飞猛进的繁荣发展局面，则是一个众

---

① 吕俊：《哲学的语言论转向对翻译研究的启示》，《外国语》，2000 年，第 5 期。

② 郭澜、郭韵：《后殖民理论与翻译研究》，《上海工程技术大学教育研究》，2006 年，第 1 期。

所周知的文化事实。新中国伊始，不少外国文学的翻译作品即进入了广大中国读者的视阈。有专家统计，1949 年至 1959 年，我国翻译出版的外国文艺作品共计 5356 种，是解放前三十年的两倍多。在这一时期，对社会主义国家文学作品的翻译格外看重，苏俄文学的翻译作品达 3500 种，占此时期翻译出版的外国文学作品总数的 60% 以上，总印数更是达到了 8200 多万册，占整个外国文学译本总印数的 70% 以上。其他如罗马尼亚、波兰、南斯拉夫、阿尔巴尼亚、蒙古、越南、朝鲜、印度、印度尼西亚、埃及、南非、古巴、智利、墨西哥、哥伦比亚等东欧与广大亚非拉国家的文学也被大量译介到中国。相形之下，美、英等资本主义国家的作品则在文学翻译中不受重视，得到一定程度关注的只有惠特曼、德莱塞、密尔顿、狄更斯等"革命的"、"先进的"小说家或诗人，这是由于当时特殊的政治历史原因造成的。1960 年中苏关系公开交恶，翻译文学的发展随之遭受重创，极"左"思潮开始弥漫翻译界。苏联文学被定义为修正主义，西方文学则被普遍戴上了帝国主义或资产阶级意识形态的帽子，1950 年代由中宣部领导的"三套丛书"（"外国文学名著丛书"、"马克思主义文艺理论丛书"、"外国古典文艺理论丛书"）的编译工作陷入停滞状态，翻译文学进入了一个前所未有的沉寂期。①

改革开放之后，翻译文学进入了井喷式发展的黄金时代。中断已久的"三套丛书"工作经过各界专家的重新论证、审核、修订紧锣密鼓地开展起来，最终由人民文学出版社与上海译文出版社共计出版"外国文学名著丛书"145 种、"马克思主义文艺理论丛书"11 种、"外国文艺理论丛书"19 种，不仅在数量和规模上在中国翻译史上是空前的，在翻译质量上也是一流的，有的至今仍是后来的译本无法企及的高峰。另外，"现代文艺理论论丛"、"春风译丛"、"西方文艺思潮论丛"，及《外国文学研究资料丛书》的编辑出版，使得外国文学界得风气之先，为中国的改革开放事业奠定了思想基础。而随着中国外国文学学会于 1978 年的正式成立，《世界文学》、《外国文艺》、《外国文学导报》、《译林》、《当代外国文学》、《外国文学动态》等专门翻译、介绍、研究外国文学的刊物纷纷复刊或创刊，它们对外国文学作品在中国的翻译、传播起了巨大的桥梁作用。1990 年代，中国正式

---

① 以上资料与数据引证参见陈众议：《外国文学翻译与研究 60 年》，《中国翻译》，2009 年，第 6 期。

加入国际版权组织，同时出版社转轨、改制，外国文学的翻译出版进一步国际化、规范化，进入 21 世纪之后几乎所有的外国文学的重要思潮流派与作家作品在我国均能找到相应译本。在这其中，政治一体化年代相对沉寂的西方文学的译介逐渐成了中心，但其他国族的文学翻译并没有因此被淡化，而是在各自领域里同样取得了突破性进展。像中国社会科学院外国文学研究所等科研机构著述或编纂的《东方文学专集》、《外国文学简编（亚非卷）》、《亚非拉短篇小说集》、《东方现代文学史》、《东方文学史》等，使得东方文学的翻译与研究获得了突飞猛进的发展。[①] 就单个国度而言，像韩国文学，1976 年至 2006 年中国大陆出版的文学译作已达 200 多种，无论是《九云梦》、《谢氏南征记》、《壬辰录》等韩国古代典籍，还是《故乡》、《春》、《人间问题》等现代经典，乃至于《菊花香》等当代通俗读物，在中国均有翻译，有的还不止一个版本。目前这些译作大多以结集的方式出版，像《南朝鲜小说集》（上海译文出版社 1983 年版）、《南朝鲜问题小说选》（社会科学文献出版社 1988 年版）、《韩国女作家作品选》（社会科学文献出版社 1995 年版）等。[②] 翻译文学由欧美而面向全世界亦可见一斑。

作为中国文学的一个重要分支，翻译文学对中国文学与文学研究界的影响无疑是巨大的。尤其在"文化大革命"结束之后，中国从封闭保守走向改革开放的年代，承载域外文化标记的翻译文学在中国思想解放的过程中起了排头兵和文化先导的作用：首先，翻译文学直接影响了新时期中国文学进程。由于外国文学，尤其是西方 20 世纪诸现代、后现代文学在中国的翻译出版，使得中国文学在 1980 年代中后期形成了寻根文学、现代派文学、先锋文学等新的文学潮流。在某种程度上讲，许多中国作家正是从马尔克斯充满拉美魔幻色彩的小说《百年孤独》，博尔赫斯充满迷宫梦幻意味的作品《交叉小径的花园》、《接近阿尔莫塔辛》中，才萌生出了文本创作实验探索的自觉意识，以及与世界文学对话的迫切愿望。藏族作家扎西达娃的《西藏，隐秘岁月》与马尔克斯的《百年孤独》便有着诸多相似。在充满魔幻现实主义色彩下，描写的都是家族的命运兴衰史，具有浓郁的地域特

---

①　陈众议：《外国文学翻译与研究 60 年》，《中国翻译》，2009 年，第 6 期。

②　赵莉：《韩国文学翻译 30 年》，《外国文学动态》，2006 年，第 5 期。

色。先锋文学的代表作家之一格非在创作特征上与博尔赫斯存在着契合和相通之处。他的代表作《褐色鸟群》中"棋"与"镜子"的迷宫式隐喻便与博尔赫斯的叙事特征紧密相关。开放式的结构,"叙事空缺"的营造,让格非的作品散发出神秘悬疑的魅力。正由于这些翻译作品的引入和"烛照",才激发了中国作家借鉴和创造的热情,才改写了中国文学现实主义一枝独秀的历史,并对1990年代及新世纪文学仍然发挥着一定的影响作用。其次,翻译文学的热潮还带动了外国文学理论的译介热潮,而这基本奠定了新时期以来中国人文社会科学研究领域的新格局。如象征主义、印象派、意识流、荒诞派、黑色幽默,以及结构主义、形式主义、精神分析、后殖民主义、新历史主义、女性主义、文化研究等各类现代、后现代文学思潮,无不是通过翻译文学及与之相关的翻译文学研究传入我国,并至今仍作为中国现当代文学研究的方法论在学术舞台上发挥着重要影响。第三,翻译文学及其所承载的世界文化气息在一定程度上还能超越文学本身,对中国的思想文化建设起一定引领、指导作用。中国政治、经济、文化领域的改革开放与市场化进程并不是一蹴而就的,在某些时段还会出现迂回、曲折的发展迹象。翻译文学的繁荣使得文学界率先进入"国际化"、"全球化",而这对尚在思想文化战线徘徊的中国来说无疑有着巨大的示范意义。20世纪80、90年代翻译文学引发的某些文学论争,每每演化成社会各界反响强烈的政治思想与文化论争便是一个有力的明证。

当然,翻译文学的繁盛在当代中国并不是完美无缺的,尤其是随着中国市场经济的全面转型,破除了诸种政治禁忌之后,翻译文学又面临了新的历史条件下的新问题,遭遇了发展受阻的新瓶颈:(1)文学翻译后继人才匮乏。法国存在主义文学大师加缪逝世五十周年之际,上海译文出版社推出了4卷本《加缪全集》。新书发布会上,柳鸣九、罗新璋、李玉民、谭立德、金志平、李文俊、叶廷芳等老一代翻译家银发皓首、齐聚一堂,当被问及为什么没有起用年轻译者时,得到的回答是"新一代的法语译者哪有这样整齐的阵容?"[①]。法语文学翻译的后继乏人不是个别的现象,据中国新闻网报道,文学翻译已成了近年来翻译系毕业生的"零

---

① 《北方新报》,2010年1月14日。

首选"，原因是与商务翻译相比，文学翻译要求更高，但报酬却低得多。中国译协提供的数据则显示，中国现有的翻译队伍无法满足巨大的市场需求，特别是能够胜任中译外工作的高质量翻译人才严重不足，估计缺口高达 90%。[①]（2）译作质量不尽人意，翻译出版物实用化、快餐化现象严重。与上文提及的那些优秀翻译作品相比，当下的翻译文学鱼龙混杂、粗制滥造的情形十分明显。而且受市场利益的驱使，译者和出版商瞄准的多是市场火热、利润可观的短平快出版物，像《那小子真帅》、《蜡笔小新》等通俗读物或青春读物。而对文学经典名著的翻译则不及 20 世纪 80、90 年代重视，即使推出多个版本，亦抄袭、拼凑现象严重，往往难以传达出原著的精髓。（3）文学翻译的社会地位得不到应有的保证。前面我们已从理论上论证了译作在价值上并不必然低于原作，译者也是在从事着一种文学再创造活动。然而我国出版的许多文学史著作中，没有一本提及翻译家的事迹，甚至在很长一段历史时期内译者都不能享有自己的署名权。翻译作品在不少高校评职称中不被当做科研成果来看待，1980 年代学科体系中曾被划为二级学科的"翻译理论与实践"，在 1997 年国务院学位办颁布的《授予博士、硕士学位和培养研究生的学科专业目录》中却被降为三级学科，这些都表明了文学翻译在我国学术体制中的边缘与弱势，也是翻译在当下的发展步伐相对于新时期之初有所滞缓的重要原因。

三、中国文学走向世界：另一种翻译文学

作为把一种语言系统转化为另一种语言系统的翻译文学，与中国文学、汉语写作相关的有两种：一是将非汉语写作的外国文学翻译成汉语文学在中国传播流通，二是将汉语写作的中国文学翻译成非汉语的世界文学在其他各国传播流通。这两种翻译文学都是中国文学与域外交流的重要形式，对于在世界政治、经济格局中地位不断上升，并一直致力于树立文化大国形象的当下中国来说，第二种翻译文学或许更为重要。就目前第二种翻译文学的现状而言，中国文学的海外翻译也取得了一定进展。现代文学方面，据南京大学高方的统计，截止到 2006 年，中

---

① 秦为民：《文化转型时期的翻译文学》，《湛江师范学院学报》，2007 年，第 1 期。

国现代文学的法译本包括复译本在内约 145 部，小说、散文、诗歌各种文体都有，鲁迅、巴金、老舍、沈从文、茅盾、丁玲、张爱玲、林语堂等中国现代名家均得到了译介推广，这样的规模在西方国家中也是不多见的。[1]与文学翻译同步的还有文学研究，对中国文学的研究在海外的亚洲文学研究中也占了较大比重。

中国当代作家作品的对外翻译也在进展之中。在中国作家协会近期举办的"汉学家文学翻译国际研讨会"上，中国作协创研部理论处的李朝全介绍了他所承担的有关中国当代文学在国外译介情况的国家社科基金的研究成果。根据他的统计，"中国当代文学有 1000 余部作品被翻译成外文，介绍到外国……仅中国国家图书馆收藏的英、法、德、荷、意、西等欧洲语种和日语的中国当代文学外译图书即在 870 种以上，中国有作品被译介成西方文字的当代作家在 230 位以上"。或许他的资料收集并不完全，已有学者指出他对俄语译介中国文学的情况有所忽略[2]。但总体上说这种统计数字是客观的，李朝全还对国家图书馆收藏的 870 种中国文学外译图书的具体国别情况进行了更详尽的统计，在这其中，"日文 262 种，法文 244 种，英文 166 种，德文 56 种，荷兰文 30 种，罗马尼亚文 13 种，瑞典和意大利文各 12 种，西班牙文、丹麦文、韩文各 11 种，波兰文和匈牙利文各 9 种，葡萄牙文和捷克文各 4 种，俄文、挪威文和阿尔巴尼亚文各 3 种，克罗地亚文、斯拉夫文和马来文各 2 种，斯洛文尼亚、土耳其文、乌克兰文和世界语各 1 部"。[3]这也说明中国文学的域外传播并不是单一和片面的，已有不少国家的人民通过阅读翻译作品熟悉了中国作家与中国文学，并进而了解、接近中国。

然而，与本节上文所讲的外国文学在当代中国，尤其是中国改革开放时期如火如荼的"请进来"热潮相比，中国文学"走出去"的步伐则显然沉重、缓慢许多。出现的问题主要有：第一，文学翻译在译入与译出的比例上严重失衡。近三十年，

---

[1] 高方、许钧：《现状、问题与建议——关于中国文学走出去的思考》，《中国翻译》，2010 年，第 6 期。

[2] 如据俄罗斯圣彼得堡国立大学东方系副教授、汉学家罗季奥诺夫介绍，1992—2009 年间中国新时期小说散文在俄罗斯出版的单行本共 20 部。转引自高方、许钧：《现状、问题与建议——关于中国文学走出去的思考》，2010 年，第 6 期。

[3] 李朝全：《中国当代文学对外译介情况》，中国作家协会主编：《汉学家文学翻译国际研讨会演讲汇编》，2010 年版，第 102—103 页。

中国现当代文学作品的译出在数量上虽然呈增长趋势，但与世界各国，尤其是西方各国文学在中国的译介数量相比，还是极其微弱和单薄的。如有学者统计，法国当代文学在中国的译介品种达千种之多，是中国当代文学在法国译介数量的四倍多。1999年中国图书版权贸易的引进与输出比为15:1，这是一个让人触目惊心的数字。尽管经过"中国图书对外推广计划"等政府资助项目等的不懈努力，这一数字至2009年时发生了一定改变，引进与输出比例变更为4:1,① 但相比于中国近年来在世界政治、经济格局中的大幅崛起，中国文学与文化"走出去"的道路依然任重而道远。第二，中国文学对外翻译的各语种分布不均衡，英文翻译明显偏少。李朝全介绍的870种中国文学外译图书中日、法、英三种语言居前三位，但考虑到英语已成世界最通用的语言及以其为母语的作品在中国文学翻译中占了中心地位，我们不得不说中国文学的这种英文翻译状况暴露出了它在世界主流国家与主流语言中愈加尴尬与边缘的地位。第三，中国文学译成外语的翻译质量有待于提高，中国文学的海外翻译作品难以引起国外主流出版机构的兴趣，而档次较低的出版社监督机制又不是很健全，加之市场经济时代利益的驱使，很多翻译作品生硬粗糙，并没有传达出原作的精髓，反而影响了中国文学在海外的声誉。第四，外国主流社会，尤其是西方世界，因为长期的意识形态影响，对中国现当代文学作品的接受往往更多受制于作品的非文学价值，而不是文学价值。"国内禁、国外红"的游戏在西方电影节上已上演了多次，文学圈也难脱干系，而这自然影响了中国文学海外传播的自然、健康和有序进程。

中国文学走向世界是一个长期的、系统的、循序渐进的过程。在此过程中，提高文学翻译质量，加强与国外主流出版机构的合作，加大对优秀作家作品的海外宣传力度与对优秀翻译家的资助力度无疑是十分必要的，要让世界熟知中国文学的声音必须要有一定的制度保证。当然，如同国人的"'诺贝尔文学奖'情结"同样是需要警惕的文坛现象一样，我们也不能妄自菲薄，一切以中国文学的域外传播、评价为中心。文学翻译应该是两种语言与文化之间对等交流和沟通的桥梁，

---

① 以上资料与统计数字参见高方、许钧：《现状、问题与建议——关于中国文学走出去的思考》，2010年，第6期。

只有这样才能增进国与国的友好交往，否则只能适得其反。

第六节　影视、网络文学发展呈蓬勃之势

21世纪是一个传媒革命的飞跃时期，数字化的生活，正把人类带进一个后信息时代。现代社会的种种模式在迅速转变，形成一个以"比特"为思考单位的新格局。信息化的浪潮不仅改变了人们原有的生存态势，也日益渗透并扩充了人们的生活空间，以数字化和网络化为基础的新型社会交往方式正在形成。信息资源的共享化，使得以电子视觉文化为主导的动态感官消费较传统纸质媒介的静态阅读消费更具有优越性。从书籍、报刊杂志到电影、电视、多媒体网络的显著变革宣告了读屏时代的来临，视听文化已在当代人的文化生活中占据了重要地位，文学与影视及网络之间互相碰撞、互相联系、互相交融，共同丰富和拓展了新世纪的文学舞台。影视文学和网络文学都是借助现代化的高科技手段，在古老的文字艺术的基础上，增加了音响、色彩、画面等新的直观、直感的艺术呈现方式，或采用点击、链接等新的方便、快捷的艺术获得方式，以一种新型的文本形态构筑人们对于世界的认识和感悟，从而表述更加符合当代人生活观念和节奏的真实情感。因此，它们既具有传统文学文本的特征，又在某种程度上超越了传统文学，成了受众更广泛、传播方式更加现代与多元的新型文化样式。

一、影视文学的崛起与文学的影像化叙事

所谓影视文学是指通过广播电视声画媒介，以听觉和视觉传达设计为着眼点，运用文学创作的一般规律结构情节、塑造形象、营造氛围、抒发感情，给受众以文学审美情趣的文学类型。从本质属性来看，影视文学首先是文学，它是文学的一种样式，同其他文学样式有着密切的血缘关系和共同规律；然而另一方面，由于影视文学借助于影视传播媒介，因而不可避免地带上了影视媒介特点，比如注重视觉性、动作性，多采用剪辑、组合、拼贴的蒙太奇结构等。新时期以来的影视文学是与中国市场经济转型之后影视艺术的强势崛起密不可分的。据中国网新闻中心报道，在国家广电总局发展研究中心举行的《2010年中国广播电影电视发

展报告》新闻发布会上，国家广电总局发展研究中心副主任庞井君介绍，至 2009 年年底，广播电影电视总收入（含财政补助收入）已达 1959.50 亿元。在这其中，电影增幅最快，2009 年故事片产量达到 456 部，已跻身全球第三大电影产量大国。尽管如此多的影视文化产品，其收视状况并不能一概而论，但相对于动辄言说"边缘化"的普通文学，影视文学的现状似乎更加明朗和乐观，却是一个不争的事实。

影视文学不但总量上十分庞大，类型上亦呈现出了姚黄魏紫、兼容并包的多元姿态。具体来说，近年来这样几种影视文学剧种得到了规模化、类型化的长足发展：

（一）革命战争剧

"红色"题材的影视剧以其新颖独特的审美建构和言说方式，真实地再现了革命历史的重大格局和嬗变历程。它们在弘扬主流文化价值和挖掘历史文化内涵的同时，也获得了广大观众的普遍关注和认可。这其中既有《八路军》（2005）、《太行山上》（2005）、《周恩来在重庆》（2008）、《建国大业》（2009）等一些大气磅礴、底蕴厚重的作品，也有《激情燃烧的岁月》（2002）、《历史的天空》（2004）、《亮剑》（2006）、《士兵突击》（2006）、《集结号》（2007）等"另类英雄传奇剧"。或者表现波澜壮阔的战争场面，或者以和平年代的视角表达对生命价值的追求和敬畏，或者用朴实不乏调侃的语调诉说战争英豪的独特个性，着重表现人物的个性特质与历史潮流的冲突碰撞。如《集结号》从谷子地在和平年代不断地寻找战友遗骸，为战友讨个"牺牲"的说法的视角表现对生命价值的思考与叩问。片中前半部分战争年代的武戏如果呈现的主要是视觉冲击，后半部分和平时期的文戏则是人道主义的彰显。《士兵突击》可以说是军事战争剧一个成功典范，其中的许三多更是在另一个维度上书写了时代英雄形象。他为人处事"一根筋"，倔强中又透出质朴和率真，尤其是他身上的可贵品质和"不抛弃，不放弃"的人生态度，使得该片获得普遍的励志意义，也使这个普通的士兵成为家喻户晓的英雄。

（二）情景喜剧

情景喜剧（situation comedy/sitcom）剧情独立，几乎一集一个相对完整的故事，满足了当下忙碌的人们没有时间和精力坐下来细细观赏的要求。另外，幽默轻松的语言、无厘头的恶搞风格让生活在紧张压力下的人们得到舒缓和释放。一般认为，中国的情景喜剧是从 1994 年的《我爱我家》开始得到观众瞩目的。该剧透过 20 世纪 90 年代北京一个六口之家以及邻里亲朋各色人等构成的社会横断面，展示了一幅中国改革开放大潮中绚丽斑斓的生活画卷。2001 年上映的《东北一家人》是继《我爱我家》之后的又一部姊妹篇情景喜剧。它秉承了《我爱我家》轻松明快的创作特点，再辅以鲜明的东北地方特色，重点关注平民百姓日常生活中的琐事，讲述了发生在东北的普通工人家庭三代人面对社会转型时期企业发生的种种变革。每一位家庭成员以及他们身边的亲戚朋友同事之间横向、纵向发生的一系列阴差阳错、令人啼笑皆非的趣事。另外，少儿题材情景喜剧《家有儿女》（2005）、透过办公室小窗口折射社会百态的《都市男女》（2002）、无厘头风格更加鲜明的古装章回体情景喜剧《武林外传》（2002）、军旅题材情景喜剧《炊事班的故事》（2002 年至 2007 年期间共拍摄了三部）等都在社会上引起了广泛反响。

（三）历史剧

历史剧以历史人物或事件为中心，往往着力挖掘历史与现实精神上的潜在联系，由拟古而论今。历史记录片《大国崛起》（2006）多方面寻找各个大国崛起的深层原因，给我国经济、政治文化建设带来了多重启示；《走向共和》（2003）是我国第一部大型近代史电视剧，洋务运动、甲午战争、戊戌变法、庚子后新政、辛亥革命、二次革命、张勋复辟等史事在剧中均有浓墨重彩的体现。《雍正王朝》（1997）、《汉武大帝》（2005）、《还珠格格》（1997）、《铁齿铜牙纪晓岚》（2001）在戏谑中解构掉了皇帝的神圣庄严，是对权威与反权威关系的当代阐释，娱乐化功能的彰显也消解了剧作单一的社会政治历史族谱。《一代廉吏于成龙》（2001）、《康熙微服私访记》（1997—2007）则从某种程度上反映出市场经济当下腐败现象的滋生，并反映了人们对清官廉吏出现的渴望。还有一些充斥着帝王将相、江湖侠客、权谋凶杀的影片如《荆轲刺秦王》（1998）、《英雄》（2002）等反映出人们对英雄的多维化理解。需要注意的是，历史剧被重新改编戏说给人以新颖感受的同时，也会无形中误导人们对历史的理解。有的剧作甚至刻意歪曲历史，津津乐道于宫廷乱伦的隐私，引发了社会的广泛争议。

（四）生活伦理剧

生活伦理剧一直是影视文学的一个重要类种，近年来影响较大的生活伦理剧有展现人性复杂欲望的《牵手》（1999），表现家庭暴力的《不要和陌生人说话》（2002），思考现代社会婚姻问题的《中国式离婚》（2004）等。2009年的《蜗居》通过主人公一波三折的买房奋斗史，不仅以犀利的视角呈现了都市人群来自房子、工作上的物质压力，还反映出了生活紧张的都市人群面对婚姻、爱情时的精神困惑，在社会上引起了轩然大波。在电影方面，最具代表性的是冯小刚执导的《一声叹息》（2000）和《手机》（2003）两部情感伦理大片。《一声叹息》中梁亚洲陷入了与妻子宋晓英和情人李小丹的情感纠葛中，梁亚洲受到婚外恋激情浪漫的诱惑，同时又受到婚姻甘苦、价值、责任的良心审判，在情人的无怨无悔、妻子的可怜可叹和孩子的无辜责问中挣扎，表现了现代人灵与肉、智与情的恐惧和诱惑，以及对当下社会中婚姻伦理的反思。最后，梁亚洲的"回归"，暗示着伦理、道德对婚恋的约束力还依稀尚存。《手机》则通过两个中年男人严守一和费墨对婚姻的背叛和伦理的践踏，展现了传统婚姻伦理道德在转型期的社会性困境。严守一对余文娟、沈雪、武月三个女人的背叛、欺骗也同样表明了任信机制在情感维系中的缺失。余文娟对家庭、丈夫尽职尽责，恪守传统婚姻的道德信念；沈雪宽容地接受了不是绝对忠诚的婚姻；武月则已经完全背弃了传统的情感伦理道德标准，严守一对她们的疏离、靠近，暗示了当代人情感伦理道德的日趋堕落。这种现代人的情感困境与"手机"代表的物质、功利化生活环境有着深刻关联。

此外，活跃于新世纪影视舞台的题材还有公安剧、青春偶像剧、都市情感剧、玄幻剧等。多元化的题材满足了不同层次、不同背景观众的观赏喜好和审美追求，电影电视正日趋成为市场化、世俗化、娱乐化的大众消费品，满足了人们企图最真实的认识生活、感悟生活的愿望。当然，影视文学作为一种引导时代文化和大众生活的无形力量，需要一定的责任和担当意识，否则容易将观众引向误区。比如古装历史剧在呈现历史丰厚性的时候，极易走向主观曲解的极端，叙述的动机往往由寻求现实与历史的精神链接而被欲望隐私的窥探所取代；关照底层人们悲惨境遇的现实生活剧往往缺乏必要的人性提升和精神救赎，只津津乐道于苦难的临摹和宣泄；情景喜剧容易走向"耍贫嘴"的逗乐、家庭伦理剧往往淹没于家长里短的琐碎与无聊等，文化内涵与现实品格的提升无疑是影视文学健康、有序发展的最重要的保证和价值标尺。

影视文化的强势崛起对文学的冲击是明显的，不仅读者锐减、受众分流，在艺术表达方式上近年来的文学影像化叙事倾向也较为明显。文学有自己的美学范式，语言、结构、情节、叙事、修辞是其核心的文学性要素，古老的文字艺术以一个个抽象的语言符号构筑摹情状物的形象空间，而且在心理描写、精神分析、非理性展示等层面有着自己的独特优势。所谓"一千个人心中有一千个哈姆莱特"，就是因为莎士比亚笔下的哈姆莱特是以文字描述出来的看不见、摸不着，只供人"想象"的人物，每个人都可根据自己的审美经验、文化趣味对哈姆莱特进行自己的艺术想象，所以才会千人千面。若是某个特定演员在银幕上出演哈姆莱特，人们就会觉得他在为语言符号演绎出来的抽象人物形象提供了具体可感的直观影像的同时，也单一凝固化了，从而破坏了"想象"中人物的千人千面性与模糊之美，这也是每个经典文学人物的电影造型每每引发观者争议的一个重要原因。但是，文学的这种艺术独立与独特性在大众文化汹涌崛起的年代受到了冲击。文学边缘化似乎已成为市场经济年代的一个不争事实，作家争先恐后的"触电"情结也已是公开的秘密。据说鲁迅文学院高级作家班里的学员最热衷接近的人已不再是各大文学期刊的主编，而是各影视导演、制片人了。从 20 世纪 90 年代以来，文学的电影"改编"潮流和作家的"触电"热忱共同催生了文学创作领域的影像化叙事倾向。文学影像化叙事在诸多层面均导致了对文学文体与文学性特质的游离与背弃。

结构的分镜头化。结构在文学中是一个隐形要素，它是服从于文学文本表情达意的内在需要的。不管是传统现实主义多采用的发生、发展、高潮、结局的顺时性线性结构，还是现代主义小说的心理结构、意象结构，抑或有些先锋文学有意制造的结构的"迷宫"与"圈套"，它们都是与特定文学的整体意蕴融合在一起的。或者说它们本身成为了参与文学文本构成的一个重要组成部分，有了什么样的文学类型就会相应诞生什么样的结构类型。所谓"文无定法"在很大程度上就是指的结构技巧的无需，也不应该定型化，适合的就是最好的。但在文学的影像化叙事中，结构这种对文学主旨的"顺势而生"性被破坏掉了，机械的镜头分割与再组合、按影视剧集的要求划分章节的情形比比皆是。像海岩的系列作品，尽管在图书市场上热销，也冠之以"文学"之名对外宣传，但其实就是其影视剧的附庸，在其《便衣警察》、《一场风花雪月的事》、《永不瞑目》、《你的生命如此多情》、《玉观音》等作品中，文学文体成为被首先牺牲掉的东西。在《一场风花雪月的事》中，一开始就是自成一段的"傍晚，大饭店咖啡厅。"对话者的名字、身份如"记者"和"提琴手"等字眼反复出现，这种琐碎、繁杂的叙事一开始就造成了某种视听化结构，使读者似乎置身于影视画面中。接下来更是按剧集分章节，每一章节构成一个相对独立的小单元，这对演员理解剧情或背台词可能有很大帮助，但无益于文学的阅读效果，频繁的类似镜头切换似的时空转换只会产生阅读的间离与中断效果。如果说海岩本就是以"影视"起家的作家，其小说中出现影像化倾向似乎也顺理成章的话，另一些以文学文本成名、本来在文学上卓有建树的作家，在主动或被动的"触电"热潮下，笔下的文学文本也似乎被电影剧本"同化"。像有西北硬汉之称的杨争光在做了电影制片厂的职业编剧之后文学写作已愈益电影化。

人物的行动与对白化。通过生动活泼的语言塑造鲜明的人物形象是文学的一种重要表现内容。而且文学发展至今天，人物塑造已形成了肖像描写、语言描写、行动描写、心理描写等各种艺术手段。每一种表现方法都留下了后人可资借鉴的佳篇巨制。像鲁迅的《祝福》对祥林嫂临死前"只有眼睛间或一轮，还可以看出是个活物"的肖像描写，可谓入木三分，一"睹"难忘。而现代主义文学技法，尤其是意识流、精神分析等艺术技巧又为人物塑造扩宽了更多的表现空间，心理描写、潜意识、非理性的刻画成为现代小说塑造现代人物时须臾不可或缺的文学资源。像现代主义经典之作《尤利西斯》将历史、现实、过去、未来的无数沉重内容放置于主人公一天的心理流程中，既容纳了广博的时代之思，又为人物形象的塑造提供了无限可能性。不过文学的影像化叙事却"屏蔽"了人物塑造中的这些文学常规原则，只留下了行动和对白这唯一可见可听的视听手段。我们能看到一个个"行动"着的人物，听到一个个"说着话"的角色，唯独他们的内心世界无从进入，过渡性叙述的缺乏使得他们在语言世界中成为傀儡，支配他们的是一种神秘的外部力量，而不是他们的大脑和内心。广西作家鬼子根据莫言的小说《师傅越来越幽默》改编的"电影小说"《幸福时光》中开头竟是这样一句话，"五十来岁的丁十口是个模样像赵本山的老头，现在，正在家里和一个老太太相面。"仅仅从人物一出场时的肖像描写中我们就可以看出影像化叙事的尴尬，以演员本身作为"摹本"来形容人物，既表明了作者想象力的枯竭，又隐含了"电影小说"中作为定语的"电影"对其中心词"小说"的预设性、条件性、限定性。作家已丧失了以文学语言描写一个人物的细致与耐心。而"现在"这一时间状态所表明的贯穿始终的"现在进行时"，也是传统小说中的叙事禁忌，它使古老的作为时间艺术的文学已空间化，而且是在场景流转、镜头切换的堆砌层面空间化，失去了在文字世界中驾轻就熟的穿行于历史、现在、未来的自由感和纵深度。[1]

语言的直白化。以影像规则阉割了语言在开掘内心世界、描述思想细节、展示生活的复杂性等方面的优势，文学语言的模糊性、多义性、弥散性被放逐，代之以影像语言的客观化、场景化、视觉化，是文学影像化叙事的主要语言特质。电影美学家布鲁斯东对小说与电影曾有过如此划分，"电影既然不再以语言在作为唯一的和基本的元素，它也就会抛弃掉那些只有语言才能描述的特殊内容：比如借喻、梦境、回忆、概念性的意识等，而代之以电影所能提供的无穷无尽的空间变化、具体现实的摄影形象以及蒙太奇和剪辑的原理"。[2] 这种划分是十分中肯的，而且随着文学影像化叙事的加深，这种说法越有重提的必要。语言的简单、直白、单一差不多已成影像化叙事的一个不二法则，像刘震云的《手机》，这部虽然在冯小刚同名电影上映时写着"根据刘震云同名小说改编"（暗示先有小说后有电影），但其实

---

[1] 黄发有：《准个体时代的写作——20 世纪 90 年代中国小说研究》，上海：上海三联书店 2002 年版，第 190 页。

[2] 【美】乔治·布鲁斯东著，高骏千译：《从小说到电影》，北京：中国电影出版社 1982 年版，第 2 页。

就是地地道道的"先有电影再有小说"①的作品，语言已几乎与电影剧本无异：

  这时严守一已与费墨熟了，严守一："你要不会说话，全国人民都得憋死。"

  费墨瞪了严守一一眼："我说的不会，不是这个不会，而是那个不会。"

  严守一明白了，他说的"不会"不是"不能"，而是"不愿"。严守一："为吗呢？"

  费墨："话有话的用处，我不至于拿话赚饭吃。"

  严守一："你在大学讲课，不也是拿话赚饭吃？"

  费墨瞪了严守一一眼："这怎么能一样呢？一个是授徒，一个是作秀，一个是授业解惑，一个是自轻自贱，一个是孔子，一个是戏子，明白了吧？"

  据说这是一段彰显小说主旨（"《手机》并不是只简单地表现当代婚外恋问题，而是一部有关现代人如何'说话'的作品"，见刘震云《手机》作品研讨会）的"核心"文字，但是处处洋溢的却是影视语言的直白风格。两位演员葛优与张国立自身的风格韵味也似乎隐含其中，如果没有电影的审美"前见"，其实是很难理解这几段简单的文字"妙"在何处的。这部据说推出后在不到一个月的时间里即销售 22 万册的作品，显然是乘了冯氏电影的东风。但它再堂而皇之地以"文学"之名举办"著名"批评家云集的研讨会，并被盛赞为"标志着一个伟大作家重新回到人民中间"的"伟大"之作，就有点"挟电影以令文学"的欺世盗名的意味了。此外，文学作为时间艺术的空间化、作为叙述艺术的"速度化"、作为语言艺术的情节化、事件化等倾向，也是文学影像化的诸多表现，囿于篇幅原因在此恕不赘述。

---

① 刘震云在作客新浪网时自己揭开了《手机》创作的"秘密"，《手机》是"先有电影剧本，再有小说。……现在有一种理论，先有电影剧本，再有小说的话，小说会成为电影剧本的附庸，这证明这些作家对这事不是做得太好。"言外之意似乎在说自己的小说不会出这种毛病。（《冯小刚刘震云新浪网访谈》，2003 年 12 月 9 日）

二、网络文学及其对传统文学的影响

网络文学是指以互联网作为发表平台和传播媒介，借助超文本链接或多媒体演绎的手段来表现主题，在网上创作发表，供网民阅读的文学作品、类文学文本及含有一部分文学成分的网络艺术品，其中以网络原创作品为主。原创文学网站"榕树下"的主编朱威廉曾说："我觉得网络文学就是新时代的大众文学，Internet的无限延伸创造了肥沃的土壤，大众化的自由创作空间使天地更为广阔。没有印刷、纸张的繁琐，跳过了出版社、书商的层层限制，无数人执起了笔，一篇源自于平凡人手下的文章可以瞬间走向千家万户。"[①] 的确如此，本原意义上的网络文学倡导精神自由、赋予每个人书写的权利，已然打破了传统文学的体制等级，打破了传统意义上的时间与空间的束缚，为每一个上网写作的人提供了开放、平等的际遇。网络文学的作家人物众多，队伍庞大，既包括20世纪90年代和新世纪之交介入网络文学创作的安妮宝贝、李寻欢、邢育森、宁财神、慕容雪村、今何在等青年才俊，也包括近几年在互联网上才崭露头角的萧鼎、赵赶驴、沧月等文学新人。总体上他们大多属于相对年轻的一批，一开始就不曾想在传统的文坛上获取任何名分和话语权力，只是本着自身的激情与活力在网络上求得话语表述的自由与欢畅。

爱情是网络文学的一个重要主题。从痞子蔡的《第一次亲密接触》开始就以一次释放"锁了许多秘密的内心仓库"的写作冲动，讲述了一个男主角痞子蔡通过 BBS 认识女主角轻舞飞扬并演绎了一段荡气回肠的生死之恋的网络爱情故事。自此，对爱情的言说成了网络文学的一个重要领域：李寻欢的代表作《迷失在网络与现实中的爱情》一如既往地继承了痞子蔡的煽情与浪漫，书写了风影和乔峰通过网络相识相恋最后却因各种压力而劳燕分飞的凄婉故事，文笔较多的显示出传统文学风尚，在波澜不惊的叙述中，讲解爱情的本质意义。如黑可可在一首诗中说："在黑暗里／我爱上了你／网络以最美的形式述说离奇／睡梦里也听得你笑语伶俐／网络现实梦境彩戏／最让人心悸的细节／那些爱的蛛丝马迹／在虚幻里更

---

① 朱威廉：《文学发展的肥沃土壤》，《文学报》，2000年2月17日。

加清晰。"既有对网络中似真似幻爱情的迷恋，也有对现实的困惑与慌乱。另外，何员外的《毕业那天我们一起失恋》、漓江烟雨的《我的爱慢慢飘过你的网》、宁财神的《缘分的天空》、慕容雪村的《成都，今夜请将我遗忘》、桐华的《步步惊心》和《大漠谣》、穿越言情网络作家匪我思存的《千山暮雪》和《往期如梦》等也是以经常上网的都市青年男女为故事主角和阅读对象。创作的主题类型、语言风格都紧紧联系着少男少女青春的骚乱与萌动，充分适应和满足了他们的精神需求。出版界也专门开辟了爱情的专辑，在内蒙古出版社 1999 年末出版的《看见你的脸红：网络时代的情感体验》的前言中，编者这样来描述这些精巧雅致的爱情书写："在网络上的喧哗中，我们发现了这些清新的文字。如同荒原上的雏菊，星星点点散落在一个又一个站点。虽说文字稚嫩，但那种新鲜的感觉却是别处看不到的。原汁原味的表达使我们惊喜：这是没有掺水的文字。也许文章作者一生只这一次操笔为文，在失恋之后，在初恋的时刻，他们匆匆写下自己的感受或经历，又溶进茫茫的人海，继续做自己的电脑工程师或股票经纪人。"[1] 此外，上海三联书店 2000 年出版了网络爱情小说合集《进进出出在网与络、情与爱之间》；时代文艺出版社出版的《中国网络原创作品精选》也有专门以网络爱情为主题的小说卷《我的爱漫过你的网》。此时的网络爱情小说作者中，安妮宝贝无疑是最优秀的代表，她往往将爱情的热烈与绝望叙述得令人刻骨铭心。她在《乔和我的情人节》中写道："我想我们终于不再爱了，这样真好。我们给过彼此的那些眼泪和疼痛，如风飘远。"她的小说可以用这样几个关键词来概括：黑色蕾丝、棉布裙子、香水、做爱、烟、寂寞、伤害。她用悲情略带抑郁的声部诉说着心灵深处的都市孤独。她笔下的人物像《告别薇安》中的薇安、《八月未央》中的乔，都是些"在城市的缝隙里爬行，背井离乡，野性叛逆，随时喷出甜蜜毒辣的汁水让人晕眩"的异类。

　　对传统道德观念的颠覆或对经典文学作品的戏仿是网络小说的又一重要主题。因为网络文学的作者本身大多数没有受过专业化写作的训练，更没有丰富的社会阅历和生活实践。他们无暇顾及作家创作时的责任和道义，也无意遵循文学作品

---

① 　令狐西：《看见你的脸红：网络时代的情感体验》，呼和浩特：内蒙古人民出版社 1999 年版，第 1 页。

的艺术规律，有的只是一种天马行空、无拘无束的游戏冲动。网络文学充斥着的是对传统价值观和道德观的戏谑嘲弄。

除了关注青春爱情、调侃戏弄生活之外，近几年玄幻题材的小说开始风靡各个文学网站，并不断地被改编成电影电视。网络写手萧鼎的玄幻小说《诛仙》一路走红，2005年下载出版后，以百万册的惊人发行量问鼎文坛。还有网络上获得较高点击率的青斗的长篇围棋玄幻小说《仙子谱》，树下野狐的《搜神记》，林庭锋的代表作《魔法骑士英雄传说》等。玄幻小说之所以迅速蹿红，恐怕是因为玄幻小说中的人物往往能力非凡，给压力下的人们以自由的畅想，对于普通人来说，这是一种极大的快乐与放松。同时，玄幻小说尽管表现的主题是妖魔鬼怪，但事实上还是源于生活，从中反映的是生活的某一侧面，小说中的妖怪神魔往往带有人性的气息，萧鼎在谈到《诛仙》的创作特色时强调其"胜在有人情味"。另外，类型化的网络文学还有穿越、盗墓、女尊、男同、耽美等，它们都有数量上蔚为可观的相对固定的读者群。

互联网这个全新的数字化媒体在文学逐渐走向边缘化的时候扮演了"救星"的角色，它所带来的不仅仅是文学表现形式的革命性变化，更多的是像李寻欢所说的那样，网络文学的父亲是网络，母亲是文学，而网络文学继承的主要是"网络父亲"的精神内涵：自由，平等，非功利和真实。互联网与文学的联姻给文学带来的影响体现在以下几个方面：

第一，文学的卡拉OK化。文学原本兴起于民间大众劳动或游戏时候的自由吟唱，直至慢慢地成为了少数专业人士把玩的风雅，之后又沦为政治或道德的附庸，文学离民间大众也越来越远。而网络文学的兴起在某种意义上恰好为文学回归民间提供了一个契机和可能，只要你有宣泄的欲望，表达的愿望，你就可以在"众神狂欢"的网络浪潮里一试身手。所以，网络时代是一个没有英雄的时代，网络文学体现的是一种大众文化或"新民间文学"精神。这种大众文化或"新民间文学"的特点在于其不以文学深入剖析人性的神圣天职和深度意义为己任，也不以对艺术形式的孜孜探索为追求，而是以娱乐性、消遣性为旨归，它的迅速崛起是适应于以市民阶层为主体的普通大众的欣赏趣味和文化需求。中国社科院互联网发展中心的谢凡在2008年网络文学发展高峰论坛的讲话中曾指出：网络文学开拓了倾诉的空间，解放了文字的话语权，打破了信息由少数人流向大多数人的格局。现代都市生活使得人与人之间的空间日益狭小。现实生活的孤立，使得人们缺乏必要的倾诉，在传统的文学写作中，大众丧失了表达自己思想的文字工具，只能由口头的方式进行倾诉，口头倾诉又具有时空以及个人因素的限制性。网络文学的出现为人们提供了公共话语的空间。

第二，文学的市场化。在网络文学中，市场化、商业化的气息远远比文学气息浓郁。作品的影响力和市场效果往往是由作品的点击率维系的，网络作家为了获得更高的点击率，获得更大的经济效益，作品往往更贴近大众化的审美需求和趣味。涅槃灰是盛大文学旗下红袖添香网站的签约作者，从 2007 年 9 月第一本网络小说至今，短短两年多，她已经有十本全本小说在网络上连载，其中《逃婚俏伴娘》还荣获了第二届华语言情大赛的总冠军。目前《逃婚俏伴娘》和《旖月泪》已经出版上市，《雪域圣殿》、《罂粟妖姬》也即将问世。"我是红袖添香网站全约作者，也就是说网站是我的全经纪人。我的收入主要分几块：网络付费阅读、出版版税，还有大赛奖金，和作品改编影视作品的收入。"涅槃灰称，她去年收入在 50 万元左右，应该是红袖添香网站作者中赚钱最多的一个。像涅槃灰这样通过网络写作赚到钱的并非个案，《2008 年网络写手富豪榜》公布了收入前十名的写手，其中排名第一的"我吃西红柿"年收入约 220 万元，第十名"辰东"也有 80 万元左右。张隽在《网络文学真要火了》中这样来描述网络写手："这些年轻的甚至有些稚嫩的面孔，大多有着古怪的笔名，写着打打杀杀、魔魔幻幻、缠缠绵绵的故事，难道他们就是 21 世纪中国作家的代表吗？你可以不承认他们与文学有染，可以对他们的作品视而不见，但不可否认的是，他们正在市场上所向披靡。时代不同了，时代真的不同了……"据 2007 年 1 月公布的"2006 年中国畅销书排行榜"显示，网络文学作品的实力已日益壮大，占去了至少三分之一的文学图书市场份额，成为了中国畅销书的中坚力量，甚至有的作品的销量令那些文学名家望尘莫及。

第三，文学的游戏化。在后现代的理论建构中，利奥塔有一个著名的二分法思想，他将"话语的和图像的"二分，演绎为通常意义上的现代和后现代的二分，现代是以理性话语为中心，后现代则是以感性图像为中心。"多元化"、"深度的消失"和"平面化"是后现代主义的基本品格，也是网络文学的显著特征。网络文学的消费性和即时性几乎抹去了传统文学的崇高光环，他们所要呈现的就是一个感性的没有深度的世界，用匿名的写作方式肆意地颠覆话语霸权。大部分作品恰恰是摆脱了理性的束缚、道德的困囿，直观呈现的是当下人们欲望的伸张，网络文学的游戏化和平面化是大众文化中娱乐性和享受性的要求高涨的结果，是生活在众多压力下的人们不愿去追寻作品的深层意味的体现。网络文学的游戏化还体现在语言上，网络语言给人们带来新奇感和幽默感的同时，也呈现出不节制的粗鄙宣泄。

第四，文学的开放化。网络文学与传统文学相比，其特别之处在于它的互动性写作与超文本写作，传统文学的美学鉴赏，常常是单向度的，读者即使有自己的艺术思考和创造也难以改变作品的原生态，而网络文学的欣赏则是双向度的，读者除了对作品提出自己的看法和建议，有时甚至可以直接参与或影响作品的创作过程。如 1999 年 1 月新浪网与《中华工商时报》联合举办了接龙小说活动，小说题目为《网上跑过斑点狗》。第一部分由青年作家书写，后半部分则由网民完成，极大地发挥了读者的主观能动性和创造性。2002 年第 1 期的《大家》杂志上，林焱的"传媒链接小说"《白毛女在 1971》被南帆等人视为"网络文学的革命"。这篇小说充分利用了网络的特性，作品需要在各种网站上链接后才能呈现，如果其链接的网站发生变化，那么每个人读到的白毛女也会迥异，随着网络链接的变化构建了文本阐释的多种可能性。

从发展状况来看，网络文学正一步步地走向成熟，我们感谢网络给文学带来新的生长点的同时，也要注意网络这个电子传播媒介给文学带来的弊端。网络给文学带来了自由、宽容，带来了新的发展机遇，同时也带来了懒于思考、一蹴而就、鱼龙混杂、文字垃圾，这也便是人们一般将网络文学称之为一柄"双刃剑"的内中缘由。不可否认的是，网络文学作家在获得情感宣泄、话语实践的同时，也用技术工具代替了审美规律，忽略了艺术本身的节制和塑造。或许陈村的话能给我们一些启迪："有人一口咬定网上的文学作品都是垃圾，那是精神错乱，我们应该怜悯他。有人说网上的作品才是文学，那是理想，我们要努力。"如何在技术性和艺术性两极之间寻求平衡，如何正确对待网络文学的商业性运作，如何避免二元对立的极端化思维是评判产业化时代的文学生态的关键所在。

第十二章　政治文化渗染的文学形态

文学态势总览

第一节　政治文化与现代中国文学的疏离

进入新时期以来，中国文学最突出的表现之一，就是文学与政治文化的逐渐疏离。1976年粉碎"四人帮"，"文革"结束，人们开始对十年内乱进行反思。1978年批判"两个凡是"，同年，中共召开十一届三中全会，邓小平复出，中国文化界开始了一场思想解放运动。1977年，文艺界开始对江青等炮制的《部队文艺座谈会纪要》进行批判，彻底否定对其核心思想"文艺黑线专政"论，为"十七年"文学和从为建国到"文革"期间受到不公正待遇的作家作品平反昭雪。1977年中共中央批转解放军总政部的请示，撤销了"纪要"。1979年11月1日，中国第四次文代会，周扬的报告《继往开来，繁荣社会主义新时期文艺》，将作为政治标准的"新时期"概念引入文学界，为新的"断裂开端"命名。这也标志着，文学和政治的关系，进入了一个此消彼长，却纠葛复杂的新时期。而经由左翼文学发动，并经延安文学进一步定义，在"十七年"文学中形成的"一体化"文学格局①，也逐渐被打破，政治文化占据绝对统治地位的情况发生改变，而先锋文化与通俗文化的兴起，促使百年现代文学在 20 世纪下半叶至今，出现了"三次"大规模的文学与政治文化的疏离。而这些疏离，也在文学观念、文学形态、文学生产与文学演变上，表现出了种种新特质。

一、第一次疏离：人道主义与启蒙思潮的审美本体回归

文学第一次与政治的疏离，发生于 1970 年代中后期至 1980 年代中期，其主要表现为：一是文学人道主义的兴起，二是启蒙思潮的涌动。"文学即人学"观念的复活，是文学脱离政治文化掌握，实现文学本体自觉的第一步。文学人性论，或者说文学人道主义，是 20 世纪 50 年代，钱谷融、巴人等文艺理论研究者，对"文学阶级性"的政治决定论的有力质疑。他们援引高尔基"文学即人学"的观点，声称"作家对人的看法，作家的美学理想和人道主义精神，就是作家的世界观中起决定作用的部分"②。这些观点，在当时都受到了政治体制的批判。"文革"末期，文学人性说再次复活，并产生了不可遏制的影响。1978 年，文艺界讨论"共同美"和"人民性"问题，多数人认为不同的阶级可以有一个共同的审美标准，文艺除了阶级性之外，也可以有人民性。1980 年，讨论人道主义的文章开始在报刊上出现。具代表性的文章主要有周扬的《人道主义就是修正主义吗？》③、《关于马克思主义理论的几个理论问题的探讨》④ 等，王若水的《为人道主义辩护》⑤ 等。周扬等人坚持认为"在马克思主义中，人占有重要地位"，"马克思主义确实是现实的人道主义"。周扬还将马克思理论中有关"异化"的部分进行详细阐释，认为"权力的异化"是对党的事业的严重威胁。从 1980 年至 1982 年三年间，有关"人"的

① "这里的'文学一体化'概念，首先指的是文学演化过程，其次，一体化是这一时期文学组织方式、生产方式的特征，包括文学机构，文学报刊，写作，出版，传播，阅读和评价等环节的高度一体化的组织方式，第三，一体化又是这个时期文学形态的主要特征，表现为题材，主题，艺术风格，方法等的趋同倾向。"洪子诚：《问题与方法》，北京：三联书店 2002 年版，第 188 页。

② 钱谷融：《论"文学是人学"》，《文艺月报》，1957 年 5 月号。

③ 周扬：《人道主义就是修正主义吗？》《人民日报》，1980 年 8 月 15 日。

④ 周扬：《马克思逝世一百周年学术报告会的发言》，1983 年 3 月 7 日。

⑤ 王若水：《为人道主义辩护》，《文汇报》，1983 年 1 月 17 日。

问题的讨论发表了数百篇，包括探讨马克思主义人道主义、异化、人性等，文艺界和教育界多次召开人道主义讨论会。1980 年 5 月，《中国青年》发表署名为"潘晓"的读者来信，题为《人生的路啊，怎么会越走越窄？》，在青年中引起广泛共鸣，编辑部呼吁："社会应当重视'人的价值'，集体应当重视'个人价值'，个人应当自觉地按照社会需要提高'自我价值'。"

这种文学对政治文化的疏离倾向，自知识界和民间发动后，在党和国家的文艺政策的调整中，得到了一定程度的呼应。文学，不再被作为政治意图的直白表露，而是恢复 1950 年代"双百方针"的提法，提倡文艺自主性，呼唤文艺中的人性，为国家公共空间发生的政治和经济体制改革提供新文艺合法性。就这一点而言，这一时期的文学，依然有很强的图解政治、契合政治需要的运作模式。但是，坚冰毕竟开始消融，文学开始恢复除意识形态之外的认识功能、审美功能等特点。政治文化不再是文艺的唯一标准。1979 年，第四次文代会在京召开，全面总结建国三十年文艺战线正反两方面的经验教训，明确新历史时期文艺为两个文明建设贡献力量的工作任务；重新确立"发扬文艺民主"、"创作方法多样化"等文艺政策。邓小平明确表示"文艺为最广大的群众，首先为工农兵服务的方向，坚持百花齐放，推陈出新，洋为中用，古为今用的方针"[①]。第四次文代会闭幕不久，1980 年 1 月 26 日，《人民日报》发表《文艺为人民服务，为社会主义服务》社论，代表中共中央正式宣布：今后以"文艺为人民服务，为社会主义服务"为发展方向，不再使用"文艺从属于政治，文艺为政治服务"口号，"两为"方向是"文艺工作的总任务和根本目的"，"不仅能更完整地反映社会主义时代对文艺的历史要求，且更符合文艺规律"。

"文学人道主义"的倡导，只是文学与政治文化疏离的开始，而伴随着文学审美性的回归，更为激进的文学观念，也在酝酿之中，即启蒙主义思潮对文学的影响。这种影响在对五四精神的呼唤下，进一步促进了对革命政治的反思，以及对文学主体性的呼吁。钱理群、黄子平、陈平原的学术三人谈《论二十世纪中国文

---

① 邓小平：《邓小平文选》第 2 卷，北京：人民出版社 1994 年版。

学》①，提出了新文学整体观，分别从世界格局中的中国文学、民族灵魂改造的主题、以"悲凉"为核心的现代美感三个角度，论述了 20 世纪中国文学的启蒙特质，对以"革命"为关键词的延安文学传统，提出了质疑。而 20 世纪 80 年代，刘再复的《论文学的主体性》、李泽厚的《救亡与启蒙的双重变奏》、高尔泰的《美是自由的象征》、季红真的《文明与愚昧的冲突》等论文和著作，都表达了拥抱启蒙的热情和对文学的独立审美价值的追寻，在广大知识界引发了强烈震动。这些理论家们，一方面表现出对启蒙政治的极大热情，另一方面也表现出了对文学独立主体性的强烈向往。当然，20 世纪 80 年代，启蒙与文学之间的"蜜月期间"，在对共同敌人——"文革""左"倾专制的批判下，启蒙政治与文学之间的对抗和冲突，二者之间的差异性，很少有理论家去关注。这也为 1980 年代中期后，文学与政治的第二次疏离埋下了伏笔。

坚冰已破，春潮乍起，文学的独立追求已势不可挡。在文学创作界，《飞天》、《苦恋》、《晚霞消失的时候》等小说，对"文革""左"倾十年政治的控诉，对人性美的呼唤，引发了广泛关注。话剧《假如我是真的》、《于无声处》，更通过讽刺批判手法，表达了对"文革"思维的反思。而这一时期，伤痕小说思潮与反思小说思潮，更是在人道主义的前提下，将对"文革"十年的批判引入了更深层次。刘心武的《班主任》、卢新华的《伤痕》、从维熙的《大墙下的白玉兰》、王蒙的《蝴蝶》、古华的《芙蓉镇》、张贤亮的《绿化树》等，都是传诵一时的名篇。而青年作家戴厚英的长篇小说《人啊，人！》，通过知识分子孙悦、何荆夫在"文革"中悲欢离合的遭遇，批判"左"倾思想，高呼人性回归，从而在读者中掀起了人道主义讨论的又一高潮。戴厚英在"后记"中写到："我写人的血迹和泪痕，写被扭曲的灵魂和痛苦的呻吟，写在黑暗中爆出的心灵的火花，我大声疾呼'魂兮归来'，无限欣喜地记录人性的复苏。"② 而此后的改革小说，如蒋子龙的《乔厂长上任记》和《赤橙黄绿青蓝紫》、张贤亮的《龙种》、柯云路的《新星》、李国文的《花园街五号》等，也以现代性为口号，将国家民族叙事与新的政党目标相结合，而将"左"

---

① 钱理群、黄子平、陈平原：《论二十世纪中国文学》，《文学评论》，1985 年，第 5 期。
② 戴厚英：《人啊，人！》，广州：广东人民出版社 1980 年版。

倾政治作为批判的目标。

而在诗歌创作界，在呼唤人道主义精神的同时，对文学审美性的渴望，似乎也很强烈。"文革"的地下诗歌，已冲出历史地表。郭路生的诗歌《相信未来》，在崇高理想背后是对现实政治的不满，"白洋淀诗群"①大胆提出对政治的质疑，芒克的《阳光中的向日葵》，甚至将批判指向最高政治权威："你看到了吗／你看到阳光中的那棵向日葵了吗／你看它，它没有低下头／而是把头转向身后／阳光中的向日葵／就好象是为了一口咬断／那套在它脖子上的／那牵在太阳手中的绳索。"而朦胧诗与"归来者的诗"，形成 1980 年代前期诗坛两大主潮。朦胧诗人以《今天》杂志为主要阵地，顾城、北岛、舒婷、杨炼等以凝练抽象的诗歌语言，陌生化的诗美意象，怀疑批判的现代思维，在文学界掀起轩然大波。如顾城的《一代人》、《我是一个任性的孩子》等诗歌，表达了唯美的诗歌追求，被称为"童话诗人"。对此，文坛再一次掀起了激烈讨论。反对者以为这种朦胧的晦涩，是对诗歌的背叛②，而拥护者则以"三个崛起"系列论文，得到了广大青年的热烈响应③。而建国后被逐出文坛的诗人，如 1950 年代的右派诗人，艾青、公木、吕剑、苏金伞、公刘、白桦、邵燕祥、流沙河、昌耀、孙静轩、梁南等；1955 年"胡风集团"事件中的罹难者，如牛汉、绿原、曾卓、冀汸、鲁藜、彭燕郊、罗洛等；1950 年代陆续从诗界"消失"的诗人，如辛笛、陈敬容、郑敏、唐湜、唐祈、杜运燮、穆旦、蔡其矫等，也都迸发出新的创作活力，写了很多优秀诗篇。

二、第二次疏离：叛逆的先锋与审美的哗变

新时期文学与政治文化的第二次疏离，发生于 1980 年代中后期至 1990 年代

---

① 白洋淀地处河北安新县中部，是"文革"期间知青下放点，这些知青中有相当数量家庭背景优越，能够接触西方文学作品的高干子弟。他们自发地组织民间诗歌文学活动，逐渐形成了白洋淀诗群。在北京、河北、福建、贵州等地，都有这样的诗歌写作活动，有的也形成某种"群落"。他们在 1960 年代末、1970 年代初开始写诗，表现出对"革命"的失望，精神上经历的深刻震荡，和个体对真实感情世界和精神价值的探求。代表诗人有芒克、多多、根子、林莽、方含等。
② 章明：《令人气闷的"朦胧"》，《诗刊》，1980 年，第 8 期。
③ 谢冕：《在新的崛起面前》，《诗探索》，1980 年，第 1 期；孙绍振：《新的美学原则在崛起》，《诗刊》，1981 年，第 3 期；徐敬亚：《崛起的诗群》，《当代文艺思潮》，1983 年，第 1 期。

初期。寻根文学思潮，成为中国新时期文学审美觉醒的第一个重要标志。1980年代中期，随着中国文学不断融入世界文学，拉美文学的成功，进一步刺激了中国文学审美性，试图以中国本土文化资源与西方现代文学的技巧和观念结合，从而创造出"既是民族的，又是世界的"文学，即如韩少功所说："施放现代观念的热能，来重铸和镀亮民族的自我。"① 与此同时，"纯文学"、"向内转"、"怎么写比写什么更重要"等文艺口号，也极大鼓舞了作家们探索文学审美性、抵抗政治文学干扰的热情② ，并逐渐成为创作界、理论界和读者心中的"共识"。

这次疏离的第二个标志，就是中国"现代派小说"的出现。1980年代中国掀起了文学技法探索的高潮，各种文艺观点和技巧，爆炸般地涌入中国，一时间令人眼花缭乱，这一时期，对文学观念最为显著的探索，则在于何谓"现代小说"的讨论。王蒙的《春之声》、刘索拉的《你别无选择》和《蓝天绿海》、徐星的《无主题变奏》、残雪的《黄泥小屋》等小说，被当时的评论家冠以"现代派小说"的名头③ 。而这次探索，都在某种程度上表现出对政治文化的疏离，而这种疏离的程度是不一样的，如残雪的小说，其探索性和现代派的色彩就更重。其显著特点就是反叛一切，特别是对政治文化表现出疏离和厌恶感，这与伤痕、反思、改革等文学思潮的启蒙使命感有差异，如《你别无选择》中森森等音乐高材生对功能圈的痛恨，《无主题变奏》中对社会权威者的嘲讽和反抗。启蒙政治化文学，其批判

---

① 韩少功：《文学的根》，《作家》，1985年，第4期。

② 纯文学口号，虽在1980年代没有确切概念界定，但它对抗革命政治文化，弘扬文学本体性的特质，得到很多评论家的认可。直到新世纪，纯文学概念被李陀等人旧话重提，成为抵抗文学商业化的武器。例如，蔡翔说："而李陀所谓'旧的文学'实际上指的是那种把传统的现实主义编码方式圣化的僵硬的文学观念，这种文学观念在七八十年代仍然具有一定的影响力，且直接派生出'伤痕文学'、'改革小说'等等'问题文学'………正是在这一特殊的历史环境中，'纯文学'概念的提出就具有了相当强烈的革命性意义。这一意义在于，它对传统的现实主义编码方式的破坏、瓦解甚而颠覆，在'形式即内容'的口号掩护下，写作者的个性得到了淋漓尽致的发挥，从而获得了一种真正意义上的内在的创作自由。"蔡翔：《何谓回到文学本身》，选自论文集《何谓回到文学本身》，沈阳：春风文艺出版社2006年版，第71页。

③ 尽管很多评论家坚持认为，这些所谓现代派小说，并不是真正西方意义上崇尚非理性的现代派小说，而是追求个体现代性的小说。如黄子平：《关于伪现代派及其批评》，《北京文学》，1988年，第2期。

性主要建立在大写的人的基础上、而这些现代派小说，却流露出对美的向往，和对现实、政治的不信任，甚至是对一切以崇高名义下的概念的厌倦。这也是这些作品与西方的《在路上》、《第二十二条军规》等小说存在的某种巧妙暗合。

而 20 世纪 80 年代"先锋文学"则将这次疏离行动推向高潮。以 1984 年马原的小说《拉萨河女神》为标志，先锋文学开始登陆文坛，并在 1980 年代后期形成规模。代表作家和作品有先锋小说：马原的《冈底斯的诱惑》、余华的《十八岁出门远行》、洪峰的《奔丧》、格非的《迷舟》、苏童的《一九三四年的逃亡》、孙甘露的《信使之函》、北村的《流亡者说》、叶兆言的《枣树的故事》、吕新的《抚摸》等；先锋戏剧：高行健的《绝对信号》、王晓鹰的《魔方》、过士行的《闲人三部曲》等；新潮散文：斯好的《两种生活》、张承志的《绿夜》、刘烨园的《途中的根》等。此时的先锋诗歌，也以"第三代"为旗帜，以"诗到语言而止"，从抽象性和日常性两个维度，解构了朦胧诗所建立起的崇高而悲剧的美。代表作有韩东的《大雁塔》、李亚伟的《中文系》等。而先锋文学的理论背景则比较驳杂，既有存在主义影响，也有 1980 年代中期"后现代"概念的引入。1985 年，批评家杰姆逊来到中国，在北大讲学，其演讲录后被整理为《后现代主义与文化理论》出版①。尽管杰姆逊对后现代主义的理解还有一定偏差，但随后福柯、拉康、德里达、罗蒂、利奥塔等西方后现代大师逐渐被国内所熟悉。"解构"、"颠覆宏大叙事"、"叙事圈套"等语汇，开始成为流行文学术语。这些理论背景，一方面，使得先锋文学本体性得到张扬，另一方面，也使先锋文学在发生时就存在致命缺陷。这些先锋文学在迷恋形式探索的同时，都体现出一个特点，即对宏大叙事的怀疑与消解。历史、人性、爱情、友谊、革命、启蒙等宏大叙事价值的基石，都遭到了无情颠覆，沦落为暴力、杀戮的欲望景观与不知所云的语言迷宫。而先锋戏剧和先锋散文也存在类似问题。其代表性的理论宣言，如余华的文论《虚伪的作品》，颠覆了社会主义现实主义文学的真实观、人物观、时间观和价值观，从而在"世界非真实"、"世界非理性"、"世界是精神性的"三个角度，在哲学基础和叙事基础上，彻底拒绝了政治文化经

---

① 【美】杰姆逊著，唐小兵译：《后现代主义与文化理论：杰姆逊教授讲演录》，西安：陕西师范大学出版社 1986 年版。

验对叙事幻觉的控制①。

　　然而，这种颠覆和消解，并没有将文学导入美妙处境，反而走向无奈的虚无主义与艺术创造力的萎缩。究其原因，首先，就文学与政治文化关系而言，后发现代中国，天然处于本土建构现代性与全球化解构现代性之间的文化悖论中。先锋文学对语言的迷恋和对一切宏大价值消解的激进姿态，一方面满足了文学进步的焦虑性想象；另一方面，也不可避免地与中国现代建设热情、中国启蒙叙事与现代民族国家想象的合法性产生巨大隔阂。先锋文学不久就遭到大众遗忘，陷入发展窘境，这无疑是重要文化逻辑之一。其次，就创作主体而言，先锋作家在消解宏大概念的同时，将"欲望化"作为有力工具，然而，欲望叙事依然属于现代性解放范畴。这既与西方先锋文学的"消解一切中心"、"语言即本体"等概念存在很大不同，其创作逻辑也难以维持长久的创作后劲。三是先锋文学对审美主体性的偏执，对政治文化的刻意疏离，却陷入了取消自身的困境。因为文学对审美性的刻意追求，也是一种意识形态。而对政治文化的过分疏离，却取消了自身的现实性。这也是先锋文学过分强调其自身权力所带来的弊病，而文学从来只是一种"弱化"的权力，很难具有完全疏离政治文化的品质②。

三、第三次疏离：文学经济功能对政治文化和文学的双重冲击

　　中国新时期文学与政治文化的第三次疏离，主要发生在 20 世纪 90 年代至今。这次疏离不仅创作主体的思维方式发生了疏离，且文学生产也发生了巨大改变。不但文学生产者的生存和生产疏离了一体化政治的政治文化，而且文学的传

---

① 余华：《虚伪的作品》，《上海文论》，1989 年，第 5 期。

② 有论者指出："就其仍然追求稀缺性并在后来得到体制认可的所谓纯文学而言，它使自己无论在内容上还是形式上，对大众而言，都变成了不可读的、不可解的甚至不再美的艺术。反映在文学观念里，就出现了追求艺术自主性，反对屈从于社会的，道德的或者宗教的等所有其他功利价值的种种主义和思潮，文学的写作变成了为小圈子而创作的精英写作，文学把传统文学写作贬值为载道文学，把谋求读者大众认可的写作贬斥为商业文学，通过对文学场所强加的这种区隔，把它们合法地排斥在文学的神圣殿堂之外。另一个方面，文学家与统治者，在某种程度上，至少在形式上，也变成了对立关系。"朱国华：《文学与权力：文学合法性的批判性考察》，上海：华东师范大学出版社 2006 年版，第 56 页。

播、接受也日益脱离政治文化。很多自由撰稿人离开政治化文学生产单位，而报纸、影视、网络等传媒的发达，文学出版和发表渠道增多，也使疏离性写作者的生存得以保障，读者也倾向于多元文学需求。而促使这一切发生的根本因素，还在于市场经济对文学经济功能的开发和对文学生产的强力介入。

建国后形成的高度组织化文学生产，其一体化外部力量所实施的调节、控制，会逐渐转化为写作者的"自我调节"与"自我控制"①。而新时期文学的独立自主性，其方式却相反，是从"内在调节"走向"外在调控"。文学虽已逐渐摆脱政治，但在文学生产中，无论创作主体的作家，还是创作客体的读者，或文学生产流通渠道，还大多在体制中。作家大多具各级文联、作协、文化馆等国家事业单位干部身份，受到统一管理，读者对作家也主要将其作为"启蒙导师"、"人类良心"、"文化精英"；作品发表流通渠道，还主要集中在体制内文学刊物和出版机构，而作家的出名和各类文学活动，也主要在体制内。由此，文学与政治文化的疏离，在20世纪80年代，还主要发生在文学文本与作家思想、艺术观念领域，尚未波及作家生存方式。1990年代以来，伴随体制改革，邓小平南巡后，国家从"计划经济与市场经济的结合"、"有市场特色的计划经济"到"有中国特色的社会主义市场经济"②的提法，一方面进一步改造计划经济，将市场机制作为新一轮改革动力；另一方面，在市场经济规律面前，1980年代已出现的自由职业者，不断脱离"单位"国家体制，形成越来越庞大的私营经济。尽管这期间，也经历了一些政策收紧，但随着更为激进的改革举措，主流意识形态开始对文学体制进行改革，将之与新兴通俗文化相结合。在发展文学多样化审美功能的同时，进一步主动淡化，甚至压抑文学政治批判功能，而注重发挥文学经济功能。而在政治体制下，文学又被用"区隔"方式，以通俗文学、纯文学与主旋律文学三分法，加以规训和界定，从而在不触动政治文化核心前提下，实现政治文化与经济权力在文学场域中的"共谋"。

这一阶段，也是文学从1980年代极度繁荣实现自身转型的开始。政治与文学

---

① 洪子诚：《中国当代文学史》（修订版），北京：北京大学出版社2007年版，第22页。

② 江泽民：《加快改革开放和现代化建设步伐，夺取有中国特色社会主义事业的更大胜利——在中国共产党第十四次全国代表大会上的报告》，《江泽民文选》第1卷，北京：人民出版社2006年版。

的纠葛关系也变得更为复杂。因此，这一阶段，文学与政治文化疏离，主要表现在：一是保守自由主义思想与儒家思想兴起，进而形成对五四以来激进文化的批判和反思。1990年代初，启蒙思潮主将李泽厚与刘再复的对话录《告别革命》[①]，标志着文化界对政治文化"新的疏离"的开始。尽管很多知识分子呼吁"公共知识分子"，然而，1990年代一个明显特点就是对政治的疏离，从对激进政治思维的疏离，演变成了对政治本身的厌恶。洛克、哈维尔、哈耶克、波普尔等保守自由主义者的思想，成为一时风潮。很多学者也将关注目标，从文学本体性转移到学术本体性，陈寅恪、吴宓、胡适、辜鸿铭等带保守色彩的学者，成为怀旧并推崇的对象，学者从广场退入了书斋，成为体制内的精神反思者。与此相对，新儒学的传统回归，也成为1990年代后的重要社会思潮之一。二是新自由撰稿人身份的出现。市场经济潮流中，作家对政治文化的疏离，从内在走向了外在，很多作家对畅销书趋之若鹜。有的下海经商，有的则经营民营出版、期刊、影视制作等文化产业，甚至出现所谓"十大作家富豪榜"[②]，有的作家则主动离开体制，甚至形成大规模退出作协事件[③]，而原有文学管理体制，影响力与公信力也一再受到质疑。而这些自由作家多以报刊和自由出版、影视为生存方式，他们的思想主张也比较复杂，有的单纯追求文学经济效果，或从纯文学创作转入文化产业领域[④]；有的则以此追求精神自由，由"体制内"出走"体制外"，坚持更独立而边缘化的文学写作[⑤]。如王小波之死，作为1990年代重要文学事件，其自由撰稿人的文化身份，特立独行的

---

① 李泽厚、刘再复：《告别革命》，香港：天地图书出版公司1995年版。

② 2006年，由《财经日报》独家策划的"作家富豪排行榜"首次发布，余秋雨以1400万收益居榜首，其他如二月河、韩寒、苏童、郭敬明、唐浩明、易中天、杨红樱等榜上有名。

③ 2003年，作家余开伟、黄鹤逸、陈俊子、李锐、夏商、张石山等纷纷退出中国作协，成为当年度最有争议的文化热点之一。参见白烨：《2003中国年度文坛纪事》，桂林：漓江出版社2004年版。

④ 例如，沈浩波以自由诗人进入文坛，最终成为国内收益居前列的民营书商，见雨佳：《沈浩波：一半是文人，一半是商人》，《新财经报》，2008年10月31日。

⑤ 这种倾向在20世纪90年代初尤为突出，例如，作家王小波在1992年4月辞去中国人民大学会计系的教职专事写作，同年，韩东也辞去了南京一所高校的教职，吴晨骏于1995年辞去电力工程师的公职，朱文于1994年辞去电力工程师职务，他们对文学商品化，也持有警惕性。他们有时还兼诗人身份，如韩东和朱文。

保守自由主义思潮，是重要原因①。而与此相联系，文学队伍也进一步分化，并经过 1990 年代初"人文精神"大讨论后，被区隔为通俗/精英作家，并对文学商业化提出了质疑②。三是文学通俗化。1990 年代后，通俗文学脱离一体化体制，武侠、言情、侦破等类型，延续了建国前的商业文学，获得了巨大发展，而官方理论界也在不撼动主流意识形态基础上，主张适当放开文化市场③。另一方面，市场经济对文学的介入，与传媒相结合，不断把文学事件变为可以增值的文化事件和符号事件，并推动文学经济发展。1990 年代后，"废都"事件、顾城杀妻事件、卫慧事件、王小波事件等，都闪现着这种逻辑。四是纯文学的衰落。在文学与政治的疏离中，由于文学经济功能突起，传统纯文学则陷入发展困境，不仅作家队伍不断萎缩，传统的体制化文学刊物也举步维艰④。五是多元文化表述成为可能。这一时期文学呈现多元化状态，不仅有持续的与政治疏离的小说形态，且还出现了"重新呼唤现实主义精神"和"小说政治性"的提法。小说从新状态小说、新写实小说、新历史小说、新体验小说、新女性小说、新现实主义小说不断出现新文学流派和主张。散文界的大文化散文与生活散文，诗歌界的民间诗歌与知识分子写作，都呈现出"双峰对峙，二水分流"的态势。期间旅游散文、小女人散文、女性主义诗歌、口水诗、废话诗、新哲理诗、感动写作等口号和流派，也是层出不穷。

　　以上我们主要梳理了新时期以来，文学内部机制对政治文化的疏离。不容忽视的是，文学与政治文化的疏离，始终存在双向互动，而不是文学权力的单方面运作。在数次政治文化与文学的关系调整中，一是文学多元化和独立性成为可能；

① 房伟：《十年：一个神话的诞生——以王小波小说的接受史为例》，《山东社会科学》，2007 年，第 5 期。

② 1993 年至 1996 年，在王晓明等学者倡导下，文艺界兴起"人文精神"的大讨论。在南方以《上海文学》为主，在北方以《读书》为主，连续以此为主题发表论文。这场讨论可以说是"市场经济"给人文领域带来的冲击和震荡在文艺界的反映。

③ 敏泽：《社会主义市场经济与文学价值论》，《文学评论》，1995 年，第 1 期。

④ "文学传媒（主要包括文学报刊、文学出版机构等）的生存环境出现了重大转变。随着政府拨款的减少直至'断奶'，相当一部分纯文学期刊相继'改嫁'或'关门'，1998 年是文学期刊运行最艰难的一年，《昆仑》、《漓江》、《小说》相继宣布停刊，被称为'天鹅之死'。随后陆续停刊的还有《湖南文学》、《东海》等省级文学期刊。"黄发有：《90 年代以来的文学期刊改制》，《南方文坛》，2007 年，第 5 期。

二是疏离并不等于放弃领导权，新的政治宏大叙事——民族复兴的神话和现代中国的神话，在主旋律小说的多重类型中，得到想象性延续。从政治文化角度而言，其对文学发展的"放"与"收"，疏离与控制，始终贯穿整个新时期乃至新世纪以来的文化策略。正如文化场域本身所具有的"弱势性"①，这期间的政策调整，也是政党意识形态和国家意志的产物，政治文化本身秩序的更改，更是对文学秩序产生了几乎决定性的作用——无论是反抗，还是妥协。新时期文学的发轫，离不开"文革"结束、国家政治重心转向经济建设这一政治前提。因此，无论伤痕文学、反思文学、改革小说，都表现出浓浓的政党意志、民族国家叙事与启蒙叙事三者合一的态势。当然，这个过程也是以"互动"方式发生的，既有对抗，也有妥协与共谋。但可以肯定的是，国家和执政党始终没放弃对文学的调控。如邓小平1980年在《目前的形势和任务》中指出："这当然不是说文艺可以脱离政治。文艺是不可能脱离政治的。"此后，邓小平也多次提倡："我们要继续坚持毛泽东同志提出的文艺为广大群众、首先为工农兵服务的方向"②。而中共十四大江泽民的报告中，则首次使用"邓小平同志建设有中国特色的社会主义理论"③，坚持"双百方针与二为策略"。

要理清新时期以来政治文化与文学的疏离，政治文化对文学的历次"收紧"策略，也值得我们关注。1981年，对白桦的电影剧本《苦恋》、刘克的中篇小说《飞天》、王靖的电影剧本《在社会的档案里》，沙叶新的话剧《假如我是真的》的批判，是政治文化对文学的第一次调控。这几个文学作品，有一个共同特点，就是不仅批判"文革"和"左"倾政治，且触及社会主义意识形态和现实政治。以《苦

---

① 布迪厄指出："文化生产场在权力场中占据的是一个被统治的地位，艺术家和作家，或更笼统地说，知识分子其实是统治阶级中被统治的部分，他们拥有权力，并且由于占有大量的文化资本，大到足以对文化资本施加权力，就这方面而言，他们具有统治性；但作家和艺术家相对于那些拥有政治和经济权力的人来说又是被统治者。"【法】布迪厄著，包亚明译：《文化资本与社会炼金术——布迪厄访谈录》，上海：上海人民出版社1997年版，第85页。

② 邓小平：《在中国艺术工作者第四次代表大会上的祝辞》，《邓小平论文艺》，中共中央宣传部文艺局编，北京：人民文学出版社1989年版。

③ 江泽民：《加快改革开放和现代化建设步伐，夺取有中国特色社会主义事业的更大胜利》，《江泽民文选》，第1卷，人民出版社2006年版。

恋》①为例，剧本写了画家凌晨光一生的遭遇。才华横溢的画家凌晨光，在祖国解放后归国。"文化大革命"的浩劫，使凌晨光一家的命运堕入谷底。女儿星星决定和男朋友到国外去。凌晨光表示反对，女儿反问父亲："您爱这个国家，苦苦地恋着这个国家……可这个国家爱您吗？"此后，凌晨光被迫逃亡，藏身芦苇荡，成为一个靠生鱼、老鼠粮生活的荒原野人。从 1979 年 9 月至 1981 年，围绕这部电影在文坛上激起了轩然大波。1981 年 4 月 20 日，《解放军报》发表了署名为"本报特约评论员"的文章《四项基本原则不容违反——评电影文学剧本〈苦恋〉》。指出《苦恋》是"借批评党曾经犯过的错误以否定党领导下的社会主义国家，否定四项基本原则，这决不是爱国主义，而是对爱国主义的污辱"。而此后，1982 年对"人道主义与异化问题"的批判，1983 年至 1984 年的"清除精神污染"运动，都表现出政治文化对文学界之中，西方腐朽文化的侵蚀、马克思主义文艺观的冷落，以及传统文化的颠覆，所表现出来的忧虑。乃至西方现代主义文学、人道主义、异化问题、表现自我等，都一度被看做是精神污染的垃圾。 而开始于 1980 年代中期的反对"资产阶级自由化"，达到这一阶段调整的顶峰。文艺界对《河殇》等文艺作品所表现出的"全盘西化"等激进主张进行不断的反思和批判。1987 年 1 月 21 日，中国作协召集在京部分文艺工作者，就坚持四项基本原则、反对资产阶级自由化思潮问题进行学习座谈。中国作协党组书记唐达成在会上指出："文学界确有'全盘西化'的影响和虚无主义的思潮。"②1989 年 7 月 6 日中共中央宣传部在京又召开文艺座谈会。会议认为繁荣发展社会主义文艺"必须坚持四项基本原则，反对资产阶级自由化"。

然而，新时期以来，历次政治文化对文学的调整，都不同于一体化策略的革命专政方式，而主要以思想规训为主，尽力对文学的独立性和自主规律表示尊重。1989 年后，随着新一轮改革开放热潮，执政党对经济的调整已涉及政治和经济内部体制，而政治文化对文学的调控，也由"收"变为"放"。不过，这次的调整，一方面，以文学经济功能为切入，活跃社会主义商品文化经济，同时分散了文学

---

① 《苦恋》，《十月》，1979 年，第 3 期。
② 唐达成：《在中国作协反资产阶级自由化座谈会上的讲话》，《解放日报》，1987 年 1 月 22 日。

对独立性追求的冲动；另一方面，则以"主旋律文学"的宽泛的概念，在文学观念、题材、手法等方面，将政治生活再次纳入文学表意渠道，并在文学、政党意志、民族国家叙事与市场经济之间寻求"共赢"。

正是在新的政治策略调整下，1990年代后期至今，不仅中国文学创作队伍得到了巩固[①]，而且形成了市场型作家、精英职业型作家与混合型作家之间的有效平衡和多元化发展[②]，而政治文化与文学的疏离，也被调控在一个相对适当的程度上。

第二节　从政治批判小说到主旋律小说

进入新时期，政治批判小说，再次显示了文学介入现实的能力和愿望，它的品质和成就，甚至成为新时期文学的内在规定性之一。然而，所有的开端都是可疑的，所有的开头都包含回忆因素。当一个社会群体齐心协力开始另起炉灶的时候，尤其如此。[③]一方面，这类政治批判小说，往往溢出"十七年"文学中有关"社会主义现实主义"的有关规定，在承接百花文艺的现实批判传统的同时，显现出强烈的对西方经典意义的现实主义原则，例如，"写真实"、"人性论"等有限度的回归。另一方面，它极有可能是在遗忘基础上的新的遮蔽，而所有死去的，也许并没有消失，而是以亡灵的身份继续参与我们的日常历史的构建。20世纪70年代末，新时期开启时，无论是执政党，还是国家，都需要在批判"文革政治"的基础上，实现以"现代化"为新的核心任务的转型。这个政治任务的转型，其难度在于如何实现执政概念的平稳转换，既能保证执政党"历史"的合法性，又能保证执政党的"现实"合法性；既能保证执政党的文化逻辑的连续性，又要保证执政党的文化逻辑的进步性。因此，将"文革"他者化处理，无疑是转移批判焦点，

---

① 进入新世纪后，中国作协的人数在稳定增加，据统计，"2009年，中国作家协会共吸收新会员408人，其中40岁以下的88人，上世纪80年代出生的8人。到目前为止，中国作协会员总数是8930人"。选自胡军、徐忠志：《中国作协新闻发言人就2009年会员发展工作答记者》，中国作家网，2009年6月25日。

② 张永清：《改革开放三十年作家身份的社会学透视》，《文学评论》，2010年，第1期。

③ 【美】保罗·康纳顿著，纳日碧力戈译：《社会如何记忆》，上海：上海人民出版社2000年版，第35页。

宣泄民众怨恨，在民族国家现代化的旗号下有效整合意识形态的做法。因此，正如李扬所说：“如果说一体化指的是社会政治制度对文学的干预、制约、控制和影响，文学生产的社会化机构的建立以及对作家、艺术家的社会组织方式等等，那么，用这一概念来描述‘新时期文学’显然是同样有效的。”①伤痕文学和反思文学，作为新时期发端的断裂性文艺思维，其实隐含着很深的思维连续性②，而一体化文艺思想的改变，也并不能表明真正多元化时代的来临，只不过是一种更为策略性的调整和改革。只不过，这种隐性的连续性，必须以断裂的面孔出现，才能一方面接续知识分子有关五四文学传统的 20 世纪大文学的热情想象；另一方面，满足以“进化”为表征的现代性的内在要求，继续保持民众引导者的身份和定义。因此，所谓新时期的政治批判小说，就其基本功能和表现形态而言，可以说是以“批判文革”为范围的主流文学的适度调整，并为 20 世纪 90 年代后，主旋律小说的出现，提供了可资借鉴的经验摹本。

在文艺理论界，政治批判的先声，是执政党的文艺政策的调整。1980 年 7 月 26 日，人民日报上发表《文艺为人民服务，为社会主义服务》的社论，标志着该口号开始取代“文艺为工农兵服务，为政治服务”的“文革”文艺政策。在“工农兵—人民”、“政治—社会主义”的话语转换中，知识分子有关启蒙的梦想，得到了有限度的表达。而文学接受和服务基础的扩大，既不违反主流意识形态的政策底线，又能在模糊中有效地“遗忘”“文革”政治与革命政治之间的隐秘联系，而在社会主义现代化的口号下，实现新的文化领导权。不但“文革”文艺的思想内涵被彻底否定为极端“左”倾，而且“文革”文艺的一些基本的成规，如“三突出”、“两结合”、“无产阶级革命文艺顶峰论”、“空白论”、“文艺黑八论”、“文艺黑线专政论”等，纷纷遭到了来自主流意识形态和知识分子的双向围剿：《人民日报》的纲领性文件《调整党的文艺政策》中，明确指出：“要彻底肃清四人帮的法西斯文化专制主义的流毒，坚决贯彻执行毛主席的百花齐放、百家争鸣，以及古为今用，洋为中用的方针，就是要彻底清除四人帮的反动文艺政策的一切流

---

① 李扬：《重返新时期的意义》，《文艺研究》，2005 年，第 1 期。
② 孟悦：《历史与叙述》，西安：陕西人民教育出版社 1993 年版。

毒。"①1978 年，秦牧在《人民文学》组织的"批判文艺黑线专政论"会议中，用"八个样板戏一个作家"来总结概括所有"文革"文学，并予以激烈的批判②。

正是在这种大的环境下，政治批判小说如雨后春笋般冒了出来。它继承了 20 世纪 50 年代百花小说对现实政治勇敢而严肃的批判，并从伤痕小说、反思小说一直延续到部分改革小说，成为新时期文学的一个重要的组成部分。比较著名的代表作有《大墙下的红玉兰》（丛维熙）、《第十个弹孔》（丛维熙）、《班主任》（刘心武）、《人啊，人！》（戴厚英）、《犯人李铜钟的故事》（张一弓）、《将军吟》（莫应丰）、《坚硬的稀粥》（王蒙）、《蝴蝶》（王蒙）、《剪辑错了的故事》（茹志娟）、《花园街五号》（李国文）、《芙蓉镇》（古华）、《墓场与鲜花》（肖平）、《灵与肉》（张贤亮）、《啊！》（冯骥才）、《在没有航标的河流上》（叶蔚林）、《许茂和他的女儿们》（周克芹）、《古船》（张炜）、《葡萄园的愤怒》（张炜）、《老霜的苦闷》（王润滋）、《内当家》（王润滋）、《灵旗》（乔良）等。这种政治批判小说具有明显的特点：一是高扬的政治性与明显的"新一体化"思维模式，既与"十七年"文学的革命政治小说有着显著区别，又有着思维方式的连续性，即现代性宏大叙事。所不同的是，这个新的一体化模式，已从强调均质化的革命美学转移到了以政党合法性与民族国家现代化的缝合上来。二是政治批判大部分是针对"文革"的批判，"文革"在被他者化的同时，也被断裂化，"文革"的深层次原因和历史性，被悬置并遮蔽。例如，这些小说对"文革"，乃至"十七年"历史中的很多政治问题都有所触动，如《灵与肉》、《芙蓉镇》对右派问题的反思；《古船》、《晚霞消失的时候》等小说对地主、反动派等历史身份问题的强烈质疑；《许茂和他的女儿们》对农村"左"倾政治所导致的萧条的批判；《花园街五号》对"左"倾政治与现代民族国家经济发展的冲突的思考，都比较深刻，但也都存在很多局限性。三是这些政治批判小说，纠缠在启蒙和民族国家叙事之中，很快就因为叙事规范的容量问题，变得举步维艰。在 1990 年代之后的发展中，主流政治性在加强，而批判意味不断弱化，

---

① 《认真调整党的文艺政策》，《人民日报》，1978 年 6 月 13 日。

② 任南南：《历史的浮标——新时期的浩然重评现象研究》，《文学史的多重面孔：80 年代文学事件再讨论》，北京：北京大学出版社 2009 年版，第 187 页。

再反思的意味加强，其批判功能也逐步让位于报告文学和电视新闻纪实等形式。

然而，恰是在批判"文革"＝批判政治小说的概念嫁接中，依然有很多顽强的政治批判意识，溢出主流意识形态的规训，表现出很强的异端性。而在反思文学和改革文学中，政治批判的意味非常强烈，甚至有进一步溢出党派文艺的启蒙倾向。例如，民刊《今天》杂志对《醒来吧，弟弟》和伤痕文学的批判，表现出截然不同的对"文革"政治的"历史性"和"现实性"的深刻洞见："作为一种影响广泛的文化教育工具，只是把揭批、'四人帮'的文化专制主义限于'控诉'，只是把过去的和残存的一切现实问题，简单地归结于'四人帮'，这是不够的，'四人帮'所以能危害一代人之久，所以能在倒台后继续为害，有着比他们自身的存在更深刻的社会根源。"① 比如，遇罗锦的小说《一个冬天的童话》，以政治批判入手，却意外地以女性的个体独立、身体解放与精神自尊作为价值的突破口，打破了 20 世纪 80 年代政治批判小说对个体性的遮蔽。又比如，张炜的小说《葡萄园的愤怒》，突破了政治批判小说仅允许批判"左"倾政治的藩篱，对新时期以来的农村政治生态，特别是以能人面孔出现的"恶人当政"的情况予以强烈批判。礼平的小说《晚霞消失的时候》中，李淮平和南珊的爱情因为政治身份的阻隔，终成遗憾。而肖克的小说《飞天》，则直言不讳地批判当权者谢政委对美丽少女飞天的蹂躏，锋芒指向整个中国以革命的名义建立的政治体制。其他作品，如方之的小说《内奸》，戴厚英的小说《人啊，人！》，也都涉及启蒙思想对当下政治的深刻反思，都曾引起广泛的反响。王蒙的政治反思小说《坚硬的稀粥》②，是其中充满寓言的一篇，也反映了新时期文学对"批判"激情的再反思和深化。小说从四世同堂的一家人有关"咸菜稀饭"的争执，深刻地思考了中国现实政治与中国现代化之间的复杂纠葛关系，并没有简单地给予否定性批判，而是看到了中国文化传统本身与现代化之间的错位与紧张，及融合新生的可能。正如科林伍德所说："这种强烈的美学或者社会学意义上的价值判断引导我们的注意力从历史事实中脱离出来，而转向一种人们面对这些事实的态度。它们暗示进步和衰退根本不是事实

---

① 林中：《评〈醒来吧，弟弟〉》，《今天》，1978 年，第 1 期，第 48 页。

② 王蒙：《坚硬的稀粥》，《中国作家》，1989 年，第 2 期。

的问题，而是思想的习惯，是看待事物的方式，是性情的问题。"①

20世纪80年代中后期，伴随着政治上对改革开放的不断探索，特别是经济体制的转轨开始，文艺界也经历了精神污染清除运动与反自由化运动、反全盘西化运动、1988年"河殇"大讨论等一系列动荡。而在20世纪90年代初期，随着市场经济突飞猛进的发展，文化市场的发育，促进了报纸期刊、影视广播，乃至网络等新的文学媒质的发展，也一方面使得原有的文艺体制发生了新的变化；另一方面，则使得符号经济与文化经济，作为新兴的话语力量，开始与不断发展的传媒经济结合，开始寻找与政治主流话语新的结合方式。恰在此时，"主旋律文艺"的提法，满足了主流政治与市场经济，以及部分文化人的共同的符号形象与利益结合。1990年代以来的主旋律小说，一般有鲜明的时代主题、历史广度、批判现实深度、鸿篇巨制的结构、性格鲜明的人物。更重要的是，它们都以某种进步历史理性作为叙事终极目标，其党派文艺与民族国家意识的结合更为紧密，其新的一体化特征也更为明显。从对民族叙事和政党利益的坚守上，主旋律小说又是政治批判小说的某种有效延伸。列宁第一次提出"党的文学"口号②，建国"十七年"文学，政党意识形态通过对文学生产、消费和接受的高度控制，将文学纳入到政党表达政策和理念的表意体系中去。进入新时期，文学自主性恢复，一体化革命宏大叙事分裂，而原本紧密结合在其内部的现代民族国家叙事，便逐步分离出来。其实，1980年代，党和国家的领导人，对重塑文艺一体性宏大叙事也高度重视。如邓小平提倡："我们要继续坚持毛泽东同志提出的文艺为广大群众、首先为工农兵服务的方向。"中共十四大江泽民报告中首次使用"邓小平同志建设有中国特色的社会主义理论"。1994年，江泽民首次以"弘扬主旋律、提倡多样化为主题，建立了文艺工作的相对弹性原则"③。主旋律小说，作为有"中国特色社会主义文

---

① 【英】柯林伍德：《进步哲学》，陈恒编：《新史学》，第3辑，《柯林伍德的历史思想》，郑州：大象出版社2004年版，第64页。

② 列宁：《列宁全集》第10卷，中共中央马克思、恩格斯、列宁、斯大林著作编译局编译，北京：人民出版社1984年版，第24页。

③ 江泽民：《在全国宣传思想工作会议上讲话》，《十四大以来重要文献选编》，北京：人民出版社1996年版。

艺"的新意识形态，在政党利益的表述下，形成一整套有鲜明时代性"现代强国梦"的国家史诗仪式。同时，这种新"一体化"模式，既有别于前苏联党派文学，又有别于"十七年"文学和新时期文学，即"对多样化和文学市场性的宽容"。这也是中国特色社会主义文化的一次大胆尝试。自此，现代民族国家叙事、社会主义叙事和市场经济原则，都得到了暂时缝合。正是这种"有限度"多样化，与"社会主义、爱国主义和市场经济"主旋律的合唱，使得不同意识形态企图都得到了重新整合的机会，共同服务于"文化复兴的现代中国"想象。"弘扬主旋律，提倡多样化"的文艺方针，成为"二为"方向和"双百"方针的具体体现，并形成持续的表意体系和固定的表述模式，成为和平崛起的社会主义强国、实现历史意义伟大民族复兴的文艺策略。主旋律小说分为几种类型：新现实主义小说、新军旅小说、新改革小说、官场小说和反腐败小说。这些小说涉及党派执政，或是执政党国计民生建设，水利工程、桥梁公路、商业发展、抗击天灾人祸等；或是执政党政策，如股份制、国企破产并购、大集团道路、四改（房改、医改、教改和粮改）、农民生活恶化、上访、反腐败、污染、跨国资本入侵等。其深度和广度，都是建国"十七年"宏大叙事小说无法比拟的。

总体而言，主旋律小说有三个关键词，是我们理解党派政策与现代强国梦下的国家民族文艺之间的"异质同构性"的重要参考。首先是"市场经济"。市场经济原则，是现阶段政党和国家政策的重要基础。它的逻辑中心在"欲望合法性"与"市场进步意识"，从而使"市场经济"成为现代民族国家工具，成为社会主义"经济手段"。这使主旋律小说，既能在文学商品化中，利用生产和销售、评价的资源，获得经济回报，也能有效控制主旋律小说的意识形态生产流程，获得巨大社会影响力。然而，一方面，很多性描写、英雄美女情节纷纷进入原本严肃庄严的宏大叙事，如政治笑话、企业家艳情史。不仅官场小说热衷于世俗化解构，且在那些道德性更强的新改革小说、反腐败小说中，这种场景和段落，也层出不穷，并在潜文本中形成对清官逻辑的质疑。如小说《抉择》虽为我们刻画了好市长李高成，但在下属和妻子的情感利用和物质逻辑前，李高成却陷入苍白无力的境地，只能用上级领导的干预，作为预设"最终解决"的权力之手；另一方面，青天意识、一把手崇拜、男权情结等"前现代"思维，也堂而皇之地以"市场经济"面孔复活，并与启蒙和革命叙事，形成巨大冲突。很多小说中"经济至上"的逻辑，压倒一切启蒙和伦理道德的表述。刘醒龙的《分享艰难》中，镇长孔太平明知企业家洪塔山强奸了自己的表妹，但因洪塔山是镇财政的支撑，所以不得不无奈放过了他。关仁山的《九月还乡》中，村支书为让暴发户潘经理满意，使村里获经济支持，强迫九月给其当"三陪"。同时，小说《天网》、《抉择》等作品，屡次出现群众向官员下跪的"青天拯救"场景。很多主旋律小说中的女性角色，则被大量妖魔化，成为男性腐败堕落的焦虑性心理替代。如《国画》中的陈香妹，一直拖累着主人公朱怀镜。《抉择》中李高成的妻子，和他侄子一起，打着李的旗号贪污腐败。而《绝对权力》中的赵芬芳，则被刻画成女性权力狂形象①。

关键词之二是"社会主义"。"社会主义"的阶级革命意味，被逐步淡化，而其代表历史进步的宏大性、集体主义道德标准和对秩序性的刚性需求，则被保留了下来。这一点，也很好地体现在了对主旋律小说的内在规定性上。故事设计上，社会主义常成为小说内在道德主义标准，并使权力结构在复杂斗争中，可借助虚构外力得以解决。主旋律小说的社会主义原则，分别出于三种策略：一是塑造社会主义新英雄。这里有基层干部，如《大厂》的厂长吕建国，虽受尽委屈，却以高度责任感，挽救濒临破产的红旗厂。小说《分享艰难》的镇长孔太平为发展地方，受了窝囊气，却总能委曲求全，这类人物构成了社会主义新道德主体的"基础"。有的是老领导和老党员，如《人间正道》中的老省长，《英雄时代》中的退休领导陆震天，《风暴潮》中的老党员赵老巩，《村支书》中的老支书方建国等，这类人物，构成社会主义新道德主体的"历史回忆"。有的是"历史进步"的改革代言人——高级领导形象。这类人物则是社会主义原则中坚。如周梅森的《人间正道》、《中

---

① 有论者（如刘复生、唐欣等）认为，这些青天意识、厌女情结和小说逻辑的拙劣巧合，是很多主旋律小说家在表述故事时，曲折地发泄对主流意识形态不满的"故意而为之"的策略。这种看法有一定道理，但无疑忽视了这类小说在宏大叙事表达上的杂糅特质。传统通俗文艺模式，在主旋律小说中的复活，有着"市场经济意识形态"的半强制性表述特权和内在符号规定性，删除反抗性质素，容纳妥协性质素。如果说，这些陈腐的封建意识和故露马脚的缝合，透露着作家们隐讳的不满情绪，我们同样可以说，也许它正在无意识中凸显了作家身上所蕴涵的传统文化迫力（马凌内斯基语）的痕迹。这既是一种"以假作真"的游戏表演，也是一种"假作真时真亦假"的暧昧的集体无意识的流露。

国制造》、《至高利益》中，吴明雄、石亚南、李东方、高长河等地市一把手，无不围绕重大国计民生项目来开展，如调水工程、钢铁工程、工业园建设、污水治理等，从而弘扬社会主义原则"建设现代民族国家"的集体主义使命感。

二是塑造集体主义悲壮美，既用人民性定义市场经济合法性，又对通俗大众叙事进行某种反拨。如福柯所说："在那里有真正的斗争在进行着，争夺的是什么？争夺的是我们可大略称之为人民记忆。由于记忆是抗争的重要因素，如果控制了人民的记忆，就控制了他们的动力，同时也控制了他们的经验，他们对于过去抗争的理解。"① 人民性再次被政治抽象为集体性声音，而被剥夺了个体表达的可能。人民再次以其模糊面孔，成为空洞道德符号和集体群像符号，进入故事表意体系。他们保留了红色年代"牺牲奉献"的精神，固化为"甘愿忍受苦难"的伟大群众。《风暴潮》中，赵市长的弟弟小乐，面对风暴险情，用生命保护了大坝。《人间正道》中被降职为民的县委书记尚德全，在大漠河工程中为检查炮眼，付出了生命。《抉择》中，工人们在厂子困难前，咬牙忍受，老女工竟以跳楼为要挟，请省委书记不要委屈李高成。《大厂·续篇》中老领导韩书记在遗嘱中，将全部财产捐给厂里。

三是在某些主旋律小说中，社会主义原则，有时又会溢出党派文学规范，而显现出道德批判味道。它会成为英雄人物集体性道德合法性的表现，并对当下的市场经济原则，形成某种程度质疑。《多彩的乡村》中，老汉德顺成了传统道德批判力量的证明。小说《车间》② 中，则出现了新工人阶级群像。乔亮、大胡等工人，虽处于社会底层，面临诸多困难，却依然怀有美好品德。《英雄时代》里，司长史天雄怀着集体主义理想，甘愿辞职去民企，试图用红色文化遗产拯救困难重重的企业。然而，尽管作家充分褒扬了这种精神，却在文中暗示理想艰难的现实可能性。有时，集体主义精神还表现在城乡对立逻辑上，如《九月还乡》、《天壤》中③，城市变成物质文明畸形发育的产物，而乡村代表了即将消失的美好道德品质。

① 罗岗：《记忆的声音》，上海：学林出版社 1998 年版，第 152 页。
② 谈歌：《车间》，《上海文学》，1996 年，第 10 期。
③ 关仁山：《天壤》，《人民文学》，1998 年，第 10 期。

然而，无论工人，还是农民，这些受苦的道德群像，一旦触及秩序，则马上被否定。如《人间正道》中，胜利煤矿工人卧轨罢工，被指责为被少数人煽动的愚昧行为："多么可怕呀，我们的产业工人，我们国家的领导阶级，把当年对付资本家，对付国民党的办法，全用来对付自己当家做主的国家了！"[①]

关键词之三是"民族复兴"。现代民族国家叙事，是主旋律小说诸多意识形态中，唯一能顺利整合启蒙、革命、通俗叙事的合法性叙述规范。这既是社会主义文艺原则的出发点和目标之一，也是后发现代中国市场经济的终极价值体现[②]。"十七年"革命历史小说中，现代民族国家叙事与革命叙事紧密相联。而新时期改革小说中，民族国家叙事，开始脱离革命束缚，并在"四个现代化"表述下，逐步拥有了独立的现代性品格。然而，这些小说中，启蒙叙事对民族国家复兴的人性诉求，依然被抽象为高度政治性策略的文本符号。小说强化的，是保守势力和新锐改革势力间的斗争。而主旋律小说，保留了党派形象与民族复兴诉求的内在一致性，而多了全球化视野下与世界接轨，实现民族复兴的使命感。主旋律小说的使命，已不是文明／愚昧的启蒙斗争，保守／改革势力的斗争，而是刻画党克服重重困难，实现国家民族和平崛起的历史使命。由于市场经济原则的介入，使这些人物，少了神圣光环，而多了几分烟火气息。如《人间正道》，详细刻画市委书记吴明雄，对调水工程和高速路工程呕心沥血，但也不忌讳其间政治勾心斗角，但最终吴明雄完成使命，使平川市成为"中国改革开放"的窗口。

然而，主旋律小说中启蒙的因素，则进一步在文本中退缩了，仅作为潜在的道德价值力量。支撑主旋律小说的价值资源，则被调整为民族国家复兴、社会主义和市场经济三个关键词。主旋律小说本身，就政治批判而言，也常常显现出内在的紧张与冲突：这也使主旋律小说将涉及政治体制改革、自由民主的关键点，轻轻划过去，而将"腐败"归于个人品质，将"工厂倒闭、工人下岗"等问题，归于"好心人办坏事"或"暂时困难"，或归于"社会主义集体道德品质的崩溃"。

① 周梅森：《人间正道》，北京：人民文学出版社 1998 年版，第 429 页。
② 如胡锦涛指出："宣传思想战线，要紧紧围绕经济建设这个中心，牢牢把握发展这个主题，最大限度地调动广大人民群众的积极性、主动性和创造性，共同实现中华民族的伟大复兴。"选自胡锦涛：《全国宣传部长会议上的讲话》，《十五大以来重要文献选编》，北京：人民出版社 2003 年版。

这无疑表明了启蒙叙事与主旋律小说叙事模式间的内在紧张。如《苍天在上》中，市长助理贺家国揭露乱决策行为，特别是省委书记钟明仁造成的损失，被市长以国家人民的名义阻止；而省委副书记赵启功的决策失误，却由于派系对立和个人品质，而受到质疑。《绝对权力》中，市委书记齐全盛虽独断专行，但却因为了人民，而最终被刻画为正面人物。又比如，新现实主义小说，因国家民族逻辑存在，也使启蒙进一步受到打压。《分享艰难》中，洪塔山强奸无罪的逻辑，并不是他自己定义的，也不是群众定义的，而恰是被镇长孔太平等"好干部"定义的。洪塔山被一分为二地处理了：他的经济实力，成为最高市场经济法则，必须被遵守；而他的邪恶，则成为考验，被赋予"忍辱负重"的国家民族合法性。应该说，这些宏大叙事小说，与它的"前辈们"有巨大差异：这些小说常力图展现历史和现实画卷，却常使英雄逻辑缺乏历史方向感；这些小说中常将"反腐败"政策伦理化，却在不经意间暴露出不可调和的现实矛盾；这些小说描绘"民族国家复兴与现代改革开放"，却常流露出"青天意识"与"女性歧视"；这些小说常在官场与人性中微妙游走，却不期然间变成政治偷窥的"黑幕娱乐"。可从另一个角度而言，如姆贝所说："小说叙事不能被看做是独立于它们在其中得到传播的意识形态的意义形成和统治关系之外的叙述手段。故事由这些关系而产生并再现这些关系，它有助于将主体定位于存在的物质环境的历史和制度情境。"① 这些小说恰恰反映了中国文化语境：前现代、现代与后现代的杂糅。由政府和政党引导的主旋律小说，不可避免具有与政治的共谋关系。然而，现实主义人性叙事的伟大目标、红色革命叙事的道德影像、党派文学的意识形态先决论，及通俗文艺的消解功能，却共同构成了 20 世纪 90 年代主旋律小说的功能性症候。正是在"杂糅"中，现代民族国家叙事，作为联结革命、启蒙、大众通俗叙事的"共识性意识形态"，以其现代性品质，成为"新强国之梦"的国家史诗，服务于执政党证明自身合法性、建设"现代强国"的国家梦想。

---

① 【美】丹尼斯·K·姆贝著，陈德民等译：《组织中的传播和权力：话语、意识形态和统治》，北京：中国社会科学出版社 2000 年版，第 117—118 页。

第三节　重开现实主义的政治诗风

　　1976年粉碎"四人帮"之后，"文化大革命"结束，中国进入了一个全面调整、转向的"新时期"。从此时到1980年代的前期，政治诗的书写都是比较大的热潮，无论是"归来者"诗人、"文革"及以前开始写作的中年诗人，还是"文革"以后开始写作的青年诗人，都为数不少。他们的许多作品在当时产生了轰动性的影响，同时也具有一定的文学史价值和文学价值，是考察这一时期文学发展绕不过去的存在。

　　政治诗的书写显然是与中国的政治状况密切相连的，虽然政治诗在中华人民共和国建国以后一直都很"热"，而且几乎成为一统天下的存在，但"新时期"的政治诗还是显出了与此前不同的一些特征。具体而言，此前的诗风是"革命现实主义与革命浪漫主义"的结合，而新时期的诗歌则更为强调"现实主义"的特征，其基本面貌已经发生很大的变化。"革命现实主义与革命浪漫主义"究其实是一种关于"革命"的"浪漫主义想象"，它并没有多少"现实主义"的成分。其重点在"革命"，而革命摧枯拉朽、高歌猛进的特质本身是拒绝平静、琐碎、凡俗的现实的，实际上建国后的数十年中并没有多少"革命现实主义"的诗歌，而只有"革命"的诗歌，离"现实"其实很远。当然，应该看到，新时期政治诗的热潮仍然属于"社会主义现实主义"的书写范畴，它仍然具有较强的意识形态属性和政治特征，其对"社会主义"特性的强调与此前的政治诗并无二致。但值得注意的是，其中确实具有了更多的现实主义特征，它与当前的社会现实结合得更为紧密，说出了个人内心要说的话，与人的内心距离更近了，有了更多的现实针对性和有效性。而这，在以前的政治诗书写中，都是不可想象的。从这个方面来看，这种诗歌书写便具有了不可替代的价值，我们可以将之称为"重开现实主义的政治诗风"。

　　新时期政治诗热潮的出现有其必然性，中国社会自古以来就是一个"政治"社会，"政治"在人们的生活中发挥着巨大的作用，而在20世纪70年代末80年代初的这一时期，中国的政治发生着翻天覆地的变化。"拨乱反正"、"思想解放"，政治生活的内容与方式发生了极大的变化，人们自然对此感慨良多。更重要的是，此前被压抑已久的情感终于得到了释放的机会，民众的政治参与热情被重新激发，关于政治的言说也是势所必然的。在具体的书写中，可以简单地概括为对于过去的批判、对于现在的关注、对于未来的憧憬，而这都建立在共同的逻辑上：黑暗已经过去，光明已经（即将、必将）到来，这实际上是一种进化论的时间观，寄托了一种美好的、乐观主义的价值期待。所以，就基本的价值取向、抒情模式而言，这些诗歌的写作是共性大于个性的，趋同性很明显：比如对于极"左"政治的批判，对于自我、对于人性的反思，对于正义、光明的热切呼唤，等等。它们表现的是当时的时代"共名"，参与了新时期中国的政治转型和对于"未来"的想象，所以，虽然它一定程度是反（此前的）政治的，而同时又是高度迎合政治的，是与当时社会的政治导向高度合拍的。

从创作主体来讲，新时期政治诗歌的书写主要有两大群体：其一，是以"归来者"为主体的中老年诗人，这些诗人有艾青、公刘、邵燕祥、流沙河、白桦等，他们在"文革"以前早有诗名，尔后被迫中断创作，"新时期"则再度"归来"；其二，是更为年轻的青年诗人，如雷抒雁、叶文福、骆耕野、熊召政、张学梦、曲有源、李发模等，他们有的是在"文革"后才登上诗坛，有的虽然较早开始写作但真正成名是在"文革"之后。这两类诗人关于政治的书写侧重点有所不同，比如中老年诗人由于他们的创伤性经历，因而有更多的对过去"黑暗"、"浩劫"的批判与揭露，有的则更为可贵的涉及到对"人"和对自我的反思；而年轻的诗人则更多的关注、干预、批判"现实"，憧憬重新起步的"现代化"改革的美好前景等。不过，总的来说，他们之间更多的是共同性、共通性的东西，如前所述，这主要是基于他们对待历史、对待现实的共同态度与立场。

由于此前的严酷政治情势已经过去，整个社会的政治氛围轻松了许多，言论尺度大为开放，因而，这一时期的政治诗也以实话实说、针砭现实、大胆批判为特色。这种批判，首先是指向已经过去的"历史"，对"文革"、对极"左"政治的反思是这一时期政治诗歌写作的出发点。如关于"文革"中被迫害致死的张志新事件，便有多位诗人不约而同地进行了书写，这其中有多首后来成为名篇。如雷抒雁的《小草在歌唱》，公刘的《刑场》、《哎，大森林》，韩瀚的《重量》，流沙河的《哭》等，这一现象其实可以作为政治诗热潮关于制度反思与历史批判的一个缩影，颇具代表性。邵燕祥在《失去比喻》中对"四人帮"展开批判："'四人帮'！

你们失去了比喻，/你们是你们自己：/蒋介石王朝的阴魂鬼影，/梯也尔的子孙，/青红帮的嫡系，/考茨基和墨索里尼的门徒，/戈培尔和那拉氏杂交的后裔，/叫喊抓叛徒的叛徒，/叫喊抓特务的特务，/你们垂死的旧世界的余孽残渣，/一时竟锣鼓喧天地泛起//'四人帮'！'四人帮'！/你们不需要比喻；你们自身已成为比喻——/你们集历史上罪恶之大成，/你们是世界上恩德的总匪，/千秋万代的后人将用这三个字/指控一切最黑暗的势力！"黄永玉的《曾经有过那种时候》则如此写当时那个黑白颠倒的世界："一列火车就是一列车不幸/家家户户都为莫名的灾祸担心，/最老实的百姓骂出最怨毒的话，/最能唱歌的人却叫不出声音。//传说真理要发誓保密/报纸上的谎言倒变成圣经。/男女老少人人会演戏，/演员们个个没有表情。/曾经有过那种时候，/哈！谢天谢地，/幸好那种时候/它永远不会再来临！"其中新旧两分、善恶两断的态度分外明显，也颇具代表性。白桦的《阳光，谁也不能垄断》中既包含对"四人帮"的批判，也包含对其"余毒"的警醒。全诗在首尾均引用当时政治领导人华国锋的话："我们要思想再解放一点。/胆子再大一点，/办法再多一点，/步子再快一点。"诗中说："他们把毛泽东思想任意剪裁，/随心所欲地糟践；/把上一句当做他们的护身符，/把下一句当做私刑的钢鞭；/闭着眼睛抽出任何一句都能为他们所用，/梦想踏着毛主席著作爬上女皇的圣殿。""虽然人民已经把'四人帮'判了死刑，/他们身上的细菌还在空气中扩散；/无论好人还是坏人，/都可能受到传染；/有些人习惯性的神智不清，/把地球的正常转动看成天塌地陷。/有些人以真理的主人自居，/真理怎么能是某些人的私产！/他们妄想像看财奴放债那样。/靠讹诈攫取高额的利钱；/不！真理是人民共同的财富，/就像太阳。谁也不能垄断。"这种对于"阳光"的渴望与无限信任，在那个时代显然是具有普遍性的，这首诗在当时也有着较大的影响。当然，应该看到，这些诗中反思和批判的力度仍然是有限的，比如仅仅将问题归结到"四人帮"，或者不经论证地宣布过去的情形将"永远不会再回来"，实际上都是很表面的、想当然的，并不深入，也未揭示出其内在本质。当然，它们都是特定历史的产物，不可能超越当时的认知范围，也不可能超出当时的言论尺度。它们的出现，在当时是有意义的，发挥了积极的作用，这本身已经难能可贵。

与"回顾历史"相比，更重要的是"直面现实"，这一时期政治诗的一个重要维度是干预现实、介入现实，暴露现实中的问题，真正发挥了"现实主义"诗歌的传统与功能。这其中，影响较大的有艾青的《光的赞歌》、《古罗马的大斗技场》，公刘的《沉思》、《伤口》、《乾陵秋风歌》，白桦的《春潮在望》、《珍珠》，邵燕祥的《我们有行乞的习惯吗？》、《愤怒的蟋蟀》、《走遍大地》，吕剑的《故宫行》、《秦陵兵马俑》，流沙河的《太阳》、《家祭》，邹荻帆的《十年……》，曲有源的《关于入党动机》、《我歌颂西单民主墙》，李发模的《呼声》，骆耕野的《不满》，边国政的《对一座大山的询问》……熊召政的成名作《请举起森林般的手，制止！》书写的是新时期的特权、官僚、腐败现象，发表之后引起巨大轰动，"从北京到各地几乎所有的报刊都纷纷转载"。这既说明当时"诗歌的年代"的作用、影响力之大，同时也说明其题材与现实之间关系的紧密，引起了整个社会的高度关注。诗中写的是，人民群众的生活依然饥饿、贫穷、困难，而党的干部则已脱离群众、高高在上，成为官僚特权阶层："民政局长的记事本里，/ 急需救济的有：/ 县委书记的远亲，/ 区委书记的老表，/ 公社书记的外甥"，"党"拨来的救灾物资到不了灾民的手里，却被营建起了"'土皇帝'的别墅 / '新贵族'的客厅"，"党"拨来的粮食却被盗用，成了"增产的指标，/ 丰收的凭证"。作者指出，这些"骗子"之所以能够骗取"革命的外衣"和"红色的大印"，"就因为，/ 他们长了一条 / 会撒谎的舌头，/ 他们生了两只 / 会观风的眼睛。/ 他们的手下，/ 也有一个小小的'王守信'式的人物 / 帮他们送礼，请客。/ 将搜刮来的民脂民膏 / 去换取自己的高官厚禄，/ 去赢得上司的至亲宠信"。而整首诗的诉求，在其结尾有明示，是为了："让我们敬爱的党知道哇，/ 在这一片烈士鲜血 / 浸红的土地上，/ 闪动着几十万双 / 愤怒的眼睛！"这也是题目"请举起森林般的手，制止！"的意思，其批判的力度不可谓不强。骆耕野的《不满》主要是写对于"现状"的"不满"，这种"不满"一方面是因为对于现状有着更高的期待和要求；另一方面则是对现实中存在的问题、弊端的批评、批判，后者在其中占主要的位置。在诗的前半部分，他首先反问道："谁说不满就是异端？/ 谁说不满就是背叛？""呵，谁能说不满就是不爱？/ 呵，谁敢说不满就是抱怨？"他进而论述道，正是因为不满，人类才有进步，才有发明创造，才不断从野蛮走向文明，"我是低产的田地，我不满蹒跚的耕牛哟；我是发紫的肩头，我不满拉船的绳纤；/ 我不满步枪，不满水车，不满帆船，/我不满泥泞，不满噪音，不满污染。""我是花，我要生长，要献蜜，/我要求助于实践园丁殷勤的刀剪。/啊，不满像胎儿在母腹里的阵阵躁动哟，/不满像母性的痛楚而伟大的分娩！"诗中尤其是针对现实的"不满"，写得很有针对性："我不满官僚主义，/轻浮地荡尽了先烈的遗产；我不满文化水平，/至今还托不起四化的航船；/我不满软弱的法制，/英雄碑前有民主的泪浸血染；/我不满大话和空想，/睡在海市蜃楼上描绘缥缈的明天；/我不满抱怨和牢骚，/躲在时代的堤岸上指责涌进的波澜；……"如此，"不满"实际上提供了一种动力，一个美好的前景和无限的可能："呵，不满就是一个绝妙的议事日程，/不满就是一部崭新的行动提案；/不满已催生出伟大的战略转移哟！/不满已催挂起新长征的战斗风帆！"这其实也指向了一种"新"生活，"不满"其实也代表了一种"满"。自然，政治诗在暴露与歌颂之间的分寸、比例把握上，并非没有出现过问题或事故，比如曲有源、叶文福、熊召政等暴露性题材的诗作，都引起过较大的争议，甚至引起文艺界之外的力量介入，甚至作者因之而受到打压并被迫做出自我批评、检讨等。这显示了当时文学规范的某种"边界"，尤其是关于"现实"的批判，它的尺度并没有当时的一些诗人所认为的那样宽松。

进入"新时期"的中国社会，被认为正在"重新出发"，这是中国的又一次充满激情与梦想的现代化之旅，因而诗人们也充满了对于"现代化"的想象。诗人们普遍对未来充满了信心，充满了革故鼎新、阔步前行的壮阔情感。哪怕是对历史与现实充满了激烈批判态度的诗人，也无不满怀热情地讴歌"新时代"，这与建国之后的历史情境大致相同，被认为是一个成长中的、孕育了无限可能的时代。在 1950 年代曾经写过《中国的道路呼唤着汽车》的诗人邵燕祥，1978 年又写了堪称历史的呼应的《中国的汽车呼唤着高速公路》。这首诗可以说典型地体现了那个时代的"主旋律"和价值观。其中充满了对于"速度"与"进步"的追求、渴望："不要牧歌，/不要讲古，/要的是速度！速度！速度！/在加速转动的地球上，/有我们新的征途。/再不能仅仅靠小米加步枪，/再不能靠木船打军舰，/再不能靠两条腿/去追赶十轮卡的轱辘！""再不能只是夸耀方向盘，/而安于老牛破车的速度！/高速度！/高速度！/这就是国家的安全，/民族的富强，/人民的幸福！"与此类似的《假如生活重新开始》，作者的心情是欣喜、豪迈的，面对过去:"把长长的身影留在背后。/愉快的回头一挥手!"面对未来,则:"依然是一条风雨的长途,/依然不知疲倦的奔走。/让我们紧紧的拉住手!"这其中的原因,则是因为他的心中有这样的信念:"时间呀时间不会倒流,/生活却能重新开头。/莫说失去了很多很多,/我的旅伴,我的朋友,/明天比昨天更长久!"张学梦也是对于"现代化"这一主题用力颇多的诗人之一,他的长诗《现代化和我们自己》,最主要的便是呼唤科学技术的现代化和"人的现代化",因为人需要"向前看","重要的永远是现实和未来,/任何东西都会陈旧的——/知识、经验、生命、荣誉……/为了获得永不衰竭的力量,/必须不断地把新的营养汲取"。这种争分夺秒、时不我待的紧迫感,也是当时自感已经浪费了许多时间,因而需要奋起直追的许多人的共同想法。张学梦的政治诗不仅有很多政治术语,而且有大量科技术语、哲学术语、经济术语,这在其诗歌《关于生产力的歌》、《休息吧,形而上学》、《啊,经济规律》等之中有鲜明的体现,这样"非诗"的词汇进入诗歌,实际上反映了将社会生活的方方面面都"诗化",并使之纳入"现代化"轨道的企图。

政治诗歌的书写整体而言反映了"时代的情绪",既符合主流政治的设计,同时也体现了写作者内心真实的声音,实际上这种比较合拍、融洽的情况在当代诗歌史上并不多见。同时,因为它能够反映人们的心声,也为主流所鼓励和倡导,因而也能够产生较大的影响,发挥较大的作用。它对于现实的关切、它对历史以及对自我的反思、它的理想主义特质是其中最有价值的部分。当然,当我们重新回过头去回顾这一诗歌写作热潮的时候,不能不看到其中存在的问题,其中的很大一部分作品,其抒情仍然是一种公共的、"大我"的抒情,其"政治"的意味大于"诗"的意味,概念化、理念化的现象非常普遍。在艺术上,它仍然延续着此前的简单、固定、模式化的象征、隐喻手法,声调高亢、情绪激昂,热情有余而蕴藉不足,这其实还是此前政治抒情诗的书写方式,虽然表达的内容是反向的,但在书写方式上却是延续的、一以贯之的。它们并没有发展出一套新的语汇、表达方式、美学范式出来,因而,从诗歌艺术本身来说,其价值并不太大,它们很快便被更为年轻、更富创造性与活力的"朦胧诗"、"第三代"挤压到了诗坛的边缘,并遭到读者的遗忘。虽然这当中的许多作品在特定的时期产生了一定的影响,但真正具有较高文学价值并能够流传下去的,并不太多。

第四节 还是政治杂文的时代

从 1949 年新中国建立至 1976 年"文革"结束，杂文这一在中国现代文学史上曾经大放异彩的文体却一直处于一种尴尬的境地，在徘徊、挣扎中苦苦跋涉，甚至一度走向沉寂。这一状况直至新时期的到来才有所改观。新时期以来，杂文以惊人的速度复苏，并在短短几年时间里蔚为大观。新时期全国优秀散文、杂文（集）评奖委员会主任唐弢 1989 年春答《人民日报》记者问的一段话可以说明新时期杂文兴旺的情况：

> 我觉得新时期的散文和杂文确实达到了非常高的水准。可以这样说：比起鲁迅时代，比起建国后至 1978 年这一时期，新时期的散文和杂文都有突破。我个人认为杂文又比散文突破得更多一些。[1]

当时的中国作家协会党组书记唐达成也认为，新时期杂文的成就比散文更为突出。它以其思想深邃、忧国忧民、爱憎分明、针砭时弊而受到广大读者的喜爱。以邵燕祥为代表的一批杂文家的杂文，体现了作家主体意识的觉醒和中国知识分子独立的人格力量，显示了人民作家的良心和胆识。社会历史的变革需要杂文，今天仍是杂文的时代[2]。

由此，"还是杂文的时代"这一曾在延安时期被提出的口号[3]，在新时期再一次响亮起来；而中国杂文自诞生之日起就与政治密不可分的特征，使新时期"还是政治杂文的时代"的观念更加深入人心。"历史已经充分证明，杂文的命运同党和人民的命运是完全分不开的。凡是党和国家处于生机勃勃、繁荣昌盛的年代，杂文也就处于兴旺发达的状态；反之，杂文也就必然处于完全凋谢甚至一般地被认为是'毒草'的年代。……国家兴，杂文兴；国家乱，杂文亡——解放以

---

[1] 谭健：《我观新时期散文和杂文——访唐弢》，《人民日报》，1989 年 4 月 20 日。

[2] 刘梦岚：《呼唤散文、杂文大繁荣的时代早日到来——全国首届优秀散文杂文授奖暨散文杂文研讨会召开》，《人民日报》，1989 年 5 月 2 日。

[3] 延安时期罗烽曾发表过著名的文章《还是杂文的时代》，在当时的文艺界掀起了轩然大波。参见罗烽：《还是杂文的时代》，《解放日报》，1942 年 3 月 12 日。

来三十五年的杂文史，简单说来，就是这么两句话。"①

新时期无疑是中国历史上最富有活力的时期，但是这个时代良莠杂糅，生活节奏不断加速，人民迫切需要杂文这种短小精悍而又尖锐犀利的文体表达心中的困惑与愤怒，而这正是杂文之所以兴盛的主要原因。任何时代都会有正直勇敢、责任感强烈的作家，他们凭借知识分子的良心直面现实人生，激浊扬清。笔下的杂文就像锋利的匕首，刺破一道道精神与思想禁区的幛幕，如喷涌而出的清泉，荡涤社会阴暗角落的污秽。同时，政治环境的宽松、思想解放运动的蓬勃开展、作家们在艺术领域内的大胆探索，都是杂文复兴的重要因素。

老作家秦牧的《鬣狗的风格》②是新时期初期杂文的扛鼎之作。文章指出，"鬣狗的这副难看的模样儿，和它的行径，倒是互为表里，'相得益彰'的"。它们狼狈、琐、凶残的特征，正与"文革"时期那批由"四人帮"豢养的走狗相同，"不过是为了'分杯羹'舔点人骨头的碎骨肉屑，就践踏一切原则"。在这里，作者将鲁迅杂文惯用的"取类型"的手法发挥到了极致，可以说是三四十年代"鲁迅风"杂文在新时期的回归；而结尾一句"鬣狗式的人物依然存在"的警告，振聋发聩，明确地表达了作者的观点。这篇文章，严秀称之为"反对江青反革命集团及其帮派体系的杰作，也可以说是一篇重振杂文旗鼓的代表作"，短短一句话，概括了其思想、政治、艺术和文学史意义。

随着《鬣狗的风格》一炮打响，越来越多的人开始投入杂文的创作，涌现出一大批优秀作品。刘征的《"帮"式上纲法》同样意在揭露批判"四人帮"的丑恶本质，构思巧妙，庄谐互见，入木三分地刻画出"四人帮"及其帮凶"欲加之罪，何患无辞"的野蛮嘴脸，初步显示出作者"怪体杂文"的独特风格。周修睦的《从〈国际歌〉和〈东方红〉说起》敏锐地发现了"从来就没有什么救世主"和"他是人民大救星"之间的深刻矛盾，作者思维之缜密、文章论证之严密几乎无懈可击。王春瑜和牧惠的杂文学者气、书卷气浓厚，前者的《"株连九族"考》、《语录考》、《"万岁"考》，后者的《文字狱古今谈》、《华表的沧桑》均被视为"学者杂文"的

---

① 曾彦修：《中国新文艺大系（1976—1982）杂文集·导言》，北京：中国文联出版公司1987年版。
② 《人民日报》，1978年3月28日，第4版。

代表。巴金在《随想录》中大力倡言"说真话",将一颗拳拳赤子真心奉献给读者。林放的《江东子弟今犹在》提醒人们虽然党中央已经做出彻底否定"文革"的决定,但专靠"吃运动饭"起家的"江东子弟"并未绝迹,还有"卷土重来"、"东山再起"的可能。文章发表之后,作者甚至受到了自称"造反派"的"文革"余孽的电话威胁,但他不为所动,毫不退缩,继续秉笔直书,其勇气可敬。而乐秀良控诉"四人帮"借私人日记大搞"文字狱"的《日记何罪!》在《人民日报》发表后,立即引来无数共鸣,据说全国各地的读者给作者寄去了 300 多封信,倾诉自己或别人因日记罹罪的遭遇。这些杂文作者中,有老一辈的革命家,有久负盛名的老作家,有献身新闻出版工作几十年的记者和编辑,有已经在美术、戏剧、诗歌等其他艺术领域取得了不菲成绩的艺术家,还有许多是正在成长中的青年作者。十余年间成绩突出的杂文家,主要有秦牧、林放、冯英子、蓝翎、黄秋耘、吴有恒、牧惠、章明、舒展、舒芜、秦似、于浩成、宋振庭、谢云、余心言、吕剑、刘征、邵燕祥、虞丹、公今度、岑桑、老烈、何满子等人。1980 年代末,中国作协举办了全国首届优秀散文(集)杂文(集)评奖,邵燕祥、牧惠、舒展、冯英子、陈小川、曾敏之、蓝翎、章明、林放、吴有恒十位作家的杂文集获奖,这"是建国四十年以来的第一次,可能也是五四以来新文学史上的第一次,这不能不是令人兴奋的大事"①。多年后,时代文艺出版社选编了《中国当代杂文八大家》丛书,将邵燕祥、舒展、牧惠、刘征、何满子、蒋子龙、章明、虞丹八人评为"当代杂文八大家"。这些作家基本上代表了新时期杂文创作的最高水平。

杂文的繁荣与新闻、出版界乃至全社会各行各业的大力支持配合密不可分。新时期伊始各地报刊纷纷设置杂文专栏,比较著名的有《人民日报》"大地"副刊、《光明日报》"东风"副刊、《文汇报》"笔会"副刊、《羊城晚报》"花地"副刊、《中国青年报》"求实篇"专栏、《文汇月刊》"自由谈"专栏等。而在 1984 年10 月,第一份专门性的杂文报纸《杂文报》在石家庄创办,臧克家称它"为杂文开路,打响了第一炮,响应之声,不绝于耳"②。此后又出现了多种专门性的杂文刊

---

① 唐达成:《散文杂文的繁荣时代必将到来》,《散文世界》,1989 年,第 7 期。
② 臧克家:《夸〈杂文报〉》,《杂文报》,1986 年 12 月 16 日。

物，如 1988 于吉林创刊的《杂文家》（后改名为《杂文选刊》）和 1994 年安徽创刊的《杂文》（后改名为《语丝》）。在杂文（选）集的出版方面，最重要的当属中国文联出版公司推出的《中国新文艺大系（1949—1966）·杂文集》和《中国新文艺大系（1976—1982）·杂文集》。此外，还有湖南文艺出版社出版的四辑 40 本《当代杂文选粹》、百花文艺出版社出版的四卷本《中国杂文大观》、成都出版社的"当代名家杂文系列"、宁夏人民出版社的"中国当代名家杂文精品丛书"、百花文艺出版社的"当代名家杂文精品文库"等。而《人民日报》于 1988 年为繁荣杂文创作、高扬鲁迅精神举办的"风华杂文征文"，在两个月内收到 7000 多篇稿件，规模堪称空前，有论者认为"《人民日报》'风华杂文征文'将杂文热推向极至，奏出了 1988 年杂文热中最辉煌的一章"①。至于同年杭州第二中药厂提供 10 万元，设立"青春宝"振兴杂文基金，首开企业支持杂文发展之例，更是社会支持杂文创作的绝佳事例。

但是，新时期杂文的发展并非一帆风顺，杂文界也不是风平浪静。前文所引朱铁志回顾新时期杂文时提及的"坚持杂文'社会批评'、'文明批评'的光荣传统，勇敢面对所谓'歌德'与'缺德'的争论"和"积极应对'否定鲁迅'的歪风，旗帜鲜明地主张'鲁迅没有过时'、'鲁迅所倡导的批评的和战斗的杂文更没有过时'"，反映的正是新时期杂文领域内的几次论争。

第一次论争，是由李剑的一篇《"歌德"还是"缺德"》挑起的。这篇发表在 1979 年第 6 期《河北文艺》上的短文，对"文革"期间极"左"路线对文艺理论与创作严重摧残视而不见，却指责刚刚获得解放的文艺工作者们"用阴暗的心理看待人民的伟大事业"，不是"歌德"，而是"缺德"，并训斥他们"吃农民粮，穿工人衣，摇着三寸笔杆不为国家主人树碑立传，请问：道德哪里去了？"这篇文章"犹如春天里刮来的一股冷风"，在它面前，杂文家们迎寒回击。严秀痛斥李剑公开提倡"瞒和骗的文艺"，认为把文学艺术等同于几个特定政治口号的简单翻版，实际上就是从根本上取消了文艺（《论"歌德派"》）；廖沫沙指出，问题不在文艺作品是"歌德"还是"缺德"的形式，而是"歌德"与"缺德"的内容是否"实

---

① 刘建民、孙珉：《民主盛杂文兴》，《工人日报》，1988 年 12 月 15 日。

事求是"（《"歌德"与"缺德"的功过》）；舒芜则针对李剑"善于在阴湿的血污中闻腥的动物则只能诅咒红日"的奇谈怪论，指出"十年浩劫"的腥风血雨是任何"歌德"先生也无法否认的（《说"闻腥"》）。杂文家们的回击有力的配合了文艺界对极"左"思想和封建流毒的斗争，这场风波很快便以"歌德"派的全面溃败而告终。

如果说第一次论争涉及的是整个文艺界，对杂文文体的针对性还不是太强的话，那么，第二次论争则纯粹是在杂文界展开的，即针对刘甲等人"新基调杂文"理论的论争。

这场论争的根源甚至可以看做是 20 世纪 40 年代关于鲁迅式杂文是否过时的争论的沿续。当年"鲁迅风"杂文的重要作家巴人（王任叔）曾指出，"杂文不只用于讽刺"，"认为杂文只能用于讽刺，那是过去屠杀杂文的论客们死鬼的复活。他们根本就没有重振杂文的诚意。'讽刺'只不过是他们加予杂文的一种污蔑。"① 而延安时期也有人认为"杂文往往与讽刺在一起，却不一定需要讽刺。因为战斗的对象及环境的变异，杂文中可以有冷嘲，可以有热骂，也可以有幽默……杂文的作用既不在单纯的揭露缺点，那么讽刺也就不一定是杂文的灵魂了"。② 而当年延安对待鲁迅的态度也值得寻味。赵超构（即林放）曾谈及访问延安的印象："延安文艺界并非不尊崇鲁迅。……然而在日前的延安却用不到鲁迅的武器。鲁迅的杂文，好像利刃，好像炸弹，用作对付'敌人'的武器，自然非常有效；可是，如果对自己人玩起这个武器来，却是非常危险的。这一种观点，毛泽东先生的文艺谈话中似乎也提到过。这就决定了延安文坛对鲁迅的态度，不免有点'敬而远之'。……他的辛辣的讽刺，他的博识的杂文，并没有在延安留下种子来。唯一的理由，就是日前的边区只需要积极的善意的文艺，不需要鲁迅式的讽刺与暴露。"③"边区只需要积极的善意的文艺，不需要鲁迅式的讽刺与暴露"，正是延安时期罗烽、萧军、丁玲、王实味等人因倡导"还是杂文的时代"而受到批判的最根

---

① 巴人：《写在杂文重振声中》，《杂文丛刊》第 4 辑《湛卢》，1941 年 6 月 18 日。
② 金灿然：《论杂文》，《解放日报》，1942 年 7 月 15 日。
③ 赵超构：《延安一月》，上海：上海书店 1992 年版，第 115 页。

本原因。这一状况一直延续到建国以后，"新社会刚建立的几年，人们（包括杂文家）大多好意地简单化地把新社会当做一帆风顺地前进、经济高潮文化高潮接连不断的过程，当做一片光明、纯净无杂质的实体，那么杂文也实在不见得需要。"①这直接导致了"十七年"杂文批判力量的欠缺。

在1982年《新观察》杂志召开的杂文创作座谈会上，与会者普遍认为"杂文复兴首先是要学鲁迅"，鲁迅式的批判性杂文应该成为新时期杂文创作的主流。但同样是在这次会议上，刘甲的发言《我们时代杂文的特征》提出当代杂文应区别于鲁迅式杂文基调的看法，引起了极大的骚动。他认为"鲁迅式杂文，从五四运动起到全国解放止，有整整三十年的战斗历程，完成了光荣的历史使命"，时代变了，杂文的根本任务也变了，因此，"杂文的基调、特征，就不应该与鲁迅式的杂文相同。"此后，他正式打出了"我们时代新基调的杂文"这一旗号②，并将其理论渊源上溯到延安时期的杂文论争，将所谓的"杂文的基调"解释为"在杂文中如何正确地体现作者和作者所代表的人民群众所处的社会地位（是处于被压迫的地位呢？还是成了国家的主人），以及由这种地位而产生的立场、情绪和态度的问题"。而"杂文的基调""是一个能不能正确地体现人民群众的历史地位的问题，也是一个作者能不能正确地代表人民群众的问题"。③在阐述自己的观点时，他甚至使用了《警惕和克服鲁迅式杂文基调的"积习"》这样让人惊心动魄的题目，反复强调要"洗净鲁迅式杂文基调的残痕"。

随着刘甲"新基调杂文"理论的甚嚣尘上，许多杂文家纷纷拿起手中的笔与之展开论争。在刘甲看来，鲁迅式杂文的作者以及他们所代为说话的人民群众都是受压迫的，因此鲁迅式杂文可以说是受压迫的作者，用了受压迫者的语调，代表受压迫的人民群众，进行呐喊和抗争的杂文。这一观点被陈泽群概括为"鲁迅奴隶论"，并批驳说，鲁迅杂文与其说是奴隶的反抗之歌，不如说是主人保卫自己权利和尊严的正义之声。章明、老烈也指出，笼统地说"鲁迅是一个自觉到自己

---

① 张华：《〈三秦花边文苑〉序言》，西安：陕西师范大学出版社1992年版。

② 刘甲：《创造无愧于我们时代的新基调的杂文》，《新基调杂文创作谈》，北京：长征出版社1985年版，第6页。

③ 刘甲：《新基调杂文创作谈》，北京：长征出版社1985年版，第94—95、97页。

是受压迫的奴隶"也是不妥当的,鲁迅当年固然身处反动统治的重压之下,但他执笔为文之时精神世界仍是自由的。

在对 1957 年 6 月至 1959 年年底的杂文的看法上,刘甲认为:"这是我们时代新基调的杂文成长中的一个新阶段——由鲁迅式杂文转变成了我们时代新基调的杂文。"这个阶段的杂文,同 1956 年下半年至 1957 年上半年的杂文相比,"鲜明地显露着国家主人翁溢于言表的高昂基调,洗净了前一阶段杂文中的某些鲁迅式杂文基调的残痕"。高起祥认为,由此可以看出刘甲所倡导的"新基调"杂文,不过是在"左"倾错误思想指导下产生的那一类紧密配合反右、"大跃进"、反右倾等政治运动的杂文,这就注定了所谓"新基调杂文",无论从理论依据还是从创作实践上,都是不能成立的。

"新基调"论还要求杂文创作要摆脱"奴隶式语言"的隐晦曲折,设法使广大读者更容易看懂。陈泽群说,一目了然、直白了当的杂文固然需要,写得委婉含蓄一些,稍有隐晦曲折的杂文只要不费猜解也无不可。鲁迅当年写得隐晦曲折一点,也是国民党的书报检查制度使然,但这种曲折已经成为杂文的一种峰回路转、柳暗花明的美感享受,没有必要舍弃。牧惠也认为,对于鲁迅来说,隐晦曲折往往是一种艺术手法,是杂文创作的美学需要,因此,把当代杂文的曲折坎坷归咎于杂文使用隐晦曲折的鲁迅笔法,是不公正的。多年以后何满子的一段话将陈泽群、牧惠的观点上升到了杂文美学机制的高度:"杂文艺术之所以为广大读者所欢迎,所共鸣,首先因为它出生的条件,它是与中国人民的地位、处境和命运一致的'奴隶的语言'即'敢怒而不敢言'之言。这既是杂文的战斗的本质,也是杂文美的本质,是马克思主义文学观'美学的和历史的统一'这一基本艺术规律在杂文这一文体中的体现。"[1]

除了以上两次论争,1980 年代中期杂文界还围绕所谓"杂文应当淡化政治"展开过讨论。这场讨论由《杂文报》1985 年第 53 期上的《一点怪论》引起,文章认为,鉴于多年政治运动的历史教训,鉴于人们的思想观念、生活观念的变化,鉴于当今的时代是科学的时代,新形势下的杂文创作要繁荣,必须淡化政治观点,

---

[1] 何满子:《杂文的美学机制》,《深圳特区报》,1998 年 8 月 24 日。

强化杂文的"杂"（博）和"文"（文采）。由此，一些论者提出以写《燕山夜话》式的小品文作为新时期的杂文方向。对于这种观点，曾彦修首先肯定了《燕山夜话》式的小品文"在长期紧张的政治、思想与生活气氛中，不啻是空中飞下来的几片绿叶，长期酷暑中吹来的几缕和风……它们实事求是，对抗浮夸，提倡科学，扩大和净化人们的情趣，全都具有积极意义"，但作为"新中国建立四十年来首屈一指的杰出的杂文家"，邓拓杂文中的真正骨干还是《"批判"正解》、《说大话的故事》、《"伟大的空话"》、《专治"健忘症"》等针对性很强的社会批评和文明批评文字①，因此不能以偏概全地认为知识小品可以取代政论杂文。

经历了十余年的创作实践与理论论争，新时期杂文逐渐形成了自己的风格特征。

首先，它继承了鲁迅开创的战斗性传统，又适应新的时代变化而趋向多样化。由于不再"以阶级斗争为纲"，作家和读者所面临的都只是人民内部矛盾，"匕首和投枪"式的剑拔弩张并不利于矛盾的解决，于是杂文家们便主动寻求多种表现形式。在鞭辟入里地针砭时弊，保持杂文战斗风格不丧失的前提下，嬉笑怒骂皆成文章，努力在知识性、趣味性、可读性方面拓展。

其次，杂文的批判精神较 1950 年代更为强烈，"更可贵的是批判精神的复活和高扬"②。这种自觉的、彻底的、执着的批判精神，"不是小打大帮忙的搔痒痒，不是'宁弯不折'的变通灵活，也不是盲目莽撞的随帮唱影。而是要像鲁迅那样，'没有丝毫的奴颜和媚骨'以最硬的骨头，代表全民族的大多数，向封建主义、官僚主义以及我们民族和人类一切丑恶的东西，进行最正确、最勇敢、最坚决、最彻底、最不懈的战斗。……鲁迅杂文所体现的精神特质，便是鲜明的社会批判和文明批判精神。"③这种批判精神贯穿于新时期杂文创作之中，突出表现在新时期杂文主题的选择上。这些主题主要有：①彻底否定"文革"，有的控诉"文革"罪恶（如前述《鬣狗的风格》、《日记何罪！》、《"帮"式上纲法》等），有的则深入探

① 曾彦修：《中国新文艺大系（1949—1966（杂文集）·导言》，北京：中国文联出版公司 1991 年版。
② 邵燕祥：《批判精神与杂文的命运》，《散文与人》第 5 集，广州：花城出版社 1995 年版。
③ 朱铁志：《艺术的政论，政论的艺术——牧惠杂文创作散论》，《甘肃社会科学》，1995 年，第 2 期。

究"文革"的实质、成因（如阎纲的《焚书杂谈》、何满子的《毋忘浩劫》、吕剑的《论古人之迷信而今人之未必不迷信》等），还有的号召人们警惕"文革"卷土重来（巴金的《"文革"博物馆》、邵燕祥的《建立"文革学"刍议》等）；②反对并警惕"左"的错误，如舒展的《你姓什么》、《"纯而又纯论"质疑》、《狗性论》、《泛论狗性》，严秀的《有些冷饭宜炒炒》、《"左"风与条件反射》，吴祖光的《"右"辨》，杨群的《也谈宁"左"勿"右"》，邵燕祥的《论"七八年再来一次"》等；③反封建，如舒展的《论扯皮》、《论拍马》、《论无耻》、《论愚昧》、《论腐败》、《论冻结稿酬的伟大革命意义》，冯英子的《反封建的课题》，牧惠的《尚遗余孽艰难甚》，邵燕祥的《切不可巴望"好皇帝"》等；④呼唤民主与法治，如林放的《"为民做主"还是"以民为主"》，南翔的《为何崇拜秦始皇》，冯英子的《德先生在哪里？》等；⑤要求反腐倡廉，如郭庆晨的《曾国藩的癖》。在题材的选择上，作家们勇于"走钢丝"、"闯禁区"，表现出知识分子的良心和骨气。此外，许多杂文家的作品里还表现出难得的自剖意识，如邵燕祥的《气势》就对自己在批胡风时的所作所为进行了深刻的忏悔。种种这些，都是作家人格独立意识的萌发和创作主体精神日渐强化的结果，因此，有评论家称新时期的杂文为"新风骨杂文"①。

第三，努力追求属于杂文的"形象化"，继承并发展了鲁迅"取类型"等艺术手法，简洁地勾勒出生动具体的、能够揭发人们思想感情的生活图景，并将其视为增强杂文"文学性"的必由之路，突出地表现为秦牧所说的"活龙活现地描述事物，而不是抽象地说理或平铺直叙地举举例"②。

第四，努力开创多种多样的杂文新形式。由于杂文文体"杂"与"博"的特点，再加上新时期杂文作者身份的多种多样，因此各种杂文新形式层出不穷。如黄裳所说："人们大胆地打破了数十年来形成的理论模式与写作模式，逐步争取到个性创造的精神心态。形式和内容都有了新的突破。"③尽管杂文界一致认为鲁迅式讽刺杂文的传统不能丢掉，但也并不回避歌颂性杂文的存在。而在单纯的政论式的政

① 邓经武：《"新风骨杂文"论》，《当代文坛》，1994年，第1期。
② 卢斯飞：《杂文的形象性和"形象说理"》，《杂文报》，1995年7月25日。
③ 黄裳：《杂文的路》，《杂文创作百家谈》，郑州：河南教育出版社1989年版。

治杂文、社会杂文之外，又有黄裳、牧惠的历史杂文，刘征的怪体杂文，叶延滨的"故事新编"式杂文，陈四益的寓言体杂文（配上丁聪的漫画，二者相得益彰），黄永玉、流沙河"世说新语"体杂文，还有的作者在杂文中融入故事、诗歌，或是仿用古文中的赋体、赞体，借用曲艺中的相声等艺术形式创作杂文。而在1980年代杂文中占很大份量的学者杂文直接成为1990年代随笔兴起的先声①。这些尝试都使杂文园地百花争艳，精彩纷呈。

第五节　强化戏剧文学的政治功能

伴随着中国近现代历史的发展，中国戏剧也经历了几个发展阶段。从1906年的春柳社、爱美剧，到1919年五四运动之后由易卜生的引进所引发的社会问题剧热潮，到1929年在中国共产党领导下所诞生的左翼戏剧、普罗戏剧，到抗战与解放战争时期所产生的街头剧，再到中华人民共和国诞生之后所进入的新的发展阶段，戏剧文学的发展始终与国家发展的命运紧紧相连。及至万马齐暗的"文革"时期，按照所谓"三突出"原则以致极端化的样板戏成为戏剧乃至整个文学艺术领域的仅存硕果，而真正的戏剧文学创作几乎呈停滞状态。然而在"文革"结束、"四人帮"也被彻底粉碎之后，中国的话剧创作在1970年代末1980年代初迎来了一次创作上的高峰，推出了多部在全国产生过重大影响的经典作品，而这次戏剧创作高潮的到来主要在几种社会政治文化因素的共同作用下所促成。首先，是十年动乱结束，人们从噩梦中醒来，对"四人帮"集团及其极"左"路线的清算和反思使得广大观众急于找到一个情感宣泄的突破口，而戏剧以其接受的直接性，情感传达的强度，受到了大众的青睐。正如有论者所言："新时期戏剧的兴起，是靠一种政治情绪激发起来的。"② 其次，中央的文艺政策逐步宽松，实事求是和思想解放的精神得到强调和弘扬，文化的封锁和思想的禁锢逐渐土崩瓦解，各话剧院

---

① 早在1982年，唐弢就建议："应该把杂文的形式更扩大些。……我们可以提倡写随笔式的杂文。" 唐弢：《对杂文的几点意见》，《新观察》，1982年，第24期。
② 刘平：《新时期戏剧启示录》，北京：中共党史出版社2009年版，第34页。

团结涣散、恢复重建。一大批被"文革"剥夺了艺术创造机会的人，如黄佐临、陈白尘、胡伟民、欧阳山尊、夏淳、徐晓钟、林兆华、于是之、焦晃、朱琳、林连昆等回归话剧队伍。话剧发扬其战斗传统，向"四人帮"及极"左"路线所设置的种种禁区展开挑战，对极"左"思想的流毒进行了肃清。再次，伴随着社会转型的到来，各种社会矛盾和复杂的社会事件开始凸显，也为新时期戏剧的政治化做了内容和接受上的准备。就像有论者所说的："这是一个百废待兴的时期，是一个对过去'左'的一切都需要重新评价的时期，是一个需要和现实中'左'倾思想的惯性运动作坚决斗争的时期，也是一个对话剧战斗性的要求大大高于艺术性的要求的时期。"① 这一时期的话剧不可避免地将政治功能提到一个重要的位置，相对忽略了艺术性的要求。

在这一时期，先后出现了很多广受欢迎的话剧作品，从主要题材内容和表现形式来看，主要包括以下几种：

一、政治剧，包括政治讽刺喜剧和政治批判剧两种主要形式

前者主要有金振家、王景愚编剧，中国话剧团首演的五幕喜剧《枫叶红了的时候》，陈屿编剧的六场喜剧《白卷先生》，谢民编剧的独幕喜剧《我为什么死了》，沙叶新编剧的《论烟草之有用》、《假如我是真的》等，都是以喜剧的形式揭露"四人帮"的丑恶行径，尽情嘲笑和抨击种种丑恶现象。

其中，《枫叶红了的时候》是第一部向"四人帮"发起冲击的话剧作品，描写"四人帮"覆灭前后，某科研单位在周恩来总理生前关怀的"万马100号"和"四人帮"所鼓吹的"忠诚探测器"两个项目的展开上发生了尖锐的冲突。话剧运用喜剧的手法，大胆冲破了"四人帮"设置的"舞台专政"论的禁区，把讽刺对象置于舞台中心尽情鞭笞，为新时期戏剧文学人物的多样性开拓了道路。这出戏的演出获得了全国上下的轰动，也引发了各种争议。"《枫叶红了的时候》的轰动，不仅仅是艺术的力量，更有着政治的力量，它是在打倒'四人帮'后率先突破了

---

① 王卫国、宋宝珍、张耀杰：《中国话剧史》，北京：文化艺术出版社1998年版，第165—166页。

坚冰，冲破了帮派理论的束缚，使人们看到了思想解放后的艺术春天的明媚。"① 正是因为其鲜明的政治色彩，才使得这部作品成为了戏剧史上不得不记起的一页。

政治批判剧主要有宗福先编剧、上海工人文化宫首演的《于无声处》；苏叔阳编剧、北京人民艺术剧院演出的《丹心谱》；王兴浦编剧、昆明部队话剧团演出的《怒吼吧，黄河》；顾尔谭、方洪友编剧，江苏省话剧团演出的《峥嵘岁月》；李龙云编剧、中国儿童艺术剧院演出的《有这样一个小院》等作品。另外《九一三事变》等剧作从还原重大历史事件出发，从"文化大革命"一直写到庐山会议，正面表现了毛泽东等人与林彪、江青等人的斗争。这些剧作都带有强烈的政治色彩，用鲜明的立场和态度向历史发言，在观众中引起共鸣，对当时拨乱反正和思想解放起到了较强的推动作用。

1978 年 9 月，四幕话剧《于无声处》在上海首演，该剧以 1976 年发生在天安门广场，群众性的悼念周恩来总理的"四五运动"为表现对象，抨击"四人帮"及其爪牙的恶行，表达人民群众的正义呼声。通过老干部梅林与何是非两家的纠葛，再现了 1976 年中国人充满风险的政治生活和家庭生活，控诉了"四人帮"的滔天罪行。梅林深受"四人帮"迫害而坚贞不屈，她儿子欧阳平是天安门事件的勇士，是"四人帮"通缉的"现行反革命"分子。何是非无耻投靠"四人帮"，虽然梅林是他的恩人，但他仍然昧着良心诬陷梅林一家。剧中表现出梅林和欧阳平是真正得到干部群众拥护的英雄，而何是非则遭到人们唾弃。两相对比，有力地揭示了天安门事件前后尖锐、复杂、险恶的政治斗争。演出后引起了观众的热烈反应。当时，这一被"四人帮"定性为"反革命事件"的自发性群众运动尚未平反，而话剧人以极大的勇气，冲破了思想禁区，其锐利的思想锋芒震动了当时中国的话剧界。十一届三中全会召开前夕，《于无声处》进京调演，得到了中央领导层的充分肯定。《于无声处》至今仍然是新中国话剧"演出团体最多、观众人次最多"的一部戏。

1979 年 3 月，五幕话剧《丹心谱》由北京人民艺术剧院搬上舞台，表现了以方凌轩为代表的医务工作者，为执行周恩来的指示研制治疗冠心病的 03 新药，与

---

① 刘平：《新时期戏剧启示录》，北京：中共党史出版社 2009 年版，第 4 页。

"四人帮"亲信爪牙展开一场惊心动魄的斗争。它有力地鞭挞了投靠"四人帮"的反派人物庄济生的卑劣灵魂，深刻批判了"四人帮"在医疗卫生战线的代理人的丑恶行为，歌颂了广大人民群众对党、对革命事业的赤胆忠心，生动而形象地再现了当时斗争的复杂性和深刻性。这出话剧的人物刻画有血有肉，性格鲜明，有力地推动了揭批"四人帮"的斗争，促进了当时的思想解放。在上演后也引发热烈反响。

二、表现老一辈革命家的剧作

主要有：《曙光》表现贺龙的形象，《转折》、《报童》、《西安事变》等剧表现周恩来的形象，《杨开慧》、《秋收霹雳》等表现毛泽东的形象，《东进、东进》、《陈毅出山》、《陈毅市长》等表现陈毅的形象，《朱德军长》表现朱德的形象，《彭大将军》表现彭德怀的形象……一些在"文革"中蒙冤的革命领导人在话剧中得到正面表现，他们高尚的品德和坚定的革命信念成为人民永远的精神财富。

由白桦编剧、武汉军区话剧团和中国话创团在北京联合演出的六场话剧《曙光》，通过表现1931—1935年间洪湖地区的苏维埃政权和革命根据地建设中，毛泽东革命路线与王明"左"倾机会主义路线的尖锐斗争，歌颂毛泽东思想的同时，着力塑造了老一辈无产阶级革命家贺龙的生动形象。在表现共产党历史上的路线斗争和塑造老一辈革命家的形象上起到了开创性和探索性的重要作用。邵冲飞等编剧的六场话剧《报童》以"皖南事变"为背景，描写《新华日报》的同志和报童们在周总理的领导下，同国民党反动派英勇斗争的事迹。它成功地表现了一批勇敢机智的革命小战士的成长过程；并在舞台上真实地再现了周恩来无产阶级革命家的光辉形象。赵寰编剧的五幕话剧《秋收霹雳》描写了1927年大革命失败以后，毛泽东领导秋收起义，建立中国第一支工农革命武装，开创井冈山道路的革命实践活动。剧本将中国革命史上这个重大转折表现得曲折动人，同时在塑造领袖形象方面变神化为人化，变概念化为性格化，摈弃了种种迷信观念，历史地、科学地认识领袖之真正伟大所在，从现实中提炼出最能表现领袖性格的语言、行为和动作，把秋收起义中的毛委员形象再现出来。

三、社会问题剧

除了正面表现政治斗争的戏剧之外，在当时的话剧舞台上，还诞生了一种社会问题剧，剧作家以强烈的社会责任感和忧患意识，对当时极"左"流毒未清的社会现实中出现的一些丑恶现象，不正之风等问题——予以揭露，并尝试在剧中给予理想的解决方式。如《报春花》表现的是"唯成分论"的不人道，《权与法》表现的是限制特权、健全法制的问题，《救救她》表现的是青少年的教育问题等。而《谁是强者》、《灰色王国的黎明》等对改革后的丑恶进行揭露，不再将问题的根源仅仅归咎于某个反面人物的个人品质及政治路线，而把矛头指向现行体制尚未扫除干净的封建主义弊病。

崔德志编剧的七场话剧《报春花》以十一届三中全会后，某纺织厂树立模范时出现的两种意见的尖锐冲突作为矛盾核心，塑造了一个家庭出身不好（父亲是历史反革命，母亲是右派），但却热爱党和社会主义，一心一意投身工作的青年女工白洁。作品立意新颖，主题深刻，触及了当时社会生活的许多问题，表现了作家认识生活、干预生活的卓越胆识。由邢益勋同志编剧、中国青年艺术剧院演出的四幕话剧《权与法》比较成功地提出并回答了一个与四化建设密切相关的重大社会问题：法制问题。通过一正一反两个主要人物的对比，有力地回答了权大还是法大的问题。两个主要人物罗放与曹达都是老干部、老党员，掌握了该市的最大权力。罗放善于运用这个权为人民造福，又敢于用这个权同危害人民的邪恶势力进行斗争。而曹达却滥用权力，擅自动用国家救灾款物满足个人享乐，当罪行由于群众揭发濒于败露时，不惜动用专政工具对揭发者施以诬陷，妄图打击报复，从而触犯了刑律。曹达同时又是罗放的老战友和近亲。罗放在大量的群众来信和证据确凿的揭发材料面前陷入两难境地，然而他最终还是执行了人民的意志，坚持法律面前无特权，保卫了社会主义法制。赵国庆编剧的八场话剧《救救她》通过李晓霞由好变坏的事实，提出了一个千家万户都非常关心的教育、挽救失足青少年的问题。同刘心武写作《班主任》的用意一样，作者也认为主人公李晓霞的由好变坏，固然有她个人的思想根源，但归根结底却是由林彪、"四人帮"的十年浩劫所造成的。"救救她！救救孩子！"这是剧作者的呼声，也是亿万人民内心的呼声。梁秉堃编剧的话剧《谁是强者》通过对一些经济部门的某些人狼狈为奸、为非作歹、假公济私的行为批判，对当时社会上滋生的请客送礼、拉关系、要回扣、走后门、铺张浪费等恶劣现象和不正之风做了抨击和鞭挞。

　　这一时期的话剧，可以说与"伤痕文学"同步发展，但却较少悲情伤感，而是发挥了匕首和投枪的舆论作用，其立意主要在于政治内容上的拨乱反正，抨击刚刚逝去的高压政治统治，呼唤人性的苏醒。绝大多数话剧在创作中遵循了"社会问题剧"的基本模式，现实指涉性较强，关注十年"左"倾政治给人们带来的理性迷失、道德沦丧、法纪松弛、社会秩序失衡、是非观念颠倒等问题，警惕个体生命被政治观念扭曲的问题，探讨如何拯救被"文革"毒害的下一代的问题，追索权力与法律不正常的关系带来的社会不公等。在探讨社会问题、批判"左"倾政治的同时，表达着对社会正义、生活秩序的认同，对个体生命价值和尊严的注重，以及对历史、对制度、对人的存在的积极反思。不过，这些话剧直接"为政治服务"的痕迹较为明显，可以说这些话剧更注重其政治功能而在某种程度上忽略了其艺术特性，虽然在特定的历史时期获得了大众的欢迎、上层领导的肯定及轰动全国的强烈效应。然而，站在当前的历史平台上反观当时的作品，我们不得不清醒地看到，在这些作品中，还存在着一些由于时代的原因所产生的局限。首先这些剧作受政治功能的制约，思维较为传统，在表现矛盾冲突时以一种惯性的二元思维模式结构全篇，常见的是写公与私的斗争、腐败与反腐败的斗争、人道与非人道的斗争、正义与非正义的较量等，结尾也基本都是大团圆方式结局。这种表现方式虽然在宣泄群众的情感方面有着无可比拟的优势，但却削减了作品所能达到的深度和广度。其次，这一时期的话剧，探讨问题、解决问题的诉求强烈，致使现实指涉性压倒了艺术审美特征，一些演出出现了"只见问题不见戏剧"的遗憾。1980年曹禺已开始忧虑"社会问题剧"的模式化和简单化问题，在《剧本》第7期《戏剧创作漫谈》一文中指出："现在一般认为，提出了一个问题，就有思想性了，我想这是个误解。把思想性简单地理解为某一个问题的是非观。其实绝不仅此。暴露与歌颂也不能代表思想性。思想性来自于作者对生活执著的追求、观察与思索。有这样思想性的作品，才能真正叫人想。"[①]他认为，所有伟大作家的好作品，都不是被某个狭小的社会问题所限制的，戏剧的主体应当是富有生命感的鲜明、生动的人，当戏剧中的人变成了意念的符号、缺乏丰富可感的内涵的时候，戏剧的魅力就减弱了。另外，由于这些问题的提出往往只是特定时代的产物，而当社会形势的发展不再需要那样的政治批判时，这些戏剧也就会失去其社会效应，同时也失去了其艺术价值。再次，这些剧作在艺术创作方面，基本只围绕某个事件而提出，很少涉及个人情感的深层次问题，可以说是"政治化批判所产生的情绪化掩盖了个性化描写的复杂性深刻性"。[②]这一时期的政治话剧热潮引发了强烈的关注，也伴随着社会的发展渐渐退出人们的视野。而在 1980 年代，有一批话剧人将更多的精力投入到话剧表现形式的探索和创新中，出现了一系列的探索性实验性剧作。1990 年代以后，市场经济体制逐渐完善，流行文化迅速发展，以寻求观众为旨归的小剧场话剧的发展呈现出多姿多彩的局面。政府文化管理、评奖制度对话剧创作的调整和戏剧商业资本的投入引起了演出格局的变化。话剧的发展面貌不再单一，开始走向多元共生的良性循环。国家与政府对戏剧的奖励力度正逐渐加大，如梅花奖、文华奖、"五个一"工程奖、国家舞台艺术精品工程奖等，在一定程度上促进了地方剧团的戏剧创作活动。新世纪以来，戏剧创作生机勃勃，创作思维活跃，题材涉及广泛。从直接反映社会改革的现实题材到展示民族优秀精神传统的历史题材，从革命历史题材到儿童题材，都时有杰作出现。如表现改革阵痛与工人阶级博大担载精神的话剧《矸子山》、《平头百姓》；体现农村艰苦创业观念更新的话剧《农民》、《黄土谣》，都十分引人注目；而深入揭示人性与民族性的作品如梨园戏《董生与李氏》、豫剧《程婴救孤》、昆剧《公孙子都》；探讨传统人格与历史走向关系的作品如话剧《立秋》，都把笔触伸向了人的深层心理层次。随着反腐败斗争声势的加强，也出现了不少提供历史殷鉴的好作品，如颂扬古代官吏廉洁自律精神的京剧《廉吏于成龙》、彰显官吏正直人格的桂剧《大儒还乡》等。面貌焕然一新的革命历史题材作品在建党八十周年、抗战胜利六十

---

① 曹禺：《戏剧创作漫谈》，《剧本》，1980 年，第 7 期。

② 刘平：《新时期戏剧启示录》，北京：中共党史出版社 2009 年版，第 35 页。

周年和党的十七大召开之际成批涌现，蒲剧《土炕上的女人》，粤剧《驼哥的旗》，京剧《华子良》，豫剧《铡刀下的红梅》，话剧《凌河影人》、《天籁》，歌剧《野火春风斗古城》等，都从新的角度展现了艰苦斗争中共产党人和广大人民群众的精神风貌。[①] 因此，虽然由于戏剧形式本身的局限，以及1990年代后新的媒介形式的兴起，戏剧进一步小众化，戏剧的政治功能有所衰落，但仍然有一部分作品能够传承着政治文化的传统，弹奏着主旋律的乐曲。

第六节　政治文化对影视文学的介入

列宁曾经说过，"在所有的艺术中，电影对于我们来说是最重要的"。在任何社会中，电影都要反映一定时期人们的心理，符合多数人的客观价值标准与欣赏品位，并承担一定的宣教功能，即便这种作用力不直接来自中央体制。而无产阶级国家把电影当做组织社会、凝聚人心的重要手段，政治和电影的关系自然相对紧密。新中国建立后，政府提出了电影为工农兵服务的口号，反映工农兵生活、服务于工农兵观众，成为新中国电影创作的主要任务。建国初期，电影领导部门明确宣称，今后的创作将不再迁就或迎合城市市民；电影院的功能，也由娱乐性变为教育和引导民众的课堂。正如毛泽东提出的，文艺要"很好地成为整个革命机器中的一个组成部分，作为团结人民，教育人民，打击敌人，消灭敌人的有力武器，帮助人民同心同德地同敌人做斗争"。

而在1977年以来，政治文化对影视文学的介入相对于1949—1976年间而言，不再以直接干涉的方式出现，而是以一种导向性的方式，在倡导多样化的前提之下进行渗透式的介入。首先表现在政策上的宣传引导。如1994年，江泽民在全国宣传思想工作会议上的讲话中提出，我们的宣传思想工作，必须"以科学的理论武装人，以正确的舆论引导人，以高尚的精神塑造人，以优秀的作品鼓舞人，不断培养和造就一代又一代有理想、有道德、有文化、有纪律的社会主义新人，在建设有中国特色社会主义的伟大事业中发挥有力的思想保证和舆论支持作用"。同

---

① 廖奔、刘彦君：《新时期戏剧30年轨迹》，《中国戏剧》，2008年，第5期。

时指出了宣传工作要在坚持为人民服务、为社会主义服务的方向和百花齐放、百家争鸣的方针的指导下，弘扬主旋律，提倡多样化，繁荣社会主义文化。2003年，胡锦涛在全国宣传思想工作会议上发表讲话指出："为了适应全面建设小康社会的新形势新任务，宣传思想工作要高举邓小平理论和'三个代表'重要思想的伟大旗帜，全面贯彻十六大精神，着眼于巩固马克思主义在我国意识形态领域的指导地位，着眼于服务经济建设这个中心和全党全国工作大局，着眼于促进社会全面进步和人的全面发展，坚持解放思想、实事求是、与时俱进，坚持以科学的理论武装人、以正确的舆论引导人、以高尚的精神塑造人、以优秀的作品鼓舞人，坚持贴近实际、贴近生活、贴近群众，努力形成体现中国先进生产力的发展要求、体现中国先进文化的前进方向、体现中国最广大人民的根本利益的理论指导、舆论力量、精神支柱和文化条件，引导和激励全党全国人民为实现全面建设小康社会的宏伟目标而团结奋斗。"除了国家大政方针上的舆论引导之外，还通过评奖表彰方面的倾向性对于影视作品的创作与生产加强引导与监督。如由国家广播电影电视总局主办的中国电影华表奖，奖杯采用的是北京天安门城楼前的华表造型，是中国电影界的最高荣誉政府奖，其前身是文化部优秀影片奖，在1979年恢复评选，1994年改称华表奖，对于优秀影片给予及时的奖励与宣传。如《沂蒙六姐妹》、《任长霞》、《毛泽东在1925》、《国歌》等影片就受到该奖项的奖励。1980年开始创办的中国电视剧飞天奖是中国电视剧最高"政府奖"，对于贴近现实弘扬主旋律的电视剧作品加以表彰和奖励，如《潜伏》、《周恩来在重庆》、《亮剑》、《恰同学少年》等电视剧就受到该奖项的肯定。中共中央宣传部还组织了精神文明建设"五个一工程"评选活动，自1992年起每年一届，五个"一"之中就有一部好的电视剧或电影作品，电影《张思德》、《太行山上》，电视连续剧《延安颂》、《插树岭》都是受到该奖项表彰的优秀作品。自2006年起国家广电总局电影局、国家广电总局电影剧本中心、中国夏衍电影学会已成功举办了五届夏衍杯电影剧本征集活动，鼓励青年编剧人才围绕主旋律题材写出优秀剧作。在这些奖项的鼓励和引导之下，一些与时俱进的注重思想性、艺术性和教育性的影视作品大量涌现，体现着党和国家的意识形态和价值观念，对民众起到了一定的宣传和教育作用。

总体而言，政治文化对影视文学的介入和影响主要表现在以下几个方面：

一、在影片的类型和样式方面，出现了政治意识较强的"主旋律"影片和"献礼片"等影视剧样式

在影片的意识形态的倾向性方面，出现了主旋律的提法，这种提法将国家主流意识形态规约下的电影作为一种倡导性的主流，与商业片和艺术片分庭抗礼。"主旋律"的提法最早出现于20世纪80年代末。国家广电部电影局在1987年3月召开了全国故事片厂长会议，在会上提出了"突出主旋律，坚持多样化"的口号。目的在于倡导社会主义国家的电影关注现实民生、弘扬时代精神、歌颂波澜壮阔的社会主义现代化建设事业。"电影创作的主旋律，概括地说，应当是通过具体作品体现出一种紧跟我们建设社会主义的时代潮流，热爱祖国，弘扬民族优秀文化，积极反映沸腾的现实生活，强烈表现无私奉献精神，基调昂扬向上，能够激发人们追求理想的意志和催人奋进的艺术力量。因此，它不仅仅是一种题材要求，而主要应当是一种创作精神，是针对指导创作思想和主导意识而言的。""事实上，主旋律作为一种创作精神，要求电影艺术家在创作中应当加强自身的政治责任感，努力把握时代精神，使之贯注于自己的作品中去，以争取最佳的社会效益；而作为一种题材要求，则鼓励和倡导他们把关心和注意的方面，倾注到从事反映四化建设，改革开放和革命传统的影片创作中来。"[①] 由此可以看出，我们理解"主旋律电影"一词，不仅要把握住题材特点，更要看到其背后隐藏的主流意识形态。主旋律电影特别强调思想性，力图通过重大历史题材和重大现实题材积极反映和传播主流意识形态的精神意志、价值观念，其内涵也包括我们民族传统文化中有价值的成分。另外，主旋律创作肩负的另一重要使命，便是在银幕上树立起可供楷模的一代社会主义新人的艺术形象。可见，主旋律电影的大致含义可以概括为：体现官方意识形态导向，具体含义大致是指坚持"四项基本原则"，表现爱国主义、集体主义与理想主义，以歌颂改革时代的正面的人物与光明的事件为主，积极向上、格调健康。

除了这种意义较宽泛的"主旋律"的提法之外，还有一种叫做献礼片的影视

---

①　本刊评论员：《突出主旋律　坚持多样化——电影创作的广阔道路》，《当代电影》，1991年，第1期。

剧作品。1958 年 8 月 17 日至 30 日，中共中央政治局在河北省秦皇岛北戴河举行会议，主要讨论 1959 年国民经济计划以及当时工农业生产面临的主要问题。在这次会议中，周恩来总理提出，为庆祝新中国成立十周年，由周恩来、邓小平主持，组织文化部拍摄一批优秀影片作为国庆献礼片。这是"献礼片"概念的首次提出。直接领受这一任务的时任文化部分管电影工作的副部长夏衍，曾有具体说明："中央书记处开过一次会，邓小平同志谈过明年国庆十周年是办喜事，但这不是用宴会、游园等方式办喜事，而是要总结中国共产党领导中国革命和建设的经验，向全世界人民宣传、介绍。毛主席创造性地发展了马列主义，积累了许多马列主义与中国实际相结合的经验。现在，我们要通过电影艺术的形式，把这些经验介绍给全中国和全世界的人民，介绍这些经验可以用写文章、办展览会等等方法，也要通过文艺形式。""党中央要我们拍 7 部思想性艺术性很强的影片，作为向国庆献礼。这些献礼的影片，要在全世界已和我们建交的国家以及一切可能放映的国家去放映。"[①] 而之后在各制片厂基本制作完成后，由文化部举办了国庆十周年"国产新片展览月"，上映了 18 部故事片及 7 部纪录片、7 部科教片、4 部美术片等共计 36 部影片作为国庆十周年的献礼影片，其中，著名的如《林则徐》、《青春之歌》、《五朵金花》等。这些影片主要是以重大历史事件或火热的社会生活作为关注对象，用电影艺术的形式展示中国的发展新貌。

此后"献礼片"作为一种约定俗成的概念，主要用于在建党、建国等重大活动和节日时创造一种欢乐、祥和的节庆氛围，大多指以中国共产党和中华人民共和国的历史事迹或现实重大事件作为题材的电影、电视剧。对于中共中央宣传部和国家广播电影电视总局等部门来说，利用重大节庆扶持一批重大题材的影视剧作为重点献礼片也成为一种惯例，一大批优秀影视剧都是在献礼片的名义下拍摄成功，并创造出了在同类题材中的经典。具体而言，又可以从广义和狭义两个层面去界定献礼片，广义献礼片指的是"中国电影文艺工作者，为了庆贺、纪念、标志在中国社会发展进程中发生的具有重大转折性意义的里程碑式历史事件，而

---

① 夏衍：《在讨论艺术片放卫星座谈会上的报告》，《中国电影研究资料》（中），北京：文化艺术出版社 2006 年版，第 214—215 页。

拍摄的具有明确指称意义的宣传性影片"。① 这些历史性事件包括建国周年庆典（例如 1989 年拍摄的《开国大典》）、建党周年纪念（如为了庆祝建党八十周年而拍摄的影片《毛泽东在 1925》）、党的代表大会（如为迎接党的十六大召开而拍摄的影片《邓小平》）、建军周年纪念（如为了纪念建军七十周年而拍摄的纪录影片《背负民族的希望》）、抗日战争胜利（如为了纪念抗战胜利六十周年而拍摄的影片《太行山上》）、改革开放（如为了纪念改革开放三十周年而拍摄的影片《农民工》）等重大活动以及各省、自治区的周年大庆都会有名目繁多的献礼影视剧出现。而狭义的献礼片则专门特指为了庆祝新中国建国周年纪念而拍摄的影片。一般来说，相比广义献礼片，为建国周年纪念而拍摄的献礼片具有更大的艺术创作成就和影响力。比如在 1989 年建国四十周年献礼的《百色起义》、《巍巍昆仑》、《开国大典》等，1999 年建国五十周年大庆献礼的《横空出世》、《冲天飞豹》、《国歌》、《我的1919》等。尤其在 2009 年建国六十周年之际再一次形成高潮，被电影局批准为献礼片的重点电影 50 多部，题材丰富、涵盖广阔、风格多样。有再现重大革命历史的《建国大业》、《可爱的中国》等；有多方面展示新中国辉煌历程的《天安门》、《袁隆平》等；有歌颂改革开放伟大成就的《高考 1977》、《惊天动地》等；有讲述普通人创造美好生活、追求真善美的《万家灯火》、《鲜花》等。同时，国家广播电影电视总局电视剧司对重点电视剧规划进行了认真梳理，形成了《庆祝新中国成立六十周年重点电视剧规划（50 部）》，包括《解放》、《保卫延安》、《走西口》、《人间正道是沧桑》、《喜耕田的故事 2》、《东方红 1949》、《誓言永恒》、《龙须沟》、《秘密图纸》、《我的兄弟叫顺溜》等电视剧，题材多样，内容丰富，既有重大革命、军旅题材，也有农村、工业、名著改编等题材。

　　"献礼片"是新中国电影史上一个独特的现象。它与中国电影长期存在的国营电影产业占主导地位的电影生产体制直接相关，也与国家对电影宣传作用的高度重视分不开。"作为国家电影领导部门组织和主导的行为，献礼片的创作、生产和发行都首先体现着政府主管部门现实的期望和要求"② 。"展现共和国的伟大成

---

① 乔晓英：《献礼片：从 1959 到 2009》，《电影评介》，2009 年，第 23 期。
② 钟大丰：《国庆献礼片 60 年巡礼（1949～2009）》，《电影艺术》，2009 年，第 5 期。

就，表现新时期的时代风貌，激发爱国主义热情，振奋民族精神，营造昂扬向上、团结奋进喜庆欢乐的氛围"可以看做是献礼片创作的一般原则[①]。当然，积极的主题设想还要有良好的艺术品质作为保障，需要通过艺术家的创造性劳动得以实现，因此尽管献礼片往往都是任务式的命题作文，但在艺术家的创造中仍然出现了不少精品之作。

二、在影片的题材方面，政治文化对影视文学的介入主要表现在影视剧的题材选择上，重大历史题材和现实题材成为一种重要的选择取向，表现出旺盛的生命力

首先表现在对革命历史题材的表现上，选取具有一定历史意义的真实事件，使得影片具有文献故事片性质，力图建构关于革命与历史的宏大叙事。如在重大军事战争题材方面，在表现老一辈无产阶级革命家军事谋略的同时，突出展现历史事件的细节与全貌，具有鲜明的史诗性特征。主要影片有：《风雨下钟山》表现1949年毛泽东等老一辈无产阶级革命家粉碎了国民党集团的和谈阴谋，指挥解放军横渡长江，推翻蒋家王朝，解放全中国的情景。《四渡赤水》描写中央红军在毛泽东直接指挥下，运用机动灵活的战略战术，四渡赤水河，巧妙摆脱国民党军队的围追堵截，胜利北上的故事。《巍巍昆仑》描写1947年3月，党中央主动撤离延安，率"昆仑纵队"转战陕北，与国民党军队周旋，指挥全国各大战场，取得胜利的故事。《大决战》分为《辽沈战役》（上下集）、《淮海战役》（上下集）、《平津战役》（上下集）三部，影片全景式描述了1948年至1949年以毛泽东为首的党中央指挥的人民解放军与蒋介石指挥的国民党军之间展开的一场决定中国命运和前途的战略大决战，是中国电影史上一部规模空前的系列战争巨片。《大转折》描述了1947年中国革命处于危机关头，为粉碎国民党军队对陕北和山东解放区的重点进攻，扭转战局，刘邓大军南渡黄河，挺进大别山，在极为艰难的战争环境中，实现了中央的战略意图，使解放战争形势发生了根本性转折，人民解放军提前进入战略进攻阶段的故事。《大进军》共4部，1995年初开始拍摄，包括《解放大

---

① 杨莉：《追踪迎五十年大庆献礼影视片》，《瞭望》，1999年，第5期。

西北》（上下集）、《席卷大西南》、《南线大追歼》、《大战宁沪杭》（上下集）。描写了在战略决战之后，解放军势如破竹，风卷残云般地对西南、中南、上海、皖江浙等省市进行全线进攻，进而实现全国范围的解放。除了表现重大战役的战争片之外，重大历史事件也都一一呈现在影片之中。如《开国大典》、《西安事变》、《重庆谈判》、《百色起义》、《开天辟地》等。这类影片将革命历史上的重大事件完整呈现，体现出必胜的信念。

在现实题材的表现上，一些影视剧响应党和国家的大政方针，强调对于重大社会问题的强烈关注。在以城市为背景的题材中主要关注国企改革、工人下岗、反腐倡廉等一系列伴随着国家政治经济体制改革而出现的社会问题，塑造正面形象，鞭挞丑恶现象，为营造良好的社会秩序和创建精神文明而奉献力量。尤其表现在一大批以反腐倡廉作为主旨，表现不容回避的腐败问题的影视剧中。如电影《生死抉择》揭露的腐败现象发人深省，深刻地揭示了反腐败是一场关系到党和国家生死存亡的斗争。影片成功地塑造了李高成、杨诚等有血有肉、令人信服的优秀领导干部形象，他们在金钱、亲情、友情面前所表现出来的浩然正气，令人振奋和鼓舞。同时，电视连续剧《忠诚》、《苍天在上》、《大雪无痕》、《省委书记》、《至高权利》等也都表现了在我国由计划经济向市场经济转型过程中，党的高级领导干部面临的种种现实诱惑和多重矛盾，以及与违反党的路线方针政策的错误和违法乱纪行为作斗争的艰苦卓绝。从他们的身上折射出党和政府反对腐败、从严治党的坚定信心和决心。在农村题材的影视剧中，则多是正面宣传党的政策，突出表现新人形象，展现新农村新农民走向共同富裕，进入小康生活的和谐场景。在 1980 年代，《喜盈门》、《许茂和他的女儿们》、《咱们的牛百岁》、《月亮湾的笑声》等一批优秀的农村题材电影，都曾带给观众历久弥新的审美享受和心灵感动。1990 年代以来，《男妇女主任》、《喜莲》、《一个都不能少》、《美丽的大脚》、《农民工》、《刘老根》、《乡村爱情》、《好爹好娘》、《喜耕田的故事》等影视剧与时俱进，反映新农村建设实际和新农民的多彩生活，并将科技创新、自主创业、环境保护、信息化建设等主题同农业、农村、农民的崭新变化融为一体，使观众看到了社会发展和时代进步大背景下的农村新面貌、农民新形象。

三、在人物塑造方面，历史题材以革命领袖和人民英雄现实题材，以人民公仆和模范人物等为主要表现对象，以革命的斗志和默默奉献的精神来感染观众，树立了良好的榜样

在历史题材的人物传记片中，以革命先驱和领袖人物为主要表现对象，围绕他们的革命经历所体现的为中华民族不懈努力的献身精神来结构影片，创造了一系列不朽的英雄形象。传记片创作塑造的人物形象主要有孙中山（《孙中山》、《孙文少年行》）、毛泽东（《毛泽东和他的儿子》、《毛泽东的故事》、《毛泽东与斯诺》、《毛泽东在 1925》）、周恩来（《周恩来》、《周恩来万隆之行》）、刘少奇（《刘少奇的四十四天》）、邓小平（《邓小平》、《邓小平 1928》、《我的法兰西岁月》）、彭德怀（《彭大将军》）、刘伯承（《青年刘伯承》）、李富春和蔡畅（《相伴永远》）等。其中电影《周恩来》截取了周恩来一生经历的最后十年，在"文革"险恶的局势之中忍辱负重竭尽所能，在重病之中为人民的事业奋斗到最后一息的鞠躬尽瘁死而后已的精神，激发了广大观众缅怀总理的热情。

在现实题材的人物传记片中，党和政府的各级领导干部中一些廉洁从政、尽职尽责，权为民所用、情为民所系、利为民所谋的好干部，用他们平凡而动人的事迹谱写着新时代的英雄谱。如焦裕禄（《焦裕禄》）、孔繁森（《孔繁森》）、孙明正（《信访办主任》）、郑培民（《郑培民》）、任长霞（《任长霞》）、牛玉儒（《生死牛玉儒》）、谷文昌（《公仆》）、郑九万（《村支书郑九万》）等。其中《焦裕禄》围绕焦裕禄为国为民鞠躬尽瘁的一生，选取了几个片段，用自然朴素的手法表现了他热爱人民、献身于党的事业的崇高精神，具有强烈的感染力。除此以外，各个历史时期各行业的英雄模范人物也成为影视文学的主人公，这其中既有家喻户晓的英雄战士张思德（《张思德》）和抗联女英雄赵一曼（《我的母亲赵一曼》）；也有献身于部队建设，为抢救战友而英勇牺牲的少校军官楚宁（《炮兵少校》），和克服种种困难战胜各国强手，歼灭国际毒匪，为国家和军队赢得了荣誉的特种兵王晖、胡小龙（《冲出亚马逊》），以及见义勇为、孤身与歹徒搏斗的士兵尤江（《士兵的荣誉》）；既有知识分子的优秀代表蒋筑英（《蒋筑英》）和陆光达（《横空出世》）；也有优秀女法官安慧（《法官妈妈》）和胸怀振兴民族工业大志，顽强拼搏、勇攀高峰的现代化大企业领导者凌敏（《首席执行官》）等。另外，具有传统美德、先进思想或献身精神的普通人也同样感人肺腑，如忠于职守、爱生如子的小学教师王双铃（《烛光里的微笑》）；具有博大母爱的普通农妇九香（《九香》）、普通女工孙丽英（《漂亮妈妈》）和普通教师赵丽云（《下辈子还做母子》）；把全部心血用在西部偏僻山村民办小学教育的女教师张美丽（《美丽的大脚》）；几十年如一日传播和弘扬雷锋精神的乔安山（《离开雷锋的日子》）；不惧威胁利诱，誓死维护国家利益的护林员天狗（《天狗》）；不计个人得失，具有奉献精神的医生陈金水（《云水谣》）；在边远山区工作了一辈子，为执行国家法律而献出自己一切的法官老冯（《马背上的法庭》）等。[①] 虽然近年来影视剧中这些人物的表现不再是全无人性的"高大全"，而是尽量去表现其儿女情长的平民化凡俗化本性，但这些人物身上所具有的那种无私奉献、坚守信念的精神符合主流价值观念的需求，对于观众能够起到一种正面的引领作用，仍是剧作表达的重点。

四、在影视剧的主题表达上，主要表现为正面讴歌伟大业绩、塑造党和人民的好儿子等积极向上的健康主题

如前文列举的多数作品都具有相类似的主题表达。当然，与建国后 1949 年至 1976 年间相比，这一阶段的同类型影视剧也呈现出了更加深沉和理性的色彩。对政治运动、战争以及社会现实，在表现其理想主义、英雄主义一面的同时，也出现了一些切中时弊的反思之作。如在刚刚粉碎"四人帮"之后，中国影坛上出现了一批电影，《天云山传奇》、《牧马人》、《苦恼人的笑》、《生活的颤音》、《巴山夜雨》、《芙蓉镇》、《泪痕》、《小街》、《枫》等，在对"文革"及之前的一系列政治运动的揭露与反思、在表现拨乱反正的社会变革中，形成了明确的政治意义。其中谢晋导演的《天云山传奇》、《牧马人》、《芙蓉镇》等影片中对于"反右"运动的反思，深入人性深处，解读了政治狂热的年代对人的正常理性的遏制与戕害。而《晚钟》、《紫日》、《鬼子来了》、《集结号》等影片又在表现战争的同时将注意

---

① 参考周斌：《在银幕上塑造"中国的脊梁"——论主旋律电影的人物形象塑造》，《电影新作》，2007 年，第 6 期。

力转向对战争的反思，对战争的本质、战争中的人、战争中人与人的关系、战争中人的内心世界和心理变化进行关注和思考，在厚重的历史中体会人性的苍凉。

当然，随着社会经济的发展变化，时代氛围的不断更新，政治文化对影视文学的介入也越来越开放和多元，即使是国家倡导的主旋律作品也在呈现出新的发展态势。比如 2009 年的国庆献礼片中，《建国大业》就以商业模式重构红色经典，用全明星的阵容替代了以往的特形演员，让商业明星来演绎革命伟人，并不回避其商业语境下的娱乐诉求，使更年轻的一代人对经典革命叙事产生了一种新的期待。这是一种新的趋势，也体现了革命叙事和主旋律叙事对于大众文化的俯就态度。与建国初期反特片所塑造的孤胆英雄不同，近年来影视文学中出现的"谍战热"，借助外在的悬念丛生的叙事情节，津津乐道的英雄与美人的爱恨情仇，革命历史的宏大叙事已经悄然让位给了大众娱乐，革命历史已然成为了新兴的消费时尚。

文学个案解读

第七节　王蒙与政治反思小说

新时期以来的政治反思小说，反映了新时期文学与政治的关系，更是一条有别于政治伤痕小说的重要文学史线索。那些政治反思小说，上承百花时代对中国政治文化生态的思考，比伤痕小说更为深刻，更具历史感和哲理性，对整个建国的革命历史和政治，特别是"左"倾激进的历史，进行了沉痛的反思。如王蒙的《蝴蝶》、《布礼》、《坚硬的稀粥》，乔良的《灵旗》，张一弓的《犯人李铜钟的故事》，李国文的《冬天里的春天》，柯云路的《黑山堡纲鉴》，韩少功的《西望茅草地》，陆天明的《桑那高地的太阳》，何士光的《乡场上》等。政治反思小说秉承现实主义笔法，意识形态性强，一般具有强烈的现实政治指向性和批判性，甚至是某种程度的纪实性。它不仅反思现实政治，而且更深入地反思历史对现实政治的隐在影响。进入 1990 年代，由于市场经济对文学的渗透，文学的多样化选择和政治意味的淡化，纯文学性追求等原因，政治反思小说渐渐变少，部分功能被报告文学和更具纪实性的新改革小说、反腐败小说等类型替代，但仍有部分政治反思小说，深入到政治和历史的深层机理，例如，王小波的《黄金时代》，李洱的《花腔》，李锐的《厚土》、《银城故事》等。

总体而言，新时期以来的政治反思小说，集中反映了新时期文学和政治的纠缠关系。当改革开放初期，为了清算"左"倾思想，实现党派政治"由阶级斗争为纲到以经济发展为纲"的转化，在主流意识形态总体的"反思"下，特别是"实践是检验真理的唯一标准"①的提法，都促使文艺界反思"文革"和"左"倾历史所造成的民族和国家的灾难。而这里所说的反思，正如柯林伍德所说："反思"的哲学本意，不仅在于它所"关怀的"对象客体，也包含"思想对客体的关怀，故而它既关怀着客体，又关怀着思想"②。也就是说，新时期最有价值的政治反思小说，不仅包括对"文革"历史的反思，更包括了对历史主体思想建构的反思，即对"文革""左"倾历史的反思者本身也进行沉痛的质疑和反思。而 1990 年代之后，当文学的反思作用减弱之后，主流意识形态对进一步的反思报暧昧的态度，这也导致了这一类型小说的逐步衰落。在这些政治反思小说中，王蒙的小说是其中的代表性作品。

王蒙，祖籍河北南皮龙堂村，1934 年 10 月 15 日生于北京。1948 年 10 月 10 日，加入中国共产党，成为地下党员。曾任中华人民共和国文化部部长，中国艺术研究院院长，中国作协书记处书记，中共中央第十二届中央候补委员，中共第十二届、十三届中央委员，第八、九届全国政协常委，《人民文学》主编。王蒙从 1953 年开始创作至今，一直进行不倦的探索和创新，成为新时期文坛创作最为丰硕的作家之一。 20 世纪 50 年代，因发表《组织部来了个年轻人》引起广泛关注。已发表文学作品近 1000 万字。 代表作有：长篇小说《青春万岁》、《活动变人形》、

---

① 特约评论员：《实践是检验真理的唯一标准》，《光明日报》，1978 年 5 月 11 日。

② 【英】柯林伍德著，何兆武等译：《历史的观念》，北京：商务印书馆 1997 年版，第 2—3 页。

"季节系列"、《青狐》等 8 部，中篇小说《蝴蝶》、《布礼》、《歌声好像明媚的春光》等 20 余部，短篇小说《春之声》、《坚硬的稀粥》等近百篇，旧诗集 1 部，新诗集 2 部，文艺论集《当你拿起笔……》等 10 部，散文集《王蒙散文》等 10 部，古典文学研究著作《红楼启示录》、《双飞翼》等 3 部。

王蒙的政治反思小说的特征，一是青春抒情对政治反思的象征性，二是反思的悖反与分裂。首先，以青春抒情作为政治反思的象征，是王蒙政治反思小说的一大特点。在早期的成名作《组织部来了个年轻人》[①]里，"既可以看做是一篇暴露小说，暴露官僚主义的各种病症……，还可以看做是一篇抒情小说……王蒙将两种对立的人生态度，情感方式并置在了一起"。[②]在这篇小说里，年轻热血的林震和赵慧文，怀抱着理想主义的激情和青春的幻想，对单位里的刘世吾、韩常新、王清泉等官僚领导的做法展开了幼稚却无畏的斗争。就类型而言，这是一部成长小说，也是一部办公室里的爱情故事，反官僚的情结纠缠着刚涉世青年对成熟女人的朦胧爱情。这也是在王蒙的处女作《青春万岁》里所表现出的"作家原质"。但是，为什么就是这样一个力比多与革命性纠缠的文本，会获得巨大的反响呢？一方面，王蒙在意识形态的缝隙，有限度地表达了"个体性"——无论是批判官僚主义，还是爱情；另一方面，这种表达，又悖论地以青春的理想主义象征着革命的理想主义，进而对革命本身进行反思。就这一点而言，王蒙的小说又以"纯正的布尔什维克"的气息，沟通了左翼文学和苏联文学两大传统。这也使得王蒙的早期反思小说仅限于革命内的反思，还缺乏对主体的反思。同时，尽管王蒙批判了官僚主义，触及了党的利益，但他的青春书写，又以幼稚化的姿态，获得了一定的体制内书写合法性，甚至获得最高领导人的保护，因为批判官僚主义与鼓

---

① 王蒙：《组织部来了个年轻人》，《人民文学》，1956 年，第 9 期。

② 张柠：《再造文学巴别塔——1949—1966》，广州：广东教育出版社 2009 年版，第 223 页。

吹青春叛逆精神，也是毛泽东思想中的两个特点①。而这两个特点，又与那一时期的党内和党外的斗争产生了某种微妙的呼应。这种以青春气质诤谏党内官僚主义的小说思维，实际也是丁玲延安时期的小说《在医院中》的某种发展。王蒙在被打成右派后多年，终于重新获得了平反和写作的机会，已经步入中年的王蒙，反思政治的力度加大。《蝴蝶》中的张思远，甚至在历史和反思主体的纠缠中，看到了自身在革命中的虚妄和虚伪。然而，青春气质，依然以"迟到的姿态"，彰显着反思主体再造"宏大历史叙事"的焦虑和激情的呼唤，不过，这种"宏大叙事"已从革命变成了民族国家叙事的"祖国的新生"。因此，无论是《蝴蝶》中的张思远、《春之声》中的岳之峰，还是《海的梦》中的缪可言，这一时期的青春气质依然具有政治反思的象征性。而在王蒙的后期创作中，特别是以《坚硬的稀粥》为标志，则表明这种青春理想主义的民族国家叙事，又再次受到了质疑和反驳，甚至是某种程度上的相对主义的和解。这种和解最后变成了以轻松调侃和革命青春的怀旧为软性基调的"躲避崇高"式的书写方式。这种特点，在王蒙 1990 年代创作的小说《恋爱的季节》、《失态的季节》、《踌躇的季节》、《狂欢的季节》、《青狐》、《尴尬风流》等中都有体现。

由此，在王蒙的政治反思小说中，青春浪漫化的革命理想主义，就和日趋深刻的对现实的反思形成了激烈的碰撞。而这种碰撞，一旦失去了深刻的历史理性的约束，就会演变成一种内在逻辑的悖反，以及语言形式的绽裂。在王蒙最好的反思小说《蝴蝶》、《春之声》、《海的梦》、《风筝飘带》等作品中，王蒙用独特的意识流手法，既表现了中国转型期大量涌动的信息流，也反映了他独特的个性气质在政治反思小说中的生成方式。然而，对这种王式意识流手法，很多批评家都

---

① 王蒙的小说发表后，李希凡发表《评〈组织部来了个年轻人〉》(《文汇报》，1957 年 2 月 9 日)，对王蒙的小说进行了严厉批判，随之而来的马寒冰等人也高调批评王蒙，特别是针对所谓"北京有没有官僚主义"，后来毛泽东亲自过问，并发表讲话："北京有没有官僚主义？反官僚主义我就支持。王蒙有文才，有希望"，选自《王蒙自传·半生多事》，广州：花城出版社 2006 年版，第 167—168 页。

抱有怀疑和批评态度①。究其原因，这种既属于意识流动，又符合民族国家宏大叙事的意识流，也是王蒙试图在肯定革命的青春浪漫与否定革命的"文革"之间找到某种清晰区分所造成的。而当这种区分无法在理性完成的时候，精神上的困苦和危机，就会化为语言不加节制的杂糅和戏谑，以及某种语言的幻觉化狂欢。王蒙对"文革"所造成的苦难感同身受，深恶痛绝，而对"文革""左"倾逻辑所造成的人性的扭曲和异化，也有深刻的揭示。然而，王蒙身上的青春理想主义又拒绝否定革命，以更为坚定的人性态度去面对意识形态的魅力光环。这是王蒙这样一个"少年布尔什维克"所不能承受的②。虽然王蒙在新时期以来的政治反思达到了一定的深度，但他的思想原点还在于苏联解冻文学所特有的气质，即革命理想主义和现实批判主义的结合。无论是 1980 年代的创作，还是 1990 年代的那些更为狂欢化或温情化的创作，"娜斯佳情结"其实一直都没有离开王蒙③。例如，有

---

① 如有论者认为，王式意识流缺乏个性本真表达：王蒙的意识流小说实为理性规范下的小说，他作品中的意识流是一种理性的"意识流"。因此，他笔下的人物往往是具有明确理性思想塑造出来的形象，而不是生活中的存在于本真状态中的"人"。（金红：《王蒙新时期意识流小说论——重回 1980 年代文学研究》，《沈阳师范大学学报》社会科学版，2008 年，第 4 期）同时，也有论者认为，这种意识流是由于依然存在的意识形态禁忌造成的："王蒙的一方面要表现社会生活的真实面貌，反映人民的要求和呼声，揭露现实阴暗的一面，就要遵循现实主义原则，王蒙的自身遭际只能让他更加小心；另一方面，王蒙又是敏锐的、富有创新意识的小说家，西方意识流小说的涌入让王蒙找到了一种合适的外壳，可以将这两股冲动合二为一。"（周和军：《小说文体与意识形态的关系考辩——以王蒙意识流小说为例》，《理论月刊》，2009 年，第 12 期）

② 如王蒙曾介绍西方反乌托邦三部曲《他们》、《美妙的新世界》、《1984》，并对反抗极权思想抱赞赏态度："反极权是三本书不谋而合的主题。西方所谓'反极权'概念，包含一些什么样的解释和暗示，包含着哪些合理的忧虑与或有的不着边际的偏见，本文暂不涉及。至于'权力'本身所具有的二重性，所可能生发的负面的影响，则是我们也不应忽视的具有切肤之痛的问题。"然而，为了避嫌，他接着将之归为现代化民族国家逻辑："在中国谈这些也许为时尚早。我们正苦于生产力不发达、劳动效率不够高与科学技术不够进步。我们当然要坚持历史的乐观主义和历史主动精神，努力奋斗以争取'四个现代化'的早日实现。"选自王蒙：《反面乌托邦的启示》，《读书》，1989 年，第 3 期。

③ 苏联女作家尼古拉耶娃的《拖拉机站站长和总农艺师》、奥维奇金的《区里的日常生活》等作品直接影响他创作了《组织部来了个年轻人》。王蒙汲取了苏联文学的许多养分，结合中国的具体国情，注入了许多个人化的重新思考，如他把《组织部来了个年轻人》的部分内容看做是"尼古拉耶娃的小说的翻案文章"。王蒙：《撰余赘语〈王蒙谈创作〉末篇》，《王蒙文集》第 7 卷，北京：华艺出版社 1993 年版，第 700 页。

论者认为，王蒙后期的小说，《狂欢的季节》主要采用言语反讽的叙述方式实现了作品的语言狂欢。这种叙述方式起于作者对"文革"生命体验的匮乏，散文式的思维惯性与杂文笔法的运用，民间立场的犹疑不定以及由此生成的特殊话语风格。言语反讽取消了思考的深度，减弱了批判的力度，降低了思想的含量，最终造成了作品的平面化效果①。

由此，王蒙的政治反思小说，也可大致分为三个阶段：一是问题意识阶段，二是历史和文化反思阶段，三是日常化与回忆对反思的终结。第一个阶段以 1950 年代的创作为主，主要是反思革命内部出现的问题。第二个阶段，则以《蝴蝶》、《春之声》、《夜的眼》、《坚硬的稀粥》、《名医梁有志传奇》等为代表。在这个阶段，"革命的反思"变成了"对革命的反思"，而固有的青春理想主义，使得王蒙试图将党派政治继续在反思的基础上，与民族国家叙事的新的宏大叙事性相联系。第三个阶段，则以杂文《躲避崇高》②为分水岭。王蒙讽刺革命的残酷和虚伪，宏大叙事的虚妄，却不能再给读者提供更为人性化的思想反思内核，而只能在市场经济的前提下，用所谓世俗日常性予以解读。《躲避崇高》发表后，曾出现大量批驳性文章，而理论武器则从西方马克思主义、启蒙思想到传统的阶级革命文艺皆有之③。有的则温和地指出："如果热衷于赞扬支持躲避崇高宣传丑恶的创作倾向，讥讽严肃作家对崇高和真理的追求是'傻冒'，'冒傻气'，这无异于是对整个进步文学事业的怀疑，也无异于是王蒙对自己的否定。"④ 其实，今天看来，该文论其实是非常策略的说法，也表现了王蒙、王朔两人在思想和创作上某些共通之处，那就是对阶级革命宏大叙事的世俗性否定冲动。而正是这篇杂文，实际上是王蒙政治反思断裂乃至终结的标志。其实，这种精神断裂，早已潜伏在王蒙的小说世界。在王蒙的小说中，有两个原发性精神资源，一是浪漫青春期式的革命理想主义，这表现在他早期的《青春万岁》、《组织部来了个年轻人》，以及 1980 年代初《春

---

① 赵勇：《在语言狂欢的背后——从〈狂欢的季节〉看王蒙言语反讽的误区》，《当代文坛》，2009 年，第 4 期。

② 王蒙：《躲避崇高》，《读书》，1993 年，第 1 期。

③ 王彬彬：《过于聪明的中国作家》，《文艺争鸣》，1994 年，第 6 期。

④ 余开伟：《王蒙是否"转向"——对〈躲避崇高〉一文的质疑》，《文艺争鸣》，1995 年，第 3 期。

之声》、《夜的眼》等小说中；二是"文革"的精神创伤，这则见于《活动变人形》、《坚硬的稀粥》、《名医梁有志传奇》等小说中；二者显然都属于革命叙事的不同效果。然而，虽然后者显然是对前者的否定，但前者强大的精神感召力，又促使作家在创作实践中，力图将1980年代启蒙与浪漫的理想主义链接，而"一分为二"地将"文革"创伤做病变部分处理。可1980年代中后期，二者区隔更加模糊，特别《蝴蝶》短暂回归的"人民伦理"消失后，对理性主体寻找的焦虑，与对"文革"创伤的恐惧与批判，成了悖论性情感。如王蒙自述："我身上有两种倾向或两种走向都非常鲜明，比如一种是幽默，一种是伤感"，而王干则将之总结为"纪实性与超现实性、信息的聚集与主题的消解"等悖反现象①。这也使王蒙这一时期的小说，时常以悖论分裂、夸张而反讽的"话语流"姿态出现，进而成为凌厉强悍而又软弱无力、幽默机智却又伤感创痛的奇怪"杂糅文体"。这种悖论性文体效果，一方面是王蒙为了讽刺性文体的需要，刻意为之；另一方面，也是王蒙内在精神危机的产物。它既暴露阶级革命话语的僵化和迂腐，又对启蒙理性主体的确立信心不足；既执着于精神性分析，又对世俗性生活的消解意义颇感兴趣，如《一嚏千娇》、《来劲》、《杂色》等小说，政治讽刺与荤笑话、流行语、市井俚语交于一堂，理想的天真与世故的装傻融为一体。郭宝亮将这些文体分为"自由联想体，讽喻性寓言体，拟辞赋体"②。而孟悦曾在对《来劲》与《致爱丽丝》的分析中，得出这样的结论："这两篇作品将主体分裂，并表现成当代文明中的碎片，将情节表现为做某事本身的挫败和中断——不是一桩特定行为的中断，而是所有行为，行为本身的挫败和中断，于是，语言叙述把个人和连续性——王蒙早期曾追求的东西切得粉碎。而粉碎释放出的世界，一个逃遁在我们整个文化理性和叙事语法习惯的建构能力之外的世界"③。这种沮丧、焦虑的情绪，在1980年代末、1990年代初达到顶点。道德性话语对人的控制依然存在，现实依然令人不满。然而政治讽刺的对象，一个庞大的革命话语幻象，却已伴随曾经的青春激情趋于消散，让人无处着力。而

① 王蒙、王干：《谈王蒙小说的悖反现象》，选自《王蒙文存》第20卷，北京：人民文学出版社2003年版，第347—356页。
② 郭宝亮：《王蒙小说文体研究》，北京：北京大学出版社2006年版。
③ 孟悦：《历史与叙述》，西安：陕西人民教育出版社1998年版，第84页。

王朔的小说，恰逢其时为王蒙的情绪宣泄找到了出口。《躲避崇高》与其说是王蒙对王朔小说的解读，不如说是对自己痛苦心路历程的"自嘲"。这种复杂心态，在其回忆性散文《周扬的目光》、《不仅仅是纪念》中都有所体现。世俗性纬度，其实并未真正成为王蒙小说的核心关键词。世俗性个体想象，大多作为启蒙理想主义的形而下补充存在，就像虽然他对王朔表示赞赏，也警告他"要当心将脏水和孩子都泼出去，如果说崇高会成为一种面具，洒脱和痞子状会不会呢？你不近官，但又不免近商。商也是很厉害的。它同样对文学有一种建设的与扭曲的力量"。①

　　1990 年代，王蒙创作了很多"准自传回忆体"，即《恋爱的季节》、《失态的季节》、《蹉跎的季节》、《狂欢的季节》时间四部曲。《青狐》、《尴尬风流》等小说，也有相似的路子。作家在对历史的追述中，时间抚平了作家内心的创伤与浮躁，能让作家在更为超然的姿态中，全面描绘并总结革命、建国到五七反右、"文革"、改革开放等半个多世纪中国风云变幻的历史体验。他释放了 1950 年代创作中的精神压力，可以更轻松地摆脱集体性激进启蒙的困扰，从爱情、饮食、欲望、人际关系等更世俗性的个体层面切入历史。而 1990 年代王蒙的"反思"，既针对"文革"，也针对 1980 年代的启蒙，他的反思不断深化，不仅是批判革命，且"革命"本身，也被他以二分法加以区隔（理想主义与恐怖专制），并试图挽留其中的合理性叙述成分。这也使得他试图将两种悖反性情感原生情境，整合入一种新的小说观念之中，不仅仅是"幽默"和"伤感"的结合，也是革命理想主义与世俗性个体体验结合，是"建构"与"解构"的结合。一是在回忆视角中，利用时间区隔，将建国神话与革命专制区别开来，而将民族国家叙事的合法性与世俗性个体叙事结合起来。《恋爱的季节》②是季节四部曲开端，小说充满了回忆的浪漫气息，详细记述了解放初期，区委机关钱文、周碧云、萧连甲、李意、舒亦非、赵林、洪嘉、满莎、林娜娜等新中国青年们的恋爱与生活。小说以第三人称叙事贯穿全文，而作为主人公钱文的作用，反而不明显了，更像是一个参与者与旁观者。我们发现，启蒙叙事与阶级革命之间的对立不见了，而存在的只是浪漫而世俗的爱情、太阳

---

① 王蒙：《躲避崇高》，《读书》，1993 年，第 1 期。
② 王蒙：《恋爱的季节》，《当代》，1993 年，第 2 期。

般美好而单纯的理想，以及建国神话的"青春期隐喻"。

这里的世俗性个体原则，被解释为一种浪漫的爱情与生活，如舒亦非、周碧云、满莎的三角恋，洪嘉的不停更换男友（然而，这里的世俗性，却并不涉及身体叙事），而被消解的启蒙的反抗意味。阶级革命叙事，也被消解掉了诸多禁忌，以一种小资浪漫情调，将革命叙事，利用时间法则一分为二，保留其建国神话，并归于民族国家叙事的合法性，进而对小说中的世俗性造成压制。例如小说开头，就给我们展示出一个乌托邦式的"梦"，"青春"、"中国"、"人性"成了同义词：

> 一九五一年四月下旬的一个周末夜晚，小雨飒飒，空气里充溢着诱人的潮气和土香，周碧云坐在办公桌前，正在准备五四青年节讲话……她沉浸在全面发展的人这样一个命题里，喜悦振奋，心神激荡……她好像看到了一个又一个全面发展的男女，运动员的体魄，长得很充分的四肢，短发，炯炯目光，智慧的额头，深思和诚挚的表情，朗诵诗一样的声音，雪白的衬衫，一尘不染的领口和袖口，献身者、就义者、大智大勇者，充满了对祖国、人民、阶级与大地的热爱者的热泪，世界上最神圣的泪。

小说中，洪嘉的母亲洪有兰再婚，也是世俗性个体叙事与民族国家叙事结合的一个象征性细节。"翻身、解放、自由、民主"，都因为新中国的到来而具有了现实依据。虽然，洪有兰因为房事而入院，一定程度上有着戏谑的作用。洪嘉、周碧云等人的婚姻和爱情遭受了挫折，总是充满依赖地找组织，而组织对个人隐私的干预，小说的叙事态度也并没有表现出不满，反而有一种安全信赖感。洪嘉同父异母的弟弟无穷，其亲生母亲苏红因参与托派被捕，而洪嘉却并不能引发同情，而仅仅是厌烦："什么样的弟弟不好，弄来一个托派的儿子变成了她的弟弟。"小说中充满了 1950 年代的苏联歌曲、社会主义国家电影、革命歌曲、欧洲 19 世纪文学家的名言警句的历史记忆。它更像一次青春期的甜蜜回忆，一本更放松的《青春万岁》，或是世俗版《我是太阳》、《激情燃烧的岁月》。小说在钱文对爱人东菊大声呼唤"我爱你"中而结束。这种以历史距离将革命历史浪漫的倾向，在 1990 年代，还体现在张贤亮的《青春期》、梁晓声的《一个红卫兵的告白》等小说中。

二是在其后的《失态的季节》、《蹉跎的季节》、《狂欢的季节》①中，"革命的恐怖"成了对革命本身的背叛，而世俗性个体，对革命创伤的修补和反拨，结合启蒙批判，成了一种日益彰显的价值。小说中的回顾性第一人称叙事，虽存在"现在的我"的反思和"过去进行时的我"的体验对立，但常为全知全能叙事打断。例如，在讲述倪吾诚的故事的时候，时常插入倪吾诚的心理活动。即使是回顾性第一人称叙事，王蒙也偏爱于将"自我"分裂为隐含叙事者与一个对立性的"你"或"他"，借以进行灵魂的自审和批判：

> 他在天赐的合唱声中与自己的过去告别，他将再也不是纤细的温馨的梦幻的多情的咬文嚼字的旧钱文了。他要去的是茫茫戈壁，是巍巍雪山，是滔滔大河，是千军万马万马千军的战天斗地的人山人海；是飓风和龙卷风拔地而起，暴雨和暴风雪铺天而降；是一望无边的铁路和公路，是别一个粗犷、强壮、威严和巨大的新世界。
>
> （《蹉跎的季节》）

作家的反思是沉痛的，特别对知识分子的愚忠、盲信和人性恶。例如，文学出版社社长张银波的愚忠，又例如文联领导倪吾诚和寥琼琼的爱情悲剧，其最大可悲之处在于，虽然倪吾诚出卖过寥琼琼，间接导致了她的死亡，但他到死也不认为自己是错的，却无法原谅自己。世俗人性与革命高调的、集体性道德伦理之间的冲突，让倪吾诚即使面临死亡也不得安宁。正如作家在小说中直接以隐含作者的身份大发议论：

> 平凡的人也能革命，这才显出革命的伟大，革了命也还平凡，这才是革命的艰难。更何况，不革命的人也会变得革命，革命的人也会变成狗尿苔。
>
> （《蹉跎的季节》）

---

① 王蒙：《失态的季节》（《当代》，1994 年，第 3 期）、《蹉跎的季节》（《当代》，1997 年，第 2 期）、《狂欢的季节》（《当代》，2000 年，第 2 期）。

于是，历史的苦难，便在理解的目光中，被"删除"了峻急的启蒙批判意味，而"反思性地"化为世俗性个体对"平常心"的坚守，化为了相濡以沫的爱情，善待他人的同情心，沧桑的宽容心与温顺和气的自我保全。例如，《狂欢的季节》中，作家大量描写日常世俗生活，给作家心灵带来的安慰和坚韧的力量。这也暗示了王蒙试图在"革命"与"世俗"之间搭建一座沟通的桥梁的苦心。革命的激情，必须以世俗作为底子，而世俗的和谐圆满，则是革命成功的目标之一。这样，革命就被驱除了专制的恐怖，被转化为"为普通人谋幸福"的合法活动。另一方面，由于第一人称回顾性叙事，隐含作者的反讽强调和认同语气，却越来越难以区分。在对"文革"荒谬与非人性的控诉中，世俗性个体观，使得作家依然能从"劳改"中看出劳动的必要性，进而将"文革"的苦难，删减为苦涩但不失有趣的人生经历与革命磨砺：

> 是体育，是劳动，是游戏，是回归大自然，是风景的欣赏，是自我革命的盛大节日。越是艰苦，他们的情绪越高，笑声越响，豪言壮语与巧言令色越多。正是在这样的劳动中，他们确实是获得了解放，他们回归了自身，他们成为了一个个年纪尚轻，身体健康，有热情，爱劳动，能干活，能吃饭，不怕艰苦，不怕疲劳，有胳臂有腿能跑能跳的完完整整完完全全的自己。当右派是多么好啊！

（《失态的季节》）

王蒙的政治反思小说是非常有代表性的。但是，在 1990 年代后，很多青年作家对政治的反思，实际上已经超越了王蒙。王小波的《黄金时代》对革命与身体之间关系的反讽式结构，李洱的《花腔》对革命历史迷宫的深度反省，李锐的《厚土》、《银城故事》对整个 20 世纪中国革命历史的极端日常化消解，都表现出了新的思想力度和艺术标高。

第八节 刘心武与政治批判小说

在新时期以来的文学中，"伤痕小说"、"反思小说"等很多类型都表现出强烈的政治批判性。这些小说，大多集中在1980年代中前期，而以"文革"为特殊的政治批判对象。通过对"文革"的批判，一方面通过文化媒介的民族国家再想象，转移普通读者的精神创伤，在情绪的宣泄中重建对权威当局的信任；另一方面，这些政治批判小说，又是知识分子启蒙话语，在革命话语内部秩序调整期的一次"转喻式"的概念偷换。通过共谋、对抗和改写等方式，知识分子启蒙话语，以革命人道主义的主体姿态，在"解放思想，实事求是"的政治背景下，短暂取得了文学对政治的强有力介入和比较广泛的影响。然而，随着1980年代中后期，随着政治体制的讨论被悬置，"拨乱反正"的历史时期被新一轮以"改革开放"为口号的国家现代化想象所替代，文学的政治性日趋淡化。而中国文学的兴趣，也由政治转移到以"向内转"和"主体性"为标志的纯文学自我权利体系的构建。即便是主旋律小说和新写实小说等类型，虽还保留文学对现实政治干预的痕迹，但大规模的文学行动的政治性，却已布不成阵。由此，政治批判小说在1990年代后的式微，又可看做中国文学在新时期文化语境的症候之一。

在这些政治批判小说中，刘心武的创作影响非常大，而刘心武的小说政治批判的价值指向、文学观念，虽有很多不成熟之处，但也真实地反映了"文革"结束时，人们急于批判"文革"政治的决心和信心。

刘心武，1942年出生于四川省成都市，后定居北京。中学时期爱好文学。1958年开始发表作品。1961年毕业于北京师范专科学校中文系，后任中学教员十五年。1977年发表短篇小说《班主任》，被视为伤痕文学的发轫之作，曾任中国作协理事、《人民文学》杂志主编等职。1985年发表纪实作品《5·19长镜头》、《公共汽车咏叹调》，再次引起轰动。短篇小说代表作还有《这里有黄金》、《醒来吧，弟弟》、《我爱每一片绿叶》、《爱情的位置》、《黑墙》、《白牙》等。中篇小说代表作有《如意》、《立体交叉桥》、《小墩子》等。长篇小说有《钟鼓楼》（获全国第二届茅盾文学奖）、《四牌楼》、《栖凤楼》、《风过耳》等。以下将从刘心武政治批判小说的风格化特征及创作转型，管窥新时期以来政治批判小说风貌：

一、国家话语、革命话语与知识分子启蒙话语在现代化视野下的关系的修复、想象与重建

在发表政治批判小说《伤痕》之前，刘心武已发表了 70 多篇各类作品，并在北京出版社任编辑。1977 年，时年 35 岁的刘心武，在编辑出版作家谢鲲的小说《雅克萨》和另一部反映农村生活的长篇小说《大路歌》时，由于对生编硬造的阶级叙事的不满，产生了反映自己生活真实情绪的想法①。很快，他创作了短篇小说《班主任》，在《人民文学》发表后，引发了文坛的强烈反响。时隔多年，刘心武对该小说突出的"政治性"也有着清醒的认识②。小说讲述的是北京光明中学的张俊石老师如何教育学生，肃清"文革"流毒的故事。其深刻之处在于指出了"文革"流毒不仅伤害了像宋宝琦这样无知的小流氓，而且以精神的专制毒害了看似好孩子的谢惠敏。该小说也隐喻再现了知识分子对"四人帮"专制主义的有限度批判，尽管这种批判，依然带有革命话语的二元对立的政治情绪："这令人震惊的一种社会现象谁造成的？当然是'四人帮'！一种前所未及的，对'四人帮'铭心刻骨的仇恨，像火山般喷烧在张老师的心中，截至目前为止，在人类文明史上，能找出几个像'四人帮'这样，用最革命的逻辑与口号，掩盖最反动的愚民政策的例子呢？"如果仔细看来，我们依然能看到知识分子启蒙话语和革命话语的内在冲突和缝合性的嫁接。该小说是第三人称全知视角叙事，张俊石老师这个人物形象，不但是知识分子话语代言人，而且和叙事者、作者的价值判断合一。张老师是"文革"以后出现的第一个知识分子拯救者形象，也是"文革"后有别于工农兵形象的第一个知识分子主体形象。小说中的张老师聪明睿智，成为"文革"政治的批判者和时代的拯救者的双重形象。但小说开端却以"你"的第二人称，拉近读者和叙事者的情感距离，引发读者的道德悬念，使政治批判具更强烈现场感和真实性：

---

① 刘心武：《关于小说〈班主任〉的回忆》，《百年潮》，2006 年，第 12 期。

② "人们对这篇作品，以及整个'伤痕文学'的阅读兴趣，主要还不是出于文学性关注，而是政治性，或者说是社会性关注使然。"刘心武：《我是刘心武——60 年生活历程之回忆》，天津：天津人民出版社 2006 年版。

你愿意认识一个小流氓，并且每天同他相处吗？我想，你肯定不愿意，甚至会嗔怪我何以提出这么一个荒唐的问题。

小说结尾写道：

这时，春风送来沁鼻的花香，满天的星星都在眨眼欢笑，仿佛对张老师那美好的想法给予肯定与鼓励……

在理性批判反思之后，作家再次用抒情弥补了裂痕，增加了知识分子话语和革命话语的契合度，以"光明的尾巴"——春风和星星的意象，预示着批判的圆满成功和政治权威的善意接受。该小说也一再提倡精神解放，对谢惠敏发出了不要"迷信语录和领袖思想文章"，而要"独立思考"的劝诫。而小说也肯定了支部书记老曹"现在，是真格儿按毛主席的思想体系搞教育的时候了！"的说法。一方面，小说肯定了谢惠敏的革命的纯洁；另一方面，又认为谢惠敏的问题，是由于受到了"四人帮"的愚弄。作者所欣赏的另一个较完美的女生"石红"，则不再是工农兵式红色革命者，而是出身知识分子家庭的女孩。可以说，《班主任》，无疑是在彰显着伤痕文学的价值谱系和传承，即苏联的解冻文学和中国 1950 年代的百花文学。这是对知识分子话语和革命话语关系调整的又一次有效尝试，契合民族国家主体重建的内在要求，并造成"文革"和新时期的本质差异[1]，然而，在张老师教导者的眼光背后，则显示着新的建设四化的现代民族国家话语对革命话语的新的意识形态争夺[2]。这篇小说也因强烈的政治性，而遭到了一定的政治风

---

① 陈云哲、杨丹丹：《思想解放前期的"启蒙叙事"——刘心武〈班主任〉的非文本化解读》，《求索》，2011 年，第 2 期。

② 贺桂梅指出："谢惠敏是'文革'时期强烈而僵硬的集体话语的代表者，但随'四人帮'倒台，她的话语也已丧失了尊严感和权威性，她所有的权力也随之丧失，亦即她在社会中活动的方式就被视为不正常的病态行为，必须加以改造，这也是权力运作的残酷性。"见贺桂梅：《新话语的诞生——重读〈班主任〉》，《文艺争鸣》，1994 年，第 1 期。

险①。

在发表了《班主任》之后，刘心武又连续发表了《这里有黄金》、《醒来吧，弟弟》、《我爱每一片绿叶》等控诉"四人帮"极"左"政治的政治批判小说。有的小说其实已经溢出了控诉"四人帮"的话语范畴，表现出对反右等革命事件的反思，以及对革命话语本身所代表现实权威的怀疑。例如，小说《这里有黄金》，也有一个身兼社会观察者和拯救者双重身份的叙事者——某作家"我"。小说通过作家对历尽苦难的右派之子佟岳和高干之子田文之间的对比，表达了作家通过对"文革"政治的批判，进而批判反右等革命思维，进而反思现实政治的两极分化和腐败现象等更为尖锐的问题。而佟岳与将他父亲打成右派的女校长的女儿的重逢和相爱，则更有力地戳穿了"左"倾政治的虚伪和残酷。而小说以人性之真作为拯救社会的药方：

> 他给我的临别赠言是："批极左要从讲真话开始。你要句句都讲真话。真话让我活得下去。真话能救中国。"②

小说《爱情的位置》，通过思考爱情作为个性启蒙的意义，呼唤着人们打破坚冰，提倡美好而健康的爱情，在转喻中将"革命"的规定性意义加以挪用和租借：

> 我就越觉得有个"爱情的位置"问题，也就是说：在我们革命者的生活中，爱情究竟有没有它的位置？应当占据一个什么样的位置？

而在小说《醒来吧，弟弟》中，弟弟晓雷更像一个消极主义者，一个悲观厌世、又有些玩世不恭的"多余的人"。小说中的哥哥，既指出了弟弟的内伤是"四人帮"

---

① "但反对的意见也颇强烈，有人写匿名信，不是写给我和编辑部，而是写给'有关部门'，指斥《班主任》等'伤痕文学'作品是'解冻文学'，这在当时不是个好名号，因为苏联作家爱伦堡曾发表过一部《解冻》的长篇小说，被认为是配合赫鲁晓夫搞'反斯大林'的修正主义政治路线的始作俑之作。'伤痕文学'既然属于'解冻文学'，自然就是鼓吹在中国搞'修正主义'了，这罪名可大了……更有文章公开发表，批判这些作品'缺德'，我还接到具名来信，针对我嗣后发表的《这里有黄金》(那篇小说对'反右'有所否定)，警告我'不要走得太远'。"选自刘心武：《我是刘心武——60年生活历程之回忆》，天津：天津人民出版社2006年版。

② 刘心武：《这里有黄金》，广州：广东人民出版社1980年版。

所造成，又努力通过卢书记这些更为积极正面的老干部，以及真诚爽直的质量检测员朱瑞芹，来"治愈"弟弟的病。其实，这部小说的内在逻辑矛盾，则在于以"弟弟"为代表的"个人主义思想"和"治愈伤痕、在党的领导下奔向祖国现代化"的新的政党文艺合法性规范性下的"民族国家宏大叙事"之间的矛盾冲突。小说最后，虽然哥哥深情地诉说着：

> 是的，我们需要为弟弟这批青年创造更加有利的外在条件：更多的真话，更少的反复，更具体的成效，更丰富多彩的精神食粮，更能施展他们聪明才智的广阔天地……可是，归根结底，却又有赖于弟弟他们自身的醒悟、决心和毅力……为了我们的祖国，为了我们的民族，我真想把双臂伸出窗外，大声地呼唤——醒来吧，弟弟！

但是，在某些更为激进的评论者眼中，该从革命叙事的新的现代化叙事幻觉中醒来的，却恰恰应该是哥哥。因为，弟弟对于"文革"的批判，特别是对于"文革"结束后中国的特权盛行、虚伪成风的现实的批判，恰恰是对革命体制本身的权力装置的反思，而不仅是针对"文革"[1]：

> 我只觉得，好象一个什么美好的东西，突然给打碎了。后来，我爸也给揪了出来，这号场面见多了，也就渐渐习惯起来……我觉得没什么神圣的东西，没什么真格的。江青他们把你和爸爸这样的人说成是鬼，说你们搞"物质刺激"，散布封、资、修毒素；可我有个表姐在"样板团"，那儿搞特殊化，比"十七年"还"十七年"！她跟着江青看过几次"内部电影"……哈哈，一切都是假的、假的、假的！我看破了……

而对于小说《我爱每一片绿叶》，有的外国学者则更是赞赏有加："这篇小说成功地将隐喻、戏剧性事件和复杂的时间结构，糅合成为一个读者难以忘怀的画卷。这篇小说的一个中心形象是主人公保存在桌子里的一张女人照片……刘心武将隐藏的照片形象令人注目地比喻成才智过人但却遭受灾难的离经叛道的人的肖

---

① 林中：《评〈醒来吧，弟弟〉》，《今天》，1978年，第1期，第48页。

像。"①

二、从特定主题的政治批判小说到问题批判小说，政治批判转向具体的社会和文化问题的思考，以及中庸和谐的小说美学的困境

进入 1980 年代后，随着伤痕文学和反思文学的淡化，刘心武原有的文学思维也在不断的调整中。他的小说中的政治批判在继续深化的过程中，遭遇了文学创新和文化语境改变的双重困扰。在党和国家的目标重新转向四个现代化建设的情况下，改革文学开始吸引人们的眼球，而政治批判小说则在"清除精神污染运动"和"异化讨论"等规训措施之后，渐渐走向了衰落。就刘心武而言，在关注现实的思路下，他由具体的政治批判转入了对问题的介入，对文化和社会问题的思考。他提出了新闻小说和纪实小说的思路。《5·19 长镜头》针对 1985 年球迷闹事的事件，展开了全景式的观察和深层次的思考，在谴责暴行的同时，将目光投向高度政治化的社会对人的干预过多的问题，别出心裁地将问题引入对人性的宽容和爱的理解上。而《公共汽车咏叹调》更是准确地揭示了商品经济到来的改革开放时代，人们内心的欲望躁动和变革的冲动。公共汽车司机韩冬生和售票员夏小丽，对自己的岗位充满怨气，一心一意地赚外快和打调离报告，而车上的乘客，也由于不同的情况，产生了心理的冲突。这些小说都揭示了刘心武对社会问题的准确而犀利的认识。而在其后的《立体交叉桥》、《钟鼓楼》等小说中，刘心武不但用心探索小说的内在结构，而且以准确的描摹，揭示了市民社会在大变革时代的日常生活。小说《栖凤楼》②讲究以新闻性反映当下现实，从高级洋车、洋装、洋酒乃至洋皮带的品牌到家徒四壁的音乐"发烧友"；从当代寄生层的奢侈生活到离休和在位领导干部的起居住行；从京城购房诀窍到创作界内幕；从新兴的贵族式文化沙龙到沉渣再起的下流社会中"五道"（红、黄、蓝、白、黑）、"五渣"（混、赖、讨、偷、盗）的介绍，光怪陆离，无所不包，对 1990 年代中国资本时代的历史和

---

① 【美】R·麦克法夸尔、费正清主编：《剑桥中华人民共和国史（1966—1982）》，北京：中国社会科学出版社 1992 年版，第 807 页。

② 刘心武：《栖凤楼》，《当代》，1996 年，第 3 期。

文化进行了严肃拷问。小说《风过耳》则以 1990 年代初的北京生活为背景，围绕一部名人的遗稿之争，以冷峻中不乏调侃的写实笔触，塑造了一批文化人中的市侩形象。"会宝"宫自悦的虚荣苟且，"二丑"匡二秋的见风使舵。游戏人生的交际花欧阳芭莎，见利忘义的鲍管谊等人，共同构成 1990 年代文化名利场的嬉笑怒骂的批判。

然而，无论是具体的社会问题小说，还是以文化和社会深层次反思为旨归的文化小说，刘心武在 1970 年代末的伤痕文学中表现出来的政治批判意识和探索精神却被大大弱化了。例如，对于小说《栖凤楼》，有评论者认为，"作品所明确表现出的对世事速变、人生起伏及心性蜕变的茫然，甚至不知不觉地夸大了这种高低变位，使整部作品表现出某种不可知论的氛围"①。同时，无论是刘心武自己的小说理想，还是批评家对刘心武的认定，都自觉地以文学性对抗政治性，以心灵、灵魂等纯文学特质，对文学的政治性表达表现出疏离和区隔的色彩②。20 世纪80 年代后期，他提倡对文学想象力和轻灵的追寻③，他提倡小说的"铸灵性"，认为"这是文学最重要的本性，文学应该承载铸造人的灵魂这一社会义务，而不应该承载其它过繁、过大的社会义务"④。而在对宽容和人道主义的提倡中，刘心武也不自觉地靠近中庸的传统美学，尽管有评论家对铸造人的灵魂这个主题也抱支持态度，但刘心武在反映现实变革时，早年对人生痛苦的揭示却淡化了，对现实政治的尖锐矛盾的批判也淡化了，有的则是软心肠和宽容⑤。在人性、人道主义、深度等纯文学话语下，对政治问题的深层规避，导致了刘心武的"中和之美"的尴

---

① 李跃红：《"新闻性"：长篇小说的新负载——论刘心武〈栖凤楼〉》，《当代文坛》，1998 年，第 1 期。

② 1980 年代很多评论家对刘心武的认可，首先在于刘心武的文学性、文化性，而非政治性："《班主任》所具有的超常的撼动力的秘密，我以为是在于：它从反映现实生活的一般社会政治、经济角度中转移到特殊的文化和人的角度，发现了一种人习见而并不以为病的特殊的精神病变。"见曾镇南：《刘心武论（上）》，《社会科学战线》，1986 年，第 3 期。

③ 刘心武：《关于文学本体性的思考》，《文学评论》，1985 年，第 4 期。

④ 刘心武：《斜坡文谈》，上海：上海文艺出版社 1987 年版。

⑤ 如刘心武所说："还想保留一段软心肠。一段弥漫着柔情的心肠，一段顾眷着温润的心肠"，见《软心肠》，刘心武：《我是怎样的一个瓶子》，成都：成都出版社 1993 年版。

尴尬处境①。

1980年代，除刘心武的政治批判小说外，张一弓的《犯人李铜钟的故事》，冯骥才的《铺满鲜花的歧路》，张弦的《被爱情遗忘的角落》，戴厚英的《人啊，人！》等作品，都表现出强烈的政治批判性。特别是戴厚英的《人啊，人！》这篇小说，在多个叙事视角的声音转换中（主要是孙悦、奚流、何荆夫、赵振环四人声音），来揭示极"左"思潮对人性的戕害。有论者称该小说"对理性和非理性的双重思考是其哲思和敏感的最佳载体和表征"②。但《人啊，人！》中的小说人物声音，并不能说是一种贯彻到底的"限制性视角"，而更多是全知视角的隐蔽"变形"③。这些人物既是启蒙者，又是被启蒙目标（如孙悦），而对自我的反思、剖析，比如人的尊严、爱情、同情心、伦理感，甚至是某种"兽性"欲望，都建立在强烈的"主体自审"意识上。虽用很多人物声音，但其后隐含叙述者的声音依然强烈，特别是对人物的道德和价值判断。这些人物背后，仍有一个不受限制的理性启蒙视角。另外，这个隐含叙事者身份，还表现在旁观叙事者"小说家章老师"身上。他似乎是旁观者和记录者，却负责统一全文视角，形成批判力量，形成对小说叙事声音"真实性"的保障。然而，综观新时期以来的政治批判小说，刘心武等老一辈作家在面对1990年代后中国现实政治的失语，既是纯文学体制自身的结果，也衍生出了一系列文学与政治关系的问题。这之后，张平、陆天明等反腐败作家、主旋律作家和新现实主义作家，直至新世纪出现的具更强政治性的底层写作，都在彰显着文学政治功能的新的可能性。

---

① 如有的评论者指出："在一些'守旧'的人看来，刘心武是'新潮'的，而在'新潮'的人看来，刘心武又是'守旧'的。"见陈骏涛：《从"问题小说家"到人性的探秘者——关于刘心武的笔记》，《文艺争鸣》，1994年，第1期。

② 张光芒：《中国当代启蒙文学思潮论》，北京：三联书店2006年版，第200页。

③ 如戴厚英所说："在写这部小说的时候，我就有意识地进行一些突破了。我不再追求情节的连贯和缜密，描绘的具体和细腻。也不再煞费苦心地去为每一个人物编造一部历史，以揭示他们性格的成因。我采取一切手段奔向我自己的目的：表达我对'人'的认识和理想。"这种"人"的认识和理想，构成了人性启蒙主题在多个叙事视角背后的统一的叙事伦理与叙事价值观。而戴也并不为"非理性"是其表现重点："我并不是非理性的崇拜者。我还是努力在看来跳跃无常的心理活动中体现出内在的逻辑来。"见戴厚英：《〈人啊，人！〉后记》，广州：花城出版社1980年版，第167页。

第九节　张贤亮与政治伤痕小说

新时期伤痕文学，是一次有限度的"自我觉醒"。经主流媒体引导，伤痕文学对"文革"的控诉就与政治更替结合起来，并以"人性"、"人道主义"、"反抗"等启蒙式口号，转喻性地再现了文学的政治功能化。然而，在短暂蜜月中，缝隙已出现，主流意识形态试图不断在伤痕的认定、伤痕的治愈方式、伤痕的再现等文学形态中，进行规训和引导。其实，就话语形态而言，发生在20世纪70年代中后期的"伤痕"文学，其实也存在显性与隐性两个层面。一种是经由主流意识形态定义的伤痕文学，这类作品，对"文革"有着反思，也有着对真善美和人情人性的呼唤，但它们依然服从于民族国家叙事或革命叙事的整体框架，在"歌颂与暴露"的关系上，"个体与集体"的关系上，还存留很强的意识规训痕迹。它发轫于卢新华的《伤痕》，还有张洁的《从森林里来的孩子》，宗璞的《弦上的梦》，陈世旭的《小镇上的将军》，刘心武的《班主任》，从维熙的《大墙下的红玉兰》，冯骥才的《铺满鲜花的歧路》，郑义的《枫》，莫应丰的《将军吟》等。周克芹的《许茂和他的女儿们》，古华的《芙蓉镇》，叶辛的《我们这一代年轻人》、《风凛冽》、《蹉跎岁月》也都是此类主题代表作。这类文学还包括朦胧诗的一部分，如舒婷的《祖国啊，我的祖国》、梁小斌的《中国，我的钥匙丢了》等。这类伤痕文学，大都是以真实、质朴甚至粗糙的形式，无所顾忌地揭开"文革"给人们造成的伤疤，宣泄十年来积郁心头的大痛大恨。"伤痕文学"大多把"文革"看做割裂性的不堪回首的恶梦，作品中充溢的是往昔岁月中苦难、悲惨的人生转折，丑恶、相互欺骗、倾轧、相互利用的对于人类美好情感的背叛和愚弄，基调基本是愤懑不平心曲的宣泄，这一切都表现出对以往极"左"路线和政策的强烈否定和批判意识。在涉及个人经验、情感时，则有较浓重的伤感情绪，对当下和未来的迷惘、失落、苦闷和彷徨充斥作品中。第二类隐性伤痕文学，则指在"文革"中已存在的、更彻底的个人主义色彩、启蒙味道更浓、批判意识更大胆的作品。这类作品思想性和艺术性比较高，现实批判性更强，时常溢出主流意识范畴，如电影剧本《苦恋》，小说《人啊，人！》、《飞天》、《晚霞消失的时候》、《血色黄昏》、《一封公开的情书》，多多和芒克在白洋淀时期的诗歌创作，诗人灰娃在"文革"期间的地下创作，又如文学民刊《今天》等。这些文学创作，即便是在新时期文学中，依然很少占有官方的文学宣传资源，论知名度、为作者带来的实际利益都无法与显性写作相比，即便引起很大反响，如戴厚英的《人啊，人！》，也很快被"展示伤痕，是为了更好地畅往明天，而绝不是悲观绝望"的主流论调所摒弃和遮蔽。

在伤痕文学中，伤痕小说是最重要的文类之一。而张贤亮的小说，以其鲜明的伤痕特色，成为政治伤痕小说的代表作品。

张贤亮，1936年12月生于南京，在家庭影响下，从小深受中国古典文学的熏陶。他的童年在抗日战争的烽火中度过，他的父亲毕业于哈佛商学院，"九一八事变"后回国，先后结交过张学良、戴笠等人。1949年，张贤亮的父亲作为旧官僚被关押，后在监狱中死去。1955年高中毕业后，张贤亮就被调往宁夏银川干部文化学校担任文化教员。他开始尝试文学创作，曾经写作并公开发表了60余首诗歌。1957年7月，张贤亮新创作了一首搏动着青春豪情的《大风歌》，在《延河》登载，引起了轰动。但是，就因为《大风歌》，张贤亮遭到了猛烈的批判。1957年9月1日，《人民日报》发表了署名《斥大风歌》的文章。于是，张贤亮被戴上了"右派分子"的帽子，关进劳改农场。1960年张贤亮逃离劳改农场，但很快被抓了回去。这期间，以"书写反动笔记和知情不报"的罪名被判三年管制；在"社教运动"中以"右派翻案"罪名被判三年劳教；"文化大革命"中，升级为"反革命修正主义分子"；1970年，又被投进农垦兵团监狱……1979年9月，张贤亮才彻底被平反，告别了长达二十二年之久的右派生活。1980年张贤亮调至宁夏《朔方》文学杂志社。1980年和1983年，张贤亮的小说《灵与肉》、《肖尔布拉克》分别获得了全国优秀短篇小说奖，这之后，《男人的一半是女人》更让张贤亮名声大振。重新执笔后的张贤亮成为"新时期"以来中国当代重要作家之一。1992年，张贤亮下海弃文从商。1993年张贤亮当起了华夏西部影视城有限公司的董事长，建立了镇北堡西部影城，在影视圈内颇有影响。

按心理学而言，心理创伤常指与精神状态相关的负性影响，常由躯体伤害或精神事件所导致，它可以事件当事人为载体，也可因目睹事件而诱发。大致可将这些来源区别为危及生命的"天灾"与"人祸"。前者如自然灾害（洪灾、火灾、旱灾、飓风、地震等），后者如交通事故、战争等。暴力侵犯、被监禁、被折磨、持久被虐待的经历常常遗留心理创伤。而伤痕小说的"伤痕",既来自肉身的感受,也是精神的创伤。在张贤亮的小说中,"伤痕"不仅是阶段性写作口号,也不仅是小说意象,而是贯穿他整个创作的内在情感推动力和叙事原点。无论是肉身,还是精神,他的伤痕形象都会呈现为一个境遇原型和一个具体精神气质,即"劳改农场情结"和"救赎意识"。前者是伤痕的症结所在,后者是伤痕的解决之道。

张贤亮曾说:"我已经说过,我已经拯救了自己的灵魂。"[①]救赎意识,是解开张贤亮伤痕小说的一把钥匙。张贤亮的伤痕小说存在基本叙事原型,即"知识者受难——救赎"的道德仪式。但在张贤亮笔下,这种"救赎"开始的动机就十分复杂,而最终结局走向了绝望迷失。张贤亮在不断强化着小说的原生情境,即"劳改农场"[②]。它不仅是远离正常生活的苦难聚集地,也是原始与文明碰撞、爱情和理想上演的"想象的历史乌托邦"。同时,劳改农场既是梦醒时分的出发点,也是主人公"自我强迫症"所选择的回归点,是主体永远也走不出的精神困境。在这个情境中,存在着受难者(知识分子)和救赎者(女性、劳动人民等)两类基本人物原型。压迫者(当权派、看守)和游戏破坏者(出卖牢友的犯人、国外的父亲、阻挠改革者)则作为辅助因素游离在原生情境之外。由原生情境引发的受难/救赎的道德仪式中,理想是主体救赎的理由,道德是救赎的手段,而现实却是主体救赎妥协的对象。

救赎方式存在着以下几条途径:一是控诉加倾诉的叙事策略,二是主体文化身份的认同,三是女性客体对象的审美化。张贤亮的小说经常出现男性主人公的形象,无论是运用第三人称叙事,还是第一人称或者第二人称,整个故事展开基本上是以这个男性主人公为视角。他可以是许灵均,也可以是石在、章永璘,也可以是《习惯死亡》或《青春期》中的"我"。这个叙事人凭借充满矛盾、但又不乏激情的语言,以受难者的神圣抒情语气讲述故事。他是理性的控诉者,控诉命运对他的不公,社会对他的抛弃,大自然的残酷,又不因无节制的控诉而丧失理

---

① 张贤亮:《土牢情话》,耕耘出版社 1990 年版。

② 房伟:《荒野中的迷失——从张贤亮的小说谈中国当代文学救赎意识之溃败》,《海南师范学院学报》,2006 年,第 4 期。

性和深度。他又是感性的倾诉者。他赞颂人性的美好，歌咏爱情的纯真，向往着理想的人生。这样，他在引发人们理性思考的同时，排除了阴郁的情绪，成了"光明未来"的合法继承人。在倾诉＋控诉的话语过程中，张贤亮完成了救赎的仪式。在这种单一的视角中，读者不会产生与文本的疏离感，在文本中也看不到相对立的价值判断。他们只是随着男主人公的眼睛看待由"劳改农场"原生情境所派生的各种生活，并在男主人公的抒情中一次次强化主人公受难所激发的同情和伤感。男主人公也在抒情的故事中被赋予了"圣徒"的光环，甚至连他的错误、动摇、背叛，都因为这种控诉加倾诉的叙事方式被原谅和理解，有了某种合法性和合理性。比如石在对乔安萍的出卖，章永璘对黄香久的虚伪。从理智上解释背叛，正是为运用理智去宽恕背叛，那个叙事人不过是张贤亮理智的产物①。在《习惯死亡》中，这种叙事方式达到了极端。抒情男主人公"你"的叙事人称，更几乎是强迫着读者和他一起去体验那触目惊心的"刑场陪斩"、"死而复生"等伤痕场面的描述。

无庸讳言，这种叙事策略的运用，在张贤亮来说是非常成功的一方面，作为控诉和倾诉的主体，无疑具有强大情感震撼力和感染力。另一方面，由于叙事视角局限，我们无法看到与主体相异的价值趋向的存在合理性。这个主体只是在不断强化自己的受难，而缺少对自身存在荒谬性的反思。这里也存在着一个两难的悖论。一方面，受难者主体需要用"真实的苦难"强化自己的崇高；另一方面，在"真实苦难"展示中，主体又不得不触及从肉体到心灵的异化和扭曲，残酷的生存环境已有效改造了主体的精神意志，使善良的诗人成了为了 5 斤萝卜而大肆欺骗的"原始人"。尽管主体可以用"创伤"来解释妥协和背叛，但他无法使崇高化的主体形象得到圆满解释。当这种"自我崇高化"的心理倾向和"显示真实创伤"的冲动之间的矛盾达到尖锐程度，主体不可避免地产生分裂。有的评论者认为"张贤亮小说的崭新之处在于，在方式上不再以一种先知先觉的姿态，直接地呐喊或急切地呼唤'人的解放'，而是将自己作为历史的一卒隐退在作品中，用作品的人

---

① 王晓明：《潜流与漩涡——论 20 世纪中国小说家的创作心理障碍》，北京：中国社会科学出版社 1991 年版，第 67 页。

物际遇引导读者领悟"①。然而，在张贤亮的叙事策略中，我们不可否认有"人"的个体解放意识，但这首先且最重要的是"受难者"本人的现实功利际遇，而非深刻的启蒙主义"个体"解放。正如小说《绿化树》的男主人公说："我的心里只有我自己，即使超越自己也是为了自己，这是我和她之间最大的不同。"②

张贤亮的伤痕小说，主体救赎的另一重要方式是文化身份认同。只有找到了一个自信的文化身份之后，主体才会真正成长为一个完整的精神主体，救赎过程才能真正的完成。正如《灵与肉》题记中所写："他是一个被富人遗弃的儿子。"张贤亮充满了对文化身份寻找的焦虑。但这个身份寻找同样经历自相矛盾的分裂过程。这个寻找过程开始于《灵与肉》。许灵均是一个被动的、缺乏主体性的人，强烈的"被弃感"紧紧地纠缠着主人公的心灵。在彷徨中，老放牧员、郭谝子、秀芝等底层人民的同情和淳朴的情感，引起了主体的强烈共鸣。这种对民间的认同在小说结尾达到高潮，即"出国与否"。出国意味着找回记忆中的资产阶级的"父"，留下就是认同现在民间秩序的"父"。这种选择在感情逻辑上有牵强之处。尽管投身于民间，但主人公始终有强烈的过去身份的优越感。那种舒适体面的生活，对一个曾经是诗人的大家之子来说，无疑是熟悉而温暖的。对民间的报恩情绪并不能成为他投身在知识、思想与自身有巨大差距的民间的最坚定的理由。他拒绝出国，与其说是热爱人民，不如说是对矛盾所产生焦虑的逃避。通过留下来的行为，他缓和了焦虑，在现有的社会秩序（改革开放之初）中，取得了合法性。这正如《肖尔布拉克》中李世英对未婚妈妈上海知青叶娟的接纳，主体在民间朴素的伦理道德中找到了力量，暂时的在主流意识形态中寻回了失落的尊严和崇高感。主体因受难而具有了圣徒的光芒。

在《绿化树》和《男人的一半是女人》中，主体对民间想象却不断动摇和怀疑。封闭而粗砺的生存环境，激发了主体的人类原始力——肉身。如果说《灵与肉》是思想觉醒的开始，《绿化树》就是身体的觉醒。在经历饥饿和性无能后，通过和

---

① 陈平：《一代启蒙者的历史宿命与精神启示——从〈男人的一半是女人〉看张贤亮的新启蒙意识》，《理论与创作》，2003 年，第 1 期。

② 张贤亮：《绿化树》，《十月》，1984 年，第 2 期。

海喜喜打架、和女人接触，章永璘成为了真正的男人。但是，现实、理想和道德的冲突在主体身上，非但没有被缓和，反而加深了。一方面，在对民间认同过程中，主体从认同民间的淳朴和善良的伦理道德，进而认同民间野性强悍的生存哲学。另一方面，性和肉体的强健并没有给主体带来灵魂上救赎的安宁，反而更加重了主体人格分裂。比如马缨花、黄香久、何丽芳们开放的性观念和混乱的性关系，黄香久对章永璘的胁迫，民间对知识者的嘲弄，这些都是和主体理性的完美主义理想相牴牾的。

最终，主体的身份认同在《习惯死亡》、《我的菩提树》之后走向了分裂与混乱。《我的菩提树》以日记形式还原了个体生存在专制的重压下灵魂的崩溃。所有美好和温馨消退了，粗砺的语言驱赶着任何浪漫美化"过去"的可能。通过对过去的反思，"父"的寻找成为苦涩的玩笑，只有"死亡"的记忆使主体陡然增长了无比的勇气。在《习惯死亡》中，主体也不再掩饰理想、现实和道德上的痛苦和分裂。所谓民间的拯救、国家的拯救、女性的拯救、知识的拯救、西方的拯救都成为了彻头彻尾的黑色幽默。温情的劳改队长如谢队长、王队长也变成了一把将正在发烧的"我"推入水田的凶神恶煞，淳朴的人民成为因押送"我"上刑场而有机会进城的愚氓。美国情人纳塔丽也只是冰冷的物质主义者。性，在张贤亮的笔下，也不仅是对政治的救赎，且成为赤裸裸的欲望和主体对这个世界最后的捣乱。没有了救赎的希望，剩下的就只是堕落式的反抗和对死亡的咀嚼。正如斯图亚特·霍尔所说："文化身份是有源头，有历史的。但是，与一切有历史的事物一样，它们决不是永恒地固定在某一本质化的过去，而是屈从于历史、文化和权力的不断'嬉戏'。"[①] 在文化身份定位中，张贤亮充满伤痕的主体不断试图寻找精神的"父"，从而获得救赎后恒定的安全感和归属感。然而，道德、理想和现实三者激烈的冲突和对创作主体精神意志的不断噬啮，使其丧失了认同的信心和动力。主体厌倦了永无止境的痛苦，就只有也只能回到"劳改农场"的原生情境中，去追忆那曾经给过他生命太多苦难，也给予过他灵感和温情的"荒原土牢"。

---

① 【英】斯图亚特·霍尔著，陈永国译：《文化身份与族裔散居》，选自罗钢、刘象愚主编：《文化研究读本》，北京：中国社会科学出版社 2000 年版，第 211 页。

女性客体对象的审美化，是张贤亮主体伤痕救赎的第三条途径。张贤亮小说中有着许多女性形象。她们是马缨花、白彦花、黄香久、乔安萍、秀珍、穆玉珊、韩玉梅、纳塔丽……对这些女性形象的评价一直是中国当代文学争论的焦点。有的评论者称这些女性形象为男权主义下的"影子"。应该说，这个结论失之简单。在张笔下，男性主体和女性客体的关系比较复杂。女性客体大都具有一些共同本质：美丽、多情、有较开放的性观念、有很强的母性意识，在和男性主体的交往中处于活跃和主动的位置。可以说，女性首先是张贤亮救赎伤痕的"大母神"。正如诺伊曼所说："假如我们把初民未足形的身体——世界等式同女性基本特征的等式：女人＝身体＝容器结合在一起，我们便为人类远古时代得出了普遍的象征公式：女人＝身体＝容器＝世界。"而"容器象征中所经验到的，主要是女性的基本特征，因为作为大圆，它是保护的和紧抱的容器"①。她们强悍有力，又温柔体贴。她抚慰男性主体的创伤，为他提供神圣的避难地。面对女性客体，创伤的男性主体首先是"儿童"。在男性主体和女性客体的联系中，也首先是"食欲"而非"性欲"。马缨花、乔安萍们对男主人公的解救也开始于食物。食物隐含着儿童对母亲乳汁的想象。由于对外在世界的无能为力的恐惧感，男性主体对母体子宫有着天然的依赖和眷恋，女性首先成为了母亲而非情人，是儿童的保护神。

但是，母性意识的扩张，必然以男性意识的萎缩为代价。马缨花、黄香久们都有着很强的自我意识。马缨花不想和章永璘结婚，一方面因为经济原因，其深层心理原因是不愿为婚姻牺牲自由自在的生活方式。黄香久的自我个性意识更强烈，她敢于在男人面前赤身裸体洗澡，她敢因章永璘的性无能红杏出墙，而白彦花也可以主动勾引"老右"发生性关系。在《男人的一半是女人》中，章永璘的"阳痿"是极具象征性的细节。这来源于对外部的创伤焦虑，也隐喻男性主体意识的沉睡状态。只有章永璘的男性力量完全征服了黄香久，"阳痿"才不治而愈。章永璘对黄香久的抛弃，与其说是文化素养的隔阂，不如说是对"母体"的脱离，走出创伤阴影、实现个体独立的努力。然而，在受难／救赎中，他那被扭曲的灵魂始终没有获得爱情。一方面，他渴望成熟，渴望着女性对他的膜拜；另一方面，

---

① 【德】埃利希·诺伊曼著，李以洪译：《大母神——原型分析》，北京：东方出版社1998年版，第41—42页。

他又有着灵魂深处始终无法摆脱的"创伤"恐惧,他不能完全放弃母亲为他带来的灵魂的安宁和归宿。她们既给他温暖,又令他感到陌生。可以说,这些女性形象,是男性主体漫长的救赎之路上的"同行者",是理想、现实、道德三者在主体精神世界矛盾的产物。

因此,在以上分析中,我们便可以看出,张贤亮小说中的伤痕心态和救赎意识,都是非常具有典型性的。可以说,张贤亮是中国最有深度的伤痕文学作家。如果说,卢新华、刘心武、古华、叶辛、冯骥才、从维熙等人的伤痕小说,更多是一个特定时期文艺政策、政治气候和文学特定情绪的爆发,那么,张贤亮的伤痕文学,实际上已经超越了"文革"这个特定的隔离性时间段落,而显现出了对建国以来革命历史的深层次人性伤痕的深刻揭示。尽管,有的时候,这种揭示有着令人别扭的逻辑混乱、叙事断裂和人性扭曲。然而,如果仅从"伤痕"的客观展示效果而言,这恰恰是一代知识分子内心伤痕的最真实的展览。

更触目惊心的是,张贤亮在"伤痕"中流露出来的优越感、男权意识和无罪的自我崇高化,更是中国知识分子在百年现代化转型中"更深层次"的伤痕。在张的受难仪式上,精神的超越以肉体的苦难为代价,受难者本身因承受苦难而具有了神的光芒,本身也就成为了世人的救赎者——一个自我镜像化的人格神。正如有评论者所说:"他不过是迎合了某种需要,即寻求一个新生的道路,展示一个经过诗意化的世界。事实上,是诗意化的装扮完成了一个知识分子高贵而神圣的新生,他所谓的苦难类似一个从战场归来的老兵的枪伤,光荣地展示在英雄事迹报告会上。我们不久发现,这个'花轿'上的英雄,已经成为高歌猛进的城市时代的同谋者。"① 这种隐秘的内心信仰与其外在的华丽语言所支撑起的庞大的叙事能指——"国家"、"知识"、"民间"之间形成了深刻的反讽。在《绿化树》、《男人的一半是女人》、《土牢情话》等小说中,男性主体始终小心翼翼地在主流意识形态内寻找改善的可能性,他执着地认为:"我是无罪的,我只是为上代人还罪。"于是,当魏天贵、龙种、陈抱帖们成为改革的急先锋和弄潮儿的时候,受难意识就顺理成章地成为"国家与种族现代化"的宏大叙事下"天下兴亡、匹夫有责"

---

① 黄子平:《我读"绿化树"》,《文艺报》,1984 年 11 月 1 日。

的责任感。男性主体的优越感也越发强烈。在《习惯死亡》、《我的菩提树》中，主体在顽强的追问中强化了自我批判的力度。这种受难感由于男性主体的挫折而加强，在男主人公——一位知名作家受到批判之后，主体的思考又回到了"劳改农场"。在对政治问题的反思中，国家、知识、民间等原来主体迷恋的"我父"都遭到了最无情的颠覆。他似乎开始探索知识分子在这场苦难中真正的教训："当一个人与压迫他、折磨他的势力认同，驯服地由这种势力摆布，他在心理上和人格上的防卫系统就彻底崩溃了。"[①] 然而，在最后的控诉＋倾诉中，他所悔恨的、愤怒的、批判的，不过是权力机器对抒情主人公身体和灵魂造成的伤害。一个"好人"在恶劣的生存环境和惨无人道的专制下，被改造成"畸形"的人。冷静的探索被愤怒的政治控诉所湮没后，主体无力再给自己找强大的精神资源，只有女性成为他堕落的反抗方式和最后残留的幻觉。

而透视张贤亮式的伤痕小说，还在于这种"伤痕"最终的消失。这无疑也是中国知识分子精神史的一个历史隐喻。20世纪90年代，随着激进主义退潮，新时期文学以来那种乐观而天真的想象成为一种苦涩的怀疑，有相当多的知识分子在思想失落和经济大潮冲击的双重境遇中，发生了各种各样的分化。启蒙的任务并未真正完成，而启蒙者却在社会的转轨之中，寻找着自己最佳的利益增长点。到《我的菩提树》为止，张贤亮完成了一代知识分子在启蒙问题上的最后一搏，也是早产而无力的一搏。他不可遏制的政治参与热情，使一部本应厚重的作品成为一篇政治檄文。他甚至直言说："这部小说是小平同志南巡的产物。"[②] 但失去精神救赎的可能性之后，这些中国启蒙英雄的先天不足，使其在一场新的游戏规则的博弈面前迅速溃散。他们受难的英雄可以忍受苦难，不能忍受的却是寂寞。他们投身商海或移阵政界，在对公共权力空间的分享和共赢之后，伤痕的焦虑消失了，他们又成了新时代的宠儿。自此，资本家之子成为了新一代的资产所有者，一个善于自我保护、温和的中产阶级故事讲述人开始浮出水面。这集中体现在张贤亮的作品《青春期》中（2000）。在这篇小说中，受难的伤痕成为了纯粹的故事

---

① 张贤亮：《习惯死亡》，北京：作家出版社2002年版。
② 张贤亮：《张贤亮自选集》之四《我的菩提树·后记》，北京：作家出版社1994年版。

背景，在对野蛮和原始的消费型娱乐之中，一个充满挑逗和诱惑的白彦花以性符号的面孔出现在世人的面前。救赎的痛楚和自卑隐去了，那个以死亡做最后赌注的"撒旦"不见了，取而代之的是一个洋洋自得的"潘神"。这个男性主体野性、强壮，充满着个人成功后甜蜜和自豪的记忆光环。在岁月无常的感慨中，没有了救赎与苦难，启蒙批判的愤怒也就化为缥缈伤感的温情之歌。张贤亮的"伤痕"，在多年之后，终于被市场经济治愈了。我们看到，反右之后，一代知识分子在宏大叙事的想象中突然遭遇精神流放，也开始了反思和救赎的努力。但是，长期的精神伤痕带来的是精神主体的萎缩。无论自动松开的柳锁如何丑陋，对囚徒而言都是突如其来的恩赐。感恩情结、忠奸情结、士大夫的优越感这些"旧时代的幽灵"都会在"新时期文学"的大旗下不请自来。这些逃出牢笼、惊魂未定的知识分子，不缺乏充当启蒙导师的自豪感，却缺乏自我启蒙的反思。在启蒙大旗下，他们曾经勇敢地和封建专制拼死搏斗，却始终没有注意到鲁迅阴郁的目光下另一种"受难"：群体解放与个体启蒙、民族承担与现代性批判之间那种清醒而痛苦的精神折磨，及在这苦刑下反抗绝望的灵魂救赎。他们与生俱来的文化内伤无法使"受难"穿透伤痕表象与现存文化的拘役，而突入生存本质，从而获得更为深刻的救赎力量。作为新时期伤痕小说的代表性个案，张贤亮值得我们深思。

第十节　蒋子龙与政治改革小说

党的十一届三中全会，将"改革开放"作为党的基本工作和任务。而国企自主权改革和农村联产承包责任制，则成为当时改革为改变计划经济体制，引入市场化因素的两个重点尝试①。自此，大规模的改革浪潮，在神州大地上已经势不可挡。改革，也成为中国主流意识形态与文学保持合作关系的重要通道。然而，就

---

① 邓小平在此次会议中指出："现在我国的经济管理体制权力过于集中，应该有计划地大胆下放，否则不利于充分发挥国家、地方、企业和劳动者个人四个方面的积极性，也不利于实行现代化的经济管理和提高劳动生产率。应该让地方和企业、生产队有更多的经营管理的自主权。"选自邓小平：《解放思想，实事求是，团结一致向前看——邓小平在十一届三中全会的讲话》，《邓小平文选》第 2 卷，北京：人民出版社 1994 年版。

政治改革小说而言，也经历了几次重要的转型，这既反映了我国改革事业的复杂性、艰巨性，也反映了改革的不同阶段性，给中国现代化想象所带来的全方位冲击。总体而言，1978—1989 年是改革小说的第一阶段，而 1990 年代至今则是改革小说的第二阶段。随着改革的目标、观念、价值取向和话语方式的差异，不同时期政治改革小说也表现出谱系性的反思价值，都存在着肯定和质疑两种态度的杂糅。

谈及新时期以来的政治改革小说，蒋子龙是当之无愧的代表性作家，特别是针对第一阶段政治改革小说。

蒋子龙，1941 年出生于河北沧县，曾在海军服役，也曾在天津锻铸件厂、天津重型机器厂做工人，对国企生活非常熟悉。1982 年，蒋子龙成为专业作家，并先后担任天津市作协主席、《天津文学》主编等职务。2006 年当选全国作协副主席。蒋子龙于 1976 年发表小说《机电局长的一天》。1979 年因小说《乔厂长上任记》蜚声文坛。短篇《一个工厂秘书的日记》、《拜年》，中篇《开拓者》、《赤橙黄绿青蓝紫》、《燕赵悲歌》、《锅碗瓢盆交响曲》等，均引发强烈反响。而他的长篇小说《蛇神》、《农民帝国》等也因对不同时期改革现状的反思而广受关注。蒋子龙笔下众多的改革者形象，被文坛称为"开拓者家族"[1]。

蒋子龙写于 1970 年代末和 1980 年代的政治改革小说，体现了新时期文学依然存在的宏大思维，即具政治性重大题材、写英雄人物、现实主义笔法。当改革小说开创的时候，它是一种巨大的民族国家的使命感与政党意识形态结合的产物，同时，这也融合了知识分子对宏大叙事话语权的争夺和挪用。知识分子和党的任务，以及国家民族的使命感合一，一个大写的启蒙，似乎像高楼一般被巍峨地树立了起来[2]。而此时的党派文艺的主题，已悄然变成了"四个现代化建设"。蒋子龙通过政治改革小说，使得"伤痕"被终结，精神的创伤被四化的理想乐观主义治

---

[1] 余斌：《新人的概念和文学中的道德主题的出现》，《文艺报》，1981 年，第 24 期。

[2] 例如，蒋子龙谈及使命感说到："乔厂长上任记是被逼出来的，是被生活'逼'出来了，是被一个普通的中国人对四化的责任感逼出来的。"见蒋子龙：《乔厂长上任记·续后谈》，选自彭华生、钱光培编选：《新时期作家谈创作》，北京：人民文学出版社 1983 年版。

愈①。与西方早期对工业革命和现代化的想象不同，蒋子龙的这些改革小说，既没有基督教精神的反思，也没有物质欲望的野心和激情，有的只是知识分子化的党派文艺的军事革命思维与现代化的启蒙浪漫想象的结合。例如，小说《乔厂长上任记》开头，就表现出对"数字和时间"这类代表现代工业化焦虑和浪漫化的想象："其实，时间和数字都是有生命、有感情的，只要你掏出心来追求它，它就属于你。"②然而，对于数字和时间性背后的人的个性的解放，线性历史观的工业化联接的人的欲望的无限膨胀，市场化对道德逻辑的巨大破坏性，显然此时的蒋子龙还没有认识到。这些数字和时间注定不属于普通人。蒋子龙只是将改革开放沸腾的工业化场景时间化、浪漫化，并借此隐喻民族国家和党派政治的再次缝合。③而小说《赤橙黄绿青蓝紫》的开头，也存在这样浪漫化的处理："世界之大，无奇不有，没有各式各样的新奇事，还算是一个纷纭复杂的世界吗？请看，在这80年代第一个春天的早晨，第五钢铁厂门前的景象吧。"

《乔厂长上任记》中的厂长乔光朴，依然是"高大全"式的英雄。例如，对乔光朴的外貌描写，依然有"十七年"军事文学的痕迹：

> 这是一张有着矿石般颜色和猎人般粗犷特征的脸：石岸般突出的眉弓，饿虎般深藏的双眼，颧骨略高的双颊，肌肉厚重的阔脸，这一切简直是力量的化身。

有所不同的是，这个新时期的改革英雄，也体现出公共空间和私人空间的双重激进性。他对童贞的大胆表白，以隐含的力比多的方式，隐喻了他在公共空间改革的合法性，也暗含了现代性对个人欲望的肯定。这在"十七年"的工业题材小说和军事小说中，都是很难想象的。还有的论者，则从乔光朴、霍大道，甚至

---

① 如有论者指出："这里有深刻的暴露，这种暴露激起了人们对林彪、'四人帮'以及一切丑恶事物的痛恨，但却不致使人们对社会主义的前途丧失信心。在这里，歌颂与暴露给人们以积极向上的精神。这正是革命文艺的神圣使命和要达到的艺术效果。"见宗杰：《浅论〈乔厂长上任记〉》，《人民日报》，1979年9月3日。

② 蒋子龙：《乔厂长上任记》，《人民文学》，1979年，第7期。

③ 王金胜：《"历史"的镜像：在现代化的叙事视野中——重读"改革小说"》，《扬子江评论》，2009年，第4期。

是张贤亮的改革小说笔下的改革英雄"龙种"等开拓者的身份上，看到了早期改革小说中老干部的"微妙话语权"①。这篇小说的结构："出山——上任——主角"也有着描述战争的痕迹。其内在思路也存在两军对垒的模式，例如，乔光朴和冀申之间的对立冲突。这和《一个机电局长的一天》中的机电局长霍大道和徐进亭的对立如出一辙，都是激进的改革派和保守派之间的冲突。而小说中的其他人物设置，诸如《赤橙黄绿青蓝紫》、《燕赵悲歌》、《开拓者》等，"也存在改革派和反改革派的较量，依然是色谱分布般的区分出敌我主帅，副将，喽啰，把观念、政策两军对垒般地形象化、戏剧化，强调思想，道德的终极价值，说教色彩强烈"。②

乔光朴之后，蒋子龙又塑造出车蓬宽（《开拓者》）、高盛五（《人事厂长》）、牛宏（《锅碗瓢盆交响曲》）、宫开宇（《悲剧比没有剧要好》）等改革开拓者形象。而《赤橙黄绿青蓝紫》则是蒋子龙另一部重要的改革小说。这篇小说的一大特色，就是出现了新时期的"社会主义新人"——解净的形象。而解净的重要性，则体现在两个方面：一是她的身份从宣教科的副科长（政治身份）转变为运输队的副生产队长（经济身份），二是她对刘思佳的改造。她以自己纯净的理想主义和真诚的态度，让"颓废青年"刘思佳从"个人主义"走出来，变成时代好青年。最后刘冒着生命危险，开走了即将引起爆炸的汽车，使油库避免了巨大损失。

正是以蒋子龙的改革小说为范本，在 1970 年代末和 1980 年代，出现了一批有影响的改革小说，如柯云路的《三千万》、《新星》，李国文的《花园街五号》，张洁的《沉重的翅膀》，水运宪的《祸起萧墙》，张贤亮的《龙种》、《男人的风格》、《浪漫的黑炮》，陈冲的《厂长今年二十八》等。这里，柯云路的《新星》，以年轻的县委书记李向南和旧势力代表向荣之间的斗争为线索，再现了区域性的政治和

---

① 例如，有论者指出："以乔光朴为代表的重返现实的老干部和知识分子群体，当然的成为现实的主体，他们是中国经济改革、实现现代化的开拓者和时代英雄。"选自金国华、郑朝晖：《清官意识：省察反思与批判——重论〈乔厂长上任记〉〈新星〉》，转引自王鹤松：《后毛泽东时代文学经典构造的隐密——以〈乔厂长上任记〉为例》，http://www.chinasoe.com.cn/theory/cul/2011—03—28/254.html

② 黄平：《再造"新人"——新时期"社会主义现实主义"之调整及影响》，《海南师范大学学报社会科学版》，2008 年，第 1 期。

经济改革的艰巨性。这部小说出现了空间对立，来象征古老中国现代性转型中传统／左倾／激进改革三方势力的斗争。如小说开头，就为我们展示了古陵县中的千年古塔：

> 那钟声融入初夏凌晨广大而清凉的黑暗中，单调寂寞，幽远苍凉。
> 在四面的远山引起梦幻般的，似有似无的微弱回音。一千年来就这样丁
> 丁当当地响着。

这里的传统，象征着中国厚重的历史积淀，而小说中不断出现的副书记顾荣居住的"贵宾院"和古陵县的水库大坝、农田试验场之间的对立，暗示着官僚主义、思想"左"倾僵化，且家属多行不法的顾荣，与锐意改革、人品正派、真诚多思的李向南之间的鲜明对比。这里，阶级革命叙事的退隐，已在顾荣身上隐有所指，而李向南、省委顾书记则象征着知识分子对改革的乐观启蒙精神想象。有趣的是，该小说中林虹、李向南、顾小莉之间的情感纠葛，有很多才子佳人的痕迹，更是以浪漫化笔触，服务于"一颗明亮的新星慢慢升起，汇入满天星海中"的集体性启蒙思维。而在反映农村改革的题材领域，也出现了高晓声的《陈奂生上城》、《"漏斗"户主》，何士光的《乡场上》，贾平凹的《满月儿》，赵本夫的《卖驴》，张一弓的《黑娃照相》，陈梦白的《这条路不能走——宋老定自述》，邹志安的《喜悦》等系列作品，对联产承包责任制以来农村和农民的可喜变化进行赞颂。对比那些工业题材的改革小说，这些农村改革小说，很多都较轻松幽默，充满乡土气息。在处理对立性矛盾上，往往也较舒缓，反映了农村人向往新生活的希望和热情，以及对农村改革复杂性的深思。

然而，当蒋子龙等改革小说家们对现实的思考，从单纯的赞颂党的政策，向着更为深入的现实主义展现，也就逐渐出现了危机。例如，小说《赤橙黄绿青蓝紫》中的潜在话语层面，以解净成为刘思佳的爱慕对象为内在推动力，从而使得政策化的理想社会主义新人有着被个人化的欲望话语进行"转喻"的危险。这也使得社会主义新人的塑造矛盾重重。梁生宝式的男性新人主体，变成了解净式的纯洁女性新人主体，这使乔光朴和霍大道等归来的老干部改革者后继乏人的危机变得如此清晰。即便是蒋子龙之后，大红大紫的柯云路的小说《新星》，在塑造社会主

义新人逻辑时，也不得不将清官逻辑和高干子弟的身份加之于李向南身上，而李向南的最后结局，也预示着改革的艰难性。此时的社会主义新人，已变成了"社会主义新领导"，并成为 1990 年代后新改革小说的英雄形象的先声，然而，这种新人却再也不是一个可以普及的经典标准了。随着改革的深入，国企的各种矛盾随之加深，特别是当计划经济向市场经济转变过程中，由于所有权的虚位而导致的领导负责制变成了变相的领导无监督①，由于转型期权力结构的不清晰所导致的，在经济全球化情况下的领导决策失误和技术管理层的老化问题，由于精神信仰的退化导致的人心欲望泛滥，都成为现代化意想不到的"副产品"。而国企领导层的贪污腐败，新的官僚气息，更令人触目惊心。而这些问题，都让改革小说的作者们猝不及防，在愤怒谴责之余，也陷入了精神和情感的危机。在《乔厂长上任记》中，乔光朴的理想主义与郗望北对人际关系的"公关"，已形成了对比。而对乔光朴理想化的人格，很多评论者也提出了质疑②。如果厂长腐败了，谁来监督乔光朴们呢？《一个工厂秘书的日记》对干部体制改革问题提出尖锐思考。小说《开拓者》中，德才兼备的车蓬宽具有改革远见，对现实经济体制的缺陷有明确体察并提出改革设想，但结局却是以无奈退出政治舞台而告终。《拜年》也对现存干部体制的弊端有所揭示和抨击，对权力的追求与维护已异化了不少领导干部的心灵。《燕赵悲歌》中的农民企业家武耕新，一心为带领乡亲们致富而努力，他慧眼识人，冲破陈规陋见，量才用人。然而，鄙俗政客李峰、孙成志一类人及其所为，就是例证。他们置国家兴衰、人民甘苦于脑后，在武耕新创业的路上不断设置障碍，必欲扳倒武耕新而后快。蒋子龙 1985 年发表的《阴差阳错》和 1986 年发表的《收审记》也展示了改革的困境，并借对这些困境造成原因的挖掘，对民族文化、民族社会心理等问题进行了深入思考。而蒋子龙的第一部长篇小说《蛇神》，则在对一个崇

---

① 何清涟：《现代化的陷阱——中国当代经济社会问题》，北京：今日中国出版社 1998 年版。

② 如有论者指出："他代表着工业、工厂、工人前进发展的方向，而一切不合乎他改革理想的人都存在着道德的缺陷。蒋子龙没有向读者交待清楚，乔光朴何以有如此大的神通？他的自信缘于何处呢？小说中只是侧面写出了'从厂长的职责到现代化工厂的管理，乔光朴滔滔不绝，始终没有被问住'。"见《浅议蒋子龙小说中的改革者形象》。http：//wenku.baidu.com/view/a71e6cee0975f46527d3e188.html。

尚唯美的"蛇神"邵南孙的灵魂破碎、沉沦，再到醒悟的过程，再现了人物的复杂性。而此时蒋子龙对人性复杂性的开掘，已然使得乔光朴式的理想主义人物的内在逻辑变得疑窦丛生。而1986年后，改革开放所带来的官倒横行、国企衰败等现状，也强烈冲击着蒋子龙的理想主义改革文学的范式①，使得改革文学遭遇了巨大的危机。

其实，危机在改革小说的发生阶段就存在，那就是在肯定改革的主流思维的缝隙中，对改革的质疑、迷茫和否定，更是对改革所导致的新的尖锐矛盾的强烈反思。这类小说在1980年代就已经出现，代表作有王润滋的《鲁班的子孙》、《老霜的苦闷》、《内当家》，张炜的《古船》、《秋天的愤怒》，李贯通的《洞天》，贾平凹的《浮躁》等。王润滋以朴素的人情之美、人道之美、伦理之美，描述了传统的美好情感在改革开放的浪潮中的失落，最先表达了对市场经济冲击的深刻反思。而张炜的《古船》则以隋氏家族近百年的历史，表现了改革开放在鼓舞人的精神的同时，对人们道德底线的冲击。而这种冲击之所以嚣张无忌，在张炜看来，也与四爷爷这样"历史的专制幽灵"有着微妙的联系。在《秋天的愤怒》②中，张炜更是以忧患之笔，对农村联产承包责任制所导致的农村恶势力复兴的现象，进行了深刻批判。这些恶势力，在改革前，依靠阶级论和血统论欺压村民，而改革后，很多村干部又利用手中职权和关系网，形成对农民新的经济剥削。可以说，张炜对改革的反思，已经深入到了中国文化的民族性、历史性，以及新中国政治体制的盲点和疼痛点。烟农李芒和岳父、大队党支部书记肖万昌之间的冲突，也因此被赋予了深刻的现实意义。

1989年之后，特别是1993年后，随着邓小平南巡讲话的发表，新一轮的改革开放开始了。这一次的改革力度更大，不仅从经济层面，而且是从政治制度和

---

① 如有评论家指出："那种甚嚣尘上'改革文学'也渐渐消歇。当改革文学的代表人物蒋子龙在1986年说出'六神无主'这一感受的时候，事实上早期的那种乔厂长式的豪迈之气已所存无多，而坚定的现代化的诉求，也变得有些破碎、有些迷乱——这个令人关注的柯云路，在两个十年之间改变得让人无法相信了，从一个李向南式的奋发蹈厉的改革者，变成了一个说玄道怪的东方巫师。"见尹昌龙：《1985：延伸与转折》，济南：山东教育出版社1998年版，第86—87页。

② 张炜：《秋天的愤怒》，《当代》，1985年，第4期。

人事管理制度上，对原计划经济进行了大刀阔斧的改革。"有中国特色的社会主义的市场经济"开始成为改革的核心关键词。在鼓励拉大收入水平的情况下，经济的合法性，已超越了道德的合法性。"砸三铁"、"下岗工人"、"资产重组"等术语，也逐渐为大家熟知。蒋子龙笔下的"解净们"不仅失去了原有的荣光，且随时会面临生存的威胁。然而，现代民族国家的想象在继续，主流意识形态也需要新的宏大思维对改革现状进行新的总结。于是，发端于1990年代的"新改革小说"开始登上文坛。这些小说的内在逻辑也更为杂糅，才子佳人情结、清官逻辑等前现代的通俗文学意象，杂糅着革命思维、启蒙意识，共同服务于党派文艺的民族国家至上、党派至上以及经济优先的法则，从而形成了世界文学史上罕见的新的文学形态。

这些小说依然存在典型人物的对立，即社会主义市场经济新人与反面人物。这些新人形象主体分三种，即"受尽委屈的基层干部"、"老党员、老领导和老干部"、"代表历史进步的党的高级领导"。这些人物的显著特点是，他们既在某种程度上符合党派文艺意识形态要求，又在某些侧面符合经典现实主义的典型化要求。如《分享艰难》中的镇长孔太平、《年前年后》中的乡长李德林、《杀羊》中的村长李四平，都在某种程度上反映基层政治的真实现状。然而，新现实主义小说中的"典型人物"，与传统的社会主义现实主义典型人物相比，又是一些"没有抱负"的人，并不能担负起表征历史规律、代表历史前进方向的"梁生宝"式的宏大作用，他们的苟且和怯懦，又解构了小说的宏大叙事。那些新式改革英雄们，如《苍天在上》的黄江北、《大法官》中的杨铁如、《人间正道》中的吴明雄等，却不再是普遍意义上的"人民英雄"（如高大泉、梁生宝等），而是隐在的精英政治产物，往往在小说出凸显出他们作为个人的力挽狂澜作用，并在文化身份上（高级官员）与普通百姓加大了差异。同时，虽集体主义色彩依然存在，但典型人物常是有缺点英雄，更符合经典现实主义对主体人物深度的挖掘，而不符合社会主义现实主义的教化原则。如《骚动之秋》（刘玉民）中的岳鹏程这个村支书形象，既是有魄力的改革领军人物，也是有浓厚封建思想的强权村霸。

而与此相对，反面典型人物，则被规定为有"通俗文学"和"启蒙文学"色彩的人物形象。一是堕落的党"次高级干部"，如《北方城郭》（柳建伟）的县委副书记李金堂,《人间正道》的市委副书记肖道清。他们一方面从反面凸显了正直官员的崇高精神,通常以政治失败、或自杀告终;另一方面,则化解了普通大众对正面官员真实性的质疑。二是暴发户企业家,如《人间正道》的田大道、曹务成,《九月还乡》的冯经理,《大厂》的于主任、《年前年后》的于大肚子,《福镇》的潘老五,《风暴潮》的葛玉萍、《分享艰难》的洪塔山、《走过乡村》①的倪土改等。微妙的是,在他们身上,常体现作家的矛盾心理,既将他们的物质成功作为市场经济改革开放的成果,又自觉用"区隔"法,将之视为道德败坏、利用坑害集体致富的恶人,改革开放的败类。如潘老五购买洋垃圾污染环境,田大道煽动工人闹事,洪塔山、于大肚子、冯经理、倪土改则都是酒色之徒,是一些"力比多"的恶的符号(但却是强悍有力的历史胜利者)。

20世纪90年代新改革小说,现代化的壮丽建设景观,成了小说中唯一合法性的民族国家叙事空间。对经济景观的建构,成了对历史征服的确凿逻辑,进而成为全球化想象下的政治地理学。同时,与这种空间"异质同构"的,还有权力空间。如省委机关大院、市委办公大楼、政府招待所等。顾荣的"贵宾院"(类似情况,还有李国文的《花园街五号》),不再是改革的阻力,而是改革的核心,如《省委书记》中贡书记居住的"枫林路十一号"。而启蒙性不再附属于经济建设景观,仅用在分析人物复杂性上。《新星》涉及的政治体制改革问题,也被存而不论。而与经济景观和权力空间相对立的,则是"灾难场景",如污染(《至高利益》)、风暴(《风暴潮》)、海啸(《指挥》)、洪水(《中国制造》)、干旱(《人间正道》),或"突发性群众事件",如罢工(《人间正道》)、上访(《财富与人性》、《黑白命运》)。这些空间并不构成对经济景观和权力空间的威胁,而是从另一个角度揭示改革的必要性,并通过领导人化解矛盾,从而成为执政党合法性的证据。新与旧的冲突不见了,现有问题如腐败、职工下岗、工业污染等都是旧计划经济体制遗留物,或转型期必然代价,且终被克服。现代化改革,更清晰的被表述为政党、人民与国家利益合一的民族国家现代性宏大叙事,且更集中于"市场经济"物质逻辑。精神方面,革命叙事则以"权威老人"的身份,间接介入故事逻辑,成为政党历史

---

① 谭文峰:《走过乡村》,《长城》,1996年,第4期。

合法性的另一证明。党内部的分裂和斗争，则被概念化地分为好干部、腐败干部、好心办坏事的干部三类人之间的差异和矛盾。而所谓大众通俗叙事，则集中于"权力斗法"、"官场秘闻"、"官员艳史"上。而情感纠葛大多集中于腐败分子，或风流倜傥的次级干部上，如《至高利益》中的市长助理贺家国等，借以暗示意识形态的宽容和执政党的精神活力。

《中国制造》①是一部新改革小说。平阳市现代化建设，是整部小说的中心，而小说线索，却是"时代的钟声"，以时空的不断提醒，连缀全篇，造成历史进步紧迫感。小说开头即写道："一九九八年六月二十三日十九时，省委大院"，以特定时空概念，鲜明表达了权力空间的核心作用。在小说中，平阳市委老领导姜超林和新书记高长河之间的矛盾，因轧钢厂合并、烈山腐败案和洪水袭击等事件而高潮迭起。小说洋溢着民族国家叙事，并以此表征党派执政合法性。而启蒙叙事对政治与人性关系的探讨，革命叙事的英雄情怀，则被淡化或融合入国家现代化叙事。小说通篇的官场斗法，有效满足了人们的权力窥视欲，而田立业这个"颇有些出格"的市委副秘书长，则满足了"狷介清官"的想象，缓和了沉重的历史感。该小说的最大特点，则是"有矛盾无对立论"。无论省委老领导梁清平、省委书记刘华波、平阳市委书记高长河，还是省委副书记马万里，市纪委副书记孙亚东，或平阳老书记姜超林、副秘书长田立业等，三股政治势力的斗争和妥协，最后都在"国家现代化建设"逻辑内得到和解与提升，除耿子敬等个别害群之马（即使耿子敬，作家也强调其功劳，而他引发的汞中毒案却被轻轻放过）。而普通下岗职工与政府的对立，也被解释为"人民内部矛盾"，并利用党性原则和民族国家集体牺牲意识予以化解。如轧钢厂工人抬着穷困自杀工友的尸体，来到厂长门前，出现"厂长良心发现，工人谅解安慰"的大团圆结局：

> 一个中年工人这才说："何厂长，这发还集资款的事，你还是再请示一下市里吧，你要真为我们丢了官，我们心里也过不去呀！"何卓孝含着泪，摆着手，"我不作难，我这厂长也不想干了！"中年工人更不答

---

① 周梅森：《中国制造》，北京：人民文学出版社 2000 年版。

应了，从走廊那边的人群中挤过来，一把拉住何卓孝的手："何厂长，你
千万不能这么想！你不干谁干？现在谁还愿到咱平轧厂来当厂长？"

无疑，这种"无对立论"来自新改革小说民族国家宏大叙事的内在规定性。
对此，周梅森也表示赞同①。与此相联系的，还有"天灾"叙事设计，为有效消除
意识形态裂缝，凸显民族国家叙事的核心作用，这些改革作家总设计一些国计民
生的宏大命题来进行统摄。这部小说中，洪水的到来让所有政治矛盾得以化解，
田立业因失踪成为英雄，高长河与姜超林重归于好，小说以历史进步的乐观，塑
造了共产党人迎难而上的跨世纪英雄群像：

> 高长河抬头看了看面前的蓝天。蓝天很好，白云很好。蓝天下，大
> 地上，九月的阳光也很好。真的很好，还颇有几分清纯和明媚哩。

然而，1990年代至今，对新改革思维的质疑，在小说中也从未停止过，这些
质疑是多维度的，有的指向传统集体主义经济，有的则具有更多启蒙主义意味。
刘玉堂的《最后一个生产队》、《本乡本土》②中，由《创业史》所开辟的小说故事
内核，作为对"大包干政策"的对立，作家写出了集体主义农村种植模式消失所
带来的历史疼痛感。这里，缺乏类似梁生宝式的"社会主义新人"形象，均由高
增福式的"弱者"组成。生产队的最后结局"被悬置"，而李玉芹最后退出生产队，
并通过强占公家财产，成为发家户的改革代表，则无疑暗示作家在道德性和历史
性之间的两难选择。关仁山的《落魄天》、《太极地》，刘醒龙的《村支书》、《黄昏
放牛》，李肇正的《女工》，何申的《年前年后》，谈歌的《天下荒年》、《天下忧年》、
《大厂》、《小厂》、《车间》，李佩甫的《学习微笑》等新现实主义小说，无疑加剧

---

① 例如，周梅森说："《中国制造》这部作品，更流露了我的观点。改革进行到今天，真正反对改
革的人微乎其微。基本上是'好人'之间的矛盾与斗争，我并不知道应该如何解决这些问题，但
我相信随着改革的发展，这些问题在探索过程中会逐步解决。现在我只是想把自己看到的、想到
的写出来，大家一起进行思考，怎样把改革进一步搞好。作品应有大我，而无小我。"引自刘巍：《周
梅森谈获奖后的沉重》，《中华读书报》，2004年8月29日。
② 刘玉堂：《最后一个生产队》、《本乡本土》，《上海文学》，1992年，第1期、第10期。

了这种情形。《村支书》①中，老支书方建国对集体主义的怀念，对世道人心的不满，都以对水坝的安危为着眼点。《女工》②中，身患癌症的下岗女工金妹，以纯洁无私的行动，映衬出投机钻营的郝厂长等领导的丑恶嘴脸。《学习微笑》中下岗女工刘小水因其苦涩的微笑，成为厂长换取投资的三陪小姐，艰难面对着家庭和生活的双重重压。《太极地》③则反映了以日本人小林为代表的国外大资本，对中国本土经济，特别是乡村经济的促进和入侵的双重效应，昔日抗日英雄的"太极地"的后代，成了现代日本资本家的工人。《天下忧年》④则流露出浓厚的感伤色彩和道德批判意味，甚至触及到"市场经济＋社会主义"体制的意识形态底线。小说记述了社会的道德颓败和经济乱像。"我"在火车上救助别人，却被当做坏人关押。侄女小丽被拐卖，弟弟出去找，但常遭人骗，以致精神错乱。钢铁厂工程师张东风，身患绝症，仍为厂里完成重大技术项目，而他到死也是住在漏雨的房子里。作家拷问厂长责任制带来的民主弊端：

> 张厂长们承包了厂子，可是有谁来承包这些厂长们的行为方式？

小说还借玻璃厂厂长田军之嘴，说出了对"能人改革"的强烈质疑：

> 有一种怪现象，讲稳定的厂长成了保守派，天天一个点子乱折腾的倒是成了改革创新。这话也许有些反动了，改革现在到处被人们乱用着错用着。

当然，一部分新改革小说对现实的质疑，终不能脱离民族国家叙事的框架。这种紧张，在小说的结局中，最终被民族国家叙事的宏大性，以及党派形象的合法性化解，这常常体现在一些意外的偶发性因素上。于是，矛盾消失了，"红色怀旧"变成了"党派文学的身份强调"，而国外大资本也与当地百姓达成一致。于是，村支书方建国变成了"为人民牺牲的好公仆"；糕点厂解散后的刘小水，也用自信

① 刘醒龙：《村支书》，选自《青年文学》，1992年，第1期。
② 李肇正：《女工》，《清明》，1995年，第4期。
③ 关仁山：《太极地——雪莲湾风情录》，《人民文学》，1995年，第2期。
④ 谈歌：《天下忧年》，《北京文学》，1997年，第3期。

的微笑，战胜了生活的折磨；"身患癌症的下岗女工"金妹，也变成了"分享艰难"、"无私奉献"的时代道德标本，均被强制删除了符号的复杂主体性和现实意义，再次简化为一些"遥远而模糊"的道德神像。

第十一节　张平与政治反贪小说

政治与小说的关系，一直是中国现当代文学史上难解的公案。现代小说观念进入中国伊始，梁启超等诸公就对小说在塑造现代民族国家想象共同体、媒介的大众性、推广现代政治等方面的良好效果表示出极大青睐。以至于梁启超在论文中指出："欲新一国之民，不可不先新一国之小说。故欲新道德，必新小说；欲新宗教，必新小说；欲新政治，必新小说。"而就中国文学而言，在 20 世纪 80 年代之前，文学的政治性，也一直是文学家和批评家们所首先肯定的小说品格。然而，20 世纪 80 年代中期，文学远离政治的"纯文学性"[①] 提法，却似乎占据风潮，并形成对传统现实主义的反拨。然而，这种对文学政治性的疏离，并不是单向过程，而是存在政治重新确认与文学的关系，文学重新确认反映现实政治的合法性的复杂问题。这也体现在 1980 年代改革小说，及 1990 年代出现的反腐败小说中。

随着改革开放的深入发展，中国的政治、经济体制都发生了很大变化，而特别是在计划经济向社会主义市场经济转轨的过程中，由于政策的转型和不完善，在社会上也滋生出很多腐败案件。以权谋私、官商勾结、权色交易、贪赃枉法等现象，不但激化了社会矛盾，恶化了国民生存幸福感，而且严重腐蚀了民族国家的行政肌体，动摇了现代党派政治的根基，并对国家的长治久安和持续发展造成严重威胁。而腐败问题，也是经济全球化的今天，现代国家所面临的共同社会课题。正是基于对这一现象的清醒认识，邓小平、江泽民、胡锦涛等党的几代领导人，

---

① 例如，南帆曾对此"纯文学性"总结到："相对于古典现实主义的叙事成规，相对于再现社会、历史画卷的传统，特别是相对于五六十年代的'战歌'和'颂歌'传统，人们提出了另一种文学理想。人们设想存在另一种'纯粹'的文学，这种文学更加关注语言与形式自身的意义，更加关注人物的内心世界——因而也就更像真正的'文学'"。南帆：《空洞的理念——"纯文学之辩"》，《上海文学》，2001 年，第 6 期。

都对此有过精辟论述。例如，邓小平就曾指出："中国要出问题，还是出在共产党内。要实现我们的战略目标，不惩治腐败，特别是党内的高层的腐败现象，确实有失败的危险。"[①] 中国的历届领导群体，都不断在制度上完善腐败的监督体系，在法制上加大对腐败案的打击力度，而在社会舆论方面，则将树立"新时代反腐英雄、弘扬党的正气"作为宣传工作的重点之一。这一点，也体现在中宣部"五个一工程"等国家级官方文化奖项的目标上[②]。由此，1990年代初期，中国也应运而生了一批所谓反贪政治小说和反腐败作家。这些作家包括张平、张宏森、张成功、陆天明、毕四海、周梅森等。这些作家以高度的社会责任感，高举现实主义大旗，在党派政治的规范下，对腐败现象进行了深刻剖析和无情批判，从而服务于塑造20世纪90年代以来党派文艺下"传统民族的现代复兴"这一新的宏大叙事主题。——尽管，在这个过程中，依然存在缝合的间隙、无奈的妥协规避，以及暧昧的杂糅整合。这些作品产生了广泛的文化社会反响，与兴起自1980年代中后期并逐渐没落的先锋文学，形成了鲜明对比：一方面，印证了现代化进程中现实主义对于中国的合法性，并对中国当代文学的纯文学性冲动，形成质疑；另一方面，也接续了20世纪80年代改革文学关注现实的传统，形成了世界文学范围独特的"中国反腐文学"现象。以下，仅以张平、陆天明等反腐作家为例，分析政治反贪小说的特点。

张平，山西省新绛县人，1954年11月生于西安，1982年毕业于山西师范大学中文系。现为山西省副省长，民盟中央委员，国家一级作家。他的主要作品有：《祭妻》、《姐姐》、《法撼汾西》、《天网》、《孤儿泪》、《抉择》、《凶犯》等。可以说，张平既是反腐作家，又是一个相当级别的官员作家。张平的小说创作，也存在着转型。他早年以写"苦情戏"的伦理性小说而著称，1981年张平在《汾水》上发表小说《祭妻》，影响很大。1984年，张平发表《姐姐》获第七届全国优秀短篇

① 邓小平：《邓小平文选》第3卷，北京：人民出版社1993年版，第313页。
② 例如，在中宣部第一届"五个一"工程奖中，主旋律文学占据大部分。

小说奖。他早期的苦情小说，是与苦难人生体验分不开的①。他擅长在细节处把握情感的变化，写情感人至深。在现代派作品流行的时候，张平也曾进行过类似的尝试。然而，1980 年代后期，艺术上掘进的要求，及对社会问题的关注，都迫使张平的创作，从苦情走向了对现实苦难人生的关注。他先尝试写出《血魂》、《较量》、《公判》、《无法撰写的悼词》、《刘郁瑞办案记》等一批中短篇小说和纪实文学，使他驾驭现实题材作品的能力，由生疏逐步走向成熟②。而《天网》则使张平爆得大名，不但引发了强烈的关注，且被牵扯入一场旷日持久的官司③。小说《天网》，颇有报告文学色彩，以真实人物，一位敢于反对腐败的县委书记刘郁瑞为原型，再现了这个好干部偶然遇见了告状三十年而家破人亡的普通农民李荣才。刘郁瑞以人民公仆的强烈责任感，深入调查研究，顶着来自社会各个方面的阻力，终使含冤多年却因官官相护未能昭雪的李荣才冤案得以彻底平反，同时也坚决制裁了腐败的党内恶势力。在某种程度上，张平成为了中国作家敢于批判现实、和贪官污吏斗争的典范，甚至得到了上至中央、下至普通农民的支持和拥护。

自《天网》之后，张平又创作了《法撼汾西》、《抉择》、《十面埋伏》、《国家干部》等小说，都引发了强烈反响，特别是《抉择》的出版。在写作《抉择》之前，张平曾采访数十个国有大中型企业。张平对国有企业资产流失、贪污腐败流行等现象非常愤慨。特别是对企业破坏和损害最大的集体腐败，简直到了触目惊心的

---

① 根据张平自述，幼年时，他的父亲被打成了右派，全家遭返到山西晋南的一个山区农村。在学校里，他一直是"狗崽子"。初中没毕业，张平便开始了回乡务农。整天干的活儿是挑大粪、挖水井、掏猪圈、拉粪车。他 13 岁在万人大会上批判自己的父亲；15 岁自己成了万人大会的批判对象；16 岁跟大人一样历险峻难行、每年死人无数的北山拉煤。见《张平：我的小说是采访出来的》。

② 杨品：《做公众的代言人——张平创作概述》，《时代文学》，2005 年，第 5 期。

③ 曾经有 240 个官员联名上访，后来又向法院告状。张平可谓陷入"十面埋伏"。但当时不少农民集体进城，对他进行声援。当时张平收到 2000 多封声援信。最后他没有打输官司——官司不了了之。见《张平：我的小说是采访出来的》。

地步，而职工生活的极端也呼唤着张平作为一个作家的良知①。小说《抉择》全力塑造了李高成这个反腐败斗争的英雄人物，有着鲜明的时代感和典型意义。作品一开始就把他推到腐败与反腐败斗争的风口浪尖上。国有重点企业中纺集团负债累累、内外交困，已到了崩溃的边缘。数千工人因为领不到工资要到市委、市政府集体请愿。在这千钧一发的时刻，李高成连夜火速赶到他曾经工作多年的工厂。李高成通过明察暗访，终于调查清楚了工厂迅速衰败的原因，是中纺集团的集体腐败所致。然而，小说的真实和深刻之处在于，张平并没有将李高成塑造成为新时代"高大全"式的"完美英雄"，而是再现了英雄的尴尬和无奈，再现了英雄试图力挽狂澜的悲壮和决绝。例如，中纺集团的高层大多是由他提拔而来，而他的妻子吴爱珍早已被腐败分子拉下水，并接受了巨额贿款。为了逼他就范，腐败分子甚至还采用移花接木的卑劣手段制作了他接受贿款的录音磁带。小说最终，以李高成在党的高级领导的支持下的获胜而告终，也留给人们对腐败问题和体制关系的长长的思索。《抉择》获得了第五届茅盾文学奖，以及中宣部"五个一"工程奖。被改编成为电影《生死抉择》后，不但获得当年度国产电影票房最高收入，更成为我党反腐败宣传的首选作品，对国家相关反腐政策起到了推动作用。可以说，《抉择》是1990年代以来极为难得的产生了广泛的政治和社会影响的小说，正如茅盾文学奖的获奖评语中写道："《抉择》直面现实，关注时代，以敢为人民代言的巨大勇气和张扬理想的胆识，深刻地揭示了当前社会复杂而尖锐的矛盾，突出地塑造了在艰难抉择中维护党和人民利益的市长李高成的崇高形象，也比较充分地展现了广大群众和党的优秀干部与腐败势力作坚决斗争的正面力量，给读者以正义必定战胜邪恶的信心。小说注意调动扣人心弦的情节和细节等艺术手段，在冲突的浪尖去刻画人物，描写生动爽利，语言流畅激越。整部作品正气凛然，具有强烈冲击读者心灵的思想和艺术力量，其启示意义，尤其发人深省。"

---

① 例如，张平说："我没想到工人这么苦，大批下岗职工没人理，工程师在市场捡菜叶，集体自杀40多人，他们要用自己的死引起上面的重视，以期能拯救更多的兄弟姐妹；在《抉择》原型的一个大纺织厂里，包括一位老红军都没法拿到医药费，工人们有病只能顶着。一个工人得了肝癌，没有钱看病，只能吃感冒用的止痛片，疼得他趴在床上，用手抠小平房的墙，一块砖就这样被抠去了三分之一。"见《反腐作家张平专访》，《读报参考》，2008年，第6期。

《国家干部》则是进入新世纪后，张平深入思考反腐问题，并将之延伸到党派政治的现代化转型的深刻之作。新一届党代会召开之际，面对着大规模人事调整，嶂江市委领导内部展开了激烈斗争。省委组织两个调查组，一路考察嶂江市新任领导的人选，另一路查办高新技术开发区的腐败案。市委书记陈正祥性情软弱。副市长夏中民年轻有为、公正廉洁，在他的周围，形成了李兆瑜副市长、纪检委副书记覃康、江阴区长穆永吉等一大批为人民办实事的好干部。但同时，原市委书记，现任高新技术开发区主任的刘石贝，串通"黄源"股份公司副经理杨肖贵、副市长汪思继、市委办公室主任齐晓旭等人，也在当地组织了庞大宗法恶势力集团。于是，围绕领导换届和腐败案，夏中民和腐败分子展开了殊死搏斗。汪思继和刘石贝等人疯狂的通过贿选方式，将夏中民和李兆瑜淘汰出领导班子。然而，愤怒的市民们走向了街头，工人罢工，农民进城，商人罢市，学生罢课，最终坏人被惩治，夏中民当选市长。《国家干部》体现了张平思考的深入和艺术力度的增加。他不从个案入手，而是直接从社会层面的大的范围进行切入，形成全景式的考察。他还对"清官意识"、"青天意识"进行反思，对党内腐败现象，不再从所谓"分享艰难"的角度开脱，而是以如椽巨笔直言铮谏"权谋文化"的丑恶现状。他特别将目光投向了敏感的"干群关系"的主题上，关注我国干部人事体制改革，对现有干部体制、干部政治、干部文化作了深刻的阐释和思考。

　　与张平齐名的，还有另一位反腐小说作家陆天明。陆天明的创作，很早就以启蒙色彩而闻名。

　　陆天明，1943年生于昆明，长于上海，曾作为知青，在安徽及新疆生产建设兵团工作过。他的长篇小说《桑那高地的太阳》等，以理想主义激情和反思气质，对知青生活和"文革"历史进行沉痛剖析，成为当时脍炙人口的作品。小说《泥日》的先锋气质更强。小说用自然和人、历史和神话的重构法，以神奇的荒原、壮阔浑厚的西部生活风土为衬底，描述了肖天放、朱贵钤、宋振和等三个老兵家庭三代人的命运。然而，20世纪90年代后，陆天明的创作也出现了转型，接连创作了《苍天在上》、《大雪无痕》、《省委书记》等强烈关注现实的长篇小说，并也曾因小说强烈的纪实性而险些涉及官司。小说《苍天在上》发行12.5万册，《大雪无痕》发行18.5万册，《省委书记》一个月内就发行25万册。而根据小说改编的电视剧《苍天在上》收视率接近 40%，《大雪无痕》也达到 14%①。与张平相比，陆天明的小说人物心理描写更细腻，纯文学味道浓，也更富哲理深度，对社会人生的思考也更为理性化。小说《苍天在上》，描写了章台市代理市长黄江北与腐败分子斗争，终于揭开了副省长腐败案的内幕。小说沉重的悲剧色彩，对腐败分子触目惊心的描述，特别是对社会转型期各色人等的心态把握，都非常独到。而进入新世纪后，陆天明又创作了另一部长篇小说《高纬度颤栗》。小说以中俄边境"高纬度地区"陶里根市为背景，讲述了警督劳东林秘密调查曾任陶里根市委书记、如今是代省长的顾立源而被谋杀的事件。在破案过程中，警官邵长水和同事们遭到了各种压力和阻挠，一度陷入绝境。随着一系列知情人士的先后出现，谜团一个个解开，隐藏在劳东林之死幕后的官商勾结的阴谋，终于大白天下。这部小说充满紧张的气氛，文字极为老练。惊心动魄的侦破故事，扑朔迷离的推理情节，充满悬念的叙述技巧，读来让人欲罢不能。而更引人注目的，是整个小说都在试图触及当代人心灵深处最为敏感的区域，从而在更为人性化、更为复杂的阐释学视野中探讨中国反腐败问题的根源，实现了反腐文学在内容、观念和艺术手法上的新突破。

除了上述两个作家，张宏森的《大法官》，毕四海的《黑白命运》，张成功的《黑洞》等，也是 20 世纪 90 年代至今非常有影响的政治反贪小说。然而，在考察这些所谓的反腐小说和反腐作家的时候，目前现有的文学史框架和阐释方法，却常常陷入失语的困惑。其原因在于，一方面，目前当代文学史还受制于建国以来形成的"十七年"和新时期等既有的进化概念；另一方面，以"纯文学性"为旨归的文学史思维，则成为当代文学史的另一条主线。而这两类思维，都对反腐败小说这种既有异于传统的党派政治小说，又有别于启蒙性和纯文学性的小说作品，缺乏足够的阐释能力和兴趣。

总体而言，难点就在于，如何确认这些政治反贪小说的文学审美品格，继而定义这些小说的文学史地位。很多评论家对这些所谓的反腐败小说的审美品格表示怀疑。其原因在于，反贪小说是应政策而生的，小说在技法上都是传统而落后的现实批判主义，而很多小说的纪实性则更强，有为政治服务的嫌疑。而很多反

---

① 乔焕江：《新世纪文学中的"复数"经验——陆天明论》，《文艺争鸣》，2010 年，第 4 期。

腐小说还与影视等传媒关系密切，有成为市场写手的嫌疑。正是这些看法，导致在既有的文学史结构中，反腐小说虽然影响大，却不能见诸于史，更遑论正确地为之定位。实际上，很多作家就反对"反腐作家"这个称号，更反感"主旋律作家"的提法。例如，陆天明说："我确信，人们在这个文集中读到的不会只是某一作家的纯私人性的生命话语历程。我一直希望拥有另一种'自我'，一直渴望着做另一种文学，完善一种我祈求的人生和社会"①，而他对纯文学批评界的漠视也曾表示心痛②。而张平则声称"现实成就小说，小说成就影视，即使像由《抉择》改编成的电影《生死抉择》，同小说的差别也很大，但对这些影视的改编，我都认同"。③其实，如果从客观的角度来看，这些反贪小说的流行，依然表明了现实主义文学在中国的合法性。对于现代化民族国家尚未完成，现代市场经济尚未完全建立，而现代化的、同时又有中国特色的社会主义政治和文化体制尚未健全的情况下，中国人民丰富而复杂的现代化经验，无疑为广大读者提供了广阔的时间和空间的认同领域，并依然能够引发他们持久的"文学反映政治"的热情。而这一点，也能从本尼迪克特·安德森，以及霍布斯鲍姆等学者所说的"民族国家想象共同体"的文化符号体认等理论相契合。由此而言，反贪小说，应该是20世纪80年代现实主义小说的有效延续，甚至应该是1980年代的启蒙理想主义的延续④，而这种现实主义的延续，也是对中国新时期以来新潮文学的不成熟的一种有力反拨，应得

---

① 陆天明：《〈苍天在上〉自序》，沈阳：春风文艺出版社2002年版。

② 如陆天明在2006年12月接受上海某杂志采访时坦言："倒是文学评论界理论界和媒体中一些自诩为'现代派文学'鼓吹者的朋友，对我们这些人的这一类作品，常常要忍不住地表示一点'藐视''冷漠'，甚至是'挖苦'。很长一段时间，我一直挺在乎这些朋友的态度的，也为自己不能得到他们的理解和'赞扬'，内心隐隐作痛。"见《我的肺腑之言——2006年12月应上海某杂志社访笔答》。

③ 《张平：现实成就小说，小说成就影视》，《沈阳晚报》，2007年7月17日。

④ 例如，陆天明认为，自己的转型并不是对启蒙背叛，而是对理想主义的深化："这些年，我常常深夜扪心自问：天明，你在变吗？你变了吗？是的，我在变。我变了。我不断地在变。一种不可推卸的使命感让我不能重复自己，不能在原地踏步。我必须在变。但我又没有变。我要求自己不变。不变的是，我希望自己永远能够以一个'热血青年'的面貌出现在中国文坛上，出现在自己的创作中，始终那样真切地关注着，并全身心地融入到自己的国家自己的民族自己的人民为争取更加美好未来的奋斗中去。"见陆天明：《〈苍天在上〉后记》，沈阳：春风文艺出版社2002年版。

到现有文学史体系的应有尊重。

　　同时，反贪小说也经历了一个自身发展的过程，其审美性和艺术性也是在不断加强的。反腐文学有三个发展阶段，首先是"仿纪实阶段"，这个时期的反腐小说，类似纪实文学，集中刻画尖锐的矛盾冲突，以大案要案为焦点。人物呈现黑白分明状态，语言通俗易懂，生活气息和现实气息浓厚，有时略显粗糙。故事常以正义战胜邪恶为结局，如张宏森的《大法官》，张平的《抉择》、《天网》等作品。第二阶段是"症候分析"阶段，这时期的作品更注重对中国政治结构的细节考察，分析腐败发生的制度性原因，并开始对腐败人物的复杂性进行较为深入的探讨。小说加强了对人物的心理刻画，语言较为精致。代表作有陆天明的《苍天在上》、《大雪无痕》、《省委书记》等。第三个阶段，就是"文化学形态"阶段，指作家把思考从政治体制深入、扩大到对国民性和日常生活之中，不但展现"腐败"的复杂，也展现"反腐败"的尴尬和困境，从人性的文化学意义阐释反腐败斗争的艰巨性和长期性。这主要是指进入新世纪之后的反腐小说的发展，张平的《国家干部》、陆天明的《高纬度战栗》，是这方面的一个很好的尝试。对此，有很多批评家也已经认识到了反腐小说的作用和地位，如冯雷指出："张平的'政治小说'是'触摸意识形态极限'的写作，作品阅读快感的获得相当程度上来自于对现实政治的批判性和挑战性，今天的'主旋律'虽然在整个文化格局中占据主导的地位，但却已经不可能取得像'一体化'那样的垄断性优势，而主流意识形态对'政治小说'的容忍与'招安'也正显示了政治高层直面自身问题的姿态和勇气，这实际上是一种政治态度的表达，而这种政治态度也正是'民间'所希望看到的。也正是在这个意义上，或许可以说在当代公共空间，'文化'不再完全臣服于'政治'，而是取得了一种对话关系，从而直指反腐小说对现有政治体制的批判性。"① 而乔焕江则指出："在一片解构主体的喧嚣声中，反而致力于建构一种强力的主体意识，陆天明在其反腐系列小说中所塑造的具有参与现实的诉求、智慧和勇气的平民和底层群像，对于当下中国社会主义民主建设而言，自然是不可多得的文化力量。倘若我们认真对待这些小说所引起的巨大社会反响，我们就应该意识到，小说不仅

---

① 冯雷：《从张平的小说看文学与政治的关系》，《艺术广角》，2011年，第1期。

有参与现实的必要，而且的确有参与现实的可能。陆天明等人这种介入社会现实的文学创作正和其他诸多新形态的具体写作一起构成新世纪文学不容忽视的'复数的'文学力量。正是这些文学力量的生成，使得新世纪文学空间呈现出更为盛大的景象。"①

当然，我们也要看到，反腐小说毕竟是经由主流意识形态发动的又一次"有限度"的现实主义文学回归。在党派文艺的意识形态建构，文化市场经济要求与自身的启蒙诉求之间，反腐小说不可避免地存在着内在的紧张和裂痕。作为一种特殊题材，反腐败这个命题，时常处于两难境地：一方面，反腐败，有利于国家政治民主的进程，有利于社会稳定与公正，有利于现代性的发展；另一方面，反腐败，本身则是特定政党的执政纲领，缺乏刚性的监督机制，从而在利益制衡面前，常常处于无力的状态②。而大众通俗叙事，则将"青天意识"、"英雄美女"情结等前现代通俗文艺套路，赋予了反腐败小说。反腐败小说，还借鉴侦破小说、言情小说、悬疑小说、黑社会小说等诸多类型化的通俗叙事模式，形成类型化交叉，都收到了比较的市场效益。例如，陈放的小说《都市危情》，将凶杀、侦破与反腐相结合，市场反响强烈。一方面，消解了启蒙和阶级革命叙事、现代民族国家叙事的庄严性；另一方面，也暗示启蒙意识的必要性和紧迫性。而反腐败小说的成功，验证了文化市场对政治能指符号的旺盛的消费能力，也间接展现出反腐败对现代化中国的特殊意义。特别是小说《大法官》③，真实再现了以市委书记孙志为首腐败团伙的堕落，特别是作家对孙志冠冕堂皇的官话，与其复杂性格，以及对杨铁如等法官的政治打压之间的对比，深刻地揭示了权力失去制衡后的严重后果。就故事设计而言，该小说也是主旋律小说中第一次揭露地市级党政一把手的

---

① 乔焕江：《新世纪文学中的"复数"经验——以陆天明的"反腐小说"为例》，《文艺争鸣》，2010年，第7期。

② 如刘复生指出："高级权力对地方一级的腐败势力的打击，成为反腐败小说的高潮。它强调了党所代表的正义秩序的本质，以及它对腐败的非本质部分的祛除，有限度地展现腐败，然后靠体制自身的力量'反'之而成功，才是真正的主旋律反腐败小说。"引自刘复生：《"反腐败小说"的表意模式与叙事成规》，《文学评论》，2005年，第2期。

③ 张宏森：《大法官》，济南：山东文艺出版社2000年版。

腐败行为，影响非常重大。然而，我们看到，这个过程中，民族国家叙事的规定性，依然十分强大，这也迫使反腐败小说不得不在涉及政治体制的问题上，进行有限度的模糊处理。在此，所谓通俗文艺的表述模式，如青天模式、厌女情结，甚至成为某种掩盖小说启蒙性质的"烟幕"。

因此，反腐败小说，揭露出来的现实问题，常是触目惊心的，具有极强的刺激性和纪实感，使得主旋律"有限度暴露"的策略显得捉襟见肘，甚至是那些生硬的、对党的声音的凸显，也将"暴露腐败"，变成了"展示腐败"。小说《天网》的核心情节是县委书记刘郁瑞为农民李荣才平反，抓捕恶霸村长贾仁贵的故事。为表现真实感，作家运用第三人称限制叙事与全知叙事的结合，既突出主人公的高大形象，又强化了案件侦破的悬疑色彩。同时，小说运用大量"非文学文本"，如模仿《创业史》对语录的运用，小说出现刘郁瑞讲话语录，又如上访年份和数字的罗列、对李荣才日记摘编、对党的文件的虚拟等。而且，为突出宏大叙事规定意味，人物对话的篇幅也非常大，其背后的隐含叙事者的声音，也时常跳出来，发表意见，对小说意识形态进行规范。例如，对李荣才的上访日记，隐含作者的声音大发议论："多么朴实可爱的农民，他始终是在向共产党告状，而不是告共产党的状！"① 小说中贾仁贵对李荣才长达数十年的迫害令人发指，而小说对干部官官相护的揭露，也隐指向体制弊端。然而，小说中的道德意识太强烈，甚至直接干预叙事。结尾，县委书记并不能解决李荣才冤案，只能依靠上级领导支持（省委贺书记），和当年审问李荣才案的工作组长患癌症时的良心发现，这些设计反而削弱了小说本应有的现实主义深度。

而相比之下，陆天明的反腐小说，启蒙的味道更浓，文学性也更强，其内在的党派文艺的规训性也相对比较差。例如，《苍天在上》则更具有启蒙文学对人性深度和复杂性的认识。它浓重的悲剧色彩，对人性恶深切的洞察，对权力腐蚀人性的体认，都让该小说在某种程度上摆脱了一般反腐败小说的写法。小说有着很重的心理痕迹，大多从黄江北的视角出发写故事，这种模仿心理意识流的结构，主要以第一人称限制性视角讲述，反映了作家理性反思的目的，但中间又夹杂着

---

① 张平：《天网》，北京：中国青年出版社 2004 年版，第 18 页。

第三人称限制性视角，试图通过隐含作者认识社会功能、批判社会的启蒙意图。小说开头，便通过侦探小说的手法，为我们营造了一个紧张沉郁、气氛悬疑的故事背景。而更为深刻的是，陆天明为我们揭示了那些反腐英雄本身，在当今环境下的很多无奈之举，以及沉重的悲剧色彩。例如，市委书记黄江北，为让万达公司尽快恢复运作，恢复政治影响，明知道企业内部有问题，但还是用了不合格的刹车管，造成了数十个孩子和老师的死亡。而纪委书记郑彦章、办事员苏群、市长助理夏志远等反腐斗士，近乎绝望的惨烈反抗和坚韧的上诉，也让我们在坚信正义的同时，对黑暗势力的庞大，抱以深切的反思。而小说《高纬度颤栗》中，陆天明则提出一个话题：谁在制造腐败？过去我们习惯从制度和腐败者个人品德上寻找根源，而陆天明提出了一个更为严峻的答案：正是我们这些"普通人"在制造腐败。虽然，腐败的最大受害者是普通公民，然而我们在权力面前的软弱和猥琐，不但为腐败分子提供了便利，而且在不知不觉中，让领导干部失去了应有的限制和警惕。为此，作家用了大量笔墨刻画了许多"普通人"：他们有的已经退休赋闲，如曹月芳；有的正在政治上升阶段，如寿泰求；有的退出官场混迹商界，如余大头；有的是一些中下层领导干部，如李敏分；有的则是普通群众，如和顺面馆的老板娘……这些人既非大奸大恶，也非英雄之辈，甚至他们身上还有一些党性原则和正义感。然而，一旦面临权力引诱和威胁，他们却不由自主选择了沉默和回避。更为可怕的是，如果明哲保身还多少是无奈之举，但他们不自觉流露出来的保守、服从的"权力崇拜症"，内心理想的丧失，苟且偷安的冷漠，则更发人深省。陆天明的目光伸向了中国文化的根性，那就是现实社会中的那种根深蒂固的专制文化传统的"痼疾"，从而站在现代性的立场上具有了拷问国民性的高度。

正如亨廷顿所指出，腐败行为，是民族国家在现代化转型期间，随着价值观的碰撞、财富和权力的来源渠道增多，所必然出现的情况。腐败本身，如果没有现代性法制的制衡，腐败就有可能导致政府权力过分膨胀，而社会公平正义系统失调[①]。中国的政治反贪小说，伴随着中国现代化的进程，其高度的政治审美品格，

---

① 【美】塞缪尔·P·亨廷顿著，王冠华等译：《变化社会中的政治秩序》，北京：三联书店 1989 年版，第 59—61 页。

以及日趋进步的文学性，必将为未来的文学史所重新定位和审视。

第十二节　李存葆与新时期以来的军旅小说

军旅文学，是共和国文学史的重要分支。特别是在"十七年"时期，军旅文学更是以其高度的意识形态性服务于现代民族国家"建国神话"（旷新年语）的总体要求。陈思和认为，"十七年"战争文学形态，一个最首要的特点，就在于"启蒙主题被迅速淡化或压缩到很不重要的地位，作家们全心全意地赞美和歌颂革命战争中涌现出来的战斗英雄"，而且，这一时期的军旅文学，存在"两军对阵的二元对立模式，英雄主义的乐观主义成为基本的美学基调"。① 而军旅小说，更是军旅文学的主要代表样式。进入新时期，随着启蒙思潮的复归，文学思维的演变也冲击了军旅文学的表现形态和价值观念，并形成了 1980 年代和 1990 年代两次军旅文学的大潮。总体而言，新时期以来的军旅小说，既受到了新时期文学演变的影响，又有着自己独特的逻辑，即现代民族国家叙事与革命意识形态、主流意志的不断调整与磨合②。

1980 年代的军旅小说，主要由两类作家构成：一类以厚重的历史感，在军事革命斗争中缅怀英雄，重建军旅小说的革命美、崇高美和悲壮美，如黎汝清的《皖南事变》、刘白羽的《第二个太阳》、魏巍的《东方》、石言的《魂归何处》、寒风的《淮海大战》、苏策的《秦基伟将军》。这类作品总体继承了"十七年"军事文学的历史化特点，并试图在新时期重建军旅文学的理想主义旗帜；另一类作品则以徐怀中的《西线轶事》、李斌奎的《天山深处的"大兵"》、简嘉的《女炊事班长》、李存葆的《高山下的花环》、朱苏进的《射天狼》、唐栋的《兵车行》、雷铎的《男儿女儿踏着硝烟》、何继青的《横槊捣 G 城》、韩静霆的《凯旋在子夜》和《战争

---

① 陈思和主编：《中国当代文学史教程》（第二版），上海：复旦大学出版社 2005 年版，第 56—57 页。

② 有论者认为："从叙事伦理的角度考察，60 年的中国当代军旅文学便是一个围绕'国家/民族核心价值观'不断建构与弘扬的过程；换句话说，'国家/民族核心价值观'是中国当代军旅文学的本然与自在的灵魂。"见朱向前、傅逸尘：《国家/民族核心价值观的建构与弘扬——军旅文学60 年的叙事伦理》，《艺术广角》，2010 年，第 1 期。

让女人走开》、江奇涛的《雷场上的相思树》等为主。这类作品很多以对越自卫反击战为背景，具更多的启蒙色彩。既控诉"四人帮左倾"思潮，与大的文学背景相吻合；也力争在人性的角度上将不食人间烟火的英雄，还原为凡间的英雄。再现他们的有血有肉的情感，描述他们内心的复杂情绪。也在赞颂他们的英雄行为的同时，以民族国家叙事的新的现代性诉求和想象，树立新的人性美、人情美和现代民族美的战争英雄史观。徐怀中的《西线轶事》①是这类军旅小说的发轫之作。它摒弃以往作品描写战争过程、战斗故事等模式，把笔触伸展到战场外，深入到社会各层面，去揭示和显现发生战争的特定时代，表现强烈的时代感和历史纵深感。小说在人物形象塑造上一改高大完美的"神化"倾向，注重塑造军人丰富复杂的内心世界，并塑造了刘毛妹和陶珂两个新时代军人的形象。刘毛妹是一个"伤痕人物"形象，他的冷漠和嘲讽与英雄献身的行为形成了鲜明对比，有力控诉了极"左"政治。而陶珂这个形象，则是建国后战争文学中孙犁和茹志鹃的战争抒情人性美传统的复活。

1980 年代的军旅小说，李存葆是当之无愧的代表之一。

李存葆，山东五莲人。1964 年参军，曾任战士、排长、新闻干事，后担任济南军区创作室主任，山东省作协副主席等职务，现任中国人民解放军艺术学院副院长。新时期以来，发表了 200 余万字的文学作品，多次获全国、全军文学奖。主要作品有：小说《高山下的花环》、《山中，那十九座坟茔》，报告文学《沂蒙九章》、《大王魂》等。李存葆的军旅小说，以题材重大，现实批判感强，历史感浓重，以及风格悲壮激越而著称。他更擅长以当下的战争与历史和现实联系，从而在主流意识形态与民间伦理中找到表述的合法性。徐怀中曾说："李存葆不同于许多人的是，他善于从幽远的高空俯瞰历史的镜面，把自己作品所反映的特定生活，看做是从昨天—今天—明天的时空流动中截取的一段活体。他习惯于从整体上，而不是孤立地去观察和把握生活。他的作品总是透射出强烈的历史意识，总是记录着社会变迁的如同地壳重新排列组合所引起的巨大震动和冲击波。加之他往往选取的是大吨位题材，又一味采取宽正面进攻，于是自然带来了那种充满力度的'李

---

① 徐怀中：《西线轶事》，《人民文学》，1980 年，第 1 期。

存葆气势'。"①

《高山下的花环》②以对越自卫反击战为背景，以激情悲壮的笔触，为我们描述了梁三喜、靳开来、薛凯华等英雄可歌可泣的事迹。同时，这部作品也批判了高干子弟赵蒙生的母亲搞"曲线调动"等不正之风，大胆而尖锐地通过革命老区的梁大娘、刚直睿智的雷军长等理想形象，对现实生活的矛盾和问题进行了准确反映。对此，小说存在三种策略：一是高扬现代民族国家叙事的合法性，为当下发生的对越自卫反击战寻找叙事伦理基础。小说开头的题记，作家即写道："记不清哪朝哪代哪位诗人，曾写过这样一句不朽的诗——'位卑未敢忘忧国'。"无论是雷军长怒斥吴爽为蒙生调动，还是朴素倔强的梁大娘以抚恤金还债，这些故事情节背后都洋溢着爱国主义的主旋律，进而在新时期改革开放之初，具有不可辩驳的合法性。梁三喜的牺牲，符合民族国家叙事合法性的需要。而且，也具有一定的启蒙性质。它将人性的启蒙和民族国家的崛起结合，演奏了新时期的牺牲和奉献之歌。二是以批判"四人帮"为区隔的新时期改革话语，"转喻性地"批判了现实的种种尖锐社会问题，以"写真实"而树立使命感。这部小说的感染力还来自它的真实性。作者将拜金主义和个人主义，归结为"文化大革命"的"后果"，而忽视或遮蔽了改革开放措施在提倡个人化、消费化的同时，不可避免地产生的腐败问题。而对于当下党派政治的经济优先的政策，作者则持有乐观态度："治穷，乃是共产党的天职！"从而将战争话题，引入新时期的改革开放的主流话语。三是以传统的革命历史回忆为叙事基础，进而为当下的战争牺牲赋予历史感，并以此为反观，强化新的军旅理想主义的道德感。将这场对越自卫反击战中的新的牺牲和革命老区沂蒙建立某种联系，不但梁三喜是沂蒙的儿子，而且蒙生也被沂蒙哺育过，这是主流意识形态对传统红色军旅文学的战争合法性的一次成功挪用。虽然，这里也有着朴素的民间伦理对主流的对抗，但很快这种朴素的对抗也被无害地区隔了，进而被纳入了主流对于红色历史资源的再想象。回忆过去，是为了更好地服务于现在。这里，隐去了建国后"先工业后农业"的政策，所造成的农

---

① 徐怀中：《虽然历史是一面镜子——读〈山中，那十九座坟茔〉随感》，《文学评论》，1985年，第2期。
② 李存葆：《高山下的花环》，《十月》，1982年，第1期。

村经济的巨大牺牲。梁三喜、梁大娘、玉秀和盼盼，共同构成了人民的苦难，但是善良无语、无反抗的牺牲奉献者的伦理形象，并成为新时期对于个人主义的有效的道德谱系化的批判武器。特别是"盼盼"的名字，明显具有改革话语与革命叙事的缝合感："四人帮被粉碎，党的三中全会开过了，我们已经看到了未来的美好曙光，我们有盼头了。"这里依然存在宏大话语的挪用和抹平，小说的集体主义姿态，被主流意识形态和大众所共同接受，它高扬的高尚情感，还是十分动人的。但是，个人主义情感，在这里依旧是一个贬义词。然而，作者歪打正着地新军旅爱国主义，说出了一个十分严重的当代问题："那就是当革命变为常态，新的权力体制如何防止腐败？如何防止新的专制和不平等？当面对战争，一个国家和民族的人民，已习惯了和平秩序的人们，将如何再次面对牺牲？"小说结尾："默立在这百花吐芳的烈士墓前，我蓦然间觉得：人世间最瑰丽的宝石，最夺目的色彩，都在这巍巍的青山下集中了。""花环"以浪漫方式，想象地完成了改革话语、启蒙批判、革命叙事与战争文艺的新的融合。1980年代的军旅小说，以对越自卫反击战为背景，高扬新的理想主义和悲壮启蒙色彩的作品还有很多。韩静霆的《凯旋在子夜》①巧妙地将爱情与战争扭结，以爱情的浪漫反衬战争的残酷，由此映衬出的英雄主义的赞歌更加高亢、响亮。韩静霆另一个中篇《战争让女人走开》侧重于写军人家属，写女人在后方承受的战争重负，歌颂了后方的牺牲精神。

但是，美好而高尚的理想主义的花环，并不能真正解决那些暴露出来的矛盾，而仅仅是一种美学上的升华。在其后的创作中，李存葆又写出了《山中，那十九座坟茔》②，再次引发轰动。这部启蒙色彩浓重的军旅小说，也实践了李存葆一贯的小说主张。作家将启蒙的宏大历史忧患意识，悲剧的苦难美学，与军旅文学的理想主义气质和高度意识形态性结合在一起，创造了新时期军旅文学独特的美学风范："一个作家的文学观念和创作手法是可以不断修正和改变的。但是，他用自己的全部苦难和幸福所浇铸的那个'创作之魂'，却又是不应该也是很难轻易改变的。失去了它，就如同贾宝玉失去了'通灵宝玉'。在我要求改变自己的表现手法

① 韩静霆：《凯旋在子夜》，《昆仑》，1985年，第2期。
② 李存葆：《山中，那十九座坟茔》，《昆仑》，1984年，第6期。

和某些陈旧的艺术观念的同时，我坚持自己的那个'创作之魂'；我信奉古人的'文以载道'、'志在兼济'，不喜欢做无病呻吟的文章。我觉得文学不仅是一种花瓶式的点缀，也不仅仅是茶余饭后无伤大雅的奢侈品。作家应有深刻的忧患意识，这个意识深沉博大，素高庄严；它凝结着真善美，寄托着冥冥追求。他的文学应该是面对社会，面对人生，面对全人类的。我认为，在今天我们呼唤伟大的时代和伟大的文学的时候，首先应呼唤一种伟大而坚定的灵魂，没有伟大的灵魂是不会产生伟大的作品的。"① 小说讲述了一支有优秀传统的部队在极"左"年代的悲惨遭遇。部队的高级领导秦浩，为了加官进爵，不惜弄虚作假，以国家的资产和战士的生命为砝码，建造不符合科学和现实的"龙山工程"。这部小说的批判味道和悲剧气氛更浓重。小说不仅再现了敢于置疑和抗争的营长郭金泰、有军事科学头脑的彭树奎，还真实再现了军队中存在的愚昧的盲信和非理性的狂热。在"突出政治"的狂热鼓动下，朴素愚昧的农村士兵孙大壮，急于表现的右派子女刘琴琴，虔诚驯服的副班长王世忠，都被野心家们推上了政治的祭坛。可以说，这部小说以军旅题材进一步推进了伤痕小说和反思小说的宽度和深度，并对建国以来以革命乐观主义为基调，以集体牺牲主义为美学原则的军旅小说进行了大胆的质疑和颠覆，并为新军旅小说在思想和艺术上的突破做了准备。

　　然而，也正是这部小说，暴露出了 1980 年代军旅小说的一些内在表述困境，例如启蒙批判与军旅文学的革命传统之间的矛盾；歌颂和暴露之间的牴牾；人物的立体复杂性和类型化之间的冲突；现代民族国家叙事的"泛民族化"与军旅文学的现实政治规定性之间的对立等。例如，就有一些读者对《山中，那十九座坟茔》中人物的雷同表示异议②。其实，人物的雷同恰恰是由于特殊的规定性所导致的。其实，1980 年代的军旅文学，已经逐渐产生了分化。一些军旅作家，将笔触伸向了和平时期的平凡军营生活，反映军人的理想设计与现实的失落，无私的奉献与

---

① 李存葆：《在变化中寻找自己》，《文学评论》，1986 年，第 2 期。

② 有读者指出："总之，你在《坟茔》中所写的形形色色的人，我在《花环》中，已熟悉了他们的性格。尽管人物的时代性不同，但性格特质是大同小异的。所以，我以为，在人物性格的塑造方面，你的《坟茔》是没有大的突破的，我作为一名读者，表示遗憾。"田君：《〈山中，那十九座坟茔〉的不足——致李存葆同志》。

自我价值的悖论，进而反思人的生存困境。朱苏进的《射天狼》、《引而不发》、《凝眸》等是其中的代表作。《射天狼》中的军人袁翰，他没有惊天动地的壮举，却有一颗职业军人所特有的事业心。作品的可贵之处正在于作者从平凡的人物身上发现英雄的素质。有论者认为，朱苏进在挖掘军人心理世界的高度，不仅在 1980 年代具典型意义，在 21 世纪的今天，依然是一个少有人企及的高度[①]。这一类的优秀作品有刘兆林的《啊，索伦河谷的枪声》、《雪国热闹镇》、《船的陆地》等，以及唐栋的《沉默的冰山》、李本深的《沙漠蜃楼》、李镜的《冷的边山热的血》、简嘉的《没有翅膀的鹰》、王树增的《鸽哨》等。这些作品在军人的职业伦理上进行了可贵的探讨。同时，另一批军旅小说作家则在意识形态性进行了更为大胆泼辣的探索。莫言的《红高粱》，乔良的《灵旗》，张廷竹的"国民党抗战系列"小说《支那河》、《酋长营》、《黑太阳》、《落日困惑》等，尤凤伟的抗战系列小说《生命通道》、《要塞》等，周梅森的"战争与人"系列《国殇》、《大捷》、《军歌》等，更是将对军旅文学的反思，深入到革命叙事的权力关系内部，探索革命与历史、人性的纠葛，并对历史的激进革命逻辑进行了沉痛的追问。《红高粱》以浪漫而野性自由的土匪的抗战代替了以往的红色抗战记忆，而乔良的《灵旗》[②]则以青果老爹穿越时空的并置手法，强制性地将历史与现实纠结在一起，以人道主义的目光与历史的反思再现了党史上视为禁忌的"湘江之战"，从而再现了战争的残酷和历史非理性："白军杀戒大开，狂犬般搜杀流散红军。砍头如砍柴。饮血如饮水。一时间，蒋军杀红军，湘江杀红军，桂军杀红军，狐假虎威的民团杀红军，连一些普通百姓也杀红军。尸曝山野，血涨江流。离开红都瑞金时尚有八万余众的红军，是役后仅存三万。是败仗。红军史上只记下八个字：湘江一战，损失过半。"周梅森的《大捷》以下层官兵的抗日壮举，反衬出了许多高级将领的争权夺利，而《国殇》[③]描写的是抗日战争时期国民党新 22 军陵城守卫战。新 22 军孤立无援，陷入了绝境，军长杨梦征与副军长毕元奇被迫签署了投降命令。然而，历史的偶然性，却以杨

---

① 贺仲明：《理想与激情之梦——1976—1992》，广州：广东教育出版社 2009 年版，第 104 页。

② 乔良：《灵旗》，《解放军文艺》，1986 年，第 10 期。

③ 周梅森：《国殇》，《花城》，1988 年，第 2 期。

和毕的死亡为代价，换来了部队冲出突围，浴血新生，而杨和毕也阴差阳错地成为"民族英雄"。这些小说对于打破"十七年"军旅小说的二元对立逻辑，从历史和人性的角度，探索战争的复杂性做了有益的尝试。

进入1990年代，伴随第二次改革开放浪潮，也由于席卷文坛的"解构"风潮，军旅文学内在的困境也愈发明显。有的评论家认为，很多军旅作家在题材选择上则出现了淡化军旅色彩的"向外转"（写军营以外）和"向后转"（写童少年经历）的倾向。"①而更多问题，则是如何在经济现代化的今天，实现传统的军旅题材小说的内在转型："作家对社会转型后引发出的思想观念、价值体系、生活方式、道德规范等多方面所发生的冲撞、更新的程度和速度缺乏认知甚至必要的心理准备，乃至造成某些观念的滞后。譬如，我们很多写90年代军营生活的作品，还把军人的职业当成唯一的最高、最神圣、最有价值、最具奉献与牺牲精神的选择，希望藉此完成理想主义和英雄主义主题的铸造。其实这在今天看来，显然是带有一定的片面性，或者说是一种唯我独荣、唯我独尊的传统观念的表现。事实上，当一个国家进入以经济发展为中心的时代以后，军人的地位也随之被边缘化。"②而对于1990年代以来的军旅小说，评价也很不同。有的论者认为："创作主体现代人本意识的强化，突破了既有军旅小说创作悲剧性缺失的创作局面，在对战争与和平时期军人个体的生命存在状态叙事中，展开悲剧性探索。而这些探索，使1990年代的军旅小说创作在整体上表现出超越性的发展变化特征。"③也有的论者认为1990年代的军旅小说的人性穿透力仍不够强大，叙事尺度还有待放开："我仍不能不遗憾地指出，当代军旅作家还没有写出像苏联战争文学那样的作品——战争历史在他们那里成为一种开掘不尽的创作资源，且多为杰作。"④我们看到，重新审视英雄和战争，与重写当代和平时期的军营生活，成为1990年代后军旅小说的两大走向。前者从现代民族国家叙事的角度出发，满足读者对阶级意识更淡化、民族意识更

① 朱向前：《中国军旅小说：1949—1994》，《当代作家评论》，1996年，第4、5期。
② 朱向前：《90年代：转型期的军旅小说》，《文艺报》，2000年10月24日。
③ 徐亚东：《继承·突破·超越——1980、1990年代军旅小说论》，《长江学术》，2007年，第2期。
④ 孟繁华：《"英雄文化"的现代焦虑——90年代军旅文学中的英雄文化与文化认同》，《解放军艺术学院学报》，2003年，第1期。

强烈的英雄人物的想象；而后者则满足了文学内在逻辑对于写真实的追求。因此，1990 年代的军旅小说，实现了新时期之后的第二次复兴，有力地推动了中国文学的发展。而这些军旅小说与当代影视传媒的紧密结合，在类型化上也有很大发展，也赋予了军旅文学新的生命力。

这一时期，一些传统战争英雄形象遭到了更彻底的颠覆和改写。作家们不仅写出了英雄内心的丰富和性格的多变，还写出了这些战争英雄性格的多个侧面，英雄的尴尬和失落，甚至是原来军旅小说所不敢表达的禁忌。这类小说的代表作品有石钟山的《父亲进城》，邓一光的《父亲是个兵》、《我是太阳》、《寻找驳壳枪》，都梁的《亮剑》、《狼烟北平》，兰晓龙的《我的团长我的团》，毕飞宇的《雨天的棉花糖》等。邓一光的《我是太阳》与石钟山的《父亲进城》都是优秀的作品，也很好地体现了叙事杂糅的特点。有趣的是，这两部作品都是采取了一种仰视的回忆视角来叙述故事，不论是故事，还是人物类型，均有很多相似之处①。《父亲进城》②更是以对父辈的重新描写自居，真实地展现了这类小说通过民族国家叙事，在追忆共和国建国神话中，试图重新凝聚宏大叙事的努力③。《父亲进城》对战争英雄石光荣进行了重塑。石光荣是一个经常犯错误的英雄，作家一方面塑造了他强者的英雄品质，借以隐喻共和国的强者想象，特别是他对"文革"和"左"倾思想的抵触，让我们将之与传统的红色英雄区分开来；另一方面，作家也未回避对他的农民式短视思维、蛮横的家长式作风，以及顽固的军事思维的不动声色的嘲讽。然而，有趣的是，根据该小说改编的电视剧《激情燃烧的岁月》，却回避夫妻两人的矛盾，将之淡化为通俗叙事的家庭剧模式。邓一光的长篇小说《我是太阳》，

---

① 《亮剑》、《我是太阳》、《父亲进城》三部小说被改编为电视剧后，都存在故事与人物高度雷同的情况，如果从主旋律小说宏大叙事的内在规范上考虑，这种雷同显然是一种"叙述的意识形态"。参见赵楠楠：《与〈激情燃烧〉雷同？〈我是太阳〉否认抄袭》，《京华时报》，2009 年 1 月 1 日。

② 石钟山：《父亲进城》，《中篇小说选刊》，1998 年，第 3 期。

③ 如有的论者指出，该作品的宏大意识形态教化和整合作用，其实这里还包含着读者对英雄形象的猎奇性消费心理："江泽民同志强调传统'纽带'的越中应有之义。为什么《激情燃烧的岁月》能拨动亿万人的心灵琴弦，道理正在这里。现代化建设需要从传统中汲取力量和激情，而《激情燃烧的岁月》正满足了人们的这种审美要求，并消解着'金钱至上'、'人情淡薄'的市场负面作用。"见赵平：《〈父亲进城〉成功的启示》，《中国图书评论》，2002 年，第 10 期。

介绍了解放军高级官员关山林与妻子乌云的经历。就结构而言，这部小说呈现出浓厚史诗味道，分为 6 部，配合时间标记，完整再现了共和国 1946—1996 年间的风雨路程。红色的革命战争激情，已不具有表征现实意义了，而成为当代和平年代人性缺失的道德性。英雄关山林的形象，也颇值得玩味。他不但有着朴素的革命理想，更是一个有血有肉的英雄。他的倔强、顽固，如同他的英雄气质一样动人。然而，他并不是一个传统意义上的英雄，而更像一个"有缺点"的个人主义英雄。他屡次立功，也屡次犯错误（类似李云龙与石光荣）。他对"文化大革命"的抵触，与对政治的厌恶，也隐含着启蒙叙事对于复杂的"人性化英雄"的想象，以及通俗文艺对战争描写的猎奇心理。他仅仅是一个共和国的英雄，一个伟大国度复兴的成功缔造者之一。例如，作家设计了年轻貌美的范琴娜，潇洒的苏联军官茹科夫，同时追求乌云和关山林，并以他们两个接受考验过关的故事情节，再次利用"爱情"逻辑，隐蔽地指涉了民族国家叙事的存在，从而压制了所谓启蒙叙事的个人化倾向。例如，当茹科夫追求乌云，乌云义正言辞地说："您有什么资格说他？他打了二十八年仗，他的身上弹孔累累，他为新中国的建立立下了汗马功劳，为这个他把自己的全部都搭上了！他从来没有怨言！"①然而，在 1990 年代，当儿子湘阳嘲讽关山林关于政治的看法过于幼稚时，作家用一个老人无力的暴怒，既隐喻了当代重建理想主义的重要性，也暗示了这种精神没落的无可奈何。小说最后，生命垂危的关山林，颤巍巍地说："看见了吗？乌云，太阳它也跌落过，可它不是又升起来了吗，我们也是太阳，今天落下去，明天照样升起来。"于是，一个有关"红太阳"领袖神话的阶级革命的寓言，被怪异地"转喻"为"我是太阳"的民族国家叙事的现代性宣言。这里，值得一提的还有毕飞宇的《雨天的棉花糖》和艾伟的《爱人同志》②。毕飞宇将故事的主角变成了对越自卫反击战的俘虏——红豆。通过红豆在后方受人歧视，直至死亡的过程，凸显了对英雄主义的反思。而艾伟的《爱人同志》则以一个残疾退伍的对越自卫反击战的英雄的没落和死亡，再现了战争政治对个体生命的摧残，具有强烈的反战意味。

---

① 邓一光：《我是太阳》，北京：人民文学出版社 1997 年版。

② 艾伟：《爱人同志》，北京：人民文学出版社 2002 年版。

而对和平时期军营生活的描述，苗长水的《超越攻击》、兰晓龙的《士兵突击》、朱苏进的《炮群》和《醉太平》、柳建伟的《突出重围》、朱秀海的《穿越死亡》、裘山山的《我在天堂等你》、姜安的《走出硝烟的女神》、项小米的《英雄无语》等是这方面代表作品。新一代军人和老一代有很大差别。他们有文化、懂得现代战争。然而，和平时期鲜有战争。这就进一步加剧了苏子昂、范英明等现代青年军官的焦虑感。《超越攻击》的最大特色，是现实主义的冷静视角和对复杂现代军旅生活的深刻洞察力①。在这部小说中，有一个核心矛盾冲突：即以军区成司令员、272 师长寒星为代表的军内知识分子改革派和以盖军长、老范团长和胡林团长为代表的军内传统派之间关于现代化建军观念的矛盾和冲突。这部小说揭示了当前军营生活的种种矛盾和问题，展现了军队在创新改革上的新变化。这部小说并没有简单地将矛盾冲突做对立化的处理，变成线性的、进化论式的"军队改革小说"，而是将之放置于中国大的文化传统和我党我军的优良传统面对现代化的文化转型之中。

第十三节　艾青与公刘的诗

艾青在 20 世纪 70 年代末"重返诗坛"，此时距离他 1958 年被划为"右派"已有二十余年的时间。在经历长时间的颠沛流离、痛苦辗转之后，他的诗歌与时代的氛围一样又重新回到"早春时节"。他以饱满的热情重新开始了他的诗歌歌唱，短短几年中写下了大量的诗歌作品，并出版了《归来的歌》、《彩色的诗》、《落叶集》、《域外集》、《启明星》、《雪莲》、《艾青短诗选》、《艾青叙事诗选》、《艾青抒情诗选》等诗集，迎来了他创作生涯的"又一个春天"。

艾青是新时期较早提倡"说真话"的诗人，在写于 1978 年的文章中，他说："诗人必须说真话。""人人喜欢听真话。诗人只能以他的由衷之言去摇撼人们的心。诗人也只有和人民在一起，喜怒哀乐都和人民相一致，智慧和勇气都来自人民，才能取得人民的信任。""人民不喜欢假话。哪怕多么装腔作势、多么冠冕堂皇的

---

① 房伟：《龙骧虎步唱大风——评〈超越攻击〉》，《人民日报》，2006 年 12 月 9 日。

假话都不会打动人们的心。"① 而他的诗歌确实也贯彻了"说真话"的精神。这一时期他的诗歌主要沿两个方向展开：其一是对"过去"的反思、声讨与控诉，其二是对"现在"的歌颂与对"未来"的憧憬。这两个方面在很大程度上都介入了对于时代主题的书写，在当时产生了较大的影响。对于过去，他有着《沉痛的经验》："经过这些年磨难 / 悟到沉痛的经验 / 被颠倒了的事物 / 必须颠倒过来看"；在《鱼化石》中，他托物言志，描写一条活蹦乱跳的鱼遭遇突然的变故，逐渐变成了坚硬的"化石"。很显然，其中的"鱼化石"实际上正是他自己，作者是在以"鱼化石"来抒发自己的心声，这首诗的最后说："傻瓜也得到教训：/ 离开了运动，/ 就没有生命。/ 活着就要斗争，/ 在斗争中前进，/ 当死亡没有来临，/ 把能量发挥干净。"这里显示了作者对于生命、对于斗争的信任与期待，这里面有着对于过去岁月的回忆与追怀，但更重要的是一种生命重新开始的喜悦与冲动。与之类似的，还有《盆景》，同样是托物言志，借"被改造"的盆景来说自己："其实它们都是不幸的产物 / 早已失去了自己的本色 / 在各式各样的花盆里 / 受尽了压制和委屈 / 生长的每个过程 / 都有铁丝的缠绕和刀剪的折磨 / 任人摆布，不能自由伸展 / 一部分发育，/ 一部分萎缩 / 以不平衡为标准 / 残缺不全的典型，/ 像一个个佝偻的老人，/ 夸耀的就是怪相畸形。"作者指出，这都是不符合自然规律的，是不正常的："但是，所有的花木 / 都要有自己的天地 / 根须吸收土壤的营养 / 枝叶承受雨露和阳光 / 自由伸展发育正常 / 在天空下心情舒畅 / 接受大自然的爱抚 / 散发出各自的芬芳。"在这首诗的结尾，他直言不讳地指出："或许这也是一种艺术 / 却写尽了对自由的讥嘲。"由于自己所遭受的深重苦难，艾青这一时期的诗歌表达了对于制度的反思、对于人性的呼唤，以及对于人的价值与尊严的尊重，显示了浓厚的人道主义精神，较典型地体现在《古罗马的大斗技场》。通过对于古代、异域的"古罗马斗技场"这一相对"安全"的题材的书写，作者对于人与人之间的摧残、压迫、伤害，进行了真切的抚摸和深入的观照，写出了人与人之间具有普遍性的权力关系，也被有的评论者认为具有振聋发聩般的"时代强音"的作用。确实，如这首诗的结尾

---

① 艾青：《在汽笛的长鸣声中——〈艾青诗选〉自序》，《艾青谈诗》（增订本），广州：花城出版社1983年版，第153页。

所揭示的："说起来多少有些荒唐——/ 在当今的世界上 / 依然有人保留了奴隶主的思想，/ 他们把全人类都看做奴役的对象 / 整个地球是一个最大的斗技场。"

而在另一方面，艾青则抒发了对新时代、新生活的无限热爱、向往、憧憬，他又重新恢复了青春，开始了歌唱。对于自由的追求、对于光明的热爱、对于压迫的反抗，一直是建国以前艾青诗歌中的主题，而这一线索在新时期以来得到了重新的接续。他似乎重新成为了一个"孩子"，天真烂漫、无忧无虑，对生活、对未来充满无上的期待、无比的热情。在写于 1979 年的《迎接一个迷人的春天》中，他呼唤着一个全新的、无比美好的"春天"。显然，和胡风写于建国初的《时间开始了》一样，两者具有共同的情感逻辑与观念模式，虽然"我们有过被欺骗的春天，/ 我们有过被流放的春天，/ 我们有过被监禁的春天，/ 我们有过呜咽啜泣的春天，/ 我们曾经象蜗牛似的，/ 在墙脚根上慢慢地爬行"；但这一切都已经过去，现在早已经天翻地覆，"我们终于能理直气壮地生活了，/ 我们能扬眉吐气地过日子了，/ 我们具有无比坚强的信心，/ 象哈萨克族举行'姑娘追'似的 / 来迎接这个春天"。这个春天是一个全新的开始，一切都是值得期待的，所以"我们要拉响所有的汽笛，/ 来迎接这个新时代的黎明；/ 我们要鸣放二十一门礼炮，/ 来迎接这个岁月的元首；/ 所有的琴师拨动琴弦，/ 所有的诗人谱写诗篇，/ 所有的乐器，歌声，诗篇 / 组成最大的交响乐章，/ 来迎接一个迷人的春天！"在《每个人都要从自己开始》中，他表达的情感与此也非常相似："在时代的风云里 / 掌握自己的命运 / 珍惜每一个日子 / 和人民一同前进 / 没有理想 / 等于死亡 / 再大的风浪 / 折不断海燕的翅膀 // 要象煤块一样冷静 / 却有火热的心肠 / 每个人都要从自己开始 / 发出最大的能量。"这种乐观情绪、对"新生活"的歌颂在艾青这一时期的创作中是具有普遍性的，他的许多诗作都在反复书写这一主题、这种情绪。当然，应该看到，这样的书写在艾青那里是真诚的，也契合了时代的主题与情绪，但是，它更多是在重复（别人与自己），而没有创新，缺乏个人独特性，同时也欠缺深度，浮光掠影，并未触及真正的时代性问题和矛盾，所以，他和胡风在建国初的书写一样，具有着同样的艺术缺憾。

艾青在 20 世纪三四十年代写作了《火把》、《向太阳》、《黎明的通知》等以"光"为题材的作品，"光"在艾青那里显然代表了光明、温暖、安全、公平、正义等，或者说，代表了一种"理想"，以及对之的追求。在新时期伊始的 1978 年，艾青又重新开始了他关于"光"的书写，长诗《光的赞歌》被有的评论者认为是他这一时期的代表作、创作道路上的又一座"高峰"。"光给我们以智慧 / 光给我们以想象 / 光给我们以热情 / 光帮助我们创造出不朽的形象 / 那些殿堂多么雄伟 / 里面更是金碧辉煌 / 那些感人肺腑的诗篇 / 谁读了能不热泪盈眶。"他同时还富有思辨的指出："但是有人害怕光 / 有人对光满怀仇恨 / 因为光所发出的针芒 / 刺痛了他们自私的眼睛 / 历史上的所有暴君 / 各个朝代的奸臣 / 一切贪婪无厌的人 / 为了偷窃财富、垄断财富 / 千方百计想把光监禁 / 因为光能使人觉醒。"这里的"光"显然已被赋予了情感的和意识形态的内容，而变成了一种隐喻。作者并由此谈到了"人"的因素："然而，比一切都更宝贵的 / 是我们自己的锐利的目光 / 是我们先哲的智慧之光 / 这种光洞察一切、预见一切 / 可以透过肉体的躯壳 / 看见人的灵魂。"艾青回顾了他自己的历史："在这个茫茫的世界上 / 我曾经为被凌辱的人们歌唱 / 我曾经为受欺压的人们歌唱 / 我歌唱抗争，我歌唱革命 / 在黑夜把希望寄托给黎明 / 在胜利的欢欣中歌唱太阳。"在诗的结尾部分，作者发出全诗的最强音：

　　　　让我们以最高的速度飞翔吧

　　　　让我们以大无畏的精神飞翔吧

　　　　让我们从今天出发飞向明天

　　　　让我们把每个日子都当做新的起点

　　艾青这一时期的诗作中有相当比重是纪游诗，随着他在诗坛"地位"的恢复，他去各地尤其是国外游历的机会也大幅增加，在这一过程中他写下了许多的诗歌。这些作品大多属于"改革开放"的时代背景下的一种充满新鲜感的观照，其中还不乏政治视野、阶级意识等的关注，大多无甚新意。虽然有的作品也颇具个体色彩，清新灵动，但总的来说数量并不多，同时与蓬勃发展的"新诗潮"相比也比较边缘，并未产生大的影响。

　　总体而言，艾青这一时期的创作数量较多，但整体质量而言，并未达到建国以前三四十年代的水平，他实际上并未真正迎来创作上的"第二春"。无论是在新的思想方面，还是新的艺术传达方式方面，他即使是达到了此前的巅峰时期，也并未能对之进行超越，但是，此时的新一代的写作者们却已经大踏步前进，开创着属于自己的时代，而艾青显然已经显得有些"落后"了。这一点在艾青与北岛等"朦胧诗人"的交往中也可以看出，艾青对他们从一开始的扶持、喜爱，到之后的批评、打压，两者之间关系的交恶、破裂，实际上这一过程本身也可以看做一种隐喻：每个人都是在具体的社会与历史中生存的，每个人都有属于自己的"时代性"。

公刘在20世纪四五十年代已有诗名，他的早期诗风清新、明丽、浪漫，但诗歌并未给他带来好的荣誉和运气。恰恰相反，他在1958年的"反右"运动中被定为"右派"，这以后的很长时间尤其是"文革"中他遭到了严酷的迫害。名誉扫地、生活困苦、家庭破碎，其间饱尝了世态炎凉、人情冷暖、颠沛流离，直到1979年才真正获得平反。长期受压抑、受打击的经历成为公刘生活与诗歌中抹不去的底色，过去经历的种种已经成为他心灵中抹不去的烙印，即使是热烈的赞歌，也摆脱不了某种忧伤、忧郁的基调，这是他新时期以来诗歌的重要特点，也是他区别于其他"归来者"诗人的特征之一。

"诚实"、直面现实、反思历史是公刘诗歌的明显特征，于他而言，诗歌是一种批判的武器，他以此表达他的爱与恨、悲与喜，既表达自己，直抒胸臆，同时也表达他对于社会、人生的关切、认知。如他自己所说："诗必须对人民诚实"，"而指出黑暗则更需要勇气，勇气源自对于理想和人民的深刻信赖，源自对于过去、现在和将来的历史感；不真正热爱光明者，又焉能真正鄙弃黑暗？！"[1]他的诗具有较强的哲理特征、政论色彩，可以说是一种广义上的"政治抒情诗"，但这里的"政治"显然与主流意识形态的要求之间并不完全同步，而带有着更多的个人色彩和对制度、体制的超越性思考和批判锋芒。在作于1970年代末期的《关于真理》中，他如此写他心目中的真理。显然，这也是他在生活的泥沼中摸爬滚打、遍尝酸甜苦辣之后得到的感悟："真理有时像无花果，/静悄悄，萌生于树叶之间，/它和树叶一样是绿的，/并不红得耀眼。//真理有时又像毛栗子，/它把果仁藏得很严，/

---

[1] 公刘：《〈离离原上草〉自序》，北京：人民文学出版社1980年版，第2—3页。

不但有一层又厚又硬的壳，/ 而且像刺猬似的不招人喜欢。// 尊重无花果吧，/ 它没有那股招蜂惹蝶的甜；/ 理解毛栗子吧，/ 它告诫采集者：艰难。"显然，这里的"真理"不是光鲜亮丽的，其外表甚至是让人生厌的，但它的价值却与这外表呈一种背反的关系，这样的话语显然是只有熟知人生三昧的人才能够写出的。同样，他在《哎，大森林》中，也写出了关于历史的深沉反思，这首副标题为"刻在烈士饮恨的洼地上"的诗是作者凭吊张志新殉难之地后所写，在这里他以问询大森林的口吻写到："我爱你，绿色的海！/ 为何你喧嚣的波浪总是将沉默的止水覆盖？/ 总是不停地不停地洗刷！/ 总是匆忙地匆忙地掩埋！/ 难道这就是海？！这就是我之所爱？！/ 哺育希望的摇篮哟，封闭记忆的棺材！"正是基于这样的原因，他说："我痛苦，因为我渴望了解，/ 我痛苦，因为我终于明白。"诗的最后这样说："海底有声音说：这儿明天肯定要化作尘埃，/ 假如，今天啄木鸟还拒绝飞来。"我们看到，"新时期"的公刘对"新生活"是认同的，但他并没有加入廉价的对于生活的歌唱与赞美，而是对之怀有进一步的期待：他极为冷静、理性地呼唤着"啄木鸟"的到来。与此相似的，同样写给张志新的诗《刑场》则从"声音"的角度进行书写（因为据报道行刑前为了防止她说话、呼喊口号，张志新被割断了喉管），这首诗所写显然与鲁迅所言"无声的中国"相似，具有震撼人心的效果："我们喊不出这些花的名字，/ 白的，黄的，蓝的，密密麻麻，/ 大家都低下头去采摘，/ 唯独紫的谁也不碰，那是血痂；// 血痂下面便是大地的伤口，/ 哦，可——怕！/ 我们把鲜花捧在胸口，/ 依旧是默然相对，一言不发；/ 旷野静悄悄，静悄悄，四周的杨树也禁绝了喧哗；// 难道万物都一齐哑啦？/ 哦，可——怕！"

> 原来杨树被割断了喉管，
>
> 只能直挺挺地站着，象她；
>
> 那么，你们就这样地站着吧，
>
> 直等有了满意的回答！
>
> 中国！你果真是无声的吗？
>
> 哦，可——怕！

公刘的诗歌中有着深深的悲悯情怀，他对于社会中被侮辱被损害者的书写尤为动人，这其中重要的原因是他认为自己就是其中的一员，在这样的文字中他感同身受，有真情实感，同时是在写自己。比如他写社会底层权益被侵害而申告无果的《上访者及其亲属》，写历史中被埋没、被忽略的个体的《车过山海关》，写关于封建体制反思的《假如这些秦俑们突然间都活过来》等，都折射了一个现代人、现代知识分子的情怀、思想。在《伤口》中，他写的既是"中国"，也是"我"，全诗很短，仅8行，"我是中国的伤口，/我认得那把匕首；/舔着伤口的是人。/制造伤口的是兽！"继而，他写道："我还没有愈合呢，/碰一碰就鲜血直流；/这是中国的血啊，/不是你们的酒！"全诗的最后两行是全诗情感的峰顶，具有震撼人心的力量，在"血"与"酒"的对比中，包含了非常多的历史与情感的内容。诗歌《关于〈摩西十诫〉》的副标题为"圣经上的故事"，虽然看起来是在写宗教故事，但无疑也是有现实针对性的："应该感谢摩西，我们的好首领，/我们抬起他来，游行，欢声入云，/我们吻他的汗渍的衣衫，/我们吻他的皲裂的手背和有泥的手心。/我们称他为先知，/忘记了：大家都是亚当夏娃的子孙。/我们听从他说的一切，/包括《十诫》，包括梦呓，包括'朕'，/包括'我是你们的上帝，除我之外，你们不可信别的神。'/敬爱蜕变为迷信，/天真嫁接成愚蠢，/每一间屋子都改造为庙宇，/我们已经是教徒，不再是人。"显然，这是对此前"文革"中某种状况的深刻揭示，他所写的着重点是在"社会现实"。在《读罗中立油画〈父亲〉》中，公刘写出了对于中国农民深深的体恤与关怀，他首先不无愤慨地反对在"父亲"的耳朵上夹上一支圆珠笔，认为那只是"廉价的装饰品"："父亲，我的父亲！是谁把这支圆珠笔/强夹在你的左耳轮？/难道这就象征富裕？/难道这就象征文明？/难道这就象征进步？/难道这就象征革命？/父亲！你听见了吗？你听见了吗？/整个的展览大厅/全体的男女人群，/都在默默地呼喊，/快扔掉它！扔掉那廉价的装饰品！"继而，他写道："真愿变做你手中的碗啊，/一生一世和你不离分！/粗糙的碗，有鱼纹图案的碗，/像出土文物一般古老的碗，/我愿承受你额头的汗，/并且把它吮吸干净。/只有你的汗能溶解/我出土文物一般硬化了的心！"然后，他回溯历史，写中国农民苦难的、"死过多少次"的历史，应该说，这是真正的现实主义，写出了厚重、沉甸甸的现实。当然，公刘并不是完全悲观的，他对未来仍然充满了期待，比如，他指出"父亲"应该是生活的"主人"："黄金理应属于你！你是主人！/主人！明白吗？主人！"这样的观点现在来看仍然是比较"现代"和"超前"的。

公刘这一时期有不少关于历史古迹、历史人物的作品，它们大多属于"借他人酒杯，浇自己块垒"，是在以一种曲折、迂回的方式表达他对于现实、政治的关切，是以较为"安全"的方式表达自己的独立见解与反抗和拒绝。比如关于闻一多，他在《题闻一多石雕》中写道："一颗无声的子弹/击碎了中国的夜寒，/您的破旧的围脖/全部被血花所点染。/就系着这条围脖吧，/直到您变成了花岗岩，/还有比花岗岩更永恒的/是人民对您的纪念。"又如《海瑞墓》，诗并不长，但它所写的主题却是一个民族的"健忘"："何苦修复这座墓？/留下炸破的洞穴，/留下炸碎的棺木，/留下身首异处的石羊、石马，/留下风在萧萧疏林中号哭；/留下周信芳的歌声，/留下吴晗的史书，/留下赤子心，/留下无毒不丈夫。/啊，海瑞不孤独，/陪伴他的，/是一个健忘的民族……"又如他写《泰山天街》："泰山顶上浮着一条天街，/这条街左、右都通向云彩；/不过我宁愿选择山脚的泥土……/谁稀罕那游手好闲的世界！//不错，泥土里总是生出些痛苦，/从痛苦中我偏反刍出些幸福；/荒谬吗？不！告诉你一个神秘的数目：/一辈子只大笑一次，一次便已满足。""从痛苦中反刍出幸福"很大程度上便可以看做是公刘诗歌的特征，同时也可以代表诗人公刘的个性特征。

公刘在新时期的创作主要是在20世纪80年代，由于年龄及身体的原因，1990年代以后他的创作较少。在这其中，《爱晚亭》、《谒黄兴蔡锷墓》、《歌唱石头》、《流浪》等，更为通达，更具智慧，也更加自如了，显示了另外的一种诗歌境界和人生境界。除写作诗歌、诗论外，与他对社会、历史的关注、反思有关，公刘后来在杂文、随笔领域用力颇多。有《不能缺钙》、《酒的怀念》、《裤裆文学和文学裤裆》、《活的纪念碑》、《纸上声》等杂文、随笔集出版，也有着较大的影响。

第十四节　叶文福与雷抒雁的诗

在20世纪70年代后期、80年代前期的政治诗书写热潮中，叶文福与雷抒雁是其中较有代表性的两位。

叶文福 1944 年生，师范毕业后当过小学老师，1964 年参军入伍，1966 年开始诗歌创作。他以《山恋》为代表的早期诗歌延续着建国以后抒发革命激情、歌颂美好生活的写作套路，虽然产生了一定影响，但并未显出区别于他人的特色与个性。真正使他广为人知、引起诗坛震动的是发表于 1979 年的《将军，不能这样做》。这首诗写的是"新时期"的现实题材，但它既不是立足于反思过去、批判极"左"政治，也不是讴歌新时代、畅想未来，而是曝光现实生活中的负面现象。如其题目所显示的，"将军，不能这样做"，所写是作者熟悉的部队里的一位"将军"，诗前的序文这样说："历史，总是艰难地解答一个又一个新的课题而前进。""据说，一位遭'四人帮'残酷迫害的高级将领，重新走上领导岗位后，竟下令拆掉幼儿园，为自己盖楼房；全部现代化设备，耗用了几十万元外汇。"因为这一颇为敏感的题材，它在当时引起了很大的反响，毁誉参半，而在后来也被称为"反腐败预言诗"。从情感态度来说，作者主要并不是对"将军"所代表的特权阶层进行否定，而首先是肯定了其革命年代所作的贡献，因为"你——是受人尊敬的前辈，/我是后之来者。""批评你——/我从来，/没有想过。/因为/也许正是你/用抱着机关枪/向旧世界猛烈扫射/的手，/把抽在我脊梁上的皮鞭/一把夺过——"长征时抢渡泸定桥"你大睁着/布满血丝的眼睛，/驳壳枪/往腰间/猛地一掖，/一声呼啸，/似万钧雷霆，/挟带着雄风，/冲进了/中国革命/英雄的史册！"但是，尽管如此，当年的功勋却不应成为今日腐化与享乐的理由："给你月亮/你嫌太冷，/给你太阳/你嫌太热！你想把地球/搂在怀里，/一切，/都供你欣赏，/任你选择……"作者不无激愤地发问道："难道大渡河水都无法吞没的/井冈山火种，/竟要熄灭在/你的/茅台酒杯之中？/难道能让南湖风雨中/驰来的红船，/在你的安乐椅上/搁浅、停泊？/难道一个共产党人/竟要去写/牛金星们/可悲的历史？/难道一代一代/揭竿而起/殊死抗争，/竟只是为了/你一家人/无止无休地享乐？"应该说，叶文福提出的这个问题是具有较强的现实针对性和前瞻性的，但是，在当时"拨乱反正"、"形势大好"的情况下，这样的问题无疑是并不"重要"的，它不可能成为主流，也很容易招致批判。在当时，尤其是来自部队的批评声音非常激烈，有的文章便指出这种诗"歪曲我军将军形象，是违背文艺为人民服务、为社会主义服务的宗旨的"①。当然,它也受到了广泛的赞扬,《文学评论》便发表文章予以支持,题目便叫做"诗人,应该这样说"②。应该说,在1980年代初的文化环境中,出现这样的争论很正常,也体现了这首诗的价值,它面对敏感问题的不回避,敢于揭示社会矛盾、敢于发出自己不同声音的精神,是难能可贵的,也是其最大价值所在。

叶文福这一时期的诗歌创作自由奔放,情感炽热,声音高亢,有浓厚的浪漫主义色彩,类似于《女神》时期的郭沫若。他的诗中充满了"火"、"太阳"、"瀑布"、"闪电"、"死亡"等意象,这种阳刚、壮阔的风格一方面与他的个性、他"战士"的身份经历有关,同时也与狂飙突进的时代氛围相吻合,因而在当时产生了较大的反响。比如《祖国啊,我要燃烧》,这首诗有着较强的政治隐喻色彩,写一棵长在峡谷的树,因为天翻地覆的造山运动而被埋到地下,即使这样,它也没有放弃抗争,而"不死的精灵却还在拼搏呼号:/'我要出去!我要出去!/我要出去啊——我的理想不是蹲这黑暗的囚牢!'"经过了漫长的岁月,它经历了"难忍的煎熬",但"理想之光,依然在心中灼灼闪耀",最终它变成了"一块煤",它高声呼喊着"我要燃烧":"地壳是多么的厚啊,希望是何等的缥缈!/我渴望:渴望面前闪出一千条向阳坑道!/我要出去,投身于熔炉,化作熊熊烈火:/'祖国啊,祖国啊,我要燃烧——'"显然,从"树木"被埋没而成为"煤",再从"煤"被挖掘而重新"燃烧",这显然符合那个时代对于生活的认定与"想象",能够为更多的人以及"主流"所认可。所以,这首诗获得中国作协1979—1980年全国中青年诗人优秀诗歌奖也便顺理成章了。与此相类似的诗歌有很多,影响较大的如《火柴》、《我是飞蛾》等。《火柴》写的是"燃烧"与"发言"的机会,即使这种发言机会只有一次,即使燃烧之后即是死亡,也依然义无反顾、决不放弃:"每个人都有一颗自己的头颅/每人,一生/——只发言一次//光的发言,火的发言/燃烧的生命/高举鲜艳的旗帜//明知言罢即死,却前仆后继/谁都懂得:一次发言/是一生的宗旨,/是神圣的天职。"《我是飞蛾》显然是取"飞蛾扑火"之意所进行的重写。

① 龚彦:《评叶文福的"将军诗"及其他》,《解放军报》,1982年2月13日。
② 李拔:《诗人,应该这样说——读〈将军,不能这样做〉有感》,《文学评论》,1980年,第1期。

全诗高亢、热烈，充满献身精神与战斗情怀，塑造了一个为了追求光明、真理而奋斗、献身的斗士形象。"光"与"火"是这首诗的重要意象，诗中数度重复回旋着"我寻找——光！／我寻找——火！""我追求——光！／我追求——火！""我扑向——光！／我扑向——火！"的诗句。当然，这里的"我"并非仅仅是个体的"我"，它的毁灭只有与"祖国"相关联才能够产生意义："你照——照透我！／你烧——烧死我！／这是我十分情愿十分情愿的呵……／我将在这悲壮的毁灭之中／看见一个——光闪闪的／烈火锻过的／强大的／中——国——！"但是，这首诗的问题也很明显，奔放有余而含蓄不足，诗味淡薄，很难激起人更多、更深入的思考，这一问题在叶文福的诗歌创作中并非个例。

叶文福的影响主要是在 1980 年代的前、中期，这可以说是最后一个"政治诗"的热潮，在此之后，随着时代生活的变化，政治诗已经难以产生建国以后数度兴起的风起云涌的浪潮了。由作家出版社 1986 年出版的诗集《雄性的太阳》获全国新诗集奖，不过对于叶文福的创作而言已经有些强弩之末的意味。其中与诗集同题的诗《雄性的太阳》是较有代表性的作品，这首诗延续了他以前诗歌的写作风格，以理想情怀、战斗精神、炽烈情感塑造了一个"雄性"的"太阳"，这是他理想的寄托，也是生命本质力量的呈现："我要孵出一颗年轻的／赤裸的／健壮的——太阳／这是／——雄性的太阳／我要赐予人类一颗雄性的太阳／能使不发臭的心受孕／生出一对孪生儿女／——一双热烈而真诚的眼睛／庄严燃烧着人类的／尊严／希望／崇高／和爱情。"这首诗延续着他写作的主题与风格，当然，也有着同样的弊病：一览无余、粗糙、单一化、平面化等。与此类写作不同，叶文福的一些咏物、抒怀的诗别有趣味，显得更为生动、有趣、活泼一些。他写自然风物，写动物、植物的诗，如《野百合》、《野蔷薇》、《黄果树瀑布》、《青鸟》、《颐和园》、《绿叶》、《春蚕》、《动物园拾来的》等。这些诗"声调"更低，生活意味更为浓厚，情感更为舒缓，显示了叶文福在"战斗"的性格之外的另一重面孔。

总体而言，叶文福的诗歌在艺术上和形式上更多地继承了中国 20 世纪 50—70 年代诗歌的遗产，其中借鉴苏联文学的痕迹也比较明显（比如马雅可夫斯基的阶梯体），他并未如此后的"朦胧诗"与"第三代"一样提供一种新的艺术想象与表达方式。所以，虽然他的思想是批判性的，是属于"新时期"的，但表达方式仍然是"旧"的。诗人北岛在回忆 1980 年代前期叶文福朗诵诗歌的情形时便说，他是以"革命读法"来"吼叫"他的诗的，叶文福"受到民族英雄式的欢迎。他用革命读法吼叫时，有人高呼：'叶文福万岁！'我琢磨，他若一声召唤，听众绝对会跟他上街，冲锋陷阵。"[①] 确实，叶文福的诗是高声调的，适合朗诵甚至吼叫。这也是一种"集体主义"时代的、"运动"式的产物，当这样的时代过去之后，它的局限性和有限性便很快凸显了出来。

雷抒雁，1942 年生于陕西泾阳，1967 年毕业于西北大学中文系，1970 年入伍，1982 年转地方工作。雷抒雁在 20 世纪 70 年代初开始发表作品，而受到广泛关注则是因发表于 1979 年第 8 期《诗刊》上的作品《小草在歌唱》，这既是他的成名作，也是他的代表作。雷抒雁此后曾担任中国作协诗刊社副主编、鲁迅文学院副院长等职务。

在"文革"之后众多关于张志新的诗歌作品中，雷抒雁的《小草在歌唱》脱颖而出，产生了很大的影响。这首诗最引人注意的地方，一是公共性的题材，契合了当时社会对于"文革"的批判与反思，对于社会公平、正义的呼唤。其二，则在于表达视角上的与众不同，它以弱者的、不起眼的"小草"的角度来关注这一事件，对张志新的书写也是作为一个普通人来写，包含了更多人性、人情的成分，拉近了与读者的距离，能够引起更多的共鸣。在这首诗中，"小草"显然是承担历史记忆的载体，它既是历史的见证者，同时也是历史中千千万万的被侮辱与被损害者，因而，对"小草"的书写具有丰富的意蕴。"只有小草不会忘记。/ 因为那殷红的血，/ 已经渗进土壤；/ 因为那殷红的血，/ 已经在花朵里放出清香！// 只有小草在歌唱。/ 在没有星光的夜里，/ 唱得那样凄凉；/ 在烈日暴晒的正午，/ 唱得那样悲壮！/ 象要砸碎礁石的潮水，/ 象要冲决堤岸的大江……"作者强烈控诉了那个非人的、黑白颠倒的时代："正是需要光明的暗夜，/ 阴风却吹灭了星光；/ 正是需要呐喊的荒野，/ 真理的嘴却被封上！"而同时作者也深刻的自我剖析和反思："我恨我自己，/ 竟睡得那样死，/ 象喝过魔鬼的迷魂汤，/ 让辚辚囚车，/ 碾

---

① 北岛：《朗诵记》，《书城》，2002 年，第 7 期。

过我僵死的心脏！／我是军人，／却不能挺身而出，／象黄继光，／用胸脯筑起一道铜墙！／而让这颗罪恶的子弹，／射穿祖国的希望，／打进人民的胸膛！"而如今，面对小草，我深感愧疚："如丝如缕的小草哟，／你在骄傲地歌唱，／感谢你用鞭子／抽在我的心上，／让我清醒，／让我清醒，／昏睡的生活，／比死更可悲，／愚昧的日子，／比猪更肮脏！"所以，他对于制度的反思便非常的悲愤而高亢，很有力量："法律呵，／怎么变得这样苍白，／苍白得象废纸一方；／正义呵，／怎么变得这样软弱，／软弱得无处伸张！""这些人面豺狼，／愚蠢而又疯狂！／他们以为镇压，／就会使宝座稳当；／他们以为屠杀，／就能扑灭反抗！／岂不知烈士的血是火种，／插出去，／能够燃起四野火光！"当然，不仅如此，最终可堪慰藉并且值得欣慰的是，正义终究是能够得到伸张的，真理终究战胜了邪恶：

> 母亲呵，你的女儿回来了，
>
> 她是水，钢刀砍不伤；
>
> 孩子呵，你的妈妈回来了，
>
> 她是光，黑暗难遮挡！
>
> 死亡，不属于她，
>
> 千秋万代，
>
> 人们都会把她当做榜样！

很大程度上，这首诗与当时的时代形成了共鸣与共振，它符合那个时代的"需要"，因而产生了很大的影响。当然同时它也是时代的产物，有着那个时代的缺陷与不足，比如，对于制度的反思方面，便仅仅停留在了反对"四人帮"的方面，而缺乏更深入、更本质化的揭示。所以，它的成功是"历史"的成功，却也未能超越历史，而不能不留下在艺术本体方面的遗憾。

雷抒雁的诗歌创作，其基本风貌是关注现实、歌颂英雄，揭示真理，情感上是直露而奔放的，同时注重哲理性与思辨性，社会性和使命感较强。在这些诗中，他的声音是高亢、激昂、阳刚的，充满热情与力量。诗中的主体，是一个"大写"的我，抽象化、本质化了的"人"，"我把头颅高高仰起，／炽烈的思想放射刺目的光芒；／草啊，花啊，树啊，／你们看看，宇宙间到底多少个太阳！"（《太阳》）"普罗米修斯是我。//我从恶鹰的尖喙和利爪下/勇敢地挣脱。//我把从太阳上采下的火种/藏在石里，木里，/召唤火，/只有我知道秘诀。"（《火》）"没有过一息平静，/没有过一丝懈怠，/没有一点失律的杂音。//痛苦和欢乐，/击打着鼓膜，/象一对鼓槌，/击打着心。"（《诗人的心》）这种对于真理、正义、光明、理想的无惧无畏的追求是雷抒雁诗歌极为重要的价值取向，它一方面包含了强烈的人道主义诉求，同时也契合了时代的"主旋律"，被认为代表了"时代的强音"。这在他的短诗《信仰》中也有鲜明的体现，而对信仰、信念的书写甚至可以作为这一时期雷抒雁诗歌中的某种创作母题："在敌人面前，/它，是枪！/在饥饿面前，/它，是粮！/在严寒面前，/它，是火！/在黑暗面前，/它，是光！"此外，如他的《群山的雕像》、《第五根弦上的强音》、《炼石》等也是这种写作风格的体现。

当然，雷抒雁的诗歌也有平和、自然、日常的一面，这种写作趋向尤其在他后期的写作，具体说是 1980 年代中期之后，体现得更为明显。与他政治诗的书写相比，这些诗更为舒缓、柔和、多姿多彩，他更多的关注日常生活，关注自然风物，呈现了另外一种形象与风格。同时，在这些作品中，他往往能够从描写对象中生发出诗意与哲理，将之给予提升，富有韵味，耐人咀摸。如他这样写《雷雨》："夏天是强盛的，/刚一进入它的疆界，/就听见隆隆的车马，/奔驰在夜的长街。"全篇未写一雷字，却传神地写出了雷的气势与神韵，真可谓"不着一字，尽得风流"。他写"雨滴"是"五月的雨滴，/象熟透的葡萄，/一颗，一颗，/落进大地的怀里！"，他写"狂风"是"一万头野猪闯进平原，/粗野的蹄子扬起漫天烟尘"，他写"阳光照彻的叶子"："谁把这一片片绿色的玻璃/镶在这些缠绕如丝的青藤上"，等等。应该说都写得别有趣味，显示了雷抒雁在"理性"之外的"感性"，丰富了他诗歌的"面貌"和"层次"。

雷抒雁出版的诗集主要有《小草在歌唱》、《云雀》、《绿色的交响乐》、《时间在惊醒》、《春神》、《跨世纪的桥》、《掌上的心》、《父母之河》、《踏尘而过》等。他的影响主要是在 20 世纪 80 年代，尤其是 1980 年代前期，他属于那个时代，发出了那个时代的声音，代表了那个时代的意识形态。当然，应该看到，那仍然是一个文艺与政治相捆绑的年代，他的创作也并未脱离"政治"的影响。所以，雷抒雁诗歌的政治诉求、社会诉求是大于个体诉求、生命诉求的，政治话语的成分也大于审美话语、文学话语的成分。其写作的理念化特征很明显，"思想大于形象"，表达方式上仍然显得有些模式化，较为单一、浮浅，当我们重新回顾他的诗歌的时候，应该看到这些难以避免、但却值得正视和检讨的缺憾。

第十五节　邵燕祥与政论杂文

新时期杂文创作队伍大体上可分为老、中、青三个梯队。老作家大多久负盛名，在"十七年"甚至解放前便已蜚声文坛报坛，例如巴金、秦牧、林放、陶白、冯英子、牧惠、章明、刘征、何满子、虞丹等，都是宝刀不老，时有新作佳作涌现。中年作家基本上出生于 20 世纪中期，在成长历程中受到共产主义信仰和新中国文化的熏陶，宝贵的青春时光又饱受"文革"十年浩劫的摧残，于新时期之始以饱满的战斗激情和深刻的个人体验相结合，全身心地投入杂文创作之中，邵燕祥、李庚辰、张雨生、蒋元明、陈小川、盛祖宏、蒋子龙是这批"少壮派"的突出代表。而青年作者们初出茅庐，虽然眼光还略显狭窄，为文也不乏稚嫩之处，但这支以鄢烈山、王小波为首的青年杂文创作队伍正以其朝气与锐气，注定将要接过老一辈杂文创作者手中的枪，在中国当代杂文史上写下浓墨重彩的一笔。

1997 年，时代文艺出版社选编了《中国当代杂文八大家》丛书，将邵燕祥、舒展、牧惠、刘征、何满子、蒋子龙、章明、虞丹八人评为"当代杂文八大家"。这些作家基本上代表了新时期杂文创作的最高水平。主编刘成信为丛书撰写《总序》时，对这八位作家一一作了印象式的点评。虽是片言只语，但却句句切中本质，现不避繁冗，转引如下：

> 邵燕祥洞若观火的眼力和深邃明智的思维，使其作品汪洋恣肆，鞭辟入里，具有无可置驳的论辩力量和思辨之美。舒展嫉恶如仇、爱憎分明的品格和真正杂文家的素养使其作品一语中的，入木三分，老辣尖刻，振聋发聩。牧惠丰富的文史知识含量使其杂文深入浅出，庄谐杂陈，熔历史文化、社会现实于一炉。刘征虽已年近古稀，却始终葆有一颗宝贵的童心，他的杂文常借助大胆的想象，多姿多彩的形式来嘲讽、揭露恶

人丑事，并将流光溢彩的诗意引入杂文；他还借用各种艺术手段，创作出许多脍炙人口的荒诞杂文。何满子强志博闻、学养丰厚，其杂文看似不动声色实则绵里藏针、辨微知著。蒋子龙以其小说家的独特视角和圆熟练达的艺术功力创作了为数不多但却刚柔相济、引人入胜的上乘杂文。章明俏皮得体的语言、精巧奇特的艺术构思，使其作品意味深长，引人掩卷深思。虞丹以其老报人的敏锐眼光和学者、作家的渊博知识创作了一系列言简意赅、见解独到，具有深刻思想内涵的杂文。①

倘若要从"杂文八大家"中遴选出一位最能代表新时期杂文创作成就的作家，肯定非邵燕祥莫属。鲁迅研究专家孙郁曾发现他身上与鲁迅等五四新文化先驱一脉相承的精神内涵，认为他是鲁迅精神与鲁迅杂文传统在当代中国的衣钵传人，毫不吝惜笔墨地称赞他：

> 20世纪的晚期，也许还没有一个人，像他这样带有浓重的鲁迅风骨。他的文字所挟带的冲击力，常常使我想起五四那一代人。他抨击时弊，直面生活，他苦苦咀嚼着人生的涩果，有时文字中也夹带着鲁迅式的冷傲，乃至于与鲁迅的杂文在韵律上，也表现出了惊人的相似之处。
>
> 也许，他是20世纪的最后一位杂文家，也是鲁迅精神主题新式的传人。虽然，在精神的博大上，他与鲁迅有着较远的距离。
>
> 但他把中国知识者的良知，熔铸在了那些鲜活的文字里，使我们看到了中国文人尚未泯灭的真的灵魂。②

邵燕祥祖籍浙江萧山，1933年出身于北京一个职员家庭。在当代文学史上，他是一颗诗歌界、杂文界的"双栖"明星。较之在杂文领域的成就，他的诗名远播更早。早在1948年，他便于北平《国民新报》上发表了《风雨鸟》，模仿普希金和莱蒙托夫的风格，于意象中奔突生命之流，在如磐石风雨中歌颂并呼唤光明的未来。建国伊始，年仅18岁的他出版了第一本诗集《歌唱北京城》。与当年胡

---

① 刘成信：《〈当代中国杂文八大家〉总序》，长春：时代文艺出版社1997年版。

② 孙郁：《从杂感的诗到诗的杂感——邵燕祥与他的时代》，《当代作家评论》，1996年，第4期。

风的《时间开始了》等诗作类似。邵燕祥在《到远方去》、《五月的夜》、《我们架设了这条超高压送电线》中热情高歌充满希望的新中国，字里行间洋溢着青年人的欢笑，闪烁着理想主义的光芒。但随后接踵而至的反右、"文革"斗争，将崭露头角的邵燕祥打入冷宫。随着人生经历的日益丰富，政治斗争的磨难和理想的破灭造就了他深邃的洞察力和冷静的思考能力，人民的苦难促使他在1970年代后期写下《假如生活重新开始》、《中国的汽车呼唤着高速公路》、《等待》、《断句》、《长城》等，或充满哲理或沉重悲怆的诗作，并以《迟开的花》获得第二届全国优秀新诗奖。

然而，诗歌文体的限制使这位充满历史使命感和社会责任感的知识分子难以充分表达他深沉的灵魂，也许是因为当年发表的那篇处女作——杂文《由口舌说起》（1945）在冥冥之中注定了他的文学创作将在中年发生转变，进入1980年代，邵燕祥将精力投向杂文创作，并取得了骄人的成绩。他曾自陈"转向"原因：

> 我多年以来主要是兴之所至，写些抒情小诗。近来，特别是从1984年初至今，转而多写杂文，——"予岂好辩哉？予不得已也。"——一方面，是由于时代的需要、社会的需要，一方面也是找到了一个能对社会生活及时代作出反应，能把我和群众的一些思考、情绪、意向直接加以表达的形式。①

自1980年以来，邵燕祥先后出版了《忧乐百篇》、《会思想的芦苇》、《邵燕祥杂文自选集》、《人生败笔》、《找灵魂》等杂文集。加上未入集的杂文散篇，总字数逾300万言。在1988年的全国首届散文、杂文优秀作品集评选中，他的《忧乐百篇》名列榜首；1989年，《大题小作》又荣膺"风华杯"杂文征文第一名。两获大奖，奠定了他在杂文创作领域的地位。而在杂文理论研究方面，他的《批判精神与杂文的命运》一文明确提出，杂文、杂文作者最可贵的品格是批判精神的观点，并由此出发来描述、评价新中国以来的杂文发展历程，指出20世纪70年代末以来，杂文创作的最大成就与收获在于鲁迅所开创的批判精神的高扬与回归。

---

① 邵燕祥：《〈绿灯小集〉前记》，北京：人民日报出版社1987年版。

这篇文章成为当代杂文理论的经典之作,是每一位杂文研究者的必读文献。

邵燕祥为人为文的特点,可以概括为"真"、"正"、"理"、"诗"四个方面:

"真",指的是邵燕祥杂文创作最重要的美学原则(理想)与伦理原则(理想)——崇尚真诚与真实。在这一点上,他与巴金"讲真话"、"把心交给读者"的观点不谋而合。他曾说,"情动于中,而又以诚相见:这在朋友中才是真朋友,在诗中方为真诗"(《读〈丁香花下〉札记》);推崇真性情的表达,使他在阅读林徽因诗作时看重女诗人"那些细腻地表现了真挚感情和精致感觉的玲珑剔透的诗"(《林徽因的诗》)。"好处说好,坏处说坏,更是跟读者商量;况且有时候索性就是替读者立言,把读者想说的话代为说出罢了。如果不说真话——真心话,就是不尊重读者;说套话废话至少是浪费读者的时间;说假话则是不折不扣的欺骗读者,像一个笑话:把'童叟无欺'倒念成'欺无童叟'老少不分都要骗,那简直可以说是伤天害理了。"(《杂文作坊》)由此,他极力反对无病呻吟的舞文弄墨,推崇鲁迅式的蒸腾着血气的杂文杂感。这一美学与伦理原则(理想)促使他敢于正视人生的沉重面与社会的阴暗面,以充沛真挚的感情烛照人间百态;传统文人"先天下之忧而忧,后天下之乐而乐"的历史使命感和社会责任感,以及鲁迅"讲时事不留面子,砭锢弊长取类型"的名言,成为他将一己悲欢利益置之度外、全身心地关注民间的疾苦、改革的命运、民族的前途的动力。黄秋耘在 20 世纪 50 年代提出的"不要在人民的疾苦面前闭上眼睛"的主张,在邵燕祥这里获得了共鸣,并将其视为扭转文坛"软"、"弱"病态的一剂猛药与良方。针对某些文艺工作者对政治运动心有余悸,对现实生活避之惟恐不及的不良倾向,他强调"不要在人民的来之不易的成就面前闭上眼睛。更不要在人民所从事的社会主义建设和开放、改革事业前进中的困难面前闭上眼睛;既要与人民共乐,也要为人民分忧;在文学作品里既满怀热情,又要睁大眼睛十分清醒地密切注视并真实表现人民的生活和命运、爱憎和甘苦,应和时代的脉搏,指点出路和前途"(《还是不要……闭上眼睛》)。面对"新基调"杂文论者"'官民对立'是鲁迅杂文和鲁迅式杂文背景"的奇怪论调,邵燕祥在《官话》中尖锐发问:"杂文作家批判立场该站在哪边?"究竟是该"急官之所急,想官之所想"呢?还是"急民之所急,想民之所想"呢?他给出的答案是:杂文家理所当然地要站在民的立场上对不平现实给予批判,为民代言。而他的"忧"往往多于"乐"，经常能在普通人眼中一片安定祥和、其乐融融的现实生活中发现隐忧，这应该归功于邵燕祥深重的忧患意识。他说："我长久以来确认，在多灾多难的国土上，若不感到痛苦，就是没有心肝；而说到有害的事物而不愤怒，就会变成无聊。"[1] 在《送寒衣》中，我们仿佛看到了一位当代中国的杜甫，在为安徽灾民捐献寒衣后回家的路上，一方面为这批救灾物资"分批汇集后，按照分工，汽车直送到县乡。估计没有多少中间环节，不至剋扣，那末好歹送到露宿河堤或高地受灾同胞手里，穿到他们身上略蔽风寒，也不枉大家这一份心意"而感到欣慰；但同时又忧虑地回想到若干年来"以灾前即日常制造'人祸'的所谓干部们的巧取豪夺来看，不借'天灾'之机发国难财以'殃民'才怪"。由此，他怒斥某些剥夺者"在这样的人民头上榨取，益见其不人道"。这些或温情脉脉或慷慨激昂的文字，无一不饱含着作者对人民群众真挚的爱意和对社会良知的真诚呼唤。

"真诚"还表现在邵燕祥敢于自剖的人生态度上，这也是由鲁迅、巴金等新文学作家传承下来的优良传统。在《咬文嚼字》的"附记"中，他坦言："我以为杂文作者如果不能学习鲁迅那样在解剖社会人事的同时也时时解剖自己的风格，而只一味当'手电筒'——光照别人不照自己，只知指手划脚地进行说教，恐怕写杂文将失去读者，做人也将失去朋友的。"因此，他才会在评论胡风诗作的文章中深深忏悔："我也随声附和地写过声讨的诗，伤害过曾经带我上路的人。"(《气势》)

"正"，指的是邵燕祥杂文中氤氲着的凛然正气。他的杂文多含蓄之作，如流沙河所说，"有战斗性，无斗争状，有火药味，无詈骂腔，而且忧国忧民之心跃然纸上"[2]，但这并不意味着他会像某些闲适文人一样去创作"以书斋为城府"、"总不离渲染文化雅趣"的"书斋杂文"。在面对沛县人大常委会主任梁宏瑞家恶狗伤人、主人在记者和防疫人员面前却叫嚣"群众？群众算什么东西？"并声言"我还在位，只要一跺脚，你们就别想出沛县城"的丑态时，他按捺不住心中的愤怒，连连发问："有的人，被迫要对狗执'孝子礼'，有的人，却可以纵狗咬人。同是

---

① 邵燕祥：《忧郁的力量》，《你笑的是你自己》，兰州：甘肃人民出版社1996年版。
② 流沙河：《书斋杂文》，《人民日报》，1985年12月2日。

人，何等不同？""威胁对象是电视台记者、公安防疫人员，场面上的人物尚且如此，等闲群众，又当如何？""咬人的狗，称为恶狗。纵狗咬人的人，是什么人？"（《哀沛人》）邵燕祥的创作信条，是"只要我作为一个自由的公民活着，并且为健康条件和劳动条件所允许，同时写出的东西能够继续发表，我将尽力写作，真诚地为我的人民——历尽劫难但正在社会主义现代化建设的征途上前进的中国人民"（《献给历史的情歌·后记》）。他是这样说的，也是这样做的。

"理"，指的是邵燕祥杂文以理性思索为精髓。他说："杂文的灵魂是真理的力量，逻辑的力量，所谓'持之有故，言之成理'。有理不在高声，甚至出之以幽默诙谐，这就是杂文的理趣。"（《为陈小川杂文集作的序》）这种理性，是继承了五四传统的启蒙理性，其核心是对民主、科学、人道、平等、自由等理念的尊崇和对封建专制、愚昧迷信的不懈斗争。为他在文坛奠定声誉的《论不宜巴望"好皇帝"》就是这样一篇作品。当时正值十年动乱之后，人心思治，甚至有人巴望有一个"现代唐太宗"的出现。邵燕祥犀利地指出，"倘若真有百分之百的'唐太宗'再世，恐怕随之而来的就是百分之百的封建主义"，因此，"不要皇帝，哪怕是'好皇帝'，白给也不要"；而巴望"好皇帝"的心理，实际上是"封建社会中暂时还没有做稳奴隶的人们对暂时做稳了奴隶的人们的歆羡"，"我们不是要在'好皇帝'和'坏皇帝'之间作选择，我们是要在真正社会主义与封建主义之间，在民主与专制、法治与人治之间作选择"。整篇文章一气呵成，逻辑缜密，无懈可击，闪烁着启蒙理性的璀璨光芒。而此后发表的《"土皇帝"也不能要》、《臣性》等杂文，延续着《论不宜巴望"好皇帝"》中对中国人心理中根深蒂固的封建奴性的批判，篇篇都是振聋发聩。在为纪念世界人民反法西斯战争胜利五十周年而做的《反法西斯》一文中，他强调"法西斯"不仅是指极端民族主义，更是专制独裁的代名词，而且直至今日仍阴魂不散，"各种各样非理性的喧嚷和暴力行为的阴影下"庇护着"法西斯的土壤、衣钵或变种"，重申的仍是反对专制独裁的主题，读来令人深思。

"诗"，指的是邵燕祥杂文中随处可见的诗意。这固然表现在他常将诗作融入杂文中，形成文中有诗的特色，例如《代自传》中的《别名佚话》、《"见死不救"考》中的《中国多看客》等，更重要的是，作为一位久负盛名的诗人，邵燕祥常常把杂文当做诗歌来写。而他的部分诗歌中也满含辛辣的讽刺与揶揄，因此孙郁才将他的创作归纳为"杂感的诗"和"诗的杂感"。邵燕祥的诗歌并不注重辞藻的华美，而是精心营构富有哲理与激情的意境。他的杂文语言也力求简明生动，不掉书袋，且有诗的文采。《大题小作》一文，全文不长，却又分成若干段，每段几十字至百余字，针砭社会生活中的一个不良现象。诸如有钱人斥巨资造坟造庙却不肯修缮小学校的危房、复古之风盛吹、文学领域充斥脱离真实的虚构等，颇有"杂感诗"的风韵。有论者将这种断想式的杂文称为"格言体杂文"，并评价说"这种杂文具有尼采式的精警、帕斯卡尔式的深邃、泰戈尔式的优美。表面看好像是互不搭界的只言片语，实际上是长期思考、一朝呈现的灵感发现。写这种杂文格外需要思想、见识、才情、天赋"。[①] 而下引《画蒈小集》中的这段文字，则几乎就是诗了：

> 诗人敏感于春风秋雨，春愁秋思，风花雪月，草木虫鱼，山色有无，城郭今昔。
>
> 小说家敏感于人情世态，兴衰炎凉，宫闱秘事，市井繁华，英雄气短，儿女情长。
>
> 音乐家敏感于黄钟大吕，宫商暗换，曲终人杳，绕梁三日，如泣如诉，如怨如慕。
>
> 政治家敏感于战略战术，纵横捭阖，笼络人心，自塑形象。
>
> 金融家敏感于出盘收盘，行情变幻，银根头寸，市场风云。
>
> ……

邵燕祥杂文的代表作品，除了以上所述，还有《鲁迅"丑化"了阿Q吗？》、《人是有尾巴的吗？》、《公文选读》、《元宵话起哄》、《有感于培根的杰出与卑鄙》、《"娘打儿子"论》、《觉慧会不会变成高老太爷》、《建立"'文革'学"刍议》、《打打苍蝇也好》、《吃政治酒》等，均是新时期杂文的一时之选。

下面再简要介绍几位新时期杂文的代表作家。

巴金是新时期杂文研究中不可绕过的重要人物。他晚年的力作《随想录》，文

---

① 朱铁志：《思想解放的先声——〈中国新文学大系（1976—2000）·杂文卷〉序》，《当代文坛》，2010年，第2期。

体归类尽管有争议，但其中不少篇目可以归入杂文类已是公认的事实。巴金以小说创作闻名，其实他的杂文创作要早于小说创作，早在1920年代中后期，他就用"芾甘"等名字写过一些杂文。他新时期杂文创作的代表作，是《一颗桃核的喜剧》。此文从赫尔岑的《往事与随想》中的一个"喜剧性"情节说起：一个沙俄官员拿着桃核诡称是皇太子吃后吐出的，用来分别献给六位贵妇，她们都非常满意，以为这是真的。"每一位都以为她那颗桃核是皇位继承人留下来的……"这一情节，使作家联想到"文革"时期一些司空见惯的事情，例如人们顶礼膜拜"中央首长"恩赐的水果、草帽，还有"早请示，晚汇报，跳忠字舞，剪忠字花，敲锣打鼓半夜游行"；而这些又与作者童年时代目睹的佃民挨完打后还要向大老爷叩头谢恩的情境有着惊人的相似。因此，他沉重地慨叹道："我当时和今天都是这样看法：那些在批斗会上演戏的人，他们扮演的不过是'差役'一类的脚色，虽然当时装得威风凛凛仿佛大老爷的样子。不能怪他们，他们的戏箱里就只有封建社会的衣服和道具。"在《小人、大人、长官》中，他总结出"小孩相信大人，大人相信长官，长官当然正确"的规律，对那种盲目的轻信痛心疾首。而《小骗子》、《再说小骗子》等文章则将批判的笔锋对准"文革"以来谎言盛行、欺骗成风、爱听豪言壮语的荒唐反常现象。他的杂文，以敢说真话，正义感强，不卖弄知识典故为特征，深刻地影响了新时期一大批杂文作者。

老报人林放（赵超构）早在解放前便于《新民报》主笔《未晚谈》。这一专栏始自1943年，终于1991年。"时近半个世纪，历经新旧两个社会，地跨成都和上海两地"，"是我国新闻史上坚持时间最长、跨度最大的一个杂文时评专栏，在我国新闻史上堪称一绝"[①]。他的杂文主要师承邹韬奋，又吸取了鲁迅杂文的优秀特点，形成了别具一格的"林放体"，是新时期新闻体杂文的代表作家。林放杂文创作的突出特点是出手极快，"艺术上信手拈来，随物赋形，挥洒自如，涉笔成趣。杂文通俗易懂，平易近人，说古论今，针砭时弊，由小讲到大，由近讲到远，引人入胜；在语言表达上明快浅显，短小精悍，自成一格，深受广大读者欢迎"[②]。

---

① 赵则玲：《林放杂文生涯纪年》，《宁波大学学报》（人文科学版），2009年，第6期。

② 赵则玲：《林放杂文生涯纪年》，《宁波大学学报》（人文科学版），2009年，第6期。

《临表涕泣》、《小仙姑不必脸红》都是脍炙人口的佳作。他影响最大的杂文，当属1982年3月29日在《未晚谈》专栏发表的《江东子弟今犹在》。据说文章发表当天，新民晚报社就接到自称"造反派"打来的"要斗死他"、"要他当心点"的恐吓电话。《人民日报》曾全文转载此文，并发文予以支持，一时成为杂文界佳话。夏衍指出，《江东子弟今犹在》"短短几百字，不是在社会上起了很大作用吗？"①。而林放将自己几十年来的新闻评论工作经验总结为"大处着眼，小处着手，放手写作，细心收拾"的"十六字诀"，更是成为我国新闻工作的瑰宝。

作为一名长期从事行政领导工作的老革命家，吴有恒在工作之余积极投身杂文创作，在题材选择方面独树一帜，推出了一批与经济工作有密切关系的作品。他在读到黄子高的一首诗（"黄蜂队队雀喳喳，辛苦年年为种瓜。悔不庄头村后住，一生衣食素馨花。"）后，敏锐地发现了其中蕴含的经济学原理（花农种素馨花比农民种瓜收入好，说明瓜农看到了商品经济的价值规律），并将其阐释在杂文《一生衣食素馨花》中。而《从春联见经济学》、《由发财讲到发才》、《和气生财说》、《经济二字的故事》、《承包国营厂》等一系列杂文，都阐明了必须以经济建设为中心、搞活经济的道理，批驳了那些阻碍改革开放的封建思想意识。

新时期杂文作家中，舒展和刘征最重视讽刺与幽默的作用。舒展曾坦言"真理是倔犟的。它喜欢与事实为伴，与自由为友，与人民为伍，与愚民政策为敌"，他以此为人生信条，以倔强的老牛寄托自己的信念，曾以"牛不驯"来命名自己的一本杂文集。而他多年来对钱钟书的潜心研究，又自然而然地使他行文带上了钱氏的幽默味道。《致××同志》、《王婆新传》、《闲侃狗的价值》等作品可以代表他的风格。而他取材于《红楼梦》等一批古典文学名著的杂文，在题材和手法上启发了不少青年作者。刘征的杂文被称为"怪体杂文"，一个"怪"字点明了其作品的强烈风格。其名篇《庄周买水》活用《庄子》典故，揭露的却是现实生活中"官倒爷们"以权谋私、投机发财的罪恶行径。此文介于杂文与小说之间，是鲁迅《故事新编》体的继承与发展。此后叶延滨的杂文《包公铡了陈世美后秦香莲还在喊冤》、《请教马克·吐温先生》、《林黛玉小姐收到聘书》等又延续了刘征

---

① 夏衍：《文艺复兴首先要学鲁迅》，《新观察》，1982年，第24期。

的艺术探索，在新时期杂文创作中形成了风格独特的一派。相较于这几位作家在幽默味道上的追求，章明则善于寻求杂文形式上的突破，在多种杂文体式之间游刃有余。《"听报告"拔萃》采用"抄书体"，《缘木求鸡》是小小说体，《"开会乐"三章》、《嘲李生文》、《"广告文学"的广告》、《教授孔威（聊斋补遗）》开创"拟古体"。至于《状告鲁迅》的公文体、《"窃"听漫记》的对话体、《一项紧急建议》"附记"的"相声体"、《拟预言》的"预言体"等，更是不胜枚举。这些作家的努力，和邵燕祥的创作成绩一起，共同将新时期杂文创作推向了辉煌。

第十六节　李延国与新时期以来的报告文学

作为新闻与文学联姻产物的报告文学，在 20 世纪 30 年代的中国文坛曾有过短暂的辉煌，但很快便在新闻、文学与政治的混同冲突中迷失了自我而陷入低潮，长期被视为边缘文体。这一状况随着徐迟的《哥德巴赫猜想》（以下简称《哥》）在 1978 年《人民文学》第 1 期的发表，以及随后《人民日报》配发"编者按"的转载而发生了转变。《哥》的成功一举改变了长时期以来报告文学的尴尬处境，它与《班主任》、《伤痕》一起被视为"新时期文学"发端的标志性作品，永久地载入史册。

《哥》开启了报告文学在 20 世纪中国文坛上的第二个辉煌时代。此后，"一个足可称为当代文学史上的'奇观'出现了，这就是一向不甚发达的报告文学，再也不是徘徊于新闻与文学之间的、时常找不到自己准确位置的东西，而是作为一种独立的、日臻成熟的文学样式，在我们的文坛上勃兴起来了。它现在完全有资格与小说、诗歌甚至戏剧等文艺形式并驾齐驱，争相媲美了"[1]。而开创了这一局面的徐迟则满怀豪情地宣布：新时期"可以说是报告文学时代了"[2]。中国作协连续四届"全国优秀报告文学奖"（1977—1986）的评选进一步促进了报告文学创作的繁荣，涌现出徐迟、黄宗英、陈祖芬、理由、祖慰、李延国、麦天枢、赵瑜、贾鲁

---

① 雷达：《报告文学的勃兴与嬗变》，《时代的报告》，1983 年，第 6 期。
② 徐迟：《报告文学的时代》，《长江文艺》，1984 年，第 10 期。

生等一大批专攻报告文学创作的优秀作家，报告文学俨然成为新时期文坛的宠儿与骄子。

1988 年注定将成为中国报告文学发展史上具有重要意义的一年。由全国 108 家文学期刊发起、历时一年的"中国潮"报告文学征文，成为这一年文坛最重要的事件之一。而年初祖慰、乔迈等人的《报告文学七人谈》和年末苏晓康、贾鲁生等人参与的《1988·关于报告文学的对话》则成为新时期报告文学理论研究的经典文献，1988 年也因此被称为"报告文学年"。而随着国内政治局势的变化以及此后中国社会全面转入市场经济轨道，"报告文学年"的荣耀不幸成为报告文学的回光返照和最后辉煌，这一年也因此成为中国报告文学史上的重要拐点。

在新时期报告文学领域中，山东作家李延国因其作品的独特风格和在文体形式方面的开拓贡献而占有重要地位。作为一名部队作家，李延国却并非以创作军事题材作品而著称。他更多的是作为社会中的普通分子去书写社会中的人和事，而军人的特殊身份，以及这一职业所养成的敏锐观察力和强烈的爱国、忧世情怀，又使他的作品获得了普通作家作品中难得的大气与思考的深邃。他曾凭借《废墟上站起来的年轻人》、《在这片国土上》和《中国农民大趋势》获得中国作协全国优秀报告文学奖"三连冠"，又以《走出神农架》获得"中国潮"征文一等奖。他在艺术上的探索之路清楚地反映在这四篇（部）作品的创作过程中，而从这一过程也可看出整个新时期报告文学发展的大体脉络。

报告文学在新时期"被发现"与"大放异彩"，最主要的原因在于报告文学作者的思想意识、报告文学的文体特征与新时期文学主潮的契合。"人"的发现与解放是新时期文学的主潮，也是新时期与五四的共通之处。"如果说，新时期文学一开始就引起我们对五四文学的联想，那首先是因为这两者都透露着一个历史转型期所特有的强烈的启蒙意识。五四时期面对的是蠕行数千年的封建蒙昧主义，亮出的是'科学与民主'的大旗；新时期面对的是强施横暴的'四人帮'，是以极左手段推行的封建禁锢主义，亮出的则是'实践是检验真理的唯一标准'的旗号，其实质自然包含了对反科学、反民主的'权威中心'的自觉挑战。"①而洪子诚则将"新时期意识"归结为"以'科学、民主'为内容的对于'现代化'的热切渴望"②。具体看来，在"科学"方面，著名科学家、中科院院士何祚庥曾指出，以往"在文学艺术创作中几乎是没有或极少有反映科技工作或塑造科技人物形象的创作"。"'文化大革命'结束后第一篇正面歌颂科学工作者的报告文学是徐迟同志的《哥德巴赫猜想》。由于这是建国以来第一篇正面反映中国知识分子的作品，因而名重一时……为正面反映和描写科技工作者开了风气之先。"③《哥》文对科学技术和科技人才的诗般歌颂，促使此后的作者写出了大量反映科技工作者事迹的作品，如黄宗英的《大雁情》、陈祖芬的《祖国高于一切》等；科技题材后来又扩展为"知识分子"和"人才"题材，例如理由的《扬眉剑出鞘》、陈祖芬的《中国牌知识分子》、霍达的《国殇》等，都紧密地配合了新时期伊始落实知识分子政策、呼唤尊重知识与人才的社会主潮。

李延国早期也曾投身于新时期之初人才题材报告文学创作的热潮之中，并且成绩斐然。从1980年起，他以"人才曲"为总题创作了四篇报告文学作品（即《敢立"军令状"》、《穆铁柱出山记》、《废墟上站起来的年轻人》和《江海情》）。这些作品从实际生活出发，如实地描绘了各方面人才的智慧与创造精神，同时又毫不避讳地写出了他们在生活、工作上所面临的困难，以深沉的忧患意识和犀利的笔触痛斥社会上对待人才的种种偏见，暴露了人才使用上诸如任人唯亲、轻视知识、论资排辈等许多弊端，同时也歌颂了那些善于发现并不拘一格使用人才的"伯乐"。《废墟上站起来的年轻人》是"人才曲"中最突出的作品，反映了一位有胆有识的年轻共产党员在工厂遭遇火灾后的危难关头挺身而出，充分依靠群众，带领大家共渡难关的先进事迹。这一系列作品初步显示出李延国的创作特点：善于在广阔的历史背景中敏锐地发现问题，善于通过塑造人物群像来掌握生活发展变革的走向，善于用审美的眼光、反思的眼光观照扫描现实生活。尽管这些作品代表了

---

① 陈美兰：《"文学新时期"的意味对行进中的中国文学几个问题的思考》，《文学评论》，1994年，第6期。

② 洪子诚：《中国当代文学史》，北京：北京大学出版社1999年版，第225页。

③ 何祚庥：《时代在呼唤科学——致文学艺术工作者》，《文艺理论与批评》，1994年，第3期。

1980年代初占主流的人物专题式报告文学创作的较高水平，但是在艺术风格上还并不突出，没有打破这一类报告文学样式的封闭结构，没能走出1950年代以来以一人一事为中心的小说式写法的局限。

如果说五四新文化运动"发现"了"人"，但并未真正解放"人"，那么，新时期"人的解放"就是五四精神的更上一层楼，而这正是"民主"得以实现的基础。随着对封建意识与极"左"思潮的彻底批判，人的尊严与权利开始得到重视；而改革开放带来西方崭新的人文社会科学观念，大大拓展了人们的思维空间；政策的宽松则放松了作家们几十年来高度紧张的神经，使他们重新获得了主体意识，得以在艺术领域里自由驰骋。因此，才有了黄宗英在创作题材上的"五不选"和苏晓康"报告文学作家无非是作为一个独立的人"的大胆声明。"心灵自由"并非对主流意识形态的一味拒斥，当二者产生共鸣，即主流（国家）意识形态与知识分子精英意识形态有了共同语言时，便会奏出和谐的乐章，并集中呈现为对"主旋律"的歌颂（例如程树榛的《励精图治》、袁厚春的《省委第一书记》等），这是与报告文学作家自觉的社会责任感和使命感分不开的。相较于对改革中先进人物、国家重大科技成就、重大工程等的讴歌，社会责任感更突出地表现在所谓"问题报告文学"中。麦天枢坦言，"报告文学就是有责任感的人的事业，没有责任感的人也许不会选择这个职业，无论他的动机如何"；而贾鲁生也自豪地宣称"我们这代人是在实现自我的过程当中承担社会责任，或者说在承担社会责任过程中实现自我"①。所谓"问题报告文学"，基本特征是"不再以某一个单一事件或人物为中心，而是环绕着某一个具有广泛社会性的，人们普遍关注的社会问题、社会现象为中心，进行选材和采访报告。"②它是"报告文学作家在用一种自觉的独立意识去注意重大社会问题，给读者更多的思考和辨析"③。这一体式曾经蔚为大观，一度成为1980年代报告文学的主要模式，几乎每一领域内的社会问题都能成为报告文学的题材。例如，反映独生子女问题的《中国的"小皇帝"》（涵逸）、反映交通问

---

① 《太行夜话——报告文学五人谈》，《光明日报》，1988年9月23日。

② 李炳银：《"问题报告文学"面面观》，《解放日报》，1988年1月26日。

③ 朱建新：《面对方兴未艾的报告文学世界——报告文学作家、评论家对话纪实》，《文学评论》，1988年，第2期。

题的《中国的要害》(赵瑜)、反映婚姻问题的《阴阳大裂变》(苏晓康)、反映教育问题的《神圣忧思录》(苏晓康)、反映人才外流问题的《世界大串连》(胡平、张胜友)、反映体育问题的《强国梦》(赵瑜)等。这些作品超越了单纯的"暴露"层面,而上升到了文化批判和反思的高度,表现出敢于担当、敢于建设的勇气,同时也是"知识精英在部分政治精英的支持下试图打破文化资本被官方垄断、文化权力从属于政治权力的格局,强调知识分子的'主人公'地位以及文化对于政治的相对独立性"①的表现。报告文学文体批判功能与品格的恢复,正是新时期社会启蒙思潮涌动的结果。

如果说"问题式报告文学"是在题材上的开拓,那么,文体观念与形式的演进则对作家的艺术领悟能力与创造能力提出了更高的要求。李延国等一批作家冷静地审视盛极一时的"问题式报告文学",深切地意识到,仅仅满足于在题材、视角等方面的推陈出新而仍然采用陈旧的文体形式,同样是文学创造力匮乏的表现。新的时代不需要"旧瓶装新酒",也拒绝"新瓶装旧酒"。通常认为,报告文学脱胎于新闻报道,它之所以被纳入"文学"的范畴,正是由于其自身所具有的文学性。在20世纪中前期,由于受苏联"通讯"、"特写"等文体的影响巨大,中国报告文学也趋向"通讯化",以体式简短、内容单一为特征,正是"以某一个单一事件或人物为中心"来结构全篇的,因此带有明显的"小说"特色。以至于茅盾在论及报告文学时强调"好的'报告'须要具备小说所有的艺术上的条件,——人物的刻画,环境的描写,氛围的渲染等等"②,由此开创了盛行数十年的报告文学"小说化"之风,著名作家理由就曾明确表示自己习惯于用小说的手法写报告文学。但是这种报告文学体式越来越无法适应高速发展变化的社会形势,特别是"及至改革进入到今天,呈现在我面前的是社会的一个一个横断面,是一个一个群体的形象。如果囿于一人一事的报告文学,传递的信息量太有限"。③因此,报告文学作家和理论家们自觉地寻求文体变革,在理论上指出小说艺术对报告文学创作有指导作用,

---

① 陶东风:《社会转型与当代知识分子》,上海:上海三联书店1999年版,第160页。

② 茅盾:《关于"报告文学"》,《中流》第11期,1937年2月20日。见王荣纲编:《报告文学研究资料选编》(上),济南:山东人民出版社1983年版,第53页。

③ 陈祖芬:《挑战与机会》,《选择和被选择》,北京:北京十月文艺出版社1986年版,第112页。

但不应该以小说的艺术规范报告文学,"报告文学愈益与小说分道扬镳、各奔东西,无论从何种意义来说都是一种好事,是一种进步。报告文学应该寻找自己的特点,发挥自己的优势,建立自己独特的美学观念与文学观念"。① 而在创作实践上,涌现出"全景式"、"集合式"、"集纳式"、"荟萃式"、"卡片式"等名目繁多的体式,报告文学也越写越长,"扩容"的结果是出现了十几万字、几十万字的"巨著";在报告文学"艺术美"的问题上,则提出了"思想即美论",强调报告文学的思想性。这些,都极大丰富了报告文学的表现手段,提升了报告文学的艺术水平。

当报告文学的重要阵地、老牌文学期刊《解放军文艺》在新的竞争对手的压力下被迫做出改革举措之时 ②,李延国的《在这片国土上》(以下简称《国土》)横空出世,并被范咏戈在评论《这是一片激情的艺术"国土"》中命名为"全景式报告文学",正式开创了报告文学创作的新局面。随后出现了一大批同类作品,例如《阴阳大裂变》、《中国的"小皇帝"》等。而钱刚发表于三年之后的《唐山大地震》则是"全景式报告文学"的顶峰,被视为这一类报告文学的代表作。

"全景式报告文学"又被称作"宏观报告文学"和"巨型报告文学","全景"强调的是其视角的丰富、思路的综合;"宏观"突出其展示社会生活的全面与立体;而"巨型"则点明了它在容量上的突破,"三多两全一综合"(多层次、多视角、多主题、全景观、全方位、综合观照)是其最显著的特征。这一报告文学体式,是与改革开放后日益丰富复杂的社会生活和人们空前活跃的思想观念相适应的。《在这片国土上》写现代化建设中的历史性大工程,"全景式"的表现方式正与工程规模的宏伟相得益彰。作者并没有拘泥于工程建设的具体技术细节,因为他明白,"要把这个协作单位遍及全国二十三个省市、涉及千百万人的工程全部描绘下来,恐怕需要几倍于《永乐大典》的容量。……报告文学,首先是一种选择

---

① 吴国光:《这一天,新绿跃进眼帘》,《1985—1986 全国报告文学笔谈》,《报告文学》,1986 年,第 2 期。

② 时任《解放军文艺》编辑的郭米克回忆说:"头年《昆仑》诞生后,周围聚拢一群少壮精英,形势咄咄逼人。……更多的压力还是来自各地如林的期刊,虽然今非昔比,'占山为王'的欲望仍难以平抑。据说《青春》当时发行已到 40 万。……李延国此时正作为一支'撒手锏'被派出在引滦入津施工部队的工地上。"见郭米克:《"全景"的开始》,《文艺报》,2008 年 11 月 20 日,第二版。

的艺术……'全景'，只是相对而言"①。他把笔触对准了人，并且是有选择地对准了人，写了上至市长、将军，下到普通百姓、士兵的40多个人物。全文分若干章，章下又以小标题分节，基本上是每节写一个人物的事迹，例如《唱双簧的女工程师》写陈新秀，《总指挥》写李瑞环，但是在《酒！酒！酒！还是酒……》一节下，又分出"酒之一"到"酒之五"，分别写了五个关于"酒"的人物事迹。正如一位论者所指出的，《国土》的中间部分采用的是并列式结构，许多章节因其共时性、无因果性而可以前后易位②，这样的写法无疑是冒险的，因为稍不留神就会成为材料的单纯堆积。文中人物曾对这篇作品提意见说"应该有个大的东西把它串起来，不然就没有魂儿了"，而作者也认识到，"应该找到一种'粘合剂'，将那些散乱的材料粘合到一起，这就是文章的立意、主题思想。就像蜜蜂给人的是蜜，而不是花粉。"如果在'全景'框架里有效地组合起来，象太阳能接受器那样，把无数块反光镜片有秩序地排列到一起，就能聚焦，产生高温，转换成热能。"③而这个"大的东西"和"粘合剂"，就是长城及其所凝聚的民族精神。同样是作为李延国"全景式报告文学"代表作的《中国农民大趋势》（以下简称《趋势》），所要表现的范围更为广大。题目中的"中国"和"趋势"二词，意味着这部作品并不能仅仅着眼于改革开放几年以来胶东农村的成就，而是需要有大地般宽广的胸怀和贯穿古今的宏观视野，放眼宇内，回溯历史，审视今天，展望未来，需要比创作《国土》更为阔大的气魄。李延国很好地完成了当时社会上"文化反思"潮流提出的苛刻要求，别出心裁地采用了新旧对比的形式。如果说《国土》中《到东陵去》一节的穿插对比还略显生硬，那么，《趋势》的对比手法就高明了许多：每一章前有"褪色的画"，每一节前又分别有"童年画页"、"少年画页"、"青年画页"，贯穿的是一个人成长经历中的苦难，以此来对比改革开放后农村发生的巨大变化，深刻地揭示出商品经济大潮对农民从物质到精神的巨大冲击。更为可贵的是，作者敏锐地注意到改革过程中出现的一些不良影响，并不讳言商品经济给文明蒙上

---

① 李延国：《礼赞这英雄的国土》，《在这片国土上》，北京：解放军文艺出版社1984年版，第142页。

② 姚楠：《三级跳：从单纯、稚嫩走向丰厚、成熟——李延国报告文学创作个性论》，《佳木斯教育学院学报》，1990年，第2期。

③ 李延国：《礼赞这英雄的国土》，《在这片国土上》，北京：解放军文艺出版社1984年版，第144页。

的"不文明的尘埃"(《草店流行红裙子》),以及金钱对政治权威的冲击("不少搞商品生产的能人,其中有一些和大队党支部书记分别形成了'经济中心'和'政治中心'矛盾极深",《神秘的登州商行》),做到了名副其实的"全景"展现。

李延国创作历程中最具个人特色的作品,当属被称为"卡片式报告文学"的《走出神农架》(以下简称《神农架》)。这一概念由谭健提出:"《走出神农架》划分成 100 个小节,每节多则一二千字,少则十几个字,都有一个小标题,读完后你完全可以把它一节一节地剪下来,然后分类存入卡片柜,这里姑且命之为卡片式。"① 这一体式创造体现的是现代社会"信息爆炸"对文学的新要求,是所谓"信息审美论"② 的美学实践;同时也是报告文学"杂学"倾向③ 的反映。《神农架》很容易让人联想到当年曾风靡一时的文摘类期刊《资料卡片》。这份创刊于 1983 年的刊物(请注意其产生的年代)采用的也是便于读者裁剪的"卡片式编排",创刊仅九年便在近百个栏目中汇集了 600 多万字的文献信息,被作家蒋子龙称为"可以随身携带的大学"。目前并没有材料证明李延国在创作《神农架》的过程中是否受了《资料卡片》的影响,但可以肯定的是,这种"卡片式"体式的创造是在社会要求文学特别是报告文学作品扩充信息量的热潮中产生的,并因为它过于强烈的"非文学"和实验色彩而难以被后来者模仿。而作家自觉参与文体实验,也是20 世纪 80 年代中期中国文坛的普遍现象。

相较于李延国,以往的文学史在提及新时期报告文学时,列举较多的是徐迟、黄宗英、陈祖芬、祖慰、理由、钱刚、麦天枢等几位作家。限于篇幅,在这里只

---

① 谭健:《从"全景"式到"卡片"式——李延国报告文学泛论》,《解放军文艺》,1988 年,第 1 期。

② 在一次报告文学座谈会上,有人提出:"在'信息爆炸'的时代,人民最为关注的是近处的信息。审美,说到底也是审信息。现代人、未来人的审美,更追求近距离的审美观照。那么,报告文学作品最擅长传递近距离的审美对象的信息。"见乔迈等:《报告文学七人谈》,《东方纪事》,1988 年,第 1 期。

③ 陈祖芬曾指出:"如同社会科学与自然科学的结合是科学发展的必然一样,报告文学必将摄取更广阔的生活面,容纳更多的信息,与经济学、社会学、科技、哲学、心理学等等广结良缘。越来越多的读者,尤其是青年读者,希望从报告文学中看到现代人的活动,从而获得更多新的信息、新的思想、新的哲理、新的情绪。"见陈祖芬:《〈挑战与机会〉后记》,北京:北京十月文艺出版社 1986 年版。

能选择几位进行简单的介绍。前文已经多次提及徐迟。这位 1930 年代便在诗坛上崭露头角的诗人，解放后主要从事报告文学创作。他的《祁连山下》被视作"十七年"报告文学的代表作之一，而他创作于新时期之初的《哥德巴赫猜想》、《地质之光》、《刑天舞干戚》、《生命之树常绿》等一系列科技题材作品以对题材禁区的挑战而永载史册。善于从多侧面描写人物、剖析人物深层心理是徐迟报告文学的最大特色，而长期的诗歌创作又使他的作品带有浓郁的诗情。他善于使用排比句，《哥》文中那段"这些是人类思维的花朵。这些是空谷幽兰、高寒杜鹃、老林中的人参、冰山上的雪莲、绝顶上的灵芝、抽象思维的牡丹"的排比博喻，历来为修辞学家所津津乐道，他的作品也被后人评价为"科学诗篇"。

如果说徐迟是报告文学作家中的诗人，理由则可算得上是报告文学作家中的小说家了。他的作品注重对人物生活场景的描绘、对氛围的烘托以及对人物内心世界的挖掘，善于通过典型事例刻画人物，而对细节的描写就连许多小说家都自愧弗如。他的代表作是反映北京一位普通工人索桂清事迹的《中年颂》，歌颂中华大地上许许多多如索桂清一样的中年人"出满勤、干满活、使满劲"，"饱经忧患，坚忍不拔，含辛茹苦地伫立于浑厚的大地，支撑着金碧辉煌的屋顶"，盛赞他们是"社会的壮工，国家的筋骨"，感情之真挚令人动容。

钱钢和麦天枢是继李延国之后在"全景式报告文学"热潮中涌现出的两位优秀作家。钱钢的代表作是发表于 1986 年的长篇报告文学《唐山大地震》。作者有意"给今天和明天的人类学家、社会学家、地震学家、医学家、心理学家……还有人——整个地球上的人们，留下关于一场大毁灭的真实记录，留下关于天灾中人的真实记录，留下尚未有定评的历史事实，也留下我的思考和疑问"，由此可以看出作者深远的眼光和宽广的胸怀。作者将大量笔墨用来表现唐山人民面临灾难时的悲壮情怀，以及顽强的求生欲望和战天斗地的抗争精神，同时也不忘地震发生的时代背景，将深沉的目光投向那个混乱的年代，思索极端政治文化对人性的扭曲摧残，警示读者"人祸"有时甚于"天灾"。李延国对中国农业问题和农村前途的关注则在麦天枢那里产生了共鸣，他强调以"透视法"，站在时代与历史的高度审视反思现实。其代表作《西部在移民》毫不避讳地将改革开放多年后，中国西部农村物质与精神双重贫乏的现状展示于读者面前。

新时期报告文学创作中的优秀作品还有很多。一些作品深入考察社会底层，将贫困与温饱作为重大社会问题予以检视，写出普通人的生命状态与价值追求，体现了炽烈的民本情怀。例如《黄河边的中国》、《沂蒙九章》、《山苍苍，水茫茫》、《忧患八千万》、《中国：与贫困决战》、《红土地上大决战》等；一些作品大胆书写反腐败题材，例如《人妖之间》、《一枕铜官梦》、《毕竟东流去》、《检察官汤铁头》、《无声的浩歌》、《勇士：历史的新时期需要你！》、《失控的权力》、《岭南虎的毁灭》、《弥天大谎的破灭》、《没有家园的灵魂》等；还有的作品将目光投向日益恶化的生态环境，例如《北京失去平衡》就北京地区水资源短缺的严酷现实作了冷峻思考，《只有一条长江》对长江流域日趋严重的污染问题提出严正警告。此外，历史题材报告文学如《恸问苍冥》、《南京大屠杀》、《历史沉思录》、《生者不应沉默》、《亚细亚怪圈》、《罂粟之狱》、《人鬼之战》、《世纪之泣》、《恶魔导演的战争》等，或回眸历史，或注目现实，紧随时代又超越时代，尊重自我又超越"小我"，驻足本土又跨越国界，以感时伤世、忧国虑民的泣血之章，传达出现代公众对个人、家庭、民族及人类前途的沉重思索。

第十七节　崔德志与《报春花》

新时期话剧领域的复苏，开始于1977年讽刺喜剧《枫叶红了的时候》（金振家、王景愚）和革命历史剧《曙光》（白桦）的发表。而随着《丹心谱》（苏叔阳）和《于无声处》（宗福先）在社会上引起巨大轰动，新时期话剧进入了一个繁荣但又略显短暂的发展阶段。

有学者将新时期前十年话剧的流变过程大致分为三个阶段：新时期最初三年为第一阶段，以题材内容上的揭露与反思为主要特色，社会问题剧是创作的中心；从1980年起的五年左右时间为第二阶段，主要是进行形式方面的探索；而1986、1987两年则为现代意识继续深化发展的第三阶段①。社会问题剧被视为是新时期第一个话剧思潮，这已是学界的共识，但对"社会问题剧"的概念及其范围的界定

---

① 丁罗男：《在反思和探索中前进——试论新时期话剧十年》，《戏剧艺术》，1987年，第1期。

似乎并不明确。大多数人在提及新时期社会问题剧时，都将其视为一个带有时间限定的概念，即指新时期初剧作家以强烈的社会责任感直面惨淡的现实、及时反映人民群众普遍关心的问题的现实主义剧作，它随着时间的推移逐渐演变成了贯穿整个 1980 年代的"社会改革剧"。但也有学者认为，"'社会问题剧'的内涵理应是：揭示已显露的社会矛盾、反映人们普遍关注的社会问题的戏剧作品"。因此，不仅新时期之初的《报春花》、《权与法》等属于社会问题剧，通常被视为社会改革剧的《血，总是热的》、《谁是强者》、《红玫瑰》、《红白喜事》、《榆树屯风情》、《田野又是青纱帐》等，以及 1985 年以来出现的一些"探索戏剧"、"实验话剧"如《WM（我们）》、《一个死者对生者的访问》、《挂在墙上的老 B》、《魔方》等也可以被纳入这一范围①。鉴于这一观点尚未得到学界的普遍认同，我们在此讨论的仍然是指传统意义上的"社会问题剧"。

在新时期之初的社会问题剧中，崔德志的《报春花》影响最大，堪称力作。据不完全统计，该剧在辽宁人民艺术剧院连演近 300 场，创下了建院以来演出场次最高的记录；全国有一百多个文艺团体争相排演，上百家报刊发表了评论，公认这是一出"思想解放，感人至深"的好戏。

《报春花》的作者崔德志，笔名马非。他 20 岁开始发表作品，早在 1950 年代就取得了不俗的成绩，歌词《全世界人民团结紧》曾获 1954 年全国优秀歌曲奖，独幕话剧《刘莲英》荣获全国 1954—1955 年独幕剧一等奖。进入新时期，他创作的《报春花》引起了巨大轰动，获得了庆祝建国三十周年剧本创作全国一等奖；之后又以《红玫瑰》获 1984 年辽宁省人民政府二等奖。在崔德志早年的代表作《刘莲英》中，已经初步表现出他的创作风格，即准确观察现实生活，忠实于生活本来面貌，善于以现实主义的手法反映工业战线在社会主义建设中涌现出的英模人物，热情讴歌工人阶级单纯、质朴向上的精神面貌和健康淳正的社会风气。他特别擅长塑造纺织女工的形象，从刘莲英（《刘莲英》）开始，到新时期的白洁（《报春花》）、朱凌燕（《红玫瑰》），为新中国文学人物画廊的丰富多彩做出了突出的贡献。

---

① 詹碧蓉：《新时期社会问题剧新探》，《戏剧文学》，1990 年，第 2 期。

社会问题剧在新时期之初独领风骚，有着深刻的历史文化背景和社会背景。早在五四新文学运动时期，内忧外患的时局就促使中国话剧先驱们从众多西方文艺（戏剧）思潮中选择了易卜生精神，将他的《玩偶之家》、《群鬼》、《人民公敌》等杰作视为学习与借鉴的榜样，社会问题剧由此成为 20 世纪中国话剧文学发展的清晰主线，获得了辉煌的成就。新时期文学是对五四新文学内核的重拾，自然接续了社会问题剧的传统。同时，"文革"结束，百废待兴，中国进入新的历史时期，十年动乱带来形形色色的社会问题。它们横亘在剧作家们面前，无一不是触目惊心，强烈的社会责任感促使他们积极"干预生活"："从文学艺术的历史上看，真正传世的不朽巨著，无不是忧国忧民之作，而粉饰太平、回避时代斗争的东西没有一个经得住时间的考验。"（崔德志语）"如果戏剧不能揭示生活中尖锐的问题，反映时代的精神，为天下之忧而忧，为天下之乐而乐，这样的戏剧是不会有生命力的。……戏剧的现实主义创作道路，必然涉及干预生活这个问题。"（王景愚语）[1]"在许多人心目中，话剧能否紧密地配合政治任务，提出各种尖锐的社会问题，总是同作家的艺术责任感、同继承话剧的现实主义战斗传统联系在一起的"[2]，而这种社会责任感，又是中国历代文人"书生论政"传统在新时期的延续。例如，新时期最早出现的社会问题剧，便密切配合当时的政治形势，大多与揭露"文革"灾难、批判极"左"路线有关。《报春花》的主题，即是批判"文革"时期风行的"唯成分论"和"血统论"。

《报春花》的戏剧冲突围绕着女主人公——一位因出身不好而长期受到冷遇和歧视的纺织女工白洁展开。她工作认真负责，脚踏实地，埋头苦干，四年干了五年的活，创造了五万米无疵布的惊人记录；更重要的是，她有着高尚的思想品质，在成绩面前谦虚地说"我只是一个平凡而渺小的人"，"我觉得不应该给人民织次布"，"现在党和人民这样信任我，我觉得天也高了，地也宽了，死也要死在机台旁"，并争取达到 50 万米无疵布。"文革"期间，当吴晓峰因悼念周总理而被"四

① 《勇于干预生活，努力提高质量——〈报春花〉〈权与法〉〈撩开你的面纱〉〈未来在召唤〉编导谈话录》，《中国戏剧》，1979 年，第 11 期。

② 丁罗男：《在反思和探索中前进——试论新时期话剧十年》，《戏剧艺术》，1987 年，第 1 期。

人帮"党羽投进监狱，正义感促使她不顾安危，勇敢地以未婚妻的名义前去探望；她还曾冒险给在挨批斗时心脏病突发的李健喂药；而当她意识到由于自己的家庭出身将会连累他人时，便忍受着巨大的精神痛苦，断然拒绝了心爱的人所提出的要求；她还曾故意往自己脸上抹黑，把劳模的荣誉让给别人，天真地想用这种方式来弥补党委书记与女儿之间的裂痕，维护工厂的安定团结。白洁的形象有其现实原型。崔德志曾深情而又不乏激动地回忆："我在辽宁一纺织厂里深入生活，发现一个女工进厂才一年多，已经达到十二万米无疵布。这是很了不起的。有五万米无疵布，报上就已经在宣传了。可是这样的先进工作者，却不能宣传，就因为她的父亲在四清中被划为富农。直到'四人帮'打倒后，她被评为劳模，但是喜报还不送到她的家里，以示划清界限。在丹东某纺织厂，一个女工，十六岁进厂，今年三十八岁，家离厂有一百多里路，每天上下班往返需三个多小时，但从不缺勤，四年干完了五年的活，被评为厂劳模。在一次庆功会上我问她为什么不出席市劳模大会，她默然以对，流下了眼泪，因为她爸爸是历史反革命。"① 沉重的现实，使作者不得不深刻反思"四人帮"封建血统论带给无数青年的心灵创伤，义愤填膺地"决意碰一碰这个问题，写了一个家庭出身不好的青年英雄人物"在不公正待遇下形成的特殊复杂心理。于是便诞生了白洁这个"集软弱与坚强、犹疑与果敢、自卑感与责任感、稚拙与纯朴于一身"的形象。更为可贵的是，作者在极力赞美白洁身上的优良品质时，并不讳言她深层意识上的缺陷，那就是几千年来的封建传统文化对中国人、特别是中国女性的禁锢，使得她（他）们逆来顺受，只知忍辱负重是美德，只知盼望有朝一日能有包公、海瑞式的"青天大老爷"出面为自己申冤做主，却不敢与邪恶势力做针锋相对的斗争。白洁形象的文学史意义，就在于作家从她身上重新发现了人性的可贵、重新尊重人的价值；同时，又完全摈弃了"文革"时期"样板戏"主人公"高大全"式的完美无缺，推出了崭新的、有缺陷和瑕疵的正面人物。人物形象更加丰满、真实，这是对"文革"时期"根本任务论"（"塑造无产阶级英雄典型是社会主义文艺的根本任务"）的反拨，真正

---

① 《勇于干预生活，努力提高质量——〈报春花〉〈权与法〉〈撩开你的面纱〉〈未来在召唤〉编导谈话录》，《中国戏剧》，1979年，第 11 期。

做到了向现实主义的回归。

"文革"时期戏剧创作中"在所有人物中突出正面人物，在正面人物中突出英雄人物，在英雄人物中突出主要英雄人物"的"三突出"原则，使得当时剧作中人物形象单薄苍白。而在《报春花》中，除了努力塑造主人公白洁的形象，崔德志在刻画其他人物形象时也下了大工夫。特别是剧中党的正确领导的代表李健，极"左"思想顽固、官僚主义封建主义二鬼缠身、党性原则不离口而实质上自私自利的吴一萍，以及牢骚满腹、充满正义感、说话一针见血的假"酒鬼"由贵，都是有血有肉，给人留下鲜明的印象。

《报春花》的成功，归根结底是一个"真"字，重申了一个颠扑不破的真理：作家们应该踏实地深入生活，真诚地反映自己最熟悉的生活领域。其实早在20世纪60年代初，崔德志就明确表示："应该有作者自己的东西。我觉得话剧创作中出现的公式化、概念化，除了主要是作者思想、生活、技巧等方面原因之外，还有个具体的问题，就是剧本里没有作者自己的东西。剧本中出现的人物雷同，我觉得是因为没有作者自己特别熟悉的喜爱的人物。""宁可不写也不要重复别人的东西。要叫人在剧本中能看出作者自己的独特的构思。"[1] 但在经历了多年"遵命文学"和"主题先行"的煎熬后，他才真正获得了创作的自由，放言"这次我决心自己做主写什么和怎么写"。在总结创作经验时，崔德志将该剧的成功归结为"在生活中挖掘出别人尚未发现的东西，写出前人作品里尚未写出的人物"[2]。的确，在"四人帮"刚刚被粉碎、许多重大历史决定尚未被做出、大批历史冤案还没有被平反的时候，敢于呐喊出人民心声是需要很大勇气的。作者也曾有过动摇："我自己过去一直写出身清白的工人和坚强的共产党员。这次写了这样的英雄人物，是否'变质'了呢？会不会被责问党性哪里去了呢？"但他坚信："没有变质，这正是我党性的表现。因为我遵循了马克思主义的思想路线，我诚实地揭示并回答了生活中的问题。我的艺术家的良心不允许我再在真实反映生活这一点上犹疑了。我在写这个戏时，中央关于改正错划右派的文件尚未下来，所以当时家属、朋友都

---

① 崔德志：《关于独幕剧的写作》，《文艺红旗》，1961年12月号。
② 崔德志：《创作的苦辣酸甜》，《当代作家评论》，1984年，第2期。

为我担心。如果今后因为说真话挨了整，也是值得的，但我认为是不会的。剧中李健所说：'我已经下决心把自己这把老骨头扔在新长征的路上了。'这也就是我的信念。"①

毋庸讳言，《报春花》固然在艺术上有其独特的成就，却仅仅停留在对极"左"文学观念的反拨和向现实主义观念的回归而基本上缺乏创新，但其题材的大胆开拓便足以使其取得轰动效应。这是新时期之初"社会问题剧"的通病，也正符合当时的社会特征：欢呼一个旧时代的结束，讴歌一个新时代的到来。此时文学艺术领域的时代特点更加鲜明：作家们的情绪与话语极为冲动，但却很少顾及后来被视为最重要因素的"艺术性"与"文学性"，留给后人的多是欣喜若狂的宣泄感。要理解这一时期的文学作品特别是话剧作品，就不能离开时代背景，刻意地在"文学性"的缺失上做文章。

邢益勋的《权与法》也是这一时期的重要社会问题剧作品，与《报春花》一起堪称新时期社会问题剧的"双璧"。如果说《报春花》的主题还仅仅停留在反思"文革"悲剧、呼唤纠正极"左"错误余波上的话。那么，《权与法》对"文革"余孽滥用权力、践踏民主法制和人权、"权大于法"现象的反映，以及对建设社会主义法制社会的呼唤，则更具现代意义。这出戏大胆地将艺术触角探向多年来被视为"禁区"的题材领域，有力地配合了叶剑英在庆祝中华人民共和国成立三十周年大会上的讲话中"我们要在改革和完善社会主义经济制度的同时，改革和完善社会主义政治制度，发展高度的社会主义民主和完备的社会主义法制"的论断。

根据作者的自述，《权与法》曾六易其稿。从最初的题目《好啊！新来的书记》和《公仆》，到后来的《你爱谁？》，直至定稿时的《权与法》，我们可以清楚地看到作者构思的演进脉络：由对领导干部的歌颂，到对爱党、爱人民、对人民负责的"包公精神"的赞扬，再到对社会主义法制的呼唤，这是新时期作家逐渐摆脱长期以来创作思维定势束缚的过程，也是思想解放和"再启蒙"的绝佳写照。

剧中主要人物罗放与曹达都是老干部老党员。曹达滥用权力，腐化蜕变，不

---

① 《勇于干预生活，努力提高质量——〈报春花〉〈权与法〉〈撩开你的面纱〉〈未来在召唤〉编导谈话录》，《中国戏剧》，1979 年，第 11 期。

顾灾民死活擅自动用国家救灾款物以满足个人享乐而不以为耻，反倒振振有词地为自己的罪行辩驳："我们这些老同志为了群众的翻身解放，不知有多少次豁出性命地战斗过。现在解放了，条件好了，我们这些土埋半截子的人，把生活搞得稍为好些，有什么值得非难的？"而当他面对群众和战友的指责时，居然狂妄地叫嚣"什么？！法律制裁？我受法律制裁？哈哈哈！凭什么？……你们走吧，到法庭告我去吧，我倒要看看共产党的法律，是如何判决我这个老共产党员的！"种种言行使人作呕。而当其濒于败露之时，他竟然用卑鄙手段恐吓群众，甚至不惜动用专政工具诬陷揭发者，妄图打击报复，罪行令人发指。他的老战友和近亲罗放则与其截然相反，在拜访丁牧时，他毫不见外地要杯开水以便啃怀里揣着的烧饼，让我们看到了一位老革命者的高风亮节；而他身居市委第一书记高位，坚决执行人民的意志，不徇私情，不畏恶势力的威胁，坚持法律面前人人平等，同曹达进行了坚决的斗争。

　　作者在塑造这两位主人公时，也没有落入坏人绝对坏、好人绝对好的窠臼。曹达并非"文革"戏剧中常见的潜伏于党内领导层中的阶级敌人，而是一个曾经为革命事业做出过重大贡献的老英雄，这些有他满腿的伤疤可以为证；而罗放也并非完人，当他在与曹达的斗争中表示"在特殊情况下，我有权作出决定。万一上级怪罪下来，由我承当"时，作者借剧中人曹春梅之口提醒他"在我们揭发曹达目无党纪国法的错误时，你难道就有权利违背党的组织原则，个人说了算？再说，应该相信市委的大多数，应该坚持集体领导。同时对大家也是一次思想教育"。这些细节都是作者匠心独到之处，是《权与法》获得成功的重要原因。

　　《权与法》在人物塑造方面的成功之处，还在于塑造了一个转变中的知识分子形象——报社总编辑郑洪来。他是党报的负责人，有着社会主义时代知识分子正直、善良、是非观念明确的优点，但也有传统知识分子胆小软弱的通病。多年的政治运动使他的灵魂受到了扭曲，明知曹达违法乱纪，却又害怕打击报复，不敢公开揭露。直到得到了罗放的支持，他才勇敢地承担责任，在报上发表群众来信，并揭发了老同学雷邦夫的严重罪行。郑洪来是新时期初期许多知识分子的真实写照，他的转变过程有非常典型的意义，是全社会反思建国以来知识分子政策的一个好例子。

赵国庆的《救救她》，写的是女青年李晓霞从"失足"到"觉醒—转变"的故事，愤怒地控诉了"四人帮"毒害青年的罪行，歌颂了人民教师关怀下一代成长的崇高品质，并向整个社会发出"救救她"的强烈呼声。这出剧作在许多方面都呼应了新时期文学发轫之作——刘心武的《班主任》——无论是探讨青少年失足的社会原因的主题，李晓霞和方媛老师形象的塑造，还是振聋发聩的"救救她"的呐喊，都给人以似曾相识的感觉，但又有难以摆脱的巨大感染力。

沙叶新是新时期重要的剧作家。他的剧作大多带有浓郁的喜剧味道，即使是革命历史剧《陈毅市长》，给人留下深刻印象的除了老一辈无产阶级革命家的高风亮节之外，还有主人公陈毅幽默风趣的人格魅力。在社会问题剧领域，沙叶新的《假如我是真的》和《寻找男子汉》都是讽刺意味鲜明的佳作。《假如我是真的》写的是青年工人李小峰为了混取保留戏票而冒充高干张老的子弟而一帆风顺、左右逢源。为了成全他假托的朋友——实际是其本人——的农场上调意愿，剧团团长出点子，文化局长跑腿子，市委处长为其骗条子（市委书记的批条），最后，由于张老无意中的驾到，才使这场令人作呕的闹剧匆匆闭幕。"冒充名人子弟"这一情节，在《救救她》中也有表现（李晓霞便是因此犯罪），由此可见这一现象在当时是有普遍性的。而这股歪风的盛行，与现实中特权主义的泛滥密不可分，其根源更可以深挖至权力崇拜、奴隶心态对民族集体无意识的影响。沙叶新在创作《假如我是真的》过程中，明显受到了果戈里名剧《钦差大臣》的深刻影响。《寻找男子汉》配合1980年代曾盛极一时的"高仓健热"，写舒欢寻找"男子汉"为终身伴侣的过程。她曾与五位男性（司徒娃、青年 A、青年 B、周强、江毅）有过交往，这些人中有养尊处优的公子哥，有娘娘腔的奶油小生，有碌碌无为的公务员，有自命不凡的空谈客，还有极端崇洋媚外的小混混。其中，司徒娃从名字到气质都只能算是一位在妈妈过分溺爱下成长起来的"超龄儿童"，毫无主见、个性，甚至患上了从成人向胚胎退化的"胎化病"。江毅口口声声自称"厂长，当代中国最时髦的职业"，标榜自己的功绩是把只有六七人的小厂领导成了"市的先进企业。我的目标是要创造一百万的利润，万元户算什么"，他的理想是"要第一流的！我总想超过前人，做第一，而不是第二，所以我的日常心理是爱和强手竞争"……却把"行胜于言"的古训抛到了九霄云外。青年 A 则处处显出崇洋媚外的小丑像，宣称"西方的一切我都喜欢","最近生了病……意大利感冒……这种感冒也来自西方。""凡是前边有个西字总比较好,西装比中山装好看,西餐比中餐高级,连西瓜也比东(冬)瓜好吃",甚至"死了之后不要进龙华火葬场,要进西宝兴路火葬场"。而西哈努克"西"字打头,所以《西游记》的作者是西哈努克!",作者于诙谐荒诞中,揭示出重铸国民性的必要性。沙叶新继承了鲁迅杂文与《故事新编》中杰出的讽刺技巧,使新时期喜剧从一开始就站在了比较高的水平上。

在社会问题剧中,比较优秀的作品还有田芬的《金子》、王辉荃和姚明德的《路灯下的宝贝》,反映的都是严峻的城市待业青年的问题。刘树纲的《十五桩离婚案的调查剖析》写婚姻、家庭问题,剧中人李小典费了很多周折仍没找到妈妈时奔向台口,直接冲着观众发出撕心裂肺的呼喊:"妈妈呀!你当初为什么要生我呀!?"这种直接拷问观众的手法,是作者在艺术上力图打破"第四堵墙"的努力,开启了新时期话剧形式探索的先声。白峰溪则是新时期剧坛上另一位擅长塑造女性形象的剧作家,其"女性三部曲"(《明月初照人》、《风雨故人来》、《不知秋思在谁家》)均将目光投向爱情婚姻题材,在女性心理的刻画上获得了很大成功。

进入 20 世纪 80 年代,"四人帮"的余毒基本上被肃清。随着改革开放的全面展开,许多新的问题不断涌现,社会问题剧也自然而然地转向了"社会改革剧"。在本质上,"社会改革剧"也是"社会问题剧"的一种,是"社会问题剧"的必然发展。但由于新时期"社会问题剧"已是一个约定俗成的概念,因此本节不再讨论社会改革剧的问题。

第十八节　回族作家沙叶新与《陈毅市长》

沙叶新,1939 年出生,江苏南京人,回族,国家一级编剧。1957 年入华东师范大学中文系学习,1959 年开始发表小说,1961 年毕业后保送进上海戏剧学院戏曲创作研究班读研究生课程。1963 年 7 月毕业并进入上海人民艺术剧院任编剧。1965 年发表独幕喜剧《一分钱》,公演后获得好评。新时期以来,其剧作《假如我是真的》、《陈毅市长》、《幸遇先生蔡》、《寻找男子汉》及小说《无标题对话》等,曾引起强烈反响。1985—1993 年任上海人民艺术剧院院长。1987 年创作的话剧《耶稣·孔子·披头士列侬》发表于《十月》杂志 1988 年第 2 期，同年 4 月由上海人民艺术剧院首演。该剧获加拿大 "1988 年舞台奇迹与里程碑" 称号。还创作有电视剧《陈毅与刺客》、《百老汇 100 号》、《绿卡族》等。

回族是中华民族大家庭中的一个重要成员，回族文学也是我国多民族文学事业中的一支重要力量。从古到今，每一个时期，每一个朝代，中国丰富深厚的回族历史文化，造就了很多优秀的回族作家和学者，在中国文学史上都留下了一笔笔宝贵的文化财富。沙叶新是一个回族作家，他非常重视自己的民族文化精神所给他带来的深刻影响。"我想我父母身上的精神品质与其说来自家庭的传统，不如说来自回族的血统。因为这是回族共有的，很多回民都和我父母一样，都具有这样的精神品质。我是回族，在我的血液中，也不可避免地溶入这样的精神血统和文化基因。我说我自己绝不是彰显自己，标榜自己，我只是以自己为例，来说明回族的文化基因对一个回族后裔、回族作家的深刻影响，我的短长、我的一切都来自这深刻影响。我说这些，是表明我的这些作为是来自父母的影响，是回族的文化基因在起作用；我要感谢民族文化精神对我的教育。我父亲多次对我说：'不要忘掉回族的根本。'我没忘掉，我以自己是回族为骄傲。虽然我并非纯粹的穆斯林，但我是肯定是个文化穆斯林。"[1]

沙叶新天性幽默达观，也善用喜剧形式进行戏剧创作。余秋雨曾说："沙叶新擅长构建一个个规模不大的喜剧性纠葛。他的戏，往往就整体而言是正剧，却由许多喜剧性单元组成。……沙叶新擅长于撰写机敏、通俗、具有强烈剧场效果的喜剧性台词。"[2] 而当别人问他是否幽默时，他则自谦地说道："什么是幽默？幽默是洞察事物本质的一种能力，是一种不仅洞察事物本质的矛盾，并且能用一种喜剧化的方式把它表现出来的一种才智。幽默的人有一种豁达的、开朗的情怀。要真正做到幽默，真的不是很容易的。我只能说我有点俏皮或者调皮。幽默这个级别，我还达不到。"[3] 虽然对于幽默可以有着多种解释，但是沙叶新的剧作中因为其

---

① 吴怀尧：《沙叶新：我天下无敌》，《延安文学》，2009 年，第 2 期。

② 余秋雨：《沙叶新戏剧论》，《戏剧艺术》，1988 年，第 1 期。

③ 吴怀尧：《沙叶新：我天下无敌》，《延安文学》，2009 年，第 2 期。

喜剧性的营构而充满别样的生趣，这却是不容置疑的。

　　沙叶新热切关注现实，以一种强烈的责任感时刻关注着种种社会问题，并将他对于社会的认识和理解化入他的文学作品之中。作品中既有《假如我是真的》这样揭示社会不正常现象的荒诞剧，也有《寻找男子汉》这种对现实病态人性进行深入思考的社会心理剧，但都是来自于他对社会现实的真实感受。他曾这样来申述自己的艺术主张："文学不能撒谎，要讲真话。唯其真，才能善，才有可能美。文学如果撒谎、虚假、欺骗、作伪，那势必丑恶，为读者所唾弃。文学要说真话，首先作家就应该是诚实的人，他应该真实地反映生活，真挚地在作品中表露自己的心迹，真诚地对待他的读者。总之，作家的生活、写作、思想、情感都应该是真格的，实打实的。"① 这种文学理念也使得他近年来一直坚持针砭时弊的杂文创作，始终坚持着现实主义的创作方向，在对各种丑恶现象的鞭挞中高扬真善美的旗帜。

　　沙叶新在思想上坚持现实主义倾向，在艺术上却不断创新，追求超越。他不仅不重复别人，也很少重复自己。而总是保持着一种求新、求异的精神状态。他的作品数量虽然还不算很多，"题材上古今中外，技法上五花八门，组合在一起，可看到一种生气勃勃而又骚动不安的开拓情绪"。② 1987 年创作的话剧《耶稣·孔子·披头士列侬》让几个不同时代、不同国度的著名人物聚在一起，进行了各自所依仗的文化背景的比较；同时，更进一步，借用两个国度（金人国和紫人国）的寓言式构建，展示和讥刺了人类社会中拜金主义和极权主义的两极倾向，从反面呼唤着一种超越时空的健全精神境界。剧作的自由度、宏观度和怪诞度，都是他原来的剧作中没有见过的。

　　他 1980 年创作的话剧剧本《陈毅市长》发表于当年的《新剧作》第 3 期、《剧本》第 5 期，由上海人民艺术剧院演出成功。1981 年由上海电影制片厂著名导演黄佐临任总导演，罗毅之、傅敬恭任导演，改编成舞台艺术片，搬上银幕。影片沿用了话剧剧本的结构设置，又增加了符合电影艺术特点的一些场景，将这一部

---

① 　余秋雨：《沙叶新戏剧论》，《戏剧艺术》，1988 年，第 1 期。

② 　余秋雨：《沙叶新戏剧论》，《戏剧艺术》，1988 年，第 1 期。

受观众喜爱的剧作定格在大银幕上。

一、以散写实，散文化结构中凝聚鲜明主题

影片以我国颇负声誉的伟大革命家和政治家陈毅作为表现对象。陈老总戎马一生，战功显赫，政绩卓著，表现起来有着相当的难度。但是作者没有按照一般戏剧式结构的情节安排方式，严格遵循开端、发展、高潮、结局的起承转合，而是选取了上海解放初期陈毅初当市长的一年内发生的具有典型意义的 10 个小故事，用一种散文化的结构将这些故事串联起来。虽然外在冲突并不强烈，但极富生活气息的小故事将陈毅殚精竭虑、一心为公的可贵品质刻画得丰富生动，感染人心。除了以进驻上海市之前对部队战士们的不扰民约定的"丹阳讲话"作为序幕外，之后的故事就按照时间发展顺序，依次展现了陈毅"接管市府大楼"、"不请自到，赴资本家傅一乐宴席；消其疑虑，使工厂早日开工"、"参观国营商店开业，了解到进口药物稀缺，萌生建药厂想法"、"夜访化学家齐仰之，用激将法力邀其参加药厂建设"、"保持共产党员本色，严格要求岳父和小妹等亲属"，"严厉批评属下童大威失职行为，但在上级面前又为其承担责任"、"因严批党外人士魏处长而勇于自我批评"、"与资本家傅一乐除夕夜登门访问工人，化解劳资矛盾"、"用比伤疤的办法，对向他要官的老部下彭师长进行巧妙教育"、"在国庆一周年之际，听交响乐，并接到调令" 10 个生活场景。沙叶新自己把这种布局谋篇的方法叫做"冰糖葫芦式的结构"。但这种看似毫无章法的结构却又因为陈毅的性格品质凝聚在一起，形成一个整体。沙叶新说："着重选取那些陈毅同志所具有的而在今天的现实生活中正在大力倡导或业已有所失去的思想品质来写。"[①]作者正是通过几个事件，表现了陈毅对自己的家人和自己的部下等党内人士严格要求，对国民党留沪人士和资本家等工商界人士积极团结，对齐仰之和魏处长等非党知识分子礼贤下士平等尊重，对劳苦大众贴心关怀积极帮助，对人民的事业甘于奉献无比忠诚的优秀品质。

---

① 汪流：《风姿独具——初探影片〈城南旧事〉和〈陈毅市长〉的艺术特色》，《电影艺术》，1983 年，第 6 期。

而对于这些品质的弘扬，作者采用的还是传统的"借古讽今"寓意，笔写陈毅，意在启示后人，这是作者将其"写作的时代"的强烈感受用于对革命历史题材的真实建构，在再现历史与表现历史的均衡中找到突破点，对于当代的社会现实来说仍然具有现实意义。在谈到该剧的创作目的时，沙叶新曾明确表示："尽管我写的是上海解放初期的一段历史，但我尽量要将这段历史写成鉴诚今天生活的镜子；尽管我写的是二三十年以前的往事，但我非常希望今天的观众能从中得到现实的启示。不论在什么情况下，我都不能为写历史而写历史，更不能为逃避现实而写历史。总之，不是为了发思古之幽情，而是为了寄深意于现实；不是单纯地为了缅怀陈毅同志过去的丰功伟绩，更为了使陈毅同志的伟大精神化为今天的物质力量；不仅是为了给已逝者写悼词，也为了给后来者擂战鼓。我认为一个剧作家选取和处理历史题材时，都应有这种起码的时代责任感。"① 正是由于作家这种强烈的责任感，才使得作家"用当代人高屋建瓴的眼光去对待历史，寻找历史人物事件与当代生活之间的联系，探求在现实生活中具有启示作用的内在素质。"② 作者通过20世纪70年代末80年代初的现实社会环境与陈毅初当市长时的社会环境的对比，发现了其百废待兴，急需振兴经济的共同点，因此在剧作中牢牢地抓住陈毅同志对经济建设的巨大热情，以及关心人民生活、团结同志、以身作则等优秀品格来表现。既生动传神地刻画了革命领袖陈毅的风姿，又使得剧本内容在看似漫不经心地结构中体现出强烈的当代性品格，引发观众的共鸣与深思。

二、以小见大，日常化情景中蕴含伟人情怀

马克思在女儿对他的调查中写到最喜欢的格言时说，"人所固有的，我无不具有"。作为伟人，肯定具有常人所不具有的某种坚毅品质，而与此同时，伟人也不能摆脱自己作为一个常人的局限，他也会与普通人一样具有同样的喜怒哀乐、七情六欲等自然属性。而在我们的艺术作品之中，经常会出现将伟人的"神性"和"人性"割裂开来的情况，在一段时期内剔除伟人作为普通人的一面，伟人成为供

---

① 沙叶新：《〈陈毅市长〉创作随想》，《文汇报》，1980年8月1日。
② 谭杰：《论沙叶新在〈陈毅市长〉中对陈毅形象的塑造》，《江西科技师范学院学报》，2006年，第6期。

奉在神龛中只能顶礼膜拜的神祇。而另外一种倾向则是将关注的兴趣指向伟人凡庸的一面，醉心于对他们的琐碎生活甚至是所谓私生活的挖掘与放大，完全失去了对其伟大个性的发现。其实，描写伟人并不比写任何一个普通人更容易，相反，因为其本身的复杂性而更增加了表现的难度。沙叶新在表现陈毅的伟人情怀时，多是从日常生活情景入手，以小见大，小场面中蕴含大情怀，让伟人的伟大品性自那种平淡日常的生活场景中自然而然地散发出来，不去片面强调宏大场景或激烈的外部动作，反而让陈毅平易近人而又坚持原则的个性表现得既生动，又自然，给受众强烈的心理感受。

比如在表现陈毅严于律己，严格要求自己的家人，不搞特权化的个性时，就用了一个日常化的情景来体现。他的岳父和小妹都对他寄予了一定的期望，希望他能够在工作和生活中对他们加以照顾，但却遭到了拒绝。而这种拒绝又是在合情合理的限度之下进行的。尤其表现在对岳父的劝服上，用设下埋伏的方法让老人自己对国民党和共产党进行比较，从而得出了共产党不能再搞国民党"任人唯亲，裙带关系，一人得道，鸡犬升天"那一套名堂的结论。而在表现他关心劳动人民，积极处理劳资矛盾时，又用了一个雪夜访问工人时"吃豆渣"的生活化细节，表现了他与劳动人民同甘共苦的诚意。而又因这一行为使得资本家傅一乐真正了解了工人阶层生活中的艰辛，也使工人们对傅经理重新建立了信任，有效地化解了劳资矛盾。

三、寓庄于谐，幽默语言中彰显人物性格

除了运用小场面表现大情怀的以小见大之外，沙叶新还大胆地运用喜剧化手段塑造革命领袖形象，尤其是运用生动幽默的语言表达，增强了生活实感的同时愈加彰显人物个性。同时也增强了革命领袖的人情味和亲切感，使受众在笑声中，更深刻地理解主人公性格的丰富性。

作者之所以采取喜剧形式来表现革命领袖，除了现实生活中陈毅本身所具有的乐观豪爽、幽默风趣的个性提供了生活基础之外，还在于喜剧更易于为受众所理解和接受，马克思说："历史是认真的，经过许多阶段才把陈旧的生活形态送进坟墓。世界历史形态的最后一个阶段是它的喜剧。……历史竟是这样的进程！这

是为了人类能够愉快地和自己的过去诀别。"①文学艺术一方面要引导人民笑着和历史告别,另一方面要鼓舞人民笑着拥抱明天。

沙叶新在对陈毅的塑造中,主要抓住了其性格中的幽默元素,用极具个性色彩的语言体现出陈毅的洒脱个性和机智本色。在"不请自到的赴宴"一场中,他被傅经理的夫人误以为是与共产党打交道的红色资本家沈胖子,对他一再地询问有关共产党的政策。而陈毅则自称是上海市国营公司的大老板。谈笑风生间将共产党的经济政策向对方解释清楚,使得对方彻底打消顾虑。"我们共产党是从来不搞什么糖衣炮弹,要么是糖,要么就是炮弹!"的宣言更加旗帜鲜明地表明了这位政治家胸怀坦荡的共产主义情怀。"智激化学家"一场中,化学家闲谈不超过三分钟,而他在屡次被拒后对化学家说"有一样化学你不懂得",这句话引起了化学家的强烈兴趣,但此时他又故意以三分钟之限已到拒绝回答,从而使得化学家齐仰之不得不自己破例,才使得二人能够真正进入实质性的交谈。这是谈话的艺术,也体现了陈毅幽默的个性。"比伤疤"一场戏是其中最富于喜剧性,同时也是具有教育性的一场。老部下彭一虎师长因为没有当上军长,而闹起了情绪,借提意见为由向陈毅开炮,并居功自傲,将自己的功劳一一细数。陈毅没有马上对他进行批评,而是先让他把话说完,在他说到自己身上的伤疤也比别人多几块时,让他脱掉衣服,好好数一下伤疤,并说"漏掉一块就要少一份功劳"。数完伤疤后,他叫来了管理员老韩,让他也脱下上衣,数数伤疤,并问他参加革命的时间和入党的时间,结果伤疤比彭一虎的多,革命和入党的时间也比彭一虎的早,由此引发了陈毅"手莫伸,伸手必被捉"的感慨。使得彭一虎心服口服。

《陈毅市长》是根据话剧改编成的影片,影片本身带有强烈的话剧痕迹,对生活表现的广度和深度受到了一定的限制,但是影片表现出的对国家政治生活的反思,对现实生活的强烈关注,用别具一格的形式塑造了独具特色的革命领袖形象,不失为红色领袖传记书写中的经典之作。

---

① 马克思:《〈黑格尔法哲学批判〉导言》,《马克思恩格斯选集》第 1 卷,中共中央编译局编译,北京:人民出版社 1995 年版,第 5—6 页。

第十九节　描写"三大战役"的电影文学

中华民族是一个多灾多难的民族，而中国近现代的历史可以称得上是一部战争史，战争题材的电影文学在中国电影中也占据了重要的位置。既有表现清末受辱历史的《鸦片战争》（1997 年，谢晋导演）、《甲午风云》（1962 年，林农导演），又有表现红军长征时期的《四渡赤水》（1983 年，蔡继渭、谷德显导演），也有表现抗日战争的《七七事变》（1995 年，李前宽、肖桂云导演）、《血战台儿庄》（1986 年，杨光远、翟俊杰导演）、《太行山上》（2005 年，韦廉、沈东、陈健导演）等，也有表现解放战争的《大转折 挺进大别山》（1996 年，韦廉导演）、《大决战》（1991 年，李俊总导演，杨光远、蔡继渭、韦廉、景慕逵、翟俊杰等导演）、《大进军 席卷大西南》（1999 年，杨光远导演）等，还有表现抗美援朝战争的《上甘岭》（1956 年，沙蒙、林杉导演）和表现对越自卫反击战的《高山下的花环》（1984 年，谢晋导演）。几乎每一个历史时期的重大战争和战役都不同程度的在影片中得到展现，而这些影片正是在承载历史厚重感的意义上获得其思想价值和史学地位。在以战争为题材的电影文学的家族谱系里，《大决战》具有相当特殊的地位。这主要源自于"大决战"这一历史题材的重大战略意义。"三大战役"是指 1948 年 9 月至 1949 年 1 月，中国人民解放军同国民党军队进行的战略决战，包括辽沈、淮海、平津三个战略性战役。三大战役环环相扣，波澜壮阔，在 4 个多月的时间里，人民解放军连续歼敌 154 万余人，使蒋介石赖以发动内战的精锐部队基本上归于消灭。三大战役的胜利，奠定了人民解放战争在全国胜利的基础，中共中央、毛泽东在西柏坡运筹帷幄，决胜千里，创造了战争史上的奇迹。而电影《大决战》正是以"三大战役"为题材的纪实性历史故事片。全片共分《辽沈战役》、《淮海战役》、《平津战役》三部，每部又分上、下集，总时长达九小时，气势磅礴，场面宏大，开创了我国建国以来军事题材电影之最。由于其题材本身在新中国历史上的特殊意义，因此，这部影片的诞生也不能仅仅理解为一部艺术作品的创作，政治文化对电影文学的影响和介入表现得更为直接和有力。

一、影片的诞生与反响

《大决战》的拍摄历时五年，耗资一亿，可以说是一部史无前例的恢弘巨制，而因为其表现题材的特殊性，使得其诞生与反响都在国家领导集体的热切关注之下。

早在1950年代，八一电影制片厂就曾酝酿将三大战役搬上银幕，由于条件限制而未能如愿。1986年1月，时任中共中央总书记的胡耀邦指示将"三大战役"拍成故事片。中央军委将这一任务交给八一电影制片厂，八一厂于1986年2月成立了三大战役剧本创作组，由王军、史超、李平分三人分别负责辽沈战役、平津战役、淮海战役三部分影片剧本的创作。时任中央军委副主席的杨尚昆对《大决战》剧本的创作很重视，多次召见主创人员进行研究讨论。杨尚昆对大家说："《大决战》拿出来就一定能站住脚，剧本不好不拍，要改就改剧本，不能在将来拍成的影片上改。"在编导犹豫是否应该正面表现林彪这一极其特殊的历史人物时，杨尚昆做了重要表态："剧中要有林彪，如果不写林彪，那当年东北战场的仗是谁打的？而且写林彪一定要实事求是，不能因为他后来不好，就把这个人写成从头至尾都坏。"为了使摄制组充分把握影片拍摄要点，1989年底，总导演李俊还率杨光远、蔡继渭、韦廉三个分导演走访了作为平津战役总前委之一的聂荣臻元帅。聂帅向他们详细介绍了三大战役的相关情况，对《大决战》的拍摄起了很大的指导作用。

作为一部史无前例的战争影片，《大决战》的拍摄涉及到许多省市和部门。为了协调各方对拍摄《大决战》的支持，同时也加强对影片拍摄的指导，1989年2月25日，经党中央、国务院、中央军委批准，由解放军三总部和广电部牵头，由拍摄工作涉及到的13个省市、5个军区和海空军以及铁道部文物局电影局等有关单位负责同志组成《大决战》影片摄制领导小组，由张震、杨国宇、苏静、叶子龙、崔月犁、陈荒煤、丁峤等7位老同志组成顾问委员会。一部影片涉及如此多的部门和领导，这在新中国电影史上还是第一次。八一厂专门成立了《大决战》摄制领导小组，由厂长萧穆任组长，杨卫任副组长（后由滕安庆接任）。此外还成立了由厂党委直接负责的《大决战》摄制指挥组和一个办事机构，下设辽沈战役、淮海战役、平津战役、西柏坡共产党指挥部、南京国民党指挥部五个摄制部。摄制组出发之前，解放军总政治部主任杨白冰亲自接见主创人员，并提出了严格要求："这部影片拍摄标准要高，要求要严，工作要细，作风要实，团结要好，质量一定要精。"除此以外，无论是在剧本写作，还是在拍摄过程中，杨白冰都倾注了大量心血。《大决战》剧本写作先后八易其稿，杨白冰对每一次打印稿都要认真审阅，并提出具体要求。他对影片的审查也是格外的用心。在影片毛片阶段，他几乎把主要精力都集中在《大决战》上了，前后审片达 9 次之多，一直到出拷贝为止。每次看完片，杨白冰还召集会议，从思想性、艺术性、人物语言细节一直到影片长度都进行了讨论，力求做到万无一失。1991 年 6 月 11 日，江泽民与政治局几位常委审看了样片，并给予了高度评价，他说："反映历史，要坚持历史唯物主义，即要有真实性，又不要自然主义地去表现。不少历史人物在一生中有许多变化，在描写他们的形象时，要实事求是，要照应到历史发展的最终结果。《大决战》在这方面取得了比较成功的创作经验。"审完片子后，江泽民还与影片主创人员一起合影留念。并欣然为影片题写了片名。邓小平对大决战的拍摄也很关心，后来他在上海看了片子后满意地说："片子拍得很好，我每年都要看一遍。"

1991 年 8 月 1 日，为庆祝中国人民解放军建军六十四周年，《大决战》在人民大会堂举行首映式，时任国家主席、军委副主席的杨尚昆也参加了首映式，并给予了高度评价。影片在全国上映后，同样获得了观众的热烈欢迎。1992 年 1 月，《大决战》荣获第 12 届中国电影金鸡奖最佳故事片奖、最佳导演、最佳美术、最佳剪辑、最佳道具和最佳烟火等六项大奖。同年，该片还获得第 15 届《大众电影》百花奖最佳故事片奖。同年 2 月，《大决战》又荣获解放军文艺大奖和国家广播电视部优秀影片奖，总政还给《大决战》摄制组记一等功。①

从影片的诞生到影片公映后重要领导和官方奖励的肯定，我们都可以看出《大决战》的非同凡响，它被称为"国家订货"的影片，其意义在于填补战争题材领域内的空白，再现当时波澜壮阔、激动人心的历史画卷；更重要的是，通过对这一历史事件的展现，揭示出共产党领导下的人民军队取得最终胜利的历史必然性，使广大观众能从中得到领悟和启示，珍惜这来之不易的幸福生活。

---

① 见袁成亮：《电影〈大决战〉诞生记》，《百年潮》，2008 年，第 10 期。

二、还原历史，在两军对垒中看人心向背

"早在《大决战》正式投入拍摄之前，中央领导同志对如何拍摄这部大型军事题材的电影，就曾多次进行过认真研究，并提出过明确的指导意见：要写两个统帅部的斗智，要以历史唯物主义观点处理所有人物，要写出广大指战员的英勇战斗，要写出人民战争波澜壮阔的场面。"[①] 而根据这些意见，总导演李俊也在其导演阐释中指出"《大决战》不光是军事力量的大决战，而且是政治、经济、人心的大决战。通过真实的历史，揭示出国民党失败、共产党胜利是历史发展的必然结果"，"不是光写毛泽东军事思想的胜利，而是写毛泽东思想在中国革命中的全面胜利！"[②] 而这些正是把握这部影片的主要线索，影片正是在这个高度上对于历史事件进行取舍并加以拓展，使影片既突出了战争的气势宏伟，也表现出了军事之外的政治经济等问题所带来的人心所向。

影片从几个方面去表现这种作战双方的对比和历史选择的必然性。首先是战争的谋略和战争的指挥方面。两方的最高统帅府一个在金碧辉煌的古都南京，一个则在偏僻狭小的河北无名小村西柏坡；两方的最高统帅一个有着来去自如的专机，一则只有纵横驰骋的"大青马"。而就在这种判若云泥的对比之下，却是双方的战争谋略和战争行动的极度反差。以毛泽东为核心的中共中央高瞻远瞩，把握全局，能够随着战局的变化随时做出正确的决策。而共产党领导下的各级指战员令行禁止，虽然有时一线指挥官会有自己的看法，但也会服从大局，而且在意图一致的基础上能够提出符合实际的建议并得到军委的认可，一旦接到进攻命令就会不惜一切代价完成任务。比如《辽沈战役》中林彪对于攻打锦州的指令由最初的犹豫到最终的决断，《淮海战役》中邓小平等人对于先攻打黄维兵团的提议等，正可谓"英雄所见略同"，他们往往都能找到最为有利的战机，坚决有力地打击敌人。而在国民党一方，虽然蒋介石也是殚精竭虑煞费苦心，但其部下却各怀心事，对于他的命令或置若罔闻，或阳奉阴违，总是令他在重要时刻棋差一招，最终落

---

① 陆建华：《开创中国人民新世纪的〈大决战〉——略论〈大决战·辽沈战役〉的深、真、美》，《唯实》，1991年，第5期。

② 李俊：《〈大决战〉导演自问自答》，《当代电影》，1992年，第2期。

得满盘皆输。比如在《辽沈战役》中几次命令卫立煌对锦州加派援兵，但卫立煌却固执己见，固守沈阳。在《平津战役》中几次敦促傅作义南撤力保江南，傅作义都未听从其安排。虽然也有些将领如杜聿明等人对战争局势有着客观准确的分析，但由于国民党内部的派系林立，互相牵绊，而蒋介石又经常会在关键时刻横插一脚，亲临指挥，往往使得他们束手束脚，错失良机。比如在《淮海战役》中蒋介石命令杜聿明撤出徐州。

在双方部队的对比方面，共产党领导下的军队代表着人民利益的正义之师，而国民党军则是发动内战与人民为敌的反动军队。《辽沈战役》中一个小场景则表明了双方在对待生命态度上的不同。国民党一上校在锦州将被攻克时，大叫着"缴枪不交女人"疯狂地向己方的女话务员们开枪扫射，而共产党战士攻进来发现这一惨状，立即对受伤人员进行救治。《淮海战役》中战士"丁小二"也非常典型，在他冒死接上电话线后，受到国民党将领邱清泉的嘉奖，问他是怎么当上国军的，他回答是自己正在车站卖鸡蛋，被一个长官硬拽上车的。一句话说明了很多人参加国民党部队并非情愿，这也从一个方面显示出国民党军战斗力不佳的最大原因。后来他在战斗中见到同乡听说自己家乡搞土改，家里分了地，就非常高兴地带了几个弟兄跑到了解放军一方。

而在人心向背上，更加明显。由"四大家族"所控制的金融体系和官僚资本造成国民经济的垄断，导致民怨沸腾，各地发起"反饥饿，反内战、反迫害"运动，虽然蒋介石的儿子蒋经国力图解决财政问题，但却无法真正实施。而中国共产党却在艰苦的环境中自力更生，保护着广大群众的利益。从而使得广大解放区的人民在支援前线时能够竭尽全力，滚滚的大车、独轮车，为解放大军运送着粮食和弹药。在《平津战役》中，解放军进攻天津时受到了南开大学师生的欢迎，并有学生自愿为解放军引路。而在很多关键战役中，一些国民党军能够战场起义，尤其是傅作义同意北平部队接受和平改编，这些都表明着历史发展的必然趋势。《平津战役》中一个小细节提到要林伯渠代表中央去接民主人士，出现了一排长长的民主人士的名单，总导演李俊就指出"这写决战胜利之外的轻轻的一笔说明了什么？说明了民心。再如傅作义与邓宝珊见毛主席时，说到傅作义的女儿、陈布雷的女儿、张治中的女儿都是共产党员，大家哈哈一笑，实际上这是一个很值得深思的问题,既说明民心所向,又让人思考。美国人不理解为什么我们六十万军队能打败敌人八十万,因为他们不理解共产党与人民群众的关系,不理解这种关系所产生的物质力量。"①

三、抓住细节,在尊重历史中塑人物群像

人物是历史事件的主体,在成功还原历史事件的同时,也面临着对于历史人物的书写。"影片《大决战》涉及有名有姓的人物多达238位,其中主要角色就达50人之多"②,对人物的塑造和表现成为影片的另一个重要课题。李俊指出"因为要写历史,所以要真实,真实到参战的双方都能承认(当时参战的国民党高级将领很多人都健在),尽量不被后人修改。对历史人物的功过是非、个人才能、历史上的地位、作用都应该实事求是地展现出他们的本来面貌。对我不褒,对敌不贬。"③ 因此,影片"严肃负责地把握历史真实与艺术真实的统一。不神化,也不丑化;既写出历史中的人物,也写出人物的历史"。④

影片对毛泽东的塑造,既写出了毛泽东大敌当前的镇定自若,也写出了他面对复杂局势能够高屋建瓴的正确决策,在对敌作战之余以笔为枪嬉笑怒骂皆成文章的潇洒,在忧思战局时看到毛岸英和刘思齐时的舐犊情深⋯⋯毛泽东作为伟人的革命气概和作为凡人的平易情怀都从中得到展现。尤其《辽沈战役》中毛泽东与好友肖三见面时,回忆自己青少年时期迎着雷雨上山,在风雨中狂奔,"仿佛我就是世界"的一段抒发,较好地表现了其英雄主义气概。由于人物众多,创作者在有些地方使用了白描方式,寥寥数笔,就活画出一个人物。《辽沈战役》中彭德怀的出场最为生动。马上要进会场时发现自己的画像和毛泽东朱德的画像一起被挂上,他甩手走出去,并对跟上来的战士质问,"你们挂得画像里有一个人我不认识,一个四方脸,大脑壳,脖子又粗又短。这个人是谁?"说得战士无言以对,

---

① 李俊:《导演〈大决战〉的总体把握》,《文艺研究》,1992年,第3期。
② 袁成亮:《电影〈大决战〉诞生记》,《百年潮》,2008年,第10期。
③ 李俊:《〈大决战〉导演自问自答》,《当代电影》,1992年,第2期。
④ 陆建华:《开创中国人民新世纪的〈大决战〉——略论〈大决战·辽沈战役〉的深、真、美》,《唯实》,1991年,第5期。

赶紧拿下画像。对周恩来、刘少奇、邓小平、陈毅、刘伯承、粟裕等也给予了恰当的表现。

而《大决战》中林彪第一次在银幕中作为历史正面形象出现是突破性的，在我国革命题材影片中尚属首次。影片中的林彪，沉默寡言，性格沉郁，但他作为东北野战军的司令员能够把握大局，对于中央军委攻打锦州的命令有所保留，一直迟迟未动。这里写出了他对于夺取战争胜利必须有十足的把握才肯进攻的保守性，尤其是在听到敌军援兵已到时，走到半路又想要撤军，在罗荣桓的劝说下思虑再三才做出最后的部署。虽然他在这次战役的指挥中表现出其谋略，但也表现出了其固执己见、难以接近的一面，奠定了他个人历史的不光彩结局。

相对而言，对国民党将领的塑造并未进行一般化的丑化与贬低，显现出一定历史的深度，更为成功。如对蒋介石的塑造，不仅仅是敷衍历史事件，表现其刚愎自用、专横跋扈的一贯风格，同时，深入其内心，表现其在指挥不灵时的烦躁不安，回顾自己的北伐历史时的慷慨激昂，大势已去时的痛楚绝望。他对杜聿明等爱将呵护备至，对儿子要求严格，对妻子爱护有加。当宋美龄专机飞来为他庆祝生日时他深情地说"你来了，一切都有了"。应当说，创作者没有将其丑化为历史的罪人，而是将其放在平等的位置上，给予了他以人的尊严，表现了其人性的丰富与复杂。对国民党其他将领的军事才能，也给以了较为恰当的表现。尤其在表现有些将领在面临某个战役最终的失败时，并没有用以往常见的那种漫画化手法，将他们描写得抱头鼠窜狼狈不堪，而是根据人物的个性给出不同的表现方式，如《淮海战役》中黄伯韬的死亡，表现得相对中性，甚至可以说有几许惨烈。

四、营造氛围，在张弛有度中见诗意象征

"我认为假如把《大决战》比做一个建筑物的话，首先要有磅礴的气势，从远看，它像中国的万里长城，像埃及的金字塔，高大雄伟，气势磅礴；但不能光远看，还要有细部。也需要一些感情的描写。既要有刀削斧砍的粗犷的一面，也要有让人回味的精雕细刻、工笔描绘的一面。"[1] 虽然这是一部政治性相对较强的纪

---

① 李俊:《导演〈大决战〉的总体把握》,《文艺研究》, 1992 年, 第 3 期。

实性军事题材影片，但是它也不同于纯纪录片，编导在张弛有度的节奏中也注意了情感氛围的营造和诗意象征的运用，使得影片具有了独特的艺术品质。

在对情感氛围的营造上，镜头饱含深情地注视着硝烟中的生命与美，形成一种血肉相连的情感纽带，引发观众的共鸣。比如在《辽沈战役》中配水池一战，老班长送饭上阵地，只见满山遍野都是烈士们的遗体，在残雪之中极其壮烈而又残酷。老班长跪倒在地，舀着桶里的菜，颤抖着声音喊着："吃吧，猪肉炖粉条。"而在《淮海战役》中，支前车队在夜里突然遇到空袭，很多人在袭击中牺牲了。而第二天刚刚失去父亲的女儿、失去丈夫的妻子等乡亲们戴着白色的孝带继续进发，滚滚的车流、人流汇成浩浩荡荡的人民大军。而同样在这一部中，由勤杂兵临时组成的部队里有一个小战士因为爱美不肯剃光头，邓小平坐下剃了头才使得他就范，但还是拿出小镜子来左照右照。然而接下来的战斗中，这位小战士不幸遇难。这些场景使我们在紧张的战斗场面中感受到战争对生命与美的戕害，每一场战役的胜利都是以众多的生命的消失作为代价。一个又一个的战士在冲锋中倒下，无声无息；但更多的人还是义无反顾、勇往直前，让我们感受到强烈的情感震撼。

而在诗意象征的运用上，影片也独运匠心，在每一部的开头都设置了独特的视觉形象，营造出了大气磅礴的背景依托。如第一部一开始黄河冰裂的壮观场面，预示着冬去春来，中华民族的命运面临着新的生机；第二部万马奔腾，象征着我军逐鹿中原的脚步无可阻挡；第三部则是万里长城、巍峨挺立，让我们感受到祖国河山的壮美宏阔，更加激发一往无前的斗志。

《大决战》三部曲对于"三大战役"的表现无疑是成功的，但由于创作者无意识之中还是以胜利者的姿态去回顾那段历史，豪情满怀的同时欠缺了对于战争本身的反思和对于人性自身的反省。或许，对于这部基调较高的影片而言，这样的要求显得苛刻而多余了。

第十三章　新潮文化渗染的文学形态

文学态势总览

第一节　新潮文化与现代中国文学

1976 年，"文革"结束，从此以后，全国各领域都发生了重大变化，中国进入崭新的历史时期。首先发生改变的是政治意识形态，1978 年，《光明日报》发表了《实践是检验真理的唯一标准》，开始了全国范围内的关于真理问题的讨论；同年 12 月，党的十一届三中全会召开，引发了思想解放运动，全面开辟了中国新的历史阶段。政治意识形态的改变也促使国家的文艺政策发生了重大改变。1979年，《上海文学》以本刊评论员的名义发表了《为文艺正名——驳"文艺是阶级斗争的工具"说》，批评了文学艺术的公式化与概念化倾向，驳斥了"文艺是阶级斗争的工具"的观点。同年 10 月，邓小平在第四次全国文代会上的祝辞中宣布："党对文艺工作的领导，不是发号施令，不是要求文学艺术从属于临时的、具体的、直接的政治任务，而是根据文学艺术的特征和发展规律，帮助文艺工作者获得条件来不断繁荣文学艺术事业。"① 1980 年 7 月 26 日,《人民日报》以社论的形式正式提出了"以文艺为人民服务,为社会主义服务"取代"文艺为政治服务"的口号②。政治文化领域的思想解放,深刻地影响了思想文化与文学领域;近三十年来,虽然政治文化在个别时期发生了改变,但是总体来说,政治文化的开放性和自由性为以启蒙理性文化、现代主义文化和后现代主义文化为主的新潮文化的发展提供了前提和基础;然而,近三十年来新潮文化的发展也体现了对以往封闭性和强制性的政治文化的颠覆与解构。

启蒙理性文化、现代主义文化和后现代主义文化是近三十年来新潮文化的主要组成部分,它们在时间上不完全是前后相继的,甚至有时是同时存在的。从整体上来说,启蒙理性是改革开放以来前十年思想文化的显著特征,而启蒙主义和人道主义思想则是启蒙理性文化的主要体现。在启蒙理性文化的影响下,1980 年代的文学也明显地表现出启蒙主义和人道主义色彩,因此,人们习惯上把 1980 年代文学称之为"新启蒙文学"。长期以来,文学一直生活在"阶级论"和"工具论"的阴影之下,文化思潮和文学思潮一直受到政治意识形态的深刻影响;"文革"以后,政治意识形态的解冻为文化思潮和文学思潮的转型创造了条件,为启蒙主义和人道主义精神的再次兴起提供了前提。在新时期人道主义和启蒙主义精神复苏的过程中,朱光潜、李泽厚、刘再复等人发挥了重要作用。1979 年,朱光潜在《关于人性、人道主义、人情美和共同美的问题》的文章中,从马克思经典著作出发阐释了人道主义的"总的核心思想,就是尊重人的尊严,把人放在高于一切的地位"③。在朱光潜的引导下,"一股关于人性、人道主义的讨论热潮终于在全国开展起来,到 1983 年形成了一个高潮"④,"据统计,从 1980 年到 1983 年,有关文章已多达 700 余篇"⑤。比较有影响的文章,如周扬的《关于马克思主义的几个理论问

① 邓小平:《在中国文学艺术工作者第四次代表大会上的祝辞》,《光明日报》,1979 年 10 月 31 日。

② 《文艺为人民服务,为社会主义服务》,《人民日报》,1980 年 7 月 26 日。

③ 朱光潜:《关于人性、人道主义、人情美和共同美的问题》,《文艺研究》,1979 年,第 3 期。

④ 李扬:《中国当代文学思潮史》,上海:上海社会科学院出版社 2005 年版,第 108 页。

⑤ 陶东风、和磊:《中国新时期文学 30 年(1978—2008)》,北京:中国社会科学出版社 2008 年版,第 32 页。

题的探讨》①，周扬集中阐释了马克思主义的人道主义思想，并提出了"无产阶级人道主义"的观点。"周扬这一观点的提出，对于中国文艺的发展有着重要的理论意义和现实意义"②；另外胡乔木的《关于人道主义与异化问题》③，区分了资本主义人道主义和社会主义人道主义的不同。思想界和政治界的理论探讨迅速延伸到了文学领域，文学领域很快再次掀起了"文学是人学"的讨论，如钱谷融发表了《论'文学是人学'一文的自我批判提纲》④。钱谷融提出："文学既以人为对象，既以影响人、教育人为目的，就应该发扬人性、提高人性，就应该以合乎人道主义的精神为原则。"⑤ 又如戴厚英在《人啊，人！》的后记中说："我应该有自己的人的价值，而不应该被贬抑为或自甘堕落为'驯服的工具'。一个大写的文字迅速地推移到我的眼前：'人'！一支久已被唾弃、被遗忘的歌曲冲出了我的喉咙：人性、人情、人道主义！"⑥ 在 1980 年代的思想文化论争中，李泽厚的思想显著提升了人道主义和启蒙主义的理论高度。李泽厚在相关著作和文章中建构了"主体性实践哲学"体系，如《批判哲学的批判——康德述评》⑦、《论康德黑格尔哲学》⑧、《康德哲学与建立主体性论纲》⑨ 和《关于主体性的补充说明》⑩。李泽厚的"主体性实践哲学"体系的核心观点有：

> 如果就人与自然、与对象世界的动态区别而言，人性便是主体性的内在方面。就是说，相对于整个世界，人类给自己建立一套既是感性具体拥有现实物质基础（自然）又是超生物族类、具有普遍必然性质（社会）的主体力量结构（能量和信息）。……人类则不同，他通过漫长的历史实

---

① 《人民日报》，1983 年 3 月 16 日。
② 李扬：《中国当代文学思潮史》，上海：上海社会科学院出版社 2005 年版，第 93 页。
③ 《人民日报》，1984 年 1 月 27 日。
④ 《文艺研究》，1980 年，第 3 期。
⑤ 钱谷融：《论'文学是人学'一文的自我批判提纲》，《文艺研究》，1980 年，第 3 期。
⑥ 戴厚英：《人啊，人！》，广州：广东人民出版社 1980 年版，第 353 页。
⑦ 人民出版社 1979 年版。
⑧ 上海人民出版社 1981 年版。
⑨ 《论康德黑格尔哲学》，上海：上海人民出版社 1981 年版。
⑩ 《中国社会科学院研究生院学报》，1985 年，第 1 期。

践终于全面地建立了一整套区别于自然界而又可以作用于它们的超生物族类的主体性，这才是我所理解的人性。①

后来，刘再复在李泽厚哲学思想的影响和启迪下，在《论文学的主体性》②和《文学研究应以人为思维中心》③等相关文章中提出了"文学的主体性"观点，刘再复倡导"构筑一个以人为思维中心的文学理论与文学史的研究系统。也就是说，在今天，我们的文学研究应当把人作为文学的主人翁来思考，或者说，把主体作为中心来思考。"④李泽厚和刘再复的主体性理论应和了1980年代的思想解放潮流，是新启蒙运动的重要组成部分，"文学主体性是文学领域中人道主义的一个哲学化的提法，它上承50年代巴人、钱谷融等人受挫的理论开拓，跨越了一个重大的文化历史断裂并且接续了新时期几经沉浮的以周扬等人为代表的人道主义的思考和反省。"⑤在以人道主义和启蒙主义为核心的启蒙理性文化的影响下，1980年代的文学创作领域出现了一批表现人情、人性、人道主义的文学思潮，如"伤痕文学"、"反思文学"、"寻根小说"等；而"新诗潮"诗歌则表现了强烈的主体性；也产生了一些表现人道主义和启蒙主义精神的经典作品，如刘心武的《班主任》，张洁的《爱是不能忘记的》，谌容的《人到中年》，戴厚英的《人啊，人！》，舒婷的诗集《双桅船》，顾城的诗集《黑眼睛》，北岛、舒婷、杨炼、江河、顾城的诗集《五人诗选》，巴金的散文集《随想录》等。

现代主义文化与启蒙理性文化有很多相通的地方，可谓是你中有我，我中有你；正是在启蒙理性和现代主义的双重驱动下，1980年代的新启蒙文学才得以迅速前进，并取得了重大成就。现代主义在20世纪初就已传入中国，并对中国新文学产生了深刻影响，产生了诸如早期象征派诗歌、现代派诗歌、浪漫派抒情小说等文学现象。鲁迅、李金发、戴望舒、郁达夫等人也可称之为现代主义文学作家，《狂人日记》、《野草》、《弃妇》、《雨巷》等作品甚至都可以说是现代主义的经典

---

① 李泽厚：《批判哲学的批判——康德述评》，北京：人民出版社1984年版，第424页。
② 《文学评论》，1985年，第6期。
③ 《文汇报》，1985年7月8日。
④ 刘再复：《文学研究应以人为思维中心》，《文汇报》，1985年7月8日。
⑤ 何西来：《对于当前我国文艺理论发展态势的几点认识》，《文论报》，1986年6月11日。

作品。与此相似的是，近三十年来，现代主义也可以说是与启蒙理性同时发生的，并对新时期文学产生深刻影响。进入新时期不久，一些外国文学研究者冲破政治意识形态设置的禁区，开始了对西方现代主义的介绍和研究。1978 年 7 月，《外国文艺》在上海创刊，开始刊登一些外国现代主义文学作品，比如川端康成的《伊豆的舞女》、萨特的《肮脏的手》、福克纳的《纪念爱米丽的一朵玫瑰花》和博尔赫斯的《交叉小径的花园》等，这些作品在思想内容与艺术形式方面给国人以新的感受。1978 年，朱虹在《世界文学》第 2 期发表了《荒诞派戏剧述评》，开始研究西方现代主义文学。后来，很多刊物都加入了对西方现代主义文学的研究与介绍的队伍，比如《译林》、《文艺研究》、《外国文学动态》等。《外国文学研究》甚至还于 1980 年第 4 期开始开辟了"关于西方现代派文学讨论"的专栏，此次讨论历时两年，发表 30 余篇相关论文，其中影响最大的是徐迟的《现代化与现代派》等文章。一批研究西方现代主义文学的专著的出版，尤其是高行健的《现代小说技巧初探》（1981）和《对一种现代戏剧的追求》（1981），在当时引起了一场关于现代主义文学的争论，如王蒙、李陀、刘心武、冯骥才等人都为《现代小说技巧初探》发表了看法，有评论认为《现代小说技巧初探》"是中国大陆第一本专门探讨现代派文学的专著，因此有着很大的影响，在当时引发了广泛的讨论"[①]。紧随其后的是，一些介绍外国现代主义文学的丛书或选集也开始出现，比如上海译文出版社于 1979 年推出的"外国文艺丛书"中就有不少现代主义作品，比如卡夫卡的《城堡》、加缪的《鼠疫》等；1980 年至 1985 年，袁可嘉编选出版了一套大型的《外国现代派作品选》，这部选集共八本，收录了后期象征主义、表现主义、意识流小说、未来主义等 11 个现代主义流派的作品。1981 年以后，外国文学出版社和上海译文出版社还推出了《20 世纪外国文学名著丛书》和《荒诞派戏剧选》等。上述对外国现代主义文学的研究、讨论和介绍，使"这些西方现代派作品在大众中产生了巨大的影响"。[②] 在这样的文化环境中，一些作家也开始主动倡导现代主义

---

① 　陶东风、和磊：《中国新时期文学 30 年（1978—2008）》，北京：中国社会科学出版社 2008 年版，第 178 页。

② 　陶东风、和磊：《中国新时期文学 30 年（1978—2008）》，北京：中国社会科学出版社 2008 年版，第 176 页。

创作方法，如戴厚英在《人啊，人！》的后记中比较了现实主义和现代主义两种创作方法，提出了实践现代主义创作方法的号召。宗璞、谌容、茹志娟等人也开始在小说中尝试运用现代主义写作技巧，如《我是谁》（1979）、《剪辑错了的故事》（1979）等小说，尤其是王蒙的小说，如《布礼》（1979）、《夜的眼》（1979）、《蝴蝶》（1980）、《风筝飘带》（1980）、《春之声》（1980）等实践了现代主义小说技巧，被称为"东方意识流"。上述小说更多地是在形式上借鉴了现代主义的创作技巧，而在内容上还没有完全表现出现代人的现代思想与现代情绪，直到刘索拉和徐星等人的出现才改变了这种状况。1985 年，刘索拉的《你别无选择》和徐星的《无主题变奏》先后在《人民文学》发表，这些小说被李泽厚看做是"真正的中国现代派的文学作品"[1]。新时期重要的文学思潮，如"新诗潮"、探索戏剧、先锋小说等也都明显具有现代主义特征，在一定意义上可以说，对现代主义的追求正是推动这些思潮不断发展和更迭的重要动力。

启蒙理性文化和现代主义文化在各个方面涉及中国的"现代性"，奠定了1980 年代文学的理论基础，提供了新启蒙文学发展的动力。然而由于时代的转换，启蒙主义文化和现代主义文化终于受到了冷落和批评，尤其是新启蒙文学在反叛和颠覆政治意识形态的同时又附和了主流意识形态的需要，解构了"阶级论"和"工具论"的中心性的同时，又建构了启蒙主义和主体主义的总体性。由于全球化的扩张和市场经济的发展，以及科学技术的日新月异，文学在世纪之交遭遇了严重的危机，"文学终结论"一时甚嚣尘上。"残酷的现实终于使中国作家对启蒙事业的'神圣的疯狂'趋于'耗尽'"[2]，人们开始寻求拆解启蒙理性文化和现代主义文化建构的启蒙主义和主体主义的总体性，后现代主义正是在这样的环境中应运而生，因为"后现代性是作为现代性的反面物而存在，是对现代性的中心性、整体性、本源性的全面颠覆"[3]。与启蒙理性文化和现代主义文化一样，后现代主义文化也是舶来品，据李扬说，最早将"后现代主义"这一概念引入中国的是董鼎山。

---

[1] 李泽厚：《两点祝愿》，《文艺报》，1985 年 7 月 27 日。

[2] 李扬：《中国当代文学思潮史》，上海：上海社会科学院出版社 2005 年版，第 195 页。

[3] 谭善明：《后现代性》，南帆：《20 世纪中国文学批评 99 个词》，杭州：浙江文艺出版社 2003 年版，第 136 页。

1980 年 12 月，他在《读书》杂志发表《所谓"后现代派"小说》①，随后还有袁可嘉的《关于"后现代主义思潮"》等文章。1980 年代甚至还有外国后现代主义学者来中国为后现代主义传经布道，如哈桑、杰姆逊、佛克马先后分别到山东大学、北京大学和南京大学做关于后现代主义的演讲或报告。然而后现代主义文化在中国的深入发展还是在 1990 年代以后，首先，后现代主义文化影响了"后新时期"概念的产生，1992 年前后，谢冕、陈晓明、张颐武等人在不同场合使用"后新时期"这个术语，以体现"新时期"历史使命的终结。其次，后现代主义文化影响了中国的文学批评，如陈晓明以后现代主义理论研究先锋小说，他的专著《无边的挑战：中国先锋小说的后现代性》、《解构的踪迹：历史话语与主体》成为后现代主义文学批评的重要著作。在后现代主义学者看来，1980 年代的各种文学思潮，比如先锋小说、新写实小说、晚生代小说、私人小说、探索戏剧、新生代诗歌等在内容与形式上都具有后现代性，因为它们"不再关心人的启蒙和解放的主题，不再反映重大题材和挖掘深刻意义"②，"他们以前所未有的姿态颠覆着既有的美学原则和文学秩序，完成了由宏大叙事向个人叙事、由有中心向无中心、由改变生活向适应生活、由超验向反讽的转向，体现出消解深度模式、非原则性、零散性、无我性、卑琐性、狂欢、种类混杂等后现代主义特征"。③ 现代主义文化在 1980 年代兴起时，引发了现代派与"伪现代派"的争论，争论的焦点是中国是否存在真正的现代主义文学；与此相似的是，1990 年代至今，人们也对中国是否存在真正的后现代主义文学产生了怀疑，如李扬就批评"后现代主义只不过是这些学者手中的玩偶"④。

新潮文化与政治文化之间既存在融合又存在悖谬的地方。一方面，在社会制度范围内，新潮文化是为政治意识形态服务的，政治意识形态决定了新潮文化发展的限度；另一方面，新潮文化是对政治意识形态的挑战与反叛，新潮文化不断

①　李扬：《中国当代文学思潮史》，上海：上海社会科学院出版社 2005 年版，第 193 页。
②　谭善明：《后现代性》，南帆：《20 世纪中国文学批评 99 个词》，杭州：浙江文艺出版社 2003 年版，第 139 页。
③　李扬：《中国当代文学思潮史》，上海：上海社会科学院出版社 2005 年版，第 204 页。
④　李扬：《中国当代文学思潮史》，上海：上海社会科学院出版社 2005 年版，第 203 页。

地尝试逃离政治意识形态的控制。新潮文化与现代中国文学的关系也是复杂的，一方面，新潮文化与近三十年的文学是同步发展，它们有各自不同的认识论和目的论建构；以启蒙理性文化、现代主义和后现代主义为代表的新潮文化在批判和反思"文革"时期的政治文化的基础上，把中国人的思想从政治文化的禁锢中解放出来，同时建构和丰富了中国人的主体精神，中国人正是在新潮文化的影响下推动中国社会的现代化发展。近三十年的文学负载了新潮文化的内容和使命，配合了新潮文化的发展，在文学领域实现了对历史的反思与批判，满足了新潮文化发展的需要。另一方面，新潮文化为近三十年的文学的发展提供了基础和动力，在一定意义上可以说，近三十年的中国文学是新潮文化重要组成部分。新潮文化中的启蒙理性文化和现代主义文化是 1980 年代文学最重要的内容，也是推动近三十年文学发展的主要动力，正是启蒙理性精神推动了知识分子在文学创作中不断地探索，不断地追求中国文学的现代化和世界化发展的道路。

第二节　从五四小说传统复活到启蒙小说式微

李泽厚对 1980 年代有过这样的看法：

> 一切都令人想起五四时代。人的启蒙，人的觉醒，人道主义，人性复归……都围绕这感性血肉的个体从作为理性异化的神践踏蹂躏下要求解放出来的主题旋转。"人啊，人"的呐喊遍及各个领域各个方面。这是什么意思呢？相当朦胧；但有一点又异常清楚明白：一个造神造英雄来统治自己的时代过去了，回到五四时期的感伤、憧憬、迷茫、叹息和欢乐。但这已是经历了六十年之后的惨痛复归。①

正是基于上述理解，"回归五四"成为 1980 年代的重要信念，这在小说中表现得尤为明显；与五四小说相似的是，启蒙精神和人道主义成为 1980 年代小说的共同主题。"伤痕小说"、"反思小说"、"知青小说"、"寻根小说"在时间上大致是

---

① 李泽厚：《中国现代思想史论》，北京：东方出版社 1987 年版，第 209 页。

前后相继的关系，基本体现的是启蒙小说在内容方面的历史转换。"先锋小说"则体现了启蒙小说在形式方面所进行的尝试，无论是内容转换还是形式创新，1980年代的小说在启蒙的"态度的同一性"方面达成了一致。

"伤痕小说"开启了新时期小说中的启蒙精神和人道主义潮流。1977年，《人民文学》杂志发表了刘心武的《班主任》，这部小说往往被认为是新时期文学的开山之作。"小说的主题却由'文革'的'革命'主题转换或置换为'启蒙'的主题，并不自觉地接续了五四时期的启蒙运动"[1]，尤其是小说结尾的"救救孩子"的呼声，更是与鲁迅的《狂人日记》遥相呼应。虽然《班主任》开启了新时期文学对"文革"伤痛的揭示，但是"伤痕小说"的命名却来自于卢新华的小说《伤痕》（1978）。与《班主任》突出民族灾难不同的是，《伤痕》表现的是个人的悲剧命运。从1978年夏到1979年秋，围绕着《班主任》和《伤痕》等小说，发生了激烈的争论，"歌德"与"缺德"成为争论的焦点。由于主流意识形态的默许或支持，"伤痕文学"逐渐成为一种文学思潮，"'伤痕文学'在写作的空间与时间上都得到了拓展，在政治上，伤痕文学以叙述民族苦难的普遍性配合了批判'文革'、冤假错案的平反及真理问题的讨论等，从思想和情感上彻底清算了'四人帮'的极'左'路线和思潮，对伤痕原因的反思也成为作家们创作的中心，其中主要指向有：一是对制度本身的质问；一是对人性的探索"。[2] 上述两种指向正切合了五四传统中的启蒙精神和人道主义。

"反思小说"几乎与"伤痕小说"同时发生，茹志鹃的《剪辑错了的故事》、张洁的《爱，是不能忘记的》、周克芹的《许茂和他的女儿们》、谌容的《人到中年》、古华的《芙蓉镇》等小说，不仅揭示了中国普通百姓在"文革"中所受到的创伤和痛苦，而且反思了民族苦难和个人痛苦的历史根源，因此，"反思小说"是"伤痕小说"的进一步发展。"伤痕小说"和"反思小说"注重于对过去或历史的表现，"改革小说"则集中对现实生活的表现，蒋子龙的《乔厂长上任记》、《开拓者》等小说塑造了一批英雄式的改革者形象，张洁的《沉重的翅膀》等小说反映了改革

---

① 雷达：《近三十年中国文学思潮》，兰州：兰州大学出版社2009年版，第43页。

② 雷达：《近三十年中国文学思潮》，兰州：兰州大学出版社2009年版，第47页。

过程中的困难与艰辛。"改革小说"具有强烈的社会功利性质，它顺应了时代对英雄的呼唤，张扬了英雄主义和理想主义，而缺乏对现实进行理性的批判，在一定程度上偏离了五四新文学传统中的启蒙精神。

1980 年代初期，由"伤痕小说"和"反思小说"发轫的对历史的叙述和反思成为小说的主要潮流。对历史的书写主要可以分为两个作家群体，一个是以王蒙、张贤亮、李国文、从维熙等为代表的有过"右派"经历的一批作家。"他们之中的一些人，人道主义和个人主义的思想'阴影'，通过俄国和西欧的古典作品，以及五四作家的创作，在他们身心中留下深刻的印痕，且在某些时机，成为他们思想情感中的主导因素。"①他们继承了五四启蒙知识分子的精英意识，表现启蒙者的悲剧命运，或批判历史，或反省自我。如王蒙的《活动变人形》在中西文化冲突中表现知识分子的困境，张贤亮的《灵与肉》、《绿化树》、《男人的一半是女人》等小说在灵与肉的冲突中表现知识分子的痛苦，李国文的《花园街五号》，丛维熙的《大墙下的红玉兰》等小说都表现了知识分子的坎坷命运。另一个是以孔捷生、郑义、叶辛、张炜、张承志、韩少功、梁晓声、史铁生、李锐、张抗抗、王安忆等为代表的有过"知青"经历的一批作家，创作了一些有关"知青"题材的小说。这些小说虽然也表现知识分子的受难经历，但是把知识分子英雄化，尤其歌颂"知青"是"极其热忱的一代，真诚的一代，富有牺牲精神、开创精神和责任感的一代"②。在对历史的叙述与反思中，无论是有"右派"经历的作家，还是知青小说家，他们都试图表现特定历史对人和人性的压抑，从而表现出强烈的人道主义精神，主动汇入了 1980 年代的人道主义潮流。

"知青"小说孕育了一代作家群体，1983 年以后，韩少功、李陀、阿城、郑义、郑万隆、李杭育等"知青"小说家不再满足于对"文革"历史的叙述与反思，而试图把反思与批判的对象深入到中国传统文化。1985 年前后，韩少功、郑万隆、李杭育、阿城等人提出文学之根要深植于中国传统文化的土壤里。"寻根小说"经历了理论倡导到实践创作的过程，它是作家们主动发起的、有着明确理论主张的

---

① 洪子诚：《中国当代文学史》，北京：北京大学出版社 1999 年版，第 261 页。

② 梁晓声：《我加了一块砖》，《中篇小说选刊》，1984 年，第 2 期。

文学思潮。"寻根小说"是1980年代一个非常重要的文学思潮,寻根作家显然继承了五四知识分子的启蒙理性精神,深刻批判中国传统文化的劣根性,同时它又继承了反思小说和知青小说对历史的叙述与反思,批判中国传统文化对人和人性的压抑。然而,寻根小说更重要的贡献在于,寻根作家发扬了1980年代的先锋探索精神,他们从中国传统文化中寻找和探索中国现代化的动力和源泉,表现了知识分子对国家和民族命运的忧虑和关心。陈思和认为寻根小说家继承了五四新文学传统,又有不同于五四的特征,他说:"寻根派作家们还是受到五四知识分子精英传统的熏陶,他们在对民间的亲近中仍保持着极强的主体精神,也就造成了他们对文化之根的追寻中有着较多的主体幻想。"[①] 寻根作家的强烈的主体精神正是在1980年代人道主义精神的烛照下产生的,寻根作家又把1980年代的启蒙理性文化和现代主义文化推向了新的高度。

1985年前后在新时期小说史上具有分界的意义,1985年以前,伤痕小说、反思小说、知青小说、寻根小说重视对历史的叙述与反思,在内容上体现了启蒙精神和人道主义,实现了小说的内容革命;1985年以后,以"先锋小说"为代表的小说潮流逐渐转向小说的形式革命。进入新时期以后,小说家们开始探索西方现代主义技艺,而王蒙被视作为新时期小说尝试探索先锋技巧的弄潮儿。1981年,《现代小说技巧初探》出版发行以后,李陀、刘心武、冯骥才等人参与讨论小说的技巧创新问题。1985年前后,小说中的探索性质明显高涨起来,刘索拉发表的中篇小说《你别无选择》,被人们称为"真正的"现代派小说。不久,徐星的《无主题变奏》发表,引起了人们有关"现代派小说"的争论。与此同时,残雪发表了《山上的小屋》、《苍老的浮云》等小说,表现人生的荒诞感和对存在的形而上的思考。如果说刘索拉、徐星、残雪的小说,是以荒诞的内容探索现代主义技艺,那么马原、孙甘露、苏童、格非等人则在小说的叙述、语言等形式层面探索现代主义技艺。1984年以后,马原相继发表了《拉萨河的女神》、《冈底斯的诱惑》等小说,以一种全新的叙述方式引起了人们的注意,尤其是他的"叙述圈套"彻底打破了传统小说的叙事形式。1986年以后,洪峰的《奔丧》、《潮海》等小说探索"叙述"

---

① 陈思和:《中国当代文学史教程》,上海:复旦大学出版社1999年版,第281页。

与"意义"的关系。1987年前后，先锋小说达到高潮，孙甘露的《访问梦境》、《我是少年酒坛子》、《信使之函》等小说进行语言实验，在先锋小说中别具一格。此外，余华的《十八岁出门远行》、《现实一种》，格非的《迷舟》、《褐色鸟群》，苏童的《一九三四年的逃亡》、《罂粟之家》，叶兆言的《五月的黄昏》等小说都被视作先锋小说的重要作品。先锋小说重视"叙述"，突出"语言"，给小说界带来巨大冲击；先锋小说的形式革命内在地包含有"意识形态涵义"，虽然"它们对于'内容、'意义'的解构，对于性、死亡、暴力等主题的关注，归根结底，不能与中国现实语境，与对于'文革'的暴力和精神创伤的记忆无涉"①，但是先锋小说家把"叙述"、"语言"等形式因素上升到"本体论"层面，应该说是对"文革"期间盛行"工具论"的颠覆。因此，在这种意义上，"先锋小说"也可以说是1980年代启蒙精神和人道主义的重要阶段。

1989年前后同样在新时期小说史上具有分界的意义。社会转型的加速，促进了作家立场的转变，1980年代以来形成的精英意识和启蒙立场逐渐祛魅，小说逐渐呈现"去精英化"和世俗化，启蒙小说逐渐式微。谈歌曾说："88年以前是作家控制读者，88年以后是读者控制作家。"② 与此相似的是，"尽管还有坚守启蒙立场的作家做着抵抗世俗化潮流的努力，但更有一大批作家很快入乡随俗地融入到了市场经济的浪潮中"。③ "新写实小说"的出现是启蒙小说式微的重要标志，1989年，《钟山》杂志推出了"新写实小说大联展"。其"编者按"概括了"新写实小说"的特征："所谓，新写实小说，简单地说，就是不同于历史上已有的现实主义，也不同于现代主义'先锋派'文学，而是近几年小说创作低谷中出现的一种新的文学倾向，这些新写实小说的创作方法仍是以写实为主要特征，但特别注重现实生活原生态的还原，真诚直面现实，直面人生。虽然从总体的文学精神来看，新写实小说仍划归为现实主义的大范畴，但无疑具有了一种新的开放性和包容性，善于吸收、借鉴现代主义各种流派在艺术上的长处。"④ 池莉的《烦恼人生》、《不谈

① 洪子诚：《中国当代文学史》，北京：北京大学出版社1999年版，第261页。
② 谈歌：《小说与什么接轨》，《小说选刊》，1996年，第4期。
③ 李扬：《中国当代文学思潮史》，上海：上海社会科学院出版社2005年版，第189页。
④ "新写实小说大联展"编者按，《钟山》，1989年，第3期。

爱情》、《太阳出世》，刘震云的《一地鸡毛》，方方的《风景》，刘恒的《狗日的粮食》等小说被认为是"新写实小说"的代表作品。"新写实小说"放弃了启蒙小说的精英立场和宏大叙事，转向了世俗立场和普通百姓的日常生活，在客观冷静的叙述中表现现代人的生存困境，它在新时期小说中具有重要的过渡意义。

进入 1990 年代以后，在世界全球化、经济市场化的冲击下，中国知识阶层出现了明显的分化。其中最明显的标志就是 1990 年代发生了多次关于知识分子的论争："就中国思想文化界而言，90 年代同 80 年代的一个最重要的区别，就是从'同一'走向了'分化'。"① 知识分子的分化，引起了文学的转变，在后现代主义者看来，进入 1990 年代以后，新时期文学已经实现自身的历史建构，完成了自己的历史使命，文学转向"后新时期"。"后新时期"小说在"新写实小说"的过渡作用下，呈现出与 1980 年代小说诸多不同的特征。首先，1990 年代的小说不再具有 1980 年代小说那样的总体性，它们对启蒙立场的偏离甚至放弃，而呈现出多元化的特征，也就是："90 年代的小说呈现出多元化的走势，它的发展轨迹不再像 80 年代那样易于描述。我们几乎已经不能准确地概括 90 年代小说的总体趋势。"② 其次，由于市场经济的侵蚀，商品意识逐渐向文化领域渗透和扩张，小说创作也逐渐走向市场化，逐渐向大众文化靠拢。大众文化的兴起，使小说逐渐走出 1980 年代建构的"纯文学"堡垒，对 1980 年代建构的知识分子理想也是巨大的冲击。总之，在大众文化兴起的时代潮流中，由于知识分子的分化和作家立场的改变，1990 年代以后的小说很难再形成"态度的同一性"的潮流，出现的是一些个别作家由于创作姿态的迥异而产生的文学现象。1990 年代第一个重要的小说现象是王朔与"痞子文学"的出现。1989 年以后，王朔发表或出版了《一点儿正经没有》、《玩的就是心跳》、《千万别把我当人》、《我是你爸爸》、《过把瘾就死》等小说，在 1992 年形成了受到社会普遍关注的"王朔现象"，文坛甚至还围绕"王朔现象"持续展开了论争。一般来说，"王朔现象"是启蒙小说转向的标志性事件，"王朔的写作也

<hr>

① 许纪霖等：《启蒙的自我瓦解：1990 年代以来中国思想文化界重大论争研究》，长春：吉林出版集团有限责任公司 2007 年版，第 1 页。

② 陶东风、和磊：《中国新时期文学 30 年（1978—2008）》，北京：中国社会科学出版社 2008 年版，第 268 页。

极大地挑战了知识分子的启蒙话语，标志一种新的知识分子或作家类型——所谓'码字工'、'痞子作家'的出现。"① 1990 年代第二个重要的小说现象是贾平凹与《废都》现象"。1993 年，贾平凹的小说《废都》的发表，引发了一场文坛地震，不少学者纷纷指责《废都》中的欲望叙事，批评《废都》体现了知识分子"人文精神"的堕落。然而，从新时期小说史来看，《废都》的意义在于，它反映了启蒙知识分子自身的精神危机；如果说"痞子文学"从外部挑战了知识分子的启蒙话语，那么"《废都》现象"则从内部瓦解了知识分子的启蒙精神。1990 年代第三个重要的小说现象是"私人化写作"的出现，1995 年前后，以陈染、林白、海男、徐小斌等为代表的女性写作成为当时文坛的一大景观。林白的《一个人的战争》和陈染的《私人生活》被认为是"私人化写作"的代表作品，"私人化写作"强调私人经验和身体叙事，拒斥了启蒙小说的公共经验和宏大叙事，彻底消解了启蒙小说的立场与精神。1990 年代以后，虽然新启蒙文学在总趋向上已经式微，但仍有些小说家在坚守启蒙立场。如在 2001 年开始的关于"纯文学"的论争中，残雪的《究竟什么是纯文学》、张炜的《纯文学的当代境遇》等文章都表达了对 1980 年代以来的"纯文学"理想的坚守。

进入新世纪以来，小说继续沿着 1990 年代的道路发展，也出现了重大的改变。第一个重大现象是，农村题材小说获得了空前的发展。进入新的世纪，中国现代化进程以前所未有的速度发展，城市化的快速扩张极大地冲击了中国传统的乡村文化，1980 年代以来成名的小说家大都出身于农村，比如贾平凹、莫言等人。这些"地之子"对于农村具有深厚的感情，凝聚多年的小说创作经验，产生了一批农村题材小说的重要作品，比如贾平凹的《秦腔》、周大新的《湖光山色》等。第二个重大现象是，小说中"底层叙事"的兴起。2004 年，曹征路的中篇小说《那儿》的发表，引发了文坛对"底层写作"的长期讨论和持续关注。"底层写作"表现的对象既包括城市底层，也包括农村底层，底层百姓一直是"沉默的大多数"，永远是被言说的"他者"，知识分子对底层百姓和底层生活的关注，体现的是知识分子

---

① 陶东风、和磊：《中国新时期文学 30 年（1978—2008）》，北京：中国社会科学出版社 2008 年版，第 268 页。

对社会道义的承担。虽然"底层小说"在主题上仍然远离启蒙小说建构的宏大叙事，但是"底层小说"对公共问题的关注，体现了知识分子的社会问题意识和批判精神。第三个重大现象是，新世纪以来的长篇小说获得极大的丰收，如贾平凹、莫言、张炜、王安忆等小说家表现了惊人的创作力，他们在新世纪十年每人都出版了好几部长篇小说；另外格非的《人面桃花》、姜戎的《狼图腾》、杨志军的《藏獒》、毕飞宇的《平原》、铁凝的《笨花》等长篇小说在艺术上也表现了较高的水平。从整体上来看，新世纪十年来的小说虽然不再高扬1980年代的宏大叙事和启蒙主题，但是小说家们对社会问题的深刻关注，在一定程度上表现了知识分子向启蒙精神的回归。

第三节　从现代派诗风兴盛到"后现代"诗作早产

1980年代诗歌的兴起深受社会历史语境的影响，与小说相比较，诗歌更加方便作者抒发自己的内心情感，在启蒙精神的烛照下，诗歌以鲜明的现代主义风格体现了诗人对启蒙时代的感受和对既有文学规范的反抗。在一定意义上，1980年代的诗歌由"新诗潮"向"新生代诗"的转变，是以现代主义的兴盛为重要特征，然而由于"新诗潮"本身的局限性以及主流意识形态的干涉，"新诗潮"很快落潮；"新生代诗"打着反叛的旗帜，使现代主义诗歌迅速转向"后现代主义"。

"新诗潮"的现代主义特征首先体现在它的产生过程。"新诗潮"的起源可以上溯到1970年代的"白洋淀诗群"，甚至可以上溯到1960年代中期的"贵州诗人群"①。这些诗群的最大贡献是，一方面为新诗潮孕育了一代诗人群体，比如芒克、多多、根子、林莽等人；另一方面，"白洋淀诗群"写出了一些"极具现代色彩的诗"②，为"新诗潮"积累了丰富的经验，如食指的《相信未来》和《这是四点零八分的北京》等。然而，"白洋淀诗群"毕竟是"潜在写作"或"地下写作"，"新

---

① 张清华：《朦胧诗·新诗潮》，洪子诚、孟繁华：《当代文学关键词》，桂林：广西师范大学出版社2002年版，第186页。

② 宋海泉：《白洋淀琐记》，《诗探索》，1994年，第4期。

诗潮"由地下转为地上，由少数知青群体走进大众视野，还得归功于《今天》的创立。"《今天》这个刊物的出现，及其产生的影响，可以看做是新诗潮的第一个浪头。"①1978 年 12 月 23 日，《今天》创刊。它在文学史上是非常独特的，它是由几个普通工人创办的民间刊物，刊物的主要创办人有芒克、北岛等，共出版 9 期，至 1980 年第 3 期后停刊，主要撰稿人有北岛、芒克、食指、舒婷、江河、杨炼、顾城等。《今天》发刊辞《致读者》提出了文学宣言："我们的今天，植根于过去古老的沃土里，植根于为之而生，为之而死的信念中。过去的已经过去，未来尚且遥远，对于我们这代人来讲，今天，只有今天！"② 这种鲜明的时间意识既表明了对过去和传统的反叛，也体现了诗人的现代意识和现代情绪。《今天》的诗人们以"挑战者"的姿态走上文学舞台，使"新诗潮"充满狂飙突进精神和理想主义色彩，北岛在创刊号上的《回答》中写道："告诉你吧，世界 / 我——不——相——信！/ 纵使你脚下有一千名挑战者，/ 那就把我算作第一千零一名。"③ 从食指到北岛，诗人们敏锐地感受到诗歌与时代环境的紧张关系，他们急切地呼吁"要把埋藏在心中十年之久的歌放声唱出来"④，在《诗探索》的笔谈文章《请听听我们的声音》中，诗人们倡导中国需要"全新的诗"⑤，对于"新"的探索和追求成为"新诗潮"最重要的精神气质。总体来说，《今天》的创刊理念和诗人的创作追求体现的是现代意识与现代情绪。

"新诗潮"的内容也表现了现代主义性质。《今天》作为新诗潮最重要的诗歌团体，它上面发表的作品一开始就"带着一种现代派文学的倾向，这对于新诗潮最终成为一场以现代主义诗歌流派为主导的诗歌运动具有重要的推进作用"。⑥ 首先，"新诗潮"具有强烈的主体性，"新诗潮"诗人都试图成为历史代言人，主动

---

① 洪子诚、刘登翰：《中国当代新诗史》，北京：人民文学出版社 1993 年版，第 406 页。

② 《今天》编辑部：《致读者》，《今天》，1978 年 12 月，第 1 期。

③ 北岛：《回答》，《今天》，1978 年 12 月，第 1 期。

④ 《今天》编辑部：《致读者》，《今天》，1978 年 12 月，第 1 期。

⑤ 顾城：《请听听我们的声音》，谢冕、唐晓渡：《磁场与魔方：新诗潮论卷》，北京：北京师范大学出版社 1993 年版，第 20 页。

⑥ 陶东风、和磊：《中国新时期文学 30 年（1978—2008）》，北京：中国社会科学出版社 2008 年版，第 137 页。

承担建构新的历史主体的重任，正如《今天》创刊词所说："反映新时代精神的艰巨任务，已经落在我们这一代人的肩上"①，这种责任感使"新诗潮"诗歌主动承担了启蒙主义和人道主义的双重任务。显然，"新诗潮"的主体性是长期受到压抑的"人的觉醒"的迸发，如顾城的《一代人》："黑夜给了我黑色的眼睛，我却用它寻找光明。"② 然而，"新诗潮"中的主体性仍然是一种集体的主体性，而非个体的主体性。"新诗潮"诗歌中的"我"往往超出"个我"范围，往往代表集体"大我"发出呼声，因此诗人很喜欢用"一代人"作为诗歌的题目或者内容。其次，"新诗潮"具有明显的叛逆性，这种叛逆不仅表现了对专制主义的反抗，也表达了对旧有文艺规范的反叛。如舒婷的《一代人的呼声》所抒发的："我推翻了一道道定义；/ 我砸碎了一层层枷锁；/ 心中只剩下 / 一片触目的废墟……/ 但是，我站起来了，/ 站在广阔的地平线上，/ 再没有人，没有任何手段，/ 能把我重新推下去。"③ 孙绍振在《新的美学原则在崛起》中则概括了"新诗潮"对旧文学观念的反叛："不屑于做时代精神的号筒"、"不屑于表现自我情感世界以外的丰功伟绩"、"回避去写那些我们习惯了的人物的经历、英勇的斗争和忘我的劳动场景"④。

"新诗潮"的形式也表现了现代主义特征。在关于"新诗潮"的论争中，无论是支持派还是反对派，都认为"新诗潮"具有现代主义特征。孙绍振的《新的美学原则在崛起》从理论上分析了"新诗潮"的"自我表现"特征。徐敬亚在《崛起的诗群——评我国诗歌的现代倾向》中则以宣言的方式概括了"新诗潮"的"现代倾向"和"现代主义"特征⑤，比如"自我表现"、"个人直觉"、"心理加工"等。反对派也承认"新诗潮"的现代主义特征，他们认为"新诗潮"是"步西方现代主义文学的后尘"⑥，"搬来了20世纪初叶西方现代派的纯诗理论"⑦。支持派和反对

① 《今天》编辑部：《致读者》，《今天》，1978年12月，第1期。
② 顾城：《一代人》，洪子诚：《朦胧诗新编》，武汉：长江文艺出版社2004年版。
③ 舒婷：《一代人的呼声》，《朦胧诗选》，沈阳：春风文艺出版社1987年版，第83页。
④ 孙绍振：《新的美学原则在崛起》，《诗刊》，1981年，第3期。
⑤ 徐敬亚：《崛起的诗群——评我国诗歌的现代倾向》，《当代文艺思潮》，1981年，第3期。
⑥ 付子玖、黄后楼：《认清方向，前进！——评〈新的美学原则在崛起〉及其他》，《诗刊》，1981年，第8期。
⑦ 宋垒：《追求什么样的心灵美》，《诗刊》，1981年，第6期。

派对"新诗潮"的现代主义特征达成了统一，只是态度不同。后来谢冕在《断裂与倾斜：蜕变期的投影——论新诗潮》中总结"新诗潮"时，从文学史的角度再次强调"新诗潮"修复了五四以来中国现代诗的历史传统[①]。

"新诗潮"在思想内容与艺术形式方面都表现了现代主义特征，是五四时期的象征主义诗歌、1930年代的"现代派"诗歌的历史延续。"新诗潮"对"新"的探索和追求以及对"旧"的拒斥和反叛具有重要意义，它们奠定了"新诗潮"的历史地位，但是"新诗潮"并非完全摆脱了旧文艺观念的影响。一般看来，"新诗潮"是对政治抒情诗的反叛，但是它并非简单地"不屑于做时代精神的号筒"，而是要对新的时代发出"新"的呼声；这在舒婷的《祖国啊，我亲爱的祖国》中表现得最为明显："我是你簇新的理想 / 刚从神话的蛛网里挣脱 / 我是你雪被下古莲的胚芽 / 我是你挂着眼泪的笑窝 / 我是新刷出的雪白的起跑线 / 是绯红的黎明 / 正在喷薄 /—— 祖国啊"，显然这种呼声与当时的时代潮流是吻合的。后来，在对"新诗潮"的反思时，人们看到"新诗潮"的群体意识和英雄主义不仅是特定历史时代的需要，而且与五四时期的个人主义或个性主义相距甚远。如1987年，舒婷说："我们经历了那段特定的历史时期，因而表现为更多的历史感、使命感、责任感，我们是沉重的，带有更多的社会批判意识，群体意识和人道主义色彩。"[②] 显然，由于承担过重，"新诗潮"丧失个性色彩成为必然；又如1988年，徐敬亚承认："历史决定了朦胧诗的批判意识和英雄主义倾向，这无疑是含有贵族气味儿的。"[③] 正因为特定历史时代决定了"新诗潮"的诞生，决定了"新诗潮"成为新时代的先锋，去实现重建新的历史主体的使命，所以"新诗潮"并未完全从"被束缚"的状态中解放出来，反而因为它高扬的主体主义，更轻易被历史车轮解构。

"新生代诗"从一开始就是作为"新诗潮"的反叛与解构而产生的。"新生代诗"可以说是"后现代主义"的重要代表，一般地说，"后现代主义"是指对现代主义的反叛、解构与颠覆。北岛、食指、舒婷、顾城、杨炼等人以诗歌奠定了"新

---

① 谢冕：《断裂与倾斜：蜕变期的投影——论新诗潮》，《文学评论》，1985年，第5期。
② 舒婷：《湖水已经漫到脚下》，《当代文艺探索》，1987年，第2期。
③ 徐敬亚：《中国现代主义诗群大观（1986—1988）》，上海：同济大学出版社1988年版，第2页。

诗潮"的历史地位，《回答》、《这是四点零八分的北京》、《祖国啊，我亲爱的祖国》、《一代人》等诗歌也成了"新诗潮"的经典作品，甚至不少"新诗潮"诗歌进入中学教材或者成为中学生读物。然而，"新诗潮"自身建构的特征注定了它的"被解构"，正如徐敬亚说："恰是它的果实否定了它，并推进地淹没了它。"[①] 虽然"新诗潮"的退潮是多方面的原因综合决定的，但是"新生代"诗人的崛起无疑是重要原因之一。1986 年 10 月，《深圳青年报》和《诗歌报》联合主办的"现代诗群体大展"促成了"新生代"诗人的集体亮相，然而"新生代诗"的源头可以追溯到更早。1982 年，"打倒北岛"的口号就已经出现，同年，《次生林》创办，刊名寓意"毁灭后的生长，繁殖"，强烈地暗示了"新生代"诗人对"新诗潮"的颠覆目的[②]。1985 年，《他们》在南京创刊，1986 年，《非非》在成都创办；此外还有"大学生诗派"、"莽汉主义"、"新传统主义"、"整体主义"等诗人团体。"新生代"诗人的强势崛起，加速了"新诗潮"的退潮。

"第三代诗人的出现是对朦胧诗鼎盛时期的反动"[③]，决定了"新生代诗"的众多特征。首先，"新生代诗"以"回到个人"反对"新诗潮"的集体主义和英雄主义；"回到个人"是《他们》最响亮的口号，与"新诗潮""一代人的呼声"形成强烈的对比。《他们》在创办之初，并没有理论宣言。后来韩东总结出了《他们》的理论主张："我们关心的是作为个人深入到这个世界中去的感受、体会和经验，是流淌在他（诗人）血液中的命运的力量。"[④]《他们》强调诗人的个体经验，执着"个人写作"，对"新诗潮"是一种挑战，有学者指出"回到个人""拒绝普遍性定义的写作实践，是相对于国家化、集体化、思潮化的更重视个体感受力和想象力的话语实践。它在某种程度上标志了对意识形态化的'重大题材'和时代共同主题的疏离"[⑤]。其次，"新生代诗"以"回到诗歌本身"反对"新诗潮"的宏大叙事

---

① 徐敬亚：《历史将收割一切》，《中国现代主义诗群大观（1986—1988）》，上海：同济大学出版社 1988 年版，第 1 页。

② 洪子诚、刘登翰：《中国当代新诗史》，北京：北京大学出版社 2005 年版，第 234 页。

③ 舒婷：《潮水已经漫到脚下》，《当代文艺探索》，1987 年，第 2 期。

④ 徐敬亚：《中国现代主义诗群大观（1986—1988）》，上海：同济大学出版社 1988 年版，第 52 页。

⑤ 王光明：《在非诗的时代展开诗歌：论 90 年代的中国诗歌》，《中国社会科学》，2002 年，第 2 期。

与象征语言。"回到诗歌本身"是由韩东提出来的,韩东代表《他们》提出:"我们关心的是诗歌本身,使诗歌成其为诗歌。"[①]从内容来说,"回到诗歌本身"就要回到诗人的个体经验和日常生活,如韩东的《有关大雁塔》(1986)和于坚的《尚义街六号》(1986)"完全是日常生活的直接呈现"。[②]从形式来说,"回到诗歌本身"就是要回到语言,提倡所谓的"口语写作",反对"新诗潮"诗歌的语言象征和意象营造,如由尚仲敏执笔的《大学生诗派宣言》提出了"反崇高"、"消灭意象"、"无所谓结构"的主张[③],《他们》提出了"诗到语言为止",《非非》则提出"诗从语言开始"。再次,"新生代"诗人以"反文化"和"反价值"为口号而反对一切传统。《大学生诗派宣言》和《莽汉主义宣言》向"新诗潮"直接提出挑战:"当朦胧诗以咄咄逼人之势覆盖中国诗坛的时候,捣碎这一切!——这便是他们动用的全部手段。"[④]如果说这样的主张还算比较宽容,那么《非非主义宣言》则表现了激进和极端的反传统倾向,由周伦佑、蓝马执笔的《非非主义宣言》提出了所谓的"前文化"和"非文化"的概念,后来周伦佑还提出了"反文化"、"反价值"的观点,主张颠覆一切传统。

虽然"新生代诗"是以解构、反叛、颠覆"新诗潮"为直接目标,但是"新生代诗"与"新诗潮"实际上是有密切关联的。"新生代"诗人承续了"新诗潮"追求"新"、反传统的先锋精神,诗人们接受了北岛们的反叛精神后,自然自觉地又把"新诗潮"作为反叛传统的直接目标。在思想内容方面,"新生代诗"不再是"一代人的呼声",而是主张"回到个人"、"回到诗歌",强调个体的生命体验,反对承担诗歌以外的责任;在艺术形式方面,"新生代诗"提倡诗歌语言的口语化和生活化,拒绝隐喻、反对象征,从"新诗潮"到"新生代诗",诗歌在内容和形式

① 韩东:《〈他们〉艺术自释》,徐敬亚:《中国现代主义诗群大观(1986—1988)》,上海:同济大学出版社 1988 年版,第 52 页。

② 陶东风、和磊:《中国新时期文学 30 年(1978—2008)》,北京:中国社会科学出版社 2008 年版,第 153 页。

③ 尚仲敏:《大学生诗派宣言》,徐敬亚:《中国现代主义诗群大观(1986—1988)》,上海:同济大学出版社 1988 年版,第 185—186 页。

④ 徐敬亚:《中国现代主义诗群大观(1986—1988)》,上海:同济大学出版社 1988 年版,第 185 页。

上表现了强烈的先锋性，甚至推向了极端——"绝不负责收拾破裂后的局面"。①
在解构策略方面，"新诗潮"的先锋性主要侧重于思想与情感的断裂，"新生代诗"
主要侧重于语言与形式的过度实验。这也就是说，从"新诗潮"到"新生代诗"
是诗歌的先锋探索精神的发展；然而，"新生代"诗人把语言形式实验推向极端，
让诗歌成为"悬崖边的舞蹈"；"新生代"诗人设置的"反文化"与"反价值"容
易使诗歌堕入虚无主义；更要注意的是，"新生代"诗人设置的文艺观念大多停留
在"符号形式"，他们为自己设置了陷阱和障碍，使这些文艺观念难以在诗歌中具
体实践。

进入 1990 年代以后，诗歌发生了重要变化。由于市场经济的发展，诗歌加
速了"边缘化"的发展步伐，诗歌本身、创作主体和读者都发生了重要变化。诗
歌已经不再具有中国传统诗歌的崇高地位，也不再具有 1980 年代诗歌那样的建构
历史主体的崇高使命；1990 年后海子、顾城等几位诗人的死，可以说就是诗歌沉
沦现象的重要表征，也可以说是 1980 年代理想主义破灭的重要象征。然而，更
多的诗歌作者在市场经济的吸引下逐渐"下海"，从事专业诗歌创作的诗人日渐
减少，诗歌大都成为诗人业余"兼职"的产物；面对大众传媒的巨大冲击，诗歌
读者的减少是不可阻挡的趋势，诗歌也逐渐成为"圈子"阅读，诗歌刊物也逐渐
演变为部分诗歌同人的"内部刊物"。1990 年代诗歌的边缘化使诗歌进入了危机，
同时也酝酿了生机，"诗歌传统中心地位的丧失，暗示潜在的认同危机，同时也
象征新的空间的获得，使诗得以与主流话语展开批判性对话"。② 1990 年代诗歌
发展的一个重要现象是诗歌民刊的大量出现，如《倾向》（上海，1988）、《原样》
（南京，1991）、《反对》（成都，1990）、《现代汉诗》（成都，1991）、《象罔》（成
都，1990）、《南方诗志》（上海，1992）、《过渡》（哈尔滨，1991）、《锋刃》（衡
阳，1993）等。这些诗歌民刊的存在时间往往十分短暂，很难形成一种具有诗歌
潮流特征的团体，况且不少诗人都同时参加了多个刊物的编辑工作，或者诗歌作
品同时被选入了多个刊物。1990 年代诗歌发展的另一个重要现象是发生了"知

---

① 徐敬亚：《中国现代主义诗群大观（1986—1988）》，上海：同济大学出版社 1988 年版，第 185 页。
② 奚密：《从边缘出发》，广州：广东人民出版社 2000 年版，第 1 页。

识分子写作"与"民间写作"的论争。西川、陈东东等人在《倾向》和《南方诗志》等刊物上阐释了"知识分子写作"的概念，西川、陈东东等人强调了"知识分子写作所具有的强烈的使命感和责任感，也就是强烈的介入精神"[①]，后来经过欧阳江河、程光炜、王家新等人的补充，"知识分子写作"逐渐"转化为一种与'民间'对立的有关'身份'的、写作方式的概念"[②]。"知识分子写作"概念的提出引起了于坚、沈奇、谢有顺、韩东等人的不满与批评，于坚在《当代诗歌的民间传统》中全面分析了"民间写作"的内涵，并指出了"民间写作"与"知识分子写作"的根本分歧。1990 年代发生的"知识分子写作"和"民间写作"的论争，对于诗歌美学和艺术等方面的探讨并没有取得更深或者更新的观点，从于坚《当代诗歌的民间传统》的文章中可以明显看出，于坚是在为受到当代批评家压抑的"民间写作"争夺话语权力。这场关于话语权力争夺的论争，不仅隐含了诗歌在日益边缘化的历史趋势下所展开的自我发掘和自我救赎，也隐含了知识分子在市场经济环境中被日益边缘化的焦虑和不安的心理。

进入新世纪以后，诗歌的边缘化趋势并没有改观，诗歌实现自我救赎的愿望更加强烈。2000 年，诗歌民刊《下半身》创刊，虽然它存在的时间异常短暂，但是它所提出的"下半身写作"（身体写作）的观点引起了广泛的关注。诗歌写作的"身体转向"是知识分子在消费时代所进行的无奈的救赎，虽然"身体写作"体现了诗歌的世俗化倾向，但是诗歌对理想主义的主动放弃，在为诗歌发展自找出路的同时也在为诗歌自掘坟墓。此外，赵丽华的"梨花体"和车延高的"羊羔体"诗歌，以极端的口语形式为主要特征，成为新世纪诗歌世俗化潮流的重要现象，尤其是在网络媒体中演变成引人注目的娱乐闹剧。然而，新世纪诗歌也出现了一些令人欣喜的现象，诗歌转向了对底层生活的关注，创作了一些表现普通百姓日常生活的诗歌。新世纪前十年最重要的诗歌现象是"地震诗潮"的出现，在大地震发生以后，诗歌充分地表现了对人类生命的关注，也充分地表现了诗人在大灾

[①] 陶东风、和磊：《中国新时期文学 30 年（1978—2008）》，北京：中国社会科学出版社 2008 年版，第 165 页。

[②] 洪子诚、刘登翰：《中国当代新诗史》，北京：北京大学出版社 2010 年版，第 305 页。

难面前所展现出的敏感和悲情，当然"地震诗潮"的出现也离不开大众传媒的支持，各大电视台所举行的关于大地震的诗朗诵活动，各大报刊、杂志所举行的关于大地震的诗歌征文活动，都有力地促进了"地震诗潮"的发展。新世纪十年的诗歌充分地展示了诗歌发展的危机和生机。

第四节 从探索话剧到小剧场运动

长期以来，中国话剧的发展与社会历史环境紧密相关，话剧始终承担着表现特定时代的历史主题的任务。进入新时期以后，由于时代主题的转换，话剧在启蒙精神的召唤下，尝试在思想内容与艺术形式方面进行革新。最早的探索话剧是1980年在上海上演的《屋外有热流》，这部话剧在主题上切合了时代的需要，在艺术上借鉴了西方意识流小说和荒诞派戏剧的元素，在戏剧的形式方面进行了大胆的探索。1982年，高行健、刘会远的《绝对信号》在《十月》杂志发表，并由林兆华指导，于同年演出。《绝对信号》的主题是表现"文革"对青年一代的伤害，这与当时社会的主流意识形态是一致的；然而它在艺术形式上的探索却有着更加重要的意义。《绝对信号》运用了意识流的表现手法，主题也具有象征色彩，"它的历史价值在于演出时空的重构，使演员走出镜框式舞台，来到了观众中间……这种全新的观演关系的戏剧样式，给观众带来了异样的惊喜和激动"。[①]《绝对信号》在历史上也产生了重要影响：一方面，它的发表和演出"成为先锋戏剧获得广泛声誉的标志性作品，先锋戏剧开始向广度和深度开拓"；另一方面，"它是中国最早以'小剧场'的形式演出，这是中国小剧场话剧运动的开端"[②]。1980年代初期，探索现代主义技巧的话剧还有殷惟慧的《母亲的歌》、刘树纲的《十五桩离婚案的剖析》、高行健的《车站》等，由于这些话剧都采用了"小剧场"的形式演出，因此这场由探索话剧引发的戏剧运动，也被称之为"小剧场运动"。

---

① 周传家、薛晓金、杜剑锋：《小剧场戏剧论稿》，北京：燕山出版社2006年版，第12页。

② 陶东风、和磊：《中国新时期文学30年（1978—2008）》，北京：中国社会科学出版社2008年版，第222页。

近三十年来，小剧场运动大致经历了兴起（1980 年代初期至中期）、衰变（1980 年代后期至 1990 年代初期）、转变（1990 年代初期至今）等三个历史阶段。小剧场运动在 1980 年代的兴起有着深刻的历史原因，"文革"结束不久，控诉"文革"灾难的社会问题剧盛行一时。然而好景不长，经历短暂的热闹之后，社会问题剧迅速衰微，出现了所谓的"戏剧危机"，这种状况"迫使戏剧家对戏剧自身进行深刻的反思与探索"。① 1982 年，胡伟民发表《话剧要发展，必须现代化》的文章，提出话剧现代化"从内容上，应该深刻真实地反映当代中国人的思绪、愿望和命运……从艺术上讲，剧本的结构方法和演出样式，都应大胆突破，探求新的节奏、新的时空观念、新的戏剧美学语言。"② 这种观点基本代表了当时戏剧界的心声，"注重开拓舞台样式和观演关系的小剧场戏剧，就是这种要求突破以往戏剧模式的潮流下应运而生的"。③

1980 年代初期至中期是小剧场运动的兴起阶段。在这个时期，高行健创作了《绝对信号》、《车站》、《野人》、《彼岸》等剧作，高行健是"在 80 年代先锋话剧的探索中，用力最勤，也最引人注意的"。④ 此外还有陶骏、王哲东的《魔方》，刘树纲的《一个死者对生者的访问》，魏明伦的《潘金莲》，以及陈子度、杨健、朱晓平的《桑树坪纪事》等。《车站》是高行健学习贝克特的《等待戈多》而创作出来的，艺术上具有荒诞派戏剧的明显特征，比如变形、夸张等，而内容上则表现了现代人的生存真实，体现了存在主义的主题意蕴。高行健的《野人》在话剧探索方面的贡献在于，他从中国古典戏曲中"拣回现代戏剧所需要的艺术手段"⑤。在 1980 年代初期的话剧探索中，以高行健为代表的剧作家大胆借鉴西方现代主义艺术，以及中国古代戏曲的艺术手段，追求主题的开放性和多样性，力求表现现代人在现代生活中的真实感受，对戏剧的探索实验积累了一定的经验；在高行健等

---

① 周传家、薛晓金、杜剑锋：《小剧场戏剧论稿》，北京：燕山出版社 2006 年版，第 10 页。

② 胡伟民：《话剧要发展，必须现代化》，《人民戏剧》，1982 年，第 2 期。

③ 周传家、薛晓金、杜剑锋：《小剧场戏剧论稿》，北京：燕山出版社 2006 年版，第 11 页。

④ 孟繁华、程光炜：《中国当代文学发展史》，北京：人民文学出版社 2004 年版，第 185 页。

⑤ 陶东风、和磊：《中国新时期文学 30 年（1978—2008）》，北京：中国社会科学出版社 2008 年版，第 223 页。

人的努力下，先锋话剧的现代主义艺术探索在 1986 年达到高潮。

1980 年代后期到 1990 年代初期是小剧场运动的衰变阶段。1986 年以后，小剧场运动进入低谷期。"戏剧面临空前未有的困境。80 年代中期以后，全国几乎所有的话剧团体都面临生存危机。"[1] 直到 1989 年，小剧场运动才迎来了转机。1989 年 4 月，"中国第一届小剧场戏剧节"在南京举办，"这使得中国当代先锋戏剧走出了低谷"[2]，"它标志着中国当代小剧场戏剧潮流的全面兴起"[3]。戏剧节期间，演出了一些富有实验性和探索性的话剧，比如《火神与秋女》、《童叟无欺》、《社会形象》、《亲爱的，你是一个谜》等。其中最引人注目的是张献的《屋里的猫头鹰》，该剧大量运用了夸张、变形、象征、隐喻的手法，现实时空与梦幻时空相互交错，打破演员与观众的界限，以探讨人际关系的本质以及人的生命本质。"此剧在结构、内容、表述上具有的先锋性在当时的中国剧坛是罕见的，在中国小剧场戏剧中是一次极有价值和意义的尝试。"[4] 戏剧节期间也聚集了全国戏剧界的理论专家，比如黄佐临、徐晓钟等，他们对小剧场戏剧的内容表现和艺术技巧等方面进行了理论探讨，为 1990 年代小剧场的发展提出了经验与建议。戏剧节是中国戏剧界在"话剧危机"时期所进行的自我救赎行为，他们真诚的努力对中国小剧场戏剧的发展有一定的积极作用。

1990 年代初期至今，小剧场运动进入转变阶段。1980 年代的戏剧界普遍认为，小剧场话剧是一种探索性、实验性的戏剧，小剧场运动在 1980 年代初的兴起融合了时代的启蒙精神和先锋意识，"中国小剧场戏剧的兴起本来与商业化无关"[5]。然而，1989 年的戏剧节开始尝试戏剧的商业化和市场化，"从 90 年代初开始，中国当代小剧场戏剧开始了真正向市场的转变"[6]。小剧场戏剧的市场化转变是社会时代

---

① 吴保和：《中国当代小剧场戏剧论》，北京：中国戏剧出版社 2004 年版，第 16 页。

② 陶东风、和磊：《中国新时期文学 30 年（1978—2008）》，北京：中国社会科学出版社 2008 年版，第 224 页。

③ 吴保和：《中国当代小剧场戏剧论》，北京：中国戏剧出版社 2004 年版，第 18 页。

④ 周传家、薛晓金、杜剑锋：《小剧场戏剧论稿》，北京：燕山出版社 2006 年版，第 24 页。

⑤ 周传家、薛晓金、杜剑锋：《小剧场戏剧论稿》，北京：燕山出版社 2006 年版，第 36 页。

⑥ 吴保和：《中国当代小剧场戏剧论》，北京：中国戏剧出版社 2004 年版，第 19 页。

转换的必然结果，知识分子在 1980 年代信守启蒙立场和精英意识，不屑于文学艺术的通俗化与大众化；但由于市场经济的发展和社会体制的转型，小剧场戏剧遭遇了严重的生存危机。1990 年代初期以后，虽然有部分剧作家仍然进行话剧的先锋实验探索，但是转向市场化已成为戏剧实现自我救赎的必然途径。1992 年 8 月，上海青年话剧团排演的《情人》不仅在主题与表现方面追求视听刺激，而且在宣传运作方面进行商业炒作。这场商业化演出获得了巨大成功，不仅创下了演出记录，而且获得了可观的经济收益。《情人》的商业化成功使剧作家和导演家们看到了戏剧的前景，他们在创作与演出方面逐渐追求戏剧的通俗化与大众化，比如 1997 年上演的《死无葬身之地》，1999 年上演的《恋爱的犀牛》和《盗版浮士德》，2000 年上演的《切·格瓦拉》，2001 年上演的《囊中之物》和《死亡与少女》，也都获得了良好的市场效果。至此，中国小剧场运动呈现了多样化的局面：一部分是以高行健等人为源头的先锋实验戏剧；一部分是以反映现实为主的写实话剧；另一部分就是商业化戏剧，这部分戏剧融合了先锋实验剧和写实剧的因素，为小剧场运动的发展开辟了新局面。

　　小剧场运动以探索话剧起步，而探索话剧也一直是小剧场运动的重要组成部分。形式实验一直是探索话剧最重要的特征，从高行健到林兆华、牟森、孟京辉、廖一梅、张广天、黄纪苏等人，形式实验一直是他们的重要目标，他们从西方现代主义、后现代主义和中国古典戏曲中学习形式技术，涉及剧本、导演、表演和舞台美术等各个方面，如孟京辉就宣称："我的理论实际上叫形式创作方法。我是怎样创作的呢？我不是通过社会，我也不是通过历史的判断，我完全是通过形式来进行我的创作步骤的。"[1] 正是因为过度的先锋形式实验，探索话剧也经常被批评为"玩艺术"、"玩手法"、"形式主义泛滥"[2]。虽然探索话剧重视形式实验，但是它并没有完全放弃对思想内容的追求，如高行健强调："并不主张脱离内容而一味追求形式。"[3] 然而，探索话剧在思想内容方面具有明显的激进性，"这种激进性主

---

① 孟京辉、赵宁宇：《年轻的戏剧，年轻的 21 世纪——当代戏剧谈话录》，《电影艺术》，2001 年，第 1 期。

② 陈吉德：《中国当代先锋戏剧：1979—2000》，北京：中国戏剧出版社 2003 年版，第 92 页。

③ 高行健：《对一种现代戏剧的追求》，北京：中国戏剧出版社 1988 年版，第 139 页。

要体现为摆脱了政治、民族、阶级等'宏大叙事'（Grand Narrative）的束缚，开始注重探索作为个体的人的价值内涵，体现出对人的终极关怀。"① 爱情、欲望、孤独、等待、死亡等是它们常见的题材，西方荒诞派戏剧的观点和存在主义哲学的思想是他们常见的主题，虽然这些题材和主题在一定程度上表现了人的生存本质，但是探索话剧对人的表现也有明显不足，比如《屋外有热流》中具有明显二元对立的思维模式：好人完好、坏人全坏。总体来说，探索话剧取得了一定的成就，在历史上具有重要意义，比如"探讨了戏剧艺术的本性"、"显示了中国戏剧发展的多种可能性"、"促进了中国戏剧的现代化进程"②，但是探索戏剧也存在模式化、公式化等不足，周文在《中国先锋戏剧批评》中严厉地批评了先锋戏剧的缺陷，如"戏剧本体与戏剧观的匮乏"、"哲理、思想深度的匮乏"、"美学高度的匮乏"③。

在小剧场运动的市场化过程中，先锋戏剧发挥了重要作用，从《恋爱的犀牛》开始，观看先锋戏剧成为一时的风尚。从 1999 年至今，《恋爱的犀牛》的演出一直长盛不衰，尤其是在各大高校中，该剧是排演最多的戏剧，"你是我温暖的手套，冰冷的啤酒"等经典台词，成为大学生们的流行语。此外，写实戏剧也发生了一定作用，在首届小剧场戏剧节中，部分上演的写实剧就首先表现了向通俗化、大众化转向的趋势，后来一些先锋戏剧家也开始重视普通百姓的世俗生活。1990 年代比较有影响的写实剧有《留守女士》、《灵魂出窍》、《同船过渡》、《大西洋电话》等。"世俗化、大众化、平民化趋势是 20 世纪 90 年代写实性小剧场戏剧的显著特点，不仅指创作题材、表现生活与平民的贴近，还指创作实践者对平民趣味的顺应和充分的市场商业化包装。"④ 独立制作人的出现是商业戏剧产生的一个明显标志，独立制作人以追求票房收入为唯一目标，以市场化运作为主要手段，加强宣传包装，重视新闻炒作，戏剧完全成为"商品"，当时取得良好市场收益的商业戏剧有《情感操练》、《司法局长》等。独立制作人的出现为商业戏剧的成功提供了条件，而商业戏剧的成功又是戏剧体现艺术价值的重要条件。进入 21 世纪以后，

---

① 陈吉德：《中国当代先锋戏剧：1979—2000》，北京：中国戏剧出版社 2003 年版，第 93 页。

② 陈吉德：《中国当代先锋戏剧：1979—2000》，北京：中国戏剧出版社 2003 年版，第 232—237 页。

③ 周文：《中国先锋戏剧批评》，北京：中国广播电视出版社 2009 年版，第 87—115 页。

④ 周传家、薛晓金、杜剑锋：《小剧场戏剧论稿》，北京：燕山出版社 2006 年版，第 56 页。

"校园戏剧"开始在小剧场运动中占有相当重要的位置，不仅扩大了戏剧团体的力量，而且开拓了小剧场的新市场。校园戏剧的主体自然是大学生，"中国大学生戏剧节"更是集中展示了校园戏剧的成果。"中国大学生戏剧节"最初起源于"北京高校大学生戏剧展演"，2004 年，正式更名为"中国大学生戏剧节"，"中国大学生戏剧节"至今已经举办了六届（2004—2009）。后来，有些省市也成立戏剧节，如北京大学生戏剧节（2004）、广州大学生戏剧节（2004）、陕西省大学生戏剧节（2007）等。至此，"大学生戏剧节"日益走进了大学生的校园生活，校园戏剧撑起了中国戏剧的半壁江山。校园戏剧演出的剧目是多种多样的，既有反映大学生活的青春戏剧，还有 1980 年代的探索戏剧，也有经典戏剧，甚至还排演了很多国外戏剧。校园戏剧为中国戏剧界培养了戏剧人才，也培养了戏剧观众，代表着中国戏剧的未来。

小剧场戏剧经过近三十年的发展，表现出鲜明的特征。首先，小剧场的特征在于小，"小剧场戏剧的'小'表现为舞蹈小、空间小、座位少、演出时间短、设备简单等几个方面"[①]，正因为小剧场戏剧的"小"，所以小剧场戏剧便于进行艺术上的探索和实验。其次，小剧场运动主动借鉴了西方现代主义、后现代主义的艺术思想与技巧，又融合了中国传统戏曲的元素，将舞台艺术变成剧场艺术，确立了一种新型的观演关系，以独特的戏剧形态促进了中国戏剧的发展。中国传统戏剧，如京剧、昆曲和川剧等，也回归原本就有的小剧场演出。传统京剧《马前泼水》开始了"小剧场京剧的第一次尝试"[②]，《阎惜桥》和《霸王别姬》等也都进入了小剧场。2009 年，中国戏曲学院根据鲁迅的小说《祝福》，创作了小剧场京剧的演出本。总之，小剧场运动拯救中国戏剧于危机之时，不仅丰富了中国当代戏剧艺术，而且使中国传统戏剧焕发了生机和光彩。小剧场运动是伴随着中国戏剧的变革而产生的，它集聚了中国戏剧运动的先锋探索精神，因此，小剧场运动的实质是"不断求新、求变的变革精神、创新意识及追求与观众的强烈交流。它不断超越自己，永远是未

---

① 周传家、薛晓金、杜剑锋：《小剧场戏剧论稿》，北京：燕山出版社 2006 年版，第 173 页。
② 周传家、薛晓金、杜剑锋：《小剧场戏剧论稿》，北京：燕山出版社 2006 年版，第 173 页。

完成的过程"①。然而在小剧场运动的发展过程中，"批评的缺席"和小剧场运动自身的美学建构等都是需要解决的问题，另外小剧场运动向市场化的转变也产生了不少问题，比如媒体批评所引发的"虚假的炒作"，"低水平的宣传炒作诱使小剧场戏剧走向游戏化、肤浅化"②。小剧场运动走过了三十年的历程，为中国戏剧的发展积累了经验，开拓了前景，在中国戏剧史上具有重要地位。

第五节　从主旋律影视文学到多样化影视文学

1970 年代末，中国的影视文学开始逐步冲破"文革"时期僵化的创作模式和类型，走上更新起步之路。虽然，与其他文学样式相比，中国的影视文学始终受中国当代政治文化的强势影响，但在与世界电影文化思潮的不断接触与交流中，在西方现代主义、后现代主义思潮的影响下，也发展迅速。1980 年代，中国的影视文学在新潮文化渗染下，开始突破政治化，走向现代化。由政治文化主导的主旋律影视文学逐渐融入新潮文化因素，并产生出大批优秀的以新潮文化为基础的艺术电影。1990 年代之后，消费文化开始逐渐加深对中国影视文学发展的影响。在各种文化因素的影响下，中国影视文学的发展呈现出多样化的趋势，出现了主旋律电影、艺术电影、商业电影、探索电影等各种类型多元并存的新格局。1980 年代之后，尤其是台湾对大陆政策进一步开放以及港澳回归祖国之后，港台影视文学与大陆之间的交流与合作逐步加强，中国影视文学的发展也因此而产生了很多新变，取得了不凡的成绩。

一、1979—1983 年：中国影视文学突破政治化，走向现代化

改革开放之前的三十年，中国电影的主流即在单一政治文化主导之下的主旋律电影，其他类型的影片则不断受到批判，直至彻底消失。主旋律电影特别强调政治思想性，力图通过重大历史题材和重大现实题材积极反映和传播主流意识形

---

① 非阳：《小剧场戏剧之我见》，《小剧场戏剧研究》，南京：南京大学出版社 1991 年版，第 68 页。
② 周传家、薛晓金、杜剑锋：《小剧场戏剧论稿》，北京：燕山出版社 2006 年版，第 94 页。

态的精神意志、价值观念，这一宣教功能正是当时的政治环境最为需要的，也是主旋律电影占据主流的原因。

改革开放开启了中国电影的新局面。中国电影摆脱"文革"时期极"左"政治思潮的影响，破除了思想主题的高度政治化价值取向，开始重视人性人情等人道主义内容的表现与开掘，并开始向现实主义的创作原则回归。在新潮文化渗染下，政治文化主导的主旋律电影一统天下的局面被打破。中国电影文学创作者的主体意识获得空前强化，开始追求电影创作思维、创作视角以及电影语言等方面的现代化特征。1970 年代末至 1980 年代是文学与影视的亲密接触时期，很多电影剧本改编自新时期的文学作品，文学也借助影视这一现代传媒得以迅速传播和流行。

以谢晋、成荫、水华、凌子风等为代表的第三代导演开始在电影中反思历史，宣扬人性的真、善、美。被誉为"影坛常青树"的谢晋（1923—2008）从影半个世纪，导演了 20 多部影片，多次获奖，在充满劫难的中国影坛始终屹立不倒。从 1950 年代的《女篮五号》、1960 年代的《红色娘子军》、1970 年代的《春苗》、1980 年代的《芙蓉镇》到 1990 年代的《鸦片战争》，他每个时期的代表作都成为中国电影史上的经典文本和标志性作品，创造了前所未有的电影观众人次记录。谢晋的电影始终紧扣时代脉搏，表现人们普遍关注的重大题材，反映时代的主旋律，但其中贯穿着浓厚的历史反思意识。谢晋是一位具有强烈的政治敏感的现实主义艺术家，他率先拍摄了触及敏感题材的"反思电影"。他善于择取普通人在政治运动中的坎坷命运为表现对象，他的电影既针砭时弊，又有着对人的尊严、价值和命运的深刻关怀。谢晋的电影叙事常采用以一个家庭悲欢离合的故事折射时代的变迁和社会的风云变幻。"家"是"国"的象征与缩影，对"家"的眷恋就是对"国"的热爱，《牧马人》（1982）中的许灵均没有随父亲出国，又回到了草原，回到了他深情眷恋的"家"，表达的正是一种爱国的拳拳之心。谢晋是以家和家中某个人的命运去感染观众，引领观众反思历史的。他不仅延续了此前中国电影"家国一体"的叙事模式表达爱国的政治文化观念，同时又立足于人道主义的新潮文化对社会和人性进行了深刻的反思。《天云山传奇》（1980）中借助对宋薇这个人物形象的塑造反思了人性的弱点。宋薇在政治高压下背叛了爱情，抛弃了被划为

"右派"的罗群，嫁给了品行卑劣的吴遥。粉碎"四人帮"后，宋薇冲破重重阻力为罗群平反，然而这一切无法让她摆脱内心的负疚之痛。宋薇的悲剧既是特殊的政治环境造成的，也与她自身的软弱密切相关。正是这种对人性的反思使其在当时产生了震撼人心的艺术力量。谢晋在其反思电影中既反思人性的弱点，鞭挞人性的丑恶，也不遗余力地表现人性的真善美。《牧马人》虽也是通过知识分子许灵均的苦难经历反思历史，但更重要的是一曲人性美和人情美的赞歌。落难的许灵均得到了当地牧民热情的关怀和妻子李秀芝与其相濡以沫的爱。《芙蓉镇》（1986）也反思了那段被扭曲的历史对人性的毁灭，但更凸显了卑微生存境遇中人性的坚强和美好的一面。对人性的反思是谢晋对前三十年中国电影主题表达的一个超越，也是他对中国电影发展的重要贡献之一。由于深受中国传统文化影响，谢晋的电影采用了诸多传统艺术手法和表现技巧，如秉承传统戏剧的锁闭式结构讲述有头有尾的完整故事，注重情节的传奇性和戏剧性，善与恶对比手法的运用以及注重意境的营造等。但是，谢晋的"反思电影"也受新潮文化影响，采用现代主义的艺术表现手法，如《天云山传奇》和《牧马人》都不是按照故事发生的时间顺序展开叙述的，而是采用了闪回倒叙和意识流等现代主义的表现手法。《天云山传奇》不再采用以往的全知视点，而是以第三人称宋薇的视点来展开故事，并运用闪回、时空交错、声画对位、内心旁白等多种电影语言深入展示人物的内心世界。

以谢飞、吴贻弓、黄健中、吴天明、王好为、胡炳榴、郑洞天、张暖忻等为代表的第四代导演对旧有的电影模式有了更进一步的突破。"他们在艺术的传统倾向与现代特性之间进行着富于弹性的衔接。"[1] 他们率先开始更新中国电影观念，追求电影语言的现代化。1979 年，由张铮、黄健中导演的《小花》最早突破了此前战争题材电影的创作模式，重点不是战争场面和英雄形象的塑造，而是将战争作为背景，以战争年代里人们的生离死别作为主要表现内容，通过讲述兄妹、母女等悲欢离合的故事，淋漓尽致地抒发了兄妹情、母女情，并将亲情升华为革命情。《小花》不仅内容新颖，还在电影语言的现代化上进行了较早的尝试。它打破了传统的叙事方法和时空概念，将兄妹三人的情感以及他们意识中的闪念和回忆交织

---

① 谢柏梁、袁玉琴主编：《中国影视艺术简史》，北京：中国电影出版社 2006 年版，第 115 页。

穿插，注重从情感和意境入手。影片还运用黑白片和彩色片的交叉剪接，用来表现倒叙、回忆和幻觉，以"意识流"手法刻画人物的心理。《小花》以其浓郁的人情味和新颖的电影语言揭开了中国新时期电影的序幕，成为中国电影史上的标志性作品。此后，杨延晋、邓一民导演的《苦恼人的笑》（1979）和滕文骥、吴天明导演的音乐抒情片《生活的颤音》（1979）也都具有很强的探索意识。前者分别采用写实、荒诞和浪漫来展现现实、梦幻和回忆三个不同的时空，表现人物的内心痛苦与挣扎；后者将电影叙事与小提琴协奏曲密切结合，使音乐成为刻画人物、表达情感的重要艺术手段。第四代电影大量借鉴西方电影的现代表现手法，促进了中国电影变革的步伐，也引发了很多批评和争议。张暖忻、李陀发表的《谈电影语言的现代化》确认了中国电影的现代化追求方向，被作为第四代的"艺术宣言书"。第四代导演也尝试进行了多方面的艺术探索。受西方电影理论家巴赞和克拉考尔的影响，他们在"纪实美学"方面进行了有益的尝试。《邻居》（1981）、《法庭内外》（1980）、《沙鸥》（1981）、《见习律师》（1982）等影片都注重表现真实的生活流程，从而突破了电影在现实题材领域的虚假和矫饰局限，真正在银幕上恢复了现实主义传统。他们还受中国传统文化的影响，表现出诗化、散文化的创作趋向，如吴贻弓导演的《城南旧事》（1982）因其散文诗般的意境而成为中国电影史上的经典之作，并因其作为中国电影第一次在国际上获奖而成为中国电影走向世界的一个标志。与前辈相比，第四代导演重视电影的艺术本性，重视个性的表达，具有强烈的主体意识，更新了中国传统的电影观念，使中国电影更具有现代性特征，中国电影开始追赶世界电影的步伐。

同一时期的中国电视文学不仅在数量上有了巨大增长，也积累了丰富的经验。1978年，南斯拉夫、前苏联、美国、日本等外国电视剧开始进入中国，与此同时，改革开放后中国的第一部电视剧《三家亲》（1978，许欢子导演）标志着大陆电视剧的兴起。1981年播出的9集电视剧《敌营十八年》则是中国的第一部电视连续剧。1982年播出的《武松》是大陆武侠剧的一次成功突破。1983年播出的《高山下的花环》开启了具有批判精神的军旅题材电视剧。其他优秀电视剧还有《蹉跎岁月》、《乔厂长上任记》、《赤橙黄绿青蓝紫》等。这一时期的电视剧既有对历史的反思，也有对现实的改革英雄的讴歌；既努力突出"人"的主题，着意于人物的个性化塑造，又立足于电视的本体特征，强化电视意识。

二、1980年代中后期：中国电影的世界之旅及电视剧的成熟

真正使中国电影走向世界的是以陈凯歌、张艺谋、田壮壮、黄建新、吴子牛等为代表的第五代电影导演。1984年，他们首次亮相，延续了中国电影现代化的追求，也开启了中国电影走向世界，走向多元化的时代。肇始于张军钊导演的《一个和八个》的第五代电影，因其强烈的现代意识和全新的审美理念，对中国传统电影产生了强烈的冲击，从而具有革命性的意义。该片的精神主旨从传统电影对现实的反映转变为对历史文化，尤其是对人性的思考。该片的基本出发点是人性，通过被怀疑的八路军指导员王金和八个犯人的经历，表现人的内在心灵的发展变化过程。那些"另类"人物（人们眼中的坏人）被扭曲的心灵在美与善的力量的感动下，最终被唤醒。影片以人性为基础建立了新的善恶标准，在人性人情的基础上，赋予了传统的战争题材以新的内涵。该片的风格具有浓厚的主观色彩和诗意特征并开始有意打破传统的叙事规则，注重影像造型，强调画面的冲击力。影片通过光影色塑造人物，色调以暗、硬、冷为主，营造压抑、悲凉的气氛。影片多处使用了不规则构图，强调单镜头，注重隐喻，如王金和大秃子、土匪三人对话的场景，以占大部分画面的石磨隐喻人物的处境和内在的心理活动。这些与传统电影的巨大差异使其成为中国电影史上的转型之作，拉开了"第五代"的序幕。同一年的陈凯歌的《黄土地》（1984）则是第五代导演真正崛起的标志。为表现深刻的哲理内涵，影片采用固定机位，静止拍摄，营造了凝滞不动的环境氛围。影片故事不以情节取胜，而以冲击力很强的画面感与观众产生情感共鸣。在构图上，影片选取黄土地为主体，创造震撼人心的画面，使得生存于这一背景下的人显得如此微不足道，从而产生历史的沧桑感，民族文化的沉重感，引发观众的历史反思和文化反思。该片以新的影像风格深刻影响了第五代导演早期的叙事倾向和风格基调，如大色块和色觉强烈的摄影，乡土社会的民风民俗以及对中国文化的反思性叙事等。张艺谋的《红高粱》（1987）改编自莫言的小说《红高粱》和《高粱酒》。对生命的礼赞和精湛的电影语言的运用使得该片成为第一次在柏林电影节获大奖的中国电影，影片被誉为"中国电影走向世界的新开始"，"犹如一声霹雳，

惊醒了西方人对中国电影所持的蔑视与迷幻"。影片以"我"的叙述视角讲述"我爷爷"和"我奶奶"的传奇故事，透过生机勃勃的红高粱和粗犷豪放的歌声，歌颂了人性和蓬勃旺盛的生命力，传达了一种汪洋恣肆、狂放不羁的酒神精神。影片既有引人入胜的故事，也不乏个性鲜明的人物形象，而且那些能够充分传达人物情绪情感的大量仪式化场面（如颠轿、野合、祭酒等）也增强了该片的电影艺术魅力，成为"第五代电影"的经典之作。此后，张艺谋又推出了《菊豆》、《大红灯笼高高挂》、《秋菊打官司》等优秀影片，这些电影也为他带来了巨大的国际声誉，使其由此位居世界杰出导演之列。除此之外，田壮壮的《盗马贼》、陈凯歌的《孩子王》等影片进一步确认了第五代电影的独特审美视角。至 1980 年代中后期，第五代导演的电影终于获得了国际的认可，频频在国际影坛获奖，1990 年代更是获得大面积丰收，从此开始了中国电影的世界之旅。

在以人道主义、个性主义、现代主义等思想为核心的新潮文化影响下，第五代导演以其新锐的艺术叛逆姿态创作了大批蕴涵着浓郁民族文化历史气息，具有创造精神和个性意识的探索性影片，标志着中国电影开始摆脱政治文化的主导模式，并以此为基础开掘民族精神，赋予中国传统文化以现代价值和意义。而政治文化主导的主旋律电影在这一时期也开始在很多方面努力进行开拓和突破，如领袖人物的塑造开始着力突出其个性魅力，反面人物的塑造也竭力避免简单化和概念化等。

这一时期，在政治环境影响下，大陆与台湾的电影交流开始打破坚冰。大约在 1982 年至 1987 年，台湾发生了一场新电影运动，旨在提升台湾电影的文化品格，并使其获得世界影坛的认可。1982 年，由陶德辰等四位年轻导演联合执导的影片《光阴的故事》拉开了台湾新电影运动的序幕。主要导演有侯孝贤、杨德昌、柯一正、万仁、张毅、林青介、陈坤厚等，他们推出了《儿子的大玩偶》、《风柜来的人》、《海滩的一天》、《油麻菜籽》、《冬冬的假期》、《玉卿嫂》等影片。这些电影完全不同于此前占据台湾电影主流的政宣片（以李行"健康写实路线"影片为代表）和商业片（以琼瑶言情片为代表）。与大陆第五代电影相似，台湾新电影也是对此前电影中陈旧乃至僵化的题材与电影语言的激烈反叛。台湾新电影着重表现民族命运的集体经验；电影语言方面以带有强烈象征和隐喻意味的光影、色彩等表现主义品格反叛传统的现实主义风格。台湾新电影与大陆第五代电影都是从对各自电影传统的反叛起始，沿着不同的方向走向各自的发展高峰。也是从这个时期开始，台湾电影获得在大陆公映的机会，很多影片，如1984年上映的《搭错车》（虞堪平导演）、1986年上映的《汪洋中的一条船》（李行导演）和1990年的《妈妈再爱我一次》（陈朱煌导演）等，都产生了轰动效应。与这一时期琼瑶小说在大陆的流行相呼应的是以琼瑶电影为代表的台湾言情片吸引了大量的内地观众。在改革开放的社会环境中，香港电影也不断涌入内地。1982年，张鑫炎执导的《少林寺》在内地公映后，创造了5亿人次观众的神话。此后，李小龙、成龙的武打片和《英雄本色》系列、《赌神》系列、《倩女幽魂》系列、《黄飞鸿》系列、《逃学威龙》系列电影进入内地极大地丰富了内地观众的娱乐生活。香港电影中的传统人格理想（如侠义精神、英雄主义等）和现代社会的游戏规则（如商场风云、白道黑道）成为刚刚经历过"文革"的中国人了解资本主义工商业社会的一个窗口，一代中国人从中获得了消费社会的文化启蒙。

这一时期的大陆电视剧进入了飞速发展时期。1985年以后，伴随"影视合流"的世界潮流，一大批电影导演，如黄蜀芹、陈家林、王好为、郑洞天、黄健中、吴贻弓、谢添、冯小宁等也纷纷涉足电视剧创作领域。他们的加盟，将电影的观念、电影美学更多地融入电视剧中，使其更加完善。加之，中日电视艺术交流活动所带来的推动力，自1987年始，中国的电视剧艺术有很多突破性发展：1988年的《篱笆·女人和狗》以农村改革为题材反映农民生活与思想观念的变化，开启了农村改革剧的先河；《末代皇帝》则是清宫戏的优秀之作；其他优秀电视剧如《红楼梦》、《西游记》、《雪城》等都赢得了观众的喜爱。无论创作理念还是投资模式，中国电视剧都开始进入成熟期。

三、1990年代之后：中国影视文学走向多样化

1990年代之后，中国社会进入了一个政治、经济、文化全面转型的新的历史时期。伴随改革开放的深入和市场经济的确立，启蒙文化逐渐为大众文化和消费文化所取代，中国电影也被迅速推向市场。出现了主旋律电影、艺术电影、商业电影、探索电影等各种类型多元并存的新格局，但艺术电影逐渐被边缘化，而商

业电影和主旋律电影开始成为电影市场的主流。同时，港台影视文学对大陆影视文学也产生了重要影响，带来这一时期影视文学的新变。到了 1990 年代之后，在文学与影视的互动中，出现了文学依靠影视传播的新局面。除文学作品被改编为电影外，一些作家开始主动"触电"，主动经营自己作品的影视传播，创办自己的影视公司，如王朔办的"海马影视中心"和"好梦影视公司"，杨争光的"长安影视公司"等，这也是市场经济时代，文学被商业化、边缘化之后的必然反应。

这一时期，第三、四代导演仍然坚守 1980 年代的人文立场，以批判性的文化审视进行着严肃的哲理思考。如吴天明的《变脸》（1995）表达了对人性的深入思考；而胡炳榴的《安居》（1997）则对市场经济背景下人的生存状态与精神世界进行了审视。第五代电影日益走向裂变和分化，有的渐趋沉寂，有的走向电视剧市场，有的开始自觉地转型。在第五代导演中，张艺谋、陈凯歌从 1990 年代中期以来的自觉转型是最为明显，也是最为成功的。在市场化和全球化背景下，他们不可能再无视电影的票房价值，继续通过计划经济的支持来进行"艺术电影"的探索。他们先后投身于商业大片的制作，动辄投资上亿元甚至数亿元。陈凯歌从1993 年的《霸王别姬》到 21 世纪的《无极》（2006）、《梅兰芳》（2009），张艺谋在 1990 年代后期沉寂之后，新世纪陆续推出了《英雄》（2002）、《十面埋伏》（2004）、《满城尽带黄金甲》（2006），都显示了由"艺术电影"向"商业电影"转型的轨迹。在消费文化主宰下，他们从电影观众的需要出发，在舞美、服装、场景以及人物造型上都制作得美轮美奂，演员也多用大牌明星，当然也因此获得了可观的票房回报。第五代导演转型的成功使得中国电影的市场化开始于并最终完成于他们这一代。第六代导演成长于 1980 年代，是新潮文化影响下的更为年青的一代电影导演。新浪潮、新好莱坞、现代主义、后现代主义等电影都对他们的创作产生了深刻的影响，他们有意规避着第五代导演的电影语言和主题表述，显示出更加先锋、前卫、新锐、激进的姿态，更为鲜明的创作个性。如在创作观念上，他们具有强烈的社会边缘意识和底层意识，或是以同性恋人群（《东宫西宫》），或是以行为艺术家（《极度寒冷》），或是以摇滚青年（《北京杂种》），或是以小偷、卖淫女（《小武》）等各种类型的社会边缘人作为影片的主角。其他如路学长的《长大成人》、王小帅的《十七岁的单车》、姜文的《阳光灿烂的日子》，也都是叙述都市背景下，青春个人在时代巨变中的成长故事。他们还具有朴实深切的平民意识和人文关怀精神，如贾樟柯的电影《小山回家》、《小武》、《站台》等都是对民工等底层社会人群生存的关注。在美学风格方面，第六代则以"纪录"风格为其标志性特征，选用非职业演员，采用长镜头和同期录音等手段。他们更注重创作个性的展示，最大限度的张扬导演的个人体验和自我精神，经常运用夸张的电影语言来表达自己的鲜明艺术个性。如《苏州河》的摇曳镜头，《北京杂种》打破时空顺序的结构方式，《月蚀》的三段式叙述等。第六代导演的作品中存在着相当一部分脱离官方制片体系与电影审查制度的体制外影片，并不断在国际上获奖，但这些影片的观众有很大局限性，无法与大多数中国观众见面，在市场操作上基本都是失败的。在国内电影政策和市场的双重制约下，第六代电影导演不得不对自身的创作思想和艺术追求做出适当的调整，以适应现实的需要。从 1999 年开始，第六代导演逐渐回归主流，融入体制，在主题表达和艺术技巧运用上都有了一个转变。如张元的《过年回家》虽然还是延续了此前的主题表述，但加入了法律道德规范的约束，并借人物之口传达了主流的声音；技巧上也变成了传统时空和单线结构。《我爱你》和《绿茶》还加入了众多符合市场规律的元素。单纯的新潮文化、精英文化立场是无法帮助第六代导演在现实中立足，在市场上生存的，因此他们也不得不接受政治文化和消费文化的改造。出道于 1990 年代末的新生代导演张扬、施润久、金琛、李虹、宁敬武等，与"第六代"的漂泊和反叛不同，一开始就选择了对主流意识形态的皈依和对电影市场价值的认同，创造了一个属于消费文化时代的电影世界，其代表作《爱情麻辣烫》、《洗澡》、《美丽新世界》、《网络时代的爱情》、《伴你高飞》等都以其富于戏剧性的完整情节、流畅和谐的镜语和精致亮丽的影像表达着对生活的乐观态度和积极追求，他们的个性追求则隐藏于他们对主流意识形态和市场价值的认同中。至此，商业电影开始成为中国电影的主流，艺术电影或消失，或转入"地下"状态。

1990 年代之后，主旋律影视文学有了长足的发展。首先，电影人对"主旋律"影片的理解和创作，无论其题材内容、风格样式，还是镜头语言、艺术表现，都显露出更丰富和更宽广的选择度。这一时期的主旋律电影不仅包括重大历史题材或革命领袖形象的塑造，还在更宽泛的意义上包括了那些符合主流意识、时代精神，体现一种正义感、社会良知和道德勇气，丰盈饱满地发掘时代精神或文化沉积的深厚内涵的影片。其次，主旋律电影开始突破经典叙事传统。以军事题材主旋律电影为例，此前的电影擅长以全知全能的叙事角度和夹叙夹议的表达方式，全景式地展现革命历史进程，讲述一个"集体记忆"类型的故事，更多侧重于对历史事件的叙述，呈现史诗性美学特征；1990年代之后，尤其是2000年之后，"个人记忆"开始融入"集体记忆"，个人视角开始有限度地介入叙事，人物个性的塑造也成为其侧重点。例如，翟俊杰2006年拍摄的电影《我的长征》是以一名普通士兵的视角讲述故事，带有鲜明的个人记忆与情感色彩，与他十年前拍摄的电影《长征》(1996)相比，叙事视角有明显的变化。类似的突破在其他主旋律电影中也很明显，如《毛泽东与斯诺》(宋江波、王学新导演，2000)、《紫日》(冯小宁导演，2000)、《太行山上》(韦廉、沈东、陈健导演，2005)、《东京审判》(高群书导演，2006)等。最后，主旋律电影开始引入明星制、类型电影元素和建构视觉奇观等，即主旋律电影在完成意识形态诉求的宣教功能的同时，也注重电影的观赏性、娱乐性追求，努力做到寓教于乐。

这一时期，由于台湾对大陆的政策进一步开放以及香港、澳门回归祖国，两岸三地的交流、互动与合作愈加频繁，电影的美学思想与创作理念越来越相互渗透、相互融合。在全球化的语境中，面对好莱坞电影的冲击，集两岸三地的力量合拍"华语电影"甚至成为帮助大陆与港台电影走出本土电影困境的重要方式与途径。由李安导演，集三地影人合拍的《卧虎藏龙》(2000)和《色·戒》(2007)先后在国际上取得的成功，开启了两岸三地电影人合拍片进军国际电影节与国际市场的新局。

1989年，电视剧界正式提出"弘扬主旋律，坚持多样化"的口号。此前，主旋律电视文学已经呈现出题材多样化的特点，1990年代，电视开始在中国普及，海外通俗电视剧进入大陆并对大陆电视剧的创作产生了极大影响。香港回归之后，港台电视剧对大陆电视剧形成新一轮的冲击。根据香港金庸小说改编的武侠剧《天龙八部》、《笑傲江湖》、《神雕侠侣》和《鹿鼎记》等在大陆的收视率始终居高不下。来自台湾琼瑶的言情剧《还珠格格》等也再次抢滩登陆，创收视率新高。大陆国产电视剧受到强烈冲击，开始打破原来的拍摄思路，学习港台经验，更加尊重普通观众的欣赏习惯和趣味，更重视电视剧的娱乐功能。

　　1990 年的电视剧《渴望》是中国第一部室内剧，以一个集善良、高尚、贤惠等传统美德于一身的女工刘慧芳的故事感动了千万电视观众。该剧创下的巅峰效应成为一个时代的神话，被称为"中国电视剧发展的历史性转折的里程碑"。此后，在教育功能、认识功能和娱乐功能并重的前提下，中国大陆电视剧不仅呈现了纪实化、平民化、娱乐化以及革命激情理念等各种创作理念的多元并存，粤、京、沪等多种地域特色并存，还出现了改革题材、历史题材、军旅题材、反腐败题材、名著改编等各种主旋律电视剧与古装剧、言情剧、公安剧、家庭剧、情景喜剧等各种通俗电视剧并行发展的格局。主旋律电视剧也日趋大众化，如《和平年代》、《激情燃烧的岁月》、《亮剑》等都获得了极高的收视率，成绩斐然。

　　中国影视文学的多元化和多样化发展趋向，很好地满足了物质生活水平提高后的中国人的精神生活需求，但在中国政治文化和传统文化的制约下，其发展道路显然迥异于西方，在现代思想意识方面仍需继续提高和完善。

第六节　网络文学的强势崛起

　　当我们的社会进入一个"信息时代"，媒体技术就成为社会发展的主导力量之一，新的传播媒体的出现必然会引发文学存在样态的改变。电影和电视的出现引发了影视文学的创作和繁荣，而互联网这种新的传播技术也同样催生了"网络文学"这样一种崭新的文学样态。对于"网络文学"在文学本质上，还是仅仅在文学创作与传播方式上区别于"传统文学"，至今仍有争议，"网络文学"的定义也始终随着网络技术的发展，处于变化中。但目前人们普遍接受的定义是"利用网络的多媒体和 web 交互等信息技术创作出来的，以互联网络为传播媒介的文学作品"①。由此可见，网络文学是以互联网为其创作、传播和接受的载体，排除了那些经过扫描或原文录入等方式进入互联网的早已存在的文学作品。

---

① 于洋等：《文学网景：网络文学的自由境界》，北京：中央编译出版社 2004 年版，第 11 页。

一、"信息时代"的文学存在形态：网络文学

网络文学的崛起既是源于网络技术的发展所带来的新的文学创作方式和传播方式，同时也与借助网络技术创造的民主精神和自由精神有着密切的关系。

自 1994 年中国加入国际互联网之后，网络技术从创作到传播开始渗透和影响到中国文学，催生了以小说为主要体裁的网络文学和网络文学作家。中国网络文学始于 1990 年代中期，在 20 世纪末迅速崛起，在短短十几年时间内表现出强劲的发展势头，进入了一个繁荣发展的阶段。

1998 年，台湾成功大学水利工程学博士蔡智恒在校园网 BBS 上发表第一部小说《第一次的亲密接触》，1999 年又推出了印刷文本。他是以中文写作网络文学的第一人，引发了全球华文区的"痞子蔡热"，并引发了大陆的"网络文学"热潮。1999 年，中国大陆的网络作家安妮宝贝迅速走红。这一年底，网易举办了首届网络文学大奖赛，网络作家开始浮出水面；中国社会科学出版社又推出了"网络丛书"，使网络文学引起文学评论界的关注。在进入 21 世纪后的十年中，网络文学的发展更是一直呈迅猛之势。2005 年，杭州一家报社举办了一场网络盛典，网络四大杀手——黑心杀手王小山、红心杀手王佩、花心杀手李寻欢、灰心杀手猛小蛇齐聚一堂。2006 年，网络小说《鬼吹灯》因其人气飙升而迅速登陆全国各大畅销书的排行榜。2007 年，该作被日、韩等国引进，并被改编成电影和网络游戏。2008 年，天下霸唱入选《福布斯 2008 中国名人榜》，成为网络作家入选该排行榜的第一人。到目前为止，网络文学领域产生了大批具有代表性的网络作家，如安妮宝贝、邢育森、李寻欢、宁财神、今何在、步非烟、萧鼎等。

网络文学的强劲发展还最终引发了学院派研究的关注。在文学研究界，不仅有众多的论文发表和专著出版，有相当数量的博士硕士以此为论文选题，而且还被编入一些文学史教材中。

自 2008 年以来，网络文学的发展更是吸引了很多网络作家和传统作家的加盟。这一年 12 月，海岩、都梁、周梅森、兰晓龙、郭敬明、天下霸唱、宁财神、饶雪漫、慕容雪村、当年明月、沧月、陈彤、赵玫、艾米、虹影等作家的新作与起点中文网签约，起点中文网还获得了第 7 届茅盾文学奖 21 部入围作品的网络传播授

权，这些作品将会集体亮相起点中文网。网络文学不仅引起传统文学的关注，而且还开始了与其联手发展。

网络文学是当代社会最具科技含量的文学样式，"带来新世纪文学的第一次'大变脸'"①。它改变了文学的存在方式，诱发了文学体制的变化和文学观念的更新，从而在总体上改变了文学发展的格局。例如网络文学所使用的超媒体技术不仅可以把文字阅读与图像、图片、声音、动画和影视剪辑等视听观赏结合起来，为文字作品增设多媒体的视听美感效果，还能借助图形界面或标识语言，将丰富的文本系统资源以层次或链接方式包装起来，形成"文本中的文本"，从而使传统印刷文本中的文学存在方式发生革命性的变化。

网络文学以发达的科学技术为依托，具有自由、方便、快捷的优势，从而引爆了大众的文学创作力。"网络文学中的交互性、多媒体性和数字化是网络的技术特点，而自由精神更是网络虚拟世界的有力宣言。"②互联网这种新兴媒体所提供的表达自由度是传统纸传媒无法比拟的，满足了大众对"话语权"的渴求。网络文学彻底贯彻和实现了传统作家梦寐以求的"创造自由"。它的写作是匿名的，可以有效隐藏作者的真实身份；它的发表没有编辑的严格审查和筛选，可以最大限度的排除各种因素的制约；它的传播是最大范围的，甚至是全球性的；它的创作成本也是最低的。所以，网络文学的作者是规模庞大庞杂的大众，任何人都可以写作发表，而不再局限于某类人或某些人。它昭示的现实是"文学不是某个人的，文学是每一个人的"。这种文学创作的民主自由被视为复制技术兴盛之后，文学艺术的又一大民主进程。曾经极大地加强了文学与大众联系的印刷文化被看做文学艺术民主进程的一个发展阶段，但印刷技术只是在文学传播方面实现了文学的规模化、大众化和民主化，在文学创作方面仍然保留了神性品格。传统文学的创作过程是私人化的，是作家与自我心灵的秘密对话。"人人都可以成为艺术家"的网络文学创作却给了普通人最大限度的参与机会，如"接龙小说"就将每一个普通读者都变成了作者，每个人都可以在作品形成过程中写下自己的所思所想所感，而不再是被动的接受。因

---

① 欧阳友权：《网络媒介与新世纪文学转型》，《文学争鸣》，2006年，第4期。

② 于洋等：《文学网景：网络文学的自由境界》，北京：中央编译出版社2004年版，第17页。

此，网络文学事实上消除了读者与作者，或者说读者与创作之间的距离。五四时期的白话文运动是一次语言解放，也是一次知识的开放，它第一次解除了文化精英独占知识的特权，给予底层大众以享有知识和发言的权利，更是给予他们了解参与国家事务的机会和权利，它意味着文化的民主。20 世纪末崛起的网络文学所体现出来的民主精神显然将五四以来的文化民主又向前推进了一大步。

网络世界提供了一个空前民主、平等的文学创作与发表平台，网络作家也因此获得了对文学创作最为重要的"自由"。与传统作家相比，网络作家创作的动力主要不是来自于经济收入，而主要是一种自我表现欲和成就感，是一种倾诉、表达和宣泄的需要。这些非职业化的网络作家进行的是一种自由的非功利性的文学创作。他们的创作是即兴式的，他们的心态是娱己并娱人的。网络作家宁财神则说："以前我们几个哥们曾经探讨过这个问题，就是说咱们是为了什么而写，最后得出结论：为了满足自己的表现欲而写，为写而写，为了练打字而写，为了骗取美眉的欢心而写，当然，最可心儿的目的，是为了那些个在网上度过的美丽而绵长的夜晚而写，只是该换个名字，叫记录。"由此可见，在"为什么而写？"方面，网络作家的创作不是出于义务，也不是出于义愤，而是出于自己的表达欲望，彻底摆脱了传统作家不得不担负的沉重责任感和使命感，从而获得一种自由自在的游戏的创作心态。曾获得榕树下原创网络文学大赛一等奖的网络作家尚爱兰更明确地描述了这种创作心态：

> 那些要求网络文学负起社会责任和更有良心的说法，实在是良好的一相情愿。你根本不能要求他们像老舍一样去关心三轮车夫的命运，或者像鲁迅一样去关心民众的前途。……我们没有文化的优越感，但是我们有足够的生存困境，有足够的热情和机智，有足够的困惑和愤怒，有足够坚强的神经，有足够的敏感去咬合这个时代，有泛爱和调侃这两把顺手的大刀。

网络作家"自由书写心性，畅快表现自我"的写作使文学彻底地回归到作为自我表达的本真状态，最大程度地体现了作为游戏的文学所具有的自由精神和非功利精神。而这种创作心态最终带来的是网络文学文本所具有的鲜明现代主义和后现代主义文化特征。

二、网络文学的文化特征：现代性与后现代主义

网络文学的读者和作者是那些经常上网的青年，网络文学首先是中国1980年代之后的青年文化的载体。它以巨大的前驱力吸引着新一代青少年，它以前所未有的新形式为他们提供了自由表达的生长空间。它使得五四以来所追求的个性解放目标在这种自由无约束的"个人宣泄与表达"中达到某种意义上的极致。如果说20世纪初期的五四一代青年是借助现代发达的印刷媒介表达着自己的个性，向千年的中国传统文化进行挑战，那么世纪末的青年则是借助发达的网络媒介表达自己的个性，对建构了百年的中国政治文化进行解构。网络文学提供了一个众声喧哗、人声鼎沸，三教九流各色人等共处的平台，所以从网络文学的整体来看，它汇聚了文学史上空前丰富的群体经验，文本的个性种类空前的丰富繁多，它在一定意义上真正实现了五四以来的"个性主义"追求。

如果将现代性分为感性层面、理性层面和反思超越层面三个层次，那么网络文学的崛起首先代表的是市场经济确立之后中国本土的感性现代性诉求。

早期网络文学的内容主要是网恋题材，后来逐渐产生出武侠、恐怖、玄幻、盗墓、历史等题材，这些题材不仅是通俗的、大众的，还具有感觉化、刺激化特征，都在主动追求感性现代性的张扬。爱情题材类创作代表有痞子蔡、安妮宝贝、慕容雪村、李寻欢、宁财神等网络作家。《第一次的亲密接触》就是一部纯情文本。它讲述了"痞子蔡"与"轻舞飞扬"之间的凄美爱情故事，理想美好的爱情最终因女主人公病逝而破灭。大陆网络作家安妮宝贝的创作实践持续最久，她以另类别样的文字制造了一场世纪末的颓靡绮丽。她讲述的爱情故事则不仅是凄美的，还具有物质的、颓废的现代都市气息。她常以上海这座最为时尚的现代都市为背景，讲述那些在都市生活中努力寻找情感寄托的青年男女之间的情感故事。在她的《告别薇安》、《七年》、《七月和安生》等网络小说中，年轻的女主人公身处繁华的大都市，充分享受着现代文明所提供的丰裕物质生活，"下班以后，我独自去南京路伊势丹，我在那里看漂亮的裙子，鞋，化妆品，项链和香水。我喜欢物质。有时候它能安慰人，就像抚摸，虽然空洞，却带来坚实的填补，暂时让人忘记生

命的缺乏"（《瞬间空白》）。而她的心灵却是漂泊无定，无所皈依的。这个女主人公基本有一个固定的感情经历和情感模式：十四五岁时非常投入的爱换来的却是伤害，此后这次刻骨铭心的爱成为永久的感情创伤笼罩着她的生命。她不再珍惜自己的身体，她有着多重身份（白领、浪女或情妇），出入于酒吧、咖啡厅等场所，靠不断地与异性邂逅来排遣内心的寂寞。在网恋中，她是一个纯情少女，而在现实中她又不断受到来自异性的伤害。她们追求真爱和温情的结果是陷入更深的绝望，于是她们更加自暴自弃，糟践自己的身体，最终走向自杀或杀人之路。这些关于爱与死的悲情故事，是建立在网络虚拟空间与现实真实空间的双重生命体验和感觉之上的，从而给予网络读者不同于传统爱情故事的新鲜的感觉与刺激，满足了他们的阅读需要和审美需求。以今何在的《悟空传》、林长治的《沙僧日记》、韩浩月的《I 服了 you》等为代表的幽默搞笑类无厘头小说创作更是以博取读者的开心一笑，而缓解了现代人在现实中的生存压力。以天下霸唱的《鬼吹灯》、可蕊的《都市妖奇谈》、树下野狐的《搜神记》、唐家三少的《唯我独仙》等为代表的玄幻小说以一个架空于现实的神秘莫测的世界满足着普通人的白日梦，给读者带来幻想、探险和刺激等新鲜的感觉和体验。

感性现代性诉求还体现于网络时空所创造的新的审美感受。网络世界通过网络技术带来了人类新的时空感受：虚拟的网络空间带来虚幻的空间感觉，而为了摆脱这种无着落的空间焦虑，时间获得了空前重要的地位。网络技术带来空前的高效率和高速度，缓解了人类的空间焦虑，也使得人们的审美倾向于影像化、感觉化和刺激化。这种审美感受的变化又进一步加深了网络文学在感性层面的现代性特征，如自恋式写作（安妮宝贝），调侃式语言游戏（宁财神、李寻欢），整个网络文学的创作都有着明显的"向内转"的创作向度：沉溺于个人小天地的悲欢离合，相对缺乏深度的探索和思考。这样的文学文本调动的也主要是读者的感官，网络文学的阅读因此成为一次作者与读者共享的感官宣泄和感觉狂欢。

在现代性的理性层面，网络文学体现的是科技理性在现代社会文化格局中的霸权地位。早期的网络文学作者大部分是理工科出身，他们的情感方式与思维方式都赋予了网络文学前所未有的科技理性思维特色。如《第一次的亲密接触》中，男主人公就是以理科的思维推理获得了女主人公的身高：

她现在坐着，我无法判断她的身高。

不过刚刚在点餐时，我看着她的眼睛，视线的俯角约20度，

我们六只眼睛（我有四只）的距离约20公分，

所以我和她身高的差异约 $= 20 \times \tan 20$ 度 $= 7.3$，

我171，因此她约164，

至于她的头发，超过肩膀10公分，虽还不到腰，但也算是很长了。

这样的表达方式既具有科技理性追求的精确，又充满文学性的谐趣，从而别具一格。而更重要的是网络文学本身就是一种文学艺术同最新的科学技术相结合的产物。网络文学作为一种最新的文学样式，与网络技术有着先天的血缘关系，而真正的网络文学也只能存活于网络中。技术理性事实上成为网络文学生命的一部分，深刻影响到网络文学所蕴涵的新的审美接受方式和审美感受，不断使我们从中体验到新的媒介技术对文学的改造。在反思超越层面，近年来的网络文学佳作迭出，显示着文学在多媒体时代的强劲生命力。如都梁的《亮剑》塑造的李云龙这一具有鲜明个性特征的草莽英雄形象，意味着战争小说审美模式的新变；当年明月的《明朝那些事儿》是文学与历史的一次奇妙遇合，它以娱乐化的历史叙事方式为我们呈现"历史真实"；孔二狗在《东北往事》中以亲历者的身份讲述残酷的东北黑道故事，反映东北自1980年代后期以来的社会变迁。这些文学佳作的出现意味着网络文学在很大程度上已开始反思和超越传统文学。

网络文学还是一种典型的后现代主义文化现象，代表着中国文学发展的后现代主义特征。除了前述网络文学的取材内容具有通俗化、大众化特征之外，网络文学语言也以通俗化、媚俗化、大众化、娱乐化为其典型特征。因为网络文学读者有着很大的选择自由，如果不能在最短时间内吸引读者，就会很快被读者放弃。

网络语言是一种最为方便使用的大众化语言工具，网络文学在人物对话和故事叙述中都充分利用了这种具有简约化和口语化特征的网络语言。如英文JJ、GG、DD、MM分别代表姐姐、哥哥、弟弟、妹妹；数字7456、886、687、837、56分别代表"气死我了"、"白白喽"、"对不起"、"别生气"、"无聊"；还有用谐音、键盘符号等来表情达意。在一定程度上，可以说正是这种简洁明快、幽默活泼的

网络语言赋予了网络文学强大的生命活力。网络文学将"通俗化、媚俗化、大众化、娱乐化"等一系列后现代主义的文化特征都发挥到了极致。

网络文学还充分体现了后现代主义文化的解构性特征。网络文学的强势崛起就是对精英主义话语和高雅文化的解构。自由自在的游戏创作心态冲击了"文学为人生"的文学严肃面孔；多元化的价值取向打破了"高雅"与"通俗"、"精英"与"大众"等一系列的二元对立结构。表象叙事取代了意义的深层探索，从而使网络文学文本趋于平面化。网络文学关注的是生活现象的趣味性，忽视了或自觉回避了对生活背后的人生意义的探究，其主题指向不再是传统文学的严肃的社会主题和道德主题，写作目的仅在于虚构趣味和游戏人生。网络文学文本无论如何文采斐然，如何具有陌生化的艺术效应，最终都没有强化文学文本本应具有的文学精神。网络文学以其戏谑、调侃亵渎着传统文学的"神圣"和"永恒"，解构了精英主义话语的严肃性。如在网络作家铁屋的《30岁男人的心理》一文中，生命的成长不再具有任何形而上的人生意义，年龄的增长只不过是一个无奈又无聊的过程，是人不得不承担的现实：

> 20岁的时候，给女朋友写情诗，写小条子："今天晚上你有空吗？"30岁的时候，给老婆打电话："今天晚上我很忙。"
>
> 20岁的时候，觉得自己是个天才；30岁的时候，居然不打算上吊，虽然雪莱此时淹死了，济慈患肺结核四年。
>
> 20岁的时候，觉得一身脏兮兮的牛仔服帅呆了；30岁的时候，天天烫衬衫，但清醒地知道，自己再也帅不起来了，而且自己从来就没帅过。
>
> 20岁的时候，管所有的同学叫"鸟人"，女同学除外；30岁的时候，管50岁的女人叫"小姐"。
>
> 20岁的时候，当众指出老师的错误；30岁的时候，当众指出领导的英明。
>
> 20岁的时候，欣赏两句诗：引刀成快，不负少年头；30岁的时候，知道少年时从来就没引过刀，但此时也常常引刀——剃须刀。①

---

① 铁屋：《30岁男人的心理》，《青年作家·精选网络文学选刊》，2002年，第2期。

而另一位网络作家辛心的《1＋1：小资的八十一种死法》则对"死亡"进行了趣味盎然的辨析，从而使一个严肃的主题变得多姿多彩，极富娱乐性。这样的游戏心态最终使网络文学成为一个"狂欢场"，有效释放了现代人面对高度发达的工业社会的生存压力。

三、网络文学的发展趋向与消费文化的影响

现代主义、后现代主义思潮都是网络文学崛起的重要思想背景，但近年来消费文化对网络文学发展的影响则越来越明显。

近年来，由于一些专业作家加入，网络文学大奖赛作者的整体素质有了很大提高，网络文学开始逐步摆脱初期的稚嫩，向传统文学靠拢，产生了一批具有艺术魅力的优秀作品。但是从中国文学整体发展的角度来看，网络文学的发展仍然存在着很多问题。如网络文学带来的自由，网络作家的叛逆姿态固然对文学发展具有巨大意义，但同时也带来了文学创作的放纵、失范等问题，难免鱼龙混杂，产生大量的文字垃圾，这也是其常受到"文学内涵不够，过于粗糙"等批评的原因。网络文学产生之初就被定位为"非功利的写作"，以区别于传统的写作，但是来自文学网站维护的赢利需求与网络文学大赛和网络文学作品出版中潜藏的巨大商机相结合，使得今天的网络文学已从早期的娱乐交流阵地转变为文学出版市场的巨大掘金场，而被消费文化市场主宰的网络文学将更加注重其娱乐性功能，势必走向非功利性写作的反面。网络文学的未来还是一个未知数，作为一种典型的信息社会的文学艺术样态，我们有理由期待它更好地成长。

第七节　华文文学在域外创作的兴盛

华文文学一般指的是在中国大陆之外，用现代中文写作的文学。它由港澳台文学和海外华文文学两大板块构成。它是现代中国文学的特殊组成部分，因生长发展于不同的区域空间而与中国大陆的文学同质异相。由于局部地区的特殊际遇，华文文学与大陆内地文学既有融合与影响的密切互动关系，又在各自的社会经济

文化环境中形成"独特的面貌体相和独特的发展轨迹"。华文文学与中国大陆文学的密切关系不仅在于二者以相同的语种写作，还在于二者源于同一文化母体和同一历史传统，因此，它也是现代中国文学整体不可或缺的组成部分，这也是现代中国文学不同于古代中国文学之处，是其特殊性和复杂性所在。

从历史发展来看，华文文学诞生于五四新文化运动之后。1950年代之前，基本上经历了与大陆内地文学相似的发展历程，只是在时间上稍微滞后，此后由于各自不同的政治背景而走向分流，各个地域的华文文学开始呈现其独特的一面。1980年代开始，伴随移民留学海外浪潮的到来，华文文学创作有了巨大发展，产生了世界性的影响。

一、港澳台文学

（一）台湾文学

台湾文学与中国大陆文学有着深刻的渊源关系，是整个现代中国文学的组成部分。由于特殊的历史文化背景，台湾曾受过多种文化的影响和冲击，具有与大陆文学不同的个性特征。自明代以来，台湾不断遭受来自异族的侵略和统治，尤其是日本在1895年后长达半个世纪的全方位殖民统治，这种长期与祖国分离的特殊政治处境，使台湾新文学在继承五四新文学反帝反封建的斗争精神之外，还具有怀念故土的浓厚的"乡愁情感"和强烈的"孤儿意识"。中国传统文化则在台湾经历了一个本土化过程，产生了具有独特地域色彩的乡土文学。从五四新文化运动开始，台湾文学就一直深受新潮文化的影响，对启蒙理性、现代主义、后现代主义的兼容并蓄使得台湾文学呈现出与大陆文学不同的发展历程。

台湾文学紧跟五四新文学的步伐，新文学运动发生不久，1920年1月，在日本东京留学的台湾青年学生成立了"新民会"，创办了台湾第一份启蒙刊物——《台湾青年》，提倡新文学，标志着台湾新文化运动的开始。该会的活动唤醒了台湾人民的民族意识，有效抵制了日本的殖民文化统治。

从日据时期到国民党政府迁台，台湾与大陆两岸作家之间的人员交往，作为文学交流的基本方式一直是促进台湾文学发展的重要因素。此期有大批的大陆作家到过台湾或迁居台湾，并有很多台湾籍作家具有大陆经验或在大陆接受教育。

这一时期的代表作家张我军、赖和、杨逵、吴浊流等以他们的文学创作表达了对日本殖民当局的不满和反抗。1950年代至1980年代中期，大陆和台湾作家之间的交往完全停止。台湾文学与大陆内地文学从此分道扬镳。由于政治文化的主导作用，反共文学占据了1950年代台湾文学的主流。

现代主义文学从1950年代开始在台湾萌芽，在1960年代达到高潮，在1956—1966年的十年间占据台湾文坛的主流地位。国民党迁台后，实行严格的思想控制，封禁五四以来的大部分进步作家，人为切断了台湾文学与五四新文学传统的联系。随着台湾在政治、经济、军事各方面对美国的依赖越来越强，西方的各种文化文学思潮涌入台湾。在西方现代主义文学影响下，现代派文学在台湾崛起，由诗歌开始，波及小说、戏剧以至散文。台湾现代派文学具有"向内转"的特征，将表现自我放在首位，通过表现人的直觉、本能、潜意识、梦幻等对人性进行深入地探索。在此期间，出现了"现代派"、"蓝星"、"创世纪"等现代派诗社，还出现了一大批有影响的现代派诗人，如余光中、痖弦、洛夫、罗门、纪弦、覃子豪、叶维廉、郑愁予等。他们的诗歌以自我为主，抒发对生活的主观感受，优秀的诗歌能够很好地融合中西诗艺，形成自己的艺术特色。"蓝星"诗社的灵魂人物覃子豪后期的诗歌创作就体现了典型的现代主义诗风，诗的主题愈加复杂和抽象。1950年代的诗歌《追求》为读者提供了主观化、心灵化的审美意象和场景："大海中的落日／悲壮得像英雄的感叹／一颗星过去／向遥远的天边"，"黑夜的海风／刮起了黄沙／在苍茫的夜里／一个健伟的灵魂／跨上了时间的快马"。余光中则运用现代派的诗歌艺术成功表现了传统意识与乡土观念，这种由现代派向传统的回归道路对阻止台湾诗歌全盘西化起到了很大作用。这一时期的现代派小说产生了白先勇、陈映真、黄春明、陈若曦等代表作家；现代派散文、戏剧也产生了一批有成就的作家。1970年代，乡土文学取代现代派文学而成为台湾文学的主流，传统文化与政治文化对台湾文学的影响力超过了新潮文化。

进入1980年代之后，台湾社会的政治、经济、文化都日趋多元化，在这样的时代背景下，台湾文学也打破了现代派与乡土派占据文坛主导地位的局面，呈现出现实主义、现代主义以及后现代主义多种文学思潮继起并存的多元化发展态势，形成多流派、多风格、多题材的多元化发展格局。新潮文化对台湾文学发展的影响日益深入，现代主义在1980年代出现复苏和发展的势头。高度发达的现代工业文明带来了台湾人的现代病，诸如焦虑、恐惧、孤独、冷漠、浮躁、疲惫等精神状态和生存状态成为台湾新一代作家的思考对象和表现对象。这一代作家即1950年代后出生的新世代作家群，如张大春、王幼华、林燿德、侯文咏、王华、冯青等。政治文化对新世代作家群的影响减少很多，他们不再像前辈作家那样具有浓厚的政治情结。因成长于台湾社会的急剧转型中，他们还有机会接触到各种知识系统，从而拥有多元的知识背景。他们的文学创作题材更加广泛，思想更加深刻，勇于尝试各种新的文学技巧和表达方式也使他们突破了审美传统。新世代作家群善于择取典型的现代人生存意象揭示现代人的生存状态与精神状态，如林燿德的《恶地形》以三组对峙意象在文本中的互渗交织，构成一幅现代人的梦魇图；王幼华的《麦先生的公寓生活》和张大春的《公寓导游》则都以公寓为生活背景，表达现代人生活的间离感。他们还将超验、科幻、后设小说等融入其创作中。其小说创作既具有实验性，又具有通俗性特征，如侯文咏的《铁钉人》以通俗的故事形式表达现代人绝望的生存体验；林燿德的《双星浮沉录》、张大春的《伤逝者》、叶言都的《高卡档案》等科幻小说都寄托了对人类命运的深切忧虑，但夸张、荒诞手法的运用又使这些小说都有很强的可读性。另外，在社会的发展和西方女权运动的影响下，这一时期还在台湾兴起了女性主义文学，曾心仪、李昂、廖辉英、苏伟贞、萧飒等女性主义作家书写了社会转型中女性的命运和心理，反思女性的生存模式，既具思想性又有可读性。

1990年代，后现代主义文学作为一股引人瞩目的文学潮流加入到台湾文学的发展格局中，同时，台湾文学的消费性格也日益明显。1990年代之后，台湾文学出现文化化、通俗化、边缘化倾向，文学形式也因与现代传媒结合而出现多样化趋势，如录影诗、电脑诗、科幻诗、多媒体诗等新型诗歌形式的出现。各种艺术形式的交错和融合又产生出多种边缘形式的文学形式，如后设小说、新小说、科幻小说、方言诗、推理诗等。女性文学创作也开始向消费性、娱乐性发展，"现代闺秀派"朱天心、朱天文等人的创作大都以写字楼内都市男女的情爱生存为表现对象，情节曲折，可读性强。后现代主义和消费文化的影响使台湾文学在1990年代之后走向了多元化。

（二）港澳文学

鸦片战争后，香港被英国统治。在 1997 年回归祖国之前的百年历史中，逐渐形成独特的政治经济制度和意识形态。因长期与内地隔绝，香港在政治、经济、法律、教育等方面都与内地有本质的区别，文化文学也都具有区别于内地的独特性，但香港文学与内地新文学仍然有割不断的血脉联系，因而是现代中国文学的一个重要组成部分。

因长期在英国的殖民统治之下，香港文学具有浓重的西方文化色彩，同时兼具开放性和兼容性特征。作为世界闻名的经济发达的现代都市，香港还具有发达的现代都市文明，因而香港文学也具有浓重的都市文化色彩。

香港新文学崛起于 1927 年以后，这一年鲁迅的演讲在香港文坛播下了新文学的火种。1928 年，张稚庐等创办《伴侣》新文学杂志，此后在香港出现了一批新文学期刊，并成立了第一个新文学社团——岛上社。

大陆内地作家的南下香港也促进了香港新文学的发展。抗战开始时的 1938—1939 年和国共内战至新中国成立这两个时期，都有大批的大陆作家南下，使香港文学维持了与内地文学的紧密交流。内地作家两次南来香港，为香港新文学的繁荣做出了巨大的贡献，为香港本土作家的成长和壮大，提供了不可多得的外部条件。

1950 年代之后的香港文学开始呈现出其相对独立的区域文学风貌。新中国成立前后，南来的进步作家大部分返回内地，而大批右翼文人则从内地涌入香港，"左"、"右"两方的政治影响有短兵相接之势，致使 1950 年代的香港文坛笼罩在浓厚的政治文化氛围中，文学创作具有鲜明的政治色彩。这一时期，香港本土作家也在崛起，如侣伦、舒巷城、夏易等。1950 年代中期，现代主义思潮在香港兴起，同时，武侠小说、言情小说等通俗文学门类也迅速崛起，蔚为大观。

1970 年代的香港文坛主要为来自内地"文革"的极"左"政治文化和产生于经济迅猛发展的消费文化所左右。前者催生了一些主题先行、人物概念化且流于说教的文学，这些文学创作极大地影响了香港的纯文学刊物在东南亚市场的销量；后者促使消遣性、娱乐性的通俗文学勃兴和繁盛。新潮文化影响下的纯文学创作则在前述两种文学的夹缝中艰难地求取生存，如小思、梁锡华、刘绍铭等学者创作"沙田文学"，何达、黄国彬、戴天新、曾敏之、董桥、彦火等都有纯文学佳作问世，尽管其社会影响还不能与当时的通俗文学相比；而西西、刘以鬯等作家还进行了有价值的艺术探索，这些都推动了纯文学的发展。小说方面，本土作家吴煦斌、也斯、何紫、张君默等佳作迭出；南来作家西西、金依、海辛、彦火、陈浩泉等的小说创作也颇为引人注目；以董千里的《成吉思汗》、金东方的《赛金花》、石人的《第一美人》等为代表的历史小说创作也相当出色，这些都将香港的小说创作推向了一个新高度。其中，生于广东中山市的女作家西西，1950 年到香港定居，在 1970 年代末进入了创作高峰期。西西早期创作深受西方存在主义思潮的影响，后来她对这种纯观念的移植有所反思，更加关注社会，面向现实，代表作《我城》是生活在香港这座现代都市中"小人物"的生活与命运的真实写照。受拉美魔幻现实主义影响，小说采用现实与幻想相结合的手法，通过主人公阿果走街串巷修理电话线路，展示了香港社会的众生相，并表达了作家对香港城市现代化程度获得巨大提高的自豪感和新奇感。短篇小说《像我这样一个女子》采用意识流手法，写了殡仪馆中的女化妆师面对爱情的困惑与忧郁，表达了对生与死的透彻冷静的思考，成为西西最有影响的作品。刘以鬯与西西一样，具有大胆的"实验"精神，勇于突破传统小说的框架，采用意识流、隐喻、象征等现代小说技巧，进行了现实主义与现代主义相结合的尝试，其小说因此被称为"实验小说"。代表作《酒徒》因成功地将西方意识流小说中国化，被誉为中国第一部意识流长篇小说。到了 1980 年代，大陆改革开放之后，又出现了大陆作家的南下潮流，南下作家的崛起和文学社团的涌现，显示了香港文学格局的调整，改变了"香港是文化沙漠"的局面。此后，各种倾向和风格的文学在香港自由地舒展和成长。

澳门新文学始于 20 世纪的 30、40 年代，滞后于台湾、香港。抗日战争期间，大批爱国文人避难澳门，创作了宣传抗日的诗歌、戏剧和散文，形成"避难文学"创作的文学景观。从 1950 年代到 1970 年代，澳门文学进入沉寂期，直至 1980 年代，文化开放和新移民的涌入促进了澳门文学的发展与繁荣，开始出现澳门自创的文学刊物和文学社团。此后，澳门文学与中国内地、台湾、香港的交流活动频繁，现代主义、后现代主义等新潮文化的影响使之进入了一个飞速发展期。澳门诗坛的青年诗人大胆突破传统诗歌的写作模式，从内容到形式都求新求变，采用现代主义的艺术表现手法，拓宽了表现生活与心灵的层面，引发了诗歌创作美学观念的新变。澳门的散文作家多具有丰厚的人道主义情怀，关心民众疾苦，张扬人性善，充分体现了真善美的特征。澳门小说创作在 1980 年代后也有长足进步，鲁茂、周桐等澳门长篇连载小说家都贡献了优秀的作品，周桐的代表作《错爱》更是一部雅俗共赏、中西兼容的杰作。尽管近百年来，澳门文学相对比较沉寂，但它的存在丰富了世界华文文学的色彩。

二、海外华文文学

海外华文文学由东西两大板块构成，即以美国华文文学为代表的欧美澳华文文学创作和以新加坡、马来西亚华文文学为代表的东南亚各国的华文文学创作。从五四新文化运动到二战结束，海外华文文学的发展与中国大陆文学的发展呈现一致性。二战后，各殖民地国家纷纷独立，海外华文作家大都加入所在地的国籍，走上相对独立的文学创作道路，尤其是新马华文作家开始关注所在国人民的生活和自己的命运，创作更具地域色彩。

（一）欧美澳华文文学

中国大陆的政权更替和国民党政府退守台湾，致使一大批作家最终选择了留居欧美，逐步形成了欧美华文文学。此后，1960 年代的台湾留学热潮和 1980 年代中国大陆移民欧美的浪潮更是产生了大量定居欧美的优秀，甚至具有世界影响的华文作家。如来自台湾的白先勇、於梨华、丛甦、吉铮、聂华苓等，来自中国大陆的北岛、高行健、严歌苓、虹影等。他们都在海外写作生涯中蜕变了艺术生命，扩大了华文文学在欧美的影响。

欧美澳华文文学以表现生活于西方文化环境中的漂泊感、失落感和孤独感为主要内容，表达了强烈的爱国主义情感、民族意识和回归意识，具有本土性特征。同时，由于生活在西方社会，他们比中国大陆、台港澳作家更早更深刻地受到西方新潮文化的影响，他们的创作充分体现了中西两种文化的交融性。如聂华苓的小说创作既继承了中国传统的写实手法，又大胆采用西方的现代派技巧。代表作《桑青与桃红》叙写一个追求自由解放的纯真少女走向堕落的过程，用现实的手法表达了象征的意义，主人公桑青的悲剧是旧中国历史悲剧的反映。同时，它也被称为"心理小说"，像聂华苓的大多数小说一样，以人物的思想发展和心理变化为脉络，同时吸收了电影、戏剧的表现手法。聂华苓还大量采用意识流手法，打破时空限制，通过人物的直觉、回忆和自由联想，揭示其深层隐秘的内心世界。她常采用中国传统的艺术手法，通过人物内心的矛盾冲突塑造人物性格，弥补了西方现代小说中冗长、静态心理描写的不足。於梨华的创作有以故乡为背景的家庭生活小说，更多的是反映台湾留美学生生活与心态的小说，被誉为"留学生文学的鼻祖"。后一类小说以表现"无根一代"（台湾留美学生）的烦恼苦闷为主，如长篇小说《又见棕榈，又见棕榈》即表现了以牟天垒为代表的"在美国没有根，在台湾也没有根"的一代人的苦闷心境。於梨华善于在平凡的日常生活中设置富于戏剧性的场景，情节曲折生动，引人入胜。同时采用西方现代小说的多层次结构技巧，运用意识流手法将过去生活的片段穿插进主体故事的框架内，使得故事中有故事，突破了时空约束，扩大了文本容量。欧洲华文代表作家赵淑侠的创作真实描绘了海外华人知识分子的生活，继承了中国传统的写实手法，也有选择地运用西方的现代小说技巧，如意识流、象征、暗喻、时空倒错等，如《我们的歌》、《蛇屋》等小说都运用了象征。欧美澳华文文学作家的诗歌创作表现出勇于探索的实验精神，彭邦桢、心笛、郑愁予、张错、叶维廉等诗人都借鉴了现代主义的表现技巧，创作了具有时代气息的新现实主义诗歌。

其他作家，如白先勇、陈若曦、欧阳子、丛甦、许达然、梁锡华、林湄、吕大明、龙应台等人的创作也都具有这种中西兼容的特征。他们的创作既在欧美澳西方社会显示了中国文化的独特魅力，也有效汲取了西方新潮文化的营养，产生了独特的认识价值和审美价值。欧美澳华文文学的作家大多是学院派的专家、教授和学者，其创作都有很高的文化品位。如刘绍铭、周腓力、李黎、钱歌川、唐德刚等美国华文小说家的创作都体现出渊博的学识和高超的艺术技巧，各具创作个性。

20世纪80、90年代，大批留学生和知识分子从中国大陆移民海外，他们的创作为世界华文文学注入了新鲜的血液，带来了新的生机，并逐渐成为欧美澳华文文坛的主力军，被称为"新移民文学"，以区别于此前主要由台港澳移民海外的"留学生文学"。这些来自大陆的留学生和知识分子大都在国内身历"文革"等政治运动，有着坎坷的人生经历和丰富的见闻，能够自觉适应海外生活，在西方社会中很快"落地生根"。尽管他们也有过失落和孤独，但主要体现出乐观积极、奋斗抗争的一面。在深刻感受了政治体制和物质条件等方面的巨大差异后，他们对生活有着更复杂的体验，他们的创作不再仅仅是以情感宣泄为主，而更具思辨性和哲理性。周琼擅长写海外华人文学传记，她的创作消除了感伤和哀怨的情绪色彩，充满果断和自信，展现了一种新的时代精神。严歌苓是新移民作家中创作成就最突出，也最有希望的女作家。她在赴美后，陆续创作了《扶桑》、《人寰》、《少女小渔》、《在海那边》等小说。她对东西两种文化冲突有着浓厚的探索兴趣，《人寰》写了两个东方男人之间的友情故事，作者立足西方文化，审视东方社会的政治、道德和伦理，其中的"施恩"与"报恩"的过程被复杂化为中国的政治文化对传统伦理观念的渗透。现居英国的虹影也以其《饥饿的女儿》、《鸽子广场》、《你一直对温柔妥协》、《十八劫》等创作对历史和人性进行了超越时空的哲学思考，也在海外产生了很大影响。在西方社会高度发达的科技环境中，新移民作家还率先从事了网络文学的创作。1991 年，《华夏文摘》创刊，成为全球第一家中文电子周刊，也首开新移民电脑创作的先河。网络文学的代表作家少君创作的《人生自白》系列，为我们展示了海外人生的众生相，既具有深厚的生活底蕴，也有着对人生的理性关怀。新移民作家在逐渐理解和认清了东西文化的差异之后，普遍都能进行冷静的思考，而不再仅仅是无所适从的情感宣泄。就目前的创作来看，"新移民文学"代表了世界华文文学的新水平和新方向。

进入 21 世纪，欧美澳华文文学的影响力与日俱增。2000 年，高行健成为第一个以中文写作的诺贝尔文学奖得主，2002 年，程抱一入选法兰西学院院士，这些事件都表明欧美华文文学所具有的世界性的影响力。

（二）东南亚华文文学

东南亚华文文学是在中国辛亥革命和新文学运动的影响下形成和发展起来的。为宣传革命思想，孙中山曾远渡南洋，创办了华文报刊。鼓吹革命的华文报刊的创立为东南亚华文新文学的发展奠定了思想基础。此后，在国内新文化运动的影响下，东南亚又出现了《新国民杂志》、《新报》、《天声日报》、《南洋日报》等登载白话文作品的华文报刊。五四文学革命的文艺思潮和作品也对东南亚新文学起到了催生和滋养的作用。洪深、艾芜、许杰、郁达夫、王任叔、杨骚等中国著名作家远赴南洋，也为推进当地的华文文学发展做出了巨大贡献。从二次大战后至1960年代，东南亚各国的华文教育都受到压制。华文文学遭受重挫。

1980年代开始，支撑东南亚华文文学的"三大支柱"（华文教育、华文报刊、华人社团）逐步恢复、发展，成为华文文学赖以存在的根基。东南亚华文文学生存环境的改善，加强了其对自身发展的反省，由之引发的内部争论加强了不同时代作家之间的沟通。从文化角度看，东南亚本就属于以儒释道为核心的中国传统文化圈，文化冲突并不明显，华文作家与所在国的文化比较容易融合，因此，东南亚华文文学没有欧美澳华文文学的文化漂泊感。早期的东南亚华文文学追逐中国内陆文学的脚步，成为中国文学的翻版，后来祖国观念的变化使其摆脱了"乡愁思家"的单一主题，创作视野更为开阔，并开始走向世界。东南亚华文文学作家坚持以中国文化为根本，但也很注重东南亚本身的文化和自然景观，其创作体现出多元文化交融的特色。如各地的方言词汇的使用，南洋自然风景、风土人情等的描绘。如作家苗秀的创作既流露出眷恋祖国的"文化乡愁"，也在对南洋自然风光的描写中产生了特有的南洋气息和南洋风情。东南亚华文文学作家多是亦文亦商的业余作者，是在经商之余从事华文文学创作的，如云里风、庄延波、黄孟文、林健民、郑朝阳等都是儒商。他们是为追求精神的安慰，探求人生的真谛而创作，有雄厚的经济基础保证创作的自由，避免了追求稿酬的通俗消遣类文学的粗制滥造。他们大都以创作具有一定品位的严肃性文学为主。虽然东南亚华文文学作家也意识到吸收新的艺术表现手法的重要性，但现代主义始终没有给东南亚华文文坛造成影响，现实主义创作仍占主导地位。东南亚华文文学作家的创作大都立足于人道主义立场，表达了对生活于社会底层的卑贱者和弱小者的深切同情和关怀，批判了贫富分化的社会现实。

进入21世纪，华人新生代作家则取得了非凡的成就，引发了海外华文文学的深层次调整，未来世界华文文学的发展将取得更辉煌的成就。

文学个案解读

第八节　戴厚英与人道小说

1996 年 8 月 25 日，戴厚英的创作随着她的生命的猝然结束戛然而止。她死于自己所帮助的人之手，这一事件本身使她在其创作中不断思考的人性和人道主义问题变成了终极无解的问题。对人性、人道主义问题的思考贯穿了戴厚英将近二十年的文学生涯，尤其是知识分子题材的小说创作。从 1980 年代初的《诗人之死》、《人啊，人！》、《空中的足音》到 1990 年代的《脑裂》，她始终在思考如何对待人，如何对待人与人之间关系的问题。她以自己坎坷的生活经历，以自己不幸的命运为思考的出发点和写作的素材，以自己纯正的人格和横溢的才华书写和反思历史，表达着对理想人性和人际关系的期待和追求。

戴厚英的创作产生于 1980 年代人性、人道主义思潮的复苏时期，然而正像这次思潮充满诸多争议一样，她的人道小说创作也曾引发热烈的争论，甚至充满了火药味的批判。如今这一切早已化为历史的烟尘，当年轰动一时的争议问题甚至已然成为人们普遍的共识，当年那个颇含政治意味的思想观念甚至已然成为人们共同接受的普世价值。现在更需要我们拨开政治云雾，站在文学史的立场上重新认识和评价戴厚英人道小说创作的历史价值和现实意义。

一、关于人性、人道主义思潮的复苏与争议

"人道主义"是西方文艺复兴后，文学观念的灵魂和文学发展的思想基础。从新古典主义、浪漫主义到现实主义的思想基础都是人道主义。"人道主义是以人性论为基础，以个人主义和博爱主义为两个核心，以'自由'、'平等'、'博爱'为三大口号，崇尚理性主义的一种思想学说。"[1] 这种具有现代人文主义色彩的思想在五四前后传入中国。五四文学革命后，大量带有人道主义思想倾向的西方文

---

[1] 刘卫国：《中国现代人道主义文学思潮研究》，长沙：岳麓书社 2007 年版，第 8 页。

学作品被译介到中国来，形成了人道主义文学思潮，此后，这一思潮的发展虽然每况愈下，但仍有发展，深刻影响了现代中国文学的历史进程和基本面貌。人性、人道主义问题，作为新潮文化的重要组成部分，自五四新文化运动以来始终是中国现代知识分子思考和关注的焦点之一，是现代中国文学的基本思想内涵之一，并由之引发了多次论争。

对人性、人道主义的认识在整个现代中国文学史上经历了至为曲折的过程。在五四新文化运动时期，以个性解放为核心的人道主义思想是文化先驱们反抗封建专制，批判封建礼教的重要思想资源。到1930、1940年代，国内阶级矛盾尖锐化，同时又深陷遭受外来侵略的民族危机中，文学界爆发了关于人性、人道主义问题的多次论争，如以梁实秋为代表的新月派文学家与革命文学家之间的论争；抗日战争时期延安革命文艺阵营内部开展的对"资产阶级人性论"的批判等。毛泽东承认人性的存在，但强调在阶级社会里只有带着阶级性的人性，而没有超阶级的人性，这些观点后来被长期奉为马克思主义的权威观点，而他的观点后来则被庸俗社会学简化为"人性等于阶级性"。新中国成立后，文艺界对人性论和人道主义思想的批判越来越严厉，先后于1950年代和1960年代针对"人性论"和"资产阶级的人道主义"进行过三次大规模的批判。1960年，周扬在第三次全国文代会上发表的《我国社会主义文学艺术的道路》一文所表达观点最具权威性和代表性。该文虽然试图区分资产阶级人道主义和无产阶级人道主义，区分抽象的人性论和马克思主义的人性论，但却否定了历史上各种人道主义思想的共同之处，也否认除了阶级性之外还存在共同的人性。此后，对人性论和人道主义思想的批判便从思想问题上升为政治问题，人性和人道主义被指斥为"反对阶级斗争"的"文艺上的修正主义"观点，对人道主义批判的过程越来越脱离学术性而趋向政治性，甚至成为政治斗争的晴雨表。那些在创作或理论中涉及和表现了共同的人性人情的作家都遭到了批判，某些作家甚至在"文革"中因此而惨遭迫害。这样，原本已经微弱的人道主义呼声逐渐被喧嚣的阶级斗争浪潮淹没，人道主义长期成为文艺理论上的一个禁区。从1960年代至1970年代的文学，只强调阶级斗争而缺乏"爱"的描写，只有阶级性而缺乏共同人性、人情的人物形象，成为普遍特征。不仅如此，强调"阶级斗争"而彻底摒弃人道主义，还直接导致十年动乱中"人性斫丧，兽道横行"的现实悲剧。

进入新时期之后，人性、人道主义思潮重新得到理论界的重视，成为新时期文学中规模最大、影响最广的文艺思潮之一。人道主义思想贯穿于1970年代末至1980年代初的整个文学创作的发展过程，与此同时，文艺界关于人道主义问题的讨论，时间上也持续最长。

那些"文革"中侵犯人权，蹂躏人性，肆意践踏人的价值和尊严，视人命如草芥的惨痛历史记忆，使得有良知的敏感的艺术家、文学家开始反思历史，重新认识人性和人道主义问题。

在改革开放的背景下，叔本华、尼采、柏格森、萨特、弗洛伊德、弗洛姆、马斯洛、卡西尔等西方现代的哲学、心理学、人类学思想学说又重新被介绍，形成了中国前所未有的新的思想文化背景，加深了人对自身的认识，也丰富了人性、人道主义思想理论。在各种不同的思想文化的冲击下，新时期的思想界和理论界形成了对人道主义问题的不同观点和看法，引发了关于这一问题的争论。关于人性问题的讨论，涉及什么是人性，有无共同的人性，人性与阶级性的关系以及人性在文学艺术创作中的地位等；关于人道主义的讨论，集中于如何区分社会主义人道主义与资产阶级人道主义，涉及到异化问题。

新时期人道主义思潮的崛起，是现代中国文学发展的主导因素由政治文化向新潮文化过渡的一个重要标志。新时期的文学创作正是以人道主义为思想武器，否定和批判了1960年代和1970年代的阶级斗争学说，反思了"文革"的思想专制。伤痕文学、反思文学正是从人的基本权利，人的价值和尊严出发，控诉了"文革"时期人的非人生存状态。

二、戴厚英的人道小说

在这一历史潮流中，戴厚英的人道小说创作极具典型意义。她不仅深入反思了"文革"那段动荡黑暗的年代，而且表达了对人性和人道主义思想的理解和观点。但在1980年代初，政治文化仍然主导文坛的背景下，她的创作引发了争议，并未获得恰当的认识和评价。

对人性、人道主义问题的思考贯穿了戴厚英的整个创作生涯，但最为集中探讨这一问题的是她在 1980 年出版的长篇小说《人啊，人！》，这也是她所有作品中争议最大的一部。作为伤痕小说的代表作，在立足人道主义立场揭露和批判"文革"方面，《人啊，人！》与其他同类作品无太大差别，同样控诉了那段黑暗岁月中人的非人生活状态，以及由此而遗留下来的伤痕累累的人际关系。但是因戴厚英"文革"中的特殊经历——由"红司令"的"造反兵"、"小钢炮"到受批判的"反革命分子"，由批判者变为被批判者——促使她反思历史，也反思自我，反思人性。加之她多年从事文艺理论工作，有着深厚的理论基础，《人啊，人！》在当时同类小说中更具有思想的前卫性、先锋性以及思想表达的哲理性、思辨性。该作比较全面地表达了戴厚英对人道主义思想的理解和认识，她推崇自由、平等和博爱，将个体人的私生活、个体人的价值和尊严不受侵犯作为人的基本权利来尊重。小说中的何荆夫是作者所推崇的理想人性的典型，他言行体现的也正是作者所理解的人道主义思想。他曾大胆热烈地追求自己的爱情，虽然被所爱的人拒绝，但并没有悲观和自卑。他被打成"右派"，成为没有户口和粮油关系的"黑人"，到处流浪，历经磨难，直至"文革"后获得平反，才重新回到大学教书。但他仍然保持着他的人道主义思想信仰，仍然葆有自由平等的观念和博爱的心灵，仍然热爱着祖国。他声称"谁也不恨"，"希望人与人之间都相亲相爱"，"一个人只要还能爱，就有活下去的希望和勇气！"等等。他反思革命，认为革命的目的不应是消灭人的个性，不应是破坏人的家庭，把人与人用各种围墙阻隔起来。他主张个性自由，呼吁尊重人的个性。当他发现奚流的儿子奚望对自己的父亲如此冷漠无情，尽管奚望是基于正义的立场，但他仍然对奚望的态度表达了批评意见。他批判"文革"中阶级关系对基于血缘关系的伦理亲情的破坏，这表达的是他对人性人情的最基本的内容的尊重。女主人公孙悦的婚姻恋爱悲剧是"文革"留下的"伤痕"。"文革"中的阶级斗争使人的最基本的权利都得不到保障，很多人是"靠揭人阴私，靠发掘人的心灵中最隐秘的感情来置人于死地"。文革中，何荆夫的日记被公开，从而成为他犯罪的"证据"；而且这种随意侵犯个人的私生活，以此要挟指责别人的思想遗毒还延续至"文革"后。孙悦与何荆夫、与许恒忠的关系成为别人攻击她的理由。孙悦对前夫赵振环的情感演变——由爱到恨到原宥——也体现了作者的人道主义思想。赵振环的背叛曾给孙悦带来深重的伤害，"文革"结束后，赵振环开始悔悟，并真诚地向孙悦道歉忏悔，最终获得了孙悦的原谅。奚望、憾憾等具有个性的年轻一代表达了作者对未来的希望。他们拥有了更多自由选择的权利，他们较少受旧有政治观念的束缚，在做出自己的人生选择时也就更加大胆、无所顾忌。

奚流则是反人性反人道的人物典型。小说致力于揭露这个人物形象的伪善，写他如何借阶级斗争谋个人私利，如何假公济私。他反对何荆夫的人道主义思想，并不是出于自己的信仰，他甚至不知道究竟什么是人道主义，他反对的理由仅是由于个人的恩怨情仇。无论是作者肯定的还是否定的人性典型，小说让读者感受到的是一个个独特的心灵世界，这与小说艺术表现形式的探索性、主观性密切相关。这一点是戴厚英对此前现实主义小说创作的一个重要突破。她突破了"按照生活的本来面目去描写生活"的传统的反映论现实主义创作原则，而更强调调动一切艺术手段表现作家主观世界的重要性。小说让几个主要人物担任生活的观察者和故事的叙述者，采第一人称叙事，让读者接近和理解每个人物的内心世界，充分展现了人物内心世界的复杂性。小说虽没有按照时间顺序结构情节，但保持了情节的完整性、叙事的连贯性。这种重视个人的情感与想象，重视个人的主观内心世界的主观色彩浓厚的艺术表现形式还赋予了小说以浪漫主义的诗意色彩。现代主义表现手法的运用更是加深和拓宽了小说对人物内心世界的表现层次。作者为充分展示每一个人物无比复杂的心灵世界，采用意识流的表现手法，写人物的感觉、幻想、联想和梦境。孙悦的梦、赵振环的梦、游若水的梦，这些具有象征意义的梦的描写更加准确、经济地表达了人物的思想情感。这些得益于新潮文化的崛起和发展而产生的思想的前卫性和艺术形式的探索性，都使该作在当时的人道小说创作中独树一帜。

但是三十年后，我们重新探讨这部小说的价值和意义时，将会发现它并没有彻底摆脱政治文化和传统文化的影响，甚至她的人道主义思想的表达在突破某些禁区的同时，仍未摆脱政治偏见；她的理想人性的塑造也在很大程度上借助了传统的道德话语。此前，人道主义一直被作为资产阶级思想而遭到彻底否定，成为思想上的禁区。《人啊，人！》首先提出了马克思主义思想中也有人道主义，在一定范围内承认了人道主义思想的价值，为人道主义思想平反，但这种承认仅限于无产阶级人道主义的范围，作者在文本中一直不忘强调资产阶级人道主义与无产阶级人道主义的区别，避免可能的政治错误，但实际上又没有真正将二者区分开来。如小说中何荆夫与他的初中语文老师的辩论，关于如何理解雨果的《九三年》所歌颂的革命将领郭文对反革命的叔祖的爱，涉及到博爱能否爱敌人的问题，这一问题触及了人道主义的底线，将会走向阶级斗争的反面，作者虽然在文本中并没有给出一个明确的答案，但何荆夫的行为却在实践这样一种爱，这也成为该作在当时备受诟病的一个重要因素。

《人啊，人！》对人性的认识始终没有摆脱一个道德框架。小说承认人的动物性，人的自然属性是人性的一部分，但又从道德角度贬低人的动物性。小说中所有具有私欲的人都被塑造成自私卑劣的反面人物形象，如赵振环、冯兰香、王胖子、许恒忠、奚流等。赵振环出于本能需要而被冯兰香吸引，又缺乏足够的自制力，最终导致对孙悦的背叛。他后来的忏悔，对冯兰香的反感，作者强调的始终是超越自然本能的道德情操的重要性。私欲在小说中始终被作为人性的负面因素而存在，却不是人的个性形成的基础或人生的动力，所以，只有那些具有高尚的道德情怀的人才是值得肯定和赞美的，如何荆夫、孙悦等人。人物内在的心理矛盾甚至也不是人性的矛盾，而是不同道德选择的矛盾，如孙悦在同时面对赵振环和何荆夫的爱情时所产生的心理矛盾和冲突。孙悦真正爱的人是何荆夫，而不是赵振环，但就是因为她与后者先确定了恋爱关系而选择了后者，她的选择就不是发自内心的真爱与假爱的选择，而是来自世俗道德评判的忠诚与背叛的选择。为保持道德上的忠诚，孙悦违心地选择了赵振环，这其实对三个人都是悲剧性的。这样的选择，从道德角度看也许是高尚的纯洁的，但从人性的角度看却是虚伪的残酷的。当道德标准成为作者塑造人物的一个重要依据时，作者一方面要向我们展示丰富的人性内容，一方面又依据道德的高下将丰富的人性世界简化为"高尚的君子"和"卑劣的小人"两类人物形象。由此可见，戴厚英在理论层面重申人性人情的重要，重新肯定了人道主义思想，但对传统道德话语的借重使其对人物心灵世界、人性内涵的开掘没有最终突破中国传统文化的束缚。

戴厚英以血的教训换来了对人性、对人道主义思想的认识，她的人道小说创作突破了一个又一个禁区，在 1970 年代末至 1980 年代初的社会环境中，具有鲜明的先锋性和前卫性特征，甚至不得不承受来自各方面的压力、误解和批判，但也正是局限在这样的社会环境中，这种极具理想主义色彩的小说叙事，与其说表达的是她对现实的感知和认识，不如说表达的是她对完美人性的期待和渴望。

三、其他人道小说创作及其意义

其他同类型的人道小说创作也很多，但很少有像戴厚英这样集中地对人性、人道主义问题进行思考。作为新时期文学最早出现的文学潮流，伤痕文学和反思文学都是从人道主义立场出发揭批或反思"文革"。卢新华的《伤痕》，刘心武的《班主任》、《如意》，陈国凯的《代价》，韩少功的《月兰》，从维熙的《大墙下的红玉兰》，周克芹的《许茂和他的女儿们》等伤痕小说都是对"文革"中人的非人生活状态的揭露和控诉。《伤痕》中女主人公王晓华的母亲在"文革"中被诬陷为"叛徒"，王晓华因此而与母亲断绝关系，离家到辽宁农村去插队，并坚决退回母亲寄来的信和包裹，长达八年时间与母亲未通音信。母亲在"文革"中惨遭迫害，终至重病缠身。"文革"结束后，王晓华收到母亲平反的通知，才知道自己误解了母亲，怀着悔恨的心情赶回家，但母亲却未等到见她最后一面，就与世长辞了。小说的悲剧力量正是来自于作者基于人道立场对"文革"的揭露和批判：王晓华的母亲在那段黑暗岁月中失去了作为人的尊严、价值和权利，母女之间的伦理亲情也被扭曲、被破坏。《班主任》则通过两个表面一好一坏，实则同样愚昧的中学生形象揭露了"文革"时期的极"左"教育对青少年心灵的扭曲带来的严重恶果。宗璞的《我是谁》、《三生石》，冯骥才的《啊！》，茹志鹃的《剪辑错了的故事》，鲁彦周的《天云山传奇》，张一弓的《犯人李铜钟的故事》等反思小说则从对"文革"的一般性揭露和批判上升到历史经验教训的总结，从而比伤痕文学具有更强的理性色彩和更深刻的人性内涵。如冯骥才的《啊！》则通过一个带有黑色幽默意味的故事再现了"文革"中那种人人自危的恐怖氛围，在一个人的生命、自由等基本权利都不能获得保障的历史环境中，自尊自信等基本人性内容的丧失也就成为必然。

正是上述以人性、人情为核心的人道小说的创作使中国文学回归"文学即人学"的本质，从而将新时期文学带入一个崭新的发展阶段，同时，它也进一步引发了对人性、人道主义问题的重新认识，推动了新时期思想解放的进程。

第九节　张洁与女权小说

　　经过现代社会启蒙思想革命和社会主义革命的洗礼，进入新中国的妇女地位发生了根本的变化，以法律的形式规定，在政治、经济、文化等领域女子和男子一样享受同等的权利。但我国几千年来的封建思想的固弊和流毒仍然潜在的存在于社会意识的各个角落，妇女要走向真正的独立和平等，不是一朝一夕就可以解决的事情。自 20 世纪 80 年代中期以来，随着我国现代化程度的提高，现代平等意识更深入人心，我国的女性主义文化也出现蓬勃发展的势头，女性主义文化作为一种社会思潮真正地影响了我国当代的文学创作，当代女性作家的女性意识开始变得明确而自觉。

　　中国女性在社会解放的思潮中走向独立，走向自强。文学作为表现社会人心的载体，也记录了觉醒的女性在传统社会与现代人生之间挣扎的心灵历程。接受现代妇女解放思潮影响的女作家们用自己的切身体验书写了一个个现代女性觉醒的故事，描述了她们的心灵坎坷和历史命运。性别文学的研究者们早就指出："女性主义文学探索已经揭示了所谓对'现实'所做的'真确'和'诚实'的叙述主观上是怎样依赖着确定的意识形态，特别是在男人和女人形象这一点上。比如，正是从 D·H·劳伦斯作品中一向被批评家们推崇的有关性的真实描写的部分，女性主义者发现了其维护男权和贬损女性形象的实质。换言之，在小说创作中没有绝对中立的创作成规，所有对现实的叙述都是对现实的主观拟写。作为女性主义者，我们必须经常提醒自己作品中正在建构的是何样的现实，叙述过程又是怎样实现这种建构的。从这一点上说，读小说也可以是一项政治活动，同那些一向对女性主义政治非常重要的活动一样。这牵涉到对于听其自然的态度进行驳斥，也牵涉到对女性主义者早已认识到的、这社会中作为压抑妇女的组成都分而存在的既定观念进行挑战。这样，连与女性主义只有些表面联系的小说也应受到盘查，看看它们在对现实进行拟写的过程中是如何表现性、如何表现男人和女人的。"①
女性书写主体在 20 世纪中国的大量出现，无疑给中国女性文学带来了重要的变
化，正如我们可以看到作为社会意识形态的男性文化观念影响着她们的作品，另
一方面，在女性作家作品中，一种新的女性意识鲜明地体现在故事叙述和人物塑
造之中。

在新时期的作家中，张贤亮和张弦等男性作家，他们主要是通过对社会历史
的动荡来揭示女性的命运，而张洁、张辛欣、陆星儿等作家却能从文化心理层面
表现女性在现实中的痛苦，写出她们的精神追求和内心渴望。只有女性才能写出
真实的女性，男性写作女性永远带有一定程度的"想象性"的特色。而女性写作
女性是实在的"体验性"的，因而是"不隔的"，女性自身才能成为女性的代言人。
诚如盛英所言："女作家最能贴近女性世界的实情。她们对女人生存境遇、生命创
造和心灵世界的观察和体味，具直接性，因而拥有揭示女性本质真实的优势。她
们的创作常常激荡着反传统的感情风暴，呈现女性独立人格的觉醒和对女性解放
的不断追求；她们对外在世界的驾驭，确不如男性作家开阔与全景式，但对女人
社会人生体验的揭示真切而深入；她们对自然生命和性爱的描绘，持有母性的博
大和高洁，既富生命痛苦感又富理想的光泽；至于她们的审美形式则更具情感性、
想象性、体验性，独特而多样。"② 新时期女性文学创作中的女性意识是对五四时代
女性追求个人权利和人格尊严的延续，张洁和舒婷、戴厚英、宗璞、张辛欣等人
的作品成为这个时期关注女性命运的力作。

法国女性文学研究者埃莱娜·西苏在《美杜莎的笑声》中说："妇女必须把自
己写进文本——就像通过自己的奋斗嵌入世界和历史一样。"③ 在新时期的文坛上，
很多女作家都是以自身的经历作为写作的基本素材的，遇罗锦的《一个冬天的童
话》，戴厚英的《人啊，人！》，张洁的《爱，是不能忘记的》都是这种性质的写作。
张洁还写出了表现女性生存现实的三个优秀中篇小说：《方舟》，写于 1981 年 12 月，

① 【英】罗瑟琳·科渥德：《妇女小说是女性主义的小说吗？》，张京媛主编：《当代女性主义文学批
　评》，北京：北京大学出版社 1992 年版，第 72 页。
② 盛英主编：《20 世纪中国女性文学史》（上、下），天津：天津人民出版社 1995 年版，第 12 页。
③ 张京媛主编：《当代女性主义文学批评》，北京：北京大学出版社 1992 年版，第 88 页。

发表于《收获》1982 年第 2 期。《七巧板》，发表于《花城》1983 年第 1 期。《祖母绿》，写于 1984 年 2 月，发表于《花城》1984 年第 3 期。这三部中篇小说较早地发出了当代女性的声音。与《方舟》同时代的作品，如张辛欣的《在同一地平线上》、胡辛的《四个四十岁的女人》等也写出了有所作为的女性的婚姻不幸的现实，其写作的意义正如林丹娅所描述的："她们用自己的生命来创造并完成探索人生问题、研究人生意义的意义——进入历史，进入本文，于无声处迸发出了自己的声音。父权话语一统天下的历史局面，由于她们的颠覆，而从此被改变。"①张洁的《方舟》、《七巧板》、《祖母绿》等作品中的主人公都是知识分子，这一代女性是在新中国建立之后的新时代中成长起来的。她们从小接受的是男女平等的思想，她们是有能力独立的一代知识女性，她们在情感的漩涡中挣扎，平等背后隐藏的是男权意志的支配，长期以来女性问题被"男女平等"的表象所遮蔽了。张洁从自身的体验出发，写出了一代女性知识分子的声音，也由此深入到两性的"性沟"问题。正是在这个断面上，张洁的作品是触动时代心弦的。她的作品表达了知识女性在新时代所感到的压迫，对男性的怨恨，对婚姻的迷茫，揭示了封建残余思想、两性之间的隔膜普遍存在的现实。

张洁《方舟》的问世，受到了很多评论者的称赞："可以说，《方舟》的思想价值首先就体现在这里：即在当今文坛，还没有哪位作家能像张洁那样敏锐地颖悟到只有在比以往历史阶段更为发展的当代社会主义中国，才可能涌现出愈来愈多的梁倩、荆华、柳泉那样有觉悟、有文化、勇于追求全面权益的新女性。"②将《方舟》放在女性文学的历史上来考察，作品发表十几年后，一位女性文学研究者这样谈论《方舟》："《方舟》真正揭开了中国当代女性文学的序幕，戳穿了现实生活中'男女平等'的神话，并通过女性生存困境的揭示，对现存男权文化进行了有力的批判。"③

就张洁的整体创作来说，《方舟》是张洁创作的历史起点，《方舟》写女性的

---

① 林丹娅：《当代中国女性文学史论》，厦门：厦门大学出版社 1995 年版，第 134 页。

② 夏中义：《从祥林嫂、莎菲女士到〈方舟〉》，《中国现代、当代文学研究》，1983 年，第 10 期。

③ 罗婷：《中国当代女性文学中女性意识的嬗变——从〈方舟〉、〈玫瑰门〉到〈紫藤花园〉》，《湘潭师范学院学报》，1998 年，第 2 期。

生存困境不是从政治视角,而是从女性视角,即从女性的生存体验出发,写出女性自身的处境,颠覆了新中国成立后"男女平等"的神话,在"男女都一样"、"妇女能顶半边天"、"同工同酬"等命题下,妇女的真实处境被遮蔽。在革命文学中,我们看到的是林道静那样的走向革命的女英雄,她们走上革命的过程也就是将感情献身革命同志的过程。《三家巷》、《红旗谱》、《小城春秋》、《林海雪原》、《风云初记》等经典革命小说中我们可看到很多女性形象,但她们的爱情是建立在革命大业之上的,在《三里湾》、《创业史》、《山乡巨变》、《李双双小传》等作品中我们看到了"同工同酬"的女性,她们和男人一样劳动,取得同样的平等的家庭地位,她们选择热爱集体的农业合作化运动的男性带头人作为自己的另一半。《方舟》写出了被遮蔽的妇女问题,在社会的各个角落,在人们的深层意识中,男性文化的中心无处不在。中国一代受过高等教育的女性,她们知书达理,有固定的职业,固定的收入,有独立的自尊自爱意识。她们成为一代事业型的女性,然而她们寻找尊严和独立的生活并不顺利,她们若是经历个人婚姻的破裂,更是受人歧视的一个群体,《方舟》发出的声音是:"你将格外地不幸,因为你是女人。"

女人为什么会不幸,因为她们处于男性意识的包围圈之中,社会对她们缺乏理解和宽容。政治自主和经济独立不过是女性走向独立的第一步,她们要真正地和男子取得平等,这之间还有很漫长的道路需要去走。这种情况决不是中国的特别,就是在世界范围内,这种情形也是很普遍的:"两种性别从未平等地分享这个世界。甚至在今天,妇女的处境已经发生了改变,她们仍被严重束缚着。在法律上女人的地位和男人相差很远,常常对她们非常不利。即使她的权利在法律上得到了抽象的承认之后,长期持续的习俗也阻碍这些权利得到更多的实现。"[①] 人到中年的张洁以自己的切身体验和对女性命运的关注,引发了人们对知识女性在事业和家庭中艰难角色的同情。《方舟》发表二十多年来,中国社会发生了翻天覆地的变化,中国女性的社会地位空前提高,女性所获得的各种机会和参与社会事务的程度也大大提高。但这依然没有彻底改变职业女性的生存困境,没有根本改变女性所面对的事业和爱情之间的矛盾,没有改变两性之间永恒的隔膜与难以沟通的

① 【法】西蒙娜·德·波伏娃:《女人是什么》,北京:中国文联出版公司1988年版,第11页。

某些现实。

　　这是张洁描述自己爱情、婚姻的散文文字："在成千上万受苦受难的知识分子当中，在无法超越外界或自身的障碍而为数不多的、摆脱了虚伪的婚姻关系的妇女当中，我的遭遇，本属平常而又平常。"①张洁用生命之笔写出了女性对爱情的渴望，写出了她们经历情感伤痛的焦灼，也写出了她们经历人生情感之河的酸甜苦辣。精神分析学者认为："文学作品不再被视为与创作者无关的客观产物，文学作品只是依照某些规则写成。它是个人的表达，代表作者的整个人格。他的现在与过去，快乐与痛苦，都进入了创作的过程，而这个过程也记录了他秘密的渴望与最隐私的情感；是他挣扎与失望的表露；是他情绪的出口，虽然他努力压抑，仍然畅流不止。"②我们没有理由认为张洁小说中的荆华、梁倩、柳泉、金乃文、曾令儿就是张洁，但这些人物身上肯定浸润了张洁的某些情感，包含着张洁精神深处的某些"快乐与痛苦"、"挣扎与失望"。这就是我们理解的作家身上某种类似情结式的东西。一个作家心灵深处往往有某种一生都无法释怀的一种情感，会在他（她）的作品中反复地出现，对张洁来说，对婚姻、爱情的品读是她作品中永无休止的情结。

　　张洁的小说在两性关系上有自己的深入思考，作为女性作家的张洁大多又站在女性的立场上来书写她的两性世界，这里所说的女性立场既是指女性视角而言，又是指一种比较极端的女权立场，这种视角在当代作家之中并不是独特的，但张洁的作品无疑是比较极端的。在张洁凄婉迷离的女性伤痛世界之中，男性总是作为女性的对立面出现，是造成女性所有不幸的罪魁祸首。而女性多是不幸的，是软弱的，是值得同情的，但在精神和道义上又是胜利者。叙述者给了她们太多同情和保护，她们善良、聪明、美丽，有牺牲精神和责任感，她们的不幸在于男人让她们失望。张洁小说中的叙述人总是将她作品中的男性人物写得很丑陋，很没有光彩。这样的例子比比皆是：《方舟》中的白复山之与梁倩，是一个无赖与一个天使。《祖母绿》中的曾令儿是一个富有牺牲精神和有伟大胸怀的女性，将自己一生的幸福用一天

------

①　张洁：《我的第一本书》，《无字我心》，西安：陕西人民出版社1995年版，第69页。

②　【美】莫达尔：《爱与文学》，长沙：湖南文艺出版社1987年版，第2页。

过完了，为左葳默默承受了罪名，吃了一辈子苦也毫无怨言。男人对女性的伤害在曾令儿的感情升华的过程中被叙述者放置了，但对那个曾令儿与卢北河共同为之操心奉献的男人左葳，正如卢北河所说："多少年来我们争夺着同一个男人的爱，英勇地为他做出一切牺牲，到头来发现，那并不值得。"《七巧板》中的金乃文也是一个非常完美的女人，她的丈夫谭光斗却是一个卑劣的小人，他强占了金乃文，和金乃文结了婚，但对她并不好。《红蘑菇》中梦白和吉尔冬的关系似乎可以概括为"善良的女人和丑恶的男人"。"他（吉尔冬）对她们全家都有一种说不清的恨。"在叙述者的笔下变成了叙述者对丑陋男人的仇恨。女人对男人的仇恨在《楔子》里张扬到极至。"她"显然是一个感情上的理想主义者，就像她不能容忍天花板上的一块水渍。"其实她很愿意迁就，每每走进这屋子，先就告诫自己不要抬头去看天花板，可这由不了她，她还是不由自主地抬头。"她杀死了"亲爱的敌人"，"她的眼睛一眨不眨。她就是要眼睁睁地看着他或是 A、B、C、D……怎样一点一滴地在她的手里死去。"还割下了男人的物件，并"用很长的时间研究着这使男人成为男人的东西，和它给男人带来的一切影响。她觉得非常沮丧，她还是不能明白，使他们成为磨人机器的根由"。为此，她坐了三十七年的监狱，医生说她病好了，她感到疑惑。男女之间极其对抗的仇恨竟使女人要用残忍的方式来杀死男人，玩赏割下男人物件的快感，这种对男人的深仇大恨无疑会让人不寒而栗。

从 1989 年起，张洁开始写作《无字》，这是一部无所不写的"极限"之书，是一部袒露得不能再袒露的书。"友人问我为什么写《无字》？原因之一就是对生命本质的痛惜。就连属于自己的生命，我们也从来不能掌控。"① 小说以吴为的发疯开头，以吴为的死去结束，象征了作者对爱情乃至生命痛苦的绝望与超越心态。《无字》是一部撕裂自己的小说，小说拷问历史、拷问人性，也拷问自己，诚如张洁所言："《无字》正是对已经有所定论的、20 世纪的中国历史，毫不矫饰的回望和反思；并把那一百年的历史，放到人性和道德法庭上，进行一次巨大的庭审；对这个历史进程中某些人物的灵魂，进行了反复的鞭打和拷问，包括我们自己。也许这拷问过于冷峻而残酷，在写作《无字》中的某些时刻，我甚至觉得我把自己

---

① 张洁：《交叉点上的风景》，《长篇小说选刊》，2010 年，第 3 期。

也一起杀死了。至今回想起当中的一些细节，我仍然感到呼吸困难。"①《无字》之后，作者写作了《知在》、《灵魂是用来流浪的》、《听彗星无声地滑行》、《四个烟筒》等小说，在这些小说中，作者表现了对生活不确定性的追求，这些小说中也会涉及爱情的故事情节，但小说中的爱情是淡淡的，无所谓对错的，带有宿命般的意味，又带有不可捉摸的飘忽感，甚至有神秘莫测的成分在其中。此时，张洁已是一个超越了简单女权立场的作家。

与张洁相比，当代女性写作的群体中更年轻的一批作家，她们没有张洁这一代人独特的离婚体验，女权意识更多的表现为对女性经验的重视，而不是为女性的不公正待遇呼喊。她们注重叙述个体的身体、性成长、性体验，侧重表现个人经验的小世界，叙述也多偏重于个人的内在经验。林白的《一个人的战争》和陈染的《私人生活》被视为1990年代女性小说的代表性文本，在这两篇小说中作者以性心理萌动与女性成长路上的男性来诠释女性的生命流程，其中隐含的自恋倾向、非理性的性欲冲动，主人公的感情基本都是女性有病态意味的真实生命现实。女性视角和女性立场也强化了当代女性小说的私化和细化倾向。1950年代的《青春之歌》写林道静的成长经历，是将主人公放在革命的洪流中让主人公克服个人的缺点走上革命道路。王安忆的《长恨歌》、虹影的《饥饿的女儿》都是写将女性一生的情感与身体的经历作为一篇长篇小说的内容的，它是按照个人自身的逻辑来叙事的，宏大的时代精神浪潮和时代命题只是作为一个背景存在，它改变了传统的对长篇小说的定义，长篇小说不再是历史史诗性的画卷，而是个人生活世界的精神图画。这种小说观念的调整显然是与20世纪小说对心理分析和精神世界的重视分不开的。

第十节　王安忆与性爱小说

一般来说，性爱小说的出现与人性解放的时代潮流密切相关，性爱小说以爱情与性自由表达对封建主义的反抗，五四时期是如此，1980年代也是如此。"文

---

① 张洁:《交叉点上的风景》,《长篇小说选刊》,2010年,第3期。

革"期间，文学以表现阶级情感为主，爱情和性成为文学表现的禁区；"文革"结束以后，在思想解放潮流的影响下，新启蒙文学兴起，新启蒙文学恢复了五四传统，主张爱情自由和性自由；小说创作中的性爱叙事逐渐开放，逐渐成长起来；人们把这些表现爱情和性的小说称为性爱小说，并且明确强调性爱小说与色情小说有明显的区别，性爱小说中的性爱描写并非简单地满足感官刺激和欲望表达，而是有着更为深刻的人道主义或者理想主义诉求。综观近三十年来的性爱小说，性爱小说比五四时期取得更高的成就，也出现了更复杂的发展局面，以致于很难条分缕析地概括近三十年性爱小说的发展状况。性爱小说发展状况的复杂性决定了必须从两个角度来分析近三十年的性爱小说。从男性作家这个方面来看，近三十年性爱小说的发展显得波澜不惊，大致可以分为两个阶段，即1980年代以张贤亮和莫言为代表的性爱小说和1990年代以后的以贾平凹和陈忠实为代表的性爱小说。1980年代的性爱小说与新启蒙文学密切配合，它们所体现的是人的解放的主题，张贤亮的《绿化树》（1984）和《男人的一半是女人》（1985）体现的是人性解放的主题，作为右派的章永璘长期受困于性的压抑和饥渴状态中，黄香久的身体使他恢复了作为人的生命本能，使他发现了自己作为人的存在。然而，章永璘并没有在生命本能的驱使下陷入兽欲的发泄，反而在理智的支配下演变成审美的享受和精神的超越；这种性爱描写无情地批判了那个压抑人性的时代，呼唤了人性的复归和人的解放。莫言的《红高粱》（1985）中的性爱叙事表现了狂野的生命力，不受任何拘束的性爱表达，呼唤的是人的生理和身体的解放。因此，1980年代以张贤亮和莫言为代表的性爱小说，体现的是启蒙主题和人道主义精神。1990年代以后，贾平凹的《废都》（1993）中的性爱叙事表现的是一种世纪末情绪，庄之蝶在同各个不同的女人发生性爱之后，反而日渐颓废和堕落；从张贤亮到贾平凹，性爱小说发展似乎走过了从启蒙到启蒙瓦解主题的轮回；陈忠实的《白鹿原》（1993）中把性爱发展到崇高的境界，性爱不仅能摧毁封建主义扶持的男权，如白嘉轩和鹿子霖，而且能拯救愚昧无知的人使之成为真正的男人，如黑娃和白孝文。陈忠实在描写性爱的过程中，刻画了一个性格复杂而又独特的女性形象：田小娥。她几乎是性爱的化身，性爱在她身上展示了无穷的魅力和巨大的能量；田小娥还是一个受尽欺凌的女性，她饱受了封建主义和男权制度的凌辱，她同时又展现了蓬勃的主体精神，然而她最终还是毁灭了。陈忠实的性爱叙事表达了两个相互联系的深刻主题：性爱是人类的本能，它具有无穷的力量，但它又受制于人类的道德伦理制度；女性是人类的母亲，女性主体精神的张扬是人类解放的表现，但它又受制于人类的男权制度的压抑。因此从新启蒙文学的发展史来看，田小娥的毁灭象征了 1980 年代的主体精神的终结和人的解放主题的瓦解。

从女性作家这个方面来看，性爱小说的发展显得波涛起伏，也大致可以分为两个历史阶段：1980 年代以张洁、王安忆、铁凝等为代表的性爱小说和 1990 年代以来的以陈染、林白和卫慧、棉棉等为代表的性爱小说。在 1980 年代的性爱小说中，张洁的《爱，是不能忘记的》（1979）和铁凝的《麦秸垛》（1986）、《棉花垛》（1988）、《玫瑰门》（1988）等小说占有重要的位置。《爱，是不能忘记的》描写了母女两代人至真至纯的爱情，母亲钟雨与老干部有着真挚深厚的爱情，他们的爱情超越了肉体需要而成为纯粹的精神爱恋；女儿珊珊对真爱进行不懈的期待和追求，坚决抵制没有感情的婚姻。张洁通过母女两代人对爱情的渴望和追求，表达了对爱情的启蒙和人性复归的呼吁。在铁凝的《麦秸垛》中，女人是传宗接代和泄欲的工具，老效为了得到一双皮鞋而用妻子的身体去交换；男人是如此，女人也是心甘情愿，大芝娘被丈夫抛弃以后，又找到已经离了婚的前夫，要求与前夫再好一场，其理由是不能白夫妻一场，要与他生一个孩子；生下大芝以后，她又不得不忍受孤独寂寞的长夜，在性饥渴状态中煎熬；知青沈小凤又重复了大芝娘的经历，她一次次地在性爱中得到满足，然而当最后被无情拒绝后，她同样提出了要再好一次，理由也是想生一个孩子；不同的是她没有如愿，最终她还得跟大芝娘一样忍受性的压抑和饥渴。《棉花垛》表现了米子和小臭子母女两代人的性爱故事，母女在不同时代重复相同的故事，为了自己的个人需要不惜出卖自己的身体。《玫瑰门》通过对庄家三代女性司绮纹、竹西、苏眉不同的生存状态和人生轨迹的刻画，表现了一个由性压抑而变态的女性群体。司绮纹正常的生命欲望受到丈夫的压抑，在性的饥渴与煎熬中，她疯狂地报复残酷的现实：一方面她以肉体报复男性的压迫更像是一种自虐；另一方面她以性压抑的发泄更像是在施虐他人。铁凝的性爱小说体现了明显的女性立场：一方面她在小说中以明确的女性意识表达了对男权制度的反抗；另一方面，她从女性视角出发体察到了女性自身的缺陷，女性天生对男性具有依附心理，并且难以发现自身的价值，而自愿充当泄欲和传宗接代的工具。铁凝说："在中国，并非大多数女性都有解放自己的明确概念，真正压抑女性心灵的往往不是男性，恰是女性自身。"①铁凝再现了女性在男权制度中不可避免的"工具化"的悲剧命运，揭示了女性悲剧的根源在于男权制度的权威和女性主体精神的迷失。铁凝真切地再现了女性在社会历史环境中所受到的残害，真实地再现了女性在压迫状态下的隐秘心理。她在对女性悲剧命运客观冷静的描写中饱含了深深的悲悯，也无声地呼唤着女性主体意识的觉醒，女性缺陷暴露得越深越具体，就越体现铁凝内心呼唤的急切。从启蒙主题来看，铁凝对女性主体精神的觉醒的向往和追求，在 1980 年代有着不可替代的意义。进入 1990 年代以后，以陈染、林白等为代表的作家倡导"私人化写作"，陈染的《私人生活》（1996）和林白的《一个人的战争》（1994）成为性爱小说的重要作品。《私人生活》描写的是倪拗拗的成长故事，倪拗拗在父亲和老师的压抑下成为"问题儿童"，她变得孤僻、偏执，她也在这个过程中产生了对男权话语的反抗心理；然而倪拗拗内心也有对爱的隐秘追求，她与禾寡妇的同性恋使她感受到了作为女人的自我意识；当倪拗拗被 T 老师诱奸后，她不惜牺牲自己的身体以报复的心态对待尹楠。倪拗拗对待男人和女人的两种截然不同的态度，体现了女性在男权压抑下的反抗以及女性对于性爱的合理需求。《一个人的战争》也是关于成长的故事，小说描写了主人公自小就形成的隐秘的性心理。《私人生活》和《一个人的战争》都大胆而又直白地展示了女性隐秘的性心理和性欲望，同时还都写到了女同性恋的性爱细节。显然，陈染和林白描写同性性爱带给女性的满足，而描写异性性爱带给女性的伤害（两部小说的女主人的第一次性爱都是因为诱奸），两者形成鲜明对比；艾德里安娜·里奇指出："女同性恋的存在包括打破禁忌和反对强迫的生活方式，它还直接或间接地反对男人侵犯女人的权力。"②与 1980 年代的性爱小说不同的是，陈染和林白对女性身体和欲望的描写突出强调了个体经验，并且明确提出对 1980 年代

① 铁凝：《写在卷首》，《铁凝文集·玫瑰门》，南京：江苏文艺出版社 1996 年版，第 1 页。
② 【美】艾德里安娜·里奇：《强迫的异性爱和女性同性恋的存在》，【英】玛丽·伊格尔顿著，胡敏等译：《女权主义文学理论》，长沙：湖南文艺出版社 1989 年版，第 39—40 页。

的集体性的宏大主题和宏大叙事的拒斥。如果说陈染、林白的小说对男权压抑还有一定的反抗，那么卫慧、棉棉则走向了性爱小说的极端，她们不仅与1980年代启蒙文学的主题背道而驰，而且主动把女人的身体和欲望展露出来，以获取男权的认同和消费。

在近三十年的性爱小说的发展过程中，爱和性在不同时期、不同作家的小说中的发展是不平衡的。在1980年代的性爱小说中，作家往往会铺垫一段真挚浓烈的爱情，性只是爱的辅助部分，爱甚至与性发生激烈的斗争；然而在1990年代以来的性爱小说中，爱让位给了性，小说中的性暴露、性欲望成为小说的重点，甚至可以说性主宰了爱。近三十年性爱小说的发展配合了1980年代以来的人的解放潮流的发展，它在各历史时期表现出了不同的特征，取得了一定的成就，也表现出了一定的缺陷。王安忆的性爱小说具有鲜明的特征，在近三十年的性爱小说的发展过程中具有重要意义。

王安忆，1954年生于南京，次年随母亲茹志鹃迁至上海。1976年开始发表作品，王安忆的主要著作有《雨，沙沙沙》、《本次列车终点》、《流逝》、《小鲍庄》、《海上繁华梦》、《荒山之恋》、《小城之恋》、《锦绣谷之恋》、《岗上的世纪》等中、短篇小说；长篇小说有《69届初中生》、《黄河故道人》、《流水三十章》、《米尼》、《纪实和虚构》、《长恨歌》、《富萍》、《上种红菱下种藕》、《桃之夭夭》、《遍地枭雄》、《启蒙时代》等。《本次列车终点》获1981年度全国优秀短篇小说奖；1983年，《流逝》获第二届全国优秀中篇小说奖；1986年，《小鲍庄》获第四届全国优秀中篇小说奖；2000年，《长恨歌》获第五届茅盾文学奖；2008年，《启蒙时代》获第六届华语文学传媒大奖·年度杰出作家奖。王安忆现任中国作家协会副主席，上海市作家协会主席，复旦大学教授。

王安忆在1980年代创作了几部以性爱为题材的小说，主要有《小城之恋》、《荒山之恋》、《锦绣谷之恋》、《岗上的世纪》等。王安忆1980年代的性爱小说表现了鲜明的女性立场，尽管王安忆多次否认自己是女性主义写作，但是她的作品却明显体现了女性意识；王安忆在小说中多次赋予女性以崇高的母性和母爱，这种母性和母爱不仅能融化爱情，融化男人，包容男人，而且能使女性自己得到精神的升华和心灵的安宁。与此相对照的是，王安忆在小说中也多次写到了男性给女性带来的伤害，隐含了对男权中心的反抗。《小城之恋》的故事发生在"文革"时期一个封闭的小城里，在这个孤独封闭的环境中，两个身体畸形而又没有文化的少男少女相遇了。这两个还没有产生真正爱情的年轻人，由于对性的愚昧无知而陷入疯狂的性放纵，整个社会环境的压抑又使他们陷入性变态。至此，性成为两个年轻人唯一的交流方式，绝望环境中的不正常爱恋关系使两个年轻人都陷入了绝望。怀孕使故事的发展出现了转折，以男主人公抛弃女人公宣告了这段不正常爱恋的结束。然而在经历了狂热的激情以后，成为母亲的女主人公反而获得了心灵的平静。《小城之恋》可以简单叙述为一个始乱终弃的故事，在这个故事里，男主人公与女主人公在性爱中得到了激情和快乐，最终男主人公却无情地抛弃了女主人公，然而女主人公却没有堕落或崩溃，反而在母性和母爱的刺激下获得了新的生命，开始了新的生活。女主人公与男主人公的结合是获得了性的生活，女主人公离开男主人公却获得了爱的生活。这个故事无声地表达了对男性无情无爱的批判，也暗示了女性天生的母性和母爱的崇高。

王安忆的性爱小说表现了性本体化的特征。王安忆在小说中虽然把性与爱处置成对等的意义关系，但是王安忆在处置性与爱的时间关系时，往往是性发生在爱的前面，并且往往是性促发爱的产生，促进爱的发展，这在《荒山之恋》中表现得最为明显。《荒山之恋》是关于婚外恋的故事，男主人公和女主人公的相识和相恋有点宿命色彩。男主人公的婚姻以及女主人公和老同学之间的感情都有些缺憾，都带着感情危机的隐患。虽然他们各自早已经历了爱情的洗礼，但是他们又强烈需要重新在性爱中发现自我，他们的性爱刚开始纯粹是为了相互满足，出轨后的两人在性爱的刺激下，反而在感情方面弄假成真了。他们的自我意识终于觉醒了，他们开始不顾一切的相互爱着对方。《锦绣谷之恋》也表现了性本体化的特征，小说描写的也是关于婚外恋的故事。男女主人公都对各自的爱情感到厌倦与疲惫，一次偶然的相识，男女主人公发生了婚外性行为，然而这次婚外性使他们感到了滋润，使他们产生了对新的爱情的渴望和追求。王安忆虽然没有把性爱描写成动物的本能行为，但是她也多次写到了男人和女人对性快乐的追求，写到了男人和女人对性生活的渴望。如《小城之恋》写到了男人和女人对性的焦灼不堪的渴求，写到了女人和男人在性爱中的残酷发泄。《岗上的世纪》也是性本体化的代表作品，小说描写了下乡女学生李小琴与党员干部杨绪国之间的性爱与仇恨。为了得到招工名额，李小琴献出了自己的身体，但杨绪国并没有帮她实现愿望。于是李小琴坚决地报复杨绪国，她主动公开了两人的私情，杨绪国被投入监狱。李小琴躲避到了一个非常偏僻的山村，她努力地劳动。然而，杨绪国出狱以后辗转找到了她，这一次，两人又陷入了性爱的疯狂之中，故事就这样结尾了。虽然李小琴与杨绪国之间有刻骨的仇恨，但是他们的再次相见却带来了七天七夜的性狂欢：

> 　　两人长久地吻着，抚摸着，使之每一寸身体都无比地活跃起来，精力饱满，灵敏无比。他们互相摸索着，探询着，各自都有无穷的秘密和好奇。激情如同潮水一般有节奏地在他们体内激荡，他们双方的节奏正好合拍，真正是天衣无缝。他们从来不会有错了节拍的时候，他们无须努力与用心，便可到达和谐统一的境界。激情持续得是那样长久，永不衰退，永远一浪高过一浪。他们就像两个从不失手的弄潮儿，尽情尽心地嬉浪。他们从容而不懈，如歌般推向高潮。在那汹涌澎湃的一刹那间，他们开创了一个极乐的世纪。①

对于李小琴和杨绪国来说，性爱不仅化解了他们之间的仇恨，而且给他们带来了极大的享受。王安忆还以诗化的语言、细腻的笔触描写了性爱过程中的性体验和性兴奋，更加突出了性爱在生命中的本体地位。

精细的性心理描写也是王安忆性爱小说的重要特征。王安忆善于表现女性，尤其是精确地把握了女性心理的极微妙处。王安忆的性爱小说大都采用了第一人称的叙述方式和叙述视角，这种主观视角在刻画人物的心理方面提供了方便。如在《小城之恋》中，王安忆具体描写了性意识和性心理，并且准确地把握了性意识和性心理的发展。王安忆小说的性心理描写不仅真切地表现了性爱在女性心理中的反应，对于塑造女性形象具有重要作用，而且准确地表现了性爱在生命中的价值。

---

① 王安忆：《岗上的世纪》，北京：中国电影出版社2004年版，第92页。

悲剧性也是王安忆性爱小说的重要特征。王安忆描写了男女性爱之美,但是这种美却不可避免地遭遇了各种各样的障碍和戕害,因此王安忆小说的结尾往往是美的事物的消逝。王安忆深刻地洞察了个体的性爱美与社会历史文化的冲突,美的消逝表现了王安忆内心的强烈的悲悯情怀。在《荒山之恋》中,男女主人公的性爱行为与道德伦理相冲突,可他们决不屈服,决不妥协,最后只能双双走向生命的终点。《锦绣谷之恋》也是如此,男女主人公陷入了婚外恋的迷狂而不能自拔,然而这种婚外性爱与传统道德相悖,因此他们只能把这种美好的回忆埋葬在深深的锦绣谷中。因此,有学者认为:"王安忆的小说最精彩之处也是最深刻的一笔,正是以其出色而准确的细节描绘和心理把握展示了生命意识中的爱的悲剧性。她通过一对青年男女爱情的苦难历程昭示人们:爱除了受到人自身的制约外,还受到历史的、社会的、文化的、环境的制约。爱和社会之间处处存在着不可调和的冲突。"[1]

王安忆的性爱小说与1980年代的新启蒙文学是相契合的。王安忆的性爱小说并非只是单纯的表现性爱,而更多的是拿性爱作为人性探索的突破口。她说:"如果写人,不写其性,是不能全面表现人的,也不能写到人的核心。如果你真是一个严肃的、有深度的作家,性这个问题是无法逃避的。"[2]总之,王安忆的性爱小说取得了一定的成就,在近三十年文学发展过程中具有重要的意义,但是王安忆的性爱小说也有些缺陷,如王安忆在小说中多次写到了婚外恋,而婚外恋显然不利于现代家庭和现代生活。又如王安忆在小说中多次写到了无爱之性,把性提到爱的前面,这种观点也与人伦相悖。在艺术技巧方面,王安忆的性爱小说也略有破绽,尤其是在心理方面,她对女性的心理表现是无可挑剔的;但是她在刻画男性心理时,往往把男性中性化;有时在刻画人物心理时,王安忆用一种集体的方式——"他们"来叙述,这种写法适合表现共性,但人物心理更多的是个性。

---

① 陈剑晖:《文学的本体世界》,海口:南海出版公司1995年版,第105页。

② 陈思和、王安忆:《两个69届初中生的即兴对话》,《上海文学》,1988年,第3期。

第十一节　高晓声与改造国民性小说

"文革"结束之后，伴随五四文化传统的回归，启蒙文学传统得以恢复，改造国民性才重新成为新时期文学的重要主题。尽管许多作家的创作都曾涉及改造国民性的主题，但真正在完整意义上承接了改造国民性小说传统的则是高晓声，他也因此而被认为在对整个民族性格的自我批判方面"比赵树理更接近鲁迅"①。

一、高晓声的改造国民性小说

高晓声（1928—1999），江苏武进县人。自幼受文学熏陶，1950 年从无锡苏南新闻专科学校毕业后，进入江苏省文联工作，并开始发表文学作品。因参与发起组织"探求者"文学社团，主张"大胆干预生活，严肃探讨人生"，被打成"右派"，下放武进农村劳动。1978 年，平反后重返文坛，凭借此前长达二十年的农民生活经历，创作了一系列的产生巨大影响的农村题材短篇小说。如《李顺大造屋》（1979），和由《"漏斗户"主》（1979）、《陈奂生上城》（1980）、《陈奂生转业》（1981）、《陈奂生包产》（1982）、《陈奂生出国》（1991）等组成的"陈奂生系列"小说。

高晓声的农村题材短篇小说受政治文化和新潮文化的双重影响，但可贵之处在于他在肯定党的新经济政策的同时，彰显了鲜明的人文主义倾向，即对个人现代性诉求的重视和关注，而在一个新的时代背景下继续了改造国民性的主题。

高晓声的农村题材短篇小说在内容上侧重于农村生活变化、农民命运转变与时代政治政策之间密切关系的书写，基本上把新时期最初几年农村在政治经济上的进度和变化反映了出来。因此，如果将他每个时期的小说创作合起来，恰好组成一部新中国成立以来中国农村社会的变迁史。他遵循现实主义的创作原则，真实地反映了新中国成立以来，中国农民的生活历程，既形象地展示了极"左"思潮给农民带来的生活苦难和心灵创伤，也以生动丰富的"经济学细节"反映了中

---

① 季红真：《同一历史主题的两个时代乐章——赵树理与高晓声创作特征的比较》，《文明与愚昧的冲突》，杭州：浙江文艺出版社 1986 年版，第 36 页。

国农村经济的真实状况，肯定了新时期以来党的新经济政策的正确性与合理性。

在高晓声的农村小说中，他非常重视社会变迁和经济变革带来的农民性格与心理的变化。他以高度的历史责任感和人道主义情怀，热切关注着中国农民的历史命运。他对农民性格与心理的细致、逼真的描绘，表现了中国农民如何从新经济政策中获益，如何重获做人的尊严。《"漏斗户"主》中，陈奂生在摆脱贫困，摘掉"漏斗"户主的帽子后，流下了感动的泪水。他看着属于自己的粮食，"他心头的冰块一下子完全消融了，冰水汪满了眼眶，溢了出来，像甘露一样滋润了那副长久干枯的脸容，放射出光泽来。当他拭着泪水难为情地朝大家微笑时，他看到许多人的眼睛都润湿了，于是他不再克制，纵情任眼泪像瀑布般直泻而出。"① 此后，物质生活改善之后的陈奂生也开始有了精神生活的需求。显然，在高晓声笔下，陈奂生的生存方式、精神特征的变化都与日益变化的经济生活有着密切的联系。陈奂生从摆脱"漏斗"户主的称号到上城、转业、包产、出国都受益于当时的经济政策，这种命运的戏剧性变迁正是对新经济政策的肯定。

物质生活的改善确实带来了农民精神面貌的新变，却不能彻底清除他们身上残留着的保守、奴性、精神胜利法等国民劣根性。对改造国民性问题的思索是高晓声农村小说最重要的思想表达，也正是这一点使他在精神上接通了五四启蒙文学的血脉。

高晓声笔下的李顺大、陈奂生、刘兴大、江坤大等农民形象，既有着善良、朴实、勤劳、忠厚等中国农民的传统美德，也有着保守、惰性、奴性、封建等级观念等数千年封建统治形成的国民劣根性。《李顺大造屋》中的李顺大在土地改革以后，就立志要用"吃三年薄粥，买一头黄牛"的精神，造三间屋。从人生目标来看，李顺大与《创业史》中的梁三老汉没有什么本质区别。为了实现这一目标，他拼命劳动去挣得每一颗粮食，用最原始的经营方式去积累每一分钱。然而，每一次在他要接近目标时，不断变化的政策及不断产生的政治运动都使他的梦想破灭。李顺大则对上级领导的指示逆来顺受，忍受着一切对他财产和权利的剥夺。忍耐是一种美德，但在李顺大身上则是他被动和愚昧的一种表现形式。新

---

① 高晓声：《陈奂生上城出国记》，上海：上海文艺出版社 1991 年版，第 14 页。

中国成立后，由于基层民主制度不够完善，政治运动较多，许多农民的命运是由领导干部决定的，这造成了农民在现实生活中主体意识的丧失。没有主体意识的农民也就不可能彻底摆脱诸种劣根性。对国民劣根性的批判在陈奂生系列小说中的表达更为集中和深刻。陈奂生是生活在新时期的阿Q，当社会环境变化了，当农民能够部分地掌握自己的命运了，陈奂生们仍然不具备新时代的主体意识。他们总是像阿Q那样身不由己地蹲了下去，甚至最终趁势改为跪下了。他们在应该做主人的时代，没有做成主人，也没有当家做主的意识和才能。陈奂生因进城卖油绳，意外得到县委书记的善待便感恩不尽，成了他骄人的资本。对权力的奴从意识，将官员奉若神明，不仅是陈奂生一人的思想意识，更是当时农民普遍的思想意识。与县委书记的偶遇成为回乡后陈奂生获得人们敬羡的理由，连大队干部、公社农机厂的采购员都变得对他友好恭敬了。陈奂生及周围农民的行为和心态分明渗透着阿Q的血液，封建意识的毒汁成为农民乃至整个国民心理的"集体无意识"。李顺大、陈奂生等农民形象就是"站惯了而不敢落座"的奴隶形象，是以"暂时做稳了"的奴隶为最高心愿的农民典型。陈奂生们身上特有的"精神胜利法"也与阿Q一脉相承。漏斗户主陈奂生认为"只要不是欺他一个人的事，也就不算是欺他"；陈奂生上城后以"五元钱买到了精神满足"进行自我安慰；"陈奂生战术"更是"精神胜利法"的新版本；"种田大户"中的陈奂生仍然难以摆脱自卑心理，他消除自我烦恼的办法也是将自己降格处理："我这个人运气不好，注定不会发财的"，"你别搭我这个倒霉人，我只配种田，别的都不是我做的。七合升箩八合命，满了升箩要生病，象我这样的人要发财，那么天下谁个还该穷？"这种"降格处理"也是一种典型的精神疗法。所有这些精神特征都是阿Q性格的再现。

面对商品经济的冲击，陈奂生们也曾一度成为这股浪潮的"弄潮儿"，但他们并未因此而脱胎换骨，保守和惰性使其很快就退回岸上成为一个观潮者了。陈奂生始终将土地视为他的命根子，始终相信"衙门钱，一缕烟；生意钱，图眼前；种田钱，万万年"的老话，甚至对社会发展有一种恐惧。陈奂生的金钱观有着复杂的内容：一方面认为金钱重要，听命于金钱；另一方面依赖土地的惰性又使他拒绝发横财，体现出鲜明的自然经济式的生存观和金钱观。因此，600元奖金可以变成一个精灵，悄悄地潜入陈奂生的肌体，七转八弯在他心上安营扎寨，使得陈奂生再也摆脱不了金钱的影响，只好俯首听命了。陈奂生知道"钞票比什么都重要，别的东西样样可以缺，唯独钞票不能缺，有了钞票，要什么随时都可以买，所以任缺什么都不算缺；也就缺什么都不在乎了"。但他又不期待发横财发大财，"他晓得自己没有本事发大财成大器，能有安安稳稳的日子过就很满足，至于要花多少力气换得这种生活就不在乎了。现在他就要守住这样的日子，所以别人家正不满足还力求发展的时候，陈奂生已经往回收缩"。他不想竞争，因而也就摆脱不了小农经济的生产方式和思想。他只想守而不想"扩大再生产"，这从根本上决定了陈奂生不会成为新式资本家，倒有可能成为旧式地主。可见，社会变化，商品经济的发展并未在根本上改变陈奂生的性格，就连富裕之后的陈奂生也是一种小财主的心态。《种田大户》写的就是经济富裕后陈奂生的精神特征与心理状态。靠种大田藏死钱发财的陈奂生觉得"他高兴的话随时可以再讨一个老婆了！"；他还认为"我的钞票都是用自己汗水浸过的，舍不得随随便便脱手，要是脱蚀了，几时再聚得起？等于送脱我的命"。这份吝啬和保守是典型的小财主行为和心态。所以，无论贫困还是富裕，物质生活的改善很难彻底改变陈奂生们的精神世界。

对于这些农民形象，高晓声又是以极为复杂的情感进行写作的，他的"哀其不幸，怒其不争"的叙述姿态也与鲁迅极为接近。冷峻的批判根源于深沉的爱和热切的期待。高晓声说，他对他笔下的一些农民"决不是什么同情，而是一种敬仰，一种感激"，"我敬佩农民的长处，也痛感他们的弱点"。于是，在作家温馨目光的注视下，陈奂生们有着缘自本真的质朴和出于憨厚的坚韧；而在作家严峻目光的注视下，他们又承担着"可怕"的因袭和浸淫苦涩的隐忍。高晓声正是以"痛楚的调侃和含泪的针砭"讲述着陈奂生们的故事。

与此前的改造国民性小说相比，高晓声的小说更准确地说是一种"农民性批判"。在新发现的高晓声演讲稿中，他这样表述了对"国民性"的理解："鲁迅所说的国民性，我们现在讲的民族性、民族意识，都是一个意思，它们的内涵，其实指的就是农民性。"① 他将国民性具体为"农民性"，所以高晓声的"国民性批判"就简单化成为"农民性批判"，而这种"农民性"不能不说带有了知识分子一种强

---

① 高晓声：《中国农村里的事情——在密西根大学的讲演》，《当代作家评论》，2006年，第2期。

烈的文化想象。

高晓声的创作手法主要是传统的现实主义手法，但受新时期现代主义思潮的影响，也成功借用了西方小说表现人物心理活动的手法，以及类似于意识流手法的时空跳跃与切入等现代主义艺术手法。小说对人物精神世界和心路历程的细致描绘与故事情节的发展紧密结合在一起。小说基本按照线性时间顺序讲述故事，但有时也采用意识流手法，打破了时空顺序。在《陈奂生上城》中，陈奂生生病后本躺在火车站，一觉醒来后发现自己躺在招待所里。对他如何由火车站进入招待所，作家运用了人物的回忆补充了这一过程。陈奂生在招待所床上的浮想联翩既交待了事件的来龙去脉，又可以从深层揭示人物的精神世界。高晓声善于运用个性化的细节来塑造人物形象，如陈奂生在招待所里的各种举动以及付款时的细节描写都使得人物形象丰满而生动。高晓声还善于运用个性化的语言、对比手法等刻画人物性格。此外，高晓声的小说语言还极富幽默感和乡土气息。

二、高晓声改造国民性小说的时代意义

高晓声的改造国民性小说既在精神血缘上承接了鲁迅解剖国民性这一现代文学的传统，同时又在中国历史转折和农民文化转型的时空中，重构了中国普通农民的生存状态。

首先，高晓声在陈奂生形象塑造中的"国民性批判"意识，为新时期以来的农村题材小说创作提供了一个思路。在1980年代众多的农村题材小说中，高晓声的创作能够脱颖而出，独树一帜，并引起文坛学界较为一致的赞誉，显然，这不仅在于他关注底层农民的苦难命运，塑造了典型的底层农民形象。更在于他的国民性批判立场较早地使新时期文学接续了五四新文学的启蒙传统，从为单纯为农民"叹叹苦经"回归到五四的启蒙立场。而这既是高晓声在1980年代获得肯定的原因，也成为他在1990年代之后受到质疑的原因。在1990年代之后反思现代化的语境中，高晓声这种国民性批判的精英知识分子启蒙立场叙事，因与时代发展相左，遭受到无情的批判，似乎启蒙立场的底层（农民）叙事已被终结，但高晓声的文学史价值和意义是不能否认的，何况他的写作对今日的底层叙事依然具有很高的启示意义。

其次，与前辈相比，高晓声的改造国民性小说带有鲜明的时代色彩，融入了新质。他的"陈奂生系列"小说，可以说是中国改革开放与农民成长的系列小说，同时伴随时代的演进，高晓声也在不断地修正自己对中国农民的认识和评价。前期他着力于对陈奂生们身上的国民劣根性进行批判，后期他则开始相信他们的自我更新能力。从上城到出国，陈奂生的本性依旧，但眼界的不断开阔也确是带来了人物心胸的开阔，在《陈奂生出国》中的陈奂生在美国受到的巨大震撼改变着他对这个世界的认识，也改变着他对自我的认识。因此，高晓声最重要的贡献就在于他为中国文学提供了这样一个覆盖面广阔，同时又具有丰富的民族文化心理内涵的普通农民形象。

1980 年代中期之后，在时尚潮流冲击下，高晓声热开始消退。在这个凌空蹈虚，再也不能针对时代发言的文学失重时代，反观高晓声的文学创作，则使我们能够清晰感受到其独特的价值，而对文学的未来尤其富于启示意义。

第十二节　张炜与新启蒙小说

1980 年代的文学被视为五四启蒙文学传统的回归与复活。与思想界的新启蒙运动相呼应，文学界的新启蒙小说在这一时期盛极一时，并产生了极为重要的影响。1990 年代，中国经济社会的转型开始并完成之后，思想界历经多次分化与裂变，尤其在 1993 年至 1995 年的人文精神大讨论之后，作家队伍的分化日益明显，一个文学创作的多元化时代降临，新启蒙小说发展的强劲势头减弱，并逐渐退出文学历史舞台的中心。在这样一个巨大的时代变迁中，张炜始终坚守着他一贯的精神立场与价值取向，他不仅在 1980 年代的小说创作中表达了鲜明的文化启蒙的精神立场，而且在 1990 年代及此后的文学创作中，初衷不改，愈益坚定了他对历史和时代的人文关怀和道德理想主义的信仰。

张炜（1955— ），生于山东龙口，原籍山东栖霞。"文革"中，家族受冲击的苦难经历对张炜的文学创作产生了持久的影响。1980 年，毕业于烟台师范学院中文系，后曾长期从事档案资料编研工作。文学创作始于 1973 年，1980 年开始发表小说。张炜的文学创作勤奋而多产，曾出版文学作品及理论著作 120 余部，包括长篇小说 12 部、中篇小说 18 部和短篇小说 130 多篇，另有大量的散文作品。其小说和散文佳作迭出，作品在国内外多次获奖。2010 年，张炜以长达 450 万字、39 卷本的长篇巨构《你在高原》震惊文坛。三十多年来，他以自己坚持不懈的写作坚守着自己的文学理想和品质，表现出旺盛的艺术生命力。

一、1980 年代：改革小说与《古船》

1980 年代的小说创作，从"伤痕小说"、"反思小说"到"改革小说"，都呼应着这一时期思想界的新启蒙运动。"伤痕小说"与"反思小说"是对"文革"历史的叙述与反思，着眼于破除深藏于我们社会、民族乃至文化心理中的不适应现代化的封建性因素，以现代"人"的观念批判"文革"时期的专制主义，以人性人情和人道主义话语清理"文革"的革命话语和宏大叙事。"改革小说"则回归当下，聚焦于社会与时代的变革，侧重于反映新旧体制转换时期的社会矛盾，记录改革的艰难历程以及由此而带来的伦理关系和道德观念的变化，呼唤并勾勒出一幅新的社会图景。尽管二者有着面对历史和面对未来两种看似相反的创作倾向，但却有着相同的思想立场和逻辑起点，即希望国家摆脱落后、蒙昧，实现现代化，建立现代民族民主国家的心理渴望这样一个启蒙的立场。

张炜早期的小说创作虽然以"改革小说"而著称，但他的创作主要还不是集中于塑造改革者的英雄形象，也非从物质文化的角度肯定推动改革的正面力量，而是从道德角度关注改革所带来的农村社会伦理关系的变化和人性善恶的变迁，可以说从一开始张炜就有着他观察和表现社会与人的特有角度和立场。尽管张炜1980 年代的文学创作曾一度汇聚在文学发展的时代潮流中，但现在看来，他的这一创作特征还是极容易辨识出来的。早在 1983 年出版的短篇小说集《芦清河告诉我》与 1986 年出版的短篇小说集《浪漫的秋夜》中，张炜就在努力建构一个古朴、宁静的"芦清河"世界。这是个如"一潭清水"般的农村社会，洋溢着田园牧歌般的诗意情调：土地生机盎然，果园枝繁叶茂，海滩神秘优美，人也澹泊无欲，单纯质朴，一切都是和谐美好的。这一切描写和叙述都在表达着张炜对纯洁、善良、崇高的价值追求。

张炜的改革小说虽然也反映了中国农村的改革进程及由此而带来的各种变化，

但其对现实和人物的道德评判特色却很突出，无怪乎评论界称他扮演着不同时期道德的"守夜人"形象。在张炜的小说世界中，改革带给农村的影响无异于搅混了"一潭清水"。改革改善着中国农民的物质生活，释放了他们的物质欲望，但为此付出的代价是物质欲望对人的道德追求的全面挤压带来的道德的溃败，为满足人的物质欲望的工具理性取代了传统的价值理性。张炜以他的小说创作表达着对唯利是图的市侩哲学的谴责，对唯利是图的社会的厌恶和反对，对现代化进程给那个古朴、宁静的农村社会带来的破坏深怀忧虑。《一潭清水》中的看瓜人老六哥、徐宝册原本与孤儿"瓜魔"的关系很好，他们都喜欢这个擅长游泳、经常给他们带来海味的小男孩。"瓜魔"很爱吃西瓜，两个看瓜人都高兴地满足他。但当他们承包了瓜田，那些西瓜不再是生产队的，而是属于他们自己时，单身汉徐宝册仍然欢迎"瓜魔"的来访，但老六哥却因"瓜魔"太能吃瓜而嫌恶他，用他恶劣的态度赶走了"瓜魔"，同时也导致了纯朴的徐宝册与他的决裂。原本和谐融洽的老少关系就这样被个人利益破坏了。农村责任制使得农民开始更多地从自身利益出发考虑问题，工具理性的功利性原则使得原来简单纯朴的人际关系再也难以维持。张炜从老六哥的变化观察到的就是这样一种道德的倒退。与《一潭清水》一样，张炜早期创作的《达达媳妇》、《天蓝色的木屐》、《猎伴》等都在为那个曾经美好的农村道德社会唱着哀伤的挽歌。在早期创作中，最能体现张炜小说新启蒙特征的还是那些批判农村的封建专制主义，特别是建立在此基础上的权力寻租和权力崇拜对农村社会的现代化进程带来的严重阻碍和破坏，如《秋天的思索》、《秋天的愤怒》、《泥土的声音》等是对此批判最有力的代表性文本。《秋天的愤怒》中，村支书肖万昌凭借他的阴谋诡计，与残忍邪恶的民兵连长勾结，始终牢牢掌握着整个村庄的统治权，无论是招工、分红、参军还是出夫都由他一人来决定，甚至连男女青年的婚姻都受他管制。农村实行了承包责任制后，肖万昌继续利用他手中的权力为自己谋取私利，那些对他不满的农民则被他送进了派出所。在肖万昌专制主义的恐怖统治之下，村民们大都敢怒而不敢言。敢于反抗肖万昌的则是李芒这个在农村经济改革大潮中成长起来的人物。李芒因地主家庭这一出身而在"文革"中受尽歧视和虐待，但他勇敢地与恶势力斗争，与深爱他的肖万昌的女儿小织一起逃走。农村改革之后，他凭借自己的技术和能力而发家致富，但因为与肖万昌的翁婿关系，因为传统的伦理道德观念，他不得不受制于肖万昌。他毕竟与肖万昌不是一类人，富有正义感和同情心，不愿与肖万昌同流合污。在经历了痛苦的精神挣扎之后，终于突破了亲缘关系的束缚，揭开了温情脉脉的家庭面纱，与代表封建专制主义势力的肖万昌决裂，并展开韧性的战斗，使不可一世的肖万昌败下阵来。小说一方面肯定了农村经济改革的积极意义和作用，因为正是经济改革改变了像李芒这样的政治出身低微到有能力的人的命运，使他们重获信心，也重获与封建专制势力斗争的力量。李芒体现了先进生产力在政治上的要求；另一方面，小说肯定的是由正义、高尚等而产生的道德力量，这一点很清楚地体现在李芒与肖万昌的角逐中。他们的斗争从精神层面看，是一次道德水平的较量，代表正义的李芒最终战胜了代表邪恶的肖万昌。由此可见，张炜更关心的还是人的道德问题。

李芒、老得等人是依靠个人内心强大的正义感和道德感与农村社会的封建残余势力进行抗争的，而在《古船》(《当代》1986 年第 5 期) 中，张炜则把这种道德重建的思想根源追溯到儒道等中国的传统思想和马克思主义思想。

《古船》是张炜的第一部长篇小说，小说发表后轰动一时，被奉为改革文学的代表作，该作也是作家对自我的一次超越和突破，在作家的创作历程中具有里程碑的意义。小说以胶东半岛的一个小镇洼狸镇从土改至新时期改革开放四十年的历史变迁为背景，叙写了隋、赵、李三个家族之间的恩怨纠葛，以人道主义的悲悯情怀，从文化哲学的高度深刻揭示了历史的冷酷和荒诞。这四十年的历史是个体生命权被任意剥夺的历史，是人类的尊严被肆意践踏的历史，是弥漫着人类的苦难与耻辱的历史，而这一切并没有因为改革的到来而轻易退出历史舞台。张炜对历史的反思和思考表达的是对现实、对未来的忧虑和焦灼。争斗、杀戮、报复及这一切的历史循环等人类的苦难是如何发生的？又将在何处终结？如何终结？这才是张炜借助《古船》思考的核心问题。四爷爷赵炳、隋抱朴、隋见素、赵多多、隋不召、隋含章、李知常等人物形象的塑造表达了作家对这一问题的深沉思考。

四爷爷赵炳是一个有着丰富文化内涵、独特美学价值的人物形象。在洼狸镇四十年的风云变幻中，他牢牢掌握着统治权，成为政治上的常青树。他的统治力量主要来自农村社会根深蒂固的封建宗法制度，更可怕的是它还与极"左"路线和思潮巧妙地结合，焕发出不可一世的威力。他首先是封建宗法统治的象征，凭借自身的宗族辈份和对中国传统统治术的谙熟，从容应对世事变化，收买人心。他表现出和蔼平易、体恤下情的长者风范，关键时刻还能不畏风险，挺身而出，利用赵多多这个行动帮手和张王氏赋予他的神秘色彩，在洼狸镇建立了绝对的统治权威。同时，他还在特殊的政治环境中，凭借赤贫的政治出身为自己捞取政治资本，获得政治特权，渡过一次次政治风浪。即使他退居幕后，也威望犹在，一言九鼎。儒道法各种中国传统统治术最终铸就了赵炳这样一个阴毒、伪善的人物类型。与以赵炳为核心的封建专制主义宗法社会结构相对应的，则是洼狸镇人典型的农民文化心理结构——对权力和偶像的盲目崇拜，心甘情愿的自我奴化意识。每一个生命个体的愚昧、麻木、怯懦、自卑、自囚等性格特征使他们无法摆脱苦难的命运。如何从洼狸镇的历史循环突围而出？与赵炳相对应，张炜塑造了隋抱朴这一寄寓了作家审美理想的人物形象。隋抱朴从少年时代就亲身经历了家庭和社会的变故，亲眼目睹了生命被肆意践踏屠戮的人性悲剧。他在反复阅读《共产党宣言》、《天问》、《航海针经》三本书的过程中进行着艰难的精神探索，在老磨房沉思默想了十年。最终，他带着深重的原罪意识，由对自己家庭的忏悔发展到对人类恶性的忏悔，获得了超越现实的眼光。与弟弟隋见素的执拗复仇不同，他思考的是如何结束苦难循环的问题，他认为无论是见素还是多多都不能使洼狸镇人摆脱苦难的命运，因为他们的两眼还是紧盯着自己的私利。他主张勿以恶抗恶，主张道德的自我完善，更多地体现着作家对整个人类生存现实的悲悯情怀。正是隋抱朴这个人物形象使得作家的思考上升到了人类文化意识的哲学高度，也使得《古船》具有了超越同时代作家的精神高度。小说在表现手法上，总体上以现实主义为主，同时自然贴切的融入象征主义，丰富了现实主义的表现力；小说人物场景的转换自如，历史与现实时空的交替叙述等不仅扩大了小说的思想容量，也增强了小说的艺术魅力，提高了小说的美学品格。

二、1990 年代之后：《九月寓言》及家族故事

1990 年代，尤其在 1992 年之后，一个以市场为中心的消费社会逐步建立起来，新启蒙知识分子内部开始发生分化。一部分具有世俗情怀的知识分子（如王蒙、王朔等）认同市场经济的生存法则，认为这是铲除极"左"根源、实现世俗幸福的必由之路，否定一切形式的理想主义。与此同时，另一部分人文知识分子更多地感受到的却是金钱文化和商业霸权对文化人和人文事业的压迫，大众文化对精英文化生存空间的挤压，以及伴随着经济改革而愈发严重的道德危机。这些以启蒙为价值取向的人文知识分子群体因话语受阻而产生自我认同危机，被迫向象牙之塔和历史深处退却，在工具理性压倒一切的市场社会中重新寻回失落的精神价值和生活意义。其中"二张"（张承志、张炜）等人文知识分子以一种极端的道德理想主义姿态，激烈抨击世俗社会，因此与那些具有世俗情怀的知识分子发生了激烈的论战。在这样的时代背景下，作为对社会现实的一种回应方式，张炜的文学创作更加执着于"道德理想主义"的追求，《九月寓言》（《收获》1992 年第 3 期，上海文艺出版社 1993 年版）以及此后的《柏慧》、《家族》等家族小说进一步探求了道德重构的思想资源，求援于民间田园，甚至家族血缘。

从 1990 年代至今是张炜文学创作，尤其长篇小说创作的一个爆发期和收获期，先后出版十几部长篇小说及多部中短篇小说集。其中影响最大的当属《九月寓言》。为了凸显象征意义，作者对小村人故事的叙述故意淡化了具体的历史背景，小村人的生存状态成为人类生命状态的寓言——"跑"与"停"。小说所讲述的小村现在的故事是一个停留的故事，而小村过去和将来的故事则是跑过来与跑出去的故事。停留意味着人在大地上诗意的栖居，但停留也意味着停滞与保守，它会使生命变得疲惫，使人性变得邪恶，于是人又渴望奔跑。奔跑意味着对美好事物的向往与追求，是无拘无束的生命狂欢。小村人的祖先曾从远方奔跑到小村来定居，而小村人只有重新奔跑才能重获生命的活力，但是在奔跑中，人又会产生安居的渴望。小说还表达了作者对"大地精神"的坚守和"融入野地"的生命理想，"工区"与"小村"的关系因之成为工业文明与农业文明关系的寓言。小村在工区入侵之后走向毁灭，它象征着工业文明对农业文明的肆意破坏和掠夺，再次表达了作家对现代化进程的深切忧虑。与张炜此前的小说相比，《九月寓言》在艺术上取得了很大的成就，诸如意象的象征性、语言的诗意性、思想的哲学化及无时态的故事结构等都使其产生了具有独特艺术魅力的文体效果。

在发生了思想分裂的 1990 年代，新启蒙运动的某些思想观念在张炜等坚守人文精神立场的知识分子和作家那里获得了某种延续。然而，在一个日益世俗化的时代环境中，这种坚守"道德理想主义"的精英姿态越来越显露出其无法与现代化步伐合拍的尴尬与错位，这种坚守能否为我们提供一种新的时代思考和理解，将是这些"愤怒的诗人们"不得不面对和解决的首要问题。

在新启蒙小说创作中，张炜常与张承志、史铁生等相提并论，但他们之间的创作还是有区别的。张承志坚守的人文主义精神信仰是以其宗教情怀为基础的；张炜则没有这样的宗教信仰，但他对道德理想主义的精神追求则类似于一种宗教情怀；与二张不同，史铁生虽然也是一个坚定的理想主义者，但他的出发点是从个体生命的困境出发，有着明确的个人立场，而不再以群体为本位。对于史铁生来说，生命的意义不再与历史的或形而上的终极目标发生关联，而是对虚无困境的战胜和超越。因此，与二张相比，他更具有一种现代意识。

启蒙一度曾是对抗封建专制主义的强有力武器，却不能纠正和弥补现代市场经济发展的偏失与不足，而且如果以其价值理性、伦理理性的纯粹性排斥工具理性、经济理性，也不可能达到对人类现代化进程的彻底反思，反而会因二元对立的思维模式而陷入困境，从这一点来说，1990 年代之后新启蒙小说的式微仿佛也是其必然的历史命运。

第十三节　莫言与生存小说

国内对生存小说的研究有些不足，至今可以查到的只有两位学者使用了生存小说这个概念。1995 年，陈剑晖在《文学的本体世界》中首先使用了"生存小说"这个术语，他认为生存小说在思想上起源于西方的存在主义哲学。生存小说在文学中"关注和探索人的生存状态，而且成为一种生存方式，生存的抗争——一句话，成为生存本身"。① 陈剑晖认为我国新时期的生存小说大致经历了三个发展阶段：即 1981 年前后以张辛欣的作品为代表的第一阶段；1985 年前后以刘索拉、徐星为代表的第二阶段；1987 年开始的以方方、池莉为代表的第三阶段。2000 年，

---

① 陈剑晖：《文学的本体世界》，海口：南海出版公司 1995 年版，第 125 页。

张学昕把余华的《活着》和《许三观卖血记》等作品概括为"生存小说",认为这些小说"直视人类生存的苦难与忍耐,进行着充满人道主义温情的寓言式代表,表现出人类面对生存苦难和命运时灵魂发出的内在声音"。① 综合上述两种概念,并结合1980年代以来的小说发展状况,"生存小说"可以狭义地解释为,高扬生命意识、叙述生存苦难、探索人类生命状态和生存方式、体现人道主义精神的小说,其代表性作家有莫言、张承志、余华、史铁生、阎连科等。

高扬生命本体论是生存小说的共同特征。生存小说的作者对生命智慧几乎都有着各自独特的理解,但是他们对生命都有着共同的敬畏心理,他们认为生命具有本体论的意义,因此,对生命精神的礼赞是他们共同的主题,他们崇拜生命意志,崇拜酒神精神。生命本体论的高扬在莫言和张承志的小说中表现得尤其明显,张承志的《金牧场》(1987)表现了对生命本体和生命存在的真切体验和深刻理解,小说开头就表达了对生命的认识:"生命,也许是宇宙之间唯一应该受到崇拜的因素。生命的孕育,诞生和显示本质是一种无比激动人心的过程。生命象音乐和画面一样暗自挟带着一种命定的声调或血色,当它遇到大潮的席卷,当它听到号角的催促时它会顿时抖擞,露出本质的绚烂和激昂。"② 苦难叙述在生存小说中占有非常重要的位置,无论是方方、池莉等人的新写实小说,还是余华、史铁生、阎连科等人,他们对生命和生存的探索,都是在苦难叙述中完成的,对于大部分生存小说而言,苦难几乎成为生命和生存的本质。余华在1980年代创作的几部小说,如《一九八六》(1987)和《现实一种》(1988)等小说都铺陈了人间的苦难,1990年代的小说《活着》(1993)和《许三观卖血记》(1995)更是因为直视人间的苦难而被直接称为"生存小说"。余华因为"浓烈恣肆地暴露和渲染苦难,使余华成为80年代之后中国文学界一位极具诱惑力也非常令人困惑的作家"。③ 史铁生在中国当代文学中是非常独特的,作为思想型的作家,他对人类生命和生存的思考已超越了具体的存在,而达到了形而上的哲学层面。《山顶上的传说》(1984)

---

① 张学昕:《论余华的"生存小说"》,《岱宗学刊》,2000年,第4期。
② 张承志:《金牧场》,长春:时代文艺出版社2001年版,第1页。
③ 郜元宝:《余华创作中的苦难意识》,《文学评论》,1994年,第3期。

和《我的丁一之旅》（2005）等小说在人本的困境中探寻生命的真谛，寻求人类苦难的救赎道路。阎连科的《日光流年》（1998）和《受活》（2003）也是叙述苦难的重要作品，阎连科曾在《〈受活〉：超现实写作的重要尝试》中表示："我非常崇尚甚至崇拜'劳苦人'这三个字，这三个字越来越明晰地构成了我写作的核心，甚至可能会成为我今后写作的全部内核。"① 阎连科建构了小说文本的"苦难"世界，小说中的人物在"苦难"世界中、在抗争与绝望中挣扎，个体以强大的精神力量反抗苦难的现实，体现了对人的存在的终极关怀。1980 年代以来的小说，无论是高扬生命本体论，还是叙述生存的苦难，它们的目的可以说都是在探索人类的生命状态和生存方式，体现了对人类的生命和生存的形而上的思考，这种对人的生命和生存的关注，体现了小说家的人道主义精神。

莫言，1955 年生于山东高密，原名管谟业。莫言出身农民家庭，自幼贫困，品尝了人间冷暖。1981 年开始小说创作，1985 年发表中篇小说《透明的红萝卜》，引起文坛注意。1986 年发表中篇小说《红高粱》，引起轰动，后又相继发表中篇小说《高粱酒》、《高粱殡》、《狗道》、《奇死》，后来这五部小说结集成《红高粱家族》于 1987 年出版。此后，还相继发表了长篇小说《天堂蒜薹之歌》、《酒国》、《食草家族》、《丰乳肥臀》、《红树林》、《檀香刑》、《四十一炮》、《生死疲劳》、《蛙》等。1987 年，《红高粱》获第四届全国优秀中篇小说奖。1999 年，《红高粱》被《亚洲周刊》选入 20 世纪中文小说 100 强。2004 年，莫言获第二届华语文学传媒大奖·年度杰出成就奖，同年获法兰西文化艺术骑士勋章。2006 年，莫言获第 17 届福冈亚洲文化奖。

莫言是生存小说的重要代表。莫言的小说高扬了生命本体论：一方面，他创造的小说世界是一个"充满生命感觉的世界"，从小说集《透明的红萝卜》到《红高粱家族》，"万事万物莫不由此获得生命的活力、生命的灵性；生命感觉和生命意识，是我们理解莫言艺术个性的关键所在"。② 另一方面，莫言小说中的人物大都具有昂扬的生命精神，比如余占鳌、司马库、孙丙等。余占鳌出身贫寒，父亲

---

① 阎连科：《〈受活〉：超现实写作的重要尝试》，《南方文坛》，2004 年，第 2 期。

② 张志忠：《莫言论》，北京：中国社会科学出版社 1990 年版，第 53 页。

早丧，他与母亲耕种三亩薄地度日；十三四岁的时候，母亲因家贫难以度日与天齐庙里的和尚勾搭上了；18 岁时，余占鳌怒火难消，借机杀了和尚，母亲也上吊死了，自此，余占鳌开始了流浪生涯；24 岁的时候，他刺杀了单廷秀父子，与戴凤莲度过了一段荒唐浪漫的时光；在墨水河里用双枪杀掉了花脖子等 8 个土匪后，便离开了烧酒作坊，走进了青纱帐，过起了打家劫舍的浪漫生活；为了报复县长曹梦九的 300 鞋底，余占鳌绑架了曹梦九的儿子；1928 年深秋，曹梦九设计消灭了余占鳌 800 人的队伍；鬼子来了以后，余占鳌又拉起了抗日的旗杆，在胶平公路伏击日本鬼子遭到重创，队伍被消灭，妻子戴凤莲被打死，儿子受重伤；在走投无路的情况下，经五乱子的劝说，余占鳌参加了土匪队伍"铁板会"，以假参军的诡计绑架了江小脚，又以假投诚的方式绑了冷麻子，换来了大量的枪弹和战马，至此做起了铁板会真正的土匪头子；在为妻子出殡的日子里，铁板会先后与胶高大队、冷支队、日本鬼子开始了混战。作为农民出身的土匪，余占鳌的一生大起大落、跌宕起伏。莫言对于这样一个人致以崇高的英雄礼赞，他敬奉的是余占鳌骨子里那股"超脱放达"、"敢爱敢恨"、拒受他人领导的无拘无束的、超越是非观念的生命精神。《丰乳肥臀》中的司马库也是一个具有昂扬生命力的人物形象，莫言在谈到《丰乳肥臀》时，明确表示了对司马库的偏爱。司马库是"福生堂"的二掌柜，抗日战争时期，他是抗日别动大队的司令，蛟龙河石桥火烧日本鬼子，破坏铁路毁列车；抗日战争胜利后，他把爆炸大队赶出高密东北乡，后被独立纵队俘获，在押解过程中成功逃脱后参加了还乡团；国民党溃败后，司马库独自在高密东北乡流窜，为了挽救家人，向共产党自首，公审后被枪毙。小说中的上官鲁氏对司马库的评价很有概括性："他是混蛋，也是好汉。这样的人，从前的岁月里，隔上十年八年就会出一个，今后，怕是要绝种了。"司马库最可贵的是他那视死如归的精神，他为了血缘亲情可以舍弃自己的生命；以上官鲁氏的话来说，司马库是一个真正的男人。

与高扬的生命本体论形成对比的是，莫言在小说中批判了"种的退化"的现象。莫言最早是在《红高粱》的开篇提出了"种的退化"观点，然后从《红高粱家族》开始，一直到《食草家族》、《丰乳肥臀》、《生死疲劳》等小说中，他都形象地阐释了"种的退化"的观念。《红高粱家族》开篇就宣布了小说是在叙述"我"

的祖辈们辉煌的历史，小说一开始就赋予"我爷爷"、"我奶奶"非同一般的形象。"我爷爷"余占鳌是一个敢作敢为、敢爱敢恨、周身洋溢着阳刚与血性、浑身充满着蓬勃的生命力的人物形象；"我奶奶"戴凤莲是一个有着花容月貌、有着非同一般的机智和胆识的人物形象；"二奶奶"恋儿为了女儿的生命甘愿献出自己的身体，表现出"一种无私的比母狼还要凶恶的献身精神"，以崇高的母性演绎了一曲动人的悲歌；罗汉大爷惨遭剥皮零割，却"面无惧色，骂不绝口，至死方休"，"为我们家的历史增添了光彩"。然而，小说中的"我"却深陷"杂种高粱"的包围之中，是一个"可怜的、孱弱的、猜忌的、偏执的、被毒酒迷幻了灵魂的孩子"。家族的亡灵是如此"秉领天地精华"、"演绎了一幕幕英勇悲壮的舞剧"，使"我们这些活着的不肖子孙相形见绌"。小说以抒情的笔触描写了家族先辈们一颗颗浪漫不羁的心灵，却三言两语勾画了活着的子孙的孱弱形象，历史与现实形成强烈的对比，表现了莫言对现代人生命精神衰退的隐忧。《食草家族》揭示了食草家族由于近亲繁殖所引起的"种的退化"的必然命运。《丰乳肥臀》中的上官家的开创者是一个血性刚烈的汉子，他有着神奇而荒唐的抗德经历。然而上官家的后辈们却完全退化了祖辈的优秀品质，上官家出现了阴盛阳衰的颓势，上官福禄父子孱弱不堪，上官家已是"母鸡打鸣公鸡不下蛋"，连延续后代的能力都丧失了。《生死疲劳》表现了莫言思考"种的退化"的一贯性，小说叙述了西门闹六世轮回的生命过程，在他作为驴、牛、猪、狗、猴存在的过程中，它们旺盛的生命力与投胎重新做人时的大头千岁命悬一线形成鲜明的对比，小说中有一段话对此做了说明：

> 我感到这个杂种身上有一种蓬蓬勃勃的野精神，这野精神来自山林，来自大地，就像远古的壁画和口头流传的英雄史诗一样，洋溢着一种原始的艺术气息，而这一切，正是那个过分浮夸时代所缺少的，当然也是目前这个矫揉造作、扮嫩伪酷的时代所缺乏的。①

一方面，动物显示的这种昂扬的生命力、"蓬蓬勃勃的野精神"，与民族生命力的衰退和现代人精神的萎缩是一对矛盾统一体。另一方面，在一定程度上可以

---

① 莫言：《生死疲劳》，北京：作家出版社 2006 年版，第 221 页。

说这种"野精神"与莫言在《红高粱家族》里呼唤的"红高粱"精神是一致的。莫言对这种"野精神"也是极度崇拜,正如对猪王十六的一段礼赞:"我就是生命力,是热情,是自由,是爱,是地球上最美丽的生命奇观。"①

苦难叙述在莫言的小说中占有十分重要的位置。在莫言的小说中,历史就像一个巨大的黑洞,不给人类提供挣脱的机会,人类陷于无休无止的苦难之中难以解脱,生命与生存成为不能承受之重。在 20 世纪的历史中,创伤与痛苦始终是中国人无法抹去的记忆,民族危机、阶级斗争、天灾人祸连绵不绝;莫言亲身经历了各种各样的创伤和痛苦,他的小说世界对此有着广泛而深刻的反应,《丰乳肥臀》和《拇指铐》等作品是莫言苦难叙述的代表作。莫言在《丰乳肥臀》中再现了众多苦难与死亡图景,集中表现了人的生命和生存愿望与残酷的历史环境之间的矛盾冲突。小说第一卷中重点表现的是一个触目惊心的生育场景:上官鲁氏难产。波伏娃在《第二性》中从女权主义角度强调了生育对于女人完全是痛苦与折磨,丝毫没有体现女人的价值,甚至消解了女性作为人而存在的理由。生育是女人中的宿命,女人生育所带来的痛苦与折磨,萧红在她的小说中也有过令人惊叹的描写。《生死场》中在描写金枝分娩的同时,有一只母狗也在生产,女人与母狗在一定意义上是等同的,这与波伏娃的论述何其相似。上官鲁氏分娩的同时,她家的毛驴也要生产了,虽然萧红笔下的金枝与母狗可以等同,但是莫言笔下的上官鲁氏的命运远不如毛驴,婆婆给难产的毛驴请来了兽医,他们更关注的也是毛驴。作为男性作家,莫言肯定没有萧红那样细腻的心理感受,但这没有过多地阻碍莫言对女人生育痛苦的描写。对于上官鲁氏来说,生育的痛苦与折磨早已成习惯,她对外在环境的恐惧远远超过了自我身体的疼痛。上官鲁氏对上官吕氏的恐惧的最终根源是旧中国传统道德伦理秩序的暴力:在中国封建社会,女人是男人的附庸和家族传宗接代的工具。鲁璇儿嫁给上官寿喜,一方面是璇儿的姑姑回收了养育璇儿十七年的心血和开销,鲁璇儿的身价是一头黑骡子。另一方面,上官寿喜娶了鲁璇儿,不过是他的母亲上官吕氏为上官家买回了传宗接代的工具(或者一个佣人)。他们婚姻的全部意义仅在于此,鲁璇儿的价值主要就是通过为上官

---

① 莫言:《生死疲劳》,北京:作家出版社 2006 年版,第 319 页。

家传宗接代来实现。然而，上官鲁氏嫁入上官家三年都没有生育，"成为光吃食不下蛋的废物"，她开始在上官家受尽折磨。在生命与生存都变得很困难的时候，人往往连最后一点羞恶心都会消失。上官鲁氏被动或主动地借种，但是连续生下几个女儿之后，她的命运不但没有改变，上官家对她的毒打反而越发变本加厉。上官鲁氏此时的恐惧一方面是害怕婆婆对她再次施加暴虐，另一方面是对自己肚子里孩子性别的恐惧，这两个方面都足以使上官鲁氏嗅到死亡的气息。莫言与萧红一样把生育过程描写成生与死的交战，萧红着重于对个体生命痛苦的关注，而莫言的叙述却具有更广泛深刻的历史向度。除了生育痛苦，莫言还重点表现了饥饿痛苦。莫言在一次演讲中说："饥饿和孤独是我创作的财富"①，他讲述了自己童年的亲身经历，饥饿似乎已成为他心灵中的一种无意识。其实，莫言小说世界中对饥饿的表现的确是有震撼力的，任何一个有怜悯之心的人无不生发感慨。《丰乳肥臀》中有多处写到了饥荒，小说第 15 章写母亲因为全家人饥饿卖七姐以及四姐自卖自身到妓院的故事，第 43 章写了七姐因为饥饿被诱奸的故事，第 44 章写了母亲因为饥饿而偷粮食的故事。这几个故事的共同点是饥饿已经威胁到人的生存，人因为求生的本能而促发了自救的行为，这时道德伦理早已不是不可逾越的堡垒了。当现实的灾难威胁到人的生存时，似乎没有什么不是合理的，但最可悲的是，这样的灾难无穷无尽。另外，战乱之苦也是莫言表现的一个重点。《丰乳肥臀》第26 章和第 27 章写了一个战争难民大撤离的场面，老百姓背井离乡，居无定所，食不裹腹，流血司空见惯，性命没有丝毫保障，战乱中的人，性命如同蝼蚁。在经过几天漫无目的的逃亡后，上官鲁氏最终选择了返乡。从逃亡到返乡的转变过程，体现了上官鲁氏的求生意志，向外逃亡前途渺茫、生死难料；然而故乡是血地，或许才是真正的存在之家。无论逃亡还是返乡的过程，都充满了死亡气息。综上所述，《丰乳肥臀》可以说就是老百姓的"生死场"，上官家的女儿女婿一个个地忙着生，也忙着死，最终的苦难却让上官鲁氏独自承受，她也的确表现出了伟大母性的品格，她以超强的意志和精神在苦难中挣扎，虽然她对苦难和死亡有过恐

---

① 莫言：《饥饿和孤独是我创作的财富》，《小说的气味》，北京：当代世界出版社 2003 年版，第167 页。

惧，但从来没有绝望。正如她自己所说："上官家的人，像韭菜一样，一茬茬的死，一茬茬地发，有生就有死，死容易，活难，越难越要活。越不怕死越要挣扎着活。"上官鲁氏的价值就在于她对苦难的勇敢承担以及由此而体现出的挣扎反抗的精神。《丰乳肥臀》在展现人的生命和生存愿望与残酷的历史环境的矛盾冲突的过程中，塑造了一个伟大的母亲形象。

《拇指铐》被誉为莫言最好的一部短篇小说，小说在表现苦难方面也是震撼人心的。小说写 8 岁的阿义与母亲相依为命、生活艰难。母亲身患重病、生命垂危，阿义在为母亲抓药的过程中被人用拇指铐牢牢地铐在一棵树上，失去了自由，经历了诸多苦难，最后阿义以生命向死亡抗争。小说中的"拇指铐"成为苦难的象征，它牢牢地固定住人类，不给人提供逃离的机会。小说虽短，却催人泪下地表现了生命意志同苦难、死亡相抗争的矛盾冲突。在莫言的其他小说中，主人公也大都承受了太多的苦难而表现出异常的压抑与痛苦，例如《透明的红萝卜》中的黑孩、《白狗秋千架》中的暖姑、《司令的女人》中的唐丽娟、《模式与原型》中的张国梁等。莫言见多了人间的苦难与不公平，苦难叙述也就成为他小说中最感人的一部分。

莫言既歌颂了昂扬的生命精神，又再现了生命和生存与残酷的历史环境的矛盾冲突，以探索人类的生命状态和生存方式。值得注意的是，莫言在叙述苦难的过程中，始终怀着悲悯意识，他"心中充满了对人类的同情和对不平等社会的愤怒"①。莫言的小说创作不仅体现了生存小说的成就，而且对于当代小说的创作形式也是一种冲击，从《红高粱家族》开始，他就在不断地尝试各种各样的小说形式。莫言在《天堂蒜薹之歌》和《酒国》中探索了小说的结构艺术，在《丰乳肥臀》中他追求小说的史诗性，在《四十一炮》中他尝试讲故事的小说写作方式，在《檀香刑》中他实践了小说的戏剧体形式。莫言至今仍在不断地探索，如《生死疲劳》采用了章回体的形式，《蛙》采用了书信和剧本相结合的形式。从小说的叙述方式来说，莫言也一直在不断地实验，不断地创新，从《透明的红萝卜》开始，莫言的叙述方式越来越复杂，叙述视角不断地变化，叙述基调也不断地调整。如在

---

① 莫言：《饥饿和孤独是我创作的财富》，《小说的气味》，北京：当代世界出版社 2003 年版，第168 页。

《四十一炮》中居然出现了三条叙述线索，在《生死疲劳》中多重视角不断地进行转换。正因为叙述方式的复杂多变，同时在"思想与美学的容量"上达到了"叙述的极限"，所以被称为"莫言叙述"。总之，莫言以其对人类生命和生存的探索，以及对小说形式的不懈探索，集中体现了1980年代以来中国知识分子的精英意识和启蒙立场。虽然莫言在小说的思想内容与艺术形式方面取得了突出的成就，但是莫言的小说也有美中不足之处，比如他对暴力美学的过度张扬让读者难以接受，尤其是《檀香刑》对凌迟酷刑的描写，让人感觉惨不忍睹；又如莫言具有惊人的想象力和表现力，但是他在小说中有时又表现了控制力的不足，部分叙事有过度铺张的嫌疑，尤其是《食草家族》中有一大段描写大便的情节，容易使人感觉小题大做。

第十四节　余华与寓言化小说

20世纪80年代以来，小说的"爆炸"成为当代中国文坛最热闹的风景。"爆炸"不在其他，在于小说之观念、叙述方法、叙述语言，乃至美学风格等的变革。当代小说家一面努力寻找对世界的新的阐释，一面为这种阐释寻找恰当的形式。提供阐释和表达阐释，这并非逻辑上相关联的两个问题，事实证明它们根本上是一个问题的两个方面。如果把这二者割裂开来，认为不过是从"写什么"到"怎么写"，那这样的文学要么是内容滞重，要么是形式游离。

余华，以其富有创造性、超越性的写作成为中国当代文坛不可多得的"这一个"，他是废品最少的作家之一，也是被研究得最充分的当代作家。理解余华小说文本的文体特征和美学价值，可从寓言的角度切入。他的寓言化小说在内容与形式上实现了较好的融合统一。

寓言激活了现代写作中的诸多因素，反过来，现代写作也复活了寓言这种古老的艺术形态。寓言是最古老的文学样式之一，它与童话、神话有着较近的亲缘关系。如果用现实主义的美学观念和价值标准来考察寓言，它的话语形态显得原始、粗糙和初级。它非但无力创造宏大、完整的社会历史图景，亦无力贡献丰富、多面的人物形象画廊，相反只能提供一种类型化、简单化的形象符号。然而，作为一个理论概念（而非独立的文学形式），寓言在 20 世纪由本雅明重新发现活力，被卢卡契和阿多尔诺称为理解现代主义的钥匙，而今杰姆逊又把它作为理解第三世界文学的钥匙。

承认余华的小说文本是一种寓言式写作，需要从话语形态、寓言理性两个方面入手来考察。寓言最初的话语形态，是一个被讲得有趣却简短的故事，没有过多的枝蔓，铺陈详叙、精雕细琢都是它所不采纳的。它无意于塑造鲜明的人物形象，也无意于创造一个完整的世界图景。故事的面貌只是被简单勾勒、大致描写出来。很显然，这种话语形态与现代小说写作所要求的丰富性、复杂性是相悖的。余华的小说文本却恰恰暗合了寓言这种简单的故事形态的要求。单从小说容量上看，余华钟情的是中短篇的创作，即使是 1990 年代的三部长篇，也比常规意义下的长篇要单薄、瘦弱得多，它们都没有超过 15 万字。从小说故事上看，余华的小说有故事，但却往往没有故事性，故事的简约纯粹有时甚至让人感到余华不太会讲故事。

一般的研究都注意到余华 1990 年代的《活着》与《许三观卖血记》两个文本简化、简约的形式倾向，却忽略了他早期作品革新叙事话语的同时，已经明显地露出"简化"的端倪。像《世事如烟》、《难逃劫数》、《一九八六年》、《鲜血梅花》等众多中、短篇小说，其篇幅虽然短小节约，但就其内容涵量、指涉疆域来说，却大多丰繁复杂。它们很像被挤掉了水分的干货，表轻而里重。这对于当代文坛某些自称只会写长篇小说，不知中篇、短篇为何物的作家无疑是个提醒。在一些作家看来，长篇已经简化为一个篇幅问题，仿佛写短了就是短篇，写长了就是中篇或长篇。余华一以贯之的创作态度的严谨，艺术理想的不懈追求，使他的文本在某些方面为当代文坛确立了典范和规则，并将引发研究界、创作界对中短篇小说创作的重视。

《两个人的历史》就是余华早期的一部极其简约的典范之作。尽管题目叫"历史"，时间跨度从 1930 年 8 月至 1985 年 10 月，可是小说却完全减去了历史叙事，仅将男主人公谭盾一生中三次回家探视，与女佣兰花相遇的场面作为叙事支点，从侧面交代勾勒了两个人截然不同的曲折的一生。这个在他人笔下完全可以写成洋洋几十万字的精彩故事，余华仅用 3000 字的短小篇幅，以概括性的笔法十分巧妙地完成叙事。其塑造的两个主人公形象虽单薄但清晰，本来曲折坎坷的故事被化在几个生活的小细节、小场景中，而这几个生活场景因为载着人物的历史显得格外意味深远、外轻里重。

这是余华的不同寻常处。他的小说十分明显地借用了寓言的"简单"精神。寓言是崇尚简单化、概念化的，但这并不是说寓言缺乏指涉力。相反，它自觉地处于一种词与物的断裂的境况中，它是一种关于话语的话语。先秦诸子用简单的寓言来传播深奥的道理，指涉历史、政治、国家等多重语境。其自由的表达方式与深刻的表现力量之间形成极大的张力和弹性。其简单之美、"小中藏大"、"大巧若拙"恰恰说明寓言的玄妙。而余华的小说就具有寓言式的简化功能和简单精神。在作品中，它们是以小见大、以轻写重的集中利用。关于此，余华接受《中国青年报》记者王永午采访时宣称："我觉得用轻的方式表达重比用重的方式表达重更好。"这句话道出了寓言式写作的玄机。轻者未必轻，重者未必重。轻者可以直达纯粹之美、简约之美，更重要的是，轻的方式并非产生于轻，而是来自于重的内容。于是，这种轻的方式和重的内容之间的张力和弹性使叙事进入一个崭新的境界，使意义与话语形式处在滑动的、多重变幻的关系中。尽管有作家指责余华"把个好故事写成了寓言"[①]，也有论者对这种写作样式表示怀疑和轻视，但在文学的变量与不变量的辩证关系中，余华的寓言式写作仍然有着独特的美学价值和重要的文学史意义。

余华的"以轻写重"、以简写繁，是通过自由新鲜、跳动直接的经验形式来实现的。他的文本滤去了社会、政治、历史、伦理、道德的重重话语屏障，在其他作家笔下显得滞重拥挤、繁复堂皇的历史叙事和道德叙事，被他用纯粹经验的表达穿过和超越。余华在他的散文集《我能否相信自己》中赞叹博尔赫斯的小说里曾有这样的写法："我一连好几天没有找到水，毒辣的太阳，干渴和对干渴的恐惧使日子长得难以忍受。"他说："这个句子为什么令人赞叹，就是因为在'干渴'的后面，博尔赫斯告诉我们还有更可怕的'对干渴的恐惧'"。从一定意义上讲，对人类经验的自由和多维度的表达，恰恰是小说成熟的重要标志。余华的全

---

① 马原：《关于新时期文学的记忆》，《当代作家评论》，2000年，第4期。

部文本，都展示出他没有滞留在一般作家感兴趣的历史话语、道德话语的制作上，而是进行着一次次经验的重建和冒险，以达到从内容到形式的真正简化和抽象化。余华1980年代与1990年代的创作相比，经验表达的侧重点不同，"其前期的经验更接近于人性与哲学，后期的经验更趋向于历史和生存"。①

早期余华对经验的表达显得纯粹而尖锐。对人性恶的揭示，对死亡和暴力的展示，都来得突然直接，都裹挟在经验当中。《难逃劫数》就是一个例子。这部中篇小说讨论了死亡与暴力，讨论了情欲与惩罚，也讨论了"偶然事件"与"难逃劫数"。它在内容方面算得上复杂繁难，但在故事的讲法上，余华抽去了事件发生的社会历史语境，抽去了人物的智性和情感，而直接将他所要表现的人性之恶、存在的真相等形而上的探讨寄寓一个个经验的描述中。东山由于情欲的诱惑爱上了丑女露珠，结果引来毁容之灾；广佛和彩蝶在草地上偷情被一个男孩偷看，广佛竟将其踢死；森林妻子在东山婚礼上嚎啕着森林"从来没为我买过一条漂亮裤子"，从此森林便怀着仇恨在大街上用小刀专门割破女人时髦的裤子……这些事件连接着"淫是万恶之首"、"因果报应"、"不可理喻"等丰富的人生经验。这样，小说就不是简单地表达一个主观意图，或是引发某种情感和情绪，而是召唤起读者的经验，特别是指向对人生普泛经验的探讨和感受。

余华1990年代力作《活着》与《许三观卖血记》是两个优秀成熟的寓言式版本。它们都分别以主人公徐福贵和许三观的一生为时间跨度，又以他们一生的遭际厄运为情节线索。余华对这两个长篇的处理真正做到了惜墨如金、以少胜多。前者题为"活着"，其实是一个讲述死亡的故事。徐福贵一生目睹了近10个亲人的死亡，在一个个惊心动魄、令人窒息的死亡故事背后，我们看到的是受难般的、炼狱式的生存，所以这又是一个关于"活着"的寓言。这个寓言可以从两个层面来概括，一方面是徐福贵从早年的浪子、赌徒到输得一无所有、历经人世劫难后人心向善的故事。从普遍意义看，它概括讲述了一个个体生命的成长——由生到死、由恶到善的过程。如果放到西方的宗教文化背景里去看，它又是一个人从原罪到赎罪的过程。这个过程充满了忍受、艰辛，生命如同放到神圣祭坛上的羔羊，

---

① 张清华：《文学的减法》，《南方文坛》，2002年，第4期。

面对命运之神的摆布，它只有献身。另一方面，《活着》还为我们提供了关于"死亡"和"生存"的最原始和带普泛意义的经验方式。余华用许多动人的细节告诉我们，"死亡"的宿命、"生存"的苦难是人类存在的两个指向。福贵的儿子有庆和女儿凤霞先后死在同一家医院，一个间接一个直接的因"生产"而死。个体的诞生与消亡这样不同寻常的被连接在一起，交织成关于生命的奇响。而苦难，则是除去死亡的另一个存在的常态。作品中的每一个人都在苦难面前挣扎、煎熬。其生之不易和艰辛超出了一般社会学层面的探讨，余华是站在人类学和哲学的高度及抽象又具象地来表现这一文学的苦难母题的。所以徐福贵的受难、炼狱式的生存，才能掀动我们情感深层的潮水，引发我们形而上的思考，让我们听到来自灵魂深处的回响。

《许三观卖血记》同样作为一个寓言而存在。它在故事的表与里两个方面都更臻于成熟完美，也就是说，它比《活着》更形式化、寓言化。我们惊讶于许三观为了度过家庭危机，为了妻儿，一次次执著卖血。他除了出卖"血"这个生命之源便再也想不到其他出路。这用生活逻辑是解释不通的。只有站在寓言式写作的角度，我们才能认可许三观，认可他最后近乎成了有卖血癖的人。比之徐福贵的忍受，许三观卖血是对生存、对苦难的主动承担。他每次卖血都是为了他人，在一次次卖血后，许三观获得了对自我价值的确认和对尊严的维护。直到小说结尾，当他想为自己卖一次血时，竟然发现他已经老得卖不掉血了。这部长篇在经验表达上，有两个独特发现：一是用市民化、民间化的方式来表现经验，比如许玉兰的一次次坐在门口哭诉；一乐站在房顶去为生父何小勇喊魂；许三观每次卖血前都要喝上几大碗水；灾荒年许三观"用嘴炒菜"为饥饿的家人进行精神会餐……这些细节描写将情感和经验既凡俗又不寻常地表现出来。说凡俗，是因为它们来自民间的日常生活，它们裹挟着生活之流，带着生活粗糙朴素的形态和生气勃勃的气息；说不寻常，则是因为它们蕴藏着独特的美学价值，显现着余华的文化立场和精神来源。民间温情、民间伦理结构、民间人情世态构成了作品艺术力量的重要根源，而民间话语的活力将有效防止权威化、经典式的僵化和生硬。二是用类似音乐的频率、节奏来模拟、戏仿人生的经验。比如许三观12次卖血，一次比一次加重对人物生命力的消耗，以致更加接近死亡这个人生的大结局，同时，每一次卖血又有着不同的人生意义和情感内涵。整个文本成功地完成了对许三观一生戏剧化、寓言化的戏仿和修辞想象，从而获得强烈的形式感，显示出余华的叙事智慧。

除了对寓言简化精神的再发现和再运用，余华的文本还充分体现了寓言的寄托精神。从亚里士多德的《修辞学》开始，人们就确定了"寓言"的基本品质："寓言"故事不代表其自身，而是指向自身之外的某个抽象物（道德寓意、生活教训等）。寓言的诞生主要是由于有的道理不便于明说或直说，或者不容易讲清楚，就借用故事来说明。这样，古老的寓言普遍存在着"故事—道理"的对应关系，也就是说，寓言有着强烈的寄托性、理性美，这是寓言美之精髓所在。余华的寓言化小说显然因这种理性力量而卓尔不群。

长期以来，我们一直有这样的误解：以为一部作品的理性力量强大，就会影响它的艺术表现，就缺乏艺术性。这种误解特别集中体现在对人物塑造的判断上，一些论者不能接受余华笔下人物的简单化、类型化。其早期作品中的人物都是被抽去了智性的叙述符号，他们或没有名字，或缺乏情感，或没有性格发展；他们只是作家笔下操纵着的一个个功能性很强的叙述代码。即便后期的徐福贵和许三观，尽管余华自己感觉他们与前期人物相比已经"活"了起来，然而如果用现实主义人物观来衡量，他们仍不够复杂，也不够丰满。他们似乎不能与拉斯科尔尼科夫、于连这种世界经典名著中的著名的复杂人物相媲美。但是，我们实不可这样去苛求和误解余华。有一个可供参照和对比的例子，这就是鲁迅。鲁迅作品的强大理性精神是不容回避的，并且，鲁迅小说的"寓言性"特征也极为明显，可这并不意味着鲁迅的小说缺乏艺术性。恰恰相反，他为中国百年新文学提供了表与里融合得相当完美的经典范本：一方面是对寓言简化精神的巧妙借用而达到形式的简约之美和高度戏剧化，另一方面是对寓言哲理性的关注而达到作品寓意的多重性和深刻性表达。所以鲁迅笔下的人物狂人、孔乙己、祥林嫂也都并不复杂，但却相当典型。某种程度上，余华是当代文坛对鲁迅小说精神和叙事智慧承继最多的一个作家。条条大路通罗马。完成小说思想性和艺术性的结合，不必都去重复司汤达、陀思妥耶夫斯基们的"复杂"笔法。余华作为一个对人类、人性、生存、历史有热忱关注和独立思考的认知主体，其清醒的理性意识必然在作品中留下深深印痕。同时，作为一个非常重视叙事智慧的小说家，余华在不断地探索小说之道和叙事之美，他作品中的理性不是直接依靠沉重的思想来表达，而是通过鲜活生动的经验感受来传达的。

这方面，余华的独特贡献在于：一是他的文本实现了思辨性深刻与经验性深刻的统一。其笔下的"死亡"、"暴力"、"血腥"、"苦难"等，都不是一个个冷冰冰的静态点，它们一方面连接着形而上的深刻的哲理思考，一方面连接着悟性生发、丰富鲜活的感觉经验。在这两个指向上余华的写作都达到了智慧的深度，并显现出获得自由无限舒展的情感和想象。特别是后期余华在思想与艺术、智性与叙事等方面找到沟通点、契合点，由此获得文体形式的成熟时，他的文本既成为关于生存、人性的寓言、又颇像是一本本哲学启示录。二是余华运用现代小说精神实现对古老寓言单一性哲理的改造，对经验自由的、多维度的表达，给作品带来寓意的模糊性和多重性。同传统寓言"故事—道理"的简单对应不同，余华既不在作品里点题说明，也不依靠传声筒与叙述者的暗示，而是有效控制人物与叙述者之间的距离，使作者主观情感深藏不露，任由小说人物和事件发出众多信息。余华的寓言式小说不提供答案，也不是非要攫住读者，竭力向他们传达一个意念或是一种说法，而是将寓意不断地扩展和转移。这得益于现代艺术思维方式的运用。传统寓言的思维方式往往是图解和概括，余华所运用的是感受和经验，其寓意不是主观想出来的，而是带着原有生活形态朦胧地呈现出来。所以，我们很难分辨余华的文本究竟喻指着人性还是哲学，生存还是历史，个体还是民族，它们更像是这些选项的多重组合，最终达到摇曳不定、多样化、模糊性的象征隐喻效果。

1980 年代以来的中国文坛，除了余华，像莫言、扎西达娃、韩少功、王安忆、张炜、贾平凹等人的小说创作都有着寓言化的倾向。这既是受小说家们西方现代派文学和拉美文学影响的结果，也是他们努力建构文学的自我镜像的结果。寓言化小说主题的多义混杂、美学风格上的含蓄蕴藉或超验神秘，是符合 20 世纪"中国经验"的表达的。

第十五节　苏童与新历史叙事

新历史叙事是一个宽泛的概念，它包括新历史小说、新历史剧本、新历史主义小说、新历史主义批评，甚至还可能包括当前盛行的"历史化"的文学史研究。新历史叙事是与旧历史叙事相对的概念，进入 1980 年代以后，尤其是在 1985 年以后，由于思想解放潮流的发展，旧的历史叙事方式已经无法适应时代发展的需要，文艺的各个领域都试图重新认识历史、叙述历史，尤其是小说、电影和文学史研究都采取了不同以往的叙事方式来重构历史。小说领域的新历史叙事包括新历史小说和新历史主义小说两种不同的叙事，新历史小说是一个比新历史主义小说略大的概念，它包括新历史主义小说（如苏童、格非、莫言、叶兆言、刘震云等人创作的、以发生在革命历史时期的故事为题材的小说）和新的历史题材的小说（如唐浩明、二月河、凌力等人创作的、以古代历史人物为题材的小说），因此新历史小说与新历史主义小说的内涵与外延是有区别的，如新历史主义小说可以完全虚构，而新的历史题材的小说只能是部分虚构。

新历史主义小说与新历史主义批评密切相关。新历史主义小说作为一种文学思潮，它与寻根文学思潮具有明显区别，它不是由作家主动发起，也没有作家提出明确的理论主张；与此相对的是，新历史主义小说是批评家概括出来的，批评家借用了西方理论；与寻根作家的主动摇旗呐喊相反的是，不少作家坚决否认自己的作品是新历史主义小说，如莫言。新历史主义批评的兴起是 1990 年代的产物，进入 1990 年代以后，文艺研究领域发生了深刻的转向，转向了"跨学科研究"。在中国日益融入全球化的时代，电子技术的进步和网络的发达以及后现代主义的广泛传播给文学的冲击日益突出，"文学终结论"在当代中国甚嚣尘上。在全球化和后现代主义的历史语境中，文学的扩张与泛化及边缘化使文学研究面临前所未有的挑战，文学及文学研究都陷入了困境，因此，文艺研究都必须主动转向以实现自我救赎。在 1990 年代的众多"转向"中，新历史主义批评的兴起格外引人注目。新历史主义批评是一种"跨学科研究"，它在理论上主动追求对传统"历史主义"和"形式主义"批评的双重扬弃[1]，主张对文学文本实施"政治、经济、社会的综合研究"[2]。正如王岳川所指出的，新历史主义文化诗学的兴起表明文学批评中

---

① 陆贵山：《新历史主义文艺思潮解析》，《中国人民大学学报》，2005 年，第 5 期。
② 王岳川：《新历史主义的文化诗学》，《北京大学学报》（哲学社会科学版），1997 年，第 3 期。

第十三章 新潮文化渗染的文学形态 | 1661

的历史意识和社会批评方法受到重视。1993 年，张京媛选编的《新历史主义与文学批评》在 1990 年代产生了广泛的影响，至今都被众多教授列为研究生的必读书，它不仅引起文学理论专家对新历史主义进行深入研究和阐释，如王岳川、盛宁等人；而且促使文艺批评领域实践新历史主义批评，如张清华等人。在理论阐释和批评实践的合力作用下，以苏童等为代表的小说得到了充分阐释，一股新历史主义批评思潮在 1990 年代后期占据了显要位置。

新历史主义批评明显滞后于新历史主义小说发展的步伐，早在 1980 年代新历史主义小说就已经产生了。造成上述状况的原因在于，中国的新历史主义批评深受西方新历史主义理论的影响，虽然西方新历史主义理论在 1980 年代就已经传入中国，但是直到 1990 年代新历史主义理论才得到深入阐释和广泛运用；然而，当代文学中的新历史主义小说与西方新历史主义理论"在历史观上虽有相似之处，但彼此之间并无一脉相承的直接关联"[1]。一般来说，新历史主义小说的兴起与当代小说的发展密切相关，自 1942 年以后，以"三红一创，青山保林"等为代表的革命历史小说一直是当代文学的主流；1976 年以后，伤痕小说和反思小说也是以叙述历史为特色，1985 年左右的寻根小说也把笔触指向中国历史文化。也就是说自1942 年以来，当代小说有叙述历史的传统，然而这种历史叙述有许多共同的特征，比如叙述对象都是"官方的正史"，叙述主题突出政治意识形态化，等等。1985 年左右，经过一段时间的思想解放潮流的洗礼，中国思想文化处于转型的关键时期，知识分子的历史意识和历史观都发生了一定的改变，逐渐不满以革命历史小说为主流的历史叙述，新历史主义小说正是在这样的思想文化背景中产生的，正如有学者所指出的，"当代中国的新历史主义文学思潮并不是在西方新历史的理论方法的直接'指导'下的结果，它是中国当代文化总体的解构和转型的产物，作为它的一部分，当代中国人的历史意识也必然发生嬗变"[2]。

因为新历史主义小说是一个借用西方新历史主义理论而得出的概念，所以在利

---

① 吴秀明：《序》，黄健：《穿越传统的历史想象：关于新历史小说精神的文化阐释》，广州：暨南大学出版社 2010 年版，第 2 页。

② 张清华：《十年新历史主义文学思潮回顾》，《钟山》，1998 年，第 4 期。

用这个概念分析小说时，这类小说就应该要体现新历史主义的特征，简单地说，就是这类小说应该"反映了一种具有'新历史主义'倾向的历史观"①。新历史主义小说的思想内容和基本特征被规定为："文本的历史性和历史的文本性"，"单线历史的复线化和大写历史的小写化"，"客观历史的主体化和必然历史的偶然化"，"历史和文学的边缘意识形态化"②等。虽然新历史主义小说的思想内涵和基本特征是从西方引进的，但是新历史主义小说的历史意义却根源于中国当代文学史的发展。

关于近三十年来新历史主义小说的发展分期，那些认为新历史主义文学思潮在1990年代初就已经终结的观点显然过于悲观。从新历史主义小说的发展状况以及批评家的相关观点出发，新历史主义小说的发展大致可以经历了三个阶段：即1980年代中期至1990年代初期的探索阶段、1990年代中后期的深化阶段、新世纪的转型阶段。探索阶段的新历史主义小说从内容与形式方面试图解构革命历史小说，重新建构被主流意识形态所压抑的民间历史主义。第二阶段的新历史主义小说，试图超越民间立场，思考人类的生命和生存困境，表达对人类的终极关怀和人道主义精神，建构了存在主义的历史主义。第三阶段的新历史主义小说不仅试图解构革命历史主义，也试图解构民间历史主义，在历史观上接近虚无。一般看来，莫言的《红高粱》、《丰乳肥臀》、《生死疲劳》，乔良的《灵旗》(1986)，格非的《迷舟》(1987)、《敌人》(1991)、《人面桃花》(2004)、《山河入梦》(2006)，刘恒的《伏羲伏羲》(1988)，刘震云的《故乡天下黄花》(1990)、《故乡相处流传》(1993)，张炜的《古船》(1986)、《家族》(1995)，叶兆言的《1937年的爱情》(1996)，李洱的《花腔》(2002)等小说被批评家认为是新历史主义小说的代表作品，苏童、格非、莫言、叶兆言等人被认为是新历史主义小说的代表作家。

苏童，1963年生于苏州，原名童忠贵。1980年考入北京师范大学中文系，1983年开始发表小说，苏童的主要作品有《1934年的逃亡》、《罂粟之家》、《妻妾成群》、《米》、《妇女生活》、《红粉》、《我的帝王生涯》、《碧奴》、《河岸》。《妻妾成群》被张艺谋改编成《大红灯笼高高挂》，获得威尼斯电影节大奖；《妇女生活》改编为

① 张清华：《十年新历史主义文学思潮回顾》，《钟山》，1998年，第4期。
② 张进：《新历史主义文艺思潮的思想内容和基本特征》，《文史哲》，2001年，第5期。

电影《茉莉花开》，获得上海国际电影节金奖；2009 年，《河岸》获曼氏亚洲文学奖。

苏童的小说不仅体现了新历史主义小说的基本特征，而且体现了近三十年新历史主义小说的发展的转型。"历史的文本性和文本的历史性"是新历史主义理论的一个基本观点，苏童的小说再现了这种历史观，苏童认为历史是虚构的、个人化与碎片化的。苏童说：

> 虚构不仅是幻想，更重要的是一种把握，一种超越理念束缚的把握，虚构的力量可以使现实生活提前沉淀为一杯纯净的水，这杯水握在作家自己的手上，在这种意义上，这杯水成为一个秘方，可以无限地延续你的创作生命。虚构不仅是一种写作技巧，它更多的是一种热情，这种热情导致你对于世界和人群产生无限的欲望。按自己的方式记录这个世界这些人群，从而使你的文字有别于历史学家记载的历史，有别于报纸上的社会新闻或小道消息，也有别于与你同时代的作家和作品。
>
> 虚构在成为技巧的同时又成为血液，它为个人有限的思想提供了新的增长点，它为个人有限的视野和目光提供了更广阔的空间，它使文字涉及的历史同时也成为个人心灵的历史。①

上述观点有两个基本点，即小说是虚构的和小说中的历史是个人化的。苏童强调小说的虚构性，揭示了小说中历史的虚构性，这与革命历史小说试图建构革命历史的真实性截然相反；苏童认为小说中的历史是按自己的方式记录的、个人心灵的历史，揭示历史的个人化性质，这种个人化的历史叙述为小说叙述打开了广阔的空间。个人化的历史叙述决定了叙述历史的碎片化，苏童说过，"我用我的方法拾起已成碎片的历史，缝补缀合，这是一种很好的小说创作的过程"。② 苏童的小说，从《1934 年的逃亡》一直到《河岸》，都是以个人化的历史叙述和碎片化的历史拼接质疑了叙述历史的真实性，拒斥了历史叙述的总体化。《1934 年的逃亡》讲述的是祖孙三代的逃亡故事，几乎没有可以归纳的共同主题，完全是个

---

① 苏童：《虚构的热情》，南京：江苏文艺出版社 2003 年版，第 219 页。
② 苏童：《世界两侧·序》，南京：江苏文艺出版社 1993 年版，第 1 页。

体对自己灾难的回忆，个体灾难在不断地延续，苏童就这样把一个个碎片化的历史故事拼接成小说情节。在《我的帝王生涯》中，苏童更是自由地进行虚构历史的游戏，历史对他来说，也许只是一个玩偶，可以自由的摆弄，他说："《我的帝王生涯》是我随意搭建的宫廷，是我按自己喜欢的配方勾兑的历史故事。"①

进入新世纪以后，苏童的新历史主义小说出现了明显的转型。以新世纪为界，苏童的新历史主义小说创作大致可以分为两个阶段，在新世纪以前的新历史主义小说中，苏童在形式上解构了革命历史小说的叙述模式，建构了民间历史主义的历史叙事；并在内容上以对人性的书写表达了对人类的终极关怀，建构了存在主义的历史主义。新世纪以后，苏童在以《碧奴》和《河岸》为代表的小说中不仅试图解构民间历史主义的意识形态，而且在历史观上转向了虚无主义的历史主义。

在新世纪以前的新历史主义小说中，苏童以个人化、碎片化的历史叙述促进了宏大叙事在新历史主义小说中的消解，并以鲜明的民间立场体现了对在"正史"中被忽略的个体的关怀。有学者认为，"对于宏大历史叙事进行消解一直是苏童创作的一个隐秘动机"②，这正是新历史主义小说的重要特征，如赵一凡认为新历史主义试图"瓦解由大事和伟人拼合成的宏伟叙事，消除人们对历史起源及合法性的迷信，重现它们被人为掩饰的冷酷面貌"③。苏童对宏大叙事的消解，不仅解构了革命历史小说的叙事模式，而且解放了革命历史小说中被压抑的个体，使"个人从历史宏大的视野中走出，以个人的自在性抵抗历史的束缚；甚至，个人不再是历史的同路人，是历史的陌路者"。④ 小说《红粉》直接颠覆了革命历史小说的叙事范式。小说讲述了秋仪、小萼等人的故事，秋仪和小萼原本是翠云坊的妓女，秋仪和老浦产生了真正的爱情，并有了婚约。宁城解放以后，妓院被查封，秋仪和小萼被逮捕。革命胜利了，人民解放了，秋仪和小萼的命运也发生了巨大的改变，在经过一系列的革命改造以后，秋仪和小萼并没有找到生命的归宿，秋仪去尼姑

① 苏童：《〈苏童文集·后宫〉自序》，南京：江苏文艺出版社1994年版，第1页。
② 赵双花：《无处安顿的灵魂——评苏童长篇〈河岸〉》，《小说评论》，2010年，第2期。
③ 赵一凡：《什么是新历史主义》，《美国文化批评集：哈佛读书札记（一）》，北京：三联书店1994年版，第238页。
④ 周新民：《生命意识的逃逸——苏童小说中历史与个人关系》，《小说评论》，2004年，第2期。

庵出家，小萼又开始新的逃亡。显然，苏童以个人化的叙事方式取代了革命历史小说的宏大性和确定性的叙事方式，以个人生活的日常经验填补了宏大叙事所忽略的具体空间，小说从个人命运和集体命运的强烈反差中暴露了宏大叙事的单向度性质。

苏童强调："我的创作目标，就是无限利用'人'和人性的力量，无限夸张人和人性的力量，打开人生与心灵世界的皱褶，轻轻拂去皱褶上的灰尘，看清人性自身的面目，来营造一个小说世界。"[1] 苏童习惯在小说中把欲望和感情与革命和暴力进行对立书写，从而体现人性所受到的压抑和残害，这一点在《罂粟之家》中表现得极为明显：沉草与陈茂是血缘上的父子关系，但是沉草一直仇恨陈茂，并亲手枪杀了陈茂。这个故事揭示了在革命时期，人性与人情往往会被阶级仇恨所取代。苏童被称为是中国当代男性作家中"最擅长书写女性的作家"[2]，他在小说中对女性的生命和生存状态进行了探讨，对女性的性格和心理进行了多方面的刻画，建构了一系列性格鲜明的女性形象，如《妻妾成群》中的颂莲、《红粉》中的秋仪和小萼等。苏童以悲悯的情怀关注着笔下的人物，对她们所遭受的悲苦命运表达了深刻的同情，对她们所遭受的人性变异表达了深深的惋惜；《妻妾成群》讲述的是一个女性的婚姻悲剧，颂莲是一个新女性，却走进了旧家庭，成为了旧式婚姻的牺牲品，苏童赋予了颂莲许多美好的品格，但她依然逃避不了发疯的悲惨结局。苏童通过对人性的书写和对人物悲剧命运的同情，表达了对人类生命和生存状态的思考，体现了一种存在主义的历史主义。

苏童近期的新历史主义小说以《碧奴》和《河岸》为代表，这两部小说虽然延续了新历史主义小说一贯的叙述方式，但是在总体历史观上却表现了对民间历史主义和存在主义历史主义的超越。《碧奴》重述了孟姜女哭长城的故事，孟姜女哭长城在中国早已是家喻户晓，孟姜女也成为民间理想主义的典型代代相传。苏童一方面还原了孟姜女性格中的美好方面，另一方面也赋予了孟姜女种种病态、扭曲的性格，让人们传说中的完美形象成了女巫和疯子，这意味着苏童对民间神

---

① 苏童：《苏童创作自述》，《小说评论》，2004 年，第 2 期。
② 杨丹丹、张福贵：《历史·成长·女性——解读苏童的〈河岸〉》，《小说评论》，2010 年，第 1 期。

话的怀疑，也体现了对民间审美主义和民间历史主义的怀疑。《河岸》中的历史叙事"一方面让置身其中的人倍感历史传统的沉重，另一方面让人强烈地感受到历史的嘲讽意味及其虚无之处"①。《河岸》以库东亮作为第一人称叙述视角，讲述"文革"期间的历史故事，小说通过对几个人物身世的纠结，如邓少香、乔文轩等，揭示了历史的虚无与荒诞。邓少香的身世是一个扑朔迷离的传奇，关于她的身世，一个最流行的说法是，邓少香的父亲在凤凰镇开棺材铺，她是家中唯一的女儿。然而据文具店的老尹说，邓少香不是棺材铺老板的女儿，而是一个被领养的孤儿。关于邓少香如何走上革命道路，也有不同的说法。她娘家凤凰镇的人说她从小嫉恶如仇，追求进步，嫌富爱贫，相貌出众，家境也殷实，偏偏爱上了一个在学堂门口卖杨梅的泥腿子果农。这也就是说，邓少香出走凤凰镇，是为了爱情，为了理想。然而邓少香婆家九龙坡一带的说法，刚好与娘家的相反，"说邓少香与果农私奔到九龙坡以后，很快就后悔了，不甘心天天伺候几棵果树，更不甘心忍受满脑子糨糊的乡下人的奚落和白眼，先是跟男人闹，后来和公婆全家闹，闹得不可收拾，一把火烧了自家的房子，跺跺脚就出去革命了"②。邓少香的身世不仅让小说的叙述者困惑，也使读者困惑。乔文轩的身世历史也是前后对立的，经历了由革命烈属和党委书记向阶级异己分子的转变。更有甚者，有评论者对库文亮的身世有一个形象的说法，"'我'的历史成了一个'比空更虚无，比屁更臭'的'空屁'"③。所谓身世，也就是个体的历史，关于邓少香的身世，存在着这样相互否定的说法，这也就是说，个体的历史是不确定的，是神秘的，历史本身掩盖了历史的真实，人类难以挣脱历史设置的谜圈，也无法弄清历史的真实面目。个体的历史是如此虚无，整体的历史也更是荒诞，苏童对《河岸》中的整体历史有过这样的看法：

> 与我以前写作最大不同的是，这次我试图用一个特殊的角度去勾勒
> 这个时代的面孔，因此，《河岸》里的时代不仅是背景，它是小说另一

---

① 赵双花：《无处安顿的灵魂——评苏童长篇〈河岸〉》，《小说评论》，2010年，第2期。

② 苏童：《河岸》，北京：人民文学出版社2010年版，第5页。

③ 杨丹丹、张福贵：《历史·成长·女性——解读苏童的〈河岸〉》，《小说评论》，2010年，第1期。

个潜在的大人物，对于这个最大的人物，我更多的不是利用所谓的记忆，而是用理性去勾画他的面孔，因此这个人物其实是最嚣张，最狂暴的。[1]

所谓时代背景，也可以说是过去的历史，时代面孔是最嚣张、最狂暴的观点揭示了历史的本质，历史是万能的统治者，历史主宰个体的命运，玩弄个体于股掌之中。

苏童的小说体现了新历史主义小说的思想内涵和基本特征，表现了新历史主义小说在近三十年来的发展轨迹。苏童在小说的形式与内容方面都取得了重要成就，他独特的叙述形式丰富了当代小说的艺术风格和创作经验，但是苏童小说中的颓败的美学情愫易使人体验到人生的虚无，这一点值得深入反思。

第十六节　马原与先锋小说

1980 年代中期，先锋小说占据了文坛的显要位置。先锋小说的兴起主要有两方面的原因：一方面，1970 年代末期以后以王蒙、宗璞、谌容等为代表的作家在小说领域运用了现代主义技巧，以及后来的徐星、刘索拉等人的"现代派"小说所进行的现代主义实验，为先锋小说的形式变革积累了经验；另一方面，改革开放思潮兴起以后，西方现代主义和后现代主义著作大量进入中国，西方现代主义小说给中国作家以强烈的刺激，促使人们纷纷从西方文学艺术中学习和借鉴经验与方法。1984 年，马原发表的《拉萨河的女神》"被普遍看做是'先锋小说的起点'"[2]，在先锋小说的发展轨迹中，马原也就成为"一个标明历史界线的起点"[3]。马原、洪峰和残雪被称为先锋小说的第一波浪潮，洪峰在形式上追随马原的路径，相继发表了《奔丧》、《瀚海》等小说；残雪在 1986 年相继发表了《苍老的浮云》

---

① 苏童：《〈河岸〉更切题的名字是"河与岸"》，《东方早报》，2009 年 4 月 10 日。

② 刘云生：《先锋的姿态与隐在的症候：多维理论视野中的当代先锋小说》，成都：巴蜀书社 2009 年版，第 28 页。

③ 陈晓明：《最后的仪式——"先锋派"的历史及其评估》，《中国先锋小说精选》，兰州：甘肃教育出版社 1993 年版，第 5 页。

和《黄泥街》等小说，以冷僻和怪异的感觉方式，刻画女性的乖戾精神。在先锋小说家中，余华也是一位有代表性的人物，有学者认为："即使没有格非、苏童、孙甘露这些所谓第二波先锋派作家同时崛起，余华也能使 1988 年成为中国内地文学的丰收之年。"[1] 余华在 1987 年发表《十八岁出门远行》和《四月三日事件》等小说以后，1988 年又发表了《世事如烟》和《难逃劫数》等小说，他以"零度叙述"和对暴力、变态的怪诞叙事成为先锋小说的代表作家之一。格非的《青黄》和《褐色鸟群》等小说也被称为是先锋小说的重要作品，以制造"空缺"、"悬念"和"悖论"等特征被认为是颠覆了传统小说的叙事模式。孙甘露的《我是少年酒坛子》和《信使之函》在形式上综合了小说、诗歌、散文、寓言等，《信使之函》更是被称为"当代第一篇最极端的小说，证明当代小说没有任何规范不可逾越"[2]。此外还有苏童、叶兆言和北村等人也被称为先锋小说家。"这批先锋小说家的创作几乎对传统小说规范的一切层面都进行了颠覆，借鉴后现代主义技法的实践，使他们成为中国后现代主义的先行者，他们以自己的创作从不同的层面丰富和建构了先锋小说的'形式主义'美学"[3]。但是先锋小说的形式实验只经历了短暂的辉煌，进入 1990 年代以后，先锋小说就完成了转型，转向了对历史的探索。

先锋小说经过几年的探索，使当代小说在思维观念、主题话语、叙事策略和精神气质等方面发生了变革。先锋小说的文学观念和文学思维的革命，主要有两条线索："一是从'为人生而艺术'向'为艺术而艺术'的过渡。在这种过渡中新潮小说实现了它的辉煌，也蕴育了它的局限；一是把文学革命从'思想革命'的阴影下解放了出来，从而真正在中国文学史上完成了一次完全和本质意义上的'文学革命'。"[4] 苦难、暴力、死亡、性爱、犯罪、逃亡、变态、绝望、孤独、幻觉、自虐等是先锋小说常见的主题，"所有这一切，都使中国先锋文学不得不打上'后

---

[1] 赵毅衡：《非语义化的凯旋——细读余华》，《当代作家评论》，1991 年，第 2 期。

[2] 陈晓明：《最后的仪式——"先锋派"的历史及其评估》，《中国先锋小说精选》，兰州：甘肃教育出版社 1993 年版，第 10 页。

[3] 刘云生：《先锋的姿态与隐在的症候：多维理论视野中的当代先锋小说》，成都：巴蜀书社 2009 年版，第 32 页。

[4] 吴义勤：《中国当代新潮小说论》，南京：江苏文艺出版社 1997 年版，第 35—36 页。

现代主义的奇怪烙印'"①，也使当代小说在思想情感和精神气质方面发生了变革。先锋小说在叙事方式上倡导"元小说"、"个人化"和"语言游戏"，以时间和幻觉作为先锋小说"文体革命和叙事革命的根源和基础"，在叙事风格方面形成了"反讽、荒诞、神秘的三维统一"②。总体来说，先锋小说以极其鲜明的革命姿态改变和丰富了当代小说的面貌，实现了文学本体的"审美还原"，在现代中国文学史上具有重要意义。然而，先锋小说由于过度的形式自恋和语言疯狂也遭到了读者的反感和批评。马原是先锋小说的弄潮儿和代表人物之一，先锋小说的特征及缺陷在马原的小说中都有着鲜明体现。

马原，1953 年生于辽宁锦州。1982 年辽宁大学中文系毕业后，赴西藏做记者、编辑。1982 年开始发表作品，主要作品有《拉萨河女神》、《冈底斯的诱惑》、《西海的无帆船》、《虚构》、《大师》等；1987 年，马原出版了长篇小说《上下都很平坦》。马原的作品发表以后，引起了热烈的讨论。马原成为文坛的焦点人物之一，至此先锋小说掀起了第一波浪潮。

1990 年，胡河清在《马原论》中的开篇写到："当我在 1985 年左右读到马原的成名作《冈底斯的诱惑》之时，我曾如此深深地为之入迷。"③ 这种观点代表性地说明了马原的小说给当时文坛带来的影响，洪峰就是受了马原的直接影响，进行先锋小说创作的。然而，先锋小说的出场并非文学史叙述的那样一帆风顺，与所有新生事物一样，刚出场不可能就受到热烈的追捧，马原小说也是如此。马原最早的先锋实验探索之作《拉萨河女神》，在 1984 年就已经发表了，当时并没有引起评论界的热情，1985 年只有一篇评论。《冈底斯的诱惑》发表以后，1985 年也只有一篇评论文章。1986 年，关于马原的评论文章有 4 篇。然而，到了 1987 年，关于马原的评论文章陡然增至近 20 篇，这是一个惊人的数字。不过，当时关于马原的评论并非清一色的褒扬，也有一些严厉的贬斥文章。马原的声名鹊起与吴亮等批评家的支持密不可分。1987 年，吴亮在《马原的叙述圈套》中称马原"属于

---

① 陈晓明：《无边的挑战：中国先锋文学的后现代性》，桂林：广西师范大学出版社 2004 年版，第 144 页。

② 吴义勤：《中国当代新潮小说论》，南京：江苏文艺出版社 1997 年版，第 129—147 页。

③ 胡河清：《马原论》，《当代作家评论》，1990 年，第 5 期。

最好的小说家之列的,他是一流的小说家"①。综观马原的小说,以及相关的评论马原的文章,人们讨论的话题主要集中在外来影响、叙述圈套、后现代主义等方面。

马原深受博尔赫斯等西方作家的影响。早在 1979 年,博尔赫斯的小说就被翻译到了中国。1983 年,上海译文出版社出版了王央乐译的《博尔赫斯短篇小说集》。博尔赫斯小说传入中国的时候,"彼时中国正是恢复现实主义,连适当吸取现代主义都引起巨大争议"②。对中国知识分子来说,博尔赫斯小说的怪异风格不仅是迷惑和冲击,也是一种追求和挑战;这对当时正在恢复的现实主义传统来说,也是一种竞争和冲击。"马原首先尝试借鉴博尔赫斯,从而在小说写法上有了前所未有的突破。"③马原突破的目标就是现实主义小说的传统写法,突破的方法就是模仿和借鉴博尔赫斯,后来,马原说:

> 博尔赫斯影响了很多国家的作家。我个人认为,他是方法论者。他的小说对我也产生了启发。如果人们觉得我的努力对小说环境形成贡献,我当然高兴。与博尔赫斯相提并论我有一点惭愧。我还没有对小说整个创作进行全面的摸索,进行革命,最多是改良主义者。而博尔赫斯是一个伟大的革命者。④

马原对西方作家的模仿和借鉴,充分地证明了外国文学对先锋小说的产生所发生的作用,马原的先锋实验在中国小说史上具有开创性的意义,在世界文学史范围内来看,马原表达了中国小说走向世界文学的期待和追求,这也是当时先锋小说迅速形成两次高潮的重要原因。

虽然马原对博尔赫斯的模仿和借鉴是不可否认的事实,但是马原也并非全盘照搬,甚至马原对博尔赫斯也只是片面的理解,在很多方面还存在着误解。作为汉人的马原,他深受中国本土文化的影响,也深受中国传统小说观念的影响,他在创作中试图突破传统小说观念的束缚,但是他在小说中又表现了中国传统文化

---

① 吴亮:《马原的叙述圈套》,《当代作家评论》,1987 年,第 3 期。
② 赵稀方:《博尔赫斯·马原·先锋小说》,《小说评论》,2000 年,第 6 期。
③ 赵稀方:《博尔赫斯·马原·先锋小说》,《小说评论》,2000 年,第 6 期。
④ 马原:《马原谈小说》,《大家》,2001 年,第 5 期。

的内涵和特征，尤其是西藏文化在马原的小说中有着鲜明表现。马原的小说有神秘性和经验性的特征，这种神秘性和经验性与博尔赫斯的叙述方法有关，但也与西藏文化所体现的神秘性和宗教性密切相关，如马原小说中的故事情节，陆高和姚亮的西藏探险，在内容上就隐含了神秘情调和宗教氛围。

吴亮在那篇著名的文章中，提出了"叙述圈套"的概念。"叙述圈套"形象地概括了马原小说的叙事美学，它在后来的评论中得到广泛引用。马原的"叙述圈套"主要包括小说虚构性、叙述迷宫、叙述话语等方面内涵。关于小说的虚构性，马原的小说《虚构》就有着明确的指示意义，"《虚构》的'虚构'篇名命名，那是作为一项宣言，作为一项誓言"[①]。以"虚构"直接命名作品，后来也成为先锋小说家的惯用手法，如苏童就用"虚构的热情"来命名。1989 年，马原对自己作品中的"暴露虚构"谈了看法：

> 明确告诉读者，连我们（作者）自己也不能确切认定故事的真实性——这也就是在声称故事是假的，不可信。也就是强调虚拟。当然这还有一种重要的前提，就是提供可信的故事细节，这需要丰富的想象力和扎实的写实功底。不然一大堆虚飘的情节真的象你声明的那样，虚假、不可信、毫无价值……[②]

从《拉萨河女神》到《虚构》，马原都会在作品中明确告诉读者，故事情节是虚构的。马原暴露小说的虚构性，一方面，体现了他对小说属性的认识，"表明了他对叙述本身的清醒认识"。另一方面，也表明了马原试图"改变人们的阅读观念所做出的一种姿态"[③]。马原认为生活是非逻辑的，他说："我喜欢纯粹意义上的偶然性，生活的不可逆料就属于这种偶然"[④]，因此吴亮认为，"马原的经验方式是片

① 陈晓明：《"重复虚构"的秘密——马原的〈虚构〉与博尔赫斯的小说谱系》，《文艺研究》，2010 年，第 10 期。
② 马原：《小说》，《文学自由谈》，1989 年，第 1 期。
③ 邵燕君：《从交流经验到经验叙述——对马原所引发的"小说叙述革命"的再评估》，《文学评论》，1994 年，第 1 期。
④ 马原：《关于〈冈底斯的诱惑〉的对话》，《当代作家评论》，1985 年，第 5 期。

断性的、拼合的与互不相关的"①。既然生活是非逻辑的、不连贯、偶然的、片段的，那么马原创作的任务就是拼接这些碎片化的生活片段，因此，"拼贴术"成为马原创作的重要方法②。当然，这种拼贴术也借鉴了博尔赫斯的方法，马原把博尔赫斯的叙述迷宫简单地称之为"故事里面套故事"，因此小说创作也就是不断地拼接故事。马原小说的结构也是拼接式的，《冈底斯的诱惑》是如此，《西海的无帆船》也是如此。马原在小说中运用了独特的叙述话语，形成了"作者·叙述者·小说人物"的三位一体，"我就是那个叫马原的汉人"，不仅把作者与叙述者的界限模糊了，而且把作者与小说人物的界限模糊了，混淆了真实作者、隐含作者、叙述者和小说人物的身份，这种"元小说"的叙述方式，不仅揭示了小说的虚构性，制造了现实生活的虚构性，也使虚构与真实的关系产生了混淆。

马原的"叙述圈套"不仅直接影响了先锋小说，而且对当代小说也具有重要影响。"马原等先锋小说作家在小说的叙述策略、叙述语言等多方面进行了大量的实验，在一个历来缺乏形式感的国度里唤起了形式自觉，使人们的文学观念发生了根本性的转变"③。然而，马原的"叙述圈套"也招致了不少的批评，如有的学者批评马原的叙事只有形式没有意义，"马原的小说满足于叙事，因此这种叙事带有明显的游戏性质，而不承载什么可以深刻的意义。小说《拉萨河的女神》、《冈底斯的诱惑》除了题目能给人一种辽远神秘之外，没有任何意义可以供人玩味"。④这种观点与吴亮大赞马原所体现的思维方式是相同的，无论是极力褒扬还是严厉贬斥，都是一元化的思维，也就产生了片面的观点。经历一段时间的检验以后，人们对马原的"叙述圈套"有了辩证的认识，如陈晓明认为：

> 马原的叙事圈套在 1986 年和 1987 年名噪一时。马原用叙述人视点变换达到虚构与真实的位格转换，叙述构成一种动机力量推动故事变化

---

① 吴亮：《马原的叙述圈套》，《当代作家评论》，1987 年，第 3 期。

② 杨小滨：《意义熵：拼贴术与叙述之舞——马原小说中的后现代主义》，《文艺争鸣》，1987 年，第 6 期。

③ 邵燕君：《从交流经验到经验叙述——对马原所引发的"小说叙述革命"的再评估》，《文学评论》，1994 年，第 1 期。

④ 赵卫东：《先锋小说价值取向的批判》，《河南大学学报》（社会科学版），1996 年，第 6 期。

发展。然而，马原的"叙述圈套"的功能有限，它更像是几个故事单元的刻意组合，它仅仅定位在故事的层面上，而不是定位在话语的层面，虽然马原确定了新的小说视点，但并没有确定新的"世界观点"。随着"我就是那个叫马原的汉人"这句语式的神秘性在不断重复中逐渐丧失新鲜感，马原的挑战性也丧失了。①

这种历史性的分析，既强调了"叙述圈套"的作用与意义，也凸显了它的缺点与不足，不仅使人们能辩证地理解了马原，也使人们了解到先锋小说迅速退潮的原因。评论界对马原小说的形式美学投注了太多的目光，似乎对马原小说的思想内涵的认识有些不足。马原自己也说过：

> 在我 20 年的小说写作时间里，在小说写作的实践中，我可能比较注重小说的方法论。这永远是小说家的课题。我在方法论的探索中有一些经验，或多或少对一些小说家提供了启发，也被批评家谈论很多，造成一些有益的影响。有害的影响不知有没有？②

马原对小说的形式投入了太多的思考，这也难免人们会去追随他的形式探索，洪峰是如此，批评家也是如此。然而，马原也是"具有比较敏锐的'文化意识'的一人"③，他的小说传达了中国传统文化内涵。马原的西藏题材小说，如《拉萨河女神》、《西海的无帆船》、《冈底斯的诱惑》、《虚构》，对西藏文化和藏民性格的表现，体现了马原内在的精神追求。《冈底斯的诱惑》以几个探险者在西藏的见闻为线索，刻画了冈底斯高原神秘的风土人情，再现了西藏神话般的世界和藏民原始的生存状态，体现了西藏文化的特征。《虚构》主要叙述主人公在与世隔绝的麻风村的见闻，麻风村的人和谐相处、乐天知命、悠然自在，这些都与村外的现实生活形成强烈对比。在这种对比中，马原在思考和追问人类如何面对命定的苦难和

① 陈晓明：《最后的仪式——"先锋派"的历史及其评估》，《中国先锋小说精选》，兰州：甘肃教育出版社 1993 年版，第 5 页。
② 马原：《马原谈小说》，《大家》，2001 年，第 5 期。
③ 胡河清：《马原论》，《当代作家评论》，1990 年，第 5 期。

孤独。

　　马原被认为是中国后现代主义的起点。因为马原深受博尔赫斯等人的影响，以及马原小说表现的叙述美学特征，所以马原的小说被认为是具有后现代主义特征。1987年，杨小滨运用美国文学批评家戴维·洛奇的《结构主义应用》对后现代主义特征的概括，分析了马原小说的后现代主义特征："一、矛盾；二、排列；三、不连贯性；四、随意性；五、比喻的极度延伸；六、虚构和事实混合"，据此，他把马原归入"后现代主义的一员"[1]。这是最早一篇分析先锋小说的后现代性的文章，它的意义在于：一方面深化了马原小说的内涵，扩大了马原小说的边界，使之与世界文学接轨；另一方面影响了先锋小说的批评和文学史研究，凸显了先锋小说在当代小说以及当代文学史上的意义和位置。不久，就有学者宣称："没有马原，中国就没有后现代主义。"[2] 然而，上述观点也遭遇了质疑和批评，虽然马原的小说是在博尔赫斯等后现代小说家的影响下产生的，两者具有相似之处，但是"这种相似往往只是表面的"，"实事求是地分析马原小说，我们会发现它们身上的'后现代光环'只是人为强加的"。[3]

　　总体说来，马原不仅给小说界带来冲击，也给批评界带来了冲击，正是在批评界相互对立的争论中，马原的意义逐渐被人们所理解。陈晓明说："马原把传统小说的重点在于'写什么'改变为'怎么写'，预示了小说观念的根本转变。"[4] 洪峰说："马原给我们提供的可能性绝不单单是操作上的可能性，而是整个摧毁一种思维方式，他使我们对小说的理解发生了一次革命性的变化。"[5] 马原得到了崇高赞誉，批评家是如此，小说家也是如此；但是马原小说的缺陷与不足也是不应忽略的，比如放弃对人物心理的刻画，拒绝对人类心灵的探索，消解深度模式的同

---

① 杨小滨：《意义熵：拼贴术与叙述之舞——马原小说中的后现代主义》，《文艺争鸣》，1987年，第6期。

② 叶砺华：《马原现象与后现代主义的终结》，《当代文坛》，1989年，第2期。

③ 赵稀方：《博尔赫斯·马原·先锋小说》，《小说评论》，2000年，第6期。

④ 陈晓明：《最后的仪式——"先锋派"的历史及其评估》，《中国先锋小说精选》，兰州：甘肃教育出版社1993年版，第5页。

⑤ 洪峰：《重返校园话文学》，《作家》，1999年，第3期。

时建构了平面化和欲望化的叙事模式等。

第十七节　藏族作家扎西达娃与魔幻现实主义小说

1985 年的《西藏文学》先后刊发了藏族青年作家扎西达娃的短篇小说《西藏，系在皮绳结上的魂》和中篇小说《西藏，隐秘岁月》，这两部西藏题材小说以独特而又底气十足的艺术风貌和文化蕴涵，在文坛掀起不小的波澜。1985 年及之后扎西达娃的全部小说创作在评论家的阐释体系中被冠以"魔幻现实主义"的称谓。如同所有优秀的作家一样，扎西达娃对自己的创作被归入什么样的流派并不在意，他认为这不过是评论家们津津乐道的事，而作家要做的仅仅是追求自己独特的风格。

必须承认，用"魔幻现实主义"来指认扎西达娃的小说创作，是因其受拉美魔幻现实主义流派的影响，并与之有相似的艺术风貌。滥觞于 20 世纪二三十年代，兴盛于六七十年代的拉美魔幻现实主义小说流派，在 1979 年后开始正式翻译介绍到中国大陆。其主要作家阿斯图里亚斯、卡彭铁尔、鲁尔福、马尔克斯等人的代表作，如《玉米人》、《人间王国》、《佩德罗·巴拉莫》、《百年孤独》都先后被翻译成中文，受到中国读者的广泛青睐。用"魔幻现实主义"这一理论命名来界说此一时段的拉美小说，首先来自拉美学界，如安赫尔·弗洛雷斯（Angel Flores）、路易斯·莱阿尔（Luis Leal）等人的阐释，后来也得到欧美和中国学界的普遍认同。关于"魔幻现实主义"的理论内涵，批评家们众说纷纭，但在基本艺术原则方面达成如下共识："具有神秘色彩的现实的客观存在，是魔幻现实主义文学创作的源泉。"[1]"按照魔幻现实主义的创作方法，作家把触目惊心的现实和迷离惝恍的幻觉结合在一起，通过极端夸张和虚实交错的艺术笔触来网罗人事，编织情节，以达到抨击社会黑暗、污秽和混乱的目的。"[2]"魔幻现实主义艺术中的神奇魔幻事物虽然不是客观存在的真实事物，但却是一定信仰意义上的真实事物。"[3]

---

① 【墨西哥】路易斯·莱阿尔：《论西班牙语美洲文学中的魔幻现实主义》，转引自陈光孚：《魔幻现实主义》，广州：花城出版社 1986 年版，第 196 页。

② 林一安：《拉丁美洲的魔幻现实主义及其代表作〈百年孤独〉》，《世界文学》，1982 年，第 6 期。

③ 马小朝：《论魔幻现实主义的艺术原则及艺术价值》，《外国文学评论》，1990 年，第 1 期。

1982 年，继米斯特拉尔、阿斯图里亚斯、聂鲁达之后，马尔克斯成为第四位获诺贝尔文学奖的拉美作家，这更使拉美魔幻现实主义小说在新时期中国大陆引发了爆炸性的轰动。和所有第三世界国家的文学一样，拉美文学属于欧美文学的"他者"，却率先走向了世界，这对有着"诺贝尔奖"情结的中国作家和读者来说，无疑既是刺激又是鼓舞。

不难看出，拉美文学的成功得益于两个方面：一是以扎根于自己民族文化传统的精神世界，努力开掘民族性格和民族心理的丰富内涵，探索现代性语境下拉美各民族的整体命运；二是以开放的心态学习西方现代派文学，娴熟而广泛地运用意识流、黑色幽默、荒诞变形等艺术手法。这两方面的融合使拉美文学获得独特的主题话语和美学气质，而这也正是彼时中国当代文学所欠缺的。

在"影响的焦虑"下，中国当代作家一面取法西方，一面学习拉美，努力建构中国文学的自我镜像。1980 年代中后期扎西达娃、莫言等人受拉美作家的影响，是不争的事实。不过，作为一位有着卓越文学才华的少数民族作家，扎西达娃并非机械地模仿马尔克斯等人的创作，而是在其启发下，用全新的眼光去审视西藏的雪山与湖泊、"香巴拉"与朝圣者、神话与传说、历史与现实。他创作出了一系列相当中国化、本土化的魔幻现实主义小说。他借小说叙事还原了寻找"香巴拉"理想乐土的藏民族文化之魂，编织了藏民族传统文化与现代文明碰撞冲突的经纬，梳理着藏族人民面对传统与现代、物质与精神之间的矛盾时心灵骚动的脉络。他的西藏题材作品凝结着厚重的民族文化之思，充溢着形而上的精神探索，但这并不意味着其小说世界里缺乏生动鲜活的灵气灵性。相反，他的所有形而上的哲思和拷问都饱蘸着生命的汁液，纠结着灵魂的战栗，因而有着愈久弥新、穿透时空的艺术生命力和感染力。

对扎西达娃来说，拉美魔幻现实主义带给他的最大启示恐怕就在于重新审视和开掘自己民族的传统。他从藏民族的传统文化与传统文学这双重源头中找到了精神资源和写作灵感。对藏民族传统文化的关注和透视，给予他广阔的精神视野和充沛的文化底气，使他不再是初登文坛时那个文化意义上的现实主义者，而成为站在"过去——现在——未来"这一时间连续体上的历史主义者，回首远眺、扼腕沉思或激情前瞻。如《西藏，隐秘岁月》中，小说的故事时间，即进入文本被叙述的廓康村的历史时间接近百年，叙述者将之强行分割成三个时间段：1910—1927，1929—1950，1953—1985，显示出其强烈地介入藏民族历史、阐释民族传统的历史激情和写作意图。小说中孤独封闭的"廓康村"，和马尔克斯《百年孤独》中的"马贡多"一样，都是作者创造出的文化地理概念，具有深远丰富的象征意义。廓康村即是古老西藏的象征，廓康村近百年的历史亦是西藏两千多年悠久历史的缩影。随着历史的沧桑变幻，廓康村从寥寥几户村民到剩下最后一个居住者——次仁吉姆。这个两岁就会跳格鲁金刚舞的神奇少女，听从神秘旨意出家为尼，终生供奉洞中隐居的高僧。尽管来自情人达郎的爱欲诱惑始终纠缠在她的梦境与现实当中，她仍命定般地为了神圣信仰守在荒凉的廓康，孤独一生。尽管早就发现三十年前洞中的大师已辞别人世，次仁吉姆还是按时往岩石小洞里供奉食物。对她而言，仪式高于内容，精神高于肉身。与这个化石般存在的虔信者相比，达郎则活得有血有肉、有情有爱。到了晚年的达郎站在哲拉山顶，面向神秘的大自然发出了困扰他一生的关于人之本源、爱欲的困惑、生命的意义等旷世之问。达郎是藏民族顽强生存力量和自由生命状态的代言者，亦是作为对藏佛文化的反思而存在的人物形象。

扎西达娃1993年出版的长篇小说《骚动的香巴拉》，是一部堪称"藏民族心灵史"的鸿篇巨制。他借人物之口宣称："我们西藏人不记住西藏的事情还有谁来替我们记住呢？"[1]为本民族写史立传的热望使这部作品对西藏历史与文化的思考走得更远。《骚动的香巴拉》以无比深邃的历史之眼，以激情澎湃的心灵之笔，洞开了20世纪西藏百年的人事变迁与社会动荡。其中畸变权力对人的异化、对历史的侵凌是最发人深思的历史图景。早在1980年代中期他创作的短篇小说《古宅》中对畸变权力已有相当深度的揭示，只是这部长篇小说将之放置到更为广阔延绵的历史文化背景中，因而得出的结论更具说服力。夜间俱乐部"水萝卜房"是凯西公社新权力的空间象征，谁能够经过两道岗哨不受盘问进入其中，就意味着跻身进了这个偏僻小乡村的上流社会。而公社书记伦珠诺布则是凯西公社新权力的最高代表，他对社员们颐指气使、凶神恶煞，但在对才旺娜姆前倨而后恭的滑稽

---

[1] 扎西达娃：《骚动的香巴拉》，北京：作家出版社1993年版，第141页。

态度上，透露出他服膺于更大强权的奴性。对权力的冷静审视和批判，深化了扎西达娃西藏题材小说的主题意蕴。

初登文坛的扎西达娃对当代西藏的现实图景采以贴近式、反映式的描摹，人物追求典型化塑造，事件则模仿客观真实。在叙事角度上由于与现实生活距离过近，导致作品急功近利的色彩较明显，如《朝佛》、《寂静的正午》等。受拉美作家的启发，1980 年代中期的扎西达娃注意到藏民族传统文学中的神话叙事和魔幻风格，这帮助他完全跳出了早期的艺术局限，转而追求熔铸神话、传说、现实于一体的魔幻现实主义风格。实际上，无论是藏族民间文学，如《格萨尔王传》、《死尸的故事》，还是藏族古典小说，如《郑宛达娃》、《赤美滚登》，其神话叙事和魔幻风格归根结底是由于藏佛文化所包含的魔幻色彩，如地狱与天堂、神佛与妖魔、三界与六道、轮回与重生等，这一切为藏民族传统文学营造了一层神秘虚幻的艺术氛围。扎西达娃在自己的小说世界里机智地复活和挪用了一系列宗教故事和民间传说，将之激活再造成新的魔幻故事形态：洛达镇的保护女神"柏科"显灵裁判世人的纠纷、凯西庄园最后的女主人才旺娜姆三次梦中受孕、凯西家的厨娘芭桑跟神灵鬼怪们打交道的奇特本领、佛教信徒察香死后灵魂从裂开的头颅飞出升上天界……这些与宗教信仰粘连缠绕比较紧密的魔幻故事形态，充分显示了扎西达娃讲故事时因为依托本民族传统文化而获得的自信和轻松，但这并非他的最得意之处。

扎西达娃的艺术才华最突出地表现在他能从艺术思维层面融会贯通，用藏民族传统文化中的象征之境重新透视和整合人、物、景，并运用荒诞变形、黑色幽默等西方现代派的艺术手法，创生出亦真亦幻、虚实相生的神奇现实。《泛音》中小号手扎罗只要一披上写满乐谱的演出服，就能立刻回忆起早已被他遗忘的童年和家乡往事。没想到演出服被雍娜拿去干洗，谱子被洗掉了，扎罗因此永远失去了关于家乡故事的记忆。这个关于遗忘的神奇现实，难道不正象征和讽喻着那些忽视民族历史的人们，必将面临永远失去民族之根的危险？《野猫走过漫漫岁月》中城市北面突然冒出一个巨大的湖泊，湖面以惊人的速度上涨，专家、军队和官员们想尽办法仍无法阻挡湖水翻卷着要漫过山顶，正当所有人束手无措地等待大灾难的来临时，湖水突然下降直至湖底露出一个深不可测的黑洞。突然出现又消失的湖泊，象征着冥冥中不可抗拒的神秘力量，而人类显示出的渺小琐屑、自以为是，乃至勾心斗角成了扎西达娃戏谑嘲讽的对象。这些出神入化的神奇现实既指向混杂的、多元的意义，又是在对一般意义的超越后，指向形而上的哲思和理趣。它们是扎西达娃动用想象和情感体验铸造出的个性化的艺术象征。

对魔幻时空的形塑是扎西达娃设置神奇现实的一个重要手段。小说是关于时间和空间的艺术。正是对时空形塑的高度重视使得现代小说与古典小说有了分水岭。1985 年的扎西达娃开始寻找新的艺术支点时，魔幻时空的塑造使他纵身一跃，成功完成了从传统现实主义到魔幻现实主义的嬗变。扎西达娃是深谙艺术三昧的，他放弃了传统的线性时间和静态空间，割裂故事发展的自然时序，创设了立体交错、跌宕纷杂的魔幻时空。可以说，1985 年及之后扎西达娃的每一部小说，都是魔幻时空的实验场。不同人物的过去、现在与未来（或者说是前世、现世和来世）被随心所欲地截取组合到一起，预叙、倒叙、插叙等叙述方式的灵活运用。神奇时间（如《世纪之邀》）、循环时间（如《丧钟为谁而鸣》）、时间倒流（如《西藏，隐秘岁月》）的设计，使读者感受到时空所具有的神奇力量。恰如扎西达娃所说的："这种写作也是西藏古老文化的一种表达方式。"藏文化本身的古老逻辑牵引着他走进了这样的魔幻时空。

别尔嘉耶夫在评价陀思妥耶夫斯基时曾这样写道："陀思妥耶夫斯基属于成功地在艺术作品中揭示自己的作家。"[1] 扎西达娃亦是配得上这样的赞誉的。他毫不掩饰地将自己的情感体验、生命之思熔铸在一个个故事和人物当中。他笔下神奇而古老的西藏，是他深深热爱着的故乡；他文中那些手捧哈达、皈依三宝的藏族人民，是他的同胞亲人。他在精神上、血缘上与这片土地和人民紧紧联系在一起，难以割舍和分出彼此。他就是他笔下的主人公。他和塔贝、婛、次仁吉姆、贝拉们一起在路上自由而痛苦地漫游、寻找，一起经历着文化裂变、人心不古的诱惑与矛盾。《西藏，系在皮绳结上的魂》中的塔贝坚信通过今生的修行可以摆脱命定的苦难，到达理想净土"香巴拉"。他以藏佛文化特有的冥想静思和流浪朝圣，努

---

① 【俄】尼·别尔嘉耶夫著，耿海英译：《陀思妥耶夫斯基的世界观》，桂林：广西师范大学出版社2008 年版，第 15 页。

力抗拒着现代文明的诱惑。然而曾经宁静的乡村开始充斥着各种混合的人工声响，大自然的天籁几成绝唱。大地失去了最后的同盟。是适应现代文明的生活方式，还是继续古老的文化理想，塔贝毅然选择了后者，而小说中另一位主人公嫦却接受了前者。与痛苦的宗教虔信者塔贝相比，嫦是一个尚未确立信仰的精神成长者。嫦的父亲是说《格萨尔》的艺人，这暗示了她与藏民族传统文化命定的精神血缘关系。在自由意志和生命冲动的催发下，牧羊少女嫦告别了寂寞而封闭的小山岗，跟随塔贝走向不可知的未来。当她一接触到现代文明的生活方式，就毫不犹豫地被吸引住了。涌入古老村庄的电子计算机、露天电影、音乐、啤酒、迪斯科……这一切比起笨拙古朴的结绳记事，比起艰苦单调的朝圣之旅，更容易搅动起一个青春少女的心灵波澜。她对寻找香巴拉这一信仰之梦的真正意义产生了怀疑，决定留在"甲村"享受热闹的世俗生活。如果嫦的精神成长到此结束，那么扎西达娃的文化焦虑不过是传统文化与现代文明之间非此即彼的二元对立。他的可贵之处在于能够将对文化的反思引领到人性、心灵与精神的遥远腹地，聆听它们与自然、与宇宙、与人群、与自我的对话。所以扎西达娃的小说总是有一个扎西达娃式的结局。成长主人公嫦最终拒绝物质的诱惑，听从了来自心灵的召唤，跟着第一次摆弄机器就被撞倒伤及内脏的塔贝翻越雪山，来到莲花生的掌纹地带。塔贝弥留之际听到空中传来神启的声音，在满足中安详地死去。叙述者"我"却冷静地宣称，这不过是电视和广播报道第二十三届奥林匹克运动会的声音。两种声音孰真孰假的荒谬错位折射出神圣信仰的需求与现代文明形式的碰撞冲突。对扎西达娃来说，发现"这个世界像彩虹一样不真实"[①]，不是最终导向卡夫卡或加缪式的否定世界本质意义的"荒诞"，而是在承认世界不确定性、偶然性的基础上，看到对神圣信仰这一"不可知的知"执着追求的可贵，而这作为藏民族根本性的民族精神内核，永远是庄严而神圣的。

扎西达娃透彻地讲述着自己与人物的精神命运，同时也是藏民族的集体命运。他的小说是一种发现，发现自己、人物乃至整个藏民族的心灵基座和精神远处。这刨根问底式的发现，最强烈地表现在他对藏民族青年一代精神命运的揭示

---

① 扎西达娃：《骚动的香巴拉》，北京：作家出版社 1993 年版，第 143 页。

上。《泛音》、《夏天酸溜溜的日子》、《骚动的香巴拉》里都有一群学西洋乐的小伙子。在所谓"继承民族传统,弘扬民族文化"①的时代,民乐队大受吹捧,小伙子们的西洋乐队备受冷落,只好到歌舞厅或酒吧去伴奏挣点外快。他们怀揣着可贵的音乐梦想,努力探寻西洋乐和民族乐相融合的艺术道路。这无疑是一件艰苦卓绝的艺术工程,处处充满陷阱和玄机。小提琴手次巴为了创作一首名为《流浪的康巴人》的小提琴协奏曲,到处寻找曲子的"灵魂",直到听了一位康巴老人用胡琴拉出的"非人间的乐音",彻底被本民族的传统音乐所征服,跟着一群流浪的康巴人走了,说是去寻找"先祖的声音"。爵士鼓手旦郎野心勃勃地准备创作一部震撼西藏乐坛的、名叫《拉萨第1号作品》的现代派作品,却因为始终无法完成最后一小节的音响而放弃,转而梦想着搞西藏的乡村音乐。吹萨克斯管的次旦仁青和小号手扎罗无论如何都掌握不了吹"铜管大法号"的要领,他们悲哀地发现自己"已经变成一个不藏不汉不土不洋的畸形儿了","已经无法理解自己民族古老形象的思维方式了"。②在这群充满理想主义的年轻音乐人的尴尬命运中,足以看到扎西达娃内心的矛盾和焦虑。他和他们一样,是接受所谓现代文明塑形的青年一代,因为历史发展的强力,被迫与民族文化之根发生了背离。他不是简单地探讨如何回归藏民族传统文化,也不是粗暴地指责现代文明的独断霸气,而是看到了人在文明演变的过程中所要承受的灵魂之痛、精神之殇,所要经历的荷戟彷徨、六神无主。人在历史怪圈和文化夹缝里无处可逃,只有如荒诞英雄西西弗斯般地承受。扎西达娃曾经动情地论述道:"从远古的神话故事和世代相传的歌谣中,从每一个古朴的风俗祀仪中看见了先祖们在神与魔鬼、人类与大自然之间为寻找自身的一个恰当的位置所付出的代价。"③这样的代价一直贯穿在整个人类社会的发展史当中,对之进行追问和揭示,无疑是带有启示录意义的。

扎西达娃的魔幻现实主义小说,在思想深度与艺术创新上的完美融合堪称当代中国文学的经典之作,并为新时期以来的西藏文学确立了相当高的典范。1985

---

① 扎西达娃:《骚动的香巴拉》,北京:作家出版社 1993 年版,第 115 页。
② 扎西达娃:《骚动的香巴拉》,北京:作家出版社 1993 年版,第 364 页。
③ 扎西达娃:《你的世界》,《文学自由谈》,1987 年,第 3 期。

年第 6 期《西藏文学》，推出了"魔幻小说特辑"，西藏作家扎西达娃、色波、子文（刘伟）、金志国、李启达等人的作品第一次集体亮相，引起文坛的骚动。人们用"西藏魔幻现实主义"、"雪域魔幻文学"等美好的称谓来命名他们的创作。其中，扎西达娃是走得最远最踏实的一位。

第十八节　舒婷与"朦胧诗"

新时期，现代主义在中国催生的最早的文学样式当属"朦胧诗"。被称为新时期文学的第一只报春燕的朦胧诗，以其对此前当代主流诗歌艺术规范的"叛逆"性，昭示着一个崭新的中国诗歌时代的开始。无论思想主题，还是艺术形式，它都以其鲜明的现代性特征区别于传统诗歌。这一始于 1970 年代中后期的新诗潮恢复了曾在中国当代诗歌发展中一度中断的现代主义诗歌传统，也恢复了中国诗歌与世界现代诗坛的联系。

一、朦胧诗的产生及其现代主义特征

朦胧诗最早的源头可追溯到诗人食指（1948 年生，原名郭路生）在 1966—1969 年的诗歌创作。食指的《相信未来》以其现代性线性发展的未来意识开启了中国当代文学的现代精神之旅。作为朦胧诗的开山作之一，这首写于 1968 年的诗表现了当时的知青们的理想、追求、幻灭、抗争和固执的希望，成为一代人的心灵的徽记和象征。食指的诗歌在体制与艺术方法上与 1950、1960 年代的政治抒情诗尚无明显差别，大多采用四行一段的"半格律体"，诗行整齐，诗意明白晓畅。但诗歌意象含蓄且内涵丰富，更重要的是诗人开始拒绝按照统一的意识形态写作，表达的是诗人自我的真实的个人情感和体验——一种充满困惑、惊恐和抗争的情绪和心理，这对当时那种昂扬乐观的集体情绪与情感的表达来说，具有强烈的反叛性。当时以手抄方式流传的食指的诗对后来的朦胧诗作者产生重要影响，"称食指为新诗潮诗歌第一人是恰如其分的"。[①]

---

① 林莽:《并未被埋葬的诗人——食指》,《诗探索》,1994 年，第 2 期。

其次，朦胧诗的产生也与"文革"时期的"地下诗歌"写作有着密切的关系。大约在1969—1976年期间，以河北白洋淀地区为中心形成了一个青年诗歌写作群体，主要成员有芒克、多多、根子、林莽、宋海泉、方含等，后来被称作"白洋淀诗群"。这个诗群主要由来自北京的一批有着广阔阅读范围的中学生组成，他们的诗歌创作已经初具"现代"意味，其诗歌主题和艺术表现方法在朦胧诗那里得到某种继承和发展。他们的写作通常被看做朦胧诗发生的准备或先声。

"文革"结束之后，上述青年诗人的诗歌创作暂时还不被当时中国的诗坛所接受，他们的作品也没有公开发表的机会。在这种情况下，芒克、北岛、黄锐等人于1978年12月创办了私人出版的民间"同人刊物"《今天》。至1980年，《今天》共出版9期就结束了，存在时间很短，却在朦胧诗由"地下"走向"公开"的过程中做出了重要贡献。《回答》（北岛），《致橡树》、《祖国啊，我亲爱的祖国》（舒婷）等后来朦胧诗派的一些重要作品都已在这份刊物上刊载。

伴随朦胧诗影响的逐渐扩大，从1979年开始，朦胧诗的作品开始能够在当时一些权威刊物公开发表。1979年，中国作协主办的《诗刊》刊登了北岛和舒婷的诗歌，1980年该刊第4期又发表了15位青年诗人的诗作。诗歌理论刊物《诗探索》在1980年创刊号刊登了舒婷、顾城、江河等人的笔谈，提出中国需要全新的诗。

因为这些诗歌与传统诗歌审美规范的巨大差异，当时的诗歌界对它们的评价存在尖锐的分歧，从而引发了关于朦胧诗的争论。1979年10月，《星星》诗刊复刊号上发表了顾城的《抒情诗十九首》，同时刊载了老诗人公刘的《新的课题——从顾城同志的几首诗谈起》，他说自己对顾城等年青诗人"某些诗作中的思想感情以及表达那种思想感情的方式，也不胜骇异。但是，无论如何，我们必须努力去理解他们，理解得愈多愈好。这是一个新的课题"。并认为要加以引导，避免他们走上危险的小路。公刘在此表达的敏感和担忧开启了诗歌界对朦胧诗创作的讨论。

1980年4月，广西南宁召开全国诗歌讨论会，围绕如何评价朦胧诗的问题，与会诗人和诗评家们纷纷发表自己的意见。以谢冕、孙绍振、刘登翰等大学教师为一方，以宋垒、丁力、李元洛等与作家协会关系密切的批评家为另一方，两个针锋相对的阵营展开了激烈的争论。随后，三篇为朦胧诗辩护的文章格外引人注目：谢冕的《在新的崛起面前》吁请对这些新诗创作的宽容，不要急着引导；孙绍振的《新的美学原则在崛起》与徐敬亚的《崛起的诗群——评我国诗歌的现代倾向》也对这一诗歌潮流给予了热情而大胆的支持，并对朦胧诗的美学原则和艺术创造进行了更为清晰的表述。三篇文章因都使用了"崛起"一词，后被合称为"三个崛起"。1980 年 8 月，章明的《令人气闷的"朦胧"》发表于《诗刊》，从阅读的朦胧、晦涩、难懂上展开对这一新诗潮的尖锐批评，这一诗潮也因之而得名"朦胧诗"。

从朦胧诗论争一开始，诗评界的那些目光敏锐的诗评家就注意到了朦胧诗所具有的现代性特征及其对中国文学发展的积极意义。他们认为，朦胧诗用新的题材、新的艺术方法处理和开拓历史与现实生活，主张以个人的心灵感知大千世界，表现出了恢复五四精神的积极姿态。这一姿态构成对过去虚假的、公式化的诗歌观念的"不屑"和"挑战"，从而形成了艺术革新的艺术潮流，它显然对推动多样化的艺术创造具有不可低估的意义。

首先，朦胧诗诗人的诗歌观念开始突破传统权威的诗歌观。对诗歌职能的理解，朦胧诗诗人不再认为诗歌应该像"旗帜和炸弹"，应该是时代精神的号角，直接配合某项政治运动或方针政策，发挥引导、教育人民的作用。他们认为诗歌应是个人心灵世界的表现，个人情感与情绪的表达。朦胧诗的主题表述以"个体"精神的重塑，人的"自我"价值的重新确认为思想核心。

其艺术表现手法也不再采用过去那种"直抒胸臆"的表达方式，而更多地采用隐喻、象征、通感等艺术手法，捕捉直觉、幻觉和瞬间感受，以情感逻辑取代物理逻辑，以时空颠倒、意象叠加和蒙太奇等造成诗歌情绪结构的大幅度跳跃，使诗歌产生巨大的审美张力和多重意蕴。这些新奇的表现手法为当时的诗坛提供了极为新鲜的审美感受和经验，使得中国当代诗歌开始突破旧有的传统审美规范，开始具有现代主义的艺术特征。

二、舒婷的朦胧诗兼与其他朦胧诗诗人比较

朦胧诗诗人以北岛、舒婷、顾城、江河、杨炼、芒克、方含、食指、多多、梁小斌等一批"文革"中成长的青年诗人为代表。虽然他们是以一种整体的潮流而引起关注，但他们的创作风格却具有各自的特点，而非整齐划一。其中，舒婷

因其更接近于传统的审美规范而获得了读者更普遍的认可，在朦胧诗创作群体中，舒婷的创作具有审美典范的意义。

舒婷，1952 年生，原名龚佩瑜，祖籍福建泉州，成长于福建厦门。1979 年开始发表诗歌作品。1980 年到福建省文联工作，从事专业写作。著有诗集《双桅船》（1982）、《会唱歌的鸢尾花》（1986）、《始祖鸟》（1992）和散文集《心烟》（1988）、《硬骨凌霄》（1994）、《秋天的情绪》（1995）等。

首先，舒婷以其对个人内心情感的表达，对个性价值的尊重，接续上了五四以来所形成的人本主义的新诗传统。这一传统在 1950、1960 年代因反右斗争和"文革"曾一度中断，抒发人民群众情感的绝对权威地位压抑了被指认为属于小资产阶级的"个人"情感。舒婷的诗歌以人的主体意识的觉醒对抗"文革"以来所形成的专制主义文学思潮，重新确认和肯定了人的自我价值和尊严，追求人格独立，张扬人生理想，这也是朦胧诗最鲜明最共同的精神向度。

舒婷的诗歌侧重表现自我生命体验中彷徨、痛苦、朦胧的觉醒以及在黑暗中追寻光明的勇气以及对个体生命尊严的关注、对人生价值的思考与追寻。她的诗歌所表达的温暖的人性情感最能打动当时那些刚刚经历过"文革"的读者。舒婷曾说："我通过我自己深深地认识到：今天，人们迫切需要尊重、信任和温暖。我尽可能用诗歌表达我对'人'的一种关切。"[1]朦胧诗派的代表人物北岛更是明确提出："诗人应该通过作品建立一个自己的世界，这是一个真诚而独特的世界，正直的世界，正义和人性的世界。"[2]

作为一名女诗人，舒婷从一开始就显示出与其他诗人不同的观察与感悟生活的女性视角及独特的诗歌风格。人的觉醒，尤其是女性的觉醒成为舒婷诗歌的一个基本主题。舒婷立足于现代女性的立场，审视中国女性的命运和遭际，表达她们在新的历史境遇中的吁求和渴望，表达女性主体意识觉醒后对人格独立和精神独立的追求。《致橡树》（1977）以一种现代的女性姿态和情爱方式表达了一种以精神独立为根本诉求的崭新的爱情观，被看做新时期女性的爱情"宣言书"。诗中

---

① 舒婷：《〈诗三首〉小序》，《诗刊》，1980 年，第 10 期。
② 北岛：《我们每天的太阳》，《上海文学》，1981 年，第 5 期。

的抒情主人公"我"具有强烈的主体意识，她追求的爱情不是依附性的，也不是单纯的奉献和牺牲的爱情，而是建立在人格平等基础上的爱情，"我必须是你近旁的一株木棉，/作为树的形象和你站在一起"。同时，我们也不因为相爱而丧失各自的独立性与个性，"你有你的铜枝铁干/像刀，像剑，/也像戟；/我有我红硕的花朵，/像沉重的叹息，/又像英勇的火炬"。只有以平等和相知为基础、同甘共苦的爱情才称得上是理想的爱情。它代表着一种觉醒了的女性尊严及女性为真正的爱情幸福所做出的努力。以尊重男女的性别特征为前提的理想的爱情，才有助于个性自由而全面的发展。舒婷还在诗中表达了对女性命运的忧思与慨叹。现代女性意识的觉醒和女性的敏感使她经常能够从人们习以为常、司空见惯的现象中发掘久已存在的历史、文化问题。"在封面和插图中/你成为风景，成为传奇"（《惠安女子》1981），"我唯独不能感觉到/我自己的存在"（《流水线》1980），诗人由美丽的梦读出美丽的忧伤。《神女峰》（1981）中，诗人意识到神女峰这一文化象征物所蕴涵的悲剧性：神女为某种抽象的价值观念而活着，失去了人的独立性，其生命在神化过程中被漠视了。诗人站在人性的立场反思并否定了那种无视女性生命的传统价值观，在愤怒中，她"煽动新的背叛"——"与其在悬崖上展览千年/不如在爱人肩头痛哭一晚"。舒婷在诗中表达了对封建伦理道德的不满，对真实爱情的渴望，也因此而传达了一种代表一代人精神觉醒的新的爱情观。

舒婷诗歌中的意象多采自她生活中熟悉的事物和景物，如大海、船、岸、珠贝、礁石、橡树、木棉、凌霄花、落叶、黄昏等。意象丰富且内蕴丰厚。大海、土地等比较宏大的意象表达着舒婷对某类社会性问题的思考，如《土地情诗》、《祖国啊，我亲爱的祖国》等；橡树、木棉、神女峰、三角梅等特指意象表达了舒婷对女性命运的独特思考，如《致橡树》、《神女峰》等；船与海、船与岸等有着密切关系的意象则表达了舒婷对人生或两性关系的哲思，如《双桅船》等。

舒婷经常选择矛盾的对立的意象，借助一些转折、假设、让步式的语序来构筑多元立体情绪结构，表达曲折的情感。诗歌语言清新，不落俗套。诗风温婉典雅，浪漫忧伤。

与"舒婷的诗偏于温婉的人性探询"相比，其他的朦胧诗诗人也都有各自的创作特点，如"北岛的诗偏于理性的怀疑和批判主题"，"江河的诗偏于浑重的民族主题，顾城的诗编织了一个梦幻般的童话世界，杨炼的诗以激越的语句构筑着宏大的文化史诗，梁小斌的诗注重日常性场景的展现"① 等。

北岛，1949 年生于北京，祖籍浙江湖州，本名赵振开。"文革"期间曾创作手抄本小说《波动》。1970 年开始写作。《今天》杂志的主创人之一，朦胧诗的代表诗人之一。1989 年离开中国大陆，旅居欧美各国。著有诗集《陌生的海滩》（1978）、《北岛诗选》（1986）、《在天涯》（1993）、《太阳城札记》（2004）等。尽管人们对北岛的诗歌创作有争议和分歧，但在中国当代新诗的历史发展中，尤其是朦胧诗的产生和发展中，它始终都是一个无法绕开的存在。北岛的《回答》被视为新时期的"第一首诗"，诗中的开篇诗句"卑鄙是卑鄙者的通行证，/ 高尚是高尚者的墓志铭"。至今广为人知。该诗开启了一代人的心灵觉醒之歌，诗中充满怀疑、反叛、宿命和承担的声音。北岛善于从个体处境出发，发现人的社会存在的荒诞感和悲剧感，发出了质疑的呼喊："我不相信天是蓝的；/ 我不相信雷的回声；/ 我不相信梦是假的；/ 我不相信死无报应。"（《回答》）在北岛的诗中，一个反叛者也是一个历史的承担者，"如果海洋注定要决堤，/ 就让所有的苦水都注入我心中"，这种以"绝望的反抗"来抗争现实对个人命运的安排的悲壮姿态又表现了一种博大的人道主义情怀和人本主义的诉求。在艺术表达上，北岛以浪漫主义情绪与象征主义形式相结合，诗歌意象密集，想象奇特，情感丰沛。

顾城（1956—1993），生于北京。1969 年随父顾工（1950 年代的诗人）下放山东广北农场，在与大自然的亲密接触中获得诗歌创作灵感。1974 年回北京。"文革"期间开始诗歌写作，1974 年开始零星发表作品，后隐居新西兰激流岛。1993年杀害妻子谢烨后自杀。著有诗集《舒婷顾城抒情诗选》、《黑眼睛》、《墓床》等和小说《英儿》。逝世后由父亲顾工编辑出版《顾城诗全编》。与北岛抗争的悲壮姿态相比，顾城面对社会现实更多地是一种"逃避"姿态。由于对现实的深刻绝望和对理想的执着追求，他努力要在自己的诗中创作一个梦幻般的"童话世界"，舒婷为此称他为"童话诗人"。顾城说"诗就是理想之树上，闪耀的雨滴"，"我相信在我的诗中，城市将消失，最后出现的是一片牧场"。不管是在诗中，还是在现

---

① 张志忠主编：《中国当代文学 60 年》，北京：高等教育出版社 2009 年版，第 101 页。

实生活中，他都固执地拒绝世俗世界对他所营造的理想世界的入侵，最终毁灭于这种生命追求的绝对与纯粹中。在顾城的诗中，纯美的意境与绝望的情绪之间往往形成一种审美张力。如《远与近》："你，/一会看我，/一会看云。//我觉得/你看我时很远，/你看云时很近。"意境清澈空阔，却传达了现代人的孤独感和隔绝感。顾城总是以"黑夜给了我黑色的眼睛，/我却用它寻找光明"般地固执去寻觅梦幻、童话般的纯美的生命境界。顾城自称是一个"任性的孩子"，用儿童的眼光去打量世界，用儿童的思维方式和奇思妙想去构筑童话世界，诗歌意象丰富而奇特，新奇的意象也传达了一种新鲜的生命感受和体验。

三、朦胧诗的文学史意义

在中国新诗的发展历程中，朦胧诗的文学史意义在于它完成了新时期诗歌艺术形态的转换。以天安门诗歌运动为起始标志，新时期初期的诗歌创作着重于现实主义诗歌传统的恢复。无论是"归来的诗人"，还是"青年政治抒情诗人"，他们都以"真实"性为自己的创作原则，或是通过书写自我的苦难经历书写历史的真实，或者通过批判、反思、干预现实，表达情感的真实。他们的创作更多的是对中国当代主流诗歌创作传统的承接和推进，而朦胧诗诗人的创作显然是完全不同的另一种路向，更多的是一种变革。因此，从文学史角度看，"朦胧诗运动"将新诗从"政治奴仆"、"无产阶级专政工具"的地位下解放出来，使新诗真正作为一种人格化的艺术，一种精神生命的主观能动性艺术，在中国新诗发展史上具有划时代的意义。

第十九节　"新生代"诗人群

一、"新生代"诗人群的产生

在1980年代中期，在受现代主义思潮影响的朦胧诗的影响逐步扩大，并开始走向经典化时，一批与后现代主义关系更为密切的也更年轻的诗人出现了，这些出生于1960年代的新诗人被称为"新生代诗人"，这一诗潮还被称为"第三代"、

"朦胧诗后新诗潮"、"后朦胧诗"、"实验诗"等。

"新生代"诗人群的集体亮相是在 1986 年。这一年,《诗歌报》(安徽)和《深圳青年报》联合举行了"现代主义诗歌大展",介绍了 60 余家诗派,包括 100 多名诗人。同一年,文学刊物《中国》开辟了一个专门登载新生代诗人诗歌的栏目。该栏目主持人牛汉在《诗的新生代——读稿随想》一文中称这些朦胧诗后的年轻诗人为"新生代"。"新生代"诗人群的出现改变了北京作为新诗潮中心的地位,将新诗潮推向了全国,如四川出现的"非非主义"、"莽汉主义"、"新传统主义"、"大学生诗派"、"整体主义"等;南京出现的"他们"、上海出现的"撒娇派"和"海上诗群"、云南的"整体主义"等。"新生代"诗人的创作早期因公开正式发行的诗刊诗报对他们的拒绝,遂在民间自办诗刊诗报,以各种新奇的名称概括和标示自己的艺术主张,或群体作战,或散兵游勇,秩序混乱而又盛况空前,造就了一次新的"美丽的混乱"。"现代主义诗歌大展"如此描述:"1986——在这个被称为'不可抗拒的年代',全国两千多家诗社和十倍百倍于此数字的自谓诗人,以成千上万的诗集、诗报、诗刊与传统实行着断裂,将 80 年代中期的新诗推向了弥漫的新空间,也将艺术探索与公众准则的反差推向了一个新的潮头。"

二、"新生代"诗歌的后现代主义特征

"新生代"诗人们的创作动机和动力在于对朦胧诗的超越和反叛。他们以先锋式的"突围"姿态从不同层面、不同立场出发与朦胧诗进行着"断裂"。"第三代诗人的出现是对朦胧诗鼎盛时期的反动。所有新生事物都要面对选择,或者与已有的权威妥协,或者与其决裂。去年(1985 年,引者注)提出的:'北岛、舒婷的时代已经 pass!'还算比较温和,今年开始就不客气地亮出了手术刀。"[1]

(一)消解主体,还原客体,走向世俗化与平民化

现代主义思想以理性、同一性、整体性、确定性和终极价值观为核心;后现代主义思想产生于对现代主义思想的反思与批判,它倡导感性、差异性、边缘性、

---

① 舒婷:《潮水已经漫到脚下》,《当代文艺探索》,1987 年,第 2 期。

非确定性、多维性和动态性等。在朦胧诗那里具有理性、同一性、整体性和确定性，且具有丰富历史文化内涵的主体与客体被新生代诗人解构或还原为无深度内涵的原始状态。"新生代"诗人群中的"非非主义"诗派认为传统文化的制约严重窒息了诗歌的生命活力，为把诗歌从包括意识形态在内的传统文化中解救出来，必须进行"还原"，包括"感觉还原"、"意识还原"和"语言还原"等。（周伦佑、蓝马在《非非主义诗歌方法》一文中明确提出了三原则）"他们"文学社主张主体的消解与客体的还原，主张回到生命真实和诗歌本身。韩东呼吁中国诗人摆脱"卓越的政治动物"、"神秘的文化动物"和"深刻的历史动物"这三个世俗角色，也表达了强烈的文化消解愿望。[①]

　　新生代诗人要求主体"返朴归真"，摆脱"俗不可耐的精神贵族的角色"而回到"民间和原始的东西"，诗歌中的"我"是一个沉浸在感性生命体验中平面化的"我"。朦胧诗曾以人性人情和人道主义立场批判专制主义，在新时期最终恢复了新诗的启蒙主义传统，"在没有英雄的时代／我只想做一个人"，重申个体人的价值和立场，表达了一种共通的时代精神。但在"新生代"诗人看来，朦胧诗并没有真正摆脱政治意识形态的焦虑，它是在个体与民族、"小我"与"大我"统一中建构新时期的主体神话。朦胧诗中的"我"是汇合了时代与民族精神的"大我"，实际上还是"我们"，这样的主体神话是虚妄的。"新生代"诗人要将自我从时代与民族精神中剥离出来，还原为真正的"小我"。"我"不再是崇高的悲剧英雄，不再是满怀忧患意识的历史承担者，不再是理性的庄严的自我形象，而是不代表任何人的，也毫无时代使命感的生活在俗世中的普通人。这个消除了深度与象征内涵，平面化了的"我"在反叛朦胧诗那个承载着沉重的历史与文化内涵的"我"的同时，也将"我"的多面性、复杂性在另一方向上片面化、简单化了。

　　新生代诗人在进行"主体消解"的同时，强调"客体还原"，强调凸显事物本原性的存在。例如，何小竹的《看着桌上的土豆》写道："土豆放在桌上／每个土豆都投下一点阴影／它们刚刚从地里挖来，／皮上的泥土还未去掉／冬季的阳光渐渐扩大／土豆变得金黄／大小不一的形态／在桌上随意摆放／显得很有分量……""土

---

① 韩东：《三个世俗角色之后》，《百家》，1989年，第4期。

豆"被还原为"物"本身，没有任何象征性内涵，不做任何意义提升。新生代诗人还刻意拆除各种事物之间的因果关系，如"我的白骨累累是水面上人类残剩的屋顶/燕子和猴子坐在我荒野的肚子上饮食男女/我的心脏中楚国王面对北方难民默默无言"（海子《土地 忧郁 死亡》）。诗人将各种没有因果关系的事物罗列在一起，体现出新生代诗人"反逻辑"倾向的艺术追求。

"新生代"诗人还以沉湎于世俗生活的人生态度表达着对旧有价值观念的叛离和对权威的嘲弄及对神圣的消解。莽汉主义代表诗人李亚伟公开宣称他们是一群"腰间挂着诗篇的豪猪"，"从一个城市到另一个城市去喝酒，从一个省到另一个省去追女人"。撒娇派代表诗人京不特在《撒娇宣言》宣称不愤怒，也不超脱，而是采取一种"撒娇"的态度面对这个世界。

朦胧诗建立的具有强烈启蒙精神的主体自我，在后现代主义的新生代诗人看来其霸权与霸道是应该检讨和批判的，但他们自己诗歌中的自我却成为陷入庸常、丧失主体地位的"我"，因而也缺乏参与社会、介入现实的热情和动力。当人作为主体的世界中心地位最终被物所取得时，诗人即走向死亡。"诗人不再是上帝、牧师、人格典范一类角色。"[①] "新生代"诗人完成了诗歌观念从精英到平民位移的同时，也宣告了"诗人之死"。

（二）消解深度模式：反崇高、反美学

消解深度模式是后现代主义的一个主要特征。失去深度探索之后的诗歌呈现出一种平面感的反崇高、反美学的美学特征。"崇高"作为一个经典美学范畴，曾是诗人们热烈追求的一种风格和境界。"崇高"也是人类达到的理性高度的体现以及在与自然相抗争中自信精神的显示。但在物质文明发达、人类物欲极端膨胀的现代社会，谈论"崇高"成为一种奢侈。后现代主义以"反崇高"、"反理想"、"反文化"表达着对现代主义文化的反叛和超越，他们对诸如理想、崇高、英雄等神圣观念进行嘲讽、亵渎和解构。

朦胧诗对此前政治意识形态主导的诗歌创作具有强烈的反叛意识，他们不屑

---

① 于坚：《拒绝隐喻》，昆明：云南人民出版社2004年版，第105页。

于唱战歌和颂歌，只强调普通人的价值和尊严，但"崇高"仍然是朦胧诗诗人所追求的美学风格，如北岛的"卑鄙是卑鄙者的通行证／高尚是高尚者的墓志铭"；江河的"我想／我就是纪念碑／我的身体里垒满了石头／中华民族的历史有多么沉重／我就有多少重量／中华民族有多少伤口／我就流出过多少血液"。新生代诗人则明显体现出对这种崇高的反叛。新生代诗人群中的"大学生诗派"宣称"反崇高"是其首要的艺术追求。"他们"诗派的韩东、于坚、丁当等人对朦胧诗的贵族意识和启蒙立场持有强烈的反感，宣称自己不是"理想主义者"，只是"站在餐桌旁的一代"。他们将日常琐事诸如蚂蚁搬家、厕所撒尿等粗鄙的现象大量写进诗中，将人们熟知的历史人物、领袖、英雄等平民化。新生代诗人尚仲敏的诗《卡尔·马克思》对作为革命伟人和导师的马克思形象进行了世俗化处理，将其还原为日常凡人。"犹太人卡尔·马克思／叼着雪茄／用鹅毛笔写字／字迹非常潦草／他太忙／满脸的大胡子／刮也不刮／犹太人卡尔·马克思／他写诗／燕妮读了他的诗／感动得哭了／而后便成为／最多情的女人／犹太人卡尔·马克思／没有职业到处流浪／西伯利亚的寒流／弄得他摇晃了一下／但很快就站稳了／／犹太人卡尔·马克思／穿行在欧洲人之间／显得很矮小／他指指点点／他拥有整个欧洲／乃至整个东方大陆／犹太人卡尔·马克思／一生贫困"。诗歌以几个平常的日常生活片段给我们展示了这位伟人作为凡人的一面。张锋的《军规》中写道"父亲是萝卜／母亲是一只母鸡／漫不经心地放屁"，以对神圣的父母亲形象的亵渎表达对权威的不屑和嘲讽。伊沙的《车过黄河》则把象征中华民族精神的黄河作为亵渎对象："列车正经过黄河／我正在厕所小便／我深知这不该／我应该坐在窗前／或站在车门旁边。左手叉腰／右手作眉檐／眺望／像个伟人／至少像个诗人／想点河上的事情／或历史的陈账／那时人们都在眺望／只一泡尿功夫／黄河已经流远"，被亵渎的黄河失去了崇高神圣的光环。

新生代诗人对崇高的反叛，意在颠覆传统的阅读期待，划清与朦胧诗的审美界线，但在某种程度上带有文化表演的倾向。类似的重复将不再激发读者的审美好奇，反而会产生审美疲倦，"去崇高化"的粗俗与不雅最终使得新生代诗歌的创作走向绝境。

（三）反意象、反修辞、口语化

在诗歌语言实验方面，新生代诗人也表现出鲜明的后现代特征。他们倡导回归诗歌本体，诗到语言止，让诗回归语言本身。他们以原生态的口语化颠覆朦胧诗的意象化语言规范，甚至以反修辞、反逻辑的语言游戏偏离常规语义。新生代诗人在实现主体从英雄到平民、从贵族到凡人的位移的同时，也让诗歌回归了语言。诗歌语言的觉醒又一次在朦胧诗与第三代诗歌之间划出了界限。

他们将政治、文化、使命、神灵、英雄等意象驱逐出了诗歌的"理想国"，追求一种后现代主义的偏离和差异写作方式，以突显能指的独立性和不确定性。他们以一种玩世不恭的态度，用原生态语言展示生活的本真状态，同时也完成了对其前辈诗人的叛逆和解构。张锋在《美国诗人和中国诗人》中宣称"我是中国诗人 / 很多时候不想写诗却想说下流话 / 真是不可救药 / 一个中国诗人 / 一个中国诗人 / 竟然想说下流话 / 艾青伯伯肯定不想 / 所以他是有名的诗人 / 舒婷从前大概想过后来也就不想了 / 也不知道是为什么"。

在朦胧诗人那里，语言尚具有明显的的工具性特征。朦胧诗以"墓志铭"、"通行证"、"星星"、"栅栏"、"季节"、"双桅船"、"鸢尾花"、"紫云英"、"鸽子"等抒情意象取代了中国当代诗歌的"青松"、"绿叶"、"红花"、"领袖"、"螺丝钉"等政治词语，但意象的更迭与朦胧并不影响诗歌主题的确定性表达。在朦胧诗中，诸如"宣告"、"预言"、"纪念碑"、"诺日朗"、"双桅船"等都是负载着某种社会文化信息的词汇。新生代诗人则对以象征、隐喻为核心的语言规范表现出强烈的不信任，强调诗歌必须走出长期以来的语言乌托邦藩篱，打破语义的深度模式，恢复它的本原性、多义性与不确定性。新生代诗人是把诗歌作为一个独立自足的语言世界和自律空间来追求的。

新生代诗人普遍将语感、直觉、幻觉等因素放在首要位置。于坚的《远方的朋友》表达的是个体生命的直觉和体验："远方的朋友 / 你的信我读了 / 你是什么长相 / 我想了想 / 大不了就是长得像某某吧 / 想到有一天你要来找我 / 未免有些担心 / 我怕我们无话可说 / 一见面就心怀鬼胎 / 想占上风……"

如何突破朦胧诗停留于伦理说教层面的象征性美学规范？尚仲敏认为"反对现代派，首先要反对诗歌中的象征主义。象征是一种比喻性的写作，据说只有当比喻是某种象征时，才能够深刻动人，因为最难以捉摸才更完美。象征主义造成了语言的混乱和晦涩，显然违背了诗歌的初衷，远离了诗歌的本质"。[①] 新生代诗人的诗歌创作要借助口语、俚语等语言接近生命的深层和潜意识领域，要将俗套的象征驱逐出诗歌的理想国。周伦佑的《自由方块》最有代表性："你住在楼上，我住在楼下。他在楼外 / 读卡夫卡的小说。有时是一只甲虫。/ 甲虫是你。耗子是我。他读卡夫卡的小说。/ 某一次在笼里。我住上层。他住下层。你在笼外 / 读卡夫卡的小说。甲虫是我。耗子是他。你读卡夫卡……"

新生代诗人艰苦卓绝的语言实验无非是要表达其要区别于朦胧诗的诗歌信念。韩东的观点是这一信念准确的概括，他说："诗歌以语言为目的，诗到语言为止，即是要把语言从一切功利观中解放出来，使呈现自身，这个'语言自身'早已存在，但只有在诗歌中它才成为了唯一的经验对象。"[②]

作为南京"他们"文学社核心成员之一，诗人韩东的诗歌主张很鲜明地体现在他的诗歌创作中。最有代表性的是他的《有关大雁塔》和《你见过大海》，两首诗都以对朦胧诗的反叛和消解为潜在的创作目标。"有关大雁塔 / 我们又能知道些什么 / 我们爬上去 / 看看四周的风景 / 然后再下来。"与朦胧诗诗人杨炼的《大雁塔》诗中那个承载着沉重的民族历史记忆的象征之物相比，韩东认为大雁塔就是大雁塔，只是一处平淡无奇的景物，不具有历史见证人的深刻意义，与崇高和神圣无关。那些从塔顶往下跳的自杀者，只不过是俄国诗人莱蒙托夫笔下的"当代英雄"式的"多余人"，死亡不是视死如归的英雄壮举，而是证明了生命的多余和无聊。"大海"这个曾被赋予无限内涵（如辽阔、宽广、深邃、神秘、崇高等）的景物在韩东的《你见过大海》中也被还原成没有任何意义的普通之物："你见过大海 / 你想象过 / 大海 / 你想象过大海 / 然后见到它 / 就是这样 / 你见过了大海 / 并想象过它 / 可你不是 / 一个水手 / 就是这样 / 你想象过大海 / 你见过大海 / 也许你还喜欢大海 / 顶多是这样。"这就是没有进行形而上提升的日常生活中的大海，而这首诗反复使用的口语语言也堪称经典，它形成诗歌快速的节奏和回环的旋律。

---

① 尚仲敏：《反对现代派》，《艺术广角》，1988 年，第 3 期。

② 韩东：《自传与诗见》，《诗歌报》，1988 年 7 月 6 日。

相对应其他新潮文化，中国新时期后现代主义的到来最晚。新生代诗歌与1980年代中期的先锋小说和实验话剧一起，标志着后现代主义思潮在中国的登陆和预演。新时期的诗歌在经历了朦胧诗、新生代诗人群两大思潮之后，进入了一个众声喧哗的个人主义时代，每个人都可以有自己的选择，每个人都是他的诗歌"王者"，再也没有一种精神或思想可以把他们凝聚为一个群体，只有以代际标出的70后、80后或90后的命名。新生代诗人的后现代主义的艺术追求使他们逼近了真实的生命体验和理想的纯诗境界，然而这对中国新诗的历史发展来说却是一把"双刃剑"，失去了思想的烛照，不再是精神的抚慰，中国新诗陷入口水诗与下半身诗的困境如何解决？在新诗走过了将近百年的历程之后，这样一个个人主义的诗歌时代是一个崭新的开始，抑或是一个无奈的结束？至少目前我们还无法回答这些问题。

第二十节　巴金的《随想录》

"文革"结束以后巴金创作的散文集《随想录》（包括《随想录》、《探索集》、《真话集》、《病中集》、《无题集》），在文学史和思想史上产生了重要影响。

巴金的《随想录》写于1978—1986年的八年时间里。它是新启蒙时代的结晶，它与特定时代的环境和需要相互契合，它又在整个思想史和知识分子精神史上占有重要位置。

进入新时期以后，启蒙主义和人道主义的兴起，促使了一些作家反思当代历史、控诉对人性的压制，形成了一股明显的"反思文学"的潮流。"反思文学"不仅体现在小说创作方面，在散文创作方面也有不少成就，除了巴金的《随想录》，还有杨绛的《干校六记》，孙犁的《晚华集》，丁玲的《牛棚小品》等，这些散文主要的艺术追求是"'真实性'和'个人性'得到强调。"[1] 面对历史的灾难，人们早已习惯了沉默，但巴金主动选择了言说。巴金在《随想录》中提到了创作目的："我们解剖自己，只是为了弄清'浩劫'的来龙去脉，便于改正错误，不再上当受

---

[1]　洪子诚：《中国当代文学史》，北京：北京大学出版社1999年版，第372页。

骗。分是非、辨真假，都必须先从自己做起，不能把责任完全推给别人，免得将来重犯错误。"① 正是出于自我解剖的目的促使巴金创作了《随想录》，自我解剖一方面使巴金不仅能在写作中不断探索自己，在不断探索中认识自己，使巴金获得了作为个体的自由性和主体性的存在；另一方面自我解剖又使巴金以文本的方式塑造了自我的人格，比如历史责任的自我承担、道德的自我完善，这种从自我出发的反思意识，体现了主体的历史责任感。

自我解剖的创作目的决定了巴金必须"说真话"。1979 年，巴金在《把心交给读者》中写道："我要把我的真实的思想，还有我的心里话，遗留给我的读者。"② 巴金后来多次提到了讲真话所遭遇的困难，但他一直始终坚持讲真话，并且把讲真话作为自己晚年的生活方式，他说："人只有讲真话，才能够认真地活下去。"③ 1982 年，巴金在《三论讲真话》中不仅坚持讲真话是自己的生活方式，而且以讲真话的方式批判十年浩劫时期的"不讲真话"。因此，讲真话对于巴金来说，一方面作为一种生活方式，体现了巴金对道德自我完善的追求，也是知识分子自我人格塑造的重要表现。另一方面，讲真话作为虚假谎言的对立面，体现了巴金对"文革"时期的谎言与欺骗的批判，把对"文革"的反思上升到对人类人格的反思与批判。巴金以"说真话"的方式诉说着内心的痛苦和忏悔，这种"说真话"的方式具有明显的个人性，他的"真话"饱含了他的真实体验，他说："通过八年的回忆、分析和解剖，我看清楚了自己，通过自己又多多少少了解周围的一些人和事，我的笔经常碰到我的伤口。"④ 汪曾祺也说过，巴金写《随想录》写得太痛苦，他始终是一个在流血的灵魂⑤。巴金的"说真话"又具有明显的社会性，巴金作为历史的个体，他的体验不仅深深地烙上了时代的印记，而且深深地蕴含了一代人的心声，如有论者评析"说真话"的内涵："这就是作家站在人民的立场上，对历史现象作了认真的独立的思考，只有当这种思考的结果与人民的根本利益相符，作

---

① 巴金：《合订本新记》，《巴金全集》第 16 卷，北京：人民文学出版社 1991 年版，第 2 页。

② 巴金：《把心交给读者》，《巴金全集》第 16 卷，北京：人民文学出版社 1991 年版，第 44 页。

③ 巴金：《再论说真话》，《巴金全集》第 16 卷，北京：人民文学出版社 1991 年版，第 239 页。

④ 巴金：《合订本新记》，《巴金全集》第 16 卷，北京：人民文学出版社 1991 年版，第 6 页。

⑤ 汪曾祺：《责任应该由我们担起》，《文艺报》，1986 年 9 月 27 日。

家的真话说出了人民的心里话时，他的真话才能具有人民性的价值。"①

为了真正实现"说真话"的目的，巴金在文章中尽量达到了一种"无技巧"的境界。1980年，巴金在《探索之三》中说："我甚至说艺术的最高境界，是真实、是自然、是无技巧。"②无技巧是巴金多年来艺术创作的总结，他又把这种方法运用到了《随想录》的写作中。巴金在《探索集·后记》中总结说："我不是用文学技巧，只是用作者的真实世界和真实感情打动读者，鼓舞他们前进。我的写作的最高境界、我的理想绝不是完美的技巧，而是高尔基《草原故事》中的'勇士丹柯'——'他用手抓开自己的胸膛，拿出自己的心来，高高地举在头上'。"③巴金提到了文学的真实性与技巧性的关系，《随想录》突出了文学的真实性，降低了文学的技巧性，巴金担心技巧性会掩盖真实性。巴金以"无技巧"实现"说真话"的目的，这既是对历史中虚假的个体的批判，又是对艺术规律的总结和坚守。

总体说来，《随想录》的思想内容主要包括两个方面，即个人的忏悔和历史的反思。有论者认为，"巴金写《随想录》的出发点非常明确，就是要对'文化大革命'作出个人的反省"④；巴金自己也说过，"我冷静地想：不能把一切都推在'四人帮'身上。我自己承认过'四人帮'的权威，低头屈膝，甘心任他们宰割，难道我就没有责任！难道别的许多人都没有责任！"⑤因此在《一颗核桃的喜剧》、《怀念萧珊》、《怀念胡风》等文章中，可以看到巴金多次陷入深深的自责中。巴金的忏悔是一种主动的忏悔，忏悔的指向是作者自我，这种自我的忏悔，体现的是现代知识分子的深刻的自省意识；巴金的忏悔是一种个人的忏悔，这种个人的忏悔带有强烈的感情色彩，它饱含了巴金对历史的情感。如有论者说："老作家所追求的，是摆脱心灵深处沉重的欠债感，是对自己在极'左'路线淫威下所走的道路的深刻反思。严峻的思想解剖再配之老人所独有的迟暮心理，使他的《随想灵》蒙上

---

① 陈思和：《〈随想录〉：巴金晚年思想的一个总结》，《上海文论》，1988年，第1期。

① 陈思和：《〈随想录〉：巴金晚年思想的一个总结》，《上海文论》，1988年，第1期。

② 巴金：《探索之三》，《巴金全集》第16卷，北京：人民文学出版社1991年版，第183页。

③ 巴金：《〈探索集〉后记》，《巴金全集》第16卷，北京：人民文学出版社1991年版，第273页。

④ 陈思和：《中国当代文学史教程》，上海：复旦大学出版社1999年版，第194页。

⑤ 巴金：《〈探索集〉后记》，《巴金全集》第16卷，北京：人民文学出版社1991年版，第275页。

一层悲怆的情调。"① 巴金忏悔的主要对象往往与政治事件密切相关，这种忏悔很容易把政治事件道德化，也就是说"《随想录》就是这样一部体现'政治道德化'原则的经典。"② 总之，《随想录》是巴金个人的忏悔录，也可以说是现代知识分子的忏悔录。

《随想录》的历史反思主要表现在两个方面：其一是社会批判，所谓社会批判指的是对社会上普遍存在的现象的批判，诸如现代社会仍然存在的封建文化、封建思想等，反封建也就成为《随想录》的重要内容。如《一颗核桃的喜剧》、《官气》、《老化》、《二十年前》等文章，巴金就多次呼吁，"没有办法，今天我们还必须大反封建。"③ 其二是人的批判，巴金认为人很容易成为封建文化的奴隶，中国人心中有着根深蒂固的奴隶意识，也可说是所谓的"国民劣根性"，巴金在《十年一梦》中深刻地揭示出这种奴隶意识的本质：

> 奴隶，过去我总以为自己同这个字眼毫不相干，可是我明明做了十年的奴隶！……我就是"奴在心者"，而且是死心踏地的精神奴隶。这个发现使我十分难过！我的心在挣扎，我感觉到奴隶哲学像铁链似的紧紧捆住我全身，我不是我自己。④

无论是社会批判还是人的批判，都是巴金进行历史反思的结晶。巴金以一双深邃的眼睛，以颤抖的手，表达了对中国文化、乃至全中国人的批判；巴金的历史反思与批判的目的是，他希望历史灾难不再重演，他对人类前景怀有美好的期待。有文学史家认为："他对历史浩劫采取一种坚定的介入、干预的姿态，坚持人的理性能够认知、控制一切的世界观，并对人类理想前景有着执著坚守的信念。"⑤

《随想录》在知识分子精神史上也具有重要意义。1980 年代是"人的解放"

---

① 陈思和：《〈随想录〉：巴金晚年思想的一个总结》，《上海文论》，1988 年，第 1 期。
② 钟文：《忏悔与辩解，兼论反思历史的方式——以巴金〈随想录〉为例》，《文艺争鸣》，2008 年，第 4 期。
③ 巴金：《一颗核桃的喜剧》，《巴金全集》第 16 卷，北京：人民文学出版社 1991 年版，第 54 页。
④ 巴金：《十年一梦》，《巴金全集》第 16 卷，北京：人民文学出版社 1991 年版，第 322—324 页。
⑤ 洪子诚：《中国当代文学史》，北京：北京大学出版社 1999 年版，第 373 页。

时代，中国知识分子表现了强烈的主体性，以实现新的历史主体的建构。在知识分子进行主体建构的过程中，巴金既与一般知识分子的精神有着一致的方面，比如对新的世界的追求和对未来的期望。有论者曾认为《随想录》最有价值的部分就是这种包含了追求和期望的"寻找意识"，他说："因为巴金所揭示的，不仅仅是他个人走的道路，它典型地反映了现代中国知识分子一般所经历的文化心态，即 20 世纪中国文学中的寻找意识。"① 然而，巴金也与一般知识分子有着不同的方面，比如自我反思与自我忏悔。在新的历史主体的建构过程中，一般知识分子往往是通过批判或打倒旧的历史主体以实现自身的合法性建构，却很少反思自身的历史缺陷和先天不足，比如"新诗潮"诗人挑战一切的姿态。巴金的特殊之处在于，他对于新的历史主体的建构并不是以批判或打倒旧的历史主体而实现的，而是从反思和忏悔自我开始，这种自我反思和自我忏悔的意义在于，它体现了知识分子的责任感，如有论者就认为：

> 当巴金以割裂伤口的勇气揭示出这一切潜隐在个人和民族灾难之下的深层内容时，他其实也完成了对自己和对整个知识分子群体背叛五四精神的批判。而《随想录》真正给人力量和鼓舞的所在，便是它由作为知识分子的忏悔而重新提出了知识分子应该坚守的良知与责任，重新倡导了对五四精神的回归。②

"回归五四"是 1980 年代的集体宣言，同样，"回归五四"也延留了五四时代的问题，如中国知识分子很容易陷入二元对立思维方式或者极端主义思想情绪，五四激进知识分子也不例外，甚至还可以说是典型代表。虽然历史的发展是不以人的意志为转移的，但是历史的发展也很可能是历史悲剧的重演；为了避免历史灾难的延续和历史悲剧的重演，人类只有不断克服自身的缺陷与不足，因此巴金的自我反思和自我忏悔的深层意义在于，他是在整个人类的角度思考人类自身的问题，思考历史的发展问题，他表现的是对历史的深度拷问，对人类的终极关怀。

---

① 陈思和：《〈随想录〉：巴金晚年思想的一个总结》，《上海文论》，1988 年，第 1 期。
② 陈思和：《中国当代文学史教程》，上海：复旦大学出版社 1999 年版，第 198 页。

近三十年的历史证明，《随想录》在文学史、思想史和知识分子精神史上都具有重要意义。然而，《随想录》仍然是特定时代的产物，它与特定时代的历史需求和精神面貌是一致的。虽然《随想录》有着强烈的自我反思和自我忏悔精神，但它的主要批判对象还是"文化大革命"，当特定时代的历史使命已经完成以后，《随想录》也随着新启蒙时代的逐渐消退而影响式微。进入 1990 年代，虽然《随想录》也可以看做是知识分子抵抗世俗化的一面旗帜，但是知识分子的"人文精神的衰落"，也正是巴金所倡导的知识分子的自我反思和自我忏悔精神的失落。进入新的世纪，启蒙的呼号和精英的努力在急剧发展的时代面前，在日益碎片化的现实面前，渐渐成为旷野中的呼喊，回音渺渺。这在文学史的书写中有着明显的痕迹，洪子诚的《中国当代文学史》和陈思和的《中国当代文学史教程》被称为是"重写文学史"运动的并峙双峰。这两部文学史都以比较多的篇幅介绍和评价了《随想录》，尤其是陈思和单列一节高度评价《随想录》的思想内容和历史意义；洪子诚虽然没有为《随想录》单列章节，但是他对《随想录》的评价远不是"将问题'放回'到'历史情境'中去审察"[1]，而是字字句句都洋溢着赞誉之情。然而，在新世纪几部反响比较大的当代文学史著作中，如孟繁华和程光炜合著的《中国当代文学发展史》对《随想录》几乎是只字未提，而陈晓明的《中国当代文学主潮》也只是略微提了几句。《随想录》在文学史中的位置的日渐衰落鲜明地体现了时代精神的变化。

第二十一节　余秋雨与文化散文

文化散文是一个相对复杂的概念，至今难以找到统一的界定。一般来说，文化散文是指 20 世纪八九十年代以来出现的，"这些散文的作者大都是一些从事人文学科或社会科学研究的学者，他们在专业研究之外，创作一些融会了学者的理性思考和个人的感性表达的文章"[2]，这些散文大都有着丰富的人文内涵和深厚的终

---

① 洪子诚：《中国当代文学史》，北京：北京大学出版社 1999 年版，前言第 5 页。

② 洪子诚：《中国当代文学史》，北京：北京大学出版社 1999 年版，第 377 页。

极关怀，又称"学者散文"或"大散文"。文化散文的出现具有深厚的社会历史原因，它的出现与 20 世纪末期中国社会和文化的转型有着密切的关系，1980 年代的新启蒙主义和人道主义极大地张扬了知识分子的主体性。但是进入 1990 年代以后，知识分子却无奈地面临着世俗化的巨大诱惑，甚至陷入了"人文精神的危机"，在中国社会和文化急剧转型的时代，一部分学者型的知识分子顽强地坚守着知识分子的精英意识，顽强地抵抗着商业化和世俗化的侵蚀，日益加强了对现实问题和传统文化的关注与思考，文化散文的出现正"显示了知识分子关注现实问题和参与文化交流的新的趋向"[1]。

文化散文的发展大致可以分为两个历史阶段，即 1980 年代后期至 1990 年代中后期的学者散文和 1990 年代初期至今的文化大散文。学者散文也是一个比较难以界定的概念，一般来说，学者散文需要三个基本要素，即"学者身份、学者立场和文学性"[2]。学者散文的作者大都是老一辈知识分子，比如张中行、金克木、季羡林等；也有青年一代的学者，如周国平、陈平原、谢冕、刘小枫、林非、赵园、朱学勤、汪晖、陈思和等人。"'学者散文'在风格上大多较为节制，通常会以智性的幽默来平衡情感的因素。学理知识的渗透，也使其具有特别的思想深度和情感深度。"[3]在写法上，学者散文也具有明显的特征，"一是'个人'的眼光和取材视角，具有作者个人独特的历史经验和生命体验，同时，在叙述语调和风格上，带有学者共有的内敛、含蓄的特点；二是在艺术手法上具有随笔化、序言化的写作倾向"[4]。学者散文对社会问题的关注和对历史文化的思考，使它的思想与艺术在一定程度上恢复了五四以后的散文传统，尤其是体现了启蒙理性文化，比如"个性自由精神"、"民主科学精神"、"专业学理精神"、"批判重建精神"等[5]；然而，学者散文也同样遭遇了不少批评，比如哲理性的深化凸显了文学性的缺失以及艺术表现的贫乏等。

---

[1] 洪子诚：《中国当代文学史》，北京：北京大学出版社 1999 年版，第 377 页。
[2] 王兆胜：《论 90 年代中国学者散文》，《社会科学战线》，2002 年，第 1 期。
[3] 洪子诚：《中国当代文学史》，北京：北京大学出版社 1999 年版，第 378 页。
[4] 孟繁华、程光炜：《中国当代文学发展史》，北京：人民文学出版社 2004 年版，第 250 页。
[5] 喻大翔：《学者散文的现代理性精神》，《社会科学辑刊》，2001 年，第 5 期。

文化大散文是在学者散文的基础上发展起来的，它借鉴了学者散文的思想内容与艺术形式，与学者散文有诸多相似之处，但是也与学者散文具有明显的区别。文化大散文的命名最早来自贾平凹于 1992 年在《美文》发刊词提出的"大散文"的说法。同年余秋雨的《文化苦旅》的出版，在全国引起轰动，评论界称其为"'大灵魂、大气派、大内涵、大境界'的文化散文"①，因此，文化大散文"主要指的是以中国的历史文化为描写对象，借此表达对现实生活以深切关怀的一类散文。它因余秋雨 90 年代初出版的《文化苦旅》而得名"②，文化大散文的兴起使 1990 年代掀起了一股"散文热"潮流。文化大散文在 1990 年代的兴起具有深刻的社会历史原因，"由于商品经济的浪潮全面卷来，政治、文化和文学受到了很大冲击。随着社会道德危机的加重，一些有识的散文家，开始把眼光投向中国固有的传统文化，希望从对文化传统精髓的发掘与重新解释中提取其中旺盛的生命力，以此抵御反文化、反文明的现代社会的种种弊端"。③文化大散文在内容上特别重视散文中的文化内涵，比如"取材上的文化性"、"文化意识"、"文化解剖的穿透力"、"行文上的文化韵味"等④，文化大散文还以强烈的思辨力提升了散文的理性精神。文化大散文在文体形式上与传统散文有着明显的不同，"20 世纪末散文从边缘走向文坛中心，出现了一个特殊的现象，那就是散文创作系统与其他文学体裁之间，有了更频繁、深入的对流，尤其是文化散文，以其独特的创作手法所建构的'破体'风貌，给 90 年代散文文体带来了新质"。⑤这种文体上的突破使文化大散文在 20世纪末的出现具有"革命的意义"⑥。然而文化大散文的盛行一时，也招致了不少的批评，比如"学问负累过重"、"价值观念先行"、"缺乏生命体验与独特的生命发现"、"形式佶屈板滞"⑦，甚至还有学者批评文化大散文有些"矫情与媚俗"⑧。

---

① 张蕾梅：《"文化散文"的三种文化视角》，《焦作师范高等专科学校学报》，2010 年，第 3 期。

② 孟繁华、程光炜：《中国当代文学发展史》，北京：人民文学出版社 2004 年版，第 251 页。

③ 孟繁华、程光炜：《中国当代文学发展史》，北京：人民文学出版社 2004 年版，第 251 页。

④ 李运抟：《文化散文：关键在文化意识》，《文学报》，2000 年 7 月 6 日。

⑤ 张琼：《文化散文的"破体"现象》，《西南大学学报》，2003 年，第 1 期。

⑥ 王兆胜：《文化散文：知识、史识与体性的误区》，《甘肃社会科学》，2006 年，第 5 期。

⑦ 王充闾：《文化大散文刍议》，《渤海大学学报》（哲学社会科学版），2005 年，第 1 期。

⑧ 张光芒：《文化散文：在审美现代性与启蒙现代性之间》，《甘肃社会科学》，2006 年，第 5 期。

进入新世纪以后，文化大散文进入新的发展时期。虽然文化大散文已经不及1990年代的"散文热"，渐有退潮之势，但是并没有完全消失。余秋雨、李存葆、王充闾、王开岭、李国文、贾平凹、史铁生、张承志、张炜、筱敏、韩小蕙、范曾、梁衡、何向阳、冯伟林等人仍有文化大散文面世。余秋雨之后，王充闾和李存葆主动挑起了文化大散文的旗帜，王充闾的《张学良：人格图谱》（2009）因其诗性抒写和历史理性建构获得广泛好评；李国文的《大雅村言》（2000）和李存葆的《大河遗梦》（2002）先后获得"鲁迅文学奖"。然而新世纪的文化大散文也暴露了诸多缺陷，比如"知识崇拜"（王兆胜语）、"普遍而深刻的匮乏"（谢有顺语）、"模式化"等，这些批评都切中其弊，实际上文化大散文还有一个根本性的缺陷，即"非个人化"。众所周知，文化大散文以大为美，追求散文的"大气魄"、"大境界"、"大格局"、"大历史观"、"大主题"等，自然也少不了"大标题"，虽然文化大散文的倡导者不同意"大"意在篇幅，但是文化大散文多数是长篇巨作，几万字甚至十几万字的文章比比皆是。在"大"的散文里，什么都有了，比如海量的历史知识、丰富的思想内涵等，但就是没有了作者，没有了个人。郁达夫曾在《中国新文学大系·散文二集·导言》中明确指出现代散文的最大特征是"个人的发现"和"个性的表现"，然而在文化大散文中，"个人"与"个性"往往被宏大叙事所淹没，作者对历史文化的思考并非完全是自我的内心体验，而趋向于集体主义性质的宣言或口号。余秋雨在文化大散文中占有非常重要的位置，在1990年代的"散文热"中，"似乎只有余秋雨一人独领风骚"、"文化散文以余秋雨发端，至今公认成就最大的仍为余秋雨一人"[1]，"20世纪90年代中国的'散文热'与余秋雨的大文化散文直接相关"[2]。

余秋雨，1946年生于浙江余姚。1968年毕业于上海戏剧学院，1962年开始发表作品。余秋雨在1990年代出版了《文化苦旅》、《山居笔记》、《霜冷长河》，进入新世纪以后，余秋雨又相继出版了《千年一叹》、《行者无疆》、《晨雨初听》、《借我一生》、《笛声何处》等散文集，并于2008年出版了"文化苦旅丛书"中的《寻

---

① 卢敦基：《文化散文之特质与未来走向》，《浙江社会科学》，2006年，第5期。
② 王兆胜：《归位·蓄势·创新——论新世纪的中国散文创作》，《文艺争鸣》，2010年，第12期。

觅中华》和《摩挲大地》。其中《山居笔记》获得第二届鲁迅文学奖。

一般来说，《文化苦旅》是余秋雨的代表作，全书以纪游为线索进行文化思考，"在记述自己对某一名胜古迹的游历和感受的同时，也介绍与之相关的文化历史知识，并传达对民族文化的思考，从而将'人、历史、自然混沌地交融在一起了'"①。总体来说，余秋雨在散文中秉承一贯的文化视角和散文风格，抒发了对中国历史文化和人生的感想和思考，具有丰富的思想内涵。首先，余秋雨散文具有丰富的文化内涵。1992 年，余秋雨在《文化苦旅》的序言中写："我心底的山水并不完全是自然山水而是一种'人文山水'"，"中国文化的真实步履却落在这山重水复、莽莽苍苍的大地上"②。因此，余秋雨在《文化苦旅》中所写到的山水名胜之地，无论是道士塔还是莫高窟，余秋雨都挖掘到了这些地点的人文故事，在人文故事的讲述中传达了每个地点所蕴涵的丰富的人文内涵。《道士塔》开头写的本是莫高窟大门外一座僧人圆寂塔，但是文章的主要内容写的是王道士带给敦煌石窟的灾难。余秋雨在《千年庭院》中写道："我是个文化人，我生命的主干属于文化，我活在世上的一项重要使命是接受文化和传递文化。"③ 余秋雨对岳麓书院的描写从大门的对联"惟楚有才，于斯为盛"开始写起，提到了岳麓书院悠久而又独特的历史，后面集中讲述岳麓书院的两大学者朱熹和张栻的故事，故事的内容不仅增添了丰富的历史文化内涵，而且增加了文章的知识性和可读性。因此，余秋雨的各篇散文是对各景观的表现和思考，然而从整体来上看，如果把这些景观连接起来，把有关的思考和观点连接起来，余秋雨表现的是对整个中国历史文化的思考。其次，余秋雨的散文表达了深刻的生命感怀。余秋雨在《文化苦旅》中的序言中说：

> "多情应笑我早生华发"，对历史的多情总会加重人生的负载，由历史沧桑感引发出人生沧桑感。也许正是这个原因，我在山水历史间跋涉的时候有了越来越多的人生回忆，这种回忆又渗入了笔墨之中。我想连历史本身也不会否认一切真切的人生回忆会给他增添声色和情致，但它

---

① 洪子诚：《中国当代文学史》，北京：北京大学出版社 1999 年版，第 379 页。

② 余秋雨：《自序》，《文化苦旅》，上海：东方出版中心 2001 年版，第 3 页。

③ 余秋雨：《千年庭院》，北京：中国盲文出版社 2006 年版，第 184 页。

终究还是要以自己的漫长来比照出人生的短促，以自己的粗线条来勾勒出人生的局限。①

从上述观点可知，余秋雨在游历过程中至少进行了两个方面的思考，即历史的思考和人生的思考；历史的思考表现的是历史文化内涵，人生的思考体现的是生命感怀和自我反思。余秋雨多次在散文中表达了生命哲思，他不仅能从景观中体悟到历史的命运，也能感悟生命的真谛，他对历史文化所做出的一次次反思，同时也在进行自我的一次次省察，他在散文中实现了历史与生命的统一、文化与生命的统一。余秋雨在《莫高窟》中写道：

> 看莫高窟，不是看死了一千年的标本，而是看活了一千年的生命。一千年而始终活着，血脉畅通、呼吸匀停，这是一种何等壮阔的生命！一代又一代艺术家前呼后拥向我们走来，每个艺术家又牵连着喧闹的背景，在这里举行着横跨千年的游行……这里什么也没有，只有人的生命在蒸腾。②

正因为带着强烈的生命感怀，使他对景观的观察和思考不只是历史的和文化的思考，而是一种带着生命体验的思考，在景物与生命的统一中，余秋雨表达了一种自我反思的人生态度。他内心怀有生命的激情，他所看到的景物也就极容易带有生命的气息，他笔下的莫高窟就不再是死了一千年的标本，而是能与生命对话的活生命，在生命与生命的对话中，体现的是一种内在的生命追求。在《千年庭院》中，余秋雨在结尾时把对岳麓书院的历史文化思考融入到了对人生和生命的思考，以至于他把师生情视作是生命的重要组成部分，他甚至还情不自禁地呼喊："我的老师！我的学生！我就是你们！"③ 最后，余秋雨的散文表达了强烈的批判意识。余秋雨在对历史和生命的思考中，在对中国几千年历史与文化的梳理中，以及在对中、西方文化的比较中，赞扬了中国传统文化的积极因素，但更重

---

① 余秋雨：《自序》，《文化苦旅》，上海：东方出版中心 2001 年版，第 4 页。

② 余秋雨：《莫高窟》，《文化苦旅》，上海：东方出版中心 2001 年版，第 11—13 页。

③ 余秋雨：《千年庭院》，北京：中国盲文出版社 2006 年版，第 184 页。

要的是他揭示和批判了中国传统文化的弊端。在《道士塔》中，余秋雨批判了王道士的愚昧和贪婪，批判了中国官员的愚蠢和官场文化的弊端，以至于余秋雨发问："偌大的中国，竟存不下几卷经文！"①但更重要的是余秋雨批判了西方殖民主义对中国的侵略，他还引用了一位年轻人写给火烧圆明园额尔金勋爵的诗句，表达了心中的仇恨。在《一个王朝的背景》中，余秋雨虽然表现了中国传统文化的积极方面，比如康熙正是吸收了汉族文化的营养才使清朝更加强盛，但更重要的是，余秋雨批判了中国传统文化中的腐朽和官场文化的痼疾以及文人人格的萎缩。余秋雨在对中国历史文化的批判中，表达了对中国文化现代化建构的思考，在《废墟》中，余秋雨批判了中国传统文化中"废墟文化"的匮乏，指明传统文化应该"挟带着废墟走向现代"②。

余秋雨的文化大散文在思想内容上具有明显的文化反思、生命感怀与批判意识，他以传统文化作为主要叙述点，通过对山川江河和文化古迹的描写，"表达了对现代文明的深沉反省，也显露出对某些历史积疾的峻切的批判"③，使余秋雨的散文"具有充沛的人文精神和启蒙意识"，这在20世纪末期中国社会和文化转型时期具有重要意义，它不仅意味着对商业化、世俗化和知识分子"人文精神的失落"的抵抗，也意味着对知识分子精英意识和启蒙精神的呼唤和建构，"他借助于散文这一文体提出了建构健全文化人格，寻找人类精神家园，文化围困与文化突围等等问题，发人深思、催人奋进"④。

余秋雨的散文在艺术形式上也具有重要特点。首先，余秋雨在散文中特别注意营造氛围和构思意象。余秋雨在描写人文景观时，往往会用粗线条的笔触勾勒出一些意象，设置出具有很强的艺术性氛围，以增加散文的艺术魅力。在《江南小镇》的开头部分，余秋雨就勾勒了河道、民居、石桥、石阶等意象，使一幅江南水乡的画面跃然纸上。在《夜航船》的开头部分，余秋雨描写自己的家乡，他独特地从声音的角度表现了水乡的特征。其次，余秋雨在散文中"运用得炉火纯

---

① 余秋雨：《道士塔》，《文化苦旅》，上海：东方出版中心2001年版，第7页。
② 余秋雨：《废墟》，《文化苦旅》，上海：东方出版中心2001年版，第257页。
③ 孟繁华、程光炜：《中国当代文学发展史》，北京：人民文学出版社2004年版，第252页。
④ 易瑛：《困境与突围：论余秋雨散文出现的意义》，《湖南师范大学社会科学学报》，2007年，第1期。

青的是戏剧化手法"①，余秋雨特别喜欢在写作过程中设置悬念，然后再切入正题。在《寂寞天一阁》中，余秋雨写的第一句话是天一阁对他的阻隔，这句话使文章的悬念陡生，吸引读者产生阅读兴趣。在《千年庭院》中，余秋雨先不写岳麓书院，而是先写去长沙的经历，在发现岳麓书院以后，他还设置疑问和悬念，使文章增加了戏剧化的效果。在《抱愧山西》中，余秋雨也不首先切入正题，而是先设置悬念，以自己在西山的三次经历开始着笔。最后，他"充分发挥散文文体的'多边缘性'特征（即散文具有叙事、抒情、议论等功能），从多角度、多侧面透视某一景观或物象，以凸显所写对象宽广、深厚的涵义"②。在《千年庭院》中，余秋雨首先回忆了二十多年前找到岳麓书院的过程，他以回忆人生经历的方式发挥了叙事在散文中的作用；紧接着余秋雨又在叙述的过程中抒发了对岳麓书院的敬仰和赞美，发挥抒情在散文中的作用；更多的是余秋雨广征博引，从教育家、哲学家到军事家、政治家，从朱熹、张栻、王阳明到左宗棠、曾国藩，等等，充分发挥了议论在散文的作用。《废墟》也是综合了议论、叙事、抒情等种种手法，多角度地阐释了废墟文化的内涵。

余秋雨的文化大散文拯救散文于危机之时，不仅使当代散文走出了困境，而且掀起了一股"散文热"潮流，使"余秋雨现象"成为 20 世纪中国文化史上的独特景观。余秋雨的散文在散文史上具有重要意义，它不仅"开拓了散文创作的新境界和发展的新方向"，而且"参与了当代人文精神的建构"③，因此"余秋雨的大文化散文是革命性的"④。然而，余秋雨的文化大散文也有一些缺陷与不足，并且招致了尖锐的批评，比如"将传统与文化的作用夸大到极致"、"显得不够辩证与全面"⑤，"知识硬伤比比皆是、缺乏现代意识、对历史与读者缺乏敬畏、放弃自我

① 栾梅健：《余秋雨对当代散文文体的拓展及其局限》，《文艺争鸣》，2007 年，第 12 期。
② 易瑛：《困境与突围：论余秋雨散文出现的意义》，《湖南师范大学社会科学学报》，2007 年，第 1 期。
③ 易瑛：《困境与突围：论余秋雨散文出现的意义》，《湖南师范大学社会科学学报》，2007 年，第 1 期。
④ 王兆胜：《归位·蓄势·创新——论新世纪的中国散文创作》，《文艺争鸣》，2010 年，第 12 期。
⑤ 栾梅健：《余秋雨对当代散文文体的拓展及其局限》，《文艺争鸣》，2007 年，第 12 期。

的修养"①, "情感的表达有时过于夸张"②, "面对历史文化, 余秋雨已形成较固定的思维模式"③, 余秋雨的文化大散文本身的缺陷甚至使有些学者提出"不读文化大散文"④。

第二十二节　魏明伦及其新编剧《潘金莲》

魏明伦, 1941 年生于四川内江。魏明伦自小受过川剧的熏陶, 他父亲就是当时著名的川剧鼓师, 魏明伦也自认为从小被梨园始祖"太子菩萨"摸了"脑壳"。他童年失学, 7 岁开始学戏, 9 岁登场唱戏。魏明伦在家庭的熏陶下, 台上唱戏, 台下习文, 虽然只念过初小, 却是知识广博, 在戏剧、诗歌、散文、评论等方面都有建树。1950 年参加四川省自贡市川剧团, 四十年来先后担任演员、导演、编剧等职位。1980 年代以后, 魏明伦先后创作了《易胆大》、《四姑娘》、《巴山秀才》(与南国合作)、《岁岁重阳》(与南国合作)、《潘金莲》、《夕照祁山》、《中国公主杜兰朵》、《变脸》等一批在国内外有重要影响的剧本。《易胆大》和《四姑娘》双双荣获 1981 年全国优秀剧本奖;《巴山秀才》再获 1983 年全国优秀剧本奖, 后来还被收入《中国当代十大悲剧集》。《潘金莲》更是引起轰动, 相继被《作品与争鸣》、《新华文摘》、香港《九十年代》、美国《时代报》等海内外几十种杂志全文转载, 国内各大剧种和二十多个省、市的五十多个戏剧团体争相排演《潘金莲》, "一九八六年, 在中国戏剧界、文艺界和评论界, 都掀起了一股'潘金莲热'"⑤。《中国公主杜兰朵》获文化部"文华"新剧目奖,《变脸》获文化部"文华"编剧大奖。

1980 年代在戏剧进入危机以来, 魏明伦以其突出的成就对戏剧进行了卓有成效的改革。"现在看来, 魏明伦是 80 年代戏曲进入危机以来, 为改变戏曲生存状态而奋斗的一位急先锋, 是在戏曲现代化的道路上攻城拔寨、战果辉煌的一员骁

---

① 王兆胜:《归位·蓄势·创新——论新世纪的中国散文创作》,《文艺争鸣》, 2010 年, 第 12 期。

② 洪子诚:《中国当代文学史》, 北京: 北京大学出版社 1999 年版, 第 379 页。

③ 易瑛:《困境与突围: 论余秋雨散文出现的意义》,《湖南师范大学社会科学学报》, 2007 年, 第 1 期。

④ 谢有顺:《不读文化大散文的理由》,《散文百家·选刊版》, 2003 年 1 月下半月。

⑤ 周禄正:《他, 作了一个非常荒诞的梦——魏明伦和他的〈潘金莲〉》,《当代戏剧》, 1988 年, 第 2 期。

将。"① 1984 年，魏明伦在《剧本》上发表文章，提出了"改革戏曲"的口号，"50年代是'戏曲改革'，80 年代是'改革戏曲'，一条红线贯穿——改字当头！"② 正是因为这种改革精神，使魏明伦的戏剧创作具有鲜明的先锋性和探索性，而这种先锋探索特征在 1980 年代不仅容易引起广泛的争论，而且容易积累较高的名气。1980 年代出现"魏明伦现象"也就是这个原因，"魏明伦被人们戏称为'戏妖'，'梨园怪杰'，不论是'妖'，还是'怪'，都源于其作品在形式和内容方面的叛逆性、先锋性"。③ 一般看来，魏明伦对戏曲的艺术形式和思想内容都进行了全方位的改革尝试。在艺术形式方式，魏明伦主张在戏剧创作中要进行多方面的尝试。1981 年，魏明伦甚至提出要有"一戏一招"的探索精神，他说："一戏一招：戏剧观、艺术构思、表现手法风格样式……我都想作多方面的尝试。"④ 魏明伦在戏剧创作中实践了自己的观点，如《易胆大》运用了正宗的川剧手法，《四姑娘》是"现代戏的戏曲化"，《岁岁重阳》运用了"双连环结构"，《潘金莲》采用了"散文式"结构，《夕照祁山》运用了"间离"手法。魏明伦在对戏曲艺术形式的探索中，体现了传统方法与现代技巧的结合，在他的剧作中，既有川剧的传统方法，又有西方戏剧的现代技艺。魏明伦自小受过川剧的熏陶，他十分熟悉古老川剧的艺术手法。在戏剧创作中，魏明伦一方面忠实地继承川剧的传统艺术，另一方面又大力发展川剧艺术，丰富川剧的表现手法，开拓川剧的表现领域，使古老的川剧走向了现代，走向了世界。魏明伦在剧作中大量运用了川剧的传统方法，比如变脸、帮腔等；变脸是川剧的绝技，向来秘不外传，在表演时，变脸的魅力往往让不知底细的观众瞠目结舌，津津乐道，它不仅丰富了川剧的表演艺术，也增加了川剧的艺术吸引力。魏明伦在剧作中充分地展示了变脸的魅力，他在《易胆大》、《巴山秀才》、《潘金莲》、《变脸》等剧作中都运用了这种技法。如孙雨田谎报民变点燃旗门炮、西门庆胁迫潘金莲下毒、郑百加火烧金东水的房子时，变脸的运用充分地暴露了这些人物虚伪丑恶的灵魂。魏明伦在剧作中也充分运用了帮腔的艺术

① 一峰：《魏明伦和他的〈变脸〉》，《剧本》，1999 年，第 1 期。
② 魏明伦：《希望明确提出"改革戏曲"的响亮口号》，《剧本》，1984 年，第 10 期。
③ 陈吉德：《开放思维中的先锋倾向：魏明伦剧作论》，《四川戏剧》，2002 年，第 6 期。
④ 魏明伦：《一戏一招——〈静夜思〉简记》，《苦吟成戏》，上海：上海文艺出版社 1989 年版，第 89 页。

手法，据统计，在《易胆大》、《四姑娘》、《巴山秀才》、《岁岁重阳》、《潘金莲》、《夕照祁山》、《中国公主杜兰朵》、《变脸》8个剧作中，帮腔共用了"六十五处"①，魏明伦在剧作中不仅发挥了帮腔的艺术作用，比如"加强与情节相适应的气氛"，"加强唱词和角色的内心体现"，"补足演员声浪的不足"等，而且"打破了传统帮腔的固有模式"②，比如把帮腔演员推到前台，把帮腔从剧外请到了剧内，借用电影常用的"无字帮"等。魏明伦在戏剧创作中还发扬了"拿来主义"精神，吸取了西方现代艺术的营养，"诸如布莱希特的间离效果，艾略特的象征技巧，魔幻现实主义的时空纵横法，以及比较美学、交叉科学……，统统'拿来'，为我所用。其结果，从内容到形式都让人耳目一新，甚至被偏爱者誉为'未来戏曲的萌芽'"③。如在《潘金莲》和《夕照祁山》中，"魏明伦主要的招数是布莱希特'间离'——'陌生化'戏剧追求"④。魏明伦对戏剧艺术形式的探索为戏曲的现代化做出了重要贡献。

魏明伦对戏曲的思想内容也进行了积极的探索。1986年，他对戏剧内容的改革说过这样一句话："我辈既称'探索者'，就得冒险走向前人没有走过，或走了几步又被唬回来了的不毛之地。所谓'改革'，就得首先改革我们民族的盲从性。戏剧观念的更新，必须附丽于人生观念的更新。……出色的剧作家应是出色的思想家，没有惊世骇俗的思想，就写不出惊世骇俗的作品！"⑤魏明伦不仅具有改革戏曲内容的想法，也有改革戏曲内容的勇气。在1980年代，虽然政治意识形态相对比较宽松，思想解放潮流也使人们的思想相对比较开放，但是魏明伦的内容改革不仅要冲破"文革"期间形成的禁区，而且还要打破人们长期以来形成的根深蒂固的观念，因此魏明伦的内容改革也遇到了一定的阻力，他需要大胆改革的勇气。魏明伦在思想内容方面的探索主要体现在两个方面，首先，反封建是魏明伦剧作的重要主题，比如《潘金莲》、《岁岁重阳》和《变脸》等剧作从女性主义立

---

① 张金尧：《魏明伦剧作研究》，成都：四川人民出版社2008年版，第168页。
② 张金尧：《魏明伦剧作研究》，成都：四川人民出版社2008年版，第169页。
③ 胡世均：《论魏明伦的剧作》（下），《戏曲艺术》，1987年，第2期。
④ 张金尧：《魏明伦剧作研究》，成都：四川人民出版社2008年版，第142页。
⑤ 魏明伦：《我"错在独立思考"》，《戏海弄潮》，上海：文汇出版社2001年版，第15页。

场出发，从婚姻角度猛烈地抨击男权中心主义等封建思想观念，因此魏明伦还被称为："新历史寓意剧创作阵营中第一个进行女权主义言说的作家"①；又如《易胆大》和《巴山秀才》等剧作猛烈地抨击封建专制主义。其次，魏明伦在剧作中集中"探索各种各样的人性"②，他善于表现在封建专制压抑下的人性的变化与发展，善于表现人性与专制主义的对抗与斗争。如《巴山秀才》中的孟登科是一个典型的旧知识分子，他的人生经历了专制主义的压抑和迫害，他迂腐但又不乏抗争，至死方才觉醒。孟登科这一人物形象，"倾注了魏明伦对知识分子人性觉醒的深刻思考"③。在对人性的探索中，魏明伦对女性的表现倾注了极大的热情，他在剧作中塑造了一系列性格鲜明的女性形象，如不堪凌辱悲愤自杀的花想容；天性放纵人性变态的杜兰朵；在妥协与抗争中挣扎的四姑娘，她具有中国传统妇女的性格特征，勤劳善良朴实坚强，尽显人性之美；这样一个个活生生的女性，魏明伦让她们在矛盾冲突中表现出各自的性格和命运，表现她们的人性变化与精神痛苦。魏明伦塑造了一系列"不甘于生活现状，极富生命欲望和激情的'好女人'和'坏女人'的典型，涂铸了她们带着真实的人的善与恶、美与丑、爱与恨、温柔与残忍、勇敢与怯弱、灵魂与肉体、光明与黑暗两重性格的魅力"④。魏明伦剧作的反封建主题和对人性的探索，倾注了作家"深沉的人文关怀"，突破了戏剧创作的"人学表现阈限"，对历史的洞见"穿越事物的表面而进入深层文化微观，从而发掘几千年根深蒂固的封建意识积淀下的中国文化传统和文化性格"⑤。

改编就是再创造是魏明伦重要的戏剧观。魏明伦说："我这几个戏有一个共同的特点，那就是不以选材取胜，许多是别人啃过的馍。但别人啃过的馍，我也要

---

① 张兰阁：《千年铁案后的"菲勒斯中心"话语——川剧〈潘金莲〉男权文化批判》，魏明伦：《"好女人"与"坏女人"：魏明伦女性剧作选》，北京：作家出版社 2001 年版，第 219 页。
② 陈吉德：《开放思维中的先锋倾向：魏明伦剧作论》，《四川戏剧》，2002 年，第 6 期。
③ 陈吉德：《开放思维中的先锋倾向：魏明伦剧作论》，《四川戏剧》，2002 年，第 6 期。
④ 李远强：《"好女人"与"坏女人"复合的性格魅力——析魏明伦剧作中的几个女性形象》，魏明伦：《"好女人"与"坏女人"：魏明伦女性剧作选》，北京：作家出版社 2001 年版，第 285 页。
⑤ 李远强、黄光新：《深沉的人文关怀——赞川剧〈变脸〉》，魏明伦：《凡人与伟人：魏明伦男性剧作选》，北京：作家出版社 2001 年版，第 259 页。

啃，而且要啃出自己的味道。"① 这句话说明了魏明伦戏剧选材的特征，即改编旧题材、旧故事，或者改编别人的小说、戏剧等。比如《易胆大》的题材早就多次在戏剧作品中出现过，如田汉的《名优之死》、《关汉卿》和吴祖光的《风雪夜归人》等戏剧作品；《四姑娘》则是根据周克芹的小说《许茂和他的女儿们》改编的，《巴山秀才》是由川剧《剿东乡》改编而成的，《岁岁重阳》是由张弦的小说《被爱情遗忘的角落》改编的，《夕照祁山》取材于《三国演义》，《中国公主杜兰朵》取材于德国和意大利的戏剧作品，《变脸》改编自台湾故事《格老子的孙子》。1985 年，魏明伦总结了戏剧改编的方法，提出"再创造是改编的关键"，并且把再创造具体分为"艺术构思再创造"、"结构方式再创造"、"人物语言再创造"三个方面，魏明伦对戏剧改编的方法进行了具体论述：

> 凡是改编，都得再创造，但再创造的幅度或大或小，效果或好或坏，就要看原著情况怎样，改编者胆识如何了。无胆无识的改编，必是照搬原著，搬又搬不完，流汤滴水，反而遗漏精华。有胆无识的改编，不吃透原著精神，为改而改，横涂竖抹，增删皆误。有识无胆的改编，明知因地制宜道理，刚举大刀阔斧，复又慑于名著声望，不敢越过雷池。有胆有识的改编，熟谙原著得失，深知体裁之别，调动自家生活积累丰富原著，敢于再创造，善于再创造，如曹禺改巴金之《家》，那才是我们学习的楷模。②

正是在这样的认识基础上，魏明伦的戏剧改编就是一种再创造，他再创造了崭新的人物形象，挖掘了深刻的思想内容，在传统题材里创造了新意，使传统题材再次获得了生机。

深沉的悲剧意识是魏明伦剧作的重要特征。魏明伦吸收西方戏剧的观念，对传统戏曲进行改造，其中一个重要方面就是改革了传统戏曲的"大团圆"模式，

---

① 易木：《啃别人馍，出自己的味》，《中国文化报》，1986 年 7 月 16 日。

② 魏明伦：《再创造是改编的关键——岁岁重阳写作概述》，《苦吟成戏》，上海：上海文艺出版社 1989 年版，第 274 页。

而代之为深沉的悲剧意识，尤其是戏剧结尾，往往以神来之笔，给人以震憾人心的悲剧感。魏明伦的几个重要剧作都是悲剧，如《易胆大》以"名优之死"的悲惨场面开始，又以花想容的抱灵自刎结局；《巴山秀才》以孟登科的三杯御酒变成三杯毒酒为结局。在这两部剧作中，魏明伦最后都把性格悲剧上升成为了社会悲剧。《夕照祁山》成功地塑造了三个悲剧人物：诸葛亮、魏延、媚娘，在悲剧氛围中展开矛盾冲突，"写出了一幕惊心动魄的人的悲剧和历史的悲剧"①。《变脸》探讨人和人生在宿命中的挣扎与反抗，谱写了一曲"沉重苦涩的人生悲歌"②。

魏明伦的戏剧语言具有诗意美。魏明伦自小就受过诗歌的熏陶，1985 年，在回忆以前的诗歌经历时，他还陶醉其中，他说："我早年学习写诗，那滋味儿与写戏不大相同，是享受，是乐趣，是自我陶醉。"③正是他的诗歌经历和对诗歌的热爱，使魏明伦自觉地追求戏剧创作的诗性，魏明伦强调戏剧文学要达到戏剧性与文学性的统一，他曾经对戏剧语言提出："言为心声，托物抒情，取格律诗优点，学白话诗意象"，主张"引诗入戏"④。魏明伦就是这样把戏当做诗一样写，使"戏中有诗"，写出了诗一样的戏。正是这样的写作方式，使魏明伦的戏剧语言具有突出的特征，一方面，"魏明伦从源远流长的诗歌中，继承了语言的丰厚的想象美，蕴藉的含蓄美，和谐的音乐美，绚丽的修饰美，并运用于戏曲文学的创作，形成了他阳春白雪的典雅的诗意美。这种典雅的诗意美，正是魏明伦剧作语言的主要艺术特色。"另一方面，魏明伦吸收下里巴人的语言营养，学习民歌民谣民谚和方言俚语的特征，形成"质朴的诗意美"⑤，如《岁岁重阳》中就大量运用了民歌，如荒妹唱：

---

① 何西来：《人的悲剧和历史的悲剧——评魏明伦的〈夕照祁山〉》，魏明伦：《凡人与伟人：魏明伦男性剧作选》，北京：作家出版社 2001 年版，第 213 页。

② 胡邦炜：《沉重苦涩的人生悲歌——论电影文学剧本〈变脸〉》，魏明伦：《凡人与伟人：魏明伦男性剧作选》，北京：作家出版社 2001 年版，第 245 页。

③ 魏明伦：《苦吟成戏》，《新剧本》，1985 年，第 5 期。

④ 魏明伦：《一戏一招——〈静夜思〉简记》，《苦吟成戏》，上海：上海文艺出版社 1989 年版，第 89 页。

⑤ 张云初：《阳春白雪与下里巴人的交响——试论魏明伦剧作语言的诗意美》，《文艺研究》，1986 年，第 1 期。

青线线，蓝线线，针线飞

绣荷包，绣枕头，遮盖起

停针收线望门外，

绵绵秋雨飘上岩……

高高山上树成排，

手把门儿望人来，

问声荒妹啥，望哪个哟？

我望梨花呀，几时开？

这段唱词"有陕西民歌《青线线》和河北民歌《绣荷包》的痕迹，也有清代四川民歌《高高山上一树槐》的影子"[1]。

《潘金莲：一个女人的沉沦史》是魏明伦剧作中最具有争议性和代表性的作品。该剧是根据施耐庵的小说《水浒传》有关章节改编而成。潘金莲本是《水浒传》中的一个小人物，但经过历史上的多次阐释，潘金莲成为中国文学中著名的淫妇形象，成为坏女人的典型形象。魏明伦对潘金莲的人物形象进行了全方面的改造，他"以 80 年代的意识和视角去重新审度这个人所不齿的女人"[2]，对潘金莲的人生历程进行了重新思考，赋予了她新的人物性格和历史意义。"在魏明伦的笔下，潘金莲不再是'淫荡'的化身，而是恢复了作为人的本来面目，而且由于描写了她'肉感的欲'和'挚爱的情'，并赋予她在精神世界方面既有真善美的一面，又有假丑恶的一面，成为了一个时好时坏、亦丑亦美、善始恶终，人变为鬼的复杂女性。"[3]魏明伦对潘金莲的表现紧紧扣住一个"情"字："为反抗屈辱命运而宁折不弯的刚烈少女之情；为屈从不幸婚姻而委曲求全的善良少妇之情；为向往美好生活而勇敢追求的炽烈爱慕之情。"[4]魏明伦多方面地刻画了潘金莲的性格，又把她的性格悲剧转化为婚姻悲剧，把个人的命运悲剧转化为社会悲剧，从而体现了反封建

---

① 张云初：《阳春白雪与下里巴人的交响——试论魏明伦剧作语言的诗意美》，《文艺研究》，1986年，第 1 期。

② 魏明伦：《编者的话》，《潘金莲：剧本与剧评》，北京：三联书店 1988 年版，第 1 页。

③ 周禄正：《他，作了一个非常荒诞的梦——魏明伦和他的〈潘金莲〉》，《当代戏剧》，1988 年，第 2 期。

④ 梁冰：《评魏明伦新作〈潘金莲〉》，《艺术百家》，1986 年，第 3 期。

的思想主题。全剧在时间安排上跨朝越代，超越时间限制，在地点安排上跨国越州，不拘地点，没有复杂布景，却有特效灯光。全剧分为楔子、反抗、委屈、追求、沉沦、尾声六场，剧中人物有潘金莲、武松、武大郎、西门庆、张大户、王婆等人，还穿插了剧外人物有吕莎莎、施耐庵、武则天、安娜·卡列尼娜、人民法庭女庭长、贾宝玉、芝麻官、现代阿飞、上官婉儿等人。魏明伦称《潘金莲》为"荒诞川剧"，这指出了《潘金莲》在艺术上既继承了川剧的传统手法，又推陈出新地借鉴了西方现代戏剧的方法，为戏曲改革做了有益的尝试。魏明伦的《潘金莲》在1980年代曾经引起了激烈的争论，这场争论为后来的戏曲创作产生了深远的影响，以贺敬之、姚雪垠、林默涵、刘厚生等为代表的老一辈作家纷纷指责《潘金莲》的主题思想和艺术形式，而以余秋雨和高行健等为代表的新一代作家则为《潘金莲》大唱赞歌。如余秋雨在《魏明伦的意义》中认为《潘金莲》为戏剧革新至少起到了"'开流'的作用"[①]。这场争论几乎聚集了当时戏剧界的众多有影响的人物，无论是贬斥还是褒扬，都说明了《潘金莲》给戏剧界带来了巨大影响，因此有人称《潘金莲》的出现是一场"剧界革命"[②]。1988年，魏明伦结集《潘金莲：剧本与剧评》由北京三联书店出版，收集了魏明伦经过多次修改后的《潘金莲》的定稿本，魏明伦在目录中把《潘金莲》称之为"一出探索性的剧作"。剧评部分主要收集关于潘金莲人物形象的评论和《潘金莲》与戏曲改革探索方面的评论，其中包括刘宾雁、吴祖光等人的评论，这部选集可以说很好地见证了当时的论争。

　　魏明伦的戏剧创作具有重要意义，他的戏曲探索为1980年代以来的戏剧改革做出了重要贡献，尤其是为古老的川剧艺术重新焕发活力，为中国传统戏曲走向世界化和现代化做出了重要贡献。

---

① 余秋雨：《魏明伦的意义》，魏明伦：《"好女人"与"坏女人"：魏明伦女性剧作选》，北京：作家出版社2001年版，第216页。

② 张金尧：《魏明伦剧作研究》，成都：四川人民出版社2008年版，第7页。

第二十三节　张艺谋及其电影《红高粱》

　　张艺谋，1951 年生于陕西西安，1982 年毕业于北京电影学院。张艺谋导演的电影主要有《红高粱》、《菊豆》、《大红灯笼高高挂》、《秋菊打官司》、《活着》、《摇啊摇，摇到外婆桥》、《有话好好说》、《一个都不能少》、《我的父亲母亲》。进入新世纪以后，张艺谋又相继导演了《幸福时光》、《英雄》、《十面埋伏》、《千里走单骑》、《满城尽带黄金甲》、《三枪拍案惊奇》等电影。张艺谋获奖无数、荣誉无数，他获得了电影界在国内所能获得的几乎所有的最高奖项，也获得了世界三大顶尖电影节柏林国际电影节、戛纳国际电影节和威尼斯国际电影节的大奖。他被称为"世界十大杰出导演之一"，1998 年被美国《时代周刊》杂志评为"世界十大风云人物"，2006 年获得"法国文学艺术荣誉勋章"，2009 年获得"亚洲电影杰出贡献大奖"。张艺谋是中国第五代导演的代表人物之一，是世界电影界的大师级人物。

　　张艺谋自成名以来，一直是文化界的中心人物之一，无论是在官方还是在民间，对张艺谋都有着极高的评价，"从 80 年代后期到 90 年代前期的十年间，张艺谋成了中国电影界、文艺界乃至整个审美文化界的一位颇具神话色彩的'英雄'"[1]，"张艺谋是'国际级的大导演'"、"张艺谋是'新一代的艺术大师'"[2]，这样的赞誉屡屡见诸报端，以至于还有"张艺谋神话"的称呼[3]。"张艺谋神话"的出现有着深刻的社会历史原因，不仅是因为张艺谋在电影界有着非凡的成就，更重要的是因为张艺谋切合了 1980 年代的历史需求。进入新时期以后，中国电影界也应和了主流意识形态建构新的历史主体的要求，尤其是以张军钊、张艺谋、陈凯歌、田壮壮、黄健新等为代表的"第五代导演"。他们导演的电影有着"一致的美学倾向和共同的社会理想。他们从一开始就不回避所涉及的社会性活动，以强烈的忧患意识和干预意识主动地探讨社会现实"[4]。他们在形式上反叛戏剧电影美学，尝

---

①　王一川：《张艺谋神话的终结——审美与文艺视野中的张艺谋电影》，郑州：河南人民出版社 1998 年版，第 1 页。

②　陈墨：《张艺谋电影论》，北京：中国电影出版社 1995 年版，第 1 页。

③　王一川：《谁导演了张艺谋神话》，《创世纪》，1993 年，第 2 期。

④　虞吉等：《中国电影史纲要》，重庆：西南师范大学出版社 2008 年版，第 169—170 页。

试探索新的电影形式，在内容上反思和清理中国历史文化与现实问题，也就是说第五代导演在这个时期有着明确的精英意识和启蒙精神，这些都吻合了新启蒙时代的历史要求。"张艺谋神话"的出现顺应了中国现代性工程建构的历史需要，现代性必然包括世界性，而1980年代就是一个急于开放和面向世界的时代，尤其是文学艺术迫切地希望走向世界。张艺谋导演的《红高粱》获取西方电影大奖，意味着中国电影界获得了西方的承认，是中国文学艺术走向世界的历史性事件，"这个前所未有的'走向世界大业'一旦成功，随之而来的奖项，就变得顺理成章和轻而易举了"[①]，"从而有理由被视为走向世界的成就空前的文化英雄，甚至是'走向世界第一人'"[②]。因此，"张艺谋神话"是"个人与集体一道努力的结果"，它是指"20世纪80年代中期以来，由张艺谋本人与当代中国公众一起共同制造的、有关张艺谋电影活动的带有非现实的超凡属性的文化想象活动"[③]。

张艺谋的电影创作道路经历了由精英文化向大众文化的转变。中国第五代导演在1980年代初期和中期大都张扬了启蒙理性文化，张艺谋在《菊豆》、《大红灯笼高高挂》、《活着》等电影中在人性的剖析与张扬中展开叙事，尤其通过对女性生存状态的描写，表现了女性的悲剧命运，谱写了一曲曲人性悲歌。《菊豆》表现的是人在压抑环境中的人性悲歌，年轻姑娘菊豆嫁给了染坊老板杨金山。守财奴杨金山已年近花甲，身患暗疾，没有生育能力，既不能传宗接代，又无法承担庞大的家业。杨金山每天像牲口一样地对待菊豆，使菊豆过着暗无天日的生活。不久，菊豆与杨金山的侄子杨天青偷情并生下了儿子天白。天白在4岁时无意将瘫了的杨金山撞入染池淹死了，菊豆的生活有了改观，但是菊豆与杨天青依然过着表面婶侄关系的生活。长大成人的天白在愤怒中杀害了与母"通奸"的生父杨天青，菊豆万念俱灰，纵火烧掉了"杨家染坊"。菊豆自从走进杨家的大门就注定了

[①] 王一川：《张艺谋神话的终结——审美与文艺视野中的张艺谋电影》，郑州：河南人民出版社1998年版，第7页。

[②] 王一川：《张艺谋神话的终结——审美与文艺视野中的张艺谋电影》，郑州：河南人民出版社1998年版，第16页。

[③] 王一川：《张艺谋神话的终结——审美与文艺视野中的张艺谋电影》，郑州：河南人民出版社1998年版，第7页。

悲剧命运的结局，人性在残酷环境的压抑之下，即使获得了暂时的释放与快乐，但仍然无法逃避残酷制度的压迫。《大红灯笼高高挂》的女主人公颂莲是一个受过高等教育的新式知识女性，但她的命运却被继母牢牢把持，她在继母的安排下被卖给了陈佐千做四姨太。而陈佐千是一个年老体衰的人，颂莲的出嫁注定没有好的结局。在陈家的深宅大院里，颂莲又不得不面对各种各样的争斗，在争斗中颂莲的人性发生了变异，最后她在陈老爷迎娶五姨太的唢呐声中发疯了。颂莲的悲剧既表现了女性在残酷环境中的变态，又表现了女性悲剧在残酷环境中的必然。总体来说，张艺谋前期电影的思想内容和艺术形式具有鲜明的特征。从《红高粱》到《活着》等电影，张艺谋对人性和生命的表现达到了极致，"赞颂生命"是张艺谋电影主要的艺术追求。《红高粱》表现的是"一支生命的赞歌"[①]；《秋菊打官司》是"自尊、自重、自强精神的表现"[②]；《菊豆》和《大红灯笼高高挂》都是表现压抑的环境中的人性。张艺谋的电影在审美特征上崇尚原始情调和民俗风情，追求"奇变体"的文体特征、"象征化"的形象特征和"愤气结韵"的气韵特征[③]；在影像造型方面特别注重"环境的变位"、"人物的极致"、"景物的渲染"、"细节的点化"[④]。值得注意的是，张艺谋改编小说特别喜欢选择先锋小说，比如把莫言的小说《红高粱》和《高粱酒》改编成电影《红高粱》，把刘恒的小说《伏羲伏羲》改编成电影《菊豆》，把苏童的小说《妻妾成群》改编成电影《大红灯笼高高挂》，把余华的小说《活着》改编成同名电影。这些小说家在1980年代的文学变革中发挥了重要作用，张艺谋选择与这些作家合作，在客观上也是参与了1980年代的先锋文学运动，在主观上表现了张艺谋的先锋探索精神。因此可以说，1980年代的先锋小说运动成就了张艺谋，张艺谋也成就了先锋小说作家。

进入1990年代以后，电影界也遇到了戏剧界同样的问题，即观众急剧减少，

---

① 张艺谋：《唱一支生命的赞歌》，《当代电影》，1988年，第2期。

② 李尔葳：《张艺谋说》，沈阳：春风文艺出版社1998年版，第45页。

③ 王一川：《张艺谋神话的终结——审美与文艺视野中的张艺谋电影》，郑州：河南人民出版社1998年版，第207—230页。

④ 张明芳：《张艺谋电影论》，北京：中国艺术研究院硕士研究生学位论文，2002年5月，第21—27页。

"面对日益严重的票房危机，中国电影在创作上的基本对策是实现全方位的转型，把创作和生产的重心转移到娱乐电影上"①。张艺谋的转型是时代发展的必然，从《红高粱》到《活着》等电影，张艺谋体现了精英意识和启蒙精神，在启蒙精神遭遇商业化和世俗化的无情嘲弄以后，张艺谋转向了商业片和娱乐片的制作。从《幸福时光》到《三枪拍案惊奇》，张艺谋在电影中注入了大量的大众文化因素，也融入了大量的商业元素。《英雄》是张艺谋商业转型成功的标志，《英雄》在题材上选择了商业电影的惯用武侠故事，尤其是在前期策划、中期制作和后期宣传方面投入了大量的商业元素，完全走上了市场化道路，《英雄》也使张艺谋获得了巨大的商业收益。《英雄》云集了当今最红的电影明星，如李连杰（饰无名）、梁朝伟（饰残剑）、张曼玉（饰飞雪）、陈道明（饰秦王）、章子怡（饰如月）、甄子丹（饰长空）。《英雄》设置了宏大的场面，如强大的秦国军队、恢宏的宫殿建筑、深远辽阔的沙漠等。《英雄》制造了唯美的画面，如漫漫黄沙、皑皑白雪、绿水青山、红墙绿瓦，还融汇了具有中国古典韵味的琴、棋、书、画的活动场面。《英雄》的色彩对比强烈、音响设计富有质感、武打设计挥洒写意，给人强烈的视觉和听觉冲击。《英雄》上映两个月，国内票房就超过两亿元，创造了中国大陆电影的票房新记录，也曾连续两周成为北美的票房冠军，在国内和国外市场都打败了好莱坞电影。《英雄》获得了巨大的商业成功，是中国电影产业化道路的一座里程碑。然而《英雄》的思想主题却遭遇了尖锐的批评，因为它解构了中国传统文化中的武侠精神、消解了启蒙叙事中的抵抗策略，体现了对强权的认同和崇拜。

《十面埋伏》延续了《英雄》的商业策略，前期经历了疯狂的宣传造势，中期制作也颇有悬念，后期宣传也充分利用了明星效应。《十面埋伏》的演员也是星光灿烂，由刘德华、金城武、章子怡领衔主演，在电影叙事上延续了《英雄》的方法与技巧，只是在武侠情节的基础上增加了爱情内容。《三枪拍案惊奇》是张艺谋对电影"俗"化的一次尝试，在商业宣传方面也是一如既往，充分利用了赵本山及其弟子的明星效应，注定了《三枪拍案惊奇》取得惊人的票房收入。但是《三枪拍案惊奇》遭受的批评更为尖锐，甚至有人认为张艺谋为了迎合消费时代的美

---

① 虞吉等：《中国电影史纲要》，重庆：西南师范大学出版社2008年版，第172页。

学趋向，他的《三枪拍案惊奇》在美学风格上也由审美转向了审丑，"美与丑的易位，其实也是艺术对商业的妥协，这体现出张艺谋电影美学在消费时代的审丑转向"①。总体说来，在新世纪以后的几部电影中，张艺谋在形式上不仅延续了一贯的风格，而且还充分利用了现代科技手段，能给观众以视觉和听觉的巨大冲击，但是张艺谋在思想主题上已经放弃了 1980 年代电影对人性的剖析与关注，张艺谋电影的思想和人文内涵已经淡薄。2004 年，贾磊磊在谈到张艺谋时说："就是要提供视觉盛宴，就是给人提供以现代技术包装的视觉游戏。他已经不想再承担更深的文化使命，这跟张艺谋早期所有的东西有最大差别。"②

电影《红高粱》是张艺谋导演的处女作，1988 年，《红高粱》不仅获得了中国的"百花"和"金鸡"两项大奖，而且获得了第 38 届西柏林国际电影节金熊奖，代表亚洲电影第一次获此殊荣。电影《红高粱》获得了巨大的成功，也使张艺谋成为时代的文化英雄。与 1980 年代的精英知识分子一样，张艺谋导演《红高粱》饱含着充沛的精英意识和启蒙精神，在谈到《红高粱》的艺术追求时，他说：

> 我觉得，造成我们民族精神萎缩的原因之一是穷，所谓"人穷志短，马瘦毛长"。而我偏要在影片里把人的志气往高里提。……人创造艺术，就是想对世界、对人生发言。现实生活中得不到的，就到艺术里去寻求。《红高粱》实际上是我创造的一个理想的精神世界。我之所以把它拍得轰轰烈烈、张张扬扬，就是想展示一种痛快淋漓的人生态度，表达"人活一口气，树活一张皮"这样一个拙直浅显的道理。对于当今中国人来讲，这种生命态度是很需要的。③

这种观点与小说的作者莫言是相通的，在对时代精神的把握与表现上是一致的。然而他们的艺术表达方式是不同的，张艺谋是以电影方式演绎莫言小说的精神与主旨。电影这种艺术形式决定了张艺谋与莫言的不同，张艺谋对莫言的小说

---

① 李进超：《张艺谋电影美学的嬗变》，《电影文学》，2010 年，第 15 期。
② 金燕：《"张艺谋与中国电影研讨会"纪实》，《艺术研究》，2004 年，第 10 期。
③ 罗雪莹：《赞颂生命 崇尚创造——张艺谋谈〈红高粱〉创作体会》，《论张艺谋》，北京：中国电影出版社 1994 年版，第 160—161 页。

作了较大改动，为了电影形式的需要，张艺谋对小说进行了大刀阔斧的删削。"具体地说，张艺谋对莫言小说的内容、人物性格、社会背景、结构形式及主题意义、审美风格等方面都进行了删改"①，因此可以说，电影《红高粱》是在莫言小说基础上的再创造。在内容上，莫言小说的主题内涵是丰富多样的，而张艺谋删繁就简地选择了"生命赞歌"进行着重表现。张艺谋说："是要通过人物个性的塑造来赞美生命，赞美生命的那种喷涌不尽的勃勃生机，赞美生命的自由、舒展。"②在形式上，莫言小说的叙述形式、结构方法都有明显的现代主义特征，张艺谋则充分发挥了视觉艺术的长处，在空间色彩和场景选择上不仅给观众以巨大的视觉冲击，而且具有深刻的象征隐喻意义。

电影《红高粱》以抗日战争作为历史背景，以"我"的视角讲述"我爷爷"余占鳌（姜文饰）和"我奶奶"九儿（巩俐饰）的故事。电影开头部分，重点表现"我奶奶"九儿的出嫁，九儿是被烧酒作坊老板李大头用一匹骡子换来的，而李大头是一个年老体衰的麻风病人，他们的结合注定是悲剧结局，九儿的出嫁其实也是走向悲剧婚姻的开端。"我奶奶"嫁入李家以后，不久就与余占鳌产生了感情，余占鳌就是"我爷爷"。后来李大头死了，九儿带领伙计撑起了烧酒作坊。日本鬼子来时，"我爷爷"带领伙计们去打鬼子，"我奶奶"挑着饭菜去犒劳大伙，在路上被鬼子的机枪打死，愤怒的"我爷爷"和伙计们疯狂地冲向日本军车。主人公"我爷爷"和"我奶奶"形象鲜明，他们敢爱敢恨、率性而为、真诚坦荡，有着"痛快淋漓的人生态度"和轰轰烈烈的人生经历，他们身上洋溢着生命的激情和狂野的精神，电影通过对主人公生命精神的张扬表达了对民族文化的歌颂和呼唤。

电影《红高粱》的成功不仅在于思想内容的真挚热烈，而且也在于它"高超新颖的艺术形式"③。《红高粱》突破了电影的传统框架，运用了新的艺术形式，生动地刻画了人物形象，准确地表达了思想主题。首先，《红高粱》采用了独特的叙

---

① 陈墨：《张艺谋电影论》，北京：中国电影出版社 1995 年版，第 54 页。
② 张艺谋：《〈红高粱〉导演阐释》，《文汇报》，1988 年 1 月 29 日。
③ 康金铭：《真实·新颖·艺术》，《理论学刊》，1988 年，第 4 期。

述视角，以"我"作为叙述者贯穿叙事全过程，"我"不仅是一个客观的叙述者，而且也是故事人物的后代，因此"我"也参与了人物形象的建构。电影以"我"的口吻讲述故事，使电影叙述与观众产生了对话关系，由于"我"讲述的是"我爷爷"、"我奶奶"的故事，故事发生的时间已经遥远，这样，电影叙事就产生了历史感。其次，浓烈的色彩感增添了电影叙事的意蕴。《红高粱》特意突出了红色，红轿子、红盖头、红衣服、红高粱、红太阳，等等，整部电影是一片火红的海洋，红色塑造了电影叙事空间的神秘与神圣，增加了生命激情的昂扬与崇高；红色在电影中具有高度、复杂的象征意义，它是生命的象征、是太阳的象征。再次，精美的空间造型增加了电影叙事的张力。比如酿酒作坊被设置在一个荒凉的野地，而高粱地则与太阳浑然一体，这两处场景设置在电影叙事中就不仅仅是简单的视觉图式，而是具有强烈暗示意义的生命符号，"整部影片的空间造型被艺术家强化到成为与影片的戏剧空间并存的一种生命真实"①。总之，《红高粱》在叙述方式、色彩运用、空间造型等方面有了创新性的成就，标志着中国电影史上新的电影美学的产生。

张艺谋的《红高粱》在电影史上值得浓墨重彩的书写，然而，《红高粱》却遭遇了两极的批评，有极端的赞扬，如：

> 《红高粱》的成功之处在于，它用现代的电影语言展示出一个古老的神话故事；用丰富的电影技法手段表达一个单纯的"感性生命骚动"的神话主题。它的成功在于它的表现形式的复杂和内容主题的简单；在于它画面镜头的热烈火爆充满刺激性和它的深层次的通俗易懂。不仅中国的观众懂得它，西方的观众也懂得它。当然，西方人的迷惘也是有的，他们把它归之于"异域"的"神秘"：中国的观众的兴奋则归之于"彼时"的"欢乐自由"。②

上述批评是从启蒙立场出发，充分地挖掘了电影《红高粱》的启蒙主题，也

---

① 刘树勇：《〈红高粱〉的造型艺术》，《当代电影》，1988年，第4期。
② 陈墨：《张艺谋电影论》，北京：中国电影出版社1995年版，第42页。

充分了揭示了电影《红高粱》在中国电影史上由"第四代"向"第五代"转变的形式特征,电影《红高粱》成为"'第五代'创作发展的新标志"①,正是基于这种理由。电影《红高粱》也遭遇了极端的批评,如:

> 《红高粱》宣扬和歌颂那些愚昧落后的东西,完全肯定男主角流氓加无赖的种种表现,不以为耻,反以为荣,比阿Q还阿Q……如果中国电影像《红高粱》那样的姿态走向世界,甚至为了夺奖,取悦于外国人,专门收集、展示、夸耀我们民族最丑恶的东西,那么,这样得来的奖,不是中国电影的光荣,而是中国电影的耻辱,中国电影的悲哀。②

这种批评体现的是一种被殖民的心态,在西方面前具有明显的失落感,这种心态必然影响中国文艺走向世界。电影《红高粱》遭遇的两极批评,体现了1980年代以来的中国知识分子,在走向现代化、世界化的过程中的不平衡状况,它作为一种独特的文化景观,隐喻了中国知识分子的矛盾心理。

无论是大力褒扬,还是严厉贬斥,都无法改变电影《红高粱》在中国文艺史上的独特意义。电影《红高粱》在1980年代具有非常重要的意义,它对人性的书写和对生命的礼赞是1980年代知识分子启蒙精神的集中喷发,是1980年代人道主义潮流的生动代表;同时电影《红高粱》的产生也促进了1980年代启蒙精神和人道主义的发展。从表面来看,电影《红高粱》捧出了明星演员巩俐,也使小说《红高粱》的作者莫言名气大增。然而更为重要的是,电影《红高粱》以其崇高的国际声誉,不仅促进了中国电影的世界化,也间接提高了当代小说的影响和声誉,因此,1980年代的"红高粱现象"不仅仅是指电影《红高粱》,它也包括小说《红高粱》。

---

① 虞吉等:《中国电影史纲要》,重庆:西南师范大学出版社2008年版,第171—172页。
② 杜渊:《对〈红高粱〉获奖的困惑》,《大众电影》,1988年,第5期。

第十四章 传统文化渗染的文学形态

第一节 传统文化与现代中国文学

"文革"期间，中国文学与传统文化遭受重创。除了一些被后来文学界称之为"地下文学"的诗歌、小说，在民间以隐秘的方式创作、传播外，"文革"十年的文学成就完全可以用"八个样板戏"来替代。新时期伊始，现代中国文学迎来了她的又一个春天，重新接续上了传统文化的血脉。经历了"伤痕文学"、"反思文学"、"改革文学"等文学思潮的更迭，现代中国文学终于走上了"文学的回归"之路。这一"回归"主要表现为：突破了单一的政治主题阈限，转向主题多元化和艺术形式的创新与建构。

1982 年汪曾祺的小说《受戒》的诞生，成为新时期文学最具标志性的一件大事。小说中既没有对当时流行的时代做图解性的阐释，也没有将民情风俗做简单的背景化处理，而是将那些习常的民情风俗、凡人琐事做了"散文化"的处理，创作出了一部让人耳目一新的佳作。此后，随着全球"文化热"的兴起，"文学寻根"思潮进一步推动了中国作家对传统文化的关注。文学创作上，"京味小说"、"津味小说"、"小巷文学"等极具地域文化特色的文学思潮层出不穷；汪曾祺的《大淖记事》、邓友梅的《那五》、冯骥才的《神鞭》、路遥的《人生》、贾平凹的《商州初录》、韩少功的《爸爸爸》、阿城的《棋王》、李杭育的《最后一个渔佬儿》、张炜的《古船》、阎连科的《年月日》、陈忠实的《白鹿原》等小说，充分展示了不同地域、不同宗教、不同习俗的文化特色，塑造了一群性格独特的人物意象，成为这一时期具有代表性的文学作品。此外，文学界还出现了以路遥、贾平凹、陈忠实、冯积岐等为代表的陕西作家群，以张炜、赵德发、刘玉堂等为代表的山东作家群，以李佩甫、周大新、阎连科、刘庆邦、张宇、安琪等为代表的"文学豫军"，等等。文学创作的实绩再一次证明，厚重深远的传统文化才是本民族文学赖以生存和发展的土壤，文学唯有深深植根于民族文化之中才能走向真正的繁荣。

20世纪80年代中国文学创作重新转向对传统文化的关注绝非偶然，而是有其历史的必然性。

首先，这一转向是文学自身发展的必然产物。文学是一门艺术，是作家对现实生活独特认知的创造性产物。与其他文化形态相比，文学是依托其独创性存在的，所以任何模仿、图解性的文学都注定其文学性是贫弱的。在"文革"后相当长的一段时间里，从"伤痕文学"、"反思文学"到"改革文学"，从《班主任》、《天云山传奇》、《人到中年》到《乔厂长上任记》，文学一直在政治文化层面上进行着艰辛的探索。显然，这一时期的文学是对中国传统"载道"文学观的传承，而所关注的"道"也仅仅限于对政治文化的阐释层面。与此同时，一些作家开始转向文化的书写，深入民族传统文化内部对各种深层问题展开探索。"审美，而不再是政论开始成为文学的一个重要支点。"[①]例如，冯骥才的《神鞭》对传统文化"沿袭与变革"问题的反思，张炜的《古船》从文化学的视角"拷问历史，拷问苦难，拷问人性"，阿城的《棋王》对道家文化积极的一面做出了充分肯定。总之，它们从不同的视角出发纷纷展示了现代中国文学与传统文化的不解之缘。

其次，这一转向是时代召唤的产物。从国际上看，一方面，全球"文化热"的兴起让人们重新审视东方文化，希求在东方文化中找到医治西方工业文明病的

---

① 旷新年：《"寻根文学"的指向》，《文艺研究》，2005年，第6期。

"良药";另一方面,1982 年哥伦比亚作家马尔克斯的《百年孤独》获得诺贝尔文学奖,这一消息促使中国作家认识到传统文化对于文学的重要意义。从国内看,"在'新时期',现代化的历程已经由技术和制度的变革深入到了文化的层面。当前中国根本的问题就是传统文化与现代文化之间的'文化的冲突'。而这种'文化的冲突'恰恰是 80 年代中国现代化深入发展的背景。"① 现代中国在走过了将近一个世纪漫长而曲折的探索历程之后,人们才发现西方现代性非但不能解决中国现代化进程的一些问题,而且其自身也陷入重重困境。以"文革"为例,当年那些轰轰烈烈的革命口号背后实则是封建专制和封建文化在兴风作浪;一幕幕人间惨剧告诉人们的是:传统文化中那些落后、愚昧的痼疾依然在影响着人们的生活。因此,文学唯有深入文化的深层才能获得发展的潜力。

那么,新时期以来究竟有哪些传统文化进入了作家的创作视野呢?概而言之,这一构成既有流传千年、广布中华大地的儒释道文化,又有不同地域的民俗风情文化,还有各少数民族地区特有的亚文化形态。一时间,书写传统文化、地域文化成为文学创作的热点。正是在对传统文化书写的热潮中,现代中国文学又一次"穿越"政治题材,走向多元化的格局。

一、对传统儒释道文化的关注与反思

儒释道文化是中国传统文化的主要构成,虽经上千年的发展变迁而依然生生不息。自近代以来,虽然不断遭到西方现代文化的冲击而走向式微,但是传统文化之脉从未因社会政治的变迁而发生真正的断裂。古今、中西文化冲突的加剧却导致了传统文化统一体日益碎片化。生活在文化转型期的人们不得不面对各种来自社会变迁和各种价值观冲突所造成的迷惘和苦难,不得不面对现代文化建构的艰辛和现代人格探索中的无奈和挣扎。因此,对儒释道文化的关注与反思自然成为现代中国文学的重要构成。

儒家文化是中国传统文化最为重要的组成,伴随中国农业文明走过了两千多年的历史,因而成为中国作家反思传统文化的首要对象。《古船》中隋抱朴的文化

---

① 旷新年:《"寻根文学"的指向》,《文艺研究》,2005 年,第 6 期。

人格集中体现了儒家文化的精神内涵。作为老隋家的长子，他自小饱读儒家经典，富有进取精神和社会责任感。因此，解放后老隋家和镇上人所遭受的苦难让他陷入了难以解脱的困境。传统士大夫的忧国忧民精神、道家的自然无为思想和现代知识分子的原罪意识在他身上百般纠结，让他整日坐在磨屋中沉默不语，在行动与思索之间徘徊焦灼。小说对隋抱朴这一独特人格的塑造意在告诉人们：是人性的残忍和家族文化的暴虐让人类陷入了种种苦难的深渊。在陈忠实的小说《白鹿原》中，作家通过倾力打造白嘉轩这一族长形象，深入探索了家族文化在乡土中国近半个世纪的衰亡史。为了实现他的"仁义"治村的理想，白嘉轩先后娶了七房女人来为其延续白家的香火，将败坏家风的儿子逐出门，火化小娥的尸体并将骨灰压在塔下，严禁违背其意志的女儿回家直至死在他乡。儒家文化中"克己复礼"的信条在这里发展到极致，但走向现代的历史脚步并未因其而停滞不前。此外，赵德发的"农村三部曲"、李佩甫的《羊的门》等小说也从不同的视角探索了儒家文化在社会转型中的命运。

佛道文化在这一时期的文学创作中同样获得了较多关注，出现了一大批关注佛道文化的作品，例如阿城的《棋王》、赵德发的《双手合十》、范稳的《水乳大地》等。如果说《受戒》是汪曾祺借助地域化的佛教文化来展示高邮民间文化自由健康的特性，和由此孕育出的人情美人性美，那么此后作家们对宗教文化的书写则向着更加多样化的方向探索。在赵德发的《双手合十》中，佛教文化在当下欲望泛滥的时代里已经面临着失去净土的危机。丧失了信仰的心灵正日益为各种欲望所困扰，拯救心灵成为作家最为关注的问题之一。范稳的《水乳大地》对藏东南雅鲁藏布江大峡谷中藏传佛教、纳西族东巴教、基督教之间在一百多年间的冲突做了史诗性的刻画，各宗教从冲突走向和睦的过程其实就是中西文化、民族文化冲突与融合的缩影。到了《悲悯大地》中，作家则通过记述一个藏族青年的爱恨情仇来着力展示佛教的悲悯情怀。此外，道家顺其自然、清静无为的思想也在很多小说文本中得到不同程度地展示。例如，阿城的《棋王》致力于乱世中道家文化对现代文化人格建构的探索，肯定了人的基本欲望和精神需求。

此外，一些作家将笔触伸向基督教、天主教、伊斯兰教等文化领域。回族作家张承志在其《心灵史》中对伊斯兰教哲合忍耶派为了争取自由、追求真理而走上"殉教之路"的精神历程做了个人化的解读，向人们展示了自近代以来中国人对自己文化和心灵的深刻反思。这种反思在其他宗教文化书写中同样引起作家的关注，既往那种仇视西方宗教的创作观念在这一时期发生了转变。在《红高粱》、《丰乳肥臀》、《笨花》、《乡村物语》等小说中，作家对基督教或天主教在乡土中国所走过的道路进行了重新认知。不容否认，它们是西方帝国主义文化侵略的方式之一，但在客观上却为这片古老的土地带来了物质和精神上的冲击和变革的动力。

二、对民俗风情画的关注与思考

陈忠实在《白鹿原》的扉页上引用了巴尔扎克的一句话："小说被认为是一个民族的秘史。"一个民族很多隐秘的东西往往隐藏在民俗文化之中。民俗风情中蕴含着丰富的地域文化，散发着独特、神秘而诱人的民间气息，因此，关注民俗风情成为现代中国文学的一大特色。自汪曾祺的《受戒》、《大淖记事》等小说诞生以来，刘绍棠、贾平凹、韩少功、郑万隆等作家将长期处于封闭状态的偏远山区、湖泊海岸等地域的那些独特的自然风光和民俗风情带入小说创作，并逐渐发展成为一种独具民族特色的创作趋势。例如贾平凹的《商州初录》、《商州又录》、《鸡窝洼人家》等小说，将陕南山区那些独特民俗风情写入文体中来，描绘出一幅幅自然风光秀美、民情风俗独特的乡村画卷；刘绍棠的《瓜棚柳巷》、《蛾眉》等小说，通过对京郊大运河两岸如诗如画的风景美、风情美的书写，展示了当地古朴自然的人性之美和独特的地域地貌。

自然，民俗风情画的书写在不同作家那里有着不同的主题取向，体现了作家对民俗风情文化的独特认知。

首先，对美好人情人性的关注和建构。传统文化为农业文明时代的产物。"天人合一"的宇宙观决定了中国传统文化具有整体性、现实性、和谐性等特征，因而古朴、自然、善良、节俭等美德成为中国传统文化人格的重要构成。在汪曾祺的小说中，人性之美在民俗风情画中得到了淋漓尽致的挥洒。《受戒》里的庵赵庄风景优美，民情祥和，人格自然率性，即使是庙里的和尚也不为清规戒律束缚；《大淖记事》中的小锡匠十一子深爱着巧云，没有因为她受到刘号长的侵害而嫌弃，民众有着不畏强暴的正义感和同各种邪恶势力作斗争的勇气。在这两部小说文本中，道家文化的自然无为、顺应人性与儒家文化特有的温情相互交织为一体，让人感到一种传统文化与人格所特有的美。"京味文学"代表作家邓友梅的《烟壶》，在极力展示老北京文化和没落贵族生活的同时，将聂小轩父女挽救破落贵族子弟乌世保的义举和真情做了深入全面的展示。在《红高粱》中，作家莫言通过对胶东半岛地区民间酿酒、娶亲和土匪抢劫等民间文化意象的塑造，揭示了齐鲁大地乡间民风中桀骜不驯、粗犷豪放的特色。特别是那些既杀人越货又抗日救亡的草莽英雄形象，让读者体验到一种久违了的、流淌在民族文化血液中的野性与激情。

其次，是对国民劣根性的发掘和批判。自五四新文化运动以来，对国民劣根性的发掘和批判成为现代中国文学的重要主题之一。因为传统国民性中那些保守、愚昧的东西严重窒碍了现代中国社会的发展，成为现代作家和现代中国文学反思和批判的对象。新时期文学在继承这一传统的基础上，对国民劣根性的探索和批判有了更加深入的把握。在《那五》、《烟壶》等小说中，没落贵族子弟随着大清国的覆灭，丧失了最为基本的生存能力，整日过着闹茶馆、斗鸡走狗、声色犬马、飞扬跋扈的生活。例如乌世保，就是这样一个近乎废人的八旗子弟，靠着上一辈人留下的地产过着落魄的日子。冯骥才的《神鞭》、《三寸金莲》则讲述了天津卫坊间的风俗民情和各色人物故事。傻二从祖上继承了神奇的辫子功，可是后来在义和团运动中辫子被炸断，功夫再也无法施展；不得已，傻二学习打枪，练就了一手好枪法。小说意在告诉人们：变革旧文化、建立新文化是我们这个古老民族走向新生的唯一出路。

韩少功在《文学的"根"》一文中指出："文学有'根'，文学之'根'应深植于民族传统文化的土壤里，根不深，则叶难茂。"[1]因此，那些深藏在古老山村中的文化和原初生活便成了作家关注的对象。回溯古中国文化源头不难发现，那些近乎原生态的原初文化中内蕴着我们这个民族一些最为根本的东西。《爸爸爸》中的鸡头寨是一座地处大山深处的部落山寨，巫术文化、占卜打卦、村落械斗等是村落生活的常态。主人公丙崽一生只会用简单的两句话"爸爸爸"和"× 妈妈"，来表达自己对事物的看法。在这篇小说中，二元对立的思维方式成为中国传统文

---

① 韩少功：《文学的"根"》，《作家》，1985 年，第 4 期。

化的象征。显然，这是中国作家站在现代文化立场上对传统文化进行批判的产物。所以说，小说创作中的民俗风情画书写最终还是要归结到对人物的塑造上。如果一个作家只是一味追求民俗风情材料的数量而不加选择，那么民俗风情画书写就丧失了在文本中存在的价值。

三、对社会转型期少数民族地域文化的书写

中国是一个多民族国家，每个民族都有着独特的文化习俗。在漫长的历史发展变迁中，各民族依照当地的自然环境特性和他们对世界的理解，逐渐形成了一些独具特色的宗教信仰和风俗民情。例如《冈底斯的诱惑》中关于《格萨尔王传》口头说唱的传奇、喜马拉雅雪人的传说、藏族人"天葬"的习俗等，使得小说成为一个神奇诡秘的世界。迟子建的《额尔古纳河右岸》以史诗性的笔法讲述了一个鄂温克部族的生活变迁史。他们在大森林里战严寒、抗疾病，他们那空灵神秘的宗教文化，他们那坚忍不拔的性格，他们那对生命的虔诚和尊重，汇成了一条民族生生不息的历史长河。阿来的《空山》中，机村人的神话传说、饮食丧葬习俗、对森林湖泊的敬畏等文化构成在与时现代文化的冲突中日益式微。不难看出，作家在书写少数民族传统文化走向现代文明的历史进程时，赋予了少数民族传统文化以太多的美学象征意味。

"无可奈何花落去。"古老的宗教习俗在现代文化的冲击下走向没落，那些流传了上百千年的习俗开始淡出人们的日常生活。如果将其放在整个中国历史的发展进程中看，这种变迁就是乡土中国历史变革的象征。《尘埃落定》中麦琪土司家族走向崩溃的历史，象征了时代交替中旧有历史文化走向没落的必然。其中藏地独具特色的民俗风情和浪漫神秘的土司制度、家族间惨烈的争斗、各种势力此消彼长的更迭，成为历史转型期个体与民族的形象演绎。在《狼图腾》、《额尔古纳河右岸》等小说中，蒙古族或鄂温克族的传统义化习俗在外界文化的强大冲击下而走向变革，最终人们不得不放弃了上千年的游牧生活和各种习俗。他们的痛苦、无奈和挣扎，他们心灵深处的迷惘和悲苦，是这个民族乃至整个中华民族历史文化变革的生动写照。

四、传统文化对现代中国文学艺术形式的影响

一个多世纪以来，西方现代文学从现代主义到后现代主义思潮纷纷成为中国作家模仿和借鉴的对象。如果说对于现代文学初创时期这还不是什么大问题的话，那么这种持续性的模仿和借鉴直接影响了现代中国文学走向独创、走向世界的步伐。我们知道，一件艺术品价值的大小主要决定于其独创性程度。一味的模仿或借鉴必然影响到现代中国文学的创作质量。中国文学想要在世界文学中有自己的一席之地，就必须有勇气面对整个世界文学，就必须创作出能够体现自己实绩的佳作。显然，改革开放后的中国文学逐渐意识到了这一点，开始从传统文学中汲取艺术创新的营养，迈出了中国艺术创新的艰辛步伐。

首先，对现代汉语写作的建构。汉语是一种极具艺术性的语言，与注重逻辑性的欧美语言有着明显的差异。"以文学而论，'翻译体'对写作的影响绝不只在修辞或句法层面，作家如果在欧化的语言中浸淫日久，句法上的限制必然会形成对总体叙述或结构层面上的限制，换言之，会对汉语叙事的想象力形成限制。"[①] 在中国古代文学特别是诗词歌赋中，汉语往往用极为简省的语词表达极为丰富的语意，非常适合文学艺术的表情达意。因此，新时期中国作家十分注重对传统文学、传统文化的学习和传承。此外，不同方言俚语对于增强文学文本的地域特色、拓展话语表情达意的丰富性有着同样重要的意义。

邓友梅说："好的小说语言必须具备三个条件：一个是时代性，一个是性格化，再一个是地区特点。没有地区性的语言常常是没有特色的。"[②] 所以说，语言不仅仅是一种工具，更是一种文化。身处不同地域的人们对某一文化的认知和体验往往通过一些特殊的语词进行传达。《那五》中，"玩鸽子"、"走马"、"捅台球"、"糊风筝"、"唱京戏"、"拍昆曲"等话语体现了老北京文化安逸享受的本质。这种文化必然孕育出像那五、乌世保这样的没落贵族子弟。而在苏州，江南文化的细腻精巧对塑造朱自治等没落资本家性格有着独特的功用。"酱肉"、"野味"、"五香小排骨"、"糟鹅"等美食的制作工艺、出卖方式、品尝技巧等，处处流露出江南文

---

① 王晓明主编：《二十世纪中国文学史论》，上海：东方出版中心2003年版，第344页。
② 黎荔：《邓友梅小说语言的民俗学研究》，《民族论坛》，2008年，第3期。

化的个性，成为作家建构现代汉语写作的一种尝试。

传统文化的含蓄性在现代汉语小说创作中最为典型的一例，当属汪曾祺的《受戒》。在小说中，明海和小英子一同去采荸荠，有这样一段文字描写："她挎着一篮子荸荠回去了，在柔软的田埂上留了一串脚印。明海看着她的脚印，傻了。五个小小的趾头，脚掌平平的，脚跟细细的，脚弓部分缺了一块。明海身上有一种从来没有过的感觉，他觉得心里痒痒的。这一串美丽的脚印把小和尚的心搞乱了。"这段话语中含蓄地传达出小和尚明海内心中萌生的隐隐爱意。

其次，对古代叙事美学的借鉴与创新。中国传统文学有着自己独立的审美价值体系。自唐宋以来形成的志怪体、笔记体、章回体等小说样式，当属中国文学的独创。改革开放之后，这些古老的艺术形式在作家笔下重新焕发了生机。例如，贾平凹在"商州系列"中对传统志怪小说的借鉴，让商州民间文化中那些轶事旧闻以质朴的方式出现在文本中；汪曾祺的散文化小说在很大程度上是对古代笔记体小说的借鉴，小说一般没有曲折严密的故事情节，没有典型人物的塑造，看似一篇篇结构松散的散文。此外，还有一部分作家对传统叙事学做出了探索性的努力，例如张炜的《九月寓言》、韩少功的《马桥词典》等。他们将一个个意象作为小说叙事单元，建构起了一个个由意象构成的富有象征意味的艺术世界。

再次，浓厚的悲剧色彩。社会转型期是一个新旧交替的时代，中西、新旧文化冲突将富有整体性的传统文化变成了"文明的碎片"。陷入这种文化语境的人们必然会面临价值观的迷失和无奈，个人与社会的悲剧在文化大冲突中难以规避。回顾现代中国文学的发展历程不难发现，任何一个有道义感有责任心的作家都不会对整个民族及其个体所遭受的种种创伤熟视无睹。路遥、贾平凹等作家的小说文本中经常传达出浓厚的悲剧色彩：《人生》中，那个满怀理想和激情的农村青年高家林忍受着精神和肉体的双重折磨，其人生悲剧不仅仅是时代造成的，而是有着更为深层的文化诱因；《浮躁》中的金狗敢于同各种不良社会行为做坚决的斗争，但其后来的人生遭际却引发人们对现实和文化进行深层的反思。悲剧风格的出现有其社会发展的必然性，但更为重要的是中国作家对传统文化和现代文化反思的结果。

传统文化对现代中国文学的发展具有极为重要的作用，但是在如何对待传统文化上，作家之间却存在着很大差异。现代中国文学的建构不仅是对传统文化和外来文化的简单继承，更重要是在其基础上建构起一个崭新的世界。例如，张炜的《九月寓言》、李锐的《无风之树》等文本在关注传统地域文化的同时，更是致力于对人与文化深层东西的探索与建构。《九月寓言》中，作家虽然花费了大量笔墨写吃地瓜、夜游、打女人、千里寻鳖、摊煎饼等民俗风情，但其真正的创作目的并不在于此，而是对人类诗意栖居问题的终极思想，大大超越了事物本身的意义。李锐在《无风之树》中，对那位以拯救他人、拯救社会为己任却又屡屡给小村和他人带来灾难的革命者塑造，其实是对上世纪启蒙文化的反思和批判。

总之，以传统文化为根基的现代中国文学远离了20世纪80年代的"文化视野"之后，开始走向民族文学的书写。如何延续传统文化的精神血脉，进而在现代化进程中不断创作出具有现代意识和现代美学风格的文学经典，依然是摆在中国作家面前的一条无比艰辛的探索之路。

第二节　韩少功与文化寻根文学

韩少功（1953—　　），湖南长沙人。1968年下放汨罗县插队务农，1978年就读湖南师范大学中文系，1985年进修武汉大学英文系。1988年迁居海南，曾主编《天涯》等杂志。历任海南省作协主席、文联主席等职。1974年开始创作，近三十年的写作生涯中，有小说、散文、文学批评以及译著多种在境内外发表出版。代表作有：小说《爸爸爸》、《马桥词典》、《暗示》等；散文《文学的"根"》、《在小说的后台》、《山南水北》（文集）等；译著《生命中不能承受之轻》、《惶然录》等。《马桥词典》被翻译成法、意、荷、英等多种文字，入选"20世纪华文文学百部经典"。

在现代中国文坛上，韩少功属于"常青树"作家，且被公认为最具理论家气质。他的理论和作品常在文坛上激起浪花。1979年发表短篇《月兰》，小说因以批判"文革"极"左"路线对人们的伤害而成名，随后发表了《西望茅草地》、《飞过蓝天》等，成为反思文学思潮的生力军。1985年发表散文《文学的"根"》，引发寻根文学思潮，小说《爸爸爸》、《女女女》成为寻根小说的扛鼎之作。1986年发表理论性散文《东方的寻找和重造》、《寻找东方文化的思维和审美优势》，将文化寻根运动推向高潮。1996 年发表长篇小说《马桥词典》，其"词典体"在小说界掀起了一场"文体"革命，也由此引发了文学史上第一场文坛"官司"。而文本所产生的意义至今仍然值得回味，特别是对方言作为非物质文化遗产的保护等方面意义巨大。2002 年出版长篇小说《暗示》，创造性地将常规的"语言写小说"改为"小说写语言"，把语言从"器"的层面提升到"道"的层面，并"建构了以话语为中心的'阐述体'叙述方式"，"把故事性小说的'对话体'引向了'阐述体'（'论述体'），使小说从叙事性向理论性发展"。① 从而实现了小说文体的第二次突破。2008 年出版散文集《山南水北》，从生活、创作、理论三方面真正实现了生态写作，为生态文学和文学生态提供了生动范本。

韩少功创作中蕴藏的一个核心理念就是"文化寻根"。他追寻的"根"主要有两个部分：传统的民间文化之根、地域的湖湘文化之根。

一、民间文化之根的寻找——神秘文化维系乡土道德伦理

韩少功的寻根，很大一部分是对楚地乡土民间文化中道德伦理的寻找。随着现代化在乡土社会的急遽渗透与高速前进，人们对物欲和金钱的追求瓦解了"熟人"面对面的情感体系，这意味着以经济为中心的价值取向给传统的以"情感"为中心的伦理取向带来了巨大冲击。在新的伦理尚未完全建构而旧的伦理迅速溃退之际，乡土社会的伦理规范何去何从，当下状态又如何？韩少功近十年来的长篇文集《山南水北》②，短篇小说《月下浆声》、《空院残月》、《土地》、《山歌天上来》、《白麂子》③、《末日》对乡村伦理进行了独到的考察与叙述。这种叙述既是 1980 年代"文化寻根"的延续，也是对现代化过程中产生的各类问题予以认真审视。其文本呈现的共同主题是对乡村道德伦理——人性、孝道、良心、面子、品质等方面的张扬与拷问。上述作品的前 4 篇小说主要从正面书写乡村伦理的美善，后两

---

① 李莉：《文学与文化版图的塑形师——韩少功与现代文化建设》，吴义勤主编：《中国新文学家与现代文化建设》（下），济南：山东教育出版社 2009 年版，第 915 页。

② 韩少功：《山南水北》，北京：人民文学出版社 2008 年版。

③ 后三篇收录于韩少功文集《报告政府》，北京：作家出版社 2005 年版。

篇则是从侧面通过人事变化，刻画在危难面前人性的复杂和卑微。《白麂子》以仁义的季窑匠突然死去，村人曾从他处借钱是否还清为题，刻画人世心态种种。赖账不还的遭恶报，得了莫名的疾病，遭受莫名的灾难；为人厚道及时还款的则得到好报。人们用心中的道德天平秤来测试他们的良心。《末日》通过一个荒诞的地震谣传来彰显人心。听说末日来临，村人的本真心态暴露无遗：有的心地坦然，有的向往未来，有的惶恐，有的则想着发灾难财。在传统乡土社会，维系道德秩序和社会良心的，依然是不朽的"因果报应"思想。善有善报恶有恶报，构成乡邻为人的基本准则。正是自然界中存在的种种神秘和不可预知，以及人们在神秘与不可预知面前保持的敬畏之心建构了乡村道德。

事实上，从 20 世纪 70 年代末的《月兰》（《人民文学》1979 年第 4 期）开始，有关道德伦理的表述一直贯穿于韩少功的创作。《月兰》讲述的是"公德"与"私德"在特殊年代的碰撞，作为公权代表的"我"为奉行公事强行剥夺了以月兰为代表的"私利"主义者养鸡的"自私"行为，最终"公德"凭借强权取胜，"私德"却因个体的弱小而失败。然而，获得胜利的"公德"并没有轻松，反倒承受着巨大的道德压力，当"我"意识到自己的言行产生严重后果时，不得不以资助月兰儿子学习作为良心的补偿。这意味着，当"公德"违背人性，违背人的基本生存法则，所谓"德"也就失去了生存根基，威信荡然无存。1980 年代的《爸爸爸》中关于丙崽的神秘话语与神秘活动已为学界熟知，至今仍是民间神秘事件的典型文本。1990 年代的长篇小说《马桥词典》（《小说界》1996 年第 2 期）中的"梦婆"水水有特异的推测功能，村民、官员、商人长途跋涉请她预测彩票中奖号，为自己的财运占卜。复查对罗伯的无心之语"翻脚板"居然不幸言中，"嘴煞"给他套上了无法摆脱的精神枷锁——自责一生。收入新世纪散文集《山南水北》中的一篇"村口疯树"可以看做是《马桥词典》"枫鬼"的续篇，两棵树的离奇怪谈惊心动魄：村口两棵枫树因其年岁久远被村人赋予了巨大神力，凡是伤害它的人都遭到了应有的惩罚。杀生无数的屠户狂妄地锯掉枫树枝，第二天就犯病而死；号称懂科学的退伍军人砍枫树为柴结果发疯；乡政府组织青壮年民兵把老树彻底毁掉，老树凭最后之力气重伤一位民兵以示报复。乡土社会，人们对于不可知的神秘力量的恐惧和敬畏远远大于对科学和法律的感知与理解。尤其是那些连"权威"也难以规训或难以担当的问题和责任，往往能凭借神秘力量妥善解决。"在最不科学的地方，常常潜藏着更为深邃的科学"，作家如是解释"梦婆"现象。其实，这里"深邃的科学"就人而言，是人身上尚存某些未被科学揭开的谜团；就人与物来说，则意指人与环境间某些尚未被揭开的神秘关系。正是这种"神秘"让人在不可知面前保持着敬畏，进而保持着生态环境与社会环境的有序发展。

二、湖湘文化之根的寻找——知识分子人格精神承继

尽管韩少功1988年就调往海南，离湘二十余年，他的文化根基和情感根基依然是故乡湖南。作为楚文化部分的湖湘文化之精神内核无时无刻不在影响他。

善于舍弃，勇于向前，敢做敢当，忧国忧民情怀浓郁，愤世嫉俗态度鲜明，是湖湘文化的基本精神。这一精神自屈原始，到曾国藩、谭嗣同、毛泽东等被代代传承。通过他们的实践具体表现为直面现实，批判社会，不随波逐流，敢于并善于改造世界，为建立新的社会秩序大声疾呼，甚至不惜代价。受湖湘文化熏陶，韩少功的人格也有突出体现，如对美德的固守，对金钱的淡然，对社会责任的担当，对底层的同情，对不良现象的批判等。由此他反复倡导人要保持一颗清醒纯正的心，不要唯利是图。1990年代初期，他在海南创业，将几近瘫痪的杂志《天涯》办得风生水起，获得了巨大的经济效益和社会效益。就在这千载难逢的黄金时期，他出人意料地华丽转身，目光转向湖南乡下，置地建房。从此生活分解为两部分，一部分留守城市，一部分置设乡村。城乡两栖生活的比照，使他能目击现代化作用下城市飞速发展产生的种种不良后果，更能深切地感受乡村生活的原生态美，以及在现代工业文明冲击下乡村的种种变异。他为乡村剩存的某些优质文化而庆幸骄傲，也为优质文化的断裂乃至消亡而惋惜无奈。

《月下浆声》叙述了陷入贫困的小姐弟俩为挣学费自己下河打鱼，在与"我"交易时因无零钱而多得几毛，反复推辞无果后惴惴不安，便特意送葱用来补偿剩余的差价。见此，妻子感叹说"如今什么世道，难得还有这样的诚实"。孩子的"诚实"令人震撼，他们纯洁心灵所呈示的美德尚未被这个唯利是图的世界污染。而"妻子"的叹息又明明告诉人们：这种珍贵品质还剩存多少，又该怎样延续？

《空院残月》和《土地》反映了现代化进程中农民物质生活与精神生活的双重

改变。改变意味着好，也隐藏着坏，读来让人产生淡淡的忧伤与哀愁。《空院残月》写了一个心酸的故事：心善的种瓜能手之妻长期在外打工（实际是为有钱人管家生子），挣钱供孩子读书，给丈夫治病。被病痛折磨的丈夫没有挽留妻子照顾自己，而是让她继续去"挣钱"养家。《土地》则描绘了失地农民对土地的深深眷恋之情。社会的发展将祖祖辈辈赖以生存的土地夺走了，无可奈何的农民无法排遣心中的依恋，只好以各种借口经常到昔日的土地走走看看。这些文本透露出作者对底层贫困农民的深切同情，在同情中隐含着对现代化弊端的批判。这是发展中的两难问题，一个作家无法提供妥善的解决方案。然而，他对问题的提出已明确告诫人们：应该警惕"现代化"产生的不良后果，其肆无忌惮的发展给社会带来的负面作用不可小觑。作家的敏锐思考旨在唤起人们关注，希冀能引起政府重视并出台更好的惠民策略。

然而，乡村并非净土，农人的思想也非高尚。熟人社会的"恶"常常藏匿于"司空见惯"和种种"偶然"，流露于人们不经意的言语和"无意识"的举动中。对"恶"的批判韩少功似乎很"温和"，很难看到犀利的文字和严厉的风格。但这并不能否定其作品中的批判精神和启蒙理性。正如他为人的"圆滑"一样，巧妙地将人性的"恶"隐藏于轻描淡写的文字，发人深省。《各种抗税理由》（见《山南水北》）以挪揄的口吻叙述了农民用种种看似可笑的理由对抗乡干部的税收行为。皮相看是批评"刺头"农民的"无赖"与"不服周"，实质上从侧面将政府与基层干部未能深入乡村社会，了解农民生活及其思想动态而一味的主观主义与官僚态度进行了讽刺。《怒目金刚》（《小说月报》2010 年第 1 期）叙述了村干部吴玉和因不满乡党委邱书记当众骂娘的作风而与之较真，要求书记去同他娘说清楚。当书记落难时他又不顾一切表达自己的关怀之情。作为地道的农民，吴玉和身上洋溢着浓郁的孝道思想，决不允许他人（即使是干部）冒犯自己的母亲，同时又有肝胆相照的朋友义气，纯朴高贵的心性情怀。乡干部的蛮横作风最终臣服于村干部正直质朴的人性光辉，文本的意义也随之凸显。

韩少功亦文亦商亦农的独特经历，培养了他善于从生活细微处观察、思考问题的能力，积极探讨现实社会普见却又为多数人忽视的人性、人情、人意和人道，探讨传统文化在现代社会转型过程中的生存状态和发展前景，并通过平凡人物的非凡性格昭示其价值之所在。对道德理想主义和完美人格的执着追求，对传统优质文化的无声断裂，对现代化进程中产生的种种不良后果的忧虑，使他成为新时期文学思潮中承前启后、破旧创新之关键环节——寻根文学思潮的中流砥柱。

三、"文化寻根"作为"运动"的肇始与兴盛

谈起"文化寻根"运动，人们常常将其起因归为 1984 年年底的"杭州会议"。认为这是一次"有组织、有计划、有纲领"的"寻根运动"。但韩少功认为，所谓"文化寻根"只是会议上众多话题之一，"'寻根'之议并不构成主流"①。作为一名当事人，韩少功之言是可信的。这就意味着："文化寻根"作为"运动"出现在文坛纯属偶然，是与会的一些青年作家和评论家们你一言我一语灵感闪现的结果②。然而，一次平常会议上的偶然话题日后竟能在事实上掀起一场真正的"运动"，形成一股强劲、持久的文学思潮为作家、批评家、文学史家接受并认同，堂而皇之地进入现代中国文学史，可见这一话题出现的及时性、必要性和深刻性。"文化寻根"自此成为当代文学的关键词，用以概括那些与传统"文化"、乡土"文化"有关的文学事象；而阿城、李杭育、郑万隆等作家也因为他们关于文学有"根"的系列理论及其与"文化"有关的小说创作，成为这场运动的骨干成员，并与"寻根文学"捆绑评价。至于韩少功，无论是理论倡导的影响广度，还是创作实绩的品质高度，自始至今都不愧是这场运动的领军人物。

其实，"文化寻根"能从最初的偶然之"议"发展成最后的必然之"势"，与时代的文化语境休戚相关。首先，是时代语境的迫切需要。桎梏文坛二十余年的极"左"思想随着"文革"的结束而在政治领域退场，随后在文坛兴起的伤痕文学、反思文学和改革文学思潮也显露了思想锋芒，敢于大胆揭露、批判极"左"思想对个体身心和社会发展造成的严重伤害。遗憾的是，崭露的新貌并没有彻底改变文坛的僵化局面：紧跟意识形态，以国家政治为中心主题的创作理念依然具有无

---

① 韩少功：《杭州会议前后》，《文学的根》，济南：山东文艺出版社 2001 年版，第 219 页。

② 其时与会的还有作家郑万隆、陈建功、阿城、李陀、陈村、曹冠龙、乌尔热图、李杭育等，评论家吴亮、程德培、陈思和、南帆、鲁枢元、李庆西、季红真、许子东、黄子平等。见韩少功《文学的根·杭州会议前后》，济南：山东文艺出版社 2001 年版，第 218 页。

形的统摄力；激越的口号式话语充斥文本；思想道德危机尚未拯救；固守现实主义创作方法而不敢越雷池，单调、重复、逡巡不前的状态引起了一批青年作家的不满。他们迫切渴望革故鼎新，打破沉闷，寻觅新路，开创新风。其次，是中国传统文化的长久缺失与断裂敦促人们认真反思。从 20 世纪初的五四新文化运动至"文革"结束的 1970 年代末，传统文化遭受新潮文化和政治文化的强烈攻击与批判，其优质与劣根被当做历史垃圾全盘否定。正如韩少功所问："浩荡深广的楚文化源流，是什么时候在什么地方中断干涸的呢？"[1] 文化断裂造成了文化虚无。一旦话语环境得到改变，思想进一步解放，历史被重新清理和评估，传统文化的巨大身影又回到人们的精神世界，从集体潜意识跃进到集体有意识，迫使人们重新思考重新关注。再次，是外来文化的冲击和影响。改革开放后，西方的哲学观念、文学思想和各类文本大量引进。萨特、加缪、海明威、加西亚·马尔克斯等外国作家的思想、文学观念引起了人们的热切关注。"作者们开始投出眼光，重新审视脚下的国土"[2]，认识到"在文学艺术方面，在民族的深层精神和文化特质方面，我们有民族的自我"，并将"重铸和镀亮这种自我"[3] 作为自己的重要责任。通过比较和思索，作家们终于找到了中国文学的根之所在——民族传统文化土壤。

韩少功认为，文学"寻根"就是"力图寻找一种东方文化的思维和审美优势"[4]以突破既成创作中存在的政治化"样板戏"文学的阈限。作家们自觉的创作实绩确证了"文化寻根"运动的效应。陆文夫的《美食家》（《收获》1983 年第 1 期）、张承志的《黑骏马》（《十月》1984 年第 1 期）、阿城的《棋王》（《上海文学》1984 年第 7 期）、王安忆的《小鲍庄》（《中国作家》1985 年第 2 期）、郑义的《老井》（《当代》1985 年第 2 期）等作品，以及此后相继出现的"地域文化"小说，如贾平凹的"商州"系列、李杭育的"葛川江"系列、莫言的"红高粱"系列、郑万隆的"异乡异闻"系列等均可看做是"文化寻根"的结果。1990 年代后出现的部分文化小说如陈忠实的《白鹿原》（人民文学出版社 1993 年）、张炜的《九月寓言》

---

① 韩少功：《文学的"根"》，《文学的根》，济南：山东文艺出版社 2001 年版，第 76 页。
② 韩少功：《文学的"根"》，《文学的根》，济南：山东文艺出版社 2001 年版，第 79 页。
③ 韩少功：《文学的"根"》，《文学的根》，济南：山东文艺出版社 2001 年版，第 84 页。
④ 韩少功：《东方的寻找和重造》，《文学的根》，济南：山东文艺出版社 2001 年版，第 85 页。

（上海文艺出版社 1993 年）、莫言的《丰乳肥臀》（《大家》1995 年连载）、韩少功的《马桥词典》、阿来的《尘埃落定》（人民文学出版社 1998 年）、贾平凹的《怀念狼》（作家出版社 2000 年）等亦与"文化寻根"有千丝万缕的联系，并在对文化追问的深度上将寻根运动推向新高潮。新世纪出炉的几部长篇小说如莫言的《檀香刑》（作家出版社 2001 年）、阎连科的《受活》（2003 年第 6 期《收获》）、范稳的《水乳大地》（人民文学出版社 2004 年）、贾平凹的《秦腔》（作家出版社 2008 年）、孙惠芬的《上塘书》（人民文学出版社 2008 年）、迟子建的《额尔古纳河右岸》（北京十月文艺出版社 2010 年）、彭见明的《天眼》分别从不同视角反思传统文化的断裂、变革和顽强挣扎，寻根文学由此迈进到新的思想高度和艺术高度。

四、文化寻根文学的艺术特征及其史学贡献

作为一种文学运动，文化寻根文学有共同的美学倾向，其特征主要表现为：

第一，早期寻根文学中一部分关注乡村传统民间文化，创作上延续传统现实主义写法，颂扬古朴、单纯的民风民情，语言俏皮活泼，文笔清丽俊美，文风质朴刚健。如阿城的《棋王》、张承志的《黑骏马》、莫言的《红高粱》（《人民文学》1986 年第 3 期）、贾平凹的《美穴地》（《人民文学》1989 年第 1 期）等。另一部分则是对受改革开放思想冲击，一些民间工艺、民间习俗处于萎缩、消失等危机状态的忧虑，思想深沉，笔触凝重，蕴藏郁结之气。如李杭育的《最后一个渔佬儿》（《小说月报》1983 年第 6 期）、陆文夫的《美食家》、王安忆的《小鲍庄》等。还有一部分是对民间顽固生存的劣质文化的思考与批判，笔调冷峻，创作上吸收了西方现代主义的荒诞、黑色幽默等方法，文本充满怪诞奇幻色彩。《爸爸爸》是这类作品的典型代表。韩少功刻画的丙崽形象作为劣根文化的象征早已获得文坛广泛认同。《老井》中村民为争一口老井的水源而产生械斗，孙旺泉为寻找水源放弃爱情，放弃外出发展的机会，都是固步自封等传统观念的遗留，发人深省。

第二，1990 年代后至新世纪的寻根文学，中短篇小说精彩纷呈。张宇的《乡村情感》、李佩甫的《黑蜻蜓》、刘庆邦的《鞋》、田中禾的《姐姐的村庄》①等作品

---

① 这四篇作品均收录于段崇轩主编：《90 年代中国乡村小说精编》，北京：华夏出版社 1999 年版。

颂扬至纯至真的人性美和人情美，粗犷豪放中不失温婉柔美。长篇小说更是耀眼夺目，呈现出大气、宏阔、雄浑的美学风貌。其中《白鹿原》、《尘埃落地》、《秦腔》、《额尔古纳河右岸》分别获得茅盾文学奖，其他的也反响巨大，成为文坛批评的经典之作。它们不但有鲜明的地域特色，将秦晋文化、藏族文化、齐鲁文化、湘楚文化、东北文化等展示出来，而且还从不同层面反映了传统儒家文化、少数民族宗教文化、家族文化、方言文化和神秘玄幻文化。此时的作家们已不再停留于简单的是非评判，或是二元对立的臧否；而是将文化设置于纷繁复杂的人物与事件，客观地表现它的多样与多元，及其在新的时代语境中面临的难以预测的命运。

除此，作家们还在文体上不断创新。如《马桥词典》、《上塘书》就创造性地运用"词典体"的新文体，以词条形式讲述故事，每个词条的内容既可以独立成篇，整体上又具有内在的文化关联和思想关联。《受活》则采用"注释体"，将正文的关键词以注解的方式长篇诠释，产生新故事。注释与正文互补互证，形成"故事套故事"，"文本叠文本"。"注释体"既增加了阅读趣味，又改写并创新了文体形式。《檀香刑》采取巧妙的撤退思维方式在传统文体中寻求反传统的叙事方式，借刽子手的视角欣赏酷刑的实施过程。以酷为美，进而挑战约定俗成的以真善为标准的审美观。文本将山东地方戏"猫腔"贯穿故事始终，语言恣肆汪洋，刻画细腻，想象奇诡。至此，寻根文学真正迈入深化深思的新境界。

不可否认的一点是，寻根文学中也有部分文本在叙述传统文化，尤其是民间那些不可知的神秘文化时，不免会有意识去增加其魅幻色彩，过分夸大玄幻对人物命运的主宰作用。还有些文本对那些即将消失的文化产生留恋心理和悲观情绪，这固然是对文化消逝的惋惜，有警醒世人保护文化的意义，但如何面对现实出台更科学有效的保护措施，则非一人一力能解决，有待人们共同努力。

时光指针已将新千年的前十年从我们身边轻轻滑过，回眸二十五年前在文学界不经意地发生的文化寻根运动，其价值和意义已清晰地显示出来：这场运动从根本上廓清了文学与政治多年来纠缠着的暧昧关系，为文学向文化领域的迈进开辟了"新"领域，使新时期文学成功地向"现代"转型，同时也为文学的文化批评提供了方法论意义。虽然文化批评并不是1980年代才兴起的，但是，文化寻根小说为新时期的理论家们提供了丰赡的文学文本和批评实例，使文化批评方法能够名副其实地长久而深入地进行。

第三节　邓友梅与京味小说

邓友梅，原籍山东平原县，1931 年出生。曾任北京文联书记处书记、中国作家协会书记处书记、副主席。1946 年开始发表作品，1957 年被打成右派。著有《邓友梅自选集》、《走走看看》（散文集）、《无事忙杂记》（散文集）等。邓友梅的京味小说写于"文革"结束后，主要有《话说陶然亭》、《双猫图》、《烟壶》、《那五》、《寻访画儿韩》、《索七的后人》、《"四海居"轶话》等。《话说陶然亭》获全国第二届优秀短篇小说奖，《烟壶》获全国第三届优秀中篇小说奖，《那五》获全国第二届优秀中篇小说奖。

京味小说，是指表现北京地域特色的小说，地域特色包括深层的地域文化观念、地域风俗、地域色彩的语言、地域特色的人物性格、地域意味的故事等。"京味"不是一种流派，也不是一个有组织的作家群体，而是新时期以来研究者们对当代作家创作的有北京地域文化色彩小说的一种概括总结。一般认为老舍是中国现代京味小说的代表，这种京味小说在新时期初重新获得了活力，除邓友梅以外，代表性的作家有刘心武、陈建功、韩少华、汪曾祺、李龙云、林斤澜等。《京味小说八家》选入老舍的《月牙儿》、《柳家大院》，汪曾祺的《云致秋行状》、《安乐居》，邓友梅的《那五》、《寻访"画儿韩"》，韩少华的《红点颏儿》、《少管家前传》，陈建功的《辘轳把胡同九号》、《找乐》，苏叔阳的《我是一个零》、《傻二舅》，刘绍棠的《花街》、《青藤巷插曲》，浩然的《弯弯绕的后代》、《细雨濛濛》，一共 8 家16 篇作品。1997 年燕山出版社推出"京味文学丛书"，选入的作家有张恨水、老舍、萧乾、林海音、汪曾祺、林斤澜、邓友梅、刘绍棠、刘心武、陈建功、韩少华、苏叔阳、毛志诚、赵大年，每人一册，共 14 册。

北京有着三千多年的城市历史，是我国封建社会晚期的五朝帝都，八百多年的京都地位使北京得天独厚地成为文人荟萃之地。北京也是新中国的首都，它地处我国北方，是我国的政治文化活动中心，有着丰厚的文化积淀和悠远的历史蕴含。京味小说是北京的风土人情的文学载体，因北京文化的特殊性，在各地域文化小说中，京味小说的整体成就最为突出，其影响也最大。

京味小说的特点首先体现在注重对地域文化民俗的表现。北京作为皇城，其文化具有中华文化的正统性，北京人的居住、饮食、交往、语言都有其特别性。邓友梅说："我们的文学应该表现一些民俗的美，写些民间风俗，介绍人民生活方式，了解文化传统是如何延续下来的，告诉人们，曾经有些人是这样生活的。从民俗的审美角度写的文学作品，一方面可开阔读者的生活知识，也可以为民俗学提供一些资料，扩大读者欣赏的范围，增加一些知识性和趣味性。这也应该是文学的功能之一。"[1] 类似巴尔扎克所说的作家应做社会的书记，邓友梅的京味小说对北京风俗的描绘表现了北京新旧社会的历史变迁，也增加了小说的阅读趣味，增长了读者的知识。"这清音茶社在天桥三角市场的西南方，距离天桥中心有一箭之路。穿过那些撂地的卖艺场，矮板凳大布棚的饮食摊，绕过宝三带耍中幡的摔跤场，这里显得稍冷清了一点。两旁也挤满了摊子。修脚的，点痦子的，拿猴子的，代写书信，细报八字，圆梦看相，拔牙补眼，戏装照相。膏药铺门口摆着锅，一个学徒耍着两根棒槌似的东西在搅锅里的膏药……"（《那五》）这样的风俗画描写将北京民间市井味的生活场面历历在目地呈现在读者面前。邓友梅的《烟壶》等小说将读者带入到北京胡同、四合院的陈年旧事之中，展示了"清音茶社"、"四海居"、"广和居"、陶然亭、"人市"和"鬼市"等北京市井阶层的生存世界，描绘了古玩市场、书画市场、戏院等鲜活的场面，写出了北京人的文化观念、价值体系、行为习惯等。民俗是一种历史知识，包含的是特有的民族心理和心理积淀，阅读这类小说能增长读者的生活智慧。《烟壶》对鼻烟壶的来历、原料、类型、烧制、拍卖、流派等的介绍，无疑是以丰富的专业知识做底蕴的。这是陈建功笔下的四合院："四合院儿您见过吗？据一位建筑学家考证：天坛，是拟天的；悉尼歌剧院，是拟海的；'科威特'之塔，是拟月的；芝加哥西尔斯大楼，是拟山的。四合院儿呢？据说从布局上摹拟了人们牵儿携女的家庭序列。嘿，这解释多有人情味儿，叫我们这些'四合院儿'的草民们顿觉欣欣然。"[2] 这里的四合院不仅仅是建

---

[1] 张佳邻：《访邓友梅，谈〈那五〉》，《新观察》，1983 年，第 7 期。

[2] 陈建功：《辘轳把胡同 9 号》，《北京文学》，1981 年，第 10 期。

筑，而是有其独特的文化生命，它形成了温情脉脉的邻里关系，长幼尊卑的家庭礼数，好面子守诚信的市民性格。

京味小说表现了北京人的文化性格。京味小说萌生于清末民初的北京报人白话小说，在老舍的笔下发展成熟，京味小说写的不是达官贵人、富商大儒，而是城市底层"三教九流"、"五行八作"的普通市民。以邓友梅为代表的京味小说所叙述的事件多是发生在新旧交替时代的奇人奇事。奇人是指有一定的特殊性格的人，奇事是指他们的个人经历有一定的传奇性，这样的人物故事有很强的可读性。《那五》写的是一个没落的八旗子弟在解放后谋生的故事。那五好吃懒做，摆清高，斗鸡走狗，听戏看花，有很浓的贵族情结，但并不令人讨厌，还有些善良，其个人经历有传奇性。那五的性格，是清朝贵族文化落入民间的产物。小说的叙述中有几分怀旧、几分批判，还有几分劝善。《烟壶》中的乌世保"是个有慧根的人"。《寻访"画儿韩"》中的画儿韩天赋异秉，他们是从旧社会进入新中国的旧时艺人，他们还保留着那个时代特有的性格习惯和精神个性，他们又有着不无发达的艺术感觉力。《双猫图》中"溥仪的本家"金竹轩，"肩不能担，手不能提，虽说能写笔毛笔字，画两笔工笔花鸟，要指望拿这换饭吃可远远不够"。在这些过渡时代的民间艺人身上有一种特有的雅趣和味道，他们的性格层面折射了一个时代的文化变迁。

在《皇城根》中，金一趟作为一个旧社会过来的医生，笃信的做人之道是"慈悲为怀、仁义为本"。《话说陶然亭》中，几个人"各自站在各自的位置上，练自己那一套功夫，不比往日用力，也不比往日松懈，一切和昨天、前天、大前天一样"。人物都有着独立自尊的个性，他们面对苦难有着超脱的坚毅和达观。《双猫图》中的金竹轩和康孝纯之间"君子之交淡如水"式的交情令人赞叹。《寻访"画儿韩"》中盛世元与画儿韩的深情厚谊散发着温暖的气息。《那五》中寿明的精于世故而又重情多义，柳娘的含蓄、俏丽又不失多情、智慧，乌世保的守信、仁义，聂小轩的刚正不阿，都给读者留下了深刻的印象。《烟壶》中"手艺人自恃有一技之长，凭本事挣饭吃，凡事既认真又固执，自尊心也强些"，是让人赞叹的。这是对《那五》中老拳师武存忠的描绘："那五生长在北京几十年，真没想到北京城里还有这样的地方，这样的人家，过这样的日子。他们说穷不穷，说富不富，既不从估衣铺赁衣裳装阔大爷，也不假叫苦怕人来借钱，不盛气凌人，也不趋炎附势。

嘴上不说，心里觉着这么过一辈子可也舒心痛快。"这样的手艺人凭自己的手艺吃饭，活得洒脱，是作者眼中欣赏的手艺人的形象。这些人物形象表现了北京人身上可贵的民族性格，他们身上流淌着中华民族优秀文化传统的血液。

京味小说主要采用传统小说的叙事手法。京味小说在艺术上并不追新逐异，塑造人物通常以人物行动和人物语言表现人物，而较少写人物心理，人物命运一般波澜起伏，小说叙事简洁而生动。叙事结构明晰，一般是事件套着事件，环环相扣，紧凑、紧张、明了，多有喜剧色彩。这与京味小说作者对中国古典小说的传统手法积极吸收有关。邓友梅说："从来没发誓要当'俗文学家'或雅文学家。不过一入这行，碰巧就在老舍、赵树理手下当差，耳濡目染，受点影响在所难免。"①邓友梅也曾阅读过很多国外的文学作品，但更倾向于接受民族传统的写法。京味小说还有着"延安文学"的影响，注重文学的教育功能，强调一种雅俗共赏的艺术旨趣，有鲜明的中国作风和中国气派。邓友梅曾说，他写小说主要考虑两个因素，"一是有趣，二是有益……不幻想自己作品有多大政治价值，多高思想水平，只要有益于世道人心"。②在这样的艺术选择下，京味小说不是以思想取胜，而是以艺术趣味取胜，从小说的形式到内在的文化气质，都是属于民族传统文化的。所宣扬的乐善好施、同情友好等是民族文化的精髓，传神写意式的人物刻画符合中国读者的阅读习惯，承接了古典小说中的劝善和现代文学的人道主义传统。总体上看，京味小说在刻画人物时，是非褒贬分明，人物个性相对比较简单，缺乏丰满复杂的人物形象，那种单纯的生活色调在一定程度上影响作者对人性深层的发现和对现代社会的批判力度。

京味小说采用富有京味的语言。语言的京味主要来自对生动的民间语言的吸取，包含一些北京方言词汇和一些北京腔调的口语。"多谢您了，回见您哪，多穿件衣服别着了凉您哪！"（邓友梅《双猫图》）这一段话多用语气词，温婉平和，透出人物对话的亲切感，有特有的北京味道。不论是叙述的语言还是人物的语言，"一口嘣响溜脆的北京话"，"一口京片子甜亮脆生"（邓友梅：《"四海居"轶话》），

① 邓友梅：《雅俗由之》，《散文杂拌》，北京：作家出版社1995年版，第456页。

② 邓友梅：《秋天的话》，《收获》，2000年，第5期。

都极大地增强了作品的地域文化味道和可读性。同样是写京味的语言，作家们的语言风格也不一致。"邓友梅的'京味儿'语言，似少用方言俚语，却接近于内城'官话'，凝练含蓄，自然流畅，却不单薄浅露、贫乏干枯。陈建功、苏叔阳，在语言方面则充分运用了'京味儿'方言俚语的特点……汪曾祺和韩少华……很重视'京味'语言的音乐美和色彩美。"[1] 京味语言的广泛使用，与风俗画的描绘和北京人文化性格的刻画是和谐一致的，邓友梅说："我写的几个短篇《话说陶然亭》、《双猫图》、《寻访画儿韩》，是用北京方言写的，如果不用北京方言，我觉得就很难表达出这些人物的面貌来，写不出那个味道。"[2] 为写出语言的京味，邓友梅、陈建功都曾有广泛收集北京方言的经历，他们承接老舍要把北京话的真正香味烧出来，力图写出地道的北京味语言。

以上对以邓友梅为代表的 1980 年代京味小说的总体特征进行了描述，从京味小说的历史发展来看，1980 年代初京味小说的整体涌现，有以下原因：

第一，京味小说是承接"伤痕"、"反思"小说出现的，是对简单的政治主题小说的反驳，追寻艺术上的自由，是作家自觉地寻找艺术个性的写作结果，京味小说的出现有着文学创作繁荣的大环境。京味小说所追求的生活广度和艺术旨趣启示了后来文化寻根小说的写作。北京是当代中国政治的中心，北京作家的政治敏感比别的地方的作家更为自觉。邓友梅的《话说陶然亭》有政治事件背景，其中的京味还不是很突出，而在后来的作品中作者的这种意识越来越明确了。邓友梅曾分析孙犁的《铁木前传》，认为《铁木前传》好在"要表现的思想内容，不受一个短时间的限制"[3]。在邓友梅看来，京味小说无疑是更有永恒文学魅力的小说。李龙云偏爱小人物，偏爱普通人，喜欢写有历史感的小说，也是一种艺术追求的自觉。京味小说作家的艺术旨趣可以用汪曾祺 1983 年发表的一篇文章标题来概括：回到现实主义，回到民族传统。[4]

---

[1] 李希凡：《〈京味小说八家〉序》，刘颖南、许自强编：《京味小说八家》，北京：文化艺术出版社 1989 年版，第 23 页。

[2] 邓友梅：《谈短篇小说创作》，《山东文学》，1982 年，第 5 期。

[3] 邓友梅：《谈短篇小说创作》，《山东文学》，1982 年，第 5 期。

[4] 汪曾祺：《回到现实主义，回到民族传统》，《北京文学》，1983 年，第 2 期。

第二，京味小说是一种面向生活的小说，强调作家的生活积累，京味小说家多是经历了历史风浪的作家，他们多是在中年之后才开始创作，他们有深厚的生活底子。京味小说所表现的北京市井社会的人情世故、民风民俗是他们熟悉的生活。他们的作品有沧桑的历史感，以文学的方式记录了时代变迁的轨迹。刘心武 1950 年来到北京，在钱粮胡同住了十年，在隆福寺小学上学，见过守寺的喇嘛，知道一些店员的历史，窥见了许多有趣的细节，亲历了北京在新中国后的变化，对北京市民生活非常熟悉，在写作中将北京城与北京人作为创作的源泉。[1] 陈建功 7 岁来到北京，对北京很熟悉。"我不是北京人，可我爱琢磨北京人，当然也爱学北京话。我想，品到了这个份儿上，虽说已然不错，可好像也只能说是渐入佳境而已，还不能说品到了京味儿的最高境界。京味儿的最高境界，是北京人的思维方式。"[2] 邓友梅在 1950 年代曾在北京大众文艺创研会工作，与一些旧文人很熟悉，对一些满清的贵族生活知识很了解。《那五》等故事的材料积累于"文革"之前，有朋友的讲述，有"文革"中对书画、文物界、戏曲界、八旗子弟的了解，邓友梅学了不少旧北京的风习世故，所写的人物都有生活中的原型。汪曾祺说："友梅有个特点，喜欢听人谈掌故，闲聊篇。三十多年前，我认识友梅时，他是从部队上下来的革命干部、党员，年纪轻轻的，可是却和一些八旗子弟、没落王孙厮混在一起。当时是有人颇不以为然的。然而友梅我行我素。……也正因为这样，许多老北京才乐于把他所知的掌故轶闻、人情风俗毫无保留地说给他听。他把听来的材料和童年印象相印证，再加之以灵活的想象，于是八十多年前的旧北京就在他心里活了起来。"[3] 正是这样的长期积累，使邓友梅的小说有着鲜活的生活内容。这也导致这类的小说是以一种怀旧的心态来写的，阅读这类小说的人要对历史掌故有兴趣才行。

时代在发展，京味小说也在发展。王一川认为京味小说有三代，老舍是第一代，邓友梅、林斤澜、汪曾祺、韩少华、陈建功等人是第二代，而以王朔、刘恒、冯小刚、王小波、刘一达为代表的是第三代。[4] 邓友梅所写的是四合院、胡同文

---

① 刘心武：《我是一个"新北京"》，《前线》，1986 年，第 7 期。

② 陈建功：《北京滋味》，北京：中国城市出版社 1995 年版，第 3 页。

③ 汪曾祺：《漫评〈烟壶〉》，《文艺报》，1984 年，第 4 期。

④ 王一川：《京味文学的含义、要素和特征》，《当代文坛》，2006 年，第 2 期。

化，王朔所写的是大院文化，现代北京青年文化。邓友梅用一种虔诚的、温和的目光注视着陈年旧事和闪光的民族性格，描绘的多是一种审美化的民俗。王朔以一种调侃的语气、玩世不恭的态度嘲弄着传统理想，那种扑面而来的京味地域风情在作品中淡化了，而替之以光怪陆离的而又有些色彩纷呈的当代都市生活气息，城市流行语代替了胡同语言。在历史的进程中，北京越来越国际化，胡同、四合院正在被新建的高层住宅楼所取代。邓友梅的小说所表现的风俗画已成为一去不复返的历史，城市人之间的关系正面临着新的变化。邓友梅小说的"历史老照片"的意义越来越突出，而这也是京味小说所面临的挑战。事实上邓友梅的京味小说作品不多，正因为这种小说主要是依靠打捞记忆来写的，是建立在怀旧的意味上的。在邓友梅发表京味小说的 1980 年代初，刘心武的小说也写北京，但刘心武的小说较少地写到风俗画面，其关注点从"社会问题"到"人的心灵建设"①。刘心武写的多是现实变革中的北京，所写的人物多是现实时态的普通人，他们面临着住房、就业、家庭等方面的压力和考验。邓友梅关注的是北京的昨天，苏叔阳的剧本《左邻右舍》和《夕照街》则关注的是今天发生在胡同邻里的琐事。陈建功的北京与邓友梅的北京也不同，与邓友梅对胡同文化的留恋心态相比，陈建功有更多的矛盾心态，他的小说人物从旧时代一直跨越到当下，一面是温情的四合院文化，一面是现代都市化进程的不可阻挡。陈建功清醒地认识到旧有的四合院文化终将成为过去，陈建功的《皇城根》比邓友梅的《那五》等小说视野更开阔。仁德胡同里的老字号最终被新的现代化生产企业所取代，一群深受情感折磨的儿女最终挣脱了传统的羁绊，找到了自己的幸福，老派人物金一趄必将退出历史的舞台。而在汪曾祺、林斤澜等有限的京味作品中，民俗也多是一种传统社会的闲情逸致，谈天说地、提笼架鸟、家长里短、慢悠悠的喝酒，这种闲散的民间生活方式也必然面临着快节奏的、现代化的生活的冲击。

　　20 世纪 90 年代后，叶广岑的《采桑子》系列，刘一达的"北京眼系列"、"胡同风"系列、"一达书系"，王朔的系列小说，刘恒的《贫嘴张大民的幸福生活》，冯小刚的贺岁片等，在表现内容和艺术手法上大大拓展了以邓友梅为代表的写四

---

① 刘心武：《写在水仙花旁——复冯骥才同志》，《人民文学》，1981 年，第 6 期。

合院文化的京味小说。与 1980 年代的京味小说主要在书刊、报纸等传统媒体中传播不同，1990 年代以来的京味小说在影视、网络媒体中广泛传播。如王朔小说改编的影视剧，冯小刚的贺岁片，历史题材的电视剧《雍正王朝》、《康熙王朝》、《宰相刘罗锅》、《铁嘴铜牙纪晓岚》、《少年天子》；反映现实生活的电视剧《贫嘴张大民的幸福生活》；表现北京历史文化变迁的电视剧《人生几度秋凉》、《大宅门》、《我这一辈子》、《五月槐花香》、《莲花》、《天桥梦》、《大栅栏》、《天下第一楼》；表现北京当代生活的《奋斗》、《动什么，别动感情》等。在影视镜头面前，那些北京的陈年旧事和风俗画重新在观众面前复活了，京味小说的历史跨度更大了，表现的人物群体更广了，上至封建帝王，下至贫民百姓，表现的生活视野大大扩展了。这些作品也继承了第二代京味小说的传统，以充满京味的语言讲述北京的历史和当代变化，表现北京人的文化性格，是京味文学传统的延伸和发展。以邓友梅为代表的第二代京味小说是一种文化自觉，其历史情怀和民间关怀是我们宝贵的文学财富，它虽不可避免地衰落了，但启示了后来的文学创作。

第四节　冯骥才与津味小说

冯骥才，祖籍浙江慈溪，1942 年生于天津。现任中国文学艺术界联合会执行副主席，中国文联副主席，中国小说学会会长，中国民间文艺家协会主席，天津大学文学艺术研究院院长等职。1977 年冯骥才与李定兴合作完成了表现天津近代历史的长篇小说《义和拳》，小说发表后曾在电台播出，引起了很大反响。此后冯骥才陆续创作了《啊！》、《雕花烟斗》、《铺满鲜花的歧路》、《神灯前传》、《高女人和她的矮丈夫》、《一百个人的十年》等小说。短篇小说《雕花烟斗》，中篇小说《啊!》、《神鞭》、《花的勇气》分别获得全国优秀短篇、优秀中篇小说奖。部分作品已被译成英、法、德、日、俄等文字在国外出版。作品《挑山工》、《花脸》、《维也纳森林的故事》、《日历》、《泥人张》、《好嘴杨巴》等被选入中、小学语文教科书。20 世纪 80 年代中期以降，冯骥才创作了表现天津地域文化特色的"津味"小说：《神鞭》、《三寸金莲》、《阴阳八卦》、《俗世奇人》等。当代写津味小说的作家还有林希、肖克凡、龙一等。

天津自金贞佑二年（1214）设直沽寨始，经历了海津镇（元至大二年设）、天津卫（明永乐二年设），发展到天津州、府（清雍正三年、九年），成为"蓟北繁华第一城"。第二次鸦片战争和八国联军入侵后，根据 1860 年 10 月签订的中英、中法《北京条约》，天津被迫开为商埠，出现了英、法、俄、美、奥、比、意、日、德等国租界。在近代的历史上，中国变成半封建半殖民地的一系列丧权辱国的条约都是在天津签订的。天津曾作为"洋务运动"的重镇，是中国人走向现代化的发祥地，在金融、科技、军事等领域领现代化的先机。在地理位置上，天津离皇城北京只有近百里，地处运河的河道上，是"五方杂处，九河下梢"的水旱码头，曾是京都的漕粮储囤所。开埠以后，是近代的商业都会，是北方最大的商品集散地。天津是古幽燕之地，自古民风豪爽，多慷慨侠义之士。这些特殊的地域特点使近代以来的天津在文化上有其复杂性，是买办文化、封建文化、租界外来文化的奇异混合之地。种种新、旧文化在这里冲撞混杂：既有"老城里"、"三不管"的市井烟火气，又有"五大道"、"小洋楼"的摩登洋气；有封建都会的种种规矩樊篱，又有现代都市的开放和新潮。

　　冯骥才写津味小说，是一种自觉的文化选择。冯骥才的津味小说创作有着特殊的文化变革背景。冯骥才的《铺满鲜花的歧路》、《啊！》是"伤痕小说"的重要收获，《高女人和她的矮丈夫》、《今天接着昨天》、《雪夜来客》、《感谢生活》等小说以"文革"为背景，着眼于人物灵魂的拷问，有深沉的历史意识。从这些篇目的创作来看，冯骥才的笔触所及主要是当代的现实变革。从《神鞭》等小说开始，冯骥才关注的题材挪移到清末民初时期，小说的风格也发生了很大的变化，小说的文化意识增强，地域文化色彩加重，这是冯骥才自觉地对文化寻根思潮的呼应，对此，他说："我刻意于近代历史大变革中，我们民族每每必然面临的两大问题：如何对待古人（传统）和如何对待洋人（外来事物），并在这两方面表现出种种担忧、惊慌、犹疑、徘徊和自相矛盾。"① 《神鞭》写于 1985 年，这一年正是寻根小说热潮如火如荼的时候。《神鞭》着眼于民族文化的传承与重新镀亮，小说在一个市井争斗故事中，刻画了一个正直的傻二形象。傻二是一个颇有文化意味的

---

①　冯骥才：《小说的观念要变——关于〈神鞭〉的复信》，《光明日报》，1985 年 4 月 11 日。

人物，他表面有些傻气，实则谦虚内敛，长辫子本是落后的封建时代的遗物，但傻二继承祖上将辫子作为武器，练成奇特的辫子功，被人誉为"神鞭"。傻二爱国，刚正不阿，在参加义和团爱国活动中，傻二的辫子失去了，"武器"没有了，但傻二练就了一手好枪法。"祖宗的东西再好，该割的时候就割。我把'鞭'剪了，'神'却留着。"① 傻二身上寄寓着作者批判性反思民族文化传统的态度。《三寸金莲》中的戈香莲，靠一双小脚取得在佟家的地位，却把自己的女儿从家中放走，让她成为一个天足女子，"天足会"战胜了缠脚派，隐喻了作者对封建文化的批判否弃。缠脚、辫子毕竟是中华民族的落后文化，冯骥才从中华文化"最丑陋"的地方入手，把"三寸金莲"和"大辫子"当做一门学问来研究，一面揭示传统文化的神奇性，一面不遗余力地批判否定封建落后文化传统。

冯骥才的津味小说是对传统津味小说的继承和发展。津味小说始于刘云若等人的"报人小说"，注重写天津的风俗民情，在叙述上主要以讲故事为主。冯骥才的津味小说人物形象鲜明突出，故事情节曲折有趣，细节生动，语言多用方言词，但又超越了传统通俗小说，融入了作家的现代性视野，有批判的立场，有文化的深度，有人性的拷问，是一种现代小说灵魂和传统通俗小说外壳相融合的小说。冯骥才说："我用通俗文学，因为它更适于传奇性，更具有广泛的可读性；我用严肃文学，因为那些严肃深沉的思索才是这小说的'内核'……我还在这杂拌汤里加进去过去文学中很少写过的'天津味'。把地方特色升华为具有审美价值的艺术内容。"② 《三寸金莲》中的故事一波三折，最后抖出包袱。先是香莲的命运变化，赛脚的场面出现了三次，各各不同。佟家奇异的失火，香莲的女儿丢失是书中留下的伏笔，最后抖开，有中国传统故事的特点。香莲赛脚前几次输了，后几次赢了，是欲扬先抑的手法。"莲癖"们的高谈阔论，比才学的斗智斗勇也颇有波澜起伏之感。通过运用传统小说的渲染、对比等手法，小说故事引人入胜。

津味小说表现了天津多元混杂的地域文化特性。冯骥才、林希、肖克凡的小说表现的是清末民初的天津，选择了天津文化最为丰满复杂的时期，这是一段充

① 冯骥才：《神鞭》，《小说家》，1984 年，第 3 期。
② 冯骥才：《小说的观念要变——关于〈神鞭〉的复信》，《光明日报》，1985 年 4 月 11 日。

满了文化风情和传奇意味的历史。在津味小说的描述中，这个历史时段的奇人、怪人、能人多，旧式的、新式的、外来的人物形形色色，或皇权贵族、军阀政客、或封建遗老、或新时代青年，或富商鸿儒，或街头混混，或民间艺人，或烟花女子。他们身上有着特有的天津味道：谋生计被称为是"找饭辙"的（《找饭辙》），小偷称作"高买"（《高买》）、搬运工被称为"扁担"（《天津扁担》），这些五行八作的人物故事共同完成了对天津民间社会历史的描绘。

津味小说注重对天津人文化性格的刻画。冯骥才对人物的选择可以用他一篇小说的标题来概括："俗世奇人"。冯骥才写的人物多是有些特殊本领的民间人物，用他的说法就是把人往"邪处"写。"天津这地界邪乎，天津人好咋唬，愈是邪事愈起哄起劲愈提神。"[1] 冯骥才小说中的民间艺人都有些"怪气"，他们是靠本事吃饭的，每人都有一手绝活，五行八作，干什么都有状元。这是一种天津的码头文化特色，在那里，"手艺人靠的是手，手上就必得有绝活。有绝活的，吃荤，亮堂，站在大街中央；没能耐的，吃素，发蔫，靠边呆着。这一套可不是谁家定的，它地地道道是码头上的一种活法"。[2] 这些有手艺绝活的人是刻砖刘、泥人张、风筝魏、机器王、刷子李等，他们是典型环境中的典型人物，是被适度神化拔高的，这与燕赵民风中尚勇斗狠、讲究以绝活服人也是一脉相承的。林希的小说也写了很多的奇人，这是《苏七块》中描写苏七块医生给人接骨的句子："手指一触，隔皮截肉，里头怎么回事，立时心明眼亮。忽然双手赛一对白鸟，上下翻飞，疾如闪电，只听'咔嚓咔嚓'，不等病人觉疼，断骨头就接上了。"接骨的过程如同魔术表演，过程轻松简单，结果奇妙神奇。龙一在谈林希的小说时认为："作者仍然采用了他所擅长的传统小说的创作手法，简单的事件，丰富的细节。以细节增补人物，扩充事件的含容量，使简单的事件发展成为丰厚的整体。这也正是传统小说技法中最简单，也是最见功力的一种手法。"[3]

津味小说在叙述的语言上吸收了说书、单口相声的手法，小说中还用打油诗，

---

[1]　冯骥才：《关于〈三寸金莲〉——与阿城说小说》，《作品与争鸣》，1986年，第12期。

[2]　冯骥才：《俗世奇人·刷子李》，北京：作家出版社2008年版，第10页。

[3]　龙一：《评林希的三部"历史"小说》，《文学自由谈》，1989年，第2期。

用叙述人的插语、类似说书人的告白等引起读者的兴味。《神鞭》中说："'京油子'讲说，'卫嘴子'，讲斗，斗嘴就是斗气。"冯骥才的小说擅长通过人物的语言写出奇特的津味。这是玻璃花嘲弄傻二的语言："嘿，傻巴，哪位没提裤子，把你露出来了？你也不找块不渗水的地，撒泡尿照照自己。这是嘛地界，你敢扎一头！"（《神鞭》）三言两语之中，一个痞俗的市井无赖形象呼之欲出。冯骥才、林希充分吸收了天津的地方口语，惯用夸张、铺排，或雅或俗，有浓郁的地方气息。冯骥才说："我虽为浙江人，却生长于津门。此地风习，挚爱殊深，众生性情，刻骨铭心"，"自觉于语言的改造"，"本乡本土的生活里营造出一种文字语言来"。①冯骥才对笔下的人物个性有深刻的理性认识："比如津门，此地众生性格中的豪强炽热、快利锋芒、调侃自嘲，都是此地语言的特征。"②津味小说是合乎民族阅读习惯的小说，津味小说描绘的人物多采用类似中国古典小说中的工笔描绘法，语言简洁，善于抓住人物的神韵。

津味小说家都是民俗专家，冯骥才、林希、肖克凡、龙一等人对民俗颇有研究。1960年冯骥才高中毕业后到天津市书画社从事绘画工作，对民间艺术、地方风俗等产生了浓厚兴趣。冯骥才后来成为中国民俗学会的会长，提倡保护传统文化。冯骥才民间文化基金会于2004年12月31日在天津市社团管理局正式登记成立，冯骥才任理事长。在冯骥才的努力下，建立了国内第一个非物质文化遗产保护数据中心，呼吁保护民间文化遗产。在《三寸金莲》中，冯骥才对缠脚、赛脚的描写无疑有惊心动魄的效果，让人知道了丰富的裹脚知识和"裹脚美学"。林希是个天津通，林希始祖定居天津，至林希已是第五代天津人。林希对天津人、天津的掌故十分熟悉，他曾在《今晚报》连续写了近两年的天津话钩沉，后结集为《其实你不懂天津人》，还出版了研究天津文化的《天津人》，天津的人文地理、历史掌故、文化心理等在林希这里被充分碾透了。林希曾说："混迹市间使我广为接触底层民众，体验劳苦大众生活艰辛，感受普通民众精神光辉。"③林希特殊的经历

---

① 冯骥才：《关于乡土小说》，《文学自由谈》，1995年，第1期。

② 冯骥才：《关于乡土小说》，《文学自由谈》，1995年，第1期。

③ 林希：《其实你不懂天津人》，天津：天津人民出版社2009年版，第1页。

促使他创作出纯正的津味小说。林希有广博的知识，"中国的经史子集他无不读，天津卫的正史、野史，民风、俗情，码头规矩、江湖暗话他都懂"。与冯骥才相比，林希对民国时代的天津有更多的感性认识："从幼小时就跟着放浪形骸的父亲出酒楼进饭庄逛了外面的世界，见了吃喝嫖赌抽各种世面，懂得了什么是花天酒地、什么是胡吃海花。"林希的生活底子造就了他的小说，他说："有点家学的老底，又知道点家里的老事，说实话，又怀恋家里的老气氛，把那些老事、老人、老情、老理儿写出来，为含辛的人述怨，为饮恨的人伸张。如是，也算是尽到了我作为一个破落子弟的本分了。"① 林希对自己的评价有些苛刻，他认为自己的小说也有不足，常常停留在痛苦的"解读记忆"② 中。风格即人，成熟的作家善于在自己的经历中提炼出审美化的艺术世界，一个作家的写作风格形成是被环境和经历选择的，经历、个性、知识成就了林希的津味小说。

冯骥才对当代津味小说的开创贡献功不可没，对照林希、肖克凡、龙一的小说创作，他们的作品都有很浓的津味，但其创作的手法和特点上又各有差异。林希生于 1935 年，曾是少年文学天才，不到 20 岁就成为"胡风分子"，其后在历史运动中历尽人生坎坷，45 岁才平反，作为"归来诗人"出现在文坛上。55 岁开始写小说，1980 年代末，林希开始致力于津味小说的写作，其艺术视野广泛涉及旧时天津大家族内部的人世纷争，各色社会市井人物等。其作品主要有《买办之家》、《金枝玉叶》、《桃儿杏儿》、《小的儿》、《蛐蛐四爷》、《相士无非子》、《高买》、《红黑阵》、《天津闲人》、《三一部队》、《婢女春红》、《痒痒》、《锅伙》、《圈儿酒》、《找饭辙》、《丑末寅初》等等。与冯骥才的小说相比，林希的津味小说表现了更通透的人情世故，更饱满的世道沧桑意味。冯骥才的津味小说语言多铺陈，林希也写天津方言，但林希的小说更轻逸、流畅，或俗或雅，叙述更节制，语调更悠闲自得。这是林希小说中娓娓道来的叙述文字："从字义上讲，偷东西的人即称之为贼，但中国人决不肯轻易骂人为贼，轻谩一些的称呼'扒手'，天津人称'小绺'，官

---

① 冯景元：《关于林希小说无可说的说》，《林希小说精选》，成都：四川人民出版社 1999 年版，第 13—17 页。

② 林希：《总序·解读记忆》，《买办之家》，北京：中国文学出版社 1997 年版，第 3 页。

称为'剪绺',江湖黑话称之为'瘪三码子',指的全是暗中伸小手将别人的钱财'绺'走据为己有。称之为'绺'形象而又生动,还表现出了那种淘气的神态。高雅一些,称梁上君子,进入 20 世纪以来,偷东西的不上梁了,于是便有了更高雅的称谓:高买。"(《高买》)林希对偷窃的介绍,让人颇开眼界,有一种幽默的味道。"蟋蟀之为虫也,暖则在郊,寒则附人,拂其首而尾应之,拂其尾而首应之,此为解人意处,感人心也。君子之于爱虫,知所爱则知所养,知所养才知其可近可亲。之诚爱蟋蟀,每年也赴局厮斗,似之诚是先知蟋蟀之可爱可近。且顺其天性,才设局戏赌,如是才得灵虫之助,之诚发迹,实为灵虫报我知遇之恩也。"(《蛐蛐四爷》)这是余之诚的一番话,文雅、沉稳,颇有君子之风,写出了人物的性格特点。

林希小说的人物故事颇有文化意味,与冯骥才相比,其作品的韵味更为旨远悠长。《奴婢春红》表面上写的是一个精明能干的奴婢春红的令人赞赏之处,实则批判了春红的奴才意识,愚忠愚孝而不自觉,自己酿成了人生的悲剧。《高买》似乎是在赞扬陈三的偷技,实则讽刺了袁世凯的卖国行为,神偷陈三是真正的爱国者,袁世凯才是真正的"大盗",有政治讽喻意味。神偷对权力的挑战包含着天津区别于北京皇城的特有的文化特色。《蛐蛐四爷》讲述了蛐蛐四爷的命运故事,表层是对四爷善良本性的赞扬,而其悲剧性的结局隐含了对余家大院丑恶行为的批判,以及对人性自私阴暗的批判。余之诚对蛐蛐的喜爱,是用生命和灵魂去爱的,余之诚养蛐蛐培养虫的"斗性",而余之诚自己却不是一个好斗的人,余之诚自身的高迈性情与惨烈的经历形成了"反差",隐含着颇为复杂的人生况味。在《相士无非子》、《高买》、《天津闲人》等作品中,寄寓着深刻的社会政治批判意味,所谓:"前面陈兵布阵,杀得你死我活。后方称兄道弟,合伙发财分钱。"(《天津闲人》)林希写出了清末民初的社会病态。林希的小说是一个老者对世事沧桑的重新审视,小说的结尾多有看破红尘的味道,这是《五先生》中的结尾:"五先生一定还在天津,但他已经把世道看破了,写了一段《宝玉探晴雯》,唱红了一个万芸儿,他就别无所求了,躲起来卖文谋生,他拉倒了。这就对了,五先生,如今我就学着你的样子,名呀利呀地,早看透了。"也许在这样的结尾之中,我们看到了传统文化人格在林希身上的显现,读者也可从中品味出林希经历人生磨难之后的达观与超迈。

出生于 1950 年代的肖克凡写天津主要是靠想象和历史资料,与冯骥才、林希相比，肖克凡的津味小说多了些先锋文学意味。肖克凡的小说《天津大雪》颇有博尔赫斯的小说《交叉小径的花园》的味道，小说故事充满巧合，布满迷宫。在作品中，天津只是一个故事发生的历史背景，地方文化气息很淡。肖克凡也有地域味很浓的作品，比如《天津赌事》、《都是人间城郭》等。《都是人间城郭》表现了在天津解放之前普通市民的生活状态。他们乐观，自得其乐，在兵荒马乱之际过一天算一天，"借钱吃海货，不算不会过"。他们讲吃喝，"九河下梢，吃尽穿绝"，"作三天阔佬，当十天穷鬼"。讲排场，邻里之间和气，好面子，"老天津人的作派，要里要表的"。他们思维简单，不懂政治，八路军要进城，甲长收老百姓份子钱在胡同口安铁栅栏门儿，缠上铁蒺藜，图太平。不管世道如何变化，他们依然过着惯常的日子，小媳妇逆来顺受，男人习惯性地当大爷，公公养媳妇儿，男女关系混乱，一派底层市民生活的乌烟瘴气。他们也有些小市民式的小精明，沾点小便宜，得点好处自我满足。肖克凡将那种得过且过，悠闲自得，懒散、堕落、保守，而又温情脉脉的天津市民文化性格作了深入的表现，隐含着一种俗世情怀的历史想象。龙一的小说中津味较之冯骥才、林希已经发生了较大的变化，龙一的小说题材上突破了市井故事，而写城市的革命历史。龙一的《暗火》是一部天津味较浓的作品，小说重写革命历史故事，重塑了革命英雄人物，有新历史小说的特点。

与其他地域文学一样，冯骥才等人的津味文学的衰落也是必然的。首先是普通话的推广，作为国际化的大都市，使用天津方言的人越来越少，从冯骥才到龙一，小说中的方言渐渐淡化了。其次是文化上的多元化发展带来的冲击。津味小说多有《血溅津门》、《津门大侠霍元甲》、《燕子李三传奇》、《庚子风云》式的大众文化想象，但少有精致的现代气息的都市生活，天津的当代生活变化，天津的"改革文学"，并没有成为新津味小说的主流。有如林希那样特殊经历的作家，如冯骥才那样对民俗有着特殊热情的作家，也难以复制，面对都市的现代化进程，应时代而生的津味小说必将在题材领域和艺术手法上呼唤新的变革。

第五节　陆文夫与苏味小说

苏州地处长江三角洲，湖泊众多，气候宜人，物产丰富，是我国重要的粮产区，古来有"苏湖熟，天下足"的说法。苏州是有二千五百多年的历史文化古城，三国时，苏州是太湖流域的经济中心。唐代，苏州是江南运河的交通枢纽。宋代至元明清时代，苏州是重要的经济文化重镇，人口稠密，经济发达，文化气息浓郁。苏州风景优美，"上有天堂，下有苏杭"，苏州自唐代以来就是一座著名的旅游城市。苏州有浓郁的文化气息，书院林立，藏书楼阁遍布。苏州文化养育了众多的文化名人，苏州多才子，有读书的传统，苏州出状元，在清代，苏州的状元占了全国的四分之一。苏州的工艺发达，苏州丝绸、苏州刺绣举世闻名。苏州的古城建筑很有地域特色，苏州园林闻名天下，苏州的小桥、流水与方言曲艺相互交融，形成从容、淡泊、含蓄、诗意、精致、清秀、灵动的水乡文化特色。余秋雨在散文中这样描述苏州："这里没有森然殿阙，只有园林。这里摆不开战场，徒造了几座城门。这里的曲巷通不过堂皇的官轿，这里的民风不崇拜肃杀的禁令。这里的流水太清，这里的桃花太艳，这里的弹唱有点撩人。这里的小食太甜，这里的女人太俏，这里的茶馆太多，这里的书肆太密，这里的书法过于流丽，这里的绘画不够苍凉道劲，这里的诗歌缺少易水壮士低哑的喉音。"[1] 苏州的地域文化气息养育着一代代苏州人，也影响了一代代的苏州文化人，形成了苏州文学的"柔性"特色："其风格虽然色彩斑斓，万紫千红，但寻绎其历史地形成的主导风格，是一种清丽阴柔之美，它具体的表现是：或秀逸，或绮丽，或温润，或平和，或小巧，或轻灵，或婉曲，或含蓄，或潇洒……"[2]

新时期以来，陆文夫、范小青、朱文颖、叶弥、荆歌等当代苏州作家承继了苏州的文化传统，写出了苏州土地上的地域文化风情和历史变迁，他们作品的主题、人物、气氛、叙事方式、语言带有浓郁的"苏味"风情。

陆文夫自幼时来到苏州，便被苏州的地域文化所吸引，陆文夫的主要文学创作都是与苏州密切相关的。"一九四四年的春夏之交，我穿着长衫，戴着礼帽，闯进苏州来了。苏州号称人间的天堂，她的美丽超出了我的想象。我觉得她像一部

---

① 余秋雨：《白发苏州》，《〈中华散文珍藏本〉余秋雨卷》，北京：人民文学出版社 1995 年版，第 88 页。

② 范培松、金学智主编：《〈插图本苏州文学通史〉序言》第 1 册，南京：江苏教育出版社 2004 年版，第 21 页。

历史，一首古诗，是各种美妙故事的发源地，这些故事好像都曾经在哪部文学作品中读到过的。一个梦游天地的青年终于在大地上找到了落脚点，从此我便爱上了苏州……"①1983 年，陆文夫发表了《美食家》，引起文坛热议，陆文夫陆续创作了《门铃》、《井》、《毕业了》、《清高》、《享福》等苏州"小巷人物志"系列小说。范小青是继陆文夫之后又一个卓有成就的"苏味"小说作家。范小青从小在苏州长大，"饱餐了湖光山色园林美景，裤裆巷、采莲浜、锦帆桥、真娘亭、钓鱼湾、杨湾小镇……成为她的书名或在书中出现的时候，读者一看就知道写的是苏州。"②范小青多年生活在苏州，她对苏州的古城有很深的感情，从小深受苏州文化的影响，亲历了苏州的古城改造，范小青的小说有鲜明的苏州地域特点。范小青创作的富有"苏味"的小说主要有《裤裆巷风流记》、《瑞云》、《顾氏传人》、《清唱》、《城市片断》、《城市表情》等。

一、苏味小说的首要特点在于以小见大，所描写的多是小巷里的小人物，叙述一些家长里短的小事，以此折射大时代的历史动荡

陆文夫小说中多的是不同身份的普通人，如做过妓女的徐文霞（《小巷深处》），吃客朱自治（《美食家》），小贩朱源达（《小贩世家》）等。《毕业了》写的是普通人徐曼丽的辛酸往事，以怀旧的心情表现过去的穷酸日子与现代生活趋势之间的矛盾。《清高》中的小学老师汪百龄因为"清高"找不着对象，兄弟之间团结起来帮助他，写出了普通人的生活困窘。陆文夫的苏味小说，有鲜明的时代政治背景，小贩朱源达的个人历史连接着建国后几十年的政治风云动荡。小贩世家被政治运动整得抬不起头，被迫丢掉了自家的长处，拿起了"铁饭碗"，小说中有温和的对时政的讽刺，带有"反思小说"的特点。《井》写徐丽莎与朱世一的感情纠葛，有较大的历史跨度，从解放前一直写到 1980 年代，小人物命运之中串起了历史的时代变迁。

对陆文夫以小见大的写法，范小青认为："从前我在读陆老师作品的时候，就有一种感觉，陆老师的小说大多从小街小巷小事情小人物说起，正如陆老师自己

---

① 陆文夫：《微弱的光》，《陆文夫集》，福州：海峡文艺出版社 1986 年版，第 200 页。

② 范万钧：《我家有女》，《时代文学》，2001 年，第 6 期。

常说的，小说小说，就是从小处说说。但这些从小处说起的作品，恰恰又通篇透出大气来。"① 陆文夫的"小巷文学"承续了范仲淹、高启式苏州文人的忧国忧民情怀，陆文夫说："因此我总觉得负有一点什么历史的责任，有义务写出各种人生的道路和社会的变迁，把自己的心血和曾经流过的眼泪注入油盏内，燃烧、再燃烧，发出一点微弱的光辉，让那些走向幸福的人们在夜行中远远地看到一点光时，感到一点安慰：快了，前面又到了宿营地。"②

受陆文夫的影响，范小青的小说也选择了描写普通的苏州市民，通过他们生活的描绘表现大的时代文化命题。范小青说："我周围的许许多多普普通通的苏州人，他们拥挤到我的笔下，我无法抗拒。"③ 苏州给了范小青小说题材，给了范小青人物故事，给了范小青想象的空间。范小青在《裤裆巷风流记》的《引子》中说："帝王将相、才子佳人只能是苏州极小的一部分，苏州的绝对量是芸芸众生、市井小民，是他们的喜怒哀乐。"④《城市表情》是一部以城市拆迁改造为背景的小说，如果将这部小说与《城市片断》结合起来读，会发现二者之间有一些完全相同的文字。《城市表情》的叙事更加丰满，人物头绪更多，诚如小说简介所说："将宏大叙事同婉约爱情融为一体，将苏吴文化的底蕴同旧城在现代化改造中的矛盾冲突展现得跌宕起伏，同时暗示了一座历史文化名城的光荣梦想与复杂命运。"

二、"苏味"小说写出了苏州人的文化性格

苏州是一个充满文化气息的城市，有着传统文化人的闲情雅致。"苏州园林的主人，以官场遭贬、隐退回家的为数最多，所谓'主人无俗态，筑圃见文心'……像苏州园林这般的神来之笔，平庸之辈是点不出来的，心境不平和的人是造不出来的，看不透功名利禄的人是筑不起来的，总而言之，俗人是不能和苏州园林沾边的。"⑤ 苏州女性有沉静、优雅的一面，如《美食家》中的孔碧霞母女，《井》中

---

① 范小青：《带城桥弄 36 号——追忆陆文夫老师》，《上海文学》，2005 年，第 9 期。

② 陆文夫：《微弱的光》，《陆文夫集》，福州：海峡文艺出版社 1986 年版，第 205 页。

③ 金梅、范小青：《文学创作的现实意识与超越意识》，《文学自由谈》，1987 年，第 5 期。

④ 范小青：《裤裆巷风流记》，北京：作家出版社 1987 年版，第 2 页。

⑤ 范小青：《城市片断》，北京：人民文学出版社 2001 年版，第 26 页。

的徐丽莎，《临街的窗》中的范碧珍，《人之窝》中的费亭美、柳梅等人都有特有的柔美气质。孔碧霞"会唱戏，会烧菜，还会画几笔兰花什么的"，说话"像唱歌似的好听"，不管岁月沧桑变化，她却始终过着精致优雅的生活，与时代的喧嚣无关，呈现出老苏州人精致的生活情趣。

苏州人是很闲适的，《美食家》为苏州的一类闲人戴上了一顶响亮的名号"美食家"。朱自治的性格淡泊，没有大的人生追求，却独喜欢美食。朱自治身上有着丰富的人文历史味道，他是苏州这个休闲城市的文化产物。苏州人对饮食的讲究，是全国有名的，苏菜是与川菜、粤菜、鲁菜齐名的四大菜系，《美食家》写出了一种精致的饮食文化。

苏州人是精明的。"老太太买菜是一种学问，一场战斗，……脚步飞快，眼看八面，讨价还价，刨去零头，假装要走，三步回头，称好了菜还要放一棵菜篮里……"（《井》）这段话将苏州老太太的精明、自私活灵活现地表现了出来。苏州人精细，"俗气得可爱"，也很热心快肠，想挣大钱，却又胆子不大。《裤裆巷风流记》中的杨老师为了让自己的女儿乔杨留在苏州，主动和张师母攀亲，让乔杨和张师母的儿子卫民谈恋爱，张师母开始心头暗喜，很快明白人家这是过河寻桥，过河必定拆桥，这忙不能白帮。两人展开外交"拉锯"站，最后，杨老师保证，只要乔杨毕业分配的事定了，即使乔杨和卫民的事不成，她也一定会给卫民介绍一个女朋友。张师母想到，自己只要说个谎，儿子就可以有一个女朋友，就满口答应。一面是客气的外交辞令，一面是"肚子里的细账"，通过两人的交谈，小说有声有色地写出了苏州市民的精细性格。

苏州人是有佛性的。《瑞云》中的瑞云是为读者所称道的一个人物，在各种人生磨难面前，瑞云只是发出自己的一声笑，所有的苦难都被化解了。佛性不是苏州人对佛教的虔诚，而是化为一种行为处事方式，苏州人淡泊、善良，佛性是苏州人化解人生磨难的一种方式。

苏州人是很有"韧"性的。《裤裆巷风流记》中阿惠读中学的时候，服从母亲的安排，请假照顾哥哥的丈母娘，荒废了学业。阿惠在家待业，被人视为"吃闲饭"，阿惠在家时似乎是逆来顺受的。阿惠善良、娴淑，说话轻言细语，当有了机会自立的时候，阿惠内心的强大和坚韧很快就显示了出来。她变得很果断，很有

"野心"，也很有主见，凭着自己"实实在在的精神"，主动地选择自己的感情，追求自己的个人价值。小说以"阿惠想，不管怎么样，汽车总归是朝前开的"结束裤裆巷居民的故事，隐含了对阿惠主动选择人生道路的肯定。

"苏州城市风格是由它的文化底蕴决定的，苏州人是干事情的，但不张扬，不外露，内敛，但又很进取，历史证明他们取得的成就很大，只是不习惯自吹自擂，风格上比较儒雅，但又不是出世的，而是入世的，只是入世的表现形态比较温和。"[①] 苏州人的生活充满世俗气息，也体现出特有的沉静、柔韧、细致的特点。苏味小说一面是对苏州人文化性格的津津乐道，一面是对苏州人性格的批判。

三、苏味小说写出了苏州的地域文化风情

陆文夫和范小青对苏州的地域文化情有独钟。陆文夫本人喜欢美食、喝茶、饮酒，曾开了个"老苏州茶酒楼"，自撰广告曰："小店一爿，无啥花头。无豪华装修，有姑苏风情；无高级桌椅，有文化氛围。"为宣传苏州文化，1988 年，晚年的陆文夫还创办《苏州杂志》，以"当代意识、文化风貌、地方特色"为办刊方针，向世人展示苏州的文化渊源、人文景观、风土人情、地域特色。2005 年陆文夫去世时，杂志出满 100 期，由范小青接任主编。

陆文夫的小说记录了苏州的历史文化风情。苏州的园林景观、石板小巷、吴越遗迹、风味小吃、名菜佳肴、小桥流水在陆文夫的笔下呈现出一派优美的文化风情意味。这些景物式的描绘使陆文夫的小说充满了文化美感，极大地增强了小说的可读性。

在陆文夫的笔下，有一幅幅优美的世态风情画。小贩挑着担子，敲着"笃笃笃"的竹梆声，沿街叫卖（《小贩世家》）；古井旁边，阿婆阿嫂们一边家长里短的闲聊，一边洗菜、淘米（《井》）；大年初一早起烧香敬菩萨、燃放开门炮仗、祈求"天官赐福"（《有人敲门》）；小巷的临街窗内，传出唱戏、谈笑的热闹声（《临街的窗》）。最值得称道的是陆文夫对苏州小巷的描绘："在我后楼的对面，有一条岔河，河上有一顶高高的石拱桥，那桥栏是一道弧形的石壁，那桥洞十分宽大，洞内的岸

---

① 李雪、范小青：《写作的可能与困惑——范小青访谈录》，《小说评论》，2010 年，第 5 期。

边有一座古庙。有月亮的晚上可以看见桥洞里流水湍急，银片闪烁，月影揉碎，古庙里的磬声随着波光向外流溢。'长安一片月，万户捣衣声'，小巷的后面也颇有点诗意。翻身再上前楼，又见巷子里一片灯光，卖馄饨的敲着竹梆子，卖五香茶叶蛋的提着带小炉子的大篮子。茶馆店夜间成了书场，琵琶叮咚，吴语软侬，苏州评弹尖脆悠扬，卖茶叶蛋的叫喊怆然悲凉。我没有想到，一条曲折的小巷竟然变化无穷，表里不同，鳞次栉比的房屋分隔着陆与水，静与动。一面是人间的苦乐与喧嚷，一面是波影与月光，还有那低沉回荡的夜磬声，似乎要把人间的一切都遗忘。"[1] 在陆文夫的描绘中，苏州人生活的小巷充满了诗意，令人神往。

范小青对苏州怀有深厚的感情，对苏州的历史文化掌故很熟悉。苏州地域文化对范小青的小说形成了很大的影响，她说："地域性的艺术视角也是来源于生活的影响和对生活的感悟，我在苏州写作的最大感受，就是我是一个苏州人，我与苏州是融为一体的。"[2]《城市片断》细细讲述苏州的历史风貌、文化掌故、地域风情，多角度地展现了苏州古城的特色。评弹、楼阁、园林、桥、老街、小巷，配之古色古香的百年历史老照片，二千五百年的历史苏州，文化苏州，民俗苏州，地理苏州，日常苏州，古风古茂的历史风情，尽在范小青优美的文字之中。或讲述芜杂的生活故事，或追叙历史文人掌故，或引用古体诗词，或借用政府公文，近代苏州的历史变迁，传统古都在现代化的城市浪潮中所面临的历史境遇，老百姓面对拆迁的心理波动，尽拢笔端，范小青徜徉在苏州的历史文化之中，以谈天说地、多维透视、纵论古今的方式为读者描述了一个城市的文化性格。

"苏味"小说对苏州文化并没有停留在表层的津津乐道，也对苏州文化有深入的反思。"苏州的古老文化传统，本身就是封建文化，有好的、精彩的一面，更多的是不健康、负面的意识和观念。"[3]一口井浓缩了一群人的生活，小人物在人们的流言言语中像树叶一样漂浮，无法冲出传统壁垒的女性只有投井自尽（《井》）。《小贩世家》中朱源达的命运变化折射的是当代中国的畸形政治，个人在历史风浪面

---

① 陆文夫：《苏州小巷》，《阅读与作文》，2008 年，第 5 期。
② 范小青：《关于成长和写作》，《小说评论》，2010 年，第 5 期。
③ 施叔青：《陆文夫的心中园林》，《人民文学》，1988 年，第 3 期。

前是多么微不足道。《特别法庭》中追问"是谁铸就了汪昌平的思想？是谁纵容了汪昌平的行为？""难道千百年来人剥削人、人压迫人的历史，难道我们，包括我在内都是毫无责任，而责任全是汪昌平的？"《围墙》以马而立的所作所为赞扬了雷厉风行、脑子灵活，有责任感的人，嘲讽世人清谈的世态像。

苏味小说的地域文化特色还体现在方言的运用上。苏州的方言柔婉、温软、动听，在苏州方言区产生了评弹和昆曲艺术。"评弹是典型的江南水乡音乐，优美、儒雅、婉转、沉静，像江南曲水清流顺畅又轻游慢转，清澈纯净又韵味悠长，也像江南的水令人亲切、亲和，有抒情韵和人情味。"[①] 评弹是一种说话表演艺术，评弹艺术对范小青的小说产生了影响，她说："说实话我对苏州评弹与评话的关注决定了我的小说的语言特点。"[②] 在《裤裆巷风流记》中，范小青描绘道："评弹艺人操一口流利地道的苏白，糯答答，软绵绵。技巧高的先生三弦一拨，叮叮当当，如百鸟朝凤，又象金鼓齐鸣，开出口来字正腔圆，讲得活灵活现，常常在紧要关头惊堂木一拍'请听下回'、'明日请早'，吊人的胃口，缘得听客明朝不能来，一日一日连下去，入痴入迷，像吃鸦片一样，戒也戒不掉。"这一段话本身也很有评弹的味道，读来琅琅上口，节奏感强，又如行云流水般的流畅自如。《裤裆巷风流记》小说中颇多地方特色的语言："做状元府，一点不推板（差）"，"一点不讲道德，拆了烂污（比喻做事马虎，不负责任）"，"上午皮包水（进茶馆喝茶），下午水包皮（进浴室洗浴）"，"白相"（玩）、"打棚"（开玩笑）、"猪头三"（不识好歹的人）、"甩令子"（做暗动作传递信息）、"瞎缠三官经"（东扯西拉，把两件不相干的事混淆）、"狗皮倒灶"（吝啬）、"嚼白蛆"（扯闲话）。这些苏州方言带有浓郁的地域生活气息，极大地增加了作品的情趣。

四、"苏味"小说呈现出一种婉约、含蓄、清俊的风格

范小青说："陆文夫老师写作品，不急不忙，娓娓道来，温火炖肉，辛酸与甜

---

① 朱栋霖：《评弹：中国最美的声音》，《文艺争鸣》，2005 年，第 1 期。

② 范小青、姜广平：《你小说中的苏州是一种文化符号》，《西湖》，2007 年，第 5 期。

蜜，痛苦与幸福，点点滴滴的滋味全都渗透入字里行间，耐人寻味。"① 陆文夫的小说在叙述上笔调是舒缓的，《美食家》的成名正是由于陆文夫用了很多"闲笔"来写美食，写朱自治的特殊的生活方式，在调侃揶揄的笔调之下美食家朱自治不是一个简单的批判对象，他的身上呈现出苏州人特有的性格特点。舒缓、悠闲的笔调还体现在陆文夫常以景物描写、民俗描写来陪衬故事的进程，陆文夫的小说叙事不是直奔主题的，而有一种摇曳多姿的意味。

陆文夫和范小青的小说都受到苏州园林的启示。陆文夫认为，苏州园林"讲究隐而不露，曲径通幽。园内用门窗，用回廊，用假山，用小河把景物裁分，造成一种小中见大的效果。山重水复疑无路，柳暗花明又一村"②。陆文夫的小说在故事上没有大开大阖的情节，相对人物情节比较简单，但曲折有致，在简约的人物故事中寄寓着温婉幽深的意味，形成了含蓄、内敛、悠远的艺术风格。高晓声曾用苏州园林的特征来评价陆文夫的小说："秀逸清朗，布局得体，浓淡相宜。"③ 陆文夫的中、短篇小说《小巷深处》、《临街的窗》、《荣誉》、《小贩世家》、《美食家》是这样，长篇小说《人之窝》也是如此。人物故事联系着历史变迁与时代现实，针砭讽刺比较委婉、含蓄。《围墙》针对清谈主义，《小贩世家》讽刺极"左"路线，《特别法庭》批判庸人哲学，都是温和的。陆文夫曾说："我不去做强烈的批判，这和我个性有关，但我提出问题。……我的作品中，对某些丑恶事物，不在于一棍子打死，而是希望疗救，我不愿血淋淋、赤裸裸的暴露，而只想把丑恶展览一下，出出它的丑，让人发深思。……我写小说，总是对当今世界有所感触，然后调动起过去的生活，表现出对未来的希望。"④ 当年"探求者"同仁方之将陆文夫创作风格的形象比喻成"糖醋现实主义"，这与苏州温婉、幽深的水乡文化是一致的。陆文夫和范小青在取材上采用以小见大的手法也是与苏州园林"纳须弥于芥子"的艺术旨趣相通的。

---

① 范小青：《安得广厦千万间》，《当代作家评论》，1996 年，第 2 期。
② 陆文夫：《老苏州：水巷寻梦》，南京：江苏美术出版社 2000 年版，第 137 页。
③ 高晓声：《与朋友交》，徐采石编：《陆文夫作品研究》，北京：中国文联出版公司 1987 年版，第 12 页。
④ 施叔青：《陆文夫的心中园林》，《人民文学》，1988 年，第 3 期。

苏州评弹也给了陆文夫小说有益的影响。他曾说:"我没有抄袭过别人的文章,却向苏州评弹抄过不少东西:它的叙事方法、布局结构、细致入微、幽默风趣以及吴语特有的语式语气,都使我得到了莫大的教益。"①选择苏州市民日常生活和市民心理作为主要表现对象,灵活地转换叙述人称,或揭示人物的内心活动,或以说书人的身份对人物故事进行评议,都体现了评弹艺术对陆文夫的影响。

苏州园林对陆文夫的启示还体现在总体的写作构想上,陆文夫是用笔来建造自己心目中的"苏州园林"。在《造园林与造高楼》一文中,陆文夫以苏州园林为喻,阐明自己的创作追求:"我觉得创作的总体应该像建造苏州园林,今天挖一个池塘,明天造一座颇具规模的厅堂,后天造点儿小桥、小亭,再后天垒起一座假山,中有奇峰突起……若干年后形成一座园林,亭台楼阁,花木竹石,小桥流水,丰富多彩而又统一,把一个无限的大千世界纳入一个有限的园林里。这就是我们常说的,一个人的作品应当是他那个时代的缩影。"②

范小青的"苏味"小说没有激烈的情节冲突,甚至没有完整的故事,有的只是一种生活态的描摹,追求一种"看起来平淡,实则别有味道"的美学趣味。这与苏州园林的艺术旨趣也是相通的。苏州园林的建筑风格是因地制宜,不似皇家园林那么规整,亭台楼阁、假山、流水随意搭配,移步见景。曹聚仁在《吴侬软语说苏州》里说:"苏州的园林,以幽美胜,曲折幽深,亭台楼阁,掩映于苍松翠柏、竹林苔磴、小阜清流之间,一幅自然图画,林木花卉,衬得整个院落骨肉亭匀;这些建筑大师,胸中自有丘壑。"③范小青小说的主题是多维的,模糊的。《顾氏传人》写苏州大户人家的衰落,顾氏后人与老汪的交往,小说中有很多空白,重在渲染一种氛围。小说中多次写到那口汲云井,掩藏着很多秘密,却又是说不清的,有一种历史的沧桑感。老汪与二小姐之间的情愫,很模糊,也很感人。《瑞云》中瑞云好婆是不幸的,在出嫁的第二年男人就死了,瑞云是捡来的,有内心的伤痕。瑞云好婆是信佛的,她的房子被很多人居住着,也不向人收房租。不管遇到什么

① 陆文夫:《向评弹学习》,《陆文夫文集》第5卷,苏州:古吴轩出版社2006年版,第350页。
② 陆文夫:《造园林与造高楼》,《当代作家评论》,1984年,第4期。
③ 曹聚仁:《吴侬软语说苏州》,王稼句选编:《吴门柳——名人笔下的老苏州》,北京:北京出版社2001年版,第335页。

样的事情，她总是淡定的，以平静之心面对。小说似乎在故事间有些寓意，又似乎什么都没有。瑞云石在众人眼里似乎什么也不是，瑞云石被拉走后，瑞云好婆就升天了，似乎瑞云石和好婆是一样的。他们在世上总是淡然处世，微笑地面对纷争。瑞云身上也继承了瑞云好婆的一些性格，面对一桩阴谋式的爱情，顺乎其然，始终保持着内心的清醒。范小青有节制的笔力，她的小说韵味在于一种气氛，一种人物的命运感，一种人物处世的内在气节。

范小青追求一种言简意丰的艺术旨趣。《城乡简史》获得了第四届鲁迅文学奖，其授奖辞为："作者的出色想象力和精巧构思，凸显了当代城乡变革中的人性复杂性，体现了短篇小说艺术可能达到的广阔度与深刻性。"①

范小青的情感是平和的，有同情心的，叙述的笔调是温情脉脉的。《小巷人家》中舒涵的个人经历是不幸的，年轻时被一个公子哥式的人物抛弃，生存在社会底层，用一双曾经纤细、灵巧的弹钢琴的手为人带孩子、买小菜、倒马桶、抬井水、洗衣服，以低微的收入维持着简单的没有人权、没有地位的生活，将希望寄托在一双儿女上。在范小青的叙述中，小说像是一篇散文，氤氲着淡淡的忧伤，又充满着淡淡的希望。这是小说的开头："两颗无名的小星，又爬上了天窗。每年秋天，如果没有云遮雾障，上半夜，它们都在那个位置上，悄悄地，温情脉脉地注视着舒涵。"小巷的历史即将成为过去，范小青用自己温婉的笔调记录着普通人所经历的挣扎和希望。

与其他城市一样，苏州也受到了改革开放以来经济现代化潮流的冲击，苏州古城经受了现代化的城市改造，苏州的小巷在消失，评弹艺术不敌流行歌曲，苏州人抓住改革的先机充当了经济发展的先头兵，那种俗人俗事式的小巷人物故事已经淡出了生活的主调，苏州人的文化性格也随着时代的发展展现出新的一面。苏州评弹式的讲述在先锋小说的冲击下显得老土，缺少艺术变化。陆文夫在以苏州文化使苏味小说重新获得生命的同时，仍然没有丢掉政治化时代的影响，小说中总是难免有一些主旨鲜明的点题之笔。范小青与陆文夫一样，是一个更重视生活的作家，而不是习惯在艺术上标新立异的作家，范小青说："在我重视阅读书籍

---

① 范小青：《〈城乡简史〉获奖感言》，《北京文学》，2007年，第12期。

的同时，我更重视阅读生活这本大书。"① 苏味小说面临着如何突破创新的问题。

范小青在题材上寻求新的突破。《女同志》写当代职场女性，小说中有相对紧张的情节故事，题材和手法上都有很大的变化。《赤脚医生万泉和》将视野放到了乡村，写朴实的乡村村民所经历的生活情景。但总体上范小青依然没有改变，她的宽容，她的平和，她的善良之心在新的作品中依然是一脉相承的。《女同志》没有把职场女性写成简单的名利之徒，"我爱她们，就像我爱万丽、爱我自己一样。有了爱，心就软了，手也就软了。"② 在万丽身上既有"坚硬的进取"也有"柔弱的反省"③。万泉和的人生是喜剧性的，范小青在人物身上寄托了人性的希望。在叙述的方式上，依然是评弹式的："《赤脚医生万泉和》从长篇小说文类的角度，即使有着一个建构史诗的时间跨度，但范小青似乎更贪念的是世俗传奇的细枝末节。"④ 在整体的叙述上，虽然故事性已大大增强，但范小青的小说依然是偏重写意的。

对于朱文颖、荆歌等新一代苏州作家来说，他们生活在一个经济高速发展的城市里，她们对古城苏州没有陆文夫这一代作家那么深的感情，城市不过是一个人居住的外壳，城市给年轻人的精神挤压对她们更为印象深刻，她们对精神与物质生活的冲突更甚于城市文化的关注，苏州的地域色彩在她们的笔下也渐渐变淡了。

第六节　陕军的三秦文化小说

陕西，简称"秦"，也称"陕"。司马迁的《史记》记载，项羽在鸿门宴除刘邦未果，为了防范限制刘邦，将三位故秦降将王章邯、司马欣、董翳分封到陕西各地，史称"三秦王"，后世人称陕南、陕北、关中为"三秦"，"三秦"代指陕西。"秦地自古帝王州"，陕西地处渭河流域和黄土高原，是中华民族重要的文化发祥地之一。粗犷古拙的黄土高原，八百里辽阔的关中平原，山岭起伏的陕南，悠悠

---

① 范小青：《关于成长和写作》，《小说评论》，2010 年，第 5 期。
② 范小青：《我所理解的一种人生状态》，《长篇小说选刊》，2007 年，第 S1 期。
③ 李雪、范小青：《写作的可能与困惑——范小青访谈录》，《小说评论》，2010 年，第 5 期。
④ 何平：《后窑医案调查——以范小青〈赤脚医生万泉和〉为对象》，《当代作家评论》，2010 年，第 6 期。

久远的汉唐之风，昂扬悠长的信天游，狂放激烈的安塞腰鼓，赋予了陕西文学丰富的文化底蕴。三秦文化是一个复杂的形态，有大西北文化的属性，也有明显的"中原"文化特征。① 贾平凹曾撰文认为：陕北、关中、陕南的地域文化特色各不相同，陕北黄土高原黄土堆积，大块结构，起伏连绵，给人以粗犷、古朴的感觉，陕北民歌旋律起伏变化不大而又舒缓悠远。关中平原，一漠平川，褐黄凝重，秦腔慷慨激昂。陕南山岭起伏，湾湾有奇崖，崖崖有清流，四季分明，山歌委婉幻变，起伏有致。② 路遥、陈忠实、贾平凹是当代三秦文化小说的代表作家，路遥的《平凡的世界》、陈忠实的《白鹿原》、贾平凹的《秦腔》分获"茅盾文学奖"。路遥的沉稳固执与凝重苍凉，陈忠实的纯厚沉潜与儒生风范，贾平凹的飘逸灵秀与清奇多变，各有特点。作为当代文学陕军的代表，他们的创作也体现出一些共同的地域文化特色。

文学陕军多是典型的农裔作家，他们的小说题材以写土地，写农民，写农村为主。路遥、陈忠实、贾平凹出身于农民家庭，因为写作，从农村来到城市。农裔作家的身份决定了他们的创作题材有鲜明的共性。陈忠实说："农民在当代中国依然构成一个庞大的世界。我是从这个世界里滚过来的。……我自觉至今仍然从属于这个世界。我能把自己在这个世界里的生活感受诉诸文字，再回传给这个世界，自以为是十分荣幸的事。"③ 路遥说："我对中国农民的命运充满了焦灼的关切之情。我更多地关注他们在新生活过程中的艰辛与痛苦，而不仅仅是到达彼岸后的大欢乐。"④ 贾平凹说："我最愿意回到生我养我的陕南家乡去，那里是我的根据地，虽然常常东征西征，北伐南伐，但我终于没有成为一个流寇主义者。"⑤ 在这样的情感倾向下，他们的小说散发着浓郁的黄土地气息。路遥的作品立足"城乡交叉地带"人们的精神写照，路遥的《平凡的世界》全景式地反映了从 1975 年到

① 李继凯：《秦地小说与"三秦文化"》，长沙：湖南教育出版社 1997 年版，第 319 页。
② 贾平凹：《平凹文论集》，西宁：青海人民出版社 1985 年版，第 133—134 页。
③ 陈忠实：《〈四妹子〉后记》，郑州：中原农民出版社 1995 年版，第 314—315 页。
④ 路遥：《早晨从中午开始》，西安：西北大学出版社 1992 年版，第 112 页。
⑤ 贾平凹：《山石、明月和美中的我》，见梁颖编选：《贾平凹研究资料》，济南：山东文艺出版社 2006 年版，第 5 页。

1985 年十年间中国城乡社会生活的历史性变迁。《在苦难的日子里》、《平凡的世界》等作品写出了陕北恶劣的自然生活条件和人们的生活方式，表现了陕北农民面向苦难战胜苦难不屈不挠的可贵民族性格。陈忠实的《白鹿原》是一部以新的视角透视民国时代中国农村现实的作品，写出了中国乡村社会的人情关系与社会状态。人们之间讲究"义交"、"世交"而非"利交"，人物关系有着中国宗法社会的特点。头面人物白嘉轩和冷先生是儿女亲家，冷先生和鹿子霖是儿女亲家，朱先生是白嘉轩的姐夫，白灵先后与鹿家两兄弟恋爱，并与哥哥鹿兆鹏生有一子。白嘉轩和长工鹿三是主仆关系，又是兄弟关系。黑娃和鹿兆鹏是同学关系，又是铁哥们关系，两人一起闹农协，共产党员鹿兆鹏多次因为与土匪黑娃的关系获得"便利"，先是被土匪救了命，后与国民党保安团交涉，给游击队让路。在经济改革之风吹拂全国各地的时候，贾平凹写了《鸡窝洼人家》、《腊月·正月》、《小月前本》等作品来表现经济体制改革给农村带来的精神震荡。接着，他又怀着深深的忧虑写作《浮躁》，表现经济变革时代政治体制的落后与现实的发展趋势的矛盾。此后的长篇小说《高老庄》、《白夜》、《土门》、《怀念狼》、《秦腔》、《古炉》都是写农村题材的。贾平凹 19 岁离开家乡，在城市生活了多年，但说到骨子里还是一位本色的农民作家。他所写的作品的主要题材都是与乡土相关的，很少写城市，他的小说《废都》是写城市的，但这是一个"废城"，其情感基调仍然是乡土文化的。小说《高兴》是以都市为背景的，写的还是农民，只不过是在城市谋生的农民。

陕军的三秦文化小说有着厚重的历史文化气息。路遥、陈忠实、贾平凹的创作有着饱满的民族情怀和丰厚的历史文化意识，他们的作品往往站在当代文化发展的时代高度上，站在人类社会发展变革的大背景上，深思历史，关怀现实，寻找精神的家园。作品有深厚的历史感，注重对人物心理的文化透视，有着深深的悲悯情怀和批判意识。在路遥的小说中，黄土地文化对人物的精神性格有很大的影响，小说的主人公常常是坚毅、善良、正直的，那种朴实无华、古道热肠的性格散发着陕北高原的土地气息。《人生》中的刘巧珍，《平凡的世界》中的孙少平、孙少安，《在困难的日子里》中的马建强，《姐姐》中的小杏，《风雪腊梅》中的冯玉琴，《你怎么也想不到》中的郑小芳，都是那么值得敬重的人物，他们的身上有着民族的精神美德。《人生》中高加林进城后抛弃了巧珍，德顺老汉说："你作孽哩！加林啊，我从小亲你，看着你长大的，我掏出心给你说句实话吧！归根结底，你是咱土里长出的一棵苗。你的根应该扎在咱土里啊！你现在是个豆芽菜！根上一点土也没有了，轻飘飘的，不知你上天呀还是入地呀！你……"小说的结尾是，高加林手抓着黄土，喊着自己的亲人，象征着黄土地是人物的精神生命之根。陈忠实的《白鹿原》取得成功在于它独特的文化视角，作者写出了在现代文明与传统乡村文明的冲突之下的中国历史。陈忠实沉潜到中国文化的根部，思考传统的宗法文化是如何在新的文化冲击下变革的。在《白鹿原》写作之前，陈忠实就立下志向要写一本死后当枕头的书，要以自己的理解来表现中国革命，"我在未来的小说《白鹿原》里要写的革命，必定是只有在白鹿原上才可能发生的革命，既不同于南方那些红色根据地的革命，也不同于陕北的'闹红'；从积淀着两千多年封建文化封建道德的白鹿原上走出的一个又一个男性女性革命者，怎样荡涤威严的氏族祠堂网织的心灵藩篱，反手向这道沉积厚重的原发起挑战，他们除开坚定的信仰这个革命者的共性，属于这道原的个性化禀赋，成为我小说写作的最直接命题。"①《白鹿原》中的白嘉轩、朱先生无疑是宗法文化的代言人。朱先生的名言是："房要小，地要少，养个黄牛慢慢搞"，"房是招牌地是累，攒下银钱是催命鬼"。朱先生关中大儒的形象散发着奇异的文化魅力。《白鹿原》的可贵之处在于小说没有简单地对封建文化进行批判，也没有简单地重新肯定封建文化，而是采取了比较复杂的立场。白嘉轩挺着腰杆做人，他身体力行家训、族规，严格要求自己，要求子女，要求族人，这样的封建宗族文化体现出可爱可敬的一面。白嘉轩是一个小地主，可他并没有剥削思想，地主和农民的关系在小说中被改写了。白嘉轩和长工鹿三之间是非常友好的兄弟关系，他一直把鹿三当做自己的家人，白家为鹿三娶亲，为鹿三的儿了黑娃承担学费，每次新打下的粮食先分给鹿三。白嘉轩和鹿三一起劳动，甚至睡在一张炕上，一辈子没有与鹿三有什么摩擦。这种温情脉脉的雇主与长工的关系改写了革命文学中常见的阶级对立。这样的关系是与白嘉轩的文化人格相统一的，小说意在表现传统的宗族文化下人物的生活状态。《白鹿原》中就连滋水县的山川平原也带有鲜明的地域文化性格："滋水县境的秦岭是

---

① 陈忠实：《寻找属于自己的句子》，上海：上海文艺出版社 2009 年版，第 120 页。

真正的山，挺拔陡峭巍然耸立是山中的伟丈夫。滋水县辖的白鹿原是典型的原，平实敦厚，坦荡如砥，是大丈夫的胸襟；滋水县的滋水川道刚柔相济，是自信自尊的女子。"贾平凹的小说体现出强烈的文化批判意识，他一直深深地关注陕南这块热土，贾平凹的笔调是批判现实主义的，不是沈从文式的田园牧歌。在他的小说中，当代农村赌博成风、见利忘义、政治腐败、道德滑坡、人性变异、环境污染、人种退化等现实令人触目惊心。从《浮躁》、《废都》、《白夜》、《土门》、《怀念狼》到《秦腔》、《古炉》，在现代文化与传统文明相冲突的时代，贾平凹一面写出了城市文化的不可抗拒，一面怀着深深地忧虑批判现代文明，也批判着乡村文明的愚昧与封闭，揭示出乡村在改革开放时代令人震颤的堕落与破败。

　　陕军的三秦文化小说注重对地域文化风俗的表现。"在秦地，几乎每一寸土地都有一段神奇的传说或故事。从小说史和文化史的角度看取秦地的神话传说和汉唐之神仙传与传奇小说，则可以发现深植于秦人生命追求中的创业意识、造反意识和享受（或逍遥浪漫或世俗享乐）意识都非常强烈，并凝聚成历史文化的情结对秦地小说产生了深微而又巨大的影响。"[1]《人生》、《平凡的世界》中对信天游的引用与化用，较好地表现了人物的内心情感，渗透着强烈的地域文化色彩。《白鹿原》中朱先生的神机妙算，白鹿精灵的出现，神秘的梦境，风水对家族的影响，旱灾之年求雨，中邪发疯，请"法官"捉鬼等都有浓郁的神秘色彩，带有中国乡村社会的特点。神秘文化不是简单的封建迷信，而是一种现实，一种中国老百姓生活中的重要内容。中国老百姓讲究风水，信奉求签问卦，小说对神秘文化的表现与小说的总体基调是相适应的。《白鹿原》对民国时代风俗的描写，也颇有文化意味，如对民乐园的描写："民乐园是个快乐世界，一条条鸡肠子似的狭窄巷道七交八岔，交交岔岔里都是小铺店、小吃铺、小茶馆、小把戏、小婊子院的小门面，在这儿能看杂耍的、说书的、卖唱的、耍猴的表演，也能品尝到甜的辣的酸的、荤的素的、热的冷的各种风味饭食，荟萃着饸饹粉皮、粉鱼凉粉、腊汁肉、茶鸡蛋、三元蓼花糖、乾州锅盔、富平倾锅糖等各种名特小吃……"贾平凹非常热衷于描写地域风俗，他说："有山有水有树林有兽的地方，易于产生幻想，我从小就

---

① 李继凯：《秦地小说与"三秦文化"》，长沙：湖南教育出版社1997年版，第16—17页。

听见过和经历过相当多的奇人奇事，比如看风水、卜卦、驱鬼、祭神、出煞、通说、气功、襄治、求雨、观星，再生人呀等等……"① 在《浮躁》中就写到了州河的"成人节"、寡妇倒骑毛驴谢罪，婚礼"送路"、"看十天"，拆字，讲鬼故事，上大梁甩"漂梁蛋儿"等地域风俗。对作品中的民俗描写，贾平凹说："在一部分作品中描绘这一切（风景风俗）并不是一种装饰，一种人为的附加，一种卖弄，它应是直接表现主题的，是渗透，流动于一切事件、一切人物之中的。"② 除了对人物、主题的烘托，这些风俗描写也极大地增强了小说的阅读情趣。

陕军的三秦文化小说在艺术追求上崇尚现实主义创作方法。在新时期的文坛上，西方文学潮流影响着中国文学的发展，陕西少有先锋派作家出现，他们仍然执著地坚守现实主义的创作方法，追求一种鲁迅所言的开放、兼容的"汉唐气魄"，在书写格局上很大气，追求厚重、苍凉的史诗性建构。陈忠实、路遥都深受柳青的影响，那种朴素的现实主义写作方法成为仿效的对象，柳青由城市到长安县农村挂职一待十四年的做法成为他们的榜样。他们的写作注重生活积累，注重调查研究，将写作建立在沉实的生活之上。他们的小说故事线索清晰，人物个性鲜明，语言或朴实，或灵动，文采斐然，注重作品的可读性。他们又是最扎实的文学创造者，他们偏好但并不死守现实主义手法，有着开拓创新的文学勇气。如路遥的《人生》在写法上就突破了那种好人坏人脸谱化的局限性，高加林进城后转了一圈，一个美好的前程在眼前毁灭了，这不是一个现代的陈世美所能概括的，这主要在于作者细致地写出了高加林进城后变化的内心过程，他离开刘巧珍内心有着非常复杂的挣扎过程，高加林有他的合理性，玩弄他的是命运。在写作《平凡的世界》时，路遥说："实际上，我并不排斥现代派作品。我十分留心阅读和思考现实主义以外的各种流派。其间许多大师的作品我十分崇敬。我的精神常如火如荼地沉浸于从陀思妥耶夫斯基和卡夫卡开始直至欧美及伟大的拉丁美洲当代文学之中，他们都极其深刻地影响了我。当然，我承认，眼下，也许列夫·托尔斯泰、巴尔扎克、

---

① 贾平凹、穆涛：《平凹之路》，西宁：青海人民出版社 1994 年版，第 42 页。
② 贾平凹：《答〈文学家〉问》，《文学家》，1986 年，第 1 期。

司汤达、曹雪芹等现实主义大师对我的影响要更深一些。"① 在具体的写法上，路遥的小说除了在人物的心理描写上有较大的开拓，在叙述的视角上也有灵活的变化。陈忠实的《白鹿原》是一部带有寻根意味的小说，但是产生在 1993 年，而不是产生在 1985 年，寻根文学的思想对《白鹿原》的影响是不言而喻的。但陈忠实的创作是沉潜而踏实的，他采取的依然是讲述清晰的故事的写法，他没有如早期的寻根小说那样去表现荒蛮的山野，没有采取隐喻式的叙述或马尔克斯式的魔幻想象。陈忠实下精力寻访县志，做现实调查，自己研究历史，以自身的体验走进历史深处，写出的是"一个民族的秘史"。《白鹿原》在写法上积极吸收现代小说的写法，在叙述上采用了马尔克斯式的开头："白嘉轩后来引以为豪壮的是一生里娶过七房女人。"小说经常采取回叙的方法，如有关白灵的死："此后多年，白嘉轩冷着脸对一切问及白灵的亲戚或友人都只有一句话：'死了。甭再问了。'直到公元一九五〇年共和国成立后……"这样的叙述显然是为了让读者获得历史的对照效果，并非如先锋小说那样营造叙述迷宫。总体上看，《白鹿原》是易于阅读的，就小说所引起的阅读反响而言，陈忠实立足现实主义的叙述无疑是成功的。贾平凹的小说在写法上也是现实主义的，相比较而言，贾平凹更注重对中国古典小说手法的吸收。贾平凹早期的小说常以景物描写开头，故事叙述也是中国传统式的。一位评论家在阅读《废都》时说："它与'五四'以来的小说艺术思维大幅度拉开距离，使现代思潮、现代生活直接与中国古典小说美学接轨。它让我们看到了从魏晋志人小说、《世说新语》到唐代市人小说、明代世情小说和清末民初谴责小说的这一传统，较完整较和谐的恢复与发展……"② 在文化底蕴上贾平凹更接近于一个传统文人，在写小说之外他练书法，作画，写散文，讲究修身养性。贾平凹看霍去病墓前的石雕悟到"大汉朔风"的凝重，游华山从山上的对联悟到散文的写法，看陕西的民间歌舞联想到散文的节奏，看西安的古建筑想到散文的"庄重美"、"对称美"，阅读美学论文强烈地感到要认真研究戏曲艺术、国画艺术。③ 他的小说

---

① 路遥：《早晨从中午开始》，西安：西北大学出版社 1992 年版，第 42 页。

② 肖云儒：《论"陕军东征"》，《人文杂志》，1993 年，第 5 期。

③ 贾平凹、穆涛：《平凹之路》，西宁：青海人民出版社 1994 年版，第 224 页。

中吸收了很多传统文化的内容，如禅宗文化、佛教文化、神秘文化。如果说贾平凹在早期的小说《满月儿》、《鸡窝洼人家》、《浮躁》中还有些鲜明的主旋律意味，叙述上有些粗疏的话，后期的小说越来越圆熟，混沌，大气。《秦腔》是融现代与传统于一炉的小说，小说采用了傻子叙事的视角讲述清风街上发生的事，故事的推进并不是直线式的，而是有着枝枝蔓蔓的驳杂与散漫。人物有 158 位，人物关系盘根错节，理顺就很不容易，读来考验读者的耐心。路遥和陈忠实都很推崇柳青，但他们都突破了柳青的创作，寻找到了属于自己的表达方式，陈忠实以"寻找属于自己的句子"来概括自己的写作，他说："我决心彻底摆脱作为老师的柳青的阴影，彻底到连语言形式也必须摆脱，努力建立自己的语言结构形式。"[①] "我仍然喜欢现实主义创作方法，但现实主义写作方法必须丰富和更新，寻找到包容量更大也更鲜活的现实主义。"[②] 1985 年贾平凹在《陕西中青年作家小说选集》的序言中说："这个'群'的作家既正在变法，各人有各人的想法，各人重新在寻找真正的自己……"[③] 以现实主义为基调，贾平凹的创作在整体上体现出多元的丰富品格，1994 年批评家雷达编选贾平凹文集，考虑到贾平凹创作的驳杂，采取题材类型、审美类型与文体类型打乱的做法将作品分为："浮世"、"世说"、"寻根"、"侠盗"、"野情"、"灵怪"、"闲澹"、"求缺"八卷。

陕军的三秦文化小说注重对方言的积极吸收，写出了一种富有地域特色的文学语言。《白鹿原》的语言深受评论家们的好评，何西来认为："陈忠实可谓得关中方言之神髓者，方言字词的选择是无可替代的，准确而富有诗意。柳青对方言的运用也未及于此。这原因在于柳青是陕北人用关中方言，而陈忠实是从儿时母语中提炼出来的，凝重、浑厚、幽默、活灵活现。"[④]《白鹿原》对信天游、山歌、秦腔戏文等语言的吸收利用也极大地增强了地域文学的特色。贾平凹的语言也历来为人们所称道，对此，贾平凹说："我是大量吸收了一些方言，改造了一些方言，

---

① 陈忠实：《关于〈白鹿原〉的答问》，《小说评论》，1993 年，第 3 期。

② 陈忠实：《寻找属于自己的句子》，上海：上海文艺出版社 2009 年版，第 43 页。

③ 贾平凹：《平凹文论集》，西宁：青海人民出版社 1985 年版，第 19 页。

④ 王巨才等：《一部可以称之为史诗的大作品 北京〈白鹿原〉讨论会纪要》，《小说评论》，1993 年，第 5 期。

我语言的节奏主要得助于家乡山势的起伏变化，而语言中那些古语，并不是故意去学古文，是直接运用了方言。在家乡，在陕西，民间的许多方言土话，若写出来，恰都是上古雅语。这些上古雅语经过历史变迁，遗落在民间，变成了方言土语，这是以前的写作人不以为然而已。"①这是《浮躁》的开头："州河流至两岔镇，两岸多山；山曲水亦曲，曲到极处，便窝出了一块不大不小的盆地。镇街在河的北岸，长虫尻子，没深没浅地，长，且七折八折全乱了规矩。屋舍皆高瘦……"语言简练、明快，文白夹杂，用短句，富有节奏感，有山水画的质地，句式又富于变化，将读者带入陕南的地域风情之中。

陕西作家写作勤奋，有很高的写作追求，其吃苦耐劳的精神是全国有名的，其作品常引起强烈的反响。路遥在写作《平凡的世界》时的情况是："煤矿一呆就是一个冬天，三四个月不出山。……一天工作十七八个小时，每天睡觉的时候，就感觉第二天早上再也爬不起来了。但睡上五六个小时，稍微恢复体力后，又开始了工作。"②贾平凹在文学界的勤奋也是有名的，他已经写了三十多年，长篇新作不断，保持着旺盛的创作力，创作的作品上千万字，仅长篇小说就有十余部。陕西作家常有很高的写作追求，路遥创作《平凡的世界》费时八年，陈忠实创作《白鹿原》从构思到写作前后花了六年。"在上世纪八九十年代，路遥是中国最有影响的作家之一，他的作品影响了整整两代人，他的《平凡的世界》长销不衰。"③朱寨称《白鹿原》是中国当代小说的"扛鼎"之作④。陈忠实这样描述《白鹿原》出版后的反响："1992年一经发表，就引起很大的反应，到1993年连载完毕，《当代》杂志在西安就买不到了，《当代》一时洛阳纸贵走俏西安，这能怪我么？要怪只能怪《白鹿原》的艺术魅力打动了读者。连载完毕，中央人民广播电台和西安电台先后开始连播《白鹿原》，这一连播，面就广了，读者扩大了无数倍，《白鹿原》开始在全国产生影响，等书出来，这种热潮已经不可阻挡了。"⑤贾平凹几乎

① 贾平凹、穆涛：《平凹之路》，西宁：青海人民出版社1994年版，第44页。
② 路遥：《早晨从中午开始》，西安：西北大学出版社1992年版，第17—18页。
③ 叶涛：《改革开放30年原创畅销书介析》，《中国图书商报》，2008年9月23日第A02版。
④ 何西来：《〈白鹿原〉评论集·序》，北京：人民文学出版社2000年版。
⑤ 陈忠实、张英：《白鹿原上看风景——关于当前长篇小说创作和〈白鹿原〉》，《作家》，1997年，第3期。

每一部长篇小说都会引起人们的关注，尤其是《浮躁》、《废都》、《秦腔》等作品。《废都》是一部在海内外引起重大反响的小说，形成了"废都"现象，借用贾平凹的话来说是："这本书当时在文坛上引起的争议，可以说是建国以来最大的，而且引起的社会波动也是最大的，当然带给我个人的灾难也是最多的。《废都》的阴影直到现在还未彻底消散。它的好处是扩大了我的读者群。十年来，盗版从未断过。盗版不断，被争论不断，评论不断。《废都》出版时是两个印刷厂同时印的，一家印了25万册，一家印了20万册，这是最正规的近50万册。书一出来，购书的人多，好多省的人开着车，带着押车的，现钱去买。出版社一看印不出那么多，就卖版型，有六七家，允许你买回去印，这些厂家差不多都以10万册为起印数。这样，正式的和半正式的出版数是100多万册。后来谁也无法控制了，盗版全面爆发，两年之内，据了解这一行当的人统计，大约正版、半正版、盗版加起来有1200万册吧。"①

新时期以来，陕军的创作在全国很有影响，陕西是文学大省。在全国获奖的小说有：莫伸的《窗口》，贾平凹的《满月儿》、《腊月·正月》、《浮躁》、《秦腔》，陈忠实的《信任》、《白鹿原》，京夫的《手杖》，路遥的《惊心动魄的一幕》、《人生》、《平凡的世界》，张映文的《扶我上战马的人》，王戈的《树上的鸟儿》，邹志安的《哦，小公马》，叶广芩的《梦也何曾到谢桥》，红柯的《吹牛》、《西去的骑手》，王宜振的《笛王的故事》，李春平的《上海是个滩》等等。1993年前后，陕西文坛一年在北京五家出版社推出了多部长篇小说，有京夫的《八里情仇》、高建群的《最后一个匈奴》、陈忠实的《白鹿原》、贾平凹的《废都》、程海的《热爱命运》、老村的《骚土》等，这些作品在全国产生了重要影响。1993年5月26日，《光明日报》记者韩小惠在北京参加完《最后一个匈奴》研讨会后，在《光明日报》上发表了一篇题为"陕军东征"的新闻。此后，人们将20世纪90年代陕西作家的长篇小说创作集体性爆发称为"陕军东征"现象。文学陕军取得的成就与他们厚重的文化底蕴是分不开的。"其志大气粗、堂皇豪壮的帝王文化及其制约下或相关联的经典文化、贵族文化、文人文化，以及文化流派意义上的法家文化、儒家文化、

---

① 贾平凹：《人和书都有自己的命运》，《南方都市报》，2003年12月23日。

道家文化、释家文化等等，都程度不同或各有侧重地对秦地作家产生了影响。"① 新时期以来成长起来的陕军作家，在全国有影响的还有很多，因作家的才情、生活经验、面对的文化语境的不同，他们的创作既有鲜明的三秦文化特色，也呈现出各自独特的艺术个性。

第七节　鲁军的齐鲁文化小说

新时期，人们习惯用军事术语指称具有地域特色的文学队伍，"鲁军"当仁不让。"鲁军"因以鲁地深厚绵远的齐鲁文化得名，齐鲁文化又因以中华传统文化的主脉——儒家文化的创始流播而名扬历史，声震四海。山东作家以此自豪，自觉继承传统文化，光大传统文化，为现代中国文学的繁荣发展贡献了重要力量。新时期以降，各种文学思潮更迭频繁，无论"共名"亦或"无名"，鲁军犹如老成持重的长者，凭借强大的阵容、辉煌的历史、丰硕的业绩、沉稳的风格走在文学潮头，进而成为诸路文学大军中颇具本色的势力强劲的创作队伍，齐鲁文化小说也在异彩纷呈的地域文化小说中傲然竞秀。

现代中国文学史上，鲁军的文学创作经历了四个阶段，创作队伍的成长也基本经历了四代作家：建国前三十年可谓第一代作家，如五四时期的王统照、王思玷、杨振声等，关注底层各种问题，书写普通人物的生存命运，是较早反映社会"问题"的小说家。三四十年代的臧克家、李广田、吴伯箫等作家，批判社会的黑暗，同情百姓疾苦，向往光明与未来。他们是任何现代文学史编撰者都无法绕开的鲁籍作家。建国后二十七年成长的第二代作家中，主要有贺敬之、杨朔、王愿坚、曲波、李心田、冯德英、知侠、黎汝清、郭澄清、苗得雨、姜树茂等，他们是新中国颂歌文学（特别是战争文化小说）的骨干力量，凭借一腔热忱和赤诚谱写了一代辉煌，塑造了一批经典。新时期的前二十年催生了第三代作家，紧跟时代大潮，敏锐地捕捉改革先声，成为改革文学的中流砥柱。颇具影响的有王润滋、矫健、张炜、刘玉民、李贯通、左建明、赵德发、尤凤伟、刘玉堂、毕四海、陈

---

① 李继凯：《秦地小说与"三秦文化"》，长沙：湖南教育出版社 1997 年版，第 135 页。

占敏、张宏森等。其素朴的现实主义创作手法显示了鲁军的共同优势。其他作家则各具特色：苗长水、李存葆是鲁军中颇为优秀的军旅作家；莫言①是鲁军中最具先锋精神的作家；马瑞芳、张海迪是鲁军中少见的优秀女作家，她们的独特风格为齐鲁文化小说增添了斑斓多姿的风景。新世纪前后成长的第四代作家都是风华正茂的青年，主要有张继、刘玉栋、刘照如、卢金地、李亦、周蓬桦、老虎、罗珠、路也、谭延桐等，张悦然则是80后青春文学的杰出女代表。这批年轻作家拥有丰富的社会资源，宽松自由的写作环境，活泼蓬勃的思想。这既是他们创作的巨大源泉，也是鞭策作家们前进的重要力量。

第一二代鲁军的成就文学史早有评说，本书的其他章节也有涉及，在此主要关注新时期以来的第三四代。传统的齐鲁文化中，齐地濒临大海，经济较发达，故齐文化重商业；鲁地位居内陆，农耕较为发达，故鲁文化重农业。这两大传统在齐鲁文化小说中均有不同程度的表现。依其内容看，主要有三大类：第一类是以农村为中心的改革小说。从20世纪的70年代末到新世纪的三十余年中，改革小说一直贯穿于鲁军创作，比例大，品质优，社会反响强烈。第二类是以历史作叙事符号的小说（后文也将重点分析），内涵深邃，笔意新锐，彰显了鲁军的艺术水准。第三类是官商交织类题材的小说，情节跌宕，人物奇特，是齐鲁文化小说中颇能吸引眼球的一类。如毕四海的《东方商人》、《黑白命运》、《财富与人性》等。官商小说中有一部分写新时期改革，在改革语境下对官商关系进行深入揭示。如张炜的《古船》、刘玉堂的《乡村温柔》都是叙述改革开放时代农民对商品经济的觉醒，以及商品经济给农民的物质生活与精神生活带来的巨大变化，因其重心在改革故归属改革小说。其他的还有军旅生活小说如李存葆的《高山下的花环》、《山中，那十九座坟茔》；有表现道德理想的小说，如张炜的《九月寓言》、《柏慧》、《丑行或浪漫》，尤凤伟的《中国：1957》等；唯美小说如左建明的《欢乐时光》、《雪天童话》；赞美生命高扬意志的小说，如张海迪的《绝顶》、《轮椅上的梦》；批判现

① 莫言，1955年出生于山东高密，在这里度过了童年和少年。后因工作需要离开家乡，现定居北京。但山东高密一直是莫言的精神原乡与创作领地，而且其绝大多数作品都将高密作为其故事的发生背景地，文本散发着浓郁的齐鲁文化气息。故在此将他作为鲁军一员论述。

实主义小说，如莫言的《酒国》、《蛙》；张继的"现实主义冲击波小说"，如《黄坡秋景》、《村长的玉米》等。皮相看，这些小说各有特色，体现了齐鲁文化小说题材的多样与风格的多彩；内里看，又存在共同的价值取向与审美倾向。

一、勇追潮流，敢为人先，秉笔直书农村社会的改革文化

自20世纪70年代末80年代初改革文学勃兴后，鲁军以敏锐的感觉捕捉到底层人们生活与心灵的细微变化，书写社会转型期农村文化。王润滋的《卖蟹》、《鲁班的子孙》、《内当家》唱响了改革文学先声。这时的改革小说主调昂扬向上，以唱赞歌为主。改革开放以迅雷不及掩耳之势打破了几千年的传统规范，重农轻商的传统观念在年轻人心中土崩瓦解，商品经济产生的巨大诱惑犹如魔方无力抗拒。人们感受到通过个人奋斗改善物质生活以及由此带来的灵心自由、精神满足的极大喜悦。随后，矫健的《老人仓》、《老霜的苦闷》，张炜的《秋天的愤怒》、《古船》，刘玉堂的《最后一个生产队》等小说则反映了改革在深化过程中给农村以及农村社会关系带来的剧变，人情淡化，故友陌路，干群交恶，道德理想滑坡。对物欲冲击下人性蜕变产生的痛苦、矛盾，作家们开始了冷静思考和客观描述。1990年后，作家们已看到改革产生的种种弊端，改革小说流露批判锋芒。莫言的《愤怒的蒜薹》就以现实生活的一个真实事例为原型，叙述了固守土地的农民丰产不丰收，结果闹得家破人亡，书写了当代版的《丰收》（叶紫）。尤凤伟的《泥鳅》讲述了打工农民前途迷茫，游走于城乡间，成为难以扎根的边缘人。这些作品刻画了农民生存的艰难，对他们精神家园裂变后产生的伤感、挣扎，以及现实社会同理想的距离与隔膜做出了深度思考，同时也从不同层面说明改革之路的曲折艰险。

鲁军的改革小说中，刘玉民的《骚动之秋》是颇具影响力的优秀之作。1998年该作获得第四届茅盾文学奖，其思想表现的深度和艺术表现的力度都令人注目。回顾这部二十年前顺应时代潮流生产的小说，与当时的大多数改革小说如《平凡的世界》、《浮躁》、《古船》等一样，其基调并没有脱离颂歌主题，即肯定改革是改变农村贫穷落后面貌的原动力，改革是农民走上发家致富的唯一道路，而改革的重要手段就是利用农村劳动力和生产资源优势，发展企业，销售农产品走商品经济之路。这种改革，过去是，现在依然是农村改革的重要模式。就这一点而言，

小说并不特别。然而，作品的不落窠臼之处在于：作家塑造了一个在强势传统文化与新式改革浪潮冲击中艰难博弈的新型农民形象——岳鹏程。作为文本的中心人物，岳鹏程大胆、果断，极富创造力。以他为中心生发的种种情感纠葛：与原配妻子淑珍、情人秋玲的恋情，与父亲、儿子的亲情，与亲戚、邻居的友情，与上级、下级的交情等等，都随着他的一举一动的变化而心旌动摇。岳鹏程生长在一个传统文化——齐鲁文化极其浓郁的地方，传统文化要求他固守规则，长幼有序，尊老爱幼，睦邻友好；改革又需要他打破传统束缚，不惜手段（即使违背道德伦理）锐意进取。于是代表传统文化的父亲、妻子、儿子都成了他前进路上的障碍。为此，他不惜昧着良心、背着骂名违背老干部肖云嫂的忠言良策，在父亲面前隐瞒自己的出轨行为和无情解雇下属的事情，不顾血肉亲情同儿子竞争情人、市场和贷款等等。来自赢官的批评以及他的最终自立门户自力更生则是对岳鹏程的再度叛逆，又将岳鹏程的种种偏激行为扳回到正常轨道。岳鹏程否定父亲（肖云嫂），赢官否定岳鹏程。这种否定之否定的螺旋式盘旋之路，意味着传统文化虽然会在改革开放浪潮中遭受冲击，但内蕴的美德终会以不朽魅力代代传承。赢官代表了新思想和新方向，而岳鹏程唯利是图的经济观、个人风头主义观最终导致他在众叛亲离中病倒。相濡以沫的妻子不计前嫌再次走近他进一步证明传统美德力量的强大。

《骚动之秋》情节并不复杂，明了的线索背后蕴含的深刻道理就是：如何在改革开放中维护传统文化中的美德？如何将传统美德在改革开放中发扬光大？当传统文化与改革产生的利益发生冲突时，该如何取舍？改革开放已三十余年，它所取得的巨大成就有目共睹，然而，它所产生的种种弊端也不容忽视。《骚动之秋》涉及到的道德伦理问题，在新世纪的今天，依然没有解决，依然值得人们深思。正是问题的持久性，造就了作品的前瞻性。换句话说，这些问题也许别的改革小说也有提及，但在艺术表现如冲突的展开、人物性格的塑造、情节紧张的力度和节奏密度的设置上，未必有这部小说来得周到精致，于是映衬了《骚动之秋》思想的深刻和艺术魅力的光辉。

某种程度上讲，改革活跃了男人思想，激发了男人斗志，也让女人的才华得以全面施展，魅力尽情绽放。齐鲁作家塑造的许多女性形象并不逊色于男性。她们思想新潮，言行果断，敢作敢为。《内当家》里的李秋兰率性真情，办事沉稳，干练与泼辣胜过须眉。《丑行或浪漫》里的刘蜜蜡为追求爱情流浪他乡，放逐自我，表现出农村女性少有的叛逆精神以及同世俗抗争的勇气。《乡村温柔》里的韩香草也能为幸福的爱情和高尚的事业不惜奉献智慧与财产。这些女人既有农村女人的质朴，又有农村女人罕见的大气与智慧，以柔克刚是她们奋斗的法宝。

二、祛恶留善，去伪思善，重新阐释传统的仁爱文化

仁爱，是儒家文化的精髓。如何仁，如何爱，历代儒家文化阐释者均有不同见解，不同作家也通过不同的文本以独特的方式诠释。老一辈鲁军和新一代鲁军也观点迥异。第二代鲁军如王愿坚、曲波、冯德英、知侠、李心田等通过战争文化小说以仁者的忠诚爱国之心昭示时代精神，民族气节，以大写的"仁"彰显儒文化精神。这固然不错，可是其创作明显受到"政治"意识形态影响，人物形象或多或少打上了"阶级"烙印，二元对立观念导致人物评判停留在非好即坏，非忠即奸的政治层面，形成"好人一切都好，坏人一切都坏"的审美模式。进入新时期后，随着审美形态的多元化，意识形态壁垒的拆除，人的多面性从不同层面显示。同样写战争，同样写仁爱，新鲁军呈现出完全不同的新视角，这在新历史小说中尤为突出。和其他地区作家如苏童、刘震云、阎连科、陈忠实的历史小说比较，鲁军新历史小说的共同特性是：不但颠覆了人们的历史观，颠覆了传统人物形象，而且将人性最本真最深层的"仁爱"予以重新审视，客观评判。莫言的《红高粱》、《丰乳肥臀》、《檀香刑》、《四十一炮》、《蛙》；尤凤伟的《石门夜话》、《生命通道》、《生存》、《五月乡战》等作品剥开宏大话语的外衣，袒露人性的本真面貌，让人们思考"性本善"亦或"性本恶"这一亘古话题。

改写恶魔形象，还原人本身，是鲁军新历史小说的一道亮丽风景。《檀香刑》曾入围茅盾文学奖。作品塑造了一个奇特的刽子手——大清朝第一刽子手赵甲，以不断磨砺自己的杀人本领为奋斗目标，以发明酷刑方法为能事，以血腥淋漓的酷刑刀法为艺术追求。这个杀人无数，骨髓里浸透着罪恶的刽子手从未有过忏悔之心，常以为效忠朝廷而心安理得。恶人忠诚于他为之服务的统治者，作家未有激烈的批判言辞，这种反常规的叙事态度很难为现有的意识形态话语接受，却显

示了莫言的真实历史观和真实的人物观。他将事件还原于历史现场，还原于人本性，再现事件语境，而不是将人物思想境界有意提升或有意贬低，从而真正实现了文学的艺术真实。《红高粱》塑造的"我爷爷"余占鳌同样是一个不为传统观念接受的恶棍，他强蛮抢婚，戏耍新娘，杀死新郎，霸占人妻。他的冲天霸气真正张扬了人性最原初最美好的情爱，大胆挑战欺世盗名、戕害人性的封建婚姻。他是土匪，却珍惜爱情；他杀人越货，狂傲粗野，对日本侵略军却毫不容情，敢于为国效力。余占鳌的形象真正诠释了"食色，性也"的文化伦理。尤凤伟的《石门夜话》里的二爷有异曲同工之妙。世事的阴差阳错使他堕落成一个报复父母、杀人放火的土匪，可是他对钟爱的女人却表现出异乎寻常的温柔与耐心，将抢来的女人游说为自己的压寨夫人。其《五月乡战》叙述了富家少爷高金豹因偶然的过错被父亲赶出家门，与恋人相爱而不得，被匪徒绑架又得不到父亲帮助而遭受阉割，于是同父亲反目为仇。他租赁土匪队伍与抗日的父亲对阵，狂呼要杀死父亲，捣毁祠堂，以浇心中怒火。受恋人感化，他改变了方式，最后为抗战捐躯。"我们悲叹一个善良而有教养的人一步步偏出人生正常轨道而最终落草，又惊叹杀人如麻的土匪为何能有如此耐性和爱心！凭他的本领和才力若做好人会给人类带来很多益处。然而事情恰与我们预料的相反，好人被环境熏染成恶人，恶人却抗拒环境而人性不泯！正是这耐性与爱心构成人类本性中最伟大的力量。"[1] 恶魔，也内存有善。尤凤伟、莫言对恶魔形象的颠覆，解构了我们的是非观和审美观，即使是匪徒恶棍，也有他作为人的最柔软的一面。鲁军的小说，从不同视角书写人性最深处的仁爱，书写人作为人的本质内涵，由此诠释人性至上的仁爱观。

如果说人性在人的成长中，受外界环境的影响有可变和不可变的两面性，那么，人的孕育与降生的合法性又该如何评价？莫言的长篇小说《蛙》对此作出了探讨。他曾说："我希望读者看了《蛙》这部小说后，认识到生命的可贵。……每个读者都应该沿着我所提供的材料思索一些更深的更基本的关于人的生活、人的生命，关于这个世界的一些本质性的问题。"[2]

---

① 李莉：《中国新时期乡族小说论》，北京：中国社会科学出版社 2008 年版，第 146 页。
② 莫言：《姑姑的故事现在可以写了》，《南方周末》，2010 年 2 月 10 日。

《蛙》塑造了一个医术高明的乡村妇科医生姑姑从人人敬仰的送子娘娘降格到人人畏惧的恶魔的过程。人类生产本是最崇高神圣的事业，人类种的繁衍是自然不可逆转的"天理"，但是，当种的繁衍速度远远超出了生存环境的承受能力，这种繁衍就要遭受质疑。人道主义主张以人为中心，尊重人，发挥人的心性自由。医生，尤其是妇产科医生更是人道主义的化身。然而，当"非法生育"与人道主义对抗时，该如何取舍？

作为掌握了新法接生的妇科医生，姑姑最初的人际世界是充满感情的，幸福而完美的。她为别人解除痛苦，迎接新生命的到来，为人类的繁衍、家庭的幸福、妇女的解放做着一般女性难以做到的事情，因而得到人们的敬仰。实施计划生育后，她的工作性质、工作目标发生了重大转变。除了迎接"合法"的婴儿外，她必须制止"非法"孕育，一旦违规，即使是无辜的生命也都被她无情地理直气壮的亲手杀掉。无奈和强迫成为她不得不采取的手段，温情和幸福被野蛮与愤怒取代，辱骂、怨恨甚至棍棒一齐向她袭来，姑姑由人们的福星变成了"灾星"。她的人际关系破碎了，心灵世界蒙上了恐惧的阴影。因此，在计划生育运动中，姑姑扮演着双面人角色：作为政策的忠实执行者，她毫不放松抓捕偷孕妇女的工作；作为一名妇产科医生，姑姑又秉着人道主义精神，果断地从自己身上输血挽救她们的生命。可是，当这场延续了几十年的运动出现新的"不合理"因素时，支持姑姑工作"正义"性因子的数值下降，而她一再用强蛮手段打压的"非法"现象却有了某些"合理"依据，姑姑的行为出现了悖论。这种悖论，使她背负了拷问良心的十字架，想到那些被她扼杀的生命，就灵魂不安。人的生命和生存，要如何才是合法的呢？人的善与恶又该如何衡量？姑姑的痛苦是作家的纠结所在，也是文学的纠结所在，更是人性的纠结所在。莫言触及了社会深层问题——善恶的"合法"界限与评价底线。

三、倾听底层，书写大众，大力张扬民间乐感文化

紧跟现实，反思历史，构成鲁军小说的两大创作主题。他们在关注主流文化的同时，并不忽视民间文化。鲁地作家大多来自底层，对民间有独到的理解和深厚的感情。生动活泼的民间文化使其创作具有鲜明的鲁地特色和不拘一格的艺术情态。

这就构成了鲁军文化小说又一个显著的共同特性：有意识将大量精彩的民间话语运用于小说文本，展示齐鲁大地的语言魅力，进而展示鲁军驾驭语言的卓越才能。被誉为"民间歌手"的刘玉堂擅长开采民间语言。其长篇小说《乡村温柔》说"我"牟葛彰传奇般的人生经历。他正直、勤劳，满口沂蒙山区农民的方言土语："拉了个呱"、"牛皮烘烘"、"胡啰啰儿"、"毁了堆"、"怪恣哩"是挂在嘴边的口头禅；高兴时吟唱沂蒙小调，如"日出江花红似火，沂蒙山区红烂漫"，"晚霞映红了半边天，牟葛彰我回家转"。这些方言词彩鲜艳，明朗清脆，幽默风趣，不仅能提神醒脑，而且能在一定程度上巧妙地消解国家意识形态话语，显示出民间智慧和民间话语的力量。"不识字，没文化"的农民，用"土掉渣"的地域方言言明他的身份和性格，既可以倾听平民百姓的声音，了解他们表达自己思想的方式，也见证了文本的真实性和作家的艺术水准。

莫言的语言天赋在《檀香刑》中得到尽情发挥，相较《乡村温柔》而言，其创作技巧更加娴熟圆润，民间话语被提炼成风格独异的文学语言。作为一部纯粹描写"声音"的书："眉娘浪语"、"眉娘诉说"透视出孙眉娘放荡不羁自由洒脱敢做敢为的个性；"赵甲狂言"、"赵甲道白"道出了大清朝第一刽子手赵甲阿谀逢迎创造酷刑却又批评看客麻木、同情"罪犯"良心未泯的复杂性格；"小甲傻话"、"小甲放歌"吐出了小甲平庸无能又夜郎自大的猥琐嘴脸；"钱丁恨声"、"知县绝唱"唱出地方官吏钱丁当官欲为民做主又无法做主的矛盾心理；孙丙的"悲歌"和"说戏"通过民间艺术"猫腔"的高亢悲壮表现他作为英雄好汉大义凛然的高贵品质。各类人物性格被野性十足的民间言说风格揭示得淋漓尽致。"浪语"、"狂言"、"傻话"、"恨声"等言说方式在正统文学中很难看到，正统的拒斥恰好迎合了民间的口味，只有民间才会有无拘无束的言说空间和言说语境。作家将各色人物语言和民间风情有机结合，由体外深化到体内，由局部扩展到整体，由庸常生活发散到统治制度，这种语言"群英会"拓展了小说的深度与容量。作家如同一位多才多艺的导演，既能将小说扮演气质高雅的贵夫人，也能将其扮演活泼时髦的农家少妇，既阳春白雪又能下里巴人，雅俗共赏。莫言把作品中富有价值的东西都标签在最具特色的语言上，这精湛的技艺得益于作家对民间文化的深刻把握和理解。

此外，尤凤伟的"土匪"话语、张炜的"野地"话语、赵德发的"沂蒙"话语、张继的"村长"话语、毕四海的"商人"话语、张海迪的"知性"话语等都彰显了民间话语的特点，限于篇幅此处不赘述。

除了民间话语外，鲁军小说中还有对民间歌谣（如张炜的《刺猬歌》）、民间习俗（如尤凤伟的《生存》）、民间温情（如赵德发的《通腿儿》）等民风民情的大量刻画。

总体看，鲁军书写民间就是把民间的乐天精神——粗鲁的言语，放浪的形骸，不拘行迹的各种思想充分挖掘。民间作为一个广阔的熔炉，有包容一切的能力，积极的和消极的、美丽的和丑陋的、善良的和丑恶的、仁慈的和残忍的等都能进入这空旷无形的巨大熔炉，再由民间自身的能力去筛选过滤淘汰，将有生命力的东西流传之。所以民间是一个自在自为的场所，它不需要官方的权力意志去组织去控制，而是通过自己润物无声的强大穿透力深入各个角落，凭自己的本领去拓展空间。

乐天精神作为乐感文化的一部分，是儒家传统文化和齐鲁民间文化相结合的产物。其创始人孔子在《论语》中多次提到"乐"："学而时习之，不亦说乎？有朋自远方来，不亦乐乎。"[1] "饭疏食饮水，曲肱而枕之，乐亦在其中矣。不义而富且贵，于我如浮云。"[2] 又说"从心所欲不逾矩"。这些"乐"归结起来就是孔子轻视物质生活而注重精神享受，因而就容易获得快乐。把人生快乐建筑在思想、心身的自由上，就能找到快乐的本源。

正是乐天精神的濡染，鲁军的创作呈现出灿烂鲜亮的色彩，积极向上的态度。很少像豫军那样浓墨重彩地书写人生苦难和哀愁。河南和山东地理比邻，也是古老文化的发祥地之一，中原的广袤和富庶一度成为历史的骄傲，成为古代帝王的建都宝地。但是，20世纪后的河南政治经济日趋衰落，特别是黄河的泛滥和太行山脉的干旱给河南人民带来严重的生存危机。这样就为河南作家的创作提供了描写生存苦难的丰富题材。李准的《黄河东流去》、刘震云的《温故一九四二》、阎连科的《日光流年》和《受活》用沉重的笔触写出了河南人民生活的艰辛和生存

---

① 《论语·雍也》。

② 《论语·子罕》。

的困苦。阎连科作品里的苦难简直罄竹难书。河南作家擅长诉说人生苦痛和与这苦痛斗争着的顽强意志，能经受生活烈火煅烧的磨砺精神。相比之下，山东作家在自然资源上就占了优势，不必像阎连科那样沉重地描写困苦的极境以及人们与天灾人祸的抗争。也不同陕西作家，陕西作家固然有陈忠实的《白鹿原》对儒家文化的全方位描绘与倾心颂扬，但是他对人性恶的揭示也更深沉，儒家文化中糟粕性的东西也表现得更细致。如作品围绕田小娥编织了一张复杂的性关系网络，人世的温情面纱被撕破，丑态毕现。在传播"耕读传家"的农耕文化和君臣父子尊卑等级的同时，作为封建卫道士的儒家的阴暗面，尤其是对人性尊严的放弃赤裸裸地暴露出来。

　　鲁军也传扬儒家文化，但能将儒家文化的严谨肃穆与民间的轻松活泼有机结合，礼教的庄严中洋溢着自由的欢娱。此外，他们也不像湖南作家，写生命的大悲大喜，经世致用的人生态度，为了理想或生活的某一目的忍受内心的煎熬达到生命的辉煌，弘扬强蛮意志下的奋斗精神。山东作家遵循人的自然规律，信守这自然规律下人们的温良恭顺，表现出传统文化的教养和礼仪。当这教养和礼仪在温和的民间环境里茁壮成长时，它就逐渐剥落掉裹在身上的那层儒家胎衣，吸收新的民间营养，形成新的文化样本，这样铸就齐鲁人特有的寓豪爽直率刚毅勇猛于谦恭礼让忠厚仁义之中的优秀品格。

　　综上所述，鲁军的齐鲁文化小说呈现的艺术特色有：其一，运用现代审美视角大胆张扬传统文化和民间文化，在传承中有创新，在创新中超越。对此，新时期以来一以贯之的改革小说有鲜明的体现。其二，作家们有浓郁的民间情怀和卓越的语言驾驭能力，生动朴素的方言直抒民间风情，凸显人物性格，展示本土特有的民俗文化。李贯通、赵德发、张继等人的小说莫不如是。其三，关爱生命。崇尚自然，有强烈的人文关怀精神和生态美学意识。张炜、张海迪等人的小说尤为显著。其四，在对现实的温和批判中不乏对历史的温情回忆与憧憬未来的浪漫情怀。从而打破了单一的道德理想主义局面，创作风格上呈现出庄重与活泼并举。中庸与圆滑同在的景观。其五，在文体创新和叙事转向的探索上，张炜、尤凤伟、莫言等作家做了大胆的探索，显出了辉煌的创作业绩。

即使是地域文化，鲁军的创作也存在一些尚需改进的问题，主要表现在以下几个方面：一是温情迎合主流话语，颂歌之作较多，对社会思考的力度和批判的深度流于表象。二是题材多集中于乡土，风格趋向于现实主义，文体与叙事囿于传统，较少创新。三是创作手法较为单一，对于外来的新创作经验和思想，骨子里有拒斥之态度。这些问题如能得到改进，鲁军的小说必将大放异彩，腾跳到一个新高度。

第八节 湘军的楚文化小说

拥有两千余年悠久历史的楚文化是中国地域文化一支劲旅，影响深广。"从空间上说，楚文化是周代楚国所在地域的文化"，鼎盛期其领域"南卷沅、湘，北绕颖、泗，西包巴、蜀，东裹郯、邳"，其腹地则包纳"江汉流域、江淮流域和沅湘流域"。① 因江汉和江淮紧邻中原和吴越，区际文化交流更加频繁，现代以来的楚文化色彩似乎不及环境相对封闭的沅湘地区鲜明，现代中国湘军的小说可以实证。

湘军，原为军事术语，指晚清时对由曾国藩创建的湖南地方军队的称呼。它在镇压太平天国、挽救清王朝统治等方面做出了重要贡献。自晚清到中华人民共和国的成立发展，湖南人才喷涌，英豪辈出。湘军成为湖南人的精神动力，并把湖南社会各种方面的人才和现象称为湘军。如文艺湘军、体育湘军、出版湘军、电视湘军等。

湖南作家获得"湘军"美誉始于20世纪80年代。进入新时期，除沈从文、周立波、丁玲、康濯等老一辈作家继续发挥余热外，新一代作家集团性崛起，在茅盾文学奖、全国优秀短篇小说奖等领域大面积收获，文学界影响空前巨大。七八十年代声震文坛的作家有：张扬、莫应丰、古华、何立伟、孙健忠、叶蔚林、韩少功、残雪、蒋子丹、蔡测海、彭见明、刘舰平、谭谈、水运宪、贺晓彤等；1990年代崛起的作家有：唐浩明、何顿、阎真、聂鑫森、王跃文、向本贵、彭学明、王开林等。他们构成庞大的湘军队伍为现代中国文学撰写了辉煌篇章。

湘军的代表性作品显示出一个不可忽视的共同特点——氤氲于文本的浓郁的

---

① 蔡靖泉：《楚文学史》，武汉：湖北教育出版社1996年版，第3页。

楚文化气息。楚文化构筑了湘军的创作内核，形成了独具特色的楚文化小说。突出表现在对楚地民间歌谣、巫术信仰、生活习俗以及爱国忧民、方言土语的倾情书写与张扬等方面。

一、楚地歌谣俗语悠远深长，情感真挚，富有感染力

沈从文早期的小说如《边城》、《萧萧》、《长河》、《三三》等作品引入大量湘西民间歌谣、婚俗、葬俗、礼仪、方言土语等，建构了梦幻般的"湘西世界"。以地域文化作为独特视角开创了湘军特色写作的先河。新时期的古华、蔡测海、叶蔚林、刘舰平、彭见明、韩少功等作家都有承继，民间歌谣俗语成为其小说创作不可或缺的组素，浸透着深厚楚文化内涵的现实生活在如诉如泣的歌声中揭开面纱。

蔡测海（1952—   ）的《远处的伐木声》中通过民歌表达改革开放初期山村女子对美好爱情和未来的憧憬，"太阳出来照白岩，白岩上头晒花鞋，花鞋再乖我不爱，只爱你姐好人才——哎！"，这首古木河上飘来的情歌给充满朝气的山村女孩阳春提供了新的生活信息。歌声召唤着她勇敢打破父亲和未婚夫古板僵化的规矩，义无反顾地走出大山，走向新生活开辟新天地。叶蔚林（1933—2006）的《在没有航标的河流上》运用山歌民谣，刻画人物性格，增加文本的浪漫气息。放排人石牯心爱的恋人被抢走，他哼唱情歌解忧愁：

> 我带来镯子，你的手在哪里？
> 我带来绸衫，你的身子却属于别人！
> 你若还是有情，就来见面；
> 见一面，我死也甘心……

楚地男人对爱情的执着可见一斑。韩少功的《爸爸爸》、《女女女》、《马桥词典》等作品有大量的古民歌，唱出了楚文化的渊源。民族历史和文化在代代相传的吟唱中相互告知、传播、继承。

古华（1942—   ）在山歌民谣的熟悉、理解、描述等方面展示了杰出才能。他那些反映湘南农村生活的小说不厌其详地引述了当地山歌民谣：如《芙蓉镇》、《贞女》、《姐姐寨》、《浮屠岭》等。其长篇代表作《芙蓉镇》以风俗描画著称，作

家热情洋溢地将五岭山区的风俗歌《喜歌堂》引入文本。《喜歌堂》内容丰富，曲调繁复，"既有山歌的朴素、风趣，又有瑶歌的清丽、柔婉"。

> 蜡烛点火绿又青，陪伴妹妹唱几声，
> 唱起苦情心打颤，眼里插针泪水深……

被打成"黑五类"的秦书田，借唱喜歌堂明示同情胡玉音的不幸婚姻，实则暗示自己对她的爱恋。当两人冲破重围相爱同居后同样唱《喜歌堂》倾诉衷肠：

> 嫁鸡随鸡，嫁狗随狗，嫁块门板背起走。
> 生成的八字铸成的命，清水浊水混着流。
> 陪姐流干眼窝泪，难解我姐忧和愁……

歌词皮相看是反映女子对包办婚姻的无奈，此在的含义却表达了两颗饱经磨难的心对爱的忠贞不渝。

古华的另一中篇《贞女》中也不乏表达相思之情的民歌，如以一天12个时辰为分节的《想姐歌》就是歌颂反叛传统婚姻的青年男女为自由恋爱而献身的感天动地的精神：

> 酉时想姐黑了天，为弟坐在大山边，
> 月宫嫦娥看见了，也要落泪到人间！

然而小说主人公青玉对真爱的追求被横刀斩断，受制于贞节牌坊的重压而将青春年华葬送于大媳妇小丈夫式的等郎婚。

> 大媳妇，小丈夫，
> 媳妇大了奶突突，
> 丈夫小了只爱哭！
> 要你耍，用爪抓，
> 要你摸，用拳打！
> 要你学个男人样，
> 你趴在枕边打呼呼……

19岁的青玉守望十余年，终于盼到丈夫13岁。未料，小丈夫竟发病夭折。因贪图安逸，她选择守节。亭亭玉立的青玉在周围浪荡子弟和兄嫂邻居的启蒙下，性情萌发，守节生出意外，萌芽于深宅大院里的爱情却遭无情损毁，27岁抑郁而死。女人如花似玉的生命在奔向贞节牌坊途中枯萎凋谢。民歌以戏谑的方式将夫权的沉重、害人手段的残酷、女人婚姻的辛酸深刻地揭示出来，是民间真正的黑色幽默。

古华将大量民歌应用于创作，书写民间风俗，旨在"寓政治风云于风俗民情图画"，"力求写出南国乡村的生活色彩和生活情调来"。[①] 作家在《芙蓉镇》的《后记》和《话说〈芙蓉镇〉》等文章中都阐述过这一观点。其包涵的创作理念既规避了主流话语对创作主体审美理想的干预，又借文化的民间力量和美学魅力委婉表达了创作主体对主流话语的真实态度。它不但反映了古华的审美理想，也是对现代湘军审美理想的经典概括。古华之前的沈从文（《边城》）、周立波（《山乡巨变》），之后的韩少功（《马桥词典》）、彭见明（《天眼》）等作家无不是将丰富的风俗民情融入文本，通过独特的楚地文化在主人公人生舞台上的尽情演绎展示社会历史的风云变幻。观念倡导上，古华有承上启下之功；创作实践上，更是不遗余力。他随后十余年内井喷式集中写作的30余部（篇）小说，有力实证了地域文化赋予文学以鲜明地域色彩所具备的渗染功力：以风俗民情调侃政治的荒诞，以生活色彩装点民间的苦难，以生活情调寄寓未来的希望。风俗民情既是文化载体，又是民间对抗政治高压、维护精神家园的重要武器。由此可见，如何通过楚文化表现政治理想、文学理想与审美理想，古华所抵达的深度和高度在湘军，乃至现代中国文坛中仍是一块令人瞩目的里程碑。

二、楚地巫术信仰神秘奇诡，意蕴深邃，富有震撼力

古华不仅熟悉民歌，对楚地的巫风医药也了如指掌。《"九十九堆"礼俗》叙述了寡妇杨梅姐与游医刘药先以"祖传医药"为媒产生的情感故事。"神医"刘药

---

① 古华：《芙蓉镇·后记》，北京：人民文学出版社1981年版，第213页。

先，开着"三来灵药铺"，宣传自家有许多秘术秘药①，还有"神拳""点打"。他在雾界山百十里山场享有"妙手回春"、"药到病除"的名气，而众口一词的传言又为人物"增魅"，增魅产生神秘，神秘产生神力，神力胁镇人心。杨梅姐被刘药先吸引并以身相许，当刘的真相被揭穿后她无奈逃婚。

如果说古华揭示的是民间"神医"如何利用民众的善良博取名利，那么彭见明（1953— ）的《天眼》则叙述了一对父子因恪守"巫道"而历尽曲折的故事。楚地巫风盛行，数千年的时间之流冲洗了无数的文化事象，却也有诸如"看相、算命、测字、卜卦、看风水、选阴宅、画符水、给小孩治跌打损伤、收惊吓"等巫术被保存下来，变换身姿与时俱进。何了凡、何半音父子是当地有名的算命、看相、测字巫师。不经意的测算显出异常灵验的结果。名声大振的他们从乡村游巫转为定居县城的专业巫师，灵验的测算技能改变了许多人的命运，甚至为当地经济发展带来新的机遇。他们诚信、仁义、厚道、薄利、固守本分的美德获得朋友的真心相助；他们也在帮助朋友的过程中遭遇挫折和不测，甚至家破人亡。何了凡父子辗转于战场、官场、商场、情场、神场，出生入死，审察人生。小说从楚文化视角揭示人生最神秘莫测最难以捉摸的"命"，通过"命"阐述生命的贵贱根由及其存在的合法性和合理性，从个体的"命"的变化演绎出社会的发展变化，展示官场、商场、情场和神场的百态世相。

之所以选择看似怪诞的"巫道"切入楚文化，是因为"我最早接触的'文化'，便是遍布于天南地北广袤乡野的巫道文化"，"敬神信巫带来的另一个普遍心理便是'认命'。我们乡间一俟谈到人生这个有些沉重的话题，用得最多的是'命'这个字"。②彭见明在谈长篇《天眼》的创作随感时如是说。作为地道的楚文化小说，作家的创作动机并非宣扬楚地巫术，或是猎奇以吸引读者眼球，而是"通过这个窗口去关照社会生态，将会很广阔、很深邃、很细微、很有趣，甚至很'搞笑'很'草根'"③。事实上，楚地巫术存活于人们日常生活的方方面面。人们信之，便

---

① 小说原文中"三来"指："山来水来福来，病去灾去邪去"；"秘药"能治男女不育不孕、无名肿毒，腰膝酸软，刀伤蛇伤，筋扭骨折，中暑发痧，风寒腹泻，小儿夜哭等。
② 彭见明：《伟大的坚韧和无奈的羡慕》，《长篇小说选刊》，2009年，第2期。
③ 彭见明：《伟大的坚韧和无奈的羡慕》，《长篇小说选刊》，2009年，第2期。

得安慰，很多事情就会去努力并因此获得成功。换句话说，巫术医治人心。人们一旦明白"相由心生"、"相随心变"的心、相、命概念，精神上便有寄托，社会便能在相应的规则内稳定发展。文本借生存于最底层的"搞笑"的"草根"的活态文化，以具象的个体的方式诠释抽象的普遍的社会形态、社会情绪和社会心理，其深意也由此彰显。

唐浩明（1946—　）的长篇历史小说《曾国藩》成功地塑造了一个深受楚文化濡染和影响的历史人物曾国藩。一般的历史只能书写他明朗理性的皮相，小说却可以揭示他神秘莫测的内相。巫术信仰贯穿于曾国藩生命的始终，也贯穿在三卷本小说里。如曾国藩是蟒蛇精投胎的传说预示人生的非同凡响；丁忧时他相信道人为母坟选择的是能出将相的风水宝地而毅然出山；带湘勇出征前为图吉利他举行隆重的"血祭"仪式；祁门遭遇四面楚歌他亲自"卜卦问吉凶"；一遇心神不定情绪郁结他就会做种种怪梦；当他元气耗尽生命走向终结时天空竟降下倾盆黑雨。人心难以测算的关键性事件和人力无法把握的命运出现转折时，巫术的吉凶往往预示某种迹象，或让人定心定力，或让人灵魂震撼。伴随曾国藩一生的难以用科学解释的诸多巫术行为，不但为曾国藩曲折复杂的经历增玄添魅，也为小说罩上一层魔幻外衣，产生了怪诞而神秘的阅读美感。

此外，楚文化的巫医信仰在土家族作家孙健忠（1938—　）的部分小说如《狷鬼》、《烧龙》、《倾斜的湘西》、《官儿坪遗风》中也不乏阐释；韩少功的《北门口预言》、《女女女》等作品也涉及了生活中一些看似莫名其妙的诡异现象。

三、楚地生活习俗辛辣醇厚，流动不居，富有生命力

楚地有很多不同其他地方的生活习俗。张正明在《楚文化史》中认为：楚人饮食嗜好是"调味以辛辣酸甜为佳"；"生则厚养，死则厚葬"①。这就形成了楚人独特的饮食观和丧葬观。湖南人重视吃，注重吃的味道。湘军的很多小说都把辣椒作为饮食的重要内容，隐喻湖南人的辣椒性格。向本贵（1947—　）的《栗坡纪事》中男主人公李冬生为他家做小工的乡邻搭配饭菜时很有心计，"红菇粉丝炒肉、酸

---

① 张正明：《楚文化史》，上海：上海人民出版社 1987 年版，第 292—293 页。

辣椒炒豆豉、猪骨头炖冬瓜汤",既让人吃饱,经饿,还能生津解暑。香辣可口的饭菜不但对人们的生活、劳动热情产生重要作用,还能留有大方的好口碑,其地位已从日常饮食升华到社交关系、私人感情甚至思想政治等层面。

唐浩明在《曾国藩》中将人物命运和政治前途与楚地的饮食、丧葬等礼仪交织叙述。曾国藩回乡奔丧,岳阳楼上那油焖香葱白豆腐、红椒炒玉兰片、荻瓜丝加捆鸡条等菜肴"红白青翠、飘香喷辣",加上晶莹的大米饭,地道的君山毛尖茶让离湘十余年身心疲惫的他发出了"还是家乡好"的感叹!历尽艰险赶到家,见到的是母亲隆重庄严的丧礼。"整个灵堂变得灰蒙蒙的,只有一些质地较好的浅色绸缎,在附近的烛光照耀下,鬼火般地闪烁着冷幽幽的光。换香火、剪烛头、焚钱纸、倒茶水的人川流不息,一概浑身缟素,蹑手蹑脚。灵堂里充满着浓重而神秘的气氛。"这是规格颇高的湘中丧葬风俗,小说详尽描绘灵堂内外的布置和活动,突出曾氏家族的显赫和地位的高贵。母丧迫使刚任新职的曾国藩回乡,母坟选择的吉地又促使他下定决心墨绖出山,督办团练创建湘军,改变了人生航向。五年后他再奔父丧,趁机摆脱了诸多危险。这些丧礼均为其充满波折的命运和富有争议的一生埋下伏笔。楚地民俗文化不仅可以改变个体人物命运,而且在一定程度上改变国家和社会历史的发展进程。其作用不可谓不大矣。

古华的《贞女》是一部楚地婚丧喜庆志书。其中有两场丧事和一场婚事让作家花了不少笔墨。青玉的小丈夫少年夭折,"没办大丧",但青玉还是要为之"带重孝"。守节八年的青玉抑郁而死。"节妇去世,萧姓全族中人,立即各各行动,报官的报官,置灵屋的置灵屋,以及备办香烛、纸钱、三牲、旌幡、酒席等等。萧四太爷发下话来,杨氏守节八载,完成功德,实仰仗列祖列宗荫德,故此应大开祠堂,既葬节妇,又祭祖宗,以振萧族家风名节。"在萧家看来,节妇的性命无关紧要,她活着就是为了死后能在名节上替萧氏家族争光斗志。其死比活重要,所以给节妇举办隆重丧礼实在无上荣光;为节妇立牌坊的计划却因辛亥革命的爆发而终止。作家采取对比手法,将新旧两个时期两种不同境况的葬礼放在同一文本中,进一步透析传统对人们生活的深远影响。桂花姐的丈夫吴老大酒后驾车身亡,族人误认为是因其妻有外遇而造成的。便采取"古老的惩办害夫淫妇的习俗",先是将尸体运回抬进到他们自己创办的酒店正堂里,炸鞭炮、贴白对联,"停尸办案"，再召集族人采挖屋后的黄土封埋酒店。陋俗最终被新思想新观念制止。这两种葬俗的结果意味着：阻碍社会前进的旧俗终会被时代的新浪潮吞噬。文本写作的意义在于：作为历史遗迹，民俗也会随着社会的变化而沉浮，其兴衰更能引起人们思索。

丧夫的桂花姐几年后找到新爱，举行热热闹闹的婚礼。酒店彩带装饰，播放有立体声的迪斯科音乐，"也请有一班手执唢呐、铜钹、板胡、箫笙的民间吹鼓手，洋曲土乐相映成趣"。司仪和一班后生小伙还出了许多新式节目"为难"这对新人。土洋结合、新旧结合的婚礼正是社会转型期农村婚礼的真实写照。人们需要传统，却又不满足于传统，于是新花样层出不穷，文化也在这些"花样"里延续发展。因时代和人物身份的不同，风俗形式也有差异。风俗的变化揭示了社会制度的演变以及由此带来的人物性格、命运的变化。文本将桂花姐的命运设置于一悲一喜的风俗中，既反映了传统风俗和观念对人们的影响，也反映了时代的重大变化和妇女社会地位的变化。女人生活的幸福与否，除了要靠自身的努力外，社会观念和思想观念的进步与解放所产生的作用力和约束力尤为重要。

湘军小说，除上述特征鲜明而浓郁的楚文化外，还贯穿着爱国忧民的传统，念祖、爱国、忠君，"由此养成了异常强烈的民族自豪感和民族自尊心"①。唐浩明塑造的曾国藩、张之洞、杨度（《旷代逸才——杨度》）都是对社会对国家产生重大影响的人物，尽管他们的思想和行为有些仍未定论，但骨子里的精忠报国、维护国家稳定发展等理念正是中华民族精神的生动写照。何立伟（1954— ）的"青春"小说《白色鸟》、《像那八九点钟的太阳》；王跃文（1962— ）的"官场"系列小说《国画》、《没这回事》、《也算爱情》；向本贵的"乡土"小说《这方水土》、《灾年》；聂鑫森（1948— ）的"佛事"短篇《大师》、《塑佛》等作品都从不同视角将爱国忧民的思想用不同形式表达出来，体现了作家对社会责任的担当，以及对底层劳动者的关注。残雪（1953— ）的小说则特别注重用新的表现手法挖掘人物内心世界。其代表作《上山的小屋》将现实世界的孤独与人物幻象、潜意识深处某种情感纠葛交织，以意识流凸显现代人的心理危机与情感危机。

---

① 张正明：《楚文化史》，上海：上海人民出版社1987年版，第109页。

湘军小说的语言讲究张力和个性。何顿（1958— ）颇具典型。其小说语言穿透力极强，常用简洁的语言刻画鄙俗却又很有特性的底层个体者形象，透视他们的生活观念和思想观念。如中篇《生活无罪》里的狗子就很典型："他赚钱有股疯劲，他用钱更疯，野兽般啃嚼着生活"；"好像太阳是从背后升起来的一般，妻子注定就是个不守洁的雌猫"。这就将改革开放时期人们对金钱的极度追求与极度挥霍、对情感的迫切需要又随意处置真实地再现出来。至于方言、俗语，作为楚文化的重要遗存，湘军的小说并不吝啬使用。如水运宪（1948— ）的《祸起萧墙》擅长用方言刻画人物性格："曾部长闪烁着明亮的眼睛，并不为别人所左右：'都晓得都晓得。我哩电业局已经正式任命嘎哒，名单也正式报你们局哒。无么大个事，你哩招呼都无得一个就来嘎哒？太随便哒吧？我哩咯里又不是菜园门！'"一个讲究原则的干部形象跃然纸上。孙健忠的《留在记忆里的故事》里的"为了这女孩子，瞎老头很硬扎地活下来了"；"一个黄土壅到了劲根边的残废人，呆在世上，拖累一个嫩得象颗泡的孙女儿，他哪里忍心？"王跃文的《乡村典故》的"三碗强半升"、"得坨牛黄，满山猪羊；得坨狗宝，娶大婆小"等文本也都采用生动的方言口语将人物刻画得栩栩如生。而韩少功的《马桥词典》则是一部关于方言的书。方言是地域文化之镜与灯，最贴近生活和人物性格，保持了语言的原生态，捍卫了语言文化的多彩情态。

综上所述，楚文化内涵经过湘军的审美处理，总括为四种：敢爱敢恨的情爱文化，敬神信鬼的巫术文化，忧国忧民的政治文化，方言楚语的语言文化。其核心精神，则表现在崇尚自然，捍卫传统，刻苦勤俭，破旧立新，开拓进取等方面①。与此相应，别具一格的楚文化小说的艺术特质也可概述为三个方面：第一，文本中氤氲着神秘浪漫的气息。敬畏神灵的巫医文化以及仪式信仰为神人交流提

---

① 田中阳在《湖湘文化精神与20世纪湖南文学》中认为："所谓'湖湘文化'，亦主要是指一种文化精神，这种文化精神表现为一种人生价值取向，具体地说，就是以政治作为人生的第一要义，以经世致用作为治学和立身处世的基本原则。"（田中阳：《湖湘文化精神与20世纪湖南文学》，长沙：岳麓书社2000年版，第11—12页）这里，田中阳概括的是近代以来伏潜于湖南士子身上的精神。这种精神又源于千百年来楚文化的熏陶，因而成为楚文化精神中的一部分。

供了平台，事件在现实与虚幻中交织发展，情感在真实与虚构中共存共生。如彭见明刻画的何了凡、何半音父子超凡脱俗的生活态度，及其测字算命、看相卜运之灵验的技能非有如此文化土壤不能纵情抒写。第二，为揭示人物性格命运的复杂与多变，作家擅于将大量的心理分析与心理描写穿插于不同场景。如唐浩明刻画曾国藩性格的多重与复杂，就是在种种神秘文化如血祭、卜卦、梦境中展开。他既有刚毅顽强、忠诚廉正、重友笃情、深谋远虑、识才治学之品性；也有阴险狡诈、心狠手辣、自利自私、忧郁矛盾之一面，真实的丰满的曾国藩呼之欲出。第三，多彩多姿的民间文化的叙述，打破了过于严肃的沉闷的主流话语主宰文本的僵化模式，使文本呈现轻松活泼、幽默欢快的基调，彰显民间的乐天精神。如《芙蓉镇》、《贞女》等文本，虽有沉重苦闷的政治环境和历史事件，可一旦与民间文化联袂，人物心情和命运就会迅速逆转，文本基调乐观向上。

湘军楚文化小说的这些特质构成了其他地域小说难以具备的独特的"这一个"。这并非指其他地域小说就没有神秘气息、心理刻画、乐天精神，而是指这些特质在不同的地域文化小说中表现的方式各不相同，共性中包蕴着各自的个性。个性成就了文本的独特性，也成就了文本的独特贡献。湘军楚文化小说，对现代中国文学的贡献突出表现为以下四点：第一，以艺术的形式抒写楚文化的斑斓多姿，为楚文化的传承延展提供了生动文本，也为文化的多样性存在及其保护和发展提供了艺术范例，为弘扬中华文化做出了应有贡献。第二，将人物，特别是历史人物性格置放于文化语境中考察，不但增添了文本的文化韵味，还原了人物的真实性，而且为正确评判历史人物提供了文化依据和史料依据；同时，也为重估历史、重写文学史提供了参照。第三，各类小说刻画的人物形象从不同层面诠释了湖南人的风采和个性、脾气和精神，即人们普遍认同的辣椒性格、骡子精神，丰富了现代中国文学人物画廊。第四，地域方言的妙用、意识流小说的写作、"官场"题材的开拓、"词典体"等文体的创新显示了湘军在文学创作中既坚守优质传统，又敢于创新的精神，在现代中国文坛保持了强劲势头。

从文学史长河看，现代湘军曾经拥有过沈从文、丁玲、周立波等里程碑式的人物，新时期以来湘军的成绩也令人注目，但要建树新的文学高峰，尚需锐意创新之精神不断，并在审美品格与政治品格中寻找更合适的途径。至于如何将楚文化进一步发扬光大，将文学品质推向更高境界则是湘军面临的新任务。

第九节　豫军的中原文化小说

河南位于我国中部偏东，地处于我国地理版图的中心地带，古称"豫州"，简称"豫"，又称"中州"、"中原"、"中土"。河南历史文化底蕴深厚，是中华文明最重要的发源地。在中国历史上自夏至北宋、后金先后有 20 多个朝代在河南建都，河南曾是中国政治、经济、文化中心，有九朝古都西京洛阳和七朝古都东京开封。自南宋以来，长江流域和沿海地区相继得到开发，中国政治中心南移，河南的政治中心地位逐渐失落。河南气候温暖湿润，山水相连，适合人类居住。由于战乱和天灾，河南是中国历史上受灾最严重的地区之一，河南人民生活在动荡、激烈的环境之中。中原文化博大精深，源远流长，代表了中国传统农耕文化的特点，处于中华民族文化传统的主干地位。近代社会以来，以"仁、义、理、智、信"等为根基的中国传统文化受到了西方自由、民主、博爱、科学等现代文化思想的挑战，在中国现代化的历史进程中，作为中华文化代表的中原文化，其官本位思想、等级观念、忠孝节义等思想严重窒息了中国现代社会的发展。在现代与传统的冲突之间，当代豫军的文学创作体现出强烈的地域文化特点：对河南人民严酷的生存环境发出悲悯的叹息，对河南人的封闭、保守、唯上等封建腐朽思想进行批判，对他们的朴实、勤劳、坚韧的人格力量进行赞美，在艺术上积极追求创新，立足民族现实，融中西于一炉。

河南豫军的创作队伍严整，创作成就突出。新时期以来，河南作家群整体实力强，在全国影响比较大的作家有姚雪垠、李准、魏巍、阎连科、李佩甫、乔典运、周大新、刘震云、二月河、田中禾、张一弓、柳建伟、李洱等。姚雪垠的历史小说巨著《李自成》、李准的《黄河东流去》、魏巍的《东方》、周大新的《湖光山色》获得"茅盾文学奖"。

文学豫军在创作上表现出磅礴的文学气魄。他们有着中原文化特有的大气厚重，安于十年磨一剑，追求作品的史诗性特色。姚雪垠的《李自成》第 1 卷动笔于 1957 年，1983 年第 2 卷获得第一届茅盾文学奖，及至 1999 年出齐 5 卷，耗费四十二年时光，这在中国当代文学史上几乎是绝无仅有的。李准的《黄河东流去》写的是 1938 年蒋介石炸开黄河花园口带给河南人民的大灾乱，描绘的历史场面波澜壮阔，人物众多，有鲜明的史诗性。周大新的《第二十幕》近百万字，费作者十年之力，以义和团运动、八国联军侵华、辛亥革命、抗日战争、改革开放、天安门事件、海湾战争等大的历史事件为背景，力图对 20 世纪中国的历史发展进行深入的反思。小说以尚吉利丝织厂的百年兴衰，为中国的民族工业发展把脉，以大幅浮雕式的人物群像的刻画，细致的地域文化风俗描绘，深入揭示历史文化之谜。李佩甫的《羊的门》以四十年的历史跨度作为人物故事的背景，刘震云的《故乡面和花朵》三卷百万字，写作历时八年，也是一部史诗性的作品。

　　文学豫军多为农裔作家，他们从农村出身，从小懂得生活的艰辛，他们的写作十分勤奋，在写作中表现出顽强的毅力。他们把写作比作土地的耕作。"对于写作者，写作也许就是一种生命流失的日子。而对于我，过日子也就是写作，是日出日落的对写作的努力和继续，和农民不种地没有粮食，没有粮就要挨饿；工人下岗便没有工资，没有工资就没钱买菜完全等同的道理，不写作便使人觉得饥荒，心烦，无着无落，如吃了上一顿饭找不到下一顿的米一样。"① 河南在古代诞生了"愚公移山"的故事，当代河南作家也继承了古代的"愚公精神"。阎连科出身于河南山区的普通农民家庭，当兵后在部队里因为写了几十万字的小说，其"刻苦"劲打动了指导员，成为"被发现的文学人才"。阎连科的创作非常勤奋。"打从 1994 年调到北京算起，至 2001 年阎连科共发表几十部中长篇，四百多万字。据说这样的创作速度和'产量'，在中国作家队伍中多年未见。当然，质量也让许多著名老作家大叹'后生可畏'。"② 周大新也是一位农村出身的作家，从小练就了吃苦耐劳的精神。"长期以来，周大新一直保持着手不释卷和深夜笔耕的习惯。在南阳居住期间，为了能够安心创作，他曾经将楼下邻居家的空闲鸡圈略加收拾，然后在里面放上一桌一椅，便在闷热的夏夜里穿着背心裤头，不顾蚊蝇叮咬，忍着刺鼻的恶臭，开始在文学的世界里尽情遨游。正是靠着这种拼搏精神，三十多

① 　阎连科：《阎连科》，北京：人民文学出版社 2004 年版，第 593 页。
② 　张向持：《解读中原》，北京：作家出版社 2002 年版，第 152—153 页。

年间，周大新先后创作出了《汉家女》、《小诊所》、《走廊》、《军界谋士》、《有梦不觉夜长》、《第二十幕》等总计 500 余万字的短中长篇小说。"[1] 周大新在文学上的成就是与这种农民式的勤奋分不开的。

文学豫军多来自农村，熟悉底层生活，他们有很强的土地意识，将思想的目光聚焦在土地之上。阎连科说："我的写作资源就是家乡那块让我又爱又恨的土地。许多时候，那种恨要超过爱。恨之愈深，爱之愈切。但就文学而言，我不需要有意去拓宽什么写作资源，重要的是，我和那块土地始终保持着密切的联系就够了。"[2] 李准、张一弓、乔典运、田中禾、张宇、刘震云、李佩甫、阎连科、周大新等作家都无一例外地以写乡土生活题材见长。周大新说："或许是因为出身农家这份血统使然，或许是因为对农人熟悉对他们充满感情，我写他们的时候心绪分外自由。今天的农民就整体来说仍然是中国活得最苦的一部分人，关注人类苦难的作家们当然应该关注他们。在我今后的创作中，他们的生活仍将是我要着力表现的东西。"[3] 李佩甫对平原人精神性格的探求，刘庆邦对煤矿工人情感生活的描绘，周大新的南阳盆地小说，阎连科的耙耧山故事，刘震云的故乡系列，都因强烈的"地气"，传承着文化的精髓，连接着广阔的社会发展现实，以批判的立场建构了当代河南地域文化小说的丰赡与厚实。

文学是人学，人物是小说的重要要素，豫军文学对河南人形象的塑造体现出强烈的地域文化气息，这主要表现在：

第一，官本位思想。在中国，"学而优则仕"，读书做官的传统在中原文化中有久远的历史。河南封闭的地域环境，人口稠密，资源有限，战乱和天灾使生存问题成为第一位的问题，也加重了河南人的官本位意识。周大新的《向上的台阶》中，怀宝爷爷在咽气的时候叮嘱自己的儿子、孙子："不能总写字……要想法子当官！……人世上做啥都不如做官……人只要做了官……世上的福就都能享了……就会有……名誉……房子……女人……钱财……官人都识字，识字该做官，咱识

---

① 赵明河：《周大新和他的乡土中国》，《人民教育》，2010 年，第 8 期。

② 阎连科、邱华栋：《"写作是一种偷盗生命的过程"——阎连科访谈录》，《环境与生活》，2008 年，第 12 期。

③ 周大新：《代跋：给上帝的报告》，《瓦解》，武汉：长江文艺出版社 1996 年版，第 352 页。

字与做官只差一步……要想法子做官……官……"河南人做官，不是要为民做主，不是要改良社会，而是要改变自身的社会处境，为自己捞得好处。一个人一旦做官，获得的是各种资源，就能不为生存问题忧虑，河南作家的小说对此有深入细致的反映。周大新的《伏牛》中村长刘冠山的一句话就可以把价值5000多的牛以两千元的价格卖给女婿周照进。阎连科的《瑶沟人的梦》中，队长等人为了让"我"当上大队秘书，不计代价，费尽周折，这只是因为一旦"我"当上了秘书，队里会因为大队支部"有人"，在各种事情上都会得好处，"我"也会有一桩好姻缘。大队秘书位置被九队的红社占了，只因为红社的二舅是县委办公室的主任。小说表现了中国基层社会没有真正民主的社会现实，揭示了"官"本位意识的现实根源。刘震云的小说《塔铺》、《故乡面和花朵》、《官人》、《单位》、《官场》、《一地鸡毛》、《头人》、《故乡天下黄花》、《故乡相处流传》等作品几乎都涉及对权力操纵现实的批判。阎连科的《中士还乡》中的中士讨厌部队里的虚假作风，放弃了即将到手的荣誉，放弃了在部队入党、提干的机会退伍回家，他只想"成家过日子，做点小生意，种种责任田，生个男娃女娃，享享天伦之乐"，然而他回到老家，遇到了生存的挑战。他通过妹妹"换亲"定下的亲事"毁约"了，因为他没有入党立功，没有"官衔"，小说对权力崇拜的普遍现实有着深深的忧虑和反思。

　　河南作家通过对官场人物的刻画和官场故事的叙述，写出了官本位意识对人性的腐蚀。周大新的《向上的台阶》写出了一个苦心经营的向上爬的小官吏的形象，廖怀宝一步步成长的经历都藏着若干"手段"和"技巧"。周大新的《第二十幕》中的通判晋金存与土匪起家的栗温保，以及北京大学毕业的尚穹，虽然所处的时代不一样，在思想方式上却是惊人的一致。实利主义是他们的根本原则，他们只有一个目标，那就是如何向上爬，如何凭借自己的官职去捞取好处。栗温保本是一位纯朴的农民，官府的迫害把他逼上了落草为寇的道路，在做民军首领的时候，栗温保是那样的可亲可爱，他以朴素的人道意识期盼着人人有吃有穿有住，他严斥强抢民女的肖四，怒骂殴打贫农的士卒。可是，做了南阳城的首领之后他就成了一个完全的官僚，为保住官位绞杀白郎的农民起义，不顾自己与结发妻子的感情另觅新欢，采取市井流氓的手段对尚吉利丝织厂进行盘剥，导致尚氏家族一次次遭受毁灭性的打击，一个善良的农民完全被官场腐蚀了。官本位思想还造成了老百姓缺少自我意识和自主意识。"河南人有一个特点，不论上头叫干什么从来不反抗，别说不反抗了，几乎是从来就不思考，叫干什么就干什么。"[①] 阎连科的《黑猪毛白猪毛》中的镇长开车撞死了人，竟然有四个人同时都想去给镇长顶罪，荒谬的官本位意识严重异化了老百姓的灵魂。

第二，坚韧、顽强的性格特点。恶劣的生存环境，苦难生活的磨砺，造就了河南人坚韧顽强的性格。李佩甫的《羊的门》中，教主式的人物呼天成人格中最关键的要素是韧性。"韧"性在小说中的讲法是"好死不如赖活着"，沉住气，从长远发展，是一种含有无赖意味的耐力，一种一定要活下去并活得成功的信念。在重大决策之时，在别人都急着拿主意的时候，呼天成总是在那张草床上躺着，然后在别人一筹莫展之时，做出一个让所有人都认为是应该如此的决策。在呼国庆的危急时刻，呼天成拿出几个泥做的棋子让他明白该稳住气。为成为英雄，他还苦苦修炼功夫十余年，面对心爱的女人的裸体抗拒自己的冲动来练习自己的"韧"性。周大新的《第二十幕》中的尚氏家族，为了自己重返祖上的荣光，织出"霸王绸"，几代人前赴后继投入到其中，永不放弃，在家族企业多次被毁的过程中，他们一直积累经验，伺机重振旗鼓。阎连科的《雪天里》写一家人的故事，娘17岁过门，只做了三天的夫妻，爹就出门当兵走了，一去七年，只回来一次，就去参加抗美援朝战争，再也没有回来，死在朝鲜战场上。娘将儿子秋林拉扯大，秋林成为一名军人，参加越南战争，儿子回家探亲，母亲让儿子选一处坟地，挖好墓，合好棺材。娘一辈子是很苦的，儿子很理解娘的苦，为娘的一点心愿，不惜花费两千元，遵从娘的风水观念，墓修得很大，棺材也做得很好。故事的结局却有点出人意料，原来娘是为儿子修墓，娘心里明白儿子这一去吉凶难测。小说的篇幅很短，人物的对话很简单，但蕴含在字里行间的是娘这一高大、坚韧的女性形象，她受了一辈子苦，却从来不说什么，她支持、理解丈夫和儿子的事业，以自己的方式默默地为他们奉献。阎连科的《年月日》类似中国版的《老人与海》，小说中的先爷有一股内在的"韧劲"，他不屈不挠地与干旱做斗争，先爷是耙耧人精神的旗帜。他已年过70，在严重的干旱面前，发挥智慧，想尽各种办法，寻找

---

① 张宇：《守望中原》，方方等著：《闲说中国人》，北京：中国文联出版社2001年版，第381页。

粮食，与狼群做斗争，与老鼠斗争，显示了可贵的精神热力。在残酷的自然天灾面前，先爷以生命的代价为自己的子孙留下了7粒玉蜀黍种子，让他们种出了7棵嫩绿如油的玉蜀黍苗。

第三，河南人的"侉"性。"河南侉子"本是江淮地区民间对逃荒的河南人的蔑称，这一称呼包含有"粗俗、野蛮"的意味。河南作家多为农裔作家，他们所刻画的多是河南农民的形象，揭示了河南农民身上的"侉子"性格。他们简单、粗俗，为了生存常常采取一些"非正当"的手段。周大新的《汉家女》塑造了一个粗俗的汉家女的形象，一生气就"老子"、"日他妈"地骂人，虽然进入军营，当上了护士长，但其言行举止却是农民式的。张宇的《晒太阳》、段荃法的《天棚趣话录》、李佩甫的《无边无际的早晨》、刘震云的《塔铺》等作品以细致的描绘表现了农民的生存哲学，在严酷的现实面前，农民式的智慧混杂着狡黠、实利、粗蛮等多重意味。《城市白皮书》中的魏叔叔从一个普通的修车工干起，然后开始做书商，做化肥生意，做礼品销售，由一个一文不名的穷小子一跃为腰缠万贯的富翁。其实他所干的，无非就是彻底的皮包生意而已，但他巧妙地周旋于商贩与社会运作的职能部门之间，用智慧、靠钻营很快发财。魏叔叔在商场上迅速发财，他不是那种现代化工业社会中的大老板，他与后者的区别在于，他并不是完全以平等互利的商业原则来做生意，而是靠拉关系走后门等方式赚钱，他的机灵、世故、圆通来自于中原人的刁钻、狡猾。《向上的台阶》中廖怀宝削尖脑袋往上爬，完全不顾道德、良心。为了自己的政治前途离弃了心爱的姑娘姁姁，在"文革"中为了自保又与深爱自己的妻子晋莓离婚，为了寻找政治靠山他又娶了自己并不是十分喜欢的寡妇夏小雨。他有一套自己的内心平衡哲学："其实人生就是一个登台阶的过程。一个人不论他从事什么职业，都有一长溜台阶等着他去登。你做工，就要顺着一级工、二级工、三级工这些台阶登；你教学，就要顺着助教、讲师、副教授、教授这些台阶登……没有人不需要登台阶，你就是什么也不干，仅仅做个女人，你要顺着女儿、妈妈、奶奶、祖奶奶这些台阶登。既然登台阶对人不可避免，而且谁登得高谁就受尊敬，那就不能责怪人们为寻找登台阶的工具所做的努力。我此生从了政，政界的台阶又特别难登，我为此去寻找一根助登的拐杖不能说是不光明！……"在河南作家笔下，"侉性"是一种特有的河南人的活法，甚至是一种"平原文化精神"。《败节草》中，李金魁"在他很小的时候，他就凭着那一株草和一个字的启示，在无意间接近了平原的精髓"。当代河南作家痴迷于展现这种带有"侉性"的生活方式，诚如李佩甫在作品中所言："连年的战乱，天灾又是那样的频繁，人是怎么活过来的呢？那一代代的后人又是怎样得以延续呢？"①

第四，河南人的精神生命力。中原文化是中华文化的主干，其内在精神博大精深，厚重的文化形态造就了河南人乐天知命，甘于奉献，朴实善良，勤劳智慧的性格，形成了他们强健的生命活力。李准的《黄河东流去》、张一弓的《犯人李铜钟的故事》、王纲的《天地玄黄》等作品表现了河南人民的朴实、率真、豪爽、侠义的性格，他们面对苦难命运的抗争精神表现出一种原始的生命力，是值得赞扬的，这是中原地域文化中最有价值的部分。阎连科的《耙耧天歌》中的尤四婆是一个高大的"母亲"形象，她28岁，有四个孩子，个个是痴呆，三个傻妞，一个傻儿子，男人尤石头跳河自尽了。尤四婆为了四个孩子的幸福，费尽了心血。为了给三女儿找个"全人"丈夫，尤四婆将自己家里的资产全都做了陪嫁。为了治好儿女的痴呆，她挖出了丈夫的尸骨，还以自己的身体做药，为儿女治病。小说以魔幻的方式，塑造了一个为儿女耗尽自己的母亲形象。尤四婆和先爷一样是一个牺牲自己、照亮他人的耙耧山人。耙耧山穷山恶水，自然条件很恶劣，阎连科写出了耙耧山人的精神生命力。阎连科的《芙蓉》中的苹是一个很有个性的旧时女子，很有主见，喜欢唱戏，不卖身。很性情，不屈服外力，不丢掉自己，有一种强健的精神之气。河南人强健的生命力既是中华文化传统中可贵的精神传统的传承，也是以一种开放的心态对外来文化的吸收，他们的精神生命力已上升为一种高格的人生境界。东汉年间佛教在洛阳白马寺落脚，河南人性格中乐天知命、顺乎世道的性格中有着明显的佛教影响的意味。周大新的《无疾而终》写的是一种随遇而安的性格，瞎爷的知足者乐的哲学成为他应对人生苦难的"法宝"。《第二十幕》中尚达志的内敛、坚韧、老练、智慧有家族文化的传承，也有洞悉人生的哲学境界。草绒对基督教的信仰，左涛对佛学的信仰也呈现了河南人精神上的

---

① 李佩甫：《羊的门》，北京：华夏出版社1999年版，第4页。

多元性。

承接中原文化的厚实底蕴，透视多灾多难的底层生活现实，反思民族的精神魂灵，豫军的中原文化小说在思想内涵和艺术取向上呈现出以下特点：

第一，豫军的中原文化小说有着鲜明的悲悯意识。"当春秋雄图、汉晋风度已经远去，当汉唐气象、东京繁华也已彻底消失的时候，随之而来的近千年的风雨沧桑，使多灾多难的河南有如多灾多难的中华民族一样，又经历了无数的天灾与人祸。"[①]河南作家多是农裔作家，他们熟悉普通人的苦难，他们有着强烈的底层关怀，他们在面对灾难时有一种强烈的悲悯意识。李准的《黄河东流去》写的是1938年蒋介石炸开花园口、造成黄泛区人民十年浩劫的悲惨遭遇，描绘了河南灾民扶老携幼，仓皇西逃，在饥饿线上、死亡线上奋力挣扎的血泪史。周大新的《第二十幕》中尚氏家族的创业史其实也是一部屈辱的伤害史，尚氏家族的丝织企业的几起几落都与来自外界的伤害有关，官、匪、战乱、政治运动时时可能将这个成长的家族企业毁于一旦。阎连科的《受活》写出了一个村庄所经受的苦难。他们的苦难来自"圆全人"对聋哑盲瘸等残疾弱势群体的压迫，也来自政治运动所带来的伤害，作者的叙述中有一种深深的同情。受活庄的历史是一部残疾人受欺压的历史，他们在政治运动时代承受"铁灾"、"大蝗灾"、"粮灾"、"荒灾"、"黑灾"、"红难"、"黑罪"、"红罪"，他们被迫拿出最后一颗粮，造成了饿死很多人的惨剧，这都是"人祸"造成的。受活庄人的苦难史都是因为"入了人民公社"，"才有了千年一遇的大劫难"。茅枝婆在现实苦难面前只有一个朴素的愿望，就是让受活庄自立，不再受县、乡的行政管辖，过一种世外桃源式的生活。受活庄人始终是受压榨的对象，县长柳鹰雀组织的受活庄残疾人演出团充当了政治敛财的工具，受活庄残疾人演出得到的一点报酬被"圆全人"抢光了，他们还被"圆全人"关起来，贴身的最后一点体己钱也被榨了出来，受活庄的几个"儒妮子"被"圆全人"破了身子。"圆全人"无法无天的欺负、压迫，只因为"天下哪有残人比圆全人过得好的道理"。

第二，豫军的中原文化小说有着强烈的社会责任感，小说中常常寄寓着作家

们对社会历史经验的深入思考和总结。《第二十幕》设计了三条线索，一条是以尚氏家族为代表的民族工业的发展，一条是以卓远为代表的知识分子对中国社会的批评和拯救，一条是以晋金存、栗温保、尚穹为代表的官场人物的历史命运，深刻地反映了私营企业的脆弱性、中国社会的官本位性质以及知识分子对现实的无奈。《羊的门》塑造了一个乡村教主呼天成的形象，深刻地批判了中国社会的专制性质，经营"人场"的人将人们都当成"羊"。河南作家有鲜明的历史意识。"作家的职责，就是在弄假成真中展露自己的才华，就是通过'再造历史'，'再造现实'，从而达到'还原'人类的生活、意识、情感的目的，使人们在'再造的历史与现实'中看到自己的历史与现实，看到自己过去和将来的意识与情感。"①阎连科的《受活》是一部政治讽喻小说。受活庄要求脱离县、乡的行政辖管，受活庄人承受的政治迫害有鲜明的政治讽喻意味。周大新在创作《湖光山色》的时候，有面向现实的追问："中国的城市化正在不事声张地进行，大批城市的肚子像孕妇一样在快速隆起膨大，乡村因而随之发生巨大的变化，可这种变化的结局会是什么？是大片田地荒芜和许多村庄的消失吗？真要是那样，是福还是祸？农民的日子过得艰难，人们渴望离开乡村，世世代代的生存之地变成了极想抛弃之处，其外部和内部的缘由究竟有哪些？"②

第三，豫军的中原文化小说注重对社会底层黑暗现实的揭露，有鲜明的社会批判意识。在河南作家笔下，封建腐朽观念与现代民主法制意识、自由观念、个体权益之间的矛盾非常突出，他们以沉重的笔调反映了中国改革开放时代的种种矛盾冲突，写出了社会日常生活的真相。对乡土文化价值的批判和反思是河南作家的主导文化价值取向。从当代国情看，河南是农业大省，是人口大省，古老的文化传统在农民中以一种集体无意识的方式存在，农民身上所保留的伦理道德存在着愚昧、狭隘、保守、封闭的一面。作为农民出身的当代河南作家，他们从土地上走出来，深谙农民的狭隘和不足，他们以一种悲愤的情怀审视着农民的精神底色。周大新的《怪火》中"我"家成了柳镇有名的富户，家里有4辆卡车，雇

① 阎连科：《阎连科》，北京：人民文学出版社 2004 年版，第 574 页。

② 周大新：《〈湖光山色〉的写作背景》，《语文教学与研究》，2009 年，第 21 期。

有七八个工人,"我"家里奇怪的失火,只有9个人来救火。小说中写到了历史上发生的失火事件,"火"不仅仅是天灾,也是一场人祸,致富的人丢掉道德良心,弟弟随意玩姑娘,哥哥对自己家的车撞死了人很漠然,给几千块钱了事,致富的农民在精神上是"穷困"的。河南人的生存环境逼仄,人性的黑暗在现实中显示了出来。阎连科的《黄金洞》写残酷的人性之争,亲情、爱情在金钱面前完全变色。开篇是"世界像粪",通篇是人与人之间相互算计。在河南作家笔下,农民是承载着文化意义的符号,他们多灾多难的命运与人性的幽暗,残酷的生存环境和农民式的生存智慧,相互缠绕在一起。作家们剥开了农民在现实中挣扎的无奈,呈现他们近乎卑劣无耻的手段。李佩甫的《红蚂蚱绿蚂蚱》、《豌豆偷树》、《李氏家族的第十七代玄孙》、《羊的门》等作品揭示了个人、家族在生存中角逐的丑态,对他们异化的人格投去鄙视的一瞥。周大新、李佩甫、阎连科笔下的男性主人公几乎都是在现实功利目标下放弃了自己的爱情。

第四,豫军的中原文化小说对乡村中国的书写往往有着双重的情感立场。李准在《黄河东流去》卷首写道:"不是为逝去的岁月唱挽歌,她是想在时代的天平上,重新估量一下我们这个民族赖以生存和延续的生命力量。"小说一面写出了农民的落后意识,一面表现农民的可贵性格。周大新的《汉家女》中,汉家女是一个普通的农村女子,朴实、善良、泼辣,爱憎分明,有几分野性,几分可爱,又带有农民式的落后与粗野。这是汉家女的粗野:"俺要当兵!俺晓得你们要接六个女兵。你不要摇头。俺家无权无钱,不能送你们东西,也不能请你们吃饭。可你必须把俺接去,你们既然能把公社张副书记那个近视眼姑娘接走,就一定也能把俺接走!俺不想在家拾柴、烧锅、挖地了,俺吃够黑馍了!你现在就要答应把俺接走!你只要敢说个不字,俺立时就张口大喊,说你对俺动手动脚。俺晓得,你们当兵的总唱'不准调戏妇女'。你看咋着办?是把俺接走还是不要名声?"以一种近乎非法的手段要当兵,出语粗野。汉家女性格直爽,热爱家庭,对自己的儿子和丈夫充满深情,热爱本职工作,有大局意识。在前线医院,她吃苦耐劳,是照顾伤员的模范护士。当一记者慕名采访她,问她对前线的感想时,她却说:"这地方拾柴可真方便。"让人啼笑皆非。她洗澡时被七连二班长偷看,她大发雷霆,后得知二班长即将参加突击队,可能会阵亡,又心生同情,让二班长亲近自己。《受活》中一面是对残疾人的同情，一面也表达了对残疾人逐利本性的揶揄。县长柳鹰雀是一个为民请命的理想式英雄，也是一个悲剧性的人物，他踏实、执着，也颇为荒唐。自身有皇权意识，个人自我膨胀到极致，在"敬仰堂"中贴马、恩、列、斯、毛等伟人的像，自诩为"全世界最伟大的农民领袖，第三世界最杰出的无产阶级革命家"，将自己与伟大革命领袖并列，显得很可笑。这种两面思维在河南作家中非常普遍，写历史小说的二月河说："一方面我从诗词歌赋、政治、军事、社会民生方面综合表述当时文化的灿烂性，另一方面也表现这种文化的劣根性，看到东方文明为什么在鸦片战争中面对西方文明时被碰得粉碎。"[1]中原文化代表中国的传统文化，在现代化的历史语境中，这种文化本身受到了来自历史的挑战。这也使河南的小说家们一面是对历史的回应，写出了传统文化人格在经受现代思想裂变的痕迹与震颤；另一面是在歌颂平原人的坚韧、厚重的时候，也谴责他们的浮躁、见利忘义。

第五，豫军的中原文化小说有着开阔的艺术视野。中原文化小说连接着中原文化的地气，立足传统的民间艺术，融通世界优秀文学，大胆革新，创造新的文学形式。周大新说："你要想成为一位优秀的小说家，你就一刻也不能停止向前寻找，寻找的东西主要是两个：一个是新的表现形式，另一个是新的表现内容。"[2]周大新的小说很注重写故事，又有深入的心理描写，通过细腻的心理描写揭示人物的人性冲撞。《第二十幕》情节曲折，人物的命运起伏不定，世道沧桑，险象环生，读来环环相扣，别有意趣。在阎连科那里，他对优秀的世界作家是如数家珍的，但其创作并不是简单模仿西方文学，而是进行了有益的文化创造。"阎连科对于中国当代文学的意义，就在于他接过赵树理的话题，把它推进到了一个更为复杂和多层化的超现实的文学领域。"[3]阎连科寻求一种超越主义的现实的写法，他说："我们几十年所倡导的那种现实主义，是谋杀文学的最大元凶。"[4]阎连科的小

① 春玉、陈商：《二月河：让河南散发文化魅力》，《中国报道》，2007 年，第 5 期。

② 周大新：《卡尔维诺的启示》，《国外文学》，2001 年，第 3 期。

③ 程光炜：《阎连科与超现实主义——我读〈日光流年〉、〈坚硬如水〉和〈受活〉》，《当代作家评论》，2007 年，第 5 期。

④ 阎连科：《寻求超越主义的现实》，《受活·代后记》，沈阳：春风文艺出版社 2004 年版，第 297 页。

说在总体上有寓言的性质，2002年4月新疆人民出版社出版的《年月日》封面上称："中国第一部'寓言现实主义'小说集"。阎连科的《大校》是一篇探索性的小说，在叙述上不断地转换叙述人，用"元小说"的形式试图给读者一个真实的、多面的大校形象。阎连科的《黄金洞》采取傻子的视角叙事呈现了事件的原生性，叙述人与叙述事件之间形成了意义张力，使作品意味悠长。在小说《受活》的封面上写道："一次非凡的狂想式写作打造了中国当代文学'狂想现实主义'的奠基之作。""小说在结构形式上的大胆探索和创新，在时间轴线上对东方古老观念的吸纳，在语言上对地域方言的大胆开掘与驾驭，在写作方式上对'狂想现实主义'的创立与运用，使整部作品真实与虚构并置，当下与历史交融，现实与梦魇交织，构建了一个奇诡陆离、亦真亦幻的艺术天地，从而使其在文本上具有了某种经典价值。"《受活》从思想内容到写作形式，都是独特的，刘再复称《受活》是一部"奇书"①。

第六，中原文化小说在叙述、内容、语言等方面深受地域民间文化的影响，表现出鲜明的地域文化气息。河南作家深受民间文化的影响，豫剧、河南坠子（说书）、神话传说对姚雪垠、阎连科、周大新等作家的影响都很大，豫剧"一唱三叹"式的语言风格、跌宕起伏的情节故事在他们的作品中得到了传承，周大新说："河南的豫剧对我还是影响非常大的。"②周大新的作品擅长通过民俗和神话传说来增加作品的艺术魅力。《伏牛》中有关牛的传说，《第二十幕》中的梅溪河的传说，《湖光山色》中有关楚王庄的传说，《走出盆地》中仙女的传说，《风水塔》中柳镇风水塔的传说，这些传说使小说平添了一种神秘、浪漫的美感，使故事叙述中节奏变得舒缓，传说故事与人物的命运相互映照，丰富了作品的内在蕴涵。《伏牛》中有关牛的传说，映照了人物的性格命运。伏牛的个性很刚烈，忠于主人，愿为主人而死。西兰、周照进、荞荞又何尝不是刚烈的牛性。周照进痛打妻子的行为，受到了"云黄"发怒导致的惨烈后果，人牛感应的传说在现实中得到了印证。《湖光山色》中楚王的传说与现实中旷开田的精神个性一脉相承，旷开田潜在的"皇

---

① 刘再复：《中国出了部奇小说——读阎连科的长篇小说〈受活〉》，《当代作家评论》，2007年，第5期。
② 阎连科、张学昕：《写作，是对土地与民间的信仰》，《西部》，2007年，第4期。

帝意识"使他的人格发生了精神异化。

周大新的小说注重对民俗的表现。在周大新的小说中,汉代画像石,西峡恐龙,汉代的墓葬,婚嫁的风俗,充满谜一样色彩的五道横竖交叉的格子网,富有地方特色的民歌、民曲……极大地增强了小说的文化内涵,突出了小说的美学意味。周大新说:"民俗既是人生活方式的组成部分,也是影响人心灵的重要因素。小说家要表现人的生存方式,要展示人心灵深处的景观,不去触及民俗怕是很难完成这两项任务的。"① 这是周大新的《伏牛》中牛车迎娶的情景:"两头黄牛一公一母站在辕前,脖子上挂着铮亮的铜铃,牛角上饰着红色的彩带,牛肚带用的全是新织的彩色麻绳;牛车上用芦席扎着拱形的顶盖,顶盖上也饰着红色的绸带;车内,铺了一床红缎子被,被子上放三个用麦秸编的涂了红色的圆坐垫,中间的坐垫大,那是新娘子的座位,两边的小,那是伴娘的位置。"《第二十幕》中对格子网的文化内涵给以多种不同的解释,极大地丰富了作品的哲学蕴涵,反复出现的格子网也在结构上起到了彩线穿珍珠的艺术效果。

富有地域色彩的语言也极大地拓展了小说的内涵。阎连科的《受活》中的语言有乡土色彩,读来别有意趣。如"受活"、"热雪"、"处地儿"、"儒妮子"、"死冷"、"当间"、"脚地"等语言将读者带入耙耧山文化之中。小说的人物语言亦俗亦雅,别有意味。"把列宁的遗体安放在那山上,顶儿重要的,是全国、全世界的人都要疯了一样去那山上游乐哩。一张门票五块钱,一万人就是五万块哩;一张门票十几块,一万人就是十几万哩,要一张门票五十几块,一万来人就是五十几万块钱哩;可一张门票整好一张大票? 一万游客是多少的大票呀! 全县人一年种地能种到一百万张大票吗? 屁! 狗屁哩! 猪屁哩! 牛屁、马屁哩。可是哟,人山人海都来魂魄山,一天何止一万游客哟。"这一段柳鹰雀的话粗俗、夸张,气势很盛,很好地刻画了一个充满狂想的县长形象。

"小说所笼罩的土地的文化,不是某一块土地上成熟后被作家收割的稼禾,而是作家在距那块土地千里之外以后面对那块土地时,面对那块土地上所呈现和隐藏的即将消亡的文化时,他心灵上的对土地文化的热爱、愁苦、批判和吟唱,是

---

① 李丹宇:《让世界充满温情和美好——作家周大新访谈》,《黄河》,2007 年,第 1 期。

心灵对土地文化的震颤、苦痛的回音。"① 如上所述，豫军的平原文化小说深深扎根于民族土壤之中，以厚重的地域文化底蕴为依托，以悲悯的情怀审视着苦难中生存的芸芸众生，以开放的世界文学眼光开拓着新的艺术世界，形成了沉郁而又苍凉、平实而又奇崛的整体风格。

第十节　回族作家张承志与伊斯兰文化小说

伊斯兰文化作为外来宗教文化，在中国有 10 个少数民族将之奉为本民族的宗教信仰，他们是回、东乡、撒拉、保安、维吾尔、哈萨克、柯尔克孜、乌孜别克、塔塔尔、塔吉克等族。其中回族在其历史发展过程中，虽然"语言、共同地域、经济联系等民族特征日趋淡化、甚而不复存在，惟有表现在伊斯兰教文化信仰和相应风俗习惯所承载的民族心理素质或民族意识极为顽强、极为鲜明地存在着。"② 伊斯兰文化是回族文化的根基，可以说，回族传统文化的核心就是伊斯兰文化。"传统作为一种价值观念、精神形态包容了民族的过去、现在、未来，它以其巨大的能动性影响并作用于一个民族的文化思想、思维模式、心理结构、风俗习惯、伦理道德等。任何形态的文化，首先是民族性的文化，它是在民族群体中体现出来的一种民族化的精神依托和力量。因此，传统文化是一个民族各种思想文化、观点和形态的总体表征。"③ 正是由于始终将伊斯兰文化奉为本民族的传统文化，回族文化显示出双重特征，即宗教意识与民族意识并行不悖，宗教情感与民族情感糅合交织。

"文革"期间，少数民族作家如履薄冰，不敢关注和表现本民族特有的宗教文化生活，因为其已成为当时文学题材的"高压线"和"雷区"，一不小心触碰到就会遭受极"左"政治权威的打压。"文革"结束后，随着民族政策和宗教政策的落实，一些正面表现和揭示伊斯兰文化的小说作品悄然出现了。回族作家马知遥的

---

① 阎连科：《阎连科》，北京：人民文学出版社 2004 年版，第 579 页。

② 张文勋、施惟达、张胜冰、黄泽：《民族文化学》，北京：中国社会科学出版社 1998 年版，第 138 页。

③ 马燕：《西部文化论丛》，西宁：青海人民出版社 2003 年版。

短篇小说《古尔邦节》（1980）和白练的短篇小说《朋友》（1981）算得上是破冰之作。前者通过古尔邦节这个民族——宗教节日，勾画了回族人民的伊斯兰文化习俗和民族情感；后者讲述了回族群众过"圣纪"还是忙"麦收"的困惑。

新时期以来，逐渐多元化和多样化的文化价值观念，以强大的破冰之力使一度被压抑的少数民族文学重新浮出历史地表。僵化政治理性的幽灵已无力阻挠呈蓬勃发展态势的少数民族文学。构建在民族——宗教传统文化基础上的伊斯兰文化小说，更是呈现了前所未有的创作繁荣。一批优秀回族作家张承志、霍达、查舜、石舒清、朱刚、王延辉等为当代中国文坛贡献出具有鲜明伊斯兰文化特征的故事和人物。这些回族作家有的长期生活在"大杂居、小聚居"的内地汉—回文化圈中，如张承志、霍达、王延辉等，有的则土生土长于甘宁青回族聚居地区，如查舜、石舒清、朱刚等，虽然他们所处地域不同，但都具有自觉的族属意识和强烈的民族文化意识。伊斯兰文化赋予他们独特的文化视界和审美观念，使其小说作品呈现出别具一格的文化内涵和艺术风貌。霍达的《穆斯林的葬礼》（1987），第一次以长篇小说的叙事长度和广度，全面透视了回回民族的传统文化风习和民族心理结构，沉重叩问了在华夏文化和伊斯兰文化的碰撞下，个体生存价值与民族文化取向之间的矛盾，深刻追问了在政治、战争和宗教情境中的人生真谛和人性维度。作品以穿越历史的大气和沉静，以洞察人性的凄美和哀伤，吟咏了一首哀婉含蓄、荡气回肠的民族史诗。这部获茅盾文学奖，被冰心称为"奇书"的长篇巨制，为伊斯兰文化小说确立了较高的写作起点和规范。

真正扛起伊斯兰文化的大旗，面向当代消费主义文化语境发出诘难的是"回民的长子"张承志。比之霍达在宗教与人性、历史与现实之间的矛盾，张承志的精神底气显得如此强大而自信，其写作姿态又是如此激越而反叛。他将自己的心灵世界向伊斯兰文化全面敞开，并以此来抵抗日益加剧的物质主义文明的侵染。这无疑是理解张承志文学世界和心灵世界的一个重要起点，离开这个起点，他很容易被视作一个姿态大于实质的伪信者，甚而是偏执狂。深究之，张承志神圣皈依者的身份并非一蹴而就，而是在精神探寻的道路上逐渐构筑起来的。从最初寻找父亲的儿子（《北方的河》），到草原额吉的义子（《黑骏马》），直至黄土高原上的回民长子（《心灵史》），张承志几经文化身份的改变，最终才回归母族，汲取着伊斯兰文化的乳汁，成为一个匍匐于神圣伟力前的皈依者、虔敬者。归结起来，张承志的一系列回族题材小说所彰显出的伊斯兰文化意涵主要有以下两点：

第一，是素朴的"信"。以知识主义的思想意趣从张承志的小说世界中窥探信仰的义理或根据，显然是无效而徒劳的。他笔下那些黄土高原上的穷人们，就这样毋庸置疑地信了。不需要经由层层思辨、繁琐推理，也不必进行神学的知性认知，只需要承认那个人格化的、全知全能的神就可以进入信仰。这种素朴的"信"，面向穷人们（张承志称之为"受苦的庄稼穆斯林"①）是最有效的。素朴的"信"不仅摒弃了高高在上的知识主义，而且根本弃绝了媚俗的物质主义。这样的宗教性格、宗教伦理与穷人的精神需求之间有着内在亲和性。在素朴的信仰前、在神的法庭前，穷人们获得了前所未有的自我认同感和心灵高贵感，获得了现实世俗世界里经由任何其他途径都无法得到的新的价值秩序。

就此而论，张承志倾心叙述的穷人宗教对黄土高原的穷人们来说是一种启蒙主义宗教。"人心"因为信仰的启蒙变得前所未有的高贵尊严，甚至连容貌都如此"苏莱提"（信教者的容貌之美②）了。庄稼穆斯林在贫穷困顿的生活中，进行着心灵自由权利的崇高诉求，穷人宗教重新塑造着穷人们的心灵模式和生活模式。

第二，是神秘主义。张承志所钟情描写的小说人物，特别如那些师傅、导师们个个都是精神修道者。他们通过贫困、孤独、断食、冥思等禁欲苦行，过着绝对皈依的生活。同时，他们的宗教体验是神秘主义的，即追求以直觉体验的迷醉方式发现和接近神，并与之结合。中篇小说《西省暗杀考》，就用一显（复仇）一潜（精神成长）双重主题，讲述了主人公伊斯儿如何成长为一个神秘主义开悟者的故事。从最初的心猿意马、神经窜逃，到"陶醉经常发生"，直至"常常感知机密"、出现幻觉，十几岁的少年伊斯儿最终成长为一个被教民推崇的"念经人"。带有自传色彩的诗体小说《错开的花》以更加浪漫诗意的方式，展现了主体"我"经过三次精神攀援的失败、最终皈依真主的心路历程。正是神秘主义的陶醉，帮助"我"接近了那最高的存在。显然，从有限到无限，将有限投入到无限中去，

① 张承志：《回民的黄土高原——张承志回族小说》，西宁：青海人民出版社1993年版，第62页。
② 张承志：《回民的黄土高原——张承志回族小说》，西宁：青海人民出版社1993年版，第286页。

应是神秘主义知性忘我的终极目的。

张承志笔下的苏菲神秘主义者如伊斯儿、"我"在独自面对神圣者时，体验到了创造性的、属于自我的宗教经验。伊斯儿、"我"作为孤独的个体存在，与神圣者之间形成了他们所希冀的从灵魂到灵魂的直接关系。

综上，伊斯兰文化作为张承志的精神资源，如同酵母般地激发了他的创作灵感，使他的小说具有了独特的文化内蕴和精神向度。伊斯兰文化的终极关切，与张承志作为小说家在审美领域里对"终极的意义"的追寻，形成了同质同构的关系。可以说，当代文坛能将个人生活、文学创作以及自我的心灵诉求如此高度融合在一起的，张承志无疑该名列榜首。

"苦难"或许是张承志小说中最吸引人的图景，也是他建构信仰大厦的重要材料。那些受苦的庄稼穆斯林们，坚守在贫瘠得八方知名的西海固，坚守在一片焦渴干旱的黄色大山里。他们的物质欲求如此简单，不过是一间脏污坍塌、烟熏火燎的黄泥小屋。其处境越是困顿，神圣信仰就越使他们紧密地结合在一起。苦难，是一切宗教诞生的源头，而一切宗教的终极目的不过是摆脱苦难，到达所谓的乐园、天堂或是极乐世界。他们顶礼膜拜着无边的、神圣的苦难，由此获得内心的宁静和自由。

《残月》中杨三老汉慨叹如今太平日子白面馍馍，人过得没出息了。倒是当初"一声不吭地拾那冰上的榆树皮皮，在这片山沟里长大成人，那种时候他总是心硬得赛铁"。[①] 苦难成为考验杨三老汉是否笃信虔敬的试金石，也是他寻求意义获取神圣价值的必要途径。《西省暗杀考》中伊斯儿认定"背靠着黄土荒山，凡是穷人便觉得实在"。[②] 穷人之所以能抵抗住那花花绿绿的兰州城的物质诱惑，就是因为他们已经将自发性地"受苦"视作救赎之道。

俄罗斯作家陀思妥耶夫斯基的长篇小说《罪与罚》中，主人公拉斯科尔尼科夫因震惊于少女索尼雅卖身拯救家庭的苦难，跪在她的脚下痛苦地喊道："我不是

---

① 张承志：《回民的黄土高原——张承志回族小说》，西宁：青海人民出版社1993年版，第39页。

② 张承志：《回民的黄土高原——张承志回族小说》，西宁：青海人民出版社1993年版，第160页。

向你膜拜，我是向人类的一切痛苦膜拜！"① 在此，苦难与灵魂的超越显然是从真正的人道主义立场出发的。作为同样具有强烈宗教意识和宗教精神的作家，陀思妥耶夫斯基始终没有放弃探求人与世界、人与人、人与自我之间的复杂关系。而当张承志的文化视域里只剩下了人与"神"这单一维度的关系时，那么结果可想而知。

另外，张承志小说中有一个醒目的权威形象——"导师"（或称"师傅"）。《西省暗杀考》中的"师傅"、《心灵史》中的"导师"一出场，就是卡里斯玛式的领袖人物。他们拥有神圣知识上的绝对领导权（通晓神意、明白信徒的出路何在），具有超凡异能和令人信仰的权威。他们自然而然地担负起启蒙和引路的使命，将坚定的神圣信仰提供灌输给哲合忍耶的教众们，促使他们走上皈依之路和救赎之道。

如果说穷苦大众多是因为外在之困穷而皈依宗教，那么作为受过理性教育的作家张承志无疑是因为"内心的困顿"而最终走向神圣。在朝圣之路上的张承志，要解决"内心的困顿"，必须面对一个来自生命哲学的根本拷问：真正的心灵自由，无论面对此在的最高立法，还是面对超验的神圣价值序列，都要求立足自身，到自身内部去寻找生命意义，并自己背负起自己的责任。然而，社会整体性与宗教秩序都会与个体的这种生命自由要求相牴牾，形成紧张的冲突关系。如何理解这种冲突，如何安置人的心灵自由，无疑是张承志建构神圣空间的必要精神质素，而这恰恰是他的小说世界中所缺少的。

与张承志用神圣对抗世俗的雄奇壮烈相比，另一位回族作家石舒清的伊斯兰文化小说显得隐忍深长。他不同于张承志因为神圣信仰而拒斥世俗生活，而是细细品味了伊斯兰文化给回族人民带来的生活风貌和民族性格，在一个个饶有意味的生活场面里进行温情讲述。石舒清的小说抓住伊斯兰文化两世并重的特点，生动展示了回族人民生活宗教化和宗教生活化的独特生存形态，因而作品具有浓郁的现实主义品格。

如何用文学的方式去思考和表现宗教文化，其答案是永远开放性，不同的作家会给出自己带有独特文化表情的回答。

---

① 【俄】陀思妥耶夫斯基：《罪与罚》，上海：上海译文出版社1996年版，第269页。

第十一节　藏族作家阿来与藏佛文化小说

通常意义上，小说的民族国家叙事，都力图通过对民族国家历史的描绘，取得一种象征性，或者说寓言性阐释。这些理性阐释，常需要一些外在小说叙事表象，如宏大时空跨度、主体性人物、小说主题重大性等。而对于民族国家内部秩序的认同，则尤为重要。这种秩序，牵扯到地域文化的合法性，不同宗教文化传统的合法性。只有符合现代性要求的，民族国家内部的文化秩序确立，现代民族国家叙事才能更好实现。对中国文学而言，这种模式起源于 20 世纪初现代文学的边地抒情传统。许地山、沈从文、艾芜、萧红等作家，就创作了大量地域文化性小说，如许地山的南洋基督教情结、艾芜的南洋风情、萧红对东北萨满教的描述，以及沈从文对湘西原始地域风情的痴迷。新时期以来，佛藏文化小说，以其特殊的文化特性与民族国家叙事特性，成为一种持续发展的小说类型。在先锋小说阶段，中国就曾出现所谓的"西藏三马"，即马原、马建和马丽华。马原的小说《拉萨河女神》、《冈底斯的诱惑》等，以元叙事的先锋姿态，掀起了中国文坛的革新风暴。而藏佛文化的神秘气息，无疑是小说获得成功的重要因素。

1990 年代后，原有革命叙事与启蒙叙事，逐渐丧失了控制性宏大叙事地位，而伴随着市场经济发育，边地文化成为繁荣中国多民族统一国家的重要文化心理资源。阿来的《尘埃落定》、《格萨尔王》、《空山》，范稳的《水乳大地》，杨志军的《藏獒》，何马的《藏地密码》等作品风行一时。这种民族国家宏大叙事的空间拓展，不是借助"中国边地"与"边地中国"的双重弱势地位，构建乌托邦审美想象，也不是以革命叙事、启蒙思潮来重写"地域性佛藏文化与中国"合二为一的故事，而与中国文化传统"天下观"有关。在天下观中，征服者并不想控制边地居民的肉体，或改造边地的社会空间结构和内在规律，而是满足于"象征性"的宗主关系，利用文明的物质优势和道德超越性，形成对佛藏文化地域的松散权力控制和强大的文化凝聚力。现代以来，"天下观"被"现代民族国家观"所替代。

阿来，1959 年出生于四川西北部阿坝藏区的马尔康县，毕业于马尔康师范学校。1982 年开始诗歌创作，1980 年代中后期转向小说创作。主要作品有诗集《棱磨河》，小说集《旧年的血迹》、《月光下的银匠》，长篇小说《尘埃落定》、《空山》，长篇地理散文《大地的阶梯》，散文集《就这样日益在丰盈》。《尘埃落定》获第五届茅盾文学奖。2009 年，阿来当选为四川省作协主席兼任中国作协副主席。《尘埃落定》是阿来的代表作。小说讲述了 20 世纪 40 年代四川阿坝地区的麦琪土司的故事。老麦琪土司有两个儿子，大少爷为藏族太太所生，英武彪悍、聪明勇敢，被视为当然的土司继承人；二少爷为被土司抢来的汉族太太酒后所生，天生愚钝。老麦琪土司在国民政府黄特派员的指点下，通过罂粟和现代战争武器，很快成为土司中的霸主。而二少爷则意外击败了大少爷，成为了新一代的"傻子土司"。傻子土司通过一系列措施，给阿坝地区带来了现代文明风气。而在与哥哥的争斗中，傻子土司也陷入红色汉人和白色汉人的争斗，直到在解放军的隆隆炮声中迎来了自己最后的时光。

阿来的《尘埃落定》，是藏佛文化小说经验表述的典型代表，它荣获茅盾文学奖，预示着"文化复兴现代中国"空间体验的扩展。该小说引起广泛关注，并被很多论者认定为藏族文化史诗[1]。然而，很多少数民族作家对该小说的藏族文化的民族属性，表示了质疑[2]。有论者认为，该小说通过文本对话性，实现了"与在深邃神秘的藏汉文化背景下的作者原始／宗教艺术思维的契合天成。《尘埃落定》以小说的方式参与了世界文化对话，成为一部可以与由陀思妥耶夫斯基奠定的现代主义文学异质同构的、'走向世界'的中国当代文学力作"[3]。而对该小说中汉文化与藏文化、西方文化的冲突性，则大多避而不谈。其实，《尘埃落定》的实质，恰是要将此书写给全体中国人。对此，阿来也多次表示，尽管他的写作受藏文化影响，但更是一个有关总体性、普世性的人性写作。在回避小说民族性的暧昧表述中，人性写作的宏大雄心，更暴露了该小说的现代性民族国家叙事的企图。

---

① 陶然：《西藏的史诗——阿来〈尘埃落定〉掠影》，《阅读与写作》，2001 年，第 3 期。

② "对《尘埃落定》这部作品进行冷静地审视和打量，很快就会发现它的劣质的一面。希望人们不要为此感到惊讶！《尘埃落定》这部作品的核心构思所在，从根本上讲就是：虚拟生存状况，消解母语精神，追求异族认同，确立自身位置。亦是说，是鲜明的意识形态思维大于真实的艺术形象思维。'主题先行'的痕迹是无论如何都抹不掉的，它既严重地损伤了小说艺术的本体，也更不符合藏民族对生命的理解和信仰"。见栗原小荻：《我眼中的全球化与中国西部文学——兼评〈尘埃落定〉及其它》，《西南民族学院学报》，2002 年，第 5 期。

③ 黄书泉：《论〈尘埃落定〉的诗性特质》，《文学评论》，2002 年，第 2 期。

具体而言，该小说中存在"三重他者化"策略。中国民族国家形象，也可以通过"他者"塑造。然而，《边城》虽渴望借助文学形式，展示自我文化的魅力，可内在文化逻辑，却是将"湘西"等同于"中国"，抹杀二者的差异性与权力支配关系，进而造成"牧歌乌托邦"。而《尘埃落定》的叙事策略，却巧妙地对"边地"进行隐蔽的"多重他者化"，试图在不知不觉中将"中国"在现代意义上树立成历史理性主体。如美国学者所说："外来文化的冲击和人为的破坏，使得在'民族主义'的核心里留下一个空白。"而《尘埃落定》的复杂性还在于，该书并不仅是一个将民族内部"边地"加以"牧歌化"的小说，而表达出对"边地"历史理性批判与牧歌乌托邦的双重情绪。这种双重情绪，不但没有在小说中达到完美和谐，反而在文本中不断冲突，进而破坏小说的整体和谐感。这双重情绪的内在冲突，也恰表征了 1990 年代全球化背景下完成民族国家宏大叙事的难度。作家努力通过多重他者化象征，树立民族国家内部以现代性为坐标的权力结构关系。然而，作为被动现代化的中国本身，在全球化秩序中也处弱势地位，其现代性进程，依然是尚待完成的任务。

首先，从创作主体来说，阿来的文化血缘，既是藏人，也是汉人，有混血文化身份。汉文化的影响，甚至大于藏文化。他认为，由于族别，选择麦琪土司一类题材是"一种必然"，同时暗示用汉文写作也是必然，因为"我们的国家"是一个"象形表意的方块字统治的国度"。言外之意便是他身上流着藏族人的血，却身不由己被卷入民族国家一体化进程[1]；其次，就地缘而言，对于"西藏"，阿坝土司领地是"边地"，而对汉族内地而言，它依然是"边地"。而"双重边地"身份，让该地区同时具有两种文化气质，这也决定了阿来的写作，在文化身份认同上，既认同汉人和藏人的传统，又与二者有重大区别。这种"熟悉的陌生人"的他者形象，在对民族内部"双重边地"想象中，实现自我形象确立。而微妙之处恰在于，这个边地，具有双重身份的"边地"，又是西方意义上的"边地"，被放置在"百年中国现代化"的宏大历史视野中。

于是，《尘埃落定》表现出对汉文化和藏文化积极融合和反思的态度中，原

---

① 阿来：《落不定的尘埃》，《小说选刊增刊》，1997 年，第 2 期。

被称为"黑衣之邦"，并被认为是土司权力的来源；而西藏和印度，则被称为"白衣之邦"，被认为是土司们精神信仰的来源；这种矛盾性，还体现在作家对待汉文化和土司文化的矛盾态度上，土司文化成了野蛮而美丽的乌托邦，但却消失在历史进步之中；而汉文化虽有很多虚伪和矫饰，鼓吹世俗欲望，没有神的道德约束，但却最终成为历史理性代表。然而，土司制并不是一个自发性的统治制度，本身就有强烈的汉文化影响。《明史·土司传》中说："然其道在于羁縻，彼大姓相擅，世积威约；而必假我爵禄，宠之名号，乃易为统摄，故奔走惟命。"① 土司制度，归根到底只是少数民族地区行政制度的一部分，决不是该地区的社会制度。土司制度是中国中央王朝统治其他民族的政治制度。这种行政制度最早始于秦汉，经唐、宋一直到元、明、清，是针对其他民族的传统统治体制和羁縻政策的一环②。这种制度的好处在于，让少数民族保持半开化状态，既保证了统治需要，又尽量避免改变其生活方式，引发矛盾；既保持主体民族文化优势，又巧妙利用"以夷制夷"方式，使少数民族无法真正实现强势崛起。然而，一旦中央王朝统治力削弱，就有可能放松对少数民族统治。现代性思维的民族国家宏大叙事，则企图通过现代性的均质性强力整合，将整个民族纳入一个共同的文化时空内。

然而，汉文化并不等同于现代化，二者的差别，作家有意模糊了。我们看到，汉文化高级而神秘。它对土司有最高决定权，麦琪土司与汪波土司的矛盾需要四川国民军政府进行最后裁判。黄特派员，使土司们拥有了鸦片和现代化枪炮，然而，黄特派员又是古怪的，喜欢做诗。他和继任的高团长，其目的都在于加强对土司们的控制。土司文化，虽野蛮但更率真、野性而浪漫。一方面，作者不动声色地利用历史理性嘲讽了土司制度的不人道，如描写土司太太鞭打小奴隶："得到了肯定的答复，土司太太说，把吊着的小杂种放下来，赏给他二十鞭子，一个母亲对另一个母亲道了谢，下楼去了，她嘤嘤的哭声，让人疑心已经到了夏天，一群群蜜蜂在花间盘旋。"③ 另一方面，作者又痴迷于这种"权力感觉"，为之蒙上一

---

① 杨炳堃：《土司制度在云南的最后消亡》，《贵州民族研究》，1994 年，第 2 期。

② 【日】谷口房男著，杨勇、廖国译：《土司制度论》，《百色学院学报》，2007 年，第 3 期。

③ 阿来：《尘埃落定》，北京：人民文学出版社 1998 年版，第 12 页。

层英雄主义的色彩。如"在我所受的教育中，大地是世界上最稳固的东西，其次，就是大地上土司的权力"、"土司下面是头人。头人下面是百姓。然后才是科巴（信差而不是信使），然后是奴隶。这之外，还有一类地位可以随时变化的人。他们是僧侣，手工艺人，巫师，说唱艺人"。又比如，文中多次出现对土司文化的"性欲化"处理倾向，这是描绘弱势文化乌托邦的习惯。麦琪土司抢夺央宗、汪波土司和傻子的大哥勾引塔娜、茅贡女土司的性放纵。然而，一切都似乎天经地义，并表现为"野蛮的浪漫"。这正反映了作家在树立中国民族国家主体时，对内部空间权力关系的认定。然而，汉人们带给康巴的，一方面是现代性欲望放纵、毁灭（梅毒成了象征。由此，作家区分了土司们的"健康情欲"与现代文明的"腐烂情欲"，这也是乌托邦表述策略之一）；另一方面，汉人不仅带来了强大武力，且有无法抗拒的强大历史性力量。这种又爱又恨的心态，无疑是复制了"中国——西方"的弱者想象关系，又具有中国天下朝贡体系所特有的崇敬与敬畏的特殊情绪。

再次，小说中其实还存在另一层他者化目光，那就是相对"西方"而言，无论是西藏、高原土司和大陆内地，都是"他者"。诸多由汉人带来的现代文明，其实不过是对西方文明的不完整"复制"。然而，作家却要在小说地理版图中，表现出所谓汉民族主体性，故意淡化西方影响（如英国对藏地的控制）。这也使该小说的民族国家叙事，充满了游移与混乱，使该小说的历史理性主体，面临重重疑雾。在表述历史批判时，土司的野蛮被凸显；表现乌托邦想象时，土司们的神性和浪漫，又成了故事主体；而表现作为整体的中国对外关系时，作家又自觉认同中华民族的文化身份，"西方形象"则与"现代性"剥离开来，被处理为更遥远，且毫无亲切认同感的陌生存在。对西方的印象，在小说中主要来自傻子的叔叔和姐姐。姐姐是虚伪和吝啬的代表，她以英国为荣，以出生在西藏为耻，尽力用香水掩盖自己的气味，用便宜的玻璃珠子做礼物欺骗亲属。而周旋在西方、大陆和西藏之间的叔叔，却是一个典型的大中华主义者，傻子也受到叔叔影响，继续以"边地"身份，效忠中央政府。他毫不犹豫地捐献了大量钱财，用于买飞机。然而，这种西方他者与中国"主体性民族国家"的矛盾冲突，又将如何表述呢？作者在此则表现出"悬置"的态度。

可以说，《尘埃落定》开创了20世纪90年代以来新佛藏文化小说的先河，由此而衍生的主题，既有生态文学题材，也有新的边地想象热潮。然而，我们在此却看到了民族国家想象的"大一统"期待，对消费猎奇的悄然迎合，以及新的文化进化论的现代性等级想象。2009年，阿来的小说《格萨尔王》再度引发关注，小说讲述了格萨尔作为天神之子降生人世，完成了降妖伏魔、安定三界任务后，最终返归天界的故事。一条线索以史诗《格萨尔王》的故事为底本，着重展示了格萨尔王一生的丰功伟绩，可谓一位王的成长史；另一条线索围绕一位当代说唱艺人展开。作为神授的格萨尔艺人，他具有梦中通神的本领。除了阿来之外，范稳的《水乳大地》、杨志军的《藏獒》、何马的《藏地密码》，也是备受关注的佛藏地域文化小说。范稳对藏地历史的钩沉，杨志军通过藏獒对生态文明的思考，何马对藏地神秘性的探究，都值得我们进一步深思。

第十二节　现代文人与古体诗词

自五四以来，白话新诗逐步取代了古体诗词，古体诗词曾被视为是陈朽落后的，是不适应时代发展的。然而五四新文学以来的历史证实，古体诗词并没有销声匿迹，很多新文学的代表人物都写起了古体诗，如郭沫若、鲁迅、郁达夫等都留下了大量的古体诗词。建国后二十七年时期，古体诗词创作也一直以"暗流"的方式存在，一些无产阶级革命家如陈毅、毛泽东等也写了很多古体诗词，聂绀弩、郭沫若、叶圣陶、公木等诗人在此期间都有古体诗词留世。1976年的天安门诗歌运动是一场群众性的诗歌运动，其诗作被结集而成的《天安门诗抄》于1978年12月由人民文学出版社出版，天安门诗歌中有大量的古体诗，天安门诗歌运动再一次显示了古体诗词的现实力量和艺术魅力。古体诗词的潜流一直没有中断，新时期以来，古体诗词开始呈勃兴之势，这主要体现在：

一、古体诗词的出版、发表开始得到重视

一批老一代作家、诗人、学者的古体诗词著作得以发表、出版。20世纪80年代以来，聂绀弩、林伯渠、李大钊、郁达夫、朱自清、吴芳吉、公木等人的古体诗集开始出版。以聂绀弩的古体诗出版为例：1982 年人民文学出版社出版《散宜生诗》；1984 年福建人民出版社出版 9 人合集《倾盖集》，其中有聂绀弩自选集《呲堂诗》，收诗词 80 首；1985 年 7 月人民文学出版社出版《散宜生诗》增订、注释本；1992 年学林出版社出版《聂绀弩诗全篇》，收古体诗 426 首；1999 年 12 月学林出版社出版《聂绀弩诗全篇》增补本；2004 年 12 月武汉出版社出版《聂绀弩全集》第 5 卷含"古体诗词"606 首；2005 年山西人民出版社出版侯井天注解的《聂绀弩古体诗全篇》。《公木古体诗抄》1984 年由四川人民出版社出版，选入古体诗 121 首，最早的诗写于 1944 年，其中写于 1976 年以后的占三分之二以上。"当代名家诗词集"（北京图书馆出版社，2006）选入赵朴初的《无尽意斋诗词选》，饶宗颐的《固庵诗词选》，沈鹏的《三馀诗词选》，杨金亭的《杨金亭诗选》。

　　各类诗词选本的结集出版日益增多，其中比较有影响的诗词选本有：叶元章、徐通翰编《当代中国诗词精选》（浙江古籍出版社，1990），毛谷风编《当代八百家诗词选》（浙江大学出版社，1990），杨金亭编《中国百家古体诗词选》（贵州人民出版社，1991），《海岳风华集》（浙江文艺出版社，1998），王成纲主编《华夏吟友》（1995、1997、1998、2000 各出一卷），匡一点主编《中华当代律诗精选》（中国文联出版社，1999），霍松林主编《中国当代诗词艺术家大辞典》（上、下）（中州古籍出版社，2001），施议对编纂《当代词综》（海峡文艺出版社，2002 版，四册，合计 5000 多页），张驰主编《当代中华诗词十八家》（天津出版社，2011），钱理群、袁本良合编《20 世纪诗词注评》（广西师范大学出版社，2005）。柳斌主编，教育部基础教育课程教材发展中心编写的《现当代古体诗词诵读精华》（人民教育出版社，2004），选取从五四运动迄今近百年间的诗词 200 余首，选入于右任、鲁迅、朱德、李大钊、毛泽东、田汉、老舍、钟敬文、聂绀弩、臧克家、霍松林、刘征等人的诗词，其中作者年龄最小的是 1975 年出生的咸江南。

　　上世纪末，网络媒介的出现给古体诗词的发展带来了新的契机，一些优秀的网络诗词也被结集出版，较有影响的有：碰壁斋主等著的《春冰集 网络诗词十五家》（河北教育出版社，2005），檀作文主编的《网络诗词年选 2001—2005 卷》（首都师范大学出版社，2006），邓永坚著《无名草网络诗词歌赋》（海峡文艺出版社，2008），张驰主编的《网络诗词一百家》（河南文艺出版社，2010）。

二、古体诗词组织的成立

1978 年 10 月，北京成立了以萧军、荒芜为首的野草诗社，随后，各地诗社纷纷成立，著名诗社有洞庭诗社、江西诗社、广州诗社、东坡赤壁诗社、钱塘诗社、燕赵诗社、春申诗社、嘤鸣诗社、岳麓诗社、银杏诗社、太白楼诗社、甘棠诗社等等。1987 年 5 月中国诗词学会成立，将古体诗更名为"中华诗词"。中华诗词学会给中国的古体诗词带来了重要的影响，诗词学会得到了各级领导的重视，各省、市、县、乡也相应成立地方诗词学会，除澳门和西藏以外，中华诗词学会在全国各地均拥有分会，各省市、自治区诗词组织以及县、乡、镇等基层诗词组织创办的诗词报刊已近 600 家[1]。广东有《当代诗词》、《诗词报》，北京有《野草诗词》、《新华诗叶》、《北京诗苑》和《诗词园地》，湖南有《湖南诗词》，四川有《峨嵋诗稿》，安徽有《安徽吟坛》，福建有《福建诗词》，江西有《江西诗词》，江苏有《江南诗词》、《江海诗词》，湖北有《湖北诗词》、《东坡赤壁诗词》，吉林有《长白山诗词》，上海有《上海诗词》，福建有《福建诗词》，湖南有《岳麓诗词》。1994 年中华诗词学会主编的《中华诗词》创刊号出版，其办刊宗旨是："切入生活，兼收并蓄。求新求美，雅俗共赏。"活跃在国外的诗社和诗词刊物也与国内诗词学会有密切的交流，如美国四海诗社，新加坡新声诗社，台湾的《中华诗学》、《汉诗之声》、《古典诗刊》、《乾坤诗刊》、《中国诗文之友》、《台湾古典诗击钵双月刊》，日本的《吟咏新风》，香港的《岭雅》，泰国的《国风吟苑》等。

古体诗词组织为古体诗词的写作、交流做出了巨大的贡献。2009 年，《中华诗词》发行量 2.5 万份，在世界五大洲发行，成为中国诗歌界中的第一大刊。中华诗词学会发行的《会员通讯》发行量 1.5 万份，中华诗词论坛的注册会员 4.4 万多人，栏目访问量已达 900 多万，发帖数量 350 多万。[2]

上世纪末以来，文学网站成为新的诗词传播平台，1998 年，新浪网的"诗风词韵"是早期有名的网络诗词阵地。2001 年，天涯网"诗词比兴论坛"汇集了大量网络诗词作者。此后，古体诗词网站、BBS 论坛、博客等发表大量的当代古体

---

① 孙轶青：《传承民族文化——复兴诗词艺术》，《人民日报》，2006 年 5 月 11 日，第 9 版。

② 焦雯：《当代古体诗词生存状况调查》，《中国文化报》，2009 年 6 月 17 日，第 2 版。

诗词。重要的诗词网站有："中华诗词网"、"中原诗词网"、"诗昆诗词网"、"唐诗宋词"、"中国诗学网"、"诗词家园"、"涵烟阁古典文学网"、"飘墨诗词网"、"听松阁精品诗词网"、"鸿雪诗词网评"等。"榕树下"、"红袖添香"、"天涯社区"、"八斗文学"、"国学网"等文学网站都设立有诗词版块。

三、古体诗词的作者和读者群不断发展壮大

古体诗词的作者和读者人数超过了新诗的作者人数，古体诗词的社会影响力超过了新诗。2009 年，中华诗词学会全国性会员就有 1.6 万多位，各省、市、县的诗词学会会员总人数达百万，五年来新近成为全国性会员的古体诗创作者有 5000 余位[①]。不算诗词集，全国 500 多万种公开或内部出版的古体诗词报刊每年发表诗作 10 万首以上[②]。

互联网的出现激发了民间的诗词创作热潮，在网络上发表诗词的草根作者的数量也是惊人的。至 2011 年 6 月，"中国当代诗词网"上的"中华诗词论坛"会员已达 7 万余人，总发帖 500 余万条，最高日发帖 2 万余条。会员们在网上建立自己的诗词文集，自 2007 年 7 月—2011 年 2 月注册建立"中国当代诗词网会员文集"的有 260 余人。青年诗人、评论家苏无名曾以六年之力阅览 6 万余帖作《网络诗坛点将录》，仿水浒一百单八将例，按风格特点点评当代 108 位网络诗词作者。他说："如今的网络诗坛，已经拥有数以百万计的爱好者，数以十万计的创作者，数以万计的论坛、个人网站和各种聊天室。每天的诗词发帖量，平均有数百首之多。从如今网络诗坛的创作数量而言，超过了以往数千年诗词的总和。"[③]

新世纪以来，古体诗词作者的年龄结构也有所改变，老作家、学者依然在发挥古典文学素养好的优势写作，如作家贺敬之、王蒙，经济学家厉以宁，古典文学研究专家叶嘉莹等。一些中青年作家也喜欢古典诗词，虽然在总体上古体诗词作者以中老年作者为主，但年轻人写古体诗词的也越来越多，2009 年湖北高考作

---

① 焦雯：《当代古体诗词生存状况调查》，《中国文化报》，2009 年 6 月 17 日，第 2 版。

② 曾祥书：《古体诗词创作热正在兴起》，《文艺报》，2006 年 4 月 20 日，第 2 版。

③ 池玉玺：《当诗词遇上网络》，《中国文化报》，2008 年 6 月 22 日，第 1 版。

文题为《站在黄花岗陵园的门口》，一考生以写古体长诗获满分，被称为是当年高考语文"最牛满分作文"。

四、古体诗词的研究出现新的局面

20 世纪的中国古体诗词研究得到重视，成为国家社科基金课题，相关研究专著不断出现。比较有影响的专著有吴海发的《20 世纪中国诗词史稿》（中国文史出版社，2004），刘士林的《20 世纪中国学人之诗研究》（安徽教育出版社，2005），丁芒的《当代诗词学》（中华工商联合出版社，1997），李遇春的《中国当代旧体诗词论稿》（华中师范大学出版社，2010）等。李遇春的《中国当代旧体诗词论稿》推进了个案研究的深入，精选了郭沫若、田汉、叶圣陶、老舍、沈从文、胡风、聂绀弩、吴祖光、茅盾、姚雪垠、臧克家、何其芳等人的古体诗词进行专章论述。20 世纪古体诗词入史的问题在学术界得到广泛讨论，朱德发、黄修己、钱理群、刘纳、孔庆东等人发表文章提倡古体诗词进入现当代文学史，一些文学史教材中开始涉及古体诗词的内容，如黄修己主编的《20 世纪中国文学史》（中山大学出版社，2004）中以附录的形式介绍五四后中华诗词的发展概貌，张炯等主编的《中华文学通史》第 8 卷（华艺出版社，1997）介绍了赵朴初、聂绀弩、贺敬之、刘征、李汝伦、丁芒等人的古体诗词创作情况。

对诗人诗作的整理、校对、注解工作也有全面的深入。如侯井天对聂绀弩诗作的整理颇下工夫，他整理、注解的《聂绀弩古体诗全篇注解集评》（山西人民出版社，2009）费时二十三年，自 1986 年 9 月至 2009 年 8 月，侯井天向国内外学者、诗人写信求助，信件有四五百封。其中对《拾遗草》的整理，诗稿得来颇费艰辛：从 1986 年 9 月至 2005 年 7 月，经过舒芜、罗孚、朱正、熊笑年、王存、寓真、郭隽杰等人抄录汇集了 380 首，其他诗作从聂的手稿中抄得，从聂诗的油印册中，从已发表的刊物中汇集，从陈凤兮、李世强、王其力、李运亨、姚锡佩、曹辛之、党沛家、何满子、程千帆、尹瘦石、朱静芳、李汝伦、贺捷、张志永、韩三洲等人的书信中抄得，从司法档案中获得佚诗 50 余首。[①] 在 1982 年《散宜生诗》的序

---

① 侯井天：《聂绀弩旧体诗全篇注解集评》，太原：山西人民出版社 2009 年版，第 436 页。

言中，胡乔木说："它的特色也许是过去、现在、将来的诗史上独一无二的。"有关聂绀弩的各类研究文章已有百余篇，其中重要的文章是彭子冈、刘岚山、施蛰存、舒芜、吕剑、徐城北、包立民、彭燕郊等人发表于《读书》、《人民日报》、《新文学史料》、《当代诗词》等刊物的文章。

五、各类古体诗词活动全面开展

如诗词研究会开展的年会，各类诗词研讨会，大型的诗词征文活动，诗词诵读活动，极大地促进了古体诗词的发展。中华诗词学会自20世纪80年代在岳阳举办第一次全国诗词学术研讨会，至2010年已成功举办24届。各省、市、县的诗词活动也非常活跃，通过举办中华诗词入市、入村、入校活动，把诗词送到城市、乡村、企业、军营、社区、校园，打造"诗词之乡"，繁荣了古体诗词创作。一些地方诗词学会还举办旅游诗、田园诗、现代工业诗、科技诗等主题诗词会议，举办各类诗词大赛，如"李杜杯"、"炎黄杯"、"鹿鸣杯"、"回归杯"、"中国诗歌节"等全国性的诗词大赛很有影响。中华诗词学会曾举办以迎接香港回归为主题的"回归颂"中华诗词大赛，在短短一百天的征稿期间，参赛者遍及全国各省区及海内外20多个国家和地区，计22000多人，应征作品达50000多首，创造了历次诗赛的最新纪录。欢呼申办奥运成功那一夜，征集的诗词作品近万首，一百天后即印制出版，至今销售良好。[1]2011年由中华人民共和国文化部、中国文学艺术界联合会、湖南省人民政府举办的"中国百诗百联大赛"收到了来自63个国家和地区的作品超过12万篇，创下了历次诗词楹联大赛之最的纪录。

1998年，中国青基会发起并组织实施"中华古诗文经典诵读工程"，组织少年儿童诵读中国古诗文经典，让他们在一生学习、工作压力最轻，记忆力最好的时候，获得古诗文经典的基本熏陶和修养。1998年6月26日，工程正式启动，著名学者季羡林、杨振宁、张岱年、王元化、汤一介担任顾问，国学大师南怀瑾担任指导委员会名誉主任。中国青基会社区与文化委员会组织专家学者编辑了《中

---

[1] 胡殷红：《中华现代诗词创作现象引起关注　专家呼吁一视同仁地对待新诗和格律诗》，《文艺报》，2002年4月6日，第1版。

华古诗文读本》（北京大学出版社，1998），选编了从先秦至近代的300篇古诗文经典之作，全部诗文有汉语拼音注音并配有注释，分为子、丑、寅、卯等12集出版。至2006年底，全国已有30个省（市、自治区），近300个地、县，近万所学校，600多万名少年儿童直接参加"诵读工程"的各项系列活动，其中受资助参加活动的农村贫困地区、希望小学，以及打工子弟学校的学生有近百万人，受其影响的成年人超过3500万人。

古体诗词在新时期的兴盛有着内在的原因：

第一，是文学史发展的必然选择。新时期的寻根文化热潮带来了人们对祖国文化的重视，古体诗词寄托着中国文人的传统人格，传承着中华文化的精髓。如爱国、诚信、刚毅、勤劳、修身、谦恭等是古体诗词的常见主题。"贫贱不能移，威武不能屈"的气节，"人生自古谁无死，留取丹心照汗青"的忠烈，"路漫漫其修远兮，吾将上下而求索"的执着，"人有悲欢离合，月有阴晴圆缺"的旷达，"横看成岭侧成峰，远近高低各不同"的哲理，已成为中华文化精神的重要组成部分。学习古体诗词、写作古体诗词是对民族文化传统的继承，在中国各地开展的诗歌诵读工程，意在通过诗教给青少年以传统文化教育。叶嘉莹在退休后1998年回到祖国创办中华古典文化研究所，并拿出自己10万美元的退休金设立学术基金，源于她的中华诗词情怀，诚如她的诗所言："书生报国成何计，难忘诗骚屈杜魂。"我们从刘征、李汝伦、丁芒、陶光、王蒙、叶圣陶等人的诗词中也时时能读出传统文化人格在他们精神深处的灵光。

第二，古体诗词的兴起是中国诗歌发展的必然选择。从五四以来，白话新诗代替古体格律诗词成为新文学的主流，这是适应当时社会变革的需要，新诗自由，易学易懂，是有其合理性的。然而回顾中国现代白话新诗所走过的道路，从西方借来象征主义、意象派、现代派的白话新诗面临着严重的艺术选择问题，新诗的不足是缺乏含蓄、蕴藉，缺乏形式美，缺乏古体诗词的凝练、规整，缺乏诗味；而古体诗词典雅含蓄、概括力强，易于诵读，工于词章。古体诗词是中华文学艺术的重要遗产，是需要发扬、学习的。"中国古体诗词是一大文学瑰宝，是汉语汉字的魅力的极致的表演。"① 在《二十四诗品》中司空图区分了古体诗词有"雄浑、冲淡、纤秾、沉着、高古、典雅、洗炼、劲健、绮丽、自然、含蓄、豪放、精神、缜密、疏野、清奇、委曲、实境、悲慨、形容、超诣、飘逸、旷达、流动"等多重风格,古体诗词包含着丰瞻厚实的艺术意趣,很多当代作家有良好的古体诗词修养。当代作家喜欢古体诗词的很多,王安忆、琼瑶、金庸、王蒙、刘绍棠、叶广芩、苏童、方方、刘斯奋等作家都在作品中使用古典诗词,他们所取得的文学成就是与古体诗词的滋养分不开的。

第三,当代古体诗词的复兴得到了各级政府的支持,很多国家领导人喜爱古典诗词,他们还是诗词学会的会员,他们的参与推动了古体诗词的发展。新时期以来,江泽民、朱镕基、温家宝等国家领导人,厉以宁、马凯等一批经济学家,钱昌照、孙轶青等离退休的老干部对古体诗词的创作给予了大力支持。2010 年 5 月 31 日,中华诗词学会第三次全国会员代表大会在北京开幕,中共中央政治局常委李长春,中共中央政治局委员、中央书记处书记、中宣部部长刘云山,中央军委委员、解放军总政治部主任、中华诗词学会名誉会长李继耐分别向大会发来贺信。国务委员兼国务院秘书长马凯,全国人大常委会原副委员长、中华诗词学会名誉会长布赫,全国政协原副主席、中华诗词学会名誉会长杨汝岱、孙孚凌出席开幕式。全国政协副主席、中国社会科学院院长、中华诗词学会名誉会长陈奎元在开幕式上发表讲话。中国作协党组书记、副主席李冰出席开幕式并代表中国作协发表讲话。②

当代古体诗词的不足是缺乏诗词名家,人数众多,而写作的修养参差不齐。对当代的古体诗词的研究很不够,当代古体诗词创作的研究队伍还有待扩大。诗词学会推出的优秀的诗词年轻人很少,创作队伍出现老化的问题。当代语文教材虽选用了大量古诗文,语文教学中基本没有教授学生写作古体诗词的课程,热爱古体诗词、写作古体诗词多是个人行为,青年诗词作者的古典文学修养有待加强。针对这一状况,各地成立了数十个中青年诗词组织。一些诗词活动注重对年轻诗词作者的

---

① 王蒙:《旧体诗的魅力》,《读书》,1990 年,第 3 期。

② 王觅:《中华诗词学会第三次全国会员代表大会在京开幕》,《文艺报》,2010 年 6 月 2 日,第 1 版。

提拔。1993 年在河南郑州、1994 年在广东清远、1998 年在湖南永兴、2004 年在井冈山举办了四届全国中青年诗词研讨会。中华诗词研究院设立屈原奖，旨在发现和鼓励 45 周岁以下的优秀青年诗人，2008 年、2010 年屈原奖已成功举办了两届。

新时期以来古体诗词的发展取得了重大成就，科技手段和交通工具的进步，国际文化交流的增强，网络媒介提供的及时交流、互动平台，使当代诗词作者较之古人的社会面更广，获取信息更快捷方便，在题材上有很大的开拓，各种新的生活都能入诗词，当代诗词表现了新的历史时代。在艺术上，或写景，或抒情，或叙事，或感怀，融入了诗词作者新的生活体验，开拓了诗词艺术的新境界。在诗词的格律上既有传承，也有创新，不废除平仄严整的用韵，但也有较宽泛的"打油诗"，或雅或俗，或辛辣或诙谐，或刚健或婉约，风格各异，出现了一批佳作。总体看来，文坛名作家诗词质朴畅达，不拘格律，不避俗语；学者诗词雅致严谨，工于推敲，沉郁厚重；网络诗词风格各异，不拘一格，或严整，或散漫，或奇崛，或诙谐。不严格拘守传统格律的诗词创作者越来越多，这是格律诗词在当代的新发展。宽泛的格律诗词，仍然有严整的句式，有一定的节奏和韵律，表情达意更加灵活自然，传承了古体诗词的韵味。

贺敬之的古体诗气势宏阔，诗人抚今思昔，展望未来，思接千载，视通万里。大眼界，大格局，大胸怀，大气魄，一腔正气，胸怀天下，发古之幽情，畅今之变化。或应人索题，或情不自己。酬唱赠答，足迹遍四方，为今天的经济改革成就讴歌，传承民族精神。在形式上不拘一格，或化用古人句式，或凭吊古人精神，或古今对比，或正面弘扬，或反观调侃。贺敬之的古体诗有一种"先天下之忧而忧"的士大夫情怀，是以古体诗的形式写的政治抒情诗。贺敬之是行吟诗人，诗人在青岛、烟台、荆州、三峡、南国、哲盟、延边、桂林、西安、枣庄、川北等地放歌，在祖国的大好山河与历史文化中穿行，歌唱祖国的建设成就，沉吟古代先贤的精神气节，抒发诗人的一腔革命情怀。《首演〈闹天宫〉》："中华新大圣，访友来东瀛。跳出'九卦炉'，一笑万呼中。"以演出的描绘来写时事，将京剧艺术家脱离"四人帮"的迫害比作大圣跳出"九卦炉"，看似写实，实则有现实影射。化用典故，写历史的沧桑："天涯地角成山头，千古兴亡去悠悠。"（《登成山头》）"久梦平湖出高峡，禹牛待命望京华。屈子回棹向故里，神女俯身欲浣纱。"（《访三峡工程指挥部》）首句引用毛泽东"高峡出平湖，截断巫山云雨"的典故，起笔不凡，诗作没有直接写三峡，而是将三峡的人文地理，历史掌故连成一片，将黄陵庙中的大禹及神牛雕像、屈原故里、巫山神女峰等景点化入诗思，以"禹牛待命"，屈子"向故里"，神女浣纱盛赞三峡工程的伟大，构思精巧，气势开阔，富有文化意蕴。"史读'托孤'忆蜀忧，诗颂'依斗'感杜愁。不尽长江今来我，白帝叶红第几秋？"（《至奉节闻远方讯有思》）沉思刘备在白帝托孤的历史，观"依斗门"旧址，吟诵杜甫的诗句，诗人抚今思昔，超越时空，化用杜甫诗句"不尽长江滚滚来"，以诗人的自我形象审视历史，"白帝叶红第几秋？"反问之下，以今比昔，今非昔比，既有历史的沧桑感，也有诗人自我对历史责任的承担。诗句风格多样，别有意趣，或戏谑劝诫："解枷非解甲，归田岂归天？"（《戏赠某同志罢某官》）或严肃真诚："心赤真招远，万里招我心。"（《访招远金矿》）或气韵沉雄："长啸畅笑消病颜，云月八千有此缘。"（《富春江散歌〈四〉》）或平和飘逸："景人相看两妩媚，江映鹳山双郁碑。"（《富春江散歌〈九〉》）或理趣横生："崂山逊君云如海，君无崂山海上云。"（《游崂山》）或浑然天成："父老心中根千尺，春风到处说柳青。"（《皇甫村怀柳青》）

王蒙在评价聂绀弩的诗作时说："现在，中文圈子中聂的古体诗是一座奇峰。从伟大中华历史来看，这样的诗篇也属空前绝后。屈原的《离骚》当然绮丽繁华，忧愤沉郁，但没有聂的芜杂中的真挚，俚俗中的古雅，纷纷世相的真切刻骨，荒唐经历的难信堪惊。他老先生是无事不可入诗，无词不可入诗，无日不可入诗……"[1]诚如王蒙所言，古体诗也可以像新诗一样无事不写，一样能表现新的社会生活，王蒙的古体诗词也有很高的成就。以下是王蒙的《自嘲打油》："潜心创作当然好，偶受撩拨亦意中。小试身手成一笑，且尝米粟成香羹。携妇将夫来旧友，谈文论事会新朋。江河南北文如雨，驿道东西意似风。往事滔滔结长卷，心潮历历绘芳容。人间最妙爬格子，世上无双耍狗熊。室陋难遮蚊蝇蚁，树高可栖鸟猫虫。执玉能无趋步舞？遗金应恨阿谀声。搓麻略知中发白，遣韵不谙东冬咚。性急莫啜粥灼灼，神畅何伤彼匆匆？三人成虎终非虎，二睛点龙犹畏龙。纸虎何须

---

① 王蒙：《王序》，侯井天著：《聂绀弩古体诗全篇注解集评》，太原：山西人民出版社 2009 年版，第 4 页。

劳武二？好龙应仍推叶公。青丝甚密夸年少，醴酒微醺唱河清。青山自有青松在，碧水长流碧浪情。"此诗写于 1992 年 9 月，意蕴丰富，寓庄于谐，嘻笑怒骂，诙谐幽默，以简洁的文字回望了王蒙的创作道路与创作心得，表现了王蒙在一段特殊时期自己创作与外界的关系，抒发了诗人达观、豪迈的情怀。

《叶圣陶集》（第 8 卷）（江苏教育出版社，2004）收入叶圣陶的诗词，其中收入的《箧存集》末篇近 90 首古体诗词，是写于 1976 年以后。"三色苍兰一篮盛，红黄粉艳露犹莹。对花历历念旧情，深感丁玲与陈明。敢告手术经过好，已能扶起纵远眺。昔年剖胆今割了，自谓胆量尚不小。"（《丁玲陈明馈花篮问疾作此酬之》）这首诗刊于 1984 年 5 月 15 日《光明日报》，是一首赠答诗，极其口语化，表现了诗人与丁玲、陈明之间的深厚情谊，这首诗以明白晓畅的语言充当了便条的作用，将自己的病情以"顺口溜"的形式告知对方，写出了诗人乐观的心情。全诗清新、朴实，以古体写生活事，读来流畅明了，又颇见作者的真情实感。

古体诗词的当代复兴显示了中国传统文化的巨大魅力，在中西文化交流日益频繁的今天，作为最有"中国特色"的文学样式，古体诗词的兴盛是深有时代意义的。古体诗词所包蕴的文学艺术精神是需要继承和发展的，在新时期以来的文学百花园里，古体诗词的兴盛将让中国当代文学的发展更为多元，古体诗词将与新诗一起随着时代发展，成为表情达意、书写时代的重要文学样式。

第十三节　历史题材的影视文学

中国文学与历史有密切的关系，素有文史不分家的传统，史官与小说家常常是合二为一的。以司马迁的《史记》为代表的"良史"著作，在人物塑造、历史叙述等方面有很高的文学性，而以《三国演义》、《七侠五义》、《封神榜》、《隋唐演义》等为代表的"讲史"小说是以历史事件为依托的。以文学的方式书写历史的兴亡是中国文学的重要特征，中国历史小说的兴盛与这种传统是息息相关的。从司马迁的"究天人之际，通古今之变，成一家之言"到魏征的"以史为鉴，可以知得失"，所谓"文参史笔"、"班、马史法"是对文学叙述历史的肯定评价。小说家讲史，比之史官之历史更丰富、更普及，也更有文学性。历史发展到 20 世纪，电影、电视的出现给历史的文学化提供了新的形式，历史故事不仅仅可以在舞台上演，还可以借助声、光、电等科技手段拍成电影、电视剧，其艺术的综合性程度更高，其受众面也更广，带来的社会影响也更大。新时期以来，历史题材的影视剧十分繁荣。

一、历史题材影视剧的总体状况

历史题材的影视剧主要包括历代帝王故事和古代英雄人物故事。如电影《垂帘听政》（1983，李翰祥导演）、《火烧圆明园》（1983，李翰祥导演）、《努尔哈赤》（1986，陈家林导演）、《一代妖后》（1988，李翰祥导演）、《西楚霸王》（1994，冼杞然、罗卓瑶导演）、《秦颂》（1996，周晓文导演）、《一代天骄成吉思汗》（1997，塞夫、麦丽丝导演）、《鸦片战争》（1997，谢晋导演）、《荆柯刺秦王》（1999，陈凯歌导演）、《赤壁》（2008、2009，吴宇森导演）；电视剧《唐明皇》（1990）、《孔子》（1990）、《东周列国》（1996）、《秦王李世民》（2005）、《大秦帝国》（2009）、《李清照》（2011）等。历史题材的影视剧与当代历史小说的繁荣相关，当代产生了如姚雪垠、高阳、凌力、二月河等优秀的历史小说家，出现了《李自成》、《少年天子》、《雍正皇帝》等一大批优秀历史小说。这些小说的出现为历史题材的影视剧提供了丰富的人物故事底本。二月河的小说《雍正皇帝》和《康熙大帝》先后被改编成电视连续剧，一些新生代小说家也热衷于写历史故事。张艺谋曾约苏童、北村、格非、赵玫、须兰、钮海燕六位作家同时写作以武则天为题的长篇小说，声称"同题作文，相互竞争，以便于电影改编"。新时期以来，有关武则天的小说版本有数十个，当代知名作家写作的有《武则天》（须兰、赵玫著，开明出版社，1994），《紫檀木球》（苏童著，《大家》1994年第2期），《风流武媚娘》（杨书案著，长江文艺出版社，1996），《武则天·女皇》（赵玫著，上海古籍出版社，1998），《狂野的女皇》（杨友今著，大众文艺出版社，2002），《武则天》（北村著，东方出版社，2003），《武则天》（苏童著，上海文艺出版社，2004）等。以武则天为题材的电视连续剧有1984年李兆华导演的《武则天》，1985年李岳峰导演的《一代女皇》，1995年陈家林导演的《武则天》，2004年颢然导演的《至尊红颜》，2004年陈燕民导演的《无字碑歌》等。经典传统古代小说也备受当代影视剧的青睐，《三国演义》、《封神榜》、《水浒传》、《隋唐演义》、《杨家将》等历史小说都被相继改编成电视连续剧，有的还拍有多个版本。那些耳熟能详的人物如关羽、曹操、刘备、宋江、武松等，通过影像的重新塑造活跃在观众的面前。

历史题材的影视剧有丰富的中国文化意味，关羽、曹操、孔子、曾国藩、包公、秦始皇、荆轲、武则天等历史人物是文化符号的代表，影视剧以文学的叙事，生动鲜活的人物形象，讲述历史人物故事，人情世态、人性善恶、历史经验都是中国化的，观众对历史故事有一定的心理接受基础，历史题材的影视剧多有很好的票房纪录或很高的收视率。胡玫导演的《雍正王朝》、《汉武大帝》，获得了很好的收视率，《雍正王朝》的收视率达到百分之十九，《汉武大帝》在央视热播，引起了一股汉代"历史热"，持续高居收视排行榜首位。[①]1994年电视连续剧《三国演义》和1996年电视连续剧《水浒传》在中央电视台黄金时间播出，引起了国内观众的强烈反响，在海外也有不错的销售业绩。截至2003年，《水浒传》在海外的销售额就突破了400万美元，《三国演义》则达到了690万美元。[②] 这些销售业绩的取得显然是与"中国文化"的魅力密不可分的。

二、历史题材影视剧的艺术类型

中国悠久的历史为当代历史题材的影视文学提供了丰富的题材库，也为影视的繁荣提供了广阔的艺术发展空间。新时期以来，文化思潮迭起，随着市场经济的发展，中西文化的交流日益频繁，文化自由的空间越来越大。历史题材的影视文学也受到了总体文化环境的影响，在思想和艺术上呈现出多元化的倾向。历史题材的影视剧从处理历史事件的态度看可分为两类：一是"正说历史"型，以李翰祥、谢晋的电影为代表；二是"戏说历史"型，以《戏说乾隆》、《少年包青天》等电视剧为代表。从导演的执导策略和艺术追求看大致可以分为两类：一类是"艺术实验"型，以陈凯歌导演的电影《荆轲刺秦王》为代表；一类是面向观众的"好看型"，以《三国演义》、《水浒传》、《武则天》等电视连续剧为代表。

---

① 贾舒颖：《本刊记者与胡玫谈戏》，《艺术评论》，2005年，第3期。
② 王国平：《四大名著电视剧应该怎样重拍》，《光明日报》，2007年11月6日。

"正说历史"型的影视剧致力于历史事实与历史场面的再现，总结历史教训，多为大制作，气魄很大，往往有政府的支持，融政治导向、文化主题、现实关怀于一体。李翰祥摄制《火烧圆明园》、《垂帘听政》的过程中得到了文化部等政府部门的大力支持，有关方面为影片创作提供了良好的条件。《火烧圆明园》在香港缔造千余万港币票房佳绩，《垂帘听政》入围多项香港电影金像奖。《火烧圆明园》、《垂帘听政》获得中华人民共和国文化部优秀影片奖。李翰祥的电影注重艺术的追求，追求历史的厚重，追求服饰、布景、道具、场面的历史再现，追求原汁原味的中华文化意味，给人以生动的历史现场感。在人物的塑造上，李翰祥没有简单地对封建帝王歌功颂德或否定批判，而是通过人物关系，表现人物内心的冲突，通过封建专制时代背景下的个人命运表现深层的人性内容，显示作者自觉的现代意识。李翰祥在制片的内涵上下工夫，对所拍摄的影片要多方收集历史资料，熟悉相关风俗，历代的典章制度、饮食起居、建筑设计都要深入的研究，对场面的选择精雕细刻。《火烧圆明园》和《垂帘听政》是在北京故宫、承德避暑山庄拍的实景，画面的选择、搭配很有气势，将封建时代的宫廷楼阁，栩栩如生的历史人物，考究的服装，古色古香的音乐、舞蹈，半文半白的人物语言，通过镜头的巧妙组合和剧情的安排，生动地再现出来。豪华的历史排场之中弥漫着一股晚清时代的衰败、糜烂气息，影片既有大的历史文化意识，又有细腻生动的人物故事。谢晋拍摄电影《鸦片战争》的初衷是"拍部巨片迎回归"，他说："我认为在香港回归的时候拍《鸦片战争》是一个很好的时机，现在有很多人还不知道鸦片战争是怎么一回事，不知道香港是怎么丢掉的。他们看了《鸦片战争》后就会明白这一点，这样也可以起到很好的教育作用。"[①]谢晋对鸦片战争的研究有严肃的历史态度，令人敬重。《鸦片战争》是谢晋一生中"最劳筋骨、最耗精力、最为伤神"的一部电影。为有一个好剧本，谢晋邀请了北京、上海、南京、陕西等地著名历史学家、文艺理论家、作家、经济学家和企业家20余人，在上海举行了为期三天的"鸦片战争研讨会"，积极吸收了研究鸦片战争的专家们的最新成果，吸收了新的档案资料，包括新公开的英国的档案资料。《鸦片战争》的剧本由朱苏进、麦天枢、倪震

---

① 李尔葳:《艺术家要有历史使命感——谢晋谈〈鸦片战争〉》,《电影艺术》,1997年,第5期。

和宗福先创作，历时一年半，反复修改，十一次易稿。^①《鸦片战争》是大制作，耗资巨大，其艺术上精益求精，这是谢晋的自述："《鸦片战争》自 1995 年春天筹备，1997 年春天拍摄完成，其间经历了整整两年时间。此片不仅耗资近一亿人民币，而且集中了来自北影、上影、峨影、长影、珠影等十多家电影制片厂以及香港、台湾的众多电影创作人员，动用了群众演员 5 万多人，外籍演员 3000 多人次，先后转战广东、北京、浙江东阳、舟山、英国伦敦等地，搭建了 200 多处工艺精湛的场景，营造或改建了大小 47 艘船，制作了两万多套服装、两万多件各式道具，耗用了 16 万尺胶片，最后完成的影片长达两个半小时……"^② 这种严谨的创作态度和高标准的艺术追求最终奠定了这部作品的较高艺术价值。

"戏说历史"型影视剧受新历史主义的影响很大。新历史主义的历史观认为，没有确定的历史真相，历史的面目取决于看历史的立场。这种看法导致历史成为一个任人打扮的小姑娘，历史在影视中按照娱乐化原则任意改写。1991 年，《戏说乾隆》为代表的香港电视剧风靡大陆，引起了观众强烈的反响。这种将历史娱乐化的写法满足了电视观众的休闲娱乐趣味。此后出现了一大批跟风之作，如电视剧《还珠格格》、《宰相刘罗锅》、《康熙微服私访记》、《铁齿铜牙纪晓岚》、《少年包青天》、《戏说慈禧》、《金枝玉叶》等。这些影视剧的故事多取材于民间传说或野史，加上作者的想象加工，将起伏变化的历史戏剧性与错综复杂的人性矛盾融为一体，注重故事的有趣和可看而不是作品的历史价值。执导《戏说慈禧》、《戏说乾隆》、《戏说乾隆续集》的范秀明说："电视连续剧一般在家庭室内播放，观众又以平民百姓为主，如果去如实表现乾隆如何凶残、霸道，很难在他们中间引起共鸣，更不要说老少咸宜。所以我们另辟蹊径，走一条喜剧加武功片的路子，把皇帝当平民来写，当传奇人物来刻画，去表现他微服私访，几下江南，侠义之肠，英姿飒飒，嬉笑怒骂皆成文章。观众果然认同了。"^③ 戏说型影视剧的叙述策略为将古代人物现代化，将复杂的人物关系简化为爱情游戏，将芜杂丰富的历史简化为

① 林景星、胡晓秋：《〈鸦片战争〉幕后戏——访著名导演谢晋》，《沪港经济》，1997 年，第 4 期。
② 李尔葳：《艺术家要有历史使命感——谢晋谈〈鸦片战争〉》，《电影艺术》，1997 年，第 5 期。
③ 吴迪：《历史剧：两种不同的"文化文本"》，《中国电视》，1995 年，第 1 期。

爱憎分明的道德寓言，将历史名人俗化、平常化、游戏化，为观众制造笑料，增加作品的娱乐效果，意在赢得观众。

娱乐化历史的影视剧引起了文坛的热烈讨论。一些学者认为，普通观众往往是通过影视来了解历史的，"戏说"历史会给青少年带来严重的问题，使他们误认为那就是历史。如《秦颂》中的栎阳公主过于摩登，其与高渐离的恋情太过"现代"，不符合历史史实，是一部能"把历史学家气死"的作品。《西楚霸王》中，楚汉之争被写成了一个三角恋爱的浪漫悲剧，令人啼笑皆非。《大明宫词》中让人把睿宗李旦毒死，取消他即位称帝的权力，将帮李隆基发动军事政变的薛崇简改为崔缇，都是违背历史史实的。一些学者认为历史文学是文学，而不是历史，《三国演义》也是"三分是实，七分是虚"，小说是可以虚构的。正是这种小说化历史，才使得短短六十年的三国故事妇孺皆知，关羽、曹操、刘备、张飞等历史人物家喻户晓。他们认为恰当地戏说历史，能增加历史知识的传播效果，使观众在轻松的笑声中潜移默化地接受历史知识，受到感染和熏陶。还有一些学者认为历史文学当然是可以虚构的，但必须在尊重历史史实和历史逻辑的前提下，创作历史文学作品必须要有扎实的历史案头工夫，不能过分虚构，应坚持"大事不虚，小事不拘"的原则。这些讨论促进了历史文学的发展，从根本上说，所有的历史影视剧都是文学，而不是历史，文学的想象虚构是不可避免的。所不同的只是有些偏重纪实，有些偏重虚构，有些是遵守历史史实的"正说"历史，有些是不顾历史史实的"戏说"历史。相对来说，老一代的学者偏重于坚持正说历史，一些年轻的电影导演倾向于虚构历史，前者注重历史史实和历史的经验教训，后者注重以新的面目讲述历史，能给观众以新鲜感。

陈凯歌导演的电影《荆轲刺秦王》是一部"艺术实验"型电影，这部作品试图将哲学文化意识与商业精神结合起来，结果遭遇票房"滑铁卢"，成为一部"不合时宜"的电影，但这是陈凯歌"非常骄傲的一部电影"[①]。陈凯歌自己做编剧，电影执着于对人性、人心的研究，有浓厚的心理化风格。这部电影不是要普及历史知识，在历史的大框架里做大量的个人想象设计，荆轲刺秦王的故事被"陈凯歌

---

① 王志、陈凯歌：《陈凯歌：商业是看到电影的希望》，《大众电影》，2005 年，第 23 期。

式"的改写，是按照导演意图进行的人性实验。荆轲刺秦王被后世人敬仰，荆轲的侠士风范有其正义性，而陈凯歌试图以理解普通人那样去塑造荆轲，荆轲的侠义行为缠绕在一个三角的恋情故事之中，荆轲的内心逻辑是导演编造的。陈凯歌说："荆轲是历史产物，以今天的眼光去看，历史上的荆轲是不足取的，他不具备我们今天拍一部作品所必须的东西。"① 影片的故事性相对较弱，而大量的、繁琐的人物对话，对人物心理逻辑的想象推测，使这部影片看起来相对比较沉闷。"陈凯歌式"的改写导致"结构上头重脚轻"，剧情故事不合理，没有塑造出令人信服的人物等问题，观众不买账。②

《三国演义》、《水浒传》、《武则天》是面向大众的"好看型"电视剧。20世纪90年代的文化语境发生了很大的变化，对历史题材的影视制作更加考虑受众的需要，《水浒传》导演张绍林说："我认为，一定要努力把电视剧《水浒传》拍成一部具有浓郁平民意识的好看的电视剧。也就是说，我们应从观赏领域来个突破，从这部作品的可视性，故事性，观众兴奋点的调动，情节的铺排，节奏的变化入手，下大力气让它适合多数人的胃口，争得更多层面观众的欢迎。"③ 执导《汉武大帝》的胡玫说："收视率最重要，商业利益与我无关，但收视率是我的尊严。"④ 电视剧《武则天》是一部故事性很强的历史剧，电视剧按照武则天一生的主要大事为序，涉及的主要大事有：太宗时代入宫封为才人，太宗驾崩后感业寺出家，高宗时代二次入宫受宠，争夺中宫之位，数次更易太子，平镇李敬业叛乱，登上帝位终又还位于李唐。在这些大事中通过生活化的场面，在紧张、曲折的宫廷斗争中再现了武则天阴险、毒辣、聪明、伶俐、精明、强悍等多面的性格，以权谋、智慧、人情、人性、心理等多维度的挖掘赢得了观众。

① 冯湄：《陈凯歌心中的荆轲与秦王》，《大众电影》，1998年，第4期。
② 上海影视文献图书馆：《陈凯歌与他的新作——影片〈荆轲刺秦王〉评论综述》，《电影新作》，1999年，第1期。
③ 张绍林：《电视剧〈水浒传〉的拍摄构想之一》，《中国电视》，1998年，第2期。
④ 易立静：《胡玫：只有我能拍〈雍正王朝〉》，《南方人物周刊》，2006年，第17期。

三、历史题材影视剧的当代性

正如克罗齐所说："一切历史都是当代史。"当代历史题材的影视文学从思想内容到艺术手法都有鲜明的当代意味。胡玫说："所谓'新'，就是以现代的审美眼光，重新估价和表现古典和历史。在力求正确理解古代文化和历史的前提下，用最现代的技法来处理故事情节及结构，强调节奏和速度。在台词上，大量使用现代语言，准确而有限地使用文言和古典语汇，力求使现代人在感情和心理上无隔膜地切入古代社会。我力求以今天的美再现出汉代人的经济、政治、文化、风俗及情感生活，力求古为今用。"[①] 新的时代观念在影视文学创作中产生了重要影响。如在小说《三国演义》原作中有鲜明的"拥刘反曹"倾向，而电视剧《三国演义》在曹操的塑造上，适度修正了这种偏见，将曹操塑造成一个有雄才大略的政治家、军事家形象。在电视剧《武则天》中以现代的女性观念重新审视武则天，这是电视剧的片尾曲："天朝第一君是个女儿身……一步一席一叩首啊，指点江山几时春。从来就是女作卑，从来就是男当尊。男尊女卑了几千年，小女子抖回精神。"这无疑是以现代的女性观对历史人物的重新审视。在电视剧《水浒传》中，潘金莲也由一个淫荡的女子变成了一个不幸的女子形象，电视剧以生动的细节描写表现了潘金莲出轨的合理之处，这正是在现代社会以来给潘金莲翻案的思想影响下的结果。

在对人物的塑造上，改变了固有的历史人物的形象，多塑造圆形人物，避免类型化人物形象。二月河这样评价他的小说《雍正皇帝》中的雍正形象："雍正是个极为勤奋的人；雍正是个阴刻内向的人；雍正是个语言锐利，如刀似剑的人；雍正是个讲究动机，恩怨异常分明的人；是个记仇的人；是个大喜大怒毫不掩饰的人；他是个任劳的人，决非任怨的人；是一个讲究务实功效的人；是一个胸有大志的人；在内政事物方面颇有才干的人，在军事方面的庸人；雍正是个不讲'学历'，特别重视个人工作成就的人。有着坚强的忍耐心加之行动的果决……"[②] 这就完全颠覆了历史上雍正的暴君形象。再如《大明宫词》中的武则天既是一个铁腕政治

---

① 贾舒颖：《本刊记者与胡玫谈戏》，《艺术评论》，2005 年，第 3 期。

② 二月河：《雍正一书构思始末》，《中国铁路文艺》，2005 年，第 10 期。

家，也是一个女人、妻子、母亲，在政治上她是成功的，但作为女人，她是孤独的，她没有得到爱情，也不是一个合格的母亲。她爱自己的女儿，却又一手酿成了薛绍和太平公主之间的惨剧。电视剧展现了武则天非凡的一面，也将人物生活化，再现了武则天作为普通人的一面。

在作品的现实意义上，文学的教育功能和文学的娱乐功能相互并举，在历史题材的影视剧中，我们感知的是历史人物的魅力，历史场景的震撼力，历史故事的思想启示，对历史之谜的追问，这些都是寓教于乐的，而不是生硬的说教。影视媒体是面向大众市场的艺术，西格尔认为："一本畅销书的读者可达百万，如果是最畅销的书，则可达四五百万。一出成功的百老汇舞台剧可有一百至八百万观众，但一部电影如果只有五百万观众，则被视为失败之作。如果一部电视系列剧只有一千万观众，它就要被停播。电影和电视剧必须赢得巨量观众才能赢利。小说的读者和舞台剧的观众档次较高，所以它们可以面向比较高雅的市场。它们可以重在主题思想，可以写小圈子里的问题或采用抽象的风格。但是如要改编成电影，其内容必须符合大众的口味。"[1] 在总体的美学风格上，新时期以来历史题材的影视文学很少出现艺术探索性的作品，多以故事性见长，以历史场景和历史人物故事吸引观众。"精英文化和高雅文化不得不通过各种方式掩饰、抹去自己的风格、个性和前卫性，而去有意识地迎合尽可能多的对象的需要，填平雅与俗、高与低、精英与民众之间的界限、鸿沟，从而形成了一种泛大众的影视文化。"[2] 这也是由中国电影业的整体环境决定的，20 世纪 80 年代以来，中国电影被全面推向市场，以前由国家投资的方式渐渐转化为通过企业为主体来投拍，这必然使影视业的市场定位被放在首位。1993 年 1 月，广播电影电视部下发《关于当前电影行业机制改革的若干意见》以及《实施细则》，1994 年下发《关于进一步深化行业机制改革的通知》，由国家统管电影的发行方式解体，影片制作方必须直接面对市场，能否赢利成为电影能否生存的首要问题，加快了电影商业化进程。电视剧制作方面也有大量的社会资金投入进来，其中广告收入直接关系到电视剧的经济效益，也

---

① 【美】L·西格尔著，苏汶译：《影视艺术改编教程》，《世界文学》，1996 年，第 1 期。
② 尹鸿：《世纪转折时期的历史见证——论 90 年代中国影视文化》，《天津社会科学》，1998 年，第 1 期。

使电视剧生产市场化、产业化。这种直面市场的情况，导致影视剧的制作方将观众的口味放在第一位，影视剧必然以满足更广大的观众为第一要义。曲折的情节，有趣的故事，漂亮的演员，宏大的场景往往成为吸引观众的重要元素。

四、历史题材的影视文学繁荣的原因

第一，文化变革的现实需要。新时期以来，历史剧的繁荣反映了人们的现实文化选择倾向。社会主义市场经济全面启动，中国为追求物质的现代化而产生精神震荡，传统的价值观念发生了严重的动摇，前所未有的社会经济变革引发了一系列新的精神问题。在中西文化的碰撞之下，在人们精神上茫然无依的时候，人们把目光投向了有几千年历史文明的传统历史之中，渴望通过民族文化的镜鉴寻找精神的支点，历史题材的影视剧在历史中找到了"当下性"的表达。茅盾认为借古讽今是中国戏曲艺术思维的一个重要特征，在元、明、清三代的话本戏曲中历史题材占了一半以上。在抗日战争时期，为激励民族抗战的热情，郭沫若创作了《屈原》、《虎符》、《棠棣之花》等历史剧，建国后为激发人们战胜困难的勇气和促进民族大团结，曹禺相继创作了历史剧《胆剑篇》和《王昭君》。所有的历史题材故事都是为现实而写的，以古为鉴的拍摄动机使当代历史题材的影视作品有着丰富的现实意味。如电视剧《包青天》、《一代廉吏于成龙》、《天下粮仓》、《宰相刘罗锅》隐含了对官场腐败的深恶痛绝和对现代法制精神的呼唤，《武则天》有一种现代的性别关系的表达，《西楚霸王》表现的是一种现代的血性的精神人格，《鸦片战争》反思民族的屈辱的历史，激发人们的奋发图强。中国老百姓有深厚的"历史情结"，他们熟悉"借古喻今"的言说方式，那种从历史中寻找现实的思维方式已潜存于每一个中国人内心深处。

第二，增长历史知识的需要。如通过电视剧《康熙王朝》人们从中获得的不仅是观看的快乐，还会知道清朝曾经强大的历史，了解康熙捉鳌拜、定三番、收台湾、打噶尔丹等历史史实，从这些历史故事中认识到康熙的雄才大略，受到精神上的感染。观看电影《鸦片战争》会了解鸦片战争是怎样发生的，英国是在什么情况下发动鸦片战争的，清朝官员是如何抵御英国侵略者的，香港是怎么被割裂出去的，鸦片战争的历史教训是什么。这些电影以影像化的方式为千万普通观

众讲述了历史，普及了历史知识，达到了寓教于乐的效果。

第三，市场的推动。历史题材的影视剧有巨大的市场，在中央电视台黄金时间播出，就可以赚取高额的广告费，卖海外版权的市场也很大。张艺谋导演的《英雄》，吴宇森导演的《赤壁》，马楚成导演的《花木兰》，取材的历史故事只是一个大体的历史背景，作品定位的是商业片，而不是历史剧。"人们对于历史的兴趣十分有限；多数人对于修复历史真相或者阐明形而上的'历史精神'无动于衷，他们想看到的是'好玩'的历史。历史正在成为一个抢手的文化商品……电视或者电影的轻佻风格表明，历史的权威正在另一种意义上丧失。"[①] 历史故事已经经过现代的想象和加工，宏大的场面，通过电脑模拟的真实，生活化的细节，漂亮的演员，精彩的打斗将观众带入历史的感知与想象之中，取得了很好的市场效应。张艺谋执导的《英雄》中练剑的三境界与书法之间的相通，练剑的三境界是"手中有剑，心中有剑"，"手中无剑，心中有剑"，"手中无剑，心中无剑"，带有鲜明的中国禅宗哲学意味。故事中有鲜明的中国"元素"，为中国观众所熟悉，也为西方观众"想象"中国提供了空间，其市场化效应也是不错的。

现代的科技手段，清晰的镜头，现代电脑合成技术的进步，古装戏，宏大的战争场面，华丽的宫廷生活细节，历史人物的历史风云，现代精神的灌注，都使得历史题材在影视中焕发出新的历史魅力。同时，我们也应看到历史题材影视剧的局限性：一些历史剧有复古倾向，奴才意识、专制意识、皇权观念、等级观念在一些宫廷剧中呈现出来，对封建腐朽意识缺乏批判，一些影视剧还有美化封建皇权的意味。对历史上的权谋文化缺乏批判立场，中国封建历史充满了权谋术，到处是勾心斗角、拉帮结派、党同伐异，但很多历史剧对此津津乐道，将影视剧变成了"权谋"指南。这种不择手段的"厚黑学"和"流氓政治"是传统文化的毒瘤，是"伪形文化"[②]，它极大地阻碍了中国现代文化的进程，不利于自由、平等、民主、法治、诚信的现代社会的建立。

---

① 南帆：《消费历史》《当代作家评论》，2001年，第2期。

② 刘再复：《原形文化与伪形文化》，《读书》，2009年，第12期。

第十五章　消费文化渗染的文学形态

第一节　消费文化与现代中国文学

以"文革"的结束为契机，中国社会开始进入一个新型现代化建设时期，建设文明、富强、有中国特色的现代社会主义强国成为主体意识形态新的诉求和社会民众的共同愿望。执政党也顺时顺势地制定了相应的总路线，契合了全国民众在经历了精神危机和日常生活的巨大动荡之后求安稳求发展的集体心理，使之成为新的社会建设体系的集体心理新支撑。由此，以"改革"来推动社会政治体制的变革和社会经济的快速发展，就成为建设新型"现代性"民族国家的发展图景的核心设想。人的物质需求、内心世界和知识价值从被抑制被清除的状态，开始转变为社会意义体系的价值偏爱者和价值优位者。这表明，社会的主流意识形态开始由革命年代的超越性的乌托邦社会主义朝向现世性的世俗社会主义转变。这种关于现代性体系的重新定义，在各个方面都引发了一系列的深刻变化：从国家的意义象征体系，到政党的上层政治理念，到社会政治资本 / 经济利益的重新配置，到社会成员的日常生活，莫不如此。整个社会的思想认知模式、社会组织方式、话语言说机制和个体的情感体验态度，都开始寻找通向在时空向度中具有真正"现代性"新质的自我"镜像"之路。

　　经历了建国初期政治文化激进思潮的整饬和"文革"风暴的搓洗之后，新时期文学开始清理回忆并在此基础上重新出发，它从个体创作、生产机制到阐释方式和接受心态都企图在新的现代性概念下寻找新的出发点和行进途径。和"十七年"与"文革"时期相比，无论是在文学性的独立、审美性的探索、人性深广度的发掘和对于民族文化传统的精神伦理态度、意义构造与阐释的多元性理解等方面，新时期的文学叙述都有了不可忽视的发展。这就使得历史正负面的不同馈赠和当下中国社会的现代性新问题，都在这一独特的文学叙事类型中表现出了各自的话语症候。新时期以来的中国文学基本面貌是新旧交织和多元并存的。它既表现出对"十七年"主流话语叙事在一元政治统制状态下所决定的阶级本质论及其强势覆盖性的超越，突破了由几大模式主宰着众多小说文本的情形，体现出话语表达的模式多元化、内涵的反思深化与话语审美化的新特点；又在一定程度上体现出了对"十七年"及"文革"文学话语主导模式及内涵在某种程度上的承接与认同。正是在重新阐释和定义中国现代性的语境中，新时期以来文学话语中的消费文化叙事开始了它从启蒙救世、政治解放到休闲消费的新旅程，它同新时期以来所有繁复多声的文学文化现象共生并存，共同在全球化语境中的"悖论与调和"中建立起了新时期"文学的'现代平台'"①。

　　随着"改革开放"的拓展与深入，中国逐步在政治与经济各方面摆脱了过去的困窘局面，走向繁荣与富足，并逐步在哲学、政治、经济，及文化理论层面建构起了关于自身现代性特质的新的意识形态话语体系。在1979年召开的"中国文学艺术工作者第四次代表大会"上，邓小平代表党和政府发表了"祝辞"。他说，围绕着实现四个现代化的目标，文艺的路子要越走越宽，在正确的创作思想指导下，文艺题材和表现手法要日益丰富多彩，敢于创新。要防止和克服单调刻板、机械划一的公式化概念化倾向。他还说："我国历史悠久，地域辽阔，人口众多，不同民族、不同职业、不同年龄、不同经历和不同教育程度的人们，有多样的生

---

① 杨联芬：《晚清至五四：中国文学现代性的发生》，北京：北京大学出版社2006年版，第17页。

活习俗、文化传统和艺术爱好。雄伟和细腻,严肃和诙谐,抒情和哲理,只要能够使人们得到教育和启发,得到娱乐和美的享受,都应当在我们的文艺园地里占有自己的位置。"①

在主流政治话语的鼓励下,伴随着中国改革开放在中国政治经济体制及人们日常生活中的逐步深入,中国与西方在各个领域的对话也引发了新时期的中国对国家民族现代性内涵的重新思考,人们开始认识到愉悦人心和遣情娱乐原本就是文学文化的现代性内涵之一。到了 1980 年代中后期,随着社会主义市场经济体制的在中国社会的确立,中国社会已开始具有现代消费社会的许多特征,此时的新时期文学文化思潮,也开始赋予人们各类欲望满足的合理性与正当性。1990 年代初,五天工作制和"黄金周"的放假制度导致了人们制度性休闲时间的增加,激发起人们进行各种文化消费活动的热情;同时,各种人事制度的改革带给人们更多的工作压力和更大的生存竞争力,在这种状况下消费文化应运而生,成为人们放松精神、解放自我的一种普遍解压方式。

消费文化是文化在消费领域的渗透与发展,与之有关的一个最主要的概念是人的对文化的消费性需要。在这一层面上,消费文化将人们"应该或希望过什么生活与社会如何进行组织的问题联系起来",并在这一过程中,将我们自身的"私生活"世界"与公共的、社会的、宏观的世界联系在一起,并使后者在很大程度上介入私生活"。②在文学场域,消费文化的渗透形成了军旅小说、武侠小说、演史小说、商贾小说、官场小说、调侃文学、身体写作、情色文学、娱乐商战大片和戏说历史的电视连续剧、消遣性的网络文学等各类各具特质又在主题、模式等方面存在相通之处的众多文学热潮。

军旅小说和武侠小说。新时期伊始,拘囿于"十七年"文学与"文革"文学政治伦理和道德人性层面二元对立思维模式的限制,作家们不约而同地仍把突破点集中在军旅题材创作中。一方面,两军对垒的善恶描写和已经成功的历史战争

---

① 邓小平:《在中国文学艺术工作者第四次代表大会的祝辞》,《邓小平论文艺》,北京:人民文学出版社 1989 年版,第 6 页。

② 新馨:《消费文化与现代性》,《国外社会科学》,2002 年,第 6 期。

结局使得创作者具有先天的政治安全保障。另一方面，除了丰富的人性内涵，"英雄"与"懦夫"的形象还承载着丰富的政治意义、文化意义和社会冲突，而这些都是发挥文学话语魅力、吸引读者、制造社会影响的良好土壤。因此，提及20世纪80年代以来的消费文化思潮，反而是极具政治意味的军旅小说首当其冲。徐怀中的《西线轶事》、邓友梅的《追赶队伍的女兵们》、李存葆的《高山下的花环》都因为涉及对历史伤痛的深入反思、对现实社会矛盾的大胆触及和对主要人物性格复杂性的用力刻画，而引起了集体情绪的共鸣和较强的社会反响，后被多次改编成广播剧、电影和电视剧。新的传播形式不仅单纯扩大了这些作品的受众范围，更在清算历史、反思人性的同时打开了消费文化的军旅风。

周大新、莫言等新一代的军旅作家则在西方文学的影响和丰富的民间文化积淀中开始更远地摆脱意识形态的束缚，从新的文化反思和艺术创新的立场来挑战长期形成的军旅文学创作模式，重新审视战争和人性、叙述历史。代表作品主要有莫言的《红高粱》、张廷竹的《黑太阳》和《酋长营》、周梅森的《军歌》和《大捷》、格非的《迷舟》、苏策的《寻找包璞丽》等。莫言的崛起被认为是中国文坛上的一件大事，有学者称他是以军人惯有的"爆炸"方式蹦上中国文坛的制高点的。自1986年起，他发表了系列中篇《红高粱》、《高粱酒》、《狗道》、《高粱殡》、《狗皮》，合成长篇《红高粱家族》。小说描写了一支半农半匪的农民抗日游击队的故事，在题材选择上和其他抗日题材的小说无甚差别，但是莫言所关注的不再是集体解放的革命理性，他所张扬的正是被前者所遮蔽的个体自然属性尤其是情爱本能。当时的中国正处于"拨乱反正"之后的事实追问、历史探索和张扬个性的质问式的社会思想语境，生成了具有中国特色的中式新历史主义思潮，同时启蒙主义的个性解放思潮的回归和新历史主义思潮的催发，也给战争小说的作家们带来了相当程度的自由度和开放性。他们选取各自认为最可以反映历史真相的独特角度、独特题材和独特写作手法来描绘那过往的历史尘烟，刻画着他们心中的战争，表现着他们所认为的战中人性。莫言的《红高粱》系列小说用个体强盛的情爱欲望与生命本能来重新过滤战争与历史的真相，以最原始的生命情爱力比多来激活被政治本质化的阶级观历史。

这一类军旅文学作品的盛行，和新时期以来大规模的"通俗文学"热，一起促使了"谍战文学"、"特战小说"等通俗文学类型的文化消费热潮,甚至导致了红色经典被消费的"经典改编"现象。1990年代以来特别是世纪末前后,既往的革命历史领域充斥着集消费性和怀旧性为一体的文化文学生产现象,长篇革命历史题材的《林海雪原》、《铁道游击队》等小说纷纷被改编成长篇电视连续剧,是其中的典型现象;由短篇小说改编的影视作品《风声》、《潜伏》、《集结号》、《色戒》等作品也是如此;知青类怀旧题材的《孽债》、《我们的知青年代》、《年轮》、《蹉跎岁月》、《北风那个吹》等作品也集体加入,共同构成了1990年代以来的世纪末怀旧文化的消费热潮。

军旅小说之外,新时期文学把人们对于身体极限的超越性想象、对于自由精神的追求和对于集体性温暖生活的向往比较普遍地寄托在武侠小说之中,并在这些小说"追求伦理性正义"的"以暴制暴"的复仇叙述过程中,合法性释放自身对于暴力焦虑心态的积累。继金庸、古龙、梁羽生三大家之后,台湾的温瑞安和香港的黄易举起了武侠小说的旗帜。黄易在武侠小说中加入玄幻色彩,融历史、科幻、战争、谋略于武侠,以"巧合、玄秘和微量的艳情推动情节的发展,把对成败哲学的思考和对于超越过程的意义作为小说的中心,有效契合了后工业时代的社会特征和略显异化的人类的现代意识"[1]。他的代表作《寻秦记》影响了大批的武侠小说作者,使当今小说及影视作品的"穿越"之风愈加浓烈。自1995年开始写作,2000年完成的63卷本超长篇武侠小说《大唐双龙传》,更是因为互联网而广为传播。此外,由于人们对武侠童话世界的普遍着迷,武侠类的游戏能带来更高的人气和更大的利润,这使得众多游戏开发商纷纷涌向武侠GAME的开发,智傲在2002年夏季推出《古龙群侠传Online》时声称其最大特色就是"武侠小说、线上游戏二合为一"。这导致了大批经典武侠类电玩游戏的涌现,如《金庸群侠传》、《传奇》、《仙剑奇侠传》、《剑侠情缘》等。新的电子技术所带来的这种消费文化热潮,使得相当多以连载为主要形式并在网络发布的武侠小说,不自觉地呈示出鲜明的游戏化特征,黄易的部分武侠作品更是如此。

大陆武侠小说热潮的出现和电影《少林寺》在1980年代的热播有着密切联系。

---

① 吴秀明、陈洁:《论"后金庸"时代的武侠小说》,《文学评论》,2003年,第6期。

1981 年，湖北曲艺协会的任清等创办了《今古传奇》，并连载了欧阳学忠的《武当山传奇》和聂云的《玉娇龙》。自此，武侠小说热潮一浪高过一浪，其发行量大大超过了纯文学作品。1982 年，王占君作于 1982 年的《白衣侠女》，率先突破了大陆侠义题材的禁区，可谓大陆 1980 年代武侠小说崛之序曲。此外，柳溪的《大盗燕子李三传奇》、萧逸的《甘十九妹》、冯育楠的《津门大侠霍元甲》、冯骥才的《神鞭》等是当时在大陆影响比较大的武侠小说作品，它们多数被改编为影视作品，在广大民众中掀起了武侠文化热潮。和热播武侠类影视剧一起推出的各类人物贴画、日记本、手机链、文化衫、刀剑玩具、盒带、CD 及光盘等也大行其道，成为青少年与孩子们的最爱和文化商家最畅销的得意之作。

商贾小说与官场小说。如果说军旅小说和武侠小说很好地表达了人们在世俗性社会中对于超越自我身体限制的渴望，并将人性深处的暴力存在合理地隐藏在追求公平与正义的话语之中的话，那么商贾小说和官场小说则表现出市场经济体制下人们对于在金钱和权力层面成功的渴望，更具有消费文化所具有的现代商品经济气息，以另一种方式表现和参与着新时期以来中国新的现代性话语建构过程。

在中国历代封建社会中，"重农抑商"、"重本抑末"始终都是一股不可忽视的文化思潮，它体现了传统文化中根深蒂固的农本商末、儒尊商卑的价值观念，由此延伸而来的"君子喻于义，小人喻于利"也就成了人们的价值取向。直至明清时期的徽州经济大发展，这种传统的价值观念才有所改变。邱绍雄在其《中国商贾小说史》中认为，中国商贾小说所表现的价值观念、道德规范和生意经验，具有鲜明的"儒商互补，理欲并重"特色。这是一种非常有生命力的传统，它植根于中华民族几千年的社会经济生活，是当今发展市场经济难以拒绝的前提和不可或缺的借鉴。进入新时期以来特别是 20 世纪 90 年代以来，伴随着我国由计划经济体制向社会主义市场经济转型的逐步深入，在工业小说和改革小说思潮的基础上，文坛上涌现出了许多反映我国经济转型和现代商业化进程、整个社会的利益结构的调整以及人们的财富价值观念的商业题材小说。比如钱石昌和欧伟雄的《商界》，唐文杰的《只要赢》，黄宏量的《遍地黄金》，钟道新的《公司衍生物》，蒯辙的《商界恩怨》，矫健的《红印花》和《金融街》，俞天白的《大都会》，罗萍的《较量中关村》，吴天明和罗雪莹、胡建新的《首席执行官》，乔萨的《地产鳄人》，何继青的《资本风暴》，宋押司的《地产泡泡》，龚江南的《深圳商人》，柳建伟的《英雄时代》，林坚的《股市大炒家》，沈乔生的《股民日记》，矫健与陶然的《追寻》、《一样的天空》，葛红兵的《财道》，海岩的《五星大饭店》，以及梁凤仪的《世纪末的童话》、《风云变》、《金融大风暴》、《花帜》等财经小说。

此类小说多具有写实性、当下性，着力描写新时期中国社会的经济生活和商业金融领域各种现象，呈现出现代经济发展所带来的经济伦理的萌芽、发展和普泛化，勾勒出了经济伦理下受货币等价原则和经济效用至上理性所影响的当代中国物质生活、文化观念和精神状态的变化。它们的创作从各个层面详尽刻画出了经济利益至上的原则对现代人的心理、情感和思想观念的影响和制约，表现出经济全球化语境下当代中国社会经济现代性的追求，并引发了文学自身的话语观念、审美内涵和文体形式的丰富和发展。

20世纪末期，商贾小说逐步向纵深发展，作家们纷纷将创作关注点投向明末清初至新中国成立之前的时空领域，开始着力于描写那一段历史背景下具有历史转折特点的商场风云，塑造出一批在民族危机下白手起家既具有中国传统儒商风范又具备了现代民族资本家气质的中国式"东方商人"形象。高阳的《胡雪岩》系列、毕四海的《东方商人》、王旭烽的《南方有嘉木》、程乃珊的《金融家》、林希的《买办之家》、季宇的《徽商》、邓九刚的《大盛魁商号》、周大新的《第二十幕》、郭宝昌的《大宅门》、陈杰的《大染坊》、王跃文和李森的《龙票》、成一的《白银谷》系列、黄维若的《大清徽商》、朱秀海的《乔家大院》等。这些作品里的主人公，如祁子俊（《龙票》）、孟乐川（《东方商人》）、乔致庸（《乔家大院》）、白景琦（《大宅门》）等人，具有"学优则贾"的价值取向和革故鼎新的现代意识，往往能在家族事业危难之际挺身而出，在社会时局由传统向现代转变的关键时刻抓住机遇谋取发展，完成振兴家族的经济事业。这类小说中的商界英雄叙事正是全球化时代中国现代性的一种想象性话语表达，它们依托内外交困境遇下民族工商业起源的创世神话，在很大程度上契合了民众对于民族发展进程商业叙事的想象，使得"同仁堂"、"大宅门"、"大染坊"以及与之密切相关的晋商文化、徽商文化、鲁商文化和浙商文化等概念开始深入人心。此外，这一类商业英雄人物形象身上所体现出来的诚信义利的商道精神和以商济世的家国情怀，也与主流意识形态借助传统文化儒家人文精神来弥补当下金钱至上的浮躁社会风气的缺憾的意图不谋而合，从而得以在民众与国家层面上都能以大行其道，充斥着出版界与影视界，这是消费文化的别一种表现形式。

相比较而言，官场小说的发展则和当代中国社会的人事制度转型中的诸种症候紧密相连，在对官场权力竞逐的描写和想象当中，涌现出一大批具有代表性的作品，如毕四海的《财富与人性》、陆天明的《大雪无痕》、周梅森的《人间正道》和《绝对权力》、张平的《天网》和《抉择》、王跃文的《国画》和《官场春秋》、阎真的《沧浪之水》、李佩甫的《羊的门》、田东照的《跑官》和《卖官》、肖仁福的《一票否决》和《官运》、刘春来的《水灾》、王大进的《欲望之路》、李春平的《步步高》和《领导生活》、石钟山的《官道》等小说。这类小说主要分为三类：（一）具有缓冲官民矛盾美化现实的乐观性质的官场小说，如刘兴龙的《分享艰难》、何申的《信访办主任》、谈歌的《大厂》及其续篇、关仁山的《大雪无乡》、张继的"村长"系列等，此类小说力图通过对基层权力组织的书写，表达现实关怀，但常因歌颂意图损坏了作品的深刻性。（二）直面官场腐败的反腐揭批类小说，如陆天明的《苍天在上》和《省委书记》、张平的《抉择》、周梅森的《人间正道》等作品。这一类作品"具有对社会严峻现实进行深切审视与崇高诉求"①，又契合了主流话语反腐倡廉的政治号召和民众对清明政治的期盼，因而在普通民众与政治意识形态中的接受市场很广，在经济机制中也获益颇丰，畅销度较高，大都被改编成影视剧。（三）掺杂着小人物奋斗成功史与黑幕权术描摹的权略官场小说，如《国画》、《沧浪之水》、《跑官》、《官道》等作品。这类作品通过对官场权力运作的深入揭示，和对权力领域之中的人的生存状态和精神状态的细致描写而吸引了众多读者。但其优点也常孕育了其缺陷，这些小说中对权力资本与金钱资本的结合、对人性的异化的刻画、对权谋机制的运作等现象过细的描摹，往往冲淡了其批评和反思精神，导致其中一些作品流于满足读者窥私欲与猎奇心理的"类黑幕小说"。

官场小说这种长久不衰的阅读热潮和出版业内的不菲战绩，充分体现出社会

---

① 唐欣：《权力的镜像——近二十年官场小说研究》，北京：社会科学文献出版社 2006 年版，第 15 页。

整体对官场小说的高度关注，而这恰恰说明"官本位"的社会价值观在中国的文化思想领域的重要地位，即官场小说在很大程度上是以法制为基础的现代良序文明在当下中国缺失的表现。在事实层面上的政治权谋运作面前，现代性的政治法律制度常处于弱势地位，这导致了公共财富的迅速特权化、社会矛盾的激烈化、经济结构的断裂与黑幕消息消费化等现象，正是官场文学滋生和繁盛的根本原因。

不过，新时期以来尤其是 20 世纪 90 年代以来的官场小说也具有自身新面貌，即具有批评现实生活和娱乐大众的双重特质。一方面官场小说浸润了传统文化的官本位和权力崇拜意识，具有浓重的前现代特质；一方面它所描述的权力黑幕和权力场域的术数争斗过程，反而成为商业文化特殊的文化消费产品，在批判现实、宣泄民众不满情绪的同时又起着娱乐民众、促进文化消费产业发展的作用，达到了传统文化负面遗产、主流意识形态、批评现实主义与消费文化的奇特组合，成为新时期以来极具特色的中国文化创作现象。

除上述主要现象之外，消费文化还导致了新时期以来的诸多文学文化新现象。一方面，中国的市场经济体制得到了一定程度的发展，上海、广州等一些现代都市日趋国际化，市民社会日趋成熟，这使得一度从现代中国文学话语场域中消失的都市精神气质逐渐重现。一方面，文学的经济化市场化、稿费 / 版税制度趋于成熟，文学的生产和传播机制走向现代化，这赋予了创作者独立于官方意识形态的现代品格，在引导他们创作走向大众化的同时也促使其对文学艺术形式进行多方面探索。在这方面，贾平凹的"废都"写作现象、陈忠实的"白鹿原"风潮以及王朔的"调侃文学"也应运而生。在表达作家对既定创作模式的颠覆和对传统文化的重新审视中形成一股新的混合着颓废与伤感的复杂气质，在批评经典中却始终消散不去理想主义失落的感慨。

另一方面，文学的运演开始渗入市场经济因素，文学开始向着闲适主义和消费主义倾斜。情爱婚恋题材的流行使得港台的亦舒及琼瑶、梁凤仪等人的都市言情小说在大陆畅销，成为少男少女们寻找美好爱情乌托邦的精神寄托。20 世纪 80 年代初期由王安忆、残雪、刘索拉、张辛欣等部分女作家开始从自我出发、以身体伦理抗拒政治化及男权话语进行写作探索，而 1990 年代后女性主义创作也出现分流，出现了逐渐被纳入大众欲望化消费层面的写作现象，像卫慧、棉棉等人的创作就同时具有女性话语言说和市场消费化的双重属性。

1980年代后期，市场经济的利益效应首先在文学出版发行机制层面发挥作用，引发文学期刊改版风潮，依托书店和刊物进行商业炒作等争取读者的市场化文学行为，并形成适应市场需求及读者趣味的综合化、专业化新模式。整个出版业随后踏上由政府喂养到走向市场的转轨之路，在承包制、二渠道与造品牌各类市场化追求效应下，逐渐确立了中国式的畅销书生产模式，春风文艺出版社的"布老虎"丛书就是成功个例。各类民间文学奖项在20世纪90年代大规模出现，其中"《当代》文学拉力赛"的最高奖金为10万元。这些奖项强调审美原则的纯粹性，以示和官方奖意识形态性相区别，但其评审原则和操作方式又往往会出现向市场原则的倾斜。这意味着，文学评论机制为经济原则所支配，出现了金钱和话语互惠现象。为了得到大众认可，主旋律也走向了宽泛化、传奇化和程式化。

随着市场经济的社会化，经济理性也改变了创作群体的文化心理，他们开始以读者/市场需求规范作品的叙事主题和审美形态，媚俗现象普遍存在。这直接引发了文学创作活动的大众化和泛市场化，警匪、言情、商战等具有高度经济收益的题材成为文学创作的重头戏，并且各剧影视同期书的配套发行也促进了中国新时期消费文化的立体化进行。而《公关小姐》、《酒店风云》、《中国造》、《天道》、《走过海岸线》、《天地男儿》、《创世纪》系列、《大时代》、《流金水月》、《溏心风暴》、《钱王》、《白银帝国》、《旱码头》、《家族荣誉》、《争锋》、《大潮如歌/潜规则》等商战影视剧，形成了影视荧屏一股势力强劲的潮流，以特殊的方式见证和记录了我国经济体制改革和现代企业的发展历程，并继承了中华民族传统的诚信商业伦理及"以道承商"的礼义精神。当然，消费文化也使得部分影视剧走向纯粹的"类商业广告片"，如近期热播的《无懈可击之美女如云》几乎成为了某洗发水商家的广告故事版，借鉴了韩国电视剧生产模式，成为网络营销、青春偶像剧、职业间谍剧和商品软性广告为一身的"四不像"。在这一类的文学作品中，消费文化的叙事策略尤为凸显，不仅作品的出版发行本身运用了大量的商业炒作手段，作品里也充斥着各类名牌商品形象及其暗示的生活方式。

欲望叙事、身体话语成为许多小说的共同元素；部分官场小说走向黑幕秘闻。美女作家、少年写手被炒得沸沸扬扬。文学和影视开始频繁联姻，红色经典在影视改编中成为文化消费品，就连历史本身也成为了被戏说的凭藉。《戏说乾隆》、《康熙微服私访》等集宫廷秘史、民俗展示、武打、情爱等众多畅销元素为一体的"戏说性"连续剧大行其道，续集不断。自痞子蔡的网络小说《第一次亲密接触》成功演绎了网络与传统出版体系的成功合作之后，网络开始成为21世纪新的文学文化媒体新宠，网络连载、网上视频带来了互动接龙、点击付款和点卡阅读等新兴的文学创作、传播与接受的生产机制。

最后，市场经济及其愈加成熟的消费文化也带来了文学行为的整体优化效应。它使知识分子独立写作成为可能，越来越多的历史禁区被突破；带来审美原则多元化和艺术探索的自由化，使文体得到大解放大繁荣；在开放中走向世界的中国文学更加关注自身传统文化的独到价值；随着市场经济走向成熟，文学还出现了由俗向雅的回潮现象。

第二节　通俗文学热

一、新时期通俗文学热的时代背景

通俗文学在新时期开始回潮并出现大发展的热潮现象，与"文革"之后的中国社会政治、经济转型、思想观念、文学观念的变化有着密切联系。新时期以来，一是国家调整了文学政策，为文学的全面发展和"百花齐放"提供了较为宽松的政治气候；二是伴随着改革开放，西方近现代各种文学观念、社会理论的大规模涌入，促使人们的文学观念产生了很大变化，逐步认识到文学功能的多元化；虽然1980年代初期的大陆作家仍较多地专注于严肃文学的创作，没有形成成熟的通俗文学意识，但到了1990年代之后，中国的新一代本土通俗作家队伍开始形成。三是经过多年的政治体制和经济体制改革，我国市场经济逐步确立，现代城市消费文化和市民阶层重新得以发展，这些导致了新时期以来的文学体制发生了变化。1983年底，除却个别的特殊刊物，绝大部分文学刊物开始"自负盈亏"，计划经济体制下书籍刊物的出版皆由国家拨款的时代一去不返了。许多刊物和出版机构从效益和利润考虑，不断调整自身在文化市场中的位置，刊登大量有读者的通俗文学作品，为通俗文学热起到了推波助澜的作用。随着社会主义市场经济进程的演进，文艺的商品性质越来越被大家认可。文化和艺术越来越纳入到生产消费的程序之中。四是人民群众的审美需要和港台通俗文学的涌入。虽然追求高尚严肃的精神产品是人民文化心理的一个重要方面，但这并不能替代人们对于文艺的娱情消遣诉求，当代社会更是为这种消费娱情气提供了良好的历史机遇。但是面对人民群众的文化诉求和良好的历史机遇，1980年代初期的中国大陆所拥有的通俗文学资源则显得异常薄弱，文学生产与文学消费之间出现脱节，文学市场出现了新型通俗文学的暂时空缺。在这种情况下，和大陆同文同宗的港台通俗文学捷足先登，填补了大陆通俗文学的空白，造成了风行一时的港台通俗文学热。当然，港台通俗文学在大陆的传播，也得益于大陆所推行的统战政策，对港台文学网开一面，较为宽容的缘故。五是新的媒体形态对通俗文学的推动。

由上种种，新时期以来，当代通俗文学重新兴起，并在文坛上渐成规模，形成了一股势力强大的文学文化潮流。

二、新时期以来通俗文学勃兴的主要表现

首先，大陆文艺政策的松动以及港台通俗文艺作品的大量涌入。1970年代中后期，中国政治格局的变幻使当时的文化政策虽然未有大的变革，但实质上已经相对宽松许多，文艺生产与出版亦开始考虑大众对文学作品消遣性功能的需求，开始相继出版《三侠五义》、《基度山恩仇记》等中国古典或外国文学中的通俗性作品。这些作品以情节的紧凑及离奇而获得众多读者的青睐，从此大行其道。1980年代后以金庸、梁羽生、古龙为代表的港台武侠小说和以琼瑶为代表的言情小说大量涌入大陆，它们抢滩大陆阅读市场，形成了持久不衰的"金庸热"、"琼瑶热"，这股热潮持续了多年，虽然当下已经不如鼎盛时期那么红火，但依然有不少的读者，在中国文坛上仍发挥着持久的魅力。

其次，自1980年代中后期开始，大陆逐步形成了自己的通俗作家队伍。政治经济体制的变革使得广大人民包括作家所关心的不再仅仅是对社会政治的忧虑和对生活生产资源的紧张，也不再是对人生问题的质疑，于是出现了文学的生产、创作与接受等方面都已经具备了由重政治、重教化、重社会思想价值的"载道教

化"功能向重文化消遣、自我表现和审美愉悦的"消遣娱乐"功能转化的历史语境。这就导致很多作家在宽松的社会语境与历史条件中渐渐放松了对阶级属性的诉求和对政治影响的追求，从而拥有了相对轻松自由的创作心态。而此时港台通俗文学的大量涌入及其作品所拥有的阅读接受热潮和广大市场份额，使一向严肃的大陆作家们看到了一种接近读者、扩大影响的书写方式。因此，许多"过去写精英文学的作家，也吸取了通俗文学的艺术经验，使自己有两套笔墨，在文化市场上也有了不俗的斩获"。①

有了创作主体文化心态的转变，大陆新时期的通俗文学创作队伍的形成和大规模的通俗文学创作开始成为可能。自 1980 年代中期开始，大陆本土的通俗作家队伍逐渐形成并得以迅速发展。"1983 年聂云岚根据王度庐的小说《卧虎藏龙》改编的《玉娇龙》和 1987 年雁宁、谭力以'雪米莉'为名发表小说《女老板》、《女人质》、《女带家》等小说被看做为当代中国大陆的通俗文学复苏的标志"，② 并与港台都市言情、财经小说相互应，制造出了新时期通俗文学的一大景观；权延赤、叶永烈等人的传记文学，既有晚清谴责小说的影响因子，亦能看到 1950、1960 年代大陆长篇报告文学的影子；武剑青的《云飞嶂》以及王云高、李栋合著的《彩云归》等两党斗争的小说开始融言情入政治，冯骥才的《三寸金莲》、《神鞭》等"津门系列"更是加入了武打、悬念等通俗因素；汪国真的诗歌清新直白，与在广大青少年中经久畅销的彩色卡片、书签、笔记本以及书包等饰品一起，一度在青年消费文化中占据了重要地位。在这一形势下，大陆通俗文学的创作中涌现出一大批的武侠小说、谍战小说、公安小说、言情小说、演史小说及官场小说等代表作家作品。

虽然有人认为消费语境中的大陆通俗文学作品从一开始就在主题确立、审美取向、文化判断与语言风格上，都留有鲜明的政治主流文学的影响，但这类作家作品的出现，以其与社会转型期人们对新的文学类型及文学表达方式需求的深深契合，受到了广大读者的欢迎。

---

① 范伯群：《通俗文学不是文学史的"陪客"》，《新京报》，2007 年 3 月 19 日。
② 汤哲声：《中国通俗文学的性质和批评标准的论定》，《文艺争鸣》，2006 年，第 6 期。

第三，刊载通俗文学的刊物大量出现，一度曾达 200 多种。其中以《故事会》、《今古传奇》、《神州传奇》、《通俗小说》、《啄木鸟》、《武林小说》等影响较大，发行量都在几十万、上百万甚至数百万份。各级文化单位创办的各种小报也层出不穷，仅就广西地区通俗文学发展状况而言，1980 年代中期，广西地区的通俗文学报刊发行量相当惊人，据相关统计，"每张小报发行量在 100 万—200 万份之间。广西 27 种小报，每期销售量可达 4000 万份之多。刊物发行量稍为逊色，然而多的也达 120 万份，最少的也有 30 万份。"并且，这一类通俗报刊在全国的影响力更是令人不可忽视，"广西这类报刊已有 80％跨长江、过黄河，打入了广州、上海、天津乃至乡镇集市，占领了广阔的报刊市场"①。

第四，进入 1990 年代，随着电子信息技术的发展，文学的产业化趋势日益加剧，呈现出新媒体时代的新特征，即：资本化、媒介化、技术化、娱乐化等几个方面，文学和影视、网络、手机、MP4、MP5 等传播媒介的结合也日益紧密。这一时期的大陆文学创作开始与影视媒体结盟，联袂抢占文化市场。像作家水运宪根据湘西剿匪故事创作的《乌龙山剿匪记》，在 1980 年代末被改编成电视剧。此作以曲折的故事、惊险的情节、激烈的枪战引人入胜，把政治斗争、悬案探疑、情爱纠葛等汇于一炉，当年该剧在全国播放时可谓轰动一时、家喻户晓，引起了广大民众的高度关注。王朔对消费文化市场的占据则采取了另外一种策略，他的"痞子文学"系列作品之所以能够迅速蹿红，和他所制造的"金王之争"等文化事件以及他对于影视剧改编的敏锐洞察力与在经济理性支配下的迅捷行动力是分不开的。不同时间由不同的电视台所拍摄的各种版本的金庸作品影视改编，不仅反映出金庸小说受欢迎的程度，更向世人显示了影视媒体对于文学作品的推广作用，以至于许多中学生、大学生都开始以影视作品的观赏代替了文字作品的纸质阅读。并且，随着影视版本的播出，又会进一步促进文学作品的接受和畅销。这股影视翻拍的潮流更是对五六十年代的红色经典产生了巨大影响，《敌后武工队》、《铁道游击队》、《林海雪原》、《沙家浜》等众多革命经典小说被先后改编成影视剧，重新赢得广大观众特别是青少年一代的关注。但为赢取眼球、赚得经济利润，这些

---

① 王屏、绿雪：《广西通俗文学热调查记》，《文艺报》，1985 年，第 2 期。

影视剧往往在原著的战争情节基础上加入更多的情爱纠葛、伦理冲突等畅销因素，在制造文坛争议话题的同时，推进影视剧的热播，消费文化时期的文学产业化特征由此可见一斑。

20世纪末至今，新兴传播技术的发展愈发成熟精细，特别是随着个人电脑与网络使用的普及化，文学创作与传播的形式也发生了变化。从最开始的BBS文学、博客文学，到后来的微博微小说、手机文学、电纸书等，语言日常化、风格日志化、篇幅短小化和写读沟通化等特征成为新时期文学不可忽视的特点。同时，文学的消费化、通俗化也在新兴传播技术的促进下取得更新发展。以起点中文网为例，网络写手们创作作品连载，同时根据读者们的跟帖意见及时修改或调整作品的布局、人物的命运等，而阅读的网上付费、月票购买等，也大大刺激了网络文学的创作速度和写作风格。安妮宝贝、郭敬明、宁财神、当年明月、春树等一大批年轻的作家通过媒体炒作、网络热帖等方式成为对当今青少年影响最大的作家群体。他们的作品也往往以网络化、音像化、立体化、综合艺术化的多维方式，对受众们产生了更大的影响。像宁财神的《武林外传》拍成了电视连续剧在全国热播，还接续出了电影版、动漫版和网络游戏版。正可谓，"随着大众传媒的日益发达，报纸、杂志、广播、电视、网络、手机等媒体对文化、文学形成了全面包围之势"。它们不仅在文学作品的生产、保证和推广的过程中，"通过畅销书、排行榜等潮流话题的制造，影响了人们的阅读习惯、消费习惯，通过选题策划、制造话题左右作家的写作"。更借助话语权，将传媒批评"渗透到了专业的学术批评领域"，使得文学文化产品的评判标准也发生了重大改变。[①] 这正是消费文化与大众媒体的合力所至。

第五，社会接受和学界关注热潮。自新文学发生以来，中国文学界就一直在讨论艺术性与通俗性、严肃性与消遣性、提高与普及的关系问题。由于救亡图存和文化启蒙主题的历史强势性和道德优越性的合力，通俗文学一直处于拥有广大读者但却不具备"载道化众"的积极意义，从而遭到主流话语的排斥。

早在五四时期，文学研究会就明确地宣称："将文学看做是高兴时的游戏或失

---

① 焦雨虹：《消费文化与都市表达——当代都市小说研究》，上海：学林出版社2010年版，第222页。

意时的消遣的时候，现在已经过去了。我们相信文学是一种工作，而且是对于人生很重要的一种工作。"之后的"革命文学"、"左翼文学"、"抗战文学"和"延安文学"虽然开始倡导大众化，但实际上却是借助通俗文学的受众基础而以革命的政治内容改造之，真正具备消遣娱乐性的通俗文学作品，则一直被视为资产阶级庸俗文学。教化和通俗的问题，被主流话语替换为普及与提高的关系，从而遮蔽了通俗文学自身的特征。及至"文革"，此种情形更为极端化，导致了大面积的严肃文学庸俗化和通俗文学被取消的后果。直到 1984 年 12 月，香港武侠小说家梁羽生参加中国作协第四次会员代表大会时，虽然发言者肯定了武侠小说源远流长，"是文艺园地里的百花中的一花"，但他仍谦卑地表示这类作品，虽然"有助于劳动者在紧张工作之余的娱乐和休息"，"有其需要，但它只能是'支流'，主次有别"。

这种情形在 1985 年前后得到了改观。1984 年 11 月，天津市文联理论研究室和中国作协天津分会举办了"通俗文学研讨会"。随后，包括《人民日报》、《光明日报》在内的多家主流报刊关于"通俗文学热"的讨论伴随文艺商品化论争在全国上下兴起。人们开始正视通俗文学的娱乐性情的消遣性是文学本身功能的题中应有之义。伴随着市场经济的发展和文化全球化的蔓延以及政治激情和文化批评在大陆的式微，通俗文学开始在主流话语和学术界赢得自身地位。1994 年严家炎在北京大学给本科生讲授金庸，这标志着金庸已被学院派接受；王一川在其主编的《20 世纪文学大师文库》中更是将金庸列为仅次于鲁迅、沈从文、巴金之后的第四位文学大师。包括陈默、韩云波等人在内的许多学者开始对武侠小说进行学术研究，并出版相关学术著作多部。孔庆东还在中央电视台的"百家讲坛"开讲金庸。"金庸小说国际学术研讨会"也成为两年一度的国际学术盛会之一。这些都标志着当代通俗文学不仅获得了广大受众的喜爱，更为自己赢得了主流学术界的关注。

五、通俗文学的文化审美分析

通俗文学作为传承中华民族文化的主要载体，体现出了强烈的民族文化色彩。生死、情爱、英雄传奇以及复仇等通俗文学的主题是民族文学叙事传统中极其重要的部分，其固定的叙事策略和叙事布局则从各个方面体现出中华民族的文化特质。诸如，通俗英雄叙事文学的人物性格的类型化、人物群体之间性格互补的多边互动格局、弱小—历劫—成功的人物成长模式等。言情小说、官场小说这些固定的文学叙事模式已经积淀为一种文化原型内化为我们民族的一种深层心理。所以各个历史区段的通俗文学作品，既具有那个时代的历史特色，又具有中华民族文化的永恒魅力。它们主要具有以下特征：

一是其取材本身具有引人之处。通俗文学大多取材情爱、伦理、战乱离别、英雄成长，或者一些社会秘闻、野史轶话、民间故事、民间传说等大众感兴趣的话题，在内容上具有情节性、猎奇性、趣味性强等特征。这就使得日常生活平淡无奇、凡庸无波澜的大众可以在别人的情爱故事、英雄事迹和成功传奇故事里得到一种消遣无害、刺激有趣的阅读体验，作为自己生活的补充、替代和消遣，满足了大众的阅读期待视野。因而通俗文学在题材和情节上就具有吸引读者群体的先天优势。

二是叙事范式及语言风格上。通俗文学大多采用具有民族风格的传统叙事模式。通俗小说注重"说书"传统，在叙述中往往使故事情节完整、曲折离奇，常以全称视角，采用一环套一环的悬念设置，以增加读者的阅读期待和阅读兴味。其语言大都采用"白描"手法，而较少像新文学那样采用西方现代小说技法中的晦暗冷僻的心理描写等方法，利于广大受众接受和理解，并使其在追踪故事情节、猜想人物命运的阅读过程中，既有让之期待的阅读兴趣，又无使之审美期待屡屡落空的阅读受挫感。这是通俗文学在叙事策略和语言风格上深受广大读者喜爱的重要原因，也是它们对文学史所提供的优于严肃文学的品质。

三是思想意境及文化价值取向上。无论是武侠、言情抑或是公安等通俗文学类型，其作品宗旨都善恶分明，惩恶扬善，邪不压正，具有朴素的理想主义色彩和爱国主义思想。言情小说宣扬感情忠贞、有情人结成眷属；武侠小说则崇尚英雄主义、爱国主义、路见不平拔刀相助等忠义精神，像金庸的14部小说"飞雪连天射白鹿，笑书神侠倚碧鸳"，无论情节如何曲折，都不离崇侠尚义之主旨；官场小说则在揭露官场腐败等黑暗现象的同时，塑造刚正不阿、为民伸冤的清官形象，给予广大群众心理上的慰藉和安抚。

四是与时俱进，积极向西方文学及中国新文学学习，在主旨意向上把通俗消遗与塑造具有现代性素质的新国民、新英雄结合起来；在描写方法上吸取新文学的心理描写、现代电影的场景铺叙等；在语言风格上尽力追求与时代同步，在保留市民化色彩的同时尽量提高作品整体的雅化品味。在这些方面，金庸、古龙以及大陆许多通俗文学作家都取得了不俗的成绩。

以上种种，造就了新时期通俗文学热潮滚滚、影响弥深的景象。

当然，我们也应当看到，新时期通俗文学仍然存在许多问题：

首先，相当一部分通俗文学作品的商品化思想严重，由于追求盈利和迎合读者，市场价值的最大化成为许多作品的追求目标，致使思想庸俗乃至低俗的通俗文学作品占相当的数量。比如造成通俗文学作品的"泥沙俱下，鱼龙混杂"，有时甚至与"庸俗文学"、"地摊文学"联系在一起。

其次，在近乎白热化的市场争夺下，模仿跟风现象严重，许多作品艺术品质低俗化。许多通俗文学作品为吸引眼球、追求速度，往往不暇去费力研究语言风格与艺术质量的提高，而是采用惯用的叙事套路和故事模式，使类型化、模式化现象严重。言情故事多套用"灰姑娘与白马王子"或"姐妹争郎"等情节来迎合大众的幻想与猎奇心理；武侠类英雄叙事作品则采用"英雄历劫复仇"的情节，在其中充满了"藏宝图"、"武功秘籍"、"灵丹妙药"等远离现实的情节。甚至许多作品为追求惊险、传奇和戏剧化，采用夸张离奇手法，玄幻色彩严重，叙事上遇到问题就套用"无巧不成书"的情节设置，导致不少情节失真，脱离生活基础，削弱了通俗文学的艺术品质和审美感染力，致使大多数通俗文学作品不能给文学史带来新质。

由于追求经济效应，通俗文学的跟风模仿不仅体现在创作套路和情节设置上，更体现在对同一事件、同类问题的反复叙述和模仿上。像《故事会》杂志被广泛模仿的例子就很能说明问题。1970年代末1980年代初，《故事会》率先改革、制定了刊载健康向上、故事性强、作品口语化程度高，便于复述和传播等办刊方针，取得了良好的经济效应。出现了众兄弟杂志"抢分蛋糕"的举动，短时期内便仿效者瞬间云集。"仅从1984年下半年的统计，全国故事类刊物已多达六七十种。除此之外，故事又开辟了一个新天地，即从刊物向着报纸延伸。《中国故事》、《故事世界》、《故事大王》、《故事林》、《故事家》、《外国故事》、《古今故事报》、《今古传奇·故事版》等等，这些新创办的故事类报刊，让人顿感'山雨欲来风满楼'之势。"①

第三，通俗文学中的一部分都市小说作品物化意识浓重。通俗文学的发展同消费文化意识紧密相连。消费文化关心的是符号，而"形象和符号体系的生产、商品的生产是一致的，符号形象的消费具有强烈的时效性，产生所谓的时尚，时尚是都市日常生活和流行文化的重要内容"。许多女作家所创作的都市言情小说和男性作家所创作的商贾小说、官场小说，往往都充满了时尚首饰、名牌皮包和潮流服装的详尽描写，至于小资白领们所喜爱的香水、美食及化妆品，更是常常在这类小说中露面，成为作品不可或缺的都市物品大展览。曾有许多人声称，他/她们之所以爱读都市言情小说、商品小说和官场小说，主要原因就是这些作品能够充当其时尚引领、消费指南和品牌解说的作用。

明代冯梦龙曾在《古今小说序》中指出大众化、通俗化的"说书艺术"能使"怯者勇，淫者贞。薄者敦，顽钝者汗下。虽小咏《孝经》、《论语》，其感人未必如是之捷且深也"。②鲁迅先生也曾言："俗文之兴，当由二端，一为娱心，一为劝善。"因此，我们对于通俗文学及通俗文学热应该有科学、理性的认识，既要看到它具有平庸化、模式化的一面；又要看到它促进人们文学观念的解放，丰富与满足大众的精神生活，完善文学格局，促使文学多元化、生态化、和谐化的不可替代的作用；看到它的发展对于促使文学回归其消遣、娱心的本质功能之一的现代化进程，看到它对于更新人们的文学观念，实现文学多种功能的价值，促进中国当代文学的大众化、普及化，削弱当代文学过度的政治化、单质化所起到的重要作用。可以说，现代中国通俗文学的发展，完成了中国文学的雅俗分流，完成了中国新文学的现代性，因为中国文学现代性不仅仅属于严肃文学，而且也属于通俗文学。而新时期通俗文学的勃兴，使文坛上出现了"超越雅俗、融会中西的态势，这是继20世纪40年代新市民小说之后的一种良性发展"。③这是在新形势下，对于中

---

① 李云:《从群众文艺到通俗文学——〈故事会〉(1979—1986)在新时期的转型兼及"80年代通俗文学热"》,《中国图书评论》,2009年，第12期。

② 冯梦龙:《古今小说》,北京：人民文学出版社1958年版，第1—2页。

③ 范伯群:《通俗文学不是文学史的"陪客"》,《新京报》,2007年3月19日。

国新文学现代性的完善和发展的积极推进。

第三节　"谍战文学"热

一、现代中国"谍战文学"的发展

综上，"谍战文学"应是指以某一战争为背景，主要以表现各类隐蔽战场的间谍人员的活动为题材和内容的文学类型，虽多是严肃的政治内容和弘扬政治理念、塑造英雄人物为主，但由于它所具有的政党争斗、战争机密、个体欲望、忠诚与背叛、敌对双方或多方的智斗等情节性强、趣味性高的通俗文学因素，阅读者也多以新兴市民阶层为主，并且具有巨大的经济效应，因此，它属于通俗文学的一种文学形态。

论及现代中国的谍战文学，不能不提及陈铨的《野玫瑰》[①]一作。抗战艰苦时期，在西南联大教授德语的教授陈铨创作了一部四幕话剧《野玫瑰》，曾在国统区巡回演出，反响良好。经商务出版社刊印之后销量颇佳，曾一版再版，可谓畅销于其时。由之改编而成的电影《天字第一号》于 1946 年公映，票房斩获不俗。虽然当时国统区民众对此剧极其喜爱，但是由于作者陈铨及其所在的"战国策派"文艺思想中"英雄崇拜论"和"权力意志论"的尼采主义因素，反而使得《野玫瑰》自发表之日起便伴随着不同的声音，甚至是严厉的批判和"围剿"式声讨。

建国后的谍战文学主要以"反特文学"或"侦察文学"的形式出现，属于革命战争小说中的一支，旨在为建立、巩固和完善一体化的国家政治意识形态的话语体系。不过和《红日》、《保卫延安》、《红旗谱》、《创业史》等当时的革命战争经典作品相比，"反特文学"的文学原创文本并没有以纸媒形式在民间流传广泛，而是以另一种形式得到了广泛传播，那就是借助于电影媒体所拍摄和播放的众多"反特片"。比如：《无铃的马帮》、《深夜来客》、《谋杀没有证据》、《林海雪原》、《天罗地网》、《跟踪追击》、《东港谍影》、《羊城暗哨》、《地下航线》、《古刹钟声》、《双

---

① 　陈铨:《野玫瑰》（四幕话剧），《文史杂志》，第 1 卷第 6—8 期，1941 年 6—8 月。

雄探虎穴》、《神秘的侣伴》、《永不消逝的电波》、《山间铃响马帮来》、《寂静的山林》、《冰山上的来客》、《南海的早晨》等，都是当时非常有名的以反特、侦察为主题的经典文本，流传广泛，影响深远。其中的许多作品除被拍成电影之外，还被多次改编为连环画，如《地下航线》、《双雄探虎穴》、《渡江侦察记》、《英雄虎胆》等作品就拥有众多出版社及画家改编的连环画版本。

《永不消逝的电波》（1958，八一电影制片厂）是根据时任军委情报部部长的李克农的战友李白的革命事迹拍摄的，讲述了上海地下工作者的传奇故事。这部电影成功塑造了李侠这一乐观坚毅、临危不惧、勇于奉献的地下革命党形象，将惊心动魄的革命斗争，融于这对"潜伏"革命夫妻的日常家庭生活中，展现了蛋糕里夹电报底稿、火柴盒里藏电报密码等地下革命斗争的常用手法，令观众大开眼界。2010年此片被改编翻拍成同名电视剧。

潘培元所创作的《英雄虎胆》（1958，八一电影制片厂）是新中国影坛的经典侦察反特影片之一，它取材于我国1950年对广西地区十万大山剿匪的史实故事。以我军侦察科长曾泰为主人公，讲述了他乔装打扮、深入虎穴、沉着冷静、机智勇敢地配合部队成功剿灭国民党特务团伙取得最后战斗胜利的故事。影片放映之后，英俊、潇洒、机智勇敢的侦察科长曾泰成为广大观众所崇拜的英雄偶像。而曾泰在执行任务过程中所遇到的"与美女特务诱惑与反诱惑"、"与老谋深算心计毒辣敌军将领之间怀疑与释疑"的故事情节，也成为"反特文学"、"侦察文学"的常见叙事模式，对当时及后来的谍战文学有着深远影响。女特务阿兰在舞场上以曼妙的身姿、优美的舞步和诱惑的眼神对曾泰进行色诱的场景更是给无数观众留下了深刻印象。《英雄虎胆》后来被改编成多种版本的连环画，多次再版。并在2006年、2007年又分别被改编为23集的电视连续剧《英雄虎胆》和25集的《新英雄虎胆》在荧屏热播，获得了经济效益和社会效益的双丰收。

"文革"时期，由于极"左"思潮的极端化泛滥，反特、侦察文学作品也多被批判查禁，但根据黎汝清的小说《海岛女民兵》改编成的电影《海霞》却能够成为当时"砸烂公检法"口号下的特批作品，可见主流意识形态对于这一题材和类型的作品的重视。这部小说1966年由人民文学出版社出版，旋即在全国引发了轰动效应。六年后再版，相继被译成英文版、德文版、日文版、叙利亚文等版本。

作品描写了解放初期一支英勇善战的女民兵队伍在海防前线的一座小岛上保家卫国、反特剿匪并在斗争中迅速成长壮大的故事。小说在 1975 改编成电影时更名为《海霞》。

在主流意识形态之外，"文革"时期还有众多的地下手抄本小说广为流传，其中以"惊险反特"内容为主的传奇类小说在当时和带有现代启蒙色彩的伤痕类小说是其中最主要的两类作品。包括《叶飞三下江南》、《远东之花》、《绿色尸体》、《梅花党》、《一双绣花鞋》（亦作《一只绣花鞋》、《地下堡垒的覆灭》、《一缕金黄色的头发》）等众多作品的"梅花党"和"绣花鞋"等系列作品是公认的代表作。这些小说主要以反特、保家卫国等为主题，塑造无产阶级英雄人物。从这些方面来看，它们仍沿袭了"十七年"文学的政治二元对立叙事模式，似乎并没有太多的突破和建树。但是，从另一方面来看，这些小说所选择的凶杀、恐怖、侦探、反特等内容，正是"十七年"文学及"文革"文学一体化体制中所缺少的，它们对这些带有刺激性的情节设计和气氛的着力渲染也正是主流话语中的禁忌。如穿着诡异绣花鞋的修女、令人心惊胆战的装满烈性炸药的绿色尸体、装在假眼里的微型照相机、藏在守医院太平间老头身上的假驼背发报机等等，都具有强烈的猎奇和娱乐性质；而我方侦查人员所遭遇到的美女特务的情色诱惑的细腻描写和对纸醉金迷繁华腐化场景的详尽描摹，都使这些作品在社会文化意义的深层结构上远远溢出了阶级斗争和国家安全的政治框架。可以说，这些作品不仅迎合了广大民众对于政治禁忌突破的心理诉求，而且更深刻地激发了民众对于凶杀、特务等富含刺激性的故事文本的猎奇与观赏意识，为新时期谍战文学的兴起和大众消费文化心理的积淀奠定了基础。

二、新时期谍战文学的兴盛

新时期以来，文艺政策的宽松和社会语境的多元化思潮，谍战文学也随着革命战争文学的复苏得到进一步发展。新时期初期产生了一大批以地下侦察和惊险反特为题材的谍战文学及电影作品。《归侨儿女》、《野蜂出没的山谷》、《偷渡的人》、《越海侦察》、《战斗在敌人心脏里》、《暗礁》、《风云岛》、《黑三角》、《蓝天防线》、《草原枪声》、《客从何来》、《熊迹》、《东港谍影》、《斗鲨》、《夜幕下的哈尔滨》、《戴手铐的旅客》、《雾都茫茫》、《东方剑》、《劫持》、《滴水观音》、《羊城暗哨》、《保密局的枪声》、《猎字99号》、《绿色的网》、《无影侦察队》等一大批反特文学及电影作品，掀开了新时期谍战文学热的序幕。

吕铮的小说《战斗在敌人心脏里》（上海文艺出版社，1979），1979年由长春电影制片厂改编拍摄成电影《保密局的枪声》。这部影片主要讲述了上海解放前夕我党的地下工作，情节跌宕起伏，一波三折，结局出人意料，引人入胜。并采用了现代惊险影片的悬疑叙事拍摄手法，让悬念在敌我矛盾冲突中逐步展现，推动故事发展。在电影《保密局的枪声》中，武打动作和枪战场面精彩纷呈，人物性格突破了脸谱化塑造，个性鲜明又复杂饱满，故事情节错综复杂、悬疑迭起、险象环生，把政治立场的敌对、个体情感的纠葛、真假虚实的斗智斗勇都表现得淋漓尽致，并且运用了许多现代电影新手法，对光影、场景、人物造型和音乐都做了颇具特色的处理，取得了良好的拍摄效果，对原著的传播起到了积极作用。影片获得同年度文化部优秀影片奖，并以亿人次1800万元的票房夺得当年的票房冠军，并在其后的放映中创下6亿观众的惊人票房，由此开创中国惊险谍战片的先河。此片于2007年被改编翻拍成35集电视剧。

陈玙创作的长达71万字的小说《夜幕下的哈尔滨》，1982年由春风文艺出版社出版发行，本书两年内共印刷3次，发行30多万册，《哈尔滨日报》当时对这部小说进行了独家连载。这部小说是陈玙根据20世纪60年代鞍山市市长李维民整理回忆录《地下烽火》的素材而创作。主人公哈尔滨第一中学的教师、地下党员王一民的原型就是有着丰富地下斗争工作经历的李维民本人。小说表现了王一民、李汉超等地下共产党员在20世纪30年代日本铁蹄之下的东三省，以文武全才的本领、卓尔不群的聪明才智与以玉旨雄一、葛明礼等人为代表的日寇、伪满汉奸展开的一系列斗争故事。作者跳出了时代的窠臼，对日本青年学者、哈一中副校长玉旨一郎及民主人士卢运启进行了真实客观的描写，整部小说丰满、结实、有血有肉，有性格有故事，深受广大民众喜爱。同年度就被哈尔滨话剧院搬上舞台，由王刚主播的评书版掀起追捧热潮，仅1982年就有108家电台播出这部评书，听众超过3亿。至今这版广播剧还拥有大批忠实听众，有的听众把这则广播剧做成压缩文件供网友下载，下载量高达万次。1983年，这本书由青岛电视台改编拍摄了 13 集同名电视剧，1985 年除夕夜首播。这是我国第一部超过 10 集、第一部正面反映东北地下党和抗联斗争、第一部采用民族化说书人的表现形式的电视剧。小说作品 2008 年由解放军文艺出版社再版。

这类反特小说及影片在 1970 年代末至 1980 年代后期数量繁多、比较兴盛，但由于其大多数未能突破敌我斗争和意识形态束缚，所以，故事情节的设置有着浓重的程式化痕迹，如几乎每一部此类作品都是"案发—破案—发现特务—逮捕或消灭特务"，艺术价值不高，但它们在传奇叙事、娱乐消遣、谍战结构以及吸引众多读者群等方面积累了丰富的经验，为 20 世纪 90 年代末期和新世纪的谍战文学的发展及热潮形成起到了积极的促进作用。

随着我国市场经济体制的发展和消费文化的逐步成熟，1990 年代末至今，主流政治文化意识形态、商业文化意识形态和民间文化意识形态日渐走向结合并行共赢的势头。革命战争及其他类的军旅文学开始走向兴盛，文坛上出现了一大批描写警匪、谍战类集合了主流政治诉求及大众消费因素的作品。在网络化写作和市场化操作模式下，谍战文学也迎来了自己的新发展，不仅像《夜幕下的哈尔滨》、《保密局的枪声》、《梅花档案》、《英雄虎胆》等众多经典谍战老作品被影视界大量翻拍，大批由年轻作家和网络写手创作的谍战小说也开始涌现，并多被拍成影视大片。谍战文学作品异常火爆起来，风头直追并超越了武侠、言情等多年一直主导市场的龙头老大地位。其中比较具有代表性的作品有：钱滨、易丹的《誓言无声》、《数风流人物》，刘猛的《冰是睡着的水》，麦家的《暗算》、《解密》、《风声》、《风语》，石钟山的《特务 037》、《地下地上》，李李的《隐形追踪》、《隐蔽出击》，陈建波的《暗杀》、《乱花》，钟连成的《内线》，石小克、赵凌芳的《食人鱼事件》，都梁的《八月桂花遍地开》、《狼烟北平》，吴学华的《谍影重重》，风骑兵中尉的《雪虎》，凿壁小妖的《谍影猎杀：国安部在行动》、《王牌潜伏》，玉晚楼的《国家安全》、《国家利益》，李伟新的《特工之王》，陈雨涵的《战谍》，栖阳逐剑的《暗算：梵高密码之谜》，龙一的《潜伏》、《代号》、《借枪》、《深谋》，紫龙晴川的《暗剑》，李鹏飞的《信仰》、《刺杀》，袁利的《热爱》，马营的《潜伏·1936》，莫夫、彭景泉、熊诚的《谍战》，王雁的《密战》，高铭的《谍影重重之上海》，袁道之、白莉的《黑色破局》，李传思的《绝密行动》，毕鉴威的《剑·谍》，高瞻的《谍报英豪》，沉石的《谍爆》，朱昭宾、李鲁轲的《绝地》，李异的《中央警卫》，杨健的《东风·雨》，徐亚光的《龙城谍战》，柏源的《网络间谍》，雪泥孤鸿的《生死谍恋》，刘晓波、付会敏的《敌营十八年之尝胆卧心》、《敌营十八年之虎胆雄心》，南木的《谍·色》，周大新的《预警》，冯伟的《1号档案》，北地人的《火力》等等。

三、新时期谍战文学的特征

这些谍战文学作品，是主流意识形态与大众消费文化的合流，既有20世纪革命战争文学作品政治主旋律的叙述传统，又在新时期特别是新世纪以来的消费文化语境中具有了自身文化、审美层面的新特质，改变了既往反特文学、侦察文学和战争文学中叙事人与叙事对象之间关系的单一性，实现了叙事语境的由静到动的转变。

首先，高昂的主旋律是这些作品最根本的意识形态底色和政治导向，也是它们能够得以畅销的前提条件之一，这更说明了消费文化已在很大程度上与主流政治文化达成了合作与双赢的默契。因此，这些作品中所塑造的主人公仍是革命的、正面的民族英雄，他们的身份多为中共地下党员，也即"革命的间谍"。"间谍"在我国古代最早称为"间"。"间"的繁体写作"閒"，段玉裁的《说文解字注》："开门月入，门有缝而月光可入。"[1] 本意就是指门缝、缝隙，后来引申为离间。古人造字蕴藏了深刻的智慧，以门缝里的月光比喻间谍可谓形象生动。当代谍战文学里的英雄人物和通常战争小说里的人物还是有所不同的，那就是他（她）们以"间谍"的身份活动在敌人的心脏里，只能秘密进行革命活动。而这些活动又是与正面战场不同但又紧密相连，牵一发而动全身，稍有不慎，不但自己会有杀身之祸，更会带来正面战场上成百上千战友的死亡。因此他们所面临的压力和困境就尤其为甚，不仅要时刻保持细微的感受力、敏锐的观察力、迅速的行动力和准确的判断力，还要有泰山崩于前而不变色的超强心理承受能力。也就是说，谍战文学里的革命英雄形象，常被置身于"极境"之中而得以成全自身的民族大义和个性塑造。所谓"极境"，是指"极限情境"（界限情形）。在数学和物理学上，"极限"是指

---

[1] 许慎撰、段玉裁注：《说文解字注》，上海：上海古籍出版社1981年版，第589页。

自变量的值无限趋近但不等于某规定数值时，或向正向或负向增大到一定程度时，与数学函数的数值差为无穷小的数值。由此，心理学上取"极限"的某种量的无限趋强的语义，把它和"情境"一词组合起来，产生了自己的概念："极限情境"。心理学上的这种"极限情境"是指在自然产生或者通过人为创设种种特殊的极限扩张的"软""硬"兼顾的情境中，个体或者群体的人心理或者生理上几乎始终处于一种极限性的高压之中。这样，一个人原先隐蔽而不易发现的内外问题由此得以暴露，得到正视的机会和团体的真诚诊治；而一个人原先具有的一切美好素质又同时得到表现和升华。取源于心理学上这一概念的语义内涵，文学创作中也有所谓"极限情境"的提法，指的是在塑造人物时，设定一些很极端的情境，将小说人物的性格"逼"出来。"极限情境"可以单指一个具体的场景：如《风声》里的某些酷刑场面；亦可以指对人物的特殊身份、地位的设置，如《狼烟北平》、《潜伏》对徐金戈、方景林和余则成的特殊身份设定。由于谍战对其身份的特殊设定，他们就被"逼"着在身心所能承受的极限高压下，体验到民族大义、个体情爱、阶级人性等之间的复杂缠绕与相对牴牾，被迫于自身所处位置承担起战争带给自己的巨大痛苦。

还有，《八月桂花遍地开》里的方索瓦不仅担负着在敌人心脏搜集高层军事机密的任务，而且还要承受亲人和同志们的误解，甚至被自己的同志所痛恨和暗杀。《狼烟北平》里的国民党老牌谍报人员徐金戈和激进青年学生杨秋萍假扮夫妻收集日本人和汉奸的情报，并组织暗杀。在执行任务过程中，两人也从相互反感转为互相爱恋。然而在一次刺杀行动中，杨秋萍被捕入狱，遭受到日军用尽酷刑百般凌辱，还被用铁钉钉在木十字架上游街示众。徐金戈生生目睹心爱的女人被折磨的不成人形，只能含泪亲手将子弹射入杨秋萍的胸膛，结束她的痛苦。中共地下党员方景林的公开身份是伪政府巡警，他与罗梦云相知相恋，但当罗梦云身份败露遭遇逮捕时，他为了党的事业继续下去而必须在现场维持逮捕秩序，最后，亲眼目睹恋人引爆烈性炸药死在自己面前。虽然项小米的《英雄无语》不是一部纯粹的谍战小说，但这部带有深刻的战争／人性反思色彩的小说成功塑造了一名中共地下党员的一生。"我爷爷"是一名中共"红色特情"人员，长期活动在国统区为党收集和输送绝密情报，他不但面临着每次运送情报时的危险，还必须经常在目睹自己的同志被酷刑拷打和残忍杀害时保持冷静、坦然，甚至谈笑风生，才能不引起敌人的觉察来完成自己的使命。因而长期的紧张、压抑、酷烈的环境造就他冷酷坚韧的性格，同时也使他对自己的女人、孩子的冷酷不近情理。作者用了紫色英雄来形容爷爷的红与黑交织，引起了广大读者对战争和战争承担者人性的深思。

新时期谍战文学作品对这些身处"极境"的英雄人物的塑造，一方面符合了主流话语对于意识形态合法性的要求，一方面"极境"本身所含的惊险、刺激、紧张等情节又迎合了大众的猎奇性阅读期待，因而达成了双赢效果。

其次，以市场化的操作手法进行生产、传播与接受，融网络化写作、影视化传播和意识形态化发行于一体。

（一）市场化引发的畅销元素

新时期以来，尤其是 1990 年代之后，随着社会文化思潮的多元化，随着人们精神产品形式的极大丰富，单一性质文学作品已经不再能够满足人们的阅读需求了，各种叙事类型、畅销元素结合在一起的复合型文本成为时代发展趋势。因此，1990 年代之后，我们看到越来越多的复合型文学作品，像与凶杀、悬疑和三角情爱纠葛相结合的武侠小说，融武打、佛理、世道人情、人性善恶转变于一体的战争小说，包含冒险、恐怖、情色、武打的推理小说等。谍战文学也不例外，为迎合市场获取经济利益，新时期的谍战文学在主流意识形态的外壳之内，融入了大量的畅销元素：暴力、凶杀、侦破、情色诱惑与反诱惑、政治内幕秘闻、战争局势转化、忠奸对立、敌我混淆、忠诚与背叛的人性考验、冒险与刺激、征服与反征服、窥秘与反窥秘、历劫而后安全逃逸、智斗、武打、爱情与政治信仰和战争局势的纠葛等种种因素。这其中的任何一项内容都具有浓重的阅读热点效应，足以引起大众的阅读兴趣。

在这方面，麦家的谍战小说作品可谓同时做到了赢取主流意识形态与市场化的双重成功。他的小说《解密》获中国小说学会 2002 年中国长篇小说排行榜第一名，第六届国家图书奖、第六届茅盾文学奖提名；《风声》获《人民文学》2007 年度最佳长篇小说奖；《让蒙面人说话》获《小说选刊》2003—2006 年最佳中篇小说奖；他本人曾被评为 2003 年度中华文学人物·进步最大的作家、第三届风尚中国榜·2007 年度风尚作家、第六届华语文学传媒大奖·2007 年度小说家、第十三届上海国际电视节最佳编剧、第三届电视剧风云盛典最佳编剧等。根据《暗算》改编的同名电视剧《暗算》一开中国特情影视剧的先河，深受观众喜爱。

2008 年 10 月，麦家创作的谍战小说《暗算》获得中国第七届茅盾文学奖，这是中国内地长篇小说的主流最高奖项，由此引发了文坛对于严肃文学与包括谍战小说在内的通俗文学关系的思考与讨论，促使人们对于谍战类小说的关注度大幅提高。他所创作的谍战小说《风声》获具有主流话语风向标《人民文学》2007年度最佳长篇小说奖。小说讲述了代号为"老鬼"的中共地下工作者李宁玉，凭借破译电报的高超能力，打入日伪情报组织内部，巧妙地周旋于敌军高层，利用一切有利机会开展工作，为我军搜集、输送了大量高层绝密情报，为我军在正面战场上的胜利做出了重要贡献。但有一次，一份重要的情报在传送时被日伪截获，与中共之间的情报通道被切断，"老鬼"自身也同其他几位因接触过那份绝密情报的吴志国、金生火和顾小梦等被怀疑者一起被秘密软禁在杭州裘庄，彻底断绝与外界联络以接受调查。她机智地与日伪以及同样打入日伪内部的国民党军统特务周旋，制造种种假象迷惑敌人，使得日伪搞不清谁是真正的"老鬼"。在最后关头，为了将关系到中共杭州地下组织存亡的情报及时传递出去，她与长久以来就彼此试探、亦敌亦友的国民党军统特务顾小梦超越于各自党派与阶级的不同立场，联起手来共同对付日本特务头子龙川肥原。李宁玉把自己的秘密交给顾小梦，让她在自己自杀之后以秘密博得肥原的信任，由此成功地将情报传了出去，破坏了敌人的阴谋。

整部小说将故事情境设置在与世隔绝的秘密地点，将天才的智慧、诡异的想象、莫测的命运、敌我的较量、相互的猜疑与试探、交集着的绝望与希望、深隐的姐妹情谊与敌视情绪、秘而不宣的厮杀较量和牵一发而动全身的两条战线等交织在一起，以悬念引起悬念，从疑局走向疑局，在恐怖、悬疑、传奇的氛围中展现出我党地下工作者超凡的才华胆识与坚强的不屈意志。其中充满了对未知的探询、对人性的拷问与对命运莫测的表达。同时，又在崇高的英雄主义情绪底色中掺杂了西方密室杀人剧悬疑推理色彩，以及当下在白领中流行的各类网络杀人游戏的智斗因素，因而具有了浓郁的畅销元素。因此这部小说后被华谊公司拍成同名电影，邀请众多明星参演，被作为国庆六十周年谍战大片献礼，与《建国大业》同时在 2009 年 10 月 1 日在全国范围内正式上映。成为了国庆档期唯一可以和《建国大业》在票房上一较高低的影片，短时期内其票房就超过了 2 亿元。不仅如此，电影采用了影视套买、外加游戏的营销方法，并和原版小说同时推出，获得了更加巨额的经济利润。

（二）影视化翻拍与传播

《风声》各类文本的热销，证明了在消费文化语境下，迎合意识形态主旋律的宣传需要，已经成为市场化题中之义的重要组成部分，而不是相反。谍战剧的热播和红色经典的翻拍热潮无不说明了这一点。可以说，新世纪以来的国内谍战剧，无论是根据经典反特电影改编而来的谍战剧还是原创的谍战剧，在创作质量和数量上都形成了一定的类型规模，呈现出一派繁荣景象。

仅从谍战剧来看，《潜伏》、《东风雨》、《密令 1949》、《冰是睡着的水》、《国家机密Ⅰ》、《国家机密Ⅱ》等谍战小说改编成影视剧之后，都取得了不俗的成绩，既赢得了政治口碑、文化称誉，也赢得了市场。《国家机密Ⅰ》2005 年在央视播出，曾创下收视热潮，此后三年时间里，在央视各频道滚动播出达 11 次；而《国家机密Ⅱ》还在剧本酝酿阶段，就已经收到了央视的订单。

2005 年之后，谍战类型的电视剧更是人气飙升，甚至已经超越了军旅剧和奥运剧的市场份额。2008 年甚至被称为"谍战年"。仅仅在南方电视台的 TVS4《黄金剧场》与 TVS1《南方 730 剧场》，当年的四月份便有《重庆谍战》、《落地，请开手机》、《罪域》及《血未冷》四部重磅谍战剧。老剧翻拍方面，像《夜幕下的哈尔滨》、《英雄虎胆》、《新英雄虎胆》、《永不消逝的电波》、《保密局的枪声》、《蓝色档案》等在 1980 年代拍摄的一系列谍战老片，也纷纷被改编重拍成长篇电视连续剧，都取得了收视高潮。

（三）网络化写作

从创作情势来说，新时期的谍战文学与网络结下了不解之缘，网络化创作模式形成了一种趋势。像玉晚楼的《国家安全》、《国家利益》，凿壁小妖的《谍影猎杀》、《王牌潜伏》，北地人的《火力》系列谍战小说，和风骑兵中尉的《雪虎》、《血刃》等作品，都是先从网络上连载，在获得了极高的点击率和网友的极大赞誉后出版的。这几位作者也在一起写网、起点中文网、纵横中文网等各大中文网络迅速蹿红，深受广大网民喜爱。

再次，新时期谍战文学的文化审美新质。

（四）审美叙事模式的整合性

由于受意识形态、市场化及西方谍战文学的多重影响，中国新时期的谍战文学的文化审美特质具有整合性，可谓传统与现代的融合。一是承接了1950—1970年代红色革命经典文学的正邪对立、立场鲜明的文学传统；二是因其谍战题材的限制，多在较固定的场景内完成叙述，情节紧凑、故事完整、时空统一，具有古典戏剧文学的三一律传统色彩；三是受市场收视率和经济利益的影响，插入大量吸引读者和观众眼球的武侠、情爱、忠诚、背叛、亲情、伦理、政治以及日常生活等畅销性构成元素；如1990年代之后尤其是新世纪以来的谍战文学如《狼烟北平》、《潜伏》等作品所塑造的特工人员的处境既有爱人亦真亦假、对手亦友亦敌、真情时有时无、危机时隐时现的高度紧张、惊险和真假难辨的传奇性质，使读者具有极大的阅读期待，又在这种情境中融入"假作真时真亦假，道是无情却有情"的日常生活原色，一方面是对高度紧张叙述节奏的舒缓，一方面给谍战文学本身融入了日常审美色彩，增加了作品的人情味。

（五）智性写作因素

受西方推理小说及元叙事理论的影响，新时期以来的谍战文学往往会利用悬疑情节制造叙事迷宫、利用多重视角营造复调的叙事效果和开放性结尾。罗兰·巴特曾指出，悬念的叙事功能，一方面是"用维持一个开放性序列的方法（用一些夸张性的延迟和重新推发的手法）加强同读者的接触，具有明显的交际功能"；另一方面，"也有可能向读者提供一个未完成的序列，一个开放性的聚合，也就是说，一种逻辑混乱。读者以焦虑和快乐（因为逻辑混乱最后总是得到补正）的心情阅读达到的正是这种逻辑混乱。"①1990年代初期，苏策的小说《寻找包璞丽》就运用了多声调叙述方式，通过不同人物对包璞丽事迹的叙述营造出了历史真相扑朔迷离的悬疑结果。麦家同样对制造悬疑和叙述迷宫乐此不疲。在小说《风声》中，他就多次运用了"制造怀疑"的写作技巧和元叙事的方式。"我"在前言中首先声明《暗算》是编造出来的，为整部作品设置了元叙事的虚构色彩。但接下来就是一位潘教授所提供的原型故事，"我"按照他的讲述开始了《捕风》的创作，又使作品具有了可信性，推翻了前言的设置。上部《东风》，是"我"按照潘老和其他知情者的回忆完成了老鬼等人的故事。可是在中部《西风》中，则设置了另外一个知情人顾小梦，她突然出现并指出了潘教授所讲述故事具有疑点，她展示了老鬼的遗物作为证据，讲述了与潘教授不相容的故事，促使"我"开始创作另一个版本的老鬼故事。接下来的《西风》是对《东风》的质疑。在成功吊足读者的胃口之后，由外部的《静风》继续叙述下去。故事接下去揭晓了部分真相：即上文中的潘老和顾老是一对夫妻，但是两人却分属于不同党派，政见对立。这让叙述者"我"失去了对整个故事真相的辨别能力，也把读者引入了迷局，具有意犹未尽的阅读效果。小说最后设置了潘老的突然去世，给读者留下了永远的悬案。麦家以留白的方式完成了对此前两级文本的质疑。这其中有博尔赫斯的影响，也有日本影片罗生门结尾的痕迹，还有1980年代马原式叙述本土圈套的影子。

可以说，新时期谍战文学中把悬疑作为一种叙事要素推动情节发展的叙述方式，既有我国传统相声中一波三折的"抖包袱"的抓听众的招式，更是在西方悬疑小说的影响下的一种新型的"智斗"叙事，包含了大量的历史知识、科学常识，是以现代科学理性为基础的。这是因为谍战文学的主要读者是知识阶层，以白领居多，不能以简单的"抖包袱"来应对其智性阅读的需求。因此，新时期谍战文学不仅内容丰富，知识性强，包罗万象，而且这些现代知识在制造悬疑和解决悬疑中起到了非常重要的作用。

谍战文学在新时期的发展，延续了它在20世纪50—70年代"原著冷、影视热"的特点和传统。它采用了文学与影视联姻的方式，往往以一拖三，即以电影带动

---

① 张寅德编译：《叙述学研究》，北京：中国社会科学出版社1989年版，第36页。

原创小说和同名电视剧的出版发行和传播。这种方式具有广泛的传播力和渗透力，在社会效益、经济效益等方面取得了重大成功，因此深深影响到其他类型的文学作品和剧种的发展。在《神探狄仁杰》、《康熙微服私访》、《大宋提刑官》和《女神捕》等古装剧中也掺杂了大量的悬疑和谍战元素，还新产生了盗墓悬疑剧《天眼》、医疗悬疑剧《柳叶刀》、《血色迷雾》等类型的影视剧作品，此外新兴的商战谍战文学及剧作也开始在文坛兴起。这种现象是和新时期以来，消费文化语境的社会历史背景紧密结合在一起的。如果说，1980年代的伤痕文学等苦情戏"成功的负载并转移社会的创伤与焦虑"，①那么当下的谍战文学既包含了重要的意识形态要求，更具有着强大的娱乐消遣功能，它以其模式化的故事制造出了消费文化时代的阅读快感，满足了当代人的空虚、寂寞和对感官刺激的追求，这是对当下社会的默契反映。这是因为，"文学艺术的最基本功能，恰恰就是游戏和娱乐，其他功能都要附在游戏之翼上才能一同飞翔。……加强娱乐性，是现代社会对文学艺术的时代要求，因为现代工业文明所带来的问题之一就是，人的精神日趋紧张枯燥，需要高密度的精神滋补液予以润泽和缓释，所以娱乐性的突出正是吻合了时代转变的风气的。"②

当然，我们在认识到包括谍战文学在内的新时期通俗文学迎合消费文化社会需求，和完善文学史应有的消遣娱乐功能的另一只翅膀的重要意义之外，还应正视它所存在的问题。1990年代后期，虽然谍战文学引发了一定的畅销热潮，并在影视屏幕上营造出一派热闹非凡的热播景象，但其中真正成熟、厚重大气的作品寥寥无几，谍战文学作品良莠不齐、鱼龙混杂，谍战影视剧亦制造了荧屏虚热而良作无多。一是降低商业风险的市场需求导致了一窝蜂地模仿和跟拍，许多作品盲目跟风，只是把一些公安题材或武侠题材的作品，改变了时代，把主要人物设置为中共、日军和国民党特务，就成了谍战剧。二是在这些谍战文学及其影视剧中，存在着"三角恋 + 谍战"的大量低劣的庸俗叙事，这导致了在许多作品中"谍

① 戴锦华：《隐形书写》，南京：江苏人民出版社1999年版，第51页。
② 孔庆东：《通俗文学与中国现代化进程》，《文艺争鸣》，1999年，第4期，第23页。

不够，情来凑"①的现象，"谍战"被架空而成为一个空壳，仅仅只是被用来容纳武打、情爱等内容而已；众多的谍战作品追求悬疑、刺激和猎奇，反而忽视了最重要的人文关怀和道德信仰，虽然部分作品开始了从政治斗争到人性关注点转化，开始表达国家民族现代化和个体现代化之间悲剧性冲突的深度探索，但是大量的谍战作品存在着胡乱拼凑剧情，填充了大量暴力、色情、恐怖内容。这不但伤害了文学作品的深度和广度，更在相当的程度上使"谍战"文学失去了自身最本质的特征和存在意义。并且学术界对此也缺乏重视，真正对此一类型的文学作品进行系统、深入、详尽的研究之作非常之少，多是散落的影视剧分析。在既有的研究中，也是多议论，少指导，不具有应有的研究力度。因此，中国目前的谍战文学，距离真正的成熟还有一段很长的路要走。

第四节 "演史小说"热

一、新时期以来的演史小说热及其特征

近现代以来，中国各个历史时期都曾有相当数量的演史小说作品问世，但却始终未曾出现过如《三国演义》那般的辉煌。姚雪垠自1960年代开始创作的长篇巨制《李自成》虽取得了不俗的成就，但受历史条件的限制不仅其创作过程一波三折，创作成就也始终是众说纷纭，难平人意。

1970年代后期开始，在改革开放的宽松历史文化环境中，历史小说尤其是"演史小说"开始复苏，1990年代之后新时期的演史小说出现了蓬勃发展的局面。这一时期大量卷册浩繁、数量庞多的演史小说如雨后春笋般涌现出来，主要作品有鲍昌的《庚子风云》（2部），二月河的《康熙大帝》（4卷《夺宫》、《惊风密雨》、《玉宇呈祥》、《乱起萧墙》）、《雍正皇帝》（3卷《九王夺嫡》、《雕弓天狼》、《恨水东逝》）、《乾隆皇帝》（6卷《风华初露》、《夕照空山》、《日落长河》、《天步艰难》、《云暗凤阙》、《秋声紫苑》），冯骥才、李定兴的《义和拳》（2部），高锋的《天下

---

① 麦家：《谍战剧做乱了 电影才刚开始——名作家麦家谈〈风声〉和谍战剧风潮》，《海南日报》，2009年10月21日。

粮仓》，顾汶光、顾朴光的《天国恨》、《百年沉冤》，高阳的《金缕鞋》、《慈禧全传》、《清宫册》、《小凤仙传奇》、《胡雪岩全传》，蒋和森的《风萧萧》，李晴的《天京之变》，李文澄的《努尔哈赤》，凌力的《星星草》（2卷）、《少年天子》、《倾城倾国》、《暮鼓晨钟》、《梦断关河》，刘斯奋的《白门柳》（3部《夕阳芳草》、《秋露危城》、《鸡鸣风云》），刘亚洲的《陈胜》，罗士国、刘迪华的《黑水魂》、《戊戌喋血记》、《谭嗣同》（2部），孙皓晖的《大秦帝国》，孙自筠的《太平公主·大明宫词》，唐浩明的《曾国藩》（3部《血祭》、《野焚》、《黑雨》）、《旷代逸才·杨度》、《张之洞》，吴因易的《唐明皇》（4部《宫闱惊变》、《开元盛世》、《魂销骊宫》、《天宝狂飙》）、《则天皇帝》（4部《皇天精魄》、《崔嵬乾坤》、《绝代天后》、《则天大帝》），熊召政的《张居正》（4卷《木兰歌》、《水龙吟》、《金缕曲》、《火凤凰》），徐兴业的《金瓯缺》（4部），颜廷瑞的《庄妃》（6卷《鹿角宝座的争夺》、《庄妃：大战宁远城》、《庄妃：悲欢紫禁城》、《汴京风骚·晨钟卷》）、《汴京风骚·午朝卷》、《汴京风骚·暮鼓卷》，杨书案的《九月菊》、《风流武媚娘》、《李后主浮生记》、《隋炀帝遗事》《孔子》、《老子》、《孙子》、《庄子》、《炎黄》，姚雪垠的《李自成》（6卷，1963—1988），易照峰的《风流才子纪晓岚》，俞智先、朱耀廷的《成吉思汗》，张笑天的《永宁碑》、《太平天国》（3部），张云风的《汉武大帝》，赵辉的《同治皇帝》，赵玫的《高阳公主》、《武则天·女皇》、《上官婉儿》，周熙的《一百零三天》（以上作品按作家姓名拼音排序）等等。

这些演史小说，一经出版便迅速赢得了全国乃至东南亚、欧美等国民众的喜爱，形成了一股"演史小说"热与"演史影视剧"热潮。以二月河为例，几乎他的每部作品都曾数次再版（《康熙大帝》曾再版4次），并遭致了近乎疯狂的盗版。"据不完全统计，'帝王系列'中，有的盗版本达10多种，《南阳日报》曾报道，二月河参加第五届"茅盾文学奖"评奖的《恨水东逝》样本竟是盗版本。……不仅如此，他的作品在港台、东南亚及欧美华人中也颇有市场，深受欢迎。他本人也被港台评论界和新闻界誉为'文坛一杰'，台湾甚至成立'二月河读书会'，其作品被台湾、香港有影响的出版社买断海外版权。1999年，二月河获得美国的中国书刊、音像制品展览'海外最受欢迎中国作家奖'，二月河是首位获奖者，也是唯一的获奖者，这足见其在海外的影响。"① 以上种种都反映出了二月河及其所代表的演史小说作品的热度。

究其原因，首先是演史小说的作品本身吸引人。这些演史小说从内容到形式都对中国各时代的历史小说传统有所继承和创新，既注重表现历史事件和人物的史实性，努力创作具有中国传统和东方特色的作品；又注意超越既往的历史小说写作模式，汲取各种现代手法，与全球化语境相适应。其次，还与社会环境的时代文化思潮紧密相关。一方面与全球化的消费文化语境相关，一方面是1990年代以来中国及海外"新儒学"文化思潮对传统文化的挖掘与整合热潮，为演史小说提供了"较为深广的文化接受语境"。②

（一）理想化认同与现实关怀心态下的史诗性追求

新时期的演史小说大体上可以分为四类：一是帝王将相类，代表性作品有二月河的《康熙大帝》、《雍正皇帝》、《乾隆皇帝》，赵玫的《则天大圣皇帝》，唐浩明的《曾国藩》、《张之洞》，韩静霆的《孙武》，凌力的《少年天子》等；二是农民起义类，主要有姚雪垠的《李自成》，刘亚洲的《陈胜》，张笑天的《太平天国》，凌力的《星星草》，冯骥才、李定兴的《义和拳》，李跃武的《方腊起义》，郭灿东的《黄巢》等；三是重大历史事件类，如任光椿的《戊戌喋血记》、《辛亥风云录》，鲍昌的《庚子风云》等；四是其他历史著名人物类，如赵玫的《高阳公主》，张德义、刘培林的《董小宛传奇》，庞天舒的《王昭君·出塞曲》，蔡敦祺《林则徐》，刘迪华的《谭嗣同》等。

从结构上来说，这几类小说绝大多数都是长篇巨制，或者历史跨度时间长、气势磅礴、人物众多，或者所选历史事件或历史人物大多是在历史上有所记载、比较重要的，场面恢弘。这种对历史具体时段的完整性和历史文化信息量的丰富性的追求，可以说是中国演史小说的优秀传统，自《三国演义》始就已形成。造成这种现象的主要原因有二：一是历史小说本身追求描绘真实人事"以实为骨"

---

① 徐亚东：《冷与热的背后》，《文艺评论》，2004年，第6期，第57页。
② 徐亚东：《冷与热的背后》，《文艺评论》，2004年，第6期，第60页。

的内在品格。二是中国作家秉性中强烈的入世情怀，这是中国知识分子的优秀传统，他们的忧患意识和责任感使其希望以自己的书写，承担为政者谋、为百姓呼、为未来鉴的积极作用。这种创作心态导致了新时期大部分演史小说的史诗化追求和对现实主义创作手法的选择，力图在还原历史真实状态的基础上，以理性探索出历史发展的各类规律，供世人了解和借鉴，从而使得"依历史形态写作"与"拟历史形态写作"①形成新时期演史小说的主流。

新时期演史小说的许多重要作家都具有较高的历史专业知识素养。像凌力、二月河是清史专家，徐兴业是宋元历史专家，唐浩明则长期研究清史，曾以十年之力整理精研《曾国藩全集》。正是基于对历史知识的深入钻研，他们才对中国历史发展进程中的人和事了解至深，才越发感到作为一名知识分子有责任和义务将传统历史文化中的精华、历史人物的优秀品格告知世人，以体现其让人们了解历史、以史为鉴的创作冲动和言说诉求。在被问及《康熙大帝》的创作意图时，二月河这样说道："我写这书的主观意识是灌注我血液中的两样东西，一是'爱国'，二是华夏文明中我认为美的文化遗产。我们现在太需要这两点了，我想借满族人初入关时那种虎虎生气，振作一下有些萎靡的精神。"②同样，他写《雍正皇帝》正是在对清史的研究中，被雍正励精图治以"中兴大清"的宏大抱负，和他孜孜勤政、革新吏治的举动和力挽狂澜、振康熙之后数百年之颓风的政绩所吸引和感染。杨书案也指出，强烈的现实关怀才是自己创作历史题材小说之目的："历史小说家并不是想钻到故纸堆里，而是关心着国家和民族，关心着现实，是现实的感觉逼着我们去写历史。"③同时期的唐浩明、凌力、熊召政等人也正是基于此种心态开始了长期皓首穷经的艰辛写作，最终完成了《曾国藩》、《少年天子》、《张居正》等著作。唐浩明在谈及编辑《曾国藩全集》的感受时曾说："在批阅浏览那发黄、变黑、残缺、字迹难辨的卷册散纸之中，我触摸到了一根根历史跳动的脉搏，领悟了许多人类过往的智慧，胸中充满着难以言状的乐趣。我给自己提出了从难从严的要求，

---

① 郭剑敏：《中国当代历史小说创作三元形态论》，《理论与创作》，2005 年，第 5 期。

② 二月河：《与鲁枢元先生的通信》，《二月河精品自选集》，武汉：长江文艺出版社 1999 年版，第 239 页。

③ 温金海：《在历史与现实之间徘徊》，《文艺报》，1995 年 8 月 11 日，第 2 期。

要将全部心血浇筑到这个大型工程中去，最终把这项工程融入自己的生命之中。"①
这是对演史小说家们这种"发现与倾诉"的理想化认同写史心态的最好表达。唐
浩明对曾国藩做了大量研究，他以儒家文化视角重新审视对历史上一直被称作"刽
子手"的曾国藩，从治家、处事、慎独等方面，重构了曾国藩通过自我克制、自
我修养达到修齐治平之"内圣外王"的儒家情结，对曾要"做一个像周公、孔子
那样的人，将整个国家治理为一个风俗淳厚、人心端正、四海升平、文明昌盛的
社会"的理想的坚守，进行了比较客观的评价。同时又表现了他在处理事件中，"明
用程朱之名分，暗效申韩之法势，杂用黄老之柔弱"等几种文化心理相互调剂和
冲突。

但是，历史的原初真实性是不可能完全恢复的，因为史书记载不可避免地存
在许多空白点，因此，仅仅有对史料及历史知识的占有，并不必然能够写好历史
小说。因此，众多的历史空白点既给演史小说家们留有了创作与发挥的空间，也
对他们提出了要求，要求他们在进行文学创作时必须依据较强的历史理性精神对
史料进行分析审视，在作品的选择和重新组织过程中形成自己的价值取向、道德
评判和文化选择。新时期演史的小说家们把目光投向历史开创期、转折期及其时
代的重要风云人物上，比如康熙、雍正、曾国藩、张居正、林则徐等。并通过对
这些时代标志性人物所处历史环境的描绘、道德面貌与精神气质的张扬和文化价
值的选择，表现他们的开创气魄、勤政中兴、励精图治、廉洁清正等优秀道德品质，
并对之进行理想化的提升，以期对当下社会有所启示，起到"以古警今"的历史
借鉴作用。这种理想化情怀充分体现了中国"伦理本位"②的社会文化传统，即强
调修身、齐家、治国、平天下之间的内在道德逻辑关联，把个体的道德修养作为
治理国家政事的先决条件。这种伦理原则与政治原则结合紧密的"伦理政治"文
化传统，正是造成新时期演史小说以理想主义气质与现实主义创作手法相结合的
史诗性品格的最主要原因。

---

① 唐浩明：《百年旧档付梨枣》，《书屋》，1996 年，第 3 期。
② 梁漱溟：《中国文化要义》，上海：学林出版社 1987 年版，第 79 页。

（二）继承古典史传文学叙事传统，迎合大众阅读习惯

整体上看，《李自成》、《金瓯缺》、《少年天子》、《曾国藩》、《雍正皇帝》等大多数新时期的演史小说，都与《史记》、《三国演义》等遥相呼应，继承了其史书演义的叙事传统，契合了大众阅读接受习惯心理。这些小说的历史意识浓厚，叙事线索清晰明确，在明确的时间观念、历史背景和逻辑结构下，营造有前因后果的自足的叙述时空，时间有始有终有阐释，事件有头有尾有原因，人物有悲有喜有结局。这是中华民族长期形成的一种超稳定的文化心理结构。在此基础上，编织曲折离奇的故事，悲欢离合的感情、起伏跌宕的人物命运轨迹，横纵结合、线性叙事与板块布局搭配，加之以情节的传奇性、节奏的张弛度的妥当调配，最大限度地适应了中国广大读者的文化心理诉求与阅读审美期待，也最大限度地赢得了读者和市场。比如，二月河的"帝王系列"采取的是民众极为熟悉的"章回体"形式，以历史时间为经，历史事件为纬展开全书内容。唐浩明的《张之洞》是依据主人公的命运轨迹，依次详写了张之洞京城清流、山西治政、南疆抗敌、督抚两广、京城宰辅等各个人生阶段的故事。凌力的《少年天子》采取了"以事写人"的叙事策略，以"圈地政策"、"冤案平反"、"科场大案"等重大历史事件，对人物性格进行全方面展现。

（三）追求市场利润与商业品格的消费文化特征

首先，迎合大众接受需求的审美风格。虽然理想主义气质和现实主义创作手法是新时期演史小说的主要特征，但随着中国社会市场经济体制的日趋成熟，和消费文化气质的逐渐形成，包括众多演史小说作家也开始在不同程度上注意迎合世俗大众接受需求，在艺术手法和审美风格上采取了许多大众化的叙事套路。一是在历史重大事件和社会背景因素上遵循史实框架，对细节和人物性格进行市民趣味性的想象和虚构。这些无关紧要的性格化人物和戏剧性细节，增添了许多生动活泼的通俗化语言和鲜活有趣的野语村谈，大大增强了作品的可读性。对此，二月河就曾说过，"在不违背大的历史史实的原则下，那些小的历史史实，我并不

拘泥，因为我必须讨好我的读者"。① 其以读者喜好为创作原则之一的"平民化"的世俗情怀表露无遗。二是详尽描述当时的社会背景中的文化多元性，把民间流传的奇闻轶事、笑话段子、民俗民谣等趣味性的素材加入其中，强化作品的通俗色彩，增加市场效应。

其次，与影视联姻，进行市场化操作。新时期的许多演史小说都利用世俗大众喜爱崇拜英雄人物与历史名人的文化心理情结，与现代传媒联手，打造了一系列的长篇大戏，并同时推出 VCD/DVD 影碟、同名书、影视插曲产品、文化饰品等系列文化创意产品，极大地提高了市场占有量。1990 年代后期至今较为重要的长篇电视连续剧有：《雍正王朝》（40 集，导演胡玫，编剧刘和平，1999）、《一代廉吏于成龙》（19 集，编导朱正，2000）、《大明宫词》（40 集，导演李少红、曾念平，编剧郑重、王要，2000）、《康熙王朝》（46 集，导演林鸿，编剧二月河，2001）、《天下粮仓》（25 集，导演吴子牛，编剧高锋，2002）、《走向共和》（59 集，导演张黎，编剧张建伟、盛和煜，2003）、《太平天国》（46 集，导演陈家林、编剧张笑天，2004）、《成吉思汗》（28 集，导演王文杰，编剧俞智先、朱耀廷，2004）、《汉武大帝》（60 集，导演胡玫，编剧江奇涛，2005）。

这些影视剧和重人物、重事件的中国古典演史小说的叙事美学相通相续，在题材内容上着重表现重大历史事件的风云变迁、历史人物的智勇武略，在思想意趣上注意融入浓郁民间色彩的反暴政情绪、清官情结和侠义情爱主题，在情节建构上讲究传奇性和戏剧性，既延续了敦煌演史类变文的世俗性、传奇性、夸张性等美学特征②，又注重与时代文化氛围的合拍。如《康熙王朝》在重视原著之外，增加了野史中所流传的帝王爱情、后宫秘闻，甚至武打场面等戏份；《大明宫词》则极尽所能打造了富丽堂皇的背景、精致华美的服装、融合东方情调与欧式戏剧的诗一样的语言，并广招具有明星效应的著名演员加盟。因此，这类电视剧一经播出便引起了收看热潮，获得了广大观众市场，赢得了丰厚的经济利润。

---

① 二月河：《致读者》，《二月河作品自选集》，郑州：河南文艺出版社 1999 年版，第 49 页。

② 纪德君：《敦煌演史类变文的美学特征及其小说史意义》，《江海学刊》，2001 年，第 6 期。

二、新时期演史小说的启示

虽然新时期的演史小说在理想坚守、现实关怀、大众化审美等方面都取得了长足的发展和进步，但"历史演义毕竟不同于一般的小说创作，它还要受历史规律所制约"①，"信"、"趣"统一是演史小说的内在规定。首先，"演"需要以"史"的品质和眼光为前提。这就要求作品占据史料的真实性，要求作者在不违背历史发展进程的史实框架里进行创作。因为不对所描写领域的历史史实和时代背景进行详尽的研究和探索，就无法进行合理的艺术想象和文学创作。这需要对所描写朝代的典章制度、礼仪规矩、风物人情以及各阶层人物的生活习俗、衣着装饰、语言特征、家具器皿等方面的细节，有深入细致的调查和了解。

对于过于"轻史重趣"的演史小说作者，唐浩明曾这样评价，说有些人"几乎没有一点历史的准备，便动手写历史小说，写的甚至还是重大历史题材。他们以为凭借自己的才子气，就可以藐视这种基本功的训练。这种人所写出的作品，理所当然地除开一点小趣味，小技巧外，是不可能给读者以凝重的历史感、浓郁的历史氛围、深邃的历史智慧的。"②这种现象甚至在二月河等演史小说大家的作品中也不同程度地存在着。像《乾隆皇帝》这部小说在对某些"性事"的描述上，就掺杂有许多粗俗的杂质，影响了整部作品的格调。像后宫秘闻中的皇族淫秽行为和对高恒等人嫖妓举止的描写就过于细致露骨，偏离了表现主题和塑造人物性格的轨道。这种粗俗化写作不能不说是消费文化语境中作者"讨好读者"所造成的偏差。

其次，在"以史鉴今"的理念下，大部分演史小说符合主流意识形态"中华崛起"、"民族复兴"的观念，具有一定程度上的"主旋律"性质，由此得到了主流价值的认可，客观上起到凝聚民族共同体情感的作用。这在全球化语境下，中国民族虚无主义思潮的滋生和大众文化身份的危机等的社会背景下，是有积极意义的。但对传统文化欣赏的态度，也在一定程度上影响了新时期演史小说现代意识的深度，使其往往在文化观念上缺乏深入的警惕和批判。

---

① 陈维昭：《论历史演义的文体定位》，《明清小说研究》，2000年，第1期，第33页。
② 唐浩明：《历史人物的文学形象塑造》，《文学评论》，1995年，第6期。

另外，作为新时期演史小说衍生物的"戏说系列"电视剧，如《戏说乾隆》、《康熙微服私访》、《铁嘴铜牙纪晓岚》、《狄仁杰断案传奇》、《大宋提刑官》、《孝庄秘史》、《戏说慈禧》等，其作为大众文化产品的娱乐性、传奇性本无可厚非，应当给予理性客观的尊重和承认，但实际上这些电视剧的结尾往往要加上史有所载的"史料"来证明其历史存在的真实性，因而被广大观众特别是青少年当做真实的历史来接受，就会产生相当大的负面影响了。

　　因此，虽然演史小说的本质性规定是小说，不是历史考据专著，但它既然取材于史实、着眼于当下，就必然要受到题材内容和创作意旨的制约，历史理性主义和文学艺术创造缺一不可。一方面，演史小说由"演"而生的"趣"，要注意想象与虚构的艺术化创作尺度，否则就会因天马行空式的"演义"而导致"史而无信"、过分虚无的诞妄，彻底抹杀演史小说自身所应有的"史"之内在本质特征；然而如果过于拘泥于事实，事事需考证之后才敢落笔，则又会引起文学性不足，使作品衍化成历史的呆板解释和证明，失之迂腐，也失落了其自身所应有的"演"之内涵特质。

第五节　"商贾小说"热

　　社会主义市场经济的确立距今仅有短短十多年的历史，其本身还处于发展的初级阶段。市场经济的发展带来的不仅仅是甜蜜、玫瑰色的完美梦幻，更多的是严峻的、充满挑战和痛苦的历史进程。这一进程所需要、所依靠的既不可能是传统的"重农抑商"的价值观念，也不可能是现代的空想社会主义观念，而是一套建立在社会主义市场经济基础上的新价值伦理观念。与此同时，以商界经济生活为主要题材的商贾小说也以惊人的数量在世纪之交的中国大陆文坛上形成一股如火如荼的发展趋势，掀起一股"商贾小说"研究热潮。能够纳入研究视野的长篇商贾小说就有100多部，它们大都是由出版社独立发行的长篇小说。主要文本有毕四海的《东方商人》、王旭烽的《南方有嘉木》、周大新的《第二十幕》、邓九刚的《大盛魁商号》、乔萨的《地产鳄人》、王庆辉的《钥匙》、王刚的《月亮背面》、浮石的《青瓷》等。由此可见，世纪之交中国大陆文坛长篇商贾小说产量之快和数量之多的现象不能不引起文学研究界的注意。

世纪之交的中国商贾小说是一个蕴含着丰富言说可能的载体，在这些小说文本中呈现出的货币交换逻辑、效用最大化观念的经济理性伦理和消费享乐欲与勤奋工作欲合谋的世俗伦理，共同构筑的是一个工商经济的世界。商业的繁荣在给人们带来物质财富的同时，也给人们带来了从旧束缚中解脱出来的希望。商贾小说作为一种审美的艺术形态，其艺术审美的轴心原则就是表现自我的个性主义现代伦理价值观。故而，世纪之交的中国大陆长篇商贾小说一方面通过伦理主体的个性张扬、激情放纵表现了两种个性伦理价值观；另一方面又通过伦理主体对精神家园的追求寻找到了自救方式，其重要的美学特征应如此理解和把握：

一、拒绝平庸的个性张扬

泰勒曾指出浪漫主义诞生于"对工具理性以及从这个理性流出的道德和社会形式的抗议中"。① 因此，在商贾小说这种艺术形式中则通过塑造否定性的叛逆商人形象呈现出浪漫主义的个性张扬。在郭宝昌的商贾小说／剧本《大宅门》中，孩童时的白景琦就是一个天资聪慧，生命力高度旺盛的孩子，他不喜欢母亲给他请来的只会"之乎者也"摇头晃脑的教书先生，他善搞恶作剧，撵走了一个个教书先生。小说剧本中塑造了一位对白景琦一生产生决定性影响的老师季宗布，从名字看，季宗布显然以汉代楚地游侠季布为暗喻。季先生是个文武双全，潇洒人性，大智大勇，具有游侠色彩的骑士。他能大段背诵庄子的《齐物论》，能带着景琦到大自然中去学习，给他讲述道家崇尚的人生哲理。景琦开始佩服季先生并逐渐从季先生身上学到了超然处事的生活方式，这是一种趋同性的选择。白景琦在季先生那里学到的《庄子》是他一生的哲学根基，加之他本性里那种狂放不羁的个性，就形成了一种我行我素，不拘时俗，不拘形骸的处世原则，而这种个性伦理从根本上看并不是儒家伦理而是一种道家伦理。在济南与孙万田争夺胶庄生意的时候，白景琦得知孙万田采取收买和偷窃手段暂居上风，他也开始利用官府把

---

① 【加拿大】查尔斯·泰勒著，韩震等译：《自我的根源：现代认同的形成》，南京：译林出版社2001年版，第641页。

孙赶尽杀绝。孙万田试图用儒家"义利"之辩的道理说服白景琦，但在白景琦心目中儒家的"温、良、恭、俭"并不符合他的个性。白景琦用社会资金兼并同类小作坊，搞产业化、规模化经营，不仅在客观上取得了经济利益，而且又不自觉地将道家超越意识和放任自然精神实践化。在白景琦的情感故事中，一生共出现过四个女人，这种婚恋虽然不是现代一夫一妻意义上的专一爱情，但是在他所生活的社会历史背景中也是顺理成章的事情。作者之所以这样安排白景琦的婚恋叙事，并非是过多地加入他个人的评价色彩，而是出于对塑造人物身上所具有的现代性伦理观的需要。白景琦是一个具有个性主义伦理观的商人，对于他这样一个不拘世俗、不拘形骸的"道商"而言，在感情生活上必然也是一个风流倜傥的男子。他的婚恋生活如同他的经商活动一样，率性而为，追求自己喜欢的行为方式，但是一旦决定了就会专心去对待。他看中了仇人家的女孩子黄春，不顾及母亲白文氏的反对与黄春私订终身，即使被母亲赶出了家门，也不放弃自己的婚姻选择。白景琦的个性伦理观是自由选择他想成为的人以及他所喜欢的生活方式，崇尚一种个性伦理价值的相对主义立场。崇尚个性权力、张扬个性自由是现代性伦理观的轴心原则。在自由主义的经典话语中，个人乃价值本原，社会只不过是一个活动场。现代个性伦理强调理性，主张个性解放、追求个人自由和主体性觉醒。在这种个性伦理观中对自我的认识比社会给定的评价要更真切、更清醒。商贾小说《大宅门》中塑造的白景琦这个人物形象不能简单的用好与坏的规范标准来界定，在他身上融合了中国儒释道的三家思想，体现出更多的是强调自我的生命感觉，在个性化的伦理视野和价值追求中将现世、现实的幸福感受浮现出来。

黑格尔一再强调："我们时代的伟大在于承认了自由、精神的财富、精神本身是自由的，并且承认了精神本身便具有这种自由的意识。"[①] 现代性伦理是建立在"主体性"之上的个体化权利话语，它与被视为启蒙价值符号的"独立、自由、平等"等字眼联系在一起，致力于追求自我生命尽可能的张扬和个人自由权利的自我规定。世纪之交的长篇商贾小说在塑造商人形象、描述经济活动时，往往借助于从商人家庭及个人感情这些侧面加以表现，从而让读者了解到一个更为全面和

---

① 【德】黑格尔著，贺麟、王太庆译：《哲学史讲演录》第 4 卷，北京：商务印书馆 1978 年版，第 254 页。

真实的商人群像。因此,在商贾小说中,除了经济叙事和权力叙事,婚恋叙事也是其中重要的叙事景观。爱情和婚姻应该是人类生活最基本的需要之一,也是最基本的两性间的一种审美情感。商人们经商求利的职业特征,以及在他们的现代伦理生活中表现出的典型的理性与感性、传统与现代等多重矛盾冲突,影响着他们的择偶标准和情爱心理,使得商贾小说中的婚恋叙事不同于其他婚恋题材小说,而表现出多样性的婚恋叙事样态。成一的《白银谷》中的杜筠青是一个受西式文化浸润长大的女子,父亲杜长萱带着她回到老家太古城,以她的美丽和西式装扮给整个太古城带来了不小的波动。杜长萱为了得到能在京城复职的资财,把女儿当做一件特殊商品嫁给了已经六七十岁的当地首富康笏南。康笏南并非一个对新文明形式的向往追求者,但他却对新的文明形式有一种强烈的好奇心。康笏南看重的是杜筠青的美貌和她身上所体现出来的文明气息,这也就是注定了在他心目中杜筠青并不是一个活生生的女性生命,而只是一个能勾起他好奇心与占有欲的玩偶。杜筠青的天足、西式的生活方式以及对现代性爱的渴望无疑都是一个现代女性健康人性的体现;但是在康府里,她唯一可以舒心的事情就是能进城洗浴,每次进城她都像出笼的鸟儿闻到了大自然的气息。在康府牢笼般生活的长期压抑下,杜筠青内心慢慢滋生了对康笏南的反抗情绪,其中最激烈的反抗是她与男仆三喜的私通。这不仅仅是对康笏南的反抗,同时是对传统伦理的疯狂报复,是现代个性维护自身尊严体现自身价值的现代故事。杜筠青最初的报复,并不是从性出发,而是从去城里洗浴的方式,从私自出外的游玩对康家规矩的破坏开始的。"杜筠青对这个微服私游的出格之举,非常满意。能跟吕布、三喜一道商量如何捣鬼,更叫她感到兴奋。"但这种只是为了让自己"感到兴奋"的现代报复最终转换成采用"私通"的传统方式。而杜筠青与三喜的私通,也并非出于真心爱这个英俊的赶马仆人,只是出于对康笏南的报复动机,于是借用了传统商妇勾引男仆的方式。这或许正说明了现代反抗只能从传统中吸取资源,即使在这样一个受过西方教育的女性身上,传统文化还是具有不可挣脱的力量。虽然杜筠青曾经一次又一次地想把私通的事实张扬出去并让康笏南知道,但一次次却如入无人之境,找不到任何对象,激不起任何反响,直到最后也没有给康笏南造成任何触动。通过杜筠青这种对自由理想婚恋向往而不得的结局,我们会深深体会到现代个人对中国传统社会反抗的极端软弱无力，个性伦理在强大的传统伦理面前会遭到挫折。

如果说个性婚恋叙事在商史小说中呈现出的是伦理主体在传统伦理与现代性伦理交织下的矛盾和无奈，那么在当代商战小说中，这种个性主义婚恋则是男女主人公大胆追求的理想婚恋模式。《资本魔方》中的钱娜娜是一个蔑视世俗伦理而有着强烈个体伦理色彩的女性形象。她虽然身为市长千金，却没有高干子女的傲慢；作为银行的一名职员，她对工作敬业认真，也从来没有因为自己的特殊身份有过特殊待遇；她满怀才情，自己开办网站，吸引了银行行长库辛勒和众多男子的青睐。也正因为她身上的这些对自我主体的一种个性追求，在她周围的同事眼里，她是一个古怪、不合群的女孩子。只有库辛勒能够深深地理解她，并走入了她的内心世界，但追求个性伦理的娜娜最终也没有得到自己的爱情。在现实生活中，她的这种理想婚恋状态必然会受到传统道德的约束，面对库行长患有精神病的前妻，她只有退出。正如贝尔所指出的：个人伦理的价值取向在维护个人自由观念的同时，必然会逃避一些社会责任。[①]

二、快感至上的激情放纵

当启蒙思想家以理性为根据来宣扬人的主体自律的时候，卢梭却看到这些自负、乐观的理性崇拜不仅在反信仰、反德性上公开地渎神，而且把人们引向了庸俗市侩的误区。在经济一体化的世纪之交的文化背景下，中国不可避免地被卷入了后现代语境。在后现代文化语境中，现代道德伦理正被整个演绎成不再具有任何实际意义的游戏规则。因此，后现代道德不可能再有普遍伦理的追求，更不可能承诺任何形式的绝对价值原则和伦理规范。商贾小说在展示着部分伦理主体追求自由理想婚恋状态时，在乐观的理性崇拜之后自然也会生出这种难以遏制的情感放纵。

王刚的《月亮背面》中，男女主人公牟尼和李苗都是来京城闯天下的淘金者，商海的几经浮沉将两个同病相怜的年轻人的情感生活也缠绕在了一起。但是在这部小说中，两个人的感情又始终处在若即若离的状态下，商界的利益追逐、尔虞

---

① 【美】丹尼尔·贝尔著，赵一凡等译：《资本主义文化矛盾》，北京：三联书店1989年版，第308页。

我诈让他们都不相信彼此是否真爱着对方，小说中两人的感情也如同商界浮沉一般随着情节的发展也在起起伏伏。李苗是一个追求个人权利，有着自己爱情观的现代女性，但是在金钱利益至上的商业社会，她的爱情观并非是大胆追求自己的真爱，也并非是实现真正的自我，而是掺杂了太多的现实利益，使得李苗在婚恋态度上一直都找不到正确的方向，即使找到了一份情感她也已经不再相信。李苗经常问牟尼的一句话就是："你爱我吗？"在这个问句中其实就已经给了她自己答案。女性是感情动物，对一个男人的依恋过久或许就会产生感情。在以后的行骗日子里，李苗的命运更加与牟尼结合在一起，于是她对牟尼的依恋也越大，甚至为了牟尼堕胎。为了得到贷款，她把自己献给大款丛小波，为了得到房地产的内部情报，她给"大人物"做情人。她对牟尼由依恋而产生的情感是她自己都无法确定的，因为在他们的感情世界里有太多的变数，太多现实利益的掺杂。而男主人公牟尼对李苗的感情同样也是无法确定的，开始牟尼"从未想过自己是否爱她，如果一定要他作出判断的话，他内心最本质的反应不过是：玩玩她，并要保密"。在他最无助的时候，他也会感到李苗的怀抱是最温暖，最可靠，但他仍然会去欣赏一名优雅的妓女，去追求一名清纯的外语学院的大学生。当李苗追逐着问他"你爱我吗"，他只是觉得他与她偶然相遇，从这个世界不同的角落，走到了北京这个明朗、宽广而又极其冷漠的城市，然后又分别流落到了一幢黑暗、湿潮的小楼里，他们是因为恐惧、寒冷而共同伤心落泪。他们彼此之间能说一些感到安慰或者幽默的话语，他们都是那么害怕一个人独自面对北京凄凉的天空。或许，李苗和牟尼的心灵仍然还是神圣的，但他们世俗的肉身却是物质的。对这种两重性的承受带来的注定是西西弗斯的悲剧。小说中李苗对牟尼的感情最终没有以爱情的形式进入婚姻，在这样的婚恋中注定了李苗不幸的结局。在两人分手后，李苗又成了另一个"大人物"的金丝雀，但最终死在了美丽的鸟笼子里。在个性伦理的无限张扬下，现代人在表现自我的过程中愈发变得贪得无厌，他们最终领悟到的是，充分的自由只有在意识不到道德时才可获得。于是在婚姻美丽的殿堂中，潘多拉的盒子最终被彻底打开，色情、淫欲等按传统道德标准属于邪恶的东西，如今却光明正大地走在人们的婚恋生活中。个性伦理观冲破道德的束缚走向了放浪不羁的"娱乐道德观"，导致了现代社会理想崇高的扫荡。就如同麦金太尔曾经说过由于以价值虚无为凭借，现代个人主义对自我的迷恋已成为"朝向和进入一种不再有任何明确标准的境地的运动"。①

沈乔生的《股民日记》中一个成长中的青年"陶"爱上了一个嗜赌如命的款姐，并充当她的股市操盘手。这使他有幸以旁观者的身份目睹了崩盘带来的种种噩梦，但同时也使他陷入了令人同情的感情困惑。当他试图用爱来挽救诸如清纯、正直和美好时，金钱已将每颗心颠簸得支离破碎。小说是以第一人称"我"来讲述故事的。丽亚是主人公"陶"也就是"我"的情人，丽亚在认识"我"之前曾有过一段刻骨铭心的感情经历。周欢是丽亚生意上的合作伙伴，他们一起做冒险生意，男人的魄力和女人的机敏结合在一起，无疑是最好的搭档。在股海共同的闯荡使他们难以分离，就在旁人以为他们注定要结婚的时候，周欢却娶了一个有着显赫家庭背景并且比他小 10 岁的娇小可爱的女孩。黯然伤神的丽亚在鸡鸣寺的一个角落里认识了高雅、潇洒却羁绊落魄的"我"，于是我成了丽亚的操盘手、情人。丽亚毫不吝啬地给"我"性欲和金钱的回报，"我"也把丽亚当女皇一样言听计从，虽然"我"知道丽亚和周欢还在藕断丝连，但金钱和性欲让"我"仍然离不开她，"我没有多少选择，因为我至少目前没有多少选择"。后现代伦理道德中人对自我生命与自由权利的体认，也就是个性主义伦理的觉醒。这种理性意识的觉醒直接颠覆着"万恶淫为首"的性爱伦理。在小说《股民日记》中，"我"和丽亚在彼此身上疯狂地放纵着性欲，但彼此都知道并不是真心地爱着对方，丽亚仍然爱着的是周欢，而"我"在丽亚身上得到的除了性欲满足更有难以抵挡的金钱诱惑。在丽亚约"我"和她一起去参观周欢新建的太阳泳池时，"我"突然在内心中升起了一股妒忌情绪，于是想假借向丽亚求婚的借口达到打击对手的目的。而丽亚的回答却是："你为什么不能满足我们现在的关系，我们现在天天在一起，该有的事都做了，同结婚还有什么区别？"

由此可见，商贾小说中的爱情或者被游戏化，或者与婚姻分离，但不管是哪一种情形，婚姻与爱情显然已经失去了往日的辉煌、崇高、伟大、坚贞与美好。在金钱面前，坚贞的爱情只有在传说中存在。这种情形在世纪之交的商贾小说中

---

① 【美】麦金太尔著，龚群等译：《德性之后》，北京：中国社会科学出版社 1995 年版，第 297 页。

得到了最裸露的体现。爱情已被"审美愉感化",成为完全主观随意的性爱游戏而不再是坚贞不渝的灵犀相通,不再具有任何形式的绝对价值和伦理规范,它深层的理性内涵便是消解了逻各斯中心的后现代道德。不可否认,后现代道德理念的确对理性高扬的现代道德造成极大的冲击,但这种无限夸张的个性伦理观仍然是根植于货币经济支配下的商品社会。如果说商品社会的平庸与冷漠使得这种个人主义不足以为个体生命提供精神皈依,那么,它同样不满足于传统道德伦理的制导。因此这种个性伦理在为商品社会提供了自由、愉悦和满足等感性话语的同时,并将其落实为一种寻觅新奇的快感冲锋。特别是在现代生活方式的多样化探寻过程中,"个性表现一步步演化为追求感官刺激的放浪轻狂,甚至于怪癖成为常规、叛逆变成时髦,经验探险成了一场花样翻新且永无止息的时尚竞赛"。① 于是,货币经济和世俗生活把个人从传统秩序与亲情关系的固定模式中抽离出来,最终造成了现代自由个体的飘浮性生存。而在商贾小说中这种伦理主体的自救则表现在对精神家园的追寻。

三、精神家园的审美救赎

海德格尔曾说过"'家园'意指这样一个空间,它赋予人一个处所,人惟在其中才能有'在家'之感,因而才能在其命运的本己要素中存在。"② 但在现代文明社会里,却是一种诸神阙如的局面。人在庸俗的功利欲念和冷漠的科学理性支配下,变得污浊而破损。作为一个有灵性的生命,人需要一个精神家园,而这种精神家园乃是浪漫主义者基本的生存体验,精神返乡是他们首要的价值关怀。用艺术取代宗教,给人生提供意义解说,承当起信护生命价值的救赎功能,是浪漫主义者的一个基本诉求,也是把人类主体从韦伯所说的经济社会工具理性"铁笼"中解救出来的一种方法。这不仅是个性伦理在商贾小说中的主要表现,也是审美现代性的要义所在。商贾小说中塑造的商人形象并非完全是经济动物,他们也是一种在社会共同体中追求更高精神品质的社会人或文明人,也会追求艺术,投身于公

---

① 张凤阳:《现代性的谱系》,南京:南京大学出版社 2004 年版,第 153 页。

② 【德】海德格尔著,孙周兴译:《荷尔德林诗的阐释》,北京:商务印书馆 2000 年版,第 31 页。

共生活，讲究生活的品位，富有生活趣味。

语龙的当代商战小说《暴富年代》中贝铃集团的总裁何家全是一位 20 世纪 90 年代初下海经商的知识分子商人，他善于抓住机会，熟谙经营之道，将即将倒闭的乡镇企业变为鹿港市实力雄厚的现代企业。在商海中能够运筹帷幄的何家全却为"天下熙熙皆为利来，天下攘攘皆为利往"的商界生活原则感到疲惫不堪，他只有通过自己喜欢的诗歌和歌曲来排解自身的烦恼。在何家全因被人陷害的经济案锒铛入狱时，心头浮起的是罗大佑的歌曲；在舒梅来到看守所向何家全提出离婚之时，在何家全耳畔响起的是一首流行歌曲《上海往事》；当人去楼空，花事已了，往事成烟，繁花云散的时候，何家全又想起了自己做过的一首题咏白玉兰的诗。在前面提到的商贾小说《月亮背面》中女主人公李苗也是一个喜欢波兰诗歌的女孩，但为了生存她不得不出卖自己的良心、尊严、爱情去换取能带给她幸福的金钱财富。说不清是爱情还是金钱关系的牟尼和李苗在即将分手时，漫步在北京秋天的夜色中，牟尼又背诵起了李苗喜欢的诗人米沃什的诗句："没有什么世界之都，这里没有，任何别处也没有……其中多少帝国崩溃了，曾经活着的人已经死去。"

王旭烽的商史小说《南方有嘉木》中，主人公杭天醉是一个具有道家倾向的传统文人，即使在经营忘忧茶庄的经商活动中，他仍然遵循着艺术化的生活方式"茶是郁绿的，温和的，平静的，优雅而乐生的"。主人公杭天醉就出生在这样一个世代经营茶业的家族中，茶性易染，杭天醉的心灵很自然地接近了中国传统文化的底蕴。他父亲杭九斋就是个风花雪月之辈，是他第一个带儿子往中国传统文人艺术化生活方式的路上走。杭九斋虽是忘忧茶庄的老板，但他不事经营，在新婚之夜，便为了那"多彩的，热烈的，奔放的，迷乱而破坏的"罂粟花而毫不犹豫地把茶庄的钥匙扔给了新婚的夫人林藕初，把经营茶庄的担子交给了夫人和管家。他自己每日便只是在茶馆、烟馆、妓馆里走走，绘画、品茗、听戏是他的消遣。杭九斋曾自制一艘书画船，并名之曰："不负此舟"，大概是取不负此生之意，在"不负此舟"上，杭九斋逐句教儿子杭天醉《越人歌》。泛舟的船女，凄婉的歌谣，杭九斋把儿子杭天醉带到了一个审美的天地。而心怀异秉的杭天醉更是心有灵犀一点通，他摸一摸父亲苍白的手，认真地说："我们就是船夫"，杭九斋心中便大感动，有了找到千古知音的感觉。这一老一小两个船夫，驾着这艘不负此舟逍遥在人生的航道里。他们想忘了具体的人生和现实，进入一种忘我的恍惚醉的境地，在那里没有责任没有义务，有的只是一种绝对的精神自由，一种无功利的审美境界。杭九斋带着他的儿子杭天醉进入了中国传统文人所追求的艺术化生活的方式。中国的艺术传统讲究气韵情趣，讲究意境神韵，中国的文人在生活中寻求精妙寻求享受，把生活作艺术化的处理。他们骨子里是继承了道家的逍遥，但是道家的逍遥面对现实的商战竞争却没有任何用武之地，他生活在一个改天换地的时代，他赖以生存的文化阶级已经崩溃。在残酷的商战中需要的是行动，需要的是强健的精神，然而杭天醉的传统文人精神却显得太过低迷，他对真实的现实经常显得心不在焉，使他失去了现实的主动权。杭天醉与新兴暴发户吴升较量之后的惨败便是一例。杭天醉，这个封建末世的文人，终因精神低迷而导致了精神疯瘫。

就如同拜伦所说，"静坐在山岩上，对着滔滔河水沉思，或登上渺无形迹的峰峦，俯瞰泡沫飞溅的瀑布，这是与大自然的倾心交流，不算孤独；但是，如果踏入喧闹拥挤的人群，满目望去，净是些擅长投机钻营的冷漠利己分子，没有爱，找不到情谊，那就不难体会真正的孤独是什么滋味了。"① 在商贾小说中，大多作者都会安排一种对以经济理性伦理和世俗伦理建构起来的工商社会的审美救赎，或者是诗词、或者是歌曲、或者是一种深度的思考。这是在经济社会的现代性中，对感性世界的回归，对个性伦理的向往，对精神家园的追寻。马尔库塞曾说过："审美的天地是一个生活世界，依靠它，自由的需要和潜能，找寻着自身的解放。……这个新的社会环境中，人类所拥有的非攻击性的、爱欲的和感受的潜能，与自由的意识和谐共处，致力于自然与人类的和平共处，在为达到此目的而对社会的重新建构中，整个现实都会被赋予表现着新目标的形式，这种新形式的基本的美学性质，会使现实变成一件艺术品。"② 我想，世界上每个人都会希望现实成为一件艺术作品的，即使是身处追逐经济理性伦理和世俗伦理商界生活中的商人也有着对这份精神家园的向往。

由于世纪之交的商贾小说大多是消费文化渗染的产物，消费功能强于审美功

---

① 【英】拜伦著，查良铮译：《拜伦诗选》，上海：上海译文出版社 1982 年版，第 137—138 页。

② 李小兵编译：《审美之维：马尔库塞美学论著集》，北京：三联书店 1989 年版，第 113 页。

能，消费效应大于美学效应，所以对其学术品味不能评价过高，应清醒地看到它的缺陷或问题。特别是与西方商贾小说相比较而言，中国的商贾小说或是生动地展现生活场景与人物形象，或是亮出睿智精彩的商战思想，使人们获得阅读快感。但是，它们却没能让我们的灵魂发出战栗和冲撞，让记忆在此驻足，永不磨灭。它们似乎只是牵引着我们的心智在小说中走完一段经商历程，得到的只是对于商界生活的纯经验式了解。中国的商贾小说太过重视故事情节了，致使作者的逻辑推动力只担当了小说的物质功能，无力担当小说的精神批判功能，从而使小说的精神世界趋于贫乏，硬化了小说应有的不断变换的精神空间。特别是大多数商贾小说呈现为一种闭合的空间，缺少双重功能性元素，人物的经历只能构成情节上的因果链，并不具有精神隐喻意义，只能发散出一种不再发展的姿态存在着的单一意义。哲学会给人们一个对世界疑问绝对确定的答案，而小说却是应该留给人们一种对可能性的勘探。在中国商贾小说中或许只有留有更多的相对空间，拉开与现实相对的审美距离，才能更好地增加商贾小说的现实批判力度。然而，令人遗憾的是大多数商贾小说却消蚀了这种审美距离感。

第六节　"官场小说"热

20 世纪末叶，"官场小说"创作呈蓬勃之势，不仅在大众阅读层面成为关注的热点，带动了新一轮图书销售的热潮，而且与小说同步或稍晚出现的相关影视剧也在各大媒体热播，一些小说作品还在政府设立的各种奖项中夺冠。然而，此类小说创作在学术界却遭到了冷遇。实际上，在现代性的理论视阈中，近年官场小说的权力话语叙事正是在转型期社会文化体制与个人自我主体的认同之间，为我们提供了一个反思现代性并探察人之心灵图景的恰当视角。因此有必要对"官场小说"热予以学理性地探究与反思。

新时期的官场小说滥觞于蒋子龙 1979 年发表的短篇小说《乔厂长上任记》。1970 年代末至 1980 年代初，以蒋子龙的小说为代表的一批"改革小说"迅速崛起，其中，一些小说因大量触及到改革过程中的权力问题与官场现象，可被视为官场小说。除《乔厂长上任记》外，如蒋子龙的《一个工厂秘书的日记》、《维持会长》，张洁的《沉重的翅膀》，柯云路的《新星》，李国文的《花园街五号》，水运宪的《祸起萧墙》等。这些官场小说在激情颂扬改革者的同时，也对阻碍改革进程的诸多官场弊病深恶痛绝，从而揭示出官场权力运作中盘根错节的矛盾，对一些干部自身素质的低下，对思想保守的官僚作风、互相推诿的官场习气予以批判。如果说新时期之初的官场小说在高歌猛进的总体氛围下虽初步显露出改革的艰难，但还有着灿烂前景的乐观许诺的话，那么到了1990年代初，我们则更多地体味到改革的繁难与艰辛，一些作家开始在小说中呼吁"分享艰难"了。在一批被称为"现实主义冲击波"的作品中，可以清晰地捕捉到此期官场小说的发展踪迹。如刘醒龙的《分享艰难》、《路上有雪》及之前的小说《挑担茶叶上北京》，何申"穷乡"系列中的《年前年后》、《信访办主任》，谈歌"大厂"系列中的《大厂》、《大厂（续篇）》，关仁山"雪莲乡风情"系列中的《大雪无乡》，张继的"村长"系列等等。这些作品的主人公或者是国有大中型企业艰难改革中忍辱负重的厂长书记们，或者是农村基层政权组织中焦头烂额却又任劳任怨的县、乡、村三级所谓的"官"们。在改革的阵痛中，这些基层政权组织无疑是变通和协调国家与工人、农民之间关系的政治缓冲带。作家们正是通过对这些基层的政府行为及其间权力关系的书写，力图表达对现实的关注与对苦难的担当。与此同时，一批直面官场腐败的小说作品也在迅速崛起。1995年，陆天明出版长篇小说《苍天在上》，它以大胆揭露省部级高层官员触目惊心的腐败现象最先引起关注。之后相继出版的同类作品还有：陆天明的《大雪无痕》、《省委书记》，张平的《法撼汾西》、《天网》、《抉择》，周梅森的《人间正道》、《中国制造》、《至高利益》、《绝对权力》，毕四海的《财富与人性》等。此类官场小说的创作与主流意识形态"反腐倡廉"的号召相呼应，迎合了时代的正义要求。小说中具有对社会严峻现实的深切审视与崇高诉求，从而被纳入主流意识形态的文化规划。同时，这些小说不仅畅销，而且大都被改编成影视剧，在市场运作机制中也收益颇丰。

而世纪之交以王跃文为代表的另一类官场小说，以对官场权力运作深入而细致的摹写、官场中人的生存状态乃至心灵之维的揭示，多侧面地展现了世俗化的官场图景而颇为引人注目。较为典型的作品有：王跃文的《国画》、《梅次故事》、中篇小说集《官场春秋》，李佩甫的《羊的门》、《败节草》，阎真的《沧浪之水》，李唯的《腐败分子潘长水》、《坏分子张守信和李朴》，田东照的《跑官》，祁智的《陈宗辉的故事》、《狗日的前程》，肖仁福的《一票否决》、《官运》，王大进的《欲望之路》、刘春来的《水灾》以及石钟山、刘平、晋原平、钟道新等作家的一些作品，篇目清单至今仍在不断延伸。此类官场小说应当说是滥觞于新时期之初刘震云的一些官场小说如《单位》、《官场》等，这些小说已将官场场景日常化，并在其中表现了权力对政府官员尤其是小官员的支配和异化。而 1990 年代末以来的此类官场小说则在市场经济已然确立的时代背景下，对官本位意识的凸显、权力意志的肆意扩张、宦海沉浮中人性的异化等表现得更为开阔深入，敏锐犀利。但同时也必须注意到，这类官场小说形态较为复杂，一些纯粹以满足读者窥私欲望与猎奇心理、已类乎"黑幕小说"之流的作品亦混杂其中（如所谓的"'黑'字系列"等），需加以仔细辨别并予以厘清。

需要指出的是，此处所谓之"官场小说"并不止于单纯的"反腐小说"，更不能被简单地与所谓"黑幕小说"划等号。"官场小说"比"反腐小说"的表现领域更为广阔，它可以涵括后者。"腐败"主要是指为了私人利益而滥用公共权力，其基本表现形式为贪污受贿、侵权渎职等。由于腐败的本质是滥用"公共权力"，腐败行为由是必定发生在独具公共权力行使权的官场中。所以"反腐小说"也就必定涵纳在"官场小说"之内。对于公共权力而言，在其"集散地"——官场，一旦缺乏必要有力的公共权力监督机制，腐败行为极易发生。而反腐败则是一种政府行为，并体现出了民意归向。在官场小说中书写"反腐"，正体现了作家的社会责任感。这些小说主要表现为对腐败行为痛快淋漓地暴露与批判，以及对浩然正气毫无保留地呼唤与颂扬。然而，官场小说还包含着另一类写作，作者的价值判断并非特别鲜明，小说也并未触及腐败问题，而是着力书写主人公囿于官场之中的特定生存状态与心灵轨迹。如刘震云的《单位》、《官人》中"几乎无事"的官场倾轧角斗，王跃文的《秋风庭院》、石钟山的《官道》中陶凡、苏群宦海沉浮中的炎凉世态，祁智的《陈宗辉的故事》中主人公所持的"官场没有是非，只有利益"的官场伦理等。这些都超出了仅从腐败角度观照并书写官场的"反腐"，具有一定的人文关怀与审美意味，在人性的探索上也达到了一定的深度。

通过以上的综览与辨析，20 世纪末期中国"官场小说"的内涵已在我们的审理中逐步明晰起来。它侧重表现 1970 年代末期以来国家公共权力结构中的人情世态，其中既包括这些题材领域中具体的权力运作、人事往来，也包括公共权力对官场中"人"的精神渗透所造成的心灵景观，并着重强调它们都是围绕公共权力而展开的。其中，"官场"既是一种题材分类，它与现实中一个类具体化的空间形态直接相关；同时又不单纯是题材性的，它在审美意义上还关涉着一个具有浓郁象征色彩的隐喻空间，一个另类的"人文空间"，象征着身处其间之人的存在境遇，特别是精神所面临的困境。正是基于"官场"的这种巨大的言说价值与丰富的言说可能，在主流意识形态、大众传媒、民众意愿等多重外力的作用下，再加上作家本人对社会兴奋点的敏感把握以及"感时忧国"的精神传统，官场小说自然成为了读者与作家共同的关注点。

较之以前的官场小说，近年官场小说创作呈现出一些新的特点：第一，时代背景的不同使此期的官场书写面临着复杂的文化境遇。这一时期的中国已开始其现代化征程，从计划经济向市场经济的转型带来了社会全方位的骤变，而政权组织形式也需要做出与现代化的经济运行机制相适应的转换。从 1980 年代以"计划性"作为社会政治与经济运行的共同准则，到 1990 年代向以市场经济的利益主体、平等自由以及契约等核心原则来构筑权力组织形式过渡，前现代性与现代性在其间呈杂糅形态，因此官场小说的书写也必然地暧昧驳杂，例如其中既会有封建式"青天"的塑造，亦有依法实行权力严格监督的诉求。同时，主流意识形态对"反腐"的号召与决心、对"主旋律"的倡导与鼓励以及对官场小说创作的特定介入，大众传媒对读者阅读心理的深刻洞察、对市场运作机制的成功把握以及对官场小说的大力推介，还有作家们作为知识分子所特有的对"庙堂"场景的敏锐、"铁肩担道义"的情怀以及对"人"的存在景况的思索，种种方面的因素共同作用于官场小说的书写，对其涌现起着至关重要的作用。第二，近年官场小说中的人物形象塑造也比此前官场小说有着巨大超越。以前的官场小说往往立足于讽刺暴露，鲜有正面形象，忠奸对立、清贪分野总是一目了然，人物形象常被模式化、平面化。而这一时期官场小说除了承此传统刻画了一批贪赃枉法之徒，还着力塑造了一些正面的官员形象，如《乔厂长上任记》中的乔光朴、《苍天在上》中的黄江北、《抉择》中的李高成及《中国制造》中的高长河等。另外，由于官场景观的世俗化描写，一批游走在官场而非贪官亦非清官的小官员形象也独成一类，作家们书写了处于权力运作夹缝中的这些"小人物"的生存景况。同时，一些作家的笔触还深入到了官场中"人"的心灵深处，对权力网络结构里他们灵魂的深层图景予以描绘，从而使官场小说具有了特定的人文关怀，如《国画》、《沧浪之水》、《欲望之路》和《败节草》等。第三，近年官场小说更加注重文化根源的挖掘，具有一定的文化意味。由于政权组织形式与权力监督机制中的现代性与前现代性相混杂的特点，一些官员本身便是文人的身份特点，以及作家本人的知识分子视角，诸多因素使得此期官场小说的书写往往从官场繁复生态的描绘转入对传统文化根源的回溯。传统的"官本位"思想，士大夫的文化品格，都对当今官场有着深刻影响。在小说中一些官员汲汲于名利、近于偏执的攀爬中，显示出"官本位"思想的根深蒂固。如《绝对权力》中的赵芬芳，田东照"跑官"系列的主人公等。而王跃文则塑造了一批文人型官员形象。他的小说多以清正廉洁的传统"士"的文化品格为坐标，凭此观照、剖析当下官场人事与习气。如《沧浪之水》中的池大为曾在父亲所景仰的历代先贤面前长久徘徊，这种挖掘文化根源的写作策略使得官场小说具有了较深的文化蕴涵。

探究近年官场小说热的根源，主要有以下两方面原因：

第一，与急剧变化的社会现实密切相关，官场小说在此方面具有一定的题材优势。20世纪末叶的中国社会正值从传统走向现代的关键时期，其间急剧的历史转型与文化差异对文学构成了巨大的困惑与挑战。特别是自1970年代末以来，在先天不足、后天夹缝中求发展的中国之现代化，在其演进过程中往往会出现技术、制度、思想、心理等层面相脱节甚至互相掣肘的现象。这种过渡性质与不完善特点，是各种触目惊心的腐败现象得以发生的社会土壤。而对于文学创作来说，随着我国现代化进程的不断加快，"官场"所带有的"前现代"特征使其逐渐成为制约改革发展的症结之一，这已引起社会各方面的广泛关注，自然也就成为文学创作的表现对象。与一些所谓"个人化写作"相较而言，官场小说有着广阔的题材畛域，它以社会公共生活领域中人们普遍关注的问题为表现对象。其中有对于改革过程中牵涉到国计民生、甚至整个社会走向的重大体制问题的宏观书写，也有政治领域内部公共权力具体运作过程的微观把握，其中不乏对官场中人的生存景况与精神境遇的表现。然而这种题材优势并非就意味着自然而然地转化为好的文学作品，它需要一定的审美转换与人性深度。若论描写官场的种种伎俩与黑幕，晚清的四大"谴责小说"可谓穷形尽相，囊而括之，当下也不乏步其后尘者，但这类作品往往仅止于津津有味地渲染与暴露，其文学品位较之晚清"谴责小说"也远不及。从现代性的理论视角予以审视，近年官场小说中较有意义的，当属那些在其权力叙事中体现出"前现代"、"现代"乃至"后现代"诸种文化的交错情状以及对于主体的欲望焦虑展开话语想象的小说作品。

第二，近年的官场小说创作与文化工业成功联姻，经由大众化的叙事模式、现代新闻体的叙事手法而在市场面赢得了青睐。其中，不仅有权力高端的运筹帷幄，还辅以底层百姓的生存图景，更不乏巴尔扎克时代酷烈而赤裸的欲望场景，它们经由一种"大众化"的形式包装而闪亮登场，并与影视等文化传媒形成良性互动。最引人注目的莫过于一些官场小说之畅销与同名影视剧之热播的同步状态，甚至有许多作家在写作之前就已经在酝酿着把小说改编成影视剧，比如张平的《抉择》、周梅森的《中国制造》、陆天明的《省委书记》等，其中的"小说本身就是一个电视剧的蓝本"①。再例如周梅森的小说《绝对权力》出版时，出版者就直接在该书封底宣传道："该小说出版之际，同名电视连续剧 25 集正在摄制当中，一千万元巨资的倾力打造，唐国强、斯琴高娃、高明等影坛巨星领衔主演，必将引发强烈的轰动效应，震撼中国文坛。"这也是一些官场小说作为一种文化产品的宣传套路，从而出现了小说与文化工业的互动格局。这诚然与此类小说强烈的情节性可供改编与观赏有关，但其间也不乏主流话语的肯定与强势推介。同时，对于传统的大众化叙事模式的成功承继，更使得一批官场小说在不长的时间内以集群的形式席卷文坛，受到广大读者欢迎。如"正邪对立"（或清贪分野）模式、青天模式等。"正邪对立"的叙事框架是传统小说最为常用的手法，特别是在一些官场小说的权力叙事中，则更直接地化作为鲜明的"清贪分野"模式。它已不仅是小说的一种叙事模式，而且也是广大民间绵亘久长的政治思维模式。一些官场小说正成功地借用了这一模式进行政治生活描绘，它主要表现在清官与腐败分子

---

① 阎连科、梁鸿：《巫婆的红筷子》，沈阳：春风文艺出版社 2002 年版，第 182 页。

的对立中。例如《抉择》中李高成、杨诚与严阵、郭中姚等的对立，《大雪无痕》中方雨林与周密、廖红宇与冯祥龙的对立，周梅森的《国家公诉》中叶子菁、陈汉杰与周秀丽、王长恭的对立等等。不仅如此，清官则进一步衍化为"青天"，在为民除恶中赢来喝彩，这就是小说中常套用的"青天模式"。"青天模式"的书写正迎合了大众的一种"乌托邦情结"。然而包拯的时代毕竟已过去千年之久，时至今日，我们的文学仍在迎合这种心态，对青天翘首以待、顶礼膜拜，却不能不令人悲从中来。

因此，近年官场小说的局限性也是显而易见的。在愈来愈多的权力叙事中，对于人物的生存境遇与精神图景的关注，被官场权力运作中的倾轧角斗所淹没了，本应成为表现"人"的媒介的"权力"话语，却成就了小说中无处不在的权力决定论，并进而成为某些官场小说的中心题旨所在。这种叙事伦理无疑使一些官场小说加入了通俗读物之"诲官"的行列。第一，小说人物沦陷于官场伦理的道德迷津。近年很多官场小说都充斥着似乎言之不尽而"意味无穷"的"官场伦理"，作者往往醉心于对它的直观揭示而不能自拔。这种伦理是一种"不讲政治原则的、以实利性为核心"①的官场行为准则。具体而言，如在祁智的小说《陈宗辉的故事》中，主人公冯勤生所总结的："官场没有是非，只有利益。"·在对诸如此类话语绘声绘色的转述中，显露出有些作者的一种认同姿态，而作者本应具有的价值批判则处于悬置状态。第二，小说叙事的诲官化。一些官场小说在具体的权力叙事中授予了读者官场权力运作的步骤及其可能性，其间，主人公往往被配置为"告密者"的角色，而这种告密行为却成就了其仕途之飞升，如《沧浪之水》中的池大为，《朝夕之间》中的关隐达，李佩甫的《羊的门》中的范骡子等。虽然被出卖者未必就真的无辜，但这种告密行为本身对于主体自我的精神戕害却一定是深重的，这本应成为作家叙事的伦理焦点所在，而在官场小说的具体叙事中却本末倒置了。我们除了看不到谴责主人公这种告密行为的任何理由，而且，有机会告密反倒成了一种官场幸事，这种叙事伦理除了诲官，还能留给读者什么呢？文学本应关注的人之心灵境遇，在这种津津乐道的权力叙事中被一笔带过，遑论心灵净化与世

---

① 何言宏：《90 年代以来中国小说中的"权力"焦虑》，《书屋》，2002 年，第 5 期。

俗救赎了。第三，小说语言的媚俗化倾向。这种倾向突出表现在一些小说对于特定"官场话语"的把握与转述中，如："《现代汉语辞典》早该修订了，很多语言再不是原来的意义。朴实就是死板，老实就是愚蠢，谦虚就是无能，圆滑就是成熟，虚伪就是老成。"（王跃文《国画》）在这种官场的生活辞典中，语义的颠倒其实正反映了价值观念的嬗变与蜕化，并营造出一种浓郁的、官场特有的氛围，但"小说有愤激有慨叹有调侃，又止于愤激慨叹和调侃。官场气氛很浓又止于官场气氛。"[①] 在对官场话语的领悟与惟妙惟肖的描摹中，却唯独缺乏应有的伦理诉求与批判精神。同时，一些官场小说还争先恐后地搜寻官场中流行的痞话、笑话等，在猎奇中满足读者的窥视欲。在此，官场小说似乎成了传播官场各种特定话语的集散地，而其中蕴含丰富的官场经验总结与游戏规则，又很容易成为人们官场行为的指导性语录。而对于普通百姓来说，对它的阅读过程既可以令其窥探到权力运作的深层内幕，又可根据自己不同的阅读期待在其中获得匮乏人生的补偿性满足。从而，小说叙事伦理便从对正义的呼唤与吁求转而变成了满足读者"非法欲望"的一种手段，其伦理效果倒颇合于"劝百讽一"之古喻。因此，官场小说的这种叙事伦理，使其极易沦落为大众文化的媚俗性文本。新世纪以来，一些诲官与媚俗性的官场小说文本仍如雨后春笋般涌现，这些小说挖空心思地在主流意识形态所默许的范围内打着擦边球，以所谓的"激进"姿态掩饰其市场动机，从而在一定的"冒犯"中以刺激性制造卖点。贪官的蜕变史、秘书的升迁史再辅以人物的生活腐化与淫靡，这些题材将颇具拼贴色彩与制作痕迹的细节加以放大，除了种种黑幕令人拍案惊奇，却并不能给人以正面警示与人生启迪。而在小说封面上，则更是以所谓"官场"系列、"黑"字系列、"反贪"系列乃至"秘书"系列在大众书市中招徕读者，从而彻底沦为了大众文化工业制作的"文化消费品"。

而事实上，作为审美的表意实践活动之官场小说，如何体现其世俗救赎功能，如何在叙事中体现灵魂的力量，让个体道德的微弱声音不被浊世的涛声所淹没，从而使得个体心灵的秘史在其中生成、出场，这是官场小说所必需直面的关键性问题。官场小说叙事也正需要一种向善的内在力量，从而在"权"与"利"所编

---

① 张韧：《王跃文小说印象》，《理论与创作》，1998 年，第 5 期。

织的樊篱外，使灵魂获得无蔽的瞬间，使浊世中的人格坚守者不会感到孤单。

第七节　女性"躯体写作"

自 1980 年代开始，随着国家政治经济体制的改革开放，新时期文学文化思潮也逐步走向多元化，五四新文学传统得以复苏。在更新的国外性别理论思潮的冲击和影响之下，具有现代性别意识的女性文学再次得到发展，并呈现出多姿多彩的创作潮流，从集体失语、两性对立逐步走向双性对话和性别差异和谐的认识。现代中国女性文学在历经了长期的跌跌撞撞后终于走向了自身的成熟期。

一、影响与接受：域外女性主义文化思潮促进了我国新时期女性文学的发展

20 世纪 80 年代中期始，中国在长期封闭之后打开了国门，这就使得国外各种主义文化思潮各个阶段的理论学说几乎是同时涌入了中国，各个阶段的女性主义文化思潮的观念和研究方法也相互融合、相互掺杂，共同对中国新时期的女性写作产生了重要影响。一般说来，西方女性主义文化思潮主要有三个发展阶段。19 世纪中期至 20 世纪前期为第一阶段，其核心思想是争取男女平权、两性平等。20 世纪六七十年代是第二阶段，强调承认男女性别差异基础上的平等，开始重新认识女性的独特性，并由此对整个男权秩序进行解构。自 20 世纪 80 年代后期开始，女性主义文化思潮发展到第三阶段。这一阶段的女性主义思潮进入到了众声喧哗的多元对话时期，女性主义理论逐步走向开放、清醒和成熟。女性主义者们不再强调和突出男女性别的二元对立，而是提倡差异中的平等与和谐，她们的口号是"让女人成为女人，让男人成为男人"，强调女权、女性与女人的统一；提倡以对话代替对抗，男女两性共建和谐、多元的新性别文化。一时之间，贝蒂·弗里丹的《女性的奥秘》，埃莱娜·西苏的《美杜莎的笑声》、《谈谈写作》，弗吉尼亚·伍尔夫的《一间自己的屋子》和杰梅茜·格里尔的《女太监》，凯特·米莉特的《性的政治》等著作，以及玛丽·伊格尔顿、玛格丽特·阿特伍德以及阿赫玛托娃等欧美女作家的作品也在中国面世，纷纷有了多种中译本，被广泛传阅。国内李小江、杜芳琴、王政、张京媛、王逢振、叶舒宪、康正果、林树明、王政、艾晓明

等一批学者开始致力于将西方女性主义理论中国化与本土化的努力，她们积极译介原著、翻译原文，并结合中国语境探索女性主义的本土内涵和民族价值。特别是西蒙·德·波伏娃的《第二性》》、弗吉尼亚·伍尔夫的《一间自己的屋子》和埃莱娜·西苏的《美杜莎的笑声》对中国女性作家群体的影响尤甚。

波伏娃在《第二性》中指出，女人的许多特性，都不是自然天生的，而是在长期的男权社会的束缚和压抑中生成的，许多方面，她们是"被女人"的，即所谓先验的"女性气质"，是被男性话语"变"成的"第二性"，是被言说的客体和他者。她在书中从哲学、生物学、心理学、历史、文学等方面列举了文化生活和日程生活中的种种例子，来对这一观点进行细微深刻的阐释。弗吉尼亚·伍尔夫则认为女人要写出真正富于"诗意"的小说，必须努力追求和获取属于女性自己的"一间屋子"，写出女性对于整个世界和自身的切实感受，要以特殊的方式表现以往被历史言说弱化、遮蔽和剥离的女性经验，发出自己的声音。埃莱娜·西苏则更进一步，在《美杜莎的笑声》中深刻揭示了女性写作的特殊文化涵义，并提出了"躯体写作"的概念。她指出既往的文学史是缺乏女性的声音的，因为其中的女性生命状态是经过了男性话语改编过的，是历史和传统赋予女人的不真实形象。由此，西苏极力强调"文学写作"对于女性建构自身话语的意义，呼吁女性要拿起笔以自己的躯体感受进行写作；并要在写作中自觉保持对男性主流文化的疏离感，展示出女性写作在世界话语中的独特性、复杂性和无可替代性的历史文化内涵。她说："妇女必须参加写作，必须写自己，必须写妇女。就如同被驱离她们自己的身体那样，妇女一直被暴虐地驱逐出写作领域，这是由于同样的原因，依据同样的法律，出于同样的目的。妇女必须把自己写进文本——就像通过自己的奋斗嵌入世界和历史一样。"[①]这些女性主义及躯体写作的理论资源在相当程度上来自于尼采、福柯、德勒兹等人哲学体系中关于身体的学说，具有着强大的影响力和渗透力。尼采发现了酒神对于日神的对立和补充意义，发现了身体的能动性，改变了人们对身体从属性、被动型的观念。他说："身体乃是比陈旧的'灵魂'更

---

① 【法】埃莱娜·西苏：《美杜莎的笑声》，张京媛主编：《当代女性主义文学批评》，北京：北京大学出版社 1992 年版，第 188 页。

令人惊异的思想。"① 福柯更是指出了"权力机制实际上是一种身体政治",它是通过对肉身的感觉控制来操控人的道德和意识的。吉尔·德勒兹则着眼于人的身体，修正了通常的欲望概念，将欲望看成是积极的、具有生发性、非中心性的和非整体化的，具有革命性和解放性，应该被充分地施展出来，以对抗一切中心化和总体化权力控制机制。

其实，在这些女性主义批评理论被介绍到本土之前，当代中国大陆的女性写作已表现出与某些宏大叙事主题的疏离倾向，如丁玲的《在医院中》、茹志鹃的《百合花》、刘真的《英雄的乐章》等作品即是如此。西方女性主义文化思潮在1980年代涌入中国之后，给中国的女作家群体带来了更多更强烈的新思潮冲击，这股潜流也得以浮出水面。许多女作家开始重新认识自身作为女性在整个男性文化社会体系中的"他者"的和"次性"的位置，认识到"女人"不仅要作为个体的"人"而存在，更要对自身性别重新认识，做具有现代主体性的"女人"；不仅要在政治层面努力追求和男性同样平等的"天赋人权"，更要在性别文化层面追求有别于男性的差异性平等的"天赋女权"。不过，由于中国传统文化的强大稳固性和渗透性，中国新时期的女性写作仍存在着以主流话语和男性话语作为文学价值的现象。因此，在中国新时期的女性写作中，追求得到意识形态主流话语和男性话语认可的历史性写作、追求女性自身话语建构的躯体性、同追求男女两性和谐并存的写作等诸种形态，是同时并存、互相缠绕的，而不是泾渭分明、相互分离的。因此，基于中国女性写作的复杂性，我们应该坚持现象的存在研究，而不是依据理论进行分类。上诉几种情况既是发生在新时期女性写作的不同阶段，但同一阶段的不同女作家的创作、同一位女作家的不同创作阶段也会分别涵盖这几种状况，更为可能的是即便在同一个女作家的同一部作品中，也会混杂以上种种话语症候，比如姜安的《走过硝烟的女神》、莫小米的《英雄无语》几种情况都有。并且这几种状况并不是先后有序，甚至在特定的阶段和特定的作家身上还会出现反复。

---

① 【德】尼采著，张念东、凌秦心译：《权力意志》，北京：商务印书馆 1991 年版，第 152 页。

二、来自身体的叛逆：改革开放时期女性性别意识觉醒的文学表达

女性写作对意识形态主流话语及男性话语的顺应现象主要发生在经历了各种波折而得以幸存的女作家身上，如丁玲的《杜晚香》、茹志鹃的《剪辑错了的故事》、谌容的《人到中年》、张洁的《沉重的翅膀》、宗璞的《野葫芦引》等。其他的女作家，在不同的创作阶段也或多或少有过类似的话语表达。

但是，到了1980年代后期特别是1990年代以来，随着女性主义文化思潮的深入和当代女作家的成长，这种情况得到了极大的改观，新时期女性写作进入了"以血代墨"的"躯体写作"热潮期。代表作有张洁的《方舟》、《无字》，王安忆的《小城之恋》、《锦绣谷之恋》、《荒山之恋》、《岗上的世纪》、《叔叔的故事》、《长恨歌》，铁凝的《棉花垛》、《青草垛》、《麦秸垛》、《玫瑰门》、《秀色》，陈染的《私人生活》、《无处告别》，林白的《一个人的战争》、《瓶中之水》，伊蕾的《独身女人的卧室》，翟永明的《渴望》、《独白》、《黑房间》，张抗抗的《情爱画廊》、《作女》，海男的《花纹》、《马帮城》、《夜生活》、《私生活》，徐小斌的《双鱼星座——一个女人和三个男人的古老故事》、《羽蛇》，徐坤的《春天，二十二个夜晚》、《爱你两周半》等。

中国新时期的女性写作中的"躯体写作"热现象，一是在很大程度上受了域外女性主义文化思潮中关于男权话语和女性身体写作理论的影响。正如西苏所指出的，"迄今为止，写作一直远比人们以为和承认的更为广泛而专制地被某种性欲和文化的（因而也是政治的、典型男性的）经济所控制。我认为这就是对妇女的压制延续不绝之所在"。因此，女性"要把自己的身体作为自己的话语之源"。[①]新时期的女性作家群开始重新审视自身的性别与写作的意义。二是1950年代至1970年代国家主流意识形态对身体话语（如对死亡的恐惧、对疼痛和饥饿的感受、对欲望的要求等等）长期压抑后所必然遭致的强烈反弹。可以说在中国新时期的文坛上，"几乎一切关于女性的东西还有待妇女来写：关于她们的性特征，即它无

---

① 【法】埃莱娜·西苏：《美杜莎的笑声》，张京媛主编：《当代女性主义文学批评》，北京：北京大学出版社1992年版，第192页。

尽的和变动着的错综复杂性，关于她们的性爱，她们身体中的突然骚动。"①

新时期的女性写作在经过最初的跟随时代主流话语和男性文化体系阶段之后，便从伤痕、改革、反思等共名潮流中脱颖而出，开始转向自己的身体，以决绝的姿态，发出了女性躯体写作的声音，以身体为思考源泉，颠覆历史上女性失语的沉默状态，将一直处于分离状态的女性的语言与女性的身体、女性的欲望连接起来，重新认识女性自身，用别一样的眼光去观看其身所处的男权社会和文化文学体系。

张洁是新时期较为引人注目的一位女作家，她的创作中始终同时充斥着两种倾向：对于社会宏观问题的普遍关注和对于女性自身命运的思考。前者如《沉重的翅膀》（获第二届茅盾文学奖）等作品，后者代表作则有《爱，是不能忘记的》、《祖母绿》、《方舟》、《无字》（获第六届茅盾文学奖）、《红蘑菇》等。短篇小说《爱，是不能忘记的》写于 1970 年代末，小说以"我"的婚恋选择难题引出母亲钟雨和她题有"爱，是不能忘记的"日记本，并采用了"我"的观察和"日记记载"两种第一人称叙述交织的方式，以清淡的散文笔调叙述了女作家钟雨和因革命责任而已婚的"他"之间深沉、细腻、充满痛苦和煎熬的精神爱恋。这部作品没有涉及到对于女性身体、欲望的张扬，通篇充满了理想主义者精神之爱的克制和洁净而深沉的痛苦，可以说身体是缺席的。但仍在发表之初便引发了社会对于这段感情是否合乎伦理道德的广泛争议。此后，张洁沿着探询爱情、人性的道路走下去，由对爱情、人性本质的清醒认识，延至对男性及其话语的考察、讽刺、反驳和颠覆。

发表于 1982 年的《方舟》写了梁倩、柳泉和曹荆华三个中学时代的同窗好友，因为各种原因与丈夫分开后重聚在一个单元里，她们互相支持，共同应付来自男人和社会的风雨，如同共同生活在方舟之上。但她们虽然走出了无爱的婚姻围城，却陷入了更大的充满世俗偏见与男性侵扰的罗网。在这部小说中，作者用犀利、冷峻的语言刻画了罩在那层温情脉脉的面纱之下的男人们和男性社会中各种猥琐和虚伪。卷首语那句"你将格外不幸，因为你是女人"鲜明地揭示出了张洁对处

---

① 【法】埃莱娜·西苏：《美杜莎的笑声》，张京媛主编：《当代女性主义文学批评》，北京：北京大学出版社 1992 年版，第 201 页。

于男权社会中的女性命运的悲观思考。此后她作品中的女性意识愈发清醒，到了《无字》和《红蘑菇》里，她所创作的男性形象越来越粗鄙、猥琐和低俗，表明她对于女性命运和男权社会内涵的思考也更加深沉，也更加趋于悲观化。

王安忆在1980年代初以"雯雯系列"登上文坛，之后她的作品逐步开阔起来，对知青问题、文化寻根等时代热点都给予了表现，如《本次列车终点》、《归去来兮》、《小鲍庄》、《大刘庄》等。自1986年起，王安忆陆续发表了"三恋"系列小说，表达了对男女两性生存状态的关怀，但作品中对男女性爱场面与女性身体的描写，引发了诸多争议。《小城之恋》描写了在本能欲望控制下无法摆脱的一对小城舞蹈演员，其本能欲望的兴起、发展、高潮、淡化，构成了一曲人性的无言悲歌。《荒山之恋》的男女主人公也追求欲望的偷欢与满足，但身体欲望的火焰之中亦涵纳了精神追求的因素。《锦绣谷之恋》则已萌发了现代女性意识。此后在《叔叔的故事》、《纪实与虚构》、《伤心太平洋》等作品中，王安忆把个体命运际遇与家族传奇故事结合起来，来探索"个体的人"在社会环境中的存在奥秘，把对源自男女身体欲望的力量放入人物命运和时代潮流之间来审视，企图解开人的生命欲望秘密。可以说，她是在以对故事文本的编码方式来达到以冷静的旁观者的角度去言说个体的身体欲望与社会文化建构的微妙关系。到了1990年代之后的《长恨歌》、《我爱比尔》等作品，王安忆开始尝试把"个体的—时代的"、"欲望的—命运的"这两组叙述语调结合起来，以继续这种探索。这就造成了她的小说具有类似于《悲惨世界》式的风格，在进行的故事叙述中不断地插入作为全知视角的叙述人的议论、阐释与说明，从而使小说具有自行性和旁白性两种元素，把纪实和虚构并呈于读者面前，在拖沓、繁复、详尽、绵密的话语中，表现人物尤其是女性对自身肉体欲望的放纵或压抑，从而推动着他（她）走向自己的人生轨迹和命运终端。

铁凝的小说话语一向充满了女性的温婉和感性，作为新时期女性作家创作的一员，她的创作风格是开放和开拓型的。以1986年《麦秸垛》的发表为标志，她逐步从少女的纯净走向对女人的思考与诘问。在"三垛"（《麦秸垛》、《棉花垛》、《青草垛》）和《玫瑰门》等作品中出现了尖锐、冷峻的人性之思和女性意识之自觉。《棉花垛》发表于《人民文学》1989年第2期，小说中的民间闺女小臭子"靠"上了汉奸金贵，最终在痛苦中出卖了好友乔；而八路军敌工部的干部国在哄骗小臭子去审查的路上,与她激情做爱之后伪造逃跑现场枪杀了她。这部小说对战争境遇下人性本能的反思可谓辛辣而尖锐,超越了既往以阶级出身、政党立场和民族仇恨来对人性进行固定和简化的叙事行为和思维范式。如果撇开这一段棉花地里的性事而仅保留首尾两端的叙述,那么"小臭子之死"无疑属于革命战争历史的一个除奸小插曲,它既不会改变历史的走向,也不会影响历史的正义面孔;它所能成为的,只能是被具有政治和伦理双重正义属性的革命历史叙事话语所剔除和清洗掉的阻碍历史前进的绊脚石。但是,铁凝写出了发生在抗战岁月的一个午后棉花地里的性事:被历史标签书写为"民族叛徒"和"革命败类"的小臭子与"民族战士"与"革命干部"的国,所共同完成的一桩风流性爱图景。这桩隐秘性事的被照亮,不但使得既往战争书写中所描述的诸多具体的除奸故事所具有的政治合法性与伦理正当性都受到了质疑;更重要的是,由"历史"与"革命"的伦理神圣性所搭建起来的民族/阶级革命战争史的宏伟殿堂,也由于这一条细细的性别裂隙而轰然倒塌了。从欢乐到恐惧的小臭子在哆嗦中发出了自己的疑问:"天呀,你这是怎么啦?不是刚才还好好的,把你好成那样儿!"虽然,她最终仍在国的枪弹中死去,但她的疑问却留给了历史。她所面对和质问的对象,不仅是一个名字叫做"国"的男人,更是在这个男人背后所矗立着的漠然宏大的历史。至此,我们似乎明白了作者为什么给这个男人取名为"国"的深刻用意,历史的叙事在这里发出了吊诡的冷笑。被历史、政治和民间伦理定义为"小"而"臭"的一个卑微女子,则用她的身体遭遇,面对强大、正义和高尚的"国",发出了无望但却具有强烈颠覆性的问句。

和小臭子形成正反对照叙事镜像的是"乔"。乔漂亮能干,是脱产的革命干部,她死于小臭子的出卖。被捕之后,她在一口废弃的井里为众多日军强奸后被残忍地肢解。乔与小臭子似乎是不同的,她在政治鉴定与伦理认定上都是崇高正义的,历史会将乔定义为革命烈士。就其实质来说,乔确实无愧于这个光荣的称号。但是,历史与政治似乎都忽略了乔作为一个女人的痛苦。历史的标签与政治的书写似乎也都刻意回避了小臭子和乔遭遇的共同点:她们作为女人,都在死去之前遭遇到了来自敌对者的性侵略和性欺凌。如果说乔的遭遇是战争中女性悲剧命运的缩影,那么小臭子的遭遇同样也不能被视为战争与历史的荒谬闹剧,而她们两个人生与死在逻辑上的因果关联和在时空场域上的近距离发生，都同时把自身与对方的死和遭遇映照得更加悲惨；无论如何，两个悲剧相加并不只是数量的增多，更重要的是，它们都加深了自身与对方的宿命性悲剧的强度与深度。而这，正是女性"躯体叙事"的力度所在。

进入 20 世纪 90 年代，新时期女性写作取得了长足发展，其中，陈染、林白作为新时期女性躯体写作的旗帜性人物，对"躯体写作"之于颠覆男权话语及女性生存的意义，有了较为成熟而自觉的认识。她们认识到作为女性，必须"首先找回被放逐和被'他者'化了的躯体，才有可能作为言说者存在"。① 在陈染的《私人生活》、林白的《一个人的战争》、伊蕾的《独身女人的卧室》、翟永明的《黑房间》等作品中，女作家们开始以自我的身体作为表达的基点，以对女性的肉身欲望、性爱感觉等为写作对象，力图展现没有经过男权文化过滤和男性情色之眼亵渎的女性自足的感性世界，以女性躯体欲望的话语表达来对抗和解构男权话语的性别操控和性别命名。

1994 年林白的《一个人的战争》在《花城》杂志发表，1996 年陈染出版《私人生活》，这两部作品发表之后都在文坛引发了激烈争议，林、陈二人也被评论界公认为"私人化写作"的肇始者。这两部作品都用一种"准自传体"的笔调讲述了主人公孤僻的童年、远离人群的青春、失败的爱情、社会的压力等种种生命历程，从一个女孩成长为一个女人的生命体验。她们常常描述女性在自己的房间里独自臆想、抚摸，或者在社会上遭遇男性的欲望侵袭和其他骚扰。以拒绝外界、关注自身的姿态，记载了女性在面对自我和面对外在世界时从自我分裂到艰难整合的独特生命体验，是新时期文坛最重要的两部女人成长史。她们在作品中热衷于表达女性身体的感觉及由此而生的种种美妙之感和深邃之思，她们用细腻、唯美、审视来表达女性的身体欲望和生命感觉：幸福地描写美丽乳房的生长，大胆而高傲地写细微幽深的性体验，甚至沉迷于女性同性之爱的感受，以之对抗来自男性侵扰的痛苦。陈染在《私人生活》里颠覆了中国文学情爱叙事中男性的占据主导地位的话语模式。倪拗拗和尹楠的初次结合场景，被描写为一个成熟女性对

---

① 张清华：《中国当代先锋文学思潮论》，南京：江苏文艺出版社 1997 年版，第 320 页。

"乖男孩儿"的引导，女性以身体主动性的获得完成了对男性话语的改写。

《一个人的战争》中的多米热爱创作、喜欢四处流浪，她在社会中一再受挫，遭遇到各色男人的情色觊觎，并被迫堕胎。在成长过程中，多米始终葆有强烈的认知自己身体的欲望，自孩提时代便无师自通地享受抚摸身体的美妙感觉，"灯一黑，墙就变得厚厚的，谁都看不见了。放心地把自己变成水，把手变成鱼，鱼在滑动，鸟在飞"。到了少女时代她更是爱在"单独的洗澡间冲凉，长久地揽镜自照、自怜自爱，并且抚摸"。这种对身体的热爱与她对写作的热爱一起，最终促成了她作为女性主体的生成。林白说："对我来说，个人化写作建立在个人体验与个人记忆的基础上，通过个人化的写作，将包括被集体叙事视为禁忌的个人性经历从受到压抑的记忆中释放出来，我看到它们来回飞翔，它们的身影在民族、国家、政治的集体话语中显得边缘而陌生，正是这种陌生确立了它的独特性。"同时，林白还认为"作为一名女性写作者，在主流叙事的覆盖下还有男性叙事的覆盖（这二者有时候是重叠的），这二重的覆盖轻易就能淹没个人。我所竭力与之对抗的，就是这种覆盖和淹没。淹没中的人丧失着主体，残缺的局限处处可见。个人化写作是一种真正生命的涌动，是个人的感性与智性、记忆与想象、心灵与身体的飞翔与跳跃，在这种飞翔中真正的、本质的人获得前所未有的解放"。[1]这种清醒的女性写作意识，也导致了小说叙事方式的独特。《一个人的战争》以"我"的第一人称同"多米"的第三人称交织叙述，既有主观细微深切的感受，也有冷静旁观的审视与反省，文本与现实，身体与社会、女性与世界，叙述主体的分离营造了双重的叙述效果。身体欲望、文学书写、生命体验、女性意识、文化思考，在这种分离与契合中达到了统一。正是在这一点上，林白与陈染、王安忆是相似的。

另外，伊蕾、唐亚平、翟永明等人的女性诗歌中也以关注女性身体与世界的关系参与了1990年代以来的女性躯体写作潮流。虽然她们大胆描写身体状态的有关诗句被当时的许多评论家认为是缺少深层次的文化内涵和理性意识，几近沦为了躯体展示；但她们从审视自我的身体出发，探索个体在社会中的处境，探询

---

[1] 林白：《林白文集·空心岁月·记忆与个人化写作》，南京：江苏文艺出版社1997年版，第295—296页。

欲望与世界的冲突，确是对新时期文学的女性话语建构做出了重要贡献。虽然有些诗作过于拘囿于身体的肉身感觉，降低了女性诗歌躯体写作的品格。但不可否认的是，泥沙俱下是任何写作流派都会出现的问题，而回到自身，并从自身出发，才使得女性写作成为一种可以发出自己声音的可能，构成女性话语建构的支点和逻辑起点。可以说，新时期女作家们的"躯体写作"不仅建构了一种"叙述身体"的女性文本，赋予文学写作以"身体之在"的审美向度，更为当代文学拓展了新的写作空间，引发了当代文坛正视个体身体与文学书写之关系的文化形而上的思考。由是，在经历了最初的非议与争论之后，她们也最终赢得了女性文学与主流话语的双重认可。

值得注意的是，1990年代之后新时期的女作家们都较以往具有了更清晰更强烈的理论言说自觉，她们既注意借鉴与吸收西方女性主义文学营养，又保持着基于自身作品基础之上的创作实践总结。翟永明这样表达自己的"身体叙事"的冲动，"作为女性，身体的现在进行时也是她们感悟和体验事物的方式之一，对美的心领神会，对形式感本身的特别敏感，使得女艺术家的参与和制作方式，既是身体的，也是语言的"。[1] 林白认为，美国女性主义诗人里安所提出的"以血代墨"这一说法，虽然看似惊心动魄，但它准确地表述了女性写作最重要的特质，它与伤痕、残缺、压抑、呐喊、眼泪、绝望等女性的生命存在联系在一起。[2]

三、躯体写作的消费与反讽：消费文化语境下女性身体写作的"看"与"被看"

如果说陈染、林白等人对于女性身体及其欲望的"私人化"书写，是在女性主义文化思潮下将身体写作作为探索女性生存境遇的话语策略，从而确认自我、寻找个体的存在之感，并由此体悟写作之于女人甚至人类的私密性拯救意义，以肉身欲望抵抗政治意义和男权话语的侵袭和编码，属于**诗性的身体写作**；那么2000年前后由卫慧、棉棉等人所裹挟的"身体写作"，则是消费文化语境下混合着都市青年亚文化的表现自我和追寻当下欲望满足及物质利益的写作现象，是"**混**

---

① 翟永明：《天使在针尖上舞蹈》，《芙蓉》，1999年，第6期。

② 林白：《语词：以血代墨》，《林白散文》，杭州：浙江文艺出版社2001年版，第111页。

合型的身体写作";而到了木子美们的"遗情书时代,身体的感官性已经更加彻底、纯粹,不再负有任何道统、理念和文化意义的负载,身体自身的感觉成为她们祛除写作中各类象征意义之重的武器,即快乐原则之下**"轻盈的肉身写作"**。这是新世纪前后消费主义语境下的身体热、感官热等社会文化所催生的一种文学文化症候。消费主义文化认为,政治的身体、文化的身体以及自我写作的身体,都不是身体叙事自身所应有的超负荷载重,相反,反而是消费的身体、感官的身体更带有个体存在的意味。1990 年以来,当代中国突飞猛进的城市化进程,促进了城市白领阶层和中产阶层的追求放松和精致的社会气质;社会整体环境中意识形态淡化和商业文化性的增强,也更加激发了人们对身体及其欲望的书写意图。

1990 年代之后,对身体及欲望的书写在大众消费性阅读产业中屡获成功,在新世纪前后形成一股与时尚文化和物质利益紧密相联的消费型身体叙事热潮,也成为能给创作者带来更快捷蹿红、更广泛成名的常用策略和方式。新世纪前后,在全球化语境下,我国的社会经济商品化、消费化、信息电子化数码化和快节奏的生活方式,使快餐式、图像式的视觉文化逐步兴起并成为一种趋势。在这种状况下,女性躯体写作所具有的负面影响开始泛滥,各种恶俗的身体描写充斥于大量作品之中,对社会伦理道德造成了较大冲击。市场之手和吸引人眼球的商业炒作方式,甚至把"欲望生产利益"内化为部分作家的叙事动机。由此,女性"身体写作"所具有的对政治话语和男权文化的颠覆和挑战,反而在某种程度上成为了商家炒作和创作者大肆渲染的噱头。可谓"身体的一切具体价值(能量的、动作的、性的)和使用价值,向着唯一的功用性'交换价值'蜕变,它通过符号的抽象,将完整的身体观念、享乐观念和欲望,转换成功用主义的工业美学"。[①]

正是在这种商业利益的趋势和媚俗化的市场运作之下,林白、陈染等人以"身体写作"来颠覆男权话语的写作观念,也往往被演变为大肆吸引人们眼球和金钱利益的"肉身写作"。以卫慧和棉棉为代表,包括朱文颖、周洁茹、戴来、魏微、赵波、九丹,以及更年轻的春树、张悦然等人在内的一批在 1990 年代中后期登上文坛的年轻女作家,开始被大众习惯性地称为"用身体写作"的美女作家,广

---

① 张柠:《文化的病症》,上海:上海文艺出版社 2004 年版,第 108 页。

受注目、屡引争议。在她们的写作中，既存在着以身体对抗男权话语和政治语言的书写痕迹，同时也充斥着大量迎合男性窥视欲、获取商业利益的肉身写作片段，成为满足男权之眼的"被看式"呈现。卫慧的许多作品如《蝴蝶的尖叫》、《性爱日记》、《云雨私情》、《纵情公式》等就是如此。以七部长篇小说震动了新世纪文坛的赵凝甚至提出了"胸口写作"的说法。她说："我一向讨厌温吞水似的写作、中性人似的写作、永远自恋的重复写作、喃喃自语不知所云的写作，我希望我的写作是有鲜明个人烙印的，是热乎乎的、奔放的、性感的、有体香味道的写作。""惧怕'胸口写作'，就是受不了来自女人的那份强盛生命感的压力。惧怕'胸口写作'，就是惧怕男性优越感的丧失。惧怕'胸口写作'，就是惧怕女人在精神上身体上与男人真正平等。"[①] 这段话直指林白、陈染式的私语式写作，看似具有彻底反叛男权话语的决绝。但是她的《体香》、《冷唇》、《胭脂帝国》等作品，和九丹的《乌鸦》、《女人床》一样，都在相当的程度上走向了迎合男性欲望之眼的艳欲化和肉身化。在这里，女性写作不仅没有回到女性和女性话语自身，反而走向了它的反面，成为许多人进行市场炒作和媚俗的口号。对此，有学者指出："女性话语无视男性的道德准则，在急切迂回到女性的内心生活中去的时候，在对女性自身经验的无所顾忌的发掘中，女性写作以她偏执的后道德立场表现了最为鲜明的过渡性状态。"[②]

人类身体的沉重并不仅仅来自生存的艰难，更来自于对灵魂自由和精神广阔的向往，二者的交集和相逢是艰难的、沉重的；但如果它们不再相互依恋、不再相互寻找，二者都将变得一无所依。"身体轻飘起来，灵魂就再也找寻不到自己的栖身处。"[③] 因此，文学写作中对身体及其欲望的遮蔽和彰显，往往都是人们心灵渴望的话语表达。所以，不论是既往主流政治话语写作对身体话语的遮蔽与改编，还是借助于身体话语巨大颠覆性能量的各类文化思潮之身体写作，抑或是消费语境中的商业性躯体话语的运用，实质上都是在不约而同地以各种方式彰显着身体

---

① 赵凝：《"胸口"并非"乳房"》，《文学自由谈》，2005 年，第 1 期。

② 陈晓明：《无边的挑战》，桂林：广西师范大学出版社 2004 年版，第 355 页。

③ 刘小枫：《沉重的肉身——现代性伦理的叙事纬语》，上海：上海人民出版社 1999 年版，第 96—97 页。

叙事的话语力量。

　　女性文学不是一种纯自然性别文学，更不是一种题材文学，它具有更广泛的社会文化内涵，是一种对女性乃至整个人类存在状态和心灵探求的话语言说。因此，于坚和谢有顺指出，"一个女性作家，如果放纵自己在性别上的写作潜能，那是很容易淹没在经验的泥淖里，因为过度的经验化，必然会冲淡写作中的伦理感觉；经验一旦变成终极，写作就会变成表象化的写作，无法企及生存的核心地带。很多女性作家的写作障碍，大致就在于此。因此，当代中国最好的女性作家，往往都不是对女性的写作身份有强烈认同的那种，相反，她们更愿意体会性别中的共性成分，体会一种普遍的人类关怀。"[①] 他们的观点和苏珊·S·兰瑟对女性写作"集体型"声音叙述的强调是一致的。苏珊认为女性写作只有具备了作者的、个体的、集体的三种叙述声音模式才能写出好的作品。集体叙述声音，是"指这样一系列的行为，它们或者表达了一种群体的共同声音，或者表达各种声音的集合。……在其叙述过程中某个具有一定规模的群体被赋予叙事权威；这叙事权威通过多方位、交互赋权的叙述声音，也通过某个获得群体明显授权的个人的声音在文本中以文字的形式固定下来。"[②] 这样的写作境界，也许需要把刘小枫所说的"理性伦理学"和"叙事伦理学"完美地结合在一起才能实现。"理性伦理学要想搞清楚，普遍而且一般地讲，人的生活和生命感觉应该怎样，叙事伦理学想搞清楚一个人的生命感觉曾经怎样和可能怎样。"[③]

　　集体叙述声音的缺失必然导致文学创作中狭隘主义（种族的、国界的、性别的、文化的等等）的现象。可以说，当前我国女性写作中拘囿于性别经验和个人经验的"小"化写作，正是导致女性写作无力与男性共同构建性别平等、多元和谐文学状态的原因所在。而这种情况在女性身体写作潮流中如果走向极端而缺乏真正具有人类经验探索之下的清醒性别意识指引的话，将导致女性写作中肉身化、感官化和纵欲化现象愈加严重。许多女性作家也都意识到了这一问题，有人指出：

---

① 于坚、谢有顺：《写作是身体的语言史》，《花城》，2003 年，第 3 期。
② 【美】苏珊·S·兰瑟著，黄必康译：《虚构的权威——女性作家与叙述声音》，北京：北京大学出版社 2002 年版，第 23 页。
③ 刘小枫：《沉重的肉身——现代性伦理的叙事纬语》，上海：上海人民出版社 1999 年版，第 4—5 页。

"女性写作者自己得要明白：太沉溺于隐私披露和欲望化叙事的实践而不引入另外的维度，对本质性自我的实现徒劳无益。它会使女性目光狭仄散发着肉腥气"。①更难能可贵的是，以王安忆、铁凝、迟子建等人为代表的许多实力派女作家以女性特有的悲悯目光和人类关怀心态的写作已经取得了不俗的成绩。铁凝在《玫瑰门》卷首写到："我本人在面对女性题材时，一直力求摆脱纯粹女性的目光。我渴望获得一种双向视角或者叫做'第三性'视角……当你落笔女性，只有跳出性别赋予的天然的自赏心态，女性的本相和光彩才会更加可靠。进而你也才有可能对人性、人的欲望和人的本质展开深层的挖掘。"②这种在清醒的性别意识之下，对人类共性的探求和渴望，使得她们的作品在具有鲜明女性书写特征的同时，更体现出了整体向度的人类性关怀。也许，包括女性文学在内的中国当下文坛，需要像林白在《妇女闲聊录》结尾中所说的那样，"向着江湖，纵身一跃"，才能够海阔天空、万物花开，写出真正的好作品来。

第八节　王朔与调侃文学

一、生平及创作概况

王朔是当代文坛上颇受争议的一位作家、编剧，他的作品混合着理想主义的伤感和某些后现代主义的特征。他 1958 年出生于江苏南京，祖籍辽宁岫岩，满族，在北京长大，军人家庭出身。王朔的父亲是解放军政治学院的教员，母亲是一名医生。1976 年王朔中学毕业后参军，在海军北海舰队服役，1980 年复员后到北京医药公司药品批发商店工作。之后辞职，下海经商。1978 年开始发表小说，③1983年离职专事小说创作，为中国作协会员。1984 年，王朔的小说《空中小姐》在《当代》杂志第 2 期发表，之后随着《浮出海面》、《一半是火焰，一半是海水》、《顽主》、《千万别把我当人》、《玩的就是心跳》、《我是你爸爸》、《过把瘾就死》、《动物凶猛》

---

① 艾云：《用身体思想》，南京：江苏人民出版社 2003 年版，第 48 页。
② 铁凝：《玫瑰门·写在卷首》，《铁凝文集》第 4 卷，南京：江苏文艺出版社 1996 年版，第 12 页。
③ 王朔首篇小说《等待》发表于《解放军文艺》，1978 年，第 11 期。

等作品的陆续发表，引起了文坛的广泛关注。迄今已创作二十多部小说和数十集电视剧，出版有《王朔文集》、《王朔自选集》等。

王朔早期的小说多取材于军队"大院"的成长经历，创作风格以游戏、颓废为特征，小说主题多以消解宏大崇高、嘲讽权威和调侃知识分子等。当时的中国社会正处在社会转型期，从计划经济向市场经济转变，政治意识形态对人的控制、影响渐趋弱化。从部队复员后，王朔不满意自己的工作，于是辞职经商，却屡屡被骗。这段经历对他的创作产生了很大影响。他作品中对传统秩序的叛逆，以一种玩世不恭的方式表现出来。到了《看上去很美》等作品，王朔的风格开始转变。在这些作品中，王朔一反过去的荒诞和调侃，表达了对生命、对人性、对世界的严肃思考。他在《看上去很美》一书的序言中说道："我还是有一个文学初衷的，那就是：还原生活。——我说的是找到人物行动时所受的真实驱使，那个不以人的意志为转移，隐于表情之下的，原始支配力。"[1] 2007 年，《我的千岁寒》、《致女儿书》的发表标志着王朔在创作倾向上对理想主义价值的回归，作品较之前期的调侃风格有了较大差异。《我的千岁寒》是一部小说集，收录了取材于《六祖坛经》以六祖惠能悟道的故事为内容的哲思小说《我的千岁寒》，北京话版《金刚经》、《唯物论史纲》、《宫里的日子》，以及剧本《梦想照进现实》的小说版等作品。王朔在这部书里对人生、文学开始了新的哲理思考，"我把过去自己的东西全部砸碎，这才能绝处逢生。我放眼的是宇宙。以前说，民族的是世界的，我说，个人的才是世界的。"[2] 在《致女儿书》中，王朔以女儿为倾诉对象，"叙述了王氏家族的血脉渊源、历史遗传以及自我成长经历"，他落笔于自己对生命的体验、对创作的探索、对世界的思考，竭力向女儿敞开一个父亲充满自责、忏悔、孤独与脆弱的内心，展示一个真实的世界。这是一本父亲写给女儿的书，因其真诚性和反思性被评论界视为"王朔的忏悔录和思痛书"，也标志着王朔写作历程的一个总结反思性的转折和开始。

---

① 王朔：《看上去很美》，北京：华艺出版社 1992 年版。
② 袁毅：《王朔凶猛归来》，《武汉晚报》，2007 年 4 月 2 日。

二、文化人格与创作特点

新时期以来，在全球化语境下，国家的发展主题从阶级斗争转移到经济建设上来，政治、经济体制改革取得了显著成效，社会意识形态对人的控制、约束逐渐变得松弛，伴随着市场经济和商业文化的发展，新的城市市民文化空间形成。在此大背景下，人们的生存状态和价值观念逐步趋向于多元化、芜杂化甚至混乱化，相互冲突又并存共生。王朔的创作以其大众文化、市民文化、商业文化的风格特点，对精英文化、官方文化造成了一定的冲击，典型地体现出了中国现代文化的历史转型期的特征。他在文学作品中不再遵循教化劝喻的观念，所创作的一系列带有"痞子"气质的主人公，放弃了对彼岸理想的强烈追寻和对当下社会的改造意愿，他们在某种程度上具有较明显的反文化倾向，以轻松幽默、调皮反讽的语气和姿态对所谓道德、教化、理想、政治等进行着调侃和消解。王朔曾自谓"身体发育时适逢三年自然灾害，受教育时赶上文化大革命，所谓全面营养不良。身无一技之长，只粗粗认得三五千字，正是那种志大才疏之辈，理当庸碌一生，做他人脚下之石；也是命不该绝，社会变革，偏安也难，为谋今后立世于一锥之地，故沉潭泛起，舞文弄墨"。① 这段话鲜明地体现出了典型的"朔式"语言风格特征。而他在《顽主》、《千万别把我当人》、《玩的就是心跳》、《我是你爸爸》、《过把瘾就死》等作品中所创造的"我是流氓我怕谁"、"过把瘾就死"、"千万别把我当人"等语句，更是迅速成为当时社会的流行语，以"躲避崇高"的新市民社会的民间调侃姿态征服了广大青年。可以说，王朔"以痞为核"的作品，体现了一个时代价值观的转变，它们所具有的反讽精神、颓废气质、边缘姿态和拒绝崇高等精神内涵，对于中国文化的传统价值观产生了非常大的颠覆性。而王朔本人也一度"以'无知者无畏'为旗，横论中国文化名人，他的语言的攻击性和恣意直率构成了那个时期的一种文化姿态"。② 由是，在中国新时期的文坛上，刮起了一股以"痞气"、"调侃"、"玩世不恭"、"满口新京味片子"为核心特征的"王朔旋风"。

从 1999 年起，王朔先后发表《我看金庸》、《我看鲁迅》、《我看老舍》等批评

---

① 杜春跃：《一个以"流氓"自居的炮手：王朔》，《语文世界》，2008 年，第 3 期。
② 孟静、王朔：《王朔谈〈红楼梦〉》，《三联生活周刊》，2007 年，第 4 期。

文章，后又出版《无知者无畏》等书，除此之外，他还在许多文章和公开场合中，针对包括齐白石、舒乙、余秋雨、张艺谋、李敖、于丹等人在内的文化名人，发表了措辞激烈的评论，引发了广泛的争议，他本人也由此被许多人称为"文坛恶评家"。不仅如此，围绕"王朔现象"及其所代表的对传统价值观的消解与反讽趋势，引起了众多知识分子对"人文精神"的深刻焦虑，这种焦虑及相关论争和讨论最终演变为1990年代中期的"人文精神大讨论"。

但另一方面，王朔并不是一般意义上的边缘文化的代言人，他对商业文化精神的准确把握，使他始终能够占据大众文化的时代主题话语。他的作品对青年文化的时代气质和大众文化的套路有准确的把握能力，由他的小说改编成的影视剧都很受欢迎，如《一半是火焰，一半是海水》、《顽主》、《过把瘾就死》等被改编成影视剧后，收视率颇高，都创造了不菲的商业利润并广为流布；他作为编剧和主要策划人所发行的诸多影视剧《编辑部的故事》、《渴望》等也都获得了良好的社会口碑和商业回报。这些作品把调侃风格、纯情写作包装在主旋律精神和正统文化的外壳之下，在播放之后迅速红遍大江南北，成为人们日常生活中的常议话题。王朔的作品对于大众文化商业性的把握和体现，使他被称为中国当代商业性文学影视创作的先锋者之一。

（一）"顽主"类的人物形象塑造

"顽主"形象是王朔小说人物中具有贯穿性质的角色。这是王朔对新时期文学人物画廊的一个贡献。《顽主》发表于《收获》1987年第6期，这部小说最初被王朔命名为《五花肉》，后在发表时改成《顽主》。小说一经发表，便迅速传开。并以其集玩世不恭、调侃反讽及对生活的失落之感于一体的语调，深受广大青年读者喜爱。小说中三个城市青年于观、马青、杨重办起了"三T公司"，即："替人排忧、替人解难、替人受过"的三T公司，生意火爆。这三个"顽主"的主要经营业务，主要是替人"恋爱"、"陪聊"、"评奖"等，他们一面常常自称"流氓"、"俗人"，一方面又标榜自己是"正经生意人"。"三T公司"甚至还设计了一场"三T文学奖"，由雇主作家宝康出资然后再把这个大奖颁发给宝康，奖杯是一个"咸菜坛子"，极大地讽刺了"作家"的虚荣，褫夺了"作家"头上的种种"光环"。

这些"顽主"们游走于政治体制之外，多为无所事事的"无业游民"，他们不耐烦待在一般秩序的生产生活之中，却在市场游戏规则中又往往如鱼得水；他们具有强烈的"渎圣"倾向，调侃一切可以调侃的事件，以游戏和轻松的姿态揶揄别人也嘲弄自己；但另一方面他们又不是真正的"恶人"，心底往往还保留着对感情、对理想的纯真浪漫情怀，不过这种浪漫和纯真往往掩藏在日常行为的不着调和话语言说的调侃当中。很多评论者往往判定王朔的作品风格是典型的世纪末颓废之风格，但事实上他的作品往往是在以调侃的方式表达对理想主义的眷恋，这是一种反向的表达方式，奇特地融"不负重"的某些后现代主义风格与对理想价值体系的向往于一体。这类"顽主"式的"痞子"人物很好地体现了王朔小说是"痞子加纯情"① 的创作主题。另外，他们很容易让人想起老北京的八旗子弟，但是他们在颓废和游戏人生的同时，又能够凭借各种小聪明小智慧在新旧两种政治经济体制之间游刃有余，在调侃和"白话"当中以滋润的状态进行着各自悠游的生活。这种快乐之轻的生活状态，正契合了众多处于生活初级阶段的青年读者们对幸福生活的向往和对既成价值秩序的不满，因而迅速在广大读者特别是青年人当中引发了王朔热潮。

王朔声称自己是"码字"的，他码出的字以其戏谑、反讽的放松姿态，通俗、幽默、调侃和反讽的语言，以新时代新北京的"文化小痞子"们的快乐人生为描写对象，带给文坛新的冲击。而且，由于 1980 年中后期，中国文坛上占据主流的是政治反思小说、文化寻根小说、社会问题小说和先锋小说，这些作品不是充满了政治伦理的说教和沉重的文化焦虑，就是陷入了艰深晦涩的叙事游戏，引发了人们的阅读疲劳和"被教育"的逆反心理。在这种背景下，王朔通俗幽默、痞里痞气的小说脱颖而出，带给人们一种轻松的调侃式愉悦，宛如一股清新痛快的凉爽之风，迅速赢得了以青年为主的广大读者和出版市场。1992 年 4 卷本的《王朔文集》和《王朔自选集》由华艺出版社出版，销售成绩颇佳，甚至一时达到了"洛阳纸贵"的地步。

---

① 李美皆：《王朔为什么不继续看上去很美》，《文学自由谈》，2006 年，第 2 期。

（二）调侃、反讽的"朔式"语言风格

调侃，就是嘲弄或讥讽对象，通过语言的模仿、戏谑、夸张、重复、变形和错位等方式来达到暴露显现对象的荒诞可笑。在王朔早期的作品中，就已初步形成这种"调侃、反讽加半认真"的特色，随着他创作道路的逐步开阔，他的文学语言也越加具有自己的风格特征。实际上，王朔的作品之所以能够拥有众多的读者和获得良好的市场业绩，主要应归功于他的新京味儿的语言。

首先，王朔的调侃风格确实具有某些后现代写作的鲜明特征，他往往以反文化的戏谑姿态躲避崇高、消解理性、对抗权威。道德、正义、理想、知识、政治等一切被大众视为有价值的东西，在王朔游戏、调侃的态度中，都被做了无情的消解。王朔调侃的实质是个人生存与世界荒诞的悖论性存在。在小说《千万别把我当人》中有一段话，就鲜明地体现出了王朔调侃语言对世界悖论性矛盾存在的认识。"我的孩子，主说话也得有点套话……形势大好，不是小好……时间过得真快呵，又是一年过去了……"。这段话中，包含了三种话语语境，一个是宗教的，一个是"文革"政治话语，再一个就是日常语言。三种语境的混杂使用，相互纠缠、相互消解，把宗教的神圣、政治的庄严，统统戳穿，活脱出世俗生活的小小感慨和自得，是"躲避崇高"、"拒绝深度"的一个策略，从而达到反讽的目的。

在另一篇《玩的就是心跳》中，王朔把搓麻将叫"过组织生活"，把一起玩麻将的人看成是一个"党"，"本党的宗旨一贯是……你是本党党员本党就将你开除出去，你不是……就将你发展进来——反正不能让你闲着"（《玩的就是心跳》）。对政治中的核心部分政党进行亵渎和嘲弄，表现了这帮"小痞子的"无所顾忌、胆大妄为。

其次，王朔语言的另一重要调侃策略，就是故意把句子搞得支离破碎，断断续续又牵牵扯扯，貌似难以阅读又轻松明白，让人在熟悉的语词中享受阅读的快感。比如，"您日理万机千辛万苦积重难返积劳成疾积习成瘼肩挑重担腾云驾雾天马行空扶危济贫匡扶正义去恶除邪祛风湿祛虚寒壮阳补肾补脑补肝调胃解痛镇咳嗽通大便百忙之中，却还亲身亲自亲临莅临降临光临视察观察检查巡察探察侦查查访访问询问慰问我们胡同，我们这些小民昌民黎民贱民儿子孙子小草小狗小猫群氓愚众大众百姓感到十分幸福十分平安十分惭愧十分快活十分雀跃十分受宠若

惊十分感恩不尽十分热泪盈眶十分心潮澎湃十分不知道说什么好……"(《千万别把我当人》)语言的能指与所指悬空分离,貌似只剩下了言语的狂欢。但在夸张、置换、重复、谐音等修辞手法造成的一再延宕的小说阅读中,这种奇特式的"大杂烩"组合却又使读者觉得新鲜、好玩,并且能与小说中人物的精神状态吻合,具有很强的表现力。作品的这种语言效果和王朔本人的成长环境及他对语言的重视是分不开的。他是在部队大院里成长起来的,大院式口语对语言的应用高低兼具、参差不齐、良莠共存。王朔非常重视对小说语言的锤造,他说:"小说的语言漂亮,本身就有极大的魅力。写小说最吸引我的是变幻语言,把词、句子打散,重新组合,就呈现出另外的意思。"① 可以说,王朔式的调侃是他在这种北京大杂院口语的基础上发挥创造出来的。

第三,没话找话的调侃是王朔语言的另一种引发读者兴趣的言说策略,让读者的"看人打架"般的旁观者心态中体会到放下包袱的轻松。在小说《顽主》中,于观、马青、杨重受到正统知识分子赵尧舜的"训导"后,十分憋闷和愤怒,他们跑到大街上找人滋事挑衅,马青对行人晃着拳头叫唤着:"谁他妈敢惹我?谁他妈敢惹我?"一个穿工作服的壮汉靠近他,低声说:"我敢惹你。"马青见这个铁塔般的小伙子来者不善,四顾地说:"那他妈谁敢惹咱俩?"小说《顽主》几乎是用对话来组织全篇的叙述结构的。

第四,王朔的语言并不是单纯虚空之上的调侃,他在作品中往往采用写实和戏谑并举混用的叙述策略。从某种程度上来讲,他的"叙事既是真的,又是假的。"② 在当代作家中,调侃并不是王朔的首创,早在王朔之前的徐星、刘索拉等人就深谙此道。不过,把调侃当成一种方法,无疑是王朔对于当代文学语言的重要贡献。

王朔的语言借鉴了北京日常生活口语、各行各业的流行语和带有"文革"时代痕迹的"革命话语",三者杂糅在一起,形成自己的语言特色。王朔很喜欢京味

---

① 王朔:《我是王朔》,《王朔最新作品集》,桂林:漓江出版社 2000 年版,第 165—166 页。
② 【美】弗雷德里克·詹姆逊著,唐小兵译:《后现代主义与文化理论》,北京大学出版社 1997 年版,第 156 页。

儿语言，他在一篇访谈中说："普通话干不呲咧的，话里不接气儿，它那些尾音全没了。那些客气的零碎儿没了，你拿北京话一说，所有人态度都有了"。[1] 但王朔所说的口语并不是普通的北京市民胡同式语言，而是带有"大院"色彩的革命式语言，带有对正统语言和精英语言的反叛和戏谑。因此，在王朔的语言中，既有军政机关部队大院的"类革命"语言体系，又融合了皇城根下接受新文化体系的北京新市民口语，加之以他个人的成长阅历和性格特质予以调和，形成了一种得意洋洋、满不在乎、斜眼看世界的王朔式新京味语言。既带有粗俗的平民意识，又具有社会转型期新旧两种文化混合的中国式商业平民精神。这就使得他的语言具有生动、通俗的平白质地的鲜活，又体现出北京文化特有的云山雾罩的"侃式"调皮，而这些特质同社会转型期对既有价值体系的冷嘲热讽式的快感结合起来，就形成了王朔自己的语言特色。可以说，这是王朔带给新时期文坛最重要的东西之一。不论评论界对他作品主题、人物的评价如何，但是无论哪种声音都对其语言的特色予以了肯定。王蒙这样评价王朔的创作："他和他的伙伴们的'玩文学'恰恰是对横眉立目、高踞人上的救世文学的一种反动。""他撕破了一些伪崇高的假面。而且他的语言鲜活上口，绝对地大白话，绝对地没有洋八股党八股与书生气。"[2] 这篇文章确认了王朔在正统文学批评领域的地位。此外，还有众多的论者把王朔视作为"新京派"的代表人物，"王朔以一种真正的民间的口语写作。他是中国现代文学史上最伟大的语言大师老舍的当代传人……"。[3]

（三）紧跟时代的消费文化品格

王朔的作品具有紧跟时代脉搏的鲜明消费品格，他能够娴熟地把市场规律引入到自己的文学创作当中，并善于根据时代热点和文化形势来对作品的主题设置、语言风格、叙事倾向等进行调整，他的创作多有明确的市场指向和消费人群。可以说王朔是当代作家中最具有鲜明市场意识的作家之一，面向读者、面向市场是

---

① 孟静、王朔：《王朔谈〈红楼梦〉》，《三联生活周刊》，2007年，第4期。

② 王蒙：《躲避崇高》，《读书》，1993年，第1期。

③ 葛红兵：《不同文学观念的碰撞——论金庸与王朔之争》，《探索与争鸣》，2000年，第1期。

他写作的一贯立场。这种消费文化品格首先表现在王朔的小说多有预设的读者群体。王朔自己说是从《顽主》开始有意识地分类吸引不同类型的读者的。"我的小说有些是冲着某类读者去的。《空中小姐》、《浮出海面》，还没做到有意识地这样，它们吸引的是纯情的少男少女。《顽主》这一类就冲跟我趣味一样的城市青年去了，男的为主。后来又写了《永失我爱》、《过把瘾就死》，这是奔着大一大二女生去的。《玩儿的就是心跳》是给文学修养高的人看的。《我是你爸爸》是给对国家忧心忡忡的中年知识分子写的。《动物凶猛》是给同龄人写的，跟这帮人打个招呼。"①

王朔具有敏锐的市场感觉，他是中国作家继巴金之后靠稿酬生存的第一位"作家个体户"。1992 年，当华艺出版社要出四卷一套的《王朔文集》时，王朔提出不要稿费要版税，这是中国大陆自"文革"时期以来的出版界第一次实行版税付酬制。这一举动不仅为王朔本人挣得了巨大的商业利益，被称为"中国当代商业写作第一人"，也为日后的作家争取自身正当权益开创了先河。对此老一代的著名作家萧乾说王朔"给中国作家松绑了"。1999 年，王朔高调炒作《看上去很美》，开始由"商业创作"转向"商业营销"，并创下了一个又一个出版奇迹。②

王朔作品的消费文化品格的第三个重要表现，就是他非常重视自己作品的影视改编和市场化操作。他的小说故事性强，加上王朔本人对于小说与电影关联性的敏锐把握，使他成功游刃于文学创作与影视制作之间。虽然他在 1980 年代中期的小说作品《空中小姐》改编成电视剧并没有多大反响，但这一影视剧却开启了"王式影视剧作品"的创作生产模式，即以"情节剧叙事＋痞子式人物＋新京味语言"的"朔式"组合赢得市场。1988 年，王朔的小说《一半是火焰，一半是海水》改编为电影《天使与魔鬼》，开启了改编王朔小说的热潮。同一年度由王朔小说改编的电影还有 3 部，它们是叶大鹰导演的《大喘气》、黄建新导演的《轮回》、米家山导演的《顽主》，这一年因此被称为"王朔电影年"，《顽主》成为 1980 年代中国电影的重要收获。拥有众多读者，这是王朔影视剧作品的票房保证。1990 年

---

① 王朔：《我是王朔》，《王朔最新作品集》，桂林：漓江出版社 2000 年版，第 161—162 页。

② 这方面的两个例子足可以说明问题：2007 年王朔以 500 万元的版税收入，在第二届"中国作家富豪榜"中排名第六，引发了广泛关注；2007 年《我的千岁寒》被伦敦书屋以每个字三美金的高价购买，总价高达 365 万元，创下中国国内版税的新高。

代，他的小说被大量翻拍成为电影电视剧：《过把瘾就死》被改编为电视剧《过把瘾》、《动物凶猛》被改编为电影《阳光灿烂的日子》、《看上去很美》改编为同名电影、《我是你爸爸》改编成电影《冤家父子》等等，这些影视作品都获得了不俗的票房成绩。其中 1995 年拍摄发行的电影《阳光灿烂的日子》获得了当年票房最佳成绩，这是王朔电影改编的重要成就。

编剧之外，王朔还作为主要策划人参与了许多影视作品的策划，如《编辑部的故事》、《海马歌舞厅》、《我爱我家》、《顽主》、《甲方乙方》、《一声叹息》、《非诚勿扰 2》等。1990 年，他参与策划制作 50 集长篇电视连续剧《渴望》，此剧集民间伦理价值、知识分子问题讨论、商业化运营和社会变革主旋律于一体，创造了中国电视剧发展史上收视率的最高纪录，并引发了"好人一生平安"等的"渴望热"文化现象，并获得第六届"飞天奖"、第九届"金鹰奖"长篇电视剧一等奖。1991 年王朔参与策划的电视剧《编辑部的故事》上映，此剧在收视率、社会影响和明星制造效应等方面，都开创了中国新时期室内情景轻喜剧的潮流先河。这种态势一直持续到《爱你没商量》、《过把瘾》、《看上去很美》、《非诚勿扰 2》等作品，都在迎合观众期待、创作商业利益和主流意识形态认可等层面获得了广泛认同。王朔写作始终坚持把读者和市场放在首位，他自己解释道："大众文化中大众是至高无上的，他们的喜好就是衡量一部作品成败的唯一尺度，你不能说我在这部作品中有种种观念上的突破，手法上的创新而最终未被大多数人接受，那还叫失败。""这就是大众文化的游戏规则和职业道德！一旦决定了参加进来，你就要放弃自己的个性，艺术理想，甚至创作风格。大众文化最大的敌人就是作者自己的个性，除非这种个性恰巧正为大众所需要。"①

三、王朔创作和"王朔现象"的启示意义

王朔对中国当代文学的贡献主要有两个方面：一是"顽主"形象，丰富了当代文学人物画廊，是具有历史新质的人物形象。二是与众不同的"朔式调侃"语言风格。王朔的语言是充满活力的"人话"，来自于市民社会，具有鲜活的生命气

---

① 王朔：《无知者无畏》，沈阳：春风文艺出版社 2000 年版，第 5 页。

息，散发着独特的艺术魅力，其调侃反讽手法，对新时期小说语言技术是一个开拓。对于知识分子严肃写作而言，王朔嬉笑怒骂的风格，是一个另类。他把文学的严肃话语与市民话语、商业话语、边缘反叛话语等要素混杂在一起，因此，我们不能简单地用"痞子"文学的标签来指称王朔，他以游戏混世的方式，戳破了社会虚伪、伪善的假面，暴露了生存的荒诞，既具有"削平深度"、"躲避崇高"的后现代文化特征，更有其时代发展的历史必然性。

首先，他对政治意义、文学使命、人文理想的躲避和嘲弄契合了"后文革"时期人们对于假借崇高、神圣之名的虚妄话语的警惕与反感；是对新时期世俗生活文化兴起的反映。王朔"我是流氓我怕谁"、"我不风流谁风流"的自嘲自恋式调侃是一种与文化转型时期人们生存状态相适应的写作策略，是人们在面对迷茫、焦虑、虚无的社会状态的一种自我安慰式的准反叛策略，从自我嘲弄的调侃中能获得自我安慰，从而能达到心理的调节和自我救赎。这种寓反叛精神于调侃游戏的话语姿态和写作策略，是中国特定历史时期大众文化心理的反映。无论人们如何评价，王朔给新时期中国文坛带来的影响都是不可忽视的。

其次，1980年代末以来官方政治文化主流和知识分子精英话语处于对社会生活的文化价值指导失范时期，王朔话语及"王朔"现象应时而生，他的小说带给人们一种轻松的"找乐"写作姿态，消解了写作的"经国邦业"的神圣性和"为天地立心"的使命性。这在一定程度上弥合和抚慰了消费语境下的大众话语的焦虑，促使了人们对社会上强烈崇拜各种话语权威的盲目行为进行反思。

第三，王朔话语和"王朔现象"也是西方后现代主义思潮的产物。王朔小说中"顽主"们的游戏价值态度与后现代主义消解能指与所指、符号与意义、现象与本质等二元对立的模式、淡化终极追求等倾向，具有明显联系。但由于中国的后现代文化并不是在现代性充分成熟的基础上发展起来的，因此虽然王朔创作对于人们反叛权威、审视当下生活状态以及反思文学本质和知识分子价值定位具有一定的启示意义，但他在消解特定意义上的政治权威的同时，对于知识分子人文精神的建设也起到了消极作用。他没有看到知识分子在中国并不属于强势群体，长期以来，尤其是在"文革"时期，知识分子精英意识更是受到了残酷打压，王朔对知识分子及其价值追求的尖刻挖苦和肆意嘲弄，显示出了他文化人格中狭隘、偏颇的一面。

但世界始终是在发展着的，王朔在《我的千岁寒》、《致女儿书》等作品中所表现出来的在创作倾向上对人文精神的回归和文学本质的思考，希望会给他本人和中国当代文坛带来新的收获，带来"新意义"对"旧意义"的超越，而不仅仅是"无意义"对于"意义"的调侃和消解。

第九节　贾平凹与《废都》

一、贾平凹生平及创作分期

贾平凹（1952—　），当代著名作家，陕西丹凤人，1975 年毕业于西北大学中文系，1974 年开始发表作品，目前已出版的作品版本达 300 余种。贾平凹的《腊月·正月》获中国作协第三届全国优秀中篇小说奖，《满月》获 1978 年全国优秀短篇小说奖，从此开始为文坛所瞩目。他是当代中国深具叛逆性、创造精神和广泛影响的作家，代表作有《满月儿》、《秦腔》、《废都》、《浮躁》、《高兴》、《高老庄》等。其中《浮躁》获得 1988 年"美孚飞马文学奖"，《废都》获 1997 年法国费米娜文学奖，《秦腔》获第七届茅盾文学奖。

截止到目前，贾平凹的小说创作可以分为三个阶段。初期作品明朗、乐观，充满山乡情趣，以 1978 年的《满月儿》为代表。第二阶段的创作风格凝重，以 1987 年的《浮躁》为代表。主题选择致力于改革开放初始阶段出现的问题及其整个社会的"浮躁"心态。正如贾平凹自己所言，《商州初录》和《商州又录》"重在山光水色，人情风俗"，而《商州再录》则"写到建国以来各个时期的政治、经济诸方面的变迁在这里的折光"，[①] 他的"商州三录"被认为是当时文化寻根作品的典范之作。

第三阶段的创作以 2005 年的《秦腔》为代表，这一时期贾平凹把对时代、社会的思考融入作品主题及语言风格中，笔法沉峻，其作品被誉为"中国当代乡村

---

① 贾平凹：《商州又录·小序》，雷达编《贾平凹文集·寻根卷》，北京：中国文联出版公司 1995 年版，第 115 页。

的史诗"。贾平凹前两个阶段的创作大体与"伤痕"、"寻根"等文学思潮相对应，从第三阶段开始转向自成一派。这三个创作时期都或多或少地包含着对将要成为绝唱的农村生活的挽歌气息。

在几十年的创作历程中，贾平凹作品的题材在乡村和城市间不断调整和变动，呈现出中国改革开放社会转型变化中的痛苦历程和心态踪迹，展现出具有鲜明的时代画卷，是当代文坛上不可忽视不可替代的重要作家。

二、贾平凹的文化人格

贾平凹出身农家，因此他对农村生活和农民的喜怒哀乐非常熟悉，他自己的生活、思想、情感也都深深打上了农民式的印痕。他曾在多种场合下申明自己的农民文化身份，这是贾平凹对文化身份的自我确认。他的文学创作，也力图呈现出中国农民的生活环境、精神心态。但后期的学习和城市生活，又使得贾平凹成为了"进城的文化人"，从而超越于一般农民的眼光、胸怀、境界。在他的作品中，商州、西安是他文学世界的两个重要地理坐标，以商州为背景的农村题材的作品和以西京为背景的城市题材，代表了他创作的两个主题类型，而这两种主题的交叉和缠绕则成就了贾平凹的文学创作底色。

贾平凹诗书画皆能，喜欢谈禅论道，这些都滋养了他的艺术感受力。贾平凹写过诗，也写过散文，他的散文写得相当好，甚至有评论家认为他的散文比小说写得好。不过，被大家公认的，还是他在小说方面的成就。任何好的小说，必然会具有诗的因素。他所营造的文学世界，追求诗的意境，往往扑朔迷离，神秘莫测，极具艺术张力。1990年代《废都》出版后，贾平凹一时成为文坛上争议的焦点，有人把《废都》誉为当代文坛的《金瓶梅》或《红楼梦》，另一些人认为这本书是贾平凹堕落颓废的象征，毫无艺术价值可言。贾平凹则在这两种截然相反的评价中，在调整创作心态的同时，为坚持自己对文学精神家园的追寻和构建，始终进行着艰苦持久的精神探索。这一点从他小说中呈现的文化寻根主题、精神反思主题，再到城市文化批判，在城乡对立互参中，可以看出他对精神家园失却的忧愤。

三、《废都》之"热"及"废都"之争

1993 年，贾平凹的长篇小说《废都》在《十月》连载，随后由北京出版社出版，引发了畅销热潮，首印就达 50 万册。后来，公开出版和半公开出版 100 万册，被盗版 1200 万册左右，仅他本人所收集到的盗版版本就有 60 多个。

《废都》出版后，由于其独特的颓废之美、大量的性爱描写以及空格省略等暗示性叙述方式，引发了极大的争论和热议。同时，《废都》在中国大陆以外的国家和地区迅速流传，香港、台湾都出版了中文繁体字版，同时还被翻译成日文、法文、俄文、英文、韩文、越文等多个版本。在法国，《废都》引起了文学界、读书界的强烈反响，有汉学家称之为当代的《红楼梦》，贾平凹也被法国著名杂志《新观察》评为世界十大杰出作家，被法国文学界称为当代中国最伟大的作家。1997 年《废都》荣获"法国女评委外国文学奖"（又译"费米娜文学奖"）。

随着社会文化思潮的开放、宽容和多元化，人们对文学的审美标准也在发生变化，由过去看重道德评价回归到文学评价本身。2009 年 8 月，解禁后的《废都》与《浮躁》、《秦腔》构成《贾平凹三部》由作家出版社重新出版。

《废都》的出版和传播在新时期文坛上也引发了空前的争论，甚至形成了独特的"《废都》一出，骂声四起"的"废都现象"。据不完全统计，仅专门研究《废都》的专著就有《贾平凹怎么啦？——被删的 6986 字的背后》、《〈废都〉之谜》、《多色贾平凹》、《〈废都〉及〈废都〉热》、《〈废都〉废谁？》、《〈废都〉滋味》、《失足的贾平凹》、《贾平凹与〈废都〉》、《〈废都〉啊，〈废都〉！》、《奇才鬼才怪才贾平凹》等多部。

文坛各路评论家对待《废都》的态度更是大相径庭。给予正面评价的有白烨、雷达等人，持反对态度的学者则以李建军、孟繁华、李书磊等为代表。褒扬派学者认为"《废都》内容丰厚，题旨多义"。并把这部小说看成是"当代文人的'浮世绘'"，是被一出出喜剧掩盖下的"一个大大的悲剧"①。更有学者把《废都》归为新时期的"世情小说"给予了高度评价，认为这部作品"表达了一种深层次的惶惑、

---

① 李星、孙见喜：《贾平凹评传》，郑州：郑州大学出版社 2005 年版，第 138 页。

不安、浮躁和迷茫"，并把这部小说看做是"得《金瓶》、《红楼》之神韵"，认为这部小说是"惊世骇俗"的。

否定派的代表李建军对这部小说予以了完全否定。他判定《废都》"本质上是一部颓废、陈腐的旧小说"，不但没有丝毫价值而言，甚至可以说是一部坏小说。甚至在时隔多年之后，他仍然认为"《废都》是一部无可救药的失败之作。趣味格调上，它是低下、庸俗的；艺术形式上，它是粗糙、拙劣的；思想理念上，它是肤浅、混乱的；情感态度上，它是畸形、变态的"。[①]"某种程度上讲，这部作品的出版，是一件具有标志性意义的事件：它标志着知识与权力的临时同盟的终结，标志着在写作领域娱乐道德观开始取代行善道德观，标志着利己的私有形态写作开始取代利他的社会化写作，标志着理性、道德、责任和良知的全面崩溃，标志着服从市场指令的写作倾向和出版风气的形成。"[②]另外一些学者对这部作品的指责主要集中在小说的性描写上，并以此认定这部小说不具备文学价值，"仅仅具备了商业的品格"。[③]有学者则指出，作品中之所以有过多的性描写和颓废色彩，原因在于这部小说是作者在缺乏文学理想的情况下，制造出来的"压根就没有灵魂的小说"。[④]

伴随着正反交锋的激烈声音，理性批评的话语也逐渐浮起，赖大仁的《创作与批评的观念——兼谈〈废都〉及其评论》[⑤]一文从文学观念的理论高度，对《废都》、《废都》现象及《废都》批评都做出了较为全面、客观、公允的总结与反思，既指出了一些过于激进评价逻辑的偏颇之处，也分析了作品自身所存在的问题。这标志着《废都》研究开始从浮躁、虚热走向冷静和成熟。

四、《废都》的审美特质

20世纪八九十年代之际，中国社会处于急剧转型的变化之际，随着商品经济的快速发展，整个社会急剧转轨，商品经济大潮冲击着知识分子的心态。许多学

---

① 李建军：《草率拟古的反现代写作》，《文艺争鸣》，2003 年，第 3 期。

② 李建军：《私有形态的反文化写作：三评〈废都〉》，《南方文坛》，2003 年，第 3 期。

③ 李星、孙见喜：《贾平凹评传》，郑州：郑州大学出版社 2005 年版，第 139—140 页。

④ 李星、孙见喜：《贾平凹评传》，郑州：郑州大学出版社 2005 年版，第 139 页。

⑤ 赖大仁：《创作与批评的观念——兼谈〈废都〉及其评论》，《小说评论》，1996 年，第 4 期。

者都敏感地觉察到这一时代症候，1993 年王晓明发表了《旷野上的废墟——文学与人文精神的危机》，由此引发了"人文精神"的讨论。陈思和、陈平原、陈晓明、张颐武、朱学勤、王彬彬、郜元宝等著名学者纷纷著文，展开讨论，表达了对"人文精神"丧失的忧虑。贾平凹正是在这样一种时代背景下创作的《废都》，它的写作与当时社会人文精神的缺失危机以及由此引发的人文精神的反思有关。

首先，这是一曲世纪之末的文化挽歌。《废都》以"西京"为人物活动的背景，描写了西京"四大名人"即：作家庄之蝶、书法家龚靖元、画家汪希眠及音乐家阮知非的日常生活。展现了"废都"之中知识分子的日常生活景观。以庄之蝶与几位女性情感的纠葛为主线，以阮知非等诸名士穿插叙述为辅线，展示了知识分子在转型时期的迷茫、无聊、无家可归的窘境，充满了浓厚的悲剧色彩。小说结局弥漫着找不到出路的痛苦与孤独：唐宛儿被押潼关受辱，柳月嫁残疾的市长儿子，牛月清离婚，阿灿避而不现，最后庄之蝶踏上南行列车……小说写出了每一个人内心的痛苦与孤独。

《废都》提供了一个研究当代知识分子的标本，展示了以庄之蝶为代表的一批知识分子在社会转型期间，价值观念的断裂和混乱，批判了中国文化中的"废都"现象与"废都"心态。有人把《废都》比作《荒原》，二者都表达了对于现实的失望和批判，是 1990 年代知识分子人文理想在社会的巨大变革面前精神失落的表征。谈到《废都》的主题，贾平凹说："它描写的是本世纪之末中国的现实生活，我要写的是为旧的秩序唱的一首挽歌，同时更是为新的秩序的产生和建立唱的一首赞曲。"[1]

其次，作品成功塑造了一批转型期的知识分子形象百态。《废都》成功地塑造了社会转型时期知识分子的代表庄之蝶这一形象人物。通过庄之蝶打官司、写作、性爱等方面，把庄之蝶放在社会转型的时代背景下，反映他在金钱、名声、性爱方面的浮躁情绪和悲凉心态。庄之蝶为了弄钱，不惜为药厂写吹嘘文章。他处为声名所累，在社会急剧转型的生活中缺乏存在感，精神上陷入极度苦闷与盲目之中。庄之蝶借助于性爱来寻求解脱，却发觉这并不能达到救赎目的。空虚无聊

---

① 李星、孙见喜：《贾平凹评传》，郑州：郑州大学出版社 2005 年版，第 145—146 页。

之际，他在唐婉儿、柳月、阿灿等女人那里找到心灵的慰藉。一个个情人与他演出了一幕幕悲剧。庄之蝶是历史转型时期知识分子和知识界苦闷的象征。

第三，小说表达了人类生存之"废"的多重文化意蕴。对《废都》的文化意蕴的理解，需要从"废"字入手。这部小说最本质上是在写一种世纪末的"废都文化心态"，即"文化之废"、"社会之废"和"文人之废"。《废都》开篇写到种种神秘怪像，庄之蝶与孟云房从杨贵妃墓上取坟土竟育出奇花，天上出现了四个太阳和七条彩虹。庄之蝶的岳母通晓阴阳两界，在棺材里睡觉，能看见满街满街的鬼，整篇小说氤氲着一股迷信之气，可以算作是"文化之废"。收破烂老者的民谣尖锐讽刺了社会的黑暗不公，可谓是"社会之废"。庄之蝶为打赢官司出卖柳月、为赚钱违背作家良心写虚假广告；龚靖元因赌博而命丧；阮知非纵情于花天酒地之中；汪希眠倒卖假画，被公安局逮捕。这可以看做是"文人之废"。可以说，整部作品都在围绕"废"字做文章。按照贾平凹自己的解释，西安只是一个"废都之城"的象征性缩影，西安是中国一个典型的废都，中国又可以说是地球格局中的一个废都，而地球又是宇宙格局中的一个废都。身处"废都"的人们既有着过去的辉煌和辉煌带来的文化重负，更怀有如今"废"字下的失落、尴尬、不服气又无奈的可怜，这是一种尴尬的生存状况。因此，整部小说带给读者的是强烈的"废"与"被废的危机感、使命感和焦灼感"。对此，贾平凹说自己是"带着深深的痛苦"来"写中国人"、"写一个世纪末的人"，"自觉下笔很重，我希望这些疮痍能得到医治，希望能从梦魇中惊醒。我想人们只有清醒地认识了这现实，才能有觉悟去改变这现实"。[1] 因为它既"可以窒息生命，又可以在血污中闯出一条路来"。[2]

第四，世情小说的叙述方式。《废都》基本是全知性第三人称视角，按照时间线索组织结构。《废都》的写法主要是写实性作品，但有某些超现实写法，从总体上来讲具有象征性。对当代文化具有很强的涵盖力。《废都》通篇具有象征性，可以看做是一个现代寓言，按照庄之蝶"官司"、"事业"、"性爱"、"写作"传达着被传统文化渗透了骨髓的人们，无力承担面对现实的剧变的现象，在绝望中挣扎。

---

[1] 肖夏林：《废都废谁》，北京：学苑出版社 1993 年版，第 21—23 页。

[2] 贾平凹：《〈废都〉创作之秘——贾平凹答编辑问》，《羊城晚报》，1993 年 8 月 13 日。

《废都》"无章节之序号是我特意处理，我的感觉中，废都里的生活无序，混沌，茫然，故不要让章节清晰。写日常生活，生活是自然的流动。产生一种实感，无序，涌动。所以，在我写作中完全抛开了原来的详细提纲，写到哪儿是哪儿，乘兴而行，兴尽而止"。[①] 贾平凹将人生大道寓于琐细的世态人情的描述中。他纯粹将文学还原为生活，毫无雕琢痕迹，写出了流动的生活状态。在全书富于文人生活情调的叙述中，读者看到的是理想的沉沦，价值的衰没，文人心境的悲凉，全书笼罩在沉重阴郁的世纪末情绪之中。[②]

第五，汲取传统文化之源而出新的语言风格。《废都》的语言向传统文学汲取营养，面向世界反观自身，既具有明清白话小说简晰明了的流畅，又继承了五四现代白话文的现代韵味，还深刻融合了西安方言的神韵。整部小说的语言很讲究艺术性，贾平凹精工锤炼，把语言打造成彰显小说表现力的得劲工具，极大地增强了小说的生动可感性。

首先，把其他符号纳入到自己的语言体系中，是《废都》语言的一大特色。在当代文坛这虽不是贾平凹的独创，但《废都》却无疑是运用最充分的一个。这种艺术留白式的符号化的语言，既避免了露骨描写的尴尬，又能给读者留下更多解读空间。

> 两人重新抱在一起滚在床上，庄之蝶又趴上去，妇人说："你还行吗？"庄之蝶说："我行的，我真行哩！"□□□□□□（作者删去五百一十七字）这时，就听得楼道里有人招呼："开会了！开会时间到了！"

（《废都》）

其次，面向传统，汲取古典小说语言精华。贾平凹在文学理念上崇尚自然，早期追求文学的婉约气质，后来转向旷达。但对于语言喜欢带有"拙"、"憨"原本意义的语言。与此同时，它还吸收了中国明清古典小说的有生命力的文言用语，

---

① 王新民选编：《〈废都〉创作答问录》，《多色贾平凹》，郑州：郑州大学出版社2005年版，第215页。

② 李星、孙见喜：《贾平凹评传》，郑州：郑州大学出版社2005年版，第136页。

打造属于自己的文学语言特色。比如，文中常用民间歌谣。下面这首民谣，犹如《好了歌》之于《红楼梦》，具有很强的概括力：

> 一类人是公仆，高高在上享清福；二类人作"官倒"，投机倒把有人保；三类人搞承包，吃喝嫖赌全报销；四类人来租赁，坐在家里拿利润；……七类人当演员，扭扭屁股就赚钱；八类人搞宣传，隔三岔五解个馋；九类人为教员，山珍海味认不全；十类人主人翁，老老实实学雷锋。

（《废都》）

这首民谣，通过反讽、戏仿手法，道出了社会的不公，对 1980 年代末、1990 年代初的社会现实给予了深刻的讽刺。可以说这首民谣既是社会现实的写照，也是《废都》故事的环境。

第三，贾平凹的语言具有浑厚的野性和趣味，软性的幽默和温和的讽刺。它来自于作者对方言土语的吸纳和锤炼。也来自于对小说人物深入的体味，从而获得了具有鲜明风格的艺术魅力。《废都》和其他作品中都常有这种古词古语。白而不俗，古而不腐，增加了小说的韵味。从某种意义上说，贾平凹为当代文学语言做了独特的探索。

五、《废都》的启示意义

《废都》是当代文学中描写知识分子精神状态的一部小说，反映了 1980 年代末的政治风波之后，知识分子普遍陷入迷茫、困顿的精神低潮。《废都》所传达出来的精神特征及其颓败价值理念，准确地表达了那一时期一类知识分子的典型文化心态，在当代小说史上有着自己的独特贡献。

一是颠覆了知识分子形象。《废都》中的"庄之蝶"等人，是对传统知识分子形象的颠覆。他们不仅放弃了对理想主义的承担和改造社会的历史使命，甚至自己在庸常生活中也难以自持。小说把他们在时代的大潮中的无力和尴尬表现得淋漓尽致。《废都》对八九十年代知识分子的刻画描绘丰富了当代文学知识分子形象。贾平凹以冷静的笔调，逼真地再现了当代知识分子的生存图景和心理状态，作品具体风格写实，但整体上又构成了象征寓意，象征着一个时代的世情人心，代表了作家贾平凹对转型时期社会、人心以及知识分子命运的思考。

二是引发当代文坛对"性"之于文学作品作用的审视。

《废都》中的大量性描写被大家所诟病，但《废都》中的"性"并不是在商业利益驱动下的毫无节制的表演，以此招引读者，制造卖点。这些性描写，从文学价值上看，并非画蛇添足，因为每一处的性描写都实现着自身的叙事功能。如果抽调了《废都》中的"性描写"，庄之蝶这一形象就会变得单薄干瘪，很难实现作者的写作意图。把"性"引入文学作品中，把"性"作为重要内容来表现，是当代小说的一个突破性的特质。

三是叙事结构上借鉴明清古典小说特别是《金瓶梅》、《红楼梦》的写法，增加了小说的涵盖力和象征性。

整体来讲，《废都》虽有瑕疵，但它仍然是当代小说发展史上具有重要意义的一部作品，无论是从叙事形式、语言艺术上，还是它所反映世纪转折期的现代性失落的焦虑社会心态的深广度，都达到了一定的美学水平。

第十节　琼瑶与都市言情小说

一、琼瑶生平及创作

琼瑶（1938—　　），原名陈喆，湖南衡阳人，1938 年出生于四川成都，1949年随父迁至台湾，现居台北。她出身书香世家，曾祖父陈墨西为湖湘文化名人，曾留学日本，加入同盟会随孙中山走遍东西南北。伯父是宣统皇帝之师，父亲陈致平毕业于北京辅仁大学历史系，后曾在同济大学任教，迁往台湾后曾任台湾师范大学国文系教授，中国当代著名历史学家，著有《中国通史》等作品。外祖父袁励衡是银行家，曾执掌交通银行。母亲袁行恕精通古典文学，曾任台北市立建国中学国文教师。姨母袁静是大陆颇有名气的女作家，其与孔厥合著的《新儿女英雄传》，为当代大陆重要的革命历史题材小说之一。琼瑶自幼受家庭熏陶热爱写作，古典文学功底颇为深厚。1947 年，年仅 9 岁的琼瑶就在上海《大公报》儿童版发表了第一篇小说《可怜的小青》，16 岁时在台湾《晨光》杂志发表短篇小说《云影》。1963 年其自传式长篇小说《窗外》出版，她也因此一举成名，跃入台湾文坛最受欢迎的女作家行列，自此走上职业作家的生涯。琼瑶创作颇丰，在 1963—2008 年间，共有长篇小说《幸运草》、《烟雨濛濛》、《几度夕阳红》、《彩云飞》、《心有千千结》、《在水一方》、《月朦胧鸟朦胧》、《雁儿在林梢》、《碧云天》、《望夫崖》、《鬼丈夫》、《梅花烙》、《烟锁重楼》、《还珠格格》等 60 余部面世，堪称创作时间最长、最多产的现代中国言情小说家。琼瑶的作品因其感情细腻、语言优美，深受广大读者尤其是青少年的喜爱，许多作品都要一版再版，甚至会出现再版十几次、几十版，且大都被改编成电影或电视剧。

二、文化人格与创作特点

陈喆的笔名"琼瑶"出自《诗经·卫风·木瓜》："投我以木桃，报之以琼瑶。匪报也，永以为好也！"这一笔名与她作品的整体风格是相通的：即带有一种古典气息的感伤与优雅。有人说，琼瑶是"台湾爱情小说的集大成者"，其作品被称为"爱情小说艺术成熟的标志"[1]。她的言情小说一般来说分为三种类型：早期小说除《窗外》这一自传体长篇外，主要以古代民间故事为素材的短篇言情之作，如《水灵》、《白狐》等，这一类型作品中的悲观宿命感颇为浓重。自《海鸥飞处》开始，她开始把目光转向身边的现实社会，并以当代台湾为背景创作了一系列小说，如《寒烟翠》、《月满西楼》、《彩云飞》、《一帘幽梦》、《金盏花》、《燃烧吧！火鸟》等等。这一时期的琼瑶作品绝大部分是大团圆结局（除却《我是一片云》之外），叙事路线几乎可以概括为"一见钟情—历经磨难—终成眷属"喜剧三部曲，显现出生活及创作境遇大为改善的中年乐观心理。及至 1980 年代之后，琼瑶的创作风格又有新变，她开始把小说的背景搬回古代，试图在古代背景下探索男男女女的人性真谛和情爱演变，代表作有《新月格格》、《雪珂》、《还珠格格》等。

评论界对于琼瑶作品的论调一直是毁誉参半。如 1960 年代台湾评论界批判其作品中保守妥协气息过重，并由此引发了一场"反父权论战"；1970 年代她的小说

---

① 古继堂：《台湾小说发展史》，沈阳：春风文艺出版社 1989 年版，第 258、264 页。

因其商业性被认为"不够资格称为文学"；1980 年代之后，台湾评论界对琼瑶作品的态度逐渐由"批评"向"研究"转化。1994 年台师大林芳玫教授的专著《解读琼瑶爱情王国》一书标志着台湾评论界对"琼瑶现象"的评论趋向于学理分析和客观公正。① 在大陆，琼瑶作品在 1990 年中后期才逐渐获得了学术界的认可，但至今仍不时遭致"庸俗"之名的批判。

不过，与此相对应的是，琼瑶的作品在港台、大陆以及东南亚甚至欧美却始终都拥有着众多的读者，而且随着其作品影视剧改编程度的提高，自 1980 年代甚至更早的 1960 年代中期以来的"琼瑶热"一直在升温不止。她的 60 多部言情小说，故事性强，感情真挚，引人入胜，可以说发行出版后本本畅销，改编为影视则部部卖座。琼瑶作品以其至真至纯的爱情秘笈，深深吸引了各个年龄段的读者。这不能不归结于其作品所具有的大众文化品格以及她对中国传统优秀文学作品的继承与超越等原因。

（一）都市里的情感童话世界：琼瑶作品对于理想爱情主题的唯美表现

"唯爱不变"是琼瑶作品永恒的主题，她在自己庞大的言情小说世界里构筑了一个又一个水晶城堡，编织出各种各样的爱情故事，塑造了性格各异、感情丰富的众多青年女性，深爱子女又固守内心道德原则的父母群像和踏实努力、事业成功、阅历丰富但仍渴望爱情的各阶层男性，这些人物在琼瑶笔下都在情感潮汐的起伏中或悲或喜，对爱情执着的追求是其共同的特点。虽然有人批评琼瑶小说人物的单薄和苍白，但是深厚的文学功底和沧桑的人生境遇使得琼瑶能够将历史发展背景、现实社会和个体人生结合在一起，在描写爱情的同时注意表现历史氛围和刻画人物细微心理。比如创作于 1960 年代的小说《几度夕阳红》（鹭江出版社，1985），全书 40 万字，在皇冠杂志上连载了半年之久。在这部小说中，琼瑶以两条线索展开故事，分写发生于抗战时期重庆李梦竹的爱情故事和 1960 年代台北杨晓彤的恋情。梦竹与青年学生何慕天相依相恋，但却遭到了母亲的激烈反对，何慕天的才华和热情紧紧吸引着她的心，最终狂热的爱恋使她背叛了母亲毅然追随

---

① 林芳玫：《解读琼瑶爱情王国》，台北：时报文化出版社 1994 年版，第 162 页。

何慕天离家出走，但在何慕天回乡解除原有婚约的时间里，一来一往之间许多阴差阳错的事情使得二人之间误会丛生，最终伤透了心的梦竹无奈嫁给了明远。自此之后二十年来，她生命的悲欢就寄托在丈夫和乖巧的儿女晓彤、晓白身上。但是随着女儿晓彤与魏如峰恋情的发展，她发现魏如峰的叔叔竟是何慕天，这在她平静的生活中重又掀起了波澜，重庆沙坪坝的年轻岁月又重回记忆。在一连串的旧恨新愁的交织之后，晓彤与魏如峰有情人终成眷属，梦竹仍留在了杨明远身边，何慕天则隐居山上不问世事。这部小说是琼瑶创作中的重要作品，它情节迂回曲折、人物繁多而性格各自饱满、世事沧桑引起读者时空交错的伤感和恍惚，最具有言情小说的典型特征。它所包含的"一见钟情—父母阻挠—私奔求爱"（梦竹与慕天）、"灰姑娘与白马王子"（晓彤与如峰）、"爱情与误会"等叙事模式后来在琼瑶的小说中屡屡出现，每一次都能赚取读者大把的眼泪。

琼瑶对于"灰姑娘与白马王子"+"英雄救美"的叙事套路运用得可谓得心应手、新样叠出。她作品中的"灰姑娘"们往往身处社会底层，处境困窘而不失善良与坚强。如《金盏花》中的韩佩吟，母亲生病在床，她终日疲于工作，并在工作之外另做家教，赚钱替母亲看病。《庭院深深》中的章含烟是一名茶厂女工，《心有千千结》中的雨薇是一名护士，《还珠格格》里的小燕子是一个无父无母连自己姓什么都不知道的孤儿等等。命运的机缘使这些"灰姑娘"们偶然邂逅了富有、善良、儒雅、浪漫、痴情的"白马王子"，经过种种努力，冲破层层阻扰，最终都会实现她们的水晶鞋之梦，获得了美好的爱情和人生归宿。琼瑶笔下的这些灰姑娘，或者拥有惊人的美貌、或者拥有出众的才华、或者是性格活泼可爱，这些特点也正是她们能够在与富贵阶层的女孩竞争时的天然法宝，最终能凭此赢得"白马王子"的倾心与痴情，在收获爱情的同时也脱离生活困境。类似情节在《秋歌》、《月朦胧鸟朦胧》、《却上心头》等作品里也一再出现，虽然情节重复，但郎才女貌的纯真爱情故事却给予了都市众生们一个梦想的伊甸园和虚妄理想的安慰。作为爱情主角的优雅、纯情、美丽、柔弱的女性与睿智、深沉、斯文、儒雅的男性，是琼瑶小说中着力塑造的两类理想化人物。她/他们集中了中国大众对于异性的审美元素和美好想象，而她/他们的纯情与坚定又是世人对于现实中感情与金钱、利益、名望等各种因素掺杂的超越性补偿。因而，琼瑶作品中有着坚实的博爱意蕴，它们对于理想爱情的唯美表现，为各阶层读者构筑了一个纯洁无瑕的都市情感童话世界。满足了大众渴望纯真爱情的普遍化的心理诉求，正是解读"琼瑶热"现象的主要文化密码之一。

（二）大众文化品格和商业化的创作机制

1982年《海峡》杂志连载了琼瑶的长篇小说《我是一片云》，自此她的作品正式进入大陆，并迅速流传开来。当时由于"文革"的极端政治"左"倾思潮的影响，大陆"言情小说"类型仍处于缺失状态，琼瑶的言情小说迅速填补了这一空白，掀起了阅读狂潮。三十年来，先后有作家出版社、花城出版社等多家大陆出版社出版过《琼瑶全集》，作品囊括了从《窗外》到《还珠格格》等60多部，发行量10余万册。实际上，琼瑶小说的盗版书数量更是远远超过正版的销行，无论是大规模的书店还是小书摊甚至地摊，都可以看到她的作品。大陆读者对琼瑶小说的喜爱程度，由此可见一斑。对此，琼瑶自己说，作品在大陆的流行"是一件莫大的喜悦，对我的写作生涯，也是一项大大的鼓励"。[①]1980年代末1990年代初随着内地出版业的不景气和大众文化自身的传播周期性，"琼瑶热潮"有所降温；但自1990年代中后期以来，随着电视、电影、网络等媒体的发展，又对琼瑶小说的传播起到了强化作用。在相当一段时期内，琼瑶的言情小说，与新兴的室内轻喜剧、流行歌曲、激光唱盘、明星贴纸小饰物等一起，成为当代中国大众文化生活的重要组成部分。造成这股热潮的原因，不仅在于琼瑶作品描写了人类永恒的爱情主题，更在于她作品所具有的大众文化品格和她写作的商业化运行机制。

琼瑶作品的大众文化品格首先表现在她的作品本身就是模式化大众文学的典型，非常易于进行商业化运作。第一，琼瑶的言情小说通常以男女主人公悬殊的社会地位和家庭背景作为展开情节的矛盾渊源，这种矛盾冲突几乎成为她每一部作品推动情节发展的叙事学动力。男女主人公对于来自家庭与社会各种压力的反抗，成为小说展现人物性格、推动故事前行的主要范式，并由此形成错综复杂的悲喜剧冲突。这既能够产生足够多的情节包袱，吸引读者和观众的阅读及观看兴

---

① 琼瑶：《写在花城出版社"琼瑶全集"之前》，《庭院深深》，广州：花城出版社1996年版。

致，又能使演员在表演时比较容易地进行适度的夸张表演，也便于形成影视作品特别是长篇电视连续剧环环相扣的情节悬疑点，极大地增强了作品的商业运作的可操作性。第二，琼瑶的言情小说通常在一个较为封闭的时空结构内讲述一个完整的故事，有较强的情节性与故事性，情节曲折复杂又环环相扣。她的许多小说具有较大的时空构架，往往能够通过几位主角或几代人之间的感情纠葛与命运遭遇，从细节处表现出中国社会的历史变迁风貌。这个特点一则使读者能够从文中获取较大的信息量，二则在改编成影视剧作品时能够充实剧作内容，使观众"有料可看"，不会被轻易架空。比如《几度夕阳红》，这部小说的情节错综复杂、巧妙而多变、转折点频出，可谓高潮不断；男女主人公的情感强烈、纯真而夸张，人物之间的关系则因时局所限，命运遭遇产生了代际纠葛。误会和巧合推动了情节的发展，再加上战乱、分离、重逢和身世之谜等等这些因素，本身在内容和结构上就已经非常接近电视连续剧的模式，无疑会取得巨大的成功。第三，她作品中善恶有报、有情人终成眷属的大团圆结局，迎合了广大读者和观众渴望完满的深层心理期待。

另外，在大众化的叙事套路中，琼瑶结合自身经历融入了一些新的因素，以自己丰富的人生体验，带给作品清新活泼的现实气息。比如在"富家小姐与清贫少年"、"灰姑娘与白马王子"这一类型的大众化叙事套路当中，琼瑶融入了较强的"平民意识"，她笔下的"灰姑娘"除了善良、勤劳等传统美德之外，还具有自食其力、坚韧自强、不随波逐流等性格特点。比如韩佩吟（《金盏花》）是一名教师，努力工作，照顾父母，并不为赵自耕的财富所动；江雨薇（《心有千千结》）更是在耿若尘成功时悄然退出，而在其遇到困难时又以一种不伤他自尊心的方式予以帮助等等。这种平民意识赋予了琼瑶作品一定程度的时代性和生活气息，更使广大读者在惯常的"灰姑娘"故事的阅读期待中读到了别样的时代气息，因而更加喜爱其作品。

第三，琼瑶的创作能够与时俱进，紧密与各类现代传媒结合。她的第二任丈夫平鑫涛曾主编《联合报》副刊，1954 年创办皇冠杂志社，1965 年创办皇冠出版社，具有丰富的文化作品推广和营销经验，作品发行东南亚与欧美。他从创社之初就认准了大众化路线，无论杂志或丛书，"不唱高调，也不以'通俗'为低"；

并且采取了"以刊养书"的杂志经营策略。琼瑶的著作，在台湾全部由皇冠出版，在这样一种经营出版策略的推动下，她的言情小说借助于现代印刷技术和现代传播方式，以单行本、合集和影视剧改编等方式迅速在台湾蹿红，并风靡大陆、东南亚和欧美。她的自传体长篇小说《窗外》，曾被两度改拍成电影，著名演员林青霞也正是因为拍摄了此片而成为了家喻户晓的巨星。《几度夕阳红》1966年上映时，打破多项票房纪录，荣登年度十大卖座电影，女主角的扮演者江青更是凭藉在此片中的精湛演技获得第五届金马影后。在琼瑶其他影视作品中所涌现出来的著名影星，如萧蔷、林凤娇、归亚蕾、刘雪华、秦岚、张嘉倪等"瑶女郎"就更是数不胜数了。由此，琼瑶的作品也被称为巨大的"明星制造工厂"。可以说，琼瑶的每一部小说几乎都被拍摄改编成了深受人们欢迎和喜爱的影视剧作品，并出现多次重拍、系列续集等现象。像2008年由众多明星加盟主演的电视连续剧《还珠格格》，为众多有线电视台购买播放，引起数量众多的"琼瑶迷"们"空巷看还珠、竞相说格格"的传播接受热潮。造就了赵薇、范冰冰、林心如、周杰、张铁林等一大批耀目的明星。目前此剧已拍至第四部，仍有着骄人的收视率。人们喜爱琼瑶作品，是因为它使人们在忙碌的生活之余能够短暂地在都市童话里释放身心压力，缓解种种焦虑，它的纯洁唯美给予了普通民众以悲欢离合、沧海桑田、天荒地老的梦幻之境。

（三）对中国优秀古典文学作品的继承与超越

在作品的文化审美取向上，琼瑶承继了中国古典爱情文学作品的优秀传统并力图有所超越。比如，琼瑶言情小说所塑造的主要人物，都是具有外貌美、心灵美和气质美，符合中国传统审美要求的理想化人物。他／她们既拥有诗意优美的名字，也具有美丽动人的外貌，更具有优雅古典的气质和善良的心灵。比如她在《几度夕阳红》中以"乌黑的长发辫"、"白底碎花的鲻纱旗袍"和"盈盈然如秋水般的眸子"等词句来描绘梦竹的气质容貌；何慕天则是"一个瘦高个子的青年，穿着件灰绸长衫，白皙的皮肤，一对黑而深湛的眼睛，看来恂恂儒雅，带着股哲人的味道"。通过这些纯洁、完美的理想人物之间的悲欢离合和爱情故事，琼瑶赞美人性当中的真诚、善良、正直、乐于助人、富有同情心等美好的一面，鞭挞人性中自私、贪婪、欺瞒、强暴等丑恶的一面；歌颂自由、平等、灵肉合一的爱情，蔑视以社会地位、门第观念等来干涉爱情的陈旧观念。这些审美意识、道德观念和文化价值取向同《诗经》以降中国古代爱情文学的优秀品质是一脉相承的，充满着中国言情文学的独特魅力，而她所细致描写的时代氛围和人物特别是某些女主人公自强自立的性格，又在一定程度上，对中国传统言情文学有所超越。

在语言风格上，琼瑶也深受我国古典小说写法的影响，她崇尚具有古典气息的婉约和幽雅，经常将中国古典文学中的佳诗、名句化入爱情故事的关键情境之中。她的小说语言典雅、空灵、婉约、洗炼，充满了诗情画意，就连许多人物之间的对白都具有浓浓的优美诗意。琼瑶常在小说中直接引用中国古典诗词以增强作品的诗意诗境，为作品增强了独具东方韵味的艺术魅力。如在小说《在水一方》中，那一曲缠绵悠长、情意无限的诗歌："绿水苍苍，白雾茫茫，有位佳人，在水一方，我愿顺流而下，找寻她的方向。却见依稀仿佛，她在水的中央"，正是对《诗经·蒹葭》的意境的活用。小说《月朦胧，鸟朦胧》的书名则不由让人想起"数点雨声风约住，朦胧淡月云来去"（北宋词人李冠《蝶恋花》）和"月朦胧，花暗淡，锁春愁"（五代词人李珣《酒泉子》）等佳篇佳句，小说中关于"爱的朦胧"的歌谣反复在男女主人公爱情故事的关键环节出现，对人物心理刻画细腻深入而又不失含蓄之度，更深化了小说的主旨和意境。除此之外，她还常让小说中颇具才情的男女主人公自己写诗作词谱歌，或者化用古典诗句，以表达他/她们之间的相思、相恋，这种写作手法既能够深入展现人物的内心世界，又在整体效果上为小说增添了耐人寻味的幽深意境。像《心有千千结》、《彩霞满天》、《一颗红豆》等小说皆是如此。这些优美而深具古典气息的诗词歌赋增加了琼瑶作品的文化底蕴、延伸了其阅读感觉的幽深意味，更使原本散文性颇强的叙述型的爱情故事沾染上了浓浓的诗的意境和情怀。这正是对中国古典美学强调"景无情不发，情无景不生"的"情景交融"诗学格调的现代展现。

在整体的结构叙述布局和具体故事情节安排上，琼瑶的言情小说对中国传统和戏典中的"传奇"编织手法深有体会，她擅长巧妙组织情节，制造一波三折的故事。在整体故事遵循中国读者所惯常接受的线性顺序逻辑的同时，利用特殊的人物、特殊的物品甚至是特殊的诗词文句，巧做安排，使故事平地起波澜、叙事出现起伏。这样既合乎男女主人公恋爱时的心理发展逻辑，又不违背读者的心理接受逻辑，在峰回路转、曲折蔓延的情节发展中，推动爱情故事的发展，并深入刻画和表现人物性格，深化主题，增加全文韵味。几乎在琼瑶的许多作品中，我们都能够看到这种取源于传统戏曲和传奇文学的特质。例如《烟雨濛濛》、《雁儿在林梢》这两部小说，都是以"恨"入手，描述主人公对失去姐姐和失去父爱的复仇心理，然后随着情节的峰回路转，最终都以"爱"结尾，完成对整个事件的叙述。主人公的情感遭遇和内心世界也随之完成了从不成熟的误解到了解事情全部真相的成熟和宽容。

三、琼瑶与新时期都市言情小说

与亦舒、梁凤仪等人的作品风格不同，琼瑶的言情小说中有着浓重的古典文学气息，并深受鸳鸯蝴蝶派等近现代言情小说的影响。但她蔚为大观的言情小说能够在港台、大陆、东南亚甚至欧美风靡开来，并且经久不衰，主要原因却是她作品中所具有的大众化特质和通俗现代性。新时期以来，特别是中国进行了政治经济体制改革之后，平民化的大众文化市场已逐步形成，解决了生存和温饱问题的中国大众，开始追求文化消费欲望的满足。但由于历史原因，大陆当代文学受极"左"政治思潮的影响，过于强调高蹈的政治现代性和历史传奇，在尊重人性本身的情爱欲望等世俗现代性方面存在着明显的欠缺。琼瑶言情小说所构筑的梦幻爱情伊甸园，恰恰契合了在现代市民阶层对于文化消费的诉求；同时她作品当中所具有的"平民意识"和"当下关怀"，更在深层意识上呼应了在市场经济体制下大众文化对于改变自身处境的愿景。因此，在新时期大陆当代文学正向世俗现代性转化、时代呼唤新的通俗文学的社会背景之下，琼瑶的言情小说和金庸的武侠小说一样，都拥有着广阔的大众文化市场，并在某种程度上以其所代表的港台通俗文学与大陆通俗文学和严肃文学形成了互动互补的格局。这是社会发展的必然产物，在中国新文学发展史上具有重要的历史意义。

但是从另一方面来讲，大众文化的娱乐性、普遍性、重复性，使其具有了一种对人的潜意识的强制性影响和灌输，往往更能诱发大众的惰性满足感，使其仅仅沉浸在于感官满足的虚幻性享受层面，更加安于现有社会秩序和社会现状而不思进取和改革现状，这是大众文化极其明显的内在缺陷。在琼瑶绝大部分的言情小说里，几乎所有的女性形象都是被动的、柔弱的、顺从的、隐忍的、痴情的和坚贞的，而这正是男性文化中心所期望的理想异性客体形象。虽然有些女主人公具有自强自立的性格秉性，但其处境的根本改善仍然寄托于来自社会上层的拥有丰富资源的男性的爱情垂青和道德怜爱。这种对传统性别文化价值取向的认同，使得琼瑶的言情小说在一定程度上远离了五四以来新文学"立人"的现代性宗旨。而这也正是琼瑶的作品一直以来不断遭致"平面化"、"苍白化"和"非现代化"的学者批评声音的主要原因所在。

再者，琼瑶的言情小说对于"王子与灰姑娘"、"富贵小姐与贫家少年"、"有情人历尽波折终成眷属"等故事原型的花样翻新的重复性编织，以及她作品中众多封闭的时空架构、经常雷同的情节、过于夸张的巧合、现实感和时代感的缺乏等现象，虽然契合了普通读者的阅读期待和商业运作需求，却更加限制了作品在表现人性、追求思想深度等方面的进一步开掘。这些消极因素却对新时期以来的中国言情小说影响至深，在当下盛行的各种都市言情作品尤其是穿越言情小说及影视剧中，几乎到处都能看到琼瑶模式的影子，这不能不说是一件遗憾的事情。

第十一节　梁凤仪与亦舒

梁凤仪和亦舒是在香港特定的地域文化氛围中应运而生的两位女作家，她们的创作不仅深深影响了香港一地的广大读者，而且还以"梁凤仪旋风"和"亦舒热"的传播声浪波及到大陆、台湾、东南亚等地。两人创作的走红既与她们下意识地寻求契合大众读者的接受语境和审美期待的努力有关，也与自身创作个性的引领功能密不可分，正是这种迎合大众又高于大众的创作姿态使得两人的文学创作在渗透着鲜明的消费文化因子的同时，又可作为典型的创作个案来加以分析。但由于自身经验和审美喜好的不同，梁凤仪和亦舒的创作又呈现出同中有异的思想艺术特征。

一、梁凤仪及"梁凤仪现象"

（一）生平及创作概况

梁凤仪（1949—   ）是著名的财经作家、企业家，她的作品交织着言情与商战的社会题材，充满浓重的励志味道，深深影响着一代代的知识女性群体。她1949年出生于香港，原籍广东新会，16岁考进香港中文大学历史系，在香港和英美等地修读过文学、哲学、图书馆学和戏剧，1985年完成论文《晚清小说之思想传播功能》，获得香港中文大学博士学位；自1979年始梁凤仪开始在商界奋斗，创办过香港首家菲籍女佣介绍所，从事过证券、金融、广告等行业，是香港商界知名的女商人；1986年开始以业余身份为香港报刊撰写文章，1989年开始创作言情小说，创办"勤＋缘"出版社，以商业的方式将自己的作品大规模推广到大陆、台湾、加拿大、东南亚等地，在1990年代中期形成了风靡一时的"梁凤仪现象"。

梁凤仪自从在1989年推出第一部言情小说《尽在不言中》后，已有几十部小说先后面世，逐渐形成了一位香港畅销作家的独有风格。1991年，她获得香港市政局和香港艺术家联盟合办的作家年奖，1993年香港市场调查公司报告、评定她是香港三大畅销作家之一。1992年8月，人民文学出版社在北京举行新闻发布会，隆重宣布梁凤仪财经系列小说出版发行，其后又有国内多家出版社签约出版她的作品，于是梁凤仪逐渐为大陆读者所熟悉。她的小说多以现代都市商界为背景，来演绎职业女性爱情、婚姻和家庭故事，虽然以女性人物的传奇性经历为主，但也具有一定的现实指代意义，因此被称为"财经小说"。主要代表作有《芳草无情》、《风云变》、《豪门惊梦》、《我心换你心》、《千堆雪》、《骄阳不再》、《花魁劫》、《笑春风》、《昨夜长风》、《誓不言悔》、《大家族》等。

现在的梁凤仪已经封笔经商，她既是华语阅读圈的著名女作家，又是香港商界和出版界事业有成的女强人。虽然梁凤仪在事业重心上发生了转移，但文学生涯给她带来的巨大声誉并不影响其香港著名作家的重要地位和价值，人们依然把她作为关注和研究的对象。

（二）文化人格和创作特点

作为一个早已成型的国际大都市，香港在20世纪70年代之后进入经济发展的快车道，愈来愈浓的物质气息逐渐撒播在人们生活的每一个角落。在商业竞争和市场消费主导社会前行的时代步伐中，梁凤仪恰恰把握住彰显这一社会流行色的生活风景和精神命脉，描绘在商海中辗转打拼的女性群像复杂而又隐蔽的生命历程，在为女性人物树碑立传的同时，也揭示香港社会转型时期的风云际会和文化流向。

丰厚的从商经历使得梁凤仪能够熟练地把身边的素材转化为题材，并及时移借到自己的文学世界中，因此她不仅有一颗敏感的心灵和一双善于发现的眼睛，还有置身于现实特定生活圈的生存体验，所有的一切都为她成为作家提供了良好的机缘。小说《花帜》写出了前朝名妓柳湘鸾、昔日舞女花艳苓、今朝交际花杜晚晴三代"花国"女子半个多世纪充满辛酸和苦涩的身世命运，并通过她们与商界富豪、政界巨头的多重交往揭示香港企业界的奢靡黑暗和英国殖民者的专横丑陋，女性个体令人同情震撼的情爱故事在复杂多变的商战背景中展开，描绘出香港社会发展的浮世绘。官府要员、商界巨头、赋闲赌徒、从良妓女、留洋学子、港城股民、摆摊小贩、汽车司机纷纷在小说中抛头露面，活灵活现，共同组成了五彩缤纷的大千世界。正是凭着对身边生活的熟稔和敏感，梁凤仪以自己的勤奋向世人展示了一个独特的文学世界，因此获得"流水线上的熟练女工"的戏言称号。这说明作家的文本生产既遵守商业法则下的运作规律，又强有力地印上创作者个体的审美印痕，因此梁凤仪是一个游走在高雅文学与通俗文学之间、并能够左右逢源的女作家。

商界女强人群像的树立是梁凤仪小说创作的第一个特点。作为一个生活的强者，梁凤仪也敢于在作品中塑造坚持个性、追求独立、事业有成的女强人形象。《千堆雪》和《九重恩怨》中的江福慧、《花魁劫》中的容璧怡、《誓不言悔》中的许曼明、《信是有缘》中的阮楚翘、《风云变》中的段郁雯、《红尘无泪》中的方子昭等人就是其中的典型。她们往往在故事的开始有着自身性格的缺陷，过着衣食无忧的上层生活，或在男性世界的港湾里无牵无挂。但这种优裕的生活很快随着突如其来的家庭、婚姻或者情感变故而灰飞烟灭，女主人公开始从朦胧混沌的性别意识中觉醒，变得自强自立，在商界打拼中独撑一片蓝天，成长为身体力行、呼风唤雨的女强人。这些女性个体往往有着善良的本性，像《红尘无泪》中的方子昭天生柔肠侠骨，救青梅竹马恋人丛树康于饥寒死亡并以身相许，但正是因为后者的背叛才使得她忍辱偷生向着生活的强者的目标迈进。在塑造这些人物的时候，梁凤仪并没有给人们凭空许诺一个虚幻的强者梦，而是充分细化她们复杂的主体内心世界，在表示同情和敬佩的同时对她们孤注一掷的极端行为加以批判。方子昭虽然复仇成功，但她与丛树康一起走上审判台也并非人性发展的美好结局。正是通过对众多女强人不同行为和性格的精雕细刻，梁凤仪为香港文学画廊贡献了一批个性独异的新人形象。

传奇性的故事情节和题材设置是梁凤仪小说创作的另一个显著特点。"情爱悬念的设置是梁氏的强项，她善于将情爱与事业相生相克的关系，转变为山重水复疑团丛生的悬念系列，并于矛盾纠葛发展至炽化程度时，掀起陡起陡落的狂澜，随之于峰回路转之后，推出柳暗花明的可人景观。"[1] 这种悬念丛生、大开大阖的情节行进方式不仅暗含在人物之间的情爱叙事中，也展现在人物商海浮沉、心机重重的凶险命运上，这既与香港社会险象环生、风云诡谲的社会现实相对应，也使得情节设置具有鲜明的传奇色彩而产生独特的吸引力。《千堆雪》中江尚贤托女儿江福慧照顾自己的红颜知己却不透露其姓名，江福慧明察暗访最终得知其人原为自己同窗好友，这种"寻找"模式成为梁凤仪小说的重要路数。《大家族》更是讲述了一个大家豪族复杂离奇的恩怨故事，使读者在释疑与破解的快感之中掩卷长叹。也有人归纳梁凤仪小说的故事模式为："一个美艳女子在与若干男人的恩怨纠缠中，由最初的哀怨而走向自立，而后终于成为商界中擎天一柱的女强人。"[2] 正是商战背景下的人物恩怨和情感纠葛走向了情节故事的前台，梁凤仪的小说才能够凭借题材上的新奇性吸引着读者的阅读兴趣。她把香港世界一隅的隐蔽性的生活图景和人性秘密以文学的方式放大出来，深深满足了广大读者的审美认同感或猎奇心理期待。

鲜活简约、精致明快的语言也是梁凤仪小说个性化呈现的一个重要方面。她的小说与快节奏的香港社会生活相适应，显现出简约明快的语言风格。一方面，

---

① 田园：《梁凤仪小说简论》，《贵州社会科学》，2004年，第4期。
② 莫嘉丽：《论梁凤仪的小说模式》，《嘉应大学学报》（社会科学版），1996年，第5期。

她采取富有地域特色的方言词汇，夹杂着粤方言词汇的叙述语言显示出她下意识的港味追求倾向；另一方面，小说的语言以短句为主，干净洗炼，绝少掺杂拗口的欧式句式，形成直接简易的接受效果。比如《昨夜长风》中写到人物的结局："微风拂脸，红叶飘送，满眼都是温哥华夏日的温柔阳光，照得见谢适文与赛明军紧紧的拖着左嘉晖的小手，慢步向前。"其中的人、景、情在简捷的叙述中得到恰切的统一展现。她的小说情节虽然注重以理性化、神奇性的悬念设置取胜，但在语言叙述上又善于在情节运转之中加上西方意识流的细腻描绘，凸显人物复杂的内心世界，显出其小说语言所特有的鲜活精致。比如《花帜》在叙述杜晚晴的故事时，其思维世界却不断闪回外祖母和母亲的劝告，这种时断时续、描叙结合的叙述方式有利于揭示人物的性格成因与生命前史，对应着人物内视角的情感体验，在非理性的话语撕扯中折射出女性个体的多重性主体世界。因此内视角感知的叙事方式一方面因精致细腻的意识流滑动而显得真实感人，另一方面与"卖关子"的情节悬念形成理性与非理性相互交织的复杂风格，标识着梁凤仪小说语言叙述的骄人成就。

（三）"梁凤仪旋风"的启示录

相对于新时期的大陆文学而言，梁凤仪的财经小说以"他者"的文学身份渗透到人们的精神世界，并在 1990 年代早期刮起旋风般的接受热潮，在之后其诸多小说又被改编成影视剧，进一步扩大了传播途径和受众范围。不管是作为一位创作个体还是一种文化现象，梁凤仪都应该值得关注，她带给我们许多有益的启示。

首先，"梁凤仪旋风"与作家对自身创作的明确定位密不可分。对于自己的创作目的，梁凤仪在其财经小说讨论会上直言"我把我的作品当做商品，当做达到目的的工具，这是我的定位"，而创作小说的"目的是面向一般群众"，"写'粗糙的故事'是面向大众"，"我就是拿我在商业上成功的推广模式来推广文学"，"有人批评我的小说都是大团圆结局，但我认为大团圆结局在商业上有利"[①]。并且，梁凤仪认为自己的写作模式比较适合香港大众浅思维的接受习惯和审美情趣，"香港

---

① 马相武：《梁凤仪小说与大众文化》，《中国人民大学学报》（社会科学版），1995 年，第 1 期。

人的读书习惯是每月变换新书，所以必须拼命写，大量写"，在这种情况下，她的小说在人物、情节、环境和语言设置上必然注重迎合与引导大众，而且追求高产量，不断以新的人物和故事刷新人们的阅读视野，这些都是构成她被成功接受的重要元素。

其次，梁凤仪的财经小说进一步迎合并填充了大陆读者的精神世界。新时期之初，邓丽君的甜美歌曲、金庸的武侠小说和琼瑶的言情故事曾以新颖别致的形式和通俗感人的内容招引着大陆读者的阅读兴趣，让他们在主流文学之外别寻身心愉悦的文化绿洲；到了 1990 年代之初，伴随着市场经济社会转型时期的到来，人们在商品意识的刺激下开始对财经、股票等题材领域的话题产生浓郁的兴趣。这时候梁凤仪的财经小说从他乡异域乘虚而入，不仅把对香港资本主义世界相对成熟的商业文化书写带到国内，而且还以作为弱势群体的女性自强自立的励志精神为讴歌对象，这必然会迎合、激发特定阅读群体的接受兴趣，所以这种文化输入所选择的时间和接受场域都比较合乎文化消费的规律。

最后，应该注意梁凤仪的财经小说显现出的偏执立场和思想缺陷。据调查，她的小说最受欢迎的是女性白领人群，这与作家注重发掘商界女性的成功故事和精神世界有着密切的关系，那些都市女性特别是职业女性在精神上和情感上觉醒、成长和成熟的心史历程自然成为引发白领接受者精神共鸣的重要审美景观。鲜明的性别意识成为梁氏小说的一个亮点，女性打拼天下、抢占人生制高点的勇气和侠气值得敬佩，但如果把这种现代意识推向极端，也会得不偿失。梁凤仪小说中的男性往往只能充当情感戏的配角，以背叛者、恶棍、苦难制造者的面目出现，这种符码化、漫画式的人物塑造模式遮蔽了现实世界的真实性和多元性，在一定程度上阻碍了人物灵魂和文本主题的深层掘进。

二、亦舒创作与"亦舒现象"解析

（一）生平及创作概况

亦舒也是香港消费文化所孕育的一位重要的言情小说家，她与金庸、倪匡并称为香港通俗文学界的三大奇迹："金庸创作流行武侠小说，倪匡创作流行科幻小说，亦舒创作'流行'言情小说。结果都从象牙塔外，进占到象牙塔内，以至部分最学院派的学者，也不能不正视他们，研究他们。"① 她原名倪亦舒，笔名骆绛、梅峰、梅吁、陆国、依莎贝和玫瑰等。原籍浙江宁波，1946 年出生于上海，5 岁随父母迁至香港。她做过记者、酒店公关、电视剧编剧、政府高级新闻官，也曾留学英伦，现今旅居加拿大。丰富的人生经历增长了她的阅历，使她能够看到形形色色的人性，能够站在批评与比较的角度刻画出真实的人物，突显真的性情。

亦舒从小广览群书，培养了良好的艺术修养，这为她以后的文学创作做了极好的铺垫。14 岁时在环球出版社的《西点》杂志上发表第一篇小说《暑假过去了》，15 岁时，即为《中国学生周报》等报刊撰稿。她因为常出入于影视圈，又写名流专访，这对其后来创作言情小说也很有帮助。亦舒自 1960 年代登上文坛，至今历时五十余载仍笔耕不辍，创作出大量的作品。据刘登翰主编的《香港文学史》统计，至 1997 年，由香港天地图书有限公司出版的亦舒系列已逾 183 种，其中散文集 88 种，长篇和中短篇小说集 62 种，而至 2005 年 12 月，已出版作品达 240 多部，就其创作数量而言可臻香港作家之首。在香港通俗文学中，她的创作以小说和散文居多，小说大多以爱情与婚姻为主线，在叙述故事、塑造人物的同时，善于摆出自己的爱情与婚姻相悖论的立场与观点，强化对女性命运的关注，而且喜欢用简练、机智的笔法勾画出 20 世纪七八十年代的香港风情画。重要代表作有《玫瑰的故事》、《开到荼蘼》、《小宇宙》、《喜宝》等。

亦舒个人复杂的情感经历也深深影响到她的小说主题意蕴和情感基调。她从小家境优越，父兄庇护，母亲疼爱，家庭环境为她的身心发展提供了良好的基础。但她成年以后的情感生活并不顺利，曾经历过包括恋爱创伤和婚姻破裂在内的三次巨大的情感挫伤，这形成了她相对消极的婚恋世界观。她认为婚后生活是具体、琐碎、乏味，柴米油盐的，充满了使人烦恼的细节。值得称道的是亦舒的语言，干净利落，准确犀利。网上广为流传的"亦舒语录"可见一斑。但亦舒并没有让她笔下的人物沉浸在琐碎和烦恼中，而是直面人生，咬紧牙关，一路成长为内心和外表都美丽而强大的女性。

① 陆离：《每次重读，都有泪意》，见钟晓毅：《亦舒传奇》，广州：广东人民出版社 2000 年版，第 370 页。

（二）文化人格和创作特点

复杂的人生经历使得亦舒更清醒地认识到生活的沉重，香港社会快节奏的生活流水线及其造成的人与人之间关系的抑制性、疏离性、孤立性特征加深了她现世生存的感伤情绪，无孔不入的金钱崇拜气息和"鱼吃虾"的都市"森林法则"隔离着她富有诗性的审美空间。在无根漂浮的浮世中，亦舒的悲哀是深藏在骨子里的，她虽然在创作上利用都市营销的写作技巧获得了更多读者的认同和喜爱，但她末世化的人生感悟方式又与流行的世俗法则格格不入，所以亦舒是一个以俗文化的表现技巧来凸显严肃的社会人生主题的现代作家，她的作品既承袭了以《红楼梦》为代表的末世学的古典悲剧精神谱系，又浸染上香港社会的商业文化气息而带有了鲜明的都市品格，华美与悲哀成为小说一体两面的存在真相，展示出她认识现实世界的出乎寻常的穿透力。

在《叹息桥》中，亦舒这样写道："人生就像一道桥，我们自彼处来，往那头去，一边走，一边不住叹息，因恨事太多。"[1] 她立足于繁华奢靡的香港大世界，承受着商业文化语境带来的生命痛楚，书写着新旧文明交替时期个人孤独无依的悲剧性体验。从这个角度而言，亦舒的小说具有了和张爱玲作品相似的书写品格，她们都从安稳琐碎的日常生活细节开始描绘，却揭示出文明形式更迭和人性元素沉浮的"大主题"，这种主题书写不是呈现在理性化的情节设置中，而是暗含在抒情性的审美基调中，它构成了小说细部背后的情绪潜流，浸染着作家独特的世界观和文化人格。但关于人生的总体看法，亦舒远远没有张爱玲那么"通透"，她虽然认识到物质文明的高速发展带来道德伦理价值的混乱与沦丧，并由此透视着市民们变动不居、真幻无常的都市文化所产生的精神病象，但没有完全陷入天荒地老的虚无背景，而是试图选择逃离，让她的人物下意识地往回转，回到与自身有着或浓或淡的血脉联系的故乡。《曾经深爱过》的周至美回到东北一个不发达的小城市舔舐心灵的创伤，《喜宝》中的勖聪慧来到内地贫困地区的一个中学教书，在付出而不是索取中感受到了生命的意义。这些"光明的尾巴"往往成为大众读者获得精神慰藉的情节元素，但以传统文化疗救现代病痛的出路探寻也反映出她文化反

---

① 亦舒：《叹息桥》，北京：中国戏剧出版社 1999 年版，第 200 页。

思的"不彻底性"。

亦舒小说的创作特点首先就是以犀利的笔锋描绘出都市背景下的种种悲剧真相。同是言情，亦舒与琼瑶和梁凤仪都有所不同，梁凤仪笔下的故事主要以女性人物走向事业成功的性别强势彰显出生命前进的力量，即使连女性个体向男性背叛者的情感复仇也写得真挚决绝，英气逼人；琼瑶笔下的故事场景虽然发生在现代时空，但笼罩故事的美学氛围却是古典的，温情的理想主义色彩和近乎大团圆的封闭结局显现出为青年男女造梦的鲜明意味；而亦舒的小说则更加贴近普通女性的个体心灵，她以女性个体在现实世界中精神和肉体遭受伤害与磨砺的复杂过程直面世道人心的丑陋与变形，演绎出一幕幕现代背景下的人生悲剧。但亦舒的悲剧更接近日常生活的平实悲剧，它缺乏梁凤仪小说中的女性复仇者与复仇对象同归于尽的崇高美学冲击力，而是以一种情感或心灵的悲喜剧感染和打动读者。它首先强化的是外在和谐的情感氛围，进而以悲悯的情怀深入其中道尽弱势女性群体不幸的生存命运真相。她笔下的人物有的为亲情所困，如《花解语》中花解语的姐姐和外婆为了自身的利益全然不顾她的感受而鼓动她嫁给富有但全身瘫痪的杏子翰；有的不断遭遇爱情幻灭，如《朝花夕拾》中的陆宜和生产糖果的男子之间那锥心刺骨的相思根仅仅源于男女双方迫于现实的分离；有的在婚姻的浅滩上搁浅，如《风信子》中的季少堂因移情别恋而与恋爱结婚的妻子鲍瑞芳劳燕分飞；还有人被冷酷的都市之风所异化，《寻找阿明》中的红牌阿姑在自己的身体经历多次贩卖之后却为获得的丰裕生活而沾沾自喜，忘却了自己的精神和肉体创伤，这种由个体悲剧引出社会反思的书写方式有效地扩充了文本的深度和广度。

其次，亦舒的小说书写在生命价值立场上彰显出现代与传统相互杂糅的复杂内核。虽然亦舒以善于书写现代悲剧的文学姿态透视着香港社会光怪陆离的现实表象，让白领小资穿行在富于殖民化气息的现代消费符号中，即使饱受精神摧残和压抑却寻求安身立命的现代之道，但这些人物身上强烈的自尊意识和优雅的生活情趣又暗含着作家传统文化情结的撕扯。亦舒笔下经济独立、衣食无忧的小资白领却有着被老板或殖民者差遣挤压的耻辱感，正如《心爱的歌》中那充满伤感的喟叹："十年寒窗的管理科硕士，办起事来八面玲珑，说得几国外语，法律行政样样精通，也不过是任人差遣。"这种清醒的自尊既源于现代个体意识的树立，又暗含着陶渊明"不为五斗米折腰"的清高。同样，她们不开心的重要原因还在于自己"有钱有闲"梦想的难以完全实现，优雅闲适的精神享受与快节奏的生活步伐之间的悖论状态让她们无所适从，它显然背离了追求创造、前进的现代性指向，而趋向于传统士大夫雅文化恬静悠闲、吟风弄月的精神指向。《朝花夕拾》就是以科幻的想象写出 2035 年高科技时代的乏味，从而映照 1985 年充满无功利性的爱情和闲情逸致的洒脱的美好时代。与梁凤仪的小说不同，亦舒的小说出现了这种反现代性的价值反弹，即使为现实生存而斤斤计较的白领女性也不是骨子里渗透进功利观念的现代追随者，而是被都市社会所追逐压抑的无奈选择者，其实她们向往的是生活的另一面，但正是这种传统性价值情怀成为大陆观众接受和欢迎的一个重要侧面。

最后，亦舒的作品在艺术设置上带有着鲜明的通俗文学元素。她的小说清朗好读易于接受，受众层面广，均与其自觉的大众化的文本建构技巧有着密切的关系。她把作品篇幅控制在 10 万字左右，体量小而容量大，善于以情节取胜，故事往往跌宕起伏，行文快速紧凑，环环相扣，结局受欧·亨利的影响，常常出乎意料，言情真挚而富有传奇色彩。在语言形式上，她的小说都是以一两句话为一个段落，跳跃性大，节奏感强，一气呵成，具有杂文语言的气息，简洁精悍，尖锐泼辣，尽显生活气息，这和香港惜时如金的紧张生活高度契合。还有，亦舒在小说中喜欢运用烟花、梦魇等意象来进行象征隐喻，凸显她女性的悲剧意识和寂寞的情感诉求，烟花以其绚丽开放瞬息沉寂的形态变换，隐喻着女性爱情的幻灭和人生在世的无常感，梦魇则揭示着寻爱之人身陷现实困境的无助与绝望，这种富有艺术感染力的审美展现元素也增强了亦舒小说的可接受性。

（三）"亦舒现象"的价值和意义

亦舒早在 1980 年代就开始风靡香港，她的小说被誉为香港白领的教科书，并且被改编成电影和电视剧等不同的艺术形式得以广泛传播。比如 1985 年至 1991 年间，小说《玫瑰的故事》、《朝花夕拾》、《流金岁月》、《喜宝》、《珍珠》、《玉梨魂》、《独身女人》、《星之碎片》、《胭脂》等先后被改编为电影。1990 年代中后期，亦舒小说开始在大陆得到热烈接受。1996 年，海天出版社一次性出版她 30 部长篇小说。2000 年起，学界研究亦舒的文章开始集束出现，据笔者粗略统计，题目中带有"亦舒"字样的硕士论文就有 35 篇左右。这种"亦舒热"现象隐含着复杂的文化信息，值得我们深深探究。

首先，亦舒的文学品格带有雅文学或者说严肃文学的鲜明印痕。她之所以能够进入学院派研究的"法眼"，被硕士生们圈定为研究对象，就是因为她的小说不仅好读，而且带有超凡脱俗的审美眼光和深刻的思想意蕴，这一点梁凤仪是难以企及的。亦舒的小说不仅表现在现实书写和人生反思的深广上，也在于其个性化的悲剧美学、末世体验和意象群选择，多种元素的共同叠加使她受到了知识精英们的广泛接受与赞许。

其次，对时代流行元素的采撷和倚重使得亦舒的作品也散发出鲜明的俗世气息。其实研究者也没必要对亦舒作品抱太高的期望值，在揭示人性、反映人生的力度与深度上，她依然和张爱玲相差很远。这与她对流行通俗文学元素的自觉追求有关。安于让自己的作品成为职业女性的"减压剂"，亦舒在小说建构上必然采取许多大众乐于接受的流行元素，如言情的题材、曲折的情节、泼辣的语言、适中的篇幅等等，在生产方式上追求量的积累，以集束投放的形式向读者撒播，加强市场辐射量和占有率，这种"快餐式"的应景制造也阻碍了她向更高文学境界的顺利攀升。

最后，我们认为"亦舒热"在大陆的掀起与中国经济转型期的时代语境密不可分。虽然年龄与梁凤仪大致相当，但亦舒从事文学创作的起点却早得多，早在 1960 年代发表处女作之后，她就凭借其丰厚的创作实绩风靡 1980 年代的香港，但她在大陆的走红却晚于 1980 年代末期开始创作财经小说的梁凤仪，这种传播现象耐人寻味。其实亦舒的作品早在 1980 年代就随着大陆改革开放的春风和梁羽生、金庸、琼瑶等人的作品一道传入内地。作为言情作家，琼瑶着实在大陆火了一把，以唯美的爱情故事捕获了大陆少男少女的心；而亦舒的作品却反响不大，这与亦舒的小说传奇性不强、悲剧的生活底色、言情缺乏浪漫等有关系。直到 1990 年代后期，伴随着经济体制的搞活，大量"体制外"的艰难的谋生群体开始对亦舒小说人物的屈辱经历和辛酸体验深感认同，亦舒的小说充当这些职业人群的生活宝典时，才开始走红。预计大陆对亦舒的阅读接受还会持续较长的热度。

第十二节　娱乐性的商业大片

一、"大片"与"中国式大片"的概念

要在电影学的范畴内来讨论"大片"（blockbuster）这一概念，必须考辩与梳理最早来自于美国好莱坞所拍摄的电影形态。20 世纪 70 年代，美国开始进入了后工业社会，好莱坞电影制作对准了消费社会的大众文化需求，更加强调制作成本的巨额化、制作场面的宏阔化、主流意识形态的强劲输出、票房占有率的提高以及对观众的争夺，这种全方位求新趋变的巨无霸式的电影形态被称为"大片"，在 1975 年和 1977 年分别面世的《大白鲨》和《星球大战》即是其中的代表作，它们已与好莱坞紧紧联系在一起。几十年来，"好莱坞大片"已经形成自己的文本建构模式和生产营销流程，有了较为完备的类型体系——喜剧片、西部片、歌舞片、强盗片、科幻片等等，稳稳占据着世界电影霸主的位置。

中国大陆对"大片"的进一步认识与 1994 年引进的《亡命天涯》有着密切关系。这是第一部以进口分账的方式引入大陆电影市场的好莱坞大片，它以悬疑紧凑的剧情动作、宏阔刺激的劲爆场面、个性独特的人物形象强化着国人的"大片"意识，从观感实践上开启了中国大片意识和大片消费的先河，激发了电影制作者依靠高投入的电影制作赢得市场、赚取大钱的商业野心。随着电影消费市场的搞活和接受对象多元化趋势的形成，普通民众也逐渐将"大片"欣赏视为日常性的精神消费活动和审美需求，"大片"爆炸式的宣传攻势以及人们追捧"大片"的火爆行为都成为了鲜活的城市景观和热门话题。1998 年登陆大陆院线耗资 2 亿美元制作而成的《泰坦尼克号》席卷国内 3.6 亿元的票房纪录，又在更大的程度上刺激着中国式大片的"出笼"。

在对"中国式大片"或"华语大片"的概念梳理上，有的学者把它们与"高概念电影"联系在一起。尹鸿认为以《卧虎藏龙》、《英雄》、《夜宴》为代表的中国式大片"借鉴了好莱坞的'高概念'电影模式。作为一种大投入、大制作、大营销、大市场的商业电影模式，这种电影从创意概念产生，到拍摄和后期制作，再到发行、放映及之后市场运作的全过程被称作是一个商业项目（business project），而不仅仅是一个电影制作，其美学特征和营销手段直接挂钩"①。陈旭光认为："华语电影大片的生产和运作无疑受到好莱坞'高概念'电影生产方式的影响，在生产与制作方面逐渐形成了一套市场化的商业运作方式，体现出一些共性特征，这也形成为其类型性的表征之一：如国际化的融资模式，整合海峡两岸三地乃至亚洲和全世界的财力和人力，为大片注入了更为雄厚的资金；雄厚的资金保证了制作的精益求精，可以不惜财力营造出具有视听震撼力的画面效果。在营销发行上，大片更是按照'活动经济'和'事件营销'的策略，投入大量的资金和人力物力，组织各种活动（如规模盛大豪华的首映礼），吸引注意力，强化关注度，拉长事件持续的时间。"② 这些梳理从外延与内涵、外在借鉴与本土特色上加深了我们对大片的认识与界定。

在自己的同一篇文献里，尹鸿把"中国式大片"界定为"一个杂交的类型品种，是一部用商业模式操作，好莱坞类型与东方情调结合在一起，趋向于最广大的国际市场和最大化的观众规模的'杂交'的'拼盘'式的影片"。虽然这里的"一部"专指冯小刚的电影《夜宴》，但他对《夜宴》的特征界定其实已经涵盖《英雄》、《十面埋伏》、《满城尽带黄金甲》等其他中国新世纪大片的审美特征和营销模式。这些大片所建构的审美范式刷新了人们长期积淀而成的观影记忆，所引发的商业效应促进了中国电影的产业化进程，因此围绕"中国式大片"，国内国外形成了一种现象，峥嵘出世的大片像旋风一样在许多层面掀起了波澜，而关于它们的悖论性争议将难以止息。难怪周星他们也坚定地认为："毫不夸张地说，大片似乎成为目前中国电影的产业主心骨，却也成为理论家和观众共同批评的对象。"③

在对"中国式大片"的外延设置和类型细分上，学界有着不同的认识。有人认为它只包括张艺谋、冯小刚、陈凯歌等人在新世纪拍摄的以古装形式为主的大制作影片，如《英雄》、《十面埋伏》、《天地英雄》、《满城尽带黄金甲》、《夜宴》、《无极》、《三枪拍案惊奇》等。有的人认为它还应包括《集结号》、《非诚勿扰》、《让

---

① 尹鸿：《〈夜宴〉：中国式大片的宿命》，《电影艺术》，2007 年，第 1 期。

② 陈旭光：《"类型性"的艰难生长：产业、美学与文化——论"华语（古装）电影大片"十年的"类型性"及启示》，《文艺争鸣》，2011 年，第 1 期。

③ 周星、柳天星：《中国大片的现状与问题的辨析》，《电影新作》，2007 年，第 1 期。

子弹飞》、《云水谣》、《南京！南京！》、《建国大业》、《梅兰芳》等国内的非古装大片，有的人甚至还把《卧虎藏龙》、《投名状》、《画皮》、《十月围城》、《七剑》、《倩女幽魂》等港台导演的大片归入其中。在这些中国式大片中，有的影片像《建国大业》、《南京！南京！》等带有鲜明的文化主导倾向，寻求的是社会公众的群体整合、秩序安定和伦理和睦，与主流意识形态有着千丝万缕的紧密联系；有的影片像《梅兰芳》、《集结号》、《卧虎藏龙》等旨在传达制作者所拥有或向往的知识分子式的个性沉思、社会批判或美学探索旨趣，渗透着更多精英式的作者电影的因子；还有的影片像《满城尽带黄金甲》、《夜宴》等则裸露出较为彻底的商业消费倾向，以竭力迎合普通市民的日常感性愉悦为制作目的，是较为典型的娱乐片。这种划分只是根据其制作目的和审美表现的重心差别而定，其实由于主流、精英、商业等多重文化在电影文本中的复合杂糅现状，一些电影像《云水谣》、《无极》就难以明确归类，所以它并不具备完全意义上的可操作性。但为了研究的便利，本节的论述对象还是以第三类为主，偶尔涉及第二类中的影片，在研究对象的地域设置上还是追求"大中国"的文化概念，笼括进大陆和港台在内的新世纪的商业性娱乐大片。

二、产生语境和发展历程

一方面，"中国式大片"的产生与外在语境的影响密不可分，主要是对美国好莱坞大片的影像制作策略和制作观念的借鉴与模仿。早在中国式大片产生之前，好莱坞电影就形成了较成熟的制作观念和运营流程。从利润最大化的商业法则出发，好莱坞电影不仅以类型的全面发展来满足市场的多样化需求，而且尽可能地瞄准着最广大的电影市场和最全面的观影人群。生产者在电影的市场化、国家化过程中，并没有完全停留在美国民族的娱乐趣味和主流意识形态观念的展现上，而是试图提炼升华出更具普泛性的可以被各个民族、多种意识形态所认同的类型化叙事和人性化主题，进行文化观念的迎合与输出。这种后殖民策略不仅使美国形象获得世界性的认同和接受，而且因采撷和凸显其他地区和民族的审美元素而具有了文化沟通的功能，更重要地是从世界的各个角落获得了巨额的票房收入。《红番区》、《真实的谎言》、《廊桥遗梦》、《狮子王》等电影均是成功的制作个案，他们所开创的票房神话对于中国电影而言本身就是一个巨大的诱惑。"好莱坞多年来形成的经验，就是形成技术、类型片、明星制三个关键的商业美学原则，并充分体现在大片这一现象中"①，恰恰是这三个关键的外在电影生成机制蕴含着成熟的商业美学原则，为日后生成"中国式大片"埋下了潜在条件。

另一方面，"中国式大片"的产生也与20世纪末期以来内部环境的转变相关联。其实早在20世纪80年代就诞生了《神秘的大佛》、《侠女十三妹》、《美女骷髅》等一部分国产娱乐片，但由于计划经济下的电影生产机制的约束而难成气候。1990年代以来，大陆开始由计划经济体制向市场经济体制过渡，商业消费语境日渐成熟，市民阶层不断壮大，再加上国家逐渐放开的电影生产和发行政策，都为中国式大片的出炉准备了客观条件。比较值得注意的事件是1989年召开的全国故事片创作会议，时任广电部副部长的陈昊苏支持娱乐片主体论，使得娱乐片获得与主旋律片共同生存的合法身份，为大陆娱乐片的制作发行提供了坚实的政策支持；另一个事件是国家自1994年起开始实行的大片引进政策，它让国内影人和观众真切地感受到美国大片强大的艺术和商业活力；再一个事件是2002年党的十六大把电影这一行当明确为"可经营的文化产业"，给电影的市场运行明确了发展方向。另外，宽松的电影政策下的院线制改造、制片厂改制、多种形式的融资机制的形成都是催生大片的重要条件。所以"中国式大片"的形成是内外多种因素综合作用、共同孕育的结果。

回顾"中国式大片"的发展历程，会发现大片的产生有着较好的前奏和基础。长期以来，国内电影制作者多年的探索和经验的累积为国产商业大片的出现也做了人才和技术上的准备。且不说早在1920年代的《火烧红莲寺》就"放出了无量数的剑影刀光"，"敲进了武侠影戏的大门墙"②，已催生出长达三年的武侠神怪片热潮。1990年代的《荆轲刺秦王》、《秦颂》在题材上为《英雄》的诞生提供了借鉴，而冯小刚既叫好又叫座的贺岁商业电影系列和《霸王别姬》等影片的体制外融资及发行渠道都为大片的投资、制作提供了信心和经验。而李安的《卧虎藏龙》在

---

① 刘辉：《商业美学的差距——关于国产大片和电影市场博弈的思考》，《艺术广角》，2006年，第4期。
② 程季华主编：《中国电影发展史》第1卷，北京：中国电影出版社1998年版，第133页。

2001 年出乎意料的大获全胜更是为张艺谋、陈凯歌的电影制作指明了方向，它夺得的奥斯卡最佳外语片、原创音乐、电影摄影、艺术指导 4 项大奖和全球 2.05 亿美元的票房收入位列 2001 年美国票房收入第 6 的排名，为中国电影获得国际认可、赢取国外市场提供了新颖的国际思路。所以《卧虎藏龙》凭借带有文艺气质的古装武侠类型影像成为了华语电影的国际新名片，被认为一开"中国式大片"的滥觞。

2002 年的电影《英雄》以横空出世的姿态让国产电影以一种全新的形式出现在中国观众的面前，它在制作体制、影像风格和商业发行的新特征都显示出与国际大片接轨的努力，标志着"中国式大片"的正式成型。随后几年，这种追求大投入、大制作、大营销、大市场的商业电影形成了一股风潮，从 2002 年至 2006 年，除《英雄》外，还有《十面埋伏》、《无极》、《满城尽带黄金甲》、《夜宴》、《天地英雄》等影片问世，把国产电影真正带入了所谓的"大片时代"。但这些大片的影像风格和运作模式因借鉴国外大片而取得成功获得人们肯定外，却因思想性的孱弱而遭到批评界和一般观众的口诛笔伐，人们积极掏钱包参与观赏但过后却有上当受骗的感觉，这种观赏期待与欣赏后果之间的巨大反差并不仅仅意味着接受群体出了问题，而是这一阶段的大片确实存在着轻思想性重艺术性的不对称实情，单向度的强化视觉盛宴、迎合浅度的消费需求并不是一件极为明智的事情，"中国式大片"的成熟还需要走一段长路。

自 2007 年开始，大陆自产的大片虽仍是各地融资，又有《三枪拍案惊奇》、《梅兰芳》、《集结号》等影片问世，但多以香港导演为中心的港制国产大片为主，这使国产大片无论是叙事层面还是审美层面均产生明显的转变，港制国产大片在这些层面上提供了新的参照。在这一时期，由于香港导演的介入，国产大片开始转入良性的创作循环，影片品质已经有了很大的改观，吴宇森、陈可辛等香港导演带来的《赤壁》、《投名状》、《画皮》、《十月围城》、《霍元甲》等影片开始扭转之前人们所赋予大片的"烂片"的印象指认，国产大片潮中最具消费主义审美症候的生产期即将过去。譬如《投名状》虽然带有鲜明的商业消费色彩，但开始走出《满城尽带黄金甲》式的景观化、仪式化、符码化的影像生成风格，它采用灰色为主的朴素的画面主调，在细节展现上更加注重写实性。舒城之战中的步兵、弓箭手、火枪阵、骑兵、大炮的战术安排都极力符合战争叙事的发展逻辑和真实性。香港电影这种制作模式的改进输入，有效地促进了内地"中国式大片"自身文化品格的提升与发展。

三、影像风貌与文化品格

虽然当代中国仍处在前现代、现代与后现代杂糅互融的多元语境中，但后工业时代消费主义文化的娱乐倾向和奢靡气息已开始附着在新世纪诸多文艺作品的表层。作为一种被大众共同占有、集体欣赏的文化产品，电影以其直观性、形象性的话语特征与消费文化有着更明显的亲和力，这种亲和力在新世纪以来的"中国式大片"身上表现得更为充分，尤其在《英雄》、《十面埋伏》、《满城尽带黄金甲》、《夜宴》、《投名状》、《赤壁》等古装大片身上的展示最为突出，它们的影像风貌和文化品格与新世纪之前的国产片相比发生着重大的变化。

首先是追求视觉奇观与写意美学的超现实风格。"中国式大片"的"大"的一个重要维度是"好看"，制作精美的画面在动态呈现中炮制出美轮美奂的视觉盛宴，调动着观众所有的感官愉快地去体验接受。为产生令人震惊的观影效果，它们在影像的奇观性和写意性上大做文章。电影在其外在形式上的确是一种"机械复制"的艺术，但它在可以被复制的同时，却并不妨碍光韵瞬间的炫丽闪现，产生令人迷醉的"惊颤效果"，所以影像向来具有着双重性质和能力，它以不同的运作方式来界定现实，既可以将现实客观化，更可以将其主观化。我们看到，无论是《英雄》的琴剑大战、击水对决、十万箭阵和《无极》的镜花水月、海棠精舍、魔幻王城，还是《十面埋伏》的击鼓舞袖、竹林陷阱、雪地决斗和《夜宴》的殿宇轩昂、铁马金戈、宫廷仇杀，都在编织着超现实的传奇世界，从色彩到构图，从镜头切换到情节流转，彰显出繁复奇丽、错彩镂金的美学风貌；另外，变行侠的暴力美学为诗化的文化元素的审美动机和推销策略也使得大片的影像呈现出鲜明的写意风格，《英雄》、《十面埋伏》中"乐""舞"辉映的动人场面、棋馆和水上别具特色的"意念之战"都揭示出导演消解暴力的写意化倾向。由于早期的大片没有较好地解决影像符号与审美内涵之间的深层联系，过于追求华丽精美的审美表象，而使得制作者苦心臆造的文化预设难以真正落实，后来的香港大片对之加以调整，得到一定程度的改进。

其次是"泛东方"和"伪历史"式的场境建构方式。在场境建构上，"中国式大片"不约而同地选择了"过去"，它们讲述着发生在近代史、古代史以及语焉不详的年代里的东方传奇故事。这种规避现实的"历史"跟踪其实是以"伪历史"的面貌放大了带有制作者主观臆想色彩的文化记忆。"历史"在他们的影像中已经蜕变为华丽无比的外衣，包裹着被制作理念所抽象而成的人性内核。对于接受者而言，真正的历史依然隐遁在考古文物和文化典籍所标识的遥远年代里，在大片的语境中处于缺席的状态而与他们无缘，而在场的"历史"则活现出炫丽的东方情调迎合着后殖民主义的文化想象。为了唤起更多区域人们的集体记忆和审美认同，大片所选用和呈现的审美符号以及故事模式往往是"泛东方"的。例如《无极》中审判大会长老们的日式发髻和无欢手中闪着魔幻色彩的黄金手杖，《夜宴》中如日本武士式的剖腹自杀，《满城尽带黄金甲》中罗马士兵似的头盔上的红缨，《麦克白》、《哈姆雷特》、《雷雨》情节的改编演绎等等，这种"熟悉的陌生化"策略显示出制作者在彰显"民族"与走向"世界"之间的游移心态。后殖民文化批评家霍米·巴巴声称现在是一个文化混杂性的时代，纯粹的民族性早已不复存在，已然成为遥远的民族记忆、想象、寓言和神话。在虚无主义和相对主义盛行的今天，历史的想象已成为消费的对象被镶嵌在虚拟的电影影像中，对应着当代人的感官欲望和窥私心理。《满城尽带黄金甲》中的宫女那被挤压得变了形的乳房沉沦为单向度的消费符码，与历史的服饰文化毫无关联，养子与继母、情人、偏房之间的复杂情欲暗合着当下欲海沉浮的个体之间的多边关系和情感游戏，而丧失掉历史探险的纵深感和文化传承的严肃品格。

最后是后现代式的类型杂糅与话语拼贴痕迹。从思想主题上来看，"中国式大片"因混杂着农业文明、工业文明和后工业文明的精神"胎记"，而难以完全归入后现代的研究视野，甚至在最初的大片如《英雄》、《无极》中，还流露出张艺谋、陈凯歌艺术电影或作者电影的惯性思维来，但正是导演的精英意识与大片的娱乐指向之间的难以融合的状态，导致这些影片饱受"看不懂"的非议。但在艺术元素上，"中国式大片"为追求"大"和"多"的展现效果，一定程度上体现出后现代文艺的某些创作倾向，运用复制与拼贴是后现代作品的重要生成理念和艺术原则，大片的话语风格和类型生成都带有这种艺术创作的鲜明痕迹。比如《夜宴》的台词就有古代文言、现代白话、琼瑶风格与莎翁语言等多种风格的拼凑嫁接印痕；《无极》就混合着古装、武侠、言情、东方、魔幻、史诗、动作的多种类型，讲述着关于命运、承诺、爱情、信任、背叛、希望、友谊、理想、自由的故事；《神话》则混搭着科学、神幻、爱情、动作、寻宝等诸多的类型元素，充满着梦境、信念、记忆、诺言、贪欲等关键词的言说。最初的几部中国大片基本上都充斥着古装题材、侠义主题、异恋故事、武打桥段、宏大场面、奇观景致、东方情韵等"巨无霸"式的超级想象，求多求全的制作模式其实暗示出制作者对自己作品的不自信，到了后来的《墨攻》、《长江七号》、《画皮》、《霍元甲》、《非诚勿扰》，影片的类型设置才开始趋于单一化，语言风格也开始变得单一纯洁，体现出更为自觉的类型意识。"中国的社会文化语境土壤上滋生着全球化、后现代、后殖民混合杂糅交织的'曼陀罗花'"①，虽然与《十全九美》、《天下第二》等恶搞片注重戏仿、拼贴的单一化的消费指向有着本质的不同，但"中国式大片"浓重的后现代症候依然值得注意和警惕。

四、"大片现象"的评价与启示

一旦大片被投向市场，关于它的思想艺术含量的评价以及对生产、发行和接受的流程的认识都将迅速出现，于是就形成了新世纪以来的"大片"现象。对于娱乐性商业大片的众多指责，不管是来自于代表精英立场的学院派，还是发自普通观影者的口中，很多脱离了影片自身的生存语境和商品属性。当下国产商业大片的生产作为一种投资行为，是以实现利益的最大化为最终目标的，这就决定了其艺术内容要受到商业性的制约，并由商业规律和文化市场来决定，如果用艺术电影的标准来对其加以评判就会失之片面。其实娱乐性的商业大片遵循的是商业美学的法则，这是一种"以市场需要和经济规律为前提的电影艺术设计和创作体

---

① 夏海滨：《遭逢后现代文化的现代性尴尬——视觉文化背景下华语大片的处境》，《艺术百家》，2009年，第8期。

系"①，我们应该看到，在这种美学理念的支撑下，娱乐性的商业大片已经取得的票房神话和巨大的市场占有率，对于国产电影来说也是一种巨大的成功。《英雄》开始让电影运作成为市场化、国际化、专业化的电影工业或文化产业，从而使电影产业观念真正深入人心，这种产业观念在其后的大片生成流程中变得更加成熟，已小有气候。"中国电影要想在全球化空间里站稳自己的脚根，首当其冲的还是要靠大片"②，娱乐性商业大片不仅提供消费性的精神愉悦，而且还要在寓教于乐中完成中国的文化输出，提升中国的民族形象；而对于本国观众而言，大片凭借其强大的艺术和票房影响力转移了他们的观影注意力，让他们由盲目追捧国外大片到青睐国产大片，在民族影像中寻求精神寄托和娱乐满足，从而唤起本土观众对本国电影的热情支持。"国产电影要获得平等的自由的竞争发展，只能通过票房去普及观众满足观众，通过票房来滋养自身提高艺术"③，因此娱乐性商业大片需要在商业性和艺术性相辅相成的基础上寻求更大的发展空间。

作为传播机制中的文化产品，娱乐性的商业大片在生产和接受机制上必然要受商业性和艺术性的双重制约，但它的艺术性已不同于纯艺术电影的艺术性，而是为突出影片娱乐性和观赏性而设置的艺术性，遵循的是为市场配置的大众艺术美学，这是一种贯彻着通俗文化观念的艺术样态。美国的好莱坞大片正是执行了这样的一种艺术理念，才在全球范围内获得了商业市场与观众群体的接受成功。国内大片依照如何获取更多商业利润来选择或者定位影片艺术水准，讲究以世俗精神来贴近大众心灵，把电影的娱乐性和艺术感召力商业化，并进行有特色的类型电影生产，达到盈利的目的应该是无可厚非的。而一些大片却不断招来观众严厉的指责和批评，原因就是由于制作者的艺术理念发生了偏差。《英雄》、《无极》是由于精英式的作者理念与唯美的影像风格之间的不对称造成的，受众一方面沉浸在绚丽多姿的影像盛宴中，另一方面又难以对导演过于艰涩的"深刻"主题产生共鸣。难怪韩国观众河承河这样说："我看电影的时候不明白。比如拿枪的那个

---

① 尹鸿、唐建英：《冯小刚与电影商业美学》，《当代电影》，2006 年，第 6 期。
② 黄式宪：《华语大片：提升中国电影产业国际竞争力》，《电影》，2006 年，第 10 期。
③ 李掖平：《论国产古装商业大片的成败得失》，《山东师范大学学报》（人文社会科学版），2008 年，第 2 期。

（长空）和李连杰打架看不懂，我还以为他们以前打过架，朋友跟我说他们是在精神上打架。"①也就是说，这位观众根本就没有领会张艺谋"以美息暴"的和平文化策略；《满城尽带黄金甲》和《夜宴》则是由于阴柔的帝王权术和遮蔽健康人性的暴力美学难以产生精神上的引领向度，以及改编故事的非原创性等因素造成的，观众在精致迷人的图像中获得的是败胃口的艺术美感和思想冲击力，因此就变得出离愤怒大呼上当了。因此，影片的价值观过于高调和世俗都会遭遇接受上的"滑铁卢"，如何处理拿捏这种艺术理念的平衡，对于大片导演来说仍然是一场考验。令人欣慰的是，《画皮》、《让子弹飞》、《倩女幽魂》等大片在这一方面做得较好一些，这也是一种巨大的进步。

可以说，当下的中国娱乐性商业大片之"大"更多是经济产业意义上的"大"，而非文化产业意义上的"大"，它为迎合大众消费而走上了技术单边主义的偏执化道路，而在文化传承和精神修补上却大大辜负了人们的接受期望。作为一种娱乐意识极其强烈的文化产品，商业大片也不能仅仅满足于技术和影像的华丽陈列，还应该以艺术真实的维度切入人的精神深处，迎合并力图引导人们的精神消费。在大片如何走向世界的问题上，冯小刚提出"用好莱坞的方式打败好莱坞"的宏伟方案，但是我们在借鉴国外电影的同时要避免陷入机械模仿的制作泥淖，还应在与好莱坞电影的艺术和商业博弈中树立自己渐趋多元的民族品牌。还有，在为娱乐性商业大片诊断把脉的同时，还应该注意理性对待"大片现象"中的批判之声和接受心理，后工业社会的消费语境在追求文化多元的同时，也在不断制造"事件"反作用于人们的跟风意识。当下中国文化的多元之"元"还没有完全具备承载精神意识单元的自足性和独立性，人们心中无意识的跟风观念变得尤其顽固。很多人在"大片现象"中的言论常常不是真正的审美选择，而是由大众娱乐或舆论选择所左右。"多元文化影响下的观众审美选择，已经进入到没有大刺激和大众舆论宣传就不加理会的境况中"，"外在欢跃和技术炫耀，以及大众传媒鼓噪，合并成为大众娱乐需求的催发剂，大片就成为其中标志性的选择符码"②，因此对于大

---

① 张献等：《他们的声音》，《南方周末》，2003年1月9日，第18版。

② 周星、柳天星：《中国大片的现状与问题的辨析》，《电影新作》，2007年，第1期。

众而言，这些不绝于耳的批评之声与其说是多元语境下的自由产物，毋宁说是无主名无意识的舆论合力作用下的非理性发泄，人们都在发声，却难以发出自己的声音。这种貌似强大的批评话语的"不及物性"应该值得重视，它们虽然触及到"大片现象"的实质，却对大片的艺术生长点和受众的观赏情趣有着强大的舆论扼杀力。

第十三节　消遣性的网络文学

一、网络文学消遣品格的成因

伴随着网络文学运行机制的成熟与复杂，以及大众接受的普泛性的加强，其鲜明的消遣性能必然在网络文学的功能群中旁逸斜出，并迅速抢占人们的精神视野和思想高地，之所以产生这种发展趋势，主要有以下几个方面的原因。

首先，创作主体的群体性特征催生着网络文学的消遣品格。在2001年，有人曾做过调查结论："目前的大量统计结果表明，在网上活动的多为10多岁至30多岁的年轻人。从中可以看出，网络文学的写作者、传播者、阅读者的主体是年轻的。正因为网上年轻人居多，因此网络文学多以描写年轻人的生活为主，而其中最浪漫的又莫过于网恋……总而言之，网络文学是以重复简单却不刻意高深的故事，默默地打造虚幻世界中的浪漫神话。"并因此宣称："网络文学是年轻人的文学。"十年过去我们再来看这个结论，会觉得它可能有点保守，在老年人都愿意上网玩游戏的"全民皆网"的今天，网上活动人群的年龄段还应该适当放宽，但热衷于网络文学的人群年龄应该不会发生大的变化，习惯掌控超文本和多媒体网络技术的还主要以年轻人为主。网络文学的创作主体很多还是在校大学生和刚刚走上社会的大学生，个人的人生理想在快节奏、高压力的社会竞争中严重受挫，而带有草根狂欢气息的网络平台满足了他们宣泄自己生存压力、摆脱心理负荷的愿望，这种重解脱、发泄和放松的生命冲动决定了网络作品的浅表化和零散型特征。这些年轻人常常来不及深刻反思自己的个体体验就把它们一股脑送上了网络，在彰显一种生命的真实时却难以抵达精英式的哲思品格；更何况一些网络写手现实生活中所从事的职业大都与文学无关。痞子蔡是搞水利的，安妮宝贝是学经济的，写作仅是他们的业余爱好，这种创作的"非事业性"行为也决定了其网络创作的娱乐性和消遣性状态。

其次，接受方式的特殊性生成着网络文学的消遣品格。创作主体消遣赏玩的游戏心态和成名求钱的功利追求使得网络文学作品以批量生产的方式迅速蔓延，已形成数量无限膨胀的"泡沫效应"。以 2009 年的"首届网络小说创作大赛"为例，参赛者在新浪读书、红袖添香、搜狐原创等 15 家承办网站的参赛作品平均日更新字数近 300 万，到年底共收到参赛作品 10336 部，累计字数突破 10 亿元①。这样大的阅读范围使得接受者不可能像阅读纸质作品那样可以反复鉴赏品味，"读屏时代"的键盘点击加快了阅读的随机性和筛选的快速性，当新的作品被投进铺天盖地的"文本江湖"之后，很快就会淹没在无边无际的"贴海"里。而接受者作为潜入网络世界的匆匆过客，其行踪如缤纷落英中随风飘逝的一片花瓣，能否沾上茫茫"贴海"里的那粒"水滴"，相遇率可谓微乎其微，因此这种阅读接受因过多偶然性因素的遇合而更富消闲色彩。此外，与创作目的的点击率最大化相对应的是网络文学接受的从众心理，由于网络接受不像纸质文学阅读那样需要受到文本接受渠道和时间的严格限制，阅读条件的便利与快捷使得接受者容易在赶潮趋新中追踪文学热点和网络写手，这一方面能够发现优秀的写手和作品；另一方面也会造成接受的误读和虚假行为，所谓的文学热点其实往往是消费噱头，"木子美"和"竹影青瞳"现象便是如此。当人们为了一种好奇沿着网络电缆的末梢神经抵达文学热点的中枢位置时，由点击率攀升而制造的网络文学神话已经蜕变为虚假的"画皮"，其美丽的外表难以掩盖萎缩丑陋的灵魂，彰显出接受行为的虚假繁荣。

最后，后现代主义的文化逻辑强化着网络文学的消遣品格。贺绍俊认为："现代汉语文学是建立在现代性基础上的文学形态，而网络文学是建立在后现代性基础上的文学形态。后现代性就是网络文学的最大特征。"②从发展历程上来看，网

---

① 据新华网 2009 年 12 月 30 日发布，转引自刘东方：《网络文学与"文学大众化"》，《文艺争鸣》，2010 年，第 10 期。

② 贺绍俊：《新世纪带给文学的一份厚礼——关于网络文学的革命性和后现代性及其他》，《东岳论丛》，2011 年，第 2 期。

络文学其实是伴随着西方社会的"后现代化"的萌生、成长而壮大起来的,在文化精神上有着后现代文化的深深印痕,一定程度上成为后现代文化的镜像或隐喻。作为后发性的文艺样本,汉语网络文学的文化逻辑和审美面貌与西方网络文学的后现代底色有着一定的区别,但随着中国后工业消费气息的扩散与加浓,后现代主义的文化逻辑已延伸到网络文学的肌肤和腠理,影响和强化着网络文学的消费性能,限制着网络文学的自由发展空间。黄发有认为"大陆网络文学真正自生自灭、无所顾忌的黄金岁月是 1997 年到 1999 年之间,当时的网络作者散落在 BBS 的文学板块,没有拘束地涂鸦,进行自娱自乐的匿名写作"[①],实际上网络文学在其后的发展中被戴上了越来越重的枷锁,后现代主义解构颠覆一切的虚无主义价值观、多元并举的相对主义思维观、用过即扔的速食主义逻辑以及消解高雅与通俗的大杂烩艺术拼凑,都在影响着网络文学的生成与传播链条。欧阳友权甚至认为"网络化了的后现代作品则不再提供任何经典作品所具有的意义,它提供的只是一种表演性的文学经历,一种回避意义的文字游戏"[②],因此后现代消费的文化"祛魅"工程在催生出网络文学的平面滑行与碎片拼凑景观时,也使其文本生产不断染上浅薄性、游戏性的消费因子。

二、消遣品格的表现形态

其一是众声喧哗的草根色彩。网络文学的低门槛进入和大众参与接受的特征导致了其审美平台笼罩着浓重的草根气息,多方话语的众声喧哗使得网络文学世界呈现出狂欢化的喧闹氛围。欧阳友权认为"网络文学的意义和价值首先在于它打破了文学精英对话语权的垄断,使文学回归民间"[③],藏污纳垢的网络文学为私人话语和民间话语搭建了一个开放、自由、平等的传播平台,喊出了年轻一代最真实质朴的声音,把倾吐心扉、张扬本我的上网一族推向了社会舞台的最前沿。较少的思想束缚和宽松的发表环境使得他们的网上写作更多出于一种"劳者歌其事,

---

① 黄发有:《网络文学的可能与限度》,2011 年,第 2 期。
② 欧阳友权:《网络文学的后现代文化情结》,《文艺理论与批评》,2003 年,第 2 期。
③ 欧阳友权:《网络文学研究述评》,《文艺理论与批评》,2003 年,第 5 期。

饥者歌其食”的率性而为，一种密切联系自我生命体验的成就感和表现欲。因此，这种草根们的消遣本性便体现在其网络作品中。曾经名噪一时的《成都，今夜请将我遗忘》就是以第一人称陈重的口吻和体验讲述醉生梦死的都市生活和情感经历。自视能力超群而蔑视上司的陈重把金钱和情欲虚掷在荷尔蒙飞扬的宴会欢场，沉湎于欲望本能的肆意流动而走上亲人离去、身败名裂的不归路，最后毙命于对手的残酷报复中。原生态的叙述话语肆无忌惮地冲破道德、伦理、权威甚至人性的底线障碍，描述着职业白领欲望飞扬而生命沦落的灵魂轨迹，真实性与偏执性、草根亵渎与精神狂欢相互交织，这种写作倾向在《我和一个日本女生》、《北京故事》、《武汉爱情往事》等大量作品中继续延伸，成为网络文学的重要表现症候。

其二是类型化的题材选择。在网络文学的发端期，其作品在题材选用上表现为边缘化、零散化的自为状态。一旦这种发展走向自觉，网络文学就会向林林总总的类型化写作发展，显示出文化产业的运作诉求和商业推动。文学网站中的较为科学、成熟的板块划分已体现出多元的审美趣味与文学类型相互匹配的发展态势。2006 年之后，玄幻、武侠、盗墓、穿越、商战、后宫、同人、耽美、黑道等各种类型的名目下面集中了一批数量可观的作品。《诛仙》、《紫川》、《尘缘》等玄幻小说拼贴本土文化和异域文化，不断放大“天使”、“恶魔”、“死神”、“契约”、“骑士”、“吸血鬼”等灵异符号，在离奇的想象探险中构建陌生化的审美视阈；《鬼吹灯》、《黄河鬼棺》、《招尸墓想》等盗墓小说融惊悚、悬疑、推理、鬼怪于一体，在向地下和死者说事时将情节讲得曲折迂回；《新宋》、《雪魄帝姬》、《甄嬛传》等古风小说以过去某段渺远神秘或群雄纷争的历史时空为活动语境，虚构出一幕幕悲欢离合相串联的情感故事；《梦回大清》、《步步惊心》、《极品家丁》等穿越小说让现代人往返古今时空，以“高人一等”的智慧与帝王将相、王孙公子和皇妃公主、丫鬟小姐多方周旋，将各种权谋游戏玩得风生水起……编入类型体制的网络文学所炮制的拟象与幻影，对广大的接受者来说既是一种诱惑，又是一种遮蔽。

其三是趋新招摇的命名机制。作为新生的接受对象，网络文学被成名谋利的商业追求所驱使，在命名机制上也开始向时尚看齐，为了招来更高的点击率，网络写手可谓费尽心机，渴望凭借自己的文本命名能够点铁成金，让原本平庸的产品起死回生，再度焕发活力。虽然网络写手以“三无”（无身份、无性别、无年龄）

标志进入网络平台，但很多人非常注意以自己的网名来引起别人的注意，就像未出名的沈从文煞费苦心取笔名休芸芸一样，泪染红颜、唐家三少、黯然销魂、烟雨江南、慕容雪村、我吃西红柿、血红、跳舞等网名也别具艺术魅力，成为青年写手招揽顾客的重要法宝。在作品名字上，作家们也尽量使其富有诱惑力，《乱醉如泥》、《隔壁房东的杀人声音》、《我爱上那个坐怀不乱中的女子》、《在街头奔走喊鬼》、《网络女写手李清照的网恋》、《春秋时期的爱情疯子》、《性感时代的小饭馆》、《情人酒吧》、《旧同居时代》等名字以悬念故事或欲望场景元素取胜；《小资情调随身宝典》、《陪女友逛街完全手册》、《聊天室泡妞不完全手册》、《办公室白领的 22 种死因》、《蹭饭条例》、《男朋友的七大谎言》、《1+1：小资的 81 种死法》等名字则以实用诱惑和戏谑调侃为主调。这种前卫与休闲并用的网络命名方式表现出都市化进程中由情感释放和欲望扩张所浮荡而出的世俗气和实用工具理性的逻辑法则。

其四是杂糅变形的网络语言。不同于其他的媒介形式，网络文学有着自己的文本逻辑和鲜活语言，不完全脱离现实的生活化底色和虚拟世界的多元变异性共同造就网络语言的混合化、符号化、反规范化、表意性、简约性、多变性特征。它是在标准语言的基础上形成的一种新的社会方言，伴随着写作者敲字的快感而在创作井喷状态中形成。有字母、数字的缩写形式，文言词语的古为今用，图画符号的即兴搭配，语汇、句式的巧妙改装与杂糅，各地方言与普通话的交叉混搭，专业术语与日常语言的共生并举，英语、日语、韩语、意大利语、西班牙语与中文的奇特组合等等，可以说是包容着各种表意符号的话语混血儿，对应着创作主体潜意识、非理性和本我强烈寻求宣泄的表达欲望。在句式和段落选用上，网络文学也注重适应快节奏的读屏浏览方式，尽量避免长篇大论的欧化句式，以简约的短句为主，且注意用较少的短句构成小段落，有点像古龙小说那样习惯把语句分行成段进行表述。另外，网络文学特别是小说还特别善于采用人物对白来代替叙述语言，常常是写作者把聊天记录变相嫁接甚至直接转移到文本中，比如李寻欢的《迷失在网络与现实之间的爱情》中的人物对白和对白性叙述就占到整部小说的 70% 以上。网络文学以汹涌澎湃的语言之流完成了对本我心灵的直白化、粗鄙化记录，掌握它的语言就获得了进入此类文学的通行证。

三、消遣品格的评价与启示

网络文学的消遣品格是大众消费时代的产物，对应着广大网民对快餐文化的审美需求。不管是写手们的网络更新，还是大众的阅读接受，都强调着快速便捷的传播机制，因此 50 万字的网络小说在其家族谱系中只能算得上中篇，超过 100 万字的作品比比皆是，更不用说那些多部头成系列的几百万字的小说了。在名字、题材、情节故事的设置上，写手们都尽量按照接受市场的审美期待量身订做，为迎合大众的口味以获得商机。这种缺乏反思向度的浅度试探和类型复制使得作品生产在快速度的流程中来不及精雕细刻就被推向了网络平台，机械的敲字和快速的浏览消磨了创作的活力和激情，致使大量的作品在网络中快速地产生又快速地消亡。这种多对一的共同接受模式以强烈的趋同性磨平了艺术个体的灵韵，由静思玄想到消遣赏玩的方式变化让文艺本身自觉产生了异化，当每一个写作者都把拥有最大数量的追求者作为自己续写的目标和动力时，就可能意味着自己的审美情趣因无限向低俗化倾斜而丧失掉个性化的探索勇气。网络小说的机械复制式创作极大加快了人们审美疲劳的速度，无节制的自怜自恋发展到极致便成为令人疲倦反感的遍地无病呻吟，但这种消费写作却对年轻一代具有强大的蛊惑力，久而久之，沉溺于感官享受和庸俗格调的接受者还可能会产生阅读和现实的分离，在逃避责任中遁入虚幻境地，形成自我的物化或异化悲剧。

消遣性的网络文学追求浅尝辄止、回避现实深度的犬儒哲学，遵循着这种大众文化的消费逻辑，网络文学以摇曳多姿的审美幻像削平了关于时间的深度指向。将深远的历史之思化为私人搭建的空间场域，用在线空间改变或延伸时间的一维性特征，把客观性的物理时间挤压在虚拟性的赛博空间里，所以它常常放弃复杂深邃的文化构思，追赶着粗鄙化的时代风潮，仿佛人走过留下的一阵风或一滴眼泪，甚至是几声肆无忌惮的狂笑，迅速随风飘散而难见其踪影。对于网络文学来说，源源不断的产品供应并不能改变单个作品的短视与短命，写作者按照网络文学寡头的商业定位和包装规格生产和批发自己的产品，就会自觉抽掉鲜活的个人之思，而不断掺入他人的欲望，致使有着古装扮相的人物变成逃离历史语境的欲望符码，释放出绚烂奢靡的情欲气息迎合着接受者力比多的多方投射，本应凸凹有致的文学空间被抹平为凸显文学欲望学和肉体乌托邦的单调展板，此种风潮式的批量化复制生产正在如火如荼地风行于世，那么，这究竟是网民的大幸，还是网络文学发展的不幸？

本应多元发展的网络文学正日益沦落为商业利益原则下任意驰骋的当代名利场，各种包装过的色情、暴力话语和颠覆、解构风潮如同水银泻地一样不断渗入网络文学的肌体，阻碍和改变着文学健康而充满生机活力的发展势头。这种看似枝繁叶茂的生长态势其实孕育着巨大的危机，如何正视这一现象带给我们的诸多启示，应当是人文工作者亟待清理的任务。对于网络文学的反思，应该注意以下两个层面的东西。

第一个层面，应该把网络文学还原到文学媒介的谱系中去认识。不管是以语言形式存在的口语文学，还是以靠复制语言文字存在的印刷体文学，甚或是语言与图像相结合的影视文学，都是文学在特定发展阶段的表现形态。读屏时代以多媒体、超文本形式存在的网络文学也不例外，没有前几种较早出现并依然留存的文学形式的基础铺垫，就没有网络文学今天的"半壁江山"，所以从"积淀"的发展背景上我们必须注意网络文学与其他媒介形式的文学之间的历史传承和多元共生关系。从更为自由的立场和想象平台出发，网络文学还原并放大了日常生活的世俗性，拒绝抵达宏大话语与精英之思的高远之境，转而抓取当下粗糙、混乱、矛盾不断的生存现实。这种不再寻求清晰的理性观照的写作态度其实依然延续的是1990年代以来文学由宏大叙事向"剩余叙事"转移的发展惯性，只不过比新写实文本变得还要真实彻底和肆无忌惮。蓝爱国把这种写作图景上升为"生活在线诗学"，认为它以直接性、亲历性和感受的鲜活性等特点，使文学书写的存在空间质量得到优化，在一定程度上还原了个人的情感逻辑、市场条件下人的生存哲学，修复了人的尊严和价值体系，这些积极性因素应该得到进一步的发扬。

第二个层面，应该充分注意网络文学的新质所带来的负面效应并对之加以警惕和引导。任何事物都有相反的方面，网络在发扬自己的优势作用的同时，也不断把驳杂的审美文化毒素播撒进生活的染色体，由恶意的低贱化写作和片面的消遣性追求所带来的颠覆一切、消解崇高的虚无主义姿态不断侵蚀和污染着接受者的精神天空。网络写手烟雨江南在评论自己的科幻励志小说《狩魔手记》时有这样一句话："当欲望失去了枷锁，就没有了向前的路，只能转左，或者向右。左边是地狱，右边也是地狱。"如果网络文学一味追求流行趋势，竭力迎合大多数网民的阅读趣味，或者在叛逆的名义下故作惊人之语，借助逞工炫巧的末技来吸引读者的注意，就会遭遇无处逃逸的地狱困境。当下的网络文学正面临着有"网络"而无"文学"或者说"过剩的文学"与"稀缺的文学性"形成强烈反差的发展瓶颈。对于每一位写作者来说，"在未来的创作中，如何利用传媒技术表征艺术审美，以电子媒体彰显文学本性，用技术手段为人类打造诗意栖居的精神家园，让网络文学赢得一个文学性的向度，应该成为未来网络文学发展的一个新拐点"。[①]这种理论预设对消遣性的网络文学发展应该是一种清醒的认识和善意的引导，需要创作主体加以认真反省。

第十四节　戏说历史的电视连续剧

这里所说的戏说历史的电视连续剧，是指在商业利润的推动下，在消费意识的操纵下，将娱乐性和故事性定为终极追求目标，以一种纯然游戏的心态和幽默荒诞的表现手法，极力夸大艺术叙述的修辞功能，泛滥被商品化了的文化想象，或围绕某一历史人物或附着某一历史事件任意编造故事、任意演绎情节的电视连续剧。与历史正剧力求还原或逼近历史真实性，实现"借古讽今"、"借古喻今"、"借古鉴今"的主要目的截然不同，戏说历史的电视连续剧全力追求的是"以古娱今"，甚至是"以古愚今"。它强调历史应该无条件地服从收视率的需要，主张将历史铺衍成现代社会中一种世俗性文化消费。

一、戏说历史电视连续剧的滥觞

众所周知，戏说历史的电视连续剧在我国的滥觞起始于 20 世纪 90 年代初。1991 年 5 月由港台联合打造的 41 集电视连续剧《戏说乾隆》在大陆播出后，受到观众和媒体的热烈追捧，可谓迅速红遍大江南北。在历代的中国皇帝中，乾隆

---

① 欧阳友权：《网络文学：盛宴背后的审美伦理问题》，《探索与争鸣》，2009 年，第 8 期。

本来就是民间传奇最多的一位皇帝，而《戏说乾隆》融历史性、当下性、通俗性、娱乐性为一体，更是将清朝乾隆皇帝三次微服南巡的经历演绎得跌宕起伏、生动曲折，将乾隆的七情六欲、喜怒哀乐、亲疏爱憎刻画得有声有色、淋漓尽致。此剧开辟了两岸三地戏说影视风的先河，被称为戏说历史剧的开山鼻祖。之后，港台和大陆开始热火朝天地跟风效仿，相继打造出一大批诸如《戏说慈禧》、《康熙微服私访记》、《还珠格格》、《孝庄秘史》、《秦王李世民》、《怀玉格格》、《铁齿铜牙纪晓岚》、《宰相刘罗锅》、《金枝欲孽》、《美人心计》等戏说历史的电视连续剧。

毫不夸张地说，这种戏说历史的电视连续剧近二十年来在各电视台已形成一种霸主式的播映现象，几乎每天每台都有各类宫廷戏在播放，其题材称得上是五花八门——皇帝系列、后妃系列、亲王系列、太子系列、格格系列、贝勒系列、名臣系列，甚至太监系列，举凡上下五千年封建社会宫廷王室的或荣华富贵风花雪月或尔虞我诈血雨腥风，要什么有什么。只要你愿意，绝对让你一次看个够；其涉猎范围和时间跨度可以说是辽阔广大——从夏商立国到清廷解体，历代稍有名气的帝王后妃，略闻风传的宫闱秘事，都被重新"触电"包装过，有的甚至被一演再演。尤其是清宫大辫子戏，更是泛滥成灾；其人物谱系可以说是虚实兼及——从历史上确有其人的秦始皇、唐太宗、武则天、康熙、雍正、慈禧，到传说中的济公、梁祝、白娘子，再到杜撰出来的还珠格格、韦小宝，熙熙攘攘，你方唱罢我登场；其内容算得上是光怪陆离——香艳情爱的、黑幕秘闻的、武侠打斗的、破案缉凶的、民俗乡情的，无所不及；其风格也足够繁杂多样——悲剧的、喜剧的、闹剧的、传奇的、演义的，应有尽有；其表现手法更是丰富吊诡——正说、反说、讽喻、扭曲、夸张、调侃、戏仿，直看得你眼花缭乱情思迷离，再加上那些"皇上"、"娘娘"、"臣妾"、"奴才"此起彼伏不绝于耳的叫喊，有时甚至都使人恍然不知今夕何夕。这些戏说剧在获得热度追捧和高收视率的同时，也引起了很多责骂与非议。

二、戏说历史电视连续剧持续走红的原因

其实，捧也好骂也罢，戏说历史的电视连续剧之所以如此火爆并将这火爆延续了如此之久，是有其重要原因的。一方面，它是 20 世纪 80 年代后我国迅速繁荣兴起的大众文化全面渗入民众社会生活的必然结果。大众文化从根本上改变了文化的生产方式和人们的存在方式与思想观念，借助于市场规则和现代科技，逐渐形成了以趣味为核心，兼具重感性、简单化、同质化等特点的消费性文化系统。它将快乐原则和享受主义作为最高目的，先在地阻断了受众的深层次思维，诱使受众充分放松长期处于压制状态的"本我"，沉迷于现世的具体享乐，孜孜于从戏说历史的电视剧中寻找当下即时性身心快乐；另一方面，伴随着市场经济的日渐繁荣和社会生活的日益富足，大众的消费方式发生了很大变化，从原来只专注于追求实物消费逐渐转向追求情感、梦想和欲望等精神方面的感官消费。而戏说历史的电视连续剧所特具的逼真的图像、鲜艳的色彩、生活化的场景、娱乐至上的审美趣味等消费性文化特征，就恰好迎合了大众对现代消费的想象性需求，可以使人们在荧屏上的打情骂俏、调侃戏谑中，轻松享受挑战传统离经叛道的快感，身心得到有效的放松。

三、戏说历史电视连续剧的主要特点

一是以"言情"为核心的民间狂欢叙事模式。戏说历史的电视连续剧一方面选择了与历史事实之间的彻底疏离关系，故事不再紧紧地楔入到历史框架当中，而是从其中游离出来，让其情节的生成发展牢牢扣住人物间复杂微妙的情感纠结，着力演绎渲染帝王将相、后宫佳人、贵族名媛、民间女子的生死契阔爱恨情仇，既一波三折又环环相扣，这种"超历史"的角度将以往沉重的"述史"置换为轻松的"言情"；另一方面在人物关系的设置上，打破了历史书所记载的君臣子民尊卑高下壁垒森严的等级制度，让各色人等无拘无束自由自在地亲昵相处，显现出巴赫金"民间狂欢文化"的特征。如《戏说乾隆》以乾隆"三下江南"一事为背景，讲述了这位清帝在探访市井民情、惩治贪官污吏、整肃社会风气的过程中，邂逅三位民间女子所发生的一系列情爱纠葛故事。融历史性、当下性、通俗性、娱乐性为一体，通过展示乾隆亦如平民百姓渴望自由、渴望爱情的俗世情怀，生动传神地塑造了身为九五之尊的皇帝日常形象和一批围绕在帝王身边充满人性及情趣的小人物，铺排、渲染、夸张出一幕幕或跌宕起伏、或善恶有报、或抱恨终天的人间恩怨，以情爱的缠绵吸引观众，用武打的场面震撼人心，达到了亦古亦今引人入胜的效果。再如《秦王李世民》围绕着秦王李世民的成长经历，全力

铺排的也是李世民和太子李建成与隋朝公主若惜的爱情纠葛。隋朝末年农民起义风起云涌，隋炀帝杨广眼见天下动荡大势已去，为了拉拢唐国公李渊，便将自己的女儿若惜公主许配给李渊的儿子李建成，谁知李渊次子李世民与若惜早已私定终身，这门亲事导致弟兄二人情感产生隔膜。不久，隋炀帝被奸臣所杀隋朝垮台，李渊抓住机会建立了大唐王朝。李世民因在唐朝建立过程中立下赫赫战功被封为秦王，李建成却因是嫡长子而被立为大唐太子。于是，围绕在太子身边和秦王身边的政客们便形成两大政治势力，展开了权势利益的你死我活的明争暗斗。李建成视李世民为心腹之患，李世民却竭力想维护手足之情，一直企图避开政坛风雨，却显得力不从心。两大势力的政治斗争愈演愈烈，李世民也不可避免地卷入其中。而若惜与这对兄弟间的感情更是火上浇油，掀起次次波澜。爱与恨、情与义、公与私、个人与社稷的复杂纠结不仅煎熬着剧中年轻人的心，也获得了观众的密切关注，可谓一部古装言情剧。历史上精明强干的李世民在剧中变成了一个大情种，婆婆妈妈、儿女情长，不见一点霸气。他与李建成之间牵扯到各种权力亲情矛盾的复杂关系可以被简而言之为一个女人的争风吃醋。由此，网民们甚至将这部剧作戏称为《"情王"李世民》。

二是生动曲折引人入胜的"故事文本"。作为电视剧虚构叙事中一个最基本最重要的艺术元素，评判一部电视剧的"叙事文本"是否精彩，其实也就是要看其故事是否生动曲折而又内涵深厚，结构框架是否整饬严谨，情节推进是否波澜起伏、是否既在意料之外又在情理之中。诸如故事的来龙去脉、层层因果，人物性格的鲜明个性和丰富复杂，戏剧冲突的高潮迭起、情势陡转、最终结局等等，是否得到机智巧妙的编排和张弛有致的构造，是否具有丰富完整、生动曲折、引人入胜的叙事魅力。因此，剧作一系列叙事环节的设置、各种叙事技巧的运用和叙事策略的谋划，以及富有个性的"叙事话语"的驾驭乃至文本整体叙事结构的巧妙搭建，都有力表征着"叙事"作为人类智慧和经验的结晶所闪烁出的熠熠光辉。从这一角度来看戏说历史的电视连续剧，应该承认很多故事文本的铺设与构建都是相当成功的。从《戏说乾隆》、《戏说慈禧》到《铁齿铜牙纪晓岚》、《宰相刘罗锅》所采用的叙事方式，基本都属于波德威尔所谈论的那种好莱坞经典叙述模式，即"因果式线性叙事结构"。这种叙事结构的最大特点就是以事件的因果关系（种瓜得瓜、种豆得豆）为叙述动力、以时间的直线顺序发展（从前→现在→将来）为主导来组织叙事。它具有相对清晰的叙述功能指向，整个故事情节错综交织、环环相扣，事态从点到面、从小到大、从平静到危急渐次发展；矛盾冲突愈来愈复杂、愈来愈尖锐，直至推出那个必然要出现的转折点，那个导致一系列结果发生的总根源。同时，在这种情节繁衍和推进的过程中，又并非一种平铺直叙式的呈现和讲述，而是注重利用制造悬念、埋伏机关、构设圈套等叙述技巧，强调通过对叙事信息的繁与简、藏与露、铺垫与照应的巧妙驾驭，使故事一波三折、有张有弛，逐次演进，强化文本结构的叙述张力，从而顺利实现操纵和控制观众的观赏心理与情感需求的目的。如《金枝欲孽》围绕着"阴谋与谎言"演绎出一波三折的故事情节，剧中每个秀女在入宫的时候都是青春活泼的少女，但一走进皇宫，为得到皇帝的宠爱，为争到日后的荣华富贵，纷纷打起了内心的小算盘，一个个看起来楚楚可怜的女孩一转身都变得蛇蝎心肠。人性在命运的无常和道德的善恶冲突中，演绎了复仇／爱情／死亡的永恒主题，目的在于揭示考辨生命个体"欲望本能"的丑陋、贪婪、罪恶，探幽发微"人在江湖，身不由己"的无奈和悲怆。电视剧在这一思想主题基础上，生发出一条曲折生动的"叙事链"，将故事的戏剧性演绎得起伏跌宕而又丝丝入扣，同时又高度契合于中国古代后宫争斗的历史文化背景。争夺皇后权位与情爱纠葛两条情节线索随故事的深入发展而自然展开，前因后果一目了然，逻辑关系清明严密。更可贵的是，剧作的叙述重心一方面致力于结构故事的前因后果、来龙去脉和情节的起承转合、跌宕起伏；另一方面又精心构设诡异精妙的结局、营造惊心动魄的氛围，极尽煽情造势之能，以最大限度地将观众牢牢铐进剧作的"叙事链"和"情感场"。

三是明星大腕云集的演员阵容。众多戏说剧都特别倚重"数明星"的收视模式和眼球经济效应，多选用"帅哥美女"型青春偶像派演员的强势组合，牢牢吸引观众的注意力，以保证收视率逐渐推向新高。如《戏说乾隆》由香港影视明星郑少秋和赵雅芝这对广受赞誉的"荧屏情侣"携手饰演男女主人公，郑少秋的潇洒俊逸、风流倜傥与赵雅芝的端庄典雅、温柔婉约，都具有相当火爆的影像号召力，充分发挥了看点叠现的"明星效应"；《戏说慈禧》的演职人员则汇集了两岸众多演艺圈名人，主要演员包括丛珊、马景涛、何晴、黄文豪、倪齐民等众多演技出色的实力派大牌明星，并在大陆故宫、承德避暑山庄等地实地取景，力求原汁原味再现晚清风云，实景靓人相得益彰；再如《美人心计》选用台湾最受观众欢迎的当红明星林心如饰演女主角窦皇后，不仅妆容姿态堪称完美，演技更是堪称精湛到位，将窦漪房雍容华贵之感和端庄气质拿捏得恰到好处，温和古典却又不失高雅端庄，演活了也演绝了风姿妖娆的汉室后宫幔帐幕帘背后美人的尔虞我诈、斗智斗勇。套用该剧编剧于正的话就是"出色的演技，还有如水般清澈的容颜，让所有的人都为之动容"。

四是大多数戏说历史的电视剧从武打设计到服装和场景设置都是以高调的华丽甚至奢靡来制造"看点"，博取所谓"视觉冲击力"，争先恐后地打造影像风格的"时尚牌"。《还珠格格》堪称这方面的极致性代表。首先，该剧的武打设计不落俗套，无论是五阿哥、福尔康，还是小燕子，抑或是柳青、萧剑乃至其他相关人物的武打动作，都充分表现了招式套路的舒展潇洒和漂亮和谐。而最吸引观众眼球的是其武打设计始终紧扣叙事主线，有效规避了为武打而武打的游离或脱节之嫌。其次，该剧在制作上也格外下了一番工夫，人物服装根据人物进行了个性化的设计，多机位、多视角的镜头表现了剧作轻快、活泼的基调，同时在音乐制作和色彩色调的配置也都精益求精，力求凸显抒情、倾情、煽情的特点。每当剧中人物身处两难选择的关口时、命运发生重大转折时、心里掀起强烈的情感波动时，或激越或悠扬或沉缓的抒情音乐就会适时高调响起，而色彩也会浓抹重饰与其紧密呼应，以保持与言情戏说精神气质的高度契合。最受观众好评的戏说剧的主题曲还有《宰相刘罗锅》的"故事就是故事"——"故事里有多少是是非非／故事里有多少非非是是／故事里的事说是就是 不是也是／故事里的事说不是就不是 是也不是／故事里的事也许是真事／故事里的事也许是从来没有的事／其实故事本来就是故事／故事就是故事 故事就是故事"。歌词浅显易懂明快晓畅，但却蕴含着深刻的智慧与哲理，拓开了纵古驰今、宏观微想、微言大义之丰富的想象与联想空间，再加上平实、明快、具有亲和力的声音和优美的回还往返的旋律，唱起来朗朗上口，使这首歌一经电视剧播出后，便受到了广大观众的喜爱和追捧。这种"时尚"的影像风格，以"别样的风情"激活了剧作丰富多样的历史蕴含，敞开了历史影像表现的多元化可能性。

四、戏说历史的电视连续剧存在的问题

必须严肃指出，戏说历史的电视剧存在着一些令人担忧与焦虑的问题。第一，历史意义的缺席。许多电视剧的编导们公开声称他们就是要对历史"潇洒戏说"。既是戏说，当然就可以天马行空无拘无束地随意点染，过足逗心随意海侃神聊这把瘾，向以往被人们奉为庄严神圣的历史老人"开涮"。于是，编导们便利用宫廷轶事趣闻的神秘性对平民百姓观赏心理的吸引力，极尽煽情蛊欲之能事，处心积虑地编造出一串串错综迷离、荒诞神奇、香艳绝伦的情节，融皇权意识、江湖义气、风流韵事、民间传说、色情野闻、破案缉凶为一炉，捏帝国将相、太后嫔妃与凡夫俗子、烟花名妓在一起，民主而自由地调笑逗乐。一会儿让皇帝后妃纵横江湖，一会儿让乡男民女自由进出皇宫，全然不合历史事实逻辑。如《秦王李世民》剧中以李世民、若惜为代表的帅哥美女们，一个个穿着外太空的衣服，说着21世纪的时髦话，谈着莫名其妙的恋爱不说，连那武打场面都是激光与炸弹齐飞，神仙共妖怪一色，矫饰夸张噱头玩足，让人忍俊不禁捧腹大笑，羡叹这历史真滑稽好玩，这皇帝真风流潇洒。这类"潇洒戏说"，通过把过去包装成消费品，提供了一系列伪历史形象，在消费过程中流于肤浅与轻薄。谁也甭想抱有了解历史风貌走进历史真实的期待视野，它在戏谑历史的同时早就消解了历史本身的意义。

这种在意义缺席状态下的"戏说"历史，把复杂沉重的历史结构拆解成轻漂浮泛的家长里短式的生活碎片，然后任意拼贴组合成虚假的过往迷宫，彻底实践了游戏的本质并创造了游戏的形式。我们认为，游戏精神的确包含了快乐、自由与幻想等元素，但许多戏说历史的影视剧往往将快乐褊狭地演绎为感官娱乐，将自由与幻想褊狭地理解为随心所欲胡乱编造，以致走火入魔，一味地追求感官刺激和热闹滑稽，使喜剧蜕变为低级的搞笑幽默，把影视文化的消遣功能推向了庸俗逗趣甚至恶俗不堪的极致。

第二，为封建专制皇权大唱赞歌。有些戏说历史的电视剧是为封建皇权大唱赞歌，为封建皇帝（尤其是清朝皇帝）歌功颂德的，大有诱导人们回过头去渴慕追崇那早已灭亡的封建王朝、憧憬祈盼做封建皇帝顺民之嫌。一批清宫戏把"康熙"、"雍正"、"乾隆"、"嘉庆"，统统打扮成日理万机任劳任怨、事事以社稷为重、

处处为民众着想、"励精图治"的一代明君，甚至连那个在历史上早有定论的慈禧，也变成了一个菩萨心肠爱民如子的祥和老太。封建帝王的暴戾残忍、涂炭生灵、鱼肉百姓全在谈笑取乐间灰飞烟灭。好像清朝二百多年，处处都是国泰民安歌舞升平，从未有过惨烈的民族压迫，也从未有过灭绝人性的文字狱，那些惨绝人寰的扬州十日、嘉定三屠、留发不留头的历史杀戮被全然遮蔽了。即使偶有灾难祸患，也必定会因这些既英明神武又慈悲为怀的好皇帝的及时处理而逢凶化吉。皇帝们常常历经千辛万苦微服私访，惩治了一个又一个贪官污吏，平反了一个又一个冤假错案，为所到之处带来一片光明，深受广大人民群众拥戴。这哪里是封建专制制度下的皇帝？简直是全心全意为人民服务的社会公仆和道德模范。在这里，历史真的成了胡适所言的一位任人打扮的小姑娘，流露出一种历史虚无主义倾向。曾有一位颇有名气的编剧就公开赞叹"清初的那几个皇帝个个杰出。尤其是康熙，乃是杰出之'巅峰'者"。所以他在《康熙大帝》一剧中就极力讴歌倡扬康熙的英明伟大，赞誉康熙能"站在风口浪尖上握住日月旋转"，甚至编造出一个希望康熙"再活五百年"的神话。难道这编剧真的希望我们中华民族世世代代驯顺匍匐在"握住日月"的专制皇帝面前做一个忠实的奴才，让封建历史封建皇权永远延续下去？如果说色情戏、暴力戏会直接毒化社会风气、腐蚀青少年，那么这种公然宣扬奴性、公然与民主法制叫板的戏说电视剧，对社会心理潜移默化的毒害和污染将更甚！每当看到报纸报道说有不少中小学生常常脱口而出一些戏说剧中"皇阿玛"和主子奴才们的台词，还像模像样地模仿着皇帝的"龙虎气概"和奴才下跪求饶的动作时，学界对早已死去的主子和奴才数百年后阴魂不散的担忧与愤怒，就绝非杞人忧天。

当这种影视剧屡屡荣获某某奖项、频频攀登收视率第一，甚至已成为一种泛滥成灾的文化现象时，一个令人深为忧思的问题摆在了每一个有良知的观众面前：这类戏剧一演再演之后，将潜移默化带给人们一种什么样的信息？那就是中国不能没有皇帝呀，中国成为强国的使命就得依靠这些"明君"！想想我们民主共和已走过了一百年的历史，民主法制意识也已逐渐深入人心，难道中国人民还要继续把自己的命运寄托在"明君"的身上吗？

当然，作为文学艺术作品的历史剧，虚构是必要的也是必需的，但是任意捏造历史、篡改历史却是要不得的，是反历史主义的。因为这种任由帝王将相统领风骚并为所欲为的历史，决不是真实的历史，决不是人民的历史。奇怪的是我们的相关部门对这类替皇权布道为皇帝招魂的历史剧却缺乏必要的审检，放纵其一部接一部地拍，一部接一部地播，让观众一部接一部地看。每一天的每一时段，电视屏幕上都有所谓君臣一体在玩弄权谋、在渲染血腥的画面，都有奴才在下跪、在"谢主隆恩"、在山呼皇帝"万岁万岁万万岁"……长此以往，不要说我们会彻底背离中华民族特有的悲怆高远、磅礴大气的历史精神和审美主调，恐怕就连基本的历史事实真相也没人略知二三了。

第三，过分倚重暴力与色情。视屏影像追求强烈的视觉冲击和感官刺激并非过错，但对暴力和血腥的呈现应该是有限度的。因为说到底，暴力和血腥的本质是对生命的威胁与否定，任何暴力行为都会敏感地牵动人类的道德神经。因此，一个优秀的电视剧编导在运用暴力镜头时，应该而且必须考虑暴力和血腥带来的强烈视觉冲击和感官刺激将给观众提供怎样的视觉观感、心理感受以及人性启示——即应在暴力和血腥的镜头中蕴涵深刻的反思和批判，把暴力叙事纳入惩恶扬善的道德轨道中。时至今日，对暴力叙事可否在影视作品中呈现，无论编剧也无论导演，无论影评家也无论观众都已达成共识，即暴力叙事当然可以呈现。与文学创作一样，影像画面与生命（更精确地说是与身体——身体正是暴力和血腥产生的根源和直接针对的对象）一直就密切相连。我们无法设想任何文学作品和绘画、舞蹈、雕塑等艺术活动可以脱离身体而存在，也无法设想任何没有身体"在场"的视屏影像。而有身体出现、有身体在场，就不可避免要出现身体所遭受的磨难或者摧残，要表现身体遭受磨难和摧残时的痛苦甚至惨烈，从而也就无法完全回避暴力叙事。需要引起我们注意和必须重视的问题，并不是影像画面中身体可否"在场"，暴力叙事是否可以出现，而是影像应该怎样处理与呈现身体、怎样进行暴力叙事——即身体究竟以何种方式于影像中出场和"在场"、暴力叙事究竟以何种限度呈现。毫无疑问，较之文学作品，影像画面所表现的身体承受摧残的痛苦必须受到限定，即影像作品的暴力叙事必须适度呈现。因为观看影像和阅读文字有一个最大的区别：读者在阅读文字时，看到的暴力描写（无论是对人的肉体摧残还是人与人的血腥厮杀）都只是一种文字转述而非直观性呈现，而且支撑个体生命忍受痛苦的信仰或道义可以同时以文字呈现，即暴力与信仰可同时"在场"——如文字一方面描写江姐承受竹签钉入指甲时的巨大痛苦；另一方面同时描写江姐心中坚不可摧的忠贞信仰；但观众在观看影像画面时，所看到的残暴却是血淋淋的图像直接带来的视觉感官刺激（电影、电视都是一种直观的艺术），而支撑个体生命承受痛苦的信仰或道义却"缺席"不在场——人物心中对信仰或道义的坚守是很难直接用画面显现的；所以，影像画面对暴力血腥的展示就要受到比文字更大的限制，即使因叙事需要必须使用暴力镜头，这种暴力镜头也应该明确指向惩恶扬善的道德归属。然而许多戏说历史电视剧中的暴力镜头和血腥画面却只是一种提高收视率的商业元素，意在追求为暴力而暴力的视觉刺激。如为了表现后宫争斗的冷酷残忍灭绝人性，有些电视剧会经常出现嫔妃或宫女受刑的各种画面，气氛之阴冷、手段之残忍、人物痛苦之惨烈使人目不忍睹。由于导演往往采用一种纯客观的甚至玩赏的表现方式，因此给人的感觉与其说是在控诉暴政对人身体的残害，还不如说是在超然展示甚至欣赏人的身体痛苦。这种超道德的身体暴力叙事不仅是对身体界限的超越，也是对一切道德尺度的悬置，从而暴露出导演道德价值判断的某种暧昧含混。《金枝欲孽》中的暴力叙事更是彻底脱离了道德的制约，设置出许多匪夷所思的打斗场景和令人毛骨悚然的行刑与杀人技术，带有对人类基本文明准则的亵渎之嫌：在皇室"权威"与"秩序"的控制和遮蔽下，一切人都只能成为必然的牺牲品——每个人生命的遭受虐杀（无论是尊贵的嫔妃、王子还是卑贱的侍卫、丫鬟），统统被仪式化为一种不带任何感情色彩的程序。这种设计和表现既没有鲜明的道德感、清楚的是非观念，也没有明晰的价值判断，甚至没有正义与邪恶的区别。其中的确隐含着肯定"胜者为王"乃是天道，强调秩序不可僭越、皇权不可侵犯的权威崇拜之意，其反现代性的思想危害应该引起我们高度警惕。至于那后宫三千佳丽的情色场景，尤其是那极力夸饰并渲染的蜂腰丰乳已成为一个招摇，一个叫卖的商业化符号，甚至畸变为一个图腾式景观，说这是将色情当卖点似乎并不过分。

我们从不否认电视剧的娱乐功能，但说到底，电视剧的娱乐功能是多层次的，它并不只是为刺激而刺激、为娱乐而娱乐。它应该以娱乐、快感、美感，来引导和驱使人类去完成种种健全完善自身的活动。作为一种具有广泛群众基础和社会影响力的重要艺术形式，电视剧与其他所有艺术产品一样，是一种进行真善美思想道德启迪、传播具有民族色彩和感情的审美认知、丰富和提升人们精神文化生活的重要载体。因此，弘扬主流价值理念、关注社会历史发展、揭示日常生活真谛、反映伦理责任要求，理所当然也应该成为历史题材电视剧创作的内在动力和基本的叙事逻辑。

后　记　书写的构想与说明

新世纪伊始，尚有点学术激情，虽然没有"烈士暮年，壮心不已"的雄心，但并不想虚度晚年，适度地用用脑动动笔，保持一定的生命活力和思维能力，也应是取积极方式来"休闲"吧？况且我致力现代中国文学研究与教学数十年，总有些积累与想法，尤其对于重构现代文学史作了点思索；于是在 2002 年发表了论文《重构"现代中国文学史"学科意识》的同时，便着手草拟《现代中国文学通鉴》的书写提纲，准备集中青年文学博士的才力和智慧，师生同心同德地共建一部所谓"大文学史"。这可算是，在新学科范畴内对中国现代文学从纵横两大维度进行拓展性的研究；也可算是，把博士生的学习与研究带进一个比原学科更深广的领域；而我的有限余热呢，则可以在新学科的文学史书写中得到挥发，以了却终生对学术的追求。尽管为了实现这个学术构想，曾将《现代中国文学通鉴》书写提纲印发给我所指导过的或教授过的青年博士，请他们提出具体修改意见，进行了多次补充与匡正，并且参编人员也物色了几位得力者；然而由于多种主客观原因所致，《现代中国文学通鉴》的研究与书写便搁浅了，我的余热尚存而激情则消失了。直到 2010 年春，我内心那点建构《现代中国文学通鉴》的学术激情又被点燃，这是因为山东师大的中国现当代文学作为国家级重点学科已建设了近四年，应该有几项能反映本学科整体学术水平的科研成果；为此新上任的学科负责人和学术带头人魏建教授进取心强，干劲亦足，几次找我商量，力主把《现代中国文学通鉴》列为重点学科的标志性成果之一，调动全学科甚至与本学科紧密相关的科研力量，群策群力地在规定的时间内保质保量地完成《现代中国文学通鉴》的书写任务，并责成我担任全书主编。然而我已届古稀，的确是心有余而力不足，即使耗尽心血也难以完成，不服老是不行的；于是我就严正地对魏建说："咱俩共同主编是否能完成这个艰巨而紧迫的任务，还有待时间的检验呢？莫要谦让，赶快上马吧！"紧接着全学科的老师，集思广益地讨论了《现代中国文学通鉴》的书写提纲，各自根据专业所长认领了撰写章节，并邀请相关的中青年才俊参与本书的攻关，在中青年学者的拥推下即使成了"老骥"，我也要"奋蹄"了。

既然是靠群体之力完成《现代中国文学通鉴》的编著，仅拟订了书写提纲是远远不够的，还应有个为著者所认同并遵循的"书写说明和要求"，这样方可力保《现代中国文学通鉴》有个较完整的体例和大致统一的规格。因此我们对《现代中国文学通鉴》的书写作了如下说明并提出一些要求：

其一，"现代中国文学史"学科既不同于"中国现代文学史"学科，又不同于"20世纪中国文学史"学科，后两个学科的文学史研究和书写的对象主要是新文学或者现代型文学，在时空跨度上或三十二年或一百年，而前者则是建立在现代国家观念之上的新学科，它的两大特点：一是上可封顶下不封底，即起始与古代中国文学相对接，中经晚清、民国、中华人民共和国三个历史时期，及至21世纪继续往下延展；二是现代中国内的不分民族、不分阶级、不分党派、不分地区的所有的文学形态都是研究和书写的对象，以公正公平的态度对待现代中国的所有文学样态。因此务求在这个学科范畴内重写《现代中国文学通鉴》，而这种全景观的文学史应似现代中国"56个民族是一家"的大文学史。这里所说的"通鉴"，即通史也，就是具有反思意义和借鉴价值的现代中国文学通史，并非指一种严格规范的史书体例。

其二，既然现代中国的文学形态异彩纷呈，差异互见，系统多元，各自为政；那么以什么核心文学理念为纵横线索将此联通起来而架构现代中国文学的共同体或有机整体？或以民族性与现代性的互动变奏作为贯穿线索，或以"文学是人学"的人本文学观作为核心理念来统摄联缀；但相比较而言，以后者的人的文学理念为宜。这是因为从广义上说，不论哪个民族哪个阶级哪个党派的作家或者何种身份的作家所创建的文学，都属于以人为本位的文学，都是表现人性、人情、人道、人意的文学，哪怕一些传统体式的文学、少数民族文学，也不能出离人学范畴，所以用人的文学作为核心理念可在人性、人情、人道、人意的互通性上把现代中国的所有样态的文学都内在地联缀起来，构成现代中国文学史的总体系统。如果说以人的文学作为核心理念能够成为《现代中国文学通鉴》的内在线索，那么现代中国形成的政治文化、新潮文化、传统文化、消费文化的多元文化系统，它既是各种形态文学生成与发展的文化根源，又是联通不同形态文学结成一体的外在线索，这是因为多元文化系统的任何一元都与中国人的生存与发展的各种内在的或外在的需求联系在一起，而这种泛化的人文精神则可以作为纽带把不同形态文学联结为一体。在《现代中国文学通鉴》书写过程中，任何参著者务必牢牢抓住这内外两条线索，把现代中国文学的各个系统严密地联缀起来。

其三，现代中国的各种形态文学在广义上都是人的文学这并非主观预设，乃是其质的规定性；因此坚持以人道主义为最高原则、真善美为三个亮点的价值评估体系，最为合适也较为科学。这不仅由于各种形态的人的文学是以人道主义或人文主义为灵魂，讲人道讲人意讲人情，彰显人性的真善美是其最富有感染力和启示力的价值内涵；而且也因为惟有坚持"一个原则三个亮点"[1]的价值尺度对各种形态文学进行评述，使不同样态的文学在同一个平台上得到平等公正的评价，不论文学的优劣、精粗、雅俗、高低均可得到合理而科学的阐释。虽然这个价值评估体系由来已久，而且在认知上众说纷纭，但是从目前已运用的价值标准来看，没有一个价值尺度比它更公正更公平更具有普适性；现在的关键问题是，我们书写《现代中国文学通鉴》应结合评价对象，对"一个原则三个亮点"的评估体系，既要重新理解又要灵活运用。

其四，重构《现代中国文学通鉴》，创新趋优是其生命价值所在，也是书写者

---

① 朱德发：《现代中国文学史重构的价值评估体系》，《中国社会科学》，2008 年，第 6 期。

的内在诉求与学术使命所在；所以突破与创新的程度既决定着"通鉴"的史学风貌，又决定着它与现存的众多文学史文本相比增加了多少亮点和特点。除了"现代中国文学史"学科意识及其框架结构力求突破与创新外，对于书写主体来说至少应在如下几点上竭力"创新趋优"：一是调整或更新文学史观念、价值评估观念以及思维模式，以适应本文学史书写的要求；二是广泛地搜求和占有原始文学史料，并对史料的真伪进行辨识，对史料的内涵也应依据新的文学史观和价值标准重新发掘、梳理和评述，这样才有可能发现新的实证根据、新的文化信息和新的史识；三是对凡是进入文学史框架的文学文本，切不可迷恋已有的感悟、分析和判断，更不要沿袭他人的解读与阐释，务必充分发挥自己的审美感悟能力和理性透析能力，重新解读文本，从中发现新意蕴新美感，作出新的理论阐释和价值评判，这是确保文学史从微观到宏观能够创新趋优的重要一环。

其五，现代中国文学史虽然是个多元的文学共同体，但现代中国的新文学或现代型文学却是主体或主轴，它的生成与演变总是直接或间接地带动着影响着其他文学系统的变化；因此书写《现代中国文学通鉴》，不仅要处理好它们之间的主与次、共生互补的关系，而且还要依据新文学或现代型文学在百年进程中演化所呈现的历史的逻辑的三大层次，划分三个历史区段，即构成三卷：上卷从 1900 年到 1929 年，是现代中国多元一体文学结构的形成期；中卷从 1930 年到 1976 年，是现代中国多元一体文学结构的演化期，即由开放走向闭锁，而台港澳文学却是开放的；下卷从 1977 年到 2010 年，是现代中国多元一体文学结构的拓展期，随着改革开放大潮的激荡而现代中国文学越来越走向世界，虽然出现回归传统的趋向，但这是为了更好地与全球文学对话，与世界其他民族文学展开广泛交流。这种历史分期，基本上尊重并反映了现代中国文学的演变的阶段性与真实轨迹。因此这就要求书写者为彰显现代中国文学史的内在规律与外在轨迹，必须处理好两个关系：一是纵向与横向的关系。从纵向上说，要清晰而真实地勾勒出现代中国文学史的曲折的流变过程；从横向上说，要梳理并描述出各种形态文学系统在演变中出现的复杂性、错位性和联系性。二是内部探究与外部考察的关系。所谓内部探究，主要针对现代中国文学多元系统本身的内在张力、机制和规律，对演变过程的复杂性与错综性予以发掘和展示；所谓外部考察，主要指从与现代中国文学本体系统联系最紧密的外在的各种文化形态，由外而内再由内而外地洞悉现代中国文学演变过程呈现出的曲折性、复杂性和错综性的文化思想根源所在。这样就把内部探究与外部考察扭结在一起，以防出现"两张皮"。

其六，现代中国文化与文学的关系并非决定与被决定的直线因果关系，它们之间错综纠葛，难以梳理清楚；不过从宏观上考之，现代中国文化是现代中国文学赖以生成和发展的取之不尽的思想和美学资源，现代中国文学是现代中国文化的重要一翼，同时现代中国文学又是现代中国文化不可或缺的载体，不论纸媒文学或影视网络媒体文学都承载着丰富的现代中国文化内涵，况且文学本身就是一种审美文化。基于这种考虑，本文学史力图从现代中国文化与现代中国文学的复杂互动关系中，梳理出现代中国文学的多元一体的独立美学系统，对这个系统既要给出有历史感、文化感的阐释与叙述，又要给出审美感强烈而鲜明的评判与描述。为此，这里要强调三点：一是弄清现代中国各种文化思潮的主要内涵。所谓"政治文化"，主要指晚清的君主立宪政治文化、民国的三民主义政治文化、新民主主义政治文化、空想社会主义政治文化、科学社会主义政治文化等，这些不同形态的政治文化都和国家的命运、民族的命运、阶级和政党的命运以及广大人民的根本利益联系在一起，它作为现代中国文学史的文化语境与思想内涵，既要写出彼此之间的区别更要写出其联系。所谓"新潮文化"，主要指启蒙理性文化（个性主义或自由主义、人道主义或人文主义等）、现代主义文化和后现代主义文化等，它们与现代中国各种样态的新文学的关系极为密切，与政治文化既有悖反性又有联系性，必须写好这些新潮文化之间的关系，也要写好新潮文化与政治文化之间的关系。所谓"传统文化"主要指仍活在现代中国的古代文化传统，既有儒佛道文化又有民间文化，既有少数民族所信奉的宗教文化又有地域性的文化等，不仅要在文学史文本中呈现出它们之间的异同关系，也要展示出传统文化与新潮文化和政治文化的深微关系。所谓"消费文化"主要指传统商业市民文化与现代都市的消费文化，它与政治文化有种联姻关系，同新潮文化与传统文化有悖反的一面也有相通的一面，但它对现代中国文学的渗染越来越严重，大有取代政治文化来制导现代中国文学之势。书写现代中国文学史对于这诸多文化形态构成的文化语境或对现代中国文学内涵的渗透，既要辨识它们之间的区别，更要理清它们之间的关系。二是现代中国文化对现代中国文学的渗染或转化需要有个中介，而这个中介就是创作主体，只有创作主体认同或接受了或一文化形态，塑造了自我文化人格或审美心理，然后通过文学创作方可把某种文化意识物化为文学文本；况且创作主体的文化人格或审美心理塑造，不一定是汲取一种文化或许是多种文化共同渗透与作用，因此考察各种文化形态与现代中国文学的关系必须从创作主体心理透析入手，这样才是有深度的分析。三是梳理清和叙述好现代中国文学与政治文化、新潮文化、传统文化、消费文化这四大形态的错综复杂关系，是有相当难度的，各章各节的书写必须下点细工夫深工夫。这四大文化形态虽然有明显的区分度，但是在不同层次或侧面也有关联性，即不同程度地体现出以人为本的人文精神；这种人文精神通过对创作主体文化心理的塑造而作用于文学创作，必然会从文本中呈现出或一种文化形态所渗染的色调和程度。尽管四种文化形态对文学创作的渗染往往带有综合性和动态性，即不只是一种文化或两种文化的渗染，而且这种渗染并非凝固不变，常常是流动的；然而必须看到，在特定历史区段四大文化形态对某些作家的文学创作的综合渗染却定有一种是主色调或基本色调，它决定着或一文本中文化意蕴的性质。因此这就要求参著者既要写好四大文化形态与现代中国文学复杂关系的区分度，更要写好它们之间错综的关联性；既要写好文化形态对文学创作渗染的综合流动特点，更要写好或一种文化形态对文学创作强势渗染所形成的基本色调；那种游离出文化与文学复杂关系而随意写成的独立章节，即使写得再有创意和特色也是不合要求的。

其七，关于第一章、第六章、第十一章各是上、中、下三卷的首章，总的要求是从宏观与微观、史识与史料的结合上写好各大文化思潮与文学观念的关系，以及每种文学理念的内涵、特点和对文学创作的引导；同时也要辨识文学观念随着文化思潮流变相互之间的固有联系与变化后出现的差异。总之，三章的总体任务在于从文化思潮与文学理念的互动关系中，揭示出与各种文学创作形态密切相关的文学观念的变化脉络及其纵横之间的关联，切忌把各种文化思潮与各种文学观念写成"各吹各的号，各走各的道"的互不相干的游离状态。实际上，安排在每卷之首的这三章，如果贯通起来就是现代中国社会文化思潮与文学理论形态相互变奏的演化史，它既是各种文学创作形态的文化语境与理念引导，又是《现代中国文学通鉴》不可或缺的有机组成部分。至于每卷分别从政治文化、新潮文化、传统文化、消费文化与不同体裁文学关系，所设立的四章"文学态势总览"下的各节，其书写要求则是，第一节文化与现代文学的关系重在洞察某种形态的文化思潮如何通过创作主体这一中介与某种文学创作形态发生了关系，而这种关系是因果直线的还是出现错位或者形成多维合力，必须辨识清楚；以下各节分别从宏观上考析文学创作本身的演变，必须以文学作品为充分实证来梳理其流变轨迹，卷与卷之间上下节找准对位而务必贯通，并展示出全书流变过程中文学创作显现的层次性及其特征，以史带论，以论彰史。

其八，各章各节的有关文学创作形态的作家作品的书写，是本文学史重构的重中之重，只有在作家作品和文学现象的研究与书写上用足力气下足工夫才能确保《现代中国文学通鉴》具有创新趋优的学术品格；因此希冀参著者必须根据书写要求写好每一个作家、每一部作品和每一种文学现象。下面对"文学个案解读"的各种节标题的写作要求分述之：一是凡以"大师、巨匠、大家"命名的节标题，既要在某种文化思潮与文学观念的烛照下，略写其生平创作道路，详写其与文学创作直接相关的思想文化人格与审美心理取向，又要夹叙夹议地书写其文学创作的个性化特征（把思想文化意蕴与艺术创造合而为一，切忌运用内容与形式二分法）及其对现代中国文学建设做出的独特贡献；既要有创新的宏观概括又要有深度的微观剖析，真正把人本与文本的有机研究在深层次上贯通起来。二是"×××其人其文"这样的标题，可以将其置于某一文化语境下略写其人的生平详写其人的文化人格与美学追求，在与同时代类似作家的比照中详写其文学创作的独特思想意义与美学价值，把一般文本的概述与经典或重要作品剖析结合起来。三是"×××与某种形态文学"，如"丁玲与女性文学"，这样的标题要求书写者不仅应写出其人对某种类型或流派文学的独特贡献，也要叙述这种类型或流派文学在特定区间的状貌、演化及其总体特征，总之这类题目所写的不是一个作家的文学而是以其为代表来叙写这种类型或流派的文学在现代中国文学史的特异风貌与价位。四是"××作家与××作品"即"徐枕亚与《玉梨魂》"这样的标题，旨在要求书写者，既写出这个作家的创作道路与审美倾向，又具体分析其代表作品的主要创作特色，以证实其在现代中国文学史上是位有独特诗性追求的作家。五是一个或两个或三个作家并列在一起作为一个节标题，不仅要求书写者突现各个作家各自创作的特色，更要写出他们创作的趋同特征。六是类似于文学流派或社群如"鲁军的齐鲁文化小说"这样的节标题，它要求书写者不仅应勾勒出这个流派或社群的人员构成和趋同的审美追求，重要的是应深切地剖析其文学作品的相似的文化内涵、美学特征及其在现代中国文学史上的特殊价位。七是典型的文学现象如"谍战文学热"作为节标题，它对书写者的要求是，既要从多维度考察这种文学现象出现的原因，又要具体分析这种文学现象涌现出的代表性作品的美学特征与思想价值以及在文学史上的地位。

其九，本文学史的书写虽要求在突破与创新上下苦工夫与深工夫，但也要重视科学性即准确性、扎实性；叙述理路、观点、思辨务求新颖独到，却又要符合实事求是的思想路线与认识路线；新概念新原理新范式要借用，却必须消化后而用之，力求史与论结合而论从史出，叙与议结合而议从叙出；在书写中使资料（包括各种史实、各种文学作品等）的丰盈性、实证性与思维的超越性、辩证性有机地统一起来；话语的表述做到思路清晰、层次分明、合乎逻辑、准确流畅，杜绝修辞、逻辑、语法、标点上的错误。严格遵守学术规范与书写规格，坚决消灭抄袭剽窃现象，即使拼凑或化用他人的观点和借用他人的引证材料也要注明，引用别人的观点或论证必须详加注释；所有的引文除了按照出版规格要求进行页下注释外，必须反复从原著中校对引文，把差错率降到最低限度，最好不要转引。坚守"文责自负"原则，这既是对书写者人格的尊严和学术实力的尊重又是每位参著者自信的表现，因此要求书写者不只可以坚持和维护自己的见解与独立话语，而且更要重视主编和其他参著者的意见而耐心虚心地进行修改，共同确保本文学史应达到的学术质量要求和大致统一的话语风格。特别要强调的是，每位参著者必须按时地保质保量地卓有成效地完成所承担的编写任务；并且参著者必须有全局观，不能各自为政，哪怕是写一节也要顾及前后左右，相互沟通，把握好各自在全盘棋上的位置。

其十，《现代中国文学通鉴》的编著虽然设有两位主编，负责总体策划，拟订全书大纲、框架结构和书写要求，以及组织协调、定稿通稿和联系出版等，同时有些章节特邀（以章节先后为序）周海波、魏建、李宗刚、贾振勇、吕周聚、王景科、李掖平等教授负责组织、落实、催稿和审稿，还约请张丽军老师负责书稿的传递复印；但是本书的学术质量能否达到"创新趋优"的目标，其关键却取决于每位参著者的专业水平、学术实力和责任意识、科研态度，因此我们不仅强调文责自负而且格外尊重参著者的辛劳成果，特将每位参著者及其承担的章节榜列如下（以章节先后为序）：

朱德发	绪论，后记
季桂起	第一章
李　钧	第二章
周海波	第三章的第一至第四节，第七、八节，第十、十一、十二、十三、十六、十九节
韩　琛	第三章的第五、六节，第十七、十八、二十一、二十二节，第八章的第六节
闫晓昀	第三章的第九节，第六章的第六节（二分之一），第七章的第一节
温奉桥	第三章的第十四、十五、二十节
刘　聪	第四章的第一、二、三节
张　梅	第四章的第四、五节
魏　建	第四章的第六、七、八节
李宗刚	第五章的第一至第四节，第七节，第七章的第十二节
赵佃强	第五章的第五节
陈夫龙	第五章的第六节，第十章
贾振勇	第六章的第一节，第六节（二分之一）
王晓文	第六章的第二节，第七章的第二、三、四节
庄爱华	第六章的第三、四节
李萌羽	第六章的第五节
李　峰	第七章的第五、六节
张丽军	第七章的第七至第十节，第十三至第十六节，第十九节，第二十一至第二十四节

李天程　　第七章的第十一节

王金胜　　第七章的第十七、十八、二十、二十五节

翟文铖　　第七章的第二十六节

贺彩虹　　第七章的第二十七节，第十二章的第五、六、十八、十九节

刘子凌　　第八章的第一至第五节，第十八至第三十一节

曹金合　　第八章的第七至第十七节

杨新刚　　第九章

孙桂荣　　第十一章

房　伟　　第十二章的第一、二节，第七节至十二节，第十四章的第十
　　　　　　一节

王士强　　第十二章的第三节，第十三、十四节

宋　嵩　　第十二章的第四节，第十五、十六、十七节

颜水生　　第十三章的第一至第四节，第十、十三、十五、十六节，
　　　　　　第二十二、二十三节

周丽娜　　第十三章的第五至第八节，第十一、十二、十八、十九节

周志雄　　第十三章的第九节，第十四章的第三至第六节，第九、十
　　　　　　二、十三节

顾广梅　　第十三章的第十四、十七节，第十四章的第十节

王景科　　第十三章的第二十、二十一节

许玉庆　　第十四章的第一节

李　莉　　第十四章的第二、七、八节

赵启鹏　　第十五章的第一至第四节，第七节至第十节

李海燕　　第十五章的第五节

唐　欣　　第十五章的第六节

李掖平　　第十五章的第十一、十四节

赵庆超　　第十五章的第十二、十三节

　　《现代中国文学通鉴》的书写构想与其实践不可能达到完美统一，即有什么样

的设想就能写出什么样的现代中国文学通史，它们之间出现这样或那样的差异性是绝对的；不过这种差异性是在总体结构趋同性或相似性中呈现出的差异性，它不仅是参著者学术个性或独特认知的彰显，也是各位参著者的史学观念、知识结构、文化涵养、艺术感悟、理论思维、创新意识、文字能力等存在差异的必然反映。所以《现代中国文学通鉴》各章节出现的学术水准参差不齐，写法有些不合规范也就可以理解和谅解了，这亦是群体力量编著文学史难以克服的通病。虽然如此，但这并不意味为《现代中国文学通鉴》的存在问题进行开脱，更不期待方家读者的宽宥和原谅，相反的则是恳请方家读者不吝赐教并开诚布公地提出批评，使这部尝试性的、实验性的、探索性的现代中国文学通史能在众声评议指责中修改好、完善好，真正实现"创新趋优"的学术追求。

这里，我们要特别感谢的：一是任何版本的现代文学史重写都不可能是"平地起高楼"，而是在前人研究并书写文学史所积累的厚实学术资源上有所发现有所开拓的，原创性的文学史书写仅仅是一种不切实的幻想；尽管《现代中国文学通鉴》的书写也把"创新"作为生命根基，然而每章每节的研究或书写都不同程度地汲取或借鉴了已有的学术成果，真诚老实地说没有一代代前人提供的学术资源，重构《现代中国文学通鉴》是不可能的。正是从这一意义上，衷心感谢先贤们或学者们为现代文学史研究或书写所付出的心血及其为后人"重写"打下的深厚的学术基础。二是《现代中国文学通鉴》有幸为人民出版社看好，并列入 2011 年出版计划，对于该社领导于青同志的竭诚支持以及责编林敏同志、薛岸杨同志一丝不苟的审稿和编校，我们的感谢之情是难以言表的。

朱德发

责任编辑:林 敏 薛岸杨
责任校对:刘亚萍
装帧设计:亚细安文化

图书在版编目(CIP)数据

现代中国文学通鉴(1900—2010)(上、中、下卷)/朱德发 魏 建 主编.
 -北京:人民出版社,2012.4
ISBN 978－7－01－010573－4

Ⅰ.①现… Ⅱ.①朱…②魏… Ⅲ.①中国文学-现代文学史-1900～2010
 Ⅳ.①I209.6

中国版本图书馆 CIP 数据核字(2011)第 279968 号

现代中国文学通鉴(1900—2010)

XIANDAI ZHONGGUO WENXUE TONGJIAN(1900—2010)

(上、中、下卷)

朱德发　魏 建　主编

人 民 出 版 社 出版发行
(100706　北京朝阳门内大街 166 号)

北京新华印刷有限公司　新华书店经销

2012 年 4 月第 1 版　2012 年 4 月北京第 1 次印刷
开本:710 毫米×1000 毫米 1/16　印张:131.5
字数:2000 千字

ISBN 978－7－01－010573－4　定价:280.00 元

邮购地址 100706　北京朝阳门内大街 166 号
人民东方图书销售中心　电话 (010)65250042　65289539